ZHONGWAISHENHUACHUANSHUOZONGJI

王小宽 主编

中外神话传说总集

第一卷

红旗出版社

红旗出版社
RED FLAG PRESS
推动进步的力量

图书在版编目(CIP)数据

中外神话传说总集/王小宽主编.—北京：红旗出版社，2014.10

ISBN 978-7-5051-3274-0

Ⅰ.①中… Ⅱ.①王… Ⅲ.①神话—作品集—世界

Ⅳ.①I17

中国版本图书馆 CIP 数据核字(2014)第 241527 号

书　　名	中外神话传说总集		
主　　编	王小宽		
出 品 人	高海浩	责任编辑	张明林
总 监 制	徐永新	封面设计	法思特书装
出版发行	红旗出版社	地　　址	北京市沙滩北街 2 号
邮政编码	100727	编 辑 部	010—64032963

E-mail：hongqi1608@126.com

发 行 部	010—64024637		
印　　刷	北京德富泰印务有限公司		
开　　本	787mm×1092mm　1/16		
字　　数	2587 千字	印　　张	96
版　　次	2014 年 12 月第 1 版	印　　次	2014 年 12 月第 1 次印刷
ISBN 978-7-5051-3274-0		定　　价	696.00 元(全四册精装)

中外神话传说总集

编辑委员会

前言

神话和传说，是源自洪荒、出自民间的古老故事，也是万古常新的话题。

在漫长的史前年代，华夏先民就已经在用史诗、歌谣等口耳相传的方式讲述着天地开辟的奥秘、诸神造物的奇迹、祖先迁徙的传奇以及英雄历险的故事，讲述着人类与生俱来的爱的欢愉、生的欲望、死的恐惧，讲述着宇宙万象、日月运行、季节轮回、大地草木、林间群兽以及尘世间生老病死、爱恨情仇的来历，讲述着时间的开始和终止，讲述着大地的深邃和宽广，讲述着人类的诞生、灭亡和再生，讲述着那些游荡于荒远之域中的神仙和妖怪的故事……在狩猎时代的林间空地上，在农耕时代的丰收庆典上，在古代王公贵族的宫殿上，在乡间村社的树荫下、水井畔、篝火旁，世世代代的歌手们一边抚琴弹奏一边高歌低吟的就是这样一些口耳相传的故事，这些中华民族在口传时代流传下来的古老故事，蕴含了人类最深沉的智慧和情感，寄托了中华民族最古老的记忆。它们不是别的，它们就是神话传说。

在这些古老神话瑰奇恢诡、古彩斑斓的表象下面，所蕴含的是先民对那些宇宙、人生终极问题的追问和回答。这是我们人类、我们每一个男人和女人不得不面对、不得不解答的一些也许永远也不会有最终答案的问题，一些每一时代的人们都会不断重提、不断做出新的回答的问题。

宇宙是如何创生的？宇宙的创生在什么时候？终结又在什么时候？这个深不可测的星空究竟是亘古浑沌一团，还是自有其永恒的秩序和界限？是谁为宇宙制定了这些秩序、划定了如此的界限？人类是如何来到这个世界的？人类来到这个世界，是纯属偶然，还是造物的恩赐？世界上的第一个人是谁？人为什么会生？又为什么会死？人在死后是否还有灵魂？我们从哪里来？又到哪里去？人既然会死，那么这短促的人生还有什么意义？人为什么会分成男人和女人？为什么男人和女人天生就彼此渴慕又互相仇恨？为什么男女之爱会带给人如此巨大的狂喜却又让人陷入无尽的怨恨？

……

这是一些充满了孩子气但又莫测高深的问题。它们是神话，它们也是哲学：这些问题关乎宇宙最深的奥秘、至高的哲理，而古往今来的人们又只能凭愿望、

想象和激情回答这些问题，所以对它们的回答往往变成神话。针对诸如此类各种根本性的问题，每个民族从其各自不同的处境和才情出发，作出了各自不同的回答，从而形成了各具千秋的神话体系和诸神谱系。

诸如此类关乎宇宙人生的终极性问题，是人类为了了解自己在这个世界上位置、从而理解生命的意义所必定遭遇的问题，但是人类的生命相对于宇宙洪荒和悠长历史的有限性，又决定了我们永远无法回答这些问题，因为我们无法跳出自身短促的生命周期，站到生死轮回、劫波成毁之外，去审视和度量那浩瀚的宇宙和漫长的岁月，所以我们的所有回答，从盘古开天辟地，到女娲抟土造人，到大禹治水，直到爱因斯坦的广义相对论，其实都仅仅是些幼稚得让上帝发笑的浅薄猜测。

因为没有最后的答案，所以才不息地追问，所以那些古老的神话才历经岁月沧桑而世代流传，经久弥新。远古游吟诗人、巫祝祭司的吟唱早已随着岁月的流逝而成为绝响，但他们在史诗和歌谣中讲述的诸神故事、英雄传奇，却被后来的人们用文字铭记下来，印于泥版、刻于金石、著于竹帛而留诸永远。千百年来，那些古老的神话故事被一代又一代的人们用不同的方式一遍又一遍地讲述着、演绎着。也许随着时过境迁，故事的人物换了，故事的场景变了，但故事的情节骨架没变，构成这个骨架的一个个母题要素也没变，故事依然是那个故事，故事中的智慧和教诲依然是那些启迪了先民们的智慧和教诲，正义战胜邪恶，死亡击溃生命，诸神死而复生，英雄历险归来……

虚幻的神话，之所以能够超越历史而世代流传，正因为神话中蕴涵了人类最深沉的欲望和最瑰丽的想象。神话时代的古老幽灵，其实从来也没有离我们远去，它们一直潜伏在我们的肉身和心灵深处。

如何从历史的文化遗留中发掘中外神话的文化宝藏，如何在充分认识和尊重中外神话遗产的文化内涵和固有理路的基础上，结合当代文化传播和文化生产的需要，对原本散落、零碎的中外神话进行收集、盘点，整理出大致完整的神话故事和神谱体系，为文化传播开发、利用中外神话遗产打下坚实的基础，是当代人不可推卸的文化使命。

为此，我们按照不同内容划分，从各个时代的典籍中遴选了流传最广泛、影响最深远、最具代表性的经典神话传说故事，精心编写了这本《中外神话传说总集》。本书以时间为经，以中华各民族与世界各国、地域为纬，分为中国神话故事、民间传说故事、欧洲神话故事、亚洲神话故事、非洲神话故事、美洲及大洋洲神话故事6篇，共34章750多个故事，还选取了280余幅表现故事情节的精美图片，在讲述每个动人故事的同时，也力图为读者展现一个栩栩如生的完整的中外神话人物谱系。

目录

第一篇　中国神话故事

目录

第二篇 民间传说故事

第三篇　欧洲神话故事

第四篇　亚洲神话故事

第五篇　非洲神话故事

第六篇　美洲及大洋洲神话故事

第一篇

中国神话故事

第一章　开天辟地

盘古开天辟地

最初的世界是混沌的，没有一丝光亮。这个世界上没有高山河流、没有花草树木、没有鸟兽鱼虫，更没有万物之灵的人类。整个宇宙都紧紧地团在一起，如果打一个形象的比喻，当时的宇宙就是一个很大很大的鸡蛋。

几亿年过去了，宇宙这个大鸡蛋里发生了变化，世界上第一个生命开始在里面孕育。又过了几亿年，那个生命长成了一个拥有双手双脚、具有思维的生物，外形和现在的人类十分相似，他的名字叫做盘古，一个巨大无比的巨人。盘古在宇宙大鸡蛋中沉睡了一万八千年。

盘古顶天立地，一顶就是一万八千年。

这一天，盘古突然从睡梦中醒来。他睁了睁眼，发现周围漆黑一片，看不清任何东西。他在“鸡蛋”里面睡的时间太长了，身上的每个关节都在提醒他应该活动一下筋骨。于是，他伸了一下懒腰，可宇宙那坚硬的外壳又把他的手臂挡了回来。他想站起来走走，可是却连头都抬不起来。盘古心中气愤地想：“这个可恶的‘鸡蛋’，束缚我一万八千年了。如今，我想要动一动它都不允许。看来是该想办法

除掉这个家伙的时候了。”

想到这，盘古慢慢移动，使自己蹲在“鸡蛋”中的空间里。他抬起那双强壮有力的双手，托住了“鸡蛋”的上半部分，然后使出全身的力气，胳膊使劲往上抬，双腿使劲向下蹬。这很困难，真的，因为那个“鸡蛋”的外壳太坚硬了，但是盘古没有放弃，依然坚持不懈地“挣扎”着，心中只有毁掉“笼子”这一个念头。

努力有了回报，盘古已经听见“鸡蛋”发出细微的破裂声，他知道离成功不远了。于是，在原来的基础上，他又加了把劲。突然间，宇宙中传来了一声惊天动地的巨响。随着巨响过后，那个束缚了盘古一万八千年的“大鸡蛋”也破裂了。

混沌和黑暗从“鸡蛋”里面跑了出来，它们在盘古身边晃来晃去，紧紧地缠绕着他。盘古愤怒了，不明白为什么这些可恶的东西不肯放过他，于是他决定反击。盘古抡起了铁一样的拳头、抬起了钢一样的腿脚，四处踢打着混沌和黑暗。

混沌和黑暗被盘古打得稀巴烂，慢慢地分离开来。其中，那些比较清而且分量也很轻的东西升了起来，变成了天；那些比较浊而且分量比较重的东西则沉了下去，变成了地。就这样，天和地分开了。

终于有了空间，盘古可以好好舒服一下了。他站了起来，伸了一个大大的懒腰。他太高兴了，因为再也不用受那个可恶的“笼子”的束缚了，讨厌的黑暗和混沌也不会再来打扰他了。可是，正当他高兴得时候，突然感觉到头被什么东西重重地砸了一下。盘古伸手一摸，心中暗叫不好。原来，本来升起来的天又再一次落了下来，也许它还想重新和大地结合。

这下可激怒了盘古，他想：“现在我把天再撑起来肯定是没有问题的，可关键是它还会落下来。不行，我必须想一个万全之策。”于是他又一次把天撑了起来。为了不让天和地再一次结合，盘古决定由他来做“擎天柱”，一直到天不再下落为止。于是他手托着天，脚踏着地，威风凛凛地矗立在宇宙中，一顶就是一万八千年。

在这一万八千年里，盘古吃了数不尽的苦。他不能吃饭，因为他的双手要支撑着天，只有那飘进他嘴里的虚无缥缈的雾略略地减轻了他的饥饿感；他不能休息，因为只要他一动，天就会有掉下来的危险，他所能做的只能是偶尔换一换手。

在这一万八千年里，世界每一天都在发生变化。盘古的身子每天都会长长一丈，而天也就随之升高一丈。盘古的身体一天比一天长，天和地的距离也一天比一天长。终于，盘古长成了一个身高九万里的巨人，而天和地的距离也变成了九万里。

九万里的距离够远了，天和地再也不能结合在一起了。盘古看了一下四周，欣慰地笑了笑。他觉得这个世界因为他的努力而不再那么狭小，天和地也因为他的功劳而永远的分开，这是一件多么有意义的事啊！不过，他心中还有一丝遗憾。因为世界虽然产生了，可是没有光明、没有水、没有山、没有矿物、没有生物、没有……还有很多东西等着他创造。

盘古没有时间了，也没有能力了。他睁大双眼，呼出了最后一口气，脸上带着微笑，心中怀着遗憾，眼中含着泪水，发出一声巨吼，慢慢地倒下了。

盘古的最后心愿在他临死的时候实现了。天地间发生了神奇的变化，盘古临死前口中呼出的那口气变成了风和云；他的怒吼声变成了天上轰隆隆的雷声；他的左眼变成了金光灿烂的太阳；他的右眼变成了柔美皎洁的月亮；他的眼泪变成了大地上的江河；他的眼光变成了闪电。

盘古倒下了，再也不能站起来了。他的身躯变成了五方名山；他的四肢变成了大地的四极；他的肌肉变成了肥沃的土地；他的经脉变成无数的道路；他的血液变成了茫茫的大海。这还没有结束，他的毛发变成了陆地上的各种植物，有花有草、有树有林；他的骨骼、牙齿还有骨髓变成了大地里的珍宝，有金有银，有铜有铁，还有各种宝石、珍珠、玉石等。最后剩下的是盘古身上的汗滴，这些东西也没有浪费。它们慢慢地升上天空，然后再从天空中降落下来，这就是我们看到的雨露和甘霖。

世界变得丰富多彩了，有了阳光、有了高山、有了江河、也有了各种植物。盘古的精灵在世界上游荡，慢慢地它们在这个新的世界里变成了具有生命的各种动物，有鸟有兽，有鱼有虫。这些动物给世界带去了无限的生机，不过那时候还没有人类。

这就是盘古开天辟地的故事，关于一个具有大无畏精神的、受到人类无比崇拜的人类始祖的故事。

混沌开七窍

很久很久以前，天地一片混沌，清的和浊的大气混在一起，不断地变化着。其中自然也有很多怪异的生灵，这些怪异的生灵不仅习惯了混沌和黑暗，有许多还化为了神。

两个神仙合作替混沌凿了一只眼。

混沌就是这样一个神，也有叫它帝江的。混沌生活在距西部山系的头山崇吾山以西三百五十里的一个叫做天山的地方。

混沌的形体象黄囊，和大象的躯体一样庞大，但是比大象多两只腿；六只脚象熊掌，却不象熊掌那样坚实；皮色红，象丹火；背上还长了四个翅膀；有像狗一样的尾巴；浑然没有面部，更没有耳目口鼻，但他能欣赏歌舞，能听得懂混茫中的声音，能判断出从自己身边经过的是好人还是恶人；它行动起来如一团不透明的影子，缓慢而艰难。

也许混沌正在化生天地的精气，涵蓄宇宙世界诞生的能量。

有一天，生活在海里的两个时间神路过天山时看见了混沌，就来和他说话。混沌能听懂他们的话，也待他们很友好。两个神都深深地为混沌感到遗憾，因为混沌和他们不一样，没有眼耳口鼻，他们想不出混沌是怎么在天地中生存的。他们决定帮助混沌，用斧头、凿子等工具为混沌开七窍。

两位好友对混沌说：“混沌呀，我们的好朋友，我们知道你是蕴涵了天地精华的神，靠亿万年和天地的亲密接触你也能听到和感知到事物，但是你知道吗，天地中的生物都是有眼耳口鼻的，眼睛能把世界看得清楚，耳朵能更好的听见世间万物的涌动，有了口可以尝到天地精华孕育的美味，鼻子能分辨百味……”

“真的吗？经你们这么一说，我还真的有点动心，虽然在天地的怀抱生活了这么多年，但天地到底是什么样子我还真不知道。”

“那就允许我们给你开凿出七窍好吗？”

“好吧，那我就能感受到七窍的神奇力量了！”

两个热心的朋友先用两天的时间在混沌前面两个翅膀和两条前腿之间的比较平的部位凿了两只眼睛，第三、四天他们又在眼睛的下部凿了两个鼻孔，第五天又在鼻子下面凿了一个嘴巴，第六、七天又在眼睛和左右下方分别凿了两只耳朵。

七天过去了，混沌神拥有了七窍，然而随着七窍的开凿，混沌体内蕴涵的天地精华也不断地向外飘散，又过了七天，混沌逐渐与天地化为了一体。

巨灵劈山

巨灵是阴阳二气化生的“元气”产生的一个神，传说他诞生在汾水源头一块隆起的怪石旁，能够造山川，引江河，后来，他负责治理黄河，成为黄河河神。

有一段日子，他一直在华山散心，无意中看见黄河水在华山的脚下泛起巨大的浪花，然后向南曲折而去。巨灵很纳闷。仔细查看后，他发现太华和少华这两座连在一起的大山阻挡住了黄河的去路。

怎么办呢？巨灵站在黄河中央查看面前的华山，忽然他发现太华山和少华山两座山上面是分开的，如果把这两座山分开，黄河之水不就可以从两山之间痛快

地流走了吗？巨灵下定决心要把华山劈开。

巨灵重又爬回华山顶端，养精蓄锐了三天，第四天，他抓住太华和少华两个山峰的山尖，大喊一声“开”，太华和少华两座山就被掰开了。黄河水马上向两座山峰汹涌而来。原来，两座山底端的山石还没有完全分来，巨灵抬起巨大的脚向中间踏过去。两座山彻底分开了，黄河欢快地翻着巨浪从中间穿过。

太华和少华两座山被掰开后形成了一段峡谷，就像两个门框立在黄河的两岸，人们于是称这里为“龙门”。越过龙门之前的黄河水，被约束在高山峡谷之间，就像一头怪兽，因为找不到出口而咆哮着。横冲直撞中，这头“怪兽”来到龙门口。只见它一个急转弯，掀起的狂涛巨浪顷刻之间就撞在了峭壁上。它被迫掉过头来，撞向对岸的巨石。一次次碰壁后，这头“怪兽”只好退回去，可是随即又和矗立在河床中的一座巨大的礁石相遇。它似乎被激怒了，疯狂地冲向天空，在一阵喧嚣之后颤抖着从空中摔下来，落入谷底。黄河水总算跳出了龙门。

至今，巨灵因掰开山用力过猛而留下的手指印、手掌印以及脚印在华山上还能看见呢。

懒汉夫妇

天地分开之初，大地上的各脉河流因为没有固定的河道而四散横流，经常泛滥成灾。地面上七股八道，沟沟汊汊全是水，天神于是派巨人朴夫和他的妻子去治理洪水，希望他们能兢兢业业，早日疏通洪水。

朴夫和他的妻子都是巨人，他们的身体有千里高，手臂长得能够搂住太行山，腰也有几千里粗。这样的身材，本来对治理洪水很有利，因为他们的身躯可以背负起大山，挡住洪水；他们拥有的力量可以将淤塞的河道挖开；他们的身躯可以拦住洪水，让洪水沿着河道流泻……只要他们用心，认真对待，肯定能治理好洪水。然而面对大地上像网一样杂乱的河流，他们没了耐心，感到好苦恼。他们好吃懒做，没有心思工作，整天只是潦草地应付差事，本来该深挖的地方，他们稍稍挖一条浅浅的小沟渠就放下了；有的河流却只疏通一个小小的出口，所以中途又淤塞了；用来阻挡洪水的堤坝却筑得不坚固，致使洪水又泛滥开来……很

多年过去了，大地上依然洪水泛滥。

这对夫妻不仅好吃懒做，而且还痴心妄想。在治理河水的过程中，他们听说如果吃到黄河里的一百颗水仙花的汁液就可以成仙，于是就东奔西跑寻找水仙花。他们一连找到了九十九颗，再找到一棵水仙花就可以成仙了！于是，他们又来到黄河边。在黄河里，他们 终于找到了最后那一棵水仙花。后来，他们成仙了。

这让黄河的河伯很不服气，“这样懒惰懈怠的人都成了仙？”于是，河伯就到天帝那里告状。天帝知道了这件事情，非常生气，就罢免了朴夫和他的妻子的职位，把他们放逐到东南的荒原里，让他们光着身子忍受寒冷和溽热，还不让他们喝水、吃饭，只可以用秋天的露水充饥。天帝说，什么时候大地上没有了水灾，他们才可以官复原职。

鬼母吞吃儿子

在南海的小虞山，居住着一个虎头龙爪，眉毛像巨蟒、眼睛像龙，形状奇特古怪的神，被称作“鬼母”，又叫“鬼姑神”。她本领很大，传说她创造了天地——上天风云涌动，大地生长万物。

她还能生产鬼，一次就能生产十个鬼。她的鬼儿子也都长得奇形怪状，生下来只吃飞虫，喝露水，长得也很快，一天之内就能长很高。鬼儿子们常在晚上出来嚎叫，鬼母听到这种声音很生气，所以早晨生下他们晚上就把他们吞吃下去。鬼儿子们在一天内吸收的天地精华，也会被鬼母吸收，鬼母的本领就越来越大。许多许多年以后，鬼母不仅能呼风唤雨，还能上天入地。

但是因为她的模样太吓人了，虎头龙爪都像被血涂过一样，天帝不允许她上天，就让她下到鬼域去治理鬼。鬼域里有各种各样的鬼，冤死的，打死的，孤魂野鬼……鬼母见到鬼蜮里竟然有这么多的鬼，就不再生产了，专心治理起鬼域来。她将各种鬼分别关押，经过不同的度化、惩罚，让它们知道善恶好坏。鬼域在她的治理下变好了。

钟山烛龙和阴阳二神

从前面几篇故事看，盘古应该是中国神话最正宗的开天辟地者，是中国神话中人类的始祖，而其他几位，比如说混沌、巨灵、那对懒汉夫妻还有鬼母，都是算不上造物主的，因为他们虽然具有非凡的神性，但是他们的身体还残留着太多动物的形象，所以还不能完全看作是天地人类的始祖。

不过，即便算不上造物主，他们的故事还是可以讲一讲的，毕竟有了他们，中国神话开天辟地这部分才会显得更加丰富多彩。

除了混沌、巨灵、那对懒汉夫妻还有鬼母，还有三位值得一说。

天地混沌不分的时候，深远广大，谁也不能知道它的终点在哪里。在这样的混沌中慢慢生出了阴阳两个神——阳神治理上天，阴神管理大地。在他们的治理下，天地逐渐分开，并形成了东、西、南、北、东北、东南、西北、西南八方；轻缓洁净的阳气逐渐向上成为天，浊重的阴气逐渐向下成为大地；浑浊的气化为虫类，清轻的气则化为了一种精神的力量随天上升，再化为元气，然后产生了人类，于是虫类和人类便把天看作父亲，把大地看作母亲，把阴阳二气作为行动的依据，顺应由阴阳二气运转而形成的四季的变化。

另一位是钟山烛龙。在西北海之外，赤水的北面，有一座山叫做章尾山。这山上有一个神，它长着人的脸，蛇的身子；眼睛常眯成一条缝；全身都是彤红的，身子有千里长。它的本领很大，盘伏在山上，不吃不喝，不睡不休息，栉风沐雨。它闭上眼睛就是黑夜，睁开眼睛就是白天。它吹口气，便乌云密布，雨雪纷纷；吸口气又是烈日炎炎，骄阳似火；它一呼一吸就会大风万里。

因为西北方向的阴阳不足，所以这个神常常要衔着一支蜡烛照耀西北方的天门。那烛光加上它彤红色身体泛着的红光，照亮了一切幽暗阴深之处，包括九泉之下，于是，人们便称它为“烛龙神”，又称为“烛阴”。因为烛龙口里衔着的烛光能给大地带来温暖，所以，只要烛龙出现在天门，冬眠的动物就会出来活动。大地变暖，水汽涌动、上升，天上的雷公能够感受到，就会开始打雷。

第二章 女娲造人

女娲造六畜

盘古开天辟地后，天地间有了日月星辰、风雨雷电、山川河流、花草树木……

一天，伏羲的妻子女娲娘娘从天界来到了大地上。女娲是一位人首蛇身的女神，具有化育万物的神力。女娲看见天地之间这大好河山如此美丽，非常高兴，她尽情地游山玩水，享受阳光，欣赏明月，看雨落雪飞，看花开花落，草木生息荣枯。然而，时间久了，女娲也感到了寂寞，总觉得大地上缺少了点什么。

坐在河边休息时，她想：缺点什么呢？无意中她抓起河边半湿润的土，就随意地捏了起来。她先捏了一个牲畜，头较长，面宽，角向外上方弯曲，尖端稍向上，颈长中等，体躯长，呈圆筒状，肌肉丰满，前躯较后躯发育好，胸深，四肢结实，蹄子分两半，拖着一条长尾巴，鼻孔很大，眼睛也很大，充满了忠厚善良的光芒。女娲很喜欢，捏成后就轻轻地对它吹了一口仙气。没想到它竟从女娲的手掌上走到地上来。似乎是为了回报女娲为它创造生命，它“哞哞……”地叫着，用头蹭着女娲的胳膊。仁慈的女娲神欢喜得很，摸着它的头说：“你是我创造的第一种牲畜，看你身体强健，敦厚淳朴，你就叫“牛”吧。你四肢结实，以后就多在田地走动吧，我会再帮你创造一些同伴陪伴你的。”说完，女娲让牛去了田地。

看着牛走向田地，女娲想：“我何不多捏几种动物，让它们并存，这样它们就不会感到孤单了。”于是，女娲又捏了马、羊、鸡、狗和猪。

六畜就这样诞生了。女娲给它们明确分工：牛驾车耕田，马负重致远，羊供备祭器，鸡司晨报晓，犬守夜防患，猪宴飨速宾。六畜各有特点，也各有用处。

看着天地间多出的牲畜，女娲感到很满意。忙了这一段时间，女娲很有成就

感，但是也觉得好累，就伴着河边青青的草香睡着了。

女娲抟土造人

女娲一觉醒来，人间已经过去很多年了。她造的六畜和各种动物混杂在森林里，草原上，也多了许多野性。女娲看着周围的一切，还是感到很孤独，大地上没有和自己一样，能直立行走，会说话思考，有感情，能和自己沟通的人，她觉得天地间再添点什么就会更有生气了。突然一个奇妙的想法从她的脑子里涌了出来。她决定马上把自己的想法付诸于行动。

女娲将沾泥的绳子一甩，每个泥点就变成了一个泥人。

女娲来到一条很长很宽的河流前蹲下了身子，清澈的河水映出了自己的面容。她在河边上挖出了一些黄色的泥土，然后用河里的清水把泥和好。接着，她又按照自己的样子把泥团捏好。她看了看泥团，总觉得有什么地方不对。哦！原来这个小泥团和自己一样，没有分开的双腿，只有一条和蛇一样的大尾巴。于是，女娲又沾了些水，把泥人的尾巴捏成了两条腿。

女娲把泥人捧在手里把玩了半天，然后对着泥人吹了一口带有生命气息的仙气。当她把泥人放在地方时，奇妙的景象出现了，这个小泥团活了，在女娲身边不停地跑着跳着。

看着这个和自己长得差不多，却相对比自己渺小的孩子，女娲高兴极了。她对小娃娃说：“孩子，你是来源于黄土的，因而你有黄色的皮肤，黑色的眼睛，你的头发是黑色的，你虽然身体渺小，但是你会思考，会说话，有感情，能够吸收天地的精华，你和鸟兽不同，因你直立行走，你的名字就叫‘人’吧。”

那小娃娃蹦蹦跳跳地说：“妈妈，妈妈，您能创造更多的和我一样的‘人’吗?”

“可以呀，这正是我想做的呢!”女娲答应道。

正所谓“一回生，二回熟”，有了第一次的经验，女娲后边的工作做起来就得心应手多了。只见她左手从河边挖泥，右手从河中取水，然后双手灵活的揉捏着，一会儿的功夫就造出一个新的人。就这样，女娲不停地挖泥、取水、揉捏，渐渐地她的周围布满了这些可爱的人，其中既有男人，也有女人。

看着这些聪明的生灵在大地上欢笑，女娲充满了信心，她要让人类的足迹布满大地，然而她工作得太久了，太累了，手都已经麻木了。怎么办呢？忽然她灵机一动。她从远处找来了一根绳子，先把河边的一些黄泥扔进河里，把河水搅浑，然后再将绳子抛进河中，使绳子沾上带有泥的河水。接着，女娲把绳子从河中取出来，在天空中一甩。这样，绳子上沾的泥点就降落到了地上，而每一个泥点则变成了一个新的人。女娲看见这个法子要比自己一个个揉捏省力得多，就让孩子们和自己一起用草绳蘸上泥浆创造人类。据说，今天中国的黄河就是当时女娲造人取水的那条河，这也是为什么中国人管黄河叫母亲河。

创造工作终于完成了，人类的数目已经足够遍及大地的每一个角落了。这时，女娲又想：“因为人类是我创造出来的，所以他们和其他的鸟兽鱼虫是不一样的。人类应该是大地的主宰，一切动物都要听他们的指挥。”于是，女娲又赐福给这些人类。

看着大地上布满了人类，女娲觉得自己的任务完成了。她觉得很欣慰但也好累，必须要好好歇一歇了，于是她闭上眼睛睡着了。

女娲在睡梦中，梦见自己造的人类都消失了，大地上一片空茫。从梦中醒来的女娲想到了一个可怕的问题，那就是人类虽然是万物的首领，但是他们和其他动物一样，最终都会迎来死亡。如果人类死去一批，自己再来造一批的话，简直太麻烦了。怎么办呢？女娲看着大地上自己创造的男男女女内心愁云密布。

对呀！男人强壮，女人柔弱，让男人和女人结合起来自己去孕育后代，抚育后代，这样人类就可以绵延下去了。于是，女娲就为人类建立了婚姻制度，让男

女互相结合，生儿育女，繁衍生息。

女娲发明笙簧乐器

经过女娲的一番努力之后，人间大地呈现出一派欣欣向荣的景象：六畜已经被人们驯服，和人类成为了朋友，心甘情愿地为人类服务；人们与自然和谐相处，努力地耕作，快乐地生活……女娲看到自己创造的孩子们安居乐业，心里感到非常高兴。但她还是不满足，她想让人类过得更快乐一些，于是，她又造了一些乐器，如笙簧。

女娲从昆仑山的脚下最温暖的溪水边取来竹子，用绳子或木框把一些发音不同的竹管编排在一起，还在竹管里面加了竹制簧片；选来上好的生长在黄河流淌最平缓的河段的葫芦，用葫芦制成笙斗；吹嘴由木头制成，木头是有名的楠木。十几根长短不等的竹管呈马蹄形状，排列在笙斗上面。笙的音色清凉甜美，高音清脆透明，中音柔和丰满，低音浑厚低沉，音量较大。

女娲把这种乐器当作礼物送给了她的孩子们。她说："孩子们，当你们不能用语言表达自己的喜悦的时候，可以用它吹曲调，那曲调就是你心情的表达。"人们感到好神奇，争先恐后地向女娲学习制作的方法，很快制作这种乐器的手艺就在人们中间传播开来。

在女娲的教导下，人们还发明了笙簧的其他许多种用法，比如说，用它表达快乐，庆祝丰收，男女之间的爱慕之情等等，只是曲调不同而已。

看着孩子们平安、欢乐地生活着，女娲觉得自己的工作完成了。至于其他的，她希望人类用自己的智慧去开拓，她相信人类会在以后的生活中不断地学习进步的。女娲感到很累了。

这时，一架白螭带路、黄云簇拥、飞龙驾驭的雷车降落在地面上。天帝派人来接女娲回天庭了。

女娲不想离开自己的孩子们，也不想离开生机勃勃的大地，但是天帝还等着她汇报人间的情况呢。在白螭的催促下，女娲登上雷车，乘云驾龙而去。

大地上的人类为了感激女娲的恩德，表达对她的怀念，就将女娲奉为女娲娘娘，以隆重的形式祭祀她。

女娲斩康回

女娲哪里知道，她刚走就来了一个康回，专用水害人，使人类遭受洪水之灾。

人们没有办法只好向上天祷告。女娲正在天上闭目捻珠，忽然一个珠子不转了，她赶紧派一个女童到人间去查看出了什么事情。知道真相后，女娲气坏了，立刻来到人间与康回斗争。

康回被斩首后，化为一条黑龙逃生了。

康回是冀州地方的一个怪人，他生得铜头铁额，红发蛇身，是一位天降的魔君，专来和人类作对。他率领的人熟悉水性，与人打仗总用水攻。

女娲运用她的七十种变化，到康回那里打探了一番，回来后就叫众百姓预备大小各种石头两万块，并把石头分为五种，每种用青、黄、赤、黑、白的颜色作为记号；又吩咐预备长短木头一百根，另外再备最长的木头二十根，每根上面，女娲亲自动手，给它们雕出鳌鱼的形状；叫百姓一个月内备齐芦苇五十万担。

然后，女娲又挑选一千名精壮的百姓，指定一座高山，叫他们每日上下各跑两趟，越快越好；又挑选两千名伶俐的百姓，叫他们到水中进行游泳训练，每天四次，以能在水底潜伏半日最好。女娲又取些泥土，将它捏成人形，大大小小，一共捏了几千个。

刚刚准备完毕，康回就率部来攻，他故伎重演，洪水汹涌而来。女娲就叫百姓将五十万担芦苇先分一半，用火烧起来，化为灰烬，又叫百姓将烂泥挖起来和草灰拌匀，每人一担，向前方挑去，遇到有水的地方就填上，于是，康回灌过来的水都倒灌了回去。康回败了第一阵，就率领部属直接冲杀过来。他的部属本就

凶猛，这次又吃了亏，变得更加的凶狠。这时女娲所做的几千个土偶个个长大起来，大的高五丈，小的也有三丈，手执兵器，迎向敌人。康回的部众几时见过这种阵势，一个个惊惶失措，败下阵去。

女娲知道康回会马上改变策略的，立即吩咐那两千个练习泅水的百姓："康回这回退去，必定拣险要的地方守起来，他一定在大陆泽，和他的老家昭余大泽一带躲起来，那里他筑有大堤，为防他决堤灌水，你们去一遇到有堤防的湖泽，就用我为你们预备的木头在湖的四周先用四根长木一直打到地底，再用几根短木打在旁边，他就不能决堤，因为大海之中，鳌鱼最大，力也最大，善于负重，我已经到海中与海神商量好了，将这些鳌鱼的四足暂时借用一下，所以那木头上刻的，不但是鳌鱼的形状，它的精神也在里面。"这些人听了欣然前往。

女娲又带了一千个善于长跑的百姓，携了缩小的土偶、石头等物，一路赶去，在大陆泽和昭余大泽彻底击败了康回。康回逃跑时遇到那一千个久练长跑的人，康回跑不过他们，被生擒了。女娲历数了康回的罪行后，下令将其斩首。可是，只听"咔嚓"一刀下去，不见有血冒出来，却有一股黑气升到空中，原来康回也有些神通，化作一条黑龙蜿蜒逃生了。

共工和祝融的战争

女娲创造了人类，为人类建立了婚姻制度，很多年以来人类都平静地生活着。可是，突然有一年，不知道怎么回事，居住在赤水的水神共工和南方火神祝融打了起来，扰乱了人类的平静。

先说说这两位神：掌管着赤水的共工长着人脸，蛇身，满头都是红色的头发，他性情凶暴。祝融居住在赤水南边，长的也是人面，却是兽身，常常乘两条龙飞行在天上。传说这个共工还是祝融的儿子，他们都是炎帝的后代（炎帝之妻、赤水氏的女儿听妖生炎居，炎居生节并，节并生戏器，戏器生祝融，祝融降处于江水，生共工）。

共工和祝融之争起源于共工一个手下的坏主意。共工的手下都是一些残暴贪婪的家伙，他最大的帮凶就是相柳。相柳也是人面蛇身，但是浑身都是青色的，长着九个脑袋。相柳的九个脑袋里面都是坏主意，总是想尽办法讨共工的欢心。

有一天，相柳看见人类忽然灵机一动，想出一个游戏人类的办法。共工听完哈哈大笑，说："好，就依你说的办！"随后，相柳就命令江河里的虾兵蟹将鼓动江河，掀起大波大浪，冲毁农田让人类在水灾中挣扎。共工感到这个游戏很好玩，就乐此不疲的玩起来了。

这一幕正好让驾着两条飞龙出来游玩的祝融看见。当他询问了缘由，知道是共工为了一己之乐而不顾天下苍生的性命时，他震怒了，立刻传下令来，将自己在南方的汉神调回来，共同发出炎炎的猛火，将共工的虾兵蟹将烧得片甲不留。

共工见兵将们退了回来，很是生气，于是重新布置兵阵。这一次不是冲着人类，而是针对祝融了。也许是因为水火不相容的缘故吧，这场争斗异常激烈，两位大神从天上打到地下，又从地下打到天上，整个世界都被这场争斗搅得不得安宁。最后，火神祝融技高一筹，打败了水神共工。

残暴的共工得到了惩罚，他的那个有九个脑袋的帮凶——相柳看到自己的馊主意引来了主人的巨大损失和羞辱，感到非常的不好意思，就躲到昆仑山里不敢出来了。

失败和愤怒冲昏了共工的头脑，他居然用头去撞支撑天地的不周山。不周山，在大地荒原的角落，山形如一枚缺坏的银币，有两只黄色的神兽守护着，山上泉水叫寒暑水，水的西面有湿山，东面有幕山，中间的叫做禹攻共工国山。共工一怒之下就是撞在中间这座最高的山上。天地动摇，吓得两只守山的神兽也不知所措，以前对于来山上的神仙它们都能应付一下，而这个震怒的共工他们怎么也阻挡不了了。于是它们拼尽全力分别扶住东西的湿山和幕山，以此来保护不周山，但不周山还是断了。

共工撞了不周山，晕过去后不久就苏醒过来，内心的怒气倒是发泄了出去，然而他这一撞却给世间带了一场巨大的灾难。

女娲补天

原来，不周山是一根支撑天地的大柱子，震怒的共工一撞这柱子就断了。灾难降临到了大地上，半边天塌了下来，天上出现了一个巨大的窟窿，熊熊的大火在森林中燃烧，无尽的洪水从大地中涌出，人类对这场突如其来的灾难束手无措。更加可恨的是，很多毒蛇猛兽也趁火打劫，跑出来吞食人类。人类迎来了灭顶之灾，不但要躲开洪水，避开山林的大火，还要想办法对付各种鸟兽的侵袭……一时间，整个大地哀号遍野。

女娲看见自己创造的孩子们遭受这样惨烈的灾难，痛心疾首，她很想去找共工算账，让他承担后果，但是女神仔细考虑，共工那凶悍的性格，连自己的父亲都兵戎相见，让他承担后果恐怕很难。而且万一他乖戾的脾气上来，不知道又会惹出什么祸事来，若再继续制造灾祸，人类将难以生存了。还是想办法先拯救人类吧。看看洪水，又看看山林，女娲心想："这一切灾难的源泉，都是来自天上的那个大窟窿，只有把那个窟窿补起来，才能遏制灾难。不过，用什么东西来补天呢?"想来想去，她最后决定采用五色神石来做补天的材料。

女娲用双手托起石头，将它补在塌陷的窟窿那里。

她首先在昆仑山众水的源头拣选了许多五色的石子，它们的颜色分别是红、黄、灰、白、青。然后，到昆仑山的一块断崖下，架起一个半座山大的炉火，把五色石放进去。她焦急地等待着，因为她知道时间拖得越长，人类所受的灾害就越重。经过了七七四十九天的熔炼，五色石被炼成了七七四十九块巨大的五色石。这七七四十九块五色石已经不是普通的石头，它们不怕水火，而且还能够升腾。

石头炼好后，女娲就用双手托起石头，飞上天将它补在天塌陷的窟窿那里。每补一块，窟窿就缩小一块。七七四十九天下来，天上的窟窿被五色石补好了。

窟窿是补上了，可是那根折断的支撑天的柱子怎么办呢？女娲开始四处寻找。最后，她在茫茫的大海上发现了一只大龟。女娲走过去对它说："如今天上的窟窿也被补起来了，但是那根折断的天柱却没有了，所以我想请你帮个忙！"大龟问道："您说吧女娲娘娘，只要我能做到的一定帮忙！"女娲说："好！我想用你的四条腿做撑天的柱子可以吗？"为了整个世界的安宁，大龟答应了女娲的请求。于是，女娲就把大龟的四只脚砍了下来，当作四根柱子支起了倒塌的半边天。

天降的灾难是结束了，可是地上的灾难并没有停止，毒蛇猛兽们依然威胁着人类的生命。其中以一条居住在深海里的黑龙最为可恶。于是，女娲又来到人间，带领着她的子民们把那条凶残的黑龙杀死。正所谓"杀一儆百"，黑龙的死给了其他妖兽警告，它们再也不敢随便出来捣乱了。

接着，女娲又带领人们堵住四处漫流的洪水。最终，人类在女娲娘娘的保佑下脱离了苦海。不过，这次灾难也给世界留下了"后遗症"。当初倒塌的那半边天是在西边，虽然有四只龟脚支撑着，但是高度却比东边要低一些。从那以后，太阳和月亮每天都是自东方升起，然后向西方落去。

海洋中的神仙世界

女娲修补好苍天，治理好大地后，天地之间恢复了平静，但由于大地倾斜，所以所有的河水都向东奔流，灌注到海里。

传说在渤海的东面几万里远的地方，有一个深不见底的被叫做"归墟"的大壑，不论是来自大地百川的河水还是通向天河的水都会流到这里，神奇的是，归墟里的水总是保持着平常状态，既不增加也不减少。

"归墟"里面有五座神山，就是"岱舆"、"员峤"、"方壶"、"瀛洲"、"蓬莱"，每座神山高三万里，山顶平坦之处有九千里，山与山之间的距离有七万里。山上的宫殿是用黄金打造的，宫殿的栏杆是用玉石雕刻的，神山上的所有飞禽走兽都是白色的，山上还有许多奇特的树，这些树结的果实是美玉和珍珠，味道非常鲜美，凡人吃了可以长生不老。许多神仙住在这里，他们都穿洁白的衣服，背上长有小小的翅膀。平时这些神仙们在大海上、碧空下，像鸟一样自由地飞翔，走亲访友过着逍遥自在的生活。

但在逍遥幸福的生活中，也有一个小小的烦恼。原来这五座神山都是漂浮在大海中的，下面并没有固定在海底，一遇有大风，便会漂流不定，风吹来的时候，山漂泊不定，有好多次神仙们按原路都找不到家了，这给神仙们来来往往造成不便。于是他们向天帝去诉苦。

天帝也害怕几座神山漂到天边去，诸神无家可归，于是，命令自己的孙儿海神"禺强"想办法让五座神山安定。

这个海神禺强，生活在最北面的海上，长得人面鸟身，两只耳朵上分别插着一条青蛇，爪子上缠绕着两条青蛇，他有两个大大的翅膀，翅膀鼓动起来能够产生猛烈的飓风，据说他飞起来，就会有大风从北面吹过来，海面上会掀起排天巨浪。就是这样一位本领高强的海神接受了天帝的命令。

为了让居住在神山上的神仙们安心，禺强决定派十五只活了上万年的大乌龟去把五座神山用背驮起来。每座神山分到三只大龟，一只大乌龟负责驮山，其余的两只负责在旁边守候，六万年轮流一次。神山稳定了，住在山上的神仙们又恢复了原来的生活。

可是，几十万年以后，神仙们平静的生活又出现了小小的波澜。原来，开始的时候乌龟们感觉这个工作很新鲜，也都做到了尽职尽责，可是时间长了，他们发现自己辛苦地在水下背负大山，而山上的神仙则饮酒下棋，吃茶修行，还能够各山走访，很是自在。听见神仙们自在的笑声，乌龟们不免感到寂寞，所以有时候他们几个也在水下玩玩游戏，当他们玩游戏的时候，背负的大山就会晃动。每当这时，神仙们就会心惊肉跳，但是山毕竟没有漂移，神仙们也就原谅了乌龟们。

龙伯国大人的玩笑

尽管乌龟们有时因为玩游戏，会给山上神仙们的生活带来一些不便，但毕竟山还是很稳定的，所以，山上神仙们的日子一直还算平静。

然而，这平静却被来自嗟丘北面的大人国的一个人打破了。从海外的东南角向东北角望去，大人国在嗟丘之北的大言山上。大人国的胎儿要在母腹中孕育三十六年才会被生下来，一生下来便是白头发，而且身材异常高大，且能乘云雨飞

大龟的挣扎已经无济于事，它们已经咬住了钩。

行，他们可能是龙的一类，所以人们把他们的国家称为“龙伯国”。龙伯国的大人，抬脚不过几步便可以走遍五座大山，而且他们善于驾船，所以他们常常在汹涌的波涛中驾舟到神山来玩。

有一次，龙伯国的一个大人，早上起来看着东面的太阳刚刚升起，想想今天自己也没有什么事情做，觉得好无聊，于是决定到东方的大洋里去钓鱼。他扛起一支大钓竿，带上足够的鱼饵，驾上船出发了。走了不远，他看见了晨雾中的五座神山，觉得那里有灵气，肯定有大鱼，便朝着神山进发。

龙伯国的大人乘风破浪，很快就到达了神山。下了船之后，他将五座神山周游了一遍，越看越觉得自己没有看错，于是，就坐到蓬莱山的山脚，开始垂钓。蓬莱山正对着岱舆山。他将巨大的钓竿甩出去，一甩就是五万里，钓竿上挂满了各种鱼肉，腥香很快就随着海水蔓延。背负岱舆山的大龟正饥肠辘辘，但是正好自己当班又不能抽身，所以它就呼喊两个同伴，让它们好好的闻一闻附近是不是有大的鱼群，是不是可以饱餐一顿了。两只大龟一听，欣喜得不得了，赶紧仔细闻了闻海水，然后欢呼雀跃，异口同声地说：“没错没错，一定是大鱼呢！”

当班的大龟说：“兄弟，你们俩赶快行动呀，不然一会被蓬莱山或者员峤山的同伴们闻到腥味，就没有咱们的份了。”两只大龟赶快奔着腥味游过去，果然有很多的鱼肉，而且是成串的。看见鱼肉，两只大龟也没有多想，只说了一句“我们先吃吧，吃完给那个家伙带回去一些”，就大口大口的吃起来。这时等在蓬莱山脚的大人感觉到了钓竿的震动，心里暗喜，鱼上钩了，不过，还得再等等，等它们再麻痹些。他耐心地等了一会，感到钓竿动得更厉害了，就用力一拉，两只正在享受美味的大龟被拉出了水面，这时候乌龟们才意识到自己受骗了，但是挣扎已经无济于事，因为它们已经咬住了钓钩。

龙伯大人一见是两只巨大的乌龟，高兴极了，第一次就有这么大的收获，后面自然是更加的有信心了。随后，他将巨大的钓竿第二次甩了出去。

此时，等在岱舆山下当班的大龟心急如焚了，见自己的同伴一去不返，它想一定是鲜嫩的美味让它们乐不思蜀了。鱼腥的味道越来越浓，它的肠胃也叫得越来越厉害，他管不了那么多了，嘟囔了一句“神仙们，对不起了，我先去吃点吧，不然也没有力气值班了”，就抽身出来了。结果，这位当值的大乌龟命运和它的同伴的一样，也被大人钓上了岸。

龙伯大人见短短的时间自己就收获这么大，成就感被激发，于是继续垂钓。他如法炮制，员峤山的三只大龟也被他收入了囊中。不到中午龙伯国的这位大人就满载而归了。回去之后，他尽情地享用美味的龟肉，然后，还将六只大龟的壳剥开用来占卜了。

而没有大龟背负的两座大山——岱舆和员峤，则慢慢地向北漂流，最后沉没在海里了。山上的神仙在慌乱中搬到了其他三座山上。

这件事情被天帝知道后，天帝震怒，下令削减龙伯国人的土地，缩小他们的身材。这就是龙伯国大人的一个玩笑惹出的风波。

归墟里的神山沉没了两座，还剩下蓬莱、方壶和瀛洲三座，依然由大乌龟们背负着。有了那六只乌龟的教训，剩下的乌龟们更加恪尽职守，归墟的神山也因此而安静了很多。

第三章 伏羲的传说

伏羲诞生的传说

在遥远的远古时期，曾有一个叫做华胥氏国的极乐国度。那里远离尘世，外面的人很难到达。那里没有领导者，人们整日过着一种无欲无求的生活，因此都觉得很开心。也许是特殊的地理环境和脱俗的性格使然，那里的人们生来就有神通，火烧不化，水淹不死，每个人都可以活得很久。很多人将这个国度称为仙国，将这里的人们称为生活在大地上的神仙。

在华胥氏国，有一位叫做华胥化的美丽女子。一天，她到外面游玩，忽然看到泽地上有一个巨大的脚印。女子觉得脚印很有趣，就跳到脚印里去了。瞬间，她觉得自己的身体好像被蛇缠住了，但很快蛇又离开了她的身体。时间短暂得使她觉得那只是一种错觉，因此也没当回事。晚上回到家以后，她发现自己的身体出现了异常，她怀孕了。可十个月的分娩期到了，她却一点儿要分娩的迹象都没有。华胥化等啊盼啊，直到十二年后，她才生下了一个男婴。然而这个男婴也与一般的男婴有着明显的区别，他人首蛇身，看起来十分可怕。这个人首蛇身的孩子就是伏羲。伏羲诞生的故事与周朝祖先稷诞生（后文将有交代）的传说很相像。伏羲和稷是不是一个人就不得而知了。

伏羲生长得很快，几个月便长成了一个青年。他非常聪明，而且还有很多神通。他能够沿着天梯一直爬到天上去，故而能在天上人间自由来去。有人说他是雷公的孩子，一方面是他的长相与雷公很像，另一方面也是因为泽地中的脚印就是雷公留下的。不管伏羲是不是雷公的孩子，他的神通广大都是不容置疑的。也正因为他的与众不同，人们才特别尊敬他。在很多人看来，伏羲的母亲华胥化神奇受孕，而且用了十二年的时间才生下伏羲，这个孩子必定是与神灵相通的，故而人们都把他当神灵一样对待。而事实上，伏羲也确实为人类做了不少好事，为

人类带来了很多生产和生活上的便利。后来，伏羲成为了天上的大神，被称为东方天帝。

句芒是伏羲的得力助手，被称为东方神、木神。句芒的长相也很特别，面部是人形，身子却是鸟样。人面蛇神的伏羲和人面鸟身的句芒在一起，倒也十分相配。句芒曾跟随在伏羲身边多年，与伏羲一起为人类造福。在伏羲被封为东方天帝以后，他也被封为东方神，与伏羲一起管理东方。句芒很能体察百姓的疾苦，在其成神之后，仍然为人间做了不少好事。比如在得知秦穆公的贤明之后，他就下凡为其加了十九年的阳寿，使其能够更多地为百姓造福。

雷公被囚和遇救

有传说认为伏羲是雷公的儿子，也有传说认为上古时候中国大地发了一场大洪水，并且这场大洪水的幸存者只有伏羲和他的妹妹，于是，伏羲和他的妹妹创造了后来的人类。这个传说也和雷公有关。

雷公已经挣破铁笼从屋子里飞了出来。

有一年，沿东海一带突然大旱，一年下来几乎颗粒无收。到了祭祀的时候人们没有谷物祭祀上天，就上香祷告，希望上天能降下甘霖。到了第二年依然是这个样子，人间便开始流传：一定是得罪了天上的雷公，他才不给人间降雨。祈求祷告已经不能打动上天的神明了，尤其是雷公，现在必须向雷公挑战。

大家都说雷公是雷泽的雷神，人面龙身，头上没有角，全身是苍白色，他鼓动腹部就会发出雷声；他力大如牛，能够腾云驾雾，腾云的时候身上会生出青色的肉翅膀；最可怕的是他手里有一把金刚神斧，一挥动就火星四射。

一听说雷公如此威武，很多人都望而却步了。

只有生活在山林里的一个男子想为人类讨回公道。他居住在山林里，屋顶铺的是他从树林里摘回的青苔和树皮。他有一对小儿女，都不过十多岁，天真烂漫，他很疼爱他们。

他决定挑战雷公。于是日夜在家里打造一个大大的铁笼子，一对小儿女在他身边嬉笑。父亲的工作这对小儿女都看在眼里，但是他们只知道这个笼子很大，很结实，却不知道是用来干什么的。

笼子打造好了，其他的一切也都准备好了，可是，怎么让雷公知道呢?

当地有这样一种说法，黄鱼和猪肉掺在一起吃下去，就会遭到雷击，于是，男子吃下了这两样东西。果然不久天上浓云滚滚，大风怒号，裹夹着雨点，轰隆的雷声越来越响，看来雷公真的发怒了。男子安顿好一双儿女，然后把早就准备好的铁笼子抬出来，放在檐下，打开笼门，自己手里拿着那把使用多年的打虎的叉子，站在门口等候。

一声霹雳，暴雷从天上直灌人间，紧接着又是一道骤亮的闪电闪过。伴随着一声山崩地裂的巨响，青脸雷公手拿神斧从天山飞落，背上的翅膀还在扇动，眼睛里喷着愤怒的火光。

男子将手中的铁叉挥舞起来，一叉叉在雷公的腹部，这样雷公就不能鼓动雷声了，这也是雷公致命的弱点。雷公就像一头被制服的黑熊一样被男子放进了铁笼。

男子将铁笼扛进屋，并对雷公说："人间已经快三年没有降雨了，你这雷公不顾人间苍生，这回被我捉住，让你不司本职。"雷公自知理亏无话可说。

男子让他的一双儿女看守雷公。天真的孩子们起初很害怕，雷公的脸虽说是人的样子，但是满脸都是连片的胡子，整个脸都是青色的。时间长了，孩子们见到雷公被关在笼子里，也便不是很害怕了。

第二天，男子想去和人们商量如何处置雷公，就嘱咐孩子要好好看管雷公，

并告诉孩子千万不要给雷公水喝。

男子走了以后，老谋深算的雷公假装在笼子里呻吟："哎呀，渴死我了，孩子们请给我一碗水喝吧！"男孩对雷公说："休想，爸爸走的时候告诉我们了，不准给你水喝。"雷公见孩子可以对话，就又哀求到："孩子，我真的渴得不行了，一碗水不行就给我一杯吧。我真的渴得不行了。"男孩仍然拒绝他："不行不行，爸爸知道了要骂我们的。"

雷公见孩子只是怕爸爸骂他，并不知道水对自己的作用，便继续哀求："好孩子，我就要渴死了，你就给我哪怕一滴水也可以呀。"

"不行不行！"男孩仍然很坚决。

女孩看到雷公的哀求觉得很可怜，就对哥哥说："哥哥，你看他都快渴死了，要是渴死了爸爸回来是不是也会骂我们呀，那我们就给他一滴水吧。"男孩想了想，一滴水也没什么吧，总比他死了好呀，于是，兄妹俩就把刷把蘸了水，洒了两滴在雷公的嘴里。兄妹俩哪里知道，水是雷公的力量之源。雷公得了水后重获力量，赶紧向孩子们致谢。雷公又想，孩子的父亲也快回来了，一定要赶快逃走，于是，马上对孩子们说："孩子谢谢你们给我水滴，这两滴水挽救了我的生命。请你们离开这间屋子，我要出来了！"

两个孩子惊恐万分，刚刚跑出屋外，就听见惊天动地的一声巨响，雷公已经冲破铁笼从屋子里飞了出来。雷公从嘴里拔下一颗牙齿赠给兄妹俩，并对他们说："把这个拿去种到土里，如果遇到灾难，你们就藏到它所结的果实当中。"说完就乘着黑云飞上天去了。

两个孩子望着天空，不知所措。

伏羲和女娲兄妹

正在商议如何处置雷公的父亲，听到天崩地裂的一声巨响，知道一定发生了什么事情，就赶紧回来。回到家里，他发现雷公已经逃走，两个孩子也不见了踪影。父亲很着急，屋前屋后地呼唤两个孩子。

再说那两个孩子：

两个孩子拿着雷公给的牙齿，觉得很有意思。

"这是种子吗?"妹妹问哥哥。

"应该是种子吧，只有种子才能种到田地里。"哥哥回答。

"可是我看见他是从嘴里拔出来的呀?"

"妹妹，我们赶快把它种到地里吧，一会，爸爸回来看到那个怪物逃走了，走的时候又赠给我们礼物，一定会生气的。"

于是，他们跑到离家很远的田地里把牙齿埋上了。可是，刚刚埋上一会，两片碧绿的嫩芽就从泥土中钻了出来。兄妹俩觉得好奇怪。正在这个时候他们听见父亲的呼喊，就赶紧跑回来。

兄妹俩见了父亲，低着头把事情的经过说了一遍，父亲没有责怪他们，而是严肃地说："孩子们，一场大的灾难就要来临了，你们放走的不是怪物，而是天上的雷公，他会回来报复的。现在爸爸要打造一条大铁船，以应付灾难。"

两个孩子听到这些也胆战心惊的，就把雷公走的时候留下礼物的事情和父亲说了。父亲让他们带路去看那棵新苗，它已经开花结果了。父亲说："好吧，雷公这是在感谢你们呀！让它生长吧。你们俩就负责看管这株植物，我去打造铁船。"

第二天，兄妹俩再去看时，发现昨天结的果子已经长成了一个硕大无比的葫芦。那天傍晚，葫芦就成熟了，自已从蔓上掉下来了。兄妹俩把它拖回家，用刀锯锯开了葫芦的顶部，发现里面密密麻麻地长了很多像牙齿一样的东西，乍一看上去有点吓人。兄妹俩拔了一颗觉得没有事情，就把里面所有的牙齿状的东西都挖了出来，里面空空的，试着爬进去，正好能容下他们两个。他们把这个消息告诉了父亲。父亲告诉他们如果有风雨就躲进葫芦里。

第三天，父亲也卯完了铁船的最后一个钉。

突然，狂风大作，天上一瞬间就涌出许多又黑又重的云，似乎要把大地覆盖，大地像进入夜晚一样黑暗。风刚刚吹过，大雨便倾盆而下，地上每一个裂缝的地方都喷涌出洪水，越来越凶猛，很快大地变成了一片汪洋。

父亲赶紧喊两个孩子，让他们躲进葫芦里，并告诉他们："孩子们，这是雷公发洪水来报仇了，你们就躲在葫芦里，什么时候听见外面没有风雨声再出来。"然后给他们盖上盖子，自已则跳进了铁船，在浪涛之上漂流。

洪水越来越汹涌，已经淹没了高山，快要达到天宇了。父亲驾着船，和风雨洪水搏斗，不经意间竟到了天门。他就用船头撞击天门，"咚咚"的声音震动着云霄，他边撞击边大喊："天神，快开门，放我进去，我有事情禀告天帝。"早已被惊动了的天帝赶紧传唤守门的天神，问他外面发生了什么事情。天神禀告了大地上发生的事情。天帝很吃惊，赶紧下令召见这位勇士。那位父亲见到天帝就把雷公如何不降雨导致干旱，自己如何和雷公战斗，以及雷公逃走，然后回来寻仇的事情说了一遍。天帝大怒，马上下令退水。

水神遵令行事，顷刻间，风定水止，父亲的铁船也随着从高空跌落下来，因为铁船面积大，洪水又是瞬间消失，所以铁船碰击地面就碎落了。可怜的父亲也同铁船一样跌得粉身碎骨。

躲在葫芦里的兄妹俩也从高空中跌落，但是他们却没有事，因为葫芦是圆的，而且内里有一层柔软的东西。葫芦落到地上弹跳了几下就停止了。兄妹俩从葫芦里听不见任何的风雨声，就打开盖子爬了出来。

经过这场洪水，大地上所有的人类都被吞噬了，只有这两个孩子存活了下来。他们原本是没有名字的，因为借助葫芦才存活的，所以就起名为“伏羲”，也就是“瓠戏”的谐音。

后来为了区别男孩和女孩，就叫男孩“伏羲”，叫女孩“女娲”。这就是伏羲和女娲兄妹。

兄妹结婚

在空旷的大地上，那场灾难的幸存者伏羲和女娲兄妹俩，没有了家园，也没有了亲人。

两个孩子相依为命。哥哥带着妹妹到山林里寻找食物，遇到猛兽，哥哥就首先爬上树，然后把妹妹拉上去。天气暖和的季节他们就在北方生活，天气寒冷了他们就跋涉到南方。他们南北东西地走动，认识了很多的植物和动物，慢慢地从大自然中寻找可以食用的谷物，试着种植。他们记得父亲常常猎取的动物，如野兔、山鸡等，就用各种办法猎取到，当作食物。

一年又一年，在克服各种困难的过程中，两个孩子慢慢地长大了。

有一天，他们走到大地西部的昆仑山麓的南部。在这里，他们发现了一片树林，方圆达三百里。这便是南氾林。他们在这里游戏，相互追逐打闹，追着追着，两个人累了，就倚靠在一棵大树下睡着了。

他们睡着后，这棵树恢复了原貌。原来这是一棵通天的神树，它的样子像一头牛，它的皮像人帽上的缨穗，也像黄蛇皮，它的叶子像罗网，它的果实圆如弹丸，它的木质像刺榆。这是天帝派下来的使者，天帝让它带他们兄妹到天庭去。

伏羲兄妹俩醒来后，发现自己竟然在一个金碧辉煌的宫殿里，周围的人一个都不认识。这时，天帝开口了："伏羲、女娲，朕知道你们因为心地善良而释放了雷公，但却给人类带来了灭顶之灾，朕不惩罚你们，如今你们已经在人间的艰难困苦中摔打得很坚强了，此后你们就是人类的父母了。"说完，天帝一拂袖，兄妹俩觉得白光刺眼，只一眨眼的功夫两个人就又回到了树林里。刚才的事情他们都忘记了，只有"从此，你们就是人类的父母"这句话在他们的耳边回荡。

哥哥望着妹妹，妹妹望着哥哥，四目相遇，一种照彻心底的温暖，让他们好像不认识彼此了，但好像又似曾相识，却是一种说不出的感觉。他们异口同声地说："我们是人类的父母。"于是伏羲和女娲结为了夫妇。

婚后，女娲生下了一个肉球。伏羲和女娲都觉得奇怪，他们把肉球切成细碎的小块，准备到昆仑山上寻找上天的天梯，把这奇怪的肉球交给天帝。可是，他们刚刚包好肉球，两个人就同时飞了起来，升到半空中的时候，空中刮来一阵大风，把纸包吹破了，肉球的碎块飞得满天都是，然后，他们慢慢地降落，慢慢就变成人形落在了地上。很快大地上就有了一群活泼的孩子。

伏羲和女娲看到孩子们在大地上快乐的样子，明白了天帝的话，他们想飞下去和孩子们一起享受天伦之乐，可是这时他们已经飞到了天门门口，已经有天神在迎接他们了。

伏羲画八卦

伏羲为人类作了很多贡献，但要说最大的贡献，还是其创建了八卦。在伏羲生活的年代，人们对大自然还一无所知，对于各种自然现象，如刮风下雨、电闪雷鸣等，人们既感到困惑，同时也很恐惧。伏羲决定改变这种状况，向人类解释各种自然现象。为此，他常常到卦台山上仰观天象，俯视地貌，就连飞禽走兽的脚印和身上的花纹也不放过。

伏羲对日月星辰、季节气候、草木兴衰等等，都做过深入的观察。他发现，

天空渺远，高高在上需要仰视；大地广袤，承载万物，需要俯瞰；天尊而高，地卑而低；天的动和地的静有一定的规律……不过，这些观察并未为他理出所以然来。

一天，伏羲又到卦台山观察，忽然听到一声奇怪的吼叫声，接着从卦台山对面的山洞里跃出了一个奇怪的动物。这个动物长着龙的头和马的身子，我们就暂且叫它龙马吧！龙马纵身跃到了卦台山下渭水河中的一块大石头上，然后便停在了那里。伏羲发现龙马背着一块玉版，玉版上有黑色的小点和一些奇怪的图案。这块玉版就是河图。河图是由 55 个黑白点共同组成的，分为 5 组数字，是古人常年观察天象所得的天数和地数。其中白点为奇数，代表阳，又代表天，称为“天数”；黑点为偶数，代表阴，又代表地，称为“地数”。1~5 又称为“生数”，6~10 又称为“成数”，两者间有着相生相成的关系。图中都是奇偶为一组，表示世界上的万事万物都是由阴阳化合而成的。且万物有生数，当生之时方能生；万物有成数，能成之时方能成。所以，万物生存皆有其数。

河图上的图案深深地震撼了伏羲，他深切地感受到自身与自然之间出现了一种莫名其妙的和谐一致。他发现龙马身上的图案与自己一直观察万物自然的“意象”竟是那样的切合。就这样，伏羲通过河图的图案，与自己的观察，画出了“八卦”，为人类解开了自然之谜。这就是《山海经》中说那段：伏羲得河图，夏人因之，曰《连山》。

伏羲以“——”代表阳，以“——”代表阴，分别象征天地、男女、阴阳、刚柔、动静、升降等一切相互对立、矛盾的事物和现象。他将三个这样的符号组合在一起，共组成八种不同的形式，即乾卦、坤卦、艮卦、兑卦、坎卦、离卦、巽卦和震卦，也就是八卦。八卦象征着宇宙间共有的八个大现象，即天、地、山、泽、水、火、风、雷。宇宙间的万事万物都是依这八种现象而变化的。

八卦学说的中心观点即是：“太极生两仪，两仪生四象，四象生八卦。”远古时期，天地混沌，阴阳未分，宇宙就是从这个混沌的“太极”中产生出来；后来天地分离开来，有了阴和阳，也就是生出了两仪；两仪继续分化为太阴、太阳、少阴和少阳这四象，古人以这四象来象征一年的春夏秋冬四个季节；四象再继续分化，就形成了八卦。八卦也有着各自的五行属性，乾、兑属金；震、巽属木；坤、艮属土；离属火；坎属水。

八卦所代表的八个方位（这里指后天方位）还分别代表一位家庭成员。如东方的震卦代表家中的长子；东南方的巽卦代表家中的长女；南方的离卦代表家中的中女；西南方的坤卦代表母亲；西方的兑卦代表家中的幼女；西北方的乾卦代表父亲；北方的坎卦代表家中的中男；东北方的艮卦代表家中的幼子。在家中的不同方位摆放不同的物品，就会影响与这个方位相对应的家庭成员的健康和运气。

之后，伏羲又将八卦上下相对推演出六十四卦，以象征天地之间的各种自然现象和人事现象。八卦是伏羲留给人类的宝贵财富。

伏羲教人打渔

伏羲时代人类捕鱼的工具是叉——用拇指粗的分叉的树枝，把分叉的部分修剪成尖的，用它到河里叉鱼，常用于在河水清浅的河道里捕鱼，可是，叉到鱼的数量却很少。

一次，伏羲到黄河边的一个部落教人们识字。在教到“鱼”字的时候，有一个人说：“鱼在水里，很难抓到，怎么样才能更容易呢？”

伏羲他想想说：“拿绳子来。”

拿到绳子后，伏羲就学着用结绳记事的方法在绳子上打结，但不是在一根绳子上打结，而是把几条绳结到一起，然后又竖着结几条绳子，再两两打成结，这样竖的绳子就和横的绳子交叉起来就成为网状，两个人分别从两端拉就可以合拢了。伏羲说就叫它“网”吧。

伏羲把编制好的网递给问他问题的人说：“你可以拿这个去试试，找水深的地方，将这个放进水里，然后等上个把时辰，把网拉起来，你看看里面有什么？”那个人欣喜地拉上一个伙伴走了，伏羲继续教人们识字。

大约过了三个时辰，伏羲听见远处人们的一阵喧哗声。他抬起头来，看见很多人正议论纷纷的朝他走过来。原来是那个打渔的人。

那个人拿着伏羲给他的网，找到一处河水深且平缓、水藻丰富的地方，把网放进去，两端用大石头固定在河岸上，然后，便和伙伴在河岸上等待。过了一个时辰，他忍不住和伙伴说：“这个什么网能捕到鱼吗？那鱼会不会已经从那个网格中游走了呢？”

他的伙伴说：“哎呀，你别急呀，伏羲是圣人，他那么聪明，都能教人们识

字，他的办法肯定是最好的，你耐心等待吧。”

“是啊，伏羲是大圣人，他的智慧是上天赐予的，传说伏羲是天神和东方极乐国的女儿所生的儿子，他很有神性，他想的办法也一定是最好的。如果这个办法好用的话，总比我们用叉叉鱼容易？”

“伏羲不是说等上几个时辰一拉就有收获吗，我等拉上来一看就知道了。”

……

他们一边七嘴八舌地说，一边耐心地等待着。

又过了两个时辰，他们迫不及待地来到岸边。两个人抓住网的两端，一起合拢了拉，“怎么感觉好重呢！”等他们把网拖出水面，他们被眼前的情景惊呆了，网上有十多条鱼在蹦跳，“好多鱼，好多鱼！”

田地里有很多人在收拾庄稼，听见他们的呼喊都放下手中的活，围拢过来看个究竟，见他们打了这么多鱼感到很神奇，便问他们是用了什么法子。两个人迫不及待地回答：“是伏羲制作的网捕到的这些鱼，伏羲真的是太神奇了！”“我们要把捕到的鱼拿给伏羲看。”

那个问问题的小伙子一见到伏羲就深深地鞠了一躬，说：“伏羲，您太伟大了，您看这是我们用您交给我的网捕到的鱼，是我们用叉的十倍呀。”伏羲谦虚地笑了。

从此人们就用网捕鱼了。但是伏羲告诉大家不要把小鱼也捕上来，也不要在鱼产卵前捕鱼，要等到鱼长大了再捕，而且要休养生息。

伏羲教民

上古之时，人少而禽兽多，人类居住在地面上，经常遭受禽兽的攻击，每时每刻都存在着丧命的危险。在恶劣环境的逼迫下，一部分人开始往北迁徙。他们来到今山西和陕西一带，受鼠类动物的启发，在黄土高原的山坡上打洞，人居住在里面，用石头或树枝挡住洞口，这样就安全了许多。可是，因为顾及北方气候寒冷，许多人宁愿留在危险的南方，也不肯往北迁移，于是，找到安全的居所就成了生活在南方的人们的当务之急，也成了伏羲亟待解决的问题。

一天，伏羲路过一个古老的村落，在河边的大柳树旁歇息。他听见一阵鸟鸣，可是找遍四周也没有发现鸟的影子，他寻声找寻发现在柳树的枝丫上有一个大大的鸟窝。伏羲很好奇，就爬上去看，一看之后好不惊讶，这个鸟巢里有几只刚刚出生的小喜鹊正在叽叽喳喳的叫个不停。那鸟巢非常坚固，外面看上去是树枝，但是里面的一层却是用细泥抹起来的样子，平滑得如小碗。因为鸟巢是建在三个大树枝丫之间的，所以风过也不会将其吹落。

伏羲受鸟类在树上筑巢的启发，发明了“巢居”。他指导人们用树枝和藤条在高大的树干上建造房屋，房屋的四壁和屋顶都用树枝遮挡得严严实实，既能挡风避雨，又可防止禽兽的攻击。人们从此再也不用过那种担惊受怕的日子了。

居住条件改善了，伏羲就到人们中间教他们如何耕作。他教人们要等到河水解冻以后，给田地浇水，等到天气彻底暖和了再播种，然后在种子发芽、成长的过程中除草，到夏天快酷热的时候，在庄稼生长的间隙犁出沟以蓄水，这样犁出的土会培育庄稼让它们长得更好。人们在伏羲的帮助下种植庄稼，收成越来越好，日子也过得很红火。

此外，伏羲还教人们辨别方向。他担心人们记不住东西南北，就用具体的方法教人们：“东面是太阳升起来的地方，那么那个地方就是金山，那个方向是东；西面属土，因为那个方向山高土厚，太阳都是落在那里的山后面，所以那个方向就是西；南面属火，因为越往南走天气越热，所以那个方向是火；北面属水，水的性质是凉的，因为寒冷的风都是从北面吹过来，而且带有冰雪，那个方向就是北。”经伏羲这么一说，人们一下子就能够辨别东南西北了。

伏羲不仅教会了人们构筑房屋、耕地、播种、打渔，还教会人们认清方向。人们的日子过得越来越好。为了纪念伏羲的功德，人们就称伏羲为人祖爷，还修了庙院，给他铸造了金像，以表达崇敬之情。

芒耶取谷种

在远古时代，人间还没有谷种。当时有一位叫做芒耶的年轻人，很想为人们做点贡献，于是便自告奋勇前往西方世界寻找谷种。村里的人很高兴，但他们同时也为芒耶感到担心。临行前，村里的姑娘为芒耶献上了鲜花，村里的老人也给了芒耶最真挚的祝福，乡亲们还为芒耶送来了很多随身携带的食物。芒耶带上鲜

花和食物，骑着马出发了。一路上，他遇到了很多困难，但他都凭借着自己的智慧和勇敢一一战胜了它们。可是他已经走得太久了，他的马已经累得倒下了，而且他随身带的食物也已经吃光了，如果再找不到食物，他真不知道自己还能撑多久。

在芒耶饥渴难耐的时候，忽然见到前方有一棵野桃树，树上结满了果子。芒耶高兴极了，爬到树上吃了个痛快。可能是他太累了，在树上吃着吃着便睡着了。梦中，他见到了一位白胡子老人，带着一匹马和一条狗向他走来。老人告诉他获得谷种的方法，并交给他一个锦囊，让他按照锦囊上的交代行事。之后，老人将马和狗交给他，让他务必带着它们上路。说完这些，老人就消失不见了。芒耶忽然醒了，他似乎想寻找老人，但又忽然意识到那只是个梦。可是在他的怀里，分明放着一个金光闪闪的锦囊，而且在树下，他也看到了梦中出现的马和狗。看来是有神灵相助，想到这儿，芒耶更有动力了。

芒耶跳下树干，连忙打开了锦囊。顿时，他不再感到迷茫，他已经知道该怎么做了。他骑上马，带着狗，接着往前走。在一棵大白果树上的斑鸠窝里，他发现了一个斑鸠蛋。按照锦囊的指示，藏谷种的神洞的钥匙就在斑鸠蛋里。芒耶敲开了斑鸠蛋，果然在里面发现了一把金钥匙。在白果树下的树洞里，他又得到了一把宝剑。继续向前走，一条红河挡住了他的去路。在河边石牛的肚子里，芒耶找到了一把弓箭。依靠这把弓箭，他制服了红河里的蛟龙，渡过了红河。之后，他又遇到了一座火山。不过有锦囊的指示，他一点儿也没害怕。他在火山对面的红色岩缝里找到一把扇子，用扇子向火山一扇，火山便让出了一条通道。在锦囊的帮助下，芒耶顺利到达了藏谷种的山洞。

当芒耶正想走进洞门的时候，忽然有两个洞神跳出来拦住了他的去路。这两个洞神一个手拿大斧，一个手持大刀，看起来凶神恶煞。芒耶连忙谦恭地说明了自己的来意，希望两个洞神能行个方便。谁知这两个洞神却越听越生气，挥起刀斧就向芒耶砍来。芒耶急忙拔出宝剑，与两个洞神战在了一起。虽然有神器相助，但毕竟芒耶是长途跋涉，交战了一会儿就显得有些体力不支。在用力杀死一位洞神之后，他开始明显地处于下风。就在芒耶快要支持不住的时候，他带着的小狗跳上去咬住了洞神的脖子。趁洞神去抓小狗的时机，芒耶一剑刺向了洞神。

进了第一道洞门之后，芒耶很快就走到了第二个洞门。既然第一个洞门有两位洞神把守，想必第二个洞神也必然会有所设防。因此，芒耶丝毫不敢放松警惕。果然，一头白虎窜出来拦住了他的去路。好在这头白虎并不难对付，芒耶没费多大力气就将其斩杀了。接着，芒耶又来到了第三道洞门。把守第三道洞门的是一只巨大的神鸟，芒耶抓住机会，用弓箭射杀了神鸟。过了第三道洞门，芒耶前行的道路就畅通无阻了。前面应该就是藏谷种的地方，芒耶不觉加快了步伐，迅速向前走去。

走了一段路，一道石门出现在芒耶的眼前。芒耶心想，石门里面应该就是藏谷种的地方了。这里并没有机关设置，也没有人把守，只是厚重的石门紧紧地关闭着，芒耶费了好大的力气都没有把它推开。这可如何是好呢？就在芒耶不知所措的时候，小狗忽然冲着他的口袋叫了两声。这一叫提醒了芒耶，他忽然想起自己在斑鸠蛋里取出的金钥匙，那不正是洞门的钥匙吗？他用金钥匙打开了石门，出现在他眼前的是一堆堆金灿灿的谷粒。芒耶止不住自己的激动之情，竟流下了两行热泪。

芒耶连忙拿出随身携带的袋子，将谷粒装进袋子。他恨不得马上将谷粒带回去，播撒在家乡的土地上。装好谷粒，他就带着小狗出了山洞。在往回赶的路上，他的马累死了，芒耶只好徒步背着谷粒往回走。又走了很远，芒耶的体力也已经严重透支了。他知道自己可能回不到故乡了，但好不容易取回的种子绝不能就这样随他葬在他乡。他看了看趴在自己身边的小狗，做出了一个决定。他将谷粒袋缠绕在小狗的脖子上，并将临行前姑娘送给他的鲜花插在其间，然后把家乡的方向指给了小狗。小狗点了点头，就向着芒耶家乡的方向跑去了。

芒耶看着小狗远去，终于满意地闭上了眼睛。当家乡的人们看到背着谷粒和鲜花的小狗时，很快明白那是芒耶让它送来的。看到谷粒，人们非常高兴，可让人们不安的是，芒耶怎么没回来呢？莫非是遭遇什么不测了吗？是的，芒耶在几千里外的土地上已经永久地闭上了眼睛。他用自己的生命为人们取来了谷种，为了人类的幸福不惜牺牲自己的生命，这是多么可贵的精神！

燧人氏钻木取火

很久很久以前，那时天地虽已分开，人类也已经在大地上繁衍生息，但人们的生活却异常艰辛。相对其他动物来说，人类是地球上的新居民，再加上自身的攻击性较弱，因此常常受到各种猛兽的欺凌，被猛兽吃掉的人不计其数。此外，

那时还没有火，人们无法吃到熟的食物，只能吃生的食物，所以疾病的发生率很高，人们的寿命都很短。每到黑夜，人们只能在一片黑暗中度过。寒冷和恐惧紧紧包围着他们，使他们很难入睡。半夜，他们也常常被猛兽的叫声惊醒。可他们没有办法，只能默默地忍受，期盼太阳早些升起，为他们带来光明。然而又有多少人，还没有见到第二天的第一缕阳光，就已经死去了。

看到人类过得如此艰难，伏羲很是不忍。他想改变人们的处境，帮助人们摆脱寒冷和黑暗。可是该如何帮呢？想来想去，他想到了火。猛兽之所以会在夜晚攻击人类，寒冷之所以会夺走人类的生命，人类之所以会常常生病，都是因为他们还不知道火的存在，不懂得利用火来取暖做饭、驱赶猛兽。只要有了火，很多问题就都可以解决了。所以，他决定将火赐给人类。他在树林中降下了一场雷雨，雷电劈得树木着起了大火。人们被吓坏了，在树林中到处逃窜。没过多久，雷雨就停了，只剩下大火还在燃烧着。

燧人氏终于找到了钻木取火的方法

四处奔逃的人们聚到了一起，惊恐地望着那堆燃烧的树木。雨后的树林更加寒冷，人们紧紧地蜷缩到了一起，试图用体温来抵抗寒冷。不过此时人们惊喜地发现，以前让他们战栗的猛兽不叫了。此时的树林一片寂静，只有人们的喘息声。“难道猛兽是被这个发亮的东西吓走的吗？”一个年轻人忍不住说了出来。他想走上前去看个究竟，结果发现越靠近火堆，身体就越暖和。走到火边时，他已经一点儿都不觉得寒冷了。他连忙招呼大家过去取暖，人们又聚到了火边。

在火边，人们觉得不再寒冷，也没那么害怕了。火真是个好东西，既为他们带来了光明，又为他们带来了温暖。如果能把它永远留在身边就好了。这时，有人闻到了阵阵香味从不远处刚刚燃烧过的火堆中传来。人们走进一看，原来是被烧死的猛兽。人们忍不住将其分食，结果发现竟是难得的美味，比他们以前吃的东西好吃多了。这更让他们感觉到火的珍贵，于是决定将火保留起来，不断地向里面添加树枝，并轮流派人看守，以保证其永不熄灭。

然而，遗憾的是这堆火没能一直燃烧下去，一天晚上，看守的人睡着了，火堆熄灭了，人们再一次陷入了寒冷和恐惧之中。

伏羲意识到，仅仅送给人类火是不能解决根本问题的，只有让他们掌握取火的方法，才能让火一直留在人间。他在夜里托梦给那个最先走近火堆的年轻人，告诉他西方的燧明国有珍贵的火种，让他到那里将火种取回来。年轻人醒后，觉得自己做的梦异常真实，难道这是天神的指引吗？他来不及想太多，他已经见识到了火的好处，不管梦中的指引是否属实，他都要去试一试。告别了族人，年轻人就上路了。

经过长途跋涉，年轻人终于来到了燧明国。不过眼前的一切却让他非常失望，因为那里没有阳光，不分昼夜，整个国家全都笼罩在一片黑暗之中，连一丝火光都没有。他觉得自己被骗了，也开始懊悔自己的鲁莽行为。不过既然已经来了，那就休息一会儿再走吧！他已经很累了，需要休息一下恢复体力。于是，他在一棵大树下坐了下来，决定睡一觉再往回走。忽然，他看到眼前有一闪一闪的亮光。这让他困意顿消，立刻站了起来，到处寻找光亮所在。

原来，年轻人看到的光亮是几只大鸟发出来的，它们正在用喙啄树上的虫子。只要它们一啄，树干马上就会发出亮光。年轻人如同受到了什么启发，他马上找来一根小树枝去钻大树枝，果然发出了亮光。他非常高兴，找来了各种树枝进行试验，终于找到了钻木取火的方法。他为族人带回了火种，而且是永不熄灭的火种。

从此，人类再也不用生活在寒冷和恐惧中了，再也不用吃生食了。人们很钦佩这个年轻人的勇气和智慧，就推举他为部落首领，并将其称为“燧人氏”，也就是取火者的意思。

《尚书大传》云：“遂人为遂皇，伏羲为戏皇，神农为农皇也。遂人以火纪，火，太阳也。阳尊，故托遂皇于天。”燧人氏是神话中以智慧、勇敢、毅力为人民造福的英雄。

第四章 炎帝的传说

农神，商神

相传炎帝本姓姜，是女登之子。当年女登在姜水边游览的时候，忽见一条神龙跃出水面，在其身上缠绕了一周，之后便匆匆离去。女登还来不及看清楚，神龙就已经不见了踪影，以致于女登一直怀疑自己是否真的看见了神龙。可是回到家中以后，女登就怀孕了。十月之后，女登产下了一子，这便是炎帝。因为炎帝在姜水边受孕、成长，故而有炎帝姓姜的说法。

据说炎帝生来就与一般的婴儿有着明显的不同。他有着人的身子，牛的头颅，且头上有角。人们都说他是一个牛首人身的怪物，但也正因为他的独特长相，才让人们将他与神灵联系在一起。炎帝非常聪明，出生后三天就能够说话，五天就能走路，三年便知晓稼穑之事。这让人们更加确信他就是天神的使者，因此有什么事都去请教炎帝。对于人们的求助，炎帝总是热心地帮助他们，并交给人们很多生存的技能和本领。

在众人的推举下，炎帝成为了部落的首领。在炎帝的领导下，氏族渐渐扩大，人口越来越多。那时，人们主要的食物来源就是捕来的猎物，这让炎帝隐隐有些担忧。他在想，随着人口的继续增多，猎物势必会有被猎尽的一天，到那时人类又该以何为食呢？如果能找到一种可以不断收获的食物，那该有多好啊！他听说天堂里有一种名为稻、果实叫谷的作物，可食用、可收藏、可种植。他很想将这种作物带到人间，可是他却不知道天堂在哪里，为此他愁眉不展，整日闷闷不乐。

炎帝身边有一条狮子狗，很有灵性。一天，炎帝发现狮子狗总是在他身边转来转去，像是有什么话要说的样子。他想狮子狗一定是发现了他的心事，就问狮子狗："你是不是知道了我想去天堂找谷种？"狮子狗叫了两声，点了点头。炎帝又问："那你知道天堂在哪吗？"狮子狗又叫了两声，点了点头。炎帝高兴极了，忙问："你能够帮我去天堂取回谷种吗？"狮子狗点了点头，随即就转身跑向了远方。

狮子狗一直向天堂跑去，没过多久就到了天堂。在天堂，它发现了一堆金灿灿的谷种，很是诱人。但谷种的周围有天兵天将把守着，使它不能轻易靠近。谷种的数量有限，估计公然索要是不会成功的。既然如此，那就只有盗取了。可是把守的天兵天将个个凶神恶煞，它又如何是他们的对手呢？忽然，狮子狗想到了一个好办法。它跳进河里洗了个澡，将全身的毛都弄湿。然后跑到谷种堆上打了个滚儿，这样一来，就有许多谷种粘在了狮子狗潮湿的绒毛上。

取到谷种后，狮子狗开始拼命地向回跑。天兵天将虽然已经发现了狮子狗的行踪，但无奈狮子狗跑得太快，他们根本就追不上。情急之下，他们施展法术在狮子狗的面前设下了一条河。这样一来，狮子狗就只能游过去了。看到浑身湿漉漉的狮子狗，炎帝又是高兴又是心疼，忙上前去抱住了狮子狗。接着，他开始在狮子狗的身上寻找谷种，可是谷种在狮子狗过河的时候早就被河水冲掉了，他哪里还找得到呢？找不到谷种，炎帝很是着急，狮子狗也急得直叫。终于，炎帝在狮子狗的尾巴里找到几粒谷种。原来，狮子狗在过河的时候，尾巴并没有进入河里，所以粘在尾巴里的谷种被保留了下来。

有了谷种，人们就再也不愁被饿死了。炎帝就用狮子狗带回来的几粒谷种，繁殖出了大量的谷物。几年过后，人间已经遍地都是谷物了。天神们看到炎帝确实是想为人类造福，就从天上降下了更多的谷种。这样一来，人间的谷物就更加丰富了。炎帝教导大家种植各种谷物，并告诉人们如何使用生产工具。在炎帝的指导下，人间年年都是大丰收，再没有发生过饥荒。为了感念炎帝的功德，人们都称炎帝为神农氏，尊他为农神。

衣食丰足后，人们的生活又出现了新的问题。每个人所拥有的物品是不一样的，邻居关系好的，可以彼此赠与，没有关系的就需要彼此交换才可以得到自己需要的物品，可是，那时候没有市场，没有统一的时间，人们不能将所有的时间都用在等待自己想交换的物品上——有的人等到自己需要的物品要好久，甚至有时候等到了物品自己已经不需要了。炎帝看到人们生活如此不方便，非常揪心，冥思苦想了一阵后，他忽然想到可以规定一个确定的时间来让大家交换。于是，他就拿自己管理的太阳作为标准，规定每天太阳在正中天的时候进行交换，过了这段时间大家就散去。这样大家有了统一行动的时间，交换起来就方便多了，人

们也很快能够如愿以偿地得到自己需要的物品。从那以后，人们又给炎帝加了一个“商神”的称号。

神农尝百草

远古时期，五谷和杂草长在一起，药材与百花开在一处，哪些植物可以做粮食，哪些药草可以治病，谁也分不清。随着人口的繁衍，人们越来越需要充足的食物，也越来越需要能够治病的草药。那个时候，人们对满山遍野的植物不是十分了解，经常因为饥饿而误食有毒的植物，又因没有药来治疗而死掉。

有一天，炎帝正在整理器具，一个大臣来报，说河边有一个人突然腹痛，痛得没有人能够按得住他。炎帝赶紧放下手中的器具，赶到河边。他见那人痛得大汗淋漓，大喊着在地上翻滚，有老人用土方试图喂药给他，但是花费九牛二虎之力灌下，却不见任何的作用，待到傍晚那人便死去了。

伟大的神农氏看到了黎民百姓的疾苦，他下定决心要亲口尝一尝各种野生植物的滋味，以确定哪些植物可以吃，哪些植物不能吃，哪些植物好吃，哪些植物不好吃。虽然他心里非常清楚，他很有可能会吃到有毒的植物而死掉，但是为了百姓从此不再忍饥挨饿，为了人民以后不再吃到有毒的植物，他挺身而出。

为了尽快掌握各种植物的特性，他每天不停地工作。他背着一个竹制篓子，踏遍河川，不怕辛苦，有时候为了一味草药可能会遭到野兽和毒蛇的侵袭，但是炎帝没有退缩，因为在他心中百姓的疾苦更重要。

关于神农尝百草，民间流传下来许多美丽的传说。据说有一次，他把一棵草放在嘴里一尝，不一会就感觉到天旋地转，栽倒在地上。随从们慌忙把他扶起来，他心里知道自己中了毒，可是嘴巴却不能说话，于是他就用最后的一点力气，指了指身边一棵红亮亮的灵芝草，又指了指自己的嘴。随从就摘了灵芝放在嘴里嚼了之后，喂到他嘴里。神农吃了灵芝草，毒就解了，头不昏了，能够开口说话了。从此，人们都说灵芝草能够起死回生。

神农每天不停地尝百草，不可避免地要中毒，他一天之内最多曾遇到 70 多次毒，所以他的身边也备有一种解毒的药草，叫做茶（“查”的谐音）。传说他的身体是完全透明的，可以清楚地看见五脏六腑。他一吃到有毒的植物，就马上

神农菜药图

服茶，让茶叶顺着肠胃一路检查下来，然后就可以把毒排出体外。

神农最后一次尝到的是一种蔓藤科植物葫蔓藤，叶似黄精而茎紫，当心抽花黄色，初生既极类黄精的植物，就是今天我们说的断肠草。据说这种植物只要和人体的唾液接触下咽，吃下后肠子会变黑粘连，人会腹痛不止而死。炎帝死的时候是 120 岁，应该还是很高寿的。

从炎帝的这些动人的传说中，我们可以体会到神农氏尝百草所经历的种种艰辛和危险。他用木杆搭架的方法，攀山越岭，尝遍百草。功夫不负苦心人！他尝出了稻、麦、黍、稷、豆能够充饥，这就是后来的“五谷”；他尝出了各种能吃的疏菜和水果，都一一记录；他也尝出了三百六十五种草药，写成了《神农本草》，为人民治病。

在尝百草的过程中，神农通过细心的观察发现，植物随季节变化而枯荣交替以及不同的植物喜欢不同的土壤，于是他决定利用天气的变化和不同类型的土地，指导人们对植物进行人工培植，这样就可以有计划地收集果实种籽作为食物。这就是我国农业的起源。

炎帝的子孙后代

炎帝用自己的全部生命为人类在农业、商业和医药业做出了巨大贡献。受他的影响他的子孙后代也为人类做了很多的贡献，流传下来很多的故事。

传说炎帝的妻子是赤水氏的女儿听妖。炎帝与听妖结合，生下了炎居，炎居的后代叫节并，节并生下了戏器，戏器又生了祝融。祝融被谪降到江水一带后生下了共工。共工的后代叫术器，术器的头顶是平的，仍旧在江水一带居住。共工还有一个儿子叫后土。后土又生下了噎鸣。噎鸣生了十二个儿子，均以一年中的十个二月而命名。这个噎鸣就是时间之神，他的十二个儿子代表并司管着一年的十二个月。

炎帝像

炎帝即神农氏，曾遍尝百刈为人治病，晚年在南巡途中国误尝毒草而身亡，死后葬于长沙茶乡之尾。

炎帝的后代中祝融是火神，共工是水神，后土是土神。

祝融很仁慈，他住在昆仑山上的光明宫中。远古时代，世上一片荒凉，只有许多森林，人们连毛带血地吞吃着打猎得来的禽兽。这时，祝融有同情心，看到人们生吃禽兽，就传下火种，教给人们用火的方法。人们从光明宫里取来火种，把打来的野兽放在火上烤熟了再吃，这样不仅好吃，而且也能不生病，所以，大家非常崇拜火神祝融。

共工和祝融的性格恰恰相反，共工住在东海里，性情很暴虐。他看到人们都很敬重火神，很生气，说：“世人真可恶，水与火都是人生活需要的东西，为什么光敬火神不敬我水神呢?”他由气愤转为嫉妒，最后终于和火神打斗起来。

土神后土劝阻共工，可是共工什么也听不进去，毅然带领着水族，向祝融居住的光明宫进攻，把光明宫周围常年不熄的神火弄灭了，搞得大地上一片漆黑。这一下把火神祝融惹怒了，他驾着一条火龙出来迎战。那火龙全身发光、烈焰腾空，把大地照得通明，光明宫里的神火又复燃了。

水神共工见没有扑灭神火，便恼羞成怒，调来了四海的大水，漫到山上，直往祝融和他骑的火龙泼去。可是，水往低处流，大水一退，神火又燃烧起来。祝融骑着那条火龙，便烈焰腾腾直向共工扑去，长长的火舌，把共工烧得焦头烂额。共工抵挡不住，退到大海里。祝融骑着火龙直冲大海，共工慌忙又逃到天边，回头看看，祝融已追上来了，便一头撞在不周山上，只听轰隆隆一声巨响，不周山竟被他拦腰撞倒了。那不周山原是根顶天的柱子，山一倒，天塌了个窟窿，地也陷成一道道大裂纹，山林烧起了大火，洪水从地底下喷涌出来，龙蛇猛兽也出来吞食人民。人类面临着空前的大灾难。这才有了后来的女娲补天。

经过女娲补天大地才恢复平静，土神后土责备祝融和共工，祝融很自责不该和共工打斗，共工遭到失败暴烈的性格也改变了很多。从此人间就有了“水火不相容”的说法。当然，人们此后对火神、水神、土神都很敬仰了。

炎帝的孙子名叫灵恝，灵恝的后裔为互人，互人国的人都是人的脸，鱼的身子，有手无足，他们能乘云驾雾，能够上下天地。传说灵恝死后马上又复活了，事情是这样的：风从北面吹来，把死去的灵恝吹到大水泉里，灵恝就和天上的大水泉里的鱼相结合，化成为偏枯的鱼，这鱼就是人脸鱼身，被称为鱼妇。虽然它原来不是凶猛的东西，不过没有饵食太久，也是会吃人的，若是遭人操纵的鱼妇，攻击力和危害性则更大。不拆散人和鱼的话，鱼妇是活着的生物，但若是拆散了，则两者都会回归死亡的状态。

炎帝还有一个孙子叫做伯陵，传说他和吴权的妻子阿女缘妇相爱，阿女缘妇怀孕三年，生下三个儿子，一个叫鼓、一个叫延、一个叫殳，从殳开始，制作箭靶；鼓、延开始制作钟、磬，制定作乐曲的章法。箭靶就是人间最早的作战武器；钟磬是声音比较洪亮的乐器，加上各种乐曲的章法，可演奏出各种不同的曲调，人间的音乐得到了进一步的发展。

追随赤松子的大女儿

炎帝的大女儿没有名字，却经常和炎帝到朝堂上来玩耍，所以对炎帝朝廷里的官员都很熟悉。炎帝有一个臣子叫赤松子，是掌管雨的官，他常常服用一种叫做“冰玉散”的水晶，锻炼身体，然后跳到大火里面燃烧，最终炼成一种很奇特的本领——跳进熊熊烈火中焚烧，身体能在烟雾中上下飞升，最后灵魂和肉体合二为一并生，便脱胎换骨，成了仙人。他常常飞到昆仑山顶上，停在西王母的石室中，风雨来临时他的身子就随风雨上下往来。

人们都说昆仑山上西王母的石室周围生长很多的奇花异草，那里有甘华、璇瑰、甘、瑶碧、白木、白柳、视肉、琅、白丹、青丹。鸾凤自歌，凤鸟自舞。如果能喝到那里的露水，肯定就能成仙。赤松子服水晶，焚烧成仙人后就常常在西王母的石室里来去。

炎帝的大女儿羡慕赤松子成仙，而且能够到西王母的石室去，见到王母石室里的奇花异草，吃到长生不老的视肉，所以她也学着赤松子服水晶，锻炼自己的身体，然后到大火里焚烧。

开始时她不能适应，但是为了成仙，她就咬着牙坚持，直到能够在熊熊烈火中上下来去。经过了三七二十一年终于脱胎换骨，最后也和赤松子一样成了仙人，在风雨飘摇的日子飞到西王母的石室，在那里见到了赤松子，并跟随他一起到很远的地方去了。

人类后代也有服石成仙的说法，大概就是从炎帝的大女儿和赤松子开始的吧。

瑶姬的传说

炎帝有四个美丽可爱的女儿，其中尤以三女儿瑶姬最为美艳动人。女儿们一天天长大了，转眼就到了出嫁的年龄。大女儿无名女跟着赤松子私奔了，二女儿登入了仙界，四女儿虽未到出嫁的年龄但却性格豪放，整天跟着一群男人到处游荡。这样一来，炎帝身边就只剩下了三女儿瑶姬。瑶姬也是渴望爱情的，她常常会在梦中见到自己的王子。可是她还没有等到自己的王子，就已经香消玉殒了。

当大女儿与赤松子互生情愫时，炎帝曾强烈反对过他们的婚事，结果换来了永远失去女儿的结局。这件事让炎帝一直耿耿于怀，他告诉自己，绝不能在瑶姬的婚事上犯同样的错误。因此，瑶姬刚到婚嫁的年龄，炎帝就开始张罗她的婚事。当炎帝告诉瑶姬已经为她物色了一个理想的人选时，瑶姬却并不高兴。她不忍心离开年迈的父母，如今父母身边只剩下她一个人，如果她再离开，那么父母就没人照顾了。她不能这样，她必须留下来照顾父母，为此她宁愿终身不嫁。

看着懂事的女儿，炎帝心中很是安慰，但他绝不愿意看到女儿老死在自己身边，他必须为女儿的幸福着想。他与妻子一同劝说女儿，最终瑶姬含泪答应了父母为她安排的婚事。其实，炎帝为她挑选的人是不错的。他是少典氏巫师的孙子，同时也是炎帝的巫师。小伙子长得标致俊美，而且为人敦厚善良，充满了智慧却不含一丝奸诈。瑶姬如果真能嫁给他，应该也会获得幸福。不幸的是，这位美艳的佳人在即将成亲之时竟然一病不起，没过多久就香消玉殒了。

瑶姬的死给炎帝带来很大的打击，他很为自己这个命运多桀的女儿感到惋惜。他这个医药之神却对女儿的病无可奈何，这是最为让他懊恼的。也许真的是红颜薄命吧！炎帝整日处在对女儿的极度思念之中，衰老得更加迅速。天帝得知了一切，也很可怜这个美丽的女子。他不希望瑶姬死后变成孤魂野鬼，于是为她安排了一个理想的去处——巫山，而瑶姬因为整日眺望自己的父母，终于化为了那里的神女峰。她的侍女们也相继化为了附近的山峰，与神女峰一起形成了著名的巫山十二峰。

后来，在安葬瑶姬的姑山上，长满了奇花异草。其中，有一种瑶草，叶子双开，长起来重重叠叠，花色嫩黄，结的果实像菟丝。如果女子服食了这种果子，马上就会变得明艳照人，惹人喜爱。因此，人们都说这种瑶草是瑶姬的化身。瑶姬也被天帝封为美神和巫山女神。

还有一种传说，说天帝哀怜炎帝的这个女儿这么早就夭折，又因她被葬在巫山，就封她为巫山的云雨之神。早晨在太阳刚刚升起的时候，她会化作一片美丽的彩云，环绕在山岭之间；到了黄昏太阳将将降落的时候，她会化作阵阵暮雨，让这云雨倾泻她内心的哀怨。朝云和暮雨便是巫山女神的哀怨幻化的美景。

精卫填海

炎帝的四个女儿个个美丽动人，但小女儿女娃却与她的三个姐姐不太一样。三个姐姐全都温柔似水，只有女娃性格豪放，像个男孩子一样。姐姐们平时很少出门，不是在花园中赏花，就是在闺房中刺绣。女娃却一点儿也受不了这种无聊的生活，总是吵着让炎帝带她出门。炎帝见女娃总是吵闹，心有不忍，也想带她出去开开眼界，可是炎帝太过繁忙，总是有忙不完的事，因此也一直没有机会带女娃出去。

女娃被憋坏了，她不能再继续等下去了。既然父亲没有时间带她出门，那她就自己出去。女娃生来就是一副天不怕地不怕的样子，从不畏惧什么危险。

这天，女娃在炎帝出门以后，就悄悄溜出了家门。女娃如重获自由的小鸟，她高兴地唱呀、跳呀，尽情地欣赏着大自然的美景。在她看来，外面的一切都是好的，哪怕只是一棵微不足道的小草，也要比家中的更娇嫩可爱。她高兴极了，好像她以前还从来没有这样高兴过。

尝到一次甜头的女娃开始上了瘾，每天都要往外跑。渐渐地，她在外面也结识了一些好朋友，这就让她更加留恋外面的花花世界。当女娃听说在东海泛舟其乐无穷的时候，就要前往东海。朋友们都劝她说东海多风浪，在那里泛舟很危险。可是女娃才不怕呢！只要是她想做的事情，就没有任何困难能够拦住她。

女娃孤身一人前往东海。眼下的东海风平浪静，哪有什么危险？朋友们真是太过胆小了。女娃心理暗自嘲笑着她的那群朋友，想着回去后一定要挖苦他们一番。她找来一叶扁舟，开始了她的东海之旅。微微的海风轻轻吹拂着女娃的面庞，轻轻的海浪柔柔地拍打着她的扁舟，女娃觉得惬意极了。

就在这时，原本平静的海面忽然起了狂风，海风顿时变得狂暴起来，海浪也马上变成了凶狠的恶魔，要把这个涉世未深的小女孩完全吞没。女娃拼命地划着桨，想要摆脱海浪的束缚，可是她终于还是没能斗得过无情的大海。一个年轻的生命就这样被吞噬了，而大海似乎也得到了安慰，很快恢复了平静。

几天之后，在东海之中飞出了一只小鸟，而它破浪而出的地方就在女娃遇难的海域。是的，这只小鸟就是女娃的精魂所化，它的名字叫做精卫。精卫飞出东

精卫只有一个信念，那就是一定要将那就是一定要将那罪恶的东海填平。

海后，在长满拓木林的发鸠山上安了家。每天，它都会衔着发鸠山上的拓木枝飞向东海，并将拓木枝投入东海之中。日复一日，年复一年，精卫不知疲倦地往返于发鸠山和东海之间，从来都没有停歇过。无论是狂风暴雨，还是雷鸣闪电，都阻挡不了精卫的行程。它只有一个信念，那就是一定要将那罪恶的东海填平。哪怕付出再大的代价，它也不会罢手。

就这样一直过了很多年，东海终于被精卫的行为惹怒了。这天，当精卫又将从发鸠山衔来的拓木枝投向它的怀抱时，东海愤怒地责问精卫："你究竟要干什

么？你这只疯鸟！”精卫不屑地说：“我要将你填平。”东海惊讶地说：“将我填平？你为什么如此恨我？再说你也根本不可能将我填平，还是省省力气吧！”精卫坚定地说：“你已经吞噬了我年轻的生命，我不能让你再害更多的人，所以我必须将你填平。哪怕是填上一千万年，一万万年，直到世界末日来临，我也要继续填下去。”东海被精卫说得目瞪口呆，口中念着：“这只鸟真是疯了！”随后便转身离开了。

精卫仍然每天衔着拓木枝来填东海。一天，它的行为被海燕看到了。海燕对精卫的做法很是不解，就飞下来问精卫为何要这样做。在得知精卫填海的原因以后，海燕非常感动。不久，它便与精卫结成了夫妻，并生下了许多小精卫。小精卫们和她们的妈妈一起衔枝填海，直到今天，她们也仍然在做着这项伟大的工作。

第五章 黄帝的传说

黄帝的诞生

相传黄帝的母亲是附宝。有一天，附宝在祁郊野外向苍天祈祷，突然雷鸣闪电，附宝感到全身麻木，眼花缭乱，从此，她就怀孕了。巫婆们奔走相告："不久这里必有圣人降生！"可十个月后，她却丝毫没有一点儿要分娩的迹象。附宝等啊，盼啊，直到满二十四个月的时候，也就是二月二日那天，天空出现五彩祥云，百鸟朝凤，她才生下了一个男孩，就是黄帝。从那时起就有了"二月二龙抬头"之说。

黄帝自出生时起，就显示出了他的与众不同——有四张脸，并且当其他婴儿还只知道啼哭的时候，他就已经开口说话了；当其他孩子咿呀学语的时候，他已经出口成章了；当其他孩子还不谙世事的时候，他已经无所不通了。黄帝的成长速度之快让人瞠目，所以人们都将其视为神灵。在黄帝十五岁的时候，就被推举为轩辕部落的酋长，后成为有熊国国君。他是一位很有作为的领导者，为百姓做了很多好事，让人们的生活水平得到了很大的提高。

黄帝像

黄帝时期，天地之间的东西南北中都各有一个神领管。

东方的首领太，东方属青色，称青帝。东方是大川深谷水流所注入的地方，也是太阳、月亮所升起的地方。东方之人体形尖，高鼻子，大嘴巴，肩膀象鸢一样，走路踮起脚后跟，人个子高大，成熟早，但不能长寿，那些地方适宜种麦子，多有虎豹出没。

南方的首领是炎帝，南方属火，称赤帝。南方是阳气所聚积的地方，酷热潮湿占据着这个地方。那里生活的人高个子，上部尖，大嘴巴，眼角有皱纹。人早成熟，死得快，那个地区适宜种植稻子，多独角犀牛和大象。

西方的首领是少昊，西方属金，称白帝。西方是高山大川产生的地方，也是日月落下的地方。那里的人脊背弯曲，长脖子，昂头走路。那里的人勇敢强悍而不讲仁慈。那个地方适宜种黍子，多产牦牛和犀牛。

北方的首领是颛顼，北方黑色，称黑帝。北方昏暗不见阳光，是被上天所封闭之处，也是冰雪常年不化，蛰伏动物长期隐蔽的地方。那里的人身体萎缩，短脖子，大肩膀，尻尾向下突出，他们愚笨，但是长寿，那个地方适宜种植豆类植物，多出产狗、马。

中央地方的首领就是黄帝，辅佐他的是土神后土，土的颜色是黄色的，所以被叫做“黄帝”。中央是四面通达，八风、云气、雨露所会合之处，那里的人大脸盘，短面颊，胡须很美，身体过肥胖。黄帝聪明仁慧而善于治理国家。那个地方适宜种谷物，多产牛羊及六畜。黄帝热爱人民、热爱和平，四方的黑白青赤四帝总是觉得中央之地土地肥沃，总想进攻黄帝。

黄帝不得已只好和四帝开战。由于黄帝仁慈，士兵上下团结，加上人民的支持，最终取得了胜利。

众神之山——昆仑山

西北方的昆仑山是黄帝在下方的帝都。昆仑山方圆八百里，高万仞。山顶上最高的地方生长着一株大稻子，这株大稻子高达四丈，粗有五围，在大稻子的南边是绛树生长的地方，除了有雕鸟、蝮蛇、六首蛟外还有一种奇特的生物——视肉，又称聚肉。那么它奇在哪里呢？原来，它是一块没有四肢骨骸的净肉，形状象牛肝，在肉团中间长着一对小眼睛。它的肉传说总是吃不完，吃了一块，马上又会长出一块，而且吃了它的肉可以补中、益精气、增智慧，治胸中结，久服轻身不老。它本身的生命力极其顽强，煮不死、晒不死、渴不死、饿不死、淹不死。这种总吃也不见少，而且能够延年益寿的生物，可能就是很多帝王将相寻找的“长生不老”的灵丹妙药吧。

昆仑山山顶四周环绕着雪白的玉石栏杆，山的每面都有九眼泉井、九扇门。进入门内就是帝都。帝都宫殿的正门面对东方，迎着朝阳，叫做“开明门”。门前有一只神兽，叫做开明兽。它威风凛凛地站在门前，面向东方，守护着这座“百神所在”的宫城。开明兽长着一副人的面孔，形体很像虎，长着老虎一样的爪子，九条尾巴。这个神兽主管着上天的九部及黄帝苑圃的时节。

帝都的西面生长着珠树、玉树、璇树，树上有凤凰和鸾鸟栖息。这些凤凰和鸾鸟据说非醴泉的水不喝，非练石不食，它们负责管理帝都里的用具。帝都的东面生长着沙棠树和琅树，琅树上的果实是像珍珠般的美玉，非常宝贵，黄帝特别派了一位长着三个脑袋，六只眼睛的天神离朱看守它。离朱住在琅树旁边的服常树上，三个脑袋轮流睡觉，八小时换一次，不分昼夜地看守，明察秋毫，就是有通天本领的人也休想偷得一颗果实。帝都的南边，生着绛树、雕鸟、蝮蛇等鸟兽。帝都的北面还有碧树、瑶树、文玉树等植物，它们都是生长美玉的树。还有一种不死树，据说吃了这树上的果实就可以长生不老。

昆仑山中有一种野兽，它的形体很像羊，却长着四只角。这野兽名叫土蝼，能吃人。山中还有一种鸟，它的形体长得很像，大小同鸳鸯相似，名叫钦原。这种鸟如果螫其他鸟兽一下，被螫的鸟兽就会死掉；如果螫的是树木，树木就会枯死。昆仑山中还有一种鸟，名叫鹑鸟，它管理黄帝的各种器具和服饰。

昆仑山上生长着一种树木，形状同棠树相似，开着黄色的花朵，结红色的果实，这种果实的味道与李子相似，但没有核，名叫沙棠，可以用来防御水灾，如果人吃了它，就不会被淹死。昆仑山中还生长着一种草，它的名字叫做宾草，它的形状很像葵，味道像葱味，人们吃了它可以解除疲劳。

昆仑山是许多大河的发源地，它们从这里出发向南流去，再流向东，注入无达。另外还有赤水、洋水、黑水也都发源于这里，但是它们的流向不同，最后注入的地方也不同：赤水向东南流去，注入天之水；洋水向西南流去，注入于丑涂之水；黑水向西流去，流入大。

黄帝的花园与行宫

传说黄帝常常到昆仑山上的赤水河畔游玩，陶醉在山水之中。有时候高兴了他还会从这里出发向东北散步，大约走四百里的地方就到了槐江之山。槐江之山被白云围绕，它的位置比昆仑山还高一倍，远望去好像悬挂在半天云中。它方圆几百里，长满奇花异草，还有各种鸟兽活动。丘时之水发源于这座山，然后向北流去，注入水，水中生长着很多蠃母。槐江之山上遍布着青雄黄，蕴藏着丰富的琅、黄金、美玉，山向阳的南坡遍布着丹粟，山背阴的北坡遍布着五颜六色的金和银。这里是黄帝在人间最大的一座花园，被称为“悬圃”。登上悬圃便能够和神灵沟通，能够呼风唤雨。

再往上走比悬圃高一倍的地方，就是与上天相联系的地方，登上那个地方便可以成为仙人，传说那里就是天帝的居室。

这个美丽的花园由一位长着人的面孔，马一样的身子，背上长着一对翅膀的神主管，这个神叫做英招，他身上的斑纹和老虎的斑纹很像，他常常飞行在空中，巡视四海，时而发出如榴的叫声，向悬圃中的鸟兽传递平安的信号。

站在悬圃俯瞰四周，西南方向可以看见昆仑山笼罩在银色的光辉里，可以看见从宫殿四周流出的水如四条美丽的飘带装饰着帝都；向西方望去，能看见一个水泽氤氲的大湖，湖面辽阔，河流众多，水草丰美，环境幽静。传说这里就是后稷神灵的居所，山中遍布着美玉，山背阴的北面，生长着奇形怪状的大树；向北望去，可以看到诸毗，一个叫做槐鬼离仑的神仙住在这里，与他同住的还有许多鹰、鹞；向东望去，可以看到恒山，这里是穷鬼居住的地方，穷鬼们物以类聚，它们都聚集在恒山的四胁之下。恒山上有水流，叫做瑶水，河水很清。这座山中的天神形貌很像牛，但却有八只脚，两个头，长着马尾，发出的声音如吹号角一样的响亮。这种天神一出现，天下就会大动兵戈，发生灾乱。

在中原山脉的十里外有一座高山屹立，叫做青要山，这里实际上是黄帝秘密居住的地方之一。山中生活着很多驾鸟。在山峰的顶巅，可以南望渚，那里是大禹的父亲鲧化成熊的地方，生长着很多仆系、蒲卢。

青要山由武罗神管理。武罗神的形貌是人面，身体上有豹子一样的花纹，腰很细小，牙齿很白，以金银做耳环，它的叫声好像玉石的碰击声。畛水从山中流出，向北流去，注入黄河。山中有一种草，形状如同草，但茎叶是方的，开着黄色的花朵，结的是赤色的果实，它的根像蒿的根，它的名字叫做荀草，人们如果吃了这种草，能变得很漂亮。传说山中还有一种鸟，羽毛是青色的，眼睛是浅红色的，尾巴上的羽毛是红色的，形状像野鸭，吃了它可以生小孩。透过这些动植物可以判断出，它是一个适宜女神居住的地方。

这里居住着武罗神，她是一个很妖媚的女神。就像屈原《九歌·山鬼》中描述的：那女子居住在深山里，深山披着薜荔的衣裳，用菟丝的带子束着，她的眼睛明亮如两汪秋水脉脉含情，嫣然浅笑脸上有两个自然的酒窝，她性情温和慈爱，身体苗条，长着红色花纹的豹子是她的坐骑，聪敏的文狸追随着她，辛夷花木是她的车乘，桂芝缠绕在她的旌旗上，车上罩着石兰，杜蘅的流苏下垂，她折取香花送给她思念的人。

女神武罗生活在山中，当黄帝到这里居住的时候，她会从西北四百二十里叫做山的地方寻找玉膏献给黄帝。

山上生长着茂密的丹木，它长着圆形的叶子，红色的茎，开着黄色的花朵，结的是红色的果实，果实的味道是甜的，人们吃了它，就不会害怕饥饿。丹水发源于这座山，向西流去，注入稷泽，水中有很多白色玉石，流出的玉膏灌溉丹木，丹木生长五年以后便五色皆俱，光艳美丽，五味俱全，发出诱人的馨香。相传黄帝就是吃了源头的白色玉膏觉得味道很好，便取山中的玉华，而投在钟山向阳的南坡，作为玉种。钟山上就生长出一种叫做瑾瑜的玉石，最为精美，玉理十分细腻、精密，润厚而放射着光泽。

从山到钟山，有四百六十里路，两山之间都是水湖，里面生长着许许多多的奇鸟、怪兽、奇鱼，它们都很服从武罗神的管理，所以这里呈现出一派生机勃勃、鸟语花香的景象。

此外武罗神还采摘山中的荀草送给黄帝，并驾车到昆仑山上去取视肉让黄帝在这里享用。

黄帝见她把行宫打理得如此井然有序，就更加喜欢这里。据说，就因为黄帝的喜悦，青要山周围地区才变成了一个水清草美、盛产美人的地方。

失落的玄珠

黄帝经常到昆仑山上来游玩。有一年春天，他从山到昆仑山，在赤水边上停留了一会，看到水波荡漾，很多鱼儿跃出水面，黄帝满心欢喜，手舞足蹈，一个不留神将放在袖子中的最珍爱的一颗又黑又亮的珍珠掉在了赤水的边上。

回到帝都以后，黄帝才发现珠子不见了。这是一颗能给人带来吉祥，能帮人避免灾殃的宝珠，黄帝很着急。黄帝想，自己只在赤水边游乐来着，宝珠一定是掉在赤水里了，于是，就派一个聪明伶俐的天使知去为他寻找珠子。

知来到赤水边上把两岸仔细找了一遍，岩石中，沙滩中，都找了，却没有发现宝珠的踪影，他只得两手空空地回来禀告黄帝。黄帝也没有办法了，最聪明的天神都找不到还能怎么办呢？黄帝想起了离朱。他派知去替离朱到服常树上看守琅树，让离朱去寻找宝珠。因为离朱是长着三个脑袋，六只眼睛的天神。

离朱奉命前去寻找。他六只眼睛都很明亮，却也没发现宝珠。黄帝更加着急，难道宝珠被赤水中的精灵吞噬了？黄帝又派吃诟去寻找，吃诟能言善辩，他到赤水河边仔细寻找，辨别水里的动植物，但是结果还是很让黄帝失望。

最后，黄帝抱着试试看的态度，派了那个最粗心大意的象罔去寻找。象罔漫不经心地走在赤水河岸上，用他那恍惚漂移的眼睛随便向周遭看着，不经意间，他看到水边一丛蓬草中有光芒晃动。象罔走近一看，那个又黑又亮的宝珠正静静地躺在草丛里。象罔弯腰拾起珍珠，心里欢喜，不禁说："哎，真的是'踏破铁鞋无觅处，得来全不费工夫'，这珍珠，知、离朱、吃诟都来寻找却都没有找到，不知他们费了多少功夫呢，可是我没有费吹灰之力竟然找到了。"于是欣欣然地到黄帝那里交差了。

黄帝看见心爱的珍珠被这么个粗心大意的天神找到了，不禁惊叹："三面六目、能言善辩的人都不能找到，粗心大意的象罔却找到了，他一定是很能干，而且很会办事的人。"于是，黄帝就让象罔替自己保管这颗心爱的宝珠。

哪知道这个被黄帝称为"能干会办事"的象罔，把珍珠放在袖子里，依然是一副漫不经心的样子，东游西荡的。

珍珠的事情被昆仑山下震蒙氏的一个女儿知道了。她听说吃下这颗珍珠可以吉祥如意，避免灾殃，就想把它弄到手。她带了自制的青稞酒，爬到了昆仑山上，吹起箫来。她知道象罔正好要从这里经过。象罔听见箫声很沉迷，就停下来听，震蒙氏的女儿就趁机献上青稞酒。就这样，她吹箫，象罔边听边喝，边喝边听，慢慢就醉了，震蒙氏的女儿就从象罔身上偷走了珍珠。

黄帝听说了这件事，很懊悔把好不容易找到的珍珠交给象罔保管。当他知道是震蒙氏的女儿偷走了珍珠，就马上下令追捕震蒙氏的女儿。震蒙氏的女儿害怕被捉到，就把珍珠吞到了肚子里，然后跳进了赤水，变作了一个马头龙身的怪物——“奇相”。

传说在震蒙氏的女儿跳进赤水踩踏的地方，长出了一棵光明灿烂的树来，树的形状和柏树有点像，树叶都晶晶闪亮，在主干的两旁对称生出两枝树干，和主干并而为三，远远望去有点像彗星的尾巴，于是，这棵树就被叫做“三珠树”了。

公平的裁判

黄帝长着四张脸，东西南北发生的事情他都能发现。神仙世界里也有很多争斗，所以，黄帝时常会充当公平和正义的裁判者。

钟山的山神烛龙的孩子名叫鼓。鼓的形貌是一副人脸，但身子和龙一样，他和另一个叫做钦的神，一起把葆江杀死在昆仑山的南边。黄帝知道此事后大怒，马上派人到下方去，将鼓和钦一起杀死在钟山东边的瑶岸，还了葆江一个公平。可是这两个暴徒，戾气不散，钦化为一个大鹗，形体像大，全身是黑色的花纹，白色的头，红色的嘴，它的叫声像晨鹄啼叫，它如果出现，天下就要大动干戈，不得安宁；鼓也化成了鸟，叫做鸟，它的形貌很像鹞鹰，红色的足爪，直直的嘴巴，身上有黄色的花纹，头部是白色的羽毛，它的叫声同鹄的叫声相似，它出现在什么地方，什么地方便会大旱。

还有一次，长着人脸庞蛇身子的天神贰负的下臣危，挑拨离间主人和另一位人面蛇身的天神发生了矛盾。贰负没有什么主见，危便劝唆主人，两人合伙杀了那个天神。黄帝大怒，便把他俩捉到了疏属山中，捆住他俩的右脚，反绑他们的双手，然后，把他们系在山中的一棵树上，以惩罚他们的罪恶。

黄帝非常可怜那个被谋杀的天神，就派人把他运到昆仑山，命巫彭、巫抵、巫阳、巫履、巫凡、巫相等几个巫师，各人拿了自己配制的不死药去救活他。三七二十一天后，他果然活转过来了，但是却已经迷失了本性，跳到昆仑山脚下弱水的深渊里，变成了一个奇形怪状的吃人怪物。

据说，到了汉代宣帝时，有人在疏属山中石盖之下发现了两个人。这两个人被捆绑着，已经变得如同石头人一样了。这两个人被运往长安后，宣帝向群臣询问是怎么回事，刘向说："这是黄帝时候的贰负和危，他们犯了大逆不道的罪，黄帝不忍心杀他们，便把他们放逐到疏属山，后世圣明的君主会放他们出来。"宣帝不相信，说刘向这是妖言惑众，下令将他逮捕入狱。刘向的儿子刘歆对宣帝说，他的父亲告诉他如果用少女的乳汁喂那两个人，他们就可以活过来。宣帝于是派人用少女的乳汁喂他们，那两个人果然活了过来。他们对宣帝说自己真的如刘向所说是黄帝时代的人。

宣帝非常高兴，提升刘向为大中大夫，刘歆为宗正卿。

黄帝管理鬼蜮

伟大的黄帝不仅统治神的世界，也统治鬼国，他派他的两个兄弟神荼和郁垒管理那些游荡在人间的鬼。神荼和郁垒居住在东海的桃都山上，山上有一棵大桃树，枝叶繁茂，盘曲蜿蜒三千多里，树上站立着一只美丽的金鸡，每天太阳升起，它和扶桑树上的玉鸡就会一起鸣叫起来。

扶桑树上的玉鸡是叫人间的人们出来劳作的，而这只金鸡的鸣叫则是提醒神荼和郁垒两位神和游荡的鬼的。两位神一听到金鸡的鸣叫，马上到桃树东北的树枝间的鬼门把守，检查那些从人间游荡回来的鬼；那些游荡的鬼要在听到金鸡的鸣叫之前，返回鬼域，否则就会被阳光刺死。

两位大神认真检查从人间游荡回来的鬼，如果发现有在人间作恶的，妄自残害好人的，兄弟俩一定秉公执法，绝不姑息，立刻用芦苇绳子将他绑去喂桃都山上的老虎。

民间除夕夜里贴门神的习俗就是由这个传说而来的。最初，人们用桃木雕刻成两个神，放在门框的上方，还画一个大老虎，用来抵御邪魔鬼怪，后来就简化成把两个人的画像画在门上，以达到驱魔的作用。

除了这两位神，南方的荒野里的十六个神人也替黄帝管理鬼。这十六个神人每个都是窄窄的脸颊，红色的肩膀，手臂和手臂互相挽连起来。他们是在昆仑山下替黄帝守夜的，因为鬼都是在夜晚活动。他们红色的肩膀在夜晚就好像点着的灯火一样，鬼怪都很害怕，都不敢在晚上惹是生非了。

在民间，有老人会告诉孩子夜里走路不能回头，因为每个人肩上都有灯，回头的话灯就会被吹灭了，鬼怪就会来侵袭。这大概就源于这个十六个神人的传说吧。

黄帝手下有个叫后土的大臣，手执绳墨统治四季八方。绳墨作为法度，平直而不弯曲，修长而无尽头，长久而不破败，遥远而不会遗忘，与大自然的德泽相融合，与神灵的明察相一致。除了这一职责，后土还是幽冥世界的统治者，是幽都的守护者。

在北海内的一座幽都山上，黑水从那座山中发源，山上有黑色的玄鸟、玄蛇、玄豹、玄虎、还有叫玄狐蓬尾的大尾巴狐狸。和它毗邻的是大玄山，山上的人皮肤黝黑，所以被称做玄丘民。附近还有个大幽国，大幽国的人因膝下的双脚是红色的，所以叫赤胫民。大玄山和大幽国也属于幽都。

把守幽都城门的是巨人土伯。他长着虎头人身，头上有尖利明晃的角；有三只眼睛，像铜锣一样大；嘴巴似火山口，耳朵如蒲扇，鼻子像小桥，腿像大柱子；身躯庞大，顶天立地。他站在幽都门口，幽都变得更加恐怖。他有的时候会发脾气，会晃动着庞大的身躯，赤着脚，摇晃着尖利的角，张开满是血污的大手，追赶着幽都里那些可怜的鬼魂。每当这时，幽都就会哀号声一片，并且到处都是躲避的鬼影。每每土伯发神经都会引起幽都的一阵恐慌。

后土是很威严的神，他知道鬼域的动荡也会影响人间，于是每次他都会将犯神经的土伯押解到冰狱让他去冷静，直到彻底反省。土伯每次从冰狱出来，就乖乖地守着幽都的大门，不敢懈怠，鬼域的非正常骚乱就少了不少。

传说每次人间如果要发生大的战争或者太多的不公平竞争，这时候土伯就会莫名其妙地犯神经，引起后土的愤怒，也只有在这时候，游荡的冤魂才有机会见到后土，诉说自己在人间和鬼域的遭遇。后土会将情况报告给黄帝，使得人间和鬼域同时得到治理，治理过后，幽都鬼域里冤屈的鬼就少了，同时人间就太平很多，往往这时候人间就会出现太平盛世。

黄帝虽然把鬼的世界管理得井井有条，但是鬼的世界到底有多少鬼怪他心里

却没有底，他一直想弄明白这个问题。说来也巧，有一次，黄帝到昆仑山东面的恒山去游玩，在海边遇到一个能说人话，非常聪明的神兽，名字叫做“白泽”。白泽知道天地鬼神的事情，尤其了解所谓“精气”变化而来的鬼怪，山精水怪、路劫鬼豺、魑魅魍魉，他张口就来。这让黄帝感到很惊讶，于是，便叫人把白泽神兽说的种种鬼怪化成图，并在图画旁边做了注解，一共有一万一千五百二十种。从那以后，黄帝就知道所要管理的鬼域的鬼的数量了，非常的方便。

有了这张标有注解的图画，黄帝就按照这个召集天下所有的鬼神到幽都来开会，详细分配了各个鬼神的工作。从此鬼域和人间一样有了各种制度，也呈现出了太平的景象。

阪泉之战

传说在炎帝和黄帝大战的阪泉之野上有一座山，叫做具茨山，在具茨山上长着一种草，人们叫它“炎黄和睦草”，是黄帝和炎帝和好的象征。炎黄二帝是同父异母兄弟，他们的父亲是少典，父亲去世后，两兄弟失和，炎帝带着一些亲近部落离开有熊氏部落到南方居住。后来炎帝的孙子蚩尤一意孤行，想夺炎帝的位置，为此蚩尤联合他的八十一个兄弟，和炎帝开战，这样炎帝的部落就大乱了，炎帝没有办法向黄帝求助。黄帝立刻出兵援助，并且驱赶着虎、豹、罴等动物，冲破了蚩尤的雾阵、打败了风伯雨师，最后打败蚩尤。

战争结束后，黄帝看到四方的四帝有四种不同的图腾，不同的制度，不同的作法，这样下去有一天还会有战争的，于是，黄帝就规劝四帝归顺，天下一家。其他的青帝、黑帝和白帝在与蚩尤的大战中，看到黄帝的仁德和能力，就答应了，可是当黄帝把这个想法说给炎帝的时候，却遭到了炎帝的拒绝。炎帝觉得黄帝是在用帮助他打败蚩尤来要挟他，而且炎帝一直认为中原的涿鹿之野应该是自己的，是黄帝不顾父亲少典的吩咐占领了。于是黄帝为了天下为一家，炎帝为着自己心中的一口气，各自率领自己的子民展开大战。

黄帝和炎帝的大战，是最漫长也是最残酷的战争。当时炎帝居住的南方，由火神祝融辅佐，这个祝融长的牛头人身，驾两条赤龙，嘴里能够吞吐火焰。炎帝是一个仁德的人，但是受到祝融的蛊惑，他的子孙和部下都认为涿鹿地区是他们的领地。久而久之，炎帝也觉得涿鹿是自己的领地，而且子孙部下的呼声很高，于是炎帝就带领他们与黄帝开战了。

在阪泉之野，黄帝和炎帝的部队相遇了。炎帝对黄帝说："黄帝，我的兄弟，这涿鹿之野是我的子民在这里开拓的，这里留有他们的汗水。这里的繁茂是我们用辛劳滋养出来的，你为何带领你的子民盘踞在我的土地上。"黄帝说："炎帝，我的兄弟，江水是我和子民的母亲河，江水泛滥的时候我不得不率领人们迁徙，涿鹿也是我的子民生活的地方，也留有他们的汗水，你看我们两边的人们，虽然分属于两个阵营，但是他们都是女娲的孩子，就如你和我是同一个父亲一样，如果我们能放下武器，变成耕种的工具，那么这涿鹿的繁茂会延伸到大地的各个角落，会比我们这样的征战更有意义。"炎帝说："黄帝，我的兄长，我依然这样称呼你，你认为老虎的猎物能够给予别人吗？"黄帝长叹一声，说："炎帝，我的兄弟，难道每一次的融洽都是战争的序曲吗，那么好，来吧，战士们举起你们手中的武器，以生存的名义！"炎帝说："来吧，战士们，同样举起你们手中的武器，土地就是我们最好的理由！"

双方在阪泉之野展开了大战。两军势均力敌，征战了三天三夜，征战卷起的尘土遮蔽了日月。黄帝看到这种情况，在军帐里和自己的将士们说："最不该打的战争就是势均力敌的战争，看着那么多士兵死去，我心里很不是滋味，怎样才能快点结束这场战争呢。"他的一个将领说："黄帝，我听说在大海深处有一个白民国，那里有一种神兽叫做飞黄，如果我们能骑上飞黄，我们就能飞行在敌人的阵营里了。"于是黄帝就派这个将领去寻找飞黄了。

这个将领走了一天一夜才走到大海的边上。他看见这里一片祥和，海水湛蓝泛着浪花，海边有海鸥飞来飞去，可爱的女孩在海边嬉戏。将领有了心旷神怡之感。远远望去可以看见在海天相接的地方有一座山，泛着神异的银光，他想肯定是那个岛了。

将领摆渡到那里，刚刚踏上岸就遇见一个须眉皆白的老人。将领上前行礼，问："尊敬的长者，请问您知道哪里是白民国吗？我想寻找神兽飞黄。"老人家见这个年轻人很懂礼貌，就捻着胡须微笑着说："祝贺你疲劳的小伙子，你已经踏上你的目的地，但是飞黄生活在森林深处，可不好找呀。"将领拜别老人，就向森林走来，他沿着森林里的小路走了三天三夜也没有什么发现，他继续努力着。

这一天，他看见一只凶猛的大鸟抓了一只狐狸在头顶飞。他觉得狐狸好可

怜，就拉弓射箭救下狐狸。谁知道这狐狸一落到地上背上就长出了两个又长又白的角。将领没看见这一切似的，仍然对狐狸说："可爱的狐狸，凶狠的大鸟可伤害到你金色的皮毛？"

"哈哈，狐狸？你可看见我背上的尖角，这是飞黄的标志，我刚才是想试试你是否好心，远来的人，战争又要打响了，快上来吧。"将领跨上神兽，抓住它背上的尖角。飞黄摆开它如九尾狐一样的尾巴，它的尖角发出光芒向它同伴发出信号，很快，在他们后面就跟上来一群飞黄。飞黄的队伍加入到黄帝的队伍中，黄帝的队伍很快取得了胜利，炎帝被生擒了。

黄帝取得了阪泉之战的胜利。当士兵押着炎帝走进黄帝大帐的时候，黄帝亲自给炎帝解开绑绳，对他说："炎帝，我的兄弟，我们都是女娲的子民，天下本是一家，都是手足，以后永不再起征战。你的子民需要你的管理。"

黄帝迎接炎帝回到有熊，在太乙氏的规劝下，兄弟二人登上具茨山，看到父亲少典之墓，不禁悲从中来，抱头痛哭，泪水滴湿了脚下的泥土。一只山雀衔来一粒种子丢在湿土里，第二年春天，种子发芽，长出了一株草。这草春天枝头开两朵并蒂花，花败后会结两根一尺长的棒角，像山羊的两个角，秋天长老了，棒角就自己拧在一起，掰也掰不开。人们说这是炎黄兄弟亲密、和睦的象征，所以就叫它"炎黄和睦草"。

蚩尤的传说

蚩尤是炎帝的孙子。据说，蚩尤生性残暴好战，他有八十一个兄弟，都是能说人话的野兽，一个个铜头铁额，用石头铁块当饭吃。蚩尤原来臣属于黄帝，黄帝召集鬼神开会的时候他还参加了。

当时黄帝坐在毕方鸟驾的宝车里，由大象挽着，六条蛟龙跟随在后面，蚩尤带着一群群虎狼等野兽在前面开路，紧跟在蚩尤队伍后面的是雨师和风伯，他们负责打扫道路上的尘埃，（雨师名叫"萍号"，他的身体长得很奇怪，像一只蚕子，但这小东西却不能小视，只要他一用法力，天空中就会乌云密布，顷刻间就会降下大雨来；而风伯名叫"飞廉"，头像燕雀，长着一对角，身体像鹿，长着豹子一样的斑纹，蛇的尾巴，他只要吹一口气就会狂风大作。）再后面就是各种

鬼神们了，他们有的牛头人身，有的马面人身，有的人面鸟身，有的人面蛇身……奇形怪状，林林总总。另外，还有凤凰在空中飞舞。黄帝的队伍壮观威武。

走在前面的蚩尤看见黄帝在宝车上满意的笑容，不禁妒火中烧。他想："我有八十一个兄弟，而且各个能驱赶野兽，论能力我也不比这黄帝差，为什么我要给他做先锋？有一天我也一定要坐到他的位置上，号令众神。"这个自不量力的蚩尤，只看到自己所拥有的能力，却没有看到自己不具备而黄帝却拥有的仁爱、道德、公正等品质。

蚩尤时刻都在计划着夺取黄帝的位置。他知道单单凭自己的力量是不足以和黄帝抗衡的，于是，他就在每年秋季，野兽肥美的时候，打了猎物去拜访风伯和雨师。风伯和雨师本来就是风风火火的人，根本没有什么心机，在蚩尤的蛊惑下很快就答应加入蚩尤的阵营。

不知道是不是上天有意帮助蚩尤，蚩尤在庐山脚下还发现了铜矿。他们用这些铜制成了剑、矛、戟、盾等兵器，可说是军威大振。

不过，蚩尤盘算，如果要夺得黄帝的宝座，首先就应该夺得炎帝的位置，于是，这个丧心病狂的家伙就召集他的八十一个兄弟，让他们驱赶着各自所统领的野兽，向炎帝发起进攻。一瞬间，森林的野兽都被他们驱赶出来，整个天空都被野兽奔跑扬起的尘土遮蔽。

炎帝当时有火神祝融相助。火神本领很大，可以蒸干大地上的水，让森林着火。祝融发动火攻，但是蚩尤蛊惑的野兽队伍太庞太大了，已经无法阻挡。再加上炎帝不想看到生灵涂炭，就从南方退到了涿鹿。涿鹿在黄帝的管辖区内。炎帝想："我退到黄帝的领地，蚩尤畏惧黄帝的威力也就退兵了，等他退兵后我再去说服他，毕竟他是自己的孙子。"

然而，仁慈的炎帝想错了，他的这个孙子觊觎黄帝的地位很久了，打击炎帝只是他进攻黄帝的一个重要步骤而已。

自不量力的蚩尤见炎帝躲到黄帝的领地，以为炎帝真的怕了他，越发嚣张，索性就坐到炎帝的位置上，并且不断地扩充军队。他听说西南的苗族人，英勇善战，就又去鼓动他们，最终，这个英勇的民族被蚩尤利用了，和他结了盟。

避居在涿鹿的炎帝见蚩尤从南方杀来，就派祝融去和他讲和，让他为天下苍生考虑收起干戈，他可以把南方的领地都给他，只要他不再掀起战火。然而，蚩尤已经走火入魔，议和的事情对他来说就是天方夜谭。炎帝没有办法，只好组织兵力和蚩尤在涿鹿打了起来。炎帝毕竟兵力少，且蚩尤准备充分，几场战役下来，炎帝就抵挡不了了，没有办法之下只有请求黄帝支援。这样就引来了黄帝和蚩尤的大战。

黄帝战蚩尤

炎帝的不肖孙子燃起战火，这件事早就惊动了黄帝，只是他觉得这是炎帝的子孙，他自己能够调节好，所以就在昆仑山上没有下来。这一天，黄帝正在观看琅树上的玉石，有人向他禀告说炎帝派人向他求救。黄帝知道蚩尤已经打到涿鹿，已经不仅仅是炎帝子孙之间的问题了，这分明是"醉翁之意不在酒"啊，想到此，黄帝感到惊惶，同时也大发雷霆，他马上召集军队，立刻赶往涿鹿。

黄帝战蚩尤图

黄帝毕竟是仁慈的天神，虽然知道蚩尤的用心，但是他还是忍着震怒，首先和蚩尤讲和。黄帝说："蚩尤，你的祖父炎帝是一个好的君主，他管理的南方，百姓安乐，在那里不是很好吗？涿鹿是我的子民生活的地方，只要你退出涿鹿，我不会去打扰你在南方的生活，这样可以带给人们安宁！"蚩尤冷笑着说："黄帝老儿，不要在这里痴心妄想了，我来到这里是势在必得，我要的不是小小的南方，我要的是你的宝座。早在鬼神会盟的时候我就已经不满意你坐在那个位置上了。涿鹿，你的子民能够生存，我的野兽也可以在这里生活。"黄帝见他如此的顽固，没有办法，只有迎战了。

蚩尤的八十一个兄弟都是能说人话的野兽，一个个铜头铁额，头上还有尖利的绿角，他们以沙子、石头、铁块为食物。他们不仅善于制造各种兵器，锋利的矛、尖利的戟、坚固的盾、巨大的斧头等等，还善于驱赶野兽——他们会用鼻子发出一种奇怪的声音来吸引野兽；他们虽然说的是人的语言但是野兽却能听懂他们的话。

蚩尤首先让他的弟兄驱赶野兽向黄帝的军队进攻。这些野兽都是经蚩尤的弟兄“训教”过的，异常的凶猛。黄帝的军队遭到惨败。这时候黄帝的一个臣子说：“在东海中有座流波山，山上有种神兽，样子非常像牛，身子是青灰色的，头上没有双角，只有一条腿；它自水中出入则必然带来风雨；它身上光彩夺目，眼睛明亮如日月一般；它的吼声如雷震天动地。这种神兽名叫夔。如果能够得到这个神兽，它的吼声肯定能震慑野兽和苗民。”

黄帝立刻派人去东海寻找。经过仔细观察，去的人发现，夔皮厚硬而粗糙；毛稀少，甚或大部分地方无毛；耳呈卵圆形，头大而长，颈短粗，长唇延长伸出；起源于真皮的角脱落后仍能复生；夔喜欢呆在水里，所以它的皮很光滑……看来即使抓它到陆地上让它吼叫也是很难的，倒不如好好利用一下它的皮。这个人把情况向黄帝详细报告后，得到黄帝的允许。这个人便把大网放到水中将夔捕获了，然后，把它的皮做成鼓，再用雷兽的骨做槌敲击鼓面，其响声可传到五百里之外的地方。两军再次开展，黄帝命令兵士敲鼓。鼓声在战场上回荡，野兽们都被吓坏了，在蚩尤的驱赶下虽然没有四散奔逃，但是已经不敢进攻了。黄帝暂时取得了胜利。

可是，第二天，蚩尤施展了一种魔法，从鼻孔中喷出弥天大雾，笼罩了黄帝和他的队伍。黄帝军队在作战中常常迷失方向，蚩尤趁机杀戮了黄帝的很多士兵。

黄帝十分着急，只好命令军队停止前进，原地不动。并马上召集大臣们商讨对策。应龙、常先、大鸿、力牧等大臣都到齐了，黄帝让他的臣子想办法。他自己也向天祈祷，这时九天玄女，驾着七彩云从天空中出现。九天玄女是人面鸟身的天神，住在九天以外的星云中。她听到了黄帝的祈祷就赶来了。她给了黄帝一个亮闪闪的小铜人，并对黄帝说：“北斗星的斗柄永远都指向北，而这个铜人的胳膊总是指着相反方向。”黄帝谢拜九天玄女。然而全军只有这么一个铜人还是不能全部辨明方向。

黄帝依然很着急，他只好亲自去战场上去看士兵。当黄帝来到战场上时，只见他的臣子风后独自一人在战车上睡觉。黄帝生气地说：“什么时候，你怎么在这里睡觉？”风后慢腾腾地坐起来说：“我哪里是在睡觉，我是正在想办法。”原来这个风后正在琢磨小铜人胳膊永远指向南方的道理。他指着北斗星对黄帝说：“九天玄女说北斗星的斗柄永远都是指向北的，那么也就是说只要我们仿照北斗星的斗柄，制作出和它一样无论发生什么情况都指向南的车，用它指明方向，我

们就能辨别方向了。”于是他就向黄帝请求制作指南车。黄帝非常高兴，为他单独腾出一所大帐，并让人为他准备了足够的材料。风后利用差速齿轮原理，制成齿轮传动系统，根据车轮的转动，由车上木人指示方向——不论车子转向何方，木人的手始终指向南方。风后成功了。

鼓声在战场上回荡，野兽们虽然没有四散奔逃，但是已经不敢进攻了。

接着，风后用最快的速度为每一个阵营都制作了两辆指南车。在指南车的帮助下，黄帝军队顺利冲出了蚩尤的魔法迷雾，最终战胜了蚩尤。

蚩尤见大雾不能让黄帝的士兵迷失方向，就跳到空中呼喊风伯雨师：“风伯刮起你的狂风，雨师奏起你的暴雨吧。”刹那间，大雨倾盆。黄帝赶忙呼喊应龙。

应龙生活在大荒东北角上的凶犁土丘山上，它常住在山的最南端。应龙是一种长有两翼的龙，善于蓄水行雨。听到黄帝的喊声，应龙马上赶赴战场，蓄水行雨以抵挡蚩尤的魔法。可是，应龙的力量根本没法和风伯、雨师相比。

黄帝正在着急时，天空中飞来一团火一样的东西。火样的东西逐渐变大，落到黄帝面前时已经变成了一个全身红色的女娃。来人是黄帝的小女儿女魃。女魃生活在在大荒西北的系昆山上，据说她长得很娇小，并不漂亮，还有点秃顶，但是她的身体里却积聚着巨大的热量，所以，被封为旱神。

女魃高声说：“尊敬的父亲，你可忘了系昆山上的女魃，你的女儿旱神魃来帮您退敌了。”说着从背上抽出锯形刀，然后高喊：“狂风骤雨你快快的息，远远的离开这个战场，回到系昆山，那里才需要甘霖。”边说她边变换多个身形，整个天空像有很多火，她的锯形刀也在火中闪烁。风停了，雨消了，锯形刀将蚩尤斩首了。

战争终于平息了。

女魃对父亲说："父亲，虽然我很想念您，但是请原谅我不能久留，因为我在哪里停留时间长了哪里就会干旱，我必须和风伯雨师一起回到系昆山。"黄帝说："去吧去吧，好好和他们配合，给人间带来福祉。"

这里还有必要说一说应龙和女魃的结局。

在这场大战中，应龙因为蓄水太多而不能再上天了，天上没有它作雨故连年干旱。传说如果遇到这种情况，人们只要做成假的应龙，便能久旱逢大雨。

再说女魃。因为蚩尤调动的风雨太多，女魃动用了太多力量，而且杀死蚩尤的时候他的污血溅到了她的衣服，由于能量的缺失和邪魔的影响，女魃再也不能上天了。

然而，她停留的地方就会干旱，所以，人们都很痛恨旱神，总是想办法来驱赶她，可怜的女魃便到处流浪。后来，有一个好心的后稷国的人向黄帝禀报了女魃在人间不受欢迎的事情。黄帝便下令在赤水的北面为她修建宫殿，让她不要再随意的走动。可是，女魃已经游荡惯了，虽然有了居住地，也常常东游西逛，并且经常遭到老百姓的驱赶。

不过，毕竟她有了定所，所以人们每次在驱赶旱神的时候，总是首先把水道开好，把沟渠挖通，然后对天祷告："女魃神啊，到赤水你的家去吧。"传说只要这样一祷告，女魃就会意识到自己的错误，就会立刻回到赤水河边。

天女魃和应龙都在黄帝和蚩尤的大战中，帮助黄帝，而且都是因为这次战斗耗尽了自己的能量而立下战功，不能再升天的，他们牺牲了自己却换来了黄帝的胜利。

玄女传授黄帝兵法

黄帝和蚩尤大战，九战九不胜。黄帝退守到太山，三天三夜，大雾弥漫。黄帝一筹莫展，跪在大地上向上天祈祷。忽然，从天上飞来一位人首鸟身的神，她踏着七彩的云，降临的时候有七彩的光辉闪耀。黄帝跪拜叩头，女神说："仁慈的黄帝，我是九天玄女，你有什么想要问我吗？"黄帝说："女神，我想知道怎样才能在战斗中连战连胜？怎样才能设下埋伏不被敌人发现？"于是玄女就传授

黄帝作战的兵法。

玄女说："行兵贵在顺应天地，天地的规律各有表现，上天表现在六甲子，大地表现在六癸酉，如果你能顺应，那么就能万无一失。"之后她画了一张阴阳图给黄帝，继续说："作战的过程中，士兵一定要以一顶十，这样才能获得基本的保证，也就是人力；然后将士要身先士卒，这样才能驾驭六神，获得胜利。如果敌人攻上来，那么这支队伍一定是敌人经常取得胜利的那支队伍。那么攻破它就要注意，如果敌人是直阵，我们就以方阵攻击；如果敌人是方阵，那么我们就要以金字形的阵进攻。敌人为曲阵，我们以圆阵攻之。敌人为兑阵，我们以曲阵攻之。另外出军行将，驻扎和守阵并举，几次和敌人交锋，一定要注意用鼓来振作士兵的士气，而且要善于从敌人击鼓的声音中判断敌人的强弱。"

黄帝得到了玄女的传授，行军布阵，变化莫测。此外玄女还指引黄帝在昆吾山上找到了一种红铜，铸造成宝剑。这种宝剑铸好后是青色，寒光四射，水晶般的透明，锋利无比。黄帝得了玄女的兵法指导，加上兵器得心应手，士兵们士气大涨。蚩尤虽然联合风伯雨师和苗民，但是谋略和智慧都不如黄帝，最终战败。

传说九天玄女给黄帝画的六甲阴阳图，被黄帝藏在会稽山下的一个深洞里，那个洞有千丈深，面积也有千丈，图被压在壁上两块突出的磐石中间，想得到这个图就要攀上这两块磐石，而这两块磐石是悬在千丈深的洞中的，所以很危险，很多人为此丧生。传说大禹治水的时候，他听说用水将洞灌满，然后让龙浮上来就可以得到六甲阴阳图，于是，他就决开江水，灌注到会稽山洞中。龙神借水看到阴阳图共十二卷，替大禹拿到。可是，大禹拿到后刚要打开，却有四卷飞上天去，四卷坠入水中，大禹只得到了中间的四卷。

黄帝杀蚩尤

前面故事说蚩尤是被女魃用锯形刀斩杀的。但是，也有传说蚩尤是先被黄帝生擒，然后杀掉的。

涿鹿之战结束后，蚩尤被黄帝军队生擒。对于这万恶的元凶，黄帝定然不能轻饶了他。蚩尤铜头铁额，凶猛无比，黄帝就命人制造枷拷将他捆绑好，拉到涿鹿的荒野杀掉。直到蚩尤完全被杀死，才撤去刑具。撤下的已经被蚩尤的血染红的刑具被被抛到宋山上，变化成一片枫树林，每片树叶都是红色的，就好像蚩尤的斑斑血迹。山中有一种红色的蛇叫育蛇，这育蛇负责看管枫树林。

蚩尤被杀的具体地点叫“解”，蚩尤血滴洒的地方就变成了一个池子，池子里面的水颜色也是殷红色的，好像蚩尤的鲜血，于是，人们叫这个地方为大盐池，也叫“蚩尤血”。

蚩尤被砍头后，头和身体被分开了，为了避免他死后作怪，就给他修建了两座坟墓。据说这两座坟分别在现在山东的寿张县和巨野县。人们会在十月祭祀蚩尤，传说每每这个时候，坟上就会冒出一道道红色的云气，直冲霄汉，就好像一面绛红色的绸子悬挂在天地间，人们把它叫做“蚩尤旗”。有人说这是蚩尤不甘心自己的失败，灵魂还有怨愤。

黄帝为了用蚩尤警告那些野心勃勃、不顾苍生福祉的人，达到“杀一儆百”的效果，就命人把蚩尤的头像刻在了青铜鼎上。但是，工匠雕刻的时候，在蚩尤头像的基础上又结合生长在西南方荒野中的一种长毛人——羊身，猪头，有一个大嘴，眼睛在腋下，虎齿人爪，生性贪婪狠恶，喜欢攥钱但是舍不得花，自己不去劳动爱抢夺别人的劳动果实，十分贪吃，见到什么就吃什么，由于吃得太多，被撑死，最后就只剩下一个被砍下的头——这和蚩尤只剩下头很相像。再加上这种怪兽性情和蚩尤一样贪婪狠毒，所以工匠就在雕刻的时候将怪兽和蚩尤的样子糅合，夸张而形象地刻绘出了一个贪婪的怪兽形象。人们都认为怪兽是蚩尤，但是仔细观察在大鼎上的怪兽，脑袋上却不是透明的尖角而是两个肉翅，所以人们又把怪兽叫做“饕餮”。

刑天争夺帝位

蚩尤惨死的噩耗传到南方天庭，炎帝抑制不住淌下了两行凄清的泪。炎帝的眼泪本为蚩尤而流，无意中却激起了一位巨人的雄心。那巨人是炎帝的武臣刑天。刑天酷爱音乐，曾创作《扶犁曲》、《丰年词》，为炎帝祝寿。炎、黄大战，他在南方留守。

蚩尤举兵北伐，他跃跃欲试，但是被炎帝制止了。此刻，听到蚩尤的死讯，看到炎帝的老泪，他再也按捺不住那颗悲愤的心，冥冥中似有声音在回荡，召唤

他去北方，去找黄帝决斗。

巨人左手持盾牌，右手提战斧，悄悄离开南方天庭，踏上了不归路。他知道，路途的尽头就是生命的尽头，但他义无反顾，他要用勇气和热血向天地间的一切证明，炎帝不可侮，炎帝的后裔和部属不可侮。

巨人孤身行千里，一路过关斩将，势如破竹，黄帝手下的武将没有一个是他的对手。巨人直杀到中央天庭的南天门外，指名道姓，要与黄帝单打独斗。

当巨人冲到王宫中站在黄帝的面前时，连黄帝也觉得很诧异，自己竟没有注意到炎帝手下还有这样一员猛将。黄帝毕竟是久经沙场的老将，即使内心有波动，也不会轻易表现出来，他拿起昆吾剑从容应战。黄帝当时心想：炎帝部下个个桀骜不驯，此人单骑闯关尤其大胆，若不立斩示威，恐南方臣服无日。

两个在云端剑斧交加，各显平生本事，剑起如闪电破空，天为之变色，斧落似流星坠毁，地为之动摇，从天庭杀到凡界，又一路杀至西方常羊山。常羊山是炎帝降生的地方，距黄帝的出生地也不远。两个人到了常羊山，都别有一番感触：巨人作为炎帝的手下，很为炎帝打抱不平。世界本应是炎帝的，可现在却被黄帝窃取了。他必须要夺回这原本就属于炎帝的一切，让炎帝重新回到故土；黄帝看着自己的臣民过上了越来越幸福的生活，也不希望被他人破坏。两个人越战越勇，都使出了浑身解数。可是激烈的争斗持续了几天，却始终没能分出胜负。黄帝有些着急，他想尽快结束战斗，便用了一计。

就在两个人打斗得不可开交的时候，黄帝忽然对着巨人的身后一喊：“五虎将，还不快帮我拿下这个怪物!”巨人一惊，手中的战斧略松了一松。说时迟，那时快，黄帝的昆吾剑已削在他的脖子上。“轰”的一声巨响，巨人硕大的头颅落地，把坚硬的山地砸出了个大坑。

巨人毕竟是神人，失去了头颅也还不死。巨人一摸没了头颅，心中就慌张起来，急忙放下斧、盾，弯腰伸手，往地上乱摸寻找他的头颅。他摸到了大树，就将树枝折断；触到了岩石，就将岩石敲碎。地上被他弄得尘土飞扬，木石横飞。其实巨人的头颅就在他的脚下。

黄帝怕巨人摸着了头颅接上，赶紧手起剑落，将常羊山一劈为二，那头颅骨碌碌滚入山内，大山又合而为一。

听到周围“哗啦啦”的声音，巨人知道自己的头颅已经被黄帝掩埋了。这下巨人彻底被激怒了，他不再继续寻找头颅，而是重新拾起斧、盾，挺身直立，以两个乳头为眼，肚脐为口，站起来继续战斗。黄帝不敢上前，一个人先走了。

无头巨人在常羊山继续战斗着。也正因为如此，他才有了一个新的名字，叫做刑天。刑的意思是斩杀，天的意思是头颅。因为刑天不甘心，不服气，战斗不止，后来，他又被封为战神。至今，刑天仍然不时出现在常羊山附近，手中挥舞着战斧，与看不见的敌人厮杀着。

黄帝访贤

黄帝战胜了蚩尤，在人们心目中的威望更高了，拥戴他的部落也更多了。

为了庆祝胜利，黄帝派人到东海的流波山上，请来长有一只脚的夔。夔变作了人形，做了国家的乐官，他仿效山川河谷、风啸雨零的声音，创作了一部辉煌的凯旋曲《鼓曲》。《鼓曲》共分十个乐章，包括《雷震惊》、《猛虎骇》、《灵夔吼》、《雕鹗争》等。有的曲子雄壮如电激雷崩，气吞山河；有的曲子柔美如清风朗月，河晏海清……黄帝请来炎帝、青帝、黑帝和白帝和他共同分享天下太平的喜悦。宴会开始，首先演奏的是第一乐章《雷震惊》。乐曲在一阵咚咚的鼓声中开始，战士们伴着乐曲的铿锵调子，在殿堂上作着种种象征杀敌制胜搏击的舞蹈。音乐的非凡气概让黄帝和四帝都很满意。

天下太平，四帝非常佩服黄帝，共同举杯祝贺黄帝。

炎帝说："黄帝，您是天下最圣明的主，我佩服你的胸怀和谋略，我愿意将我的子民交给你管理。"黄帝说："炎帝，我的兄弟，你的想法让我感觉到很突兀。"炎帝说："蚩尤是我的孙子，是我没有管理好他，所以才使天下生灵涂炭，我感到有罪过。为了给那些战死在战场上的士兵赎罪，我愿意从此到民间去，尽我的所能为人们做一点实际的事情。而且我相信你能治理好整个国家。"黄帝哈哈大笑说："炎帝，你的想法很好，我相信等你归来一定是一位宽和仁德的君主。好吧，我答应你！"

其他三帝看到炎帝如此的做法，也知道天下只有统一，征战才会减少，人民才会幸福，所以也纷纷表示愿意将子民交给黄帝。黄帝看到他们如此诚恳，也就答应了他们实行天下一家。

黄帝让大家一起举杯，说："既然大家都把天下苍生的幸福放到第一位，那么从此天下就是一家了，把我们的各个部落的图腾统一起来，称为龙，从此我们

就都是龙的传人!”

这时，乐曲正好演奏到了《鼓曲》的最后一章《桐丝乐》。这支乐曲非常柔美，让人听了心气平和。

……

多年之后，炎帝在南方教人们种植庄稼、统一交易时间，并且亲自遍尝百草为人们治病制药的佳话传到了黄帝的耳朵里，黄帝想：“炎帝亲自实践了这么多的好方法，如果把这些方法贯彻到整个国家，那该是多么好的事情。”于是，决定亲自去访问炎帝。可是听说炎帝现在到处走访大山，寻找草药，居无定所，很不容易找到他。他的臣子替他想到了“轩辕方”。“大王，您可以用它替您辨别方向。”黄帝觉得这个主意不错，就带上“轩辕方”，一座座大山地寻找，有时候在大山里几天几夜都走不出来，有时候能够看到有人采摘过草药的痕迹，但是都没有碰到炎帝。但黄帝没有气馁，他一直坚持，而且在寻访炎帝的过程中，他也更加了解人们的生活。

最后，黄帝在衡山的山腰间找到了炎帝，兄弟俩相拥而泣。黄帝说：“炎帝，我的兄弟，你受苦了!”炎帝说：“这对我是一种赎罪，为了那些因为我的固执而牺牲的士兵，我做了一些实际的事情，心里很快乐。”炎帝愿意将自己实践的经验交给黄帝，希望为更多的人造福。

黄帝劝炎帝和他一起回到涿鹿共同治理国家，然而炎帝却说：“黄帝，我的兄弟，你的好意我知道，可是我已经习惯在山间采药的生活，我要继续我的事业。你回去以后把我的实践经验整理好，希望能造福人民。”兄弟俩也约好，每年父亲的祭日到具茨山相见。

可是，有一年黄帝等了好久炎帝都没有来，黄帝意识到问题很严重，就又到民间寻访，才知道炎帝在尝草药的时候不小心吃下了断肠草。悲痛欲绝的黄帝在炎帝故去的村落旁边修建了“炎帝庙”。

夸父逐日

很久很久以前，在北方高大的群山之间，生活着一支巨人族。他们有着高大的身材、强健的体魄和勇敢无畏的精神。这些巨人虽然个个力大无穷，但他们却从不欺凌弱者，更不会侵犯他族的领地。他们只是安安分分地在大山中过着他们自己的生活，清苦乏味却也逍遥自在。

巨人的首领是一个名为夸父的巨人。在众巨人之中，夸父是力量最大、勇气最佳的一个，且他又是幽冥之神“后土”的孙子，因此族人们都推举他为首领。也正是因为夸父的原因，这支巨人族又被称为夸父族。作为部族的首领，夸父有什么事都是抢在前面，遇到危险也总是冲在前面。他最大的心愿就是让他的族人过上幸福无忧的生活，为此，他不懈地努力着，哪怕是付出再大的代价，他也心甘情愿。

夸父步履如飞，追赶日影。

山林里的毒蛇猛兽很多，族人们常常受到它们的侵袭。夸父就带领族里的青年去擒获它们，如果捕到大的猎物，族人们还可以美餐一顿。山中有一种凶恶的黄蛇，总是趁人不备的时候袭击族人。夸父想到了一种好办法，捕获了大量的黄蛇，以致于黄蛇看见它都不敢上前了。他将捕到的黄蛇做成饰物，挂在自己的两只耳朵上。对于刚刚捕到的黄蛇，他也会拿在手上挥舞，向其他黄蛇示威。

北方的冬天异常寒冷，每年的冬天，都是巨人们最难熬的一段时间。这年的冬天比往年更加寒冷，有些族人支持不住，接连被冻死了。看着族人们因寒冷而死去，夸父非常难过。他整晚整晚地睡不着觉，他在想如何才能帮助大家对抗寒冷呢？后来，他想到了一个好办法，那就是把太阳永远留在北方。冬天之所以寒冷，是因为太阳到南方去了。如果让太阳一直留在北方，那么这里就会一直像夏天一样，他的族人就不会被冻死了。想到这儿，他产生了一个近乎疯狂的想法——追赶太阳。

夸父追日的设想在族中传开以后，族人们纷纷前来劝阻夸父。尽管族人们也已经厌倦了寒冷之苦，但他们更不愿意他们的首领去冒险。太阳那么遥远，夸父

即使体力再好，又如何能追得上呢？再说太阳就像一个大火球，任何靠近它的东西都会被烤焦。就算夸父真能追上它，又怎么可能靠近它呢？面对族人诚恳的劝说，夸父显得非常平静。他追日的决心早已下定，绝不可能更改。为了族人的幸福，他必须要去。就算自己中途累死或者被太阳烤死，他也一定要去。

族人们见劝说无效，只得默默地为夸父准备行装和口粮。分别的那天，族人们都流下了伤心的眼泪，他们彷佛已经预料到他们的首领不会再回来了。与族人的沉默相比，夸父倒显得信心满满。他告别了族人，就踏上了他的追日征程。

为了早一天追到太阳，早一日让他的族人摆脱寒冷，他日夜不停地追赶。族人给他带的口粮很快就吃光了，于是他就就地取材，碰到有什么可吃的就吃什么，实在找不到吃的东西就饿着肚子赶路。

眼见着离太阳越来越近了，夸父也越来越有信心。可是离太阳越近，天气就越炎热，地里的作物就越少。饥饿的问题倒不是大问题，关键是口渴难耐。他跑到黄河边，一口气喝干了黄河水，可还是没有解渴。他又跑到渭河边，一口气喝干了渭河水，仍然没能止住干渴。他继续向北方的大泽跑去，跑着跑着，他忽然倒在了地上。这次倒下，夸父再也没能起来。他已经太过劳累了，如今又这样干渴，所以他支持不住了。

夸父没能追到太阳，但他却是族人的骄傲和榜样。在他临死的前一刻，他还想着自己的族人。他将手中的木杖扔了出去，木杖所落之处立即生出了一片葱郁的桃林。这片桃林终年繁盛，为所有路过之人解除饥渴。此后，再没有人在这里因饥渴而死了，这都是夸父的功劳。

夸父逐日有人认为是自不量力的表现，有的人认为是追求光明的表现。两种说法各有各的道理，但上古人敢于挑战自然的勇气和付诸实践的努力是值得我们学习的。

嫘祖养蚕

黄帝的妻子嫘祖也很能干，她教人民养蚕，总结出一套喂蚕、缫丝、织帛的经验。从此人们既会制衣，又会作冕，还能制鞋，从上到下都装束起来，彻底改变了上古时代穿树叶兽皮的原始习惯。

相传，嫘祖出生在5000年前的古西陵国。嫘祖是一个美丽端庄且心灵手巧的女孩，名为嫘祖。嫘祖自小就失去了母亲，是父亲将她一手带大的。后来，父亲又常年带兵出征，家中只剩下了嫘祖一人。嫘祖一个人闲来无事，就常常和村里的其他女孩外出游玩。但毕竟都是女孩子，不能走得太远，一来二去，附近的地方嫘祖都走遍了，就觉得无聊起来。

一天，嫘祖忽然想到村外的桑树林她们从没有去过，就约了几个姑娘一起去。在桑树林，她们看到了很多白色的小果子。姑娘们很高兴，每个人都采了很多回去。回到家中，嫘祖想尝尝果子的味道，就咬了一口。谁知这个果子不仅没有任何味道，而且还根本就咬不动。嫘祖心想，也许这种果子不是生吃的，要用水煮着吃。嫘祖连忙烧了一锅水，将白果子全部倒了进去。煮了一段时间，嫘祖捞出一个尝了尝，还是咬不动。难倒是煮的时间不够？嫘祖继续煮，又煮了很长时间。可捞出来一尝，还是一点儿也咬不动。这下可把嫘祖惹生气了，她找来一根木棒，放到锅里使劲地搅。搅了一阵之后，嫘祖有些累了，她把木棒拿了出来，结果发现木棒上缠着很多细细的白丝。嫘祖从没见过这样的丝，她继续用木棒在锅里搅，渐渐地，锅中的小白果全都变成了细细的白丝。

嫘祖用手一摸，还挺结实，不像蜘蛛丝那样容易断，但是很乱，嫘祖想太乱了也没有什么用，就丢在了一边，然后，就进屋歇息去了。睡梦中，王母娘娘笑着来到她的面前，对她说：“聪明的孩子，这茧抽出的丝虽然乱了，但是可以织锦呀！”说完就教她怎么样抽丝不乱，怎样织锦。

醒来后，嫘祖很好奇，重新来到桑林，观察了很多天。嫘祖发现桑虫吃了桑叶会越长越胖的，最后化成肚子里装满丝线的茧壳。她就在桑树上找到一些白白胖胖的小虫，摘了很多的桑叶，然后把它们带回家。起初，嫘祖把树上的小虫叫天虫，后来叫蚕，结成的小圆团叫茧。

回家以后，嫘祖先把桑叶放到一个大大的笸箩里厚厚地铺了一层，然后，把蚕虫放进去，等到蚕虫化成蚕壳后，她又把蚕壳按照不同颜色分开，倒进大锅里煮，煮一会又用小木棍挑，挑起一根丝就缠在上面边抽边缠，不几天就缠了很多闪光发亮的丝坨坨。

她又按照王母娘娘在梦中给她的织锦机的图样，请爹爹帮她做了一架织锦机，然后，她就按照王母娘娘教给的步骤织起锦来，五颜六色漂亮极了。她把细细的蚕丝织成布，代替树叶、兽皮穿在身上，又轻巧，又暖和，干活还方便。在嫘祖的倡导下，全村的女性都开始养蚕纺线，并用蚕丝做出了很多美丽的衣裳。

为了纪念嫘祖的功绩，人们就将其称为蚕神或先蚕娘娘。

一个春天，嫘祖仍然像往常一样在家里的桑园中养蚕。这时，一个男人看到了身着美丽丝绸的嫘祖。男人从未见过这样美丽的衣裳，就问嫘祖这种衣裳是怎样制作的。嫘祖向男人介绍了栽桑养蚕、抽丝织绸的道理。男人想到他那里的人们还过着冬穿兽皮、夏遮树叶的原始生活，立即对这位女性产生了崇敬之意。他向嫘祖表明了自己的仰慕之情，并恳请嫘祖随他回去造福一方百姓。嫘祖答应了，并与那个男人结为了夫妻。那个男人就是黄帝。

嫘祖成为黄帝的正妃以后，将栽桑养蚕的技术也带到了黄帝的部落，并用她的勤劳和智慧做起了黄帝的后勤保障工作。她组织了一大批女子养蚕织锦，其中有一个女子异常的聪明，总是能解决各种难题。嫘祖觉得这位女子非常贤德，就暗中撮合她与黄帝。不过这位女子相貌丑陋，开始并没有引起黄帝的注意。后来，这位女子发明了纺轮和织机，黄帝才对其重视起来。再加上嫘祖的极力撮合，这位丑女最终成为了黄帝的次妃，后人都尊其为嫫母。

明火的发明

在河南省潮河西岸有个小寨叫火神寨，寨里有一座庙，供奉的是火神祝融的圣像，据说是汉代人为纪念祝融送火种而修建的。

相传自从燧人氏发明钻木取火以后，人类已经开始用火烧熟食物、取暖、驱赶毒虫猛兽等。但钻木取火很不容易，人们只好把火种保存起来，祝融就是负责管理火种的。

有一年夏天连降几天大雨，许多茅屋倒塌，火种浸灭，黄帝让祝融给百姓送火种，可是祝融的火种也被大雨浇灭了。祝融很着急，树木都是潮湿的怎么也钻不出火花，偶然中他发现击石能溅出火星，于是他就做好准备，用尖利的石头击打大的石块，用击出的火花点燃柴草，这样就发明了“击石取火”的办法。从此人们不再为保存火种发愁了，黄帝为此特封祝融为“火正”（官职名）。潮河两岸枣林里的人们不忘祝融的功德，敬祝融为火神。

黄帝统一华夏以后，各个部族的图腾都统一了。火神也一样，只敬奉祝融火神。

黄帝有一个妃子叫嫫母，她长得很丑，脸是黄色豆麻子般的皮肤，毛孔粗大，泛着油光，鼻子像蒜头，眼睛几乎被油腻的头发遮挡住了视线，嘴巴曾被人误以为吃香肠没吞下去，不时的一笑就会露出泛黄的牙齿。

嫫母虽然长的奇丑无比，但是她心地善良，贤惠能干，负责部落里烧火做饭、分配食物等事情，所有这些她总是安排得有条有理。

她知道火对部落的意义，所以，她非常虔诚，每一次在起火之前都会向火神祈祷，让火旺盛。一天，烧火时她无意中把一些松香木炭末拨到了火上，马上冒起很多火花，嫫母注意到这个现象，又试了几次，都是如此。

她又将硫磺与松香、木炭末掺起来撒到火上，结果爆起的火花更大，因为这种爆起的火花特别的大且明亮，所以嫫母把这叫作“明火”。其实这明火也就是火药。

黄帝知道后认为明火爆出的火花可以吓跑敌人，就决定用明火来帮助打仗，命嫫母每天把松香、硫磺和木炭末均匀拌合，制作明火保存起来。在与蚩尤的大战中，黄帝就将嫫母制作的明火球发给将士们，让他们在交战中使用，确实这明火球抛起来，不仅在心理上让敌人害怕，而且那爆出的火花也会烧到敌人的衣服、皮肤甚至五官。这明火可帮了黄帝的大忙。

战争结束后，黄帝就用明火的道理，将松香、硫磺和木末按一定的比例，制作了更大的明火球，也就是后来作战用的“火链球”，而且他还让人将松香和硫磺化成水，涂在箭头上，带着松香和硫磺的箭在射出去飞行的过程中，与空气摩擦，就燃烧起来，到达敌人身边的时候就会引起大火。这就是最初的“火箭”。

看着嫫母的明火得到了更好的运用，火神祝融感到很欣慰。其实，嫫母发明明火得到了祝融的暗中帮助。看到嫫母对待自己那么虔诚，祝融为了表达谢意，就暗示了嫫母在不经意间使用松香和硫磺，引出火花，而且嫫母也真的聪明能干，没有让火神失望。

仓颉造字

在河南省洛阳的南边有座凤台寺，相传是古代仓颉造字的地方。传说仓颉长得方头大脸、龙颜善面，脸上长着四只眼睛，眼光像电光一样犀利明亮。

仓颉是黄帝手下一个非常能干的官员。黄帝将管理牲口和食物的事情都交给他，他总能做得井井有条。当时还没有文字，仓颉便想出了结绳记事的办法。他用不同颜色的绳子和不同的结来代表不同的牲口和食物，使所有人都能一目了然。

从此，仓颉开始用各种符号来表示事物。

黄帝见仓颉如此能干，便将更多的事务交给他做。这样一来，要记录的事物越来越多，原来的结绳记事也就不再奏效了。后来，他又在绳子上画圈圈、挂贝壳，用以表示不同的事物。如此又用了很多年，但黄帝交给仓颉的事情每年都在增加，用不了多久，这种方法也会失去效用。怎么办呢？仓颉很想找到一种简洁明了且可用来记录复杂事物的方法，用来代替结绳记事。为此，他日思夜想，却始终没有更有效的方法。一天，仓颉跟随黄帝外出狩猎。在走到一个十字路口的时候，黄帝手下的人忽然争吵起来。有些人说要往这边走，有些人说要往那边追赶，一时争论不下，队伍也就在此停了下来。仓颉不明白这些人为什么会出现意见分歧，就上前询问。原来，一伙人看到了老虎的脚印，就坚持追着老虎的脚印

走；另一伙人看到了熊的脚印，就坚持追着熊的脚印走。听到这儿，仓颉已经无心再听他们争论了，因为他想到了更重要的事。既然动物的脚印可以用来识别动物，那么为什么我不能创建一种符号来代表我所掌管的事物呢？

仓颉在洧水河南岸的一个高台上造屋住下，专心造字。他将自己掌管的所有事物都摆在了眼前，整整看了一个晚上，终于找到了一种非常形象的符号来代替它们。从此，他开始用各种符号来表示事物。这样一来，记录事物就方便多了，再也用不着那些让人眼花缭乱的绳子和结圈了。他将自己最新的记录方法拿给黄帝看，黄帝大为赞赏。黄帝想，如果所有的事物都能用这种符号表示，那么以后人们的交流岂不是更方便了。于是，他命仓颉为所有的事物都找到一个替代符号，并让所有的人都熟悉这些符号，以便日后的交流与应用。

仓颉意识到这是一项伟大而艰巨的任务，他四处观察、分析，创造出了很多符号。后来，他就将这种能够记录各种事物且用于人们交流的符号叫做字。经过长时间的观察，他已经能够用字表述很多事物。于是，他便在黄帝的支持下开始到各个部落推广，以便更多的人能够用文字进行记录和交流。有了文字，人们的交流确实更为畅通了，人们的生活也更加便利了。每到一个部落，仓颉都会受到当地人民的热烈欢迎，有些人甚至奉其为偶像。渐渐地，仓颉变得有些骄傲了，传授文字也不再像以前那样尽心尽力了。黄帝得知这种情况以后，就找来族里一位一百二十多岁的长者商量对策。长者让黄帝尽管放心，他自有办法让仓颉意识到自己的错误。

一天，仓颉正在一个部落中传授文字，这位长者也来到了他们中间。待仓颉讲完，所有的人都离去了，只有这位长者还坐在原地，迟迟不肯离去。仓颉不解其故，便上前去问长者为何还不离开。长者说："先生，你造的字已经家喻户晓，可我年事已高，理解力差，有几个字我至今也没弄明白，你能不能再为我解释解释呢？"仓颉见这样一位老者都来向自己请教，很是高兴，便让老者尽管说出他的疑问。

长者说："马、驴、骡、牛都是四条腿的动物，可为什么你造的马、驴、骡字都有四条腿，而牛字却只有一条尾巴呢？"仓颉的笑容一下子僵在了那里，他没想到长者竟会问出这样的问题，一把抓住了他的漏洞。事实上，他最初在造字的时候，牛本来是用"鱼"字表示的，而"牛"字则是用来表示鱼的。不过他在传授的时候一时大意，将两者说颠倒了，所以才会出现这种无法解释的现象。

见仓颉不说话，老者又问："你造的'重'字，你解释说是有千里之远，可

为什么在教读音的时候你却说是重量的‘重’呢？还有你造的“出”字，你解释说是两座山和在一起，那本应是重量的‘重’字，可为什么在教读音的时候你却说是出远门的‘出’呢？”仓颉再也忍不住了，在长者面前，他只觉得无地自容。那些都是他马虎大意才留下的疏漏，如今全部被人揪出来，他这个文字发明者的面子往哪搁呢？他跪在长者面前忏悔，坦诚是自己的骄傲铸成了大错。

长者见仓颉已经知错，便劝仓颉说：“仓颉啊！你造字的功劳是无人能够抹杀的，但你的任务还很艰巨，绝不能取得了一点儿成绩就骄傲，否则你的成就必将毁在你的骄傲之中。如今，那几个错字已经在各部落中传开了，你也无需再去纠正了，只要做好以后的造字、传播工作就行了。”仓颉连忙谢过老者。自那以后，仓颉再也不敢骄傲大意。在造任何一个字之前，他都要经过多次的查看和反复推敲。造出来之后，他也要找多个人进行评定。待大多数人都通过后，才将文字传播出去。

后人为纪念仓颉造字的功劳，把仓颉造字的高台叫“凤凰衔书台”，宋朝人又在这里建寺筑塔，称为“凤台寺”。

宁封子制陶

据古籍载，第一个制陶的人名叫宁封子，他是黄帝身边的一个能工巧匠。传说黄帝时期，人们虽已懂得用火烧熟食物吃，但却没有锅、盆、碗、罐等，只能把猎获的食物用明火烧熟后双手抓着吃，极不方便。

一次，宁封子从河里捕回很多尖尾鱼放在火堆上烤，结果全烧焦了，他一气之下，就把剩下的几条尖尾鱼用泥封住，放进火堆里。正在这时，黄帝派宁封子出外办事，且一走就是三天。回来后，宁封子突然想起他临走时放进火堆里的尖尾鱼，急忙跑到火堆去刨，谁知刨出来一看，鱼早已没有了，只剩下一个泥外壳。

宁封子把烧过的泥壳拿在手里看了看，然后把泥壳拿到河边，盛满水后，端详许久，发现装进泥壳里的水点滴不漏。宁封子想，倘若把泥封在其它东西上，用火烧后会是什么样子呢？他看到河滩上有些被砍过的树墩，灵机一动，就把河边的泥沙用手刨出来，糊在一个树墩上，然后架起大火一连烧了三天四夜。火熄后，他刨开火灰一看，那泥糊糊的半截树墩变成了一个土红色的硬泥筒。宁封子用兽皮袋把河里的水灌进硬泥筒里，直到灌满为止，也没有发现有漏水现象。

宁封子激动万分，他想把硬泥筒连水一起抱回去向大家报喜，可是，因为用力过猛，他把泥筒弄破了。宁封子也不气馁，他把自己的发现向黄帝作了汇报。黄帝听了非常高兴，认为这项发明很有价值，就任命宁封子为“陶正”（官员）。从那以后，宁封子就用树干裹上泥浆，放到一大堆木柴上烧，待到泥浆硬了以后成为了容器，再拿出来盛东西。

有一天，宁封子在回家的路上无意间与美女仙娥相撞，当时宁封子手里拿着陶器，而仙娥手中拿着一个泥捏的小船。宁封子对仙娥手里的小船很好奇，就一直盯着看。仙娥以为宁封子有歹意就赶紧逃跑。

酷爱制陶的宁封子紧随其后，到了仙娥的家里，发现仙娥的父亲是一个木匠，就和仙娥的父亲说明自己制陶的事情。仙娥的父亲建议他可以用青铜代替木质的东西，而且可以在青铜上刻出花纹，这样等泥土烧干了以后花纹就会留在陶器上，而且青铜比木质耐烧。仙娥的父亲还告诉宁封子不能单单放到柴堆上面烧，那样火苗直接煅烧泥浆陶器容易烧裂。他告诉宁封子可以用烘干的办法让泥浆中的水缓缓的干，这样陶器就会少一些裂开的危险。宁封子觉得这个建议非常好，决定回去试一试。这时，仙娥对宁封子的敌意也消除了。

宁封子回到家里，马上按照仙娥父亲的意见制作陶器，可是开始的时候由于泥浆混合的比例不好，泥浆很难附着在青铜上。宁封子就不断地调整泥浆中泥沙的比例，制作烧制陶器的土窑，忙得不可开交。仙娥见他那么忙，每天就给他送水送饭。

经过多次实验，宁封子终于焙烤出了带花纹的陶器。黄帝知道了更加高兴，从那以后就不再派给宁封子任何其他的事情，让他专心致志的制陶。

在一次烧制陶器的过程中，制陶的屋顶突然坍塌，巨大的火苗冲天而起，眼看着要发生重大的事故了。宁封子为抢救正在烧制的陶器，便毫不犹疑、奋不顾身地跳入窑中。他的恋人仙娥也奋不顾身地跳了进去，最终所有的陶器都保存了下来，宁封子和仙娥双双骑着火龙升上天去了。

双自河的传说

相传黄帝活到一百多岁，觉得自己年龄大了，不能治理国家了，就想选一个人来接替自己。黄帝有二十五个儿子，其中有名有姓的十四个。有大臣推荐说从这十四个孩子中选一个就可以了。但是黄帝没有同意，他说："治理国家需要的是有文才武德的人，这个人不一定就是我的儿子，但一定要具备文武才德，我要对天下苍生负责。"于是黄帝张榜选贤，最后在选拔中只剩下玄嚣和昌意两个人。玄嚣和昌意都是黄帝的儿子。黄帝居住在轩辕丘，娶西陵国之女嫘祖为正妃，嫘祖生下了两个儿子，一个叫玄嚣，一个叫昌意。玄嚣为青阳，居住在江水；昌意居若水。嫘祖对他们管教很严，他们不仅文武双全而且和父亲一样仁德。

黄帝看到自己的儿子很优秀，心中也很高心，但是两个人中只能选择一个，而他们又同样的优秀，选择哪一个呢？怎么办呢？

忽然黄帝想到了在帝都生长的两个宝葫芦，已经生长了一万八千年，他命人取来了，告诉两个儿子说："孩子们，这是我珍藏多年的宝贝，打开葫芦就能流出一股三丈宽、一人深的水，这水一直能流二百里。我现在想看看你们谁能让它流到三百里。"

玄嚣和昌意接过宝葫芦出去试，但是试了好多次都没有成功。两个人很苦恼，最后昌意想到了一个好主意：让两个葫芦一起放水。他们按照想法做了，流出的水果然远远的超出了三百里。他们把结果禀告给黄帝，黄帝很高兴，对他们说："你们都很聪明，但是治理国家不是单凭个人的才智就行的。两个葫芦一起放水，水合在一起水量就大了，治理国家也一样，需要万众一心，国家才能强盛。"两兄弟获益匪浅。

最后，黄帝让昌意来接替自己，玄嚣辅佐帮助他。兄弟俩团结合作得很好，把国家也治理得井井有条，百姓安居乐业，黄帝看着心里很满意。

黄帝把玄嚣葫芦里流出的水叫溱水，把昌意葫芦里流出的水叫做洧水，两条河流汇合后称为"双自河"。至今，这两条河还奔流不息。

第六章　少昊的传说

少昊的诞生

传说，少昊是东夷族的首领，他是仙女皇娥和启明星的儿子。

聪明美丽的皇娥每天在天宫中用五颜六色的彩丝织布，常常到深夜也不知疲倦。有时为了轻松一下，她便乘着木筏，荡漾在浩瀚的银河中自娱自乐。

有一天，皇娥又乘木筏，沿着银河溯流而上，最后来到西海边的穷桑树下，把木筏停下。穷桑树高达万丈，根深叶茂，叶子是红的，果实是紫色的。据说，这棵树一万年才结一次果实，吃了这种果实，寿命比天还高。

皇娥正在穷桑树下浮想联翩的时候，忽然看见一位英俊的小伙子从天上徐徐而降。她好奇地打量着小伙子，见小伙子面如满月，眼如晨星，浑身上下隐隐发着光亮，十分潇洒，禁不住看得呆了。

小伙子潇洒地来到皇娥跟前，深施一礼，说："皇娥仙女你好！我是白帝的儿子，愿和你交个朋友。"

皇娥惊奇地道："啊，白帝的儿子不是启明星吗？你就是启明星？也叫金星？原来就是你呀！我常常坐在这里，仰望东方天空的启明星，心里说，这颗星多亮、多美、多勤快啊，每天都把白天带给人间。"她说到这里，耳热心跳，连忙收住话头，羞红了脸。

启明星的脸微微一红，动情地说："我也是这样！我升到天空时，常常第一眼就看到你，就觉得你太美丽了。我向别的星星一打听，才知道你就是心灵手巧的皇娥。你织的七彩锦和你自己一样美。我每天夜里都听到你的织布声，悦耳动听的声音使我夜不能寐。每日早上，我都盼你出现在银河边。"启明星一口气袒露了心扉，发觉自己太激动了，连忙收住了话头，红着脸不好意思地看着皇娥。

皇娥害羞地低下了头，双手拂弄着垂下的黑发，掩饰着心房的狂跳。

启明星微笑着，将手一伸，召来了一把银光闪闪的琴。他双手抱琴，依着穷桑树，弹奏起美妙的乐曲。皇娥立刻被这琴声给吸引住了，情不自禁地跟着启明星的乐曲轻轻地唱起了歌。启明星的琴声在切切地向皇娥倾吐着爱慕之意，皇娥的歌声也在绵绵地向启明星诉说着倾慕之情。

歌声、琴音婉转悠扬，吸引着鱼儿成群结队地浮游在水面上，激动得花儿竞相开放。凤凰飞来了，在空中翩翩起舞。百灵鸟飞来了，放开歌喉为皇娥和启明星伴唱。他们的心越贴越近，双双走上了木筏，并用桂树的树条做筏桅，用芳香的熏草拴在桂树树头上当做旌旗，还刻了一只叫玉鸠的鸟，摆放在桅顶，以辨别方向。

木筏在银河里飘荡。皇娥伴着悠扬缠绵的琴声，情不自禁地吟唱。美妙的琴声和优美的歌声融为一体。皇娥和启明星依偎在一起，沉浸在爱情的幸福中。鱼儿撒欢似的追逐在木筏旁边，凤凰在幸福情侣的欢笑中飞翔。皇娥和启明星就这样尽兴地漂游着，不久，他们的爱情结晶——少昊诞生了。

有趣的鸟国

传说，在少昊诞生的时候，天空有五只凤凰，颜色各异——红、黄、青、白、玄，飞落在少昊氏的院里，所以，少昊又被称为凤鸟氏。

少昊在父母精心培育下，从小就具有神奇的禀赋和超凡的本领。少昊天生就能听懂鸟的鸣叫，他的话鸟也能够听懂。

少昊开始以玄鸟，即燕子作为本部的图腾，后来少昊在穷桑登上大联盟首领位时，有凤鸟飞来，少昊大喜，于是，改以凤鸟为族神，崇拜凤鸟图腾。

不久，少昊迁都曲阜，并将所辖部族以鸟命名，有凤鸟氏、玄鸟氏、青鸟氏等，共二十四个氏族，形成了一个庞大的以凤鸟为图腾的完整的氏族部落社会。

少昊后来又成为整个东夷部落的首领。他先在东海之滨建立一个国家，并且建立了一套奇异的制度：以各种各样的鸟儿作为文武百官，由凤凰总管百鸟，另外五种鸟管理日常事务：孝顺的鹁鸪掌管教育，凶猛的鸷鸟掌管军事，公平的布谷掌管建筑，威严的雄鹰掌管法律，善辩的斑鸠掌管言论。

除此之外，少昊还安排九种扈鸟掌管农业的耕种收获，使人民不至于淫佚放荡：以玄鸟为司分，掌管春分和秋分；以伯劳为司至，管理夏至和冬至；以青鸟司启，管理立春和立夏；以丹鸟司闭，管理立秋和立冬；五种野鸡分别掌管木工、漆工、陶工、染工、皮工等五个工种。

一句话，各种各样的鸟儿都鸟尽其材，物尽其用，各司其职，协调活动。因此，一到开会的时间，百鸟齐鸣，莺歌燕语，嘈嘈杂杂。有轻盈灵巧的麻雀，有五彩斑斓的凤凰，有普普通通的喜鹊，也有引人注目的孔雀。

鸟儿们每天在空中林间查看国家的情况，因为它们各司其职，又没有各种各样的心机，所以办起事情来，都是干净利落，正直无私。

一国之君少昊则根据诸鸟的汇报，来论功行赏，一切都显得那么井井有条。百鸟们无不感激少昊的慈爱和德政，无不佩服少昊的智能和才华。

大海里的琴声

少昊见百鸟之国到处呈现出繁荣向上的景象，十分欣慰。他为了使百鸟之国更加兴旺发达，便请来年幼聪敏、很有才干的侄儿颛顼帮助料理朝政。颛顼不负众望，干得很出色，深得叔父的赏识。少昊见侄子常常累得嫩脸上挂着汗珠，于心不忍，就将父亲传下来的那张琴搬出来，手把手教颛顼弹奏，以给侄子提神和娱乐。

颛顼聪慧好学，很快就成为抚琴高手。他的精湛琴艺，赢得了百鸟的齐声喝彩，自然而然地超过了叔父少昊。颛顼的聪明好学让少昊更加的疼爱他，所以闲暇时，少昊就经常带着颛顼领略大自然的壮美神奇，让他从中悟出了音乐的真谛。在大自然天籁的熏陶下，颛顼的琴声更加优美动听，犹如高山流水一样。

有一次，他们叔侄俩出去游玩，乘船到了汉阳江口，遇到风浪，就停下在一座小山上休息。晚上，风住浪静，云开月出，景色十分迷人。望着空中的一轮明月，颛顼拿出随身带来的琴，专心致志地弹了起来，他的叔叔少昊沉醉在优美的琴声之中。颛顼弹完，少昊对他说："侄儿刚才的琴声表达的是云开月出的清新和月光笼罩下高山的雄伟气势。"颛顼向叔叔微笑点头说："叔叔真的是高手，连侄儿用琴声表达的东西都一清二楚，真的是佩服呀"。少昊对颛项说："侄儿，这把瑶琴是伏羲所造，除了琴本身的构造以外，要弹出美妙的音乐还要靠自己心灵的感悟，能听懂你琴声的人，他懂得的不仅仅是你的琴声，更重要的是他懂你的心。你知道吗？”“我知道！”

几年后，颛顼长大成人，要回自己的国家继承北方的天帝位了，少昊和颛顼洒泪分别。颛顼一离开，少昊便觉得空荡荡的，心里别提有多寂寞了，每每看到那琴，试着拨弄琴弦，琴声却只能给他增添思念和烦恼。他觉得物在人已去，离愁难消，于是，便把琴扔进了东海。

从此，每当更深夜静、月朗星稀的时候，那平静的海面便飘荡着婉转悠扬、凄凄切切的琴声，让人流连忘返，惊叹不已。相传那是海里的鱼精弹奏的。鱼精经常听少昊和颛顼弹琴，不仅被少昊对颛顼的感情所感动，而且也被他们对艺术的执着所感动，它知道少昊对颛顼异常地思念，所以当少昊将爱琴掷入大海的时候，鱼精就游过来接住了琴，在夜深人静的时候拨弄琴弦。

少昊和蓐收的神职

传说，少昊的父亲启明星和母亲皇娥曾经嬉戏过的扶桑树上悬挂着十个太阳，他们的脸都是红红的，散发着无穷的热量。他们每天轮流出来当班，每天只要扶桑树上的金鸡一叫，他们中该当班的那个就要起床开始工作，驾驶着金色的火鸟从东向西奔跑。每一时每一刻都不会错，因为他们一直都恪尽职守，所以他们被天帝封为了太阳神。

但是，随着日月的流逝，渐渐的他们对自己单调的工作也产生了厌倦。个别太阳在当班时，因为不耐烦孤独的一个人在天空中工作，就会催促金色火鸟用它的金色三足快速奔跑，好早一点回到扶桑树上和兄弟们饮酒作乐。有一段时间他们很不像话，有时候仅在人间停留三个时辰，就赶忙跑回来了。

人们都感到奇怪但是不知道是怎么回事。后来天帝知道了这件事情，非常生气，想罢免他们。但是有大臣劝阻说：“他们已经工作了很多年，没有功劳也有苦劳，他们之所以这样就是因为一直没有可以直接领导监督他们的一个神，陛下不如派一个秉公执法的人来监督他们。”

天帝想来想去就想到了启明星和皇娥的儿子——少昊，他将鸟国治理得井井有条，而且他从小在扶桑树下长大，对那里的情况也熟悉。天帝就封少昊为员神。天帝还听说少昊的儿子金神蓐收和父亲关系密切，而且铁面无私，于是，将蓐收封为了金神，也叫红光，辅佐少昊。

父子俩担任起了监督太阳神的神圣工作。可是怎么判定太阳神是否认真工作呢？

少昊住在长留山，他就通过查看沉没西天的太阳，它反射到东边的光辉是不是正常，如果一切正常，那说明太阳神这一天奔跑是严格按照十二个时辰来走的；反之就不是。此外，少昊是治理鸟的能手，他可以和太阳神驾驶的金色火鸟沟通，当然，和金色火鸟沟通是不能让太阳神们知道的。少昊就以这样两种方法来判定太阳是不是认真工作。

蓐收长的人面，虎爪，全身白毛，手执大钺，他的左耳中伸出一条小蛇，乘两条龙而行。蓐收也随父亲住在长留山的山里，他效仿父亲的办法，但是他在太阳西沉的时候查看映天的霞光，霞光红映半天，说明太阳神认真工作了。

如果他们发现太阳神没有按照规定的时辰完成工作，少昊就会派他的儿子蓐收去惩罚太阳神。蓐收正直无私，每一次都能出色的完成父亲交给他的任务，用天庭的刑罚惩罚太阳神。太阳神渐渐地都能安于自己的工作了。

蓐收惩罚国王丑

金神蓐收不仅仅和父亲一起担负着管理太阳神的神圣的职责，还管理着上天的刑罚。他对上天和人间的政治都了如指掌，以秉公执法名闻天下。

传说古虢国是西周初期的重要诸侯封国。周武王灭商后，周文王的两个弟弟被封为古虢国国君，一个为雍地的西古虢，一个为制地（今河南荥阳）的东古虢，起着周王室东西两面屏障的作用。西古虢国东迁后，据守上阳的虢叔被称为南古虢，据守下阳（今山西平陆）的虢仲被称为北古虢。与此同时，西古虢支庶与羌人在西古虢故地又建立一个古虢国，时称小古虢。凭借着东周王室的恩宠和强大武力，古虢国在上阳夯土筑城，很快把领地扩大到今天的河南灵宝、卢氏、陕县、渑池及山西平陆，并在桑田（今灵宝市西阎乡稠桑村）打败了妄图继续东扩的犬戎大军。国家安定，出现了繁荣的景象，可是这之后，虢国的国君是丑，他骄奢淫逸，登基不久为显示自己的“政绩”，对内大兴土木，修建的宫

殿规模宏大，殿宇众多，装饰华丽，极尽奢华享乐；对外不断用兵，导致国疲民怨，内部矛盾激化。

这时小古虢国的邻邦是虞国，晋国向虞国借道，虢国的三朝老臣嚣向国王丑献策，说："大王，虞国是我们的屏障，晋国是虎狼之国，如果虞国向晋国借道，那么晋国首先灭掉的就是我们虢国，然后回头再夺得虞国。"国王丑却说："你老眼昏花，能知道什么呀，晋国的国君已经送来了黄金和珠宝首饰，准备和我们结盟，我明天就答应他的使者。"老臣嚣只得叹气的离开，心中却有一个不祥的念头在闪现："虢国要灭亡了，虢国要灭亡了。"

然而，第二天一大早，老臣嚣就被国王丑召进宫来。老臣以为是国王想通了，心里很高兴。哪里想到，国王丑正在室内不安地走动，满眼的惊恐。见老臣来到，丑赶紧拉住嚣的手说："嚣，你是三朝元老，是太史，经历的事情比我多，我昨晚做了一个奇怪的梦，我想请你解释一下。我梦见自己在宗庙的河边行走，忽然一道白光，河沿上出现一个威风凛凛的神人，'他的左耳中伸出一条小蛇，乘两条龙而行。长的人面，虎爪，全身白毛，手执大钺。'我一看见他就吓得魂飞魄散，转身就跑。没想到那神人却大喊说：'不要跑！天帝给了我一道命令，让晋国的军队开进你的京城。'我当时吓得不敢说话，赶紧向他打躬作揖，可是他好像根本就没有听。我醒来觉得这个梦很不好，所以就召太史来讲讲这个梦的吉凶。"

嚣闭上眼睛想了想，说："按照你的描述，你梦见的一定是金神蓐收了，他是掌管天上和人间刑罚的神，你梦见他可要小心。因为国君的吉凶祸福，都是掌握在他的手里的，他是一个正直又公私分明的人，他既然在梦里说出晋国的军队，这说明他已经知道大王你和晋国的事情，他在提醒你谨慎一些！"国王丑虽然觉得这个梦很可怕，但是他希望太史嚣能够把这个梦解为好的，对他说一些吉利的话，可没想到却听到这样一番直言。丑很生气，就命人把太史嚣关进了监牢，并且让百官都来恭贺他这个怪梦。他想只要大家都这样认为，那么我就可以化险为夷了。

虢国的一个叫做舟之乔的大夫，看见自己的国王这样的昏庸，便向他的家人说："我早就听见民间的谣言说虢国要灭亡了，我真的不相信，但是现在我知道了这谣言不是假的。做了怪梦不去警醒，却要大家都恭维他，真的是昏庸至极。"于是就带着家小远走高飞，到晋国去了。

六个月后，晋国从虞国借道成功，使晋国奇袭古虢国得手，一举攻取了古虢国的下阳。不久，晋国又攻占了古虢国都邑——上阳城，古虢国灭亡。班师凯旋的晋军顺路又消灭了虞国，为后世留下了“假虞灭虢”“辅车相依，唇亡齿寒”的典故。

少昊的子孙后代

少昊有几个儿子，他们的外貌、性格、品德、才能等各方面都有很大的差异，其中一个名字叫重，他有着人的面孔，鸟的身体。重的脸是四四方方的，经常穿着白色的衣服，出行的时候，驾驭着两条飞龙。他才干非凡，受到东方天帝伏羲的器重和垂青，成为治理东方的木神，和伏羲共同掌管着春天，人们一般称之为句芒。

春天是万物复苏的季节，繁花似锦，莺歌燕舞，小草偷偷地探出头，树木也轻轻地伸着腰，鱼儿在水中游来游去，鸭子也在河水里嬉戏，整个世界都是一派生机盎然、生机勃勃、欣欣向荣的景象，到处是欢歌笑语，到处是歌舞升平。木神就拿着一个圆规一样的东西，掌管着此时的大地万物的生命。圆规是他权利的象征，人们叫他句芒，包含着弯弯曲曲的意思，和春天草木初生时刻弯曲柔软的样子很相近。句芒还兼任着生命之神，如果某人多行善事，对国家的发展做出了突出的贡献，句芒就会给他增加寿命。

少昊的另一个儿子叫该。该有着老虎的爪子，人的脸，浑身到处都是白毛。他是父亲少昊的部下，人们一般叫他蓐收，他就是传说中的金神，和父亲少昊一起共同掌管着西方一万二千里的地方。他们分工负责，少昊的工作是查看夕阳反射到东边的光辉是否正常，该的工作和父亲大同小异，就是查看太阳落山的时候，西边的霞光是否正常。除此之外，蓐收还掌管着天上的刑罚，如果有人做了坏事，危害了国家的利益，他就会对此人进行惩罚，轻则减少寿命，重则剥夺生命，和他的哥哥句芒的工作恰恰相反。

少昊还有一个儿子叫穷奇，长相有一点像老虎，肋下有一对翅膀，能够在天空自由的翱翔。而且他有一个奇异的本领，就是能够听懂天下各地的语言。他是个颠倒黑白、是非不分的家伙，喜欢恶作剧，比如，他看见两个人打架，就把正直有理的那个人吃掉，而让凶恶闹事的无赖逍遥法外。不过，他有时候也做好

事，比如每年十二月初八，他和他的伙伴们就到处寻找吃人的害虫，把他们赶跑或吃掉。这个故事下文还会有交代。

少昊还有一个儿子般，他发明了弓和箭，使得人们战胜野兽的能力大大地提高了。少昊另外一个叫做倍伐的儿子，被贬到南方，作了缗渊的主神。

少昊的一个后代昧，担任水官，被称为玄冥师。昧的儿子台骀因为治水有功，被封在汾川。此外，帝尧时候帮助尧治理国家的皋陶，大禹时候帮助大禹治理洪水的伯益，都是少昊的子孙。少昊的后代中，有一个在遥远的北方的"一目国"，这里的人只有一只眼睛，长在脸的中间部位，十分的神奇。

总之，少昊的子孙有很多有能力的，他们在四面八方担任不同的神职，为天帝分忧，治理天上和人间。

大傩逐疫，穷奇食蛊

上文说了，少昊还有一个儿子穷奇。穷奇是个颠倒黑白、是非不分的家伙，还喜欢搞恶作剧，不过，有时候他也做好事，比如每年十二月初八，他和他的伙伴们就到处寻找吃人的害虫，把他们赶跑或吃掉。

传说古时候在腊月初八前的一天，宫廷里都要举行一个隆重的典礼叫做"大傩"，这个仪式是用来祛除妖魔鬼怪的，目的是驱疠逐疫。"疠"指的是厉鬼；"疫"指的是使人生病的疫鬼，也是厉鬼。对于瘟疫，辈辈相传的驱赶野兽的方法，就是拿着棍棒，擂起皮鼓，发出"傩傩"的吆喝声，使鬼魅惊吓而逃。

"大傩"的仪式，是要选出 120 个 10 至 12 岁的少年为逐鬼的童子，他们都头戴大红头巾，穿皂青衣，手摇着大拨浪鼓，为首一人带着铜面具扮演驱邪之神方相氏。仪式开始时，"方相氏"为主舞者，头戴面具，身披熊皮，手持戈矛盾牌，同时还有的装扮成十二神兽，他们都披着毛衣，有的头上还安着角，率领 120 名童子呼喊、舞蹈，击鼓而行，其声威气势着实令人心悸。村人并击细鼓，戴胡头，及作金刚力士以逐疫。宫里的侍卫人等唱着祭神的歌曲，灵童们伴唱。歌词大意是："妖魔鬼怪也妖魔鬼怪，你们不要猖狂得意，我们有十二神人，个个勇猛，一定把害人的家伙一气扫荡——抽你们的筋骨，斩碎你们的肉，你们若不快快逃离，我们会捉住你做粮食！"歌声中，方相氏与十二神兽跳起格斗厮杀

和追逐的舞蹈。当举行有歌有舞的赶鬼仪式时，宫外守候着五营骑兵，等宫里发出仪式完毕的信号，立刻亮起火把，骑马继续追赶逃出宫来的疫鬼，一直追赶到洛河边。

在十二神兽中就有一个是穷奇。他的任务就是和一个叫腾根的神兽一起去吃那些毒害人类的蛊。这里所说的“蛊”，就是指那些猛烈的毒性很大的虫。据说颛顼有三个儿子都死于这种毒虫。将许多毒虫放到一个盒子里，让这些毒虫互相残杀，最后只剩下一个，也是最强大的一个，这最后剩下的一个就称为蛊。穷奇和腾根的任务就是把蛊害人类的这个蛊消灭。

第七章　颛顼的传说

颛顼的诞生

相传，颛顼是黄帝的曾孙，是九黎族的首领。颛顼的爷爷是昌意，他是黄帝与嫘祖的次子。昌意在天庭犯了过错，被贬到若水，就是现在的四川境内。此后不久他就有了儿子韩流，韩流长相非常奇特：长长的脖子，小小的耳朵，虽然长了人的脸，却是猪的嘴巴，麒麟的身子，他的两条腿骈生在一起，长了个猪的脚。他娶了阿女做妻子，婚后生了个儿子就是颛顼。

颛顼性格深沉而有谋略，十五岁时就辅佐少昊，治理九黎地区，封于高阳（今河南杞县东），故又称其为高阳氏。黄帝死后，颛顼因为有谋略和才干，还有治理国家的能力，就把他立为天帝，当时他才二十岁。

幼年的时候，颛顼曾到他叔父少昊在东方建立的鸟国游玩。到了那里，颛顼别提多高兴了，因为这个国家和其他的国家都不一样，百官是各种各样的鸟，也可说那里就是一个鸟的王国。颛顼本来是到这里看望叔父的，但是看到这好玩的景象就不想回去了。于是他就待在这里，一边帮助他的叔父治理国政，一边和鸟儿们玩耍。年纪小小的颛顼在这里崭露头角，他把叔父交给自己的政务处理得井井有条，体现出了他非凡的治理国家的才能。他还帮叔父出谋划策，使鸟国越来越繁荣。

颛顼的年纪毕竟还太小，仍然喜欢玩耍。少昊就做了琴和瑟给颛顼弹。颛顼很有音乐天赋，他弹奏的时候引来了很多鸟儿翩翩起舞，这些都很好地培养了他的音乐素养。

等到颛顼回到黄帝身边的时候，正好赶上蚩尤带领苗民捣乱。黄帝十分气愤，就派了他年轻的曾孙颛顼来协助自己处理这件事。黄帝对颛顼的才能早有耳闻，也正想考验考验他。除此之外，他想让年轻的后辈出去应战，一旦胜利了，可以告诫那些想要犯上作乱的人，不要轻举妄动。

颛顼果然不负厚望，颛顼与蚩尤征战数年后，最终帮黄帝平定了乱事。黄帝见曾孙颛顼既能干，又有谋略，是个不可多得的人才，就决定把中央天帝的宝座传给了他，让他代行神权。这样，颛顼就成为了神国的最高统治者。

颛顼和禹强

禹强是传说中的风神兼海神，据说他也是瘟神。禹强又叫“禺疆”、“禹京”，他是黄帝的孙子。当禹强以风神的姿态出现的时候，他就长着一张人的脸，鸟的身体，耳朵上挂着两条青蛇，脚下还踏着两条青蛇。禹强一扇动他那对大翅膀，就会形成了猛烈无比的飓风，这时候树叶会被呼呼地吹下来，有时甚至百年的大树也被禹强带来的大风吹倒。不仅如此，风里边还带着大量的细菌和病毒，人只要被这样的风吹到就会得病，有时甚至还会失去性命。

当禹强以海神的姿态出现的时候，他的样子就比较和蔼和善良。那时他的样子就和陵鱼差不多，呈现出鱼的身体，但是有手也有脚，他这时驾着的是两条青龙。禹强为什么是鱼的身体呢？因为他本来就是北方大海里的一条鱼，名叫“鲲”，实际上就是鲸鱼。他的身体都不能用巨大来形容——从他的头都看不到他的尾巴，足足有好几千里长。这条大鱼拥有无边的法力，他只要摇身一变，就能变成一只大鸟，这鸟的名字叫“鹏”，实际就是一只大凤。这个鸟的身体也非常的巨大，单单是他的背就有几千里宽，这个鸟要是落到人间，估计方圆几千里的范围都得变成废墟。禹强一愤怒，就会张开翅膀朝天上飞，这时候，他的两只翅膀就像垂在天边的乌云，人就是在它的影子下边走，一个月都走不到头。

每年冬天，当海潮运转的时候，禹强就从北海迁徙到南海。他在北海的时候是一条大鱼，到了南海就变成了一只大鸟，也从海神变成了风神。冬天呼呼怒吼、凛冽刺骨，夹杂着雪花肆无忌惮地吹过原野的西北风就是这位大鸟风神扇动着翅膀制造出来的。冬天的时候容易感冒，就是因为风里边有禹强给扇出来的细菌和病毒。

禹强起飞的时候，他的翅膀能掀起三千里的巨浪，排山倒海。他扇动着翅膀，乘着大风，能直上九万里的云霄。他这么一飞就飞了整整半年，从北海一直

飞到了南海，到达目的地才停下来休息。难道风神在飞行的过程中不用吃东西么？不得而知。有可能是在飞的过程中，饿了就抓几只鸟来充充饥吧，反正这个海神兼风神的禺强能耐还是很大的。

刚开始的时候，禺强是黄帝的大臣，就住在北海。但是，他好像并没有得到黄帝的重用，因为黄帝身边的能人实在太多了，很多时候黄帝根本就想不起禺强来。有一次，黄帝派给禺强一个任务就是给神仙们找一个居住场所。虽然不是什么大事，但是他终于有事做了，这让禺强很高兴，他尽心尽力地完成了这件事，黄帝也很满意。禺强心想看来我终于要被黄帝重用了。哪知，黄帝很快又忘记了他还有一个神通广大的孙子禺强。

为此禺强很伤心，他决定四处游荡一下。无意之间他就到了少昊的鸟国。禺强变身成一只大鸟，在鸟群中他是那么特别，就连一根羽毛都比那里最大的鸟还要大。马上就有鸟官把这件事告诉了少昊，颛顼正巧也在鸟国，就吵着要去看看。他跑到那里一眼就看到了禺强，他曾听说过自己有一个神通广大的叔叔，可以变成一只大鸟。颛顼怯怯地问了一句："你是禺强吗?"禺强感到很奇怪，难道自己很有名吗，怎么连小孩都认识自己，他高兴地点点头，回答："是啊。""我是颛顼。"小孩自我介绍说。此时，禺强才知道，遇到了侄儿。他对这个乖巧伶俐的侄儿很是喜欢，经常让他骑到自己背上带他飞到天上玩。他还和颛顼一起在鸟国处理事务，两个人配合得很默契，工作起来也是得心应手。

颛顼回到北方自己的国家时，禺强也和他一起回去了。他和年少的颛顼一起治理着北方积雪覆盖的荒野，大概一万两千里的地方。禺强虽然有很大的本领，但是在遇到颛顼以前，他却是默默无闻，英雄无用武之地。

现在，他终于有机会把自己的才能发挥出来了，虽然是颛顼的叔叔，但是他心甘情愿地做了颛顼的部下，帮他治理国家，来报答他的知遇之恩。

在颛顼统治期间，西北方的黄河水怪作乱人间，搅得附近的百姓不得安宁。颛顼听说这件事后，就派人前去降服水怪，可是不知道是黄河水怪本领太高还是颛顼派去的人不中用，几年过去了，黄河水怪仍然在黄河兴风作浪。百姓们苦不堪言，纷纷请求颛顼帮助他们除掉水怪。颛顼本没把这件事放在心上，可如今他也不能坐视不管了。他决定亲自到黄河去会会这个水怪，看看它究竟有多大的本事。

在黄河边，颛顼遇到了黄河水怪。水怪似乎看透了颛顼的来意，眼睛放射出凶光。颛顼与黄河水怪便扭打在了一起。让颛顼没有想到的是，黄河水怪神通广大，他拼劲了全力与其激战了九九八十一天仍然不分胜负。颛顼知道他不能再这样打下去了，否则只会两败俱伤。他借机逃到了天上，找到女娲帮忙。女娲将天王宝剑交给他，并将使用方法传授给了他。有了天王宝剑，颛顼很快便制服了黄河水怪，并杀死了他。人们都很感激颛顼，从而更加尊敬他了。

重、黎隔断天地通路

一直以来，天和地都是有道路相通的。天神们可以随意下凡，人们也可以随时到天上去。也就是说，无论是神还是人，都可以自由往返于天地之间。起初，人类较少，他们上天对天神的影响很小。后来，人类逐渐增多，他们动不动就跑到天上去游玩一圈，且对天神的也不再像以往那样敬畏，这就给管理者制造了很大的麻烦。为了解决这个问题，让人们重新对天神敬畏起来，颛顼决定将天和地隔绝开来，使人们无法再到天上来。

当然，颛顼决定将天和地隔绝开来，主要还是因为他亲身经历了一件天上恶神到人间作恶的事。这个恶神就是蚩尤。蚩尤偷偷潜到人间，煽动南方的苗民和他一起造反。起初，这些善良的苗民没有听他教唆，没有人肯跟随他，但是，蚩尤不罢休，他设计出各种酷刑，叫手下人使用这些酷刑来逼迫和残害人们。时间一长，人们自然都受不了这些刑罚，再加上他们亲眼见到行善积德的人们受罚，而作恶多端的人却春风得意，渐渐地，大家善良的天性消失了，都跟随恶神蚩尤作起乱来。蚩尤的目的达到了，善良的人们变得愈加凶残起来，比最初跟随蚩尤的人还要凶残很多，他们还野心勃勃地想要帮助蚩尤夺得天帝的神座。

结果，许多善良的百姓都遭到了迫害，失去了他们宝贵的生命。这些遭迫害死去的人的鬼魂，就跑到黄帝面前去申诉他们的冤情。黄帝知道这件事以后，马上派人到人间去核实，结果令他十分气愤，居然还有人敢打自己的主意，他岂能坐视不理。黄帝立马召集天兵天将，到下方去平定叛乱。为首的将领就是颛顼。双方苦战数年以后，蚩尤最终被杀死了，作乱的苗民也被剿灭了，剩余的少数叛民再也不能兴风作浪了。

颛顼做了天帝以后，为了结束现在的这种混居生活，决定把人和神分开，以避免出现像蚩尤之类的恶神，再次煽动人们起来造反。经过深思熟虑之后，颛顼

就让他的孙子重和黎去把天和地的通路阻断。

他将重和黎叫到身边，将自己的想法告诉了他们。重和离当即表示支持，并非常愿意承担此项任务。两人分好了工，便开始行动起来。重负责用力向上托天，黎负责用力向下按地。在两个大力士的努力下，天和地的距离越来越远。直到天与地的高度已经足够阻断天上人间的往来，重和黎才收了手。自重、黎割断天上人间的往来以后，他们自己也不能再在天地间自由来去了。因此，负责托天的重就专门管理天，负责按地的黎则专门管理地。黎到了地上以后，还生了一个儿子叫“噎”。这孩子长着一张人脸，但是却没有手臂，两只脚驾在头上，样子很奇怪。他住在大荒西极一座“日月山”的天门那里，这门是太阳和月亮进去的地方，叫“中”，他在这里帮助自己的父亲管理日月星辰的行次，是一位时间之神。

不久之后，颛顼就看到了天地通路阻断之后的好处：神和人分开了，阴阳有序了，天上诸神过得逍遥自在，地上的人们也活得幸福快乐。人是上不了天了，但是神还是能偶尔私下凡间，还有可能发生一段神、人相恋的佳话。即使是这样，大多数时间，神还是高高在上，无忧无虑地享受着人们的崇敬、供奉和祭祀。

奇禽怪兽

天和地的通路阻断以后，神和人之间自然就有了距离。没过几代，人间等级的分化就很明显了，一小部分人往高处爬，成为高高在上的统治者，而大部分人则成为了被统治者，受人压迫剥削。人间的这些统治者俨然就是地上的神，要风得风，要雨得雨。

这种分化出现以后，人间便有了种种不幸。那些能给人类带来灾难的神鸟怪兽一天天增加，在山林水泽中，添加了无数有势力的神灵。人们生活在水深火热之中，忧患和恐惧也时时陪伴着大家。

水泽中有一种蛇，名字叫“肥遗”，这个蛇和咱们平时见到的可是大不一样。它不但长着六只脚，居然还长着四只翅膀，能够在天上飞。这样的蛇，听起来都让人害怕，更何况是看到呢。据说，有一次当它在天上飞的时候，被一个人看到了。看到它的人当时就吓坏了，因为他从来没看见这样的怪物。这个人回家以后就一病不起，没过多久就去世了。这个肥遗，吓坏了人不但不内疚，反而变本加厉起来。它让大地上发生了可怕的旱灾，连续好几个月一滴雨也没下，庄稼干死了，牲畜也奄奄一息，人们没有水喝，没有饭吃，只好背井离乡去外边讨饭。后来大家都不敢轻易再往天上看了，万一看到肥遗不但自己倒霉，父老乡亲也要跟着遭殃，实在不值得。

有一种怪兽，形状像头牛，身上却长着老虎的斑纹，名字是“”。一天，一个猎户在森林里捕猎，看到一只体型硕大，却长着老虎斑纹的牛，猎户十分诧异，就追着它跑了一段。这个野兽，虽然体型庞大，但是动作十分敏捷。猎户追了半天，就是追不上。他感到体力不支，就停下来靠着一棵树，歇息片刻。就一眨眼的功夫，这个怪兽就出现在了猎户面前，居然还会说话。它大笑了一声，说道：“追不上吧，你是个人，怎么能追得上我呢，我就是你们说的怪兽。告诉你，我每次出现，人间都会发生大洪水，你们好自为之吧。”怪兽说完，没等猎户反应过来就消失了。果然，第二天，狂风大作，电闪雷鸣，瓢泼大雨顷刻而至，这么大的雨一连下了好几天。地面上洪水泛滥，淹没了农田和村庄。以后这个怪兽在人间每出现一次，人类就倒霉一次，发一次大洪水，但是却拿它没办法。

还有一种怪兽，形状也像牛，但是脑袋是白色的，脸上只长着一只眼睛，尾巴像条蛇，名字是“蜚”，它也在人间出现过。一个老农在稻田里插秧，忽见前方出现一大片乌云，正当他看的时候，一只白脑袋的大牛从天而降。说时迟那时快，这只怪兽着地以后就奔跑起来。它经过稻田，稻田里的水就立马干涸了；经过草地，绿油油的青草马上就枯萎了……凡是它路过的地方，身后都是枯黄的一片，再有生机的土地也变得萧条了。只是这样也就罢了，更可恶的是，它出现以后，人间就要发生大瘟疫。那时候的卫生条件很差，瘟疫传染得很快，一天之内就会死很多人。这个怪兽的出现，也给人类带来了很大的痛苦。

有一种叫“毕方”的鸟，体型像鹤，青色的身体，红色的斑纹，嘴是白的，只有一只脚。它飞过森林，森林就变成一片火海；飞过田野，绿油油的庄稼瞬间自燃，化为灰烬；飞过村庄，人们就在火海中挣扎。它所到之处立刻就会发生火灾。

还有一种鸟，叫“酸与”。它的形状像蛇，四只翅膀，六只眼睛，三只脚。它到过的地方，平静的人们就会莫名的惶恐不安起来。小孩子不吃饭，不睡觉，不玩耍，无缘无故就哭；大人们则坐立不安，不思茶饭，每天都很惊恐。这样的

情况得持续很长时间，给人们的身体和精神带来了巨大的伤害。

还有一种长得像狐狸的怪兽，白尾巴，长耳朵，名叫“ 狼”。狐狸这种动物最多就是狐假虎威，干些偷鸡摸狗的勾当。可是这个怪兽可比狐狸坏得多了，它把个太平世界搞得乌烟瘴气，兵戎四起。但凡它出现的地方，免不了要发生战争。

有一种五色鸟，长着人的脸，披着长长的头发，样子很吓人。它们每到一个国家，也不知道什么原因，这个国家就灭亡了。很多国王知道这件事后，都命令在全国各地布下天罗地网，来抓捕这种鸟，他们希望这种鸟不要飞到自己的国家。虽然，人们都严阵以待来抓捕它，可就是拿它无可奈何，还是有不少国家都灭亡了。

这些长相奇怪的奇禽怪兽，不断在人间出没，给人们带来了各种灾难和痛苦，使人们陷入了水深火热之中。天帝颛顼却对这些事情不闻不问，任由它们祸害人间。除了这些害人的奇禽怪兽，也有一些长相奇特，但是对人类无害，能够和人类和平相处的生物。

如南方洵山上的一种的野兽，形状像羊，但是没有嘴巴，更奇怪的是无论用什么方法都杀不死它。南海之外也生长着一种怪兽，它的身体是由三只青兽连在一起构成的，名字叫“双双”。北方天地之山上，有一种名叫“飞兔”的小兽，长着老鼠的脑袋，兔子的身体，它能够把背上的毛当成翅膀，随意地在天上飞行。它们也经常出没在人间，但是却没有做 任何伤害人类的事，相反有时候还会帮助一下人们。

药用的动物和植物

并不是所有的生物都对人类有害，一些生物不但对人类无害，而且有很大的益处。它们大部分都可以入药，挽救重病的人们。

有一种叫“嚣”的鸟，长着四只翅膀，一只眼睛，还有一条狗尾巴。别看它长得有点奇怪和难看，但是它能治肚子痛。一次，有一个孩子，不知道什么原因肚子一直疼。家里人找遍了周围的郎中，却没有一个人能找到病因。孩子就这样疼了好几天，家人都很害怕，以为他得了什么重病。一天，一个邻居找到他们，说道："我听说林子里有一种鸟，吃了它能治肚子痛，不知道是真是假？"孩子的父亲听罢，决定试试看，就叫上了那个人和他一起去了树林。将近傍晚的时候，孩子的父亲提着一只大鸟回来了。大家起初看到这个鸟都感觉有点害怕，但是为了救孩子，还是把它杀了。果然，小孩吃了这只鸟以后，肚子就不疼了，而且身体比以前更好。

有一种鱼，身体的形状类似于鲤鱼，却长着一对鸡爪子。据说吃了它，可以消散肿瘤。有个老妇年近六十，本来身体很好，但是有一段时间却肚子痛。她请来大夫看病，大夫告诉她身体里有个肿瘤，这可吓坏了老妇。那时候医疗条件很差，还治不了这种病，老妇心想只能等死了，每天郁郁寡欢的。后来，她儿子听说有种鱼能治老妇的病，就跑到河里抓鱼，等了好多天，费了九牛二虎之力终于抓到了一条。他们将信将疑地把鱼炖了给老妇吃，果然老妇吃了之后马上就感觉没有那么难受了，又过了几天，先前的症状全都消失了。他们又找来大夫察看，大夫万分吃惊地发现肿瘤消失了。从此以后，人们就用这种鱼来治疗肿瘤。据说这种鱼不但能治病，常吃还能延年益寿。

有一种鸟，形状像野鸡，它把脸上的须髯当做翅膀，用来飞行，这种鸟叫"当扈"。曾经有个猎人在打猎的时候看到过这种鸟，他以为是野鸡就把它打了下来。这个猎人回到家以后，就把这只鸟炖给他母亲吃。母亲吃完以后，眼前一亮，困扰她多年的老花眼好了，她后来看什么东西都清清楚楚。这可把母子俩高兴坏了，老母亲又能给猎人缝补衣服了。

还有一种怪兽，形状像羊，有九条尾巴，四只眼睛，它的眼睛都长在背上。这种动物的皮很特别，把它剖下来佩带在身上，可以使胆小的人胆子变大。从前，有个财主家的孩子，从懂事开始就胆小如鼠；平时不敢见生人，整日里躲在房间里不敢出去。白天还好点，到了晚上，这个孩子就吓得浑身发抖。财主四处找医生医治，却丝毫不见效果，最后什么偏方都试了，都没任何作用。一天，一个道士路过这里，给了财主一块毛皮，财主把这块皮每天都佩戴在孩子身上。果然，过了不久，这个孩子的胆子就越来越大，活蹦乱跳地和其他孩子没有任何差别。据说这块皮就是从这个怪兽身上弄下来的。

其他还有一些可以做药材的怪兽，例如旋鱼可以用来治疗足茧，让人吃了可以不怕打雷的飞鱼，可以叫人跑得快的，还有一种怪兽可以让人不做恶梦等。这些可以作为药材的怪兽虽然种类比较多，但是却不容易找到。

世间的植物，大多数都是对人类有益处的。少室山上有一种叫"帝休"的树，这种树长着五条枝干，都向外边伸展开来。它的树叶和杨树叶子的形状差不多，开黄色的花朵，结黑色的果实。如果把它的花和果实摘下来熬汤喝，可以使人心平气和，不会轻易动怒。

中曲山上也长着一种树，这种树的形状像棠梨，长着圆形的叶子，结红彤彤的果实，果实有木瓜那么大。人若是吃了它的果实，力气就会变得非常大，人也变得很强壮，能够拔起一棵树，也能推到一堵墙。

有一种草，生长在少陉山上。它长着红的杆，开白色的花，叶子像向日葵，果实犹如山葡萄般晶莹剔透。人要是吃了它的果实，即使很愚笨，也能变得非常聪明。小孩子吃了就会变成神童，就是这么奇妙。

还有一种草，名叫“蒗毒草”，状如蓍草，浑身长着毛，开青色的花，结白色的果实。如果把这种草拿来熬汤喝，病入膏肓的人也能生龙活虎起来，它可以使人延年益寿，不再担心短命。除此之外，它还能用来治疗肠胃病。

还有一些其他的药草，例如生长在丰山的羊桃可以用来消肿；敏山的蓟柏，哪怕是在寒冷的冬天吃了它也不会怕冷；还有一种芒草，可以用来毒鱼，但是人吃了却没有毒。这类植物多得数不清，各有各的作用，但就是很难被找到。

熊穴、九钟和鸟余、鼠突

湖北省西部边陲的神农架，是古代帝王的圣地，这位帝王，就是炎帝神农氏。神农架最早的名称为“熊山”。《山海经·中次九经》中记载：熊山上有一个很大的熊穴，有一些奇怪的神人经常从里边进进出出。神农架发现的熊不仅数量特别多，而且种类也多，不愧是“熊的王国”。其中的“神人”，是屈原《山鬼》诗中的“山鬼”，即现在轰动世界的神农架高大的“野人”。炎热的夏天一到，这个熊穴就自然打开了；而到了严寒的冬天，它又关闭了。如果冬天的时候熊穴还不关闭，那么世上就会发生比较大的战争。

耕父神住在丰山，山上有九口钟。这个钟的特别之处就在于，每年一到霜降的时候，就会自然地响起来，声音清脆悦耳。据说，帝喾一行人（下章要写到）南行时，越过了一座大山，晚上在客栈中留宿的时候，远远地听见一种声音摇荡上下，断续不绝，仿佛和钟声一般。帝喾便问左右：“何处撞钟？”左右答道：

“在前面山林之内。”帝喾又问：“前面是什么山？”左右道：“听说是丰山。”帝喾恍然道：“朕知道了。这个钟声不是因人撞而响的，是自己会响的。听说这座丰山上有九口钟，遇到霜降，则能自鸣。现在隆冬夜半，外边必定有霜了，所以它就一齐响了起来，这个和磁针一样，是物类自然的感应，是一种不可解的道理。”左右人细听了一下，这个声音果然没有高低轻重之分，不像是人撞的，都感觉很奇怪。帝喾又说道：“这座山里还有一个神人呢，名叫耕父，他常到山下一个清冷的湖里游玩，走进走出，浑身是光，仿佛一个火人，难道不奇怪吗？还有一种兽，长得像猿，红色的眼睛，红色的嘴，全身是黄的，名叫雍和之兽，难道不是一个奇兽吗？”左右人说道：“明天我们去看看，也可以长长见识。”帝喾摇了摇头：“这个是不能见，也不可以见的。雍和奇兽出现了，国家必定会有大恐慌发生；耕父神出现了，国家必然会有祸败的事情发生。耕父神是个旱神，不可能轻易出现，就连九口钟，外人也不可能轻易看见。”左右就奇怪了，问道：“既然不能见，怎么知道有这么一个奇兽呢？何以知道有这么一个神人呢？更何以知道响的是钟，并且知道是九口呢？”帝喾道：“当然有人见过的，而且不止一次。奇兽、神人每出现一次，国家就一定会发生恐慌，发生祸乱，所以后人才敢写到书上，世人才能知道。那九口钟是个神物，不知道什么时候会出现，也不知道什么时候就藏起来了，前人要是没见过，能乱说吗？”左右听了，都点头无语。

鸟鼠同穴山上有一种鸟，叫“鸟余”。它长得像沙鸡，但是比沙鸡稍微小一点，羽毛黄中带黑；有一种鼠，叫“鼠突”，形状和家中的老鼠差不多，但是尾巴要短很多。关于“鸟鼠同穴还有一个传说：鸟和鼠原本是一对恩爱的夫妻，妻子很勤劳，丈夫很懒惰，他们居住在渭水源头，生活过得清苦，但为人忠厚善良。有一天早起，妻子去担水，发现泉边有两条蛇在厮咬，一条白蛇被一条麻蛇死死咬住，眼看就要被咬死了。妻子发了善心，急忙从树上折了一根树枝把麻蛇赶跑了，白蛇得救后，钻到泉边的河里去了。当天晚上，妻子做了一个梦：梦见家里来了一个人，自称是渭河龙王的家里人。对妻子说：你今天做了善事，救了我们家主人，我家主人要报答你，请你在鸡叫头遍的时候到渭河边上来。妻子醒来，原是一个梦，她将信将疑，但是还是约丈夫一同前去。

第二天一大早，勤劳的妻子早早起身，穿戴整齐，出门的时候，懒惰的丈夫才从炕上爬起来。妻子到了河边，丈夫才到山腰。渭河龙王的家人早已在河边等待，并告诉妻子说：此番前去，龙王爷要好好地报答你，给金子，你别要，给银子，你也别要。你就要桌上放的两把花扇子和两颗玉石，你就终身享用不尽了。妻子点点头，记在心里了。来人让妻子闭上眼睛，背着妻子下了河。妻子睁开眼睛的时候，已经来到了渭河龙王的水晶宫。一个受伤的老爷爷非常热情地接待了她，一连办了三天的酒席。临行时，老爷爷让下人给妻子端上来一盘“黄的”来，妻子一看是金子，没要。又让端来一盘“白的”来，妻子一看是银子，也没要。就要了桌上的两把花扇子和两颗玉石。龙王派下人把妻子送上河岸的时候，丈夫还在河边等候。妻子见到丈夫很高兴，就让丈夫看两样宝贝。丈夫不喜欢花扇子，就接过两颗玉石。他正看得起劲的时候，妻子打开了两把扇子，她一下子飞到空中去了。丈夫一看急了，想拉住妻子，情急之下，就把两颗玉石含到了嘴里，他一下子变出了一对尖利的牙齿。从此以后，这对恩爱夫妻便成了异类，妻子变成了鸟，丈夫变成了鼠。可是他俩总也忘不了过去的恩爱，就干脆同住一穴，这就成了“鸟鼠同穴”。他们在山上打三四尺的洞，鸟在外边觅食，鼠在洞里管理家务，他们还生出了可爱的孩子，幸福地生活着。

山林水泽的鬼神

山林水泽的鬼神好多都是凶恶的，他们大多外表长得十分丑陋，叫人一见就很害怕，善良的比较少。朝阳之谷的水神天吴，长着老虎的身体，青里带黄的毛，他粗壮的脖子上有八个脑袋，每个脑袋还长着人脸，除此之外，他有八只脚，十条尾巴。如果这样一个怪兽站在一个成年人面前，也会把人吓死，何况是个孩子。有一群淘气的孩子由于好奇，就跑到了朝阳之谷里边玩耍。他们进去以后，被里边秀美的风光吸引了，又玩又闹，非常快乐。可能是由于他们的吵闹声太大，惊醒了正在午睡的天吴，他拖着笨重的身体，沿着笑声一路寻找过去。孩子们还在快乐地玩耍着，突然有个孩子听到了笨重的脚步声和尾巴敲打树木的声音。他立即告诉了其他的孩子，孩子们停下来仔细听了一下，果然听到了这些声音。他们害怕极了，靠在一起瑟瑟发抖，他们不知道这个怪兽从何方而来，也不知道从哪个方向逃走。只听见沉重的脚步声和喘息声越来越大，随着一声大吼，一只可怕的怪物从树丛中出来了。见到他，孩子们不由得大哭起来，四散着跑开了。这些孩子回家以后大都吓坏了，有的病了好久，还有一两个一病不起。从

此，再也没有人敢擅自跑进这个山谷了，即使里边景色非常优美。

骄山上的山神，形象像人，长着羊角，老虎的爪子。他喜欢在睢水和漳水的深渊中游玩。其实这个山神去的地方人迹罕至，他似乎不喜欢和人类有任何交流，甚至不喜欢让人看到他。他每次出现的时候，身上就会发出闪闪的光辉，让人睁不开眼睛，还烤得人难受。所以遇到他的人类都得迅速地离开，以免把他给惹怒了。

住在光山的计蒙神，是一个长着人的身体和龙头的怪物。这个怪物很喜欢在有水的地方出现，也经常去漳水的深渊中游玩。他和大多数水泽中的怪物一样，非常喜欢人类，因此他出行的时候总是伴着狂风暴雨。附近的人们每次看到这种突如其来的狂风暴雨就知道计蒙神又出现了，大家就迅速地躲起来。如果有人胆敢无视他的出现，仍然我行我素，那么这种狂风暴雨会持续很长时间，即使那个人最终躲起来了，计蒙神还是要惩罚他。所以，人们只要知道他出现了，都不敢在外边多逗留，更不敢和他有任何交往。

平逢山的骄虫神长着人的身体，一个脖子上长着两颗丑陋的脑袋，他还有个很厉害的头衔——一切螫虫的首领。听到这里，大家肯定毛骨悚然了，只他自己已经很恐怖了，还和所有的螫虫扯上了，还有谁敢惹他。他甘愿把自己的两个脑袋贡献出来，给蜜蜂们做蜂巢，让蜜蜂们在里边酿蜜。有人曾经遇到过他，远远地就能听到蜂群嗡嗡的叫声，抬头一看，只见远处一个身体上两个黑乎乎的球慢慢移动过来，所到之处的蜜蜂还成群结队地加入进去。慢慢地，这个队伍就越来越壮大了。人们哪敢挡他的路，看到他就远远地走开了。

住在瑶水的无名天神，长着和牛一样的身体，有两个脑袋，八只脚和一条马的尾巴。他是一个灾祸之星，他出现的地方，就是再和平的国家都会发生战乱。人们想方设法地阻止他出现，可是收效甚微，因为那时的人力还不足以阻止这样的怪兽，人们只能眼睁睁地看着幸福的生活被他给毁了。

前边提到过的住在丰山上的耕父神，他喜欢去清泠之渊游玩。他是干旱之神，凡是他出现的地方就会发生旱灾，不仅如此，他所到的那个国家还会灭亡。可怜的人们只能流离失所，背井离乡。

这些可恶的怪兽，不但不能给人类带来幸福和快乐的生活，还使生活在幸福中的人们陷入痛苦之中。人们对他们只有惧怕，不敢轻易地触犯他们。

天帝帝台和吉神泰逢

在这些凶恶的鬼神中，也有个别是善良的。例如吉神泰逢和小小的天帝帝台，他们的存在，给了人们些许安慰和鼓舞。

帝台活动的地方比较小，只是在中原一带的几座小山上，大概就是在现在的河南省境内，他和吉神泰逢居住的地方比较接近。在他的活动范围内有一座休与山，上面长着一种五色斑斓的美丽石子，这些石子圆溜溜、光亮亮的，就像是鹌鹑蛋，被叫做帝台之棋。相传，这些石子曾被帝台用来祷祀过各方的神灵，因而这些石子身上就沾上了灵气。这些石子如果被人类找到，并用它们熬汤喝，就能免受妖魔鬼怪的蛊惑。在那个鬼怪横行的时代，人类难免会受到他们的骚扰，有一部分人就被蛊惑了。在这种情况下看大夫，抓药吃的效果都不明显，即使找来道士设坛施法也没有什么效果，人们只能饱受痛苦的煎熬。帝台知道这种情况以后，决心挽救处于痛苦中的人们。于是，他就用这些美丽的石子祷祀了各方的神灵，希望神灵们能保佑善良的人类，不要让鬼怪横行霸道。祷祀之后，这些石子就有了灵性。帝台把这些小石子送给被蛊惑的人，他们喝了用石子熬的汤，病就好了，帝台也把它们送给正常人用来驱除鬼怪。帝台之棋的出现，帮人类减轻了痛苦。

距离休与山不远的地方，还有一座鼓钟山。善良的帝台曾经在这里敲钟击鼓，召集各方的神灵们在这里聚会，商讨如何保护人类，使他们免受妖魔鬼怪之苦。神灵们有这样的想法：鬼怪们不但数量很多，而且都有自己的护身之法，神灵们的数量又少，怎么保护得了人类呢。帝台听后，就劝大家，如果神灵们都没有方法来保护人类，那人类自己的力量更加弱小，他们又怎么能保护得了自己呢。帝台大宴宾客三天，众神灵们也热烈地商议着。最终他们达成了协议，各自保护自己辖区里的人类，如果有需要就联合起来驱除鬼怪。

在距离这两座山稍微远一点的地方，还有一座山叫高前山。从山上会流下一股寒冷而清亮的泉水，这个泉水叫做帝台之浆。在那个混乱的年代，时常会有失去亲人的痛苦。前一刻，儿子还和母亲在一起闲话家常，下一刻，儿子离家砍柴买米，这样的分离就可能是生离死别。凶恶的鬼怪太多，没有人能保证自己出门不会碰到，一旦遭遇不测，亲人们就会伤心得痛不欲生。据说，喝了帝台之浆可以使人不再心痛。

帝台是一个管辖一方的小小天帝，仁慈、温和，他总是在尽自己最大的努力让人们生活得更好。

每个人都喜欢吉祥如意，所以吉神泰逢，就成了人们都愿意见到的天神，传说人们遇到他就会有喜事降临。吉神泰逢是和山的主神，那里盛产美玉。他的形状与人相似，但身后长着一条老虎的尾巴。泰逢往往居住在和山向阳的南坡，每当进出这座山时，他的周围都有彩色的光环闪耀。谁要是遇到吉神泰逢，他就把福音带给谁。泰逢喜欢喝酒，而且酒量很大。当酒喝多的时候就喜欢和人们开玩笑。吉神泰逢，具有变化莫测的法力，可以移动天地之气。

吉神泰逢的脾气一般情况下都很温和，但是如若遇到了他十分不喜欢的人，也会让他吃点小小的苦头。夏朝的昏君孔甲，不理朝政，每天只知道喝酒打猎、沉迷女色，而且为人残暴。有一天，孔甲来到东守阳山狩猎，吉神泰逢非常讨厌这个只知道玩乐的人，他就运用自己的神力感动了天地，求来了一场暴风雨，使孔甲迷了路，以此来惩罚这个昏君。

相传春秋时期，晋平公和著名音乐家师旷一起坐车出游的时候，在路上看到一个人坐着八匹马拉的车子向他们驶来。到了近前，那个人便从自己的车上跳了下来，跟在晋平公的车子后边。晋平公回头一看，觉得很奇怪，这个人的身后怎么会有一条老虎的尾巴。这可把他吓坏了，他就让师旷看这是什么怪物。师旷看了看，笑着说道："大王不用害怕，这个人可能是吉神泰逢，你看他的脸红红的，一定是到霍太山的山神那里喝酒回来了。如今你遇到了他，恭喜你，要有喜事降临了。"晋平公将信将疑，但是不久以后他不得不相信师旷的话。因为，不久之后晋平公果然遇到了几件大喜事，他的军队连连打胜仗，疆土不断扩大，大臣们都说这是吉神泰逢给大王带来的福气。

虽然吉神泰逢总会给人们带来喜事，但是，如果得罪了他，他也会给你还以颜色。吉神泰逢对善良的人们总会给予关照，总是把令人欣喜的事情带给他们。

颛顼与共工之间的战争

水神共工是中国上古传说中的人物。相传，共工姓姜，是炎帝的后代。共工

是神农氏以后，又一个为农业生产发展做出过重要贡献的人。共工氏是个治水世家，共工和他的儿子后土对农业都很精通，他们专著于研究农业生产中的水利方面。在考察了部落的土地情况后，共工发现有的地方地势太高，田地浇水很费力；有的地方地势太低，容易被淹。为了改变这种不利于农业生产的状况，共工发明了筑堤蓄水的方法。具体做法是：把高处的土运到低地上。他认为洼地填平可以扩大耕种面积，高地去平，有利于水利灌溉，对发展农业生产大有好处。

共工的部众越来越少，七零八落留下一地尸体。

水神共工是炎帝的后裔，颛顼是黄帝的曾孙，两人矛盾重重。由于农业方面的不同观点，引发了颛顼与共工的帝位之争，也可算作是炎黄之战的继续。

颛顼不赞成共工在农业方面的做法。颛顼认为，他是部族中至高无上的权威，整个部族应当听从他一个人的号令，即使是共工也不能自作主张。他以按照共工的方法实施筑堤蓄水，会惹怒上天为由，反对共工实行他的计划。于是，颛顼与共工氏之间发生了一场十分激烈的斗争，表面上是对治土、治水的争论，实际上是对部族领导权的争夺。

颛顼成为天帝，接掌宇宙统治权以后，对下方百姓的疾苦毫不关心，同时他还用强权压制其他派系的天神，以至于天上人间，怨声沸腾。心存不甘的共工看

到这样的情况，非常高兴。于是就召集心怀不满的天神们，决定一起来推翻天帝颛顼的统治，夺取领导权。反叛的诸神们推选共工为盟主，组建了一支军队，突袭天国京都。

颛顼听闻这次兵变，也不惊惶，他一面叫人点燃了烽火台，召集四方诸侯急速前来支援；一面调集京城的兵马，亲自挂帅，前去迎战。一场酷烈的战斗开始了，两股人马从天上厮杀到凡界，再从凡界厮杀到天上，几个来回过去，天帝颛顼的部众越来越多，人形虎尾的泰逢驾万道祥光由和山赶来，龙头人身的计蒙挟疾风骤雨由光山赶来，长着两个蜂窝脑袋的骄虫带领毒蜂毒蝎由平逢山赶来。共工的部众越来越少，七零八落地留下一地尸体。

前面曾讲过共工与祝融的一场战争，在那场战争中，共工落败，一怒之下撞断了不周山。在这场颛顼和共工的战争神话传说中，不知是不是想不出什么好结尾了，就也弄了个公共怒撞不周山。神话毕竟是神话，是不好找到依据的，因此，共工到底是什么时候撞断不周山也就不得而知了。所以，我们就权当作一个神的两种传说吧，其实，在中国神话中，这样的现象也不少见。

共工辗转杀到西北方的不周山下，身边仅剩十几个人。他举目望去，不周山奇崛突兀，顶天立地，挡住了去路。这不周山其实是一根撑天的巨柱，是天帝颛顼维持宇宙统治的主要工具之一。身后，喊杀声、劝降声接连传来，天罗地网已经形成，就等着共工自投罗网了。共工在绝望中发出了愤怒的呐喊，他义无反顾地朝不周山拼命撞去，只听得轰隆隆一阵巨响，那撑天拄地的不周山竟被他拦腰撞断，横塌下来。

天柱被折断以后，整个宇宙便随之发生了大的变动：西北的天穹失去支撑而向下倾斜，使拴系在北方天顶的太阳、月亮和星星在原来位置上再也站不住脚，身不由已地挣脱束缚，朝低斜的西天滑去，形成了我们今天所看见的日月星辰的运行线路，解除了当时人们所遭受的白昼永是白昼，黑夜永是黑夜的困苦。另一方面，悬吊大地东南角的巨绳被剧烈的震动崩断了，东南大地塌陷下去，形成了我们今天所看见的西北高、东南低的地势，促使江河东流、百川归海。

虽然共工氏没有得到民众的理解和支持，但他依然坚信自己的观点是正确的，坚决不肯妥协。他不惜牺牲自己，用生命去守护自己的事业。虽然这次的战争是天帝颛顼胜利了，但是共工氏的行为最后也得到了人们的尊敬。在共工氏死后，人们奉他为水师。他的儿子后土也被人们奉为社神。

荒唐的颛顼和颛顼之死

颛顼继位之初，首先进行了一次重要的宗教改革。当时被黄帝征服的九黎族不敬奉上天，而是一心从事巫蛊活动，颛顼便下令禁绝巫教，要求九黎族人必须遵从黄帝族的教化，从而为自己树立了威信。

颛顼曾被封于北方，对北方有一种特别的感情，继位之后仍然念念不忘自己的北方。因此，他下令将日月星辰全部固定在北方的上空，使它们永远照耀着北方的人民。可这样一来，就给东方、南方和西方诸国的百姓带来了极大的不便。人们整日生活在黑暗之中，内心十分压抑。可颛顼管不了那么多，只要北方一片光明，他就可以心安理得地坐享中宫。

当然，这一近乎荒唐的做法后来被废止了，日月星辰又回到了原来的运行轨道，照耀着各方人民。

颛顼对人民缺少应有的顾念，但是却是一位讲究礼法的天帝。据《淮南子·齐俗篇》记载，颛顼在人类社会第一次定下了“男尊女卑”的法律。这条法律是这样规定的：妇女们在路上如果遇到了男子，必须得赶快让路，如果有女人不这样做的话，就立马把她拉到十字路口，然后让巫师们敲钟击声，做一场法事，来祛除出她身上的妖气。

颛顼的这条法律是很不公平的。可怜的女人们看到其他女人因不遵守法律而受到捉弄就都提高了警惕，在路上遇到男人就像遇到瘟疫一样掉头就跑。她们当时的速度，现在的百米世界冠军也未必能赶上。男人们自然是相当高兴，个个洋洋得意，认为自己的地位和权力真的要比女人高很多，从而更加肆无忌惮地欺负可怜的女人们了。

颛顼更加喜不自禁，他骨子里认为女人就应该受男人的压制，所以，认为自己订立的这条法律真是太成功了。真不知道颛顼讲究礼法对人民是好事还是坏事，不过，单从压制女人这个角度看，他的立法就够荒唐的了。

当时，有一对兄妹，因两人彼此深爱就结成了夫妻。颛顼知道此事后相当气愤，认为他们的行为是乱伦败德，影响了人间秩序，就把他们流放到崆峒山的深山里。崆峒山怪石嶙峋、奇峰林立，兄妹俩根本无暇顾及秀美的景色，因为时值寒冬，他们没有食物，没有御寒的衣物，饥寒交迫的两个人只能紧紧相拥，用彼此的体温来给自己一点温暖。最终，他们还是死了，可能是因为寒冷，也可能是因为饥饿。但是，两颗相爱的心却没有分开。

不知过了多久，有一天，崆峒山偶然飞来了一只巨大的神鸟——据说是禹强。看见相爱的两个人死得如此可怜，禹强不觉心生怜悯之情，决定救活这对恋人。思考片刻以后，他拍了拍翅膀飞走了。不久以后他又衔着不死神草飞回来了。他把这棵草覆盖在两个人身上后就又离开了。

大概又过了七个年头，那对兄妹俩复活了。复活后的他们，身子早就连在了一起，成为了两个头、四只手和四只脚的怪物。即便如此，两个人还是很高兴，因为这样他们就能永远在一起了，再也没有人可以把他们分开了。

从那时起，他们就在一起过着幸福的生活，他们生下的孩子和以后的子孙，都是这般模样。后来，他们形成了一个部落——“双蒙氏”。

……

再说说颛顼之死。俗话说，人死不能复活。但是，据说天帝死去以后，会发生一些变化，他们还能死而复生，只是不是本来的样子而已。在颛顼身上也发生过这样的事情。

当凛冽的大风从北方吹来的时候，由于风吹得比较强烈，地下的泉水会涨出地面。每当这时候，蛇就会变成鱼。这个现象被一个渔夫看到了，他觉得很吃惊，世界上居然有这样的事情。令他更加吃惊的是，渔夫看到一个死人趁着蛇化成鱼的机会，附在了鱼的身上，这个人就死而复活了。这个人就是颛顼，复活以后的他身体上边是人，下半边是鱼。虽没了往日的威严和风光，复活以后的颛顼还是很傲慢。他和渔夫说道：“我就是天帝颛顼，死而复活以后就是现在这个样子，我现在叫‘鱼妇’……”说罢，这个鱼妇就消失了。

颛顼复活以后之所以叫鱼妇，可能是因为鱼做了他的妻子，救活了他的性命吧。现在所说的美人鱼大概就和颛顼复活以后的样子差不多，只是我们很难亲眼见到罢了。后来，这个渔夫再回到原处，想见一见鱼妇，但是再也没见到，没有人知道这个鱼妇去了哪里。

还有一段这样的记载：据说周民族的祖宗后稷也发生过类似的变化。他在自己的坟墓里死而复活了，半边身子也是鱼的躯体，和鱼妇的外形十分相似。至于他是如何变化成这个样子的？他为什么要变化成这个样子？已经无从考证了，只是在史书上还能看到相关的记载。

猪婆龙演奏音乐

虽然作为一个天帝颛顼不太称职，但是他对音乐却极有天赋。他爱好音乐，对音乐具有很高的鉴赏力，也是一个不可多得的“乐迷”。他很小的时候，在东方海外的叔父少昊那里作客。年少的他，没事便一个人跑到树林里边去玩。一次，玩累的颛顼坐在一棵大树下歇息。突然，他听见鸟儿委婉悠扬的歌声，不知不觉陶醉在这美妙的歌声之中。以后，每次出去玩，他都会留意周围，去发掘各种美妙的声音。这些声音使颛顼心情愉悦，也使他渐渐喜欢上了音乐。作为叔父的少昊还是很细心的，他见颛顼每日都兴高采烈地哼着小曲，就仔细观察了颛项的行为。他发现侄儿十分喜爱音乐，也很有天赋，就派人找来琴和瑟供他抚玩弹奏。颛项见到琴瑟以后爱不释手，经常弹奏练习，这也增加了颛项对音乐的爱好。

即使是在颛项成为天帝以后，他仍然热爱着音乐，在忙完政务的闲暇时间，他也会独自体会一下各种自然之声构成的美妙音乐。一天，或许是偶然，或许是因为颛项心情好，在闭目养神的时候，颛项突然听到一段无比美妙的声音，是他以前从来没有听过的，这是一种熙熙凄凄锵锵的声音，好像是用什么乐器弹奏出来的音乐，十分动听。他忙睁开眼睛，却什么乐器也没发现。连续几日，颛项都会细细品味这种声音，实在太美妙了，每一次都会让他心驰神往。最后，他终于发现，这其实就是天风吹过所发出的声音。可能对别人来说，这实在是太平常不过的声音，但是对于善于发现美妙乐声的颛项来说，却有着不同的感受。他迷恋上了风演奏出来的歌曲，于是，他就叫来天上的飞龙，要求他仿照风的歌声，作出八方风的乐曲来。这个飞龙还真是不负圣望，没过几天，他就作了好几首曲子，他把这些曲子演奏给颛项听。颛项听后十分高兴，感觉这些曲子要比自然形成的风声更加美妙。高兴之中，他就把这些歌曲命名为“承云之歌”。孝顺的颛项除了自己欣赏这些歌曲外，也没忘记叫人演奏给老天帝黄帝听。

从这以后，颛项更加喜欢创作歌曲。一次，当他灵感大发的时候，就叫来一只猪婆龙，想让它来当音乐的倡导者。猪婆龙是中华国宝扬子鳄在古代文学作品中的称谓，它被描述成形状像短嘴巴的鳄鱼，身体大约一尺长，长着四只脚，背上和尾巴上都披有坚厚的鳞甲，性情懒惰，喜欢睡觉，常常闭目养神的动物。但是谁要是惹了它，它也绝对不会视而不见，立马和你不客气了。这猪婆龙一向对音乐没什么兴趣，也没什么特长。可是，当它听到天帝的命令以后，精神抖擞，决定投颛顼所好，结束这种默默无闻的生活。它翻过自己笨重的身体，仰卧在殿堂之上，也没有丝毫的不好意思。它用自己的尾巴来敲打它那凸出来的雪白肚皮：咚咚——咚咚！咚咚——咚咚！这声音美妙得连猪婆龙自己都不敢相信。颛顼听了以后更加高兴，觉得自己真是慧眼识英才的明君，要不是因为他，猪婆龙可能一辈子都不知道自己还有这样的才能。就这样，颛顼下令，让猪婆龙做了天上的乐师。

这本来也没什么特别的，可是这件事传到人间以后，人们都知道猪婆龙的皮可以用来做成乐器。可怜它的种族和子孙后代都遭了殃，人们开始到处捕捉它们，残忍地剥下它们的皮用来蒙鼓。用这种皮做成的鼓敲起来声音非常响亮，所以无论是在战争中，还是祭祀的时候，或者娱乐庆祝的时候，这种鼓都是不可或缺的。一部分人为了经济利益不断地捕杀猪婆龙，可怜的猪婆龙，数量就这样一天比一天稀少了，人们以后能用到这种鼓的机会也越来越少了。

颛顼的鬼儿子们

天帝颛顼自己作威作福，还生出了许多鬼儿子危害人类，传说中他的不肖儿子要比其他的天帝多。他有三个儿子，生下来不久之后就死掉了，死后又都变成了恶鬼，危害人间。

一个变为疟鬼潜伏在江水，在人间散布疟疾病菌，人一染上这种病菌就会发寒热、打摆子，十分痛苦，而且性命堪忧；另一个变为魍魉隐匿在若水，魍魉的外形就像三岁的小孩子，他长着红眼睛、长耳朵、身体黑中透红、头发乌黑油亮。虽然长相不错，但是这个魍魉经常在夜间施展迷惑人的鬼蜮伎俩，引诱行人失足坠河；还有一个变成了小儿鬼，躲藏在人家的屋角，暗中惊吓小孩，使之惊恐、哭号。他还专门叫人生疮害病。

这三个鬼都是害人的东西，在人间经常被驱逐。

除了这三个鬼儿子，颛顼还有一个儿子骨瘦如柴，生来爱穿破衣烂衫，喜吃

传说中，颛顼的不肖儿子比其他的天帝多。

稀粥剩饭。这个儿子在正月三十的晚上死于陋巷，成了穷鬼。人们最怕穷鬼上门，说的应该就是他，所以，人们总会想方设法地送走他。古时候送穷鬼的日子在农历正月廿九，最常见的方式就是打扫屋子院落。人们把清扫出来的垃圾当作穷鬼，或扔进流水中，或者倒到街头，有的人甚至还在垃圾堆上插注香，放三个花炮，俗称“崩穷鬼”。唐朝文人韩愈可能也是穷怕了，他曾作《送穷文》：“三揖穷鬼而告之曰：‘闻子行有日矣。’”

有一匹名叫祷杌的怪兽，也是帝颛顼的儿子。它还有两个名字，分别是傲狠

和难训，从这几个名字中就能看出他的为人。祷杌有人的面孔，老虎的身躯和利爪，野猪的嘴巴和獠牙；它披着三尺多长的狗毛，连头带尾足有一丈八尺长。祷杌生活在西方的荒野里，他横行霸道，无恶不作，什么坏事都干。人们一提起祷杌来，都会惊怖失色，仓惶离开。

帝颛顼和他的鬼儿子、兽儿子们，再加上一大批兴妖作祟、招灾引祸的山精水怪，把黄帝留下来的太平盛世搅得乱七八糟。

彭祖长寿之谜

彭祖是颛顼的玄孙，陆终的第三个儿子。传说他的父亲陆终娶了鬼方国的女为妻，女只有一乳，怀孕三年，但是孩子总是生不下来。在没有办法的情况下，只好在女的左腋下剖开一道口子，从中取出了三个儿子，又剖开右腋下取出三个儿子。其中第三个儿子铿就是彭祖，他被封于大彭国——彭城。

据说彭祖从尧舜时代开始，活了八百多岁，一直活到了周朝初年。这个八百多岁的老爷爷，临死的时候，还觉得自己正当壮年，有种英年早逝的遗憾。彭祖为什么能活这么大岁数呢？难道因为他是天帝的子孙，这或许是其中的原因之一。可是天帝的子孙那么多，不见得每一个都能活这么多年，能够如此长寿吧。彭祖能活上八百岁，肯定有其他的一些缘由。

相传，殷朝末年的的时候，彭祖已经活了七百六十七岁了，然而他的容貌看上去并不显得衰老，耳不聋、眼不花、背不弯、腰腿不疼，而且看起来还相当的年轻。彭祖自幼喜好恬静，不追求名誉，不汲汲于世事，终日以养生修身为事。殷王请他作大夫，他虽极不情愿，但是又推托不了，只好应诺。彭祖不想参与政事，就常常以生病为由，不上朝。彭祖还精通补导之术，常常服用水桂、云母粉、麋角散等。他平日沉默寡言，从不夸耀自己有道。

彭祖还常常周游四处，只是他从不乘车马。即使要外出周游数十天，有时甚至上百天，他也不带干粮。令人惊讶的是，回来之后，他的衣着、身体和精神面貌与平常也没什么两样。彭祖也善于导引行气，经常从早到晚闭气内息，之后，揉擦眼睛，按摩身体，然后才站起来活动。彭祖也有身体疲乏不适的时候，那时他就导引闭气，使身体各处的气流通畅，这样身体又能恢复到以前的状态，舒

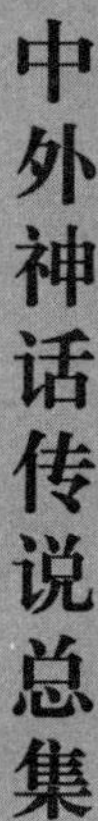

骑着骆驼的彭祖

服、自如。殷王听说以后，也想长命百岁。于是就亲自到彭祖府上，向他求仙问道，但彭祖却闭口不语。殷王又想了个办法，想用金钱让他开口。就派人给他送去了数十万两黄金，彭祖如数收下，把黄金全都分给了贫穷的百姓，仍是闭口不语。

当时，有一个叫采女的女子，也是个得道之人，也懂得一些养生的方法，虽然她有二百六七十岁，但外貌仍然象四五十岁的样子。殷王派采女询问彭祖长寿的秘诀，彭祖回答：“长寿的秘诀可能真的会有吧，只是我见闻浅薄，对这件事知之甚少，实在说不出个所以然来。以我自己为例来说吧，我还没有出生的时候，父亲就去世了，我的母亲抚养我到三岁，她也死了。剩下我这个可怜的孤儿，又遭遇犬戎的捣乱，只能流亡到西域去，在那个条件艰苦的地方度过了一百多年的时光。从年轻的时候到现在，我已经死去了四十九个妻子，五十四个儿子。我经历了这么多令人悲伤的生离死别，精神大受摧残。由于我从小身体就不好，长大的过程中又没有得到好的调养，看我现在的身体情况，如此的瘦弱，恐怕不久于人世了，哪里还有长寿的秘诀啊。”

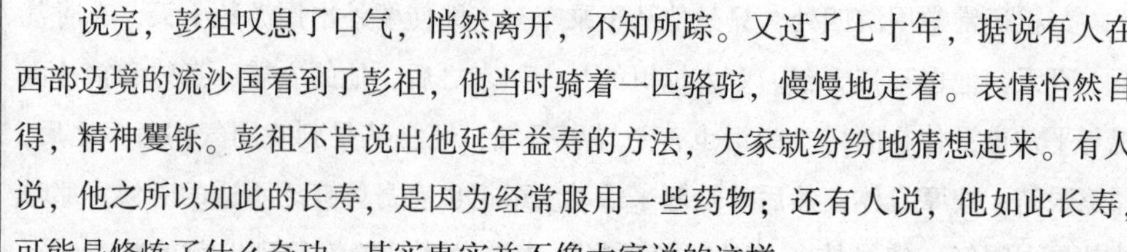

说完，彭祖叹息了口气，悄然离开，不知所踪。又过了七十年，据说有人在西部边境的流沙国看到了彭祖，他当时骑着一匹骆驼，慢慢地走着。表情怡然自得，精神矍铄。彭祖不肯说出他延年益寿的方法，大家就纷纷地猜想起来。有人说，他之所以如此的长寿，是因为经常服用一些药物；还有人说，他如此长寿，可能是修炼了什么奇功。其实事实并不像大家说的这样。

彭祖擅长烹调一种野鸡汤，他能把这种汤做得既美味可口，又新颖独特。他把汤献给了天帝，天帝品尝以后，大为赞赏，因为实在没吃过如此美味的野鸡汤。于是，天帝一高兴，就赐给了彭祖八百年的寿命。就是因为这样，彭祖才能如此的长寿，活了八百多年。但是心高的彭祖，直到他临死的时候，还觉得没有活够，认为他自己是英年早逝矣。虽然是个传说，但是其实彭祖的长寿，应该与他的善于保养有一定关系，只是他不肯向外人说罢了。

第八章 帝俊和帝喾

帝俊和他的妻子

古时候，在中华大地上生活着好多不同的民族，每个民族都有自己的信仰，他们祭祀的上帝和鬼神也不相同。随着历史的演进，各民族间的宗教和文化彼此吸收和变化，各自的神话和传说渐渐地演化成了历史。通常情况下，演化的结果可能是将一件事发生在不同的人身上，又或者是一个人化身成了几个人。帝俊和帝喾就是很好的一个例子。在历史上，他俩原本是一个人，但是在演化过程中却变成了两个不同的人。

在中国古代神话中，帝俊是一个谜一般的神性人物，他不属于炎帝世系，也不隶属于黄帝世系，是与炎、黄两大神系并存的第三神系。帝俊是上古时代东方殷民族所祭祀的上帝，帝俊部族与少昊部族均是我国东部以"鸟"为图腾的同一个远古部族。帝俊长着一个鸟头，头上还长着两只角，他有猕猴的身体，但是只长了一只脚，他必须常常拿着一根拐杖，才能正常行走。帝俊走路的时候弓着背，一拐一拐的，很特别。

帝俊是殷民族所祭祀的上帝，他的伟大程度和西方周民族所祭祀的黄帝相当。不过因为周民族最终战胜了殷民族，所以关于黄帝的神话保存下来的就偏多，看起来好像黄帝要比帝俊伟大似的，其实不然。黄帝一统天下以后，成为了人和神共同的老祖宗，比帝俊的声势要大很多。作为战败民族的上帝，帝俊的神话很多都散失了，只剩下一些片段。

帝俊有三个妻子，和那些后宫佳丽三千的皇帝比起来，已经是相当少的了。帝俊的一个妻子叫娥皇，娥皇夫人无子，但是她生了下方的一个国家，叫三身国。这个国家的人都长着一个头三个身子，姓姚，吃五谷杂粮。他们训练豹子、老虎、狗熊、人熊四种野兽，把他们当做仆人使唤。

帝俊的妻子娥皇比较普通，但是另外两个妻子都要比娥皇伟大很多。其中的一个是太阳女神，名叫羲和，她生了十个儿子，都是太阳。羲和常常带着她的十个儿子到东南海外玩耍，用那里清凉甘甜的泉水给她的儿子们洗澡，把他们洗得鲜艳明亮，让人看着都耀眼。他为这十个太阳安排好日程，每天都有一个人去值班，从来没乱过。她不但尽了自己做母亲的职责，还让儿子们也兢兢业业的工作，为天下的苍生造福。羲和还是古代掌管天文历法的人，相传这些天文历法都是她制定的。

帝俊的第三个妻子是月亮女神，名叫常羲。这个常羲生了十二个女儿，每一个都是月亮。常羲生的这十二个月亮，就决定了一年中有十二个月。她也在西方荒野外找了一处清幽僻静并且还有清冽甘泉的地方，给她的十二个月亮女儿洗澡。她把这些漂亮的女儿洗得美艳动人，就连清冽的甘泉都自惭形秽。她也为这些漂亮的女儿们安排了日程，每一个月有一个月亮来值班。每天夜晚，她看着天上明亮的月亮，向地面投下皎洁的月光时，就有一种发自内心的高兴与骄傲。

帝俊作为一方的主宰，和他的这些妻子儿女们幸福地生活着。他们每个人都各司其职，保佑一方百姓，使他们安居乐业，风调雨顺。百姓们对帝俊一家也十分尊敬，一直把他们供奉着。

帝俊和五彩鸟

东方的荒野上，有一个长着人脸、狗耳朵、野兽身体的奢比尸神。不用看样子，光听这个名字就令人毛骨悚然。在他的领地附近，住着一些美丽的五彩鸟，这些鸟儿总是唱着歌，面对面地翩翩起舞。每当它们跳舞的时候，周围的小动物都会忘情地看着他们，还有一些小鸟、小蝴蝶也会加入它们的队伍。只是这些小鸟、小蝴蝶们的舞姿和歌声要比这些五彩鸟们逊色很多。五彩鸟并不介意其他小动物的加入，它们的舞会越开越大。有时，奢比尸神也耐不住寂寞，大老远地看着这边热闹的景象，不知不觉地笑了。

帝俊时常从天上下来，和这些五彩鸟交朋友。可能是因为这些鸟儿的美丽，也可能是因为它们的善良，也或许是其他的原因，帝俊和这些五彩鸟成了很好的朋友。帝俊高兴的时候，也会忘情地跳上一会。他用自己仅有的一只脚，拄着拐

杖，在五彩鸟中间起舞。帝俊总是弓着背走路，所以他的舞姿大家也不敢恭维，可是帝俊丝毫不介意，还是跳得很开心。帝俊在下方有两座坛，就是这些五彩鸟替他管理的。

天底下有那么多鸟，帝俊为什么单单喜欢和五彩鸟交朋友呢？原来，五彩鸟有三种，分别叫鸾鸟、皇鸟和凤鸟，这些鸟其实就是古代传说中的凤凰。它们的样子像鸡，但是长着五彩的羽毛，它们喜欢“饮食自然，自歌自舞”。它们只要一出现在人间，天下就会太平无事。这种名贵的鸟，是其他鸟儿无法相比的。它们生长在君子之国，翱翔在四海之外。据说，黄帝因为从没见过凤凰，觉得十分遗憾。一次，黄帝因为好奇就问了他的大臣天老，凤凰是什么样子的。这个天老自己没有见过凤凰，又怕照实说了黄帝不高兴，以为他见识浅薄，就凭着他丰富的想象力对着黄帝信口开河起来：“据臣所见，凤凰是这样的：它身体的前半段像鸿雁，后半段像麒麟，长着蛇的脖子，鱼的尾巴，龙的文采，乌龟的背，燕子的下巴，鸡的嘴……”这个天老把自己见过和知道的几乎所有的生物特征都加到了凤凰身上。只见，黄帝听得出了神，可能正在遗憾为什么没见过这么神秘的鸟。看到黄帝的表情，天老终于松了口气，看来黄帝真的对他的话没有产生怀疑。在天老的描述中，凤凰真的是一种很神奇的鸟类，让人有种闻所未闻、见所未见、必须一见的想法。但事实是凤凰其实也是一种很普通的鸟类，也没有什么神秘之处。

在古代的中国，黄河两岸曾经连大象和犀牛都有的时候，也曾经有过凤凰。但是后来气候恶劣，地理环境也发生了变化，这种鸟就渐渐稀少，到最后灭绝了。帝俊结交的五彩鸟就是凤凰。在殷民族的神话中有这样一个传说，简狄在河里洗澡的时候，看见玄鸟，也就是燕子从天上坠下一个蛋来，她就把这颗蛋吞吃了。吃了之后，就怀孕生了殷民族的始祖契。而帝俊作为他们的始祖神，又长着一个鸟的头，而这个鸟头，正是玄鸟的头。玄鸟是东方民族崇拜的神鸟，在他们的想象中把玄鸟加以美化就成了凤凰。事实上，凤凰就是玄鸟，也就是燕子。长着一个鸟头的帝俊，和东方荒野里的这些五彩鸟们，在很早以前是同类。看到这里，大家或许会大跌眼镜吧，但事实就是这样，帝俊和五彩鸟们真的是同类，他单单和五彩鸟交朋友也就没什么奇怪的了。

帝俊的竹林

北方荒野的卫邱，方圆三百多里，土地肥沃辽阔。在卫邱的南面有一片竹林，它的主人就是帝俊。竹林里的竹子长得非常高大，需要几个人才能把它环抱过来。这里的竹子还有它们的特别之处，就是剖开其中的任何一根竹子，它都可以成为两只天然的船。所以这种竹子在战争期间的作用显而易见。有了它即使遇到再湍急的河流也不用害怕。它的携带也很轻便，而且这些竹子是通人性的，对打击敌军的帮助很大。闲来无事的时候，帝俊就会从天上下来，到这片竹林里散心。微风吹着竹叶，发出沙沙的响声，衣袖在风中起舞，和落下的竹叶相映成趣。林间不时还有小鸟嬉戏，它们从这只竹子上，蹦到那只竹子上，好不快活。帝俊带着他的琴，在林间抚琴一曲，和着婉转的乐曲，鸟儿们也翩然起舞，让日理万机的帝俊舒心不少。这片竹林，是帝俊的休闲乐园，是鸟儿们快乐的天堂。帝俊让人时刻仔细地维护着，竹子们越长越茂盛，帝俊每次来到后都开心而归。

在南方的荒野里边也生长着这种竹子，名叫“泣竹”。可以长到几百丈长，三丈多粗，皮可以达到八九寸厚。这种竹子剖开以后也可以做船，大概也应该是帝俊的竹子吧。而且，“泣竹”这个名字，会使人不自觉地联想到美丽的斑竹，这个斑竹其实也应该是帝俊的竹子。

舜和帝俊其实也是同一个人，正如前边前边所说的那样，由于不同民族关于神话的记载有差别，所以使他们成为了不同的两个人。舜在晚年的时候曾到南方各个地方去巡视。但是很不幸，他途中死在了苍梧之野。噩耗传来，举国上下悲痛不已，大家都为他的死感到惋惜。与其共患难的两个妻子——这里与帝俊妻子的记载有所不同，娥皇和女英得知这个不幸的消息以后，更加地悲痛不已。她们两人坐上马车就要去南方奔丧，中间还换乘了由帝俊的竹子做成的船。这些竹子得知主人的死讯以后也是悲伤不已。经过竹林的人们常常听到竹林里悲痛的哀号，连里边的小鸟也发出悲伤的鸣叫。话说舜的这两位夫人坐上竹船以后，竹船像是读懂了两位夫人的心事，一路疾行，但是在行驶过程中船还稳稳当当的。两位夫人看着异乡的风光，想到物是人非，又止不住落下泪来。此时，用断了线的珠子还不足以形容出两位夫人哭时的景象。她们的泪水就像泉水般奔涌而出，这

些伤心的眼泪都洒在了南方的竹林上。竹子的身上就都挂着斑斑点点的泪痕，从此以后就没消失过。南方从此就有了斑竹，这些竹子还被人叫做“湘妃竹”。

这两位夫人走到湘水的时候，遇到了大风浪，虽然竹船尽力想要保护好主人的两位妻子，但是无奈风浪太大，可怜的竹船还是翻在了湘水里。舜的这两位妻子奔丧不成不幸淹死在了半路，成了湘水的神灵。当她们心情好的时候，会出来在浅滩上徐徐地走着，人们还能看到她们那令人惆怅的眼睛里还噙着泪水。倘若遇上心情不好的时候，她们进出江水都会伴着狂风暴雨。这种景象多么令人悲伤啊！除了这位夫人的有情有义，竹林对主人的思念也不曾间断，它们身上的点点斑纹记录的不仅仅是两位夫人的悲伤吧。

帝俊的子孙后代

关于帝俊子孙们的神话比较丰富，帝俊不但生了十个太阳和十二个月亮，就连地面上的许多国家都是他传下来的子孙。

在大荒的东部田野上，帝俊生了中容、司幽、白民、黑齿四个国家。其中，司幽国最为特别。在这个国家里分了男女两个不同的集团，男性集团叫做思士，女性集团叫做思女，这两个集团的名字也很特别吧。更有意思的是，男的不娶妻子，女的也不需要丈夫。他们生孩子的方式更加特别，据说只要男女两个人面对面站着，然后彼此瞪着眼睛互相望着对方，就能被感动，生出小孩子来。

在大荒的南部原野帝俊生了两个国家——三身国和季厘国。在三身国中河流湖泊的数量比较多。这其中有一个四四方方的大水池，它周围的环境甚是优美，树木葱郁，鸟语花香。据说，舜喜欢这里的景色，还经常到这里来沐浴。正如前边所说，舜就是帝俊本人吧。

大荒的西部原野上，有个叫西周的国家，也是帝俊所生。帝俊生了台玺和后稷，台玺生了均叔。后稷从天上下来的时候，把百谷的种子带到了人间。他将种子给了均叔，均叔就在人间播种这些种子。均叔是一个善于思考和观察的人，他觉得光是人力播种有点困难，就开始驯服野牛，把它们饲养起来，用来耕地。由于耕作方法科学，还有老黄牛们的帮助，他们的部族渐渐繁盛了起来。均叔的子孙后代们就组建了一个国家——西周国。

帝俊的子孙中有很多既聪明，又能干的人，他们发明了很多有价值的事物，在一定程度上推动了历史的前进。番禺就是其中的一个人，他成功地制造了第一艘船；吉光也毫不逊色，他使用木头做成了车子；宴龙精通器乐，他发明和制造了琴和瑟；帝俊的八个不知名的儿子创作了歌舞；羲均用他聪明的心思和灵巧的手艺制造出了各种工艺品。上古时期文明的曙光，在帝俊的时代渐渐展现了出来。这不得不归功于帝俊，正是他的英明领导，才会使文明更早地来到人间。

羲均是帝俊子孙中比较出色的一个人，他还有一个名字叫“”。由于他的心灵手巧，人们都叫他“巧”，他是尧时代的一个非常有名的能工巧匠。他创造发明了很多有用的东西，给人们的生活带来了很大的便利，也使人们的生活更加的幸福。人们不但对他敬重有加，还有很多人甘愿拜他为师，跟随他学习手艺。

但是到了周朝的时候，巧衔着手指头的形象被刻到了鼎上。还有人到处宣传说，巧的心灵手巧全无用处，只会引人走上邪路，跟他学艺不但不会给人们带来任何好处，相反他还会慢慢地伤害大家。这个消息一出，跟随巧学艺的人纷纷回了家，大家再看到他也没有了往日的崇敬和热情，都会远远地躲着他。这种情况的发生，也不能责怪当时的民众，因为那时人们的思想都很纯朴，很容易受到流言蜚语的影响。这只能说明当时的统治阶级害怕人民群众在跟随巧的学习的过程中，会渐渐地聪明起来，从而对他们的统治构成威胁。

帝喾和他的五位妻子

正如前边所述，帝喾和帝俊是一个人的不同化身，那么关于帝喾的神话在某些地方就会和帝俊的具有相似之处了。帝喾就是东方的上帝帝俊，原来就是一个天神，但是在经过一番历史化以后，他变成了半人半神的形象了。

帝喾生下来的时候发生了一件奇妙的事情。他刚一降生，就和周围的人说他的名字叫“”，其实就是帝俊。帝喾和颛顼有一个共同的爱好，就是他俩都喜欢音乐。当颛顼在天上作中央大帝的时候，帝喾生下来的时候，也是长着猕猴身子的怪物。据说，他是黄帝的后代，帝喾在人间作“天子”，受到万民的朝贺。这两个人物有着太多的相似之处，当颛顼在天上叫飞龙模仿风声作出八支曲子，又叫猪婆龙演奏音乐的时候，帝喾在人间也命令他的乐师咸黑作出《九招》、《六

列》、《六英》等各种歌曲。帝喾还叫乐工巧制作了钟、磬、苓、管、椎钟等乐器，这些乐器制造出来以后，他就叫人按着乐谱演奏了起来，还有人在两旁有节律地拍着巴掌。

乐曲吹奏出来以后，在场的人因为从没有听过如此动听的音乐，都沉醉了。帝喾觉得似乎还少了点舞蹈，于是就召来一只叫“天翟”的凤鸟，到大殿上来表演舞蹈。在如此美妙的音乐声中，天翟展开了它美丽的翅膀，在殿堂上翩跹起舞。婉转的音乐，优美的舞姿，帝喾不知不觉地陶醉了。

帝喾有五个妻子。他的第一个妻子叫姜。姜是邰国国君的女儿，她为帝喾生育了后稷。相传姜还没有嫁给帝喾的时候，一次外出游玩，因为踏上了巨人的脚印而有了身孕。姜的家人得知后，都对此事极为懊恼。孩子出生以后，他们就将孩子抛到了荒郊野外。姜不放心，偷偷去查看，发现自己的孩子非但没有饿死，而且还被各种飞禽走兽照顾得很好。于是，姜就将孩子抱回了家。此后，这个孩子又被抛弃了很多次，但每一次都能平安回到姜的身边。因此，姜为他取名为弃。直到帝喾遇到姜，他知道这个孩子绝非凡夫俗子，就主动要求做孩子的父亲。就这样，姜嫁给了帝喾，弃也就成为了帝喾的儿子。弃长大之后，很喜欢农耕，他教人种植五谷，故被人们尊为后稷，成为了周民族的祖先。这段故事后文还有交代。

帝喾的第二个妻子是简狄。她吞吃了玄鸟蛋，生出了殷民族的始祖契。因为这个原因，契又被人们叫做玄王。由于前边已经介绍了，这里就不赘述了。

帝喾的第三个妻子是庆都，是陈丰氏的女子，她生了尧。据说，有一天庆都和她的父母在黄河边乘船观看风景，一条浑身赤红的巨龙突然从天而降。这条巨龙腾空掀起的大风被庆都吸到了肚子里。当时，她感觉有点不对劲，就以为是受了凉风。可是不久以后，她才知道自己怀孕了。十四个月后，庆都生下了一个儿子，取名放勋（尧是放勋死后的谥号）。大概由于放勋的出生有些怪异，所以他的长相也不同于常人，相传他的眉毛色彩缤纷，有“尧眉八彩”的说法。

常仪是帝喾的第四个妻子，是諏訾国国君的女儿，她善良厚道，明白事理。常仪从小精通音律，会弹奏非常好听的曲子。因为她喜欢弹琴，帝喾为她制作了很多琴。常仪虽是第四个妃子，却是第一个生育。常仪先生了一个女儿，叫帝女——他是帝喾的长女。帝女端庄秀丽，活泼可爱。帝喾非常喜欢她，把她视为掌上明珠。

帝喾的第五个妻子是邹屠氏的女儿。这个女人很不寻常，在后边将要详细介绍。

帝喾的前四个妻子所生的四个儿子，在历史上都是不同凡响的人物：姜嫄生了周民族的始祖后稷，简狄生了殷民族的始祖契，还有两个儿子直接继承了王位，就是尧和挚。

兄弟失和

帝喾的儿子们，并非都能和平相处，他们中的两位曾经还发生了争斗。帝喾的这两个儿子，老大叫阏伯，老二叫实沉，两个人还是一个母亲生的，所谓兄弟情深、血浓于水，他们俩可没有这样的感觉。两个人就像是前世的仇人一样，只要一见面就谁也不让谁，经常会打起来。

在他们很小的时候，就出现过这种情况。那时，帝喾根本就没把这件事情放在心上，因为他想孩子们小的时候难免会调皮和难以管教一点，长大了也就好了。兄弟俩不但动口吵架，有时候急了甚至动起手来。两个人年纪相当，打起来谁也不让谁，需要大人们把他们拉开，才能结束争斗。有时，如果没有人发现，两个人可能会打得头破血流，伤痕累累。

在他们十三四岁的时候，这种情况不但没有好转，反而更加严重了，兄弟俩见面必吵，动不动就大打出手。两人同住在母亲处，吵得鸡犬不宁。帝喾实在忍受不了这种事情的发生，就想了一个办法，他把兄弟两人送到了荒郊野外的林里。在那里时常会有猛兽出现，两个人要想生存就必须互相帮助，一致对外。时间长了，他们就能发现对方的重要性，也就不会不和了。

想到这里，他马上派人把这两个儿子送到了荒山野林，并时刻监视着他们的活动，以保证安全。帝喾把两个儿子送走以后，总算是暂时了结了一桩心事，他满心欢喜地期待着好消息。但是，兄弟两人在外面的表现好像和帝喾期待的相差甚远。在荒山野林里虽然处处充满着危险和敌人，但是两个人好像全然没有意识到这一点，仍然我行我素地各逞意气，互不相让。两个人每天从早到晚都在舞枪弄棒，不是你来打我，就是我去杀你。一次，一只凶猛的狮子发现了争吵中的两兄弟。它慢慢地向他们靠近，兄弟俩好像全然没发现狮子的存在，依然打得热火朝天，就当狮子要吃掉他俩的时候，在万不得已的情况下帝喾派出去保护他们的

人只得出面杀死了这只猛兽。

监护人向帝喾汇报了这些情况，帝喾很伤心，但是又拿他俩没有办法，该做的都做了，两人还是不和，只能想办法把他们彻底分开了。经过仔细地思考，帝喾命阏伯迁到商丘，负责管理东方明亮的心宿。心宿，也叫商星，是情人们的星，它象征爱情像心一样坚贞稳固；他又命实沉迁到西方大夏，负责观察参星。他们管理的两个星座总是东升西落，两个人从此之后就再也没有见过面。难怪杜甫有这样一句诗“人生不参见，动如参与商”，后人就把兄弟不和叫做“参商”。

这个故事讲的其实是一个天文学知识，也就是一个星空神话。阏伯主辰，辰又叫大火星，即东方苍龙七宿中的心宿。古人种地是用火耕，每年开春放火开荒。上古时期放火烧荒的初春时节，正好是心宿从东方升起的时候，所以心宿就成为火耕的标志，被称为大火。而阏伯作为心宿之神，也就成了火神。

阏伯的兄弟实沉是参星之神，参为西方七宿白虎之中的一个星宿，在赤道上，参和心正好遥遥相对，相差一百八十度左右。当参处东方的时候，心处西方；当心转到了东方，参又转到了西方。且心宿升起，刚好是参宿降落，等参宿升起，心宿又降落了，所以参与心永远也不能相见。

阏伯盗火

正如上节所述，阏伯主辰，辰又叫大火星，他作为心宿之神，也就成了火神。在远古时代，人间是没有火种的，人们都吃生的食物。在打雷、闪电、刮风等这些自然现象发生的过程中，有时会形成天火。来不及跑掉的野兽、植物的种子和果实等就在大火中被烤熟了。天火灭了以后，大片的草原和森林被烧毁了，人们失去了食物的来源。无奈之下，他们只能到灰烬之中寻找食物。那些烤熟了的动物和植物散发出诱人的香气，人们走过去，捡起来尝了尝，感觉真的很好吃。就这样，人们慢慢学会了把生的食物放到火上烤熟了再吃。但是，那时没有可以用来取火的工具，人们凭自己的能力也得不到火种。在雷雨之前，都会有巨大的雷声和闪电，人们慢慢发现，可以在这个时候收集火种。以后，每次打雷闪电产生天火的时候，他们就想出各种办法保留住火种。就因为在雷电下边取火，有些人失去了宝贵的生命。

阏伯被帝喾派到东方管理心宿的时候，一次偶然的机会，他到人间走访。在这次走访的过程中，他得知人间还没有火种，人们冒着生命的危险去取火，但是大多数时候，火种因为各种原因很难保存下来。火熄灭以后，人们又不得不吃生的食物，生活十分艰辛。

阏伯虽然和自己的兄弟实沉不和，但还是很关心人间的民众。他回到天上，地上的人们因为没有火，而生吃食物的凄苦生活景象时时浮现在眼前。作为天上的火神，阏伯再也不能坐视不管了。在一个漆黑的夜晚，当众神们都休息了的时候，他向人间投下了火种。这个火种，穿过层层云团，直向地面奔来，把整个大地照得明亮如白昼。睡梦中的人们被惊醒了，纷纷起来观看这个景象。当他们意识到是火种时，纷纷拿来木柴和干草把火种保留了下来。

这一夜，人们得到了火种，他们是那样的高兴，载歌载舞直到天明。阏伯看到地面的景象后很高兴，于是微笑着睡着了，还做了一个美梦。可是好景不长，很快天帝就知道了阏伯擅自向人间投放火种。就因为这件事，他触犯了天规，于是被贬到凡间为民。在阏伯到人间之前，天帝派人下去吹了一阵大风，吹灭了地面上所有的火种。阏伯知道这件事以后，在他将要从天上下来时，又偷偷将火种藏在身上，带到了人间。人们又重新看到了火光，看到了希望，他们用火来驱赶野兽，烘烤食物，生活得更加轻松了。

但是，很快阏伯盗火的事又让天帝知道了。这次天帝大发雷霆，在人间发了一场大洪水，要淹没人间的火种，以此来惩罚阏伯。地面上，洪水像猛兽一样吞没了人们的房子，把树木连根拔起。人们从没见过这样的景象，都吓得四处逃散了。阏伯临危不惧，丝毫没有退缩的意思。“如果现在放弃，以前的努力都白费了!”阏伯不断地鼓励自己。为了保存火种，他在火种四周筑起了高台，搭起了遮风避雨的棚子，独自一人坚守在高台上看守火种。过了不知多久，洪水终于退了，人们从四面八方赶了回来。呈现在他们面前的景象是，高台上的火种还依然燃烧着，而且还烧得很旺，但阏伯却饿死在了火种旁。大家都被阏伯的行为感动得哭了起来，这哭声感天动地。

为了怀念他的功德，人们怀着崇敬的心情把他埋葬在他以生命坚守的火种旁。人们为他举行了一个隆重的葬礼，悼念他的人每人都往他的坟上添一黄土。土丘被堆得越来越大，就变成了“商丘”。在这里，人们还为他建了一座庙，叫“火神庙”，以此来表达人们对它的怀念和感激之情。

梦吞太阳的帝喾妃子

现在要详细地说一下帝喾的第五个妻子了。

帝喾的这个妃子，是邹屠氏的女儿。在黄帝斩杀了蚩尤以后，为了维护好自己的统治，就把跟随蚩尤造反的好人和坏人分开了。他让好人都搬到邹屠这个地方，而把坏人流放到北方寒冷荒凉的地方。邹屠氏的女子走路都很特别，她们能够行不踩地、游不沾水，乘风驾云，在空中自由往来，相当地潇洒惬意。她们是介乎常人和神人之间的异人。

帝喾知道后，决定到邹屠一睹这些女子的奇妙之处。腿脚不便的帝喾一大早就到了邹屠。他果然看到远处衣袖蹁跹，几个年轻美貌的女子在湖中自由起舞，她们的脚没有沾到一滴水。他看得出神，丝毫没有觉察自己已经一瘸一拐地走到了近前。走近看时，帝喾觉得正中央的女子最美，她容貌姣好，体态婀娜，举手投足间都很迷人。

女子们看到帝喾目不转睛地看着她们，都十分不好意思，大家商量了一下，就四散离开了，只是一眨眼的功夫，姑娘们就都没了踪影。帝喾对中央跳舞的那个女子念念不忘，她就这样翩然而来，又翩然而去，在伊水和洛水之间自由来往，帝喾对她的兴趣也浓厚了起来。终于有一天，她把这个女子娶回了家中，作为自己的妃子。

这位妃子在嫁过来不久的一天晚上做了一个奇怪的梦，在梦里，她吞吃了太阳。这个邹屠氏女子很不解，就告诉了帝喾的其他妻子，但是她们也不知道是何原因。过了不久，这位妃子就感觉自己怀孕了，又过了十个月，她生下一个儿子。没过几天，她又做了一个吞吃太阳的梦，然后她又生了一个儿子。就这样，她一共做了八个这样的梦，就生了八个儿子。大家都叫她这八个儿子为“八神”。

关于帝喾的妃子吞日生子的故事，并没有什么特别的意义。看到她的事很容易让我们想到帝俊的妻子羲和生了十个太阳的事情，还有帝俊的八个不知名的创作歌舞的儿子，他们之间有着一些微妙的相似之处。

盘瓠立功

在帝喾统治天下的时候，后宫中有一个宫女得了耳疾，奇痒无比，本来她以为没什么事，可是耳朵却越来越痒。到最后痒得实在受不了了，她就用一个耳挖去挖，可她哪里知道越挖耳朵就越痒。到了第二天，这个耳朵竟然渐渐肿了起来，还是非常的痒，好像耳朵里边有什么虫子在爬似的。这宫女痒得没办法，于是就请了一名御医前来诊治，医生看了看说道："你的耳朵里边有一个怪物，需要把它拿出来，否则你的耳朵好不了。"于是，御医就用一把小刀剖开了耳朵肿胀的地方，从里边取出了一个大如蚕茧的小虫儿，有头，有眼，有尾巴，有脚，还在蠕动，大家都不知道这是什么东西。

帝女见这只小狗长得十分可爱，就拿出食物来喂它。

这个虫子被取出来以后，宫女的耳朵就不痒了，肿也消了。在这个宫女屋内刚好有一个瓠篱，也就是用半个葫芦制作的漏勺，宫女就将这个怪物放到瓠篱上面，又用一个陶盘盖住。宫女就将医生送出了门，等她回来的时候，揭开盘子一看，那小怪物已长大了许多，竟然变成了狗的形状。有一名年轻的宫女亲眼目睹了这件怪事，就和其他的宫女说了，大家纷纷前来观看，都认为这件事情很奇怪。

此事很快就传到了帝喾的母亲握裒那里，她就命令宫人将这只小狗送来让她看一看。过了一会，宫女就带着小狗来到了握裒宫内，宫女手中握着一个瓠篱，握裒掀开盘子一看，里面果然有一只很小很小的狗趴在那里，长着五色的狗毛，十分可爱。宫女说道："现在又比刚来的时候长大了许多。"握裒问宫女究竟是怎么回事，宫女便将事情经过又向握裒说了一遍。恰好帝喾退了早朝，到握裒处来请安，看见了这只小狗，又听见了这番述说，也觉得十分诧异。在不知不觉间，这小狗又大了许多。帝喾看了看，说道："天生万物，必有它的道理，决非偶然。此物生得奇异，不知道它将来变化如何。"说着，便问那宫女："你这只小狗有无用处？可否将它送给朕？朕当另以金帛酬谢。"宫女听了，慌忙答道："这只小狗，宫女绝无用处，既然陛下喜欢，就留在这里吧，哪里还敢要陛下的赏赐！"帝喾说道："朕向来不喜欢奇异的东西，只是想看看它将来的变化，所以想留它在此，你若不想收朕的酬谢，就只能将它带回了。"宫女道："既然如此，宫女在这里拜谢了。"说着就急忙向帝喾施礼。帝喾便叫宫人取了两匹锦，赏给宫女，宫女再次拜谢而去。

帝喾有个女儿叫帝女，她天生聪明伶俐，又美丽动人，大家都很喜欢她，特别是帝喾的母亲，一直把她看作是掌上明珠，对其疼爱有加。这时，帝女也听说了有这样一个怪物，就跑过来看，她见这只小狗长得十分可爱，就拿出食物来喂它，这个小狗看到帝女以后也非常高兴，吃了不少东西。说来非常奇怪，不到三天的功夫，这只小狗已经身长四尺，毛色五彩斑斓，长得非常雄骏，而且异常机灵警觉，它不但能听懂人说的话，还能了解人的意思，因此在宫中很讨人喜欢。帝女更是十分疼爱它，这只狗也最喜欢亲近帝女，总是跟在帝女旁边，寸步不离。因为这只狗小时候被放在瓠篱之上，用盘子盖过的缘故，所以帝女就给它起了个盘瓠的名字。

正是在那个时候，北方有个叫戎吴的民族，经常侵犯国家的边境，帝喾多次派兵去征讨，但是都没有成功。这可把帝喾愁坏了，他寝食难安，不把这个戎吴给打败，国家的安全不保啊，人们也没有安宁的日子可以过了。看到父亲这么为难，一天晚上，帝女来到父亲的书房，对愁容满面的帝喾说："父王，不要太过操劳，女儿倒有一个方法可以试试。""什么办法？"帝喾急切地问道。"父王，要不这样吧，你写一个告示昭告天下，凡能杀死戎吴将军，打败戎吴者，赠金千两、封邑万户、许配帝女公主为妻。我想这个告示一出，会有很多人英勇奋战的，说不定很快就能打败戎吴了。""但是，也不能这样委屈你啊！""父王，我

没事，关键是要先打败戎吴，让百姓安居乐业啊！”帝喾看到女儿这么深明大义，感动得执泪盈眶，默默地同意了帝女的方法。

第二天一早，帝喾就颁布了这个告示。告示一出，盘瓠最先有了反应，它偷偷地溜出宫去，害得帝女到处找它都找不到。这下可把帝女急坏了，这么长时间相处下来，她把盘瓠看成是一个好朋友，有很多心事都和它说。它这么一失踪，让帝女本来就不怎么好的心情更差了。帝女就这样每天在宫里等着胜利的消息，但有时她又害怕知道。

这样过了几天，突然盘瓠回来了。当帝喾还在早朝的时候，盘瓠这只五彩的大狗冲了上去，在它的背上还驮着一个口袋。守宫门的卫士本来准备拦下盘瓠，但是他们却拦不住它，这只狗的力气特别大。帝喾命人打开盘瓠身上的口袋，大家一看，竟然是戎吴将军的人头。此时正好有人从前方传来了战报，说有一只五彩大狗，应该就是盘瓠吧，在前线杀死了戎吴将军，而且还使戎吴退了兵。满朝文武听到这个消息以后都长长舒了一口气，大家都为这件事感到高兴。但是，这却让帝喾为难了，他可不想把自己的女儿嫁给一只狗，他就命人把盘瓠带了下去，精心喂养它，还赠金千两、封邑万户，就是没提帝女的婚事，很显然这让盘瓠很失望，它耷拉着头跟着宫人下去了。

它的这个表现，帝喾看在眼里，自然很不开心，一条狗都敢打帝女的主意，他命人把盘瓠关了起来，不让它见公主。帝女知道盘瓠立功以后，很开心，但是想到那张告示，自己心里也有点不是滋味。为了让帝喾不失信于天下百姓，帝女又去劝说父王答应了这门婚事。这次帝喾更是老泪纵横，觉得对不起女儿，但是有没有更好的办法，只能把帝女嫁给了盘瓠。

他们成亲以后，盘瓠就带着公主离开了帝喾的皇宫，到一座山上生活，在那里他们生活得很开心。据说，盘瓠最后变成了人的样子。

第九章 尧的故事

尧帝的诞生

帝喾的妻子庆都生了一个儿子，名叫放勋，也就是尧。说起这个尧的出生，那可真是一件奇事，别说在当时引起轰动，现在说来大家也会感到惊讶。

庆都是陈丰氏的女儿，她和帝喾成婚以后，仍留在娘家住。这年春天，陈丰氏老两口带着庆都，坐上小船在黄河上游览观光。这天阳光分外明媚，轻柔的微风缓缓吹来，几个人看见沿岸的柳树绿了，小草也发芽了，鸟儿快乐的在林间嬉戏，好不惬意。小船就这样顺流而下，他们一路看着笑着，玩得很开心。

刚刚正午的时候，忽然迎面刮起一阵狂风，天上还卷来了一朵红云，在小船上形成了龙卷风，仿佛这旋风里有一条赤龙在飞舞。老两口惊恐万状，怕小船翻在河里，他们看了一眼庆都，她似乎一点都不害怕，还若无其事地冲着那条赤龙笑呢。老两口十分奇怪，就问庆都在笑什么，庆都仍是笑而不语。傍晚的时候，风停了，云也散了，赤龙也消失了。他们才放了心，上岸后，他们急忙找个地方住下休息。老两口似乎被吓到了，都早早地睡下了，只有庆都似乎还沉浸在幸福当中，一直傻傻地笑着。

第二天，他们又上了小船准备回去。船行到昨天出现赤龙的位置，又刮起了大风，卷来的那片红云之中又出现了赤龙，不过这次它的形体小了些，也就一丈来长。因为它并没有加害于人，老两口也就不像昨天怎么害怕了。庆都看到这条龙再次出现以后，明显比刚才兴奋很多，她脸颊绯红的看着那条龙，那条龙似乎对庆都也很感兴趣，在她上方久久徘徊不肯离去。老两口看得诧异，却又不知其中原因。只得催促划船之人快点前行，躲开这条赤龙。可是赤龙就这么一路跟着他们，直到天色将晚，它才驾云离去。赤龙走后，庆都明显有些许失落，怏怏地跟着父母回到家中。

晚上，老两口由于近日比较劳累，早早地就睡了，可庆都却睡不着。她闭着双眼还不由得抿上嘴，笑出声来。朦胧中她听见外边风声大作，也许是因为累了，她渐渐地睡着了。那天夜里，她做了一个梦，梦到了白天出现的那条赤龙。那条龙好像还和她说了什么话，只是她都不记得了。

第二天一早，等到庆都醒来，看到枕头边上放着一张画儿，上面画着一个红色的人像，脸形上锐下丰，八采眉，长头发，而且画上还写着几个字：亦受天佑。她将这幅画藏了起来，此后不久，庆都就发现自己怀孕了。她住在丹陵，过了十四个月，生下来一个儿子。庆都拿出赤龙留下的图一看，儿子生得和图上画的人一模一样。

帝喾得知庆都为他生了儿子，非常高兴，本来准备要将他们母子接回身边。但是，他的母亲恰巧在这个时候去世了。帝喾是个孝子，为母亲的去世哭成了个泪人儿，哪里还有高兴的心情呢。他为母亲一连服孝三年，也顾不下庆都和儿子的事。庆都带着儿子仍然住在娘家，直到把儿子抚养到十岁，才让他回到父亲的身边。这个孩子就是后来的帝尧。

帝尧在帝喾身边慢慢地长大了，帝喾发现尧很善良，为人也极好，而且这个孩子相当有才干，是其他孩子不能及的。等到帝喾年老的时候，他将自己的位子传给了儿子挚。帝挚按照父亲的旨意做了皇帝，可是他发现尧的治国才能要比自己好很多，就有意将位子禅让给尧。帝挚做了十几年的皇帝，治国平平，虽没出现什么大的事情，但国家也没有什么大的发展。思忖再三，他就把皇位让给了尧，就这样，尧就做了皇帝。

尧帝的治国奇迹

帝尧是一位治国有方、节俭、朴素，为百姓着想的好皇帝。他的节俭程度，说出来可能都不会有人相信。据说，他住在用茅草盖的房子里，房梁就是直接从山上拿下来的粗糙木头架上的，这木头甚至都没有进行刨光。他平时吃的是糙米饭，喝的是野菜粥，穿的是粗布麻衣，天气冷的时候，他再在外边加一件鹿皮披衫来挡风。这位皇帝平时使用的器皿就是一些土碗，土钵子，屋内也没有一件像样的家具。当人们得知帝尧生活这样朴素后，都不由得感叹道：“恐怕就连守门

的小官，过的生活都比尧好上很多吧！”可是尧一点都没有因为物质生活的匮乏而停止追求的脚步。他兢兢业业，把国家治理得井井有条，人们安居乐业，生活富足。

尧顾念人们的程度也是其他皇帝不能及的，很少有人能做到他这种程度。在尧的国家曾经有个人因为没饭吃，饿肚子了，帝尧知道以后，惭愧地说：“是我没有好治理好国家呀，居然还有人没饭吃饿肚子！”如果有人因为贫穷没有衣服穿，而受冻了，帝尧肯定会说：“是我的过错，使他穿不上衣服的。”在帝尧的国家中，如果有人犯了错误，他必定会说：“是我没有感化好他，才使他陷入了罪恶的泥坑。”帝尧对待罪犯，从来不使用各种刑具，对他们进行身体上的摧残，他总是用自己的善良来感化他们，所以犯罪率越来越低，人们也越来越善良。尧就是这样，把所有的责任都担在自己的肩上。在他做国君的一百年中，即使人们遇到了旱灾没饭吃，即使旱灾之后又发生了水灾，冲毁了人们的房子，大家也毫无怨言，因为他们知道尧会带领大家克服困难，走出困境，重新过上好生活。对这样的一位好国君，大家只会衷心的爱戴他，又怎么会有怨言呢。

尧帝像

一天，在尧的宫殿里，其实就是那简陋的茅草房中，发生了一些吉祥的征兆，例如喂马的草料变成了稻子，凤凰飞到了天井中……可能是尧的行为感动了上帝，才发生了这种事吧。有两件事，使帝尧受益匪浅。

在帝尧的茅草房前面，有几级台阶，台阶的缝隙里长着一种草，叫“历荚”。这种草非常奇特，每个月的初一，就开始长出第一个豆荚，以后每一天都会长一个，直到生长到第十五个。从第十六个开始，每天就落下一个豆荚，到月末就全落完了。假如月小只有二十九天的话，最后一个豆荚就会焦枯地挂在上边，不落下来。这个历荚按着月历，每个月都会重新表演这么一番。人们看到豆荚的生与落，就知道了这天具体是哪天。这个奇妙的豆荚，就成了尧的日历，给他的工作带来了极大的便利。

还有一种生活在碗橱中的草，叫“蒲”，这个草也相当奇妙。它的叶子形状像一把把扇子，能够自然地摇动，一摇动就有习习的凉风吹过来。它就利用吹出来的风驱逐苍蝇和虫子，还可以使夏天碗柜里存放的食物不会因为天气的炎热而变得酸臭。这个草的作用，类似于现在用的冰箱，这也给尧带来了极大的便利。

这些事情的发生，可能是因为尧太节俭了吧，他从不关心自己，而是把所有的精力都献给了国家和百姓。为了鼓励他的行为，上帝就给了他这些有用的物品，使他工作起来能更加方便。

尧封防风国

尧刚开始治理国家的时候，天下太平，人们的生活还算不错。但不知道什么原因，地上瞬间发起了大洪水，大水很快吞噬了人们的田地，还呼啸着向村庄冲去。

人们的生命受到了这么大的威胁，这可急坏了尧，爱民如子的他怎么能看着自己的人民遭受这样的痛苦呢。当时有个大臣叫鲧，他是黄帝的孙子，也算是名门之后了，他是被贬到人间的。有几个大臣就向尧推荐鲧去治水，尧虽然觉得他担此重任有些不合适，但是又没有更合适的人选，就只好任命鲧为治水大臣。

鲧在下界的时候，还偷了天帝的一件宝贝，这件宝贝的名字叫息壤，据说是一种可以自己生长的神土，鲧就是利用这个宝贝来治理洪水的。鲧治理洪水几乎就要成功了，只是在这个关键的时候，天帝发现了鲧的行为，大为震怒，派了火神祝融下界将鲧杀死在羽山。又收回了息壤，就这样鲧的治水失败了。

洪水泛滥的时候，地面上不知从何处来了一只玄龟，它在水中游来游去的时候，遇到了同样不知从何而来的防风。就这样，玄龟和防风就成了好朋友，防风去到哪里，玄龟就跟去哪里。这个防风长得真是高大，他的头差点就碰着天了。他看看脚底下白茫茫的洪水，又看看地上青色的稀泥，觉得很奇怪，就伸出手来摸了摸。只见“啪啪”地掉了几块小灰尘，可别小看这几块灰尘，它们一落到地面上就成了一座座高大的山。帝尧知道这件事以后，别提多高兴了，他觉得终于可以找到能制服洪水的人了。他把地面上长出来的那座大山命名为“封山”，

并把它给了防风。

就这样，防风带着玄龟开始了他的治水之路。他一块一块地把天上的青泥弄下来，但是他发现青泥弄下来以后都在地面上差不多同一个地方长成了小山，这样并不能很好地疏导洪水。这可愁坏了防风，仅凭人力怎么可能移动得了这么大的山呢，但是不把这些山移到它们该去的地方，又怎么能治得了洪水呢。就为这事，防风每天都愁眉不展，寝食难安，治水一时又陷入了困境。

玄龟看出了防风的心事。一日它走进了防风的房间，看到他比前几日似乎瘦了不少，玄龟自然很是心疼，就对防风说道："你不要发愁了，据我这几日观察，这些山似乎都不是太大，现在它们的根基还不是很牢固，咱们只要把它们搬到其他的地方，洪水自然可以退去。"防风苦笑了一下说："帝尧那么信任我，把这么重要的事交给我，可我真的很难制服这么大的水。谁能搬得动这么大的山呢？""我能！"玄龟说。"你不要和我开玩笑了，你怎么行？""真的能。"说完玄龟带着防风来到了外边。

玄龟叫防风把小山放到它的背上，然后它驮着小山向远处游去了，它把小山放到低洼的地方又回来继续驮其他的山。就这样，防风一边把青泥弄下来，一边把小山放到玄龟的背上，它们配合得很默契。玄龟驮啊驮，驮了八十一座山，填平了不少低洼之地。可是它的腹部也裂开了，背也碎了，实在驮不动了。防风就叫它到天上休息去了，自己则开始疏导河道，他不知道埋头苦干了多久，终于把洪水引到了大海里。防风不但治理了洪水，还使地面上多了不少名山大川，使人间的景色更加美丽。

洪水消退了，帝尧自然非常高兴，他见防风治水有功，就将封山周围方圆几百里的地方封给他成立了防风国。

尧王访贤

帝尧有十个儿子，长子丹珠为人骄横，欺压百姓，非常不成器。当洪水肆虐的时候，他没想帮尧治理洪水，而是每天乘船出游，好不快乐，从没有想过要去关心人们的疾苦。洪水退去以后，丹珠每天还是坐船出游，美其名曰"陆地行舟"。拉船的人累得汗流浃背，气喘吁吁，他不但不让大家停下来休息，还催促他们快点拉。人们恨他恨得牙根都痒痒，但是却拿他没有任何办法。他还时常欺负自己的弟弟们，所以他的弟弟们也很讨厌他。

尧把这些事情看在眼里，只是无奈，这个丹珠太难管教了。随着尧的年纪越来越大，他必须考虑让谁来继承他的位子。丹珠显然不行，国家要是交给他，很快就会民怨沸腾，人们也不会过上好日子。其他的儿子还小，难当重任，大臣中也没有合适的人选。经过仔细思考，尧决定自己出去寻找继承人。

尧访贤到了垣曲的皋落，酋长向尧推荐舜，还讲了许多关于舜孝敬父母，疼爱弟妹，忍辱负重，助人为乐的故事，这些事深深打动了尧王的心。然后，尧王又来到垣曲的乐尧，大族长们也都推荐舜，说舜既贤孝又有才干。尧听完后，心中已有几分欢喜，觉得舜可能就是自己要找的贤能之人，他决定亲自去见见舜。

这一天，尧来到了历山，就是舜居住的地方。在那里，他看见一个年轻人正驾着一头黄牛和一头黑牛在犁地。这个人手中没有拿鞭子，而且每只牛的屁股上都绑着一个簸箕，这让尧感到很奇怪。当时，有一个头发花白的老人担着一担柴从远处走来了。小伙子看到以后，急忙放下手中的农活，跑过去接了老人的担子，一直帮老人挑到山下。等老人走到尧面前时，他拱手问道："老人家，这个小伙子是你儿子吗?"老人说："不是，他是我们的小首领舜，我是他的百姓。"尧又问："那既是首领，还帮你担柴?"老人笑着说："这你就不了解他了，我们的小首领和别的首领可不一样，他见谁有困难就帮助谁，还不用别人替他干活，你没见他正在犁地吗?"

尧听了老人的话，点了点头，回过头去，对舜说："看来大家说的真是没错，我早听说你是一个尊老爱幼，孝敬父母的好人，今日一见，果不其然。"舜笑笑说："老伯过奖了，这些都是我应该做的，其实也都不是什么大事。"尧看到小伙子这么谦虚，被他感动了。突然又想起牛屁股上的簸箕，尧又问舜其中的原因，舜说："牛虽然是牲畜，但它为我耕地已经很辛苦了，我怎么能用鞭子打它呢。再说，我要是打了黄牛，黄牛痛，猛地向前拉，而黑牛还按部就班的话，不但耕地乱了套，牛也得受苦，没什么好处。在它们屁股上绑上簸箕，打黄牛，黑牛也听见了，打黑牛，黄牛也听见了，都拉快了，谁也不受挨打的苦。"

尧王听了，觉得舜真是个仁慈、细心的人，就称赞道："有道理，有道理。"尧要舜带他随便看看，舜很爽快地答应了。他带尧转过历山，展现在他们眼前的是万亩良田。庄稼长得十分茂盛，黑乌乌绿油油的，非常喜人。尧王看到眼前的景象，喜出望外，对舜有了更深刻的了解。

在和舜交流的这段时间里，尧感觉舜真的就是他要找的人。于是，他就向舜说出了自己的身份，舜得知面前的这个人就是帝尧以后，又惊又喜，慌忙给尧跪了下来，说道："陛下乃是贤明君主，今日得见真是三生有幸。"尧笑着将舜扶了起来，并向舜说明了自己的来意，舜连连推辞，谦虚地认为自己不能胜任。但是尧却执意要带他回去，舜最终还是答应了。

舜跟着尧来到了都城，他果然不负厚望，在群臣面前对答如流，他回答的问题涉及治国的各个方面，上至天文，下至地理，舜都对答如流。大臣们无不被他的才华折服，这样的人才打着灯笼都难找。于是舜就继承了尧的帝位，成为了舜王。

丹朱化鸟

在黄河北沿的范县濮城东五十里，有个地势较高的村子叫丹珠堆。尧的大儿子丹珠的坟墓就在这里。尧的大儿子因为瞎了一只眼睛，人们都叫他"单珠"，后来人们就叫他"丹珠"。

尧有十个儿子，这十个儿子脾性各不相同，尤以大儿子丹朱与尧的差异最大，也是最不让尧省心的一个。尧是有名的贤德君主，将国家治理得井井有条，可是他的大儿子丹朱却与尧完全不同，不仅丝毫不体察百姓的疾苦，而且还骄横暴虐，任性妄为。对于这个儿子，尧也是异常苦恼。虽然对其多次教化，但却毫无用处。丹朱仍然我行我素，想干什么就干什么。把他逼急了，他就甩手走人，甚至还用言语顶撞过尧。

丹朱喜欢和朋友们四处游玩。尽管父亲不让他到处乱走，但他还是有办法悄悄溜出来。尧忙于政事，总不能天天看着他，也只好由他去了。每次出门，丹朱都要带上大量的随从供他驱使。他的脾气很差，只要有一点儿不顺心的地方就迁怒于人，虐待随从们。随从们受尽了屈辱，但却敢怒而不敢言。即使在家里的时候，丹朱对随从们也是想打就打，想骂就骂，有时他还会想出一些歪点子来折腾随从们。

看到丹朱如此任性妄为，弟弟们都对他很不满。每当弟弟们对他提出异议，他总要以自己的身份来压制他们。可是弟弟们对这个哥哥早就已经没有丝毫的尊敬，因此全都不服他的管教。为此，兄弟之间常常出现纷争，彼此的关系颇为紧张。尧看在眼里，急在心里。他希望找到一种可以改变丹朱性情的方法，后来，他发明了围棋。开始的时候，丹朱确实被这个新鲜的玩意儿吸引住了，可没过多久，他就失去了兴趣。他觉得还是和朋友们一起四处游荡最开心，所以又出了家门。

壁画中宁静的尧舜时代

《史记》载，舜在20岁时就以孝闻名。30岁，尧询问可用的人才，四岳诸侯都推荐舜。经过一番长期的考察，尧对舜很满意，就把帝位禅让给了舜。

尧对丹朱已经彻底失去了信心，他认为自己已经管教不了这个儿子了，所以也就放任不管了。作为尧的长子，丹朱是王位理所当然的继承者。可是他又怎么能担当如此的重任呢？尧已经暗下决心，待其退位之后，便将王位传给贤能的舜。但他也知道，丹朱必然会不服气。为了防止他寻衅滋事，他将丹朱放逐到了南方的丹水去做诸侯。对于这样的安排，丹朱当然很不痛快。但此时以他的能力，还不足以与他的父亲对抗，所以也只能收拾行李去往南方。

在途经中原的时候，丹朱在一个叫做三苗的部族停留了数日。这个部族的首领与丹朱的关系很好，他们很为丹朱打抱不平，于是决定发动政变，替丹朱争回王位。得知三苗叛乱的消息后，尧并没有慌张，更没想过要放弃自己的政治主张。他亲自率领军队平定了三苗的叛乱，取得了绝对性的胜利。三苗的部众打了败仗，再也无法在中原立足，就跟随丹朱一同到南方的丹水定居下来。

在丹水养精蓄锐多日，丹朱与三苗首领决定卷土重来。于是，一支以丹朱为首的军队成立了，他们决定择日进攻中原，推翻尧的统治。没想到事情败露，消息走漏，传到了尧的耳朵里。尧再次带领大军出征，以平定南方的叛乱。尧的到来有些突然，当时丹朱和三苗的军队还没有做好准备。不过丹朱的军队长期生活在水边，善于水战，而尧的军队则要逊色一些。因此，在起初的交战中，尧的军队不仅没有占据上风，而且还损兵折将打了败仗。

尧命令大军退后稍作休整，以便他思考退敌之策。既然他的水军不占优势，那就先从陆上进攻吧！三苗的军队都是陆军，他们是抵不过尧所率领的军队的。如果能率先攻下三苗的军队，那么三苗与丹朱的联盟就会破裂，这样再去攻打丹朱就容易多了。在与三苗的对抗大获全胜以后，尧又设计击败了丹朱的水军。叛乱再一次被平定了，尧满意地带着军队回到了中原。虽然他没能擒获丹朱，但这也未尝不是一个好结果。他也不希望亲手斩下儿子的头颅，就算再不成器，也毕竟是自己的儿子，做父亲的还是心有不忍。

丹朱大败以后，带着剩余的部众逃到了南海。此时的他已经无颜再活在人世，便跳到南海中自杀了。死后，他的灵魂变成了一只鸟。这种鸟有着猫头鹰的外形和好似人手的脚爪，后人为它取名为朱。据说朱鸟停留的地方，必有人要遭到放逐。至于他的子孙后代，则在南海附近聚集成了一个国家，名为罐头国。罐头国的人长相怪异，他们虽有着人类的脸庞，却长着一张鸟嘴。他们的背上长有一对翅膀，但却只是摆设，不能用来飞翔。不远处，是三苗族后裔聚集的三苗国。三苗国的人也生有一对翅膀，只是长在腋下，且非常小，也不能用来飞行。

皋陶断案

皋陶，又写做皋繇，出生于公元前 21 世纪，他活跃在“三皇五帝”时期，是父系氏族社会晚期的政治家。后世史学界和司法界公认他是中国司法的鼻祖。他辅佐大禹理政、治水和发展生产，在华夏族和东夷各民族的融合中发挥了重要作用，为中华民族的形成做出了重要贡献。以他的思想体系为核心的“皋陶文化”是上古中国进入文明社会的重要标志之一。

皋陶出生在“少昊之墟”，大约在今天的山东曲阜一带，相传为东夷部落的首领。皋陶的相貌非常奇特，青绿色的脸，就像一只削了皮的瓜，他的嘴巴长长地伸了出来，像马嘴，据说这是至诚的象征。他学识渊博，能洞察人情，舜就举用他为掌管刑法的官，称大理（以后的大理寺就延此而来）。

皋陶当法官可谓精明能干，铁面无私，无论多么复杂的案子到了他手里，都能迎刃而解，是非黑白他都能辨得清清楚楚。皋陶使用一种叫解豸的怪兽来断案。解豸类似麒麟，全身长着浓密黝黑的毛，双目明亮有神，额头上长有一角，俗称独角兽。虽然这独角兽长得难看了点，但是它却拥有很高的智慧，懂人言知人性，它怒目一睁，就能辨是非曲直，识善恶忠奸。它如果发现奸邪的官员，就用锐利的犄角把他触倒在地，然后吃下肚子；当人们发生冲突或纠纷的时候，解豸就用角指向无理的一方，甚至会将罪该万死的人用角抵死，令犯法者不寒而栗。

所以皋陶为大理时，天下能够无虐刑，无冤狱，那些卑鄙的小人，或做了坏事的人都非常害怕他。皋陶铁面无私，执法如山。他经常带着解豸到民间走动，为老百姓审案断案，深受人民的爱戴。

有一次，他又带着解豸来到集市上巡视。从远处，就能听见喧嚣吵闹的声音。他很好奇，就加快了脚步，赶上前来。只见一位妇女头发散乱，躺在狼藉的地上，旁边一个无赖口吐狂言，漫骂不止。皋陶见此情景，一声怒喝，无赖吓得立马无语，眼睛都直了。他早就听说这个相貌奇特的大理官和他的神兽非常厉害，没想到今天让自己碰上了。他就一下子跪在了地上，喊道："大人，是我错了，我再也不敢了。"皋陶走上前去，扶起躺在地上的妇女，轻声地安慰了几句，又怒目投向那个无赖。只见无赖仍旧跪在地上磕头，口中还不停地说道："大人，饶了我吧，我再也不欺行罢市了，我再也不敢了！"皋陶满脸威严，义正辞严地说："你若保证以后再也不做恶事，不欺负百姓，我便饶你一次"。说着，拍了拍旁边同样怒目圆睁的解豸："该如何惩罚他？"只见解豸用蹄子在地上踏出一个圆圈。皋陶朗声笑道："好，你就在这圆圈内跪上三天三夜吧，这就是你的监狱。"这个无赖只得照着皋陶说的做了，真的在那个圈里跪了三天三夜。从那以后，这个坏蛋也洗心革面重新做人了，他再也没干过一点坏事，相反还经常帮助别人。

从此，"皋陶造狱，画地为牢"就成为了一段司法佳话，被流传下来，皋陶也被尊称为狱神。

一脚夔的音乐创作

在我国音乐史上，有不计其数的优秀音乐家。其中夔称得上是我国历史上有记载的最早的音乐家。夔生活在荒凉偏僻的地方，他和东海流波山的那个只有一只脚的夔牛，好像有点远亲的关系。夔具有非凡的音乐才能，他受到尧的赏识，尧就提拔他为乐官，主理音乐舞蹈之事。

夔不但掌管音乐舞蹈，他还亲自教导年轻人，使他们在音乐方面的才能也能得到发挥。夔敲起石磬，顿时乐声悠扬，周围的年轻人都有跳舞的冲动。于是，夔就让大家扮成百兽边歌边舞，一时间舞姿翩翩，景象好不热闹。

一次，夔到山间游玩，那里树木葱翠，百花齐放，他从没见过如此美丽的景色，就在山间徘徊游玩，流连忘返。正当夔玩得高兴的时候，他突然听到前边的溪水发出清脆的响声，就快走到前方去。等到他到了以后，发现眼前又是另一番景色，有泉水从山间“叮叮咚咚”地流下，在山下汇集成一条小溪，向远方流去。溪水在流的时候和周围的岩石撞击，发出清脆的响声。夔忍不住被这声音迷住了，这声音沁人心脾，他又怎么能放过呢。

回去以后，他受山川溪谷流水声的启发，就作了一首乐曲，名叫《大乐章》。每当他演奏的时候，人们都会聚精会神地听，完全沉醉在他的音乐之中。人们还说，听了夔的曲子，他们自然而然就能心平气和，再苦恼的事情都能烟消云散，还能减少无谓的争端。一时间，这首乐曲流传得相当广泛。

夔还有一种本领，就是他敲打石块和石片的时候，也能创作出乐曲来，这个乐曲不是给人听的，而是给飞禽走兽们听的。每当这时，它们就从远方赶到夔的面前来，忘情地跳起舞。而且百兽们竟然还能和着夔的节拍，或急或缓，丝毫不乱，这真的令人难以置信。

夔不但是乐舞的组织者和指挥者，而且有高超的音乐演奏才能，编导了具有当时最高水平的乐舞《箫韶》。相传这部乐舞一直流传到一千多年以后春秋战国时期的齐国，孔子听后赞叹曰“韶尽美矣，又尽善也”。由此可见，夔的音乐才华非比寻常。

重明鸟驱妖除怪

重明鸟是中国古代神话传说中的神鸟。它的形状像鸡，鸣叫的声音像凤凰，这只鸟的两个眼睛中都有两个眼珠，所以叫作重明鸟，也叫重睛鸟。它的力气很大，能够搏逐猛兽、辟除猛兽妖物等灾害。旧时新年风俗，画只鸡贴于门窗之上，其实就是重明鸟驱妖逐怪之意。

尧晚年的时候，一日，羲仲来奏，说祗支国派遣使者前来进贡了，帝尧忙安排召见。祗支国这次进贡的是一只怪鸟，形状和鸡差不多，两只翅膀上的羽毛几乎全部脱落了，只剩了两只肉翮，形状相当难看。帝尧心想他从远道前来进贡，必有特异之处，便问那使者道："此鸟叫什么名字？有什么特异的功能吗？"那使者道："这只鸟的两只眼睛中都有两个眼珠，所以叫作重明鸟。它的力气很大，能够搏逐猛兽。它叫起来的声音和凤凰差不多，只要听到它的叫声或看到它，一切妖魔鬼怪都会远远的躲开了，再不能来害人了，它其实是一只神鸟。所以国君特意派臣前来贡献，希望您能收下。"帝尧又好奇地问道："它的羽毛还没长全呢，竟然还能捕逐猛兽呢？"

使者正准备回答的时候，这重明鸟似乎听懂了尧的话，有点生气，顿时引吭长鸣，声音果然像凤凰；它突然又将两只没长全羽毛的肉翅膀，腾举空中，绕殿飞了一圈，又飞出了皇宫，一边飞，一边叫。凤凰和鸾鸟听了它的鸣叫声，也一齐飞了起来，发出鸣叫声，与重明鸟唱和，声音和谐，非常悦耳。这时叔均在殿上，看见重明鸟从大殿飞了出去，不禁叫道："这只鸟逃走了吧！"那使者笑着说道："不会不会，它一会儿就回来了。"过了一会儿，重明鸟果然又飞了回来。此时，在殿前的侍卫，忽然看见空中有无数鸟群向北面飞去，非常迅速。他们感到很奇怪，经过打听，才知道都是枭鸱之类的恶鸟，这些恶鸟因为听见了重明鸟的叫声才逃到荒漠去的。从此，重明鸟所在的数百里之内，再也没有了恶鸟，真是奇怪之事。

帝尧知道这种情形以后，知道重明鸟果然是神鸟，便问使者道："它的羽毛终年如此吗？"使者道："不是。它的羽毛有时长，又有时落，此时正是它解翮之时，所以才这样。"帝尧道："那么它吃什么？"使者道："通常它在外面，不知

道吃什么。如果是人来喂它，需要给它吃玉膏。”于是，帝尧君臣就开始商量留养重明鸟的方法。帝尧道：“它是神鸟，和鸾凤一样，不可以把它关到笼子里，委屈了它，还是把它放在外边，让它来去自由吧。况且还要用玉膏来饲养它，有点奢侈，让它自己觅食岂不更好？”

群臣听了，觉得很有道理，于是就将重明鸟安放在树林之中，让其自由生长。那重明鸟从此飞来飞去，但是总是在都城附近几百里的范围内。这里的所有猛兽，如豺狼虎豹之类，都被它搏击殆尽，百姓们来来往往，既安全，又便利了。百姓家里偶尔有妖异或不祥事情发生的时候，只要重明鸟一到，马上就好了，不祥之事，也烟消云散了。如果山林水泽中有猛兽为患时，只要听见重明鸟的叫声，猛兽无不遁逃，因此人们就将重明鸟奉若神明，没有一家不洒扫门户，期待着它能飞过来。

那重明鸟在帝都住了一段时间，忽然飞走了，回到原来的国家去了。此后，一年之中它总会来一次，再到后来几年之中才来一次。它没有来的时候，聪明的人们就想了个方法，用木头雕出一个重明鸟的木像，或画出重明鸟的样子，把这些雕像或者门画安放在门和窗户之上。

令大家没有想到的是，这个方法果然很灵验，一切妖魔鬼怪都不敢靠近了，都远远地躲开了。

仙人偓佺

仙人偓佺是经常在槐山上采药的一个老人。他浑身上下长着浓密的长毛，足足有七寸厚。他的两只眼睛也变成了方形。可以朝不同的方向看。偓佺十分喜欢吃松籽，还常年吃草药，所以他的身体非常好，脚步轻盈，奔走如飞，就连马都跑不过他。

偓佺是个善良的老人，他看到尧每天为百姓操劳，身体也日渐消瘦了，十分心痛。他就想到槐山上去采一种松籽献给尧，据说吃了这种松籽可以延年益寿。于是，偓佺就独自到山中去寻找。他看到峭壁上有一棵老松树，心想吃了它的松子肯定不错。他眼前又浮现出尧忧国忧民的样子，他紧皱眉头，消瘦的脸庞，……偓佺决定冒一次险，采下那些松籽。开是，他费了很大的劲爬到那棵树上，采松籽，他一颗一颗仔细地收集着。

等采完以后，天都快黑了，于是他就先回到家中休息。第二天一早，起床以后他就带上这些松籽去找尧。门口的守卫刚开始不让他进去，等他说明来意，守卫们都被偓佺感动了，想想辛苦的尧，就让他进去了。偓佺进去以后，看到尧还在操劳国事，头发似乎比以前更白了。他献上自己采来的松籽，并告诉尧要按时吃，它能够延年益寿，保持身体健康。尧被老人的一片诚心打动了，收下了这些松籽，并答应偓佺一定会吃下。

送走偓佺以后，尧继续忙他的政务，很快就把松籽的事情忘记了。偓佺送的这些松籽不是一般的松籽，那都是超过三百年的老松树结出来的果实，吃了真的能延年益寿，而且那还是偓佺冒着生命危险采下来的。结果尧忙得记了吃，时间一长他就更不记得了。一次，下人打扫的时候看到了这些松籽，就问尧还吃么，尧想都没想就和下人说，你要想吃就拿去吃吧。下人听了特别高兴，千恩万谢地拿着松籽走开了。

后来，那个下人因为吃了偓佺送来的松籽，身体特别好，据说他活了三百岁。而可怜的尧，他整日为国事操劳，又没有很好地补充营养，活了一百多岁就离开了人间。偓佺一片好心，也没能让尧多活几年啊。

击壤老汉的议论

尧在位期间，真是日理万机，整天都在为国事操劳，也给百姓们创造了很好的生活环境，百姓们都很爱戴他。但是说来也很奇怪，也有并不感激他的怪人。

传说，有这么一个老汉，他已经八十多岁了，身体依然还很健康。这个老人童心未泯，总喜欢在大路上玩丢木块的游戏，每次一玩就是半天，而且腰不疼，腿不酸的，大家都很羡慕他。在当时，这种游戏被人们叫做“击壤”。游戏是这么玩的：先把把两个木块削成上尖下阔的形状，大概和鞋子的形状差不多。一块放在地上，一块拿在手里，站在三四十步远的地方，把手里拿的木块掷向地上放的木块，打中地上的就算赢了。在当时，小孩子们最喜欢玩这种游戏了，街头巷尾，到处都是玩游戏的孩子们。

可这老汉偏也喜欢混在孩子群里玩游戏，每次玩得还很高兴，孩子们也都乐

于和他玩。一次，老头又在路上玩得起劲时，一个在一旁看热闹的路人非常感慨地说道："咱们的皇帝尧，真是个少有的好皇帝呀，看这太平盛世，人人安居乐业，生活多么幸福啊。看这老头子玩得多开心，你看他还像个孩子般的天真烂漫。"大家纷纷点头，认为这个人说得很正确。可这老头在一旁听了，非常不高兴，停下来就跟这个路人理论："我不知道你说这话是什么意思，我和尧可没什么关系。我每天日出而作，日落而息，自己种菜种粮，我有饭吃那也是我自己种出来的。就连我喝的水，也是自己挖的井。现在我倒想问问你，我生活得很快乐，这和尧有什么关系吗？即使没有尧，我还依然这样生活。"那个人想了想，觉得老头说得也有道理，他在一旁竟无言以对了。

其实老头说的并不是完全正确的，要不是尧治国有方，天下太平，老头怎么能有这么惬意的生活呢？他不知道感恩，还如此振振有词，实在是不应该啊。

许由和巢父

尧的儿子丹珠凶狠残暴，因此尧不打算把帝位传给自己的儿子，他准备寻找一个德才兼备的贤人来作国君。在没找到舜之前，尧听说许由很有才干，是治理国家难得的人才。尧就决定亲自去拜访许由，他一个人辗转了很久才找到了许由的住处。尧看到许由的时候，认为自己真是找到贤人了。这个许由不仅长得一表人才，英俊潇洒，而且为人行事也甚是得体，这更坚定了尧让位给他的决心。

尧向许由说明了他要禅让帝位的意图。许由是个孤傲清高的人，他连忙摆手，说道："我许由何德何能担此重任，您还是另找高明吧。"尧走后，许由趁着天黑连夜跑到了箕山。这箕山脚下有个颍水，景色秀丽，许由就在这个地方住下来了。

尧见许由不肯接受帝位，还躲了起来，知道自己再去也不太合适，就派了身边两个大臣去找许由。许由见尧又派人来找他，很不高兴，但是又不能赶他们走，只得勉强接待。来人对许由说："尧知道你不肯接受帝位，但是他想让你去作九州的州长。"清高的许由听到后极其厌恶，连忙跑到了颍水边上掬水来洗自己的耳朵。

此时，他的朋友巢父正好牵着一头小牛到颍水边上饮水，他看到许由这个怪异的行为感到很奇怪，就问他其中的原因。许由说："前段时间尧找到我，要把帝位传给我，我不答应，就跑到了颖水躲了起来。但是，今天他又派人来找我，让我去作九州的州长，我讨厌他们老是来烦我，说这些我不爱听还惹人恼的话。所以，我就到颖水边上来洗洗耳朵。"巢父听了他的话很不以为然，从鼻孔里小声地哼了一下，说道："得了吧，老兄，你要是一直居住在深山穷谷，存心不想让人们知道的话，那怎么还会有人来烦你呢？你整天在外边东游西荡，就怕别人不知道你，有了好的名声，别人找你做官，你却跑到这里洗耳朵，别装清高了，把水污染了，可千万别脏了我小牛的嘴巴！"

说完，巢父就径自牵着小牛到上游喝水去了。许由听了巢父的话，一气之下，干脆就隐居到了箕山之上，从此再也没有出来过，他死后也葬在了箕山之上。现在，箕山上还有许由的墓，山下也有个牵牛墟，颖水旁边还有一个泉叫犊泉，这泉边的石头上还有小牛的足迹，那就是巢父从前牵牛饮水的地方。

第十章 后羿和嫦娥

十个太阳的恶作剧

女娲补天之后，人类过了很长一段时间的幸福生活。后来，黄帝出现了，打败了蚩尤，统一了华夏民族。又过了一段时间，华夏民族出现了一位非常贤明的领袖，叫做尧。在尧统治初期，人们的生活十分幸福。

突然有一天，天上一下子出来了十个太阳，而且不分昼夜地照射着大地。人类又一次面临着巨大的灾难。江河湖海干枯了，土地庄稼烤焦了，人们一个个被太阳烤得喘不过气来，很多人因为炎热而死。这时，那些曾经被女娲娘娘制服的毒蛇猛兽们，又趁机作乱。它们从森林和江湖的老窝中跑出来，四处寻找自己的食物。由于人们失去了抵抗能力，所以只能眼巴巴地看着自己的亲友被妖兽吃掉。人们生活苦不堪言。

到底是怎么回事呢？天上怎么一下子出来那么多太阳呢？

原来，是帝俊和羲和的十个太阳儿子在搞恶作剧。

这十个太阳生活在东方海外的阳谷，也就是汤谷。那里边的水每天都沸腾着。羲和每天都在这里给十个太阳儿子洗澡，把他们洗得干干净净，好在天上发出灿烂的光芒，照耀大地。汤谷的海水中生长着一棵十分特别的树，名叫“扶桑”。它是十个太阳的家，要住下这么多的太阳，这棵树确实很大，有几千丈高，一千多围粗。这十个太阳曾经商量好了，每一天都是九个太阳住在下边的枝条上，另一个则住在树的顶端。十个太阳就这样轮流地出现在天空中，一个太阳回来了，另一个才乘着母亲羲和驾的车子去值班。平时，人们看到天上只有一个太阳，就是因为帝俊和羲和给儿子们安排好了值班的秩序。

大家都知道太阳升起来的瞬间是无比美丽的，但是肯定不知道太阳升起来的过程吧。据说，有一只玉鸡每天都站在扶桑树的树梢上，它每天早上负责叫醒天下所有的雄鸡。当黑夜即将结束，黎明就要到来的时候，这只玉鸡就从睡梦中醒来，张开它的两只翅膀，伸长了脖子，喔喔地叫了起来，这叫声在寂静的早晨是如此的响亮和悦耳。听到玉鸡的叫声后，住在桃都山大桃树上的金鸡也跟着叫了起来。金鸡这么一叫，惊醒了生活在各处名山大川上的石鸡，它们也纷纷叫了起来，石鸡一叫，天下所有普通的鸡就都醒了，一齐喔喔地叫了起来。此时，在千万只鸡的叫声中，海水也不甘寂寞，轰轰地响了起来，一时间世间的万物都被这声音惊醒了，一轮鲜红的太阳就在澎湃的海水和漫天灿烂的霞光中缓缓升起。这应该就是雄鸡一唱天下白的情景吧。

太阳升起来了，新的一天也就开始了。每天的这个时候，勤劳的羲和都会早早地起来，替她的儿子驾着六条龙拉的车子在天上驰骋。太阳在开始一天的工作之前，都会在咸池里洗个热水澡，然后就从扶桑树的下边飞快地升到树的顶端，这个时刻就是“晨明”。到了树的顶端以后，羲和就驾着车子来接她的儿子了，每天都那么准时，不会差一分钟，这个时候就叫“明”。他们母子继续向前进发，到了曲阿这个地方，此时就叫“旦明”。以后太阳每经过轨迹的一个重要地方，都有一个代表时间的特殊名称。等他们到了一个叫“县车”或“悬车”的地方，羲和就停下车，剩下的路程就让小太阳自己走完。但是，大多数时候羲和是不放心儿子自己行走的，她总是要坐在车上看着儿子走向虞渊，进入蒙谷。当太阳把最后几缕灿烂的金光洒在蒙谷水滨的桑树和榆树上的时候，羲和才安心地驾着车在凉爽的夜风中，穿过云层回到东方的阳谷。回去以后，羲和并不闲着，仍然准备着第二天送另一个儿子去值班，因为新一天的行程马上就要开始了。

羲和每天都监督自己的儿子们去工作，使他们每天严格地按照规定的时间、路线和程序，轮流地去值班。在小太阳们很小的的时候，大家都觉得每天由妈妈陪着完成这么有意义的事情，很温暖也很自豪。但是随着孩子们慢慢地长大，想着每天还要这样轮流地去值班几十年、几百年、上千年，他们突然觉得实在太没有意思了，地上的人们甚至都不知道他们其实是十个太阳兄弟，而不是仅仅就一个太阳。

于是，在一个月明星稀的晚上，这十个太阳聚集在扶桑树的枝条上开了一个会。大家七嘴八舌地发表自己的意见，都觉得以前的工作太乏味了，一个人在天上，连个说话的人都没有，这种一成不变的生活他们打算改变一下。那天晚上，他们就做了一个决定：第二天的早上，要一起出现在天空中，一起玩耍，一起打闹嬉戏。

他们还真是说到做到。从第二天开始，他们不等妈妈羲和驾着车子过来，就一窝蜂地跑了出去。天地间一下子就亮了。羲和这时正好驾着车子来接儿子，看到孩子们的表现，急坏了，她站在车子上大声地呼唤着，希望九个儿子快点回来，可是，这些顽皮又好玩的儿子们此时又怎么会听她的话呢，他们就像从笼子里逃出来的鸟儿，又像脱了缰绳的马匹一样，无忧无虑，自由自在地玩着。

女巫和凶恶的太阳

从那以后，十个太阳每天都齐刷刷地出现在天空中，而且乐此不疲，他们一定以为地上的人们每天都很希望见到他们。但是他们哪里知道，这光明灿烂的阳光一起照射到地面上是多么的炎热，植物被烤焦了，河水被烤干了，人们又热又渴又饿，地上的生物对十个太阳的憎恨达到了极点。

人们只能每天都躲在阴凉的地方，但是这样长久下去也不是办法，食物快吃光了，水也快没了。但是天空中这十个面目狰狞的太阳却没有丝毫离去的意思，他们就这样一直炙烤着大地。人们终于忍受不了了，在无计可施的情况下，只好按照当地的风俗习惯把一个女巫抬到附近的小山坡山去暴晒，据说这样就可以下雨了。

这个女巫叫女丑，是当时最有本领，也最神通广大的一个女巫，人们都很崇敬她。女丑还有两只神兽来帮助她，一只是龙鱼，一只是大螃蟹。这只龙鱼的名字叫鳖鱼，长着四条腿，形状有点像娃娃鱼，但是却比娃娃鱼大得多也凶猛得多。这个鳖鱼就像它的主人一样，也有神通。它既能生活在海洋里，也能生活在陆地上，其实就是咱们说的水陆两栖生物。这种鱼真的很大，大到一口气能吞下一艘船。它的武器就是脊背和肚子上长的三角形的尖刺。据说只要它一出现在海面上，就有大风大浪。女丑平时就骑着这种怪鱼，腾云驾雾，在天空中飞行。此外，她还有一只大螃蟹，这只大螃蟹生长在北海，长着千里宽的背，它也随时听候女丑的差遣。

还是说说人们让女丑去求雨的的事情吧。当时人间的情况十分危急，人们就自发地组成了一个小组织，想用自己的办法来解决这个危机。选出一个领导人之后，他们就开始了自己的计划。他们先去找了神通的女丑，希望她能主动出来求雨。但是，女丑似乎也没有很大的把握，犹豫不决，一下也拿不定主意。后来，人们实在没办法了，就强行把女丑带出来，让她求雨，奇怪的是女丑也没反抗。

在郊外的路上，一大群人抬着一顶彩轿，里边坐着的就是女丑。人们按照当地的风俗，把她送到郊外的山顶上举行求雨仪式。女丑则打扮成旱魃的样子，一路上嘴里都念念有词，但是她的眼睛里似乎也流露出一丝恐惧和不安。转眼间，人群就到了小山坡上。就在几天前，这里还充满了了希望的绿色，可是此刻这里所有的植物都枯死了，连一片绿色的草叶也看不到。人们围成一个圈，跳着，嚷着，敲打着钟磬，做着一些法事。同时，还有几个人把打扮成旱魃的女丑放到了光秃秃的山顶上，人们早就在那里给她准备了一张草席，让她独自在山顶上求雨。人们四散开去，躲到附近的山洞和树穴里，一边监视着女丑的行动，一边他们还满怀希望地等待着奇迹的发生，他们是多么期盼一场久违的甘霖啊。

时间一分一秒地过去了，天上的十个太阳依然火辣辣地照着大地，他们的旁边居然连一丝云彩都没有，更别说能够下雨的乌云了。坐在草席上的女巫，她平时神通广大的本领现在不知道哪里去了，她已经狼狈到了极点。脸上、身上不停地流着汗，衣服也湿透了。刚开始的时候，她还在那里喃喃地祈祷着什么，可是一段时间以后，人们看到她伸长脖子，张着嘴巴，喘着粗气，她把两只胳膊举起来，用两个大袖子来遮蔽毒辣的阳光。又过了一会，等人们再注意女丑的时候，看见她的身子左右摆动了几下，突然一头栽到地上，抽搐了几下，就昏死过去了。大家看到这种状况，急忙上前去看，女巫已经没了呼吸，她居然被这十个凶恶的太阳晒死了。

女丑这么一死，人们连最后一丝希望都没有了，一时间都陷入了绝望的境地。天上的十个太阳依然火热、毒辣地炙烤着大地，但是人们却没有任何办法对付他们，只能眼看着他们作威作福。除了这十个太阳给人们带来的干旱和灾难以外，一些可怕的怪兽，如九英、大风、修蛇等，也纷纷从火焰般的森林里、沸腾的江河中跑了出来，危害人间。它们出现在各个地方，肆无忌惮地残害着处于痛苦中的人们，使本来就活不下去的人们的生活雪上加霜。

帝喾派遣羿为民除害

十个太阳每天依然一起东升西落，这样的日子对太阳们来说是幸福的。但是

人间的灾难却依然继续着，人们每时每刻都活在痛苦和绝望中。已经有好几个月滴雨未下了，住在简陋茅屋里的尧，每天寝食难安。尧所遭受的痛苦，比普通的百姓还要大，因为这痛苦不仅仅是身体上的，还有精神上的。众所周知，尧是一个爱民如子的好皇帝，他怎么可能眼睁睁地看着人们生活在苦难之中呢？但是，他的力量毕竟是有限的，他只是一个平凡人，也没有能力和天上的太阳较量。尧每天都在想办法解决当前的困境，可是又有什么办法呢？本来尧也寄希望于女巫，希望她能求雨成功，但是令他没想到的是，女巫竟然被晒死在太阳底下。现在，他每天只能虔诚地向天帝祷告，希望能结束这种局面。

帝喾虽然在天上，但是他对人间的情况还是很了解的，他派人特地观察尧在人间的情况。此外，尧的祷告他也能听见，这些情况让天帝惶恐不安。帝喾曾经警告过这些顽皮的儿子们，甚至还恐吓过他们，但是他们似乎并不怕帝喾。在他们看来自己毕竟是天帝的亲生儿子，除了父亲别人根本拿他们没什么办法，也就没什么好怕的了。帝喾真的像孩子们想的那样，他不舍得处罚他们，就只能放纵他们了。帝喾的放纵，对孩子们来说是仁慈，但是对地上的人们来说则是残酷的。帝喾每天都希望孩子们厌倦这种生活，然后还能遵守他和羲和为他们制定的秩序。但是，他总是不能如愿，地面上人们的祈祷总会时不时地传到帝喾那里，这让他很烦心，但是又不知道该怎么办。

地上的人不好过，天上的神也好不到哪里去。终于，神仙们不肯袖手旁观了，他们都认为这十个太阳的行为实在太过分了，不但给人间带来了痛苦，现在也给他们的正常生活带来了麻烦，他们就一个接着一个地去找帝喾告状。刚开始，帝喾还可以装作对这事不太了解，敷衍一下就过去了，但是架不住这么多神仙都找他告状，帝喾觉得不能再纵容孩子们胡闹下去了。否则，不但孩子们会受到惩罚，甚至有可能还会危及到自己的宝座。于是，帝喾就在神国中找了一个擅长射箭的天神到人间去，想让这些孩子们吃点苦头，让他们不再任意妄为。此外，帝喾还希望他能帮尧解决一下人间面临的困境。

帝喾派下去的这个天神叫羿。关于羿大家肯定都不会陌生，这是一个箭法高明的天神。他是当时所有神和人中射箭最厉害的人，即使是一只小小的蚊子从他面前飞过，他都能准确无误地把它射落。羿的箭法出神入化，他要想射中一只蚊子就绝不会射中一只苍蝇；他要想射中一个苹果，就绝对不会射中一个梨。羿是天生的神箭手，因为他的左臂生下来就比右臂长，这对于弯弓是有极大方便的。

临行前，羿跟天帝提了两个条件。“天帝，我有两个小小的条件。第一，请

您把您那把具有神奇力量的红色大弓赐给我，同时还要赐给我十只白色的神箭。因为我要用这些东西把那十个可恶的太阳射下来。”天帝点了点头说：“好！这是应该的，我答应你的条件。那么第二个条件是什么呢？”

羿接着说：“第二，请您允许我带着我的妻子嫦娥一起前往人间。因为如果把她独自留在天上，她会非常寂寞的。”天帝又答应了他的请求。就这样，羿背着红色的大弓，拿着十只白色的神箭，带着妻子来到了大地上。

羿射九日

羿带着自己的娇妻嫦娥驾着祥云来到了人间。

他们径直来到了尧的茅草屋前。刚到的时候，羿还以为自己找错了地方，这么简陋的地方怎么可能是尧的住所，这和天上帝喾的宫殿差距也太大了吧，虽然人类的力量有限，但是也不至于穷到这种程度吧。于是，他就找了一个凡人问了下，还真是大吃了一惊，因为这里的的确确是尧的“宫殿”。羿心想这是一个什么样的王呢，我得见识一下。他敲了敲虚掩着的破木门，一个孱弱的声音说道：“请进。”他和嫦娥一进门就看到一个愁容不展的老人坐在书桌面前思考着什么。由于长时间的操劳他眼睛里布满了血丝，面露倦容，双眉紧锁，这个人就是尧。当他得知来的人就是帝喾派下来的天神以后，立马来了精神，大喜过望，他知道自己的国家就要得救了。

尧就带着羿和嫦娥一起到外边去看看人们艰难生活的情景。那个场面真是惨不忍睹啊！可怜的人们，在十个太阳恶毒地炙烤下有的昏死过去，有的躺在地上奄奄一息，大家现在都瘦得皮包骨头了。除了这些可怜的人们外，现在甚至看不到一只小鸟或兔子之类的小动物了，可能他们也找地方藏了起来了，也或许已经热死了吧。当人们得知这个魁梧强壮的人是天帝派下来拯救他们的天神的时候，大家瞬间都有了精神，重新找到了活下去的希望。远近的人们不顾太阳的毒热，都赶到了王城所在的地方，聚集到了广场上，大声地欢呼呐喊着，这喊声震耳欲聋，他们要求羿早点把他们从这种苦难中解救出来。

羿现在才真正体会到人们的痛苦，每天在烈日的煎熬下，不知道自己下一秒是生还是死，要不是自己来到人间，他们连活下去的希望都没有了。站在广场

羿一莲射落了九个太阳

上，听着人们的呐喊声和欢呼声，羿热血沸腾，有一刻他甚至有拔出弓箭的冲动。但是帝喾的声音在羿的耳边响起。临行前，帝喾有点为难地看着羿，虽然难以启齿，但还是向他道出了心声，他希望羿到人间只是吓唬一下自己胡闹的儿子们就好，他还嘱咐羿对待这些孩子们要手下留情，实在要动手，也不要全力以赴，千万不要弄伤了他的宝贝儿子们……

羿在思考，也在纠结，他看着这么多受苦的人们，终于下定决心采取行动。羿走向广场中间的时候，脚步是坚定和沉稳的，就像他的决心一样。聚集在广场上的人们，瞬间都安静了下来，他们充满希望地注视着羿，眼里充满了虔诚的期待。

羿抬起头，看着天上的太阳高呼道："天上的十个太阳，你们听好了！我是天帝派来的使者羿。你们知道吗？因为你们的原因，地上的人类遭受了莫大的灾难。天帝本来是要我杀死你们的，可是我不想那么做，如果你们知趣的话，赶紧走吧！"

本来这十个太阳应该见好就收，可是事实上它们却根本没把羿放在眼里。只听它们在天空中叫喊："你在这里吓唬谁啊？我们就是不走你能把我们怎么样？你拿着弓箭干什么？你以为你能射到我们？你站的山确实挺高的，不过离九万里的距离还差得远呢？你的弓箭只能用来打猎！哈哈！"

羿听完以后，气得火冒三丈，心想："既然你们如此不听劝告，那就不要怪我无情了。"羿从肩上取下了那张红色的弓，这张弓在炎炎烈日之下发出耀眼的光。他又取出了一枝白色的箭，搭上箭，拉满弓，对准天上红得耀眼的太阳，只听嗖的一声，箭就离了弦，向其中一个太阳冲了过去。过了一小会儿只见天上布满了火球，无数金色的羽毛也漫天飘了下来，原来是一个太阳爆炸了。突然，“砰”的一声巨响，一个火球掉在了地上。大家跑过去一看，是一只被箭射中了的巨大的乌鸦，它浑身金黄色，还长着三只脚，就是金乌了，它是太阳的化身。

大家抬起头一看，果然天上只剩下九个太阳了，大家都齐声笑了起来，别提多高兴了，人们发出巨大的欢呼声和喝彩声。

羿已经射下来一个太阳，就不在乎再多射几个了。人们的欢呼声再次让他热血沸腾，他又搭上箭，拉开了弓，向天空中另一个正在瑟瑟发抖的太阳射了过去，一枝枝白色的箭像一道道闪电窜入空中。只见，天上的火球一个接着一个地爆裂了，火星四射，数不清的金色羽毛飘了下来，金乌也一只只地掉到地上，天上太阳的数量越来越少，地面上的温度越来越低，越来越凉爽，人们的热情也达到了空前的程度，欢呼声响彻云霄。

正当他准备射第十支神箭时，站在旁边的尧突然说话了：“羿！且慢动手，我觉得我们应该留下一个太阳。如果没有了太阳，那么我们也就不能生存了！”羿点了点头，说：“这十个太阳固然可恶，可是大地也需要阳光的照耀啊！嗯！还是留下他吧！”于是，羿对最后一个太阳说：“我可以留下你，不过你要答应我，以后必须按时升起，按时降落。如果再有什么差错，我一定会把你射下来的。”第十个太阳哪里还敢讨价还价，连忙点头称是。从那以后，世界上就只有一个太阳了。

羿替人们消除了灾难，成了人们心目中的英雄，各家各户都争相拿出礼品送给他，并表示明会永远永远地崇拜他。羿为人实在，也没过多的考虑就答应了人们的请求。

羿捕杀六大怪兽

羿把太阳射下来以后，人间最大的灾难已经过去了。但世间并不太平，还有各种的怪兽在祸害人间，羿现在要做的就是替人们除去这些怪兽。

在当时，中原一带最凶狠的怪兽叫。它的形状像一只牛，身子是红色的，还长着一张人的脸，马的蹄子。它嚎叫的声音很奇怪，就像是婴儿啼哭，它要是饿了就抓人来充饥。人们只要一提起它都胆战心惊的，如果有人倒霉遇到了它，那

就必死无疑了。刚出现的时候，总是躲在草丛里或者是树林里嚎叫，因为它的叫声像婴儿的哭声，所以善良的人们就以为是谁家的孩子遗失了，忙赶过去看看，怕孩子晒坏了。但是令他们没想到的是，这样一去就再也回不来了。用这种把戏骗了很多人，它残害的人已经不计其数了，但是没有一个人能制服得了它。曾经有许多年轻人结伴去捕杀它，但是却再也没回来。

这个本来也是天上的神仙，不知道是什么原因，他被负贰神和另一个人谋杀了。但是他死后，却被昆仑山上的一个巫师救活了，复活之后他就跳到了弱水里，变成现在这副怪模样。它虽然样子丑，但是本领还在。只是现在它遇到了羿，看来是凶多吉少了。事实也是如此，在威猛的羿面前，一切邪恶的怪兽都不会有好结果，也不例外，它死在了羿的箭下。

凿齿

接着，羿的工作就是到南方一个叫畴华的水泽去杀一个叫凿齿的怪物。凿齿是个兽头人身的怪物，它的嘴里时常吐出一条长约五六尺的舌头，还长着形状像凿子一样的牙齿，这些都是它最锋利的武器。这个凿齿很嚣张，仗着没有人能制服它，就在畴华这一带残杀人民。正当它最嚣张的时刻，羿带着他的弓箭来到了这里。凿齿看到羿时，以为又有一个自不量力的人主动来送死了。它哪里知道面前的这个人是帝喾派下来，射落太阳的天神。凿齿拿了一把戈去攻击羿，只见羿不慌不忙地射出一枝箭，正好射到了凿齿拿戈的那条胳膊。这畜生见情况不妙，立即拿起了一面盾牌，想慢慢靠近羿使然后用它的舌头和牙齿来攻击。但是，羿绝对不是等闲之辈，一眼就识破了它的伎俩，他使出全力射出一箭，只见这枝箭不但穿透了盾，还穿透了凿齿的身体。轰的一声，凿齿倒在了水泽之中。羿靠他的勇敢和所向无敌的箭，杀死了凿齿这个怪物，又为人间除了一害。

北方的凶水有一个叫九婴的怪物。这个九婴是长着九个脑袋的水火之怪，它不但能够喷水，还能吐火，人们在他的蹂躏下吃了不少苦头。羿知道后，就带着他的弓和箭来到了这里，准备和它激战一场。九婴果然很凶悍，它看到羿的时候，就用它的九张嘴往外喷水，想用这种方法来淹死羿，可是它的想法太简单了，羿是这么好对付的吗。此时的九婴就像一个喷水的莲蓬头，样子很滑稽，只见羿举起了红色的弓，立刻形成一个无形的屏障，把水都给挡了回去，反而把九婴自己给淹了。恼羞成怒的九婴见喷水对付不了羿，就开始吐火，顿时火光四起，都向羿冲了过去。说时迟，那时快，羿瞬间射出了一枝羽箭，穿过重重烈焰射中了九婴的心脏。九婴就这样死在了波涛汹涌的凶水之上，而羿却毫发未损。

在凶水的附近有座奚禄山，当羿就要从它面前经过的时候，它却轰然崩塌了，山石中间有一个东西在太阳底下闪闪发光，羿感到很好奇，还以为是什么怪物施的妖法呢，他就走过去看了看，原来闪光的是一个精美的玉扳指。羿如获至宝，连忙把这扳指套在了右手的大拇指上，大小还出奇的合适，这让羿很高兴。扳指对射手来说非常的重要，那是用来钩弦的。羿以前用的扳指是象骨做的，因为象骨即坚固又耐磨，使用的时间比较长。现在羿在奚禄山得到的这个玉扳指，是天然形成的一块不加雕琢的美玉，自然要比象骨雕成的扳指名贵不知道多少倍。这块美玉在山中不知道等了多少年，终于等来了自己心仪的主人，然后破山而出。羿得到这个扳指可谓如虎添翼，他更加的神勇了。

羿在回来的路上经过东方的青丘之泽时，正好遇到一只叫“大风”的鸷鸟在那里危害人间。这个大风，就是一只大孔雀。那时候，在青丘之泽这一带经常有孔雀出现。但是不是所有的孔雀都是温和和友善的，在它们的种群中，有一种孔雀长得特别大，性情非常凶猛，经常伤害人和牲畜。它的翅膀也非常大，无论它掠过哪里都会有大风相伴，所以大家就叫它“大风”。其实这是一种出于对它的厌恶才取的名字，它带来的大风经常能毁坏人们的茅草屋，还会吹倒大树，吹坏人们的庄稼。有时它还会主动袭击赤手空拳的人，不但会啄伤人，还会用它的大翅膀打人，往往会使人伤痕累累。大家都对它讨厌到了极点。

羿一看便知道这只鸟不但力气大，而且擅长飞翔，恐怕一箭不能把它射死，这样下去恐怕会很麻烦。羿就想了一个办法，他在箭的尾部系上了一根非常坚固的绳子，然后他就在大风经常出没的区域里找到一个地方藏起来，等大风从他附近飞来的时候，就一箭射中它。果然，羿将箭射进了大风的胸部，趁势他使劲地拽着绳子，把大风拽了下来，羿拿出一把锋利的宝剑，把大风砍成了好几段。就这样，羿杀死了大风，又为民除了一害。

羿又听说在南方的洞庭湖中有一条巨蟒在祸害周边的渔民。这种蛇到处都有，它们一般有百丈长，有碗口那么粗，凶猛无比。洞庭湖中的这条大蛇叫“巴蛇”，长着黑色的身子，青色的脑袋，据说它曾经把一只毫无防备的大象给吞到肚子里。这条大蛇整整消化了三年，才把大象的骨头吐了出来。因此它凭着自己的本领，在洞庭湖里兴风作浪，不知道弄翻了多少艘船，也不知道吞噬了多少人的生命。

巴蛇

羿也觉得遇到这种对手令他很头疼，但他还是一往无前，英勇无畏。羿就独自驾了一艘小船，在洞庭湖里找寻那条大蛇的踪迹。他找啊找啊，在湖上找了半天，终于发现前边有一个巨大的蛇头伸出了水面。这条蛇正漂浮在湖面上，昂着头，吐出火焰般的舌头，等待着食物的来临。在它的旁边，掀起了一排又一排的浪花，蛇似乎觉察到了羿，就向着羿的小船慢慢地游了过来。羿看到眼前的情景，连忙向着它射了好几箭，虽然箭箭都射中了要害，但怎奈这条蛇实在太大了，一时也死不了。它拼命地向羿游了过来，一直来到了羿的船边上。羿急忙拔出宝剑，和这条凶猛的大蛇展开激烈的战斗。几个回合下来，羿就将这条大蛇斩成了几段，整个洞庭湖的水都被这条蛇给染红了。等候在湖边的人们，看到羿杀死了这条大蛇都发出了热烈的欢呼声，迎接羿的胜利归来。后来，人们从湖中把蛇的骨头打捞了起来，在岸边堆成了一座小山，这条蛇真是大啊，难怪能吞得下一只大象。

还剩下最后一只很厉害的怪兽，就是桑林里的大野猪。这个野猪不但长着长长的牙，还长着锋利的爪子，它的力气比牛还要大。这头野猪时常跑到地里去毁坏庄稼，不仅这样，它还经常吃人和家畜，附近的居民深受其害，没有不痛恨他的。羿来到桑林以后，人们都非常高兴，期待着羿能把这头野兽给制服了。羿来到这头野猪经常出没的地方，果然看到这只野猪又在糟蹋地里的庄稼，在它的脚下一大片一大片的庄稼都倒下了。这只野猪看到羿的时候显然很兴奋，它以为又有自动送上门的美味了。它把前蹄在地上来回地擦了两下，准备向羿猛冲过去。羿拉开他的弓，连发了几箭，都射在了野猪的腿上。这头又蠢又笨的野兽，哪里能经得住这几箭，立刻就倒在了地上。大家连忙上前，找来绳子，将这只野猪生擒活捉了。人们兴奋地呼喊着，感谢羿帮他们除了这一大害。

羿射下了九个太阳，又除掉了这些危害人间的怪兽，人们对他满怀着崇敬和敬仰的心情。无论是在街头还是巷尾，对羿的赞美都不绝于耳，人们聚集在一起回想着他的英勇行为，把他当成天上最厉害的神仙，世间最大的英雄。尧对羿的感激之情也不用说了，要不是羿，尧的国家现在还不知道怎么样呢。羿也觉得自己没有辜负帝喾的信任，也没有令尧和百姓们失望，他获得了很大的成就感。他想在回去的时候给帝喾带点礼物，想来想去，觉得前几天在桑林捕获的野猪不错，帝喾应该会喜欢吃猪肉的吧。想到这里，他就把野猪宰杀了，做成了鲜美的肉膏。做好以后，大家都认为味道确实不错。羿找来了精细的瓷盘，把肉膏小心地放在上边。然后，就高高兴兴地拿着肉膏出发了。

帝喾见到羿时，沉着脸，看起来很不高兴。羿把用野猪肉做成的肉膏端出来的时候，帝喾冷冷地说了一句："我不喜欢吃猪肉，端下去吧。"羿的心顿时就凉了。虽然他没有辜负帝喾的命令，出色地完成了任务，但是羿似乎忽视了帝喾临行前的嘱咐，不能伤害他的儿子们。羿毫不留情地杀了九个太阳，帝喾怎么会高兴呢，他心里的悲痛，现在大概已经化成了对羿的憎恨吧。就这样，可怜的羿，伟大的英雄再也不能在天上做神仙了。

羿和嫦娥失和

羿自从见了帝喾以后，就失去了继续在天上做天神的权利，他和嫦娥被天帝革除了神籍，贬到了人间，成为凡人。从此以后，不但羿很伤心，嫦娥更是整天阴着脸，觉得是羿连累了她，使她不能在天上继续做神仙，还得在人间受苦。

尧知道羿被贬到人间以后，心里觉得很愧疚，感觉羿是因为帮他和百姓才到

了现在连天神都做不成的境地。因此，他派了当时一些比较擅长搞建筑的人，在一个景色比较好的地方给羿盖了一所住房。那是一个两面环水，一面环山的好地方，那里终年景色优美，鸟语花香。他想让羿和嫦娥在这种环境中开开心心，他还想让羿到朝廷里当官，继续为百姓做事。但是，羿婉言谢绝了让他当官的提议，打算在人间过点逍遥自在的生活。

这天，尧命令他手下一个姓王的人带领羿和嫦娥到新的住所去。虽然周边环境还不错，但是房子建得很寒酸，就是几个土坯加上一些茅草。嫦娥见了这个房子很是失望，这怎么能跟她在天上的住所相比呢。那里金碧辉煌，虽说不是天上最漂亮最气派的，但是地上的茅草房是不能与其相提并论的。羿倒是对这些不太在意，他现在只追求一种逍遥自在的生活，希望在这里能过得稍微舒心一点。

羿自己虽然没有丫鬟整日地服侍他，但是他却给嫦娥准备了几个机灵可爱的小丫鬟。对于这些，嫦娥还是比较满意的，但是只要她一想到自己由天上的女神变成了地上的村妇，就气不打一处来。现在，她一看到羿就非常讨厌，要是当年不嫁给羿，现在也不用在这里受苦了。嫦娥已经习惯了每天高高在上地俯瞰人间，她总是站在云端看着地上众生忙碌的样子，感到很好笑。但是此刻，估计天上有不少神仙都在看她和羿的笑话吧。

人和神的差距多大啊，神仙降落到人间，从此就不再是神，这么大的遗憾要如何填补呢。嫦娥虽然以前是神，但是她的心胸却和常人一样狭隘。她不但每天自己折磨自己，还时常在羿面前唠叨，和以前那个温柔贤惠的嫦娥仙子判若两人。有时，羿实在受不了这样的唠叨，就独自一人跑到外边去欣赏景色。说是欣赏景色，他哪能看得进去呢，满脑子都是嫦娥的唠叨，往事一幕幕地出现在面前。羿想到自己出生入死地为帝喾效命，除妖战魔，把人们从水深火热中解救出来，但是仅仅因为杀了帝喾的几个作恶的儿子，到最后居然落到这般田地，自然很不甘心。曾经和自己同甘的妻子，现在却不愿意和自己共苦了，越想羿越觉得委屈。

一日，羿从外面散心回来，本来心情很好，想和嫦娥一起好好吃顿饭。自从被贬到人间之后，他们见面的时间就少了，更没有推心置腹地深入交流了。羿让丫鬟们摆了一桌酒席，就亲自去找嫦娥了。他来到嫦娥的窗前，看到她正在里边坐着发呆。他轻轻地来到嫦娥身边，叫了她一声。嫦娥看到面前的羿，本来平静的脸庞马上阴了下来，这让羿有一种不安的感觉。还没等羿开口，嫦娥就先发了话，把她那些曾经在羿面前说了很多遍的话语，又一次说了出来。羿的好心情此刻也烟消云散了，他转身就离开了。

羿和嫦娥曾经的恩爱已经不复存在了，羿虽然想尽力去挽留这份感情，但是他发现，嫦娥的心和他的已经不在一起了，渐行渐远的不只是他们肉体，还有他们的心。他们再也不能像以前那样幸福地生活了。

羿遇宓妃

羿的遭遇，以及他和嫦娥感情的变故，使他的内心遭受了巨大的打击。他曾经冒着生命危险给人们除害，他所立下的功劳之大，很难有人能够超越。但是他却被天帝疏远和冷落，在家中不但得不到一丝安慰，还得每天听妻子的冷嘲热讽。现在唯一使他能够找到快乐的方法就是四处漫游。

每天一大早，他就集合家丁，赶上马车，扬起鞭子，出外漫游了。他们每天要做的事情很简单，就是四处游荡。他们驰骋在绿色的原野上，听耳边呼呼的风声仿佛像演奏的乐曲，十分美妙。他们有时也躺在草地上，羿给这些家丁讲天上的事情，讲得他们对那个神圣的地方充满了向往。每当这个时候羿就有很大的成就感，他觉得自己和这些凡人还是有着本质区别的，怎么说他也曾经是神，曾经风光无限。看着天上的朵朵白云，想想白云背后自己在天上的宫殿，羿就有些心酸了。但是每当他看到天上无忧无虑的小鸟的时候，他还是很开心，如果不是自己射下了太阳，鸟儿们恐怕现在都被烤死了吧。大多数时候，他就在这温暖的阳光下睡着了，睡得很香，很熟。

有时候，他也会带着家丁到山林中打猎，这也是他最放松的一种生活方式。在茂密的树林中，他所有的情绪都能得到释放，他可以旁若无人地大声呐喊，他可以捕杀野兽，展示他高明的箭法，只要一进入这里，羿的情绪就高涨了起来。最有意思的是羿在这里遇到了一个野兽，长着人的脸，老虎的身体，它擅长奔跑却从不伤人。一次，羿在打猎的时候，看到了一只老虎，这令他很兴奋。他一路追寻着老虎的身影，说来也奇怪，如果羿那时射上一箭，这只老虎恐怕就只能躺在一边呻吟了吧。但是羿没有射箭，这次他想生擒了这只猛兽。老虎似乎没有发现羿的追踪，还在自顾自地找寻着什么。羿一个箭步冲到了老虎面前，挡住了它的去路。此时，羿定睛一看，原来是一个怪兽啊，不是什么老虎，羿的斗志瞬间

被激发了起来，他又能除害了。

羿站在一棵高大的树下边，树上有个鸟窝，几只饿坏的鸟正在唧唧喳喳地叫个不停。突然，有个小家伙不慎从窝里掉了下来，羿面前的这个怪兽纵身一跃，将这只没长毛的鸟叼在了嘴里，又顺着树干像猫一样爬了上去，把小鸟放回了窝里。羿被这个场景感动了，他想这个动物虽然长得有点怪，但是本性不坏啊。怪兽从树上下来以后，又来到了羿的面前，竟然还开口说话了。原来，它以前也是天上一个不知名的小神，因为犯了错误被贬下凡间，于是就在这个林子里边安了家。它早就听说了羿的遭遇，现在能在这里相遇也是一种缘分吧，他俩越聊越开心，有点相见恨晚的意思。

以后，羿再出来漫游的时候，都会来这个林子，因为这里有他同命相连的兄弟啊。他就这样一天天地漫游下去，也不做什么正经事，在大家的眼里，羿已经开始堕落了。

一次的偶然的机会，羿在漫游的过程中到了洛水，遇到了那里美丽的女神宓妃。宓妃本是伏羲的女儿，因不幸在洛水被淹死，死后便做了洛水的女神。宓妃是世间少有的美人儿，她的美丽引得无数文人的赞美。曹植就曾在《洛神赋》中写道："她的体态轻盈，如惊飞的鸿雁，又像是乘云升天的天矫游龙。远远望去，光耀得如同天空艳丽的朝霞；近看之，则又像是绽放在碧波间的白莲。她的身材肥瘦适中，长短合宜，肩膀像是用玉斧削成，腰肢像束着光滑的白绢，颀长的脖颈，白腻的肌肤不再需脂粉的妆扮，自然美丽无匹。乌黑高耸的发髻，细长弯曲的双眉，红红的嘴唇十分鲜艳，白皙的牙齿闪耀着光彩，明亮的双眼顾盼生辉，脸颊边还有两个小酒窝儿动人魂魄……"

伟大的诗人屈原也不吝惜自己的笔墨，曾经在《离骚》中这样赞美宓妃：

我叫云师丰隆驾上他的云车，
去寻找宓妃这位旷世美人；
解下我的佩带表达我对她的爱慕，
我请伏羲的贤臣蹇修来做我的媒人。
可是她芳心忐忑，主意没有拿定，
忽然拒绝了我的恳请。
晚上她回到西方的穷石，

昆仑山脚下的弱水发源于那里；
早晨她在洧盘河边洗她美丽的长发，
灿烂的朝阳唤醒了沉睡的崦嵫山。
骄傲的女郎啊隐遁在山林，
空怀着绝世的艳态飘然不群；
唉，她未免太无情又无礼了吧，
我只得离开她到别处去追寻。

从这些赞美的是诗文中，我们可以看出宓妃确实是一个美丽而且不寻常的女子，羿和她的相遇就注定了一段故事的开始。

风流的水神，忧伤的宓妃

羿遇见宓妃的时候，她正和一群女子在洛水的水滨嬉戏，这些女子个个都美丽脱俗。她们正在碧波荡漾的水面上翩然跳舞，这些女子脚步轻盈，可以在水面上自由地来去。羿看到江心的游鱼似乎也因为这些女子的到来而腾跃出水面。水鸟们也在贴着水面飞翔着，它们有时还飞到女子们身旁，和她们一起玩耍。

秋日的午后，凉风习习，看到这样的情景是多么令人心神愉悦啊。这些女子个个都那么天真、活泼、快乐、迷人，羿突然看到只有宓妃有些不高兴，她独自站在岩石上，观赏其他女子玩耍。羿注视着宓妃的脸，她的脸上似乎有一点不悦，有一丝忧伤。她黯然的眼神，凄凉的微笑，使羿的心中掠过一丝疼痛。他想，宓妃这样美丽的女神，应该得到大家的保护和关爱，可她为什么会如此忧伤，落落寡欢呢。

宓妃那天的神情，让羿感到很困惑，因此他决定找出其中的原因。经过多方打听他才知道，原来宓妃是水神河伯的妻子。河伯，名叫冯夷，也是渡河的时候淹死才在这里做了水神。他是一个风流、潇洒、英俊的美男子，长着白白的面孔，修长的身躯，是一个文雅的公子。但是在他身体的下半段长着一条鱼的尾巴，样子和颛顼死后变成的鱼妇差不多。河伯喜欢乘坐用荷叶作蓬的水车，在水面上和女子们玩耍嬉戏，他真是一个风流而没任何作为的神仙啊。屈原在《离

骚》中曾这样描写了河伯风流的生活：

鱼鳞的屋顶啊龙纹的厅堂，
紫贝的门楼啊珍珠的殿房，
河伯的家啊住在水乡。
他乘着白鼋啊跟着文鱼，
和女郎们啊同游共欢娱，
潺胡河水啊向下奔驰。

在河伯和宓妃之间还有一段鲜为人知的故事。当年，在风和日丽的午后，漂亮温柔的宓妃拿着她的琴来到河边，抚琴弹奏了一曲，曲子和着清风和流水格外的悦耳悠扬，连河中的鱼儿听到都从水里探出头来。这曲子也传到了正在河上游玩的河伯耳朵里，他也为这琴音所陶醉，就循着声音一路找来。他看到河边这个美丽的女子时，感到抚琴人比曲更迷人，这河伯天生就很风流，又怎么能放过年轻貌美的宓妃呢。但是，等河伯来到的时候，宓妃也差不多玩够了，就收拾好东西回家去了。

此后的几天河伯一直在见到宓妃的水边等候，希望她能再次出现。河伯一边等着，一边还在想用什么办法能把宓妃留在自己身边呢，终于有一日，他想到了一个办法。正巧宓妃也带着琴来到了河边，又演奏了起来。看到美丽的宓妃，听到悠扬的曲子，这更坚定了河伯要留下宓妃的决心。他挥动衣袖，顿时河里大浪迭起，一个浪头起来足有好几米。宓妃被吓坏了，她扔了琴准备逃走，河伯怕宓妃逃走，衣袖一挥，一个大浪就将可怜的宓妃卷进了河里。然后，风停了，浪没了，一切都归于平静。河伯连忙沉到水里，救起了被淹死的宓妃，把她带到自己的宫殿里。

宓妃昏迷了几个时辰后醒来了，一睁眼就看到了陪在身边的英俊的河伯，显然，她被感动了，对河伯千恩万谢之后就想回家。可是，宓妃发现自己好像变了，现在走起来轻飘飘的，居然还能飞起来，而且在水下也没有窒息的感觉，要知道她是不会游泳的。宓妃吓得哭了起来，河伯拿出了宓妃的琴，把它递给了宓妃，然后说道："我救起你的时候，你已经淹死了。我是这条河里的水神河伯，也是淹死以后才在这里做水神的，你现在也是洛水的女神了。"宓妃虽然不想当什么洛水的女神，可她也没办法，只能住在水下的宫殿里，每天弹弹琴，发发呆。河伯不停地恳求宓妃，希望她能嫁给自己，起初宓妃不同意，还想回家，但是日子久了，她发现如果不嫁给河伯自己就没有自由，甚至都不能走出这个宫殿。无奈之下她就答应了河伯的请求。

嫁给河伯以后，宓妃自由了很多，还可以到水面河水边上玩。但是，她发现河伯其实不是自己以为的那样，这个水神相当的风流。传说，每年他都要娶辖区内的一名姑娘为妻。每年一到这个时候，女巫会把当地的姑娘集合起来，挑选出最漂亮的一位给河伯当妻子。他们给这个可怜的姑娘穿上漂亮的新嫁衣，然后把她放在河边搭建的斋宫里，供上半个月。到了河伯娶亲的那天，人们就把这个可怜的姑娘用一个竹席包起来，由几个大汉扛着，丢到河里。这个姑娘就慢慢地沉下去，最后消失在河流中。岸边喜庆的新婚音乐和河中姑娘的哀号声交相呼应，听起来是如此的无情和残忍。可怜的姑娘，从此以后就成为洛水的鬼魂，再也不能回家了。附近有女儿的人家都偷偷搬走了，要是送来的姑娘不合河伯的心意，他还要发大水淹死人们。村民们对于河伯的这种行径非常痛恨，但是又拿他没有办法。

宓妃后来才知道自己也是被河伯这样淹死的，心里自然很不痛快，要不是河伯，她现在还在无忧无虑地生活着。眼见河伯还如此残害附近的人民，自己又无能为力，只能默默地悲伤。美丽善良的宓妃，每天都生活在河伯的谎言中，从来没有真正地快乐过。羿和宓妃的相遇，使这两个孤独的心灵彼此中到了慰藉，两个人的感情也就越来越好了。

羿射中河伯的左眼

羿和宓妃的感情越来越好，两个人总是在偷偷的相会。但是世界上没有不透风的墙，河伯和嫦娥很快知道了他们的暧昧关系，这就使两个家庭内部的矛盾更加激化。河伯作为一个水神，妻子和别人好了，自然脸上无光，他责怪宓妃背叛他和羿产生感情，让她停止这种荒唐的关系。河伯责怪宓妃的时候，可能不会想到自己的风流也给宓妃带来了很大的伤害，有谁能容忍自己的丈夫花心、风流呢。而嫦娥也不甘示弱，每天在家里哭哭啼啼，让回到家的羿一刻也不安宁，她想这样或许能够让羿认识到自己的错误，早日回心转意。但是事实上她的这种做

法让羿更加反感，于是对宓妃的感情也就更深了。

作为水神，河伯的消息很灵通，他总是让手下的暗探去给他打听消息。他手下的虾兵蟹将不计其数，其中有几种比较特别的暗探：猪婆龙、团鱼和乌贼。他们都是河伯的亲信，时常跑到水面上来给河伯打探消息，也包括羿和宓妃的事情。这些暗探们每次出来的时候，一般会变化成人的样子，穿上华丽的衣服，仪表堂堂，风度翩翩地骑着骏马，身后还跟着由虾兵蟹将变化成的十几个骑着马的家丁。他们这一群人就在水面上疾驰，打探这各种消息。有时他们还会跑到岸上，他们的马蹄到了哪里，哪里就会大雨滂沱，如果没有雨，这些水生物变成的家丁很快就干死了吧。他们所到之处，大水都会淹没村庄和农田。他们每出来一次，附近的人们便会遭受惨重的损失。他们打探出来的消息也不少，河伯也不管他们，乐得让他们出来。最起码，他可以知道自己的妻子宓妃和射日的英雄羿的感情动向。

每次，河伯都听到了他不愿意听的消息，这些消息让他既气恼又伤心，他实在沉不住气，决定亲自出去侦察一下。他思来想去，决定还是不以本来面目示人，因为万一遇到羿就麻烦了。于是他就化作了一条白龙，在河面上游来游去。河伯一露面，河水就泛滥起来，淹没了两岸的村庄和农田，害死了不少无辜的村民。羿此时正好要到洛水找宓妃，看到眼前这般情景还以为是有妖怪作乱，就快步前去查看。羿发现兴风作浪的不是别人，而是河伯，这让他很气愤，心想作为一方神灵，河伯不造福一方也就罢了，怎么能随意伤害人的性命呢。于是，羿拉开弓，朝着白龙就射了一箭，正好射中了百龙的左眼，疼得河伯立马变回了原形，他用手捂着流血的左眼，仓皇而逃。

这次出行对河伯来说打击太大了，“赔了夫人又折眼”，他怎么能咽得下这口恶气呢，就打算到天帝面前去告羿一状。帝喾见到狼狈的河伯真是又好气又好笑，下边发生的这些事情其实他早知道了，只是没料到这个作恶多端的河伯居然还敢到天上来告状。帝喾没给这个可恶的水神河伯留任何情面，而是非常严厉地批评了他，不但没有惩罚羿，还把河伯给赶了下去。

碰了一鼻子灰的河伯回到了自己的家，看到宓妃又在弹琴，就开始冷嘲热讽起来，什么你不去找你的羿在这里干嘛，你们想合谋杀了我之类的话。宓妃看到他瞎了一只眼，自己也感觉有点对不起丈夫，就没和他争吵，自顾自地离开了。从那以后，瞎了眼的河伯再也没给过宓妃一次好脸色。善良的宓妃虽然很爱羿，但是为了两个家庭的和睦，只能终止了和羿的关系，以后只能把对羿的思念深埋在心底，默默忍受河伯的不良行径。

羿得长生不老药

英雄的命运是孤寂的，羿被永远地留在了人间。虽然他是奉了天帝的旨意下凡的，虽然他是为了人类才射死那九个太阳的，虽然从一开始他就没有想过要出风头，但是结果却事与愿违，他在人间的威望太高，没有给别人留下上进的余地。因此，必须接受惩罚。

人间虽然也有很多欢乐，但是终究比不上天庭。羿如今已经是一个凡人了，一个彻彻底底的凡人。他必须每天为生计而奔波，尽管他是英雄；他也会面对“死亡”这个可怕的结局。失落的羿每天的事情就是出去打猎，因为只有这样才能养活自己和妻子嫦娥。

嫦娥的外表是无可挑剔，但她有一个很大的缺点，那就是爱慕虚荣，贪图享乐。不管在人间的日子多么幸福，终究是比不上天界的生活，更何况还要面对死亡呢？最初，嫦娥还能忍受这种“悲惨”的生活，可是时间一长，她越来越怀念天上的生活。她没有欢笑，终日以泪洗面；她每天都抱怨，因为她害怕自己有一天会死去。对于嫦娥的做法，凡人羿只能说一些抱歉的话，因为他现在也无能为力了。

羿是个称职的好丈夫，他时刻都在琢磨着如何替自己的妻子排忧解难。这一天，羿终于想到了一个两全其美的办法。他不远万里，历经千辛万苦来到了自己昔日的故交——昆仑山西王母的住处。

西王母对羿的到来感到十分惊讶，她听说了羿的英雄壮举。西王母问羿：“听说你奉了天帝的旨意去射死天上的十个太阳，是不是真的？如果是那样的话，此时你应该在天界啊？而且你的待遇应该比以前更加的丰厚，怎么却落得如此下场呢？”

羿已经对这件事麻木了，只是无奈地说：“有什么办法？有谁会记得你以前做过的事情呢？天帝听人说，我在人间的地位太高了，甚至有取代他的可能。你想想这会是事实吗？我一直很敬重天帝，从来没有想过要去谋夺他的位置。”

西王母点了点头，带着几分同情地说：“是啊！你一向忠心耿耿，怎么会有

那样的想法呢？"

羿笑了一下，他的笑容显得那么无奈。羿接着说："我们是不能左右他的想法的，因为他是天帝！我能做的只是服从他的决定。现在我变成了一个凡人，每天都要出门打猎，日子过得很清苦，而且迟早会离开这人间，因为我早晚会死。"

西王母似乎明白了什么，追问道："你来这里是不是有什么要求啊？需要什么尽管说，我尽量帮忙。"

羿回答说："还不是因为我的妻子嫦娥，她过不惯人间的生活，一心想着返回天界。可那是不可能的。最重要的是，她十分惧怕死亡。我今天来就是想请你帮这个忙。"

西王母犹豫了一下，最终还是决定帮助羿，说："我这里倒是有给凡人服用的长生不老仙药，你现在就可以把它拿去。"说完，西王母就把长生不老药给了羿。

羿接过药后，看了看，问道："怎么？就这么点？这只够一个人的啊？"

西王母无奈地说："没办法，只有这么点！"

嫦娥奔月

在回家的路上，羿的内心作了几次斗争。他也十分想吃长生不老药，可是，这药就只够一个人吃的，如果自己吃了，那么嫦娥就要留在人间，那样的话她将会多么的寂寞和孤独啊？"到底该怎么办？"，羿一直不停地问自己。还没等他想出解决的办法，就已经回到了自己的家中。

嫦娥见羿回来，马上迎了过去，兴奋地问道："怎么样？有结果了吗？"

羿对妻子的表现早有预料，因为他走之前告诉过她自己这次出行的原因。由于没有想好解决的办法，羿只能凭着不高明的技术撒起谎来："啊？哦！没有结果，我去过昆仑山了，但是没有见到西王母。听人说她去别的地方游玩了，这件事以后再说吧！"

嫦娥对丈夫的回答感到很失望，快乐的心情早已经烟消云散了。她哭泣着说："怎么会这样呢？我不相信，我真的不想死啊！你告诉我这不是真的。"

在想出办法之前，这个谎还要撒下去。羿劝他的妻子说："好了，不要哭了！

也许……”说到这羿顿了一下，“也许过一阵子西王母就回来了。你放心，我一定会拿回那药的。你先出去吧，我想洗个澡，休息一下。”

丈夫的举动引起了嫦娥的怀疑，她隐约感觉到了什么。不过，她并没有挑明，而是遵照丈夫的吩咐走出了房间。嫦娥偷偷地趴在窗户上，想要看看丈夫究竟有什么事瞒着自己？是不是和自己想的一样？果然，羿的“秘密”被嫦娥发现了，她看见丈夫把自己梦寐以求的长生不老药放在了一个小盒子里。嫦娥心中酸溜溜的，她觉得自己的丈夫太自私了。

第二天清晨，羿像往常一样，和妻子道过别后，出门打猎去了。嫦娥此时的心情矛盾极了，虽然她爱慕虚荣，但她也一样深爱着自己的丈夫。她犹豫、恐慌、害怕、焦虑，不知道自己是不是应该打开那个小盒子？是不是应该独吞了那些长生不老药？最后，感性战胜了理性，长生不老的诱惑战胜了自己对丈夫的爱。嫦娥打开了那个盒子，拿起了迷人的长生不老药，然后把它全部吃了下去。

西王母是不会骗人的，长生不老药起作用了。嫦娥感觉自己的身体越来越轻，然后缓缓地向空中飘去。最后，嫦娥落到了月亮上，在那里住了下来，还建了一座广寒宫。开始，嫦娥为自己能够重新过上神仙的生活而感到兴奋，时间一长，她就开始思念自己的丈夫了。因为月亮上只有一只小小的兔子和一个不停砍树的老头。虽然丈夫答应不会用神箭伤害她，可是她却难以忍受孤独的折磨。在以后的日子里，嫦娥每天都独自一人，闷闷不乐地生活在月亮上。

逢蒙杀羿

逢蒙是羿的徒弟，曾跟随羿学习射术。逢蒙很聪明，因此射术学得很快。没用多长时间，他就可以和师傅一较高下了。羿对自己的这位高徒很是满意，因为自己的射术终于后继有人了。然而羿万万没有想到的是，自己竟会丧命于自己得意弟子的手中。

话说被羿射杀的九个太阳并没有死去，而是化为了九位仙女，等待着时机找羿报仇。当他们得知逢蒙是羿的徒弟之后，觉得可以利用逢蒙来杀羿。逢蒙虽天性聪颖，与羿又有师徒之情，但此人却不是善类。如果在他身上动点儿心思，让他与羿反目就绝非难事。

逢蒙喜欢游山玩水。一天，他出门闲逛，恰好碰到了九位仙女。九位仙女见是逢蒙，喜不自胜。她们对逢蒙百般谄媚，极尽讨好之能事。逢蒙本就是好色之徒，哪扛得住这样的诱惑。意乱情迷之中，他提出了要娶九位仙女的大胆想法。九位仙女没有拒绝，但也没有马上答应，她们对逢蒙说："我们也很想嫁给你，但我们曾经立下重誓，一定要嫁给一位堪称天下第一的大英雄。"逢蒙不解地问："我的射术在如此短暂的时间内已经可以与师傅羿相媲美了，难倒我还称不上天下第一的大英雄吗？"九位仙女摇摇头，说："你的射术虽然与你的师傅不相上下，可是你师傅杀妖魔、射九日，屡建奇功，你却毫无建树，所以你师傅才是天下第一的大英雄。"

听到九位仙女这样说，逢蒙很是懊恼，好胜心驱使他做出了一个歹毒的决定。他面无表情地对九位仙女说："你们等着，我一定会成为天下第一的，到时你们若是不肯嫁给我，我绝饶不了你们！"九位仙女见逢蒙已然中计，心中暗喜，忙说："只要你成为天下第一，我们就一定会嫁给你！"

其实，逢蒙早就对世人对自己的忽视有所不满。为什么自己与师傅技艺相当，但人们却只敬羿而不敬他逢蒙呢？再想到今天九位仙女的话，逢蒙越想越不服气，越想越为自己不平。他必须改变这种局面，除掉天下第一，那么他这个天下第二就可以荣升为天下第一了。当然，他也知道，杀死师傅绝非易事。两个人旗鼓相当，真刀真枪的较量很难分出胜负。所以，为了达到目的，他必须采取一些非常手段。

逢蒙找人打磨了十支箭，并将箭头浸泡在毒液之中，他希望一箭就让羿毙命。在逢蒙准备这些的时候，天上的雷神洞察了一切。他找到羿，将自己打造的十支箭交给羿，说："逢蒙这个人心肠歹毒，你必须对他有所防范。我这儿有十支箭交给你，以备防身之用。"羿不以为然地说："你别胡乱猜忌了，逢蒙是我的徒弟，一直对我恭恭敬敬，又怎么会害我呢？至于这十支箭，我只留下九支就足够了，当年我射日就用了九支箭，现在防身有九支也足矣。"雷神还想再说些什么，可羿已经转身去忙别的事了。

一天，羿正在森林中行走，忽然听到有弓弦响动。他忙拿出弓箭，向着发出响动的方位射出了一箭。原来，弓弦的响动正是逢蒙发出来的。他想趁羿不备，偷偷地射杀他。两支箭在半路针尖对麦芒，全部折断了。接着，逢蒙又发出了第二支箭，羿又还回了第二支箭。就这样你来我往，羿接连挡住了逢蒙发出的九支毒箭。可九箭射完，羿已经无箭可射，而逢蒙还有最后一支箭。当逢蒙向羿射出第十支箭的时候，羿应声倒地。

逢蒙正为自己的奸计得逞而暗自高兴，可当他上前去拔箭的时候，却发现那支箭并没有射中羿，而是被羿咬住了。逢蒙顿时吓得面如土色，向羿连连求饶。羿见逢蒙那可怜的样子，又动了恻隐之心，饶恕了逢蒙。但逢蒙并没有悔改，一计未成，他又心生一计。他偷偷削了一根桃木棍，趁羿不注意，一棍打死了羿。这次，羿没能逃脱，他真的死了，而且是死在自己最心爱的徒弟手中。

吴刚伐桂

嫦娥奔月以后，玉皇大帝便将广寒宫赏给了她。偌大的广寒宫只有嫦娥一个人，显得格外冷清。然而嫦娥是耐得住寂寞的，除了玉帝和王母娘娘召见，她平常很少出门，因此天上的神仙也难得见上这位美丽的仙女一面。尽管如此，嫦娥的美丽还是在天界传开了，众神常常在私底下议论这位美丽而清高的仙女。有些未曾见过嫦娥的神仙，更是满心期盼能见上嫦娥一面。

在天宫之中，负责把守南天门的是天将吴刚。一次，嫦娥拜见过王母娘娘后从南天门经过，恰好被正在执勤的吴刚看到了。吴刚早就听说了嫦娥的美丽，可百闻不如一见，这一见，就彻底俘虏了他的心，他已经完全被嫦娥迷住了。他很想上前去跟嫦娥打个招呼，可是嫦娥连看都没看他一眼，就匆匆离开了。吴刚的心里一阵失落，要怎样做才能引起嫦娥的注意呢？

见过嫦娥的吴刚就像丢了魂儿一样，整日魂不守舍。他希望嫦娥能注意自己，可是这实在是太难了。别说自己只是一个守门的，不可能建立什么丰功伟绩，即使自己真的做出什么壮举，嫦娥整日将自己锁在广寒宫里，也是不会知道的。想来想去，他只好采取最笨的办法，亲自到广寒宫对嫦娥一吐相思之情。这样的举动当然是非常冒险的，嫦娥会不会接受他暂且不论，光是他妄动私情的行为就足以让他接受惩罚了。不过此时的吴刚已经顾不上那么多了，他的心里已经完全被嫦娥占据了。

这天，吴刚只身一人来到了广寒宫外。广寒宫大门紧锁，透着一股寒气。吴刚在外面徘徊了半天，却始终没有勇气敲开大门。他害怕嫦娥将自己拒之门外，更害怕嫦娥一气之下将自己告到玉帝那里。就这样，他在广寒宫守了一天的门，

嫦娥执挂图 明 唐寅

中秋节的由来与"嫦娥奔月"、"吴刚伐桂"、"玉兔捣药"等神话传说有着密切的关系。

什么也没做就回来了。回来后吴刚就后悔了，自己为何会如此胆小，竟然连敲门的勇气都没有。他下定决心，明天一定要见到嫦娥。

第二天，吴刚又来了。这次，他敲开了广寒宫的宫门。嫦娥见是一个不认识的天将，以为玉帝或王母娘娘有什么旨意，就客气地询问其来由。吴刚鼓足了勇气，向嫦娥表露了自己的爱慕之情。嫦娥听后气愤地说："将军快回去吧！以后不要说这些话了。"说完，嫦娥便关上了宫门，只留下愣在原地的吴刚。虽然吴刚早有心理准备，他知道嫦娥是不会轻易接受自己的，可是被拒绝的滋味实在是不好受。想他吴刚也是风度翩翩的美男子，爱慕他的仙女也不在少数，可为什么嫦娥会对自己如此冷淡呢？

吴刚垂头丧气地回到了自己的住所，脑中浮现着嫦娥美丽而冷漠的脸庞。吴刚心想，像嫦娥这样的绝美女子，是不可能不清高的，也许她只是故意拒绝自己，但心里并不讨厌自己。想到这儿，吴刚坚定了信念，那就是无论如何也要得到嫦娥。他相信只要让嫦娥感受到自己的真诚，她就一定会接受自己。此后，吴刚没事就往广寒宫跑。开始，嫦娥还打开宫门劝他离开，后来干脆连门都不开了。吴刚实在有些捉摸不透嫦娥的心思了，如果这是对自己的考验，那么也该考验够了吧！可为什么她现在连门都不开了呢？

吴刚还在广寒宫外揣摩着嫦娥的心思，那边玉帝却找上了门。原来，吴刚整日想着如何讨嫦娥欢心，常常在广寒宫外一坐就是一天，结果疏于职守，触怒了玉帝。当玉帝听说吴刚不在南天门把守的原因就是为了讨嫦娥欢心时，更加震怒，马上下令到广寒宫抓来了吴刚。吴刚知道自己犯了错误，他情愿接受玉帝的任何惩罚。玉帝说："既然你那么喜欢广寒宫，那么我就罚你到广寒宫去做苦力。"说着，玉帝带吴刚来到了广寒宫，指着后院的一棵桂树对吴刚说："你将这棵桂树砍倒之时，就是你重获自由之日。"吴刚想这有何难，自己两下就可以将其砍倒。他拿起斧头对着桂树狠狠地砍下去，桂树裂开了巨大的缝隙，可很快就恢复了原状。吴刚接着砍，桂树接着长。很快，吴刚已经累得满头大汗，可桂树仍然好好地立在那里。吴刚这才知道，自己是永无出头之日了。他开始懊悔自己的莽撞行为，可一切都已经太晚了。

从那以后，广寒宫里就又多了一位住客，这位住客就是吴刚。吴刚终于如愿以偿了，他是如此地接近嫦娥，只可惜他连看嫦娥一眼的时间都没有。他只能在后院不停地砍伐着桂树，日复一日，年复一年。每到月圆之夜，人们都可以看到月亮里有一个身影在不停地挥动着斧头，那个身影就是吴刚。当吴刚在月宫中渐渐醒悟的时候，玉帝也慢慢原谅了他。可是桂树不倒，他还是要继续砍下去。后来，玉帝特赦他可以偶尔出来走动走动，包括到人间游览。

吴刚希望为人间造福，他看到人间还没有桂树，就希望把天上的桂树带到人间。杭州有个人称仙酒娘子的寡妇，心地善良，乐于助人，而且她酿造的酒甘醇可口，大家都喜欢喝。一天，仙酒娘子在门前发现了一个衣衫褴褛的乞丐，歪歪斜斜地倒在家门口。她见乞丐可怜，就把乞丐带回了家。乞丐说自己患了病，请求仙酒娘子照顾自己一段时日。仙酒娘子答应了。可是寡妇门前是非多，渐渐地，传言四起，人们都不再登仙酒娘子的门，她的生意渐渐冷清，就快要支撑不下去了。见此情景，乞丐悄悄地离开了。

仙酒娘子不见了乞丐，忙四处寻找。在寻找乞丐的过程中，她见到一位白发苍苍的老汉。老汉渴得快不行了，他请求仙酒娘子给他点水喝。可是荒郊野外，哪来的水啊！情急之下，仙酒娘子割破自己的手指，用自己的鲜血为老人止了渴。老人满意地点了点头，交给她大量的桂树种子，并告诉她如何用桂花酿酒，之后便消失不见了。仙酒娘子知道自己遇到了神仙，高高兴兴地回家撒下了种子。很快，桂树长了起来，桂花香飘万里，附近的人又都来找仙酒娘子讨要桂树种子。不过只有善良的人种下的种子才能生根发芽，正因为如此，很多邪恶之人都走上了正路。其实，那个乞丐和老人都是吴刚变化的，他就是要找一个善良的人去播撒桂树的种子，以此来教导人们从善弃恶。

第十一章　舜的传说

瞽叟的怪梦

尧帝时，在历山下住着一户人家。这户人家的男主人是个瞎老头，所以邻居们都叫他瞽叟。瞽叟夫妇结婚多年，可就是没有孩子，因此夫妇二人整天愁眉苦脸。瞽叟的妻子更是经常以泪洗面。

有一天晚上，瞽叟早早躺下，不久就进入了梦乡。他做了个梦，梦见了一只长着两个瞳仁的鸟。这只鸟长得和鸡的大小差不多，可叫声却像凤凰一样清脆。它飞到瞽叟的面前，将嘴里含着的果实送给他，并且对瞽叟说："我知道您无儿无女，我愿意当您的儿子，可以么？"瞽叟听后特别高兴，他伸出手想要抱住这个鸟。但就在这时，梦醒了。

醒来后瞽叟越想越奇怪，于是就把这个梦原原本本的说给妻子听。妻子听完后也觉得不可思议，于是夫妻二人就去请教村里最有文化的族长。族长说："你梦见的这只鸟叫做重明鸟，因其每个眼窝里长着两个瞳仁而得名。此鸟驱鬼避害，无论是妖魔鬼怪还是豺狼虎豹，只要听到它的叫声，都会吓得不敢露面。这种鸟不是很常见，因此，人们或者用土捏，或者用木刻，做出这只鸟的样子，放在屋顶上，用来吓唬妖魔鬼怪。这只鸟如此的不寻常，瞽叟你能梦见此鸟，可以说是祥瑞的象征。"瞽叟夫妇听了族长的话后很高兴，放心的回家去了。

说来也神奇，瞽叟梦见重明鸟后没有几个月，瞽叟妻子的肚子就渐渐隆起来了。在他妻子分娩的那天，天空飞来一只重明鸟，落在瞽叟家的窗户上，咕咕咕地叫了好一会儿。等到屋里的小孩子呱呱坠地时，窗户上的重明鸟就不见了。众人再一看刚生下来的小男孩，眼窝里长了两个瞳仁，和刚才那只重明鸟的眼睛一样。大家都说，这个小男孩是重明鸟转世。

瞽叟给这个聪明伶俐的小男孩起名为舜。长大后的舜，是个身材魁梧，仪表堂堂的男子汉，不仅勇敢，还足智多谋，是个远近闻名的好青年。他经常独自一人带着弓箭到深山中去打猎，无论多么凶猛的野兽，都不是他的对手。在与野兽厮杀的过程中，即使衣服被撕破，身体被抓伤，他都毫不在乎。

那时候，经常有野兽出来害人，许多人都成了野兽的美食。百姓叫苦不迭，每天都提心吊胆地生活，后来，听说舜是个好猎手，都找他帮忙。就这样，舜为许多地方的百姓除了害，让他们过上了安稳的生活。舜也因此得到了许多人的爱戴。

舜不仅聪明勇敢，还特别孝顺父母。瞽叟因行动不便，家里的脏活重活，都落在了舜的身上，他砍柴挑水，一句怨言也没有。过了几年，舜的母亲病重卧床，舜不仅要打理家里的事情还要照顾母亲。附近的村民知道了舜的事情后，都来帮助他。每当舜出去打猎或者为别的地方的百姓除害时，村民们都自发地帮助他照顾家里。但不幸的是，舜的母亲病越来越重，最后还是去世了。

舜很伤心，经常一个人躲在角落里，思念自己的母亲。但他很快就从悲伤中解脱出来了，因为还有许多地方的人等着他去消灭野兽。

继母的虐待

舜的母亲去世后，他的父亲瞽叟又为他娶了个继母。这个继母为舜的父亲生了个男孩，取名为象。瞽叟本来对舜疼爱有加，可是舜的继母是个心肠不好的女人，她把舜当成眼中钉，百般刁难，经常不给他饭吃，还在瞽叟的面前说舜的坏话，不是说舜欺负了象，就是说舜不干活。瞽叟刚开始不相信这些话，但是时间长了，瞽叟对舜就不如以前那样好了。

舜的弟弟象，和他的母亲一样刻薄，不仅陷害舜，还常常跑到瞽叟面前说舜欺负他。每当这时，瞽叟就会用手里的拐杖教训舜。舜怎么分辨也没有用，只能默默承受。

有一次，舜的继母出去办事，把象交给舜看管。舜非常头痛，因为他知道象是个专横、不讲道理的小孩，只要一不听象的话，自己的祸事就要到了，因此舜小心翼翼地带着象。

舜正好要去放牛，让象好好呆在家里等他回来，可是象说什么也要和舜一起

去放牛，舜说不过象，就带他一起去了。在放牛的路上，舜骑在牛背上，赶着牛往前走，很是悠闲。象在下面走，看到舜如此的舒服，心里非常生气。他大声地对舜说："哥哥，也让我骑下牛吧。"舜说："你还小，等你长大了再骑。"象一听不让他骑，马上就撒起泼来，躺在地上打滚，怎么叫也不起来。舜实在没有办法，就把象扶到了牛背上。骑了一会，舜看象还算听话，就把手松开了，到旁边去赶别的牛。

象看舜离开了，就不再像刚才那样乖了，对这头牛又踢又打。这头牛受不了虐待，就狂奔了起来。象大声喊起来："哥哥，哥哥，快来救我。"舜马上跑过去追牛，可是已经太晚了，象从牛背上摔了下来，脸、衣服全都摔破了，鲜血顺着脸淌了下来。象大叫起来："都赖你，我要回去告诉母亲。"说完就往家里跑。舜心里明白，今天又少不了一顿毒打。

象跑回家里，正好他的母亲从外面回来，看见自己儿子这般模样，顿时暴跳如雷，拉着象就来到了瞽叟跟前。她在瞽叟面前大喊大叫，大哭大闹，象也在旁边呜呜地哭。瞽叟实在听不下去了，拄着拐棍来到院中等舜。

这时，舜从外面赶着牛回来，看见瞽叟站在院中，赶忙跪在爹爹面前。瞽叟问舜是不是他把象弄成这个样子的。舜只得承认说是自己不小心让弟弟受伤了。瞽叟一听火冒三丈，举起手中的拐棍就向舜打去。舜跪在地上一动不动，任凭父亲责罚。舜的继母和象站在旁边偷偷地笑。

隔壁的邻居正好从舜家门口过，看见瞽叟正在打舜，忙上前阻挡，瞽叟这才停下了手中的拐杖。这时，舜的继母走过来对舜说："今天晚上罚你不准吃饭，还要把家里的活都干完才能睡觉。"

晚上躺在床上，舜遥望着窗外，想着自己的母亲，眼泪只能往肚子里咽。

虽然继母心肠歹毒，但是舜还是对她很孝敬。他总是想尽办法照顾弟弟，以博得继母的欢心。然而，舜的努力却丝毫感动不了他的继母，最后舜实在在家里呆不下去了，就一个人搬到外面去住。在妫水附近，舜开垦了一块荒地，搭了两间茅草屋。

舜发明箫

在妫水附近定居下来后，舜发现这里的人们很不团结，经常会为了一点小事争吵。舜想了许多方法感化他们都没有效果。

这天，舜到山上去打柴，干活累了，就在路旁的竹林里休息。坐在茂密的竹林里，听着风吹过竹叶发出的沙沙声，舜感到非常的舒畅。他想既然竹叶能发出这么好听的声音，那竹子的枝干是不是也会发出悦耳的声音呢？于是，他用刀砍下了一节竹子，将其修整成一寸大小。然后，放到嘴边去吹。呜……呜……呜，竹筒发出声音了，尽管不太好听，但舜却很高兴。

休息了一会，舜又继续砍柴。快到傍晚的时候，他背起柴火，拿着竹筒下山去了。走着走着，舜觉得很闷，就把竹筒拿出来吹。这时，竹筒发出来的声音没有刚才单调了，好像还出现了别的音符。舜很纳闷，仔细检查了一下竹筒。原来，不知道什么时候，竹筒上被虫子钻出了一个小洞。舜想既然竹筒上有洞，就可以发出其他的音符，要是多打几个洞，不就会发出更多的音符了么，想到这，舜拿起刀在竹筒上又钻出了几个小洞，竹筒的声音更加优美了。

从此，舜有了一个排忧解闷的好伙伴。累了的时候，他就吹响竹筒；想家的时候，他也吹响竹筒；在田间干活的时候，他还会吹竹筒给其他人听。听着优美的乐声，人们不自觉地就会忘了疲劳。所以，每当干完一天的活，大家都会围在舜的身边听他吹竹筒。

有一天，舜正在田间干活。张家和李家为了土地分界线的事情吵了起来。张家说李家越界了，李家说张家偷偷挪了界石，越吵越凶，最后围了很多人。舜赶忙去劝解，可是怎么说都不管用，两家人谁也不让步。舜听着吵架声心里非常难过，他不明白人们为什么就不能好好地相处。

舜没办法了，就坐在旁边的土堆上，拿出竹筒吹了起来。曲调悠扬，人们不禁侧耳倾听。渐渐地，吵架的声音小了，大家都聚在舜的身边，听他吹竹筒。舜吹完了，大家还沉浸在其中。这时，张家的人突然说："都是我们不好，没看清界线。"李家的人说："我们也有错。"舜说："大家都谦让一下就没事了。"一场争吵就这么化解了。

舜回到村子里，看见两户渔民正在吵架。这家说那家占了自己的鱼塘，那家说这家抢了自己的鱼，吵得不可开交。刚才吵架的张家和李家正好也回到村子里，他们就对舜说："舜，赶快吹你的竹筒，只要你一吹，他们就不会吵架了。我们就是被你的音乐声感化的。"舜赶紧拿出竹筒吹了起来。果然，渔民听到音乐就真的不吵了，还互相承认错误。

从那以后，只要有人家吵架，舜都会过去吹竹筒。

村里人都知道舜有一个让人不吵架的宝贝，就来找舜学习吹竹筒。舜趁着这个机会，给村里人讲人与人相处的道理。渐渐地，这个村子里的人都和谐相处了，民风也变得淳朴了。

有人问舜这个神奇的竹筒叫什么啊？舜说："这个叫萧。因为它是用竹子做的，并且能消除人们的怒火，所以把它称之为萧是再合适不过了。"

萧真的有这么大的威力么，我们不得而知。不过，西汉时期的张良就是用萧吹散了项羽的八千子弟兵。

尧王嫁女

尧王是上古时期部落联盟的首领，他爱民如子，英明果断，很受当时人民的爱戴。他有两个貌美如花的女儿，大女儿叫做娥皇，是尧王的养女；小女儿叫做女英，是尧王的亲生女儿。

娥皇聪明伶俐、心灵手巧；女英善良美丽，开朗活泼。这两个女儿是尧帝的掌上明珠，含在嘴里怕化了，捧在手里怕碎了。两个人虽然从小生在帝王家，可是没有一点小姐脾气，对周围的人都非常的友善。转眼间，娥皇和女英都到了该嫁人的年龄。

为了确保两个女儿的幸福，尧王要亲自为女儿们挑选女婿，于是，派大臣四处寻访优秀的人才。最后，舜成了尧王心目中的人选，他决定将女儿们嫁给舜。舜非常高兴，从此以后他就可以不再孤单了。可是又出现了新的问题，尧的两个女儿谁当正房，谁当偏房呢。娥皇和女英两个人都非常善良贤惠，她们都不在乎是当正房还是侧房。

尧的妻子却不这样想，她想让自己的亲生女儿做舜的正夫人，让养女去做偏房。尧王听了以后并不同意，但终究还是说不过妻子，最后只好用比赛来分胜负，胜出的人做正房。尧和群臣商量以后，出了三道考题。

第一道考题：煮豆子。尧王给两个女儿每人一斤豆子和五斤稻草，谁先把豆子煮熟谁就获胜。

娥皇虽然是尧王的女儿，一点也不娇生惯养，经常亲自下厨做些父母爱吃的饭菜，所以这道考题一点也难不住她。她在锅里倒了一些水，将豆子放了进去，没过多久豆子就煮熟了。相反，女英对做饭一窍不通，她拿到豆子以后，在锅里放了许多水，等到稻草烧尽了，豆子还没有煮熟。这一回合的比试，当然是娥皇胜了。

第二道考题：纳鞋底。尧王分别分给两个女儿一双鞋底和纳鞋用的绳子，并规定谁先纳完鞋底谁就取得胜利。

娥皇是做鞋的高手，经常纳鞋底，手艺非常熟练。她先将纳鞋用的绳子分成小节，然后，才开始纳鞋底。这时，女英已经纳了一圈鞋底了。女英心想这回一定是自己领先了。没想到的是娥皇虽然动手慢，但是速度很快，不一会娥皇已经纳了多半只鞋底了。女英一见姐姐超过了自己，非常着急。俗话说忙中出乱，她越急就越纳不好，越急就越拽绳子，结果绳子打结，反而拽不动了。最后，娥皇赢得了这场比赛，她纳出来的鞋底平平展展，又好看又结实。再看妹妹女英纳的鞋底，凹凸不平。

尧王的妻子看自己的女儿输掉了两场比赛，就说尧王偏心。尧王也不与之理论。很快，姐妹俩出嫁的日子来到了，大家都准备好了送新娘子的车马。在动身之前，尧王出了第三道考题：比谁快。姐妹俩谁先到达舜的住处，谁就获胜。

这时候尧王的妻子说话了：“娥皇是姐姐，应该坐马车，女英是妹妹，应该骑骡子。”尧王知道妻子偏心，但碍于情面，又不好说什么，就同意了妻子的建议。

女英一个人骑着骡子，在路上飞快的奔跑，很快就把姐姐落在了后面。娥皇坐着马车，带着嫁妆在后面慢慢的前进。让人想不到的是，女英走到半路，骡子突然下驹了，这可真是天下奇闻。女英无法骑骡子了，只好徒步向舜家走去。这个时候，娥皇的马车恰好赶到。娥皇见妹妹徒步走在路上，很是心疼，急忙把妹妹拉上了马车。这样两人就一起乘坐马车开开心心地来到了舜的住处。

舜与娥皇、女英成亲之后，他对这两个妻子一视同仁，没有长幼偏正之分。姐妹两人齐心协力帮助舜料理家务，照顾老人，一时传为美谈。

恶徒们的阴谋

尧王把娥皇和女英两个女儿嫁给舜以后，还把葛布衣和一把琴赐给了舜，同

时又派人修缮了舜的茅屋，给他盖了谷仓，送给他一群牛羊。舜成为了天子的女婿以后，瞽叟一家人见他一下子平步青云，不仅娶了两个貌美的妻子，还有丰厚的家产，非常嫉妒。

舜成家以后，带着自己的妻子回家去看望父母和兄弟。舜带了好多礼物送给他们，还和从前一样，一点都不骄傲。瞽叟他们深受感动，主动和舜和好。这样，舜带着妻子又搬回家里住了。娥皇和女英一点没有贵族小姐的架子，主动承担起家务，对待公婆十分友好。

当尧张开双臂的时候，穿在身上的鸟衣突然舒展开来。

虽然这样，舜的弟弟象在心底还是不服气，总是想着要把舜弄死，好把两个嫂子夺过来。按当时的风俗，哥哥死了，嫂子就要下嫁给弟弟。舜的后母当然清楚自己亲生儿子的想法，为了帮助儿子达成心愿，她早就想干掉舜了。瞽叟是个糊涂人，一切都听妻子的，加上对舜的财产的觊觎，也同意干掉舜。这样，几个人不谋而合，每天趁舜出去干活的时候在一起商量阴谋诡计。最后，几个人终于定好了一条毒计。

一天，象来到舜的门口，说："哥哥，我们家的谷仓漏了，爹叫你过去修一修。"舜听了爽快地说："知道了，你告诉爹，明天一早我就过去修理。"

象走了以后，舜回到屋子里告诉妻子们明天要去帮父亲修谷仓。娥皇和女英一听，赶忙说："明天你不能去，他们想烧死你。"舜听后很吃惊，说："爹怎么能烧死我呢，再说，爹叫我做的事情，我怎么可以不做呢。"

娥皇和女英知道舜十分孝顺，就对舜说："明天你可以去，但得穿上我们给你做的新衣服，穿上这件衣服，你就能化险为夷了。"娥皇和女英不仅能未卜先

知，还有神奇的法术。这天晚上，两姐妹一晚上没有睡觉，给舜做了一件绘有鸟形的衣服。第二天，她们让舜穿上这件衣服，去给父亲修谷仓。

恶徒们看见舜来了，心底里暗自高兴，但看见舜穿了一件花衣服很是奇怪。他们表面上对舜很亲热，又是端水，又是帮着舜拿梯子。舜看见他们这样心里很感动，还暗自埋怨妻子多疑了。舜来到一座高高的谷仓前，顺着梯子爬到了仓顶。这座谷仓年久失修，顶部都已经腐烂了。舜看到这，马上专心致志地干起活来。恶徒们看见舜埋头干活，根本没注意他们，马上把梯子撤掉，在谷仓下点起火来。

舜看见谷仓下燃起熊熊大火，大喊道："父亲，你们这是干什么啊?"舜的后母露出狰狞的面目，狂笑着说："送你上天堂啊，傻孩子。"瞽叟在一旁帮腔："是啊，是啊。"象更是乐得手舞足蹈。

眼看谷仓的火快要烧到顶了，舜在上面无计可施。他心一横，决定从上面跳下来。当他张开双臂的时候，穿在身上的鸟衣突然舒展开来，舜像长出了两支翅膀一样，从谷仓上飞了下来，平平稳稳地落在了地上。恶徒们一个个惊得目瞪口呆。

舜从火海中逃了出来，恶徒们的阴谋落空了。

井底遁逃

舜的父亲、后妈还有狠毒的兄弟，一心想要治他于死地。眼看着舜从火海逃了出来，恶徒们不甘心，决定再想个办法害舜。

经过了几天的商量，恶徒们又想出了一条毒计。

这回，瞽叟亲自来到舜的家门口，坐在舜家的台阶上，边哭边说："儿子啊，上回我们那么做是一时糊涂，你就原谅我们吧，呜呜呜……"瞽叟就这样坐在舜的家门口，痛哭流涕。哭着哭着，又厚着脸皮说："儿子啊，我们家的井坏了，打不上来水，麻烦你明天帮爹修修。呜呜……爹就你这么一个好儿子。"

舜对瞽叟说："爹，你放心吧，明天我一定去。"

瞽叟走后，舜把这件事情告诉了娥皇和女英。妻子们说："这次也是凶多吉少，不过你放心吧，我们自有办法。"娥皇和女英回到屋子里，从娘家陪嫁带过

来的一个大木箱子里拿出一块布料，要给舜做一件衣服。忙了一晚上，二人赶做了一件画着龙纹的衣服。第二天，她们叫舜把这件衣服穿在里面，到了危机时刻再脱去外衣。

舜穿着龙纹衣来到瞽叟家。恶徒们见舜这一次没有穿什么奇装异服，暗自高兴，这回一定能够成功了。他们还像上一次那样，对舜十分殷勤。

舜拿着工具，来到井边。他让象在上面拿着绳子，自己则吊在绳子上，下到深井里。他刚到深井的底下，上面的绳子就被割断了。舜赶紧大喊，可是怎么喊都没有人回答自己。紧接着，从上面丢下来大大小小的石块。舜因为有过上次的经历，马上把旧衣服脱掉，露出龙纹衣。舜立刻变成一条金光闪闪的游龙，顺着井底的水道钻了进去，然后从别人家的井口钻了出来。

恶徒们以为这次舜一定死定了，因为井口被填得死死的，舜就是有天大的本事也飞不出来。他们又跳又叫，以为大功告成了，嚷着要去舜家分财产。

娥皇和女英这时候也听到了凶信。两个人不知道真假，在屋子里大声痛哭了起来。这时候，瞽叟、恶母、象得意忘形地走进了舜的家里。

象张开他那丑陋的嘴说："这个主意是我出的，所以舜的财产给谁也应该由我做主。财产我一份也不要，我只要那两个美人，剩下的你们自己分吧。"说完，就走进里屋。象看着两个美人，乐得嘴都合不上，正好看见墙上挂着一把琴，就取了下来，厚颜无耻地说："两位美人不要啼哭，我给你们弹奏一曲。"说完铮铮地弹了起来。娥皇和女英听到琴声哭得更加厉害了。

瞽叟和妻子在外屋就遗产如何分配吵得不可开交。瞽叟说："舜是我的儿子，他的家产都应该是我的。"恶妻说："我也养过他几天，怎么说也有我一份，你可不能独占。"两个人正吵得火热，舜从外面若无其事地走了进来。瞽叟和恶妻都惊得发不出声音来。

象在里屋觉得情况不对，抱着琴走了出来。他看见舜，吓得把琴都掉在了地上。这些恶徒都以为是舜的鬼魂来找他们算账了。

娥皇和女英看见丈夫回来了，高兴地飞奔过去。恶徒们这才反应过来，舜并没有死，一个个吓得不知道说什么好。

"哥，我们以为你死了，正在劝嫂子节哀顺变，处理家产呢，没想到你回来了，正好，我们也不用忙了。"象说完就带着瞽叟和自己的亲娘灰溜溜地逃走了。

舜天生宅心仁厚，虽然父母和兄弟几次三番谋害自己，但他还是像从前那样对待他们。邻里们听说了这些事情都夸舜品德端正。

又一个阴谋

虽然两次谋害舜都没有成功，但恶徒们一点悔改的意思都没有。他们还在寻找机会，好致舜于死地。这一天，他们又想到了一条毒计，就是假意请舜喝酒，然后趁其醉酒，杀了他。

这回谁去请舜过来呢？恶徒们商量了一下，决定一起去请舜。

恶徒们来到舜的家门口，假装痛哭流涕，请求舜的原谅。舜看见父母和兄弟哭得这么伤心，心里十分难过，忙把他们让到屋子里。娥皇和女英听说瞽叟他们来了，赶紧从里屋出来。瞽叟拉着舜的手，泪流满面地说："以前是我们不对，这回我和你母亲特地准备了酒菜，向你赔罪，明天你一定要来啊。"

他们走了之后，娥皇和女英犯起愁来，不知道这次又会有什么阴谋诡计。舜心里不想去，可是考虑到都是自己的亲人，又不好不去。舜拿不定注意，只好向妻子们询问："明天去还是不去呢？你们都知道我不胜酒力啊。"娥皇和女英笑着对舜说："你放心吧，我们姐妹俩自然有妙法。"

她们说完，回到屋子里，从一个大箱子里拿出一包粉末，对舜说："你把这个药和黑狗屎和在一起，涂抹在身上，然后用清水洗净，明天你喝酒的时候就不会醉了。洗澡水我们已经帮你烧好了，现在就可以去洗。"舜接过这包粉末，马上照办。

瞽叟他们回到家以后也没有闲着。象把家里的刀具都找了出来，重新用磨刀石磨了一遍，然后把锋利的刀藏到了门后，就等着舜明天到来。

第二天一早，舜穿上干净的衣服，告别了妻子，来到瞽叟家。恶徒们看见舜真的来了，非常高兴。他们殷勤招待，不一会酒宴就摆好了。

象端起了酒杯说："哥哥，以前都是我不对，请哥哥一定原谅我。这杯酒是我的赔罪酒，哥哥一定要喝。"舜接过酒杯一饮而尽。喝了一杯又一杯，象看舜一点没有醉的迹象，就说："今天是赔罪酒，我们应该换大碗喝。"说完，把舜手里的小酒杯换成了大碗，舜接过来一饮而尽，丝毫不在乎。就这样，一碗又一碗，劝酒的人已经舌头打结，左右直晃了，舜还是那样清醒，好像刚才喝的都是白水一样。

最后，酒坛子里的酒全部喝光了，菜也全部吃完了。恶徒们你看我，我看你，不知道还能用什么来招待舜。舜站起身来，向父母鞠躬告辞。这时，象突然站了起来，借着酒劲，拉着舜不让他走。他边打着酒嗝边说："哥哥，酒虽然喝完了，可是还有助兴节目呢。"说完，他从门后拿出一把刀，舞了起来。他一边舞一边用眼睛瞄着舜，想找个时机下手。舜多聪明，明白象的意图，坐在那里看着，只要看见象的刀向自己挥来，就马上躲到后母的身后。一连几次，象看无法下手，只得作罢。

舜接受尧的考试

尧王年事已高，决定将王位传给一个可靠的人，在他心中，舜是一个不错的人选，可尧王还是有点不放心，决定考察一下舜的才能。

首先考察的是舜的政治才能。他把舜安排在朝堂上当官，先让他从最低级的官员做起，如果他做得好就可以升迁，直到把所有的官职都做过一遍。舜虚心向其他官员学习，有不懂的地方及时请教，没过多久，就对每个职位了如指掌。他在自己的岗位上，任劳任怨，勤勤恳恳，没有一个大臣不夸奖舜的。没过几年，舜就把所有的官职都做了一遍。

在任职期间，舜不但将政事处理得井井有条，而且在用人方面也有独到的见解。舜启用了早有贤名的"八元"、"八恺"，舜命"八元"管土地，让"八恺"管教化；在处理"四凶族"（帝鸿氏的不才子浑敦、少氏的不才子穷奇、颛顼氏的不和子机、缙云氏才子的不才子饕餮）的问题上，他并没有将这些人斩杀，而是将"四凶族"流放到边远的荒蛮之地。通过这些事情，舜展示了他治理国家的方略和政治才干。

其次考察的是舜的胆量和勇气。尧王对舜的政治才能十分满意，但不知舜是否有承担起天下的胆量和勇气，所以决定测试一下。

在尧王统治的区域内，有一片茂密的森林。这座森林常年笼罩在雾气当中，人一到里面就会迷路，并且虎豹豺狼很多，没有一个人可以从这片森林里活着走出来。尧王决定让舜到这个森林里走一遭，并且还要活着出来。娥皇和女英听说了这件事情后非常担心，但又不能用法术帮助舜。舜对她们说："你们放心吧，我以前经常在深山老林中打猎，十分熟悉森林的情况，那些猛兽都不是我的对手。”

在一个雷雨天，舜从容地走进了森林里。天空中雷电交加，森林里雾气缠绕，伸手不见五指，可舜一点也不害怕，径直地向前走去。这时，一条毒蛇从草丛中窜了出来，看见是舜，主动为他让路。虎豹豺狼看见了他，也躲得远远的。不一会儿，倾盆大雨从天而将，雨水打在舜的身上，把他全身都淋湿了。舜一点都不在乎，他停了下来，揉了揉眼睛，仔细辨认了一下方向，只看见周围的树像怪物一样，长着血盆大口。要是别人，一定会被这些景象吓得昏过去，可是勇敢的舜凭借自己的经验，在森林里走着，丝毫没有被周围的环境干扰，最后穿过了这片森林。在林子外等候的人们看见舜出来，都欢呼雀跃起来。娥皇和女英赶快跑到舜的身边，查看舜有没有受伤。

舜通过了尧王的两次考试，还剩下最后一道考题了。尧王把自己的九个儿子送到舜住的地方，让舜教导他们。尧王的这九个儿子十分顽劣，可以说是无恶不做。怎样才能将这九个人教化过来，舜真是下了一番苦心。他让这九个人和他一起到田间劳动，帮助他们改掉好吃懒做的坏习惯；在闲暇时间，舜会教这九个人弹琴、吹箫，用音乐净化他们的心灵；舜自己也不忘身体力行，虽然父亲、后母及兄弟象几次想害死舜，舜还是对父母十分孝顺，对兄弟关爱有加……尧的九个儿子被舜的德行感化，全都改邪归正了。

通过这几项考试以后，尧王决定将天子的位子禅让给舜。

舜继尧位

舜掌管政权以后，开展了一系列重大的政治活动。他重新修订了历法，对几项重要的祭祀活动做了明文规定，如每年都要祭祀上帝，祭祀天地四时，祭祀山川群神。为了表明新君主对各诸侯的认同，舜把诸侯的信圭收集起来，择定吉日，在国都召见了各地的诸侯，举行了一次隆重的授权典礼，重新颁发信圭给各封地的诸侯。

在舜即位的头一年，他亲自到各地巡狩，祭祀名山，召见诸侯，考察民情。同时还规定以后每五年都要巡狩一次，考察诸侯的政绩，用于赏罚。

尧舜禅位图

舜还规范了国家的刑罚，即“象以典刑，流宥五刑”，就是在器物上画出五种刑罚的形状，起警戒作用；用流放的办法代替肉刑，以示宽大；虽然取代了肉刑，并不意味着刑罚不严，对不肯悔改的罪犯，舜又设立了鞭刑、扑刑、赎刑。

舜把共工流放到幽州，把欢兜流放到崇山，把三苗驱逐到三危，把治水无功的鲧流放到羽山，应该受到处罚的人都得到了应有的惩罚，天下人对舜更加敬仰和诚服。

舜即位28年后，尧才去世。三年服丧期满之后，舜便将王位传给了尧的儿子丹朱，自己隐居到南河。但是，天下诸侯还是将舜当成君主，每年都去朝见舜，从不把丹朱放在眼里。老百姓打官司，也都到舜那里去告状。民间的百姓编了许多歌谣赞颂舜。丹朱见到了人心所向，决定将王位还给舜。

舜从丹朱手中接过政权以后，在政治上又进行了大刀阔斧的改革。禹、伯夷、夔、龙、垂、皋陶、契、弃、益等人都是舜手下的得力干将，但是他们的分工一直都不是很明确，这回，舜按照这些人各自的特点，明确了他们的职能。他任命禹担任司空，治理水土；任命弃担任后稷，掌管农业；任命契担任司徒，推行教化；任命皋陶担任士，执掌刑法；任命垂担任共工，掌管百工；任命益担任虞，掌管山林；任命伯夷担任秩宗，主持礼仪；任命夔为乐官，掌管音乐和教育；任命龙担任纳言，负责发布命令，收集意见。职责明确了，这些人办起事情来更方便了。这些人中成就最大的就是禹。当时，天下洪灾泛滥，舜帝派禹去治理水患。禹为了治理洪水，身先士卒，三过家门而不入。十三年过去了，禹终于平息了洪水，使天下的百姓过上了安定、幸福的生活。

舜还规定，三年考察一次各地官员的政绩，然后将这三次考察的成绩汇总，以决定提升或罢免。通过这样的改革，官员们以身作则，为老百姓解决了许多难题。国家各个方面都呈现出了新的面貌。

舜年老以后，认为自己的儿子商不具有担任君主的才能，于是向尧王学习，

选了威望最高的禹为继任者。

舜帝审案

九疑山上有一个宝洞，里面全是金灿灿的黄金。周边的老百姓耕种之余，还会进洞里挖些黄金制作成器物，或者打造成首饰，日子过得很快活。可是，没多久九疑山有宝洞的消息却不胫而走，被两个大臣知晓了。这两个人，一个是娥皇、女英的哥哥，也就是国舅，叫做汤新；另一个是舜帝的侄儿，叫做吴礼。汤新又矮又胖，吴礼又瘦又高。两个人站在一起非常的滑稽。

这天，汤新来到吴礼的住处。汤新笑眯眯地说："老兄，想不想发财啊？"吴礼回道："当然想了。不知道有什么好办法啊？"汤新接着说："听说九疑山附近有个宝洞，里面全是黄金。如果我们能到那里去做官的话，金子不就都归我们了嘛。"

吴礼皱着眉头说："可是到哪里做官，都要听从舜帝的安排。不是我们想去哪里就能去哪里的。"汤新说："这还不容易。我们两个人一起去求舜帝，说想尽自己的微薄之力，为天下的百姓做点好事。九疑山地处偏远，正是发挥聪明才干的好地方。舜帝一心爱民，听到我们的请求，一定会答应的。"

第二天，汤新和吴礼来到舜帝的身边，请求治理九疑山这个地方。舜帝答应了他们的要求。

这两个人一到九疑山，就迫不及待地颁布告示，宣称九疑山宝洞的黄金归公。汤新坐镇九疑山下，防止百姓私自开采。吴礼则在山上组织人力开采。这里的老百姓看见国家派人治理金洞，非常的高兴，都愿意为国家献出一份力。

可是，老百姓哪里想到这两个皇亲国戚竟都是财迷，自从他们来到了九疑山，老百姓每天天没亮，就被逼着上山开采黄金，耕地全都荒废了，到处都是荒凉的景象。就这样，汤新和吴礼还嫌干得慢，连老弱病残都被赶到了山上，和那些精壮的劳动力一起干。老百姓忍气吞声，敢怒不敢言。

最后，金洞的黄金被开采光了。这两个财迷把开采出来的黄金都装进了自己的口袋里。汤新用黄金打造了一个一百多斤的金元宝，吴礼用黄金打造了一个二百多斤的大印。九疑山的老百姓还以为开采黄金是为了造福全天下的人，没想到

都落入了贪官的腰包。老百姓忍无可忍，决定向舜帝告发这两个大贪官。

他们联名写了一份状子，状词大意是：汤新和吴礼两位官员来到九疑山后，强迫人民开采黄金，并把黄金私吞，老百姓怨声载道，恳请舜帝做主。

南巡的舜帝接到状子后大怒，赶忙来到九疑山，把汤新和吴礼两个人找来问话。舜帝怒气冲冲地说："你们跟我说要为九疑山的百姓造福，现在怎么却成了祸害百姓了呢？"

汤新和吴礼赶忙抵赖。舜帝见他们不承认，从袖子里拿出状子来，两个人哑口无言。他们以为自己是皇亲国戚，舜帝不会拿他们怎么样，所以一点都不害怕。汤新说："看在我妹妹娥皇和女英的面子上就饶了我吧。"吴礼也说："请叔父宽恕。"

舜帝看他们到现在还没有认识到错误，便勃然大怒："王子犯法与庶民同罪。"说完，让手下砍了汤新和吴礼的脑袋。

九疑山的老百姓见舜帝如此公正，都欢呼起来，称舜帝是有道明君。

舜弹五弦琴

舜十分热爱音乐，他不仅发明了萧，改良了瑟，还用五弦琴创作出《南风歌》教化人民。

尧王把两个女儿嫁给舜的时候，赐给他一把五弦琴。舜不舍得用，就把它挂在了屋里的墙壁上，只有重要的节日，他才会拿下来弹奏一曲。别看舜不经常弹五弦琴，可是一旦拨弄起琴弦来，周围的人都会被他美妙的音乐吸引，不约而同地聚集在他的身边。

有一回正好是尧王的寿辰，舜和妻子们决定回家祝寿。没有寿礼怎么能行呢？舜决定送给尧王一份特别的礼物，那就是为尧王弹奏五弦琴。舜将自己的想法告诉给了妻子们，她们都说这是个好主意。

尧王看见自己的女儿和女婿来给自己祝寿，高兴得合不拢嘴，赶忙让他们坐到自己的身边。大臣们一一奉上了寿礼，轮到舜的时候，他从座位上站了起来，说："父王，我准备弹奏一首曲子，作为寿礼。"说完，舜把五弦琴放在桌子上演奏起来。弹到高亢的地方，如激流从山间倾泻而下。弹到低回的地方，又如小溪潺潺流过。一曲过后，大家沉浸其中，好半天才回过神来。尧王更是被舜精湛的琴艺折服。

舜成为天子以后，他叫乐师延把父亲瞽叟制造的十五弦瑟再添上八弦，这样就成为了二十三弦的瑟。这种瑟弹起来，音调更加丰富。同时，他命令乐师质整理帝喾时代乐师所作的《九招》、《六英》、《刘列》几首乐曲。《九招》又叫《九韶》，是用萧和笙等乐器一起演奏的一种音乐，因此又叫做《萧韶》。

某天，舜帝无事，听乐宫们演奏《九招》。听着听着，舜帝兴致大起，决定代替吹箫的乐工演奏。舜帝拿起萧吹了起来。在其他乐器的配合下，萧声清扬婉转，好像天上百鸟的鸣叫。乐声直入云霄，天宫中的凤凰听到了箫声，以为是百鸟来朝拜自己，赶忙飞了出来。哪里有什么百鸟啊。凤凰顺着音乐声，飞到了舜的跟前，才知道是箫的声音。凤凰非常高兴，在天空中盘旋了几圈，才离去。百姓们听说了这件事情，都说因为舜是英明的君主，才会天降祥瑞。

舜喜欢自己一个人在院子里弹五弦琴。有一天，他正在院子里乘凉，习习微风吹过，触动了舜的思绪。他拿出五弦琴，放在桌子上，屏气凝神，感受着风的清凉，慢慢地挥动手指。伴随着音乐声，即兴演唱了一首自己写作的《南风》。

“南方吹来的清凉的风啊，”

“可以清除人民的烦愁啊！”

“南方吹来的及时的风啊，”

“可以增长人民的财富啊！”

娥皇和女英在宫殿内听到了这首歌，来到了舜的身边说：“听了天子唱的这首歌，臣妾们的内心深受感动。如果百姓们都能体会到你的苦心，怎愁天下不治啊！”舜听了两位妃子的话，感慨万千。

有个乐工偷偷地记录下了这首歌，将其传到了民间。老百姓听到了这首歌之后，都自觉遵守法度，人人和睦相处，成了太平盛世。

《史记·乐书》有这样的记载：“故舜弹五弦之琴，歌《南风》之诗而天下治”，意思是因为舜演唱了《南风》歌，天下得到了治理。可见，礼乐教化在中国古代的重要性。

斑竹岩

舜晚年的时候，九疑山上来了九条恶龙，它们兴风作浪，害得百姓终日不得安宁，叫苦不迭。舜帝知道了这件事情，非常同情人民的苦难，决定去九疑山除害。

舜的两个妃子娥皇和女英听说了这件事情，非常担心，毕竟恶龙不是好铲除的，但她们都知道舜帝爱民如子，如今百姓受到这么严重的灾难，他一定不会袖手旁观。娥皇和女英二人帮助舜整理好行囊，洒泪送别了舜。

娥皇、女英哭得满山翠竹都沾上泪痕。

娥皇和女英两个人在家里等啊等，盼啊盼，几年过去了，舜还没有回来。这天晚上，娥皇做了一个梦，梦见自己的丈夫舜离她远去，自己怎么喊，他也不回头。第二天，娥皇把这个梦和女英说了一遍。女英听完后说："姐姐，是不是我们的丈夫在外出了什么事情，不然，怎么这么多年都没有回家，这次还托梦给我们。"姐妹俩非常担心，决定亲自去九疑山看看。

娥皇和女英走到半路时，听到舜死亡的噩耗，她们哭得死去活来。可她们不甘心，一定要看到舜的尸体才会相信。

她们边哭边走，这天来到了湘水边。她们坐船过河，可是行至河中间，来了一个大浪，把她们的船掀翻了，幸好来了七十二只青螺把她们从水中托起，才免于一死。上了岸后，她们太伤心了，抱着岸边的竹子就哭了起来，泪痕洒在竹叶和竹干上留下斑斑泪迹。

翻过了无数大山，趟过了无数河流，她们终于来到了九疑山。可是九疑山太

大了，娥皇和女英互相搀扶着沿着大紫荆河爬到了山顶，又沿着小紫荆河爬了下来，找遍了九疑山的每个村落，踏遍了九疑山的每条路，始终没有找到舜的坟墓。她们俩坐在山脚下抱头痛哭。

这一天，她们来到了一个叫做三峰石的地方。这里耸立着三块大石头，四周环绕着翠竹，中间有一座用珍珠垒成的高大的坟墓。她们感到非常惊奇，这是谁的坟墓竟如此的气派？娥皇和女英赶忙向附近的乡亲询问："请问这是谁的坟墓如此壮观美丽？"

乡亲们含着热泪告诉她们："这里是舜帝的坟墓。舜帝不辞辛劳从遥远的北方来到这里，帮助我们杀掉了九条恶龙，人民才过上了安定的生活。可是，他为了我们鞠躬尽瘁，流干了汗水，耗尽了心血，最后病倒在这里，虽然请了最好的大夫来医治，还是没能救回舜帝的命。"舜帝病逝以后，湘江的父老乡亲们为了感激舜帝的恩德，特地为他修造了这座坟墓。九疑山上的一群仙鹤也被舜帝的行为所感动，它们每天不停地从南海衔来一颗颗光彩夺目的珍珠，撒在舜帝的坟墓上。渐渐地，这座土坟便成了珍珠坟墓。三块巨石是舜帝消灭恶龙时用的三齿耙，消灭恶龙以后，舜帝把它插在地上就变成了三块巨石。

娥皇和女英听到舜帝的事难过极了，她们伏在舜坟墓旁的竹子上痛哭起来，泪水挥洒在竹子上形成斑点，有圆的，有方的，也有长方形的。她们悲痛万分，一直哭了九天九夜，最后眼泪哭干了，滴出血来，落在竹干上，就形成红色的斑点。这些竹子被后世称为"斑竹"，舜埋葬的这个地方就称为"斑竹岩"。

悲伤欲绝的娥皇和女英在回去的途中纷纷投入湘水。天帝同情她们的遭遇，就封两个人做了湘水女神。

当她们心情好的时候，就会在江上行走。人们远远地就可以看见她们曼妙的身姿和令人惆怅的双眸。如果她们心情不好，想起了伤心往事，江上就会狂风大作，暴雨如柱。在风雨中，会出现许多怪物，它们手里握着蛇，在波涛上跳跃。

安葬九疑山

舜死后，人们把他的尸体用瓦棺装好，埋在了九疑山下。这九疑山有九条溪流，每条都很相似，到山上的人都会被这样的地形迷惑住。据说，这就是那九条

恶龙死后变成的。

在这座山上，有许多珍奇的怪兽，其中一种叫“委蛇”的动物最奇特。

委蛇是一种长着两颗脑袋的怪蛇。据说平常的人见到这种怪蛇就会死。春秋时期楚国的孙叔敖就见过这种怪蛇。那时他还是一个小孩子，在路边遇到了这种蛇。他听别人说起过看见这种两头蛇的人就会死。孙叔敖想：我死了以后，这种蛇还会再出来害人，不如把它砸死。勇敢的少年拿起石头，朝蛇的脑袋砸去，结果蛇被打死了。少年挖了个坑，把蛇埋起来，以免别人看到。奇怪的是，这个少年并没有死，反而做了楚国的宰相。

这种双头蛇有时还以头戴红帽、身穿紫袍的形象出现。如果国王见到它，就会称雄天下。

相传，齐桓公打猎的时候，就见过这种红帽紫袍的怪蛇。当齐桓公的猎车从蛇的旁边经过时，那蛇扬起两个脑袋直勾勾地看着齐桓公。桓公看到这一景象，吓得魂飞魄散。回到宫里，越想越怕，整天打不起精神，病怏怏的。后来，齐国有一个贤士来见桓公，向他讲起了“委蛇”这种动物。桓公听着听着，觉得和自己看到的那条蛇很相似，就赶忙问委蛇的具体形状。贤士把两头蛇的形状仔细地说了一遍。最后说：“凡是国王看到这种蛇，都会雄霸天下。”桓公一听，不禁露出了笑容，病也不知不觉地好了。这种能给人带来祸福的两头蛇，就生在舜埋葬的九疑山下。

舜死了以后，他那改邪归正的弟弟象也从封地有鼻赶过来给他祭扫。象走了以后，人们就在舜坟墓的旁边造了一座亭子，叫做鼻亭，里面供奉着象的雕像。

第十二章　鲧和禹治水

心系民生疾苦的鲧

尧统治时期，鲧是分封在崇地的伯，所以人们又叫他“崇伯鲧”或“有崇伯鲧”。鲧是黄帝的孙子，黄帝是管理一切的天帝，那么鲧也是上界的一位天神了。

鲧生活的时代，出现了许多无恶不作的坏人。他们为非作歹，做出了许多伤天害理的事情，使得天下的老百姓叫苦连天。这件事情触怒了天帝，他认为人间充满了邪恶，决定降下洪水警示世人。

这样，人间就发生了特大的洪水灾害，房屋被冲垮了，良田被淹没了，人们还没有反应过来是怎么回事，所有的东西就都被洪水冲走了。人民生活在水深火热之中，吃没得吃，住没得住，只得扶老携幼，东奔西走。田地被洪水侵没，人们不能种植粮食，但野草却长得异常茂盛。野草多了，飞禽走兽也跟着增多，飞禽走兽和人争夺起地盘来。在这样恶劣的环境下，人要么被饿死，要么就是被禽兽吃掉。

鲧封地里的人民逃的逃，饿死的饿死，鲧看到这些非常难过，他在心里埋怨自己的祖父，只要惩罚那些作恶的人就好了，为什么还要牵连到这些无辜的百姓。鲧决定上天庭和祖父理论。

鲧见到了天帝，把人民受的苦难详细地说了一遍。天帝这时正在气头上，哪里听得进去鲧说的话，他认为自己的决定没有错，人类作恶就应该受到惩罚。鲧劝说了几次都没有用，最后天帝连鲧的面都不见了。

洪水来势凶猛，一点没有消退的迹象。鲧决定要保护好自己封地的人民，他将封地中剩下的人们集合起来，带领他们迁徙到地势较高的山上，在一处稍微平整的地方安居下来。住的地方解决了，可这么多人的吃饭却成了大问题，汪洋把

田地都淹没了，上哪里找吃的啊。鲧开始犯愁了，他召集大家一起想办法。

"我们还不如在原来的地方被洪水冲走算了，在这里不也是被饿死。"一个大个子的年轻人说。

"这种危难时候，我们最需要的就是团结，一切困难都会过去。我年轻的时候，曾经经历过洪水，那次洪水跟这次也差不多持久、凶猛，可我不还是活下来了么。"一个白发苍苍的老人说。

"我这里还有一些种子，是我从洪水中抢回来的，不知道还能不能种出东西。"一个中年妇女说。

就这样，你出主意，我想办法，很快，大家不再互相埋怨，都紧紧地围绕在鲧的身边。鲧把大家手里的种子收集上来，在山坡上开垦了一块地，开始种植。因为这些种子有的被水浸泡过，不是都能长出新芽，鲧和人民只能一粒一粒地试种。最后，终于发现有一粒种子可以长出芽，大家才松了一口气。

粮食有了，还缺家畜，这可怎么解决呢？夜里，大家都睡着了，只有鲧还在月光下思考问题。这时，他看见从远处跑过来一个黑乎乎的东西，直冲向田地，吃里面刚长出来的嫩苗。鲧非常着急，那些嫩苗实在太珍贵了。鲧马上跑到田边看个究竟。原来，不知道从哪里跑来了一头野猪。鲧灵机一动，马上想到如果能把这头野猪抓住，不就有家畜了么。于是，他悄悄地拿来一段绳子，套了个圈，瞄准野猪就抛了过去。这头野猪一定是饿坏了，根本没注意到旁边有人。鲧很容易地就捉住了这头野猪。

鲧发挥自己的聪明才智，带领人们过上了安定的生活。但洪水还是不停地肆虐，丝毫不见消退，持续了好多年。

鲧偷取息壤治水

很多天神都不满意天帝的做法，可没有一个人敢去劝谏。鲧想把人们从苦难中拯救出来，让他们过上幸福快乐的生活，就一次次向他的祖父求情。可是，天帝还在生下界人的气，丝毫没有收回洪水的打算。不论鲧怎么劝说、祈求，都不能改变天帝的心意。到后来，只要鲧一来求情，他就会怒斥鲧一顿。

鲧知道想让天帝收回洪水是不可能的事情，他决定自己想办法，解除人民的痛苦。可是，天下都被洪水包围了，用什么办法才能消除洪水呢？他为这件事伤透了脑筋。

鲧正在忧愁的时候，从远处走来一只猫头鹰和一只乌龟。它们走到鲧的面前说："你是谁啊？什么事情让你如此烦恼啊？"鲧说："我叫鲧，我正在为洪水发愁。天下百姓被侵害，过不上一天的好日子，我在想用什么方法可以把洪水击退。"

猫头鹰和乌龟齐声说："原来你就是为民请命的鲧啊。据我们所知，要平息洪水并不难，听说天庭中有一种宝物叫做'息壤'，这种东西见风就长，只要一小块，就可以堵住洪水。"

鲧听了猫头鹰和乌龟的话，非常高兴，忙问："你们知道这个宝物藏在哪里吗？"

猫头鹰和乌龟把头摇得像拨浪鼓一样，说："这是你祖父的宝物，他藏在哪里我们怎么会知道呢。你可以问问你祖父。"

鲧愤愤地说："他一定不会给我的。我多次劝谏，为天下的百姓求情，他都不答应，像这种铁石心肠的人，怎么会把息壤给我呢。"

猫头鹰和乌龟小声地说："天帝如果不给，我们可以用其他的办法。"鲧说："难道我要从祖父那里把息壤偷出来？"

猫头鹰和乌龟互相看了一下，问鲧："只有这一个办法了。不过，你不怕天帝惩罚你吗？"

鲧坚定地摇了摇头说："我不怕，只要能帮助天下百姓脱离苦难，我受到什么样的处罚都不怕。"

鲧谢过猫头鹰和乌龟后，马上来到天庭，旁敲侧击地打听息壤的下落。最后，他终于知道息壤被他的祖父藏在极其隐秘的地方，并且派了勇猛的天神把守着。庆幸的是，鲧和看守息壤的这个天神关系很好。鲧决定想一个好办法把息壤偷出来。

这天，鲧拿了一坛好酒，请这位天神喝。天神一看鲧，就放松了警惕。他们边喝边聊，不一会鲧就躺在地上假装自己喝醉了。天神一看鲧醉了，就把剩下的酒都喝了。等到天神睡熟过去，鲧悄悄地爬起来，从天神身上取下钥匙，偷走了息壤。

鲧拿到息壤以后，马上到人间治理洪水。息壤见风而长，鲧只用了一小块就把一处洪水填平了。鲧用这样的方法，把各处的洪水都填满了，大地露了出来。

住在高山上的人民，看见洪水消退了，都露出了久违的微笑。

人们在这片土地上重新建设家园，又过上了幸福安定的生活。不幸的是，这样的好日子没过几年，洪水再次泛滥，原来被鲧用息壤填堵的地方又被洪水冲开了，鲧只好再用息壤填堵。

可是，洪水来了堵，堵了还会被冲开，就这样，鲧治水九年还是没能击退洪水。

鲧被杀于羽山

尧王爱民如子，看见百姓受到洪水的侵扰，十分着急。他把大臣找来商议，决定派一个人去治理洪水。当时有两个合适的人选：鲧和共工氏。

共工氏是一部落首领，治水专家，他发明了筑堤蓄水的方法：把高地铲平，低地填高，在平坦的地面上修筑堤坝，用来挡水。这种办法十分有利于农业发展，因此共工氏管辖的地方土地肥沃，收获颇丰。但这种堤坝招架不住凶猛的洪水，每次大洪水到来的时候，堤坝都会被冲毁，造成更大的损失。尧王对共工氏治水的成效很不满意。

这时候，一个部落的首领四岳提议说："让鲧来治水吧。我听说他有一种叫息壤的东西，可以堵住洪水。"尧王听了以后很高兴，但他又很担心，毕竟鲧的治水经验没有共工氏丰富，可也确实没有比鲧更好的人选了，于是就同意了。

鲧接受任命以后，早出晚归，四处巡查，然后回到家里慢慢思索，想研究出一套治水的好办法来。虽然鲧有息壤，可以对洪水进行填堵，可他曾在自己管辖的地方使用过，效果并不是那么显著。

鲧想来想去，想了几个月，也没有想出更好的办法来，只好继续用息壤堵治洪水。但这次填堵与以前有了很大的不同。他采纳了共工氏筑造堤坝的方法，他把提防修得更高，把洪水围到当中，然后用息壤填满。这样在大地上就出现了一座又一座的高山。这种方法暂时制止住了洪水。

天下的老百姓非常的高兴，都说鲧为人们做了一件大好事。可是，填堵毕竟不是最好的治理洪水的方法。这种好日子只过了几年，洪水又反扑过来，冲垮了堤坝，冲毁了田地，夺去了很多人的生命。

更不幸的是，天帝知道了鲧偷取息壤的事，非常震怒。他把火神祝融叫到了凌霄宝殿，对他说："鲧竟偷去我的息壤，帮助那些应该受到惩罚的百姓。你马上下界杀掉这个大逆不道的鲧，并把息壤夺回来。"火神接到命令，踏着风雷赶往人间。

这时，鲧正在带领人们治理洪水，天空中忽然风雷大作，并不时有火球击落下来。人们都不知道出了什么事情，停下手里的活，向天上望去。只见，天空中的云彩裂开一条缝，一个满脸胡须，脸庞火红的天神从中露出头来。他在天上喊道："哪个是鲧？还不出来。"

鲧一看是来找自己的，就从人群中走出来。天神说："我是火神，奉天帝之命，前来取你性命。"鲧大声应答："我犯了什么错，祖父为什么要杀我。"火神哈哈大笑起来："你还不知道自己犯了天规了吗？你私自偷盗息壤，帮助凡人治理洪水，就凭这一点，你就该杀。"鲧面不改色地说："都是天帝的错。我盗息壤来帮助受难的人们，有什么错。错的是你们，你们不应该乱用神力，杀害无辜。"

火神一看自己说不过鲧，就懒得再说。他拿着自己的利器就向鲧劈去。眼看鲧的生命受到威胁，周围的百姓主动用自己的身体将鲧围了起来，令火神无处下手。可普通百姓怎么会是火神的对手。火神伸出手，将鲧从人群中揪了出来，腾云驾雾，将其带到羽山，然后杀害了鲧。

据说，这羽山在北极之阴，连太阳都照不到。这里只有一条烛龙，嘴里衔着一根蜡烛，用来代替光亮，守在这里。人世间传说的幽都就在羽山。可惜，鲧一生为民造福，最后死在了这个荒芜和凄凉的地方。

虬龙禹诞生

鲧含冤而死，魂魄却不散，因为他还想着那些饱受洪水折磨的百姓们，不愿就这么离去。他的魂魄穿过了极寒之地，向灵山飘去。据说灵山上有几位仙人，法术十分高超，可以将死人救活。

鲧的灵魂来到灵山脚下，正好看见一个小童子在采药。鲧忙上前打招呼："小童子，请问你家师父在吗？"小童子看了一眼鲧，恭敬地说："师父在家，请

问有什么事情吗？”鲧说：“我是鲧，有事情找你家师父，麻烦通报一声。”

鲧来到仙殿之内，看见一个白发苍苍的老者正在打坐。鲧上前深居一躬，说：“仙长，请帮帮我，把我救活吧。”

“既然死了，为什么还要活过来呢？”仙长问到。鲧长叹了一口气，说：“我还有重要的事情没有做完。现在洪水肆虐，老百姓生活在水深火热之中，我还没有把洪水治理好，怎么能就这样死去呢。”

仙长听了以后连连摇头，说：“你的事情我都听说了，我非常同情你，但我没有办法救活你，因为救活死人的那种药，我们用光了。”

“哪里才能找到这种药呢？”鲧焦急地问。

“天帝的后花园里有一棵长生不死树，上面结着不死药。只要能弄到不死药，你就可以得救了。”

“我是不是把药拿过来，您就可以救治我了？”

“不用那么麻烦，只要你拿到不死药，吞服下去就可以了。”

鲧辞谢了仙长，灵魂向天宫飞去。在天宫后花园的外边，鲧看见几个仙长正在给一个人治病。鲧走上前去说：“仙长，能不能医治一下我呢？”

那几个仙长看了看鲧，其中一个人说：“你是谁啊？为什么要医治你。”

“我是鲧，因为偷了天帝的息壤，触犯了天规，被火神杀死。”

“原来你就是鲧啊。可是，天帝是万物之主，我不能违背他的命令。我如果医治你的话，天帝就会惩罚我们的。”

鲧听了仙长的话后，放声大哭起来。鲧哭得非常伤心，惊天动地，旁边的人无不被他的哭声所感动。这时，一个叫巫阳的仙长说：“鲧，我们都知道你是一个为老百姓着想的好人。你想把百姓从洪水中解救出来，这是一件好事。可是，连盘古、女娲这样的正神都会死去，何况是你呢。”鲧说：“那我怎么办呢？”这位仙长说：“你可以培养一个接班人。”

鲧顿时醒悟，告别了仙人回到羽山。在羽山，他用自己全部的精力，在肚腹中孕育生命。日子一天天地过去了，鲧的肚腹终于隆起，一个小生命正在蓬勃地生长。鲧每天对着这个小生命说话，把自己治水的方法，遇到的困难都告诉给他。说来也奇怪，这个小生命好像能听懂鲧说的话一样。

天帝知道了这件事情以后，非常害怕，派天将去刺杀鲧。天帝说：“这个鲧不知道用了什么妖法，竟在肚腹当中孕育出生命。我怕一般的刀剑不能伤他，特赐你一把吴刀。”天将接过吴刀直奔羽山。

天将来到羽山，开始寻找鲧的尸体。找来找去，终于在一块平坦处看见了鲧。鲧躺在地上，脸色红润，就像活人一般栩栩如生。只见他肚腹隆起，里面好像还有东西在动，马上就要出来。天将不敢耽搁，赶忙拿起吴刀向鲧的肚子砍去。只听见一声巨响，从鲧的肚腹中窜出一条虬龙，飞向天空。这条虬龙就是禹。

鲧看见自己的孩子安全诞生，就幻化成一条黄龙，跃进旁边的深渊中去了。

禹受上帝命

鲧用自己的神力孕育出禹以后，变成黄龙，跃进深渊后再也没有出来过。禹变成虬龙一下子飞回到了鲧的家里，正好落进一个妇女的怀里。妇女惊得说不出话来，只见虬龙变成了一个小男孩。

小男孩看着妇女，笑眯眯地说："母亲，我是你的儿子。"妇女听了更是吃惊，忙问是怎么回事。禹把事情的经过和妇女说了一遍。妇女这才如梦方醒，说："你真是娘的孩子。"这位妇女是谁呢？她就是鲧的妻子修己。

修己自从嫁给鲧以后，每天在家里忙着家务，十分贤惠。鲧就是因为有了这个贤内助，才可以安心地带领人们治水的。鲧经常在外面不回家，修己一句怨言也没有。后来，鲧因为盗取息壤，触犯了天帝被杀死在羽山，修己听到噩耗哭得死去活来。可是，人死不能复生，修己每天只能以泪洗面。没想到，丈夫用自己的全部精力孕育出了一个接班人，修己激动得哭了起来。

禹看见母亲掉眼泪，赶忙伸出小手去擦，说："母亲，你不要哭。父亲虽然死了，可是还有我啊。"修己连连点头，止住了悲伤。

"母亲，我要继承父亲的遗志去治水。"禹坚定地说。

"你还小，怎么懂得治水的事情呢？"修己面露忧色，丈夫就是因为治水丢掉了性命，现在自己的儿子又要继承父业，让人怎么不担心呢。

"父亲把他治水的经验都传给了我。父亲说他以前用的填堵方法不对，让我想个更好的办法去治水。"禹胸有成竹地说。

修己说："你父亲花了几年时间也没有想出好办法，制止住洪水，你能有什么好方法呀。"

“父亲用填堵的方法，那我就用疏导的方法。天下的河流都是从高处流向低处，只要我把它们都引导到大海里，洪水不就消退了。”

“儿呀，你的想法很好。可是，你太小了，等你长大了再去治水吧。”

禹从修己的怀里跳了下来，说：“母亲，我马上就可以长大。”说完，禹举起双手，大声呼喊了一声，立即长成了一个高大威武的小伙子。修己看到自己的儿子长大了，激动地哭了起来。

禹的喊声震动天地，直上云霄。天帝在宫殿里也听到了声响，忙问旁边的天神出了什么事情。天神说：“这喊声是鲧的孩子禹发出来的。”天帝很惊奇，自己不是派火神去杀鲧的孩子了么，怎么禹还活着呢？

天帝马上把火神找来，问他出了什么事情。火神不敢隐瞒，把杀鲧的经过和禹诞生的情况详细地说了一遍。天帝听后，非常惊奇，决定要见见禹。他命令天神把禹带上天宫来。

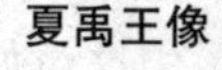

夏禹王像

禹，传说中夏朝的第一个王，鲧之子。因禹治水有功，舜让位于他。在他死后，子启即位，从此开始了王位的世袭制度。

天帝看着禹，心里不免赞叹，真是一个少年英雄。也许是觉得对不起禹的父亲，天帝对禹非常的友好。问他这，问他那，十分亲热。最后，天帝说：“听说你要继承父亲的事业，继续治水？”禹从容地回答：“是的。”天帝把脸一沉，说：“你父亲就是因为治水偷了我的息壤触犯天条才被处死的，你不害怕么？”禹笑着说：“我不怕。我想到治水的好办法了，不用偷你的息壤一样可以制服洪水。”

天帝听后很是惊奇，忙问：“什么方法？”禹回答道：“疏导，让天下的河流都归入大海。”天帝听后不住地点头：“你这样聪明勇敢，我决定任命你去治理天下的洪水。”禹听了天帝的话，非常诧异。因为这天下的洪水本来就是天帝用来惩罚人间的，现在又要自己去治理，真不知道天帝是怎么想的。

不管怎么说，禹从天帝那里得到许可，可以名正言顺地去治水了。同时，天帝还派了许多神仙去帮助他，更把自己的爱将应龙派去辅佐禹。

禹会群神，逐共工

禹接受天帝的任命，带着应龙和其他大大小小的龙，到下界去治理洪水。应龙的主要任务是引导主流，群龙的任务是引导支流。禹有了得力的帮手，治起水来得心应手。没过几天，就疏通了一条河流。

这可激怒了水神共工，因为他受天帝的命令降下洪水惩罚天下的百姓。本来想趁这个机会好好表现一番，没想到天帝竟然让一个毛头小子来对付自己。共工越想越气，决定去找禹算账。

这天，禹正带领着大家疏通河道，忽然，一个人面蛇身，有着红色头发的怪物从水中钻了出来。他冲着禹哇哇大叫："小娃娃，你就是禹吧，我是水神共工，你竟敢和我作对，胆子不小，我要让你好看。"说完，共工施起法来，河水顿时波涛汹涌。共工身边的两个手下相柳和浮游也跟着叫嚣了起来。相柳长着九个脑袋，它也是人面蛇身，全身青色，性情残酷贪婪，专以杀戮为乐。另一个浮游长得凶神恶煞一般，也是一个作恶多端的家伙。

禹看着共工和他的同党们，说："我治水是奉了天帝的命令，你们应该尽快收回洪水。"共工哈哈大笑："我发起洪水也是受了天帝的命令，现在那老儿竟不认账了。呵呵，我才不管那一套，我就是要天下变成汪洋。"

应龙在旁边看不过去，对禹说："这个共工太嚣张，让我给他点颜色看看。"说完跳到河里，与共工打了起来。应龙一个人怎么能抵挡住对方的三个人呢。没过多久，就败了下来。共工更加得意了，站在水边叫嚣得更欢了。

禹拿共工没有办法，只好忍气吞声。共工看自己怎么挑衅，禹也没有反应，就带着帮手走了。应龙看着共工远去的背影，气愤地说："一定要除掉这个祸害。"禹紧锁着眉头，想着对付共工的办法。

共工看禹这么不堪一击，非常得意，施展法术，让洪水来得更加凶猛，一直淹到了空桑，也就是中国极东的地方。水神这一发怒，不知道有多少老百姓成了鱼虾的食物。

禹知道对付共工，用道理是说服不了的，要用武力把他打得心服口服才行。禹找来手下人商量对策，有人提议邀请群神来帮忙，一起对付共工。

于是，禹让应龙联系各路神仙，让他们在会稽山下集合，共同商讨对付共工的事情。群神早就受不了水神共工的骄横，都来帮助禹。禹说："大家有什么好办法可以打败共工呢?"一位神仙说："共工是水神，只有在水里他才能发挥威力。如果我们把他骗到陆地上，就可以打败他。"大家听了都觉得这是个好办法。

禹来到了河边，大骂共工。共工听了，十分生气，跳上岸来抓禹。禹就骑在应龙的身上，往陆地跑去。共工气昏了头，什么都忘了，一心想抓到禹。禹把共工引到了设好埋伏的地方，众神一起出来将共工包围住。共工这才知道上当了，可是已经太晚了。经过一番激战，共工钻了个空子，逃跑了，再也不敢出来作乱了。

从此，禹可以专心致志地治理洪水了。首先，他用息壤将很深的沟壑填平，把人们居住的土地加高。那些特别高的地方，就成了今天的名山。其次，他叫应龙用尾巴划地，应龙的尾巴指向哪里，哪里就出现河道。就这样一直通向大海。这些河道也就成了今天的大江大河。

河伯献图，伏羲赠玉简

河图是黄河水神河伯送给大禹的。

河伯本名叫冯夷，华阴潼乡人。年轻的时候，一心想成仙。他听说只要连续喝一百天水仙花的汁液，就可以成仙。于是，他四处寻找这种仙汁。他听说在黄河对岸有这种水仙花，就经常渡过黄河去寻找。转眼九十九天过去了，只要再吮吸一次水仙花的汁液，就可成仙了。冯夷很高兴，又过黄河去寻找水仙花。这天，冯夷找了个水不深的地方，准备趟水过河。可是当他走到河中间，河水突然涨了起来。冯夷一慌，就跌倒在黄河中，活活被淹死了。

冯夷死后，一肚子怨气，恨透了黄河。他不服气就跑到天帝那里去告黄河的状。天帝早就听说黄河没人管理，经常泛滥，危害百姓。他见冯夷已经喝了九十九天的水仙花汁液，已经具有了神性，就问冯夷愿不愿意当黄河水神，治理黄河。冯夷听后非常高兴。马上答应下来。

这样，冯夷就成为了黄河水神，人称河伯。因为从来没有治过水，一下子又担起治理黄河的重任，他束手无策，直发愁。最后，河伯决定向天帝讨教办法。

天帝告诉他，要治理好黄河，先要熟悉黄河的水情，然后画成河图。这样依照河图再去治理黄河就会省事多了。

河伯按着天帝的指点，下定决心要画成河图。他回去以后，风里来雨里去，跋山涉水，察看黄河水情。就这样，河伯一跑就是好几年，最后终于弄清了黄河水道的分布，河图也绘制了出来。

后来，天下洪水泛滥，禹受天帝命，来治理水灾。河伯听说了这件事，决定把黄河河图授给禹。这一天，河伯听说禹已经来到黄河边，他就带着河图从水底出来，寻找禹。河伯和禹没见过面，所以找了半天也不知道哪个是禹。河伯走累了，就在岸边歇了一下，看见河对岸走来一个年轻人。这个年轻人高大威武，想必是禹。河伯就大喊起来："年轻人，你是禹吗？"

对岸的年轻人不是禹，而是后羿。他抬头一看，在河对岸站着一个仙风道骨的老人。后羿问道："你是谁？"

河伯说："我是河伯。你是大禹吗？"

后羿一听是河伯，顿时怒冲心头，冷笑一声，说："我就是大禹。"然后张弓搭箭，不由分说，就射了河伯一箭，正好射中河伯左眼。河伯捂着眼睛，大骂道："混帐的禹，怎么这么不讲道理！"他越想越气，就要去撕那张水图。

正在这时，猛地传来一声大喊："河伯！不要撕图。"河伯忍着巨痛用右眼一看，对岸走过来一个头戴斗笠的人，拦住了后羿。这个人就是禹。他知道河伯画了幅黄河河图，正要找河伯求教呢。后羿推开禹，又要搭箭张弓射河伯。禹牢牢地拽住后羿，把河伯画图的艰辛讲了一遍。后羿这才后悔：因为自己的冒失莽撞，竟射瞎了河伯的左眼。

后羿赶忙向河伯承认过错。河伯看在禹的面子就没有再追究。禹对河伯说："我是禹，特地来找你请教治理黄河的方法。"

河伯说："我把黄河的所有水道及其走向都画在在这张图上，只要有这张图，就可以治理黄河了。现在我把这张图授给你。"

禹从河伯手里接过河图，上面密密麻麻，圈圈点点，把黄河的水情画得一清二楚。禹非常高兴，赶忙谢谢河伯。河伯早就跃进黄河不见了踪影。

治理黄河时，禹得到的第二件宝物是玉简。

那天，禹正在开凿龙门山，偶然间发现了一个大岩洞。那岩洞很深，越走越黑，忽然前面出现了一个闪闪发亮的东西。禹顺着光亮往前走，想探个究竟。原来那个放光的东西是一条大黑蛇，大约十丈长，头上有角，嘴里含着一颗夜明

珠。大黑蛇在前面给禹带路。

走了一会，到了一个开阔光明的地方，好像是一座殿堂。在大殿中间，一群人簇拥着一个人脸蛇身的神。禹一看这个神，就知道他是谁了。原来这位神正是九河神女化胥氏的儿子伏羲。

伏羲问："你是谁啊？"禹说："伏羲王，我是禹，治水正好路过此地，没想到打扰到了伏羲王。"伏羲听说是禹，非常的高兴，和他交谈了起来。伏羲在小的时候吃过洪水的亏，所以对禹做的事情非常钦佩，愿意帮助他。伏羲交给禹一支竹简。这支竹简薄得像竹片一样，只有一尺二寸长。伏羲说这个玉简可以度量天地，并告诉了禹竹简的使用方法。禹和伏羲交谈了一个晚上，都有相见恨晚的感觉。

第二天，禹不得不离开，因为还有更重要的事情等着他去做。

告别了伏羲，禹运用河图和玉简，并在众神的帮助下，平定了洪水，使人民过上了幸福的生活。

大禹取《水经》

禹治水来到了太湖一带。这个地方四周都被洪水包围着，老百姓被洪水害得家破人亡，流离失所，都挤在山头上，要吃没吃，要喝没喝，小孩子哭声一片。禹看到这些，心里很难过，暗下决心一定要治理好这里的水患，如果治理不好就不回家。

一年过去了，洪水没有消退，还是像以前一样泛滥。禹非常着急，一天天地瘦了下去。他四处奔走，想尽各种办法，摸水路，找对策，可还是没有好方法。

有一天，禹走得又累又饿，坐在山脚下的一块石头上休息，他从布袋里掏出两块硬梆梆的饼正准备吃，突然听到远处传来了有气无力的呼救声："谁来可怜可怜我这个孤老头啊？我都快要饿死啦！"禹顺着声音查找，只见前面的石头上躺着一个白发苍苍的老爷爷。老人家穿着破烂的衣裳，双眼紧闭，奄奄一息。

禹看到这种情景，心里十分难过。正是因为洪水吞没了农田，才导致许多人无家可归，这位老爷爷就是其中的一名受害者吧。禹把仅剩下的一块饼拿了出来，送到老人面前，说："老人家，先吃了这块饼，充充饥吧！"

老人家穿着破烂的衣裳，双眼紧闭，奄奄一息。

老人吃了饼，有了精神，对禹说："我有件事情不知道怎么办，不知道年轻人能不能帮我出个主意啊。"禹点了点头。老人说："一只黄鼠狼总是来吃我养的鸡，怎么办啊？"禹想了一想说："为了不让更多的鸡被黄鼠狼叼去，应该关好鸡窝，然后抓住这只黄鼠狼。"

老人听了以后非常高兴地说："我今天吃了你一口饼，就赠送给你三卷《水经》，你可以去林屋洞取书。"禹听了老人家的话，十分纳闷，正想问个究竟，忽然眼前白光一闪，老人已经无影无踪了。但老人刚刚吃的那块饼，却又出现在石头上。禹拾起来一看，这饼变成了一块闪闪发光的玉石。

禹看着这块玉石，只见两面都刻着几行字，一面是"疏之导之，百川归海"，另一面写的是"至诚所至，金石为开。"禹这才明白，那位老人是一位神仙，是来为他指点迷津的。于是，他马上奔向林屋山取《水经》。

林屋山在哪里呢？林屋洞又在哪里呢？禹不知道，只好到处打听。他踏遍了南方所有的丘陵、群峰，寻找了足足一个半月，也没有找到。干粮吃完了，水也喝光了。

禹翻山越岭，终于找到了一座山，还寻到了一个山洞。洞口黑漆漆的，深不可测。禹决定下去探个究竟。禹摸索着朝前走，大约走了一个小时，在黑暗的洞

穴里发现了一些亮光。他朝着亮处走去，越走亮光越强。禹好不容易走到了洞底，谁知那亮光消失了，出现在面前的是一个又高又陡的石壁。

禹不甘心，他用手在石壁上摸啊摸，最后，他发现石壁是两扇紧闭着的石门，门上挂着一把大石锁。怎么才能打开这把大锁呢？正当他犯愁的时候，忽然想到挂在胸前的那块玉石。禹把玉石往锁眼里一塞，吱吱呀呀，石门顿时发出响声，渐渐地打开了。

石门内有一间高大的石屋。屋外有一座八角凉亭，都是用玉石做成的，好看极了。禹看见亭子当中的圆桌上，放着一个小包袱。禹赶忙走过去，打开包袱一看，里面放着三卷书。书上写的是甲骨文，封面上有两个醒目大字："水经"。打开一看，写满了密密麻麻的文字，看也看不懂。

禹正在凝神看书，忽然听见一声吼叫。只见从石亭边的水潭里窜出一只独角兽，张着血盆大口，向禹扑了过来。禹慌乱之中，抓起那块玉石，用力向怪兽掷去。说来也奇怪，那怪物竟一口接住了玉石吞了下去。接着，独角兽朝禹点了点头，好像在说谢谢。然后，独角兽朝地上一趴，作出要驮人的架势。禹走过去骑在独角兽背上，刚刚坐好，那独角兽就奔跑了起来。

独角兽一直把禹送到了天台山。禹在那里又遇到了那位白发苍苍的老人。老人看着禹，笑着说："我们又见面了。"禹赶忙上前施礼说："老人家，这《水经》我看不懂，快教教我吧。"老人把《水经》上面的文字逐条解释给禹听。禹听了讲解以后，明白了要根治水患，一定要疏蓄兼备。禹回去以后，用《水经》上的方法治理太湖，没过多久，太湖的洪水就消退了。

遍治天下诸河

禹治水走遍了天下的名山大川，留下了许多动人的传说。

在龙门下游几百里的地方，是有名的三门峡，相传是禹开凿的。这天，禹疏理河道来到龙门下游，一座大山拦住了河道。禹召集大家来想办法，怎么才能把这座大山移走呢？其中一个人说："我们可以在中间开一道缝，这样水不就可以流过去了吗。"另一个人又问："什么样的利器才能把山劈开呀？"大禹听他们这样说，忽然想到了天帝的神斧，决定借过来用一下。

禹让手下的人继续开凿河道，自己来到天宫。禹见到天帝，赶忙行礼说道："天帝，我受你的命令治理人间水患，现在我遇到了困难，想请天帝帮忙。"天帝爽快地说："需要我怎么帮助你呢？"禹回答道："我想借你的神斧。"天帝命一位天神把神斧取了出来，交到禹的手中，并教给他使用的方法。

禹王治水　版画

禹拿着神斧回到人间，急忙赶到大山的脚下。禹将神斧放到手中，念念有词，然后使劲向大山劈去。由于禹使用的力气太大，将这座大山劈成了几段。这样，河水就顺着裂缝流了出来。由于正好分成了三段，所以叫做三门。这三门各自有自己的名称：鬼门、神门、人门。现在从黄河岸上俯视河谷，只看见水浩浩荡荡地从上游奔流下来，往东流，一进三门峡，河水就被劈成三股激流。现在大型的三门峡发电站就建在这里。

现在，在三门峡还有禹王治水的遗迹，那就是七口石井。传说，禹王在开凿三门峡的时候，凿了七口石井，用来解决喝水问题。这样三门峡又叫做"七井三门"。在鬼门道的崖头上，有像马蹄印一样的圆坑。据说这叫"马蹄窝"，是禹王骑马过三门峡的时候留下的。

大禹治水时，路过一个地方。这个地方总是刮风打雷，天气环境十分恶劣，治水的工程没有办法顺利的开展下去。后来，禹知道原来是有妖怪作祟，就召集群神想办法除妖。他们同心协力在水中擒获了一个妖怪。这个妖怪长得像一个猿猴，白脑袋，高额头，牙齿尖尖的，两眼露出金光。这个怪兽力气奇大，身体十分灵便，就是被捉住了，还是在那连蹦带跳，最后把绳子挣脱开，逃跑了。大家都没有办法，禹只好用一条锁链套在他的脖子上，这才制服他。大禹将他镇压在了龟山脚下，从此治水工作可以顺利地进行了。

禹治水又来到巫山三峡，在开凿水道的群龙中，有一条龙不知道什么缘故，竟然走错了路，结果开凿出了另一条峡谷。大禹发现这条峡谷没有必要开凿，非常地生气，就把这条做了错事的龙斩杀在一座山崖上。通过这件事，大禹警示了

其他的龙，所以，以后再也没有出现过开错河道的事情。现在巫山三峡还有“斩龙台”这个地方。

禹治水的范围非常广，规模也非常大，并且空前绝后。他治水的足迹走遍了祖国的名山大川。他与居住在各江河流域的许多氏族部落都保持着友好的关系。禹治水路过这些地方，当地的首领都热烈的欢迎他。如果有矛盾分歧，他们都会通过和平的方式解决。

擒无支祁

无支祁形象的记载，始见于北宋李编撰的《太平广记》卷中引唐朝小说《戎幕闲谈》中的片段：“有李汤者，永泰楚州刺史，问渔人见龟山下水中有大铁锁，乃以人牛曳出之。霎时风涛陡作，有一兽形如猿猴，高五丈许，白首长，雪牙金爪，闯然上岸，张目若电，顾视人群，欲发狂怒。观者畏而奔走，兽亦徐徐引锁曳牛入水去，竟不复出。”后来学者们考证《西游记》中孙悟空的原型可能始于无支祁。

禹为了治理洪水，三次到过桐柏山。可是，每次桐柏山都狂风大作，电闪雷鸣，山石号叫，树木惊鸣。禹的治水工程无法继续下去。

禹经过访查了解到这附近原来有妖怪在作祟。他召集各路神仙和部落首领开会，让他们想办法除掉这个妖怪。但是，这些部落的首领坐在那里一句话也不说。禹非常生气，说道：“这个妖怪有那么可怕吗？你们不去，我亲自去。我就不信这个妖怪有那么大的本事。”

原来这些部落的首领因为怕和妖怪打起来会伤及到自己的领地，所以才都畏缩不前，面露惧色，恳请禹收回这个命令。

禹决定亲自带将领们临战。禹通过打探知道这个妖怪是无支祁。无支祁能言善辩，熟悉各处河道的深浅和水流的走向以及地势的高低远近。他长得像猿猴一样，额头高高，鼻梁很低，脑袋是白的而身子是青的，尖尖的牙齿，放光的金目。脖子可以自由的伸缩，力大无比。无论是跳跃，还是奔跑，都非常的迅速。

双方在桐柏山下展开了一场恶战。禹先后派童律、乌木由出战，结果他们都不是无支祁的对手。最后，庚辰来到禹的面前说：“我愿意出战，一定能抓住这个妖怪。”禹一看是庚辰，非常高兴，说：“这个妖怪厉害，你要小心。”

庚辰来到无支祁的面前，大喝一声，拿着手中的方天戟就冲了过去。无支祁根本没把庚辰放在眼里，朝他吐了一口黑水，以为可以把庚辰吓跑。没想到，庚辰沉着地躲开了。无支祁见黑水没有喷到庚辰，接着又吐了一口黄水。庚辰一跃而起，又躲了过去。无支祁大怒，狂吼起来，运用全身力气，喷出一口红水。这时，防风从旁边冲了上来，把无支祁撞到一边，红水也就喷歪了。无支祁吐过这三口水以后，筋疲力尽，瘫在地上起不来了。

庚辰趁着这个机会，上前擒获了无支祁。这时鸱脾、桓胡、木魅、水灵、山妖、石怪等数以千计的妖怪，看到无支祁被捉，都叫喊着冲了上来，想要把无支祁抢回去。庚辰拿着一把方天戟，和众神一起杀散了这群妖怪。

禹拿出一条大锁链，让人用它锁住无支祁的脖子，又在他的鼻孔上穿了金铃铛，这样，只要他一想逃跑，就可以听到铃声，然后，把他压在淮河南边的龟山脚下。

打败了无支祁后，禹在桐柏山的治水工作才得以顺利进行。

蛮龙归正

大禹治水有三样法宝：一是河图；二是玉简；三是神斧。可是，尽管有这样三种宝物帮忙，治水的速度还是很慢，大禹很着急。

一天，有人来报告说昨天刚刚垒起的大坝倒塌了。大禹一听非常纳闷，大坝从来就没有出现过倒塌的现象，为什么在这个地方建大坝就会塌呢？过了一会，又有人来报告，说昨天看见一条乌黑的巨龙在大坝旁的洪水里兴风作浪，后来，轰隆一声，大坝就倒塌了。

这时，应龙来到大禹的身边，说：“让我去消灭那条恶龙吧。”

大禹说：“不要着急，我再想一想。”

这时，一只大乌龟昂起脑袋，双眼看着大禹，好像有事情要说。大禹就问：“神龟，有什么话要说吗？”

大乌龟说：“那只黑龙具有神力，如果我们不伤害他，劝他改邪归正，为我们服务，岂不是更好吗？”

应龙说："那条恶龙，怎么可以改邪归正，还不如把他杀掉。"

大禹说："神龟，你和我去一趟吧。应龙你先去治水。"

神龟和大禹四处寻找恶龙，可是哪里也找不到，只好爬上一座高山的山顶向远处眺望。大禹从山顶往下一看，正好看见一条全身乌黑的巨龙，头上还有对坚硬的龙角。它正在山下的深渊里嬉戏，翻浪踏水，不时掀起冲天的浪花。

大禹大吼一声："哪来的恶龙，竟敢把我们筑的大坝弄塌了。"那条黑龙不回答大禹的话，只顾自己在那玩水，而且越玩越高兴。神龟在一旁看不过去了，高喊道："恶龙，禹王在和你说话，怎么不回答？"这条巨龙还是不理睬。

神龟在一旁看不过去，对大禹说："这条恶龙天性顽劣，应该给它点教训。"大禹听从神龟的建议，从袖子里拿出一块小小的五彩石。大禹将石头放在手中，念念有词，瞬间变成一块巨大的石头。大禹将手向空中挥去，那块巨石也紧跟着被抛了起来。神龟用尾巴接住巨石，轻轻一挥，那巨石就在空中划出一道金光，不偏不倚地砸在了恶龙的头上。

黑龙把头仰起来，哈哈大笑，说："这块小小的石头，怎么可以伤得了我。"

大禹说："你终于开口说话了，我想和你讲讲道理。"

恶龙说："我是一条蛮龙，不懂什么道理。你要是喜欢讲道理，就和别人去讲吧。"说完，使劲晃自己的头，想把那块石头弄下来。没想到，恶龙晃得越使劲，这块巨石就长得越大，不一会，就把巨龙压得死死地，疼得它直摇头，眼前直冒金星，只好向禹求饶："禹王，赶快把我头上这个石头拿掉吧，我愿意听你讲道理。"

大禹对神龟说："把巨石拿开吧。"神龟接到命令，运用神力把巨石收了回去。

大禹说："现在，天下老百姓受到洪水的侵害。我奉天帝的命令来治理洪水，只有治理好洪水，天下的百姓才能过上好的生活。"

恶龙说："这个道理，我是明白的。"

大禹说："你既然明白这个道理，那就帮助我一起治水吧，你可以施展你的神力，开凿河道，让百川归海。"

恶龙想了一下，说："好，我跟你去治水。"

恶龙归正了，大禹又多了一个得力的助手，从此治水更加顺畅，比以前快了好多。

神女瑶姬

瑶姬是西王母的女儿，她聪明、善良、美丽，所以，西王母十分疼爱这个女儿。(炎帝有个女儿也叫瑶姬。她们俩是不是一个人就不得而知了。)

瑶姬从小就喜欢读书和练武，西王母专门请了文武两位天师辅导她。瑶姬一学就会，两位师父就把自己的本事都传给了她。瑶姬长大以后，西王母封她为云华上官夫人。

瑶姬从小在天庭中长大，天上所有的宫殿瑶姬走了不知道多少遍。那些奇珍异宝，瑶姬不知道看过多少回，早就觉得没意思了。这天，瑶姬在天宫中散步，闲得无聊，扒开云端向下看，正好看见蔚蓝的东海，水波荡漾，好看极了。于是，瑶姬背着西王母，带着身边的十一个侍女，偷偷地跑到凡间去游玩。这十二个仙女来到东海，变化成各种各样的鱼、龟、鸟，在海里尽情地玩耍。仙女们正玩得高兴，发现四海龙王正在掀起巨浪给人间造成灾难。瑶姬十分同情人间的百姓，就将手中的法器一挥，止息了海上的风浪。瑶姬带着侍女来到龙宫找龙王问罪，并警告龙王以后不可以再兴风作浪了。龙王一看是西王母最宠爱的女儿，赶忙点头答应不再作恶。

后来，瑶姬又到人间游玩了几次。有一次，她来到巫山，看见上空有十二条蛟龙正在喷云吐雨，大地上洪水泛滥，老百姓被逼得没有活路。瑶姬非常生气，大喝一声："哪来的恶龙，竟敢在这里作孽？"那十二条巨龙看见一个柔弱的女子站在面前根本没当回事，继续吐雨。瑶姬忍无可忍拿出法器一扫，十二条巨龙就被斩成几段，落在了地上。

这十二条巨龙的尸体落在巫山上，变成了几座大山，把江水都堵住了。

大禹正在疏通水道，突然看见前面出现了几座大山，很着急，赶忙带领大家连夜疏通。可是大山的石头很硬，一时疏通不开。大禹急了，变化成一只穿山甲，费了好大力气，才在山上钻出了一个小洞。可是，小洞马上又被掉落的碎石填满了。

大禹不甘心，又叫来了一群黄牛，让牛群用犄角钻山，好不容易才弄出了一个缺口，可是水流刚过去，又被垮下的山石堵住了。大禹急得团团转，想不出好

的办法。

瑶姬在天宫中看到了这些，心里非常过意不去，毕竟是因为自己斩杀恶龙才堵塞了河道。她决定帮助大禹。瑶姬派大力神，帮助大禹开山，很快就劈开了这些大山。大禹看山被劈开了，赶紧带着手下人疏通河道，顺利地将洪水引向大海。

瑶姬知道大禹治水不易，决定将三册天书送给大禹。她命身边的侍女将天书送到大禹的手中，叫他按照天书行事。

大禹治好水，爬上巫山山顶，想要感谢神女瑶姬。只见天上雨雾缭绕，根本不见神女的踪影。大禹找了好久，突然天空下起细雨来，不一会，细雨又停了。这时，从天空中飞过一条金龙，在空中游来游去，一会儿就不见了。然后，又有一只仙鹤从巫峡山头飞了下来，一眨眼钻入云彩里就不见了。

原来，刚才那些雨、龙、仙鹤都是瑶姬的化身。大禹心想刚才的那位神女一定是神仙，就决定上天宫亲自跟神女道谢。来到天宫，大禹拜见了神女瑶姬。神女鼓励大禹继续治水，解救水深火热中的人民。神女还派了几名天神辅佐他。

神女瑶姬帮助大禹治水的传说，在巫山一带被世世代代传了下来。后来，人们在巫山上建立了神女庙，好让后代子孙不忘神女的大功大德。

诛杀九头怪物相柳

经过不懈地努力，禹终于制服了洪水。天下的老百姓终于可以过上安定的生活了，禹非常高兴。洪水虽然消退了，可个别地方还有余患。

这天，禹正在和大家商量，怎样才能把个别地方泛滥的洪水制止住，一个随从慌慌忙忙地跑了进来，说："不好了，前面那条河正在发水。"禹一听，心里很纳闷：这条河不应该发水的呀，到底是哪出的问题呢？禹马上带着大家过去察看。

只见河水波浪翻腾，把两岸的农作物都淹没了。禹赶紧让人疏通河道，自己爬到高处察看水情。这时，从水中钻出一个蛇身怪物，全身青色，长着九个脑袋。这个九头怪物名叫相柳，曾是共工的帮凶。他看见禹，大吼道："禹，我们又见面了，我要为主人共工报仇。"说完，张开大口，吐出一口臭水。禹早有防备，躲了过去。这口臭水喷到地上，马上变成水泽。这水泽里的水又臭又辣，人碰到这水就会丧命，飞禽走兽都不能在这一带生活。

相柳的食量很大，把附近九座山上的食物都吃光了。他吃饱后就到处喷洒臭水，河流都被污染了。

周围的老百姓都跑到禹这里来避难。禹对百姓说："大家放心，我一定会制服这个妖孽。"有一个人说："这个妖怪太厉害了，你一定要当心啊。"其他人也你一言我一语地说了起来。大禹看着这些关心他的人们，激动地说："谢谢大家关心。"

禹运用神力杀死了九头蛇身的相柳

禹再也不能容忍相柳作恶多端了，他腾云驾雾，来到天宫。天帝听说禹来了，就问："治水情况如何？这次来找我，又要借什么宝物啊？"禹回答道："治水工作还算顺利，可是遇到相柳捣乱，我想借用赶山鞭。"天帝爽快地答应了，让天神把赶山鞭拿出来，交给了禹。

拿着赶山鞭，禹去寻找相柳，相柳却钻进大山里不出来。禹运足力气，挥起长鞭，猛地一甩，就将一座大山劈为两半。相柳赶忙又钻进另一座大山，禹又将另一座大山劈开。相柳无法藏身，只得顺着水流向下逃窜。在水里，相柳呼风唤雨，一时间天昏地暗，狂风怒号，大雨倾盆。这雨下了三天三夜都不停，连带着其他的河流也发起洪水来。

正在禹无计可施之时，一个老人来拜访禹。禹赶紧把老人家接到屋子里，恭敬地说："老人家请坐，请问尊姓大名？深夜来访有什么事情吗？"老人说："我是龙王，看见河妖作怪，特来助你一臂之力。"说完，从怀中拿出一个贝壳。打

开贝壳，里面放着一把光芒四射的斧子。龙王把斧子拿到手心说了声“长”，那斧子就长到数丈。大禹非常高兴，连忙谢过龙王。

次日，禹手提神斧，带着手下人来到了河边。相柳从水中钻了出来，得意地看着禹。禹二话没说拿着神斧向相柳劈去，相柳急忙躲闪，竟没有劈到。这时，应龙走到禹的身旁说：“禹王，你可以骑在我的背上。”大禹骑在应龙的身上，向怪兽飞去。相柳赶忙腾身而起，连吐了几口臭水。大禹左躲右闪，终于找到了机会，把相柳砍为两半。一股黑血从九头怪的身体里喷了出来，气味十分难闻。这怪兽血流过的地方，庄稼不能生长，水也不能喝，根本没法住人。禹只好用息壤将这些地方填堵住，可是刚填满，息壤就会陷下去，反复了三次都不行。最后，禹决定将这块地方挖成一个深潭，在周围筑上台子，用来镇压妖气。

大禹和水西

水西心思细腻，双手灵巧，犹善厨艺。禹十分看重他，让他负责自己的饮食起居。

这天，水西不知从哪里弄来了一些糯米。他知道糯米滋补人，还可以耐寒充饥，就做了一锅糯米饭，等着禹回来吃。他怕糯米饭凉了，就把它们装在了一个大陶罐里。等了好久，禹也没有回来。

水西心想禹一定是太忙了，没时间回来吃饭，便决定把糯米饭送过去。天空中太阳火辣辣地烤着大地，水西怕太阳把陶罐中的饭晒干了，就从路旁折了几片翠绿的叶子，放在糯米饭上。天气太热了，水西又着急赶路，结果昏倒在了路边。

太阳下山的时候，禹带着手下的人在路边找到了昏倒的水西，并把他唤醒。不知是什么缘故，怎么叫，水西也不醒。人们只好把他抬回去。水西一睡就是三天，并且一醒来就问：“我的糯米饭呢？”旁边的人说：“你就好好休息吧，哪还顾得上什么糯米饭啊。”水西不听，赶忙爬起来去寻找糯米饭。他好不容易找到了那罐糯米饭，可是上面的绿叶都晒干枯了，下面的糯米饭早就变成糜状物了。他用手一碰，下面的糜状物化成了乳白色的汤水。他用手蘸了一些，放到嘴里一尝，香喷喷的。他又喝了几口汤水，又香又甜。

水西把剩下的糯米饭拿回去给同伴们吃，大家都说好吃。他决定也做些给大禹尝尝。这回水西挑选了一些好的糯米，在火上蒸熟，然后又在上面盖上绿叶。过了几天，陶罐中又发出了和上次一样的香味。禹劳累了一天，水西把糯米饭呈了上来。禹尝了一口，连说好吃。不一会，一陶罐糯米饭都被禹吃光了。

谁知道，禹吃了以后，脸庞发红，身体也摇摇晃晃起来。禹说："我想睡觉。"水西马上扶着禹去休息。禹这一觉一直睡了三天三夜。水西在他身边怎么叫也叫不醒，特别着急。第四天禹醒了过来，问："我睡了多久？"水西说："三天三夜。"禹一听，急的蹦了起来："你给我吃的是什么啊？"

水西一五一十地把事情讲给禹听。禹说："这种东西害人不浅，以后不要再弄了。"说完，就急忙治水去了。

水西知道自己耽误了禹治水，非常内疚。他决定改良一下这个糯米饭汤，并恳求大家为他保密。他开动脑筋，把糯米饭汤做得更加可口，人们吃了以后不会再醉。

从此，大伙每天上山干活前都要喝一碗这个糯米饭汤。说来也奇怪。人们喝了这个东西以后，干了一天的活也不觉得累，有用不完的力气。禹看见大家干劲十足，精神饱满，每天都能完成好几倍的工作，十分惊奇，就问其中的缘故。大家刚开始都瞒着禹，后来禁不住禹的盘问，说明了原委。

禹看见大家这么维护水西，并且喝了这个东西以后，治水更有干劲，就没有责怪水西。他把水西叫到跟前来，说："你做的这个东西，应该有个名字啊。这个东西是你发明的，就用你的名字来命名吧。"水西听了以后非常感激禹的宽厚。

以水西命名的糯米饭汤逐渐简称为了"酒"。水西也成了中华民族第一位酿酒师，后世尊称他为造酒祖师。

鲤鱼跳龙门

一般来说，"鲤鱼跳龙门"的龙门是指黄河从壶口咆哮而下的晋陕大峡谷的最窄处，也就是"禹凿龙门"的"龙门"。

禹治水来到了龙门山。这座山跟吕梁山相连，刚好挡住了黄河的去路。黄河的水流到这里就流不过去了，只好往上游流。这样就造成洪水泛滥，把上游的许

多地方都淹了。禹带着应龙他们凿开了龙门山，让它分跨在黄河的两岸。这两座山就像两扇门一样，让河水从中间奔流而下，所以这个地方取名为龙门。

禹要挑选能跃上龙门的钟灵毓秀之才管理龙门。听到这个消息以后，东海中的一大群金鲤鱼、白鲤鱼和灰鲤鱼成群结队地游向龙门。

还没望见龙门的影子，那一条条灰色的鲤鱼便被黄河中的泥沙打得晕头转向，辨不清方向，结果又顺着来时之路，游回了东海。不幸的是，张着大口的鱼鳖海怪正等着它们呢，这群可怜的灰鲤鱼就这样呜呼哀哉了。金鲤鱼和白鲤鱼很聪明，它们紧紧地围在一起向前游，轮流打前阵，迎风破浪，日夜兼程，终于游到了龙门脚下。

它们争相把头伸出水面，仰望龙门的神采。只见龙门的两旁，各有一根粗粗的汉白玉柱。玉柱上面雕刻着活灵活现的玉龙。龙身缠绕着玉柱，盘旋而上，一直到柱顶。龙门中水浪涌动，透明的水珠打在龙头上，正好构成了“二龙戏珠”的奇异景象。龙门两侧有石刻的对联：上联是“长长长长长长长”，下联是“朝朝朝朝朝朝朝”。这里的景色十分优美，胜过蓬莱仙境。鲤鱼们看完都争着向禹王报名应试。

禹王一见这么多鱼都来参加，非常高兴，说：“鱼和龙本是同种而生，你们有谁能跃上龙门便会变成龙。”鲤鱼们一听，立即鼓足劲，使尽平生气力向上跃去，没想到刚跳出水面一丈多高就跌了下来。但是它们并不灰心丧气，而是一个接一个地向龙门跃去。就这样七七四十九天过去了，还是没有一条鱼能够跃过龙门。

大禹见鲤鱼们这样锲而不舍，非常感动，就点化它们说：“这么多群鱼啊！”有条金鲤鱼听了禹王的话，有所领悟，对其他群鱼说：“禹王说：‘这么多群鱼’，不就是启发我们团结一致跃上龙门吗？”群鱼高兴地欢呼起来：“谢谢禹王！”

鲤鱼们高兴得摇头摆尾，一条条鼓足了气力，用尾巴猛击水面，只听见击水的声音接连不断。一跃七七四十九丈高，在半空中一条鱼为另一条鱼垫身，喘口气儿，又是一跃七七四十九丈高。只差两丈了，禹王决定帮助这些鱼，就用手扇过一阵清风，这阵风托着鲤鱼们跃上了它们日夜向往的龙门。

有条在最底下为其他鲤鱼垫背的金鲤鱼，看着同伴们都跃过了龙门，只剩下自己还留在龙门脚下，非常着急。但它并没有气馁，而是想着如何才能借水力跃上龙门。这时正好黄河水冲到河心的一块巨石上，浪花一溅几十丈高。金鲤鱼一看机会来了，猛地窜出水面，跃上浪尖，借着水力，一跃而起。没想到这一跃竟来到了天上，忽儿地一下又落在龙门之上，如同天龙下凡一般。

大禹一见赞叹不已，于是在这条金鲤鱼的头上点了一下。霎那间，金鲤鱼变化成一条金龙。大禹命令这条金龙率领众鲤鱼看护龙门，从此金鲤鱼也就成了吉祥的象征。现在还有这样的传说，在黄河上捕鱼的人如果能捞到头顶有红点的鲤鱼，就要立即放生。

禹治水的辛劳

禹治水过程中经历的艰辛是常人无法想象的。

禹总结父亲鲧治水失败的原因，改变了治水的方法，根据水自高向低的自然趋势，疏通了九河。禹以身作则率领百姓风餐露宿，整天泡在泥水里疏通河道，把积水导入江河，再引入海洋。禹抱着坚韧不拔，永不放弃的精神，历经了十三年，终于取得成功，消除了洪水泛滥的灾祸。

在治理洪水期间，禹亲自拿着铲子，冒着风雨，走在前面，带领人们疏通河道。直到三十岁，禹还没有结婚。当他治水来到涂山的时候，看见一只九条尾巴的白狐狸来到了他的面前。这种白狐狸像龙、凤一样，都是吉祥的动物。禹看到白狐狸，不禁想起涂山当地流传的一首民谣，大意是谁看见九尾白狐狸就可以做国王，娶涂山氏的女儿。禹想白狐狸在这里出现，就是说我要在涂山这个地方结婚吧。

大禹遇上了一只九尾白狐

涂山有一位美丽的姑娘，叫女娇。禹看见这个姑娘，想娶她为妻。可是，治水工作紧急，还没来得及把自己的想法表达出来，禹就到南方去治水去了。女娇早就对这个治水英雄心生爱意。于是，她让自己的侍女到涂山去等禹回来，结果，左等不回来，右等也不回来。

女娇等的烦闷，就作了一首歌："等候的人啊，什么时候才能回来？"这就是中国历史上的第一首情诗。

终于，禹从南方视察完灾情回来了，女娇的侍女在涂山迎接禹，表达了女主人对禹的爱慕之情。禹高兴极了，因为这些话语都是自己想对女娇说的，没想到自己和女娇如此情投意合，于是在后桑这个地方，禹与女娇举行了简单的婚礼。

结婚只有四天，禹就离开了妻子，到别的地方去治理洪水去了。女娇把禹送到家门外，望着禹离去的背影恋恋不舍。女娇经常站在门口等禹回来，可是每次都落空。禹听说了这件事，就叫人给女娇建了一座高台，当女娇想禹或者孤单寂寞的时候，登上台去可以眺望远方。

女娇真是一个贤惠的妻子，在禹治水的期间，她把家里收拾得井井有条，照顾禹的母亲，一句怨言也没有。当女娇听说大禹就在家附近治水的时候，怕自己的丈夫忙于治水，不能按时吃饭，就把饭菜做好，送过去。只有在这个时候，她才能看见自己的丈夫。

在治水的这十三年里，禹曾经三次经过自己的家门口都没有进去。有一次，禹从自己的家门口经过，听见里头传来孩子啼哭的声音。禹想一定是自己的孩子降生了。可是治水的工作繁忙，禹连看一眼孩子的功夫都没有。

这天，禹正好路过家门，看见一个七八岁的小孩正在玩耍。他很奇怪，忙问："小孩，你不回家，怎么在这里玩耍啊。"小孩看着他，笑着说："这里就是我的家啊。"禹忙问："你父母是谁啊？"小孩骄傲地说："我的父亲是禹，母亲是女娇。"禹这才知道这个小男孩正是自己的儿子。原来，禹一心扑在治水上，忘记了时间，还以为自己的孩子是个刚出生的小婴孩。

禹常年泡在水里，腿脚和胳膊上的毛全都掉光了。因为常年拿着铲子，禹的双手生出厚厚的老茧，指甲都磨光了。由于潮湿和太阳的烤晒，处于中年的禹，就落下了半身不遂的毛病。他走起路来一瘸一拐，十分艰难，好像走走就会倒下。

禹常年在外风吹日晒，皮肤变得黑黝黝的。由于太劳累，禹瘦得只剩下一把骨头。结果脑袋和脖子就显得特别的长。虽然这样，天下的人们还是对禹交口称

赞。可见禹在人们心目中的地位是多么崇高。

启母石

登封市嵩山脚下，矗立着一块巨石。巨石上裂下来一块石头，像一尊雕像站立在那，相传这就是“启母石”。在离“启母石”不远的地方，立着两根由大块方石头垒成的门柱，上边雕刻着打猎、农耕的图案。据说，这就是大禹的家门口，后人称之为“启母阙”。

那时候，天下洪水泛滥，为了使人民过上安定的生活，大禹跑遍了九州四野去治水。这天，大禹治水来到了颍河。这里两岸都成了一片汪洋，庄稼都不能生长。大禹为了把这里的洪水排出去，就在西北的萼岭口一带，凿山治水。

这一天，大禹来到萼岭口附近，查看地形。这里山势险峻，如果按平时的方法开凿的话会很慢。大禹为了快速开通河道，疏通洪水，就运用法术变成了一只巨大的黑熊。

大禹每天忙着开山凿石，没工夫回家，更谈不上吃饭。他的妻子涂山氏看禹这么辛苦，就决定给他送饭。但禹不想让妻子知道自己变成黑熊的事情，就跟妻子做了一个约定，只要听见敲鼓的声音就去上山给他送饭。

涂山氏严格地按照他的要求办事。每天，当她听到咚咚的敲鼓声时，就赶快带着饭菜，向山上爬去，把饭送到大禹开山的工地上去。涂山氏每天虽然很辛苦，但一想到可以让禹吃到热乎的饭菜，觉得就是再苦再累，心里也快活。

这一天，大禹在山坡上行走，由于着急，脚下的几块石头踩得松动了，从山上滚下来刚好砸在鼓面上，发出了咚咚的响声。大禹因为一心想着治水的事情，没有听到鼓声，只管上山去了。

涂山氏一听到鼓声，心里暗想：今天还没到吃饭的时候，怎么就敲鼓了呢？但是和禹约定在先，她赶紧把饭做好，急急忙忙装在篮子里，给大禹送饭去了。当她来到山坡前，左等右等，也不见大禹回来，就决定到山上去找大禹。爬到山上，往下一看，只见有一头大黑熊正在用力地推土，开凿山体。它伸出两条手臂，用力一推，只听轰隆一声响，一大块山石就滚落了下来。这些碎石掉在水里，溅起几丈高的浪花。黑熊看到这些，乐得大笑起来，震得四周的山体直摇。

涂山氏看到大熊，心里一惊：自己的丈夫大禹在哪里呢？怎么会有一只大黑熊呀！涂山氏这才明白，原来这只黑熊就是自己的丈夫。她又羞又怕，提着饭篮赶快往家跑。由于太惊慌，不小心把山上的碎石踢到了山谷里，正好掉在黑熊的身上。

大禹回头一看是自己的妻子来送饭了，非常高兴，就冲涂山氏招了招手。这一招手不要紧，涂山氏跑得更快了。大禹心想：今天妻子怎么见到自己就跑呢？他就跟在涂山氏的身后紧追。

涂山氏一看黑熊追了上来，又急又气，当她快跑到家门口时，忽然变成了一块巨石。大禹这才明白，自己还是黑熊的模样，妻子怎么可能不害怕呢。可是现在后悔已经来不及了，妻子已经变成岩石了。

可是，妻子已经怀孕很久了，孩子怎么办啊？大禹非常着急，我没有儿子，谁来继承我的治水大业呢？他赶紧走到巨石的前面，大声喊道："涂山氏！快把我的儿子还给我。"突然，轰隆一声，这块巨石裂开了一条缝，从中跳出一个小男孩。大禹非常高兴，急忙把儿子抱在了怀里。

后来，大禹给这个男孩起名叫"启"，那块涂山氏变成的巨石就叫做"启母石"。

第十三章　远国异人

大人国与小人国

禹为了治水，走遍了九州大地，天下万国。据说他和他的助手伯益写了一本叫做《山海经》的书。在这部书中记载了治水过程中所见的各种各样有趣的事情。其中大人国和小人国的传说特别多。

大人国的巨人和小人国的小人

太阳和月亮升起的地方，附近有一座山叫做波谷山。大人国的人们就住在这座山上。这些大人在母亲的肚子里孕育三十六年才能出生，生下来后头发就是白的。更奇怪的是，他们生下来就已经是高大魁梧的巨人了，不用学就会腾云驾雾。他们是龙的后代。

龙伯国也是大人国。他们一钓竿就可以钩起六个背山的大龟。恐怕要算是一切大人的始祖了。后来因为触犯了天帝，他们的身体被缩小了，缩得不能再缩了，但是身高还有三十丈。可见他们有多高。还记得被大禹杀死在会稽山的防风么？他的一节骨头需要用整部车才能装得下，是后世巨人的祖先。

除了人间，在天上也有大人，如把守天庭的门阙。他长着九个脑袋，力大无

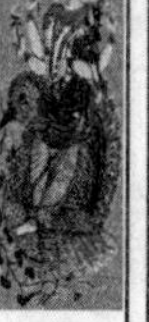

穷，拔大树像揪草一样。他发起怒来，成千棵的大树不一会就能拔光。地狱里也有大人，那就是把守幽都的土伯。他头上长着锋利的角，肚子大大的，他用血淋淋的大手驱赶幽都里的鬼魂。

小人国的人只在人间活动。在海外，有一个叫僬侥国的小人国。这里的人天生矮小，能长到三尺就是高个子了，最小的只有几寸长。他们和中原地区的人一样，穿衣戴帽，非常斯文，住在山洞里。他们非常聪明，会制造许多灵巧的东西。尧帝在位的时候，他们曾进贡过箭。这些小人平时以耕地为生，就是怕凶猛的白鹤来吃他们。因为这些白鹤身材比他们高大得多，可以很容易将他们吃掉。幸好附近住着大人，经常帮助小人们驱赶白鹤，他们才能安全地工作。

这个僬侥国还有一类奇特的小人，叫做菌人。据说在银山上有一棵女树，就是这些小人栖息、玩耍的地方。天刚亮的时候，树枝上就会生出一些光屁股的小婴孩，太阳一升起，他们就会爬下女树，到陆地上行走、嬉戏和玩耍。可是太阳一落山，这些小婴孩就会消失在地面上。第二天在树枝上又会长出另一批新的小婴孩。

西海中有一个大食国。在这个国家的岸边岩石上生长着一些红叶子、青枝干的树。这些树上生长着一些小孩子，只有六七寸长，脑袋连着树枝，整天笑嘻嘻的。他们手脚都可以动，只是离不开这棵树。如果把他们从树上摘下来，他们马上就会死掉。这类小人也叫菌人。

大人国和小人国里的人，只是身体发育异常的人类而已。但他们似乎又和长寿联系在一起。如前面所讲的龙伯国的大人，据说能活到一万八千岁，池移国的小人也能活到一万岁。

终北国

大禹来到北海，请教完海神禺强治水的事情以后，在回去的途中，天降大雪，漫天飞舞的雪花挡住了禹的视线，根本分不清东南西北。禹本来是要往南走，结果走错了方向，朝着北越走越远。渐渐地，走出了风雪的包围。四周的风景变得不同寻常，一座光秃秃的山岗拦在了禹的面前。

这个山岗上没有一棵树，不长一片草，更不要说飞禽走兽了。禹觉得很奇怪，为什么别的地方都长草，就这个山岗不长呢？禹带着疑惑决定爬上去看个究竟。禹好不容易爬到山顶，往下一看，原来下面是平坦的大地。大地上有许多弯弯曲曲的河流，纵横交错。在河边有许多人，男男女女，老老少少。他们有的躺着，有的坐着，有的在唱歌，有的在跳舞，每个人都那么地开心快乐，脸上挂着满足的微笑。

禹喝过水之后，精神倍增，腹中不饿。

这时，一个男人走到流淌的溪水旁边，用手捧着连喝了好几口水。他喝完以后，就像喝醉了一样，摇摇晃晃，最后躺在地上像个死人一样睡着了。其他的人继续唱歌、跳舞、聊天、玩耍，没有一个人去管这个醉汉。

禹非常好奇，走下了山岗。想看看究竟是怎么回事。禹来到山下，立刻引起了人们的注意。禹找到一个年龄大些的人问道："请问这是什么地方啊？"那个人回答道："这是终北国。你是谁啊？""我是大禹，治水路过这里。"禹回答道。

禹接着说："我从远道而来，不了解你们这儿的风俗，能不能带领我参观一下啊？"那个人很爽快的就答应了。他带着禹沿着河流走到山顶，让禹从山上俯看。

终北国，是北方最遥远的一个国家。这个国家的地形好像一个磨盘，四周的小山岗就是磨盘的边沿，也是天然的屏障。在中央有一座山，叫做壶领。这座山像一个腌菜的圆坛子，从那圆坛子的口上会流出一汪清水，灌溉山下的河道。

到了中午，禹拿出干粮吃了起来。终北国的人看见了觉得很新奇，就问禹吃的是什么。禹笑着说："我吃的叫做干粮，你们难道不吃这种东西吗？"终北国人摇了摇头说："我们只要喝河里的水就可以了。"禹听后很吃惊，忙问："喝水就能饱吗？"这些人点了点头。

原来这水叫做"神瀵"，香甜可口，还可以充饥。只要吃上那么一点点，就可以填饱肚子还解渴。如果喝得多了，就会像喝醉了一样，睡上十天才能醒过来。禹听到这才恍然大悟。原来那个醉酒的男人就是因为喝了"神瀵"。

这个国家气候特别好，不热不冷，不刮风也不下雨，没有霜也没有雪，没有

白天也没有黑夜，每天都像春天一样。在这里，人们不愁吃不愁喝，所以也就没有人去耕种。人们不用劳动，衣食无忧，当然就不会有剥削这样的事情发生。

他们每天生活得快快乐乐，吃饱了就玩，玩累了就睡。人人都可以活到一百岁，最后在睡梦中，就上了天国。

禹来到这里以后，受到了热情的款待。他们请禹吃“神瀵”。禹尝了一下，觉得非常可口，就连喝了几口。喝完后，禹觉得头发昏，倒在地上呼呼大睡起来。当禹醒来的时候，知道已经过了七天，心里非常内疚，怪自己不应该贪杯。

治水的工作还没有完成，禹心里十分惦念那些处于水深火热中的人们，怎么忍心在这里多呆呢？禹匆忙告别这里的人们，登上了归程。

君子国

大禹将中原的洪水治理得差不多了以后，他就向着东方走啊走。有一天，他忽然来到了名叫君子国的国家。刚走进君子国，大禹就被吓了一跳。怎么回事呢？原来君子国的人，每个人身边都带着两只大老虎。但这些老虎和中原的不太一样，它们都十分温顺驯良，乖乖地伴在自己主人的身边，从不乱跑乱叫。所以街上虽然人和虎走在一起，却十分和平安稳，没有任何事发生。大禹不禁感叹，真不愧是名叫君子国的国家。连老虎都这样的温和有礼貌。

君子国人的打扮都非常的文雅。大禹在街上走着，见每个人都穿着整齐的衣帽，佩戴着长长的宝剑，温文尔雅，十分谦让。他们互相遇到的时候，会作揖行礼。耕田的人站在田边，让行路的人先过去，而行路的人也站在路上，请耕田的人先走。全国上下的每一个人，不论是富人还是穷人，是做官的人还是普通的老百姓，他们的一举一动，一言一行，全都非常有礼貌。他们把礼节看作最重要的东西，每个人都从心底里喜好有礼节的生活。

一般在买卖东西的时候，卖主是努力加价，力图能卖出一个更好的价钱，买主是不停压价，希望能用一个更低的价钱买到货物。但在君子国的市场里，情况却正好相反。卖主是努力地要把最好的货物卖给来买东西的人，却只收取最低的价钱；而买主则是努力地要出高的价钱，买次的货物，希望把好的货物留给后来的人。

君子国的君主，曾经下过严格的诏令，臣民们如果有敢用珠宝器物献给他的人，不但进献的珠宝器物要烧毁，就连进献东西的这个人，也要抓起来问罪。这样的一个国家，从上到下都流行着君子的作风，每一个人都将礼乐作为自己最喜欢的东西，最高的追求。这个国家的人，从来不会发生争端，更不会发生战争之类的事情了。在这个国家里生活，真是令人觉得非常幸福。

在君子国里，到处都生长着一种名叫薰华草的植物，从名字上就可以知道，这种植物非常香雅，但它的寿命很短暂，早上开始生长，晚上就枯萎死去了。这种奇异而美丽的花儿开遍了君子国的各个地方。它的寿命虽然很短，但吃了它的君子国的人，每一个人都非常长寿。

轩辕国

从君子国出来，一直向西走，走过很远很远的路程，就会来到了一片无边无际的山峰。它的名字叫做穷山，意思就是处在最远的地方的山。在这片崇山峻岭之中，隐藏着一个名叫轩辕国的国家。这个国家的人，都长着人的脸，但身体却像蛇一样，盘曲转折，尾巴缠在头上。第一次见到这种样貌，实在很让人害怕。但是这副样貌，实际上却和上古的天神十分相似。我们前面说过，人类的祖先伏羲和女娲，也都是长着人的面目、蛇的身子，就连黄帝，传说中也有四张脸，这样，他稳坐在中央，就可以同时看到东南西北四面发生的事情，能够对每一件事情作出处理。而传说中教给黄帝战胜蚩尤的方法的玄女，也是人的头，鸟的身子。所以，轩辕国的人的这种样貌，其实反倒是最像神的样子。或许这个国家的人，也和我们一样，都是黄帝和炎帝的子孙吧。

轩辕国的人，和君子国的人一样，寿命都非常长。如果一定要比一比的话，或许轩辕国人的寿命，比君子国人的寿命还要长一些呢。因为在轩辕国里，就连最不长寿的人，都能活到八百岁，更不用说那长命的人了。生活在这里的人，虽然没有薰华草可以食用，但是他们每天所吃的东西，也同样非常珍奇。因为在轩辕国的北面，有一个土丘，名字叫做轩辕之丘。这也是轩辕国这个名字的来历。这个轩辕之丘是方形的，有四条蛇在那里相互缠绕，大概是守卫着那里的神灵。以这里为中心，包括轩辕国在内，这一片广阔的山野，就是传说中的“诸天之

野”，也就是传说中诸神所在的地方。在这里，生活着神鸟鸾和凤。鸾鸟也是凤凰的一种，传说它浑身以青色为底，披着五彩的花纹，形状大概像鸡那样，歌声非常优美动听。在轩辕国这里，鸾鸟每天都在歌唱，凤凰每天都在飞舞，轩辕国的人们，每天所吃的，就是凤凰的卵，每天所喝的，就是清晨散布在叶片上的那些甘露。吃饱以后，他们就随着鸾鸟的歌声，与凤鸟一起翩翩起舞，希望能和鸾凤一同飞翔。

轩辕国的人们，是和百兽生活在一起的。在轩辕国的四周，生长着各种各样奇异的动物。除了刚才说的守护着轩辕之丘的四蛇、鸾鸟和凤鸟以外，还有一种神异的鱼，生活在轩辕国北边的水里。它的名字叫做龙鱼。龙鱼具体长什么样子，很少有人说得清。有的说，龙鱼长得就像陆地上的狸子那样，身量很大、很长，有的时候，会有神人乘着它去游历天下四方；也有的说，龙鱼其实生活在诸天之野的水中，它长得就像鲤鱼一样。虽然不知道龙鱼到底长的是一个什么样子，不过它一定是一种神异的生物。

轩辕国的人，每天就是这样生活着。他们平常也会射箭，但他们射箭，从来都是只向东、西、南三面射的，而不敢向北面射，因为北面是穷山和轩辕之丘的所在地。他们这样做，是出于对神灵的敬畏，也是出于对祖先和神的感激和崇敬。

白民国和奇股国

刚刚我们曾经提到过，在轩辕国北面的水里，有一种奇异的龙鱼。如果从龙鱼生活的地方继续往北走，走很远很远以后，就可以到达下一个国家，它的名字叫做白民国。这个国家生活的人的样貌，从它的名字上就可以看出来，这个国家里的人，全身都是白色的，他们的头发披在身上，连头发都是白的，所以叫“白民国”。就像有一个国家叫“毛民国”，里面生活的人，全身都长着毛发；还有一个国家，每个人身上都长着一对翅膀，所以叫“翼民国”，“翼”就是翅膀的意思。这些国家，都是用生活在其中的人的奇怪的样貌来命名的。

白民国里的人长得虽然奇怪，但是他们也都很长寿。因为他们拥有一种奇异的动物，这种动物叫做“乘黄”。“乘黄”长得就像狐狸一样，但是它的背上却有角。人只要骑上它跑一跑，寿命就可以达到三千岁。和君子国、轩辕国比起来，白民国既不生长薰华草，也找不到凤凰卵，但依靠着这种神异的“乘黄”，白民国人的寿命也很长。

还有一个国家，虽然它位于遥远的西方，和北面的白民国相距万里，但和白民国相同的是，它也出产一种奇异的动物，可以使人获得长寿。这就是奇股国。这个“奇”不能念“qí”，而要念“jī”，因为这里的这个“奇”是单数的意思，就是说只有一个。只有一个什么呢？中原地区的人们，每个人都有一双手、一双脚，而奇股国的人呢，就只有一只脚。“股”就是腿的意思。还有一种说法，说“奇股国”其实应该叫“奇肱国”，因为它那里的人只有一只手。我们也没有办法知道哪一种说法才是对的。或者这个国家里的人，有的是一只手，有的是一只脚，可以叫做“奇肱奇股国”也说不定。

比起中原和其他国家的人，奇股国的人虽然少了一只手或一只脚，但他们却非常精于工艺技术，或许是为了弥补自己的缺陷，让自己的生活更加便利，他们制造了很多非常精密的机器，有的可以捕捉鸟雀；有的可以浇水耕地。据说因为奇股国建在山坡上，那里一年四季风不停地吹，奇股国民从风里面获得灵感，还制造出了一种奇妙的飞车，名叫飞轮。乘上它，就可以随着风远行。

奇股国出产一种神异的动物，名叫“吉量”，是一种神马，它浑身是黄黑色的，上面有赤红色的花纹，眼睛像黄金那样炯炯有神。它跑起来的时候，会有一只双头的神鸟，在它的旁边飞翔。这种奇异的景象，可以令我们想起著名的“马踏飞燕”铜塑，可以想象，这种神马跑得有多么迅速。如果谁有幸可以骑上“吉量”的话，他的寿命就可以达到一千岁以上。虽然不及“乘黄”可以令人活到三千岁的神异，不过也已经非常了不得了。

不死国

君子国的薰华草、轩辕国的凤凰卵、白民国的“乘黄”和奇股国的“吉量”，这些奇异的动物和植物都是可以让人长寿的。但有的国家，就算没有这些东西，也可以长寿，甚至还可以长生不死。在遥远的大荒西北，有一个名叫“无启”的国家，这个国家里的人，外貌和普通人没有什么区别。他们住在山洞里，每天吸风饮露，有的时候也会去河里抓一些小鱼来吃，生活十分简朴。

但无启国的人，有一个十分特殊的地方，这个特殊之处，比轩辕国、白民国的人还要神异许多。因为轩辕国、白民国的人不论如何长寿，总有一天却还是要死去的，而无启国的人，却可以长生不死。

无启国的人死了以后，其他的人就会把他埋进土里。但是他的心却不会朽烂，仍然还在跳动。他就在地下这样躺着，就好像睡着了一样。过了一百二十年以后，旁人把他从土里挖出来，他就又复活了，重新作为一个人生活在世上。无启国的人不分男女，也没有后嗣，就是没有子女，他们每一个人都可以像这样生而至死，死而复生，永远永远地生存下去。所谓“无启”，就是“无继”，就是没有后继的意思。虽然没有后代，但因为可以长生不死，无启国的人就能永远保持着他们最初生活的那种状态，无启国也就可以永远地存在下去。这和其他国家的人比起来，这不是一个最神异的地方吗？

我们在科幻小说里，经常可以看到，有的人在临死的时候，让别人把自己冰冻起来，过了很多很多年以后，再解开冰封，这样这个人就可以复活了。这倒是一个很美好的愿望，但现在的科技，还无法做到这一点。而无启国的人，却可以凭借着自身的特性，达到长生不死的目标，真是令人称奇。

除了无启国之外，还有一些国家，也可以称得上是“不死之国”。传说在极南之地，有一个小国家，这个国家的名字就叫做不死之国。不死国里的人们，都长着黑色的皮肤，他们每天所吃的，是带有甜味的树木。在这个国家里，有一座山，名叫员邱山，山上有不死树，吃了不死树的果子，就可以长寿；旁边还有一股泉水，叫做赤泉，喝了赤泉的泉水，就可以不老。所以这里的人们，都可以长生不死。

结胸国和比翼鸟

看过了可以长寿和长生不死的国家，我们再来讲一讲其他神异的国度。在这些国家生活的人，都具有十分奇特的样貌。

顺着西南方向一直走去，经过很远很远的路程，就可以到达一个名叫“结胸国”的国家。这个国家里的人，就像他们的名字那样，每个人的胸前都高出一大块。这样在街上走，就好像每个人的前胸都顶了一个小包裹一样。据说结胸国的人生成这样的样貌，是因为他们好吃懒做，所以天神才让原本正常的结胸国人，每个人的胸前都长出一个大包块来，这样他们吃东西的时候，就会十分费力，也就不能再好吃懒做了。

结胸国还有一个奇特的地方，就是在它的附近，生长着一种神异的鸟儿，叫做“比翼鸟”。这种鸟儿生长在结胸国的东边，也有说是在南山的东边的。比翼鸟的形状，很像我们今天所见到的水鸟“凫”，但和凫不一样的是，每一只比翼鸟只有一只翅膀、一只眼睛，浑身长着青赤色的羽毛，非常漂亮。普通的鸟都有一双翅膀、一双眼睛，比翼鸟只有一只，那怎么飞呢？所以每一只比翼鸟，都一定要找到和它相配的另外一只鸟儿，两只比翼鸟合起来，就有了一双眼睛、一双翅膀，就可以一起飞翔了。之所以叫做“比翼鸟”，就是说这种鸟一定要将各自的翅膀合在一起，才可以共同飞翔。

一旦一只比翼鸟找到了和自己相配的那只鸟儿，它们就从此一起飞翔、一起游戏，累了的时候一起停歇、一起饮水、啄食，双宿双栖，终生不再分开。活着的时候在一起，死的时候也不分离。也就是因为这样，比翼鸟经常被用来比喻夫妻恩爱。白居易的《长恨歌》里说，“在天愿作比翼鸟，在地愿为连理枝”，就是用比翼鸟来形容唐明皇和杨贵妃的爱情的。曹植的《送应氏诗》也说，“愿为比翼鸟，施翮起高翔”，也是这个意思。

传说这种比翼鸟，本来就是两个相爱的人化成的。他们在生前不能厮守在一起，就在死后化作了一对小鸟，唱着美丽的歌儿，在天空中一起飞翔。或许哪天你从森林里经过，还能听到它们婉转的歌声呢。

交胫国与岐舌国

在结胸国的东边，还有一个国家，叫做交胫国。交胫国里的人，腿和脚都是弯曲的，还相互交叉在一起，他们走路的时候，也是这样交叉着走的。因为这个原因，交胫国的人身子都很矮，大概也就是普通人身高的一半左右。他们走起路来，都是一瘸一拐的，显得十分奇怪。但交胫国的人自己却一点都不觉得自己难看，《镜花缘》里多九公和林之洋等人到了交胫国，反倒被交胫国里的人笑话，

觉得他们直着腿走路才是奇怪的样子。

像结胸国、交胫国里的人这样，在胸前长出一个大包，或者腿是弯曲着生长的，还不算是特别奇怪，真正奇怪的，应该算是岐舌国的人。“岐舌”是什么意思呢？“岐”就是分叉，据说这个国家里的人的舌头，都是分叉而生的。所以他们能够发出两种频率的声音，因而被称作“岐舌”。因为舌头是分叉而生的，所以岐舌国里的人说话，都非常的奇怪，只有本国的人彼此之间才能听懂。外人初来乍到，是根本听不明白他们在说什么的。《镜花缘》里唐敖、林之洋、多九公刚刚到岐舌国的时候，也是听不懂他们的话，费了很大的力气，才弄到了一张音韵表。林之洋用打拍子的方法，猜出了这张音韵表的规律和用法，才弄明白了当地人说的究竟是些什么意思。

枭阳国的赣巨人和猩猩

在结胸国、交胫国的附近，有一个国家，叫做枭阳国。枭阳国里的人，相比以上三个国家要吓人得多。这个国家里的人，都长着人的脸，但是嘴唇要比普通人长得多。他们浑身都是黑色的，长着长长的毛，脚却是反转着生的，就是脚跟在前面，脚掌反而在后面。虽然这样，但是他们却能够跑得飞快。

这样一种类似于野人的生物，每次一遇到人，就会格格格地笑，笑够了，就会露出凶恶的面目，张开血盆大口，把人吃下去。据说在他们的左手里，还经常拿着一只大管子，大概是类似于竹筒一类的东西，可能是他们用来袭击人的兵器吧。不小心误入这里的人，可以说是九死一生，非常危险。后来就有人想出一个办法，就是在手上藏一只竹管，枭阳一抓住人，就翻起嘴唇，大笑个不停，甚至会把自己的嘴唇翻到脸上去。趁这个时候，把手从竹管里抽出来，用刀把他的嘴唇钉在额头上，这样他就没有办法再动弹了。

枭阳还有另外一个称呼，叫做赣巨人。这一方面是因为他们的体型都非常庞大，就好像巨人一样。另一方面，是因为他们没有什么智慧，抓住人的时候会格格地笑，笑得把嘴唇都翻到额头上，到最后反而被人捉住，显得傻气十足，所以叫做“赣”巨人。

如果不小心来到了枭阳国，还要小心另外一种生物，就是猩猩。枭阳国的这种猩猩，和我们平常所见的大猩猩不太一样。枭阳国的猩猩，都长着狗一样的身体，和一张很像人的脸。走路的时候也像人一样，端端正正的。

这种猩猩非常聪明，却很贪吃。看到一个人，就能够叫出这个人的名字来。我们在动物园的时候，如果想让小猴子到自己旁边来，可以用花生、果子一类的东西摆在附近，引它过来吃、逗它玩。如果想要捉住枭阳国的猩猩，也可以用这种办法。人们只要在猩猩们经常出没的地方摆上几坛酒，再放上几双鞋子、几个大碗，不一会儿，就可以看到猩猩从树林里慢慢地出来了。一开始，它们还有点戒心，不敢轻易去靠近酒坛和酒碗，可过不了多长时间，它们就抵挡不住酒的诱惑，开始一点一点地喝起来，等到它们都喝醉了的时候，人们就可以过去，毫不费力地将它们捉住了。

北海的诸神和奇丽的景物

从中原之国一直向北走，经过无数的山峰和江河之后，就可以来到一片无垠的大海，这就是北海。北海的面积非常辽阔，一望无际的碧波，在苍穹之下荡漾，浩浩荡荡，一直流向不知名的远方。有时海面上会刮起大风，乌云密布，卷挟着豆大的雨点和冰雹，在天海之间呼啸，惊起一个个巨大的波涛。而当风雨过去，天晴之后，海面上又会重新恢复风和日丽的景象。

在这一望无际的北海上，有一座名叫北极天柜的山峰，它矗立在遥远的北海边缘，连接着天与海的尽头。风日清丽的时候，可以看到海面的远端，有若隐若现的峰影，飘渺神秘，上面郁郁葱葱，仿佛栽植着无数的奇花异木。天柜山就在这飘渺的群峰之间。看似距离很近，实际上却离得很远很远。它终年笼罩着白色的雾气，峰顶隐藏在澹荡的云海中间，无法知道它究竟有多高。北海的波浪冲击着山下的岩石，撞出一朵又一朵洁白的浪花。青色的鸾鸟和赤色的凤凰在它四周飞翔，清脆的鸣声如同仙乐一般动听。山上的奇花异卉数不胜数，随便拾起一枝，便可以治疗各种病痛。

在这云雾缭绕的仙境之中，不知是从何时开始，诞生了三位神人。他们在北海和天柜山之中遨游，他们吸收了日月的精气光华，生成了奇异的样貌。其中一位神人，长着人的脸、鸟的身子，名叫禺强，他是北海的海神和风神。他站在天

柜山上，只要轻轻一挥，海面上就会刮起大风、下起大雨，而当他想让风雨停止的时候，只要默默念动咒语，不一会儿，海面上就风停雨止，重新现出风和日丽的美好景象来。作为海神，他还主管着北海上所有的动物和植物，它们都听从他的号令。

另外两位神人，一个名叫九凤，他长着九个脑袋，每一个脑袋都是人的面目，但他的身子却和禹强一样，都是鸟儿的身体，长着宽大的翅膀，飞翔起来的时候，会在海面上掀起巨大的波浪。翅膀上彩色的羽毛，在阳光的照耀下，闪着奇异的色彩，仿佛那不是翅膀，而是宝石缀成的屏障。九凤是古代楚国人所尊崇的九头神鸟，它是强大的神力和天意的象征。传说三皇五帝之一的帝王颛顼死后，与他的九个嫔妃一同葬在北海的附近。九凤的诞生，或许就是这九位嫔妃化成的，她们化作神鸟，日日在北海上盘绕飞翔，守护着这片大地的安宁。

另一个神人叫做强良。他虎首人身，就是老虎的脑袋、人的身子，他还长着四只蹄子和长长的手肘。在他像老虎一样的口中，终年衔着一条又一条的蛇，他的手里也拿着蛇。这种形象，让我们想起西方神话传说中，也有一个类似的人物，就是拉奥孔。他与从海上游来的巨蛇搏斗。强良的形象，与他十分相似，他们同样是力量与神性的象征。

在这片广袤无际的北海之中，除了北极天柜山和禹强、九凤、强良这三位神人之外，还有许多神异的景象和生物。蛇山也在北海那飘渺的群峰当中，在蛇山上，栖息着无数五彩的神鸟，名叫翳鸟。翳就是遮蔽的意思。它们翅膀上的羽毛，就算和凤凰比起来，也不会逊色多少。红色的、翠色的、珍珠白、琉璃紫……仿佛谁从彩虹上扯下了一块，做成了它们的翅膀一样。它们数量很多很多，飞起来的时候，遮天蔽日，非常壮观。碧海蓝天之间，无数的彩色神鸟上下盘旋，飞翔鸣唱，将北海衬托得更加美丽神奇。

北海上还有一座山峰，叫做幽都之山。它是通往冥都，就是阴间的大门。无论是晴天还是雨天，幽都之山的外面，永远笼罩着一层黑色的雾气，终年不见消散。幽都之山里，到处都充满了阴暗诡异的气氛。无数的玄鸟、玄蛇在其间出没，守护着冥都的大门，攻击每一个胆敢私自闯进这里的人。还有黑色的老虎和长着蓬松尾巴的黑色狐狸，它们都在幽都之山的各处游走，让这座山显得更加诡异可怖。

越过幽都之山，就可以到达大玄之山，这座山整个都是黑色的，黑色的岩石、黑色的砂土，甚至连草木也是黑色的。在大玄之山上居住的人，浑身上下也都是黑颜色的。他们被称为玄丘之民。玄丘之民对外来的人十分警惕。

大幽之国同样也在北海中的某一座山峰上，它里面的人，小腿都是赤红色的，不知道是因为什么。他们终年居住在不见天日的洞穴之中，过着群居的生活。还有名叫钉灵的国家，人们从膝盖往下，都生长着细密的毛发，脚是马蹄形状的，非常善于奔跑。秋天的时候，他们会一边寻找食物，一边在广袤无边的原野上奔跑，灿烂的阳光暖融融的……

天柜山的神人、蛇山的五彩鸟、幽都之山的阴郁和钉灵之国的优美，这些神异的景象和生物，使北海显得更加变化多姿、神秘莫测。

鬼国和附近的鬼怪

从北海一直向西走，经过无肠国、深目国、柔利国……很多国家以后，就到了一个国家，这个国家的名字听起来很可怕，叫做鬼国。虽然叫这个名字，但并不是说这个国家里生活的就全都是鬼怪和妖物。这个国家里，生活的其实都是人，只是在他们的脸上，都只有一只眼睛，长在脸的正中央。乍看上去，非常吓人。这个国家的人，据说都是少昊帝的子孙后代。少昊相传是黄帝的儿子，华夏部落联盟的首领，同时也是东夷族的首领、中国的五帝之一。传说他出生的时候，天空中飞来了五只凤凰，落在他的房屋外边，不停地飞翔鸣唱。鬼国的人，继承了少昊一族的姓氏，姓威，因为“威”和“鬼”读音相近，叫着叫着，这个国家的名字便成了鬼国。

鬼国的人虽然长得可怕，但性情却并不凶猛，相反还比较和善。真正吓人的妖物鬼怪，都生活在鬼国的外边。要是不小心遇上了这些怪物，可是十分危险的。在鬼国周边的这些妖物鬼怪当中，最最吓人的，要数一种名叫犬的怪物。它的样子就和普通的狗差不多，浑身是青色的，但是体型要比普通的狗大上很多倍。它遇到人的时候，会一下子扑上去，从头开始把人吃掉。还有一种吃人的怪兽，叫做穷奇，形状像老虎一样，背上长着一对翅膀，有一个成语叫做“如虎添翼”，老虎已经够可怕的了，更何况还是长着翅膀的老虎呢？人只要遇上这种怪兽，很少有能逃脱的。它吃人也是从头开始，也有的说是从脚开始。

这两种吃人的怪兽，算是鬼国周边的妖物鬼怪里最可怕的东西了。除此之

外，还有长得比茶壶还大的马蜂，遍身黑色；红颜色的飞蛾，个头更是像小象那么大。这些恐怖的昆虫，每天就在鬼国旁边的密林里蛰伏着，一旦有猎物经过，它们就会突然飞起，置猎物于死地。

还有四种怪兽，也都长着可怕的样貌，生活在鬼国附近的山里：

长着人的脸、野兽的身子，浑身都是青色的怪物，叫做非；

身上像老虎一样长着斑纹、小腿十分粗壮的野人“蟜”；

头是黑色的、身体却是人的身体、眼睛直竖的怪物“袜”；

头上长着三只角的怪人“戎”；

以及脖子折断，脑袋垂在胸前，头发散乱下来，没有胳膊的怪神“据比之尸”。

像这些或古怪或吓人的样貌，其实都是根据人或者动物的形象想象出来的，这些怪兽是不是真正存在呢？谁也不知道。但是这些奇丽的想象，却体现了古代人民那丰富的创造力。

其他异形国家

以上介绍的这些国家，因为样貌十分奇特，与普通的人不同，所以给它们一个总的名称，可以叫做“异形国家”。除了结胸国、交胫国、岐舌国、枭阳国、鬼国之外，在遥远的山海之外，还有一些异形国家。这些国家里的人，也都长得十分奇特，让人觉得十分有趣。

凿齿国和黑齿国

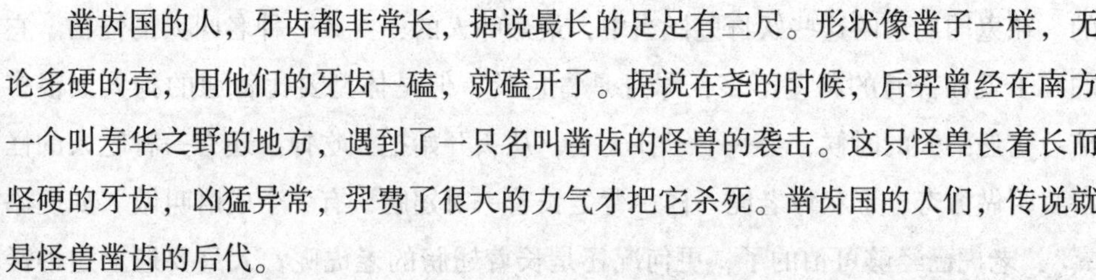

凿齿国的人，牙齿都非常长，据说最长的足足有三尺。形状像凿子一样，无论多硬的壳，用他们的牙齿一磕，就磕开了。据说在尧的时候，后羿曾经在南方一个叫寿华之野的地方，遇到了一只名叫凿齿的怪兽的袭击。这只怪兽长着长而坚硬的牙齿，凶猛异常，羿费了很大的力气才把它杀死。凿齿国的人们，传说就是怪兽凿齿的后代。

黑齿国的人，牙齿也很奇怪。虽然不像凿齿国人的牙齿那样又长又坚硬，但他们的牙齿都是黑色的。无论男女老少，都是这样。他们笑起来的时候，都会露出一排——乌黑的牙齿。传说他们是帝俊的后代。每个人都知书达理，十分文雅。黑齿国的人，除了很喜欢吃蛇以外，饮食和中原人并没有什么不同，不知道他们的牙齿到底为什么是黑颜色的。

三首国和三身国

三首国位于凿齿国的东边。这个国家里的人，每个人都长着三颗脑袋。说话的时候，三个嘴一起说，停下的时候呢，三个嘴又一起停。让人很难听清楚他们在说什么。

和三首国的人正好相反，三身国的人，每个人都只有一个脑袋，却有三个身子。看上去非常怪异可怕。据说他们也是帝俊的子孙。在三身国附近，有一座名叫巫山的山峰，是天神收藏仙药的地方。有一只大凤凰，就住在这座山上，看管着这座山，让寻常人没有办法盗走仙药。

长臂国和长脚国

长臂国国如其名，里面居住的人手臂都非常长。他们站着的时候，手臂能一直垂到地上。传说这是有福气的象征。长臂国紧挨着大海，国人以捕鱼为生。在抓鱼的时候，这样长的手臂，倒是给他们帮了不少忙。他们站在海里，随便一抓，就可以把那些藏在比较深的海水里和礁石缝里的鱼全都抓到，烤一烤，就是一顿丰盛的美餐了。

长脚国又叫长股国，这个国家里的人，腿和脚都很长。据说因为离得不远，长脚国的人有时候会和长臂国的人搭伴，一起去海里捕鱼。长脚国的人因为腿和脚非常长，所以可以不用船就走到水很深很深的大海中央去。捕鱼的时候，长脚国的人就背着长臂国的人，走到大海中央，长臂国的人拿着一个背篓，把长长的手伸进海里捞鱼，捞到一条，就放进背篓里，过不了多一会儿，背篓里就装满了活蹦乱跳的鲜鱼。这方法，可比我们今天用渔船和渔网捕鱼方便多了。

玄股国

玄股国的人样貌也很奇怪，他们的两条腿全都是黑色的。他们平时居住在海边，衣服都是用鱼皮做的。平常除了吃稻米以外，他们也会去海里抓鱼来吃。但是他们抓鱼的方式很奇特，不是亲自动手去抓，而是每个人的手里抓着两只海鸟，让海鸟去替自己捉鱼。这种方法，有点像今天江南一带的渔民。他们平常会

驯养一种叫做鱼鹰的水鸟，在捕鱼的时候，自己站在船上，把鱼鹰放出去，不一会儿，它们就会从水里钻出来，把捉到的鱼从长长的嘴里一条一条地吐出来。传说很久很久以前有一个神人，名叫王亥，在他的双手里，也是各拿着一只鸟。玄股国的人的形象，或许就是从这里生发出来的吧。

在玄股国的南方，还有一个小国家，叫做雨师妾。雨师妾国的人浑身都是黑色的，两只手各抓着一条蛇，左边耳朵上缠着一条青蛇，右边耳朵上缠着一条赤蛇。也有人说是拿着两只乌龟的。传说这个部族的人，能够呼风唤雨。他们站在海边，大声呼号，过不了一会，海面上就会风雨大作，雷声隆隆。蚩尤攻打黄帝的时候，据说就曾经请来风伯雨师，兴起风雨。雨师妾国的人，或许也在其中。

博父国

前面曾经讲过，在上古时代，曾经有一个追赶太阳的人，叫做夸父。他追着太阳的足迹，一直跑啊跑啊，最终累死在邓林。博父国的人，传说就是夸父的子孙。在博父国的旁边，有一片繁盛茂密的绿林，据说就是邓林。每到夏天的时候，林里就会结满鲜美的果实。博父国的人，也就以这些果实和自己种的粮食为生。他们长得都非常高大，就像他们的祖先那样，十分强壮。在他们的左手里，抓着一条黄蛇，右手里握着一条青蛇。蛇也很听从他们的命令，十分驯服。

传说大禹在治水的时候，曾经在博父国的东边垒了一座石山。河水流到这里的时候，就绕过博父国，都流进石头中间的缝隙里了。博父国的巨人们，想必在这个过程当中，也帮了大禹不少的忙。

聂耳国

聂耳国位于博父国的西方。这个国家的人，每个人都长了一对非常长的耳朵，从脸的两侧一直能到肩膀下面，就像每个人都在脑袋旁边戴了一个奇形怪状的大头饰。因为这两只长耳朵，他们走路、干活都很不方便，走到哪儿都必须用手托住两只耳朵，以防止它们垂下来碰到别处。聂耳国的人，就像君子国的人那样，每个人都具有驯服老虎的本领。他们每个人的身边，都跟着两只浑身花纹的大老虎，保护他们的安全，帮他们做各种事务。

深目国

还有一个很有意思的国家，叫做深目国。这个国家的人和普通人不一样的地方在于，他们的眼眶都非常深，眉骨下面，都有深深的凹陷。深目国的每个人都只有一只手，他们以捕鱼为生。

除了以上所说的这些国家以外，其实在遥远的地方，还生活着无数的远国异人。他们有的可能长得并不奇特，但却具有神奇的禀赋，下面就让我们一起去看一看吧！

驩头国

传说在尧的时候，曾经有一个人，名叫驩兜。他是尧的臣子，曾经在崇山一带作战。尧在和大臣们一起商讨派谁去治水的时候，他也曾提出过一些意见。但这个人人品不是很好，据说是一个佞臣。后来因为有罪，被尧放逐，自己投南海自杀而死了。尧因为可怜他，于是就把南海边的一片土地封给了他的儿子，让他可以祭祀自己的父亲。从此，驩兜的子孙就在这片土地上定居下来，过了很多很多年以后，逐渐形成了一个国家，就是驩头国。

可能是因为长年生活在海边的缘故，驩头国的每个人都长着一只像水鸟那样又长又尖的嘴巴。严格说来，那不应该叫嘴，叫做喙也许更恰当一些。他们长着这样的嘴，是没办法吃其他的东西的，只能靠吃粮食和吃海鱼来生活。不过在捕鱼的时候，他们这只尖嘴倒是派上了用场。他们站在海里，只消低头用嘴巴随便一叼，一条鱼便抓到了。

他们还有一双翅膀。虽然叫做翅膀，但实际上却不能飞翔。因为他们的翅膀十分坚硬，很难上下摆动，甚至无法自由地完全伸展开来，所以只能作为支撑身体的支点，却不能够像鸟儿那样自由地飞翔。

还有另外一种说法，认为驩头国其实是尧的儿子丹朱建立的。尧因为要将帝位禅让给舜，怕丹朱闹事，就将他放逐到南方。后来丹朱几次反叛未果，最后就跳进了南海，自杀而死。据说他死后，化成了一种长得很像猫头鹰的鸟，整天“朱、朱”地叫着，在天上飞翔，显得十分哀伤。而丹朱生前带领的叛军，连同三苗部落的一些人，从此也远离了中原，迁徙到偏僻的南海边上，建立了驩头国。所以有人也说驩头国其实应该叫做驩朱国，也就是丹朱国。

蜮民国

从驩头国一直向东走，经过很远很远的路程，就到达了一个叫做蜮民国的国家。这个国家的特殊之处，在于它出产一种奇异的生物，名叫“蜮”，又叫“短弧”或“射工虫”。这也就是蜮民国这个国家名字的由来。

“蜮”是一种毒虫，身体很小，只有几寸长，但却非常危险。据说在它的嘴里，藏着一个很小的机关，是弯曲的，样子像一把弓。一旦遇到危险，它嘴里的这个机关就会像弹簧一样，噗地喷出一口毒烟，让人中毒。也有的说它口里含的是带有毒性的沙子，一遇到人，就会喷射出来。“含沙射影”这个成语，也就是从这里来的。被蜮的毒烟喷到的人，先是手脚抽搐、四肢发冷、身体发热，随后就会在被喷到的地方长出毒疮来。毒疮一旦溃烂，就会性命难保。因为蜮的这种性质，古代的人常用它来形容阴险恶毒的人。

一般的人，只要是知道蜮的毒性和危害的，都会避开这种毒虫的出没地，尽量不碰上它们。但是蜮民国的人，却把这种毒虫当做美味的食品，不但不避开，相反还想方设法地寻找它们，猎捕它们。蜮民国的人很擅长射箭，他们有一种特制的弓箭，可以用来射这种毒虫。即使站在距离很远的地方，也能够准确地射中蜮。射中之后，他们再走上前去，就不会被蜮的毒气伤到了。

蜮民国的人对于弓箭，可谓非常擅长。他们生活中的食物，几乎都是依靠射箭得来的。除了猎捕蜮之外，他们也很擅长射蛇。据说有一次，一个蜮民国的人遇到了一条很大很大的黄颜色的蛇，他连忙躲起来，拉开弓箭，一箭就射中了它。后来他们才知道，那条蛇原来是黄帝的手下，十分凶猛。从这个故事里，也可以看出蜮民国人箭法的精准。

蜮民国的人虽然身体上十分普通，没有什么神异的地方，但是他们高超的射箭本领，以及不怕蜮的特殊能力，使他们能够获得食物，生活得很好，这也就是他们最神奇的地方吧。

贯胸国

普通的人，如果胸口的位置受到一点伤害，都会有失去性命的可能。而贯胸国的人最奇异的地方，就在于他们每一个人胸前都有一个大洞，但是却不会死。这到底是为什么呢？这还要从贯胸国的来历说起。

我们前面曾经讲过，很久很久以前大禹治理洪水的时候，曾经在会稽山上召集了一次会议。每一位受邀参加这次会议的神，知道这次会议的重要性，都按时到达了。只有一个叫防风氏的神傲慢自大，没有准时到。大禹非常生气，为了惩罚他的错误，就用刀将他杀死了。

后来经过大禹的疏通和治理，洪水终于平息了。天帝为了表彰他的功绩，就从天上派下两条龙来，作为他巡游四方的坐骑。有一天，禹乘着两条龙拉的神驾，巡游到了南海。南海边上的一片土地，正好是先前他杀死的防风氏的部族所居住的地方。防风氏有两个大臣，他们对防风氏一直忠心耿耿。禹杀了他们的国君的时候，他们就立志要报仇。这次恰好看到禹经过他们的地盘，一股怒气便涌上心头。两个人用尽最大的力气，拉满弓弦，对准禹所乘坐的龙车，一下子就射了出去。顿时只听得一声巨响，天空乌云密布，风雨大作，轰隆隆的炸雷一个接着一个。两条龙由于受了惊，拼命地向高空飞去，大禹还没反应过来发生了什么事情，就已经到了高空之中。

防风氏的两个大臣见此情景，开始害怕起来。他们知道自己刚刚的那一箭，已经犯下了大错。自己丢了性命不要紧，倘若因此连累了族人，便是万死也不能谢罪了。他们彼此望了一眼，又回头看了看自己的村庄，便毅然决然地抽出两把短刀，向着自己的胸口刺了进去。鲜血立刻就汩汩地流了出来，他们倒在地上，渐渐地没了气息。

大禹后来听说了这件事，十分哀怜他们的忠义和耿直。他从自己治水途中所带的包裹里，拿出了一包药粉。那药粉是用不死草的根茎磨成的，具有能令人起死回生的神效。大禹将药粉递给一个大臣，让他去南海边上，找到那两个臣子的尸首，把药粉涂在他们身上。那个大臣到了那里，找到了他们的尸体，于是就拔出他们胸口上的短刀，将药粉轻轻地涂抹在伤口处。

过了一会儿，这两个臣子果然慢慢地醒转了过来。但是，他们胸口上却留下了一个大洞，从前胸穿到后背，空空的什么都没有。他们的子孙后代也是如此。后来他们建立了一个国家，里面的人都是这个样子，所以就起了一个名字，叫做贯胸国。

贯胸国的人，对于自己胸前的大洞，并不觉得难看，反而还觉得它是忠义和勇敢的象征，十分自豪。而且，因为胸前有这样一个大洞，他们坐轿子从来不需要其他的东西，只需要用一根竹竿，从胸口一穿，抬起来就可以走了。这也是他们胸口这个大洞的便利之处吧。

盘瓠和犬戎国

在前面的篇章里，我们曾经讲过一个奇异的龙狗的故事，那只神奇的狗叫做盘瓠。其实，关于盘瓠还有另一种传说：在高辛氏当国王的时候，皇后娘娘得了怪病，耳朵很痛，痛了三年以后，有一天太医从她的耳朵里挑出了一只金虫，她的病就好了。皇后娘娘觉得很奇怪，就用盘子和大瓠盛着这只金虫，上面盖上盖子，再打开的时候，虫子忽然变成了一只浑身都有五色花纹的龙狗，金光闪闪，十分漂亮。高辛王很喜欢它，便将它带在身边，作为随从。

后来有叛臣房王在边境作乱，高辛王于是就对群臣许下诺言："如果谁能够斩下房王的头颅，我就把公主嫁给他。"群臣虽然都知道公主十分美丽，但因为房王的军中防守严密、兵强马壮，谁也不敢只身犯险。

后来，盘瓠只身离开宫廷，跑到房王军中，用计杀死了房王，咬下他的头颅，献给了高辛王。高辛王非常高兴，命人拿肉来给它吃，但盘瓠只是闻了闻就走开了。高辛王心中明白，就对它说："盘瓠啊盘瓠，不是我不想遵守诺言，但人和狗是不能成婚的啊。"盘瓠听了，立刻说道："您不必忧虑，只要把我放进金钟里面呆上七天七夜，我就可以变成人。"

于是高辛王就听了它的话，将它放进金钟里面，吩咐人不许去打扰它。过了六天，公主因为怕它饿死，就偷偷打开了金钟一看，盘瓠全身都已经变成了人的身体，但还有一个狗头，没有来得及变，而且也再也变不了了。

后来盘瓠和公主便结了婚，他们去了很远的地方定居。犬戎国的人，据说就是盘瓠的子孙后代。这儿的男子，都是人的身子、狗的脑袋，女孩子呢，却都长得和普通人没什么区别。大概是因为男孩子都像盘瓠而女孩子都像公主的缘故吧。他们彼此之间十分亲密。男子对自己的妻子都很温柔，女子对自己的丈夫也很恭敬。

和奇股国一样，犬戎国也出产一种奇异的神马，名字也叫做“吉量”。只是长得和奇股国的“吉量”不太相同罢了。犬戎国的神马“吉量”浑身是白颜色的，而奇股国的“吉量”则多是黄黑色的。“吉量”身上有五彩斑斓的花纹，眼睛像黄金一样，骑一骑它，就可以活到一千岁以上。所以犬戎国的人也很长寿。

其他异禀国家

具有异禀的国家还有很多，这些国家大多是分布在东、西、南方向的遥远地方，有的国家的人会喷火，有的国家的人会飞行，各有各的神异之处，就像万花筒一样，缤纷绚烂，令人目不暇接。

厌火国

异禀国家里第一个要提到的，就是厌火国。这个国家的人，浑身乌黑乌黑的，长得像猕猴一样。但他们有一个最神奇的地方，就是能够从嘴里往外喷火。这个禀赋可是方便极了。做饭的时候，他们不用像别的国家的人一样，费尽力气钻木取火，只消用嘴往炉子里轻轻地一吹，火就会着起来。夜里走路的时候，也不需要打着灯笼之类的东西，只要从路边随便捡一根木头，喷一口火，就可以当做火把来用了。

据说厌火国的人们之所以能够喷火，是因为他们每天都把火炭作为食物的缘故。我们可以想一想，刚刚从火里抽出来的炭条，从里到外都是通红通红的，温度极高。普通的人，只要摸一下，就会立刻被烫伤。但是厌火国的人，不但不会被烫着，反倒还将这些炭火作为食物，吃得津津有味，这真是太不可思议了。身体里积攒着这些炭火所带来的高温，难怪他们能够从嘴里向外喷出火来。

传说后世有一位白螺天女，她降临到人间，与人间一个叫做吴堪的人成了婚。在他们居住的地方，有一个非常贪婪的县官，他听说吴堪有一位非常美丽的

妻子，就想把她抢到自己的身边来。于是他就对吴堪说："我需要用蛤蟆的毛和鬼的胳膊，限你今天晚上之前找到，否则就要受到惩罚。"吴堪回去对妻子说了这件事，妻子告诉他："不必着急，这两件东西，我能够帮你找到。"

果然，到了傍晚的时候，白螺天女就拿着这两样东西回来了。吴堪把它们交给县令，县令也只得免去他的责罚。又过了一天，县令又对吴堪说："我现在需要蜗斗这种东西，如果你找不来，我还是要责罚你。"

吴堪回到家，将这件事又告诉了妻子，妻子说："没关系，这件东西我家里也有，我一会儿就去给你取来。"果然过了一会儿，白螺天女就牵了一只样子很像狗的动物回来。吴堪把它交给县令，县令大发雷霆，说："我要的是蜗斗，这是什么东西？"

吴堪说："这就是蜗斗。"县令又问："它能干什么？"吴堪答道："它能吃火，也能喷火。"县令就命人把炭火拿来给它吃，蜗斗吃完以后，果然开始四处喷火，不一会儿，就把县令的官衙给烧着了。贪婪的县令也被烧死了。

这个故事里的蜗斗，传说就是厌火国所出产的。也有人说它的名字应该叫做祸斗。蜗斗的形状长得像狗，但却能从嘴里喷出火焰来。厌火国的人们，有时也会驯养它，用来看护自己的家园和土地。

羽民国

羽民国位于遥远的西南方。这个国家里的每个人都长着一双翅膀，能够像鸟一样在天空飞翔。因为身体比较沉重，羽民国的人飞不了太远，不能像鸟儿那样飞越高山海洋。但一般的路程还是能够飞到的。如果你到羽民国去，就会看到天空中飞着的除了鸟之外，还有一个一个的人，这是十分奇异的景象。羽民国的人和鸟类一样，是从蛋里面生出来的。这也是他们非常奇特的地方。

另外，羽民国里还生活着许多鸾鸟。我们前面曾经讲过，这是一种浑身青赤色羽毛、非常漂亮的神鸟。它们在羽民国的天空中自由飞翔，象征着安宁与幸福。羽民国的人，有时候会将鸾鸟的蛋作为自己的食物。吃了这些蛋，他们的寿命就可以延续很长时间。

三苗国

三苗国又叫三毛国，是由三个部族的后裔一同建立的国家。这三个部族的首领，相传就是浑敦、穷奇、饕餮。这三个首领，都是非常凶猛可怕的怪兽。

浑敦也就是混沌，传说是黄帝的一个不成器的儿子，性情凶暴，食人，他的部族和他一样，都非常凶猛，人一旦被它们抓到，就很难逃脱。

穷奇也是古代一种凶猛的怪兽，我们前面曾经提到过。它的形状长得像老虎，背上有一双翅膀，吃人的时候从头开始吃起。一旦被它尖利的爪子抓到，人就很难逃脱。不过这里的穷奇，传说是古代少昊氏的后代，他对正直忠诚的人，极其厌恶，而看到有人犯下罪恶，就非常高兴。以至于后来人们将他描述成怪兽的时候，说它遇到好人，就会将其吃掉，坏人遇到它，反而会得到它送来的野兽做食物，因而把它当作“恶”的象征。

而饕餮，我们前面也曾经讲过，它是传说中龙的九子之一，也有说它后来成为了缙云氏一族的首领。它长着羊一样的身体，有一个大头和一张大嘴，见到什么都吃，好像永远没有饱的时候一样，总是在不停地吃啊吃。它也是一种食人的怪兽。传说后来在西南方有一族人，他们身上都长着长长的毛发，头上戴着狗状的头饰，他们喜欢把自己的粮食都藏在家里，却上街去抢夺年老的人和弱者的东西。遇到成群结队而行的人就躲起来，看到行人独行的时候就上去袭击他，抢夺他的东西，就像狼一样凶狠恶毒。后来人们就把这些人也都叫做饕餮，用来形容他们的凶恶。

浑敦、穷奇、饕餮后来由于反对尧把天下禅让给舜，就纷纷起来造反，在经历了多场战争之后，他们都被打败，并被杀死。这三族人的后代，没有办法，就只能逃到了南海边上，建立了一个国家，就是三苗国，从此定居下来，不再回到中原。三苗国的人们，除了每个人的脚下都长着一对小翅膀以外，相貌和普通人没有什么区别。但是他们大都继承了祖先的威武勇猛，非常善于征战，曾经给中原的君主造成过很大的威胁。

姑射国

姑射国在北海深处的一个仙岛上。三面环山，一面朝海，风景非常优美。岛上人们的生活，是伴着朝阳的升起开始的。春天的雨水，夏天的晨雾，秋天的寒霜，冬天的冰雪，是他们洁净的水源；密林里鸟儿清脆的啼叫声，岩石畔泉流叮咚的音响，是他们最喜爱的声音；草叶上新鲜的露珠，山巅上娇艳的花朵，是他们最喜爱的景色。在这样的人间仙境中生活，姑射国的人每天都不用吃粮食，只需要呼吸一些新鲜的空气，喝一点清凉的露水，就能够生活得很好。他们的心灵，也好像山中的潭水那样，清澈透明，纤尘不染。每个人都像神人那样，过着

悠游自得的宁静生活。

庄子在书中，曾经描写过一座名叫藐姑射的神山，在这座山上，居住着一位神人，她的肌肤好像冰雪那样明净，身姿像美丽的少女那样绰约。她不吃五谷，只靠吸风饮露，就可以生存。平时她会乘着云气，驾驭着飞龙，悠游于四海之外。当她凝神而立的时候，天下所有的生物都不会生病，而谷物则会成熟。姑射国所在的仙岛，据说就在姑射神山的附近。心灵的纯净才能带来生命的长久。正是因为拥有像神人一样的宁静心灵，姑射国人们的生活，才能这样安宁而美好吧。

丈夫国和女子国

丈夫国国如其名，国家里全是男子。他们头戴方帽，身穿衫袍，腰间还悬着宝剑，显得十分英俊威武。在这个国家里面，没有一个女子，为什么会这样呢？这还要从它的来历说起。殷商时期，有一位名叫太戊的国君，想要长生不老，听说在西王母那里有可以让人长生不死的药，便派一个叫做王孟的人，带着一支队伍，去西王母那里寻求仙药。王孟一行人走啊走啊，走过了不知多少座山峰，渡过了不知多少条河流，脚下的鞋都磨破了，身上的衣服也都变得破破烂烂。最后，他们出发时所带的粮食也都吃完了。

王孟回身一看，知道自己的队伍已经没有办法再前进了，就只好在一个森林里住了下来，幸亏森林里有不少果树，他们靠吃树上结的果子活了下来，还将树皮做成衣服，换下自己身上已经破烂了的衣袍。从此以后，他们就在这里定居了下来，建立了国家，就是丈夫国。

丈夫国没有女子，但每个丈夫国的人都能够生两个儿子。丈夫国的男子长到一定的年纪，就有两个儿子慢慢地从他们的形体中分离开来，刚分开时，他们还只是两个影子，渐渐地影凝聚成实体，他们也就算长大成人了。到了这个时候，父亲就死去了。丈夫国的人们，就是用这种办法来繁衍生息、抚育后代的。

和丈夫国的人正好相反，女子国里面的国民，全都是女孩子，没有一个男人。这让我们想起《西游记》里的女儿国，从国王到将军，再到普通的老百姓，全都是女子。这真是一种奇异的景象。女子国的人繁育后代的方法，是到一个名叫黄池的地方去沐浴。成年的少女，只要到黄池里去洗个澡，就能够怀孕生子。但如果生下的是男孩子，最多只能活到三岁，便会夭折，只有女孩子，才能长大成人，所以女子国里，仍旧全是女子，而没有男子的存在。

第十四章　夏朝的传说

重新丈量大地

洪水消退，大地露了出来。天下的老百姓终于可以过上安定的生活，人们都感激大禹，诸侯们都敬佩大禹。舜帝看禹治水有功，决定把天子的位子禅让给他。禹不仅平息了洪水，发展了农业生产，使人民安居乐业，还完成了国家的建立，使华夏民族从野蛮步入了文明。

禹成为天子以后，第一件事情就是恢复农业生产。可是，经过洪水的洗礼，良田移为平地，高山成为峡谷，小溪变成大河，哪里还是从前的面貌？所以禹决定丈量天下的土地，并将名山大川的具体风貌都记录下来。

可是让谁去呢？这可愁坏了大禹。虽说自己手下有那么多的能人，可毕竟是度量天地的大事，必须找心思细腻而且认真的人才可以完成。想来想去，禹想到了大章和竖亥两位天神。大章是飞毛腿，一天可以走十万八千里。竖亥是千里眼，一望就可以看到十万八千里。这两个人配合，就可以很快完成任务。

大章和竖亥接到命令后马上开始行动，他们先从东向西测量。竖亥在前面探路，看有没有高山、大川挡路，大章跟在后面用步伐来计量走过的土地。就这样，两个人量了好几天，也没有走出去多远。有时候步子与步子之间的距离不等，测量出来的结果也不准确。

这可愁怀了大章和竖亥两位天神。虽然自己有法力，可是这种度量的事情还是第一回做，法力根本发挥不了作用。两个人只好来见大禹。大章说："禹王，我们用脚丈量，经常出现误差。"竖亥也说："禹王，这种方法太慢了。如果有一种测量天地的宝物就好了。"禹听了也很着急："测量土地是关系到天下老百姓的大事，早一天完成，就能早一天让百姓过上富裕的生活。这可怎么办啊？"这时，禹身边的大臣伯益说："禹王，还记得伏羲帝的玉简吗？"玉简是伏羲帝

送给禹的宝物，虽然只有一寸二尺长，却可以用来度量天地，治水的时候，禹用它来测量江河的深度，十分方便。

大章和竖亥有了玉简，干起活来容易多了。大章在前面用玉简测量土地，竖亥在后面做记录。没过几年两个人就完成了测量工作——东西两亿三万三千五百里，南北也是两亿三万三千里，两边测量的数目相等。可见，我们现在居住的土地，在禹那个时候，竟然是正方形的。

禹凭借着大章和竖亥两位天神测量的结果，和各地风物景观的记录，规划出天下农田的所在地。同时，禹还将三百仞以上的洪水深薮用息壤填平。这样有的地方就出现了平原，有的地方就成为了高山。

在《山海经》中有关于天神竖亥的解说文字，说竖亥测量天地时右手拿了一些薄薄的竹片，长约六寸左右，叫做“算”，用来计量数量。可见，在禹的时代就已经出现了度量工具。

元珪和神马

天帝知道禹平定了天下洪水这件事情后决定奖励他。于是，他派天神传信要在天庭中为禹庆功。禹带着应龙和其他帮助自己治水的天神来到了天庭。天帝看见禹非常高兴，把他拉到自己身边坐下。

在宴会上，禹把治水过程中经历的事情和天帝详细地说了一遍，如擒拿无支祁，治服恶龙，斩杀相柳等等。天帝被禹的执着和坚持所感动，决定赐给禹一件宝物作为嘉奖。可是想了半天也没想出来给什么好。虽然天宫中有很多宝物，可都不能彰显禹治水的功绩。这时，天帝一低头看见自己身上佩戴着的玉石，决定把这个送给禹。

这块玉石是黑颜色的，上方下圆。天帝对禹说：“我把这块元珪赐给你，作为你勤劳治水的奖励。”禹双手颤抖着接过元珪。这块玉石是天帝对禹治水功劳的肯定，他怎么能不激动呢？

百姓们听说了这件事情，都跑到宫殿外迎接大禹回来。禹看见大家如此的热情，激动地说：“大家放心，我一定不会辜负上天的期望，一定将这片土地治理好。”百姓们听完没有一个不高兴的，欢呼声连成了一片。他们把这个好消息告诉给自己认识的人，一传十，十传百，全天下的人都知道了这件事，百姓们更加尊敬和推崇大禹。天上的鸟儿把这个消息带到了深林，虎豹豺狼知道了都不敢出来害人。

这天，神马飞正在天空中散步。一群仙鹤从它身边飞过，“你们听说没有，禹王因为治水有功受到天帝的赏赐。”“听说了，我还听说禹王为了天下的老百姓能过上安定的生活，治水时三过家门而不入呢。”

神马听到这些，内心受到感召，决定要到禹的身边效力。它速度非常快，一天能飞驰三万里，一眨眼就来到禹的宫廷。禹正坐在宫殿内和大臣们商议国事。这时，神马落在大殿之中，把禹和大臣们吓了一跳。

禹一看一匹神马站在自己的面前，不知道是怎么回事，就问周围的大臣。有个大臣说：“大王德行感召天下，这神物一定是受到感化，决定为大王效力。”神马听完大臣说的话，一声长鸣。禹看着神马非常高兴，决定让它当自己的坐骑。

还有一匹会说话的神兽蹄，也是马的一种，原来是后土的家畜，听说了禹的德行，不远万里投奔禹。神兽看到禹，说：“我被你的美德所感动，想为你效力，可以吗？”大禹听到神兽想为自己效力，非常的高兴，说：“太好了。”禹又多了一匹坐骑。

大禹铸九鼎

天下秩序恢复正常，老百姓都过上了自给自足的生活。可是，有些地方还经常有猛兽和鬼神妖怪出没。人们出行如果遇到，就会吃大亏。禹在治水的过程中走遍了九州万国，对各处的鬼神妖怪都有了解，他决定将这些妖怪的形象铸造在宝鼎上。人们出门前只要看到宝鼎上的图案就知道哪一方有什么样的妖怪，提前做好准备。

禹把这个想法告诉给了大臣们。大臣们一听都赞成禹的作法。于是，禹下令四面八方的诸侯都要贡献铸鼎需要用的铜铁等金属。原材料收集齐了之后，禹就选择在黄帝曾经铸鼎的荆山脚下，铸造了九口巨大的宝鼎。禹让工匠在鼎的表面刻上九州万国恶毒的禽兽和妖魔鬼怪的形象。过了九九八十一天，宝鼎终于铸好

了。这宝鼎非常的大和重，一个宝鼎要九万人才能拉得动。

禹让天神把大鼎放在宫殿的外面，任百姓随意参观。这九口大鼎成了人们旅行的指南。从此以后，百姓们要出远门，就会来大鼎前看一看，知道哪一方有哪一类妖怪，做到心里有数，准备好预防的法宝。

自从有了宝鼎，百姓们再也不用怕旅途中遇见猛兽和妖魔鬼怪了。

禹当时铸造宝鼎是为了教导人民辨别奸邪。可是，大鼎一代一代地传下去，却渐渐地失去了旅行指南的作用，被帝王们珍藏在宗庙中，成为了王权的象征。

后代的野心家们对宝鼎非常感兴趣。春秋时期，楚庄王带兵攻打别国，正好路过周天子的都城。周王就派一个大臣王孙满去慰问楚庄王。在酒席宴间，楚庄王向王孙满打听宝鼎的轻重。结果楚庄王被这位大臣讽刺了一顿，碰了一鼻子灰。到了战国末年，这九个宝鼎被秦昭襄王掠了去。在运宝鼎回秦国的途中，一个宝鼎忽然腾空而起，一直向前飞。飞啊，飞啊。一直飞向东方的泗水，掉到里面不出来了，到手的九个宝鼎就剩下了八个。后来秦昭襄王的曾孙秦始皇吞并六国后，非常迷信长生不老之术，他派人到海外去寻找神仙。结果神仙没找到，回来路过泗水的时候，想到还有一口宝鼎落在水中，就派人去打捞，可是，鼎打捞上来之后又掉回到泗水中去。秦始皇不甘心，又派人去打捞，结果什么也没捞到，连其余的八口宝鼎也不知下落。

现在，山东嘉祥武梁祠的壁画里，还有关于秦始皇派人到泗水打捞宝鼎的图画。在图画中，人们已经把一口宝鼎拉出水面，可是，鼎内忽然钻出一条龙，将拉鼎的绳子咬断。拉鼎的人全都跌倒在地上，鼎又回到了水里。图画里表现的就是绳断的那一刹那。

防风三难大禹

防风和禹的父亲鲧是好朋友。鲧被天帝处死以后，防风就跟随禹继续治水。防风是个大个子，站起来像山一样高，躺下去像河流一样长。在治水过程中，防风帮助禹开山通路、疏通水道，立下了大功。后来禹治水有功，舜帝将自己的王位传给了他。从此，一个新的王朝夏朝诞生了，禹成了最高的统治者，自称禹王。

禹继承王位以后，第一件事情就是祭天。禹王给每个人分配了祭天的职务，防风因为太高大，只好让他担任仪的官职。祭天这天，各路诸侯早早就赶来了，排列整齐地等待仪式的开始。

祭祀的活动还没有开始，鼓乐声就响了起来，一群舞女身穿盛装，来到禹王的面前翩翩起舞。禹王坐在宝座上边欣赏舞蹈边想：没想到我大禹今天也能够享受到如此盛大的场面。

防风因为个子高，站在高处可以清楚地看到祭祀场内的一切活动。防风十分生气，瞪着双眼，来到禹王面前，说："禹王，你一向节俭，号召天下百姓也要简朴。今天的祭祀活动，你竟如此奢华，这与你治国的理念想违背，以后如何让天下人信服你。"

其他大臣也不满意这盛大的场面，可是又不敢劝谏。看到防风出面指责禹王，也都站到了防风这一边。禹王看大臣们反应如此强烈，只好让舞女们退下。

这时，防风看见祭坛上除了尧、舜的灵位外，还有禹的父亲鲧。防风大怒，说："禹王，你的父亲鲧怎么说都是因为触犯天条被处死的，这样的有罪之人怎么可以对他祭祀呢？"

诸侯们听说后也纷纷表示不满，其中一个诸侯说："以前，舜帝祭天的时候，用尧王来配祭，并不是用自己的父亲瞽叟，可见舜帝是多么的大公无私。"

"鲧虽说以治水为己任，可他采用填堵的方法，不但没有治好洪水，反而让更多的百姓死于无辜。鲧怎么可以和尧、舜同列呢？"又一个诸侯说。

禹王看见防风和诸侯们纷纷指责，知道理亏，就把鲧的牌位取了下来。

祭祀活动终于开始了，禹王开始宣读祭文，朗诵完后，对诸侯们说："我大禹，要学习尧王、舜帝，将自己的王位传给有才能的人。群臣中皋陶智慧过人，功迹卓越，我决定将王位传于他。"

防风听后，哈哈大笑起来："禹王啊，你明明知道皋陶年事已高，疾病缠身，连这次祭祀活动都不能来参加，还要把王位传给他，你这么做到底有什么居心？"

这时，一个诸侯大喊："我听说你的儿子启，暗中纠集人马，想要继承王位呢。"

诸侯们你一言我一语，大家都不同意把王位传给皋陶。禹王没有办法，只好草草结束了祭祀。

这次祭祀，防风三次为难禹王，为他以后埋下了祸根。禹治水成功以后，在会稽山举行庆功大会。大会开了三天，都不见防风的踪影，等到结束的时候，防

风才赶到。

禹王问防风为什么迟到。防风说："我路过天目山的时候，正赶上苕溪河洪水泛滥，我没法渡河，所以就迟到了。"虽然防风是因为不得已才迟到的，可禹王还记恨着以前防风为难自己的事情，就说："你的封地离这里最近，还迟到，明明是你居功自傲。"说完，下令杀掉了防风。

可怜防风忠心耿耿，帮助大禹治水，最后落得这样的下场。

大禹死后

禹做天子的时候，为天下的老百姓做了很多好事。后来，他去南方巡查，走到会稽这个地方，生了重病死了。大臣们就把他埋葬在这里。

大禹死后，留下了许多传说。

先是息壤。据说，鲧和禹治水时用到的息壤并没有用完，还剩下了一些，散落在全国各地。有的在湖北，有的在湖南，有的在安徽，有的在四川。

关于大禹的死也有特别奇异的传说。有人说禹并没有死，他的尸体被埋葬起来，其实他的灵魂早已升天，成为天上的神。现在，在会稽山还可以看见一个大洞穴，称为"禹穴"。民间相传，禹进入了这个洞穴中就再也没出来。也有人说，这个地方是禹的陵墓所在，时常还会有鸟雀来为他除草——春天把生长出来的杂草拔掉，秋天来啄去枯萎的草根。还有更神奇的，说这些耕草的云雀，排列有序，进退有行。

有一种叫"禹余粮"的药物，据说也和大禹有关。禹在某个地方治完水，就会把一些吃不完或者带不走的粮食丢到江河里。这些粮食在水里生长起来，成为了药物。这种药物是像面一样的细末，黄色，生长在池沼或者山谷间的石缝中，叫做"太乙余粮"。这种植物可以用来止血。还有一种叫做筛草的植物，生长在海边的沙地上。它结出来的果实味道像大麦，每年七月份的时候成熟。人们称之为"自然谷"，又称为"禹余粮"。

在古代，各个地方都有关于洪水的传说。可见禹在人民心中占据着重要的地位。

禹死后的好几百年，在古代的蜀郡也出现了和禹治水相仿的事迹。

在秦昭王时代，蜀郡来了一名新太守，叫做李冰。他也像禹一样，关心人民、爱护人民。到了蜀郡以后，李冰做了许多好事。其中最大的功劳就是平治了洪水。

据说，蜀郡的江水中住着一个水怪。这个水怪非常好色，每年都要选两个年轻漂亮的姑娘当他的媳妇。如果百姓们不答应，它就在河里兴风作浪，淹没两岸的农田。人们没有办法只得照办。李冰刚到蜀郡来就听说了这件事情，决定除掉这一祸害。

到嫁女这一天，李冰把打扮漂亮的两个小姑娘带去见水怪。江边神坛上设着香案，李冰端起一杯酒，向神座上走去。

“很荣幸，今天见到江中大神，请让我敬您一杯。”

神座上毫无动静。李冰大怒，说：“江中大神瞧不起人，我要与你拼个死活。”

说完，李冰跳到江中与水怪搏斗起来。周围围观的百姓都惊愕不已。过了一会，江中平静了。只见对面的山上，两头牛正在那里拼得你死我活。过了一会儿，李冰气喘吁吁地跑了回来。对手下的士兵说：“我太累了，你们得帮助我一下才行。一会儿我会幻化成牛，腰间挂着白带子的就是我。”于是，李冰又变成牛和水怪打了起来。士兵们手里拿着长矛，帮着李冰一起去刺杀那头没有带标记的牛。最后，大家齐心协力，终于把水怪消灭了。从此人们免除了洪水的灾难。

夏启创作歌剧

夏启是禹的儿子，是夏王朝第二代统治者，也是中国历史上使“禅让制”变成“世袭制”的第一人。他是禹与一个人间女子所生的孩子。启虽然不是真神，也算是一个具有神性的人物。

夏启长得十分英俊威武，还精通音律。处理完政事，他就会和乐师们在一起编写新的乐谱和歌词。当时，乐器的种类有限，演奏出来的音乐非常单调，夏启经常为了这件事情而苦恼。

天帝非常喜欢音乐，在天宫中经常演奏新的曲目。他听说夏启和自己有着相同的爱好，非常高兴，于是经常邀请启到天宫做客。

这一天，天帝新创作出了一部叫《九辩》的天乐，想请启过来一起欣赏，便派飞龙驾驶的马车去接启。启一看是天帝派人来接自己，高兴地坐上车来到天宫，看见天帝，赶紧上前施礼："天帝，今天召我来不知道有什么事情啊？"天帝哈哈大笑说："我最近新创作了一部天乐，想请你过来听听。"

天帝让乐师准备好，开始演奏，自己和启在下面边喝酒边欣赏。只见乐师轻轻将手一挥，钟鼓齐鸣，琴瑟相伴，一时间天宫中充满了祥和、悦耳之声。演奏达到高潮时，天宫中的仙女不禁翩翩起舞，景象美极了。启在下面听得忘了喝酒，完全陶醉在音乐声中。

天乐演奏完了，启还沉溺其中。天帝说："你觉得这个天乐怎么样啊？"启说："这是我听过最好的音乐，听后让人心旷神怡。"启回到人间以后，马上把这首天乐的乐谱记录下来，还改造了自己的乐器，让它们按天宫中的顺序排列起来。这样就解决了乐器音调单一的问题。

没过几天，天帝又派飞龙来接启，启知道一定是又有好听的天乐让自己去欣赏了，他赶忙上了车，直奔天宫。原来，上次演奏完《九辩》之后，天帝突然灵光一闪，又创作出了一部天乐《九歌》。这首天乐除了用钟鼓琴瑟这些乐器演奏外，天帝又加上了笛箫。

这首天乐不仅更加优美，而且曲调更加悠远绵长。启听完后，感觉灵魂飞出了体外，整个身体都飘飘然了。半天也回不过神来。

启回去以后暗自感慨为什么只有天上才有这样优美的乐曲，人间却没有呢？他凭着自己的记忆把《九歌》记录了下来。这样天乐《九辩》、《九歌》就传到了民间。启将这两部音乐进行改造，创造出属于自己的新乐章《九招》，还带领乐师在高一万六千尺的大穆之野进行演奏。虽然是第一次演奏，但大家配合得非常好。启觉得这部乐曲只有乐器演奏太单调，于是，决定把它写作成歌舞剧的形式。他让宫中的舞女拿着牛尾巴，歌童拿着乐器，在大乐之野进行表演。《九招》可以说是中华民族历史上第一部新歌剧。

启自己坐在飞龙上，在天空中俯看舞女歌童的表演，自己的创作在云雾飘渺中一幕幕展开，他不自主地拿起手中的玉环敲着身上佩戴的玉璜，和着音乐的节拍。从此，人间有了繁复的音乐，人们的生活更加丰富多彩起来。

《破斧之歌》

夏朝传了十几代以后，王位传到一个叫孔甲的人手中。孔甲荒淫无道，不理朝政，迷信鬼神，尤好打猎。夏王朝在他的统治下日渐衰落，四方的诸侯渐渐地不听从他的调遣。可是，昏庸的孔甲一点也不放在心上，还是整天地吃喝玩乐。

这天，他又带着随从和军队出去打猎。他们驾着车子，直奔东阳的一处大山。猎鹰和猎狗在前面带路，他们紧随其后，所过之处，人叫马嘶，尘土漫天，搅得周围的老百姓不得安宁。吉神泰逢居住在这里，他十分讨厌孔甲总是到这里来骚扰，就运用法术刮起一阵狂风。顿时飞沙走石、天昏地暗，孔甲和随从们在大风中辨不清方向，迷路了。

孔甲和几个随从跑到山间一户百姓的人家里躲避风沙。这户人家刚生了个男孩，亲朋好友和左邻右舍正挤在屋子里向主人贺喜。他们看见孔甲从外面进来了，都赶紧向他行礼。孔甲看见这户人家这么热闹，就问发生了什么事情。人们赶快回答君主的问题。这时也有人在下面窃窃私语。有个人说："这个小男孩命太好了，刚出生就能看见君主，将来一定大富大贵，一定能成就一番事业。"但有的人却说："俗话说'乐极生悲'，以后说不定会遭殃呢。"孔甲听了非常生气，说："胡说，我要这个孩子当我的儿子，看谁敢加害他。"

一会，风停了，孔甲带着随从和军队回了宫。他派人去把那个小孩子接到宫中，亲自抚养。孔甲请专门的老师教授孩子学问和本领，这个小孩很聪明一学就会。孔甲很高兴，心想自己的决定没有错。孩子渐渐长大了，孔甲想，给这个孩子一个什么官职才能显示自己的权利和威仪呢？他要让天下的老百姓都知道，只有自己才能决定人的富贵和遭殃。可是，还没想好，一件意外的事情发生了，孔甲的企图落空了。

这天，长大了的少年没有什么事情可做，就跑到王宫的练武厅玩耍。他拿起兵器架上的斧子耍了起来，没弄几下，就又换别的兵器舞了起来。少年越练越高兴，没有想到危险正在逼近。忽然一阵狂风吹过，厚重的帷幕随风摆动，屋梁承受不住，咔嚓一声折断了，正好砸在武器架上，掉下来的横梁正好砸在少年刚才拿起的那把斧子的上面，斧子被砸飞了起来。少年一看不好慌忙逃避，谁能想到

这只飞起的斧子坠地的时候，不偏不倚正好砍中了少年的一只脚踝，从此这位少年就剩下一只脚了。

孔甲知道了这件事情非常恼火，心想：自己之所以把这个少年抚养成人，就是想要赋予他官职，显示自己当国王的权利。有两只脚的人当官还可以在老百姓面前装装相，现在只有一只脚，站都站不稳，还怎么给天下的老百姓看。孔甲非常郁闷，可是也无计可施。后来，孔甲下令让一只脚的少年去做了看门人。

可怜的少年，自从失去一只脚后，不再受到孔甲的重视，每天以泪洗面，心想：为什么自己这么倒霉，明明是大好的前程，却让一把斧子破坏了。

这件事让孔甲大受触动，他说："没想到，好好的人也会中途出现意外，这真是造化弄人啊。"于是，他作了一首歌，叫做《破斧之歌》。据说这是我国历史上的第一首歌曲。

孔甲养龙

龙是一种具有神奇力量的动物。舜在位时，南浔国捉到一雌一雄两条龙，献给了舜。舜把它们安顿在豢龙宫，派专门的人来喂养它们。后来舜将王位传给了禹，这两条龙也移交给了禹。禹本来是一条龙，治水的时候又得到许多龙的帮助，治水成功后从天空中降下两条神龙表示祝贺。可见，龙在夏王朝有着特殊的意义。

看到自己的先辈都曾经养过龙，孔甲认为自己也不能落后。他不知道从哪里弄来了一雌一雄两条龙。可是孔甲不了解龙的习性，不知道怎样才能将这两条龙喂好，就发出皇榜，招纳天底下善于养龙的贤士。皇榜没贴出去几天，一个叫刘累的人就毛遂自荐，说在豢龙氏那里学过养龙术，可以喂养好这两条龙。

刘累是尧帝的后代子孙，因为家世衰败，本人又不学无术，不得不到豢龙氏那里学习养龙。豢龙氏的祖先曾在舜帝那里做过养龙的官，所以后代子孙都被称为豢龙氏。刘累是迫于无奈才去学习养龙，所以平时总会偷懒，根本不好好学习。他在豢龙氏那里只学了几天本领，还不是很精通，就急忙跑到孔甲面前献媚，希望谋个一官半职，好重振家族昔日的威风。

孔甲信以为真，就让他去管理这两只龙，并赐名为御龙氏。刘累的养龙经验很欠缺，根本不知道怎样才能养好龙。每天，他把两条龙喂饱后就自己跑出去玩，通常很晚才回来。他特别懒，根本不打扫养龙的地方，结果两条龙变得非常脏。只有孔甲要看龙表演的时候，他才会想起来给龙梳洗一下。

周围的人对刘累的做法也是睁一只眼闭一只眼，这使得刘累更加放肆了，有时候一连几天都想不起来给龙喂食。两条可怜的龙饥一顿饱一顿，没过多久就饿得没了精神。有的人实在看不下去，就跟刘累说："这两条龙照看不好，大王会惩罚你的。"听到别人这么说，刘累立刻瞪起眼睛喊道："你会养龙吗？我是豢龙氏的弟子，不用你来告诫我，出了什么事情我一个人承担，与你们无关。"其他人再也不好说些什么了。

过了几个月，一条雌龙就被刘累养死了。

闯下这么大的祸，其他的仆人都非常害怕，刘累却一点也不在乎。他让手下的人保守秘密不许告诉孔甲。大家都怕孔甲怪罪下来要了自己的脑袋，都缄口不言。刘累让人把龙托了出来，剖腹刮麟，剁成几段，拿到厨房用鼎锅蒸好，给孔甲送了过去。刘累说这是自己打的野味，请君主尝尝。孔甲吃了以后说味道非常好，刘累就把剩下的龙肉都给孔甲炖着吃了。孔甲非常昏庸，根本没有觉察出自己吃的是龙肉。

一天，孔甲要看龙的表演，就叫刘累把两条龙牵出来表演。雌龙已经被吃掉了，哪里还有两条龙啊。刘累没有办法，只好把另一条病病歪歪的雄龙牵了出来。孔甲一看非常惊奇，说："怎么就剩下一条龙了，还这样无精打采？"刘累支支吾吾，说不明白。孔甲非常生气，一定要他把雌龙交出来。他没有办法，就说："君王，那条雌龙这两天不舒服，不能出来表演，休息几天就会好了。雄龙因为想着雌龙，所以才会神情憔悴。"孔甲觉得他的解释有理，就不再责怪他了，只是命令他尽快治好雌龙的病。

刘累撒慌说要回去照看雌龙，就从宫殿里溜了出来。回到家里，刘累非常害怕，当天晚上就带着家小逃了出去，再也没敢露面。

孔甲之死

刘累逃跑以后，孔甲知道了事情的真相，非常气愤，把知情不报的人全部杀

掉了，还派人四处捉拿刘累，却怎么也找不到刘累。孔甲气得连饭都吃不下去。剩下这么一条病病歪歪的雄龙，没人管理怎么能行，只好四处寻找新的养龙人。

后来，终于找到了一个养龙高手——师门。师门经常以桃花为食物，还会各种神奇的法术。他可以把自己焚烧掉，乘着青烟，飞上天空。

孔甲叫武士把师门拄出去斩首。

师门不仅为龙搭配了各种有营养的食物，还经常带着病龙到深渊里嬉戏，渐渐地龙恢复了体力，有了活力，容光焕发起来。师门还训练龙各种杂耍技能。渐渐地，这条龙和师门成为了好朋友，师门训练起来更加得心应手。看到龙恢复了健康，还会杂耍，孔甲觉得自己物色到了一个训龙的好手，非常满意，就赏赐给师门很多好东西。

师门自恃自己养龙有功，脾气也越来越大，最后，连孔甲也不看在眼里。在养龙这件事情上，他说怎么做就得怎么做，别人不能有任何的异议。即使是面对孔甲，他也不会和颜悦色，唯命是从，经常嘲笑孔甲对养龙的事情一无所知，还常常为了养龙的事情与孔甲发生争执。他觉得孔甲虽然贵为君主，却和蠢人没有什么分别，所以，每当孔甲指手画脚时，他总会毫不留情地反驳孔甲。

养龙本来是为了娱乐的，可是现在却常常要惹得一肚子气。孔甲不甘心，当他们为了龙的事情再次争吵的时候，就叫武士把师门推出去斩首。师门哈哈大笑说："你以为砍了我的脑袋就没事了吗？我变成厉鬼也不会放过你。"

不一会，武士把师门血淋淋的人头呈了上来。师门的那双眼睛瞪得大大的，看着孔甲。孔甲非常害怕，怕他的鬼魂作祟，就叫人把尸首埋到狂野荒郊。师门的尸首刚刚埋好，天上就乌云密布，刮起狂风，还夹杂着呜呜的哭喊声。手下随从马上回去向孔甲报告了发生的奇异事情。

孔甲晚上睡觉的时候，经常听见门外有人哭号的声音，还会看见师门那双空洞洞的大眼睛。孔甲找了许多巫师来做法，都没有办法驱逐师门的灵魂。孔甲每晚都不能入睡，一直睁眼到天亮，他怕师门趁他睡觉的时候，来取他的性命。

过了一段时间，那埋尸首的地方，刮起大风，接着下起大雨，风雨一停，附近的山林燃起大火，烈焰飞腾。很多人去救火，但火却怎么都扑不灭。

听说了这件事情，孔甲心里非常害怕：不知道师门还要作什么怪。于是，孔甲安排仆人驾车，带上军队，决定亲自去看看。军队保护着孔甲来到了这个地方，他面向火堆祈祷，请求师门不要再作怪。孔甲祈祷了一会，火势变小了，眼看就要熄灭了。

孔甲这才放心，就带着随从和军队回宫去了。到达宫门的前面，随从请孔甲下车，叫了好多声也没有人应答。随从打开车门一看，孔甲直挺挺地坐在那，两眼发直地看着前方，原来他已经死在车里了。

夏桀和妺喜

孔甲死后，桀继承了王位，号称夏桀王。夏桀身材魁梧高大，仪表堂堂，是个标准的美男子。他也是个大力士，能把坚硬的鹿角折断，把弯曲的铁钩扳直。少年时，还曾在河里斩杀过蛟龙，在陆地上徒手和虎豹搏斗过。别看他如此英勇，一副豪杰气概，内心却极其荒淫、残忍。

夏桀即位后的第三十三年，他发兵征伐有施氏地区。有施氏抵挡不住桀的军队，只好进贡美女妺喜求和。妺喜长得妩媚动人，尤其是眼睛，好像一汪清水。桀十分宠爱她，但这个妺喜从来不笑。

桀为妺喜修建了富丽堂皇的琼室、象廊、瑶台和玉床，希望能博得美人一笑，可结果妺喜还是一副冷冰冰的样子。这一切的花费都落在无辜的百姓身上，人们生活在水深火热之中，敢怒不敢言。

一个叫做赵梁的佞臣，为了讨好桀，投其所好，教桀如何享乐，得到了桀的宠信。从此，夏朝的江山落到了这个小人的手中。

桀一天到晚没有事情可做，就想各种取乐的方法。这天他让随从在宫里的空地上挖了一个大池子，里面装满了美酒，他自己在上面驾着小船，划来划去。他还规定只要一敲鼓，所有的宫女都要趴在酒池边像牛那样喝水。有些人喝着喝

着，就一头栽到酒池里淹死了。夏桀哈哈大笑起来，可是妹喜连看都不看，更别说笑了。

有一天天气特别热，夏桀和妹喜在亭子里乘凉，宫女们在后面扇着扇子。一个宫女不小心把扇子撕坏了，发出吱啦的响声，没想到妹喜听到这个声音竟扑哧笑了。夏桀大喜，终于看到美人的笑脸。扇子是由绢做成，他就叫人把宫殿里存放的各种各样的绢都抱了出来。他叫人一匹一匹地撕给妹喜听，结果，妹喜哈哈大笑起来。

有了妹喜之后，夏桀只知道与她寻欢作乐，在一起鬼混，他不仅为妹喜修建了瑶台，还修建了一座长夜宫。夏桀常和妹喜在长夜宫里通宵欢聚，几个月都不上一次朝。大臣们来劝谏，夏桀避而不见。最后，夏桀烦了，就把来劝谏的人都杀掉。从此再也没有人敢来劝说夏桀了。

吃人的蛟妾

妹喜被丢进了冷宫后，夏桀身边没有美人陪伴了，他就命令各路诸侯每年都要向宫里进贡美女。诸侯们接到命令后敢怒不敢言。这可苦了天下可怜的百姓，有女孩的人家只得把自己的孩子送到宫中。

这一年又到了进贡美女的时候，夏桀坐在宝座上细细挑选。他看了几个都不满意。这时，几个美女走了进来，其中一个吸引住了夏桀。于是，他把这名美女带到了长夜宫。这名女子不但长得妩媚，还善于舞蹈，从此以后，夏桀和这个美人天天饮酒歌舞。

自从这个美人来到长夜宫以后，怪异的事情就发生了。每天晚上，长夜宫里就会丢失一名宫女。刚开始的时候，人们都没有觉察。可是日子久了，失踪的宫女越来越多。管事的人不敢报告给夏桀，只好偷偷地从外面抓些女子充当宫女。有一天，一个宫女到宫殿后面的井里打水，没想到竟打上来几根人骨头。

宫女们整天人心惶惶，不知道哪一天自己会从这个世界消失。

人们都说宫里住着一个吃人的妖怪。可是，没有一个人看见过妖怪的模样，天天提心吊胆。有些胆大的随从自愿组织起来抓妖。每天晚上，他们提着灯笼火把在皇宫里巡逻，可是他们却一次也没有碰上妖怪。宫女每天还是会失踪。随从

们商量着要把这件事情报告给夏桀，可是没有一个人敢去说。

夏桀哪里知道这些，每天除了喝酒就是观赏歌舞，醉生梦死。一个管事仗着胆子把这件事情告诉给了夏桀。夏桀听后哈哈大笑，完全不把这件事情放在心上。

这一天，夏桀不知道哪来的雅兴，就想看跳舞。于是，上回进宫的那个美人从早上开始，一直跳，一直跳，直到晚上，都没有停。忽然，这个美人停下了舞步，身形一晃，变成了一条张牙舞爪的巨龙，把旁边的一个宫女吞了下去。紧接着这条巨龙扑到夏桀的面前，张开血盆大口。

周围的人看见这种情形，吓得四散奔逃。只见夏桀拿着酒杯坐在那里一点都不害怕，说："原来美人是神物啊。"这条巨龙听完夏桀的话，又变成了美丽绝顶的妇人。夏桀哈哈大笑起来："美人真乃神人也，从此以后你就叫做蛟妾吧。"蛟妾是个怪物，夏桀却完全不在意。蛟妾每天吃人，夏桀还如数供应。

这天蛟妾对夏桀说："大王，今晚我们要搬出长夜宫，否则性命不保。"夏桀听后很奇怪，但还是照办了。夜里，狂风卷着密密的沙石，直奔长夜宫而来，不一会功夫，整个长夜宫都埋在了尘沙之下。

第二天，夏桀接到了报告，知道了昨天晚上发生的事情，吓出一身冷汗。从此，夏桀对这个蛟妾更加宠爱，因为她可以帮助夏桀预示祸福。

空桑里的婴儿

东方有一个小国家，叫做有莘。一天早上，一个姑娘提着篮子到桑林里去采桑，忽然，传来一阵婴儿的啼哭声。姑娘马上放下篮子，顺着啼哭声去寻找。

在一棵空心老桑树的肚子里，姑娘发现了一个红彤彤的胖娃娃，他正躺在树洞里，赤着身子，蹬着小脚，舞动着双手，哇哇地大哭。姑娘非常奇怪，怎么树洞里会有个小娃娃呢？她把娃娃抱起来，献给了有莘国的国王，有莘王把孩子交给御膳房的厨师去抚养。国王对这件事感到非常奇怪，就派人去查访小娃娃的父母。

没过多久，出去访查的人回来了，禀告有莘王说这个孩子的身世非常奇特。

这个孩子的母亲原来住在伊水的岸边。她怀孕的时候，一天晚上做了一个

梦，梦见一个神人对她说："如果舂米时出了水就往东边走，千万不要回头看。"第二天，她在舂米的时候果然流出了水，她赶紧把昨天晚上梦到的事情告诉邻居们，让他们和自己一起走。邻居们有的相信她说的话，有的人认为她在胡说八道。

她带领着乡亲们一直向东走，走了大约十几里路，她忍不住回头看了一眼。好家伙，她住的地方已经被大水淹没了，凶猛的波涛紧紧地跟在她和乡亲们的后面。她吓得举起两个手臂，想要大声呼喊，不料还没有喊出来，她的身子就变成了一棵空心的桑树。这棵桑树正好挡在水中央，堵住了激流，洪水渐渐地退了下去。

采桑姑娘拣到孩子的那棵空心桑树，就是这位母亲变的。所有和这个孩子母亲一起逃难的邻居们都可以证明这件事情。

这个孩子就是伊尹，因为他的母亲住在伊水边，后来又做了"尹"的官，因此而得名。

伊尹在厨子的抚养下渐渐长大，不仅聪明善良，乐于助人，还学得一手好厨艺。他能够根据不同人的需求，做出可口的饭菜来。在闲暇的时候，他会将每道菜的做法记下来，反复练习，直到熟练为止。

伊尹还非常有学问，他经常想象着有一天可以帮助那些受苦受难的老百姓。

又过了几年，伊尹成了有莘王女儿的教师。他以为自己建工立业的机会来了，经常向有莘王进谏。有莘王却一直没把伊尹放在眼里，有莘王认为厨子抚养的孩子是不会有什么出息的。

因为得不到重用，伊尹决定投奔汤王。可是，一直没有找到适当的机会。有一天，机会终于来了，成汤要娶有莘王的女儿为妻，伊尹主动要求作为陪嫁人员去了成汤那里。在婚宴上，伊尹用自己高超的厨艺，做出了许多符合嘉宾胃口的菜，得到了大家的好评。

汤王非常高兴，决定召见一下这个不凡的厨子。汤王面前，伊尹从各种佳肴的烹调方法说起，一直讲到治理国家的方法。汤王觉得这个厨子很有才气，从此对他另眼相待，但是也没有提升他。伊尹觉得自己在汤王这里才能得不到发挥，很委屈，就投奔了夏桀。

夏桀和伊尹

到了夏桀这里，伊尹还是在御膳房工作。

晚年的夏桀更加荒淫无度，他叫手下人造了一个大池，称为夜宫，他带着一大群男女住在池内，一个月都不上朝一次。太史令终古哭着要见夏桀，他很不耐烦，斥责终古多管闲事，终古知道夏桀无可救药，就投奔了商汤。还有一个叫关龙逄的臣子，听到老百姓的咒骂声音，便向夏桀进谏说："天子要谦恭讲信用，勤劳节俭爱护群臣，这样天下才能够安定，人们才能真心臣服。现在陛下奢侈无度，嗜杀成性，弄得百姓怨声载道，盼望着夏王朝早日灭亡。陛下已经失去了民心，如果还不改正的话，后果不堪设想。"桀听了非常生气，下令将他杀了。

夏桀的所作所为很让伊尹失望，他也想劝谏夏桀。有一次，桀正在瑶台上狂欢，伊尹借上菜的机会对夏桀说："君王，你不能再这样荒淫无度下去了。如果再这样下去，国家眼看就要灭亡了。"

正在兴头上的桀听伊尹这么一说，勃然大怒，用半醉的语调说："你不要在这里妖言惑众了。我的天下就像太阳一样，谁见过太阳灭亡了？如果太阳灭亡了，我才能灭亡。你这简直就是胡说八道。"说完夏桀就要叫人把伊尹拉出去杀掉。

妹喜坐在夏桀的身边，笑盈盈地说："大王，这个厨子做的菜很好吃，杀掉太可惜了。"夏桀看自己的宠妃为伊尹求情，火气顿时全消了。伊尹没想到被人们称为"祸水"的妹喜竟救了自己一命，非常感谢她。妹喜也许没有想到，她一时高兴救的这个伊尹，以后竟然成为辅佐汤王的贤臣。

伊尹看见夏桀如此执迷不悟，闷闷不乐的回到了住所。自己在成汤那里得不到重用，现在到了夏桀这里还是得不到重用。伊尹决定上街去喝酒。在大街上，他看见一些喝醉的百姓，嘴里哼唱着一首古怪的歌。

伊尹仔细一听原来是赞美汤王的，他非常吃惊，为什么这里的人们会唱这样的歌呢？难道成汤真是一个深得民心的君主，连夏朝的百姓都尊敬他吗？回到住所，他想自己真不应该离开汤王，自己虽然没有得到汤王的重用，但成汤终究是贤王，怎么可能不重用自己呢？

伊尹打定主意，连夜收拾好东西，叫了一辆车，离开了夏桀的都城。他走到黄河边的时候，遇到了夏桀的亲信费昌。他忙上前打招呼：“费大人怎么在这呢？”费昌说：“我看见天空中出现两个太阳，非常奇怪，想看个究竟。”这时，河伯从水中钻出来，告诉他们说：“这两个太阳，一个代表夏，一个代表殷。”

俗话说“天无二日，国无二主”，这不就预示着夏王朝的大势已去了吗？这更加坚定了伊尹投奔汤王的决心。

第十五章　商朝的传说

天命玄鸟，降而生商

在远古时候，有熊氏有两个十分美丽的女儿。姐姐叫简狄，妹妹叫建疵。有熊氏十分宠爱这两个女儿，总是竭尽所能去满足她们的一切要求，为了让两个女儿生活得更好，同时也为了显示她们的尊贵，有熊氏还专门为两姐妹建造了一座九层高的台阁，让两个女儿住在里面。姐妹俩的感情也非常好，总是形影不离，就是吃饭和睡觉也都要在一起。看着两个女儿生活得这样快乐，有熊氏很欣慰。

女儿总是要嫁人的，尽管有熊氏很舍不得，但自己毕竟不能陪伴她们一生，他要在他尚有能力之时为两个女儿都找到好的归宿。父亲舍不得女儿，女儿也同样舍不得父亲。简狄和建疵很留恋与父亲在一起的生活，而且她们姐妹两个人也分不开，所以她们都不愿意嫁人。每当有人上门提亲，她们总是找各种理由将对方打发掉。有熊氏很是无奈，不过好在两个女儿的年纪都还不大，把她们留在身边陪自己几年也好。

有一天，姐妹俩在台阁上玩耍，忽然见到天空中飞过一只美丽异常的燕子。姐妹俩很是喜爱，就想把燕子抓起来留在身边。也许是燕子听到了她们的心声，它在台阁的上空盘旋几圈之后，竟落在了台阁的上面。姐妹俩高兴坏了，都小心翼翼地靠近燕子，想要趁燕子不备时将其抓获。其实燕子一点儿想要躲避她们的意思都没有，眼见她们一点点靠近，它也没有飞走，仍然一动不动地停留在原地。就这样，姐妹俩很轻松地抓获了燕子。

姐妹俩小心翼翼地将燕子放进了笼子里，然后找来很多好吃的喂燕子。可奇怪的是，这只燕子什么也不吃，自打进了笼子以后，就一直趴在那里。姐妹俩很着急，为什么燕子不吃东西呢？该不会是生病了吧！妹妹提议去找医生看看，姐姐同意了。她们想打开笼子取出燕子，可就在笼子被打开的一刹那，燕子腾地一

下飞出了笼子，向着远方飞去了。姐妹俩想要追赶，可她们哪里追得上燕子呢？

燕子飞走了，姐妹俩都很伤心。当她们再次回到台阁上时，却发现原来装燕子的笼子里面有两个鸟蛋。姐姐简狄拿过鸟蛋反复摆弄着，她忽然想尝尝鸟蛋的味道，就分给妹妹一个，自己尝了其中的一个。妹妹建疵不想吃，把鸟蛋都给了姐姐。就这样，简狄将两个鸟蛋都吞进了肚子里面。晚上，简狄开始觉得身体不舒服。建疵认为一定是白天吃鸟蛋吃坏了肚子，就让医生来查看。而医生的诊断结果却让所有人都大吃一惊。原来，简狄并没有生病，她只是有了身孕。

简狄无故受孕的消息不胫而走，这让有熊氏感到十分为难。在那个时候，女子未婚先孕是被大多数人所不容的，这就意味着简狄以后将很难找到婆家，即使有人肯娶她，她也必定不会幸福。简狄倒是很想得开，既然燕子赐给自己一个孩子，那她就要好好地将孩子带大。就算没有人肯娶她，她也可以一个人生活。女儿的坚强总算让父亲感到了一丝安慰，可是为什么上天要这样对自己的女儿呢？如果这个孩子是天神所赐，那就应该让其拥有一个好的父亲，否则他的成长该是多么艰难啊！

简狄受孕后不久，帝喾来拜访有熊氏。在得知简狄因玄鸟而受孕以后，帝喾二话没说，当即表示愿意娶简狄为妻。帝喾对有熊氏说："简狄受孕是神的旨意，她肚里面的孩子必将不同凡响，如果您不嫌弃，就将您的女儿嫁给我，让我做孩子的父亲吧！"有熊氏自然是欢天喜地，当即答应了这门亲事。就这样，简狄成为了帝喾的妃子。足月后，她为帝喾生下了一个男孩，取名为契。契后来成为了殷人的始祖，因其是玄鸟致孕所生，故也被称为玄王。

契长大以后，帮助大禹治水有功，舜帝非常高兴，就让他做了主管教育的官，并把他封到了商这个地方。成汤灭了夏国后还取了"商"为国号。这是后话。再往后，商朝经历几次大迁徙后在殷这个地方定居下来，建立都城，并改国号为殷，所以商也就是殷，或者称为商殷。

到有易做生意

成汤以前，殷民族都生活在北方的草原上，过着游牧生活。他们有一个著名的领袖叫做亥，因为是民族的王，所以叫做王亥。他还有一个兄弟叫做王恒。

王亥非常精通畜牧业，他喂养的牛羊又肥又壮，并且繁殖非常快。人们按照他的方法去喂养牲畜，不久，整个国家就牛羊成群了。王亥见国家里牛羊这么多，就和弟弟王恒商量挑出多余的牛羊，赶到北方需要这些牲畜的有易族人那里进行交换。那里盛产的谷物、金属、绸缎、绢子等等正是王亥他们所缺少的。

王恒非常赞同哥哥的意见，人民也同意首领的安排，便从国内精选出一群健壮的牛羊，又挑选出年轻能干的小伙子作为随从，就这样，兄弟俩带着浩浩荡荡的队伍向有易进发了。

殷和有易之间有黄河隔着。黄河水神河伯是两国国王的好朋友，王亥、王恒带着队伍来到黄河岸边的时候，水神河伯主动在黄河中间分出一条道路，让他们平安地渡过了汹涌的黄河。

有易的国王叫做绵臣，听说邻国的王亥、王恒从北方赶了一大群牛羊过来，非常高兴，亲自带领臣子去迎接他们。绵臣为了款待这些贵宾，准备了一桌丰富的晚餐。王亥有一副好胃口，不管是正式的宴会，还是平常吃饭，都丝毫不客气，狼吞虎咽的。菜刚上齐，王亥就捧着一只煮熟的巨大野鸟啃了起来。王亥的牙齿像野兽般锋利，吃起野鸟来根本不费劲，没多大功夫，一只野鸟连筋带骨头都吃到了肚子里。王恒虽然也喜欢吃，可比不上他哥哥。

王亥、王恒在有易国呆了好几个月，异国舒适的生活，丰富的美食，使他们胖了好几圈。

王恒还发现有易国国王的妻子是一个绝色美人，于是，有了非分之想。他没事就找机会靠近这个美人。有易国王的妻子也是个不安分的女人。她早就嫌弃国王年老多病，正想找一个可以和自己风流快活的人。王恒的出现，正合她的心意。不久，王恒就与有易国王绵臣的妻子勾搭到了一起。王恒的甜言蜜语很合这个女人的胃口。两个人背着绵臣，暗地里经常在一起鬼混。

可是再好吃的糖，也会吃腻的。绵臣妻子对于王恒的这一套渐渐厌烦，她决定寻找一个新的男人。王恒不甘心，天天缠着她。绵臣的妻子很是恼火，总想找个办法甩掉王恒。

爱情纷争

有一天，有易王带着妻子一起宴请王亥、王恒。席间，王恒总是不由自主地

望向这个女人，她真的是太美了。没有一个男人不为他的美貌所倾倒，但王亥例外，他只盯着自己手里的食物，狼吞虎咽，旁若无人，连看都不看她一眼。王亥的举动引起了她的注意，她开始对王亥展开了爱情攻势。

这天，王亥正在照顾他的牛羊，绵臣妻来到了他的身边。这个女人笑眯眯地说："请问你是从殷国来的王亥吧?"王亥非常腼腆，面对这样一个绝色佳人竟说不出话来，费了老半天劲才说出了两个字"是的"。从那以后，绵臣妻每天都来到王亥的身边，主动和他说话。最后，没有经验的王亥终于成了爱情的俘虏。

王亥尝到了爱情的甜头，好像出笼的猛虎谁也阻挡不了。两个人天天黏在一起，不加检点，渐渐地，人们都知道他们之间的不正当行为，只有绵臣还蒙在鼓里。

王恒知道了这件事情，嫉妒的火焰在胸中燃烧，他从来没有想过竟然是亲哥哥夺走了自己所爱的女人。王亥对弟弟和绵臣妻之间的事情却是一无所知。

被爱情冲昏了头脑的王亥特别需要和别人分享爱情的喜悦。他找到弟弟，向他坦白了最近发生的爱情故事，说自己是多么的幸福，竟得到美人如此的倾慕。

王恒听着哥哥的叙述，心里更加难受了。他认为这是哥哥在暗示他不许妄想。毕竟哥哥是一国之主，自己怎么能够抢得过？王恒假意赔笑，祝贺哥哥终于找到了所爱的人。暗地里，王恒却恨得几乎连牙齿都咬碎了。

在这场爱情纷争中，还有一个主要的角色，那就是有易王的御前卫士。在王亥、王恒没来之前，他就和女主人有暧昧关系。可如今自己心爱的女人却躺在了王亥的怀抱里，这位年轻的卫士觉得感情上受到了严重的伤害，他决定给王亥一点颜色看看。他想把王亥和绵臣妻的奸情报告给国王绵臣，可又担心没有证据会被对方反咬一口。他决定利用自己的职务之便，查到这两个人通奸的证据。一有闲暇时间，他就到王亥的住所去监视，想找一个适当的时机报仇雪恨。

王亥沉溺于爱情当中，原本冷静的头脑也变得昏聩了。他和绵臣妻整天花天酒地，载歌载舞，哪里察觉得到弟弟对自己的怨恨，年轻卫士对自己的仇恨。

这两个情场失意的男人很快凑到了一起，商讨着怎样去对付共同的敌人。王恒想要借刀杀人，青年卫士却想要亲自动手。就这样，两个人互相利用，开始一步步地实施报仇计划。

王亥被分尸

王恒和青年卫士密谋好了一切，就等时机的到来。危险正一步步地逼近王亥。

王恒对哥哥的行踪十分了解，就主动承担起了监视的工作。青年卫士自愿担当起捉奸的任务。王恒天天跟在王亥的身边，寸步不离，寻找机会。王亥很奇怪，心想弟弟以前并不喜欢跟着自己啊，就问："弟弟，你怎么最近总是跟着我啊？"王恒说："哥哥，我以前贪玩，什么事情都由你一个人来做，太辛苦了，我决定以后成为你的好帮手。"王亥听了非常高兴，觉得自己的弟弟终于长大了。他怎么能想到自己的亲兄弟要杀掉自己呢。

一个漆黑的夜晚，王恒偷偷地找到青年，告诉他："王亥刚打猎回来，喝得大醉，歪歪斜斜地向有易王宫殿的后门走去，现在正是下手的好机会。"然后，王恒溜回住处，等待着好消息。

青年卫士一听，机会终于来了，拿起一把锋利的斧头就向王宫的后门走去。他对王宫了如指掌，没走多久，就来到宫殿的外面。他四下张望了一下，看没有人经过这里，就翻过宫墙，来到了王后的卧室。

青年站在窗外，借着屋内昏黄的灯光，看见王亥正四脚朝天地躺在王后的床上。可能是醉得太厉害了，王亥连衣服鞋子都没脱掉，就沉沉地睡着了，还打着如雷的鼾声。青年一看自己的情敌就躺在床上，不禁怒火中烧，推开房门走了进去。

青年来到床边，抡起斧子，照着王亥那粗壮的脖子就砍了下去，血从王亥脖子里喷了出来，溅落在青年卫士的脸上、衣服上。青年卫士好像发疯了一般，紧接着又是两斧子，把王亥的头砍了下来。

看着躺在血泊中的王亥还是那样的强壮，身上似乎还流淌着草原的气息，漂浮着成群牛羊的身影，嫉妒的青年拿起斧子又向那颗头颅砍去，王亥的头颅被一劈为二。接着，青年卫士又砍了几斧子，王亥的两个胳膊和两条腿也被砍掉了。最后，青年卫士拦腰又砍了一斧子，王亥的身体被劈为两半。王亥的尸体就这样被砍成了大大小小七块。

杀完人后，卫士用床单擦去斧头和身上的血迹，跑出王后的寝宫。哪知还没有跑出多远，就被宫女们发现了。她们大喊："杀人了。"青年卫士心里非常害怕，跑错了路，正好碰上巡逻的卫士，没费多大的力气，青年就被抓住了。卫兵推推搡搡地将青年带到了国王的面前。

国王绵臣听说了这件事非常震惊，死的毕竟是邻国的国王。经过查问，青年交代了刺杀的原因。国王绵臣气得浑身发抖，下令没收王亥带来的随从和牛羊，然后再把不是好东西的王恒逐出了国境。

国王本想将青年杀头，但念于他为了维护国家的尊严不惜冒着生命危险行凶，也算得上是忠心耿耿了，遂免了他的罪。接着该处理王后的问题了。王后在国王面前哭诉，说自己也是身不由已的，王亥借着权势逼迫自己，没有办法，只好顺从了他。国王看王后哭得死去活来，十分心疼，觉得责任都在王亥，不应该由王后来承担，就免了王后的死罪。

王恒捡了一条命，赶紧跑回了自己的国家。

王恒滞留有易国

王恒被驱逐之后，狼狈不堪地逃回国。他把这件事情的原委颠倒黑白，添油加醋地告诉给了本民族的人。大家听了，都非常气愤，认为不仅损失了一大笔财产，国王又被杀害，这简直是本民族的奇耻大辱。他们马上拥戴王恒为王，准备讨伐有易。

王恒没想到煽动起人们的怒火，自己竟能取得王位，暗自高兴。可是他又心怀鬼胎，怕真的要去攻打有易的话，自己的谎言就会被揭穿，一旦人们知道是他谋划杀害了自己的哥哥，恐怕到时候国王做不成，性命也会不保。

他好言劝慰人民，要节哀顺变，还说自己可以作为使者去和有易王进行交易，索要回牛羊。如果有易王不归还的话，再出兵攻打也不晚。人们都不同意这个政策，但是新国王执意要这么做，大家也不好说什么，只好听从。

王恒以新国王的身份，带着几个随从再一次来到了有易国。有易国王听说王恒这个卑鄙小人又回来了，非常恼火，想要不见。可是，王恒是殷民族的新国王，力量强大，又不敢惹，只好忍气吞声以接待贵宾的礼数招待了王恒。王恒看到从前看不起他的有易王如此谦恭，非常高兴。在酒席宴前，他说："我这次来是为了要回上次被没收的随从和牛羊。"有易王恭敬地说："我已经准备好了，大王随时都可以拿走。"就这样，王恒得到了一大笔遗产。

晚上，躺在床上，王恒翻来覆去睡不着，心想：如果我回去的话，这些牛羊就得分给大家，自己一点好处也得不到，只能做个穷国王。在这里呆着的话，不仅有吃不完的山珍海味，还有旧日的情人，这种生活正是自己想要的。想到这，他决定不再回殷了。

第二天，王恒把自己不回国的决定告诉给了有易王。刚开始有易王不答应，毕竟他曾经杀害了自己的哥哥，怎么说也是大逆不道的事情，怎么可以留这样的人在自己的国家。最后禁不住王恒的威逼利诱，没有办法只好答应。毕竟他的财产最后都会花费在本国，双方都不吃亏。

王恒在这里过得太舒服了，每天都有美酒佳肴，音乐歌舞。没过几天，绵臣妻又找到了王恒，泪流满面地说："我一直仰慕着你，可是你的哥哥王亥却强行把我占有了过去，我也是身不由己。现在，你又回到了有易国，不知道我们还能重新开始吗？"王恒看着泪眼婆娑的美人，心头不禁一颤，忙说："我们当然可以重新在一起。"

从此，两个人又鬼混到了一起。绵臣知道这件事情，敢怒不敢言，只好睁一只眼闭一只眼。王恒非常得意，没想到最后还是自己抱得美人归。

王恒在有易国一住就是好几年。殷族的人民见王恒这么久没有回来，以为他被扣押在了有易国，就赶忙拥戴王恒的儿子上甲微做了国王。这样免得那些对殷虎视眈眈的民族趁机攻打自己。上甲微很年轻，却很有才干，是个有道明君。他一想到有易国杀掉了自己的伯父王亥，抢走了牛羊，现在自己的父亲又被扣押了起来，生死未卜，实在是太目中无人了，就决定带兵去攻打有易国，将自己的父亲救出来。

上甲微灭有易

王恒到有易国去索要没收的牛羊，再也没有回来。殷族的百姓都以为他被扣押在了有易国，就拥立了上甲微。上甲微成为殷的新国王后，加紧操练人马，准

备进攻有易，把自己的父亲救出来。

挑了一个好日子，上甲微带着军队出发了。

上甲微救父心切，命令军队快速前进，没过多久，大军浩浩荡荡地来到黄河岸边，汹涌的波涛挡住了去路，上甲微找水神河伯帮忙。开始的时候，河伯听说这成千上万的军队是要去攻打有易国，非常为难，因为两国都是自己的好朋友，他怎么忍心让自己的好朋友互相争斗呢？后来，他听到上甲微义正言辞的话语，觉得他是一个孝顺的孩子，就决定帮忙。他把上甲微统领的大军安全地送过了黄河。

有易王听说殷国的大军杀了过来，非常害怕，心想他们一定是为了王恒的事情而来，赶紧派了一个伶牙俐齿的人去说明事情的真相。上甲微听了半信半疑，没想到自己的父亲竟是这样的人。不管怎么说，军队已经开到了，怎么好再撤回去呢？不如以扣押自己父王为借口，攻下有易国，这样不仅可以扩充疆土，还可以救出父亲，岂不是一举两得。

可怜的有易国王，对这场战争完全没有准备，只好匆忙应战。临时拼凑的军队怎么能抵挡住训练有素的殷军，没打几仗，有易国的军队就被杀得土崩瓦解，最后王城被攻陷了，有易王绵臣在混乱中被杀死了。

大军进到城中，上甲微就派人四处寻找自己的父亲，可是哪里都找不到，可能被仇恨他的有易族人杀死了吧。上甲微非常悲伤，心想自己的父亲一定是被有易国囚禁起来杀害掉了。他要用有易人的鲜血来祭奠父亲的亡灵，他命令军队屠城，一个小小的国家，人烟几乎断绝了，只剩下一群怪模样的鸟站在树梢，望着地上的死人。

上甲微灭了有易，非常高兴，带着军队，高奏凯歌而还。再次路过黄河的时候，水神河伯对正得势的朋友十分恭敬，不敢得罪，像来时一样，把军队和战利品平安地送到了河对岸。

上甲微走后，水神河伯悄悄地来到有易国，想看一下老朋友。水神河伯看到的是一片废墟，昔日的繁华景象早已经不在了，只有少量存活下来的老弱病残，还在废墟里艰难地生活。河伯于心不忍，就暗自把存活下来的人们聚集起来，搬到别处居住，同时，还将他们变化为长着一双鸟脚的民族，并给他们取名为摇民。摇民就是秦国人的祖先。

这次战役以后，殷民族兴盛起来。从上甲微开始一直向下传了六七代，到了成汤时，殷民族已经成为了东方的大国。

成汤灭了夏民族取得天下后，为了祭奠祖先的功德，给了王亥、王恒、上甲微隆重的祭祀。对王亥的祭祀最隆重，用了三百头牛，王亥还被尊称为高祖。河伯在这次战争中帮了很大的忙，殷民族的儿女们没有忘记他，也时常举行祭祀活动。

“网开三面”的汤王

汤王是商王朝的创建者。他身高九尺，宽宽的脸庞，白皙的皮肤，头发浓密，脸颊两旁长着秀美的胡须。他不仅相貌出众，还心地善良。

有一天，汤王带着随从去打猎。在一片草木茂盛的林子里，他看见一个猎人正在东南西北四个方向上张挂捕捉飞鸟的网。等网挂好以后，这个猎人跪在地上，对天祈祷道：“求上天保佑，我已经在四面挂好了网，愿天上的飞鸟，地上的走兽，都进入到我的网中来。”

听完猎人的话，汤王感慨地说：“只有夏桀才会如此张网啊！要是四面都张网，鸟兽就会被网光，一点活路都没有。这样做实在太残忍了。”

于是，汤王命令随从把挂好的网撤掉三面，只留下一面。然后他对那个猎人说：“让我教你一首祝词吧。”说完跪在地上对天祷告说：“天上自由飞行的鸟，地下自由奔走的野兽，要往左面去，就往左面吧，要往右面去，就往右面吧，要想高飞就高飞，要想留下来的就下来，请到我的网中来吧！”

说完汤王站起身来，对那个猎人和随从们说：“不仅是对待人，对待禽兽也要有仁德之心，不能够捕尽捉绝，因为不听从天命的只有很少一部分，我们要捕捉的正是那些不听从天命的。”

商汤“网开三面”的故事很快地就在诸侯国间传开了，诸侯们交口称赞说：“汤王是个仁德之人，对禽兽都能如此仁慈，更何况是天下百姓呢。”大家都认为汤是有德行的君主，值得信赖。不到一年，前后来归附的诸侯就增加到了四十个，汤王的势力越来越大了。

再说夏桀。整天沉溺于女色和美酒之中的夏桀，根本没有觉察到自己已经走到了危险的边缘。有一次，他命令手下人把宫苑里豢养的老虎放到热闹的集市上去。他想看人们见到老虎时惊恐的样子，结果，老虎一出现在街市上吓得行人四

散奔逃，踩死和撞伤了好多无辜的百姓。夏桀站在城楼之上，看见人们惊慌的样子，乐得腰都直不起来。他还让大臣们陪他一起欣赏。大臣们看不过去，纷纷进谏，结果都被夏桀杀死了。从此以后，只要有人进谏，就马上被定罪杀头。被冤杀的人太多了，整个夏朝到处都是冤死的孤魂。大臣们每天都担惊受怕，不知道什么时候就会被夏桀杀掉。

汤王听说了这些事情，心里很难过，就派人去凭吊这些受害的人。汤王的行为激怒了夏桀，他认为汤王这是要收买人心，想夺取自己的政权，便采纳了谗臣的建议——把汤王骗到京城，然后杀掉他。

夏桀下了一道诏书，说十分想见汤王，让他尽快进京。汤王的大臣都说这是夏桀的诡计，目的是除掉汤王，可是汤王宅心仁厚，根本不相信夏桀会杀自己，于是，带着几名随从赶往都城。

汤王一到，就去皇宫拜见夏桀，可是连夏桀的影子都没见到便被抓了起来，关押在一个叫夏台的监狱里。夏台是夏桀专门修造的—座监禁犯人的监狱，又称为钧台。汤王被关在钧台的牢房里。

汤王怎么能经受住这样的磨难？汤王国家的人来了，带了许多的金银财宝，贿赂夏桀宠爱的大臣。最后，昏聩的夏桀没有考虑后果，轻易地就把汤王给放了。

汤王三聘伊尹

汤王在大臣的帮助下，终于从夏桀的监狱里逃了出来。他回到商国以后励精图治，不到三年，国家就变得更加富强，老百姓都过上了幸福美满的生活。

商汤有个爱好，就是喜欢到民间走访，找寻那些藏于市井中的高人，向这些人请教治国之道，或者聘请他们做官。用这种方法，汤王得到了许多有才干的人。可是，汤王总觉得缺少一个全才。

有一天，汤王又出去私访，来到了莘村。正赶上中午，太阳火辣辣的，大地好像要烤出油来。汤王四处眺望，希望可以找个阴凉的地方休息一下。他看见在不远处有一棵大树，树叶茂盛，应该是个不错的乘凉地。

汤王来到大树下，只见好多干完活的年轻人正在树下休息，他也找了个地方

伊尹像

坐下来。不一会儿，从村子里走出来一个年轻人，高高的身材，黝黑的皮肤，双眼炯炯有神。他肩上扛着木犁，赶着两头黄牛，也向这棵大树走来。汤王一看见他，心里想："这人一定是个贤人。"树下的年轻人看见这个人，都和他打招呼："到这边来坐吧，这边地方大。""到我们这来坐，这里有空地。"汤王非常惊奇，心想一个放牛的人竟能得到这么多人的尊敬，可见他是一个得人心的人，如果我能聘到这样的人来做官，国家不愁治理不好。

汤王看见这个人赶的两头牛中间挂了一张皮子，不明白其中的奥秘，就向身边的人请教。旁边的人说："两头牛同拉一个犁，容易偷懒。只打其中的一头牛，不打另一头，牛就会不高兴。如果不打，牛就不好好干活。在两头牛之间挂个皮子，只要打在这个上面，两边的牛都会以为是在打自己，就不敢不干活了。"

汤王听后连连点头，又问身边的人："请问，这个人叫什么啊？""伊尹，附近的老百姓都知道他。"汤王回到皇宫，让人准备好礼物，我要去拜访伊尹。

第二天，汤王带着随从和一些礼物来到了伊尹的家门口。伊尹看见汤王到来，不明原因，赶忙上前询问："大王，为什么会来到我的家门口？"汤王恭敬地说："听说你是个贤才，所以想聘请你出来做官。"

伊尹摇了摇头说："大王，我只是一介草民，哪是什么贤才，还是另请高明吧。"汤王笑着说："你太谦虚了，周围的百姓都很敬重你，说你是大贤之人。本王求贤若渴，还请先生一定出山。"

伊尹默不作声，只是静静地站在那里。汤王赶忙说："先生难道是有什么顾虑吗？"伊尹这才说话："自古忠孝不能两全，现在我的老母亲已经八十岁了，需要我的照顾，我不能丢下我的母亲去做官。"汤王怎么劝说，伊尹也不答应，没有办法只好告辞。

过了两年，伊尹的母亲去世了。汤王听到这个消息，赶忙又去请伊尹。这回，伊尹的态度不像从前那样强硬了。伊尹说："我的母亲刚去世，我要为她守孝三年，才能出来做官。"汤王非常赞同伊尹的做法，和他约定三年后，再来接伊尹。

三年期满了，汤王亲自来到莘村接伊尹。汤王的马车刚到莘村村口，就远远地看见伊尹站在大树下。伊尹走到汤王的面前，说："汤王真是当世的明君，为了我这个乡间的野人，竟如此用心，我一定尽心尽力辅佐大王。"汤王说："先生言而有信，是个君子啊！我如果能得到先生的辅佐，还怕国家不强盛吗？"伊尹跟随汤王入朝，被封为了宰相。

后来，人们为了纪念汤王三聘伊尹这件事情，就在那棵大树下立了个牌坊，上面写着"汤王聘处"。现在在陕西省合阳县的莘村，还有这块牌坊的遗迹。

妺喜结交伊尹

夏桀整天吃喝玩乐，根本没有察觉到身边的危险。他知道汤王"网开三面"的故事后，非常生气，觉得汤王要篡夺他的王位，就把汤骗到都城关了起来。后来，汤王的臣子上下打点，贿赂夏桀身边的近臣，汤王才得以释放。

夏桀意识到自己应该做些勇猛威武的事情，让天下的老百姓佩服自己。可是做什么才能让人信服呢？一个佞臣看见天子如此烦恼，就说："大王，能叫天下人信服的莫过于武力。我们可以发兵去征讨别国。如果我们胜利了，天下的人就不敢有二心了。"

夏桀皱着眉头说："攻打哪个国家我们一定会取胜呢？"佞臣说："岷山吧。"夏桀听从了佞臣的话，整顿兵马向岷山进发。

岷山是西南的一个小国，怎么能抵挡得住夏朝强大的兵力，刚开战就被打败了。岷山的国王只好投降，可又怕夏桀滥杀无辜，怎么办呢？他听说夏桀好色，就命令侍从挑选两名美女送给夏桀。夏桀看到这两名美女后非常满意，马上命令撤兵。迫不及待地回宫与两个美人风流快活。

这两名美女一个叫做琬，另一个叫做琰。夏桀非常宠爱这两个女子，把她们的名字刻在玉石上，让她们佩戴在身边。他就在旁边一动不动地瞧着这两个美人。夏桀被这两个美人迷得团团转。这时候的妹喜，容貌衰败，哪里比得上新来的美人。夏桀觉得妹喜碍眼，就把她打进了冷宫。

受到这样的对待，妹喜非常憎恨夏桀，一直想找机会报复。她在屋里想啊、想啊，终于想到了曾经在御膳房做官的伊尹。当初，伊尹在夏朝时，自己和他还有些交情。

原来伊尹在夏朝的御膳房工作，为夏桀和妹喜烹制饭菜。妹喜很喜欢他做的菜，所以对伊尹非常的好，经常赏赐一些好东西给他。有一回，伊尹看不惯夏桀的荒淫无道，主动劝谏，这一下子可就捅了马蜂窝，夏桀大怒，要把伊尹推出去砍脑袋。妹喜坐在一边看不过去，就对夏桀说："大王，我十分喜欢吃这个厨子做的菜。你要是把他杀了，以后谁给我做菜吃呢。"夏桀看自己的宠妃为伊尹求情，就没有杀他。伊尹忍受不了夏桀的荒淫暴虐，就悄悄地逃跑了。

妹喜听说伊尹现在是成汤身边的红人，如果自己能够联系上他，不就可以报仇了嘛。妹喜暗中派人去联系伊尹。伊尹听说妹喜要和自己联手一起对付夏桀，觉得这是一个不错的建议。伊尹经常派人去看望妹喜，送给她贵重的礼物，妹喜把探听到的国家机密情报全部告诉给伊尹。就这样，妹喜和伊尹交往不断。伊尹通过这些情报，分析夏朝的军事实力，帮助那些受到残害的忠臣。这些都为日后攻打夏朝作好了充分的准备。

夏耕断头

夏桀的淫乱和暴虐终于激怒了天下人，诸侯们都起来反对他。汤王作为诸侯们的统帅，率大军讨伐夏桀。汤王坐在战车之上，双手拿着一把板斧，费昌替他驾着车子，伊尹跟随在他的身后，庄严而威武。

夏桀听到这个消息后手忙脚乱，这个时候，他才意识到自己已经穷途末路了。他赶忙召集大臣们开会，但是只有少数几个大臣来了，其中包括夏桀的死党，韦、顾和昆吾。他们三人手中握有一定的兵力，在诸侯国中比较强大。夏桀命令这三个人一定要把成汤消灭在来的路上。

成汤和伊尹决定依次消灭韦、顾和昆吾这三方诸侯。他们按照循序，分别来到了这三个诸侯的封地。虽然这三个诸侯手握重兵，可民心所向，没有一个人愿

意为他们卖命，所以成汤的军队一到，军兵们纷纷丢下武器投降，百姓们主动打开城门迎接汤王。成汤没费一兵一卒就攻破了夏桀的外部防线。

成汤带着军队直奔夏朝的都城。

在皇宫中，夏桀还在等待胜利的好消息，结果听到的都是战败的噩耗。夏桀认为一定是自己好久没有祭拜神灵，才会受到这样的惩罚的。他赶紧命令手下人准备祭祀用品，希望借助神灵的保佑，打败敌人。直到现在，夏桀都没有意识到是自己的荒淫无道激起了天下人民的反抗。

祭祀完毕，夏桀命令手下的大将夏耕前去迎战。夏耕是镇守章山的大将，擅长使用长矛，威风凛凛。他根本没把成汤王放在眼里，接到命令后，整顿好人马，站在城门外等着汤王的到来。

汤王的军队来到了城门外，看见一员大将正在那里等候。汤王问旁边的伊尹："这员大将是谁啊？"伊尹说："这是夏桀身边的一员猛将，叫夏耕，他善于使用长矛和盾。"汤王听后哈哈大笑，说："让我亲自去会会这个猛将吧。"

说完，汤王拿着板斧，骑着战马，直奔夏耕冲去。夏耕拿着长矛在那里站着，还没有反应过来发生了什么事，就听见"咔嚓"一声，自己的脑袋已经被汤王砍了下来。

断了头的夏耕，慌忙从地上爬了起来，不辨方向地狂跑，跑啊、跑啊，一座大山拦住了去路，原来他一口气跑到了巫山。他想起巫山有个仙人，法力无边，如果能够找到他，就可以把自己的断头接上了。

夏耕在山上找来找去，终于发现了仙人的住所。夏耕虔诚地跪在仙人面前，请求仙人帮助。仙人看着他说："夏桀荒淫无道，作为臣子的你不但不劝阻，反而帮助他一起害人，天下的老百姓哪一个不痛恨夏桀，你还帮助他倒行逆施，不觉得羞愧吗？还有什么脸面让我帮助你。"

夏耕听后羞愧得无地自容，谢过神仙，找了个没人的地方躲了起来，检讨自己的罪恶，再也不敢出来了。

汤王的军队势如破竹，很快就攻打到夏桀的都城外。

火神相助

汤王带着诸侯国的军队终于来到了夏桀的都城外，只见城门紧锁，城楼上站满了手持弓箭的士兵，只要成汤的军队向前一步，就会被射成刺猬。

看到这种情形，汤王赶紧找来宰相伊尹商量对策。伊尹说："夏桀的都城很坚固，并且把守得很严，如果我们强攻的话，损失一定很严重，我看可以偷袭。"汤王觉得伊尹说得有道理，就命令手下的一员大将带着一部分士兵，晚上偷袭夏桀都城。

半夜，那名大将率领士兵悄悄地来到城门下，架好云梯，正要往上爬，突然城楼上灯火通明，箭如雨发。原来，夏桀早有准备，怕汤王偷袭，命令士兵防备偷袭。

汤王看到受伤的军兵，心里十分难过。难道这个都城就这么难攻打吗？伊尹在一旁劝解汤王说："大王，偷袭不行，我们再想别的办法，大王不要忧虑。"汤王说："我知道你一定会有办法攻下这座城，可是，那样我们会牺牲更多的人，这些人都是无辜的，我不想他们就这样丢掉了性命。"

伊尹不语，静静地站在汤王的身边。他知道汤王宅心仁厚，不忍看到自己的兵将白白死掉，可是自己现在还没有想出什么好的办法，真希望能出现奇迹。

这时，汤王听见帐外有人喊自己的名字。他和伊尹对看了一下，赶快走出帐篷，看个究竟。现在正是深夜，天上连颗星斗都没有，漆黑一片。汤王模模糊糊地看见一位天神站在半空中。这位天神长着人脸、兽身，好像火神祝融的模样。汤王顾不上仔细端详，赶紧上前施礼道："不知道天神来此有何贵干啊？"

天神看着汤王说："你就是成汤吗？"汤王毕恭毕敬地说："我就是。"天神说："天帝让我来帮助你。虽然夏桀的都城看起来固若金汤，可是内部已经乱成了一锅粥。你现在马上带着部队攻城，我一定会帮助你取得胜利。一会你看见哪里燃起熊熊大火，就带领军队往哪里攻。"

汤王听后连忙道谢，可心中还是有些疑惑。这时候，士兵来报说城的西北角燃起大火，漆黑的夜空映得通红。汤王知道这一定是火神祝融在帮助自己，就马上命令士兵攻城。

没过多久，成汤的军队就攻占了整座城池。城中的百姓听说是成汤王，都出来迎接。成汤命令士兵去宫殿里抓夏桀。过了好一会，士兵回来报告说夏桀和他的妃子们都不见了。成汤赶紧命令精兵去追赶。

成汤命令手下的士兵，不许欺负城内的百姓，不许掠夺财物。百姓们看见汤王的军队如此遵纪守法，从心底里拥护他。成汤把夏桀收刮来的财物分给城中的百姓，让那些无辜的宫女回家。没过几天，都城恢复了平静。

灭了夏桀以后，诸侯们都推举成汤为天子。商王朝从此建立了。

暴君的穷途末日

汤王带领军队前来讨伐夏桀。夏桀以为自己的城池坚不可摧，完全没把成汤放在眼里。尤其是他打退汤王的第一次进攻的时候。可是，当汤王进行第二次进攻的时候，夏桀坐不住了，他带着平时宠爱的妃子，还有妹喜，趁乱逃出了京城。

汤王攻进都城以后，派人寻找夏桀，怎么也找不到。这时，一个侍从模样的人来拜见伊尹，他对伊尹说："宰相大人，我是妹喜娘娘的亲信，她让我告诉您，夏桀要逃往鸣条。"

伊尹听后非常高兴，马上派人通知汤王。汤王听后大喜，选出七十辆最好的战车，六千名勇猛的武士，前去捉拿夏桀。

这时候，夏桀已经带着人马逃出了好几百里。六千名猛士在后面日夜兼程，一路追赶，终于在鸣条相遇。

夏桀的军队，还没等到和汤王的军队交锋，就崩溃了。人马死的死，伤的伤，还有些人趁着混乱逃跑了。最后，夏桀检查了下自己的兵马，所剩无几。他带着自己的残兵败将和妹喜及其他的宠妃继续向前逃去。

这天，他们来到了江边，只见江岸上摆着几条破船。夏桀慌不择路，带着人赶紧上了船。他们划着船顺着江水漂流，没过多久，驶进了一条神秘的河流。

这条河的两岸古树参天，还不时传来猿猴的叫声，江面上笼罩着一层薄薄的雾气。夏桀和侍从看到这些景象，吓得直哆嗦。虽然夏桀年轻的时候能够双手折断鹿角，扳直铁钩，下水斩杀过蛟龙，陆地上打过猛虎，可现在夏桀已经老了，再也没有年轻时候的胆量和勇气。他紧紧抱着身边的妹喜不放手。

船顺着水流向南漂，一直逃到了南巢。在南巢附近有一个大湖，叫做巢湖。夏桀也不知道自己为什么会从山西跑到安徽来，不过总算摆脱掉了成汤的追赶，可以喘口气了。他让随从们下船，就在这里居住了下来。夏桀精神极为低迷，站在湖边，天天看着都城的方向。他一生荣华富贵，没有吃过一点苦，现在居然成了败家之犬。

夏桀身边的随从都是被胁迫来的，看到夏桀再也没有往日的威风，就都偷偷地跑掉了。夏桀也没有力气去管这些人，任由他们去留。夏桀站在湖边，望向都城的方向不禁流下泪来。这时，不知从哪儿传来了歌声，歌词大意是汤王打败了荒淫的夏桀，天下的老百姓都过上了好日子。夏桀大怒，赶忙命人把唱歌的人抓来。随从在周围找了半天，连个人影都没看到。

没过多久，夏桀郁郁而终，临死时还恨恨地说："我当初就应该把成汤杀死在夏台，不然今天也不会沦落到如此地步。"

可是，夏桀到死也没有明白，即使没有成汤，天下千千万万受他涂炭的百姓也会找他算账的。

汤王在桑林祷雨

灭了夏桀以后，成汤成为商朝的开国之君，他是继尧、舜、禹之后的又一圣君。

成汤刚登上商王宝座没多久，就遇到了天下大旱，并且一旱就是七年，江河里的水都晒干了，地上的石头都要烤化了，老百姓叫苦连天。汤王派人求雨，可是怎么也求不下来。

有一天晚上，汤王在睡梦之中忽然看见一个天神向他走来。汤王赶忙上前施礼："天神驾临，请问有什么事情吗？"天神回答道："我知道你为求雨的事情伤透了脑筋。我知道用什么方法才能求下雨来，特来告诉你。"汤王大喜，说道："快告诉我吧。"天神不紧不慢地说："只有用人当祭品，才能求雨成功。"汤王心头不禁一颤，再看，天神已经不知道去向。

汤王醒来以后，还回想着梦中的情境，不知道是真是假。这时，宰相伊尹求见。汤王正好要找个人商量一下，没想到伊尹来了。汤王把昨晚做的梦和伊尹说了一遍。伊尹说："大王，我昨晚也做了和你一样的梦。"汤王说："看来这真的是上天给我们的启示啊，可是用活人当祭品，我还是不忍心。"伊尹说："大王，我们可以让史官占卜一下，看看此事能否成功。"

汤王找来史官占卜。史官对汤王说："从占卜的结果来看，只有拿人当祭品，才能求下雨来。"汤王说："求雨是为了天下的百姓，如果真要牺牲一个人，那

就让我当这个祭品吧。”

伊尹听说汤王要牺牲自己为百姓求雨的事情后，马上来拜见汤王。伊尹说：“大王，如果你牺牲了自己，还没有求下来雨，那我们岂不是损失太大了，这么大的天下还需要您来治理呢。”汤王说：“我德行不好，才会让上天如此惩罚我的子民。我已经下定决心这么做了，如果我真的死了，就辅佐我的儿子当君主吧。”

商汤像

汤王牺牲自己，为民求雨的消息不胫而走。天下的百姓都为汤王的善心所感动。他们蜂拥来到都城，想见汤王最后一面。

到了求雨这一天，汤王穿上粗布衣服，披头散发，身上绑着易燃的白茅，坐在白马拉着的白车子里，向殷民族的祭祀地桑林走去。

人们抬着大鼎，打着旗帜，吹着音乐在前面缓缓地行走。汤王的马车就跟在这些人的后面，左右是巫师们，他们边走边唱着求雨的祷文。

没过多久，他们来到了桑林，这里早就被老百姓围了个水泄不通。桑林的神坛旁已经摆好了柴草，几个巫师正在神坛上作法。汤王走下车子，慢慢地走到神坛旁，跪下来祈祷：“我不是一个德行深厚的人，所以才会连累天下的百姓。这些都是我一个人的错，求神灵把罪过都算在我一个人的身上吧。”

祈祷完毕，两个巫师走过来，把汤王扶到高高的柴草堆上。汤王低垂着头，微闭双眼，恭敬地站在柴草上，待时辰一到就由巫师点火。

天空中烈日当头，一丝云彩都没有。怎么可能下雨呢？围观的老百姓都为汤王捏了把汗，他们不想自己尊敬的君主就这样死去。时间到了，巫师们在火盆里拿起火把，绕着柴草堆走了几圈，然后把火把丢到了上面。

火一遇到干燥的柴草，呼啦一下就窜得老高，不一会，就烧了上去，顷刻间，熊熊火焰就把站着的汤王包围住了。这时候，站在柴草上的汤王一动也不动，眼看身上的白茅就要烧了起来。

可能是汤王的真诚感动了上天，奇怪的事情发生了，天空中突然乌云密布，狂风乱作，刹那间豆大的雨点砸了下来。雨越下越大，燃着的柴堆被浇灭了，汤王毫发无损。接着天空中电闪雷鸣，雨像泼下来的一般。

老百姓们欢呼跳跃，用双手接着雨水。汤王站在柴草上仰望着天空，心头的愁云一扫而光。七年大旱总算结束了。

昏君商纣

夏王朝的末年，出了个昏君桀。商王朝的末年，出了个昏君纣。夏桀有个宠妃叫妹喜，商纣有个宠妃叫妲己。这两个女人都被称为“红颜祸水”。商纣作为周朝的最后一位君主，天天沉迷于妲己的美色，最后落了个亡国破家的下场。

商纣个子高高的，仪表堂堂，英勇绝伦，可以徒手和猛兽搏斗，一只手可以拉动几头牛拉的车子，还可以举起沉沉的梁柱。此外，他聪明过人，口若悬河，任何人想和他辩论都赢不了，所以商纣非常傲慢，目中无人，根本不把大臣放在眼里。他认为没有一个人可以与自己相比。他自封为“天王”。

商纣王叔比干像

年轻时候的商纣励精图治，在贤相比干的辅佐下，把天下治理得很好。人们都觉得商纣是个不错的君主，可是，这一切都因为一个女人改变了。

有一回，商纣亲自带兵去攻打冀州。冀州是个小地方，怎么能够抵挡住商朝的军队。冀州侯苏护决定献出美女求和，可是，上哪里去找这个美女呢？这时，苏护的小女儿妲己主动找到父

亲，要求做求和的使者。

苏护非常疼爱自己的女儿，不舍得她去，可是，妲己执意要去，说："我到了商纣身边，可以督促他不做坏事，为天下的百姓谋福利。这不是很好嘛。"苏护听女儿说得有道理，就同意了。没想到，妲己说得好听，做起来却是另一回事。

商纣看到妲己后，立即就被她的美貌迷住了。回到都城朝歌以后，商纣抓了成千上万的奴隶为妲己修建鹿台、倾宫和琼宫。这些地方都是用美玉装饰的。鹿台高千尺，有三里那么大。鹿台上还有许多的楼台殿阁。站在鹿台上，可以看见千里以外的东西。

为了讨好妲己，商纣还命令天下的诸侯进贡珍禽走兽，豢养在鹿台上，供妲己欣赏。他还从民间强行征来许多女子，服侍妲己。纣王每天和妲己在鹿台上饮酒作乐。妲己喜欢跳舞，商纣就命令乐师创作出淫荡的歌曲和舞蹈让她跳。渐渐地，纣王不再上朝，朝政被佞臣把持着。

这些物质上的东西不能再激起妲己的兴趣，纣王就想别的办法讨美人一笑。他命人在宫殿内挖了个大池子，在里面填上美酒，命名为酒池。在池子边又建了个林子，上面挂满肉，命名为肉林。

他让宫中的男女们脱光衣服，在肉林里奔跑，在酒池中嬉戏。如果有人不听他的命令，马上就拖出去杀掉。这些人只好遵从纣王的命令，渴了就喝池中的酒，饿了就吃树上的肉。纣王陪着妲己在鹿台上观赏这些人的表情、动作来取乐。

忠相比干，也是纣王的叔父，实在看不过去，就找他理论。纣王每回都说一定改，可是比干一走，他就继续作乐。最后，纣王实在烦了，连比干的面都不见了。妲己非常讨厌比干，就在商纣耳边进谗言，要杀掉比干。她对纣王说自己有心疼的病，只有用圣人的心才能治好。商纣一听就急了，上哪里去找圣人的心呢？妲己说比干被人们称为圣人，他的心就可以治自己的病。商纣听了妲己的话，马上把比干找到宫里，对他说："听说圣人的心有七孔，我倒要看看是不是真有这么回事。"说完，就叫人把比干的心挖了出来。

比干死后，再也没有人在他耳边唠叨了。商纣更加肆无忌惮地玩乐。

残酷的刑罚：炮烙

日子久了，妲己对这酒池、肉林失去了兴趣，整天都不笑。这可愁坏了纣王。这天，妲己和纣王正在吃饭。一只小蚂蚁爬到了铜锅之上。铜锅刚端上来，还冒着热气，只见小蚂蚁烫得躺在锅壁上不能动，不一会就被烤焦了。妲己哈哈大笑起来。

纣王看到自己的爱妃如此高兴，马上问发生了什么事情，妲己就把刚才看见的讲了一遍。纣王听后，马上命人准备铜柱，在下面烧上炭火，铜柱上涂上油，让罪犯们在上面行走。铜柱又烫又滑，犯人们在上面没走几步就掉了下来，掉在炭火上都被烧焦了。妲己听着犯人们痛苦的惨叫声，看着他们被烧焦的躯体，十分高兴。纣王天天用这种方法逗妲己笑，并将之取名为“炮烙”。

大臣们听说了这件事，商量集体进谏。纣王看群臣来了，就命他们一同观赏。大臣们看到了罪犯们的惨状，也看到了纣王与妲己的残酷，心里都对纣王的荒淫无道不满。他们集体劝说纣王废掉这残酷的刑罚。纣王听得心烦，就把这些大臣大发了回去。

晚上，纣王还为白天的事情心烦，唉声叹气。妲己看见了，就对纣王说：“大王，我看那些人需要严加管理，不然，他们都要闹翻了天。以后要是还有人这么唠唠叨叨的，就让他尝尝这炮烙的刑罚。”纣王听后，顿时眉开眼笑。

第二天，有几个大臣又来进谏。纣王大怒，命人把其中一位大臣绑在铜柱之上，要活活烫死他。这个大臣虽然被绑在铜柱上，嘴里还不停地劝说纣王，最后被活活地烤焦在铜柱之上。其他的几个大臣看到这些，再也不敢说话了。

纣王一看这个炮烙如此管用，竟能封住大臣们的嘴，就命人在大殿内放置了四个铜管，在每个铜管的下面都烧上红红的炭。大臣们都惧怕这种刑罚，就再也不敢进言了。

从此，纣王和妲己可以毫无顾忌地玩乐。每天在宫殿里喝酒跳舞，通宵达旦。纣王从没有想过，天下的百姓生活正生活在水深火热之中。百姓愤怒的火焰终究会烧毁腐朽的商朝。

暴君的种种暴行

不知道纣天生就是残暴，还是妲己激发了他后天的暴虐。除了炮烙，商纣以后又做出许多骇人听闻的事情，高兴时杀人，不高兴时也杀人。

九候有个女儿非常端庄漂亮，纣王听说以后强行将其招入宫中，做自己的妃子。九候的女儿非常正直，受不了纣王和妲己的荒淫。纣王非常生气，就要杀掉九候和他的女儿。九候的好朋友鄂候气不过，到宫殿找纣王理论。纣王大怒，将鄂候与九候父女一同杀掉。可是，纣王还不解气，就把鄂候身上的肉一片一片地割下来晒成肉干。

有一回，纣王想吃熊掌，就叫厨子去做。可能火候没到，熊掌做得不合胃口，纣王大怒，把这个厨师的手砍了下来。

冬天一个寒冷的清晨，纣王和妲己在鹿台上眺望，看见朝歌城外的河面上，一个老汉正光着脚在冰上行走。纣王看后非常惊奇，就问妲己有没有见过这样的人。妲己说："臣妾从来没有见过如此奇异之人，一定是因为此人的骨髓特殊，我们何不把他的双足砍下看个究竟。"纣王一听，马上派人把老头的双足砍下。纣王仔细端详老头的双足，也没看出个究竟来。

还有一次，纣王和妲己又在鹿台上看风景，只见朝歌城内的大街上走着一个孕妇，妲己对纣王说："臣妾可以辨认出那妇人怀的是男孩还是女孩。"纣王听后非常感兴趣就问："爱妃，你说这个妇人怀的是男还是女啊？"妲己说："是男孩。"纣王不信，把妇女抓到宫殿里，叫人把她的肚子剖开，果然是个男孩。纣王觉得妲己一定是蒙对的，就和她打赌，只要能猜对十个孕妇，纣王就可以满足她的一个愿望。

纣王派人到城中抓了十个孕妇回来。他与妲己就坐在鹿台上猜，结果十次都被妲己猜中了。可怜这十个孕妇都被剖了肚子，连同腹中的婴儿一起死掉。

西伯侯听说了商纣的暴行后，很为死去的人难过，就在自己的封地里暗自叹息。没想到，这件事情被奸臣崇侯虎知道后，报告给了纣王。纣王听后勃然大怒，叫人把西伯侯抓进朝歌，关在了里。西伯侯的儿子伯邑考知道父亲被抓后，跑到后宫为父求情。纣王不在，妲己接见了他。伯邑考是当世的美男子，妲己一见到他，不禁动了邪念，想勾引伯邑考。伯邑考是正人君子，怎么会做这样的事情，婉言谢绝了妲己。妲己记恨在心，就在纣王面前说伯邑考的坏话。纣王大怒，将伯邑考丢到了大锅中，熬成了肉汤。这段故事在后文还会细说的。

商纣每天都会想出不同的方法取乐。这可害苦了天下的老百姓，也引起了各诸侯国的不满。商纣的末日快要来临了。

第十六章　周朝的传说

姜嫄生"稷"

从前，有一个部族叫做"有邰氏"，那里住着一位非常漂亮的姑娘，名叫姜嫄，后来她嫁给了另一部族的首领帝喾，夫妻俩婚后非常恩爱。不过，很奇怪的是，结婚好几年了姜嫄却一直都没有怀孕。

有一年冬天，姜嫄去对面的山上拾柴，不一会儿，便拾了一大捆，她背着柴艰难地往回走。因为刚下过一场大雪，路都被大雪封上了，姜嫄辨不清回去的路，只好凭着印象向前走。忽然，她看到一行巨大的脚印，真是天无绝人之路啊，这些脚印不正是在指引自己回家吗？可是，当她的脚接触到这些脚印的时候，却骤然感到身体好像被什么东西触动了一下。姜嫄莫名其妙地怀孕了。

分娩那一天，氏族里的接生婆守候在她的身边，焦急地等待着婴儿的诞生。想不到的是，费了好大的劲生出来的却是个怪胎：一个圆滚滚、红通通的肉球。氏族里的人看见姜嫄生了个肉球都非常害怕。有的人说："这肉球一定是妖怪，太可怕了！"有的人说："这东西一定是个祸根，应该赶快把它扔了！"

姜嫄受不了责怪，她也觉得自己生了个怪物，没法面对大家，就趁别人不注意，顾不得产后身子的虚弱，偷偷地爬起来，用一块布把这个肉球包起来，扔到门外的大路上。说来也怪，在这条路上经过的牛羊，好像有灵性一般，看见这个肉球生怕踩伤了它，都小心翼翼地绕着道儿走。

姜嫄听说后，赶忙派人将它扔到远处的深山老林里。可是，没过多久，那个人又捧着肉球垂头丧气地回来了。他对姜嫄说："我正要扔的时候，不知道从那里来了一群上山砍柴的人。他们有说有笑，呆在林子里不走。我怕他们看见，又要说闲话，只好把它带回来了。"

姜嫄想了想说，那就把它扔到水里淹死吧。那个人捧着肉球来到水池边。这时正是严冬，池水结了厚厚的冰，像镜子一样晶莹透亮。那人将肉球放到冰上，嘴里咕哝着：别怪我狠心，谁让你是个怪物呢。

这个人转身刚要走，奇妙的事儿发生了。天空中飞来了一群大鸟，鸟儿张开它们的翅膀围着肉球转圈，边飞边叫，然后，它们纷纷落下来，用身体把肉球密不透风地偎抱起来。

那个扔肉球的人在一旁看呆了，情不自禁地叫了出来。这一叫不要紧，鸟群受惊，飞了起来。它们用脚紧紧地将肉球抱着，飞向山谷的深处。

鸟儿将肉球抱到山峪里平坦之处，用自己的身体温暖着它。不知过了多久，肉球像蛋壳似的裂开了，里面躺着一个胖乎乎、红通通的小男孩。可能是饿了的缘故，小孩躺在壳里哇哇直哭。有个打柴的人听见小孩的哭声，跑来看到了这奇异的景象。他赶忙跑回去将这消息告诉给族里的人们。

姜嫄听说自己生的不是妖怪，飞快地向山峪跑去。她跑到那儿的时候，看见一只猛虎在给那小孩喂奶。小孩子张开小嘴，正甜甜地咂吮着，脸上荡漾着满足的微笑。老虎发现人来了，从容地站了起来，看了姜嫄一眼，大摇大摆地走了。姜嫄看老虎走了，赶紧伸出双手将儿子抱起来。

回去的路上，途经另一座山峪时，姜嫄看见一只刚生下不久的小老虎正迫不及待地向刚才那只大老虎扑去。原来，这只大老虎舍弃自己的骨肉而去哺乳姜嫄的儿子了。看到这里，姜嫄明白了，这些都是神灵的感应，自己的孩子也是神灵赐予的啊。姜嫄给这个孩子起了个名字叫做“弃”，意思是被抛弃过。弃就是周族的始祖后稷。

后来，人们便将大老虎哺乳的地方叫作“大虎峪”，把小老虎出现的地方叫“小虎峪”。

后稷教人栽种五谷

后稷是周族的始祖，关于他的记载最早见于《诗经》中的《生民》篇。他也被称为农业的守护神。

弃在小的时候，就表现出了对农业的热爱。他经常到野地中采集各种植物的种子，拿回来试种。不论种的什么东西，每回都能结出丰硕的果实。然后，他就

将这些东西分给周围的小伙伴。

长大以后，弃学会了观察泥土的特性、选择合适的作物，也会根据农作物的特性采用不同的种植手法，只要是和农业有关的事情，他都很精通。周围的百姓都来向他学习种植的方法。

在弃生活的时代，人们都以打猎和采摘野果为食物，根本不懂得种植粮食。所以，人们经常没有饭吃，饿得面黄肌瘦。弃虽然懂得种植，可是没有适合的粮种，只有找到能作为主食的粮种，老百姓才能够真正地摆脱饥饿。

弃每天都到野外去寻找粮种，尝尽了所有的草木果籽，还是没有找到能作为主粮的粮种。弃跪在地上向上天祈祷。弃的真诚和无私的精神感动了女娲娘娘，女娲娘娘派出自己的五个儿子来帮助弃。

女娲娘娘的五个儿子叫做稻、黍、麦、菽、麻。他们每人都有一个布袋子，稻手里的是白袋子，黍手里的是黄袋子，麦手里的是红袋子，菽手里的是绿袋子，麻手里的是黑袋子。

女娲娘娘对他的五个儿子说："弃要为天下的百姓寻找粮种，你们去帮助他一起寻找吧。"

同时，女娲娘娘还赐给弃一把神鞭，可以帮助他开路。

稻、黍、麦、菽、麻跟着弃出发了。弃在前面开路，把找到的种子交给稻、黍、麦、菽、麻。这五个人按照种子的颜色放到袋子里。

他们走遍了天下的名山大川，选取粮种，慢慢地五个袋子也都装满了。这天，他们正往前走，忽然一座大山挡住了去路。几个人爬到山顶，环顾四周，只见山下异常开阔，土地肥沃，真是个好地方。

弃对其他五个人说："我们采集了那么多种子，还不知道它们能结出什么果实。我看这个地方土肥水足，可以在这个地方试种。你们每个人各选一个地方，把自己袋子里的粮种种下，精心照顾，摸索出这些种子的习性和种植方法，将来好推广给百姓。"

就这样，弃带着稻、黍、麦、菽、麻在这个地方居住了下来。弃一边种着自己的粮食，一边指导稻、黍、麦、菽、麻耕作。他们在这个地方住了三年，将这些农作物的习性都摸准了，还总结出一套耕作的方法，然后，弃把这些粮种分发给天下的百姓，教他们耕作的方法。

后来，人们就用稻、黍、麦、菽、麻的名字命名这五种粮食作物，因此粮食也总称为五谷。当时尧是部落的首领，他听说了弃的身世和其在农业方面的才能，就让他掌管农业，官名叫做“后稷”。

后稷死后所葬的地方，经常会长出各种类型的农作物。美丽的鸟儿会停在附近的树上唱歌。这里的花儿开得鲜艳，草长得茂盛，即便是到了冬天也不枯萎。

周人的迁徙

后稷死了以后，他的后代继承了他的职务继续管理农业。大约过了十多世，也就是不时，夏朝政治衰微，不丢失了官职，杂居于戎狄之间。

后稷一族继续繁衍——不的儿子是鞠，鞠的儿子是公刘。公刘所处的时间大概是夏末商初之际。《史记》说：“公刘虽在戎狄之间，复修后稷之业，务耕种，行地宜，自漆，沮渡渭，……百姓怀之，多徙而保归焉。”后来，公刘认为原来居住的地方已经不适合本族的发展了，所以，就另选了一个适宜之地豳，然后，举族都迁移了过去。这是公刘在世时做过的一件最大的事。

公刘死后的第七代，祖业传到了古公父手里。古公父重操先祖之业种地务农，修德立义，豳地渐渐兴旺起来，物产丰富，人民安居乐业。其他地方的人听说豳地富裕，古公父仁慈，都纷纷迁居过来。

戎狄部落首领见豳地民多物丰，就向古公父索要财物。古公父一点都不吝啬，慷慨给予。可是，贪心的戎狄却得寸进尺，又向古公父索要土地和人民。

周族人非常愤怒，要与戎狄武力相拼。古公父却说：“只要老百姓能安居乐业，谁在这块土地上当首领都一样。我绝不会为了权力而让我的人民流血的，我愿意把这块土地让给戎狄。”举国之人被古父的仁慈所感动，全部跟随古公父一起离开了豳地，开始了第二次迁徙。

古公父率领众族人跋山涉水，来到了岐山脚下。在这里他们看到了一片开阔的原野，不仅土地肥沃，而且水草茂盛。大家都认为这是块好地方，于是，这一族人就在此定居了下来。

之后，古公父致力于摒弃戎狄风俗，营建城郭室屋，建造宗庙，设定官制，还将国号改为了周。周即是开阔的原野之意。周族的发展壮大离不开古公父，所以，三代之后，当周族得天下后，古公父被追封为太王。

西伯侯被囚羑里

商纣王当政时期，西岐由姬昌掌政，故被称为西伯，《封神演义》称他为西伯侯。西伯侯死后谥号“文”，世称周文王。

前面已经说过，面对商纣王的荒淫无道，西伯侯姬昌知道自己去劝谏也没有用，只好在暗地里唉声叹气。没想到这一声叹气，却差点给自己带来灭顶之灾——专门刺听各诸侯国君的探子听说西伯侯暗地里叹气，马上就把这个消息告诉给了商纣王的宠臣崇侯虎。崇侯虎一听探子的来报，高兴得合不拢嘴。原来，西周地产丰富，人杰地灵，崇侯虎早就想从这个地方弄点油水，可是西伯侯为人正直，根本不和崇侯虎这样的人交往。这件事情激怒了崇侯虎，他一直在寻找扳倒西伯侯的机会。机会终于来了，只要自己跟纣王说西伯侯诅咒我们商朝不能长久，纣王那个昏君一定会相信。

周文王姬昌像

崇侯虎赶紧来到纣王的寝宫，把西伯侯暗中叹息的事情和纣王说了一遍，还添油加醋地说了许多坏话。纣王一听，气得浑身发抖，马上命人将西伯侯抓到朝歌来。

纣王要亲自审问西伯侯姬昌。姬昌被带上金殿，纣王在宝座上仔细地打量起他来。姬昌身材瘦高，皮肤黝黑，两只眼睛深陷其中，一副读书人的摸样。姬昌毕恭毕敬地站在下面，等着纣王问话。

纣王清了清嗓子说：“你就是西伯侯吗？”姬昌恭敬地回答：“正是罪臣。”纣王看姬昌这么谦虚，心里顿时高兴起来，又问：“听说，你因为九候和鄂候的事情，暗中叹气并诅咒我大商不能长久是吗？”

姬昌一听，明白了自己被抓到朝歌城里的原因。他赶忙上前深鞠一躬，说：“大王，冤枉啊。九候和鄂候都是大逆不道之臣，我叹息是因为出了这样的佞臣，扰乱了国家的清平盛世。我是替大王惋惜，并没有别的意思。”

纣王一听，更加高兴了，当即就想放了西伯侯。可是，不怕没好事就怕没好人，崇侯虎看姬昌如此能言善辩，把纣王哄得这么高兴，自己岂不是报不了仇了？他赶忙走到纣王的身边，小声说：“西伯侯到处收买人心，天下的诸侯都站在他这一边，如果不除掉他，哪一天他要是反了，会对大王非常不利，请大王三思啊。”

纣王听后，脸顿时沉了下来。纣王就是这样，没人知道他什么时候高兴，也没人知道他什么时候生气，脸跟天上的云一样，说变就变。纣王听了崇侯虎的话，立马下令把姬昌囚禁在羑里。

羑里又叫做牖里，是殷朝最大的监狱，被关在这里的人，没有一个能够活着出来的，关姬昌的那间牢房，窗户开在屋顶上，就是插翅也难飞出去。

崇侯虎非常高兴，跑到监牢中去看姬昌。他得意洋洋地说：“西伯侯，想不到你也有今天。当初，我想在你的封地捞点油水，你还不情愿。早知道现在，何必当初呢？后悔了吧。哈哈哈。”姬昌看着崇侯虎肮脏的嘴脸，轻轻地哼了一声，埋下头不去搭理他。崇侯虎在旁边说了半天，也没激起姬昌的怒火，非常懊恼，愤愤地摔门走了。姬昌抬起头，看着他的背影，轻声地说：“不要太嚣张了，以后你会死得很惨。”

姬昌被关到牢里以后，没有事情可做，就把随身携带的三颗铜钱拿出来占卜。姬昌精通易理之术，以前在西周的时候，由于政务繁忙，没有时间好好研究这其中的奥秘，现在在牢中姬昌天天在狱中用铜钱演示卦法，并进一步的推演，最后终于推算出了金钱六十四卦。

父亲喝了儿子肉做的汤

古代的时候，天子怕各诸侯国造反，就把诸侯的儿子安排在自己身边作人质，这样诸侯们就不敢造反了。西伯侯姬昌的大儿子伯邑考就是因为这个原因一直在纣王的身边作人质。他听说自己的父亲被纣王关在了羑里，非常着急，决定向纣王求情，放过自己的父亲。

伯邑考穿戴整齐，来到纣王的寝宫。纣王有事不在，伯邑考只好在大殿内等候。妲己听说伯邑考来了，内心非常激动，因为她早就看上了这个英俊威武的小伙子。伯邑考长得高大魁梧，肤色白皙，双眼炯炯有神，号称天朝第一美男子。

伯邑考平时负责给纣王驾车，经常能够遇到妲己。可是，伯邑考像他的父亲姬昌一样非常的正直，对这个漂亮的妲己毕恭毕敬，没有半点逾越之心。妲己非常恼火，没有哪个男人见到她不色迷迷的，她不相信这个伯邑考就是个正人君子。

妲己让侍女把伯邑考请到内殿来。伯邑考知道妲己心狠手辣，所以赶忙上前施礼："参见娘娘。"妲己上前去扶他，伯邑考赶忙往后退。妲己说："我们都是一家人，何必这么客气呢？"伯邑考赶忙说："娘娘金枝玉叶，在下一介草民，怎么敢劳动娘娘大驾。这次来见纣王，是为我父亲求情而来，不知道纣王什么时候能回来。"

妲己看着伯邑考，笑盈盈地说："我也不知道纣王什么时候回来，正好我闲着无趣，你陪我喝酒吧。"伯邑考吓得赶忙说："娘娘，纣王不在，我改天再来。"说完，风一般地跑出了寝宫。

伯邑考回到住处，心想这个妲己真难缠，幸好没有被纣王看见，不然自己的小命就保不住了。

第二天，伯邑考又找了个时间去见纣王。不幸的是，纣王仍不在寝宫。伯邑考刚要走，妲己的侍女来通报，说娘娘要召见他。伯邑考一听，心就提到了嗓子眼，心想：这个妖女到底打的什么鬼主意啊？

伯邑考来到内殿，看见妲己衣衫不整地半卧在床上，赶忙低下头。妲己看见伯邑考不好意思的表情，竟哈哈大笑起来。她站起身走到伯邑考的身边，伸出手就抱住了伯邑考的脖子。伯邑考使劲挣脱也挣脱不掉，赶忙说："娘娘，不能这样呀。"妲己哪管那一套，她早就看够了纣王那张令人厌烦的脸，怎么能放过这次好机会。她慢悠悠地说："你不是想救你父亲吗？只要你答应我的要求，我就帮你这个忙。你知道我在纣王面前是说一不二的。"

伯邑考哪里听得进去妲己说的话，只想早点摆脱这个妖女。可是，就在他还未挣脱的时候，纣王从外面走了进来，恰好看见了这一幕。妲己一看纣王来了，眼泪汪汪地跑到纣王跟前说："大王，一定要为臣妾做主。这个伯邑考色胆包天，趁着大王不在，竟跑到内殿来调戏我。"说完，趴在纣王身上放声痛哭起来。

伯邑考知道解释是没有用的，只好呆呆地站在那里等着纣王发落。纣王大怒，心想：西伯侯暗中诅咒我殷王朝不长久，他的儿子又来调戏我的爱妃，看来一点没有把我放在眼里，我今天一定要出这口恶气。他命人把伯邑考推到殿外剁成了肉馅。

妲己趁机对纣王说："大王，听说西伯侯会算卦。我们今天杀了他的儿子，做成肉汤赐给他喝，不知道他能不能算出这是他儿子的肉汤。如果他喝了，就证明他算得不准，如果他不喝，就砍了他的头。"

纣王觉得这个主意好，就把伯邑考的肉汤端给文王喝。西伯侯早上起来，眼皮直跳，就拿出铜钱算了一卦，知道自己的儿子伯邑考被杀害了。现在纣王派人端来肉汤，西伯侯就明白了是怎么一回事。可是，为了能够活下去，替儿子报仇，西伯侯一口气将肉汤喝了下去，还让来的人谢谢纣王。仆人把西伯侯的话转告给了纣王，纣王听后哈哈大笑，说："这个西伯侯，还说他算卦准，如今喝了自己儿子的肉汤还来谢我，真是可笑。"从此，纣王放松了警惕。

西伯侯获释

姬昌被囚禁在里后，散宜生等大臣都非常着急，通过上下打点，终于获准到监狱去探望姬昌。但是，因为有监狱的狱卒在旁边监视着他们的谈话，姬昌和大臣只能说些无关紧要的话，眼看着会面的时间快要结束了，姬昌和大臣关键的事情一点也没谈。真是急死人。

这时，姬昌灵机一动，冲着几位大臣挤了挤眼睛，让他们看自己面前的桌

子。姬昌趁狱卒们不注意，用手指沾着杯子里的水，在桌子上写了两个字：色和财。然后，迅速地用手擦掉了水迹。

这几位大臣一看到这两个字就明白了姬昌的用意——寻找美女和金银财宝献给纣王，这样就能够救姬昌出去了。大臣们望着姬昌，使劲地点了点头。姬昌这才开口说："要快啊。还有什么要说的，时间快到了。"几位大臣明白这是暗示他们要赶紧找到这些东西来营救姬昌，赶忙说："西伯侯，一切放心吧，我们会照顾好您的家人。"说完，几个大臣策马扬鞭，奔回西岐。

散宜生等大臣回到西周后，赶紧拿出许多钱去寻找美女和奇珍异宝。美女上哪里去找呢？这时，一个大臣说："我听说有莘国盛产美女，当初成汤王到东方巡游，就是在有莘国得到了一个美人。如果我们去有莘国，一定能找到美女。"

散宜生听从了这个大臣的建议，赶紧派人到有莘国去寻找美女。功夫不负有心人，没过几天，就挑选出了十名美女。散宜生亲自在这十名美女中挑了又挑，最后挑选出一名姿色最出众，歌舞最好的美女，准备送给纣王。

寻访到犬戎这个地方，散宜生听说这里有一种神物，叫做"鸡斯之乘"。这种动物身子非常漂亮，羽毛五彩斑斓，眼睛金黄，脖子像鸡的尾巴。人只要骑着它，如果不是遭到意外，寿命可以活到一千岁。散宜生赶紧花重金悬赏这种神物。没过几天，一个打猎的人抓到了一只，前来领赏。散宜生非常高兴，重重地赏了这个猎人。

只有一种宝物是打动不了纣王的，散宜生决定再到其他的地方去寻找。在林氏国，得到了一头罕见的猛兽。这头猛兽长得像老虎一样，身子比老虎大一些，尾巴是身子的三倍长，身上五彩斑斓，名字叫做"驺虞"。骑上这头猛兽一天可以走一千里。

散宜生等大臣从其他地方又收集了许多奇珍异宝，如黑色的美玉，硕大的珍珠，美丽的贝壳和各种珍贵野兽的皮。他们决定带着这些东西到京城去救出文王。

纣王有个宠臣，叫费仲。费仲与妲己串通在一起，掌握朝政。纣王十分宠信费仲，只要是他说的话就相信。散宜生等人知道只有打通费仲，才能救出文王。这天，他们拿着礼物来见费仲。

费仲听说是西伯侯的臣子来求见，就明白了他们此行的意图。散宜生等人把礼物呈现给费仲。费仲一看又有美女又有奇珍异宝，顿时乐开了花。散宜生趁机说："费大人，我们家侯爷是真的拥护纣王，没有半点忤逆之心，还请大人在纣王跟前多说好话，放了我们家侯爷吧。”费仲看着这些礼物，连忙点头道：“西伯侯为人宽厚，我早有耳闻，说他谋反，我一点都不相信，明天我就去和纣王说。”

第二天，费仲带着散宜生等人来到宫殿，面见纣王。散宜生把挑选出来的美女和宝物献给纣王。这个既贪财又好色的纣王看到这么多好东西，非常高兴。他把那名从有莘国找来的美女拉到身边，左看右看，厚着脸皮说：“只要有这个小美人，就足以放过西伯侯了。”

从里一出来，姬昌赶紧和散宜生回奔西周，因为纣王是个喜怒无常的人，说不定什么时候就会变卦。

文王封大麦

西伯侯在手下大臣的帮助下，终于逃回了西岐。这件事以后，西伯侯恨透了商纣，决心推翻这个无道的昏君，为自己的儿子报仇，为天下的老百姓出气，于是，他四处寻访贤人辅佐自己。

这天，西伯侯又穿上便服，到乡间寻找能人。走着走着，西伯侯感觉到饿了，想找个地方讨口吃的，可是，周围都是一望无际的麦田，一户人家都没有。西伯侯望着金灿灿的麦子，心想：这时要能喝上一碗粥就好了。

西伯侯在烈日下走了一会，忽然从远处走来一个农妇，只见这个农妇手中提着个瓦罐，像要给什么人送饭吃。西伯侯快走了几步，叫住这位妇人：“大嫂，请留步。”这位妇人看了看文王，问到：“请问您有什么事情吗？”西伯侯点了点头，说：“我路过这里，人生地不熟，肚腹有些饿，想向大嫂讨口吃的。”

农妇听完，赶忙盛了一碗粥送到西伯侯的面前，说：“我们乡下人没什么好吃的，你就喝碗粥充充饥吧。”文王谢过农妇，接过粥狼吞虎咽的喝了起来。可能是因为饿了的缘故，西伯侯觉得这碗粥是自己吃过的最好吃的东西。一会工夫，就把一瓦罐的粥都喝光了。

西伯侯喝完粥把碗还给了农妇，并问道：“大嫂，粥太好喝了，不知道是用什么做的啊？”妇人笑着说：“这就是我们乡下人经常吃的东西，它是用芒麦做的。这种麦子，麦芒长得非常快，所以又被称为芒麦。在各种农作物里，就属它

熟得早，老百姓都靠着它吃饭呢。”

西伯侯望向路边的麦田，感慨地说：“这个芒麦的功劳太大了，应该在所有麦子中排到首位。我封芒麦为大麦，以表彰它们做出的贡献。”

谢过农妇，西伯侯继续向前走去，没走出去多远，就看见刚才给自己粥喝的妇人正在挨打。妇人哭着往回跑，西伯侯赶紧迎了上去，对农妇说：“大嫂，刚才那个打你的人是谁啊？”农妇哭着说：“他是我的丈夫。”西伯侯想一定是因为自己吃光了粥，害得妇人的丈夫没有了饭吃，所以才会打她。西伯侯内疚地说：“大嫂都是我不好，吃光了粥，害得你遭丈夫的打骂。”

这位妇人连连摇头，说：“你误会了，我丈夫并不是因为我把粥给了别人喝才打我的。他说我应该把客人带到家中，好好款待，说我有失礼仪，才打骂我的。”

西伯侯很受感动，心想：这对夫妇如此深明大义，不正是自己要寻访的贤人嘛。西伯侯对妇人说：“你的丈夫在哪里啊？我想见一见他。”妇人带着西伯侯来到了自己的家中，妇人的丈夫热情地迎接了出来。

西伯侯诚恳地说：“我是西伯侯，正在寻找那些贤能的人。我觉得你就是一位贤人，所以想请你去京城做官。”这个汉子听说是西伯侯来到了自己的家中，非常激动，说：“没想到您就是大名鼎鼎的西伯侯，我只是一介村夫，哪是什么贤人啊。我只知道种庄稼，不懂做官。”

西伯侯听后，微笑着说：“谁都不是生来就会做官。你有一颗善良仁爱的心，这就具备了做官的条件。”这对夫妇看西伯侯真心邀请，就同意和他一同回京。到了京城以后，西伯侯封他做了专门管理百姓日常生活的官职。

西伯侯这种不拘一格求贤才的做法，很快就传出来了。老百姓都为有这样的君主感到高兴，那些有才能的人也都主动投奔到了西岐。

文王求贤

西伯侯手下有太颠、闳夭、散宜生和南宫括四大贤臣。可是，唯独缺少一个既有才干，有能文会武的贤人辅佐，于是，西伯侯贴出告示招募贤才，同时又派出手下的人四处寻找能人。

有一天晚上，西伯侯梦见一头长着翅膀的熊飞进他的怀里。西伯侯从梦中惊醒，回想刚才的梦境，心想，一定是老天派了一位贤臣辅佐自己。第二天，西伯侯就派人四处寻访飞熊。在渭水河边，西伯侯的人打听到这里有个奇怪的老头，总是用直钩在河面上钓鱼。他们还听说钓鱼的这个太公本来姓姜，所以人们叫他姜太公或者姜子牙，外号为飞熊。当差的赶忙回去禀报。西伯侯非常高兴，亲自坐车到渭水河边请姜子牙。

姜太公像

至今民间还有许多关于他的传说，姜子牙在人们心目中是一个德高望重的智者形象。他帮助周文王治国，辅佐周武王灭商。

西伯侯看见一个白发苍苍的老头头戴草帽，身穿粗布青衣，正在安安静静地钓鱼，他赶忙走上前去，朝着这位老者拜了拜。老者没有一点反应，继续钓鱼。西伯侯并不恼火，又拜了两拜。这时，老者转过身来，看着西伯侯说："大王如此谦恭，小老儿深受感动，愿意辅佐大王。"西伯侯听后非常高兴。

姜子牙问西伯侯："大王准备怎样请我回西岐城啊？"

西伯侯笑着说："我准备了舒适的马车来接贤臣。"

姜子牙说："我不坐舒适的马车，希望大王能把自己的车借给我坐坐。"

跟随西伯侯来的文武官员全都愣在了那里。这马车只有西伯侯才能坐，你姜子牙算老几？刚才西伯侯拜了三拜，你才搭话，现在又要坐西伯侯的车，简直太过分了。可是，西伯侯听后哈哈大笑说："这有什么，贤臣只管坐就是了。"

姜子牙又出了个难题："我坐车，不能用马来拉，得大王亲自拉才行。"西伯侯却毫不犹豫就答应了。

姜子牙坐上了马车，西伯侯在前面拉着往前走，一步又一步。姜子牙坐在车上想，这个西伯侯是真心真意地请我，像他这种人，平日里叫人服侍惯了，哪能拉得动啊？只好拉一阵，停一阵。西伯侯趁机看了一眼姜子牙，竟在车里睡着了。西伯侯歇了一会，再拉一会，就这样，反反复复好几次，最后累得汗珠子滴

滴答答地往地上掉，连气儿都喘不上来了。西伯侯只好对姜子牙说："我实在拉不动了。"

姜子牙这才睁开眼睛，下了车问："大王知道拉我走了多少步吗？"

周文王说："我不知道。"

姜子牙说："大王拉我走了八百七十三步，我保证大王的子孙可以坐享八百七十三年的天下。"

西伯侯一听，后悔了，连忙说："先生快上车，我继续拉你。"

姜子牙摇了摇头说："大王，已经晚了。"

回到西岐城，西伯侯封姜子牙为军师，领兵讨伐殷纣王。后来，西伯侯死了，姜子牙又保着西伯侯的儿子周武王打败了殷纣王，取得了天下。姜子牙快要死的时候，对周武王说："我死了以后，大王一定要把我的尸首吊在王宫大殿的梁柁上，哪个方向有人造反，就把我的脸转向哪一方，造反就会平息！"周武王听从了姜子牙的话，把姜子牙的尸首吊在王宫大殿的梁柁上，一代又一代地传下去，哪方有人起来造反，就把姜子牙尸首的脸转向哪方，不用损耗一兵一卒就可以把叛乱平定了，并且姜子牙的尸首也不臭不烂。

到了第八百七十三年，当时的大王重新修葺大殿，怕姜子牙的尸身掉下来，就派人把他取了下来。打开棺材一看，姜子牙的尸首已经腐烂了，从中飞出十八只鸽子。这十八只鸽子正预示了之后的十八路诸侯造反。

太公遇西伯侯的故事，历来说法不一。还有一种说法。西伯侯被囚禁在里的时候，闳夭、散宜生等大臣找到了太公，让他出主意救助西伯侯。太公说纣王好色贪财，只有美女和奇珍异宝才能打动他。同时，还要贿赂纣王的宠臣费仲。散宜生等人听从了太公的话，四处寻访美女和奇珍异宝。最后，按照太公的说法，终于将西伯侯救了出来。

西伯侯听说了太公的贤能，渐渐重用了他。

太公在渭水边垂钓遇到西伯侯，关于这件事也有一些有意思的传说。

例如太公在渭水边钓鱼，一连三天三夜也没有钓上来一条鱼，气得他把鱼竿扔到了地上。后来，一个农夫告诉他钓鱼的方法：鱼钩一定得是弯的，钓饵一定得是鱼喜欢吃的，放下杆的时候一定要耐心，沉得住气等等。太公听从了农夫的话，果然不久就钓上来一条鲤鱼。他剖开鲤鱼，看见里面有一个布条，上面写着"吕望封于齐"。太公的祖先帮助大禹治水有功，被封于吕，所以，太公又叫吕尚或者吕望。

还有的说太公钓鱼不用鱼饵，钓了五六十年也没有钓上一条鱼，后来钓上来一条大鳄鱼，肚子里却有一块兵符。这些传说虽然不同，但都说明确有太公在渭水边遇见西伯侯这回事。

太公遇见西伯侯以后，还有一个传说。西伯侯最初只是叫太公到灌坛这个地方做个小官。太公到了那里以后，治理得天下太平，天风路过那里都小心翼翼，生怕弄出一点声响。一天晚上，西伯侯梦见一个妇人，痛哭着拦住他的去路。西伯侯问她为什么哭，她说："我是泰山山神的女儿，现在有事情要路过灌坛，可是我一出行，就会伴随着狂风大雨，我怕损坏那位官长的好名声，受到天帝的惩罚。可是，若没有狂风大雨，我又走不了路。"西伯侯醒来，非常奇怪，就把太公找来问个究竟。太公正不知道怎么回答才好，这时，一个随从来报说：太公管辖的地方刮起了很大的风、下起了很大的雨，于是，西伯侯提升太公做了大司马的职务。

姜太公的坎坷身世

姜太公名望，字子牙，也称吕尚、姜尚，俗称姜子牙，商朝末年人，祖先曾经帮过大禹治水有功，被封在吕这个地方，到了姜太公这一代，家道中落，成了普通的贫民。姜太公年幼的时候就父母双亡，他只好到深山中去学道。

后来，姜太公拜元始天尊为师，开始了长达四十年的学道生活。姜太公因为孤身一人，父母早亡，所以一门心思都放在了学道上。元始天尊非常喜欢他，把自己的看家本领都教给了他。

有一天，元始天尊把姜太公叫到了身边，说："你尘缘未了，为师派你下山辅佐明君。"姜太公疑惑地看着师傅说："师傅，我在你身边修道四十多年，怎么还是尘缘未了呢?"元始天尊捋了下胡子说："天机不可泄露，你还是择日下山去吧。"太公知道说什么也没有用了，只好回去收拾行囊，准备下山。

第二天，姜太公离开了师傅，下山寻找明君。姜太公来到了纣王的都城朝歌，看见这里的百姓衣食富足，心想这里一定有明君，不然百姓怎么能如此安居乐业。太公在山上呆了四十年，哪里知道外面发生的事情。

这时，商纣王刚刚得到美人妲己，天天与她饮酒作乐，把朝廷弄得乌烟瘴

周文王访贤　版画

气，还好有忠臣比干替纣王管理着混乱的朝政。比干是纣王的叔父，为人正直宽厚，他虽然也看不惯纣王的荒淫无道，可毕竟是自己的侄儿，也不好说些什么。因此，朝歌的百姓还没有受到影响，仍然过着平静的生活。

姜太公在街上走着，忽然一个人叫住了他。太公仔细一看，竟是自己儿时的好朋友。这位朋友看见太公非常高兴，一定让太公到家里做客。太公正好无处安身，就答应了。这位朋友望着白发苍苍的太公，问他这些年都到哪里去了。太公把自己的遭遇一五一十地讲了一遍。这位朋友十分同情太公，就让他住在自己的家中。

后来，这位朋友送给太公一处房子，还帮他定了门亲事。太公本来说什么也不同意，最后拗不过好朋友，只好同意了。太公的媳妇马氏，是个恶毒的婆娘，她看太公一天到晚就在那里看书，什么活也不会干，非常生气，就让太公上街去卖肉。

太公哪里干过卖肉的活，到了集市上，把肉一放，就坐到一边看书去了。卖肉不吆喝，怎么能卖得出去。就这样，一直到晚上也没卖出去一块。太公把肉拿

到家里，马氏一看肉都臭了，气得直骂太公无用。

马氏又让太公上街卖面，并告诉太公怎么吆喝才能把面卖出去。太公没有办法，只好挑着面到市场上去卖。他按着马氏教的办法吆喝，果然管用，有不少人来买他的面。可是刚卖出一点面，从远处来了一匹快马，把面掀翻了，洒得满地都是。

就这样，太公又挨了马氏一顿臭骂。最后在好朋友的建议下，太公在朝歌城开了个卦摊。没想到，太公算卦还是有一套的，十分灵验，不久，整个朝歌城都知道有个活神仙姜太公。纣王知道这件事情后，就把他招进了皇宫，封他做了一个小官。

姜太公以为自己终于有了辅佐明君的机会，哪想到纣王是个荒淫无道的昏君。后来，纣王挖了酒池，建了肉林，还设立了炮烙，越来越暴虐，最后，还把自己的叔父比干挖了心。太公看到这些，非常失望，看来明君另有其人。他听说西伯侯是八百镇诸侯中有名的贤君，就不辞而别，跑到西岐去了。

太公来到西岐，看见这里民风淳朴，老百姓安居乐业，一派欣欣向荣的景象。太公知道自己这回一定找对了人。可是，又不能毛遂自荐，怎么才能让文王知道自己呢？

他在渭水旁盖了一个小茅屋，每天都在渭水里钓鱼。说来也奇怪，别人钓鱼的钩子是弯的，太公的鱼钩却是直的。他每天拿着直鱼钩，跪在一块石头上钓鱼。天长日久，石头都跪出了两个深窝。

在渭水河畔钓鱼的渔民，看见太公直钩钓鱼非常好奇，就问太公："先生，你为什么用直钩钓鱼啊？"太公回答道："愿者上钩。"从此，西岐城里的人都知道有一个直钩钓鱼的老头。

后面的故事大家都知道了，就不再赘述了。

姜太公支持姬发伐纣

西伯侯在姜太公的辅佐下，没过几年就兵精粮足，成为八百诸侯中最强大的国家。为了使周民族的势力范围向东延伸，西伯侯把附近几个小国家吞并后，将都城从西岐搬到了丰来。这样，周民族的实力一步一步地向京城朝歌逼近。

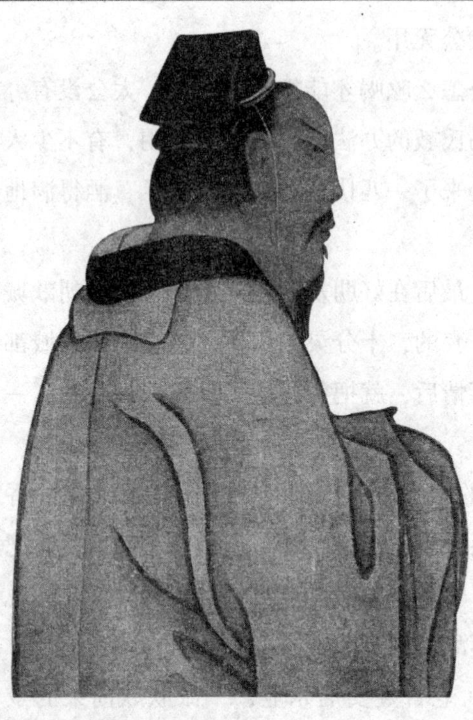
周武王像

纣王手下的人得到了这个消息，赶忙禀告给纣王。纣王一心沉迷于酒色之中，哪里还顾得上别的。他对来的人说："我的天下是老天授予的，西伯侯想夺也夺不去，没有必要担心。"说完，又继续饮酒作乐。

迁都没有多久，西伯侯就得了重病。他把姜太公叫到自己的身边说："国师，多亏了你，我西岐才得以兴盛。如今我重病在身，不久就要离开人世，我希望国师能继续辅佐我的儿子发。"姜太公听后热泪盈眶，连忙点头答应。

西伯侯把儿子发叫到身边，语重心长地说："儿啊，为父时日不多啦，以后，你要把国师当做父亲来看待，有什么事情多听听国师的建议，不可一意孤行。"姬发跪在父亲身边连连点头。

不久，西伯侯就死了，他的儿子姬发继承了王位，仍任命姜太公为国师。姬发死后谥号"武"，世称周武王。

姬发和他的父亲一样勤政爱民、宅心仁厚，可就是性子特别刚强。他在做太子的时候，就喜欢吃一种臭味很大的鱼，太公知道了这件事就不让厨房做给他吃。太公语重心长地劝告他说这种臭鱼不是正宗的东西，上不了神案，太子这样尊贵的人是不应该吃这种食品的。姬发个性非常倔强，表面上听从老师的话，背地里仍叫人做给他吃。

姬发即位不久，就和姜太公商量攻打纣王的事情。大臣们听说了这件事，纷纷进谏。有的说现在西周实力还不够强大，根本无法和商朝抗衡。有的说身为商朝的子民，不可以做出这样大逆不道的事情。姬发听到这些话非常生气，讨伐纣王是父亲的遗愿，怎么能不去办呢？再说，纣王荒淫无道，天下的百姓受他的毒害太久了，早就应该除掉这个昏君。现在，西周兵马强壮，粮食充足，完全有这个实力推翻商朝，可是，这些迂腐的大臣不支持自己，还说丧气的话。姬发越想越气，最后，把姜太公叫来商量对策。

太公早就看穿了姬发的心思，他看见姬发没精打采地坐在凳子上，走上前去施礼。姬发看太公来了，赶忙站起来扶住了太公，说："国师不必多礼，快请坐吧。"周围的侍从搬来一把椅子让太公坐下。太公坐在椅子上问："大王为何如此愁眉不展啊？"姬发哀声说："国师你也知道，讨伐纣王是大势所趋，我们也有这个实力，可是那些大臣却一致反对。如果我不顾反对出兵，他们就会说我一意孤行，不听良言。我不出兵，天下的百姓生活在水深火热之中，我于心不忍。"

太公捋了下胡子说："大王，要解决此事也不难，你知道这些大臣们都相信占卜，只要明天让太史来卜上一卦，说可以出兵，不就什么都解决了吗？"姬发一听，顿时来了精神，赶忙把太史找了过来，告诉他明天怎么做。

第二天，姬发把群臣召集起来说："关于讨伐纣王这件事情，我决定交给上天来决定。上天让我推翻无道的昏君，我就去做。如果上天不让我做，我就不去做。现在，就让太史卜上一卦，看看上天的意思。"

大臣们都凝神屏气地站在一旁，等待占卜结果。这时候，太史拿着蓍草和龟甲走到了神案旁，恭恭敬敬地将东西摆在上面开始占卜。太史早就得到了姬发的旨意，只不过是做个样子给大臣们看，所以，占卜结束，太史高声说到："卦上显示可以出兵。"

大臣们听到这个结果，马上沸腾起来。姬发趁机宣布三军整顿，即日起程。文武百官看姬发和国师都不畏惧，也就不说什么了，都回到自己的营中部署起来。

伯夷和叔齐

孤竹国君有三个儿子，长子名允字公信，即伯夷，幼子名智字公达，即叔齐。伯夷从小只喜欢吟诗作画，对政事不甚关心。每当孤竹国君问他的志向时，伯夷都说自己要成为有名的诗人，希望自己的作品能够名垂青史。孤竹国君对这个长子非常失望，把希望都寄托在了小儿子叔齐的身上。

叔齐与他的哥哥不同，不仅饱读诗书，而且文韬武略样样精通，且还很有英雄气概。孤竹国君请了许多老师教授叔齐治国的道理，他都认真的学习。其实，叔齐根本没想过要当孤竹国的君主，他想如果有一天自己的哥哥伯夷成为君王以

后，他可以帮助哥哥治理国家。

伯夷和叔齐渐渐长大后，某一年，孤竹国君还没立下诏书就不幸染病身亡了，朝中大臣只好在孤竹国君的儿子中选出一个当君主。大臣们基本分为两派，一派支持伯夷，另一派支持叔齐。

兄弟俩饿了七天七夜，幸得神鹿喂奶。

尽管按照常理应该由长子继位，可是，伯夷知道父王生前非常喜爱叔齐，就说："父亲生前想立叔齐为国君，我们应该尊重他的意愿。"然后，伯夷放弃王位，跑到孤竹国外去了。

大家只好推举叔齐做国君，可叔齐却说："我当国君，与礼制不合。"他也逃到国外，和他的兄长伯夷过着流浪的生活。人们没有办法，只好立中子继承了王位。

当时，在商纣王的统治下，人民痛苦不堪，生活在水深火热之中。伯夷和叔齐为了躲避商纣的暴政，决定投奔周王姬昌。他们听说周王爱民如子，特别尊敬老人。

哪知道他们刚到达周国，就听到周王姬昌死了的消息，还听说姬发连父亲的尸骨还没安葬，就要去讨伐商纣王。伯夷和叔齐听了非常生气，决定劝说姬发。在姬发带领军队准备出发的这天，伯夷和叔齐拦住了姬发的马头。当着全天下诸侯的面，伯夷说："周王，你父亲还没有埋葬，就去攻打纣王，这是大逆不道。俗话说百善孝为先，你应该先尊孝道，而不是急着杀戮。"叔齐说："你假借姬昌的名义号召天下的诸侯伐纣，这种做法不仁义。你不仁不孝，怎么能够做天下人的表率呢？”姬发坐在马上，听着伯夷和叔齐的话，气得怒火都烧到了脑门儿，可是碍于国君的威仪，不好在诸侯们面前发作，只能强压怒火。

周围的士兵也听不下去了，拿起武器要教训一下这两个不知道天高地厚的糟老头。姜太公看形势不妙，赶忙制止住士兵：“大王还没有说话，哪里轮到你们在这撒野。”太公又向周王深居了一躬，说道：“大王，这两位老人家都是让国的贤人，今天说的话有些重，还请大王见谅，让他们去吧。”姬发听了姜太公的话，放了伯夷和叔齐。两个老人只好另寻安身之处。

后来，姬发灭掉了商殷，统一了天下，两个老人以吃周朝的粮食为耻，就跑到首阳山上隐居起来。他们以一种野菜为食，还作了首采薇歌表达自己的感慨。每天上山采野菜的时候，他们就会唱起这首歌。

一个妇人正好路过这里，看见他们正在采薇，就走上前去询问：“老人家，你们是谁啊？怎么住在这荒山野岭的地方啊？”叔齐说：“我们是叔齐和伯夷，因为不认同周王的做法，所以隐居在这里。我们发誓不吃周朝的粮食，每天以野菜为生。”这位妇人看了看两位老人说：“现在的天下是周朝的天下，这野菜不也是周朝的野菜吗？你们为什么还要吃呢？”两位老人被问得哑口无言，只当做这个妇女说的都是些无知的话，每天还是以野菜为生，勉强度日。

没过多久，一个叫做王摩子的人来到山上拜访两位老人。这个人是当时有名的士大夫，也用同样的话问他们说：“两位贤人发誓说不吃周朝的粮食，现在不仅隐居在周朝的山上，还吃周朝的野菜。这又如何解释啊？”两位老人张口结舌，说不出话来，于是，决定不再采薇吃，干脆饿死算了。

两位老人在首阳山上饿了七天七夜，眼看就要死了。天帝被他们的志气所打动，派了一头神鹿每天来喂他们奶吃。两个垂死的老人，喝着神鹿的奶，渐渐地苏醒过来。没过几天，他们的精力和体力都恢复了过来。

有一天，叔齐和伯夷正在津津有味地喝着鹿奶的时候，兄弟俩同时想到了一个念头：“我们好久没有吃到肉了，这只神鹿的肉吃起来一定很香。”他们刚有这样的想法，神鹿就感知到了。神鹿想我是奉了天帝的命令来救助你们的，没想到你们竟心生邪念要吃了我，我还是活命要紧。之后，神鹿怕遭到毒手，再也不来给他们喂奶了，就再也不来了。两个老人不肯吃周朝的东西，又没有奶喝，终于饿死在首阳山上。

诸神帮忙

八百诸侯伐纣的队伍在姬发的带领下一路向东行进，几乎没有阻拦，很快就到了河南的洛邑。只要渡过孟津，就可以直逼纣王的都城朝歌了。

正值阳春时节，天气非常好，极适合行军打仗。姬发坐在马背上，望着朝歌城的方向，心潮澎湃："这次讨伐纣王一定要成功，自己的哥哥伯邑考被无道的昏君熬成了肉汤，自己的父亲曾被纣王囚禁到里，如今终于可以为哥哥报仇，为父亲雪耻了。"他命令三军火速前进，恨不得马上就飞到纣王的身边，一刀结束那个暴君的性命。

可是，伐纣大军来到孟津河边时，天气突然骤变，本来是温暖的春天，竟下起雨雪来。这样恶劣的环境，根本不适合行军，大军只好驻扎在洛邑这个地方。雪一连下了几天，大地被覆盖上一层银白色，最深的地方有几丈。

姬发坐在帐内，看着外面皑皑白雪直叹息。姜太公一声不响地坐在姬发的身边，心想：这是哪方的妖怪在作孽，封了孟津？正在这时，一个士兵前来报告说外面来了五辆马车，里面坐着几个大夫装扮的人，想要拜见周王。姬发想一定是别的小诸侯国，要来归顺自己，打算不接见他们。

姜太公听了士兵的话，向窗户外张望了一下。只见五辆马车上的五位大夫个个威风凛凛、器宇不凡，后面还跟随着两名骑着高头大马的武士。姜太公发现这些车马在雪上没有留下走过的痕迹，好像漂浮在上面一样，他知道这五个人的来历非同一般。

太公赶紧走到姬发的身边，小声说："大王，我看这五个人定有来路，不知道是何方神圣，应该接见一下。"姬发听姜太公这么一说，马上来了精神，说："赶快把神人请进屋里来吧。"太公回答说："不急，我们现在不知道他们是哪方的神明，万一言语冒犯了，反而不好，还是让为臣想个办法弄清他们的底细。"

姜太公派出一个随从，让他端着热乎乎的茶水，送到这些客人的面前说："我家大王正在处理一件紧急的事情，暂时不能出来迎接诸位，天气寒冷，特意命我奉上热茶一杯，论尊卑，应该从哪位开始呢？"

马车后面的武士出来介绍说："应该先给这位南海君，其次是东海君、西海君、北海君、河伯，最后给我们。我们一个是风伯，另一个是雨师。”随从听完介绍赶紧按照顺序把茶水倒好，转回来向太公报告。

太公听了随从的介绍，顿时喜笑颜开，跑到姬发跟前说：“大王，这回我们来了援兵啦。外面来的是四海的海神、黄河的河神和风伯雨师。祝融是南海的海神，句芒是东海的海神，元冥是北海的海神，蓐收是西海的海神。黄河的河神叫做河伯，也就是冯夷。风伯叫做姨，雨师叫做咏。现在大王可以按照顺序依次召见他们。”

姬发听到这么多天神来到自己的营盘，高兴得不知道说什么好，赶忙命令手下的人准备丰盛的酒席。他整理了一下衣冠，稳稳地坐在宝座上，命令传令官按照顺序依次传呼名字。外面的天神听见传呼非常惊奇，互相看了一言，心想周王姬发怪不得是有道的明君，还没有见到我们的面，就知道我们的名字了。

祝融等走进大帐，看见宝座上端坐着姬发，那样威武挺拔，都被姬发的英姿所折服。姬发看见众神走了进来，赶忙走下宝座，深施一躬，说道：“今天各位天神能够到我这里来，真是万分荣幸，不知有何指教啊？”诸神看见周王如此谦恭，心底里暗自佩服。祝融说：“上天的旨意是兴周灭纣。我们奉天帝的命令前来助你一臂之力。”

姬发和姜太公听说是天帝派他们来帮助大周，非常的高兴，把他们安排在专门的营帐里，听候命令。有了诸神的帮助，伐纣的军队很快就渡过了孟津，向朝歌城进发。

四大天王遇姜子牙

商周两朝大战了好几个回合，商朝的军队不断溃败。这一天，商朝的太师闻仲接到邓九公的消息：“汜水关已经失守了。”闻仲太师沉思了良久，想这周朝的姜子牙真是够厉害，转败为胜看来不太容易啊，接下来该派谁去迎战呢？邓九公像是猜透了太师的心思，忙说道：“太师不必担心，魔家四将个个法力无边，我认为可以让他们一试。”太师听了忙问：“这魔家四将是何等人物？”邓九公答道：“这四个人平均身高两丈多，各有一个威力无穷的兵器。老大魔礼青，有把青龙剑，谁要跟他较量，必定粉身碎骨；老二魔礼红，有把混元伞，他撑开伞立

刻天昏地暗；老三魔礼海，有把琵琶，他弹起琴弦，风火就会向敌人扑去；老四魔礼寿，有个小白鼠，把它拿出来它就会变大，可以吃掉活人。”太师一听喜不自胜，忙传令下去，让魔家四将立即率大军前往西岐。

再说这姜子牙，在第一时间听说魔家四将前来应战，他就立即召来众将商量对策。有人说：“这魔家四将非常厉害，将军还是慎重吧。”也有人如金吒、木吒和哪吒三兄弟前来请战，姜子牙一时拿不定主意。他思量再三，最后决定出城迎战。哪知这魔家四将真是厉害，一个回合下来，金吒三兄弟的兵器都被收走了，周国的军队也损失了一万多人，姜子牙伤心极了，立即让大家退回都城西岐。

第二天，姜子牙决定不出城应战，他挂了个“免战牌”在城楼上。魔家四将一看信心更足了，于是命士兵架起云梯，准备攻城。谁知姜子牙早有准备，商朝军队经过几天的苦战拿不下西岐，只好将西岐围起来，断了周朝军队的外援，试图将姜子牙困死在里边。

不知不觉，商朝军队已经将西岐围困两个月了，姜子牙眼看军中士气不足，粮食也快吃完了，不禁发起愁来。正在这时，玉鼎真人的门徒杨戬前来报到：“师傅命我前来助军师一臂之力。”姜子牙非差高兴，让杨戬立即除掉魔家四将，杨戬立即领命下去了。

杨戬潜入商朝军营，先将魔礼寿的小白鼠降服了，之后他又变成小白鼠的模样，潜伏在魔家四将身边。待到魔家四将休息之时，杨戬偷走了他们的兵器，立即回到西岐。姜子牙见魔家四将的宝贝在此，高兴得哈哈大笑，他命令军队整装待发，天亮后击鼓出城迎战。

魔家四将见姜子牙出城迎战，赶紧去找自己的宝贝，但是宝贝都不见了，他们立刻傻了眼，只好硬着头皮出去应战。姜子牙派大将黄天化骑着玉麒麟出城。他们经过几个回合的战斗，黄天化使出宝贝“钻心钉”，将魔家四将都钉死了，周朝军队欢呼不已。

之后姜子牙被魔家四将的魂魄盯住了。他们阴魂不散，总是围绕在姜子牙的身边，吵吵着：“还我法宝，还我法宝。”不到一个月姜子牙的魂魄被魔家四将弄走了。

魔家兄弟和姜子牙的魂魄都到了丰都城。这一天，魔家兄弟压着姜子牙来到鬼门关找阎罗王。他们状告姜子牙说：“姜子牙败坏了朝纲，独霸周国，十恶不赦，望阎罗天子秉公裁断。”姜子牙立即反驳道：“我是奉公守法的人，是商朝天子听信奸臣的话，多次讨伐西岐，才酿成了今天的惨剧。”阎罗王也不知道谁对谁错，于是采用了折中的办法。他在丰都名山修建了大殿，给姜子牙在大殿中安排了神位，并将魔家兄弟封为四大天王，给他们修建了神庙。

八百诸侯月夜渡黄河

周王姬发带领着八百诸侯向朝歌城进发，快要到达的时候，黄河横在了面前。这时，正是黄河的汛期，波浪滔天，根本无法通过。

看着满天的河水，姬发犯起愁来。八百诸侯将军队驻扎在黄河岸边，赶紧找周王商量对策。姬发说：“如今黄河水泛滥，普通的船一下水就会被打翻。诸位有没有什么好办法，可以渡过黄河啊？”八百诸侯都垂下了头不做声。

这时，姜太公从姬发的身边走了过来，小声地说：“大王，我们不是有天神河伯嘛。他是主管黄河的神，一定有办法。”

姬发听了姜太公的话，才想起来军营中还住着几位天神。他赶紧找来黄河之神河伯商量对策。河伯说：“大王尽管放心，今天晚上就可以平安渡过黄河。”姬发听后非常高兴，命令手下人赶紧准备船只，晚上夜渡黄河。

晚上，河伯站在岸边，口里念念有词，不一会黄河的河面就变得平静无波了。白天还是波涛汹涌的黄河，现在安静得连一丝水波都没有。这平静的河水映着天上皎洁的月亮，好像白昼一般。诸侯们看见这般景象，无不惊叹。当他们得知得到了天神河伯相助，更加敬佩姬发了。

姬发命令八百诸侯坐在战船上，齐渡黄河。八百诸侯的军队坐在船上，望着空中的明月，齐声歌唱。这歌声高亢响亮，冲破云霄直奔天际。看见将士们的热情如此高昂，姬发也和着他们唱了起来。大家听见周王也和自己一起歌唱，唱得更加起劲了……船只行驶到黄河中间的时候，不知道从哪里飞来一大群黄蜂，形状好像丹鸟一样，绕在姬发身边不肯离去。姬发看这些黄蜂十分可爱，就命人把它们画在军旗上。

在河伯的帮助下，八百诸侯和军队顺利地渡过了黄河。伐纣成功后，为了纪念当时八百诸侯月夜渡黄河的情景，姬发便把他坐过的船命名为“蜂船”，把画有黄蜂图案的军旗命名为“蜂旗”。

姬发率领军队渡过黄河以后，在离朝歌城以南三十里的牧野安营扎寨。第二天早晨天刚亮，姬发就在牧野向八百诸侯誓师。诸侯们受到鼓舞，异口同声地决定要攻下朝歌城，推翻无道的昏君。

纣王这时正在皇宫里饮酒作乐，虽然听说姬发讨伐自己，可他一点也不担心。他知道姬发只有渡过黄河这道天险，才能到达朝歌城，现在黄河正是汛期，哪能那么容易渡过。所以，纣王根本没把武王放在心上，照旧和妲己一起鬼混。

这天，随从来报，姬发大军已经渡过黄河，驻扎在牧野。纣王一听大怒，要亲自带兵迎战姬发。朝歌城内哪里还有兵将可以出战，只剩下一群老弱病残的士兵。纣王下令城内的男丁都要参战，好不容易凑齐了几千人。纣王就带着这样的军队和姬发在牧野展开了一场恶战。

在牧野的战场上，双方的士兵拿着刀戈正在拼命地厮杀。纣王拿着大刀，骑着战马，冲到姬发的军中，与一名大将打了起来。纣王年轻的时候，练就了一身好武艺，虽然这么多年来荒废了，但还是可以抵挡一阵。

姬发的军队是正义之师，为了让天下的老百姓脱离苦海，将士们都抱着必死的决心。纣王这边的军队都是临时拼凑起来的，怎么肯为他卖命。没打多长时间，就四散奔逃。纣王在旁边竭力地呼喊，但也未能扭转溃败的局势。

纣王无计可施，只好逃回城中避难。这场战役就是著名的牧野之战。

暴君毙命，姜子牙封神

在牧野，姬发与殷纣王展开了一场激烈的战斗。姬发站在战车之上，左手拿着黄金板斧，右手拿着耗牛鞭指挥着军队，战士们如出笼的猛虎一般杀向商纣的军队。纣王也亲自上阵指挥，拿着大刀四处冲杀。

姬发的将士们越战越勇，没过多久纣王的军队就节节败退。纣王的军队都是由无辜的奴隶们组成的，他们平时受够了压迫和剥削，终于有了报仇的机会，纷纷倒戈相向，加入到讨伐纣王的军队里。

纣王看大势已去，赶紧策马回转城中。当他跑回宫殿的时候，宫女、随从都拿着包裹四散奔逃，根本不把纣王放在眼里。纣王还像以前那样，向这些奴隶大喊大叫，让他们不要跑。可是，逃命要紧，谁还会听从纣王的命令？纣王拔出了刀，砍向那些逃跑的人。有的人只顾逃命，结果却葬身在纣王的刀下。纣王在皇宫里一顿乱砍，最后没有了力气，丢下刀，坐在宫殿的台阶上，望着自己曾经君临天下的地方，不禁感慨万千，没想到昔日的君主竟沦落到如此地步。

这时，纣王想起了自己的美人妲己，就跑到内殿去寻找，可是找了好几圈，妲己连个人影都不见。纣王这才感觉到自己真的成了亡国之君，连最宠信的妃子都弃自己而去。纣王站在空旷的殿内，用手抚摸着自己曾经坐过的龙椅，不禁流下泪来。纣王恨恨地想：我就是死了，也不能给西周留下这么好的宫殿，让姬发那个小儿坐享其成。

纣王找到一个火把，把整个宫殿全部点燃了。然后，纣王跌跌撞撞地爬上了鹿台。他把鹿台上的奇珍异宝能揣在身上的都揣在了身上，拿不走的统统砸坏，最后又把一件挂满珠玉的宝衣穿在了外面，手里拿着火把，望着正在熊熊烈火中的宫殿，仰天大笑。然后他把整个鹿台连同自己一起点燃了。纣王站在火中，望着远方，凄凉地叫到：“姬昌，当初我就不应该放你回去，不然我也不会落得今天的下场……”话还没说完，火舌就把他吞没了。纣王和他的宝物一起葬身在这大火之中。

姬发带着军队攻进了皇宫，看见整个宫殿和鹿台都燃起熊熊大火，赶忙派周围的人去救火。可是，火势太凶猛，根本扑不灭，大火烧了三天三夜，纣王的宫殿和鹿台都变成了废墟。火灭了以后，随从在废墟中找到了纣王的尸体，只见珠玉做成的衣服完好无损，纣王却只剩下一副骸骨。姬发让人把纣王的头颅砍了下来，挂在城楼之上，公开示众。

妲己看见商朝的气数已尽，赶紧收拾好贵重物品，化妆逃出了皇宫。可是没跑出去多远，就被姬发的军队抓了回来。这个祸国殃民的女人被姬发砍了头。行刑那天，刽子手被她的美貌所迷惑，竟要拿自己的命来换她的命。姬发大怒，亲手杀了妲己，并把她的头挂在了白旗之上。

至此，武王伐纣成功，建立了周朝。

姜子牙看讨伐已经成功，就开始准备封神。到了封神那一天，姜子牙穿好道袍，手拿打神鞭登上了封神台。他拿出师父元始天尊给他的封神榜开始念了起来。这个封神榜上面记录着神仙的职位和神仙的名称。

“封神台上的众魂魄听令，我奉上天的旨意开始封神。”姜子牙站在封神台上大声说道。那些在伐纣中死去的灵魂很快就聚集在了封神台上，等待听封。

封来封去，只剩下一个神位没有封，那就是泰山的岱庙。子牙想既然这个神

位没有人，就留给自己吧。

这时候，黄飞虎不知道从哪里冒了出来。他对着姜子牙大喊："我还没有封神呢。"姜子牙看了看黄飞虎说："封神榜只封死人，不封活人。你要想封到岱庙，就得先杀了你。"

黄飞虎想了想说："你说杀了我才能封我，可是你杀了我，我怎么知道你封了我什么，还是先封了我，再把我杀掉吧。"

姜子牙说："好吧，那我就先封了你以后再杀。"黄飞虎被封在了岱庙。封完黄飞虎，姜子牙拿起刀来要杀他。黄飞虎赶忙说："你不能杀我，你只有封神的权利，却没有杀神的权利。"姜子牙无话可说，普天下就只有黄飞虎一个活神了。

姜子牙因为把神位给了别人，所以自己没能封神。

胶船的悲剧

周朝传到武王曾孙子昭王的手中时，国家就不再像以前那样强盛了。

周昭王天性爱玩，喜欢新奇的事物，经常带着手下四处游玩，每次出游，都要带上大批的随从，前呼后拥，每到一个地方，那的百姓就要搬迁，为他腾出游玩的地方。百姓经常受到这样的骚扰，因此他们都很讨厌周昭王。

南方有一个叫做越裳的小国家，出产一种白颜色的野鸡，准备进贡给昭王，因为路途十分遥远，一时送不到都城，昭王决定亲自去南方迎接这几只野鸡。他带着随从浩浩荡荡地向越裳国进发。每到一个国家，就把那里搞得乌烟瘴气，老百姓不得安宁。尤其是到了楚国，那里的人们受到的骚扰更大。楚国物产丰富，人杰地灵，有许多名山大川。周昭王到了楚国以后，与手下人游山玩水，收刮奇珍异宝。他所经过的地方，老百姓都退避得老远，所以楚国的人民烦透了周昭王，决定等他回来的时候，给他吃点苦头。

周昭王带着随从来到了越裳国。越裳国王热情款待了他们，并拿出白色的野鸡让周昭王欣赏。这种野鸡浑身雪白，站在阳光底下闪闪放光。周昭王看了以后，非常高兴。在越裳国玩了几天以后，他带着随从高高兴兴地回国去了。

在回去的途中，要路过楚国的汉水。周昭王带着几只野鸡来到汉水边上时，天色突然阴暗了下来，好像锅底一样的黑，仿佛一场大雨马上就要倾盆泻下。笼子里的野鸡上蹦下跳，咕咕直叫，吵得人心里乱哄哄的。这时，楚国人早就准备好了大船，在江边迎候周昭王。周昭王怕一会儿下起大雨淋到自己，赶忙带着手下上了这艘大船。

奇怪的是，当周昭王他们上了大船以后，天一下子又放晴了，太阳从云彩里钻了出来，烤得人直冒汗。船开了，顺着水流向前驶去。当驶到河中心的时候，咔嚓一声，船从中间裂开了。周昭王吓得赶忙抓住船帮，就像抓住一棵救命的稻草一样。可是，没等他站稳，整个船就崩裂成了一块一块的，顷刻间就沉入了水底。

原来，这是楚国人使的计谋。周昭王离开楚国以后，这里的人们就开始想各种对付昭王的方法，最后终于有了好办法：昭王要返回周朝，一定会路过汉水，过河就一定会用到船，船本来是应该用大钉卯上的，可他们只是用胶将大船粘好。为了不让昭王看出破绽，楚国人在船的外面涂上了一层厚厚的漆。这样，从外面看大船就十分的坚固结实。

周昭王的马夫辛余靡有着长长的手臂，惊人的力气，他就站在昭王的身边。事情发生得太突然了，昭王掉到水里后，他才反应过来发生了什么事情，赶紧跳到水中寻找昭王。他在水里游了好久，才看见昭王。这时的昭王早就被水淹得半死不活，他一手夹着昭王，另一只手拼命地向岸边划去。

好不容易上了岸，辛余靡赶紧把昭王放了下来，可是，昭王早已经死在辛余靡的怀里了。忠心的辛余靡带着昭王的尸体回到了周朝。因为周昭王是被淹死的，说起来很丢人，所以连讣告都没有发，就草草地埋掉了。辛余靡因为忠心为主，被封为侯爷。

化人和周穆王

周昭王死了以后，他的儿子满继承了王位，是为周穆王。比起他的父亲，周穆王更喜欢四处游玩，收集新奇古怪的东西。

周穆王请来许多杂耍艺人在宫廷里表演。有时候，周穆王还会跟着这些艺人学习杂耍的技巧。这天，从遥远的西方国家来了一个变戏法的人求见穆王。周穆

王非常高兴，赶紧把这个变戏法的人请进宫中。

这个人身材瘦高，脸膛白净，还有一双炯炯有神的眼睛。周穆王问道：“你从那里来啊？叫什么名字？”这个人不紧不慢地说：“我叫化人，从西方一个小国家来，听说大王喜欢杂耍，特来献艺。”

周穆王一听顿时来了兴致，说：“我宫中有许多的杂耍艺人，几乎所有的戏法我都看过了，不知道你有什么绝活啊？”化人微微一笑说：“我表演的不是普通戏法，而是仙法。我可以穿墙、搬移、在空中飞行等等。”周穆王不信，让化人当场表演。

化人首先表演了穿墙。他面对墙壁站好，嘴里念念有词，然后迈开步伐向墙壁走去，好像墙上开了一道门一样，化人消失在了墙内，不一会，他从大殿的正门走了进来。周穆王从宝座上站了起来，目瞪口呆。

接着表演了搬移。化人两手轻轻抬起，伸向大鼎的方向，大鼎就顺着他手指的方向移动，落在了大殿之内。周穆王哪里见过这样神奇的戏法，赶忙跑下殿去看个究竟，竟然真的是殿外的大鼎。

从此，周穆王把化人奉为神人，为他修建了华丽的住所，赐给他许多金银珠宝，绝色美人。可是这个化人非常古怪，对这些东西根本不看重。周穆王非常奇怪，这些东西是别人梦寐以求的，为什么这个化人如此无动于衷呢？

周穆王忍不住问道：“我赐给你那么多好东西，怎么不见你有半点高兴的模样呢？”化人听后哈哈大笑起来，说：“大王，那是因为您赐给我的这些东西，赶不上我自己拥有的宝物。”周穆王听后非常生气，觉得这个化人太狂妄。化人接着说：“大王，我带你参观一下我住的地方吧。”说完，化人拉着穆王的袖子腾身而起，升到半空中，才停下来。在化人的带领下，穆王来到了他居住的地方。化人住的地方比穆王的宫殿还要气派，金子做的瓦顶，玉石雕刻的柱子，到处装饰着珍珠和玉石。穆王在这里享受到了丰厚的款待，眼睛看到的，耳朵听到的，嘴里尝到的，都不是人间所能有的。穆王想想自己的宫殿，简直太寒酸了。

一天中午，穆王正在吃饭，化人来了，说要请穆王去个好玩的地方。穆王和化人来到一个地方，只能看见五光十色的光和影，弄得他眼花缭乱的。穆王觉得心思迷乱，赶忙叫化人带他回去。化人轻轻推了穆王一把，穆王就从这幻境中醒了过来。

穆王一下子清醒了，看见自己正坐在椅子上，刚才吃的饭还没有凉，周围的侍从正在给他倒酒。穆王赶紧问周围的侍从：“我刚才去了哪里？”侍从说：“大王哪也没去，只是在椅子上打了个盹。”坐在旁边的化人说：“我刚才只是领着大王神游了一番，不需要身体动的。”

周穆王心想神游都那么有意思，要是真的出去游玩，岂不是更加有趣。从此，他丢下国事和天下的百姓，周游天下去了。

造父调教的八匹骏马

周穆王自从发现游玩的乐趣以后，便丢下国家大事，不顾人民的死活，开始四处周游。出游的首要条件就是要有方便的交通工具，于是，周穆王花重金请来有名的御者造父。

造父最擅长驾驶马车。造父之所以有如此高的本领，都是从他的师父泰豆那里学来的。造父年幼的时候就失去了父母，是泰豆抚养他长大的。泰豆看他聪明伶俐，身体灵活，一定会成为一个好御者，就决定把自己驾车的本领传授给他。

泰豆训练造父从最基础的驾车技法学起。他在空旷的田野上立起一些木桩子，木桩子之间的距离相等，只能放下一只脚的距离。泰豆让造父在这些木桩子之间像穿花一般地行走和奔跑，不许碰到木桩，最后要练到即使是不小心摔倒，也不允许碰木桩一下的境界。造父练了几天，就学会了。泰豆非常高兴，夸造父聪明。然后，泰豆又教授他驾车的道理。

在泰豆的指导下，造父细心钻研，勤学苦练，终于成为一名技艺高超的御者。这时，周穆王游历天下，需要一名好御者，听说了造父的大名，就花重金将其聘请了过来。

造父驾着马车，带着周穆王四处游玩。造父虽然技艺高超，可是拉车的马经不起长途跋涉，经常半路就累死了。周穆王非常恼火，又没有什么好办法。这天，造父来到穆王的身边说：“大王，我听说夸父山上的马，都是武王时候散放在那儿的战马的子孙后代。这些马脚力强、耐力足，正是我们所需要的。我想去夸父山把这些战马抓来，献给大王。”

周穆王听后非常高兴，让他赶紧去把这些战马找来。造父不仅是驾车的高手，养马也是好样的。

经过千辛万苦，造父终于来到了夸父山。夸父山真高啊！造父仰起头，只见

山顶直插云霄，望都望不到头。战马都在哪里呢？应该在山顶吧。造父整理好背囊开始攀爬夸父山。

好不容易爬到了山顶，造父被眼前的景象惊呆了，只见山顶是一望无际的平川，到处是绿油油的草地，成群的野马在上面奔跑跳跃。这些马有的跑起来呼呼刮风、足不溅土，有的跑起来比飞鸟都快。

造父在山上观察了好几天，他看中了其中的八匹马。他给它们起了好听的名字：骅骝、绿耳、赤骥、白牺、渠黄、逾轮、盗骊、山子。刚开始的时候，只要造父一靠近这八匹马，它们就飞快地跑到别处，造父想抓它们也抓不到。后来，造父经常用一些粮食喂它们，渐渐的他们互相熟悉了起来，这些马有时还会主动来到造父身边和他玩耍。但这些马毕竟是野马，训练起来需要花好长的时间。可是，造父一点也不心急，每天和这些马儿呆在一起，驯服它们的野性，让它们把人当成自己的朋友。功夫不负有心人，造父终于将这些野马训练成八匹骏马。

造父带着这些骏马回到了皇宫，献给了周穆王。周穆王让造父驾着这些骏马拉的车载着自己在野外跑了一圈，果然和以前那些马拉的车不一样。这些骏马拉的车又快又稳，跑出好久都不会累。穆王大喜，将这些骏马放养在东海岛的龙川附近，由造父管理。在龙海岛上有一种叫做龙刍的草，普通的马吃了这种草，可以一天跑一千里路，更不用说这些骏马了。

从此，周穆王出游都会让造父驾着由这八匹骏马拉着的车子。

周穆王见西王母

周穆王选了个好日子，带着随从，坐着由八匹骏马拉的车子，起程周游天下去了。他游历的路线是从北方到南方。他在阳纡山上见到了水神河伯；在昆仑山观赏了黄帝的宫殿；当游历到赤鸟族的时候，接受了赤鸟人进贡的两个美女；到达黑水时，封赏了热情接待他的长臂国人。最后，穆王坐着车子直奔向往已久的西极，也就是太阳隐没的地方，崦嵫山。

八匹骏马拉着车子在平坦的山路上行进着，穆王被周围的景色吸引住了，只见山的中央有个大池子，池子里的水清澈透明，太阳落山的时候，余晖照在池面上闪着金光。池子的旁边都是珍奇的树木，高耸入云，调皮的鸟儿不停地叫着，

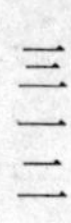

好像不知道累似的。

穆王听着鸟儿的鸣叫，看着太阳的余晖，心里不禁感慨：真是人间仙境，不知道哪位神仙住在这里。马车继续向前行进，一座富丽堂皇的宫殿出现在了眼前。宫殿在云气缭绕中若隐若现，五彩的琉璃瓦散发出耀眼的光芒。

周穆王走下车，来到宫殿的门口。他轻轻叩打门环，里面出来两个漂亮的仙女。穆王赶忙上前询问："请问二位仙人，这里是哪位神仙的住所啊?"两个仙女恭敬地说："这里是西王母住的地方。"周穆王惊喜不已，自己这次出游，最想拜访的神仙就是西王母，没想到竟在这里相遇。

西王母乘云线画

他赶忙从车上把准备好的礼物拿了下来，白色的和黑色的璧。周穆王整了整衣衫，清了清嗓子，说道："请两位仙女通报一声，周穆王求见西王母。"

西王母听说周穆王游历到此处，赶忙让人将他请了进来。周穆王在仙女的指引下，来到了大殿内。殿内香烟缭绕，不时传来钟鸣之声，让人心旷神怡。西王母款款地从外面走来。

西王母穿着一件华服，上面挂满了环佩，走起路来发出清脆的响声。她走到穆王的面前，说到："周穆王到来，小仙倍感荣幸。"周穆王赶忙拱手还礼说："您是有名的天神，竟如此谦恭，真是让我受宠若惊。今天游历此处能目睹西王母的真容，真是太荣幸了。"说完穆王将宝物献给了西王母。西王母非常高兴，带着周穆王在宫殿里观赏了一番。

西王母带着周穆王来到瑶池，就是刚才穆王见到的那个大池子，只见池中水波荡漾，在太阳的照射下，闪闪发光……游玩间，太阳渐渐落下，隐藏到瑶池后面的崦嵫山上。穆王头一回这么近距离的观看太阳，刺得眼睛都睁不开。西王母笑着说："我带大王去桃林看看吧。"

原来，西王母住的地方不仅有瑶池，还有桃林。这里的桃子三千年开花，三千年结果。如果能吃到这里的仙桃，就可以延年益寿。周穆王来得正是时候，桃树正结着硕大的果实。西王母让手下的侍女摘下一个仙桃，送给周穆王吃。周穆王接过仙桃，咬了一口，顿时觉得五脏六腑舒服极了。

第二天，西王母在瑶池摆下了丰盛的酒宴。在酒席宴间，穆王即兴吟咏了一首歌颂西王母的诗。作为主人的西王母非常高兴，也作诗应答。他们两个人一唱一和，相处得非常融洽。为了纪念这次会面，穆王登上了崦嵫山的山顶，在那里立了一块碑，上面刻着几个大字：西王母之山。

离别的时候，西王母忧伤地赋了一首诗，表达了她对周穆王的依依不舍。最后，周穆王十分不舍地离开了崦嵫山。

偃师的灵巧手艺

周穆王从崦嵫山返回国都的途中，有人推荐了一个手艺很灵巧的工人给他。这个工人叫做偃师，会做各种稀奇古怪的东西。周穆王把偃师叫到了身旁，问他："你都有什么本领啊？"偃师说："大王，您想让我做什么我就能做出来什么。现在，我做好了一件东西，想请大王看看。"周穆王很高兴，说："哪天把你做的东西拿过来给我看看。"

第二天，偃师带着一个身穿奇异服装的人拜见穆王。穆王看了一眼那个奇装异服的人，问道："和你一起来的是谁啊？"偃师恭敬地答道："这是我做的一个会唱戏的假人，外表与人一样，其实是用废物拼凑起来的。"

周穆王非常吃惊，目不转睛地盯着假人看了半天，也没有看出破绽来。穆王说："我看这明明是一个真人，你为什么说是假人呢？"偃师笑着说："大王，您别急，还是先听听这个假人唱的戏吧。"穆王觉得一定是在骗自己，等听完了戏文，再找偃师算账。

穆王和自己宠爱的妃子盛姬坐在宝座上看这个怪人唱戏。演唱开始了，这个人张开嘴发出了美妙的声音，同时轻舞着衣袖，在大殿中央旋转起来。他唱得那么动听，人们都被他的歌声所吸引。他跳得又是那么轻盈，宫中最好的舞女都比不上他。穆王坐在宝座上，仔细观察着这个怪人，怎么看都是一个真人，一点都不像是假人，除了胳膊和腿脚纤细一点以外。

周穆王越看疑心越重，更加肯定了自己的想法，一定是一个实实在在的人。戏文快要结束的时候，只见那个怪人用眼睛色迷迷的看着穆王的宠妃，还不停地转动，暗送秋波。穆王看见这个怪人竟敢偷看自己的妃子，还不知趣地卖弄风骚，非常气愤，叫人把偃师和这个怪人一起推出去杀了。

偃师顿时慌了，赶忙把这个怪人丢在了地上，拧掉了他的脑袋，然后扒开他的胸膛，把里面的心、肝、肺什么的都掏了出来。原来，这些东西都是由皮革缝制成的。这个假人身上的器官和真人一样多，连外面的筋骨、毛皮、牙齿、头发等都和真人的一样。可是，每一件东西都是假的。

周穆王看见偃师把这个人拆开后，真的是一个假人，就不再怪罪他了。穆王十分诧异，问偃师："你的假人为什么会做得和真人一样啊?"偃师赶忙回答："我花了一年多的时间才做成这个假人。我研究人的动作和肌理，然后应用在这个假人身上。比如，人跳舞的时候，哪些关节会动，我都会记录下来。这样，才做出了这个以假乱真的人。"

周穆王听后十分感兴趣，说："现在假人已经坏了，你还有办法修好他吗?"偃师说："非常简单，只要我把它们各个器官重新组合在一起就可以了。"说完，偃师就把这些心啊、肝啊、肺啊、胳膊、大腿等一一拼凑起来。没过多久，一个完整的人又出现了。

可是，这个假人还是用刚才那样色迷迷的眼神看着王妃。穆王见了非常惊奇，让偃师把他的心脏摘了出去，假人就唱不出歌来；把肝脏摘了下来，假人就成了睁眼瞎，再也不能像刚才那样卖弄风情了；把肾脏摘了去，假人竟一步都走不了，站在那直挺挺的。

周穆王看到这满心欢喜，说道："没想到你的技艺竟达到了如此神奇的境界，能够与大自然的规律相合。你跟我回皇宫吧。"

于是下诏命人给偃师准备一辆豪华的马车，和他自己乘坐的马车一起回国去了。

徐偃王诞生的神话

在徐国国君的宫中，有个宫女不知道怎么有了身孕，分娩的时候竟生出了一个肉蛋。宫里头的人都认为这是个不祥之物，便把这个肉蛋丢弃在水边上。

水边住了一个老太婆，无儿无女，只有一条小狗陪着她。这条小狗叫做鹄苍。一天，它跑到水边玩，看见了这个肉蛋，就把它叼了回去，放到自己的窝里。每天它都用自己的身体覆盖在肉蛋上，给它温暖。说来也奇怪，日子一天一天的过去了，从肉蛋中居然孵出一个小孩子。

小孩子的啼哭声惊动了老婆婆。她顺着声音找到狗窝，看见一个胖乎乎的小男孩像小狗那样偃卧着。老婆婆赶忙把这个小孩抱到屋子里，用小棉被包裹起来。老婆婆想了想，对着小孩子自言自语道："以后你就叫做偃。"

老婆婆自从捡了这个孩子以后，每天尽心尽力地照顾他，就像是自己亲生的孩子一样。小孩子太小了，没有奶水喝怎么能行呢？老婆婆发起愁来。她只好抱着偃四处讨奶喝，有些好心人看见偃十分可怜，就把奶水分给他喝。

但是这样终究不是办法，老婆婆在心里暗暗祈祷：老天啊！帮帮这个可怜的孩子吧。可能是上天被老婆婆的诚心感动，不知道从那里跑来一只母鹿，天天给小男孩喂奶。这样，小男孩才没有被饿死。

小男孩十分听话，他好像知道老婆婆带他很辛苦，从来不哭不闹。总是张着一双亮晶晶的大眼睛望着老婆婆。老婆婆看着他，心里的烦恼和忧愁全都不见了。每天精心尽力地照顾着他。周围的乡亲们听说老婆婆捡了个奇怪的小婴孩，都跑来看热闹。

乡亲们看见这个小孩如此乖巧，都夸老婆婆有福气。就这样，老太婆捡到奇怪婴儿这件事情，不胫而走。那个生下肉蛋的宫女知道自己生的不是怪物后，非常高兴，便想把孩子要回来。

这天，宫女来到水边的小屋里，找到了老婆婆，把自己的来意说了一遍。老婆婆说："你既然是孩子的母亲，为什么还把他丢掉呢？"宫女哭着说："我未婚有孕，没想到生下了一个肉球。我怕别人把我当成妖怪看待，不得已才丢了这个孩子。我当初真的以为自己生的是一个妖怪。婆婆，你行行好，把孩子还给我吧。”老婆婆想：这个孩子跟着我如此遭罪，还不如跟着他的亲娘。于是，就把偃还给了宫女。

徐国的国君听说了这件事情，认为这个孩子是上天降下的神物，所以对他非常的好。

小男孩渐渐长大了，聪明伶俐，很讨人喜欢。徐君请来最好的教师教授他文化知识，还请来最棒的武术老师教他拳脚功夫。这个小孩一学就会，一点就通。没过几年，把这两个老师的本领都学到了。后来，徐国的国君去世，就把王位传给了偃，称为偃王。

偃王做了国君以后，施行仁政，和周围的邻邦关系非常好。老百姓都很拥护他，天下的诸侯都称赞他。这样，他的国家就一天天强大起来了。

这时的周穆王，天天只知道四处游玩，放着国事不管。没过几年，国家就开始走向衰弱，老百姓生活痛苦，怨声载道。周穆王喜欢收集奇怪的东西，常常叫人到深水里捕捉奇怪的鱼，或者到深山里打奇异的野兽。他每天醉心于这些事情，哪里顾得上管理国家，因此国家被弄得一团糟。

周穆王自从得到造父和八匹骏马，就不满足于在自己的小圈子里猎奇了。于是，他带着随从，由造父驾着车，周游西方去了。过了好久，也没有回来。国不可一日无君，更何况正处在动乱的时候。

徐偃王的国家日益强大起来，他看到周穆王只顾自己享乐，不顾天下百姓的死活，就想趁这个机会，夺了周穆王的江山。可怜的周穆王，还在西王母那里饮酒作乐，哪儿知道危险的到来呢？

周穆王平乱

徐偃王想趁周穆王西游的机会，一举夺了周穆王的江山。有人建议说，如果想迅速攻占周穆王的都城，最好从水路进兵。徐偃王犯起愁了，自己的国家是在内陆，与北方没有水道连接，这岂不是痴人说梦。这时一个大臣说：“大王，没有河，我们可以开凿一条。”徐偃王听后非常高兴，采纳了这个建议。

他以交通不便为名，打算在陈国和蔡国之间修了一条运河。在开凿运河的时候，工匠们在泥土中挖掘出一把红色的弓和一把红色的箭。徐偃王认为这是上天

赐的瑞兆，想做天子的野心更加膨胀了。

徐国周围的诸侯国，听说徐偃王得到了神弓和神箭，都以为他一定会打败周穆王，纷纷归附他。没过多久，归附的国家就达到三十六个之多。徐偃王觉得兵力足够了，就举兵北上，直奔周王朝的国都。

徐偃王这个人有野心，却无胆识。虽然有这么多的诸侯投靠他，但他心里还是惧怕周穆王，即使已经打起了反抗的旗帜，还只是试探性地攻占了几座城池。徐偃王畏首畏尾的行为，引起许多诸侯的不满，他们对徐偃王说："周穆王只顾游山玩水，不顾天下老百姓的死活，我们这样做都是为了老百姓能过上好日子，现在我们要兵有兵，要将有将，还怕他做什么？"

徐偃王这才下定决心，带着诸侯继续向周穆王的国都进发。可怜的徐偃王，就是因为他的迟疑和犹豫，给了周穆王赶回来的时间和机会。

当时周穆王正好从崦嵫山回奔都城，听说了这件事情，马上让造父驾着车子，带着少数的军队直奔洛邑。造父快马加鞭，一天就奔跑了几千里，终于赶在徐偃王的前面到达。徐偃王看见穆王的军队来势汹汹，心想自己如果与之血战，不知道要死掉多少老百姓。天生仁慈的徐偃王因为不忍心看到天底下的老百姓遭殃，下令撤退，就这样且战且退，一直退到了彭城武原县的东山脚下。

徐偃王带着军队逃到深山老林之中，再也不出来了。本来是一件能够成就一世英明的伟大事业就这样虎头蛇尾地结束了。周穆王见已经击退了敌军，就没有继续追击，奏着凯歌还朝了。但是，这个地方的老百姓非常拥护徐偃王，他们把徐偃王藏身的东山改名为徐山。偃王在山上建造石洞，就住在那里。徐偃王死后，石洞里供奉上他的神像，老百姓经常到那里去祈祷，还很灵验。

周穆王的军队在还朝的途中，统统起了变化，君子变化成猿猴和白鹤，小人变化成泥沙和虫子，奇怪的是只有周穆王没有起变化，他活了很大岁数，最后寿终正寝。

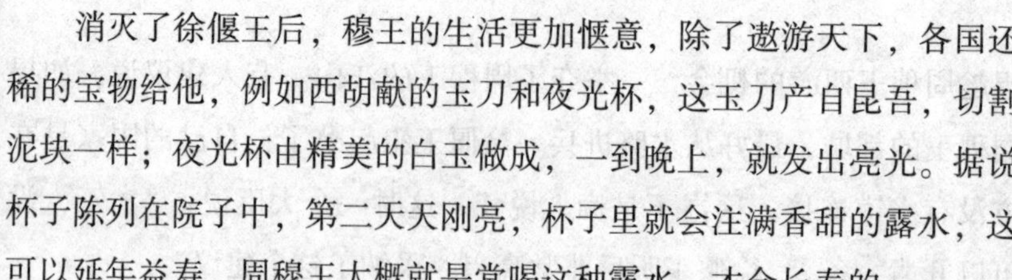

消灭了徐偃王后，穆王的生活更加惬意，除了遨游天下，各国还进贡许多珍稀的宝物给他，例如西胡献的玉刀和夜光杯，这玉刀产自昆吾，切割玉石好像切泥块一样；夜光杯由精美的白玉做成，一到晚上，就发出亮光。据说晚上把这种杯子陈列在院子中，第二天天刚亮，杯子里就会注满香甜的露水，这种露水喝了可以延年益寿。周穆王大概就是常喝这种露水，才会长寿的。

周宣王之死

周穆王死了以后，王位传到了宣王的手中。周宣王是历史上公认的贤王，为这个衰败的王朝带来了一些中兴的气象。可是由于政治措施不当，到了周宣王晚年时又回到了原来衰败的状态。虽然周宣王被称为贤王，但也做过一些道德败坏的事情，所以最后死在一个复仇的厉鬼手中。

恒是杜国的诸侯，在朝廷作大夫，因为他被封于杜，所以也叫做杜恒。杜恒长得英俊潇洒，是不折不扣的美男子。宣王的一个宠妃喜欢上了年轻洒脱的杜恒，想要引诱他通奸。杜恒是正人君子，怎么能做出这样的苟且之事。他当面拒绝了这个宠妃的要求。

这个恼羞成怒的女人哭哭啼啼地跑到宣王的面前说杜恒的坏话："大王，要为我做主啊。那个叫做杜恒的人，竟敢在大白天调戏我。"宣王一听自己的宠妃受了委屈，不分青红皂白，把杜恒抓了起来。

杜恒没做亏心事，面对宣王一点都不害怕。可是宣王一想到自己的宠妃受到他的欺负，气得浑身发抖，一心想要弄死杜恒，就命自己亲近的两个大臣审问他。这两个大臣知道宣王的心意，对杜恒滥用刑罚，想要屈打成招。可是，杜恒咬紧牙关就是不认罪。

杜恒的好朋友左儒也在朝廷中做官，看见杜恒受到不白之冤，毅然挺身而出，在宣王面前替好朋友申辩。左儒激动地说着："大王，杜恒是冤枉的。他是正直之人，不会做出这样的事情。一定是有人陷害。请大王三思而行。"宣王根本不理会左儒。

就这样，左儒据理力争了好几次，固执的宣王根本不听，反而责备他说："你这是袒护朋友。他犯了这么重的罪，简直是大逆不道。"左儒回答道："我听说，做君主的办事公正，做朋友的办事不公，就应该听从君主的。反过来，假如做朋友的办事公正，做君主的办事不公，就应该站在朋友这边。"

宣王听后勃然大怒，喊道："你好大的胆子。如果你马上承认错误，就放你一条生路，要是不知悔改，就死路一条。"左儒听后，哈哈大笑说："我听说节士从来不会为了活命轻易改变主张。死就死吧，如果我的死可以证明杜恒是清白的，我情愿一死。”宣王不由分说就把无辜的杜恒推出去杀了。左儒见自己的劝谏并没有改变宣王的心意，反而加速了朋友的死亡，非常气愤，回到家后，就自杀死了。

杜恒死的时候，曾恨恨地说：“我是清白无罪的，王上竟然杀了我。如果人死了以后有灵魂的话，不出三年，我一定让王上承受他乱杀无辜的恶果。”

时光在不经意间匆匆地溜走，三年过去了，杜恒的话人们早就都忘记了。这一天，宣王带着诸侯们去圃田打猎。他们带着几百辆车子，好几千随从，浩浩荡荡地出发了。走到中午的时候，忽然人群中出现了一辆奇怪的马车。

这辆马车是白的，马也是白的，车上却坐着一个穿着大红衣服的人。这个人手里拿着红色的弓箭正对准着宣王的车子。诸侯们定睛一看，车上坐的正是三年前死去的杜恒。杜恒的面貌一点都没有改变，只是脸上显露出要报仇雪恨的杀气。人们吓得四散奔逃，原野上人声、马声乱作一团。

杜恒紧紧地追赶宣王的车子，宣王回头一看吓得脸色惨白。宣王想搭弓抽箭射退这个冤魂。可是箭还没有抽出来，杜恒的车子就追到了。杜恒举起手中红色的弓箭向宣王射去，正中宣王心窝。宣王捏着箭柄，翻滚到地上，身子向后一倒，就不再动弹了。

一阵阴风吹过，杜恒的车马顿时消失得无影无踪。四处逃散的诸侯马上聚拢了过来，查看宣王的伤势，发现宣王已经断气多时。宣王就这样暴死在了野外。

周幽王宠爱褒姒

夏桀时的妺喜，殷纣时的妲己，周幽王时的褒姒，这三个女人倾覆了三个王朝，人们将她们称之为“红颜祸水”。实际上，在这几个被称为“祸水”的女人中，褒姒算是最无辜的。

褒姒原来是一个孤儿，后来被一对夫妇收养。为了生活，她的养父母带着她来到了褒国，投靠一个叫做褒的贵族，成了他的奴隶，并跟了主人的姓，叫做褒姒。

后来，褒触犯了王法被关了起来，他就用褒姒替自己赎罪，于是，褒姒就被送到了王宫。虽然褒姒被送进了幽王的后宫，可她和其他的女奴隶一样，起初一点没有引起幽王的注意。

这天，褒姒闲着无聊，就跑到湖边看风景。她坐在那里一动不动，好像时光都跟着静止了一样。美丽的蝴蝶在她身边飞来飞去，午后的阳光打在她的身上，散发出迷人的光辉。正好路过湖边的周幽王被她的美貌迷住了，赶忙问周围的人这个女子是谁。随从回答："她是褒进奉的奴隶。"

周幽王令人将褒姒接进自己的宫殿里，从此一个女奴隶成为了高高在上的宠妃。褒姒从小就生活在贫苦的环境中，对于这些荣华富贵并不看重，虽然得到周幽王这个陌生男子的宠爱，但她一点也不快乐，所以她总是一副冷冰冰的样子，从来不笑。

别的女人都巴不得得到周幽王的宠爱，可是褒姒一点不在乎。周幽王到觉得褒姒与众不同，对她更加宠爱了。

后来，褒姒生了一个儿子，叫做伯服。周幽王本来有个儿子，是王后所生，叫做宜臼。当时，宜臼已经是周朝的太子。褒姒生了伯服以后，幽王就废掉了宜臼，立伯服为太子了。这段故事在下文将详细叙述。

周朝的大臣看见幽王如此宠爱褒姒，竟为了她废掉太子，都暗地里唉声叹气，但谁也不敢劝谏。史官伯阳在一次翻查史书的时候看到了这样的一段记载：褒国后代必将灭周。伯阳看到这段话，非常吃惊，赶忙报告给幽王。幽王宠爱褒姒都来不及，哪里能听得进去别人的话？结果，伯阳被臭骂了一顿。

太子宜臼吓退老虎

宜臼是东周的第一代君主，西周幽王的儿子。他的母亲是幽王的正室申后，申后是申侯的女儿。宜臼虽然有着这样显赫的身世，可是在他年少的时候差点被老虎吃掉。

周幽王本来很喜欢宜臼，可是自从宠信褒姒以后，就把宜臼当成了眼中钉。他想废掉宜臼，立伯服为太子，可是一直找不到合适的理由。

有一次，诸侯国进贡了一只老虎，幽王带着妃子们去观看。只见老虎在笼中转来转去，不时张开血盆大口，嗷嗷直叫。幽王看着老虎，想出了一个除掉宜臼的办法。他对身边的宜臼说："儿呀，做君主的人不仅要文武双全，还要胆识过

人。今天为父就要考考你的胆识。”

宜臼一听，赶忙回答道：“请父王出题。”幽王叫宜臼站在院子的中间，让人把老虎从笼中放了出来。周幽王站在远处，半开玩笑半认真地说：“这就是为父对你胆识的考验。”宜臼一看老虎，吓得不知道怎么办才好，想要逃跑，可是腿不听自己的使唤。他想找兵器和老虎决斗，可是周围空旷一片，哪来的武器啊？

申后看见自己的儿子马上就性命不保了，赶忙跪在幽王的身边，哭着说：“大王，快救救宜臼吧。他还是个孩子，怎么能敌得过老虎呢？”幽王看着申后，冷冷地说：“你明白什么，还不退到后面去。”申后只好眼睁睁地看着自己的儿子处于危险之中，一点办法也没有。

再说宜臼，刚开始的时候有些害怕，过了一会儿慢慢就平静下来。他站定脚跟，圆睁双眼，向老虎大吼了一声。这姿势和驯虎者差不多，张牙舞爪的老虎顿时乖乖地趴在了地上，一动也不敢动。周幽王本来想用老虎来杀掉自己的儿子，没想到宜臼竟有些胆识，将老虎驯服了。幽王假装大笑，夸奖宜臼勇敢。

申后把这些都记恨在了褒姒的身上。她想如果没有这个妖女，幽王也不会想要废掉甚至杀死自己的儿子。申后觉得自己应该做点什么，不然自己就会成为刀下之鬼。想了几个晚上，申后决定派人去暗杀褒姒。

这天，幽王正好出去了，不在宫中。申后就让刺客去杀掉褒姒。刺客来到褒姒的寝宫，看见褒姒正孤单单地坐在窗前，看着远方。刺客举刀向褒姒砍去，她一动也不动，竟闭上了眼睛。刺客很奇怪，问到：“我要杀你，你怎么不求救，反而一副等死的模样呢？”褒姒淡淡地说：“我是个孤儿，既没有父母，也没有兄弟。虽然得到大王的宠爱，但我一点也不快乐。如果我能死在你的刀下，也算是一种解脱。”刺客听完这些话，放下了手里的刀，回去复命去了。

申后非常懊恼，没想到刺杀这个妖女都不能成功，可她又怕幽王知道了这件事，就让这个刺客远走高飞。但天下没有不透风的墙，幽王知道了申后刺杀褒姒的事情后，勃然大怒。他马上下诏废掉申后。申后怕幽王不肯罢休，就带着宜臼连夜逃跑了。

申后跑回到自己的父亲申候那里。申候听说周幽王要杀掉自己的女儿和外孙，非常愤怒。他利用幽王手下的大臣虢石父，向幽王献了个烽火戏诸侯的计策，引起天下百姓和诸侯的不满。后来，犬戎国攻伐幽王，诸侯一个来救援的都没有。最后，幽王被杀死在了骊山，褒姒被犬戎俘虏了去。接着，太子宜臼做了天子，为了避免犬戎的骚扰，将都城由镐京迁到了洛邑。从此周王朝更加衰败，只是名义上存在而已。

孤女褒姒的奇特命运

夏王朝统治的后期，老百姓过着水深火热的生活，怨声载道，眼看夏朝的“气数”就要到了。这天，夏王正在大殿上召见群臣，忽然从天上降下两条龙来。这两条龙一雌一雄，公然在大殿的柱子上交尾。

夏王和大臣们看到这情景都吓坏了，不知道怎么处理才好，是叫人把它们赶跑，还是杀掉它们？还是顺其自然？夏王看着手下的大臣，希望他们想个好办法。大臣们你看我，我看你，谁都不敢吱声。

这时，一个大臣从人群中走了出来说：“大王，这龙乃神物，还是交给上天决定吧，让巫师占卜一下，看看有什么指示。”夏王赶紧把巫师找了过来，让他在大殿上占卜。巫师占卜了好几卦都是凶。夏王非常着急问群臣到底怎么办才好，一个大臣建议应该把龙的精液收藏起来。

夏王让人把建议写在竹简之上，放到两条龙的面前，并恭恭敬敬地祈祷，征求它们的同意。这个方法果然有效，两条龙不见了，只留下一些龙的精液在地上。夏王命人准备一个盒子，将它郑重地收藏起来，并立下遗嘱：后代子孙不得打开此盒。

这个盒子由夏传到了殷，由殷传到了周，从来没有一个人敢把盒子打开。传到周厉王的时候，厉王非常好奇盒子里面装的是什么，就把盒子打开了。这一打开就闯下了大祸，龙的精液流淌到了大殿上，怎么也清洗不干净。厉王就叫后宫的宫女们，光着身子，对着精液大声喊叫，以为这样就可以驱除妖邪。哪知道刚喊了一声，这些精液竟聚拢了起来，变成一只巨大的黑色蜥蜴，跑到厉王的后宫去了。

后宫的宫女们看见黑蜥蜴跑了进来，吓得四散奔逃。有一个小宫女才七八岁，动作慢了些，被黑蜥蜴撞了一下。说来也奇怪，这个黑蜥蜴撞到宫女的身上以后就消失了，后来这个宫女长大成人，不知怎么就怀了孕，生下了一个小女孩。这个宫女不明白自己为什么会怀孕，还生下了这么一个孩子，非常害怕，就

把这个婴儿丢到了皇宫外面。这个小女婴就是褒姒。

周宣王时候，在京城的街市上流传着这么一首歌谣：“山桑弓，萁草袋，灭亡周国的祸害。”这首歌谣在百姓中间传开了，到处都能听到。后来竟然传到王宫里，周宣王也知道了这件事情，于是派人暗中查访歌谣的来源。

正在这个时候，有对乡下夫妇挑了一担桑草做的弓和萁草编制成的袋子到大街上去卖，边走边喊：“卖山桑弓啦，卖萁草袋啦，有需要的快来买呀！”宣王派出的探子在街上听到了这叫卖声，赶紧跑回皇宫向宣王报告。

有些好心人知道了这个情况，告诉这对夫妇，让他们快些逃走。夫妇俩一听宣王要杀掉自己，吓得赶紧收拾好弓和袋子，拔腿就跑。

由于太慌张了，跑错了方向，本来应该是跑向城外，没想到却跑到了王宫的外面。转来转去，怎么也找不到回去的路。天黑了，两个人还在宫墙外面找出口。忽然，夫妻二人听到了婴儿的啼哭声，顺着声音找过去，在宫墙的下面发现了一个被人抛弃的小女婴。

借着微弱的星光，夫妻俩看这个小女孩长得非常漂亮，就动了怜悯之心，决定收养这个小孩。虽然他们自己还处在危险之中，但他们仍然不愿放弃这个可怜的小生命。他们把孩子放在袋子上，小孩顿时不哭了，安静地睡着了。

夫妻两人轮流抱着挑着孩子，东一头西一头，终于在天快亮的时候混出了京城。他们一路向西逃跑，最后来到了虢国。为了生存下来，他们投靠了一个叫做虢的贵族。从此，这对夫妻就成了他的奴隶。这个小女孩就是褒姒。

烽火台上的大笑

周幽王十分宠爱褒姒，每天都想尽办法逗她开心。可是褒姒自从进宫以来，总是一副漠然的表情，没露出过一次笑脸。周幽王只好贴出皇榜：有谁能让王妃娘娘笑一下，就赏黄金千两。有个奸臣叫做虢石父，替幽王出了一个主意。

周王朝为了防备其他民族的进攻，在骊山附近造了二十多座烽火台。这些烽火台每隔几里地就是一座。如果有外族入侵，第一座烽火台的兵士就把烽火点起来；第二座烽火台上的兵士见到烟火，也把烽火点起来。这样一个接一个地点燃烽火，附近的诸侯们看到烽火，就知道有紧急情况，马上发兵来救幽王。

虢石父对周幽王说："现在是太平盛世，好久没有用烽火台了。我们可以请娘娘见识一下它的威力。到了晚上，把烽火点起来，附近的诸侯以为大王有难，就会从四面八方赶过来。娘娘看到这么多兵马扑了个空，保管会笑起来。"

周幽王听后连连拍手说："这个主意太好了，你快去准备一下。"

烽火戏诸侯

荒淫昏庸的周幽王为博得爱妃一笑不惜假借烽火之名欺骗属国国君，使他们对其失去信任，最后亡国。

周幽王带着褒姒来到了骊山，他对褒姒说："爱妃，一会儿有一出好戏上演，保准你会喜欢。"褒姒只是微微点点头，等着好戏开场。幽王命人将烽火台上的烽火点起来。临近的诸侯看到烽火台上浓烟滚滚，以为出了什么大事，赶快集合兵马奔向都城。没想到赶到那儿的时候，连敌军的影儿也没有，只听到山上奏乐和唱歌的声音，诸侯们不知道到底出了什么事情。

幽王看诸侯们都来了，赶忙派人告诉他们说："大王和王妃正在此处放烟火，不小心点燃了烽火台，没想到惊动了大家，你们回去吧！"诸侯们知道上了当，非常气愤，带着兵马回去了。

褒姒不知道为什么会来这么多的兵马，只看见骊山脚下人喊马嘶，乱哄哄的样子，就问周幽王是怎么回事。幽王告诉褒姒是自己点燃烽火把诸侯们骗来的。褒姒听说这些诸侯上当了还不知道，觉得非常有意思，哈哈大笑起来。当她看到各诸侯受骗后的表情时，竟乐得直不起腰来。幽王见褒姒笑了，心里快活极了，

以为自己终于找到了逗美人开心的好方法。幽王看虢石父的办法真的管用，就赏了他一千两金子。以后，每当幽王想逗褒姒笑的时候，就命人点燃烽火。一而再，再而三，诸侯们一次来得比一次少，后来，再也没有人来了。

回过头来再说申后和太子。褒姒被立为王后，褒姒的儿子伯服被立为太子后，申后带着儿子跑回到父亲申候那里，将自己的悲惨遭遇述说了一遍。申候非常生气，赶到京师劝谏，反被幽王臭骂了一通，幽王甚至还要出兵攻打申国。申候决定先下手为强，联合狄犬、西夷等民族一起讨伐周幽王。幽王接到消息后赶紧命人点燃烽火求救，可是诸侯们没有一个来的，他们以为幽王又在搞恶作剧呢。

结果可想而知，犬戎兵一到，幽王带着京城为数不多的兵马勉强抵挡了一阵，最后被犬戎兵打得落花流水。周幽王带着褒姒趁乱逃跑了，可是没跑多远，幽王就被犬戎的人马杀死在了骊山，褒姒被犬戎俘虏到西方去了。

周幽王宠爱褒姒，结果落了个家破人亡，身首异处的下场。

这时候，诸侯们知道犬戎真的打进了都城，就赶忙集合人马，快马加鞭地赶往镐京。可是已经太晚了，幽王被杀死，皇宫里的宝物被一抢而空，犬戎人还放了一把火，把宫殿全都烧毁了。诸侯们见幽王被杀，皇宫被毁，非常气愤，就把出坏主意的虢石父抓了起来，要不是因为这个奸臣，幽王也不会做出点燃烽火台戏弄诸侯的事情。罪有应得的虢石父被砍了头。

诸侯们齐心协力打退了犬戎，拥立原来的太子宜臼为天子，就是周平王。

可是，让周平王想不到的是，诸侯一走犬戎又打了回来，还占去了周王朝西边的大部分土地。周平王为了躲避犬戎的骚扰，就把都城从镐京搬到了洛邑。

第二篇

民间传说故事

第一章　神怪趣闻

龙之九子

传说龙王有九个儿子，他们不但相貌长得不一样，而且脾气秉性也有很大的差异。龙王觉得儿子们长大了，不能再整天游手好闲地逛荡了，就想根据他们各自的性情能力，给它们安排一个合适的职位。于是，他就装成一个普通的老人，到九个儿子家探访。

龙王先来到了长子家，长子名叫。龙王一进院子，就看见正顶着一块大石头在练力气。龙王想，这孩子从小就负重耐劳，应该给他安排一个和这有关的差事。

龙王又来到老二家，老二名叫螭吻。龙王刚走到他家门口，就看见螭吻站在屋顶上，正在东张西望，很高兴的样子。龙王知道这孩子从小就喜欢登高望远，还能够吞火。心里一想，也就知道该给他安排到哪儿去了。

龙王离开螭吻家，向老三蒲牢家走去。哪知刚走到半路，就听见一个洪亮的吼声。龙王一听，这不正是蒲牢的声音吗？心想这孩子平生好鸣好吼，得给他安排一个合适的差事才好。

于是龙王转过身，又来到了老四家。老四名叫狴犴。还没进门，龙王就听见狴犴在屋子里高谈阔论，跟人辩驳着什么。龙王想这孩子天生相貌威武，又喜欢议论辩讼，应该把他安排到一个和这些有关的地方去。

龙王又去看老五。老五名叫饕餮。一进门，就发现饕餮坐在屋里，张开大嘴，不停地吃啊吃。龙王心想这孩子还真是贪吃，将来可得安排一个和吃有关的差事给他。

龙王走着走着，来到了河边。一抬头，看见了自己的六儿子蚣蝮。蚣蝮正在河里玩水，一会儿喷水、一会儿游泳，玩得十分高兴。龙王知道这个儿子最喜欢

水，心里也作好了打算。

龙王又掉头去看老七。老七名叫睚眦。离他家还有十里地，龙王就见旁边一户人家也没有，从这里走过的行人，也都神色慌张、脚步匆匆的。龙王拉住了一个人，问是怎么回事，那人说："这位老先生，前面就是龙王七王子的住处了，他平生好斗喜杀，十分危险，我劝你还是不要往前走了！"龙王听了，心想，自己这个七儿子确实是好斗了一点，应该把他安排到和争斗有关的地方去。

龙王又来到老八家。老八名叫狻猊，平生喜静不喜动，又喜欢烟火。龙王进门一看，狻猊果然在家里焚香默坐呢。

最后，龙王又去看自己最小的儿子椒图。椒图平常就经常紧闭着口，什么话都不愿意多说。龙王来到他家门前，只见四面围墙高筑，不许闲人走近。龙王想了想，也知道该让椒图去做什么了。

考察完毕，龙王回了龙宫。第二天，他召九个儿子前来，对他们说："孩子们，你们都已经长大了，今天，我就将你们的职位分派好：老大性格沉稳，负重耐劳，今后就负责驮天下的石碑；老二螭吻喜欢登高望远，又会吞火，今后就站在宫殿和庙堂的屋脊两头，负责看守；老三蒲牢吼声洪亮，就做大钟上的钟钮；老四狴犴喜欢辩论，就担当监狱门上的装饰；老五饕餮天生好吃，就做钟鼎彝器上的装饰，随时都能吃到好东西；老六蚣蝮喜欢玩水，以后就在桥头上驻守；老七睚眦好斗喜杀，就趴在刀剑上，威慑敌人；老八狻猊性情和顺，又喜烟火，就专门看守香炉和佛座吧；老九椒图天生爱闭口，不喜欢闲人，就把守宫殿、庙宇和人们的家门吧。"

龙王的九个儿子领了旨，从此就担任着各自的任务，一直到了现在。

龙王夺海

"东海里，浪滔滔，一只小船摇呀摇。"在我们的印象里，东海一向是辽阔无边、碧波荡漾的一片水域。站在海边向海面上望去，映入眼帘的是一片无边无际的碧海蓝天，非常美丽。但是你知道吗？在很久很久以前，东海并不像我们今天所见到的这样大、这样美，它只是很小很小的一片水域。我们今天所见到的东海，是东海龙王用诡计夺来的。

那还是在很久以前，玉帝将敖广封为东海龙王，命令他掌管东海。东海边上有一个城，名叫东京，由妙庄王来统治管理。敖广和妙庄王一开始关系很好，各自守着自己所管辖的地方，互不侵扰。

但不久以后，水族的数量越来越多，海里变得十分拥挤。小小的一片东海，已经快容纳不下这么多的水族了。敖广看到这样的情况，十分发愁。他想要扩大东海的面积，好让水族们都有居住的地方，不再拥挤。但他四周的土地和水域都有人管理，如果他私自占领，玉帝一定会责罚他的。

吕洞宾瓷像　清代

吕洞宾是唐代著名道士，姓吕，名岩，字洞滨，号纯阳子，浦州永乐人，生于唐德宗贞元（796 年）。据说母亲生他时，满屋异香，仙乐阵阵，一只白鹤自天而降，飞入帐中。吕洞宾在内丹修炼上有着很高的造诣。

忽然，龙王想起一件事来：几年以前，不知是因为什么事，他曾经刮起大风大浪，淹没了旁边东京的一大片土地，但事后妙庄王并没有来责问他，也没有向玉帝报告。敖广想了一想，心中开始有了一个计划。

第二天，他装作十分殷勤的样子，拿着礼物去拜访妙庄王，跟他说了许多恭维的话。还说自己与他相邻而居，应当互相友好之类。妙庄王不知道是怎么回事，但收到了这么多礼物，心中还是十分高兴。后来敖广还邀请妙庄王去东海龙宫，准备了不少的美味珍馐来招待他，还让虾弹奏起优美的乐曲，穿着漂亮丝绸衣服的鱼美人们，随着乐声翩翩起舞。妙庄王哪里见过这样奇异美丽的景象，没多一会儿，就沉醉在这美景当中了。

后来，龙王就经常请妙庄王来做客，甚至到最后，还将自己的女儿，长得非

常漂亮的龙公主，嫁给他做妃子。妙庄王在龙王的计划当中，抵挡不住诱惑，一步步地沦陷下去。他开始不理朝政，不务政事，每天尽情享乐。不久，东京城里就变得一片混乱。龙王看到这种情况，心中暗喜，他连忙跑到天庭去，向玉帝报告，说："妙庄王不理政事，弄得老百姓怨声载道，东京城一片混乱，已经找不到一个好人了，这样的城市，还留着有什么用，请玉帝下令，把东京城淹掉吧！"

玉帝听到妙庄王的所作所为，十分生气，刚要答应敖广的请求，忽然听到廷下有人反对，抬头一看，原来是八仙之一的吕洞宾。他向玉帝躬身揖了一揖，然后说："如果您下令水淹东京，会淹死多少无辜的人哪，我就不信，东京城里一个好人都找不到了！"

玉帝想了想，说："那这样吧，吕洞宾，朕派你下界查探，以三年为限，如果三年之内一个好人都找不到，朕就下令水淹东京。"吕洞宾领了旨，便下凡去了。

吕洞宾到了东京城，在最热闹的地方开了一家油铺，不论卖油时卖出多少，每次都只要三枚铜钱。人们一听有这样的好事，都拿了很大的容器来买油，有的拿盆，有的拿瓶，甚至有的还拿缸来盛。见此情景，吕洞宾不禁叹了口气。

终于有一天，一个姑娘来到油铺，说自己是来还油的。姑娘名叫葛虹，她说自己拿着买到的油回家，被母亲责骂了一顿，告诉她不应该占别人的便宜，她自己也觉得很羞愧，就来还油了。吕洞宾一听，非常高兴，他终于找到一个好人了。他拿出一个水瓢，递给葛虹，并告诉她："在东京城的城门口，有一只石狮子，如果有一天你发现石狮子头上出血了，就赶快拿出这个水瓢，它会救你一命。"那石狮子其实是守护着东京城的神兽，玉帝要水淹东京，一定会用血腥味将它召回天庭。所以吕洞宾告诉葛虹，一旦见到石狮子头上出血，就要马上逃跑。

这时，暗中注意吕洞宾一举一动的东海龙王看到他找到了好人，心里非常着急。于是他趁着夜色，将一盆猪血倒在了石狮子的头上。第二天，葛虹一见，知道大事不好，便连忙向家跑去，但已经来不及了，石狮子大吼一声，凌空飞起，转瞬之间，大水已经吞噬了东京城的大门。葛虹好不容易才跑到家，拿出水瓢，水瓢慢慢变大，成了一只小船，葛虹和母亲坐了上去，才发现东京城已经变成了一片汪洋。

吕洞宾将葛虹母女救上岸，将她们安置在一小块陆地上，那原本是一座高山的山顶，现在只剩下一个尖了。葛虹母女所在的这个地方，无论敖广怎么兴风作浪，都无法淹没。她们就这样凭着自己的善良幸存了下来。

而东京城早已变成了一片汪洋，敖广的计划成功了，东海扩大了好几倍，变得无边无涯、辽阔无比。而那位昏庸的妙庄王，则被玉帝发配到了一个名叫崇明的小岛上，再也做不了东京城的帝王了。

弥勒佛与新年

“大肚能容，容天下难容之事；开口便笑，笑世间可笑之人。”无论天南还是海北，我们去到寺院的时候，常常能看到一尊长得胖乎乎、露着大肚皮、手携布袋席地而坐的胖菩萨，他张着大口，喜笑颜开，非常高兴的样子。这就是著名的弥勒佛。也有人称他布袋和尚。不过布袋和尚和弥勒佛并不是一个人，布袋和尚应该是弥勒佛的化身。但因为他们的样子很像，又有着这么深的渊源，所以后世也常常将他们作为一个人了。

传说弥勒佛的身体很胖，有着宽宽的大肚子，走起路来摇摇晃晃的。饿了就吃东西，困了随便找一个地方就睡着了。他常常用一根杖子挑着一个大布袋，在集市里走来走去，人们把吃的东西送给他，他就放进布袋里，但是从没有人见他把东西从布袋里倒出来过，一倒过来，那布袋又是空的。也有的人向弥勒佛请教佛法，他就把布袋子从肩头放下，如果那人不明白他的意思，还继续问，他就把布袋子提起来，头也不回地离开，一边走还一边捧腹大笑。

有个国家有一个暴君，在他的统治下，老百姓的日子过得非常痛苦。富的人越来越富，成了财主，穷的人越来越穷，成了长工。财主总是欺压长工，经常打骂他们。等到祭灶王爷的那一天，长工们就偷偷地来到灶王爷的画像前面，向灶王爷诉说他们生活的艰难和痛苦。灶王爷听了，十分可怜他们，就向玉帝报告说：“现在人间的老百姓生活十分痛苦，时常没有饭吃，生病了也没有钱治病，请玉帝速派一位大神前去治理。”

玉帝听了，不禁大吃一惊，连忙颁下一道旨意，要派一个神仙去管理人间的衣食住行，让人们都过上幸福的日子。旨意虽然下来了，但是众神仙你看看我，我看看你，都不敢领这个旨意。这时，有一个浑厚的声音响了起来：“既然你们没有人去，那就让我去管理吧！”

大家一看，原来是胖乎乎、总是笑着的弥勒佛。玉帝见弥勒佛愿意去，就派他下凡去了。

弥勒佛到了人间，第一件事就是让人们过一个快快乐乐的年。他运用法力，变出了许多许多好东西，让人们吃好的、穿好的，不用干活。人们也就遵照他的吩咐，高高兴兴地放下手中的活计，开始办年货、赶大集，为过年准备起来。二十四，扫房子；二十五，磨豆腐；二十六，蒸馒头；二十七，杀年鸡；二十八，把面发；二十九，打黄酒；三十，吃扁食……等等等等。同时，还要请来各路神仙，准备好香箔纸锞，用来招待他们。到了大年初一，人人都穿上新衣服，戴上喜庆的配饰，放起鞭炮，互相祝贺，尽情地吃喝玩乐，共同庆祝新年的到来。

这样欢乐的日子持续了半个月，玉帝的棋都已经下完了。他见弥勒佛还没有回来，心里有些着急，便亲自下到人间察看。到了人间，他看到每个人都穿着崭新的衣服，吃着好吃的东西，却什么活也不做，这样下去可怎么得了啊。玉帝十分生气，就把弥勒佛找来，责问道："我派你到人间是让你掌管人间的事务的，谁叫你只让人们享福不干活？"弥勒佛还是那副笑呵呵的样子，说："陛下，你叫我掌管人们的衣食住行，可并没叫我让他们干活呀！"玉帝哑口无言。他后来想了想，觉得弥勒佛说的话也有些道理，便不再责怪他了。但是，这样的日子一年只能有一次，春节过了，就要继续下地干活。从此，春节就成了一年一度人们可以不用干活、尽情欢乐的日子。人们感念弥勒佛的好心，在寺院里立起他的塑像，年年都用香火来奉养他。

哪吒闹海

商朝的时候，陈唐关总兵李靖的夫人怀胎四年零八个月后，生下一个肉团。李靖非常生气，认为这是一个妖孽，便抽下宝剑一刀劈开。肉团裂开后，里面蹦出一个白白净净的小男孩，还高兴地抱着李靖的腿叫唤着："爸爸，爸爸。"

可李靖很不喜欢这个怪异的儿子，正在闷闷不乐的时候，一位叫太乙真人的仙人赶来贺喜，还要求收他为徒。太乙真人送给小男孩两件宝物，一件是名为乾坤圈的手镯，另一件是名为混天绫的红色肚兜，并给他取名为"哪吒"。

哪吒七岁那年，东海龙王一滴雨也没有下，田里的农作物都枯死了。有一天，天气炎热，哪吒和几个朋友去海边洗澡、戏水。这时，东海龙王的三太子敖丙带着一群虾兵蟹将来到海边上，正想抓一些健康的、细皮嫩肉的小孩去“孝敬”龙王，没想到一上岸就遇到一群小孩，心里非常高兴。为了向太子邀功请赏，夜叉迫不及待地举起叉子向孩子们叉去。哪吒见了，连忙把乾坤圈扔过去，夜叉一命呜呼。太子见一个小孩胆敢杀掉自己的得力大将，又恼又气，举起长剑向他刺去，可是没有刺中，哪吒每次都灵巧地躲过去了。三太子还是紧追不放，情急之下，哪吒取下混天绫向他抛过去。那混天绫变成一块很大的布，将三太子和那些虾兵蟹将包得严严实实。哪吒用乾坤圈一打，他们全部现出原形，死了。哪吒想到爸爸正缺少一根腰带，于是把三太子的龙身拿回了家。

龙王知道自己最心爱的儿子被打死后，非常悲痛，变成一个读书人进入李靖府中，找他算账。李靖不相信龙王的话，说：“不可能的，他只是一个小孩子，怎么可能杀死三太子和夜叉呢?”龙王说：“不信，你自己去问他。”李靖在后花园里找到了哪吒，见他正在抽取龙身上的筋，知道闯了大祸，就问龙王想怎么处置。龙王说要杀掉哪吒。李靖觉得事情本来是三太子挑起的，况且哪吒只是一个七岁的小孩子，这种惩罚不公道，就拒绝了。龙王恨恨地说：“那好，你不肯杀掉他，我现在就去天宫告状。”

哪知，哪吒抢先一步赶到南天门，挡住龙王的去路。龙王一见哪吒就气得眼珠直冒火，举起大斧子气势汹汹地朝他砍去。可他哪里是哪吒的对手，不但没有伤着哪吒，反而被哪吒打得半死。哪吒见老龙王的鳞片特别大，又去揭他身上的鳞片，想带几片回去给小朋友们玩。龙王疼得连忙求饶。最后，龙王变成一条蚯蚓，钻到哪吒的小肚兜里，由哪吒带到东海里，并保证再也不去天宫告状了。

龙王回宫后，连夜纠集了北海、南海、西海三个龙王，发起了特大洪水，还把李靖绑起来。哪吒对龙王说：“一人做事一人当，打死三太子的是我，打伤你的也是我，这跟我爸爸没有任何关系，你快把我爸爸放了。”龙王说：“好，要我放了你爸爸也行，那你必须得死。”哪吒说：“只要你答应我不伤害我的父母和其他人，我马上就死。”说着，就拔出宝剑，自杀了。龙王总算解了心头之恨，把李靖放了。

哪吒死后，太乙真人赶过来，用莲花和鲜藕做成人的身躯，把哪吒的灵魂找来：“哪吒，哪吒，快过来，快复活。”那莲花和鲜藕做成的人果然变成了哪吒，还奇迹般地活过来了。

复活后的哪吒脚踏风火轮，手持尖火枪，比以前更加勇敢、英武了。他踏着风火轮再次来到龙宫，舞动着尖火枪，搅得海水如同沸水一样剧烈翻腾。哪吒如猛虎般径直冲入龙宫，谁也不敢阻拦。龙王哪里是哪吒的对手，斗不过几个回合，就被杀死了。

龙王死后，大害终于被除掉了，从此风调雨顺，人们又过上了太平日子。

八仙过海

相传在遥远的蓬莱仙岛上，曾经居住着一位名叫白云仙长的仙人，他是这蓬莱仙岛上的守护人。有一天，蓬莱仙岛上的牡丹花盛开了，每一朵都娇艳欲滴，开得十分漂亮。白云仙长看到这美丽的景象，决定请八位仙人一起来赏花。这八位仙人是谁呢？他们是铁拐李、汉钟离、吕洞宾、韩湘子、曹国舅、张果老、蓝采和以及何仙姑。他们原本都是凡人，因为都怀有一颗拯救世人的心，又经过修炼，才得道成为仙人的。至于他们是如何得道成仙的故事，我们以后再讲，今天我们先来讲一讲这八仙过海的故事。

且说八仙参加完白云仙长的牡丹盛会，在回程的时候，来到了辽阔的东海边上。要越过东海，才能回到中原。这时，吕洞宾呵呵一笑，提议说："既然我们都是仙人，这次就不妨试一试我们各人的法力，用自己的神通渡过这大海，怎么样？"说完，就将自己的长剑向海里一扔，自己纵身一跳，跳到了长剑上。长剑所过之处，海浪纷纷向两边分开去。剩下的七位仙人一见，也都纷纷显出自己的神通。

铁拐李拿出装酒的葫芦，向海里一扔，葫芦瞬间变大，铁拐李向上轻轻一跳，正好坐在葫芦中间，晃晃悠悠就过了海；

曹国舅脚踏玉板，在浪涛间稳稳前行；

汉钟离打开蒲扇，迎风而飞；

蓝采和扔出花篮，喊了一声"大、大、大"，花篮瞬间变大，蓝采和跳上去，如同乘上了一条漂亮的花船；

韩湘子拿出玉箫，投进海中，玉箫迎风而长，劈风破浪，韩湘子站在上面，衣袂飘摆，俊逸非凡；

何仙姑默念咒语，将自己手中的莲花扔向海里，莲花变大，载着何仙姑稳稳

道教的八仙是人们如何获得长生不死的例子，道教经典中有许多关于他们记载。他们和佛陀已开悟的弟子一样，对世人有许多启示。

前进；

张果老更是神通广大，他拍一拍自己的坐骑小银驴，驴儿就跳上海面，踏浪前进。

一时间，长剑、葫芦、玉板、蒲扇、花篮、玉箫、莲花、银驴，都漂浮在海面上，八仙站在各自的宝物上面，相视而笑，迎风前进，好不惬意。

但八仙在海面上这么一比不要紧，海面下的龙宫可乱了套。八仙在海面上纷纷使出神通渡海的时候，掀起了巨大的波浪，水下的龙宫也随之摇摇晃晃，几乎快要倒了。龙王连忙下令，让自己的三太子去看看发生了什么事情。

龙王三太子到海面上一看，八仙正坐着自己的宝物过海，弄得海面上波澜起伏、水下也摇摇晃晃。他气极了，对手下的虾兵蟹将一声令下，就要去抢八仙的宝物。八仙哪里肯让他们欺负，也都摆开了阵势准备迎战。

铁拐李将自己的拐杖往海里一插，口念咒语，微微一吹，海面上顿时燃起了熊熊大火，海水随之沸腾起来，整个东海都快要煮开了。水下面的龙宫里，虾兵蟹将被烧死了不少，龙王也被烫得伸着舌头、不停吐气，他连忙派人去找三太子回来，拉着他出了东海，径直到天宫报告玉帝去了。

玉帝听了东海龙王和龙王三太子的诉说，便派托塔李天王带着天兵天将下凡去，要捉拿八仙。在半路上，他们碰到了观世音菩萨。菩萨听说了事情的经过，就来到东海，对八仙说：“你们用宝物渡海，弄得水下的龙宫晃动不宁，水族无法生活，龙王三太子虽也有不对，但你们也不应该火烧东海，让生灵涂炭啊。”

八仙听了观世音菩萨的话，也觉得自己做得有些过分，就拜谢了观世音菩萨，将东海的大火熄灭了。龙王和三太子也回到了龙宫。

事情平息了，八仙拿出宝物，飘飘荡荡，继续在风平浪静的大海上迎风而行，最终渡过了辽阔的东海。这就是八仙过海，各显神通的故事。

李玄借尸还魂

我们前面说到要讲一讲八仙的故事。八仙里面，资历最老、成仙时间最早的，就要算是铁拐李了。

传说铁拐李原名李玄，本来是一个长得眉清目秀、身材高大的读书人。他每天都认真读书，希望能考得一个好功名。但谁知考场腐败，考官收了别人的贿赂，故意不让他考中。李玄十分灰心，便看破红尘，学道求仙去了。

李玄找到了一个幽静偏僻的山洞，住了下来，每天潜心修炼，静坐沉思。但是好几年过去了，却仍然没有什么变化。他觉得自己无法得道的原因，是因为没有老师的指点。于是，他决定到华山去拜访太上老君李耳。

李玄一路跋山涉水，历尽千辛万苦，终于到了华山。他站在山顶上，向四面望去，没找到老子居住的地方，正在失望之际，忽然看到有两个道童子向他走来。两个童子走到他面前问道："你是李玄吗？"

李玄说："是啊，二位怎么会知道我的名字？"道童说："我家师父早就知道你会到华山来找他，便命我二人来接你。"

"不知你家师父是哪一位？"

"正是你要拜访的太上老君。"

李玄听了，非常惊喜，便随两个童子来到了太上老君隐居的地方。

到了堂上，李玄看到一位道骨仙风的长髯老者坐在正中，知道他就是太上老君，便上前叩拜。老君听他讲完了来意，对他说道："学道是要靠自己修炼和领悟的，需要耐心和恒心，老师的指点是起不了太大用处的。你只管专心致志地去修炼，总会有成功的一天的。"

李玄受到教诲，拜谢了太上老君，回到自己原来的岩洞，继续潜心修炼。他常常凝神静思，还常到高山之巅吸风饮露，吐故纳新。渐渐地，他的境界有了很大的提升，可以使精神脱离身体，飘到很远的地方去。

一天，李玄正在山上修炼，忽然听得耳边仙乐飘飘，抬头一看，天上飞着一只仙鹤，仙鹤上坐着太上老君和宛丘两位仙人。老君对李玄说："我听闻你的道术大有长进，今日一见，果然如此。我和宛丘要到各地出游，想命你同去，十天以后，你神驰我处，切莫失约。"说完，就驾着仙鹤离开了。

十天过去了，李玄要赴老君之约，临走之前，他叮嘱一个叫做杨子的徒弟说："为师去赴老君之约，神魂离去，肉身留在这里，你要好好看护。如果过了七天，我的神魂还没有回来，你再将我的肉身焚化。"说完，李玄席地而坐，默念咒语，转眼之间，神魂就已经离开肉体，飘然而去。

杨子遵从老师的教诲，精心看护着老师的肉身，一步也不敢离开。就这样过了六天。可第六天，杨子的哥哥忽然来了，告诉他母亲病重，要他赶快回去。杨子又伤心又着急，指着师父的肉身，对哥哥说："师父的神魂离开肉身出游去了，我必须在这里小心看护，不能离开。"杨子的哥哥说："有谁死了六天还能活过来的，你还是快将你师父的肉身焚化，和我一起走吧。"说完，就叫杨子一起搬来柴草，把李玄的肉身焚化了。

李玄神游回来，辞别太上老君。临走时，老君对他说："辟谷不辟麦，车轻路亦熟。欲得旧形骸，正逢新面目。"李玄没明白其中的奥妙，便告辞离去了。回到岩洞中一看，不见自己的肉身，不禁大吃一惊，又在山坡上看到火烧的痕迹，才明白自己的肉身已经被焚化了。正在担心自己的神魂无处安身之际，他忽然发现前面不远处有一具乞丐的尸体，便顾不得细看，将自己的灵魂附在了上面。站起来一走，才发现原来这乞丐是个跛子。又到水边一照，只见自己衣衫褴褛，蓬头垢面，黑脸卷须，长得十分难看。正在垂头丧气的时候，忽然听见空中传来笑声。李玄回头一看，原来是太上老君。老君对他说："还记得我送你的那几句偈语吗？真正的道应该是在表象之外求得的，不可只看相貌。只要你功德圆满，便是得道真仙。"李玄顿时大彻大悟。老君又送他一只金箍、一根铁拐，自此，李玄功德圆满，得道成仙。因为老君送他的那根铁拐，所以人们又都叫他"铁拐李"。

费长房拜师

话说铁拐李得到太上老君的点化，成为仙人以后，便经常手拄拐杖、背着药葫芦，在人间四处游历，为人们消灾解难。有一天，他来到了一个名叫汝南的地方，在熙熙攘攘的集市中，他远远地望见有一个人，身材挺拔，长相俊朗，正在集市上为人们排解纠纷。铁拐李一见这个人，便知道他有慧根，是可以点化的可造之材，于是，他便变成了一个白胡子老头儿的样子，手携药葫芦，在集市附近找了一个地方，开设医馆，为人们解除病痛。因为他的医术十分高明，不管什么样的疑难杂症，到了他这儿，都能药到病除。渐渐地，他的名声就传开了，来找他治病的人越来越多。人们都说，汝南来了一个好神医。但是，每天只要一散市，老神医便没了下落。很多人想找，可是都找不到他。

老神医的名声越来越大，后来终于有一天传到了掌管集市的官员费长房那里。这个费长房，就是当初铁拐李在集市上望见的那个人。费长房一听，就知道这位白胡子神医不是凡人。他便来到医馆附近，租了一间小楼，每天仔细观察老神医。后来他终于发现了其中的奥秘，原来老神医将一个药壶挂在房檐下面，等到人们离开以后，便会跳进这壶里面。因为他速度太快，所以常人都注意不到，只有费长房能够看到。他便走上前去，恭恭敬敬地向老神医行礼。老神医微微一笑，带着费长房一同进入了壶里。只见里面高堂广舍，奇花异草，犹如仙境一般。铁拐李拿出美酒佳肴来招待费长房，并对他说："其实我是仙人，来到这里是为了治病救人的，如今事情已经处理得差不多了，我要走了，你愿意跟着我吗?"费长房愿意跟随铁拐李学道，但是心里放不下家里的亲人父母，铁拐李看到他为难的样子，知道他心中所想，就随手折了一根青竹，递给费长房，让他回家以后挂在自己的房屋后面。

回到家以后，费长房按照铁拐李所说的做了。他家里的人看见费长房挂在屋后，以为他自杀死了，非常伤心，哭着将他埋葬了。而真正的费长房就站在院子当中，但是没有人看得见他。

从此，费长房便跟着铁拐李进入了深山密林之中，学道求仙。铁拐李问费长房说："你想要跟我学习什么道术呢?"费长房说："我希望能够看尽世界。"于是铁拐李便送给他一根缩地鞭，有了这根鞭子，想去哪里，只要将身体一缩，就可以立刻到达。学成以后，费长房便向铁拐李告辞回家。临行之前，铁拐李送他一根竹杖，并对他说："你骑上这根竹杖，很快就可以回到家。等你到了以后，把它扔进湖里，就可以了。"

费长房骑上竹杖，果然转眼之间就到了家里。他还以为自己才离开家十几天，谁知已经是十几年了。他把竹杖扔进湖里，竹杖入水以后，化作一条蛟龙，蜿蜒游走了。回到家里，他的家人都大吃一惊，认为他已经死了很久了。费长房对他们说："你们埋葬的不过是一枝竹杖而已。"家人打开棺木一看，果然如此。

费长房从此就留在家乡，为人们治病排难，据说他还能赶走鬼怪，法力很高。

汉钟离成仙的故事

八仙之中，名气排在铁拐李之后的就是汉钟离了。传说他是汉代人，又复姓钟离，所以人们都叫他作汉钟离。其实他的原名叫钟离权，父亲和哥哥都是汉朝时有名的大将。汉钟离生下来的时候，他的母亲梦见一个巨人走进自己的房间，弯下腰来，对她说："我是上古时候的黄神氏，要托生在这里了。"说完，就转身离去了。这时，只见一道奇异的光芒，如同烈火一般掠过天空，现出五颜六色的异彩。而也就在这个时刻，汉钟离出世了。他一生下来，就像三岁的孩子一般大，长着宽宽的额头、厚厚的耳朵，脸颊像苹果一样红润，非常精神。他生下来的前六天，不吃不喝，也不哭不闹，什么声音也不出。到了第七天，他忽然开口说话了，而且这句话一说出来，就吓了他父母一跳。原来他说，自己曾经"身游紫府、名书玉京"，原本是天上玉皇大帝仙班中的一员。他的父亲知晓自己的这个儿子并非凡人，便给他取名为"权"，就是因为他一生下来就具有知识，知道权衡轻重。

汉钟离长大以后，做了朝廷的大将军。有一次，他领着兵去打仗，但是因为奸臣陷害，只给了他两万老弱残兵。刚一交战，他就吃了败仗。汉钟离带着剩下的队伍，逃到了一个山谷当中，不久就迷了路。后来，他遇到了一个身穿草衣的僧人，那僧人带着他走了好几里地，到了一个村庄里面，并让他在一个小院里歇

息。过了一会儿，忽然有一位身穿白鹿裘、手扶青藜杖的老人，来到他面前，问道："你莫非就是大将军钟离权吗？"钟离权十分吃惊，连忙答道："是。请问老先生如何知道？"老人向他讲述了自己的来历，原来这位老人就是东华真人，名叫王玄甫，是位得道仙人。此时汉钟离已有求仙之志，便拜老人为师，向他学习成仙之法。东华仙人便送他一部长生真诀、一颗金丹，以及一把青龙宝剑，又教他青龙剑法，引他学道求仙。此后，汉钟离便找了一处隐蔽的岩洞，潜心修炼。不久，他又遇到了一位华阳真人，教给他玉匣秘诀，汉钟离从此成为了真仙。

成仙以后的汉钟离，头发梳成了丫髻，袒胸露腹，手里摇着一把蒲扇，整日笑呵呵的，似乎没什么本领，但实际上却是法力高强。此后，他有时当官，有时隐居，经历了魏、晋两个朝代。他在晋朝当大将军的时候，见皇帝昏庸无道，便辞官归去了。一直到唐末的时候，他才再度出现，度化了吕洞宾。

张果老的传说

"修成金骨炼归真，洞琐遗踪不计春，以草漫随青岭秀，闲花长对白云新。风摇翠条敲寒玉，水激丹砂走素鳞。自是神仙多变异，肯教踪迹掩红尘。"在《全唐诗》里面，有这样一首名字叫做《题登真洞》的诗，传说这首诗的作者，就是八仙之一的张果老。

张果老据说是唐代玄宗时候的人，他姓张，名果，因为年纪很大，白须飘飘，所以人们又敬称他一个"老"字，就叫做"张果老"了。张果老经常骑着一头白色的小驴，来往于襄阳的名山秀水之间。这头小白驴十分奇异，它可以日行千里，比千里马跑得还要快。张果老不骑它的时候，就把它叠起来，大概只有纸片那么薄，放在巾箱里，随身携带；等到需要骑的时候，就把它再拿出来，含一口水，往上一喷，小驴就又恢复原状了。

张果老也是很有善心的人，经常帮助老百姓排忧解难。他经常在距离邢州西北三十里左右的一座山上游玩，看见其中有清澈的泉水涓涓流出。他又看到云梦山下面的老百姓因为缺水生活得十分困苦，就用手一指，原先干涸的井里，立刻就涌出了甘甜的泉水，至今那里的老百姓都感念着他的恩德。

后来他有一次到赵州桥去，过桥之前，他问当地的人："这个桥我能过去

张果见明皇　元　任仁发

此图描绘唐玄宗李隆基与神话传说中的八仙之一张果老相见的传奇故事，事出《明皇杂录》。唐玄宗相貌堂堂，身着黄袍，坐圈椅上，侍者五人立于左右。与玄宗对坐者为张果老，他白髯高冠，身着紫衣，面带笑容，正在向玄宗讲道。

吗?”众人都大笑起来，说：“这桥坚固得很，车辆马匹，甚至犀牛大象从这里走，都好像什么都没有一样，更何况一头小小的驴儿呢?”张果老于是就骑着小驴，走到桥上，刚一上去，桥就开始摇晃起来，再走两步，桥动得更厉害了，就像马上要塌了一样。人们这才知道张果老是位仙人。

后来唐玄宗听说了张果老的故事，就派一个叫裴晤的官员去迎接张果老，请他进宫。张果老不愿意到宫里去，就在半路上倒地气绝，假装死去。裴晤连忙焚香祝祷，张果老这才苏醒过来，但仍然不愿意进宫去。后来唐玄宗又派了一个叫做徐峤的官员去请他，张果老感到玄宗的诚意，这才随着官员一同来到皇宫里面。

到了宫里，玄宗对张果老十分敬重，礼遇有加。有一次，玄宗问他道：“先生，你是得道之人，为什么头发这么白、牙齿也快要掉光了呢?”张果老回答道：“我得道的时候，就是这个样子，今天陛下这样问，那我倒不如把牙齿和头发都拔去了更好。”说完，就拔掉了自己的白头发和牙齿。玄宗一看，连忙说：“先生为什么要这样做呢？快去歇息一下吧。”过了一会儿，张果老从歇息的地方走了出来，玄宗一看，吓了一跳，原来张果老的头发和牙齿不但又重新长了出来，而且头发变得很黑，牙齿也变得很整齐，好像返老还童了一般。

唐玄宗非常佩服张果老的仙术，就赐予了他“银青光禄大夫”和“通玄先生”的名号，还想把自己的女儿玉真公主嫁给他。但是却被张果老婉言拒绝了。他唱道：“娶妇得公主，十地升公府。人以为可喜，我以为可畏。”唱完，便从

箱子里掏出小纸驴，骑上驴儿，驾着云气飞走了。

后来，张果老云游四方，便经常手拿渔鼓、铜板，一边走一边唱，点化世间的人们，为他们排忧除难。

何仙姑成仙的故事

何仙姑是八仙之中唯一的女子，她在八仙之中，就好像万绿丛中的一点红，十分引人注目。据说何仙姑原本叫做何秀姑，是湖南零陵人。传说她出生的时候，曾经有一团淡淡的紫气，笼罩在她家的上空，一群仙鹤在紫气之中上下飞舞。不一会儿，有一只矫健的梅花鹿驮着一个身穿红肚兜、头扎小辫的小女孩飞入何家，何仙姑就在这个时候诞生了。

何仙姑的父亲开了一家豆腐坊，何仙姑从小便帮父亲打理生意。十四岁那年，何仙姑跑到野外游玩，来到了一条清澈透亮的小溪边上。何仙姑正在溪边玩耍，忽然听见有人在叫她，她抬起头来一看，站在面前的是三个很奇怪的人：一个手里拿着一根铁拐杖，头上戴着一个金发箍；另一个是一位白胡子老爷爷，倒骑在一头白色的小驴背上；还有一个人，身穿布袍，腰挂长剑，风神俊逸，道骨仙风。三个人问了她附近的一些路怎么走，还有关于当地山水的一些问题，何仙姑都十分伶俐地一一回答，三个人都很满意。临走的时候，拄着铁拐杖的人送给她一只鲜嫩水灵的桃子，骑着小驴的老爷爷送她一颗朱红色的大枣，腰挂长剑的人从旁边的溪水里一捡，取出了一片闪耀着五彩光泽的云母片，送给了她，让她吃了下去。

说来也怪，自从吃下了这三样东西以后，何仙姑就再也不会感到饿了，而且精神还比以前更好了。后来，这三位仙人还带她到她家附近的一座云母山上去，教她采撷和服食云母片的方法。此后，她就经常一个人到山上去，采食云母，调理气息。渐渐地，她觉得自己的身体变得越来越轻，可以在陡峭的山路上行走如飞。何仙姑还学会了采集药草、为人治病；此外，她还能预测一些人事的祸福。后来，人们渐渐地忘记了她的本名何秀姑，都称她为何仙姑了。那三位仙人，原来就是八仙之中的铁拐李、张果老和吕洞宾，听说她心地灵慧，特地来点化她的。

何仙姑的名声越来越大，后来传到了当时的女皇武则天那里。武则天原本就对佛道仙术很感兴趣，听说了何仙姑的神异，便派官员到零陵去请她。何仙姑随着官员，来到了当时的东都洛阳。在等待渡洛水的时候，忽然不见了她的踪影。官员们十分着急，连忙四处寻找，但是怎么也找不到。到了薄暮时分，众人正坐在河边发愁，忽然何仙姑从空中翩然而降，并告诉他们："我已经到过皇宫，见过女皇，你们可以回朝复命了。"说完，就飘然离去了。

使臣们回到皇宫一问，果然如此。何仙姑不但在那天下午来见过武后，还与她相谈了半日的时间。何仙姑劝武后要清心寡欲、努力修炼，还要多做善事，积累功德。何仙姑的这一番劝告，说得入情入理，令武后深受启发。

后来有一天，何仙姑忽然看到遥远的天空中，铁拐李正站在一朵五色祥云之中，挥舞着他的拐杖，仿佛是在召唤着她。她心里一动，身体忽然变得很轻，渐渐地飞了起来，升入了天空。这时，她的一只珠鞋掉到了地上。第二天，珠鞋掉落的地方便多了一口水井，里面的水十分清澈甘甜。

据说很多年以后，已经成仙的何仙姑有一次到广东的一个荔枝园里游玩，偶然将自己的绿色衣带挂在了其中一棵荔枝树上。从此以后，这棵树上所结出的果实，都异常鲜美可口。因为这种荔枝从顶部到根蒂处，都带有一条淡淡的绿色线痕，又生长在广东的增城，所以得名"增城挂绿"，是荔枝中的名品。人们都说，这是因为感染了何仙姑的"仙气"的结果。至今，在零陵和增城等地，都有供奉着何仙姑的庙宇，人们都十分感念她的恩德。

蓝采和的传说

在八仙之中，有一位神仙，无论长到多少岁，外貌都是小孩子的样子，这就是蓝采和。

据说蓝采和也是唐朝时候的人。他从小跟着爷爷学习医术，十八岁便成了一位医生。蓝采和心地善良，常常免费为穷人诊治疾病。他还经常手提竹篮，去山上采药。

有一天，他像往常一样，去山上采集药草，经过荷花塘的时候，他看到有一位老人，正卧在池塘的边上。他的肚子上，长了一个很大的毒疮，一边已经破

了，黑黑的脓血从里面流了出来。蓝采和一看这种情况，连忙跑到老人身边，开始诊治。他用手挤疮，想要把脓血挤出来，但他挤了半天，脓血还是出不来。蓝采和非常着急，最后他一狠心，索性用口把脓血吸了出来。吸完了脓血，他便用自制的一张药膏贴在了老人的伤口上。都处理完了，他刚松了一口气，没想到老人的伤口上却又流出血来。蓝采和不禁愣住了，这种药膏，是他自己研制出来的，可以说是百试百灵，很有效果，怎么这次会不管用呢？

蓝采和正想着，老人却忽然睁开了眼睛，冲着他喊道："傻瓜，伤口流血了，还不赶快去河边，用篮子给我提点水来洗洗啊！"

蓝采和吓了一跳，连忙拿上自己的竹篮，跑到河边，刚想要打水，却忽然反应过来：竹篮子又怎么可能打上水来呢？他把篮子放进河里，提上来，用最快的速度跑回老人的身边，却还是没有剩下几滴。

老人见状，又对他喊道："用水塘里的泥糊在篮子上，不就行了吗？真是笨蛋！"蓝采和无奈，只得照老人说的，又去提了一回，这回水倒是提上来了，但是水跟泥一混，变得十分浑浊，没办法洗了。

老人一看，十分生气，说："笨蛋！还不赶快把它倒掉，换一篮子清水来！"蓝采和心里窝火，却又十分可怜老人，不忍心抛下他就这样离开。正在发愁的时候，他听见一个清脆甜美的声音说："蓝大夫，为什么不试试用荷叶呢？"蓝采和回头一看，是一位非常端庄秀美的女子，正朝着他微笑。蓝采和恍然大悟，连忙按照女子所说的方法，摘下了几张宽大碧绿的荷叶，垫在篮子里面，提了一篮清澈的水来。他让老人躺在地上，把水轻轻地泼在他的伤口上，老人的大疮立刻就不见了，皮肤平整光洁、完好如新。蓝采和非常惊讶，瞪大了眼睛，张着嘴，望着老人。老人微笑了，指着荷花塘中的水说："喝一口吧，看看是什么？"蓝采和迟疑了一下，就站起身来，走到荷塘边，用手掬起一捧水喝了下去。顿时，一股奇异的清香，沁入了他的五脏六腑。蓝采和觉得身体变得轻飘飘的，似乎能随着云气上下飘动。这时候，他再一看那老人，已变成了一位身材高大、手拿蒲扇的仙人，刚才的那位女子，手里拿着一朵荷花，站在他的旁边。他们二人正站在半空当中，脚下是奇异的五色祥云。蓝采和这才明白过来，原来这是两位仙人，特意来试验他的。只见那老者随手一拉，蓝采和和他的竹篮就离开了地面，三人登上五色祥云，一同飞升而去了。

这二位仙人，就是八仙中的汉钟离和何仙姑，他们是特地来度化蓝采和成仙的。从此，蓝采和也便成了八仙中的一员。

黄粱一梦

八仙里面，吕洞宾可以说是名声最大的一位了。提起他来，几乎没有谁不知道的。关于他也有很多的传说故事。传说吕洞宾原本叫做吕岩，“洞宾”是他的字。他是唐朝时候京兆府这个地方的人。据说他母亲生他的时候，屋子里忽然异香扑鼻，空中传来了悠扬的仙乐声，一只白鹤随着乐声从天上飞来，一直飞入了吕母的帐中。吕洞宾生下来，果然超凡脱俗，他从小就聪明过人，读书识字，过目不忘，出口成章。长大以后，就更是气度非凡。他原本就身材高大，又喜欢穿黄色的道衫，戴华阳巾，更显得他风神俊朗、仪度超然。

吕洞宾到了二十岁，母亲开始着急了。人家的孩子，十八九岁就已经成家立业了。但吕洞宾二十岁了，却还没有丝毫想要娶亲的意思。吕洞宾的母亲十分着急，但吕洞宾自己却一点儿都不将这件事放在心上。他每天除了读书练剑之外，还常常跑到附近的山上去游玩，探幽寻奇，不愿与世俗为伍。

有一次吕洞宾去庐山游玩，遇上了一位仙风道骨的老人，老人见他颇有灵性，就传授了他一套剑法，名叫天遁剑法。这套剑法非常厉害，吕洞宾每日练习，不但剑法精进，还觉得身体也日益轻健。后来他才知道，原来那位老人是一位得道的仙人，名叫火龙真人。经过火龙真人的指点之后，吕洞宾对仙术道学越来越感兴趣，后来他索性远离了家乡，云游四方。有一年，他在长安漫游。在一间酒家喝酒的时候，碰到了一位隐士，这位隐士身穿青衣白袍，正在墙壁上题诗。吕洞宾见他所题写的诗飘逸优美，不禁喊了一声：“好诗！”

那隐士转过头来，吕洞宾见他样貌不凡，便询问他的姓名。隐士见吕洞宾灵心慧性，又有意学道，便说：“我叫做云房先生，住在终南山的鹤岭，你愿意和我一同回去吗？”

吕洞宾迟疑了一下，他心想：人间还有那么多有意思的东西，还有那么多我没有达到的目标，何苦非要去深山修炼呢？想到这里，他就没有答应云房先生的建议。

云房先生见吕洞宾不愿与自己同去，知道他凡心未了，也没有多说什么，还是继续和吕洞宾喝酒聊天，一直到了晚上，两人一同在酒肆里留宿。吕洞宾感到

有些饿，正想去找些东西吃，云房先生拦住了他，说："我正好也饿了，这样吧，我去蒸一点饭，你就在房间里休息一下吧。"吕洞宾见状，也便没有推辞，回到房间里面，忽然觉得眼皮十分沉重，不一会儿，就睡着了。

醒了以后，他忽然发现自己身穿红袍，帽插宫花，正骑在一匹高头大马上。旁边还有很多随从，正吹吹打打地跟着他前行。他叫过来一个人，问道："这是要去什么地方？"随从说："老爷，您刚刚中了状元，又被丞相招为女婿，正要去相府成婚啊！"吕洞宾听了，有些纳闷，但也没有多问。后来，他娶了如花似玉的丞相千金，又成为了朝廷里举足轻重的大臣，仕途得意，子孙满堂，享尽了荣华富贵。但与此同时，因为他的耿直和正义，也招来了朝廷里不少奸佞小人的嫉妒和怨恨。忽然有一天，皇帝颁下旨意，说他犯了大罪，家产全被没收，妻子儿女也要和他一同被斩首。吕洞宾惊出了一身冷汗，突然梦醒，他才知道刚才的一切，原来只是自己的一场梦而已。他觉得自己已经经过了生老病死，很长的时间，但其实云房先生的饭还没有蒸熟。这个时候，云房先生端着黄粱米饭走了进来，微笑着吟道："黄粱犹未熟，一梦到华胥。"吕洞宾吃了一惊，说："先生怎么知道我刚才做的梦？"云房先生摇摇头："升沉百态，荣辱万端，五十年浑如一梦。得到并非欢喜，失去亦无所伤悲。人生原本如梦幻一场，又何苦苦心追逐？"吕洞宾顿时大彻大悟，领悟到人世间的一切荣华富贵、喜怒悲欢，原本都是空幻一场，便向云房先生深深一拜，说道："请先生收我为徒，准我跟随先生学道！"云房先生呵呵一笑，吕洞宾再起身时，见到站在自己面前的乃是一位头梳丫髻、手摇蒲扇的仙人，原来云房先生就是汉钟离所化。汉钟离伸手将吕洞宾搀扶起来，笑着说："总算为师没有看错人！"从此，吕洞宾就正式成为了汉钟离的徒弟，跟随他学习道术。

汉钟离十试吕洞宾

却说汉钟离收下吕洞宾作为徒弟以后，担心他心念不够专一，无法学习道术，便想用一些办法来考验考验他。一天，吕洞宾去外面办事，回到家里的时候，发现全家人都突然间病逝了。一般的人，见到这种情况，一定会非常悲伤，痛哭不止。但吕洞宾因为已经看破尘世，所以并不悲伤，只是买来棺木，准备埋葬他们。就在这个时候，家人们又一下子都活了过来。原来这是汉钟离对他的第一次考验。

第二次，汉钟离让吕洞宾去集市上卖东西，一个人走过来，与他刚刚谈好了价钱，却又突然反悔，只愿意支付一半的钱。吕洞宾丝毫没有计较，索性分文不取，将东西白送给对方，自己转身离去。汉钟离在一边看到，不禁微笑点头，十分满意。

到了大年初一的时候，有一个乞丐，坐在吕洞宾家的大门口，向他讨钱，吕洞宾稍微拿得慢了一些，那乞丐便破口大骂起来。吕洞宾没有生气，反而好言相劝，那乞丐才站起身来，笑着走了。这是第三次考验。

后来汉钟离又让吕洞宾去山里放羊，吕洞宾放着放着，忽然跑出来一只大老虎，要吃掉羊。吕洞宾心中不忍，便挡在羊群前面，对老虎说："如果你一定要吃，那就吃我吧。"老虎叫了一声，便转头走了。这是汉钟离对他的第四次考验。

第五次，吕洞宾一个人在山中的茅草屋里读书，突然有一个年轻漂亮的女子敲门，自称在山里迷了路，想要借宿一晚。吕洞宾让她进屋休息，自己则在外面读书。半夜里，女子不安分起来，百般勾引吕洞宾，但吕洞宾丝毫不为所动，直至天明。

第六次，吕洞宾在山里采药，在一片地上挖出了好几十块金子。他不但不拿走，还连忙用土把它重新埋好。

第七次，吕洞宾在集市上买了几件铜器，拿回家一看，却变成了金子做的。他连忙找到那家店，将金器退了回去。

第八次，汉钟离装成一个疯道士，在集市上卖药，说，吃了我卖的药，会马上死去，然后下一世能得道成仙。旁人都不敢买。但吕洞宾却深信不疑，买了药然后吃下去，不但没有死，精神反而更好了。

又有一次，吕洞宾划着一叶小舟渡江，到江心的时候，忽然狂风大作，江上波涛汹涌，小舟仿佛马上就要被淹没在江水之中。吕洞宾毫无惧色，独立舟中，一会儿风平浪静，吕洞宾平安地渡过了大江，没有丝毫损伤。这是第九次考验。

一天夜里，吕洞宾独自在家中静修，忽然见无数鬼神跑来，手拿刀枪棍棒，想要杀他，吕洞宾端坐于堂中，毫不理睬，不一会儿，只见鬼神们如烟雾一般，瞬间消失了踪影。又过了一会儿，只见几个鬼差押着一个囚犯，站在他的面前，那囚犯喊道："我是上一世被你杀害的人，快点偿我命来！"吕洞宾笑道："杀人偿命，不过是这一条性命罢了，且还你来！"说完，就抽出长剑，刚要刎颈自杀，

只听一声大笑，鬼差、囚犯早已不见，汉钟离自空中飞下，对吕洞宾说："好徒弟！如今十次考验你都已经通过了，日后你只要认真修炼，一定能够得道成仙。"从此以后，吕洞宾就跟随着汉钟离学习仙法，终于成为了一位法力高强的仙人。

苟杳与吕洞宾

吕洞宾没有成仙之前，曾有一个同乡好友，叫做苟杳。苟杳从小父母双亡，家境十分贫寒。但他本人为人诚恳，读书勤奋，是一个忠厚可亲的人。吕洞宾见他聪明刻苦，很赏识他，便请他到自己的家中居住，希望他能成才。

苟杳感念吕洞宾的恩德，更加刻苦读书，渐渐有所小成。有一天，有一位姓林的客人到吕家做客，见苟杳刻苦用功，为人又忠厚老实，便向吕洞宾提议，想把自己的妹妹嫁给他。吕洞宾听了，便同意了。他对苟杳说了这件事。苟杳一听，喜出望外，没想到吕洞宾却接着说："不过贤弟啊，我有一个条件，等你成亲了以后，新娘子要先陪我三宿。"

苟杳听了，大吃一惊，心想，自己的大哥虽然平时风流放诞，不拘礼法，但他不是这种伤害别人的人啊，为什么会提出这种要求呢？他本不愿同意，但无奈自己寄住在人家家中，人在屋檐下，怎能不低头？思虑再三，他还是答应了。

成亲这天晚上，吕洞宾送走宾客，便径直走进了新房。新娘子正坐在床上。吕洞宾见状，笑了笑，也不说话，拿出一本书，坐在灯下，就埋头读了起来。林小姐左等右等，也不见丈夫来掀自己的盖头，只好自己睡下了。等到天明醒来，吕洞宾早已出去了。一连三天都是如此，林小姐十分伤心，却也没有办法。

等到第四天晚上，苟杳刚一走进新房，就看到新娘正在低头落泪，边哭边说："郎君为什么一连三夜都不上床同眠，只顾低头读书？"苟杳听了，十分惊讶，这才反应过来，原来吕洞宾是怕他贪恋欢愉，忘了读书，所以才用这个办法来激励他啊。

苟杳每日都用功读书，几年以后，他考中了进士，要去外地为官，便告别了吕家。一晃过了好几年。这一年夏天，吕洞宾家不慎失火，房屋、家产都被烧得所剩无几。吕洞宾便去找苟杳，想请他帮帮忙。

苟杳一见吕洞宾来了，非常高兴，欢迎备至。每天都用美酒佳肴来招待他，但就是绝口不提帮忙的事。见到这样的状况，吕洞宾心中明白，真是人间冷暖，世态炎凉，昨天还是朋友的人，转眼之间就不记从前的恩德。他一气之下，便不辞而别，离开了苟杳家。

等他回到家乡，老远就看见原先自己家的地方重新立起了好几间青砖碧瓦的新房子，他十分诧异，便连忙走过去，想要看个究竟。可他走到门前，就更吓了一跳：大门两旁贴了白纸，屋子里各处都挂着白色的灯笼，自己的妻子披麻戴孝，正在嚎啕痛哭。吕洞宾走上前去，叫了她一声。吕洞宾的妻子转头一看，吓得浑身颤抖，问："你是人还是鬼？"吕洞宾说："我当然是人了，不信你摸摸看。"他的妻子伸手摸了摸他，果然是人，才定下神来。吕洞宾非常奇怪，便问她到底发生了什么事情。

原来吕洞宾刚离开家，就来了一帮人，帮吕家重新盖起了房子，说是有人派他们来的。妻子原本十分高兴，可没想到前两天又来了一群人，抬来了一口棺材，说是吕洞宾在苟杳家生了急病，已经死了。吕洞宾的妻子一听，顿时哭得死去活来。今天原本正要下葬，没想到吕洞宾竟回来了。

吕洞宾一听，便明白了，这都是苟杳干的。他拿起一柄斧头，狠狠地劈开了苟杳派人送来的那口棺材，只听咔嚓一声，棺材裂开了，里面全是金银财宝，还有一封信。吕洞宾打开信，只见信上写道："苟杳不是负心郎，路送金银家盖房。你让我妻守空房，我让你妻哭断肠。"吕洞宾读罢，又气又笑，说道："真不愧是我的好贤弟啊！"

从此以后，吕苟两家的关系更好了。通过这个故事，人们还编成了一句俗语，就是"苟杳吕洞宾，不识好人心"。但因为"苟杳"和"狗咬"读音相同，所以传来传去，就成了"狗咬吕洞宾，不识好人心"了。

吕洞宾与白牡丹

吕洞宾成仙以后，就时常骑着一只黄鹤，在人间四处遨游。有一天，他听说东都洛阳花开正好，便腾云驾雾，来到了洛阳。看花的人很多，摩肩接踵。就在这熙熙攘攘的人流中间，吕洞宾偶然回首一望，忽然看到了一个清秀脱俗的女子。她身穿一身雪白的长裙，眉如新月，口点朱砂，一双动人的大眼睛，如同秋日深潭中的潭水一样清澈透亮。吕洞宾看到她时，那女子也碰巧看到了他，她发现吕洞宾一直望着他，只是笑了笑，便走开了。吕洞宾心想，我样貌非凡，别的女子看到我，都是十分爱慕的，但唯独这个女子，却不理不睬。他觉得很有意思，便略施法术，便将那女子头上的一朵珠花摘到自己手中，走上前去问道："小姐，这珠花是你掉的吗？"女子一笑，从吕洞宾手中接过珠花。吕洞宾又问："不知小姐姓甚名谁？"女子答道："小女子名叫白牡丹。"

吕洞宾自从见过白牡丹之后，便对她十分思念。后来经过一番打听，他才知道白牡丹原来是这城中最有名的歌舞伎。这一天，他便来到白牡丹栖身的歌楼，邀她出来相见。吕洞宾文采风流，长得又俊逸潇洒，调笑一番之后，白牡丹很快就被他吸引了。两人一个吹笛，一个弹琴，彼此应和，情意融融。吕洞宾便在白牡丹处留宿了几晚。

后来汉钟离听说了这件事，便利用下棋的机会问吕洞宾："听说你与一个叫白牡丹的女子在一起，可有此事吗？"

吕洞宾见自己的师父已经知道了，也不得不承认，便说："是。"

汉钟离叹了口气，说："你本是天上的东华上仙，因犯了天条，才被罚下人间，贬为凡人，如今眼看你修道已渐有所成，切不可因为贪恋美色而坏了道行啊！"

吕洞宾听了，十分惭愧，便下定决心，不再见白牡丹，骑上黄鹤，到丰都山专心修道去了。

转眼好几年过去了，有一天，吕洞宾再次经过洛阳，正看到一个恶霸想要强抢一个女子。他看到那女子，觉得十分眼熟，定睛一看，原来是白牡丹。他三下两下打退了恶霸，将白牡丹救了下来。原来那个恶霸见白牡丹美貌，便逼她嫁给自己，白牡丹不从，那恶霸就想强行把她带回府，幸亏在半路上遇到了吕洞宾。白牡丹原本就非常想念吕洞宾，这次又被他所救，更是死心塌地，希望能够与吕洞宾一直在一起。

吕洞宾此时早已心静如水，不再贪恋情欲。他将白牡丹搀扶起来，对她说明了自己的真实身份，并劝她放下儿女情长，修习道术。白牡丹虽然还眷恋着吕洞宾，但也明白他此时已经看破尘世，便答应下来，从此在峨眉山专心修炼。

一晃又过去了很多很多年，这一天，吕洞宾骑着黄鹤，又一次来到了东都洛阳。奇怪的是，虽然是寒冷的冬天，花园里的百花却都开了，争奇斗艳，显得十分美丽。但在这百花之中，却找不到牡丹花的影子。吕洞宾仔细一看，原来牡丹花都被从土里拔了出来，扔得遍地都是，十分可怜。

吕洞宾非常惋惜，他四处寻找，好不容易才在一个角落里找到了一棵虽然奄奄一息、但还活着的牡丹花，小心翼翼地放进自己的怀里，驾起祥云，向附近的山林飞去。

到了山里，他挖了一个土坑，把牡丹花从自己的怀里拿出来，种了下去，还捧来泉水，轻轻地浇在它上面。过了好一会儿，那株牡丹花才缓了过来。忽然，牡丹花四周升起一阵烟雾，渐渐地幻化成了一个女子的身形。她来到吕洞宾面前，深施一礼，说道："谢真人又搭救了我一次。"

吕洞宾听了，十分奇怪，便问："姑娘何出此言？"

女子抬头，已是泪眼盈盈，她哽咽着答道："吕真人，我是白牡丹啊！"

吕洞宾闻言，吃了一惊，他定睛一看，果真是当年曾与他有过一段情缘的白牡丹。他连忙把她扶起来，问道："这是怎么回事？"

白牡丹坐下来，对吕洞宾诉说了自己的经历。原来自从在峨眉山二人分别之后，白牡丹便一直认真修炼，终于得道成仙，奉命掌管牡丹花。这一年，女皇武则天要游上苑，就命令百花连夜开放，以供她明日观赏。百花虽然害怕寒冷，但又不敢违抗她的旨意，只得纷纷开放。惟有牡丹花天生一副傲骨，不愿向权势低头，便没有按时开放。武则天一怒之下，命令将洛阳城里的牡丹全部拔出，不许再种。这才有了吕洞宾所看到的那一幕。

吕洞宾听了以后，一面叹息，一面也为牡丹的傲骨所感动。他将白牡丹带回了天庭，将她安置在王母娘娘的御花园里。从此，白牡丹也成了天上的仙子了。吕、白二人情缘已了，从此各自修炼，后来都成为了法力高深的仙人。

龙七公主赠洞箫

八仙里面有一位俊朗文雅、书生打扮的神仙，他就是韩湘子。传说他是唐代大文学家韩愈的侄孙子，自幼失去父母，由韩愈将他养大成人。韩愈本希望他能够努力攻读儒学，将来取得功名，为国效力。但韩湘子生性放荡不羁，对儒家学问没有兴趣，相反倒是十分喜欢读道家的书籍，向往自然。也正是由于这个原因，他与自小抚养自己长大成人的叔祖父韩愈之间不是十分愉快。在二十多岁的

时候，韩湘子便拜别了韩愈，一个人去游历名山大川。后来在旅行的途中，他遇到了已经成仙的吕洞宾。经过吕洞宾的点化，韩湘子很快得道。

有一年，韩湘子来到了东海之滨。他望着月光下波光粼粼的大海，心中有所感动，便拿出了随身携带的洞箫，轻轻地吹奏了起来。他的箫声深沉忧郁，悠扬的曲调，在静谧的夜空之中飘扬。大海仿佛都陶醉在了这优美的乐声中，静悄悄的，只能听到海浪拍打的声音。

韩湘子忘情地吹奏着，不知过了多长时间，他才缓缓地睁开眼睛，重新凝望眼前的大海。这时，他发现有一条小鳗鱼，正伏在他脚下的岩石旁边，它浑身是银色的，在柔和的月光之下，显得更加闪亮。它的眼睛里，还闪烁着盈盈的泪光，仿佛还陶醉在韩湘子的箫声之中。

韩湘子见状，便俯下身来，笑着说：“小鳗鱼，难道连你也能听懂我的箫声吗?”

出乎他意料的是，那条小鳗鱼居然直起身来，轻轻地点了点头。

韩湘子十分惊异，犹豫了一下，他又重新拿起了洞箫，放在嘴边，吹了起来。没想到，小银鳗随着他的箫声，跳起舞来。姿态优美，世间罕见。韩湘子不停地吹，它也就不停地跳。在银色的月光下，构成了一幅奇异美丽的图画。

这样的情况一连发生了三个晚上。韩湘子每天晚上都会到东海边来吹箫，小鳗鱼也每天都伴着他的箫声起舞。第四天的晚上，韩湘子照例来到海边，等来等去，却不见小鳗鱼的影子。他心中有些失望，正想回去的时候，忽然听到后面有人在喊他，他回头一看，原来是一位老婆婆。他赶忙迎上前去，问道：“老婆婆，有什么事吗?”

老婆婆向他行了一礼，说道：“仙人，我是东海龙宫中龙王七公主的仆从。实不相瞒，前几天来听您箫声的小鳗鱼，就是七公主变成的。她被您的箫声所吸引，所以来伴您歌舞。但这件事被龙王发现了，把她关了起来，不许她再来见您。公主感念您的箫声，今日特命我来，送上南海普陀神竹一枝，以供仙人制箫之用。希望您能用公主送您的这枝竹，吹出更加动听的乐曲来。”

说完，老婆婆便向海中纵身一跳，不见了。

后来，韩湘子将这枝神竹做成了洞箫，命名为紫金箫。这支箫的神奇之处在于，不论什么样的妖魔鬼怪，只要听到韩湘子吹起的箫声，便都乖乖降伏。这支箫也就成了韩湘子的法器，替他斩妖除魔，维护正义。

ZHONGWAISHENHUACHUANSHUOZONGJI

王小宽 主编

中外神话传说总集

第二卷

红旗出版社

韩愈与韩湘子

等到韩湘子四处游历、遍览名山大川之后再回到长安，见到自己的叔祖父韩愈，已是二十多年之后了。韩湘子从小聪明灵慧，韩愈见他回来，仍希望他继续攻读儒学，但韩湘子此时潜心修道，对尘世的功名富贵，早已不关心了。经过吕洞宾的点化，他每日清心静修，阅读道术书籍。他也曾多次希望能够点化自己的叔祖父，但无奈韩愈一心想为国为民做出一番事业来，始终不悟。韩湘子也没有办法。只能陪伴在韩愈身边，保护他不受到小人的陷害。

有一年，韩愈的寿诞到了。他邀请了很多的宾客。韩湘子从外面回来，也向韩愈祝寿。韩愈见他又去外面了，心中不是十分高兴，便说道："韩湘，你天天在外面游荡，不务正业，你看看，就连外边的小贩也有一技之长，你天天如此胡闹，以后能做什么呢？"

韩湘子听了，笑了笑，便朗声回答道："叔祖，其实我也有一技之长，只是您不知道罢了。"

韩愈问："那你能做什么？"

韩湘子说："我不需要任何的材料，就能够酿出醇厚的美酒；我不需要等到春天，种下一粒种子，便能让它立刻开花。"

韩愈听了，立刻斥责他道："你也太狂妄了，这怎么可能呢？"

韩湘子微微一笑，并不反驳什么，他搬来一个大空酒坛，放在桌子上，在上面蒙上一块布。接着，他口中念念有词，念毕，用手一指酒坛，只听里面真的渐渐有了水声。人们打开一看，原本的空酒坛竟然装满了美酒。人们争着把酒倒进杯里，喝进嘴里。只感到一股奇香沁人心脾，美酒醇厚甘洌的香味瞬间充满了整个口腔。人们都说："真是好酒！"

韩湘子又拿来一个花盆，在花盆里面播下了一粒种子，念动咒语。没过多一会儿，只见两片嫩芽就破土而出了，转眼之间，嫩芽迅速长大、结苞，最后开出了一朵硕大的牡丹花。花瓣娇艳欲滴，十分美丽。

人们都惊讶极了，纷纷凑上前去看。韩愈也走上前去，仔细端详起来。这时，他看到在牡丹花的一朵花瓣上还写着两行小字："云横秦岭家何在？雪拥蓝关马不前。”他十分奇怪，便问韩湘子：“这是什么意思？”

韩湘子笑笑，只说：“叔祖，您以后会知道的。”说罢，就离开了。

很多年以后，韩愈因为劝谏皇帝不要崇信佛教，惹恼了皇帝，一些小人趁机落井下石，韩愈便遭到斥责，被贬到边远的潮州做官。走到一个叫做蓝关的地方时，天上下起了大雪，道路湿滑泥泞，马儿纷纷停住了脚步，不肯前行。韩愈这时才忽然想起了韩湘子留给自己的那两句诗，说的不正是今日的情况吗？想到这里，韩愈不禁思念起自己的侄孙来。他虽然没有听从自己的话，考取功名，但平日里却对自己十分关心，保护自己不受小人的陷害。如今自己身处困境，他又在哪里呢？这样想着，他不由得仰天长叹：“侄孙，你如今在何处啊！”

正在这时，只听得身后传来清脆的马蹄声，有人骑马追了上来。来到韩愈身前，他飞身下马，上前躬身行礼，道：“叔祖，湘子来迟了。”

韩愈一看，正是自己的侄孙韩湘子。他又惊又喜，连忙将他搀了起来，问道：“你怎么知道我在这里？”韩湘子说：“我听说了叔祖您被贬到潮州，就赶紧骑马追来了。叔祖，您还记得我留给您的那两句诗吧？”见韩愈低头不语，韩湘子又接着说：“叔祖，我早已对您说过，当今的朝廷里是容不下您这样的正直之士的，您还是和我一起离开这里吧。”

韩愈沉默了一会儿，最终还是摇了摇头，对他说：“虽然如此，但百姓终究是无辜的，我还是希望能够用自己的力量，让他们的生活过得更好一些。”

虽然韩愈没有答应自己的请求，但韩湘子还是为自己叔祖的这种仁爱之心所感动。两人在驿站中彻夜长谈，第二天清晨，韩湘子便拜别韩愈而去了。临走前，他对韩愈说：“叔祖，您不必担心，过不了多久，您就可以回到朝中。”

果然，不久，韩愈就被皇帝召回了京城。而韩湘子也得道成仙，云游四方去了。

曹国舅的传说

八仙之中，唯一一个曾经做过官的，就是曹国舅了。据说曹国舅原本名叫曹景休，是宋朝一位皇后的大弟弟，所以别人都尊称他为国舅。曹国舅本人谦和有礼，待人亲切，不贪图功名富贵，平日里爱读道家书籍，喜欢清心幽静。老百姓也都十分爱戴他。但曹国舅有一个弟弟，被称为二国舅的，却飞扬跋扈，凶恶狠毒。他仗着自己是皇帝的亲戚，平日里横行霸道，为非作歹。有一次，曹国舅出门办事，刚刚走到门口，就遇到了几个哭得很伤心的老百姓。他一问之下，才知道是自己的弟弟强占了人家的田产，不但不给他们钱，还派了打手打了他们一顿。这几个老百姓实在没有办法，便来找曹国舅申诉冤情。

曹国舅一听，非常气愤。他派人带着几个老百姓去治伤，自己回到府里，找到了弟弟，责问他是不是有这么回事。没想到弟弟不但不承认错误，还说没什么大不了的。曹国舅非常生气，却也没有办法。

曹国舅的弟弟总是这样仗势欺人、为非作歹，曹国舅屡次规劝他，他不但不听，最后反倒还把曹国舅视为仇人。到了最后，为了谋夺家财，曹国舅的弟弟甚至设了计谋，想要杀死自己的哥哥。曹国舅眼见如此，失望至极，不禁长叹一声，说道："天下之理，积善者昌，积恶者亡。今日你为非作歹，他日必遭惩罚。到了那时，哪怕你只想牵着一条黄狗，自由自在地在东门外遨游，也是不可能的了。你好自为之吧。"

从此，曹国舅散尽家财，周济穷苦之人，辞别了家人和朋友，身着道服，云游四方。多年以后的一天，他正在深山之中静心修炼，忽然有两个人来到了他的面前。其中一个人问道："你在修炼什么？"曹国舅回答："修炼道。"那人微微一笑，又问道："道在哪里？"曹国舅没有回答，只是用手指了指天。那人又问："那天又在哪里？"国舅指了指自己的心。二人相互看了一眼，笑道："道即天，天即心，看来你已经明白道的真义了。"这两个人其实就是汉钟离和吕洞宾。他们见曹国舅已有所领悟，便送给他一本《还真秘旨》，让他好好修炼。没过多久，曹国舅便得道成仙，成为了八仙之一。

很多年以后，成仙之后的曹国舅再度回到自己的家乡，才知道自己的弟弟由于作恶多端，已经被投入监牢、按律处死了。他叹了口气，说道："早知今日，又何必当初呢？"说完，便转身离去了。

曹国舅虽然成为了仙人，但他所穿的，仍然还是那一身官服。腰系玉带，手持玉板，为百姓们伸张正义、消灾解难。

太岁头上动土

相传在大禹治水之前，天上一下暴雨地上就会有水灾。而当时人们的房子都是用茅草盖的，所以经受不住洪水的侵袭。洪水退后，人们就会流离失所，到处找山洞暂住。那时有个小伙子叫做晋安，他见房屋倒塌，人们居无定所，于是就到兜率宫找太上老君商量对策。

这一天，晋安找到太上老君。他走进兜率宫，见太上老君正在一心一意的炼丹，而对人间洪水泛滥的情况却不闻不问，于是难以抑制住心中的不满，上前一步道："太上老君，如今人间发了洪水，百姓死的死，逃的逃，你还有心情在这里炼丹吗?"哪知太上老君却说："你找错人了，这事哪里归我管呢!"晋安见太上老君并不上心，于是恳切的说道："这平原上住了千百万百姓，他们现在流离失所，没地方居住。都说你菩萨心肠，神通广大，请你给想个办法吧!"太

晋安请教太上老君烧砖的方法。

上老君觉得他说得在理，于是放下手里的活计，沉思了良久说道："水火相克，如果用火烧土砌成砖墙来盖房子，水就难以冲毁它了。"晋安大喜，又接着问道："该怎么烧砖呢？还请您老赐教。"太上老君答道："制成土坯烧上七昼夜。烧的方法就如我炼丹一样，要能将热气聚集起来。"晋安很聪明，他听后立刻明白了太上老君的话，下到凡间去了。

晋安回去以后，立刻仿照炼丹炉制成了一个大土窑。他将制好的土坯有规则的放进窑里，然后将窑顶用土封了起来，经过七天七夜，土坯果然烧成了砖。晋安非常高兴，但是他立刻想到，有了砖还不够，怎样才能将房子盖起来呢？总不能用泥巴将它们固定在一起吧，这样大水一来，房子还是会倒啊。于是他又到天上找太上老君去了。

太上老君见晋安又来了，于是问道："砖没烧成吗？"晋安便说明了来意。太上老君听了哈哈大笑，说："这地上有种石头叫做石灰，火烧后会成为白色石块或石粉。之后再用水浸泡上两天，就是砌墙的绝好材料。"晋安听了忙给太上老君叩头，然后高高兴兴的下凡去了。这之后，晋安将这个主意告诉了天下的百姓，他们挖土制砖盖房子，忙得不亦乐乎。

有个管理凡间土地的神仙叫做太岁，他喜欢到处游玩。这天，他游玩归来，见百姓都在动土，顿时大怒，于是派手下查明事情来由。手下回来报告说："有个叫晋安的人，是他在带领大家盖房子。"太岁很生气，说道："这小子真是吃了熊心豹子胆，敢在我太岁头上动土。快将他拿下，我要亲自问问他！"手下于是将晋安带到太岁面前，只听太岁大吼道："大胆晋安，是谁指使你随便动土的！"晋安知道太岁正在气头上，于是恭恭敬敬的回答道："太岁您别生气。洪水冲毁了百姓的房屋，百姓没地方居住，我只好挖土烧砖，带领百姓重建家园。由于此事紧急，没有及时通知您，还请您见谅。"谁知太岁是个暴脾气，他才不管那许多，只说："你没经过我的同意就动了我的土，就要受到惩罚。"说着就叫来手下将晋安拖出去，先打上四十大板再说。晋安一看不好，说："慢着，这事就经过太上老君允许的，我们去找他评评理。"太岁一听这事牵扯到太上老君，也不好妄下结论，于是勉强答应了。

太上老君闻讯就来到了凡间，太岁见了忙上前问道："听说这小子动土是经过您的指点，如今您倒是给评评理，也不跟我打声招呼，该当何罪！"太上老君听后，故意大声呵斥晋安道："这就是你的不对了，快回去准备些酒菜，给太岁赔罪。"之后他叫上太岁，来到晋安的砖窑，说："我们进去看看吧。"太岁也没

在意，就跟着太上老君进去了。之后他们坐在一个烟洞房里谈话。烟洞房里的温度极高，烟雾也很浓，太岁坐了一会儿就坐不住了，要往外走。太上老君却死死的拉住他，故意说："太岁别走啊，晋安还没有来赔罪，你别说走就走呢?"此时的太岁被烟熏得眼泪都流出来了，他连打喷嚏，再也受不了了，于是松口道："罢了罢了，他动土也是为了百姓嘛，就算了吧。"说罢他甩开了太上老君的手，赶紧跑出了烟洞房。太上老君和晋安看着太岁的背影，不禁哈哈大笑。

之后，晋安带领百姓造了很多砖房，这房子不怕洪水冲袭，百姓都过上了幸福的生活。

黄大仙的传说

在浙江金华的赤松山，有一座宏伟壮丽的二仙殿，它背靠巍巍青山，面对悠悠碧水，景色非常美丽。这里，就是传说中赤松道人黄大仙得道成仙的地方。

黄大仙本名叫黄初平，因为在赤松山修炼成仙，所以又号赤松子。传说他本来是天上的施雨神，一次，玉帝命他降下大雨，三日三夜，不得停歇。黄大仙不忍见到人间洪水泛滥、暴雨成灾，于是私自停雨，被玉帝知道了，将他贬为凡人。

被贬下凡间的黄大仙，降生在一个贫民家庭，被起名为黄初平。因为家里十分贫穷，八岁的时候，黄初平就开始牧羊了。他每天赶着羊群上山，一边放羊，一边欣赏着山中的朝晖夕阴，风云变幻。久而久之，他便对山中的气候变化了如指掌。他也熟悉星辰的起落、草木的特性和鸟兽来往的踪迹。优美宁静的大自然也造就了他温和灵敏的性格，使他为人谦和，安雅从容。

十五岁那一年，黄初平牧羊的时候，在山上遇到了一个老人。老人对他说："我的腿受伤了，你能帮帮我吗?"初平立刻找了一些可以疗伤去毒的草药，研出汁液，给老人敷上。老人站起身来，走了两步，腿上的伤已经差不多好了。老人很高兴，便向初平道谢，初平连忙躬身答礼，说："这是我应该做的，您不用客气。"

老人呵呵一笑，初平只觉面前金光一闪，再抬头的时候，哪里还有什么受伤的老人，只见一位鹤发童颜、仙风道骨的真人站在自己面前。老人将初平搀扶起来，对他说："我乃是天上的真人广成子，见你聪明善良，特来点化你的。"初平又惊又喜，连忙跪地拜谢。从此，初平便跟随着广成子，在金华的赤松山石洞中学道。初平这一走，就是很多年，家中的亲人不知道他去了哪里，都非常着急。他有一个哥哥，名叫黄初起，在家中苦等弟弟回来，等了很多年，却都不见他的踪影。于是，黄初起下定决心，外出游历，寻找弟弟。

很多年以后，他在集市中遇到了一个道士。初起向道士问起弟弟的下落，道士为他卜了一卦，告诉他在金华的赤松山，有一个牧羊儿和他要找的人很相似。初起听了，十分高兴，连忙拜谢道士。道士说道："不用道谢，你且把眼睛闭上，随着我来。"初起心中疑惑，却还是按道士的话做了。忽然，他听得耳边风声大作，等他再睁开眼的时候，已经站在一个石洞前面了。

初起环顾四周，不知是什么地方，正想找一个人问问时，却见从石洞中走出来一位道士，不是别人，正是他失踪多年的弟弟初起。他连忙走上前去，喊住了弟弟。初起见是哥哥，也非常激动。兄弟相见，彼此都热泪盈眶。

初平问起初起，是如何找到这里来的，初起对他讲述了自己的经历。初平听了，便说："哥哥，那位道士可能就是点化我的仙人广成子，不忍你我兄弟离别，特意带你到这里来的。"初起听了，十分惊异。初平又对他讲述了自己得广成子点化，遂在此地潜心修道的经历，并引导、启发哥哥，劝他抛却凡尘，一心向道。在初平的启发下，初起也有所领悟，于是便留了下来，和弟弟一起修炼。不久，他们就双双得道成仙了。

黄初平成仙以后，不但在家乡造福黎民百姓，还云游四方，劝善助人，除暴安良。他擅长炼丹和医术，曾经救过很多人的性命。他法力高强，惩治了很多强占一方、欺压良民的贪官恶霸。他心地宽厚仁慈、有求必应，被百姓们尊为财神和吉祥之神，崇敬非常。至今在全国各地，还有很多很多的黄大仙祠，香火鼎盛。

张天师的传说

张天师指的是东汉时期五斗米道的创立者张陵，因其自称是受太上老君之命为天师，所以被人们称为张天师。传说他神通广大，能用符咒破除"五毒"，消

灾避祸，用雷霆驱散“五鬼”，镇妖驱邪。他常常身着道袍，身边环侍一龙一虎，作为护法，非常威武。

传说张陵的祖父名叫张刚，原本是乡下一个卖油的农夫。当地有一个大财主，因为要埋葬先人，请了一位风水先生来挑选合适的位置。风水先生在附近察看了一番，选定了一处绝好的地方，并告诉财主：“这里是天门穴，如果将先人埋葬在这里，后代之中一定会出现神人。”财主非常高兴，给了风水先生很多钱，并准备好挑一个合适的日子埋葬先人。

民间流传的天师符箓

这一天，张老汉卖油回来，路过风水先生为财主家选定的那块地方，突然狂风大作、暴雨如注，张老汉在倾盆大雨之中，看不清道路，不慎跌入财主家刚刚挖好的坟坑中。大雨又将泥土冲入了坟坑，张老汉就这样被埋葬在这块地之中了。天晴以后，财主家再想埋葬先人，可是却已经找不到原来的地方了。于是他们只好另选了一块地方以埋葬先人。

说也奇怪，正如那位风水先生所说，张家的子孙，到了张老汉孙子这一辈，果然出了一位神人，这就是张陵。传说他长得高大魁梧，额头宽厚，眉骨突出，望之令人肃然起敬。他从小聪明好学，天文地理、诸子百家，无所不知，无所不晓。

长大以后，张陵做了一阵子朝廷的官员。但不久，他就辞去官职，退隐北邙山中，修炼神仙之术。后来因为喜爱蜀中深邃灵秀的山林溪谷，他又去了蜀中，在鹤鸣山中继续修炼丹药、符咒之术。他有两个徒弟，一个叫做王长，一个叫做赵升，他们协助张陵一起，炼成了一种名叫龙虎大丹的丹药，吃了这种丹药，便可以返老还童。

一天，张陵在北岳嵩山遇到了一位衣着锦绣的使者，使者告诉他说："在嵩山中峰的石室里，藏着《三皇密典》和《黄帝九鼎丹书》两本非常珍贵的道书，如果你能找到它们，勤加修炼，就可以得道升仙。"张陵后来进入了石室，果然找到了那两本珍贵的经书，于是他便来到龙虎山，潜心修炼，渐渐地学会了法术，能将自己的形影分离开来。

后来有一次，张陵在梦中见到太上老君驾临，对他说："近来蜀中有六大魔王作威作福，残害百姓，你如果能够将他们降伏，则是功德无量，必能成仙。"太上老君还赐给他斩邪雌雄剑、平顶冠、八封衣、印绶等等宝物。张陵醒了以后，就带领弟子，立即赶往了蜀中的青城山，鸣钟叩磬，布下了龙虎神兵，施展法力，降伏了六大魔王。因杀戮过多，太上老君命他再继续清心修炼三千六百日。

十余年之后，一天，张陵见山中悬崖之下桃子成熟，便命弟子投身取之，遂得道。不久，他便与两个弟子在云台山飞升而去，得道成仙。后世景仰张陵，于是称他为张天师，把他看作正义威武的化身。

许逊斩龙

许真君在历史上也真有其人。他的名字叫做许逊，是晋朝时候江西地方的人。一天，许真君的母亲梦见天空中飞来一只金凤，在她头上盘旋了几圈之后，不偏不倚地正好落入了她的怀中。没过多久，许逊就出生了。许逊天生灵慧聪颖，他少年时，最喜欢跟随大人们一起去打猎。弓马骑射，他样样精通，每次都能打到不少的猎物。有一次，他射中了一只母鹿，正在高兴的时候，他却忽然发现母鹿腹中还没有出生的小鹿掉在了地上，母鹿不顾自己的箭伤，回过头来，伤心地舔着自己的孩子。没过多久，就死去了。许逊看到这样的情景，心中非常难

过，他忽然领悟到了一些事情。从此以后，他便收起了弓箭，一心一意地读书为学。很快，他就读遍了经史典籍，并且上知天文，下晓地理。而在这么多的书籍知识当中，他又尤其喜好道家的书籍，非常向往那种自然、纯净的生活。

四十二岁那年，许逊被推举为孝廉，不久，又成为了旌阳令。他为官勤勉，廉洁奉公，对百姓也十分仁慈宽厚。时人感念他的恩德，立起生祠供奉他，称他为“许旌阳”。后来，许逊见晋朝统治昏庸，天下即将大乱，便弃官归隐，游历江湖，寻求至道。

传说有一次他在江南地方游历的时候，看到当地洪水泛滥，民不聊生，便问当地人其中的缘由。当地人告诉他说，此地水中有一条蛟龙，经常兴起水患，淹没农田、房屋，弄得百姓无法生存。因为它曾受过火龙魔法的驯化，具有灵性，诡计多端，变化莫测，很多道人都无法降伏。许逊听了，决定降伏这条妖龙，为民除害。他来到江边，抽出宝剑，想要引蛟龙出水，再加以降伏。可这条蛟龙曾经受过妖法点化，它一会儿变成少年，一会儿变成僧人，有时还化为粟米、鸟兽，屡屡躲过许真君的追杀。但许真君不急不躁，他施展出从道士吴猛和仙人谌母那里学来的高超法术，一下打中了蛟龙的要害，终于降伏了它。之后，许真君用八条铁锁链，将蛟龙锁在水底，使它不能再度为害百姓。

许真君的清正廉明、仁爱慈厚给人们留下了深刻的印象。东晋宁康二年，许逊经过多年的潜心修炼，终于得到成仙，举家从江西豫章的西山上飞升而去。据说连他家的鸡和狗都跟随着一起飞上了天。“一人得道，鸡犬升天”这个成语，也就是从这里来的。

葛洪成仙

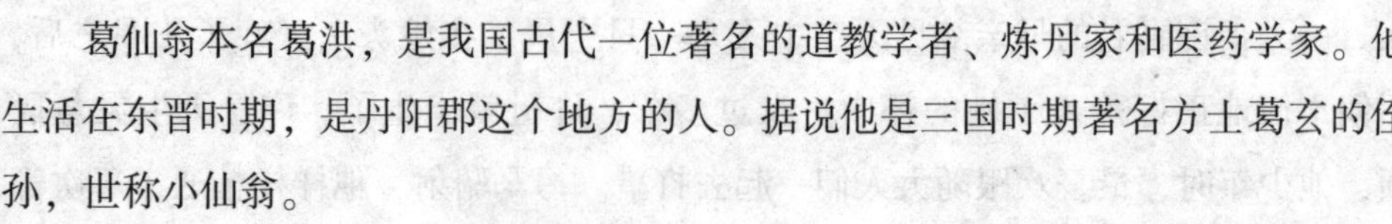

葛仙翁本名葛洪，是我国古代一位著名的道教学者、炼丹家和医药学家。他生活在东晋时期，是丹阳郡这个地方的人。据说他是三国时期著名方士葛玄的侄孙，世称小仙翁。

葛洪年轻的时候，家里非常穷，请不起仆人，就连家门外面的篱笆墙坏得不像样，也没有钱修理。他家中还着了好几次火，弄得家里原来收藏的典籍也都被烧毁了。葛洪于是背起书篓，步行千里，到别人家中借书，借回来以后，便一点

葛稚川移居图 元 王蒙

此图表现了葛洪携子侄徙家于罗浮山炼丹的故事。

一点地抄下来。买不起纸，他就每天上山打柴，用卖得的钱买纸；点不起油灯，他就借着微弱的火光，阅读书籍。就这样日复一日，年复一年，葛洪终于成为了一个大学者。

葛洪为人宽厚，近于木讷，他不追求富贵荣利，也没有什么特别的爱好，唯一喜欢的，就是神仙导养之法。他曾经跟随自己叔祖葛玄的徒弟郑隐学习炼丹术。司马睿做丞相的时候，葛洪曾做过他的属官，后来因为争战有功，被封为关内侯。南海太守鲍方很看重他，把自己的女儿嫁给他，还把自己的学问也传授给了他。

葛洪后来就辞官归隐，遍游名山。在山中修炼的同时，他也开始潜心研究炼丹之术。他曾经写过一本书，名叫《抱朴子》，这也是他最有名的著作。在《抱朴子·内篇》中，他曾具体地描写了自己炼丹时的感受及经验，其中不少都和现代化学知识十分相似。例如他说“丹砂烧之成水银，积变又还成丹砂”，指的就是丹砂经过加热，可以变成水银，而水银加入硫磺，又可以还原成丹砂。这些都包含了化学知识在其中。因此葛洪也被称为我国最早的化学家。

葛洪对于炼丹术的喜爱，远远超过了其他东西。有一次，皇帝想要奖励他，便说出许多大官职，问他想做哪一个。葛洪想了想，说：“请陛下让我去句漏这个地方当县令吧。”皇上听了，十分奇怪，说：“那是一个很小的地方，和你的功绩不相配，还是换一个吧。”葛洪说：

"陛下，那个地方虽然很小，但是却出产很好的丹砂，对炼丹很有益处，请陛下答应我的请求吧。"皇上听了，便答应了他的请求。葛洪就带着自己的子孙、随从，一起到句漏这个地方去了。

但在半路上，他们却被广州刺史邓岳留住了。邓岳知道葛洪是个非常有学问的人，便想劝他留下，为国家出力。但葛洪对功名富贵没有什么兴趣，看到自己无法离开，他就到广州的罗浮山里面，一心一意地著书炼丹去了。

葛洪在罗浮山中住了很多年，一天，他给刺史邓岳写信说："我要去远方寻找师祖，很快就走。"邓岳收到信，连忙赶到罗浮山，想要与葛洪告别。但当他赶到的时候，葛洪已经去世了。人们埋葬他时，发现他的尸体非常轻，就像只有衣服的重量一样。人们都说，葛洪已经成为了仙人，升到天空中了。葛洪的神奇故事流传下来，后世的人们就都称他做葛仙翁了。

关圣帝君

"精忠冲日月，义气贯乾坤，面赤心尤赤，须长义更长。"提起大英雄关羽，相信大家都不会陌生。他是三国时代蜀汉的五虎上将之一。年轻的时候，和刘备、张飞在桃园结为兄弟，后来刘备起兵抗曹，关羽即帮助他四处征战，平定西蜀，督师荆州，过五关斩六将，他的忠节大义，在历史上流传不朽。

相传关羽生于东汉延熹三年农历六月初四。他身材非常高大，面庞如大枣一般红润。一双丹凤眼，英挺俊逸；两条卧蚕眉，乌黑浓重，长得非常英俊，是三国时期著名的美男子之一。他是河北运城人，之前一直在家乡做小生意。二十九岁那年，因为当地盐商欺压百姓，关羽看不过去，便挺身而出，不慎将盐商杀死，之后他便出逃到河北涿州。结识了张飞、刘备，三人意气相投，不久就结为了异姓兄弟。这就是历史上著名的"桃园三结义"。从此，关羽就追随刘备，为匡复汉室南征北战。四十岁的时候，关羽被封为寿亭侯，四十九岁时又被封为襄阳太守、荡寇将军。五十九岁时去世。

关圣帝君生平以义气著称。《三国演义》中记载着很多关于他的故事和传说。比如温酒斩华雄、千里走单骑、华阳捉放曹、水淹七军、单刀赴会等等。

三国时期，刘备带着自己的两位义弟关羽、张飞，镇守在徐州、下邳一带。

关羽擒将

后来曹操率领二十万大军攻打徐州，刘备无计可施，听了张飞的话，连夜去曹营劫寨，不料中了曹操的埋伏，刘备和张飞各自逃走，在路上失散了。刘备一个人骑着马投奔了袁绍，而张飞则逃到了芒砀山暂住。

这时，关羽保护着义兄刘备的妻儿家小，正在下邳一带。曹操攻下了徐州，便又来攻打下邳。关羽等人被曹操的兵马围困在一座山头上。曹操十分敬佩关羽，同时也爱惜人才，就派张辽到山上去劝降。关羽思考再三，答应投降，但有三个条件：一、只降汉朝，不降曹操；二、用刘备的俸禄供养二位大嫂；三、一旦知道了刘备的下落，就去寻找他。曹操答应了关羽的这三个条件，于是关羽就保护着刘备的两位夫人，跟着曹操去了许都。

在路上，曹操故意让关羽和两位嫂子同住一室，关羽就一手拿着烛火，一手拿着刀，通宵在屋外站着，令曹操非常敬佩。

到了许都以后，曹操对关羽三日一小宴、五日一大宴，又送给他许多金银财宝和美女。关羽让美女服侍两位大嫂，又把财物都交给她们。后来，曹操又把吕布的赤兔马送给了关羽，关羽再三拜谢。曹操十分奇怪，便问关羽，为什么以前得到赏赐从不感激，今天却再三拜谢呢？关羽说，有了这千里马，一旦得知刘备下落，就可以早一天到他身边了。曹操听了之后，更加敬佩关羽。

后来，袁绍起兵攻打曹操，关羽为报答曹操的照顾，便杀了袁绍的两位大将颜良和文丑，帮助曹操取得了大胜。这时，刘备也给关羽写了一封书信，告诉他自已现在在袁绍处。关羽接到书信以后，便向曹操告辞。曹操不愿让关羽离开，

就故意避着不见他。关羽于是就将曹操过去送他的财物和美女全都留下，又将自己的汉寿亭侯大印挂在营中，留给曹操一封书信，单人匹马护送着二位嫂嫂，找刘备去了。

在五关中，他分别受到了孔秀、韩福、孟坦、卞喜、王植、秦琪的阻拦，关羽被逼无奈，过五关斩六将，直走了一千多里地，最后在古城，关羽终于找到了刘备，兄弟相见，抱头痛哭。这就是有名的“千里走单骑”的故事。

关羽的忠义千古以来都为人们所传诵。他去世以后，老百姓们在各地为他立庙供奉，历代朝廷也都对他予以褒封。他被奉为“关圣帝君”、“武圣”，与“文圣”的孔子齐名，千年以来，都被人们敬仰、尊崇。

灵官马元帅

灵官马元帅又称三眼灵光、华光大帝、华光天王等，和关圣帝君一样，他也是道教的护法四圣之一。相传他姓马，名叫灵耀，因为长了三只眼，所以又被称为“马王爷三只眼”。

传说马灵官前世原本是如来佛祖座前的一盏油灯，因日日听佛祖讲经念诵，不经意之间，竟具有了灵性，可以识得人语、化成人形。虽然如此，它也仍然留在佛祖跟前，不舍离去。一次，因与如来佛祖之间有矛盾，一个叫做独火鬼的魔神找上门来，站在如来佛祖的殿外，想要火烧大殿。但它的法力并不能伤到如来佛祖，佛祖原本只想把它赶走而已，不想伤它性命。这时，油灯化作人形，来到大殿之外，向独火鬼挑战。独火鬼使尽全身法力，想要将它烧死，但烧了半天，它却毫发未伤。独火鬼正在奇怪的时候，只听它哈哈笑了一声，说：“我乃是佛祖跟前的一盏油灯，每天都要与火为伴，你那点火，如何能伤得了我！”说完，便忽然使出法力，喷出火焰，火苗一下子就向独火鬼烧去。如来佛祖正想阻止，但可惜为时已晚，独火鬼已经被烧死了。油灯因犯下了杀生之罪，被佛祖贬下凡间，令它投胎为人，重修功德，有朝一日，方可重返天界。

油灯下界以后，投胎于一户姓马的人家，从此名为马灵耀。他一出生，便具有神异的功能，不但不怕火，还能使用金砖、火丹之类。后来有一天，马灵官的母亲因为犯下了过错，被玉皇大帝打入地狱，关进丰都鬼城。马灵官十分伤心，收拾好行装，准备去丰都救回母亲。路上，因为遇到东海龙王的阻挡，灵官无法过去，一怒之下，他便仰天而呼，念动咒语，施展法力，刹那间召来五百只火鸦。那火鸦身体四周都燃烧着熊熊火焰，却能上下飞舞，速度极快，转眼之间，整个东海便燃起了大火，海水几乎都要被煮开了。后来，他又闯进了地狱，大闹地府，终于救出了母亲。玉皇大帝看他是位将才，便封他为真武大帝的部将，成为天界的护法。

马灵官天生善用火，他身上不但藏有金砖、火丹之类的引火工具，还能随时召来天火，降妖伏魔。他所用的火，可不是一般的火，而是三昧真火。这种火，用普通的水是浇不灭的，除非用天上最纯净的水来浇，才能扑灭。所以民间把马灵官又视为“火神”，每年农历的九月二十八，人们都会举行隆重的祭祀仪式，拜祭华光大帝马灵官，祈求马元帅保佑，消灾避祸，免除火灾。

据说在赵州桥刚刚修好的时候，张果老和柴王爷曾经到桥上去走。鲁班因为不认识他们，便说：“我造的这桥十分坚固，什么东西都压不垮。”张果老和柴王爷听了这话，笑了笑，张果老便骑着小驴上了桥，柴王爷呢，推着一辆车，也走了上去。桥立刻就晃了起来。原来柴王爷的车里，装着东南西北各大名山，非常沉。鲁班见状，才明白他们都是神人，便长叹一声：“我真是有眼不识泰山!”说完，就把自己的一只眼睛挖了出来，眼睛掉在地上，成了一颗晶莹剔透的夜明珠。马灵官恰好来到这里，连忙捡了起来，因为害怕同行的牛王爷来抢，就把珠子往自己的头上一按，结果珠子变成了眼睛，马灵官就变成了三只眼睛了。所以民间有一首歌谣：“一称元帅二华光，眉生三眼照天堂。头戴攒顶帽，五金砖在神儿藏。”说的就是马元帅。

恶城隍改邪归正

进入道教的宫观时，看到的第一座殿往往是灵官殿。殿里面供奉着一位红脸膛、长胡子、身穿金甲红袍的威武神仙，他左手拿着风火轮，右手举着一条钢鞭，怒目圆睁，看上去令人十分畏惧。他就是道教传说中的护法神将王灵官，他的职责就是守护道观，因而常常镇守在山门之内。

相传王灵官原名王恶，原本是江苏淮阴一个城隍庙的城隍。他平日里时常为

恶欺善，除了让老百姓用香火祭品供养他以外，甚至还要他们用童男童女来活祭自己。当地的百姓都是敢怒不敢言。有一天，一位名叫萨真人的道士路过此地，见三五个壮汉抬着一对童男童女，正向城隍庙走去。萨真人十分奇怪，便停下脚步，问道："你们抬着这两个孩子，是要去哪里呀？"为首的一个大汉就告诉他："真人，我们都是这地方的村民，只因城隍庙的城隍要我们用童男童女来祭祀他，这才不得已要把这两个孩子送去啊！"

萨真人一听，不禁大怒，说道："这样邪恶的神仙，应该烧了他的庙！"说完，抽出符咒，用宝剑在上面一点，默念咒语，刹那间一道雷电劈过天空，只听喀拉拉一声，城隍庙燃起了大火，无论什么样的水，都无法把它浇灭。没过多一会儿，整座庙就被烧成了灰烬。

这件事结束以后，萨真人继续云游四方，救济百姓。十多年以后的一天，他走到一条江边，见江水清澈透亮，便俯下身来，正在洗手的时候，忽然从水里冒出一个人来。他长着方方的脸膛，身穿着明黄色的袍子、金色的盔甲，左手拿火轮，右手握钢鞭，显得十分威武雄壮。萨真人被吓了一跳，他站起身来，问道："你是何人？"

那神将躬身向萨真人行了一礼，说道："真人，我原来是天上的大将，原本一直在天上，护卫凌霄殿。后来奉玉帝之命，做了淮阴地方的城隍，本是为了守护一方安定，惩恶扬善，但我一时糊涂，竟让百姓用童男童女来祭祀我。真人来到淮阴，烧了我的庙宇。我非常气愤，于是便回到天庭，奏告了玉帝。原是希望玉帝能够惩罚真人，以泄我心头之恨。玉帝赐给我一双慧眼，又给了我一只金鞭，让我在暗地里时刻跟随着您，如果您有一点错误或者过失，我就可以直接报仇。但这十二年来，我时刻跟随着您，竟没有发现您有任何的过错。我佩服您的道行功德，现在您已经功德圆满，将要升入天庭为官，我愿意做您的部将，奉行您的法令，请您收我为徒吧。"

萨真人听了，说："人谁无错？知错能改，说明你还是一个可造之材。我就收你为徒，从今以后，要听从我的号令，斩妖除魔，造福人间。"说完，就将他搀扶了起来。萨真人还给他改名为"王善"，并且上奏天庭，封他为灵官。自此，王灵官就守护在萨真人左右，保卫着他和其他道教仙人的安全，同时也降妖伏魔，造福百姓。萨真人最善使用雷火，他将这种法术传授给了王善，使他可以用雷电天火来降伏妖魔，因而王灵官也被百姓们尊称为"火车灵官王元帅"。

地府的四大判官

在金庸先生的武侠小说里，曾经写到过一种兵器，叫做判官笔。拿着这支笔的侠客，武功高强，他往往根据一个人所做的恶行，来判断对他施以什么样的惩罚。“判官笔”的名称，就来源于我国古代神话传说中的冥府判官。判官是在地府中执掌生死轮回事务的官员。他们往往长得都是凶神恶煞、十分可怕，但实际上绝大部分都心地善良、正直清廉。他们的职责是判定人的轮回生死，惩罚坏人，奖励好人。他们平常就待在丰都鬼城的天子殿中，审判一个又一个来到地府的灵魂。

阎王身边最著名的四大判官，叫做赏善司、罚恶司、查察司和崔判官。赏善司穿着一身深绿色的袍子，总是一副笑容可掬的样子。因为他所负责审判的，都是生前积德行善的人。他们死后来到地府，都由赏善司进行安排。根据每个人生前行善程度的大小、多少，赏善司会分别予以奖赏。有的能够升入天庭，从此无忧无愁；有的可以重新投胎，再度享受人间烟火。

与赏善司不同，罚恶司判官则经常是一副怒目圆睁的样子。他身穿一袭紫袍，双唇紧闭，表情十分可怕。

凡是到地府里来报到的鬼魂，都要先照一面镜子，这面镜子名叫孽镜台，只要在它面前一照，生前做过的所有事，无论善事恶行，都会映照出来。照过之后，生前作过恶的鬼魂就要走到罚恶司面前，接受他的审判。罚恶司会根据阎王的“四不四无”原则来决定对他们每一个人的惩罚。“四不”指的就是不忠、不孝、不悌、不信，“四无”则是指无礼、无义、无廉、无耻。根据这个原则，轻罪轻罚，重罪重罚。罚恶司判官审判完之后，灵魂就由阴差押送到罚恶刑台上，施过刑法之后，送往十八层地狱，刑满以后，再交给轮回殿，重返阳间。但这些作恶的灵魂，有的变成牛马，有的化作草木，就不能再转生成人了。

查察司双目像电光一般炯炯有神，他刚直不阿，能看清世间一切的善恶因缘。他的职责是让善者得到善报，恶者受到惩处，并为有冤屈的人平冤昭雪。

四大判官之中，最有名的就要数崔判官了。相传崔判官姓崔名钰，原本是唐太宗李世民时候的大臣。他生前为官非常清正，而且善于断案。据说他能日审阳间，夜审阴间，裁断是非，明察秋毫。曾经在他管理的地方，出了一件案子。一个樵夫上山砍柴，碰到了一只猛虎，被虎咬死并吃掉了。樵夫的母亲非常伤心，便来到衙门喊冤。崔钰听了她的讲述，马上命令衙差上山，去把猛虎拘传而来。众人都十分奇怪，老虎不懂人言，又怎么会乖乖地跟着衙差回来呢？衙差里面也没有人敢去。

崔钰笑了笑，叫来一个名叫孟宪的衙役，交给他一道符，让他在山神庙前读完，然后放在神案上。孟宪照崔钰的话做了，果然他刚刚念完，一只猛虎就从庙后面窜了出来，跟着他回到了县衙。回去以后，崔钰立即升堂审讯，堂上，他历数了猛虎的伤人罪行，猛虎连连点头。最后，崔钰判定猛虎吃人，罪在不赦，猛虎便一头撞向堂下的石阶而死。人们非常惊奇，纷纷叹服崔钰的神奇。

崔钰去世以后，阎王听闻他的名声，便任命他当了自己身边最亲信的判官，主管查案司。每当遇到疑难的时候，崔判官就会出面察看审理，判明是非，赏善罚恶。他通常身穿一袭红袍，左手拿生死簿，右手握勾魂笔，只需一勾一点，生死便立即判定，只在须臾之间，拥有很大的权力。

钟馗赶考

相传唐朝德宗年间，在终南山有一个出身贫寒的书生，名叫钟馗。钟馗自幼饱读诗书，才华出众，既能文，又会武。但他的相貌却长得奇丑无比，一点也没有读书人那种风流倜傥的气质。

这一年秋天，皇帝开科取士，钟馗便来到京城赶考。他在街上游逛的时候，看到旁边有一个测字算卦的卦摊。他便停了下来，坐到卦摊前面，对测字先生说："先生，我是来赶考的，你能给我算算前程如何吗？"测字先生拿出纸笔，说："好吧，你在上面随便写一个字吧。"钟馗想了想，提起笔来，写了自己名字里面的"馗"字。测字先生拿过来一看，沉吟片刻，摇了摇头。钟馗一见，忙问道："怎么，先生，难道我无法高中吗？"测字先生望了望他，停顿了一下，然后说道："不是的。相公此次考试，必能金榜题名、独占鳌头，但可惜你时运不济，你看，现在是九月，你来考试，必能摘得头名。但这个'首'字被抛在了一边，恐怕旬日之内会有大祸临头，希望相公谨慎才是。"

钟馗听了，心中有些疑惑。但他转念一想：自己是来考试的，又不是要做什么违法乱纪的事情，怎么会大祸临头呢？这样一想，他也就不再担心了。

转眼几天过去了，到了考试的日子。钟馗进了考场，看完考题，一气呵成地写完了文章，交了上去。主考官和副主考一看钟馗的卷子，有理有据，文采飞扬，不禁同声赞叹道："真是好文章！"立刻就将钟馗点为第一名，上报给了皇上。

德宗皇帝听说新科状元才华出众，非常高兴，便下了旨意，召钟馗上殿面君。

钟馗来到金殿上，叩谢皇恩。德宗一看他长得如此丑陋，不由得皱起眉头来，心想：这人相貌如此丑陋，我若点他为状元，不是显得我大唐没有像样的人才了吗？这时，德宗身边有一个奸臣，看出了他心中所想，便说："万岁，我朝人才众多，如此丑陋之人，如果点为状元，恐怕世人会笑我朝中无人啊！"

主考官听了，连忙反驳道："皇上，人才的优劣，不在他的相貌。晏婴虽然身高不满三尺，却身为齐国的宰相；周昌虽然口吃，却能够辅助大汉取得天下。希望皇上三思，切莫以貌取人。"

奸臣听了，便说道："新科状元应该内外兼修，如今考生人数众多，何不另选一个呢？"钟馗听了，不禁怒发冲冠，指着他大骂道："你这个昏官！有你这样的官在朝廷，岂不误国！"说罢，就挥拳向他打去。

德宗一见，非常生气，说道："大胆举子，竟敢在金殿之上放肆！如此之人，不要也罢！"说完，御笔一挥，便削去了钟馗的状元。钟馗见了，又伤心又气愤，一怒之下，他顺手拔出了旁边护卫腰间的宝剑，大喊一声："失意猫儿难学虎，败翎鹦鹉不如鸡。"说罢，将宝剑一横，自刎而死。

德宗见钟馗竟自杀而死，心中不免也有些后悔难过。于是他颁下旨意，封钟馗为驱魔大帝，降妖除魔，掌管鬼神。

钟馗与望乡台

钟馗虽然长相丑陋，但是却博学多才，自从一怒之下刎颈自杀、被皇帝封为驱魔大神之后，他便拿起宝剑，开始履行自己的责任。遇到有做坏事的小鬼，他

就会把它们抓起来，不让它们为害人间。

这天，钟馗巡视到丰都鬼城，隔得老远，就听见一阵一阵的哭声，哀伤凄厉，令人听了十分恐惧。钟馗十分奇怪，便来到了阎罗殿，找到阎王，问道："阎王，为什么附近传来这么大的哭声，难道是地府没有好好审判，弄得冤魂太多的缘故吗？"

阎王一听，连忙说道："大神有所不知，那哭声传来的地方叫做名山，就在离丰都不远的地方。有很多鬼魂，也不知是因为什么，老是在那里哭个不停。"

钟馗像

钟馗长相凶恶，可吓退恶鬼，在门上挂钟馗像，用以避邪驱鬼，这是这国传统的民间习俗。

钟馗听了，便说："那你们怎么不派人去管一管呢？"

崔判官在旁边，听到他们的对话，便说："卑职曾经多次派鬼差去捉拿过这些鬼魂，但因为人数实在太多，根本就抓不完。"

钟馗一听，不由得皱起了眉头，他想了一想，然后对阎王说："阎王，既然如此，那就请让我去看一看吧。"

阎王说："那就有劳大神了。"

钟馗一路腾云驾雾，很快就来到了名山。到了山顶，哭声更是铺天盖地，震耳欲聋。钟馗随手拉住一个正在哭泣的鬼魂，问道："你为什么要哭呢？"

鬼魂行了一礼，哭着对钟馗说："我本来是一个樵夫，靠每天上山打柴维持生活、奉养母亲。可谁知有一天我去山上打柴的时候，迎面碰上一只吊睛猛虎，不由分说就将我吃掉了。如今我身在地府，不知我的母亲怎么生活。她身体不好，只有我这一个儿子，又经受到这样的打击，真不知道她一个人怎么活下去啊！"说完，鬼魂便呜呜地痛哭起来。

钟馗听了，心中不禁一阵酸楚。他一转身，见旁边站着一个老头，也正抹着眼泪。钟馗见了，便问道："老人家，你有什么伤心事吗？"

老人回过头来，对钟馗说："我很担心我的女儿，不知道她现在怎么样了？"

钟馗听了，问道："你的女儿出了什么事吗？"

老鬼魂说："大神，你不知道，我的女儿被缠绵鬼纠缠住了，把她从我身边抢走，还把她锁在山洞里，不让她回家。我为了救她，有一天，就偷偷地进到山洞里，让女儿藏起来，自己扮成了女儿的模样，结果被缠绵鬼发现了，就把我杀死了。不知道现在我的女儿她怎么样了啊！"话还没说完，老鬼魂就又哭了起来。

钟馗一听，非常气愤，说："居然还有这样的事情！老人家，你不要哭，你告诉我，那个缠绵鬼把你的女儿关在什么地方？"

老鬼魂忙把缠绵鬼住的山洞告诉了钟馗。钟馗赶到了山洞，杀死了缠绵鬼，把老人的女儿救了出来。

钟馗回到阎罗殿，阎王一见，十分高兴，便问他道："大神，你已经把那些哭鬼们都抓回来了吗？"

钟馗低头想了一会儿，然后说："阎王，这次你交给我的任务，我怕是没有办法完成了。"

阎王忙问："这是怎么回事？"

钟馗说："阎王，那些鬼魂并不是故意在那里哭泣吵嚷的，他们实在是因为思念亲人，心中悲伤无法抑制，才每天都在那里远望人间，希望能看到一些人间的情况。我们可以每天都见到自己的亲人，鬼魂们却和亲人永远地分开，再也无法相见，这实在是太可怜了，我实在不忍心再去捉他们。"

阎王听了，也十分同情，便说："那大神有什么好办法解决这个问题吗？"

钟馗说："不如修建一座望乡台，让鬼魂们可以看到自己生前的家乡和亲人，他们不就不会再哭了。"

阎王说："嗯，这真是个好办法，就按你说的办吧！"

从此，阎罗殿的旁边就多了一座"望乡台"，鬼魂在这里，可以看到自己的亲人，也就不再像从前那样伤心地哭泣了。

黑白无常的来历

在丰都鬼城的名山上，有两个经常出现的小神，一个叫黑无常，一个叫白无常，他们是做什么的呢？

传说白无常原本名叫谢必安，黑无常名叫范无救，他们住在一个村子里面，年纪又差不多，一来二去，就成了好朋友。因为脾气相投，他们后来还结为了异性兄弟，彼此情同手足。有一天，谢、范两人约好一块出去办事，走到南台桥下的时候，他们看了看天空。只见阴云密布、狂风大作，好像马上就要下起大雨来了。两人看到这种情况，十分担心。谢必安就对范无救说："贤弟，你看这天马上就要下雨了，我回去拿两把伞来，你就在这里等着我吧。"

范无救说："大哥，咱们出来已经有一会儿了，来回需要走很远的路，还是你在这里等，我回去拿吧。"

谢必安笑笑，说："没关系的，你就在这里等着吧，我一会儿就回来了。"

范无救说："那好吧，大哥，那我就在这儿等你，哪也不去。"

谢必安走了以后，范无救就一直在桥边等着。过了一会儿，果然下起了瓢泼大雨，雨水倾盆而下，没多久，桥下的河水就开始暴涨起来。眼看河水一点一点地上涨着，范无救有些害怕。他焦急地等待着谢必安，可是却怎么也不见他的踪影。不一会儿，水便没了他的脚踝，渐渐地，又没过了他的膝盖、双腿，但范无救不愿意失约，他仍然一直守在桥边，怎么也不肯离开。

等谢必安取了伞赶回来，早已不见了范无救的踪影，他已经被大水给淹没了。谢必安痛不欲生，他扑通一声跪倒在地，大喊一声："贤弟，是我害了你啊！"说完，他就拿出一根绳子，吊在桥柱上，自缢而死了。

等到谢必安再次醒过来的时候，已经是到了丰都鬼城的阎罗殿。范无救见他也来了，非常伤心，说："大哥，你这又是何苦呢！"谢必安说："贤弟，你因为等我拿伞回来，一直不肯离开桥边，才被水淹死的。你如此重情重义，我又怎么能苟且偷生呢？"兄弟俩相互握紧着手，彼此都落下泪来。

阎罗王见他们二人又说又哭，便命鬼差把他们带上前来，问道："你们是什么人，居然敢在阎罗殿吵吵嚷嚷？"

谢必安和范无救忙说："阎王，我们不是故意要吵嚷的，只因一时激动，才声音高了些，还请阎王恕罪。"

阎王又问道："你们因何事激动啊？"

谢、范二人就对阎王讲述了事情的经过。阎王听了，十分感动，为了嘉奖他们的重情重义，阎王封他们二人为黑白无常，专门负责捉拿恶鬼。从那以后，黑白无常便经常拿着镣铐，在各地明察暗访，捉拿为害人间的恶鬼。人们为了感谢他们，还特意在城隍庙中塑了他们的神像，用来供奉他们。还有人说，谢必安，就是酬谢神明则必安；范无救，就是犯法的人无救，所以白无常经常捉拿的是那些不守职分的小鬼，而黑无常抓的则多是那些恶鬼。

白水素女

很久很久以前，有一个小伙子，名叫谢端。他从小父母双亡，又没有其他的亲戚，是周围的邻居们把他养大的。谢端长到十七八岁的时候，已经是一表人才，相貌堂堂。他勤劳善良，平日里恭谨守信，不做一点儿违法的事情。但因为家里穷，没有姑娘肯嫁给他。谢端每天都是一个人呆着，十分孤单。

谢端每天都很早就起来，然后去地里干活，耕田浇水，十分勤恳。有一天，他干完活计，扛着锄头回家的时候，看到路边的水洼里躺着一只大田螺。这只田螺的体型特别大，就像一个大水壶一样。谢端觉得它十分奇异，便把它捡了起来，带回家里，找了一个大水盆，倒上清水，把大田螺放进去，养了起来。

第二天，谢端照例去田里干活，回来的时候，发现自家的烟筒里有炊烟冒出来。进门一看，桌子上摆满了热腾腾、香喷喷的饭菜，炉子上还有刚烧开的热水。谢端以为是哪个好心的邻居帮他做的，也没多想，就坐下来吃了饭。

可让谢端没想到的是，第二天他回家的时候，桌子上又摆满了做好的饭菜，水缸里的水也打满了。第三天、第四天、第五天……都是这样，谢端心中非常感激，便到邻居家去登门道谢。谁知一连问了好几家，邻居们都说没有帮他做过饭。谢端觉得非常奇怪，便说："不是你们，那又会是谁呢？"有的邻居就笑话他，说他娶了个媳妇藏在家里，偷偷地给他洗衣烧饭，还说是邻居们帮他做的。

谢端听了，十分纳闷，决心探个究竟。第二天，他像往常一样，早晨鸡叫的时候，就扛着锄头出了门。但他只是在外面转了一圈，太阳一出来，他就回到了家，结果还是晚了一步，饭已经烧好了，热水也已经烧开了，唯独烧水煮饭的人却不见了踪影。

谢端心中越发奇怪，他下定决心，一定要看个究竟。这一天，他仍旧在鸡鸣的时候出了家门，转了一圈，天还没亮，他就赶回了家。他躲在自家的篱笆墙里，扒开了一条缝隙，仔细地注意着自己家中的一举一动。忽然，他看见一个美

丽的少女，从他养田螺的那个大水盆里走了出来，轻移莲步，走到了灶旁，开始点火做饭。

谢端见此情景，连忙从屋外冲了进去，他跑到水盆边一看，自己捡回来的大田螺只剩下了一个空壳。他拿起田螺壳，转向女子，问道："姑娘，你是谁？为什么要来帮我做饭？"

女子见他回来，吓了一跳，连忙走到水盆旁边，但谢端拿着田螺壳，她没办法回去。也只得转过身来，回答道："我本是天河里的仙子，名叫白水素女。天帝见你自幼失去双亲，孤苦伶仃，却勤劳善良，便命我下凡来，化作一只田螺，替你烧水煮饭。使你在十年之内，能够凭着自己的勤劳富裕起来，娶一个好妻子，到那时，我再回到天上去。但是如今你识破了我的面目，知道了我的来历，我就不能再在这里待下去了。但你放心，只要你辛勤劳作，打渔种田，一定会富裕起来的。这个田螺壳，我就留给你，你用它来贮藏粮食，永远也不会变空。"

谢端听了，非常感激，他再三请求白水素女留下来，但是她都没有答应。忽然之间，天上降下一阵大风大雨，在飘渺的雨雾当中，白水素女一挥衣袖，就飞入天空中不见了。自此以后，谢端家中真的再也没有缺过粮食，他勤劳耕作，不久就富裕起来了。虽然不是非常富有，但生活宽裕，不愁吃穿。不久，村里的一个人就将自己的女儿嫁给了他。谢端为了感谢素女的恩德，还特意建了一座素女祠，用来供奉她。

第二章　俗神的由来

福神的传说

在民间传说的诸神之中，福神的起源很早。每当过年的时候，老百姓都要贴上“天官赐福”的年画。年画中的天官身上穿着一品大员的红官服，手拿如意，长须飘飘，面貌安详和蔼，给人一种雍容华贵的印象。在有的年画上，天官还携带着五个小童子，这些小童子手中捧着仙桃、鲤鱼灯、石榴、春梅和佛手。在新年的时候，人们贴上这样的年画是为了祈求天官赐福。

福神，本名叫阳城，字亢宗，定州北平人，是唐德宗时期的进士。他因为学识渊博，道德高尚，颇有盛名，因此受到唐德宗的重用，官升至谏议大夫。贞元十一年，陆贷等人因为边关军需困难的事情上书，结果受到裴延龄的诬陷。唐德宗大怒，要杀陆贷等人。朝廷中没有一个人敢上谏，只有阳城以死上书，力陈裴延龄的奸佞和过错，这才使得陆贷等人免于一死。后来，唐德宗想让裴延龄做宰相，阳城听说了此事又上书反对，列举裴延龄的种种罪行。唐德宗认为阳城诬蔑，不但不理会他的忠言，还将其贬为国子司业，后来又贬为道州刺史。

阳城在做道州刺史期间，为当地百姓做了不少好事，因此受到道州百姓的爱戴，将其功迹千载传诵。其中，最值得称道的就是其不畏权势，不进贡侏儒的故事。

唐德宗荒淫无道，喜好侏儒，于是就下令让各地向朝廷进贡侏儒。贡阳县就是后来的道州，向上进贡了一名叫王义的侏儒。王义从小就长不高，即使成年以后，也是身高不足三尺。王义虽然不高，但头脑灵活，口齿伶俐，还会唱小调，逗人取乐，深得唐德宗的喜爱，于是，唐德宗就下令贡阳县每年都要向朝廷进贡侏儒一名。这样，贡阳县进贡侏儒就成为了一项制度延续下来。到了唐代，贡阳县改为道州，但进贡侏儒的制度没有变。

道州并不产侏儒，只是当地男子的个子都很矮罢了。历任道州官员为了讨好皇上，同时也迫于上级的压力，就想尽一切办法到处搜索侏儒。毕竟侏儒是有限的，官员们就人造侏儒。他们把从贫苦百姓家中抢来的，或者以很低的价格买来的幼童，放到窄小的陶罐中，只将脑袋留在外面，用这种方法抑制孩子的生长，制造出了一个又一个的侏儒，进贡朝廷。这种丧尽天良的做法，给当地百姓平静的生活笼罩上了一层阴影。

阳城被贬到道州以后，听说了这骇人听闻的做法，决心铲除这个恶习，每当上级要求道州进献侏儒时，阳城就是不进贡。唐德宗多次下令责问他，阳城每次都据理力争，并上疏说："国家法典有规定，进贡本地有的东西，不能强迫进贡没有的东西。道州这个地方不产侏儒，只有极少数的矮人，所以不应该进贡。"最后，朝廷理亏词穷，也不得不下诏废除进贡侏儒的这项制度。

道州的老百姓知道了这件事情以后，欢呼雀跃，为了感激阳城的解厄赐福、为民伸冤，道州百姓建立寺庙供奉他，尊其为福神。后来，其他地方的百姓也纷纷效仿。

据说阳城的生日是在上元灯节，也就是元宵节，因此在这一天，各地的老百姓都为其庆祝生日——有各种各样的赏灯活动，游园盛会，祈福道场，每户添丁的家庭还要在祭祖的时候举行"点灯"活动。

禄神的传说

禄是指官职禄位。禄神是掌管文运、官运、功名利禄的神灵。在我国古代，做官是要通过科举考试来实现的，科举考试成功与否又与文人读书写文章的好坏直接相关，所以禄神不但受到官场人士的敬奉，也受到崇尚文化的老百姓的喜爱，成为民间的吉祥神。

禄神被人神化之前，专指天上的禄星。禄星位于文昌宫的第六星，专掌司禄。后来，人们对禄星的崇拜，渐渐将其人格化，成为和福星、寿星并列的神仙。福禄寿三神仙常常出现在传统风俗年画中，其中禄神抱着或者牵着一个小孩，所以有人把他叫做"送子张仙"。在戏曲中也有"禄星抱子下凡尘"的唱词。可见，禄神在民间受欢迎的程度。

有关禄神张仙的故事很多，其中最有名的就是为唐朝宰相娄师德消灾的故事。

娄师德年轻的时候体弱多病，看了好多名医，吃了许多补品也没有用。一天，有一个算卦的先生来到他家给他算了一卦，说他印堂发黑，三日必死。娄师德听后并不以为然，因为从小体弱多病，早就做好了死的准备。

在这三天中，娄师德将家中的仆人都召集了起来，跟他们说："你们不用再伺候我了。我已经把路费准备好，你们都回家去吧。"仆人们一头雾水，不知道主人出了什么事情，只好听从主人的安排。

处理好这些事情以后，他什么事情也不做，专门等待死亡的到来。等到第三天，娄师德看自己还活着，非常惊奇，心想可能是那个算卦的说得不准。

第三天晚上，娄师德躺在床上睡觉，睡梦中感觉有人从屋外走了进来。他睁眼一看是个紫衣人。娄师德想自己反正也要死掉了，管他是谁呢。只见那个紫衣人从怀里掏出一个弹弓，对着娄师德的脑袋就是一下。娄师德以为自己必死无疑，紧闭着双眼。等了好一会，娄师德只觉得神清气爽，病痛好像都好了。他睁开双眼，向四周看了看，那个紫衣人正站在他的面前。

娄师德赶忙下床，问到："请问是何方神圣，救了我娄师德一命，请受我一拜。"

紫衣人说："我是禄神张仙。你本应该高官厚禄，可是灾星盖顶，我特来救助你。"娄师德半信半疑地看着紫衣人。紫衣人说："你不相信的话，可以给你看看我的官禄薄。"说完，紫衣人就带着娄师德来到了一个小屋子里。在这个屋子里放着一本官禄薄，娄师德拿起来翻开查看。

只见自己的姓名、年龄、籍贯、进士及第、当宰相的时间及八十五岁的寿命都记录在上面，心中大喜。这时，他看见自己堂兄弟的名字也在上面，就想看看到底写了些什么。他刚要翻开看，一个怪兽拿着叉子闯进屋里，大喊道："大胆娄师德，竟敢乱翻官禄薄，泄露天机。"

说完，怪兽就用叉子刺向了娄师德。娄师德吓得惊醒，才知道原来是一场梦。后来，娄师德果然做了宰相，高官厚禄，验证了梦中的事情。

禄神在民间很受欢迎，老百姓认为禄神可以带来官职禄位。有了官位，就有了权力，也就有了金钱。因此人们喜欢在屋内张贴禄神的年画。传统的年画中，禄神有时候是一身华贵的打扮，左手张弓，右手拿弹，作仰面直射状。有时候禄神怀抱或者牵着一个小孩。又因为"鹿"与"禄"谐音，在中国的年画、风俗画

和吉祥画中一般用“鹿”来象征“禄”。如“福禄寿三星图”中便是一个老寿星骑在一只鹿上，上空飞着蝙蝠。再如“加官进禄”画中，就是一个官员抚摸着一头鹿。

送子张仙

张仙是一位传说颇多的神仙，有人将其称为禄神，又有人将其称为“送子张仙”。

《历代神仙通鉴》记载，这位张仙是五代时期的一位道士，叫做张远霄。在巴蜀道教名山青城山修道成仙。他有一门最堪称道的绝技，就是擅长弹弓射击，百发百中。而射击的目标正是那些作乱人间的妖魔鬼怪，五代至北宋时期，他在巴蜀地区已经小有名气。那么这位张道士后来又是怎样成为送子张仙的呢？

宋朝开国皇帝赵匡胤举兵伐蜀，大获全胜。后蜀灭亡以后，孟昶的爱妃花蕊夫人被送给了新皇帝宋太祖赵匡胤。花蕊夫人不忘旧情，时时刻刻想念着前夫孟昶。于是就请工匠画了一张孟昶打猎的画像，挂在寝室的墙壁上。

一次花蕊夫人独自面对画像默默流泪，正好被赵匡胤看到。赵匡胤看见花蕊夫人对着画像哭泣，非常奇怪，就问：“爱妃，怎么独自对着画像哭泣呢？难道画中是你的亲人吗？”花蕊夫人赶忙止住悲声，回答道：“这画中人乃是送子的神仙。我嫁与皇帝多年，可是一直没有子嗣，非常的伤心，就命画师按照老家的风俗画出送子张仙。希望可以保佑我早生贵子。”赵匡胤听完，非常高兴。从此再也不问画中人是谁了。

后来这件事在宫中流传开来，那些想要子嗣的嫔妃都在自己宫中悬挂起送子张仙的画像。只是画中的张道士被褪去道袍，换上一身戎装，并拥有了孟昶英俊潇洒的美男子扮相，从此以送子的张仙闻名于世。后来这件事情传到民间，人们为了求子就供奉起张仙来。

这个故事不见于正史，真伪难辨。但北宋之初张仙送子的说法已风行于世，成为不争的事实。北宋文人笔记中记载了一则张仙送子显灵的故事。

苏东坡和苏辙两兄弟参加同一年的科举考试，并且兄弟两人同时高中进士，这个消息一时轰动朝野。其实早在两兄弟出生以前，他们的父亲苏洵就梦见过张仙弯弓向天射击，连发两弹。

据说，有一天，苏洵正在睡午觉，在梦中看见一人站在自己面前。苏洵赶忙上前施礼，说："请问你是谁啊?"这个人笑着说："我是送子张仙。"苏洵忙问："不知神仙有何事情啊?"只见张仙拿着弯弓向天空中连射了两弹。

苏洵不解其义，赶忙恭敬询问，张仙也不作答，隐身而去。后来，苏轼和苏辙两兄弟出生，一直到兄弟两人双双高中，苏洵才恍然大悟，原来张仙早就托梦给自己。为此苏洵还写过一篇名为《张仙赞》的长诗，以表示谢意。

另外，张仙射天狗的故事也十分有名。

据说宋仁宗赵祯年已五十多岁，尚无一子。宋仁宗非常苦恼，经常向上天祷告，希望赐予自己一个儿子。一天晚上，他在睡梦中忽然看见一个男子。这个男子衣着十分华丽，脸上好像敷了一层粉，五缕长髯在胸前飘洒。

仁宗看来人仙风道骨，赶忙施礼，说道："不知是哪位神仙驾临，有什么事情吗?"这男子挟着弓弹，来到宋仁宗面前，说："我是送子张仙。陛下因为天狗守垣，不得子嗣。今天我特地来为你用弓弹驱逐天狗。"

宋仁宗听后很惊讶，忙向这位美男子询问是怎么回事。这男子说："这只天狗在天上掩盖住了日和月，让天上的神仙看不到人世间发生了什么事情。然后跑到世间作恶，专门吃小儿，但是这只天狗最怕我的弹弓，只要一看到我就会逃跑。"宋仁宗听了以后非常高兴。梦醒来后，仁宗立刻命人按他梦中所见的张仙形象描绘了一张图，贴在宫中祈子。所以民间就有了"张仙射天狗"的说法。

张仙既能送子，也能护子。以前过年祭神的时候，家家都要请一张张仙神像贴在烟囱旁边。因为据传天狗会从烟筒里钻进屋来，吓唬小孩，吃小孩，或者传染天花给小孩。只要将张仙像贴在烟囱旁，天狗就进不来了。张仙神像旁还常贴上对联："打出天狗去，保护膝下儿"。横联是"子孙绳绳"。或"打出天狗去，引进子孙来"。横联是"子孙万代"。

麻姑献寿

人们为老人祝寿时，是有男女之分的。女寿星图中画的是麻姑。画中的麻姑腾云驾雾，一手拿着自制的寿酒，一手拿着王母娘娘赠送的仙桃。酒和桃成了麻

姑图中不可缺少的两样东西。因此，酒和桃在人们心中也成为了长寿的象征。

麻姑是我国南北朝时期北方一位少数民族的姑娘。她长得十分俊俏，一条乌黑的大辫子垂到腰间。她不仅长得漂亮，还心地善良。麻姑的父亲叫做麻秋，性情十分暴虐，专横跋扈，经常欺压贫苦百姓。即使这样，麻姑对他的父亲还是很孝顺。

一天，麻姑到山上去采摘野果，好不容易找到了一个大桃子。麻姑舍不得吃，就把桃子揣在怀里，打算拿回家给父亲吃。

麻姑在回去的路上，看见路边围了一群人，就好奇地过去看个究竟。原来是一个穿着黄色衣衫的老婆婆病倒在路旁，不省人事。有几个人七嘴八舌的说："这个老婆婆一定是饿晕了，要是能有点吃的，还能活过来。"围观的人只是这么说，却没有一个人给老婆婆拿吃的。那时，兵荒马乱，田地荒芜，粮食十分珍贵。麻姑听完这些人的谈话后，想也没想，就把怀中的桃子拿了出来，蹲下来，去喂老婆婆。这个桃子又甜又多汁，老婆婆吃了以后，很快就醒了过来。旁边的人都称赞麻姑心肠好，将来一定会得到好报。

老婆婆醒了以后，还是很虚弱，开口对麻姑说："好孩子，谢谢你了，能不能再给我煮些粥喝呀？"麻姑听后，爽快地答应了。她让老婆婆坐在树下等她，自已快速的跑回家中。

麻姑回到家后，开始煮粥。这时麻姑的父亲回来了，麻姑就把刚才街上发生的事情告诉了父亲。麻秋听说女儿不仅把桃子送给了老太婆，还要给老太婆煮粥，非常恼火。于是他把麻姑关了起来，不准她出去。

可是麻姑放心不下那位老婆婆，等到半夜父亲睡着的时候，偷偷跑了出去。当她来到白天老婆婆等她的地方的时候，老婆婆已经不见踪影，只留下一颗桃核。麻姑只好把这颗桃核捡起来回到了家。躺在床上，麻姑在睡梦中好像看见了白天的那个黄衫老婆婆。老婆婆笑眯眯的看着她，对她说："好孩子，谢谢你的桃子了，我们有机会还会见面的。"说完就飘然而去。麻姑在梦中惊醒，觉得这个老婆婆一定不是寻常人。

早上起来以后，麻姑把那颗桃核种在院中。几个月以后，就长成了一棵又高又茂盛的桃树。奇怪的是，这颗桃树每年三月就结出又大又红的桃子。这时，就会有很多人来看热闹。麻姑就用结出来的桃子救济贫苦的老人。这些老人吃了麻姑的桃子，精神抖擞，身上的小毛病都不见了。麻姑这才明白当初的那个老婆婆是神仙下凡。

后来，国家打仗急需军事人才，麻姑的父亲应招入伍。麻秋因为骁勇善战，屡立战功，被封为征东将军。战事平息以后，皇上下令让麻秋负责修建宫殿，为了讨好皇上，麻秋抓来好多贫苦的农民，让他们没日没夜的干活。

麻姑非常同情这些人，就去劝说父亲。可麻秋怎么听得进去。麻姑就趁父亲不注意的时候，从将军府拿药、拿吃的给这些工人们。麻姑得知鸡叫的时候这些工人们才能休息。她就躲在鸡窝里，学鸡叫，好让工人们早些休息。可是这件事情很快就被麻秋知道了。麻秋十分恼火，叫人把麻姑关了起来。

麻姑运用聪明才智逃了出来。麻秋听说后十分恼火，决定要狠狠地痛打麻姑。就在这危急时刻，王母娘娘正好驾车经过此处，她早就听说了麻姑的善行，于是就把麻姑解救出来，收为徒弟。

有一年农历三月三日王母娘娘寿辰，天庭举行蟠桃大会，各路神仙都来祝寿。百花、牡丹、芍药、海棠四位仙子特来邀请麻姑一同去祝寿。四位仙子为王母娘娘送上了仙花。麻姑只拿了一个小土坛。其他各路神仙都掩嘴而笑，觉得麻姑的礼物太寒酸。

王母娘娘知道麻姑的礼物一定不一般，就说："麻姑，你送的是什么好东西啊？快让我看看。"神仙们听王母娘娘这么说，都不敢小看麻姑。

麻姑对王母娘娘说："今日娘娘大寿，小仙特酿了一坛寿酒，请娘娘品尝。"打开坛盖后，一股清香飘满瑶池。神仙们都凑到了酒坛跟前，交口称赞。连天宫中专管酿酒的神仙也都赞不绝口。原来，麻姑用山上的泉水，配上各种名贵的草药，放了七七四十九天，才酝酿出这坛美酒。王母娘娘大喜，封麻姑为虚寂冲应真人。

麻姑成仙以后，还经常回到家乡显灵，为穷困百姓消灾免祸。

王母娘娘蟠桃会

王母娘娘，也称瑶池金母、西王母，又叫瑶琼。传说中她是玉帝的妻子。在天上掌管宴请各路神仙之职，在人间掌管婚姻和生儿育女之事。王母娘娘住在瑶池，园里种有蟠桃，食之可长生不老。每年三月三日她诞辰之日，都要在瑶池中开蟠桃盛会，以蟠桃来宴请各路神仙。

王母娘娘种的蟠桃很神奇，小桃树三千年一熟，人吃了体健身轻，成仙得道；一般的桃树六千年一熟，人吃了白日飞升，长生不老；最好的九千年一熟，人吃了与天地日月同寿。因此，各路神仙都争先恐后地来参加蟠桃会。

参加蟠桃会最有名的，也最为我们熟知的几位神仙，就是孙悟空、沙和尚和猪八戒。沙和尚以前是天上的卷帘大将，因为在蟠桃会上打破了王母娘娘喜爱的琉璃盏，被罚贬入人间。猪八戒是掌管天河的天蓬元帅，在蟠桃会上酒后调戏了月宫仙子嫦娥，被罚转世误投胎为猪身。其中，孙悟空大闹蟠桃会的故事最为有名。

东胜神州傲来国有一座花果山，山顶耸立着一块仙石，受日月精华，产下了一个石猴。石猴身手不凡，异常勇敢，被推为水帘洞洞主。后来，石猴四海拜师求艺，在西牛贺州得到菩提祖师的真传。

菩提祖师给他取名为孙悟空，教他七十二般变化。这天，菩提祖师把悟空叫到了身旁说："你技艺已经学成，可以回去了。"悟空恋恋不舍地离开了师傅，一个筋斗云就翻回了花果山。

猴子们正在山上嬉戏玩耍，忽然看见自己的大王从天而降，高兴得欢呼起来。孙悟空给他们讲了自己学艺的经过，还演示了不同的法术。猴子们看得眼花缭乱，直拍手称好。这时，一个老一点的猴子说："大王，你这么大的本事，没有应有的工具也发挥不出来呀。"猴子们一听，都说：是啊，是啊。

孙悟空一听，也觉得有道理，就问："上哪里去找应手的工具呢？"老猴子说："听说东海龙王有件宝物，叫做定海神针。大王可以借过来。"

悟空非常高兴，马上去龙宫借定海神针。龙王说："你要是能拿得动，就送给你。"悟空在神针下面往上看，只见上面写着几个大字"如意金箍棒"。悟空心想；要是能小一些就好了。没想到，神针真的变小了。悟空将神针托在手里，对龙王说："现在这个宝物归我了。"龙王没有办法只好放他走。

悟空拿着金箍棒来到了阴曹地府。他找到生死簿，将上面跟猴有关的名字全部划掉。这一举动惹怒了阎王。他命令手下的牛头马面去捉拿孙悟空。这些人怎么是悟空的对手，一个个被打得鼻青脸肿。

龙王和阎王联合去天庭告状。玉帝想要派兵去捉拿。太白金星建议，把孙悟空召入上界，让他做个弼马温，在御马监管马。

孙悟空不知道弼马温是个什么官职，以为是和玉帝一样大的官，就高高兴兴地答应了。来到天庭，他才知道自己只是个养马的小官，气得拿起金箍棒打出了南天门。回到花果山以后，自立为王，号“齐天大圣”。

玉帝听说这个放马的猴子竟然自称齐天，气得胡子撅起老高。他命托塔李天王率天兵天将捉拿孙悟空，美猴王连败二郎神、哪吒二将。太白金星二次到花果山，请孙悟空上天做齐天圣，管理蟠桃园。

孙悟空听说吃了蟠桃园的桃子可以长生不老，就答应了。这天，悟空正在蟠桃园里睡觉，忽然一阵嬉笑声传到了他的耳朵里。原来今天是王母娘娘的寿辰，七仙女奉命来摘仙桃。

经过询问，孙悟空得知王母娘娘设蟠桃宴，各路神仙都请了，惟独没有请他。孙悟空火冒三丈，先是大闹蟠桃宴，自个儿开怀痛饮，还将所有仙酒仙菜席卷一空，装进乾坤袋，准备带回花果山。哪知酒喝多了，撞进了太上老君的宫殿，将专供玉帝服用的金丹吃了个干净，这才返回花果山，与众猴孙大开仙酒会。

玉帝和王母娘娘听说了此事后，气得咬牙切齿，立刻命李天王带领十万天兵天将，兴师问罪。孙悟空与二郎神斗了几百回合，不分胜负。最后，中了太上老君的计，不幸被擒。斧砍、火烧、箭射，都损伤不了孙悟空一根毫毛。玉帝大怒，将孙悟空打入太上老君的炼丹炉中炼烧。没想到孙悟空并没有被烧死，他跳出丹炉，打上了凌霄宝殿。一路上，天兵天将，望风披靡，玉帝狼狈奔逃。猴王大获全胜，回到了花果山，重新树立起齐天大圣的旗号，与猴孙们过着快乐的生活。

玉帝束手无策，求助西天如来。孙悟空终究敌不过佛法无边的如来，一路筋斗云翻不出如来的手掌。如来将孙悟空压在五行山下，饥吃铁丸，渴饮铜汁，苦度了500年。

和合二仙

我国民间有供奉财神的习惯，大多数供奉的是关羽。不过，中国的财神有文财神比干和范蠡，武财神赵公明和关羽，女财神和合。在我国财神体系中，女财神占有很重要的位置。她们总是面带微笑，手持荷花和宝盆，给人们带来财富的同时，还能带来美满的姻缘。

古时候，有一对双胞胎姐妹，姐姐叫做和，妹妹叫做合。这对姐妹长的胖胖乎乎，天生福相。她们长大后，因为长相富贵，谁家有娶媳妇、嫁姑娘这样的事情，都会请这姐妹俩。只要有这两姐妹参与的婚事，都会婚姻美满。

有一回，一个媒婆为村子里王家的儿子和李家的女儿说亲，结果一看双方的八字，王家的儿子是火命，李家的女儿是水命，自古以来水火不相容，因此王家不同意这门婚事，李家也要把女儿嫁给别的人家。其实，王家儿子和李家女儿早就好上了，两个人说什么也要在一起。

王家儿子和李家女儿看家人如此反对，决定一起殉情。两个人来到了河边，望着流淌的河水，不禁抱头痛哭起来。和合姐妹俩正好路过这里，看见两个人在河边哭，就走过去问发生了什么事情。

二人一看是和合姐妹，就止住了哭声。王家儿子说："我和李家女儿真心相爱，可是就因为我们的八字不合，双方家长不让我们在一起。"李家女儿哭着说："我们就是死也要在一起，所以才跑到河边来的。"

和合两姐妹听完他们的哭诉，非常同情两个人，决定帮助他们。和合姐妹暗地里找来媒婆，给了一些钱，让媒婆改变说辞。媒婆重新来到了王家，说以前弄错了，李家的女儿不是水命，是木命，木生火，两个人是天生的一对。这样，就撮合了两家的婚事。后来王李两家日子红火，人丁兴旺，他们都非常感谢和合两姐妹。从此和合两姐妹撮合姻缘的好名声就传开了。

和合姐妹的父母早亡，她们靠着自己的勤奋，日子过得十分富足。可是，当地不怀好意的人，总是来纠缠这两姐妹，想要谋求她们的财产。姐妹两人商量怎么才能摆脱这些纠缠，姐姐说："他们这些人都是因为看上了我们的财产，要是我们做了亏本的买卖，他们也就不会来了。"

做什么生意才能亏本呢？姐妹俩想破了头，也没什么好办法。最后她们决定花大价钱买一堆没用的青稻子。说干就干，她们到乡下收购了几百斤的青稻子。她们想这些青稻子也没有什么用，到时候时间一长就腐烂了，这笔生意一定亏本。

人们看见和合姐妹俩买了一堆青稻子，认为姐妹俩一定是疯了。可是姐妹俩非常的高兴，心想：这回就可以摆脱那些恶人们的骚扰了。

谁知道，这一年爆发了马瘟病。一匹匹马可怜的死去，人们都束手无策。这时，一个经验丰富的老兽医说："要治马瘟病，只能用堆黄了的青稻子。"可上哪里去找堆黄了的青稻子呢？这时候人们想起和合姐妹俩买的那堆青稻子。人们

纷纷来到她们这抢购。很快稻子卖完了，姐妹俩一算，没赔反而赚了不少。

姐妹俩没有想到，本来是赔本的买卖，竟然还能挣到钱。第二年，姐妹俩又商量做亏本的生意。姐姐说："妹妹，我们一定要吸取去年失败的经验。今年一定要做成亏本的生意。"妹妹说："姐姐，你说我们今年买些什么好呢？"

她们研究了一下，决定买一大批木材。她们把买来的木材堆在空地上，谁也不知道她们想干什么。这时，和合姐妹俩拿起燃着的火把，丢到了木材堆上。原来，她们想把新买的木材烧掉。

和合姐妹俩望着熊熊火焰，露出了笑脸，心想这次亏本的生意算是做成了。谁想，天上突降大雨，把大火扑灭。这些木材被雨水浇成了木炭。这年的冬天，非常的寒冷，北风呼号。人们都躲在家里不敢出门，可还是冻得直哆嗦。于是大家都到和合姐妹那去买炭来取暖。一堆炭很快就卖光了。和合姐妹俩又挣了一大笔钱。

通过这两件事后，姐妹俩决定再也不去做亏本生意了。因为她们不论做什么都不会亏本的。后来，和合姐妹俩被文武财神接到了天上，玉皇大帝封姐妹两个人为女财神，地位与文武财神并列。

泗州大圣

泗州大圣，又称泗州佛。传说他是一位西域僧人，人们称他为"僧伽大师"，是观音的化身。唐高宗时，僧伽大师曾来到长安、洛阳一带化缘，后来又去了吴楚等地。他手执杨树枝，到处说法。有人问他："大师姓什么呢？"他就答道说："我姓何。"又有人问："大师是哪里人氏？"他就答道："我是何国人。""何国"据说在西域碎叶国以北。

后来，他游历到泗州，就在这定居了。有一天，他在一户人家留宿，突然对主人说："这里本来是一座寺庙。"主人闻听后格外的惊奇，忙让仆人在院内掘地，果然发现了一块古碑，碑上题名为"香积寺"，又刨出了一个金像，人们看过之后都说是"燃灯古佛"，而大师却说是"普光王佛"。

景龙二年，唐中宗派特使迎接大师来京城，皇上远接高迎，百官行礼，颇为隆重。皇上还亲笔题写了"普光王寺"的匾额。景龙四年三月三日大师圆寂，归葬泗州，并漆身起塔。传说唐中宗曾问过僧伽大师："僧伽大师何人？"僧伽大师回答说："观音化身。"从此，泗州僧伽大师的圣名广为传扬。

宋朝太平兴国七年，宋太宗下令翻建泗州僧伽大师塔。雍熙元年，太宗又加封僧伽大师"大圣"谥号。从此"泗州大圣"更是四海名扬。

在福建、台湾、广东等一些地方，泗州大圣的职能正逐渐发生变化，产生了另外一个传说版本。泗州大圣被称之为"泗州佛"，其职能主要是掌管爱情婚姻。各地情侣们都祈拜他，并修了许多凉亭供奉他。泗州大圣就成为了爱情之神。

那么泗州大圣是如何成为爱情之神的呢？其中还有一段有意思的故事。

相传宋朝时候，在福建惠安和晋江两县交界处有条洛阳江。这条江的水流十分迅急，万分险要。这天，蔡襄的母亲正怀着蔡襄要过洛阳江。由于水流湍急，蔡襄的母亲在过江的时候，在船上受到了惊吓，上岸后她就对腹中的胎儿说："我的儿子诞生后，要是能做官，一定要在这条险峻的河上修造一座桥。"

后来，蔡襄果然当上了泉州太守，他按母亲的意思来江边造桥。可江水湍急，连投放江中的石头都被冲跑了，更不用说在上面架起一座桥了。蔡襄束手无策，一愁莫展。

有一天，有个老翁与一名绝色女子划船来到江心。老翁宣布有谁以钱掷中姑娘，就把姑娘嫁给谁。于是前来投钱的人不计其数，可是钱都落在江里，没有一个人可以砸中姑娘。这样过了几个月，江底积满了钱，成为了架桥的奠基石。实际上，这位老翁是土地爷变的，姑娘是观音菩萨变的，他们这么做的目的就是为了帮助蔡襄架桥。

可是，就在大功快要告成之时，一个聪明的泗州人想了个巧妙的方法，用钱掷中了姑娘。老翁便叫他到凉亭中去商议婚事。这位泗州人到凉亭里一坐，就再也没有起来。原来他的灵魂被观世音菩萨度化到西天成佛去了，但肉体却留在了凉亭之中。这座肉身就成为了民间膜拜的泗州大圣。

人们传说，泗州大圣十分理解与同情那些追求美满婚姻的痴男怨女，所以只要在泗州大圣佛像的后脑勺处挖下一点泥巴，偷偷地撒在对方身上，对方就永远不会变心，这样爱情、婚姻就会得到幸福的结局。但是这一来，这座佛像的后脑勺处就只好一修再修了。

月老的故事

“愿天下有情人，都成眷属；缘分注定事，莫错好姻缘。”这是人们的美好愿望。月老，又叫月下老人，正是掌管人间姻缘的婚姻之神。据说，月老手中有一根红线，将一男一女的脚脖子拴在一起。所以，两个人即使是在天南海北，也能走到一起。

唐代杜陵有一个叫韦固的人，从小是个孤儿，本想早点娶妻生子，可是总是求婚不成，一次他外出游学，住在宋城的一家旅店里。在宋城这个地方，韦固遇见了自己的一位老乡。两个人就找个地方攀谈了起来。

当这个老乡知道韦固尚未娶妻的时候，就说自己可以帮助他介绍一户人家的女子。韦固非常高兴，相约明天早上在这里见面。晚上，韦固躺在床上睡不着，一心等着天亮。最后，韦固等不及了，穿好衣服，决定先去约会的地点等着。

他走在夜深人静的街道，看着天空中的明月，感慨颇多。自己从小孤苦伶仃，好不容易长大成人，有了些成就。可是就是找不到中意的媳妇。不知道这次能不能成功。他正胡思乱想着，忽然看见前面有一个人好像在月下看书。

他紧走了两步来到一座寺庙的门前，看见一个老人背着一个布袋子，正坐在台阶上翻书。

韦固心想：这个老头好奇怪啊，竟然在这种地方看书。韦固忍不住探头去看这个老人看的是什么书。

韦固凑上前一看，竟是一本无字的书。韦固暗想这老人家看的书怎么没有字呢？他向老人家拱了拱手，问到：“老人家，您看的是什么书啊？”老人笑着回答道：“这是天下人的婚书。”韦固觉得奇怪，心里想，我怎么没听说过天下有这么一本书啊。又问：“老人家，您袋子里装的是什么啊？”老人说：“装的是红线，是用来系住夫妻二人的脚。两个人如果被我的红线系上，就算是仇深似海，就算是贫富悬殊，就算是相隔天涯海角，都会在一起，想逃都逃不掉。即使两个人再相爱，我的红线没系，两个人也是不能到一块的。这就叫千里姻缘一线牵。”

韦固听了老人的话，很是好奇，就询问自己的姻缘：“老人家，那我的妻子是谁啊？”月老翻了下书，笑着说：“你的妻子现在刚刚三岁，是店北头卖菜的

瞎老太婆的女儿。”韦固一听，心里暗自思量，想想自己的满腔抱负，怎么会娶一个卖菜人家的女儿。

于是，他对老人家说：“我的同乡给我介绍了一户人家的女子，约我早上见面。没准这个女子就会成为我的妻子。”老人笑呵呵地说：“这姻缘都是天注定的，怎么强求得来呢？”韦固告别老人，赶往约会的地点。他在那里等了一上午，也没见到自己的同乡，只好沮丧地回去了。

回到店房以后，韦固越想越生气，就喊来随行的仆人，命他暗中去刺死这个小女孩。第二天，仆人来到了菜市场，找到了那个小女孩，上去就是一刀，然后慌忙逃走。仆人因为做贼心虚，没有刺中小女孩的心脏，反而刺中了眉心。仆人回来以后将经过讲给韦固听，两人仓皇逃出了宋城。

十几年后，韦固驰骋沙场，骁勇善战，立下显赫战功。有一次，刺史王泰犒赏士兵，看见韦固英雄少年，十分喜爱，就将自己的女儿嫁给了他。

刺史的女儿十几岁，长得很漂亮，是个知书达理的人。韦固十分满意。可就是妻子眉心处总贴着一朵花，什么时候都不拿下来。韦固问她，她才说明原因：“我的父母原是城里卖菜的，自幼贫寒，三岁时，父亲过世。有一天母亲抱着我去市场，不知道从哪里来了一个狂徒，想要杀死我。不过，我命大，只刺中了眉心。后来，我的母亲报告了官府。刺史大人负责调查此事，可始终不明因果。刺史见我可怜，就收我为义女。对待我如同亲生女儿一样。我觉得有这样一个疤痕不好看，就贴了一朵花在上面。现在才告诉夫君，请多包涵。”

韦固问：“你的母亲是个盲人么？”

妻子回答道：“是啊，你怎么知道的？”

韦固心想真是天意不可违，就把十几年前在宋城遇见月下老人的事情讲给妻子听。从此夫妻二人更加相敬如宾。后来他们生了一个男孩叫韦馄，官至雁门太守。

由于这个故事的流传，后人将其改编成戏剧搬上舞台。并且月老也成为了媒人的代名词。

刘海戏金蟾

在民间版画中，刘海戏金蟾的吉祥画十分流行。画中是一个永远长不大的胖小子，穿着红肚兜，笑眯眯的，两手各拿一串金钱，旁边配上三足金蟾、荷花、梅花等，呈现出一派喜庆的气氛。在针业，奉刘海为祖师爷，大概是取其“线过金钱眼”的动作。在地方戏曲中，有《刘海戏蟾》、《刘海砍樵》等剧目。

刘海，历史上确有其人。原为五代时人，本名刘操，字昭远，又字宗成、玄（或元）英，居燕山一带，先为辽国进士，后出家修道，号海蟾子。刘海十六岁的时候中进士。后来，刘守光被后梁太祖封为燕王，刘海就当上了燕王的丞相。刘海特别喜好谈玄论道，与道士交往密切。有一天，一个道士来访，刘海以礼相待，讯问道士的姓名。这个道士听而不答，只是在刘海面前拿出十个鸡蛋，十文金钱，每一文钱间隔一个鸡蛋，将钱和蛋层层垒叠，最后蛋和钱垒成了一个塔状，却没有坠下来。刘海惊叹道：“这太危险了！”道士告诉他说：“你身家性命面临的危险，比这个更严重。”刘海问道：“怎么样才能摆脱这种危险呢？”道士并没有回答，拿起鸡蛋、金钱，掷之地上，然后长笑离去。

原来，这个道士是说刘海现在身居高位，这高位就像垒起来的鸡蛋一样，随时有可能坠毁，要摆脱危险，免去杀身之祸，就要抛弃荣华富贵，就像道士将鸡蛋、金钱掷于地上一样，弃荣华富贵如敝履。刘海很聪明，马上就明白了道士的用意，当晚摆了一桌丰盛的酒席，美美吃了一餐，然后砸碎所有的宝器。第二天，解下相印，穿上道士的服装，假装发疯，出了燕国，远游去了。

在路上他又遇到那位道士，道士授给他服丹成仙的口诀。刘海这才知道他就是钟离权。两年以后，燕王刘守光僭称大燕皇帝，不久就被朝廷剿灭，刘守光遭诛灭九族之祸。而此时，刘海正云游天下访道。后来遇上了吕洞宾，授之以秘法，乃得道成为真仙。从此，刘海以钟离权、吕洞宾二位仙人为师，追随他们遁迹于终南、太华之间，不知所终。

元朝元世祖封刘海为“海蟾明悟弘道真君。”武宗皇帝加封为“海蟾明悟弘道纯佑帝君。”刘海出家后，取道号“海蟾子”，称为刘金蟾。后来，由这名字又附会上了刘海戏金蟾的传说，刘海就成为能给人间带来钱财、子嗣的吉祥神。

关于刘海戏金蟾又有不同的说法。一种说法是刘海以金蟾为食物。金蟾是民间信仰中的灵物，刘海以之为食，说明他神奇非凡。一种说法是刘海捉金蟾是令金蟾吐金，施济天下穷人。

在民间中，最流行的还是刘海捉三足金蟾的故事。

康熙年间，苏州有一个乐善好施的大善人叫贝宏文。有一天，一个自称为阿保的小伙子主动找上门来做佣人，贝善人便收留了他。阿保一天到晚忙个不停，

干活很卖力。而且他干活从不要工钱，还常常不吃饭，有时一连几天不吃饭都不饿。

贝家的人都很奇怪，问他为什么不吃饭。阿保只是笑，不回答。更令人吃惊的是，他可以把陶瓷做的尿壶像翻羊肚子似的翻过来，洗刷里面，然后再复回去，洗外面，陶瓷的尿壶在他手里竟然像柔软的面皮。

有一回元宵节，阿保抱着小主人去看灯，很晚未归，贝善人十分着急，派出家人四处寻找，哪里都找不到。快到三更的时候，阿保才抱着小主人回来。贝善人埋怨他回来得太晚，让一家人提心吊胆。阿保说："杭州的灯不热闹，我带着小主人去了一趟福建的省城，那里的灯好看。"贝家的人都不相信他说的话。不料，小主人从怀中掏出了一把新鲜的荔枝，这是杭州没有而福建才有的水果。贝家人这才相信了阿保说的话，在心中暗暗揣测阿保一定来历不凡。

这天，阿保到井里打水，打上来一个大蟾蜍。奇怪的是，这个大蟾蜍不仅形体巨大，而且只有三条腿。三条腿的蛤蟆是传说中的灵物。阿保对贝家人说："这个蟾蜍逃走已经好几年了，今天总算把它捉住了！"左邻右舍的人都跑来看热闹，并竞相传说这阿保就是戏蟾的刘海。阿保见自己的身份已经暴露，便谢过主人，升空而去。

顺天圣母

顺天圣母，又被称为注生娘娘，陈夫人，临水夫人。在我国福建地区，她是人们普遍信仰的顺产女神，其主要职能就是救助那些难产的妇女。

各种典籍都有关于顺天圣母的传说。但有关她的家世，却说法不一。

说法一：据《三教源流搜神大全》载，陈靖姑是唐朝人，祖居福州府罗源县，其父在朝廷官拜户部郎中，母亲葛氏。陈靖姑有个兄长叫陈二相，还有个义兄叫做人。

有一年，村里来了个蛇妖，危害百姓。村里人没有办法只好立庙奉祀，每年重阳节的时候都要用童男童女献祭给大蛇，当地的百姓苦不堪言。正好观世音菩萨赴群仙会后回南海，在途中路过福州的时候，见此地妖气冲天，知道有妖孽为害百姓，决定派人前去除害。她剪下一块指甲，化作一道金光，直达葛氏肚腹之中。葛氏从此受孕。

葛氏在唐大历年间正月十五这一天生下了陈靖姑。陈靖姑生下来的时候，“瑞气祥光罩体，异香绕闼，金鼓声若有群仙护送而进者，因讳进姑”。十七岁的时候，陈靖姑拿着宝剑斩杀了为害一方的蛇妖，为当地百姓除了害。这件事情传到了朝廷，唐惠宗封她为“顺懿夫人”。

后来，皇后难产，生命垂危。陈靖姑知道了这件事，就进入宫中，帮助皇后娘娘生产。她来到皇后的身边，看见皇后脸色发青，马上就要支持不住了。她马上运用法术帮助皇后顺利地产下婴儿。

皇上听了宫娥的上奏后非常高兴，召见了陈靖姑。皇上说：“要是没有你，皇后的性命就保不住了。你立了这么大的功劳，朕都不知道怎么感谢你才好。”陈靖姑回答道：“救助皇后是我应该做的事情，不要封赏。”皇上拗不过她，只好敕封陈靖姑为都天镇国显应崇福顺意大奶夫人，并在古田建庙祭祀陈靖姑。在民间，人们都相信陈靖姑法力无边，专门保护童男童女，催生助产。

说法二：陈靖姑是福州人陈昌的女儿。当时，古田临水乡附近的山洞中，有一条白蛇吐气为疫疠之害。一天，乡里人看见一个身穿朱衣的人用剑斩杀了白蛇，为民除害。乡人赶忙上前打探来历，朱衣人对大家说：“我是江南下渡陈昌的女儿。”说完就消失了。

人们按照这个地址去寻找朱衣人，可是找遍了整个下渡也不见这名女子。

人们为了纪念朱衣人，就在她斩白蛇的洞旁修建了一座庙。从此以后，人们一有什么难事都去庙里祈求朱衣人，有求必应。从此朱衣人名声大噪。南宋淳年间封其为崇福昭惠慈济夫人，所赐扁额上题为“顺懿”。后来又加封她为天仙圣母青灵普化碧霞元君。

浦城有个叫徐清叟的，他的儿媳妇难产，有生命危险。陈靖姑知道了这件事情就幻化身形，来到徐家。徐家人正不知道怎么办才好，听说有人能够救助自己的儿媳，赶忙将陈靖姑请进家中。陈靖姑帮助产妇顺利生下了孩子。徐家给予厚谢，陈靖姑坚辞不受。徐家人问起她的姓名和住处。她只是说：“古田人，姓陈。”说完就离去了。

后来，徐清叟到福州做官，就派人到古田去查访陈靖姑。来人见到庙中神像，酷似那个帮助分娩的女子，就回去报告，徐清叟也来庙中看那神像，方才恍然大悟，原来到他家去助产的是陈靖姑的化身。于是，上奏朝廷，请求为陈靖姑加封。福建地区的人都很崇拜陈靖姑，妇人分娩，必然挂她的神像在房中，以祈

得顺利分娩。到婴儿生下三天后举行洗儿诞生礼时，才将神像取下烧掉。

说法三：陈靖姑是福建古田县临水乡人。她与同乡的刘杞成婚，感情甚好。婚后不久就怀孕了。可正赶上大旱。她为了消除旱情，帮助乡亲，不惜用堕胎的方法来祈雨。最后雨是祈求来了，她自己却因为堕胎失去了生命，死的时候只有二十四岁。她临终前发下宏愿说："我死后必成神，专门帮助产妇分娩。"后来，在妇女分娩的时候，都要挂陈靖姑神像，才能够顺产。

关于陈靖姑的身世虽然有不同的说法，但有一点却是相同的，那就是都与助产、分娩有关。人们根据接生婆或分娩死亡妇女的故事编造出了陈靖姑这位神灵，使她成为产妇的吉祥神。

妈祖的传说

在中国东南沿海地区，妈祖是一位重要的神，尤其是在台湾，有妈祖庙 74 座。每年三月二十三日是妈祖诞生日，要举行祭祀和妈祖像巡街活动。妈祖的信徒人数众多，香火旺盛，至今不衰。在东南亚、日本、朝鲜等国家，也有妈祖的信徒。

妈祖确有其人，姓林名默，居住在福建莆田湄州屿。在林默被人们尊为妈祖之前，有着许多传奇的经历。

五代时期，在福建湄州住着一户姓林的人家，林家世代海上经商。林家老爷去世以后，由其儿子林愿接管了家业，但林愿每次出海都不顺利。原来，做生意没有官府的保护是不行的。于是，林愿花钱买了一个巡检史的官。从此，他不仅可以收过往船只的税，而且自己家还可以不征税。林家海上的生意很快地红火起来。

林愿的妻子华氏为其生了四个儿子，可这四个儿子看上去体弱多病，一点都不出众。林愿就与夫人一起来到普陀山进香，祈求观世音菩萨再赐一子。

观世音菩萨和龙女去参加王母娘娘的蟠桃会，在经过福建莆田的时候，看见有黑气从海面上升起来。龙女赶忙往下观看，只见海中有一妖怪作孽，经常掀翻船只，把落水者当点心吃掉。龙女想要下去收伏这个海妖，观世音菩萨没有同意。等开完蟠桃会，回到了普陀山，正好碰到林愿与夫人求子。

观世音菩萨知道林家人心地善良，乐善好施，听到祈求之后，就对身边的龙女说："龙女呀，林家世代与人为善，今日来求子，师父不得不应允，你就投胎到林家去吧，到时还可以收伏海上的妖孽。"龙女听完后说："林家求的是儿子啊？"观世音菩萨说："天机不可泄露。"

福建妈祖庙内景

台湾、福建一带，都有不少天后宫。这个天后，就是妈祖，亦称天妃，自宋代以来被人们奉为海上保护神，又兼有送子娘娘的职司。传说妈祖是福建莆田人林默娘，为救人而死，人们视其为神女被天界召回，并世代建庙供祀。

林愿夫妻上完香回来，不几天华氏就怀上了身孕。三月二十三日这天，林府周围被一道红光笼罩住，一声巨响，华氏产下一个女婴。这个女婴一生下来，就不哭不闹，直到满月也不会哭笑。林愿以为这个小女儿是个哑巴，就将其取名为林默。

林愿找来许多名医为小女儿看病，可是没有一个人能够让林默开口说话。这天，林府外面来了一个和尚，说可以治疗林默的病。林愿赶忙请他进来，说："大师，如果能让我的小女开口说话，一定不会忘了大师的恩情。"和尚笑着说："施主严重了。还是让我先看看你女儿吧。"

林愿赶忙派人把女儿找了出来。说来也奇怪，林默一看到这个和尚就张开小嘴笑了起来。和尚走到林默的身边，俯下身去，在她的耳边说了几句。只见，林默点了一下头，又笑了起来。和尚走到林愿面前说："明天她就会说话。"说完就飘然而去了。

第二天，林默果然张口说话了。林家人非常的高兴，想要感谢那个和尚，可是怎么找也找不到。原来，那个和尚是龙女的师兄善财变化的，受观音菩萨之命前来点化龙女。要不然，林默见到和尚怎么会开心地笑起来呢。

林默长大以后，经常来到海边为父亲和哥哥祈求平安，也为出海的其他百姓祈福。一天，林愿和大儿子出海办事。在家中睡觉的林默突然手脚紧紧的抓住被子，并不停的在床上翻滚。华氏正好路过林默的床边，看见女儿这样，以为她在

做噩梦，就赶忙叫醒她。

林默从梦中醒来，哭着对母亲说：“不好了，父亲和大哥掉到海里去了。”林母听得一头雾水，以为女儿在说胡话，赶紧摸了摸林愿的头。林愿看着母亲，悲伤地说：“父亲他们刚才在海上遇到了很强的风暴。我双手各拉着一条船。左手拉着父亲的那只，右手拉着大哥的那只。本来父亲和大哥可以平安无事的。你把我叫醒，我匆忙之中，松了右手，大哥的性命是保不住了。”华氏听后很吃惊。等到林愿从海上回来以后，大儿子果然遭遇了海难，印证了林默的话。此事传开以后，大家都说林默是神人。

林默一生没有嫁人，她经常架船出海，凭着自己的好水性救助那些遇难的人们。林默死后，当地人修了庙宇祭祀她，并称她为神女、龙女、妈祖。她的神灵不时出现在海上救助人们。

宋徽宗时期，给事中路允迪奉旨出使高丽国。他率领的船只行驶到渤海海域时，忽遇大风，船只一下子刮翻了七八只。路允迪十分惊恐，跪在船板上祈求神女保佑。这时，路允迪觉得船平稳了。他睁开眼睛一看，一个红衣女子站在船头。靠着神女的保佑，路允迪的船只摆脱了风浪，安全的驶向高丽国。回朝以后，路允迪将此事报告给了宋徽宗。徽宗听后，为林默的庙宇题了一块名为“顺济”的匾额。

自宋以后，历代帝王都嘉奖过神女的灵迹，对林默的册封多达四十次。

文财神的故事

在民间，比干和范蠡被称为文财神。

比干是中国历史上著名的忠臣。他是商朝的宰相，也是纣王的叔父。比干小的时候就聪明，勤奋。20岁就开始辅佐帝乙，后又辅佐纣王。在他当宰相的这几十年，主张减轻赋税，发展农牧业，富国强兵。可是纣王荒淫无道。比干多次直言劝谏，纣王都不听。

妲己看比干不顺眼，就对纣王说：“大王，我有个心口疼的病，吃什么药都治不好。我听说只有用圣人的心做药引，才能够治好这个病。”纣王非常着急，关心地问：“上哪里去找圣人的心啊？”妲己说：“听说比干就是圣人，他的心一定能治好我的病。”

纣王听信了妲己的谗言，把比干叫进皇宫，对他说：“我听说圣人心有七窍，今天我要把你的心挖出来看看是不是真有七个窍。”结果比干被剖心而死，终年63岁。

还有一种说法，比干被纣王挖心以后，并没有死。一位仙人送给了他一粒仙丹，保住了他的性命。比干因为没有心，所以他能够做到不偏不倚，公正无私。后来，人们把这位受人尊敬的君子奉为文财神。

另一位文财神就是范蠡。他是春秋时期楚国人，后来和好朋友文种一起去越国。很快就得到了越王勾践的充分信任。

越国被吴国打败以后，越王勾践做了吴国的奴隶。范蠡也随勾践一起入吴，为吴王夫差驾车。在吴国忍辱偷生的两年里，范蠡鼓励勾践养精蓄锐，为了日后的复仇做准备。后来，吴王放勾践回国。勾践回国以后，卧薪尝胆，准备攻打吴国。为了振兴越国，勾践拜范蠡为宰相。范蠡采取了一系列措施富国强兵。为了麻痹吴王夫差，他把自己最心爱的女人西施送给了吴王。

吴王刚开始对西施充满了戒备之心。慢慢地，吴王还是没有抵住美女的诱惑，中了美人计。他对西施非常宠爱，为了博美人一笑，为她修建了豪华的宫殿。可是，西施一点也不高兴，整天对吴王冷冰冰的。别的妃子巴结吴王都来不及，哪敢这样对吴王使脸色。可是，吴王的占有欲非常强，越是得不到的，越想拥有。

吴王每天都围着西施转，想着怎样才能逗美人开心。渐渐地，吴王不理朝政。大臣们看不过去，都来劝谏吴王。其中一个大臣说：“大王，你可不能沉溺于美色之中了。越国正在养精蓄锐，准备随时消灭我们吴国。”吴王哈哈大笑，说：“你们想太多了。那个勾践是个懦夫，他恭维我还来不及，怎么敢反抗我呢？你们想得太多了。”

西施不辱使命，迷惑了吴王夫差，令他沉迷于女色，不理朝政。在西施的温柔乡里，夫差把称霸各国的豪情壮志全都抛到了脑后。

勾践在范蠡和文种的辅佐下，越国渐渐强盛了起来，报仇的时机也成熟了，越国对吴国发起了进攻。越军在范蠡的带领下，把吴王夫差围困在了姑苏山上。最后，夫差自杀身亡。

范蠡帮助越王消灭了吴国，洗刷了当年的耻辱。之后，范蠡又辅佐越王称霸诸侯，被越王奉为上将军。灭了吴国以后，越王还是面无喜色，范蠡观察到这个

现象以后，思考到一定是自己功高震主，才惹得越王不高兴。于是，他就上书给越王，说："当年大王在会稽受辱，我所以不死，就是为了报仇雪耻。现在大仇已报，臣请赐死。"越王读了范蠡的信以后，对范蠡说："我还打算把国家分一半给你呢。"范蠡知道越王并不是真心对自己，早晚会加害自己。于是就带着西施逃到了齐国。

在齐国，范蠡隐姓埋名，治理产业，很快成为当地的富户。尽管范蠡有万贯家财，但他把金钱视为粪土，将挣来的钱都分给了穷苦的朋友和亲戚。

齐国的国君听说范蠡隐居在自己的国家，想请他出来做官。于是，带着文武大臣来到了范蠡的住处。范蠡听完齐国国君的来意后，委婉地说："大王，我的前半生一直在沙场征战。现在终于有了休息的时候，我想就这样终老，不想再卷入政治当中去了。"

齐君不死心，时常来看望范蠡。范蠡没有办法，只好带着家产偷偷地逃出齐国。

后来，范蠡带着钱财在陶地住了下来，自称陶朱公。范蠡既精通理财，又不惜散财，所以被人们尊为文财神。

武财神的故事

民间公认的武财神，一个是关羽，另一个就是赵公明。

关羽被人们称为关圣帝君、伏魔大帝、关公等，在道教被奉为护法神。

关羽字云长，三国时期河东人。幼年熟读兵书，一身好武艺，好打抱不平。因此，父母怕他在外面闯祸，就把他关在屋子里。有一天，关羽偷偷溜了出来，没走出多远，看见一个老妇人在路边哭。关羽就上去问出了什么事情。原来老妇人的女儿被县令的小舅子抢去了。关羽一听，火冒三丈，马上提着宝剑闯进县衙，杀死了县令的小舅子。然后，关羽逃到涿郡，正赶上刘备招兵买马，就投到了刘备的麾下。从此跟随刘备出生入死。

建安五年，曹操派兵东征，刘备惨败，关羽被俘。曹操十分赏识关羽，封他为偏将军。可关羽始终不忘与刘备的兄弟情谊，在帮助曹操立下战功以后离开去寻找刘备。

赤壁之战后，刘备收复荆州，封关羽为襄阳太守、荡寇将军。刘备平定益州以后，即位为汉中王，封关羽为前将军。随后，关羽率军进攻樊城，降于禁，斩庞德，一时间威震华夏。不久由于荆州失守，关羽被擒，誓死不投降，被杀害。

关羽被人们看做是忠义的化身。历代帝王也对关羽推崇备至。宋哲宗封他为“显灵王”，宋徽宗封他为“义勇武安王”。明神宗封他为“三届伏魔大帝神威远镇天尊关圣帝君”，顺治皇帝封他为“忠义神武灵佑仁勇威显护国保民精诚绥靖赞宣德关圣大帝”。

民间传说关羽能够保佑商人招财进宝，所以尊他为武财神。

另一位武财神赵公明，是陕西终南山人。他原来是天上十个太阳之一，后来被后羿射了九个太阳下来，赵公明就在其中。这九个太阳被射落后，坠落在山中，成为了鬼王。赵公明决定改过自新，不再危害百姓，就托生到一个姓赵的人家。

赵公明成年以后，一直隐居在深山之中，不问世间的是是非非，一心虔诚修道。一天，他云游到天师张陵炼仙丹的地方。赵公明见这个地方十分幽静，适合修炼，决定在这多呆几天。没想到，张天师下山采药看见了赵公明。张天师觉得赵公明慧根很深，是个修道的苗子，就收他为徒，传授他法术。还赐给他一只黑虎和一条护法鞭。

后来，张天师炼成了两颗仙丹，其中一颗给了赵公明。赵公明吃了以后，面目全非，竟变得和张天师的外形容貌一样，而且连说话都很像。赵公明也具有张天师一样超凡的法力。

后来，张天师派他镇守玄坛。可是他听信了申公豹的挑唆，助纣为虐，最后被姜子牙降服。赵公明死后，被封为龙虎玄坛真君之神，管理人间钱财。

据说，赵公明的身边本来有一位财神娘娘，但是后来却被他休了。关于赵公明休妻，还有一段很有意思的传说。

有一个叫花子，好几天都没有讨到吃的，快要饿死了，就跑到一间庙宇里去求财神赵公明。他来到财神赵公明的塑像前，一个劲的磕头，祈求财神给他钱财。

这时，财神正在睡觉，没有听到叫花子的请求。这个叫花子哪里知道财神正在睡觉，还是在下面不停地磕头，嘴里念念有词道：“财神爷，请赏我些钱花吧。我已经好几天没有饭吃了。如果今天我还没有东西吃，就会饿死的。”

在一旁的财神娘娘不忍心，就想把身边的财神爷叫醒。财神睡得正香，怎么

叫也不起来。钱财都在财神爷的兜里揣着，财神娘娘拿不出来。可是，如果不给这个叫花子钱，他就会饿死。

怎么办呢？财神娘娘挠了挠头，忽然碰到了自己戴着的耳环。她就把自己的一只金耳环给了这个叫花子。这个叫花子看见神坛上丢下来一个金耳环，很是高兴，知道是自己的真诚感动了神灵。

可是，当财神赵公明醒来以后，看见财神娘娘少了一只金耳环，就问怎么回事。财神娘娘就把刚才的事情说了一遍。赵公明一听，财神娘娘竟敢背着他把当年的定情之物送给一个叫花子，顿时大发雷霆。将财神娘娘休了。所以，财神像的旁边再也没有财神娘娘了。

每年的农历正月初五，是财神赵公明的诞辰。这一天，商家都会用三牲来祭祀他，将香烛、水果供奉在桌案上，迎接财神。历代如此。但是明代以后，民间传说赵公明是回族人，为了表示尊重，在供奉的食品中就不再用猪肉了。

门神的故事

每当过年的时候，各地都有贴门神的习惯。最初的门神是用桃木刻成人形，挂在门的两边，后来是将人像画在纸上张贴在门上。传说中的门神最初是神荼、郁垒兄弟二人。唐代以后，猛将秦琼、尉迟敬德二人成为了门神。此外还有将关羽、张飞、钟馗的画像当做门神的。门神像通常是在门的左右各贴一张，后代常把门神画成一文一武。

神荼、郁垒两兄弟是如何成为门神的呢？相传上古时代，沧海中有一座叫度朔的大山，山上有一棵大桃树，树的支干长达3000里，在支干的东北方向有一道门，叫做鬼门。这道门是众鬼出入的地方。有两个专门管鬼的神人驻守在这里，他们一个叫神荼，另一个叫郁垒。每天早上，他们都要在这棵桃树下检阅百鬼。如果发现有恶鬼为害人间，便将其绑起来喂老虎。

后来，人们在桃木板上画出神荼、郁垒的画像，挂在门的两边用来驱鬼避邪。南朝时期梁代的宗懔在《荆楚岁时记》中有这样的记载："正月一日，'造桃板着户，谓之仙木，绘二神贴户左右，左神荼，右郁垒，俗谓门神。'"从此以后，神荼、郁垒就成了门神。

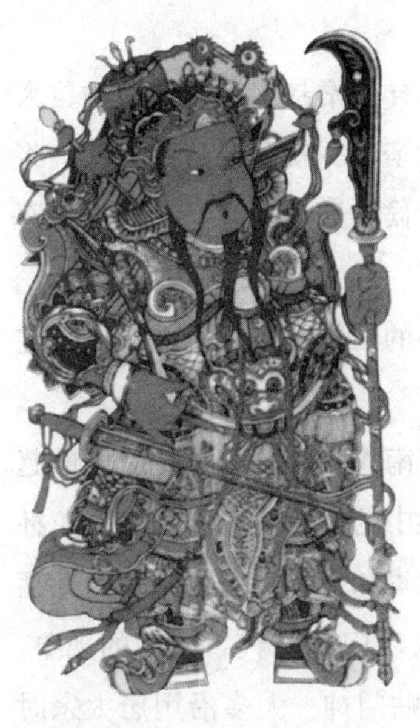

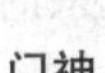

门神

到了唐代，秦琼与尉迟恭成为了新的门神。这里面还有一段很有趣的故事呢。

径河龙王为了一件小事和凡间的一个算命先生打赌，结果触犯了天条，罪该问斩。玉皇大帝任命魏征为监斩官。径河龙王为了保全性命，就跑到唐太宗这儿求情。龙王见到唐太宗哭着说："皇上，一定要帮帮小仙。"唐太宗不知道出了什么事情，问道："龙王，出了什么事，需要我帮忙啊？"龙王回答道："我因和凡人打赌，触犯了天条。玉帝命魏征为监斩官。我想求皇上帮我留住魏征。只要过了午时三刻，我就可以活命了。"

太宗皇帝答应了龙王的请求。快到了行刑的时候，便下诏宣魏征进宫与其下棋。魏征正准备上天行刑，可是黄帝召见又不好推脱，只好硬着头皮来了。太宗拉着魏征下了一盘又一盘棋，就是不放魏征走。

这时，太宗问魏征："过了午时三刻了吗？"魏征一听，就明白一定是龙王来找太宗帮忙。魏征说："快到了。"太宗这才放下心来，只要再坚持一会，龙王就得救了。没想到魏征下着下着就睡着了，只打了一个盹儿，魂灵就来到了天宫，将龙王斩了。

龙王抱怨唐太宗言而无信，日夜都在宫外呼号怒骂，要向唐太宗讨命。唐太宗每夜都睡不着，弄得精神疲惫，连上朝的心思都没有了。最后实在没有办法就找来群臣商议对策。大将秦叔宝说："臣愿意为陛下分忧解难，我和尉迟敬德将军身穿戎装立在宫门外，就是再凶的鬼怪也不敢来捣乱。"

唐太宗听从了秦叔宝的建议。晚上，秦叔宝和尉迟敬德两位将军，身穿戎装，手拿利器，微风凛凛地站在门外。龙王的魂魄晚上又来捣乱，看见两位将军

站在门口，非常害怕，就悄悄地溜走了。

这天晚上，唐太宗没有听到龙王的呼号声。就这样，秦叔宝和尉迟恭两位大将每天晚上都为太宗守夜。太宗不忍心二位将军如此辛苦，就命令巧手丹青，将二位将军的真容画下来，贴在门上。龙王晚上来的时候，远远地就看见两位将军把守在门口，以为是真人，就不敢再来向太宗讨命了。

后代这件事传到了民间，百姓们也将这两员大将的画像贴在门上，保佑家宅平安。他们二位遂成为了千家万户的守门神。

明清以来关于门神的传说更是五花八门，据说河南人张贴的门神是三国的赵云和马超。陕西人将孙膑和庞涓当做门神，甚至小说中的金镖黄三太和盗九龙杯的杨香武也成为了门神。河北冀中一带的门神是薛仁贵和盖苏文，也有贴西羌猛将马超、马岱兄弟二人的。清朝乾隆年间，出现了以“门童”代替门神的现象。所谓“门童”，实际上是杨柳青印制的年画。北京人贴门神，大多沿用唐太宗时流传下来的秦叔宝和尉迟恭，俗称“白脸儿”、“黑脸儿”。

现代关于门神的分类大致如下：捉鬼门神，神荼和郁垒。祈福门神，赐福天官、刘海戏金蟾或招财童子。道界门神，青龙孟章神君，白虎监兵神君。武将门神，唐代名将秦琼与尉迟恭。

灶王的故事

在我国民间，祭灶是一项影响深远、流传极广的习俗。旧时，几乎家家都在灶间设有“灶王爷”的神位。人们称灶王为灶君、灶王爷、东厨司命。传说玉皇大帝亲封他为“九天东厨司命灶王府君”，负责管理各家的灶火。灶王龛大都设置在灶房的北面或东面，中间供上灶王爷的神像。没有设灶王龛的人家，将神像直接贴在墙壁上。

有人说灶王是钻木取火的“燧人氏”，或者是神农氏的“火官”。也有人说灶王姓张，名单，字子郭。虽然说法不一，但是在民间却流传着一个颇为有趣的故事。

有个叫张生的人，家境贫寒，后来娶了名叫郭丁香的媳妇。丁香十分贤惠，嫁给张生后，早起晚睡，辛勤持家，没过几年家业就兴旺起来。左邻右舍的人都说，张生娶了个好媳妇。

这个丁香，不但勤俭持家，还有一手好厨艺。她最拿手的菜就是肉汤。每当她做肉汤的时候整条巷子都飘满了香味。邻居们看在眼里都非常羡慕张生，而他却不以为然。

张生成了富户以后，十分骄横，看着渐渐变老的丁香，竟产生了喜新厌旧的念头。他整天不干活，一门心思想休掉丁香，好再找个年轻漂亮的媳妇。

灶神

腊月廿十三日送灶神是中国的古老习俗，也有二十四日送的，到三十日晚再迎接回来。

一天，张生在院子里晒太阳。他看到仆人在晒谷子，就把丁香叫到身边。张生说："你把家里的黄豆拿出来晒晒"。丁香听后把一筐黄豆拿了出来。张生接过黄豆，就倒进了谷子堆里。然后对丁香说："把这些黄豆从谷子里捡出来，弄好了才能吃饭。"丁香知道丈夫这是在为难自己，但也没有办法，只好把黄豆一颗一颗地挑了出来。天黑了，丁香还在挑黄豆。张生只知道自己吃好喝好，不管丁香是否饿了、累了。邻居们知道了这件事都说张生是个负心汉。

张生整天故意找茬刁难丁香，丁香却逆来顺受，毫无怨言。张生见自己这样都难不倒丁香，干脆就写了休书，把丁香赶出家门。随后娶了个财主的女儿李海棠。

李海棠是财主的女儿，从小娇生惯养，好吃懒做，根本不懂得操持家务。二人整日花天酒地。李海棠想吃什么，不论多贵，多难买，张生都满足她的要求。一转眼几年工夫，张生挥霍无度，整个家产都败了个精光。张生又成了一个穷光蛋。这时李海棠嫌贫爱富，不愿意再和张生过日子，半夜里趁张生熟睡的时候，偷了剩下的钱财回家去了。

张生成了穷光蛋，孤苦伶仃，身无分文，只好讨饭。他想想当初要不是郭丁香为他操持家业，哪里会有万贯家财。自己过了几天好日子，竟休掉了丁香，现在想想真是后悔莫及。

话说这年腊月的一天，张生讨饭讨了一整天也没人施舍，从早到晚没吃过东西，饿得头昏眼花，不小心晕倒在一户人家门口。天快黑的时候，这户人家的看门人看到了他，连忙回去禀报主人。这家主人是个热心肠的人，就说："给他盛一碗肉汤吧。"一碗肉汤喝下去张生这才缓过气来，说没有吃饱，能不能再给一碗。主人吩咐看门人又盛了一碗给张生。张生喝完后，觉得身上有了力气，正要离开，看门人说："我家主人慈悲，看天色不早，叫你在厨房留宿。"张生听后感动得痛哭流涕，连忙磕头感谢。

看门人把张生领到厨房里住下。张生看到厨房里正煮着一锅肉汤，散发出诱人的香气。忽然觉得这肉汤的香味很熟悉。于是就说自己还很饿，能否再吃碗肉汤。看门人又给他盛了一碗。张生喝完说："你家主人是个大好人，请你帮我回报一声，我想见见他。"家人说："我家主人现在就来了。"刚说完，一位中年妇女走进了厨房。张生看着这个女人的脸很面熟，再仔细一看，原来是被自己休了的丁香。

张生追悔莫及，同时又无地自容，用双手遮住了脸。丁香一看是张生，就关切地问："你怎么落到了这步田地？"张生无言以对，羞愧难当。他心想，我还有什么脸活下去，不如死了算了。正好看见丁香家大锅底下的火烧得正旺，趁人不注意，一头钻到锅底下烧死了。

正好这件事被巡游的天神看见，就回禀了玉帝。玉帝觉得张生虽然有错，但他知道廉耻，勇于承认错误，说明他不是真的坏透了，还能回心转意；郭丁香勤俭持家、以德报怨，也是难能可贵。为了警示世人不要再像张生以前那样忘恩负义，玉帝要把张生的故事昭示天下，既然他是死在锅底下，就封他为灶王。

张天师奉命传下旨意：封张生为灶王，记录人世间的过错，每年腊月二十三骑马上天，回报人间是非，直到腊月三十那天再回来，在天上过七天。

张生被封了灶王之后，为了赎回自己的过错，对待人世间的事非常认真公正。谁家的儿媳不孝敬公婆，谁家的婆婆虐待媳妇，他都清清楚楚地记下来，等到腊月二十三日那天上天回报。

这样一来，人们就不敢做忘恩负义，违背道德的事情，个个助人为乐，以德报怨。这样，人间的善恶是非都得到了应有的结果。

从此，每年在送灶的时候，都要在灶头上烧香点烛，供着慈姑、馄饨和用饴糖做的滥斩糖，又叫廿四糖，捏成元宝，祭祀灶王，然后在家门口，放上豆萁、稻柴，把供在灶上神龛里的灶王神像“请”下来，把他的嘴上涂上滥斩糖，再把神像粘在用稻草扎成的“神马”上，或者放进用彩纸糊成的“轿子”里，供上柴堆、丢上一些慈姑，连同锡箔折的元宝，点上一把火，烧个精光，算是送灶王上天了。等到来年正月再“请”回一张灶王神像，放在灶上的神龛里进行祭祀，算是把灶王又请了回来。

灶王奶奶

“小孩儿小孩儿你别馋，过了腊八就是年；腊八粥，喝几天，哩哩啦啦二十三；二十三，糖瓜粘；二十四扫房子；二十五，冻豆腐；二十六，去买肉；二十七，宰公鸡；二十八，把面发；二十九，蒸馒头；三十晚上熬一宿；初一、初二满街走。”这则歌谣说的就是关于灶王奶奶的故事。

传说，玉皇大帝的小女儿非常善良，十分同情天底下的穷苦人。她经常偷偷下到凡间，帮助那些有困难的人。一天，她路过一户人家，看见一个给人烧火帮灶的穷小伙子十分勤快。她就偷偷地暗中观察他，觉得他是一个靠得住的好人，便爱上了他，并在凡间与这个烧火的穷小伙子结了婚。婚后两个人过得虽然清贫，但很快乐。

玉皇大帝知道了这件事情以后十分恼怒，就下令把小女儿打下凡间，跟那个穷小子去受罪。王母娘娘十分疼爱自己的这个小女儿，在玉帝面前帮着说好话，玉帝这才勉强答应给这个穷小子封了个灶王的职位。从此人人就称这个“穷烧火的”为灶王爷，玉皇大帝的小女儿自然就成为了灶王奶奶。

灶王奶奶在民间生活，深知老百姓的疾苦，于是就常常以回娘家探亲为理由，从天上带回来些好吃的、好喝的分给穷苦百姓。玉帝大帝本来就对自己的穷女婿不满意，察觉到此事后，更是火冒三丈，下令只准小女儿每年年底回天宫一次。

第二年，马上就要过年了。可是穷苦的百姓什么吃的也没有，有的连锅都揭不开。灶王奶奶看在眼里，急在心里。腊月二十三这天，她决定回趟天宫，给老

百姓拿些吃的回来。但自己家里连点干粮也没有了，路程那么远自己吃什么呢？老百姓知道这件事以后，便把各自家中剩下的唯一的一点粮食拿了出来，好不容易烙了些面饼，送给灶王奶奶，让她路上吃。

灶王奶奶回到天庭，看见自己的父亲，向他述说了人世间的疾苦。玉帝听后不但不同情，反而嫌女儿回来什么礼物也没带，只带回来一身穷灰，要她当晚就回去。灶王奶奶气得说不出话来，转身就要走。可转念一想，自己两手空空，回去后怎么向穷苦的乡亲们交代呢？再说也不能就这样向父亲认输了。王母娘娘在一旁心疼女儿，过来说情。

灶神又称“司命”，传说灶神每年从腊月二十三日晚起到玉帝那里汇报主人一年的好歹，所以人们在灶神画像的左右写上“上天言好事，下凡降吉祥”，也有写成“人间好事要多的说，明年下界降吉祥”的，人们怕他们上玉帝那里“打小报告”，常在这天沐浴斋戒，以斋粑，甜果为之饯行。

灶王奶奶马上顺势说：“父皇，我今晚不走了，明天我要扎把扫帚带回去扫穷灰。”

二十四这一天，灶王奶奶正在屋里扎扫帚，玉皇大帝又来催她，让她明天就回去。她说：“父皇，你别催啊，这就要过年了，家里还没有豆腐呢，明日我要做些豆腐。”

二十五这一天，灶王奶奶正在院子里磨豆腐，玉皇大帝来催她，让她明天回去。她说：“父皇，不急，我家里没肉吃，明天我去割些肉回来。”

二十六这天，灶王奶奶刚刚从天庭的御膳房割了些肉回来，玉皇大帝又来催她明天回去。她说：“父皇，这肉是有了，可家里穷得连只鸡也养不起，明天我要在天庭杀只鸡带回去。”

二十七这一天，灶王奶奶正准备杀鸡，玉皇大帝又来催她明天回去。她说：“父皇，不要着急啊，我在回去的路上要带点干粮，明天我准备发面蒸馍。”

二十八这一天，灶王奶奶在厨房里发面、蒸馍，忙得不可开交。玉皇大帝又

来催她明天回去。她说："父皇，过年都要喝点酒的，我家买不起酒，明天我去母后那灌些酒带回去。"

二十九这一天，灶王奶奶刚灌完酒回到住处，玉皇又来催她明天回去。她说："父皇，咱们一家人好不容易聚到一起，应该在一起吃顿饺子，也算是团圆饭。明天我要些包饺子。"

三十这一天，灶王奶奶正在包饺子，玉皇实在是忍无可忍，大动肝火，要小女儿今天必须回去。灶王奶奶看东西已经准备得差不多了，就说："父皇，让我再陪陪母亲吧，晚上我就走。"她陪着王母娘娘一直待到晚上才恋恋不舍地离开天庭。

人们得知这天夜里灶王奶奶要回来，家家户户都不肯睡觉，围坐在火炉旁等候灶王奶奶。当他们看见灶王奶奶回来了，纷纷点起香烛，放鞭炮迎接她。此时已经是初一了。

后来，人们为了纪念灶王奶奶的恩德，年年腊月二十三日都要烙灶干，二十四日扫房子，二十五日做豆腐，二十六日割肉，二十七日杀鸡，二十八日发面，二十九日去灌酒，三十日捏饼，夜里不睡觉"熬岁"，来迎接贤慧善良的灶王奶奶。

厕神的故事

紫姑，又名厕神，北方多称厕姑、坑三姑。我国的西南方，尤其是湘西地区，又称为子姑、茅姑、坑姑、坑三姑娘等。我国古代民间有正月十五迎厕神紫姑的习俗，进行祭祀，占卜蚕桑。

紫姑的命运十分凄恻。她姓何名媚，字丽卿，是唐朝东莱人。紫姑自幼聪明伶俐，长大后貌若天仙，嫁给了一位唱戏的伶人。女皇武则天当政之时，山西寿阳刺史李景迷恋她的美色，想方设法害死了她的男人，霸占其做了自己的小妾。

紫姑虽然很得李景的宠爱，但她从不恃宠而骄。对待李景的大老婆十分恭敬，丝毫不敢怠慢。嫁给李景没几年，紫姑就身怀有孕。李景的大老婆十分害怕，怕紫姑生了个男孩，自己的地位就保不住了。

于是，她偷偷找来郎中，开了一副堕胎的药。她拿着熬好的药，来到紫姑的

房间，看见紫姑躺在床上，赶忙说："妹妹身体可好。我特意给你熬了一副安胎药，趁热喝了吧。"紫姑心地善良，那里想到别人会害自己。她接过碗，说："大姐，谢谢你了，还亲自给我熬药。"

紫姑把药刚喝到肚子里，只觉得肚腹剧痛，流出血来。侍女们看见紫姑这样，赶忙找来大夫。经过一阵抢救，紫姑终于苏醒过来。可是，孩子已经没有了。紫姑哭得死去活来。

紫姑被推入了茅房的粪池之中

李景回到府中，听说了这件事，赶忙询问是怎么回事。侍女们支支吾吾不敢说。最后，李景才弄清楚，原来是自己的大老婆在搞鬼。可是，自己拿这个老婆没有办法，只好咽下了这口气。

李景的大老婆看奸计得逞，非常得意。可是，这丝毫动摇不了李景对紫姑的喜爱。这个狠毒的女人又心生毒计。在正月十五元宵夜这天，趁紫姑上茅房的时候，将其杀死在茅房之中。

紫姑死得冤枉，所以怨魂不散，经常在厕所周围游荡。每当李景入厕方便时，她就在旁啼哭。后来这件事情传到武则天女皇的耳朵里，她非常同情紫姑的遭遇，于是下诏封其为厕神，专门管理茅房。

后来，人们照着紫姑的样子，扎成纸人或刻成木头人，放在茅厕之中，每逢正月十五元宵节的晚上，一方面祭祀，一方面迎接厕神紫姑。

另一个传说中，紫姑身份是汉高祖刘邦的妃子，即戚夫人。《月令广义·正月令》载："唐俗元宵请戚姑之神，盖汉之戚夫人死于厕，故凡请者诣厕请之。"

吕后因为册封太子的事情，与刘邦的妃子戚夫人结下了仇恨。等到刘邦死了以后，吕后开始实施自己的报复计划。她先把戚夫人贬为奴仆，再削光她的头发，熏聋她的双耳，然后逼她喝下致哑的毒药，最后极其残忍地挖掉戚夫人的双眼。因为刘邦生前最喜欢的就是戚夫人的那双眼睛。吕后命人将戚夫人扔到茅厕里慢慢地折磨。她还给戚夫人起了个名字叫“人彘”。在戚夫人苟延残喘于茅厕的时候，吕后还让自己的儿子汉惠帝带着大臣们去观赏“人彘”死前的惨状。后世十分同情戚夫人的悲惨遭遇，于是就将紫姑改称为戚姑。

因“戚”与“七”同音，所以有的地方又称厕神为“七姑”。还有的地方称其为“三姑”，“坑三姑娘”。紫姑在演变中一分为三，成了三仙岛上云霄、琼霄和碧霄三位仙姑，统称“三霄娘娘”。

她们的师兄就是在峨嵋山浮洞学道的赵公明。在周武王伐纣之时，赵公明受到申公豹的挑唆，听信谗言，助纣为虐，最后被周朝大将杀死。云霄三姐妹听说师兄被害的噩耗后，拿着自己的法宝，来到两军阵前为师兄报仇。云霄用混元金斗，碧霄用金蛟剪出战，屡战屡胜。后来，元始天尊和老子前来助阵，施法术将三位仙姑的法器夺走。老子作法招来黄巾力士压死云霄，又命白鹤童子用玉如意杀死琼霄，自己则从衣袖中取出神盒，将碧霄收入盒中，化为血水。

姜子牙封神的时候，将云霄、琼碧、碧霄封为“坑三姑娘”之神，执掌混元金斗。不论是仙凡人圣、诸侯天子，还是贵贱贤愚，落地前必先以金斗转劫，不得超越。

清人《都城琐记》中，有这样一首诗：“敝帚挂红裳，齐歌马粪香，一年祝如愿，先拜紫姑忙”。可见，古人对厕神娘娘的尊敬和喜爱。

药王的故事

古人对名医十分景仰，并将其神化供奉在庙宇当中，赋予其主掌医药的职能，称之为药王。但药王究竟是谁，众说纷纭。有人认为神农氏是药王，因为《辞海》中说“首创医药，世称药王，后遂以药王称为颂神医之称。”也有的人认为药王是佛经中所说的药王菩萨。关于药王的故事不尽相同，但主要有三种说法。

说法一是扁鹊。扁鹊姓秦，名越人。渤海郡郑州人。战国时期的医学家，技艺高超，尤善诊脉。传说因为他饮用了长桑君的上池之水，并尽得其禁方，所以能够看见人五脏病症之所在，遂闻名于当世。他遍游各地悬壶济世，在齐地被称为卢医，在赵地则被称为扁鹊。扁鹊是一个全科医生，后因遭到秦太医令李醯的妒忌，惨遭杀害，后世尊称其为脉学的祖师。《汉书·艺文志》中说扁鹊著有《扁鹊内经》和《扁鹊外经》两本书，已佚。现存《黄帝八十一难经》七卷，是后人托名扁鹊的伪作。清代高士奇《扈从目录》中记载："沧州城在（东）北有药王庄，为扁鹊故里，药王庙专祀扁鹊。"

孙思邈像

孙思邈（？~682），京兆华原（今陕西耀县孙家塬村）人，唐代道士和道教学者，著名医药学家，擅长阴阳推步，尤其精于医学。据说他7岁开始读书，少年时即对《老子》、《庄子》有较为深刻的理解，对佛教经典也有兴趣。

说法二是韦讯。《中国医学大辞典》中有记载："药王，韦讯道之别名。"韦讯道其实是韦讯道人，也就是韦讯。他是唐代京兆人，自幼家贫，后来出家，道号为慈藏。武则天时期被封为御医，官至光禄卿。有趣的是韦讯在施药救人的时候身边常常带着一条黑狗。后来，唐玄宗继位想重用他。他拒绝了唐玄宗的请求，无心于仕途，受到后人的敬佩，被尊为药王。

说法三是孙思邈。孙思邈，京兆华原人，约生于隋开皇元年，卒于唐永淳元年，活了一百零二岁。人们尊称他为"药王"。

孙思邈从小勤奋好学，七岁开始读书，每天可以背诵一千字，被称为"圣童"。到了二十岁的时候，精通诸子百家学说，学问十分渊博。隋唐两代皇帝都想请他做官，他都一一辞谢了。原来他立志要学医。孙思邈有这样的理想是源于他切身的感受。他小的时候，体弱多病，经常请医生来看病。看病需要花许多钱，他的家庭可以负担起这沉重的医药费。可是还有许多贫苦的百姓，因为没有钱，有病的时候只能硬挺着，有的竟悲惨地死去。这沉重的现实使他感到："人命至重，有贵千金。一方济之，德逾于此"（《千金要方》自序）。因此，他十八岁开始就立志学医，并下了很大的苦功。经过长期刻苦的努力和钻研，他有了很深的医学造诣，成为隋唐时期医药界的佼佼者。

一次，孙思邈在路上看到一群送葬的人抬着一口棺材，从棺材里渗出几滴鲜血，滴在了路边。这时，走在旁边的老婆婆抹着眼泪说道："我可怜的儿呀，你怎么死得这么惨。腹中的婴儿还没出生，你怎么就死了呢？"

老婆婆说的话引起了他的注意。他上前问道："老婆婆到底是发生了什么事情，你哭得如此悲伤？"老婆婆说自己的独生女刚刚难产死了。孙思邈听完老婆婆的哭诉说道："你的女儿并没有死，我还能把她救活。"老婆婆一听，赶忙握住了孙思邈的手，求他救救自己的女儿。

孙思邈让人把棺材打开，将里面的产妇抱出来。他将产妇放在平坦的地上，只见产妇脸色蜡黄，没有一丝血色，跟死人一模一样，但还有微许的脉搏。孙思邈找好穴位，扎了一针。不一会，产妇就苏醒过来，胎儿也顺利地生了出来。母子得救了，大家十分都感激孙思邈。

全国各地供奉扁鹊、孙思邈的地方多，奉祀韦讯的很少。河北、河南等地多供奉扁鹊，陕西、山西等地多祭祀孙思邈。

兔爷的故事

兔爷大约起源于明末。明人纪坤在《花王阁剩稿》中说："京中秋节多以泥抟兔形，衣冠踞坐如人状，儿女祀而拜之。"由于小孩子经常在母亲祭祀的时候模仿，兔爷就逐渐让小孩子来祭祀了，再后来就演变成孩子的玩具，并产生了好多新的形象。

到了清代，兔爷的制作日趋精致，有的扮成武将头戴盔甲、身披戢袍，也有的背插纸旗或纸伞、或坐或立。还有的则坐有麒麟虎豹等等。还有扮成兔首人身的商贩，他们不是剃头师父、就是缝鞋的，还有卖馄饨、茶汤的，各行各业无不

包罗。清末徐柯在《清稗类钞·时令类》中说："中秋日，京师以泥塑兔神，兔面人身，面贴金泥，身施彩绘，巨者高三四尺，值近万钱。贵家巨室多购归，以香花饼果供养之，禁中亦然。"可见兔爷在民间占有重要的地位。至今故宫博物院还珍藏着各种各样的兔爷。

关于兔爷的传说是这样的。

当时北京城瘟疫流行，老百姓吃什么药也无济于事，死了好多人。老百姓叫苦不迭，祈求上天保佑。嫦娥在月宫中看见了人们的疾苦，决定派玉兔下凡间治病。嫦娥把玉兔抱在怀中，轻声地说："现在人间百姓受苦，我派你去救助他们。"玉兔听懂了嫦娥的话，马上来到了人间。

玉兔变化成妙龄女子，走到一户人家前面。她轻轻地叩门，只见里面出来一个老者。玉兔说："老人家，我是天上的玉兔，专门来治瘟疫的。"老人狐疑地看了一眼玉兔，摇了摇头说："你还是走吧。"玉兔非常奇怪，忙问："我是来帮你们治病的，为什么撵我走啊？"老人说因为她穿了一身白衣服，觉得是不祥的象征。

没有办法，玉兔只好去找衣服换。这时，她正好路过一座庙宇，看见里面的神像穿着一副铠甲。玉兔走了进去，向神像鞠了个躬，说："我想借衣服一用，用完一定归还。"说完，玉兔将神像上的盔甲穿在了身上。

她打扮成男子的模样，看起病来非常的方便。玉兔挨家挨户的治病，医好了好多人。人们都要感谢她。她不要百姓的谢礼，只是借穿百姓的衣服。百姓们非常奇怪，但也都把自己的衣服借给了玉兔。

这样，下凡的玉兔就仿佛有千万个化身，以不同的形象出现在不同的人面前。时而男装、时而女装，时而农民、时而商贩。她有时还会骑上各种坐骑，骡马虎豹，足迹遍布整个北京城。

北京城中的人们都知道有个治瘟疫的神医，不过每个人见到的形象都不一样。他们有的说是个漂亮的女子，有的说是个威武的少年，还有的说是个年迈苍苍的老者。最后，有个老人说："她应该是嫦娥的玉兔。"原来他就是玉兔下凡后，到过第一户人家时遇见的老者。

为百姓消除灾难后，玉兔返回到月宫之中。但她美好、善良的形象永远留在了民间。老北京人为了纪念玉兔，用泥塑造出了她的形象，千姿百态，十分可爱。每到中秋节的时候，每户人家都要供奉玉兔，在桌子上摆出瓜果菜豆，酬谢她给百姓带来了吉祥和幸福。人们还亲切地称她为"兔儿爷"、"兔奶奶"。

实际上民间艺人凭借着高超的本领，不仅塑造出千姿百态的兔儿爷，还将其变成活动的玩具，俗称“叭哒嘴”。这种兔爷肘关节和下颔能够活动。

现在，兔爷已经很少见了。在厂甸、后海，以及少数商场的工艺店里还能偶尔遇见。东岳庙北京民俗博物馆中保存了一些各种造型的兔爷玩具。虽然这种民间工艺品的名气不如从前。不过还有一些年轻人、外国游客对这种民间味道很浓的兔爷感兴趣。

虫王的故事

虫王是驱除虫害，保护庄稼的神，因此也被称为虫神。关于虫王的传说，大致分为两种：鸟说和人说。

说法一：鸟说。在我国古代有一种叫做的水鸟。这种鸟头和颈部都没有长毛。有一年，天下大旱，蝗灾横行。老百姓叫苦连天，眼看着蝗虫啃噬着庄稼，却无能为力。

这时，有人说用火烧死这些害虫。老百姓赶忙找来火把，将庄稼点燃。蝗虫被烧得吱吱作响，从庄稼上掉了下来。这个方法只能暂时缓解蝗灾，不是长久之计。再说，庄稼都烧光了，吃什么呢？

正在大家愁眉不展的时候，飞来了一群叫做的水鸟，成千上万。它们飞到庄稼上面啄食蝗虫。不到一天，就将蝗虫吃掉了一半。十天过去了，蝗虫全部消灭。老百姓欢呼跳跃，从心里感谢这些鸟儿。

这件事情被朝廷知道了，为了嘉奖这些鸟儿保护庄稼有功，就封水鸟为护国大将军。从此以后，水鸟就成为了虫王。

说法二：人说。虫王是指刘猛将军。刘猛指的是一位姓刘的猛将。关于这位猛将是谁，历史上有五种说法：刘合、刘、刘锐、刘宰、刘承忠。民间一般公认刘为虫王。

刘是南宋抗金名将。他曾经率领军队打败过金兀术的人马，取得了赫赫战功。可是，南宋朝廷由奸相秦桧把持朝政，他主张求和，所以刘就遭到了排挤，到地方上做了一个小官。

刘到任后，为老百姓做了许多好事，得到大家的拥戴。

这天，农夫们正在田里耕种，忽然听见头顶上传来嗡嗡地响声，抬头望天空中一看，只见一团黑雾正向田间飞来。这团黑雾来势凶猛，直扑田间。在田地里耕作的人们还没有反应过来是怎么一回事，庄稼就被吃掉了一半。

原来，这团黑雾是蝗虫。不知道从哪里来了这么多蝗虫，看见庄稼就咬，眼看就要收获的稻谷，反而成为了虫子的食物。老百姓赶忙跑到刘的府衙，通知这件事情。刘此时正坐在屋内，想着如何组织农民收割粮食的事情。

听见外面乱哄哄的，他赶忙走出了屋子。只见院子里站满了老百姓，正用期盼的目光望着刘。他赶忙问身边的衙役出了什么事情。其中一个人回答道："不知道那里来的蝗虫，把庄稼全都吃掉了。"

刘一听着急了起来，这粮食是农民的命根子，如果没有粮食吃，百姓岂不是要挨饿了。于是，他带着身边的衙役上田间观察。只见漫天飞舞着蝗虫，农作物上落着蝗虫，它们正不停地啃噬庄稼。

刘知道如果不早点除掉这些害虫，粮食就会被全部吃光。他回到县衙，把全城的老百姓都召集了起来说："现在蝗灾泛滥，我们只有团结起来，才能消灭蝗虫。现在唯一的办法就是把粮食从这些害虫的嘴里抢回来。你们带上防护的工具，和我到田间去抓蝗虫。"

说完，刘带着全城的百姓到田间去捉蝗虫。可是，蝗虫越捉越多，好像永远捉不完似的。刘犯起愁来，可怎么办啊？这时，一个手下人说："大人，昆虫都怕火。我们可以用火烧死这些害虫。"

刘一听是个好主意，马上让人准备火把。他举着火把来到田间，用烟去熏这些害虫。蝗虫被滚烫的火苗烧得啪啪直响，不一会，就烧死了一大片。刘看这个方法可用，就让老百姓们拿着火把烧蝗虫。

没过多久，蝗虫就被烧死了一大片。可人是需要休息的，不能总是举着火把。刘就命人在田间支起几口大油锅，将锅里的油点燃，顿时火光冲天，把天空中飞着的蝗虫都烤了下来。

就这样，刘带领着百姓消灭了蝗虫。刘因为驱蝗有功，被宋理宗封为扬威侯暨天曹猛将之神。这里的猛将，就是猛将军的意思。

相传农历正月十三是刘猛将军的诞辰。这一天，官府要正式祭祀，百姓要举行迎神大会。人们通过这个节日，表达了对丰收的期望。

梅葛二圣

梅葛二圣是染织业的祖师爷。旧时的染织店在祭祀的时候，常常焚烧一种“纸马”。这“纸马”由五色纸或黄纸扎成，上面印有梅葛二圣的神像。

关于梅葛二圣的传说，大致分为两类：

传说一：梅葛二圣发明了颜料。古时候人们的衣服都是用棉布、麻布缝制的，衣服只有灰白色，没有其他色彩，非常单调。人们非常羡慕野兽的皮毛和鸟类的羽毛，因为它们有各种各样的色彩，漂亮好看。有一次，一个姓梅的小伙子不小心摔进了泥塘里，白衣衫叫泥水弄得很脏。他想也不能穿着脏衣服回家啊。于是就来到溪水边洗衣服，结果衣服上的黑泥怎么也洗不干净。等把衣服晾干了以后，白色的衣服变成了黄衣服。没有办法，小伙子只好穿着黄衣服回家了。没想到，村里人都说这个颜色好看。这个姓梅的小伙子把这个秘密告诉给了自己的好朋友，一个姓葛的小伙子。从此黄泥可以染布的消息传开了。人们从此以后可以穿上黄颜色的衣服了。

梅、葛二人受到鼓舞，决心寻找其他的颜色来染衣服，试了很多回，还是没有找到染衣服的方法。有一天，他们俩把染好的黄衣服挂在树枝上晾干。忽然刮起了一阵风，把衣服吹落在草地上。等到他俩来收衣服的时候，把掉在地上的黄衣服捡起来一看，竟成了一件“花”衣服，青一块，蓝一块。他俩很吃惊蹲在草地上研究起来，到底如何能染出这青蓝色呢？两个人想是不是因为沾上了青草的颜色了呢？他们为了验证自己的想法，割了一筐青草带回家。回家后，二人就忙了起来，他们先把青草捣烂，然后放到水缸里，最后将白布放进去浸泡。不一会儿，白布变成了蓝布。后来这种染布的方法流传到了民间，人们不但知道了用“蓼蓝草”可以将衣服染成蓝色，而且还从蓼蓝中提取出了一种叫“靛青”的染料。

还有一回，梅葛二人在一起喝酒，两人边喝边谈，很是高兴。由于笑得太厉害，一不小心把嘴里的酒都喷到了染缸里，没想到“因祸得福”，染缸里的蓝布竟然变得更加鲜艳，十分漂亮。从此梅葛二人在染蓝布的时候，就改用一种酒槽发酵，用蓼蓝沉淀物还原的方法染蓝布。这种方法染出来的布颜色纯正，久不

褪色。

工匠们为了纪念梅葛二人开创染布业、发明染料的伟大功绩，将他们尊称为染布业的祖师爷，就是后来的“梅葛二圣”。

传说二：梅葛二圣是一鸟一果。以前古人的衣服颜色很单调，只有白色。不仅贫民百姓穿白色的衣服，皇帝也不例外。有个皇帝看见天地万物都有自己的色彩，而自己作为一国之君，连一件带颜色的衣服都没有，很是生气。于是下令，让自己手下的工匠为他制作出一件鲜红的袍子，就像太阳那般的艳丽。皇宫里的工匠们一筹莫展，研究了好些天，也不知道如何染制大红袍。皇帝非常生气，把这些工匠都杀了。宫里没了工匠，谁还会做红袍呢？

于是皇帝贴出皇榜，在各地选聘手艺高强的工匠。皇榜贴出去了好长时间，没有一个工匠敢揭。工匠们都知道只要揭了皇榜，那就是死路一条。一天，一位老人揭了皇榜。他被带进宫见皇上。皇上问：“你能制作出红袍么？”他说：“我能制红袍，但希望陛下给我一些时日。”其实老人也制作不出红袍，他这么说只是用的是缓兵计。

一天，老人边走边思考怎样给皇上制做红袍，不知不觉走到了一片山林里。他找了一棵大树，坐在下面沉思默想。在这棵树上落着一只葛鸟，它正在啄吃梅果，吃得很甜。可能梅果太好吃了，这只葛鸟一边吃，一边啼叫。老人被鸟的叫声吸引，忍不住抬头望树上看。没想到梅汁从葛鸟的嘴里滴落下来，找好掉到老人的白衫上，留下一个个的小红点。老人受此启发，马上采摘了许多梅果。回到宫里，他把这些梅果捣碎，将白布浸泡其中。不久白布就染成了红布，他马上为皇上赶制了一件红袍。皇帝穿上红袍，非常高兴，赏赐给老人很多东西。工匠们十分感激老人的救命之恩，要给他立庙奉祀。老人说什么也不同意。老人说：“要谢就谢葛鸟、梅果两位神仙吧，不是他们下凡成就了此事，我怎么能把大家从刀口下救出来呢。”于是，人们就按照老人的模样塑造出了梅葛二圣的塑像，建庙供奉。

第三章 民间传奇

仙童的错误

据说在远古时期，人、牛、蛇都是一样老死，并不像现在这样，人是渐渐老去、然后死亡，牛却是被杀死的，而蛇则要脱皮。

有一天，创造万物的天神忽然心血来潮，他觉得这世上应该善有善报、恶有恶报，不能一概而论。于是，他想了想，拿起笔来，写了一份天书，交给自己的仙童，让他拿着这张纸，到人间去传布。纸上写的是什么呢？原来是几句咒语："牛老死，人脱壳，蛇该杀。"天神觉得牛每天都很辛勤地耕地拉车，很不容易，所以让它享受一定的寿命，然后老死；而人作为万物之灵，可以让他们长生不老，但是他们也经常做下坏事，所以要让他们经受脱壳的痛苦；而蛇经常偷吃鸟蛋，有时还咬伤其它的动物，所以该杀。于是天神就在纸上写下了这几句咒语，让仙童传布到人间去。

仙童接过天书，就变成了一只仙鹤，飞到了人间。人间实在是太热闹、太好玩了，仙童玩了好几天，才想起自己的任务来。但这时他才发现，自己竟把天书给弄丢了。他想了好几天，才想起三句差不多的咒语来。可是他把咒语给记错了，每到一个地方，他就喊：

"人老死，蛇脱壳，牛该杀！"

人、牛、蛇听了，觉得非常奇怪，但这是天神下达的旨意，他们也只好遵守了。天神在天上一看，知道是自己的仙童传错咒语了，却也没有办法。从此，全世界就都是这样了。

人龙本为友

很久很久以前，人类和禽兽的语言是相通的。人和动物之间可以彼此对话，可以互相帮助，甚至能够彼此通婚、结成亲友。

在各种动物中，人和龙的关系是最好的。人类有什么好吃的东西，都会分一半给龙吃；龙感激人类，也经常替他们看护庄稼和房屋。后来，人和龙的关系越来越好，不但成了亲家，还搬到一起住，成了一家人。

那个时候，龙的寿命大概只有百年，而人是可以长生不老的。但人每年都要脱皮，脱皮的时候，不但会发起高烧，还要忍受着全身上下的剧烈疼痛。少则七七四十九天，多则九九八十一天，脱皮才能完成。经过这样痛苦的过程，才能够获得重生。

渐渐地，人觉得龙不用忍受脱皮的痛苦，虽然只能享百年之福，却也是值得的；而龙却非常羡慕人的长生不老。于是后来人和龙商量，打个对调，龙经过脱皮长生不老，而人享百年之福。

可是这件事后来让一个多嘴的神仙知道了，就跑去告诉了玉皇大帝。玉皇大帝一听，非常生气，说："脱皮是我赐给人类的苦果，人要享受长生不老的生命，就必须要经受这样的过程，怎么能随便调换?"而这个时候，人和龙已经在家中调换过来了。玉帝听了，更加恼怒，下令让雷公电母去灭绝龙和人。众位仙人一听，连忙跪下，向玉帝求情。有的说："人和龙虽然有错，但错不至死，请玉帝开恩，饶了他们的性命吧!"也有的说："是啊，人也是忍受不了脱皮的痛苦，才想出了这样的方法，请玉帝饶了他们吧!"

玉帝见状，也只好开恩，说道："好吧，那朕就饶了他们的性命。但是死罪可恕，活罪难饶。从今以后，把人类变得愚蠢三分，使他们不能再与禽兽通语言，常有疾病和灾难！至于龙，就把它们打成蛇，赶到大海里面去!"

雷公电母领了旨意，下到人间，只听雷声隆隆、电光阵阵，龙就被赶到大海里去了。人和龙就此分离，不再是一家人了。人在百年之内死去，不必再忍受脱皮的痛苦，但要辛劳一生，而且常常会遇到疾病灾难。而龙变成了蛇，虽然年年要脱皮，但却有千年的寿命。

后来，为了纪念和龙之间的友谊，人就常常用“龙”给自己的孩子取名字。

望帝化为杜鹃

相传在远古时代的蜀国，曾经有一位帝王，名叫杜宇。他勤政爱民、仁厚慈祥，深受人们的爱戴。百姓们尊敬他，都称他为“望帝”，“帝”就是国王的意思。

望帝当国王的时候，十分关心老百姓的生活，他亲自带领蜀国人民开垦荒地、种植庄稼，叮嘱人们要遵循农时，及时播种、收割。经过很多年的努力，蜀国终于成了一个富饶的国家。

但那个时候，蜀国经常发水灾。每次一发大水，人们辛勤种植的庄稼就全都遭了殃。望帝看在眼里，十分着急，一直想找到一个好办法，解决这个问题。但因为找不到合适的人才，也就搁置下来了。

有一年，在蜀国的一条河里，人们忽然发现了一具尸体。奇怪的是，别的东西在河流里，都是顺流而下，而这具尸体，却是逆流而上的。人们又惊奇又害怕，谁也不敢动它。有胆子大的人将它从河里打捞了上来，放在岸上。没想到，过了一会儿，尸体居然复活了。他说自己是楚国人，名叫鳖灵，因为失足落水，才从家乡一直漂到了这里。

人们将信将疑，有好事的人，便跑去把这个消息告诉了望帝。望帝听了，觉得此人必有异能，就召他来见自己。其实鳖灵原本是一只具有灵性的大龟，经过多年的修炼，才变成了人。鳖灵朝见望帝，便对望帝说，自己有治水的本领。望帝一听，非常高兴，便封鳖灵做了宰相。

鳖灵到来后不久，蜀国就发生了一场大洪水。水从河里溢出来，几乎席卷了半个蜀国。巨浪不但席卷了庄稼田地，还淹没了人们居住的地方。老百姓死的死，逃的逃，伤亡惨重。鳖灵受望帝的委任，担起了治理洪水的重任。他先是带领着兵马和工匠，沿着河流，一直走到了巫山。他一看，发现这里堆积了很多泥沙和巨石，堵住了河水，才造成蜀国发生了这么严重的水患。如果能够打通了巫山，使水流从蜀国可以一直流到长江。这样，水患就解除了。于是，鳖灵带领着工匠，疏通泥沙、搬开巨石，经过了很长时间的辛勤努力，才将巫山疏通开了。

蜀国的水灾平息了，老百姓们重新过上了平安富饶的生活。

鳖灵为蜀国立下了大功，望帝十分感谢他，他觉得自己身为一国之君，才能却并不及鳖灵，于是便将自己的王位禅让给了鳖灵，自己到蜀国边境的西山隐居去了。

鳖灵登上了王位，号称丛帝。一开始的时候，他还十分勤劳，种植粮食，兴修水利，使老百姓们过上了富庶的生活。但时间一长，他便开始懒惰下来。不愿意处理朝政，只知道享乐。他甚至还加重了税赋，让老百姓上交很多的钱物。渐渐地，百姓们的日子变得愈发辛苦，越来越无法忍受。

住在西山的望帝听说了这个消息，心中十分着急，他想要回到王宫，要回自己的王位，使鳖灵不能再任意胡为。但无奈此时的鳖灵已经大权在握，望帝根本就对付不了他。望帝没有办法，只能再次回到了西山。他眼见百姓受苦，却又无可奈何，只有每天悲愤、哭泣而已。后来望帝死了以后，便变成了一只能飞能叫的杜鹃鸟。它每天都在蜀国的土地上飞翔，一边飞，一边叫着："不如归去、不如归去!"向人们诉说着自己失去国家的哀伤。啼得多了、累了，甚至有时候还会啼出血来。人们哀怜它，都不去伤害它。一直到现在，在每年桃花盛开的时节，还能听到它的声声啼叫呢。

李冰杀蛟龙

李冰是我国古代的治水名家。两千五百多年前，他作为秦国的蜀郡太守，带领着自己的儿子和老百姓，在四川的灌口疏通河道、建立堤防，修造出了举世闻名的都江堰，终于消除了水患，使老百姓过上了安居乐业的太平生活。千年以来，人们都一直传颂着他的伟大功绩。

传说水患治理好之后的一天，李冰在家中小睡，忽然梦见一个身穿蓝布袍、头戴竹斗笠的老汉哭着跪在他面前。李冰连忙把他扶起来，问道："老人家，您这是干什么，出什么事了？您站起来慢慢说。"老人擦了擦眼泪，站了起来，说道："太守，我乃是这附近高景关的土地公，前不久，高景关旁边忽然冒出一座龙神庙来。庙里的龙神每天要吃掉九头牲畜，每隔十天，还要百姓们给它献上一对童男童女。这些日子，百姓们实在是没有东西再献给它了，它就四处兴风作

浪，发起大水，淹没了无数房屋田地，弄得百姓们流离失所、无法生存下去。小神实在是没有办法，听说太守善治水患，特来求救，求您救救沿河两岸的百姓们吧！”

李冰听了，想了想，说：“老人家，您不要着急，我决不会让恶龙再次兴风作浪、危害父老。您放心，我这就去您说的地方看一看！”说完，李冰叫人牵来一匹马，请土地公上马带路，自己也骑上马，带着官员军士，直奔高景关而去。

到了高景关，李冰一看，山下果然已经是一片汪洋，原本绿油油的千顷良田，都被大水所淹没，只能看到零星的麦苗尖，从水中冒出来。旁边的一座悬崖上，矗立着一座庙宇，匾额上书三个大字——“龙神庙”。走进大殿，只见一个面目狰狞、金盔金甲的龙神坐在正中，背后卧着一条正张着血盆大口的恶龙。

李冰一看，这不正是西海龙王敖顺的九太子吗？以前治水的时候就曾经遇到过它，没想到现在它又跑到这儿来了。

龙王九太子一看李冰来了，吓了一跳，连忙摇身一变，变成了慈眉善目、白发飘举的慈航真人的模样，对李冰说：“李太守，你治理洪水功德无量，我今天特来度你成仙！”

李冰一看，龙神像背后的恶龙消失得无影无踪，而面前这位慈航真人的身上，正飘着和刚才那条恶龙身上一样的血腥味儿，立刻就明白了。他冷笑一声，抽出腰间的斩龙剑，大喝一声：“大胆孽龙！竟敢变成普度众生的慈航真人，还不快快伏法！”说完，举起斩龙剑，就向恶龙刺去。

恶龙一见诡计没有成功，立刻就化作了一股青烟，冲上天空，现出自己九头龙的真身，掉转龙头，直冲李冰扑去。李冰举起斩龙剑，念动咒语，召唤出风神、火神，附在剑上。斩龙剑立即变成了无数把飞剑，向龙王九太子刺去。风神吹出的狂风，让恶龙睁不开双眼；而火神喷出的火焰，又烫得恶龙不敢近前。李冰与恶龙苦战了三天三夜，终于，李冰使出全身的力气，一剑刺中了恶龙，把它降服了。高景关一带又恢复了安宁和太平，洪水退去了，土地也比以前更加肥沃了。

据说李冰六十七岁时的一天，正站在高景关旁边的一块巨石之上，抚须佩剑，放眼四望。看着自己辛苦治理了这么多年的蜀郡，已是良田万顷，河道井然，心中升起无限感慨。忽然，他听见天空中传来一阵悦耳的乐声，抬头一看，只见羽衣使者从天而降，对他说道：“李太守，你治理洪水多年，名闻天府，如今已经是功德圆满，随我升仙去吧！”

李冰抬起双脚，只觉得浑身轻如白云，他走上彩云，和羽衣使者一同飞去了。

后来，人们在高景关附近建起了大王庙，以纪念李冰的功绩。李冰杀蛟龙的传说，也一直流传到了今天。

牛郎织女

相传在很早的时候，曾经有一个忠厚老实的小伙子，他的名字叫做牛郎。牛郎很小的时候父母就去世了，他便跟着哥哥和嫂子一起生活。牛郎的嫂子是个心肠十分狠毒的人，她每天让牛郎干这干那，却还经常不给他饭吃。牛郎每天天不亮就要起来，拉着家里的一头老黄牛到山上去吃草。回来了以后，还要砍柴挑水、烧火洗衣。就是这样，他的哥哥嫂子仍然觉得他是个累赘，每天都在想怎么才能把他赶走。

牛郎织女图扇页

本图是根据我国民间传说牛郎织女的故事绘制而成。画面中牛郎眼望飞鹊，神思遐远；织女则目视牛郎，面带喜色，似正述说着离情别绪。

这一天，牛郎的嫂子就对他说：“你也老大不小的了，不能再让你的哥哥养着你了，我们还是分家吧。”

牛郎听了，也只好答应。分家的时候，哥哥和嫂子几乎拿走了家里所有的东西，只给他剩下了一头老黄牛和一辆破车。从此以后，牛郎便与老黄牛相依为命。他找了一块荒地，每天和老黄牛一起，辛勤耕种，还盖起了一间茅草屋，和

老黄牛一起居住在屋里。

一天，老黄牛突然开口对牛郎说话了，它说：“牛郎，今晚在碧莲池那里，会有几个仙女来洗澡，你提前到那里去，藏在旁边的草丛里，等她们都进了水池以后，你就到她们放衣服的地方去，找到一件粉红色的衣裙，偷偷地把它藏起来。记住，千万别让她们发现你。”

牛郎见老黄牛居然能开口说话，不禁吓了一跳，他连忙问：“老牛，你居然能说话？”

老黄牛点了点头，说道：“我本是天上的金牛星，因为偷了天上的五谷种子，撒到人间，惹恼了玉皇大帝，被罚下了人间。我见你勤劳朴实、忠厚善良，不忍心看你受苦，你按照我说的做，就能娶到一个仙女做妻子。”

牛郎听了，点了点头，说：“好。”

到了晚上的时候，牛郎便提前到了碧莲池，躲在池边的芦苇丛里，过了一会儿，只见天上飘来一片五色彩云，闪耀着奇异的光彩，缓缓地降落在池边。从彩云里走出来七八个仙女，个个都长得清秀端庄、美丽极了。牛郎不禁看傻了眼。仙女们四下张望了一下，见没有人，便纷纷脱下轻罗衣衫，跳进碧莲池里。清凉的池水洗去了她们的疲乏，没一会儿，仙女们就互相嬉闹起来。

趁着这个时候，牛郎连忙从芦苇丛中蹑手蹑脚地走出来，来到仙女们放衣服的大石头旁边，他凑近一瞧，果然有一件粉红色的丝裙，混在衣服里面。牛郎连忙将它拿了起来，悄悄地藏在自己怀里。

然后他站到池水边上，轻轻地咳嗽了一声。仙女们一见有人来了，吓了一大跳，慌忙从水里出来，穿上自己的衣服，驾起祥云飞走了。牛郎转头一看，碧莲池里只剩下了一位仙女，她找不到自己的衣服，只得躲在池水中央，把自己的身体缩在水里。她的容貌比刚才牛郎所见的其他仙女还要美丽，秋水一般的双眸，樱桃一样的朱唇，乌黑的长发上还闪着水光，楚楚动人，漂亮极了。

牛郎一见，知道这就是老牛让他带回来的仙女。他便从怀中拿出那件粉红色的衣衫，对仙女说，要她答应做他的妻子，他才会把衣服还给她。仙女没有办法，便含羞答应了牛郎，跟着他一起回到家去了。

回到家以后，牛郎才知道仙女名叫织女，是玉皇大帝最疼爱的小女儿。织女和牛郎成亲以后，男耕女织，相亲相爱，日子过得非常幸福。不久以后，织女又给牛郎生下了一儿一女，一家四口在一起，生活得非常快乐。

但快乐的日子并没有持续多久，不久，王母娘娘知道了这件事情，非常生

气，令天兵天将立刻到人间，把织女抓回来。

织女正在房里织布，忽听门外风声大作，隐隐有战鼓的声音传了过来。她出门一看，天兵天将已经到了屋前，他们不由分说，抓了织女，就要返回天庭。从地里赶回来的牛郎一见，连忙拉住了织女的手，两个孩子也揪住了母亲的衣襟，一家人哭得声嘶力竭，但最终，天兵天将还是硬生生地将他们分开，把织女带回了天庭，关了起来。

牛郎和孩子们在下面，哭得死去活来。到了晚上，牛郎一个人坐在屋子里面发呆，老黄牛忽然开口，对他说："牛郎，我马上就要死了。我死了以后，你把我的皮剥下来，披上它，就可以飞上天空，找到织女了。"

牛郎一惊，连忙说道："老牛，不要胡说，你怎么会死呢？"

老黄牛说道："不要伤心，我死了以后，魂魄会回到天上，重新变成金牛星。你快披上我的皮，到天上去找回织女吧！"说完，老黄牛就倒在地上，死去了。

牛郎含着眼泪埋葬了老牛。他下定决心，要到天上去，找回织女。他找来一对箩筐，挑起两个孩子，披上老牛的牛皮，刹那间就飞上了天空。到了天庭外面，两个孩子声嘶力竭地呼喊着自己的母亲。织女听见，不禁痛哭失声。她不顾一切地冲了出来，眼看她就要与牛郎和自己的孩子们团聚的时候，王母娘娘赶来了，她拔下自己头上的一只金簪，往他们中间一划，霎时间，一条波涛滚滚的天河就横在了他们之间。

织女站在岸边，望着对面的牛郎和孩子们，哭得撕心裂肺。牛郎和孩子们也同样哭得死去活来。旁边的仙女们看了，都非常难过，到最后，就连王母娘娘也有些感动了。于是，她便同意了让牛郎和孩子们留在天上，但是织女却要回到天庭当中。一年中只有七月七日这一天，才允许他们见上一面。每到这一天，天空中就会飞来许多喜鹊，用自己的身体为他们搭起一座桥，牛郎和织女就在这条鹊桥上相会。

从此，牛郎和他的一双儿女就住在了天上，隔着一条天河，和织女遥遥相望。至今，在明朗的秋天的夜空中，只要你仔细观察，还能看到银河的两边，各有一颗晶莹闪烁着的星星，那就是牛郎星和织女星；而在牛郎星的边上，还有两颗眨着眼的小星星，那便是他们的两个孩子。

天仙配

玉皇大帝和王母娘娘有七个聪明美丽的女儿，但只有小女儿最受父母的宠爱。七仙女不仅生得花容月貌，而且还心地善良，天上的神仙都很喜欢她。不过她也是最淘气的，每日呆在天庭里让她十分厌烦，她很想到人间去走一走。可是她央求了父母很多次，都被拒绝了。这天，她趁着王母娘娘的生日又向母亲提起此事，王母娘娘心情大好，就允许她们姐妹七人到凡间走一趟，但务必尽快返回天庭。七仙女高兴地答应了，于是，小仙女与六位姐姐一同来到了人间。

在人间，一个名为董永的青年正在卖身葬父。董永自幼家境贫寒，母亲早早地离开了人世，后来父亲又病倒了，使得一家人的生活更为拮据。为了给父亲治病，董永几乎变卖了家里所有值钱的东西。可即使如此，他也没能阻止父亲离去的脚步。当父亲死去时，董永已经穷得揭不开锅了。他虽然不能为父亲举行一场隆重的葬礼，但还是希望让父亲尽快入土为安。可是他实在想不到其他筹钱的办法了，所以就只能在大街上卖身葬父。只要有人愿意出钱帮他把父亲安葬，他就愿意为其做三年的免费苦力。后来，一个姓王的财主出钱埋葬了董永的父亲，而董永也就理所当然地成为了他的家奴。

董永卖身葬父的一幕恰好被刚到凡间的七仙女看到了，她被董永的至孝至诚感动了，决定留在人间帮帮这个孝子。七仙女漫步到河边，忽然发现一棵老槐树很是特别。她一眼就认出了这棵树并非普通的槐树，而是经过千年修炼的槐树精。七仙女向槐树精说明了自己的心思，并请槐树精为她与董永说媒。槐树精知道对方是天上的七仙女，有些害怕，他好不容易才修炼的道行，要是让玉帝知道他给七仙女和凡人说媒，岂不是要降罪于他？可是看到七仙女一片赤诚，再说他也确实想帮帮董永，所以就冒险答应了此事。

董永感激王财主出钱帮助自己葬父，因此到了王财主家后，就开始拼命地干活。每天天不亮，他就赶着老牛到地里干活，等到天黑才拖着疲惫的身子回来。然而董永的苦干并没能换来王财主的同情，反倒是换来了更为繁重的劳动。这个王财主本来就并非善人，他之所以出钱帮助董永葬父，完全是因为董永的勤劳能干，而且只出很少的钱就可以换来三年的免费苦力，这种便宜事恐怕并不多见。

如今见董永比他想象的还要能干，他自然要多安排一些活儿让董永干。

董永没日没夜的干活，辛苦疲惫自不必说，其内心的苦楚才是最折磨人的。他常常在想，自己要何时才能结束这种生活、恢复自由之身呢？三年虽说不长，但如此干下去，他真不知道自己是不是还能等到三年期满的那一天。这天，他又到地里干活，中途实在太累了，就到老槐树下乘凉。他实在太苦了，又没有任何倾诉之处，所以就忍不住向老槐树倾诉起来。董永并不知道，这棵老槐树早已成精，能够听懂他所说的一切。

在董永发泄完打算离开的时候，老槐树忽然开口说话了，“董永啊，我知道你是一个诚实善良的好人，你应该有好的命运。我虽然帮不上太大的忙，但是我可以为你促成一段姻缘。今天晚上你就在槐树下等待，到时自会有一位女子前来与你相会，那位女子将会成为你的妻子，她会帮助你渡过难关的。”董永简直不敢相信自己的耳朵。他穷得连自己的家都没了，怎么还敢奢望一段好的姻缘呢？又有哪个女子愿意嫁给他这个连自由都没有的穷光蛋呢？虽然有一些不敢相信，但年轻人都是渴望爱情的，他还是很期待晚上的相会。

当天晚上，董永早早地来到了老槐树下，等待着那位即将成为自己妻子的女子出现。七仙女在得到槐树精的通知以后，也来到了老槐树下。槐树下的董永虽然衣衫褴褛，但其俊朗的外表还是掩盖不住的。七仙女无悔自己的选择，她慢慢走到槐树下，站在了董永面前。董永抬起头来看到七仙女，马上被七仙女的美丽惊呆了。他没想到这位有如天仙的女子竟会走进自己的生活，成为自己的妻子。董永被七仙女迷住了，可是理智还是让他毫无隐瞒地将自己的情况都告诉了七仙女。七仙女再一次被董永的诚实所感动，她笑着对董永说：“没关系，我愿意和你一起还债，直到三年期满的那一天。”

董永和七仙女结为了夫妻，他们并没有举行盛大的婚礼，甚至连酒席都没有摆，只是两个人简单地行了仪式，便生活在了一起。董永将七仙女带回了王财主家，与自己挤在一间茅草屋下。看着美丽的妻子要跟自己受苦，董永很不忍心，因此干起活来更加有劲儿了。他必须尽快重获自由，给妻子一个属于他们自己的家，让妻子过上幸福的生活。而在七仙女看来，即使与董永寄人篱下，住在茅草屋中，她也已经很幸福了。董永对她的呵护备至让她感受到了爱情的温暖，这是她从未感受过的。

七仙女的到来给了董永很大的动力，但没过多久，王财主便发现了七仙女的存在。王财主是个好色之徒，见到美丽的七仙女，就想要将其据为己有。他想董永是自己的家奴，又穷得一干二净，只要他向董永开出个优厚的条件，就一定可以得到七仙女。这天，他叫来董永，和颜悦色地说："董永啊！看你每日那么辛苦，我实在是心有不忍。如今我有一个让你重获自由的方法，不知道你愿不愿意尝试。只要你答应我一个条件，你欠我的债就一笔勾销，从此后你就自由了。"

听到可以马上获得自由，董永非常高兴，忙问王财主是什么条件。可当王财主提出要霸占他的妻子时，董永气得脸都变了颜色。他愤然拒绝了王财主的无理要求，并警告王财主不要再打七仙女的主意。没有如愿的王财主也很生气，对董永更加苛刻起来。他决心报复董永，让董永知道他的厉害。他让董永每天磨一百斤豆腐给他，如磨不完就要接受惩罚。于是，董永开始没日没夜的磨豆腐，根本就没有休息的时间。一连三天三夜，他连眼都没合过。

七仙女看到丈夫这样没日没夜的磨豆腐很是心疼。她来到豆腐坊，对董永说："你已经三天三夜没合眼了，快去睡一会儿吧！我来帮你磨。"可董永说什么都不肯。让妻子跟自己受苦他已经很不忍心了，又怎么能让柔顺的妻子来做这种粗活呢？七仙女拗不过他，就坚持要在豆腐坊陪他。董永答应了。七仙女假称要给董永解闷，就念书给他听。董永听着听着就入了神，不觉放慢了脚步，可磨盘却加快了转速。没用多久，一百斤豆腐就磨好了。

自打七仙女陪着董永磨豆腐以来，董永只需要很短的时间就可以将豆腐磨好，这样他就有多余的时间休息了。王财主见董永每天都能按时交出一百斤豆腐，很是纳闷，心想这个董永果然能干。为了难为董永，他要求董永一天磨出二百斤豆腐来。这下董永可犯了难，一百斤豆腐尚且吃力，那二百斤豆腐根本就是不可能完成的。七仙女让董永不必担心，她自有办法。七仙女用法力磨出了两百斤豆腐，准时交给了王财主。这下王财主彻底惊呆了，他怎么也想不明白，董永是怎么完成这不可能完成的任务的。他觉得其中肯定有诈，便叫人偷偷窥视豆腐坊的情况。

王财主家的下人来到董永磨豆腐的房间外，他捅破窗户纸向里一看，差点儿惊叫出来。只见董永正趴在桌上睡觉，七仙女坐在他的身边，而磨盘却在飞快地转着。下人将自己看到的一切如实告诉了王财主，王财主有些不信，非要自己去看看。在被自己的眼睛证实以后，王财主确定七仙女有某种非凡的法力。可他还想再试一试七仙女的本事，于是便提出要求，只要七仙女能在三天之内织出三十匹财帛，就可以为董永赎身。七仙女答应了。晚上，她叫来自己的六位姐姐，与自己一起织帛。三天过后，七仙女果然交出了三十匹财帛。王财主虽然有些后

悔，但也不能耍赖，只好放了董永。

七仙女和董永离开了王财主家，在一个山清水秀的地方建起了他们的新家，从此过上了男耕女织的幸福生活。然而好景不长，王母娘娘得知七仙女与凡人婚配后非常生气，命令天兵天将抓她回来。七仙女被天兵天将带走了，只剩下董永一个人孤苦无依地生活在世上。他每天都到老槐树下等待七仙女回来，可直到他闭上眼睛，也没能等到七仙女。

天狗食日

在很久以前，有一个叫做目连的年轻人，生就一副慈悲心肠，对神灵也十分虔敬。可是他的母亲却与其大相径庭，总是做一些道德败坏的事情。目连多次劝说母亲，让母亲多行善事，可母亲就是不听。这让目连很是苦恼。虽然他坚决不赞成母亲的做法，但他是个孝子，不敢忤逆母亲，所以就总是跟在母亲后面收拾烂摊子，希望能减少给其他人带来的伤害。当然，他做的这些事情，母亲都是不知道的。

一天，目连的母亲突发奇思妙想，她想要整治整治寺院里的和尚。所有人都知道和尚是吃斋念佛的，不吃荤腥。目连的母亲就想让和尚们开一次荤，她让目连准备了三百六十个狗肉馒头，然后谎称是素馒头到寺庙里施斋。目连当然知道母亲这样做的严重后果，可是他又不敢阻止母亲。不得已，他只好提前通知寺庙里的方丈，让和尚们早做准备。方丈让每个人都准备一个素馒头藏在衣袖里，用来替换目连母亲送来的狗肉馒头。

目连母亲并不知道目连已经告诉了方丈，她带着三百六十个狗肉馒头来到了寺庙，向方丈施了一礼，接着表明了自己的来意。方丈也没有当场拆穿她，也假意谢过她的好意，说是等午饭时变将馒头发给僧人们。目连的母亲不让了，说是无论如何也要看到和尚们吃下馒头才肯离开。方丈暗自庆幸，如果不是早有准备，今天就真的要开斋了。他让目连的母亲留下来与他们共进午餐，到时候就可以亲自看到和尚们进餐了。

到了中午，和尚们纷纷来到饭堂。目连母亲将狗肉馒头亲手发到每个和尚手中，然后便催促和尚们快吃，方丈说道：“按照我们寺庙的规矩，在吃斋之前，必须要先诵经。”目连母亲不耐烦地说：“那就快念吧！”在诵经的时候，和尚们偷偷地把早就藏在衣袖里的素馒头与摆在桌上的狗肉馒头掉了包。待诵经完毕，和尚们便拿起桌上的素馒头吃了起来。目连母亲大笑着说：“今天所有的和尚都开斋了！”说完，便得意地离开了。待其走后，方丈命人将狗肉馒头埋在了后院中。

目连母亲的荒唐行为没能让和尚开斋，但却惹恼了玉帝。玉帝下令将目连的母亲打入十八层地狱，使其化为一只恶狗，永世不得超生。目连虽然知道母亲是罪有应得，但他是个孝子，又怎么忍心看着母亲在地狱里受苦呢？为了将母亲从地狱中解救出来，他日夜苦修，终于成为了地下的地藏菩萨。到了地狱之后，他打开地狱之门，在放出母亲的同时，也放出了很多恶鬼。这些恶鬼投胎到人间作乱，搅得人间不得安宁。玉帝气得大发雷霆，他让目连亲自到凡间解决这个问题。目连到凡间投胎为黄巢，杀了八百万人，使这些人全部返回地府。

至于目连的母亲，则到处寻找玉帝。她对玉帝早已恨之入骨，恨不得将其碎尸万段。于是，她冲到天上四处寻找玉帝，可玉帝哪是那么容易找到的呢？因为找不到玉帝，发疯的目连母亲就吞下了太阳和月亮，使得人间变成一片黑暗。不过她很怕锣鼓和爆竹的响声，因此一听到锣鼓声和爆竹声，就又吓得将太阳和月亮吐出来，人间就又恢复了光明。就这样，人间便有了日蚀和月蚀，天狗食日的说法即是由此而来。

孟姜女哭长城

相传在秦朝的时候，有一户姓孟的人家。孟家只有一位老公公和一位老婆婆，他们没有孩子，每天的生活过得都很寂寞。有一天，孟公公在院子里种下了一棵葫芦，葫芦藤长啊长啊，伸到了隔壁姜家的院子里，结了一个大葫芦。葫芦一半在孟家，一半在姜家。两家一商量，决定把葫芦剖开，一家一半。可没想到，剖开大葫芦一看，里面竟然坐着一个白白胖胖的小姑娘，长得聪明可爱，漂亮极了。孟公公和孟婆婆一看，非常高兴，就认她做了女儿，给她起名叫做孟姜女。

孟姜女渐渐地长大了，出落成一个清秀美丽的姑娘。她心地善良，能歌善

画，十里八乡的乡亲们都很喜欢她。孟公公和孟婆婆更是把她当成掌上明珠。

这一天，孟姜女在自家的花园里游玩，忽然一阵大风刮来，把她的手帕刮到了河里。孟姜女看了看，四下无人，便捋起半截手臂，伸到河里，去捡手帕。刚捡起来，孟姜女忽然发现旁边的大树后面躲着一个人。她吓了一跳，连忙问："你是谁？为什么躲在那儿偷看我？"

树后面的人没有办法，只得走了出来。孟姜女一看，原来是一个长得十分英俊的青年公子。他向孟姜女行了一礼，说道："小姐不要惊慌，我姓范，名叫范喜良。秦始皇修筑万里长城，四处抓民夫，我因为怕被抓到，才从家里跑出来的。我跑到这里，刚想歇口气，却忽然听见一阵人喊马叫的声音，原来这里也在抓人。我一着急，就翻过了旁边的一堵墙，进了这个花园，藏了起来。不是故意躲藏起来偷看小姐的。"

孟姜女听他说得合情合理，不像是临时编的谎话，便说道："范公子，现在你已经看到了我的肌肤，我就不能再嫁给别人，只能嫁给你了。你可愿意？"

范喜良见孟姜女美丽大方，便也同意了这门亲事。他们一块回到屋中，向孟公公和孟婆婆说了这件事。老两口见范喜良举止大方，一表人才，也十分高兴，就选了一个良辰吉日，让范喜良和孟姜女成亲了。

到了晚上，范喜良走进新房，刚刚掀开孟姜女的红盖头，一小队秦兵就闯了进来，把范喜良抓走了。

范喜良自打走了以后，音讯全无。孟姜女整天哭啊、盼啊，可是盼了一年，仍然一点消息也没有。转眼到了冬天，天气开始变得寒冷，孟姜女做好了寒衣，要亲自去长城，给范喜良送去。老两口怎么劝也劝不住，只好让她去了。

孟姜女知道长城在遥远的北方，她就一直往正北走，不知翻过了多少座山，越过了多少条河，却还是看不到长城的影子。她走啊走啊，走得鞋都破了、脚底下流出了鲜血，也不肯停下。就这样日赶夜赶，终于有一天，孟姜女到了长城脚下。她放眼一望，成千上万的民夫，被逼迫着搬运石头、修筑长城，哭泣声、哀号声和监工的责骂声，响成一片。

孟姜女非常着急，她挨个找过去，却始终没找到自己丈夫的身影。她向修筑长城的民夫打听：您知道范喜良在哪里吗？问一个，人家摇摇头，又问一个，人家说不知道。不知问了多少人，她总算打听到一个邻村也被拉来修长城的民夫，她连忙问："您见到范喜良了吗？"

民夫低下头，过了半天，才哽咽着说道："范喜良上个月，就已经累死了！"

孟姜女听了，脑袋里嗡的一声，顿时觉得天旋地转，晕了过去。她醒来以后，放声痛哭，哭声响彻云霄。她一连哭了三天三夜，只听轰的一声，长城倒塌了一大段，里面露出斑斑白骨。孟姜女一下子就发现了丈夫的尸首，她扑了过去，抱着他哭得死去活来。

秦始皇听说长城被一个女子哭塌了一大段，非常生气，他带着大队人马，来到长城脚下，要亲自处置孟姜女。可他一眼看到孟姜女长得这么漂亮，立刻就改变了主意，逼着孟姜女嫁给自己。孟姜女哪肯答应，她恨不得一头撞死在这个暴君面前。但她转念一想，自己还要为丈夫报仇雪恨，不能白白地死去。于是，她强忍住悲痛，对秦始皇说："要我答应嫁给你也行，但你要答应我三个条件。"

秦始皇一听，喜出望外，说："你说吧，我什么都答应你！"

孟姜女说："好！这第一件，我要你给我丈夫立碑、修坟，用檀木棺椁装殓下葬。"秦始皇说："好，应你！"

"这第二件，我要你为我丈夫披麻戴孝，带着文武百官，给我丈夫送葬！"秦始皇说："我堂堂一个皇帝，怎么能给一个小民披麻戴孝啊，这不行。"孟姜女说："如果你不做，我立时三刻，便撞死在你面前！"秦始皇忙说："好好，我依你，依你就是了。"

"这第三件，我要去海边游览。"秦始皇说："这个容易，我依你了！"

几天以后，范喜良的墓修好了，秦始皇披麻戴孝，亲自为他送葬。送完葬后，秦始皇和孟姜女来到了大海边上，孟姜女在海边走着，趁秦始皇一个不注意，她纵身一跃，就跳进了大海。

秦始皇急了，他连忙派人打捞孟姜女，但哪里还找得到孟姜女的影子呢？孟姜女就这样被海水冲走了。也有人说，孟姜女被仙人救起来，接到天宫里去了。

化蝶

从前有一位姓祝的员外，他有一个女儿，名叫祝英台。祝英台从小就生得美丽灵秀、聪明可爱。祝员外夫妇十分疼爱这个女儿。英台自幼就十分喜欢读诗书，十七岁那年，她想去外地求学，可是在那个年代，女孩子是不能进学堂的，英台好不容易才说服了父母，女扮男装，去杭州求学。

有一天在路上，忽然下起了大雨，英台到旁边的一个亭子里避雨，遇到了一个书生。一问之下，她才知道书生名叫梁山伯，也是去杭州求学的。两人越聊越投机，后来索性义结金兰，成了异姓兄弟。他们结伴赶路，一起到了书院。

到了书院以后，梁山伯和祝英台又恰巧被分在了同一个学堂里求学。在书院读书的日子里，他们白天用一个书桌，晚上住一个房间，相互照应，感情越来越深厚。

英台每天都小心翼翼，不让别人发现自己女孩子的身份。有一天，梁山伯与祝英台正在一起读书，山伯一抬头，忽然发现英台的两只耳朵上，各自有一个小洞，山伯十分奇怪，便问道："贤弟，你的耳朵上怎么会有耳洞呀？"

英台连忙笑着答道："梁兄，是这样的，我自小身体不好，小的时候，父母拿我当女儿养着，所以在耳朵上扎了耳洞，还戴过耳环呢！"

山伯也笑了，说："噢，原来是这样啊。"

转眼三年过去了，有一天，英台接到了父亲的一封信，信里父亲催她赶快回家。英台将这个消息对梁山伯说了，两人即将分别，彼此都十分难过。

英台收拾好行李，梁山伯心中难过，非要送送英台。英台点点头，答应了。山伯和英台一面走，一面聊，想起了很多以前的事情。两人一会欢笑，一会沉默，彼此心里都很舍不得对方。英台很想告诉山伯自己是女孩子的事，但又不好意思直接说出来。正在这时，她看到旁边的河里游来两只大白鹅，便指着它们，对梁山伯说："梁兄，你看，前面那两只大白鹅，公鹅正在前面游，母鹅在后面叫着哥哥。"

山伯看了看，忍不住笑了出来，说："贤弟，鹅又不会说话，你怎么知道它在叫哥哥呢？"

英台在心里气得直跺脚，说："我怎么看不出来，你看那白鹅正向你微微笑，它笑你梁兄真像个呆头鹅！"

梁山伯听了，莫名其妙，便也装出生气的样子来，说："既然我是呆头鹅，那从今以后，你莫叫我梁哥哥。"

英台一听，连忙拉住梁山伯的衣角，说："梁兄……小弟说错了。"山伯说："以后不许这样了。"英台答："嗯，不这样了。"

他们说说笑笑，又往前走，面前是一座独木桥。英台迟疑着有些不太敢走，梁山伯见状，便说："贤弟，不要害怕，来，我扶你过去。"英台红着脸，握住了山伯伸过来的手。一边走，英台一边问："梁兄，你看我们这样，像不像牛郎织女度鹊桥？”

山伯听了，以为英台在开玩笑，便说：“你呀！”英台也掩着嘴，偷偷地笑了。

二人不知不觉地已经走了很远，祝英台眼见已经走了这么远了，有些过意不去，便说：“梁兄，你已经送了我这么远了，有道是送君千里终须一别，不如我们就在这里分别吧。”

山伯望着祝英台，心中升起一种莫名的伤感，他说：“贤弟，我们相处三年，情深意重，就让愚兄再送你一程，送你到当初我们结拜的长亭吧！”

英台十分感动，两人谁也没有说话，默默地向前又走了一段，走到了长亭。临别的时候，英台迟疑了一下，问道：“梁兄，我还有一句话，想要问问你，不知梁兄是否已经成婚了？”

“贤弟，你早就知道愚兄尚未娶亲，何以今日又问呢？”

“梁兄，既然如此，小弟想给你做个媒。”

“贤弟愿意替我做媒当然好，但不知是哪家的小姐？”

“我有一个妹妹，排行第九，大家都叫她九妹，不知梁兄可否愿意啊？”

“九妹长得可像贤弟啊？”

英台答道：“九妹的长相，就和我英台一模一样。”

山伯听了，便说：“既然这样，那就多谢贤弟替我玉成此事了。”祝英台含着眼泪，说道：“那梁兄，你可要尽早来我家提亲啊。你记住，我约你，七月初七这一天，到我家来。”说完，英台就告别了梁山伯，转身踏上了回家的路。

却说祝英台回到家以后才发现，原来父亲催她回家，是要把她嫁给一个叫马文才的人。马文才的父亲，是一个大官，但马文才这个人却不学无术，成天只知道吃喝玩乐，是个不务正业的浪荡子。祝英台当然不愿意嫁给他。祝员外便把她关了起来，锁在屋里，不让她出门。

而梁山伯回到书院以后，看着一切都依然如故，只是没有了祝英台的身影，忽然觉得心里空落落的，像少了点什么东西似的。夜里，他辗转反侧，怎么也睡不着，白天也吃不下饭去。他的师母见他这个样子，便对他说：“山伯，其实英台是个女孩子，你这个样子，是喜欢上她了。”梁山伯这才恍然大悟，他又想起英台临走时对他说的那些话，顿时明白了，他立刻赶回家中，告诉母亲，准备去英台家提亲。

可是等他到了祝家之后，才发现祝员外早已将英台许配给马文才了。祝员外

嫌梁山伯家庭贫穷，不肯把女儿嫁给他。英台得知梁山伯来了，不顾阻拦，冲了出来，与山伯相见。梁山伯看见了身穿女装、美若天仙的祝英台，又惊又喜，但祝员外马上就让人把英台抓回了房里，还派人把梁山伯打了一顿，赶了出去。

梁山伯回到家中，又伤心、又气愤，生了一场重病，没有几天，就去世了。祝英台听说了这个消息，哭得死去活来，晕过去了好几次。醒来以后，祝员外说："现在梁山伯已经死了，你还是听我的话，嫁给马公子吧。"

英台止住了眼泪，说道："好，我听您的，但我有个要求，成亲那天，花轿要从梁山伯的墓前经过，我要下轿亲自拜祭他。"

祝员外听了，也只得答应了女儿的要求。

成亲那天，祝英台穿起红嫁衣，告别了父母，上了花轿。吹鼓手们吹吹打打，喜气洋洋。花轿在路上稳稳地走着，不一会儿，就到了梁山伯的墓前。祝英台从花轿中走出来，跪在梁山伯的墓碑前，放声痛哭，直哭得天昏地暗。忽然之间，地上刮起了大风，天色变得昏暗一片，砂石四散飞扬，打得旁边的轿夫和吹鼓手们全都睁不开眼睛。就在这个时候，天上下起了暴雨，只听劈啪一声巨响，梁山伯的墓被雷电劈中，裂开了一个大口子。祝英台仿佛看到躺在棺里的梁山伯站了起来，正微笑着张开双臂迎接她。英台一下子扯下了身上的红嫁衣，露出了里面雪白的衣裙，奋不顾身地扑进了墓里。墓又缓缓地合上了。天空重新放晴。梁山伯的墓旁，长出了无数鲜花。鲜花丛中，一对彩蝶扑扇着翅膀，轻轻地飞向了不知名的远方。

人们都说，那对美丽的蝴蝶，就是梁山伯和祝英台化成的。他们从此相亲相爱，再也不会分离了。

白蛇传

很久很久以前，有一位白蛇娘娘，名字叫做白素贞。她原本是一条白蛇，因为天生具有灵性，又经过了千年的修炼，便具有了法力，可以化成人形。她还有一个干妹妹，叫做小青，是一条小青蛇化成的。姐妹俩常常变化成人形，到四处去游玩。

这一天，白娘子和小青去西湖边游玩。西湖岸上桃红柳绿，风景如画。白娘子和小青这边走走，那边看看，欣赏着这美丽的景色，高兴极了。可是没一会儿，天空中忽然阴云密布，转眼之间，就下起了大雨来。白娘子和小青无处藏身，被大雨淋得透湿。正在发愁的时候，忽然，头顶的雨好像停了。白娘子回头一看，原来不是雨停了，而是一位清秀儒雅的年轻书生正撑着伞为她们遮雨，自己却被大雨淋湿了。青布衣袍上洒满了深色的水渍。

白娘子与书生望着对方，都不由得失了神。小青见状，忙把伞接了过来，说道："谢谢！"白娘子也深施一礼，说道："真是谢谢这位相公。"书生连忙还礼，说："二位不用客气。"白娘子又问道："请问相公高姓大名，家住何处，改天好将伞还给相公，登门道谢。"书生说道："小生姓许，名叫许仙，就住在这西湖边上。"

白娘子和小青道了谢，便撑着伞离开了。

几天以后，白娘子和小青果然到许仙的家里来还伞。此后一来二去，许仙与白娘子之间互生爱慕，不久就成亲了。

成婚以后，许仙和白娘子带着小青，开了一间名叫"保和堂"的药店。由于许仙医术高超，又心地善良，治好了很多疑难杂症，遇到穷苦的百姓，有的时候还赠医赠药，不收分文。一传十，十传百，很快就成了当地老百姓交口称赞的好大夫。白娘子经常到山里去，采摘草药，帮助丈夫。两人彼此恩爱，生活幸福极了。

但好景不长，保和堂的生意红火，却惹恼了一个人，就是附近金山寺的法海和尚。法海和尚会一些法术，平常靠着给老百姓发一些符咒、丹药，收取一些钱物。老百姓以前有了病，也都去金山寺找他。但许仙和白娘子的保和堂一开，就没有人再去找他了。法海十分生气，有一天，他就来到了保和堂，想看一看究竟是什么人在和他抢生意。

法海和尚装成一个云游僧人，走到保和堂门前，正好看到白娘子在大堂里给人看病。法海定睛一看，呀，发现白娘子竟然是一条蛇妖。他心思一转，有了主意。

一天，趁白娘子不在，法海和尚敲着木鱼，来到了许仙家门前，对许仙说："先生，你的脸上有股妖气！"许仙吓了一跳，连忙问："你这是什么意思？"法海和尚在屋子里走了一圈，说道："你的娘子是白蛇变的，你要赶快离开她，才能保住一命！"

许仙一听，非常生气，说："你胡说什么，我的娘子善良美丽，怎么可能是

蛇妖呢！”

法海便说：“你要是不信的话，可以在端午节那天，拿一些雄黄酒给你娘子，看她敢不敢喝下去。”

许仙虽然十分生气，但心中也不免有些起疑。到了端午节这一天，他果然拿了一些雄黄酒，让白娘子喝下去。白娘子知道许仙怀疑自己，没有办法，便只得喝了一口。没想到一口喝下去，白娘子立刻就头昏眼花，她勉强支撑着身体，来到床边，一下子就昏睡了过去。

过了一会儿，许仙轻手轻脚地来到了白娘子的床边，他撩起帘子一看，床上躺着的居然是一条大白蛇。许仙吓得一下子就昏死了过去。

白娘子醒来，见许仙已经没了气息，禁不住痛哭起来。小青在旁边，说：“姐姐，哭有什么用呢？还是赶快想办法吧。”白娘子这才想起来，在昆仑山上有一种灵芝仙草，吃了它，人就可以回过魂来。她连忙赶去了昆仑山，找到了灵芝草。她偷偷地摘下一棵，刚想飞走，却被南极仙翁抓到了。白娘子向南极仙翁诉说了自己的事情，仙翁十分同情她，便破例准许她带走一棵灵芝仙草。白娘子谢过了南极仙翁，赶紧飞回到家中，用灵芝草熬好汤药，把许仙救了过来。

法海和尚见自己的计策没有成功，便把许仙骗到金山寺里，把他关了起来。白娘子见丈夫一连几天没有回来，心急如焚。她四处打听，终于打听到许仙被关在了金山寺。白娘子带着小青，划着小船，来到了金山寺门前，苦苦哀求，请法海放了许仙。可法海不但不放人，还骂白娘子是“蛇妖”，举起手中的青龙杖，就向她打去。白娘子这时已经怀了身孕，打不过法海。一阵打斗之后，白娘子有些支撑不住了。于是她拔下头上的金钗，迎风一挥，海面上立刻就掀起了滔滔巨浪，直逼金山寺。法海一见，连忙脱下自己的袈裟，向空中扔去。袈裟变成了一道长堤，挡在金山寺门外。大浪长一尺，长堤就高一尺，怎么也淹不了金山寺。没办法，她只能暂且逃回了杭州。

后来，被关在寺里的许仙趁法海不注意，逃跑了。他回到家里一看，家中已经人去楼空了。他非常伤心，从此就把自己关在家里面，每天以泪洗面。第二年的春天，又是一个阴雨天，许仙想起了自己与白娘子初次相识时候的情景，便又来到了西湖的断桥边。正当他伤心之际，忽然听到有人在喊他，他转身一看，竟然是白娘子。夫妻相见，禁不住抱头痛哭。

许仙与白娘子回家之后，没过多久，白娘子就生下了一个白白胖胖的男孩。许仙非常高兴。转眼到了孩子满月的这一天，许仙家门前来了一个卖东西的小贩，许仙见他那里有一个非常漂亮的金凤冠，便买了下来，送给了白娘子。白娘子也十分喜欢，坐到镜子前面，把金凤冠戴在了头上。可谁知白娘子刚一戴上，金凤冠立刻就变小了，它紧紧地箍住了白娘子的头，疼得白娘子昏了过去。

这时那个小贩跑了进来，原来他是法海变成的。他朝着金凤冠一吹气，凤冠马上就变成了一个金钵，白娘子被金钵收了进去，从此以后，就被压在了雷峰塔底下。

小青见姐姐被抓，忙上去与法海争斗起来。但她实在打不过法海，没办法，只得化作了一缕青烟，逃回了深山。许仙抱着儿子，泪流满面，他苦苦哀求法海，但法海都不答应。后来，许仙将儿子托付给亲戚抚养，自己出了家，在雷峰塔旁边搭了一间小茅屋，每天守着白娘子。

小青自从跑回深山以后，每天都在努力修炼，希望有朝一日能够打败法海，救回自己的姐姐。不知修炼了多少年，小青觉得自己的法力已经很高了，她便离开了深山，来到金山寺，找法海复仇。

法海一见小青来了，知道她是来复仇的。便拿起了青龙拐杖，和小青打了起来。小青原以为自己经过了这么多年的修炼，法力已经变得很强了。但法海这些年也没有放松修炼，法力同样也比以前高了。小青手持宝剑，法海手握青龙拐杖，叮叮当当地一连打了三天三夜，都没有分出胜负。最后，法海渐渐地支撑不住了。他的青龙杖被小青一下打飞。情急之下，他拿出金钵，想像当年收白娘子那样制服小青。小青一见金钵，想起了姐姐的遭遇，不由一股怒火，直冲心头。她提起宝剑，一下子刺穿了金钵。法海一见自己的两件法器都被小青破掉了，吓得连忙跑回了金山寺。

小青见法海逃跑了，也不去追，她站在寺门外，念动咒语，聚集起自己这么多年修炼得到的法力，呼地从口中喷出一股神火，火苗刹那间包围了整个金山寺。法海一见没有地方跑了，便连忙躲进了螃蟹肚脐下边的一道缝儿里，再也不出来了。

小青虽然打败了法海，但她没有办法推倒雷峰塔。只能望着塔伤心。多年以后，许仙和白娘子的儿子长大了，还中了状元。小青对他讲述了白娘子的遭遇，白娘子的儿子听了以后，忍不住泪流满面。他来到雷峰塔下，大喊一声“娘!”，随即跪倒，磕了三个响头。只听轰隆一声，雷峰塔倒掉了。白娘子从塔底走了出来，紧紧地抱住了自己的儿子，母子俩抱头痛哭。这时，许仙也从塔边的草屋里走了出来，一家三口终于团聚了。

而法海自从钻进了螃蟹壳里，就再也没有出来。原先螃蟹也都是直着走路的，但自从钻进了一个横行霸道的法海，就变成横着走了。

宝莲灯

相传很久很久以前，在华山上有一座神庙，名叫西岳庙。庙里住着一位清秀漂亮的仙女，叫做杨莲。因为她是玉皇大帝的三外甥女、二郎神杨戬的亲妹妹，所以人们也称她三圣母或三娘娘。三圣母美丽善良，但自从被王母娘娘派遣到华山以后，就一直过着孤单寂寞的生活。四下无人的时候，她就会从神台上跳下来，轻轻地唱一唱歌、跳一跳舞。

刘彦昌雨中投宿，三圣母含情相迎。

这一天，三圣母正自己在庙里唱歌、跳舞，消磨时光。忽然，有一个书生走了进来。三圣母吓了一跳，她连忙登上自己的莲花宝座，盘膝坐了下来，重新化作了一尊雕像。

书生名叫刘彦昌，是一位上京赶考的举子，他路过华山，听说山上有一座西岳庙，便登上山来，进了西岳庙，想要游赏一番。不知不觉地，就走到了雪映宫。刘彦昌走进殿里，一眼就看到了三圣母的塑像。他被她美丽、温柔的面容深深地吸引了，不由得心想，要是能娶到这样的女子做妻子，该有多幸福啊！但可惜，这只不过是一尊塑像罢了。想到这里，刘彦昌心中不免有些惆怅，他取出笔墨，随手在雪映宫的墙上题了一首诗，抒写了自己对三圣母的爱慕之情与求而不得的惆怅。

刘彦昌离开以后，三圣母从宝座上下来，走到墙边，看到刘彦昌留下的诗，体味到其中深深的爱慕之情，不由得也被感动了。她轻轻地抚弄着墙上的字迹。刘彦昌不仅诗作得好，书法也十分飘逸流畅。三圣母不禁对这个俊秀的书生产生了一些好奇。她掐指一算，知道刘彦昌已经离开了华山，走到了一个村子附近。于是，她就连忙驾着云雾赶到了他的前面，变作了一个民间女子，等着刘彦昌走来。

刘彦昌走到半路，又渴又累，这时，他看见前面有一间小茅屋，旁边有一位农家女子正在干活。他连忙走了过去，作了一揖，恭恭敬敬地说道："这位姑娘，我是去京城赶考的举子，走到这里，十分口渴，不知姑娘可否给我一碗水喝？"三圣母变成的姑娘对他一笑，说："好，请相公稍等。"说完，就进去拿水了。正在这时，天上忽然下起了倾盆大雨，刘彦昌来不及躲闪，被淋了个湿透，不久，还发起了高烧。三圣母连忙扶着他进了屋子，为他端水熬药，尽心尽力地照顾他。一来二去，两个人互生情愫，彼此都难分难舍，后来他们便结为了夫妻。转眼赶考的时间快要到了，刘彦昌要去京城，此时三圣母已经有孕在身。临别的时候，刘彦昌赠给三圣母一块祖传的沉香，对她说，以后孩子出生了，就起名叫做"沉香"吧。三圣母送刘彦昌，一直走了很远很远。

刘彦昌走了以后，三圣母就一个人在农家小院中居住。但是不久，三圣母私嫁凡人的消息被她的哥哥二郎神知道了。二郎神勃然大怒，他来到凡间，找到三圣母，要带她回天庭受审。三圣母怎么解释，二郎神也不听。实在没有办法的三圣母只得拿出了自己的宝物——一盏宝莲灯。这盏灯是当初王母娘娘送给她做镇山之宝用的，无论什么样的妖魔鬼怪、神仙高人，只要点起宝莲灯，让它放出光芒，都会被震慑降伏。二郎神一见妹妹拿出了宝莲灯，知道自己敌不过，便只得逃走了。

回到天上的二郎神越想越气，他想了半天，想出了一个办法。他让自己的哮天犬偷偷下界，趁着三圣母休息的时候，把宝莲灯偷了出来。二郎神重新下界，打败了三圣母，将她压在了华山山下的黑云洞里。

三圣母在暗无天日的黑云洞里生下了自己和刘彦昌的儿子沉香，她写下了一

封血书，放进孩子的怀里，又偷偷托付土地神，把孩子送到刘彦昌身边。

此时的刘彦昌已经是金榜高中，被封为了扬州巡抚。他回到家乡，却不见三圣母的身影。他心中一沉，连忙跑到华山的圣母殿，在那里发现了一个正在呱呱啼哭的婴儿，凭着那封血书，他才知道这就是自己的儿子沉香，也知道了三圣母的遭遇。但无奈自己只是一个凡人，刘彦昌用尽了办法，也没能把三圣母救出来。

一转眼十多年过去了，沉香长大了，也懂事了。他常常问父亲，自己的母亲在哪里。刘彦昌每次听了，只是低头叹气，不告诉他实情。终于有一天，沉香在柜子里发现了三圣母留下的那封血书，才知道自己的母亲被压在华山底下受苦。沉香又惊讶又心痛，决心到华山去，救出母亲。他把想法对父亲说了，刘彦昌说："孩子，我们区区凡人，又如何跟神仙争斗啊？"沉香不信自己救不出母亲，于是他带上血书，自己一个人去了华山。

沉香历尽千辛万苦，好不容易到了华山，可是华山地方这么大，母亲到底在哪里呢？沉香找来找去，找不到母亲的踪影，忍不住放声大哭了起来。哭声惊动了路过的霹雳仙人。他走到沉香身边，问他："孩子，出了什么事了？你为什么哭得这么伤心啊？"沉香就将事情的经过告诉了霹雳仙人。霹雳仙人听了以后，深深地被沉香的孝心感动了。他说："孩子，你别着急，你的母亲确实是被压在这华山底下，但凭你现在的力量，还不能把她救出来。你要想救母亲，就要从现在开始，努力练功。"霹雳仙人将沉香带回了自己居住的地方，教他武艺。沉香在仙人的指点下，刻苦练功，渐渐学会了十八般武艺和七十三变。十六岁生日那天，沉香收拾好行装，拜别了师父，要去华山营救母亲。临走的时候，霹雳仙人送给了他一柄神斧，告诉他关键时刻必有大用。

沉香一路腾云驾雾，来到了华山黑云洞前，大声呼唤母亲。三圣母听到了儿子的喊声，激动得泪流满面。但她也深知二郎神神通广大，凭自己儿子的法力，还打败不了他。于是，她就让沉香去向舅舅求情，还教给了他使用宝莲灯的方法。沉香来到二郎神庙，向他苦苦哀求。但铁石心肠的二郎神不但不肯放出三圣母，还拿起三尖两刃刀，和沉香打了起来。沉香抡起神斧，与二郎神打在一起。沉香越战越勇，二郎神渐渐有些抵挡不住了。关键时刻，他拿出宝莲灯，想要降伏沉香。但没想到因为不熟悉它的用法，反倒被沉香一下子抢了过去。沉香按照母亲教给他的方法，转动宝莲灯，宝莲灯射出万丈光芒，打败了二郎神。

沉香拿着宝莲灯，回到华山，他举起神斧，用尽全身的力气，冲着山劈了下去。只听轰的一声巨响，华山被劈开了。三圣母终于被解救了出来。母子俩紧紧地抱在一起，泪流满面。二郎神见此场景，不由得也有些感动。他决定放过妹妹一家，不再惩罚他们了。三圣母、刘彦昌、沉香一家团聚，从此过上了幸福的生活。

麒麟送子

麒麟是我国古代传说中的一种神兽。雄的叫“麒”，雌的叫“麟”，合起来就称为“麒麟”了。据说它形状像马，长着龙头、牛尾、马蹄，浑身还长着鱼一样的鳞片。它口能喷火，吼声如雷，但性情却十分温和，从来不伤害人畜，连花草也不随便践踏。因此人们又称它为“仁兽”，把它作为吉祥的象征。

相传春秋时候，在山东曲阜有一条阙里街。街上有一户姓孔的人家。这家的男主人叫做孔纥，女主人叫做颜徵。孔纥六十六岁了，他有很多女儿，但儿子却只有一个，叫做孔孟皮。而孔孟皮的脚还天生有些残疾，不能担当家业。夫妻俩十分忧虑，常常一起到附近的尼山上去祈祷，希望上天能够再赐给他们一个儿子。

也许是孔纥和颜徵的祈祷感动了上天，不久以后，颜徵真的怀孕了。一天夜里，忽然有一头麒麟踏着祥云，来到了阙里。它浑身的鳞片金光闪闪的，非常漂亮。麒麟举止优雅，它走到孔纥家附近，不慌不忙地从嘴里吐出一块方帛来，上面还写着文字：“水精之子孙，衰周而素王，徵在贤明。”第二天，麒麟不见了，从孔纥家中传出一阵响亮的婴儿啼哭声，一个小男孩降生了。邻居们都说，这是麒麟送来的孩子，那块方帛上写着的字，意思就是说这孩子将来长大以后会具有帝王一样的德行，却不居帝王之位，所以叫“素王”，是一位难得的大贤之士。

孔纥听了，非常高兴。他想了想，觉得这个孩子是自己和妻子经常去尼山祈祷，感动了上天，所以才得到的，所以给孩子起名为“丘”，字仲尼。这个孩子长大了以后，果然具有大贤大德，被尊称为“素王”、“万世师表”，古往今来，为无数读书人所敬仰。他就是我国历史上著名的圣人——孔子。而麒麟送子的故事，也由此流传开来了。

葫芦娃

从前，在一个小村子里，住着一个老阿妈，她还有一个女儿，名叫春姐。春姐心灵手巧，她织的布，能引来天上的百灵鸟和林间的花蝴蝶。

一天，春姐正在院子里织布，忽然听见草丛里传来的声音。春姐拨开草丛一看，原来是一只受了伤的燕子，正挣扎着想飞起来。春姐发现燕子的腿摔断了，就连忙找来草药，给它敷在了腿上。燕子休息了几天，腿伤好了，就飞走了。

过了两天，燕子飞回了春姐家中。它绕着春姐飞了好几圈，最后停在了她的手上，张开小嘴，把一颗金黄色的种子放到了春姐手中，然后就飞走了。

春姐将种子种在了自己家的院子里。没过几天，播下种子的地方就长出了一棵绿油油的小苗。春姐过去一看，发现原来是一棵葫芦苗。又过了几天，葫芦苗长大了，葫芦藤上还结了一个小葫芦，看上去十分可爱。春姐忍不住伸手摸了摸它。她的手刚一碰到，葫芦就啪的一声裂开了，一个粉脸粉腮的小娃娃落在了她的手中。他小极了，站起来，还没有春姐的手指那么高。但他却长得十分漂亮，一双眼睛闪着亮亮的光，精神极了。春姐和阿妈给他起了个名字，叫做“葫芦娃”。

从此，葫芦娃就在春姐家住下了，老阿妈和春姐对他都很好。葫芦娃也经常帮助老阿妈和春姐纺纱、织布。

有一天，春姐像往常一样，在院子里织布。忽然，从西北方刮来了一阵狂风。风过去以后，春姐不见了。老阿妈急得没有办法。这时，葫芦娃跳到她面前，对她说：“老阿妈，你别着急，我去把春姐姐找回来。”

葫芦娃跑到了小溪边，找到了见多识广的花蝴蝶，问它道：“花蝴蝶，你每天飞来飞去，一定知道春姐姐被风刮到什么地方去了。”

花蝴蝶说：“在很远很远的西北方，有一座高高的大山，名叫聚宝山。聚宝山上住着一个绿脸妖，专门抢手巧的姑娘给他织布。春姐一定是被他抢走了。”

葫芦娃说：“谢谢你！我这就去那儿，把春姐姐救回来！”

花蝴蝶赶紧对他说：“葫芦娃，那太危险了。听说那个绿脸妖神通广大，他喊一声，山峰都会摇三摇，他吹口气，河水都能结成冰！你去了，肯定回不来了!”

葫芦娃摇摇头，说：“我一定要把春姐姐救回来!”说完，他拿上干粮，就向西北方出发了。

半路上，葫芦娃遇到了金翅鸟，金翅鸟问他：“葫芦娃，你要去干什么呀?”葫芦娃说：“我要去救春姐姐，你愿意带我去吗?”金翅鸟点了点头，飞到了他的身边。于是葫芦娃骑到了金翅鸟的背上，向西北方飞去了。

不知飞了多远的距离，金翅鸟停了下来，对葫芦娃说：“葫芦娃，我听见了青蛇在地上爬行的声音，看到了怪虫在旁边飞舞的轨迹，这地方太可怕了，我们还是回家吧!”

葫芦娃说：“不行，还没有找到春姐姐，我不能回去!”金翅鸟见说不动葫芦娃，就拍拍翅膀，自己掉头飞回去了。

葫芦娃一个人继续往前走。走啊走啊，直磨得鞋破了，脚掌都流出血来，他也没有放弃。渴了就喝山泉，饿了就吃野果，走了整整七天，他放眼一望，忽然发现前面有一座高极了的大山，天空中的云彩，才到半山腰。这就是聚宝山。

葫芦娃费尽了力气，爬上了聚宝山的山顶。山顶上有一座宫殿，葫芦娃隔着宫殿的水晶墙偷偷往里一看，绿脸妖坐在宫殿里，好像睡着了。

葫芦娃刚想走过去，没想到绿脸妖忽然醒了，他大喊一声：“有生人的味道!”然后向旁边的岩石吹了一口气，山顶上的岩石和冰块立刻就把葫芦娃冲走了。冰水寒冷刺骨，把他冻得昏了过去。

等葫芦娃醒过来的时候，发现自己落在了一棵大松树上，捡回了一条命。但这棵大松树长在悬崖上。只要一个不小心，就会掉进万丈峡谷里。葫芦娃十分着急，忽然，旁边飞来了一只大雕。葫芦娃灵机一动，等雕飞到自己身边的时候，纵身一跳，跳到了大雕的背上，对它说：“大雕啊大雕，我来找我的春姐姐，你知道她在哪里吗?”

大雕说：“在宫殿后面有几间石头屋，有一个被绿脸妖抓来的姑娘，被关在那里面。”

葫芦娃听了，说：“大雕，你能带我到那里去吗?”

大雕点了点头，带着葫芦娃飞到了山顶上水晶宫殿的后面。葫芦娃说：“谢谢你，大雕!”然后向下一跳，刚好落在了一堆稻草上面。

葫芦娃一看，果然有三间石头砌成的屋子，屋子里有一个姑娘，正在一边织布一边流泪，正是春姐。他连忙从窗户的缝隙里跳了进去，喊道：“春姐姐，我

可找到你了！”

春姐一看葫芦娃，又惊又喜，高兴得流下眼泪来。葫芦娃说：“春姐姐，你别着急，我一定救你出去。”他看了看四周，大门是用大石头做成的，窗户上也都插上了坚硬的铁条。葫芦娃问春姐：“妖怪把钥匙放在了什么地方？”

春姐说：“钥匙在他的手腕上，一刻也不摘下来。”

葫芦娃说：“春姐姐，你等着我，我一会儿就回来。”说完，就从窗缝里又跳了出去。

葫芦娃来到大殿，见绿脸妖躺在床上，睡得正香。葫芦娃蹑手蹑脚地走了过去，把钥匙从他的手腕上拿了下来。因为葫芦娃太小了，钥匙居然比他还要大。葫芦娃只能把钥匙扛在肩上，一点一点地挪。走到门口的时候，钥匙不小心碰到了门框上，发出了叮的一声。绿脸妖一下子醒了过来，他刚要抓葫芦娃，葫芦娃就躲到了墙缝里。绿脸妖想用手把他抓出来，却怎么也伸不进去，气得坐在一边呼呼直喘。

葫芦娃趁这个机会跑了出来，站到支撑大殿的石柱子旁边，大声喊着：“绿脸妖，我在这儿呢！来抓我呀！”绿脸妖气得张开大嘴，一下子咬过去，没抓到葫芦娃，却把大柱子咬断了。葫芦娃又跳到另一根柱子底下，绿脸妖又咬断了这一根。不一会儿，大殿里的柱子就全被他咬断了。只听轰隆隆一声，大殿塌了下来，绿脸妖被砸死了。

葫芦娃扛着钥匙，跑到小石屋，拿起钥匙，打开了门锁，救出了春姐。

下山的时候，葫芦娃觉得十分口渴，就跑到一个山泉旁边，拼命地喝了起来。忽然，春姐惊讶地喊道：“葫芦娃，你长高啦！”

葫芦娃低头一看自己在泉水里的倒影，果然长得很高很高，又壮实、又英俊。

春姐和葫芦娃手拉着手，高高兴兴地回家去了。

长发妹

很久很久以前，在一个小村庄里，住着一位美丽的姑娘，她的头发很长很长，久而久之，人们忘记了她的本名，都叫她作长发妹。

有一年，一连好几个月天空都没有下雨，村庄里发生了严重的干旱。平日绿油油的田地，都旱得裂开了一条条大口子，村里的人们没有办法，只能每天去距离村子好几里地以外的小河中去挑水，一来一回，十分辛苦。

有一天，长发妹去山上割猪草，她爬呀爬呀，不知不觉，就爬到了山顶。她割完了猪草，刚要下山，忽然发现在一个悬崖的石缝里，长着一棵嫩绿嫩绿的萝卜缨。长发妹又惊又喜，想要把它拔下来，带回去给母亲吃。于是，她探出身子，抓住萝卜缨，用力往外拔。但拔了好几次，都没有把它拔出来。

长发妹十分奇怪，便紧握住萝卜缨，用尽全力，一下子把它拔了出来。这时候，奇异的事情发生了：萝卜缨拔出来的地方，留下了一个石洞。清澈透亮的泉水，正汩汩地从石洞里冒出来。长发妹忙把嘴凑到泉边，喝了起来。泉水又清又甜，简直像天上的琼浆玉液一般。一口喝下去，让人觉得几个月的干渴都解了。长发妹高兴极了，她心想，有了这眼泉水，乡亲们就不用再去那么远的地方打水了，这是多么大的一个好消息呀！她真想立刻跑下山去，告诉乡亲们这个好消息。

可就在这时，只听忽的一声，长发妹刚刚拔出来的萝卜缨忽然一下子从她的手里飞了出去，飞回到刚刚那个石洞中，堵住了泉水。一阵大风，把长发妹吹了起来，等她再睁开眼睛的时候，已经到了一个山洞里。

山洞里坐着一个巨人，长得十分可怕，他对长发妹说："我是山神，泉水是我的，你要是敢把这个消息告诉别人，我就杀了你。"说完，又刮起一阵大风，把长发妹送回了山下。

长发妹十分害怕，她只得把这个消息隐瞒了起来。日子一天一天过去，天上仍旧没有下雨。干旱越来越厉害。老百姓每天挑水，肩头都被勒出了一道深深的印痕。长发妹看在眼里，心里非常难受。她多想把山上有泉水的事情告诉大家呀，但一想起巨人的话，她又只得把话咽了下去。长发妹愁啊愁啊，渐渐地，头发都变成了雪白雪白的。

有一天，长发妹去河里挑水，回来的时候，看到一个老大爷挑着一担水，走着走着，不小心被一块石头绊倒了，头磕在地上，鲜血直流。长发妹连忙跑过去扶起他，老人顾不得自己的伤，只是一个劲地念叨着："水、水啊……"

长发妹顺着老人的手指看过去，原来他刚刚挑的两桶水已经倒在地上，都洒了出来。长发妹心里一阵酸楚，再也忍不住了，她脱口而出："老爷爷，山上有一个萝卜缨，只要拔掉它，泉水就能流出来！"

长发妹跑回村子里，一边跑，一边大声喊："乡亲们，山上有泉水，快跟我来！"百姓们都跟在长发妹后面。到了山顶，长发妹一把拔下萝卜缨，扔在石头上，让大家把它赶紧砍碎，防止它再飞回去。清泉马上就流出来了，大家都欣喜若狂，长发妹又让大家把泉眼凿开，凿得像小水井一般大。巨人再也堵不上了。泉水哗哗地向山下流去，百姓们高兴得一边喊着一边追着它跑去。只有长发妹还留在山顶上。一阵狂风刮来，她又被带到了巨人的山洞里。山神生气地朝她大喊："你居然敢告诉别人，我要杀了你！"

长发妹这时反倒不害怕了，她说："为了乡亲们，我不怕死！"

山神一见，便又说道："那好，我要把你放在悬崖底下，让泉水每天都从你的身上冲过！你永远也别想出来！"

长发妹说："随你怎么处罚我，但是请你让我最后回家一趟，见我母亲最后一面。"

山神同意了，他说："好吧，但是如果你敢不回来，我就把村子里的人都杀死！"

长发妹回到家，跪在母亲跟前，拼命忍住眼泪，对母亲说："娘，我有点事情，要出一趟远门，我已经请邻居大妈照顾您了，以后我不在，您要好好照顾自己。"长发妹的母亲点了点头，笑着答应了。

一切都安排好了以后，长发妹拖着一头长长的白发，毅然决然地向山顶走去。走到一棵大榕树底下的时候，她再也忍不住了，抱住大榕树，呜呜地痛哭了起来。不知哭了多长时间，长发妹再睁开眼睛的时候，忽然发现面前站着一位身穿绿衣服的老人。

老人问："孩子，你怎么哭得这么伤心啊？出什么事了？"

长发妹就对老人诉说了事情的经过。老人听了，呵呵一笑，说："孩子，别担心，我有办法。我凿了一个石头人，让它替你躺在悬崖下面。你现在只要把你的头发剪下来，缠在它的头上，巨人就认不出来啦。"

长发妹绕到大榕树后面一看，果然有一个石头人，模样和自己很像很像。长发妹将自己的头发剪下来，缠在了石头人头上。老人扛起石头人，把它放在了悬崖下，泉水哗哗地从山顶飞下，冲到石头人的身上，就好像是长发妹自己站在那里一样。

长发妹靠在大榕树上，见问题已经解决了，不禁开心地笑了。她忽然觉得头上有些痒，伸手一摸，哎呀，原来她又重新长出了一头乌黑油亮的长发！大榕树千里传来老人的声音："长发妹，山神不会再找你了，回家去吧！"

长发妹向榕树老人道了谢，高高兴兴地回家去了。

柳毅传书

唐代仪凤年间，有一个名叫柳毅的书生，他到当时的京城长安去参加科举考试，可是没有被录取。回家的路上，他想起自己有一个朋友住在泾阳，就去他那里辞行。他骑着马走着走着，忽然看到道旁有一个女子正在放羊。她长得很漂亮，但是穿着十分破旧。她双眉微皱，面带愁容，好像刚刚哭过的样子。柳毅忍不住下马问道："姑娘，出什么事了？你怎么这么痛苦啊？"

女子向柳毅行了一礼，说道："这位相公，我是洞庭龙王的小女儿，父母把我嫁给了泾川龙王的二儿子。但他天生放荡不端，每天吃喝玩乐，我劝他，他不但不理我，还骂我、打我，公公和婆婆也偏向他。他们把我赶了出来，让我在这里挨饿受冻。我想要告诉家里人，让他们来救我，可是洞庭湖离这里好远好远，我怎么才能让他们知道呢？我心里难过极了，所以才在这里哭泣。我听说今天会有一个去南方的相公经过这里，想请您帮我带一封书信回去，但不知道您可以答应吗？"

柳毅说："姑娘，我听了你的故事，心里也十分难过，不要说是洞庭湖，就是刀山火海，我也要帮你把信送去。但我毕竟只是个凡人啊，洞庭湖水那么深，我怎么才能到龙宫呢？"

龙女说："这点您不用担心。在洞庭湖的南岸，有一棵大橘树，您到了那里以后，就解下腰带，绑在树上，再在树干上敲三下，就会有人出来问您。您就跟着他走，就能到达龙宫了。希望您将我的痛苦都告诉我的家里人。"说完，龙女从衣襟里拿出信来，交给柳毅，并且向他拜了又拜。

柳毅说："你放心，我一定替你把信送到。"

柳毅一路快马加鞭，来到了洞庭湖。到了南岸，他一看，果然有一棵大橘树。他连忙换下自己的腰带，绑在树上，敲了三下。一会儿，只见湖上忽然浪花翻涌，滚滚的白浪托着一位武士打扮的人，出现在柳毅的面前。武士向柳毅行了礼，问道："贵客从哪里来？"柳毅说："我受人之托，特来拜见大王。"武士说：

"既然如此，请跟我来。"柳毅看了看深深的湖水，露出了为难的表情。武士笑了，说："贵客不用担心，尽管跟着我就是。"说完，他向洞庭湖一挥手，湖水立刻就向两边分开了，中间出现了一条道路。武士让柳毅闭上眼睛，自己带着他前进。

等柳毅再睁开眼睛的时候，已经到了龙宫。过了一会儿，龙王从里面走了出来。他身穿紫袍，头戴龙冠，手执青玉。洞庭龙王打量着柳毅，问道："先生从何处来？所为何事呢？"柳毅就将自己在泾阳遇到龙女的事情说了一遍，并将龙女的信交给了龙王。龙王读完了信，伤心极了，忍不住哭了起来，对柳毅说："身为父亲，女儿在远方受难我都不知道。如果不是您仗义相救，为小女传递消息，我们到现在也不知道她过着这样的日子啊。您的大恩大德，真是粉身碎骨也难以报答啊！"说完，又哀叹了好久。旁边的侍从们，也都忍不住呜咽起来。

忽然，龙王好像想起了什么似的，说道："赶快止住哭声，千万不要让钱塘君听见了。"柳毅忍不住问："钱塘君是谁啊？"洞庭龙王说："钱塘君是我的弟弟，以前做过钱塘那一带的龙王，但是因为脾气太暴躁，早先在唐尧时代，曾经闹过九年的洪水，就是他发怒的缘故。如果这件事让他知道了，不知道又会闹出什么事情来。"

正说着，只听一声天崩地裂似的巨响，宫殿被震得摇摇晃晃。一条身长有千余尺的巨龙，闪电似的目光，血红的舌头，浑身披着金色的鳞甲，一下子从宫殿当中飞出去了。柳毅吓得扑倒在地上，洞庭龙王忙把他扶起来，说："不用害怕，这就是我的弟弟洞庭君，他一定是听见了我们刚刚的说话，去救小女去了。"

果然，过了一会儿，忽然有仙乐声响了起来，海中出现了朵朵彩云。一个身着华丽丝裙的女子，在侍女的簇拥下，缓缓地来到了柳毅面前。柳毅一看，正是托他传信的那个龙女。龙女走到柳毅面前，含着泪行了礼，说道："多谢相公，替我传书，我才得以被解救出来。"说完，就走到自己的父亲面前，随着龙王进去了。

过了一会儿，洞庭龙王和龙女重新出来，摆下了丰盛的宴席，请柳毅吃。又见有一个人，同样身披紫袍，手持青玉，站在龙王的身后。洞庭君向柳毅介绍说："这就是钱塘君。"柳毅起身上前，向钱塘君行礼。钱塘君也很有礼貌地还了礼，对柳毅说："我的侄女不幸，嫁了一个那么坏的小子，多亏您仗义传书，才将她解救出来。您的恩德，真是难以用言辞感谢。"柳毅谦让地作了一揖，表示不敢当。

龙王一家很热情地招待了柳毅，临走的时候，还送给他很多珍宝。柳毅回到地面上，努力读书，终于中了举。不久，父母为他娶了一门亲。晚上，柳毅掀开新娘子的红盖头一看，居然是他曾经救过的龙女。龙女说："相公将我从苦难之中解救出来，我感谢您的恩德，没有什么能够报答，请让我做您的妻子，照顾您吧。"柳毅高兴极了，从此，他们就幸福地生活在了一起。

河伯娶妻

西门豹奉命治理邺县。当他到达邺县的时候，发现这里人烟稀少，贫穷落后，百姓的生活十分困苦。他不明白邺县为何会如此荒凉，就找来县里的几位老人了解情况。老人们据实相告，向新县令大倒苦水。

原来，邺县附近有一条漳河，近些年来河水常常泛滥，使邺县的百姓饱受洪灾之苦。为了治理水患，人们想了很多办法，但却没有一点儿效果。后来，一个巫婆说漳河水泛滥是因为邺县的百姓触怒了下面的河伯，只有每年送给河伯一个年轻美丽的女子为妻，才能让河伯消气。自那以后，邺县开始每年为河伯选妻。这些被选中的女子在盛装打扮后，就会被投入漳河水中，说是到河里与河伯成亲。如今，已经有无数人家的女儿做了河伯的妻子。邺县人民每提到此事，都感到十分痛心，可他们又无可奈何。很多家中有女儿的人家，都搬离了邺县，以免他们的女儿被选中。

西门豹听了老人们的诉说，当即决定去会一会这个巫婆。如此骇人听闻之说，他还是第一次听说。如果不能破除妖言、为百姓除害，那他还有什么资格做邺县的父母官。他对几位老人说："河伯娶妻之事纯属子虚乌有，我会证明给你们看的。你们先回去吧！等到今年河伯娶妻的时候，我和你们一起去，我要当场揭开那个巫婆的真实面目，并让她得到应有的惩罚。"老人们将信将疑，各自回了家。

到了河伯娶妻那天，西门豹和众人一同来到了河边。不一会儿，几个人抬着轿子向河边走来了。走在最前面的是一个七十岁左右的老太婆，一边走嘴里还在一边念念有词地说着什么。后面跟着的花轿中坐着一位年轻美丽的女子，女子虽然做了精心的打扮，但却难掩其黯然的神色。她坐立不安地东张西望着，眼神中

流露出凄凉和绝望。待轿子停在岸边，巫婆就开始做法。一阵故弄玄虚之后，她就下令将女子投入河中。后面的随从举起女子就要往河里头投，女子一边哭一边大喊：“放开我，放开我，我不去！”可是她的哭喊是没有用的，随从们已经将她架起来了。

就在随从们欲将女子投入河中的紧急关头，西门豹及时制止了他们。巫婆见有人来捣乱，很是生气，但得知对方是本县新上任的县令后，也不好发作，只是请求县令不要误了吉时，以免惹怒河伯。西门豹笑着说：“不急，不急，先让本县看看这个女子的容貌如何，我们可不能怠慢了河伯。”巫婆一听，知道县令不是来和自己作对的，忙高兴地说：“大人请看，这是我精心挑选的，保管您看了满意。”西门豹揭开女子的盖头，故作生气地说：“这样丑陋的女子也能去侍候河伯吗？不行，还是过两天再选一个更好的送去吧！”巫婆忙说：“可是如果错过了今天的日子，我怕河伯会不高兴呀！”西门豹说：“那就烦请您亲自去跟河伯说一说吧！”说着，便让人将巫婆投入了河中。

众人还来不及反应，巫婆就已经入了水。他们还不知道这位县令大人究竟要做什么，但看着巫婆被投入河中，大家都觉得很解气。尤其是刚刚被救下的女子，更是对西门豹充满了感激之情。在众人议论纷纷之际，西门豹却显得异常平静。他只是静静地注视着水面，彷佛在等待着什么。过了一会儿，西门豹回过头来对巫婆的随从说：“她已经去了这么久，为什么还不回来呢？你去催一催吧！”说着，又命人将一名随从投进了河中。其余的随从已经被吓傻了，他们当然知道巫婆是不会上来的，如果这位县令大人高兴，那他们岂不是都要被丢到河里去？

又过了一会儿，西门豹又回过头来对剩下的随从说：“我想一定是她们与河伯的谈判出了什么问题，那就烦请你们去帮忙跟河伯说说情吧！”随从们连忙跪倒在地，请求西门豹放过他们。西门豹冷冷地说：“放不放过你们不是我说了算，那要问乡亲们肯不肯放过你们！”这时，乡亲们已经摸清了状况。他们早就对这些人恨之入骨，哪肯放过他们呢？西门豹假装无奈地说：“看来是你们坏事做得太多了，乡亲们都不肯放过你们，那我也只好按照大家的意思办了。”说着，就让人将剩下的随从全都扔进了河里。

惩治过巫婆和她的随从们，西门豹又对所有在场的百姓说：“这些人都是罪有应得，是他们的报应。你们都看到了，那个所谓的巫婆根本没有任何神通，她被投入河中也一样不会上来，所以她根本不是什么河伯的使者，至于河伯娶妻，那就更是无中生有的事了。这些年让大家受苦了，以后我会带领大家摆脱这种状况，让大家重新过上好日子！”人群中早已有人带头鼓起了掌，漳河边一片欢呼之声。

后来，西门豹带领人们兴修水利，挖渠引水，终于摆脱了洪水的侵袭。人们又过上了好日子，而那个所谓的河伯，也再没闹过事。

十不全和尚

在一些大的寺院里，通常供奉着很多罗汉像。这些罗汉大多被塑造得高大威武、相貌堂堂，或是慈眉善目，一脸祥和。但惟独有一个和尚，和别人都不一样。他长着癞痢头、头上长着歪嘴、歪鼻头、斗鸡眼和招风耳朵，他还驼背、鸡胸、跷脚、抓手、斜肩，长得十分奇怪。因为他有这十样毛病，所以叫做“十不全和尚”。第一次看到十不全和尚的样子的人，常常会觉得很有意思，还有一点可怕。但其实十不全和尚是个很有正义感的僧人。

传说十不全和尚原本是南宋时候的一个读书人，他文章写得很好，但是因为看不惯当时宋朝朝廷苟且偷安、任由金人欺负的态度，所以总是在文章里面冷嘲热讽、批评时事。他考了好几次科举，但都因为这个毛病，而被考官排斥。后来，十不全和尚看破了世道，就出家去庙里，当了一个烧饭的和尚，一天到晚疯疯癫癫的，常常胡言乱语，后来大家索性就叫他疯和尚。

那时候，秦桧和他的老婆王氏刚刚设下毒计，害死了抵抗金兵进攻的大英雄岳飞。老百姓们对秦桧都恨得咬牙切齿，但秦桧在当时手握大权，百姓们都是敢怒不敢言。

那年的大年初一，秦桧带着他的老婆王氏，去庙里烧香。他们一进门，就看见有一个穿得破破烂烂的和尚，正在院子里挖一棵桧树。那桧树青翠挺拔，看上去十分健康，不像是有病的样子。好端端的一棵树，这和尚干吗非要把它砍掉不可呀？秦桧十分奇怪，便走上前去问道：“和尚，大年初一的，应该讨个吉利，干吗要把这棵好端端的树砍掉呀？”

和尚直起身来，冷冷地看了秦桧一眼，说：“这树里生了黑心虫，要是不把它砍掉，就会危害到旁边的松树、柏树上了！”

秦桧没听出来和尚的话外音，又说道：“那把它锯掉就好了，何必花这么大

的力气把它挖出来呢？”

和尚听秦桧这么说，不禁又冷笑了一声，说道：“大人，你这就有所不知了。俗话说得好：打蛇打七寸，砍树先砍根。你看这桧树，叶子像柏树，树干像松树，外表忠贞，里面却坏透了，这样不三不四的东西，留它何用啊？”

和尚说桧树生了黑心虫，不砍掉它，就会危害到旁边的树。

秦桧一听，心里明白了，原来这和尚是在指桑骂槐，听着好像是在说桧树，实际上却是在骂自己。他心里非常生气，但大年初一还没烧香，就抓人打人，又不好。正在犹豫的时候，他老婆王氏一看势头有点不对，便连忙拽了拽他的衣服，对他说：“赶快去烧香吧。”

秦桧啐了一口唾沫，领着老婆，大摇大摆地走上了佛殿。两人在佛祖面前点了红烛、烧了檀香，恭恭敬敬地跪在蒲团上，拜佛祝愿。烧完了香，秦桧和老婆起身要走。走到庙门口的时候，秦桧忽然看到墙上贴着一张大黄纸，上面歪歪斜斜地写了一首诗：

伏虎容易纵虎难，
东窗密计胜连环，
可恨彼妇施长舌，
痛煞老僧心胆寒。

秦桧一看，当时就呆住了。他以为东窗密谋、陷害岳飞的事，没有几个人知道，却没想到这写诗的人竟一清二楚！王氏见秦桧呆立着不动，便顺着他的目光看去，看到那首诗，也吓得呆在那里。夫妻俩你看看我、我看看你，不由得直冒冷汗。秦桧半晌说不出话来，最后，才喃喃地说："反了！真是反了！"他叫来寺里的当家和尚，喝问道："这诗是谁写的？赶快给我查明！"

当家和尚吓得索索发抖，连声说："贫僧这就去查，这就去查。"一会儿，当家和尚领着一个僧人回来了。秦桧一看，正是那个挖桧树、吃狗肉的疯和尚。秦桧一见，勃然大怒，指着他骂道："我以为是谁写的，原来是你这个蓬头垢面的脏和尚！"

和尚冷笑一声，说："我还以为是谁在叫唤，原来是个专门吃里扒外的。"

秦桧气得暴跳如雷，他一眼看见了和尚的扫帚，便大声喝道："你扫帚这么新，不是个懒和尚是什么？"

疯和尚也顿时厉声喝道："你说我懒吗？告诉你，铁扫帚可不是扫地用的，是要扫尽天下一切卖国贼用的！"说完，就抡起扫帚，向秦桧扫去。秦桧连忙闪到一边，转过身来，一把拽住了疯和尚的腰带。这一拽不要紧，那腰带顿时变成了一条长蛇，张开血盆大口，向秦桧咬去。秦桧和王氏吓得魂不附体，当场就昏了过去。等他们醒过来的时候，那疯和尚早已不知去向了。

这件事后来被人们称为"疯僧扫秦"。百姓们敬仰疯和尚的气节和胆识，就把他奉为菩萨，塑了像，供在罗汉堂里，千秋万代让世人瞻仰。

父子斗鳄妖

很久以前，景星湖一带原本是一个富饶的鱼米之乡，百姓们耕地打渔，过着十分幸福的日子，但不知从什么时候开始，湖里来了一条修炼了五百年的鳄鱼精，四处兴风作浪、吃人吃兽，百姓们吓得谁也不敢接近湖边，也不敢去种地，渐渐地，很多人都搬走了。

一天，一位道人下山化缘，来到了景星湖畔，他见此地风光秀美、物产丰饶，人烟却十分稀少，觉得十分奇怪，就走到了一个铁匠铺，与铁匠夫妇攀谈

起来。

铁匠姓雷，身体十分健壮，臂力过人，二三百斤的大铁锤，在他手里，就像玩具一般，转动自如。他的妻子聪明贤惠，他们还有一个儿子，名叫畴儿。听到道人问起这附近为何少人居住的事，他不由得长叹一声，将鳄鱼精作怪的事情告诉了道人，并问道人有没有办法把它除掉。

道人沉吟了一会儿，说道："办法倒也不是没有。鳄鱼精浑身都长着硬甲，刀枪不入，要想杀它，只有练成百步穿杨的功夫，用箭射中它的咽喉，才能将它杀死。"

雷铁匠说："既然如此，我愿意跟您学习射箭，为大家除害！"

道人说："那好，明天日出之前，你到庐山的仙人洞来找贫道，贫道自会教你。"说完，就化成一阵清风走了。

从此，雷铁匠每天日出之前就赶到庐山，向道人学习射箭的功夫，日出之后就下山。日复一日，铁匠射箭的本事已经有了很大的成就，百步以外柳树上挂着的小铜钱，他都能够一箭射中。铁匠觉得自己的功夫已经到家了，可以对付鳄鱼精了，就不再到庐山上找道人学艺了。

道人见铁匠好几天都不来，知道他已经骄傲自满，不愿意再来学艺了，就让仙鹤给他送去了一张纸条，上面写着"百步穿杨，水滴石穿"八个字。

铁匠的妻子看了纸条，问道："道长纸上所写的'百步穿杨'四个字，为什么把"杨"写成了"扬"啊？你想没想过，这是什么意思吗？"

铁匠哈哈大笑，说："能有什么意思？无非是道长写错字了呗！"

这一年的夏天，连续下了好几天的大雨，江湖泛滥，鳄鱼精又要来作祟了。铁匠每天都去江边，选择位置，考虑杀死鳄鱼精的办法。终于到了事先选定好的日子，铁匠的妻子帮他摆好弓、磨好箭，带着儿子畴儿，陪着他一起到了湖边。村民们听说了这个消息，也都从四面八方赶来了，为他鼓劲助威。

到了中午时分，天色突然变暗了，乌云阵阵、狂风怒号，鳄鱼精挥舞着利爪，出现在湖面上。雷铁匠连忙搭好弓箭，趁着鳄鱼精露出湖面的时候，刷的一箭，直冲鳄鱼精的咽喉射去。但鳄鱼精早有准备，它翻身一滚，躲过了利箭。箭头从它的咽喉旁边划过，射在了它的右脚上。鳄鱼精受伤，疼得大吼一声，张开血盆大口，一下子将雷铁匠咬成了重伤。雷铁匠的妻子和儿子赶忙跑到雷铁匠身边，但这时的雷铁匠早已奄奄一息，他拉着儿子的手，拼尽最后一点力气，对他说道："要记住……穿扬……石穿……报仇，为民……除害……"说完，就去世了。

雷铁匠的儿子畴儿聪明勇敢，他长大以后，决心继承父亲的遗志，消灭妖鳄，为民除害。他每天都努力地练习弓箭，终于也达到了能够百步穿杨的地步。他也想找一天去除掉妖鳄，但是母亲却不同意。畴儿十分奇怪，便问母亲是为什么。

雷铁匠的妻子拿出了当年道士送给铁匠的纸条，对儿子说："畴儿，当年你父亲临死的时候，要你记住'扬'、'石'这两个字，是有理由的。当年道长留给你父亲的纸条上，将'杨'写成了'扬'，我一直觉得奇怪。这些年，为娘想了又想，终于想明白了，道长之所以将'百步穿杨'的'杨'写成这个'扬'，是要告诉我们，不是要射静止不动的杨柳，而是要射飘扬摆动的柳枝。你爹当年没有明白这个意思，没练成这个功夫，所以才没能杀了鳄鱼精。"

畴儿听了母亲的话，迟疑了一下，说道："母亲，想要射中在风中飘扬的柳枝，可实在是太难了。"

母亲摇摇头，说："水滴石穿，只要有信心、肯努力，没有什么做不到的事!"

畴儿听从母亲的话，又苦练了十几年，终于能在任何恶劣的天气里，都能射中百步以外飘扬的柳枝了。一天，他看到家门口的一块大青石，被屋檐的水滴滴穿了。畴儿知道时候到了，于是准备好弓箭，来到当年他父亲射鳄的岩石上。妖鳄正在水中张牙舞爪、兴风作浪，一见畴儿，立刻张开血盆大口，扑了上去。畴儿不慌不忙，缓缓拉开弓箭，全神贯注地注视着鳄鱼精，乘妖鳄向他扑来的一刹那，他猛地拉开弓箭，用尽全身的力气，对准鳄鱼精的咽喉，把箭射了出去。鳄鱼精的咽喉被射穿了。只听它一声惨叫，摔进了湖里。湖水一片殷红，鳄鱼精在湖里挣扎了好一会儿，终于死去了。岸边的百姓们欢呼着，把畴儿抬了起来。

景星湖又恢复了曾经的美好与宁静，百姓们过上了幸福的生活。

瓷匠的女儿

景德镇是我国最有名的制瓷之地，景德镇的师傅们烧出来的瓷器，不但外形漂亮，还非常的实用。很早以前，它就被定为给皇家烧制瓷器的御用窑厂。

有一年，紫禁城里的皇帝下了一道圣旨，要景德镇的制瓷师傅们给他烧一张龙凤花纹的瓷床，睡上去要冬暖夏凉，限期一年。如果到了一年还烧不出来，就要把景德镇上的人全都杀死。

景德镇的人们个个都急得不行，几乎每一家窑厂都在试着烧瓷床。但每次做好的坯子，放到窑里一烧，就开裂了。烧一个，裂一个。日子一天一天地过去，转眼一年的期限已经过去了十个月，却还是没有人能烧出龙凤瓷床来。大家急得流出了眼泪。

忽然，一个年纪稍大的制瓷师傅想起了什么，他站起身来，对大家说，镇子里还有一位年岁很大的老师傅，是烧制瓷器的名家。据说他烧出来的瓷鸟会唱歌，烧出来的花朵会吐出芳香。我们去找一找他吧！

大家一听，又看到了一线希望。他们连忙跟着制瓷师傅，一起来到了老师傅的家里恳求他。老师傅默不作声地听大家讲完，转身把手一招，示意大家跟着他走。大家跟着老师傅走进后院，一看，后院满是龙凤瓷床的坯子和烧坏了的碎片。大家这才知道，原来老师傅也一直在烧制龙凤瓷床，可是也没有成功。大家看了看老师傅满是愁容的脸，也就没有再说什么，都走了。

夜里，老师傅一个人坐在院子里的台阶上，愣愣地望着龙凤瓷床的坯子和烧坏了的碎片，心里发愁极了。他整天茶不思饭不想，久而久之，身体变得越来越瘦。

老师傅有一个长得很漂亮的女儿，她见父亲每天都在发愁龙凤瓷床的事，心情也变得十分沉重。这天夜里，老师傅的女儿做了一个奇怪的梦，她正坐在窑边，一个白须白发的老人拍了拍她的肩膀，问她道："孩子，你想帮你爹把瓷床烧好吗?"

女孩子说："当然想！"

老人又说："我有办法，可以烧成龙凤瓷床，但你愿意牺牲自己吗?"

女孩子迟疑了一下，然后用力地点了点头，说道："没关系，只要能帮爹爹烧好瓷床，让大家不用被砍头，什么我都能牺牲！"

老人赞许地点了点头，把烧成龙凤瓷床的方法告诉了女孩。

第二天晚上，老师傅的女儿换上了一身崭新的衣服，打扮得漂漂亮亮的，走到老师傅面前，说："爹爹，您不用再发愁了，我有办法，能烧好龙凤瓷床！"

老师傅看了看女儿，说："孩子，你能有什么办法？快回房去吧。"

女孩说："爹爹，我真的有办法，您就相信我吧！您帮我把龙凤瓷床的坯子装进窑里去好吗？”

老师傅拗不过女儿，只好按她说的，把龙凤瓷床的坯子装进了窑里。女孩问：“爹，瓷床装进去了吗？”

老师傅说：“装进去了，你看，窑里的火也烧起来了。”

女孩走到窑门口，仔细地看了看，回过身来，含着眼泪喊了一声：“爹！”然后纵身一跳，投进了瓷窑的熊熊火焰里。

老师傅大惊失色，他立刻扑到窑门口，可女儿早已不见了。老师傅望着红红的窑火，哭得声嘶力竭。

老师傅的女儿用自己的生命烧成了龙凤瓷床。瓷床烧好了，床上雕的龙凤花纹，就像真的一样，漂亮极了。可老师傅望着瓷床，想起了自己的女儿，止不住地流下了眼泪。

景德镇上的人们感激女孩儿，就照着她的样子，在每家的窑门上都塑上了她的像，用来纪念她的善良。

月亮里的媳妇

很久很久以前，有一个媳妇。她不但长得漂亮，还非常能干。挑水、砍柴、打鱼、做饭，她都能做得很好。她的丈夫非常爱她，公公也经常夸赞她。但婆婆却很讨厌她，经常挑媳妇的毛病，斥责、打骂她。

有一次，儿子和他的父亲去海边打鱼，要过好几天才能回来。婆婆心想，这回我可要好好教训一下媳妇。她把媳妇叫来，对她说：“屋子外面有十斤鱼，你给我晒十斤鱼干出来。”

媳妇看着鱼，犯了难。十斤鱼，最多只能晒出五斤鱼干来，十斤鱼干，怎么可能晒得出来呢？实在没办法，媳妇只好拿着渔网，自己去海里又打了几斤鱼，才算把这十斤鱼干凑齐。婆婆一看难不住媳妇，气坏了，对媳妇说：“这次我给你一百斤鱼，你要晒出一百斤鱼干来！”这下，媳妇再也办不到了。于是婆婆就拿这个当借口，不给她饭吃，还打她骂她。

媳妇心里难过极了，一天下午，她提着水桶去江边打水，到了江边，她望着江水中自己的倒影，是那么瘦削、那么憔悴。想起自己以前还是姑娘的时候，脸

她桃着水桶，扯着柳树飞上了天。

庞圆圆的，就像红苹果一样，一双大眼睛，水灵极了。而现在呢，不但脸孔瘦削了，眼睛也凹陷了。她想着想着，再也忍不住了，就趴在江边，大声地哭了起来。眼泪落在江面上，连圆圆的月亮的影子也被打破了。

媳妇想，如果我能跑到月亮上去，该多好啊，至少在那里，不会有人打我、骂我。她这样想着，忍不住对着月亮，大声地喊道："月亮啊月亮，快来救救我吧，我实在是忍受不了了！"

这时候，她忽然看见江面上远远地飘过来一块布，停在了离她不远的地方。她有些好奇，就弯下腰去，把它捡了起来，随手搭在了肩上。她在江边又坐了一会儿，心想这样坐下去也不是办法，于是站起身来，提起水桶，准备往回走。没想到刚一站起来，肩头上的那块布就滑了下去，正好落在她的脚下。媳妇没留神，一下子踩在了上面。说时迟那时快，媳妇就像踩在了云彩上面一样，一下子飘了起来。媳妇吓了一大跳，她连忙抓住了身旁的一棵柳树，没想到脚下的布托着她越升越高，最后竟连柳树都被连根拔了出来。媳妇挑着水桶，拿着一棵柳树，在天空中越飞越高，最后一直飞到了月亮上，成了月亮里的媳妇了。

原来月亮神看到媳妇被婆婆这样欺负，十分可怜她，就扔了一块布下去，把媳妇接到月亮上去了。

婆婆见媳妇这么长时间都不回来，出门去找她。可她一直走到江边，也没有看见媳妇的影子。这时，她看见江边原来的那棵柳树不见了，正在奇怪的时候，她抬头一看，结果看见一个女子挑着两个水桶、抓着一棵柳树，正在天空中飞呢。婆婆定睛一看，正是自己的儿媳妇。她吓了一大跳，连忙跑回家里去了。

儿子和父亲打鱼回来，不见了媳妇的踪影，就问母亲，媳妇到哪里去了。婆婆骗他说："你媳妇不听我的话，我骂了她几句，她就跑去江边，跳江淹死了。"小伙子一听，伤心极了，和母亲大吵了一架，跑出了家门。

小伙子跑到了江边，坐在岸边，望着江水发呆。忽然，他看到月亮里面好像有个人影，仔细一看，不正是自己的妻子吗？他连忙抬起头看，望向天空中的月亮，果然，里面的人正是他的妻子。妻子双眼含着泪水，正用哀怨的眼神望着他。媳妇虽然逃脱了恶婆婆的欺负，但是却永远都没法再回到地上去了。

三王墓的来历

春秋时有一个国家叫做楚国，楚国居住着一对年轻的夫妇。丈夫叫作干将，妻子叫作莫邪，他们都是铸剑的高手。他们隐居在楚国的一个小山村里，过着宁静的生活。

有一天，楚王听说了他们的名声，就召干将前来，命令他为自己铸造一双最好的宝剑。干将和莫邪不敢抗命，只好精雕细琢、日夜赶工，花了三年的工夫，终于铸造出了一对锋利无比的雌雄宝剑。可是干将明白楚王的脾气，如果让他得到了这两把举世无双的宝剑，一定会把铸剑的人杀掉，免得将来再铸出更好的剑来。

交剑的日子到了，临行时，干将对已经有孕在身的妻子莫邪说："我们费尽心力，铸造出这两把宝剑，楚王得到它们，一定会把铸剑的人杀掉。我这一去，怕是回不来了。我把雄剑藏起来了，如果生的是男孩，等他长大以后，就告诉他，出门以后向南望，有一座南山，山上有一棵长在石头上的松树，剑就在树的背后。"

干将带着雌剑去见楚王，楚王得到宝剑，果然下令让士兵把干将杀死了。

莫邪在家中等了好几天，干将也没有回来。她心里明白，干将一定是被楚王杀害了。不久，莫邪生了一个男孩，取名赤鼻。十多年后，赤鼻长大了，成了一个身材高大健壮的小伙子。一天，他问莫邪："娘，我的父亲在哪里？我怎么从来没有听您提起过？"莫邪流下了眼泪，她把儿子叫到身前，将他父亲的遭遇告诉了他。赤鼻听了，悲愤极了，他流着泪对母亲说："您放心，我一定杀死楚

王，为父亲报仇！”莫邪又说：“你父亲临走的时候，要我告诉你，南山上有一棵老松树，背后藏着一把可以对付楚王的剑。你去把它取出来吧。”

赤鼻走出家门，向南望去，可是并没有看见山，正在疑惑的时候，他忽然看见自家院子里有一根松木柱子，下面垫了一块石头。赤鼻连忙把石头搬开，用斧头把松木柱子劈开，果然在它的后面，藏着一把锋利无比的宝剑。从此，赤鼻日以继夜地努力练剑，心中盘算着替父报仇的计划。

就在赤鼻加紧练剑的同时，王宫里的楚王接连几天做了一个怪梦。他梦见有一个眉宇极宽、气宇轩昂的少年，手提一把宝剑，口中喊着“我要为我的父亲报仇！”向他冲了过来。楚王吓得浑身直冒冷汗，顿时醒了过来。他越想越觉得害怕，就让大臣们四处张贴布告，以重金悬赏，买这个少年的头颅。

赤鼻听到这个消息，连忙跑到深山里躲藏了起来。他心里悲伤极了，一边走，一边忍不住唱起了悲伤的歌。这时，迎面走来了一个少年，他见赤鼻这个样子，便问道：“你怎么了？为什么如此悲伤？”赤鼻就将自己的遭遇告诉了少年。少年听了，非常同情，他迟疑了一下，对赤鼻说：“我可以帮你报仇，不过，我要借你身上的一样东西，才能达到目标。”赤鼻连忙问：“是什么东西？”少年说：“就是你的头颅。楚王现在正以千金买你的头，你只要把你的头和宝剑借给我，我带着你的头去请赏，就能够见到楚王，趁机杀死他。”

赤鼻听了，哈哈大笑，说：“不过是头颅而已，只要能报仇，有什么是我舍弃不了的！”说完，就提起宝剑，把自己的头颅割了下来。

少年带着赤鼻的头颅和雌雄宝剑中的雄剑，来到王宫，求见楚王。楚王见赤鼻的头颅和自己梦中所见的一模一样，高兴极了。这时，少年又说道：“大王，这是一个勇士的头，最好把它放在锅里煮烂，他的鬼魂就不会来伤害你了。”

楚王听了，觉得很有道理，就命人架起大锅，倒进水，在下面燃起大火，把赤鼻的头扔了进去。可是煮了三天三夜，赤鼻的头却不烂。少年对楚王说：“大王，这个人的头颅怎么也煮不烂，要是大王您能亲自去看一看，也许就能煮烂了。”

楚王见赤鼻的头怎么也不烂，心里也有些着急。听少年这样说，他就亲自走到了大锅旁边，伸出脑袋，向里看去。这时，少年趁机拔出宝剑，用力一挥，将楚王的头砍了下来，落在了大锅里。不等士兵们上来抓他，他用宝剑一挥，把自己的头也砍了下来，跌进锅里。三颗头颅在大锅里不停地咬来咬去，没一会儿，就全都煮烂了。再也辨认不出哪个是楚王的头，哪个是赤鼻的头。王后没有办法，只得让人将这三颗头颅葬在了一起，后人称它为“三王墓”。

公主与樵夫

古时候，南方有一个国家，叫做南诏。南诏国里有一位公主，她长得美丽动人，清秀文静，但她的性格却十分活泼好动。她经常带着侍女，穿上老百姓的衣服，偷偷地离开王宫，到都城附近游玩。

这天阳光明媚、微风吹拂，公主在王宫的院子里，看到青草都已经冒出了新芽，花树也已经长出了花苞，她心想，现在外面一定已经是草长莺飞，风景怡人。于是，公主就换上平时穿的便装，带着几个侍女，出了王宫，走到都城附近的一座凤凰桥上去了。她在桥上碰到了一个年轻的樵夫，两个人彼此望了望，互相都十分有好感。后来，公主就每天都到桥上去见樵夫，久而久之，两人都互生情愫。

但是这时，南诏王见女儿每天都不在宫中，十分奇怪，便找来一个公主身边的侍女，一问，才知道女儿喜欢上了一个樵夫。南诏王非常生气，他立刻将公主许配给了自己身边的一个大臣，命令他们三天之内就要成婚。

公主怎么也不肯答应。她用尽了办法，也没能让南诏王收回成命。眼看实在没有办法，公主决心逃婚。一天夜里，她趁着看守的人不觉，偷偷骑上了一匹马，跑到了凤凰桥上，找到樵夫，对他诉说了自己的遭遇，然后说：“我早已下定决心，此生非你不嫁，你愿意娶我吗?”

樵夫十分感动，对公主说：“我也早已喜欢上了你。但因为你是公主，所以一直不敢开口。你放心，我一定会保护你。我现在就带你到我家里去!”

说完，樵夫背起公主，向前跑了几步。忽然，他的双臂之下生出了一对翅膀，扑扇了两下，就飞上了天空。公主这才知道，原来樵夫是个有异能的奇人。樵夫拍打着翅膀，背着公主，飞到了点苍山深处的一个山洞里。山洞在一个悬崖上，下面是万丈深渊，四周环绕着飘渺的云气。公主和樵夫就在这里结为了夫妻。

南诏王发现女儿不见了，就带着士兵，一路找到了点苍山脚下。但点苍山山高云深，又刚刚下过大雪，道路湿滑，积雪齐腰，士兵们根本无法上去，南诏王

看到这种情况，没有办法，也只得回宫去了。

公主和樵夫从此在山洞里安安乐乐地住下了。樵夫凭着自己会飞的本领，经常下山去，带回粮食和其他一些用具。两个人的日子虽然清苦，但却十分快乐。但冬天的点苍山上实在是太冷了。尽管樵夫在山洞里生起了火，但自小身体柔弱的公主还是冻得浑身发抖。樵夫心疼极了，他想来想去，想起在点苍山附近罗荃寺的罗荃长老那里，有一件镇山宝衣，他决定把这件衣服偷回来，给公主御寒。

公主听了，十分高兴，但她想了想，又有些担心，临别的时候，她对樵夫说："既然是人家的东西，千万要小心，不要强求！"

樵夫笑笑，说："你放心，我一定会小心的！"

樵夫拍动翅膀，一会儿就飞到了罗荃寺。他见罗荃长老不在，便从屋中拿了宝衣，飞了出来。谁知刚飞到洱海上空，樵夫远远地就看见有一个老者在空中站着。他定睛一看，正是罗荃长老。罗荃长老看到樵夫飞过来，说了一声作孽，举起禅杖，一下子就将樵夫打落了下去。樵夫摔落在罗荃寺下面的峡谷里面，变成了一头石骡子，再也动弹不了了。

公主在洞穴里等了很多天，却怎么也不见丈夫回来。她每天站在洞口，望呀望呀，久而久之，就在寒风和大雪中冻死了。

据说公主死后，变成了一朵白云，每天都在点苍山上飘荡，后来人们都把它称作望夫云。更加奇异的是，每次望夫云出现的时候，峡谷里的那头石骡子，就会呜呜地叫。

红梅图与香雪海

从前在苏州城里，有一个喜欢附庸风雅的大官，他花了很多钱、千方百计地弄到了一幅唐伯虎画的《红梅图》。到手以后，大官就把它当成宝贝一样，小心地锁在香樟木的箱子里，从来不肯轻易拿出来给人看。好好的一幅画，就这么在箱子里锁了十多年。

这一年，大官大摆筵席，庆祝自己六十岁的生日。很多亲朋好友都来庆贺。吃完饭以后，大家都知道大官有一幅名画《红梅图》，有人便撺掇大官，让他拿出来，给大家开开眼。

大官喝得醉醺醺的，又听到人们夸赞他收藏的《红梅图》，心里十分得意，于是叫一个手下人把装着《红梅图》的木箱拿来了。大官拿出钥匙，打开锁，小心翼翼地取出《红梅图》，挂在了厅堂的正中央。自己站到一旁，沾沾自喜，等着听客人的赞赏。

可等了半天，不但没听见客人的惊叹、羡慕，反而听见有的客人在冷笑。大官十分奇怪，连忙走过去一看，立刻目瞪口呆：好端端的一幅《红梅图》，因为被锁在木箱里，没有及时拿出来晾晒，天长日久，不但纸上有潮湿、虫蛀的痕迹，就连画上原本枝繁叶茂的红梅，也变得稀稀落落、歪歪斜斜，好像马上就要凋谢了一样。大官非常生气，一怒之下，就把画扯了下来，扔到外面去了。

那个时候，苏州城外有一座山，名叫邓尉山。邓尉山上，住着一个名叫梅老老的花农。他经常带着自己种植的鲜花，到苏州城里来售卖。大官扔掉《红梅图》的当夜，下了一场春雨，第二天清晨，梅老老进城卖花，正巧走过大官家门外的小巷。他走着走着，忽然觉得好像踩到了什么东西，低头一看，原来是一幅画。他连忙把画拾了起来，一看，上面画的是几枝梅花。画上还沾了不少泥水。梅老老把画捡起来，一边擦，一边说："挺好的画，真是可惜了，可惜了。"他把画拿回了自己家里，仔仔细细地用布把上面的泥水擦干净了，又放在太阳光底下晒了一阵，然后就挂在了自己家的黄泥墙上。

说来奇怪，这《红梅图》沾过泥、浸过水，又晒过阳光以后，居然重新活了过来，画上原本凋零了的梅花，竟然重新抽出了花苞，一朵一朵地又盛开了起来。梅老老看着这美丽的梅花，觉得越发心明眼亮，心情舒畅。他觉得画上红梅的枝条都修剪得十分好看，便把自己在邓尉山上种的梅树，也修剪成了画上的样子。梅树在梅老老的细心栽培和精心修剪下，变得越发漂亮。渐渐地，邓尉山上的梅花越种越多、越长越好，梅老老和他的梅花也越来越出名了。

名声传到苏州城里，开春时节，人们都争先恐后地来到邓尉山，欣赏梅花。大官听说了这件事，也坐着轿子，赶去山上凑热闹。他来到邓尉山，只见山上山下，屋前屋后，全都开满了梅花，有红色的，也有白色的，登高俯瞰，一片茫茫，梅林如海，梅花似雪，清香扑鼻。

大官被这美丽的景象深深地迷住了。他在山上信步闲行，不知不觉地，就走到了一个小屋旁边。他见屋边的红梅花修剪得十分特别，意趣横生，觉得种花的人一定是一位高手。于是便信手推开了屋门，走了进去。刚一进门，他就看见了黄泥墙上挂着的一幅画。他觉得这画十分面熟，便走上前去，仔细一看，才发现

竟然是被自己扔出去的《红梅图》。而且画上原本残败凋零了的花朵，又重新开满了枝头。

大官又奇怪又生气，走上前去，一把就把画扯了下来。梅老老正好从外面回来，一看有人擅自闯进自己的家，还强抢自己最心爱的画，立刻就上前去，把画抢了回来。大官想把画重新据为己有，也不肯放开。两人你争我夺，谁也不肯松手。只听嘶拉一声，《红梅图》被撕成了两半。街坊四邻听到声音，连忙跑来，问清楚情况，劝了好半天，才把梅老老和大官给劝开了。

可是好端端的一幅《红梅图》已经损坏了，只剩下邓尉山上漫山遍野的梅花，越开越盛，每到冬末春初，梅花就会凌寒开放，舒展冷艳的姿色，倾吐清雅的馨香。康熙三十五年，江苏巡抚宋荦到此游览，触景生情，题下千古绝名的"香雪海"，被人们传诵至今，名扬天下。

真假新娘

很久很久以前，在一座大山的南北两面，分别住着两户人家。这一年，两家的媳妇都怀了孩子。她们非常高兴，就都上山去拜佛祈求保佑。回家的路上，两个媳妇碰到了一起，一问，才知道彼此的经历这么相似。两个女人越聊越投机，变得十分亲密。分手的时候，她们约定好：如果以后生下两个男孩，就让他们结拜为兄弟；如果是两个女孩，就成为姐妹；如果是一男一女，就让他们结为夫妻。

转眼几个月过去了。山南这家的媳妇生下了一个男孩，而山北的媳妇生下了一个女孩。小女孩长得十分漂亮，而且她一笑，地上就开出一朵雪白雪白的莲花来。两家听说了各自生的是一男一女这个消息，都非常高兴，约好以后孩子们长大了，就让他们结成夫妇。

但没想到，几年以后，小女孩的母亲得了不治之症。临终之前，她叫来丈夫，对他说："一定要把我们的女儿抚养成人，让她嫁给山南那家的小伙子。"她又拿出一串珍珠项链，系在了女儿的脖子上，嘱咐她无论什么时候，也不要摘下来。说完，就去世了。

不久，小姑娘的父亲又娶了一个女人做妻子。那个女人还带来了一个比小姑娘小一点的女孩子。继母心肠十分狠毒，经常虐待小姑娘。

日子一天天地过去，一晃，两个孩子都长大了。小男孩长成了一个聪明健壮的小伙子，小女孩也成为标致美丽的大姑娘了。这天，男方家便派了一个媒人到女方家来求亲。这是两家早已约定好的事情，所以姑娘的父亲自然欣然同意了。但这个时候，继母听说男方家很有钱，就起了歹心，想让自己的女儿嫁过去。成亲这天，她一反常态，亲自送大女儿去成亲。走到山下的一个湖泊旁的时候，继母假装惊讶地喊了一声："哎呀，你看你的脸上，怎么有一大块灰呢，你快到湖边去洗洗吧！"

姑娘听了，连忙跑到湖边，洗了起来。就在这时，继母伸出手，一把夺过了她的项链，用力把她推进了湖里，把她淹死了。

继母让自己的女儿戴上了珍珠项链，又给她穿上了自己事先准备好的新衣，把她送到男方家，和小伙子成了亲。

湖的旁边，住着一户人家，是一个老头儿和他的妻子。一天傍晚，老婆婆到湖边打水，看见水里长出一棵树来，树上结满了美丽的珍珠。老婆婆惊讶极了，她连忙叫来老头儿，把珍珠树拔了起来，弄回了家。

过了一会儿，珍珠树忽然轻轻地活动了起来，它轻轻一摇，竟然变成了一个美丽的姑娘。老头儿和他的妻子吓得坐在地上直发抖。姑娘把他们搀扶起来，对他们说："老爷爷、老奶奶，不要害怕，我不是妖怪，是山南那户人家的新娘，我的继母害死了我，把我的项链戴在了她女儿的脖子上，冒充我嫁了过去。现在那个女孩正在睡觉，珍珠项链离开了她的脖子，我才能变成人。天一亮，她戴上项链，我就又要变成树了。"

两个老人听了，都非常同情姑娘，便说："姑娘，别着急，我们替你把项链找回来。"

姑娘听了，深深一拜，感谢两位老人。她站在屋子当中，轻轻一笑，"叮当"一声，屋子里顿时开出一朵雪白的莲花来，它浑身就像白玉雕成的那样，晶莹透亮，美丽极了。姑娘摘下莲花，交给老头儿，说："您明天拿着这朵花，去山南那户人家家里，卖给那位小伙子。如果他问多少钱，就说要卖一百个金币。"

第二天，老头儿拿着莲花，来到山南人家的窗户底下，一边走，一边喊："卖莲花啦！卖莲花啦！"一个青年推开窗户，看到了那朵莲花，立刻就被它的美丽吸引住了。他心想，都说自己的妻子一笑起来，地上就会开出一朵白莲花，但从昨天开始，她就一直在笑，可是为什么一朵莲花也没开出来呢？而这朵莲花这么漂亮，又是从哪儿来的呢？于是，青年叫住了老头儿，用一百枚金币，买下了这朵莲花。

一连好几天，老头儿都拿着莲花，到青年家叫卖。青年也每次都买了下来。这天，老头儿又来了。青年准备好一百个金币，向老头儿买莲花。老头儿摇摇头，说："这次我不要金币，我要一副珍珠项链。"青年一想，自己的那个妻子不正好有一副珍珠项链吗？就回屋拿了来，交给了老头儿。

老头儿拿着项链，急忙赶回家，把项链挂在了珍珠树上。只见树枝轻轻摆动了几下，就变成了一个美丽的姑娘。偷偷跟着老头儿回到家里的青年，看到这个情景，被吓得浑身发抖。

这时，姑娘走到他面前，对他说："不要害怕，我才是你真正的新娘啊。"她把自己的遭遇一五一十地告诉了青年。青年听完之后，又高兴又生气。高兴的是自己终于找到了自己真正的妻子，生气的是继母的心肠竟如此狠毒。青年拉起姑娘的手，对她说："从今以后，我再也不会让你受到一点伤害了。"姑娘望着青年，羞涩地笑了，笑声像银铃一样，使屋里到处都开满了雪白的莲花。

过了几天，继母得意地来看自己的女儿。青年看到她，便冲屋里喊道："夫人，快出来倒茶！"姑娘一挑帘子，走了出来。继母一看，竟然是被自己害死的大女儿，吓得魂不附体。青年怒斥道："你这妇人真是蛇蝎心肠，快点带着你的女儿走吧，永远也别再到这儿来！"

继母带着她自己的女儿，灰溜溜地回到了家，丈夫听说了她做的丑事，也关上了门，不让她进来。继母和她的女儿只好走了。从此，青年和他真正的新娘过上了幸福的生活。

俞伯牙与钟子期

春秋时候，晋国有一个叫俞伯牙的人，他是当时著名的琴师，善弹七弦琴。传说他弹琴的时候，连马儿都会陶醉其中，可见他技艺的高超。俞伯牙少年的时候，曾经跟随当时最著名的琴师成连学习琴艺。但伯牙跟随他学了三年的琴，却没有太大的长进。成连说："伯牙啊，做老师的只能教你弹琴的技艺，却不能教你领会琴艺的真谛。你到东海边去，找我的老师万子春，让他指点指点你吧。"

可伯牙到了东海，并没有见到万子春，他只看见了无边无涯的大海、汹涌的波涛和深密的山林。他站在海边的一块岩石上，闭上眼睛，听到四周传来无数奇妙的声音：波涛怒吼、林鸟悲啼。一股悲凉浩森的心绪充斥了他的整个心胸，伯牙顿时觉得豁然开朗。他连忙取出琴，坐在海边，弹了起来。自然的美妙融入了他的琴声，他创作出了《水仙操》。

俞伯牙终于体会到了琴艺的真谛，创作出了传世的乐曲，成为了一名杰出的琴师。但是，能够真正听懂他琴声的人却并不多。俞伯牙为此时常觉得十分寂寞。这一年，伯牙奉晋王之命，出使楚国。八月十五这天，他乘船来到了汉阳江口。因为遇到了风浪，所以停泊在了一座小山下面。晚上，风浪渐渐平息了下来。云开月出，清风缓缓地吹拂着他的衣袖。俞伯牙望着天上皎洁的明月，不由琴兴大发，取出随身携带的瑶琴，忘情地弹了起来。正当他沉醉在琴声当中的时候，忽然听到岸上有人叫绝。伯牙闻声，走了出来，看到一个樵夫站在岸边。伯牙将他请上船来，樵夫说自己名叫钟子期，是被伯牙的琴声吸引而来的。伯牙听了，很高兴，就坐下来，弹了几首曲子。他弹琴的时候，心里想着高山，子期听了一会，说道："好啊！这琴声雄壮高峻，好像高耸入云的泰山一样！"伯牙心里想着流水，子期说："好啊！浩浩荡荡，如同滚滚的江河！"伯牙兴奋极了，他激动地说："先生，您真是我的知音啊！"两人喝酒谈天，越聊越投机，成了非常好的朋友。二人约好，来年的中秋，再到这里来相会。

第二年，伯牙如约来到了汉阳江口，可是他等啊等啊，怎么也不见钟子期的身影。后来，他向一位老人打听，老人告诉他，钟子期已经不幸因病去世了。伯牙悲痛欲绝，他来到钟子期的墓前，弹起了一首凄楚之极的曲子。弹罢，他悲伤地说："我唯一的知音已经不在人世了，这琴还弹给谁听呢？"说完，他挑断琴弦，长叹一声，把心爱的瑶琴在青石上摔碎了。

后人被伯牙和子期之间的情谊所感动，特意在他们相遇的地方，筑起了一座古琴台。这正是：摔碎瑶琴凤尾寒，子期不在对谁弹！春风满面皆朋友，欲觅知音难上难。

聚宝盆

很久很久以前，有一个小村子。一天，有一户人家推着破车、带着瓦罐，来

到了这个小村子里。这家里一共四口人，丈夫叫华良，妻子叫梁花，他们已经有了两个儿子，大的四岁，名叫华龙，小的两岁，名叫华虎。梁花又怀了身孕，很快就要生下第三个孩子了。但因为老家山东闹了灾荒，没有办法，才逃到了这里来。

到了村子里，夫妻俩找了一个破庙，安顿了下来。这间破庙原本是一个财神庙，但因为很长时间没有人来拜祭，日久天长，变得又脏又破、乱得不行。夫妻俩又扫又洗，一连干了两天，才把小庙收拾出了个样子来。梁花见财神爷的像东倒西歪、满是灰尘，还特意用水擦净了神台、神像，将财神爷重新立好，拉着丈夫一起，恭恭敬敬地拜了又拜，祈求财神爷保佑一家人平安。

后来，华良到村子里一位姓潘的财主家里，找了一个耕地种粮的活儿，成了潘家的伙计。梁花会做面食，就在自家门口支了个小摊子，每天在屋里擀好面条，然后拿出去卖。大家都觉得梁花做的面好吃，纷纷来买，一家人的日子渐渐好了起来。而财神庙因为来买面的人多了，一来二去，也便有了些香火。

一天夜里，华良睡着觉，忽然做了一个奇怪的梦。他梦见他在耕田的时候，挖出来一个大瓦盆，他刚捡起来，就看见迎面走过来一个白胡子老头。老头走到他面前，对他说，这是一个宝盆，放一粒米，就能变成一盆。用得好，一家人都能过上好日子；用得不好，就会家破人亡。说完，老头就离开了。

华良原本以为这只是个梦，但没想到第二天他扛着锄头去耕田，一锄头下去，竟然真的挖出一个大瓦盆来。华良吓了一跳，连忙把它捡了起来，走回了家。他把事情给梁花讲了一遍，又把瓦盆拿出来，给梁花看。梁花半信半疑地接过宝盆，抓了一把黄豆，放进盆里，只见盆里升起一阵白雾，白雾散去，居然变出了满满一盆黄豆。夫妻俩又惊又喜。华良拿过桌上的一枚铜钱，就要往盆里搁，却被梁花拦住了。华良说："怎么啦？"梁花想了想，说："你梦里的那个老头儿对你说，如果用不好，就会家破人亡。我们要靠辛苦和勤劳吃饭，不能靠这个投机取巧、不劳而获。"华良想了想，觉得妻子说得也有道理。从此，大瓦盆除了每天和面以外，不放任何东西。

华良仍旧每天去耕地，梁花也还开她的面食摊。不过他们不用再买面粉了。每天卖完面条，只要抓把面粉放进盆里，第二天，就又是满满一盆面了。

但华良却没有死心。有一天，他趁梁花睡着了，偷偷地往盆里放了一个铜钱。第二天早上起来，梁花一看，竟然出现了满满一大盆铜钱。梁花非常生气，她把华良拽过来，问他："是钱重要，还是我和儿子们重要？"华良知道自己错了，低下了头。梁花又说：“这钱，我们就用来修缮财神庙，再给财神爷塑个金身，一个子儿你也不许胡乱花！”

一晃又过去了好几年，梁花和华良靠着卖面食，赚了不少钱。他们在财神庙旁边盖起了三间大瓦房。这年，发生了大旱，田里颗粒无收，饿死了很多人。梁花和华良商量，发放馒头，救济灾民。第二天，梁花蒸出一大锅馒头，拿出一个，放进聚宝盆里，一转眼，就变成了一盆。就这样一盆又一盆，没过多久，馒头就堆成了一座小山。华良和儿子在自家面食铺前面支了个摊子，免费向灾民们发放馒头。不一会儿，门前就排起了长队。人们一传十、十传百，都到华良家来领取馒头，大家都对华良和梁花夫妇感激不尽。

十几年过去了，华良和梁花都老了，他们的三个儿子华龙、华虎、华豹也都长大了。华龙开了饭馆，华豹开了布店，华虎继承父业，耕地种田。一天，梁花生了重病，话都说不出来了。她觉得自己可能命不长久了，临终之前，她把华良叫到床边，指了指聚宝盆，又比划了几个手势，意思是说，大儿子有饭店，二儿子有田地，三儿子有布店，都能吃上饭，留着这个聚宝盆没有好处，应该把它埋进地里，免生祸端。可华良却没有明白梁花的意思，还以为她是说三个儿子都能吃上饭，这个盆就自己留着，谁也不给。

没多久，梁花就去世了。华良给三个儿子分了家，自己带着聚宝盆，跟二儿子一起住。老大华龙和老三华豹每人分得了不少银子，但老二华虎只分到了一些麦种。老大老三见老二只分到了那么少的一点东西，却还很高兴，心里十分疑惑。兄弟俩找到父亲，一问之下，才知道父亲有个聚宝盆。兄弟俩乐坏了，连忙把宝盆抢了过来。老大老三心想，这下可要发财了。只有老二觉得，不劳而获不但不是好事，反而还会招来祸端。于是老大和老三约定好，每人轮着用一天。

老大把聚宝盆抱回了家，连忙把一锭银子放进了盆里，马上就变成了一盆；倒出来，留下一锭，不一会儿，就又是一盆。老大夫妻就这样一盆一盆地倒着，银子越来越多，整个屋子都堆满了，可他们还在不停地变。忽然，只听轰地一声，墙被银子压垮了，夫妻俩都被压在了底下。

华良和老二老三得知消息，连忙赶来，在废墟里扒着。老二和华良是想要救人，老三想的却是要找到聚宝盆。可是扒了半天，他们什么也没找到。老二和华良没找到老大，老三也没找到聚宝盆。废墟里也没有银子，只有一块一块的大石头。

流米泉的传说

流米泉实际上指的是长城五道关下的一个土洞，因为洞里流出过大米，就被人们称为流米泉了。说不清是何年月，长城附近闹饥荒，百姓生活在水深火热之中，没有粮食吃，只好靠挖野菜充饥。

长城脚下土壤肥沃，野菜也比别处的多一些。一天早上，一个老实的农夫到这里挖野菜，发现野菜很多，非常高兴，就一路沿着长城脚下寻找开去。到了中午，太阳很毒，农夫也很累了，就靠在一个小土堆上休息。太阳照在大地上，反射着强烈的光，晃得他不得不闭上眼睛。当他再次睁开眼，阳光已经不是很刺眼了，他想是回家的时候了。正想站起来，发现不远处有一摊白花花的东西。农夫以为是自已的眼睛花了，揉了揉再次睁开的时候，那摊白色的东西更加真实了。他不禁走上前去，发现竟是大米，而它们从一个碗口大的洞里流出来。农夫高兴得不知如何是好，紧忙把上衣的前襟扯下来，兜起地上的米，发现刚好够自己一天的口粮。晚上农夫一家吃得很满足，吃完饭就跪在地上磕头，感谢观音菩萨显灵。第二天，他抱着试试看的心态，再次走到了长城脚下那个洞旁。让他惊奇的是，洞里又流出米来，并且流的不多也不少，总是够他们一家吃上一天。这样子过了一段时间，农夫一家渐渐精神起来。

农夫每天的行踪被他邻家的一个懒汉看在眼里。于是一天傍晚，他偷偷趴在农夫家的窗外看，发现他们一家在吃大米，不禁口水流了半衣衫。第二天，懒汉便向农夫打听米的来处，农夫是个老实人，就一五一十的告诉了他。懒汉一听，高兴了，就依照农夫描述的地址，找到了流米洞。流出的米不多不少，也够他家吃上一天。

过了几天这样的幸福日子，懒汉打起了歪主意。他想，要是能够一次取上更多的米该有多好呀，这样就可以省下走路的力气和时间了。于是在一天下午，他拿上凿洞的工具，又向山上的采石人要了一些炸药，气喘吁吁得来到了流米洞。他先用工具凿洞，企图开个更大的口，流出更多的米。但是忙到快天黑了，洞口依旧，没见变得多大。于是他埋好炸药，打算炸洞。点上火后，只听砰的一声巨响，洞口的土一下子都坍塌了，洞成了个大黑窟窿，一个米粒都流不出来了。懒汉看到这个情况，目瞪口呆，像傻了一样瘫在那里。后来村子里的人知道了懒汉的行为，都骂他造孽，而关于这个洞的故事就在人们中间流传开来。还有文人给这个洞起了个好听的名字，叫“流米泉”。

实际上，洞能流出米和秦始皇筑长城有些关系。据说，当时筑长城，秦始皇到处征米，用米汤和的石灰筑成了城墙。后来由于征的米用不完，于是就填在了城墙里。日子久了，城墙被风化，就有一部分米从墙洞里流出来了。

孝子卧冰

晋朝时有一个名叫王祥的人，他很小的时候就失去了母亲，跟着父亲一起过日子。后来，父亲又娶了一个姓朱的女人。继母对王祥非常不好，总是在王祥的父亲面前说他的坏话。还总趁着丈夫不在，虐待王祥。

有一年，天寒地冻，北风凛冽。王祥从山上打柴回来，顶着大风，好不容易才回到家。他觉得头疼发热，浑身一点力气都没有。刚一进门，他就倒在床上了。

他才刚躺下，就看见继母朱氏走了进来，一看他躺在床上，就立刻怒喝了一声：“王祥，你还在这儿偷懒，快起来，给我和你父亲把炕烧热！”

王祥忍着头晕，好容易才从床上起来，说：“母亲，我今天身体很难受，能不能……”

“你难受什么！上山砍了点柴就受不了了？快起来给我干活！”还没等王祥说完，继母就大喊起来，打断了他的话。

王祥只好强打起精神，走到继母和父亲的屋子里，一点一点地添柴烧炕。

过了一会儿，王祥的父亲回来了，继母立刻走过去，对他说：“相公，可不得了啦，我今天让祥儿干活，他不但慢吞吞的，还敢跟我顶嘴哩！”

父亲一听，立刻大发雷霆，他叫来王祥，不管三七二十一，就把他训斥了一顿。王祥委屈极了，但他知道自己解释父亲也听不进去，只好退了出去。

没过多久，继母朱氏生了重病，郎中来看过以后，说一定要喝到鲜鲤鱼汤，病才能好。可是这天寒地冻的，去哪儿买鲤鱼呢？大家都在发愁。这时候，王祥想了一想，就一个人悄悄走出了家门。

王祥来到村子旁边的一条河上，河面上已经结了一层厚厚的冰。王祥想，这么厚的冰，根本就砸不开，再说，就算砸开了，鱼儿也早就吓跑了。怎么才能抓到鲤鱼呢？他想了想，然后一下子脱掉了棉衣，躺在了冰面上，要用自己的体温把冰融化。

但冰面上实在是太冷了，王祥躺在那儿，没一会儿就失去了知觉。恍恍惚惚之间，他觉得自己的身体忽然变得很轻，轻得像云彩一样，缓缓地飞了起来。渐渐地，他飞到了一个不知是哪儿的地方，这里山清水秀，风和日丽。一位白须白发的老翁，手里拿着一根鱼竿，正在一个湖泊边钓鱼。王祥走了过去，刚想开口问老翁这是什么地方，只见老人把食指放在嘴上，轻轻一“嘘”，王祥明白，静静地坐在了老翁旁边。他向湖里一看，只见水里游着几十条鲜红鲜红的大鲤鱼。老翁一提鱼竿，把其中两条钓了上来，递给王祥，说：“快回家吧。”

王祥心里奇怪，但还是接过了红鲤鱼，谢过了老人。他睁开眼睛，发现自己仍旧躺在冰上，冰还没有被融化。他正在奇怪刚才做的梦，忽听咯嚓一声，他起身一看，自己身下的冰竟然裂开了一大块，“啪”地一下，两条活蹦乱跳的红鲤鱼，一下子跳到了他的手上。这两条鱼和刚才他做梦时所见到的一模一样。

王祥知道自己遇到仙人了，他连忙跪在冰上，喊道：“谢谢仙人!”然后高高兴兴地提着鲤鱼回到家去了。

王祥的父亲和继母还以为王祥自己跑出去玩了，正在屋里责骂他。这时，王祥从屋外走了进来，高兴地对父亲说：“父亲，有鱼了！有鱼了!”父亲很奇怪，问道：“这鱼是从哪儿来的？”王祥就对父亲说了一遍自己得到鱼的经过。父亲和继母都非常感动，尤其是那继母，她羞愧极了，拉着王祥的手，对他说：“好孩子，都是我不好，以前是我对你太过分了，今后我一定好好待你。”

王祥、父亲和继母三个人拥抱在一起，脸上都绽放出了灿烂的笑容。

人鱼姑娘

很久以前，东海边上有个渔村，村子里的人们都是靠着出海捕鱼为生。但是大海的脾气很难琢磨，很多人驾船出海后就再也没有回来。村子里有一对老夫妇，家里只有一个女儿叫做采苹。采苹不仅长得美丽，而且心灵手巧、善解人意。她从小就跟着父亲出海打渔，跟着母亲学习织网补网，一家三口的日子过得平静幸福。

一天，采苹到海边捡莼菜和紫菜。海面上突然刮起了狂风，卷起阵阵海浪拍打在岸上，采苹连忙背起竹筐往回走。突然，浪尖上出现了一个身穿铠甲，头上长着犄角、圆眼扁鼻的怪物！采苹连忙躲到了礁石的后面，但还是被那个怪物看到了。只见他从浪尖上跳下来，径直走到采苹的身边。采苹吓得不敢正眼看他。那怪物看到采苹的样子，哈哈大笑起来，说道："采苹姑娘，我是这东海龙宫的三太子。我时常见到你在海边捡莼菜，真是白费了你的美貌。不如跟我回龙宫吧！你要是做了我的妻子，我保你以后过得舒舒服服的！"

采苹听了这话，心里顿时升起一股怒火。她勇敢地站起身来，大声地对三太子说道："我只是一个普通的渔家女子，实在配不上你龙宫三太子的身份，请您不要为难我！"三太子听了采苹的这番话，顿时变了脸。他瞪起圆眼，恶狠狠地说道："好啊，你这个不识趣的女子，我三太子这样低声下气地来求你，你竟然敢拒绝我！哼哼，你一定会后悔的！"说着，三太子对着大海挥了挥手，顿时一股巨浪向着岸边拍了过来，采苹回头一看，自己住的村子已经被大浪吞没了！房屋被冲毁了，村子里的人们也消失在海水中。采苹一把推开三太子，哭着向着村子的方向跑去。三太子追上采苹，抓住她的手腕，大声问道："我再问你一次，你愿不愿意嫁给我做妻子？"

采苹眼看着渔村被淹，心中只有懊悔和愤怒。她哭着喊道："你杀死了我的父母，还有村子里的人们，我死也不会依从你的！"

三太子火冒三丈，下令要彻底毁灭那个海边的渔村。大浪一个接一个地冲向渔村，采苹的心里像刀绞一样痛。三太子将采苹拖到了龙宫里，将她关进了冰冷的珊瑚宫里。三太子每天都来问她是否改变心意，而采苹每天都以泪洗面，一句话也不说。最后，三太子终于失去了耐性，他将采苹关进了专门提炼鱼膏的熔炉里。那熔炉里面满是鱼儿的尸体和白色的鱼膏，那里面的热气烤得采苹晕了过去。

过了好久，采苹醒了过来。难道我没有死吗？采苹心里充满了疑惑，她不知道三太子到底是在耍什么花招。她正想站起来看个究竟，却发现自己的双腿不见了！自己的身下只有一条鱼尾巴了！采苹这才明白，三太子是要她永远受折磨，永远不让她回到陆地上了！

悲愤的采苹撞开熔炉的大门，径直游到了龙宫的大殿。龙王和三太子他们正

在殿上吃喝谈笑呢，采苹像疯了似的扑向三太子，雨点般的拳头落在三太子的脸上，把他打得鼻青脸肿，众人怎么也拦不住。最后，采苹被虾兵蟹将们赶出了龙宫，她只得在茫茫大海里流浪。

悲伤的采苹游到了海面上，皎洁的月亮挂在天上，照着她寻找回乡的路。采苹跃到了岸边的礁石上，曾经的渔村现在已经是一片汪洋，采苹的父母和乡亲们一定已经不在人世了。就算是他们还在，自己这副样子也没有办法再和他们相见了。一想到这些，采苹的眼泪就不住往下掉。神奇的是，她流下的眼泪变成了一颗颗美丽的珍珠，洒落在大海里，就像是天上的星星。这时，从海底游来了两位仙女，她们来到采苹的身边，说道："采苹姑娘啊，你不要这么伤心。我们知道恢复人身的办法!"

采苹抬起头，只见身旁站着两位仙女。她们一个穿着紫色的衣服，一个穿着绿色的衣服，正微笑着看着她呢。"你们是谁?"采苹问道。

"我是紫菜仙子。"紫衣姑娘说道。

"我是莼菜仙子。"绿衣姑娘说道，"我们很久以前就认识你了。你总是把我们从沙子里捡出来洗干净。所以我们姐妹很是喜欢你呢!"

"啊，原来是这样!"采苹急切地问道，"两位好姐姐，请问我要怎么样才能恢复人身呢?"

"说难也难，说简单也简单。"紫菜仙子说道，"只要收集到一瓶蚌乳，和一瓶百花的花露，两瓶融合在一起，浇在鱼尾上，你就可以恢复人身了!"

"太好了!"采苹终于又露出了笑容，但是笑容转瞬即逝，愁云又爬上眉头，"海里的蚌乳可以收集，地上的花露要怎么收集呢?"

紫菜仙子和莼菜仙子也低下了头，三个人在海边商量了好久，最终决定在海里收集蚌乳，另一瓶花露只能另想办法。最终，采苹和两位仙子回到大海，从东海游到了南海，尽力地收集着蚌乳。每到月朗星稀的夜里，采苹都会浮出海面，望着明月流泪。

又是一个月明星稀的夜晚，采苹依旧坐在礁石上流泪。突然，一个少年从岸边走了过来，大声问道："姑娘，你为什么哭得这么伤心呢?"

采苹抬起头看到少年，害怕自己的样子吓到他，想要跳到海里逃走。谁知那小伙子抓住采苹的手腕，问道："姑娘，你不要害怕，我是附近渔村里的渔民，叫做金珠子。听奶奶说在有月亮的晚上会有人鱼出现，所以才到海边来的。如果有冒犯你的地方，请你原谅。"

采苹见这小伙子不是坏人，便把事情的经过从头到尾地讲给了他听。

金珠子越听越气愤，骂道："那龙王太子实在是欺负人，要是让我抓到他，一定要扒他的皮，抽他的筋！"金珠子走到采苹的身边，说道："采苹姑娘，如果有什么我能够帮助你的，请一定要告诉我！"

"谢谢你啊，金珠子。"采苹心里很是感激这个年轻人，但是话到嘴边又咽了下去。

金珠子好像是看到了她的为难，恳切地说道："姑娘不要客气，有什么我能做的，我一定会帮你的！"

采苹见金珠子这样地诚心，便将收集百花花露的事情告诉了他。

"交给我吧！"金珠子坚定地说道，"不管有多么艰难，我一定会收集到一瓶百花花露的！"

就这样，采苹和紫菜仙子还有莼菜仙子在海底收集蚌乳，金珠子在地上收集花露。虽然那只白玉做的瓶子并不大，但是要将它盛满百花花露却并非易事。金珠子走遍大江南北，跨越高山大河，直到他的头发白了，腰也弯了，背也驼了，终于收集到了一瓶百花花露。

又是一个明月高照的夜晚，金珠子回到东海边上，大声地呼唤着采苹。采苹在紫菜、莼菜两位仙女的陪伴下浮出了海面。金珠子颤抖着双手，将蚌乳和花露一起倒在了采苹的鱼尾上，只见一道银光，采苹的鱼尾不见了，又变回了人腿！采苹和金珠子拥抱在一起。此时，采苹还是十几岁的模样，而金珠子却已经是一个白发苍苍的老人了。他用自己的一生时间去解救采苹，他已经很累了。采苹抱着金珠子，晶莹的泪珠滴在金珠子的苍老的脸上……霎时，金珠子又变成了年轻的样子，伴着大海的波涛和皎洁的明月，两人手牵手，告别了紫菜仙子和莼菜仙子，开始了新的生活……

天理良心的故事

很久以前，大山里生活着一对兄弟，大哥叫天理，小弟叫良心。兄弟俩的父母很早就去世了，弟弟良心是跟着哥哥长大的。天理与良心的关系原本非常好，但自从天理娶了一个心肠恶毒的妻子以后，就在妻子的挑唆下，开始讨厌起自己

的弟弟了。

天理的妻子担心以后良心成了家，要分走家产，就给天理出了个主意，逼着他害死弟弟。天理不忍心，但又害怕妻子，没办法，只能答应下来。

这天，天理和弟弟一起去砍柴，带着弟弟到了一个悬崖边上。天理假装一脚踩空，眼看就要滑下去，良心吓了一跳，连忙伸手去拉哥哥。不料天理趁着这个机会，用扁担一下子打在良心的头上，把他推下了悬崖。

良心再睁开眼的时候，发现自己正躺在一片茂密的树林下面。浑身虽然疼痛，但好在没受什么大伤。良心摸着头上的大包，才明白过来，原来是悬崖底下的这片树林救了他的命，让他不至于摔死。他回想起之前的事情，想起哥哥要害死自己，不禁痛哭起来。哭啊哭啊，不觉就到了半夜。冰冷的夜风吹了起来。良心站起身来，深一脚浅一脚地在树林里走着，好容易才找到了一间破庙。良心连忙走了进去，想歇口气。谁知还没坐下，他就听见庙外传来了脚步声。良心连忙爬上庙里的横梁，躲了起来。

不一会儿，破庙里走进来三个妖精：一个是老虎精，一个是猴头精，还有一个白狗精。三个妖精在庙里坐了下来，互相称兄道弟，还讲起了各自的吃人经历。良心在梁上听着，害怕极了。这时，良心听见白狗精说："我最近发现了一件事，在旁边的那个村子里面，有三棵枫树，每一棵下面，都藏着一块青石板，三块青石板上分别写着金、银、水三个字，写着金字的青石板底下，全是金子；写着银的石板底下全是银子，写着水的石板底下是一股泉水。如果我们不是妖精的话，就可以去那儿，挖出金银，就发财了！只可惜我们是妖精，人们根本就不会让我们靠近那儿的！"说完，白狗精叹了口气。老虎精和猴头精听了，也觉得十分可惜，都叹起气来。这时候，远方的鸡打鸣了，天要亮了，三个妖精一听，连忙逃走了。

良心在横梁上面，听得一清二楚。天亮了以后，他就离开了破庙，向鸡叫声传来的方向走去。走了很久，良心来到了一片田地旁边，本来应该是一片绿油油的地里，却变得一片枯黄。他问了问，才知道这个村子已经好几个月没有下过一滴雨了。老百姓都急坏了。

良心又往前走了一段路，他抬头一看，发现前面不远的地方有三棵参天的大枫树，青枝绿叶，十分漂亮。树下跪满了前来拜神求雨的老百姓。良心一看，心想，这不正是白狗精说的那三棵大枫树吗？他连忙走上前去，走近一看，发现其中一棵枫树上还贴着一张告示，上面写着，当地一位好心的员外，特地贴出这个告示，只要有人能够让天下雨，或者能在附近找到水源的话，要金有金，要银有银，还将自己的女儿嫁给他。

良心走上前去，伸手把告示揭了下来。旁边守着的家丁一看有人揭告示，连忙把他带到了员外家里。良心请员外准备好三张大锯，两个大筐，还有几把锄头，准备好之后，他就带着十个壮丁，来到了那三棵大枫树前面，吩咐壮丁们把树锯倒。但员外却不同意，很多村民也不答应，因为这三棵树是村子的风水树，把它们砍了，村子会有灾难。但也有很多人同意砍，因为如果再找不到水的话，全村的人都活不了了。一番争执之下，最后员外和其他村民也只得同意了。

几个壮丁拿出大锯，没一会儿，就把第一棵枫树锯倒了，树根底下，埋着一块写有“金”字的青石板。良心一见，命令谁也不许动这块板，开始挖第二棵树，挖了半天，挖出一块写着“银”字的青石板来，良心还是不让动。直到第三棵枫树也锯倒了，树根下面，挖出一块写着“水”字的青石板来。良心高兴极了，他让村民们退后几步，自己走上前去，用力一搬，把青石板打开了。一股泉水立刻喷涌出来。“水！找到水啦！”人们欣喜若狂，连忙拿来水盆和水桶，开始接水。泉水源源不断地流着，流进了田垄、滋润了麦苗，干涸的溪滩里又有了水，人们高兴极了，都说良心是上天派来救他们的。

几个壮丁又撬开了另外两块青石板，只见下面满满的都是金银。人们说，这金银理应归良心所有，良心却说，这金银是祖先们留给村民，让他们度过荒年用的，当场就把这些金银都分给了村民们。人们都对良心感激涕零。后来，员外的女儿听说了，非常佩服良心，员外便做主，将女儿嫁给了良心。

这件事一传十、十传百，传到了天理和他妻子的耳朵里。天理的老婆十分高兴，逼着天理带着自己和儿子去找良心分金银。他们走了三天三夜，来到员外家中。良心看见将自己推下悬崖的哥哥，本来不愿再理他们，但禁不住哥哥苦苦哀求，最终良心还是原谅了他。他把天理一家请进来，热情地招待了他们一天一夜。天理的老婆问良心是怎么知道枫树下有水的消息的，良心也一五一十地告诉了他们。第二天，天理和老婆就带着儿子告辞了。回到家以后，他们商量着按良心的方法，也去偷听妖精们说话，也要发大财。于是夫妻二人一起跳下了山崖，却再没上来。良心收养了天理的儿子，和妻子一起幸福地生活了一辈子。

苏三洗冤

明朝的时候，有一个长得很漂亮的姑娘，名叫苏三。苏三家里很穷，狠心的父母为了钱，将她卖到了妓院里。可怜的苏三叫天天不应，叫地地不灵，每天不但要洗衣做活，还要挨打受骂，只能天天以泪洗面。

日子一天一天地过去，苏三长大了，成了一个清秀美丽的姑娘。鸨母见她长得漂亮，就逼着她学习弹琴唱歌，在客人面前表演，还给她起了个艺名叫做“玉堂春”。苏三虽然不用再干粗活了，但却要忍受客人对她的侮辱，日子依然过得非常痛苦。

一天，苏三所在的妓院来了一位名叫王景隆的公子。他知书达礼、温和善良，长相又十分清秀俊朗。王公子一进大门，就看见了正在弹琴的苏三。苏三抬起头，也看见了他。两个人互相望了好久，彼此都含情脉脉。王公子认定这个美丽哀怨的姑娘就是自己的意中人。他上了楼，进了苏三的房间。两个人互诉衷肠，情投意合，就私下结成了夫妻。

王景隆与苏三住在一起，甜甜蜜蜜地过了好些日子。苏三深深地被王公子的人品学识所吸引，发誓一辈子跟着他，永不分离。但鸨母却把王景隆当成了一棵难得的摇钱树，每天都想尽了办法跟他要钱。王景隆身上的钱渐渐花光了，鸨母一看他没了钱，立刻就翻了脸，指使手下的人，把他打了一顿，轰出了妓院。苏三见王公子被打，哭得死去活来，想要追出去，和他在一起。但却被鸨母一把抓住，关了起来。没有办法，苏三只得托自己的丫环，把自己平时攒的几十两银子送给了王景隆，让他努力读书，上京赶考，等到金榜题名，成了官员，再来救自己脱离苦海。

王景隆被苏三的情深意重深深地感动了，他回到家里，刻苦读书，决心一定要考中状元，再来救苏三。可就在这个时候，苏三却被一个名叫沈燕林的山西商人看中了，想要娶她做妾。苏三自然是抵死不从。可黑心的鸨母为了赚钱，私下里收了沈燕林的钱，把苏三卖给了他。

苏三到了沈家，沈燕林对她十分宠爱，百般呵护。这就招致了沈燕林的原配妻子的妒忌。沈妻想来想去，想出了一条毒计。她在一碗面里下了毒药，然后又亲自端到苏三的屋里，假装给她赔罪，想让苏三把面吃下去，从而一命呜呼。

苏三端起面，刚要吃，沈燕林就从外面进来了。苏三见他风尘仆仆、十分劳累，就把面端过来，给沈燕林吃了。沈燕林刚吃了两口，立刻就觉得头晕目眩、浑身疼痛，不一会儿就死了。苏三吓坏了，她连忙叫人来帮忙。沈妻跑来一看，毒死的不是苏三，却是自己的丈夫。她又气又恼，便让人抓住苏三，硬说是她毒死了沈燕林。她又告到官府，昏庸的县官不问青红皂白，就派人把苏三抓了起来，定为死罪。县官命一个叫做崇公道的差官押她上京，等候处斩。

在押解途中，苏三向崇老差官讲述了自己的遭遇，老人非常同情苏三，最后还认了她作义女。但老差官没法改变苏三的判决，只好继续押着她走。

这时，王景隆已经凭着自己的才学考中了进士，成了山西巡按。他巡视到沈家所在的县衙，调阅卷宗，看到沈燕林被毒死的案子，觉得十分蹊跷，便决定亲自审问。他端坐在府衙的大堂之上，喝令一声："带案犯。"案犯被押了上来。王景隆觉得眼前的这个女子十分熟悉，下去一看，竟然是他日思夜想的苏三。原来王景隆做了官以后，立刻就去了妓院寻找苏三，可是却早已找不到她的身影了。一问之下，才知道苏三被鸨母卖给了一个商人。王景隆非常伤心，却也没有办法，只得独自上任，来到了山西。

苏三一见是王景隆，也是又惊又喜。两人百感交集，不禁抱头痛哭。苏三对王景隆讲述了自己的遭遇，诉说了自己的冤情。王景隆听了，说："你不要担心，我一定把这个案子查个水落石出！"

王景隆多方寻访，终于从沈妻的话中听出了一些端倪。于是，他命人把沈妻带来，仔细盘问。沈妻哪见过这种阵势，吓得浑身发抖。王景隆三问两问，她就说出了自己误杀了丈夫的实情。王景隆按律审判，判了沈妻死罪。苏三无罪释放，从此与王景隆过上了幸福的生活。

望娘滩的传说

传说在很久以前，四川灌县的岷江边住着很多渔民。其中有个叫做温朋的小伙子，父亲很早就去世了，他和母亲相依为命。温朋是个憨厚勤快的人，他每天靠出海打鱼赚点小钱来养活母亲，娘儿俩的日子过得非常艰苦。

有一天，天色很暗，眼看就要下大雨了。温朋的母亲看到这样的天气，就让温朋不要出去打鱼了。但是温朋见家里的米缸就要空了，根本不够他和母亲吃上一天的，于是安慰好母亲就出海去了。

小船行驶到江心，温朋就撒网下去。等他即将收网之时，发觉鱼网很沉，拉到船上非常困难。正在他使劲收网的时候，霎时乌云密布，电闪雷鸣，江面上还刮起了大风。温朋不知道进网的是什么东西，但是想到一定能卖个好价钱，这样他和母亲的吃饭问题就能解决了。想到这，他又加了把劲儿，一下子把网拉到了船上。说来奇怪，渔网刚一上船，天色就晴朗起来，温朋一看，拉上来的是一条金灿灿的大鲤鱼。温朋想到接下来几天，他和母亲的温饱问题肯定解决了，顿时高兴得大笑起来。正当他想把鱼捉进鱼篓里，鲤鱼突然说话了："我本是千年鱼精，来到这片江里游玩，今天遇到你也算有缘。如果你肯放了我，我将给你一件宝贝。"

温朋有点为难，他害怕自己的美好幻想成为泡影，就说："那好吧，我相信你，但是请你先把宝贝给我吧，我一定放了你。"大鱼就从口中突出一颗大明珠，让温朋接住，温朋见了很高兴，就将大鱼放回了水里。

温朋回到家，把明珠拿给母亲看，母亲觉得是好东西，又怕别人看到会抢走，就把它放到了米缸里。谁知等她下午做饭的时候，本来空空的缸里出现了满满一缸米。母亲高兴得合不拢嘴。她又把明珠放到快空了的钱袋里，钱袋霎时也变得鼓鼓的。温朋有了钱，不再做打鱼的活儿了，他在县里开了个小店，娘儿俩的生活变得越来越好。

但是本地有个财主，非常狡猾凶狠，人称黑虎神。他见温朋生活得越来越好，有吃有穿，不知因为何故，就派老婆到温朋家中探个究竟。财主的老婆到了温家，见只有温朋的母亲在家，就敲诈她说："我家丢了一个金元宝，是在你儿子的店上丢的，一定是你儿子偷了去，你家的日子才能过到这个地步。"温朋的母亲听了很生气，忙说没有，但是财主的老婆非常的厉害，她吓唬温朋的母亲说，只要她不说出怎样有了钱，就去官府状告温朋。温朋的母亲一着急就说出了实情。

当天晚上，黑虎神就带上家丁来到温朋的家，问温朋明珠在什么地方。温朋不肯说话，黑虎神一眼就察觉出了明珠的下落——在温朋的嘴里。结果黑虎神就下令将人按住，试图从温朋嘴里拿出明珠。温朋一着急，就将明珠吞到了肚子里。

明珠进肚的一瞬间，温朋觉得口渴得厉害，就去水缸找水喝。把一水缸的水全喝完之后，温朋还是觉得不够，他又跑到岷江里去喝。谁知他刚喝了几口，就立即变成了一条龙，飞到天上去了。

温朋的母亲见了，在后头追着喊他的名字。只见龙立刻回头，而江里也立即凸起一个滩。他的母亲叫了二十四声他的名字，龙就回了二十四次头，每回一次头，江里就凸起一个滩。后人就将这二十四个滩称作“望娘滩”了。

温朋变成龙的这一夜，天下起了大雨，江里的水涌出来，单单将财主的家冲毁了。财主和他的老婆也没有了踪影，大家猜一定是被冲到江里淹死了。而这个故事就一直流传至今。

西施与范蠡

战国时，南方有一个国家，名叫越国。越国曾经是个很强大的国家，但后来因为国势不振，渐渐衰落了下去。这时，旁边的吴国国王夫差趁着这个机会，带领大军，打败了越国，占领了它的土地。越国的国王勾践没有办法，只能向夫差俯首称臣。夫差没有杀死勾践，让他做自己的奴仆，对他百般侮辱。勾践咬着牙忍耐了下来。他装出一副谦恭的样子，细心地服侍夫差，使夫差放松了警惕，放勾践回到了越国。

勾践一刻也没有忘记自己受过的奇耻大辱。他回到越国以后，一心振兴国家、报复夫差。这时，勾践手下一个名叫范蠡的大臣给他出主意说，要想光复越国，一要让百姓休养生息，十年生聚，十年教训，积蓄力量，等待时机；二要让吴王夫差放松警惕，继续表现出谦卑的样子，还要给他进献珍宝、美女，让他沉迷于酒色之中，顾不得朝廷政务。勾践听从了范蠡的建议，他颁布了很多有益于老百姓的政策，让他们休养生息。同时，勾践还派范蠡到全国各地去寻访美女，用来进献给夫差。

范蠡接受了命令，到全国各地去遍访美丽的女子。可是他走了很多地方，见了很多女子，其中也不乏美丽的姑娘，但真正具有倾倒众生的美貌的女子，却一直没有找到。这天，范蠡在一座大山里转悠，不知不觉地，就走到了一个小村子里。他远远地看见一个姑娘正在溪边洗衣服。姑娘洗完衣服，站起来，转身向村

子里走去。范蠡一看，不禁呆住了。哎呀，这个姑娘太漂亮了。水里的鱼儿，见到她的美貌，都会沉醉下去。这不正是他要寻找的人吗？范蠡连忙跑上前去，叫住了姑娘，说道："姑娘，我是从外地来的商人，偶然走到这里，迷了路，姑娘可以给我一碗水喝吗？"姑娘点了点头，说："好的，先生请跟我来吧。"

姑娘带着范蠡回到了自己家中，给他端来了水。范蠡一边喝，一边问："请问姑娘贵姓？"姑娘说，自己名叫西施，家里没有什么亲人，自己一个人，靠打柴为生。交谈中，范蠡被西施的美丽和温柔深深地打动了，他爱上了西施。西施也被眼前这位英俊潇洒的公子所吸引，两个人情投意合，彼此都含情脉脉。但范蠡没有忘记自己的使命，他迟疑了很久，最终还是对西施表明了自己的真实身份，并问她是否愿意去吴国服侍夫差，为越国的复仇争取机会。

西施像

西施听了，心里非常痛苦。她扑进范蠡怀里，痛哭失声。一想到自己要远离家乡、远离恋人范蠡，去异国他乡服侍一个自己不爱的人，她的心里就悲痛异常。但她考虑再三，为了国家的振兴，她还是毅然决然地答应了范蠡的请求，同意去吴国迷惑吴王。临走之前，她与范蠡约好，越国复仇成功之后，就一起远走高飞，离开这片是非之地。

西施到了吴国以后，果然不出所料，吴王夫差被她的美貌深深地迷住了，每天都陪在她身边，饮酒作乐，不理朝政。有忠心的大臣向他进谏，他不但不理睬，还把大臣处罚了一顿。就这样，吴国一天天地衰败下去了。而与此同时，越王勾践却每天都在加紧练兵，图谋兴复。他每天都睡在木柴上，还在自己住的地方挂了一个苦胆。每天都要舔一下苦胆，并且大声地问自己："勾践，你忘记自己所受到的耻辱了吗？"以此来激励自己，不要忘记曾经受到的耻辱。

多年以后，勾践终于积聚了足够与吴国对抗的实力，他抓住一个机会，带领军队，一举打进了吴国的都城，灭掉了吴国。吴王夫差也自杀了。

勾践终于报了仇，他在王宫摆下宴席，要赏赐在他危难时不离不弃的大臣们。范蠡是其中功劳最大的一位，勾践对他十分感激，要赏给他很多金银财宝，并封他为高官。但范蠡对这些都谢绝了，他说："大王，我现在的心愿，只是希望能乘着小舟，在广阔无边的江海上，自由地泛舟罢了。"勾践见范蠡心意已决，便也不再挽留，任范蠡离开了。

范蠡划着小舟，来到了吴国附近，四下寻找。忽然，一个熟悉的身影，向他跑了过来。范蠡一看，正是西施。原来吴国灭亡以后，她就逃出了王宫。从此，范蠡带着西施，在烟波浩渺的五湖之上，幸福地生活在了一起。

药王医龙

孙思邈是我国古代著名的"药王"，他医术高超、心地仁厚，救活了很多人，老百姓都非常爱戴他。传说在孙思邈五十岁那年秋天的一个夜里，他正在屋里读医书。三更时分，忽然从远处传来了"轰隆隆"的雷声，雷声越来越近，不一会儿，就到了孙思邈居住的茅屋附近，窗棂被震得格格作响。紧接着，就下起了倾盆暴雨，雨点打在屋顶上，发出巨大的声响。但孙思邈一心研读医书，并没有注意这些。这时，一阵急促的敲门声，搅得他再也没法看下去了，他只好站起身来，跑去开门。门一下子被打开了，门外站着的，是一位又高又瘦的老头，身穿一身金色的袍子，双眼好像灯笼那么大，炯炯有神。但他的脸色却十分苍白，看上去有气无力。孙思邈一看，就知道他一定是得了病，连忙让他进屋里来。老人笑了笑，走进屋里。这时孙思邈才发现，尽管外面雨下得那么大，可老人身上，竟连一滴雨水都没有。而且他一进屋，屋外的雷声和雨就都停了。

孙思邈请老人坐下来，伸出手，搭在他的脉上，替他诊脉。良久，孙思邈一皱眉，摇了摇头，说："老先生，人的脉象分为浮、沉、迟、数、虚、实等几种，可您的脉象却完全不在这几种之内，恐怕您不是凡人吧？"

老人听了，笑了笑，说："那先生看我是什么呢？"

孙思邈说："您的脉象起伏不定，有翻江倒海、腾云驾雾之象，应该是龙吧？"

老人一听，哈哈大笑，冲着孙思邈翘起了大拇指，说："先生真不愧是名满

天下的神医，看来我这次真的是找对人了。先生说得不错，我确实是一条老龙。半年以前，我得了一种怪病，明明饿得发慌，却什么也吃不下去，只能喝稀汤度日。眼看这身体越来越瘦弱了，所以才特来拜访先生。请先生救救我吧。”

孙思邈想了想，说：“你的病倒也不难治，可是你今天变成人的样子来，我没办法治，这样吧，后天上午，你现真身再来，我定可以治好你！”

老龙听了，非常高兴，他拜谢了孙思邈，踏着云雾飞走了。

第二天，孙思邈找来了一个大桶，在里面倒上了他配制好的一种漆黑的汤药，并往里加入了一种白色的粉末，还准备好了两根一尺五寸长的金针。

第三天天还没亮，孙思邈正在家里等着老龙，突然轰隆一声巨响，把他吓了一跳。他连忙跑出屋子一看，自己家的院墙竟然出了一个大洞，老龙的头从洞里伸了出来，原来它怕被别的人看到，就从孙思邈家旁边的山的山脚钻过来了，身子都藏在了山里面。孙思邈听了，也不禁笑了，说：“龙君，真有你的！你等等我，我去给你拿药。”

一会儿，孙思邈就提来了事先准备好的那一大桶汤药，放在老龙面前，让它喝下去。老龙一看墨黑墨黑的药汁，不禁有点发憷。它硬着头皮喝了一口，马上就皱起了眉头，撅着嘴说：“先生，这是什么药啊？这么难喝？”孙思邈说：“这叫白瓣曲子汤，专门治你这病的。良药苦口利于病，你赶紧喝下去！”老龙却把头摇成了拨浪鼓：“这么难喝，我不喝！”孙思邈又气又笑：“哎呀，你这么一大把年纪了，怎么还不如六七岁的小孩子？你今天喝也得喝，不喝也得喝！”说完，拿起药汤，就要往老龙的嘴里灌。老龙一听，吓了一跳，它张开嘴巴，轻轻一吹，就起了一阵旋风，差点没把药桶给吹翻了。

孙思邈见老龙野性难驯，知道不能像对待普通病人那样来给它治病。于是他悄悄拿出了事先藏在怀里的金针，偷偷绕到龙背后，猛地一下跳到龙头上，拿出一根针，对准龙角旁边的一个穴位，用力地扎了下去。老龙疼得大叫起来，拼命地甩动脑袋，想把孙思邈甩下来。可是它忽然觉得全身无力，哪儿都动不了；想吹风，嘴巴也像麻了似的，吹不出来。孙思邈放松了手，老龙不觉得痛了，但浑身仍然一点力气都没有。它只好垂下头，说：“先生，先生，我虽然有病在身，但毕竟还是条龙，没想到让你一针就给我扎得软绵绵的了。”

孙思邈忍住笑，从怀里取出另一根金针，在老龙眼前晃了晃，威吓说：“赶紧把药喝了，要不然，我还要扎！”说完，就骑在龙脖子上，抓住两只龙角，把老龙的头按进了药桶里。老龙害怕孙思邈再扎针，赶紧张开嘴，咕嘟咕嘟地喝起来。它一边喝，一边觉得自己的食道里好像有什么东西在翻滚、爬动，弄得自己胃里翻江倒海、难受得不得了。它想停下来不喝，又怕孙思邈扎针，只好硬着头皮喝下去。好不容易把药全喝完了，老龙再也忍不住，哇的一声，吐了一地，顿时觉得舒服多了。老龙定睛一看，自己吐出来的那一堆东西里，竟然有一条大蛇，它吓了一跳，问道："先生，这是怎么一回事啊？"

孙思邈收回针，从龙脖子上跳了下来，指着大蛇，笑着对老龙说："你身体里并没有什么病，只是因为这条蛇堵住了你的食道，你自然什么都吃不下去了。"老龙恍然大悟，说："怪不得，这条蛇是我半年以前吞下去的，竟然没死。多亏孙大夫您相救，否则我还不知道要难受多长时间呢！对了，您刚刚给我喝的仙药，是什么来着？"孙思邈忍不住哈哈大笑，说："什么仙药，这只不过是陈醋和蒜泥拌在一起罢了。这两样东西又酸又辣，一进食道，蛇自然忍受不了，只好往外逃出来了。"老龙听了，也忍不住笑了，说："怪不得这么难喝！先生真是医术高超、药到病除啊！

孙思邈又给老龙吃了一些补药，老龙在山洞里调养了几天，恢复了力气，谢过了孙思邈，就腾空飞走了。老龙虽然飞走了，但那个大洞还留在山底，后来人们给它取了个名字，叫做"穿龙洞"。而孙思邈医龙的消息也传开了，大家都说，孙大夫真是神医。孙思邈去世以后，大家尊他为"药王"，并在"穿龙洞"的前面建了一座药王庙，世世代代供奉着他的塑像。

钱王射潮

钱塘江大潮中外闻名，今天，很多人都会在潮水最汹涌的时候赶到杭州，观看涨潮。但在古时候，钱塘江的大潮，却经常给百姓们带来灾难。钱塘江每次涨潮，潮头都能高到好几十丈，犹如千军万马一般，淹没了不少良田，甚至还会淹死人畜。沿江两岸的堤坝，常常是这边刚修好，那边就又冲塌了。历来掌管钱塘一带的地方官，都为此头疼不已。

唐朝末年的时候，有一位吴越王钱，奉命掌管杭州。他身材健壮、勇猛无比，人们都称他作"钱王"。钱王治理杭州的时候，觉得各种事情还都比较好办，就是钱塘江的堤坝怎么也修不好。每次堤坝快要修好的时候，一次大潮，准

会把它冲垮。钱王以为是手下的人偷工减料，非常生气，就把领头的人抓了来审问。领头实在无能为力，只好据实禀告钱王："大王，不是我们不想修好，只是因为钱塘江里面有一个潮神在捣乱，每次江堤快修好了，他就出来兴风作浪、扬起大潮，把我们修筑的堤坝冲毁。"

钱王一听，勃然大怒，喝道："既然那家伙作恶，为什么不把他抓回来宰了？"

领头的慌忙答道："大王，他是潮神，住在海龙王那里，我们是凡人，怎么能把他抓来呢？而且他每次来的时候，都随着翻滚的潮头，藏在潮水里面。我们只看得见潮、看得见水，根本看不着他，更没办法抓他。还有，哪怕就是坐着铁打的船去找，只要一碰上潮头，也会立刻被吞没了的。"

钱王先发箭，万箭齐射潮头。

钱王听了，两眼直冒火星，大吼道："呸！难道就让这个小小的潮神在我江边胡作非为吗？"他想了想，对手下说道："这家伙作恶多端，看来本王得亲自去降服他了。这样吧，到八月十八这一天，准备好一万名弓箭手，随着我到江边，我倒要看看，这个潮神有多大能耐！"

钱王为什么选定八月十八这一天呢？原来八月十八是潮神的生日。这一天潮头是全年之中最高的，水势如同排山倒海一般，凶猛无比。而且潮神会在这一天，从水中出来，骑着白马，跑在潮头上面。

转眼到了八月十八这一天，钱塘江边搭起了一座大王台，钱王一大早就来到了台上，观察江上的动静，一万名弓箭手也早已排好了阵势，等待潮神到来。沿江的百姓们受尽了潮水的灾害，听说钱王领兵来射潮神，都跑来观战助威。几十里路长的江岸，黑压压地挤满了人。钱王见了这般声势，更加胆壮心雄，他叫人拿来笔墨，在纸上写下了两句诗：

为报潮神并水府，

堤塘且借与钱城。

写完，他将纸丢进江水里，大声喝道："潮神听着，如答应此事，以后就不许再发潮水；倘若执迷不悟，仍发潮水冲堤，那就休怪我手下无情！"

岸上的老百姓和弓箭手听了，都欢呼起来，声音如同雷鸣一般。大家都神色紧张地望向江水，观察着江面上的动静。

潮神看了钱王的诗，不但不加理睬，反而还加大了潮水，从海的深处涌了过来。没多久，只见远远一条白线，飞驰而来，越来越快，越来越猛，眼看到了近处，就好像爆炸了的冰山、倾覆了的雪堆一般，奔腾翻卷，直冲大王台而来。钱王见了，大吼一声："放箭！"说完，就自己拉紧弓弦，狠狠地射出了一箭。

岸边的一万名弓箭手也纷纷拉起弓弦，射出弓箭。刹那间只见万箭齐发，直射潮头。百姓们在旁边都跺脚拍手，大声呐喊助威。一万支箭射完了，就再射一万支；两万支射完了，再射一万支，三万支箭射完了，竟逼得潮头不敢再向岸边冲过来了。钱王一看压住了潮神的气势，立即下令："追射！"潮神自知敌不过，只好弯弯曲曲地向西南逃去了，最后消失得无影无踪。因此，直到今天，钱塘江的潮水一到六和塔旁边，就小得多了，而在六和塔前，江水弯弯曲曲地向前流淌，就像个"之"字，因此人们后来又叫这个地方作"之江"。

从这个时候起，江堤才得以建成。百姓们为了纪念钱王射潮的功绩，特意给这座堤坝起了个名字，叫做"钱塘"。

秦桧后人挪铜像

宋朝时候的岳飞是一位大英雄，他领着兵抵抗金国的侵略，保护大宋，老百姓们都非常爱戴他。但是因为奸臣秦桧的陷害，皇上杀了岳飞。人们都在心中为

这位大英雄喊冤。后来秦桧死了以后，人们就在西湖边修筑了岳坟，还建起了一座岳王庙，用来纪念岳飞。又打造了四个铁铸的人像，让他们跪在岳坟前，向岳飞谢罪。这四个人像里面，有两个就是当年一手设计，害死了岳飞的秦桧夫妇。

明朝的时候，杭州城里来了一个刚上任的巡抚。这个巡抚也姓秦，据说是秦桧的后代。巡抚来到西湖边上游玩，看到了秦桧夫妇的跪像，心里很不痛快，他想，自己的老祖宗怎么能跪在别人面前呢？于是，他连忙叫人抬着轿子，匆匆忙忙地回衙门去了。

回到衙门，巡抚叫来师爷，问他道："西湖边上的那两个铁像，我想把它们搬走。"

师爷想了想，说："大人，这恐怕不行，这像是老百姓们立的，如果要搬走，他们一定不肯。依我看，不如趁着夜里没人的时候，叫人把铁像偷偷扔进西湖里去，这样，他们一定就找不着了。"

巡抚听了，说道："好，就按你说的办。"

当天夜里，巡抚就派了两个衙役，偷偷地把铁像扔到西湖里去了。

第二天一大早，老百姓们来到西湖边上，发现铁像不见了，正在奇怪。这时，他们忽然闻道一股臭味，熏得人晕头转向。大伙儿找来找去，发现臭味居然是从西湖里发出来的。他们这才明白，肯定是有人把铁像扔进了湖里，所以湖水才会变臭的。

这事到底是谁干的呢？老百姓们想来想去，想不出个所以然来，于是就一起去巡抚衙门去告状了，请巡抚抓住那个扔铁像的坏蛋。

巡抚听进来通报的师爷一说，心里顿时慌了。他连忙让一个衙役出去，说自己生病了，不能审案。老百姓们听了，便聚集在门口不走，大声喊着让巡抚出来。巡抚实在没办法，只得走到了衙门口，问道："怎么回事啊？"

一个老百姓说："大人，西湖的水变臭了，一定是因为有人把秦桧像扔进了湖里，湖水才会变成这样的。请大人抓住那个扔铁像的人，严惩他！"旁边的老百姓们也都喊道："对！严惩他！"

巡抚觉得头都大了，他硬着头皮说："怎么可能有这种事呢？一定是因为别的原因，与铁像无关吧。"

老百姓们又喊道："是不是这样，大人去看看不就知道了吗！"说完，就簇拥着巡抚，向湖边走去。巡抚被夹在人群中间，动弹不得，只能跟着百姓们来到了西湖边上。只见西湖的湖水已经变成了墨黑墨黑的，一股臭气从水里直冒上来，熏得人直想吐。巡抚被熏得差点儿没晕过去，他连忙用手绢捂住了鼻子，转过身来，对老百姓说："本官已经看过了，西湖湖水发臭，乃是一时异常所致，与铁像无关。你们先回去吧，本官自会调查清楚的。"说完，就要往回走。

可老百姓们哪里肯让他回去，纷纷站了出来，挡在了他面前。人群里有人喊道："你是秦桧什么人？居然这么袒护他！"另一个声音喊道："他也姓秦，你也姓秦，你该不会是秦桧的后代吧？"

巡抚一听被人说中了秘密，吓了一大跳。他有些气急败坏地说："随你们怎么说！反正铁像现在已经沉进湖水里了，捞不出来了。要是真有人能从湖里捞出铁像来，本官情愿辞职请罪！"

话音未落，只听哗啦一声，原本沉在湖底的两座铁像一下子从湖里冒了出来，湖水立刻变得清澈透明，也没有臭味了。只见那两座铁像就像被人托着一样，直直地冲着巡抚冲了过去。巡抚吓得一头钻进了轿子，飞也似的逃走了。

铁像漂到了湖边，被老百姓们打捞起来，重新放到了岳坟前。后来，再也没有人敢私自挪动秦桧像了。

渔夫的箫声

很久很久以前，有一个竹箫吹得很好的渔夫。他吹起箫来的时候，百鸟会围着他歌唱，彩蝶也会在他身旁飞舞。在地里干活的人们只要一听到他的箫声，都会不由自主地忘记了手中的活计，停下来，专心致志地听他吹箫。就是脾气再暴躁的人，只要听到这天籁一般的声音，也都会立刻平静下来。人们都觉得他的箫声是天上的声音，偶尔降到了人间，于是给他起了个名字叫做"吹天箫"，久而久之，他到底叫什么名字，反倒没有人记得了。

一天，吹天箫在南海边打渔，他把渔网抛进海里，然后坐在海边的岩石上，拿出他心爱的竹箫，开始吹起来。他忘情地吹啊吹啊，忽然，他的面前出现了一位白须白发的老者，似乎早已陶醉在了他的箫声之中，正在侧耳倾听。

吹天箫停了下来，问道："老伯伯，您有什么事吗？"

老人从箫声中醒过来，说："小伙子，你的竹箫吹得真好，能不能请你做我儿子的老师，教他吹箫呢？"

吹天箫说："可以啊。"

老人笑了，说："那就请跟我来吧。"说完，老人一挥手，面前的大海居然分开了一条路，路的尽头，是若隐若现的龙宫。吹天箫这才明白，原来老人就是南海龙王。

原来刚刚吹天箫在海边吹竹箫的时候，南海龙王正在龙宫里宴请群神。桌上摆满了各式各样的美味佳肴，龙王和宾客们刚要举杯共饮，忽然听到海面上传来一阵美妙的箫声。就算是神仙，也从没有听过这么优美的箫声。大家举着酒杯，都忘记了喝酒。龙王更是陶醉在这箫声之中，宴席结束之后，他变成一位老人，来到海面上，顺着箫声，一路找到了吹天箫。

吹天箫跟着龙王回到龙宫之后，很认真地教龙王的儿子学习吹箫。一转眼三年过去了，吹天箫十分思念自己的家乡。这时，龙王的儿子也已经差不多学会吹箫了。于是吹天箫就找到了龙王，请求龙王让自己回家。龙王说："吹天箫师傅，这三年辛苦你了，既然你已经下定决心要走，我也就不挽留了。请让我送你一件礼物，就当是报答你吧。"

于是，龙王就叫自己的儿子带着吹天箫到宝物库去，让他挑选礼物，但是数量不能超过两件。吹天箫到了宝物库一看，呀！库里到处都摆满了他从来没有见过的奇珍异宝。半斤重的大珍珠，两三米高的大珊瑚，各种奇异的宝石，还有数不清的夜明珠。吹天箫看着这些宝物，简直都花了眼，也不知道该挑哪一件才好。这时，他转身一瞧，宝物库的另一面墙上，挂着大大小小的竹篓，底下的柜子里，摆着各式各样的蓑衣。吹天箫在宝物库里转了转，最后走到了挂竹篓的地方，拿了一个竹篓和一件蓑衣，然后对龙王的儿子说："我已经挑好了，就这两件吧。"

回龙宫的路上，龙王的儿子问他："为什么那么多金银珠宝你不挑，却偏偏挑了这两件呢?"

吹天箫笑了笑，说："竹篓可以装我捕到的鱼虾，蓑衣可以替我遮风挡雨，金银珠宝总有用完的时候，可我凭着自己的劳动吃饭，就永远不会挨饿。"

龙王的儿子微笑着说："师傅，你真是一个勤劳善良的好人。放心吧，有这两样东西在手里，你永远都不会挨饿。"说完，他用法力将吹天箫送回了海面上，就转身不见了。

吹天箫回到了家里，他去南海捕鱼、去东海捞虾，只要披上蓑衣，就能立刻飞到那里；他打渔回来饿了，竹篓里永远装满了好吃的东西。吹天箫这才知道这两件东西都是宝物。从此，他背着竹篓，披着蓑衣，一边打渔，一边吹箫，他的箫声洒满了人间，使人间充满了悠扬而动听的乐曲。

阿巧养蚕

很久以前，在杭州一带的一座山脚下，住着一个心灵手巧的姑娘，名叫阿巧。阿巧的母亲在阿巧九岁时去世了，父亲又娶了一个媳妇。后娘对阿巧和四岁的弟弟很不好，经常虐待他们。她让阿巧干这干那，却还不让她吃饭。阿巧很伤心，常常偷偷流眼泪。

有一年的冬天，天气非常冷。阿巧穿着单薄的衣裳，缩在自己的小屋子里。这时，后娘进来了，对阿巧说："羊吃的羊草没有了，你快去山上割点回来!"

阿巧没有办法，只得背着竹筐，冒着严寒去割草。可是这个季节，山上早已光秃秃的，到哪里去找青草呢？阿巧从白天找到了傍晚，却连一根青草的影子都没看到。太阳下山了，天慢慢地黑了下来。阿巧冻得浑身哆嗦，却又不敢回家，只得抱成一团，坐在山坡底下，伤心地哭了起来。

这时，她忽然听到了一个声音在说："割青草，半山腰!"她抬起头来，看到了一只身披五彩羽毛的小鸟，它一边飞，一边冲阿巧扑扇着翅膀，示意阿巧跟着它。阿巧连忙跟了上去，小鸟一直飞，阿巧也就一直跑。不知绕过了几道弯、穿过了几条河，阿巧实在跑不动了，只得停了下来。这时，她看了看四周，发现自己站在一条黄泥小路上，小路的旁边，是一条清澈透明的小溪，小溪周围，居然长满了鲜嫩的青草和漂亮的野花。

阿巧看见这么多的青草，高兴极了，连忙蹲下身子，割了起来。她一边割一边走，也不知过了多长时间，她一抬头，发现自己竟然来到了一个不知道是哪儿的地方。不远处有一排房舍，几个白衣女子，手里挎着竹篮，正在房舍旁边的一片小矮树林里采树叶。

几个白衣女子看见阿巧，便走到她面前，问她道："姑娘，你从哪儿来呀？怎么会到这里的？"

阿巧就将自己的遭遇对白衣女子们讲了一遍，白衣女子们听了，都很同情她，其中一个女子对她说："这样吧，阿巧，既然你有缘到这里来，不如就在这

里多住几天吧。”

阿巧看了看围着她的白衣女子们，她们又漂亮又和善，于是就留了下来。白天的时候，她跟着白衣女子们一起，在矮树林里采树叶，晚上的时候，就用这些树叶去喂一种雪白的小虫子。小虫子吃了树叶以后，长得白白胖胖的。后来，就吐出一种又细又亮的丝来，结成一个核桃大小的小房间，把自己裹在里面。

白衣女子告诉阿巧，这些小虫子叫“天虫”，树叶叫做“桑叶”，从小房间里抽出来的丝线，染上颜色，就可以给天上的织女织云锦用了。阿巧听了，觉得奇妙极了，从此更加用心地采树叶、纺丝线。

三个月过去了，阿巧很想念自己的弟弟，想回家去看一看。于是，第二天天没亮的时候，她就回家了。临走的时候，她怕自己回来时找不到路，就带了几条小天虫，采了一捧小桑果。一边走，一边扔，希望可以顺着这些桑果找回来。

回到家，阿巧惊讶地发现，自己的弟弟已经长成一个大小伙子了，父亲也已经很老了。父亲告诉阿巧，她已经失踪十几年了。后娘也早已经去世了。父亲问阿巧：“阿巧，你失踪了十几年，到底去哪儿啦？”

阿巧把自己的经历说了一遍，并把带回来的小天虫给乡亲们看了看。过了几天，她决定回到山里去。可是她在山上绕了好几圈，怎么也找不到出来时的路了。这时，那只五彩羽毛的小鸟又从树后面飞了出来，一边飞一边叫：“阿巧偷宝！阿巧偷宝！”

阿巧这才想起来，她临走时没跟白衣女子们打招呼，就拿走了天虫和桑果，她们一定是生气了。阿巧没办法，只好回了家。回到家里以后，她种下桑果，没过多长时间，就长出了桑树。阿巧采下桑叶，喂养天虫，让它们逐渐繁衍。

阿巧还把自己从白衣女子那里学到了技艺教给乡亲们，从此，人们开始种桑树、养天虫，抽出丝线、纺纱织布。后来，人们将“天虫”二字合在一起，称这种小虫为“蚕”。阿巧碰到的白衣女子，其实就是掌管养蚕种桑的“蚕花娘子”。

太极张三丰

张三丰真人是武当派的开山祖师，他所创的太极拳，是我国古代武术中最博大精深的内容之一。据说，张三丰真人创立太极拳，还有一段故事哩。

传说张真人在武当山修道时，每天都静坐练功，在沉思冥想中体会心静如水、物我合一的超脱境界。闲的时候，他也会登山临水，四处游览，仰望浮云，俯视山川，领会自然的真谛。一天，张真人在武当山后的一个山洞里打坐时，忽然听见外面传来喜鹊的叫声，声音有些凄厉，和平常不太一样。张真人循声走出洞来，发现在不远处的树上，一条蛇和一只喜鹊正在争斗。原来树上有一个喜鹊窝，里面还有几只小喜鹊，蛇想趁着大喜鹊不注意，上前吃掉小喜鹊，没想到却被大喜鹊发现了。蛇和喜鹊的身子紧紧缠绕在一起，打斗得十分激烈。张真人见状，正想上前去救下喜鹊，没想到这个时候，大喜鹊反倒挣脱了蛇的捆绑，飞了出来。张真人松了口气。可大喜鹊不但没飞走，反而对蛇发起了攻击。原来它仗着自己个头大、又会飞，想要把蛇啄死，吃蛇肉哩。

张三丰像

可蛇也不甘示弱。它立起身子，迎向喜鹊。喜鹊攻击它的头时，它就竖起尾巴，狠狠地抽打喜鹊；喜鹊挨了打，疼得不行，立刻转过身来，攻击它的尾巴。可蛇不慌不忙，张开大口，咬向喜鹊。喜鹊没办法，只得掉回头来，又攻击起蛇的头部来。就这样反反复复了好几次，喜鹊一点便宜也没有占到，反倒还被蛇攻击了好几下。

喜鹊一看自己的攻击没有收到效果，就飞到半空，忽然一下子冲了下来，冲着蛇的中部啄了下去。可蛇蜿蜒轻身，摇摆闪避，喜鹊攻击了好几下，都不能击中它。不一会儿，喜鹊就累得精疲力竭，只好无可奈何地飞走了。

张真人在一旁看着，忽然悟到了什么。他想，这不就是我一直想要参透的太

极阴阳的道理吗？蛇和喜鹊相比，是柔弱的，但它运用技法和战术，却能打败力气占上风的喜鹊。以柔可以克刚，以静可以制动，原来太极的道理，就在自然之中！想到这里，张真人连忙走进洞里，模仿着刚才蛇的形态和动作，设计出了一套拳法。这套拳法以柔为主，却能以柔制刚、以静制动，借力打力，深刻地体现了道家阴阳相生相克、柔弱胜于刚强的主张。张真人创立了这套拳法以后，将它命名为“太极拳”，以突出这套拳法的特点。

张真人创立太极拳以后，不但自己经常练习，还将它教给了自己的弟子们。太极拳招式简单洒脱、飘逸自然，深刻地契合了大自然，同时也遵循了人体自身的规律，动静相间，形神兼备。修炼太极拳，既可以修身养性，领悟自然之道，又可以强身健体，自卫防身。“内以养生，外以却恶”，为我们留下了一份珍贵的历史文化遗产。

鲁班借龙宫

鲁班师傅的手艺天下闻名，一天，他看到很多老百姓在路边挨饿受冻，没有房子住，就想盖一座又大又漂亮的房子，让老百姓都可以住进去。可是到底什么样的房子才是又大又漂亮的呢？鲁班师傅想了很长时间都想不出来。

鲁班师傅的一个徒弟灵机一动，对师傅说：“师傅，听说东海龙王的龙宫是这世上最漂亮的房子，我们找他借来做个样子吧。”

鲁班师傅听了，说：“好，那我们就去借吧。”于是鲁班师傅就到了东海，站在海边上，朝海里大喊：“龙王！龙王！”

一会儿，龙王驾着海浪出现了，他站在浪头上，对鲁班说：“鲁班师傅，什么事呀？”

鲁班说：“龙王龙王，我想造一个又大又漂亮的房子，听说你的龙宫是这世上最漂亮的房子，我想拿你的龙宫做个样子，行吗？”

龙王听鲁班说自己的龙宫是这世上最漂亮的房子，十分得意，说：“好吧，我可以借给你，不过只能借三天，三天以后，你就得给我还回来。”

鲁班听了，点了点头，表示答应了。

龙王一挥手，龙宫就从水里冒了上来，漂到了岸上。

龙宫果然漂亮极了，水晶做的外墙，琉璃玛瑙的屋梁，门窗上雕刻着各式各样的花纹，屋檐还被修成了水波纹一样的形状，既结实又漂亮。鲁班师傅和徒弟们围着它看来看去，一致决定照着它的样子造一座房子。

他们搬来木料，架起屋梁，又拉来各种砖石，砌起墙壁。大体的结构建得差不多了，但龙宫实在是太大，各式各样的雕刻、形状各异的花纹，三天的时间，鲁班师傅和徒弟们实在是造不完。

转眼就到了第三天的傍晚，鲁班师傅一个人坐在屋子里发愁：明天龙王就会派人来搬走龙宫了，自己还没有造完，怎么办呢？

想来想去，他想出一个主意来，他让徒弟们在龙宫的四角钉上木桩，又在四个屋檐下面分别挂了一串铜铃。

夜里，龙王派来的龙、鱼、虾、蟹们果然来搬龙宫了。他们来的时候，带起了一阵狂风，吹得屋角的铜铃叮叮当当地响。鲁班师傅一听，知道他们来了，就连忙找了个地方躲了起来。虾兵蟹将们开始搬龙宫了。可他们费尽了吃奶的力气，也没能把龙宫抬起来。蟹将军又指挥鱼虾们去房子后面用力地推，可龙宫仍旧是纹丝不动。虾兵蟹将们累得气喘吁吁，又是搬，又是抬，一直折腾到凌晨时分。转眼天就要亮了。可虾兵蟹将们谁都没有注意到，依旧在那里使劲地搬。这时，太阳出来了，虾兵蟹将们全都着了慌。他们连忙找地方躲藏。小龙爬上了屋檐，鲤鱼钻进了门缝，虾子和螃蟹急得四处乱跑。金鸡打鸣了，太阳升了起来，小龙被晒死在屋檐上，鲤鱼也粘在大门上，下不来了。

鲁班师傅和徒弟们到龙宫前一看，小龙的头伏在屋角上，龙身横躺在瓦背上，龙尾翘了起来，鲤鱼站在大门上，恰好成了一个环的形状。鲁班师傅看了，觉得很漂亮，就用泥捏成龙头和龙尾的模样，烧成瓦片，镶在屋檐上。还用铜打成了鲤鱼样的门环，钉在了门上，两扇门，一边一个，恰好一对。

后来的人们仿照鲁班师傅造出来的样子，建造自己的房子，龙头龙尾的屋檐和鲤鱼的门环，也就一直流传到了现在。

百鸟朝凤

很久很久以前，凤凰还只是一只平凡无奇的鸟，那时它既没有孔雀一样艳丽

缤纷的羽毛，也没有百灵一样婉转动人的歌喉。它浑身上下的羽毛都是灰色的，混在百鸟群中，一点都不显眼。它之所以后来被选为百鸟之王，是因为它的勤劳和善良。

那个时候，百鸟都居住在一片大森林里，森林里果树众多，花木繁盛，而且连续很多年，都风调雨顺、没有灾祸。在这样的环境里，鸟儿们每天只知道吃喝玩耍，从来没有想过要积攒什么。只有凤凰不同，它每天都从早到晚忙个不停，四处采集果实、谷物、松子、橡果，然后把收集到的这些食物都储藏在树洞里。有时别的鸟儿吃剩或扔掉的果实，凤凰也会很耐心地一颗一颗捡起来，藏到树洞里。

别的鸟儿看凤凰成天到晚因为捡粮食而忙个不停，都笑话它。喜鹊站上枝头，嘲笑凤凰是个财迷精、大傻瓜；乌鸦也笑话它白白浪费时间。也有好心的鸟儿，不忍心看到凤凰被嘲笑，就劝它说："你不要再捡了，捡这些有什么用呢？森林里的食物这么充足，我们飞到哪儿都能吃饱，藏这些东西干什么呢？"凤凰听了，说："虽然我们现在食物充足，但如果有一天发生了灾荒，我们就什么吃的都找不到了。如果现在不储存一点的话，到时候就只能挨饿了。"鸟儿听了凤凰的话，有些不屑地说："你看现在风调雨顺、五谷丰登的，怎么可能会有那一天呢？"凤凰听了，只是笑了笑，就又低下头去，继续收集粮食了。鸟儿见劝不动凤凰，只好摇摇头飞走了。

又过了三五年，森林里发生了大旱灾，山上的花草树木全枯死了，就连以前鸟儿们不屑吃的树根草皮，也都被饥饿的百鸟吃了个精光。树根草皮都被吃光了以后，鸟儿们再也找不到能吃的东西了。它们一个个饿得头昏眼花，快支撑不下去了。这时候，凤凰忽然出现在百鸟的面前，冲着百鸟喊道："大家快跟我来！"鸟儿们不知道凤凰想干什么，一个个摇摇晃晃地站了起来，跟在凤凰后面，来到了一个山洞前面。凤凰走上前去，一下子掀开了掩在洞口的稻草，哎呀！百鸟们被眼前的景象惊呆了：山洞里摆满了果实、稻谷、松子、橡栗，以及各种各样吃的东西。鸟儿们正饿得晕头转向，一看这么多的食物，真恨不得马上跑上前去吃个饱。可是这毕竟是凤凰一个人多年积攒下来的食物，自己以前还嘲笑过它，现在怎么好意思再吃它的东西呢？想到这儿，鸟儿们都站在了洞口，望着里面的食物发呆，却又犹犹豫豫地不敢进去。

凤凰见了，连忙说："大家不要客气，尽管吃吧。我储藏了这么多年的食物，不就是为了预防现在的状况吗？"见百鸟还是不动，凤凰索性走进山洞，把食物搬出来，分给了大家。鸟儿们都非常感动，它们终于明白了凤凰以前辛勤劳动的原因，也明白了居安思危的意义。

凤凰储藏的食物帮助百鸟渡过了难关。商议之后，百鸟一致决定，推举凤凰为百鸟之王。为了感激它的救命之恩，每只鸟儿还从自己的身上选了一根最漂亮的羽毛，拔下来，汇集在一起，做成了一件五彩缤纷的百鸟衣，献给了凤凰。从此，凤凰就成了最漂亮的鸟。

后来每年凤凰过生日的时候，百鸟都会从四面八方飞来，带着各种各样的礼物，向凤凰表示祝贺，这就是传说中的“百鸟朝凤”。

老鼠嫁女

很久以前，有一对老鼠夫妇住在一个阴冷潮湿的地洞里，老鼠夫妇有一个女儿，长得很好看。女儿一天天地长大了，到了出嫁的年龄。她想来想去，不知道自己该嫁给谁，就去问爸爸妈妈。老鼠夫妇听了，心想，我的女儿长得这么漂亮，一定要让她嫁给一个顶威风顶威风的人家。那谁才是最威风的呢？老鼠夫妇想了半天，也没想出个头绪来。于是他们决定出门去转一转。

刚一出门，老鼠夫妇看见了天空中明亮耀眼的太阳。他们想，太阳一定是这世间最威风的，什么样的妖魔鬼怪，都害怕太阳的光芒。于是老鼠夫妇找到了太阳，想把女儿嫁给他。太阳听了，皱皱眉头，说：“两位老人，我并没有你们想象的那么威风，我最怕乌云，乌云一来，我的光芒就被遮住了。你们还是去找乌云吧。“

老鼠夫妇听了，便去找乌云，对他说了自己女儿的事情。乌云说：“两位老人，我也有害怕的东西啊。我最怕大风，大风一来，就把我给吹散了。”

老鼠夫妇又去找大风，大风也一样不同意，他说：“我是能够吹走乌云，可是我怕围墙，只要一碰上围墙，我就吹不过去了。”

老鼠夫妇又找到围墙，围墙一见他们，吓了一跳，说：“我怎么会是最威风的呢？我最怕的就是你们老鼠，再坚固的围墙，也会被你们打出洞来。”

老鼠夫妇听了围墙的话，不禁面面相觑，过了好久，老鼠爸爸才说：“啊，找了一圈，原来咱们老鼠也很威风啊。太阳怕乌云，乌云怕大风，大风怕围墙，

围墙怕咱们，那咱们又怕谁呢？”老鼠妈妈说：“咱们最怕的，当然是花猫了。自古以来老鼠都是怕猫！”老鼠爸爸说：“原来花猫最威风，好，那咱们就把女儿嫁给花猫！”

老鼠夫妇商量好以后，赶紧找到了黄鼠狼，让他当媒人，替自己的女儿去向花猫提亲。花猫一听，哈哈大笑，满口答应了这门婚事。黄鼠狼回来一报告，老鼠夫妇都很高兴。

成亲那天，老鼠们准备了最隆重的礼仪，送美丽的老鼠姑娘出嫁。老鼠夫妇准备好了一顶漂亮的花轿，由四只身强体壮的老鼠抬着，把新娘送去新郎家。老鼠姑娘身穿新衣、头戴红花，坐在花轿里。新郎官也由媒人黄鼠狼陪同着，在前面引路。老鼠们一路上吹吹打打，好不热闹。到了花猫家，花猫早已准备好酒宴，招待老鼠们。老鼠们高高兴兴，不一会儿就都喝醉了。大花猫哈哈大笑，从后面窜出来，一口一个，吃掉了新娘和其他老鼠。

蝴蝶泉的传说

很久很久以前，在贵州西部的洱海东岸，有一个永胜县。永胜县里住着一个名叫杜朝选的猎人。有一天，杜朝选带着弓箭，从永胜县走到洱海旁边，想渡过洱海，到对岸的林子里去打猎。可是洱海十分宽广，他一个人没法过去。杜朝选望了望，发现不远处有一对老夫妇正在划着船打鱼。杜朝选走过去，在岸边对老夫妇喊道：“老人家，可以把我送到海西去吗？我想去对岸打猎！”

老大爷摆了摆手，说：“小伙子，不行啊，我们还要打鱼，没时间送你过去啊！”

杜朝选听了，又喊道：“大爷，你把我送过去，我就能让你们捕到好多好多的鱼！”

老夫妇将信将疑地把船划过来，把杜朝选送到了对岸。杜朝选谢过了他们，然后拿出一根木棍，在岸边戳了三下，戳出了一个大窟窿，一股水柱从里面噗地冒了出来。不一会儿，里面居然出现了各种各样的鱼，在水里游来游去。杜朝选伸手指了指窟窿，对老夫妇说：“大爷，大妈，你们就在这里捕鱼吧，这里面的鱼永远也捞不完！”

老夫妇听了，非常高兴。他们让杜朝选在家里多住几天再走，但杜朝选说："大爷，大妈，我还要去林子里打猎，以后再来看你们吧。"说完，就离开了。

杜朝选到了洱海西岸，借住在一个小村子里。每天天一亮，他就背着弓箭出去打猎，到晚上才回来。

一天，他打猎回来，忽然听见邻居家传来一阵哭声。他过去一看，原来是一个妇女，抱着自己的孩子，哭得十分伤心。杜朝选连忙上前询问，妇女哭着回答道："这位大哥，你有所不知，这附近的大山里，住着一条能变成人的大蟒蛇。每年三月初三，我们就得向它献上一对童男童女。明天就是三月初三，就轮到我的孩子了！"

杜朝选听了，说："大嫂，你别着急，明天我去那座山里看看，我会制服它的，你放心吧。"

第二天，杜朝选带着弓箭，来到了大山里。他刚走到一个山洞边上，就发现有一条大蟒蛇正在一条小河里喝水。杜朝选连忙拉开弓箭，对准大蟒蛇的身体，射出了一支利箭。大蟒蛇被射中了，它痛苦地叫了一声，转身就消失了。

过了几天，杜朝选来到小河边寻找大蟒蛇，可是找了半天也没有找到。正在这时，杜朝选忽然发现在河边的岩石上，有两个年轻的姑娘正在洗衣服。衣服上布满了血渍。杜朝选一看，心想：这两个年轻的女子在这么荒凉的地方洗血衣，一定是大蟒蛇变的。

于是杜朝选就跑了过去，举起弓箭，喊道："你们给谁洗的衣服？快告诉我！"

两个姑娘看了看杜朝选，吞吞吐吐地说："我们洗的是自己的衣服。"

杜朝选笑了笑，说："这么荒凉的地方，你们怎么可能来到这里洗自己的衣服呢？你们是不是蟒蛇变的？快说！"说完，还晃了晃自己手中的弓箭。

两个姑娘见他手里拿着弓箭，有些害怕，就说了实话："这位大哥，我们都是好人，是大蟒蛇把我们抓回这里来的。昨天大蟒蛇出洞去玩，被一支箭射中了，受了伤，它的衣服上沾满了血渍，就让我们拿出来洗了。"

杜朝选听了，问道："那大蟒蛇现在在哪儿？"

姑娘回答："还在山洞里睡觉呢。"

"它会睡多久？"

"睡个大觉要七天七夜，睡个小觉也要三天三夜呢！"

"那它现在是大睡还是小睡？"

姑娘说："是大睡！"

杜朝选又问："那它有什么武器吗？"

"它有一支宝剑，平常就当作枕头，压在头下面睡觉。"

杜朝选听了，就说："那你们能不能把那支宝剑给偷出来呢？"两个姑娘点了点头，她们让杜朝选藏在外面，不一会儿，就把宝剑给偷来了。

杜朝选拿着宝剑，跟着两个女子进了蟒蛇洞，趁着蟒蛇睡觉的机会，杜朝选挥起宝剑，把大蟒蛇杀死了。

两个女子见杜朝选杀了大蟒蛇，非常佩服，她们商量了一下，就对杜朝选说："这位大哥，你杀了大蟒蛇，救了我们，我们没什么可报答你的，愿意嫁给你，做你的媳妇，你愿意吗？"

杜朝选听了，摇了摇头，说："两位姑娘，我杀了蟒蛇，是为人们除害，是应该的。你们不用报答我什么！"

两个女子又对杜朝选说了好久，但杜朝选都不答应。他把两个女子送下山，自己就又上山打猎去了。他走得非常快，两个姑娘追了半天，也没有追上。她们走了好久，再也走不动了。两个人在一个名叫龙潭的水潭边坐了下来，忍不住伤心地痛哭起来。她们越哭越伤心，最后双双跳进龙潭里去了。

杜朝选回到村庄，听说两个姑娘跳进潭水自杀了，马上就赶了过去。到了龙潭边一看，果然如此。他十分伤心，觉得自己非常对不起两个姑娘，于是也纵身跳进了潭水。

说也奇怪，杜朝选跳进潭水以后，龙潭里就飞出了三只彩蝶。两只在前面飞，一只在后面赶。它们在龙潭的水面上自由地飞舞着，形影不离。人们都说，这三只彩蝶是杜朝选和那两个姑娘变成的。于是就把龙潭改了个名字，叫做蝴蝶泉。每年的四月二十五日，都会有很多彩蝶，从四面八方飞来，在龙潭的水面上翩翩起舞，美丽极了。

白鹤姐妹

很久很久以前，在台湾、金门附近的大海上，生活着两只美丽的白鹤。它们浑身披着雪白的羽毛，头顶长着红玉似的斑印，漂亮极了。它们平常就住在大海里的一个小岛上，有一天，它们在海上玩着玩着，不知不觉地就来到了大海的深处。它们在海面上上下翻飞、尽情玩耍，一时忘了防备。这时，海里的一只大乌贼看见了它们，顿时垂涎三尺，恨不得立刻把它们抓住，美美地饱餐一顿。

它悄悄绕到白鹤姐妹身后，憋足力气，喷出一口墨汁，白鹤姐妹顿时陷进了一团黑雾，什么也看不清了。这时，乌贼精就趁机伸出触手，抓住了它们的脚。白鹤姐妹被困住了，动弹不得，这时，白鹤妹妹看到远处划过来一只小船，船上站着一位白胡子老渔翁。白鹤姐妹连忙使劲全身力气，拼命地鸣叫。

老渔翁刚刚捕到了很多鱼，收获颇丰，正高高兴兴地划着小船往家里走。这时，他忽然听见了一阵凄厉的叫声，他连忙停下桨，四下张望，发现一只大乌贼抓着一对漂亮的白鹤，正要往大海的深处游去。老渔翁连忙掉转船头，向白鹤姐妹划了过去。到了近处，他拿起渔网，朝着大乌贼一扔，差点把它罩在里面。

大乌贼一看情势不好，匆忙放开白鹤姐妹，喷出一股墨汁，逃走了。

老渔翁把奄奄一息的白鹤姐妹捞了上来，把它俩安置在船尾歇息，还给它们端来了小鱼小虾，让它们吃。并且对它们说："别担心，那只大乌贼已经跑了，你们吃饱了，就可以飞回去了。"白鹤姐妹低下头，吃了一些鱼虾，又站起身来，梳理好自己的羽毛，它们飞到老渔翁面前，说道："老爷爷，谢谢您救了我们的命，没有什么可以感谢您的东西，我们家里没有什么亲人了，如果您不嫌弃，就让我们做您的干女儿，照顾您吧！"

老渔翁听了，十分高兴，说："好啊，我也是孤单一人，有你们来给我作伴，就不怕寂寞了。"于是，老渔翁划起小船，带着白鹤姐妹，高高兴兴地回家去了。

老渔翁还给白鹤姐妹取了个名字，姐姐叫白翎，妹妹叫白羽。从此，父女三人住在一起，姐姐白翎在家织网做饭，妹妹白羽帮老渔翁出海打鱼，日子过得快快乐乐。

有一次，老渔翁出海打鱼，不小心受了风寒，回到家里，就发起了高烧。姐妹俩非常着急，连忙请来大夫，给父亲看病。但吃了几幅药，老渔翁的病情却还是没有好转。家里渐渐没有吃的了。妹妹白羽无奈，只好一个人出海打鱼。

白翎独自留在家中，一边照顾父亲，一边收拾屋子、织补渔网。有一天，她坐在榕树底下，正在补渔网，忽然看到一个年轻人走过来。他走到白翎面前，伸手从怀里掏出了一颗珍珠，说道："姑娘，你织的渔网真漂亮，我可以用这颗珍珠换一张吗？"白翎看他不怀好意，连忙把渔网收了起来，说："对不起，我们的渔网不卖。"

青年转了转眼珠，说："噢，是这样啊，既然姑娘不愿意卖，我也就只好走了。"说着，他收起珍珠，慢慢转身，装出一副要走开的样子。忽然，他回过头来，面露凶光，对准白翎，猛地喷出了一口墨汁。

原来这个人是乌贼精假扮的。它听说白翎和白羽来到了村子里，就变成人的样子，来到这里，想趁机抓住他们，把他们吃掉。乌贼精最怕渔网，换走了渔网，它就没什么可怕的了。可没想到白翎识破了它，不愿意换，乌贼精见计谋没有成功，索性就露出了本来面目，借着墨汁的掩护，猛地向白翎扑去。

可白翎早有防备，她拿起织补渔网用的金梭，抬手一扬，向乌贼精扔过去。金梭锋利极了，只听嗖的一声，乌贼精的脖子就被割出了一道伤痕。白翎又张开渔网，向乌贼精撒去，乌贼精见势不好，赶紧喷了一口墨汁，逃回大海里去了。

乌贼精逃回海里，勃然大怒，它游到海口，掀起了狂风巨浪，使大量的海水冲进了堤岸，淹没了村子里的农田和庄稼。眼看海水就要冲到屋里，冲到父亲的病床前面了，白翎拼命抵挡着海水，拿着渔网，挡在门前，乌贼精见状，也不敢游近，只得不断地激起海水，逼向白翎和她身后的小屋。

另一边，妹妹白羽出海打鱼，忙了一整天，捕到了不少鱼虾，她心里惦记着父亲和姐姐，于是收起渔网，划起小船，希望能在天黑之前赶回家。想不到她刚刚走到半路，一个大浪打来，差点儿打翻了她的小船。一只巨大的乌贼精，从浪头里冒了出来。白羽知道乌贼精来意不善，猛地举起双桨，狠狠地向乌贼精打过去。乌贼精慌忙躲开，趁势向她的眼睛喷出了一口墨汁。白羽感到一阵疼痛，双眼就看不见东西了。乌贼精一看白羽眼睛看不到东西了，以为她无力抵挡，立刻伸出触手，捆在了白羽身上。白羽虽然看不到，却能听到乌贼精的声音，她循着海浪的拍击声，认准乌贼精的所在，举起双桨，狠狠地打了下去。乌贼精没有防备，顿时被打得眼冒金星。白羽趁机弯腰拿起了渔网，站在小船上，乌贼精一见，不敢上前，只得远远地守在旁边。

白羽的小船终于触礁了，但她依然站在船头，大声地呼喊着姐姐，可是白翎那边的情况也同样危急。白翎站在屋前，隐隐约约地好像听见了妹妹的呼喊声，但却始终不见妹妹归来。

白鹤姐妹各自守在屋前和海上，寸步不移，坚定地等待着亲人的救援。日久天长，姐妹俩终于各自变成了一座山峰。姐姐变成的山叫做南太武山，屹立在九龙江口；妹妹变成的山峰叫做北太武山，屹立在金门岛上。两座山峰隔着海峡，遥遥相望，据说直到今天，在涨潮的时候，如果仔细听，似乎还依然能听见白鹤姐妹轻轻呼喊的声音呢。

一幅壮锦

很久以前，有一位心灵手巧的壮族老奶奶，她的丈夫很早就去世了，只剩下她和三个儿子相依为命。老奶奶最会织布了，她能将她看到的所有事物织进锦布里，而且织出来的花纹色彩鲜艳，栩栩如生。逢年过节，或者办喜事的时候，大家都愿意到老奶奶这里来买她织的锦布，她的名气也渐渐大起来。老奶奶以织布为生，养大了三个孩子，日子过得还很宽裕。

很多年过去了，三个儿子长大了。老奶奶的眼睛也渐渐花了，但是她织布的手艺是一点都没有退步，反而织得越来越好，她只愁一件事，就是没人来继承她织布的手艺。老奶奶还是每天不停地织布。她凭着自己的想象，织出了一幅很大的锦布。上面有蔚蓝的天空、绵延的青山、波光粼粼的湖水、丰收在望的良田还有一幢幢别致的房子……那画面真是美极了！老奶奶日以继夜地织着布，花了一个月的时间才完成这幅壮锦。老奶奶让三个儿子帮她把锦布挂在屋子里整天地看。大儿子和二儿子不在乎这锦布有多么地美丽，他们只想着阿妈能够赶紧把这幅锦布卖掉，换点钱回来。老三和两个哥哥不一样，他心想着，到底什么时候我们的家乡才能变得这么美丽呢？

话说在天上，也有一群喜爱织锦的姑娘。她们是天神的女儿，专门负责为天神们织锦布、做衣裳。一天，从南方来的一位神仙降临在凡世。他看到老奶奶织的锦布十分地美丽，便买回一匹，请人给他做一件衣服。天上的仙女们看到这情景，不禁发了火。她们吵吵嚷嚷，谁也不肯承认老奶奶是天下最会织锦的人。到底老奶奶织的锦布有多美呢？仙女们便派最小的妹妹——红衣仙女到凡间去看看。红衣仙女来到人间，远远就看到老奶奶织的那一幅锦布。她简直不敢相信自己的眼睛！这怎么可能出自一个凡人之手？就连天上最会织布的仙女也不及老奶奶的万分之一啊！红衣仙女看入了迷，她伸出手抚摸着这块锦布，心里越看越喜欢。要是我也能织出这样美丽的锦布该有多好啊！仙女心里这样想着，便决定把老奶奶的锦布借回去做样子，等织好了布再归还。可是，她要如何向老奶奶开口呢？如果说了，她是仙女的身份不是就被揭穿了吗？最终，红衣仙女还是偷偷将

锦布带回了天宫。

过了不久，老奶奶又到屋子里来看锦布，却发现心爱的锦布不见了！她四处都找不见，不禁伤心地掉下眼泪来。三个儿子见老奶奶这样的伤心，便都说要去寻找锦布。老奶奶听了，便分给三个儿子一人一个锦盒，里面满满地装的都是金子，让他们一定要把锦布找回来。

大儿子拿着金子向东边走。他一路走一路找，可是谁也不曾见过那样的锦布。大儿子心想，那锦布肯定是被什么人藏起来了，怎么可能找得到呢？于是，大儿子便停留在东边的镇子里，靠着老母亲给的那盒金子舒舒服服地过起日子来。

二儿子拿着金子向西边走。他一路走一路找，一点儿关于那块锦布的线索都没有。二儿子也灰了心，他想，说不定那锦布被什么人毁掉了，要不怎么连影子都见不到？再这样找下去也是浪费时间啊。于是，二儿子停留在一个繁华的镇子里，也靠着那盒金子过活。

三儿子拿着金子向北边走。他一路走一路找，越过崇山峻岭，直到被一座高耸入云的大山挡住去路。在山脚下，他遇见一位白胡子老头。老人家询问了他的来意，便笑着告诉他，那块锦布就在这高山的顶上哩。于是三儿子爬了三天三夜，不知滑下去了多少次，也不知道被岩石割破了多少伤口，最后终于到了山顶上。三儿子满心欢喜地四处望望，却连锦布的影子也没有见到。莫非是那老人在骗他吗？三儿子蹲坐在山顶的大石头上，出神地望着远方。突然，从天边的云端走来几位女子，她们穿着各色的衣服，有说有笑地向这边走来。三儿子定睛一看，其中一位穿着红色衣裙的仙女手中拿着的正是老奶奶心爱的锦布啊！三儿子连忙躲到大石头后面，他生怕自己激动的心跳声被那几位仙女听到。几位仙女降落到山顶，走到了一棵大树底下，那树下摆着几个织布机，原来这里是仙女们纺织的地方啊！三儿子稍微露出头，看着仙女们的一举一动：

只见红衣仙女小心翼翼地展开锦布，将它挂在大树枝上。几位仙女坐在各自的织布机前面，照着老奶奶的锦布认认真真地织起来。她们手中的梭子在半空中飞舞，就像是一只只忙碌的蜜蜂。过了好久，一位仙女似乎累了。她站起来走到红衣仙女的身边，仔细看了看她织的布，脸上露出惊喜的表情，其他几位仙女也聚拢过来，似乎是在赞扬红衣仙女吧！

三儿子趁着仙女们聚在一起的空当，飞奔到大树前面，扯下锦布便往外跑。仙女们吓得惊叫起来，纷纷躲在织布机的后面。红衣仙女最机灵，她扔下手中的梭子追赶过来。三儿子边跑边喊："这是我阿妈织的布，被你们偷了来，阿妈伤心地流眼泪哩！现在我要把它带回去啊！"红衣仙女一边追一边喊："我只是借来做样子，不是偷的啊！求你再借给我一阵子吧，等我织完就还给你！"三儿子哪里肯听，一心只顾往回跑。红衣仙女一心想把事情解释清楚，便施了法术，自己钻到锦布里去了。

三儿子跑着跑着，发现后面没人来追他了，便放心地往家赶。当他爬上最后一座大山，站在山顶上就看得见自己的家了。他迫不及待地想要母亲知道这个好消息，就打开锦布，对着家的方向大喊："阿妈！我找到锦布啦！"没想到，一阵大风吹过，将锦布吹到了半空中。三儿子惊慌失措地想要去追，却发现锦布在天空中越变越大，终于覆盖住了整个原野。锦布慢慢降落，平铺在地上，一道金光闪过，大地变得如同那锦布上的景色一样美丽：清澈的河流、茂密的树林，连绵的青山……最后还有一位红衣少女站在湖水边，向他招手。她就是那钻进锦布里的红衣仙女啊！

从此，老奶奶的锦布就成了大地上的美景。红衣少女跟着三儿子来到家里，向老奶奶说清了原委，老奶奶高兴地让红衣少女留在自己身边，将所有的手艺都交给了她。后来啊，红衣少女就嫁给了三儿子，一家人的日子幸福美满。有人问，那老奶奶的大儿子和二儿子呢？他们啊，花光了那盒金子之后，本想回家认错，但是发现家乡已经变成另一番景象，便羞愧地离开到四处流浪去了。

第四章　名胜志异

石钟山的传说

蟠桃园里的仙桃成熟了，王母娘娘选定了五月初五这一天，决定办一次蟠桃会，好好地宴请一下众神仙。她吩咐手下的众仙女，在桌上摆好琉璃盏，美酒倒进碧玉杯，墙上挂起红玛瑙，几上置着紫珊瑚，四面金鼓两边立，五天红云铺正中，真正是金碧辉煌，美不胜收。

准备好了以后，王母娘娘先请来了玉帝，让他参观一下，看看满意不满意。玉帝来了一看，高兴得合不拢嘴，他这边看看，那边瞧瞧，觉得哪儿都好，可就是好像缺点什么似的。他想着想着，就说道："一切都布置得很好，只是如果能在一进门的地方再挂上两口紫玉钟，那就更完美了。"

王母听了，点点头，说："的确如此，可是蟠桃会的时间已经快到了，上哪儿去找紫玉钟呢？"玉帝笑笑，说："你不必着急，我让二郎神马上到凡间去，搜寻美玉，加紧造好了，给你送来就是。"

二郎神领了旨意，驾起祥云，在空中慢慢地飞着，一边飞，一边寻找美玉。飞到九华山上空的时候，二郎神忽然看到山头上飘着一团紫气。他连忙飞到近前，仔细一看，山顶上竟有一对高四五十丈的紫玉，通体透亮，晶莹璀璨，美不胜收。二郎神高兴极了，他立刻从附近找来几十个能工巧匠，连夜赶工，花了九九八十一天，终于把两块美玉雕成了两口漂亮的紫玉钟。紫玉钟浑身晶莹剔透，闪烁着淡紫色的光芒，钟身上还雕刻着各式各样奇异的花纹，漂亮极了。二郎神大喜，真想立刻就把这两口玉钟搬回天上去。可是他用尽了力气，竟没能把两口钟搬动一丝一毫。二郎神试了半天，怎么也搬不动，最后没有办法，只好回到天庭，向玉帝报告去了。

玉帝听了，说："二郎神，你是天上有名的大力士，连你都搬不动，还有谁

玉帝

能把它们搬上来呢？”

这时，太白金星站出来，说道：“陛下，凡间说不定有大力士，不如让二郎神君再去寻访一下，如何？”

玉帝听了，点了点头，命二郎神即刻下界，去找能搬动玉钟的大力士去了。

二郎神找了很多地方，都没有找到能搬得动玉钟的人。一天，他在峨眉山上空飞行的时候，偶然向下一看，忽然看见在山间的小路上，有一个身高九尺、面色红润的大汉，用大树做扁担，挑着两口大水缸，正在山路上健步如飞。二郎神见了，心想，这人不就是我要找的大力士吗？他这样想着，连忙降下云头，变成一个普通道人，走到大汉面前，现出真身，将自己的来意对大力士说了一遍，邀请他去凌霄宝殿走一遭。

这位力士姓高，人们都叫他高力士。高力士听了，想了想，就答应了。他跟着二郎神穿过南天门，走进凌霄殿，参见了玉帝。玉帝见了，说：“这位力士，听说你力大无穷，你能否去九华山，在五月初四夜之前，将两口玉钟搬到这里来啊？”

高力士迟疑了一下，说道：“陛下，这么远的路程，五月初四之前，恐怕是赶不回来。九华山离这里有四万八千里路，我至少要走八十一天，还要日夜兼程，才能赶到。但黑夜里又不能赶路，所以恐怕赶不回来。”

玉帝想了想，笑着说：“这不难，我叫嫦娥夜夜为你用月亮照路，不就可以赶回了吗？”

高力士听了，拜谢玉帝，然后跟着二郎神到九华山去搬钟去了。

到了九华山，高力士见两口玉钟太大，他环起手臂，只能抱一只，另一只怎么办呢？忽然，他看见旁边有一棵高十来丈左右、又粗又大的椿树，他走过去，用力一拔，就把椿树连根拔了起来。他把树干的两端插进钟的挂环里，用力一抬，就把两口玉钟挑了起来。

高力士挑着两口玉钟，日夜不停地赶路，生怕误了五月初四午夜的期限。他

披星戴月、日夜兼程，到了五月初四，高力士心中一算，只差半天，就可以赶到了。他不知不觉地就放慢了脚步，边走边盘算玉帝会给他什么奖赏。走到鄱阳湖上空的时候，天刚擦黑，嫦娥来到他的上空，捧出圆月来，为他照明。高力士低头一看，只见湖水清澈透亮，波光粼粼，岸边苍松翠柏，郁郁葱葱。古塔耸立，花木飘香。正看得眼花缭乱之际，他忽然发现前面有一位美貌的仙子，脚踏祥云，从他面前飞过。玉手纤纤，轻摇小扇，杏黄绸带，在晚风中飘扬。高力士目不转睛地看着仙子，不觉出了神，忽然，他脚下一滑，一脚踏空，担子一斜，两口玉钟瞬间就滑了下去。只听一声巨响，两口玉钟不偏不倚地落在了鄱阳湖的湖口，变成了一南一北，两座精巧玲珑的石山。

高力士见自己犯下大错，吓得浑身发抖。二郎神把他抓到玉帝面前，玉帝眼看已经无可奈何，只得罚他在玉钟旁边，永远看守。他命令夸蛾氏从太行背来了一座小山，把高力士压在下面，让他在石钟山旁边看守。

从此，鄱阳湖上就多了一南一北两座石钟山，在石钟山的后面，还有一座小山，传说高力士就被压在下面，永远看守着石钟山。

九马画山的传说

在桂林漓江岸边，有一座名叫九马画的大山。大山挨着江水的一边，是一面又高又陡的石壁。远远看去，石壁上的花纹，竟好像画着无数匹骏马一样，十分奇异。

传说当年玉帝造御花园的时候，命令天上的画师们先画出设计图来给他看一看，但玉帝看遍了所有的设计图，还是觉得不太满意，于是他就把太白金星叫来，让他到人间去寻访技艺高超的画师。

太白金星接下旨意，来到了素有“山水甲天下”之称的桂林，在漓江边四处寻访。

不久，他还真的打听到了一位技艺高超的画师。这位画师的真名实姓，很少有人知道，不过因为他画画得好，大家都管他叫画郎。画郎的技艺高超极了，他画的鲜花，能招来采蜜的蜜蜂；他画的森林，能招来美丽的飞鸟。太白金星变成一位白头发、白胡子的普通老人，来到画郎的家里，对画郎说：“我是天上的太白金星，如今玉皇大帝造御花园，想要请技艺高超的画师替他设计，你愿意跟着我去天上吗？”

画郎听了，笑了笑，摇了摇头，说：“老先生，对不起，我觉得天上没有人间美，我不想上天，只想在人间画画。”

太白金星听了，也没有强请。因为他早就算出来了，画郎三日内必有大难，到时候不必他相请，画郎自然就会跟着他到天上去了。太白金星不再劝说。他只是拿出一轴画绢，对画郎说：“那就请你为我画一幅群马图吧，三天以后我来取。”

三天过去了，画郎画好了有九匹骏马的群马图，放在桌上，正等着太白金星来取。谁知忽然闯进一群兵丁来，说他得罪了府台大人，要抓他去问罪。原来上个月府台听说画郎画画得好，就派人来请他去画画，可府台是个贪官，画郎随便找了个借口推辞了，结果得罪了他。府台越想越生气，就派了兵丁来抓他。

画郎被兵丁团团包围住，正不知道如何是好的时候，忽然听到半空中传来一个声音，他抬头一看，原来是太白金星。太白金星在空中对他喊道：“别急，打开那幅画，把里面的一匹骏马撕下来。”

画郎听了，赶紧展开群马图，把画在最上面的一匹马撕了下来。马儿落到地上，立刻活了起来，变成了一匹真正的骏马，画郎立刻跨上马背，飞也似地逃走了。兵丁见画郎逃走，一把火烧了他的房子，追了上去。

画郎骑着马跑到了冷水滩，马儿长嘶一声，忽然站住了。画郎一看，原来前面正是漓江。前有江水，后有追兵，画郎非常着急。这时，他见到太白金星正站在对岸的石壁上。太白金星解下自己身上的腰带，伸手一扔，腰带立刻变成了一座拱桥，然后，对画郎说：“快过桥，跑上石壁！”画郎一抖缰绳，催马上桥，一下子就跑到了石壁顶上。太白金星伸出手，喊了一声：“回！”拱桥就又变成腰带，回到了太白金星身上。河对岸的兵丁只能眼睁睁地看着画郎逃走，一点儿办法也没有。

画郎从马背上跳下来，把群马图交给了太白金星。说也奇怪，他刚刚骑的那匹马竟又回到了画上。太白金星卷起画轴，对画郎说：“你已经不能再留在人间了，还是跟我上天去吧。”

画郎点点头，说：“好，仙人，我跟你走，只是我如今的画只剩下你手里的这一张了，不如你把它还给我，让我留给人间，做个纪念吧。”

太白金星说：“好吧。”然后，他把手里的画轴向上一抛，群马图自动展开

后在空中越变越大，最后变成了一张巨大的画卷，落到石壁上，就紧紧地贴在了上面，再也不动了。画郎跟着太白金星，脚踩祥云，回到天上去了。

渐渐地，贴在石壁上的群马图就和石壁化在了一起，花纹也深深地刻进了石壁里面。从此，人们就管这座山叫做九马画山了。

五大连池的传说

五大连池是我国著名的风景名胜，传说很早以前，池子里还生活着各种各样的精灵呢。

那个时候，五大连池边上住着一对兄弟，哥哥名叫莫海，老实稳重；弟弟名叫莫江，热情活泼。兄弟俩都是十分优秀的猎手。弟弟莫江还天生一副好嗓子，唱的歌儿非常好听。

有一年七月十五的晚上，月色非常皎洁明亮，莫江打猎回来，经过五大连池，忽然听到一阵水声。他连忙躲在岸边的草丛里，想要看个究竟。不一会儿，忽然从水中出来了三位姑娘，她们都长着水灵灵的大眼睛和粉红色的脸庞，漂亮极了。莫江不禁看呆了。

三个姑娘站在湖面上，一挥手，顿时从水里出来很多精灵，手里拿着各种乐器。她们又一挥手，池上顿时响起了优美动人的乐声。三个姑娘随着乐声，唱起歌儿，跳起舞来。

莫江看得出神，不知不觉竟随着歌声站了起来，碰到了身边的草叶，弄出了响声。这时，只见池面上一个浪花掀起，浪花消失以后，池面平滑如镜，三个姑娘都消失了。

莫江回去以后，总是想起那三个姑娘来。于是，他每天晚上都到池边去唱歌，希望能用优美的歌声把三个姑娘引出来。

又是一个月明风清的晚上，莫江来到池边的石壁上，放开歌喉，唱起歌来。忽然，他听见远处好像有人和着他的声音，也在唱歌。仔细一听，正是那三位姑娘的声音。莫江高兴极了，唱得更加响亮起来：

“高山唱歌响四方，水上唱歌声嘹亮。山上水上共同唱哟，为什么偏往水里藏？”

三个姑娘唱道："世上人心不一样，有好有坏难猜想，好心的歌儿暖人心哟，坏人黑心丧天良！"

莫江又唱道："我是猎人叫莫江，专杀虎豹与豺狼，心地善良是好人哟，最爱勤劳的好姑娘。"

三个姑娘又唱："咱是水中鱼姑娘，最爱人间好心郎。听你唱歌知你心哟，请你过来把话讲！"

一个姑娘对莫江一招手，莫江顿时觉得身体轻飘飘的，飞到了三个姑娘身边去了。他们又唱歌、又聊天，直到天快亮的时候才分别。

从此，莫江和三个鱼姑娘就成了好朋友。他们约好，每月十五，都在池边相会唱歌。莫江一向都很守时。可是有一天，三个鱼姑娘等了好长时间，也不见莫江前来。她们后来一打听，才知道莫江不小心射死了县官的信鸽，被县官抓进大牢里去了。

三个鱼姑娘非常着急，她们立刻就去找县官理论。县官说，除非赔给他一千两银子，才肯放人。鱼姑娘听了，说："我们没有银子，给你一千颗珍珠怎么样？"县官听了，非常高兴，连忙答应了。

第二天，鱼姑娘们果然拿来了一千颗珍珠，县官收了珍珠，把莫江放了。莫江非常感激鱼姑娘们。鱼姑娘们抿着嘴，忍住了笑，摇摇头什么也没有说。

县官拿着一颗颗浑圆美丽的珍珠，高兴极了。忽然，珍珠发出了轻微的爆裂声，渐渐地，一千颗珍珠就都爆开了，变成了一千条小水流。原来这些珍珠是三个鱼姑娘用水珠变成的。县官被淹得半死，他知道自己是遇上了精灵，也只好自认倒霉了。

北京城的来历

明朝初年，燕王带着军队打到南京，抢了皇位，做了皇帝，把都城迁到了北京。当时的北京还没有建起城池，永乐皇帝下令，让他手下最得力的两位军师负责设计北京城的建造，并给他们下了一道旨意，以七天为限，让他们二人先分别画出一个图样来，谁的图样画得好，就按谁的方案来建造北京城。

大军师、二军师回去以后，都绞尽了脑汁，希望能设计出一个既漂亮又实用

的北京城图样来。食不甘味、睡不安眠，整天想的都是图样的事。三天过去了，两个人都瘦了一大圈，可是什么才是最好的图样，两个人都没想出个大概来。

朱棣像

到了第三天的夜里，两个人都迷迷糊糊地睡着了。在梦里，大军师模模糊糊地，好像听见有一个清脆可爱的声音在喊："照着我画，照着我画！"但醒来一看，又什么都没有。大军师十分疑惑，可又想不出个所以然来。只好继续想该怎么画图样。

一转眼又过去了四天，到了两人约定好一起画图的日子。大军师好几天没睡好觉，觉得脑袋昏昏沉沉的，他走出家门，正一边走，一边盘算应该怎么画图。忽然，他看见有一个很古怪的孩子走在自己的前面。他走得慢，孩子也走得慢；他走快了，孩子也加快了脚步。大军师追了半天，怎么也追不上那孩子。最后没办法，只得停了下来，在街角站着歇息。

这时，大军师听到旁边传来了很熟悉的喘气声，他转过墙角一看，竟然是二军师。二军师也累得气喘吁吁，正扶着墙休息呢。大军师见状，有些奇怪，便问道："二军师，你刚刚在追什么吗？"

二军师说："是啊，我刚刚看见了一个很古怪的小孩子，我快他也快，我慢他也慢，我追了他半天，但还是没追上，结果就在这儿歇歇气，没想到碰上您了。"原来二军师三天前的夜里，也做了一个和大军师一模一样的梦。今天一出门，也碰上了那个古怪的小孩子。

大军师一听，心想：这不是和我刚才的情况一样吗？但他想了想，没有说出来。

大军师和二军师一起走到了约好的地方，拿出纸笔，背对背地坐在一起，开始画起来。两人手握毛笔，凝神静思，考虑自己应该画出一个什么样的图。忽然，两人的眼前同时出现了那个孩子的模样：头上梳着两个小抓髻，脚踏风火轮，身穿荷花袄。肩膀两边，还镶着绸子边。风一吹，好似举起了八条臂膀。两个人心中顿时豁然开朗，连忙照着八臂哪吒的样子，画下了图样。

画到一半的时候，忽然刮起了一阵风，把哪吒的衣襟吹起了一截，二军师正好看到，便也照着样子画了下来。

画完以后，两位军师把图交换过来一看，都忍不住笑了起来。原来两张图差不多一模一样，只是二军师的那一张在西北角的地方斜了一截。

大军师挑剔道："二军师，你怎么把城给画歪了？"

二军师说："我是照着哪吒的样子画的，当时这一点就是斜着的。"

两个人都觉得自己画的图最好，争执不下，便去找永乐皇帝去评判。皇上一看，非常高兴，夸赞他们说："真不愧是朕的好军师，这个设计，深合朕意，大军师画的图方正规整，当为第一；二军师的斜了一点，当为第二。"

大军师十分得意地瞥了二军师一眼，又问道："皇上，那以哪一张为标准修城呢？"

永乐皇帝说："这样吧，东城按照你的图纸修，西城就按照二军师的图纸修。"

北京城就这样修建起来了。北京城中间的正阳门，是哪吒的头；瓮城的东西二门，是哪吒的耳朵；正阳门里的两眼井，是哪吒的双眼；正阳门东边的崇文门、东便门、朝阳门、东直门，是哪吒东半边的四只手臂；正阳门西边的宣武门、西便门、阜成门、西直门，就是哪吒西半边的四只手臂。北面的安定门和德胜门，就是哪吒的两只脚。

而二军师画斜了的那一块，正好是德胜门向西，到西直门这一带。直到今天，那里的城墙还是斜的，缺了一个角呢！

岱宗坊的传说

很久很久以前，在离泰山东南五十里左右的徂徕山脚下，住着一家人。家里有一个父亲和三个女儿。父亲名叫石敢当，是位敢作敢当的硬汉子。石敢当的妻子很早就去世了，留下了三个女儿。石敢当一个人又当爹又当娘，好不容易把三

个女儿都拉扯大。两个大女儿已经出嫁了，只剩下美丽灵巧的三姑娘，每天帮父亲砍柴做饭，日子过得倒也快乐。

一天，三姑娘上山去打柴，晚上下山的时候，不巧遇上了暴风雨。三姑娘在山上转来转去，不小心迷了路。一片昏暗之中，她忽然看见前面有一个山洞，山洞里有一位老婆婆，正在烤火。三姑娘走上前去，施了一礼，说道："老婆婆，我上山来打柴，不小心迷了路，可以在您这里借宿一宿吗？"

老婆婆长得慈眉善目，见三姑娘淋湿了，叫她赶紧过来烤烤火。三姑娘心地善良，她见老婆婆孤零零的一个人，以后就经常上山来，帮她砍柴挑水、烧火做饭。

一转眼好几年过去了，有一天，老婆婆对三姑娘说："三姑娘，有件事，我一直想告诉你。你不是凡人，而是天上下凡的仙女。你不应该在这里住一辈子，应该离开这里，到你该去的地方去。"

三姑娘听了，吃了一惊，她看老婆婆神情严肃，不像是开玩笑的样子，就问道："老婆婆，您说的是真的吗？"老婆婆点了点头。三姑娘又问："那我应该到哪里去呢？"

老婆婆带着三姑娘走出洞口，指着西北方的一座高山说："那座山，叫做泰山，你应该去的地方就是那里。泰山是天下最有名的山峰之一，但至今还没有主事的神灵。你到泰山以后，到半山腰去，找到最大的那棵松树，在树下挖三尺，会看到一个木鱼子。你轻轻把它拿出来，再往下挖三尺，然后脱下一只绣花鞋，放到里面去，填上三尺土，再原样把木鱼子放好，埋上土。就可以了。"

三姑娘拜谢了老婆婆，告别了父亲，来到了泰山。她走到半山腰，果然找到了那棵大松树，看到了木鱼子。她就按照老婆婆的吩咐，把自己的绣花鞋放了进去。

过了几天，玉皇大帝召集了各路神仙，到泰山去，要选出一个泰山之主。选定泰山之主的法子很简单，就是谁先到的泰山，谁就是泰山之主。玉帝刚刚宣布完这个标准，一位身材高大的神仙就站了出来，说道："今天我来得最早。"

玉皇大帝一看，说话的是柴王爷，他掌管着天下的树木和森林。玉帝心想，让掌管森林的柴王爷来做泰山之主，应该是最合适的了，于是，他问道："柴王，你说你来得最早，有什么凭证吗？"

柴王爷不慌不忙，说道："半山腰有棵大松树，我在树底下埋了一个木鱼子，可以证明。"

玉皇大帝点了点头，众神仙见柴王爷有凭有据，也都没有话说了。这时候，一个身姿轻盈、容貌俏丽的女子忽然从众人身后站了出来，正是三姑娘。她款步上前，向玉帝深施一礼，然后说道："陛下，我比柴王爷来得要早，而且我也有凭证。"

玉帝问："你有何凭证？"

三姑娘说："我在那棵大松树下，埋了一只绣花鞋。陛下派人到树下，一挖便知。"

于是玉帝率领着众神仙，一同来到了大松树下。两个小仙拿着铁锹，挖了三尺，果然挖出一个木鱼子来，柴王爷很得意，说："这就是我埋的。"三姑娘不慌不忙，说："请陛下下旨，再挖深一点。"

两个小仙拿起铁锹，又往下挖了三尺，果然又挖出了一双绣花鞋，和三姑娘脚上的正好是一双。玉帝见了，说："看来这位姑娘来得确实比柴王早啊。"于是，玉皇大帝就册封了三姑娘为泰山之主，还赐给了她一个封号，叫作碧霞元君。

三姑娘获封之后，十分高兴，她回到徂徕山，去看望那位指点她的老婆婆。这时，她才知道，原来老婆婆就是观音菩萨。从此，三姑娘就成了泰山之主了。

泰山白庙的传说

俗话说得好："济宁州的货全，泰山上的神全"。有关泰山的传说，有很多很多，今天我们就再来讲一个关于泰山"白庙"的故事。

相传很久以前，八仙在泰山上居住修炼。而这泰山上还住着一个叫做白牡丹的美丽女子。有一天，吕洞宾在山上游玩，碰巧见到了白牡丹，他见姑娘长得白白净净、貌若天仙就起了爱慕之心。之后二人频频见面，一来二去就有了感情。一个月之后，白牡丹有了身孕，吕洞宾也因此折去了五百年的道业。此后白牡丹跑到附近村子的一个破庙里，生下了儿子白氏郎。

白氏郎在白牡丹含辛茹苦的抚养下，渐渐地长大了，白牡丹就将他送到附近的山阳庄去上学。孩子上学的途中有条很宽的河，有一个老头儿，总是来背他过河。有一天，白氏郎回家将这一切告诉了母亲，母亲听了非常高兴，但是她也不明白这其中的缘由，于是，她让孩子问问老头到底是为了什么。

有一天过河的时候，白氏郎就问道："老爷爷，这么多人你不背，为什么偏偏背我啊？"

老头儿说："他们没有那个命。"

"什么命呢？"

老头答道："孩子，你是一朝的天子帝王，将来要当皇帝的。"

白氏郎听了，非常高兴，回到家以后，就把这话告诉了白牡丹，白牡丹也非常高兴。

这一天正好是腊月二十三，家家都忙着蒸糖瓜、办年货，给灶王爷上供。只有白牡丹家里穷得叮当响，白牡丹正心酸的时候，白氏郎从外面哭着回来了，对母亲说，外面的孩子都骂他没有父亲。

白牡丹听了，一阵酸楚。她越想越生气，最后走到了厨房里，拿起了一根火棒。她一抬头，看见了灶王爷，便举起火棒，敲着灶王爷的头，边打边说："灶王爷啊灶王爷，枉你是这家中的神灵，却不保佑我母子俩衣食无忧，你等着吧，等我的儿子做了皇帝，一定把你们都打下来不可！"

她越打越用力，灶王爷的鼻子被打破了，门牙也掉了好几颗，他实在受不了了，就跑到天上去禀告玉帝了。

玉帝听了，不禁大怒，他派了四员天将，命他们下界去，在农历的二月初二，也就是龙节这一天，抽去了白氏郎的龙筋，让他不能再当皇帝。

白氏郎这天像往常一样，又上学去，老头儿仍然在河边等着他。把白氏郎背过河以后，老头儿说道："孩子，我背你过河，这是最后一次了。"白氏郎连忙问："为什么？"老头儿说："你娘得罪了灶王爷，灶王爷上到天庭，把这件事告诉了玉帝，玉帝下了旨意，要抽你的龙筋。"白氏郎听了，急得直哭，他连忙跪下来，求老头儿救救他。老头儿说："孩子，玉帝下的旨意，我也没办法。不过你记住，真要是抽你的龙筋的时候，你一定要咬紧牙关，不要吱声，这样，他们只能抽去你身上的龙筋，却抽不了你的金口龙牙，你说的话，便还能让所有人都遵从。"

果然，到了二月初二这一天，白氏郎清早去上学，刚走到半路上，就见天上忽然刮起了大风、聚起了乌云，吓人的劈雷一个接着一个。白氏郎见状，知道不妙，他看到路边有一个石桌子，就连忙跑过去，趴在了下面。谁知他刚刚趴下，就听一个劈雷，轰的一声，把石桌子掀翻，开始抽他的龙筋。白氏郎强忍着巨大的疼痛，紧紧地咬住牙关，硬是一声没吭，终于保住了自己的金口龙牙。

龙筋被抽去了，白氏郎简直恨死了灶王爷和其他的神仙，他决心把所有的神仙都关起来。他看到家里的一面墙上挂着一个葫芦，就顺手拿了起来，走进厨房，对着灶王爷，咬牙切齿地喊了一声："灶王爷，到葫芦里来吧!"只听嗖的一声，一阵旋风刮起，灶王爷真的被吸进了葫芦里。白氏郎拿着葫芦，出了家门，一直向东走，见到一个神仙，就收一个。不久，就来到了泰山之主、碧霞元君所住的地方。

碧霞元君掐指一算，算出白氏郎即将到达泰山，不禁大吃一惊。情急之下，她想出了一个计策。她先变成一个老妇人的样子，找到了还在山下、肚子正饿的白氏郎，给他吃了烧饼、喝了米汤。等白氏郎到了碧霞祠，刚打开葫芦，想要收碧霞元君，就听元君喝道："好没良心的白氏郎，吃了我的烧饼，喝了我的米汤，现在还来收我!"白氏郎定睛一看，原来正是刚刚送给他饭吃的老婆婆。白氏郎一惊，连忙跪倒在地，只听砰地一声，葫芦不小心掉在地上，摔破了。里面的神仙都逃了出来。

碧霞元君见白氏郎也很可怜，就告诉他他的父亲是吕洞宾，正在山脚下修炼。白氏郎听了，非常高兴，连忙跑到山下，被一条河流拦住了去路。隔着河流，他看见对面的峭壁上有一个山洞，一位仙风道骨的仙人正在洞中修炼。他刚想开口喊父亲，对面的人却已经说话了。原来吕洞宾早已算到自己的儿子会来找他，便把手掌伸过了河流，说道："我就是吕洞宾，是我儿子的话，就站到我手上来。"白氏郎听了，就站了上去，吕洞宾叹了口气，把手一握，立时就把白氏郎化为了一团气血，放进嘴里吃了，还了他五百年的道业。

白氏郎以前住的那座破庙，后来就被人们叫做了"白氏郎庙"，而村子就被称作了"白氏郎庙村"。后来人们叫习惯了，就成了"白庙"和"白庙村"。

金地藏的传说

九华山是我国佛教四大名山之一，唐以前，九华山还叫做九子山，后来因为大诗人李白在这里隐居，写下"妙有开二气，灵山开九华"的句子，所以改名为了九华山。

九华山山峰秀丽、林壑优美，其间还有很多泉水，被称为“十溪十八泉”，泉水清澈，沁人心脾。

传说唐高宗时候，有一位名叫金乔觉的僧人，不远万里，从新罗国渡海而来，入九华山，潜心修习。到玄宗开元十六年的时候，金乔觉去世，享年九十九岁。据说他死的时候，颜面如同活着的时候一样，面带慈祥，很像佛经中所记载的地藏菩萨。后来，人们认为他是地藏菩萨的转世，又因为他姓金，所以都称他为“金地藏”。

相传金地藏师父在九华山修行的时候，有一次在路上走，因为正是夏天，烈日当空，酷暑难耐。金地藏师父口渴极了，但他找了半天，也没有找到小溪或是泉水。没办法，他只好静下心，在一棵大树下打坐起来。

这时候，有一个村姑，头上顶着一个水罐，爬上了山岗，把水送到了金地藏面前。这个村姑其实是一位仙女，是玉皇大帝派来给金地藏送水的。金地藏师父喝着冰凉甘洌的泉水，觉得舒服了许多。他喝完水，抬起头来，不觉看了一眼送水的姑娘。只见她眉清目秀，容貌清丽，真是美丽极了。金地藏不由得神魂飘荡、心思动摇起来。好在他道行高深，刚一动念，就立刻收住了心，念了一声阿弥陀佛，闭上了双眼。再睁开的时候，村姑已经消失了，但她刚刚站着的地方，却涌出了一股清泉。后人于是就将这股泉水叫做了美人泉。

金地藏除了在山上修习打坐以外，有时也会下山去宣扬佛法。在九华山附近的闵园里，有一位姓闵的财主，他家殷实富有，而且闵财主和他的儿子还非常信奉佛法，对僧人也很敬重。有一天，金地藏敲着木鱼，来到了闵家门前。闵员外迎上前去，合掌行了一礼，问道：“师父是要化缘还是化斋？”

金地藏双手合十，也施了一礼，说道：“贫僧素来都是吃野果冲击，喝清泉解渴，这次来，只是想求施主布施一片可容纳我这一领袈裟的地方，作为休息打坐之所。

闵员外听了，心想，一袭袈裟，就算铺开来，也不过一丈见方而已，自己拥有那么多的山峰土地，还在乎这一点吗？于是，闵员外就大大方方地笑着说：“师父，这方圆百里都是我的家业，师父看中了哪一座山峰，就在哪里住下就好了。”

金地藏微微一笑，脱下自己的黄袈裟，伸手一抖，袈裟立刻升上了半空，一片金光顿时笼罩了九华山及其周边的九十九座山峰。闵员外这才知道自己遇见了菩萨，连忙跪在地上，叩头祷告，说：“弟子愿意献上九华山九十九峰，送给佛

爷，普度众生。"说完，又叫来自己的儿子闵道明，拜金地藏为师，不久闵员外自己也拜了金地藏为师。但因为闵道明入门早，反倒做了父亲的师兄。父子俩跟随着金地藏一同修习佛法，不久也都成为了道行高深的僧人。现在在九华山的寺庙里，还可以看到金地藏塑像的两边，各站着一个僧人。左边的是闵道明，右边的则是闵员外。

金顶祥光的来历

四川的峨眉山是我国的佛教名山之一。它峰峦挺秀、风景优美，拥有无数的美景奇观。金顶是峨眉山的山顶，也是峨眉山的象征。它的海拔高达三千多米，站在金顶，俯瞰远方，只见一片云山雾海，层峦叠嶂，在太阳的照耀下，射出万丈金光，美丽极了。而当人站在金顶，背向太阳而立，太阳光从身后射来，前下方又弥漫着雾时，便可以见到前下方的云雾之中，会出现一个外红内紫的彩色光环，光环当中，还能映出人的身影。而且人动影随，非常神奇。这个光环，就是人们通常所称的佛光或"金顶祥光"，是峨眉山的十大奇景之首。关于它的来历，还有一段奇妙的传说呢。

相传在东汉的时候，峨眉山华严顶下住着一个姓蒲的老汉，人们都管他叫蒲公。蒲公家里世世代代都以采药为生，蒲公继承了祖业，一年到头都在山上采集药草，因而认识了峨眉山宝掌峰宝掌寺的宝掌和尚。两人渐渐成了十分要好的朋友。

一天，蒲公在云窝采药，忽然听到天空中传来了一阵悦耳动听的乐声。蒲公十分奇怪，就抬头望去，只见一大群人脚踩五色祥云，在天空中缓步前进，正向峨眉金顶方向飘去。其中一个人，头戴紫金冠，身披黄锦缎袈裟，下面是一头六牙大象，象身上有一座白玉莲台，他就坐在莲台上。他头上环绕着五彩祥光，远远望去，如同一片彩虹，在云海中翻卷。

蒲公见了，知道自己一定遇上了神仙，便连忙追着那片祥云，想去看个究竟。他一直追到金顶，只见舍身崖下面云雾翻腾，金光万道，穿透云海，直上碧霄。蒲公刚才看到的那位神仙，正在其中端坐。蒲公看了半天，不知道是哪位神仙，便连忙跑去问宝掌和尚。跑回了家，预备放下药篓，然后去问宝掌和尚。

宝掌和尚听了，大喜道："善哉善哉，老兄，你遇上神人了！那骑着大象、头顶祥光的人，正是普贤菩萨呀！我早就想见一见他，求他指引。没想到让你老兄先见到了。事不宜迟，我们赶快到金顶去吧！"说完，就拉着蒲公，连忙向金顶奔去。

两个人来到了金顶。宝掌和尚跑到舍身崖上，往下一看，只见崖下面的茫茫云海中有一个七色光环，却不见普贤菩萨的金身。蒲公十分奇怪，说道："咦，奇怪，我刚才明明看到一位菩萨骑着大象飞到这里来的，怎么不见了？"宝掌和尚说："蒲公，这七色祥光，正是普贤菩萨所发出的光华，叫做佛光。菩萨一定还在山崖下面，只是不愿让人看见罢了。"

正说着，蒲公偶然向下望了一眼，看到光环中竟然又出现了普贤菩萨的金身。他连忙拽过宝掌和尚，叫他往下看。可等宝掌和尚看过去的时候，普贤菩萨的金身又在光环中消失了。蒲公十分奇怪，便问宝掌和尚是怎么回事，宝掌和尚想了想，说："老兄，看来是因为你每天不顾艰险采集草药，治病救人，积下了善缘，感动了菩萨，所以向你现了金身。我的功德不如你，还不能见到菩萨的金身，只能看到菩萨的宝光了。"

这件事后来传开了，大家都跑来看峨眉山金顶的佛光，以见到佛光为吉祥的象征，并给它取了个名字，叫做"金顶祥光"。

太湖石的传说

太湖石是一种观赏石，它是大自然鬼斧神工的产物，是在自然界当中，经过千百年的风化或水流冲刷，才形成的一种玲珑剔透、奇形怪状的美丽石头。它通常被摆放在园林、庭院里，供人们观赏。

相传太湖石最初的出产地，是太湖边上。太湖里面，有一座鼋山。很久很久以前大禹治理洪水的时候，来到这里，疏通了河道，又用自己治理洪水用的开山神斧，凿出了一只伸颈舒爪、活灵活现的石鼋。大禹雕石鼋的时候，飞溅出来的石块落在太湖里，经过年深日久的湖水冲刷，就变成了美丽的太湖石。

此后过了很多很多年，太湖都保持着它的美丽。但到了宋徽宗宣和年间，吴县出了一个浪荡公子，姓朱名，仗着家里有些钱财，平日里只知道吃喝嫖赌，无恶不作。他不学无术，却又一心想做官，但没人愿意举荐。平日里闲着没事，倒是搬来了不少太湖石，陈设在后花园里。

这天，朱在后花园里一边喝酒，一边琢磨着怎么才能当上官。他想来想去，一眼瞟到了花园里摆着的太湖石。他忽然想到，当今皇上最喜欢奇花异草，太湖石名扬天下，何不装一些，进京去献给皇上，碰碰运气呢？朱打定主意，便连忙让人赶造了一条大船，选了最大最漂亮的一块太湖石，雇了一千来个脚夫，把它搬到了船上，运到了京城。

太湖石被运到宫里，献给了皇上。皇上从没见过这么大这么奇异美丽的太湖石，非常高兴，立刻就封朱为威远军节度使，赐他金帛玉带，并且命他回乡去，搜罗更多更好的太湖石来进贡。

朱靠着进贡太湖石当了官，得意得不得了。他头戴乌纱，手拿金印，身穿官袍，乘着大船返回家乡。一回到家乡，他就立刻耀武扬威地搜刮起钱财来，同时还派人四处搜罗太湖石。不管是在山上的、水中的，还是人家花园里、书房内的，只要他看上了，就借着皇帝的旨意，硬要拿走。

不久，朱听说太湖里的鼋山上有一只非常漂亮的石鼋，是当年大禹治水时来到此地，雕凿而成的。朱心想，这么神奇的东西，如果献给皇上，一定会得到皇上的喜欢。说不定，还会给自己再加官进爵呢。于是连忙乘着船，来到了鼋山上。

到了鼋山，朱一看，山顶上有一只非常漂亮的石鼋，它昂头翘首，眼睛望着太湖，身体脚爪，活灵活现。石色晶莹剔透，敲一敲，声音清越动听。朱非常高兴，他围着石鼋转了几个圈，就让手下拉来几百个民夫，要用杠子和麻绳把石鼋从鼋山上搬走。但十几根杠子压弯了，石鼋却还是一动也不动。

这时，有人说，石鼋是上古时候大禹留下的神物，普通人怎么能扛得动呢？要是硬扛，把石鼋弄得发怒了，可就不得了了！朱听了，又气又恼，说："我是皇上派来的，管他神物不神物，我就是要把它抬走，要是抬不走，就给我把它的头敲掉！"

朱手下的恶奴听了，遵从主人的吩咐，举起铁锤，就向石鼋的头打去。只听轰隆一声巨响，金光四射，石鼋的头被砍掉了，断了的鼋头顺着山坡滚到了湖水中。鼋头刚一入水，湖面上顿时刮起了狂风，巨大的浪头一个接着一个，呼啸着向鼋山上涌过来。突然间，一个巨浪打来，就把朱和他手下的恶奴都卷到太湖里去了。

风浪平息以后，湖里又出现了一座小山，样子很像被砍断的鼋头，于是，人们就将原来的鼋山称为了"鼋背山"，而把新出现的小山叫做"鼋头山"了。

铁塔上山记

在江苏省镇江，有一座雄伟壮丽的山峰，名叫北固山。北固山紧邻长江，山势又高耸挺拔，自古以来就是人们登高望远的胜地。文人墨客在这里登临怀古，留下了不少著名的诗篇。

也不知是哪朝哪代，山上修起了一座甘露寺。有的大户人家出资，帮着甘露寺的当家和尚建起了一座佛殿。佛殿修好了，但还缺少一座宝塔。可钱已经用完了。当家和尚虽然觉得遗憾，却也无可奈何。

这天夜里，江上刮起了大风，大风掀起了无数浪头，轰隆轰隆的声音不绝于耳。第二天早上，当家和尚走出寺门一看，发现山下的江岸上竟然矗立着一座铁塔！铁塔一共有七层，既结实，又美观。它的高矮大小和刚建好的佛殿搭配起来，非常协调，放到北固山顶，真是天造地设一般。当家和尚又在塔底看了看，发现了一些水纹，从这些水纹看出，铁塔是逆水漂来的，觉得更加神奇。镇江的百姓们听说了这件事，都跑来看热闹，不一会儿，宝塔四周就围满了人。

但宝塔太沉了，虽然就在山底下，却没有人能把它搬上山。天色渐晚，看热闹的百姓们都渐渐地散去了。当家和尚一个人坐在暮色里，看着铁塔发愁。如果夜里再刮起大风、涨起潮水，铁塔没准又会漂走了。当家和尚心中十分着急，他在心里发愿，如果有人能把这座铁塔搬上山的话，一定为他塑像供奉。

当家和尚想着想着，不觉就到了深夜。这时，他忽然看见月光下走来一个大汉，他身材高大，看上去身强力壮。大汉见当家和尚坐在岸边发愁，便问他因为什么事，当家和尚就把搬塔的事对他说了。大汉看了看宝塔，哈哈笑道："这有何难？你别着急，我来帮你搬！"说完，还没等当家和尚答话，就径直走到宝塔旁边，伸出双手，紧紧抓住铁塔，想要把它搬起来。

但大汉费了九牛二虎之力，铁塔却仍旧是纹丝不动。大汉不肯罢休，还想要再试一次。这时，忽然又走过来一个人，长得也十分健壮威武，他走到铁塔旁边，推开刚才那位大汉，说："老弟，还是看我的吧！"说完，也伸手去搬，但他费了很大劲，却也没能搬动铁塔。

后来，又来了两个大汉，他们试了半天，结果也没能把铁塔搬动。

这四位大汉原来是结伴同游的四大金刚，他们路过镇江，听见了当家和尚许的愿，都想留下一个力大无穷的美名，可哪知道谁都搬不动，不由得都垂头丧气起来。

这时，当家和尚忽然灵机一动，说道："四位壮士，既然你们都有心搬塔，何不合在一起，一人搬一角，没准能把宝塔搬上山去！"

四大金刚一听，觉得是个好主意，于是站到宝塔的四边，一人抬宝塔的一角，用力一抬，果然把宝塔抬了起来！四个人一步一步小心翼翼地往上走，不一会儿，就把宝塔给抬上了山。

当家和尚见宝塔被搬上了山顶，高兴极了，连忙拉住四人，非要他们留下姓名不可。可四大金刚觉得，这么一座小宝塔，却要他们四个人合力才能搬上山，觉得有失脸面，不想留下自己的姓名。于是，就往山下一指，说道："大师，你看，有徒儿来找你来了！"

当家和尚听了，连忙向山下看去，可一个人都没有。等他再转过头来，四大金刚已经不见了。

当家和尚没办法，但又不愿意违背自己的诺言，只好凭着自己的记忆，让工匠塑了四个人的像，供奉在了寺里面。

虎丘塔的传说

在苏州的虎丘山上，有一座叫做"云岩寺塔"的古塔，它通体都是用砖石砌成的，共有八面七层。它矗立在虎丘山上，已经有上千年的历史了，所以人们也管它叫做"虎丘塔"。虎丘塔是苏州的标志。人们到苏州游玩，通常都会到这座塔下参观。但如果你仔细看，就会知道，虎丘塔其实是一座斜塔。这里面还有一个有趣的故事呢。

相传五代十国时期，在太湖岸边有一个小村子，名叫上滨村。有一天，上滨村的上空忽然刮起了一阵狂风，天色瞬间变暗，霎时间昏天黑地，如同黑夜里一般。紧接着，电闪雷鸣，狂风怒号，不一会儿，就下起了倾盆暴雨。风雨声中，

忽然传来了轰隆一声巨响。等到风雨停歇了以后，人们出门一看，发现村子旁边竟然多了一座宝塔，七巧玲珑，十分好看。

人们站在铁塔旁边，议论纷纷，不知忽然从天上飞来一座宝塔是福是祸。这时候，有一个平时就爱做皇帝梦的家伙，觉得可以趁机迷惑村民，就说到："这可是天大的好事啊，宝塔镇龙地，要出好皇帝。我们村里快要出皇上了！"

大家一听，自己平时躲战乱还来不及呢，再出一个皇帝，就更别想有太平的日子过了。人们越想越气，七嘴八舌地议论了一番，决定把宝塔给砸掉，破坏龙地，不让村子里出皇帝。

人们你拿锄头，我拿铁锹，你砸一下，我铲一点，不一会儿，就把塔给砸得体无完肤。塔好像有灵性，知道自己在这里呆不下去一样，连忙拔地而起，又重新飞上天空去了。

宝塔在空中飘着飘着，忽然迎面撞上了一个人。这人正是齐天大圣孙悟空。在天空中闲逛的孙悟空，忽然看见一座宝塔朝着自己飞过来，连忙用金箍棒一挥，就把宝塔接在了自己手中。孙悟空见宝塔虽然有点破损，但还算七巧玲珑、十分漂亮，便想把它带回花果山去，放到山上。

就这样，孙悟空手里握着宝塔，向花果山飞去。可飞到苏州上空的时候，孙悟空低头一看，忽然看见了一座苍翠挺秀、景色迷人的小山峰，他忍不住停了下来，站在半空中，仔细观看。他越看，越觉得这座小山峰十分可爱，他一高兴，禁不住抓耳挠腮、手舞足蹈起来。这一舞不要紧，拿在手里的宝塔一下子就失手掉了下去，不偏不倚地，正好落在了苏州虎丘山的山顶，但是，因为没来得及扶正，落在地上后有点儿斜了。一见宝塔掉下去了，孙悟空十分着急，情急之下，连左手那个吃剩一半的仙桃掉了下去，落在虎丘山的半山腰，化成了半个石桃。孙悟空当时腋下还夹着一瓶美酒，这瓶美酒也顺势跌落在一片岩石上，化成了一股泉水，因其清澈甘甜，后人称它为"天下第三泉"。

从此，虎丘山上就多了一座宝塔、一个石桃和一股泉水，风景变得更加美丽了。宝塔一直矗立在虎丘山上，一直到现在，都还是斜的呢。

犀牛望月的传说

雁荡山是我国著名的风景名胜，因为山顶有一个大湖，湖中水草茂密，结草为荡，每到秋天，南飞的大雁多宿于此，故而得名“雁荡”。它位于浙江省乐清市境内，距离杭州大概有二百多公里，以奇峰怪石、飞瀑流泉闻名海内，素有“东南第一山”之称。其中灵峰、灵岩、大龙湫三个景区被称为“雁荡三绝”。而除了这三绝之外，还有很多传说和故事，流传在雁荡山之中。今天我们就来讲一个。

相传很久以前，在雁荡山下住着一位美丽的姑娘，名字叫做玉贞。玉贞很小的时候，父母亲就去世了，她只好去财主家里，替财主放牛维持生活。

老牛让玉贞部到它的一只角上

玉贞每天很早就得起来，牵着老牛上山吃草，晚上很晚才能回来。财主对玉贞十分刻薄，经常不给她饭吃，做错一点事，就非打即骂。玉贞受了委屈，没人可以倾诉，只能对老牛说一说，流一流眼泪。老牛也像听得懂一样，每当玉贞伤心哭泣的时候，就会走过去，伸出舌头，轻轻地舔玉贞的手，好像在安慰她一样。

一晃十二年过去了，玉贞出落成了一个漂亮的大姑娘。财主见玉贞长得漂亮，起了歹心，管家知道财主的意思，想出了一条毒计，告诉了财主。财主听了，十分高兴，吩咐管家，就这样办。

一天傍晚，玉贞躺在门板上，睡得正香。忽然，她觉得有人从后面用绳子把自己捆了起来。她睁眼一看，原来是管家。玉贞当下就猜到了大半，她又伤心又着急，却又动弹不得，只好流着眼泪，望着老牛。老牛明白了玉贞的意思，立刻耸起一只坚硬的犄角，对准管家的眼睛，狠狠地刺了过去。管家的左眼被挑了出来，痛得他立时翻滚在地上，连喊救命。

财主走到牛房外面，看见管家满脸是血，逃了出来，连忙吩咐家丁把玉贞抓过来。可是家丁们只将牛房团团围住，谁也不敢进去。

财主一见没法进去，便叫人扛来木柴，堆在牛房四周，下令点燃木柴，想用火把老牛和玉贞逼出来。玉贞一见财主要用火来烧她和老牛，急得团团直转。这时，老牛走到了玉贞跟前，前蹄跪下，用尾巴朝背上猛甩。姑娘明白老牛的意思

是让她快骑到自己的背上来，便听从了它的意思，爬上了牛背。老牛撒开四蹄，耸起双角，向后刨了几下土，然后猛地冲了出去。

家丁们见老牛突然跑出来，谁也不敢上去拦，只得等老牛跑出去以后，才在后面喊叫追赶。老牛跑得飞快，不一会儿，就跑到了雁荡山的一个山冈上，可四面都是悬崖，家丁又在后面，马上就要追上来了。眼看已经无法逃脱了，老牛跪了下来，让玉贞站到它的一只角上，然后把角往天空中一甩，冲着姑娘猛地吹了口气，玉贞乘着牛角，倏地飞上了天空，转眼就不见了踪影。等家丁们追上来的时候，只见到老牛伏在山冈上，已经变成了一只独角的石犀牛。

据说玉贞后来飞到了月亮里，每当夜空晴朗的时候，她就拨开云雾，撒下银光，看一看自己心爱的老牛。老牛也会仰起头来，望着月亮上的姑娘。因此，每当明月当空的夜晚，雁荡山的犀牛峰，看上去就像一只昂着头的犀牛，在仰望着美丽的月亮。

泸沽湖的传说

泸沽湖因其入口处酷似葫芦而得名，这是我们汉族的称呼，而摩梭人称之为“乐属溪纳咪”，“乐属”指地名，“溪纳咪”指大海，现代地名称的“落水”就是摩梭语“乐属”的音译。周边土著老百姓则习惯称泸沽湖为“落水海子”。泸沽湖有很多美丽的传说。

在远古的时候，泸沽湖地区是个群山环抱的小盆地，居住在这里的摩梭人以牧业为生，虽清贫倒也很安宁，有一个叫阿称咪的妇人带着一个年满 12 岁叫夺若的男孩，母子俩为主子家放牛、喂猪过日子。

一天，放牛的夺若追赶一只山鸡到吉宝库，这是摩梭最大的出水洞，山鸡追没了，人却干渴起来。夺若俯下身就要喝水，可那天水非常小，不像往日到处都可以喝到。他就顺着源头往上找，直到平时涌出泉水的洞口，仍不见大水出来，仔细一看才发现出水口被一条硕大的鱼堵得死死的，他无法弄出这条鱼，便取出腰刀在鱼脊梁上狠狠地割了一大块鱼肉烧着吃。

第二天跑来一看，鱼还在，但昨天割掉的鱼肉又长了出来。他又像昨天一样割了鱼肉美餐了一顿。这样割了又长，长了又割，他保守着这个秘密过了好久好久。

后来终于有一天有人无意中也发现了这个秘密，并迅速传播，贪婪的土司为了全部占有这条鱼，想尽了办法，可都没把这条鱼弄出来，最后拉来99条牦牛，用99条耕绳，打了99个铁钩钩在鱼身上往外拉，99个人拉着99条牦牛，99条牧牦牛后边站着99个拿鞭子吆牛的人，一共挣了九九八十一次才把大鱼拉出洞口。

可是没等土司笑出声来，一股冲天的大水从洞口涌出，一时间大水淹没有房屋，淹没了草地牧场。憨实、本分的阿称咪正在牧主家喂食，一场排山倒海的大水淹来，为了逃生，急中生智跳上猪槽，用手中拌猪食的木板做桨，任其漂流。漫天大水把整个盆地都淹没了，眼前成了一片汪洋大海，后来人们管这个大海叫泸沽湖。

阿称咪遥望着大海，哭了几天几夜，最后漂停在湖边，她捡来随大水漂来的圆木头，搭成木楞子，捡来木板盖在房项上避雨，用猪槽做船在湖上往来。后人从阿称咪的猪槽和房子中得到启发，这就是泸沽湖上世代相传的猪槽船和湖边摩梭人家的木楞房。

泸沽湖还有一个传说：

相传摩梭人尊崇的格姆女神不仅容貌美丽，而且十分风流，从不甘寂寞。她和泸沽湖境内的“瓦汝卜拉”男山神有长期阿夏关系，但又和周围的“瓦哈”、“阿纳”、“则枝”、“后龙”和盐源县境内的公母山等建有临时阿夏关系。格姆女神和男山神幽会时，只能在天黑之后，鸡鸣天亮前进行，否则就要受到天神的刁难。

有一次，格姆女神正与则枝男山神偶居，被她的长期阿夏瓦汝卜拉山神发现，瓦汝卜拉山神一怒之下拔刀砍掉了则枝山神的生殖器。今永宁盆地东南部一条长形山堡，据说就是被砍下的则枝的生殖器。

格姆女神和后龙山神更是情笃意浓，常常背着瓦汝卜拉频频幽会。有一次，能歌善舞的格姆和后龙相会后一直纵情欢乐，忘却了一切，正当他们情意绵绵之时，突然听到了远方的鸡鸣声，后龙慌忙跳上了马背，扬鞭催马欲去。不料马失前蹄，只见山下踩出一个深深的马蹄印。格姆不愿就此中断了这绵绵的情意，一边呼喊后龙，一边奔跑。追到马蹄印边时，天已启明。女神站在马蹄印边，十分伤心地哭了七天七夜，倾盆如泻的泪水填满了马蹄印，变成了一个马蹄状的“谢纳咪”，即泸沽湖，一部分泪水向东面溢了出去，即成了草海。后龙听到哭喊声，

深情的回头一望，万分留恋地将自己身上的珍珠串抛了过去，送给心上人作留念。没有想到串线断离，有几颗珍珠落到泪水里，于是变成湖中的几个小岛。

后来，每年农历七月二十五日，摩梭人“母系”氏族为解除女神的寂寞，人们都去同她做伴，到那天满山遍野阿注（女朋友）、阿夏（男朋友）在“啊哈叭腊”那粗犷豪放的歌声中传递爱的信息，金笛声声把他们聚集到一起，跳起欢快的摩梭锅庄舞。

六和塔的传说

很久以前，在钱塘江里住着一位性情暴躁的龙王，他性格暴戾、喜怒无常，经常无缘无故地兴风作浪，打翻渔船、淹没农田，弄得沿江两岸的老百姓怨声载道、叫苦连天。

那时候，有一对母子住在钱塘江畔。孩子名叫六和，六和一直与母亲相依为命，靠赶海捞鱼为生。

一天，母亲和六和正在捞鱼，忽然潮水猛涨，母亲见势不好，连忙把儿子推开，自己却晚了一步，被卷进了钱塘江汹涌澎湃的大潮中。

六和眼看母亲被浪涛卷走了，伤心极了，他站在岸边，痛哭失声。他一连哭了三天三夜，后来，还是好心的邻居赶来，把他带回了家。六和回到家里，非常想念与自己相依为命的母亲，又想起平时钱塘江的潮水令附近的百姓怨声载道，他暗自下定了决心，要学精卫填海的样子，用石头填满钱塘江。

第二天天还没亮，六和就来到了钱塘江边，从附近的山上捡来很多石头，然后一块一块地扔进海里。好心的邻居赶来劝他，对他说：“六和，你这样做是没用的，钱塘江那么大，你就算用上一辈子的时间，也不可能把它填满啊！”六和摇摇头，说：“就算填不满钱塘江，我也要天天在这里扔石头，吓得龙王胆战心惊，再也不敢出来作恶！”

钱塘龙王在江底听到了六和说的话，哈哈大笑，说：“一个小孩子，也居然敢说这样的话。我钱塘江宽广无际，凭一个小孩，还想把我的江填满，真是妄想！”

六和一点都不气馁，他一连扔了七七四十九天的石头，居然真的填上了钱塘

江的一角。老百姓们被六和的决心和耐心感动，也都来帮他一起扔石头。这下，钱塘龙王有点害怕了。他决定亲自去见一见六和。

这一天正好是八月十八，六和正一个人在岸边捡石头，忽然听到一阵雷鸣般的声音由远而近，紧接着，钱塘江的潮水就向他汹涌而来。六和刚要避开，却看见潮头上站着一队虾兵蟹将，后面有一顶黄罗伞盖，伞下坐着一个人，头戴龙冠，身穿黄袍，正是钱塘龙王。不一会儿，潮水到了六和跟前，龙王走了出来，站到六和面前，说道："小孩子，你想用石头填满我的钱塘江，就算花一辈子的时间，也是办不到的！"

六和一点儿也不害怕，他说："我一个人不行，还有大家呢。我们大家一起扔石头，总有一天会把你的钱塘江填满！"

龙王听了，又气又急，有点沉不住气了，他说道："好，那你说，你要什么，才能停止往我的江里扔石头？"

六和想了想，说："我要你答应我两件事，我便停下，再不往你的江里扔石头了。"

龙王连忙说："好，哪两件事，你快说。"

"第一，立刻把我娘送回来；第二，从今以后不许乱发潮水，潮水要按时涨退，沿着河道，规规矩矩地上落。"

龙王心里虽然不愿意，但怕六和再扔石头，也只好答应下来。他回到江里以后，让虾兵蟹将把六和的母亲送了上来，但母亲已经死去了。六和只好哭着把母亲埋葬在了钱塘江边的月轮山下。

此后，龙王虽然还是照样在钱塘江里涨潮，不过时间要比以前有规律得多了。后人为了纪念六和，就在月轮山上修建了一座宝塔，并用六和的名字命名，这就是"六和塔"。

飞来峰的故事

在杭州的灵隐寺前面，有一座著名的飞来峰。为什么叫飞来峰呢？据说是因为这座山本来不在这里，是从四川的峨眉山飞来的，所以叫"飞来"峰。相传这座山当初一会儿飞到东，一会儿飞到西，最后飞到了杭州的灵隐寺，才被灵隐

寺里的济癫和尚用计给镇住了。

济癫和尚就是我们常说的济公，他行事古怪，别的和尚吃斋吃素，他却喝酒吃肉；别的和尚整日念经，他却不敲木鱼不诵经，成天穿着破袈裟、拿着破蒲扇东游西荡，样子还十分疯癫。人们都管他叫疯和尚。

一天早上，济癫和尚刚刚睡醒，揉揉眼睛，一伸懒腰，下床拿起破蒲扇，便走出了山门。他摇着蒲扇，打了个哈欠，偶然往天空中一望，忽然发现西面的天上有一块乌云，正向着灵隐寺徐徐飘来。济癫和尚揉了揉眼睛，定睛一看，发现飘来的不是什么云彩，而是一座小山！他吓了一大跳，连忙掐指一算，算出这座山会在午时三刻，在寺前的村子落下。如果不赶快告诉村子里的人的话，就要酿成大灾祸了！济癫和尚非常着急，他连忙下了山，一路跑到村子里，一边跑，一边喊："大事不好啦！有座山要飞到这里来啦！大家快逃吧、快逃吧！"

路上的行人听见济癫和尚的喊声，只当他又像平常一样在说疯话，于是谁也没理他。

济癫和尚跑遍了整个村子，也没人信他。眼看实在没办法了，济癫只好拉住了一个老头儿，对他说："今日午时三刻，有座山会飞到这里来落下，快让大家拿上财物，离开这里，要不然就来不及了！"

老头儿听了，只是摇摇头，根本没有理他。只当他又是在说疯话了。

济癫一看不行，连忙又拉住了一个老太婆，把刚才的话又说了一遍。老太婆听了，叹了口气，念了声阿弥陀佛，也走了。

济癫跑进村子里，又拉住了一个年轻人，告诉他山峰要飞来了，让他赶快离开。年轻人听了，没好气地说："你吓什么人？要真是有山落下来，我就用肩膀把它扛走！"说完，就走了。

济癫跑遍了整个村子，也没有一个人信他。小孩子们还跟在他的后面，一边跑，一边嘻嘻哈哈地大声嘲笑他。

济癫跑了半天，实在累得不行了，就找了一棵大树，在树底下坐了下来。他心里着急，拼命摇着蒲扇，想着办法。但浑身都被汗水湿透了，怎么也冷静不下来。

正在这时，忽然一阵嘹亮的唢呐声，把他从沉思中给吵醒了。济癫站起身来一看，原来是村子里的一家人正在办喜事。房子里披红挂彩，热闹极了。新娘子脸上盖着盖头，正准备和新郎磕头拜天地呢。济癫和尚站在旁边看了一会儿，忽然灵机一动，想出了一个好主意。他趁众人不备，猛地推开人群，跑到堂前，抓起新娘子，往肩上一扛，转身就冲出了大门，向村子外面飞跑。

众人见济癫把新娘子抢跑了，一时都没反应过来，半晌，才喊叫起来，纷纷拿起了铁锹、木棍之类的东西，追了上去，要把济癫抓住，好好地打一顿。

村子里的人看见这种情景，也都跟着跑了出来，喊抓喊追地跟着看热闹。

济癫见村子里的人都追了出来，心里踏实些了。他不理会众人的喊叫，背着新娘子，一个劲儿地往村外跑。跑了大概有一两里路，济癫忽然停下了。他把新娘子放下，自己往地上一坐，摇着破蒲扇，就像什么事也没发生一样。大家追到跟前，举起木棍，刚要上前打他。忽然一阵大风刮来，顿时天昏地暗，飞沙走石。紧接着一声巨响，地动山摇，震得人们谁也站不稳，都趴在了地上。只有济癫摇着扇子，坐在地上，哈哈大笑。不一会儿，风停云散，大家惊魂未定，站起身来，回头一看，全吓呆了：原来他们住的村子已经不见了，原地竟然屹立着一座小山！人们这才如梦初醒，明白了济癫抢新娘子是为了救他们的性命。人们纷纷跪下，感谢济癫和尚的救命之恩。

济癫和尚摇着蒲扇，一个个地把人们扶了起来，说："不用谢，不用谢，大家快起来吧。"村里人这才站起来。济癫和尚摇了摇蒲扇，又说道："这山峰能飞来，也能飞去，如果不管它，让它这么飞来飞去的，说不定将来会造成什么大祸害，我有一个不情之请，希望大家能在走之前，上山凿出五百个石罗汉，把山镇住，不知大家是否愿意？"

人们听了，都说好。济癫和尚脱下自己的袈裟，轻轻一抖，就变出了无数铁锤和凿子来。大家齐心协力，只用了一天一夜的工夫，就凿全了五百罗汉。济癫上山一看，发现众人匆忙之中，竟忘了凿眼睛和眉毛，五百个石罗汉还没醒过来。他微微一笑，伸出手来，用长指甲在石罗汉的脸上逐一刻上了眉毛，又用指头捏出了一双双眼睛。不一会儿，五百罗汉就都有了眉眼，活了起来。

小山被五百个石罗汉镇住，再也不能到处飞了，只好永远地留在了灵隐寺的前面。后来，因为它是从别的地方飞来的，人们就给它起了个名字，叫做"飞来峰"。

柳浪闻莺的传说

杭州西湖是我国著名的风景名胜。有名的"西湖十景"，每年都吸引着无数

的游人前来参观。"西湖十景"中的"柳浪闻莺"，指的是西湖的柳浦一带种植着很多杨柳，每到春天，杨柳枝条随风拂动，中间飞翔着无数的黄莺，人们行走在杨柳中间，就如同在画境中游览一般。据说这个景点的由来，还有一段美丽的故事哩。

一个俊俏的年轻姑娘正站在窗边，偷看柳浪织锦。

相传古时候，在西湖岸边的柳浦一带，住着三百来户人家，他们全是替郡王府织锦为生的。一个叫柳浪的小伙子，也和自己的母亲一起居住在这里。柳浪的织锦技术非常高超，他织出来的锦缎，上面布满了漂亮的花纹，光泽亮丽，耀人眼目。柳浪家中清贫，没钱娶妻，眼看年纪一天天地大了，柳浪心中苦闷，便常常跑到附近的一个柳树林中，对着林间婉转鸣叫的黄莺倾诉。久而久之，其中一只黄莺仿佛能听懂柳浪的话，每次一见他来，就飞到他身边，鸣唱飞舞。柳浪也把小黄莺当成了自己的知己，什么话都对它说。

一天，柳浪正在家中织锦，忽然，一个年轻的姑娘悄悄从柳树林里走了出来，站在窗边，远远地望着柳浪。她身穿一身金衣，脚踏一双金黄色的小鞋，一双大眼睛，顾盼生辉。她正在窗边，伸着小脑袋往里看，旁边忽然来了一个张二嫂。这个张二嫂是柳浪家的邻居，她为人心地善良，就是有点爱管闲事。这天，她闲来无事，到柳浪家串门，谁知刚一进院门，就看见一个俊俏的年轻姑娘正站在窗边，偷看柳浪织锦。她心中纳闷，正想上前问个究竟。没想到姑娘一看有人来了，立刻转过身来，拉着张二嫂的手，亲热地说："呀，表姐，原来你在这儿啊，我正到处找你呢，结果迷了路，就到这儿来了。"

张二嫂听姑娘叫自己表姐，有点莫名其妙，刚想发问，就听姑娘又说道："表姐，你怎么忘了我了？我是你表妹金衣呀！"张二嫂想了半天，还是想不起来，但架不住姑娘一声声表姐的亲热劲，也就模模糊糊地觉得自己真有这么一个表妹了。姑娘一看张二嫂认了，就连忙说："表姐，我是来投奔你的。"张二嫂听了这话，又想起她刚才偷看柳浪的事，心中顿时明白了几分，就说道："表妹，正好我有事要找柳婆婆，你先跟我一块进去坐一会儿吧。"说着，就带着姑娘进了柳家，替姑娘和柳浪互相作了介绍，叫他们聊天，自己转身就进了里屋。

柳浪看着姑娘，觉得十分面善。两个人有些害羞，都低着头，红着脸，不敢说话。只是你看看我，我看看你，互相微笑着。这时，张二嫂陪着柳婆婆从里屋出来了，柳婆婆拉着姑娘的手，越看越喜欢，张二嫂又从中一撮合，柳浪和姑娘都表示同意，柳婆婆高兴得合不拢嘴，选了个吉日，准备让柳浪和姑娘成亲了。

没过两天，到了该交锦缎的日子了。柳浪让姑娘在家里休息，背起自己织的锦缎，和邻居一块到郡王府去了。郡王是皇上的侄子，恰好赶上这一年是皇上的六十大寿，郡王决定要挑一匹最好的锦缎，献给皇上作贺礼。可他跳来跳去，觉得都不太满意。最后，他看到柳浪交来的那匹锦，才连连说好。他把柳浪召来，问柳浪这匹锦缎叫什么名字，柳浪答道："叫做'西湖九景'图。"郡王听了，觉得"九"字是单数，拿去作贺礼不太好，便命令柳浪赶紧添上一景，在一夜之间织出一幅"西湖十景图"来，还指定新添的景一定要有声有色。

柳浪不禁犯了愁：想在一夜之间织出一匹锦缎来已经很困难了，还要再添上有声有色的一景，更是难上加难。但郡王的命令又不能不从。一回到家，柳浪便坐在织机旁边，发起愣来。

柳婆婆和金衣见柳浪一回来就愁眉不展、一言不发，十分担心，百般询问之下，柳浪才对她们说出了实情："郡王要我给他织一匹有声有色的锦缎，必须一夜完工！"

柳婆婆听了，知道这件事很难办到，也坐在旁边，发起愁来。这时，金衣想了想，说："有色不难办到，可有声……"忽然，她想到了什么似的，笑了起来，说道："没关系，有声，我也有办法，你别着急，今晚我们一起来织。"柳浪听金衣这样说，半信半疑，但又没有别的办法，只好按金衣的吩咐，准备织机和丝线去了。

到了晚上，金衣让柳浪先织出前九景来，自己借口烧水沏茶，出了织房。这时已经月上柳梢，金衣来到堤边，轻轻叫了几声，然后就听见柳林里传来了应和

的声音。不一会儿，画眉、百灵、八哥、芙蓉还有其他一些鸟儿都飞了过来。原来金衣是黄莺变的，她常常陪在柳浪身边，天长日久，动了真情，就变成了人形，来陪伴柳浪。金衣对鸟儿们说了有声有色的锦缎的事，可画眉她们想了半天，也没有想出好主意。最后，画眉想起杨柳阿姨见多识广，就飞到杨柳跟前，叫了声好阿姨，问杨柳有没有什么好办法。

杨柳轻轻地舞了舞枝条，说："小黄莺，你不用担心。要有声有色，并不难。你只要织上杨柳，就是有色；织上黄莺，就是有声。"

金衣听了，觉得是一个好主意，就告别了众姐妹和杨柳，回到了织房。这时已经是三更时分了，柳浪已经织好了九景，只等金衣来织第十景了。金衣走到织机前面，坐上机架，拿起梭子，开始织了起来。只见她先织了一条堤岸，然后在堤上织上了成行的柳树。柳浪看了，十分纳闷，说道："这不是我家附近吗？怎么算得上是有声有色的景呢？"

金衣笑了笑，说："你家附近怎么就不算有声有色的风景呢？"说完，也不理柳浪，自己一梭接一梭地织了下去。趁柳浪不注意，她连忙拔下了自己身上的一根羽毛，铺到锦缎上，织出了几只可爱的小黄莺，又冲着它们吹了一口气，然后才把锦缎剪下来，卷好了，交给柳浪。

柳浪见了，问道："这是什么风景？我可怎么向郡王交代啊？"

金衣一笑，说道："就说这叫'柳浪闻莺'。"

"这怎么行？"

"怎么不行？风吹杨柳是有色，黄莺啼鸣是有声，有声有色，怎么不成？"

"可是黄莺都在锦缎上，没有声音啊？"

金衣忍不住笑了起来，拿过织锦，一把打开，放到柳浪耳边，让他仔细听一听。柳浪侧过去一听，竟然真的听见了黄莺婉转鸣唱的声音。柳浪高兴极了，他连忙把锦缎卷好，第二天天一亮，就送到郡王府去了。

郡王看过这匹"西湖十景缎"，非常满意，立即装进锦盒，命人送到京城去了。为了奖励柳浪，郡王还赏赐了他一锭元宝。柳浪拿着元宝回到家，就开始筹备起喜事来。不料郡王听说柳浪家来了一个美女，柳浪献上来的锦缎，也是在这个美女的帮助下才织成的，郡王是个好色之徒，成亲这天，便派了官兵，到柳浪家来，抢走了金衣，还把柳浪和柳婆婆给绑了起来。金衣原本想变回黄莺飞走，但又不想让柳浪知道自己的秘密，就装作柔柔弱弱的样子，被官兵抓了起来，放进了轿子，抬回了郡王府。

等轿子到了郡王府，郡王掀开轿帘一看，哪里有人。郡王生气极了，一怒之下，把柳浪、柳婆婆和全村的老百姓都抓了起来，逼迫金衣现身。

金衣见此情景，便自己一个人来到了郡王府。郡王一看金衣来了，非常高兴，立刻就要拉着她进洞房。金衣说："你先把柳浪和乡亲们放了。"郡王听了金衣的话，把柳婆婆和乡亲们都放了，但惟独不肯释放柳浪。金衣问道："你为什么不放柳浪？"郡王说："你先跟我进洞房，我才放他。"

金衣想了想，说："好，我答应你。"郡王一听，大喜过望，连忙请来宾客，大摆筵席。到了晚上，宾客们都走了，郡王喝得醉醺醺的，晃晃悠悠地走进了洞房。这个时候，柳浪正一个人孤零零地被绑在大槐树上，又饿又渴。迷迷糊糊之中，他忽然听到好像有黄莺的叫声，又好像有人在给他解绳子。他睁开眼睛一看，原来是金衣。金衣给柳浪解开绳子，又拉着他翻过院墙，逃出了郡王府。

第二天清早，管家去找郡王，一推门，才发现郡王早已被几棵杨柳压住了，嘴里还被塞上了泥巴，一句话也说不出来。

柳浪和金衣回到家里，柳婆婆正在家里哭，见他们忽然安全回来，高兴极了，可她一想，又发起愁来："如果郡王发现你们逃走了，再派人来抓怎么办？"

金衣笑笑，说："不用担心，我有办法。"说完，就让柳浪脱下一只草鞋，拿着它出了村子。

不一会儿，只见天上飞来了好几百只黄莺，每只嘴里都衔着一只大草鞋，向郡王府飞去。飞到王府上空，黄莺一张口，草鞋落在郡王府上，变成了一座大山，将郡王府给压在了底下。

从此，金衣和柳浪结成了夫妻，幸福地生活在了一起。而他们织的"柳浪闻莺"，也成了西湖十景之一。

寒山寺的钟声

"月落乌啼霜满天，江枫渔火对愁眠。姑苏城外寒山寺，夜半钟声到客船。"唐朝诗人张继的这首《枫桥夜泊》，千年以来都为人们所传诵。自此苏州的寒山寺也变得格外知名。但你知道吗？有关寒山寺的钟声，还有一段奇异的传说呢。

相传很久以前，苏州的寒山寺是由寒山、拾得两位和尚当家。他们两个人友

谊至笃，常常同出同入、形影不离。被后世称为“和合二仙”。寒山寺有他们二位当家，自然也十分安宁太平。

有一年，连着下了好几个月的大雨，河湖涨溢、发了大水。连原本建在高处的寒山寺，门口都是一片汪洋了。过了几天，天色放晴，雨也停了。一天早上，僧人们推开寺门一看，门前的石头岸边竟然停着一口巨大的青铜古钟。古钟钟口朝天，仰卧在水面上，随着波浪的起伏，不时撞在岸边的岩石上，发出雄浑悠扬的响声。从古钟仰卧的位置和方向来看，它应该是从水上漂来的，可是它在水中时浮时沉，钟口里竟连一滴水珠都没有。僧人们见了，都十分惊奇，觉得这是一口天赐的宝物。

寒山和拾得听到弟子们的禀报，也从寺里出来了。寒山一看这口大钟，非常高兴，因为寒山寺里正好缺这样的一口钟。于是，他让僧人们拿来麻绳，齐心合力，要把古钟拉上岸来。那时寒山寺里的僧人人数，说多不多，但说少也不少，有三十七个。可三十多个人齐心协力、横拖竖拉，拽了半天，连寺里的九十九条粗麻绳都拉断了，却都没能将大钟拉上岸来。拾得见了，说，实在不行，就用稻草来搓绳子，也要把钟拉上来！

众僧人已经累得上气不接下气，又听到拾得这样说，不免有些怨言。有的人说：“粗麻绳都拉断了，稻草搓的绳子，怎么可能拉得上来呢？”

“是啊，反正人家也不用出力，当然怎么拉都行啦！”

更有的人说：“恐怕是因为寺里有人宰过猪，神钟不肯进寺来吧！”

寒山和拾得听了前面的几句话，还不要紧，但最后一句话却令他们心如刀绞。因为寒山出家以前，曾经做过宰猪的屠夫。听了这话，寒山心里难受，沉默了好久，才说道：“既然钟不愿意上岸，我们也不必强求，大家把钟推开，让它漂走吧！”

于是众僧人挽起裤管，又下水去推钟。可是说来奇怪，这钟既拉不上来，却也推不开去。大家费了好大力气，竟没能移动它分毫，倒好像是铸在了岸边一样。

拾得见此情景，心想，莫非真是寒山寺里有人业障深重，所以钟才既不上岸、也不漂走吗？如果真是这样，自己身为住持，不入地狱，谁入地狱？想到这里，他回身从竹园里连根拔下了一根青竹，捋去上面的枝杈和叶子，拿到岸边，自己撑在竹子上，一头向岸上一点，就纵身跳到古钟里去了。

古钟在水面上摇摇晃晃地荡了几下，等到它停稳，拾得就举起竹子，向岸上一撑，钟就离开了岸边，向河心漂去了。拾得见古钟动了，刚想跳上岸来，没想到钟一离开岸边，竟飞快地随着波浪，向正东漂去了。拾得站在钟里，根本没法出来，眼看随着大钟，被河水一块带走了。

寒山和众僧人大惊失色，连忙沿着河岸，拼命追去。可是古钟漂得飞快，根本就停不下来。寒山只能眼睁睁地看着自己的好朋友被古钟带走，最后连拾得的声音都听不到了。

拾得乘着大钟，漂洋过海，不到一天的时间，就来到了一个叫做萨提的地方。萨提地方的人见拾得乘着大钟从海上漂来，都非常惊奇。又听他说自己来自中土，不由得更加诧异，都拿出了自己家里最好的东西来招待他，还用九头牛把古钟拉上了岸。

拾得为了感谢萨提地方的人们，就把古钟和那根青竹送给了他们。萨提人把大钟挂在了村子的正中，又把青竹种在了地上。不久，就长出了一片青翠茂密的竹林。拾得见已无法回到中土，就既来之则安之，在萨提住了下来，一边耕种农田，一边宣讲佛法。

而寒山自从拾得走后，日夜思念，渐渐瘦得不成人形，不久还生了病。众僧人看这样下去不是办法，有人就出了一个主意：铸造一口差不多形制的大钟，在山顶上把它敲响，希望拾得听见钟声，可以循声而回。

寒山听了，觉得这个主意还不错，就请铸匠仿照着古钟的模样，铸造了一口大小差不多的大钟，挂在了寒山寺的最高处。寒山举起钟槌，奋力一敲，沉郁洪亮的钟声立刻就传遍了四面八方，漂洋过海，也传到了萨提。拾得听到了钟声，心中感动，知道是寒山正在思念他，于是立刻跑到村子中央，敲响了那口漂洋过海的古钟。钟声传到了寒山寺。寒山听见了钟声，仿佛听见了拾得亲切的应答，禁不住泪流满面。虽然两人相隔万里，但钟声却彼此呼应，就好像久别重逢的朋友，在亲切地诉说着心事。

据说萨提这个地方其实位于日本，拾得后来一直居住在那里。假如你找到青竹长得最茂密的地方，那就是拾得当年的住所。

镜泊湖的传说

镜泊湖位于我国黑龙江省牡丹江市的西南方，那里山清水秀，风景迷人，一

片宁静。美丽的镜泊湖，就犹如一颗璀璨夺目的明珠，镶嵌在这名山秀水之中。

相传很久以前，有一年，玉皇大帝过生日，各路神仙都来道贺，王母娘娘也摆下了盛大的蟠桃会，来招待众仙。众仙来到瑶池，只见一派香烟缭绕，瑞云缤纷，珍馐美味，无所不有。仙人们纷纷入座，把酒言欢，一直到半夜，才渐渐散去。王母娘娘余兴未尽，又把各位女仙留了下来，重整金桌，再开玉宴。众女仙也都纷纷梳洗更衣，擦上脂粉，来到桌边，开怀畅饮。光是她们梳洗时泼出的胭脂水，就把天河给灌满了，从天河直泻到人间的牡丹江，汇成了一片亮晶晶的大湖。

第二天清早，王母娘娘醒了，她走到梳妆台前，拿起玉梳，正要梳头，却发现她的“平波宝镜”不见了。找遍了宫殿各处，也不见它的踪影。王母娘娘十分喜欢这面镜子，如今丢失了，十分着急，命雷公电母赶紧到人间去寻找。雷公电母得了命令，连忙下界去寻找。他们查遍了五湖四海、名山大川，最后来到了牡丹江畔，在闪电的光亮中，他们看见一片湖水之中，好像有什么东西在闪闪发亮。雷公电母连忙近前一看，原来在湖底，平放着一面闪烁着奇光异彩的镜子，正是王母娘娘的平波宝镜！

可是好好的一面宝镜，怎么会掉到这里来呢？原来在蟠桃会的晚上，有一位喝醉酒的仙女，走过梳妆台，不小心把宝镜碰落在洗脸盆里了。而另一位粗心的仙女，在倒洗脸水的时候，又把水连同宝镜一起泼到了天河里。宝镜顺着天河水、沿着瀑布，一下子就流到了牡丹江的大湖中。

自打“平波宝镜”掉进湖里以后，无论风刮多大，湖水上都掀不起大的波澜。而且湖水变得清澈甘香，引来了无数蜜蜂和蝴蝶，在湖面上翩翩起舞；鸟儿也飞来，在湖上歌唱。

王母娘娘听雷公电母说宝镜找到了，连忙带着众仙女，来到了牡丹江的大湖边。果然，美丽的宝镜正在湖底闪闪发光。四周青山碧水，风景美不胜收。仙女之中有一位多情的七仙女，看到这么美丽的景色，不禁感叹道：“这么漂亮的地方，就连天上也未必赶得上呢。我看我们别回去了，就住在这儿得啦！”

王母娘娘听了，训斥道：“七儿不许胡说！”可她也被这里的迷人风景给吸引了，于是又接着说道：“你们要真是喜欢这里的风景，我可以把平波宝镜留在这里，镇风压浪，就把这个地方作为你们姐妹的天外花园、人间浴池吧！”王母还顺口给大湖起了个名字：“就叫‘镜泊湖’吧！”

众仙女听了，都连声说好：“镜在湖中，湖平如镜，真是恰当极了！”

王母答应众仙女，每年的农历六月十五，可以到湖里去洗一次澡。王母怕有妖邪到湖里，把“平波宝镜”偷走，就想派一位神仙到湖边去镇守、看护。她就找到老椴树，说道：“老椴树，你年岁最大、威望也高，就请你来看守宝镜，可以吗?”

老椴树轻轻摇了摇枝条，说道：“王母娘娘，我也很想帮你，可是我皮薄根浅，怕不能在湖边长时间守护，您还是去问问老松树吧!”

王母娘娘又找到老松树，将事情对他讲了一遍，可老松树也摇摇枝干，说道：“娘娘，我体笨力单，恐怕不能担好这个任务，您还是去问问老黑山吧!”

王母娘娘找到老黑山，请他去看守平波宝镜，老黑山摇动了一下身子，睁开双眼，抖着雪白的须眉，说道：“好啊，难得王母娘娘托付，我愿意同大湖作伴，日夜看护宝镜，决不怠慢!”

从此，老黑山就矗立在了镜泊湖旁边，不论冬夏，都挺直身子，站在那里，看护着湖水和宝镜。

老黑山到了镜泊湖边不久，湖里就出了一条大黑鱼，它横冲乱闯，搅得湖水不得安宁。后来老黑山一顿猛打，将它撵到镜泊湖的礁石缝里去了。直到今天，在镜泊湖的湖底，还有一种名叫“大头黑”的鱼，浑身黑色，长着一个大脑袋，长年钻到石窟窿里，据说就是大黑鱼的后代呢!

旅顺口的传说

在辽宁省大连的西南端，有两座巍峨雄伟的高山，一座名叫黄金山，一座名叫老虎尾。在黄金山与老虎尾之间，有一个蟹螯形的港湾，它北依白玉山，南面大海。远远望去，就像一头雄狮，张开大口，吞吐着海水。西边的老虎尾，就像一条高大的防波堤，阻挡着海面上涌来的的汹涌波涛，使港湾终年风平浪静。这个港湾出口狭小，易守难攻，是我国东北海域的军事要塞。它就是著名的旅顺口。

据说很久以前，旅顺口四周是没有高山的，而是一大片平地，紧挨着无边无际的大海。大海旁边，有一个小渔村。村里面有一个小伙子，他从小失去了父母，靠打渔为生，村里的人都管他叫渔哥。

渔哥每天都出海去打渔，打渔回来，就把捕到的鱼虾蟹之类用篓子装好，拿到附近的镇子上去卖。这天，渔哥像往常一样，装好鱼篓，用扁担挑着，到镇上去售卖。谁知刚走出家门，担子前边的鱼篓里忽然钻出一只海蚌，掉在地上。渔哥连忙放下担子，把蚌捡起来，重新放进篓子里，然后继续赶路。但刚走了两步，那只蚌又从篓子里钻了出来，跳到地上，蹦来蹦去的。渔哥十分奇怪，就把它捡起来，仔细看了看，发现这只海蚌竟然是金色的。它躺在渔哥的手里，张了张蚌壳，好像要说什么话似的，但是发不出声音来。渔哥觉得这只小海蚌很可怜，就走到海边，把它给放掉了。

转眼到了中秋节，正是捕鱼的好时候。渔哥一连几天在海上打渔，都是满载而归。这天，他划着渔船，不知不觉就来到了远海。这里鱼虾成群，渔哥高兴极了，不一会儿，就捞了很多上来，几乎装满了整条渔船。

不料在回航的时候，原本风平浪静的海面上，忽然刮起了大风。浪头一个高过一个，向着渔哥的小船打来。渔哥躲过了一个，躲不过第二个，一个巨浪扑来，就把小船掀翻了。渔哥掉进了海里。渔哥在狂风巨浪中挣扎了半天，实在没有力气了，他喝了几口海水，就昏昏沉沉地向海底沉去了……

等他再睁开眼睛的时候，已经是在自己家的炕上了。他挣扎着想坐起来，却忽然发现面前站着一位美丽的姑娘，手里端着一碗热气腾腾的米汤，正用小勺在喂他。渔哥连忙坐起来，问道："姑娘，你是谁呀，怎么会在我家的？"

姑娘放下碗，说道："我是旁边村子的人，叫海女，今天偶然从海边路过，见你漂在海面上，不省人事，就把你救上来了。我问了村子里的人，知道你住在这儿，就把你背回来了。今天天不早了，我回家了，你身体还没有完全恢复，我明天再来照顾你吧。"说完，就离开了。

第二天一早，海女果然又来了。她一进门，就挑水劈柴、烧火做饭，不一会儿，桌子上就摆满了香喷喷的饭菜。一来二去，渔哥和海女都喜欢上了对方。不久，渔哥就向海女求亲，海女听了，十分感动，答应了渔哥。两个人就结成了夫妻。

从此，渔哥下海打渔，海女在家做饭、操持家务，两个人相亲相爱，日子过得非常幸福。

转眼一年的时间就过去了。一天清早，渔哥吃完饭，收拾好东西，刚要出海打渔，忽然看见一大块乌云从南边的海上飘来。霎时间，风雨大作，豆大的雨点倾泻而下。海面上也掀起了无数的大浪。渔哥一看，知道不能出海了，于是便转身走进了家中。刚一进门，就看见妻子坐在炕上，流着眼泪。渔哥连忙走上前去，问道：“怎么啦？”

海女哭着答道：“渔哥，恐怕我们就要分别了！”

渔哥听了，吃了一惊：“出什么事啦？”

海女擦了擦眼泪，呜咽着说道：“渔哥，我不是凡人，我原本是王母娘娘的使女，有一次侍宴时，不小心打碎了一个玉杯，惹怒了王母，把我贬为一只海蚌，交给龙王，关进冷宫监禁。我在冷宫里实在是太孤单、太寂寞了，就趁着守卫不备，偷偷跑出了冷宫，到海面上看看风景。谁知道刚游上海面，就被你的渔网逮住，抓上了岸。多亏你心地善良，又把我放回了海里。后来我躲在一个小岛上，一直想找机会报答你。正巧那天你遇到风浪，翻了船，我就把你托起，送回了岸上，还和你成了亲。现在龙王知道我逃出了冷宫，还和凡人成了亲，正在大发雷霆，马上就要派兵前来抓我了！你看这狂风暴雨，就是他们正从海上过来啊！”

渔哥听了，又着急、又伤心，他紧紧地抱住了妻子，说道：“不管他们是什么人，我死也不会让你离开的！”

海女哭着说：“可是渔哥，你不放我走，你和村子里的百姓，都会被杀死的！”

“那怎么办？难道就没有办法了吗？”

海女想了想，说道：“渔哥，要想救我，只有一个方法。乾元山金光洞里，住着一位太乙真人，你去求见他，取来镇海宝物，镇住龙王，我们才能团圆！”说着，海女从头上取下一颗珍珠，交给渔哥，“如果能取来镇海宝物，你只要把珠子投进海里，我就能回来。”话音刚落，只听一个闷雷击来，渔哥就被震昏过去了。

渔哥苏醒以后，海女已经不见了，屋里湿淋淋的，一片泥泞。渔哥连忙收拾好包袱，走出家门，到乾元山去找太乙真人了。

渔哥历尽千辛万苦，总算走到了乾元山下。他望着眼前高耸入云的山峰，下定决心，抓住凸出的石块，向上攀爬起来。眼看快要爬到山顶了，忽然，他脚下一滑，滚下了山坡，摔在了一块悬崖上面。他不顾疼痛，站起身来，刚想继续往上爬，忽然听旁边有人问他：“这位大哥，你满身伤痕，到底想去哪儿啊？”

渔哥转过身，只见一个十二三岁的小男孩正站在他面前，渔哥说：“小兄弟，我叫渔哥，是来这里找太乙真人求救的，你知道他在哪儿吗？”

小男孩笑了，对渔哥说："我正是金光洞的金霞童子，奉师父之命，特来这里迎接你的！"说完，右手一挥，一朵五彩祥云就飞到了两人眼前，金霞童子领着渔哥，踏上祥云，不一会儿，就飞到了金光洞中。渔哥睁开眼睛，只见面前万仞高峰，直插云天，红云缭绕，紫雾氤氲，好一派人间仙境！太乙真人坐在正中，渔哥见了真人，连忙下拜叩头。太乙真人睁开眼睛，说："你们的事，我都已经知道了。那海龙王又在兴风作浪了，是应该治他一下！"说着，就从怀里取出一只小巧玲珑的金狮、一只铁虎、一座玉山，交给了渔哥。

渔哥接过宝物，拜谢了太乙真人，在金霞童子的护送下，不一会儿，就回到了渔村里。

他摸摸衣兜，妻子留给自己的那颗珍珠还在。他吃了点东西，带上宝物，就向海边奔去了。

渔哥划着渔船，到了海中央，从衣兜里掏出珍珠，轻轻地放进了水里。

海女自从被海龙王派兵抓回冷宫以后，每天都在惦念着渔哥。这天，她在海底张望，突然看到远处好像有个小小的亮点。她仔细一看，果然是自己那颗珍珠。她心中大喜，立刻念起咒语，收了珍珠，恢复了精神。趁着看守她的两个虾兵正在打瞌睡，海女变成一条海虫，钻出了冷宫，游到了海面上。她远远望见坐在渔船上的渔哥，高兴极了，连忙在水中一滚，恢复成了美丽的姑娘。渔哥与海女相见，百感交集，海女说："渔哥，龙王发现我逃跑了，一定很快派兵来追，此地不可久留，我们还是快走吧！"

渔哥与海女回到家里，果然不一会儿，就见天色突变，狂风大作，暴雨倾盆。龙王率领着虾兵蟹将，来抓海女了。海女不慌不忙，取出太乙真人交给渔哥的玉山，往海边一放，只见一道银光闪过，一座巍峨的高山，立刻出现在了大海的北岸，挡住了浪头，这就是白玉山。

海女又拿出铁虎，向右边一抛，只见青光一闪，铁虎呼啸一声，扑向半空，用尾巴猛地向海面扫去，把虾兵蟹将打伤大半。后来宝虎变成了高山，就是现在旅顺口西南边的老虎尾山。

龙王气极了，他大喊一声，召来了无数虾兵蟹将来推波助澜，掀起巨浪。顿时，一排排巨浪向岸边的小渔村涌过来。海女一见，立刻又掏出了金狮，一道金光闪过，金狮一声吼叫，巨大的身躯落进海中，变成一座高山，挡住了巨大的浪头。这就是现在旅顺口东面的黄金山。金狮的大口，就形成了现在的港湾。龙王的招数使尽了，也没能伤到海女分毫，只好带着残兵败将，回到龙宫去了。渔哥和海女终于过上了幸福安稳的生活。

从那以后，人们就给港湾起了个名字，叫做狮子口。明朝时，名将马云、叶旺奉命镇守辽东，从山东渡海，到狮子口登陆，因为一路上非常顺利，所以就改称狮子口为旅顺口了。

药泉的传说

在长白山五大连池的西南方向，有一座药泉山。山上有一口泉水，被人们称为药泉。一般人到了这里，总要在泉水旁边的石堆上扔一块石头。每逢五月，远近的牧民们还会赶着牛羊、拉着大车，到这里来唱歌跳舞，热热闹闹地庆祝上一个月。为什么要这样做呢？这里面还有一个神奇的故事呢。

很久以前，在这片土地上，住着一个青年牧民，名叫嘎拉桑白音，有一天，不知是因为什么事，嘎拉桑白音得罪了牧主，被抓了起来，吊在马棚里鞭打。鞭子一下比一下重，没多久，嘎拉桑白音就痛得昏了过去。

牧主家有一个名叫阿美其格的女工，是一个美丽善良的姑娘，她和嘎拉桑白音早就认识，而且也互相喜欢。阿美其格看见心上人受到毒打，心如刀绞，但她也知道自己对付不了牧主，必须得想别的办法。

到了晚上，牧主打累了，放下鞭子，回到屋里喝酒吃肉去了。趁着这个时候，阿美其格蹑手蹑脚地来到马棚，牵出一匹快马，然后解开了捆绑着嘎拉桑白音的绳子，把他扶到马背上，自己也骑上去，轻轻一拍，马儿就飞快地跑了起来。

这时候，牧主的猎狗听见了马蹄声，立刻叫了起来。牧主出来一看，发现嘎拉桑白音被人救走了，顿时大怒，带着家丁，骑上快马，就向嘎拉桑白音他们追去。阿美其格回头一看，发现牧主追了上来，连忙催马快跑。骏马扬起四蹄，迅速地跑远了。牧主拼命地策马穷追，却总也追不上。一怒之下，他拿出浸过毒药的箭，拉开铁弓，冲着阿美其格，一下子射了过去。阿美其格只觉得左腿上一阵剧痛，伸手一摸，已是鲜血淋漓。她强忍着痛楚，一手紧紧抱住嘎拉桑白音，一手拍着马儿，像闪电一般窜进了密林之中。牧主眼看已经追不上了，只好带着家丁们回去了。

阿美其格怕牧主再追上来，仍然马不停蹄，直到最后人和马都筋疲力尽才放慢了速度。这时候，她的箭毒也发作了，她失去了知觉，和嘎拉桑白音一起从马上掉了下来。

清晨时分，清凉的露水打在嘎拉桑白音的脸上，使他醒了过来。他浑身疼痛，正在奇怪自己在什么地方。他转过头去，看到了躺在他身旁的阿美其格，和在一边吃草的骏马，他才明白是阿美其格救了自己。他发现阿美其格的左腿上，还插着一根箭，箭头上隐隐有绿色的寒光。这是一支毒箭。嘎拉桑白音连忙喊了几声阿美其格，但她早已不省人事，任凭怎么叫，也醒不过来。嘎拉桑白音非常着急，他一使劲，将毒箭拔下，然后又用嘴吸吮阿美其格的伤口，想把箭毒吸出来。但阿美其格中箭的时间太长了，毒性已经扩散，嘎拉桑白音吸了半天，她也没有醒过来。嘎拉桑白音急得不行。

这时，他看到一只受伤的小鹿，拖着血淋淋的右后腿，，一拐一拐地，走到离他们没多远的一个水坑里，把右后腿伸了进去，一点一点地浸洗着。过了一会儿，小鹿从水坑里跳出来，右腿上的伤竟然已经好了。它蹦蹦跳跳地跑到另一个小泉水边，喝了几口水，然后就跑走了。

嘎拉桑白音看着这情景，觉得十分奇怪。他仔细一想，忽然明白了什么。他连忙强忍着痛楚，把阿美其格抱在怀里，把她拉到了水坑旁边。只见水坑里的水颜色发白，还咕嘟咕嘟的冒着泡，就像一锅开水一样。嘎拉桑白音伸手摸了摸，水竟然是温的。他把阿美其格抱到水坑边，撕开裤腿，掬了些水，倒在她的伤口上。不一会儿，伤口竟然愈合了，阿美其格也醒了过来。嘎拉桑白音高兴极了，连忙自己也跳进了坑里，洗了起来。没多久，他全身的鞭伤也好多了。

两个人又一起走到刚才小鹿喝的泉水旁边，只见泉水清澈，泉底还冒着一串串圆圆的小水泡。嘎拉桑白音和阿美其格弯下腰去，喝了起来。泉水不但甘甜，还有一股药味，喝完之后，两个人都觉得恢复了力气。

有了这个药泉，以后牧民们再生病、受伤，就不用苦苦地忍受了。为了记住这个地方，嘎拉桑白音和阿美其格捡来了一些碎石子，在泉边堆起了一个石头堆。后来，他们就将这个药泉告诉了各地的牧民，从此，药泉的名字就传开了。

牧民们为了纪念嘎拉桑白音和阿美其格，就在每年的五月，也就是他们发现药泉的日子，到这里来举行盛大的歌舞聚会，而且也保留了往石堆上扔石头的风俗。这就是药泉会的来历。

卢沟桥石狮子的传说

都说卢沟桥的狮子数不清，这是怎么回事呢？卢沟桥位于北京市丰台区的宛平县城外，是一座很宽很高的石桥。在桥两侧的石栏杆上，雕刻着不少石狮子，它们大小不一，形态各异，有的趴着，有的躺着，有的伏在母亲身边，有的自己玩着绣球。每一只狮子的形状都不一样，真可谓是千变万化，有趣极了。

半夜里卢沟桥上的石狮子都活了过来，正在戏耍作乐。

相传有一年，一个新上任的宛平县令，听说卢沟桥的狮子数不清，觉得是传说夸大了，就把守城的士兵都叫到跟前，说道："听说卢沟桥的狮子数不清，我才不相信，我今天就派你们去数一数，数清了有赏；但你们数出来的数目必须是一致的，要是每个人数的数目都不一样，不但没赏，还要罚。"

士兵们领了命令，来到卢沟桥上，排好队，一个挨一个，沿着石栏杆认真地数了起来。数完一遍，为了保险，还从另一边又数了一遍。然后领头的就把大家召集了起来，问每个人数的数目是多少，结果每个人报上来的数目竟然都不相

同。士兵们又数了一遍，再报上来，可是每个人数出来的数目还是不一样，竟然没有相同的。大家实在没有办法了，只好回去，向县令报告。

县令听了，既奇怪又生气，说道："难道这么多的士兵竟然连区区一个桥上石狮子的数目都数不清？"他觉得一定是士兵们没有认真数，就打发他们到桥上去，再数。这一次士兵们数得更加认真，一连数了三遍，可是一报数，还是你说你的，我说我的，各不相同。回去报告县令，县令一听，十分生气，说道："这回我亲自去数，看你们还敢不敢不认真！"

于是，县令坐着轿子，晃晃悠悠地来到了桥头。他站在桥上，先从东往西数，又从西往东数，数了一遍，心里有了一个数目。他怕数漏了，就换了一个方向，又数了第二遍。可是第二遍数出来的数目，竟然跟第一遍的对不上。县令心里疑惑，就又数了第三遍、第四遍，然而，不管他数几遍，总没有两次数目是相同的。县令数了整整一天，最后累得筋疲力尽，实在是数不下去了，只好坐着轿子回到了府衙。

到了晚上，县令躺在床上，翻来覆去，怎么也睡不着。他想，那些石狮子又不是活的，不会跑也不会跳，怎么就是数不清楚呢？他想来想去，实在睡不着，就爬了起来，穿上衣服，一个人去了卢沟桥。

这时正好是子时，四处都静悄悄的，只有卢沟桥下的河水哗啦啦地流着。县令放慢脚步，轻轻走到桥上，不禁吓了一跳：原来石栏杆上的石狮子们都活了过来，一个个正从栏杆上跳下来，互相玩耍呢！有的在桥上东跑跑、西跳跳，有的用爪子抛起绣球，在头上顶来顶去，还有的依偎在母亲怀里，来回打滚。县令见了，忍不住叫了出来："怪不得数不清楚呢，原来你们都是活的啊！"

县令这一叫，正在玩耍的小狮子们吓得马上回到原地不动了。

原来这些石狮子是鲁班师傅当年修桥时留下的。他用汉白玉做成了桥栏杆后，又在每根栏杆上刻下了各种各样的石狮子，最后，他用锤子在石狮子头上逐个一敲，它们就活了过来。但是鲁班给他们定下了规矩：可以动，可以玩，就是不能离开这座桥。

卢沟桥的来历

卢沟桥在北京市丰台区的永定河上，是北京现存最古老的石造联拱桥。桥身两侧石雕护栏的望柱上雕有大小不等、形态各异、数之不尽的石狮子，尤其引人注目。至于卢沟桥的来历，还有一个有趣的传说。

很久以前，卢沟桥所在地只是个渡口。由于没有桥，就有人做起了摆渡的生意。渡口附近有个小镇，由于地处南北交通要道，镇里的生意非常好，很多人靠开设客栈和商号接待过往的旅客发了财。镇上有个姓田的买卖人，经营了一家小店铺，盈利不多，后来他看摆渡的生意兴隆，就自己造了一条船，以摆渡营生。

有个外乡人姓卢，在镇子里开了个大商号，生意兴旺，无人能及。但是由于一人在外乡漂泊，常常倍感孤独。这年秋天，他思乡情切，把商号的生意盘点好之后，就带着多年的积蓄回老家了。

而摆渡口正是外乡人回家的必经之地。在这他遇到了姓田的摆渡人，讲好价钱后就上了船。姓田的知道他是镇里有名的大商人，这次渡船又带了这么大的箱子，一定装了不少盘缠，因而起了歹念。他故意慢慢撑船，寻找下手的机会。太阳快落山的时候，起了大风。当时船行驶到河中央，风大浪急，船不免上下颠簸，左右摇摆，姓卢的担心起来，但是姓田的对此视而不见，而且趁势摇荡，三下两下就把姓卢的荡到水里去了。之后，姓田的摆渡人拿了卢姓商人的钱，在镇上做起了大买卖。

姓田的人生意越做越大，大家为了得到些好处都来巴结他。之后他娶了个漂亮的媳妇，生了个聪明伶俐的儿子。儿子长到五岁的一天，突然变得很反常，打了父亲三个嘴巴，以后便每天如此，打得姓田的是丈二和尚摸不着头脑。姓田的怎么也想不明白儿子为什么会打他，问儿子原因儿子也不予理睬。并且不管姓田的怎样规劝，怎样讲道理，孩子都听不进去，不让打就又哭又闹，弄得家里鸡犬不宁。姓田的为了这个事整日愁眉苦脸，却没办法制止。

其实孩子变成这样是一个老和尚教的。老和尚住在河边的寺庙里，终日面对水面，对河上发生的事情了如指掌，他亲眼看到了姓田的害死姓卢的全过程。五年后的一天，看到姓田的儿子也懂事了，就将事情告诉了孩子，还给孩子出主意，让他每天打他爹。孩子听了和尚的话，就每天都照着做。

姓田的觉得如此下去恐怕是不行了，就到寺庙里找老和尚出主意。老和尚早料到他会来，听田掌柜诉说了他的遭遇后，就故意把眼睛睁得很大，作惊恐状："这怎么会呢？今天回去你就问问孩子：打我嘴巴为了啥？"姓田的向老和尚道了谢，紧忙跑回家。不一会，姓田的小儿子也跑来，问该怎样回答爹的问话。老和尚教他说："你谋财害命，伤天害理，让我怎么叫你爸。"孩子记住了这些话，

回去又打了他爹三个嘴巴。爹问他为什么，他就按照老和尚教的话回答了。

姓田的一听傻了眼，不明白儿子为什么会知道这些。就连夜跑去找老和尚，让和尚想想解决的办法。老和尚见他来，就笑着问："我教你的话问过孩子了么？孩子还打你么？"姓田的捂着红肿的脸，叹了口气，向老和尚诉说了刚刚发生的一切。老和尚故作严肃的说："真有这种事么？"姓田的很惭愧，低着头说"做过。""那害的是谁？""是个姓卢的商人"，接着姓田的就把自己过去犯下的罪过全部告诉了老和尚。

老和尚沉思了一会儿，严肃的说："既然是这样，破财消灾吧，这样才能弥补你的过失！"姓田的连忙点头，"只要能管好我儿子，我愿意出钱，您说该怎样做呢？"老和尚说："你把所有的钱都拿出来吧，修一座桥，这样孩子就不会打你了。"姓田的起先不愿意，后来没别的办法，而且整夜睡不安稳，还要受儿子的打，就狠下心，出钱修起了桥。

桥的名字老和尚早想好了，因为是勾还姓卢的账，名字就取为"卢沟桥"了。

雁门关的来历

雁门关又称西陉关，位于山西省代县西北 20 公里处，是长城的一处重要关口。相传，每年的春天和秋天，都有一群大雁从此处经过。而有意思的是，每当大雁飞过时，总有一对大雁要绕着关门飞几个来回，它们常常发出凄凉的叫声，好像在诉说着一桩不堪回首的往事。这对大雁有个明显的特征，非常容易辨认，即它们的腹部各自有一个红色的桃心形印。据说，这对大雁其实是对非常相爱的夫妻变成的。

修长城之时，这个关口是个咽喉要道，所以总管对它的结构和外形非常重视。为了美观和安全，总管想把关门的顶部修成半圆形的。但这是一项很难的技术，当时抓来修关的人都不会修。总管很生气，就派手下四处抓工匠，遇到不能修的也不立即放人，而是先打四十大板泄气。有个叫齐鸿的人，手艺精湛，他不仅能砌半圆形的券门，还能造梁雕柱。他听说众多工匠遭受皮肉之苦，便动了恻隐之心，和妻子告别后，便背上行囊，不远千里去修关了。

齐鸿的妻子名叫林雁，美丽动人且聪明伶俐。他们的感情非常好，每次丈夫去远处干活，妻子都会和他鸿雁传书，大雁是他们异地传情的工具。为了让大雁容易辨认，妻子就在大雁的身上绑了个红色的心形布兜，信和衣物都放在里边。有时丈夫在外地干活遇到一些难题，就会写信请妻子想想办法，妻子总能给他一些很好的建议。

总管见到齐鸿并不客气相待，而是要他按期限修好关门，不然就处死。齐鸿听后愁眉紧锁。因为对于他来说，修关门是很简单的事，只是总管给他的期限实在是太短了，在这个期限内没日没夜地干活，也是难以完工的。没办法，他只好拼命干，并给妻子写了一封信，向她诉说了自己的遭遇。

让齐鸿也没有想到的是，没过几天，妻子便来信了，给他出了个好主意。他高兴得连连喊妙，立即按妻子的办法实行起来。原来林雁在信中这样说“先让一部分工匠按尺寸砌好关门两侧的直墙，然后叫另一部分工匠按同样的尺寸做顶部的拱形木模。这两项工作同时进行会省很多时间。然后把木模架起来砌顶券就会省很多力气了。”果然，两项工作几乎同时完成，齐鸿提前完成了任务。

这件事情办得使总管刮目相看。总管问清内情后，就把齐鸿暂时囚禁起来，并派人把他的妻子请来，想亲眼看看一个女子能有多大本事。林雁被请到了总管的家，她刚一进门，总管就看直了眼，他见林雁生得十分美丽，顿生邪念。他让手下安顿林雁到客房休息，又下令把齐鸿绑起来，拉到关门下活埋。但是一眨眼的功夫，齐鸿不见了，只见一只腹部有着红色心印的大雁飞上了天。手下不敢隐瞒，立即回来告诉总管，总管心想齐鸿不见了，他的漂亮媳妇肯定会依从自己的。于是他告诉林雁，她的丈夫在做工的时候遇到事故死了，便想强行娶她为妾。正要下令将人捆绑起来，林雁也不见了，一只大雁在房梁上盘旋了两圈飞出了屋子，很巧的是，这只大雁的身上也有一个红色的心形印。

接着，天空上出现了两只很美的大雁，他们双双飞下来，以迅猛的速度啄掉了总管的双眼，又双双离去了。看到的人们都非常高兴，以为是雁神显灵，为他们出了气。从此，人们为了纪念这双大雁，就将这道关口取名叫雁门关了。

天池的传说

相传，明万历五年间修金山岭长城的时候，天大旱无雨，山上没水，修城和

灰的水都是从山下靠人用葫芦和背篓抬上来的。而且为了不延误工期，即使农工渴得嗓子冒烟，这用来和灰的水他们也是不能碰的，否则就会挨鞭子抽打。赶上天热得出奇，很多人渴得不行常常昏死过去。

有一次，几个农工背水上山，行至山顶，忽然听到一声凶猛的吼叫。大家吓得大气都不敢出，两腿发抖，牙齿打颤。往前一看，一只大老虎正趴在地上喘着大气，神态看起来也并不是很吓人。

而这时，一个山东大汉从人群中走出来，慢慢的走向老虎，仔细一看，发现老虎也是渴得有气无力，正伸着头喘着大气，看样子不出半个时辰就会渴死。看到山中老虎这个样子，大汉嘴里嘀咕了声造孽，动了恻隐之心，就发动大家用葫芦中的水救救老虎。然而农工们害怕被监工发现又会挨打，都犹豫着不动。看到兄弟们有所顾虑，山东大汉又开口说道：大家别怕，我们不分昼夜的修长城，监工还限制我们喝水，这样下去，我们不渴死也得累死！既然如此，不如做点好事，让这只老虎活下去。”说完便第一个走到老虎身边，将水倒到老虎嘴里。很多人觉得话说得有道理，就纷纷上前，解下葫芦递给大汉。

说来奇怪的是，农工们把葫芦里的水都给老虎喝了，老虎好像还是没喝够的样子。而大家分明滴水没沾，但是立时好像喝了很多水一样。大家正奇怪之时，发现老虎不知何时变成了石头，虎头还成了一个大平台。

正当大家摸不着头脑，胡乱猜想的时候，监工从后边跑来，看到大家都立在那不动，葫芦和背篓中的水都空了，顿时大发雷霆，挥起手中的鞭子就要抽打农工。大家都不敢反抗，只是抱了头闭起眼睛不动。然而就当鞭子要落下的一瞬间，听到老虎的一声厉吼，旁边的树木都跟着摇了摇，而监工手里的鞭子也不知道飞到哪里去了。随后，又生出一声巨响，只见石虎裂成了三瓣恍如石碑的巨石。居中那块巨石的半腰上有一个洞，洞里现出了一泓清水，清澈见底，味道甘甜。大家以为是天神显灵，纷纷跪地磕头。监工看到此景，自然也非常高兴，就下令用这里的水来和灰砌墙。更神奇的是，不管怎样用水，这里的水也不会减少，大伙都高兴得喝了个痛快。

山上有了水，筑城砌墙省了很多力气，城楼很快就修好了。从远处看去，城楼特别像一只大老虎立在那里。传说，此后敌兵入侵，城楼总会发出吓人的吼声，使敌兵望而却步。而至于那一泓清泉，至今仍旱不枯，涝不溢，所以人们称为天池。

潭柘寺的传说

潭柘寺坐落在北京市门头沟区的潭柘山麓。寺院坐北朝南，背倚宝珠峰，周围有九座马蹄形的大山环护。由于高大的山峰挡住了从西北方袭来的寒流，这里气候温暖湿润。整座寺庙依地势而巧妙布局，错落有致，环境优美。关于这个寺庙，在当地老人之间流传着这样一个传说。

相传在一千多年以前，佛教高僧华严禅师居住在幽州城北，他“持《华严经》以为净业”，每天诵读经书，参悟佛理。而他读经的声音可以响彻整个幽州城，吸引了众多信徒前去拜访。后来大家便纷纷出钱，愿助华严禅师在幽州开山立宗。

两个地主面如土色，连忙跪地大喊“请禅师留情！您发慈悲，不要让它再变大了！”

关于建寺修行之地，华严禅师早已打定主意。他见幽州城南有九座大山，山上柘树繁茂，众山环抱之中有一个恍若深山明珠的水潭，周围环境幽静，是修行的首选之地，便去找当时的幽州知府总督张仁愿请愿，向其说明看好的建寺地址，请求批地给他。张仁愿一听，华严禅师建寺所选地是有主之地，分别是当地的大地主刘家和吴家的土地，不好擅做主张，便把两个大地主叫来协商。两个地主见要划出自己土地修建寺庙，心里都不愿意，但碍于张总督的面子，都不好不答应，就对华严禅师说：“既然禅师已经相中我们的地，我们也愿积善行德，但是禅师想要多少

土地呢？不要太多，否则我们以后就没有饭吃了。”

华严禅师知道两人是幽州城有名的大地主，家产丰厚，良田无数，划出一部分地也根本沦落不到没饭吃的地步。于是表面心平气和的说：“不多，只要两位施主割予我一毯子的地方即可。”说着便把自己的坐毯拿出来给两人看，两人一看这只有巴掌大的毯子，不禁有些疑惑，却没想太多，都高兴的答应了，并请张总督做个见证人。

当下一行人来到了潭柘山脚下。华严禅师见张总督前来做见证，就把手中的毯子旋即向空中一抛，并念念有词的说了些什么，只见毯子越飞越高，并且越来越大，霎时就把太阳遮住了。众人见了，不禁目瞪口呆，两个地主面如土色，连忙跪地大喊：“请禅师留情！您发发慈悲，不要让它再变大了！”华严禅师见所要的建寺之地已经足够，就含笑摇了摇头，说了一声“落”，毯子就落了下来，顿时遮住了几座大山。这时候张总督站出来，对两个地主说道：“你二人此前已经答应把一毯之地赠与华严禅师，现在立即履行诺言吧，不可反悔。”二人以为是真佛显灵，根本不敢反悔，连忙跪地磕头。

于是华严禅师拿了众人捐助的钱财，就在毯子所圈之地建起了寺庙。因为寺院的后山有两股泉水，经九山环抱的龙潭合流后进入寺院，一方面满足了寺院的生活用水，另一方面还被用于灌溉附近的土地农田，故华严大师依照此潭，把寺庙命名为“龙泉寺”。日后华严禅师收了许多徒弟，也有很多人听说大师功德圆满，便前来拜佛祷告，“龙泉寺”便成了有名的大寺。后来，因为山上的柘树茂盛，成为寺庙的一大特点，寺庙的住持便把该寺改名为“潭柘寺”了。

什刹海的传说

什刹海在北京鼓楼的西南方，是京城消夏避暑之所。据说什刹海原来叫做“十窖海”，这个名字的由来和“活财神”沈万三有着密切的联系。

明朝初期，明成祖朱棣登上皇帝宝座，迁都北京。当时战争刚刚平息，全国上下都需要休养生息，根本没有多余的银子用来大兴土木，但是他执意要重建北京城。于是他找丞相刘伯温前来出谋划策。刘伯温是跟随朱棣多年的智囊，他早就听说京城有个名叫沈万三的人，家财万贯，如果找到他要钱，定能将京城建成。但由于沈万三常年在外漂泊，很少有人知道他的行踪，刘丞相只好在全城布下公告，派人四处打探他的踪迹。

眼看丞相规定的期限就要到了，依然没有沈万三的下落，手下人都很着急。这天，官员们来到一个小县城，听当地客栈的店小二说，昨天有个叫沈万三的人登记住店，不过今天一大早就走了。官员们听到这个消息都很高兴，想到他肯定没走远，就下令手下人立即在小县城展开全面搜索。可是到了中午依旧没有线索，大家都很累了，就来到一家茶馆歇脚喝茶。等到大家休息够了，正要起身上路继续查找之时，忽见门口两人起了冲突。当下抓来询问，发现其中一人正是他们要找的沈万三。官员们欣喜若狂，正是踏破铁鞋无觅处，得来全不费工夫。虽然大家看这个人一身粗布衣裳，实在不像个有钱人，但是他名叫沈万三，也就可以拿他向丞相交差了。

丞相见了这个人，心理不禁有了疑惑：难道这就是那个可以出钱修城的人吗？难不成他是特意打扮成这个模样，以掩人耳目？想到这里，丞相还是禁不住问了一句："你就是沈万三？""在下正是"。丞相便请他坐下，接着问道："听说你有万贯家财，今天本丞相找你来，是想让你出些银两，助皇帝修建北京城。"沈万三听后慌了神，只说自己是个穷人，根本没有银子。这时有人给丞相出了个主意，说："一打就会交出钱了。"丞相没有别的办法，就下令手下人拉他出去，打板子伺候，直到他说出钱财的下落。沈万三被打得大呼小叫，但依然说："小人只是个穷人。"丞相一听动了怒，就下令将他加以毒打，但是沈万三还是说自己没有钱。这样过了三天，丞相看也问不出结果，就让手下将他押出去游街，然后到他的住所去寻找。

这一天，他们走到后门桥西，押他的官兵又要抽打沈万三，他实在支撑不住了，情急之下就一顿乱指，"我的钱就在这里！"官兵们便标记好他指的地方，赶紧派人往下挖，不出多久，就真的挖出了银子。手下人很高兴，赶忙向丞相禀报，丞相便下令，依照沈万三指的地方继续挖，官兵们挖了一窖又一窖，一共挖出了十窖，为皇帝修建北京城解了燃眉之急。

后来，在后门桥挖到银子的消息传遍了整座京城，许多财迷心窍的人都前来挖地，希望能够挖到银子。可是虽然土地被挖得深深浅浅，但人们总是一无所获。年深日久，这许多大坑就渗进了雨水，丞相见了，就找到水土师傅郭守敬，打通了永定河，经积水潭注入深坑，那里便形成了北京的城中之湖。

五岳的来历

五岳是中国五大名山的总称，包括位于山西的北岳恒山，位于陕西的西岳华山，位于山东的东岳泰山，位于湖南的南岳衡山和位于河南的中岳嵩山。关于五岳的来历，传说和天将降魔有关。

传说在很久以前，玉皇大帝掌控着天上地下的一切事情。他有五员大将，个个神通广大，可以降妖除魔，辅助他治理天下。玉帝有个小女儿，聪明漂亮，善解人意。这一年，小女儿到了出嫁的年龄，玉帝准备在五员大将中挑选一个作为小女儿的夫婿，但是五员大将都很出色，到底选谁呢？玉帝一时还拿不定主意。

这一天，玉帝接到人间的官员传来的消息，说东西南北四方出现了妖怪，它们无恶不作，闹得人间大乱，百姓无法正常生活，请求玉帝赶快派兵下去，为民除害。

玉帝听后，觉得此事重大，就急忙将天兵天将召集到宫里，商量对策。玉帝的五员大将之中，有个名叫山高的，是五员大将里边最年轻的一个。他修行年头尚短，武功在其他四人之下，但是文采出众，满腹诗书，足智多谋。他站出来说："玉帝，我有一个对策，可以降服妖怪，确保万无一失。"玉帝很感兴趣，叫他说来听听，他接着说："据我观察，东西南北四方的妖怪分别是水怪、风魔、火妖和地兽，它们的威力均在我四个哥哥之下，派哥哥四人前去，一定能将妖怪降服。但是，四方得到保护还不够，中原无人镇守也是万万不行的。如果说四方如人的手足，那么中原就如人的心脏，倘若中原出了大事，一切也将功亏一篑。而现在中原还无妖怪侵袭，相比之下，我武功尚浅，前去镇守是再合适不过的了。"玉帝听了大喜，就传下圣旨，命五员大将带领天兵下凡，降妖除魔。

待到五员大将下到凡间，玉帝带着侍从来到了南天门，他拨开眼前的云彩向四方望去，只见东方出现了一座大山，一员大将正将水怪赶到山前，用手中的宝剑朝妖怪的头上砍去，水怪顿时撞到山上，摔得粉身碎骨。再向西望去，西方也出现了一座大山，那员大将正将风魔赶到了山脚下，眼看他用手中的鞭子一抽，那风魔就被打得魂飞魄散，败下阵去。玉帝很高兴，拍手大笑。他又向南看去，只见大将从怀里掏出斩妖宝刀晃了三晃，突然一座大山出现在妖怪面前，而火妖和大将战了几个回合，本已筋疲力尽，一不小心撞到了大山上，顿时灰飞烟灭。玉帝非常满意，他再向北看去，见北方也立了一座大山，它正好压在地兽的身上，地兽正苦苦哀求，请求大将放他一条生路。

最后，玉帝向中原看去，只见山高拿着天书，小声嘀咕了几句，并晃了几下手中的劈魔神剑，一座大山赫然屹立在眼前。慢慢的，这座大山渐渐分为两支，向中原的南北两侧延展开去，形成了一个保护带。而且两条山脊慢慢出现很多漂亮的山峰，有的像玉女，有的像老翁，为中原增添了美丽的山峰景色。玉帝连连拍手叫好，他给五座大山都起了好听的名字，分别是东岳泰山，西岳华山，南岳衡山，北岳恒山和中岳嵩山。

妖怪降服了，玉帝大摆宴席，为五个大将庆功。他见山高智勇双全，年轻有为，十分中意于他，就在宴会上宣布，把女儿许配给他。之后，据说是接到了玉帝的旨意，武则天在中岳嵩山上建起了“登封坛”，举行嵩山大典，大殿之内还供着山高和玉帝之女的神像。而这个故事就一直流传至今。

崂山的传说

据说在远古时候，茫茫的东海滩是一片大草原。草原十分辽阔，温度适宜，很多人迁来居住，这里便渐渐形成了许多小村庄。住在东海滩上的人，有的靠垦荒种田为生，有的靠出海捕鱼为业，有的靠牧马放牛过日子，他们不愁吃穿，生活得十分幸福。

不料这一年，东海里来了只万年修行的大鳌，它的身形十分庞大，远远看去，好像一座岛屿出现在海面上。而且它仗着自己身强力大，在东海里横行霸道，兴风作浪。它朝海滩上吐一口水，就能冲倒房屋，淹没庄稼，掀翻渔船，闹得百姓无法生活。

人们很怀念以前在东海滩上的安乐日子，对大鳌深恶痛绝，于是常常聚在一起商量除掉大鳌的对策。但是大鳌的四肢在海里搅动一番，海里就会掀起万顷波浪，人们势单力薄，根本无法上前。

东海滩上有对王姓的兄妹，虽然只有十几岁，但是向来勇敢胆大，有正义感。他们想，只有以智取胜才能将大鳌降服，但是村子里没有高人，于是两人计

兄妹见大鳌上了钩，马上将绳子拉紧，扛在肩上，奋力往草原上拖。

议一番，便决定去万里远的寺庙找方丈出些主意。

于是兄妹俩告别乡邻，跋山涉水，日夜兼程，想花最短的时间找到方丈，早日将大鳌除掉。这一天，他们来到一片树林，由于天气炎热，兄妹俩又累又困，就想在树荫下休息片刻再赶路。他们刚刚坐下，一位老人便出现在他们眼前。只见老人一身白衣，满头华发，向他们问道："这方圆几里人烟稀少，常常有野兽出没，孩子们怎会来到这里呢？"两兄妹连忙站起身，向老翁作揖道谢，然后诉说了他们在此休息的原因。老人捋了一下长长的胡须，沉思片刻说道："要想除掉大鳌，我倒有一个办法。"兄妹二人非常高兴，表示愿意洗耳恭听。老人继续说："如果具备了以下四样东西，就可以除掉大鳌。它们分别是用万斤线纺的白纱绳，用万斤铁打成的四个大鱼钩，用万头牛皮缝成的大假牛和力大无比的人。

大鳌是吃牛的，把鱼钩放进假牛肚子里，再将两条绳索将大牛缚住，只要大鳌上钩，人就能将它降服。”兄妹听后发了愁，前三样东西还可以凑出来，但是力大无比的人上哪去找呢？两个孩子没有办法，便拜倒在老人面前，请老人再加指点。老人笑着将两个孩子扶起，说道：“我年纪大了，行走不便，只要你们把我背出这片大森林，走上千里路程，我就将办法告诉你们。”

两个孩子心想，就算老爷爷没有办法告诉他们，将爷爷背出森林也是理所应当，当下便欣然答应。老人虽然消瘦，但是背在身上却有如几百斤重，兄长有些纳闷，但也只好使出全身力气，一步一步走。说来奇怪，他每走一步，就好像长高了一尺，渐渐的身上力气也倍增，这样走了五百里，兄长变得顶天立地，轻轻一跺脚，地上就裂开一条缝。老人便让小姑娘也背他走五百里，果然妹妹也变得和哥哥一样。两人连忙跪地磕头，谢过老人。当他们抬起头来，老人已不见了踪影，兄妹二人才知道老人并非凡人，就又对着树林的方向磕了三个头，便立即返回东海滩。

他们回到海滩后，立即把海滩上的人们召集起来，说出降服大鳌的办法。大家便连夜搓绳打铁，制作假牛。诸事准备妥当之后，兄妹二人便将两条绳子从牛鼻子里穿过缚牢，把大假牛扛到东海滩畔，等待大鳌上钩。

这一天正值中秋，月出时分，大鳌从深海处爬出来。借着月色，它看见一头大牛停在岸边，顿时口水直流，便快速地游到岸边，将那大牛一口吞进了肚子里。兄妹见大鳌上了钩，马上将绳子拉紧，扛在肩上，奋力往草原上拖。这时大鳌被四个大钩子钩住，长长的钩尖穿破了它的五脏六腑，疼得它四肢乱动，搅得海面波涛汹涌。兄妹俩稳住绳子，由于用力太大，每踏一步脚下就出现了一个深坑，后来年深日久，每个坑都积下一湾水，共形成十八湾水。

这时，海滩上的人们听到了动静，都来帮忙。大家同心协力，经过一天一夜，终于把大鳌拖到了岸边，将它降服。后来不知过去了多少年，大鳌的遗骨化成了一座大山，人们就叫它鳌山。再后来，因为鳌山山势很险，登上去十分费力，人们便形象的叫它为劳（崂）山了。

峨眉山的传说

相传在很久以前，峨眉县城的西门外有座寺庙。庙里有个和尚，为人正直和

善，修行甚深，吸引了很多人前去拜访。有一位老画家，性情温和，喜欢寺庙幽静的环境，常常去寺里写生，一来二去便与和尚有了很深的交情。他二人常常结伴出游，赏景悟道。而且老画家居无定所，和尚还常常请他到寺庙暂住。

这一天，老画家又来到寺庙看望和尚，想请和尚陪他去乐山的乌龙寺游玩。不巧，这天寺庙里有事，和尚无法脱身，便笑着推辞道："这里距离乐山有近百里的路程，一天怕是回不来，贫僧寺里还有他事，恕不能奉陪。"老画家听了，也不勉强，便自己上了路。不料，还不到半天功夫，画家就回到了寺里，还带了乌龙寺里的字画送给和尚。和尚很纳闷，这乌龙寺在百里之外，就是再怎样加快脚步，半天时间也是回不来的。但是这字画确是乌龙寺所有，老画家是怎样拿回来的呢？正当他感到奇怪，想要问个清楚的时候，老画家已向寺里的客房走去。和尚见老画家劳累了半天，且自己还有事在身，也就作罢。

第二天一大早，老画家来向和尚道别，"我这次要走到很远的地方，恐怕几年之内都不会来了。这点小钱就当作食宿费，还请和尚收下。"和尚不做挽留，也不肯收钱。老画家见状，想起和尚喜画，就拿出纸笔，不长时间就画好了四幅画送给和尚，和尚见了自然很高兴。只见这四幅画上都有一个长衣女子，她们身着不同颜色的衣衫，个个端庄大方，美丽迷人。而古时候把美丽的姑娘都叫做蛾眉，画家便给这幅画起了个名字，叫做蛾眉四女图，并吩咐和尚，要把这四幅画放进柜子里，等到七七四十九天，再将它们拿出来方可。和尚听了频频点头。

和尚非常欣赏那四幅画，但是寺庙是佛家清净之地，就是四十九天之后将画从柜子里拿出来也无处张贴。所以老画家走的第二天晚上，他便将画拿出来，细细观赏，然后在睡觉之前，再把它们放回柜子里。此后每晚就都是如此。

这一天晚上，和尚处理完寺里大事，已经很累了。但是在睡觉之前，他还是把画从柜子里拿出来，细细看了一会儿，可是不知不觉就睡着了。半夜，和尚突然被一阵女子的笑声吵醒，他以为自己是在做梦，就揉揉眼睛，坐起身来。灯光朦胧之下，他看见四个女子正坐在桌子旁说说笑笑，正觉得奇怪，慢慢寻思才恍然大悟：原来她们是画中之人。这时，四个女子看见和尚起身，纷纷转身就跑，一边跑一边发出银铃般的笑声。和尚便想跟着跑出寺庙，只见穿着黄色衣服的女子落在了后边。和尚不管那么多，大步追上了黄衣女子，一把抓住了她的衣角，想拖住她，让她回到画上去。黄衣女子被和尚死死拖住，不得脱身，忙叫几个姐姐来帮帮她。另外三人见状直骂和尚"不要脸"。但是黄衣女子以为几个姐姐是在骂她，顿时羞愧难当，无地自容，便立时变成了一座大山。几个姐姐在前，见

妹妹变成了山，知道是她们说错了话，很是惭愧，便都变成了山来等她。

和尚见姑娘们都变成了山，心想，我就在此守候，不信你们不变回来。但是经过一夜的守候，不知怎的，和尚变成了一个泥罗汉。日子久了，就有人在这里建了一座庙，庙的名字就叫做“泥佛寺”了。而那四座大山，因为一座比一座美丽，人们都叫它们为“蛾眉山”，后来便改成了“峨眉山”。

天门石的传说

传说在女娲炼石补天之际，有两块石头从天上掉落下来，正巧落在峨眉山巅。这两块石头形状相似，并且相隔一尺而立，远远看去就像一道大门。石头的顶部隐藏在云里，使大门像是通往天庭的通道。据说，如果沿着陡峭的石壁爬上去，就可以摸到通往天庭的南天门，所以大石也被称为“天门石”。

以前，由天庭到达凡间，是要经过南天门下天梯的。而天梯则有专人把守，如果没有玉帝和王母娘娘的旨意，任何人都不准私自下凡。而今有了这块石头，神仙们想下凡去，就可以经由石头下到峨眉山，不必再经过天梯。因此，那些天兵，小将，仙女，侍女和门童就常常经过天门石，偷偷下凡去玩。

这一天，距离王母娘娘做寿的日期已经很近了。看守蟠桃园的两个仙女在天庭待久了，觉得很无聊，听说凡间很有趣，都想下凡看看，就偷偷经由天门石下到了峨眉山。到了凡间，她们被那些奇花异草，碧水深涧深深吸引了，不知不觉便把看守桃园之事忘在了脑后。

到了三月初三，王母娘娘做寿，首先便是举行蟠桃盛宴。太白金星接到王母命令，率领众仙女采摘仙桃。到了蟠桃园，才知看守桃园的两个仙女早已没了踪影。仔细查问，才知两人私自下凡去了，于是便立即告知王母。王母听后大怒，心想：说来这石头也古怪，不偏不斜，正好落在南天门外。倘若没了这石头，天庭也能少些事端。当下就把二郎神叫到面前，命他把石头拦腰截断，永远断掉神仙们私自下凡的念头。接着她命令二郎神速将两仙女捉回，以免再发生其他事情。

这一天，两仙女来到树林深处的湖水畔嬉戏，正玩得高兴，忽见从远处天上降下来一片白云，仔细一看，发现是前来捉她们的二郎神。两人这才想起王母娘

娘的蟠桃园，她俩私自下凡一定是被娘娘发现了，回去肯定会被严惩。想到这，两人慌了手脚，想逃走也来不及了，就立时变成两棵树在林中躲藏起来。这时，二郎神来到湖边，四下看去，根本没有仙女的踪影，有些纳闷。心想，刚才在天上，明明看到二女在湖边打闹，怎么一眨眼的功夫就不见了呢。随后，他下意识的放眼向树林中望去，只见林中立着两棵长相特别的树，树上开着百花，宛若仙女身上的飘带，当下明白那两棵树一定是仙女所变。二郎神尽量显出没有察觉的样子，立即从身上掏出玉锁，想把二人锁住。二人见二郎神要来锁她们了，就立即变成了两只小鸟飞上天空。二郎神见了，没有声张，立即化身为老鹰紧跟其后。

两仙女见身后跟着老鹰，知道又被二郎神识破，便一面加紧逃走一面商量“怎样才能隐藏好，不被二郎神发现”的对策。正当她们快被二郎神捉住之时，一堆枯草垛映入了她们的眼帘，姐妹俩灵机一动，立时变为两只黄蝴蝶，颜色和枯草很像，不易察觉。二郎神见两姑娘又不见了，就在林中四下寻找，挨到天黑也没有找到，就只好回天庭向王母娘娘禀报。

王母娘娘听到这个消息很生气，就下令再也不让二人回到天庭。据说，我们如今在峨眉山的树林间看到的漂亮蝴蝶，和那两个被留在凡间的仙女有很大的关系。

天柱峰传奇

传说在很久以前，中原的南部是太上老君管辖之地。他见此地是一片一望无际的火海，就叫天庭管理河流的将领水公把大火扑灭。于是，水公舀了一瓢天河水，往下一泼，火立刻灭了，现出一片光秃秃的大地。而平原的中央耸立着一座高入云端的大山，就是传说中的天柱峰。水公见此山超凡脱俗，独一无二，想来是座难得的仙山，就在此山山顶居住下来。日子一久，人们便知天柱峰有个神仙，路过此地的文武官员都会下轿下马，行礼问好。

这一天，有个又黑又瘦的小老头赶着小毛驴来到天柱峰下，他只顾坐地休息，根本没有向水公行礼的意思。水公见了大怒，心想，这个老头真是不知好歹，看我不给他点颜色看看。于是他在手指间攒出一滴水，向山下抛去。哪知老头轻松躲过了那滴水，水滴落到地上竟然砸了一个大坑。只听那老头笑着说道：“水公啊，你真是有眼无珠，自不量力，竟然有本事戏弄起老翁来了！只怕这宝地也不是你久住的地方，真武大帝即将到此，识趣些就赶快腾出地方来吧。”也不等水公反应，老头便从搭在毛驴身上的口袋里掏出两把小石头，而小石头刚一落地便迅速变大，一眨眼就变成了七十个山峰，把天柱峰包围在其中，那形势就如众星捧月，颇为壮观。水公见了吃了一惊，正想施礼，发现老人已无踪影。仔细回味老人装扮，想起此人定是久居凡间的仙人张果老，当下追悔莫及。他心里虽然对这座仙山不舍，也只得一心等待真武大帝的到来，好将仙山亲自让给他。

再说真武大帝，腾云驾雾，一路寻找落脚安家的仙山，虽说途中也碰上过几座高耸入云的大山，但都不能使他满意。这一天，他寻山无果，便坐在山下休息。忽然一个骑着毛驴的小老头来到他身边，告诉他说：“老翁是张果老，奉玉帝圣旨为你安排安身之所，现已走遍天下，发现中原南部的天柱峰是为上选，便从各地选了七十二峰运往此地，以作守护天柱峰之用。如今还有两座没有运到，老翁即刻就去，你先去天柱峰住下吧。”

真武大帝连忙谢过张果老，架起云头便往中原南部方向去了。刚到天柱峰，他就被眼前雄伟壮观的奇峰所吸引。为了察看此峰是否经得住外力的侵袭，他就在峰下用力跺了三脚，只听山中回应了三声巨响，而天柱峰却纹丝不动。真武大帝当下大喜，不禁连连赞叹。

水公听到巨响连忙跑出来，见所来之人披发赤足，不像是帝王模样，也就没放在心上，漫不经心的问道：“所来何人？不知本公在此么？”真武大帝连忙报上姓名，说想借此地一住。水公见是真武大帝到此，本想腾地方的，又见他如此恭谦，转念一想，何不与他共居此地呢？

当下便说：“本公在此等候你多时了。听张果老吩咐，你要来此地居住。如今你来了，就自己选地方住下吧。”

真武大帝见水公这样对待自己，很是生气，但是表面上不动声色的说：“我只要八步大的地方就足够了。”水公听了很高兴，痛快地答应了。真武大帝便背着手，沿着天柱峰转起圈来，走完正好八步。水公当下便知道了真武大帝的厉害，连忙说道：“真武大帝果然功力不凡，本公刚才只是说笑，这天柱峰就让与你居住了。”真武大帝听完就架上云头，拔出宝剑，奋力一砍，只听“嗖”的一声巨响，天柱峰的山头落在了山脚下，真武大帝笑着对水公说：“你开山有功，这山头就让给你了。”水公心里虽然不舒服，也只得谢过。

由于是真武大帝坐镇的仙山，后来的人们便将它取名为“武当山”，而那个小山头便被相应的称为“小武当”了。

太湖的传说

太湖闻名中外，是中国著名的风景名胜，古时称为“震泽”、“具区”。湖中有小岛屿，沿湖有小山峰，这岛屿和山峰加起来被誉为“七十二峰”，风景秀丽可人，常年吸引众多游客。至于太湖的来历，据说和王母娘娘的寿礼有关。

相传有一年，王母娘娘在寿宴上收到了玉帝送给她的一件特别的礼物。这是一个大银盆，足足有浴盆那么大；银盆的周边镶有七十二颗翡翠，发着璀璨的光；银盆里放有玉石雕成的各种飞禽走兽、花鸟鱼虫，它们颜色各异，千姿百态。据说这是玉帝挑选了一千多名能工巧匠，花了三个月的时间制作成的，王母娘娘自然爱不释手。由于害怕这件特别的礼物被人偷走或者损坏，王母娘娘特地将它珍藏起来，放进一个宝库之中，并派兵日夜把守，不得有误。

又到了一年的三月初三，照例要开蟠桃盛宴给王母娘娘祝寿。与往年不同的是，这一年天宫里多了个不守规矩，专爱寻衅滋事的猴子——孙悟空。这猴子本是人间奇石历经五百年孕育的石猴，能够上天入地，一个跟头可以翻十万八千里，会七十二变，本领非凡。后来玉帝听说此事，就将猴子招到天上管理马匹，并给他封了个小小的官职“弼马温”。孙悟空非常不高兴，就大闹天宫，玉帝为了安抚它，就封了个“齐天大圣”的称号给他，实际上并没有让他管理天宫的具体事宜，很多活动也并不让他参加。

这一年的蟠桃盛宴当然也没通知孙悟空。孙猴子得知各路神仙都在邀请名单之内，唯独自己被忽略，非常生气，当下便化作蝴蝶，飞进蟠桃园偷吃蟠桃。后来又化作侍童，到瑶池偷酒喝、偷食物吃，桌子椅子也被他踢得东倒西歪，宴会被他搞得一团糟。

玉帝得知了这个消息，气得火冒三丈，立即招来天兵天将，下令将孙悟空捉拿起来并打入天牢。孙悟空听后，拿出金箍棒就一顿乱砸，天兵根本奈何不了他。不等天将拿出武器将他收服，他就化作蝴蝶逃走了。最后他误打误撞，飞进一个大宝库。进入宝库，一个大银盆放在正中间，正是玉帝送给王母娘娘的礼物。孙悟空不管三七二十一，抡起金箍棒就砸了过去，银盆便从天宫被打落到凡间，跌到地上砸了个大深坑，银盆也顿时化作白花花的水，形成了现在的太湖。本来玉帝送给王母娘娘的银盆是圆形的，但是被孙悟空一砸就变了形，成了现在的不规则形状。那七十二颗翡翠变成了七十二座大大小小的岛屿和山峰，分布在太湖周围。而那玉石雕刻的飞禽走兽，都变成了湖里的鱼、青蛙、鸳鸯等生物。这样，天宫的那件精美绝伦的宝物到了人间，就变成了造福一方百姓的湖水。

琅琊山的传说

在很久以前，江淮之间的滁州有座美丽的山。春夏之际，山上到处都是奇花异草、怪石清泉。阳光普照之时，百鸟齐鸣，十分引人入胜。据说，这座山实际上是座宝山，它在天上修炼多年，一次偷跑到凡间游玩，被玉帝发现后受到惩罚，就只能永远待在凡间了。

一天，一个云游的老和尚到了滁州，发现这座美丽的山后甚为欣喜，就决定在山顶盖座寺庙，打坐修行。后来他在山上看到一个无家可归的孩子，觉得可怜就收在庙里做弟子。但是这个孩子虽然听从管教，却非常的笨，念个“阿弥陀佛”都不会，只会说“摩陀，摩陀”。老和尚每天面对笨孩子觉得了无生趣，就把诸事打点好之后继续云游去了。

一个月之后，老和尚想念起山上幽美的环境，觉得也是时候回去看看孩子了，就赶回了寺庙。本来以为，在自己不在的这么多天，孩子吃得不好一定会瘦下来，但是见到孩子的那一瞬间，老和尚知道是自己多虑了——孩子反而长得又高又胖。老和尚很高兴又很好奇，就问孩子：“为师不在的这么多天，你是吃什么长得这么好呢?”孩子说了句“摩陀”，转身走到院外，不一会儿拿了些石头回来。接着把石头放进锅里，就开始烧火煮石。老和尚很纳闷，不知道孩子在干什么，孩子也不解释，只是念着“摩陀，摩陀”，无奈，老和尚只能耐心等待。又过了一会儿，锅里冒出了一股香气，闻了叫人直流口水。只见孩子从锅里捡了一钵子端到老和尚面前，老和尚一看，石头都变成了很有光泽的金黄色，就顺手拿了一个。说也奇怪，这石头捏在手里和馒头似的，掰一块儿放在嘴里，发现又软又甜。老和尚很高兴，想以后在这庙里就不用为吃饭发愁了。又仔细想了想石

孩子从锅里捡了一钵子端到老和尚面前。

头变成馒头的过程，一定是孩子念的“摩陀”起了作用，就把寺院的名字改为“摩陀寺”了。之后，寺院里的香火很旺，这座宝山也 被人们称为摩陀山了。

转眼到了西晋末年，琅琊王司马睿为了躲避朝中战乱，便乔装打扮一路向南逃来。这一天，他逃到摩陀山来，由于连日奔波劳累，心口疼的毛病又犯了，疼得他满地翻滚。这一幕碰巧被寺院里的和尚看到了，和尚慌忙跑回山上，不一会儿就端了一碗药水来，让司马睿喝下。过了半个时辰，司马睿觉得满身轻松，浑身是劲儿，心口一点也不疼了。

司马睿很纳闷：这心口疼的毛病他小时候就有，疼起来要命，吃药也没什么效果，没有十天半月的修养不见好转。而这是什么药呢，可以在半个时辰之内让身体恢复得这么好？当下便先向小和尚道了谢，又说出了自己心中的疑惑。和尚便说：“摩陀摩陀，施主不须言谢。这药水是用山上的石头和花草研制而成，具有神奇的功效，可以养神健身。”司马睿更加奇怪了，接着问道：“难道真有这种事儿?”“说来话长”，和尚就把庙里长期流传的摩陀师父煮石头的事告诉了司马睿。司马睿见这是个养精蓄锐的好地方，决定先在庙里住下，就编了个谎言向小和尚说道："我本要到江南走亲访友，谁知经过此地遇上强盗，身上的钱都被他们拿走了，现下无钱上路。小和尚可否告知方丈，让我在此地住上一些日子，等我凑足了钱再离开。"小和尚便带司马睿进了寺庙。此后琅琊王司马睿装扮成樵夫，在寺庙里生活了很长一段时间。

再后来，司马睿建立了东晋王朝，成为东晋的第一个皇帝。一日他微服私访，经过摩陀山，回想起当年在这里落难得救的事，颇为感慨。回去以后，他传下圣旨：将寺庙扩建修缮，名字改为"琅琊寺"，摩陀山改为"琅琊山"。此后，"琅琊寺"和"琅琊山"这两个名字一直流传到现在。

连云花果山的传说

花果山以古代名著《西游记》所描述的"齐天大圣孙悟空的老家"闻名于世，是国家级重点风景名胜区，有着丰富的人文景观和秀美的自然风景，是历代文人墨客游玩的地方之一。风景区内有山峰136座，其中玉女峰是江苏省最高峰。关于花果山的传说，和吴承恩写《西游记》有关。

相传在四百多年以前，淮安有个穷书生吴承恩，想写一部和尚西天取经的故事。为了让故事更生动，更有传奇色彩，他想给和尚安排几个有着非凡本领的徒弟，可以一路辅助和尚，避免妖魔的侵袭。安排什么样的徒弟呢？他首先想到了精明的猴子。而猴子离不开山，淮安却没有山，想看猴子只能到几百里以外东海边的云台山去。于是，吴承恩变卖了仅有的家当作为盘缠，沿河北上，到云台山去了。

吴承恩到了云台山，恍若进入了另一个世界。这里有众多山峰，怪石嶙峋，清泉无数，遍山草木，鸟语花香，宛若人间仙境。他不禁爬上山去，看到了硕果累累的桃树，仔细一看，发现桃子都长得很怪，样子好像是被人捏扁了似的。于是他从山上下来，找到当地的老人，想问个清楚。老人解释说："关于这桃子，说来话长，和孙悟空大闹天宫有关呢。"老人找了个石凳让吴承恩坐下，向他娓娓道来"……当年孙悟空大闹天宫，最先到蟠桃园偷吃了王母娘娘的仙桃。后来想到该给老家的小猴子们尝尝，就带回一些到云台山。因为途中桃子不好拿，他

就统统放到了自己的胳肢窝下，桃子被压扁了，就变成了现在的模样。再后来，他把吃完的桃核胡乱扔到了山上，就长出了现在的桃树，结的桃子都是这个样子的。日子久了，桃树遍山，鸟语花香，人们就把这座山改叫花果山了。”

一群小猴把《禹鼎志》连同笔、砚台、笔架一起抬走了。

后来老人又给吴承恩讲了很多齐天大圣孙悟空的故事：关于石猴出世，猴子的老家花果山水帘洞，猴子去东海龙王那要“定海神针”，以及猴子大闹天宫等，吴承恩都记在心里，受益匪浅。再后来吴承恩就在云台山附近居住下来，整天在花果山转来转去，在脑子里编排和尚西天取经的故事。

这样的日子过去了三年，吴承恩终于写完了《西游记》和《禹鼎志》，而这后一部书也是他根据当地老人们讲的故事有感而发写成的。一日，他带着酒饭以及两部书稿又来到花果山，想在山上对书稿润色修改。他一边吃饭喝酒，一边圈点，不知不觉就喝醉了，睡了过去。

这时候一群顽皮的小猴子看到了睡着的人和两部书稿，颇有兴趣，就拿着两部书，传着看了起来。拿到《西游记》一看，正是写它们的，觉得不错；又翻开《禹鼎志》，根本不知所云，一挠头就都胡乱扔到了云台山背后的山腰上；小猴子们又看到了吴承恩身边的笔墨砚台，纷纷感到好奇，就传着玩起来，后来也都扔到了山背后。说也奇怪，那砚台滚到山下，就变成了一块儿大石头，人称

“砚台石”；笔掉在山下，就变成了一座大山峰，号称“文笔峰”；书稿一页一页的落在山腰上，变成了一层一层的岩石，堆积在一起，就成了“万卷书”。如今我们去花果山还能看到这些景观。

金山和焦山的来历

金山和焦山是镇江的两大著名旅游景点，两地风景幽绝，形胜天然。据说，这两座大山本是二郎神的外甥沉香为了救母从别处挑过来的。

相传有一年王母娘娘做寿，众神仙吃过宴席之后相继散去。二郎神和铁拐李、张果老、何仙姑、韩湘子等八仙一起走出了南天门。宴席上大家都喝了不少酒，已有些神志不清，走路都东倒西歪的。张果老年纪最大，被小辈的神仙们敬了很多酒，此时倒坐在毛驴上，身子摇摇欲坠。何仙姑走在张果老后边，见后快走了几步，上去扶住他，跟在他一旁一起走。二郎神近日被琐事缠身，酒兴不高，喝得最少，一个人默默地走在最后。

走了一段路后，二郎神发现何仙姑和张果老在前边嘀咕着什么，还时不时的回头看着他捂嘴笑。二郎神心中一阵疑惑，就快走几步赶上偷听起来。这一听，闹得他心中直冒火，原来两人谈论的是他的妹妹和凡人相好的事情。二郎神最近也听说了妹妹的一些流言蜚语，但是由于琐事缠身，没来得及当面质问妹妹。今日又听旁人说笑此事，觉得有失体面，便即刻回家，想向妹妹问个究竟。

到了家，二郎神发现妹妹已有身孕，知道旁人所说并不是无凭无据，顿时大发雷霆，一气之下就把妹妹软禁了起来。这样过了一年，妹妹生下一个男孩取名沉香。二郎神为了惩罚她，就把她关在了阴山背后，让她永远不能出来。

这样过去了很多年，男孩子长大了。有一天他听说自己的母亲被舅舅关在阴山，就找到舅舅询问此事，并希望舅舅能够放过母亲。但是二郎神怕妹妹痴心不改，仍不忘去见那个凡人，被众仙人耻笑，就断然拒绝了。沉香非常生气，和二郎神大吵了一架。哪知二郎神也不留情面，让天兵给了沉香四十大板。此后沉香就痛下决心，一定要潜心学习法术，日后找二郎神一决高下，救出母亲。

后来沉香得异人真传，武力大增。这一天，二郎神奉玉帝之命下到凡间，要除掉镇江附近的妖怪，沉香便一路跟随至此。二郎神见外甥气势汹汹的跟来，又

要大打出手，没完没了，就下了狠心，忽而变成一只猛兽朝着沉香扑来。沉香也不示弱，往旁边一闪，顿时变成一把利剑，插进老虎的右眼。谁知二郎神又立时飞上天，变成了一只长着九个脑袋的怪鸟，向沉香俯冲下来。沉香并不慌张，拔出宝剑一阵乱刺，使鸟羽毛散落了一地。

二郎神见沉香如此厉害，也不想这样相持下去，就想法子躲过打斗。忽然他看见江中有几只大船，便摇身一变，变成一条大木筏混在其他船只中间。他以为这样就不会被发现，可以万无一失了，当下松了一口气。哪知沉香穷追不舍，飞到空中仔细查看。几个来回下来，他发现那条大木筏有个大洞，就像二郎神的第三只眼睛。但他并不声张，又立即飞走了。

过了不久，正当二郎神以为躲过了沉香，暗自得意的时候，只觉两大片阴影朝自己身上压来。二郎神还没来得及想清楚怎么回事儿，两座大山已经压在了他身上，使他慢慢的沉到了海底。沉香打败了二郎神，就来到阴山背后，将自己的母亲救了出来。

而这两座大山，就是现如今坐落在镇江的金山和焦山。据说，它们是沉香用扁担挑过来的。而山上的两个大洞：法海洞和焦公洞，就是沉香为了方便挑山，用扁担戳下的大窟窿。

镇江贤妻山的来历

镇江的焦山因东汉焦光隐居山中得名，又因是万里长江中唯一四面环水的游览岛屿，有江南“水上公园”之喻。

传说很早的时候，焦山像一只大荷叶飘在江面上，并不固定，今天飘到西，明天飘到东。有一对年轻的渔人夫妇，他们非常喜欢焦山的风景，每天打鱼归来经过此地，都要驻足很久。有一天，天气很热，年轻的夫妇又经过此地，就决定到山上去乘凉歇脚。船要划近焦山的时候，丈夫因为闷热难耐，就和妻子说要到江中凉一凉，随后就跳进江里去了。

谁知渔夫越游越高兴，不知不觉就潜入到江水深处。他刚刚停住，就感觉水中有个棍子似的东西绊了腿一下，仔细一看，是一根粗粗的梗子。这引起了渔夫的好奇心，他就顺着梗子往下摸，发现梗子是长在泥土里的。接着他又顺着梗子往上游，游到江心梗子就到头了。渔夫很纳闷，想探个究竟，但又怕妻子等太久担心，就急着游回去。哪知刚游了几下，他又碰到一根梗子，下面只有很短的一截，于是他就顺着梗子往上摸。摸到梗子的最上端，有个像荷叶盖子似的大大的东西缚住了水面，使他无法探出水面。渔夫一想，那两个断了的梗子原来一定是相连的，就一手拽住上半根，一手拉住下半根，把两者搭在了一起，用腰上的带子系住了。

渔夫的妻子在江面上等了很久，望着丈夫下水的地方，有些担心。此时，她不经意的朝焦山看了一眼，忽然惊喜的发现焦山不再东摇西晃了，它稳住了。正当妻子惊喜的时候，他的丈夫也从水面探出头来，回到船上。丈夫便把他在水下做的一切告诉了妻子，夫妻俩才恍然明白，原来这焦山就是靠一根梗子固定在江里的。焦山固定后，来往的渔船就纷纷停靠在这里歇脚，这里就成了镇江最热闹的地方。

到了年末的一个清晨，夫妻俩又去打鱼，途经焦山，发现它又摇摇晃晃的了。渔夫对妻子说，可能是自己那根腰带太短，没有把那两根断梗缚住。如果换个更长更粗的绳子，或许就能缚牢了。渔夫说完便去船里找绳子，想下到江里去。妻子见了，很支持丈夫，但因为天冷水凉，很担心丈夫的安危，就拉住丈夫，从舱里拿出很多酒肉，说是吃了后身上能暖和些。等丈夫吃完，妻子又体贴的说，“我就把船定在这里等你，你一定要速去速回。”渔夫很感激的看了妻子一眼便下水去了。

哪知过了晌午，天色大变，冷空气笼罩着整个江面。妻子坐在船舱里，忍住严寒，不时看看焦山和江面，焦急的等待着丈夫的归来。哪知到了晚上，天非常冷，冰面就冻住了。妻子看不远处的焦山固定住了，但却不见丈夫的踪影，心里非常着急。她虽然很冷，却不敢撑船离开，因为怕丈夫回来找不到她。到了半夜，江面的温度非常低，妻子见丈夫仍不回来，着急得流下了眼泪。因为天气异常冷，那眼泪都冻成了一颗颗的冰珠子。

再说渔夫，他在江里顾着找那两根断梗并把它们缚牢，就没有察觉到天色的变化。等他系住那两根梗子，试着摇晃它的时候，发现梗子摇不动了。他觉得不好，一定是江面温度过低，水冻成了冰。等他快游到江面的时候，发现江面真的冻住了，他着急起妻子来：这么冷的天气，她是不是还在那里等他？她会不会受到风寒呢？

渔夫觉得过了很久很久，江水总算开冻了。他赶紧浮上水面，寻找妻子。四

处张望，妻子果然在他们说好的地方等他。但当他喊叫妻子名字的时候，妻子并不理他。走上前去一看，才发觉妻子冻成冰人了。他把妻子抱在怀里哭喊，也不能唤醒妻子，他的妻子已经冻死了。被冻住的妻子最后变成了一座山，人们称它为贤妻山。这个故事就流传到今天，成为一段佳话。

雁荡山夫妻峰的传说

相传在很久以前，雁荡山的合掌峰下住着一个赵姓的天官，他有个独生子名叫小郎，相貌奇丑，麻面、癞头，还跛脚。这一年他长到了二十二岁，到了婚配的年龄，父亲便给他张罗婚事。赵天官本想给儿子找个相貌一般的女孩子娶过来，这样女子也不会太过嫌弃小郎。但小郎却不自量，非要娶个既门当户对又貌美的女子不可，赵天官只能派人到处打听。这一日，手下打听到张将军有个独生女，名叫素贞，芳龄十八，琴棋书画样样精通，且有沉鱼落雁、闭月羞花之貌，于是找到当地颇有名气的李媒婆前去说亲。这李媒婆可不一般，练就了一张巧嘴，能把黑的说成白的，经过她的一番巧言令色，把小郎描述成了这世上最好的男人。将军听了自然欣然答应，与李媒婆商量，择定十月十日的良辰吉日，把女儿许配过去。

赵天官见婚事谈成了，自然非常高兴。但转念一想，儿子拜堂之时，必定要露出相貌，到时素贞看到儿子的丑相，必定不从，儿子的婚事肯定泡汤。李媒婆见天官此时愁眉不展，想到定是为拜堂之事发愁，当即上前询问是否为了此事，并献上李代桃僵之计，说到时生米煮成熟饭，将军后悔也来不及了。再说，天官的职位在张将军之上，即便张将军知道被骗，必定会敢怒而不敢言，此事也将了了。天官一听很有道理，为了儿子也不管许多，便赏了李媒婆很多银子，随后又叫来外甥王聪明前来商议此事。王聪明不光人长得俊朗，还有诸多才艺，但从小父母双亡，寄居在舅舅家中。王聪明听了舅舅的意旨，觉得此事是个骗人的勾当，本不想答应，但是仔细掂量，为了不辜负舅父的养育之恩，也只好照办。

到了十月十号这一天，赵府上下一派喜庆。赵天官还请了很多亲友前来赴席，亲友们都在称赞这对新人是“郎才女貌”的好夫妻！

夜深了，客人纷纷散去，赵府慢慢地静下来。新娘坐在床沿上，偷偷的看了新郎一眼，见他长相俊朗，就萌动了芳心。但是新郎并不看她，只是对案读书。素贞起初觉得是新郎太过腼腆，但是到了三更之时，素贞困得睁不开眼，见新郎还是手不释卷，心里就打起了鼓。但是刚过门的新娘子若是开口催新郎上床，是件难以启齿的事情。还好素贞学识渊博，她灵机一动，走到窗前装作欣赏不远处的犀牛峰的样子，说道："犀牛不吃草，光看月亮圆。"新郎听了自然明白她的意思，觉得新娘是个有才的女子，下意识的抬头偷看了她一眼，见此女子真是貌若天仙，不禁轻叹了一口气，站起身走到另一个窗口，装作欣赏不远处的金鸡峰和渡船岩的样子，说道："五更金鸡叫，渡船快快摇。"意思是五更一过，他这个假新郎就要离开了。但是素贞怎能意会这些呢，她还以为新郎在催她睡觉呢，素贞只好和衣自己睡下了。王聪明待她睡着，怕她受凉，就替她盖好被子，离开了洞房。

这时，小郎在外边已经等不及了，见王聪明出来，他就急匆匆的跑了进去，挨着素贞旁边睡下了。等到天大亮之后，素贞睁开朦胧的睡眼，侧头一看，发现自己身边睡着的人是个面貌十分丑陋的人，吓得大叫起来。她立即跳下床去，大声喝道："你是谁，竟敢闯进洞房里来!"小郎只好把事情都交代了，说完就跛着脚向素贞走去，素贞吓得赶紧跑出洞房，直奔父亲那里去了。

将军听了女儿的哭诉，气得真瞪眼，立即登上宝马，一路狂奔，杀气腾腾地进了赵府。天官见来者不善，赶快从后门逃跑了。但是将军哪肯善罢甘休，他紧紧追赶，结果天官被赶到了果盒桥外，回不去了。但是天官虽然受到了惩罚，但是素贞和王聪明却没在一起。最后据说是观音菩萨发了慈悲心，使有情人终成眷属，将两人化作了一座永不分离的夫妻峰。

珠穆朗玛峰的传说

珠穆朗玛峰是喜玛拉雅山脉的主峰，它位于东经 86. 9°，北纬 27. 9°，地处中国和尼泊尔边界的东段，北坡在西藏定日县境内。1721 年，清政府编绘《皇舆全览图》精确地标出了它的位置，并根据藏语名之为"朱姆朗马阿林"，"阿林"就是藏语山峰的意思，而 1771 年《乾隆内府舆图》则开始用"珠穆朗玛"一名替代了"朱姆朗马"。在藏语中"珠穆朗玛"意思是"神女第三"，谈起珠

峰的命名，则有一个古老而优美的传说。

在远古时这里本是一片汪洋大海，漫长的海岸线遍布松柏、铁杉和棕榈，海浪搏击，哗哗作响，重山叠翠，云雾缭绕。森林里长满了奇花异草，百灵鸟在树梢跳跃欢唱；野兔无忧无虑地在嫩绿茂盛的草地上散步；成群的斑鹿羚羊在奔跑，三三五五的犀牛迈着蹒跚的步伐，悠闲地在湖边饮水。

但是，有一天，海里来了一头巨大的五头毒龙，它搅起万丈海浪，森林倾倒，草地淹没，狂涛恶浪，飞沙走石。飞禽走兽都预感到灾难临头了，于是东躲西藏，居无定所。正在它们走投无路的时候，大海的上空飘来了五朵彩云，变成五位仙女，她们施展无边法力，降服了五头毒龙，大海也随之风平浪静。

众生对五仙女顶礼膜拜，感谢她们的救命之恩，而当众仙女想辞归天庭时，众生苦苦哀求她们留在此地。五仙女发慈悲之心，同意留下共享太平。

五仙女喝令大海退去，于是，东边变成了茂密的森林，西边变成了万顷良田，南边是花草茂盛的花园，北边是无边无际的牧场。五位仙女变成了喜马拉雅山脉的五个主峰，即祥寿仙女峰、翠颜仙女峰、贞慧仙女峰、冠咏仙女峰、施仁仙女峰，屹立在西南部边缘，守卫着这片乐园。

为首的翠颜仙女峰便是珠穆朗玛，在壁画中的翠颜仙女总着白衣，骑白狮，右持金刚杵，左捧长宝瓶，而当地人都亲热地称珠穆朗玛峰为“神女峰”。

老人山的传说

人人都说桂林山水甲天下。到过桂林的人都知道，老人山要数桂林最高的山了。老人山因远远看着特别像一个老人而得名。关于老人山的来历，流传着这样的故事。

传说当年秦始皇为了抵御外来侵袭，打算修筑万里长城。为了早日完工，他从各地征调来大批民夫，那些民夫可是受尽了万般折磨。监工们手执鞭子，紧跟在他们的身后，催着他们挑石头，挑水，抬石料，不容得他们有太多的时间休息。很多人不堪劳累，就死在了工地上。

有一天，东海龙王的三公主要到南海去拜见观世音菩萨。为了到凡间看看，她选择了走旱路。她和父王告辞后，就架了一片祥云飞上了天。从云头上往下看去，景色非常的美，她的心情好极了。又飞过一个山头，她忽然看到山上黑压压一群人，仔细看去，那是成千上万的民夫在抬石头修筑长城，他们光着膀子，皮肤被晒得黝黑，身上还有长长的鞭子印。三公主看了很痛心，很想能够帮助那些民夫解除痛苦，又一时想不出什么办法。最后她决定请观世音菩萨帮忙。

三公主一下子加快了脚步，她挥舞着身上的彩带，催紧祥云飞到了南海。向观世音菩萨行完礼后便说道："大慈大悲的观世音菩萨，请您救救那些在受苦的修长城的人们吧。"菩萨见公主难得这样懂事，有慈悲心，就说道："三公主真是善良，你既然诚心想帮助那些人，我就赐你一根柳枝，把南海的石头赶去修长城吧。"三公主听了高兴得蹦蹦跳跳，她接过柳枝，谢过菩萨就想往外赶。只听菩萨又开口说道："三公主不忙，我还有两件事要叮嘱于你，第一，你不可在路上贪玩；第二，路上不可与凡人说话，以免误了事情。"三公主记下后，就匆匆走了。

到了南海海滩，三公主轻轻甩动手中的柳枝，只见岸边和海里的石头纷纷跳出来，它们变成了各样的小动物，等待着公主的指令。三公主看了高兴极了，她又朝着北方挥动了下手中的柳枝，叫小动物们跟着她往北走去。

三公主记着观世音菩萨的叮嘱，不敢贪玩，一心一意的赶着这群小动物。她们日夜兼程，走过了千山万水，踏遍了平原村庄。这样走了三天，公主累得受不了了。她想，停下来歇歇，洗把脸、擦擦汗再上路也不为过吧。于是她来到一个小河边，这里风景很好，河边有各色的小花小草，她正想蹲下戏水，赏玩风景，发现那群小动物却不肯停下，它们朝着北方继续走着。公主很着急，停也不是，走也不是，登时看到一个老公公向河边走来。公主高兴极了，她忙站起身向老公公鞠了一躬，说道："老人家，我走了许多天路，想在河边歇歇脚，你替我照看下那些小动物，别让它们跑走好吗？"老公公听后非常不解，说道："姑娘莫要戏弄我，这里哪有小动物，分明是一些大石头啊。"话音刚落，公主看到那些小动物果然都变成了石头，一动不动了。

公主这才想起观世音菩萨的叮嘱，顿时慌了手脚，她急忙挥动手中的柳枝，但石头还是一动不动。公主后悔莫及，心想，耽误了救助那些受苦的民夫可该如何是好呢？想了一下，她还是该回到南海向观音菩萨请罪。接着她向老公公鞠了一躬，说："我要到南海去请罪，还请老公公替我照看一下这些山石。"老公公答应了，在这里日夜看守，却仍不见公主回来。日子久了，老公公也变成了一座大山，就是现在的老人山。

桂林城的来历

传说秦始皇统一六国之后，想接着扩大疆域。有一天，他走到南海，看着旷阔的海面，突然想到一个歪主意：如果将大山赶来填海，陆地面积岂不是能大大增加了。于是他召集文武百官前来献策。但是把大山搬到海里去谈何容易，大家都没有什么办法，秦始皇也只能作罢，只是他心里对此事一直念念不忘。

终于有一天，修筑长城的监工向他报告了这样一件事，说好多修长城的民夫手里都有一条红绳子，把它扛在肩上挑石头根本不费什么力气。秦始皇听了很兴奋，他即刻下令将民夫手中的红绳都收上来，然后吩咐将它们攒起来做成一条大绳。大绳做成之后，秦始皇拿着绳子就走出了皇宫。说来奇怪，他扬起手中的鞭子朝着大山一挥，那些大山就活动起来，秦始皇见了大喜，决定赶着大山去填南海。

不多久，这件事就被南海的观世音菩萨知道了，她轻轻念了句“善哉，善哉”，接着吩咐侍童下到凡间去了。

哪知观音菩萨的话音刚落，本来势气很高的秦始皇突然提不起精神来了，顿时口渴难耐。正在此时，一对年轻的夫妇背着水壶从他身边经过，他便叫住两人讨水喝。两人见是皇帝，吓得大气都不敢出，赶紧把水壶递过去。只见秦始皇咕咚、咕咚大喝了一气，喝完正想离开，发现手中的红绳子不见了，而此时旁下无人，心想一定是被这对夫妇偷了去。他立时拔出宝剑，就向两夫妇砍去。只听天上突然传来一阵叱喝声：“住手！他们给你水喝，你却恩将仇报，会遭天谴的。那些红绳本是为筑城的民夫解脱劳苦的，你将它们抢来填海就已经是犯下大罪，劝你立刻回去，可免受处罚。”

秦始皇哪敢不听，决定立刻返回去。又见赶来的大山草木不生，且无处安放，就送给两夫妇，让他们在山上栽种树木良田。两夫妇也不敢不从，立刻答应下来。

两夫妇见大山草木不生，根本无法种树，急得直发愁却没有办法。到了晚上他们累得没办法，就在山上找了个地方睡下了。说也奇怪，第二天一早，他们醒来都说做了一个梦，梦中观音菩萨告诉他们，这山中有股泉水，只要他们肯挑来浇水，地里就可以长出庄稼和树木。两夫妇便起来在山上找泉水，挑来种地。谁知第三天一过，山上就真的长出了桂花树和大片花草，夫妻俩高兴极了，认为一定是观世音显灵，便摆上贡品，答谢菩萨。此后他们生活得非常幸福，在山上生了个胖娃娃，夫妻俩便给孩子取名叫桂娃。桂娃出生的第三天，夫妻俩烧好水，倒上自己研制的桂花香水，给孩子“洗三朝”。谁知刚洗完，孩子就长大了，一下子能走路说话了，夫妻俩高兴得说不出话来。

让夫妻俩想不到的是，他们给桂娃“洗三朝”所用自制香水的香气飘到了天上，被玉帝闻到了，他顿时觉得神清气爽，耳清目明，便想，如果把这股香气用在天庭，天庭岂不是到处芳香。于是他召来火斗星君，要求他速到凡间取来桂树和香水。

这一天，夫妻俩在山上砍柴，忽见一个身穿红衣的人向他们走来，说要把这山上的桂树全买下来。他们见此人穿着不像是当地人，又突然出现在这山上，有些疑惑，便说：“您从哪来？我们栽种这些桂树很是辛苦，不舍得都卖掉，如果您愿意，我们送给您一些吧。”红衣人哪肯让步，怒气冲冲地说：“你们不识好歹，桂树不卖给我，你们也留不住了。”夫妻俩听了来人这番话，非常生气，执意不卖。红衣人也不再与他们相持，就走了。

到了晚上，当一家人正要睡去之时，忽见窗外一片红光，夫妻俩跑出屋子，看到不远处的树林起了大火，他们就提着水桶往树林跑去。谁知一阵风刮过，树林中飞出一对火红的凤凰，接着夫妻俩被卷入了火海烧死了。

桂娃找不着父母，哭昏了过去。朦胧中，他见一个穿着雪白纱巾的菩萨告诉他说，这山上的桂树被火斗星君弄到天庭去了，只要找到那对火红的凤凰，它们就可以带你找到桂树。桂娃正想接着问父母的下落，一着急就醒了。说来奇怪，他醒了之后，身上的力气大增，于是不分日夜，翻山越岭去找凤凰，终于在一个岩洞中找到了。凤凰见了他就飞起来，驮着他到了南天门。

刚进到南天门，桂娃就闻到了一股桂花的香味，顺着香味找去，发现了一间屋子。进去一看，里面放满了泡酒的桂花香液，桂娃喝了一大口，又装了满满一葫芦走出来。他刚走出屋子，就被天庭的守卫发现了，桂娃撒腿就跑，一不小心就从云层中掉了下去。谁知火红的凤凰在底下接住了他，把他送回了那座大山。

回到山中，桂娃依然不知道父母的下落，很是生气，顺手就把葫芦扔到了地上。哪知一滴液体从葫芦中渗出来流到地上，地上立马就长出了一棵桂花树苗。桂娃见了很是惊奇，急忙把葫芦从地上捡起来，他在山上走了个遍，把桂花汁液

滴到了山上的每个角落。几天过后，山上就长满了桂花树。

后来，这山上吸引了众多游人，日子久了很多人在山上住下，这里就变成了一座城市，被大家称为桂林城。

漓江的传说

漓江是中国锦绣河山的一颗明珠，是桂林风光的精华和灵魂。它位于广西壮族自治区东部，属于珠江水系，千百年来很多文人墨客陶醉于此。漓江以流水回环，弯多滩险闻名遐迩，传说这和东海龙王的三公主有些联系。当年龙王的三公主去南海拜见观音菩萨，路途中看到千百民夫在修筑万里长城，条件非常艰苦，就去求观音菩萨帮忙。观音见她诚心诚意，甚为感动，就送给她一条柳枝说，只要她挥动柳枝，石头就会变成飞禽走兽跟着她，走到万里长城。谁知途径桂林的漓江，三公主遇到了一个老公公，不想老公公将秘密道破，飞禽就变回了石山，将漓江堵住了。

有句俗语说，江边有良田。相传桂林与阳朔间就是一大片平坦肥沃的土地，土地间有一条三十六丈宽的大河。而自从三公主从南海赶来的飞禽走兽变成了大石山堆积在这里以后，这一带的农田就被损毁了不少，河道也被阻塞了。这一年天气大旱，七七四十九天之后，池塘里的水干了，田地里颗粒无收，人们唉声叹气，但拿不出解决的办法。

怎样才能让老天下场雨呢？百姓们自发聚集起来，商量对策。有个白发苍苍的老爷爷建议用诚心感动老天。他听说千里之外有颗碗口粗的香柏树，如果破开它作香来向老天祈求，或许能够感动上天，求得降雨。大家也没更好的想法，就派人跟着老爷爷去千里之外找树了。他们走过了很多座大山，越过很多条大河，终于在一个峭壁上找到了那颗香柏树。他们把它砍下扛回来，破开一烧，百里之内都弥漫着香气。

谁知香气升上了天，飘到了玉帝的宫中。玉帝马上派太上老君到南天门察看。太上老君到南天门外转了一圈，回来便将一切告诉了玉帝。玉帝听了就传来金龟将军，让他马上下到凡间，扒开堵塞河道的大山石，而且要尽量扒得宽一些。

金龟将军接了玉帝的指令，就急急忙忙下到凡间，来到漓江。他见到大石山就一下趴到河里，舞动着四肢，卖力地扒起来。谁知这金龟将军年事已高，耳聋眼花，竟将玉帝的指令听差了。玉帝原来叫他把河道扒“宽”一些，他听成了扒“弯”一些。所以他将漓江扒得歪歪扭扭，这一百多里水路就给他扒出了九十九道弯。

不管怎样，河道扒开了，河水变畅通了，当地的旱情就解除了，百姓都高兴极了。见到百姓高兴的样子，金龟将军满意的回到天庭，准备向玉帝领赏。哪知玉帝在南天门外看到金龟将军把河道扒成了那么多弯，违背了圣旨，勃然大怒，于是正等着金龟将军回来将他斩首。多亏太上老君出来说情，“将军虽然违背了圣旨，但总算解除了百姓的痛苦，而且他年事已高，玉帝就网开一面吧。”玉帝听了才手下留情，惩罚他到凡间变成了石龟爬山的模样。

如今我们乘船去漓江，船行到鸡笼淀，就可以看到左岸有个石龟爬山，那就是天庭的石龟将军。

八景窗的传说

传说很久以前，阳朔这个地方本没有山，只有那条名叫漓江的大河。漓江的水绿光闪闪的，宛若一条轻盈的绿色飘带，格外吸引人。天庭的人都知道这条河，王母娘娘没事也常跑到南天门外欣赏。一天，她叫来太白金星，让他立即下凡前往漓江，在漓江附近造一座行宫供自己闲来无事欣赏。太白金星根本不会造行宫，但是在王母娘娘面前又不好推辞，只得硬着头皮接下这道指令。

该怎样建造供人游玩的行宫呢？太白金星左思右想，突然想到了住在蓬莱仙岛的八仙，他们终日到处游荡，一定可以给他出些主意。

于是太白金星先到蓬莱仙岛把八仙请到漓江。八仙到了这里，都纷纷夸赞漓江的风景秀丽，随即也指出了美中不足的地方。太白金星听了忙问是什么地方不好，众仙说：“这漓江水固然很美丽，但是缺少山峰的点缀。山刚配水柔，这个地方才能更加引人入胜。”

太白金星立即向众仙请教如何补救。众仙大笑，说：“要补救还能难倒你太上老君么？到各地把奇山峻岭搬来不就好了吗！”太白金星也笑了，立即派大力

神前往各地搬山。大力神力大无比，搬山根本不费吹灰之力。他仅用了一天的功夫，就把各地俊秀的山搬到了漓江江畔。太白金星见漓江周围被众山环抱，风景独好，以为王母娘娘见了定会十分高兴，就返回天庭向王母禀报去了。

王母听了太白金星的话非常高兴，立即跑到南天门去看，只见漓江两岸环抱着很多奇峰峻岭，风景比原来好看多了。只是山的分布不均匀，有个地方空了很大一块儿，让人看了不舒服。于是她叫太白金星再到凡间走一趟，把两岸的山再摆一摆。太白金星根本不知道该怎样布置，只有再找来八仙，请他们想想办法。

天上七日，世上千年。等太白金星和八仙再来到漓江，世上已不知过去了多少年。漓江两岸都住满了人，只是那大块儿空地，即现在的阳朔还无人居住。太白金星就请八仙画一些漂亮的图作为参考，最后好请大力神照图把山摆好。说罢，太白金星就去找大力神了。

八仙哪里会画图呢，他们最后商量，只好到漓江两岸游荡，碰碰运气找些现成的图来。到了一个地方，何仙姑突然看见一个年轻的后生在岸边写生，身边还放着厚厚一摞画稿，于是她向大家说道："那里有个人在画画，我们何不向他讨来几张画呢？这样就可以回去向太白金星交差了。"众仙纷纷同意。他们立时变成了游山玩水的凡人模样，来到年轻人身边，先夸赞了一番，然后向他讨画。后生听了恭维的话非常高兴，就痛快的答应了。

八仙拿到了画，太白金星也找来了大力神。只见那画上山明水秀，风光甚好，太白金星非常满意，就让大力神即刻动手，照着图画摆起山来。不到半天的功夫，阳朔就由一片空地变成了风景很美的胜地，太白金星这才放心的回到天庭禀报去了。

后来又不知过了多久，人们在阳朔的碧莲峰下修了一座叫迎江阁的八角亭。亭子上的观景楼开了八个窗子，从窗子向外望去，可以看到八种不同的风景，人们便把窗子称为"八景窗"了。

武夷山的来历

传说在远古的时候，武夷山这个地方是个人荒蛮之地，山上荒草丛生，遍地野兽，根本没有人给这个地方命名。至于后来为什么取了"武夷"这个名字，据说和两个年轻的开山人有关。

相传有一年，武夷山地带洪水泛滥成灾，百姓们无地居住，只好躲在山坳里过穷苦的日子。那时候武夷山的幔亭峰上住着一个姓彭的人，他胆识过人，身怀十八般武艺。为了让百姓过上安生日子，他就带领大家开山治水，过了一段披星戴月、风餐露宿的生活。到了他白发须眉的时候，他成了远近闻名的开山祖师，人们尊称他为“彭祖”。

彭祖有两个儿子，是双胞胎，生于万物复苏的春天。大一点儿的叫彭武，小一点儿的叫彭夷。据说他们一出生，见风就长，非常神奇。一阵春风吹过，他们就能开口说话；一场春雨过后，他们就能下地行走；等地上万物开始生长，他们就长了很高的个子，能到处奔跑了。兄弟俩非常勇猛机智，正直善良。等到又长大了一些，他们就跟着彭祖跋山涉水，到处闯荡了。

据说后来八仙在武夷山的棋盘岩上饮酒的时候，听到当地的人们称赞彭祖长年累月、不辞辛苦的带领大家开山，立下了汗马功劳，异于常人，便向玉帝禀报了此事。玉帝听说此事，见彭祖年事已高，就把他招到天上成仙享福去了。彭祖临走时，留下了一把斧头，一支弓箭和一柄锄头，吩咐两个儿子要继续开山，为百姓造福。

彭祖走后，两兄弟时刻谨记父亲的重托，扛起父亲给的开山工具就进山了。为了开山给百姓造福，他们不畏高山险坡，深涧密林，非常努力的干活。他们挖呀挖的，挖了三百六十五天，挖了好几个大水塘，有效的治住了山上咆哮的洪水。他们砍呀砍的，砍了七百三十天，砍倒了一丛丛野草荆棘，开出了大片的良田。他们种呀种的，种了一千多天，种上了稻谷和果树，栽上了很多种茶树……兄弟俩在武夷山治住了洪水，种上了良田，但附近还是常常有猛兽出没，百姓的日子还是不好过。于是他们又深入森林，射死了猛虎和豺狼，捉来一些野兔、野猪和野鸡等小动物送给村里的人们，从此以后，村子里就有了小兔、小猪和鸡、鸭等家禽。他们还在山上种满了各种奇花异草和珍贵药材，把武夷山点缀成了人间最美丽的地方。从此，百姓安居乐业，过上了幸福的日子。

再后来，彭武、彭夷终老的时候，人们为了报答这对开山有功的勤劳勇敢的兄弟，就以他们的名字来命名这座山。“武夷山”这个名字就流传至今了。

日月潭的传说

台湾地区最大的天然湖泊就是日月潭了。日月潭中有个小岛，把湖水分为两半，北边像一轮太阳，南边像一轮新月，因名日月潭。关于这个名字，有着一个动人的传说。

终于在一个山顶，发现了不远处山坳里的光亮。

相传在大青溪附近住着一些高山族人，他们靠打猎捕鱼为生，日子过得安闲自在。其中有对青年的夫妻，男的叫大尖哥，女的叫水社妹，他们非常恩爱，勤劳勇敢，生活得非常幸福。有一天，他们像往常一样去河里捕鱼。刚进到河水里边，只听轰隆一声，霎时天昏地暗，太阳不见了。夫妻俩只好挨到晚上，趁着月光修补渔网。忽然又听轰隆一声，天又暗了下来，抬头一看，月亮也不见了。从这天起，天地间一片黑色，分不清是白天还是黑夜。没有了亮光，作物都不生长了，树叶和花果也纷纷落了地。家家户户愁眉苦脸，却无可奈何。

这一天，大尖哥和水社妹举着火把到山上砍柴。在树林中他们遇到了一个白发苍苍的老人，老人告诉他们："在几百里之外有个深深的大潭，潭里有两条恶龙，一公一母，就是它们把太阳和月亮吞进了肚子，而且它们还像玩球一样，把太阳和月亮吐出来玩耍。”夫妻俩听了这个消息非常愤怒，商量决定到百里之外找到那个深潭，降服恶龙，为百姓找回太阳和月亮。

于是，他们走过了一丛丛茂密的树林，翻过了一座座大山，终于在一个山顶，发现了不远处山坳里的光亮。夫妻俩非常兴奋，就快步朝着山坳跑去。

他们走进山坳，来到谷底。因为害怕惊动恶龙，就悄悄的躲在大石后面窥探。观察了一会儿，就真的有两条恶龙冒出潭水，它们大嘴一张一合，正吐着太阳和月亮嬉戏。夫妻俩势单力薄，根本不是恶龙的对手，不知道如何是好。正当他们发愁之时，水社妹突然看到谷底的石缝里有一缕青烟冒出，于是他们决定去看个究竟。

原来那里是个很大的石洞，走进去，他们就看到了一个白发苍苍的老婆婆在那里煮饭。老婆婆看见他们非常惊奇，说道：“你们是怎么跑到这里来的？”大尖哥和水社妹见老婆婆面目慈祥，待在这里肯定有难言之隐，就把他们来到这里的目的告诉了婆婆，又问婆婆为什么会在这。老婆婆叹了口气，就向他们诉说了自己的悲惨遭遇：原来她在年轻时就被恶龙抢来做饭了。老婆婆又接着说：“要杀死恶龙，光靠你们两人的力量是办不到的，我倒是偷听到他们的秘密，或许能够帮助你们：在它们抢回太阳和月亮之后，公龙得意忘形地说，以后它们就天不怕地不怕了。而母龙提醒道：‘别忘了阿里山地底下的金斧头和金剪刀，若是有人将他们丢到潭里，我们就没命了。’公龙非常不以为然：‘谁有那么大的本事将它们挖出来呢。’你们若是挖到斧头和剪刀，或许就能把太阳和月亮夺回来了。”说完，老婆婆又给了他们一把大锅铲和大火叉，用它们铲土或许更快些。

夫妻俩听了很高兴，就拿了工具，向婆婆告辞去找金斧头和金剪刀了。他们急匆匆地来到阿里山脚下，就用工具使劲挖坑。不知道过了多少日子，一天他们突然听到一声巨响，一束红光从大坑深处射出来，金斧头和金剪刀出现了。夫妻俩高兴地拥抱欢呼，急忙跑回深潭。到了潭边，大尖哥便把斧头和剪刀都扔了进去，只见潭里的两条恶龙在潭底用力挣扎，把潭水掀起几丈高，还发出吓人的叫声。不一会儿，潭水就平静了，两条恶龙浮在了水面上，颈上冒着股股的鲜血，把一潭清水都染红了。

这时，太阳和月亮从恶龙的大嘴里边滚了出来，把四方照得光亮通红。但是怎么才能把它们挂到天上去呢？夫妻俩一时犯了难。这时，老婆婆又说：“我听我的父母说过，人吃了龙的眼珠子就会长得又高又大，你们不防试试，或许能够长高，把太阳月亮挂在天上。”于是，大尖哥和水社妹就取下恶龙的眼珠子，一

口吞了下去。说也神奇，他们一下子变成了又高又大的人，就像两座大山。他们使劲一托，太阳就上了天。天色一下子就大亮起来，人们都从屋子里跑出来，高兴得又唱又跳。又过了大约六个时辰，太阳落了山，夫妻俩又把月亮托上了天，大家都出来赏月跳舞，举行篝火盛宴。日子又恢复了往日的安宁平静。

后来人们为了纪念大尖哥和水社妹，就把潭水两边的大山叫做大尖山和水社山了，把深潭取名为“日月潭”了。

澎湖列岛的传说

在台湾海峡的东南部，不规则的分布着大大小小的岛屿六十四个，总称为澎湖列岛。它们就像是海峡中的明珠，是渔民避风歇脚的地方。而这些岛屿的形成还有一个有意思的传说。

传说在很久以前，大陆东南面的海岛上住着很多渔民。他们靠打鱼为生，生活得悠闲自在。这些渔民中有一对夫妇，他们有一儿一女，都长得很标致。美中不足的是，儿子从生下来开始，下巴上就长了一缕蓬蓬松松的胡子，女儿则有一颗白沙状的肉痣藏在眉宇之间。夫妻俩就把孩子的名字分别取为“彭胡”和“白沙”了。彭胡和白沙长大后就代替父母出海打鱼，夫妻俩则在家里修网织箩筐，一家四口生活得非常幸福。

可是这样美好的日子过得不长。有一天，当彭胡和白沙正要出海捕鱼的时候，天色突然大变，乌云遮日，海岛上突然刮起了狂风，海面上波涛汹涌，海浪像小山似的向海岛袭来。原来，是一对千年鳄鱼精来到了这片海里。它们也不上到海岸上来，只是对着这个海岛不断地发出凶狠的叫声，不时用巨大的四肢撞击小岛。岛上的房舍损毁了，很多树木被摇晃得连根拔起，渔民吓得四处逃散，惊慌失措，不少人被木头和其他碎片打伤。蓬胡和白沙一向聪明勇敢，但是此时他们根本没有办法对付这突如其来的侵袭，只能拉着父母到处躲避。

没过半个时辰，整个半岛就摇晃起来，好像要脱离原来的地方似的。原来半岛底下本有根大石柱和大陆相连，日子久了这根大石柱的中间已形成裂缝，根本经不住剧烈的摇晃。如今这对鳄鱼精一折腾，大石柱就断了，半岛脱离了大陆，很有可能被鳄鱼掀进大海里淹没。彭胡和白沙看到海岛在海面上移动起来，急得不知所措，当下跪地祈求上天，请求上天帮助海岛人民渡过危难。

说来奇怪，这时天上出现一道白光，一个坐着金椅、身披彩衣、面目慈祥的老婆婆从天而降，她身边跟着一个侍童，侍童的手里还提着一篮子杨梅。原来这就是玉帝派来帮助他们的妈祖婆婆。妈祖婆婆告诉大家不要惊慌，她有个固定海岛的办法，接着她从侍童手里提过那篮子杨梅放在大家面前，向大家说道："这是天庭所产的杨梅，总共有六十四颗，只要吃下一颗就能变成巨大的石柱，这六十四根石柱可以将海岛钉住。只是有一点，变成石柱以后就不能变回人了。"话音刚落侍童和妈祖婆婆就返回了天庭。

听了妈祖婆婆的话，人们就犹豫起来，而那一对大鳄鱼却没有停止向海岛袭击，海岛还是处于被掀翻的危险之中。这时蓬胡和白沙从人群中站出来，从篮子里捡了杨梅就吞了下去，他们的父母根本来不及阻止，只见兄妹俩立时变成了一大一小两根石柱，突然升上天空，又很快落下来钉在半岛周围。夫妻俩见爱子爱女都变成了石柱，就想跟随了去，不约而同的拿起了杨梅吞进肚子里。

四根石柱把海岛围了起来，却无法钉住海岛，海岛还是在海面上漂浮移动着。而且也不知鳄鱼何时离开，就算它们不爬上海岛，如果将海岛掀翻，岛上的人们也一样活不下去了。于是很多村民就纷纷上前捡了杨梅吃，不一会儿篮子就空了，人们也都变成了大大小小的石柱，钉在了海岛周围。

后来不知过去了几百年，海水上涨，海岛还是被淹没了。而那六十四根石柱，经过风雨的侵蚀，却变成了六十四个小岛散布在台湾海峡的周围。那个最大的岛屿是由彭胡变的，它旁边稍微小一点的岛是他的妹妹白沙变的，人们为了纪念兄妹俩，就拿他们的名字命名这些岛屿了。

骊山的由来

骊山是秦岭山脉的一个支脉，位于西安临潼。因它远远望去特别像一匹黛色的骏马而得名，它也因美如锦绣而被称为"绣岭"。关于它的来历，流传着一个美丽的传说。

自盘古开天辟地之后，混沌的世界慢慢变得清明。大地上有了连绵起伏的群山，波涛汹涌的海洋，一望无际的原野，苍凉壮丽的沙漠。这之中又有了飞禽走

兽、花草鱼虫，寂寥的世界有了勃勃生机。后来女娲造了很多人在这个世界上，这些人又经过历代的繁衍，生下更多的人，给世界带来了无限的生机。

忽然有一天，随着轰隆一声巨响，天空出现了一个巨大的窟窿，一瞬间很多碎石砸向人间，其中最大的一块石头猛的掉到地面，把大地也砸出了一个深深的凹陷。人们的房屋损毁了，树木被砸倒了，很多人也被砸得头破血流。而且眼看天上的窟窿越变越大，越来越多的碎石掉下来，人们害怕极了，却没有办法。

天神骊母是个非常善良的人，她不忍心看到百姓受苦受难，就带着自己的两个女儿，乔装打扮成老妪和小姑娘的样子，来到人间炼石补天。就这样，她们在一个山洞里边住下来。她们分工明确，骊母和大女儿炼石，小儿女就变成一匹飞马，驮着母亲和姐姐在天地之间飞来飞去。由于害怕天上的窟窿会越来越大，补天会越来越困难，骊母和两个女儿就争分夺秒地干活，就连刮风下雨她们都很少休息。这样补了好长时间，天终于补好了。

人们看到老天又恢复了以前的样子，高兴得又唱又跳，纷纷说是菩萨显灵。骊母和两个女儿听了都会心的笑了。骊母本想即刻就回天庭，但是小女儿很想休息几天再回去，再说她们一连好几天辛苦补天，还没来得及欣赏人间的美景，于是骊母就答应了。

这一天，骊母和女儿们在人间游玩，忽然听到一阵凶狠的叫声，紧接着洪水从远处袭来，人们见了都慌乱的向山上跑去。骊母和女儿们立即登上祥云，飞上高空，想看个究竟。原来，在被天砸坏的地底下钻出了一条巨大的黑龙，它不时发出一阵阵咆哮，摧毁了周遭的村舍，吃掉了人们的家禽，又吐出大水，将大地淹没了。骊母和两个女儿又拿出宝剑，一齐向黑龙刺去。而骊母一下子就砍中了黑龙的脑袋，霎时，从黑龙的脖颈处窜出一股鲜血，只见黑龙扭动着身子，奋力挣扎，大地也被它震得摇晃起来。没过多久，黑龙渐渐的安静下去，倒在了血泊之中。

黑龙被制服了，骊母又带着两个女儿炼石补地。人们纷纷从山上走下来，跪地磕头，感谢大慈大悲的菩萨救助。然后他们回到村子里，修补被洪水冲坏的房舍，又重新过上了正常的生活。

几天的功夫，大地也补好了。而骊母的小女儿由于太累了，没来得及变回天神，就躺在地上睡着了。骊母见小女儿顽皮，心想让她多呆几日也好，就和大女儿先回天庭了。小女儿睡了好久好久，等她醒来的时候，大地一片绿色，山清水秀，鸟语花香，漂亮极了。小女儿看到这么美的景色，就不愿再回到天上了，于是干脆变成了一座大山，样子特别像一匹骏马卧在那里。而这座大山就是我们现在所说的骊山。

老君犁沟的来历

老君犁沟指的是陡峭石壁间的一条沟状险道，是西岳华山的一个著名景点。传说它的由来和太上老君有些关系。

相传在很久很久以前，华山的北峰下是一面非常光滑的大斜坡，人根本走不上去。华山脚下有个大财主，臭名远扬。他非常贪心和狠毒，给他家做过活的佃户和长工们都骂他是不管人死活、坑害人的“活阎王”。有一年天气非常的干旱，田地里颗粒无收，财主害怕佃户们交不起租，就借口说要修筑华山北峰的路。于是他强迫那些交不起租的佃户修路不说，还从村里的百姓手中骗来很多银钱。这下财主乐得合不拢嘴了，他私自留下了大部分的钱，只拿出一小部分用来修路。

但是华山北峰的大斜坡实在是太险了，想在那修路谈何容易呢，受点伤不说，很多人从悬崖下掉下去就摔死了。佃户们都不想再干下去，埋怨财主心太狠，但是又无钱交租，只得硬着头皮做下去。日子一长，这事儿就被此地的土地神知道了，上报了玉帝。玉帝听说此事，即刻派太上老君下到凡间，一查究竟。

这天太上老君手拿如意扇，骑着青牛来到华山的北峰下，他抬头一看，果然很多人趴在那险坡上修路，一不小心必定会掉到山谷中丧命。于是他就冲着人们喊道：“你们下来吧，让我这青牛犁出一条路来。”佃户们一看是个年老的人，都让老人快点走开，以免山上的碎石掉下来砸到他。太上老君见大家不相信他，就摇起手中的如意扇，顿时一阵大风刮过，那扇子即刻变成了一张铁犁。只见老人挥了一下手，霎时云雾缭绕，电闪雷鸣，地动山摇。佃户们哪见过此等场景，吓得纷纷躲到了大石后边。于是太上老君让青牛拉上犁，爬上了陡峭艰险的大石坡。不一会儿的功夫，大石坡上就出现了一道深深的犁沟。

哪知此时有个道士正在北峰石洞中修炼，他见顿时天色大变，就急忙跑出洞去察看，只见一个须发皆白的老人站在山脚下，而斜坡上一只大青牛正拉着犁开道。青牛就这样一直拉着犁走，直到群仙观才卧下休息。谁知青牛太累了，它刚

卧下去就变成了一块儿大石头。道士见此景，恍然大悟，猜到那骑着青牛的白发老人一定是天神太上老君了。再一看那大险坡上，一条新开的犁沟出现在眼前，高兴得不知如何是好。

等到云开雾散去，太上老君已不知去向，佃户们纷纷从大石后面走出来，看到北峰上的那条深深的犁沟，高兴得拍手叫好。很多人跪下来一个劲儿的磕头，感谢天上的神仙帮助他们脱离苦海。再后来，他们听山里的道士说，是天神太上老君帮助他们开的道路，就在群仙观凿了个洞，放上太上老君的神像，逢年过节便去跪拜。而那大石坡上的犁沟，就被人们称为“老君犁沟”了。

现在，人们游华山经过老君犁沟时，还可以看到大险坡上的条条沟痕。而那青牛变成的大石，如今也可以在“群仙观”看到。

莫干山的传说

莫干山位于浙江省北部德清县境内，是天目山的余脉，是国家重点风景名胜区。如今的浙江流传着莫干山的一个古老的传说，它讲的是一个名叫莫干的年轻人为父报仇的故事。

相传在春秋时期，楚国有一对年轻的铁匠夫妇，男的叫做干将，女的叫做莫邪，他们非常恩爱，铸铁的功夫也是一流。当地的人们想要打造一些农具或是宝剑，都是找他们夫妻俩。时间久了，夫妻俩在当地逐渐有名气起来。

楚王是个非常残暴的人，他听说当地有对夫妇造宝剑的功夫一流，就找到他们，让他们铸造一对非常锋利的宝剑，一定要达到削铁如泥的效果，否则就把他们杀死。

夫妻俩不敢怠慢，从此辛苦铸造宝剑，终于用了三年的时间将雌雄两柄宝剑铸成了。之后，夫妻俩在雄的那柄宝剑上刻了“干将”二字，雌的那柄宝剑上刻上了“莫邪”二字，代表两人永不分离。宝剑铸成了，夫妻俩本该即刻将剑交给吴王，但是这时干将犹豫了。干将想，吴王是个暴君，就算他们将两柄宝剑都交给他，他也一定会将他们杀死。如果只将其中一柄剑交出，就说刚刚铸好了一柄剑，兴许吴王还能将他们放回来接着铸造另一柄。再一想，妻子有身孕在身，为了妻子和未出世的孩子着想，自己一个人前去最为合适。于是他把这个想

法告诉了妻子，背着“莫邪”剑就出了门。

楚王见干将背着宝剑前来拜见他，非常高兴，立即命下人拿来呈现给他。他接过宝剑，发现剑非常轻盈，而从剑套中拔出定剑的一瞬间，闪出了一道耀眼的亮光。当下朝旁边的铁柱子一挥，果然柱子即刻就断掉了。更为神奇的是，这宝剑还是飞起来，在空中盘旋一阵又落到了楚王手中。楚王心想，这宝剑果然名不虚传，举世无双。如果我将干将杀了，就没有人能再造出这样的宝剑了，我也将天下无人能敌。于是他就派人将干将拉出去砍了头。

干将死后，莫邪把儿子生了下来，给孩子取了个名字叫做莫干，母子两人日子过得非常艰苦。等儿子长大以后，莫邪就将他们年轻的时候辛苦为楚王铸剑，他的父亲又怎样被杀的事情告诉了孩子，并将“干将”拿出来，让莫干为父亲报仇，杀掉凶狠的楚王。

从此莫干离开母亲，到异地拜师学艺，练就了一身本领。这样过了三年，他觉得时机成熟了，就去了楚国的都城。此时的楚王正在观看宫女们跳舞，莫干闯进王宫，大骂楚王是个昏君暴君，凶狠的将自己的父亲杀害。楚王此时才纳过闷来，立即拔出身边的“莫邪”宝剑向莫干抛去。莫干也不示弱，挥动着手中的“干将”宝剑向楚王砍去。只见，“干将”和“莫邪”宝剑刚刚遇到一起，就立即合为一体，在空中盘旋了一圈又回到了莫干手中。莫干挥舞着宝剑，将凶残的暴君杀掉了。

莫干杀掉楚王后，立即回到家中拜见自己的母亲。哪知母亲由于见不到儿子，以为儿子也丧了命，悲伤过度，在一年前就离开了人世，葬在了山上。莫干为了纪念母亲，就将雌雄合为一体的宝剑和母亲埋在一起。后来这个故事广为流传，人们为了纪念莫干这个孝子，就将那座山叫做“莫干山”了。我们现在去那座山，还能见到“莫干剑池”四个大字，那就是传说当年莫干磨过剑的地方。

景洪的传说

景洪又叫允景洪，是西双版纳傣族自治州的首府。“允景洪”是一句傣语，意为“黎明之城”。它的得名，还有一段美丽而曲折的传说呢！

在远古时候，景洪叫做景咏，“咏”在傣语里是“孔雀”的意思，景咏，也

就是孔雀城。过去，景洪一带野象成队，孔雀成群。大象和孔雀，都是西双版纳傣族人心目中的吉祥动物。羽毛光彩四溢的孔雀，更被人们视为美丽和善良的象征。孔雀公主沏诺娜，就是傣族先民塑造的一位美丽善良、有孔雀之羽、美女之形的丽质佳人。傣族人民喜爱孔雀，便把盛产孔雀的家乡叫做景咏——孔雀城。

在远古时候，孔雀城里有颗明珠，挂在又高又大的椰子树上。那明珠放射出七彩光芒，使得孔雀城光辉灿烂，人民安康。这个地方的孔雀，因得到明珠七彩光芒的照耀，羽毛上才印上了光环，染上了色彩，雀屏才变得美丽，舞姿才显得动人。藏在深山密林中的一个恶魔，发现那颗闪耀着七彩光芒的明珠以后，便想把那颗明珠据为己有。它悄悄地走出深山，潜伏在景咏城边，乘人们熟睡之机，砍倒了那棵悬挂着明珠的椰子树，抱着明珠潜入澜沧江，躲进了一个世人不知的深洞。明珠被恶魔偷走以后，景咏地方立刻变得漆黑一片。大象找不到青草，孔雀辨不清方向，鸟不鸣，猿不啼。无边的黑暗使万物面临灭顶之灾。这时一位英勇无比的青年，决心寻回明珠。他凭借自己的好水性，带着宝刀跃进了澜沧江。青年的英勇行为感动了龙王，龙王派出虾兵蟹将四处寻访，终于帮助那位青年找到了恶魔藏身的深洞。他与恶魔在深洞中苦战七天七夜，终于砍死恶魔，夺回明珠。他把明珠重新挂上椰子树，景咏地方又重见光明。从此，人们便把景咏叫做景洪——黎明城。

也有人说，景洪的得名来自于佛祖释迦牟尼。传说释迦牟尼背依菩提树修行成为佛祖以后，便云游四方讲经传教。佛祖千辛万苦来到如今的西双版纳一带，深入各村各寨打坐讲经，宏扬佛法，足迹踏遍了西双版纳的山山水水。佛祖常常白天讲经，夜间赶路。他进入景洪坝子看到城镇时，恰好是黎明之晨降临。于是，佛祖便把眼前的城镇命名为景洪——黎明之城。

还有人说，景洪的名称来源于帕雅拉吾追赶金鹿。传说中的帕雅拉吾，是勐粘芭纳管地方的王子。他善用弓弩，喜欢围猎。有一年春天，他带上一群喜欢打猎的小伙子，离开勐粘芭纳管到人迹罕至的深山中狩猎。他们翻过了几座大山，穿越过许多密林，但只见禽飞，不见兽影。王子并不泄气，准备在林中露宿一夜，次日再上山围猎。就在这时，远处突然传来一声鹿鸣，一头金鹿从天而降，出现在草丛中。帕雅拉吾惊喜地拈弓搭箭，射向金鹿。腿上中箭的金鹿扬开四蹄负伤奔逃，帕雅拉吾率领大家拼命追赶。但金鹿却一直奔跑不停。帕雅拉吾不想就此罢休，他令众人不论追到何方，也要把那金鹿捕获。这样追了几天几夜，终于在黎明时分进入一个宽阔平坦、土肥水清的平坝。而这时金鹿却突然消失了。

王子和手下的人便在此处建城定居，将城名叫做景洪——黎明城。

双女峰的传说

传说在东汉时期，溪附近住着一对很好的朋友。他们一个叫刘晨，一个叫阮肇，两人都很善良，乐于助人。他们以采草药为生，日子过得悠闲自在。有一年，村子里的人不知为何，得了一种心口疼的毛病，疼起来几天都不见好。刘晨和阮肇听人说，在几百里以外的天台山上，有一种叫做“乌药”的药专治心口疼，为了能帮助村子里的人解除病痛，两人就结伴到天台山去了。

他们一大早就上了路，到了傍晚走到了一座大山前。而要到天台山就一定要翻过山去，两人又饿又累，就决定休息一晚再走，于是找了个山洞就睡下了。他们一觉醒来，已是第二天的正午，两人觉得很饿，就四处寻找，看看有没有什么野果子可以充饥。他们爬上了一个小山坡，猛然被几道光刺痛了眼睛，仔细一看，原来是半山腰上长了一颗桃树，桃树上结满了红彤彤的桃子。两人很高兴，快步爬上了山腰，在悬崖上够了几个桃子吃了。说来也怪，几个桃子下肚，两人感觉神清气爽，一日的奔波劳累已不知去向。于是他们轻松翻过了那座大山，哪知又一座大山挡在眼前。两人稍作休息，又很轻松的爬过了第二座大山。

走过第二座山，他们又被一条很深很急的河流挡住了去路。两人无法，只得坐下来，想想有什么办法可以过去。正当他们发愁的时候，河对面出现了两个身着彩带的姑娘，只见她们身上的彩带瞬时变得又宽又长，在河上弯成了一座桥的形状，接着从对面传来姑娘的喊声，意思是让他们过去。两人起初都很犹豫，彩带那么轻盈，能踩上去过河吗？但是两人没有别的办法，也只得遵照姑娘的意思走了上去。谁知那彩带如石桥一样坚固，可以很稳的走在上边。于是两个青年顺利的过了河。

走过了河，两人对两个姑娘很是感激，知道她们并非凡人，就问起了她们来到这里的原因。原来两个姑娘是天庭上管理王母娘娘蟠桃园的仙女，因为王母娘娘也有心口疼的毛病，于是命她俩守在这里，看管乌药。而她们就住在不远处的桃源洞里。

刘晨和阮肇知道乌药就在附近，很是高兴，就求两位仙女赠给他们一颗，好

回去救助那些百姓。两个仙女犹豫了一下，就答应了，但是有一个条件：请他们在这里居住一段时间，为她们讲解采草药的常识。两青年大喜，很痛快的答应了。

于是他们俩人在桃源洞住下，每天都有仙女陪伴，还可以吃上美味佳肴，生活得好似神仙。大概半个月后的一天，刘晨和阮肇觉得时间够久了，而草药的知识也传授得差不多了，就向两个仙女告别回到了村子里。

他俩回到村子里，惊奇的发现，一切都变了样子，而村子里的人他们也不认识了。一打听，才知山中半个月，人间已经过去了一百年。他们便把那颗草药种到了药圃里，不过半天的功夫，就长出了一大片。两人便把乌药发给那些心口疼的人，人们吃了药康复得非常快。从此以后，天台山上的乌药便闻名遐迩了。

这样过了一段时间，刘晨和阮肇想回到桃源洞看看仙女们。哪知他们到了以后，发现桃源洞旁多了两座山峰，而仙女已不知去向。原来，两个仙女因为和凡人来往被王母知道了，王母娘娘大怒，就将她俩变成了山峰。如今我们所说的“双女峰”就是她们了。

五羊城的来历

传说在很久很久以前，现在广州这个地方叫做南武城。南武城里有座很小的山坡，叫做坡山。坡山脚下住着一个老汉，他的妻子在几年前去世了，留下一个小儿子和他相依为命。老汉是勤劳老实的庄稼汉，父子俩靠种地为生，生活得十分艰辛。

有一年天气非常干旱，小河水干涸了，土地干得裂了缝。没水浇灌田地，大部分庄稼干死在田里，颗粒无收。父子俩吃饭成了问题，整天饿着肚子，但是官府还催着交租，急得老汉整夜都合不上眼。转眼交租的日子到了，老汉交不上租，就被官府的衙役关在了大牢里。衙役还派人转告他的儿子，如果他在三天内交不上租，那么他的父亲就要被处死。

可老汉的儿子才十多岁，家里也没有别的人可以依靠，想着父亲三天之后就要被处死，就放声大哭起来。可能是孩子太伤心了，他的哭声震天动地，把相邻的百姓都招了来。很多人知道这家欠着官府的租子，但是也没能力帮助，只能纷

纷安慰孩子，把自己也少得可怜的食物分了些给孩子吃，尽一份善心。孩子吃了东西，一时停止了哭声。但等邻人一走，屋子里又只剩自己一人，想起幼时丧母，他又放声大哭起来。

哪知哭声传到了天上，天上的神仙都被感动了，于是玉帝派了南海五个仙人下凡救助。这五个仙人骑着不同颜色的山羊，身着赤、橙、黄、绿、青五色彩衣，手执谷穗来到了凡间。他们来到坡山脚下孩子的住处，把谷穗交给孩子让他种下。孩子见了五个衣着华丽的人骑着五只彩色的羊，好生奇怪，渐渐停止了哭声。但是在他擦眼泪的功夫，五个人又不见了，五只羊留在了他的身边，那谷穗还在他的手里。

孩子即刻来到地里，将谷穗种下。由于困得没法，他就在田里睡着了。哪知第二天，孩子一觉醒来，发现田里长满了茂盛的谷子，每颗谷子都结满了沉甸甸的谷穗。孩子高兴极了，立即跪在地上，感谢神仙显灵。接着孩子赶忙把谷穗收割起来，交到官府，想赎回父亲。

县官见孩子提了谷子来，非常吃惊。他知道这家非常穷，今年又大旱，根本不可能有谷子上交，就逼问孩子，这许多的谷子是从哪里来的。孩子起初还想撒个谎敷衍过去，但是县官非常狡猾，一下就识破了孩子的谎言，孩子没有办法，只能说出了实情。

县官听了即刻下令，派衙役将那五只羊带回来查看。衙役就立刻跑到了孩子的家中，看到那五只彩色的羊后非常高兴，刚想上去牵走，那五只羊就纷纷变成了五个石羊。

此后，人们就将这里叫做“五羊城”了，这里也成了岭南最富庶的地方。经过几千年的沧桑变幻，原来的五只石羊，现在只剩下一只了。人们修建了一座“五仙观”来纪念那五位造福此地的仙人，这个故事就流传至今了。

井冈山的传说

井冈山是中国名山之一，是一块红色的土地，绿色的宝库。它位于江西省西南部，地处湘赣两省交界的罗霄山脉中段。这个地方常年降雨充沛，溪水瀑布繁多，树木茂盛，鸟语花香，风景独好。关于这个地方的气候特色，传说和女娲娘

娘的侍女花眉有很大关系。

相传当年天塌地陷，女娲娘娘炼石补好天之后，累得睡着了，这一睡就是三天三夜。而古语有天上一日，地上一年的说法。四海龙王本来受女娲娘娘之托，负责凡间的降雨。哪知一年多过去，也不见女娲娘娘的命令，就钻进龙宫享乐去了，降雨这回事儿被它们完全抛到了脑后。很长时间不下雨，河水干涸，大地干裂，人们没有水喝被渴死了不少。

女娲娘娘有个侍女，名叫花眉，天性善良，乐于助人。她看到人间的惨状，不忍心唤醒熟睡的娘娘，就冒着私自下凡的罪名，偷了娘娘洗脸的银盆，下到凡间降雨去了。女娲娘娘的这个银盆又名次盆，次盆很有灵通，能明白花眉的吩咐，花眉所到之处，次盆就降雨下去。而凡间的人们见到久违的大雨，都从屋子里跑出来，站到雨中又唱又跳。接着就纷纷跪地，感谢上苍的帮助。花眉见百姓缺水的苦难解除了，高兴极了，她不顾辛苦劳累，加紧时间到各地降雨，缓解旱情。

女娲娘娘还有一个侍女，名叫菊女。菊女天性勇敢好胜，但过于鲁莽，所以女娲娘娘不敢给她实权，只是派她看管银盆。花眉刚走一个时辰，菊女就发现银盆不见了，再仔细一查，发现花眉也不见了。她只好来到南天门察看花眉的下落，只见花眉拿着银盆在到处降雨。她一时非常生气，抱怨花眉没有跟她打招呼就偷走了银盆。于是她不管三七二十一，手执宝剑就下凡去了。

此时花眉正忙着降雨，菊女见了就拿起宝剑向花眉刺去。花眉还没来得及解释，就被刺死了。只见她的身体落到地上，就变成了一大片鲜花。而她手中的次盆也掉落到了人间，霎时把一座雄伟的大山砸成了盆地，发出惊天动地的响声。这响声也惊动了天上熟睡的女娲娘娘，她醒来之后，发现凡间无雨，又见菊女气哄哄的回来，就问起了事情的缘由。菊女就把花眉怎样偷了银盆下到凡间，怎样到处降雨，自己又怎样将她刺死的经过说给娘娘听。娘娘一听大怒，当下把菊女关进房里悔过。接着她又立刻找来四海龙王，让他们降雨于人间。四海龙王不好意思的从龙宫里跑出来，立即到凡间集云施雨。百姓们高兴得拍手叫好。

后来，相传在那片大盆地处，长出了一大片柿子林，人们就将这里叫做“柿坪”了。后来有一年，这里起了战火，柿树全被烧毁了，只剩下一片茅草，人们就称这里为“茨坪”了，而这个名字就一直沿用至今，成为井冈山的中心。

更有意思的是，传说花眉持银盆降过雨的地方就山清水秀；没到过的地方就成了荒山秃岭。而井冈山恰好是她逗留了很久的地方，所以这个地方气候湿润、多雨多河也就不难理解了。

大足石刻的传说

大足石刻在我国四川省的大足县，是唐末宋初时期的宗教摩崖石刻，主要是佛教题材，以北山和宝顶山的摩崖造像最为著名，是我国著名的古代石刻艺术。大足石刻规模宏大，内容丰富，具有非常鲜明的民族特色以及很高的历史和艺术价值，在我国古代石窟艺术史上占据着举足轻重的地位。关于大足石刻的来历，流传着一个有趣的传说。

相传很久以前，大足县有一对兄妹，他们有着非凡的本领，都是雕刻石像的好手。一天他们来到北山、宝顶山一带游玩，见山上环境清幽，是修身养性的好地方。但美中不足的是，山上的佛湾里没有佛像，于是他们相约要在佛湾雕刻佛像，哥哥修北山，妹妹修宝顶山，即刻动工，鸡叫天明收工，之后便在龙王山的三仙洞前会合，谁先到谁就赢了。输者就要实现对方的一个愿望。

于是两兄妹即刻分头准备去了。哥哥立刻来到了北山佛湾，急急忙忙就动手，他一边雕刻一边想，一定要在妹妹之前完工不可。所以他一刻也不肯休息，连着干了几个时辰，雕刻了三千六百尊佛像。佛像雕刻完后，就剩下对面山上的一尊宝塔未砌。哥哥想，砌那座宝塔，大约一个时辰就能完工，现在不如歇歇，看看妹妹做得怎么样了。于是他来到宝顶山的佛湾外，偷偷探进头去，察看妹妹的做工情况。他一看，立即傻了眼。只见大佛湾的岩壁上刻出了近万尊佛像，它们千姿百态，栩栩如生，那气势异常恢弘，让人看了不得不拍手叫好。转头看对面的山上，妹妹正在认真雕刻着一尊圆锥形的石塔，那石塔真是美丽极了，雕工也是极其精细。眼看妹妹就要竣工了，哥哥非常着急，他为了吓唬一下妹妹，就学起了鸡叫。妹妹听到后，手不禁颤动了一下，而石塔没有架住，即刻掉到了地上，成了一座倒塔。

妹妹后悔极了，眼看就要完工了，如今却成了这个样子，觉得非常可惜。抬头看天色还暗，不像是就要天亮的样子，又转眼看到一个黑影闪过，就猜到刚才一定是哥哥在戏弄她。于是她就跟着哥哥到了北山。

哥哥回去后，急忙来到对面的山上，动手修宝塔。他本想把宝塔修成十级台

阶，当他修到第八级的时候，山下传来了鸡叫的声音。他一着急，就使出浑身的力量，飞砖走石，急忙封了塔顶。刚刚砌好塔顶，见塔身倾斜了，他不管三七二十一，用脚猛的向塔踹去，这样那座宝塔就稳稳的立在龙冈山上了。而由于没有留够充足的时间风干，那个脚印至今还留在塔内的一块砖石上。

等哥哥发觉天色还早，知道是自己受骗了的时候，妹妹已经回到了宝顶山，她本想将那尊倒塔放回山上，但是依靠自己的力量怎么也做不到，也只好提前去三仙洞等哥哥。谁知，她和哥哥走了个对头，俩人心中都明白关于鸡叫的事儿，只是笑笑，言下之意是打了个平局。

更有意思的是，谁知宝顶山上那尊倒着的锥形石塔，如今成了大足县的一大奇观，人们来到这里都会仔细观看，驻足良久。

奉节县的来历

相传四川奉节县原来叫做鱼复县，它之所以改名为“奉节县”，据说和当地的一个贪官有关。

刘备是三国时期的蜀汉皇帝，传说他的墓就在如今四川奉节县城里。当年他的军师诸葛亮是个极为聪明的人，他怕后人盗刘备的墓，就将坟墓的进口遮盖起来了，非常不易察觉。而五百年之后的一天，鱼复县新来了一个县令，名字叫做许友。据说这个许友是个非常贪财的人，对于刘备墓就在县城里边，他早有耳闻，并且对墓里边的金银财宝觊觎很久了。于是他刚一上任，就暗中派人每天都去寻找进入刘备墓的暗道。

经过近一个多月的辛苦查找，刘备墓的暗道终于被许友的手下发现了，为此，许友高兴得一晚上都睡不着觉。于是为了掩人耳目，他在第二天夜里，独自挖开暗道，偷偷的进入了墓中。

刚一进墓，许友就看到地下室入口的神龛中点了一盏万年灯，而神龛里的灯油就快用完了。再仔细看灯柱，许友激动得差点喊出声来。原来那灯柱足足有一尺长，都是用黄金铸成的，闪着金灿灿的光。许友两眼冒光，想将那灯柱取走，谁知灯下放着一张纸条，仔细一看，纸条上写了两行大字“许友许友，无冤无仇；打开此墓，罚你上油”，落款写的是“诸葛亮”三个大字。许友吓得失声大叫，浑身发抖，他连忙跪地磕头，说道："小人该死，小人该死！您大慈大悲，请放过小人吧！"他一连磕了几十个头，见没人回应，于是小心翼翼的抬头看看四周，发觉墓里好像有双眼睛在盯着他看一样，使他顿时毛骨悚然。他不敢再往墓里走进一步，更不敢再拿墓里的一物一件，转身就仓皇跑出了墓道。

赫廉在牢里刻刮琢磨造梳子

谁都知道诸葛亮神机妙算，原来他早已算准，五百年后会有一个叫做许友的人来到鱼复县做县令，而这个人非常贪财，一定会去盗刘备的墓的。于是他就预先留了张纸条下来。

再说许友回到家中便一病不起，他一连几天高烧不退，昏迷不醒。家里请了当地很多有名的医生来看都治不好，而且不管吃什么药，用什么方都没有效果。无奈家里人只好请当地跳大神的人前来做法。

谁知跳大神的人告诉许友的家里人，许友是被吓成了这个样子。此时许友虽然醒来了，但依然神志不清，嘴里一直念叨着："刘备大人请放过小人吧，小人该死！小人一定给大人上油！"家里人并不明白是怎么回事儿，叫来许友手下细细盘问才明白了事情真相，想想也只有将刘备墓中万年灯的灯油装满，许友才能好转。家里人无奈，见那万年灯的神龛巨大，只得变卖了家里的全部财产，才把灯油装满了。

此后，许友被诸葛亮罚油的事儿传遍了整个县城，人们为了提醒之后的县官们要奉公守法，就将鱼复县改成了现在的"奉节县"了。

榕城的来历

榕城就是现在福建省的省会福州市，因城中榕树繁多而得名。关于“榕城”这个名字的来历，据说和北宋时候的一个太守有关。

传说在北宋的时候，福州有个叫张伯玉的太守，他为官清正廉洁，两袖清风，常常为百姓办好事、办实事，替百姓着想，大家都非常爱戴和拥护他。

据说张伯玉刚刚上任的时候，福州发生了一次百年不遇的洪涝灾害，很多人被洪水冲走了，道路和桥梁被洪水冲垮了，大多数房屋淹没在洪水之中，福州城内一片狼藉。张伯玉不顾个人安危，他亲自带着青壮年小伙子到处救人。房屋被洪水摧毁了，很多人无家可归，他就将大家收留在自己家的大堂里。即使如此，还是有很多人没房子住，只得露宿街头，张伯玉见了难过极了。于是他带领大家搭建了简易房，让大家暂时安定下来。待到洪水退后，他还带领大家重建家园，给那些困难的家庭分发财物，并吩咐各地的县令加固当地的堤坝，以防来年再有洪涝灾害发生。虽然无人能够抵挡住自然灾害的侵袭，但是面临灾难，官员能够挺身而出，帮助大家渡过难关，这是难能可贵的。百姓们私下闲聊时，都称他是天下难得的好官。在张伯玉太守的领导下，人们生活得快乐幸福。

又过了几年，福州又闹起了特大旱灾。天气奇热，大地龟裂，河水干涸，草木不生。田里的庄稼都干死了，颗粒无收，很多家庭都交不起租子，面临着挨饿等死的危机。张伯玉看到这个情况，非常痛心，于是吩咐各地的县令依各自情况减免租税，并给那些没饭吃的家庭分发粮食。他还亲自带领大家到处找寻地下水，解决百姓的用水困难。

有一天，张伯玉又带领一些人前去找水。当他们路过一个村子的时候，看见一个老年人正在种树。张伯玉觉得非常奇怪，眼下正是入秋时节，根本不是种树的好时候，这老农此时种树能够种活吗？于是他禁不住上前询问，“老人家，您为何此时种树呢？”只听老人这样说道：“种树也有种树的学问。这颗是榕树，不管何时都能种活。而且这榕树可以防水防旱，种在这种旱涝灾害异常多的地方，再合适不过了。”接着老人还带着他去看之前种的一大片榕树，张伯玉见这些榕树周围，果然就比别的地方更湿润一些。张伯玉见了大长见识，于是他想，要想预防旱涝灾害，除了加固堤坝之外，还应该多种榕树。

后来张伯玉在福州城贴出公告，他让百姓家家都栽种榕树，对于那些种得多种得好的人给予不同程度的奖励。几年下来，福州一带绿树成荫，旱情和涝情都有所改善了。而人们见福州城满是榕树，就将福州称作“榕城”了。

长白山天池的传说

长白山天池坐落在吉林省东南部，是中国和朝鲜的界湖，高踞于长白山主峰白头山之巅，也是我国最深的湖泊，总蓄水量约达二十亿立方米。这里气势恢宏，景色迷人。而关于这个湖泊，还有一个有趣的传说。

相传在远古时代，长白山一带有一个专吃火种的黑怪，它用火斩断了江河的源头，还在每年的七月十五从地里钻出来吐火，毁坏山林和庄稼，附近村子里的人们无法正常生活就纷纷搬走了。

村子里有个叫杜鹃的小姑娘，天性聪明活泼，天不怕地不怕，看到民不聊生，就下定决心要尽自己的力量把妖怪铲除。于是，她去求风神来帮忙，可是风神用力一吹也根本无济于事，反而助长了黑怪的气势。小姑娘有些失望，但是并不气馁，她又找雷公电母来帮忙，企图杀杀妖怪的嚣张气焰。但是任凭雷公电母使尽全身的力气，还是对妖怪束手无策。最后她想到，雨姑娘向来很凶悍，或许能够制服妖怪。但尽管雨姑娘拿出了自己的传家宝贝来对付它，最后还是归于失败。让小姑娘没想到的是，经过几个回合的打斗，黑怪反而更加嚣张，吐火更为频繁了。

妖怪没有被降服，使得方圆几里用水奇缺。小姑娘不忍看到这个情形，想想只有最后一个办法了——去天上求玉帝帮忙。但是杜鹃姑娘也有个疑虑：玉帝事务繁忙，会接见自己么？而且怎样才能飞到天上去呢？正当她一筹莫展的时候，一只小杜鹃飞到了自己的肩膀上，小姑娘灵机一动，就把自己要到天上的想法告诉了杜鹃。转眼的功夫，飞来了一群杜鹃，拉着小姑娘上了天。飞了一天一夜，天庭还是没有踪影，但是杜鹃们都累了，只好停在山上松树的枝子上休息。这时，松树上停着一只老鹰，问清了小姑娘的情况，就自告奋勇的说要驮着小姑娘走。小姑娘高兴极了，它们飞呀飞，飞过了一座座高山和河流，但还是没办法飞

到天庭，最后老鹰只好叫来天鹅帮忙。天鹅主要负责传达玉帝的指示，所以对路途相当熟悉。又飞了一天一夜，天鹅终于把小姑娘送到了天庭，但是这时候小姑娘由于体力不支，已经昏死过去了。杜鹃姑娘的真诚感动了玉帝，他等姑娘醒来，赐给她一个千年冰刀，命令天鹅把小姑娘送回了家。

等到七月十五，妖怪又到村子里作恶。等妖怪刚刚从地里冒出头，张大嘴巴要吐火的时候，聪明机智的杜鹃手握冰刀，看好时机，使尽力气朝妖怪的脖子砍了下去，妖怪很快就没有了精神，杜鹃又砍了几刀，妖怪就被冻死了。而且由于妖怪又大又重，在扭动身子的过程中，就在身下的土地上砸下了很大的一个坑。后来，这个地方积满了雨水，就形成了一个天然的大池子。并且，之前妖怪留了很多火种在这个地方，所以池子里的水常年都是热的。玉帝的七个女儿常常变成天鹅在池子里洗澡，后来这个池子就被人称为“天池”了。

趵突泉的传说

趵突泉位于济南市中心，位居济南七十二名泉之首，被誉为“天下第一泉”。是泉城济南的象征与标志。关于趵突泉的来历，当地流传着一个有意思的传说。

相传在很久以前，济南城里有个叫鲍全的年轻人，他善良勤劳，以砍柴打猎为生。虽然家里很穷，但仍常常救济帮助别人。

在一个寒冷的冬天，鲍全的父母得了风寒，因无钱医治便相继去世了。鲍全非常难过，从此痛下决心，要潜心学习医术，救治那些因没钱而看不起病的人。此后他每天都刻苦钻研医书，并师从一个老和尚学习医术。功夫不负有心人，过了两年，鲍全学有所成，救治了许多穷苦的百姓，并且分文不收。几年下来，他的医术越来越高明，在镇子里小有名气。

那时的济南并没有泉水，遇到大旱之年，百姓吃水都成问题，有时只能花钱向外地的运水商购买。这一年又逢大旱，镇子里爆发了瘟疫，穷人无钱治病，吃水也十分困难。鲍全就自己花钱，为穷人们担水煎药，大家都十分感激他。

这一天，鲍全在担水的路途中遇到了一个生病的老人，老人自称无家可归，请求鲍全收留他。鲍全觉得老人可怜，又想起自己过早离世的双亲，就把老人带回家奉养。鲍全非常敬重老人，像待亲生父亲一样对待他，父子俩生活得很和睦。老人看鲍全善良，全心救助得了瘟疫的穷人，并且不收分文，就告诉他说："我听说泰山上有个黑龙潭，潭里的水专治瘟疫，你若能担水回来，百姓的病就能更快根除。"说完，还把自己的拐杖给了鲍全，告诉他兴许路上能用到。

鲍全拿了老人的拐杖上了路。从济南城到泰山上的黑龙潭，路途遥远，鲍全走了三天三夜，历尽千辛万苦，终于走到黑龙潭。刚刚看见潭水，他手里的拐杖就变成了一条小龙，他把鲍全带到了潭底的龙宫。龙王赶忙出来迎接，告诉鲍全，老人就是他的同胞哥哥，因为看到他心地善良，帮助穷人，所以特意乔装打扮，想助他一臂之力。龙王让鲍全稍做休息，便吩咐小龙去拿早为他准备好的白玉壶，壶里的水包治百病，并且永远也喝不完。鲍全很高兴，心想，这样济南城里的穷苦百姓就有救了。

鲍全回到家后，拿出白玉壶，为很多穷人治好了病。但是没过几天，州官就听说了那个神奇的玉壶，想占为己有，便派人去抓鲍全，抢夺玉壶。消息传到了鲍全那里，他就把玉壶提前埋在了院子里，州官只能抓他回来拷问玉壶的下落。但是不管怎样威逼利诱，鲍全就是一个字也不说。无奈之下，州官下令，不能放过鲍全家的每一个墙角，就是掘地三尺也要找到玉壶。公差只能听命，在鲍全的院子里挖了个遍，最后在一个角落找到了玉壶。正当他们试图从地里搬出玉壶的时候，一股大水从地里窜出来，溅起的水花洒满全城，水花落在哪里，哪里便出现一个泉眼，从此济南就成了泉城。后来，人们为了纪念鲍全，就把这眼大泉叫做"宝泉"。日子久了，人们根据泉水往外冒的"咕嘟咕嘟"的响声，就把它改名叫"趵突泉"了。

赵州桥的传说

赵州桥坐落在河北省赵县河上，距今已有千余年的历史，是世界上现存最早、保存最完善的古代敞肩石拱桥，常年吸引众多游客前去观看。而人们来到赵州桥都要首先寻觅桥上的"仙迹"，关于这个"仙迹"，是赵州桥的一段最有名的传说。

相传很久以前，河的水势很大，每逢夏秋两季的多雨天气，雨水和山泉顺流

而下，河之水就易形成汹涌的洪流。由于河宽水深浪急，造桥非常困难。河上没有桥，给过往行人的出行带来很大不便。不久，这个消息被著名的工匠师鲁班知道了，他特地远道而来，施展 出精湛的造桥技术，很快就造好了这座大石桥。

桥造好的消息轰动了附近的州衙府县，人们都怀着惊喜的心情，争先恐后的前来观看。很快，这件事就传到了仙人张果老的耳朵里。张果老不相信鲁班能有那么大的本领，就邀请柴荣柴王爷一道看个究竟。张果老骑着一头小毛驴，柴王爷推着一辆独轮车，双双赶到了河河畔，向桥望去，只见赵州桥犹如长虹饮涧，奇妙无比，俩人不禁暗暗称好。走进桥身，看到鲁班正站在桥头微笑着看过往的行人，张果老就开玩笑地问他："我们过去，这桥能禁得住吗?"鲁班看了他们一眼，发现并无特别之处，十分不以为然的说："这样坚固的石桥，大骡大马、石碾金车都过得去，难道会禁不住你们这样的小驴破车吗?"张果老一听只是摇头一笑，他轻轻跨上小驴，暗中施展法术，在驴背的褡裢里一边放上了太阳，一边放上了月亮。而柴王爷则聚来五岳名山装在车上，两人微笑着一起上了桥头。

刚一上桥，眼瞅着大桥摇动了一下。鲁班一看情况不好，急忙跳到桥下，用手用力托住桥身，这样才使两位仙人顺利通过。两人不由得赞叹道："鲁班造桥果真天下无双，名不虚传。"从此，桥上留下了几处人们津津乐道的"仙迹"：分别是张果老的驴蹄印，柴王爷独轮车的车道印，还有鲁班托桥的手印。

只见两位仙人过了桥之后，立时不见了踪影，鲁班抬头看去，原来二人已经脚踏祥云上了天。此时他心里的疑团也解开了：他们一定是仙人下凡，只怪我有眼不识泰山，口出狂言，险些毁了老百姓很受用的桥梁，眼睛是白长了。他越想越悔恨，就用托桥的手挖下了自己的一只眼珠子，扔在了桥面上，很懊恼的离开了。

让鲁班没有想到的是，他的眼珠子是有仙气的，它掉到地上并没有被污染，而是像一颗珍珠一样闪闪发光。正巧马王爷从桥上经过，发现了像珍珠一样的东西，仔细一看是颗眼珠子，心想，这样的眼珠子一定不同寻常，丢掉怪可惜的，不如安在自己的额头上，如果有人寻找，还给他也很方便。而鲁班丢眼珠子，并没有回去寻找的心思，所以马王爷从此成了三只眼。而赵州桥的传说一直流传至今，人们去参观都要到桥上寻找"仙迹"，而且常常是乐此不疲。

黄鹤楼的传说

黄鹤楼位于湖北省武汉市，是江南三大名楼之一，国家旅游胜地，素有“天下江山第一楼”的美誉。主楼高49米，共五层，攒尖顶，层层飞檐，四望如一。中部大厅的墙上设有大片浮雕，表现的是历代有关黄鹤楼的神话传说；二三四层外有四面回廊，可供游人远眺；最顶层是望厅，可在此观赏大江景色。至于这座大楼取名为“黄鹤楼”，相传和黄鹤有着密切的关系。

传说在很久以前，黄鹤楼的所在地是一大片荒地，但由于通往山上的必经之路从其一侧穿过，时而有些过往行人，因而也并不荒凉。久而久之，为了方便过往行人歇脚，就有一些客栈和饭馆入驻在此。

有个姓张的人，为人热情善良，在此地开了个茶馆，生意还算过得去，可以勉强维持一家生计。即使这样，碰上来往的穷人给不起茶钱，他就热情的请他们喝茶，时间久了，路过的人们都爱在他的茶馆坐一坐，他的生意同以前相比好了些。

有一天，茶馆里来了个身材魁梧但衣衫褴褛的客人，此人虽然穿着破烂，但是神态从容，眉宇之间有一种别样的气质。张姓人并没有因为对方邋遢的穿着而有所怠慢，而是像招待别的顾客一样问他，“客官，想要点什么？”那人便说：“可以给我一碗茶吗？只是我无钱给你。”张姓人便递上一碗茶，说道：“小事，算我请你的，客官请慢用。”这个人也不谢他，喝完茶便走了。有意思的是，此后的半年里，他常到茶馆里来，总是因没钱而白喝茶，有时张姓人还施舍一些糕点给他，但是张姓人并没有显出任何厌倦的神态。一天，此人又来到馆子里，他对张掌柜说：“我欠了你很多钱，今天来做个偿还吧。”说完便大笔一挥，在墙上画了一只黄鹤，说道“这只黄鹤可非同一般，只要座上客拍手唱歌，墙上的黄鹤便会随着节拍和歌声翩翩起舞。”接着他又送给张掌柜一只笛子，告诉他，只要轻轻一吹，黄鹤还会从墙上下来跳舞。张掌柜看直了眼，一下子不知是真是假。等到他缓过神来，客人早已不知去向了。如此过了十多年，张掌柜也积累了很多财富，他把茶馆的生意越做越大，还专门扩充了店面，穷人来他的店里喝茶，他还是分文不收，并且热情款待。

张掌柜总想找机会答谢那位客官，只是很多年来根本不见他的踪影，也打听不到他的任何消息。让张掌柜没有想到的是，在一个晴朗的下午，他正在店里打盹，那个客人飘然而至。只是穿戴整齐，根本不是穷人模样。张掌柜以为是自己的幻觉，揉了揉眼睛，发现是真的，就赶紧上前致谢，说道："您有什么要求，我想尽力满足您。"只见客人摇头一笑，回答说："我是为了黄鹤而来。"接着便取出和张掌柜一样的笛子，没多久，只见朵朵白云从天而降，黄鹤随着白云飞出屋子，客人便跨上鹤背，腾空而起，越飞越远了。张掌柜看后才幡然醒悟，一定是仙人来帮助自己的，一定要想法报答才行。想来想去，他决定用十多年来赚下的钱，在旁边的荒地上修建一座大的楼阁，供人们歇脚和观赏附近景色。人们知道张掌柜是因那只黄鹤发了财，便给楼阁取名为"黄鹤楼"了。

五指山的传说

五指山市位于海南岛中南部腹地，是海南省中部少数民族的聚居地，此地群山环抱，周围有茂密的森林。五指山总共由五个山峰组成，位于海南岛的中部，是海南岛的象征。关于"五指山"这个名字的来历，当地流传着动人的传说。

相传在非常遥远的古代，五指山一带根本没有山，而是一片一望无际的、开阔的平原。这平原上住了一对勤劳善良的黎族夫妻，男人叫做阿立，女人叫做邬麦，他们非常恩爱，一共生下了大大小小五个儿子。夫妻俩在家附近开辟了半亩荒地出来，靠种地养活这五个孩子，生活得非常艰苦。虽然这里的土地非常肥沃，但是他们没有像样的生产工具：用木棍代替锄头耕地，用打磨后的石头代替镰刀收割庄稼，而且耕地用的种子都是在野外采集来的。

五个孩子正是长身体的时候，但是家里却没有足够的粮食，夫妻俩常常愁得睡不着觉。这天夜里，阿立又睡不着了，他躺在床上辗转反侧，寻思着怎样才能增加收成，让孩子都能吃饱穿暖呢。他知道该更换一些更先进的生产工具了，但是苦于没有多余的银子，也不知道如何是好。由于白天下地干活太累了，他想着想着就睡着了。

哪知这天夜里，他做了一个很神奇的梦。梦中，一个白胡子白头发的老伯走到他的床前，微笑着对他说："不用发愁，你家茅屋的正前方埋着一把宝锄和一把宝刀。用宝锄来锄地，这半亩地就能长出好庄稼来，不出半年，你家就有足够的粮食吃了；而宝刀的威力更大。用它来收割庄稼，可以不费吹灰之力。要是有人来欺负你，只要拿出宝刀，大喝一声‘杀’，那些坏人就会倒地而亡。”

第二天一大早，阿立就把梦说给妻子听。夫妻俩虽然都挺疑惑，但没有别的办法，就想挖着试试看。于是他们按照梦中老伯的指点，动手挖了起来。谁知没挖两下，那宝刀和宝锄就从土里露出来了，夫妻俩高兴极了，即刻跪地磕头，感谢大慈大悲的仙人救助。他们用宝锄锄地，地里的庄稼长得可快了，等到秋天他们收了很多粮食，日子也一天一天好过起来。

阿立的妻子邬麦是个非常漂亮的女子，他家附近的大恶霸觊觎邬麦好久了。这一天，大恶霸见邬麦一人在地里干活，就起了歹心，于是要上前调戏。阿立见了忙从屋子里跑出来，用宝刀喊了一声“杀”，那恶霸的人头就落了地，恶霸的随从吓得纷纷逃走了。从此，人人都知道阿立家有口宝刀，坏人也不敢来欺负他们了。他们一家七口的日子过得非常幸福。

这样过去了很多年。等到他们的儿子都长大成人以后，阿立去世了。他的儿子们依照母亲的意愿，将宝刀作为父亲的陪葬品埋在了父亲的坟里。

又过了一年，平原上来了一群强盗。这些人听说这平原上有把宝刀，威力无穷，就想霸占。于是他们一伙人将阿立的家包围了起来，把邬麦和五个孩子绑起来询问宝刀的下落。邬麦当着强盗的面，对着五个孩子说：“那宝刀是专用来杀坏人的，万万不可落到坏人的手里。孩子们死都不能说。”强盗听了非常生气，就将邬麦杀死了。五个孩子纷纷掉了眼泪，但是对于宝刀在哪都闭口不谈。于是强盗们对他们施以暴行，经过十天十夜的严刑拷打，五个兄弟依然不肯吐露半点风声，强盗们一生气，就将他们全部杀害了。

五个兄弟的英勇行为感动了栖居在这平原上的小动物们，包括熊、狮子、虎、马蜂、小鸟等，他们从四面八方赶来，将那些强盗们咬死了。随后它们又搬来很多石头和泥土，垒起了五座高高的大山，将五个兄弟埋在了下边。这五座山像五个手指一样，于是人们称它们为五指山。

出云洞的传说

出云洞位于恒山后夫人庙不远处的山腰上，它是山腰石崖上一道深深的裂

缝，宽约一尺，长约七尺。若晴日明朗，洞口则寂静无声；若阴雨来临，洞口便游出缕缕白云，引人无限遐思。关于这个洞口，流传着一个有意思的传说。

相传很久以前，太白金星在恒山的山腰上居住修炼。这山腰上有一座石砌的炼丹房，由四个侍童轮流把守和照看。房里有个很大的炼丹炉，炉里炼着的是太白金星的金丹和银丹，它们分别需要九九八十一天和七七四十九天才能炼好，都具有神奇的功效，能使人长生不老，百毒不侵。这四个侍童要不停的往炼丹炉里添柴，让炉子里总有烈火燃烧，所以还有四个侍童要到山上打柴。

这四个烧火的侍童中有个叫青牛的，跟随太白金星多年，成仙的欲望非常强烈。他在炼丹房里表现得非常勤劳，常常帮着其他人劈柴、添柴，大家都非常喜欢他。太白金星看在眼里，自然非常高兴，就让青牛成了炼丹房的主管。

这一天，丹房停火、出炉取丹。青牛当着师傅和大家的面，将丹丸一粒一粒的装进丹葫芦里，正好五十颗，然后盖好盖子交给太上老君。谁知，青牛在装最后一粒丹丸的时候，偷换了一颗小石头进去，而丹丸则自己私藏了。太白金星也没有发觉。

青牛吃了丹丸，只觉身上力气倍增，整日劳碌都无疲惫的感觉。青牛高兴极了，但也怕师傅发现，就装作若无其事，更加卖力的干活。太白金星见了十分满意，告诉他说："等在王母娘娘的生日盛会上献出这些丹丸以后，我将正式教你吟经修炼，助你成仙。"青牛跪在地上连连磕头答谢。

后来青牛做事更加勤恳了。他帮助大家晚上烧火，白天砍柴，总有使不完的力气，大家都非常喜欢他。太白金星对他更是信任有加，已经开始有意的教他一些打坐、诵经的基本功夫。而青牛很聪明，师傅教了一遍的东西就能轻松记下，太白金星非常满意。谁知八十一天过去了，又到了停火取丹的时候。青牛仗着太白金星的信任，又取了一粒仙丹私藏下来。之后他身上的力气更足了，还常偷偷到山上自己修炼，武力大增，已可腾云驾雾。

待到王母娘娘的蟠桃盛会，太白金星带着炼好的仙丹献给娘娘，夸口说起了这仙丹的功效，在会上出尽了风头。王母听了自然十分高兴，顺手打开葫芦倒出一粒，正要往嘴里放，发现是一粒石子，顿时大怒，便质问太白金星怎么回事，众仙见了哈哈大笑。太白金星一看，确实是粒石子，窘得无地自容。仔细一想又好生疑惑，再倒出其他丹丸，发发粒粒是真，再献给王母的时候，王母已拂袖而去。

太白金星遭到众仙人的嘲笑，只得愤愤离去。他想了一路，对于偷丹一事已经猜出了个八九不离十。回到炼丹房，他即刻找人叫来青牛。青牛听说是师傅叫他，知道事情已经暴露，连滚带爬的来到师傅面前，跪地不起。太白金星很生气，长叹一声道："青牛啊，看在你每日勤勤恳恳的份儿上，我放你一条性命。如今你就变成一条青牛吧，往后要诚实悟道，千年后天宫再见。"只见面前的人真的变成了一条青牛，流着后悔的眼泪走了。

再说那剩下的仙丹，王母吃了以后，顿觉神清气爽，想起蟠桃会上冷落太白金星，不禁有点后悔。后来，她派人把太白金星招到天上，专门炼制仙丹。待太白金星走了，那丹房也倒塌了，由于余火长久不灭，仍冒着一些烟云。再后来那丹房处长出了山，只是那火依然不灭。所以当地的老百姓就把它叫做"出云洞"了。

舒姑潭的传说

在安徽省境内的九华山的翠盖峰下，有一泉三潭，名曰"舒姑潭"。这里的潭水非常清澈，每当天气晴朗的夜晚来临，月亮的影子印在潭水里，都能营造出一种如诗如画，清幽迷人的境界。关于这个潭水，当地流传着一个美丽的传说。

相传在汉代的时候，翠盖峰下住着一对舒姓的夫妻。他们靠种地打渔为生，日子过得很舒心。更为难得的是，夫妻俩爱好非常广泛，在闲暇之时，他们喜欢读书吟诗，更长于自弹自唱，生活得非常快活。但是夫妻俩年纪越来越大，却没有生育，时间久了也难免非常寂寞。

不知道是不是老天眷顾，到了中年之时，夫妻俩终于生下了一名女婴，他们高兴极了，给孩子取名叫做"舒姑"，对孩子疼爱有加，如视珍宝。

舒姑慢慢长大了，而且越来越聪明伶俐。由于父母的影响，她天生有一副好嗓子，每当她唱起歌，都像一只百灵鸟在婉转幽冥。并且在父母的熏陶下，她学会了弹琴。琴声一起，附近都会飞来很多小鸟和蝴蝶，落在树枝上、花上，煽动着翅膀，好像在鼓掌一样；水里的鱼儿和小青蛙也会从水中露出头来，它们在水中跳跃，好像在赞颂着琴声的悠扬。附近的乡邻都很喜欢这宛若天仙的孩子，父母高兴极了，更是非常精心的抚养她。

女孩长大了，父母也经常带着她到山中砍柴游玩。说来奇怪，每当她置身在

大自然之中时，都觉得非常快乐。当听到泉水叮咚叮咚的清脆响声的时候，她就觉得像是天籁的音乐；当瀑布飞流直下，落入潭水的时候，在她听来就像是鼓手在快乐的击鼓；就连听到小鸟叽叽喳喳的叫声，女孩都觉得非常动听。她常常置身在这些自然美景和天籁的音乐中，不舍得离去。

有一天，舒姑的父母在家种地，舒姑觉得无聊就一人去山中游玩。她来到潭边的岩石上休息，被潭水美丽的样子和周围动听的声音吸引住了，忘记了时间。到了傍晚，夕阳西下，她的父母回到家中，才知道孩子不见了。四处寻找都不见，只得回到家中。后来相邻的老伯告诉他们，傍晚的时候在潭水边看到了他们的女儿，只是老伯怎么叫，孩子都坐着不动，好像在低头沉思。夫妻俩谢过老伯，急忙向潭边赶来。等他们来到潭边，孩子已经不在原地了。

孩子能去哪呢？夫妻俩急得到处搜寻，但是一连几日都没有孩子的踪影。夫妻俩无法，想到孩子最喜欢音乐，就带着古琴到溪边弹奏，希望女儿听到他们的歌声和琴声能够现身。谁知刚刚弹奏了一曲，潭里就现出了一条红色的鲤鱼，它在水面上跳来跳去，好像是在向夫妻俩点头示好。不一会儿，它又游到了夫妻俩的身边，眼睛里流着晶莹的泪珠，好像要和他们依依惜别的样子。夫妻俩见鲤鱼的神情，就知道一定是女儿，他们跪在潭边，久久不愿离去。

后来人们为了纪念这个爱好音乐，给人们带来美好希望的姑娘，就在这翠盖峰下建了座舒姑庙。人们说舒姑聪明大方，端庄高洁，一定是天上的仙女所变，她十分喜欢这里，所以变成了鲤鱼的样子，永远留在了她所喜欢的这片山水清泉之中。

黄果树瀑布的传说

黄果树瀑布位于中国贵州省，是中国第一大瀑布，因当地一种常见的植物“黄果树”而得名。黄果树瀑布是一个非常大的瀑布群，一共有雄、奇、险、秀等风格各异的十八个瀑布，一九九九年被评为世界上最大的瀑布群。很有意思的是，当地流传着一个瀑布的动人传说。

相传很多年以前，黄果树瀑布的山腰上住着一对勤劳的夫妇。他们在这座山上住了大半辈子，如今已是六十多岁的年纪了。老夫妇俩无儿无女，靠在屋前屋后种的一百多棵黄果树为生，日子过得很清苦。如今这些树已长得又高又大，围绕在老夫妇的屋子周围。夫妻俩每天对着这些果树和瀑布，安静地度过余下的岁月。

这一年，老夫妇种的树和往年有很大的不同：每棵树开的花都尤其大，而且百里以外都能闻到它们的香味。老夫妇俩非常高兴，想着今年的收成一定多于往年，就计算着在果子成熟后卖了钱，就买些像样的衣服、添些过冬的棉被和吃食。

等到花谢了，老汉就每日都要到树下转转，看果子有没有长出来。但是等了好久，都不见一个黄果。夫妻俩失望极了，终日相对叹气。这日下午，老妇在树下乘凉，不经意的抬头一看，一个很大的黄果挂在枝子上。老妇喜出望外，赶紧叫来老汉，老汉见了也非常高兴，但转念一想，这个黄果结得好奇怪，花没谢多久，怎么就长这么大呢？他又转着树找了半天，却只见这一个黄果，不禁又有些失望。

说来奇怪，过了几天，老汉家里来了一个中年人，说是从几百里以外专门赶来买黄果的。夫妻俩都叹了口气，说道："恐怕要让你失望了。今年收成不好，如今只结了一个黄果。"谁知这个中年人说道："一个也好，我只要这一个黄果就够了。"见老夫妇心生疑惑，中年人接着说："若您诚心卖给我，我可以出二百两银子。"老夫妇惊讶极了，他们一辈子都没见过那么多的钱，以为那中年人在和他们开玩笑。中年人见了，不慌不忙的从口袋里掏出一个五十两的元宝塞到老夫妇手中，说："这五十两银子算做定钱，你们先收下吧。"老夫妇傻了眼，手里拿着沉甸甸的银子，你看我，我看你，不知如何是好。中年人说："再过一百天，我来取黄果。但是在这一百天之内，还请二老帮我看好这黄果，不能出任何意外。"老汉忙点着头，不禁开口问了一句，"这黄果真的值这么多钱吗？"中年人压低声音答道："这黄果是个宝贝，你不要向外人讲，管好即是。"老汉点点头，中年人便走了。

从此以后，老夫妇俩就日夜轮流看管这黄果，他们小心翼翼的察看，生怕它被别人偷走，也怕这山中的鸟儿啄了，所以他们被弄得筋疲力尽，眼看就要支撑不住了。待到第九十九天的正午，从远处的天边飞来一只大鸟，在黄果树上方盘旋。夫妻俩看了很着急，心想，一旦这黄果被鸟吃了，他们这么多天的守卫岂不是前功尽弃了？所以他们就把黄果摘下来了，心想差这半天应该也不要紧。

第二天，那中年人如期到来，只见他手中提着一捆用丝线打成的绳梯，问

道："老人家，那黄果怎么样了？"老夫妇只得将他们提前把果子摘下来的事情说了一遍，中年人叹了口气，说道："可惜了，不知道有没有足够的力气。"老人听了更加不解了，不禁问道："这果子有什么用呢？"中年人答道："对面瀑布的深潭是个大宝盆，里面藏着很多财宝，而这个黄果就是打开深潭的钥匙。不过提前一天把它摘下来，不知道它有没有足够的威力。不过我们可以去试试看。"

说完，三人就来到瀑布下的深潭边，只见中年人将果子往潭中一丢，瀑布的水就静止不动了，潭中水即刻消失，金银珠宝全都现了出来。中年人将梯子绑在潭边的岩石上，立即下去抱了些财宝上来。哪知他爬到一半的时候，随着一声巨响，那瀑布的水倾泻而下，深潭也涨满了水，再一看，那中年人却不知去向了。

老夫妻俩知道这五十两银子也不是他们应得的，就将它丢在深潭里，回家去了。从此人们都听说了这个故事，便将这瀑布称为"黄果树瀑布"了。

天鹅湖的传说

相传很久以前，在黑龙江岸边的卧虎山下住着一对老夫妻。他们有个聪明可爱的女儿，姑娘的名字叫做天鹅，他们一家三口靠打鱼为生，日子过得清闲自在。

天鹅渐渐长大了，由于她聪明貌美，很多年轻的小伙子都来提亲。为此，天鹅提出了三个条件，即一是可以一箭射掉天上的大雁，二是可以一枪扎死卧虎山上的老虎，三是一叉叉住黑龙江里的大鳇鱼。可是这三个条件太难实现了，令很多青年都望而却步。

这一天，天鹅上山去打猎。走到半山腰的时候，她看到一个身材高大的英俊青年，他身上背着一只弓，手里拿着扎枪，英武极了。正在这时，一只老鹰从天上飞过，说时迟那时快，只听"嗖"的一声，青年就将老鹰射了下来。天鹅见了不禁拍手称赞。

青年见是个漂亮姑娘，脸渐渐红了起来，忙说："区区小事，姑娘过奖。"天鹅趁机说："你知道这山上有只老虎吗？它吃了好多人，但大家都拿它没有办法。不知道你是否有胆将它制服？"青年一听忙说："有这等事？我倒是愿意一试。"于是天鹅带着青年来到卧虎山的老虎洞，恰巧见猛虎正出洞来到处走动。

老虎一见是人，就大吼了几声，向他们扑来。正在这时，青年举起手中的扎枪，猛地向老虎扎去。谁知这一扎正穿过老虎的心脏，老虎登时倒地死了。

天鹅见青年这么英武，就一下子喜欢上了他，于是她请青年到家里做客。途中他们经过一条河，天鹅又说："听说这水里有条大鳇鱼，你愿意替我将它抓来吗?"青年点头说："愿意效劳。"于是他们在船上等了一会儿，果然一条大鳇鱼游过来了。青年顺手抓起船上的鱼叉，猛地向鳇鱼叉去。鳇鱼扑腾了一阵儿，就死在了水面上。天鹅高兴极了，于是羞怯的将自己提亲的三个条件告诉了青年。哪知青年见天鹅十分貌美开朗，也深深的喜欢上了她。两人一路说说笑笑，兴趣十分相投。天鹅回去将此事告诉了父母，两个老人听说小伙子如此神勇，十分愿意将女儿许配给他，而且约定在秋天的时候给两个孩子办喜事。

天鹅这天到江边打鱼，不巧和这江边的恶霸走了个照面。恶霸见天鹅生得很好看，就想娶她为妾，于是这天的晚上他就派人到天鹅家里抢人。天鹅的父母为了保护女儿，被恶霸的手下打成了重伤，天鹅不想连累父母，就跟恶霸走了。

青年听说了这个消息，立即跑到了恶霸家。他将恶霸的仓库一把火点着后，趁着天黑和混乱，就将天鹅救了出来。青年和天鹅虽然一路小跑，但还是没有逃过恶霸的魔掌。恶霸见天鹅不见了，就派人四处搜寻，最后他的手下在湖边找到了天鹅。他们将天鹅和青年团团围住，不给他们任何逃跑的机会。眼见一帮恶人要上来将他们逮住，于是天鹅和青年紧紧抱在一起，跳到湖水里去了。不一会儿，人们看到两只天鹅从湖中飞出来，它们在天空中盘旋了一会儿，后来就自由地飞走了。此后人们就将此湖称作"天鹅湖"了。

黟山传说

黄帝梦想自己可以长生不老。一天，他叫来浮丘公说："我听说吃了仙丹可以长生不老。我命你给我找个能炼丹的仙境来。"浮丘公领命下去了。三年后的一天，浮丘公回来禀告说："回禀陛下，我在江南找到了一座山，山上黑石很多，我就叫它黟山了。那就是炼丹的最佳地方。"黄帝听了非常高兴，第二天他带着浮丘公、容成子等臣子就上路了。

经过半个月的行程，他们终于来到了黟山。黄帝一看，这里果真是个人间仙

境：群山千奇百态，景象异常壮观，引人入胜。正当黄帝看得出神，一团云雾挡在了他的眼前。黄帝下意识的用手拨开云彩，只见这云彩顺着原路返回山洞中去了，众大臣见了无不吃惊万分。

他们往山里走，没走多远就发现了山脚下的天池。臣子俯身下去掬了一捧水，发现水还是温热的。浮丘公说道："这是天池啊！"黄帝听了就脱掉衣服，跳到池水里去了。谁知，他才泡了一会儿，就觉得浑身的筋骨更舒展了，人也好像年轻了许多。

再往前走，黄帝首先闻到了一股诱人的醇香，他想，这应该是一种浓烈醇厚的酒香，于是他命令众大臣四处寻找香味的所在。后来大臣们在一个石槽里发现了它，容成子首先用手掬了一口，大喊："这是仙酒啊！"于是黄帝和众人痛饮起来。

又过了几十天，黄帝和一行人走遍了黟山所有的山峰，终于找到了炼丹的仙境。于是黄帝让浮丘公搭造炼丹台，让容成子做成炼丹炉，其他臣子去山上砍柴，他带着几个人去寻找丹药。可是这时他们身上带着的粮食已经吃完了，众臣子不愿再跟着黄帝吃苦，于是纷纷逃走了。到最后，只剩下黄帝带着浮丘公和容成子留在这山上。

再说这丹药的成分非常难找，它必须由九十九株灵芝、九十九根人参、九十九片冰薄荷、九十九颗无花果以及九十九滴甜甜的露水做成，于是黄帝在这山上昼夜寻找。他爬过了一个个陡峭的岩壁，登上了一座座险峻的山头，用了五年的时间，终于找齐了前四种成分，只是这甜露水迟迟不见踪影。

这一天，黄帝又去寻找露水。到了晌午十分，他走累了，看到桃花溪上有块儿平整的大石头，就爬上去睡着了。朦胧中他看到有个白发的老人骑着白鹿，缓缓向他走来。他连忙上前施礼道："老仙翁，你知道这山中的甜露水在哪吗？"只见老人扔了一块儿方巾在他的脚下，他仔细一看，上面写着"丹井"两个大字。黄帝一喜就醒来了，他赶紧爬起来，找来斧子在大石头上打凿，经过七七四十九天，他终于在石头下找到了一口井，井里的水清凉爽口。之后黄帝带领浮丘公和容成子，将各种药捣碎，准备生火炼丹。

他们把附近山上的树都砍光了，但木柴还是不够用，于是他们又到很远的山上去砍。他们必须保证这炼丹炉里的火持续不断，于是他们有的砍柴，有的看守炉子，分工非常明确。经过三年的时间，这仙丹终于炼成了！黟山顿时发出万道光芒。

那些逃走的臣民听说仙丹炼成了，就都跑回黟山来了。只见黄帝、浮丘公和容成子吃了仙丹，都渐渐离了地，升到天上去了。他们也想追随了去，于是在黄帝离地的一瞬，有个臣子用力一跳抓住了黄帝的腿，当黄帝升到半空的时候，将那臣子用脚一登，那臣子就摔到地上变成了一块怪石。后来人们为了纪念黄帝、浮丘公和容成子，就用他们的名字来命名黟山的三座山峰了。

武夷山的传说

相传在很久以前，这武夷山上住着武族和夷族两个部落。武族人和夷族人生活在不同的地方，他们本来井水不犯河水，过着相安无事的生活：武族人生活在七曲城的高岩一带，他们靠上山开荒种地和下河打鱼为生，生活方式十分清闲自在。他们为了防范外人的侵略，还在七曲城的高岩上筑起了石墙；而夷族人都住在山前的窑洞里，他们靠外出打猎为生，常常在山里追赶飞禽走兽。

这一天，夷族的首领为了追一只打伤的老虎，只身一人来到七曲城的高岩下。他来到这里，顿时被这里美丽的景色所吸引了：只见这城上绿树成荫，果实累累，花香四溢，让人驻足良久。这首领喜欢极了，于是他心中起了歹念，要占有这个美丽的地方。

夷族首领回去之后，便将部队人马召集起来，将征讨武族地盘的愿望告诉了大家。之后夷族军队经过几个月的刻苦练兵，就被派去攻打武族了。

那天晚上，天色很暗，月亮早早的躲到云里去了。夷族人借着点点星光摸索到七曲城的高岩下，他们悄悄地架上竹梯，爬到武族人的城里，与他们厮打起来。哪知武族人也不示弱，他们奋勇抵抗，顽强拼搏。一时间两族人厮打在一起，根本无法分出胜负。

霎时间，天空中出现一道金光，一个骑着五彩金鸡的白发老人从天而降。只听得金鸡一声啼叫，那老人就稳稳当当地落在了七曲城的高岩上。

两族兄弟见了，都不觉吃了一惊，他们住了手，张大嘴，直钩钩的盯着老人。只听老人说道：“两族兄弟为何斗成这样？何不好好相处，将这碧水青山开发得更加美丽呢！”这时夷族人的首领问道：“敢问老伯尊姓大名，为何来到此处？”老人答道：“我正是这山上的神仙，见你两族人在这打斗，特地前来劝解

的。”两族人这下才知来人是神仙，慌忙收起了手上的刀剑，跪地谢过老人。

谁知老人接着说道：“我这金鸡就送与你们了。从此，每天早晨这金鸡报晓，你们就起来耕作打猎，和和美美的生活在一起。”之后两族人民欢呼在一起，随着一声大笑，这白发老翁立时不见了踪影。

此后武族和夷族人就成了快快乐乐的一家人，他们幸福的生活在一起。日子久了，人们就将两族共同生活的山叫做武夷山了。

锁龙潭的由来

传说每年的二月二，体重刚好十斤的鲤鱼能越过龙门，之后它就能变成龙了。要是能变成神龙，就能翻手为云覆手为雨，还能腾云驾雾，显示自己的威力。但是体重十斤并不好控制，很多鲤鱼不是重了就是轻了，根本没有跃龙门的资格。

黄河里有这么条鲤鱼，它每天都幻想着自己能够变成龙。但是到了二月初一的这一天，它量过体重后发现，还差四两。它想，这下完了，就剩这一天一夜，怎么长也长不了四两肉啊，于是小鲤鱼垂头丧气地游到岸边，想透口气。

在岸边，小鲤鱼看到一只小鳖娃，它正趴在岸边哭泣，恨自己投错了胎，没长成鲤鱼。小鲤鱼过去安慰它。小鳖娃见了鲤鱼，抹了抹眼泪说道：“恭喜你啊，明天你就能跃龙门了！”这一说说到了鲤鱼的痛处，鲤鱼摇了摇头，叹口气说：“不成啊，我现在还不够十斤呢，这辈子就别想了。”小鳖娃忙问：“差多少呢？”鲤鱼回答说：“差了整整四两。”小鳖娃立刻转啼为笑，说：“我刚刚过秤，正好四两，你带上我吧，把我放到你的嘴里，这样一定能跃过龙门。”鲤鱼想了想，皱着眉头说：“这办法好是好，但这可是欺君之罪，要是玉帝怪罪下来，会遭到杀身之祸的。”小鳖娃见鲤鱼如此胆小，忙劝解道：“你别怕，只要你不说，我不说，这事还会有谁知道呢！再说你要是成了龙，还怕谁呢？”鲤鱼一听也有道理，于是忙许下偌言：“以后我要成了龙，一定不会亏待你的！”小鳖娃忙拍手称好。

第二天，鲤鱼带着小鳖娃排队过秤。上了秤一称，刚好十斤，它们就跃过了龙门。之后鲤鱼变成了苍龙，小鳖娃变成了鳖精，它们在一夜之间称雄称霸了。

苍龙到了天上，对着鳖精说："你在这天上不能呆太久，否则查出来，我们就遭罪了。你还是回到河里去生活吧。"鳖精一想，这天上神仙那么多，哪有展示自己威风的时候，于是就同意了苍龙的提议，回到河里去了。

苍龙对鳖精不薄，它到黄河上空，用尾巴一扫，给鳖精扫出了个近百亩的水潭。但是鳖精一点也不知足。到了雨季，它还会在黄河上掀起巨浪，毁坏周边的村庄，淹死村里的百姓，将岸边的土地占为已有。

几年之后，玉帝听说了鳖精干的坏事，于是下令让苍龙将它捉拿回来。苍龙听了有些为难，但还是赶紧领命下去了。苍龙飞到黄河上空，鳖精见了赶紧出来迎接。

苍龙沉下脸说："鳖精，你把事情闹大了，玉帝派我来捉拿你了！"鳖精一听露出了狰狞的笑容，说道："苍龙，你别忘了，我们可是一条绳上的蚂蚱，你把我捉走，我就将跃龙门的事情抖落出去。"苍龙一听就害怕了，忙说："鳖精老弟，这事我帮你搪塞过去，只是以后你做事别太过分了。"鳖精笑而不语。

苍龙回到天上，向玉帝禀报说，鳖精已经知错了，它对自己做过的错事后悔不已，现在正做好事弥补。玉帝相信了苍龙的话，决定不再追究此事。但是鳖精更加胆大妄为了，有一次，它又在黄河上兴风作浪，造成黄河岸边十几处决口，很多百姓流离失所，死于突发其来的洪水。

玉帝得知此事，派人下到凡间查个究竟。因而当年苍龙和鳖精跃龙门，蒙混过关的事也被牵扯出来。玉帝听了大怒，派人立即杀死了鳖精，并将苍龙贬到人间，锁在了龙潭里。此后人们就将潭水的名字改为锁龙潭了。

玉龙山的传说

相传古代的丽江一带是一片湖泊，人们住在湖岸上，生活得悠闲自在。谁想有一年，玉龙山来了个旱妖。这妖精放了八个火太阳在天上，从此之后，人间就没了黑夜，大地被烤得裂了缝，河流和湖泊里的水也被烤干了，树木和庄稼都被晒死了，人们躲在屋子里不敢出来。

附近村子里有个叫做英古的姑娘，她聪明勇敢，健壮美丽。她受够了旱妖的折磨，就下决心找到东海的龙王，请他来解救受难的乡亲们。为了防晒，英古拔

掉已经被晒死的小鸟羽毛，做了一件“顶阳衫”披在身上，向着东海跑去。

这一路上，英古不畏艰险，她爬过了一百多座大山，涉过一百多条河流，终于来到了一片一望无际的海滩上。但是面对着滔滔江水，英古犯了难，怎样才能找到龙王呢？这水上又不可能开出一条路来。想着想着，她就在海边唱起了歌：旱妖祸害人间，把八个火太阳挂上天。求龙王开开恩，救救受苦受难的人们！英古一遍一遍的唱着，只希望龙王能够听见。

这天，正巧龙王的三太子到海面上玩，他听到英古的歌声深受感动，于是他化身为英俊的青年走到英古身旁，想进一步了解情况。谁知两人越聊越投机，并渐渐喜欢上了对方。之后三太子向英古诉说了自己的身世，并送给她一枚能够避水的宝戒指。英古高兴极了，心想这下能够见到龙王了。

三太子带着英古进入龙宫见龙王。龙王和旱妖本来就是死对头，他又听英古说旱妖正在人间作怪，顿时火冒三丈，于是派三太子携带雨水，立即同英古回家救灾。三太子驾上祥云，带着英古飞上了天，只一转眼的功夫，他们就回到了英古的家。

此时大地被烤得四处冒烟，空气中满是烧焦了的味道，三太子见了这触目惊心的惨状，不禁流下泪来，于是他赶紧做法变化。一转眼的功夫，天空中布满了乌云，接着雷声不断，天上下起了瓢泼大雨。乡亲们见下了雨，纷纷从屋子里跑出来，他们手拉着手，在雨地里唱起了欢快的歌，好不快活。三太子和英古见了，高兴得抱在了一起。

正在这时，旱妖出现了，他见天上下起了大雨，气得大声吼叫起来。三太子对旱妖恨之入骨，他忙从口里吐出大水朝着旱妖喷去。旱妖见三太子来势凶猛，斗不过他，于是转身逃到自己早已设好的陷阱旁。然后旱妖试图用激将法将三太子吸引过来，他说：“区区龙王的三公子，能把我怎样！倘若你敢过来，看我不把你烧死！”三太子年轻气盛，忙答道：“好吧，你个妖怪，看我不把你淹死！”他说着就冲了过去。只听“哐当”一声，三太子掉进陷阱里去了。旱妖见了忙堵住洞口，并发出了奸诈的笑声。

英古见三太子被困，就披上顶阳衫，和旱妖打斗起来。他们一连打了九天，英古耗费了全部的体力，汗也流干了，最后被累死了。碰巧这时一个神仙路过，他见姑娘累死在地，旱妖在人间肆虐，于是动了恻隐之心，就用雪做了一条龙和旱妖搏斗。只见这雪龙一张嘴就将天上的八个火太阳吞进了肚子里，之后他吐了个雪圈将旱妖团团围住，旱妖只挣扎了两下就被冻死了。最后雪龙将旱妖压在了身底下，令他永不能翻身。日子久了，这雪龙就变成了一座高峰，就是如今的玉龙山。

洱海神祠的来历

相传在一个村庄里，住着个美丽的姑娘。这姑娘家里十分贫寒，但是她人非常勤劳，常常上山砍柴补贴家用。这天，她像往常一样到山上砍柴，忽然发现树林中隐约闪着红色的光。走到跟前一看，原来是一棵树上长满了红红的桃子。姑娘看桃子熟得非常好，就顺手摘了一个吃了。

说来也怪，没过几天，姑娘就怀孕了，而且仅仅两个月以后，姑娘就生下了一个大胖儿子。姑娘的父母觉得此事蹊跷，就让姑娘将儿子扔掉算了，也免得招来别人的闲言碎语。姑娘非常舍不得，但是她一人也无法将孩子养大，于是她狠下心，将孩子扔到了山里。

姑娘扔掉孩子以后，夜不能寐，饭也吃不下去，人眼看瘦了下去。这日，她思念孩子心切，于是想到扔掉孩子的地方去看看。晌午过后，姑娘跑到山上，只见有条大蟒蛇正叼着东西往孩子嘴里送。刚刚一个月过去，孩子却长得很高很壮，姑娘见了，高兴得痛哭起来。于是她下了决心将孩子抱回去自己抚养。

转眼间，十二个年头过去了，孩子长得又高又大，非常招人喜欢。他经常跟着母亲上山砍柴，还总喝山上龙潭里的水。奇怪的是，孩子虽然才十二岁，但是他能辨别山上的各种草药，街坊四邻有个小病，孩子就能治好。

这日，孩子又去山上的龙潭里喝水，只是一口下肚，他觉得水比平时热了很多。正当他猜测，是不是龙王得了什么病的缘故的时候，忽然从龙潭里跑出个巨人，问孩子能不能治病。孩子也不害怕，他点了点头，说可以一试。

刹那间，潭水向两边分开，一条透明如水晶的道路露了出来，这道路直通向潭水深处。孩子跟随着巨人跳进潭里，一直走到了潭底的龙宫里。进了龙宫，只见龙王直挺挺的躺在床上，他不停的呻吟着，好像忍受着巨大的痛苦。孩子见龙王这个模样，紧忙从怀里掏出一棵草药来，对着龙王说：“龙王陛下，这是千年灵芝，我寻遍这大山才找到一棵，它能治百病。如今您拿去用吧。”巨人立即派人将药煎了给龙王服下。

龙王服下这药，病一下子就好了。为了表示对孩子的感激，他拿出很多金银珠宝送给孩子，让孩子随便挑，要多少有多少。但是孩子对这些并不敢兴趣，他觉得龙宫非常新奇，于是想在龙宫多待些日子，玩个痛快。龙王爽快的答应了。

这日，孩子在龙宫里玩，他莽撞的跑进一间屋子，发现墙壁上挂着件龙袍。由于好奇，孩子就穿上了龙袍。顿时，整个龙宫都跟着颤抖起来，孩子变成了一条黄龙。龙王见了，哈哈大笑起来。龙王为什么笑呢？原来在那下关，盘踞着一条黑龙，这黑龙无恶不作，它口吐大水，将整个大理城淹没在洪水之中。玉帝听说了此事，就让龙王接手管理。但是黑龙法力无边，龙王只有等待那个能穿上龙袍的人，助他一臂之力。所以龙王见孩子变成了一条黄龙，自然喜不自胜。黄龙听了龙王的命令，立即跑到下关找黑龙去了。

黄龙非常厉害，几个回合下来，就把黑龙的眼睛打瞎了，接着城市的水患也解除了。再后来，人们为了纪念他，就修了座给他，庙的名字叫做洱海神祠。

望夫石的传说

望夫石山位于叶县城东南20多公里外的辛店乡，它因山顶有尊远看貌似女人盼丈夫归来的石头而得名。关于这块石头，流传着一个动人的传说。

相传很早的时候，在长江边上住着一个幸福的人家。这家的男人叫做渔郎，女人叫做织女，他们从小就青梅竹马，情意很浓。渐渐的他们长大了，更是情投意合，总有话说。之后他们便成了亲，如今情意绵绵，谁也离不开谁。这男人每天种地、上山砍柴，女人温柔贤惠，在家纺织。他们男耕女织，相亲相爱，日子过得虽然清苦，但是非常快活。

本地有个李姓的大财主，他心肠十分狠毒，又很贪心。有一次，织女和渔郎上镇子上卖柴，被到处闲逛的财主看到了。财主见织女长得眉清目秀，貌若天仙，就想把她抢来做小妾。但是渔郎该怎样处置呢？财主想了好几天，终于想出了个完全之策。他花重金买通了这县上的官府，把渔郎征去服兵役，并且兵役期限是三年，正月十五一过，立即出发。财主想，三年一过，渔郎兴许就死在了战场上，到时他将织女娶回家也算合情合理了。想到这，他不禁露出了狰狞的坏笑。

再说渔郎和织女，他们听到这个消息后，不禁黯然神伤，哀声叹气，他们久久的抱在一起，不愿分离。就这样，两人相拥着哭了一天一夜，直到第二天，公鸡打鸣，太阳出来了，他们才分开去做事。接下来的一个月，织女拼命的织布，她要给渔郎缝够穿三年的衣服，包括帽子、手套和棉袜，严冬之时不让他在营地受冻。渔郎也不闲着，他每天早出晚归，到山上去打柴打猎，给织女预备过冬的粮食和银钱，不让织女挨饿受苦。

日子过得真快，过完了年，转眼到了正月十五。当天夜里，明月当空，夜朗星明。渔郎和织女手拉着手跑到山顶，他们相拥在一起，对着月亮许下了诺言。织女说："渔郎，三年以后，我们在这相聚。我对你的心永远都不会变，我会一直等着你！"渔郎说："好，三年后我来这里找你！决不食言。"第二天，渔郎就踏上了征途。

渔郎走后，织女每天都跑到山上，重温那晚她和渔郎走过的地方。她日日盼，月月盼，盼来了满山青草，又盼到了满树枯叶。一年春去冬又来，织女想，还有两个年头了，丈夫很快就回来了。她常常在山顶上唱起思念渔郎的歌，以为渔郎在远方可以听到她的思念。

就这样，日子一天一天过去了，眼看三年的期限到了，织女高兴极了。但是这天，李财主来到织女的家，他进门就说："你丈夫死在了战场上，别傻等了，跟我走吧。"他说着就想上前来拽织女。织女根本不能相信这样的话，她随手抓起一口锅，就朝财主头上砸去，然后疯了似的跑到山上去了。

随后的日子，织女家也不要了。她日日立在山顶上等待眺望，她坚信丈夫没有死，他一定会来山上找她。她盼啊盼，不管风雨雷电，久久的立在那里。日子久了，织女竟然化作了一座巨石。人们为了纪念这对忠贞不渝的夫妻，就将这块石头叫做"望夫石"了。

吴山第一泉的传说

传说很久以前，杭州辰光一带没有一口井，人们吃水都是靠当地的雨水。庆幸的是，这儿的雨水既均匀又充沛，人们从没为吃水发过愁。

不料有这么一年，一连几个月都晴空万里，一滴雨水都没有。天不下雨，百

姓吃水非常困难。官府为了祈雨，便从远处请来和尚做法，而且硬要当地的人们去磕头跪拜。

但是几天过去了，和尚做法根本没起到任何作用，但是百姓仍要跟着跪拜遭罪。这时，一个老人站出来对着官府说："这种方法根本无济于事，不要再浪费时间让百姓遭罪了。如果给我三天时间，我可以找到水源，否则就杀死我吧。"官府的人听了虽然有些生气，但是他们想，不妨让老人试试，兴许可以找到水源呢！若找不到再判他个"违抗官府"的罪名也不迟。于是他们就答应了。

老人回到家后，把儿子和孙子都叫到跟前说："如今我答应官府，在三天之内找到水源。我走不动了，你们快给我雇顶轿子来，抬我到城墙上转转。那里站得高看得远，定能找到水源。"

于是儿子和孙子抬着老人来到杭州的城墙上绕圈子。他们三日绕了九圈，最后老人终于发现，在城隍山脚下有股烟雾直往上冒。这些烟雾不断地往上升，它们升到天上结成了朵朵白云。老人高兴的对着儿孙说："你们看，这烟雾下边一定是龙脉呀，一定有条龙在下边呼气呢。我们挖开地，肯定能找到水源。"

第四天，老人找来许多人挖井。但是他们挖呀挖的，挖了三丈三尺深，却根本不见半滴水。官府的人见了大怒，就把老人杀了。老人的儿孙大哭了一场，他们埋掉老人的尸体后，就拖着疲惫的身体回家了。

第二天，因为老人的死，他的儿子越想越难过。为了完成父亲寻找水源的任务，儿子仍然到城墙上去转圈。只见那城隍山脚下他们挖井的地方升起了更浓的烟雾，而且天上的云朵更多了。于是他认定是官府错杀了老人，循着那个地方再深挖下去，一定可以找到水源。接着，儿子也找来很多人挖井，他们又挖了三丈三尺，但是仍然不见一滴水。官府的人知道这回事，就不由分说将老人的儿子也杀死了。

孙子又大哭了一场，随后他将父亲埋在了爷爷的坟旁。他由于孤单寂寞，也想念爷爷和爸爸，仍然到那城墙上去转圈。他见到爷爷和爸爸挖井的地方烟雾浓得什么都看不见了，再看天上，云彩积在一起，好像要下雨的样子。于是他也找来很多人挖井，再挖了三丈三尺，就挖不动了，因为下边就是大岩石了。孙子蹲在那岩石上愤怒的说道："龙王啊龙王，你也不睁开眼看看，几个月不下雨，大地都干得裂了缝，你叫老百姓怎么活呀！我的爷爷和爸爸都死在了这里，今天我也跟你拼了！"说完就一头撞到了石头上。

只听轰隆一声响，岩石裂开了一条缝，一股泉水从石缝中冒出来了。这水越冒越多，不久就将这九丈九尺的大深坑装满了。泉水把孩子托上了井口，但是人们看到孩子已经死了。就把他埋在了他爷爷和爸爸的坟旁。

后来人们又照着这口井，在杭州挖了更多的水井。人们解决了吃水问题，都高兴极了。他们为了纪念祖孙三人，就将城隍山脚下的水井称作“吴山第一泉”了。

望月台的传说

当年唐僧师徒四人西天取经。他们一路奔波劳累，途径白马坡之时，猪八戒走不动了，于是他们决定在这伏牛山脚下的一个土地庙里休息一晚，第二天再上路。

傍晚时分，孙悟空和猪八戒安顿好师傅后，就到这山上找东西吃去了。他们腾云驾雾，来到这伏牛山顶一看，只见这山前山后满是黄土和碎石，寸草不生，只有那半山腰上有片林子。他们想这林中兴许能有野果，于是就来到了树林旁。只见这树林旁边立着一块大黑石，石头上写着“禁止百姓入林”的大字。二人见了这些字，你看我，我看你，好不疑惑。于是他们决定找人问一问。

两人一个跟头就翻到了村子里，找当地的百姓一问才知，原来这里人穷地薄，当年给龙王献礼求雨时把龙王给得罪了。此后的三年，龙王也不来做法降水，使这里酿成了很大的旱灾。百姓没水吃，就到处打井。但是没过多久的一天晚上，村子里刮起了大风，人们吓得蜷缩在屋子里不敢出门。第二天大家出来一看，才知打出来的几口井都不见了，而在这半山腰上凭空出现了一片树林。百姓们想，没有井水有树林也能打些猎物来吃，但是那林外还写着禁止入内的字样，百姓们猜到是龙王所为，哪敢违抗进入。

孙悟空听人一说，顿时火冒三丈，当下就要找龙王算账。这时站在一旁的猪八戒说道：“猴哥，何必动气，看我老猪的！”说着又回到了树林。猪八戒抡起铁耙就朝林子打去。只听轰隆一声，山摇地动，尘土飞扬。待到浮尘散去，原地现出一个足足有二十亩的大池子，泉水咕嘟咕嘟地往上冒。第二天，百姓们听说那半山腰上出现了个池子，都高兴得拍手叫好。

正当徒弟三人收拾行李，想继续赶路之时，唐僧忽然说：“徒儿，我们不能

就这么走了。倘若我们一走，那龙王再来欺负百姓该怎么办？百姓们肯定遭罪啊！”徒弟三人听了觉得有理，只听沙僧说道：“师傅说得对，让大师兄跟那龙王说一声不就得了。”于是孙悟空翻了个跟头，一眨眼的功夫就到了海边，瞬时钻进海里找龙王去了。

孙悟空到了龙宫就大声喊道：“老龙王，你孙猴子爷爷来了，快给我出来！”龙王听了当然生气，他没好气的说：“大胆猴子，敢上我这来撒野。来人给我拿下！”可是，那些虾兵虾将哪是孙悟空的对手，孙悟空一棒下去，就搅得龙宫晃了几晃。龙王想将孙猴子引出宫去，于是他们在陆地上大战了几个回合，最后来到了伏牛山。孙悟空又一棒下去，老龙王抵挡不住，于是赶快逃命。哪知猪八戒正在龙王背后，他一耙下去就将老龙王打得现了原形。二人降服了龙王，告诫他说：“你个老龙，你孙爷爷是想告诫你，今后别再为难这里的百姓，要及时施法降雨，听见没有！”接着孙悟空又对着龙王和这里的百姓说：“我老孙有千里眼和顺风耳，你们在这里打个台子，只要这老龙再欺负你们，你们就登台大喊‘孙大圣何在？’，我就来收拾他！”

孙悟空说着就举起金箍棒，朝着山崖一戳，崖上立刻现出一片平地。接着他拔下几根猴毛，说了声“变”，这山崖上就长出了三颗参天大树，它们的枝叶巧妙的结合在一起，仿佛一张天床，之后他们师徒四人就上路了。从此以后，这里风调雨顺，人们生活得非常幸福。而那个台子，人们就取名为“望月台”了。

风穴寺的传说

风穴寺坐落在洛阳南边嵩山少室的南麓，这里环境极其优美，殿堂错落有致，泉水从中穿过，周围群山环抱。关于这座寺庙的建立，当地流传着一个有意思的传说。

相传最早的时候，风穴寺的地址选在距此地三里远的白马石沟处。当时，领工将一切材料都备齐了，也选定了良辰吉日动工。但是就在动工前一天的夜里，白马石沟突然刮起了大风。风声大得像是在打雷，人们躲在屋子里，见外边天黑得伸手不见五指。白马石沟从没有过这样的天气，人们很是纳闷，又不敢出门去看。待到第二天天晴之后，领工起来一看，他们辛苦备好的建寺材料，在一夜之间不翼而飞了。大家见了，也都非常吃惊：就算是有人偷了去，但是一夜之间也没力气全都搬走啊。领工立即将大家集结起来，派人分头寻找材料的下落，下决心将它查个水落石出。

于是大家四散而去。他们翻山越岭，趟过小河，最后终于在如今风穴寺的地方找到了那些建筑材料。领工前去一看，那些材料整整齐齐的摆在那里，不像是人为所致。他怎么也想不明白，这些材料是怎么到达这里的。于是他爬到附近最高的山头上去，放眼一望，周围群山起伏，山山相连，非常壮观。而搁置材料的地方正好在群山的包围之中。如果说把群山比喻为一朵莲花，那么此地就像是莲花的花心，美丽极了。再仔细一看，这山间还有一股清泉，正好流经"莲心"侧旁，形成了一个圆形小湖。而且"莲心"到山间还有一条弯曲的小路连接着，非常方便人们出行。

领工看完不禁哈哈大笑，他立即想到：不用再查下去了，搬运材料一事一定是佛祖所为。此地如此秀美壮观，在这里建寺真是再合适不过了。于是领工立即派人将此事禀告到上头，没想得到了上头的鼎力支持，于是他们就在此地建寺，并因为是佛祖"以风点穴"，于是将寺庙的名字改为"风穴寺"了。

修建寺院的时候，正值一年中最热的时候。虽说工匠们一个个热得汗流浃背，口干舌燥，但是他们还能顶住疲惫继续建寺。最让大家烦心的是，由于天气太热，刚刚和好的石灰转眼间就都干结了，等到用水泥的时候再临时和灰就非常麻烦了。正当大家叫苦连天的时候，天上忽然飘来一片白云，它正好罩在寺院上空，挡住了大太阳。工匠们趁机加快了做工的节奏。更有意思的是，此后这白云一直罩在寺庙的上空，直到寺院完全建成。寺庙建成以后，领工就将寺庙的名字改为"白云禅寺"了。

玉泉山玉泉的传说

北京玉泉山的玉泉被称为天下第一泉，是古代燕京八景之一。玉泉位于北京西郊颐和园以西的玉泉山东麓，这里风景俊秀，景色宜人。玉泉之水因"水清而碧，澄洁似玉"，得名为"玉泉"。明代著名文人胡应麟有诗赞曰："飞流望不极，缥缈挂长川。天际银河落，峰头玉井连。波声回太液，云气引甘泉。更上遗

宫顶，千林起夕烟。”明代蒋一葵也在他所作的《长安客话》中，对玉泉山玉泉之水作了生动的描绘：“出万寿寺，渡溪更西十五里为玉泉山，山以泉名。泉出石罅间，渚而为池，广三丈许，名玉泉池，池内如明珠万斗，拥起不绝，知为源也。水色清而碧，细石流沙，绿藻翠荇，一一可辨。池东跨小桥，水经桥下流入西湖，为京师八景之一，曰玉泉垂虹。”

关于玉泉，北京人还流传着一个“高亮赶水”的传说。

很久很久以前，北京一带的水全是苦水，北京被称为“苦海幽州”。苦海中住着一个凶残的龙王，他带领龙子、龙女、龙婆把百姓们赶到山上居住，霸占了苦海，百姓们苦不堪言。

有一天，北京出现了一个名叫哪吒的少年，他本领高强，打败了龙王一家。哪吒先让龙王把北京的海水吸走，让苦海变成一片陆地，然后，又命令他们全都迁徙到一处海眼中，还用宝塔镇住了他们。

龙王虽然被打败了，但心里并不服气。他和龙子、龙女、龙婆一直恨恨地呆在塔里，等待着机会报仇雪恨。

这一天，龙王忽然听说刘伯温要在幽州盖北京城，心中暗想：“这次一定要报仇，让他们吃点苦头。”第二天，龙王带上了龙子、龙女、龙婆，推上独轮车，乔装成赶集的百姓，混进了北京城。进城之后，龙子偷偷地把北京的甜水吸光，龙女则把北京的苦水吸光，然后变成两只鱼鳞水篓，被龙王、龙婆放在独轮车上，径直朝西郊而去。

主持修建北京城的刘伯温听说北京的水全被龙王一家带走了，急得好像热锅上的蚂蚁，忙问左右有谁敢去拦截。可问了半天，也没人回答一声。这时，有个叫高亮的年轻木匠自告奋勇，愿意阻截龙王一家。刘伯温听后大喜，给了高亮一把红缨枪，让他马上追赶。高亮果然勇猛非常，一会功夫就在西郊玉泉山脚下追上了龙王、龙婆。二话不说，一枪戳破了龙女变的鱼篓，只见苦水从篓中涌出。这时，见势不好的龙子赶忙显出真身，钻进了玉泉山中。后来，龙王、龙婆也被赶来的百姓杀死，玉泉山则因为躲着带有甜水的龙子而有了玉泉。

济南珍珠泉的传说

济南珍珠泉如今位于济南市泉城路北的珍珠饭店院内。此泉约有一亩见方，泉水自地下涌出，但见水珠明亮晶莹，状若珍珠，似千串珍珠串自水中上浮，故名珍珠泉。珍珠泉虽不及趵突泉的名气大，但其品质却与趵突泉水不相上下。清乾隆皇帝用特制银斗称量天下名泉，此水重一两二厘，只比北京玉泉山玉泉水和塞上伊逊之水略重，因此乾隆皇帝将珍珠泉评定为“天下第三泉”。

清代王昶《珍珠泉记》描绘了珍珠泉水飞扬的景色，书中写到：“泉从沙际出，忽聚忽散，忽断忽续，忽急忽缓，日映之，大者为珠，小者为矶，皆自底以达于面。”明代诗人边贡也曾写到：“曲池泉上远通湖，百尺珠帘水面铺。云影入波天上下，藓痕经雨岸模糊。闲来梦想心如见，醉把丹青手自图。二十六年回首地，朱阑碧树隔方壶。”

关于这珍珠泉为何有“跳珠溅雪碧玲珑”的奇景，民间还流传着一个故事：

相传远古时代的大贤人——舜，就出生在山东的千佛山一代（古时称历山）。舜经常和百姓们一起耕种，受到百姓们的爱戴。后来，尧把王位禅让给了舜，还把自己的两个女儿——娥皇、女英许配给了他。

当了领袖的舜更加勤政爱民，经常去各地巡视。

有一年，舜去南方察看水灾。不想在他走后不久，山东一带就爆发了大旱灾，百姓们的生活苦不堪言。娥皇、女英看到这样的情景很是着急，决心为丈夫排忧解难。她们两个带领百姓们一起祈祷，希望上天能早一天降下雨来。可她们跪拜了足足一个月，天上也没有掉下一滴雨来。

于是，娥皇、女英决定带领百姓自己动手寻找水源。他们挖啊挖啊，终于挖出了一眼井，可是井虽然已经很深，但依然没有水从里面冒出来。正在这时，舜的随从来报说，舜在南方的苍梧病倒了，要娥皇、女英赶快前去照顾。

娥皇、女英听后不敢怠慢，慌忙收拾行装准备出发。在与乡亲们告别时，她们两个想到没有能够带领百姓找到水源，自己走后大伙不免受苦，禁不住一串串泪珠洒落大地。这时，奇迹发生了，只听得“哗啦”一声，泪珠滴处竟然冒出了一股股清泉。这清泉水如同串串珍珠向外涌出。这股泉水就是如今的珍珠泉。娥皇、女英见有了水源，就安心的赶往苍梧去了。

第五章 风物溯源

麻布之母西荫氏

相传古时候，人们没有衣服可穿。天冷之后，人们就用树叶或是兽皮遮风避雨。黄帝的老婆西荫氏看了之后，心里很不好受，于是她决定想办法来解决百姓的穿衣之事。但是该怎么办呢？西荫氏为了这茶不思饭不想，夜不能寐。

有一天晚上，西荫氏做了一个梦。梦中一个白发须眉的老人走到她面前，说了这样的话："难为你日夜为百姓的穿衣问题着想，这崂山东海的扶桑山上有个扶桑大仙，你去找他想想办法吧。"西荫氏醒来之后，觉得这个梦很是稀奇，于是决定到扶桑山探个究竟。

西荫氏带了些盘缠，只身一人朝着东海走去。她翻山越岭，跨沟过河，走了很多很多天，终于来到东海边上。只见眼前是一片一望无际的大海，却不见扶桑山的踪影。这一路西荫氏受了不少苦，如今却找不到扶桑山，不禁急得大哭起来。她一边哭，一边喊道："海神啊，快让我过海，找到扶桑山吧。"她的话音刚落，只听"嗖"的一声，从海面上飞来一只大雕，它飞到西荫氏的面前，对她说："上来吧，我帮你找扶桑山。"西荫氏听了立即转啼为笑，她谢过大雕，就爬到了它的背上。待她坐稳后，大雕"嗖"的一声窜上了天空，西荫氏一害怕就闭紧了双眼。等她睁开眼睛的时候，大雕已经落了地，她下来一看，果然前头有座大山，但是却不见一间屋子，而且四下连个人影都没有。她正想问问大雕这是什么地方，后头一看，大雕也没了踪影，只把她一人留在了这荒山野岭。

没有别的办法，西荫氏就上山去了。她在这山上找了个遍，就是不见一间屋子，也不见一个人。她走啊走的就走累了，于是见天还早，就决定找个阴凉的地方歇歇脚。她刚坐下，忽然发现大树的正前方有个山洞，因为好奇，她决定到山洞里看个究竟。刚进洞口，她就看见两个白发须眉的老人正在下棋。老人见来了个女人，于是叫道：“你是什么人，此地不准女人来，你赶快走吧。”西荫氏也不害怕，她恭敬地说道：“两位老仙人，我是来找扶桑大仙的，我想求他帮我找给人们做衣服用的东西。”另一个老人忽然说：“这里哪有什么仙人。我这山上就有桑树和桑蚕，你老远来一趟，就送你些桑子和蚕子吧。”说完他就从塌下拿出两包东西递给了西荫氏。

正当西荫氏拆开包，查看东西的时候，两位老人也不见了。西荫氏着急死了，她想自己跋山涉水的好不容易来到这，就得到这两包东西怎么回去交代呢！于是她不禁掉下了眼泪。正在这时，大雕又出现了，它来到西荫氏面前说：“别哭了，你刚才遇到的就是扶桑大仙了。你把他给的桑子种到地里，待到来年就会长出桑树来，把蚕子放到树上，它就会变成蚕虫，蚕吃了桑叶就能吐出蚕丝来。这蚕丝就能做衣裳了。”西荫氏听了这话才恍然大悟，她连忙跪在洞口磕了几个头，随后跟着大雕走了。

可惜的是，那个纸包漏了个小口。等到大雕把西荫氏送回家，纸包里只剩下了几粒种子。西荫氏一看，顿时慌了神。大雕忙安慰说：“还有种子就不用愁。你把它们种到山上去，几年后照样可以长出一大片桑树来。到那时，再给人们做衣裳也不迟。”西荫氏听了，忙派人把桑子种上了。果然过了几年，山上长出了一大片桑树。后来西荫氏又教人们抽丝织布，从此人们就有了衣服穿。

木梳的来历

相传很久以前，人们不懂得打扮，也没有镜子和梳子等饰品，都是披头散发的样子。头发实在长了挡住了眼睛，人们就用手去抓弄。那时在常州南郊的清水潭畔，有个叫做赫廉的年轻人，他心灵手巧，见大家手抓头发的样子，就用骨头、木头造了些五指梳。但是他对造好的梳子并不满意，可一时也找不到改良的办法。哪知不久就发生了战事，赫廉被征去当兵了。之后赫廉所在的部队战败，他们的首领蚩尤战死，天下被轩辕占了去，赫廉一行人就成了俘虏。

赫廉成了俘虏之后，还是对造梳子的事情念念不忘，他常常将五指梳拿出来雕刻琢磨，希望可以找到改良的方法。这一天，他正打磨得来劲，不巧被看守发现了。看守发现他手中的东西怪模怪样的，也不细加询问，就将他绑起来鞭打。

之后看守将此事告诉了黄帝，黄帝听信了看守的一面之词，以为赫廉在图谋不轨，就下令将他打入大牢，择日处决。

这死牢里有个叫皇甫的看守，和赫廉一样，本身是个匠人，也是被征去打仗的。后来因为他是黄帝的妻子嫘祖娘娘的远亲，于是被调到这牢里当看守。这日，他见赫廉被打得血肉模糊，于是偷偷的上前给他包扎伤口，询问起来："老兄，听说你也是个匠人，你到底是因为什么被打成这个样子的?"赫廉见这看守十分照顾自己，于是非常感动，就将一切都告诉了他。

皇甫听后非常同情，他给赫廉松了绑，悄悄跟他说："你还是走吧，你出去还可以给大家多造些梳子，黄帝怪罪下来由我担着。再说，碍于嫘祖娘娘的面子，他也不会致我于死地的。"赫廉听了哪肯同意。皇甫想了想又说："要不这样，你连夜将梳子改良好，由我去献给嫘祖娘娘，她开了恩或许你就死不了了。"赫廉想：时间这么紧，如果造木梳子可能还来得及，于是就答应了。之后赫廉和皇甫经过一夜钻研，终于将一把多齿的木梳子造好了。

第二天一大早，皇甫就来到嫘祖娘娘的房门口等候了。等嫘祖娘娘刚一出门，皇甫就赶紧将梳子献上，并说明了赫廉的冤屈。嫘祖娘娘顺手用起了梳子，觉得既方便耐用又美观，于是她带着皇甫高高兴兴的见黄帝去了。

再说轩辕黄帝，见嫘祖娘娘头发梳理得干净利落，好像变了个样子，当下大喜，问是用的什么法子，嫘祖娘娘就将赫廉和梳子的事说给黄帝听。轩辕一听，知道是错怪了赫廉，就立即传令下去，放了赫廉，让他去为万民造梳。

这下可乐坏了皇甫，他恨不得立即飞到大牢，将这个好消息告诉赫廉。但是等他赶到大牢才发现，赫廉已经被拉出去斩首了。皇甫听了如同受到当头一棒，立时倒地不醒人世了。而这一天正是夏历的二月十八日。

这后来，轩辕黄帝将赫廉追封为木梳始祖，又派皇甫统领监制木梳。之后，皇甫领命，将赫廉的尸首运回了他的家乡，又在清水潭畔设立了个梳子坊，将这手艺传给了当地百姓，并以制造梳子为生，直到他八十岁那年死去。那一天正是九月的二十八日。而当地的后人将赫廉和皇甫奉为祖师爷，在每年的二月十八和九月二十八都会举行隆重的祭祀活动。

盐王的传说

据说很久以前，渤海湾上住着一个姓詹的打鱼人。他每天靠出海打鱼为生，日子过得非常快活。这一天，他正在河边补网，发现海滩上停着一对凤凰。而当地流传着这样的说法，凤凰落脚的地方就一定会挖出宝藏，于是这姓詹的打鱼人高兴得赶忙跑了过去。而那对凤凰见渔人走过来了，就展开翅膀飞走了，只留下一行爪印在海滩上。渔人就把留有爪印的沙土小心翼翼的挖起来，开心的带回了家。他将这些沙土用纸包起来放在了灶台上，像供奉宝贝一样供奉着它们。

有一天晌午，渔人炒了个菜吃。菜熟了之后他一尝觉得味道格外鲜美，但是那菜都是平时的材料，怎么会跟往常不同呢？正当他纳闷之时，发现原来是那包泥沙中的水分透过纸渗到了锅里。于是渔人茅塞顿开，从此之后，他常常到海边去取海水，放在锅里炒菜吃。再后来，他渐渐摸索出了一个方法，即将海水放在罐子里，用火烘烤。几个时辰之后，海水被烘干了，罐子里就会出现一颗一颗颜色纯白发亮的东西，这就是后来人们所说的盐。

这渔人自从知道在菜里放盐，会使菜的味道更加鲜美之后，就改行当起了厨师。后来他烧的菜因得到了远乡近邻的一致好评而渐渐有个名气。皇帝听说后，就将他招进宫去了。

自从这詹姓渔人当了皇帝的御厨之后，皇帝的胃口大开，心情也跟着大好起来。这一天他来了兴致，就让詹姓渔人掌厨，请了文武权臣前来赴宴。正吃得尽兴，他将詹姓渔人叫来问：“这天下的美味朕都尝过了，却不知道哪个最好吃，如今朕想听听你的意见，不妨说来听听。”这詹姓渔人为了显示自己发现盐的功劳，随口答道：“万岁爷，依小人之见，这天下的美味莫过于盐了。”皇帝见他并不正面回答自己的问题，而是跟自己打起了太极，顿时大发雷霆，说道：“大胆，敢在这里胡言乱语戏弄朕！”大臣们见皇帝发怒，都不敢做声。只有那詹姓渔人看不出事理，接着说道：“小人不敢戏弄万岁，但是小人说的是实话呀，还请皇帝再三思量。”皇帝听了气不打一处来，就下令将詹姓渔人推出去斩首了。

皇帝御膳房里的厨子知道詹姓渔人被杀的消息后，就再也不敢在皇帝的菜里加盐了。皇帝吃了没放盐的菜，觉得非常不对劲儿，就责问起厨师：“这些菜是怎么做的？淡然无味，叫朕怎么吃得下去？”厨子起初不敢说，在皇帝的逼问下，才战战兢兢的开口道：“自从皇帝将詹姓厨子杀死后，我们就不敢在菜里放盐了。”皇帝不明白，说道：“大胆厨子，你何出此言啊？”厨子赶紧跪在地上磕头，嘴里说着：“小人该死，小人该死，只是那厨子说世上最美味的东西是盐，然后万岁您就将他处死了。”皇帝一时语塞，于是将厨子都遣送下去，暗自琢磨起来：“难不成这盐真是好东西？是我错杀了这詹姓厨师啊。”

后来皇帝封詹姓厨师为盐王，并昭示于天下，人们便尊称他为盐业的祖师了。

蚕花娘娘

杭州嘉湖一带的养蚕人家，在蚕三眠的时候都会吃一种米粉小汤圆，据说这和蚕花娘娘有关。

很久以前，杭州嘉湖一带有户人家，家中的女主人因病早早的去世了，而这家的男人为了赚大钱就到远方做生意去了，只留下他们的女儿和家中的一匹白马。

这小姑娘非常想念父亲，整天都盼望父亲归来。但是一年又一年过去了，小姑娘盼了好久好久，她的父亲却连个音信都没有。小姑娘也没有别的玩伴，她有时孤独得没有办法就和白马说话，日子久了，白马就成了小姑娘很好的朋友，她有什么话都和白马说，而且以为她的行为不会被别人知道。这一天，她又想念她的父亲了，于是摸着白马的耳朵开玩笑说：“白马啊，我想念我的父亲了，不知道他在什么地方，怎么样了。如果你能接他回家，我就嫁给你吧。”小姑娘说完这话就抿着嘴笑了。

哪知奇怪的一幕发生了。白马好像听懂小姑娘说的话了似的，它忽然朝天呼啸一声，猛的向旁边一扯，挣开缰绳，飞奔出家门跑走了。小姑娘很是奇怪，她着急的试图叫回白马，但是白马早就跑没了影，只留下小姑娘一人，孤孤单单的守在家里。

再说小姑娘的父亲，他在千里之外的地方做生意。这天他忽然见家中的白马朝自己飞奔而来，当下心里一惊。只见白马飞跑到自己跟前，咬住他的衣襟就将他拽出了商铺。见白马这个样子，小姑娘的父亲着急了，他想，不会是孩子出了什么事儿，或是家里出了什么问题吧？想着想着他被吓出了一身冷汗，商铺也没顾得打点，就骑上马回家去了。

忽然刮起了一阵旋风，马皮竟会从竹竿上滑下来，裹住了姑娘。

三天之后，小姑娘的父亲骑着白马回到了家。女儿见父亲真的出现在门口，高兴得迎了上来，抱着父亲就不肯松开。父亲见孩子挺好，家里的一切也都好，于是大松了一口气。问了孩子才知，孩子是太想他了，于是父亲就决定在家多住些日子。

住了几日，父亲发现这白马好像变了脾性。它见到自己的孩子就大声的嘶鸣，并好像要挣脱缰绳跑到她身边似的。一旦由孩子牵着这马走，这马就腻歪在孩子身边不肯离去。再看孩子，好像刻意躲着这马似的，应该有什么难言之隐。之后，父亲悄悄的将女儿拉到一边，问女儿到底出了什么状况？孩子就红着脸将和白马开玩笑的话说了。

这人和马是不能结为夫妻的，这事要是传出去，肯定会被笑掉大牙的。孩子的父亲想着想着就发了愁。这样想了三天，父亲终于下了个大决定，干脆将白马杀掉，这样就不至于让孩子为难了。

这一天，他将孩子支出了家门，然后将白马杀掉了。杀掉马后，父亲将白马的皮剥了下来，想将它在衣杆上晾干后再卖掉，心想一定能卖个好价钱。之后，父亲就出家门办事去了。

这小姑娘回到家中，见白马的皮晾在杆子上，于是走上前去观看。哪知一眨眼的功夫，院子里刮起了一阵大风，马皮竟从杆子上滑下来将姑娘裹住了。还不等姑娘大叫一声，马匹就卷着姑娘出门去了。

后来这孩子的父亲回到家中，见杆子上的马皮不见了，自己女儿的一只鞋落在了院子里，就知道发生了意外。他在村中找了三天三夜，终于在树林中找到了女儿。只见女儿被马匹包起来了，手和脚都被包在里边，头却是马头模样。她嘴里一直在嚼着一种叶子，吃饱后，又吐出细丝将自己包裹起来。从此，这平原上又多了一种动物，这就是我们现在所说的蚕，而那“马头姑娘”就被奉为养蚕业的祖师了。

蝶仙赠端砚

相传古时候端州城附近的山村里住着个穷秀才。秀才的名字叫做阿端，他为人良善，爱帮助人。阿端的父母早早的离世了，只给他留下一间茅草屋，所以尽管他现年已经三十岁了，但仍然娶不起亲。可喜的是，阿端对穷富也不大计较，只要手里有书他就什么都忘了，一两顿饭吃不上他也无所谓。他身上总拿着书，还常常旁若无人的诵读，人们都称他为“书痴”。

不知从何时起，阿端每次去山上看书，都会有一只团扇大的彩蝶绕着他飞舞。这彩蝶有时静静的落在他的肩上不动，有时却落在他书上和他逗着玩。阿端读书有彩蝶的陪伴也别有一番乐趣。

这一天，阿端又抱着几本书上山了。他边走边看，还摇头晃脑的诵读，早就忘记自己走的是山路了。他走啊走的，忽然觉得脚下一空，身子跟着往下一沉，就掉下去了。也不知何时，阿端醒来，发现自己躺在一堆茅草上，再往四周一看，才知道自己掉进了一个深深的山谷里。

待阿端缓过神儿来，才发现这个山谷的美丽：石壁上的石头是五颜六色的，壁顶上还攀爬着碧绿碧绿的藤蔓，上面开着颜色鲜艳的花朵，它们不时传来阵阵清香，让人心旷神怡。最重要的是，这山谷中还有彩蝶飞来飞去，给人如痴如醉的感觉。正当阿端沉醉在这一切之中的时候，忽然一阵痴痴的笑声从背后传来，他一转头，发现一个貌若天仙、身着彩裙的姑娘向他走来。阿端不禁看呆了，姑娘捂嘴一笑，他才给姑娘作了个揖，说明自己来这里的原因。之后姑娘给他准备了饭菜，阿端也不好客气，就和姑娘坐下来边吃边聊。谁知两人越聊越高兴并渐渐喜欢上了对方，之后他们就拜了天地，结为夫妻。原来这姑娘是彩蝶仙子，名

阿端每次去山上看书都会有一只彩蝶绕着他飞舞。

叫蝶儿。她见阿端视书如命，就喜欢上了他，并常常化作蝴蝶伴在他身边，而阿端掉到这山谷中也是蝶儿安排的。

阿端和蝶儿结为夫妻之后，仍然对书爱不释手。他看书看得废寝忘食，不经意就冷落了蝶儿。这一天，蝶儿垂着泪对着他，他心疼极了，就将蝶儿抱在怀里问："蝶儿，你为什么如此伤心?"蝶儿抹着泪说："你整天只顾读书，把我冷落在一旁，这样的夫妻怎么能做长久呢!"阿端一着急把蝶儿抱得更紧了，说道："蝶儿放心，以后我不再读书，天天陪你聊天，我们恩恩爱爱，白头偕老!"蝶儿见他如此诚心，就化啼为笑了。

可这种说说笑笑的日子没过多久，阿端又捧起自己的书，读得摇头晃脑、不亦乐乎了。蝶儿见了更伤心了，她一气之下就把阿端的书藏起来了。阿端见不着书，整天闷闷不乐，茶不思饭不想，几天之后就得病了。蝶儿四处采草药给他治病，却不见疗效。

这一天，蝶儿采药回来，听到洞穴里又传出了琅琅读书声，进去一看，发现阿端找到了那些书，他的病也好得差不多了。蝶儿看到这个情况，只好叹了口气说道："阿端既然你放不下书，我们的夫妻也做不成了。今日就做个了结吧。"阿端听了，不禁默默的流下眼泪来。之后蝶儿从石壁上挖下一块书本大的石头，又从头上拔下一根珠钗，送给阿端说："今日一别我们将永不相见。这石头送给你，你拿来做砚台，可以写出好文章。这珠钗就用作路费，你上京赶考去吧。"说完，她解下身上的丝带，向山上轻轻一抛，那丝带登时化成一座大石桥。在阿端看直了眼的时候，蝶儿化作一只彩蝶轻轻飞走了。

后来，阿端卖掉珠钗上京赶考去了。那时正值严冬，考场里虽然也设有火

盆，但依然赶不走严寒，考生们只有不停的磨墨蘸笔才能防止墨汁冻住。而阿端的砚台凹处却墨汁盈盈，阿端也不用磨墨，只见他奋笔疾书写个不停，纸上还散发出一阵阵清香。这一幕被监考官看在眼里，他喜欢极了，等考完试就将砚台呈现给了皇上。皇上一看果然与众不同，于是将这砚台命名为“端砚”了。

狐皮帽子的由来

传说很久以前，村子里有个叫艾木台克的人，他家里很穷，最值钱的东西要数院子里那棵石榴树了。所以待石榴熟透之前，他会将树当成宝贝一样照看，昼夜不分的守着它，免得果实被别人偷走。

这年的秋天，石榴树上果实累累。在它们熟透之前，艾木台克又照常守在石榴树下。有一天晚上，他困得不成就打了个盹儿，等他醒来的时候，发现树上的石榴少了许多，一时懊悔不已。于是在第二天的晚上，他坐在树下假装睡着，想看看偷石榴的人到底是谁。不一会儿墙头上就有了动静，他抬眼一看，原来是只狐狸。只见那狐狸从墙头上跳下来，然后蹑手蹑脚的走到了石榴树前，悄悄地爬上树。这时艾木台克突然从地上跳下来，他伸手一抓就抓住了狐狸尾巴，生气的说道：“敢偷我的石榴，看我不好好教训教训你！”狐狸试图逃脱，但是艾木台克抓得太紧了，它只好苦苦哀求道：“艾木台克国王，你只要饶了我的命，我就给你找个公主做老婆。”

白马猛的一跑，王爷就从马背上摔了下来。

艾木台克知道狐狸在奉承他，所以不以为然的说："我这么穷，哪有公主肯嫁给我？看我不打死你！"狐狸说道："国王手下留情，你给我三天时间，我是真有办法。"艾木台克将信将疑，但还是把狐狸给放了。

这一天，狐狸跑到老国王那里说："国王陛下，我奉艾木台克国王的差遣前来借个筛子。我们国王的玛瑙沾了土，说只有您的筛子有筛玛瑙的功效，所以想借来一用。"老国王根本就没听说过艾木台克，但又怕是什么强国，对自己有威胁，于是就犹犹豫豫地答应了。过了几天，狐狸来还筛子。它拿着筛子来到老国王面前，一面感谢，一面装作不小心的样子将筛子掉到了地上，只见从筛子中掉出几颗珍珠宝石，国王的臣子见了都跑去抢夺。原来这宝石是狐狸存心放在上面的，它开口说道："我们艾木台克国王有的是珍珠玛瑙，国王喜欢我拿一些来就是了。"老国王见艾木台克国王出手这么阔绰，于是向狐狸说道："我有个女儿，如果能和艾木台克国王结婚将是我们的荣幸。请你回去禀告一声，看国王是否同意。"狐狸见事情办得这么顺利，就故作镇定的答应了。

几天后狐狸和艾木台克来到老国王城外的护城河前，狐狸让艾木台克跳到河里，只露个头，然后跑到老国王面前说："我们的国王带着四十头骆驼和四十箱珠宝前来提亲了。但是过河的时候，由于水太急，骆驼和珠宝都被冲走了，国王也险些丧命。现在城外候着。"国王听带着那么多东西前来娶亲，心中非常高兴，他派人拿着华丽的衣服去接艾木台克。之后艾木台克和公主结了婚，他们在老国王的城里举行了盛大的婚礼。

过了些日子，老国王派人护送公主和艾木台克回家。艾木台克发了愁，而狐狸又有了新的主意，它急忙跑到了队伍的最前边，说要给大家带路。不一会儿，狐狸就跑出了老远，跑着跑着碰到一群骆驼。狐狸抓住放骆驼的人就说："后边来了土匪，你赶紧跑吧。"放骆驼的人一看，可不是，后边传来一阵马蹄声，而且尘土已经漫天飞扬了，于是他连忙央求狐狸说："你给想个办法吧，这可怎么办呢？"狐狸说："这样好了，如果他们问你骆驼是谁的，你就说是艾木台克国王的，这样他们就不会杀你了。"后来老国王的大臣一听是艾木台克的，都以为公主嫁了个非常有钱的人。

后来狐狸一口气跑到魔王的宫中，用计将魔王杀掉了，让公主和艾木台克住在魔王的宫中。这一天，狐狸问艾木台克："我帮了你这么大的忙，你该怎么谢我？"艾木台克随口说道："你死了，我就将你顶在头上。"几天后，狐狸就躺在院子里装死。艾木台克见了大喜，于是派人将它扔出门去。谁知狐狸立刻出现在

艾木台克的面前，他一惊，只好向狐狸赔罪。再后来狐狸真的死了，艾木台克不敢怠慢，就真的将狐狸顶在头上。大家看了，以为是一种新的穿戴方法，于是纷纷效仿之。这就是狐皮帽子的由来。

马头琴的传说

传说马头琴最早是由察哈尔草原上的一个小牧童做成的。这个小牧童名叫苏和，由奶奶抚养成人，祖孙俩靠放二十头羊过日子。苏和长到十七岁的时候，他非凡的歌唱本领就显露出来了，邻人们都喜欢听他唱歌。

这天晚上，苏和放羊回来得很晚，哪知他在路上捡到一只刚出生的小马驹。苏和等了一会儿，见没人回来找它，又怕它天黑以后被狼吃掉，于是将它抱回了家。日子过得很快，小马驹渐渐长成了一匹漂亮的白马，苏和爱得不得了。

一天夜里，苏和突然被一阵急促的马嘶声惊醒。他急忙趴到窗户上一看，只见一只大灰狼被白马挡在了羊圈外边。苏和赶紧出门，射箭杀死了大灰有狼。再看白马大汗淋漓的样子，一定是与狼相持了很久的结果。苏和感激极了，从此之后，他和白马一刻也不愿分开了。

又到了一年的春天，草原上传来这样一个消息，说王爷要举行赛马大会，谁得了第一名，他就把女儿嫁给谁。苏和也听说了这个消息，他在朋友的鼓动下就带着白马去参加比赛了。小白马非常争气，它奋力狂奔，跑到了最前边，取得了第一名的好成绩。到了王爷该履行诺言的时候，他见苏和是个没有钱的牧民，就反悔说："这马不错，我给你三个大元宝，你将马留下，就赶快回家去吧。"苏和听了非常生气，他不假思索的说："我是来赛马的，不是来卖马的！"王爷一听顿时十分恼火，说道："大胆刁民，敢和本王爷这么说话，快来人啊，给我拉出去打上四十大板。"王爷话音刚落，手下就将苏和拉了出去。

苏和被打得昏死了过去。经过奶奶和朋友们几天的精心照料，他渐渐好转起来。但是他非常想念白马，常常皱着眉头，后悔自己去赛马。

这一天，随着一阵马嘶叫的声音，小白马跑进了苏和的院子。苏和慌忙跑出来，只见白马中了七八支利箭，身上血迹斑斑。苏和伤心得直掉眼泪，他轻轻的抚摸着白马，强忍住心中的酸痛，拔掉了马身上的箭，随即鲜血从伤口处喷了出来。没过几天，马因伤势过重就死去了。

原来事情的经过是这个样子的。王爷因得到了一匹好马而四处夸耀。这日，他将亲朋好友请来，准备让大家一睹白马的风采。哪知他刚跨上马背，还没坐稳，白马猛的一跑，王爷就从马背上摔了下来，之后白马就疯狂的跑走了。王爷一气之下，命令箭手将马射死。一声令下，数十支箭一齐射向白马。白马虽然身中几箭，但还是强忍着跑回了家。

白马的死让苏和夜不能寐。这天夜里，他梦到白马活过来了，它走到苏和的身边，轻轻地说："主人，我不想离开你。你将我身上的筋骨取下做一只琴吧，我可以为你解除寂寞。"苏和醒来之后，就按照白马的话，将它的骨头、筋和尾巴做成了一只琴。从此草原上就响起了苏和拉琴的声音。

张小泉剪刀的传说

传说在平原的南方住着一户姓张的人家，张家世代以打铁为生，打铁的本领远近闻名。张老头的儿子叫做张小泉，他自幼机灵聪明，又肯用心学习，所以在他长大成人之后，父亲就将祖传的手艺传授给了他。没几年的功夫，张小泉打铁的本领就胜过了父亲，而且他在熔、铸、锻、打等方面也研究出了很多诀窍。更有意思的是，张小泉一落娘胎就掉在了泉水中，所以自幼与水也结下了不解之缘，他潜水的本领和打铁的技术一样一流。

这一年，张小泉因为得罪了财主乡绅，在乡下站不住脚了，于是不得不携妻带子远走他乡。之后张小泉一家来到了杭州的大井巷，他们在那搭了个草棚做起铁匠生意。而大井巷是个非常热闹的地方，所以张小泉的铁匠生意做得十分红火。

大井巷里有口很深的水井，这井里的水清凉可口，附近的人们都来这里打水饮用。有一天早晨，人们像往常一样来挑水。将水吊出来一看，只见井水又黑又浑，还有股咸鱼的臭味。大家都很纳闷，心想，昨天还好好的井水，一夜之间怎能变成了这个样子呢？后来，人们从一个老人的口中得知："老一辈的人讲过，这井水和钱塘江是通着的。听说这钱塘江上有两条乌蛇，隔几个年头他们就会到这井里来交尾，它们吐出的毒液就会将井水弄脏。""这蛇什么时候走呀？"老人

答道："这谁也说不好啊。"喝水的问题无法解决，人们急得直发愁。

这个消息也传到了张小泉的耳朵里。他喝了一大坛雄黄酒，又往身上倒了些，随后手拿大锤出了门。众人见张小泉这个架势，纷纷让开了路。只见张小泉到了井边，解开身上的纽扣，只剩一条内裤在身上，之后就扑通一声跳进井里去了。

张小泉喝了雄黄酒，又往身上淋了一些，于是就不怕井里乌蛇的毒液了。他只觉身子渐渐的往下沉，好一阵子才到达井底。触到井底以后，张小泉站直了身子，仔细一看，这井底还真开阔呢。他左看看右瞧瞧，却没见什么异常。再回头一看，北面的角落里正是那两条漆黑发亮的乌蛇，它们有手臂那么粗，身子缠绕在一起。张小泉一个箭步上去，不等那两条乌蛇分开，就挥起大锤，一连五下砸在乌蛇交颈的七寸上，乌蛇登时就死去了，死时它们的脖子还粘在一起。张小泉砸死了乌蛇，就提着乌蛇屏住气，一口气游到了井面上。

等张小泉的头钻出水面，围在井边的人们将他一把拉了上来。他们看到张小泉手里的乌蛇都吓得退出了老远。等他们确定蛇已经死了之后，才纷纷上前观看。待他们仔细一看才知道，这蛇已经成了精，都是钢铁身。要不是张小泉眼疾手快，下手够猛，恐怕也制服不了它们。

这铁蛇到了张小泉的手里，就变了铁器的图样。张小泉将铁蛇看了三天三夜，后来想到照着它的样子做把剪刀。他在蛇颈相交的地方定了把钉子，然后将蛇尾弯起来做把手，将蛇颈上面的部分敲扁磨细，这样就造出了一把大剪子。后来他将这大剪子挂在铁匠铺前用作招牌，然后又仿照这个样子做了许多小剪子，人们用这小剪子剪裁衣服方便极了，张小泉做的剪刀就远近闻名起来。

杨柳青的传说

相传很久以前，在天津城有个柳口村，村子里有个叫做杨柳青的孤儿。在杨柳青很小的时候，他的父母就因为一场大病死去了，只留下他一人和一间低矮的茅草屋。他年纪尚小，只有靠讨饭度日。

在杨柳青十二岁那年的秋天，他像往常一样出外乞讨。哪知行至半路，遇上了一场瓢泼大雨，他见路上无处躲雨，就只好向附近的一座三官庙里跑去。哪知雨越下越大，他一着急就将鞋都跑掉了，他只好光着脚丫，亦步亦趋的将就到庙门口。之后又冷又饿，他躲到门口的角落里不知不觉就睡着了。

天色渐渐暗下来，雨也渐渐小了。此时庙里传来一阵阵小鸟的叫声，把杨柳青弄醒了。他醒来之后非常好奇，侧头一看，见庙门是虚掩着的，于是他从角落里站起来，向庭院中走去。

到了大殿门口，孩子禁不住扒着门缝朝里边观望。只见大殿里边供着三尊佛像，而在中间那尊佛像的下边坐着一个身披道袍的白发老人。老爷爷手里拿着一把大扫帚，面前有个大香炉，而且还有五颜六色的小鸟不断从香炉中飞出来。这些小鸟绕着大殿飞了一圈又一圈，漂亮极了。随后老爷爷一挥手，那些小鸟又飞进香炉里消失了。孩子看出了神，他捂着嘴不让自己喊出声来。之后，那老爷爷用扫帚在香炉上方画了几笔，一眨眼的功夫，香炉里飞出了很多只漂亮的喜鹊，它们也叽叽喳喳的绕着大殿转圈。而老爷爷一挥手，那些喜鹊也都飞进香炉不见了踪影。

正当孩子期待着再有小动物从香炉中飞出来时，老爷爷转身在墙上画了两个小人，嘴里说着："童儿们出来吧，给我准备点吃的来。"只见画上的人真的从墙上走下来，他们先在大殿内掌上了灯，随后又走向后殿，端了些食物出来。杨柳青看到了食物，不禁流出了口水，要知道他一天都没有进食了。只听这时老爷爷说道："童儿快将庙门关好，之后我们再一起用饭。"杨柳青一听要关庙门，转身拔腿就跑。但是此时，他又冷又饿，早已没了力气，没跑两步就晕倒在庙门口。两个道童闻声跑出来，将他拉进了大殿里。

不一会儿杨柳青醒来了，老人先让道童拿来饭菜给他吃下，待到他吃饱后才开口问道："孩子你是哪里人，为什么要跑到这庙里来呢？"杨柳青见老人非常慈祥，就将自己的身世说给老人听。老人听后沉吟了片刻，随后说道："孩子真是命苦，今日一见也是缘分所致。之后你就住在这庙里跟我学画吧。"杨柳青听了自然喜不自胜，他赶忙跪地磕头谢过师傅。

转眼间三年过去了。这年的秋天，柳口村附近的御河发起了大水，杨柳青和师傅被水冲散了。待到洪水退后，三官庙也没了踪影。杨柳青为了答谢师傅对他的情意，就画了幅师傅的画像，挂在自家屋子里供他每日跪拜。

之后杨柳青刻苦习画，经过几年的功夫，他的画艺大有长进。他笔下的人物和鸟兽虫鱼都和真的一样，好像无时不刻都能从纸上跳出来。再后来他就靠卖画为生，人们都非常喜欢他的画，他的名声也越来越大。

黑塔造醋

民间有这样的说法：镇江的香醋正是杜康的儿子黑塔造成的，而黑塔造醋却是个不经意之举。

有一年，杜康带着一家人来到镇江的小鱼巷，他们在那里开了间小糟坊，以酿酒卖酒为生。小糟坊就靠着江边，正好对着江中的龙窝。关于龙窝的来历，这一带流传着这样的说法：传说很早以前，镇江中有条大白龙，那龙在水中做了一个窝，还不断从窝中吐出水泡来。时间一久，这龙窝的水就异常甘甜可口。杜康就用这龙窝的水来酿酒，而每天负责从龙窝挑水的人就是杜康的儿子。

白发老人告诉黑塔，他酿造了是醋。

杜康的儿子叫做黑塔。他长得又高又大，力大无穷，性情还十分善良，人们都非常喜欢他。黑塔的力气大是出了名的，别人都用肩来担水，黑塔用手提就可以了；那酿酒用的大酒缸，要几个人一起才能抬走，黑塔单手就可举起。父亲见他力大如牛，就让他负责每天来挑水了。

黑塔除了挑水，还负责养马。有一次，他见马跑到院子里吃酒糟，还吃得津津有味，于是他就洗了几个大酒缸，在每个酒缸里都装了半缸酒糟，而且出于省事的考虑，他还在酒糟里放了些龙窝水进去，这样喂马就不用再喂一遍水了。为了使酒糟不至于沉底，他还常常用木棍在缸里搅拌。之后他每天都这样喂马，马吃了半个月，身上的毛都有了光亮。父亲杜康见了，都夸他喂马有功。

这一天，黑塔起床之后觉得浑身酸痛，还呵欠连连，好像没睡够觉一样。为了提神，他就跑到酒坊一口气喝了半缸米酒。谁知喝完酒之后，黑塔更觉得头晕脑胀，走路都摇晃了。但是他还没喂马，于是就想喂好马之后回房睡个回笼觉。他来到马房，见半个多月前给马配的酒糟水多数还有大半缸，甚至有个大缸还是满的，于是他就拿起棍子搅拌，不想刚搅了几下，他就倚在酒缸旁睡着了。

黑塔睡得很香，不想打起了呼噜。正在这时，从天上下来一个白发苍苍的老人，他拄着个比他还高的拐杖，拐杖上还挂了个葫芦。这老人笑吟吟的来到黑塔面前，跟黑塔说起了话："黑塔醒醒啊，我听说你酿造了一种调味用的汁，就是这缸里的吗，送给我尝尝吧。"再说黑塔此时正睡得迷糊，他梦里见有个老人跟他要调味用的汁喝，觉得很是纳闷，就恭谦的答道："老伯不要说笑，我只懂干些粗活，挑水喂马可以，哪里会酿造调味汁呢。"只见那老伯指了指旁边的几大缸酒糟水，说："这些就是啊，酿到今日也有二十一天了，今天日落后就可以吃了。"黑塔只好说："老伯，这些是喂马的，你想喝，我以后再专门做给你喝吧。"老伯只好快快的离开了。走了几步，老伯走进了一片烟雾里，不一会儿雾散了，老伯也消失得无影无踪了。

黑塔见老伯很失望，于是暗暗下定决心要满足老伯的愿望。可是老伯家住哪里，该怎么送去呢？他一着急就惊醒了，发现刚才的一切不过是一场梦。此时黑塔下意识的走到大缸面前，见马厩外还有一缸满满的酒糟水，那缸里的水马还没有喝过，于是用手掬了一口放在嘴里。

不喝不知道。黑塔喝了一口之后，觉得这酒糟水酸甜适度，还有一股浓浓的香味。几口下肚之后，他觉得酒也醒了，神清气爽，浑身力气十足。他不禁回想起梦中的一切，觉得十分巧合和诧异，于是连忙跑去向父亲报告。之后杜康依法炮制，造出了那酸甜可口的调味汁来，就是今天我们所说的醋了。

神仙鸡的传说

传说在明朝嘉靖年间，苏州的老阊门附近有家德兴源菜馆。这菜馆的掌柜是个姓朱的人，很会料理生意。这老朱也常下厨，他烧的鸡十分地道，因而在老阊门一带小有名气。而且老朱为人厚道客气，客人都爱到他的店里去。

天有不测风云。老朱原本以为生意会越来越好，他的日子也会越过越红火，但意想不到的事情还是发生了。

那天，新科孙举人打算宴请街坊四邻，于是他提前找到老朱，让老朱到时候将十八只烧鸡送过去。老朱接着这样的大生意，自然非常高兴，他赶忙到处采办材料去了。

老朱对材料非常讲究，他买鸡只买母鸡，而且必须是嫩母鸡。所以这天他花了几个时辰，跑了好几个地方，只买到四只满意的鸡。老朱有些沮丧，心想只有第二天再去附近的枫桥镇采购了。正当这时，他忽然听见街上有人叫卖嫩母鸡。老朱高兴极了，一转头就看到了叫卖的人。老朱上前一看，那鸡果然是此地最有名的三黄鸡，即黄嘴、黄毛、黄脚，于是就痛快的买了下来。

哪料正是这桩生意砸了老朱的招牌。老朱第二天一大早就起来忙活，到了中午才把这十八只母鸡烧好，给孙举人送去了。到了孙举人家，老朱本以为烧鸡会受到大家的一致好评，也可以借此机会扬扬菜馆的名气。谁知这些烧鸡却出了问题。席上的客人尝过烧鸡后，纷纷皱眉呕吐，而孙举人见宴会吃成了这个样子，气得直瞪眼。此后这件事就在街坊四邻中传开了，没人愿意光顾老朱的菜馆了。而老朱呢，怎么都想不明白问题出在哪。他也因此整天闷闷不乐，时间久了就得了一场大病。家里人给他请了城里有名的大夫，但都无济于事。其实老朱倒霉是被人陷害的。有人见老朱生意那么好，就生了嫉妒，于是把瘟病鸡卖给了老朱，让老朱蒙受了不白之冤。

当地有个习俗，就是在每年的农历四月十四举行扎神仙的活动。这一天，人们都会挤到阊门内的福济观祈福。老朱一家为了给老朱治病，什么方法都原意尝试。福济观离老朱家不远，这一天家人就扶着老朱走在祈福的路上。

还好那天天气清爽，老朱的精神也不错，这一路看着神仙庙两旁的风景，病都好了一大半。晚上的时候，老朱一家正要回家，忽然有位长者拦住了老朱的去路，问道："老弟，你可是来扎神仙的？"老朱点点头。只见那长者也点头笑了笑，说道："你看那座小石桥上坐着的，不是神仙吗？"老朱哪肯相信，只说道："老哥，你别说笑了，神仙怎会被我等看到呢？"长者大笑两声接着说："你仔细看，那人手里拿着两只扣在一起的碗，不正是神仙'吕'洞宾吗？"老朱再一看，可不是吗，正是吕洞宾。他和家人正议论着这事，一眨眼的功夫，长者和神仙的影子都不见了。

老朱由小孙子搀扶着走上小石桥一看，那两只扣在一起的碗还在那里。老朱

捧起碗一看，碗里盛着的是只整鸡。这烧鸡香味四溢，馋得老朱直流口水。他也不顾旁人，端起碗就喝起了鸡汤。等一口气喝完了鸡汤，他精神大好，都不用小孙子搀扶了。之后他又大口的吃起了鸡肉，边吃边说："这鸡烧得真见功夫，我烧鸡烧了一辈子，头一次吃这么好的鸡。"只待老朱吃到一半，他突然发现鸡腹中有个鸡蛋。打破蛋壳一看，里边有张小纸条，上面写着的竟然是烧鸡的方法。老朱好像捡到了宝贝似的，他欣喜若狂的跑回店里，就照着纸条上的做法尝试起来。哪知不一会儿鸡香四溢，街坊四邻都闻香而来，老朱的生意比之前更好了。从此，老朱的德兴源菜馆是尽人皆知，他烧制的"神仙鸡"更是名声大振。

鲈鱼和尊菜的传说

相传很久以前，在太湖的光福安村里有个叫做阿彩的漂亮姑娘。她家中有年迈的父母，一家人靠捕鱼为生，日子过得还算平静。这姑娘心灵手巧，非常招人喜欢，临近村子里的小伙子听说附近有一位这样难得的姑娘，就都上门来提亲。哪知姑娘非常孝顺，她舍不得丢下年迈的父母，于是就一一回绝了那些亲事。

这一年的冬天天气非常寒冷，人人都躲在屋子里取暖，没人愿意出海。而阿彩的母亲得了重病，急需拿钱买药，但是家里用钱非常紧张，根本没钱来买药了。阿彩不忍见母亲痛苦的样子，于是瞒过父母，悄悄的将小船划进太湖捕鱼去了。哪知太湖上更是风大浪急，阿彩几次撒网下去都捕不着鱼，她急得哭了起来。忽然一阵大浪打来，阿彩一个不小心就被卷进海里去了。阿彩在大浪中拼命挣扎，拼命喊叫，但是会有人听到吗？这么冷的天人都躲在屋子里，有人会出海来吗？阿彩想着想着就灰心了。正当她快支撑不住的时候，忽然从远处划来一只渔船，船上站着一个英俊的小伙子。他听见有人在呼救，就不顾一切的跳入海中，将人救上了船。原来这小伙子名叫阿庆，自小是个孤儿，独自居住在这湖边的小岛上。这天他正在家里取暖，忽然听见湖面上有人呼喊的声音，于是划上船看个究竟。

再说这小伙子将人救上船来，仔细一看发现姑娘貌若天仙，十分招人疼爱。而阿彩醒来之后，见小伙子善良诚恳，十分感激。他们互望着对方，渐渐地喜欢上了对方。之后，小伙子就到阿彩家求婚去了。两位老人知道来人是阿彩的救命

恩人，又见他善良诚恳，就一口答应了他们的婚事。于是两人商量着等到冬去春来的时候就完婚。

太湖附近有个恶霸，名叫老黑鱼。他听说朝廷近日张贴布告，要招漂亮姑娘进宫。凡是选送美女的人都会得到很多的赏钱。于是一连几日他都在太湖上溜达，希望可以尽早的发现目标。

这一天，老黑鱼路过阿彩家门口，恰巧和阿彩走了个照面。老黑鱼一见阿彩，心中大喜，心想这下发财机会可到了。几日后的一天早晨，老黑鱼带着一队官兵来到阿彩家，不由分说将她抢走了。阿彩哭得昏天暗地，拼命挣扎，但是无济于事。等阿庆赶到，老黑鱼一伙儿已经跑得没了踪影。

阿庆拿上鱼叉，立马跑到太湖上，登上小船，不顾一切的追去。他把小船划得飞快，不一会儿就赶到了靠近要道的芦苇荡里，他刚将船靠定，就看到官兵带着阿彩过来了。阿庆迅速地从芦苇荡里跳出来，他向官兵挥动着鱼叉，把官兵打了个措手不及。趁官兵们都没缓过神来，阿庆一把抢过阿彩，跳到芦苇荡里的小船上，然后奋力划动小船逃走了。

等官兵们回过神儿来，阿庆已经将小船划出了老远。这时老黑鱼着急了，他怕丢了阿彩得不到赏钱，弄不好还要被皇上治罪，于是他逼着湖上的众多渔船一齐追赶小船。追赶小船的人很多，不一会儿就将阿庆阿彩包围起来了。他俩见无法脱身，只好拥抱在一起，一齐跳进了湖里。

几天以后，人们发现湖里出现了许多的鲈鱼和莼菜。这些鲈鱼快活的游在莼菜的周围。据当地的人们说，这些鲈鱼和莼菜就是阿彩和阿庆变的。

过桥米线的传说

提起云南菜，人们一定会在第一时间想到过桥米线。的确，作为云南最著名的一道小吃，它可谓遐迩闻名。这道菜源于滇南的蒙自，关于它的产生还有一个动人的传说。

在古代，蒙自县城的南湖风景优美。有位姓杨的秀才为了躲避迎来送往的应酬，便独居于湖心小岛攻读诗书，由妻子每日做好了饭菜给他送去。

秀才读书刻苦，往往忘记了吃饭，因而吃冷饭凉菜是常有的事，身体渐渐消瘦下来。妻子看在眼里，疼在心里。

有一天，秀才妻子把家中的母鸡杀了，用砂锅炖熟，给他送去。可等她再去收碗筷时，看见送去的食物原封未动，丈夫仍在那里如痴如醉地看书。

贤惠的妻子准备把饭菜取回去重新加热，当她拿砂锅时却发现还烫乎乎的，揭开盖子，只见汤表面覆盖着一层厚厚的鸡油，加之陶土器皿传热不佳，把热量封存在了汤内。

妻子由此受到启发，以后常用此法保温，另将一些米、蔬菜、肉片放在热鸡汤中烫熟，趁热给丈夫食用。在妻子的细心照顾和鼓励下，丈夫终于考上了状元，一时传为美谈。

后来人们都仿效她的烹调方法，做出来的米线确实鲜美可口。由于这位贤惠的妻子送米线时要经过小桥，这种米线就被称为"过桥米线"，又因秀才后来考中了状元，也一度被叫作"状元米线"。

陆稿荐的来历

相传在苏州省的临顿路上，有对陆姓夫妻，他们以经营肉店为生。由于店面很不起眼，他们的生意并不很好，有时候一天也赚不到钱，日子过得很是清贫。

这一天是四月十四，正是神仙吕洞宾的生日。陆老板清早起来，打开店门，发现门口有个老乞丐躺在稿荐（草席）上。他紧闭双眼，看着浑身虚弱无力，好像是饿成这个样子的。陆老板二话不说，立即就把老人搀扶到了屋子里。老板娘看到丈夫把个脏兮兮的老头子请到家里，非常不快，说了句风凉话："如今这年月，我们的生意这么差，都没有收入。你还有心请老神仙来啊，叫我怎么伺候！"老板娘的话虽然这么说了，但是她刀子嘴豆腐心，还是从屋子里端出了一碗热腾腾的粥和两个刚做好的馍放到老人手里。陆老板见了高兴地笑了，只听老板娘继续说道："别嬉皮笑脸，家里的柴没了没法做生意，赶紧去买些柴来。"陆老板听了赶紧陪着笑出门去了。再说那老乞丐，吃饱喝足之后，连声谢谢也没说，就离开了陆老板的店。但是走的时候，不知是有意还是无意，他将垫在身下的稿荐落在了陆老板的店里。老板娘也没在意。

这时陆老板走在大街上，他忽然被一阵扑鼻的香味吸引住了。仔细寻找，发

现那是从一家药材店里散发出来的。陆老板非常好奇，就问店小二："这晒在外边的什么药材啊？"店小二回答说："这叫香料，可以食用"。这时陆老板的脑袋里突然闪现出一个念头：何不将香料放在煮肉的锅里呢？或许能达到不同的效果。于是他用全部的钱买了香料，把砍柴的事儿忘得一干二净了。

老板娘见丈夫没有把柴带回来，非常的生气，就一个劲的数落丈夫。哪知丈夫根本不在意，而是赶忙将一包香料放进了煮肉的锅里。但是没有柴也没办法烧火啊！于是夫妻俩将店里的几把破椅子劈了当柴烧。但是这样烧了半日，灶里的火也不见起来。这时陆老板发了愁。说来也巧，他一转眼，忽然发现地上乞丐落下的稿蒿，于是顺手将它抛进灶里，火顿时就起来了，肉香飘满了大街小巷。

这香味吸引了不少人前来买肉，陆老板的生意空前的好，仅半个时辰就赚到了以往一个月才能赚到的银钱。这时有个和陆老板相熟的人问："陆老板，今天的肉怎么格外香啊？"哪知老板娘抢着说："都是半张稿蒿的功劳，就像借了神火似的。"于是就详细的将碰到乞丐，又烧了稿蒿的事讲给人听。

店里的人听了就七嘴八舌的议论起来。忽然有人说，今天是四月十四，正是神仙吕洞宾的生日呢，那乞丐说不好是仙人下凡来的。有的人就连连点头称是。这时有个穷书生，由于没钱买肉，馋得口水都流出来了。他见大家在讨论吕洞宾，心想机会来了。于是他向老板娘问道："老板娘还记不记得乞丐的样子呢？"老板娘答道："这倒没有留心，只记得他拿了一对破钵子，口对口的放在身旁。"书生作出吃惊的样子说："口对口，岂不是一个吕字！想必那一定是吕洞宾了，神仙下凡啊，怪不得他的稿蒿烧出来的肉这么香！"老板娘顿时恍然大悟，忙跪在地上磕头。穷书生接着说："恭喜陆家得到神仙的青睐，今天这肉应该让我们尝尝，都沾沾神仙的仙气啊！"这话说得老板娘非常高兴，于是她把余下的肉分给大家，穷书生当然得到了最大的一块儿。从此以后，陆老板的生意越做越好，他为了感谢那个乞丐和那张稿蒿，就将店的名字取为"陆稿蒿"了。

年的来历

相传在很久以前，中原有种叫做"年"的怪兽。它长相十分凶狠，头顶触角，四肢非常庞大。这怪兽长年居住在海底，只有到十二月三十的晚上才爬上岸来。但是它爬上岸后就尽显凶相，胡作非为，吞食人和牲畜。因此每到十二月三十日这一天，村子里的青壮年就带着家里的老老幼幼逃往深山，以躲避“年”兽的伤害。虽然大家知道这样躲避也不是办法，但是他们势单力薄，根本没有好的办法。

日子过得很快，好像转眼间又到了十二月的月底，村子里的人们一大早就封上窗，锁好门，收拾行装，牵着牛羊等牲畜，赶往深山去了。这时有个白发须眉的老人来到了这个村子，他见村子里一片狼藉，恐慌的气氛很浓，人们都向着大山方向跑，于是非常不解的抓着一个人问了起来，那人叫老人赶紧走，说这里会有怪兽出现的，说完就跑掉了。老人没问清到底怎么回事儿，正一脸不解，这时有位好心的老婆婆走到老人跟前，跟他说明了事情的缘由，并给了他一些物事，叫他赶快上山去躲避“年”兽的侵袭。那老人听后并不恐慌，而是捋着胡须笑了笑说：“婆婆莫担心，你若让我在你家住一夜，我定会将这年兽赶跑。”老婆婆以为老人在说笑，定睛看了看老人。只见他虽然个子矮小，但是气宇非凡，精气神儿十足，老婆婆继续说道：“那怪兽很厉害，你还是逃走的好啊。”谁知老人只是笑而不语。老婆婆见说不动他，只好安顿好老人，自个儿上山去了。

到了半夜，“年”兽从海里爬出来闯进村子。它刚进村子就感觉到了与往常不同的气氛，仔细一查看，才知：村东头老婆婆的家门口贴着大红纸，屋子里灯火通明。“年”兽愤怒极了，它只觉浑身发冷，不禁抖了一下，接着它就想进到婆婆的家里看个究竟。谁知刚走进门口，就听见院子里突然传来“噼噼啪啪”的爆炸声，“年”不禁浑身战栗，再也不敢上前了。原来，这“年”兽最怕光亮、红色和爆炸声。这时，老婆婆家的门打开了，只见院子里走出一个身穿红色道袍的老人，他冲着“年”兽哈哈大笑。“年”吓得脸都绿了，非常狼狈的逃跑了。原来这老人是天上的神仙，他本是来人间四处云游的，哪知遇到了这样的事，于是他为了让人们过上更加祥和平安的日子，就决心除掉怪兽。此时他除掉了怪兽，就即刻返回天庭去了。

第二天又是新的一个月开始了，人们纷纷从山上回来了。他们见村子里的东西完好无损都非常吃惊。此时，站在一边的老婆婆突然想起昨天老人跟她说的一切，于是赶紧向乡亲们述说了事情的始末。乡亲们一齐涌向了婆婆的家，只见婆婆家门口贴着红色的纸，院子里还有爆竹的纸屑，而屋子里的几根红色蜡烛还没有完全烧尽。乡亲们高兴得拥抱在一起。他们纷纷回家，换上新衣服新鞋帽，来庆贺这个喜庆的日子的到来。后来在年末，家家户户都要贴红色的对联和门神、

燃放鞭炮，以防止“年”兽再来侵袭。后来这个风俗越传越广，渐渐成了中国民间最隆重的传统节日。

“三媒六证”的传说

过去，有个村子里住着个叫“新郎”的小伙子。小伙子的父母很早就去世了，留下他一人生活在一间茅草屋里。新郎虽然很穷，但是心肠非常好，也很有才学。他在自家门上挂了个牌子，上面写了十个大字“有志不在年高，无志空活百年”，乡邻们遇到难题都找他解决。

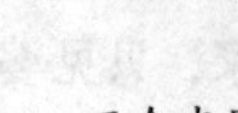

三个皮匠找“六证”，姑娘拿出斗子、剪子、尺子、镜子、算盘、和秤六样东西。

这一天，有三个很爱较真的皮匠路过他家，看到了新郎家门口的牌子，觉得写这牌子的人口气实在不小，就决定进门试探试探。三个皮匠进了门才知道，这家非常穷，家里只有小伙子一人。而新郎呢，见来了三个客人，很热情的将他们迎进屋里，问："三位客官，不知你们来到这里是为何事？"三个皮匠答道："也没有什么事。我们见你家门上的牌子觉得非常新鲜，我们有三个请求，不知你能不能办到。如果你办到了，我们也愿帮你做件事。"新郎说："三位大哥，说说无妨。"第一个皮匠说："我想要一个太阳大的饼。"第二个皮匠说："我想要个海大的一缸油。"第三个皮匠说："给我织一匹路长的布吧。"新郎听了哈哈大笑，他问三个皮匠："三位大哥，你们什么时候要这些东西呢？"三个皮匠说："这些都不好办，我们三天后来拿东西吧。"新郎答应了。

第三天，三个皮匠如约而至。他们进门一看，新郎正在若无其事地做别的事，见到他们来了也只是热情地款待，而没有拿出东西的意思。于是第一个皮匠问："我要的饼你做得怎么样了？"新郎不慌不忙的说："我一切都准备好了，你去量量太阳有多大吧。"皮匠只好说："那我不要了。"第二个皮匠又问："海大的那缸油你装好了吗？"新郎回答说："你去量量海水有多少斤吧。"皮匠自觉理亏，说不出话来。第三个皮匠又问："我要的丝绸你织好了吗？""那你去量量路有多宽吧。"三个皮匠见小伙子果然才智过人，非常佩服，就说："现在你有什么请求，我会帮你办的。"新郎也没什么要紧事，也想戏弄下三个人，开口说道"我想要'六证'，三个哥哥帮我找来吧。"

三个皮匠根本不知道"六证"是什么东西，又不好意思仔细询问，于是硬着头皮走了。他们一路打听"六证"的下落，但是人们根本不知道他们在说什么。这天，他们三人来到了一座大山前，山脚下有个茅草屋，有个貌若天仙的姑娘坐在家门口洗衣服。于是三人来到姑娘面前，问道："打扰姑娘了，你知道'六证'在哪里可以买到吗？"姑娘一听哈哈大笑，说道："我家就有六证啊，你们等下。"

不一会儿，姑娘从家里出来了，只见她手里拿着六样东西，分别是剪子、尺子、镜子、斗子、秤和算盘。见三个皮匠非常惊讶，姑娘解释说："要裁衣服，剪子为证；要看布料尺寸，尺子为证；要看容颜，镜子为证；要晓得东西轻重，秤为证；要算清账目，算盘为证；要量粮食多少，斗子为证。"三个皮匠顿时恍然大悟，连忙问姑娘姓名，姑娘说她叫"新娘"，三个皮匠非常佩服，拿了东西付了钱，就回到新郎的家。

新郎见"六证"找到了，问三个皮匠是从哪找到的，皮匠就说出了姑娘的名字。新郎高兴极了，他就托三个皮匠给新娘带话，说要娶她为妻。三个皮匠又

来到山脚下新娘的家，新娘听了很高兴，她让三人传话给新郎："我只要一个屋子，这个屋子不用门来，不用窗，无柱无瓦又无梁。"三个皮匠将此话传给新郎，只见新郎扬眉一笑，说道："我明白她的意思了，日后请三位媒人喝酒吧。"原来，新娘要的房子是岩洞。新郎就满山去找，把新娘娶回了家，而他们住的房子就叫做洞房了。

十二生肖的传说

据说十二生肖是凡间通往天庭之路的守卫，它们是以年为单位来轮流值班的。相传玉帝为了排定十二生肖真是费了不少力气。那么多动物，该选谁，又该怎样排序呢？这真是个棘手的问题，玉帝一时拿不定主意。又过了些日子，该到正月初九玉帝的生日了。玉帝突然想到了一个好办法，何不让所有的动物都前来祝寿，并按报到的先后顺序来决定是哪十二个动物入选呢？于是他传令下去，那所有动物都做好准备。当然这其中也有些动物由于各种原因没得到指令。

那时候猫和老鼠是很好的朋友。它们接到玉帝的圣旨都很高兴，相约一起去。但是猫有个贪睡的毛病，所以到了正月初八这一天，它再三叮嘱老鼠，明天不要忘记叫它。老鼠很爽快的答应了。谁知老鼠第二天天没亮就起来了，他没有叫醒猫，独自赴宴去了。

老鼠虽然起得早，跑得也快，但是到了那又宽又长、波涛汹涌的的河水面前，它犯愁了。老鼠在河边走了几个来回，最后急得它乱窜，却过不去。它想，如果可以借助其他动物的力量过河就好了。但是这时天还没亮，动物们肯定都在睡懒觉，谁能这么早起来呢？它再一想，也不对，要是等动物们都来了，也不知道自己还能不能排上前十二名啊！正当它没了主意的时候，老牛慢吞吞的向河边走来了，老鼠高兴极了，它想这下可好了，老牛起得还真早，都说他勤劳肯干，果然名不虚传啊。于是当老牛泅入水中的瞬间，老鼠快速的跳进老牛的耳朵里。老牛行动缓慢，老鼠在它的耳朵里也沾不到水，感觉又安全又平稳，简直都可以睡上一觉了。再说老牛早知道老鼠进了它的耳朵，但是它平时以憨厚待人，助人为乐并默默无闻著称，所以面对老鼠的这种投机取巧的行为，老牛根本没放在心上。

后来它们过了河，来到陆地上，老鼠却不愿意下来了。它想，在这老牛的耳朵里又省力又舒服，何不继续待在里面呢，于是它安心的待在老牛的耳朵里，睡了一觉。快到晌午的时候，老牛载着老鼠来到了玉帝的云霄殿外，刚要进门的时候，老鼠醒了，它迫不及待的从牛的耳朵里窜出来，抢先一步来到了玉帝的面前。就这样，老鼠成了十二生肖中的第一名，而老牛就成了第二名。再说其他动物，在家睡足了觉、养足了精神，此时也争先恐后的赶来了。老虎、兔子、龙、蛇、马、羊、猴子、鸡和狗也陆续赶到。虽说小猪很懒，但这天起得也很早，它一路小跑到达了云霄殿，累得直喘粗气，于是取得了第十二名的好成绩，被玉帝列为十二生肖的第十二位。

之后玉帝便按它们来报到的先后顺序将它们排列为十二生肖，它们要按顺序来负责每一年的工作。这十二生肖就被确定下来了。

再说那老猫，睡到傍晚才醒来。它见老鼠也在它身边，奇怪地问："怎么鼠弟，难道今天的聚会取消了吗?"老鼠得意洋洋的说："当然没有，我得了第一名，现在被玉帝列为十二生肖的首位。"老猫立即跳起来大叫："那你怎么没叫我呢!"只见老鼠轻描淡写的说："我忘记了呗，你自已的事情，应该你自已上心才对。"老猫气得直瞪眼，说道："你误了我的大事，看我不咬死你!"，说完就猛地向老鼠扑去。老鼠很机灵，一下子躲过了。此后猫和老鼠就成了死对头，老猫见了老鼠都要扑上前去咬。

春龙节的传说

"龙抬头"指的是经过冬眠的虫子，由于天气回暖而开始复苏的现象。俗语有"二月二，龙抬头，蝎子蜈蚣都露头"，所以民间便将这天叫做"春龙节"。旧时，每当春龙节来临，我国北方家家户户都要到河里挑水，回到家也要点灯、烧香、祭拜，这种仪式有个好听的名字，叫做"引田龙"。而且这一天，家家都要吃面条，吃炸糕和爆米花，用来庆祝司管人间降雨的龙王抬头、升天。从此以后，大地回暖，降雨丰富，五谷丰登。关于这一天，在我国北方流传着这样一个神话故事。

传说武则天当上皇帝以后，天上的玉皇大帝非常生气，就找来四海龙王，命

令他三年之内不得降雨，用以惩罚武则天。但是三年不降雨，大地干裂，河流干涸，草木不生，庄稼都旱死在地里，随处可见渴死和饿死的百姓，人间不时传来撕心裂肺的嚎哭声。司管天河的龙王看到这番景象，动了恻隐之心，便偷偷违抗了玉帝的旨意，为人间降了一场大雨。百姓们高兴得欢呼雀跃，跪地磕头。

不久，龙王偷偷为凡间降雨的消息就传开了，玉帝得知，就把龙王打下凡间，压在一座大山之下悔过，并且传下谕旨："不等到人间的金豆花开，龙王便不得回到天上。"押送龙王的天将很有才华，他也非常同情龙王的遭遇，就立下一碑，等待着百姓们发现，能够救助龙王，碑文这样写道："龙王降雨犯天规，被压山下偿其罪。若想重回灵霄阁，只等金豆花开时。"

这碑文被来山上砍柴的老汉看到了，老汉回去一说，一传十，十传百，一时间附近的百姓都知道了龙王的遭遇，他们为了答谢龙王的降雨之恩，不约而同的聚在一起，商量救助龙王的对策。但是一时间也没有办法。

等到第二年的二月初二，人们在翻晒玉米种子的时候，无意间想到玉米粒呈现金黄金黄的颜色，不正是金豆子吗？而把这玉米粒放在锅里炒一炒，等它开了花，不就是金豆开花了吗！人们高兴极了，于是家家户户开始爆玉米花，并在院子里设案烧香，供上开了花的金豆。

龙王抬头一看，知道是百姓救他，不禁老泪纵横，接着便大声向天上大声喊道："金豆开花了，玉帝说话算数，放我出去吧。"玉帝来到南天门，看到凡间家家户户院子里都供上了开了花的金豆，想到龙王受罪也有些时日，该是时候召回，为百姓造福了，于是就传旨下去，将龙王召回天宫，继续给人间兴云布雨。从这天以后，民间的雨水就多了起来，"二月二，龙抬头"的民谚也广为流传起来。而且大家还形成了一个习惯，即每到这一天，就吃爆米花和其他美味的吃食，在家里摆上贡品，烧香祭拜，用来庆祝春龙节的到来。

上巳节的传说

上巳节是中国汉族古老的传统节日。该节日在汉代以前定为三月上旬的巳日，后来便被固定在夏历的三月初三。每逢这一天，人们就纷纷来到水边，用浸泡了香草的水来沐浴，认为这样就可以洗去整个冬日身上的污垢和秽气，也为了预防和抵御春天的疾病，除疾病的侵袭和各种不祥的预兆，这种行为被称为“祓禊”。另外，上巳节不仅是驱邪求吉的日子，更是青年男女到野外踏青，泼水嬉戏，相会意中人的日子。所以中国古代又将这个日子称为“女儿节”，是古代汉族少女的成人礼。

而相传最早的“祓禊”活动是由女巫带着大家到水边做的。在举行“祓禊”仪式之时，善男信女们手持或身上佩戴兰草，使周身都散发出一种香气。又因兰草清新优雅，被古人用来象征爱情，所以男女互赠就是表达爱意的表现。随后，男子就来到自己喜欢的女子面前，将采摘的兰花赠送给女子。女子大多含羞微笑，并从男子手中接过兰花，以示感谢。此举正和春天之时，万物复苏，生机勃勃的景象十分契合，非常浪漫优雅。

另外，上巳节还有祭祀高、曲水流觞等活动。在上巳节活动中，最主要的活动还要数祭祀高。传说高主要指的是管理婚姻和生育的神，所以从某种意义上说，上巳节还是一个求育节；而曲水流觞这项活动传说是周朝的周公传下来的。

传说当年周公治理周朝之时，为了营造一个近于完美的都城洛邑，就从各地找来能工巧匠，费了很大力气才将其建成。建成以后，他登上高山，放眼望去，只见城中一派井然有序的景象，又见洛水绕城东去，心中突然闪现了一个念头：正当这乍暖还寒，容易得病之时，何不将文武百官聚在洛水河畔，举行一个大型的集会，来祈望健康，祈求幸福安康呢？于是他召集来文武百官，让大家在洛水河上找一处河道蜿蜒，水流平缓，河水清且浅的地方，放置盛满酒的酒杯，使之在水上漂浮着。那时，洛水河畔聚集了文武百官和当地百姓几百人，大家说说笑笑，十分热闹；河岸上满是绿色的小草，一派生气盎然的景象。再看河上，漂浮着几百只酒杯，大家蹲在河岸上，伸出手臂，即捞即饮，好生豪放畅快！而周公举行这个活动的时候正是当年三月上旬的第一个巳日，所以被大家称为“上巳节”了。

元宵节的传说

农历正月十五是元宵节，又称“上元节”、“灯节”，是春节后的第一个重要节日，也是中国民间一个非常传统的节日。在这一天，家家户户都要吃元宵，赏

花灯，还有舞龙、舞狮子等活动。关于元宵节的来历，传说和汉朝的大臣东方朔有很大的关系。

九曲黄河阵

元宵节时举行的猜灯谜、踩高跷、赏冰灯、舞龙等活动，把节日庆典推向高潮。“九曲黄河阵”是古时十分流行的元宵节娱乐活动。

相传在汉武帝执政的时候，有个大臣叫东方朔，他才华出众又善良风趣，非常受汉武帝宠爱。有一年的冬天，一连下了几天大雪，御花园的梅花开得特别好。而东方朔是个非常有生活情趣的人，于是在一个傍晚，他来到御花园，要采些梅花送给汉武帝。刚进园门，就发现一个宫女趴在井上，抹着眼泪，好像要纵身跳下去的样子。东方朔见样子不好，就慌忙上前，把宫女从井上搭救下来，并耐心的询问宫女，到底出了什么事情。宫女坐在地上哭了一阵，后来才断断续续的将事情的缘由告诉东方朔。原来，这个宫女的名字叫做元宵，自幼进宫，如今已经很多年了，之后便无缘和家人见面，非常想家中的父母及妹妹。而且每当冬去春来的时节，对家人的思念就更加深切，觉得不能在父母面前尽孝，不如死掉算了。东方朔听了宫女的遭遇，非常同情，为了防止宫女再有自杀的念头，就向她保证说：“姑娘放心，我一定会想办法让你和家人团聚的。”

过了几天，东方朔出宫，来到长安街上摆了个占卜的小摊。不一会儿，他的小摊上就聚集了很多人，争着向他占卜求卦。哪知，大家所求的签上都写着同样的话“正月十六火焚身”，一时之间，众人愁眉苦脸，惊恐万分，纷纷向他求得解灾的方法。东方朔假装掐指一算，接着说：“正月十五日傍晚，天上的火神君会派一位身着红色衣服的仙女下到凡间，她就是奉旨来烧长安街的，而今我将偈语抄录给你们，你们上报当今天子，让他想想办法吧。”东方朔说完便大笔一挥，写下了这样的字：“长安在劫，火焚帝阙，十五天火，焰红宵夜。”把它交给大家之后，便扬长而去了。众人心中的恐慌加剧，快步奔向皇宫，祈求皇上，希望能有办法解决。

汉武帝从随从手中接过纸条，见到上边的十二个大字，心中不觉一惊，他连忙叫来身边亲近的官员前来商量对策，当然，足智多谋的东方朔也在邀请之列。大家听了都若有所思，只见东方朔站出来说：“不知皇上有否耳闻，火神君爱吃汤圆，宫中专门给您做汤圆的是哪位姑娘？”汉武帝随口说：“是宫女元宵。”东方朔接着说：“正月十五晚上，让元宵姑娘将汤圆做好，并由万岁您焚香上供，敬奉火神君。”东方朔深思了一下，又说道：“最好传令下去，让家家户户都做汤圆，万民一齐给火神君上供。此外，通知全城百姓，让他们在十五晚上在家门口挂上灯笼，放上鞭炮，造成城中着火的假象，这样或许就能瞒过玉帝了。再有，通知城外百姓十五晚上来城里看灯，燃放鞭炮，或许能达到消灾解难的效果。”汉武帝见其他大臣也没有别的办法，而这也不失为一个对策，就传旨下去，让照着东方朔的意思办。

到了正月十五日这一天，长安街上张灯结彩，鞭炮声此起彼伏，游人来来往往，好一派热闹的景象。宫女元宵的父母和妹妹也从城外进城来观灯了。她的妹妹眼尖，一下子就看到了写有“元宵”字样的大灯笼，大声喊着：“元宵！元宵！”父母见了非常激动，也跟着喊起来。哪知元宵此时正在长安街上，她立刻听到了喊声，终于和家人团聚了。

这一夜平平安安的过去了，汉武帝大喜，便下令以后在每年的正月十五都要给火神君上供，全城照样要挂灯笼，放鞭炮。而元宵的汤圆做到最后，人们就将这天叫做“元宵节”了。

寒食节的传说

元宵灯市

正月十五，最热闹的就是灯市。这幅清代元宵灯市图，表现了张灯结彩、人来人往的热闹景象。

“寒食节”是我国最古老的节日之一，这一天大概是民间禁火冷食的节日。“寒食”即不动烟火，只吃凉的食品。为什么会有这样的习俗呢？相传这和晋文公祭拜介子推有关。

相传在春秋战国时期，晋国国君晋献公有五个儿子，他们分别是：申生、重耳、夷吾、奚齐、卓子。按规矩，在晋献公驾崩以后，大儿子申生应该继承王位。但是晋献公的妃子骊姬为了让自己的儿子继承王位，就设毒计谋害了申生。重耳为了躲避祸害就逃往别国去了。

重耳在逃亡期间受尽了苦难，原来和他一道出来的大臣，大多都自寻他路去了，只有少数几个一直追随着他。这其中有个叫介子推的人，一直忠心耿耿，一路保护着他。有一年，由于几天找不到吃食，重耳在逃亡的路上饿昏了过去，介子推不说二话，就在自己腿上割下来一块肉，煮成汤给重耳吃了。重耳知道后感动得流下了眼泪。后来，重耳在秦国国君秦穆公的帮助下，重回晋国，打败了当时的国君，自立君主，就是著名的春秋五霸之一，晋文公。

重耳当上国君之后，就对和他一起逃亡的几个臣子大加封赏，唯独把介子推忘记了。介子推伤心极了，就带着年迈的老母到家乡的锦山隐居去了。后来有人对此事打抱不平，晋文公听说了此事才猛然想起旧事，不禁十分惭愧，立即派人去找介子推。不久，差人向晋文公禀报，介子推带着老母隐居山林了，但是在山上搜寻了几日都没有结果。正当晋文公发愁的时候，有人向他献策说：“不如放火将山烧了，从三面点火，留下一面，到时介子推自然会出来的。”晋文公于是

下令烧山，谁知大火烧了三天三夜，也不见介子推出来。待到大火灭了，晋文公上山一看，介子推和他的母亲紧紧抱着一颗大树，已经烧死了。再仔细一看，介子推的脊梁堵着一个大洞，洞里好像有什么东西似的。派人上前一看，才知是一封勉励晋文公廉洁执政的血书。

晋文公非常内疚，他跪在大树下哭了一阵，然后下令将介子推和他的母亲埋在大树之下。为了纪念介子推，晋文公下令将绵山改为“介山”，又在山上修建了祠堂。并且将放火烧山的这一日定为寒食节，即在这一天，全国禁止烟火，只吃冷食。

此后，晋文公执政清明，十分晓得知恩图报，将国家治理得非常好，使百姓得以安居乐业。人们知道这和介子推的鞭策有一定关系。所以每逢寒食节，大家还用面粉和着枣泥，捏成小燕子的摸样，放在门边，用以召唤介子推的灵魂。而寒食节也成了全国百姓非常隆重的节日。

端午节的传说

每年农历五月初五是端午节，人们也将这一天称为端阳节、午日节、五月节、艾节、端五、夏节等。这是我国最古老的传统节日之一，始于春秋战国时期，距今已有两千多年的历史。在这一天，人们总是举办很多活动，其中吃粽子、赛龙舟、喝雄黄酒等是必不可少的。端午节的由来众说纷纭，有纪念屈原说，纪念伍子胥说，还有纪念孝女曹娥说。不过流传最广的要数纪念屈原了。

据司马迁的《史记》记载，屈原是战国时期楚怀王的大臣。他为了国家富强，倡导联齐抗秦，不料遭到贵族子兰等人的反对，之后楚王听信了贵族子兰的谗言，将屈原流放到沅、湘流域。屈原在流放中写下了《离骚》、《九歌》、《天问》等不朽的诗篇，至今仍被人传诵。公元前278年，秦军攻破了楚国，屈原不忍看到自己的祖国任人侵略宰割，于是在五月五日，写下了绝笔《怀沙》，然后投汨罗江自尽。

传说楚国的百姓知道屈原投江之后，悲痛万分，他们纷纷来到汨罗江凭吊屈原。正巧那天下着小雨，渔人们也不顾雨水，自发地行动起来，他们奋力划动着船只，在江上走了很多个来回，但终究没有打捞到屈原的尸体。后来人们为了寄

托哀思，常常荡舟于江水之上，渐渐的，就发展成了龙舟竞赛的活动。当时有位老渔夫拿出饭团等吃食投到江水之中，说是这样就能使鱼虾吃饱，免得侵蚀屈原的尸体。人们见了纷纷效仿，回到家中拿来吃食投到汨罗江中。这时有位老医师站出来，拿了一大坛酒倒入江中。人们不解，纷纷问为什么倒酒？老医师解释说："老一辈的人说过，这汨罗江中有条蛟龙，侵害了屈原的尸体就不好了。这是雄黄酒，可以药晕蛟龙，这样它就不会伤害屈大夫的尸体了。"后来就发展成了喝雄黄酒的风俗。后来人们怕吃食太少，如果很容易被河里的鱼虾等生物吃掉了，屈大夫的尸体必定会遭到侵害。于是想到这样一个办法：即用叶子把饭包起来，外缠彩丝，这样鱼虾就不会吃得太快了。之后，这种做法流传起来，就成了今天我们吃的粽子。

屈原行吟图

"节分端午自谁言，万古传闻为屈原，堪笑楚江空渺渺，不能洗得直臣冤。"

——唐　文秀　《端午》

后来，在五月初五这一天，人们都要赛龙舟，吃粽子以及喝雄黄酒，以此来纪念爱国自尽的屈原大夫。

六月六祭天王

对于布依族来说，每年的六月六日都是非常重要的节日。在这一天，人们会到"天王石"那里去祭拜，以求消灭灾难；家家户户都会把衣服拿出来晾晒，以防虫蛀；还有些年轻人会来到河边，去寻访漂亮的姑娘。据说，关于这些活动的来历，流传着一个动人的传说。

传说在很久以前，天上、人间和地狱三界是相通的，不光神仙和凡人是可以通婚的，凡间和仙界也是通着的，板告寨中的凉水井就可以通到地下十二层龙宫。

板告寨有个叫六六的年轻人，勤劳朴实，为人善良，靠种地为生。这一天，他到井边去洗菜，忽然发现水中游来一只大白虾。六六心想，这井水里怎么有这么一只大虾呢？但是他也没多想，只是把虾带回家，放在一只大水缸里养起来。这天晚上，六六做了一个神奇的梦，他梦到天上的月神婆婆来到他家，找寻和她失散多年的月亮公主。婆婆刚要开口问六六，六六就醒了。谁知当他睁开眼的时候，真的有个貌若天仙的姑娘在帮他做早饭。六六揉揉眼上前询问才知，这个姑娘就是月神婆婆的第六个女儿，月亮公主。原来，月亮公主本想到龙宫去拜见她的外公龙王的，于是变成一只大白虾在水中游走。后来她正好遇见了六六，见他勤劳勇敢，乐于助人，就深深地爱上了他，于是跟他回到家中。再后来，六六和月亮公主结成了夫妻，他们生活得非常幸福。

婚后一年，他们生了一个漂亮的小男孩。孩子三天会说话，七天会走路，十天就会帮着家里干活了，相当聪明伶俐。邻居们见了就给孩子取了个名字叫做“天王”。后来，国王知道六六家有个漂亮的女人，是天上的神仙变的，就趁六六不在家，派了一些人到六六家去抢月亮公主。月亮公主见有人来抢亲，也没有办法，就哭着对儿子说：“天王，你和你爹都不要难过，以后遇到什么事情就到月亮上来找我吧。”说完就将身上的丝带给了六六，一转身，飞到天上去了。六六砍柴回家，发现妻子不见了，就问儿子，儿子哭着把事情的经过说了一遍，还将母亲留下的丝带给了他。六六拿着丝带跑出了家门，就再也没回来。据说有位老人正好看到六六跑出家门，他知道六六的去向，原来他是拿着月亮公主的飘带到天上和她团聚去了。

再说六六家里就剩下了天王一人。孩子虽然还小，但是无所不能。他种的庄稼比别人种的都好，收割后卖了钱，不光能养活自己，还能赚到很多钱。国王有个下人，名字叫做“然苏”，他见六六不在家，觊觎他家的田地很久了，也很想整整在乡邻中出尽了风头的天王。于是，他第一次用一口大锅把天王压在了井底，但是几天过去了，天王毫发无伤；第二次他又把天王丢进了深山中的老虎洞里，但是老虎却根本不碰天王；第三次，然苏叫了一些穷人将天王绑在大树上，想勒死他，天王却逃走了。原来天王对那些穷人们说：“兄弟们不如将我放了吧。我的母亲是天上的月亮公主，将来我上到天上，就叫蝗虫来吃恶人的庄稼，咬恶人的衣服。但是善待过我的好心人，我不会恩将仇报的。”于是那些穷人将天王放了。哪知他们刚给天上松了绑，天王立马变成了一个老者，他随即踏着青烟升到天上去了。

后来在天王升天的地方，出现了一个很大的人像石头，据说那是天王的化身，所以当地的人们给它取名为“天王石”。而天王上到天上以后，就把人间的不平告诉了他的母亲，月亮公主听了非常生气，而她是司管凡间降水的，所以在每年的六月份，天上的雨水不是太多就是太少。而且她放了蝗虫下到凡间，所以田里的虫害也多了起来。而凡间的人们还记得天王的话，就每年的这个时候到“天王石”那里去祭拜；还将衣服拿出来晾晒，以免被虫子咬；而那些年轻人呢，都希望如六六一样，能在水边找到漂亮的姑娘，就到水边去唱歌。而这个节日就一直流传至今。

壮族歌圩节的传说

壮族的歌圩节在农历的三月初三，这是壮族民歌集会中最隆重的节日。关于这个节日的来历，在壮族民间流传着一个美丽的传说。

相传在唐代的时候，在罗城和宜山交界的天洞旁有一条美丽的小河，小河将一小山村环绕其间。这村子里有个叫刘三姐的壮族姑娘，她的父母死得早，和哥哥相依为命。兄妹俩以砍柴捕鱼为生，日子过得倒也清闲自在。刘三姐不仅长得漂亮，还擅长唱山歌，在村子里小有名气，使得很多人慕名而来，和她对唱。

当地有个大财主叫莫怀仁，他听说村子里有个叫刘三姐的姑娘，貌若天仙，歌声宛若百灵，就想娶她为小妾，派人到她家提亲。刘三姐知道这大财主专门欺压穷苦百姓，当然不肯依从，反而对来人进行了一番奚落，莫怀仁因此对刘三姐怀恨在心。后来他又派了三个能歌善舞的姑娘和刘三姐对唱，哪知这三人都被三姐弄得大败而归。莫怀仁咽不下这口气，就花重金勾结官府，想置三姐于死地。刘三姐无奈，便在众乡亲的帮助下，和哥哥逃离了小山村，辗转来到柳州的小龙潭村，在立鱼峰东边的岩洞里居住下来。

来到柳州以后，哥哥害怕刘三姐歌声一起，又使很多人慕名而来，凭空招惹是非，于是就想法阻止刘三姐唱歌。这天，他拿着一块儿手绢和一个又厚又圆的石头来到刘三姐身边，说：“妹妹，不知道莫怀仁那个恶霸还会不会来纠缠我们。哥哥也并非限制你唱歌，如果你能将这手帕从石头中穿过去，哥哥从此以后再也不会干扰你。如果你不能，那么以后就不要再唱了。”

三姐知道哥哥也是为了他们的安危着想，但是她一想到以后不能再唱歌了，那该是多么的无聊和寂寞啊！于是她含着眼泪，下意识的试穿起来，并开口唱道："软布怎能将石穿过？除非妹妹我变神仙。"谁知三姐的歌声穿上了云霄，直接传到了七仙女的耳朵里。七仙女见三姐歌喉婉转动听，不想她从此和唱歌划清界限，就施展法术将那石头钻出一个洞，恰好三姐的手绢刚刚能穿过去。三姐无意中见手帕穿过石头，高兴得流出了眼泪，用歌声唱道："柔能克刚啊仙人变，从此歌声似江水，滔滔不绝永不断。"

再后来，三姐的歌声萦绕在山水之中，引得很多人前来学唱。当然这也逃不过莫怀仁的耳朵。他又花重金买通官府，前来捉拿三姐。只见众官兵将立鱼峰围得水泄不通，三姐已没有退路了。这时在周围居住的人们，平时都非常喜欢听三姐唱歌，如今见她有难，都从家中拿来锄头和斧子等工具和官兵械斗。三姐见了非常感动，但是她并不想连累大家，无奈之下，她跑到悬崖边，纵深一跃，跳进了小龙潭里。

哪知在三姐跳进潭里的一瞬间，天色大变，潭里立即现出一道红光，一条红色的鲤鱼从潭水中一跃而出，它驮着三姐，慢慢升到天上去了。后来据说三姐到了天上，成了天宫中的歌神。人们为了纪念她，就将三月初三这天定为歌圩节了，而她的歌声则被人们广为传唱。

泼水节的传说

泼水节是傣族最隆重的节日，是云南少数民族中影响面最大、参加人数最多的节日。它相当于傣族的新年，在公历的四月中旬，一般会持续三至七天。第一、二、三天分别叫"麦日"、"恼日"和"叭网玛"，这第三天就如新年，被人们视为最美好、最吉祥的日子。关于这泼水节的来历，当地流传着一个动人的传说。

相传在很久以前，傣族人居住的地方本是个风调雨顺，鸟语花香的人间仙境。这里到处都是人们的笑语欢声，他们日出而作，日落而息，生活得十分快活。忽然有一天，有个叫做捧麻点达拉乍的恶神来到这里，破坏了这里的宁静。他能够呼风唤雨，掌控冷热，又自恃法术甚高，不服天王的管教和天规的束缚，

换下头颅的人就被其他五个姐妹泼水

到处乱施淫威，降灾于人间。他来到这里，首先用一层黑雾将这里笼罩住，使此地分不清白天还是黑夜，不见阳光和月亮；其次是将这里的风雨骤停，从而万物萧条，人们终日燥热难耐，无法正常生活；最后，他散播了一种瘟疫，人们得上这病，不出三天就奄奄一息了。

傣族人中有个叫做帕雅桑萨的青年，他非常聪明，见恶神胡作非为，就在身上绑了两块儿自制的木板作翼，飞到天上向天王禀告去了。天王英打提拉立即派人下到凡间，查明了事实真相，知道是恶神有意伤害百姓，于是派天兵天将下凡捉拿恶神。但是尽管天将天兵拿出各种传家宝贝，对恶神还是无济于事。而且恶神还有起死回生的本领，众神看拿它没有办法，只得退回天上。

天王见众神无法惩治恶神，只得自己出马。他知道恶神有七个女儿，于是摇身一变，变成了一个英俊潇洒的小伙子，混入恶神宫中打探关于恶神的生死秘诀。七个女孩长期被恶神禁锢在宫中，非常无聊，见此时有个漂亮的小伙子站在她们身边，自然非常高兴。天王见七个女孩围在自己身边大献殷勤，立即恢复本来身，把她们的父王降灾于人间的事告诉了七个善良的姑娘。姑娘们对父王做这种降灾人类的事都很反感，也企图说服父王，但是恶神根本听不进去。于是她们商量，要除掉生父，拯救万物生灵。从此她们总是陪在父王身边，寻找除掉他的办法。

终于有一天，捧麻点达拉乍被七个女儿灌醉了酒，无意间说出了他的生死秘密。他对女儿们说："父王我法术高明，有起死回生的本领，无人能够管束得了我，就是天王也拿我没有办法。但是父王我只怕一个东西……"听到这，七个女儿兴奋极了，忙着问："还有父王怕的东西吗？"恶神打了个酒嗝，接着说："父王我呀，就怕自己头顶上的头发弓赛宰（心弦弓）。"七个姑娘听了都很激动，但表面上装作若无其事，继续陪着恶神喝酒，不一会儿，恶神就醉得不醒人世了。

于是七个姑娘趁机将恶神的一撮头发剪下，做了一张弓赛宰，然后她们将弓弦放在恶神的脖子上一划，恶神的头便落了地。哪知那头颅一落地就四面喷火，而且不管怎么扑救，火都不灭，火势反而越来越大。七个姑娘怕给天上和人间带来灾难，就将头颅抱了起来。说也奇怪，头颅一接触到她们的身体，那火就熄灭了，而且渐渐冒烟消失，于是七个姑娘就轮流抱住头颅。为了去掉身上的污物，换下头颅的人就被其他六个姐妹泼水。直到七七四十九天，那头颅终于消失了，她们又互相泼水庆祝。从此以后，傣族人民为了纪念七个姑娘大义灭亲的行为，就都在每年的四月份举办泼水节了。而这个节日也渐渐成为傣族人民最隆重的节日。

重阳节的传说

重阳节是中国的传统节日，它在战国时期已经形成，到了唐代才被正式定为民间的节日，此后便一直沿袭至今。在这一天，人们有登高以及赏菊花的习俗。在秋高气爽的九月，人们登高可以达到心旷神怡，除疾病的目的；而聚会饮酒、赏菊赋诗也已成为时尚。关于重阳节的来历，流传着这样的传说。

相传在很久以前，汝南县有个叫恒景的农人，他和妻子靠几亩良田养活父母和孩子，日子过得倒也安生。谁知天有不测风云。这一年，汝河两岸害起了瘟疫，夺走了很多人的性命，恒景的父母也没躲过这一劫。原来，这都是汝河里的瘟魔捣的鬼。这个瘟魔每年都会到处游走，他走到哪里就把瘟疫带到哪里，不管不顾，危害着人类的生命。恒景听说了这个消息，对瘟魔深恶痛绝，下定决心要为民除害。他打听到了几百里以外的东南山中住着一个叫做费长房的神仙，或许

重九登高图 清 石涛

古代民间在重阳有登高的风俗，故重阳节又叫登高节，相传登高习俗始于东汉。

能够助他降魔除害，于是立即动身前去拜访。

重阳食栗糕　清　《太平欢乐图》

浙江一带在重阳节做粉糕，又名栗糕，此图表现了百姓做糕过重阳的习俗。

恒景不辞辛苦，翻过了几座大山，又淌过了一条又一条大河，终于来到了东南山。但是进了山后，他却犯了迷糊，一连几天都找不到仙人的踪迹。这天，正当他坐在一块大石头上发愁的时候，面前忽然出现了一只雪白的仙鹤，奇怪的是仙鹤一直在冲他点头。恒景不明何意，也只有不断点头向仙鹤示意。谁知仙鹤忽然飞出了两三丈远，之后又回头向恒景点头，恒景走近它，它又飞走了。恒景明白了仙鹤的意思，就跟着仙鹤向前走。就这样，爬过了几个山坡，转了个弯，仙鹤终于停下来了。恒景喘了口气，抬头看去，只见不远处的山坡上坐落着一个古庙，庙门口的横匾上写着“费长房仙居”几个大字。恒景高兴极了，快走几步来到门前。但是大门紧闭，怎样叫门都无人答应。恒景以为仙人不在家，只得恭恭敬敬的在门口等待。这样等了三天三夜，第四天的早上，大门终于打开了。只见一个白发苍苍的老人走出来，笑着跟他说：“见你诚心诚意为民除害，我答应帮助你了，快跟我进门来吧。”恒景知道这老人便是费长房，于是对老人表达了谢意之后，就跟着老人进了门。

之后，费长房给了恒景一把降妖青龙剑，并传授给他一套降妖的法术。恒景每天都很用功的练剑，一心想着回去除害。这一天，费长房来到他身边说：“明天就是九月初九了，汝河的瘟魔又要出来害人了，你的武功也练得差不多了，今天就拿上青龙剑回去除妖吧。再有，我这里有茱萸叶子一包，菊花酒一瓶，你分发给乡亲们，让他们登上高山避祸吧。”说完，费长房用手招来那只仙鹤，将恒景驮回汝南去了。

恒景回到家乡就将乡亲们召集起来，把神仙的话跟大家说了一遍。第二天，他带着妻子儿女和乡亲父老登上了附近的高山，并把茱萸叶子分给大家，说是驱除瘟魔之用；又把菊花酒倒给大家喝，说能够预防瘟疫。恒景将大家安排妥当后，就带着青龙剑回到村中，等着瘟魔前来。

没过多久，村子里刮起了一阵狂风，汝河里波涛汹涌，瘟魔从水中走出来了。它来到村子里，发现村子里竟无一人，再抬头一看，只见人们都聚到了山上。于是它冲到山下，只闻得一阵香味，熏得它头晕脑胀，站不住脚了。这时，恒景追瘟魔到山下，见瘟魔左摇右晃，就及时抽出宝剑向瘟魔刺去。还没等瘟魔缓过神来，恒景握着宝剑已经对准了它的腹部，猛地一刺，血水四溅，瘟魔倒在了血泊之中，乡亲们见了都拍手欢呼。

从此以后，人们就将九月初九定为一个美好的节日，并一直传到现在。

泰山石敢当的传说

传说在古时候，在山东泰山附近的桥沟村，有个年轻的小伙子叫做“石敢当”，他靠给城里的人算命为生。这个人身材非常高大，面相凶狠，霸气十足，天不怕地不怕，但是善恶分明，为人十分友善。谁被恶人欺负了，找石敢当准没错，他一定会主持正义，为民出气。因此时间久了，他在泰安城里成了家喻户晓的名人。

这一天，有个老头找到石敢当，说：“我家住在泰安南面六十里远的汶口镇，家里有个姑娘，也没得什么病，但是现在面黄肌瘦，十分虚弱，找了好多郎中和算命先生，都不知道是怎么回事儿。我听人说，你天不怕地不怕，算命也算得很准，求你帮帮忙，救救我家姑娘吧！”老头说完就老泪纵横，泣不成声了。石敢当赶紧安慰住老人，进一步询问事情的来龙去脉。原来，这户人家的姑娘单独住在一个房间里。每当天快黑的时候，就不知道从哪吹来一阵邪风，刮开她的房门，跑进她的屋子里。一连好几天都是如此，任凭姑娘将门怎样顶住，都阻挡不了那风的侵袭。日子久了，姑娘吃也吃不下，睡也睡不着，弄成了现在这个样子。石敢当听后，说道：“姑娘或许是被妖风缠身，我有办法降服那妖怪，这事就包在我的身上吧。”

老头感动得不知道怎么谢他，只听石敢当接着说："还有件事，老伯要去好好准备。我要十二个童男童女，十二面鼓，十二面锣。然后再准备一条棉花搓成的粗灯捻儿，一盆香油和一口锅。明天傍晚时分，您在家等我吧。"说完将老头送出了家门。

第二天的下午，石敢当喝了酒壮胆。傍晚时分他来到了汶口镇老头的家。他将十二个童男童女安排在屋子的两侧，让童男手里拿着鼓，童女手里拿着锣。然后他将那根粗灯芯用香油点着，最后用那口锅将点着灯的香油盆扣起来。这样一来，尽管点着灯，远处看来却没有一点亮光。诸事准备妥当后，他们静静的在屋子里等待天黑。

等了一个时辰，天渐渐黑下来了。突然从远处传来一阵阵风呼啸的声音，石敢当一看就知道是股妖风。一眨眼的功夫风就吹进屋子里来了。石敢当猛地用脚一踢，那扣着灯的锅就被踢飞了，顿时屋子里亮如白昼。而十二个童男童女使劲的敲锣打鼓，发出了震天的响声。

妖怪见到这种情形，被吓得呲牙咧嘴，赶紧逃出了屋子。它怕石敢当再来追赶它，就一直逃一直逃，一口气逃到了福建。结果，这妖怪又在福建兴风作浪起来，福建人民被害得很苦。他们为了除妖，也想了很多办法，并到处打听能够除妖降魔的神人。后来他们听说山东泰山有个年轻的小伙子能够制服妖怪，于是就不远千里来到桥沟村，打听石敢当的住处。石敢当非常热心，跟着他们到了福建，用同样的办法将妖怪吓跑了。再后来，这妖怪跑到了很多地方，到处坑害百姓。石敢当想，我一个人到处跑也不是办法，不如将这降妖的办法传给大家，然后用泰山的石头刻上"石敢当"三个大字，谁家再闹妖风，就把大石头一立，妖怪肯定就吓跑了。果然这个办法很见效，妖怪见无处安身，就躲在山林里不出来了。

据说，此后人们在盖房的时候都会在墙砖上刻上"泰山石敢当"五个大字来吓唬妖怪，也昭示着吉祥平安之意。

金银花传奇

相传很久以前，临近的几个村子里流传着一种怪病叫做"瘟疫"。这瘟疫非常厉害，染上这病的人不出一个月就会死去。村子里人心惶惶，不知道下一分钟会不会轮到自己。这样一来，大家都不敢出门，地也没人种，中原大地上一派荒凉的景象。

当时有个姓金的老头，老伴死得早，一人带着一双儿女过日子。他的儿子叫做金大力，女儿叫做金银花，一家三口靠种地为生，日子过得非常清苦。神奇的是，金老头的街坊四邻都得了瘟疫，唯独他们一家三口躲过一劫。但是金老头心地善良，他总是对着上天叩头，祈求老天能救救乡亲们。这天晚上，金老头又坐在家里唉声叹气，他的女儿和儿子知道爹爹是为瘟疫的事着急，就开解父亲道："父亲别再伤心了，您可知道有什么办法能根治这种病吗？"金老头想了想说："听说在很远的南方有一座高山，山上住着一位专门种中药的白胡子老人，找到他，乡亲们的病就可以治好了。"两个孩子听老人一说，说道："父亲，我们去寻找那个老人吧"。说到这，老人有些犹豫了，他知道这离南方那座山非常远，路途艰险又有野兽，害怕两个孩子吃苦头。两个孩子看出了父亲的心事，齐声说："父亲别担心，我们身强力壮，不会有事的。"老人也只好同意了。

第二天一大早，两个孩子就上路了。他们不辞辛苦，走了三天三夜，来到了一个很险的山口。山口有一座茅草屋，由于口渴，他们就到屋里去要水喝。只见一个老奶奶笑眯眯的从屋子里走出来，并问他们要去到何方。两个孩子就将去远方采药的事说了一遍。老奶奶听了忙说："那里有火山和毒蛇，你们去不得呀！还是原路返回去吧。"但是两人的态度非常坚决，说什么都不回头。老奶奶见了，笑着从屋子里拿出一把纸扇和纸剑送给兄妹二人，说是路上可能会用得着。兄妹二人谢过老奶奶就接着上路了。

又走了三天三夜，兄妹俩来到了一座火山前。山上火焰腾空，人根本过不去。此时他们想起老奶奶交代的事，于是拿出纸扇轻轻一摇，山上的大火就全都熄灭了，兄妹二人高高兴兴的过去了。他们又走了三天，来到了一座蛇山跟前，只见这山上的蛇各式各样，数不胜数，人根本无法上前。他们又拿出老奶奶给的纸剑，只轻轻一甩，万道金光就朝着毒蛇刺去，不一会儿它们全都死了。

翻过蛇山，兄妹二人终于来到了目的地，见到了那位白胡子老人。他们猜想，这应该就是父亲所说的专种中药的白胡子老人了。于是他们赶忙下跪，说明此行目的。但是老人好像没看见似的，不言不语。无奈之下，兄妹二人只好长跪不起。

哪知这一跪就是一天一夜。第二天一早，老人才开口说道"这药是有的"，说着从怀里掏出豆大的一颗种子接着说："这是药种，只是活人吞下去才能变成治瘟疫的药，不知你们谁肯丢了性命呢？"兄妹二人听了，对望了一下，都抢着要那颗种子。

谁知妹妹金银花手快，一下子抢到种子吞进肚子里。只见金银花变成了一棵细长的绿叶草药，哥哥金大力见了，不禁流下了眼泪。老人又将草药抚弄了一下，那小青藤上就开出了几朵白色的小花，香味扑鼻。然后老人从地上捡起金银花的一只鞋让大力拿好，接着说："快回去吧，如今你们住的山上也有这种药了。摘下花儿煎水，人们的病就会好了。"说完老人就不见了。

金大力回到家中，把妹妹的绣花鞋放在床上，一眨眼功夫，那鞋竟变回了妹妹，两人高兴得拥抱在一起。而乡亲们喝了那药，病就好了，生活也恢复了正常。而人们为了纪念金银花的勇敢，就用金银花的名字来命名那药了。

人参娃娃

人参是多年生的草本植物，因全貌似人的头、手、足和四肢而得名。人参被称为百草之王，是驰名中外、老幼皆知的名贵药材。关于"人参娃娃"，还流传着一个有趣的传说。

传说在很久很久以前，某个不知名的大山脚下住着一个姓胡的大财主。他虽然家藏数不清的银钱珠宝，但是吝啬得很，一文钱都十分在意。而且他还非常狡猾和狠毒，常常欺压穷苦的百姓。也为此，穷苦人都不愿到他家做长工，他只雇得一个十几岁的小孩子给他干活。这孩子每天都起早贪黑，做活做得十分辛苦，但是即便如此，大财主还常常不给孩子足够的饭吃。

有一天，小伙计依照财主的吩咐，天还没亮就到井边去抬水。谁知奇怪的是，他看到一只特别像娃娃的东西在水中漂浮着。小伙计非常好奇，就将那东西捞上来倒进水桶里。哪知那东西冲着他说起话来："我是人参娃娃，你怎么这么早来抬水啊？"小伙计吓了一跳，一下蹦出老远，后来见那人参娃娃并没有别的举动，才慢慢走上前去，和它说起了自己的遭遇。原来小伙计是被卖到胡姓财主家里的。他本是一个穷苦人家的孩子，因为父亲交不起财主的租子，就让他在财主家里做长工来偿还债务了。说着说着，小伙计不禁掉下了眼泪。人参娃娃听了

非常同情他，就从身后变出两个人参交给小伙计，让他去财主那赎回自己的卖身文书。

小伙计想到以后再也不用受财主的折磨，高兴得又蹦又跳。他谢过人参娃娃，拿着它的两个人参，连跑带跳的回到了财主的家。这时天刚蒙蒙亮，财主起来上茅厕，见小伙计水没挑来，顿时大怒，对小伙计一番数落。小伙计也不说话，待到财主说完，他从身上的口袋里掏出那两个人参，对财主说道："用这些来换我的卖身文书吧。"财主顿时一愣，他不明白小伙计怎么会有人参的，于是立马转变了脸色，和颜悦色的问："这人参是谁给你的呢？"小伙计还太年幼，不知道施计骗过财主，于是就对他说了实情。财主一听非常高兴，知道那人参娃娃必定不凡，就对小伙计说："你把那人参娃娃捉回来吧，拿他来换你的卖身文书。"

小伙计无奈，只得闷闷不乐的回到井边，将一切都告诉了人参娃娃。人参娃娃听后安慰小伙计道："小哥哥你别伤心，那大财主要我，我去就是了。放心，我自有办法。"说完它就和小伙计来到了财主家。

财主见人参娃娃真的来了，心里暗暗高兴，于是将卖身文书给了小伙计。人参娃娃接着问道："大财主，你要我做什么呢？"财主说道："拿你献给皇上，一定会得到重赏的！"人参娃娃听了哈哈大笑起来，说："哦，原来还能见到皇上呢！我正求之不得，待我洗个澡打扮一下。"说着人参娃娃就跳进了水缸，不一会儿，缸里的水就变成了黄色。之后人参娃娃"噌"的一声从水中窜出，飞到天上去了。只见它飞到半空之中，回头向财主喊道："那缸黄水就送给你了，拿它浇到地里，可以长出很多人参的。"

胡财主见人参娃娃虽然跑了，但是留下了一缸神水，也算有些收获。于是他就将那缸黄水撒到了地里，也就半个时辰的功夫，地里果然长满了人参。他连忙挖了一筐大的去献给皇上。哪知皇上吃了这人参，上吐下泻了好几天，于是皇上一声令下，大财主就被斩首了。

找姑鸟的由来

从前有个非常刻薄的老太婆，她老伴死得早，一人带着一儿一女生活。这一年，儿子娶了个媳妇，不久他就下关东去了，家里只剩下三个女人。三个女人本该相依为命，但是老太婆非常偏心，她只对自己的闺女好，好吃的都是给闺女吃，不让闺女干活；对儿媳却非常狠毒，什么脏活累活都让儿媳干，儿媳吃点东西她就难受，还要给她脸色看。

这一年，老太婆像往常一样又养了很多很多的蚕。这蚕多得数不胜数，一个人根本照看不过来，但是老太婆却将这养蚕的任务都给了媳妇，儿媳为此受了不少苦。

每天天刚蒙蒙亮，儿媳就被老太婆逼着起床去山上采桑。但是山上的桑树并不多，每天这样采，日子一长，桑叶就被采光了。但是家里的蚕越长越大，吃得也越来越多，老太婆见了很高兴，就对儿媳说："娶来的媳妇就如买回的马，应该任俺骑来任俺打。如今这蚕越长越大，你采不回足够的桑叶就不要回家吃饭了。"儿媳只得怏怏的走出家门。

老太婆把儿媳逼走后，回头见自己的闺女在拾蚕，忙叫道："我的小心肝，快停下吃点东西去，这活叫你嫂嫂回来做吧。"老太婆这个闺女心地非常善良，也很心疼自己的嫂嫂，她听到母亲的话，生气地说："嫂嫂和我是一样的人，为什么什么事都要她做。"老太婆见闺女不听话又和自己顶撞，气得直跺脚。但她只是发发牢骚，并不舍得打骂自己的闺女。

再说嫂嫂去山上采桑。她把大山走了个遍，走到晌午才摘得了浅浅一篮底桑叶。她完不成老太婆交给的任务，坐在山上发起愁来。她想来想去，想到了自己悲惨的身世，不觉流下了眼泪。

小姑在家里收好蚕后，想起了自己的嫂嫂。现在已是中午时候了，嫂嫂还不回来，不会出了什么事情吧？于是她就带着几块小麦饼和一壶水，背着母亲偷偷上山去了。到了山上，她见嫂嫂坐在大岩石上哭泣，就拉着她的手问怎么回事。嫂嫂指了指篮子，将一上午只摘了很少桑叶的事情说给小姑听。小姑替嫂嫂擦干眼泪说："嫂子你先吃点东西，一会儿我们一起找吧。"

之后两个人说说笑笑的爬到了山顶，又转到山腰上，却只见柞叶，不见桑叶。她们失落极了，眼看太阳就要落山了，该怎样回去向老太婆交代呢？于是嫂嫂无奈地说道："小姑你先回去吧，我再在这等上一个时辰，或许老天可怜我，就将柞叶变成桑叶了。"但是小姑执意不回，于是两个人肩并肩的走着，又走了一个来回，却不见柞叶变桑叶，嫂嫂着急地哭了起来。

再一看，月亮已经爬上了山腰，小姑也着急起来，她忽然向着树林喊道：

“山大王你听着，如果你能叫柞叶变桑叶，我情愿嫁给你！”小姑一遍一遍的喊着，终于柞树叶子沙沙的响起来，继而一阵黑旋风刮过，小姑没来得及喊一声就被卷进旋风里去了。只见此时，柞叶都变成了桑叶，发出了沙沙的响声。

嫂嫂见小姑不见了，立时急红了眼，她追赶着旋风，大声地喊着：“山大王，我不要柞叶了，还我小姑来呀！”可是那黑旋风越去越远，终于没了踪影。此后，嫂嫂终日在山上寻找小姑，她把附近的山都走了个遍，走得鞋底也磨破了，身上的衣服也被荆棘刺破了，却一直不见小姑的踪影。后来山上的鸟儿见她可怜，就将自己的羽毛分给嫂嫂，日子久了，嫂嫂全身都被羽毛覆盖起来了，她变成了一只俊俏的小鸟，终日叫着“找姑，找姑”。后来人们就将它称为“找姑鸟”了。

马兰花的传说

从前有个王老汉，他有两个女儿，一个叫大兰，另一个叫小兰，姐妹俩长得非常像，却有着不同的性情。大兰懒惰自私、爱嫉妒，而小兰非常的懂事、善解人意。

这一天，老汉像往常一样去山上砍柴。到了正午，他坐在大石头上休息，忽然看到不远处有朵颜色鲜艳的花，仔细一看是马兰花。老汉正要去采，发现花旁站着一个英俊的年轻人，他摘下那朵花，对着老汉鞠了个躬然后说道：“老伯，我叫马郎，以打猎和砍柴为生，就住在附近。我知道您有两个女儿，想娶她们其中一个为妻。您回家将这朵花交给那个愿意嫁给我的姑娘吧。”王老汉虽然心生疑惑，但见小伙子长得一表人才，而两个姑娘也到了该嫁人的年龄，于是就回家将事情说给两个女儿听。大兰听说小伙子是砍柴的，想到一定没什么钱，于是不愿意。而小兰怕爹爹为难，就答应了。后来小兰和马郎结了婚。

一天晚上，小兰躺在床上想起了自己的老父亲，于是对马郎说想回家探亲，马郎就答应了。第二天一早，马郎将小兰送到村头的小河边，他将那朵马兰花戴在小兰的头上，拉着她的手对她说：“你头上的花并不是普通的花，我教你一个口诀，你有困难，花儿就会帮助你的。”小兰聪明极了，就将口诀复述了一遍：“马兰花，马兰花，风吹雨打都不怕。勤劳的人儿在说话，请你马上就开花，送我一篮礼物吧。”哪知一转眼的功夫，小兰眼前就出现了一大篮子礼物，她很高兴，蹦蹦跳跳的就回家去了。

谁想刚才的一幕让躲在树后的独眼猫看到了，它跟着小兰回到家，一路盘算着怎样将马兰花弄到手。小兰到了家，把礼物送给了父亲，老汉高兴得合不拢嘴。而大兰见到小兰生活得非常幸福，嫉妒得直上火。大兰的这一举动让狡猾的老猫看到了，它找到大兰，向大兰诉说了马兰花的秘密，两人便商量起夺走花的对策来。

第二天，小兰要走了，大兰装作不舍得小兰的样子，执意要将她送过河去。到了河边，大兰趁小兰不在意，先是夺走了小兰头上的马兰花，之后便用力一推，将小兰推进河里去了。大兰将妹妹推进河里，一点也没有愧疚的意思，反而心安理得的冒着妹妹的名义回到马郎家中。

过了两天，马郎很奇怪，心想，小兰回了趟家，怎么就像是变成了另外一个人似的？最近总是好吃懒做，还爱说别人闲话。他越想越不对劲，怎么都觉得眼前这个姑娘一定不是自己心爱的小兰。于是第二天，他找借口说胃疼，让小兰去找郎中，将她支走了。小兰一走，他就将放在柜子里的马兰花拿出来，念着口诀说："马兰花，马兰花，快快告诉我，我的小兰在哪里？"话音刚落，小兰就出现在马郎身边，两人便拥抱在一起。之后，小兰流着眼泪向马郎诉述了自己的遭遇。等到大兰回到家，发现谎言被戳穿，也没有颜面再见妹妹和父亲，就慌忙逃走了。后来人们总在河边看见一个乞丐，傻傻的样子，据说那就是大兰。

而小兰和马郎从此过上了更加快乐、幸福的生活。据说那朵美丽的马兰花也一直都为善良勤劳的人开放。

茶花的传说

相传在很久以前，古木前街上有株神奇的茶花。为什么说这株茶花神奇呢？是因为，远近的龙潭里都有它的倒影，而且潭水里的影子和花本身一样鲜艳美丽。湖面静止的时候，花就像是画上去的一样。关于这株茶花，还有一个神奇的传说。

据说古时候，在大山脚下住着一个善良勤劳的女人，名字叫做达布。这个达布，父母去世得早，又没有嫁人，孑然一身，形影相吊，常常觉得孤独。为了摆

脱孤独，她喜欢上了种花，一种就是十多年。她的院里院外，犄角旮旯，是空着的地方都让她种上了花朵。她的花各种各样，红、黄、白、紫什么颜色都有，而且各个季节都有花开。如果一阵风吹过，她院子里的花香能够弥漫到几里之外，引得很多人前来观赏。在空闲的时候，她就来到院子里，给花浇水、除草、捉虫，看着满院子万紫千红、争奇斗艳的花，她就什么烦恼都没了，日子过得也算舒心。

达布虽然种了这么多花，但是她最喜欢的花，至今也没有找到。为了这，她没事儿就去野外寻找，希望可以在她临死前找到自己最喜欢的花。

这一天，达布到家附近的魁阁龙潭去背水浇花，当她走到龙潭边弯下身去背水的时候，一株九蕊十八瓣的花映入她的眼帘，那花的颜色非常鲜艳，样子也极其美丽，她喜欢极了，目不转睛的看了半天。当她趴在水边，准备碰那朵花的时候，才发现这水面上的不过是花的倒影。抬头向四周看去，只见大地上有好多花和草，独独没有水面上印着的那种花。达布有些失落，只好背满水就回家了。

达布回到家以后，总是禁不住想那株花。她日日想，夜夜想，吃不下饭，睡不着觉，那株花的样子总是在她的脑海里盘旋，吸引着她。这样过了几天，达布就病倒了，她整天都躺在床上，院子里的花也顾不得照料了。她生了什么病呢?乡邻给她请了好多医生都没能治好她的病，而她的病情却一天天加重了。

又这样过了半个月，达布病得快要死了。忽然有一天，有个美丽的姑娘来到了达布身边，说是来给达布治病的。达布睁开眼睛一看，见姑娘头上插的花，身上别的花，手里拿的花都和她在魁阁龙潭水面上见到的一样，她顿时觉得神清气爽，病也好了一大半。她拉起姑娘的手，目不转睛的看着姑娘，高兴得笑了。达布就问姑娘："姑娘身上的是什么花呢？我在附近龙潭的水面上见过，真美呀!"姑娘笑着说："这花叫做山茶花，您若喜欢我就送您一株吧!"说着姑娘从口袋里拿出一株颜色很好的山茶花送给了达布，一转身就消失了。据说这姑娘就是天上的茶花仙女。

达布以为自己是做了个梦，但手里的山茶花却是真实的。于是她来到院子里，将花种下来。以后，她每天都精心给花浇水、施肥、除草，两年的功夫，茶树就长大了，开了一树漂亮的花。神奇的是，那株茶树的叶子永远是绿油油的，四季不凋零；而那茶花，一朵朵大若牡丹，争奇斗艳的开放着。更有意思的是，待到茶花盛开的季节，附近的乡邻用金盆打水，都能看到茶花的影子，就和花本身一样漂亮。

这样不知过去了多少年，达布死了。当地的人们为了纪念达布，就在她种茶花的地方盖了一座庙，庙的名字就叫做茶花庙。到了清朝末年，茶花庙就被毁掉了。而关于茶花的传说，一直流传到今天。

灯草姑娘

传说在明朝的时候，有一批人随着沐英征讨到云南后迁徙到了会泽县。这其中有个叫沐定的妇人，她住在会泽县的鲁机村。她的丈夫姓李，两人靠种地为生。虽然他们勤劳肯干，但是在苛捐杂税繁重的日子，他们的日子并不好过。

沐定姑娘是个心灵手巧的人，无论做什么事都会前思后想，仔细琢磨。而且她做事非常细心，就如在家里收拾家务，她会把桌子擦得一尘不染，光亮如新；地扫得干干净净，在地上打个滚再爬起来，身上都不会沾到半点灰尘。

在农闲的时候，沐定姑娘喜欢到田地的边角以及河畔、沟梗上摘些小青藤啊、狗尾草之类的东西。要说这些都是被别人忽略的东西，沐定姑娘摘来干什么呢？原来，她是拿它们回来给孩子编织小灯笼、花篮一类的玩具，孩子们都非常喜欢她。

这一天，沐定姑娘从河畔找到了一些圆茎杆细长的多年水生野草。她本想拿这些水草给孩子编个小灯笼，谁知，当她无意间劈开这水草的时候，发现了里面白白嫩嫩、非常柔软的草心。她灵机一动，心想这草心可不可以用来做灯芯呢？于是她将这草心的水挤出，用一根火柴将其点燃，只见它非常容易燃烧，而且燃起来没有油烟，比棉线条还要省油得多。沐定姑娘高兴极了，于是她将这不知名的水草取名叫“灯草”了。

后来她将这个消息告诉了丈夫，夫妻俩一商量，就将自家的粮田腾出来一亩，用作种这种水草了。经过他们的悉心照料，水草长得非常的茂盛，那圆茎杆比河畔的水草要长一倍，而劈出来的草心又长又粗。他们将草心加工后，做灯芯卖，而余下来的圆茎杆就用来编织小灯笼、荷包、篮子等东西。这些东西放到市场上卖，因其轻便美观、物美价廉而受到了大家的广泛欢迎。后来，沐定姑娘想到，在天气闷热的夏天，人们躺在床上睡觉，一觉醒来身上就会出很多汉，何不用“灯草”作原料，编织一些炕席铺在床上呢？那样一定会既凉爽又舒适。于

是她把这个大胆的想法付诸实践，哪知那席子一上市，因价钱便宜，不一会儿的功夫就被大家一抢而光。后来人们用得好，就纷纷和沐定姑娘订购。夫妻俩非常高兴，一季度下来，他们赚到了很多的钱，这一亩地的水草收成，比五亩地的粮田收入还要多。于是他们将余下的粮地都种上了水草，他们的生活也越来越好了。

乡邻们看到沐定姑娘家越过越好，都非常的羡慕和嫉妒，他们都想学习沐定姑娘的技能，但是姑娘却不愿传授。也有人尝试着自己琢磨，但是都没能成功。

沐定姑娘一家虽然生活得越来越好了，但是工作量却越来越大，夫妻俩为了省下些银两和防止别人偷学，又都不愿请人帮忙。终于这一天，沐定姑娘一家都纷纷累倒了，地里的活计也只好停下来。村子里有个心地非常善良的大妈，她看到沐定家的情况，就约了村里的几个妇女，给沐定家送粮食，并悉心照料这一家人。沐定夫妇感动极了，于是等他们病好了，就将劈灯草和编织的活计教给了大家。后来会泽县鲁机村的席子和灯草渐渐名声大振，这些东西被远销到四川、贵州等地，而这个村子里的人都渐渐脱贫，过上了幸福的日子。

牡丹传说

牡丹花是富贵的象征，关于牡丹花的传说非常多，著名的有“荷包牡丹”、“万卷书”、“金黄牡丹”等。

“荷包牡丹”的传说

相传古时候，在洛阳城的汝州有个名叫“庙下”的小镇，这里牡丹花开得非常茂盛，景色相当宜人。而这个小镇有个有趣的习俗：如若男女定下婚约，女方必须亲手送给男方一个定情信物，即亲手绣制的鸳鸯荷包。如果定的是娃娃亲呢，也要由女方家里的嫂嫂或是别的女眷帮着绣一个。因为赠送了荷包，这门亲事才算真正定下来了。

这个小镇上有个貌若天仙、心灵手巧的姑娘，名字叫做玉女。这个玉女有个非常突出的本领：她绣的牡丹能够招蜂引蝶，像是真的牡丹一样。而这么好的姑娘，当然有很多帅气的小伙子上门提亲，但是都被姑娘婉言谢绝。原来，姑娘已经心有所属。只是她心仪的小伙子被征去当兵了，直至今日已有两年的时间，却依然杳无音讯。但是姑娘并不死心，她耐心地等待着心仪的人出现，并每月都绣一个荷包挂在院子里的牡丹枝上，以寄思念之情。日子久了，牡丹枝上都是玉女挂的荷包，人们就形象的将它称为“荷包牡丹”了。

“万卷书”的传说

传说在明代的安徽亳州有个叫做欧阳博云的书生，本是官宦人家的弟子，但后来家道中落，寄居在亲戚家里，生活得十分贫寒。欧阳博云不服从命运的摆布，他下定决心，一定要考取功名，光宗耀祖。哪知一连考了三年都没上榜，一时间书生非常失落，整天黯然神伤。有一天，一位好心的教书先生来到他身边，告诉他说：“书生不要难过，你读的书太少了。只有破万卷书，或许才能心有所悟，感动上苍。”书生听了很受鼓舞，于是他终日看书抄文，非常的用功。但由于家中贫寒，而纸又太贵，于是他只有将诗文抄到门板上和墙壁上。

这一天，书生看书太累了，就到后院去闲走散心。只见后院那多年未开花的牡丹花丛，如今繁花似锦，异常美丽。书生大喜，于是他走到花前，俯身下去闻香。而花香四溢，让他心旷神怡，心中的抑郁也一扫而光。他突然想到，何不将诗文抄到花上，以花代纸呢？于是他返回屋子里，拿来笔墨，在花瓣上写起了字。后来这一幕被教书先生看到，就将花戏称为“万卷书”了。而书生的行为或许是感动了花神，这一年，他终于金榜题名，一改贫穷的命运。

“金黄牡丹”的传说

传说在云南省大理县的洱海边，有座名叫“点苍”的美丽山脉。说它美丽，是因为山上生长着一种世界闻名的金黄牡丹。这种牡丹不仅颜色是金黄的，而且样子也是元宝的形状，非常招人喜爱。据当地的人们说，这种牡丹就是由金子变成的。

传说在元朝末年的时候，这山中一点也不太平，常常有土匪在这里为非作歹，绑架百姓。当地有个卖柴为生的老伯，他有个美丽的女儿，叫做阿青，父女俩生活得非常贫困。这一天，老伯来到这座山上砍柴，遭到了这里土匪的绑架。老伯一再称是穷苦人，根本没钱，但是绑匪还是让人告诉老伯的女儿，要想她的父亲平安的回去，就在三天之内拿三百两黄金来赎人。

阿青听说了这个消息，非常着急。家里哪里有银钱呢？但是阿青非常聪明，

她转念一想，何不将石头染上金黄色放在袋子里去试试呢？第三天一到，她就手拿着利剑，背着那袋石头到山上去了。到了山上，阿青就将那袋子往地上一抛，袋口没收紧，发出了金黄色的耀眼的光。土匪们见来的是个漂亮的女子，一时间看直了眼，听说袋子里都是黄金，就都上前去抢。阿青趁机将土匪的头目杀死了，别的人见状都跑掉了，她和父亲就团聚了。据说后来就在她抛金石头的地方，长出了金黄色的牡丹。

龙舌草的传说

传说很久以前，有只乌鸦和水里的龙成了好朋友。有一天，乌鸦对龙说："龙老哥，我看你在这水里待得也厌烦了，不如跟我走吧。我带你到另一片海里去看看，那里有美丽的珊瑚和水藻，还有很多很多的鱼虾，比这里好多了。"龙对乌鸦描绘的那片海非常向往，于是答应让乌鸦带着走。他们约好七天后的这个时候动身。

到了第七天，乌鸦如约而至。它在天上飞，龙在地上走，它们一路上调侃说笑，非常快活。刚过了一个山顶，乌鸦看到了它的伙伴，接着就飞跑了。龙见乌鸦飞走了，大声咆哮了几声，但是乌鸦已经飞远了，把它自己留在这座生疏的山上。

龙本来生活在海里，在陆地上不能呆太久。如今龙不知道另一片海在何方，回去的路也不记得了。它又累又渴，难过极了。正在这时，有个赶车的人来到这座山上，龙就向赶路人哀求道："好心的人啊，求你把我带回这附近的海里吧。"赶车的人见是条龙，非常的害怕，但他又见龙的样子非常可怜，就动了恻隐之心，答应带着龙回到海边。

刚到海边，龙就立马钻进了海里，海面上顿时掀起了巨浪，龙觉得舒服极了。这时它饥饿难耐，想起赶车人和牛还在岸边，就又掀了个大浪，将赶车人的车和牛都卷到海里去了。赶车人见龙不但不谢他，还恩将仇报，把牛卷走，非常愤怒，但是一时也不知道该怎么办。恰好此时有只小白兔来到海边喝水，看见龙要吃牛了就冲着赶车人大叫："愚笨的人啊，你为什么不用手中的鞭子抽打龙，将龙赶跑呢？"赶车人这才恍然大悟，他立即挥动手中的鞭子，连抽了几下，龙吓得躲进海里，牛就得救了。因此，龙非常的记恨小白兔，想找机会将小白兔吃掉。

又过了几天，小白兔来到海边吃水。龙等小白兔等得好辛苦，见它来了，狂吼了几声，它摆动着尾巴，在海面上掀起了几个巨浪，就把小白兔卷到海里来了。正当它张开爪子要撕扯小白兔的时候，小白兔开口说话了："老龙，我太小了，你不必费力撕扯我了。只要你张开大嘴，我会自己跳进去让你吃的。"龙哈哈一笑，觉得这小白兔真是嗦，于是它就真的张开大嘴要吞了小白兔。这时小白兔趁机抓住龙的舌头，用劲的撕扯，龙疼得使劲扭动着身子，而小白兔就是不放手。终于小白兔将龙的舌头扯下来了，龙疼得在海里翻了好几个身并大声咆哮，小白兔赶紧跳上了岸，把龙的舌头扔在海岸边，就逃走了。

原来小白兔是叫老猫去了，它想让老猫把龙的舌头吃了。但是当老猫来到海边的时候，龙舌头已经不见了。海边长出了一棵花，叶子大约有两尺长，宽三指，样子扁扁的，非常像龙的舌头。这就是传说中的龙舌草。当地的傣族人叫它"麦马能戛"，因为它是治病的药材，所以很受当地人的喜欢。

杜鹃花的别名

从前有个年轻人叫做阿里，他英俊潇洒，善良勇敢，常常跟着皇帝的军队到处作战。这一年，他跟着军队来到湖南一带打仗，在战场上表现非常机智。战事停止后，将士们就在一座大山脚下住了下来。这山上长满了火红的杜鹃花，阿里喜欢极了，常常偷偷一人去山上看花。

有一天，阿里又偷偷地去了山上。哪知刚刚进山，他就听到有人呼喊"救命"，他寻声跑去，见一只老虎张着血盆大口，正向一个老人扑去。阿里连忙拔出背上的箭，瞄准老虎的脑袋射去。只见那箭正好射中了老虎的脑袋，老虎倒在地上挣扎了几下就死去了。阿里连忙上去搀扶老人，询问老人有没有受到惊吓。老人非常感激年轻人，又不知道如何报答，于是很热情地请他到家里做客。阿里也没办法推辞，就跟着老人回家去了。

一路上，老人询问了阿里的名字和住址，甚至还问他有没有娶亲，阿里都很耐心的一一作答，老人非常满意。阿里跟着老人翻过了一座大山，来到一个幽静

的山谷中。只见这山谷中只有两间茅草屋，屋前屋后都种满了杜鹃花，它们争奇斗艳，美丽极了。老人将阿里请进了屋子里，随后又叫自己的女儿出来给阿里倒茶。

只见从里边屋子里走出来一个端庄大方，貌若天仙的美丽女子，阿里不禁看直了眼。老人介绍说："小女名叫年息，芳龄十八。你救了我，我无以为报，就将小女许配给你吧，不知你意下如何？"年息听了，羞怯地跑进里屋去了，阿里见了更加喜欢了，于是高兴地点头答应了。哪知老人接着说："孩子，现在还不到结婚的时候。你从这里取回一棵杜鹃带走，等你回到自己的家乡，将它种在你家的山坡上，待到花开之时，我的女儿才能嫁给你。"阿里听了老人的话非常失落，本想问问老人原因，但又觉得有些冒昧，于是闭了口。他在门前取了一棵美丽的杜鹃，就怏怏地回到军队中去了。

不久阿里就退伍回家了。他回到家乡之后，按照老人的吩咐，将花种到了家附近的小山坡上。经过阿里的悉心照料，到了第二年的春天，那棵花长大了，结出了非常漂亮的杜鹃花。这天阿里打猎回到家中，忽然闻到了饭菜的香味，进屋一看，才知老人和年息坐在屋子里。

阿里高兴极了，他等这一天等好久了。只听老人说道："我说话算数的，现在我把女儿送来了。那西山上是我给你们盖好的房子，你们住进去吧。"说着老人把阿里拉到大门口，指给他看。阿里一看，那山上果然有三间茅草屋子，不知是何时盖上去的。不等他仔细想，老人接着说道："我只有这一个女儿，如今我把她托付给你，也就没有任何牵挂了。此后我要到很远的地方去了，你一定要照顾好我的女儿啊！"阿里连忙跪在地上，给老人磕了个头，答应了老人的嘱托。

之后，阿里和年息过起了幸福的生活。可是这样的生活没过多久。有一天，火神从阿里家门前经过，他看到年息非常美丽，就想将她抢走。年息非常爱阿里，死也不从。谁知这激怒了火神，他用火将阿里和年息烧死了，并将他们的骨灰撒得遍地都是，以解心头之恨。第二天的春天，阿里家附近开满了火红的杜鹃花，相邻们都说是年息变的。于是他们也将杜鹃花叫做年息花。

含羞草的传说

相传很久以前，有一个英俊的小伙子，他非常喜欢到河边钓鱼。这一天，他像往常一样来到河边。只见一位老者手持鱼竿坐在河边自言自语。他仔细一听才知，老汉在说："钓钓钓，大鱼快来小鱼莫到。"说着大鱼就真的向老汉游来。小伙子见了很兴奋，他毕恭毕敬地走到老汉面前，询问老汉钓鱼的秘诀。老汉说："这钓鱼也没什么好学的，你沿着河边一直往前走，或许能遇见好事情。"老汉一说完就不见了。

小伙子高兴极了，心想一定是仙人为他指路，于是就沿着河岸一直走。走到天黑的时候，他看见一片长满荷花的水湾。水湾旁住着一户人家，借着灯光可以看到有位姑娘在织布。小伙子走进屋子，向姑娘问道："姑娘，冒昧打扰一下，我迷路了，不知道这是什么地方？"织布的姑娘答道："这是荷花庄，我是荷花女，你若是走累了，就进来歇歇脚好了。"小伙子见这荷花女貌若天仙，想必就是天上的仙女。况且这里前不着村，后不着店，怎么就凭空出现个荷花庄呢？小伙子试探着说道："我至今还是孑然一身，不知姑娘是否婚配啊？"荷花女深情款款的看了他一眼，又低下头，说道："你的衣服破了，你脱下来我给你缝缝吧。"于是小伙子脱下衣服，姑娘借着灯光认真的缝了起来。缝完衣服姑娘说："天不早了，我送你出门吧。"小伙子也只好回家去了。

小伙子回到家已是半夜，他想着那个貌美的荷花女，翻来覆去怎么都睡不着觉。于是他又返身向河边跑去。来到大水湾，他见水湾边的屋子已经不见了，再看水中有朵大荷花，便情不自禁的唤了声"荷花女"，果然那荷花女踏着水波来到了岸边。她说："我父亲不让我和凡人来往，你若真心喜欢我，我们就逃走吧。"于是小伙子对荷花女发誓说："天地作证，我将好好对待荷花女，永不变心。"荷花女很高兴，就带着小伙子来到了一片林子里。林子的深处有座茅草屋，屋内有一些打猎的工具和一架织布机。此后他们成了亲，荷花女在家织布，小伙子到林子深处打猎，日子过得还算幸福。

这深山老林中有很多动物，小伙子每天不费什么力气就可以猎到一些山鸡或是野兔。荷花女却很辛苦，每天除了织布，还要到山上去栽种桑树。日子久了，荷花女的容颜变老了。小伙子劝她歇歇，荷花女却说："你看这荒山野岭若都种上桑树，该有多美呀！"她还从袖子里拿出一根针对小伙子说："这是根能制服野兽的神针，你用这根针去制服山中的野兽吧，这样这里就能成为百姓的乐园了。切记，这针千万不要落到别人的手里。"之后小伙子就到远处的荒山上去打猎了。

这一天，小伙子发现一个幽深的山洞，于是壮着胆子想进去看个究竟。他刚

走进去，一只大老虎就向他扑来。小伙子连忙拿出神针冲着老虎一指，那老虎立时就倒地死掉了。他由于好奇，就走进了洞里。只见洞的深处有扇门，门口明灯高照。他推门一看，一个貌美的妙龄女子坐在炕上。那女子见了小伙子就招呼他进来喝酒吃饭，两人就成亲了。几天后，少女说要回家一趟，于是小伙子拿出了荷花女给的神针，送给了少女，说是可以护身。谁知少女一走，那洞门就关上了，小伙子被困在里边了。这时他才想起荷花女交代的一切，后悔极了。

再说荷花女，见小伙子不回来，掐指一算，知道他已负了自己，不禁流下了眼泪。但念在是夫妻一场，就拿着开山钥匙去救他。小伙子被救出来，羞愧得不敢看荷花女。这时少女从后边赶来，大声喊着："你快回来啊。"荷花女连忙说："千万别回头，回了头你就没命了。"可是小伙子意志不坚定，转过头去望了一眼。就在他回头的一霎那，少女施了妖术，将他变成了长在地上的柔弱小草。小草面对着荷花女，就合上了叶片，像是在忏悔一样。传说这就是如今我们看到的含羞草。

钟情鸟的传说

在西双版纳的丛林中，生活着一种美丽的鸟叫做"犀鸟"，它们雌雄成对，终生不离，育雏雌鸟如人类产妇般足不出"屋"，饮食起居全由雄鸟操劳。成双成对的犀鸟，若其中一只遇害，另一只便不思饮食，到处寻找，边飞边鸣，其声如泣如诉，令人心寒。寻侣之鸟哀不思归，直至气绝身亡。因此，傣家人都称犀鸟为钟情鸟

据说，很早以前，世间并没有钟情的犀鸟。如今的犀鸟是由一对钟情的夫妇所变。这对夫妇，男的叫岩哥，女的叫玉罕。岩哥是个勇敢的猎人，带着妻子玉罕在大森林边建了一幢竹楼，以狩猎为生。玉罕身材苗条，眼睛黑亮，皮肤白嫩，有一张如花似玉的脸。岩哥对玉罕钟爱无比，柴不让她找，水不让她挑，衣、食、住诸事都不让她操劳。玉罕也深深地爱着岩哥，但凡岩哥在家，总是让他吃好的、穿好的，把家里收拾得干干净净、漂漂亮亮。

岩哥由于对妻子过于钟爱，每次外出狩猎都要把玉罕关在楼上，他不回来，决不许妻子下楼外出，唯恐妻子受到意外伤害。玉罕怀有身孕的那一年，岩哥对

玉罕更是关怀备至。一天，他要外出狩猎时，为玉罕准备下三天吃的饭菜和饮水，然后钉死门窗，拆掉楼梯，嘱咐玉罕说，不论发生什么事也不能下楼。这天，岩哥走进森林以后，平时鸟雀啁啾的森林，却不闻鸟歌猿啼，他在山上转了半天，也没有碰上一只可以猎捕的禽兽。直到太阳落山以后，岩哥才在返家的途中发现了一头浑身金光闪耀的金鹿。他立即拈弓搭箭“嗖”地放了一箭，那金鹿“吭”地叫了一声，拖着被箭矢射伤的后腿，奔进了密林。

此刻，夜幕已经降临，黑暗已经笼罩了密林，但金鹿身上放射着金光，岩哥仍能看到它奔跑的方向。于是，岩哥又握箭在手，朝着金光闪耀的地方追赶。那一夜，岩哥不知翻过了几座山，穿过了多少林，他只知朝着金光闪耀的地方奔跑，早已忘记了辨认方向。天亮以后那金光更加耀眼，岩哥觉得他已经快要追上那只负伤的金鹿了，便加快步伐拼命追赶。直到他跑得筋疲力尽地倒在地上时，金光和金鹿才顿然消失。

岩哥躺在地上喘息了半天，站起身来一看，眼前是一望无际的密林，竟不知自己从何方而来，该从何路而归，他已在老林中迷失了方向。他在密林里跑呀跑，渴了就捧起山泉解渴，饿了就用野果充饥。见鹿不射、见熊不打，一心只想寻路回家。他一直在密林中奔跑了七天七夜，才走出那座茫茫老林，找到了回家的路。当他第八天赶回家来的时候，竹楼上火塘已灭，竹筒中滴水没有，备下的食物已颗粒不剩，怀有身孕的玉罕已渴得饿得断了气息。心爱的妻子死了，岩哥也不想一个人活在世上。他拥抱着妻子的尸体，放火点燃了竹楼。岩哥和玉罕的魂灵，变成了一对长着角质大嘴的鸟儿，从烈焰中腾空而起，飞向山林。由于这对鸟儿是由岩哥和玉罕变化而成，傣家人便叫它为“诺哥罕”（意为岩哥玉罕变成的鸟）。这种“诺哥罕”就是犀鸟的总称。岩哥和玉罕变成了犀鸟以后，比翼双飞，形影不离，仍然像生前那样你恩我爱。但岩哥变成的雄犀鸟，仍然不改过去的旧习。雌犀鸟生蛋育雏之时，它便衔来泥石，封住雌鸟育雏的树洞，仅让雌鸟的角质大嘴露在洞外。雄鸟不辞辛劳到处寻找可口的浆果和小动物饲喂雌鸟和幼鸟。夜里还在洞边守候，预防不测。直到幼鸟可以飞翔寻食时，雄鸟才啄开洞口，让妻子带着儿女离家试飞。因为犀鸟的这种钟情，人们把它们叫做钟情鸟。

桔梗仙子

相传古时候，在英山尖的山南住着一个人称“黄善人”的老汉。大家之所以这么叫他，是因为他非常善良，乐于帮助别人，还从不杀生。这老汉老伴死得早，一人带着两个儿子生活，靠种地为生。他们的日子过得虽然不宽裕，但是苦中有乐，也很幸福。

这天早晨，黄老汉又犯了气短、咳嗽的老毛病，只是这回他有些难以承受了。于是他将两个儿子叫到床前，流着泪说：“我的儿啊，看来我快不行了，你们快给我张罗后事吧。”

兄弟俩都不愿接受这个事实，他们跪在父亲床前，齐声大哭起来。哭了一阵，哥哥见父亲咳嗽不止、气喘吁吁的样子非常难过，于是对弟弟说：“我们哭也没用，你在家伺候父亲，我到附近去找找医生，一定要将父亲的病治好。”于是哥哥就背着包袱到处求医去了。但是哥哥走访了附近好几个村子，找了十几个郎中，都没有平喘化痰的良药。哥哥只好非常失望的回到了家。

眼看父亲奄奄一息了，兄弟俩非常着急。他们想，能想的办法都想了，如今也只有去求求观音菩萨了。于是第二天一早，他们把黄老汉抬到了一把躺椅上，给他盖好被子。然后用两根竹杠捆好躺椅，抬着他拜观音去了。

他们将父亲抬了百里路，晌午的时候终于到了莲花山上的观音庙。黄老汉经过一路颠簸，病情更严重了，脸色发紫，呼吸已经不平稳了。兄弟俩见了，慌忙跑进观音庙，跪倒在观音像面前大哭起来：“大慈大悲的观世音菩萨，你救救我们的父亲吧。他一生做了不少好事，如今还没享上福，不能这么早死呀。”

再说这天，观音菩萨在蓬莱仙岛的紫竹林中休息。她忽然觉得两耳一热，就知凡间出了事情。她掐指一算，得知黄家兄弟为了爹爹的病在庙中哭得死去活来。她本知黄老汉一生善良，是个很好的人，就决定救其性命。

于是观音菩萨架起祥云来到了天庭，向玉帝说明了情况。玉帝就将张果老叫至云霄殿。只见张果老从葫芦中倒出一粒豆大的种子交给观音，观音立马明白了他的用意，谢过张果老就回到紫竹林中去了。

这黄家兄弟由于哭得太厉害，就昏倒在观音庙里了。朦朦胧胧中，他们听见有人在耳边说话："别……哭了，快醒……醒。"他们睁开眼睛，发现一个小男孩站在他们身边，孩子说："快，快……起来，你们快……到庙后去，那里有棵草，可以救，救……你们的父亲。"兄弟俩人顿时有了精神儿，他们又在观音菩萨面前拜了三拜，就急急忙忙跑到庙后去了。原来这男孩就是观音菩萨的善财童子，他是奉观音之命前来救人的。

兄弟俩到了庙里后，看到在一块卧佛石下，长着一株开着蓝色五角星的花儿。他们高兴极了，连忙跑到花儿跟前，拨去花根儿上的浮土，出现了一颗人参似的药物。兄弟俩连忙将药捣碎，熬了汤给父亲喝下。果然，黄老汉喝下了药，咳嗽也好了，气也不喘了，又恢复了健康。

之后兄弟俩把那颗草药种到了英尖山下。春天一过，山上就长出了一大片草药。兄弟俩想起帮助他们的那个说话结结巴巴的小男孩，就将药的名字取名为"桔梗"了。

"披星戴月"的由来

纳西妇女独特的服饰被人们称为"披星戴月"，即羊皮披肩上的圆形饰物是披肩上的精华所在：七个小圆为"七星"，两个大圆为"日"、"月"。

关于"披星戴月"这种服饰，还有着美丽动人的传说呢。

在远古时代，丽江坝子是个大湖，人们居住在湖畔山边过着耕而食、织而衣的宁静生活。不料有一年来了个旱魔，它放出八个太阳，加上原来的一个，一共九个太阳轮流着把大地烤焦，庄稼枯了，湖水干了，人畜都快要渴死了。

有个叫英姑的姑娘，发誓要到东海请龙王解救大家。她用鸟羽编织成一件五光十色的"顶阳衫"，披在背上奔向东方。龙王派三王子帮助英姑解救了旱情，可是旱魔却施计把龙王三王子陷进深渊。英姑一个人与旱魔搏斗了九天九夜，终于气衰力竭，倒地身亡。

三朵神见状，造了一条雪龙，把旱魔所造的太阳一连吞下七个，变冷后吐在地上，留下一个变成月亮挂在天上。三朵神就把那七个丢在地上的太阳捏成七个光灿灿的圆星，缀在英姑的"顶阳衫"上，以表彰她的勇敢、智慧和献身精神。

还有一个传说：

远古时期，天女衬红褒白与纳西族始祖崇忍利恩成婚后，从天上下到人间，路遇情敌可洛可兴口吐恶雾遮住去路，衬红褒白便把准备好的羊皮披于身上，披肩上的日月星光照亮了道路，使他们安然到达人间，建立起了幸福的家园。

那以后，纳西族妇女就照始祖衬红褒白从天上带下来的羊皮制作了“尤恩”。

傣家竹楼的传说

如果说傣族人生活在一派诗情画意中真的是一点也不为过。在翠竹丛林中，在香蕉、椰子、仙人掌等热带果树和花木丛中，簇拥着一座座别致玲珑的傣家竹楼。在晨光熹微中，傣家竹楼就如同傣家姑娘一样美丽而羞涩。这些竹楼从外形上看，就像是正在开屏的金孔雀，又像是翩翩起舞的妙龄少女，那美丽的景致让人恍然如在梦中。竹楼美，有关竹楼的传说更美。

傣家的竹楼，在傣语中统称为“很”。“很”这个名称，是由“烘哼”一词演变而成的。而“烘哼”一词，在傣语中是描述凤凰展翅欲飞之姿。

相传，在很久很久以前，傣家人没有住房，人们或住在山洞里，或栖身在大树上。后来，有个叫帕雅桑目底的人，看到林中有些又大又宽的树叶能遮挡雨滴，从中受到启发，开始试着用树叶、山草盖房子。他最先盖的是一种平顶房，可那平顶草房一遇大雨便漏得无法栖身。

一天，帕雅桑目底看到一条狗前腿立地，坐在地上淋雨，雨水顺着陡坡形的狗身流到地上。他又受到启发，用树木山草仿照狗坐在地上的姿势盖成了一种现在被称为“杜玛些”（意为狗头窝棚）的单厦斜室。“杜玛些”前高后低，使雨水顺着坡形屋面流到地上，但随风飘洒的雨水还是会从两侧和前面飘洒进屋。大雨一来，室内仍然无法安身。帕雅桑目底想重新建造一种舒适的住室。他冥思苦想，反反复复地试验，竟没一间让他满意的。

后来，这件事被天王帕雅英知道了，于是，天王变成一只巨大的凤凰，趁大雨滂沱之时飞落在帕雅桑目底面前。凤凰两翅斜伸，暗示帕雅桑目底屋面应盖成人字形；低头拖尾，暗示屋子应蒙住人字形两侧，才能遮挡从侧边飘落的雨水；双脚立地托住身躯，做出住室应分上下两层的模样。

帕雅桑目底见那只巨大的凤凰，在大雨中反复伸翅、低头、拖尾，心中豁然一亮，建盖新住室的好方法便在自己心中成熟了。凤凰飞走以后，他依照凤凰立于雨中的姿势，用竹木建盖了栏杆式的高脚楼。

这种住室楼下木柱林立，四面没有墙壁，屋脊呈人字形，分前后左右四个屋面，既能挡雨，又能遮风防兽。由于这种住房是在雨中凤凰展翅欲飞之姿的启示下建盖而成，帕雅桑目底把它叫做“烘哼”。

帕雅桑目底盖成了“烘哼”之后，傣家人纷纷来向他学习。从此，一家又一家，一寨又一寨的傣家竹楼盖起来了，人们都从山洞搬进了高脚竹楼。后来人们把“烘哼”叫成了“晃很”，简称为“很”。

傣家人住上竹楼之后，一直没有忘记帕雅桑目底，为了纪念他的功绩，把这种竹楼命名为“很帕雅桑目底”，这名称一直沿用到现在。

孔雀舞的传说

在西双版纳的傣族地区，流传着这样一个美丽的传说：

在很久很久以前，有一个贫穷的傣族小伙子为了谋生，他每天都到江边的一棵空心树下钓鱼，并且每次都能钓到很多。

可是，有一天他从早钓到晚，连个鱼影子也没看到。他感到万分奇怪。正在这时候，突然一阵轻风刮来，吹到他身后那棵空心树内，发出了“嗡嗡”的声响，江边果树上的果子熟透了，也随风叮叮咚咚地落入江中，发出清脆悦耳的声响。

就在这一瞬间，他见江中映示出山坡上孔雀窈窕的倒影。小伙子惊喜地回头观看，只见一对绿孔雀展开了美丽的翎羽，正随着动听的声响翩翩起舞。

小伙子再也抑制不住内心的激动，高声说道：“啊！我今天到了神仙住的地方了!”小伙子丢下钓竿，惊喜地跑回村寨，给乡亲们讲述所见到的一切。乡亲们听了后十分惊奇，都盼望自己也能亲眼看到那动人的情景。

后来，小伙子带着众多乡亲来到江边，把那棵空心树砍倒，锯娄做成长鼓，蒙上一层黄牛皮，用手一敲打，顿时发出了“嘣—嘣叭—嘣”的悠扬声响，然后，小伙子又找来铜盆、铜锅盖，让其他青年随着敲的节奏声一直敲打。

接着，小伙子在快乐的鼓乐声中，摹仿孔雀的一举一动，跳起维妙维肖的孔

雀舞。乡亲们都看得入了迷。

从那以后，乡亲们一致推选小伙子到“赶摆”的群众集会上跳孔雀舞。在“赶摆”的日子里，小伙子为傣家人首次表演了孔雀舞，艺术地再现了孔雀的形象，博得了傣家的赞赏。

从此，这种在象脚鼓和锣伴奏下的孔雀舞，就在傣族人民中间流传开了。

孔雀在傣族人民心目中是吉祥、幸福、美丽、善良的象征，孔雀舞是傣族人民最喜闻乐见的民间舞蹈。可以说，孔雀舞与傣族人民的生活有着密切的关系，无论是盛大的“赶摆”或过节的时候，也无论是种完谷子或者丰收之后，傣族人都兴高采烈地云集在一起。围成圈观看孔雀舞表演。在傣族青年的婚礼上，在傣家人庆贺新居落成的时候，也有请表演者跳孔雀舞的。

都匀毛尖的传说

都匀毛尖，又名都匀细毛尖、白毛尖、鱼钩茶，产于我国贵州黔南布依族苗族自治州的都匀山区，是我国黔南三大名茶之一。早在明朝时期，都匀毛尖就已经成为贡茶。明朝的最后一个皇帝——崇祯皇帝就十分喜爱都匀毛尖，因见其外形酷似鱼钩，故赐名“鱼钩茶”。

关于都匀毛尖的由来，在都匀山区的布依族中，流传着一个美丽神奇的故事：

相传很早以前，都匀一带是由一个蛮王（古代中原地区对少数民族首领的称呼）掌管的。有一天，蛮王得了重病，卧床不起。他把九个儿子和九十个女儿叫到床前，说只要谁能治好他的病，谁就是蛮王。

蛮王的儿女们分头出去寻找草药。几天后，九个儿子找来了九种草药，但都没能使蛮王的病有所好转。又过了几天，九十个女儿也回来了，她们带回来的是同一种草药。这种草药闻起来有股清淡的香气，煎好后有一股苦涩的味道。蛮王吃下后，病就痊愈了。

蛮王问这是什么东西，从哪里得来的。女儿们回答说，这种草药叫茶，是云雾山上的绿仙雀给的。于是，蛮王就派他的女儿们去云雾山寻找茶树种子。

姑娘们来到云雾山上，但没找到绿仙雀。后来，她们来到茶王树的跟前，围住它一起跪拜，祈祷上天让绿仙雀再次出现。过了三天三夜，姑娘们终于感动了天神，天神命令绿仙雀带领一百只鸟飞到姑娘们的面前，不停地冲着她们叫："毛尖……茶，毛尖……茶"。

姑娘们见到了绿仙雀，马上冲上前去求教种植茶树的方法。刚说完，绿仙雀就变成了一位美丽、聪明的姑娘。绿仙雀告诉她们，要想栽培茶树必须有三个条件：一是为苍生着想，不能独自享用；二是拥有一双剪刀似的手，用来给茶树修剪枝叶；三是拥有鸟一样的尖嘴，用来给茶树清除害虫。姑娘们答应了绿仙雀的要求，终于得到了茶树的种子，也掌握了茶树的栽培方法。

后来，在姑娘们的不懈努力之下，终于在都匀地区种植出一片茶园。后人为了感谢绿仙雀的指点，就根据它的叫声，把都匀地区所产的茶叶叫做"都匀毛尖"。

信阳毛尖的传说

信阳一带自古就是我国主要的产茶地区。据考证，早在战国时期，信阳就已经开始种植茶叶了。到了唐代，信阳已经以出产贡茶而闻名了，苏轼曾称赞说："淮南茶，信阳第一"。关于信阳毛尖的来历，还有一个动人的故事：

很久以前，信阳一带流行着一种名叫"疲劳痧"的瘟病，死了很多人。村里住着一位叫春姑的姑娘，她看到这种情景很是着急，于是，四处奔走，希望能找到"良方"治好大家的病。

一天，春姑在山上遇到一位采药的老人。老人告诉她，当年神农尝百草的时候曾找到一棵宝树，只要找到这棵宝树，乡亲们的病就能治好了。于是，在老人的指点下，春姑踏上了寻找宝树的征程。她走啊走啊，也不知走了多少天，翻过了九十九座大山，淌过了九十九条大江。这时，她自己也感染了"疲劳痧"，倒在了一条小溪旁。突然，春姑感觉嘴里漂进了什么东西，马上精神了许多。她赶紧拿出来看，原来是溪水冲过来的一片叶子。春姑马上想到，这一定就是传说中的宝树的叶子。于是，她逆流而上，终于在小溪的尽头找到宝树。

正在这时，守护宝树的神农出现了。他告诉春姑，如果从茶树上采下的种子在十天之内还没有种到土里的话，就会枯死。春姑听后很着急，求神农帮助她。

神农拿起神鞭在天空中抽了两下，春姑立刻就变成了一只画眉鸟。她用嘴叼起种子，往家乡飞去，一连飞了五天五夜，终于到了家乡。春姑赶紧栽种茶种。从此，信阳就有了茶，并取名信阳毛尖。

种茶种之后，春姑不停地给茶种浇水、施肥、除虫，当茶种长成一棵小树时，春姑也因耗尽气血而变成了一尊石像。后来，小茶树长成了参天大树，治好了人们的病。人们为了纪念春姑，就管画眉叫做“茶姐”。

第三篇

欧洲神话故事

第一章 古希腊神话

原始天神——欧律诺墨

太初茫茫之时，世界处于一种杂乱无序的“混沌”状态：太阳尚未出世，月亮也没诞生，大海、陆地、天空纠结在一起，混作一团；海洋还未起波，陆地尚不坚固，天空也没有光明。可是在这一团混沌之中，大海、陆地、天空彼此冲突着，冷热软硬干湿轻重互相斗争。斗争到了一定时候，变化出现了，这些原始物质开始分化：大地和天空被一道地平线分割为二；陆地又和海洋互相区别；清虚之气和浑浊之气开始脱离。

世界乱糟糟的面貌改变了，形成了初步的秩序，彼此能够和谐相处：轻的部分上升为瓦蓝的苍穹，在最高的地方找到了它们的安身之处；沉重的部分聚集在一起，成为沃黑的大地；大地和天空之间是无所不在的空气；回旋流动的水泛起了波涛，将陆地环绕起来；而在地下的最底层，则是一个最为黑暗的地方，叫做塔耳塔洛斯。

就在天地分开形成海洋陆地的时候，从一片混沌之中涌现了开天辟地的第一位天神欧律诺墨，她长发飘飘、赤身裸体，在天地尚未形成的宇宙混沌之中，找不到任何立足之点，于是她用手一挥，划分出天空和海洋，立在叠浪起伏的波涛之上翩翩起舞，并顺着一股强劲的南风，向前方飞过去。飞到爱琴海上空，女神欧律诺墨渴望能够控制自己的方向，她就在急速旋转之中，随手抓住了擦肩而过的北风，一阵揉搓，北风在她充满神力的手中变成了一条河流似的蜿蜒盘旋的大蛇俄菲翁。这个时候的大蛇俄菲翁浑身冰冷，一片僵硬，于是女神欧律诺墨就一阵急舞，大蛇在她的手中弯来折去，获得了热量。它的身体变得暖和了，就慢慢地新陈代谢，见风就长，皮肤渐渐地变为燃烧的火焰色。它盘绕起身体，在女神的胸脯上纠缠了一圈，挪动着身子和女神结合。有孕的女神摇身变成了一只白色

的轻捷的鸽子，在波涛上伏窝，七七四十九天之后产下了一枚光闪闪的宇宙卵。女神命令这只大蛇，让它在这枚卵上盘旋了七次，随后宇宙卵一声轰响，裂成两半。裂为两半的宇宙卵在波涛之上翻滚了一阵之后，万物都诞生了：日月星辰、大地山河、草木植物出现在了世界上。随后，女神又创造了一对巨人，一男一女。

完成了创世业绩之后，欧律诺墨带着俄菲翁在希腊的奥林匹斯山上安家。他们两个过了一段安稳的日子之后，俄菲翁就不满足了。他自恃功高，以为创世是他一个人的功劳，所以他才是真正的创世主，女神应该一切都听从他的命令。这当然让女神欧律诺墨十分恼火，两个人就搏斗起来。在剧烈的打斗之中，欧律诺墨眼疾手快，一腿后撩，用脚后跟踢了俄菲翁的头。不一会儿，俄菲翁的头肿成了一个葫芦包。而他的牙齿也被踢掉了，从空中落到了地上。斗输了的俄菲翁只能接受失败的结果，他被发配到了大地上最黑暗的洞穴——塔耳塔洛斯居住。他跌落的牙齿落入了尘土之中，又慢慢发育成长。这些牙齿就长成了大地上的第一批人类。这群人类始祖都从土里生出，生活在女神为他们创造的世界里。

大地女神——该亚

很久很久以前，该亚就是人们崇拜的大地女神。和天庭的主宰众神之父宙斯相比，她更像是神灵家族之中和蔼可亲的老祖母。

根据古希腊传说，该亚是大地的化身，是从混沌之神欧律诺墨中分离出来的。她一出生，就陷入了昏噩的沉睡之中。她的酣睡之地是奥林匹斯山上一块光秃秃的大石头。一阵暖风在她双腿之间盘桓片刻，该亚就此怀了孕。虽遭到暖风的骚扰，该亚却仍然沉睡如泥。昏睡之中，怀胎十月后的该亚一连产下了三个孩子：天神乌拉诺斯、老海神蓬托斯和时序女神。

刚生下孩子的该亚体质虚弱，仍然神志不清。她的第一个孩子天神乌拉诺斯迎风就长，很快就长成了一个高大的年轻人。他的皮肤颜色随心情而变，呈现出蔚蓝、乌黑或者苍灰之色。他蹦蹦跳跳地在山水之间游玩着，登上了山顶，借着天生的千里眼，他看见了大地女神，一阵冲动，该亚又怀孕了。

醒来的该亚感觉到肚子疼痛，在地上来回地滚动着，一直转了十二圈，生下了十二个提坦巨神之后，疼痛才停止了。她的丰满的乳房微微地有些胀疼。这十二个提坦巨神，一生下来就高大健硕。他们咿咿呀呀地爬到了母亲身边，没长牙齿的小嘴巴大张着，本能地摸索吮吸着。这群提坦巨神之中，最聪明的就是小儿子克罗诺斯。他最先摸索到该亚的乳房处。他含住乳头，一伸一缩地吮吸起来。一股白色液体流进了嘴里，克罗诺斯满足地发出了幸福的吱吱呜呜之声。这个时候，其他的几个孩子纷纷地伸过头来，要去吃奶，于是互相争斗起来。他们力量相当，智慧相当，只有喝了乳汁的克罗诺斯，力气大增，其他孩子被他打得鼻青脸肿，倒在一边。克罗诺斯吃饱喝足后，离开母亲四处玩乐，这时候才轮到了他那些嗷嗷待哺的哥哥姐姐们。

该亚塑像

该亚，大地之母，怀中抱着象征丰收的新生婴儿。这座雕像发现于公元前5世纪的一座庙宇。

孩子们慢慢长大了。十二个孩子之中，克罗诺斯年纪最小，却是最为勇敢而又最有智谋的一个。

这个时候他们的父亲乌拉诺斯已经战胜大地女神该亚，成为宇宙的主宰，该亚则成为他的王后。这对夫妻又生下了独目巨人和百臂巨人。这些巨人刚生下来

就力大无比，乌拉诺斯非常害怕他们会对自己的地位构成威胁，就把他们藏在一个秘密的黑暗之地。作为母亲的该亚非常愤怒，就唆使儿子克罗诺斯阉割了乌拉诺斯。

该亚可以说是一位最受人崇拜的女神，人们在发誓赌咒时，她的名字是最为神圣的。此外，她还被作为一个收成的赐予者而受到祭祀尊敬。她被认为是人类的始祖，又是死人的归宿之地，因为死人都是一律埋葬在地下的。

天神乌拉诺斯

天神乌拉诺斯是大地女神该亚的儿子。他出生不久就成长为一个面貌英俊的少年。后来，他又与母亲该亚结婚，并成为天地之间的主宰。乌拉诺斯登上了天神的宝座之后，就对所统治的疆域进行了一番改造：首先，他将宇宙分成了许多部分，然后进一步塑造了地球。在山林茂密的地方，他用权杖划出了潺潺的泉水；在一望无际的平野，他用脚一跺，地面就出现了一个巨大的坑洞，水流涌出，成为波光粼粼的池沼湖泊。雨水从天空降落下来，汇成小溪河流，奔向浩瀚的大海。原野伸展，山谷下陷，峰峦耸立，树木生长……世界变成了与今天类似的样子。接着，他又煞费苦心，让地球上出现了不同的气候带：当中最热的就是热带地区，而两端白雪飘飘、冰山覆盖的地方则是寒带；夹在寒热之间的温带地区，气候温和，寒暑交替。

在天神乌拉诺斯的统治之下，宇宙变得井然有序。而作为主宰者的天神，他和地母该亚生下了一大群儿女。地母该亚两次分娩：第一次她生下了十二个提坦神；第二次生下的则完完全全是一批怪物，身材高大顶天立地就不说了，力气也大得吓人。其中一个怪物身高臂长，一生下来就是一只独眼，倒竖在额头上，闪闪发出绿光，眼睛上一道又横又直的眉毛，仿佛画上的。他的三个弟兄比他还高出一倍有余，脖颈上顶着五十个脑袋，而双肩之下各长出了五十只毛茸茸的巨手。

天神乌拉诺斯能够预知未来，他察觉到了一种危险：自己的众多孩子之中，那最优秀的一个必然会推翻他。因此，天神乌拉诺斯对孩子又恨又怕。他偷偷地观察这些孩子，尤其让他感觉害怕的就是这些怪物。他利用这些怪物四肢发达、头脑简单的弱点，把他们引诱到一个秘密的洞穴里，偷偷地关闭起来。这件事情激怒了地母该亚。她找遍宫殿附近孩子可能游玩之处，嗓子也喊哑了，却没有任何回应。问起乌拉诺斯，他就支吾过去，花言巧语逗地母该亚开心。

地母该亚找不到她的怪物孩子，只能更加警惕地守护在这些提坦神身边。他们虽然年纪比怪物弟弟大，可还在摇篮里牙牙学语。对这些手无缚鸡之力的婴儿，乌拉诺斯也不能放下心来，又一个个地把他们偷走了，藏在另一个秘密的黑暗之地。只有提坦神中最小的克罗诺斯，由于地母该亚最喜欢他，看护得紧，才没让乌拉诺斯得逞。由于乌拉诺斯最近行踪诡秘，该亚产生了怀疑。一天，乌拉诺斯趁该亚不在孩子身边，蹑脚走到摇篮边，四面瞅了瞅，见没人，便将孩子抱起转身就走。这个时候，暗自庆幸的乌拉诺斯根本不知道，自己中了该亚的圈套，她正躲在一边秘密观察着。乌拉诺斯一走，该亚就悄悄跟在身后，一直跟到了乌拉诺斯偷藏提坦神的地方。那是在地下一个黑暗的洞穴里。乌拉诺斯把孩子扔下，匆匆离去。该亚在这个地方作了一个标记，急急返回宫殿中。

该亚看穿了乌拉诺斯的诡计，却又没法与之直接相斗。她斗不过残忍蛮横的乌拉诺斯，只有偷偷背着他去看望孩子。那里有克罗诺斯，还有其他的提坦神，可是怪物们却不知道被囚禁在什么地方。孩子们在幽禁的黑暗之地慢慢长大了。当最小的儿子都已经过了十八岁生日的时候，该亚觉得时间到了。她把事情的前前后后都告诉了儿子们，希望他们了解真情以后，能够推翻乌拉诺斯。她找来了灰色的火山石，把它磨成了一把大镰刀。

她告诉孩子们："孩子，打倒你们罪恶滔天的负心爸爸。这个家伙太可恨了，他害怕你们夺权，就抛弃你们，把你们关在这暗无天日的地方！"

她的儿子个个都很有力，可是他们自己却不知道。他们害怕乌拉诺斯。只有小儿子克罗诺斯毫不畏惧，他推开前面沉默不语的哥哥，走到母亲跟前，握着她的手说："母亲，我听你的，我们应该把这个恶棍赶下天庭。但怎么对付那个老家伙呢？"

该亚摇了摇手中的大镰刀，说："孩子，有了这个，你就可以去和他一拼高下了。"

克罗诺斯犹豫了一下，摇了摇头："母亲，光凭力气，我不能百分之百地确保胜利。我们何不这么办……"他附在该亚的耳朵边，说了一通。该亚听了很高兴，连连点头。

该亚返回宫殿，对着水池细心地打扮起来，她涂上了香粉，穿上了最美丽的

衣服。今天的该亚特别美丽，不但不显老，岁月的沧桑反为她添上了一番成熟风韵。夜色很快降临，巡视天庭回来的乌拉诺斯见到妻子，眼前不由一亮。两位天神在寝宫之中卿卿我我，这个时候，早在床下埋伏多时的克罗诺斯冲了出来，他左手抓住父亲，右手那把锋利的大镰刀轻轻一挥，就把父亲阉割了。受伤的乌拉诺斯连衣服都不及穿上，光身往外冲去，可是克罗诺斯的哥哥们已经包围了四周。他们尽管害怕父亲，却不愿意自己的母亲和弟弟有生命危险。无路可逃的乌拉诺斯如同丧家之犬，一不留神，又被克罗诺斯抓住。克罗诺斯扣住他腰部的要害地方，用力一甩，乌拉诺斯就从天上直接掉了下去。身负重伤的乌拉诺斯坠落之时，他的伤口滴下了鲜血，溅落在地上，变成了后来的复仇三女神。经过九天九夜，乌拉诺斯坠落到了地下的最黑暗的洞穴——塔耳塔洛斯里，永世都不能翻身。

乌拉诺斯的统治结束了。克罗诺斯和他的哥哥们又把怪物弟弟救了出来。在奥林匹斯众神会议中，大家一致推选克罗诺斯成为新一代的主神。就这样，克罗诺斯时代开始了。

宙斯夺权

十二提坦神之一的克罗诺斯推翻了乌拉诺斯之后，成了第二代天神。他能够战胜父亲，是他兄弟姐妹帮的忙。可是，当他登上王位后，却和他父亲一样，担心他的兄弟们窥伺宝座。他知道自己的力气比不上弟弟独目巨人和百臂巨人，于是他找了一个借口，把他们关闭在地下最黑暗的洞穴——塔耳塔洛斯里。可是光囚禁了他的怪物弟弟，他还不放心。他比父亲更为多疑残忍，为了杜绝流言蜚语，他又把提坦神们也给关了进去，只把姐妹中最为漂亮年轻的瑞亚留在了身边。她成为他的妻子。

消灭了所有的潜在敌人，应该说他的地位已经相当巩固了。可是他是天神的主宰，和父亲一样，有预知未来的能力，也预测到自己将来会被儿子中最为优秀的一个推翻。克罗诺斯食不知味，睡不安寝，怎么才能杜绝这种可能性，永保王位呢？克罗诺斯也曾想和父亲一样，把儿子们囚禁起来。可是父亲的遭遇，他是不会忘记的。而且，天下最理想的监狱不过就是塔耳塔洛斯，关在那里的兄弟姐妹难保不挑拨鼓动他的儿子来反抗他。

克罗诺斯绞尽脑汁，却没有一个妥善完美的办法，把孩子究竟关在什么地方呢？这个问题搅得他不能安宁。一天吃午饭时，因为过于焦虑，他的舌头不小心被烫了一下，疼得来回转圈。这时他的脑海中灵光一闪：是呀，还有什么比肚子更安全的地方吗？如果把孩子关在肚子里，他有多大的本事也跑不出去了，这样一来，自己的王位不就高枕无忧了吗？

于是，从瑞亚生第一个孩子开始，克罗诺斯就坚守在旁边。瑞亚把刚生下来的孩子细心包好，交给了克罗诺斯，让他抱抱，克罗诺斯却把包好的小孩子放进嘴里，一口吞吃了。瑞亚大哭，可是克罗诺斯却放心地狂笑了起来。就这样，瑞亚生下一个孩子，还没有仔细看上一眼，这个孩子就进了克罗诺斯的肚子里，前前后后，已经有五个了。一连五个孩子都被残暴的丈夫吞进了肚子里，瑞亚虽然毫无办法，却再也不能忍受了。所以在要生宙斯的时候，她要有所行动，挽救这个即将诞生的小生命。

宙斯避难

克罗诺斯担心他的儿女会像他夺父亲的权那样夺他的权。于是就把瑞亚生下的孩子全吃掉。小儿子宙斯出世时，瑞亚将一块石头包起来代替孩子，给克罗诺斯吃了。宙斯幸免于难，在两位女神的看护下长大。

宙斯出世的时候，瑞亚强忍着生育之苦，把一块石头包了起来。这块石头，是她准备多时，放在枕边备用的，和婴儿大小差不多。当克罗诺斯闻讯赶来，瑞亚就把石头递给了他，那个残暴的天神看也不看就一口吞下，然后大笑三声扬长而去。

瑞亚悬挂着的心放了下来。虽然骗过了丈夫，可是孩子交给谁抚养呢？她想起了小时候捉迷藏时在克里特岛上发现的一个山洞。于是，她将宙斯送到了洞里，并请了两位女神看护他。小婴儿面色红润，很招两位女神的喜欢。她们精心照料他，每天都用母山羊阿玛尔菲亚的奶水和蜂蜜喂养他。瑞亚以防万一，还派了一些武装的卫士守卫在山洞前，每逢小宙斯哭叫的时候，他们就用长矛击地，

发出一片响声，以掩盖宙斯的哭声。

宙斯在两位女神的细心呵护下，长成了大人。瑞亚一看是时候了，就把事情的前前后后告诉了宙斯。宙斯又伤心又难过，他决心拯救自己的兄弟姐妹，并且推翻父亲克罗诺斯的残暴统治。

他们想了一个巧计，煎了大罐的药，由瑞亚端给生病的克罗诺斯吃。喝下那罐药后，克罗诺斯肚子疼痛起来。他弯下腰来，大口地呕吐着。呕吐物中，先是一块大石头，随后是破布。他大吃一惊，意识到了问题的严重性。接着，他吞下去的五个儿女都被他呕吐了出来。说也奇怪，这五兄妹在父亲的肚子里不但毫发无损，而且都长成了大人，像宙斯一样高大健壮。兄弟们一出来就联合宙斯，一起反抗父亲。双方斗得天昏地暗，却一直没有分出胜负。战争僵持了十多年之久。

克罗诺斯找来朋友帮忙。其中一个就是自己的堂兄、非常聪明的普罗米修斯。他看到双方僵持不下，就建议说："天神呀，我看还是把你的兄弟们从地底下放出来吧。如果有他们帮助你的话，你就赢定了！"可是克罗诺斯担心兄弟们怀恨在心，会倒打一耙，帮助宙斯。他拒绝了。

普罗米修斯看到克罗诺斯不但不听劝告，对待兄弟和孩子还这样残酷无情，于是，他就站到了宙斯这一边。宙斯正为战争不能取胜着急，就求教于这位聪敏的堂叔。普罗米修斯告诉宙斯，应该解救他那些被关押在地底的叔叔伯伯们，有他们的帮助，胜利才有把握。于是，宙斯到了地底，释放出独眼巨人和百臂巨人。独眼巨人送给宙斯一些礼物：雷、电、霹雳；送给宙斯的一个哥哥哈里斯一顶可以隐身的帽子；送给另一个哥哥波塞冬一支三叉戟。而脾气暴躁的百臂巨人则直接参战，加入宙斯阵营。他们要惩罚他们的兄弟克罗诺斯。在得到了独眼巨人的宝物和百臂巨人的帮助后，宙斯率领大军，开向奥林匹斯山。

双方短兵交接，一场恶战开始了。战斗僵持了一会，局势偏转。克罗诺斯的手下根本不是对手，开始节节败退。而克罗诺斯也斗不过百臂巨人。他刚抛出一块石头，三个巨人的三百只手就抛出了三百多块石头，仿佛是一场石雨呼啸而来，克罗诺斯只好返身逃跑。这时正埋伏在他们上空的宙斯投出了闪电、巨雷。一时间雷电大作，风雨交加，海水沸腾，森林起火，整个世界都在颤抖之中。可怜的克罗诺斯失败了，被宙斯用铁索锁拿起来。宙斯以其人之道还治其人之身，将他打入了最黑暗的洞穴——塔耳塔洛斯里。洞穴又深又黑，一道又高又厚的大门紧紧地堵在门口，洞门外还有一只嗅觉灵敏的三头巨狗。独眼巨人和百臂巨人则在洞穴外严密地巡逻着。此时，就是插上双翅，克罗诺斯也飞不出这个黑暗之地。

克罗诺斯的残暴统治结束了。神界进入了宙斯时代。

奥林匹斯山

宙斯在战胜自己的父亲之后，他给全体兄弟姐妹分授了领地。这样，每位神祇都有了一个自己统治的王国：波塞冬主管海洋，哈里斯统治地狱；得墨忒耳掌管农田以及上面生长的树木和花朵；至于宙斯自己，娶赫拉为妻，主宰天空，成为众神和人类之王。自此，天界之间的争斗才相对平静下来。

这些天神们都居住在著名的奥林匹斯山上。那是一座耸立在马其顿地区的雄伟高山。据说，那里是世界上最美之地：四季如春，没有严冬，而丽日朗照之下，万木竞秀，百花争妍，蝴蝶在花卉上飞舞，鸟儿不分昼夜地啾啾歌唱……可是，景色虽美，天神之间每天都有说不清的纷争和烦恼，连宙斯都避免不了。

一天，赫拉生下一个驼背的丑孩子，宙斯非常生气，竟然抓住孩子的一条腿，把他扔下了奥林匹斯山。孩子飘荡空中数日，终于落到一个里木诺岛上。他在这里渐渐长大。由于这次坠落，他走路蹒跚，再也不能行动自如，这个孩子就是最优秀的金属加工匠赫菲斯托斯。跛足驼背的赫菲斯托斯几经周折，还是返回了奥林匹斯山。可是，他太丑了，一直是众神的取笑对象。相比之下，其他神祇都很漂亮，尤其是海神波塞冬，头发

在这幅艺术作品中，全裸的阿佛洛狄忒从海中贝壳里升起，她的美具有全希腊的意义。

乌黑，浓眉下一双亮眼闪着灵光。

战神阿瑞斯也是宙斯和赫拉之子。他天生好斗，总爱和其他神祇争吵不休。而友善可爱的神祇莫过于爱神阿佛洛狄忒了。她外表年轻，娇嫩如同少女，实际上，她比其他神祇出生还早。她的出生，可以追溯到宙斯还没出生之时。那时候，克罗诺斯正在与乌拉诺斯搏斗。战斗中克罗诺斯的镰刀砍伤了乌拉诺斯，他疼痛得抖动手臂，几滴血滴进了大海。浪花立即被乌拉诺斯的鲜血染红了。顷刻，海水四流，湛蓝的海水深处，一个肌肤雪白的姑娘破浪而出。她就是阿佛洛狄忒。她如此美丽，仿佛白昼闪烁的光芒，粉红的面颊犹如桃花，而大眼睛里，湛蓝的海水正在起伏。爱神阿佛洛狄忒是最受众神喜爱的神祇。

众神之中，另一位女神也很有名，她叫雅典娜，是智慧女神。她非常热爱人类，是大地上美好事物的庇护神。她教妇女们纺线和织布，她把耕犁赠人，同时她还教男人们耕耘土地。她是神祇之中最聪明的一个，喜欢把所有技术和一切美好的事物都告诉人类，连她的父亲宙斯也为她的聪慧与博学感到骄傲。可是当初，光辉闪耀的雅典娜是从宙斯头颅中降生的。那时，宙斯还没娶赫拉为妻，不过妻妾也很多，米蒂斯就是其中之一。米蒂斯是理智和知识的化身。但有一个预言，说这个女子生下的孩子将比宙斯还要强大，宙斯害怕自己也落到父辈们的下场，于是也仿效父亲，吞食了怀孕的妻子，从此他变得异常博学。过了不久，他的头疼得难以忍受。过多的知识涌进了头脑，沉甸甸地让他难以承受。他用双手挤压着头颅，以减轻痛苦。但疼痛不断加剧，越来越重，以致宙斯失掉了自制而大声呼喊起来："赫菲斯托斯，拿锤子来，砸开我的头！"

赫菲斯托斯不知所措："让我来打你吗？父亲，你在说什么呀？！"

宙斯大声吼道："如果你爱我，如果你还想继续享受现在的生活和自由，你就这么办！否则，我要把你赶出奥林匹斯山，关到塔耳塔洛斯地狱中去。"赫菲斯托斯无可奈何地说："诸神为我见证，是他命令我这样做的。"于是举起他那油光闪闪的重斧，朝宙斯的头打去。整个世界都震动了。伴随着这声斧击，宙斯的头裂开了一个口子，一个女孩大喊了一声，跳了出来。这个女孩全身披着闪闪发光的盔甲，头戴战盔，手持盾牌和长矛，她就是宙斯钟爱的女儿雅典娜。

宙斯的另一个孩子赫耳墨斯则是阿特拉斯之女迈亚所生。他是众神的使者，为了尽快地传递信息，他长有一双翅膀。他还是商业的庇护神，一只手握有贸易的标志——一根木棒，上面盘绕着两条蛇。他还被称为幽灵的带路者，因为他把死者的灵魂取走，送入地狱。所以古人常在死者的脊背画上赫耳墨斯的头像或是

小型图像。

宙斯的另外两个孩子是由凡人所生的，即著名的双胞胎兄妹，阿波罗和阿尔忒弥斯。赫拉妒嫉他们的生母——温柔的勒托，因而虐待他们。宙斯把太阳授给了阿波罗，而把月亮交给阿尔忒弥斯。当她的哥哥驾驭着光芒四射的太阳车，把阳光洒满大地时，阿尔忒弥斯正躲在可爱的群山之中狩猎或与同伴们玩耍。傍晚时分，她登上那银光闪烁的月亮车，驱车出巡。阿波罗为她边弹琴边唱歌，而阿尔忒弥斯则静悄悄地穿越浩瀚无垠的太空。

另一个经常与阿尔忒弥斯混淆的夜神是艾思蒂娅，即三面神。这样称呼她，是因为宙斯赋予她在空中、陆地和海洋活动的能力，而且古希腊的戏剧中一直用三个面孔的形象扮演她。在奥林匹斯山和其他地方，还有很多其他神祇，如九位缪斯女神。她们是宙斯和慕尼摩希妮的女儿，是艺术和科学的庇护神，也是阿波罗的密友；三位哈丽特女神，她们把美丽和欢乐散布给四周；三位米勘斯女神，她们是司命运之神塞弥塔之女，主掌人的命运，此外还有河川神、森林神、海洋神、山神及其他各种把整个世界变得富有生气的神祇们。

但是最重要的神祇一直是奥林匹斯山上的十二位，即宙斯、赫拉、得墨忒耳、艾思蒂娅、哈里斯、波塞冬、赫耳墨斯、阿波罗、阿尔忒弥斯、雅典娜、赫菲斯托斯和阿佛洛狄忒。在奥林匹斯山上，除了住着众神之外，还有半神人，即神祇们在陆地上的后裔。他们生活得很好，为人正直，嫉恶如仇，扶弱济危，为正义甚至准备献出自己的生命。有时众神也降临人间，来到人们之中，给予帮助，然而他们的降临，也并非总是好事。

青铜时代

按照古希腊神话，天神一共创造了五代人。

最早出现的第一代人，由著名的天神普罗米修斯创造，被称为黄金一代。那时候，统治天国的是宙斯，而莽莽大地，则是人类的王国。那时候，大地之上四季如春，温暖的气候带来了似锦的繁花和累累的硕果，繁茂的草地上繁衍生息着成群的牛羊。这代人劳动不重，衣食无忧，也没有大的苦恼和贫困，生活如同神仙，逍遥自在。最让人惊奇的是这代人个个长寿不会衰老，临死之际，也还满头

金发，唇红齿白。到了死神降临的这一天，他们的眼皮直跳，随后就沉入安详的长眠之中。这些死去的神灵按照神示从地上消失，飞升为云雾中来去的仁慈的天神，惩恶扬善，维护正义。

这种幸福的人间生活持续了一亿多年，黄金一代走到了生命的尽头。

黄金时代终结之后，人类迎来了白银时代。区别与第一代人，他们要放肆幼稚得多。孩子娇生惯养，一直躲在家中，十多岁了，个人生活往往还不能自理。他们害怕黑夜，害怕外界，大门之外一步之遥就是生活的最外围。他们爱闹，好哭，即使都已成家立业，可是也和孩子一样，嘻嘻哈哈地逗乐。总而言之，他们不喜欢长大，白胡子飘飘都一百多岁了，精神上却还不如八岁的小孩。等到这些人终于进入壮年，漫长的一生却只剩下短短的几年。不成熟和放肆的行为使白银时代的人陷入苦难的深渊中，因为他们没有理智，任性肆为，无法无天地破坏天神秩序。最要命的就是这代人不敬畏神，这让天神宙斯非常恼怒，他又何必要一个亵渎天神的种族生活在他的花园之中呢？他决定要把这个种族彻底从地球上消灭。白银时代的人在生命终止之后，幽灵化成了魔鬼在地上漫游。

天父宙斯创造了第三代人，也就是青铜人类。这代人又是另一种天性，只吃肉，谁都不愿耗费精力去采摘果实。相比前两代，他们的武器更先进了。他们抛弃了石头，一切器具都用青铜制造。他们的刀枪是青铜的，房屋也是青铜的，连他们的日用农具也一律是黑黝黝闪光的青铜。也许是因为吃肉，这代人都高大壮实，而且性情粗暴、残忍无比。他们精力充沛，每天繁重的农务还是不能使他们安睡，于是他们就互相厮杀，战争中遍地的鲜血正是他们所喜欢的。这样的人实在是无法无天，根本不把天神宙斯放在眼里，当然不中宙斯的意。所以青铜时代很快就结束了。这些人死亡之后，无一例外都被投入阴森可怕的地狱中。

第四代人很快就出现在了大地之上。他们是天神制造的英雄一代，比以前的人类更高尚、更公正和善良。但是，战争和仇杀就像天空的乌云一样覆盖在整个漫长的时代之上。他们高尚也罢、公正也罢、善良也罢，无不卷入了斗争的旋涡之中，命运极其悲惨：有的为了夺取国土，倒毙在城门前；也有的为了美色，跨上了战船，把尸骨埋在他乡田野上。也许唯一能够安慰他们的就是死后的生活了，那时，宙斯就把他们送到快乐的极乐岛去了。

怎么来描述生活之中的第五代呢？可以说，这一代是五个时代之中，最为堕落的一代人。他们因为使用黑铁锻造武器，所以被称为黑铁时代。这一代人彻底堕落，日益败坏。每个人都充满了痛苦和罪孽，日夜地生活在忧虑和苦恼中，不得安宁。比较起来，这一代人，天神没有少找麻烦，可是他们最大的烦恼却来自人类自身。他们之间相互倾轧，无法善处，过去的家庭情谊，兄弟友爱，都无法找到。家庭之间，父亲反对儿子，儿子敌视父亲；邻里之间，客人憎恨朋友，朋友憎恨客人，哪里还能找到英雄时代朋友之间那样坦诚相见、充满仁爱的友谊呢？父母不能赡养也还罢了，却要忍受儿女的虐待。处处都是强者得势，伪人横行。人人都在盘算着毁灭他人。正直、善良备受践踏；而骗子却飞黄腾达，备受荣耀。

这样的时代，常常让那些智慧的贤哲感慨地希望自己能够早点去世或迟点出生，进不了黄金白银时代也就罢了，就是青铜或者英雄时代都比现在好。不幸的是，我们现在的人类还正处在无边无际的黑铁时代。

潘多拉的盒子

普罗米修斯来到了蓝天之下、大海中央的大地上。当时，大地上鲜花朵朵，野草散布，鱼翔浅底，鸟儿筑巢。万物一派蓬勃，却没有统治地球的人类。普罗米修斯就来到了河边。他抓起一大团泥土，捧水浇在上面，再揉搓几下，泥巴变得软硬适宜。他用这些泥巴，捏出了很多小泥人。捏完之后，他打量着这些无生命的形体，陷入沉思。怎样才能让他们具有生命呢？

普罗米修斯只见过那些奔跑的动物，因此他摄取了狮子的勇猛、狗的忠诚、马的勤劳、鹰的远见、熊的强壮、鸽子的温顺、狐狸的狡猾、兔子的胆怯和狼的贪婪，杂糅混合，一一注入泥人的胸膛。这样一来，泥人便能像动物一样活动了。不过，他们还缺少神的灵气。诸神当中雅典娜是他的朋友。当她发现普罗米修斯束手无策时，她飞身下来，对着这些泥人吹了一口长气，这些泥人获得了理智，成为真正的人。

人被造出来了，却孩子似的乱跑。世上的一切，激起了他们的好奇，但他们却不知道怎么思考。他们住在洞穴里懵懂无知：星辰的运行让他们茫然；四季的划分他们不会利用，既不知道制造工具，也不懂伐木建房。还好有伟大的普罗米修斯，他当了他们的老师，教他们计数、写字、观察星象、建房耕田。总之，凡是对人类有用的，能够使人类满意和幸福的，他都教给他们。在普罗米修斯的教

侧卧的潘多拉

潘多拉，一个打开了放着全人类苦难盒子的神秘人物。她的右手随意地放在一颗骷髅上，另一只手则抚摸着一只尚未开封的盒子。

育之下，人类变得聪明有智慧，这引起了奥林匹斯山上天神宙斯的注意。他要求人类敬奉天神，服从神祇；作为交换，他可以保护人类，赐福给他们。

不过，宙斯非常狡猾，他在赐福给人类的同时，有所保留。他这么做，原因很简单：他不满普罗米修斯，怀疑他造人是为了和自己作对，同时，他又害怕人类强大起来，无法控制。宙斯拒绝给予人类的，是他们最需要的东西——火。没有火烧烤食物，人类只好吃生的东西；没有火来照明，在无边的黑暗中，人类度过了一个又一个漫长的夜晚。

看到自己创造的人生活得如此痛苦，普罗米修斯非常难受。他决定盗取天火，为人类所用。显然，宙斯也意识到了这一点，就派人看守着天火。普罗米修斯对此无能为力，非常焦虑。他的弟弟厄庇修斯知道情况以后，轻轻一笑，说："哥哥，盗取点天火有什么困难的。你附耳过来，让我告诉你怎么办。"普罗米修斯听了弟弟的话后，不由高兴地拍了拍弟弟的头，夸赞了一番。他折下一根长长的茴香枝，带着它来到天上。当太阳神驾驶烈焰熊熊的太阳车从空中经过时，普罗米修斯把茴香枝伸到火焰里引着，然后举着这燃烧的火种迅速降落到大地上。在那里，他用火种点燃了第一堆木柴，大火燃烧起来，火光直冲云霄。

宙斯大怒，将普罗米修斯交给赫菲斯托斯和他的两个仆人。他们把他带到高加索山，用一条永远也挣不断的铁链牢牢地把他缚在一个陡峭的悬崖上，还派出神鹰每天啄食普罗米修斯的肝脏。这些被吃掉的肝脏随即又会长出来。日复一日，年复一年，普罗米修斯垂吊在陡崖上，身体不能入睡，双膝不能弯曲，忍受着饥渴、炎热、寒冷，还有肝脏啄食之苦。

普罗米修斯饱受痛苦，却不服输，更让宙斯恼火，他的满腔郁闷需要发泄。追根溯源，整个事情的起因不都是那个冒失鬼厄庇修斯吗？于是，奥林匹斯山上的最高统治者迁怒于他，决定利用他来惩罚人类。

宙斯把决定告诉了众神。众神在奥林匹斯山上开了会，造出了一位美貌绝顶的迷人少女，叫潘多拉，意思是"有一切天赋的女人"。然后，他们强行要把她嫁给厄庇修斯。

厄庇修斯没有主见，征求被链条锁住的哥哥的意见。

"你要当心，"普罗米修斯对他说，"众神对你这么关怀，肯定不是好事。"

然而，厄庇修斯一见美丽的潘多拉就心花怒放，魂不守舍。哥哥的警告，早就抛到了一边。他对潘多拉一见钟情，迫不及待地就娶了她为妻。

出嫁之前，宙斯把一只精工制作的镶嵌着珍珠的盒子送给了潘多拉。"你永远也不要把它打开，"宙斯对她说，"如果你不听话，你会后悔莫及的。"

在众神把各种天赋赐给厄庇修斯的妻子时，也给了她一个致命的缺点：好奇心强。宙斯越是这么叮咛，潘多拉就越有可能打开。

漂亮迷人的潘多拉一次次冲动地要打开，但是想到宙斯的嘱咐，忍住了。不过，她总是惦记着这个盒子，为此吃不好饭、睡不好觉。她时时思念着它，夜里做梦也梦见它。她的身体消瘦，脸色憔悴，好奇心在折磨着她。

一天，她实在再也忍不住了，把盒子的盖子揭开，于是在盒子里的饥荒、瘟疫、战争等各种灾祸立即飞出来，迅速散布到人间。普罗米修斯，这位人类的救助者和医生，看见他的造物遭受灾害的袭击，忍受疾病的折磨，突然无缘无故地死去，伤心得几乎晕厥过去。

大洪水

现在是人类的青铜时代。世界的主宰宙斯老是听到天使报告说人类十分邪恶。说人类很坏，宙斯并不吃惊，但是按照天使报告上所说的那样，他就觉得太夸张了。难道这就是他亲手捏造的新人类吗？他决定去人间查看一下。可是，一到地上后，宙斯才知道报告上所说的太轻了。形势要严重得多。

大洪水 壁画

一天深夜，他走进阿耳卡狄亚国王吕卡翁的大厅里。吕卡翁不仅待客冷淡，而且残暴成性。宙斯摇身一变，现出了真身。其他人大惊失色，纷纷下跪，顶礼膜拜。唯有吕卡翁不以为然。

“还不知道是不是个骗子呢？让我们考证一下，”他说，“看他到底是神还是人！”于是，他悄悄地杀了一个战俘，让人剁下四肢，然后扔在滚水里煮，其余部分则大火热烤，以此作为晚餐待客。宙斯心里早就一清二楚，他被激怒得跳了起来，唤来一团怒火，投放在这个家伙的宫殿里。国王大惊，想要逃走。可是，还没走开，他就被宙斯变成了一只嗜血的恶狼。

宙斯回到奥林匹斯圣山，决定灭绝这一代可耻之人。开始，他想用闪电轰炸大地，但又担心天国也会受到影响。他想来想去，还是洪水比较稳当。于是，他放下雷电锤，决定降下暴雨，引发洪水来灭绝人类。

这时，除了南风，其他的都被锁在埃俄罗斯的岩洞里。南风接了命令，扇动翅膀直扑地面。雾霭遮着前额，滔滔大水从他的胸脯鼓荡而出。一时，雷声隆隆，大雨如注。

海神波塞冬也不甘寂寞，匆匆忙忙赶来帮着破坏。他召集了所有的河流，让它们掀起狂澜，吞没房屋，冲垮堤坝。他还亲自上阵，手执三叉戟，为洪水开路。不一会儿，大地之上河水汹涌，势不可挡。随后就漫上河堤，淹没田野，冲

倒大树、庙宇和房屋。水势不断上涨，房屋不见了，连教堂的塔尖也卷入湍急的漩涡中。顷刻间，整个大地一片汪洋，无边无际。

普罗米修斯的天职，就是反对奥林匹斯山上众神之父滥用权力。潘多拉去世不久，普罗米修斯就得悉宙斯准备用洪水来灭绝人类。于是他把儿子德卡里翁叫到跟前："宙斯发怒了，他要让连绵不断的洪水在地球上泛滥，这场洪水将把人类全部淹死。你赶快去造一条大船，然后你和皮拉坐到上面去。这样，你们就可以避过这场灾难。"德卡里翁就一一照办了。他造了一只方舟和妻子皮拉坐在上面。

不久，地球上果然发了一场洪水。面对洪水，人类纷纷逃命。有的爬上了山顶，有的驾起了木船，航行在水泽之中。但是，一群群人还是被洪水冲走，就是躲过洪水的人也饿死在光秃秃的山顶上，只剩下德卡里翁和皮拉。他们的船漂浮了九天九夜以后到了巴拿斯山上。

又过了一段时间，洪水退走，陆地露出了水面。德卡里翁夫妇给他们的祖母——正义之神忒弥斯做了一次祭献。在这次严峻的考验中，他们认为是忒弥斯女神保护了他们。他们到坐落在塞非斯河畔的忒弥斯圣殿去向她求教。

"宙斯别想从我这里得到令他高兴的东西，"忒弥斯借神谕之口对他们说，"我不喜欢他。他独断专行，办事不公。"

德卡里翁听了祖母的话便打起勇气说："女神啊，我们希望创造新的人类。请助我们让这个世界重新充满生机吧。"

"你们要离开我的圣坊，"女神说，"我真心希望你们如愿以偿。因为这是对宙斯的一个挑战。为了创造新的人类，你们只要白布蒙头，放松腰身，把你们母亲的尸骨往肩膀后扔去。"

"扔我母亲的尸体？"皮拉惊叫道，"不行，人都死了，移动尸骨是严重的亵渎。"

皮拉提出了异议，神谕沉默不言。但是，经过认真思考祖母的话后，德卡里翁终于明白了神谕所指的母亲是指全人类的母亲，也就是地球。

于是，德卡里翁夫妇遵照神谕的指示捡起石子，往自己的肩后扔去。就这样，德卡里翁扔的石子创造了男人，皮拉扔的则创造了女人。

新人类一样受苦，所受的苦难并不比前人类所受的更为轻松。他们心狠手辣的本性也一样存在；忒弥斯主持了新的人类的诞生，她热爱权力和正义。我们这个新的人类要变得和善一些，因为这是完全可以做得到的。

宙斯私访

奥林匹斯山上的神都喜欢乔装改扮寻访人间，宙斯也不例外。为什么他这么喜爱私访呢，一个很大的原因，当然是因为他的风流成性的癖好。私访期间，他可以看到人间那些美丽动人的姑娘。除了这个原因之外，他还要打听打听凡人们对他的统治是如何评价的，而且他也可以看一下人类的状况是否还像从前一样对他构成威胁。他出访之时，总喜欢带上小儿子赫耳墨斯。理由很简单，他的其他儿子个个脾气暴躁，出门在外只会惹事，而小儿子赫耳墨斯则不同，他本来就是信使之神，有一对飞来飞去的大翅膀，而且性子温和，跟在自己身边，跑跑腿的事交给他去办是再放心不过的事情了。

这一天，宙斯和赫耳墨斯乔装打扮，又来到人家私访。他们两位悠悠荡荡，一个大白天很快过去了。夜气升了上来，他们一天都没有进食，这个时候也该歇息歇息，吃点东西了。恰好这时候，他们来到了一个村子。宙斯就让赫耳墨斯去叫门。赫耳墨斯跑上前去，敲起了村口的第一家大门。看起来这一家是个富人，他刚一敲门，狗就吠叫起来。他把自己的手都敲疼了，可是那两扇油漆过的大门却紧紧地关闭着，压根就没有一点动静。于是赫耳墨斯狠狠地踹了一脚大门。谁知道，这一脚下去，倒把门踹开了，门口站着几个仆人，人人手里拿着一根大棍，撵了过来，而几条恶狗更是一阵风似的窜了出来，张开大嘴对准他的小腿肚子就咬。赫耳墨斯赶紧跑，连宙斯也慌慌张张地跑了起来。

两位神跑到了一个树林里。赫耳墨斯揉揉自己的额头上的大包，还有腿上的牙印子，不由地抱怨起宙斯来。宙斯听了抱怨，心里有火，可是他倒要看看这个村庄，是否真的如此不堪教化？他决定试验一下。

他们又敲了许多人家的门，希望能歇歇脚，讨点食物。这次打前站的是宙斯自己。他们一敲门，门都开了。可是一看他们这副要饭的模样，还没等他们张口呢，人家啪的一声闭上了大门。一路上，宙斯满心怒火，决定要毁灭掉这个小村子。最后他们来到一间简陋的小茅屋前。这间小茅屋是这个小村里最后一所他们还没有敲门的房子。这间茅屋里，住着鲍西丝和她的老伴费莱蒙，老两口虽一贫如洗，却也乐天知足，与世无争。他们享尽了生活所赋予的一切，并对上天充满了感激之情。当两位神来到他们家时，老两口与村子里的人完全两样，这对老夫妇满怀喜悦，笑逐颜开。夫妇俩将两位神视为稀客，并立刻开始为他们准备晚餐。他们点燃火，拿来一棵白菜，又切下一块贮存很久的咸肥肉，放在火上烤。正当他们宰杀仅剩的一只鹅时，客人婉言地阻止了他们。餐凳只是临时的代用品，陈旧不堪，到处是修补的痕迹，但对他们来说已是最好的了。桌子是用一块砖头撑着。饭菜非常普通，有鸡蛋、葡萄酒、土制奶酪以及多种新鲜水果。两位老人笑容可掬、殷勤备至地服待天神用饭。两位天神深深地被他们的盛情款待所感动，说明了自己的真实身份。“我们是天神，”宙斯说，“你们将脱离不幸，但你们的邻人们将因他们的邪恶受到惩罚。跟我们走吧！”当他们快到奥林匹斯山顶时，鲍西丝和费莱蒙回头看见整个村庄淹没在一片沼泽之中；而他们的旧茅屋却始终完好无损，并且变成了一座金碧辉煌的神殿。出于夫妻俩的要求，他们被指派为宙斯所住宫殿的看护者。他们去世后变成了白蜡树和菩提树，并肩站在神殿前。

欧罗巴

腓尼基国国王阿革诺耳的女儿欧罗巴，一直幽居深宫。她天真无邪，整天在花园里嬉笑玩乐。女孩一笑起来，脸颊就是两个酒窝儿，咯咯的笑声银铃一般响彻了后宫，传到云层之上。不想这一天，她的笑声惊动了天上飞行的宙斯。宙斯降下云头，躲在树后一看，就迷上了这个女孩。于是他飞回奥林匹斯山上，找到美神阿佛洛狄忒，如此这般吩咐了一下。

这天深夜，欧罗巴做了个怪梦。她梦见两个女人激烈地争夺她。其中一位非常陌生，好像是地球的另一个种族之人，而另一位也不认识，但却相当亲切，长得也和当地人一样，金色的卷发，栗子般的深眼睛。这个金发女人温柔而热情地央求她：“孩子，你不认识我了吗？我是从小把你哺养长大的母亲呀！”而那个凶巴巴的陌生女人却强盗般地生拉硬拽。“跟我走！”她说，“宙斯喜欢你，要让你当他的情人。”

眼看就要被那个陌生女人带走了，欧罗巴惊醒了，心跳个不停。她呆坐了很久，一动不动。“这真是梦吗？那个金发褐眼的妇女是谁呢？她真好，就像我的

母亲一样，我真想再次碰见她。但那个凶巴巴的女人……”

她胡思乱想，直到清晨的第一缕阳光透窗而过，照在她的脸上。林子里的小鸟唧唧啾啾地叫着，让她马上忘记了这个梦。一会儿，她就和女伴们散步到了海边的草地上。海边鲜花遍地，美不胜收。姑娘们也衣着艳丽，但最出彩的却是欧罗巴。姑娘们欢笑着散了开来，采摘鲜花。欧罗巴很快找到了她最喜欢的鲜花，她双手高举着，一束红玫瑰火焰般地燃烧在她洁白的手里，沐浴在清凉的晨光中。

海神帮助宙斯劫夺欧罗巴 拉斐尔 意大利

宙斯为年轻的欧罗巴的美貌深深地打动了。他摇身变成了一头公牛，混进了牛群里。牛群在草地上慢慢散开，宙斯化身的大公牛来到山坡的草地上，晃动着双角，骄傲地穿过草地，来到姑娘们跟前。它看起来很温顺，姑娘们都兴致勃勃地走近公牛，还伸手抚摸它油光闪闪的毛发。而公牛似乎很通人性，在姑娘身边挨挨擦擦，婉转低徊，好一会儿，它就依偎在欧罗巴的身旁。欧罗巴不禁后退几步。可她看到公牛只是驯服地站在那里，温柔的大眼睛深情地盯着她时，她不害怕了，壮胆上前，把花束送到公牛的嘴边。公牛的舌头温润地舐着鲜花和姑娘的手心。姑娘温柔地抚摸着牛身，忍不住在牛额上轻吻了一下。公牛欢叫一声，温顺地躺倒在姑娘的脚旁，瞅着她，摆头示意，让她爬上自己宽阔的牛背。

欧罗巴太高兴了，她从女伴手上接过花环，挂在牛角上，然后壮着胆子骑上牛背。公牛的目的已经达到，便一跃而起，缓慢地走着，但又让女伴们赶不上。它走出草地，踏上了绵软的细沙时，公牛突然加速，奔马一样疾驶而过。欧罗巴还没明白怎么回事，公牛已经纵身入海。可怜的姑娘除了紧抓牛角抱着牛背以外，又还能干什么呢？深海茫茫，只有呼啸的长风拂过身边。姑娘哭了。不久海岸消失了，太阳沉入了水面。夜色朦胧中，惊恐不安的欧罗巴除了看到波浪和星星外，什么也看不到，她感到十分孤寂。

公牛驮着姑娘一直往前，周围永远是波涛汹涌的海水，可是公牛却十分灵巧，分波破浪，竟没有一点水珠沾在姑娘身上。傍晚时分，它终于爬上了陆地，来到一棵大树旁。姑娘刚从牛背上滑落下来，公牛就消失不见了。姑娘正在诧异，却看到面前站着一个俊逸的男子。他告诉她，他是克里特岛的主人，如果姑娘愿意嫁给他，他可以保护姑娘。欧罗巴绝望之余便朝他伸出一只手去，答应了他的要求。宙斯实现了愿望，他又像来时一样消失了。

一轮红日冉冉升起，欧罗巴从昏迷之中渐渐醒了过来。她惊慌失措地望着四周，呼喊着父亲的名字。但是，她想起了发生的事情，想起了昨晚那个男子。他哪里去了呢……一切的一切，都仿佛在梦境，她甚至都不能确定是否是真的。

她用手揉了揉双眼，好确认自己只是在做梦。没有什么公牛，也没有什么男子，而自己好端端地仍在自己熟悉的海边，波涛汹涌澎湃，冲击着峭壁，可是两边的山林却很陌生。绝望之中，姑娘忿恨不已，她不由地怨恨起那头公牛起来："该死的公牛，让我落到这种地步。我再也见不到我亲爱的父亲和哥哥了。现在，我除了死还有什么出路呢？"

姑娘痛恨万分，她想到了死，可是又拿不出死的勇气。突然，她听到背后传来一阵低低的笑声。她惊讶地回过头去，却看到女神阿佛洛狄忒站在面前，浑身闪光。女神旁边则是她顽皮的小儿子，他弯弓搭箭，跃跃欲试。女神微笑着说："美丽的姑娘，你还认识我吗？我就是给你托梦的那位女子。不要急躁，欧罗巴，那头公牛就是伟大的天神宙斯。孩子，你真幸福，你现在因为天神的关系，成为了女神，而你的名字欧罗巴将用来命名这块陌生的地方，它将与你的名字共存！"

后来，欧罗巴跟宙斯生了三个强大而睿智的儿子。大儿子弥诺斯和二儿子拉达曼提斯后来成为冥界判官。萨耳珀冬则是一位大英雄，成为小亚细亚吕喀亚王国的统治者。

伊娥

远古时期，古希腊的土地之上居住的是彼拉斯齐人。他们的国王伊那科斯有一个如花似玉的女儿伊娥，远近闻名。一天，伊娥在草地上牧羊。碰巧奥林匹斯山的宙斯正经过草原，还在团团云雾之中，他就窥见了她的脸，顿时被吸引住了。他本来要前往大海，可是心中的情欲正旺，没法挪动步子。于是，他摇身一

变，幻化成为一个男人，压下云头，到了伊娥的面前。

宙斯走上前去，对伊娥说道："哦，美人，天太热了，快跟我来吧！到树荫下歇息，为什么要让你娇嫩的面庞遭受烈日的暴晒呢？你知道吗，我是伟大的天神之父宙斯，嫁给我吧！我会让你幸福的。"

姑娘非常害怕，转身就跑起来。宙斯得意地大笑三声，袖子一挥，天气马上就变了。刚才还是万里无云，烈日当空，转眼之间整个地区陷入了茫茫的黑暗之中。伊娥被裹在云雾之中，十步之内一片模糊。她担心撞在岩石上，要不就会失足落水，因而放慢了脚步，自然落入宙斯的手中。

伊娥 格雷乔 意大利

宙斯爱上了天后赫拉的首席女祭司伊娥，但宙斯担心此事被赫拉发现，于是化为云雨或其他事物来与伊娥相会。在这幅画中，宙斯变成了一团云雾从天而降，悄悄地拥抱伊娥。在这幅画中，格雷乔以非常写实的手法表现了这种想象中的浪漫情景。

宙斯的妻子赫拉早就熟知丈夫的一切。知道他背着自己对凡人滥情。尽管宙斯不忠实，她拿他没办法，可是她还是压不住妒火。为了捉住宙斯的把柄，她时刻监视着丈夫的一举一动。她突然发现，苍茫的大地上，有个地方就是晴天也云雾迷蒙。再一看云雾的颜色，不是自然形成的。奥林匹斯圣山的宫殿里，没有了宙斯的影儿。赫拉顿时起疑。

"很显然，"她恼怒地自言自语，"他一定在干坏事！"于是，她降到地上，施展法术，让浓雾迅速地散开。宙斯料到妻子来了，就把伊娥变为一头雪白的母牛。赫拉立即识破了诡计，高声赞美这头母牛，并问："这是谁家的呀？是什么品种的呢？"

窘困的宙斯不得不撒谎："这头母牛很普通呀，只不过是地上的生物。"

"那就送给我，当我的生日礼物吧！"赫拉紧逼了上来。

怎么办呢？宙斯左右为难：答应她吧，他就会永远失去伊娥姑娘了；但拒绝的话，这个姑娘可就遭难了。他决定暂时放弃姑娘，把小母牛赠给妻子。赫拉笑容满面，用一条带子系在小母牛的脖子上，然后得意洋洋地牵着这位遭劫的姑娘走了。

可是，女神仍然不太放心。把她安置在什么地方那个负心的家伙才找不到呢？她想来想去，就找到阿利斯多的儿子阿耳戈斯。这个怪物有一百只眼睛，即使入睡了，也只闭上一部分，其余的眼睛都睁着，闪闪发光。要说看守人犯，再也没有比他更合适的了。

可怜的伊娥在阿耳戈斯的严密看守下，只能在长满青草的土地上整天吃草。阿耳戈斯一直跟在身后，瞪大了那一百只眼睛，盯住不放，不要说一个大活人了，就是一只苍蝇飞过，他也能看出是公的还是母的。有时，他转身背对着姑娘，可是他还是能够看到，因为他的额前脑后都有眼睛。

每天清晨，伊娥被带到草地之上，吃着苦草和树叶；到了晚上，太阳下山，阿耳戈斯就用锁链锁住她的脖子，带回牛圈；夜晚，她就睡在坚硬冰凉的地上，饮着污浊的池水。她的生活方式很单调，可是每天吃草的地方，却是流动的。因为赫拉吩咐过阿耳戈斯，要不断地变换伊娥的居处，让宙斯难以寻找。

两年时间过去了，宙斯四处寻找，却还是不见伊娥的影子。如果不是宙斯的小儿子信使之神赫耳墨斯告诉了父亲伊娥的消息，宙斯恐怕是很难找到的。但是，就连赫耳墨斯也不知道伊娥现在何方。不过他知道阿耳戈斯的逗留之地，但是怎么对付那个百眼怪物呢？

宙斯不管这些，下了死命令，要求赫耳墨斯想想办法，诱使阿耳戈斯闭上所有的眼睛，救出伊娥。

赫耳墨斯带上一根催人昏睡的荆木棍，来到人间。他丢下帽子和翅膀，只提着木棍，看上去像个牧人，身后一群羊跟着他，来到伊娥啃食的嫩草地上。然后，他抽出一枝牧笛，吹出了美妙的乐曲。阿耳戈斯迷上了笛音。他站起来，向下呼喊：“吹笛子的朋友，欢迎你。来吧，坐到我身边休息一会儿！瞧，这儿的树荫下多舒服！”

赫耳墨斯便爬上山坡，坐在他身边。两个人攀谈起来，越说越投机，一天很快过去了。阿耳戈斯打了几个哈欠，睡意朦胧。赫耳墨斯又吹起了笛子，想催他入梦。可是，阿耳戈斯不敢松懈。尽管他的一百只眼皮都快撑不住了，还是拼命同瞌睡作斗争。每次，总是一部分眼睛先睡，另一部分眼睛大睁着，紧盯小母牛，以防它逃走。

阿耳戈斯虽说有一百只眼睛，但从来没有见过那种牧笛。他感到好奇，想打听这枝牧笛的来历。

赫耳墨斯一下子来了精神，口嘴生花，编起故事。故事还没完，果然，阿耳戈斯的眼睛一只只地依次闭上，沉沉睡去。赫耳墨斯停止吹笛，用他的神杖轻触阿耳戈斯的神眼，让它们睡得更深。阿耳戈斯终于抑制不住地呼呼大睡，赫耳墨斯迅速抽出上衣口袋里的一把利剑，砍下了他的头颅。

伊娥获救了。她身上的魔法没有清除，只能保持过去母牛的形象。不过，值得高兴的是，她现在自由了，那条套在颈上的绳索掌握在自己的手中。她想去哪里，就去哪里。小母牛最爱逗留的是自己的故乡，虽然人们都不能认出她来。可是，嫉妒的赫拉一直密切地关注着下界。她看到伊娥自由了，心里怒火冲天，正好一只饥饿的牛虻飞到跟前，请求天后救救她的饥渴，赫拉就把小母牛指给了牛虻。这只牛虻嘤嘤嗡嗡地飞到母牛的身上，趴在那里，就不飞走了。小母牛的尾巴够不着牛虻，对方的叮咬却让小母牛发狂。她被牛虻追来逐去，逃遍了世界各地。最后，经过长途跋涉，她绝望地来到了埃及。

在尼罗河河岸上，伊娥疲惫万分，实在跑不动了。她不知道自己为什么要遭遇到这种无妄之灾。可是她知道，要想获得解脱，只能祈求天后赫拉的原谅。她跪下来，对着奥林匹斯圣山，发出了哀求的声音。宙斯看到了，非常内疚。他不想再因为自己的一己之私，再让伊娥受苦。他来到赫拉那里，对着冥河发誓，他不再追求伊娥了，这个女孩子是清白的。赫拉也听到小母牛的哀鸣声。这位天神之母终于心软了，允许宙斯恢复伊娥的原形。

宙斯赶到尼罗河边，手头一动，奇迹出现了：小母牛消失了，伊娥重新恢复了楚楚动人的美丽形象，格外令人怜爱。

大熊星座卡利斯忒

卡利斯忒是一位被宙斯强行非礼并生下孩子的女孩。当他们之间的事情被赫耳墨斯知道后，迅速传到了赫拉的耳朵里。生性多疑善妒的赫拉自然怒火中烧，她将罪都怪到这个无辜的少女身上。她对儿子赫耳墨斯说："她不是凭借着美丽的脸蛋来勾引人吗？我要把她变成一只丑陋的毛乎乎的大熊，看是不是还能吸引男人？”于是她用手一指，卡利斯忒的腰身就弯屈了下去，可怜的姑娘想伸出手臂哀求一番，可是那双臂眨眼之间就长满了寸把长的黑毛。她的手变得圆墩墩的，长出了钩子一样的利爪，只能用来当脚掌走路了。她那美丽的小嘴巴，宙斯以前对之如醉如痴，赞不绝口，现在却突出了一个铲瓢似的大嘴巴。她的声音本来是甜美的如同百灵鸟，现在一开口，却是一阵阵令人心悸的嗷叫。可是，尽管外形已经改变，内心还是那个温柔华贵的女孩子纯洁的心。她不停地呻吟着，挣扎着想站起身来，却一次次地摔倒在了地上。她觉得宙斯心太狠了，太薄情了，一旦恩爱之后，就弃置不顾，形同陌路。但是在现在这个情况之下，也只有找到他，求他来解救自己了。啊，有多少个夜晚，她徘徊在两人以前恩爱的地方，因为她不敢在幽暗的森林里过夜。又有多少次她被猎人的猎犬惊吓得四处逃窜，以防自己被猎人捉住。她自己是熊，却忘记了自己是熊中一员，不敢与之为伍；其他野兽，她也害怕；可是同样，她也害怕见人，她一直过着担惊受怕、孤孤单单的日子。

有一天，她被一个狩猎的小伙子发现了。在逃跑途中，频频回望的时候，她却发现那是自己失散多年的儿子。当年他还是一个牙牙学语的儿童，现在却是一位风度翩翩的美少年。她不再逃跑，想走过去把他抱在怀里。她忘记了自己的外表，刚刚迈开步子，那少年马上警惕起来，举起了手中的长矛，就要投向她。

就在这千钧一发之际，宙斯出现了。他现身之后，告之了少年事情的经过。他担心赫拉闹事，就把两个人带到了天上，放置在一大一小两个相邻的星座上。这两个星座，就是今天我们都熟悉的大小熊星座。

赫拉见到自己的情敌受到这样的尊荣，非常气愤，就去找宙斯和自己的长辈去评理。这两个长辈就是他们的姑姑海洋女神老特提斯和俄刻阿诺斯。她们刚一开口问她来意，天后赫拉就开始号啕大哭：“我知道你们喜欢清净，无事也就不来打搅。宙斯太欺负人了。天上已经没有我待的地方了——我的位置被另一个女人给占据了。你们肯定不信我的话，可是等到夜色笼罩大地的时候，就在极圈附近的那一片天上，你们可以看见升到天上的那两个家伙，那就是宙斯新找的情人和他的私生子。你们看看，我对他的女人非常不满，略微惩罚了她一下，可是他们竟然被宙斯捧到了这样高的地位。他这么做，肯定是想把她娶为妻子，把我们母子抛弃。要是你们还体恤我，要是都同情我悲惨的遭遇的话，我请求你们给他一点厉害看看。不许这对罪人进入你们的海域里。”

老海神自然答应了。这样，大小熊星座只能在天上绕来绕去，永远不能像其

他的星星一样能够落到海里去。

好胜的音乐家阿波罗

众神都多才多艺，太阳神阿波罗更是才艺双全。他不仅英勇善战，箭法百发百中，能够预示世俗之人的命运，还是一位一流的音乐家。阿波罗的典型形象是右手拿着里拉琴，左手拿着象征太阳的金球。他很擅长弹奏七弦琴，美妙的旋律有如天籁。

阿波罗有一次杀死了一个林神。事情起因与女神雅典娜有关。一天，雅典娜捕获了一头鹿，就用鹿骨做了一支双管长笛。在众神宴会上，她高兴地吹奏起来。她非常满意其他的神灵对她的称赞，可是一转身却发现了自己的死对头赫拉和阿佛洛狄忒却用手捂着嘴偷偷笑。她当时压下火气，并没有发作，私下里却很郁闷，不知道为什么这两位仇敌嘲笑自己，是不是她们心怀妒嫉才这样呢？虽然她这样宽慰自己，却始终放不下心。于是，她想出了一个好办法，就独自一人走进弗里吉亚的森林里，在河边吹奏笛子。她一边吹一边低下头来观察自己在水里的倒影。一看到水面的形象，她几乎晕了过去。她发现吹笛子的人脸色发青，双颊肿胀，显得滑稽可笑。她一气之下，扔掉笛子，并且发下了一个恶毒的诅咒：谁如果把笛子捡起，他就会惨遭不幸。

无辜的林神玛息阿——女神库柏勒的随从——便成为了咒语的牺牲者。雅典娜刚走，他就经过这里，无意中捡起笛子。他刚把笛子放到唇边，笛子便自动演奏起来，声音美妙动人。他追随女神库柏勒走遍了整个弗里吉亚，他的美妙笛声打动了无知的乡野村民。他们从来没有听见过这样美妙的音乐，于是说就是天神阿波罗也未必能用他的里拉琴演奏出更为动听的音乐！得到这样的奉承与赞扬，玛息阿太高兴了，居然想不到去纠正这种说法。这话不久就传到了阿波罗的耳朵中。阿波罗一听火冒三丈，马上派自己的仆人去下战书，邀请玛息阿和他进行音乐比赛，他规定胜者可以用任何方式惩罚输者。玛息阿现在长笛在手，谁也不怕，更何况如果打败了太阳神阿波罗，他就可以成为天庭之中最优秀的音乐家。因此他毫不犹豫地同意了。

比赛开始，由阿波罗组织缪斯当评奖团。两位都各自演奏三首。他们都拿出

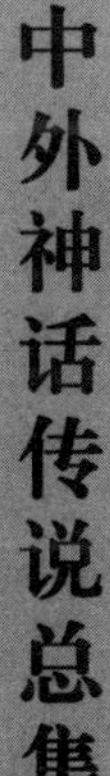

阿波罗和九个缪斯

阿波罗被古希腊人尊崇为灵感之神，他具有给人以诗歌、音乐和医疗天赋的神通。缪斯是希腊-罗马宗教和神话中的一组女神姐妹，为宙斯和记忆女神摩涅莫绪涅所生，分掌史诗、悲剧、音乐、天文等方面。相传荷马就曾不时祈求一位或全体缪斯保佑。

自己最大的本事，尽力打败对方，可是缪斯们对两种乐器都十分欣赏，就判双方打成平局。

阿波罗心有不甘，他看了看两人手中的乐器，忽然心生一计。他向玛息阿厉声喝道："你能不能学我，演奏你的乐器？把它倒过来拿，而且还要边演奏边唱，这样才叫真本事。"

很明显，笛子不能倒过来吹，更不能边吹边唱；玛息阿拒绝接受这一挑战。但是阿波罗却装着什么也没有听见，倒拿起里拉琴，边奏边唱赞美奥林匹斯山诸神的歌曲。歌声悦耳动听，缪斯们不得不判他为胜方。玛息阿无奈之下，只能接

受了这个判决。赢得胜利的阿波罗尽管表面装得温文尔雅，可是当他说出他的惩罚时，连评奖团的缪斯们都惊吓得目瞪口呆，而玛息阿则吓昏了过去。好胜的太阳神阿波罗对玛息阿做出了十分残酷的报复：活生生剥下玛息阿的皮，把人皮钉在以他命名的河的发源处的一棵松树上。

同样的事情又一次发生了。有一次宴会当中，喝多了美酒的牧神潘非常轻率地夸夸其谈，说他演奏的乐曲可以和阿波罗的媲美，而且借着酒劲，他还向这位奏里拉琴的神祇挑战，要和他一试高低。音乐家阿波罗自然不畏惧，山林之神特摩罗斯担任比赛的裁判。这位德高望重的老人在裁判席上安然就座，他撩开耳边的树条，凝神聆听。当比赛开始的信号一发出，醉酒的牧神潘就吹起了排箫。他奏着自己编的乡村小曲，得意非凡，喜气洋洋，也让碰巧在座的忠实门徒弥达斯国王听得心旷神怡。潘吹奏完毕，便轮到太阳神了。于是，山林之神特摩罗斯便把脸转到阿波罗这边，他身旁所有的树木都随着他一起转动。阿波罗站起身，头戴桂冠，身披拖地的红紫长袍，左手抱着里拉琴，右手五指轻轻拨动琴弦，特摩罗斯不等一首听完，就立刻裁判演奏里拉琴的阿波罗是这场比赛的优胜者。所有的听众都接受这一裁判，连牧神潘也低下了脑袋，可是弥达斯不服气。他小声嘀咕，最后干脆大声质问，说裁判山林之神特摩罗斯有偏心。阿波罗悄悄走到这个傻瓜国王跟前，揪住他的双耳，轻轻一捉，那两只耳朵变得又长又尖，里外长出灰色绒毛。两只长长的驴耳装饰在这个可怜国王的头上，因为这副模样，他羞得无地自容。

月桂树

每个人都有自己的初恋，就是贵为天神也一样避免不了。太阳神阿波罗就是这样，他的初恋情人是达芙妮。

但是，太阳神阿波罗爱上达芙妮，并不是所谓的一见钟情，而是小爱神厄洛斯故意捣鬼，精心策划的结果。小爱神厄洛斯之所以故意捣他的鬼，是因为阿波罗说话不太注意，得罪了这个小家伙。这一天，阿波罗刚刚斩杀了一条叫做皮同的巨型蟒蛇。正在得意洋洋，不可一世时，他看见了这个小家伙正在弯弓搭箭，跃跃欲试，就非常不屑地说：“小家伙，弓箭这种打仗用的武器哪里是你们这样

的小孩子玩的？把它交给我，只有我这样有资格的人才配使用！你看看我，我就是靠弓箭除掉了那条大毒蛇。小家伙，你要玩的话，还是玩火吧，你不是常说，这是在点燃情火吗？你爱在哪儿点火、怎么点火都没关系。可是别再摆弄该由大人物使用的武器。”

小爱神当然不服气，就和他顶嘴道：“你不要吹牛，自以为了不起。虽然你的弓箭可以射中万物，可是我却能射中你，让你后悔说了刚才的话。”话刚说完，他就飞身跳到了帕尔纳索斯山一块又高又大的岩石上，随手就从白色的箭袋取出了两支功能不一的箭，一支尖头金箭，有激发爱情的功能；而另一支钝头铅箭，却恰好相反，让人拒绝爱情。他拉弓如满月，簌簌两声，铅头箭射向了正在河里沐浴的河神珀纽斯的女儿、水泽仙女达芙妮；而金头箭如同闪电一样，射向阿波罗，阿波罗闪身躲避，可是箭却如同长了眼睛一样，正好穿心而过。就这样，英勇善战的阿波罗就对那位少女产生了强烈的爱情，折磨得他茶饭不思，神魂颠倒。达芙妮为了躲避人们的苦苦纠缠，她整天在林中打猎逐兽，出没于森林之中，可就是这样，求爱者还是千方百计想接近她，而姑娘却一听人说“我爱你”，就深感厌恶。追求她的人不但不见减少，反而越来越多。水泽仙女达芙妮不管这些，她一一回绝，不予理睬，整日就在树林里打猎，压根就没有结婚的打算。她一直这样，倒让她的父亲珀纽斯不放心，常常委婉地规劝她说：“女儿，你该为我找个女婿了，该为我生养外孙了。”父亲一提这些，水泽仙女达芙妮就羞得满面通红，她讨厌结婚，觉得结婚就是犯罪。可是她又不能直接这么说，只好搂着老父的脖颈半撒娇半认真地说：“父亲，请允许我终身不嫁，就跟我们的女神阿尔忒弥斯一样。这样，我才能终身陪伴在你身边。”年迈的父亲没有办法，只好答应了这要求。不过，他很忧虑地说：“女儿，虽然你这么想，可是你的容貌恐怕使你难以独身一辈子。”

阿波罗爱着她，渴望与她结婚。他是天神，有给世人做出神谕的法力，但是轮到自己，他的法力无处发挥。他经常跑到她出没的森林里，偷偷关注她，见到她披散在肩头的长发就想：“这头发就这么随便披着，已经这么迷人，如果好好梳理一下，那不让我丢掉了魂灵？”他把她明亮的双眼比作天上最亮的明星，见到她的红樱桃一样的小嘴，就不能自持。他也暗中赞美她裸到了肩头的双臂和双手，他老这么贪婪地偷窥，就被她发觉了。仙女拔腿就跑，迅疾如风。太阳神跟在后面，温柔地百般请求。“请您停一停，”他说，“达芙妮，我不想伤害你，不要像羊羔见了恶狼，驯鸽见了老鹰似的躲着我。我追你是因为我爱你。我不是小

丑，不是乡野村民。我父亲是宙斯，我本人是主管歌舞管弦的神。我射箭百发百中，我司掌医药，我熟悉百草的疗效。可是美丽的仙女呀，悲哀的是我自己个人的病痛却找不到药物来治愈。”

他的恳求还没有说完，少女已经跑远了。阿波罗绝望地发现，就连她逃离的姿态也那么令人心醉。疾风吹起她的长袍，松散的发丝飘逸于脑后。她如此美丽，可是却把他的知心话全当耳边风。阿波罗愤怒起来，占有她的欲望更加强烈，他不耐烦了，他要行动。

在爱情盲目力量的鼓动下，他竟然赶了上来。两人就这么一前一后地跑着，他插上的是爱情之翼，她踏着的是恐惧之轮。可是追的比逃的速度要快，眼看就要赶上，他气喘吁吁，呼出来的气已经吹起了她的头发。

她跑得双腿发软，力不从心了。万般无奈之下，她只能乞求自己的父亲河神：“救救我，父亲，让大地张开口把我吞掉，要不然毁灭我的形体吧，免得再惹来危险。”话刚说完她就四肢发僵，上半身长出一层嫩皮，头发变成绿叶，双臂长出枝叶，两脚钉在地上就像扎在地里的树根；面孔变成了树冠，完全失去了原来的人形，但是优美的仪态犹存。心急如焚的阿波罗愕然不知所措。他只能用手触摸树干，可是感到隐藏在新树皮下的肌肉还在瑟瑟发抖。当他把所有的枝干搂在怀里，四处亲吻时，枝条躲闪着他的嘴唇。他实在生气却无可奈何，哀伤地说：“既然我不能娶你为妻，我就要你做我的圣树。我将把你戴在头上作王冠，用你装饰竖琴和箭袋。等到伟大的罗马征服者凯旋回到首都，我就用你的枝条编成花冠给他们加冕。我的青春常在，你也将四季常青，绿叶永不凋零。”仙女变成了一棵月桂树，它垂下头来，表示了自己的谢意。

风信子

阿波罗嫉恶如仇。他有长长的弓箭，百步穿杨的箭法让每一个和他作对或者心怀怨恨的人和神都胆战心惊，寝食难安。可以说，他火一般的威力让那些夜间出没的恶魔恐惧不已。可这只是阿波罗的一面，其实他还有与之截然相反的一面：因为他要是和哪个少年小伙攀起交情来，他会亲密无间，好得就像一个人一样，甚至他放下神灵的地位去讨好别人。可是他的讨好往往都给别人带来危险。

阿波罗在帕纳塞斯山上 拉斐尔 意大利

阿波罗还被称为音乐之父，他最喜欢拉琴。图中的缪斯女神们被阿波罗琴声感染，围绕在他身边。

在希腊的一个山区，有一个美少年叫雅辛托斯。有一天，这个少年在河边捉鱼，被太阳神阿波罗发现了。他一下子惊呆了，不相信在这么一个偏僻的地方竟然有这么一个美男子。他被吸引住了，无论如何也要和这个少年成为朋友。

让他生气的是，他发现不仅仅他一个人想和这个美少年交朋友。西风神仄费洛斯显然也在打他的主意。太阳神就去找西风神。按理说，他是宙斯疼爱的儿子，而且箭法是整个天神界都闻名的，西风这种小神见到他，往往要退避三舍。可是现在争夺的是一个美男子，西风神坚决不退让。他说是他先看见这个美男子的，阿波罗没权利跟他抢夺。阿波罗一句话也不说，鼻子里冷哼着，意思很明显，是说西风神是在痴心妄想。美男子只有一个，两个神互不退让，怎么办呢，那就只有通过比赛定胜负。

两位神仙都同意比速度，就是说看是阿波罗的箭法快，还是西风神的身形快。比赛开始，阿波罗取下弓箭，笔直地站立着，弓已拉开，箭就在弦，而且正正地对准了西风神的心窝。西风神站在距离有半里路的地方，双腿用力，作逃跑的动作。两人同时数数，一、二，数到三的时候，阿波罗马上松手。刹那之间，

箭去如流星，快似闪电，西风神挪动身形，才跑了一步，箭就到了他面前。当然，没有射中心窝，却插在他的肩头上。还好在箭头飞到眼前时，他猛吹了一口西风，否则就更惨了。西风神输掉了比赛，他不甘心地走掉，心里已经打定主意：既然自己得不到心爱的东西，那别人也休想到手。

取得胜利的阿波罗兴冲冲地赶到美少年家附近，摇身一变，也幻化成一个少年，出现在雅辛托斯的面前。由于这个山区偏僻，雅辛托斯常常感到很孤独。现在见到了太阳神，他太高兴了，马上就过去打招呼。两个人很快就变成了好朋友，形影不离。当雅辛托斯运动嬉戏时，佩着银弓的神祇总要随身陪伴；雅辛托斯去捕鱼，他就拿着网；雅辛托斯去狩猎，他牵着狗；雅辛托斯去爬山，他就跟在左右。他整日忙着这些事，几乎都顾不上弹奏里拉琴和拉弓射箭。他们两个人都太关注于对方了，都没有发现躲藏在附近的树林里，偷偷窥视他们的西风神。每次听到他们哈哈大笑的声音，这个偷窥者就愤恨地咬住了嘴唇。

这一天，太阳神和雅辛托斯跟往常一样，一起玩套圈游戏。这是希腊很流行的一种游戏。首先轮到阿波罗，阿波罗使出了力气，铁饼被高高地抛到空中，扔得又高又远，几乎都打中了正在天上飞行的一朵云。雅辛托斯玩兴正浓，明知道自己没有这么大的力气，却也急不可耐地要一显身手。他朝还在飞着的铁饼奔去，伸手去抓，谁知道铁饼飞弹着地后又反弹起来，恰恰击中雅辛托斯的前额。雅辛托斯晕倒在地。太阳神也吓住了，脸上失了血色，变得和雅辛托斯一样惨白。他们两个人谁都不知道，铁饼暗中砸伤了雅辛托斯，不过是西风神捣的鬼。当铁饼落在地上之后弹起，他在附近，一股强大的西风吹过去，那铁饼立即偏了个方向，恰恰打到雅辛托斯头上。

悲伤的阿波罗托起了雅辛托斯的身躯，想帮他止血，可是伤口太大了，根本不奏效。他没办法留住飞逝的生命。奄奄一息的雅辛托斯的脖子也仿佛折断了一样，丧失了支撑力，脑袋沉重地耷拉在肩膀上。多么像花园中一株被掐断了茎的百合，枝头下垂，花朵向地！“雅辛托斯，你怎么死了呢！”阿波罗哀叹道，“是我害了你呀。你还这么年轻，就要离开我，我真希望我能替你去死！我将用我的里拉琴悼念你，唱哀歌为你祈祷，你将变为一株鲜花，花瓣上载刻着我的悔恨。”这位金光四射的神祇喃喃诉说着，与此同时，刚流在地上染红了草木的鲜血消失了，地里开出一朵花，色泽艳丽，形似百合，所不同的是这朵花呈姹紫色，而百合花大多是银白色的，太阳神接着又赐给它更大的荣耀，在花瓣上划出“AI AI！”的名字，用以表示他的哀思。这种花——风信子——就以“雅辛托斯”为名。每逢春回大地的时节，它就盛开怒放，以纪念这个不幸少年的遭遇。

神医阿斯克利皮奥斯

在比留山的莽莽丛林之中，居住着学识渊博、人品善良的肯塔夫洛斯。他虽已年迈，却腰腿笔直。他的面容上满布的皱纹，固然由于衰老，可也是智慧的象征。他以树叶为帽，兽皮为衣，过着简单而又朴素的生活。由于常年居住在山上，又熟读医术，因此他成为全希腊闻名的神医。许多人都把自己的孩子送到他那里学习，连太阳神也不例外。

这天，老师正穿过树枝叉结的丛林，忽然有十几个孩子抬着一个痛哭的男孩从树林中跑出来，围在身旁，大声地喊叫着他："老师您救救他吧，他被蛇咬伤了！"肯塔夫洛斯立即起身，来到了那个孩子的身边。

被蛇咬伤还不到一刻工夫，那个孩子的手臂就肿得有水桶粗，颜色发黑，而且黑痕还在往上蔓延。看来，这条蛇其毒无比，如果不马上救治的话，将会有生命危险。他托起这只黑臂，立即指示这些孩子到山洞里升起一团火，以便对他进行火疗。虽然这么吩咐，可是他的心里并没有十分的把握。

正当他阴郁着脸准备走时，响起了一阵长长的哨声，在一块岩石上，露出了一张笑脸。一个孩子跑出来，大声责怪伙伴，为什么不等等他就跑了呢？等他看到这个受伤的男孩之后，连蹦带跳地跑到男孩旁边，腰上还缠着很多束药草。他转向老师："老师，您让我来，我能够为他治疗，我说的是实话，请您看着吧！"他从腰上解下一束草，用他那灵敏的手指挑选出了一棵，摘下几片叶子盖在男孩的伤口上，用一条带子把草紧紧地捆扎上。过了一分钟，那个被毒蛇咬伤的小男孩已经感觉不到疼痛，而且手臂上的黑印往下消退，呼吸也轻松下来，于是对救他的人说："谢谢你，阿斯克利皮奥斯，让神明降福于你。我的手指已能活动了，几乎不疼了。"

他们的老师站在旁边，把男孩叫到一边，问他是怎么发现这种珍贵药材的。阿斯克利皮奥斯告诉老师，他是从一只母狼那里发现的。他整天在山上游玩。这一天看到一只受伤的母狼，嚼了嚼这棵草而后涂抹到伤口上，伤口马上就愈合了。那只母狼逃走后，自己就采下这种草放在身边备用。老师了解情况以后，把

手放在学生的头上，珍爱地说：“阿斯克利皮奥斯，好好学习，你将会超过老师。”

这是一句崇高的、分量很重的话语，然而这一预言竟然实现了。

提洛岛阿波罗神殿遗址

石墙和多利安圆柱是阿波罗神庙现存的仅有的两座建筑。而在当年，至少有10座以上的石狮排列在通往阿波罗神殿的圣道右侧，这些石狮连同基座都是用同一块大理石雕成的，以其逼真的形象而闻名，是大理石雕像中的杰作。现存的狮像还有5座。

阿斯克利皮奥斯就是阿波罗寄放在老朋友肯塔夫洛斯这里的儿子。他学完老师的本领之后，告别老师，回到了人世间。在那里，他满怀怜悯，治愈了遇到的每个病人，成为全希腊最有名望的神医。每天，成群结队的病人慕名而来，请他医治。而他也不负众望，让他们健康而归。时光流逝，阿斯克利皮奥斯的医术越来越高超，不仅使久病之人得到治愈，而且能使死者复生。

哈里斯在下面黑暗的地狱中感觉到了这一点，因为陆地上已经不再送去幽灵，他的地狱空荡荡的。于是，哈里斯跳上那辆吐烟马车，来到奥林匹斯山，径直跪到了宙斯面前，大声对他说：“你现在很舒服吧，我的兄弟。你也不看一看大地上正在发生什么事？那里人都挤成了团，而我的王国之中却空荡荡地闲在那里。你看，我把死神派到人类那里去，而死神却被阿斯克利皮奥斯战败。你怎么能够允许这种事情发生呢？”

宙斯听到这一切，深感不安。他已经很长时间不操心地上的事情，几乎忘记人类长期以来造成的威胁了。他低下头向下俯视，十分惊讶地看到，人类比过去更加强大、更加勤奋。他同意了哈里斯的建议，一声霹雳打下去，击中了正在医治病人的阿斯克利皮奥斯。

阿波罗接到儿子的死讯，非常愤怒。他立即把箭筒挂在肩上，匆匆地离开奥林匹斯山，来到了埃特纳火山口。那里生活着独目巨神，正围着巨大的铁砧，用重锤敲打着，为宙斯锻雷。三支箭呼啸着飞了下去，传来一阵巨大的轰隆声，随后一切都陷入寂静之中。不久，火光熄灭了，火山深处一片漆黑。

阿波罗报完仇，心满意足地走了。可是恼羞成怒的宙斯却一气之下，把他驱逐出了奥林匹斯山，并惩罚他流浪大地，当凡人的奴仆。

惩罚了阿波罗，让宙斯稍许平息了怒火，但流放阿波罗却不能让独目神获得新生，而雷却是宙斯最主要的武器。于是这位众神和人类之父被迫息怒，与其子阿波罗妥协。“奥林匹斯山重新为你敞开大门，”宙斯对阿波罗说，“我将让你的儿子和其他神祇一样永生不死。但你得使我的奴仆们复活。”

事情就这样结束了，复活的独目神们又重新在他们的山中开始为宙斯锻雷。阿斯克利皮奥斯也变成了神，和他的父亲阿波罗一样，被人们当成整个大地的救星，加以顶礼膜拜。在埃庇札夫鲁、科斯、佩尔加穆三地庙宇中，阿波罗和阿斯克利皮奥斯被看作是最主要的神祇。因为这些地方被阿斯克利皮奥斯的后代和徒弟们医治好的病人很多。

俄耳甫斯寻妻

俄耳甫斯是希腊最有名的音乐家。他的父亲是阿波罗，母亲是文艺九女神之一卡利俄珀，都能歌善舞。他长大成人之后，阿波罗就在他十二岁生日的时候送给了他一把七弦琴当作礼物，并且从那一天开始教他演奏。谁知道，这个小家伙根本不用教，只要他纤细的手指轻轻拨动那几根细弦，音乐就好像哗哗的流水一样自然流淌了出来。他弹得太好了，神奇美妙，以至于天下万物无不为他的音乐感到着迷。听到他的音乐，不仅他的人类同胞，就连野兽也会为之心软，它们会围在他的身旁，站在那里听得出神。不仅如此，连树木和石头都能感受他演奏的魅力。树木簇拥着他，岩石则为音乐所打动，稍稍松软下来。就连他一向好强的父亲，老是夸自己的音乐天下无双的阿波罗也公开承认儿子强过了自己。

俄耳甫斯和欧里狄克结婚的时候曾经诚心诚意地邀请来了婚姻之神许门，希望借他来给自己的婚姻增添福气。许门出席了婚礼，可是却没有发现什么好征

赫耳墨斯带走欧里狄克

这件浅浮雕描绘的是俄耳甫斯违反规定致使他与其妻永别的场面。右边，拿着七弦琴的俄耳甫斯向他的妻子道永别，两个人悲伤地对视。左边，赫耳墨斯则等着将欧里狄克带回冥界。

兆，因为这个老头的铜烟袋冒的火把他们呛得直流眼泪。这显然不是一个好现象，而且很快应验了。

婚后不久，欧里狄克和她的仙女女伴在山谷里漫步，却被牧羊人阿里斯塔俄斯看见了。这个年轻的牧羊人对她一见倾心，双膝跪倒在地上。她告诉对方，她已经结婚，丈夫是音乐家俄耳甫斯。可是被爱情冲昏了头脑的年轻人，依然紧跟在后面，向她求爱。欧里狄克拔腿便逃，慌不择路，不久就进入了一片荒草之中。她只顾飞奔，突然之间小腿肚一疼，她踩着了草间的一条毒蛇，被咬了一口。她倒在地上，不久毒发身亡。

新婚不久就失去了妻子，俄耳甫斯无心其他，整天用哀婉的歌声向天神与世人诉说他心中的悲哀。虽然许多动植物和天神被他的歌声勾起了心事，痛哭流

涕，可是对找到他妻子却无济于事。万般无奈之下，他决定去黑暗王国寻找他的妻子。

他来到了奉那鲁斯海边，在位于海角旁边的洞穴中进入，一直到达冥河斯堤克斯流域。他穿过成群的鬼魂，来到了冥王哈里斯和妻子珀耳塞福涅的宝座前。他一边弹着七弦琴一边歌唱，眼睛里流下了悲哀的泪水。他说："地狱的主宰，请听一下我的陈述吧，因为我说的都是实话。我并不是为刺探塔耳塔洛斯王国的秘密而来的，我要寻找我的妻子。她中了蛇毒，离开了人间，来到了你们直辖的地方。我，一个活人来到这里，是因为心中熊熊的爱情火焰驱使我来了。我们所有人都命中注定属于你们的。迟早我们都要来到你们的王国。她也一样，等她活满了期限，自然也会归你们所有。不过在那以前把她赐给我吧，我恳求你们。如果你们拒绝我，我不会单独回去，我只有留下来陪伴我的妻子，省得她在这里孤孤单单的，没有人陪她说话，唱歌给她听。"

一席话，俄耳甫斯说得凄婉动人，连鬼魂们都流下了眼泪，坦塔罗斯尽管口渴难忍，还是暂时停止了喝水的企图；伊克西翁的转轮也静止不动；秃鹰不再撕扯那位巨人的肝脏；达那俄斯的女儿们停下手，不再用筛子汲水；就连西绪福斯都坐在石头上聆听。据说，复仇三女神有史以来第一次泪流满面。珀耳塞福涅为之动容，哈里斯本人也动了恻隐之心。因此，欧里狄克不久就被召了上来。

俄耳甫斯非常痛惜地看见自己心爱的妻子拖着受伤的脚一瘸一拐地从那些新来的鬼魂中走出来。见面以后，俄耳甫斯要求把妻子带走。冥王同意了，可是他们也有一个附加条件：他们回到人间以前，他，俄耳甫斯不得转身来看自己的妻子，如果违反规定，妻子将永世都得待在地狱之中。他们同意了。

冥国的道路黑咕隆咚，什么也看不清。俄耳甫斯在前探路，欧里狄克蹒跚在后，在一片寂静中穿过无数陡道，他们就要到达人间的出口了。欢乐冲昏了他的头脑，这时俄耳甫斯忘记了应遵守的条件，为了弄清欧里狄克是否跟着，就向背后看了一眼。仅仅就这么一眼，她立刻被拖走了。他们俩双双伸出胳臂企图拥抱，但抓到的只是空气！尽管这是她第二次死去，她还是不愿责备自己的丈夫，她怎么能责备由于等得不耐烦而要看她一眼的丈夫呢！"别了，"她说道，"永别了。"她很快被带走了，他几乎没有听到她的话音。俄耳甫斯力图追上她，并恳求允许他再回冥府，为她的释放再做一次努力。可是冥河渡口船夫拒绝了，不让他过河。连续七天七夜，他在冥府与人间的边缘上徘徊，不餐不眠。他用歌声控诉阴间权势的残忍，向岩石和山峦诉说自己的哀怨。他的歌声使虎狼听了也于心

不忍，感动得橡树都移动了位置。他从此远离女性，久久地沉浸在对自己不幸的回忆中。

色雷斯的少女们竭尽全力地想勾引他，他拒绝了她们的追求。少女们实在不能忍受这种蔑视，正好这一天，她们喝多了酒神狄俄尼索斯祭典仪式的美酒，其中的一个少女喊道："瞧，那边就是那个鄙视我们的人！"她的标枪向他掷去。那件武器刚飞近七弦琴的音响范围便落在了他的脚边。同样，向他投去的石块也纷纷落地。可是这些女人们发起一阵狂喊，喊声压倒了乐声，于是石块标枪就打到他的身上，沾满了他的鲜血。这些疯狂的女子把他的肢体撕碎，把头颅和七弦琴扔到赫布鲁斯河，他的头和琴在向下游漂流的时候不断发出低语般的哀乐声，两岸则伴之以凄楚的和声。缪斯神把俄耳甫斯支离破碎的尸体归拢在一起埋在利柏特，据说夜莺在他的墓前唱得比在希腊任何其他地方都更加宛转动听。他用过的七弦琴被宙斯放到了群星之间。他的身影又一次来到了塔耳塔洛斯，在这里他找到了欧里狄克，用热情的双臂拥抱她，他们现在可以一起幸福地在田野里漫步了，有时是他在先，有时是她在前。俄耳甫斯现在可以想看她多久就看多久，他再也不会为无心一瞥而受到惩罚了。

伊翁

雅典国王厄瑞克透斯的女儿克瑞乌萨，郊游的时候遇见了太阳神，就爱上了他，为他生了一个儿子。

儿子生下来了，克瑞乌萨不敢带回家。她只能把这个孩子遗弃在两人幽会的山洞里。她希望有人能够可怜他，领养这个孩子。走的时候，她又把手上的珠串挂在孩子身上，作个标记。此后，克瑞乌萨再也没有听到太阳神阿波罗的消息，以为他早将她和儿子忘掉了。

但是阿波罗不想辜负情人，又不想让孩子孤苦无依，于是他找到兄弟赫耳墨斯。"兄弟，"阿波罗说，"帮帮我，救下这个孩子吧。他被他母亲放在了山洞里的木箱子中，你把麻布包着的孩子送到我在德尔斐的神殿，放在神殿的门槛上。其他的事情你就不用管了。因为他是我的儿子。"赫耳墨斯按照阿波罗的吩咐，一一照办了。并且，他还掀开盖子，以便让人容易发现这个孩子。

第二天太阳升起时，德尔斐的女祭司走向神殿，突然发现睡在小箱子里的婴儿。太阳神使她的内心产生了怜悯之情，收留了这个孩子，带在身边抚育。孩子一天天长大，渐渐长成了一个高大英俊的少年。德尔斐的居民都把他看作神庙的小守护者，让他看管献给众神的祭品。

这时，雅典人与邻国居民发生激烈的战事。如果不是因为一个叫苏托斯的外乡人的帮助，结果就不会是雅典人获胜了。苏托斯，是丢卡利翁的后代。为了答谢他，国王同意了他向克瑞乌萨的求婚。这件事大大激怒了太阳神，他暗中破坏，所以这对夫妻结婚多年还没有孩子。没有办法，克瑞乌萨想去德尔斐神殿求子。

克瑞乌萨公主和他的丈夫一行人来到神殿时，阿波罗的儿子正跨过门槛，用桂花树枝装饰门框。他看见了这位高贵的夫人，她一见神殿就禁不住掉泪。他小心翼翼地问她为什么悲哀。

“我不想了解你的伤心事，”他说，“不过，如果你愿意的话，请告诉我，你是谁，从什么地方来？”

“我叫克瑞乌萨，”公主回答说，“我的父亲是厄瑞克透斯，雅典是我的故国家乡。”公主沉默了一会，知道年轻人是神殿的守护者，就告诉他说，自己是苏托斯王子的妻子，她同他前来德尔斐，祈求神赐给她一个儿子。

“你没有儿子，真是不幸呀。”年轻人同情而又伤心地叹息着。

“是啊，太不幸了，”克瑞乌萨回答说，“我非常羡慕你的母亲，能够有你这么一个聪明伶俐的儿子。”

“我不知道谁是我的母亲和父亲，”年轻人悲伤地说，“神殿的女祭司抱养了我，所以我就住在神殿里，成为神的仆人。”

公主听到这话，心里怦然一动。她沉思了一会，然后说：“我认识一个妇人，她的命运跟你的母亲一样。我是替她来祈求神谕的。因为你是神的仆人，我就告诉你她的秘密。那位夫人说，在她和现在的丈夫结婚之前曾经跟伟大的阿波罗交往甚密。她没有征求父亲的意见便跟阿波罗生了一个儿子。女人将孩子遗弃了，从此就不知道他的音讯。”

“这是多少年前的事情？”年轻人问。

“如果他还活着，正好跟你同龄。”克瑞乌萨说。

正说着，苏托斯高高兴兴地跨进神殿，向妻子走来。克瑞乌萨便中断了谈话。

"太阳神给了我一个吉利的消息，他说我会带着一个孩子回去的。咦！这位年轻人是谁?"苏托斯问。

德尔斐圣地中心遗址

德尔斐的考古遗迹，位于距希腊首都雅典西北约120千米的弗吉达州。圣地中心是阿波罗神庙，神庙多次被毁，第一次毁于公元前584年的火灾；第二次则毁于公元前373年的地震；最后一次毁于公元400年前后。现在只剩下参差不齐的石柱以及残存的墙垣。

年轻人走上一步，谦恭地回答说，他只是阿波罗神殿的仆人。这里即是圣地，人们就在这里听取女祭司的神谕。苏托斯听到这里，便在祭坛前祈祷不已，然后连忙走进圣殿里间听取神谕。年轻人仍在前庭守护着。

不一会儿，圣殿里间的门开启了，苏托斯王子兴冲冲地走了出来。他狂热地抱住年轻人，连声叫他"儿子"。年轻人不知道发生了什么事，以为他疯了，便冷漠地用力将他推开。可是苏托斯并不在乎。"神已给我启示，"他说，"神谕明白地说了：我出门遇到的第一个人，便是我的儿子。什么原因，我并不明白，因为我的妻子从来没有生过孩子。可是我相信神灵。”

听完这话，年轻人也大为高兴，不过他还有些不安。他不知道苏托斯的妻子是否愿意认他为儿子，因为她不认识他，也没生过孩子。此外，雅典城会接受一个不合法的王子吗？但是，苏托斯竭力安慰他，答应不在雅典人和妻子面前认他为子，并给他起了一个新名字伊翁，即漫游天涯海角的人。

这时，克瑞乌萨还在阿波罗的祭坛前祈祷，一动也不动。但她的祈祷突然被女仆们打断了，她们跑来抱怨道：“太太，你永远得不到一个抱在怀里的亲生儿子。阿波罗赐给你丈夫一个儿子，一个已经长大成人的儿子。我们都认为那可能是他从前和另外一个女人生的。”

公主为自己悲哀的命运而烦恼。过了一会，她又鼓起勇气，打听这位突如其来的儿子的名字。“他是守护神殿的那个年轻人，你见过他，”女佣们回答，“他的父亲给他起了个名字叫伊翁。现在，他想悄悄地为儿子给神献祭，举行一个庄严的宴会。他不让我们告诉你。可是太太，我们看不过去！”

这时，众人中走出了个忠诚的老仆人。他认为苏托斯国王不忠实，所以应该消灭这个私生子，以免他继承了王位。克瑞乌萨想着自己已被丈夫和情人遗弃，悲愤难忍，就同意了老仆人的阴谋。

苏托斯跟伊翁离开神殿后，他们登上巴那萨斯的山顶祭祀酒神之后，伊翁在仆人的帮助下在旷野上搭了一座华丽的帐篷。里面摆了长桌。桌上放满了装有丰盛食品的银盘和斟满名酒的金杯，排场豪华。雅典人苏托斯则邀请了所有的居民前来参加盛宴。

帐篷里欢声笑语。饭后，走出一位老人，为宾客们敬酒。苏托斯认出他是妻子克瑞乌萨的老仆人，于是当着客人的面夸奖他的勤奋和忠诚。等到宴会终席，笛声吹起时，老仆人走近酒柜，满满地倒了一碗酒，趁人不注意时，放了置人死命的毒药，要祝贺小主人。

老人来到伊翁身旁，酒杯倾斜，滴了几滴烈酒，算是祭祀。伊翁却在这时听见旁边站着的一个仆人不知道因为什么，轻声骂了一句。在神殿长大的伊翁知道，在神圣的教仪中这是一种不祥之兆，于是便把酒全倒在地上，又让人重新换杯斟酒，然后进行隆重的浇祭仪式。这时，外面飞进来一群神殿里长大的圣鸽，看到地上全是浇祭的美酒，都争相抢饮。别的鸽子喝过祭酒后都安然无恙，只有饮过伊翁倒掉的第一杯酒的那只鸽子拍扇着翅膀，摇晃着发出一阵哀鸣，不一会儿抽搐而死。

老人出人意料地承认了这件罪行，但把罪过推在克瑞乌萨的身上。伊翁率领愤怒的人群包围了克瑞乌萨，惊恐万分的克瑞乌萨紧紧抱着阿波罗的圣坛。天上的阿波罗终于不忍心了，他向女祭司的头脑中闪电般地注了灵感。女祭司立刻拿出了珍藏多年的襁褓和首饰，亚麻布襁褓上墨杜莎的头的图案和橄榄项圈表明，伊翁正是克瑞乌萨当初遗弃的儿子。这时天空神光闪烁，智慧女神亲临作证，于是未遂的屠杀陡转为盛大的喜庆。

鲁莽的法厄同

克吕墨涅是埃及国王米罗普斯的妻子。但她和自己前夫阿波罗依然藕断丝连，关系暧昧。她同阿波罗生了一个儿子名叫法厄同。作为一个私生子，法厄同时而生活在母亲克吕墨涅的宫殿，有时又去父亲阿波罗的王宫里。他从小就被父母宠爱，娇生惯养，自己却从不知足，变得越来越任性。当他刚满十八岁的时候，母亲克吕墨涅又一次把他送到他父亲的太阳宫里。

太阳神宫，屹立在云彩之中，有十二根华丽的圆柱支撑着，殿前镶着黄金和宝石。墙上嵌着象牙，银质大门上雕着花纹和人像。法厄同跨进了宫殿，要找父亲谈话。但他不敢太靠近，因为父亲身上散发着一股炙人的热光，他受不了。

阿波罗正襟危坐，正要对随从们说话，突然看到儿子来了，亲切地问道：“法厄同，你来了，非常好。我正在想念你呢，你母亲的身体还好吗？”

法厄同看上去十分生气，满面都是怒容，半天才说话，也不回答父亲的问题，气冲冲地说：“父亲，你告诉我，我是不是你的亲生儿子？”

太阳神非常吃惊，不知道为什么儿子会问这个尴尬的问题：“法厄同，你怎么胡思乱想呢？你当然是我的儿子。”

“如果我是你的儿子，为什么总是有人嘲笑我，说我完全胡扯，说自己是什么天神的儿子！人家父母都在一起生活，可你居住在天上，母亲却和别人在一起生活！”

法厄同的话，直指太阳神的痛处。太阳神无言以对，只好大声地怒喝道：“你这个调皮的孩子，别人胡说，你就相信了。你要不是我儿子，我会让你在宫殿里自由来去吗？”

法厄同 居斯塔夫·莫罗 法国 1878~1879 年

法厄同受到狮子座与海蛇座的袭击，恐怖地伸开双臂。他已经无法控制马车，开始感到自己行为的愚蠢。迎接他的将是宙斯的闪电与注定的死亡。

“父亲，你能证明我是你的儿子吗？”法厄同热切地望着父亲。

阿波罗收敛围绕头颅的万丈光芒，吩咐儿子靠近些。他抱着儿子，说：“儿子，你不是从你母亲那里知道事情的真相了吗？为什么还老是要怀疑呢。为了证

明你是我儿子，你今天提出什么要求，我都不会拒绝！”

话没说完，法厄同一下子跳了起来。他立即就说：“父亲，你太好了。现在我相信我是你的儿子了。我一直以来都有一个小小的愿望，希望你能给我一天时间，驾驶你的那辆太阳车！”

听了这个只有狂人才会提出的要求以后，阿波罗吓得面如土色。但是，一言既出，驷马难追。他既然作了轻率的许诺，也就不得不满足儿子的愿望了。

炽热的太阳车套上了四匹烈马，法厄同紧握缰绳。

“儿子呀，一定要小心谨慎，”阿波罗叮嘱儿子说，“这几匹公马不好驾驭。要紧握绳子，千万别鞭打马儿。否则，你就会后悔莫及的。”

“不会的，父亲。我已经不是一个小孩了。我力大无比，机灵过人。在米罗普斯最近组织的竞技大会上很多竞技名将也不是我的对手。”

“法厄同，我并不怀疑你的力气很大，”阿波罗回答说，“但是，你没有驾过这样的车子。你太自信了，要当心！”

不知不觉中，天已破晓，东方露出了一抹朝霞。星星一颗颗隐没了，新月的弯角也消失在天边上。这个年轻人好像没有听到父亲的话，早就迫不及待了。他嗖的一声跳上车子，兴冲冲地抓住缰绳，朝着忧心忡忡的父亲点点头，飞走了。

马蹄踩动，群马嘶鸣着，起程了，奋勇地冲破了拂晓的雾霭。奔跑了一阵，马匹就感觉到了异样，似乎换了一个人。套在颈间的轭具轻了许多，而车身在空中颠簸摇晃。意识到了变化，这些辛劳多日的马早就不耐烦缰绳了。它们离开了轨道，撒欢儿地奔跑起来。

法厄同颠上颠下，感到一阵颤栗。他不知道朝哪一边拉绳，也找不到来路，更没法控制撒野的马匹。当他偶尔朝下张望，发现自己高悬在空中时，他紧张得脸色发白，双膝也抖了起来，不由得松掉了手中的缰绳。马匹非常高兴，漫无边际地在空中乱跑，一会儿高，一会儿低，有时触到了恒星，有时又险坠入山谷。

它们掠过云层，低飞在空中。云彩直冒白烟。大地因灼热而龟裂，水分全蒸发了。草原干枯，森林起火，大火蔓延到了平原。耕地成了一片沙漠，大海急剧凝缩，成了干巴巴的沙砾。赤道地区居民的皮肤都被烧成了黑色。

陷于困境的人类走投无路，只好求救于宙斯。宙斯立即从奥林匹斯山上击出一道电光，法厄同应声落地。他的身躯也着火了，坠落在厄里达诺斯河里。

ZHONGWAISHENHUACHUANSHUOZONGJI

王小宽 主编

中外神话传说总集

第三卷

红旗出版社

尼俄柏

在今天的希腊地区内，原来的底比斯古城遗址的山坡上，有一尊巨大的女子石像。这位女子容貌秀丽，长发飘逸。她的面容非常悲伤，而令人惊奇的是从塑像的眼睛里断续流出一些清澈的水流，好像人的眼泪一样。

这个女子雕像就是尼俄柏。根据传说，流泪的塑像包藏着一个悲哀的故事。

底比斯王后尼俄柏是坦塔罗斯的女儿。父女两个人共有一个缺点：爱慕虚荣。当然了，坦塔罗斯有虚荣的资本：当然是在被打入地狱以前，他经常出入天神宙斯的宴会；尼俄柏也有可以骄傲的权利。要知道，她的丈夫安菲翁是底比斯的国王，统治着一个强大无比的帝国，而且，安菲翁有把缪斯女神送他的古琴，琴声美妙，弹奏的时候连石头都会舞蹈。她本人也是有名的美女。不过，七个英俊魁梧的儿子和七个漂亮动人的女儿，才是她最喜欢夸耀的本钱。

尼俄柏夸耀儿女，其他人也都纷纷点头。毕竟她的这七对儿女太优秀了，不得不让人羡慕尼俄柏的好福气。可是，时间久了，其他人都烦了，但尼俄柏是一人之下万人之上的王后，虽说他们心里不满，也只能埋在心里，表面上却不免顺着尼俄柏。渐渐的，这些话让尼俄柏如饮醇酒，她自信心大涨，竟然把自己和神仙相提并论。

尼俄柏最不服气的就是勒托。这个蠢女人，不就是因为和宙斯结合，生了一对双生子阿波罗和阿尔忒弥斯吗？勒托当年为了逃脱赫拉的追捕，在陆地上几乎找不到一块生养孩子的地方，只有漂浮的提洛斯岛怜悯她，才给她提供了临时的住处。这个女人才生了两个子女，可自己却生了七儿七女，女儿个个美貌无比，儿子则英俊潇洒。她想不明白，为什么世界上这么多愚蠢的女人，竟然祈祷跪拜勒托，却忽视了她这个拥有无数珍宝、并且身材漂亮的王后！

许多人都知道了王后对勒托的鄙视。安菲翁是一个神祇的信徒，他私下里规劝妻子："亲爱的尼俄柏，你为什么要把自己和女神相比，亵渎神灵呢？你要小心，谨慎神的惩罚！"

听完丈夫的话，尼俄柏非常恼火，把丈夫大骂了一顿。可是谁知道，安菲翁不幸言中了。尼俄柏的狂妄自大传到了女神勒托的耳朵里。这一天，底比斯城祭

奠女神和她的子女的日子到了。女神带着自己的一对双胞胎，来到了底比斯城的上空。

云朵下，底比斯城的妇女都涌了出来，在占卜家提瑞西阿斯的女儿曼托的指引下露天献祭。可是祭祀到了高潮的时候，光彩照人的尼俄柏突然站了出来，她大声说："我不知道你们为什么朝拜一个根本不了解的女骗子，却不相信站在你们面前的这个人。你们与其献祭品给勒托，为什么不向我顶礼膜拜？我的父亲是赫赫有名的坦塔罗斯。我有七儿七女！那个勒托，一位提坦神的不知名的女儿，一共才生了两个孩子，才是我的七分之一。多子多女就是我的安全保护，我感到自己强大到连命运女神都对我无能为力！你们撤掉祭品！再不要让我看见你们做这类蠢事！"妇女们遵命回去，这场神圣的礼拜被搅乱了。

勒托气得浑身发抖，她对自己的儿女说："孩子们，你们看到这个狂妄的女人了吧！你们必须保护我，否则就没人朝拜我了。我走了，怎么办你们自己决定。"

话一说完，女神掉头走了，留下了这对兄妹面面相觑。太阳神望向妹妹，问道："妹妹，这个坏女人欺负我们的母亲。你打算怎么惩治这个人？"

"这还不好办。她不是夸耀自己有七个儿子、七个女儿吗？把他们杀了，不就一了百了吗？"

太阳神同意了这个安排。兄妹二人都隐身在云层背后，随时等候着机会。

底比斯城门外，一片宽阔的平地里，尼俄柏的七个儿子正在那里戏嬉。大儿子正骑着快马绕圈奔驰，突然，他双手一抬，缰绳落了下来，一支飞箭射中他的心脏，他从马上跌落下去。他的一个兄弟听到空中飞箭正向自己射来，吓得伏鞍就逃，可是被一支飞箭插在后背正中，当场毙命。另外两个，正抱在一起角力，也被一支飞箭双双穿透射死。老五看到四个哥哥倒地身亡，便惊恐地赶了过来，抱着哥哥冰冷的肢体，胸口也遭到阿波罗致命的一箭。第六个儿子是个温柔的、留着长发的青年，他被射中膝盖。当他弯下腰去，准备用手拔出箭镞的时候，第二箭从他口中穿过，他血流如注，倒地而亡。第七个儿子是个小男孩，他目睹了这一切，跪在地上，伸开双手，哀求着。他的哀求声尽管打动了可怕的射手，可是射出的利箭再也收不回来了。男孩扑的一声倒在地上死了。

不幸的消息很快传遍了全城。国王安菲翁听到噩耗，悲伤过度，一痛之下拔剑自刎而死。尼俄柏疼昏了过去，当她清醒过来以后，只有停留在棺材里的七具冷冰冰的尸体。巨大的悲痛压抑着她的喉咙，她低声地喊道："勒托，你这个老太婆！我的儿子都死了，你该满足了吧？”

尼俄柏明白了神的威严，可是一看到围上来的穿着丧服的七个女儿，她心里的愤怒冒了出来：“勒托，你这个恶魔。来吧，我死了七个儿，可是我还有七个漂亮的女儿。继续杀吧！我们家族的人从来都不害怕。别忘了，我现在就是只有七个女儿，可是还比你多！”

话没说完，一声弓弦急响，那些站在兄弟的棺木边的七个女孩子中最高的一个倒下了。随后，又是几声让人惊悚的弓弦之声，她的七个女儿都死了。一个尸体倒在了母亲身边，一个被射倒在逃跑的路上。最小的那个女儿，躲在母亲的怀里，死不瞑目。

尼俄柏孤零零地坐在丈夫和儿女的尸体中间，伤心得失去了知觉，两只眼睛直瞪瞪地注视着灰暗的天空。她的生命慢慢离开了躯体。躯体僵硬了，她成了一块冰冷的石头，全身完全硬化，只有眼睛里不断地淌着眼泪，证明了她心中无尽的悲伤。

阿尔忒弥斯的要求

阿波罗的妹妹阿尔忒弥斯和哥哥是一对双生子女。他们落地之后，就能说话，他们之间互相争当老大。一直闹到了他们的母亲面前，由母亲发言，才最终确定了他们的关系：阿波罗早出世十分钟，是哥哥，而阿尔忒弥斯则是妹妹。

他们长大之后，成为了奥林匹斯山上的十二正神之一。阿尔忒弥斯是月亮的主宰，她随身带着弓箭，而且跟阿波罗一样有本事让凡人暴死或得瘟疫，也有医治他们的妙手回春的手段。她还是幼小儿童和一切哺乳动物的保护神。她酷爱狩猎，尤其喜爱打牡鹿。

三岁时，父亲宙斯问她想要什么样的生日礼物，阿尔忒弥斯立刻回答：“父亲，我的要求很简单，请赋予我永恒的童贞；我还要有和哥哥阿波罗一样多的名字；我常常去打猎，需要与他一样的长弓和利箭；哥哥他主管太阳，我也要司光明的职责；一件桔黄色镶红边的、长达膝盖的、打猎时穿的短袖束腰外衣；还要六十个年龄较小的大洋女神当我的侍从；二十个克里特岛阿姆尼苏斯河女神，在我不狩猎的时候，她们替我保管皮靴、喂养猎犬；对了，还赐给我世上所有的山

峦；最后，随你高兴给我一座城市，一座就够了，因为我打算大部分时间都住在山上。还有，分娩中的妇女常常会祈求我的保佑；我母亲勒托怀我生养我的时候都毫无痛苦，因此命运三女神让我作分娩妇女的保护神。”

宙斯乐了，笑眯眯不无骄傲地说：“乖女儿，你真是父亲的骄傲。尽管赫拉会嫉妒你，可是为了你，我不在乎她的怒火了。你的要求会得到满足的。不过，除了这些，我还要赐予你更多的。你得到的城池不是一座，而是三十座，还要分管大陆和群岛；我任命你为大陆和群岛上的道路与港口的保护神。”

然后，阿尔忒弥斯去了克里特岛的琉卡斯岛，辗转到了大洋河，挑选了无数神女当她的侍从。得到了侍女，阿尔忒弥斯接受赫菲斯托斯的邀请，去利帕拉岛访问独目巨人。到了那儿，才发现他们正在为海神波塞冬锻冶马槽。布戎忒斯已经接到了铁匠之神赫菲斯托斯的指示，要给阿尔忒弥斯制作武器装备。他把她抱起来，放在腿上，但她不喜欢布戎忒斯。水泽女神们对独目巨人可怖的面容和铁匠工场的震耳欲聋的嘈杂都深为厌恶害怕。阿尔忒弥斯叫独目巨人们把波塞冬的马槽暂时搁下，先给她做一把银弓和一袋箭，作为报酬，他们可以吃到她射倒的第一头猎物。她拿着打好的弓箭又去找了阿卡迪亚，牧神潘送给她三头垂耳狗、两头杂色狗和一头花斑狗，他还送她七条迅若疾风的斯巴达狗。

阿尔忒弥斯提了两对带角的红色雌鹿，她用金嚼子把它们套上一辆金色的车子，赶着它们向北走越过色雷斯的哈厄本斯山。她在奥林匹斯山砍削出她的第一根松枝火炬，利用给闪电击过的树的焦炭把火炬点燃。她四次试用了银弓：头两个目标都是树木；第三次射了一头野兽；第四次对准了一座城市里不正义的人。

接着，她回到希腊。阿姆尼苏斯神女为雌鹿卸套，替它们按摩，用赫拉牧场上生长的、宙斯的骏马食用的、能使牲口吃得肥长得快的三叶草喂养它们，并且让它们在金光闪闪的槽子里饮水。

亵渎女神的阿克特翁

底比斯的国王卡德摩斯在建国的过程中，曾经杀死了一条恶龙。他不知道这条恶龙是战神阿瑞斯的象征标志。他的这一行为，当然惹怒了一向脾气暴躁且好战成瘾的战神，于是战神发下了神谕：要让卡德摩斯国王全家不得安宁，儿女子孙都要横死。

许多年过去了。当年年轻的国王已经成了老人，而他的儿子阿克特翁已经成长为一个英俊的小伙子。他生性好动，喜欢游山玩水，而打猎更是他的一大爱好，常常呼朋携友，呼啸山林。他整天嘻嘻哈哈，根本不知道命运之神就要降临他的头上。

阿克特翁突然出现在月神阿尔忒弥斯面前

时值正午，赤日当头，阿克特翁和他的朋友追逐了一大群麋鹿之后，他们都有些疲劳了。该休息了，他对陪着他在山中猎鹿的小伙子们说："朋友们，我们的网袋和弓箭都已被打到的猎物弄得血迹斑斑了，今天玩得够高兴了，明天还可以接着再干。现在天气太热了，地面都晒得滚烫，咱们还是卸下装备，尽情地休息吧！"

事情实在是太巧了。这座蜿蜒千里的山脉里，有一座松柏环绕的山谷是女神阿尔忒弥斯的圣地。山谷尽头是个岩洞，虽然没有经过人工雕琢，但却天然自成，岩石在拱形洞顶精巧地排列着，仿佛是能工巧匠盖出的拱门。而一股温泉从洞的一侧涌出，聚成了一个清澈的池塘，塘边碧草如茸。女神狩猎归来，经常到这里休息散心，而晶莹的泉水，更是她沐浴梳妆的最好地方。

就在这天，正当女神痛快淋漓地在温泉的水池里沐浴梳妆之际，阿克特翁鬼使神差地闯到了这地方来——他方才离开了小憩的伙伴而独自一人信步闲游。好奇心驱使他跟着一只野兔来到了圣地。他站在洞口边，弯下腰来直接就往里闯。他刚刚在洞口露面，就被众水泽仙女们看见了。她们发现一个个子高大的男人闯了进来。仙女们尖叫着，下意识地扑向女神，想用她们的身子把女神遮住。

可是，身材挺拔的阿尔忒弥斯太高大了，要比她们中最高的都高了一头不止。这个鲁莽的男人不告而入，她自然也羞愧难当。她面红耳赤，就像朝阳或落日涂染的云朵。她虽然被神女们团团围住，可是她毕竟是勇敢的阿尔忒弥斯，很快就克制住了羞怯，习惯地转身去取挎在腰上的弓箭。但是，她现在赤条条的，一无所有，武器都在岸边的石头上。没有了武器，她并没有退缩，反而勇敢地撩起池水朝闯入者脸上泼去，大声说道："你该骄傲了吧。你见到了赤身裸体的阿尔忒弥斯！可是我不会给你机会的。"还没明白怎么回事的阿克特翁头上就长出了一对生叉的鹿角，他的脖子拉长了，耳端变尖了，双手变成蹄子，双臂成了长腿，全身长出一层花色斑斓的毛皮。

变成了一只鹿的阿克特翁，又慌又乱，一身的英雄锐气顿时消失。他惊恐万状，掉头便跑，一路逃到了河流边，才停下了步子。他大口地喘着气，在波光粼粼的水面上，他看到了自己长着鹿角的影子。他悲从中来，不由得想痛苦地大喊一声：上天呀，为什么要这么惩罚我。可他张开嘴，却发不出人声，而是一连串自己都感到陌生的声音。他痛苦地呻吟着，泪水顺着那已不再是人形的脸淌了下来。

他不知道自己该往何处去。回到宫里去吧，他感到羞愧；隐居在树林中吧，他恐惧万分。正在他踌躇不定的时候，却被一群猎狗发现了。他圈养的那条烈性狗狂吠一声，发出了信号，接着他的朋友帕姆法古斯、多尔科斯、勒拉普斯、塞隆、那佩、提格里斯和其他的猎狗也都迅若疾风地朝他扑来。他在前面逃，狗在后面紧追不放；越过岩石峭壁，穿过峡谷绝径。就在从前他鼓动狗群追逐麋鹿的地方，如今他的伙伴们怂恿着狗群追逐着他。狗吠声震荡山谷，很快，一条狗扑到他的背上，另一条咬住他的肩膀，它们把主人给擒住了，其余的狗蜂拥而上，在他身上到处撕咬起来。他哀鸣着——发出的不是人的声音，但也绝不是鹿鸣——他跪倒在地，举目向天，他真想伸臂祈求苍天；但他没有了双臂。他的朋友和同来的猎人们一面撺掇着群狗，一面四处寻找阿克特翁，呼唤他来看这场好戏。他听到自己的名字就转过头来，听见朋友们为他不在场而深感遗憾。

他多么希望自己真的不在场！看着狗群撕咬猎物是件快事，但挨它们的撕咬却可真要命。直至他被狗群撕成了碎块而呜呼命绝，阿尔忒弥斯的怒气才消了下去。

海神之子俄里翁

波塞冬的儿子俄里翁是个年轻英俊的巨人，他臂力过人，喜欢打猎。由于他是海神之子，他不仅有破浪前进的神奇本领，在波涛汹涌的水面上，他也如履平地，行走如常。靠近海边的居民们，在风平浪静蓝天晴朗的日子里，经常会看见一个黑点出现在海面的远方，越来越近，到了近处，才看清是一个年轻的巨人，他穿着鲸鱼皮质的猎装上衣，腰带是一根五彩斑斓的水蛇皮，牛皮短裤，精赤着钢块似的肌肉。

今年俄里翁已经二十多岁了。他看到世人们都成双入对，非常羡慕。可是他父亲给他提亲的姑娘，他却都一一拒绝了，包括美丽的森林女神。他父亲非常奇怪。有一天波塞冬太生气了，因为俄里翁又拒绝了一门亲事。他恼怒地问儿子：“你老是拒绝人们的提亲，再这样下去，就再也没有媒人上门来。这门亲事，我看很合适。你不答应也不成。我会马上为你选择结婚的日子。你除了接受，就没有别的出路，否则我就不当你是我的儿子！”俄里翁一向都很羞涩，可是这次却大胆地说：“父亲，我喜欢希俄斯国王俄诺庇翁的女儿墨洛珀，让我娶她为妻吧。”海神一听，不是自己的儿子不喜欢女人，而是他已有了心上人，那他就放心了。他说：“有了心上人，你为什么不早说呢？你去向俄诺庇翁提亲吧。”儿子点了点头。

俄里翁遇见墨洛珀也相当偶然。那还是在他一次打猎回来的路上，他歇息在大路边的一棵树荫下。过了一会儿，马路上来了一辆华丽的大马车，两个少女坐在前面指指点点沿路的风光，后面则是护卫的士兵。其中的一个美丽少女不由露齿微笑了几下。俄里翁从来没有见过这么漂亮的人儿，他不由得张开了嘴巴，紧盯着她。这副傻样，自然招来了士兵们的嘲笑。他反应过来后就紧紧跟上了这伙人，发现他们进了王宫，他这才打听出来，那个少女就是国王俄诺庇翁的女儿墨洛珀。

俄里翁很害羞，不知道怎么办。现在有了父亲的支持，他就壮起了胆子。他去见了国王俄诺庇翁，向她求婚。国王知道他是海神之子之后，不由得暗吸了一口冷气。他说：“你可以娶我的女儿，可是要有代价的。现在，我们国家西北山区里有猛虎害人，你去帮我消灭吧。”俄里翁转身就走，不到一天，就提了一只血淋淋的老虎放在了国王面前。可是国王没有马上答应，却又说某地有一条恶龙骚扰百姓，要求他去。俄里翁一一照办，不久希俄斯国所有的害虫恶兽都消灭在俄里翁的手里。全国上下都知道他的名字，连墨洛珀也知道了整个事情。可是她的父亲却一直都拖延着，找各种借口，想否决这门亲事。这个时候，他已经和墨洛珀相当熟悉了，一天晚上，他就留在了墨洛珀的寝宫里。

这一切都没有逃脱国王的眼睛。他表面不动声色，可是内心里却把女儿骂死了，对俄里翁更是切齿痛恨。第二天天一亮，他就亲自等在了女儿的宫殿外。俄里翁一出来，国王就拉他去喝酒，好像他们已经就是岳父和女婿之间的关系了。俄里翁很不好意思，心里窃喜，以为已经解决了问题。喝酒的时候，他杯来必干，不久就喝醉了，趴在桌子上。这个时候，国王脸色一沉，喊来了侍卫。俄里翁的双眼被弄瞎了，然后又被丢在海滩上。

酒醒后的俄里翁眼睛疼痛，双目失明，什么也看不见了。万籁俱寂，他听见了打铁的声音，于是他顺着打铁的锤声来到利姆诺斯，摸到了铁匠之神赫菲斯托斯的铁匠炉前。

赫菲斯托斯十分同情他的遭遇，就派了自己的徒弟铁匠克达利翁做他的向导，去找太阳神求救。俄里翁让克达利翁骑在自己的肩上，朝着东方走去，阳光使他恢复了视觉。太阳神看到俄里翁十分可怜，又精通狩猎，就把他送给了自己的妹妹月亮女神阿尔忒弥斯。

由于他年轻英俊，打猎的本领相当高强，颇得阿尔忒弥斯的宠爱。太阳神听说妹妹准备要嫁给俄里翁，心里不舒服极了。于是，他就经常劝告妹妹，但阿尔忒弥斯正处于热恋之中，哪里听得进去呢？太阳神一看，起了杀意，只有除掉俄里翁，才能保持妹妹的贞洁。有一天阿波罗见到俄里翁在水中行走，水面上只露出他的头顶。他就指着这个黑点和阿尔忒弥斯打赌说，她一定无法射中漂在水面上的这个东西。女神箭手当然不服气，射出了万无一失的箭，命中目标。波浪将俄里翁的尸体冲到岸上。阿尔忒弥斯知道自己犯了无可挽回的错误，伤心得痛哭流涕。为了赎罪，她把俄里翁安置到星宿中去，人们见到的是一个巨人，束着腰带，佩着剑，身披狮皮，手提短棍；身后跟着他的狗西黑乌斯，前面飞着普勒阿得斯七姊妹。

蜘蛛

阿拉克涅是一个普通的农村姑娘。她身材高大，体态庄重，她有一双灵巧的手，会干各种活计，而她最喜欢干的一样活计就是织布。她先纺出细细的带有光泽的线，随后把线引到织机上，开始织布。她用那纤细的十指，迅速而又灵活地来往投掷着机梭，于是，一匹匹精致的布在她的手下诞生了。显然，没有任何妇女能够织出这样好的布匹。所以她十分骄傲，甚至有点得意忘形。有一天她甚至大声地说：“无论是凡人还是伟大的雅典娜女神，没有任何人能在技术上超过我。”

要知道，是雅典娜教会人类织布的。雅典娜听到了这句话，当然十分生气，有心挫挫她的锐气。她乔装打扮成一个扎头巾的老妇人，来到阿拉克涅居住的村庄。她从阿拉克涅敞开的门望去，只见姑娘正坐在织布机旁，一边唱着歌。织梭如风飞舞着，发出和谐的音响，犹如在为她的歌声伴奏。

老妇人走进屋，说道：“你这活计做得真漂亮，我的姑娘。真是托不朽的雅典娜女神的福啊，是她，雅典娜，把织布机赐给妇女们，并从她掌握的技艺中，拿出一点点，教给了她们。”

阿拉克涅望着她，撇撇嘴，微微一笑：“你是说，这只是她的技艺中的一点点吗？难道这位雅典娜能织出这样好的布来吗？你瞧瞧这活计！”随后她用一个利索的动作抛出了梭子，停止了工作，让老妇人瞧她的话计。但老妇人却摇摇头说：“我的姑娘，你可别说这种话！有谁什么时候能够超过众神啊？我不是说了吗，你的活计不错，但怎么能够和那些出自永生的神祇之手的活计相比呢？”

阿拉克涅微微摇了摇头，嘲弄般地竖起了双眉，她几乎不想搭理这个什么也不懂的老家伙了。不过，她还是耐心说道：“你这样认为吗，老妈妈？遗憾的是，雅典娜听不见我们的谈话，否则让她来和我比一比吧！而我也真想看一看受到人们如此歌颂的雅典娜究竟技艺如何？”

“你真是这样想的吗？”老妇人问道。

“我既然这样对你说，当然不会担心。”姑娘毫不在乎地立即回答。

“我就在这里，”雅典娜说罢，脱掉破衣烂衫，现出了她的真正形象，“现在

你还坚持要较量一番吗?”

雅典娜坐下来，开始织布。女神双眉紧锁，在织机上操劳着，努力使织出的布完美无缺。她织出了大地和大地上盛开着的鲜花和生长着的树木。其中一棵橄榄树，即雅典娜圣树，尤为醒目。她还织出了蔚蓝色的海洋和扬着风帆正在航行的船只。她织出的布越来越长，平展光滑，柔软轻薄，极其美丽。人们在田野里劳动，姑娘们在织布机上操劳着并唱着歌。这件杰作是那样迷人，使你感到仿佛布上会飘出阵阵悠扬的歌声，而织机上的纬纱就是那七弦琴的琴弦。随后她还织出了战士们正在与侵犯国家的敌人英勇搏斗的场面。

雅典娜自豪地抬起了头。当然没有比这更美好的佳作了。女神转过身去，望着阿拉克涅，看她的作品给阿拉克涅留下了什么印象。阿拉克涅妒忌雅典娜，顽固地坚持着，不肯认输。她固执地弯身伏在织布机上织了起来。她的双手来往如飞，近乎疯狂。在织出的布上，你可以看到战斗、屠杀、燃烧着的火焰。在房子里，在田野上……你看到的是一派战争和破坏带来的恐怖景象。

姑娘抬起头微笑着望着女神，雅典娜心中却燃起了怒火。她夺过阿拉克涅的作品，撕成了碎片，然后扔在姑娘的脸上。这种凌辱刺痛了阿拉克涅的自尊心。她不是微笑着而是愤怒地跳了起来，示威似的站在雅典娜的面前。

女神迅速地用她的棍棒打在姑娘的肩上，顷刻间，这个漂亮的身躯开始痉挛，开始缩小变黑，最后变成了一只大头细腿的乌黑的小虫子——蜘蛛。“任何个人主义者和任何愚蠢的挑战者，都将受到这种惩罚，”雅典娜大声地宣布，“活着吧，你将永远悬在空中，不停地织布，而且你的后代也必须遭受这种惩罚。”

从那时起，蜘蛛就一直不停地织网，而它的网又不断地被毁掉。它躲在角落里或灌木丛中，力求忘掉自己的耻辱。但不幸的境遇使它变得更加残酷，无论是苍蝇或是其他小虫闯进他的网中，它就会毫不怜悯地把它们杀死，吃掉。

得墨忒耳寻女

天神宙斯和他的弟兄们打败了那些巨人提坦，并把他们一一放逐到塔耳塔洛斯。可是，旧敌刚去，又来新敌。他们是新近崛起的巨人堤丰、布里亚柔斯、恩克拉杜斯等等。这些神中，有百手百脚、力大无穷的百臂巨人，还有喷火吐物的怪物。他们尽管力大无穷，法力高超，可是却有勇无谋，自然不是宙斯的对手。他们都成为了宙斯的俘虏，被残忍的宙斯活埋在埃特纳山下。那些巨人临死不屈，埋入地下之后，有时还努力挣扎企图逃逸。他们的力量太大了，整个岛屿为之发生地震。而他们的怒气穿过山顶，形成了骇人的火山爆发。

阴间之王哈里斯

哈里斯手端酒盅，斜卧在床，同他的妻子珀耳塞福涅（谷神之女）共度着美妙的时光。据说珀耳塞福涅每年都要在冥国与丈夫一起幽会。

当这些妖怪坠落地面时，山河震动，四海翻腾，就是远在地底的冥王哈里斯也吓了一跳，这番动静太大了，这样下去，自己的黑暗王国不就暴露在光天化日之下吗？他停止了饮酒作乐，驾起他的黑马战车，开始巡视疆土。但他光顾着巡视王国，却没有注意到自己的行踪。他飞行时候带起的大团黑云，让坐在奥林匹斯山上与儿子厄洛斯玩耍的阿佛洛狄忒女神看见了。

阿佛洛狄忒女神对儿子说："儿子，拿起你那征服一切连神都不放过的利箭，

射向那一团滚滚而来的黑云，让鲜血流出那位黑暗世界主宰者的胸膛，你要知道，他就是塔耳塔洛斯王国的统治者。为什么单单让他一个人逃脱呢？这真是天赐良机，我们可以扩大疆土。你难道没有看到天上也还有一些人藐视我们吗？智慧女神雅典娜公然蔑视我们就不说了。咱们斗不过她，可是为什么得墨忒耳的女儿也胆敢蔑视我们呢？如果你还关心你母亲的话，就给她们一点颜色看看，用一枝箭把她和冥国君王结为一体！"

于是，小爱神解下箭筒，挑出了最锐利、最精致的一枝，对准哈里斯的心窝射去。哈里斯应声中箭，心中爱潮狂涌。他的马车在天空中疾驶而去。

恩纳山谷林木深处有一天然湖泊，那里，浓荫挡住了烈日，潮湿的地面为皑皑白雪所覆盖，那是春神统治的地方。珀耳塞福涅正在附近和伙伴们玩耍，采摘百合花和紫罗兰，让经过此地的哈里斯一见倾心。乌云下倾，笼罩住了这个湖泊，等到烈日出现，女孩们发现珀耳塞福涅已经不见了，是哈里斯把她劫持走了。

珀耳塞福涅被哈里斯夹在胳膊之下，她大声尖叫着呼唤母亲和女伴前来救命，惊骇之中她松开围裙的一角，她采的鲜花都一一跌落。丢失了鲜花，更让珀耳塞福涅悲上加悲，她痛苦得嗓子都嘶哑了。可是劫持她的强盗不管不顾，催马飞奔，很快就到了库阿涅河。滔滔的河水挡住了去路，哈里斯挥动三叉戟猛击河岸，大地为之崩裂，让出了一条通往塔耳塔洛斯的道路。

珀耳塞福涅的母亲谷神得墨忒耳发现女儿不见了，就四处寻找女儿，走遍了天涯海角，最后又回到了出发地西西里。她站在库阿涅河边，茫然四顾。当时哈里斯就是在这里打开通道带着战利品返回地狱王国的。水泽神女了解一切，可是她不敢直说，因为她惧怕哈里斯，她只能冒着风险捡起珀耳塞福涅被劫持时丢下的腰带，借浪花把它送到她母亲的脚边。看到腰带，得墨忒耳对女儿的丢失不再怀疑了，可是她尚未弄清女儿消失的原因，她把罪过归咎于无辜的大地。"没有良心的土地，"她说道，"我一直使你肥沃，用草木和滋补的五谷给你做衣裳。现在你再也别想得到我的恩惠了。"于是，牲畜都死了，犁在地里断裂，种子不再发芽，日照太长，雨水过多，鸟类也把种子偷吃光了，地里只是长草和荆棘。

看到这一切，泉神阿瑞托萨就为大地求情。"女神，"她说道，"不要责怪大地。你要知道，它也是被逼迫的，它也是很不情愿地为你的女儿让出通道的。我可以把她的遭遇告诉你，因为我看到过她。我在穿过大地的下半部时看到了你的珀耳塞福涅。她很伤心，但不再有惊慌的神色。她已成了哈里斯最心爱的王后，是地狱之国最美丽的新娘。”

得墨忒耳听到这些后，调转战车向天国驶去，来到万神之主宙斯的宝座前。她向宙斯叙说了自己的不幸，恳求宙斯过问此事。她声称，如果哈里斯不归还女儿，她就要收回大地的一切生长能力。这使宙斯很担心：人类要是因此灭绝了，那么作为神还有什么意思！于是他答应了，但有一个附加条件，即珀耳塞福涅在下界逗留期间不得吃任何食物，否则命运三女神会禁止释放的。

宙斯派遣使者赫耳墨斯向哈里斯讨还珀耳塞福涅。狡猾的冥王答应了。但糟糕的是，珀耳塞福涅接过哈里斯递给她的一个石榴，并吮吸了几粒果实的甜汁。这就足以使她不能得到彻底的解脱。不过后来双方作了妥协：她可以一半时间跟她母亲在一起，一半时间跟她丈夫哈里斯过日子。

得墨忒耳这才平静下来，恢复了她对大地的恩宠。珀耳塞福涅是春神，第二年春天她会复活，但也带回冥界的回忆，常常被称为“名字不能提的尸女”。

得墨忒耳教人耕地

得墨忒耳是天神宙斯的姐姐，珀耳塞福涅的母亲。由于小爱神受人唆使，分别射了冥王哈里斯和珀耳塞福涅二人一箭。哈里斯中的箭的箭头为红色，这会让人毫无理由地爱上他人；而珀耳塞福涅中了与之配对的黑箭，却是要拒绝他人之爱的。哈里斯苦追不上，就把珀耳塞福涅劫持走了。丢失了女儿的得墨忒耳四处寻找，找了九天九夜，虽已疲惫不堪、懊丧已极，却还没有任何消息。她实在是难以支持下去了，就坐到了一块石头上去，不顾风吹雨打、日晒月沐，坐了九天九夜。

那块地方就是现在的埃莱夫西斯城的所在地，当时，有一个名字叫刻勒俄斯的老人，他正在田野里采集橡实和黑莓，还有家里用来烧火取暖的柴杆。天色不久就黑了下来，暮色围拢了过来，四周的景物朦朦胧胧地留下了轮廓，已经到了归家的时刻。于是，就在他附近放牧的小女孩赶着两头山羊跟着父亲，匆匆忙忙往家里赶去。当两人走过那块巨大的石头，见到了那个装扮成老太婆的女神。

小女孩就停了下来，对女神说：“婆婆”——这称呼对正处于失女悲痛之中的得墨忒耳听来十分甜蜜动听——“你为什么一个人坐在岩石上呢?”

老人也停了下来，尽管他背着很重的东西。他请得墨忒耳到他的农舍去，虽然他家不成样子。女神谢绝了。老头子非常可怜这个老太婆，就再三再四地请她进去坐一会儿。

“老先生，你赶紧去吧，”她回答道，“为你有女儿而感到幸福；我失去了我的女儿。”她一边说，眼泪从面颊流到了胸部。富有同情心的老人和孩子也控制不住情绪，跟着她一起哭了起来。之后老人还是坚持道：“跟我们来吧，不要嫌弃我们的破屋子。天气太冷了，等身体暖和精神恢复了，再找你女儿吧。天神保佑，愿你女儿平安回到你身边。”

“老人家，你带路吧，”女神被这对父女感动了，不再拒绝，“我不能再拒绝你们的好意了！”她从石头上站起来跟他们一起走了。路上，他告诉她，他的一个孩子，他唯一的儿子，正病得很重，发着高烧。听了这些话，女神俯下身子拾了一些罂粟。

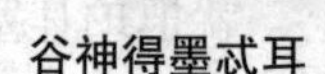

谷神得墨忒耳

大地之母得墨忒耳是谷神。她经常左手握权杖，右手则是金黄的麦穗，她有着温和的态度。

他们走入农舍，却发现人人沉浸于悲痛之中，原来那个男孩子病情加重，满脸滚烫，看看就要没救了。老头子的妻子墨塔涅拉尽管心情悲痛，还是和气地接待了得墨忒耳。女神来到了病人的身边，双手合十，祈祷了一下，然后俯身吻了吻高烧中孩子的双唇，那奄奄一息的孩子，马上面容红润起来，身体也恢复了健康，充满了充沛的活力。全家老小都欢天喜地。

他们摆好餐桌，放上奶油和乳制品、苹果和蜂蜜。吃饭的时候，得墨忒耳把榨好的罂粟汁混入男孩的牛奶里，让他喝下去了。喝完牛奶，刚才还活蹦乱跳的男孩子，现在却睡眼惺忪，嘟噜着说困了，于是他就去睡觉了。

夜深人静，全家人都沉入酣眠之中，这个时候，女神却站起身来，抱起了那个依然熟睡的男孩。她把孩子的四肢摆成一定的形状，然后大声地对他说了三遍

庄严的咒语，又走到已经熄灭的火中把男孩放到灰烬里。一直关心男孩子的母亲其实并没有睡着，她惊奇地注视客人的举动，直到这时她才大叫一声，跳过去把孩子从火里抢了出来。得墨忒耳显出原形，灿烂的神光四射。惊醒的这家人非常惊讶，个个目瞪口呆。

女神说：“孩子的母亲，你爱你儿子，可你却不知道，你这样反而害了他，要不是你阻拦了我，我本来可以使你儿子变得长生不老的。尽管如此，他还是会成为伟大而有用的人。他将教会人类如何使用犁，如何通过劳动从耕种过的土地中取得收获。”说毕，她由彩云簇拥着，登上战车，飞驰而去。

后来，得墨忒耳找到了女儿。由于天神宙斯的调解，珀耳塞福涅一半时间将跟随母亲、另一半时间却跟着自己的丈夫哈里斯过日子，尽管不是很满意，女神还是接受了。安排好了女儿，一天她正坐在自己的宫殿里，忽然她记起了刻勒俄斯和他的一家，以及她对他的幼子特里普托摩斯许下的诺言。男孩长大到了八九岁的时候，女神又来到了刻勒俄斯的家里，她耐心地教会了特里普托摩斯如何使用铧犁和进行播种。她让他登上她那辆由带翅巨龙拉着的战车，驶遍世界上所有的国家，把宝贵的粮种供给人类并向他们传授农业知识。特里普托勒摩斯回到家乡之后为得墨忒耳在埃莱夫西斯修建了一座宏伟的庙宇，并开始了对女神的崇拜，即埃莱夫西斯神秘祭典。在希腊人中间，纪念得墨忒耳的祭典活动在气派和庄严方面都超过了其他一切宗教庆祝活动。

破坏森林的王子

厄里斯克托王子的父母非常溺爱他，要什么就给什么。小王子从小就花天酒地、骄横贪逸。他虽然拥有大量的金银首饰、珍贵的艺术品、高档家具，可是他还不满足。王宫里已经厅堂无数，在厄里斯克托眼里，还嫌它太窄了。

有一次，他决定建间新餐厅，于是把王国里第一流的建筑师和艺术家给召来了，让他们为自己设计图纸，然后就去找当地的伐木工人。

“我需要好的建筑材料，”王子对伐木工人说，“你们现在就得到墨成耳林区去给我采伐橡树。”

伐木工人纷纷摇头表示反对。“王子殿下，墨成耳林区是整个德萨利亚地区

众神聚会 贝利尼 意大利

画面表现了在森林里众天神饮酒相会的快乐场面，许多酒神、乐师和男人女人在一起：有的跳舞、有的喝酒、有的早已酩酊大醉。

最好最美的橡木林了。”好半天，一个伐木工人鼓起勇气提出了反对意见。

“我召你们来是干什么的？不需要你们的意见。你们只要执行我的命令就行！”王子厉声说。可是，这些单纯而粗犷的伐木工人面面相觑，挨磨着不肯动身。

“可是，这个林区是献给女神的呀！”还是那个胆大的伐木工人反对说。

“山林仙女们通常是在那片林子里跳舞的！”另一个伐木工人小声附和。

“住嘴，你们这些粗鲁人懂什么！马上去给我采伐我要的橡树。如果你们胆敢违抗命令，小心你们的脑袋！”王子恶狠狠地骂道。

伐木工人被逼无奈，只好拿起斧头，往林区走去。到了林区，他们却怎么也下不了手。这片几百年历史的茂密树林是该地区的骄傲，也是王国的骄傲。他们站在那里，不知如何是好。谁也不忍心下手。

过了一个星期，王子骑马在众臣们的前呼后拥中来到了林区。

“怎么搞的，你们这些懒鬼，你们原来就是这样工作的吗?”厄里斯克托喊道。

“王子殿下，我们实在是不忍心呀。”伐木工人的队长高声说。

王子一下子抽出他随身宝剑，剑尖在中午林间的阳光下闪闪发光。他朝队长怒吼道：“你竟敢和我顶嘴。你必须立即砍掉这棵橡树。如果不听我的命令，小心你的狗命!”

王子的死命令，这位伐木工人只好遵从。他举起斧头，同时嘴里发出可怕的“吭嗨”一声，斧子落在树干上。血液立即从树皮的伤处涌出来。

这位工人马上扔掉斧子，跪倒在地说：“殿下，我求求您，您也看到了吧，砍这些树太危险，是大逆不道啊!”

厄里斯克托见这位伐木工人竟敢不听命令，还一再饶舌，他二话不说一剑把这位可怜的伐木工人刺死。其他工人吓得面如土色，不敢再拖了，卖劲地干起来。一棵棵橡树倒了下来，鲜血流成了小河。

山林仙女们听到了斧子砍树声，她们立即跑到林区，却看见整个林区遭到了空前的洗劫和破坏。

“女神啊，快来救救这些树吧。它们现在正在流血痛哭哇!”山林仙女们大声呼救。

得墨忒耳摇身一变，变成了一个女祭司，出现在王子面前。“你有什么权利到这里来亵渎神灵呢?”她质问厄里斯克托。

厄里斯克托没有认出山林女神。他趾高气扬地对她说：“这是强者的权利!这些橡木质地很结实，正合用。我可不能因为她们流血就不盖餐厅了。”

傲慢和狂妄的厄里斯克托，让山林女神得墨忒耳放弃了对他的劝说。看来这个人已经无可救药。她决定给他惩罚。

“那好吧，你就继续去建你的新餐厅吧，你很快就会很需要这个新餐厅的。”讲完她就走了。当厄里斯克托看不见她时，她就对惶恐不安前来打听消息的其中一位山林仙女说：“你去找饥饿神，请她把饥饿缠在王子身上。”

这位仙女立即执行女神的命令。饥饿神按照女神的指示，当天深夜就飞到厄里斯克托正在熟睡的房间里，她慢慢地钻进他的躯体里。

王子一觉醒来，饥肠辘辘。他叫人给他送一只烤乳猪。他狼吞虎咽几口就吃完了一只小猪。可是整整一只小猪进肚后，他仍然饿得发昏。

“这有什么要紧！”他高声说道，“再给我送一只烤绵羊来！”

仆从立即把烤绵羊送到他面前。这一天，他除了吃一只烤乳猪、一只烤绵羊以外，还吃了一整头烧牛。他整个夜里都不停地吃。他变得胖乎乎的像个皮球，但是他总是感到填不饱肚子。

他的全部财产都花光了。他没有水果、没有米面，再没有任何东西可吃了。但女神派来的饥饿神就像蚂蝗一样缠住他不放。他只好吃起自己身上的肉来挡饿。最后，连吃他自己都没什么可吃的了，他只能活活地饿死。

白杨树

古人认为，人死之后，灵魂进入地狱。进入地狱的入口相当多，可是在离开人间进入黑暗王国之前，他们的来历与出生都不重要，所有的人，无论善恶美丑、男女老少，都要经历相同的程序：他们要渡过地狱的四条大河，饮完利锡河缓流的河水之后，他们的肉体就失掉了颜色和重量，只不过是一些飘渺的影子，消失在一望无际空旷的草原。地狱之中，过去的生活被遗忘了，理想破灭了，光荣消失了，悲哀和欢乐也已不复存在。在那永远暮色一般的光线之中，熟人相见已不相识。不过，各自在人间的行为将影响他们在地狱所受的处罚。如果他们在一生中罪恶滔天，那么就会受到惩罚，被关押在地球下面最深处的塔耳塔洛斯，与提坦神、巨怪以及神祇的其他敌人关在一起。相反，那些善良的，勇敢而又正直的人们的幽灵，都进入一个较好的地方。在那里他们可以永远幸福地生活。这就是被称为“极乐世界”的地方。而在这块幸福的草原上生长着一棵高大而又细嫩、笔直而又带有韧性的树，它枝叶繁茂，微风吹来随风飘舞，沙沙有声。说起来，这棵树也是很有来历的。

有一天，冥王哈里斯在他的黑暗地狱待腻了，无聊之中，就来到了人间，四处游玩。这个时候，他看到一个身材高大、肌肤细嫩的美少女。这个女孩叫莱夫基，是奥凯阿诺斯和蒂西娅的女儿，大海的波涛和浪花的产儿。哈里斯一见面就迷上了她。他化出原形，出现在少女面前。他要求少女跟他一起到地府之中去。可是莱夫基一听地府，就拒绝了。

哈里斯跪倒在少女面前：“美丽的女孩子呀，跟随我进入那黑暗的王国。如

果我能有你这样一个年轻而又快活的少女相伴，如果你这双蓝色的大眼睛能在地下世界闪光，如果能看到你迈出如同波浪起伏的脚步，如果能听到你如同水晶般清脆的说话声，地狱就会改观了，沉寂就会被打破，而我，哈里斯那孤独的生活也会变得充实起来。美丽的女孩，救救我吧。”

莱夫基的心被哈里斯所打动，就随他而去。她所到之处，陆地和海洋的全部容光也陪伴着她。她来到了新居，地狱豁然明亮。那些在黑暗之中被痛苦与回忆麻木了的幽灵们惊讶地望着这非同寻常的亮光。哦，女孩子的声音，多动听呀，一下子让他们想起了尘世的欢乐！这个女孩子的出现在幽灵心中唤起了早已死亡了的怀乡之情。他们议论纷纷，为什么让她这个活人来到他们之中呢？

哈里斯就像一个初次恋爱的男孩子，欢喜得都不知道干什么好了。女孩子走到哪里，他就跟到哪里。她有什么要求，他都要不顾一切地满足她。他一天之中，只要能够听到她的笑声，看到她翩翩的身影，感到她那温暖的身体就在自己的身旁，哈里斯就心满意足了。可是最让哈里斯伤心的是：他最想送给这个女孩子的珍贵礼物，他却无权亲手送给她。说到底，莱夫基是个凡人。末日来临时，她就立即死去了，围绕着她的全部光线也随之而去，对往事的回忆已不可能，对未来的憧憬也不存在。暮色重新笼罩了一望无际的草原。

一想到那一天，哈里斯的心就疼痛起来了。他实在不忍心，就不再让莱夫基与埃雷沃斯那些毫无欢乐的幽灵们住在一起，而把她送到了伊里西亚。在那里，哈里斯把她变成了一棵像大海一样碧绿，像少女一样灵活、柔软、细嫩的树，并以莱夫基的名字为它命名，叫莱夫卡（即白杨树）。后来，曾经到达地狱的英雄赫拉克勒斯，看到了莱夫卡。他折断了它的一根枝条，做成一个花环戴在头上，并把它随身带回了地面。从此，白杨树的木材被认为是极珍贵的。在奥林匹斯，人们向宙斯进行祭献时，在祭坛中只能燃烧这种木材。

赫拉造反

天后赫拉是宙斯的妹妹，克罗诺斯和瑞亚的女儿。她和宙斯的其他兄弟姐妹刚一出生就被父亲吞下了肚子里。后来宙斯用计下毒，让克罗诺斯呕吐出他吞下的儿女们。这些婴儿在父亲的肚子里成长起来，他们一跳出父亲的肚子，就加入了兄弟宙斯一方，反抗自己残暴的父亲。在宙斯成为天神之后，赫拉却退居到了克里特的杜鹃山中。宙斯虽然是天上的神灵主宰，却风流好色，对自己的同胞妹妹念念不忘。他好不容易到了杜鹃山上，跪倒在妹妹面前向她求爱，可是却遭到了赫拉的断然拒绝。她关上了门窗，闭门不出。宙斯苦苦纠缠，一直逗留在门外，又是诉衷情，又是唱情歌，可是却得不到一丝一毫的回应。

宙斯心灰意冷，打算撤退了。可是在转身的一刹那，突然记起了赫拉的房间里布满了无数的杜鹃花，而且小动物也不少，看来她是一个热爱鲜花、喜欢动物的人。有了诡计之后，他就摇身一变，扬长而去。

第二年春暖花开的时候，杜鹃花开满了整个山坡，嫣红一片。赫拉提着篮子，带着剪刀来到了山坡上。她不一会儿就采满了一花篮的杜鹃花，应该可以够这几天用的了。但是，前方不远处的一棵杜鹃花吸引住了她。那花，碗大的一朵，鲜艳如滴，挺立在花丛之中，王后似的高贵显眼。她急忙过去，小心翼翼地剪下了它，却同时发现了一只羽毛零乱的杜鹃站在树下。她放下了篮子，很怜爱地把它抱在了怀里，温柔呵护。谁知道，这只鸟儿正是狡猾的宙斯变的，他一扑进赫拉的怀里，就现出原形强暴了她。赫拉被逼无奈，只好嫁给了他。他们的新婚之夜是在杜鹃山上度过的。这一夜两个人爱得死去活来，而且似乎天总是亮不起来。实际上，这是宙斯的诡计。因为天上一夜，人间已经过了300年。

婚后的生活并不和谐。夫妻之间，有许多的摩擦和不合。最让赫拉不能忍受的就是丈夫风流成性，拈花惹草，处处都留下了他的私生子。两个人争吵起来，往往以赫拉的失败而告终。尽管赫拉是宙斯的唯一的妻子，可是在她嫁给宙斯之后，好像就丧失了价值。宙斯对她的兴趣大减。一般在小事上，宙斯都含糊过去，处处谦让着她，可是在一些重大的事情，尤其是女人的事情上，他却比较蛮横，根本不把赫拉的话放在心上。惹怒他的话，他甚至都会用手中的霹雳击打她。赫拉没有办法，只能和他争吵，迫害他的情人，同时也还借用美神阿佛洛狄忒的腰带来勾引宙斯的情欲，让他把心思放在她心上。本来赫拉在结婚之前，是一个温柔和顺的女孩子，可是就因为宙斯的好色，她变得脾气暴躁，性情多疑。

有一次，宙斯的傲气和喜怒无常的脾气实在太叫人难以忍受了。于是，这些饱受他的欺压的人：天后赫拉、哥哥波塞冬、太阳神阿波罗，趁宙斯躺在床上熟睡之际一拥而上，用生牛皮把他捆绑起来并打上一百个绳结，使他动弹不得。他威胁说要把他们立即处死，但他们早把霹雳放在他伸手触碰不到的地方，因而对他的威胁报以嘲弄的大笑。当他们欢庆胜利头脑又清醒之后，麻烦来了。偌大的宫殿里，一张金碧辉煌的王座空在了那里。谁能来继承宙斯的这个宝座呢？一触及到这个实质性的问题，他们的联盟立即瓦解了。人们互相猜疑妒忌，争争吵吵，讨论继承宙斯王位的人选。

最有希望的三个人就是天后赫拉、海神波塞冬、太阳神阿波罗。三个人不相上下，支持他们三个人的神都快争吵得打斗起来了。这个时候，异常失望的海上女神特提斯看到奥林匹斯山内战在即，便急匆匆把百臂巨人之一布里亚柔斯找来了。这位巨人把一百只手都同时用上了，迅速解开绳结给主神以自由。因为是赫拉领导了这场阴谋活动，宙斯便用金手镯铐住她的手腕，把她吊在空中，脚踝上还绑上铁毡。别的神气恼万分，但却不敢拯救赫拉，尽管她哭得昏天黑地，异常凄惨。

宙斯继续统治众神。他把赫拉捆绑起来，也不是个长法。他必须平息众神心中的怨恨，毕竟错误在他。他放掉赫拉，同时让赫拉成为他的合法妻子。不过，在释放赫拉之前，他和众神约定：大家起誓永远不再反叛他，他就既往不咎，当作什么也没有发生，大家依然还是好夫妻、好兄弟。其他神灵已经看到了反对宙斯的后果，那就是除了宙斯，其他的神灵也没有足够的威望来管理其他的神；与其谋反下来一场空，还不如老老实实当自己的神仙，享受凡人的香火祭祀算了。他们也都个个作了保证。

三个谋反的头目之中，赫拉得到了解放。恼火的宙斯却不会放过其他两位。他压下心头怒火，佯装着什么也没有发生似的和他们说说笑笑。波塞冬和阿波罗当然了解宙斯，他们以后行事小心翼翼，尽量不让宙斯抓到把柄，可是欲加之罪，何患无辞？终于海神被宙斯抓住了一个错误，只好接受惩罚，去了凡间，给国王拉俄墨冬当奴隶，修建特洛伊的城墙。

海王之后安菲特里忒

海洋深处，是大海老人涅柔斯的宫殿。那是一个宽敞明亮的岩洞。岩洞里，海水清澈，冲刷着金碧辉煌的宫殿，而高大的厅堂中五彩缤纷的水晶柱闪闪发光。那些生长在岩石周围的海草、珊瑚、海花，装点着入口。不夸张地说，这座宫殿不比宙斯的奥林匹斯山逊色。除了居住，宫殿还是涅柔斯财富的贮藏地。那

里存放的宝物难以想象，让人眼花缭乱，爱不释手：有海星、贝壳、珊瑚、成堆的珍珠、金灿灿明光耀眼的各种鱼类等等，不一而足；可是在他所有的宝物之中，最为宝贵的却是他天真可爱的五十个女儿。

每天，涅柔斯站在他的宫中，手握三叉戟，守卫着他的宝物。他随时警惕着可怕的敌人，但是偶尔也会若有所思地向上望去。那里，正是整个大海，但见海浪翻滚，腾起银色浪花，它们相互冲击搏斗着水珠。而这个时候，隐在暗处的涅柔斯会发现，海草碧绿，一如他郁郁葱葱的头发，而脚下那些鹅卵石，紧靠一起，犹如彩虹一样五彩缤纷。海涛渐息下来，海面上呈现出难得的宁静。涅柔斯就会游离开宫殿，出现在海面上。微风吹起额头的海草，太阳照在双肩上，肩胛上银白色的食盐晶莹闪光；涅柔斯老翁环视着蔚蓝色的大海，脸上悠然露出笑容。这就是他的领地，谁都不能侵犯。

波浪滚滚而来，大海又沸腾起来。突然，海面上传来一阵笑声。可是这阵笑声还未休止，一阵笑声又迎风飘来。波浪嬉戏，大海生机昂然。水面上，东边露出一双雪白的肩胛，眨眼之间又落入海里；西边的脸趁浪涛还未及覆盖，绽开了笑颜；南头一个头颅伸出了海面，并在重新入水之前晃起满头金发；北端两个女孩互相泼水，水珠飞离海面，阳光一照，水花俨如颗颗宝石，褶褶生光。

这些女孩，就是涅柔斯五十个宝贝女儿，妮丽伊札美人鱼。她们动作敏捷，时而沉入水中，时而跃出水面，向太阳挥动手臂，随后又欢笑着再钻进波浪。她们手拉着手形成一条长长的链条，劈开蔚蓝色的海水，寻找着海岸。安菲特里忒就是涅柔斯的大女儿，这些美人鱼的头领。她引导妹妹们游翔着。前方，她们视野所及之处，纳克索斯岛海岸已经遥遥在望，微风带来了岛上花香。靠近岸边，美人鱼们争先恐后向岸边游去。安菲特里忒首先踏上了陆地，她的妹妹们也一个个欢笑着躺倒在沙滩上。在柔软的沙子上，她们跳起了舞蹈，扭动着柔软灵活的腰肢，她们轻盈地旋转欢跳着，就像她们生于其中的波浪，起伏荡漾。

可是，突然之间，她们停止欢笑，发出了恐怖的呼喊。这一群美人鱼们四处逃散，各奔东西。惊慌的安菲特里忒发现，有人径直向她冲来，她只好轻轻重新跃入大海。可是，此人显然也是游水好手，就在深水中尾随而来，时不时地还伸出了手臂要抓她。她鳗鱼似的逃脱开来，十分恐惧地拼命游着，时而钻入深海，时而浮到水面，一转身又游进茂密的海藻中。“救救我吧！”她向从小就爱怜保护她的海洋世界发出了呼救。可是周围的一切无动于衷。她立刻明白了，海洋世界已变成了追逐者的同谋：植物伸长枝茎竟挡住她的去路，大贝壳一张一合，威胁着她；不计其数的鱼儿密集在她的前面，阻止她通过；章鱼伸出触角来抓她。她惊慌之下像道闪电游向水面，浪涛犹如座座山峰，向她头上倾泻而来，发出雷鸣般的轰响。没有办法，安菲特里忒只能钻入深水。这种野蛮的追逐持续了很久，安菲特里忒完全陷入惊慌失措之中，如飞一般地在海中游来游去。

渐渐的，波涛平息，深海安静了。大海似乎摆脱了敌人，重获自由，安菲特里忒发现一片陌生的海岸。她吃力地向岸边游去，疲惫不堪地躺倒在沙滩上，闭目休息着。突然远处传来了呼唤声，像是在高高的云端响起的惊雷，然而她的名字却清晰可闻：“安菲特里忒，安菲特里忒！”

海神与安菲特里忒 扬·戈萨尔特 荷兰 1516 年

在这幅著名的画中，海神表现为高大的男性形象，与妻子站在一座传统的有金色装饰的小庙里。墙上的公牛头骨暗示着海神的力量。

她抬起头，遥望天空，在一个半被烟尘云雾掩蔽的山岩上，站立着一个坚强

不屈的巨人。

“安菲特里忒！”再次传来了话声，“你怎么来到了这里，到了大地的边缘？”

“你怎么认识我？”安菲特里忒轻声地问道。

“我认识你，就如同我认识整个大海和它的每块礁石、每一条鱼一样。几年前，我就认识了你。现在你却被追赶着，逃到了这里。可是安菲特里忒——你为什么不回过头去，看看是谁在追你？难道你不明白，连一向疼你爱你的大海都开始围堵你，你还不明白那是谁吗？难道你不了解海洋之神波塞冬爱上了你，想让你陪伴着他，做他的王后吗？你的命运已决定你要到那里去，坐在他的身旁。欢迎你为了摆脱追逐来到这里，到达了大地的边缘。但我的命运却把我安排在这里，要永生永世地用双肩支撑着天空。”

安菲特里忒怯生生地问道：“你是谁？”

“我叫阿特拉斯，是伊阿佩图和克利梅妮之子。”

一阵响声传来。安菲特里忒转过身去，只见大海改变了模样，每层波浪都像是送来的鲜花，每滴海水都闪着五彩纷呈的光芒；海豚不时地跃出水面，它们那光滑的脊背在蔚蓝色的大海中闪闪发光。“你的国王在邀请你前往，”再次从远处传来了阿特拉斯的话音，“去吧，安菲特里忒，去接受等待着你的幸福吧！整个大海都已装饰一新，在迎候你……”于是安菲特里忒接受了浪花的拥抱，让海豚把她托出水面。在大海的祝福声中，她被送到了波塞冬的宫殿。海水在她的周围唱起了歌，海鸥在空中拍击着翅膀，生活在海洋及其周围的一切，都在参拜光彩夺目的海王后安菲特里忒。

海豚救人

阿利翁——海神波塞冬的一个儿子，是演奏七弦竖琴的能手，他与科林斯的国王佩吕安达相处很好。他住在王宫里，整日弹琴奏乐，吟咏歌唱。当时，在西西里岛将要举行一次盛大的演唱竞赛会，全希腊的著名乐师都将前往参加，阿利翁也很想去。他把自己的想法告诉了佩吕安达王，但是，待他如同兄弟般的国王却恳求他放弃这一念头。国王说：“我希望你能永远和我在一起，这是我最大的愉快。海上风急浪高，很不安全，你要一走，我会日夜不安的。一个人越是想要得到什么东西，那东西越是不容易得到，甚至连自己的性命都会给葬送掉！”

赫耳墨斯与幼年的狄俄尼索斯 石雕 普拉克西特列斯 古希腊 公元前350~前330年

神使赫耳墨斯要将宙斯的私生子狄俄尼索斯送往别处抚养。赫耳墨斯一手抱着幼儿，另一只已损的右手仿佛正在逗弄孩童，小狄俄尼索斯也是一派天真烂漫。

阿利翁却回答道：“漫游四方，浪迹天涯，是我们吟游诗人的最高心愿。天神赋予我歌唱的本领，我应该给所有的人带去愉快。再说，如果我真能赢得那崇高的荣誉，我的名声将传遍全球，我也将为此而感到无穷的欢乐。所以，风险再大，我也要不惜一切代价去闯一闯。”

阿利翁告别了佩吕安达王，离开了故乡科林斯的海岸，乘船踏上旅途。第二天早晨，海上风平浪静，晴空万里，暖暖的东风吹鼓了船帆。可是，正当阿利翁高兴地享受日光的时候，突然发现船上的水手们在交头接耳。他立刻感到他们可能是在密谋劫夺他的财物。果然，他们蜂拥而上，气势汹汹，紧紧地围住了他，高声喊道：“阿利翁！你必须死！要是你想在岸上有一个葬身之地的话，那你就得乖乖地让我们宰割，否则，就把你抛到海里去。你自己选择吧！”

“除了要我的命，你们就不想要别的东西吗？”他说，“你们把我的钱财全都拿去吧，放了我，我情愿拿我的钱财来换我的命。”

“不，不行！我们不能放过你。放了你，对我们来说，那就太危险了。你同佩吕安达王交好，他要是知道我们抢了你的财物，难道会饶过我们吗？”

“看来你们是非得要把我杀了才罢休！”阿利翁无可奈何地说，“如果真是这样，那么，请容许我提出一个最后的要求：我是一个游唱诗人，一生都是在吟唱

中度过的。在你们动手之前，请让我唱一支哀歌，向我的生命告别。”

对于这一请求，海盗们立刻答应了。于是，按照吟游诗人演唱时的礼仪，阿利翁长发披肩，穿起了金紫两色长袍，额头上戴上了花环。他左手扶竖琴，右手握弓，面对太阳，慢慢闭起了双眼，奏起了低沉哀婉的乐曲。

他一边唱着，一边走向船侧。突然，他纵身一跳，跳进蔚蓝色的大海。白色的浪花向他卷来，刹那间便淹没了他的躯体。然而，阿利翁并没有死。当他在船头唱着那低沉哀婉的歌曲时，那旋律却把附近水域中的大小生物全都引来了。它们围在四周，倾听歌声。所以，当他纵身跳海，一只大海豚立即接住了他，把他驮在自己宽大的背上，载着他游到了岸边。

到了岸上，阿利翁对海豚说：“再见了，我亲爱的朋友！只要今后有机会，我一定会好好报答你的。你是鱼类，我是人，天神不让我们生活在一起，我们也不要为此而忧伤。我的思念将一直伴随着你。”

送走了海豚，阿利翁这才回过头来朝四周望去，他很想知道自己究竟到了什么地方。他发现远处有一座尖塔，原来海豚驮他上岸的地方离科林斯已经很近。他又返回自己的故乡。阿利翁心花怒放，拿起竖琴，边走边唱，朝着王宫走去。佩吕安达王一眼就看见了他，立刻迎上前来，把他紧抱在怀里。

“我的朋友，我又回到了你的身旁！”阿利翁说，“卑鄙的坏蛋抢去了我所有的财物，但是他们却抢不走我的荣誉和名声。正由于这个原因，神灵保佑我不死。”于是他把海上所发生的一切都告诉了佩吕安达王。这骇人听闻的事件使国王又惊愕又气愤，他说：“难道就让这群坏蛋如此猖狂吗？他们早晚会落到我的手中的，看我不狠狠地惩罚他们！你先藏起来，暂时不要露面。他们很快就要返航，到时候一定要把他们的罪行揭发出来。”

过了不到一个月，果然有人前来报告，说船已进港靠岸。佩吕安达王把宫中所有的乐师集合起来，让阿利翁混在其中，然后向着那些前来朝拜的海盗们说：“我把阿利翁乐师交给你们，让你们送他到西西里岛去参加音乐竞赛，已经很长时间了，你们在那里可听到什么有关他的消息？我正日夜等待着他带着喜讯回来呢！”

“我们把他送到了西西里岛，听说他在竞赛会上击败了所有的对手，荣获了桂冠。那里的国王挽留他住下，所以他没有同我们一起回来。”

他们刚刚说完这话，阿利翁便走出人群，出现在他们面前。那些海盗一看见他，以为阿利翁从地下回到了人间。他们一个个吓得跪倒在地，连声求饶：“我们本想害死你，想不到你竟成了一位天神啊！”佩吕安达王在一旁开口说：“你们这些贪婪的畜生！告诉你们，他还活着！他就是鼎鼎大名的阿利翁乐师！对于一个善良、正直的乐师，仁慈的天神们会格外开恩，时时处处保佑着他的。至于你们这些奴才，我根本不想惩罚你们，因为那会弄脏我的手的，阿利翁也不想见到你们的污血，还是给我滚开吧！去找一座荒无人烟的海岛，在那里度过你们的余生，然后永远销声匿迹吧！”

调皮鬼赫耳墨斯

迈亚生下她跟宙斯的孩子赫耳墨斯的时候，是在一天之中刚开始的时候。当时正值黎明，天色微白。孩子一生下地，眼睛就睁开了，灵活地转动着，还眨巴了一个鬼眼，逗自己疲累的母亲大笑起来。这个孩子很聪明，是一个计谋过人的智多星。他小小年纪，却喜欢恶作剧，常常作弄自己的哥哥姐姐们。奥林匹斯山上的神灵们都知道这个既可爱又讨厌的小调皮鬼。一般来说，他戏耍别人之后，别人也不能太计较。年纪太小不说，他的父亲是宙斯，何况他又是一个千灵百怪的小孩子呢，所以往往是大事化小，小事化了，可是有一次他却惹下了大祸，受到了惩罚。

这一天，他走出了母亲居住的库尔勒涅高峻的洞穴，一个人在山上漫游。在一条小溪流的沙滩上，他发现了一只懒洋洋晒太阳的大乌龟，龟壳有筛罗大小。他一个箭步跑过去，手一掀就把乌龟掀翻了过来。又找来一块大石头把它砸死，仿照阿波罗里拉琴的样子，在龟壳上装上琴弦和簧片。很快，一把琴就出来了。

赫耳墨斯真是心灵手巧，这把琴音色美妙，相当称手。他拉起琴弓为自己伴奏，唱起动听好玩的即兴儿歌。他整整拉了一个上午。大太阳出来顶在头上之时，他已经兴趣索然了。他惘然地抬头四望，群山莽莽，绵延不绝，他看到很远很远的一座山的山坡上，有一些黑点在移动。他睁大了眼睛，运起神力，看清了那是自己异母兄弟阿波罗在皮埃里亚山放牧的牛群。他大喜过望，心里有了点子，快乐地回到了家里。

当天夜里，群星闪耀，四野寂静，赫耳墨斯来到了阿波罗在皮埃里亚山放牧的牛厩里。他用柳枝包扎住牛蹄，不让它发出声息。走了一阵之后，为了蒙蔽追

踪者，他又赶着牛群倒着走，进了皮洛斯山区的一个洞穴。他把折下的月桂树枝，相互一摩擦，生起了一堆熊熊大火。两头小母牛被焚化了，作为献给十二天神（他把自己也包括在内）的祭品。

干了这一切以后，赫耳墨斯就心安理得地回家睡觉！可是他的母亲却早就识破了这一切，她警告他：阿波罗可是不好惹的，他法力无穷、脾气耿直，连天神宙斯都惧怕他三分。可是，阿波罗在赫耳墨斯眼里，只不过是一个好勇斗狠的大萝卜块儿。他得意洋洋地对满心担忧的母亲说："母亲，你就放一百二十个心吧，我的手法巧妙着呢。"

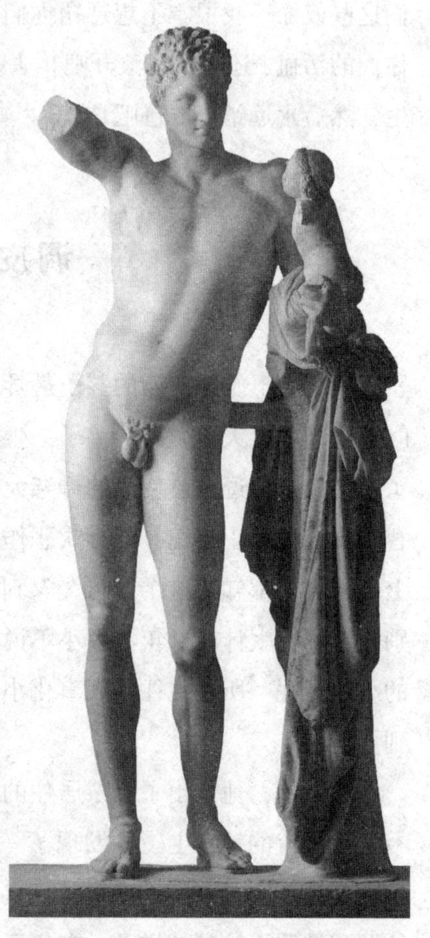

赫耳墨斯与幼年的狄俄尼索斯 石雕 普拉克西特列斯 古希腊 公元前350~前330年

神使赫耳墨斯要将宙斯的私生子狄俄尼索斯送往别处抚养。赫耳墨斯一手抱着幼儿，另一只已损的右手仿佛正在逗弄孩童，小狄俄尼索斯也是一派天真烂漫。

阿波罗为了自己的两头小母牛大伤脑筋。到底是谁偷的呢，跟着牛留下的痕迹，他倒跟着来到了皮洛斯山区，发现了一堆熄灭的火烬，又发现了牛骨头。他终于跟踪追查到了这个还在襁褓之中的婴儿头上。

阿波罗怒气冲冲地来到了她们居住的地方，大声斥责这位逗人喜爱的婴儿。可是这个小调皮鬼压根就不买账，他煞有介事地拿父亲的名字发下重誓。他说："你完全是诬陷，我根本就没偷过牛。牛是什么样子的，我至今都没见过，而'牛'这个词，我还是第一次从你这儿听见的呢。"阿波罗咬牙切齿地怒骂着，小孩子却一口咬定他对偷牛一事一无所知。

口笨舌拙的阿波罗气得面红耳赤，直跺脚，却拿这个小调皮鬼没办法。他总不能对一个还在襁褓之中的婴儿动手动脚吧。可是，阿波罗也是一个认死理的家伙。他好不容易想到了一个办法，那就是让法力无边的天神

宙斯前来判决。

阿波罗狠狠数说赫耳墨斯：他从来没见过也没想过有这样聪慧早熟的偷牛贼、骗子和无赖。赫耳墨斯振振有辞地反驳说，他是个老实孩子，阿波罗只会欺侮他这个手无寸铁的、正在睡觉的、从没想过要“偷”牛的新生小婴儿。

库尔勒涅来的小孩子一边冠冕堂皇地大声辩解，一边对父亲眨巴着眼睛。宙斯见了不由得放声大笑。在宙斯的调停之下，双方和解了：赫耳墨斯把新做的里拉琴送给阿波罗；阿波罗则回赠这位神童一条金光闪闪的短鞭；并且任命他为牛群的放牧人。当然啦，赫耳墨斯要指着神圣的斯堤克斯河发誓：自己永远不要诡计向阿波罗行偷盗之术。而阿波罗则回报他一根司财富、幸福和梦想的盘蛇杖；然而，一个附加条件是，赫耳墨斯只能用手势符号来预言未来，像阿波罗那样用言语和歌曲来表达那是不能再想的了。赫耳墨斯尽管不情愿，可还是无奈地接受了，因为那根盘蛇杖太吸引人了。但是，这位信使之神对阿波罗强迫他修身正行感到不满，就发泄到其他神身上：他偷过维纳斯的腰带，拿走过海神波塞冬的三叉戟，借用过赫菲斯托斯的火钳，还盗窃过阿瑞斯的宝剑。

牧神潘的情敌

作为群山和牧神，潘的形象令人惊奇，羊脚、羊胡须、鼻子蜷曲、两只弯弯的长角和一条长尾巴。他是赫耳墨斯与仙子珀涅罗珀之子。他出生在阿尔卡札地区的深山之中。初次见到阳光时，他就用他那山羊蹄跳来蹦去，摇摆着他那浅灰色的山羊胡须，竖起尾巴，发出欢快的喊叫声。他那年轻的母亲看到他这个怪样子，竟惊恐地抛下他躲进了森林。赫耳墨斯则用兔皮把他包裹上，把他带到了奥林匹斯山上。到了山上，赫耳墨斯打开兔皮，把这个小小的长着山羊蹄的神祇抱出。潘立即开始蹦跳，用两只手敲击着膝盖，翻跟斗和大声喊叫，在众神面前不停地发出洪亮的笑声。这笑声会使人心胸开阔，心里充满幸福感。因此诸神都很喜欢潘，把他当成自己的好朋友，希望他留在奥林匹斯山上。然而潘却讨厌奥林匹斯山。同样是神，可他形象丑陋，与其他神祇没有任何相似之处。和他们相处，也让潘难以忍受，远没有和人打交道愉快。潘不喜欢奥林匹斯山，反而喜欢逗留在人间，整个大自然都是他的漫游之地。他总是选择最荒僻的无人到达之

地，或者山洞，或者山岩，要不就是在茂密的森林中。他动作敏捷、灵活，能用难以想象的高速度奔跑，可以跳到最难以攀登的艰险处。

不过，牧神潘有一个坏习惯：喜欢恶作剧。他经常干的一件事情就是逗山里的动物玩。他常常一个人躲藏在枝叶茂密的树林里，一动不动地屏住呼吸，根本不让其他经过的动物发现，这个时候，他就能观察那些动物的一举一动。他待的地方不远处有条小溪，水牛或者麋鹿漫不经心地走来饮水时，他突然脚踏一下树枝。整棵树摇摆起来，吹动树叶发出沙沙的声响。这些野兽都不安地抬头来张望。这时他利用他的速度来回奔跑，忽而左边，又忽而右边地大声怪叫。要不，他就发出受伤野兽样的嗥叫，或者声音突变转成哭泣。他的声音在寂静的群山中发出回响，这些野兽立即被惊呆了。它们不知道发生了什么事情，心里不由得冒出了冷气。它们都有些忐忑不安了，互相对视着，犹豫着，可是这些莫名其妙的可怕喊叫声和喧哗声包围了它们，而且越来越近。由于惊吓，它们盲目地奔跑起来。它们的奔跑声又传到了森林中其他“居民”的耳中。奔跑、荒诞不经的谣传，惊恐万状的逃窜，立即席卷了整座大森林。那些麋鹿、兔子、水牛、老鼠、伶鼬和蛇都发疯似的、毫无目的地满山逃跑。到了这个时候，牧神潘才恢复了自己的声调，发出了宏亮的、长时间的笑声。他高兴地跳向空中，用蹄子敲击着山岩，犹如无数的石块从山坡上滚滚而下。

区别于大多数神祇的傲慢，他与普通的凡人相处得非常愉快。他热爱他们、信任他们，与他们交上了朋友，庇护他们的羊群，帮助他们让羊群繁旺。他也十分喜爱动物，不管是野生的，还是驯服的，他都把它们当成是自己的兄弟姐妹。哪里有潘，哪里的动物就会成倍地繁殖起来，甚至树木也会快速生长。尽管他十分丑陋，牧神潘不仅与人和动物关系良好，与美女神们也关系密切，是她们最好的伙伴。他混在她们之中，一起游戏跳舞，还用他的风笛为她们吹奏歌曲，博得她们的喜欢。不过，这个讨人喜爱的牧神也有一个敌人，这个敌人是他的情敌。

潘一次游荡山中的时候，发现了一个美女皮蒂斯。他爱上了她，就向她求爱。谁知道皮蒂斯一听了他的话之后，惊惶地望了望四周，之后就对他说：“我也爱你，但我怕……我害怕北风神。”她激动地说，“北风神也爱我，但他粗野、残酷。他一拥抱我，我就周身疼痛。我害怕他那寒冷的突然拥抱。我喜欢你。但他说过，如果我爱上了别人，他就要把我杀死。”

“有我保护你，你谁也不要怕！”潘安慰她说，强行把她拥入怀抱，但皮蒂斯马上挣脱，立即跑开了。“你瞧，他来了，那就是他！”她喊叫着。只见一些枯叶飞腾起来，随即狂风大作，树木弯下了身，树叶围绕着树干疯狂飘舞着。就像那被掠走的树叶，皮蒂斯也被从潘的身旁刮走了。就像风卷桃花一样，这位轻盈的美女神被风吹得团团旋转，脚离开了地面，而头发和手臂在绝望的挣扎中绞在一起。潘在后面一边呼喊着她的名字，一边奋力追赶。然而，不管潘奔跑得多么快，北风神却总是比他更快。北风神用那不可阻挡的风力卷起了这位少女，把她从灌木丛和坚硬的岩石上拖过，推入深渊。潘大声而又痛苦地喊叫，紧抓住了岩石，才没随她跌入深渊。他看到皮蒂斯犹如被风吹落的一片树叶，向下飘落着，不由得祈求地母该亚救救可怜的女孩子。地母该亚听到了他的呼唤，张开怀抱接待了皮蒂斯，并把她变成了一棵松树。从此以后，牧神潘用树上的软针叶编织了一顶花冠戴在头上，手拿着一枝树枝，以此怀念失去的这位不幸的少女。

铁匠之神赫菲斯托斯不贞的妻子

阿佛洛狄忒是女神之中最为美丽的一个，虽然上帝给了她漂亮的脸蛋，但与此同时又赐予了她一个最糟糕的婚姻。她的丈夫是铁匠之神赫菲斯托斯，满脸都是被碳火烫伤的疤痕，又被煤黑和烈火熏陶得浑身黑黝黝地发暗光。他们两个人生下了三个儿子，福波斯、得摩斯和哈尔摩尼亚。三个儿子都是栗黑的卷发，大海似的蓝眼睛，白皙的皮肤有着奶油的光泽，与他们丑陋的缺腿父亲几乎是两个极端。神界之间都纷纷谣传着这三个儿子都是野种，只有整天埋头在炉火边煅打铁器的赫菲斯托斯丝毫不知情，一如既往地爱着三个小家伙。

这三个漂亮的孩子还真不是赫菲斯托斯的，他们的亲父是身材挺拔、鲁莽野气、好酗酒的战神阿瑞斯。他们的绯闻闹得沸沸扬扬，可是两个人不但不知收敛，反而变本加厉，来往更为频繁。一天晚上，两个人在阿瑞斯的色雷斯宫里欢乐一番后，昏睡过了头。当太阳神巡视天庭的时候，却看见他们两个人正赤条条地睡在一起。早就对战神不满的太阳神一看，这是一个报复的好机会，就忙去找铁匠。

铁匠表面粗鲁，内心却很精细。他想了想，放弃了直接去找他们两个人算账的念头。他回到了锻炉边，挥动青铜锤，打出一张细如游丝而又坚韧无比的罗网。他悄悄地把网系在婚床的柱子上绕床一周。从色雷斯回来的阿佛洛狄忒，满

阿波罗告密

太阳神阿波罗闯进铁匠之神赫菲斯托斯的锻铁坊，并告诉他，他的妻子阿佛洛狄忒正和别人私通。铁匠之神听后，惊愕地愣住了，他的助手也个个惊讶诧异，大家都被这一消息惊得停住了手上的活。

脸堆笑地告诉他说自己回母亲的家去了。赫菲斯托斯佯装不知，很热情地问岳母的身体如何。寒暄了一会后，他告诉妻子："亲爱的，对不起，我要去利姆诺斯岛休息一阵，这几天太疲倦了。"阿佛洛狄忒推说自己要照顾孩子就不去了。等铁匠一走，她马上通知阿瑞斯。阿瑞斯兴冲冲地赶来，两个人脱衣就寝。可是天亮醒来，略一动弹，就发现自己陷入了一张网中。细得肉眼几乎看不见的丝线勒入了肉中，越动弹越缚得紧。缠在网里一对赤条条的男女正在绝望地挣扎的时候，早就准备好的铁匠闯了进来，他的身后则是他招呼来的奥林匹斯山的众神。他扬言，如果妻子的养父宙斯不把当年价值连城的聘礼退还给他，他就绝不释放阿佛洛狄忒。

场面尴尬，众神都不愿意第一个开口，但是大家的眼睛都来回地在面色铁青

的铁匠和面沉似水的宙斯身上转溜着。而作为众神之父的宙斯也不说话，只是围绕着被捆绑的两个人转来转去，谁也不看，也不说一句话。

太阳神一看，这样下去，就没有好戏唱了。他用肘轻轻推了赫耳墨斯一把，故意大声问道："你要是处在阿瑞斯的地位，赤身裸体地套在网里，你大概也不会在乎的吧！"

赫耳墨斯用脑袋作保发誓说，即使他给三张网缠住了，即使全体女神都在一旁责难，他也绝不会计较的。说毕，两位天神放声大笑。然而，宙斯对赫菲斯托斯的行为深恶痛绝，说他是个傻瓜，居然把家丑外扬。宙斯拒绝退还他们的结婚聘礼，也不肯干预这场夫妻间无聊的争吵。波塞冬看到赤条条的阿佛洛狄忒对其大为倾倒，十分妒忌阿瑞斯，但他表面上不动声色，假惺惺地对赫菲斯托斯表示同情。他说："既然宙斯拒绝帮忙，我来作保，让阿瑞斯交出跟你聘礼价值一样的东西作为赎身的费用。"

"这个安排倒是不错，"赫菲斯托斯垂头丧气地说，"不过，要是阿瑞斯说话不算数的话，你就要代替他待在网里了。"

"跟阿佛洛狄忒待在一起吗？"太阳神坏笑着问道。

"我不相信阿瑞斯会言而无信，"波塞冬理直气壮地说，"不过，他真的失约的话，我愿意出这笔赔偿和阿佛洛狄忒结婚。"

于是，阿瑞斯获得自由，返回他的宫殿。阿佛洛狄忒前去帕福斯的海水中重新获得了贞洁。

阿佛洛狄忒对赫耳墨斯非常满意，因为他坦然在众神面前承认自己爱她。报答赫耳墨斯的最好的方式对阿佛洛狄忒来说就是一夜欢娱，其结果就是两性同体之神赫耳玛佛洛狄托斯的诞生。波塞冬的慷慨之举换来的就是阿佛洛狄忒生下了他的两个儿子——罗杜斯和希罗菲卢斯。而阿瑞斯当然拒绝支付这笔费用，因为连堂堂的众神之父宙斯都不肯退礼，凭什么要由他来支付？结果，这场戏不了了之，老实巴交的赫菲斯托斯什么也没有捞到。只有忍下了这份耻辱，跟阿佛洛狄忒过着不开心的婚姻生活。

战神阿瑞斯

可以说，战神阿瑞斯刚一出生，就具有了他性格上的所有优点和缺点。不必

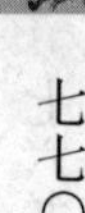

夸耀他的英俊了，那金黄的卷发，像大海一样蔚蓝的眼睛，褶褶生光的古铜肌肤，胳膊和胸脯上隆起的健壮的肌肉块，都为他赢来了众神的宠爱。作为小儿子，宙斯和赫拉非常娇惯他，说一不二，要什么给什么。长期以来，他就逐渐养成了一种鲜明的性格：那就是肝火旺盛，尚武好斗，一听到轰轰的战鼓声，他就激动得手舞足蹈，不能自已；一嗅到了熏人的血腥气，他就心醉神迷，比饮了美酒还要沉迷。

他出现在战场的时候，雄姿勃发，意气飞扬：头戴插翎的钢盔，臂上套着皮护袖子，左手持一恐怖狰狞的盾牌，右手的铜矛咄咄逼人。而且，由于性急，他常常抛掉他那笨重的四驾马车——驾车的四匹马由北风和复仇女神的后裔组成，徒步而行。他头上盘旋着几只铁翅苍鹰，身前疾跑如电的是几只牙尖嘴利的猎犬，而跟随他的还有自己的儿子：恐怖、战栗、惊慌和畏惧之神。还有与他臭味相投的女性亲戚：他的姐姐不和女神，他的女儿毁城女神厄倪俄和一群嗜血成性的魔鬼。

尽管战神阿瑞斯身体威武有力，久战不疲，但是也有败北的时候。最为狼狈的一次就是败在了铁匠之神赫菲斯托斯的手中。由于被母亲赫拉抛弃，铁匠怀恨在心，献一宝座给赫拉，赫拉一坐上去，宝座就弹出无数的镣铐铁索把她捆绑得动弹不得。在众神一筹莫展的时候，阿瑞斯就气冲冲地跑去找铁匠，可是他的长矛还没有抵达铁匠的肩膀，铁匠就拉动风箱，鼓出一股熊熊的烈焰，把他烧得浑身都是水疱。而最为凄惨的一次，则是被自己的母亲赫拉和妹妹雅典娜欺负地哭诉无门。特洛伊战争的时候，他和母亲、妹妹站在不同的阵营之中，地上，希腊联军和特洛伊的士兵打斗得难解难分；天上，阿瑞斯和母亲也斗得不亦乐乎。可是正在僵持不下的时候，他被乘机偷袭的妹妹打中了后心，当场喷血而逃。回到了神山上，他向宙斯哭诉自己的失败，可是宙斯一听大怒，一个天天以战斗为乐的家伙，竟然连女流之辈都斗不过，还好意思跑回来哭哭啼啼。他把阿瑞斯骂了个狗血喷头。众神也讥笑他是一个逃兵。

对于和自己同为神仙的兄弟姐妹们作战，阿瑞斯多次败北，可是他只能怀恨在心，奈何不了他们。可是对于凡人，情况就大不一样了。他复仇心切，睚眦必报，不仅让本人不得安生，还要祸及全族。寻找被宙斯拐走妹妹欧罗巴的卡德摩斯深深领教了他这一点。

卡德摩斯奉命寻找妹妹，到第二年还是没有任何讯息。他不敢回家，就求救于神灵。神指示他要往西，于是他西行经过一个密林。口渴找水的时候，他却发现泉边伏卧着一只毒蛇。他费尽心力杀死了那条蛇，然后又和随从们开荒，建立了底比斯王国。后来，他娶了阿佛洛狄忒的女儿哈尔摩尼亚。结婚之时，铁匠之神赫菲斯托斯送给了他们一条精美绝伦的项链。新婚燕尔的夫妻沉浸在快乐之中，却不知道他们悲惨的命运正在降临。

卡德摩斯杀死的那条毒蛇是阿瑞斯的圣物。他们得罪了战神阿瑞斯。尽管哈尔摩尼亚实际上是阿瑞斯的女儿，他也不放过他们，整个卡德摩斯家族遭到了他的报复。卡德摩斯的女儿和孙儿死于非命。现在的底比斯城变成了卡德摩斯和哈尔摩尼亚的伤心之地，于是他们逃离了底比斯，投奔了安奇里亚人。他在那里受到了热烈欢迎，并被拥戴为王，可是儿孙们的厄运始终围绕着他。一天，他忍不住哀呼："既然神灵如此眷爱一条蛇，我倒还不如当一条蛇吧。"话未说完，他就真地变成了一条大青蛇，而哈尔摩尼亚一看，只好祈求神把她也变成了一条白蛇，两人双双游进了森林。

可是，就是这样一个卤莽好战的家伙，战神阿瑞斯竟然获得了最美丽的阿佛洛狄忒的青睐。而阿佛洛狄忒偏偏又是他的跛子哥哥、死对头铁匠之神赫菲斯托斯的妻子。在美神阿佛洛狄忒的怀抱里，这位躁动不安的武士似乎才得到了安宁。

白头翁花

俗话说得好："常在河边走，哪有不湿鞋。"爱神阿佛洛狄忒主管天下的婚姻爱情，高高在上，可是一不小心，自己也被爱情捕获了。事情发生得很突然，当时，她和自己的儿子玩得太开心了，一个疏忽，就被儿子厄洛斯的那支箭在胸脯上划了一下。她急急忙忙地推开了厄洛斯，可是伤口还是比她想象的要深得多，沁出的鲜血染红了她的胸衣。她在包扎之中一回头，却看见了自己的儿子眨巴着眼神，偷着笑呢。她知道了，是儿子的恶作剧。他想让自己也受一受爱情折磨的滋味，所以就用魔箭扎了自己一下。

养伤期间，她一直小心翼翼地避免看见他人，否则自己会坠入了爱情的罗网。可是实在太闷了，整天躺着，无所事事。她忍不住了，就出了宫殿，落脚在一个山林里，漫步散心。就在那里，她遇见了年轻英俊的猎手阿多尼斯，双方一

阿佛洛狄忒与阿多尼斯 提香 意大利 1553~1554 年

见倾心。

以前，阿佛洛狄忒经常去盛产金属的帕福斯、克尼多斯、阿马托斯等地旅游散心，寻欢作乐，可是突然之间，它们就变得索然无味了。连她金碧辉煌的天宫她都不想回去，因为她觉得阿多尼斯居住的茅草房子要比天宫还要好玩有意思。她太爱他了，因此他走到哪里，她就影子似的跟到哪里，讲笑话，猜谜语，为他解闷作伴。

谁如果这个时候看见了我们高贵的女神阿佛洛狄忒那副殷勤小心的样子，都会诧异：那个高傲的女神哪里去了呢？谈起恋爱来，她也和普通的姑娘一样，变了性格。过去，她整日坐在树荫里，无所事事，专注于自己天仙般的姿容，现在却爱屋及乌，打扮得完全和女猎神雅典娜一样，呼仆唤犬，穿山越林，追逐野兔麋鹿。不过区别于雅典娜的是，她捕猎的对象只是和蔼温顺的小动物，像兔子和山鸡之类的。而对那些因残杀牲畜而浑身散发着血腥气的豺狼熊罴却一直都敬而

远之。她不仅自己这样，她还告诫阿多尼斯，不要徒逞勇气，去冒犯那些猛兽。

“对胆小的，当然不要客气，你要拿出自己猎手的勇气来，”她说，“可是如果对付那些凶猛的豺狼熊罴，还要硬来，逞显自己的勇气的话，那就太危险了。亲爱的，现在你有了我，就要时时刻刻关心自己的安全，因为你不仅仅属于你自己，你还是属于我的。你是我的幸福，我不希望你拿生命去冒险。千万注意，不要去招惹大自然赋予利器的野兽。我虽然珍视你们男子汉的荣誉，可是，绝不同意你以生命为代价。你的青春英姿能使我、爱神阿佛洛狄忒着迷，可是却不能打动雄狮、箭猪的心，它们的锋牙、利爪、粗鲁蛮劲，想起来就令人胆战。我憎恶整个兽族。你想知道原因吗？”

她讲述了阿塔兰忒和希波墨涅斯的故事，他们忘恩负义，她就把他们变成了狮子。换句话来说，野兽里有自己的仇敌。

嘱咐完毕，她就乘上天鹅驾驶的车，腾空飞去。但是骄傲、年轻的阿多尼斯哪里把这些话放在心上。一个猎手的荣誉就是要搏杀这些凶猛的豺狼熊罴。他进了森林，用他的猎狗将一头野猪赶出了窝。他举手掷出长矛，侧身而进，刺进了野猪的身体。可是，那野兽太狡猾了，用嘴拔出长矛，向阿多尼斯怒气冲冲迎面而来，阿多尼斯扭头便跑，可是来不及了，野猪赶了上来。獠牙刺入他的腰部，他被掀倒在地，血流如注，不久就奄奄一息。

乘着天鹅车还没有驶到塞浦路斯，阿佛洛狄忒就听到半空中传来她意中人痛苦的呻吟。她的心一沉，知道自己不幸言中了。她立即掉转车辕往回赶。临近出事地点时，当她看到那卧在血泊中的阿多尼斯，她的爱人，就匆忙地跳下车来，匍匐在尸体上号啕大哭，撕胸捶地，乱扯着头发。她怒气冲冲，大声地责骂着命运女神道：“你们不要猖獗。你们只不过取得了一个小小的胜利。因为我要让今天的哀伤与天地共存，日月齐朽。阿多尼斯啊，我的心肝，从今往后，每年我都要重温一次你的死亡和我的哀悼。我要让你的鲜血化成花朵，算是对我的慰藉，这一点谁也不能妒忌，谁也阻止不了。”说着，她将神酒洒在血泊里，酒掺合到血里，泛出气泡，仿佛雨滴落入水池。一小时后，一朵殷红犹如石榴花一般的鲜花平地而生，但花期不长。据说，经风一吹花苞就吐蕊，再一阵风，花瓣就飘零。所以人们称它为白头翁或风花，因为风能催它生发，又能催它凋谢。

娶雕像为妻的雕刻家

很久以前，古希腊有一个全国闻名的大雕刻家皮格马利翁。他的手艺是不用说的了，雕什么是什么，而且活灵活现，栩栩如生。雕个英雄，那就气宇轩昂，浑身充满了浩然正气，放在哪里，哪里就盗贼绝迹；刻头马吧，也似乎四蹄生风，昂昂直吼。他的手艺那个灵巧劲儿连火神都妒忌地说："幸好他不是一个铁匠。"这个皮格马利翁，什么都雕，见到什么就刻什么；植物鸟兽、人物蔬菜都能在他的手中出现。可是这个人却有一个最奇怪的毛病：就是他绝不雕刻女人，哪怕是一个又丑又老的老奶奶。反正只要是女的，他就拒绝。

皮格马利翁不雕刻女人，原因很简单：他在出生后就被母亲抛弃，他一直和自己的石匠父亲相依为命；而他的初恋情人在说了爱他之后，不久就和一个大富人结婚了。一句话，皮格马利翁发现女人一无是处，他对她们产生了反感，决心终生不娶，投身于雕刻事业。

但是有一天，他做了一个梦，非常奇怪。他醒来之后，就一直在回忆这个梦，看上去木呆呆的。"很奇怪，"他对自己说，"我怎么梦见了一个女人呢。"他被梦中这个女人迷惑住了。他很厌弃自己这个想法，于是就用雕刻工作来排解这个巨大的烦恼。

他选择了一块象牙，决定雕刻一个男人，一个抛掷铁饼、肌肉饱胀的年轻男人。他一开始压根就工作不进去，但随着雕刻刀在象牙上滑动，他一会儿就沉静了。人物的头像出来了，可是就在他准备雕刻眼睛的时候，他的脑袋嗡了一下，他一下子看见了那双在梦中含情脉脉的眼睛，接着，他的脑袋好像被人敲了一下子似的，他发现自己手中雕刻的竟然是一个女人像。

他疑惑了很久，又仔细地端详了这块不成型的象牙很久之后，他发现了这个女人可能就是他梦中见到的这个女人。艺术家都相信神灵的存在，认为不受控制的杰作都是神灵通过他们的手来完成的。在想了半天后，皮格马利翁想这肯定就是神灵的意思。他抛开了成见，放心大胆地动手了。很快，这个女人就成型了，站在了皮格马利翁的面前。

天啊，皮格马利翁感叹道："太美了，婀娜多姿，世上一切女人肯定都是望

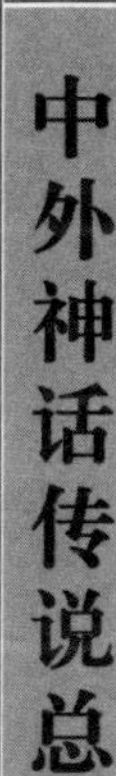

皮格马利翁与加拉泰亚 弗朗索瓦·布歇 法国

布歇在这幅画的下方描绘了皮格马利翁的绘画雕刻工作室，安置了一些雕刻工具和画具，右下角表现雕刻家突然发现自己的雕像有了生命十分惊讶。画面中央情节是阿佛洛狄忒使雕像幻变成有生命的人，空中翱翔着小爱神，在朦胧的虚幻环境中，天上人间，人与神交织在一起。

尘莫及。她俨然是个活生生的少女，只是出于礼貌才屏息伫立。”皮格马利翁从来没有这么喜爱过自己的作品，他来回地把玩着，连吃饭的时候也是爱不释手。他那颗久已麻木的心又开始怦怦跳动了，他爱上了这个雕像。他不时摸摸雕像，仿佛要弄明白它究竟是活人还是石像。他实在不肯相信这只不过是座象牙人像。

他抚爱它，送给它各种少女喜爱的礼物——色彩鲜艳的贝壳、光滑的卵石、小鸟和姹紫嫣红的鲜花、珠子和琥珀。他甚至还给它穿上五颜六色的衣服，戴上宝石戒指，挂上项链。耳上垂了坠子，胸前佩上珍珠项串。她的裙衫合身得体，更加衬托出她的自然姿色。他珍爱地把它安置在铺了紫色床单的卧榻上头，温柔地称她为妻子。

爱神节临近了，这是塞浦路斯城的一个隆重庆祝的大节日。从四面八方各个地区来的人赶到了神庙里，跪倒在女神面前。他们祭献上自己的供品，圣坛前焚香供奉，空气中香烟缭绕。皮格马利翁破例参加了今年的庆典仪式。在人都散了之后，他偷偷来到了圣坛前，吞吞吐吐而又害羞地祝祷说："万能的神啊！我祈求你们，赐我一个类似我那象牙雕塑的姑娘为妻吧！"——当然，他没有直接把意思表明白："将我那象牙贞女赐我为妻吧！"阿佛洛狄忒莅临庆典。她听到了这番话。皮格马利翁那曲折的心理，自然也逃脱不了爱神的法眼。圣坛上的香火聚成火苗向空中窜了三次，这是一个暗示，表示她恩准了。

回到家后，皮格马利翁一如既往地看望雕像。他俯下身习惯性地吻了一下卧在榻上的人像。这嘴怎么是暖烘烘的呢？他奇怪地忍不住又吻了一下，并伸手去摸雕像的胳臂，更大的奇迹发生了，那胳膊软绵绵的，手指一触，就有弹性，像是伊米托斯山脉的蜂蜜蜡。他又惊又喜，站在那里难以相信。他一次次地满怀着恋人的激情用手去碰碰寄托自己一生希望的人像。

那雕像真的活起来了！当他触到有血管的地方时，皮肤凹了下去；他把手挪开后，皮肤又变得圆鼓鼓的。这个时候，阿佛洛狄忒的信徒才想起来该向女神感谢一番。他又吻了吻那张嘴，那张活人一样的小红嘴唇。少女好像有感觉似的，羞得两颊绯红，怯生生地睁开眼睛，注目于她的情郎。阿佛洛狄忒祝福了这段由她促成的姻缘，婚后他们生了帕福斯，而专门供奉阿佛洛狄忒的这座城也随着取了这个名字。

厄洛斯的爱情

有一个国王，他一共有三个女儿。小女儿叫普赛克，她实在太美了，整个王国的居民的心目之中就只有她，连美神阿佛洛狄忒也忘却了。阿佛洛狄忒对此十分气愤。于是，她让自己的儿子厄洛斯随便找一个山野怪物，设法让普赛克迷上它。可是，厄洛斯一见普赛克，马上就被她迷住了。他想自己娶她。

但是，母亲的命令该怎么办呢？并且，怎么让普赛克爱上他呢？认真思考以后，厄洛斯恳求太阳神阿波罗向普赛克的父亲发出神示：国王必须禁止女儿结婚，并要把她遗弃在荒凉的山谷里，让一条飞龙把她驮走。否则天灾人祸就会降临到国家里。国王没办法，只好遵从。然而，刚把小公主放在山谷的大岩石上，一股和风就把普赛克吹送到另一个奇妙的山谷里，那里有座富丽堂皇的宫殿，宫殿的大门上镶饰着七彩宝石，地上铺着金砖。她走进宫里，就有隐形的仆人接待了她。一个声音请她参观宫殿，这个声音和蔼可亲，让她忐忑不安的心完全放下了。

晚上，普赛克正要上床就寝。厄洛斯突然显出人形，走到普赛克面前。

“普赛克，请你不要点灯，千万不要点灯，”厄洛斯对普赛克说，“我现在就是你的丈夫，只要你不要看我的容貌，也不要问我姓甚名谁，那么你就是全世界所有女人中最幸福的一个。如果你不听我的话，你就会后悔莫及。”

在黑暗中讲话的这个人，态度温和文雅，他使普赛克感到甜蜜蜜的。自从那天夜晚以后，厄洛斯每天晚上来到普赛克身边过夜。厄洛斯使她感到无比幸福。她也非常爱自己的丈夫。可是每天拂晓，他就离开她外出了，大白天就剩下她独自一人待在偌大的宫里。过了一段时间，这种寂寞生活就让她不堪忍受了。

“亲爱的，”她对厄洛斯说，“你不在家，我实在难受极了。我想念家里的姐妹们。你能同意我回去看看我两个姐姐吗？”

厄洛斯对普赛克的要求感到不安。但是，又不愿意让爱妻不快。

“我亲爱的普赛克，你不能走，”厄洛斯说，“不过，你这样渴望见到她们，那我就通知她们来这里，同你会面好了。但是，你必须答应我，她们如果问到我，你绝不能回答。”

普赛克同意了。微风按照厄洛斯的命令把普赛克的两个姐姐吹送到宫里来。

宏伟美丽的宫殿，豪华阔绰的生活，普赛克拥有的一切一切，都引起了两个姐姐的强烈嫉妒。她们尤其关心她的丈夫：他叫什么名字，他的容貌如何……起初，普赛克守口如瓶。可是她们紧追不放，连一点细节都不放过。她终于承认了她只有在夜里漆黑中才能和丈夫在一块，她压根就没有见过他的体态和相貌。

“如果你丈夫就是神示所讲的那样，你怎么办？”两个姐姐叫喊起来，“大概是因为他太丑了，所以他白天不愿给人召见。如果他是一个危险的怪物的话，你

怎么办?”

姐姐们走后，普赛克心绪纷乱，她决定解开这个谜，把事情搞个明白。夜晚到了，临睡前她准备了一盏油灯和一把匕首。厄洛斯入睡以后，她就点着灯，握紧匕首，把灯照到他脸上。让她奇怪的是，在那里安静地酣睡着的不是怪物，而是一个美男子。

普赛克激动得两手发抖。她一不小心，油灯里的油洒了一滴到熟睡的年轻人的肩上。因为油很烫，厄洛斯被惊醒了。

“你太过分了!”厄洛斯叫了起来，“你怀疑我，不听我的劝告。你现在揭开了我的秘密了。但是，这对你有什么好处呢?你原来想完全拥有我，现在却完全失掉了我。”

厄洛斯讲完这些以后就起床消失了。普赛克万分悲痛，她到处寻找厄洛斯，但她怎么也找不到。每个被人爱恋的人都有其奥秘之处，而爱情则要求人们尊重这个奥秘。普赛克先前不晓得这个道理。等知道时，已晚了。

白鹤复仇

伊拜卡斯住在希腊的北方，是一个对神虔诚恭敬的音乐师。当时，希腊南方的科林斯每年举行一次盛大的体育竞技和音乐比赛大会，到时，希腊各地的音乐家云集，互相竞技交流，不亦乐乎。音乐之神阿波罗赋予伊拜卡斯一副甜美、圆润的歌喉，伊拜卡斯今年也想一显身手，夺取那全希腊瞩目的艺术桂冠。于是，他自家乡起程赶往科林斯。一路上，四轮马车昼夜不停地跑着，很快就进入了科林斯的边界，科林斯那著名尖塔遥遥在望，波塞冬的神庙则矗立在他眼前了。进城之前，他决定下车祈祷，感谢海神一路保佑，同时恳求他继续赐福。他走进海神庙宇，但见庙内古树参天，殿堂巍峨，却不见一人。他来得太早了，只能看见一群白鹤飞落树上。它们也是刚从北方飞抵南方，到这里过冬。“你们也平安抵达了，我的伙伴们!”伊拜卡斯招招手，朝它们喊道，“你们随我一起翻山越岭，跨河渡湖，你们真是我的好伙伴。你们来到南方寻求温暖，我到南方寻求胜利，海神保佑，希望我们都能如愿以偿!”白鹤咿咿呀呀一阵，算是回答。

伊拜卡斯继续前走，走过殿堂，最后到了庙宇的后院。这里，野草丛生，古树萧瑟，依然杳无人迹。突然，大树背后闪出两个人来，拦住了去路。他们手里握着明晃晃的匕首，一脸杀气，显然想杀人劫财。他转身想逃，可是他知道，他们马上就会追上的；和他们拼了吧？像他这样一个只会弹琴、手无缚鸡之力的乐师，又怎斗得过手持凶器的歹徒呢！他只能求助他人，狂呼救命了。喊声在殿堂里回响不息，却根本没有见到一个人影。“难道我就这样无声无息地死去了吗？”他心里想，“在这远离故乡的异土他邦，被这样两个暴徒杀死，谁会为我报仇、为我伸冤……”极度痛苦让他昏倒在地。

昏迷之中，他隐约听见头顶上翅膀狂拍、尖叫乱鸣的声音。他拼力睁眼，终于看清了，正是那群与他结伴而行，同来科林斯的白鹤。“噢，是你们啊，我的朋友们！”他有气无力地说，“你们听到了我的呼喊，你们来了，但是，这又有什么用处呢……”话没说完，就再度昏死过去。

当他的尸体被人们发现之时，已是千疮百孔、血肉模糊，难以辨认了。如果不是他在科林斯的一位好友预先得知他将来比赛的消息，从他到达的日期推断出那可能就是伊拜卡斯，那谁也不知道死者是谁了。当他通过衣服确认出友人的时候，不禁失声痛哭起来。他哀号道：“伊拜卡斯呀！我的好朋友，你怎么以这副模样来和我相见呢！我满心以为你到科林斯来一定会争得无上的荣光，谁会料到，竞赛还没有举行你就离开了人世。”前来参加比赛的选手和乐师们都为这一噩耗感到震惊和悲痛，痛哭流涕。人们群集在科林斯国王面前，要求他主持正义，缉拿凶手，严加惩办，为死者复仇。可是凶手在哪儿呢？科林斯这么大，且在举行盛况空前的竞技大会的前夕，人群如潮从四面八方涌来，真是比节日还要热闹。在海水一样的人群中去捉拿一两个凶手，真是比大海里捞针还要困难。

竞技大会终于开幕了。一大清早，人们便穿上色彩鲜艳的节日服装，扶老携幼，拥向露天剧场。在这里，将举行隆重的开幕仪式。圆形的剧场依山面海，石砌的阶梯一层高过一层，铺向云端。看台上坐满了人，笑语喧哗，整个剧场呈现出一片异常活跃的气氛。直到科林斯国王宣布竞技大会正式开始，人声才逐渐静下来。只见一队身穿黑裙的妇女，缓步入场，她们步伐一致，节奏整齐地绕场一周。这就是传统的竞技大会的开幕式，她们扮演复仇女神的形象。这些妇女形象非常可怕：全身墨黑，裸露着手臂，擎着浓烟滚滚的火把，面颊惨白，毫无血色，而散乱披散的长发犹如千百条扭曲、翻滚的毒蛇。她们边走边唱，唱起了复仇女神的恐怖的歌曲：“我们是复仇女神，我们主持正义，也主持公道。对于心地纯洁善良端正的人，我们从不冒犯他们，而是保佑他们的平安和幸福，可是，

对于那些心肠狠毒的恶人，我们却会穷追不舍，直到用我们蛇一般的长发，把他们绊倒在地，才会罢休……”

凄厉的尖叫声直冲云霄，撕裂着每个人的心，那可怕的唱词似乎表明复仇女神早就看透了每个恶人的罪行，正在对他们进行无情的判决。整个剧场死一般的沉寂，人们吓得浑身发抖，个个气喘吁吁，脸色灰白，就在这时，从人群中爆发出一声呼叫：“看呀，快看呀！白鹤飞来了。它们就是伊拜卡斯的白鹤！”果然，从远方，一群白鹤正向剧场上空飞来。人们纷纷站立起来，翘首观望。“啊！伊拜卡斯的白鹤飞来了。它们是来寻找杀害它们主人的凶手的！复仇女神就在这儿，凶手逃不掉了！”人群中又爆发出一声喊叫。这喊声唤起了人们心中的悲哀，也表达了人们胸中的愿望。随着那喊声结束，人们不约而同地喊出了伊拜卡斯的名字，还喊出了“凶手逃不掉了”的呼声。这呼声从一群人嘴里传到另一群人嘴里，从剧场的这一头传到了剧场的那一头，顿时传遍了整个剧场。千万人的呼声汇聚成一个巨大的声浪，在剧场上空不停地回荡着。“凶手逃不掉了！逃不掉了！”声浪如山洪爆发，像大海怒涛，震撼着每一个人的心胸！突然，在人群中，有两个人扑通跪倒在地，他们双臂伸向天空，嘴里连声高叫：“复仇女神啊，饶恕我们吧……”人们看着这两个面如死灰、扑倒在地的人，“哗”的一声朝四面闪开，像躲避瘟疫似的躲开了他们。人们立刻明白了，就是这两个歹徒，用他们罪恶的双手杀害了善良无辜的伊拜卡斯，割断了他那美妙动听的歌喉。

随后，就在这人山人海的剧场里，在科林斯国王的主持下，根据复仇女神的意志，对这两个罪犯进行了审判，并且给了他们最严厉的惩罚。

黎明女神厄俄斯的诅咒

黎明女神厄俄斯爱上了年轻的猎人克法洛斯。这天清晨，趁克法洛斯早早起来打猎的时候，她幻化成一只红毛狐狸出现在他的视野里。他看见这只狐狸，马上追赶，可是这只红狐狸太过狡猾，跑起路来拐来拐去，他根本都抓不住它。就这样，红狐狸在前面引导，克法洛斯在后面追赶，一追一赶，就把克法洛斯引到了她的宫殿前。这个时候，红狐狸消失不见，出现在克法洛斯面前的是一位楚楚动人的女神。她艳如桃花，美如朝霞，妩媚而又动人。克法洛斯一时不知道该怎么办好。黎明女神厄俄斯走上前去，把他领进自己的宫殿。一顿丰盛的早餐过后，黎明女神厄俄斯说明了自己对他的绵绵爱意。可是她不说还好，克法洛斯有些被周围的环境迷惑住了，厄俄斯一说明来意，克法洛斯坐不住了，马上要回去。黎明女神厄俄斯百般挽留，想方设法讨他喜欢，可是白费心血。克法洛斯毫不客气地告诉黎明女神，她的痴心是白费了，他只爱他年轻美貌的妻子普洛克里斯，对于女神，他一个普通凡人不敢高攀。话都说到这份上，厄俄斯恼羞成怒，生气地把他打发走了。走之前，她狠狠地说道："滚吧，没有良心的家伙，守着你的妻子去吧，不过有一天你会为拒绝我而后悔的。"克法洛斯回到家里。经历过这种风波之后，他更爱自己的妻子了。两个人一起幸福相处了很长的时间，可是还是出事了。

猎神妻普洛克里斯之死

雅典王世勒克丢斯的女儿普洛克里斯被丈夫误杀，死在丈夫的怀抱里。在这幅画中，克法洛斯默默守护在死去的普洛克里斯身旁，这个粗鲁野蛮的男人那份哀伤与惋悼之情充分表露于姿态中。

他的妻子普洛克里斯是女神雅典娜的好朋友，非常得宠。雅典娜曾经送给她一只狗和一杆标枪，供她在狩猎时使用。可是更喜欢待在家里的普洛克里斯，却把狗和标枪都交给了丈夫，因为对她来说，丈夫比她更爱打猎。问题就出在这两件雅典娜送给她的礼物上。先是那只打猎的猎狗。一次克法洛斯狩猎，碰见了一只真正的狐狸。当时，克法洛斯还没有真正反应过来，那只天生敏捷的猎狗却箭一般窜出去。狗和猎人追赶了好半天，眼看这只狗就要追上野外跑得最快的狐狸时，突然和追捕物一起变成了石头。这是因为创造这两个动物并欣赏速度的神祇们不愿看到两者中的任何一个取胜。猎狗变成了石头，而那支标枪，却命中注定要为他们带来厄运。

克法洛斯打猎打累了的时候，有个习惯，总要到荫凉处躺下吹吹风。有时

候，树荫下也没有任何凉风，克法洛斯这时候就会大声地说："来吧，温柔的奥拉，甜蜜的微风女神，来消消我身上炙人的热气吧。"也不知道是谁，或许是他的一个打猎的伙伴，听了这话以后，就错以为他是在对一个少女讲话，就把这个秘密告诉了普洛克里斯。普洛克里斯显然并不相信，她知道丈夫对自己的忠心。但是到了夜里，丈夫打猎不在，孤单的普洛克里斯就胡思乱想起来。她左思右想放不下心来，所以，一次丈夫打猎出去，她就偷偷地尾随丈夫出来并藏身在告密者指点过的地方。

奔跑了整个大上午，克法洛斯在烈日之下昏昏然了。如同往常一样，他打猎打累之后像往常一样躺到了绿色的树荫下，呼唤着奥拉的名字。突然灌木丛中传出一声呜咽，他以为那是野兽的声音，就一枪掷了过去。一声尖叫使他明白标枪肯定击中了目标。他跑过去，从地上抱起了受伤的普洛克里斯。她临终无力地睁开了眼睛，勉强地说出了这番话："我求求你。如果你爱过我的话，亲爱的，答应我最后的一个请求吧：千万不要跟这个可恶的奥拉结合。"说完，她躺在丈夫的怀抱中死去了。

蝉

拉俄墨冬也是著名的特洛伊国王阿里普摩斯的父亲，非常宠爱小儿子提托诺斯，就把羊群交给他，让他与老迈的祖父一起照看、牧放。实际看守羊群的，都是年迈的老祖父。所以，放牧的时候，提托诺斯无拘无束，想干什么就干什么。不是吹奏风笛，引吭高歌；就是睡睡午觉，醒来后与树木闲谈。有时候，他也看着羊群。但他看守羊群，却是与小羊羔发脾气，或者逗乐。在祖父眼中荒无人烟的大自然，提托诺斯却总是能够从中发现新鲜的东西，他甚至都能与风儿欢笑。

提托诺斯整天在大自然之中嬉戏打闹，一天黎明女神厄俄斯外出散步，无意中看到躺在牧场上的提托诺斯，立即被他那纯真气质迷住了。她马上跑到了提托诺斯面前，一神一人，成为了形影不离的伴侣。对提托诺斯来说，女神是他的一个伙伴和知己。他什么话都可以说给她听。不过，他丝毫都不懂男女之情，只不过觉得女神比那些自然物更可心一点而已。

可是女神就不一样。许多天过去了，提托诺斯欢乐依旧，可是女神脸上在

黎明女神厄俄斯

画面右端的厄俄斯引导着太阳神的马车。拿着火把的小天使是她的儿子晨里波斯波拉司。

笑，心里却发愁。她太爱他了，简直都不敢想象将来会有一天要失掉他。提托诺斯肉体凡胎，死亡是一定的，无可避免。为此女神离开了提托诺斯，匆忙地跑到众神之父宙斯面前，请求他使提托诺斯长生不死。

长生不老可是神仙的特权。宙斯不愿意把这种特权当做礼物送给人。厄俄斯执意地恳求他，眼泪汪汪，跪在他的脚下，又是抚摸天神的胡须，又是拥抱他的双膝。看样子，他不答应，这个女孩还真不起了。几个小时过去了，她还痛哭绝望地祈求着。没办法，宙斯终于被她那明亮的眼睛中流出的泪水打动了，赐予提托诺斯永生不死。临走之前，宙斯却警告女神，他只满足女神的这一个要求。再有什么非分之想，他绝不答应。女神感激得都要哭了，连忙点头。

现在，厄俄斯和提托诺斯的幸福是完美的了。每天，天刚放亮，厄俄斯就来了，她坐在青年牧人身旁，如饥似渴地倾听他用洪亮的声音向她讲述的一切，讲他的羊群，讲他挤出的羊奶，讲羊羔滑下河去，讲夜里刮起的风，讲太阳驱散了乌云……就在这种幸福的如同梦境的日子中，一天天过去了，一月月过去了，一年年过去了。

忽然一天，厄俄斯发现提托诺斯的头发开始脱落，变得稀少，皮肤出现了皱纹，就是那让她痴迷的微笑的眼睛也混浊不清了。他说话的声音也是这样，不再歌声样清脆了。厄俄斯非常惊恐。这时候，她才突然想起来，她在宙斯面前为心爱的人所祈求的仅是永生不死，却没保证他青春永驻。提托诺斯可以不死，但却一天天衰老。怪不得宙斯拒绝她的下一次请求呢。原来，他们这些天神早就预料到了。女神气得痛哭起来。日子飞逝，提托诺斯失去了青春活力，他雄狮般的身

躯开始萎缩变小，并渐渐发黑。他虽然还保持着不间断的说话能力，然而他的说话声已失去了音乐感。

厄俄斯痛苦地看着他的变化。过去这个曾以自己矫健的身躯引为自豪的人，竟衰弱下来，开始驼背，开始萎缩，不久变得如同一个年老的小孩。随后又变得像一个干枯的婴儿……接着他的腿和手臂变得如线一般细小。现在他已经能在厄俄斯的手掌中走来走去了。

厄俄斯把他放在自己的手里，而他每天清晨仍然对她讲述着他的所见所闻。他的语言如同流水一般无休无止，像在念着单调的经文，从不间断，什么黎明时下起雨来，飞来一只鸽子，落在白杨树上，一只大老鼠差点把它吃掉，青草上结满了露珠，风儿吹着，一片叶子落下，并把他包裹起来……

厄俄斯听着听着，不觉动起怒来。过去她把这一切当成大自然优美的歌，而现在听起来，就像是一些缺乏色彩、毫无意义的单调的破裂声，看到她那心爱的人正装模作样地坐在她的手指上，她的眼睛闪出了痛苦的神情。她弯下身去，向他轻轻地吹了一下。提托诺斯展开了翅膀，一边说着，不停地说着，一边跃入高空，躲藏进树枝间去了，他变成了一只蝉。

彭透斯

卡德摩斯的外孙狄俄尼索斯，是宙斯和塞墨勒的儿子。由于此神天生好酒，宙斯就分封他为果实之神。而天下好酒，原料都是葡萄，所以他又有了一个小小的职位，那就是管理葡萄种植。他成为一个希腊人人敬奉的神灵，其经历是相当曲折的。

很小的时侯，狄俄尼索斯居住在印度。长大到了十四岁，他就离开了养育自己的诸位仙女，去各地旅行，向世人传授种植葡萄的技术。当然了，他也要求人们建立神庙来供奉他。随着世人越来越喜欢葡萄酒，狄俄尼索斯的声名传遍了希腊，最后连他的故乡底比斯都听说过他。

那时候，底比斯国王卡德摩斯已把王位传给了彭透斯，他是狄俄尼索斯姨妈阿高厄的儿子。狄俄尼索斯的这个表弟天生不信神，连天神宙斯都不放在眼里，不过，他最憎恨的却是和他有血缘关系的狄俄尼索斯。所以，当酒神狄俄尼索斯带着一群狂热的信徒来到底比斯阐述神道时，彭透斯愤怒极了。他站在底比斯城的广场上，朝着那些疯狂崇拜酒神的妇女们怒吼了起来："天呀，你们这些愚蠢的傻瓜和疯子，为什么要去追随一个凡人！你们睁大你们的眼睛，看清楚这个家伙的底细吧！头上戴着葡萄藤花环，身上穿的是紫金长袍，而不是铠甲。他还不会骑马，是个战场上的懦夫。你们难道忘记你们的英雄祖先了？这个家伙是我的亲戚，没有人比我更清楚他的底细。他只不过和你们一样，是一个普普通通的凡人！宙斯是他的亲父？谁没有耳朵竟然相信这种瞎话！他那一套假模假样，都是为了骗住你们！"

他骂骂咧咧地发泄了一通之后，又命令仆人们把这个新教的教主给抓起来，套上脚镣手铐。

谁都知道酒神对待朋友宽厚大方，可是对待不信他是神的人却毫不手软。彭透斯的亲戚和朋友们听了他傲慢的话，大吃一惊，十分害怕。卡德摩斯摇着白发苍苍的头，表示反对，可是他现在已经没有实权了。他的劝说对彭透斯而言，反是火上浇油。

不一会儿，派去抓人的仆人都头破血流地逃了回来，带来了一个人，并不是他表兄。

"人呢？"彭透斯愤怒地大声问道。

"我们根本没有看到狄俄尼索斯。我们抓了他的一个随从，他好像跟随他的时间并不长。"仆人们据实回答。

彭透斯仇恨地瞪着抓来的人，大声问道："该死的家伙，你叫什么名字？为什么要跟随那个醉鬼？"

抓来的人无所畏惧，他是狄俄尼索斯的仆人阿克忒斯。他告诉彭透斯，酒神救过自己的命。

"我不耐烦听你废话了，"国王彭透斯叫道，"来人，把他抓起来，押在地牢里！"

奴仆们遵命把他关进了地牢。可是奴仆却被酒神使了魔法，放走了阿克忒斯。

国王十分愤怒，开始大规模地迫害狄俄尼索斯的信徒。他把狄俄尼索斯的信徒统统关进大牢里，连信服酒神的自己的母亲也不放过。可是，奇怪的是，没有任何人帮助，这些人的手铐脚镣自动脱落，监狱的门也大开。他派去捉拿酒神的仆人惶惑地走了回来，因为狄俄尼索斯让他们甘愿套上了枷锁，跟在了他们

后面。

现在，狄俄尼索斯站在国王面前。尽管国王不想看，可是表兄的美貌仍然吸引了他的目光，他感到惊讶不已。不过，彭透斯不是一个轻易放弃的人，他要拆穿这个家伙神仙的外衣，露出“骗子”的本质来。他命人给他钉上重镣，关在靠近马厩的山洞里。但是酒神一声令下，地动山摇。洞口的砖墙被震塌，手脚上的镣铐也松开了。他安然无恙地走了出来，回到他的追随者中间。

彭透斯实在没有办法，不想再管这些事情了，把自己关在了宫殿里。可是厚厚的城墙也阻隔不住那个“骗子”的消息。又有报信人来到他面前，说那些狂热的妇女正在山林里举行祈祷活动。她们只要敲击岩壁，石缝里就会流出清泉与美酒，而旁边的小溪里流淌着白花花的牛奶，空心的树干也滴出了芳芬的蜂蜜。他的母亲和姐妹们是这批妇女的领头人。而最让他生气的还是那个打探消息的人临走之前补充的一句话：“陛下，如果你自己在场，那你一定也会跪拜下去！”

彭透斯大发雷霆，他命令集合军队开赴树林剿灭那些愚蠢的臣民。可是军队集合完毕整装待发时，狄俄尼索斯却不请自来。他一开口就吓了国王一大跳。他说他可以将他的女信徒一起带来，任凭处置。不过，必须国王亲自前去。而且这些女人都很疯狂，如果她们知道国王不相信酒神，还是一个男人的话，她们会把他撕成碎片的。所以，去的时候，国王必须穿上女人的衣衫。

国王彭透斯非常怀疑，不过，狄俄尼索斯这个提议也太有诱惑力了。他勉强地答应了，跟在酒神的后面，走到城外。依附在衣服上的魔法生效了，他变成了一只气势汹汹、尖嘴獠牙的野猪。可是彭透斯却毫不知觉，两个人一会儿就来到了森林里。那里，狄俄尼索斯的信徒们聚拢过来，唱着颂歌。整个基塞龙山到处都是信徒，到处都是酒神领唱的快乐歌声，山路两侧的悬崖回荡着他们的呼喊。彭透斯听到喧闹声之后，一股无名之火烧上了心头。他快步跑过了树林，来到一片开阔的空地，那里正在进行着一次郑重其事的酒神祭祀。妇女们匍匐下拜，高声歌唱。最让彭透斯无法忍受的是，他看见了那些疯癫的不可理喻的女人中，领头的竟然是自己的母亲阿高厄。他冲了上去。

那些祈祷的女人们发现了背后的骚动。回过头来，她们发现一头强壮的野猪冲了过来。这些酒神的忠实信徒一个个毫不畏惧，拿起各式武器，扔向了野猪。可怜的彭透斯还没来得及说一句话，就已经被这些妇女撕成了碎片。而那一枪扎在自己眼睛里的人，正是自己的母亲。只见她孩子一样欢跳着，高声欢呼：“胜利了！胜利了！光荣属于我们！酒神万岁！”

兴奋的欢呼声，不知道为什么听起来，像是对一个人的讥讽。

驴耳朵

弗利基亚人要选举新的国王。为了挑选一个合适的国王掌管国家大事，他们进行了热烈的讨论。人选有三个，但是讨论来讨论去，谁都没有说服其余两方。没办法，他们只能求助于本国的大法师。法师卜了一卦，然后摇了摇头。争论三方大为紧张。正在他们琢磨不定的时候，法师不紧不慢地开口了："如果你们想要遵循神示的话，那么你们都要失望了。国王并不是你们提名的三个人。神示明明白白地显示着：你们未来的国王正坐着牛车向这边走来。"

这一消息马上就在城里传开了。弗利基亚人四处搜寻，就看见广场上冒出了一辆破破烂烂的牛车。贫劳农民戈尔迪雅斯和家人坐在牛车上。于是，戈尔迪雅斯受到了热烈欢迎，并立即宣布他成为弗利基亚国王。戈尔迪雅斯当了国王后，牛车就成为神庙里祭献宙斯的祭品。他用绳子打成了一个结，而车子就紧系在神庙的一根柱子上。根据神示，谁要是能解开这个结，他就可以统治整个亚洲。后来，亚历山大解决了这个难题，他并没有慢慢地解结，而是当机立断，拔剑把这个结斩断了。

戈尔迪雅斯是个聪明能干的国王，去世后，他的儿子迈达斯继承了王位，统治弗利基亚。但是，迈达斯远远不如其父精明能干。一天，吕迪亚有几位农民无意中发现西勒诺斯醉倒在河边。西勒诺斯是牧神潘的儿子，又是酒神狄俄尼索斯的师傅。西勒诺斯长着马儿一样的塌鼻子，耳朵竖直，尾巴也是直撅撅的。他因为常去天神宙斯的葡萄园而闻名，也被看做是一个先知。

农民们很高兴发现西勒诺斯，把他五花大绑捆起来。然后，兴高采烈地簇拥着把他押送到国王面前。

"真是意想不到的事啊，太好了！"国王高兴得叫起来，"我早就希望能见到人们称为掌握智慧钥匙的人了。"

"迈达斯，你想要智慧的钥匙吗？"醉醺醺的西勒诺斯问。

"是的。据说你掌握了人类生活的秘密。"

"什么！你想了解人类生活的秘密吗？"西勒诺斯带着讥讽的微笑说。

酒神的狂欢 提香 意大利

这幅画取材于希腊神话中酒神狄俄尼索斯的故事。狄俄尼索斯是宙斯与卡得摩斯的女儿塞墨勒所生的儿子。狄俄尼索斯发现了葡萄能酿酒，所以被称为酒神。每当酒神节时，他与萨提尔以及山林水泽女妖们狂欢作乐，喝得酩酊大醉。这幅画表现了狄俄尼索斯与众神狂欢的场面，有的正痛饮不止，有的已烂醉如泥。

“西勒诺斯，”迈达斯惊奇地大叫了起来，“那还用说！”

“那么，你想了解人类的一般的生活秘密还是你个人的生活秘密？”

不学无术而又妄自尊大的迈达斯立即回答说，当然啦，最使他感兴趣的是他个人生活的秘密。

“好，那你就听着！这个秘密就是：对你这样一个人，最好是不要出生，如果已经出生了，最好是尽快离开人间……”

迈达斯考虑了一阵，才明白西勒诺斯的意思。可是一旦明白他就恼羞成怒地满脸通红：“你这个无耻之徒，快给我滚蛋！伙计们，把这个醉鬼带走，把他送回牧神爷那里去。我这里不需要他那样的智慧。”

农夫们暗自高兴能把俘虏带走，却把他交还给了狄俄尼索斯。

西勒诺斯失踪后，酒神非常不安，四处寻找。当他听说迈达斯国王下令把他的师傅释放了，就打算重赏迈达斯。

酒神穿云破雾，到了迈达斯国王的宫殿。他对迈达斯说："你对西勒诺斯很慷慨，我也要对你慷慨。你有什么愿望的话，告诉我，我一定使你如愿以偿。"

迈达斯是如何把西勒诺斯打发走的，自然心里明白。现在，狄俄尼索斯却表示要帮助他，让他大为诧异。可是好事临头，也没必要故作清高去推却。他没有多问，他只想着如何利用这个机会。考虑很久以后，他说："这样吧，狄俄尼索斯，我想学点石成金的法术。凡是我摸过的东西都能变成金子。"

酒神盯着迈达斯，既鄙视又可怜他。

"好吧，我答应你的要求。但是，你要知道，你真是个蠢东西。"

说完以后，酒神就腾云而去。

迈达斯非常兴奋，他摸了一下他那把铜剑，铜剑立刻变成金的。他又摸了一下卧室里的毛毯，毛毯也变成了金丝毛毯。他再摸一下餐桌，餐桌也立即闪闪发光，变成一张大金桌。他摸了一下他的椅子和餐盘，这些东西都立即变成金子做的……不幸的是，仆人端来的羊腿和杯里斟的美酒，他一摸也立即变成金子。这样，迈达斯只好忍饥挨饿了。

几天过去了，迈达斯摸过的东西都变成了金子。他周围的一切东西都是金子。可他却没有什么可以吃喝。他啃不动金子。可怜的国王，身体眼看就垮下去了。他现在终于明白了酒神的话，他后悔了，意识到自己干了一件非常愚蠢的事。

最后，他实在饿渴得没法忍受了，只好谦恭地请求酒神收回原先送给他的赠品。

"那我就把它收回了，"酒神回答说，"但是，你荒谬的贪婪应该受到惩罚。你现在先到帕克多尔河洗个澡吧！"

迈达斯按酒神的嘱咐，到了帕克多尔河边，跳进去洗了个好澡。自从那时起，帕克多尔河的沙子就有了细细的金沙。当他回到河岸时，他意识到他那点石成金的法术已成泡影。这时，耳朵有点发痒，他用手摸了一下。谁知他的两只耳朵马上长得又长又大，长得让他不安。他往河水里一看倒影，吓坏了，他发现发怒的酒神惩罚他，竟然让他的耳朵变成了驴耳。

为了不让别人知道自己长了一对奇丑的驴耳，迈达斯总是避开随从，独个洗澡。他长期戴一顶弗利基亚帽子，盖住他那长长的耳朵。

可是，他每次理发都得脱帽让理发师剪头发。

“如果你敢告诉别人，说我有两只长耳朵，我就砍掉你的脑袋。”迈达斯威胁说。可怜的理发师被吓得脸色发青。他赌咒发誓说自己绝对不会声张。

这位理发师不知多少次把到了嘴边的话又咽回去，但他想到如果讲出国王的丑闻，就会杀头，他只好竭力克制自己，不把这个秘密讲出去。

理发师把这个重大秘密埋在心里。太久了，他慢慢地感到难以忍受。一天，他实在憋不住了，就跑到田里挖了一个深洞，对着洞口小声说：“迈达斯，国王迈达斯长着一对驴耳朵。”他说完以后，心里轻快多了，便用泥土把洞口封住。

迈达斯的奇丑还是传了出来。问题并不是因为有人听见，而是洞口边长出的一丛繁茂的芦苇。每当有风吹过，被吹动的芦苇就发出声音：“迈达斯，国王迈达斯长着一对驴耳朵。”

两面神雅努斯

卡尔娜是山林仙女之中最为漂亮、活泼、温柔的一位。她乐意接受男子的求爱，并竭力装出一副情投意合的面孔。但实际上，她看不起男人，往往残忍地把他们引导到死亡的路上去。

“你怎么这样妖艳？”其他山林仙女姐妹们问道。

“我要让男人都迷上我。”卡尔娜很坦率地回答。

“让别人爱上你，当然是理所当然的事情。可是，假装着爱上别人，然后又把他人一甩了之，这不道德吧！”

“如果这些蠢男人主动上门，大献殷勤让我摆布，那是他们自己愚蠢，他们伤心也只能怨自己。过失根本就在他们，并不是我。”

“你呀，真是一个朝三暮四、见异思迁的小魔女。难道就因为他们这个小小的过错就要他们死吗？”

仙女们都指责卡尔娜喜欢玩弄男子取乐的坏习惯。她经常同男子约会在山洞前，然后把他们引诱到荫林里去闲逛。当求爱者稍不注意，身轻如燕的她就闪到树后，无影无踪。年轻的求爱者当然气恼，可是却又更为迷恋。他们立即追寻她，顺着她嘲弄嬉戏的笑声，狼狈不堪地搜寻她。他们不是刚刚看见她那洁白的裙子就在这棵栗树后吗？她刚才不是才跳到这条小溪去吗？他们穷追不舍，但是，卡尔娜灵活善变，求爱者怎么也追不上她。她就像磷火一样，闪烁在密麻的树林之中，好像就在前方，到了跟前，却又闪烁在更前面。当他们身心疲倦想要放弃的时候，却发现自己已经迷失在莽莽丛林之中，找不到路了。他们只好孤魂似的，游荡在密林里。最后，他们或被猛兽吃掉，或陷进卡尔娜布置的沼泽里不能自拔。

雅努斯石像

两面神雅努斯，年轻的面孔表示新生与未来，衰老的面孔代表死亡与消失。他也是绘画中关于"时间"的众多表现之一，一年之中的最后一个月被赋予他的名字。

"我们的妹妹这样做，实在太过分了！"当卡尔娜不在场时，一位仙女说道，"我们不能让她继续下去了。"

"是呀，但是有什么办法？"另一位仙女说。

仙女们在她们喜爱的林中空地里围坐着。她们反复地思考这个问题，却一筹莫展。

恰好路过的两面神雅努斯偷听了她们的话。他早就听说卡尔娜姿色妖艳而心狠手毒，可是他不是早就希望认识她吗？于是，他躲在一棵树后，静等她回来。

过了不久，卡尔娜回来了。她沿着小道向林中空地而来。这时，雅努斯故意走了出来。卡尔娜和雅努斯正好迎面相遇，他们都被对方吸引住了。雅努斯从来没有见过这么迷人的仙女。卡尔娜也一样，虽然身边美男子不断，可从来没有见过这么英俊的年轻人。

雅努斯容貌超人，而且还有两张面孔，能看见两个相反方向的东西。

"这真是一个令人倾倒的女孩，"雅努斯自言自语，"但是据她的姐妹说，她扮得这样妖艳，就是为了玩弄男性。我可要小心，绝不要上了她的圈套。"

"这个人真是英俊，"卡尔娜心想，"但是，尽管他让人动心，我还是要像对

待其他男子那样玩弄他。”当然，卡尔娜又玩起了老把戏，她对雅努斯举止潇洒，落落大方，表现得非常愉快和高兴。然后，她叫雅努斯第二天在山洞前相会。

当天夜里，她第一次失眠了，翻来覆去无法入睡。“又有一个人轻率地迷恋我。”卡尔娜想。本来这样她该高兴才是，可是不知道为什么她感到很压抑。“轻率而又糊涂也许要葬送他的命。多么可惜啊！我多么喜欢这个年轻的神。他有两张面孔，两张面孔都很吸人。但是，有什么办法呢！我不要在我指挥棒下来回转悠的丈夫。”

第二天清晨，两个青年如期赴约。卡尔娜显得更加妖艳、调皮，富有魅力。这一天，她没有虚饰，她的心确实产生了爱情。因此，她就显得更迷人。

“我必须特别小心，”她一边嬉笑着，一边暗暗地警告自己，“对他不能有偏袒。如果他围着我转，像其他蠢蛋一样，就把他甩掉。他会出现什么问题，那是命运注定的。”

像往常一样，卡尔娜带着雅努斯到密林去。她戏弄地挑逗他、引诱他、让他吻她。但她并没有忘记，随时寻觅逃遁的时机。卡尔娜时而说：“给我掐这朵花！”时而说：“给我采那朵蘑菇！”时而又说：“你看那树枝上的松鼠。”她的这套把戏对其他人是灵验的。但是今天，她怎么也不能麻痹雅努斯的警惕性。雅努斯因为有两张面孔，所以，他在观看仙女指给他看的松鼠时还能同时监视她。

“小仙女，你可别走开呀，”每当卡尔娜要转身逃遁时雅努斯就大声地对她说，“我看见你了。你为什么要离开我？”有一会他对卡尔娜说。

仙女每次想逃都被叫了回来。她只好乖乖地跟着这位与众不同的情人。说来也怪，雅努斯这样做，她并不反感。

“我终于找到了合适的丈夫，”她想，“即使转过身去，他仍然能监视我。他不让我逃遁，也就用不着追逐我了。当我生活在他身边，我就不会做那些使人感到后悔的蠢事了。”

太阳已经西斜，雅努斯和卡尔挪手挽着手回到林中空地，走到正在唱歌跳舞的仙女们面前。“姐妹们，我给你们介绍一下，这就是我的丈夫。”卡尔娜高声说道。

“那实在是太好了，”仙女们齐声说道，“雅努斯，你是怎样征服这位仙女的？”

“我给她证明了爱情是严肃的，并不是儿戏。”

激动的雅努斯目不转睛地注视着他的妻子。

讲故事赢爱情

波摩娜是众多的森林神女之中的一位。和其他森林神女相比，她太安静了。其他神女四处游荡，早早地找到了自己的心上人。这些神女愿意帮助这位小妹妹，给她介绍一位意中人。可是这位女神却只是羞怯地笑着，不说一句话，任凭她们怎么规劝。有时候，她的姐妹们太热心了，她就笑一笑，推开她们，去后院子。在那里，她种植了无数的果树，还养了说不出名目的花。她的这种举动，让热心的姐妹们非常尴尬。她们注意到了，这位小妹好像就对花草培植、水果栽种方面有兴趣。不过，她们也承认，只有她养育种植的花草水果才是最好的。种花养草、管理果树似乎是她唯一的追求和爱好，而阿佛洛狄忒鼓励的七情六欲她都没有。认清了形势的姐妹们不再热心介绍，背后称波摩娜是“冷心肠的人”。

可是，就是这位冷心肠的女神，却让果园神维尔图姆努斯着了迷。他当然知道波摩娜的习性。现在他必须想办法说服这个冷酷的女神。他不过是一个果园神，能任意幻化形象吗？这一天，风和日丽，他装成个老妇人。这个老妇人满头白发，走路摇摇摆摆，似乎一阵风就能把她吹到了天上去。她拄着一根大拐杖，一步走一步歇地来到了波摩娜的果园里。在那里，波摩娜正在为她的果树喷水，然后又开始为果树松土。老妇人走到果园门口，一下子跌倒在地上。她一见一个老太太跌倒在果园的门口，连忙过来。这个时候，暗中观察的果园神维尔图姆努斯不由得心中窃喜，心想：谁说这位女神心肠冷酷，你看她不是充满同情心吗？要是这样就好办了，估计我能成功。

波摩娜小心翼翼地扶着这位老妇人来到了果园的石凳子上，把老妇人安顿好后，波摩娜就来到果园的另一角。那里桃子正熟着呢。波摩娜从那些果实之中，选择了最大最红的一个，在水井边洗好了，递给老妇人解渴。老妇人二话没说，几口就把桃子吃完了。

吃完了桃子的老妇人来了精神，她摸着波摩娜的手，对她说：“孩子，你可要记住，神祇惩治残酷的行动，阿佛洛狄忒讨厌心肠太硬的人，迟早会来对付违背她意愿的行为；你心肠这么好，阿佛洛狄忒会赏赐给你一个英俊的男子汉的。”波摩娜羞红了脸，她对老妇人说：“老奶奶，看你说的，都是什么呀，阿佛洛狄

忒为什么要惩治冷心肠的人呀?”

老妇人就对波摩娜说:“孩子,你不相信?为了证明这一点,让我给你讲讲今天发生的事。你知道,伊菲斯是透克的一位出身贫苦的年轻人。可是爱情是不分贫贱等级的。有一次,他上街的时候,却碰到了当地古老世家的一位高贵的女士。这位小姐叫安娜克萨瑞忒。伊菲斯爱上了她。为了能够看上她一眼,他天天等在她的大宅前。这样持续了大半年,他认识了这位小姐的奶妈,有一次借酒壮胆,把他的爱慕之心扭扭捏捏地告诉她的奶妈,求她赞成他的求婚。然后,他又想尽一切办法,努力争取她的仆人支持他。有时他把他对她的深情厚爱写了出来。他没有钱,就累死累活苦干一阵,赚了钱去买花,编成花环。他把被他泪水湿润的花环悬挂在她门口。可是,这个女孩子简直是铁石心肠,根本就不把他放在心上。这个男孩子为了自己的心上人,甚至匍匐在她门槛上对着冷酷无情的插销门栓倾诉哀怨。这个冷酷的女孩子不但不为所动,反而嘲笑他,用冷酷的言语粗暴的态度对待他,连一丝希望都不给他。伊菲斯忍受不了毫无希望的爱情的折磨。他决定去死。临死之前,他站在她门前,说了最后几句话:‘安娜克萨瑞忒,你胜利了。你以后不会再听到我的

小爱神的警告 石雕 法尔孔奈 法国

法国雕塑家法尔孔奈(1716~1791年)是洛可可雕塑艺术的代表。这件作品中的小爱神造型准确,形体优美,食指放在唇边,仿佛正在对爱情中的人们发出警告,形象活泼可爱。

恳求了。享受你的胜利吧！我死了，铁石心肠的人，欢呼吧！’他说完这番话，转过苍白的面颊，透过带泪的双眼望着她的大宅。他在通常挂花环的门柱上系了根绳子。他把头伸进绳套时喃喃道：‘冷酷的姑娘，这个花环至少能讨你的喜欢了。’他倒下来时撞在大门上发出的响声犹如呻吟。仆人打开大门发现他死了，把他抬回家交给他母亲。安娜克萨瑞忒的家正好在送葬队伍通过的那条街上，送丧人的哀哀哭泣声传到了她的耳中。这个时候，怀有报仇之心的阿佛洛狄忒早就命定她为惩处的目标。安娜克萨瑞忒走出闺房，打开窗户向外俯望。她的眼光刚落到躺在棺柩上的伊菲斯时，双眼就变得僵硬，体内的热血逐渐冷却。最后，她的四肢变得像她的铁石心肠一样又冷又硬。波摩娜，你要是不相信的话，这尊石像还存在，就在萨拉米斯的阿佛洛狄忒洛庙里，跟这位小姐的真人一模一样。亲爱的，好好考虑这些事情，撇开你的蔑视和迟疑，接受一个情人吧。”

一番话，说得波摩娜低头沉思。维尔图姆努斯一看是时候了，他摇身一变，就现出了自己的真身。这是一个英俊潇洒、健壮魁梧的男子汉。这个男子汉跪倒在她面前：“波摩娜，我是果园之神维尔图姆努斯，我爱上了你，希望你不拒绝我的求爱。”羞怯的女神这一次尽管脸红了，但是没有逃跑。她犹豫了一阵之后，抬起了头来，羞涩地点了点头。

回响

传说很久以前，厄科是位美丽的水泽女神，这位美丽的水泽女神爱在山林中打猎嬉戏，山谷中留有她的倩影和银铃般的笑声。她不但容貌出众，还伶牙俐齿。她深得女神雅典娜的宠信，经常随雅典娜女神出猎和游玩，可是人无完人，厄科有个不好的毛病，就是总喜欢多嘴多舌，不论大家是闲谈还是争论，她总爱接话茬，有时甚至拨弄是非。

一天，女神赫拉发现丈夫不见了，到处都找不到，她怀疑他在跟一个水泽女神一起鬼混，便去水泽女神那里找他。厄科用绵长的闲话缠住赫拉女神，使那个水泽女神趁机溜掉。当一切真相大白以后，赫拉便对厄科作了冷酷的判决：“你用伶牙俐齿哄骗了我，我要你今后将丧失说话的本领。只有在一种情况下，就是遇到你喜欢的人时，你可以开口说话，但你只可以应声，这本来是你平时最爱干

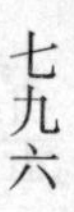

回声女神与那喀索斯 尼古拉斯·普桑 法国

美少年那喀索斯生性孤僻，回声女神向他求爱，遭到拒绝。阿佛洛狄忒便对他进行惩罚，让他爱恋自己在水中的倒影。那喀索斯死后变成了水仙花。

的事。我要你能接别人的话茬，但永远不能先说出自己的意思。这是对你的惩罚。”从此，厄科就不能说话，等待着心爱的人的出现。她也没少见到人，但没有她喜欢的。她一直等着。她相信自己喜欢的人一定会出现。

终于有一天，风度翩翩的英俊少年那喀索斯在山上打猎时遇上了厄科这位女神。少年那喀索斯英俊而勇猛。她一见他便倾心于他，于是到处跟着他。她真想轻轻地唤他一声，向他倾诉对他的爱慕之情，心想要是能款款地和他交谈，携手漫步在林间该有多好啊。但这样简单的事情她却做不到。现在的她不能够先说话啊。心中很后悔以前的过错，她心急如焚地等着他先开口，自己的答话倒是早就在唇边。但是，她跟在他后面很久了，却一直没有机会。

有一天，英俊少年跟同伴失散迷路了。厄科很高兴，心想这回机会来了。当他大声喊道：“你们在哪里啊？可有人在这里呀？”厄科焦急地回答：“这里呀！”那喀索斯四处张望，不见人影，就又喊道：“在哪？过来吧。”厄科应声说：“来……”那喀索斯不见有人出现，便再次呼喊：“你是谁？你在哪？你为什么藏起来了？咱们会合吧！”厄科也这么发问。“咱们会合吧！”少年又喊。少女厄科发出同样的、来自她心底的呼声。她急忙赶到那喀索斯跟前，伸出柔软的双臂想去搂抱他的脖颈。他惊得倒退了几步，以为她是学人话的妖精，大声喊道：“你别碰我！我宁可死也不愿让你占有我！”

“占有我。”她说。她只能说这样重复而简单的话。不明白以自己这样的美貌怎么不能打动少年。她一直自信地认为自己人见人爱，但一切都是白费心机。她焦急地想表白心迹，可是张嘴却无言。那喀索斯转身愤愤地走开，羞得她逃进林子深处。

从此，厄科就在岩洞与峭壁之间徘徊。伤心之下，她耗尽形体，耗尽了血肉。终于她的骨头化为山岩。她的形体时隐时现在山岩上，她神情忧郁，但她的声音仍然存在。至今要是有人唤她，她总会回应——她始终保持着原来应声的习惯，重复而简单的应声。

助人为乐的阿尔卡斯

除了奥林匹斯山的十二主神和一些相当重要的次神之外，大自然的万事万物都有赋予它们生气的小神。这些小神，大多都是美丽的女神。比如藏在深山中的女神被称为奥雷阿札；大海中，隐在浪花下面的女神叫妮丽伊札；驾驭着惊涛骇浪的海洋女神叫奥凯阿妮札斯；河流和泉水中居住的是娜伊阿札美女神；而森林中居住的则是兹丽阿札女神。部分女神能够永生不死，可多数女神属于凡世，和人一样。

兹丽阿札是森林女神。她们伴树而生，又随着树木的枯萎而消亡。树木种类不同因而这些兹丽阿札女神也各有自己的名字。白腊树女神就叫梅丽阿札。此树是由天公乌拉诺斯的血生成的。神袛混战时，克罗诺斯砍伤了天公，伤口沁出的几滴血落地上，就产生了梅丽阿札美女神。

阿玛丽娅札则是生活在橡树林中的女神。橡树可活几百年以上，因此阿玛丽娅札几乎是永生的。只要这种树生长着，阿玛丽娅札就能青春依旧。可是树木的危险，也威胁着她们的生命。雷电轰鸣或者人工砍伐，这些女神感同身受，仿佛击打在她们身上，因此她们常用哭泣来感化路人。如果某一次，有谁偶然听从了

树木的哭述，那么此人是不会被她们忘记的。而阿尔卡斯就是这样的人。

有一天他出外狩猎。天气非常寒冷，大雨持续了一夜，树枝上还不时地落着水滴。他来到了一条涨水的河边。河水混浊，水流急湍，大块岩石和树干如同卵石一样被冲得顺流而下。他正在犹疑之间，突然，听到有个声音在呼唤他，声音颤抖，好像是在呼救。阿尔卡斯追寻声音，停在了一棵橡树前。这是一棵坚实的充满着生机的幼树。但是，泛滥的河水已涨到了它的面前。河水由于受到阻挡，突然改变流向，凶猛地冲刷着树根，带走一些泥土。树身仍然挺立着。可是水流不停地侵蚀和松动着土地。这棵橡树预感到危险，树叶沙沙作响，树身落着绝望的眼泪。

“救救我，阿尔卡斯，救救我吧！”声音充满着痛苦和忧愁。

阿尔卡斯深为震惊，说道：“你是谁？让我如何帮助你？”

“我叫赫里索佩里娅，是阿玛丽娅札美女神。救救我吧！这条河是我的敌人，它想把我连根拔掉；救救我吧！阿尔卡斯。”

阿尔卡斯朝树的周围看了看。怎样救它呢？他不知如何是好。突然他发现在稍微高一点的地方有一块巨石。水从那里流下来冲刷着树根。如果把它推进水里，也许能改变水的流向；于是，他竭尽全力去推这块石头，石块很重，他未能推动。已经筋疲力尽的阿尔卡斯几乎要放弃了，可是阿玛丽娅札正在哭泣，她的呼救声回响在耳边。于是，他把背靠在岩石上，站牢双脚，猛然发力一推，岩石晃了一下。他稍稍休息了片刻，集中全力又推了一次。巨石倾斜了，滚动着落入河中。

完成了工作之后的阿尔卡斯转身想走，可是阿玛丽娅札又哭了起来。这次的哭诉，已经不再惊慌不安了，但仍未停止。“阿尔卡斯，你能不能救人救到底，把树围挡好！”

乐于助人的阿尔卡斯集中了很多石块，用石和树枝修筑起一道坚固的防水堤。河水虽然还企图冲垮它，但从上游被冲下来的石块和树枝，堆在小防水堤上，使它越来越坚固了。河水无法冲垮它，只得沿着原来的河床向下流去。这样，橡树就保住了生命，能在陆地上继续生长了。

阿尔卡斯走近这棵树，哭泣声已经停止，絮语声仍然依稀可闻。声音仍很激动，但已是甜美欢快的了。“你救了我，我的树得救了。我的生命是属于你的！是你重新赋予了我以生活的能力，感觉到树叶上的阳光、树根的雨水和流遍我全身的汁液。你，你的子孙们都将受到祝福，阿尔卡斯，谢谢你！”

果真如此，树木对阿尔卡斯的祝福兑现了。阿尔卡斯当上了伯罗奔尼撒半岛佩拉斯戈人的国王。这个地区也以他的名字命名叫做阿尔卡季亚。他是一个热衷和平和进步的国王，他教育人类保护森林，种植小麦，拷制面包，纺线织布。从他和他的后代起，阿尔卡季亚变成了希腊世界最幸福的国度之一。

翠鸟

色萨利的国王刻宇克斯的妻子是埃俄罗斯的女儿哈尔库俄涅。夫妻俩个人感情深厚，他们两人几乎没有分开过一天。现在，刻宇克斯准备去伊奥尼亚的克拉洛斯走一趟，请教阿波罗的神谕。因为他病死的弟弟昨天出现在他的梦中，张开嘴巴想和他说一些什么，可是嘴巴张开了，却没有任何声音。他为之悲痛万分，却又困惑不解。也许弟弟是想告诉自己什么却说不出来。

他把想法跟妻子哈尔库俄涅说了一下。谁知道刚一出口，她就浑身战栗，面如土色。她脸色苍白地说："亲爱的，不要远行，不过是一个梦罢了，何必这么认真呢？如果你不听我的，非要去的话，我跟你一起去吧。否则，我将痛苦万分，不仅为你必定面临的灾难担忧，而且还要为我所担心会发生的灾难而觉得难以承受。"带妻子去，这怎么可能呢？海上太凶险了。于是他说："我以我的父亲太白星的名义起誓，如果命运允许，我保证在月亮第一次盈亏复圆以前赶回来。"说完后，他下令将船只拖出来，配备桨橹帆篷，准备出发。哈尔库俄涅充满了不祥的预感，她泪流满面，哭哭啼啼地道了别，便倒在地上不省人事。

刻宇克斯一伙驶出港口，微风阵阵掠过绳缆。海员们收桨挂帆，往前驶去。夜晚来临的时候，他们已走了将近一半的路程。上半夜，风平浪静。可是到了下半夜，东风越刮越紧，海面泛白，掀起阵阵狂澜。大雨倾盆，仿佛天塌下来，阵阵波墙带来的仿佛只是死亡。突然，闪电劈断了桅杆，船舵也给扭断了，海浪高高地翻卷着把船击成碎片。掉落在大海之中的刻宇克斯使劲地抓着一块木板，大声呼喊自己万能的父亲和岳父前来救援，可惜，茫茫大海之上，除了呼啸的海风暴雨之外，毫无回音。刻宇克斯濒临绝境，可是却不想放弃，因为他想到了自己亲爱的妻子。他大声呼唤哈尔库俄涅的名字，祈求上苍让波涛把他的尸体送回她那里，让她亲手埋葬他。他苦苦挣扎，但是无情的海浪吞没了他，他沉了下去。

这时候，哈尔库俄涅对海难一无所知，只是一味计算着丈夫该归来的日子。她无休无止地为不在人间的丈夫祈祷，终于连铁石心肠的赫拉女神也不忍心再听。于是她召来彩虹女神伊里斯，下令道："伊里斯，快去叫索莫诺斯派个幻象去，化成刻宇克斯，给哈尔库俄涅显灵。"索莫诺斯马上就派遣了他众多儿子中最善于伪装不同男人形象的一个——莫耳甫斯——去执行伊里斯的命令。

莫耳甫斯来到海摩尼亚城，化成刻宇克斯，苍白得犹如死人，赤身露体地站在可怜的妻子的床前。他俯下身子，泪如泉涌，说道："亲爱的，你认出你的刻宇克斯了吗？哈尔库俄涅，你的祷告没有给我带来好处。我死了，不要再欺骗自己了，不要妄想我还会归来。"

哈尔库俄涅在睡梦中呻吟着，伸出双臂企图拥抱他的躯体，但扑了空。"别走！"她高声喊道并惊醒了。她跳起来，急切四顾寻找他的身影。她找不到他了，只好捶打胸部，撕扯长袍。奶妈问她为什么如此悲伤。她回答说："哈尔库俄涅活不下去了。她要跟刻宇克斯一起死去。他的船失事了，他死了。"

天色大亮，她到了海边丈夫出发时她最后一次看见他的地方。她向海面望去发现水面上模模糊糊漂着一样东西。原来那是她丈夫的尸体。她哆嗦地伸出手臂，高喊一声："啊，最最亲爱的，难道你就是这样回到我的身边？"

她纵身跃上海岸外侧的防波堤，身体跃在空中的时候，她的两个肩膀长出了一对尺来长的翅膀。她的双翅拍打着飞了起来，她一边飞一边悲鸣。她落在丈夫的尸体上，用新长出的翅膀去拥抱他的肢体，用粗硬的鸟喙亲吻他。怜悯的神祇把他俩都变成了海边经常可以看见的翠鸟。仔细听一听它们发出的声音，似乎还在呼喊刻宇克斯的昵称。

听懂动物语言的预言家

墨拉波斯出生在色萨里亚。他作为一位预言家和行医者的名声传遍了整个希腊，甚至在他死后，对他的崇拜活动还继续在各地进行着。

墨拉波斯的童年在约尔科斯鹰度过，与兄弟维亚斯一起长大。真是上天造人，这对兄弟长相一致，都是身强力壮的美男子，也一样可爱，可是在性格上却有天壤之别。维亚斯轻率易怒，喜欢大喊大叫，而墨拉波斯却严肃而又文静，理智公正。墨拉波斯从小就是他兄弟的庇护人与引路人。不过，墨拉波斯不仅对兄弟，对任何人，他都非常热心，帮助他们或者提出忠告。甚至这份宽广的爱心，不仅泽及到人，还普及到那些动植物身上。他常常独自一人远离人群，在田野和森林中徜徉徘徊，听风吹树叶、蜜蜂绕花飞翔、鸟儿呼唤同伴；或者观察草儿长叶、灌木结果、野鸽子孵蛋。可以说，他与大自然已融为一体。当他偶尔在一条被杀的蛇旁发现两条刚刚出生的小蛇时，他忍不住同情起来。墨拉波斯找来了干柴，把死蛇火化，而小蛇则放在怀中温暖它们。它们失去了妈妈，而他就承担起了责任，时时刻刻把它们放在身旁，和它们建立了友谊，成为亲密无间的朋友。有天夜里，他醒来时，大吃一惊，两条小蛇正用它们那冰凉的身躯缠绕在自己脖颈上，蛇头紧靠着他的脸；它们红色的信子舔着他的眼睛。墨拉波斯听见轻微的吱吱声振动着他的耳鼓。他渐渐地分辨出是语言。它们在感谢他的照顾。现在，它们已经长大成人，要离开他到田野之中生活去了。为了酬谢他的好心，它们会报答他的。两条相依为伴的蛇走了。墨拉波斯坐了起来。天亮了，他感到整个世界都发生了变化。他明白了：鸟儿的每声啼叫、苍蝇的每次嗡营声、动物的每一吼叫声都是有意义的，都是在讲他已能知晓的语言！这就是那些蛇在离开他之前，送给了他明白动物语言和预知未来医治疾病的能力。

爱的惩罚 塞巴斯蒂亚诺·里奇 意大利

不久，墨拉波斯能够治病和预言未来的消息就传到了人们的耳中，人们纷纷赶来求他帮助。这些人，墨拉波斯从不拒绝，所以当他兄弟来求他帮助的时候，墨拉波斯当然答应了。

情况是这样的，兄弟二人在皮洛斯国的国王尼莱阿斯家中做客。维亚斯爱上了国王独生女皮罗，想娶她为妻。可是尼莱阿斯提出条件，想娶女儿的小伙子，必须首先表明自己拥有多少财产。他甚至声称，只能把姑娘嫁给能为他带来菲拉科斯牛群的人。菲拉科斯是色萨里亚的国王，以饲养优良母牛而著名。为他看护牛群的，是一头令人生畏的大狗。这头狗力大无比，且从不入睡。因此，尼莱阿

斯这么说，等于拒绝任何向姑娘求婚的人。维亚斯和皮罗相互爱恋，但无法实现他们共同生活的美好愿望。现在，维亚斯来求神通广大的哥哥。

墨拉波斯想了想，对弟弟说："我会为你带来菲拉科斯牛群的。"不过他又补充说："你要知道，我将被他们捉住当成贼关上一年。一年之后，我才能成功。"

预言相当准确。墨拉波斯刚一接近饲养着牛群的牧场，便被发现了。墨拉波斯被当作一个普通窃贼，关进了茅草屋里。他在这里被关押了好几个月，几乎被人忘却；唯一与他为伴的是周围的声音。对于明白动物语言的墨拉波斯，这些声音就是谈话，通过这些"谈话"，他能够了解周围的情况。

一天夜里，他躺在麦秸上倾听着周围细碎的声音。从屋顶上蛀食梁木的虫子正在进行的谈话中，他得知自己待着的这个小茅草屋，最多能撑到天亮。到时候，整个屋顶就会塌落下去。墨拉波斯听到这里，立即跳起来，呼喊警卫。警卫们显然不相信这些话，哈哈大笑起来。最后，警卫们因他顽固地坚持己见发生了动摇。因最近几个月的接触，警卫们都喜欢上了墨拉波斯，所以决定对他照顾一次。他们打开了门，让墨拉波斯在外面等到天亮。墨拉波斯耐心地在外面等着。不到一个时辰，群星失辉，鸟儿鸣叫，天亮了，天空呈现出了玫瑰色。突然一声巨响，屋顶塌落下来，随即整座房屋倒塌了。

警卫们大吃一惊，立即跑到国王那里，对他说，关在监狱之中的那个盗贼，竟是一位伟大的预言家！

菲拉科斯甚为怀疑，让人把墨拉波斯给他带来了。墨拉波斯告诉他自己为什么要偷盗他的牛群，还告诉他自己不仅是个预言家，还是一个医术高超之人。

听到了墨拉波斯最后一句话，菲拉科斯惊动了。他问墨拉波斯能不能拯救自己的儿子伊菲克勒斯。他曾是一个勇敢而身强力壮、疾步如飞的孩子；可是一种不知名的疾病把他击倒了，至今已有好几年了。谁也不知道他患了什么病。菲拉科斯曾多次求神祇保佑，敬献了牲畜，送去了祭礼，但神没有给予任何帮助。现在孩子快不行了，墨拉波斯能否帮助他呢？

墨拉波斯没有立即回答，他闭上眼睛，运用了预言能力。一刻钟后他对国王说："请给我两头公牛，向神明敬献祭礼，伊菲克勒斯的病我会治好的！"

菲拉科斯立即命人拉来了两头幼牛，墨拉波斯担任祭司，隆重地进行了宰杀公牛的祭祀活动。牛被切成碎块，抛散到了田里，而他躲藏到近处等待着。不久，很多猛禽闻到了鲜肉的气味，从远处飞来觅食。首先拍打着沉重的翅膀飞来的是兀鹰。它们欢叫着扑向这些肉块，抢夺着，用利爪把肉块撕碎，贪婪地吞食着。当它们吃得半饱不再饥饿难忍时，开始“谈话”了。

“为了伊菲克勒斯恢复健康又献了一次祭品！”一个雄兀鹰嘲笑地说。

“你不了解，”一个最年轻的鹰不安地说，“这话可别传到神的耳朵里，真的让他病愈了。那时我们可就失掉菲拉科斯献的祭品了。”

一个年长的兀鹰发出了刺耳的笑声：“你不要担心！就是有十个药方能够治好伊菲克勒斯的病，这些笨蛋也不知道。如果伊菲克勒斯找不到那把刀，并服用那上面的铁锈，他就不能病愈！

“什么刀？”那只最年幼的鹰又问道。

“这是菲拉科斯一次宰杀绵羊时用过的刀。当时伊菲克勒斯正站在他的身旁，一见到鲜血，他就全身颤抖，好像他们要杀死他本人似的。他和我们不同，他不愿看见血。那天，菲拉科斯刚刚操刀，就被伊菲克勒斯抢过去。他非常害怕地跑去把刀藏了起来，把刀插入了一棵‘圣树’的树干里。从此他就被一种莫名其妙的疾病缠住了。如果不从圣树上把刀取出，取铁锈当药服用，伊菲克勒斯就不能恢复健康。而菲拉科斯就将永远奉献祭品，使我们快活！”

知道了王子得病的前因后果，墨拉波斯来到了菲拉科斯的住处，要求病人同行。国王与伊菲克勒斯共同引导墨拉波斯来到了那棵最古老的橡树前。墨拉波斯在这棵巨大的橡树前一动不动地站立了片刻，之后走到伊菲克勒斯面前，要他把那把他藏起来的刀找出来。年青人颤抖了一下，走到树前，伸出手在树干上摸索片刻，然后他拿一把小斧头，在树皮上砍开了一个切口，伸手拉出了一把刀。这是一把长满了锈的大刀。找到了刀，药方子就不成问题了。十天后，王子重新恢复了健康和气力，奔跑起来，再次像风一样快。

为了酬谢墨拉波斯，菲拉科斯送给了他自己最好的牛群。当墨拉波斯赶着牲口返回皮洛斯交给弟弟时，时间恰好过去了一年。国王无可推脱，只能答应维亚斯和皮罗的婚礼。

燕子、夜莺、戴胜鸟

战神阿瑞斯曾经和一位公主生下了一个儿子忒瑞俄斯。他是色雷西亚国的国

王，作战勇敢。在一次边界争端中，雅典国王潘狄翁与人争斗。忒瑞俄斯作了调停人，雅典和色雷西亚结成盟国，共抗强敌。一方面是为了感激他，同时也是为了加强两国的联系，雅典王潘狄翁就把自己的女儿普洛克涅嫁给了忒瑞俄斯。两个人一起生活了三年，生下了一个儿子伊提斯。应该说，两个人的生活相当美满，平静无波。可是事情坏就坏在夫妻二人去拜望雅典国王潘狄翁这一年。

到了雅典之后，雅典国王潘狄翁亲切地接见了自己的女儿女婿。晚宴的时候，全家人聚集一起说说笑笑，好不快乐。就在这个时候，忒瑞俄斯见到了普洛克涅的妹妹、潘狄翁的小女儿菲罗墨拉。他一下子就被迷住了，可是，他不敢轻举妄动。在雅典待了几天，他们夫妻二人就回到了色雷西亚。

圣洁的小牛

古希腊神话中，人们对诸神很敬畏，在重大节日中会举行隆重的祭祀活动。宰杀公牛是其中一个重要的环节。

回到了色雷西亚之后，忒瑞俄斯心中一直恋恋不忘的是自己的小姨子。一年以后，他已经迫不及待了，不再苦等机会，决定硬来。他先把与自己生活多年的妻子普洛克涅藏在王宫附近的一所乡村小屋里，派人秘密看守。然后，忒瑞俄斯向潘狄翁报告说她死了，希望能娶她的妹妹菲罗墨拉为妻。雅典国王潘狄翁表示了慰问，同意把自己的小女儿许配给他。雅典卫队还未进入他的都城，忒瑞俄斯就派出一队人马把他们全部杀死，而菲罗墨拉则被他抢到了宫殿里。在婚礼还没进行之前，色胆包天的忒瑞俄斯就已经把她强奸了。

忒瑞俄斯为了以防万一，还把普洛克涅的舌头剪掉，把她关在奴隶们居住的

地方，严密看守。普洛克涅整日哭哭啼啼，以泪洗面。她的悲惨的境况打动了一个女奴。女奴悄悄地告诉普洛克涅说，她妹妹菲罗墨拉马上就要嫁给她的丈夫了，婚礼一个月后举行。

普洛克涅是一个坚强的女性。她不再哭了，而是想方设法把信息传给妹妹，揭露这个暴君的真面目。普洛克涅让女奴把忒瑞俄斯叫来，她打着手势，告诉忒瑞俄斯她祝贺他的新婚，并且准备给自己的妹妹送一件新婚礼物——一件嫁衣。到时候，只要忒瑞俄斯让人把嫁衣给妹妹送过去就行了，不必说是谁的礼物。

忒瑞俄斯想了想就同意了。于是普洛克涅就整天坐在女奴的房间里，对着窗口的光线，缝制嫁衣，终于在结婚前三天，把嫁衣赶完了。衣服送到了菲罗墨拉的房间里。菲罗墨拉打开了衣服，总觉得这衣服的针线非常熟悉。她把衣服拿在手上，翻来覆去地翻看着，然后她突然发现了衣服的图案之上是一些字。她把衣服摊在床上，仔细辨认，发现了普洛克涅要传达给她的秘密。话中的信息很简单："普洛克涅在奴隶之中。"

即将新婚的忒瑞俄斯兴奋得怎么也睡不着。于是跑到神庙祈祷，可是得到的神谕却让他感觉到非常不安。神谕警告忒瑞俄斯，伊提斯将死于血缘亲人之手。忒瑞俄斯疑神疑鬼，觉得只有自己的兄弟德律阿斯最有可能。忒瑞俄斯是一个心狠手辣的人，一旦认定了自己弟弟，就毫不犹疑地提起斧子砍死了毫无提防之心的弟弟。他杀弟弟的时候，菲罗墨拉正赶到奴隶的房子里寻找姐姐。可是找来找去，都不见姐姐。正着急的时候，发现走廊尽头一个房间上了闩，她破门而入。屋子里，一个长发女人好像疯了一样，绕着屋子转圈奔跑，正在唠叨着谁也听不懂的话。她仔细一看，不正是自己可怜的姐姐吗？

姐妹相见，抱头痛哭。借着纸笔，普洛克涅叙述了自己悲惨的遭遇。"忒瑞俄斯，这个混蛋。他假装说你死了，还诱奸了我！"大为震惊的菲罗墨拉哭道。普洛克涅的心凉了。这个野兽，不仅害了自己，连可爱的妹妹都不放过。她要复仇。她抛开哭哭啼啼的妹妹，飞步冲出去，抓起儿子伊提斯，杀死了他，取出内脏，然后在铜锅里把他烘熟，等忒瑞俄斯回来，让妹妹端给这个野兽吃。

忒瑞俄斯心满意足，自己的心腹大敌已去。新娘子对自己又是温柔款款，一进屋，就让自己吃香喷喷的肉。肉一入口，他意识到他吃的是儿子的肉。他抓起杀死德律阿斯的斧子，紧紧追逐逃出王宫的两姐妹；他很快追上她们，正要一刀杀掉这两个女人的时候，已经观看这场人间悲剧多时的宙斯出面了。他手指一点，三个人都变成了鸟：普洛克涅变成燕子；菲罗墨拉成了夜莺；忒瑞俄斯是戴

胜鸟。

现在，福克斯人都说，没有一只燕子敢在道里斯或附近地区筑窝，没有夜莺敢唱歌，因为它们惧怕忒瑞俄斯。燕子没有舌头，总是尖声叫喊，绕圈飞行；戴胜鸟总拍打翅膀追逐燕子，叫着“普？普？”（即“哪儿？哪儿？”之意）。夜莺飞回雅典，永不停歇地为她无意中致死的伊提斯哀悼，总是唱着：“伊提！伊提！”

为什么桑葚是紫红色的？

在古代巴比伦尼亚地区，有两个年轻人。皮拉姆斯是个英俊青年，满头金发，双目炯炯，而提斯柏则是该村庄的最美丽的少女。他们是邻居，两家的房屋毗连着，位于一个山腰的平坡上。两个青年人常在一起干活，女孩割牛草，男孩就打柴厮跟着。而女孩子去担水，男青年马上就拿起了扁担。天长日久，他们两个人互相爱慕，成了一对形影不离的恋人。他们期望能高高兴兴地结婚，可是却遭到了双方父母的一致反对。原因很简单，因为一只丢失的母鸡使双方父母多年邻里反目成仇，自然不希望自己的儿女与对方通婚。父母不仅口头反对，还下了死命令，不允许对方见面，干什么事情，都有自己家里的老婆子监督着，同时，双方父母又赶紧找媒婆，想让他们各自早早成家，杜绝他们的幻想。被囚禁在屋子里的男女焦躁不安，却苦于无法见面。他们心中都燃烧着炽烈的爱情，却再也没有倾诉的对象了。

可是，凭着爱情的力量，没有什么解决不了的问题。痛哭了很多天的少女在屋子里走来走去，突然眼前一亮。由于建筑结构上的缺陷，两家房屋之间的那堵墙上有一道裂缝。它从未引起人们的注意，可是现在这条通道却成为了传话的通道。每天大人不在身边的时候，皮拉姆斯站在墙这边，提斯柏在墙那边，他们呼吸相通，双目对视。到了夜幕降临、他们分手的时候，这对情人便将嘴唇贴在墙上，他们没法挨得更近了。能够每天见到心爱的人儿，他们已经很幸运了。但是对于一对热恋中的男女来说，双目对视，身体之间却隔着一堵厚墙，口不能言，却更是一种煎熬。第二天早晨，晨光女神厄俄斯吹灭群星，草叶上的白霜溶化了后，一对情人又来到老地方。他们叹息着双方的厄运，就相互约定，等夜深人静

家人入睡的时刻，他们可以悄悄地走出家门来到田野里倾诉衷肠。约会的地点，就在村子外面，山林里面的一个墓地碰头。墓边有清泉一道，清泉旁一棵遮天蔽日的白桑树，谁先到，谁就先在树下等候着。

这对热恋中的男女急不可待地等着太阳落山，期盼着黑夜早早降临。他们吃饭时也没有什么胃口，推辞着头疼要睡觉早早地进了卧室。好不容易等到父母都入睡了，提斯柏踮着脚尖，轻手轻脚地走过了父母的屋门口，偷溜出家门。来到了墓碑前，她面纱遮脸，坐在大树下。月色中，她正在独自静坐浮想联翩，突然发现了一头身躯肥大的母狮。很显然，它刚刚饱餐过猎物，满嘴都是鲜血，在月色下发黑。它身躯摇摆，心满意足地向着泉水走来，打算饮水止渴。提斯柏见到狮子瞪着一双碧油油的眼睛望了过来，她吓得拔腿就逃，躲进一块岩石后的洞穴里藏身。由于奔跑过急，面纱挂在树枝上，掉在了地上。母狮饮完了水，懒洋洋地返回林去。它看到地上的面纱，用沾满鲜血的嘴来回地嗅弄着，用爪子好奇地去拨弄它，把它撕碎，然后大摇大摆地进入树林深处不见了。

皮拉姆斯因为父母睡觉晚，迟到了一步。他来到约会处，见不到人，却看到沙地上狮子凌乱的脚印，吓得面无人色。接着，提斯柏那块他买给她的、沾满血迹、撕破了的面纱映入了眼帘。他不由地痛苦地喊了起来："可怜的姑娘，是我害了你。我为什么要来这么晚呢。你本来可以过上最幸福的生活。现在，你却成为了狮子的猎物，抛弃我去了另一个地方。没有了你，我活着还有什么意思呢？你等等我，我这就跟你来。到了那个地方，我们将相亲相爱，成为一对最最幸福美满的夫妻。在那里，将没有人再来阻碍我们相爱。等等我！"他捡起面纱，来到树下，不断亲吻面纱，泪水浸透了面纱。"面纱啊，你也将沾上我的鲜血。"说毕，他拔出剑，向心窝刺了进去。鲜血从伤口喷射出来，把桑葚树都染红了：鲜血渗入土壤，到达了树的根部，血红的颜色从树干一直传到果实。

这个时候，提斯柏怦怦直跳的心现在还没完全平息下去。可是她又担心情人，就躲躲闪闪地走出来，焦急地寻找年轻人。她来到约会地点，最先看到的是桑葚的颜色大不一样了，她就怀疑自己是否走错了地方。犹疑的时候，却又发现了一个垂死的人痛苦挣扎的身影。她吓了一跳，浑身战栗，就像微风掠过水面出现涟漪一样，她一下子就认出那垂死的人正是她的心上人。她紧紧地搂住他的身体，不断亲吻他冰凉的嘴唇，伤心的泪水纷纷洒入他的伤口。她捶胸顿足，放声哭喊："啊！皮拉姆斯，这是怎么回事？回答我啊，皮拉姆斯。是提斯柏在跟你讲话。"听到提斯柏的名字，昏迷的皮拉姆斯勉强睁开眼睛却又闭上了。当提斯

柏看到自己沾满血迹的面纱和空剑鞘的时候，她明白了。

“你为了我亲手杀死了自己，”她说，“你爱我，我要你也知道，我爱你一样深。我害了你，我要跟你一起死。只有死亡能拆散我们，可是死亡却不能阻挠我和你同赴黄泉。不幸的父母啊，不要拒绝我们俩共同的要求吧。爱情和死亡把我们结合在一起了，请把我们合葬在一座坟墓里。大树啊，保留我们惨死的痕迹吧。让桑葚作我们流血的证物吧。”说着，她把剑刺进了自己的胸膛。

她的父母在他们死后，非常痛苦地意识到了自己的错误。他们尊重她的遗愿，连神祇们也被感动了，认可了他们的行为。两人合葬在同一座坟墓里，从此以后，桑葚树结的果实便是紫红色的。

帕修斯与默杜萨

帕修斯出生之前，他的外祖父阿克里西俄斯，即亚各斯国王就得到了神谕：他未来的外孙将会把他杀死。老国王非常恐慌，为了防患于未然，国王婉言拒绝了所有向女儿达那厄求婚的人。可是这样还不保险，他把达那厄幽闭在一座铜塔里。他放心了，没有任何人能同她来往，也就没有任何人能得到她的爱了，自然也就没有外孙。可是，打这个姑娘主意的，却是天神宙斯，他巡视人间的时候，见到了这位美丽的姑娘，他深深地爱上了她。为了接近她，宙斯化成了一阵金雨，飘落到达那厄身上。她怀孕了，生下了帕修斯。

阿克里西俄斯大吃一惊。他决定把自己的女儿和刚刚出生的婴儿除掉。他把母子二人塞进了一只木箱里，投进了苍茫的大海之中。但是高高在上的天神宙斯一直跟在后面，保护她们，引导箱子穿风破浪，平安地抵达塞里福斯岛，靠近了海岸。

岛上有两位兄弟，狄克堤斯和波吕得克忒斯，他们统治着塞里福斯岛。狄克堤斯正在海边捕鱼，他看到水里漂来一只木箱，连忙把它拉上海岸。回到家中，兄弟二人对遭遗弃的落难人十分同情，便收留了他们。

帕修斯逐渐成长。与此同时，波吕得克忒斯爱上了达那厄，想娶她为妻。达那厄还念念不忘宙斯，拒绝了他的要求。但波吕得克忒斯仍然毫不气馁，向她大献殷勤。帕修斯对此非常不满，并日夜护卫在母亲身边。波吕得克忒斯十分讨厌

帕修斯将菲尼斯与他的追随者变成了石头 卢卡 意大利

埃塞俄比亚国王将公主安德洛墨达嫁给帕修斯，毁弃了公主与菲尼斯的婚约，因为菲尼斯任凭公主被海怪吃掉也不肯去搭救她。在婚宴期间，菲尼斯因遭拒绝而自作聪明，急欲杀死帕修斯以抢回安德洛墨达。画面表现了菲尼斯的随从们变成石头前的一瞬间。

这个粘皮糖。他千方百计想要甩掉他。终于，他想出了一条妙计：他要求岛上的居民一律用马匹交税。当然了，我们的帕修斯没有马匹，处于非常被动的地位。因此波吕得克忒斯召见了他。

“你不能交税吗？”国王眉头紧皱，“不能的话，这就麻烦了。你打算怎样偿清这笔债？”

“你看我应该干些什么来抵偿您的债务呢？”帕修斯很严肃地说。

波吕得克忒斯正想把这个不知好歹的家伙遣走。他故意想了想说：“戈耳工女妖默杜萨危害我的国家。我要求你把她的头取来。”

这件差事根本就是无法办到。因为谁要是看见戈耳工三个女妖之一的默杜萨，他就会立即变成石头。但帕修斯不知道这回事，他毫不犹豫地答应了。

天真的帕修斯满怀信心地同泪流满面的母亲拥抱告别，义无反顾地走了。这位年轻人逢人便问，打听默杜萨。一天，他遇到了美丽迷人的女神雅典娜。

“默杜萨是个讨厌的家伙。她玷污了我的圣殿。她罪该万死！”她说，“可是，她也很危险。我给你这块钢盾吧，以后你会用上的。你还需要我的朋友仙女的帮助。但是，所有这些神的地址，都必须找非洲大山上的，名叫格赖埃的三个白发女妖问一下。”说完，女神就不见了。

帕修斯充满信心，朝着指引的方向走去。他来到了非洲大山的一个洞里，那是可怕的众怪之父福耳库斯居住的地方。帕修斯在那里遇到了福耳库斯的三个女儿：格赖埃。她们生下来就是满头白发，三个人只有一只眼睛，一颗牙齿，彼此

轮流使用。她们也是默杜萨的姐妹。

帕修斯问她们到什么地方去才能找到戈耳工女妖。白发女妖们一句话也不说，她们迅速地传递着共用的一只眼，怀疑地打量着帕修斯。正当她们谁备诅咒和漫骂帕修斯时，帕修斯遵照女神吩咐，一下子把眼睛夺过来。

三个老妖精马上改变了表情。她们甜言蜜语，拼命奉承帕修斯，说他前途一片光明。但帕修斯不为所动，坚持要知道女妖和仙女的地址。她们只好屈服了。帕修斯犹豫着是否该把眼睛还给她们。但是雅典娜已经警告过他：无论如何，不能同情和可怜她们。如果她们收回眼睛，就会立即向戈耳工女妖们报警。于是，帕修斯把她们的眼睛扔到特里多尼斯湖里去。

帕修斯要找的诸仙女就在山洞附近。她们非常高兴见到了他，并送给帕修斯三件法宝：一顶帽子能够隐身，一双鞋子可以飞行，还有一个特制皮囊，能装默杜萨的头。帕修斯在途中遇到了信使之神赫耳墨斯。赫耳墨斯送了一把弯刀给他。

帕修斯穿着飞行鞋，戴着隐身帽，飞过海洋，来到了戈耳工女妖们居住的海边。

戈耳工三女妖是福耳库斯的三个女儿。在三个女儿中，年长的两个分别叫斯戏诺和欧里亚律，她们是永生不死的。默杜萨是福耳库斯最小的女儿，她有个特殊的本领：谁要是看她的面孔和目光就会立即变成石头。而帕修斯就是奉命来取她的脑袋的。当帕修斯接近她们时，她们正在熟睡。三人的头上布满了鳞甲，没有头发，头上盘着一条条毒蛇。她们长着公猪的獠牙，一双铁手，还有金色的翅膀。

要接近斯戏诺和欧盟亚律，这不是困难的事。可是，怎么样才能接近默杜萨呢？雅典娜送的礼物现在派上用场了，她那光亮的铜质盾牌如镜子一样，能够反照出默杜萨的形象。这样，帕修斯就用不着面对面地看她了。当他接近这个怪物时，帕修斯随即用随身弯刀割下了她的头，放进腰边的皮囊里。

帕修斯还没收刀，从女妖身躯里跳出一匹双翼的飞马珀伽索斯，后面紧拽马尾的是一位巨人克律萨俄耳，他们飞到空中，消失不见了。这匹马和巨人是波塞冬的儿女。

等到其他两个女妖苏醒过来，发现了真相的时候，却不见了他的踪影。帕修斯已戴着隐身帽、穿着飞行鞋飞上天空。虽然避开了女妖，却在空中遭遇了狂风，被吹得左右摇晃。他摇摆着经过利比亚沙漠，却一不小心，皮囊倾斜了一下，墨杜萨的脑袋上滴下的点点鲜血，落到地上，变成了各色的毒蛇，世界上许多地方从此以后就有了危险的蛇类。

他飞过埃及，来到埃塞俄比亚的海岸边，看到耸立在大海之中的山岩上捆绑着一个年轻的姑娘。海风吹乱了她的头发，姑娘泪流不止。那是埃塞俄比亚国王刻甫斯的女儿安德洛墨达。因为母亲夸耀自己的女儿美艳无比，惹怒了海洋的女仙。她们请海神发大水淹没了整个国家，又派了一个妖怪，吞没了陆上的生灵。如果想使国家得到解救，必须把国王的女儿丢给妖怪喂食。国内顿时闹得沸沸扬扬。绝望之余，老国王只好下令将她锁在这里。

帕修斯杀死了海怪，解救了安德洛墨达。埃塞俄比亚国王满怀感激，把女儿许配给了他。帕修斯带着年轻的妻子，回到了塞里福斯岛。

在帕修斯离开期间，波吕得克忒斯一直没有停止过骚扰达那厄。同时他虐待弟弟狄克提斯：因为狄克提斯一直为达那厄辩护。由于受不了这位国王的打骂，他俩只好躲到修道院去避难。

帕修斯来到了宫殿。他说："陛下，我现在已偿清我欠的债了。"

"你是不是在戏弄我？你杀了默杜萨吗？"波吕得克忒斯大声训斥说。他没想到帕修斯还活着回来了。而帕修斯说杀了女妖，显然是在吹牛。

帕修斯虽然了解这位国王的坏脾气，但是他没有料到国王这样对他。他立即把皮囊从腰上放下，然后把目光转开，拿出默杜萨的头给国王看。波吕得克忒斯被吓呆了，他睁大眼盯着默杜萨的头，立刻变成石头了。

帕修斯决定让狄克提斯统治塞里福斯岛，与母亲结婚。他同安德洛墨达一同找他的外祖父阿里克西俄斯。可是他的外祖父因为害怕早年的神示，逃跑了。帕修斯继续寻找，跟着也去了拉卫萨，目的是参加当地国王举办的一个运动会。在掷铁饼时，帕修斯无意打中了他的外祖父。神示应验了。

欺骗死神之人

宙斯与江河之神阿索波斯发生了冲突，两个人激烈地争吵起来。西绪福斯是个精明过人的国王，他想借机获得神的垂青。可是这次他却失算了。他插手了两个人的纠纷也就罢了，但不幸的是，他站在弱者阿索波斯一边，替他辩护。

宙斯非常恼怒。一个小小的国王，不就是千千万万凡人中的一个吗？竟敢插手神的纠葛，而且还敢顶撞他，这还了得？他马上下令给死神，要他马上把这个不知天高地厚的凡人送进地狱里。

“怎么啦，时辰还没到，你就来找我了？”西绪福斯很不友好地责怪死神。

“我是不该来的，”死神抱怨说，“可这是宙斯的命令呀！”

“宙斯的命令？”西绪福斯说，“这完完全全是出于个人恩怨。”

“就算是这样又怎么啦，”死神说，“我来这里，不是和你讨论宙斯的命令的，我是个小神，只是来执行命令的。”

西绪福斯是个精明的人，当然不愿现在就死。他眉头一皱，计上心头，想出了一个避开死神的好办法。

西绪福斯的工作

“西绪福斯的工作”是重复、繁重、永无休止的象征。在希腊和罗马神话中，神不是永恒，而苦难与惩罚则是永恒的，如被缚的普罗米修斯、顶天空的阿特拉斯、推石头的西绪福斯以及虚荣的坦塔罗斯，他们永远伴随着苦难与惩罚而存在。

“看来我只有跟你走了，”他对死神说，“其实，我早就等你来了。我一离开宙斯，我就知道我死定了。我已经在宫殿里建了一座塔。又让人在塔下挖了一个洞穴，准备当我的坟墓。我带你去石穴吧……”

死神相信了他的话，紧紧地跟在西绪福斯后面，走进塔下的墓穴。笨重的用来覆盖墓穴的大石板横跨在墓穴上，可以看见墓里也铺了一层大理石板。

“我的天啊！”西绪福斯故意长叹一声，“这个洞穴太小了。”

“我看不会太小。”死神说道。

“是太小了，太小了！这个墓穴埋不下我，这实在令人遗憾！你能不能躺到里面去，让我看看洞穴是否合我身？”

死神太天真了，他照国王的话办了。他真像个死人一样笔直地躺在墓穴里。西绪福斯以闪电般的速度推下大石板，把死神封盖在墓穴里。然后他走出墓塔，用一把大铁索牢牢地锁住塔门。

宙斯很繁忙，一方面他要处理政务，另一方面他更要寻欢作乐，所以西绪福斯这件事情他很快就忘记了。想想也是，一个神灵去逮捕一个凡人，还不是手到擒来吗？西绪福斯现在肯定被关在地狱里和其他幽灵一起。可是，好多年过去了，也不知道是哪根神经动了，宙斯又记起了这个人。他派人一查，不仅没有西绪福斯这个人，可怕的是地狱里，这几年竟然没有一个人死亡。

宙斯焦躁不安，立即派了信使之神赫耳墨斯前去调查。

“死神失踪了，”赫耳墨斯报告说，“看来是西绪福斯把死神关闭在他的墓塔里。”

“什么？”宙斯咆哮起来，“气死我了！气死我了！”他来回地转着，怒吼的声音很远都可以听见：“这个无耻的家伙冒犯了我，现在竟然还敢糊弄我！我非要把他碎尸万段，这才解恨。”

他把战神阿瑞斯叫来，命令他立即去释放死神。战神立刻把墓塔的铁索炸断，揭开大石板把死神放了出来。死神从墓穴里爬了出来，脸色铁青，牙齿格格作响，浑身霉气。

这次，死神再也不上西绪福斯的当了。他把西绪福斯逮住，接着就把他的幽灵交给了地狱的老船工卡隆。卡隆又把他的幽灵渡过西梯克斯河送到冥王府去。

但是，精明的西绪福斯早就打了预防针。他要求妻子不要按习俗掩埋尸体，而是要弃尸荒野，并且嘱咐她千万不要作任何祭献。

西绪福斯到了冥王府里，马上就去拜见地狱之王哈里斯。“我妻子太粗心大意！”西绪福斯高声喊道。“秃鹰将要啄食我的遗体，而你也不会得到你应得的祭品。”

“这真是闻所未闻！”哈里斯慷慨地说，“你可以回到人间去惩罚你那忘恩负义的妻子，要她把你的遗体掩埋好。”

这正中西绪福斯的下怀。哈里斯同意他回家一趟。他一到人间就恢复了人形。但他回家以后并没有责罚妻子，仿佛没有发生任何事情一样，仍然统治着他的国家。

受骗的诸神这次干脆让他平静地生活到老死。西绪福斯最终没有逃脱人类共同的命运。他渡过西梯克斯河到冥府去。这一次是因为年老去的，不像第一次那

样是年轻力壮时期。这一回他没有希望回到地面了。

就在这个时候，诸神的怒气发作了，对他进行一次狠毒的突然袭击。

他们说他大逆不道，把他送到了塔耳塔洛斯地狱去服苦役。西绪福斯只好无休止地把一块大岩石往陡峭的山坡上推，可是，每当他把岩石快要推到了山顶，岩石就从另一面滚去，直到山脚。据说，这一白费力气、徒劳无益的劳动就是要使他记得：人们可以施用妙计在一段时间避过死神。但是人们最终不能战胜死神。

斯库拉变形记

格劳科斯是个渔夫。有一天他打鱼起网，把网内的鱼全倒在岸上，开始在草地上分门别类地挑选。突然，躺在草地上的鱼开始活动，像在水中一样摆动着鱼鳍。他正看得发呆时，它们一个个全都跳到了河边，跳进水里游走了。他不知道怎么解释这个现象。于是他就摘了一些草尝了尝。草的浆汁刚一入口，顿时，他觉得有一股酸涩的味道直往喉咙钻去，接着便感到舌麻口燥，干渴难熬。他非常想喝水，竟一头栽进河里，拼命地喝了起来。水中的神灵和仙女见他干渴成这副样子，十分可怜他，便调集了五湖四海的水来供他痛饮，可他还是喝不够。于是，他们干脆让他生活在水中，成为水中的一个成员。他们让他长出了鱼儿似的鳞、鳍和尾，让他的头发变成海绿色，只是他的头部和上身，还依然保持着人的模样。神灵和仙女们对他的模样非常赞赏，因为在水里还从未有过这样的生物呢！而他自己，也为这不同寻常的模样感到自豪。

有位美丽的少女，名叫斯库拉，很得水中仙女的宠爱，常陪伴她们在各处游玩。一天，她正在湖边洗澡，格劳科斯看见了她，立刻爱上了她，便轻轻地向她游去，想跟她说几句知心话。可是，当他游到她的身边，刚刚露出身子，斯库拉转身匆匆跑掉了。格劳科斯绝望之际，突然想到应向女巫喀耳刻求教。于是，他就来到了喀耳刻所在的岛屿。

相互问候之后，他说道：“女神，我请求你发发善心。只有你才能解除我蒙受的痛苦。我爱斯库拉。我真不好意思对你讲我是如何向她求婚和做出许诺的，她又是如何轻蔑地对待我的，我求你利用你的咒语或神草，不是用来医治我的单

美人鱼（海中仙子）居斯塔夫·莫罗

相思，而是让她也爱上我，对我回报以爱。”

格劳科斯的话叫喀耳刻非常感动，她不知不觉地喜欢上这个披着一头深绿头发半人半鱼的神灵。怎样才能使他回心转意，把他的满腔热情从斯库拉身上转移到自己身上来呢？她想了好半天，终于说道：“你的感情热烈而纯真，每一个天神或凡人都会被你所感动。不过，爱情从来就是双方自愿的，与其追求一个可望

而不可即的目标，不如追求一个唾手可得的、同样值得你爱的对象。不要灰心，我的朋友，对自己要有信心，因为你是一个高贵的神。不瞒你说，就连我这样一个女巫，懂得各种妖术和魔法，如果你把感情给了我，我也绝对不会拒绝的。如果有人蔑视你，你也应该同样地蔑视她。还是去爱一个已经准备与你相爱的人吧！这样，幸福的爱情就会降临。”

尽管喀耳刻这番话说得委婉曲折，格劳科斯还是听出了她的真意。不过，他回答说：“我对斯库拉的爱是不会转移的；除非从海底的深处立即长出一棵参天大树，除非海里的水草全都爬到高山顶上，否则，我就要永远追求她！”

听到这样的话，喀耳刻心里很恼怒，却拿他没办法，因为她由衷地喜欢他，不想加害于他。于是，她把愤怒转向了她的情敌斯库拉。她把各种有毒的植物采集起来，用妖术和魔法把它们混合在一起，然后，她漂洋过海，翻山越岭，来到西西里岛。这里正是斯库拉居住的地方。

西西里岛有绵延不断的海岸，斯库拉常到海边来散步，在天热的时候，还下到水里洗澡。这天，喀耳刻估计斯库拉会来洗澡，便把她带来的毒物放到海里，并且轻声地念了一番咒语。果然，斯库拉来了。她下到齐腰深的水里准备洗澡，突然发现她的四周全是昂着黑头、吐着细舌的毒蛇，便大声惊呼起来。起先，她想摆脱它们，想赶走它们，但是它们紧紧地追着她，一步也不放过她，她用手狂乱地击打它们，但是她的手脚却被咬得鲜血直淌。她在水中一步也动弹不得，她用尽了气力，最后还是被毒蛇拖进了深水中。

斯库拉不幸遇难的消息，很快传到了格劳科斯的耳中。他悲痛异常，游到西西里岛，希望能见她一面。果然，从海里浮起了斯库拉雪白的尸体。格劳科斯抱起她，痛哭不已。天神们见此情景，无不深受感动。他们决定让斯库拉复活。不过，他们向格劳科斯提出了一个条件，那就是如果他能在一千年之内把所有落入海中溺死的人全都打捞起来，那么，就让他与斯库拉团聚。格劳科斯照办了，整整一千年，他昼夜不停地巡游在海上，打捞着一个又一个的溺死者，其中有船翻落海的水手，也有失足落水的儿童，还有在爱情中遭遇不幸而投海自尽的姑娘。他把他们一一捞起，送上岸去交给了他们的亲人。最后，神灵们的诺言实现了，他们果然让斯库拉复活，并让格劳科斯恢复了人形，使他仍然成为一个健壮的青年。他们生活在一起，相亲相爱，永远不再分离。

飞马

大英雄帕修斯砍下默杜萨脑袋的时候，血滴入土中，并且生出了飞马珀伽索斯。它飞扬跳跃，伤害临近居民，整夜在月光之下奔跑游荡，发出了叫声。它的叫声又响又尖，传到了奥林匹斯山众神的耳朵里，搅得他们尤其是天神宙斯无法安眠。于是，智慧女神雅典娜就被他派了出去，要求她制止住这匹马。

雅典娜来到了飞马的跟前。它正准备扬蹄飞奔的时候，她跑上前去，抓住了它的鼻子。雅典娜捉住它，加以驯服，赠送给缪斯女神。利用它的神力，缪斯的埃利孔山上有了一口马泉。它就是珀伽索斯用蹄子踢出来的。

吕喀亚有一头怪物喀迈拉。这怪物是巨人堤丰与巨蛇厄喀德那所生的儿子，它上半身像狮子，下半身像恶龙，中间像山羊，口中喷着火苗，烈焰腾腾，委实可怕。它在吕基亚大肆骚扰，让吕喀亚的居民苦不堪言。国王伊俄巴托斯寻求能杀死它的英雄。许多人前来应征，可是无一例外地，都被那头怪物吞吃了，死了二十多个人。再也不敢有人前来应征了。国王伊俄巴托斯非常苦恼。

过了一段时间之后，他的女婿普洛托斯派人给他送来了一封信。这个带信人，一个英俊潇洒的年轻人柏勒洛丰，正是女婿推荐给他的消灭喀迈拉的无敌英雄。老国王非常高兴，热情款待了这个年轻人，让他自已吃饭。国王自己则进入内室，看女婿的来信。刚开始时，这封信的确是在夸这个年轻人英勇无敌。可是到了末尾，却让老国王倒吸了一口冷气，原来女婿要求岳父把他处死，因为这个年轻人在提任斯国王普洛托斯那里做客的时候，企图勾引他的妻子，老国王的女儿。

事实情况并非如此。柏勒洛丰是那个被天神宙斯惩罚不停滚动石头的西绪福斯的孙子，即科任托斯国王格劳科斯的儿子。他因为过失杀人，被迫逃亡，来到提任斯，受到国王普洛托斯的热情接待。柏勒洛丰长相英俊，仪表堂堂。普洛托斯的妻子安忒亚一见倾心，企图引诱他。可是心地善良的柏勒洛丰拒绝了挑逗。普洛托斯的妻子恼羞成怒，反在丈夫面前倒打一耙，说柏勒洛丰企图引诱她。国王轻信了她的话，心里满是怒火，当即就想杀掉他。但长久相处下来，他已经非常赏识年轻的柏勒洛丰，不忍心下手，正好他的岳父吕喀亚国王伊俄巴托斯正为

那个怪物烦恼，这正好一举两得，既解决了自己的难题，也助了老岳父一臂之力。

伊俄巴托斯读了信，就要求柏勒洛丰去和喀迈拉搏斗。柏勒洛丰接受了建议，在出征前，他找了占卜者波吕伊多斯。后者建议他，若有可能，把飞马珀伽索斯找来助战。可是怎样抓住飞马呢？它从来没有让人骑过，十分狂野撒泼，无法抓住和驯服。柏勒洛丰努力了一阵，累得精疲力竭，最后竟在皮勒内河边智慧女神雅典娜的神庙里睡着了。他做了一个梦，梦见他的保护神雅典娜交给他一副华丽的带有金色饰物的辔头，对他说：“你怎么睡着了？带上它吧！”柏勒洛丰突然从梦中醒来。他跳起身，看到手上果然有一副金光闪闪的辔头。

他赶紧跑出了神庙，可是却找不到那匹四蹄飞扬，毛发闪亮的飞马。正在他茫然无措的时候，智慧女神雅典娜把他带到了夜空之中，指点给他看正在希伯克林泉边饮水的珀伽索斯。柏勒洛丰摇晃了手中金灿灿的辔头。飞马一见到辔子，就乖乖地跑过来让人骑。柏勒洛丰毫不费力地把双翼飞马驯服了，他把辔头套在马头上，然后穿上盔甲，骑马腾空而行，弯弓搭箭，射死了怪物喀迈拉。

柏勒洛丰征服喀迈拉以后又被不友好的主人派去经受新的考验，执行别的使命。伊俄巴托斯先派柏勒洛丰去攻打索吕默人。索吕默人蛮勇好战。可是柏勒洛丰靠着珀伽索斯，取得了胜利。一计不成，国王伊俄巴托斯又生一计，派他去跟亚马孙人作战。这也难不到柏勒洛丰，他安然无恙地得胜回来。伊俄巴托斯于是在柏勒洛丰归途中设置埋伏，但可悲的是袭击柏勒洛丰的士兵全被消灭无一生还。直到这时，伊俄巴托斯才明白这个年轻人根本不是罪人，而是神的宠儿。他再也不敢杀害他了。他把柏勒洛丰接回宫中，把美丽的女儿菲罗诺厄嫁他为妻，柏勒洛丰成了他王位的合法继承人。

柏勒洛丰取得了很多的胜利，变得日益骄傲和自以为是，终于得罪众神。据说，他甚至企图驾着飞马闯入天国，但宙斯派出一只牛虻去叮珀伽索斯。飞马失蹄，把柏勒洛丰从马背上摔了下来，变得又瞎又瘸。从此，柏勒洛丰避开一切行人来往的道路，独自一人在阿莱恩的田野里漂泊流浪，悲惨地了结一生。

寻找金羊毛

很久以前色萨利的国王叫阿塔玛斯，他和妻子涅斐勒生了一子一女。日久天长，阿塔玛斯变了心，涅斐勒衰老的容颜再也激不起他心中的激情了，于是他遗弃了涅斐勒，另娶了一个年轻貌美的女孩子。作为母亲，涅斐勒担心继母借机加害自己的子女。与其在王宫之中任人宰割，还不如把他们送到继母的势力所达不到的地方去。就在这个时候，信使之神赫耳墨斯出面了。他派来了一只长着金毛的公羊，叫两个孩子骑到羊背上，而公羊自会把他们送到安全处所。公羊驮着孩子腾空而起，朝东方飞去，在越过亚欧两洲分界的海峡时，女孩滑下羊背，堕人海中。公羊继续向前飞奔，来到了黑海东岸的科尔基斯王国，把男孩佛里克索斯平稳地放到地上，并受到国王埃厄忒斯的热情接待。佛里克索斯杀了公羊祭献宙斯，并把金羊毛送给了埃厄忒斯。国王把它放置在一片圣林中，由一条一直醒着的巨龙守卫着。

与阿塔玛斯的色萨利王国毗邻的一个国家，由阿塔玛斯的一个亲戚埃宋统治着。国王埃宋不堪政事之苦，让位给弟弟珀利阿斯，许诺的条件是等埃宋的儿子伊阿宋长到二十岁，就由他继承王位。伊阿宋长大成人，过了二十岁生日时，他就向叔叔讨还王位。珀利阿斯一面满口答应，一面却怂恿他去进行一次光荣的冒险：夺取金羊毛。他的话正合了伊阿宋的心意。于是，伊阿宋就着手准备远航。他雇用阿尔戈斯为他建造一艘能载五十人的大船，并以造船师的名字命名，叫阿尔戈号。

阿尔戈号载着一船的英雄自色萨利海岸出发，越海来到色雷斯。第一道难关到来了，他们正要闯过的攸克辛海峡仿佛是由两个岩石小岛把守着的人海口。这两个小岛却又没有固定死，随风起伏，时时有相撞的可能。如果恰有任何东西夹在两岛当中，必然被挤压成齑粉。怎么办呢？显然不能硬闯，最好能够在两岛相距最远的时候，船只开过去。这个时候，船中最老的水手想出了一个好主意。他们放出一只鸽子，它在两岛间寻路飞行，安全飞过，不过它们还是被夹掉几根尾毛。伊阿宋和他的伙伴们乘两岛撞开的时机，奋力摇桨。两岛再次相撞时，船已安全通过。他们接着沿海岸向前划行，成功地在科尔基斯王国的码头上登岸。

伊阿宋向科尔基斯国王埃厄忒斯说明来意，狡猾的老头当然不愿意。可是也不能直接拒绝，于是国王答应送上金羊毛，可是有一个条件：伊阿宋必须能够将两头长着铜蹄、鼻孔喷火的公牛套上挽翻地，并且能把卡德摩斯擒杀的巨龙牙齿种到地里。人尽皆知，龙牙种到地里后，会长出一队全副武装的战士，他们将用利刃来对付播种的人。很显然，这个国王，明着答应得爽快，背地里却是拒绝。

伊阿宋不顾下属的反对，接受了国王的条件。他们当场订下了日期。日期渐近，伊阿宋还是没有任何动静，整天只是和国王的女儿美狄亚聊天游玩，好像根本就不是来取金羊毛的。他们暗中劝伊阿宋想一想办法。谁知道伊阿宋摇摇手，耸耸肩膀，又去找美狄亚去了。他的下属们彻底失望，只等约定的日期一过，就赶回家乡去。

约定的日子来到了。一反往常，伊阿宋起得特别早，精神抖擞地来到了赛场之上。两头铜蹄牛冲了进来，鼻孔里喷出火焰，将沿路的草木烧成灰烬。伊阿宋迎上去，毫无惧色。灼人的毒气竟奈何不得伊阿宋。他温柔款语地劝慰着那两头牛，抚摸着它们的脖颈；手毫不打颤，同时就势将挽具套了上去，牵着它们犁起地来。然后伊阿宋播下了龙牙，又把地耙平。不久一队全副武装的战士就冒出了地面。他们马上就挥动着刀剑向伊阿宋冲来。开始时伊阿宋先用剑和盾抵挡了一阵，可是过了一会，他就渐渐不行，寡不敌众了。这个时候，让他的下属们惊奇地是，伊阿宋忽然念念有词，他捡起一块石头扔到武士群中，他们立即倒戈互相厮杀起来，不一刻工夫，这些龙仔们竟无一幸存。

伊阿宋雕像

青年伊阿宋是美狄亚心中的至爱，他的形象其实是凡人中的阿波罗，俊美和神武相交融。

真是难以令人相信。他的下属们不由对这位游手好闲的花花公子刮目相看，其实他们根本不知道，伊阿宋在陪同国王的女儿美狄亚游玩的时候，早就征服了美狄亚的芳心。他答应娶她为妻，把她邀到赫卡忒祭坛前，向女神赌咒发誓。法术高超的美狄亚心软了，帮助他掌握了一种符咒，能有效地对付公牛喷出的毒火和武士们的利刃。

除了武士之后，伊阿宋还有最后也是最危险的一关：如何解决那守卫着金羊毛的怪龙。不过，不用急，美狄亚自有法术。到了林子之中，伊阿宋将美狄亚事先调好的药水往它身上洒了几滴，那龙一闻到药水气味就收敛了嚣张的气焰，呆站片刻，闭上那双从未合过的大圆眼，倒地酣睡。伊阿宋抓起了金羊毛，叫上朋友们和美狄亚，急忙回到自己的船上，趁埃厄忒斯的追兵尚未赶到之际，他们扬帆破浪朝色萨利赶去，最后安全返航。伊阿宋将金羊毛交给了珀利阿斯，完成了任务，成为国家的民族英雄。

美狄亚的怨毒

伊阿宋历经艰险，取得了金羊毛，还是没能得到爱俄尔卡斯的王位。他不得不把王国让给珀利阿斯的儿子阿卡斯托斯，自己带着年轻的妻子美狄亚逃往科任托斯。

到了异国他乡，他的父亲埃宋因为年迈体弱，奄奄一息。伊阿宋请求法力无边的美狄亚施展魔法，减掉自己的年龄而相应延长他父亲的寿命。美狄亚想了想说："好吧。也许我能施展魔法让他多活几年而你又不必减寿。"这天深夜万籁俱寂，她只身来到荒野之中，诵读咒文，祈祷女神。随着她的祷告声，群星越发璨烂，一辆蛇车从天而降。她登车腾空而起，飞往奇花异草生长的远方。九天九夜，她采集好了所需草药。接着她搭起祭坛两座：一座祭祀大地女神该亚，一座祭祀青春女神赫柏，一头黑羊当作祭品，而牛奶美酒泼到地上祭酒。然后她派人将埃宋带到祭坛，用法术使他昏睡过去，平卧在香草上。她散开长发，用树枝蘸羊血做香火，放到祭坛上去焚烧。同时她还准备了大锅一口，里面放好了原料和碎龟壳片、少量鹿肝、乌鸦的头和喙——龟和鹿都是长寿动物，而乌鸦的寿命有九代人那么长。她手持干枯的橄榄枝一根，搅拌药汤；当那橄榄枝刚从锅里出来，顿时就成碧绿，眨眼工夫长出了叶子和嫩橄榄。一切就绪，美狄亚就割开了老人的喉管，放干全身的败血。煮好的汤汁被灌到嘴里和割开的喉管中。汁液慢慢渗了进去，醒来的老人满头霜白竟变为乌黑，青年人一样，一改苍老憔悴而变

美狄亚杀子

美狄亚杀死儿子是为了报复丈夫，让他痛苦。画中的美狄亚在杀子前，还抱有一丝希望转过头来望着，希望丈夫回心转意。

得容光焕发，精力充沛。

在这里，他们住了十年，美狄亚给伊阿宋生下三个儿子，前两个是双胞胎，名叫忒萨罗斯和阿耳奇墨纳斯，第三个儿子叫蒂桑特洛斯，年龄尚小。美狄亚由于年轻美貌，品格高尚，举止得当，而且能里能外，所以深得丈夫的宠爱和尊重。但是后来，她年龄渐大，魅力日减，伊阿宋又迷上了科任托斯国王克雷翁的漂亮女儿格劳克。伊阿宋瞒着美狄亚向她求婚。当国王答应婚事择定日期之时，他才婉转劝说妻子美狄亚解除婚约。他对天发誓说，并不是他厌恶她，而是为孩子们前途着想，他不得不和王室结亲，好有一个稳定的靠山。美狄亚一听，怒不可遏，指责他忘恩负义，可伊阿宋一意孤行。

绝望的美狄亚在丈夫的宫殿里急得团团转。她怨天恨地，大声诅咒丈夫和勾引他的女人，却被伊阿宋的新岳父，国王克雷翁听到了。克雷翁命令美狄亚："立即带着你的儿子，离开我的国家。"美狄亚压住怒火，请求他延缓一天，以便她为孩子们找一个去处。国王考虑了一下，同意了。

美狄亚早就对丈夫死了心，可是在走出最后一步之前，她又好言规劝丈夫，希望他回心转意。可是伊阿宋无动于衷，儿女他才不放在心上呢，他只想着他的新娘。但他答应给她和孩子们一笔钱，并写信给朋友希望他们收留她们母子。

美狄亚勃然大怒，想了一想，就和颜悦色地说："你想通过新的婚姻为你的孩子谋求幸福。好吧，今后你可以把孩子接回去，让他们跟继母的孩子们一起生活。"美狄亚显得宽宏大度，甚至取出许多珍贵的金袍，交给伊阿宋送给新娘作为贺礼。伊阿宋真的以为她原谅了他，喜出望外，同意把孩子留在宫殿里，让她一人离开。他派了一个仆人，将礼物送给新娘。可是谁能知道这些珍贵的衣袍上是美狄亚用浸透了魔药的料子缝制的呢？

丈夫告别之后，美狄亚就时时刻刻地等待着消息。终于，她可靠的仆人气喘吁吁地奔了过来，嚷道："美狄亚，快上船，快逃走！你的情敌和她父亲都已死去。你知道，当你的儿子和伊阿宋走进新房时，我们这些仆人多么高兴呀，怨恨终于消除了。国王的女儿不想搭理孩子。可是伊阿宋竭力安慰她，还为你说了不少好话，拿给她看你的礼物。她一看到金袍时，满心欢喜，马上答应新郎的一切要求。你丈夫和儿子一离开，她就迫不及待地将斗篷披在身上，又把金色的花环套在头上，喜不自胜。她还高兴地在房间里走来走去，像一个小姑娘似的为新装洋洋得意。可是突然她面色苍白，四肢痉挛，摇晃着往后退着，还没到椅子跟前，就栽倒在地上，口吐白沫死掉了。大家都惊住了。仆人赶紧去找国王，另外几个仆人赶紧去喊您的丈夫。可是谁知道她头上的花环喷出了火焰。当国王赶到时，他只看见女儿的尸体已烧得变形。国王扑向女儿拥抱她，却中了女儿身上衣服的剧毒，也死了。伊阿宋的情况怎么样，我还不知道。"

美狄亚听了之后，还不解恨，复仇的怒火更加旺盛。她如同复仇女神一样，急忙奔出去，准备给她丈夫一个致命的打击。她来到儿子的卧室门前。天色已晚，她自言自语地说：“我的心啊，不要软。为什么现在如此犹豫呢？忘掉他们是你的孩子，忘掉你是生养他们的母亲，你不杀死他们，他们也会死在仇人的手里。”

当伊阿宋急忙赶回家中，要为新娘找美狄亚报仇时，却听到里面传来孩子们的惨叫声。他奔到他们的住房里，看见儿子倒在血泊中，像献祭的供品一样被杀害了。他满屋里找美狄亚，却没有找到。伊阿宋绝望地离开了自己的家，听到空中传来阵阵声响。他抬头一看，看到了可怕的杀人凶手。她坐在用魔法召来的龙车上，升上天空，离开了她用一切手段复仇的人间。伊阿宋无法惩罚她，陷于绝望中。他没有其他选择，拔剑自刎，死在自家的门槛上。

生死攸关的木头

伴随伊阿宋寻找金羊毛的阿尔戈远征队里，有一位英勇善战的英雄叫墨勒阿格。他是一位王子，卡利敦国王俄纽斯和王后阿尔泰亚的儿子。就在墨勒阿格呱呱落地之时，阿尔泰亚在神殿里祈祷着，偷偷窥视命运三女神纺织出的命运之线，祈祷道：“天神呀，保佑我的孩子长生不老吧。”神给她的神谕是：只要火炉中那块木头烧成灰炭时，你的儿子的寿命也就随之告终。然后，阿尔泰亚从炉火中抽出木头，浇灭了它，小心翼翼地藏了起来。她以为这样，儿子就可以长命百岁，永远不死了。

许多年过去了，墨勒阿格成长为英俊少年。事有凑巧，有一次俄纽斯祭祀众神，一时疏忽，竟忘记给雅典娜献上祭品。这种怠慢的行径让雅典娜义愤填膺。她马上差遣一头硕大无比的野猪来践踏卡利敦的田园。这头野兽太大了，普通的陷阱或者夹子根本管不了用。它落进陷阱，却一个纵身就跳了出来；夹子夹脚，它浑身一抖，夹子就碎成了粉末。而且，每次遭到人们的陷害，它就要肆意报复一下，把整个卡利敦王国搅地天翻地覆。危难之际，墨勒阿格站了出来，他号召全希腊的英雄们联合起来，围捕这头恶兽。忒修斯、伊阿宋，还有珀琉斯、忒拉蒙、涅斯托耳都参加了这次的行动。同来的还有阿卡迪亚国王的女儿阿塔兰特，她眉宇间凝聚着女性之美，浑身又闪现出武士的俊秀，让正处于青春期的墨勒阿格一见倾心。

这批武士们在老猎手的带领下，靠近兽穴。那头巨大的野猪正安卧在坡下的芦苇中，追捕之声把它吵醒了。虽然猎人很多，可是这头野猪却毫不畏惧，径直朝向猎人们直奔过去。一个又一个的猎手被掀倒在地。伊阿宋边祈祷雅典娜保佑他成功，边投出长矛。但是雅典娜接受了他的祈祷，允许他击中目标却不准杀伤，掷出的矛还在空中时就掉了铁尖。野猪向涅斯托耳冲来，他爬上了一棵树才得脱险。忒拉蒙向恶兽扑去，但却被露在地面的一条树根绊倒。倒是阿塔兰特射出的一枝箭第一次使那恶魔流了血。这时，英勇的墨勒阿格挥起长矛，第一下扑了空，第二下扎进了恶魔的腰部，他跑上去又连刺几下，终于把那怪物击毙在地上。

周围的猎人们爆发出一阵欢呼声，向胜利者祝贺，武士们拥上来，抚摸着墨勒阿格的手。墨勒阿格用脚踩着那死猪的头，转脸向着阿塔兰特，将自己的战利品，猪头和生猪皮呈献给她。这一举动引起了其他猎人的忌妒和非难。墨勒阿格的两个舅舅——普莱西蒲斯和陶休斯尤为不满。他们依仗自己的姐姐是王后，而墨勒阿格是自己的外甥，从姑娘手中抢走了她已接受的赠礼。

年轻的墨勒阿格不能忍受了，认为这是对他，特别是对意中人的侮辱；愤怒之中，他忘掉了亲戚关系，拔出剑来刺进了挑衅者的胸膛。普莱西蒲斯和陶休斯躺倒在地上，鲜血流了一地，很快就死掉了。

王后阿尔泰亚接到了消息，知道自己儿子杀掉了那头怪兽。为了感谢神明保佑儿子取得了胜利，王后则命人抬着礼物往庙宇走，半路上她遇到了抬着她兄弟尸体的人群。了解了情况之后，她捶着胸脯，号啕大哭，喜庆的艳服替换成了丧服。可是她还不知道谁是凶手，一直追问，那些猎人都支支吾吾。最后她发火了，伊阿宋才告诉了她事实的真相。听了凶手的姓名，她仿佛中了雷击一样，半天都没有反应过来。但等明白过来之后，她的悲伤转化成了愤怒：为什么这个孽障，在拔剑之前，就没有想一想自己的母亲呢？这两个人，可是他的舅舅，母亲的亲兄弟，她现在仅存的两个亲人呀。阿尔泰亚在愤怒之中失去了理智，决定严惩儿子。她找出了那块从火堆里抽出来的木头，就是命运女神所说的决定墨勒阿格性命的那块木头，命人点燃了一堆火。她闭上了眼睛，背过身去，将那命运之木投进了燃烧着的柴堆。

那木头噼啪一声裂开了，仿佛临终前的呻吟。墨勒阿格这时不在城中，也不知道他母亲干的这些事情，只是莫明其妙地突然觉得一阵疼痛，身体里像烧着一把火。他只是凭了勇气和骄傲才抵住了焚烧他的痛楚，懊悔不如当初体面地死在

浴血奋战中。临终前，他呼唤老父、弟弟、亲爱的姐妹们、意中人阿塔兰特，还呼唤着母亲——他厄运的幕后主谋。那一把火越烧越大，英雄的痛楚也随之加剧。渐渐地两者都减弱，终于熄灭了。木头烧成了灰，墨勒阿格的性命也烟消云散。

阿尔泰亚烧完木头以后，才明白自己究竟干了一些什么，懊恼之下她自刎身亡。墨勒阿格的死使他的姐妹们悲痛欲绝。这家人曾经惹恼过雅典娜，但现在他们的惨状使她产生了怜悯之心，她把这些姐妹们都变成了飞鸟。

阿塔兰特的失败

阿尔卡迪的国王伊阿索斯年事渐高，非常渴望他的王后为他生一个儿子，好继承王位。但是事与愿违，王后怀孕后，生下的却是一个哇哇大哭的女孩子。王后充满了慈母情怀，给女孩取名为阿塔兰特。国王伊阿索斯一听是女孩，他气坏了，马上让人把这个女婴抛弃在树林里。他对人说，王宫里地方虽大，可是却不容纳这样一个无用的丫头。

小小的婴儿饿得直哭，却没有一个人经过这片幽静的林子。碰巧有只刚失去儿子的母熊在觅食的时候，看见了，它便把阿塔兰特衔回去喂养。不久，婴儿又被猎人发现了，把她带回家抚养。阿塔兰特在大自然中成长为一名好猎手。她四肢强健有力，行动敏捷。她可以同当时最优秀的竞技者较量。阿尔戈船英雄们远航归来，她参加了珀利亚斯葬礼。竞技的时候，曾经击败

阿塔兰特与米拉尼翁

在这幅优美的画上，阿塔兰特俯身拾取极富魔力的金苹果，美少年米拉尼翁迅速扔下第二个金苹果并赶上阿塔兰特。

了英雄珀琉斯。这一胜利使她名扬全希腊。阿塔兰特的名声也传到了她父亲的耳朵里。既然年轻力壮的男英雄都不是她的对手，那么……伊阿索斯后悔了，就派人把她叫来向她保证，从此以后对她更加关心和爱护。阿塔兰特并不记恨，她回到阿尔卡迪与父母住在一块。她对亲爱的母亲丝毫也不提起以前的狩猎生活，更别提她的父亲。可是，伊阿索斯却想弥补自己的过失，关心地问这问那，想给她找一个丈夫。

伊阿索斯一提及婚事，阿塔兰特立即拒绝说："父亲，您实在太轻率了！我小时候您就把我抛弃了。而现在，我胜过任何一个年轻人。您对这些轻浮的青年人关怀备至，难道您想把那些多嘴多舌的、一切依赖丈夫的、对丈夫百依百顺的女人的命运强加给我吗？"

"阿塔兰特，我错了。因为我没有儿子，而你又胜于儿子。你是我唯一的孩子。如果你不结婚，谁来给我们家接续香火呢？"

父亲的话也不无道理。阿塔兰特要好好想想。过了几天，她告诉伊阿索斯："好吧，父亲，我同意结婚。但是，有个条件，谁要想娶我，他必须首先在赛跑中战胜我，同我赛跑而又赛不过我的人就要被处死。"

伊阿索斯听了女儿的话，脸色变得深沉。他知道，在赛跑中从来没有人能战胜阿塔兰特。同她比赛，必败无疑。如果这样的话，哪里还有年轻人敢同这位公主比赛呢？他试图说服阿塔兰特。但阿塔兰特怎么也不答应。

伊阿索斯抱着试试看的心情，向全希腊人宣布了娶女儿的条件。

姿色超人的阿塔兰特对小伙子是个强大的吸引力。那些轻率的或者对自己估计过高的年轻人纷纷求爱。出乎伊阿索斯的意料之外，求婚者络绎不绝，四面八方汇集到王宫前。可是，人虽多，他们的命运却像飞蛾投火一样。尽管阿塔兰特穿着长衣、背着武器，她仍然比那些不穿上衣、不带武器的青年人跑得快。这些青年人都被处死了。

伊阿索斯是一个铁石心肠的人。但杀死那么多无辜的青年人，也让他感到悲伤。其他人也认为阿塔兰特实在是太过分了。爱神阿佛洛狄忒非常恼火。这么一个年轻貌美的女子拒绝别人对她示爱，甚至把追求她的人推向死亡。怎么回事？这样的事不能继续下去。

在温文尔雅的米拉尼翁同阿塔兰特比赛的那天，爱神突然出现在他面前。她凑近他的耳边，给他出了个主意，还把三个从塞浦路斯带来的金苹果送给了他。

米拉尼翁拿着这三个金苹果走向了起跑线。他已经抱定了必死的决心，以死

挑战阿塔兰特。也不知道阿佛洛狄忒是不是对阿塔兰特作了手脚，让一向对男人不假辞色的阿塔兰特对米拉尼翁产生了感觉。还在起跑之前，米拉尼翁温和的态度和文雅的举止就令阿塔兰特倾倒。她出神地凝视着米拉尼翁，所以她一连三次都没有按号令起跑。裁判重重地警告了她。这两位年轻人终于飞跑起来了，他们越过田野，穿过树林往前奔跑。

同其他求婚者一样，米拉尼翁也跑不过阿塔兰特。但是，他不怕，他有爱神阿佛洛狄忒的金苹果。一旦阿塔兰特就要超过他时，他就拿出一个金苹果，扔在地上。也不知道是金苹果太好看了，引起了阿塔兰特的食欲，还是阿佛洛狄忒在作怪，反正，只要阿塔兰特看见地上的苹果，她便俯身去捡拾。然后，阿塔兰特又继续追赶。一连三次，每次都是她快要领先了，她花了不少时间去拾苹果。最后她只有追赶米拉尼翁的力气，而没有超过他。

出乎所有人的意料之外，米拉尼翁居然第一个越过终点线。米拉尼翁的胜利使竞技场上的年轻人欢喜如狂。可是，国王吃惊之余，心里窃喜，但是却不敢把高兴心情显露出来，他怕女儿发脾气。

阿塔兰特会承认是自己失败吗？她对这次赛跑会不会提出异议？不。阿塔兰特没有食言。她承认了自己的失败。她走到米拉尼翁面前，啃了半个金苹果，她又微笑着把另外半个送到小伙子米拉尼翁的嘴边。

艰险考验

赫拉克勒斯是宙斯和阿尔克墨涅的儿子。虽是天神之子，可是他生活得却并不幸福，他饱受非人的折磨和虐待。而这个人就是宙斯的妻子，天后赫拉。这个善于妒嫉的女人对宙斯所有情人都恨之入骨。她拿宙斯没有办法，就迁怒于他的女人身上，还不放过这些女人的儿子。因此，赫拉克勒斯出生不久，赫拉就使魔法，召唤来了两条毒蛇，夜里去伤害他。但是，小小的赫拉克勒斯并不害怕，他从摇篮里摇摆着站了起来，两手各抓了一条蛇，把它们不费劲地扼死了。

赫拉克勒斯长大后，娶了忒拜城国王克瑞翁的女儿墨伽拉。这让赫拉非常妒忌，就施展魔法，让赫拉克勒斯精神错乱。陷入癫狂的赫拉克勒斯把自己的儿子全部杀死了。赫拉克勒斯神志清醒后，痛悔不已，他赶到德尔斐城的阿波罗神庙

赫斯帕里得斯的花园

作品描绘赫斯帕里得斯的第三个女儿，守护着黄金苹果树。这棵苹果树传说是大地母亲送给赫拉的结婚贺礼，位于世界的西方庭院，即太阳马车结束一天旅行之地。莱顿以代表三人名字的晚霞色彩，描绘这个日落花园，分别是赫斯佩罗斯（黄昏）、艾格勒（光芒）、厄律特亚（深红）。守护龙拉东帮忙看守苹果树，被描绘成蛇。

去请求神明的帮助。“我是无罪的，”赫拉克勒斯哭诉道，“天神呀，我不想杀我自己的儿子。犯法的是赫拉。她捣鬼，让我精神错乱才干下了这件蠢事。但是，我也有罪，因为我的双手沾上了我儿子的热血。我想赎罪，可是天神，我不知道怎么办才好。”神示通过女祭司之口回答说：“你到提任斯去，给国王欧律斯透斯服役。做完他交给你的十件差使之后，你就可以涤除罪恶。”

赫拉克勒斯遵照神示，来到欧律斯透斯国王的宫廷，为他服役。欧律斯透斯是个软弱无能，却又心胸狭窄的篡权者。他滥用神谕授予的权力，故意刁难，分配给赫拉克勒斯一些艰巨而又困难的差使。谁想赫拉克勒斯都很轻松地完成了。这让国王很不高兴。因为本地居民都把赫拉克勒斯当作了英雄。国王想要杀掉他，于是借口赫拉克勒斯有两件差事办得拖泥带水，不利索，而把他的功劳一下子抹掉了。同时，国王又分派了最为危险的事情让他去完成。英雄赫拉克勒斯不负众望，顺利地解决了。短短几年内，这位赢得人们尊敬的英雄猎取了墨涅亚的猛狮，杀死勒尔拉沼泽里的水蛇，活捉厄律曼托斯森林的大野猪，生擒刻律涅亚山的赤练魔，一天内扫除奥吉亚斯脏兮兮的牛圈，消灭斯廷法罗斯湖的怪鸟，驯服克里特岛上的大公牛，把色雷斯地力的国王狄奥墨得斯杀死并用来喂马，把阿玛宗女人国女王希波吕忒佩带的腰带弄到手，夺取巨人革律翁的牛群。

赫拉克勒斯遵照约定，完成了这些任务，可欧律斯透斯背信弃义，讲话不算数。他还要赫拉克勒斯摘取赫斯帕里得斯圣园里的金苹果。

赫斯帕里得斯是提坦巨神阿特柔斯的女儿。阿特柔斯就生活在圣园附近，双肩顶着苍天。赫斯帕里得斯在希腊文里是“日落处的仙女”之意。她们的王国是地球上真正的天堂，处于世界的尽头，太阳就在那里落山。各种稀有的花草树木生长在这个园子里，其中最有名的就是那棵苹果树，上面结满了金苹果，由赫斯帕里得斯姐妹们和一条百头巨龙守卫着。

欧律斯透斯向赫拉克勒斯提出摘取赫斯帕里得斯圣园的金苹果，用心相当明显。他认为赫拉克勒斯永远也无法完成这一差事。事实证明，他错了。

赫拉克勒斯四处咨询，费了九牛二虎之力打听到赫斯帕里得斯圣园所在地。他寻访了他的朋友厄列旦河的仙女。可是，仙女们仅仅听说过这个地方，知道在西边，具体方位却一无所知。她们建议他去找大神涅赫。涅赫在全希腊都是闻名的，天文地理无所不知。但是，他有个特点，不太喜欢别人的打扰。为了避免别人提问，他要么默不作声，要么摇身一变无影无踪。但赫拉克勒斯不怕，他决心要让他讲出赫斯帕里得斯圣园的所在。

“先知啊，请告诉我赫斯帕里得斯圣园在什么地方吧！”赫拉克勒斯对他说。

涅赫耸了耸肩，没有回答。

“好啊，你不讲！”赫拉克勒斯大声说，“连这么容易的事你也不肯讲。只有你知道这个圣园的位置。快告诉我！”但涅赫置之不理。

赫拉克勒斯不耐烦了，他抓住涅赫的胳膊拼命地摇，“快告诉我！快告诉我！”他固执地重复着。涅赫突然变成一只鹿。他摆脱了赫拉克勒斯，向森林里跑。赫拉克勒斯拼命追赶，却没有逮住。前面一条小河挡住了去路，小鹿跳进水里。在水里，赫拉克勒斯比他游得要快多了。眼看赫拉克勒斯要抓住他的鹿角时，他又变成鲤鱼一条，从赫拉克勒斯手中溜走消失不见了。

赫拉克勒斯傻了。看来，暴力和威胁对涅赫是不会起作用的。

他上了岸，全身水淋淋的。他坐到一块礁石上，温和地对涅赫说：“我发誓我再也不这样对待你了。可是，你这样聪明博学，却不愿意帮助像我这样正处于困境的人。如果你不告诉我赫斯帕里得斯圣园的位置，我就没法经受德尔斐城的神明对我的考验。”涅赫被打动了，他变回原形，告诉赫拉克勒斯圣园在地球的最西边，要走什么路才能走到。

赫拉克勒斯谢别了涅赫，马上向太阳下山的方向赶去。一路上，他经历了很多奇遇。他杀死了企图把他出卖给宙斯的埃及国王希兹里斯，一路险阻，来到了高加索山。在那里，他射死了啄食普罗米修斯肝脏的大鹰，并把被锁链锁住的普罗米修斯解救出来。赫拉克勒斯幸好遇上普罗米修斯。听了赫拉克勒斯的想法以后，普罗米修斯提了个好主意。

经过无数的波折后，赫拉克勒斯到了目的地：赫斯帕里得斯圣园。他知道，光凭他的力气和计谋是无法杀死守卫着苹果树的那条百头巨龙的。

还好的是，普罗米修斯早就给他出了个主意。于是他对离园子不远的双肩顶着苍穹的提坦巨神说："你去圣园里替我摘个金苹果吧，我来替你顶着苍穹。"

"你来替我顶住苍穹？"巨神高兴地说，"太好了！你可知道，我日日夜夜地顶着满天星斗的苍穹多累人吗？好吧，你替我顶着，哪怕是一阵子也好，我去摘取欧律斯透斯垂涎的金苹果。"

说罢后，赫拉克勒斯顶着苍穹。巨神立即在圣园子里，毫不费力地摘取了他女儿的金苹果。回来的路上，他心生恶念，想把自己的担子卸掉。

"呃！"他对赫拉克勒斯说，"既然你干得这么好，让我替你把金苹果送给欧律斯透斯不是很好吗？"赫拉克勒斯早已感到非常疲倦。他万万没有想到巨神自食其言，不守信用。可是，不管怎么样，他不能把苍穹放下肩膀的，否则天空就会倒下来。他没有别的办法，只好欺骗对方。

"这实在太好了，"他对巨神说，"我很愿意干这件差事。用双肩顶住苍穹，这比东奔西跑要好很多。但是，请你替我顶一下，让我松一下，把这块垫子放到颈背，因为我不习惯负这么重的东西。"

狡猾的巨神愚蠢地接了过来。赫拉克勒斯迅速地弯腰，捡起他放在地上的金苹果，不理巨神的诅咒和辱骂，飞快地跑了。

赫拉克勒斯摘取了金苹果，完成了欧律斯透斯交给他的第十一件苦差事。从此他便得到了赦免。但是，要成为永生不死的英雄，他还要经历很多战斗，经受许多考验。因为他的本领引起了众神的嫉妒，要把他这样的一个人接受到奥林匹斯山升格为神之前，他们总要给他制造一些障碍来考验他。

不畏惧地狱的人

恐怖的地狱中，永远没有春天，没有白昼，无穷无尽的寒风剥夺着那些幽灵的仅存的温暖，漫无边际的黑暗笼罩了每一个角落。在这浓浓的黑暗之中，星星

点点的亮光来回游弋着，那是地狱使者巡视着王国。

这一天，巡视地狱的鬼使提着忽闪忽闪的灯笼，飘悠在各界。地狱里虽然恐怖，可对这个鬼使来说，一切依旧，一切都是例行公事。那些飘飘荡荡没有影子的鬼魂，他连看也不看，就走了过去，却一不小心撞上了一个黑糊糊的影子一样的东西。这个东西太坚硬了，鬼使一下子被撞飞了。他的灯笼也熄灭了，影子也悠悠忽忽，好半天才定下来。他气愤地大骂这个不长眼睛的鬼东西，走在路上，却突然感觉不对劲。这个影子怎么这么坚硬，这么热乎呢？他明白过了，那个影子是一个活人。这个鬼使吓得魂飞魄散，因为这么多年来，从来都没听说过，活人能下地狱。他敲起了身边的锣鼓，大声地喊起来："大家小心，有活人闯进来了。"

这个声音不一会儿传遍了整个鬼域，马上整个鬼域里鬼心惶惶。正在捉摸不定的时候，鬼市的灯亮了。鬼们互相探望着，不一会儿，目光就锁定在一个高大的人影身上。这个人身材高大，目光明亮，走在鬼市上，东张西望，一副无所谓的样子。这个时候，专门负责外界情报信息的鬼使过来了，鬼魂纷纷上前，打听这个人的来处。鬼使放眼在这个活人身上，他告诉其他人："这个人是希腊的英雄，宙斯的儿子，叫赫拉克勒斯。你们等等，我去找大王，通告一下。"

赫拉克勒斯为什么来到了地狱里呢，说来话长。

当初，欧律斯透斯为了除掉赫拉克勒斯，就布置了很多任务给他，可是这些任务，不但没有除掉威胁他的国王地位的家伙，反而让他赢得了更大的荣誉，成为民族英雄。欧律斯透斯悲哀地发现，这样下去，人没除掉，自己恐怕要玩完了。按照约定，十一件任务他已经完成了，但他对赫拉克勒斯仍不罢休。苦思冥想十二天之后，狡猾的国王又想出了一个绝险的任务。他要求赫拉克勒斯把冥王的看门狗刻耳帕洛斯带回来。这条三头狗，嘴巴滴着毒涎，拖着一条龙尾，头背之上的毛发全是盘缠的毒蛇。

赫拉克勒斯先来到阿提喀的厄琉西斯城，因为那里的祭司精通阴阳，地狱之中的事情他也了如指掌。赫拉克勒斯为这个城市驱除了怪物龙，作为回报，祭司奥宇莫尔珀斯传授赫拉克勒斯秘术。有了祭司的指点，赫拉克勒斯来到伯罗奔尼撒半岛南端的忒那隆城，由信使之神赫耳墨斯带领，来到了地狱。

被发现的赫拉克勒斯根本不在乎地狱的混乱，继续前走，寻找那条怪狗。走到哈里斯王国的城门，忽然看见好朋友忒修斯和庇里托俄斯。这两个胆大妄为的家伙因向冥后珀耳塞福涅求爱，被哈里斯锁在他们坐下休息的石头上。赫拉克勒斯走了过去，一把抓住了忒修斯的手，把他从镣铐中拉了出来。可是轮到庇里托俄斯，当他拉扯时，脚下的大地剧烈地震动。

没有办法了，赫拉克勒斯只好带着忒修斯往前走。一会儿，赫拉克勒斯又认出了另一位老朋友阿斯卡拉福斯。这个人太过正直了。因为他到处跟人说珀耳塞福涅吃了哈里斯的红石榴，珀耳塞福涅才没有被她的母亲得墨忒耳带走。得墨忒耳一气之下，就把多嘴的阿斯卡拉福斯变成了猫头鹰。可是这还不解恨，得墨忒耳又把一块其重无比的大石头压在阿斯卡拉福斯身上。等到赫拉克勒斯出现的时候，阿斯卡拉福斯又累又渴，几乎都要虚脱了。赫拉克勒斯取下石头，杀了哈里斯的一头牛，以牛血帮朋友解渴。赫拉克勒斯杀了牛，却把牧牛人墨诺提俄斯引过来了。二人二话不说，抱住各自的腰身角力。墨诺提俄斯被赫拉克勒斯拦腰抱住，捏断了肋骨。如果不是冥后珀耳塞福涅赶来求情，墨诺提俄斯早就成为碎块。

闹腾了好一阵子，赫拉克勒斯终于把冥王哈里斯惊动了。他站在死城的门口，拦住了赫拉克勒斯。赫拉克勒斯一箭飞去，疾如闪电，正中冥王的肩膀，他痛得如同凡人一样乱跳乱叫。赫拉克勒斯跳上前去，一脚踩住了哈里斯的头，大声问他："老家伙，告诉我，刻耳帕洛斯在哪里，我要把它带走！"

冥王哈里斯同意赫拉克勒斯的要求，却有一条件：赫拉克勒斯捉狗的时候，不能使用武器。

赫拉克勒斯同意他的请求，只穿了胸甲，披着狮皮，去捕捉恶狗。在冥河河口上，那只三头狗昂起三个头，狺狺狂吠，回声如同打雷。赫拉克勒斯一步上去，双腿夹住了所有狗头，手臂扣住狗脖子，不让它逃脱。狗甩动尾巴，像龙一样抽他咬他。可赫拉克勒斯紧紧地卡住狗脖子，什么也不顾，直到这条恶狗投降服气为止。

当赫拉克勒斯带着恶狗出现在面前的时候，欧律斯透斯惊讶得不敢相信自己的眼睛。现在，他才彻底认定了自己不可能除掉宙斯的这个儿子。听凭命运的安排，他承认了赫拉克勒斯的地位。

打败死神的人

太阳神阿波罗非常喜欢儿子阿斯克利皮奥斯，就把他送到了希腊著名的神医

肯塔夫洛斯门下。艺成归来的阿斯克利皮奥斯不仅医药技术高超，甚至能起死回生。如果他让所有的死人都复活了，那地狱里不是空荡荡的，自己这个冥王还有什么意思呢？哈里斯为此惊恐万状；于是他就去见了天神宙斯，说阿斯克利皮奥斯医术如何了得，这样下去，天神你能管制住他吗？这些话正中天神的软肋，他一直害怕自己的后代之中有人反叛，因此宙斯接受了哈里斯的建议。他马上发出一阵霹雳，击毙了正在山洞里的阿斯克利皮奥斯。消息传到阿波罗那里，儿子的遇害使阿波罗怒不可遏，但是他又不敢对宙斯发火，因此这些制造雷电的无辜工匠便成为他发泄的对象，遭受他的寻衅报复。这些工匠中就包括独目巨人库克罗普斯，他们的作坊就建在埃特纳火山下，所以，那座山时时喷吐着铁匠炉里冒出的烟火。阿波罗射死了铁匠库克罗普斯，为儿子报了大仇。

命运女神

命运女神掌管大地上所有人的命运。共有三位：克罗托纺织生命之线，拉克罗斯决定生命之线的长度，阿特洛波斯切断生命之线。

太阳神阿波罗的行为惹恼了宙斯。于是，宙斯重重惩罚太阳神阿波罗，把他贬到下界替凡人劳苦一年。阿波罗来到色萨利，成为国王阿德墨托斯的长工，负责在阿姆弗里索斯河绿茸茸的堤岸上放牧国王的羊群。

色萨利国王阿德墨托斯一直想娶珀利阿斯的女儿阿尔克提斯为妻，可是她还有别的求婚者。面对众多的追求者，珀利阿斯提出谁有本事驾着一辆由雄狮和野猪拉套的车子来求婚，谁就能赢得他的女儿，成为他的女婿。阿德墨托斯为了这件事非常发愁，但这件难办的事情靠神仙牧羊倌阿波罗的帮助，阿德墨托斯完成了。他如愿以偿和阿尔克提斯结成良缘。但新婚不久他患了病，眼看就要命赴黄泉了。这时又轮到阿波罗来发挥作用。

阿波罗前往奥林匹斯山，费尽口舌说服了命运三女神免他一死。可是，免死不是那么随便的，否则，冥王那里不好交差。命运三女神提出了条件，就是要有人替死。阿德墨托斯听说可以免去一死的消息只顾高兴，他根本没有考虑要付出的代价。他是国王，想一想那些平时向自己表忠心的宠臣仆人，他觉得这还不是小事一桩，在他们中间随便都能找到一个替身。可事情出乎意料，那些愿为国王战死疆场的勇士们根本不肯替他死在病榻上。那些自幼蒙受浩荡皇恩的老仆们也不愿意舍弃风烛残年来报答国王。人们推来推去，都说："为什么他的父亲或是母亲不作他的替死鬼？他们不是活不长吗？儿子的生命既然是他们给予的，还有谁比他们更有必要拯救儿子免于早夭呢？"

老迈的父母想到要失掉儿子时虽然悲痛万分，可在死神面前，他们一样畏缩不前。怎么办呢，这个时候，挺身而出的是富有献身精神的阿尔克提斯，她说她愿做替身。阿德墨托斯珍惜生命，但要用这么高昂的代价去换取，他怎么可能同意。可除此之外，还能怎么办呢，他已作出许诺，不能反悔。阿德墨托斯现在只能同意。他的身体一天天地好起来，可是阿尔克提斯却卧床不起，而且病情急转直下，很快就奄奄一息。

恰巧在这个时候赫拉克勒斯来到阿德墨托斯的宫殿，见到宫廷上下人人都沉浸在哀痛之中，因为忠贞的妻子、敬爱的女主人将不久于人世。赫拉克勒斯是位所向披靡的英雄，他决心把阿尔克提斯从死亡中拯救出来。他进了后宫，埋伏在垂死的王后的寝宫门外。死神来勾摄生魂的时候，他揪住死神不放，迫使他放弃受害者。阿尔克提斯恢复了健康，重新回到了丈夫的身旁。

赫拉克勒斯求婚

三月时节，卡吕冬岛上春暖花开，万木复苏，处处鸟语花香，游人如织，而

国王的宫殿前更是热闹。那里，万头拥挤，争相传告着一条信息：国王三月十五号要比武招女婿了。

这条消息一传出来，卡吕冬岛附近的所有男子都慌神了，无不为之怦然心动。方圆五百里之内，谁不知道国王的女儿得伊阿尼拉呢，她的美名早就流传在人们的心口里。早些年，一些王子前去求婚，却遭到了国王的婉言拒绝，借口只有一个：小女年纪轻轻，嫁过去恐怕不能侍候人，还是再等几年再说吧。这一等，就是五年。当年的翩翩公子，大多成家立业，成为牵女挈子的大男人了，只有少数人还痴心等待着。因了这些缘由，后来人们也不敢在国王面前轻易地谈论婚嫁之事。谁知道，就在很多人都失望的时候，一向嘴紧的老国王，竟然要嫁女儿。老头这一松口不打紧，多少婚姻就在弹指间灰飞烟灭。结过婚的，纷纷闹别扭，要寻找新自由；定过婚的，都要悔婚，要搞什么恋爱自由；没有结婚的，更是喜透眉梢，以为自己即使不能入了公主的法眼，至少也能一饱眼福，少亲芳泽。一时间，整个卡吕冬，闹得是鸡飞狗跳，好不容易熬到了三月中旬。这一天，他们收拾整齐，穿着光鲜，来到了宫殿前。

赫拉克勒斯打败猛狮 玉雕 古希腊

拥有惊人神力的赫拉克勒斯打败狮子后，剥下狮皮，戴上由狮子的头颅做的头盔，继续他的冒险之旅。赫拉克勒斯酷爱冒险，爱好喝酒与女人，并有许多的风流韵事。

在这群求婚的人群之中有两个人最引人注目。第一个人，是一个堂堂七尺之躯的男子汉，棱角分明，一双眼睛，赫赫生威。他的衣着不很新鲜，但也还整齐，看上去甚为朴素合体。他身上只有一把大弓斜挎在肩膀上，一把宝剑悬挂在腰间，走起路来，虎虎生风。与他相比，另一个人的长相也颇为惊人。他臂膊粗壮，身材壮硕，扫把眉毛，朝天鼻孔，鼻毛胡子一样地卷了出来，年纪非常轻，可是走路说话，盛气凌人，让他周围的人直皱眉。四周的人纷纷打听，这两个人究竟是谁。让人奇怪的是，他们都不知道这两个人的背景，正在猜疑不决的时候，钟声响了，比武招亲开始了。

比武招亲分三场：第一场是箭法，第二场是骑术，第三场是剑法。三场比赛下来，最终胜出两个人。这两个人八仙过海，再斗一场，胜利的人就是国王的东床驸马。几次比拼下来，其他人纷纷败下阵来，只有那两个人旗鼓相当，斗了个不分上下。论箭法，身材高大之人百步穿杨，略胜一筹，可是说到骑术，那个身材粗壮的家伙简直与马合为一体，上窜下跳，非常灵活，尽管那个高大之人骑术也高人一等，但还是差了一些。等到比剑法，两个人却是平分秋色，各有长处了。看来，这次驸马的人选，就落在了这两个即将决斗之人的身上了。

这次招亲，公主也亲临赛场，不过，却和众人之间隔了一道帘子。她在帘子中，盯着场中两个互相对峙的人，一颗芳心忐忑不安，却落在了那个身材高大之人的身上。她迫切希望这个人把那个粗壮的家伙打下场地来。

说起来，国王比武招亲是被迫的，而原因却和那个粗壮的年轻人息息相关。

这个粗壮的年轻人，是河神阿刻罗俄斯。去年冬天的时候，得伊阿尼拉离开卡吕冬，来到温暖的珀洛宇宏过冬。一次游玩的时候，河神阿刻罗俄斯见到了河畔洗脚的得伊阿尼拉，为之神魂颠倒。他不能自已，上门求婚。为了显示自己神通广大，他变化起来：先变作一头双角尖刀样的矫健公牛，在广场之上，精力充沛地嗷叫着；后来又变作一头有闪光龙尾的巨龙，摇头摆尾；最后，他恢复了原形，是一个粗壮的浓眉大眼的年轻人。他变化多端，法力无边，可是变来变去，那丑陋无比、叫人害怕的容貌都引不起得伊阿尼拉的兴趣。可是河神势大，父亲不敢得罪他，而且他还想攀附上一个神祇的家族，当时就准备要答应了，却因为女儿的固执这才拖延着。老国王没有办法，就想了一个办法，说："阿刻罗俄斯，你不要心急。你不是武艺高强吗？我女儿打算比武招亲，你通过比试，夺取胜利，不是要比找媒人说亲更好吗？"阿刻罗俄斯自恃武艺高强，也就同意了这个建议。

两个求婚者相对而立。身材高大之人也知道，不经过一番激烈的争夺是得不到美女的。但此人性格就是这样：越是艰难，他越有兴趣。他不畏惧河神，而头上长角的河神看到这个人有可能夺走意中人，不由得额头上青筋暴突，企图用牛角顶撞对手。两个求婚者勇猛地拼斗起来。身材高大的人一直在寻找河神的弱点，故意左冲右突，寻找破绽，却不能成功。别看河神巨大的牛头非常笨拙，打斗起来，它总是能够迅速地避开对手的打击，并寻机反击，准备用牛角将对手顶翻在地。打斗进入白热化，两个人完全顾不上身份了，扭在一起相互肉搏，僵持了很长一段时间。这个时候，美丽的公主暗暗祈祷，那个丑八怪快快倒地不起，

而国王则暗暗后悔，生怕有什么闪失，河神他得罪不起。身材高大之人逐渐占了上风，他把河神猛地一摔，按倒在地。失败了的河神念念有词，突然变成一条长蛇。身材高大之人眼疾手快，抢上一步，一把捏住蛇的七寸所在。要不是长蛇又变作一头公牛，那真的会被掐死了。可尽管这样，身材高大之人却不轻易让他溜走。他抓住一只牛角，尽力把牛角一拧，一只牛角断成两截，河神阿刻罗俄斯只得告饶，身材高大之人成了胜利的求婚者。

这个人就是希腊的大英雄赫拉克勒斯。他在伯罗奔尼撒半岛作出了许多英雄业绩后，来到了卡吕冬。他还在游玩地狱的时候，已经听老朋友墨勒阿革洛斯讲起妹妹得伊阿尼拉的天姿国色，现在，一听说美丽动人的得伊阿尼拉比武招亲，赫拉克勒斯也加入了求婚者的行列。

一个月后，赫拉克勒斯跟得伊阿尼拉举行了婚礼。可是婚礼不久，又被逼离家远走。起因很简单，那是在国王俄纽斯设宴招待贵宾的宴席上。一个侍童叫奥宇诺摩斯，因一时疏忽，没有弄清客人的要求。赫拉克勒斯想给他一个小小的教训，轻拍了一下。谁知道竟把侍童当场打死了。尽管国王饶恕了他，赫拉克勒斯却不得不接受天神的惩罚。他年轻的妻子和小儿子许罗斯陪伴着他，四处流亡。

赫拉克勒斯之死

迈锡尼的国王欧律斯透斯正在他的宫殿里，闷闷不乐地饮酒。他想到了自己被赫拉克勒斯害死的儿子，怎么也开心不起来。他不高兴，其他人也不敢大声说话，气氛逐渐沉闷。正在尴尬之时，国王的一个侍卫慌慌张张地跑了过来。也许是跑得太急了，上气不接下气，说话有点结巴："报……报告国王，赫……赫拉……赫拉克勒斯……"

国王一听这个名字，一下子紧张起来，放下了酒杯，双手抓住了案角，身子半立着："快些说，赫拉克勒斯怎么啦！"

"国王，赫拉克勒斯死了！"这个侍卫终于把话说完整了。

国王的面容非常古怪，其他人都分辨不出他究竟是哭还是要笑，他面部的肌肉可怕地扭曲着，突然爆发出了哈哈的狂笑之声，但是笑到一半，声音戛然而止。国王瞪大了眼睛，盯着这个侍卫："你再说一遍，赫拉克勒斯怎么啦，他想干什么?”

侍卫被国王盯得心里发毛，他不敢再正对国王，而是低下了头来：“国王，我接到情报，说是赫拉克勒斯中毒死了。”

“他死了。赫拉克勒斯死了！死了。”国王又笑了起来，但是忽然他变得严肃了起来，挺直身子，问：“你站起来，慢慢地告诉我，赫拉克勒斯是怎么死的！”

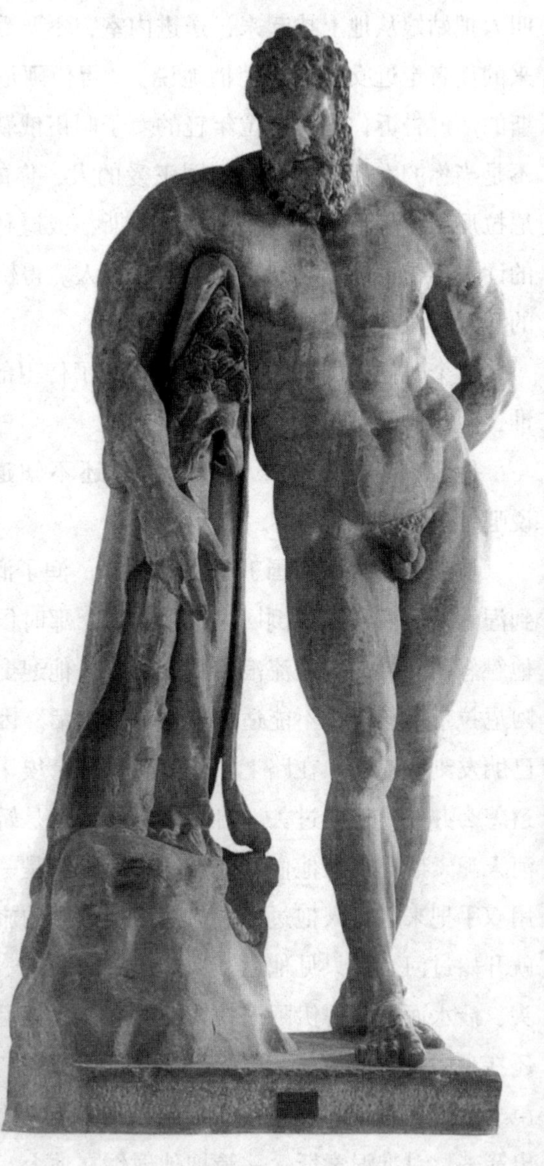

休息的赫拉克勒斯

侍卫坐在椅子上，开始了他的讲述：“陛下，你知道，自从赫拉克勒斯成为了国王以后，南征北战，征服了很多地方，一个月前，他讨伐俄卡利亚国王欧律托斯。在几次反复的拉锯战之后，前几天赫拉克勒斯的军队围困了俄卡利亚。欧律托斯有一个美貌无比的女儿，叫伊俄勒，成为了他的俘虏。陛下，你知道，赫拉克勒斯很喜欢年轻女人，这个伊俄勒更得他的欢心。战争结束后，按照惯例，他需要在刻奈翁半岛上给宙斯献祭，就准备推迟几天回去，却让他的亲密随从利卡斯将俘虏带回去，而那个女孩子伊俄勒也在其中。临走之前，赫拉克勒斯嘱咐他的随从：‘利卡斯，你回去之后，告诉我的妻子，要善待伊俄勒！’不说伊俄勒，且说赫拉克勒斯的妻子得伊阿尼拉。她在丈夫离家期间，心里非常不安。这天，正一如既往地焦急等待，王宫里发出了欢呼声，前线的使者回来告诉了得伊阿尼拉，他的丈夫获胜了。过了一天，利卡斯带了一群俘虏回来了，其中就有伊俄勒。得伊阿尼拉是一个富有仁慈之心的王后，她非常同情这位高贵的年轻女子，

叫人把姑娘从地上扶起来，送进内室，不要亏待她。这个时候，在利卡斯之前到来的使者走近女主人，悄悄地说：‘得伊阿尼拉，你真幼稚，随便就相信了利卡斯的话。告诉你吧，这位年轻的女子叫伊俄勒，即欧律托斯的女儿。她这次来可不是当你的女佣，她是我们国王爱的人，你的情敌。’这个时候，悲伤的得伊阿尼拉反而镇静下来，她找来了利卡斯，威逼利诱，软硬兼施，终于套出了利卡斯的话，不错，她是赫拉克勒斯的心上人。得伊阿尼拉知道，该动用自己长期保存的涅索斯血液的时候到了……”

这个时候，国王欧律斯透斯打断了侍卫的叙述：“停！你告诉我，涅索斯是谁，他的血又是怎么回事？”

侍卫抬起了头来：“陛下，你还不知道这些事情呀！那么，听我来说一说吧。”

他喝了一口面前国王恩赐的茶水，润了润喉咙，继续说了下去：“陛下，说到涅索斯血液，那要倒回去很多年了。那时侯，赫拉克勒斯还不是国王，正因为他触怒了天神，四处流浪着呢。当年，他迎娶了得伊阿尼拉刚刚一年多点。得伊阿尼拉带着孩子，不能适应这种流浪生活。因此，赫拉克勒斯准备去卡吕冬找自己朋友刻宇克斯。在路上，他们经过奥宇埃诺斯河。河水宽广，赫拉克勒斯不知道怎么办好。他要过去，自然没问题，可是娇弱的妻子怎么办呢？这个时候，渡河人涅索斯出现在他们面前。这个涅索斯是一个半人马怪，他渡人过河时，每次用双手把来往行人抱过河去，然后向来回的旅客索要渡河费。于是，赫拉克勒斯就开始过河了，只见他迈开大步，涉水而过。妻子得伊阿尼拉却被涅索斯放在肩头，涉水而过。得伊阿尼拉太漂亮了，仅仅见其一面的涅索斯也被她迷住。渡河还在半中央，他偷偷摸了一下她的手。赫拉克勒斯过了河，突然听到妻子尖叫声，定睛一看，却发现这个半人半马的怪物要欺负妻子，他不由得心头火起，抽出箭来，对准涅索斯，一箭把他射倒在地上。可是垂死的涅索斯却轻轻地告诉了得伊阿尼拉一件秘密：‘夫人，只要你把我的伤口中流出来的一滴血保留起来，它能起大作用。如果你把它涂抹在他的衣服上，那么除你以外，你丈夫再也不会爱上另一个女人！’得伊阿尼拉虽说不会怀疑丈夫的忠诚，心里也不免一动，就用一只杯子接过肯陶洛斯人的最后一滴血，保存起来，这就是涅索斯的鲜血的故事！”

国王听得入迷，问这个侍卫：“难道这个怪物的鲜血真有这种神奇的功效吗？”

侍卫摇了摇头，说："陛下，你真相信有这种神奇的仙药留在世间吗？当年，得伊阿尼拉就和你一样，轻易地误信了他的话，却不知道这个怪物用心歹毒，那些药物毒性极大，沾上一点，普通人一分钟之内就会死去！"

国王叹息了一声，又问侍卫："我知道了什么是涅索斯的鲜血了。不过，你再继续说，得伊阿尼拉知道丈夫背叛自己之后怎么办？"

"过了一天，利卡斯要返回到赫拉克勒斯身边。临动身的时候，他去拜别王后。得伊阿尼拉对他说：利卡斯，正好我要找你。我有件礼物要送给丈夫，你正好把它带过去。这件礼物是一件华贵的袍子，你告诉我丈夫，这件衣服适合祭奠的时候使用，他祭祀时应该穿上。得伊阿尼拉按照涅索斯临死前的吩咐，把他的毒血制成血膏，密藏起来。她以为那是无毒的，只是唤回赫拉克勒斯的爱情和忠心的魔药。她现在送给丈夫的衣服上已经涂满了这种药膏。利卡斯带着礼物赶到欧玻亚，送给准备献祭的主人。祭祀的那一天到了，赫拉克勒斯果然上当，穿着那件金碧辉煌的衣服出现在太阳光下。也许不用我多说，陛下你就明白结果了。赫拉克勒斯祷告进行了一半，开始浑身冒出了豆粒大的汗珠，那件紧身衣像条毒蛇正在咬他，不到一刻钟，他就晕倒在地上。一群人将他抬到船上。一路上，他痛苦得大声吼叫，可是就要进宫殿前，他死掉了。可怜的得伊阿尼拉知道了事情的原委，感觉到对不起丈夫，自刎而死了。"

所有的人都沉浸在故事的悲剧气氛之中，连同那一向对赫拉克勒斯充满怨毒的国王。好半天，他才反应过来，一看众人失神的状态，非常生气，连连击掌。啪啪的声音惊醒了那些人，他们反应过来，愕然地望着国王。国王掂起瓶子，一口灌下了所有的剩酒，抹了抹胡须上的酒水，大声地说："赫拉克勒斯已经死了，我们现在就不怕了。这个家伙当年害死了我的儿子。他力大无穷，我无可奈何。现在他去世了，我还害怕什么，传命令，马上集合军队，包围赫拉克勒斯居住的宫殿。"

这个时候，那个侍卫站起来，跪倒在国王面前："国王，你不能轻举妄动呀。听人说，赫拉克勒斯是死了，可是实际上，却变成了神仙。据说，他的尸体火化时，木柴刚被点燃，天上就闪起了闪电，降下一朵祥云，在隆隆的雷声中，赫拉克勒斯被送到奥林匹斯圣山。要不，为什么木柴成灰时，却一点骨灰也没有找到呢，说不定，赫拉克勒斯真成了天神呢。"

国王大怒，一脚踢翻了侍卫，怒喝道："管他成不成仙，人间的事情轮不到他说话了。"他掉过头来，鼓足了声音，大喊道："备马！"嘹亮的声音传遍了整

个宫殿。

投奔雅典

雅典人非常奇怪地发现，在雅典市中心广场上，宙斯的神庙前，有人搭建了一顶大大的帐篷。这个时候正是数九寒冬，就是四季温暖的雅典，现在也是朔风吹卷，寒气簌簌。这些人显然不是本地人，口音有些差异不说，连衣服也是破破烂烂的，几乎遮不住身体。不过，这些人有男有女，有老有少，虽然衣服褴褛，可是神情悲愤而不失高贵，面容憔悴却落落大方。这些人之中，有一个精神矍铄的白胡子老头，他在人群之中大声地指挥这个人铺草床，命令那个女孩去烧一点热水。他不时地拍了拍其中一个孩子的头，然后又蹲在一个小孩前面，和他说笑着。然后，他抬头朝天空中密布的铅云，不由长叹了一口气。

雅典卫城远景

雅典卫城建在一块高地上，虽然高地海拔仅156米，但东面、南面和北面都是悬崖绝壁，地形十分险峻，面积约为4千平方米。这块高地在公元前1500年，是王宫所在地，四周筑有坚固的城墙。

雅典人中一个德高望重的老头拄着拐杖来到了老头跟前，正要开口说话，突然街道的石板之上是一阵密如骤雨的马蹄声传了过来，眨眼之间，就到了这群人的跟前。五匹马停了下来，从马上跳下了五个黑衣的汉子来。这五个人看着这群人，为首的那个汉子见到老头一声冷笑，五个人围了上去，包围住了老头。

所有的人都停止了活动。那些烧水铺床的孩子停下了手头的活，一个冻得直哭的小孩子张大嘴巴，哭不出声来。连那个雅典的老头也愣然地望着这群气势汹汹的人。

那个为首的黑衣中年人走上前来，得意地大笑，说道：“伊俄拉俄斯，咱们又见面了。”

伊俄拉俄斯虽已年迈，白发苍苍，却丝毫都不畏惧：“你就是欧律斯透斯的使者吧！你想怎么样？”

黑衣中年人非常得意地说：“怎么样？难道你是老糊涂了，不知道我们国王一直在追捕你们吗？你们现在逃到这里，就以为很安全了吗？告诉你，你就是逃到天边，也还在我们国王的手掌心里！想跟强大的欧律斯透斯作对，你们这是鸡蛋碰石头！还是赶快回到亚各斯去，祈求欧律斯透斯的宽恕，这样你们才能得个全尸，否则的话，看欧律斯透斯怎么折磨你们！”

面对威胁，伊俄拉俄斯仍然很平静：“你不要枉费口舌了。告诉你，赫拉克勒斯的子孙，没有跪着生的，只有站着死的。我们绝不投降。”

听了这个老头的话，旁边围观的雅典人开始窃窃议论起来。赫拉克勒斯太有名了，全希腊没有一个人没听过这个人的名字。黑衣中年人看到这个情况，恐怕形势不利，大声冲伊俄拉俄斯说：“你这个不知死活的老头。我再劝告你一次，投降吧。我告诉你，不要敬酒不吃吃罚酒！我们不是独自到这儿来的，跟在我的后面还有强大的军队。你们等着瞧吧！”

这个时候，那个被其他雅典人推举出来说话的老头走上前去，对那个黑衣人说：“欧律斯透斯的使者，你们既然来到了我们雅典的国土，就应该听我们的话，让我问问那个老头子。”

那个使者虽然不太情愿，可也不希望节外生枝，毕竟在人家的地头上，只好让那个多事的老头子找伊俄拉俄斯说话。这个老头子拉住了伊俄拉俄斯的手，半天才问清了情况。

原来，大英雄赫拉克勒斯在人间完成了使命，被召唤上天，成为神祇之中的一员。他一离开人间，他的儿孙后代的麻烦就来了。他还活着时，曾得罪过那么多的人。这些人因为畏惧他的神力，不敢轻举妄动。他一走，这些人就蠢蠢欲动。在这些人之中，对赫拉克勒斯仇恨最深的要数亚各斯的国王欧律斯透斯。一接到赫拉克勒斯去世的消息，他立即率兵进行报复。赫拉克勒斯的后裔们为了逃脱国王的迫害，先逃到特拉奇斯，希望得到国王刻宇克斯的保护。可是，蛮横的欧律斯透斯要求刻宇克斯立即交出赫拉克勒斯的子孙，否则马上就要把特拉奇斯

变成齑粉。赫拉克勒斯的子孙们没有办法，逃离特拉奇斯，漂流各地。在欧律斯透斯疯狂的追赶下，他们来到了雅典。

两位老人家说了半天，雅典人才明白了赫拉克勒斯后裔的情况，伊俄拉俄斯也明白了他们现在到的地方就是有名的雅典，而现在雅典的统治者是得摩丰，他是忒修斯的儿子。

伊俄拉俄斯问明情况之后，心中有了底。他回过头来，好像那几个黑衣人都不存在一样，大声对那些围观的雅典居民呼喊道："雅典人呀，你们是天下最慷慨仁义的城民。你们现在难道眼睁睁地看着英雄的后裔们被人欺凌侮辱吗？你们要知道，这位英雄就是大名鼎鼎的赫拉克勒斯，你们现在供奉的这位天神宙斯的儿子。难道你们眼睁睁地看着圣地遭到亵渎？你们如果见死不救，雅典人，我为你们感到羞耻。"

越来越多的雅典人围拥了过来。他们互相打听着发生了什么事情。当他们得知这些寻求保护的人是大英雄赫拉克勒斯的后裔时，他们不仅同情，而且肃然起敬，马上就派人去禀告他们的国王。

国王得摩丰在王宫里听到消息：外面的广场上来了一群逃亡之人，还有一个外国使者带领着一支军队，要求把逃亡的人交他处置。于是，他来到了广场之中。闹哄哄的广场马上肃静下来。

"这位国王，我是亚各斯人欧律斯透斯的使者，"那位蛮横的黑衣使者依然无礼地说，"站在你面前的这批人，是我们国王的奴隶。国王，我想你不会不明智，就为了这些下贱之人，不惜同欧律斯透斯决战吧！"

得摩丰是一个沉着冷静的国王，他不会因为这个使者的无礼就大为生气。他听了使者的话，微微沉吟一下，说："到了我的地盘，我就是裁决的人。我不能只听你的一面之词，就判定谁是谁非。至于战争，还没有到那一步吧！这位老人，你要说什么？"

伊俄拉俄斯远远地朝国王鞠了一躬，直接站在神坛的石阶上说："仁慈的国王呀，感谢你能给我说话的机会。这个黑衣人，完全是胡说。我们是伟大的赫拉克勒斯的子孙，怎么可能是这些亚各斯人的后裔呢？说起来，你们可能都知道我，我叫伊俄拉俄斯，曾经和叔叔赫拉克勒斯一起杀过恶龙。这些人等我叔叔死后，抢劫了我们的国土，把我们赶出了故园，还要赶尽杀绝，真是太可怕了。"说到这里，他又转过身来，朝向国王："尊敬的国王，您的父亲还是我叔叔的表兄，当年在地狱里，我叔叔还救过您父亲的性命。难道现在他的子孙遇到了危难，你就能袖手旁观吗？”

伊俄拉俄斯声色并茂的一席话，打动了国王，他转身朝向那些黑衣人：“这位使者，请你立即回去，告诉你们的国王，我绝不允许你把这批流亡者重新带回去！”

“我走，我走！”使者威胁地挥动手中的节杖说，“我现在走，到时候会回来的。你们等着亚各斯的大军的到来 。”

得摩丰鄙视地说：“亚各斯人，我们随时恭候你们的大驾！”

主动献身的玛卡里阿

战争就要在雅典国王得摩丰和强大的国王欧律斯透斯之间展开了。

两国开战的原由很简单，欧律斯透斯在赫拉克勒斯死后，要赶尽杀绝他的儿女子孙，而雅典国王得摩丰是赫拉克勒斯的亲戚，他收留了逃难的赫拉克勒斯的后裔，严词拒绝了欧律斯透斯使者的无礼要求。他当然不怕对方，可是毕竟欧律斯透斯实力强大，使者一走，他的大军不日就要出现在自己都城前，所以还是应该早作准备。

这几天，得摩丰积极地扩军备战。每天，他都登上最高的塔楼，观测日益逼近的敌军。他召集士兵，加固城墙，或者收集粮草，准备长期抗战。可是就在这天登上塔楼清晰地看见敌人的时候，他的心悬了起来。没想到敌人这么多，密密麻麻，好像是饥饿的蝗虫铺天盖地地压了过来。他赶忙下了塔楼，来到了当地的星象占卜家的家里。

年轻的星象占卜家盯着国王沉毅的面孔，缓慢地说：“国王，这次战争，我们也不是没有一点获胜的机会。神谕很明白地告诉我说，这次战争前的祷告，我们最好不要宰杀牛犊。最好的祭品是一个出身高贵的年轻女子，只有这样，这座城市才能取得胜利，而赫拉克勒斯的后裔才能赢得拯救。”

虽然得摩丰的军队都斗志昂扬，随时准备抗击亚各斯人，可是神谕却说得明明白白。但这个出身高贵的年轻女子又会是谁呢？生有女儿的高贵人家大有人在，但谁愿意把女儿交出来呢？如果强行指派，无疑会引起骚动，导致内乱。因为他们献出自己珍爱的女儿，却是为了不相干的外人！

祭坛上的玛卡里阿

为了打退围攻雅典城的敌人，赫拉克勒斯的女儿玛卡里阿听从神谕作了祭品。

得摩丰整天愁眉苦脸。战争在即，却明摆着要吃败仗。他的愁苦落入了伊俄拉俄斯的眼睛里，他偷偷找人叫来了国王的仆人，一打听，知道了究竟。把仆人打发走后，伊俄拉俄斯陷入了忧愁之中，他不由地仰天长叹："天哪！难道我们赫拉克勒斯的家族就像那沉船遇难的人，刚爬上海滩，又被巨浪卷回大海吗？现在国王肯定会把我们交出来，而我们却不能因此责怪他。"考虑来考虑去，他又闪过一丝希望。伊俄拉俄斯找到了国王，对他说："国王，我知道你为什么烦恼。你们不是需要一个出身高贵的祭品吗？恐怕现在找不到。不过，欧律斯透斯发动战争，不就是为了我们这些赫拉克勒斯的后人吗？现在，你可以把我捆起来，交给敌人，欧律斯透斯就会撤退的。要知道，我就是这些后人的领袖，我叔叔死的时候，把他们托付给我，现在，我不能好好地保护他们，只好拼上老命，保护他们的安全。我走之后，你只要好好地保护这些年轻人，我就感激不尽了。"

得摩丰看着他，皱起了眉头："伊俄拉俄斯，你真是幼稚。你以为欧律斯透斯是一个大傻瓜，他杀掉你一个就满足了吗？不，他的仇人是所有的赫拉克勒斯的后代们。你这个主意万万不行。你不要焦虑，神谕如此，我们却也不是没有一点机会。我们还是想想其他办法吧！"

整个雅典陷入了悲痛之中。战争的大屠杀就要发生了。这个尴尬的难题所有的雅典人都知道了，连躲藏在国王宫中的赫拉克勒斯的后人们也知道了。尽管赫拉克勒斯年老体衰的母亲阿尔克墨涅耳聋眼花，一无所知，可是赫拉克勒斯漂亮的女儿玛卡里阿却一清二楚。

这一天，巡视完军队的得摩丰再一次陷入了忧愁之中，却被一个士兵的报告打断了。这个年轻的士兵带来了一个年轻美丽的女孩子。得摩丰拈着胡须，沉吟地望着这个美貌的女孩子，她落落大方，一点也不怯场，对他说："陛下，我知道您很奇怪，想知道我是谁。这个不重要。现在您不是忧虑找不到一个合适的女孩子，祭奠神灵吗？你别忘记了，赫拉克勒斯的后人正住在您的宫殿里。她们难道不是出身在一个高贵家族的年轻女子吗？陛下，我们家族托庇于您的保护下，给您带来了麻烦，我们就应该为您分忧解难。您要找的女孩子，您觉得我合适吗？"

得摩丰吃惊地望着这个女孩子，既感动又很犹豫。"哦，美丽的女孩，您的条件当然符合。可是……"他说，"还是让我和你们的族长伊俄拉俄斯商量一下。"说完之后，他不管女孩子如何反对，派人找来了伊俄拉俄斯。

伊俄拉俄斯沉默良久，想了想，说："玛卡里阿，你不愧是伟大的赫拉克勒斯的女儿。可是这么做对你太不公平了。这么办吧，现在让我们抽签决定，谁将为她的族人献出生命。"

这个比较合理的提议，却被玛卡里阿拒绝了。

"不要再推托了，"玛卡里阿说，"我是真心要为族人献上自己微不足道的生命的。何必还要犹豫呢，时间不早了，否则敌人打了过来，我们的神谕就无效了。"说着，这位高尚的女子在雅典贵妇人的陪同下，坚定而快乐地走向死亡。

国王和雅典人以崇敬的目光望着赫拉克勒斯的女儿玛卡里阿远去。可是，命运并不让人长久沉浸在悲哀之中。他们现在面对的是即将临近的敌军。玛卡里阿的身影刚消失，一个带着愉快神情的使者带来一个好消息。这个使者是赫拉克勒斯和伊阿尼拉所生儿子许罗斯的老仆人。许罗斯在逃亡途中和伊俄拉俄斯分手，去寻找同盟军。现在他回来了，带来了一支强大的军队。

所有的人发出一阵欢呼。伊俄拉俄斯不顾年老体弱，穿上盔甲，拿起武器，随着一支年轻人的队伍和国王得摩丰一起出发，跟许罗斯的部队会合。两军会合，迎着欧律斯透斯的军队勇敢地开了过去。

当双方军队靠近时，许罗斯走下战车站在阵前，对亚各斯的国王大声喊道：

"欧律斯透斯！敢不敢站出来和我一搏！本来这就是我们两个家族的私事，不要因为个人，而让更多的人白白流血！为了避免无谓的牺牲，就由我们两人单独作战来定胜负。如果我输了，你可以带走我的兄弟姐妹，听凭发落；如果你输了，当然你也要付出代价。请你把我父亲的王权、他的王宫归还给我和我的亲属。"面对挑战，欧律斯透斯这个自私的家伙显得胆怯，毫不犹豫地拒绝了这个建议。

军号吹响了，战争开始。双方盾牌撞击，战车对阵，长矛相刺，刀剑挥舞，杀成一团。伤者呻吟，血流成河。起初，在亚各斯人的长矛的攻击下，同盟军阵脚动摇，被迫后退，但是他们绝不后退，奋勇推进。亚各斯人的阵脚开始混乱，步兵和战车纷纷逃跑，互相冲撞践踏，死伤惨重，欧律斯透斯也被伊俄拉俄斯活捉，捆在自己的战车上，俘虏了回去。

埃比托斯报仇

赫拉克勒斯的后裔美索尼亚的国王克瑞斯丰忒斯遇到了危险。这个君主非常贤明，一直站在穷人一边。不论政策设置，还是断案诉讼，大多时候都偏向平民百姓。长此以往，他得罪了很多豪强富贵。这些人非常恼火，蓄谋造反。仅凭他们的力量当然不行，他们勾结了赫拉克勒斯的另一个子孙——波吕丰忒斯赫，双方里应外合，在一个月黑风高的夜晚杀进了城里。

国王克瑞斯丰忒斯在混乱的嘈杂声中惊醒过来。见到外面战火处处，他意识到了自己的处境，转身回到了他新建的宫殿里。国王的妻子是亚加狄亚国王库普塞罗斯的女儿墨洛柏，也从睡梦中惊醒过来。国王抓住脸色苍白的妻子，郑重地说："墨洛柏，你听着，现在形势危急。可能我回不来了，但是你要记住，无论如何，要为我保住一个儿子。你自己也要保重，千万不能轻生。"话一说完，国王恋恋不舍地看了一眼熟睡的几个儿子，转身投入了外面的战场之中。

国王的话言中了，混战之中，仓促应战的国王被叛兵杀死。他的几个儿子也被残忍地处死。只有小儿子埃比托斯侥幸逃脱。他正在母亲一个忠实的仆人家里。墨洛柏一等国王走后，就立刻让人传信：无论如何，仆人要把逃过劫难的小儿子送到他父亲库普塞罗斯那里。城中大乱，仆人带领自己的小主人，逃到了亚加狄亚。仆人返回了美索尼亚，小主人则跟着外祖父库普塞罗斯一起生活。

占领了都城的波吕丰忒斯成为新的美索尼亚国王。他一见墨洛柏美丽动人，就强娶为妻。墨洛柏本想以身殉夫，但是想到惨死的丈夫和还存活的小儿子，她放弃了，忍辱负重地生活在敌人身边。

被刺伤的武士

在古希腊战争中，只有那些智慧、勇武、热情、自由的士兵才能称得上是武士。

根据城中叛变富户提供的线索，波吕丰忒斯了解到克瑞斯丰忒斯还有一位继承人活在世上。俗话说斩草要除根，波吕丰忒斯为了杜绝后患，重金悬赏埃比托斯：谁如果提头来见，他将获得五千两黄金，同时可以担任朝中大官。城中百姓，一来大多受过老国王的恩惠，不愿昧着良心；二来也不知道埃比托斯身在何处，所以，这个赏金一悬一挂就是九年，却没人揭榜。可是，这一天却发生了轰动全城的大新闻，一个年轻的外乡人，公开声称他认识埃比托斯，愿意把埃比托斯交到国王波吕丰忒斯的手里。波吕丰忒斯大喜过望，把这个年轻的外乡人迎接到了宫里。

国王大喜，王后墨洛柏心里却七上八下，不知如何是好。酒席之上，她脸色惨白，假装肚疼，提前回到宫殿。一回到住处，她马上派人找来当年那位忠实的老仆人，让他赶紧快马前往亚加狄亚，勘探实情。老仆人连夜赶到了亚加狄亚，一进宫殿，就发现老国王库普塞罗斯忧虑重重。原来埃比托斯突然失踪了，库普塞罗斯也不知道他现在身在何处。赶回美索尼亚的老仆人又连夜进了王宫，一五一十地把情况告诉了王后。王后悲伤地以为埃比托斯肯定死了，那个所谓的外乡人在亚加狄亚谋害了埃比托斯，把他的尸体带到美索尼亚，前来找国王领赏。仇恨让王后丧失了理智，不多考虑，她准备杀掉这个可恨的外乡人，为儿子报仇。

当天夜里，整个宫殿都沉入了梦乡。这个时候，王后墨洛柏溜出了寝宫，与等在外面的老仆人会合。王后的手里提着一把闪亮的利斧，忠诚的老仆人前面引路，不久就到了这个外乡人居住在宫里的房间。老仆人用铁丝捅开了门锁，轻推开房门。两个人溜了进去。房子里非常安静，年轻人睡得正熟，发出细微的鼾声。月光照着他的脸，显得非常平静、安详。当墨洛柏举起斧子要将他砍死时，老仆人突然认出了小主人，急急托住王后的手臂。“住手!”他低喝一声，“你要杀的人正是你的亲生儿子埃比托斯!”听到这话，墨洛柏放下手臂，把斧子扔在地上。她扑到儿子身上，儿子惊醒过来，两人拥抱在一起。

原来，长到了十八岁的埃比托斯急于复仇，害怕外祖父阻拦，一个人悄悄地离开了外祖父的宫殿。他独身来到美索尼亚，却苦于没有好机会接近仇人。正好，他听说国王悬赏购买他脑袋一事，因此他壮起胆子，扮成一个外乡人，来到波吕丰忒斯国王的宫殿。果然，连母亲都没能认出他来。

母子相聚，抱头痛哭。好不容易止住哭声，埃比托斯告诉母亲和仆人：自己独身前来美索尼亚，正是要报仇雪恨、惩罚凶手、夺回王位，同时把母亲解救出来。三人细细商量，然后分头行事。

第二天天一亮，墨洛柏穿上丧服，来见国王，告诉他小儿子已经死去，因此她要忘掉过去的种种从头再来，和丈夫和平相处。波吕丰忒斯非常高兴。心腹大患已去，妻子也温柔和顺，这真是他波吕丰忒斯多年以来追求的幸福。自从登上王位，他还从来没有今天这样放松过，他决定献祭神灵，庆祝消灭敌人。

那一天，国王登上祭坛，正在献祭时，埃比托斯从人群中冲出来，一剑刺入国王的胸口。墨洛柏则走到人前，大声宣布，这位外乡人就是埃比托斯，是王位的合法继承人。到场的百姓仍然怀念老国王克瑞丰忒斯，对波吕丰忒斯心怀不满。现在，暴君已去，人群中爆发出一片欢呼声。埃比托斯当天继承了王位，惩罚了谋害他父亲的凶手。

忒修斯的出生

雅典国王忒修斯是埃勾斯和埃特拉所生的儿子，埃特拉是特洛曾国王庇透斯的女儿。两国互相毗邻，两国国王一旦聚首，就通宵达旦地喝个天昏地暗。这一次，庇透斯放下手头公事，前去迎接已经统治雅典多年的国王埃勾斯。

两个老朋友见了面，酒足饭饱之后，庇透斯带着埃勾斯进了书房。一进房间，埃勾斯马上就改变了神情。刚才的满面红光、志得意满不见了，取而代之的是颓唐焦虑。于是他就问自己的老朋友究竟出了什么麻烦。埃勾斯犹疑了半天，才说了出来。原来埃勾斯没有儿子，因此，埃勾斯十分惧怕有五十个儿子并对他

怀有敌意的兄弟帕拉斯，担心自己死了之后，王位将落入兄弟之手。他想瞒着妻子再婚，生个儿子，安慰他的晚年，并继承他的王位。庇透斯一听，大喜。他正在为自己女儿的终身大事焦虑呢。

还在庇透斯居住比萨时，柏勒洛丰曾请求娶他的女儿埃特拉为妻，但婚礼尚未举行，柏勒洛丰就因名誉扫地，被遣送邓卡里亚。虽然埃特拉在名义上许配给柏勒洛丰，但他回来娶她的可能性实在很小。庇透斯对女儿终身不嫁感到悲哀，就去祈祷海神，前几天，庇透斯刚好得到一则神谕，说他的女儿不会有公开的婚姻，却会为一个他乡之人生下一个有名望的儿子。于是，庇透斯决意把女儿埃特拉悄悄地嫁给埃勾斯。

埃勾斯就和埃特拉悄悄结了婚，在特洛曾又多待了几天后回到雅典。他在海边跟新婚的妻子告别。告别时，他把一把宝剑和一双绊鞋放在海边的一块巨石下，说："如果神灵保佑我们，并赐给你一个儿子，那就请你把他扶养长大，不要让任何人知道孩子的父亲是谁。等到孩子长大成人，身强力壮，能够搬动这块岩石的时候，你将他带到这里来。让他取出宝剑和绊鞋，叫他到雅典来找我！在此之前，你必须保持沉默，免得我的侄子——帕拉斯的五十个儿子，会阴谋杀害他。"

埃勾斯走后不久，埃特拉生了一个儿子，取名忒修斯。忒修斯在外祖父庇透斯的扶养下渐渐长大。庇透斯对外面宣称：他是海神波塞冬的儿子。特洛曾人把波塞冬看作城市的保护神，对他特别尊重。因此，国王的女儿为一位受人敬仰的神生了一个儿子，这完全不是一件羞耻的事，反而相当光荣。

忒修斯渐渐长大，不仅健壮英俊，而且沉着机智，勇力过人。他心目之中的偶像就是全希腊都闻名的大英雄赫拉克勒斯。他们的母亲是表姊妹，论起来赫拉克勒斯还是他表哥。忒修斯五岁时，赫拉克勒斯前来拜访他的外祖父。中午的时候，他们一起吃饭。赫拉克勒斯把披在身上的狮皮解下来，放在一旁。其他孩子看到狮子皮都吓跑了，可忒修斯却一点儿也不怕。他走出去，从一位仆人手上接过斧子，大胆地朝狮子皮扑了过来。他还以为眼前是一头真狮子呢！

忒修斯过了十六岁生日后，母亲埃特拉把他带到海边的岩石旁，一五一十向他吐露了真实身世，并要他取出可以向他父亲埃勾斯证明自己身份的宝剑和绊鞋，然后带上它们到雅典去。忒修斯抱住巨石，毫不费力地把它掀到一旁。他佩上宝剑，又把鞋子穿在脚上。尽管特洛曾临近大海，母亲和外祖父一再要求他走海道，可是他却不愿意乘船。那时候，从伯罗奔尼撒到雅典的陆路旅途上充满危

险，到处都有拦路的强盗和恶徒。

外祖父庇透斯给忒修斯一一描述了凶险。他不描述还好，一说忒修斯更是非走陆路不可。因为忒修斯决心以赫拉克勒斯为榜样。十六岁的忒修斯怎么能眼看着自己的表兄到处建功立业，自己却回避斗争呢？

“如果我从海上安全渡过去，我的鞋子上没有沾上征战的灰尘，宝剑上也没留下血迹，我真正的父亲又会怎么说呢？”忒修斯的这些话讲得慷慨激昂，外祖父听了很高兴，因为他过去也是一位勇敢善战的英雄。母亲听了儿子的话，连忙为儿子祝福。忒修斯整理了行装，勇敢地踏上征途。

忒修斯寻父记

在寻访父亲的路上，忒修斯遭遇到无数凶悍的大盗。

他最先遇到的人是大盗佩里弗特斯。此人手里一根棒，舞动起来旋转如风，路人在他的棍风之下成为肉末齑粉，大号“舞棍手”。当忒修斯来到埃比道罗斯，闯进了他的地盘时，这个穷凶极恶的强盗猛地从密林中窜出来，挡住去路。忒修斯面无惧色，两人恶斗了几合，舞棍大王根本不是他的对手，被打死在地。忒修斯拾起铁棍，带在身旁，作为纪念品。

到了科任托斯，他又遇到了另一个恶徒“扳树贼”辛尼斯。这个强盗力大无穷，两手能同时扳倒两棵树。他把过往行人绑在树梢上，然后弯起树梢，一松手，猛地向上弹去，行人的肢体就撕为两半。可是这次，他遇到的是忒修斯。忒修斯挥舞铁棍，打死了这个恶棍。辛尼斯有一个漂亮温柔的女儿珀里吉纳，她见父亲被杀，惊恐地逃走了。忒修斯以为是盗贼的伙伴，追上去到处寻找。情急之中，姑娘藏在灌木丛里，天真地祈求树丛救她一命。她发誓，如果树丛愿意救她，掩护她，那么今后绝不损伤或焚烧树林。忒修斯听见了她的誓言，就让她出来，他一个男子汉，怎么会伤害一个手无寸铁的女孩子呢？珀里吉纳走了出来，在忒修斯的保护下生活。后来忒修斯把姑娘嫁给俄卡利亚的国王，欧律托斯之子达埃阿纳宇斯为妻。

忒修斯一路下来，不仅强盗遭殃，那些凶猛的野兽也被他消灭了不少。他在克罗米翁战胜了一头凶猛的野猪费亚。到达墨伽瑞斯边界时，他又遇到无恶不作的大盗斯喀戎。这强盗通常出没于山林地区，住在高大的岩洞之中。他有一个习惯，抓住了外乡人就命令他们给他洗脚。趁这些人低头洗脚时，他飞起一脚，把他们踢进大海里淹死。忒修斯这次也如法炮制，把他一脚踢进大海里淹死。然后，他进入阿提喀地区，在埃琉西斯城附近遇到了强盗刻耳库翁。刻耳库翁强迫过往行人同他角力，败给他的人就被杀掉。忒修斯接受了他的挑战，并战胜了他，为地方除了一大祸害。

忒修斯遇到了此行最后一个，也是最残酷的拦路大盗达马斯特斯，外号叫铁床匪。这个强盗有两张床，一张很长，一张很短。如果过往的外乡人是个小个子，他就把他带到大床跟前，说："你看，我的床太长了，朋友，还是让我把你拉长吧，让你努力适合这张床!"说完，就用力把外乡人的身体拉长，直到他断气为止；如果来的客人是高个子，他就让客人睡小床，然后说："真对不起，好朋友，这张床太小了，不是为你做的。这样吧，我来帮你一下。"说着就把客人的脚砍掉，砍得正好跟床一样长。忒修斯抓住这个高大的强盗，强迫他睡在小床上，用利剑砍断了他的身体，直到他痛苦地死去。在艰难的旅途之后，忒修斯来到菲索斯河，碰到了几个菲塔利腾族人。他们热情地接待了忒修斯。应他的要求，主人们按照传统的风俗给他洗礼，让他涤除沾染的血迹，并在家中招待他吃喝。当他恢复精力后，他衷心感谢正直的主人，然后朝着父亲的故乡一路走去。

忒修斯终于到了雅典。一进城，忒修斯就发现雅典并没有他所期望的平静和快乐。他发现市民互不信任，城市一片混乱，父亲埃勾斯的王宫也笼罩着一片阴影。而这一切都是美狄亚的到来造成的。原来，美狄亚离开了科任托斯之后，也来到了雅典。美狄亚答应用魔药让国王恢复青春，骗取了国王埃勾斯的宠爱，成为王宫之中说一不二之人。

忒修斯一到雅典，精通魔法的美狄亚就知道了。她害怕自己会被这未来的王子忒修斯赶出王宫，就劝说埃勾斯，把进宫的那位外乡人毒死。她说他是个危险的奸细。埃勾斯根本不认识自己的儿子。沉迷于酒色之中的国王一点也不理解他的市民为什么要相互争斗，还以为是外乡人在捣鬼，因此猜疑一切新来的人，就同意了美狄亚的建议。

第二天，忒修斯进宫用餐。他非常高兴，希望能利用这个机会让父亲认识自己。毒酒端到面前了，美狄亚焦急地等待着年轻人喝酒。可是忒修斯急于认父，就把酒杯推到一旁。他渴望在父亲面前显示一下当年的信物。他装作切肉，抽出从前父亲压在岩石下的宝剑。埃勾斯看到这把熟悉的宝剑，立即扔掉忒修斯面前的酒杯。他向忒修斯询问了几句，确信面前的青年就是他从命运女神那里祈求得来的儿子。他张开双臂，拥抱儿子，并把他向周围的人作了介绍。忒修斯也把旅途上的险遇说给他们听。雅典人热烈地欢迎这位年轻的英雄，而诡计多端的美狄亚被国王驱逐出境，她逃到故乡科尔喀斯。那时候他父亲埃厄忒斯的王位已被他的弟弟篡夺，美狄亚得到了父亲的谅解，用魔法帮助父亲重新登上了王位。

克里特迷宫

找到父亲的忒修斯成了雅典最有权势的王子，却成为自己的堂兄弟们的眼中钉。这些人眼看埃勾斯老迈无力马上就要见到死神，继承王位的机会就要到手了，谁知道半路杀出一个忒修斯，当上了王子。别看这五十个堂兄弟平时为了王位互相倾轧，一旦忒修斯成了王子，他们马上就一致对外。首先，他们制造谣言，说忒修斯是一个野种，怎么可能是雅典皇族的血统呢？忒修斯知道消息之后，怀恨在心，暗中寻找机会。他还没有发动，叔父帕拉斯的五十个儿子却准备动手了。他们拿着武器，设下埋伏，准备袭击忒修斯。可是他们的传命兵，也是一个外乡人，向忒修斯告发了这一阴谋。忒修斯立即冲到埋伏地点，一举歼灭了这五十个人。

克里特的国王弥诺斯已经第三次派使者来索取贡物七对童男童女时，正赶上忒修斯刚刚杀掉自己的五十个堂兄弟，国内一片嘘声。雅典人向克里特的国王弥诺斯献供的原因很复杂：弥诺斯的儿子在雅典境内的阿提喀被人杀害。弥诺斯起兵报仇，引发了大规模的战火，而且战争期间，雅典旱灾与瘟疫横行，不到几年那里就成了荒漠。这个时候，阿波罗神庙降下神谕，来制止战争：雅典人如果能平息弥诺斯的怒火，取得谅解，那么雅典的灾难会立即解除。弥诺斯接受雅典人的求和，条件就是每九年送七对童男童女到克里特，作为进贡。弥诺斯接到童男童女后，关进有名的克里特迷宫里，由丑陋的半人半牛怪物弥诺陶洛斯把他们杀死。现在到了第三次进贡时间，那些父母怨声载道，他们私下埋怨埃勾斯，认为他是祸根，竟然让一个私生子继承王位而对别人家的孩子漠不关心，任人宰杀。

埋怨声自然传到忒修斯的耳中。大家集合的时候，他毅然站起来，宣布自己愿意去，用不着抽签。雅典人非常佩服他的品质，赞赏他的勇敢无私。可是埃勾

克里特岛弥诺斯王宫北入口

克里特岛上的宫殿不仅是王室的住所，还是宗教、政治 、工艺和商业的中心。

斯却不同意，自己好不容易有了一个继承王位的儿子，难道又要送死吗。他急忙奔过去，再三要求儿子改变主意。忒修斯态度坚决，他安慰父亲，保证一定能够制服弥诺陶洛斯，不让其他的童男童女受到损害。没有办法，埃勾斯只有同意了。不过，他提了一个条件：以前，童男童女开往克里特，船挂黑帆。现在，埃勾斯交给舵手一张白帆说，如果忒修斯平安回来，就把船上黑帆换成白帆，否则就表示失败了。

去克里特之前，忒修斯带着童男童女首先来到阿波罗神庙，向阿波罗神献上白羊毛缠绕的橄榄枝。然后，他们来到海边，登上了大船。到了克里特岛，忒修斯和其他童男童女被带到国王弥诺斯面前。这位充满青春活力的美男子一下子打动了国王的女儿阿里阿德涅。在去往迷宫的途中，她偷偷地向忒修斯吐露了爱慕之意，交给他一只线团，教他把线团的一端拴在迷宫的入口，然后跟着线团直走，就能到达丑陋的怪物那里。与线团一起的，还有一把利剑，用来斩杀弥诺陶洛斯。

弥诺斯一等忒修斯进入迷宫，马上关了大门。忒修斯走在前面，他按照阿里阿德涅的吩咐，跟着线团到达了怪物的居所，还没等它有所反应，忒修斯就砍下了它的头。出来时，依靠线团，他们几个人才没有迷了道路，和等在门口的阿里阿德涅会合。阿里阿德涅准备跟他们一起出逃。时间紧迫，他们必须马上离开，

否则等到国王发现就一个也走不了。忒修斯听从阿里阿德涅的建议，凿通所有克里特人的船底。他们来到迪亚岛。就是在这个岛屿之中，忒修斯梦见了酒神狄俄尼索斯。酒神告诉忒修斯：阿里阿德涅跟他早就订了婚。他威胁忒修斯，如果不把阿里阿德涅留下来，忒修斯就面临灾难。

打小就跟外祖父一起长大的忒修斯，很听外祖父的话。外祖父曾经告诫他要敬畏神灵，因此忒修斯害怕神灵，只能将可怜的公主留在荒凉的孤岛上，自己乘船回去。忒修斯和他的随从失掉了姑娘阿里阿德涅，回去的路上悲伤颓唐，竟然忘了国王的嘱托，船上仍然挂着黑帆。海船朝家乡的海岸驶了过去。埃勾斯在海岸上翘首眺望，他突然看到远方驶来一条船，船上挂着黑帆，以为儿子已经死了。他绝望之下，纵身跳入大海，溺水而死。

不一会儿，忒修斯率领众人登陆。在海岸上向神祇献祭之前，他派了一名使者前往城里，把童男童女获救的消息告诉大家。等到迎接的人来到眼前，他非常奇怪：有些人兴高采烈；有些人沉浸在悲哀之中。他的使者回到海滨的时候，忒修斯正在庙中献祭。使者站在门外，没有声张，害怕扰乱了神圣仪式。等到浇祭完毕后，他才把埃勾斯国王的死讯告诉了忒修斯。忒修斯成为了新一任雅典国王。

伊卡洛斯堕海

雅典的代达罗斯是墨提翁的儿子，厄瑞克透斯的曾孙。他生下来就是一个艺术家的料子，心灵手巧，做什么就像什么。长大以后，不负众望，成为全雅典最有名的建筑师和雕刻家。他刀下的雕像，惟妙惟肖。先前的雕刻师笔下的石像，双目紧闭，两只贴着身子的胳膊无力地垂了下来。但代达罗斯却一反常规，让人像双眼洞开，双手前伸，有一种迈开双腿大步走路的虎虎生气。

不过，天才总是和嫉妒相伴而生，代达罗斯也不例外。雕塑之时，他天赋惊人，可是日常生活中，他也和大多数人一样，爱慕虚荣，容不下他人。他的外甥塔洛斯，跟他学艺。让代达罗斯不能忍受的是，这个黄毛小孩的天分竟比他代达罗斯还高，而且雄心勃勃，对自己的作品并不完全信服。还是一个不到门槛高的孩童，这个小坏蛋就发明了陶工旋盘。后来，他又成为锯子的发明者，圆规也是他一次心血来潮的产物。这还了得！现在塔洛斯的名声已经不小了，再过几年，别人还会想起他代达罗斯吗？想到这里，代达罗斯妒忌得头发昏、眼发红。有一天，散步的时候，他一下子把塔洛斯从雅典城墙上推了下来，当场摔死。但是，女神雅典娜十分爱护心灵手巧的塔洛斯。当她看见他从城墙上掉下时，立即把他的灵魂变成了一只山鹑。惊恐的代达罗斯埋葬尸体时，慌里慌张，被人发现了。罪行披露，他被雅典最高法院传唤和审讯。结果被判有罪，流放到了克里特岛，为国王服役。

希腊英雄忒修斯在杀了牛头怪物之后，凿沉了克里特国王的全部船只，接着，又带走了他女儿阿里阿德涅。国王弥诺斯获悉这一情况以后，压不住心头的怒火。他很快就查清了巧匠代达罗斯曾经参予救助雅典少年忒修斯。

于是，弥诺斯亲自传讯了代达罗斯及其儿子伊卡洛斯。他对代达罗斯严厉地说："你知道这班雅典人给我的舰队造成的灾难有多大吗？"

"陛下，我知道。"代达罗斯回答说。

"你知道忒修斯拐了我的爱女吗？"

"陛下，我听说了。"

"听说你帮助了那个雅典人，你的同乡忒修斯？"

"陛下，我没有呀。"代达罗斯惊讶得叫了起来。

"难道不是你把那个线团

蛇女神

蛇女神是弥诺斯宗教的核心，她的灵魂充盈于自然界的一切事物。她也被认为是国王弥诺斯的妻子。

交给了我的女儿，她又把那个线团给了忒修斯，使他靠那个线团在迷宫里能找到出口的？你帮助了一个罪犯，还不知罪？"

"陛下，"代达罗斯分辩说，"在阿里阿德涅让我给她一个线团的时候，忒修斯并没有犯你今天对他所控之罪呀。他当时正准备为克里特岛除一大害，杀了弥诺陶洛斯这个牛头怪物。你当时也答应把你的女儿嫁给他。我听说，阿里阿德涅已经深深地爱上了忒修斯。"

"你有什么权利管我家里的事，你这个无赖！"盛怒的国王狂叫起来。

"陛下，我同意你的说法。但是，我是凭我的理智与心愿行事的。"

"你这个叛徒，还敢狡辩！"

站在弥诺斯国王周围的文武百官都交头接耳。国王失去了女儿，这对他们无关紧要。可是，克里特岛失去了整个舰队，却让他们怒发冲冠。他们都认为国王说得有理。

弥诺斯冷静下来，又问："我问你，你为什么把一个线团交给我女儿，而不是把迷宫的图纸交给她呢？"

"陛下，难道你忘了吗？很久以前你就命令我把迷宫的图纸销毁了！"代达罗斯回答说。

"是的。我不愿意这些图纸落到弥诺陶洛斯手里。你已经把这些图纸全销毁了吗？"

"陛下，我是您驯服的仆人，哪敢违命？"

"你没有保留一部分吗？"

"陛下，我一张也没有保留。"

"那么，如果我把你和你的儿子关进迷宫里，你们就找不到进出口了吧？"

"陛下，您不能这么做。这样做是毫无道理的。"代达罗斯惊慌地说。

"对变节者不能判其他刑，只能判以死刑。也许你能没有图纸而凭记忆找到迷宫的进出口，我叫人把迷宫的进出口堵死。这样，我就可以绝对肯定你会死在里面了。"

"望陛下能饶了这个孩子。他并没有罪过。"代达罗斯一看国王一定要让自己当这个替死鬼，那没办法了。他一边叫喊一边指着伊卡洛斯说："他是无辜的。"

"我失去了我心爱的阿里阿德涅。对我来说，她现在等于死了。侍从们，马上把这两个可怜虫带进去。"

卫士们强行把他们二人连拉带拽地拖押到迷宫里，卫士们放出凶猛的恶狗追赶代达罗斯和伊卡洛斯，把他们逼入弯曲复杂的迷宫通道里。恶狗在回头时，靠其灵敏的嗅觉很容易找到了进出口。可是代达罗斯只能在迷宫里转来转去。为了安全起见，卫士们把迷宫进出口堵死了。看来，代达罗斯和伊卡洛斯就再也别想出来了。

迷宫里的通道时而是弯曲的地道，时而是深深的隘道，两边是悬崖绝壁。代达罗斯父子在迷宫里游荡了很久，筋疲力尽，于是，在一个隘道停了下来。隘道很热，他们口干舌燥，饥肠辘辘。但他们宁愿在露天的隘道暴晒死去也不愿困在幽暗的地道里。

“国王这个老头真残忍！”伊卡洛斯悲叹道，“我们明明是清白无辜的，可是，他却要我们死。”

“你是无辜的，”代达罗斯回答说，“至于我呢，我是有罪的。”

“父亲，为什么您有罪?”

“不是弥诺斯惩罚我，而是众神惩罚我。我现在是清偿旧债。我暗害了我的外甥，被流放到这里来为克里特岛国王做劳役的。可是，看来众神并没有宽恕我。”

“那么，他们为什么把气发到我身上呢?父亲，你是桅帆的发明者，你又为人们发明了粘合剂，还有各种木工工具，你还设计了迷宫图纸。我可以肯定，你是有办法的，你一定能想办法使我们离开这个鬼地方。”

“我的孩子，在这里能干些什么呢？我们在这里就像被活埋了一样。我在这里什么工具也没有。”

代达罗斯扫视了一下周围。两道玄武岩绝壁在隧道两边拔地而起。绝壁光滑得发亮，要往上爬简直是不可能的事。在不远的地方，通道又伸进地下去。无数鸟儿在岩石上空飞来飞去。地上落满了它们脱落的五颜六色的羽毛。

“唉，我们要是能像鸟儿一样飞翔该多好!”代达罗斯叹息道。突然之间，好像想到了什么，他陷入深深的沉思之中。伊卡洛斯一声不吭。他懂得，当父亲思考问题时，不要去打扰他。他们周围是一片安静，只听见小鸟的叫声和野蜂的嗡嗡声。这些野蜂就在岩石缝里构筑蜂窝。代达罗斯开始注视其中的一只小蜜蜂。

“我的老天爷，”他低声说道，“我不是可以试试看吗?伊卡洛斯，过来帮我的忙。”

久经考虑后，他高兴地说，“国王虽然从陆上和水上封住我们的去路，难道我们不能从空中飞走吗?”

他收集干柴，放到了一个野蜂窝下，然后敲石点火，烧着了木材上面的干草。火烟驱散了蜂群。代达罗斯摘取了蜂巢。接着，他又照样办理，直至获得足够的蜂蜡。他又开始收集整理大大小小的羽毛，把最小最短的羽毛拼成长毛，看上去像天生的一般。他把羽毛用麻线在中间捆住，在末端用腊封牢。最后，把羽毛微微弯曲，看起来完全像鸟翼一样。

伊卡洛斯欢喜地站在身旁，一双小手帮父亲劳动。终于一切都完成了。代达罗斯把翅膀缚在身上试了试。他像鸟一样飞了起来，轻轻地升上云天，然后重新降落下来。他又指教儿子伊卡洛斯如何操纵。他给儿子做了一对小羽翼。

“你要当心，”他叮嘱道，“必须在半空中飞行。你如果飞得太低，羽翼会碰到海水，沾湿了会变重，你就会被拽在大海里；要是飞得太高，翅膀上的羽毛会因靠近太阳而着火。”代达罗斯一边说，一边把羽翼给儿子缚在他的双肩上，但他的手却在微微地发抖。最后，他拥抱着儿子，还给了儿子一个鼓励的吻。

伊卡洛斯答应父亲小心行事。他开始扑打翅膀，离开地面往上升起。他是多么高兴啊。他父亲接着也腾空起飞了。他们两人像信天翁一样很快就飞越了悬崖峭壁，把关闭他们的阴森可怖的迷宫远远抛在后面。

他们面前是浩瀚的大海。他们向东北方向飞行，飞越了巴罗斯岛、萨莫斯岛和德罗斯岛。伊卡洛斯高兴得得意忘形，为自由和幸福所陶醉，忘了死亡的威胁。他把起飞前父亲对他的嘱咐抛到了九霄云外。飞高些，再飞高些！强烈的阳光使他耀眼目眩，他径直往太阳飞去……糟啦！他飞近了太阳，太阳强烈的阳光融化了蜂蜡，羽毛开始松动。伊卡洛斯还没有发现，羽翼已完全散开。不幸的孩子只得用两手在空中绝望地划动，可是他浮不起来，一头栽落下去，最后掉在汪洋大海中，万顷碧波把他淹没了。这一切发生得很突然，瞬间便结束了。代达罗斯看见儿子掉进海里，却无能为力。他降落到一个小岛上。

卖父求爱

墨伽拉国王尼索斯正在和克里特岛的弥诺斯二世交战。双方交战了很多场，互有伤亡。很多将领和士兵都成为了战争的牺牲品。整个战场之上，血流成河，到处都是断尸，支离破碎的四肢随处可见。野狗和兀鹰跟在双方的军队之后，吞吃死尸。大约打了有四个月，弥诺斯二世占了上风，他的军队包围了墨伽拉的都城，墨伽拉国王尼索斯节节败退。到了都城之后，双方又僵持起来。很显然，弥诺斯二世占上风，四十万大军团团包围了城池，跟铁桶一样，水泄不通。可是都城毕竟是都城，城墙坚固，固如金汤。城墙里面，储存有足够支撑整个城池里的所有人大半年的口粮。可是弥诺斯二世马上就觉察到形势不妙。远离国土，粮草不足，天气又渐渐寒冷，士兵的衣服都不足以抗寒。怎么办呢，这样僵持下去，弥诺斯二世担心士兵会造反。他每天骑着自己的白马，围绕着城池来回地转悠着，并且派人骂阵，说墨伽拉国王尼索斯是个缩头乌龟，不敢出战，还是什么阿瑞斯的后代，真是丢人，哪里有什么神的威风呢？可是墨伽拉国王尼索斯老于世故，当然不会上当，还哈哈大笑。就这样，两个人一个站在城墙下，一个站在城墙头，互相对骂，战局却没有什么进展。

这个时候，事情有了转机。转机来自于墨伽拉国王尼索斯的女儿斯库拉。弥诺斯二世困城期间，她浑身披挂跟在父亲身后。她是全国有名的美女，很多年轻人跪倒在她的石榴裙下，斯库拉都置之不理。她心中的偶像是自己的父亲。她觉得她要找丈夫的话，那这个男人必须和父亲一样，是一个顶天立地的男子汉。可是，这些天跟随着父亲转悠，父亲英勇善战的形象在她的心中倒塌了。她发现自己的父亲完完全全是一个忍辱负重的懦夫。弥诺斯二世站在城门下，指着父亲的鼻尖骂战，他却避而不答。她当然知道实际情况只能这样，城门紧闭，就是胜利，可是父亲的形象却让她不满。在她鄙薄父亲的同时，她绝望地发现自己爱上了那个骑白马整天绕着城池喝骂的敌人弥诺斯二世。这个人才是她心目中的最爱。你看看，他在城墙下的样子，威武英俊，简直要把斯库拉的魂都给勾走了。

战争还在僵持着，斯库拉却在煎熬。她疯狂地爱上了弥诺斯二世。她不管外面发生什么，现在的想法就是怎么能够见上弥诺斯二世一面，让他爱上自己。可是找什么借口呢？她每天神魂颠倒，茶饭不思。这一天，她在吃饭的时候，猛然看见了饭桌上父亲的头发，一下子知道了自己能够干什么。她的父亲尼索斯满头黑发，在这满头黑发之中很扎眼地有一撮紫红色的头发。根据神谕，他的这撮紫红色的头发，能够主宰他的生命和命运。

当天夜里，斯库拉几次偷偷地溜进父亲的卧室，又懊悔地返了回去。她一直在犹豫之中，深陷在两难的境界。她躺倒在床上，弥诺斯二世的形象越来越清晰

地出现在黑黑的屋顶之下，他正对着自己微笑呢。斯库拉狠狠心，决定坚持下去。于是，她再一次地偷偷溜进父亲的卧室。卧室里静悄悄的，除了自己父亲响亮的鼾声。她小声地喊父亲的名字，一连叫了三声，都没有回应。斯库拉放下了心来，拿起剪子，喀嚓一声剪掉那撮著名的红头发，然后，她拿走了城门的钥匙，打开城门，偷偷溜了出去。她径直来到弥诺斯的营帐。当着他的面，她呈出那撮头发，而条件是她希望能够换取他的爱情。斯库拉的到来，对于正处在犹豫之中的弥诺斯二世来说，无异于雪中送炭。弥诺斯二世很爽快地答应了斯库拉的要求；当天夜里，利用斯库拉手中的钥匙，他派兵偷偷进入了城市。墨伽拉国沦陷了，城市呻吟在克里特士兵的铁骑之下。

双头斧是弥诺斯人最神圣的一种宗教象征物。祭祀时，用标准尺寸的双头斧宰杀献祭的公牛。

占领了城市，斯库拉就成了弥诺斯二世的情妇。不过，他其实是在玩弄斯库拉，因为这个女人为了欲望，竟然把生身父亲送到了敌人的刀下，他觉得太匪夷所思了，他对之深恶痛绝。他不肯把她带回克里特岛。出行这天，他们的船只刚刚脱离港口，他看见被自己欺骗的斯库拉出现在码头之上。她二话不说，跳下了水里，游过来。弥诺斯二世命令舵手赶紧划船摆甩掉这个女人。谁知道她的速度如此惊人，竟然赶了过来。她追赶上他的船只，抓住船舵不肯撒手。弥诺斯二世正在左右为难，斯库拉的父亲报仇来了。尼索斯的阴魂化成海鹰俯冲下来，用爪及钩喙袭击斯库拉。惊慌万状的斯库拉一松手，淹死在海里；她的灵魂变成小鸟飞走了，这种鸟叫克里杜鹃，胸脯发紫，腿是红色的。

兄弟情谊

这一天，天气晴朗，万里无云，正是7月之中最好的一个天气。英雄庇里托俄斯站在自己的台阶前，看着来来往往的宾客，高兴得合不拢嘴。院子里，张灯结彩，客人们言笑晏晏，到处洋溢着和平喜乐的气氛。今天，是庇里托俄斯的大喜的日子，他放下了自己惯常穿戴的盔甲和宝剑，一身吉祥的婚装，在门口迎接客人。他一边招待客人们，一边不时地回头朝西望望。西头就是他的新房，新娘子正坐在新房里呢。

中午十一点左右的时候，客人都快来齐了，庇里托俄斯变得有些焦虑，不时探头朝路上望去。正在焦虑不安的时候，一群怪物来到了他的面前。这群人头马身怪物就是所谓的肯陶洛斯人怪物。

帕特农神庙的横饰带（神殿南第31幅）

拉庇泰人与半人半马之战，半人半马在希腊人眼里像波斯人一样野蛮，而右边的拉庇泰人则象征文明的希腊人。

他们都是庇里托俄斯的亲戚。当年，国王伊克西翁坑杀了岳父，逃到了宙斯那里避难。谁知道在那里，伊克西翁还贼心不死，又打天后赫拉的主意。宙斯看破他的用心，用乌云冒充赫拉。伊克西翁拥抱乌云，就生下了那些半人半马的怪物。庇里托俄斯是伊克西翁的儿子，论起来，他们还是兄弟呢。

一看这些怪物兄弟来了，庇里托俄斯马上迎接了过去，他让他们暂等了一下，叫出了人马怪物中的美男子契拉罗斯与他的妻子许罗诺默。契拉罗斯一头金黄的鬈发，蓄着胡须，脖子、肩膀、双手和胸部长得十分匀称，身体的下半部虽然是马身，却长得很好看，他美丽的爱人许罗诺默也相当漂亮。这一对是人马怪物中比较好说话的。

庇里托俄斯对这对夫妻说："契拉罗斯兄弟，许罗诺默嫂子。你们来了，我非常高兴。但是你们知道，新娘是拉庇泰人，他们与你们肯陶洛斯人互相打斗了多年，是世敌。但今天你们双方能否和平相处呢？新娘那边我已经说好，但这一

边，我还希望兄弟你帮帮忙，说一下。”

契拉罗斯拍了拍他的肩膀，让他放心。然后，契拉罗斯来到那群人马怪物之中，低声说了几句。这个时候，就听见最野蛮的欧律提翁的声音：“契拉罗斯，你放心，今天是庇里托俄斯兄弟的好日子，我们不会不识趣，破坏气氛的。今天就放过那批家伙！”

有了欧律提翁这些话，庇里托俄斯终于放下了心，因为他最担心的就是这个野蛮的欧律提翁。人马怪物被引进了宴席之中，但是隔着拉庇泰人很远，双方遥遥地愤怒相对，但也相安无事。宴会开始了，人群吆喝着，可是庇里托俄斯还是等在门口。正当他快不耐烦的时候，一个魁梧而熟悉的身材进入了眼睛。他小跑着扑了过去，抱住了那个人。对方也是一样，抱住他哈哈大笑：“我总算没有耽搁你的婚礼。一接到你的喜讯，我就马不停蹄地赶向这里，不想路上遇到两个打劫的强盗，耽误了一些时间，不过，还是赶了过来。”

这个人就是希腊的大英雄忒修斯。说到忒修斯和庇里托俄斯相交，那是几年前了，还有一段佳话。当年忒修斯杀掉了牛头怪物之后，成为全希腊都非常景仰的人物。这些称赞四处流传，不知道怎么的，传到了一个少年人的耳朵里。这个少年人是伊克西翁的儿子庇里托俄斯。他比忒修斯小，当时不很有名。少年人血气方刚，心里很不服气，一直想跟忒修斯一比高下。不过，比赛总有理由吧。他就故意偷走忒修斯的几头牛。偷牛的时候，他生怕人家不知道，有意制造出一点动静，连逃跑的路线也留下些许的蛛丝马迹。当他还在路上，听到忒修斯追赶他的声音之后，不但不害怕，反而非常高兴。他不往前走了，专门在路旁守候，准备较量。两人相遇，二话不说就打了起来，可是，双方却发现谁也奈何不了谁，打到最后，两个英雄赞赏对方的英武和胆略，不约而同地把手中的武器放在地上，然后朝对方奔了过来，抓住了对方的手。两个人不打不相识，因为这件事情成为了好朋友。他们拥抱在一起，相互立誓，永远忠于友谊。

现在，庇里托俄斯与拉庇泰族人希波达弥亚结婚了。作为好朋友，忒修斯也在邀请的婚礼之列中。他也在正午的时候赶到了这里。婚礼在一种难以言传的欢乐之中进行着，人人都兴高采烈。但就在这个时候出事了。

欧律提翁饮酒过多，喝得醉意朦胧以后，眼神就不对劲了。他的眼睛粘在了美丽的新娘希波达弥亚身上。看到苗条的新娘在宾客之中彩云一样转来转去，欧律提翁不由地心醉神迷。

酒气熏天的欧律提翁一把抓住希波达弥亚的头发，把她拖走。可怜的新娘子希波达弥亚竭力挣扎，大呼救命。那些喝得醉醺醺的肯陶洛斯人也照样行事，各人拖走一个宫里的使女或前来参加婚礼的女客人。只有美丽的契拉罗斯夫妻大声呼喊，让他们的兄弟姐妹们冷静下来，不要胡来。但是这批脾气暴躁的怪物根本都不听从，拖着女人，放肆地狂笑着。一霎时，妇女们的惊叫声和呼喊声响成一片，把宫殿都要震塌了。新娘的亲戚朋友们都异常愤怒地从座位上跳起来，加入了战团。

就在这个时候，忒修斯站了出来，堵住了门口，大声叫道："你们这些野人，太放肆了，竟敢当着我忒修斯的面侮辱我的朋友庇里托俄斯！"说着，他一把就从欧律提翁的手中抢回了新娘子。野蛮的欧律提翁挥手朝忒修斯的胸口打了一拳，匆忙之中，忒修斯顺手捞起一盆热汤，劈面砸过去。欧律提翁躲闪不及，被打倒在地，头上鲜血淋漓。

其他的肯陶洛斯人一看同伴受伤，再也不能忍受下去，呼喊起来，霎时杯盏飞舞，酒瓶碰撞。整个宴席一片混乱。新郎庇里托俄斯勃然大怒，把手中的长矛朝大个子马人珀特勒奥斯刺去。珀特勒奥斯正想从地上拔起一棵大栎树当武器，就被矛钉在树干上。另一个马人狄克提斯被忒修斯打倒在地，摔倒时压断了一根粗大的梣木。第三个马人想上来报仇，被忒修斯一棍打死。战斗激烈地进行着。但是马人显然抵挡不住英勇的忒修斯等人，被彻底打败，连无辜的契拉罗斯夫妻也死于混战之中。他们在逃跑的时候互相践踏，又被追赶的人杀掉不少。直到这时，庇里托俄斯和新娘才脱离危险。

第二天清晨，忒修斯跟他告别。由于这次共同的战斗，他们兄弟般的情谊更加坚强，牢不可破。

忘恩负义的伊克西翁

拉庇泰国王伊克西翁看上了老国王伊俄纽斯的女儿——漂亮的狄阿，他简直不能相信世界上还有这么美丽的女孩子。可是，他怎么能够把这位千娇百媚的美女娶回家里来呢？要知道，这位美女的求婚者都可以排上长长的一队，整整一条街道都不止。这些人和他一样，不是王子就是国王，谁的地位都不比他差多少。可怜的拉庇泰国王伊克西翁，没有什么东西能够让老国王满意，把女儿嫁给自

己。有一天，他实在没有办法了，就派人把老国王的一个贴身仆人叫了过来。他买通了这个仆人，然后跟他打听这个老国王有什么特殊的嗜好。仆人告诉他，这个老国王为人正直，生活也比较严谨。拉庇泰国王伊克西翁还能怎么样呢，他只能放这个仆人回去。这个仆人已经走出了门口的时候，他突然回过头来，对垂头丧气的国王说："伊克西翁，你知道老国王最想要什么东西吗？他最喜欢的是天神宙斯的一件袍子。"说完这个人就走了。

伊克西翁垂头丧气，他哪里来的什么天神宙斯的袍子呀。他整整一天都闷闷不乐，忽然却大声地笑了起来，这让一边伺候他吃饭的随从吓坏了。原来伊克西翁终于想出了一个办法。

过不了几天，整个城市里都在轰传着一个新闻，那就是拉庇泰国王伊克西翁拥有天神宙斯的一件袍子，这还是他的先祖流传下来的。这个消息越传越广，一直传到了老国王的耳朵里。老国王不由得心动了，马上派人叫来了伊克西翁，问他是否拥有天神的一件袍子。伊克西翁点了点头。于是老国王想让他拿出来看一看，伊克西翁却把头摇得跟拨浪鼓一样，说这是他的传家至宝，不能随便拿出来给人看的。老国王急得团团转，于是就问伊克西翁有什么要求，他可以用来和他的袍子交换。伊克西翁摇了摇头，就回去了。

焦虑的老国王这几天火气大旺。就在这个时候，他的贴身仆人，走上了前去。他对老国王说："国王呀，你不用担心，你不是也有一件世人瞩目的珍宝吗？"老国王奇怪地说："胡说，我哪里有什么珍宝呀！"仆人说："我尊敬的国王，难道你忘记了你自己的女儿吗？难道你没有听说伊克西翁曾经因为你的女儿，患上了单相思，几乎要死掉吗？"老国王一下子笑了出来，他就派这个仆人去把这件事情办好。如果他能得到那件袍子，他除了女儿之外，还可以奉送一些珠宝，作为自己女儿的嫁妆。

仆人过去交涉的结果是：老国王必须先把女儿嫁给他，他的袍子好好地在他的国家一个谁也不知道的地方放着。老国王求宝心切，答应了。于是伊克西翁就带着国王举世无双的女儿狄阿回到了拉庇泰。两人新婚不久，伊俄纽斯就等得有点迫不及待了，他开始写信催伊克西翁兑现诺言。伊克西翁给他回了一封信，说自己和狄阿结了婚之后，伊俄纽斯还没有来过，所以他不妨前来一次，顺便带走该属于他的东西。

老国王兴冲冲地赶往女婿的领地。他歇息在贵宾馆里，等待着赶赴晚宴。好不容易天色黑了下来，他就被人带往宫殿。宫殿里，火焰熊熊，照耀得跟白天一样，他可以看见自己的女婿正站在台阶上，恭候自己。他加快脚步，往前赶去，谁知道陷阱就在眼前呢！他落入了宫殿前面伊克西翁故意挖下的陷坑，坑下点燃熊熊的炭火。毫无提防的伊俄纽斯掉进陷坑给烧死了。

伊克西翁的行为让天神们看不过去了。那些神议论纷纷，认为这是滔天大罪，坚决要求征罚这个罪大恶极的伊克西翁。可是宙斯就不一样了，他非常喜欢这个人，因为这个人竟然为了自己心爱的女人无所不为，想尽一切办法也要把她搞到手，这种行径不是跟自己一模一样吗？在某些方面，甚至可以说，他比自己还要出色。因此，宙斯不仅为他开脱，还让自己的儿子赫耳墨斯去把他领来同桌共餐。

宴席之上，众神都只顾低头吃饭，一点也不搭理伊克西翁。只有天神宙斯还和他聊起天来。而作为女主人的赫拉不时起身为他们倒酒。她的脸色崩紧，冷如冰霜，可是显得更美丽了。这让刚刚逃脱罪责的伊克西翁心神荡漾，并暗暗在心中谋划勾引赫拉。他认为赫拉会喜欢有这样的机会，能够对宙斯经常发生的不贞行为进行报复。然而宙斯看透了伊克西翁的用心，把一朵云彩化为假赫拉。伊克西翁喝得醉醺醺的，没有发现这是一场骗局，高高兴兴地寻欢作乐。他正搂搂抱抱得高兴时，突然宙斯出现在面前，命令赫耳墨斯无情地鞭笞他。后来，宙斯让赫耳墨斯把伊克西翁绑在一个火焰熊熊的轮子上，不停地在天上滚动。

抢劫海伦

要是问谁是全希腊最美丽的女人，那么答案肯定只有一个，那就是美女海伦。她是宙斯跟勒达所生的女儿。当母亲改嫁给斯巴达国王廷达瑞俄斯后，她就跟着母亲在继父宫里长大。她小小年纪就是美人坯子，举手投足自有一股风流韵味。长大到了豆蔻年华，更是让斯巴达举国上下都为之痴迷疯狂，就连那些七八十岁的老头在海伦经过的时候，都为之侧目。一时之间，海伦的美名传遍了整个希腊，也传到了大英雄忒修斯的耳朵里。

这个时候，忒修斯刚与年轻的庇里托俄斯结下了友谊。两个人中，忒修斯要比庇里托俄斯大上十多岁，不过两人现在都很自由，庇里托俄斯的妻子希波达弥亚婚后不久就去世了，而忒修斯已经单身独居多年了。这一天，忒修斯看到庇里

托俄斯又沉浸在丧偶的悲痛之中，他决定让自己的兄弟振作起来。他走过去，拍了拍庇里托俄斯的肩膀，庇里托俄斯愕然地抬起头来。

忒修斯笑道：“这次冒险可是相当刺激。你听说过海伦吗？希腊的那个大美人。咱们去把她给抢回来。”

庇里托俄斯伸出了巴掌，只听见啪的一声，两位英雄重重地击了一下掌。

抢劫海伦 列尼 1631 年

迷人的海伦露出娇羞的神态，特洛伊的王子帕里斯挽着海伦的手，一副志满意得的表情，殊不知这将给特洛伊带来毁灭的灾难。

两个人到了斯巴达，找人一打听，马上有几个中年人告诉他们，海伦每天都去阿尔忒弥斯神庙里跳舞。两个人天还不亮，他们就偷偷地溜进了神庙前面的幕布下躲藏起来。七点刚到，神庙的大钟响了起来，美女海伦在一群侍女的簇拥下，来到了祭坛前。忒修斯和他的朋友，从幕布下探出头来，盯着海伦的身影，两个人看得如痴如迷，都不知道自己身在何处了。他们两人呆呆地看着，却突然听见一声鼓响，声音停止了，舞蹈停止了，场地中现出了海伦绝世的容光来。这两个痴呆的人猛然惊醒了过来，忒修斯一碰朋友的肩膀，冲了出去。他跑到美女的身边，宝剑搁置在美女嫩白的脖子上，而庇里托俄斯则挥舞着宝剑，挡住那些冲上来解救公主的侍卫。等到这批侍卫想起来招呼其他人的时候，两个人早就劫持着海伦，到了郊外的一个山坡的森林里。

来到了郊外，问题来了，海伦应该归属于谁呢。按理当然是忒修斯，因为他是老大，现在也一样没有妻子，可是当初劫持美女，忒修斯是想用海伦来安慰丧偶的庇里托俄斯。现在，在神庙中见到了海伦的轻歌妙舞之后，两个人都爱上了这个容光焕发的少女。

两个人尴尬地看了看，都从对方眼睛里看到那熊熊燃烧的爱火。可是，双方的手扶着各自的宝剑，却都没有拔出来，因为他们不想因为一个女人就把他们纯真的友谊破坏了。两难之中的时候，忒修斯突然哈哈大笑起来，他看了一眼现在昏睡在地的海伦，对兄弟说："这么办吧，我们两个人来抽签，一切全凭天意，谁赢了，海伦就归谁！这样，也避免我们兄弟干戈相对。"

庇里托俄斯想了想，说："你这个办法很好！"

忒修斯继续说："老弟，咱们两个人说好，谁获得了海伦，就必须帮助另一个人去抢其他美女。否则这就太不公平了。"

两个人折掉了一长一短的两根树枝，放在一个罐子里。树枝长短不一，却也相差无几，谁拿到了那根长的，海伦就是他的妻子，否则的话，就是另一个人的了。安排好后，忒修斯让庇里托俄斯先动手，庇里托俄斯也不推辞，手伸进了罐子，也不停留，就退了出来。

结果出来了，获胜的却是忒修斯。

两个人在岔路中分开，忒修斯把海伦带到阿提喀地区的阿弗得纳，由母亲埃特拉照料海伦。然后，他和庇里托俄斯一起，来到了地狱去抢劫天下被看管得最严的女人——珀耳塞福涅。但他们的冒险失败了。两人被哈里斯永远拘押在地府里。赫拉克勒斯想要救出他们两人，但结果只救出了忒修斯。

当忒修斯关在地狱之时，海伦的哥哥卡斯托耳带兵包围了雅典。雅典人十分害怕，其中一人名叫阿卡特摩斯，他知道忒修斯的秘密，于是告诉他们，海伦藏在阿弗得纳。卡斯托耳和波吕丢刻斯立即围攻该城，很快攻陷了城池，救出了海伦，带着她离开雅典回到了故乡。

嫉妒

忒修斯现在又要娶新夫人了。这位未婚妻就是曾在克里特迷宫之中救过他的阿里阿德涅的妹妹淮德拉。当年，杀掉牛头怪物之后，他把老国王弥诺斯的女儿阿里阿德涅和淮德拉带离克里特岛。在返归雅典的海面上，阿里阿德涅被酒神狄

俄尼索斯抢去，而淮德拉自始至终一直跟在忒修斯身边，待在雅典。直到弥诺斯去世，她才回到了哥哥丢卡利翁国王的宫殿里。

忒修斯带走两个公主

忒修斯从克里特岛胜利归来，并带走弥诺斯两个美丽的女儿大公主阿里阿德涅与淮德拉。阿里阿德涅嫁给酒神。淮德拉则嫁给忒修斯，并喜欢上了希波吕忒与忒修斯的儿子——王子希波吕托斯。

自从妻子希波吕忒死后，忒修斯一直独身，可是他还一直惦记着那个一直纠缠在他身边让他唱歌的小女孩。他出门游历，往往听到人们对淮德拉的赞美。别人一赞美淮德拉，他就想起了那美丽的阿里阿德涅，想淮德拉一定跟姐姐一样美丽善良。恰好，克里特的新国王丢卡利翁不像自己的父亲那样仇视大英雄忒修斯，为了重修旧好结成了攻守同盟，丢卡利翁想将妹妹淮德拉嫁给忒修斯为妻。忒修斯也正有此意。不久，忒修斯带着年轻的妻子从克里特回国。

淮德拉长得几乎和阿里阿德涅一样漂亮，可是，淮德拉心里对婚姻的态度却和姐姐不一样。很显然，忒修斯比淮德拉想象之中的那个人要衰老很多。他变成了一个老头，这让淮德拉很是伤心失望。当然忒修斯现在是全希腊都闻名的大英雄，可是大英雄在她眼中只是一个糟老头子！

国王有个儿子希波吕托斯，正好跟她同岁。他年轻英俊，风流潇洒。在日渐相处之中，她逐渐喜欢上了希波吕托斯。希波吕托斯的母亲是亚马孙女人。忒修斯把年幼的希波吕托斯送往特洛曾，在埃特拉的兄弟们那儿接受教育。希波吕托斯长大成人后，曾经发过誓愿：愿把自己的一生献给处女神阿尔忒弥斯。

他们之间第一次见面，还是希波吕托斯回到雅典参加神圣的庆典时。淮德拉第一次看到了他，还以为面前站着年轻时的忒修斯呢。他那优美的身姿和纯洁的心灵点燃了她一度熄灭的烈火。但她是他的继母呀！她怎么说得出口呢？没办

法，她只能把浓烈的感情深埋在心，常常一个人坐在那里眺望大海，心潮随着波浪起伏，或者躲在后花园那棵桃金娘树下悲哀自己的命运。

她苦苦坚持了一个月，实在控制不住了，就向她的年老的乳母吐露了心事。乳母找到了希波吕托斯，把淮德拉的相思之情委婉暗示给了他。可是，一心祈祷的希波吕托斯十分厌恶，一口回绝掉头就走。一往情深的淮德拉却以为希波吕托斯害羞，于是亲自找他，并建议希波吕托斯推翻父亲，和她共享王位。

淮德拉的用心暴露了。希波吕托斯再也不顾面子，把继母大骂一顿，然后跑到野外打猎，远离王宫。他准备等到父亲回来，就把情况告诉父亲。

淮德拉遭到他的拒绝后，非常愤怒。良知和私欲在她内心里激烈交战，最后，还是恶念占了上风。当忒修斯征战归来，却发现年轻的妻子自缢了，手上拿着一封遗书，上面写道："希波吕托斯破坏了我的名誉。我无路可走，与其对丈夫不忠，还不如一死了之。"

嫉妒之火让大英雄忒修斯气得发抖，他呆呆地站了一会，最后伸出双手指着青天，决心要杀掉儿子。希波吕托斯接到父亲的消息就回来了。他走进宫殿，听到父亲恶毒的咒骂。他平静地说："父亲，我是无辜的，我没有做过任何坏事。"但是，被愤怒冲昏了头脑的忒修斯却不相信，他一下子把淮德拉的那封遗书扔在了儿子面前，命令儿子马上从他面前消失。面对着无情的父亲，满怀冤屈的希波吕托斯只能呼求女神阿尔忒弥斯为他作证。他流着泪离开了特洛曾。在路上，他神情恍惚地经过一个荒凉的海滩。海滩右面波浪起伏，左面高山悬崖。突然，一阵嘈杂的声响，犹如地底下传来的雷声隆隆。马都惊讶地竖起耳朵，海底露出了一个豁口，坐骑连同希波吕托斯一起掉进了大海。大海之所以发怒，是因为忒修斯求助海王波塞冬帮助他，惩罚自己的儿子。

当天晚上，儿子去世的消息传到了忒修斯的耳朵里。直到这个时候，忒修斯才后悔自己的鲁莽。他扪心自问：为什么在诅咒之前，自己不问问儿子实际情况究竟是怎么回事呢。他懊恼地直捶打自己的头，可是一个老妇人的哭喊声让他停止了。老妇人推开仆人跑过来，跪在国王忒修斯的脚下。这人就是王后淮德拉的乳母，她深受良心的折磨，不敢再隐瞒，因此含着眼泪把国王儿子的无辜和王后的歹毒和盘托出。

忒修斯绝望地痛哭着，可是后悔已经晚了，儿子已经死了。

卡德摩斯

村头的一棵大柳树下，一群人正在聊天，他们不时地议论几句天气，或者议论一下各自的庄稼。这个时候，一个老头儿忽然对其他人说："你们看，前面路上那是什么呀！"

一群人抬头看着路面，在那干燥的路面上，横着一个黑乎乎的包裹一样的东西。其中一个年轻人眼睛尖，看清是一个昏倒在地的人。

这群人围了过去，一看，还真是一个饿昏了的男子，二十多岁。一个年轻人扶起这个昏倒的人，把他背到了树荫下，然后蘸了一点凉水，滴在这个年轻男人的额头上。年轻男人醒了过来。他张开眼睛，想说话，却声音嘶哑，发不出声来。村头的老人连忙让人把这个年轻人背到了自己的屋子里，自己则去烧水煮粥。喝了一碗稀粥后，年轻男人的眼睛里有了活力，脸色慢慢地活泛起来。这个年轻男人抓住了老头，急切地问道："大爷，你见没见一个年轻的女孩子，眼睛大大的，穿红色的纱裙子，叫欧罗巴？"

老人摇了摇头，让他坐下，再歇息一阵。可是青年人拼死拼活地要走，也不管自己身体虚弱。老人无奈之下，只好放行。

这个年轻男人，叫卡德摩斯，是腓尼基国王阿革诺耳的儿子，欧罗巴的哥哥。宙斯带走欧罗巴后，阿革诺耳痛苦万分，急忙派了卡德摩斯外出寻找，并下了死命令：必须找到欧罗巴，活要见人，死要见尸。如果找不到欧罗巴的话，他也就不用回来了，因为腓尼基的土地上，不稀罕这样的废物！可怜的卡德摩斯东寻西找，逢人就问。

一年过去了，卡德摩斯流浪了很多地方，饱受磨难，风吹雨打，却毫无结果，妹妹好像是彻底从这个世界上蒸发了。找不到人，他又不敢回乡。无可奈何，卡德摩斯只有向太阳神阿波罗求助，希望阿波罗能告诉他自己该到哪里去是好。

太阳神阿波罗说："卡德摩斯，你不要灰心，继续前行。将来有一天，你将会在一块孤寂的牧场上遇到一头还没套上轭具的母牛，它会为你指引方向。跟着它走，一旦它躺下歇息，那它的歇息之地，就是你的安身之所，你可以在那里造座城市，把它命名为底比斯。”

卡德摩斯继续流浪，四处追问，这天到了阿波罗赐福的卡斯泰利阿圣泉附近，突然看到前面一片偌大的绿色草地上，只有一头母牛静静地啃草。卡德摩斯大喜过望，仰望着天空，谢过了正从头顶上经过的太阳神，按照神谕，紧跟着母牛走去。母牛领着他淌过了凯非索斯浅流，站在岸边不走了，朝着远方发出了欢快的叫声，满意地躺在绿草深软的草地里。卡德摩斯一下子就知道了，这个地方，就是太阳神赐福的地方，是他建城立命、繁衍后代的福地。他怀着感激之情跪在地上，亲吻着这块陌生的土地。

在这块母牛躺倒的地方，卡德摩斯一待就是十年。十年下来，他已经盖了一些小房子。但卡德摩斯已很满足了。饮水思源，卡德摩斯非常感谢神灵，想给宙斯呈献一份祭品，而祭品之中，最好有杯清水，以供神品饮。相传，城边的原始森林里，有清泉一泓，水质晶莹甜蜜。于是，卡德摩斯就派人前去取些水来，以供神祇品饮。

一个星期都过去了，仆人们还无消息。卡德摩斯不知道是怎么回事。他决定亲身前去，寻找他们。他披上狮皮，手执长矛和标枪，还有他那颗比任何武器更坚强勇敢的心。刚一进入树林，他就看见了一大堆尸体，原来他的仆人全死了。很快他就看见了一条毒龙，紫红的龙冠闪闪发光，眼睛赤红如火。它正吞吐出血红的信子，满口毒烟臭气，舔食着遍地的尸体。

“可怜的人啊！”卡德摩斯痛苦万分，大叫起来，“我要为你们复仇！”他抓起一块大石头朝着巨龙投去。石头磨盘般大，棱角分明，但是石头打在那条皮粗肉厚的毒龙身上却蹭痒一样，坚硬的鳞皮没有划伤，只有一道白印子。卡德摩斯一看不好，心慌之下，狠狠地投出了他的标枪。枪尖透喉而入，深入龙的内脏。巨龙疼痛难熬，狂暴地咬断标枪，尾巴甩来甩去，把枪杆压成齑粉。可是，留在体内的枪尖，嵌在恶龙的喉咙里，吞不下去，吐不出来，折腾了半天，还是毫无办法。恶龙激怒了，箭似的冲来，喷吐着剧毒的白沫。卡德摩斯连忙后退一步，狮皮裹身，长矛刺进了龙口。谁想这只恶龙嘴巴一合，就咬住了长矛。卡德摩斯拼命用力抵住长矛，缓慢地搅动，恶龙的牙齿纷纷掉落，脖子上也流出了血水，但伤势并不严重，还能躲避攻击。卡德摩斯很难一下子置它于死地。不过，我们的勇士卡德摩斯越斗越勇，提着宝剑，看准机会，一剑刺去。这一剑刺得又狠又重，不仅刺穿恶龙的脖颈，而且扎进了后面的一棵大栎树里，把恶龙紧钉在树身上。恶龙被制服了。

卡德摩斯久久地凝视着被刺死的恶龙。他转身准备离开的时候，却看见女战神雅典娜不知什么时候站在他的身旁。女神告诉卡德摩斯："卡德摩斯，恶龙杀死了。你能取回圣水。你看没看见那些掉在地上的龙牙。要知道，这些都是神物。听我的话，把这些牙埋在泥土里，这将是你未来发展壮大的力量，也是你未来种族的种子。"

话一说完，女神就消失了。

卡德摩斯收集了这些龙牙。他并没有把这些龙牙埋在一处，而是好像播种庄稼一样，他在地上开了一条宽沟，然后把龙牙纷撒入土内。不一会儿，奇迹就发生了，埋下龙牙的新土活动起来。卡德摩斯首先看到一杆长矛的枪尖露了出来，然后冒出了一顶武士的头盔。整片树林都在晃动。又有了一会，泥土下面又露出了肩膀、胸脯和四肢，最后一个全副武装的武士从土里站起来。片刻之间，地下长出了几个武士。

卡德摩斯吃了一惊，他准备投入新的战斗，摆开了架势。武士对他喊道："不要害怕，我们是来帮助你的。"这五个武士就成为了卡德摩斯的士兵。

在五位士兵的帮助下，卡德摩斯建立了一座新城。根据太阳神的旨意，他把这座城市叫做底比斯。他的后代在此繁衍，而著名的酒神狄俄尼索斯就是他的外孙。

俄狄浦斯杀父记

拉伊俄斯是卡德摩斯的后裔。他的老父亲拉布达科斯，底比斯的老国王心地善良，对儿子要求很严厉，因此拉伊俄斯非常害怕父亲。平时，拉伊俄斯小心翼翼，在父亲面前更是毕恭毕敬，虽然也被狠骂了几次，父子两人相处得还算融洽。但是现在，拉伊俄斯却和国王宠爱的臣子争吵得失去了冷静，他拔出剑来，一剑刺进了对手的心脏。拉伊俄斯一失手杀死了对方，想到父亲严厉的面容，他慌里慌张地收拾行李，只身逃离底比斯。拉伊俄斯来到伯罗奔尼撒半岛，不想却受到了当地国王珀罗普斯的礼遇。珀罗普斯将他迎到了宫里，让小儿子克律西波斯拜其为师。克律西波斯是珀罗普斯和女神阿刻西俄刻的私生子，长得漂亮，却命运不幸。拉伊俄斯临走时，为了逼迫珀罗普斯让位，拐走了克律西波斯。

命运女神 圭多·雷尼

无定的飞行喻示了命运的不可把握，暗示了主题，天空、球体、女神、天使之组合，将个人命运引向人类共同的命运。后世心理学大师弗洛伊德将俄狄浦斯杀父娶母的行为方式，归纳为人类“恋母情结”的表现，从新的角度对这一神话做了阐释。

珀罗普斯非常愤怒，带领军队包围了拉伊俄斯，救出克律西波斯，由他的异母兄弟阿特柔斯和提厄斯忒斯看护。克律西波斯最受父王的宠爱，两兄弟对此十分嫉恨。在母亲的唆使下，混战中兄弟俩杀害了克律西波斯。痛失爱子的珀罗普

斯，满腔怒火无处发泄，就怪罪到拉伊俄斯的头上。临死的时候，他跪倒在宙斯的神坛面前，祈求道："天神呀，可怜可怜我这个失去了儿子的老头子吧。当年，我对拉伊俄斯如同兄弟般热情，谁知道这个家伙，却抢走了我的儿子！我就要死去了，天神，你就可怜可怜一个老头子，满足他临死前的要求，惩治惩治这个恶人吧！"祈祷完毕，珀罗普斯筋疲力尽，含恨死去。

再说拉伊俄斯逃离了珀罗普斯的追捕，流浪在外。拉布达科斯已经垂垂老矣，非常想念儿子，就把他找回来。一年后，老人去世，拉伊俄斯继承了王位，娶底比斯人伊俄卡斯特为妻。婚后的日子非常幸福，一晃七八年过去了，两人感情好得还跟新婚一样。不过，幸福的生活中，国王拉伊俄斯心里有一丝阴影：他不知道为什么这么多年，自己还没有一个孩子！他非常渴求一个孩子能继承王位，于是来到阿波罗神庙，请求神谕。

神谕告诉他："拉伊俄斯，你不要急躁，将来你会有一个儿子。可是你会死在自己的儿子手里。你当年得罪了珀罗普斯，宙斯以为你抢去了珀罗普斯的儿子，所以惩罚你遭受厄运！"

接到了神谕，拉伊俄斯追悔莫及。为了躲避厄运，他一直跟妻子分居。可是夫妻毕竟情深，妻子日渐憔悴的面容又使他顾不上神谕的警告，结果伊俄卡斯特为丈夫生了一个儿子。对他们来说，儿子就是一个大包袱。于是在孩子生下的第三天，夫妻二人派人用钉子刺穿婴儿双脚，捆起孩子，丢弃在荒山下。

执行这一命令的牧人是个老头，婴儿的啼哭之声让他放不了手。他连夜赶到一个朋友家里，他是邻国科任托斯国王波吕玻斯的牧羊人。他把孩子交给了朋友，自己赶紧回去报告国王。一直忐忑不安的国王夫妇这才放下了心。

再说国王波吕玻斯的牧人，他解开了孩子脚上的绳索，给孩子起了个名，叫俄狄浦斯，意为肿疼的脚。他把孩子带到科任托斯，交给国王波吕玻斯。国王可怜这个弃婴，自己又没有子女，就把孩子交给妻子墨洛柏抚养。可怜的俄狄浦斯渐渐长大，墨洛柏夫妇待他如亲生儿子，他也深信自己是国王波吕玻斯的儿子和继承人。可是偶然的一件事却戳破了他的自信心，那是在一次宴会上，一个妒嫉他地位的科任托斯人喝醉了酒，大声叫着："俄狄浦斯，你有什么骄横的。你根本就不是什么王子，你是从山上拣来的。你根本没什么成绩，不像我靠自己的军功……当了……"话没说完，这个家伙已经醉得躺在地上发出了鼾声。

俄狄浦斯大怒，要打这个没大没小的家伙，却被人拦住了。他愤愤地回到家里，却难以入眠，天一亮，就跑到父母面前询问这件事。波吕玻斯夫妻非常生气，为什么总有些人喜爱拨弄是非呢？他们故意用话排解儿子的疑虑，说他当然是他们的亲生儿子。

父母的话充满爱心，令俄狄浦斯非常感动，可是怀疑仍在折磨他，因为那个人所说的话太让他难受了。没有办法，他只好求助于太阳神，他来到德尔斐神庙，祈求神谕，希望太阳神证明他所听到的话完全是诽谤。可是阿波罗不但不给他满意的答复，相反，一个新的更为可怕的不幸的预言出现在他面前："俄狄浦斯，你将会杀害你的父亲，你将娶你的生母为妻，并生下可恶的子孙。"

俄狄浦斯脑子里一片空白，出了神庙，没有知觉一样往前走去。难道自己真要杀掉慈祥的波吕玻斯父亲，迎娶母亲墨洛柏吗？他为这个可怕的神谕所恐吓，他再也不敢回家去，害怕自己将会干下十恶不赦的罪行。太可怕了！为了杜绝惨剧，他决定到俾俄喜阿去。于是，俄狄浦斯逃离故乡，流浪在外。

这天，他来到德尔斐和道里阿城之间的十字路口。一辆马车朝他驶来，车上坐着一个陌生的老人、一个使者、一个车夫和两个仆人。车夫一看路面上有人，就粗暴地让对方让路。俄狄浦斯生性急躁，挥手朝无礼的车夫打了一拳。车上的老人一看这个蛮横的年轻人竟敢打他的车夫，举起鞭子狠狠打在俄狄浦斯头上。俄狄浦斯怒不可遏，挥起手杖朝老人打去。老人一跤跌倒在马车下，死了。

他哪里知道，命运的魔掌已经降临到他头上，那个被俄狄浦斯打下马车而死的老人正是底比斯国王拉伊俄斯，他的生身父亲。当时，底比斯国王正处在前往皮提亚神庙的路途之中。

就这样，父亲和儿子小心回避的神谕，却还是悲惨地应验了。

俄狄浦斯娶母记

四处流浪的俄狄浦斯路遇老人之后，来到了通往底比斯城的大道上。在那里，他碰到了一个带翼的人头狮身的怪物斯芬克斯。这个怪物是巨人堤丰和蛇怪厄喀德娜所生的女儿之一，凶残而又狡猾，盘坐在路口的巨石上。凡是经过这里的底比斯居民，斯芬克斯都要他们猜一个谜语。猜不中的人都成为她的腹中物，而猜中谜底的人现在还没出现。

怪物刚到底比斯，正赶上全城哀悼国王被无名路人杀害。老王遇难，现在执政的是国王的妻弟克瑞翁，他很不得民心。斯芬克斯危害严重，恰好说明了克瑞翁的无能。在民众舆论的逼迫下，无奈的克瑞翁只好张贴告示：谁能除掉城外的怪物，就可以成为底比斯国王，且可娶他的姐姐伊俄卡斯特为妻。

斯芬克斯是幻想中的怪物，常被描绘成女人头、狮身、双鸟翼。出现在很多希腊雕刻陶器上的这个图像，揭示了先于希腊文明的近东和爱琴海文化传统的影响。

在路上的时候，俄狄浦斯曾听到过路人对斯芬克斯的描述，现在，他也遇到了同样的刁难。怪物拦在了他的面前：“年轻人，过来猜一个谜语！你要知道，你猜不中谜语，就要被我吃掉。猜中了，你就可以走人！”

俄狄浦斯微微一笑，对怪物说：“猜谜语吗？这太简单了。请你出谜！”

斯芬克斯张开血盆大口，瓮声喊出了谜语：“什么动物在早上用四条腿走路，中午用两条腿，晚上用三条腿？年轻人，说！”

俄狄浦斯听到这谜语毫不犹豫地说：“你这个谜语太简单了，连三岁的小孩都知道。这个动物不是人吗？”

他解释说：“人在幼年，是人生的早晨，比较软弱，只能在地上手脚并用地爬行；到了壮年，正是生命的中午，当然可以用两条腿走路；但老年是生命的迟暮，他们那时候只好拄着拐杖，好像三条腿走路。”

说完谜底，他还不忘记嘲讽了一下：“老怪物，就凭这个谜语，你就敢在这里耀武扬威？”

俄狄浦斯的一番话，让心高气傲的斯芬克斯羞愧难当，绝望之下从山岩上跳下去摔死了。底比斯人十分感激俄狄浦斯为他们除去祸害拯救生灵，就推举他为王，并让他娶王后伊俄卡斯特为妻。神谕在无意识之中兑现了。俄狄浦斯由于不了解自己的身世，先杀了生身父亲，现在娶了王后又做了生母的丈夫。在伊俄卡斯特的辅佐下，善良而正直的国王将底比斯治理得井井有条，深受民众的爱戴和尊敬。

三年后，底比斯城天降瘟疫，药物无能为力，祈祷也束手无策。底比斯人一致认为，这场可怕的灾难是天谴。他们相信国王是神赐的宠儿，一定会有办法的。一群人涌到王宫前，要求国王接见。这个时候，俄狄浦斯派去请求神谕的克瑞翁回来了。当着男女老少的面，他报告神谕的内容。

克瑞翁说："尊敬的国王，整个城市陷于毁灭，是因为国王拉伊俄斯的血债还没有偿还。神谕吩咐，只有我们找到凶手并把他驱逐出去，底比斯城就能平安。"

俄狄浦斯当众发誓，要找到杀人凶手，即使他隐藏王宫，也难逃重责。可是要在茫茫人海之中，找到三年前的凶手，何其困难。十多天过去了，可毫无头绪，瘟疫却几乎让底比斯成为一个空城。无奈之下，俄狄浦斯派人去请预言家提瑞西阿斯。提瑞西阿斯由一名男孩牵着过来了。到了国王面前，他发出一声悲叹，却一句话不说。

俄狄浦斯大声地责怪他："提瑞西阿斯，现在底比斯陷入困境，需要你的帮助，你怎么一句话也不说？"

国王的指责逼得提瑞西阿斯不得不说出了真相。"俄狄浦斯，"他说，"你没有权利指责我。你不是说无论如何也要找到这个杀人凶手吗？我告诉你，这个凶手，远在天边，近在眼前。这个人就是你，是你罪恶累累，让整个城市遭殃！你就是杀害国王的凶手，又是你，把自己的母亲当作妻子一起生活。"

人们都很尊敬先知，可是却无法接受这个结论。俄狄浦斯不相信这些话，他愤怒之中，大骂预言家是个骗子，和克瑞翁一起合谋篡他的王位。提瑞西阿斯愤怒地走了。克瑞翁也怀着委屈，愤愤地离开了俄狄浦斯。

王后也不明白这个预言家的话。"当年神谕说过，拉伊俄斯将死在儿子的手里。可事实呢，我们的儿子刚一出生，就死了。而拉伊俄斯也被强盗打死在十字路口。"

"在十字路口？"俄狄浦斯听了大受震动，他惶恐地问，"拉伊俄斯死在十字路口？告诉我，他是什么模样，他有多大岁数？"

一切都不幸地言中了，果然是那个老头。俄狄浦斯感到说不出的惊恐，他心中模糊的问题一下明朗了。提瑞西阿斯的话没有说错，是自己杀害了老国王拉伊

俄斯，是自己让整个底比斯城市陷入了瘟疫！

正在这个时候，宫殿里来了两拨客人。当年老国王被杀，有一个仆人逃了回来报告国王被杀的消息。而另一拨人，却是科任托斯的使者。使者到了宫殿，告诉俄狄浦斯说他父亲波吕玻斯去世了，要他回去继承王位。

这个科任托斯的使者正是多年以前从拉伊俄斯的仆人手中接过孩子的另一位牧人。两个牧人多年之后相见，分外欢喜，可是还来不及说话，却都被带到了国王俄狄浦斯面前。国王俄狄浦斯告诉科任托斯的使者，他不打算回去继任王位，因为神谕说，他将会杀父娶母，为了避免悲剧出现，他还是留在底比斯。

这个科任托斯的使者摸着白胡子，哈哈大笑："王子，不要害怕！你可以继承王位，要知道你并不是我们老国王的亲生儿子！"

一切都清楚了。可怕的神谕已经应验：他杀死了父亲，并娶母亲为妻。

面对可怕的事实，俄狄浦斯狂叫一声，冲出人群。他在宫中狂奔，要寻找一把宝剑，要除掉那个抛弃他的母亲。推开寝宫，他却发现伊俄卡斯特已经吊死了。俄狄浦斯摘下金胸针刺进了眼睛，诅咒自己的眼睛竟然看到这样一幅景象。

双眼流血的俄狄浦斯走到广场，宣布自己就是神祇诅咒的恶徒，愿意接受神灵的惩罚。底比斯人同情这位他们爱戴和尊敬的国王，可俄狄浦斯却不能原谅自己，他离开底比斯四处漂泊。他的女儿忠诚地追随着他，过了相当漫长而艰辛的流浪生活，俄狄浦斯的悲惨生命才得以结束。

盲人先知提瑞西阿斯

盲人提瑞西阿斯是希腊最著名的先知。可是他为什么双眼失明却又能预测未来，一直以来都有两种迥异的说法。

第一个说法和女神雅典娜有关。事情是这样的：

与自己母亲相依为命的提瑞西阿斯年轻的时候，生活在希腊的一个偏僻的山区里。他们家非常穷困，住在一间非常破落的茅草屋里。提瑞西阿斯的母亲全身瘫痪，只能躺在床上。提瑞西阿斯以砍柴为生，换取些粮食供母子俩糊口。这一天，提瑞西阿斯砍倒一棵松树正坐在一边歇息的时候，忽然从林子里窜出来一只野兔子。这只野兔不知道被什么惊吓了，猛然窜出来撞在提瑞西阿斯砍的这棵松

树旁边的一个树桩上。野兔撞昏了。提瑞西阿斯心中大喜，捡回这只兔子，就能熬上一锅野兔肉，给这几天生病的母亲补养身体。他们母子两个人有多少天不曾闻过肉味了呀！想到这里，他走过去，拣起兔子，正往回走，兔子突然一动，一下子挣脱了提瑞西阿斯的手，落到地上。它爬起身，跳跃着往前跑去。这个兔子太狡猾了，醒了有一阵，可是还在装死，等休息过来，一个用力，就脱出了提瑞西阿斯的手心。提瑞西阿斯非常懊恼，到手的野兔肉脱手了，他再一看，这野兔奔跑的速度并不是很快，显然受有重伤。他放下砍柴的刀，追赶了过去。一人一兔，就这么在密密的树林里你追我赶，翻过一个山岭，又是一个山岭。这野兔跑得越来越慢了。提瑞西阿斯也是气喘吁吁，几乎要放弃。现在，这只野兔跑得越来越偏僻，竟然进了一个深谷，跑进了一片密林。提瑞西阿斯也跟了过去。

穿过密林，野兔不见了。年轻的提瑞西阿斯却被眼前的景象惊呆了。树林前面就是一个流水清澈的湖泊，而在湖泊之中，竟然有一个身材高挑的美女，全身赤裸，正在用手撩起水，轻轻地擦洗丰腴的乳房。提瑞西阿斯不说话了，傻呆呆地望着，半天都不知道退让和躲避。可是这个洗浴的美女却不愿意了。她一下子躲进了湖水里。这个时候，提瑞西阿斯才明白过来。

回到了家里，他赶紧做饭给母亲吃，可是母亲的饭碗刚端在手里，就有个女人的声音在门外叫骂。他出去一看，却看见一个金光闪闪全身披挂的女神出现在面前。她就是女神雅典娜，那个在湖水中洗浴的美女。她一箭射瞎了提瑞西阿斯的眼睛。提瑞西阿斯疼得大叫，鲜血从眼眶里流了下来。他大声地辩解说自己不是故意的。雅典娜根本不相信。转身要走的时候，提瑞西阿斯的瘫痪的母亲爬了出来。她哭着祈求女神救救自己的孩子。因为如果他瞎了眼睛，不能打柴的话，那她这个半死的老太太也就完了。提瑞西阿斯母亲的哀求打动了雅典娜，她想了想说："他的眼睛是不能治好的了，谁叫他看了不该看的东西呢。但是，他可以获得一种本领谋生。"她从神盾上取下神蛇，发布命令说："用你的舌头舐干净提瑞西阿斯的耳朵，让他能听懂预言未来的鸟儿们的语言。"就这样，提瑞西阿斯成为了盲人的先知。

另一个说法不大一样。有人说，提瑞西阿斯有一天在库列涅山上看见两条蛇在交配。他的出现让这对交配的蛇非常恼火，就游过来袭击他。提瑞西阿斯举杖还击，一杖下去，打死了雌蛇。另一条蛇马上跑了。打死了母蛇的提瑞西阿斯立即变成了女人，成为名噪一时的娼妓。七年以后，又一次在同一个地点她正好又看见两条蛇交配。这次她打死了那条雄蛇，马上又变回了男性。他的这种变化为

两性的特点连天神们都有耳闻。

这一天，赫拉和宙斯闲聊，无意之中，责怪起宙斯来，一五一十道出他不可计数的花心的事情。宙斯辩解说，无论如何，他与她同床共衾时，赫拉得到的乐趣比他要大得多。他怒冲冲地说："在云雨交欢中，女的当然要比男的获得不知大多少的欢乐。"

"胡说八道，"赫拉嚷道，"情况跟你说的正好相反，你心里完全明白。"

两个人争来吵去，没有什么结果，都同意把提瑞西阿斯找来，让他根据亲身经历来判断他们俩谁是谁非。提瑞西阿斯老老实实地回答道："如果云雨交欢之乐可以分成十分，九分归于女子，男人仅得其中一分。"宙斯得意洋洋地笑容惹得赫拉火冒三丈，她弄瞎了提瑞西阿斯的眼睛，但是宙斯予以赔偿，赋予他未卜先知的预言能力，还赐予他相当于七代人生命的长寿。

征讨底比斯

阿德拉斯托斯国王有两位非常漂亮的女儿阿癸亚和伊皮勒。现在，这两位公主都已长大成人，周围许多国家的王子纷纷前来阿尔戈斯，拜访国王，希望能娶其中一位为妻。国王只有两个女儿，挑中了哪两位都会得罪其他人，招致强敌。怎么办呢？阿德拉斯托斯公告众位王子，他将请教德尔斐神谕，神谕选中了什么人，谁就是他的女婿。他本人对各位王子一视同仁，全看天意行事，没有被天神选中的人，也不要抱怨国王。那些求婚的王子想一想，都同意了。一群人簇拥着老国王阿德拉斯托斯前往神庙。太阳神阿波罗给出指示："把在你王宫里打架的公猪和狮子套在一辆两轮车上。"

神谕出来，所有的人哗然一片。他们根本都没有想到运气竟然会落在这群求婚的王子之中最为倒霉背运的底比斯王子波吕尼刻斯和卡利敦王子堤丢斯两个人身上。因为底比斯的标志是狮子，卡利敦的标志是公猪，两位流亡的求婚人都在盾牌上刻有各自的标志。天意如此，其他人只好作罢。

波吕尼刻斯和堤丢斯这两人虽贵为王子，现在却是被驱逐在外四处流亡的人。两个人背景不一，有一点却相同，他们被驱逐都与自己的同胞兄弟相关。

波吕尼刻斯和他的孪生兄弟厄忒俄克勒斯是希腊有名的国王俄狄浦斯的儿

底比斯古城内的卡纳克神庙和前面的圣湖

子。俄狄浦斯放弃王位自愿出走底比斯后，波吕尼刻斯兄弟两人被底比斯人选举为王，共同治理国家。但是两人执政，下属会听谁的命令呢？于是兄弟俩商量，两人轮流执政，任期两年。先上任的是长子厄忒俄克勒斯。两年任期很快就过去了。到了年末政权交接的时候，厄忒俄克勒斯却拒绝放弃王位，然后以波吕尼刻斯禀性恶劣为由把他逐出底比斯。卡利敦国王俄纽斯之子堤丢斯和自己的哥哥墨兰尼波斯外出打猎，在射杀一只凶悍野猪的时候，一时失手，箭没有射中野猪，倒把墨兰尼波斯射死了。他反复辩解自己不是故意的，可是没人相信。长期以来，兄弟两人就因为王位继承人的问题，闹得很凶。一次酒醉之后，墨兰尼波斯放下了狠话说要杀死他。现在他先杀死墨兰尼波斯，肯定是先下手为强，预言变成事实。就这样，堤丢斯也被驱逐出境。

再说阿德拉斯托斯，既然按照神谕选好了女婿，就把这两个流浪的王子请到了宫殿之中。当天晚上举办宴席，欢庆婚事。在酒桌上，波吕尼刻斯和堤丢斯这两位女婿争论起来。他们两人争论各自国家的财富和荣耀，都认为自己的国家强大。如果不是阿德拉斯托斯上前劝架，使其言归于好，这两个人就要斗起来了。不过，这场争吵恰好符合神谕，所以阿德拉斯托斯便把阿癸亚嫁给波吕尼刻斯，又把伊皮勒许配给堤丢斯。嫁出两个女儿之后，他又答应帮助两位王子收复王

国。考虑到距离底比斯更近一些，他准备先攻打底比斯。

阿德拉斯托斯召集了各方英雄，连他自己在内一共七位王子，率领七支军队。这七个王子是阿德拉斯托斯、波吕尼刻斯、堤丢斯、国王的姐夫安菲阿拉俄斯、国王的侄儿卡帕纽斯以及国王的两个兄弟希波迈冬和帕耳忒诺派俄斯。安菲阿拉俄斯有未卜先知的本领，知道这场征战必然失败，而且如果他出征的话，必然命丧战场。他劝说众英雄们放弃战争，却不成功，他只能躲了起来。

国王把安菲阿拉俄斯看作是整个军队的眼睛，没有他绝不敢远征。可现在他却躲了起来，这些人就到处寻找，却无结果。国王想到了姐姐，安菲阿拉俄斯的妻子厄里费勒。不过，要说服姐姐，还必须送一件礼物。波吕尼刻斯从底比斯逃出来时，随身带了祖传的项链与面纱。这两件宝物是女神阿佛洛狄忒送给卡德摩斯的结婚礼物。波吕尼刻斯订婚时把这两件宝物送给了未婚妻阿癸亚。现在为了找到安菲阿拉俄斯，他用项链贿赂厄里费勒。厄里费勒一见到项链上用金链穿起的发光宝石，就说出了丈夫的秘密藏身处。安菲阿拉俄斯再也不能拒绝。

征讨大军出发了，不久到达了基塞龙。阿德拉斯托斯派堤丢斯为信使去见底比斯人，要求厄忒俄克勒斯把王位让给波吕尼刻斯。这一要求遭到拒绝以后，堤丢斯便向底比斯将领发出挑战，要求他们一个个前来单独应战。每次交战，堤丢斯总是大获全胜，底比斯人不敢再与他交锋。阿德拉斯托斯的军队迫近城墙，在七扇城门外，七个将领各自就位。底比斯人在一次偷袭中被打败，撤回了城内；但是阿德拉斯托斯的一名将领刚把云梯靠在墙上开始往上爬时，宙斯就用霹雳把他打死了。底比斯人因而勇气大振，英勇突围，又打死三名将领；堤丢斯也给打死了。

大军的将领只剩下波吕尼刻斯、安菲阿拉俄斯和阿德拉斯托斯了。波吕尼刻斯提出由他跟厄忒俄勒斯单独交锋来决定王位继承问题。厄忒俄克勒斯接受挑战，激战中双方都给对方以致命的重伤。他们的叔父克瑞翁接管底比斯军队，指挥军队大败沮丧的阿德拉斯托斯。安菲阿拉俄斯驾车沿伊斯墨诺斯河岸奔逃。一位底比斯追赶者正要射穿他的后背时，宙斯用雷霆把大地一劈为二，他连马带人一起消失了。看到大势已去，阿德拉斯托斯骑上飞马阿里昂逃跑了。

八英雄出征底比斯

很久很久以前，如果你到德尔斐的太阳神庙去，中午的时候，你一定会看到有个老人站在神庙的墙根前懒洋洋地晒太阳，敞开棉袄捉虱子。这个老人满脸络腮胡子，一根拐杖撑在手里。他的双眼大大地睁开着，可是却只见到眼白。原来这位老人是一个盲人。到了下午，夕阳西下，落日满城，你又会看到一位美丽的少女走到这位老人的前面，她正在和这个老人演示着什么，走近了，才知道是在传唱歌谣。两人来来往往，婉转动人的歌谣很快就吸引了一大批孩子，歌谣又被他们传诵，很快就传遍了整个希腊。

这个老人就是著名的迈俄尼亚歌者荷马，而那位少女却是太阳神庙的祭司，先知提瑞西阿斯的女儿，预言家曼托。她的那些歌谣讲述的是她的亲身经历，也就是八英雄征服底比斯的英雄故事。

故事开始的时候，距离国王阿德拉斯托斯带领女婿波吕尼刻斯征战底比斯，已经十多年了。当年底比斯之战阵亡的英雄们渐渐被人淡忘。可是，英雄们的宏伟遗志，他们的儿子却都铭记在心，从来都没有忘记。现在，这些孩子都长成有为的青年人，时机成熟，到了再次征讨底比斯报仇雪耻的时候了。他们共有七个人，其中有阿德拉斯托斯的儿子埃癸阿勒俄斯、波吕尼刻斯的儿子忒耳珊特罗斯等人，再加上阿德拉斯托斯的侄子、墨喀斯透斯的儿子欧律阿罗斯，一共八个人，后世称之为八英雄。

这次出征，老英雄国王阿德拉斯托斯也参加，考虑到年事已高，他就不担任统帅，众人一致推举安菲阿拉俄斯的儿子阿尔克迈翁担任统帅。谁知阿尔克迈翁却拒绝了大家的好意。众人一劝再劝，阿尔克迈翁死活不同意，没有办法，八人只好去了神庙，请求神谕，但是神谕却明明白白地告诉他们：征战底比斯，最合适人选非阿尔克迈翁莫属！

阿尔克迈翁一直都很犹豫，主要是因为他还没有完成父亲的遗命。当年，在阿德拉斯托斯等人征战底比斯之前，他的父亲安菲阿拉俄斯不想参战，妻子厄里费勒接受了波吕尼刻斯的贿赂，尽力劝服了丈夫，虽然她已从神谕中明晓：丈夫将死于这次战争。临死之前，安菲阿拉俄斯立下遗嘱，要求两个儿子为他报仇雪恨，杀死贪财的厄里费勒。是为父亲复仇，还是前去征服底比斯，阿尔克迈翁处在两难之中，就去了太阳神庙。神谕回答说，两件事可以同时完成。有了神谕，阿尔克迈翁放心了。

十年前的事情好像又在重演。像父辈们一样，这些少年英雄围困了底比斯城，展开激烈的战斗。双方互有胜负。老国王阿德拉斯托斯太不幸了，他唯一的儿子埃癸阿勒俄斯被底比斯人拉俄达马斯所杀。面对着冰冷的尸体，老国王没有流泪，只是握紧了拳头，而年轻的联军统帅阿尔克迈翁信誓旦旦，当众许诺，要为自己的好友复仇。战争没有因为死人停止，反而更加剧烈地进行着。阿尔克迈翁利用自己的智慧，在一次决定性的战斗中，击败了底比斯人。那个罪大恶极的凶手拉俄达马斯，在激烈的肉搏战中被他当场击杀在地。他的尸体被阿尔克迈翁的标枪直直地钉在了地上。

图中诗人荷马端坐在王位上，正在接受缪斯女神赋予的桂冠。这表现了“荷马之神化”在当时社会的普及，也反映了诸希腊化王国对文学不断增长的兴趣。荷马生卒年代大约从公元前750年至前650年，可能出生于爱奥尼亚的一个城市。

底比斯人丧失了斗志。他们许多将领还有士兵都已成为战争的幽魂，外面的阵地也一个个被敌人占领了。没有办法，他们只能放弃阵地，退守城内。外面雄兵压阵，内部人心惶惶，他们来到了底比斯人的先知，盲人提瑞西阿斯的屋子里，寻求对策。这位长寿的预言家提瑞西阿斯都一百来岁了，精神仍然很好。他一看目前的状况，打胜仗不可能了，就建议大家派使者向亚各斯人求和，与此同时，弃城趁机而逃。

底比斯人无奈之中采纳了这个不是法子的办法。他们派使者前往敌营议和。阿尔克迈翁也不愿意再损伤将领和士兵，同意谈判。狡猾的底比斯人趁谈判之机，用大车载着妻儿老小逃离了底比斯城，到了俾俄喜阿的一座城内。他们的盲人先知提瑞西阿斯也逃了出来，却由于喝冷水受寒，又不能忍受逃难的颠簸不幸去世。不过，这个聪明的预言家到了地府也受到器重，因为他就是变成了鬼魂，那高超的感觉和占卜的本领依然还保留着。

底比斯人的诡计被识破，阿尔克迈翁率军进入底比斯城。提瑞西阿斯的女儿曼托没有和父亲一起外逃，她留在底比斯城内，落入占领者的手里。阿尔克迈翁等八位少年英雄在出征之前，曾向太阳神阿波罗许愿：如果他们攻占了底比斯城池，他们要把在城内发现的最高贵的战利品祭献给他。现在他们一致认为神祇肯定喜欢女预言家曼托，因为她继承了父亲神奇的预言本领。阿尔克迈翁等人把曼托带到德尔斐，把她献给太阳神，做他的祭司。

不祥的宝物

古今中外多少纷争，起因都是因为宝物！所谓“匹夫无罪，怀璧其罪”。且不说中国了，就是远在爱琴海边的古希腊也常常因为宝物酿成了悲剧。这个故事里，要说的宝物是一件项链。

很久以前，卡德摩斯迎娶美神阿佛洛狄忒之女哈墨尼亚，这条金光闪闪的项链就是美神的贺礼。除此之外，还有一条美丽的面纱。可是这两件宝物是不祥之物，给整个卡德摩斯带来了无尽的灾难。许多年过去了，项链和面纱落到了国王阿德拉斯托斯的姐姐厄里费勒身上。当年底比斯征战时，厄里费勒由于贪图财物，把与之朝夕相处的丈夫送进了死亡的国度，获得了卡德摩斯后人赠送的项链和面纱。厄里费勒整天赏玩这些宝物，爱不释手，却不知道灾难正要降临到她的身上。

八英雄征服底比斯之后，厄里费勒的儿子阿尔克迈翁就能腾出时间，为父报仇了。不过，一想到这个仇人却是自己的母亲，阿尔克迈翁就满心忧虑，不知道该怎么办好。父亲之仇不能不报，母亲的行为，他更是痛恨。于是，一天夜里，

醉醺醺的阿尔克迈翁带着宝剑闯进了母亲的寝宫，气吁吁地怒视着母亲。厄里费勒还没睡觉，正在检点自己的财物。她一看到自己儿子脸上那副神情，就知道形势不对，可是现在也无处可逃。她壮着胆子，大声责问阿尔克迈翁想干什么。阿尔克迈翁冷笑一声，二话不说，举起宝剑，砍下了母亲的头颅。报了父亲的大仇之后，阿尔克迈翁带着项链和面纱，连夜离开了父母的故居，因为这个地方真是让他既伤心又悲哀。

现在宝物落在了阿尔克迈翁的身上，他并不知道，灾难也从母亲的身上转移到自己身上来了。

虽然神谕明确地告诉阿尔克迈翁，为父报仇无可非议，但无论如何，杀害亲生母亲也是违背伦理，神祇也不会坐视不管。宙斯派出了复仇女神围堵追捕阿尔克迈翁。阿尔克迈翁四处流窜，一边想要摆脱复仇女神的追捕，一方面他又懊悔自己杀母的行为，没过多久他就丧失了理智，变得疯疯癫癫，流亡到珀索菲斯，投靠国王菲格乌斯。国王非常高兴，把女儿阿尔茜诺埃许配给他，流浪多年的阿尔克迈翁终于找到了一块安身之地。作为聘礼，两件不祥的礼物项链和面纱到了阿尔茜诺埃的手里。

生活安定，阿尔克迈翁的疯病有所好转，灾祸却随即降临到他头上。珀索菲斯连年遭灾，颗粒不收。祈求神谕的结果是因为国王收留了阿尔克迈翁这个杀母的罪人，他只有逃到杀母时地面上还没出现的国家去，才能平安下来，而珀索菲斯也才能得到安宁。因为，厄里费勒在临死前，曾经诅咒过任何一个收留杀母凶手的国家。绝望的阿尔克迈翁离开了妻子和小儿子克吕堤俄斯，流浪远方。长久的漫游后，他终于找到了一个荒僻的地方。在阿克罗斯河，有一个刚从水里露出来的小岛，阿尔克迈翁就在岛上安住了下来，过着无灾无难的平静生活。在这里，欢乐和幸福的生活又使他忘掉了他的妻子阿尔茜诺埃和小儿子克吕堤俄斯。他又娶了阿克洛斯河河神的女儿，美丽的卡吕尔荷埃为妻。

可是一切都只是一个开始，灾难也才刚刚露出它的狰狞面目。谁都知道阿尔克迈翁拥有两件稀世之宝，年轻的卡吕尔荷埃也不例外，她希望阿尔克迈翁能够拿出来给她看看。这两件宝物现在阿尔茜诺埃的手里，阿尔克迈翁当然拿不出来，但他不愿意告诉新婚妻子他还有一个家庭，于是他就开始撒谎，说这两件宝贝藏在一个遥远的地方，他去把它取回来。

阿尔克迈翁回到珀索菲斯，来到岳父和被他抛弃的妻子面前，向他们道歉，说由于疯病犯了，他才离开了他们，现在这病还没有痊愈。他撒谎：“按照占卜所示，只有一种办法，才能使我彻底摆脱病魔，即把我从前送给你的项链和面纱带到德尔斐，献给神祇。”

骗回了宝物，阿尔克迈翁高兴地上了路，可是谁知道他的一名仆人向国王菲格乌斯告密说出了真相。菲格乌斯的儿子一听妹妹受骗，不禁大怒，急忙追了出去，在路上把阿尔克迈翁杀死了，夺回项链和面纱交给了妹妹。

就像是上天注定的，谁得到了项链，谁就和灾难有缘。

久等丈夫不归的卡吕尔荷埃终于了解到了丈夫被杀的真相。她跪倒在地，祈求天降奇迹，让她的两个儿子阿卡耳南和阿姆福特罗斯立即长大成人，前去惩罚杀父凶手。宙斯被卡吕尔荷埃这个纯洁而虔诚的女子感动，他接受了祈求。两个不到八岁的儿子头天晚上因为害怕黑暗还吵着让悲哀的妈妈陪他们睡，第二天醒来时已是成人，浑身肌肉鼓荡，满是力量。他们来到了特格阿，正好碰上菲格乌斯的两个儿子帕洛诺俄斯和阿根诺尔准备去德尔斐。他们想把阿佛洛狄忒的不祥的宝物献给阿波罗神庙。两个青年冲了上去，帕洛诺俄斯和阿根诺尔还不知道怎么回事，就被兄弟两人打死了。兄弟两人然后前往珀索菲斯，闯进宫殿，杀掉国王菲格乌斯和王后。

他们为父亲报了仇，带回了那两件不祥的宝物。他们智慧的外祖父阿克洛斯告诉他们说：这两件宝物是神祇的物品，凡人无福消受；谁拥有了这两件宝物，谁就拥有了不幸。他建议两个外孙，前往德尔斐，把项链和面纱献给了德尔斐神庙。就这样，安菲阿拉俄斯家族所遭受的灾难才最终消除。

不和的金苹果

智慧女神雅典娜很聪明，可她却干了一件非常愚蠢的事，她竟然要与天后赫拉、美神阿佛洛狄忒比美。这事发生在珀琉斯和海中仙女忒提斯举行婚宴的时候。天上所有的神都受到邀请，唯独遗漏了不和女神厄里斯。她一怒之下，决心进行报复。她将一只金苹果摔到宴席桌上，金苹果上刻着一行字“给最美者”。一句话激起了千层浪，果然，赫拉、阿佛洛狄忒，还有雅典娜，立即起而争夺这只苹果。她们全都声称自己长得最美，最配得到这只苹果。三人各不相让，争执不休，事情一直闹到众神之父宙斯面前，她们请求宙斯给予评判。宙斯感到十分

为难，因为站在他面前的，有他的妻子，还有他心爱的女儿。于是，他推脱责任，叫她们去人间找特洛伊王子帕里斯评判。

帕里斯是一位英俊美貌的青年，他正在伊达山里放牧羊群。三位女神一齐来到帕里斯的跟前，求他评判，并且各自许愿给他最好的礼物，赫拉答应给他无上的权力和财富，雅典娜答应给他最高的荣耀——战场上的节节胜利，而阿佛洛狄忒则答应让世上最美的女人做他的妻子。帕里斯听了她们的许诺之后，便将苹果判给了阿佛洛狄忒。这样一来便得罪了另外两位女神。特洛伊战争的时候，她们一直与帕里斯为敌。

帕里斯将金苹果判给爱神

帕里斯不会想到：自己轻率的一个判决给祖国特洛伊带来亡国的浩劫，而自己也未终生拥有海伦——这个世界上最美的女人。

阿佛洛狄忒得到金苹果后，决定实践自己的诺言。她让帕里斯漂洋过海到希腊去作客。斯巴达王墨涅拉俄斯殷勤地接待了他。可帕里斯回家时却将墨涅拉俄斯的妻子——美丽非凡的海伦拐骗走了。当年海伦在选择夫婿时，所有的求婚者曾经一致立下誓言，不管能否成为海伦的丈夫，只要海伦遇到危难，都要竭尽全力保护她。现在海伦被拐，墨涅拉俄斯便向希腊各地的英雄们（他们过去都曾向海伦求过婚）发出呼吁，请求他们出兵给予支援，并对帕里斯实行最严厉的惩罚。

首先响应墨涅拉俄斯呼吁的是他的兄长阿伽门农。随后，其他许多英雄也都

相继带兵前来参战，只有伊色卡王奥德修斯因为已经同珀涅罗珀结婚，刚刚生下一个男孩（取名忒勒玛科斯），正享受着天伦之乐，所以不想卷进这件麻烦事里来。他前思后虑、犹豫不决，墨涅拉俄斯便派帕拉墨得斯来劝他出征。当帕拉墨得斯到达伊色卡时，奥德修斯假装发疯，驾起一头驴来耕地，还将食盐当作种子撒到地里，帕拉墨得斯看透了他的心思，便将他的新生婴儿忒勒玛科斯放在犁头必经之处，奥德修斯犁到自己孩子跟前时，不得不把犁头轻轻提起，以免碰伤婴儿，这就清楚地证明了他并非真疯。奥德修斯无法再拒绝了。

奥德修斯决定出征后，他也帮着墨涅拉俄斯去劝其他还在犹豫中的将领，比如说阿喀琉斯。阿喀琉斯勇敢善战，闻名全希腊。他的母亲就是当年在举行婚宴时，被不和女神用金苹果捣乱过的海中仙女忒提斯。由于忒提斯是位仙女，能够预卜未来，她知道自己的儿子如果远征特洛伊，定将夭亡在战场上，所以她极力阻止他前往。她叫他躲到斯科洛斯岛国王吕科墨得斯的宫里，并且让他乔装打扮成一个女郎，混在国王的女儿群里。奥德修斯听说他在斯科洛斯岛，便假装成一个商人来到那里。他拿出了许多女人用的装饰品，其中还暗藏着一些兵器。当国王的女儿们争相挑选那些美丽的装饰品时，阿喀琉斯却被那些兵器所吸引，这样就很快暴露了自己。奥德修斯没费多大力气便说服了这位年轻的英雄，让他加入了出征的队伍。

特洛伊王国位于小亚细亚西北岸，它的国王名叫普里阿摩斯，拐骗海伦的帕里斯便是他众多的儿子中的一个。帕里斯在出世时，天神曾经预言他将给特洛伊王国带来毁灭性的灾难。现在，希腊人积极武装，决定联合出兵跨海远征特洛伊，天神的预言很快就要应验了。

希腊联军方面，人们共推墨涅拉俄斯的兄长阿伽门农为统帅。阿喀琉斯是大家公认的最杰出的武将；此外，在众多的英雄中，还有身材魁梧、力大无穷的埃阿斯；在作战本领上仅次于阿喀琉斯的狄俄墨得斯；以足智多谋而闻名的奥德修斯；还有久经沙场、受人尊崇的老将涅斯托耳等等。不过，特洛伊人也不是好对付的。普里阿摩斯王现在虽然老了，但他过去一向很贤明，把国家治理得很好，还同邻国结成联盟，共同防御外来的敌人。他的王国主要支柱是他的儿子赫克托耳。赫克托耳是一个武艺出众、品德高尚的英雄。他已经结婚，妻子叫安德洛玛刻，他们生下了一个儿子。他早就预感到自己的国家会遭到不幸，可他还是以坚强的毅力对付眼下即将爆发的战争。在赫克托耳的统率下，特洛伊方面有著名的将领埃涅阿斯、得伊福玻斯、格劳科斯和萨耳珀冬等人。

十万希腊联军集合在奥利斯港，他们一面日夜进行操练，一面积极赶造巨型战舰。用了整整两年的时间，才把一切准备就绪。可是，在这期间，阿伽门农在打猎时，射死了一只赤牡鹿。赤牡鹿是献给狩猎女神阿尔忒弥斯的祭品，因而大大触怒了女神。女神为了报复，把瘟疫撒到希腊联军当中，使许多将领和士兵突然死亡，或者久病不愈。人们不得不去询问先知卡尔卡斯，得到的回答是，由于阿伽门农得罪了狩猎女神，所以女神才这样进行报复。要平息女神的愤怒，唯一的办法是将阿伽门农未出嫁的女儿作为祭品献给女神。为了能让希腊联军顺利出征，阿伽门农被迫同意交出自己的女儿伊菲革涅亚。他借口要将她许配给勇敢善战的阿喀琉斯，派人去把女儿带来。当伊菲革涅亚即将作为祭品被杀死时，狩猎女神突然发了慈悲，她让一片乌云裹起伊菲革涅亚，把她带到了遥远的陶里斯国。那里有座狩猎女神的神庙，伊菲革涅亚便在那里做了神庙的女祭司。

这时，海上吹来了一阵阵的顺风，希腊联军立即拔锚起航，向着小亚细亚的海岸挺进。在那边，特洛伊军也早已严阵以待，随时准备迎战跨海而来的希腊人。历史上有名的特洛伊战争就这样开始了。

阿喀琉斯的愤怒

希腊人围攻特洛伊城已有九个年头了，双方都在僵持着。就在这时候，联军方面发生了一场扭转局面的争吵。争吵的双方是联军统帅阿伽门农和英勇善战的阿喀琉斯。双方争执的原因相当简单，就是为了一个女战俘。一次攻打特洛伊的外围城市时，希腊人俘获了一批妇女，阿伽门农得到这位名叫克律塞伊斯的少女。不过，这个女战俘有些特殊，她是太阳神阿波罗神庙祭司的女儿。这位祭司不久带着赎金前来阵地，要求归还女儿，却被阿伽门农拒绝了。失败了的老父亲恼羞成怒，祈求天神阿波罗惩治希腊人。果然，不几天，染满瘟疫的毒箭日夜射向希腊联军，大大地扰乱了希腊人的军心。将领们开会时，心直口快的阿喀琉斯指出这是由于阿伽门农得罪天神造成的，现在亡羊补牢为时不晚，赶紧让克律塞伊斯回到父亲的身边。阿伽门农非常愤怒，但又无法反驳阿喀琉斯，不得不同意放回他的女俘，可是作为联军的统帅，他提出要将一位属于阿喀琉斯的女俘——布里塞伊斯作为抵偿。愤怒的阿喀琉斯当场宣布，他决定再也不参加战斗了，他

将把部队拉回船上，只待海上顺风，就下令开船返回希腊。

帕里斯将金苹果判给爱神

帕里斯不会想到：自己轻率的一个判决给祖国特洛伊带来亡国的浩劫，而自己也未终生拥有海伦——这个世界上最美的女人。

且不说地上各方将领非常关心战局，连天神也不例外。他们由于各种关系分成两派。天后赫拉和女战神雅典娜由于自己的美貌不被帕里斯承认，当然站到了特洛伊的敌对方面。美神阿佛洛狄忒恰好相反，站到了特洛伊一边。同时，阿佛洛狄忒得到了她的老情人阿瑞斯的支持。而海神波赛冬则支持希腊人一方。太阳神阿波罗想保持中立，所以他有时帮助希腊人，有时又帮助特洛伊人。至于众神之父宙斯，虽然他对贤明的老王普里阿摩斯怀有好感，但他还是尽量克制自己的感情，对战斗的双方保持不偏不倚的态度。阿喀琉斯的母亲——海中仙女忒提斯则因爱子所受到的侮辱非常气恼。她飞到宙斯跟前，恳求宙斯赐福给特洛伊军。忒提斯的提议正合心意，宙斯很痛快地答应了她的请求。这样一来，特洛伊人每战必胜。

形势危急，希腊的统帅阿伽门农召集紧急会议。与会之人都认为只有劝说阿喀琉斯重新加入战斗，希腊才能获得胜利。为此，阿伽门农应归还女俘，且拿出一笔偿金送给阿喀琉斯，表示认错和悔过。阿伽门农接受了提议。于是，由奥德修斯率领的代表团前往阿喀琉斯的战舰，要求阿喀琉斯为希腊联军出力。可是，愤怒的阿喀琉斯仍然拒绝参战。

希腊方面面临全军覆没的危险了。战舰周围的海滩上，希腊人筑起的土墙挡不住敌人的进攻。激战中，希腊英雄埃阿斯和赫克托耳对阵，结果把赫克托耳砸伤。可是赫克托耳神勇依旧，继续作战。混乱时，特洛伊王子帕里斯拿起大弓，一箭射中了希腊联军中的一员猛将玛卡翁。老将涅斯托耳将中箭的玛卡翁救起，迅速撤离战场；当他的战车驶过阿喀琉斯的战舰时，阿喀琉斯从船舱里看见了涅斯托耳，但对战车上受伤的玛卡翁却看得不很分明。于是，他派他的随从、也是

他最要好的朋友帕特洛克罗斯去打听情况。

帕特洛克罗斯来到涅斯托耳的营帐，探明了情况正要走，涅斯托耳叫住了他。老将军斥责帕特洛克罗斯：当年离开希腊时，难道阿喀琉斯的父亲和他的父亲没有嘱咐过要阿喀琉斯英勇作战吗？现在希腊联军陷入危难之中，他帕特洛克罗斯还想坐视不管吗？

这番话使帕特洛克罗斯大为震动。他赶回到战船上，劝阿喀琉斯重上战场。当他正在劝说之际，有条希腊船冒起了浓烟。阿喀琉斯终于动心了，可是他仍拒绝参战，不过同意了帕特洛克罗斯的出战请求。临走之前，阿喀琉斯将自己的铠甲和战车借给了帕特洛克罗斯。

阿喀琉斯嘱咐他："千万不要穷追敌人，只要将他们击退就行了。切记切记！"又一次战争开始了，帕特洛克罗斯率兵冲入敌阵，和敌人厮杀起来。希腊人以为阿喀琉斯又参战了，情不自禁地欢呼起来。特洛伊人看到他们闻风丧胆的阿喀琉斯又出现了，四散逃跑，仓皇逃命。希腊将领精神为之大振，勇敢地杀向敌人。

正当帕特洛克罗斯要撤退的时候，特洛伊英雄赫克托耳乘着战车突然出现在他面前。帕特洛克罗斯连忙抱起一块巨石，朝赫克托耳砸去，石头未能击中目标，却砸到了战车的驾驭者头上。赫克托耳立即跳下车来抢救战友，帕特洛克罗斯也跳下车来，去抢夺战利品——驾驭者的铠甲。这样，两个英雄便面对面地交锋了，他们打得难分难解。但关键时刻阿波罗出战了，他击落了帕特洛克罗斯的长矛。与此同时，一个躲在暗处的特洛伊人从背后刺了他一枪，赫克托耳又从正面给了他一剑。就这样，帕特洛克罗斯遭到致命的袭击，倒下了。

赫克托耳很快就把帕特洛克罗斯的铠甲抢去，并把它穿到自己的身上，冲入人群。希腊将领埃阿斯拼命想要保住帕特洛克罗斯的尸体。双方互不相让，争执不下。为了阻止抢夺，宙斯使出魔法。立即一片乌云罩住大地，整个战场变得如同黑夜，只有电光闪烁，雷声隆响。黑暗之中，帕特洛克罗斯的尸体被希腊人夺回去了，他们立刻回到自己的营地。

赫克托耳之死

帕特洛克罗斯死了。阿喀琉斯陷入了难以抑制的悲愤之中。

正在难以开解的时候，海洋女神忒提斯被儿子的哭喊声惊动，匆忙赶来了。她走上前去，抱住了儿子，等他哭声平息下来，才说："孩子，你要报仇，我支持你。可是，你现在一无盔甲，二无武器，莽撞地去报仇，我就担心你不但报不了仇，自己反而要死在他的枪下！"

听了母亲的话，阿喀琉斯的愤怒消失了。他抬起了迷茫的眼睛，望向母亲。忒提斯迎着儿子的目光，说："儿子，不要怕，你稍稍冷静一下。我马上赶往奥林匹斯山去，为你拿到盔甲与武器。"

她一路疾飞，赶到了赫菲斯托斯的火炉前。听完忒提斯的请求后，赫菲斯托斯立刻放下手中的活计，连夜锻造铠甲。还在阿喀琉斯小的时候，他就非常喜爱这个力大无穷的小孩子。他的手巧极了，不到两个时辰，一面精心制作的盾牌出现了。随后就是一顶黄金头盔，最后出来的是一件刀枪不入的胸甲。一切完工的时候，曙光刚从东方升起。

崭新的铠甲，让阿喀琉斯忧伤的脸上涌现出了喜悦。他整装出帐，去见阿伽门农。他主动放弃和阿伽门农的仇怨，希望全军上下立即投入复仇的战斗，阿伽门农也反思自己，两位英雄在特洛伊城墙下，握手言和，重归于好。

战争又一次爆发了。满怀怒火的阿喀琉斯疯了一样，驰骋战场。特洛伊人一见到这位英雄，四散而逃。战争进行不到一刻，特洛伊人兵败如同山倒，他们的重要将领也多被杀死。阿喀琉斯在敌阵之中，如同虎入羊群，来去自如。他现在并不杀这些败兵，而是来回寻找杀死好友的赫克托耳。特洛伊老国王在城头观战，看见特洛伊人如同潮水般地拥进城内，便大开城门，好让他们尽快通过，然后及时关门，封住敌人。

真是天绝赫克托耳。特洛伊人纷纷退进城来，唯独赫克托耳还站在城外。他正处在矛盾之中，没想好是跟阿喀琉斯一决雌雄，还是暂避锋芒。他的老父亲在城头喊他，求他赶快进城；他的母亲赫卡柏也同样哀求。这些人的呼喊，反让他坚定了信心。他朝正向他迎来的阿喀琉斯冲了过去。阿喀琉斯那闪闪发光的铠甲，照得赫克托耳两眼发花。等赫克托耳走到他长矛所能及到的范围内，阿喀琉斯瞄准对手，长矛脱手而去，正扎中了赫克托耳的盔甲没遮住的地方。赫克托耳应声倒下。复了仇的阿喀琉斯剥下敌人的铠甲，把尸体倒拖在战车上，在城墙前不停地狂奔起来。

阿喀琉斯为了发泄愤恨做出如此残忍的行为，这让宙斯看不下去了。他派彩虹女神伊里斯去找普里阿摩斯王，鼓励他去恳求阿喀琉斯交还儿子的尸体。伊里

斯奉命前往特洛伊城。普里阿摩斯王决定服从天神旨意。他打开宝库，取出黄金等财物作为赎金。一切准备好后，老国王决定只身前往敌营，只让传令官伊达俄斯替他驾车。当他的车子缓缓驶出宫门的时候，送行的人都眼含泪水，以为老人这一行为无异于自投罗网。

刚出城门，宙斯派出的神使赫耳墨斯出现在老国王面前。他成了一位年轻的武士，握住老国王苍老的手，把他引向阿喀琉斯的营帐。进入帐篷之前，他轻轻一点，帐外的卫兵就昏睡过去了。这样，他们进入了阿喀琉斯的营帐之时，没有任何阻拦，也没有任何动静。营帐里的阿喀琉斯独坐着，老国王跨上一步，抱住阿喀琉斯的双膝，哀求道："阿喀琉斯，可怜可怜吧，你也有父亲，他肯定和我一样苍老了。也许，他现在孤立无援，忧伤难熬，可是，他只要一想到自己的儿子还活着，便会满心欢喜起来，并且坚信总有一天会与儿子重新相见。而我，却再也没有什么可聊以自慰的了。我勇敢的儿子，都一一战死了。现在，我那唯一的赫克托耳，也为了保卫祖国，死在你的手下。我是为赎取他的尸体而来的，我带来了赎金；阿喀琉斯，请想想你在家乡的父亲吧！看在他们的分上，可怜可怜我吧！"

这些话，深深地打动了阿喀琉斯的心，他眼里涌出热泪，望着普里阿摩斯王银白色的须发，怜悯之心油然而生。他双手扶起老国王，说："我知道你是靠着神力的帮助才能到这里来的。现在，我服从天神意志，接受你的请求。"他一边说一边站起身，卸下了车上的物品，留下了两件锦袍和一件内衣，以便遮盖赫克托耳的尸体。接着，阿喀琉斯送别普里阿摩斯王和他的随从。临别之前，他告诉老迈的国王："特洛伊人安心地祭奠你们的英雄赫克托耳吧！十二天之内，我们希腊人将停止战斗。如果我违背诺言，必然天打雷劈，死无全尸！"

老国王驾着马车，带回了儿子的尸体。

阿喀琉斯之踵

战争之中，特洛伊英雄赫克托耳死亡了，他们的支柱断裂了。可是特洛伊城并没有立刻陷落。他们团结一致上下齐心，而且邻近盟国的支援也来了。在悲痛与哀伤之中，特洛伊人继续守卫着城池。

在前来支援的盟国将领中，最著名的是埃塞俄比亚的王子门农和阿玛宗的王后珀塞西丽亚。这两个人英勇善战，武艺高强，一次又一次地阻挡住希腊人潮水一般的进攻。可是，他们无论多么勇猛，希腊却有一个最勇猛的英雄阿喀琉斯。珀塞西丽亚杀死了这么多的希腊同胞，这让阿喀琉斯非常愤怒。于是一场激战之中，阿喀琉斯满战场地寻找珀塞西丽亚。心高气傲的珀塞西丽亚全然不知畏惧。她根本就不把阿喀琉斯放在眼里。两人相遇，拼杀非常激烈，矛来枪去，不分上下。连过了几招之后，阿喀琉斯用矛架住了珀塞西丽亚的矛，互拼力气。珀塞西丽亚自然不是阿喀琉斯的对手，僵持了不到三分钟，阿喀琉斯的矛尖刺中了珀塞西丽亚的心脏。年轻的王后倒在地上，这个时候阿喀琉斯才真正看清了她的面容。当他发现珀塞西丽亚是那样年轻，那样美丽，也禁不住为自己的胜利感到痛心和后悔。

帕里斯和海伦

帕里斯本应该懂得拐走海伦会给自己的祖国特洛伊带来灭国的灾难，但他不以为然，最终成为特洛伊的罪人。

战争进行到了这个时候，双方都非常厌倦。正僵持不下时，一个非常偶然的机会，阿喀琉斯看见了普里阿摩斯王的女儿波吕克塞娜，他立刻被这位仇敌的女儿吸引住了。他在辗转反侧苦思多日之后，终于想出了一个方法，既能满足自己的单相思，又能让双方都能接受。这天，借巡城之际，阿喀琉斯把一封写好的信绑在了箭杆上，射进了特洛伊城。信中说，他想娶波吕克塞娜为妻，而且他愿意利用他在希腊联军中的威望，说服希腊的将领们与特洛伊和解。

对方愿意和解，老国王普里阿摩斯求之不得，正准备答应的时候，他的小儿

子帕里斯劝住了他。他对父亲说："父亲，你之所以如此害怕希腊人，不就是因为一个阿喀琉斯吗？难道你就因为自己的安全，就忘记了我哥哥赫克托耳的仇恨了呢？现在，他来向咱们求和，正是天赐良机，可以除掉这个家伙！我们不妨假装答应他的要求。和他见面时，趁机下手除掉他。"善良的老国王被他的话说动了。他不甘心自己的儿子白白地死去，同意了帕里斯的建议，给阿喀琉斯回了一封信。

接到了国王的回信，阿喀琉斯欣喜如狂。他赶紧去找其他将领。虽然很多将领愿意与特洛伊人决一死战，可是他们又觉得不妨先和狡猾的特洛伊人谈谈，看他们开出什么条件来。得到同意的阿喀琉斯回了一封信，双方商定好了日期地点。

谈判展开的前一天夜里，阿喀琉斯梦见了女神雅典娜，她告诫这位英雄要小心特洛伊人的诡计。阿喀琉斯有所犹豫，可是想到美丽的波吕克塞娜，他不由地放下了疑虑。与阿喀琉斯做梦的同时，特洛伊王子帕里斯也做了一个梦。太阳神阿波罗让他把箭对准阿喀琉斯的脚踵，那才是他的致命之处。帕里斯醒来之后，茫然不知所措。他不知道为什么脚踵才是阿喀琉斯的致命伤。其实，这是一个秘密，除了有限的几位天神，谁也不知道。当年，阿喀琉斯刚刚生下来，他的母亲，海洋女神忒提斯为了保护儿子，就把阿喀琉斯带到了冥河边上。在那里，她提起小阿喀琉斯，把他的全身都浸泡在河水之中。经过冥河之水的浸泡，小阿喀琉斯全身上下刀枪不入。不过，女神也有一个疏忽，那就是小阿喀琉斯的脚踵。那里由于是她浸泡时用手握持的地方，水流没有浸湿，所以只有这个地方才是阿喀琉斯的致命处。

天一亮，双方人来到了他们约定的地方——特洛伊城中的阿波罗神庙。双方跪倒在太阳神面前，一边商谈一边发誓。老国王普里阿摩斯和阿喀琉斯双双跪倒在神像面前。谈判的时候，阿喀琉斯说什么，老国王都毫不犹豫，满口答应。交出罪魁帕里斯、把女儿波吕克塞娜嫁他为妻、赔偿金银财宝给受伤的希腊人、归还海伦给墨涅拉俄斯，老国王都一一答应。阿喀琉斯一看谈判如此顺利，准备爬起身来的时候，埋伏一边的帕里斯，引弓射箭，一箭飞了过去，正中了阿喀琉斯的致命处脚踵。阿喀琉斯大叫一声，当即死了过去。

希腊人知道自己的英雄阿喀琉斯被骗而死，怒火三丈。他们在天神宙斯的神坛前，发下了重愿，如果不把特洛伊掘地三尺，他们绝不回军。就这样，两国之间那一点点的和平契机就熄灭了，双方又陷入了混战之中。

木马计

希腊人围攻特洛伊城久久不能得手。他们面对着这固如金汤的城墙束手无策，急得团团乱转。这个时候，他们的预言家卡尔卡斯站出来了。他抚摸着自己的白胡子，说："你们这些人怎么只知道强攻呢。强攻不行，就应智取。你看那雄鹰追逐鸽子，从来都不是正面出击，而是躲在灌木丛中。鸽子一旦出击，雄鹰马上捕获。"

木马计

希腊军队采用了奥德修斯的计策，军士们藏在巨大的木马之中，特洛伊人把木马拖进城，希腊人破马而出，里应外合，攻下了特洛伊城。特洛伊战争中的木马计被广泛传诵，后人通过绘画、建筑等不同的艺术形式对此加以诠释。

素来以智慧著称的奥德修斯想到一个好主意，就大笑起来。其他人都很吃惊，不知道这个家伙在这时候怎么能够笑出来。统帅阿伽门农问奥德修斯为什么大笑，奥德修斯马上让阿伽门农附耳过来。他如此这般说了一阵。阿伽门农不由得连称好计。

被围困在城里的特洛伊人随时观望着敌军的情况。虽然对方攻不进来，可是他们也不能打过去。双方僵持下去，特洛伊人也很焦虑。这天，他们奇怪地发现希腊联军纷纷地撤退了。他们不敢相信这件事情是真的，观望了三天。三天之中，希腊的战船从海面上消失了，战场上到处都是丢弃的东西，包括一些瘸腿少胳膊的死尸，却几乎没有一个活人。不过，让他们惊奇地发现了一匹巨大无比的木马停放在战场之上。他们围着它，惊讶地打量它，因为它实在是一件令人赞叹的艺术杰作。士兵们争论起来，有的主张把

它搬进城去，放在城堡上，作为胜利的纪念品。有的人不相信希腊人留下的这件莫明其妙的礼物，主张将它推入大海，或者用火烧掉。

正当他们犹豫不决的时候，海神波赛冬神庙的祭司拉奥孔从人群中挤出来，大声说："乡亲们，你们都疯了吗？难道你们还没有尝够希腊人的厉害吗？依我看，希腊人留下这件东西，其中必有阴谋！"说着，他用长矛朝着木马的腹部捅了几下，只听得一阵"嘭嘭"的响声，就像木马在低声呻吟似的。眼看人们就要接受他的看法而将那不祥的木马砸碎时，从远处跑来一群兵士，他们带来了一个刚被俘获的希腊人。这个希腊人自称名叫西农，说是由于得罪了奥德修斯，所以希腊人在撤退时没有带他回国。现在，他的生死全系在他是否老老实实地回答出这木马的用途上了。他吓得浑身发抖，过了好一会儿才开口说："这是献给雅典娜的祭品。据先知卡尔卡斯说，如果特洛伊人得到了它，雅典娜就会保佑他们取得胜利，所以希腊人把它造得这样高大，就是为了不让人们把它拉进城去。"这番话解除了人们心头的疑惧，他们开始觉得不应错过机会，应将木马赶紧拉进城去。也就在这时，发生了一件神奇的事情，这就更加坚定了他们的主意。

只见从远远的海面上游来两条巨蟒，它们一登上岸，便向拉奥孔和他的两个儿子直扑过去。它们先将两个孩子缠绕起来，用它们的毒舌舔噬孩子们的双颊。做父亲的想去救他们，也被巨蟒紧紧缠住。他使劲扳开蛇身，想挣脱出来，但却敌不过两条巨蟒，父子三人终于被巨蟒缠死了。这件事清楚地显示出天神对于拉奥孔的愤怒。因为他竟敢亵渎献给神的祭品。这个时候，胜利冲昏了他们的头脑，连公主卡桑德拉，他们的预言家的劝阻，他们也不听了。人们不再犹豫，立即将木马拖进城去了。

这一下，特洛伊人就完全上了聪明的奥德修斯的当了。原来，他看见强攻不行，就想了一个妙计。他让希腊的能工巧匠英雄厄珀俄斯造出了这一匹举世无双的高大木马。木马腹部中空，装满了携带兵器的士兵。然后希腊人撤退到了特洛伊人的视线之外。这样，特洛伊人就有可能会把这木马拖进城里，特洛伊城就不攻自破了。可是特洛伊人是否把木马拖进城里，还需要一个胆大机灵的人，使特洛伊人能够按照他的说法去做。奥德修斯正在为难的时候，希腊人西农挺身而出。他说："奥德修斯，我愿担任这一任务。让特洛伊人折磨我，让他们把我活活烧死吧，我已下定了决心！"他的话受到大家的欢呼。

木马拖进了城里，人们唱歌跳舞，饮酒狂欢，庆贺胜利。到了深夜全城的人都熟睡之后，西农悄悄地跑到木马跟前，打开木马的机关，放出希腊武士。武士们立即放火烧城，同时打开城门，让佯装撤退、现在重又返回的希腊人冲入城来。

突如其来的进攻使特洛伊人惊恐万状，不知所措。只见火光映红了整个特洛伊城的上空，到处都是手持武器的希腊人，他们见到特洛伊人便杀。可怜的老王普里阿摩斯也在这天夜里倒在希腊人的剑下。许多妇女被俘，即使是王后赫卡柏、赫克托耳的妻子安德洛玛刻也没有幸免。就这样，整整打了十年的特洛伊战争，最终以希腊人的胜利、特洛伊城的毁灭而结束。

虚荣的坦塔罗斯

坦塔罗斯是宙斯的儿子，他统治着吕狄亚的西庇洛斯，该地区以富有而出名。由于出身高贵，诸神对他十分尊敬。奥林匹斯山的诸神经常邀请他共进晚餐。他可以跟宙斯同桌用餐，不用回避神祇们的谈话。诸神对一个凡人给予这样罕有的特殊待遇，是看中了坦塔罗斯的财富还是因为他的出身?

由于诸神把他这样一个凡人当作友人，坦塔罗斯沾沾自喜，虚荣心日益膨胀。他经常吹嘘诸神是如何重视他。据他说，诸神之间发生争吵时就找他作公证人，他们下决定前，总是征求他的意见。

“坦塔罗斯，他们真的征求你的意见吗?”其他国王惊奇地问他。

“那当然，”坦塔罗斯神气活现地说，“奥林匹斯山上发生的事，没有我不知道的。”

“我们不是问这个，”国王们说，“诸神是不是像你所说的那样，总是征求你的意见?”

“他们作决定前，我总要提出自己的看法。”坦塔罗斯傲慢地说。

朋友们很怀疑坦塔罗斯的话。他们甚至不相信坦塔罗斯能参加诸神的晚宴，认为他只不过是为了提高身价而在吹牛罢了。

“算了吧！坦塔罗斯，你能替神做主，未免有点夸张了吧。”朋友中有两人大声说。

“诸位，我对你们讲的完全是真的。我向你们发誓。”坦塔罗斯生气地大声说。

“你经常被邀请参加宙斯举行的宴会吗？诸神在你面前也自由自在地谈论，是吗？”

“那还用说！”

“那么，你给我们讲一下他们现在忙什么？”

这一下可难倒了坦塔罗斯，他不知如何回答。他能把奥林匹斯山的秘密告诉其他人吗？诸神会惩罚他的。但诸神对他一个凡人这么重视，别人却不相信，他受不了。他犹豫了片刻，妄自尊大和虚荣心终于占了上风。他口若悬河，滔滔不绝地给他的朋友们讲述了神灵的丑闻。比如，冥王哈里斯抢亲，把珀耳塞福涅强娶为妻；得墨忒耳赌气不加理睬，宙斯又如何恳请她回奥林匹斯山；在诸神把她的女儿珀耳塞福涅还给她之前，她又如何不肯作任何让步的；他还讲述了太阳神杀害了独眼巨人库克罗普斯之后，受到了宙斯的惩罚，被派去当斐纳斯国王的奴隶，服役一年。

坦塔罗斯讲述得活灵活现，如在眼前。他还讲了很多奥林匹斯山群神之间的纠纷。国王们惊讶地静静地听着。但是，不知出于懊恼还是怀疑，他们认为坦塔罗斯所讲的，只是无稽之谈。

坦塔罗斯怎么也说服不了朋友们。为了彻底折服他的朋友，他开始对诸神作恶。他从他们的餐桌上偷取蜜酒和仙丹，把它们分给凡间的朋友。众神知道了他们的秘密在人间流传之后，大为恼火，可是考虑到坦塔罗斯的父亲宙斯，也就一笑了之，但是他们再也不在餐桌上谈论了。随后，他们发现桌子上的美酒佳肴不见了，就不再邀请坦塔罗斯进餐。

坦塔罗斯受到了冷落。可是，他还不自知。他以为自己的许多事情神灵们都不知道。但是，他们为什么不邀请自己了呢？是不是他们知道自己的行为呢？他不知道天高地厚，竟然怀疑神的能力。他决定来测验一下神灵是否通晓一切。

这天，他邀请诸神到家中做客。他让人把儿子珀罗普斯杀死，然后煎烤烧煮，做成一桌菜，款待他们。在场的谷物女神得墨忒耳因思念被抢走的女儿珀耳塞福涅，在宴席上心神不定，只有她出于礼貌稍微尝了一块肩胛骨。别的神祇早已识破了他的诡计，纷纷把撕碎的男孩的肢体丢在盆里。命运女神克罗托将珀罗普斯的身体各部分从盆里取出，让他重新活了过来，可惜肩膀上缺了一块，那是被得墨忒耳吃掉的，后来只好用象牙补做了一块。

坦塔罗斯得罪了神祇。他罪恶滔天，被神祇们打入地狱，在那里备受苦难和折磨。他站在一池深水中间，波浪就在他的下巴下翻滚。可是他却忍受着烈火般的干渴，喝不上一滴凉水，虽然凉水就在嘴边。他只要弯下腰去，想用嘴喝水，池水立即就从身旁流走，留下他孤身一人空空地站在一块平地上。同时他又饥饿难忍。虽然在他身后就是湖岸，岸上长着一排果树，结满了累累果实，树枝被果实压弯了，吊在他的额前。他只要抬头朝上张望，就能看到树上蜜水欲滴的生梨、鲜红的苹果、火红的石榴、香喷喷的无花果和绿油油的橄榄。这些水果似乎都在微笑着向他招呼，可是，等他踮起脚来想要摘取时，空中就会刮起一阵大风，把树枝吹向空中。除了忍受这些折磨外，最可怕的痛苦则是连续不断的对死神的恐惧，因为他的头顶上吊着一块大石头，随时都会掉下来，将他压得粉碎。

坦塔罗斯蔑视神祇，被罚入地狱，永无休止地忍受三重折磨。

阿特柔斯驱逐弟弟

阿特柔斯和堤厄斯忒斯是一对同父异母的兄弟。他们的祖父就是小亚细亚统治者坦塔罗斯。坦塔罗斯是个好炫耀自己的人，为了证明自己和神明友好的关系，他邀请奥林匹斯山神赴宴。宴席之中，众神一看端上来冒热气的菜肴，他们心里就明白了，这是坦塔罗斯儿子珀罗普斯的尸体。坦塔罗斯这个疯子，竟然把自己儿子杀死切碎，煮熟用来待客。众神心里明白，就什么都不吃。只有女神得墨忒耳，正因为失去了女儿悲痛不已，就心不在焉地吃了一口。肉一进嘴，她就明白了，也不吃了。众神拒绝了人肉筵席，惩罚了坦塔罗斯，又命令赫耳墨斯让珀罗普斯死里复生。命运女神克罗托就把切碎的孩子身体的各部分收集起来，放在一口熬满了药草的大锅里一煮，珀罗普斯就复活了。可是被女神得墨忒耳吃掉的那块肩膀上的肉找不到了。没有办法，命运女神克罗托只好用人工象牙来补衬肩膀，所以珀罗普斯家族的后裔肩部都有块白斑。阿特柔斯兄弟也是如此，不过一在左肩，一在右肩而已。

珀罗普斯虽然被救活了，但长大成人的珀罗普斯却不小心得罪了赫耳墨斯，并受到了赫耳墨斯的惩罚。皮萨国王俄诺玛俄斯接到神谕，说他的女儿希波达弥亚如果出嫁，他就会丧命。女儿大了，总不能耽搁下来不嫁人吧。俄诺玛俄斯被舆论所逼，只得同意女儿结婚，可是国王提出女儿结婚的条件：凡是向他女儿求婚的人都必须同他赛车。赛车比赛失败的求婚者将会被杀死。国王力大无穷，许

埃斯库罗斯伟大的《奥瑞斯忒亚》三联剧由《阿伽门农》、《奠酒人》和《复仇神》组成，讲述了古老的阿特柔斯家族的故事。

多慕他美貌的女儿之名的人尽管害怕，还是来与国王比赛，结果都成了刀下之鬼。珀罗普斯也想求婚，可是很明显，他也不是国王的对手。怎么办呢？他想了一个好主意，买通了国王的车夫密耳提罗斯——他是赫耳墨斯的私生子。比赛之中，马车正在狂奔的时候，赫耳墨斯的儿子密耳提罗斯偷偷拔下了主人赛车上的销钉，马车在奔跑之中四分五裂，国王摔死了。这样，珀罗普斯娶上了希波达弥亚，并且成为了国王。当上了国王的珀罗普斯，不愿意兑现诺言，把许诺给密耳提罗斯的半个王国献给他，所以就把他骗到悬崖，推入了大海。密耳提罗斯临死之前，诅咒珀罗普斯全族都不得好死。

许多年过去了，珀罗普斯去世，他的长子阿特柔斯为了能够当上国王，就发誓要把他羊群中最好的羊献给阿尔忒弥斯。这个时候，急于为密耳提罗斯报仇的赫耳墨斯认为机会来了。他和他的老朋友山羊潘请教该怎么复仇。山羊潘笑了一笑，捻着自己焦黄打卷的长须，让朋友放心。他施展法术，让一头有一撮金羊毛的带角之羊出现在珀罗普斯留给儿子们的羊群里。赫耳墨斯预见到了可能的后果：阿特柔斯将卷入跟堤厄斯忒斯的兄弟残杀之中，就放心地回到了奥林匹斯山。

阿特柔斯把这只长有金羊毛的山羊占为己有。他拥有了这只羊群之中最好的羊，却因为这撮金羊毛太可爱了，不情愿把阿尔忒弥斯应有的荣誉献给她。不过，阿特柔斯不敢完全违背誓言，他把羊肉献祭女神，却把羊皮剥制填塞以后，留了下来，锁在箱子里。这件金光灿烂的羊皮让他洋洋得意，骄傲极了，常常忍不住在市场里大肆吹嘘。堤厄斯忒斯知道了这件宝物，非常妒忌，可阿特柔斯把宝物收藏得如此之紧，他根本没法下手。一筹莫展之时，他忽然想起来了一件事：一次宴席之间的时候，哥哥的妻子埃涅珀不停地对他抛眉眼，可是他有些害怕自己的哥哥，当时没有搭理这些。从那以后，嫂子见到自己的时候，她的动作就比较暧昧，不是拉扯一下他的衣袖，就是对着他莫名其妙地笑，看来埃涅珀对自己有好感。想到这里，堤厄斯忒斯就去找到嫂子。嫂子一见了他，马上表白了胸中的烈烈爱焰。但当嫂子偎依过来的时候，堤厄斯忒斯拒绝了，威胁嫂子说，如果她把羊皮偷给他的话，他就做她的情人。

到了选立新国王的这一天，阿特柔斯声称，自己是长子，又拥有那件象征神权和力量的羊皮，他应该获得迈锡尼王国的王位。迈锡尼人民都在广场上大声欢呼，庆祝他们的新国王。就在这个时候，堤厄斯忒斯站了起来，大声指责阿特柔斯不过是个自负的吹牛大王。他把地方长官们领到他家，拿出那件羊皮给他们看，证明自己的所有权，于是人们宣布他是迈锡尼王国的合法继承人。

凡间的事情逃脱不了神的法眼。堤厄斯忒斯兄弟谁当国王，宙斯有自己的偏好。他更偏爱阿特柔斯，就派赫耳墨斯去对阿特柔斯说："你把堤厄斯忒斯叫来，问他如果太阳背着日规行进，他是否肯把王位让给你？"阿特柔斯一一照办，堤厄斯忒斯上当了，马上同意了。如果上天真是出现这样的凶兆的话，他自然让

位。比赛的当天，宙斯颠倒了法则，太阳第一次也是最后一次在东方落山。堤厄斯忒斯的骗局与贪心就此大白于天下。阿特柔斯登基成为迈锡尼国王，把堤厄斯忒斯驱逐出境。

堤厄斯忒斯报仇

阿特柔斯将弟弟堤厄斯忒斯驱逐出境之后，长久以来的心病终于放下了。可一天晚上，他回去刚走到门口的时候，听到了哭泣声，原来是自己的妻子在哭弟弟。他怒火冲天，一脚踢开大门，拔出剑砍掉了妻子的头颅。

可他还不解气。他不想被自己的弟弟侮辱。于是，他派人传信给流浪的弟弟，说：兄弟呀，回来吧，我不怪罪你了。我要把我们王国的一半交给你。堤厄斯忒斯相信了他的话，返回迈锡尼。他到迈锡尼的这一天，阿特柔斯亲自在城门外面欢迎他。进了宫殿后，阿特柔斯就让侍卫端上煮好的肉。饥肠辘辘的堤厄斯忒斯低下头吃了起来。正吃得欢畅的时候，阿特柔斯命人端来了鲜血淋漓的三个人头和一些零碎的四肢摆在堤厄斯忒斯的面前。堤厄斯忒斯看看盘子中的人头，他认出了是自己留在故乡的三个儿子的人头，他又看了看自己还没吃完的碗里的熟肉，忽然明白了。堤厄斯忒斯大声诅咒着自己的哥哥，带着女儿逃离了故乡。

堤厄斯忒斯逃到西锡安的忒斯普罗托斯国王那儿。他的女儿珀罗庇亚就被安排在国王手下当女祭司。堤厄斯忒斯前往德尔斐，请求太阳神的神谕，得到的指示却是如果他要复仇的话，必须先跟亲生女儿生个儿子。这天晚上，珀罗庇亚向雅典娜献祭。跳祭舞时，珀罗庇亚滑了一跤，倒在祭品黑羊脖里流出来的一滩血里。她马上跑到神庙的水池边，脱去外衣，清洗血迹。堤厄斯忒斯从树丛里窜出来抱住女儿，奸污了她。珀罗庇亚没有认出这个人是谁，因为此人戴着面具，不过她设法偷了他的剑。堤厄斯忒斯发现剑鞘空了，担心被人发现，便逃到吕底亚。

再说阿特柔斯，他杀了侄子之后，也心生懊悔。他担心罪行会带来报应，就去请教德尔斐神谕。神谕说："把堤厄斯忒斯从西锡安叫回来！"阿特柔斯连夜赶到西锡安，可是他没见到堤厄斯忒斯，却爱上了珀罗庇亚，以为她是忒斯普罗托斯国王的女儿，请求国王准他娶她为妻子。后来珀罗庇亚生下了堤厄斯忒斯使她怀上的儿子，而阿特柔斯却相信这孩子——埃癸斯托斯是他亲生儿子，并把他当王位继承人来抚养。

过了几年，阿特柔斯派遣阿伽门农和墨涅拉俄斯去德尔斐打听堤厄斯忒斯的消息。他们碰巧在堤厄斯忒斯请示神谕归来途中见到他，便把他带回迈锡尼。阿特柔斯把他关进监狱，命令年方七岁的埃癸斯托斯趁他熟睡时杀死他。堤厄斯忒斯突然惊醒的时候，发现埃癸斯托斯手持宝剑站在他身边。他机警地跳向前去抢宝剑，发现原来是他多年前在西锡安丢失的那一把！他一把抓住埃癸斯托斯大声问道："马上告诉我这把剑怎么到你手里的？"埃癸斯托斯结结巴巴地说："我母亲珀罗庇亚给我的。"

"孩子，如果你执行我的三个命令的话，"堤厄斯忒斯说，"我就饶了你的命。"堤厄斯忒斯告诉他："我的第一个命令是把你母亲领到这儿来。"

埃癸斯托斯把珀罗庇亚带进地牢，她认出堤厄斯忒斯。"女儿，你哪儿来的这把宝剑？"堤厄斯忒斯问道。她回答说："有天晚上，在西锡安有个陌生人强奸了我，我从他剑鞘里拔出来的。"

"这是我的。"堤厄斯忒斯说。珀罗庇亚又羞又怒，夺过宝剑，刺进胸膛。"现在把这把剑拿去给阿特柔斯，"堤厄斯忒斯对埃癸斯托斯说，"告诉他你已经完成了使命。说完了就回来！"

埃癸斯托斯一声不吭拿了血淋淋的宝剑去见阿特柔斯，阿特柔斯以为他终于消灭了堤厄斯忒斯，高高兴兴地去海边给宙斯献祭。埃癸斯托斯回到地牢，堤厄斯忒斯向他表明身份，说自己才是他的父亲。接着他发出第三道命令："我的儿子，去把阿特柔斯杀死吧。你不得手软迟疑！"埃癸斯托斯奉命照办，堤厄斯忒斯再度在迈锡尼称王。

阿伽门农之死

阿特柔斯登基成为迈锡尼国王，把堤厄斯忒斯驱逐出境。等到阿特柔斯去世，堤厄斯忒斯返回迈锡尼。在天后赫拉的庇护下，他登上了迈锡尼王位，把阿特柔斯的儿子阿伽门农和墨涅拉俄斯赶走了。流浪在外的阿伽门农和墨涅拉俄斯遇到了父亲的老朋友斯巴达国王廷达瑞俄斯。他帮助阿伽门农和墨涅拉俄斯进军

迈锡尼，收复了他们的家产与地位，同时迫使在赫拉神坛避难的堤厄斯忒斯将王位让给阿特柔斯的继承人阿伽门农，自己流亡在外永不复归。阿伽门农登位之后，进行了战争。他的对手是比萨国王坦塔罗斯。两军相战，比萨国王坦塔罗斯不是阿伽门农的对手。阿伽门农攻入城门，杀死了坦塔罗斯。坦塔罗斯的妻子克吕泰涅斯特拉，是斯巴达王廷达瑞俄斯的女儿。为了报答廷达瑞俄斯的恩情，阿伽门农娶了克吕泰涅斯特拉。

迈锡尼纯金面具，据说是依照阿伽门农的面部特征而制成的。

夫妻两人过了几年平静的生活。尽管克吕泰涅斯特拉怨恨阿伽门农杀死了前夫，可是作为一个女人，古时候基本上没有发言权的。跟了阿伽门农，她也就安分度日。她为阿伽门农生了一个儿子——俄瑞斯忒斯，还有三个女儿——厄勒克特拉、伊菲革涅亚及克律索忒弥斯。

特洛伊国王普里阿摩斯的小儿子帕里斯拜访了阿伽门农的弟弟墨涅拉俄斯，却与墨涅拉俄斯的妻子美女海伦偷情，拐走了她。这一下子激怒了所有的希腊英雄们，他们不能容忍一个外人把这位绝世美女带走。于是以阿伽门农为联军统帅，希腊将领率领船队，浩浩荡荡开赴特洛伊。阿伽门农和墨涅拉俄斯离家外出，这一走，就是十年。

阿伽门农走了，迈锡尼王国就空虚了。这个时候，阿伽门农的死敌，叔叔堤厄斯忒斯却没有参加远征。他早就谋划着对阿特柔斯家族进行复仇。他的计划是诱惑克吕泰涅斯特，让他当自己的情妇，然后当阿伽门农一回来，在克吕泰涅斯特的帮助下，杀死阿伽门农。

克吕泰涅斯特拉虽对阿伽门农没有什么爱恋之情，可丈夫不在时，还是安安稳稳地过日子。如果国中有事，她就和堤厄斯忒斯商议。渐渐的，堤厄斯忒斯取得了她的信任。不过，克吕泰涅斯特拉看不上这个老头子，反而是他的年轻儿子埃癸斯托斯很得女王的青睐。老奸巨猾的堤厄斯忒斯一看形势如此，干脆退出去，隐在幕后策划。

埃癸斯托斯作了克吕泰涅斯特拉的情夫后，就开始实施父亲的计划，一点点煽起克吕泰涅斯特拉的怒火，再进一步规劝情妇杀死阿伽门农。克吕泰涅斯特拉怨恨丈夫杀死前夫坦塔罗斯，并用强力娶她为妻，可是她并没有杀死阿伽门农的决心。埃癸斯托斯威胁她说："你现在犹豫，难道你不知道阿伽门农快要回来了吗？他要是发现了我们两个人的事情，那就完了。你就算不想报坦塔罗斯的仇，你就忘记你的女儿伊菲革涅亚了吗？"说到这件事情，还真揭了王后的伤疤。伊菲革涅亚是三个女儿之中最受她宠爱的一个，可是出征特络伊之前，阿伽门农在奥利斯把伊菲革涅亚当作祭品敬神。这个人的心怎么这么狠毒呢，竟然让自己的女儿活活地烧死！她有点心动了。

可是最终让她下了决心的，不是埃癸斯托斯的花言巧语，而是胜利归来的阿伽门农派人送信的使者。看罢阿伽门农的信后，王后知道丈夫马上就要回来了，就让使者退下去，自己准备准备，迎接丈夫。可在转身退下之前，使者说了一番话，让她难以忍受：阿伽门农要把普里阿摩斯的女儿、预言家卡桑德拉带回家来，作虽无名分的却是实实在在的妻子。这太让人伤心了，也使摇摆不定的克吕泰涅斯特拉下定决心。她担心他们会突然归来，便写信给阿伽门农，请他在返回之时在伊达山上点起一堆火。她亲自安排了一系列的火点把他的信号传回迈锡尼。

一个漆黑的黑夜，王宫屋顶上的守望者看到了远处送信的火光，他跑去叫醒克吕泰涅斯特拉。克吕泰涅斯特拉露出一副喜出望外的神情，欢迎远道归来的丈夫。在她为他主办欢庆晚宴之前，阿伽门农需要洗一个热水澡。她告诉丈夫，这热腾腾的洗澡水是她亲自准备好的。而且，她已经知道了卡桑德拉的事情。她一点也不嫉妒，甚至让丈夫公开纳她为妾。然后，她又热心地请卡桑德拉也去沐浴一下。但是，卡桑德拉具有神奇的预言能力，还没进屋，她就感应到预兆，拒绝进屋。她闻到血腥味，堤厄斯忒斯的诅咒笼罩着饭厅。但是，阿伽门农不以为

意，匆忙地洗完澡，一脚跨出澡盆，急急忙忙要去吃饭。此时，克吕泰涅斯特拉走上前来，仿佛要给他披条浴巾，实际上却用一件她亲手织的、既无领子又无袖子的长袍网罩住他的脑袋。这个时候，躲在屋子多时的埃癸斯托斯跑出来，一剑刺中心脏，一代英雄阿伽门农就这样死了。

克吕泰涅斯特拉宣布国王因疾病发作，突然暴毙。随后，克吕泰涅斯特拉嫁给了埃癸斯托斯，后者成为新一任的迈锡尼国王。

俄瑞斯忒斯复仇记

迈锡尼国王埃癸斯托斯最近心里时常感到不安宁。可是真要让他说出为什么，他却又说不出来。这天临睡前，他和自己的王妃克吕泰涅斯特拉说了一下。

克吕泰涅斯特拉睁大着眼睛，想了想，问他："是不是因为国外的敌人要侵犯我们王国？"

国王摇了摇头。

"那么是因为你的臣子有二心？"

国王摇了摇头之后，又点了点头。他并不担心自己手下这帮人。他们对他俯首贴耳，他说什么是什么。可是他还是认为，自己的担心的确是和王位有关。

王后观察到了他脸上的神情，想到了什么，低下头来不说话了。国王忍不住又过来问她："爱妃，你想到了什么？"

王后长长地叹了一口气，眼睛盯着国王："你是不是担心俄瑞斯忒斯呢？也不知道他现在在什么地方，是不是活着。你有必要担心他吗？"

国王不说话了。显然王后的话说中了他的心思。好半天，他才对王妃说："你说对了，我正是担心这个孽种。当时，要不是你手软，放过了他，我现在也没什么好担心的了。说起来，他现在都成人了，实在让人放心不下。"

第二天，国王发布命令，全国通缉前国王的儿子俄瑞斯忒斯。有谁通报的话，有官做不说，还重重有赏！命令贴出去都十几天了，却没有什么动静。

可是，让大臣们大为惊异的就是又过了一个星期后，现在站在他面前的两个人。这两个人竟然揭了国王的榜文：一个高大魁梧，一个瘦小精灵，站在他的座位前，神气十足。其中那个高个子，朝上鞠了一躬，大声地说："大人，我们两个人是斯特洛菲俄斯国王的使者。国王派我来告诉大王，俄瑞斯忒斯已经病死。”他举起身边的一个坛子，说：“这就是他的尸体火化后的骨灰，请大人验收。”

大臣接过骨灰坛子，哈哈大笑，说：“好！好！好！你们两个人下去好好休息。国王打猎去了，相信国王明天会重重地奖赏你们！”

他让国王的侍卫走上来，把这两个人带进了宫殿内院的一间豪华的屋子里。

夜晚来临，整个宫殿一片安静，从拐角的那间屋子里，走出了两个轻手轻脚的人。借着月光，可以看出这两个人就是斯特洛菲俄斯国王的使者。可是谁也不知道，这两个人正是俄瑞斯忒斯和他的朋友。

姐弟相逢

阿伽门农一死，厄勒克特拉就把她十二岁的弟弟秘密交给一个仆人。这个仆人将小王子带到国王斯特洛菲俄斯那里，和国王的儿子皮拉斯一起长大成人。而厄勒克特拉在迈锡尼过着悲惨的日子，等待着弟弟回来为父亲复仇。这一场景表现的是王子俄瑞斯忒斯回来复仇时与哭泣的姐姐相认的场面。

当年，老国王阿伽门农被妻子克吕泰涅斯特拉和埃癸斯托斯杀死之后，他们下手的另一个目标就是俄瑞斯忒斯。可克吕泰涅斯特拉毕竟母子情深，不愿意杀掉儿子。再说了，他一个什么也不懂的孩子，能够让人有什么担心的呢？但埃癸斯托斯却担心，长大成人后的俄瑞斯忒斯将是一个危险人物。趁他们犹疑之时，俄瑞斯忒斯的姐姐厄勒克特拉趁机把弟弟偷送到叔叔斯特洛菲俄斯国王那儿。等到克吕泰涅斯特拉下定决心，已经晚了。

俄瑞斯忒斯生活在斯特洛菲俄斯王宫里，跟王子皮拉斯一起长大。两个人年纪相仿，又是孩子，非常要好，建立了真挚纯朴的友情。俄瑞斯忒斯是个单纯的孩子，常常贪玩，他在这里的生活无忧无虑，所以他不大记得父亲的仇恨。可是姐姐厄勒克特拉是个意志坚强的人，她常恨自己不是一个男人，否则的话，她要亲手杀掉这一对狗男女。现在，她只能把希望寄托在弟弟的身上，不时派遣使者去见她弟弟，提醒他不忘报父亲惨死之仇。

俄瑞斯忒斯长大到了十八岁，姐姐厄勒克特拉觉得时机到了，催弟弟动手。可是俄瑞斯忒斯是一个优柔寡断的人，他拿不定主意，就去了神庙，请示德尔斐神谕。当神谕肯定了他的复仇计划之后，年轻的俄瑞斯忒斯不再推脱，他和自己的朋友化装前去迈锡尼，声称自己是斯特洛菲俄斯国王的使者，混进了国王的后宫。

他们两个人沿着走廊，进了花园，却发现一个台阶上，正有一个女子的身影，她的双肩单薄，在寒气中一抖一抖的，好像在哭泣。这个女孩，正是厄勒克特拉。父亲死后，她仍住在宫殿里，过着悲惨的日子。尽管弟弟决定报仇，可是行动计划厄勒克特拉全不知情。而且，她也不认识自己的弟弟。这一天夜晚，厄勒克特拉呆坐在宫殿的台阶上。父亲的仇恨至今都没报，让她义愤填膺，而想起病死的弟弟，她又流下了悲伤的泪水。

正在悲愤难泯的时候，两个年轻人捧着骨灰坛向她走来，后面跟着几个随从。其中那个高个子望着厄勒克特拉，问她国王埃癸斯托斯住在哪里。他说他是从斯特洛菲俄斯国来的使者。

厄勒克特拉立即跳起来，朝骨灰坛伸出双手，让来人把她弟弟的骨灰交给她。

俄瑞斯忒斯仔细地辨认着这个女孩子，借着朦胧的月光，他从眼前尖瘦的脸颊上找到了熟悉的轮廓。于是俄瑞斯忒斯再也忍不住了，抱住了自己的姐姐。“你难道不是厄勒克特拉吗？”他大声地说，“你怎么成了这个样子？”

姐弟相见，分外欢喜，正在互相哭诉时候，在一边站岗放哨的皮拉斯学了一声鸟叫。有人来了，原来是那个给国王和王后传讯的人来了。这个人正是老国王阿伽门农的忠实仆人，当年厄勒克特拉就是托付他把弟弟送往外地的。

“时间紧迫，”他对着自己的小主人说，“报仇的时刻到了。天赐良机，现在只有克吕泰涅斯特拉一个人在，埃癸斯托斯还没有回来。”俄瑞斯忒斯点点头，与朋友皮拉斯闯进宫去。厄勒克特拉却转身出去，把她留在宫里结识的一些忠于父亲的人带了进来。

一个时辰后，打猎回来的埃癸斯托斯回到宫中。一进宫，他就打听带来俄瑞斯忒斯死讯的外地使者在哪里，满怀喜悦地朝俄瑞斯忒斯走去。想一想多年的心事都了结了，喜得国王的胡子都翘起来了。更让他高兴的是，他刚刚进门，就看到一群人正抬着一具裹着的尸体从内室向外廷走来。他听使者传言，以为带来的是俄瑞斯忒斯的尸体。埃癸斯托斯掉了几滴眼泪："按照礼仪，我也应该悲悼他，要知道，他虽然一直不来见我，可我和他毕竟还是亲戚。"

这个时候，俄瑞斯忒斯大胆地走上前去，对国王说："大王，还是你自己来打开吧。只有你才配享受这份光荣！"

"你说得真对！"埃癸斯托斯兴冲冲地说，然后他命人马上派人去请克吕泰涅斯特拉过来，"最好让她也看看，高兴高兴！"

他走了过去，手抓起了白布，可是还没等他动手揭开，他听到了一声喝喊。

"克吕泰涅斯特拉就在眼前。"俄瑞斯忒斯大声说。

国王轻轻地揭开一角裹尸布，他惊叫一声，连忙把手缩了回来。他面前躺着的不是俄瑞斯忒斯的尸体，而是王后克吕泰涅斯特拉的血肉模糊的尸体。"我中了圈套啦！"他心里对自己说，转身想跑，可是忠实于老国王的人已经堵住了出口。

俄瑞斯忒斯吼声如雷地冲向他："你难道不知道跟你说话的这个人就是你苦苦寻找、想要杀掉的人吗？你看到没有，俄瑞斯忒斯就站在这里！他要为父亲报仇！"

"请听我解释。"埃癸斯托斯慌忙恳求说。但刚好祈祷完毕、赶过来的厄勒克特拉劝他别听这个坏人的废话。随从们一起动手，把国王推入内宫。就在埃癸斯托斯杀害阿伽门农的浴室里，埃癸斯托斯被复仇者的利剑杀死了。

复仇女神

烈日炎炎，尘土飞扬，通往德尔斐神庙的土路上跌跌撞撞走来了两个人。这两个人一路东倒西歪地走着，一路东张西望地窥视着。他们的嘴唇干裂，衣服上处处污痕尘土，两个眼睛里满是血丝，看上去似乎好多天没有睡觉了。

这两个人正是阿伽门农的儿子俄瑞斯忒斯和他的朋友皮拉斯。两个人杀死了母亲及其奸夫，为他们的父亲报了大仇。可是他们的行为却触怒了神。当然为父报仇，是符合神意的。报仇之前，阿波罗的神谕也的确如此。但别忘了，被害人是他母亲，是赋予他身体血液的亲生母亲。为了孝顺父亲杀掉母亲，违背了人伦天理，也要接受上天的惩罚。

姐弟相逢

阿伽门农一死，厄勒克特拉就把她十二岁的弟弟秘密交给一个仆人。这个仆人将小王子带到国王斯特洛菲俄斯那里，和国王的儿子皮拉斯一起长大成人。而厄勒克特拉在迈锡尼过着悲惨的日子，等待着弟弟回来为父亲复仇。这一场景表现的是王子俄瑞斯忒斯回来复仇时与哭泣的姐姐相认的场面。

这次惩罚的执行者也不例外，是复仇女神。这些身材高大、眼睛血红的女神，发间蠕动着毒蛇。她们一手执着火把，一手执着蝮蛇扭成的鞭子，紧紧追赶着俄瑞斯忒斯，让他的良心备受煎熬。这种折磨太痛苦了，以至于俄瑞斯忒斯丧失理智发了疯。他根本不能平静地待在一个固定的地方，只能四处流荡，而在这种流浪游荡的颠簸生活之中，唯一能够安慰他的是一直跟着的朋友皮拉斯。他不知道，神祇之中，阿波罗也非常同情他的遭遇，暗中帮助他。如果不是阿波罗抵挡着咄咄逼人的复仇女神，俄瑞斯忒斯早就丧命了。

经过长久的流浪，现在这一对逃难的朋友来到德尔斐，避居在阿波罗神庙里。只有这里，复仇女神不能进入，俄瑞斯忒斯和他的朋友才获得片刻的宁静。两个人长途跋涉千里之遥，太累了，很快就进入了睡乡。

在梦中，俄瑞斯忒斯见到了阿波罗。神光笼罩之下的阿波罗站在了天空上，他高声地对俄瑞斯忒斯说："年轻人，别害怕，是我让你杀掉你母亲的。现在出了麻烦，我也有责任保护你。你们往北走，到雅典去吧。那里会有一个公正的法庭等着你，而你的冤情也将得到昭雪。你放心，这一路上，会有我的朋友赫耳墨斯保护你们。”

醒来之后的俄瑞斯忒斯又充满了希望。他招呼起还在酣睡的朋友，两个人趁着夜色，离开了神殿。神殿门口，那些凶恶的复仇女神们也睡着了。两个人轻手轻脚绕过这些女神，匆匆忙忙地踏上了通往雅典的大路。

复仇女神们睡得太熟，连俄瑞斯忒斯逃离神庙，她们都不知道。可是，克吕泰涅斯特拉的阴魂却不放过这一切，她化为一缕青烟，飘入复仇女神黑压压的睡眠中。这样，这些女神们开始做梦，梦见了克吕泰涅斯特拉，她愤怒地谴责复仇女神：“你们这些女神，不是一直把正义挂在嘴巴上吗？现在，那个满手血腥的家伙偷偷地溜走了，你们竟然还在高枕无忧地睡大觉。你们真让我失望！”

复仇女神惊醒了，果真发现凶手们不见了。她们就气势汹汹地闯进神殿，找太阳神要人，可是阿波罗却毫不客气地把她们驱逐出去。

在信使赫耳墨斯的护送下，这对不幸的朋友逃到了雅典。尽管复仇女神害怕赫耳墨斯的金杖，却还是锲而不舍地远远跟着。两个人到达雅典城时，复仇女神已经到了俄瑞斯忒斯的身后。两人一进雅典娜的庙门，可怕的复仇女神也从门里冲了进去。

在雅典娜的神像前，俄瑞斯忒斯苦苦地哀求女神，请求仁慈的女神收留他们两个人。站在一边的复仇女神却恶狠狠地威胁他们：“你这残杀母亲的凶手，永远也找不到避难所！你以为到了这里，就万事大吉了？还是老老实实地接受惩罚吧！”

双方正在苦苦地争斗之时，一道神光照亮了庙宇，雅典娜女神应兄弟太阳神的托付，出现在他们面前。可就在女神面前，双方为了俄瑞斯忒斯是否有罪，争论得不可开交。这时，一直微笑的女神说话了。她决定成立一个法庭，邀请其他人神，来裁判这个案子，不过，在审判开庭之前，复仇女神不能随便找俄瑞斯忒斯两人的岔子，否则的话，女神绝不饶恕违反约定的人。

开庭的日期到了。审判地点在阿瑞斯山的山坡上，女神雅典娜在山上等候。原告和被告都已经到齐。这时有个外乡人也来了，站在被告的旁边，其实这是神祇阿波罗。

雅典娜站起来，要求复仇女神们提交讼词。

“我们可以直截了当地提问，”复仇女神中年龄最大的一个开口说，“俄瑞斯忒斯，在各位神明面前，请你回答我的问题：你是否杀了自己的亲生母亲？”

“我不否认。”俄瑞斯忒斯在众神之前吓得几乎要说不出话来。

“你干吗要杀害她！谁指使你这样做的？”

俄瑞斯忒斯不知道该怎么回答了。正在这时，他耳边却传来一个声音：“我说什么，你跟我说！”这个声音很低微，却相当耳熟。他抬头环视了一下四周，却看见一个外乡人正冲他笑，然后他又听见了传过来的声音。他的信心突然高涨，嗓子也提得很高：“各位天神，我杀死母亲，为父亲报仇，是因为听从了一位天神的话。现在他就在这里，可以为我作证。”

当其他法官注视着太阳神的时候，俄瑞斯忒斯大声地为自己辩护：“各位天神，我之所以杀死克吕泰涅斯特拉，因为她不仅是我的母亲，她还是我的杀父仇人。我杀害她的时候，想到的只是惨死的父亲。”

听了俄瑞斯忒斯的话后，几位法官微微地点了点头，陷入深思。复仇女神们一看形势不利，马上站了出来，不甘示弱地加以反驳。当他们辩论完毕，主持审判的女神发言，她说：“让我们现在静候法官们的判决！”

雅典娜把黑白两色石子分发给每个法官，黑的表示有罪，白的意味着无辜。投放石子的小钵子放在空地中间，四周围着栅栏。法官们依次从座位上站起来，排队走到小钵子那里进行表决，根据自己的判断，投下石子。

投石的结果出来了，两色石子数目竟然相等。不过，让人欣慰的是，决定性的一票却在女神雅典娜手里。大家不由地都把目光投向这位智慧女神。雅典娜迎着目光，从座位上站了起来，大声说：“大家都知道，我雅典娜并不是生自母亲的子宫。我是从父亲宙斯的头里跳出来的。没有男人，就没有我。所以，我认为一个男人的权利要大于女人的。我不能站在一个杀害丈夫的无耻女人这边。我认为俄瑞斯忒斯无罪，他杀掉的不是自己的亲生母亲，而是残杀父亲的凶手。他应该活着！”说着，她举起一粒白石子，投在钵子里。然后，她回到座位上，庄严地宣布俄瑞斯忒斯无罪！

判决如此，复仇女神也渐渐平息了怒火。俄瑞斯忒斯和朋友谢了各位神祇，快快乐乐地离开了这个地方。

独眼巨人

征服了特洛伊之后，希腊将领们各自带着自己的战利品和俘虏回国。奥德修斯返航的船队离开特洛伊，先在西科尼亚人之城伊斯马鲁斯着陆，然后经过一些地方以后抵达了特洛伊不远的一个国家：库克罗普斯国。库克罗普斯是个岛国，居民都是人高马大的超级巨人，力大无穷，脾气暴躁，不过头脑简单。正像他们的国家库克罗普斯这一名字的意思“圆眼”所暗示的，这些巨人有一个共同的特征，他们只有一只长在前额正中的圆眼睛。

船队经过这座岛屿的时候，船上的食物有些缺乏了。因此，奥德修斯命令船队中绝大多数船抛锚停泊在避风的地方，留几条备用小船到库克罗普斯岛上寻找补给品。一部分人留下看船，他和伙伴们登上小岛，随身带着一坛美酒作为交换的礼物。他们来到一穴火山洞里，里面空荡荡的，没有一个人。但洞里到处都是羊群，还贮存着许多奶酪和一桶桶、一碗碗的羊奶。他们决定就在这儿等主人回来。

表现奥德修斯智胜独眼巨人的壁画

奥德修斯等人在西西里岛靠岸时，出于勇敢和好奇，他来到岛上，结果被这里的霸主独眼巨人波吕斐摩斯捕获，奥德修斯设计将巨人独目刺穿得以逃脱。

山洞的主人波吕斐摩斯回来了。进了山洞，波吕斐摩斯把一块连二十头公牛也拽不动的岩石推到洞口，然后也不看一下四周，坐下来就挤奶。这些牛奶用来制作奶酪。等了有十多分钟，波吕斐摩斯感觉不对劲。他转动额头中间那只大眼睛环视四周，愤怒地发觉洞里有人。

“外乡人，你们是谁呀？”巨人粗暴地问道，声音如响雷。

奥德修斯等人早就为这个巨人的形象和神力吓得心惊胆颤，一句话都不敢说。还是奥德修斯壮起胆子，回答说：“我们是新近从远征特洛伊中载誉还乡的希腊人。”奥德修斯最后凭借神祇的名义央求他殷勤相待。

巨人一声不响，他伸出大手，抓起其中的两个人，像扔小狗似的摔在地上。两人顿时脑浆迸裂，血肉模糊。巨人将他们撕开，不仅食他们的肉，而且把内脏、骨髓，连同骨头都吃光了。

恶劣的局势一直都在继续，每天早上，巨人抓住两个希腊人，把他们的人肉当作佳肴，吃得一丝不剩。然后，波吕斐摩斯移开洞口的石头，把羊群赶出洞外，他走出洞口，又用石头封住洞口。

不能一直这样等待着被吃的命运！奥德修斯寻思逃生的办法，终于想出了一个好办法。他们在羊圈里找到一根木棒，将它磨滑后一端削尖，偷偷地藏起来。波吕斐摩斯晚上回到山洞，和平常一样把洞口的巨石搬开，把羊群赶入洞内。挤完奶，他如法炮制，揪住奥德修斯的另外两个同伴，当作自己的晚餐。等他吃得正畅快的时候，奥德修斯偷偷打开了那坛本来想当礼物的美酒。奥德修斯走近他的身旁，献上一碗美酒，说道："波吕斐摩斯，你吃过人肉宴，可是只有加上这美酒，那才有滋味呢！"波吕斐摩斯把碗接过来一饮而尽。奥德修斯则很殷勤地给他斟酒，把巨人伺候得舒舒服服的。这个独目巨人对奥德修斯非常满意，他醉醺醺地跟奥德修斯说，为了感谢他，他将最后一个吃掉奥德修斯。然后波吕斐摩斯问他叫什么名字，机智的奥德修斯说："我的名字叫无人。"

酒足饭饱之后，巨人躺下来休息，发出了打雷一样的鼾声和熏熏的酒气。这个时候，奥德修斯飞快把尖杆放进一边燃烧的火堆里，点着后迅速抽出来，由其他四个人帮助，抓住木杆，狠命戳进巨人的眼睛里。巨人痛得大声吼叫，声音响彻山洞，格外恐怖。听到喊声后，山洞里的库克罗普斯人成群结队地把山洞围住，打听究竟发生了什么事情，为什么波吕斐摩斯发出这样的惊叫声。波吕斐摩斯大声地回答道："哦！朋友，我要死了，无人打我。"他们一听说无人打他，那么他的眼睛被戳瞎了，那只能是宙斯对他的惩罚。神的惩罚，其他人无能为力，波吕斐摩斯只得忍受。他们纷纷离去，留下波吕斐摩斯不断地呻吟。

第二天早晨，波吕斐摩斯把洞口的巨石推开，让羊群自己出去放牧。他早早站在洞口，用手挨个地摸着走过的羊只，这样的话，奥德修斯就不可能随羊群逃出洞外。可是，波吕斐摩斯的小小心计，怎么难得住聪明的奥德修斯呢？他早就用洞里找到的柳条把公羊三头一组并排套在一起，所有的希腊人都倒悬在中间那只公羊的腹下，以左右两边的公羊作掩护。所以这些人都安全通过，最后一个出洞口的是奥德修斯。他和伙伴们在离山洞不远处便从羊腹下钻出来，把大部分羊朝停靠他们的船的岸边赶去，并匆忙把羊赶上船，然后撑离海岸。

喀耳刻的魔杖

奥德修斯和他的伙伴飘荡在海上，这次他们抵达的地方是阿波罗的女儿喀耳刻居住的埃埃亚岛。

这一伙人上了岸。奥德修斯爬上了岛屿的西部的一座小山头，向远处眺望：四周静寂，不见人烟，只发现小岛的中心绿树成荫，一角飞檐在绿树之中露出。奥德修斯走下山来，停留在海岸边，看守船只静候消息，其他人则在欧律罗科斯率领下探听能否找到殷勤好客的地方。进了岛，欧律罗科斯一路走一路看，慢慢地靠近了那座宫殿。那是一个非常雄伟的宫殿。奇怪的是，那座宫殿附近，前后左右都是狮子、老虎和狼。这些野兽被大魔术师喀耳刻的妖法驯服，并不凶猛。欧律罗科斯不知道这些动物原来都是人，喀耳刻的妖法把他们变成了野兽。

欧律罗科斯领着人来到了宫殿大门的附近。他们听到了宫殿里传来轻盈的乐声和甜美的女性歌声。考虑到只听到女性的声音，男人不便进入，欧律罗科斯就站在门口大声呼唤。出来了一位美丽动人的女子，她站在门口，躬身邀请他们进宫。其他人高兴地哄地一下进去了。只有欧律罗科斯多了一个心眼，他故意磨蹭在后面，趁那位女子不注意，溜出了门，倾听动静。女神领着客人就座，并拿出了自己最好的美酒和精美的佳肴款待这些人。就在他们开怀畅饮时，她用魔杖挨个点他们一下，他们顿时变成了猪，说话也像猪叫。留在宫殿外面的欧律罗科斯忽然发现厅里的人声鼎沸变成了猪的哼叫之声。正在惊异，他看见女神出来了，赶紧躲在树林里。女神身后跟出来一群猪，她把他们关在猪圈里。

欧律罗科斯立刻明白发生了什么事情。他匆匆忙忙地赶回船上，诉说了经过。奥德修斯决定亲自出马，解救遇难的伙伴。正当他只身迈着大步往前走去时，忽然身边出现了一位青年，亲昵地走上来主动和他攀谈。奥德修斯怀着戒心，这个年轻人却轻易地解除了他的怀疑，年轻人似乎熟悉奥德修斯的历险故事。

这个青年自称是信使赫耳墨斯，他把喀耳刻的魔法以及可能的危险告诉了奥德修斯。奥德修斯救人的决心却不为所动。这个时候，赫耳墨斯笑了，交给奥德修斯一小棵能抗拒魔力的黑根白花野草。奥德修斯来到宫里，受到喀耳刻的殷勤接待。在奥德修斯酒醉饭饱之后，喀耳刻用她的魔杖点他一下，嘴里念道："走吧，找你的猪圈去，和你的朋友一起滚泥巴。"但是，奥德修斯没有听从她的吩咐；相反，他拔出剑来，怒气冲冲地向她扑去。喀耳刻下跪求饶。奥德修斯命令她庄严发誓，释放他的同伴并不再伤害他和他的同伴。

喀耳刻把誓言复述一遍。她言行一致，把那些人都恢复了原形，还把留在崖边的其他船员也召来，盛情款待全体人员，使得奥德修斯几乎乐不思蜀，安于悠闲和享乐的生活。但是他的伙伴唤醒了他的高尚感情，他以感激的心情接受忠告，离开了埃埃亚岛。

女妖塞壬

奥德修斯和他的伙伴们漂流在海面之上。他们离开喀耳刻的时候，曾经得到了一个警告。他们下一个地方就要经过女妖塞壬的海域。塞壬是海上仙女，她们坐在绿色的海岸上，看见船只驶过，就唱起动听的魔歌。被歌声吸引而想登陆的人总是遭到死亡。这儿的海岸上尸骨成堆，显得恐怖而阴森。奥德修斯还记得女王喀耳刻的警告："奥德修斯，当你经过塞壬女仙居住的海岛时，女仙们会用歌声引诱你们，你必须用蜡把朋友们的耳朵塞起来，不让他们听到歌声。如果你自己想听听她们的歌声，你就叫朋友们先把你的手脚捆住，绑在桅杆上。你越是请求他们放下，他们就得把你捆得越紧。"

大船在海面上航行了三天。傍晚时分，他们发现深蓝色的海面忽然变化了，阴森碧绿得怕人，海面腾起一股阴风。奥德修斯意识到危险的地方到了，他要求舵手马上停下来，准备一下，闯过这个可怕的岛屿。然后，奥德修斯按照吩咐，马上割下一块蜂蜡，将它揉软，塞住了所有手下的耳朵。轮到他自己的时候，他停住了。他现在面临两种选择，要么也和其他人一样，塞住耳朵；要么，他就让人绑住自己，那样的话，他可以听一听塞壬的歌声究竟是怎么把人迷住的。他犹豫了。这时，他的一个朋友大声说："奥德修斯，为什么你不把耳朵塞住呀!"老朋友的这句好心的话，反而坚定了奥德修斯的心。他打了个手势。很快，朋友们明白了他的意思。于是，几个人过来了，很快，奥德修斯就被绑在船头的桅杆之上。

船继续行驶，停在女妖海岛旁。水手们放下船帆，将帆布卷起摇桨前进。海面上一片安静。但是，这只不过是暴风雨来临前的寂静。果然，船行了不到五十米，海面上飘来了悠悠荡荡的音乐旋律，真是令人陶醉和神往。绑在桅杆上的奥德修斯感觉不到身上绳子勒疼，也不知道自己是半吊在船上，还以为自己飘荡在云朵之中。他渐渐昏迷得激动起来，眼前什么也看不清了，他只能看见妻子悲伤的面孔，她现在正在自己的寝宫里抚摸着自己的衣服上的图案，泪水涟涟呢。儿子也站在一边，大声地喊着父亲。奥德修斯心里难受，泪如雨下，大声地喊起孩子和妻子的名字，要扑过去抱住他们。可是一动弹，他就发现自己竟被绑住了。他奋力地挣扎着，手指头粗细的绳子都勒进了胳膊里，鲜血流淌了出来，可却感觉不到丝毫疼痛。奥德修斯朝着部下，又叫又喊又打手势，哀求他们给他松绑；他破口大骂他们忘恩负义，不是好人；他眼睁睁地看见自己的妻子现在正在被人欺负，看见自己的儿子被人赶出宫殿，流落在外地，乞讨为生；他要去拯救他们，他要和他们在一起，帮助他们，把那些欺负他们的恶棍赶走，把他们剁成肉酱。可是这些人不但不给他松绑，反而又在他不断抽搐扭动的身上加了一道绳子。

大船还在缓慢地航行。音乐声越来越轻，慢慢地消失了。奥德修斯好像刚刚从一场噩梦之中醒来，浑身筋疲力尽。他头低垂着，浑身软棉花一样。直到离开了海岸很久很久，他的伙伴才取出耳中的蜡条，并把奥德修斯从桅杆上解下来。奥德修斯非常感谢他们毫不动摇地前进，让他摆脱了塞壬女仙的引诱。

太阳岛

奥德修斯海上的漂流还在继续。他要去的下一个地方就是有名的特里那喀亚岛。那里，阳光明媚，鸟语花香，但却是一个禁地，让附近所有船夫渔民莫名恐惧。这个岛屿的主人，是太阳神的女儿兰帕提厄和法厄图萨放牧牛群的地方。那些漂洋过海流落此岛的人，无论他或她是谁，也无论他或她短缺什么东西，都千万不能侵犯这群牲口。如果他们抗不住这份饥饿，违反了这个禁令，那违禁者必遭杀身之祸。奥德修斯最初经过这个岛的时候，因为害怕自己的手下控制不住自己，打算直接绕过去，等到了下一个地方再歇息一下，休养生息。可是，他的那

奥德修斯与先知提瑞西阿斯

奥德修斯由女巫喀耳刻指点，前往冥府向先知提瑞西阿斯询问归家的旅途，提瑞西阿斯告诫他要管束好伙伴，不要吃太阳神的牛群与肥羊，以便悉数返回伊塔刻，如动手伤害牛羊，先知说：“我便可预言你们的覆亡，你的海船与伙伴的遭遇。即使你只身出逃，也只能迟迟而归，狼狈不堪，痛失所有的朋友，搭坐别人的海船，回家后遭受悲难。”

些手下却不同意。他们的粮食已经所剩无几，都是粗糙不堪难以下咽的东西。一个多月来，他们一直吃这种东西都快腻烦了。而且，他们太累了，想休息休息。奥德修斯没有办法，只好同意了他们的请求。不过他还是一再重复，千千万万不能动这神圣的牛群中任何一头牲口，否则他绝不同意。这些伙伴们都被奥德修斯谨慎的态度激怒了，为了让奥德修斯放心，他们都立下了誓言，说这些装上船的剩余的补给已经让他们满足了。

当天夜里，风平浪静，水手们都在洁净的沙滩上睡着了，只有奥德修斯睡不着。他躺在沙滩上，仰望着诡秘的星空，辗转反侧。他听着海涛拍打着海岸的澎湃声，暗暗祈祷夜晚快快过去，天一亮，他就要监督水手们出航。他心中有一股不祥的感觉，觉得要出事。月亮落到了海平面下，天上的星星也熬不住了一样，一个一个的熄灭了，海上的夜空变得深蓝，带有黑色的暗影。他也不由地朦朦胧胧地就要进入梦乡了。忽然一阵冷风吹了过来，他一下子惊醒了，站了起来。黑压压的云团岩石一样压了下来。风向改变了，像小刀子一样刮人。他还没有完全喊醒那些船员，啪哒啪哒的雨点已经敲在海滩上。整个海岸之上一片濛濛的水气。

雨下过之后，天气晴朗，可是风向却变化了，成为逆风。他们无处可去，只能逗留在这个岛屿之上。他们整天看见神的牛群在岛上来回地奔跑吃草，或者跑到他们身边，睁大眼睛吃惊地盯着他们。一个多月过去了，他们船上的食品都耗用一空。这几天，他们都只能打打树上的小鸟，挖挖地上的蚯蚓，或者用缝衣针弯成鱼钩钓鱼。他们的胃是空的，嘴巴是干的，却只能对着这一大堆活蹦乱跳的鲜肉干看着。他们也不敢随便冒犯神祇。又有几天过去了，岛上的鸟变刁了，一见到他们就远远飞走了；那些鱼群都得到同伴的警告，不准靠近海边。这些人再也没有什么鸟肉鱼肉吃了，只能喝那无穷无尽的西北风。他们受着饥饿的折磨，眼睁睁地看着这些来回奔跑的牛群。

这一天，奥德修斯离开他们，去岛的其他地方勘探，寻找是否有新的可以供吃的动物。出发之前，他有气无力地警告了这些饿得只能躺在地上晒太阳的伙伴。他走了之后，其他的人只能冲他的背影皱眉头，连埋怨的话都说不出来。这个时候，一头小牛走到了他们身边，吃着一个年轻人身边的草。那个年轻人怨恨极了，一个大石头砸了过去，牛身上流出了鲜血。他们不愿忍受了。这群饥饿的人摇晃着站起身来，围堵这头牛。也不知道什么力量支撑着他们，这些一点力气都没有的人杀掉了一头精力充沛的牛。他们杀掉牛，切割成碎块。大块的牛腿肉在烤肉架上烘烤时发出嗤嗤声。他们被香气刺激着，牛肉还没熟呢，他们就等不及吃了起来。一个多月来，他们何曾吃过这么鲜美的肉呀。他们吃得如此惶急，几乎把舌头都咬掉了。吃完一头，他们又杀掉了三头。半饱之后，他们的脑袋清醒起来，屠宰的一部分牛奉献给被冒犯的神祇，企图弥补过失。等到奥德修斯回到岸上发现他们的所作所为后不禁毛骨悚然，随之而来的凶兆更使他不寒而栗。牛皮在地上爬行，大块的牛腿肉发出哞哞的叫声。

几天后，刮起了顺风，他们离开小岛。起航不久，天气突变，一场雷电交加的风暴笼罩了整个大海。闪电打断了桅杆，倒下的桅杆砸死了舵手。最后，船身粉碎，龙骨和桅杆在一起漂动。奥德修斯用它们做成一只小筏。风向变了，他随海浪漂泊到卡吕普索居住的岛上，其他的船员全部葬身鱼腹。

淮阿喀亚公主瑙西卡

离开特洛伊的奥德修斯返家途中，经历了许多困境。现在，他独身一人，划着木筏飘荡在茫茫的大海之上，这一天进入了淮阿喀亚人的领海内。行到下午，风向开始变化，海浪也咆哮起来，不过，这个时候，淮阿喀亚人居住的岛屿海岸线已经遥遥在望。他压住船头，拼命地往岸上划去。快到岸上的时候，他的木筏被掀翻了，沉入海底。他用力向岸上游，为了减轻身上重负，脱掉了衣服。终于

游到了海滩之上，奥德修斯赤条条地出现在海岸之上。

智慧女神雅典娜一直注视着他的行踪，晚上，她托梦给淮阿喀亚国王的女儿瑙西卡，告诉她婚期不远了。为了给婚姻大事作一个细心周全的准备，她应该把全家的衣裳洗干净。第二天早上，公主匆匆找到父母，向他们吐露了心事。不过，她只字不提婚期，只是说神谕如此。父亲听后欣然同意并吩咐车夫准备车辆。到了河边，公主和随从的姑娘们让车夫把骡子放下来自由吃草，她们自己却把衣物抱到河边，欢快地洗着衣裳。姑娘望穿秋水，还是什么也没有发生。那些衣服很快就洗好了，到了中午，该是吃午饭的时间。姑娘们在草地上摊开桌布，放下了准备好的午餐。午餐的香气传到了旁边林子里熟睡的奥德修斯的鼻子里。他被香气惊醒了，接着他就看见了那些一边吃饭、一边嘻嘻哈哈的姑娘们。

奥德修斯摘取了一些枝条，用上面浓密的树叶遮住赤裸的身体。然后，他从树丛里慢慢地走出来。少女们一见一个野人赤身露体地跑出来，马上四处奔逃，只有一直希望奇迹发生的瑙西卡留了下来。奥德修斯毕恭毕敬地站在远处，向她述说自己的悲惨遭遇，请求公主能够赐给他食物和衣裳。

瑙西卡把受惊的少女们召唤回来，她叫她们把食物和衣裳拿过来，因为车上就有她兄弟的衣裳。等到奥德修斯穿上衣服、吃完食物出现在瑙西卡面前时，瑙西卡被眼前这个魁梧挺拔、神采熠熠的男子吸引住了。

公主准备把奥德修斯带到城里去。为了避免闲话，她吩咐他在与城镇毗邻的、国王的一个农庄花园的小丛林里稍事逗留。在那里，他碰到任何路人都能毫不费力地把他领到王宫去。

奥德修斯听从吩咐，动身进城。临近城池，他遇到一个拿着大水罐提水的年轻女人。这个提水的女人就是雅典娜。奥德修斯走过去和她说话，希望她领他到国王阿尔喀诺俄斯的宫殿去。女神引着他，把他裹在云雾里。这样，别人根本看不见他。等到他们走近宫殿，女神把该国情况详细告诉了他后，就隐身不见了。

奥德修斯尽情地观赏花园周围的景色，快步走进集会大厅。就在那时，雅典娜化尽雾气，奥德修斯突然暴露在集会的众首领之前。机智的奥德修斯灵机一动，朝王后走去，跪在她的面前，请求她助他一臂之力，使他能返回祖国。

国王听到这些话后站起来，向奥德修斯伸出手去，领他坐在他儿子为外乡人让出的位子上。奥德修斯饱食了一顿，恢复了精神。客人散后，只剩下奥德修斯、国王和王后。奥德修斯把他在卡吕普索之岛停留和离开的经过、木筏失事、他游出险境以及公主救他的始末一一向国王和王后诉说。公主的双亲听了称道不已，国王答应给他提供船只，使他的客人能坐船回自己的故国去。

第二天，奥德修斯乘着淮阿喀亚人准备的小船起航，不久就安全抵达自己的伊塔刻岛。当小船停靠海滩时，他已入睡。水手们把他抬上岸，没有把他唤醒，把装着衣物的箱子随他一起搬到岸上，然后便扬帆离去。波塞冬的儿子波吕斐摩斯被奥德修斯所伤，波塞冬常常伺机报复。淮阿喀亚人从大海中拯救了奥德修斯，这令海神波塞冬大感不快，因此，当返航的帆船正要驶出港口的时候，他把它变成了一块石头，石头就正对着港湾的出入口。

比箭

奥德修斯回到家乡时，距离当初出征特洛伊，整整过去二十年。当他登上了伊塔刻海岸、环视四周时，竟然没有认出自己的故乡。这个时候，一直眷顾他的智慧女神雅典娜化身为一个青年牧童，出现在他面前。

衣衫破烂的奥德修斯跑了前去，问道："你能告诉我这个地方属于哪个国家吗？"

牧童回答说："流浪人，你现在来到了伟大的国王奥德修斯统治的伊塔刻王国中。"

奥德修斯大吃一惊，仔细打量，忽然明白了自己终于回到了故乡。欣喜之下，他想多打听一些东西："现在伊塔刻王国谁当权呀？"

牧童气愤地告诉他："自从我们伟大的国王离开了伊塔刻，出征特洛伊以来，就根本都没有回来。很多人都以为他死了。伊塔刻邻近的一百多个贵族都说他已经去世了，这么多年来一直向我们的王后珀涅罗珀求婚。他们就像宫殿的主人，蛮横霸道，颐指气使，把我们美丽的王宫搞得乱七八糟！"

牧童说话的时候，聪明的奥德修斯已经识破了她的身份。他跑到她跟前，一句话也不说，跪倒在了女神前面："伟大的智慧女神呀，请你告诉我我该怎么办？"

牧童摇身一变，成了美丽的女神。她告诫奥德修斯："奥德修斯，为了能惩治这些胡作非为的家伙，你最好不要暴露身份。我就把你变成乞丐吧。你放心，到需要现身的时候，我会出来的。"

表现奥德修斯与老仆相认的绘画

奥德修斯历尽千辛万苦回到家乡，迎接他的却是：求婚者挥霍着他的财产，企图得到他的妻子，谋害他的儿子。在雅典娜女神的帮助下，奥德修斯化成乞丐，悄悄回到家中，妻子珀涅罗珀和求婚者都没有认出他来。而当他以远方客人的身份被珀涅罗珀迎入家中，忠诚的老仆欧律克勒娅打水为他洗脚时，欧律克勒娅见到他脚上伤疤，认出了自己阔别二十年的主人。此番重逢，悲喜交集，以致打翻铜盆将一盆水倾倒在地。

女神说完，手头的橄榄枝一点，奥德修斯就变成了一个浑身肮脏、衣服破烂的老乞丐了。随后，女神就消失了。

奥德修斯一身乞丐打扮，来到了宫殿附近。他并没直接进宫，而是先找到了他在宫里的忠实仆人、牧猪人欧迈俄斯。欧迈俄斯没有认出主人来，但他还是热情招待了这个可怜的乞丐。而奥德修斯也在闲谈之际，打探清楚了宫殿里的情况。

在奥德修斯留宿欧迈俄斯家的当天晚上，来了一个人找欧迈俄斯。这个人全身衣巾蒙头，神神秘秘地跟欧迈俄斯窃窃私语，不由得让奥德修斯上了心。

这个人正是他的儿子忒勒玛科斯。几年前，忒勒玛科斯无法忍受宫里这批坏蛋，离家外出寻找父亲。他一一访问那些远征特洛伊归来的国王，可这些人也不知道奥德修斯的下落。正当忒勒玛科斯进退两难之时，女神雅典娜现身梦中。她告诉年轻人，他应该立即回家，因为他的父亲也正在回家的路上。于是忒勒玛科斯回到家中。

且说当奥德修斯出现在儿子面前的时候，忒勒玛科斯非常奇怪，这个乞丐怎么会知道自己的名字呢？同样，欧迈俄斯也很古怪地盯着这个可怜的家伙。正在这时，雅典娜出现在他们父子之间，让奥德修斯恢复了原貌。忒勒玛科斯大喜，抱住父亲埋头痛哭。三个人一番叙旧之后，就商讨该如何处理目前的景况。

奥德修斯决定让忒勒玛科斯回到宫殿里与求婚人周旋，自己则打扮成乞丐混进其中。临走之前，奥德修斯再三告诫忒勒玛科斯：“忒勒玛科斯，你要知道，

你现在是大人了。千万要保持冷静，不要因为你的神情，让人猜疑出我的真正身份。明天宫殿里，如果我遭到呵斥，不要发火生气，即使看到你父亲我受到了凌辱，最好也要像对待陌生人那样，不能过分地干预。”

在忒勒玛科斯的安排下，这位脏兮兮的老乞丐进了宫里，蹲坐在宴席边，津津有味地吃着自己分到的一份冷饭。求婚者中最蛮横的一个，来到了他的跟前，一抬脚就踢掉了他的饭碗。奥德修斯非常生气，大声地责问了一下，这个求婚者抄起凳子朝他打过来。忒勒玛科斯眼见父亲在厅堂里蒙受这般待遇而怒不可遏，但是，他想到父亲动身前的话，他走上前去，拦住了这个人，不卑不亢地说：“何必这么生气呢，和一个又穷又脏的乞丐生气，这不丢了您的身份吗？再说了，这个老家伙，虽然是个乞丐，可我把他带进来了，就是我的客人。”

这个野蛮的求婚者并不服气，气冲冲地说：“忒勒玛科斯，你既然说自己是主人，那么你该知道我们的来意了吧！我们向王后求婚，她一直推三阻四。这个家现在你做主，你说我们怎么办吧。”忒勒玛科斯笑了笑：“我这次回家来，就是要解决这个问题的。我进去和母亲商量一下，等会就能给你们一个答复。”

忒勒玛科斯进了后宫，见了母亲。他把父亲回来的事一说，珀涅罗珀高兴得流下眼泪来。等母亲稍稍平静下来，忒勒玛科斯附在母亲耳边，把父子两人的计划说了一下。过去因为没有接到丈夫的讯息，珀涅罗珀一直迟延不决。现在儿子已经成人，一切就由他做主吧！

忒勒玛科斯回到大厅上，大厅里喧闹的声音马上就静了下来。忒勒玛科斯清了清喉咙，大声地说：“诸位，我去和母后商量了一下，她已经同意了你们的求婚。但是，你们这么多人，究竟选谁呢？我母后提了一个意见：你们这些求婚的人互相比试一下，谁箭射得最好，这个人就是她未来的丈夫。你们觉得怎么样？”

那些求婚人举起了胳膊，大声地呼喊起来：“同意！同意！”

厅堂的酒席被撤开了，空出场地来。射箭装置按照规定排列起来：十二个环排成一行，谁一箭射过全部十二个环谁就赢得了王后。大厅正中摆放着一把大弓，箭袋里摆满了箭。

就在所有的求婚者跃跃欲试的时候，忒勒玛科斯又站了出来，他大声地说：“现在比赛开始。开始之前，我提一个小小的要求。比赛之中，易生火气。我担心会有人会滥用武器。为大家安全着想，我希望各位大人放下各自的武器，大厅里只留这把大弓和箭袋就可以了。”这些求婚人都同意了，一个个走上前去，解下随身的武器，由宫里的士兵带走，放到了外面。

一切都准备就绪，比赛开始。最先要做的，就是看谁能够拉开长弓装上弓箭。主人忒勒玛科斯先上前去，试了一试，徒劳无功；他谦逊地便把弓让给另一个人。那个人脸色都憋红了，一样没有成功。其他人一个接一个地轮流试了起来；他们中甚至有人还提前热了热身，或者煞有介事地用蜡油擦了弓身。不过，这一切都没什么用，弓弦始终笔直，像在嘲笑这些人。

这个时候，奥德修斯站了出来，他非常谦恭地抱起拳头，朝四周团团转了一圈，说："我来试一下，也许可以拉开这把大弓。"

他话没说完，求婚人哄堂大笑，纷纷呵责这个乞丐傲慢无礼。忒勒玛科斯站了出来，说："天外有天，人外有人，为什么要嘲笑这位老人家呢？他既然来了，也是有缘，不妨就让他试试吧。"他弯下腰，拣起弓箭，递给了奥德修斯。奥德修斯拿弓在手，长吸一口气，双手用力，箭身搭在弓上。他朝大家笑了一笑，弓弦拉紧，手一松，箭如同闪电飞了过去，毫厘不差地射过十二个环。

求婚的人惊讶得说不上话来。奥德修斯却大喝一声，说："我现在瞄准另一个靶！"他转过身来，箭头对准刚才最蛮横的求婚者，一箭射去，正中咽喉，倒地而死。全副武装的忒勒玛科斯、欧迈俄斯和其他一位忠实的随从都跳到奥德修斯身旁。目瞪口呆的求婚人四处寻找武器，可是大厅空旷，武器都在对方手上。这些求婚者无处可逃，因为欧迈俄斯早已把大门拴紧。

就这样，聪明的奥德修斯巧妙地俘虏了他的情敌们后又成了宫殿的主人。

第二章　古罗马神话

徜徉于天庭的众神

很久以前，世界曾是一片混沌。那个时候，天地未判，万物混乱地分布在巨大而又荒凉的空间里。后来，天神乌拉诺斯和地神该亚感到非常孤寂，便通过神力使宇宙产生了巨变，之后出现了十二大主神，这十二大主神都生活在奥林匹斯圣山上。

生活在奥林匹斯山上的十二大主神包括：众神之王也是阳间之王的天公朱庇特、天后朱诺、太阳神福波斯、月亮女神狄安娜、美神维纳斯、海神尼普顿、谷物女神色列斯、智慧女神密涅瓦、火神伏尔甘、战神玛尔斯、众神信使墨丘利、酒神巴克斯。除这十二大主神外，还有众多的天神活动在奥林匹斯山上，活动于阴间和人世间的神也有很多，他们一起掌管着宇宙万物，才使得宇宙间不致再处于混沌状态。

居住在奥林匹斯圣山上的众神都有自己的宫殿。奥林匹斯山不仅雄峻，而且充满了圣灵的神气，那里总是风和日丽，没有出现过暴风或是骤雨，山上长满了奇花异草，在阳光的照射之下，散发出的香气醉人心脾。云雾弥漫于奥林匹斯山腰，好一处难得的极乐世界。众神们自然愿意在此建立自己的居所了。

奥林匹斯圣山上的众神是怎样生活的呢？每天清晨，曙光女神奥罗拉都会比其他神起得早，她用她玫瑰色的手指打开天门，把阳光放进天宫。当天神们看到金灿灿的阳光后，便会起床聚集到天公殿堂里，对天公朱庇特进行朝拜。天公朱庇特庄严地坐在金色的宝座上，与众神一起沉浸在喜悦和欢乐之中。说笑之余，青春女神赫柏会把一些精美的食品、仙酒奉献给大家品尝。有些时候，太阳神福波斯也会为众神们弹奏竖琴，在悠扬的琴声中，天公与众神如痴如醉，有时会不由得随着乐声手舞足蹈。穿着艳丽衣裙的美丽女神卡里忒斯（妩媚、优雅、美丽

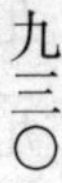

徜徉在天庭的众神

奥林匹斯山不仅雄峻，而且充满灵气，那里总是风和日丽，一片祥和气息。山上长满奇花异草，香气四溢，山腰云雾弥漫，好一片极乐世界。

三位女神的统称）为众神们带来优美的舞蹈，缪斯（主管文艺和科学的神）唱上一段悦耳的歌……当满天的繁星在黑夜女神诺克斯的手中点亮时，众神们才恋恋不舍地回到各自的宫殿。奥林匹斯山沉浸在万籁俱寂之中，只有繁星在空荡的苍穹中俯望着大地。

在十二主神中，虽然天公朱庇特是万物的主宰，但其余的神并不是只为朱庇特服务的，比如卡里忒斯和缪斯，他们的任务就是给众神们表演歌舞，而三位时光女神赫耳则负责看护奥林匹斯的天门。当然，他们之间还有各种扯不断的关系，或是兄弟姐妹，或是夫妻。

朱庇特的权力很大，但他同样需要一位出色的助理，充当这一角色的就是正义女神忒弥斯。忒弥斯是时光女神赫耳的母亲，由于她执法如山，铁面无私，朱庇特非常器重她，让她坐在自己宝座的旁边，负责制定和保障法律的实施。除了做出正义的决定之外，奥林匹斯山及整个宇宙的治安也归忒弥斯掌管。

朱庇特一旦做出了什么决定，就会让女信使伊里斯去向众神传递，所以伊里斯一直坐在朱庇特的台阶上，从不敢离开半步。在睡觉时，她也不脱鞋，不揭面纱，朱庇特每每都夸奖她是一个忠实的仆人。

此外，朱庇特的三个女儿也会协助父亲治理宇宙，并且对人间的法律的执行进行监督。朱庇特的这三个女儿分别是克罗托、拉克罗斯、阿特洛波斯，她们又被人们合称为命运女神帕尔卡，掌管着天地间万物的寿限，各种生灵的生命之线都由她们来决定。每天，她们会把一些人的命运写在铜殿的墙壁上，一些天体运行的路线轨迹也是墙壁上的规划之一。这些规划一旦被写在铜墙上，就很难再改变了，所以帕尔卡在计划这些时也都是经过慎重考虑的。在命运三女神中，克罗托负责定型生命线，拉克罗斯负责起伏生命线，而阿特洛波斯负责规定生命线的长短。当计划内的某个生灵的生命线到期时，命运三女神便派信使墨丘利把这一信息送到阴间，由阴间冥王普路托执行审判。

众神很少会离开奥林匹斯，只是偶尔才会下凡到人间，但也是以不同形体展现在世人面前的，而不能自诩为天神。当然了，下凡后的天神是任凭我们怎么看也分辨不出与常人的异同的。他们下凡也大都是奉命去人间体察民情，然后向天公朱庇特汇报情况。

不过，这些天神也并不是一直生活在天宫，一直过着神的生活，他们也是有生命轮回的。如果天宫里的某个天神犯了错误，或是人间有某种凡人解决不了的问题，天公朱庇特就会命他们去下界投胎转世。脱生后的天神们也各有任务，或是去协助人间国王治理国家，或是去避免人间的某种灾难。即使天神们不满朱庇特的这种安排，也不能表示反对，天命不可违。如果有天神稍有反抗，雷电轰顶就会降临到他身上，大多情况下会被打入十八层地狱，永世得不到翻身的机会。当然了，众神们宁可下到凡间也不愿意得到这样的惩罚。

亚奴斯和萨图恩

台伯河下游的一段狭长地带是罗马的发源地，这条河流在朱庇特还没有掌权时就已经存在了，虽然当时没有名字，但毕竟是存在了，而且已经存在了很长时间。

在台伯河的一侧，耸立着满是参天古树的山峰，其中的一座叫阿文丁，另一座叫帕拉丁，其他的山峰一直都没有人知道它们的名字。沿着这条河流居住着一

个土著民族，亚奴斯则掌管着这个民族，人们对这个国王则是既崇敬又惧怕，不知什么时候起，他就开始统治着这个民族了。

由于能力所限，国王亚奴斯的城堡非常简单，只能是就地取材。城堡建在台伯河右侧的一个叫亚尼库罗姆的小山坡上，不远处便是台伯河的入海口。这个民族没有离开过台伯河半步，不知道除了他们之外，世界上是否还有其他的民族，更不知道自己的生活风俗粗野，而需要美好、高尚的生活。他们没有种子，所以不会农耕，只会狩猎。在台伯河流域，除了自然环境给他们带来的艰险外，他们还面临着凶猛动物的袭击。总之，这个民族生活在愚昧与水深火热之中。

美丽的台伯河

台伯河下游是罗马的发源地，传说这条河在朱庇特还没有掌权时就已经存在了，朱庇特的父亲萨图恩和此地土著民族首领亚奴斯共同开发了台伯河流域。

台伯河地区也从没有外人来过，但有一天一个不速之客闯入了这个地区，打破了这个民族的生活习惯。那天，这里的人们聚集在台伯河的岸边，原来他们看见了一条大船正沿着台伯河扬帆而来。船在离河岸不远处抛了锚，人们远远地观望着，不敢走上前去。这时，从船舱里走出一个神采熠熠的金发男子，他微笑着向人们打着招呼，并吩咐仆人从船上领下来几头牛。这里的人们只见到过野牛，且知道野牛凶残成性。男子呼唤着那几头牛走到自己身边，向人们解释这些牛都是驯服的，它们可以为人们犁地，并为人们提供牛奶。接着人们还看到了一群与山羊有些类似的绵羊，男子手指着羊身上的那厚厚的羊毛告诉人们："瞧，它们是不是和你们这里的山羊不同呢？它们身上的这些毛可以用来织成衣物，要比你们身上这些熊皮和貂皮柔软多了。"经过他这么一说，几个胆大的人走上前去，摸着软绵绵的羊毛，竟然有些陶醉。

金发男子还带来了一些会嗡嗡叫的小东西，它们被装在一个大竹筐里。男子

告诉大家："这叫蜜蜂，它们会制造出甜美的蜂蜜，你们肯定会非常喜欢那种汁液，这些都是上苍赐给大家的。"人们的热情开始变得高涨起来，让谷粒慢慢地从手指缝里撒落下来，鼻子呼吸着谷粒的香气，耳朵听着谷粒落地的声音，多么美妙的享受啊。

正当大家被这突来的奇迹感动时，国王亚奴斯走了过来，金发男子很快意识到这个人与其他人的不同，忙走上前去自我介绍说："尊敬的陛下，我叫萨图恩，遭到了一个强大国王的迫害，所以来到了这里，希望你能收留我。同样，为了表达我对你的感激，我给你和你的臣民带来了享受高尚生活的本领和艺术。"萨图恩的诚恳打动了亚奴斯，萨图恩在台伯河地区住了下来。

接下来的日子里，台伯河地区的人们在萨图恩的带领下学会了使用农具、栽种谷物、建造房屋等。以前愚昧的生活渐渐被高尚的生活取而代之。在这里，没有主人和奴隶的区分，没有贵与贱的不平等，更没有仇恨与厮杀，处处呈现出一派和平与宁静的气氛。

萨图恩在亚尼库罗姆山的另一侧建造了一座名叫萨图尼亚的城市，他与亚奴斯一起统治着这块土地。在两人的共同努力下，这里出现了空前的太平盛世。

"我想给这个国家起个名字，"一天，满面容光的萨图恩回想着自己取得的成绩沾沾自喜地说，"这里收留并藏匿了我，使我免遭了灾难，所以，我觉得这个国家应该叫拉丁姆，即'藏匿的国家'的意思。我希望这里以后能永享和平与安宁，人们都能过上幸福的日子。"一边说，萨图恩一边骄傲地回忆着。

"依我看你的愿望有些不现实，"亚奴斯摇着头对萨图恩说，"既然有和平就会出现战争，和平并不是永久的。虽然我也有和你同样的愿望，但我觉得国家并不能保护人民永远不受战争的威胁。"

看到萨图恩脸上恐惧的阴云，亚奴斯顿了一下，然后接着说："我既是宇宙的开始，又是宇宙的结束，宇宙间的万物都是难以预料的，你我更是左右不了。"

从那以后，这片土地有了自己的名字——拉丁姆。但害怕眼前美好的一切都会过去，萨图恩开始回避所有的人。人们对萨图恩相当尊敬，但却不知道为何他总是对众人避而不见。后来，亚奴斯对人们说出了其中的缘故。原来，萨图恩是天神之父，但受到了天神的追捕，才来到了这个地方，而他担心他一手创造的这个世界会消失，所以觉得无颜再见给他以敬意的人们。在亚奴斯的建议下，人们建造了一座神庙，来感谢萨图恩给他们带来的幸福。后来，人们还按期举行规模盛大的萨图那利亚庆典，戴着萨图那利亚节日的面具结队游行。在这些活动中，

不管地位尊卑都只扮演一个角色，以唤起人们对那个黄金年代的回忆。

一天，亚奴斯居住的那个宫殿里突然空无一人，就这样，亚奴斯作为国王的使命也不知不觉地结束了。为了纪念亚奴斯，人们把他奉为人世间最神秘、最深不可测的神。在意大利，人们对他更是尊敬。最古老的信息告诉人们，亚奴斯是起源神，执掌着开始和入门，也执掌着出口和结束，同时他又被称为“门户总管”，他永远都象征着世界上矛盾着的万事万物，所以，他的肖像通常被画成两张脸，有“双头亚奴斯”的说法。

萨图恩的族节

当萨图恩来到台伯河地区后，与凡间的一个女子一见钟情。两人结婚后，萨图恩对妻子关怀备至，女子也一直不知道丈夫是个天神。没过多久，妻子为萨图恩生了一个儿子，取名为皮库斯。皮库斯继承了父母的优点，英俊潇洒，且勤劳勇敢，是一名人人称赞的好猎手。当时的国王亚奴斯有一个女儿，长得国色天香，且能歌善舞。每当她引吭高歌时，人们都会驻足倾听，天上的云和地上的流水也会停下来，并为之打动。美女配英雄，亚奴斯的女儿自然嫁给了萨图恩的儿子皮库斯。

亚奴斯完成了国王的使命以后，皮库斯当上了拉丁姆的国王。他在台伯河的出口处建造了一座华丽的宫殿，人们在这座宫殿的周围又相继建造了很多的房屋，这里渐渐地形成了一座城市。这座城市里有很多的桂花丛林，当地人称为劳伦图姆，所以，这里的人们又自称为劳伦特人。

一天，皮库斯在外出狩猎时误进了巨魔妖女喀耳刻的地界。喀耳刻被皮库斯英俊的长相所打动，想尽了各种方法要把皮库斯留住，但皮库斯并没有被她的妖媚所迷惑，而是想方设法要离开那个地方。喀耳刻见皮库斯不为所动。便开始对他进行威胁。喀耳刻把一些也误进入这里或是她从别的地方捉来的人们都变成了动物，这些动物龇牙咧嘴地围着皮库斯所在的牢笼咆哮着，但勇敢的皮库斯依然不为所动。他觉得自己有一半是神的血统，喀耳刻的魔法应该对他起不到多大作用，但皮库斯还是低估了喀耳刻的力量。在喀耳刻的咒语之下，皮库斯变成了一只啄木鸟。在溪水前，皮库斯看到了自己的模样，他觉得自己丑陋无比。正当他

随着时间之神的音乐起舞 普桑 法国

黄金时代的和平幸福生活是萨图恩一手缔造的，这一时期的人们友好相处、平等互助，一派和谐愉悦的气息。然而随着时间流逝，人们隐约感到，黄金时代已经接近了尾声。

悲愤交加的时候，他感觉到有一种神奇的力量在把他向空中推去，而且耳边响起了一阵能穿透他内心的声音：“我是战神玛尔斯，我希望你从今以后能成为我的圣鸟，皮库斯，勇敢地飞吧。”果然，从那以后，皮库斯变成的啄木鸟成了战神玛尔斯肩头上的一个标志。有时候，皮库斯也会变成人形，在他曾经居住过的拉丁姆的每一片土地上徜徉。

自从皮库斯离开王宫后，他的儿子法乌诺斯继位。在法乌诺斯执政时期，出现了种种不同于以前的现象，那种黄金时代里和平幸福的日子开始被打破，人们隐约感到，黄金时代已经接近了尾声。尽管人们很想以各种方法把黄金时代留住，但天命不可违，黄金时代还是像天上的浮云一样随风飘得越来越远。

在亚奴斯统治时期，在阿文丁山上就住着一个可怕的巨人卡科斯，卡科斯是火神伏尔甘的儿子。可能是继承了父亲的丑陋吧，伏尔甘的这个儿子更是变异得有些让人害怕，他的身体没有固定的形状，而且体内会发出炽热的烈火，口内喷

吐着冒着剧毒的蒸气，让人一见到他就会吓得屁滚尿流，甚至昏死过去。萨图恩来到这个地方以后，卡科斯慑于萨图恩的神力，没有再露过面。但当亚奴斯和萨图恩相继离开拉丁姆后，卡科斯醒了过来，而且他把路过这里的人们吓昏后背进山洞，作为自己的食物，大撕大扯之后就开始贪婪地咀嚼，满嘴鲜血淋淋，嚼剩下的骨头都堆成了山。然后，卡科斯用巨石把洞口堵住，没有一点缝隙，甚至连一根针都插不进去。任何人都不知道这个地方还隐藏着一个可怕的魔窟。

作为国王，法乌诺斯只能眼看着拉丁姆被卡科斯糟蹋，而找不出任何解决的办法，直到赫丘利的出现。

赫丘利是一个和神一样伟大的英雄，他完成了欧律斯透斯交给他的十项任务：恶斗巨狮，征服亚马逊人，等等。在完成了这十项任务以后，赫丘利在一个富庶的地方建立起了一座城市，取名赫卡托姆皮洛斯。随后，他又在大西洋岸边竖起了两根赫丘利大柱。紧接着，他又进行了长徒跋涉，最后来到了台伯河山谷。

一天，赫丘利走近一个劳伦特人家，要了一杯甜酒解渴，这种酒是用葡萄酿造的。由于喝得过多，赫丘利感觉到身体有些飘飘然，看到旁边有一片碧绿的草地，他倒头便睡，被他牵来的一大群牛在附近吃草。

正在这时候，饥饿的卡科斯寻食到了这里，当他走近赫丘利时，意识到眼前的这个巨人是神之子，虽然只是半个神。于是，他把眼光转向了不远处的牛群，“多么肥壮的牛啊，要是能得到这些牛，最起码也能够吃上几天的。”想到此，卡科斯不由得口水直流。“要是赫丘利顺着牛的脚印找到山洞那该怎么办呢?”卡科斯心思还比较细密，眼珠一转，便想出了一个主意。他并没有去牵牛头，而是牵着牛的尾巴，倒着把牛牵回了洞里。这样，牛的蹄印正好与进洞口的方向相反，如果顺着牛正走的方向去找，是不会有人找到洞里的。

可出乎卡科斯的意料，这群牛刚到了黑乎乎的洞窟里就发出了一阵阵尖利的叫声。叫声把赫丘利惊醒了，他发现从革律翁那里牵回的牛都不见了，便顺着声音找到了阿文丁的山洞前。赫丘利轻而易举地把洞口的巨大石块搬走，用棍棒把卡科斯这个在拉丁姆横行的妖魔送去了普路托王国。

妖魔虽然除掉了，但世界还是开始了白银时代，出现了罪孽。

法乌诺斯的妹妹福娜是个崇尚贞洁的姑娘，虽然人们知道国王有一个妹妹，但却不知道他的这个妹妹叫什么名字，见到过福娜的人更是没有几个。一天，法乌诺斯去看望福娜，但他看到了一幕以前他从来没有看到的景象。往日那个矜持的福娜不见了，眼前的这个福娜则披头散发，衣衫不整，醉眼朦胧地望着哥哥，身体摇晃着走了过来。当福娜走到法乌诺斯面前时，法乌诺斯用力地摇晃着妹妹的肩膀："你是怎么了？怎么会变成这样呢？你那圣洁的灵魂呢？"

尽管法乌诺斯已歇斯底里，但福娜还是妩媚地望着哥哥，唱着醉歌。法乌诺斯看到餐桌上杯盘狼藉，顿时明白妹妹已经喝醉了。

"你怎么能喝这么烈性的葡萄酒呢？你难道把以前的圣洁全忘了吗？是谁把这么罪恶的饮料送给你的？"无论法乌诺斯怎么问，福娜就是不说话。最后，愤怒的法乌诺斯急了，他抓住福娜的头发，用一根树枝抽打着福娜的身体。衣服被撕破了，但法乌诺斯还是没有停下来。最后，福娜倒在地上，鼻子和嘴都向外淌着血，法乌诺斯开始心疼起妹妹，忙走上前去，但他发现福娜已经死了。法乌诺斯非常后悔，他赐予了妹妹神一般的礼遇，但最终还是没有逃脱神对他的惩罚。法乌诺斯被朱庇特变成了一只长着羊角的丑怪，他整天在山野森林里游荡，追逐着漂亮的仙女，但最终都是落得个两手空空。

随着时间的流逝，白银时代也过去了，随之而来的是青铜时代。在这个时代里，无数的人为了权力而争斗，他们用鲜血才换回了暂时的和平。特洛伊人的国王埃涅阿斯则是神送给青铜时代的礼物。

美丽的天后朱诺

在罗马人的心中，天后朱诺的形象庄严肃穆：浓密的头发下面是一双亮晶晶的大眼睛，头上戴着象征华贵的冠冕，这使她的脸庞更加俊美。她一手执着权杖，权杖上面栖息着美丽的杜鹃，另一只手拿着象征多产的石榴。天后朱诺有着凡间女子的丰采和气质，戴着头巾，遮着头的后半部，显得那么贞洁、庄重、文静和严肃。

朱诺是萨图恩的女儿，也是天公朱庇特的妹妹。她掌管着婚姻和生育，是妇女和儿童的保护神。

朱诺是天宫里最漂亮的女神，虽然后来的朱诺处处与特洛伊人为敌，但她那时的确是温柔可爱，情操高尚。当朱庇特完成了统一天下的大业后，向朱诺表达了自己的爱意。朱诺那时还是个满脸稚气的少女，面对英俊潇洒的朱庇特，羞羞

答答地答应了他的求婚。

随后，朱庇特与朱诺举行了隆重的婚礼。他们把婚礼选在了绿树成荫的西特隆山上。西特隆山离奥林匹斯山不是太远，那里有厚厚的植被，有浓密的森林，有清澈的泉水，有漫山遍野的鲜花，和圣山奥林匹斯一样充满了仙气。朱庇特选取了一块软绵绵的草地作为他们的新床，他们被花香包围着，四周的绿树成为了他们的床幔，为他们遮蔽羞涩。泉水的叮咚声是他们的婚乐，森林里奔跑的动物为他们送来了美味佳肴。四面八方的各神都来参加天公朱庇特的婚礼，并带来了各样各色的礼物，地神该亚还为孩子们送来了金苹果。新郎朱庇特与新娘朱诺沉浸在幸福之中。

结婚的第二天，朱庇特握着朱诺的手，一朵金色的云彩便把他们送到了奥林匹斯山的宫殿里。朱诺在奥林匹斯山上的众神中，得到了像天公一样的待遇，分享着天公的各种特权和荣誉。比如，她同样能使用雷电棒让天空雷声大作，使狂风暴雨停止于瞬间，使春夏秋冬四季的转变听命于她。朱诺梳着漂亮的头发，穿着金光闪闪的纱衣，脚下是眨着眼睛的星星们，多惬意的生活啊！在奥林匹斯山上，美丽的朱诺走到哪里都受到众神的尊重。当她翩翩走入宫殿时，众神纷纷问候，如果天公朱庇特不在，众神们也会与天后朱诺商议些天宫里的事情。

虽然天后朱庇特与天后朱诺的生活大多数是甜蜜和谐的，但有时也会吵吵闹闹，在他们生活甜蜜和谐的时候，天空就会风和日丽；当他们吵闹的时候，天空就会乌云密布，狂风不止。总之，天空的各种现象都是天公和天后夫妻生活的体现。

但是，无论朱诺怎样对天公朱庇特不满，她都是忠于婚姻的，不过她的嫉妒心很强。天公与天后的争吵大多是因为天后的嫉妒引起的。

朱庇特经常会离开奥林匹斯山下到凡间，去私会一些仙女和半神的女儿，而这时候的天后则会觉得天公抛弃了自己，于是大发雷霆。每次天公从凡间回到奥林匹斯山时，天后都会大哭大闹，甚至也离开奥林匹斯山。

一天，天后朱诺和天公朱庇特大哭大闹之后来到了她第一次和天公约会的地方埃维厄岛。朱庇特通过神力早已经知道了朱诺藏身的地方，但他知道朱诺的脾气，如果硬是把她带回奥林匹斯山，她还会重新出走的，只有让她心甘情愿地回到天宫，才能保证以后的安宁。经过苦思冥想，朱庇特终于想出了一个使妻子与他和解的计谋。朱庇特来到埃维厄岛，让一个装扮得非常漂亮的木偶坐在一辆五颜六色的车子上，然后在埃维厄岛的各镇宣称天公朱庇特要娶一个双目明亮的仙女做天后，当然，天公的目的是想使天后朱诺的嫉妒心发展到白炽化程度。

朱诺听到天公要娶仙女做天后的消息后，果然怒不可遏，她来到衣饰华丽的假天后面前，把假天后的衣服和帽子撕得粉碎，但假天后却没有任何抵抗的行为，朱诺非常奇怪，忙抓下假天后的面纱，这才发现原来只是一个木偶。朱诺明白天公的用意后，破涕而笑，和朱庇特调笑着回到了奥林匹斯圣山。

还有一次，天公朱庇特下凡数日还没有回到天宫，朱诺本想也下凡去找天公理论一番，但她转念一想：我何不用我的美貌去使他回到我身边呢？如果老对他发脾气，说不定会适得其反。打定主意，朱诺就如同少女时代一样开始精心地打扮起来，她穿上了一条蓝色的纱裙，腰带镶着的珠宝金光闪闪，华丽的头巾使她的脸庞更加美丽动人。朱诺来到天公朱庇特栖身的伊达山，她像一颗灿烂的明星发着光彩，天公被妻子的妩媚所感动，当即和朱诺回到了奥林匹斯山。

朱诺的美貌虽然比不上爱神维纳斯，但却是完美女性的典范，她忠贞于爱情，对天公更是没有移情别恋过。

由于天后的美丽，有很多神都被迷得神魂颠倒，伊克西翁就是其中表现得最露骨的一个。伊克西翁与一位仙女要结婚时，曾答应给岳父送一件礼物，但伊克西翁却没有履行他的诺言，而且在一个宴会中把岳父推进火坑烧死了。伊克西翁的残暴行为使得他在原属地再也无法待下去了，于是他来到了奥林匹斯圣山，并表现得格外让众神可怜。天公朱庇特被伊克西翁的假象所迷惑而宽恕了他。在与众神共进晚餐时，伊克西翁双眼色眯眯地盯着天后朱诺，甚至还对朱诺讲一些下流的话。朱庇特看在眼里，把一朵云变成了朱诺的模样，想以此考验伊克西翁，谁知伊克西翁发疯似的朝着假天后扑过去。愤怒的朱庇特把伊克西翁关进了塔耳塔洛斯，把他绑在一个燃烧着的车轮上，以此作为对这个罪人的惩罚。

海神尼普顿

受古老预言的影响，每当妻子生下一个儿子，萨图恩就把儿子吃掉，后来，妻子用调包的办法使三个儿子免遭其害，留下来的三兄弟即朱庇特、尼普顿和普路托。朱庇特夺取了父亲萨图恩的王位后，把海洋、岛屿和海岸的势力范围交给了尼普顿管辖，把阴间交给了普路托管辖，但无论是海神尼普顿还是冥王普路托

都必须听命于天公朱庇特。

作为海神，尼普顿经常在海上巡游，手执三叉戟，驾着由两匹或四匹马拉着的车子，威风凛凛。所以，在人们心中，海神尼普顿是一个强壮有力、虎背熊腰的神，他表现得庄重冷静，不管他裸露还是穿戴整齐的时候，海神特有的风采和气度都会表现得淋漓尽致。

尼普顿住在蓝色海洋的深处，那里有美丽的珊瑚，有五光十色的珍珠贝壳，有奇形各异的植物，游来游去的鱼群给蓝色的海洋增加了不少情趣。尼普顿的宫殿就在这里，那华丽的气势足以跟奥林匹斯圣山媲美。尼普顿每次外出巡视时，都会穿上金光闪闪的胸甲，海底的各种鱼类紧随其后。当尼普顿出现在一个地方后，那里就会一片欢腾，海豚、鲸鱼等跳出海面，给海神表演着拿手的舞蹈。某个海域出现事故时，只要尼普顿一到，海面上顿时风平浪静，取而代之的是涟涟的浪花，微风轻拂，一片欢笑。

海神尼普顿

仅次于宙斯的强大掌权者，尼普顿具有强大的力量。通过他的三叉戟，尼普顿能够兴风雨、平波浪。但是人们却赋予了他头脑简单的人性。

然而，尼普顿也有发脾气的时候。与朱庇特一样，尼普顿发起脾气来也威力十足，最显著的表现就是海面上会狂风大作，海浪掀翻海船，甚至会波及到岸边的城市。如果尼普顿非常恼火，他会发动海啸，海岸震动，大陆抽搐。这时候，人们往往拿着海神喜欢的各色祭品，如骏马和公牛等去祭祀海神尼普顿。

一次，伊那科斯与人争夺阿尔戈里德这片土地，当时，伊那科斯的宫殿里缺水，他便派自己的女儿去各地寻找水源。他的一个叫阿美莫纳的女儿在森林里寻找了一天也没有找到水源，又累又渴。走到一棵树下时，阿美莫纳坐了下来，望着茂密的大森林，不由得酣然入睡。也不知过了多长时间，她被什么东西踩了一下，睁开眼睛一看，原来是一只野鹿正从她身边经过。

“多么肥壮的野鹿啊，要是我能射到这只野鹿的话，可以拿回去好好地美餐一顿了。想到此，阿美莫纳弯弓搭箭，但这一箭并没有射中野鹿，而是射中了睡在灌木丛中的森林之神萨堤罗斯。萨堤罗斯对这突如其来的伤害非常恼怒，开始追赶阿美莫纳。阿美莫纳在逃到海边时，向海神发出了求救。尼普顿出现了，他把三叉戟朝着萨堤罗斯掷去，三叉戟穿过萨堤罗斯的胸口，插进了岸边的一块岩石里。

看到身边被吓着的姑娘，尼普顿爱抚地问道：“你在寻找什么呢？你难道不知道这里有多危险吗？”

阿美莫纳很快明白了眼前这个高大威武的人便是海神尼普顿，忙充满敬意地说：“尊敬的陛下，谢谢你救了我，我是在寻找给我的国家解渴的水源啊。”

听后，尼普顿一阵大笑：“傻孩子，你把我刚才插进岩石里的那三叉戟拔出来就会找到水源了。”

阿美莫纳将信将疑，但她还是按照尼普顿的说法做了，把三叉戟从岩石上拔了出来。顿时，叉子插过的地方出现了三个泉眼，清澈的泉水从泉眼里汹涌而出，淙淙地流向了阿美莫纳所在的那个国家。

又有一天，尼普顿在巡海时看到了一群海洋仙女在纳格索斯岛跳舞，其中一个叫安菲特里特的仙女在一群仙女中长相突出，举止文雅。尼普顿顿时对安菲特里特产生了爱慕之心，但当他向安菲特里特表达了爱意之后，安菲特里特有些惊恐，跑到海底藏了起来。尼普顿派了一条海豚去寻找安菲特里特的藏身之处。最后，这只海豚终于找到了安菲特里特，并把她逮住送给了尼普顿。

虽然海神尼普顿的恋爱在一开始时有些一厢情愿，但他还是凭着热烈的爱恋赢得了安菲特里特的芳心。随后，两人举行了隆重的婚礼。婚礼上，奥林匹斯圣山上的诸神都送来了精美的礼物，天公朱庇特也派信使来祝贺海神夫妇。婚后不久，安菲特里特就为尼普顿生下了一个儿子，取名为特里同。特里同的长相并没有像他的父母一样是个人形，他的上身像人的身体，但下身却覆盖了很多藻类，且长了一条鱼尾。据说，这就是传说中美人鱼的祖先。

后来，海神尼普顿因觉得天公朱庇特分封不均产生了反叛心理。当时太阳神

福波斯射杀了天公朱庇特身边的独眼巨人，也开始积极地筹划谋反。这时候，天后朱诺因儿子火神伏尔甘受到了朱庇特的惩罚也想谋反。福波斯、朱诺和尼普顿不谋而合，于是商量好叛乱的时间。在叛乱的关键时刻，西天门守神西蒂斯向天公朱庇特告发，叛乱失败了。太阳神福波斯被逐出了天国数年，海神尼普顿被罚到特洛伊筑城墙，天后朱诺则没有受到任何处罚。

智慧女神密涅瓦

密涅瓦被古希腊诗人荷马称为智慧女神。关于密涅瓦的出生有两种说法。

一种说法是，密涅瓦出生在利比亚的妥里通湖畔，三个利比亚女神发现了她，并把她哺育长大。当密涅瓦还是个少女时，在一次玩耍中失手杀死了自己的小伙伴帕拉斯，为了表示哀悼，她在自己的名字前加上了帕拉斯的名字，然后取道克里特，前往雅典。

另一种说法是，朱庇特与女神墨提斯结合后，命运向朱庇特预示，墨提斯将生下一个权力胜过父亲的孩子。为了防止这种结果的出现，朱庇特在墨提斯生产后即把孩子吞食腹内。可刚吞食完，他便感觉头痛难熬。最后，朱庇特不得不命令火神伏尔甘用斧头把自己的头劈开。脑袋刚被劈开，一个手执长矛的女孩跳了出来，她就是密涅瓦。这个关于密涅瓦是从朱庇特脑中“再生”的故事使密涅瓦具有了高贵的出生。一直以来，这种说法被看做是最准确的。由于这种传说，密涅瓦成了力量和智慧的象征。她头上戴着光芒四射的金盔，披着崭新的甲胄，手执闪闪发光的长矛，比战神玛尔斯还要威武，所以，人们也称密涅瓦为女战神。这一称号对她来说一点也不为过，在天公朱庇特与提坦神的战斗中，密涅瓦的加入对战斗的胜利起到了不小的作用。

密涅瓦不仅是一个女战神，而且是一个象征和平的女战神。她心地善良，爱憎分明，并不像战神玛尔斯那样一味地只知道屠杀。

一天，密涅瓦看到战场上勇敢的堤丢斯身负重伤，那是一个多么英勇的战士啊，怎么能在战争的关键时刻就战死了呢？于是，密涅瓦向天公朱庇特求援，希望得到能治好堤丢斯的药。当密涅瓦拿着药来到战场上时，看到的堤丢斯像换了一个人：眼里满是复仇的欲火，把敌人砍倒后，用手中的长矛敲打着敌人的头颅，然后疯狂地汲取头颅里的脑浆。多么残暴的堤丢斯啊。密涅瓦改变了原来的决定，放弃了救护堤丢斯的想法。

庄严肃穆的密涅瓦塑像

密涅瓦是智慧女神，也是象征和平的女战神。

还有一次，海神尼普顿和密涅瓦为争夺阿提克地区的所有权举行了一场比赛，他们约定，谁如果能给人类赠送最有用的礼物谁就获胜，众神们都争着来做这次比赛的裁判。海神尼普顿把三叉戟向岩石上一击，一匹战马出现了；密涅瓦把她的长矛向地上一插，一株郁郁葱葱的橄榄树出现了。经过众神裁判，密涅瓦获胜，因为众神觉得象征和平的橄榄枝要比用于战争的战马要有用得多。从那以后，橄榄枝成了和平的象征，也成了智慧女神密涅瓦的象征。

除了英勇善战，充满智慧的密涅瓦还给人类提供了很多项发明。

一天，密涅瓦捡到了一根鹿骨，那根鹿骨已经被磨得相当精致。

“如果把这根鹿骨的中心挖空，然后再钻几个孔，那样不就能吹出像暴风雨的呼啸声了吗？”

这样想着，密涅瓦不禁高兴起来。她找来一把小刀，在鹿骨上细心地挖了几个小孔，磨细，并用了几天时间把鹿骨的中间挖空。最后，密涅瓦还在这支乐器的一侧系上了一条红丝带，以作为装饰。她给这种乐器取名为“笛子”。

看着自己的杰作，密涅瓦非常满意。她拿着她的笛子回到了奥林匹斯圣山，对每一位遇到的神极力夸奖自己发明的笛子，并在众神聚集的地方进行了吹笛表演。优美的声音从密涅瓦的笛子中飘了出来，地上的流水停了下来，天上的飞鸟驻足在枝头，众神不由得随着笛声开始哼唱。

密涅瓦骄傲地注视着众神，想得到意料之中的嘉许。众神都沉浸在悠扬的笛声中，只有爱神维纳斯和天后朱诺在偷偷地笑个不停。

“你们究竟在笑什么呢？难道我吹的笛声不好听吗？”密涅瓦停止了吹奏，有些怒意地注视着维纳斯和朱诺。

看到密涅瓦那严肃的目光，朱诺对密涅瓦说：“你吹出来的笛声的确很动听，但你吹笛子时，你的脸蛋鼓胀，脸上的线条都变了形……你还是去泉边用泉水自己照照看吧。”说完后，朱诺眼角又抑制不住掠过一丝笑意。

密涅瓦来到泉边，把笛子再次放在口里吹奏，然后把脸探到泉边的水面上。

“这是我吗？我怎么会这么丑陋呢？”密涅瓦惊叫起来，朱诺说得没有错，自己的脸在吹笛子时完全变了形。

“笛声再好听，也不能让我美丽的形象受损。”密涅瓦气愤地把笛子扔到了森林深处，从此再也没有吹过笛子。

此外，密涅瓦发明了陶瓷车，使人们能生产出各种陶瓷制品。农夫使用的犁耙和四轮牛车、木工使用的三角尺和直尺也是密涅瓦发明的，她还教会了海员如何绞帆和在船首雕刻头像。所以，众多行业都尊推密涅瓦为保护神。

密涅瓦，在希腊神话中也被称为雅典娜，由于雅典娜的名字与雅典城市的名字是同源的，所以每年雅典人都要以最隆重的仪式纪念这位女神。

月亮女神的浪漫爱情

狄安娜是天公朱庇特与拉托那的女儿，也是太阳神福波斯的胞生妹妹。哥哥福波斯是给人类带来温暖和灿烂的太阳神，而狄安娜则是在太阳下山后给人类带来光明的月亮神。狄安娜和智慧女神密涅瓦一样终身保持着贞洁。

狄安娜体态苗条，形象高大、美丽。她喜欢在森林原野上驰骋，背着一把弓和一个箭袋，身旁有时会有一头牝鹿或是一条猎狗，好一副狩猎女神的模样。狩猎归来，狄安娜有时会去巴那斯山上找哥哥福波斯，与卡里忒斯和缪斯一起载歌载舞。

皎洁宁静的月夜美得会令人浮想联翩：困乏的动物们在月夜中栖息，植物们也趁机呼吸着新鲜的空气，享受着太阳没有出来之前的甘露。人们呢？在这皎洁的月光底下则会产生甜蜜的温情。有时，狄安娜也会用云彩遮住脸庞去亲吻英俊少年的脸。而被月亮女神亲吻过的人则会具有奇特的想象力，或成为诗人，或成为预言家。

既然具有了生命，就不同于草木，所以，狄安娜虽然希望永葆贞洁，但看到令人心仪的男子也会动心。一次，狄安娜在一个山洞里发现了一个为了永葆青春而处于睡眠状态的青年。那个青年是一个牧羊人，叫恩底弥翁，在睡眠状态中的他依然保持着俊美的面容，嘴角似乎还挂着一丝欣慰的笑意。狄安娜被恩底弥翁的美貌深深地打动了。她每天夜里都会到那个山洞里静静地盯着恩底弥翁的脸颊和双目看上好一阵子，再甜蜜地在他身旁睡去。

狄安娜与恩底弥翁

狄安娜被恩底弥翁的美貌深深地打动了。她每天夜里都会到那个山洞里静静地盯着恩底弥翁的脸颊和双目看上好一阵子，再甜蜜地在他身旁睡去。

除了爱慕过恩底弥翁外，狄安娜还热恋过一个叫俄里翁的青年。这个故事还与狄安娜的父亲天公朱庇特有一些关联。

在很久以前，一个农夫和妻子过着贫穷却幸福的日子，但好景不长，妻子还没有来得及为他生个一儿半女就去世了。对于妻子的过世，农夫非常伤心，他发誓不再娶妻，但他每天都祷告着上天能赐给他一个孩子，在他孤苦无助的时候，他很希望有个孩子在身边给他一些安慰。

这天，天公朱庇特带着海神尼普顿和儿子墨丘特来到了这个农夫家。农夫是个热情的人，他把客人让进屋里，给客人端上家里最好的食物，把家里唯一一间屋子让给了客人住，自己则去牛棚里睡了一夜。

第二天，客人们要走了，农夫斟上一杯酒，递给了海神尼普顿，尼普顿接过

酒杯后恭恭敬敬地又递给了天公朱庇特。

朱庇特喝完酒后，礼貌地对农夫说道："谢谢你的款待，你是个善良、虔诚的人，我很希望能为你做些事情，不知你有什么希望？"

农夫有些不知所措，尼普顿忙解释说："你有什么愿望尽管说，你眼前的这位就是万神之王、万灵之父的天公朱庇特，他能为你实现你的希望。"尼普顿指了下朱庇特对农夫说。

听后，农夫忙拜倒在朱庇特面前，更加虔诚地对朱庇特说："我已经失去了爱妻，也不想再娶，但我希望有个孩子。如果你能帮我实现这个愿望的话，我会把家里唯一的牛作为供品献给你。"

朱庇特考虑了一下，然后对农夫说："去吧，把那头牛杀掉，然后把它的皮埋在门前的地里。"

农夫遵照朱庇特的吩咐把牛杀了，并把牛皮埋进了门前的地里。当他刚把最后一把土填到坑里以后，奇迹出现了：从埋牛皮的地方长出了一个小孩，而且越长越大，直到长到成年人的模样。当农夫拉着儿子来到屋里想向天公道谢时，朱庇特一行人已经不见了。

农夫给他的这个儿子取名为俄里翁。俄里翁相貌堂堂，心地和父亲一样善良。由于奇特的出生，他的力气要比常人大得多，经常会做出一些别人做不了的事。农夫死后，俄里翁到了月亮女神狄安娜那里，做了月亮女神的仆人。

自从新仆人俄里翁到来后，狄安娜开始魂不守舍。

"多么漂亮的一个年轻人啊！多么强壮的一个猎手啊！如果我能和他在一起生活那该多好，到那时，我会去请求父亲饶恕女儿的不贞。"狄安娜对俄里翁的思念太强烈了，她不顾别人的反对，总是让俄里翁陪着自己，以便能和自己心爱的人朝夕相处。

狄安娜和俄里翁的爱情非常浪漫，他们一起在大草原上追逐猎物，一起在海边嬉戏，一起在漆黑的夜里诉说衷肠。正当狄安娜准备要嫁给俄里翁时，哥哥福波斯表示了强烈的反对。福波斯越是阻止狄安娜对俄里翁的爱，狄安娜越是爱俄里翁。福波斯知道妹妹的脾气，她要是认准的事是没办法改变的，但福波斯不想看着妹妹违背她亲口定下的誓言。可怎么才能使妹妹对俄里翁死心呢？经过苦思冥想，福波斯终于想出了一个办法。

一天，福波斯去找狄安娜一起去海边游泳，两人游得累了，坐在岸边闲谈，只留俄里翁一个人在海里游。

“妹妹，听说你的箭法和我一样好，是吗？我怎么不知道呢？我猜想别人肯定是听错了，他们说的应该是密涅瓦吧。”福波斯看着已经游向远方的俄里翁对狄安娜说。

狄安娜最不喜欢别人小瞧她了，自己的箭法的确是不如哥哥福波斯，但总不至于比密涅瓦差吧。狄安娜不服气地答道：“你真的觉得我的箭法那么差吗？那我就证明给你看。”

此时的俄里翁游得很远，已经成了一个小黑点。

“那好啊，你看到那个小黑点了吗？如果你能射中的话，我就服了。”福波斯指着俄里翁在远方变成的小黑点。

狄安娜只顾着和福波斯争辩她的箭法，根本没注意到那个黑点就是俄里翁。她拿过放在一边的弓箭，然后瞄准远方那个小黑点就射了过去。直到听到俄里翁的惨叫声，狄安娜才知道上了福波斯的当，这时候已经来不及了，俄里翁沉入了海底。

对于俄里翁的死，狄安娜痛不欲生，她怎么也无法原谅是自己亲手杀死了心爱的人。朱庇特见女儿日益消瘦，也为女儿对俄里翁的深情所打动，便把俄里翁变成了天上的一颗星星，即猎户座。那是一颗最壮观、最明亮的星座，它像一个身佩腰带和剑的巨人驻守在夜空中，与心爱的月亮又开始了形影不离的日子。

为了惩罚自己杀死俄里翁的过失，狄安娜不再让任何男人看到她，如果有谁不小心看到了她，这个人肯定会变成疯子、傻子，甚至死亡。

最美丽的爱神维纳斯

无论是在奥林匹斯圣山还是在凡世间，爱神维纳斯都是最美的一个，她是爱与美完美的结合体。作为爱神，维纳斯掌管着人类的爱情、婚姻和生育。此外，她还代表了每年的春天和每天的黎明，所以她还掌管着一切动植物的繁衍和生长。

维纳斯眉清目秀，皮肤白皙，身姿迷人。在人们心目中，维纳斯的形象比其他诸神的形象都要多。最初，她以裸体出现，站在海龟或海螺上面，一种纯朴的美顿然而生，这种形象表明她刚从海浪里出来。后来，人们把她的形象做了改

断臂的维纳斯 米洛 法国

也许正是因不小心“断了臂”才产生出一种“残缺之美”，令观者难忘，这尊雕像才有了它无与伦比的价值。

变，把全裸的身体改为半裸，美感呼之欲出，尽在人们的想象之中。

维纳斯的这些形象与她的出生有关。据说，维纳斯是从海里波浪的泡沫中产生的。萨图恩把自己父亲乌拉诺斯的肢体投入到塞浦路斯海中后，从投入肢体的地方拥出了很多的泡沫，随后，一个美丽的巨大贝壳出现了，周围有很多的小贝壳或是珍珠相伴。巨大的贝壳被海风和波浪推到了岸边，微微颤动后两瓣自然分开，一个长发女孩从贝壳里走了出来，维纳斯诞生了。刚出生的维纳斯像曙光一样洁白无瑕，她赤脚向海滩上走去，走过的地方长出了很多美丽的鲜花。时光女神赫耳早已经在不远处等着刚出生的爱神维纳斯了。赫耳为维纳斯戴上金光闪闪的冠冕、穿上艳丽得体的服饰、系上一条金腰带，美丽的维纳斯更加楚楚动人。她坐上由一对鸽子拉着的车，离开了地面，向奥林匹斯圣山飞去。

看到美貌非凡的维纳斯后，奥林匹斯山上的众神都绝口称赞。有着诱人双眸、迷人微笑的维纳斯姿态优雅，举止庄重潇洒，使圣山上的众神为之倾倒。

维纳斯的美无可厚非，但也引来了不少嫉妒的目光，其中以美丽著称的天后朱诺和智慧女神密涅瓦为最甚者。天后朱诺、智慧女神密涅瓦和爱神维纳斯因一个象征美的金苹果而大动干戈，最后连天公朱庇特都不好加以判断，只好让伊达山上的一个英俊少年帕里斯来裁决她们三个谁最美。帕里斯本也分不出谁是最美者，但维纳斯答应如果帕里斯把金苹果给她，她会把天下最美的少女海伦嫁给他。最后，帕里斯把象征美丽的金苹果给了维纳斯。朱诺和密涅瓦虽然不服气，但也无话可说。

后来，维纳斯嫁给了火神伏尔甘，伏尔甘又瘸又丑，美丽的维纳斯根本就不喜欢他，只是因为这场婚姻是天公朱庇特亲自赐予的，维纳斯才不得不答应下来。她和火神伏尔甘结婚之后，恶贯满盈的战神玛尔斯倾慕于她的美丽，多次对她进行引诱，最后两人勾搭成奸。被火神伏尔甘发现后，维纳斯觉得无颜再在天宫待下去而回到了塞浦路斯。

爱神维纳斯不仅征服了奥林匹斯山上的众神，也征服了整个大自然，她走到哪里，哪里就有一片欢声笑语，哪里就会一派欣欣向荣的景象。但春天的时间并不是太长，花儿并不会长开不败，因为维纳斯的儿子阿多尼斯正是短暂春天的化身。

阿多尼斯是维纳斯回到大地后，从一株苍天大树的树干中迸裂出来的。维纳斯担忧儿子的生命危险，经常劝说阿多尼斯不要去狩猎，但年轻的阿多尼斯哪里肯听。一天，阿多尼斯去追逐一头野猪，眼看要追到野猪时，野猪猛地回过头来，一口咬中正在向前追赶的阿多尼斯，阿多尼斯当场倒地，鲜血染红了身边的花丛。当维纳斯听到儿子的呼叫声时，急忙向出事地点跑去，慌乱中，不小心被玫瑰刺伤了脚，雪白的白玫瑰刹那间变成了鲜红色。当维纳斯赶到阿多尼斯身边时，儿子已经停止了呼吸。悲痛的维纳斯抱着儿子的尸体泪如泉涌，她的泪珠掉到地上后，长出了数株银莲花。

阿多尼斯的生命是短暂的，他的美就寄托在花丛中，花儿凋谢即意味着他生命的消失。当然，阿多尼斯的生命是无限期轮回的，当植物在夏日的骄阳中茁壮成长时，阿多尼斯就会获得新生。

小爱神丘比特也是维纳斯的儿子，这是一个长着一对金翅膀的美少年。丘比特喜欢拿着弓箭和火炬乘着飘拂的微风到处游荡，他所到之处，人们会享受到友谊的快乐、温存和乐趣，更会享受到爱情的甜蜜和辛酸。

爱美是人们的天性，所以人们非常崇敬家神兼美神的维纳斯。爱神木、罂粟、石榴、玫瑰、天鹅和鸽子等都是维纳斯的宠物。

在罗马，维纳斯的纪念日定在每年的四月，帝国时期的罗马对维纳斯的崇拜尤为流行。凯撒大帝还自称是埃涅阿斯的后裔，尊维纳斯为罗马人的祖先，由此可见维纳斯在罗马人心目中的地位。

丑陋的火神伏尔甘

伏尔甘是天公朱庇特与天后朱诺的儿子。朱诺刚生下伏尔甘时，就发现这个儿子不仅长相丑陋，而且天生一副瘸腿。一向嫉妒心强的天后朱诺本来就对自己没有亲生智慧女神密涅瓦而感到懊悔，现在见自己的儿子竟如此一副模样，顿时怒气冲天。为了不被其他的神取笑，她狠心地将刚生下来的伏尔甘扔下了奥林匹斯山的万丈深渊。

被母亲抛弃的小伏尔甘并没有死去，而是掉到了楞诺斯岛上。他遇到了一个好心的侏儒，侏儒不但救了他，而且还教会了他冶炼钢铁、铜和贵重金属的技术。当然，伏尔甘也像孝敬亲生父母一样孝敬侏儒，直到侏儒老死。随后，伏尔甘在楞诺斯的一个火山口建了一座冶炼作坊，他花了九年时间在那个作坊里炼制了很多精致的工具和装饰品，把自己的住处装点得像个宫殿。

伏尔甘知道自己是朱诺的儿子，对于这个母亲，伏尔甘既想念又痛恨。为了能回到母亲身边，伏尔甘在自己的作坊里做了一个非常精美的黄金宝座，这个宝座上有很多无形的连接线，这些线只有伏尔甘才能看得到，任何人和神都不会感觉到它的存在。金宝座做成以后，伏尔甘便派人把它送给了母亲朱诺。

朱诺看见这个金光闪闪的宝座后，马上情不自禁地坐了上去。她欣喜若狂地在宝座上给众神们摆各种姿势，以炫耀自己的高贵。但当她想从宝座上下来时，却怎么也动弹不得。朱诺脸上的表情非常难看，可她越是用力，束缚得越紧。刚才还频频夸赞的众神都过来帮忙，结果没有起到一点效果，连天公朱庇特都束手无策。

朱庇特赶忙派人去询问送宝座的人，才知道这个宝座是当年抛弃的儿子伏尔甘铸造的。朱庇特派信使墨丘利去凡间把伏尔甘叫来，谁知伏尔甘竟拿天公的话当耳旁风，并向朱庇特开出了一个条件，就是把爱神维纳斯许配给他。没有办法，为了能把天后从宝座里解脱出来，朱庇特只得答应了伏尔甘的要求。

回到奥林匹斯圣山的伏尔甘并没有抛弃他的老本行，他建造了一座比天公的宫殿还华丽的住所，并在金碧辉煌的住所旁边建了一间冶炼作坊，以用来冶制各种金属。伏尔甘几乎把所有的时间都用在了炼制金属上，当然了，他炼出的各种

精美的用具让众神们叹为观止。

为了表示自己的孝心，伏尔甘为父亲朱庇特锻造了一个金宝座。除了对父母表示孝心外，伏尔甘对其他众神也毫不吝啬，为太阳神福波斯修建了宫殿，为太阳神和月亮女神狄安娜炼了一批箭头，为谷物女神色列斯打造了一把纯金的镰刀。天宫使用的各种金属物，如酒杯、各种金属乐器等都出自伏尔甘的作坊。

除了炼制那些没有生命的物品外，伏尔甘还创造发明了有生命的动物。世界上第一个女人就是火神伏尔甘捏制出来的。他把黏土和水捏成了一个具有女人模样的塑像，并赐予了她一颗火星作为灵魂。天公朱庇特给伏尔甘捏成的这个会讲话的美丽女人起名叫潘多拉。智慧女神密涅瓦为她穿上华丽的衣服，爱神维纳斯为她梳理头发，时光女神赫耳为她戴上满是花朵的花冠，潘多拉就这样出现在众神面前。

天公朱庇特递给潘多拉一个盒子，对她说："美丽的姑娘，带上这个盒子到地球上去，你会是那里的第一个女人。你到地球上的任务是把灾难带到人间，以惩罚那个自作聪明的普罗米修斯，记住，盒子的最底层放着'希望'，在它还没有飞出来之前一定要盖上盒子。"

潘多拉点点头，算是记住了天公的嘱咐。随后，信使墨丘利把潘多拉送到了地球上。潘多拉的美受到了人们的称赞，她来到普罗米修斯的弟弟厄庇墨透斯身边，厄庇墨透斯欣然接受了这个女子。潘多拉当着厄庇墨透斯的面打开了朱庇特交给她的那个神秘的盒子，其实连她自己都不知道里面到底是些什么。盒子被打开后，一大群灾难就像闪电一样跑了出来，并迅速向四周扩散。潘多拉按照朱庇特的意思，在盒底的"希望"还没有跑出来时，连忙把盒子重新盖好，结果，"希望"被留在了盒子里面。

正是因为伏尔甘捏造了潘多拉，才使得地球上充满了灾难，但人们并没有把这种罪过加于火神身上，因为伏尔甘是一个心地善良的人，而且天公的意愿他很难违背。

由于大部分时间伏尔甘都在自己的作坊里冶炼，所以冷落了美丽的妻子维纳斯。维纳斯一直都鄙视伏尔甘的丑陋，所以他们的夫妻生活不尽如人意。当得知妻子与战神玛尔斯偷情后，伏尔甘用一张钢丝网将他们捉住，并把众神都请来观看他们的丑态。事后，维纳斯回到了塞浦路斯，玛尔斯则到色雷斯地区隐居。

在妻子维纳斯走后，伏尔甘更是把心思放在了冶炼上。据说，地上火山口或地面裂口都是火神作坊的大烟囱，地震和火山爆发则是火神作坊冶炼金属时发出

的噪音造成的。伏尔甘除了在奥林匹斯山上有冶炼作坊外，还在楞诺斯岛和欧洲的埃特纳山上开办了更大的作坊。

冥王普路托的冥界和真理田园

普路托是萨图恩的儿子，也是天公朱庇特的弟弟。当萨图恩的三个儿子在分配领地时，漂着白色泡沫的大海由尼普顿管辖，阴森恐怖的冥界归普路托管辖，但两人都听命于天空的主宰者——朱庇特。

普路托是一位伸张正义的冥王。在人们的心目中，他习惯手里拿着象征丰收的羊角，头上戴着乌木、蕨类植物或水仙制成的冠冕，长发和胡子遮住了他的脸庞，一个公正严明、铁面无私的冥王被体现得淋漓尽致。

生活在冥界的普路托早已经习惯了那种永无天日的日子，他根本不再向往天国的生活。在他的一生中，他只离开过冥界一次，而且只停留了一刹那就又回到了他的王国。

那唯一的一次离开冥界是为了寻找一个女人做他的王后。当他还在天国的时候，就已经对谷物女神色列斯年轻漂亮的女儿戈莱倾慕已久，来到冥界后，长时间的孤单寂寞使他更加思念戈莱；但他心里清楚，如果自己按程序上门提亲，色列斯肯定不会把女儿许配给他，但怎么样才能得到自己心爱的女人呢？

经过一段时间的苦思冥想，普路托终于想出了一个办法，也是唯一的一个办法——抢。

那天，天空万里无云，和煦的春风吹拂着地面，戈莱和她的伙伴们在辽阔的原野上嬉戏着。

“瞧，那里的鲜花是多么漂亮啊！旁边还有一汪清泉呢！我们去摘些吧，可以编成精美的花冠。”戈莱穿着宽大的长裙，赤着脚跑在伙伴们的前面，脸上洋溢着快乐的欢笑。

伙伴们一拥而上，采摘着沾满露水的鲜花，一切都淹没在喧闹声中。在众多伙伴当中，戈莱是最美的，她那灿烂的微笑比盛开的鲜花还要美。突然，眼前的景象使她惊呆了：一株小芽从地上冒了出来，并且迅速成长，转眼间长成了一株香气四溢的水仙花。

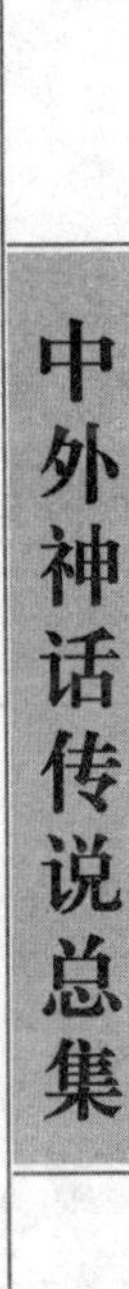

诱拐 圭多·雷尼 意大利

冥后珀耳塞福涅是农业女神色列斯的爱女，冥王普路托用水仙花迷惑了珀耳塞福涅，把她诱拐入冥府做了自己的王后。

“好奇妙啊！那株水仙花像是在对着我笑！它好像早就认识我似的。”戈莱被深深吸引住了，情不自禁地伸手去抚摸水仙花的花瓣。这时，奇迹出现了，当她刚触到花，脚下的地面就裂开了一条巨缝，她感到一阵眩晕便失去了知觉。醒来时，她发现自己正躺在一个昏暗的地方，周围充满了阴森之气。“戈莱，请不

要害怕，我是普路托啊，不认识我了吗？你现在是在冥界，已经成为我的冥后了，难道你不愿意吗？要知道，我是多么的爱你啊！”一个男子出现在戈莱的床前，微笑着看着她。

戈莱自然认识普路托，但怎么也没想到会以这种方式成为他的王后，事已至此，她只能顺应天命，何况她对他并不反感。从那以后戈莱改名为珀耳塞福涅，虽然生活在暗无天日的冥界，也过得相当幸福，只是有时会思念母亲色列斯。

一天，信使墨丘利来到冥界，珀耳塞福涅才知道母亲色列斯为了寻找她，已经疯狂地把大地上的田原烧光，人们辛辛苦苦劳作一年却颗粒无收，很多人都为此流浪街头。墨丘利来冥界就是向普路托说情的，希望能让珀耳塞福涅与母亲团聚。珀耳塞福涅也非常希望能见到母亲，她知道母亲的脾气，如果找不到女儿，她肯定会一直让大地没有谷物可收，到那时，地上的人们会被活活饿死。

普路托并不想让珀耳塞福涅离开冥界，但迫于朱庇特的威严，他还是答应让她每年有一半的时间与母亲在一起，但另外一半时间必须安分地待在冥界。当几近疯狂的色列斯看到女儿珀耳塞福涅，顿时怒气全消，地上又长出了谷物、鲜花和果树，那代人类才得到拯救。

此后，冥王普路托就一直没离开过他的宫殿。他的宫殿处于十八层地狱最底层。那里和天宫一样，有很多神，如命运三女神帕尔卡、复仇三女神厄里尼厄斯、死亡女神普罗塞耳皮娜等，他们帮助普路托管理着冥界。冥界还有一条看管恶狗刻耳帕格斯。在冥界，所有案件都要经过普路托来审理。普路托有双慧眼，对灵魂在阳间的所有行为一目了然，想隐瞒罪行只会招来更重的惩罚。

冥界的大门从来都是敞开着的。这些死去人的灵魂都是由信使墨丘利负责引到冥界的，恶狗刻耳帕格斯会笑着迎接这些灵魂，但在它的警戒之下，进来的灵魂没有一个能出得去。进入冥界之门，灵魂们面前会出现一条叫阿刻戒的河，污浊的河水咆哮着，波浪卷起了一阵阵漩涡，即使成了灵魂也会惊吓不已。

渡过阿刻戒河，灵魂们便会来到一处盛开着阿福花的草地上，这里被叫做真理田园。渡过河的灵魂在这里接受审判，犯有罪行的灵魂不但会受到复仇三女神的惩罚，还会被分配到塔耳塔洛斯地狱去受刑。那些清白无罪的人的灵魂，则会被送到爱丽舍乐园去。爱丽舍乐园与塔耳塔洛斯地狱有天壤之别：那里是一片宁静的平原，长着各种水果，草地上百花争艳，鸟儿们欢快地在枝头歌唱着。没有纷争，一派祥和，大家都沉浸在幸福之中。

艺术家代达罗斯

代达罗斯是墨提翁的儿子，是厄瑞克透斯的曾孙，也是一位厄瑞克族人。

代达罗斯继承了家族的聪明智慧，成为了一位伟大的艺术家，他不仅擅长雕刻，还精通建筑。他雕刻的肖像简直是有生命的造物。在代达罗斯以前，艺术家们雕刻的肖像没有一丝灵气，眼睛是闭着的，双手是与身体连在一起的，而代达罗斯的作品是第一个睁着眼睛的作品，双手与身体分离，显示出各种运动着的姿势。如果把代达罗斯的作品赋予灵魂，那会与真人无异。代达罗斯的艺术作品在世界各地都享有盛誉。

正因为有了至高的荣誉，代达罗斯显得非常自负，他唯恐有一天别人会把他的荣誉抢走。在这种缺点的诱惑下，代达罗斯开始了苦难的行程。

塔罗斯是代达罗斯的侄子，他非常羡慕叔叔的手艺。“如果自己也能雕刻出那么精美的作品该有多好啊！那又是多么幸福的一件事啊！”强烈的心理促使着塔罗斯去向代达罗斯学习。代达罗斯很高兴地收下了这个学生。不久后，代达罗斯发现，这个学生的天赋比自己要高得多。虽然塔罗斯还只是一个孩子，但他已经能在没有老师的指导之下发明很多连代达罗斯都不能发明出的东西，如制陶器用的转盘、最早的车床等。虽然人们还一如既往地尊敬着代达罗斯，但代达罗斯感觉到人们已经把本该对他的尊敬转移到了塔罗斯身上。这一点是最让代达罗斯忍受不了的。

经过强烈的思想斗争，代达罗斯的嫉妒心理还是战胜了理智，当塔罗斯和他一起在雅典的卫城上走过时，代达罗斯把塔罗斯从卫城上推了下去。在埋葬侄子的尸体时，代达罗斯对路过的人们说是在掩埋一条被打死的蛇。但他还是被送上了阿瑞俄帕戈斯法庭，并被判有罪。

自己的地位在希腊的一落千丈使代达罗斯选择了逃跑。他四处流浪，最后到了克里特岛。在那里，他凭着非凡的手艺征服了那个国家的人们，并被国王弥诺斯待为上宾。

在克里特岛，有一个牛头人身的怪物，这个怪物保护着国王的地位不受侵犯，但他的食物却是雅典每九年向克瑞忒国王进贡的十四个童男童女。国王命代

石雕公牛状酒器

对弥诺斯人来说，公牛具有特殊的宗教意义，一般被放置在神庙和宫殿的周围。

达罗斯替这个怪物造一所能隐蔽的宫殿，接到这个任务后，代达罗斯创造性地建造了一座迷宫，人走进去根本就找不到出路，所以，国王再也不必担心人们怀疑他的王宫里养着一个怪物了。

离乡背井的代达罗斯非常思念自己的故乡，他早已经感到国王弥诺斯对自己的不信任，之所以他还被留在这里是因为他还有利用价值。

“我怎么才能离开这个地方呢？如果我去向国王请求，他肯定不会同意，还会把我看得更紧，可我真的不想再待在这个地方了。”代达罗斯绞尽了脑汁终于想出了自救的办法：如果我逃走的话，弥诺斯肯定会从陆上和海上追捕我，但这个国家还没有能飞行的工具，也就是说，如果我能从空中逃走，他是无论如何也抓不到我的。想到此，代达罗斯开始秘密地制作能飞行的工具。他收集了很多羽毛，把它们按尺寸粘在一起，拦腰捆住，再用蜡封牢，使之看上去像真正的鸟的羽翼。

飞行的工具做好之后，代达罗斯先做了个试验，在确保没有任何毛病之后，他把做好的一个小型的羽翼交给了他唯一的儿子。代达罗斯非常爱儿子伊卡洛斯，他一再地嘱咐儿子要当心：“在空中飞行时，你不要飞得太低，也不要飞得太高，太低会掠过海面，羽毛沾水后就会变得沉重，你就会被拉入水，太高的话，离太阳太近，你的羽毛会受热起火，或是蜡熔化后羽毛脱落，那样你就会掉到地上，所以你只能在半空中飞。”说完，代达罗斯吻了吻儿子。

父子俩都升上了天空，代达罗斯飞在前边，儿子伊卡洛斯在后，他们朝着西西里岛的方向飞去。起初，伊卡洛斯学着父亲的样子飞行得非常顺利，但由于太过自信，年幼的伊卡洛斯忘记了父亲的忠告，离开了父亲滑翔的轨道。由于飞得过高，强烈的光线烤化了羽毛上的蜜蜡，羽毛脱落了，伊卡洛斯再也不能浮在空中，一眨眼就落进了浩瀚的大海里。当代达罗斯发现儿子不见了时，绝望地降落在海岸上，他看见的只是儿子的尸体。悲痛的代达罗斯掩埋了伊卡洛斯，并把这个岛取名为伊卡里亚。

没有了儿子的代达罗斯从伊卡里亚岛起飞，继续向西西岛飞去。当他到达西西里岛的时候，同样也给那里的人们带去了惊喜。西西里岛的国王科卡罗斯为了表示对代达罗斯的感激，把他也待为上宾。在西西里岛，代达罗斯带领那里的人们挖掘了一个人工湖，而且他还在一块大岩石上建造了一座城堡，这个城堡的通道只能通过三四个人，易守难攻，所以国王科卡罗斯在这个城堡里保存他的珍宝。随后，代达罗斯在西西里岛上又兴建了一个深邃的地洞，利用这个地洞，代达罗斯把地下火生成的热气引了出来，使人们不至于在岩洞里再感到湿冷。此外，代达罗斯还扩建了厄律克斯海峡上的爱神维纳斯的神庙，并把一个精心制作的金蜂房放在神庙里，每一个来到神庙的人都以为那是一个真蜂房，由此可见代达罗斯艺术的高超。

当弥诺斯国王得知代达罗斯已经逃到西西里岛时，为了维护自己国王的尊严，他决定亲率大军追捕代达罗斯。弥诺斯带领一只海上舰队来到西西里岛，受到了科卡罗斯隆重热情的接待，科卡罗斯还邀请弥诺斯洗个热水浴以解除旅途的劳顿，并答应弥诺斯把代达罗斯交给他。弥诺斯满心欢喜地坐在浴缸里洗澡时，水温越来越热，最后竟然被煮死在浴缸里。

从此以后，代达罗斯一直生活在西西里岛，他竭尽全力地为岛上的人们服务着，培养了许多的艺术家，代达罗斯则成为西西里岛建筑和雕刻艺术的奠基人。因为失去了儿子，他的晚年一直都非常苦闷，直到去世。

酒神巴克斯

天公朱庇特曾与塞墨勒在底比斯生下一个儿子，取名为巴克斯。巴克斯是卡

德摩斯的外孙，被人们称为酒神。

酒与狂欢之神巴克斯

很久以来，巴克斯就成为那些狂欢活动的崇拜对象。酒神的神奇力量至今仍没有被人们忘却。

刚出生后不久，天公朱庇特就让众女神带巴克斯去了印度。当长成英俊的少年时，巴克斯离开印度去周游世界。巴克斯教给人们种植葡萄的方法，向人们传播他的新教理。很快，他的声名就传遍了整个希腊，包括他的故乡底比斯。当然，供奉他的人们会得到他的爱护，而亵渎神灵的人们则会受到他严厉的惩罚。

彭透斯是卡德摩斯的孙子，是泥土所生的厄喀翁与巴克斯母亲的妹妹阿高厄所生的儿子。当巴克斯的声名传到底比斯的时候，卡德摩斯已经把王位传给了彭透斯。彭透斯是一位非常傲慢的国王，他藐视众神，更加嫉妒他的亲戚巴克斯，尤其是巴克斯在底比斯的声名极度上升的时候。

彭透斯的嫉妒心越来越强，甚至开始仇恨赞扬或追随神灵的人，并对这些人加以迫害。他对他统治下的人民大声嚷道："笨蛋们，你们是巨龙的子孙，怎能甘心让这个自称是神灵的娇生惯养的男孩征服底比斯呢？看来你们都疯了。巴克斯和我——他的堂兄弟一样，只是一个普通的人，根本不是天公朱庇特的儿子，但愿你们还是清醒的，不久以后，我将让你们看到他的真面目。"

愤怒的彭透斯骂完以后，命他的奴仆们把到处宣扬神道的巴克斯带上锁链抓起来。底比斯城里的人们对此都非常吃惊，他的亲戚朋友们尽最大努力劝告彭透斯不要如此傲慢，以免遭到神灵的惩罚，但彭透斯变本加厉，支持巴克斯的人越多，他越是气愤，甚至对反对他的祖父卡德摩斯大喊大叫。

坐在皇宫里的彭透斯正思考着一会儿如何羞辱巴克斯，他的仆人们回来了。"巴克斯在哪里呢？你们把他藏在什么地方了呢？快把他带到这里来，我非得让他自己戳破自己的身份不可。”彭透斯欣喜若狂地站立起来。

“我们并没有抓到巴克斯，当我们快要抓到他时，他突然不见了，但我们带回一个他的随从。不过，他好像跟随巴克斯没多长时间。”彭透斯这才注意到仆人们的脸上都沾满了血，他朝仆人们摆摆手，示意把巴克斯那个仆人带上来。

“可恶的家伙，你叫什么名字？从哪里来的？你为什么要追随愚蠢的巴克斯呢？你必须从实回答，否则的话你将被处死。”彭透斯朝刚被带上来的巴克斯的随从咆哮着。“我叫阿克忒斯，迈俄尼亚人。”被抓的俘虏并没有畏惧之色，而是平静坦然地回答：“我是一位航海人，遇到巴克斯是在一次航海中。一次，我们的船到达了一个不知名的海岸，我和我的同伴们都到陆地上过夜。第二天，当太阳刺眼的光照醒我时，我看见我的同伴们正拖着一个年轻人上船。那个年轻人喝醉了，两颊绯红，但看他那神态，我心里的直觉告诉我，这肯定不是一个凡人，于是我对同伴们说：‘我相信他是一个天神，如果我们厚待他，他一定会保护我们航行顺利的。’

“听完我的话，同伴们都大笑起来，并大声地嘲笑我：‘你真是一个愚蠢的人，他怎么会是天神呢？我们绝不会向他祷告的。相反，我们会把这个漂亮的家伙卖到另一个地方的。’

“说着，同伴们把这个年轻人拖上船，我的反对差点使我丧了命。可能是因为不习惯海上的颠簸，年轻人很快醒了过来：‘我这是在哪里呢？你们要带我去什么地方？那克索斯岛才是我的故乡啊。’

“‘孩子，别怕，我们正是向纳克索斯岛的方向航行啊。’一个同伴假装安慰年轻人。‘不是的，这是与纳克索斯岛相反的方向啊。’我同情地望着年轻人喊道。

“‘别听这个疯子的话，他是想把你扔到海里喂鱼的，幸亏我们把你救了下来。’一个同伴一脚把我踢开。

“年轻人冷笑了两声，似乎已经看破了同伴们的诡计。当航行到大海正中的时候，船突然停了下来，同伴们努力地摇着桨，但起不到任何效果。只有那个年轻人笔直地站在甲板上一直微笑着。

“一瞬间的工夫，我的同伴们竟都变成了鱼形，并跳进了海里。看着眼前发生的一切，我惊呆了。

“‘这就是加害我的结果。’然后他转过身对木然的我说：‘你不用害怕，你的虔诚保护了你，将我送到纳克索斯岛吧。’到达他的家乡后，他传授我在他的

圣坛前供奉他的教义。”

阿克忒斯充满虔诚地讲述着，彭透斯早已经不耐烦了：“闭上你的嘴巴，既然你对巴克斯这么忠诚，我就让你替他受刑一辈子吧。”他吩咐仆人们把阿克忒斯带到地牢里，用巨锁锁在一根大柱子上，但当天晚上，一只神秘的手就把阿克忒斯放了出去。

彭透斯把城里的所有巴克斯的信徒都抓了起来，其中也包括他的母亲和姐妹们。同样，关押这些信徒的门在没有任何人力的作用下敞开了，人们蜂拥而出，回到了巴克斯给他们讲神道的树林里。

负责追捕巴克斯的仆人们带着自愿被缚的巴克斯回来了，巴克斯充满智慧的眼睛一眨不眨地盯着彭透斯。彭透斯也被眼前这个年轻英俊的小伙子打动了，但冲昏头脑的他还是命人把巴克斯关进一个密封的山洞里。巴克斯并没有任何反抗行为，到了山洞之后，他一声大喊，山洞崩塌了，他却安然无恙地走了出来，回到了众多的追随者之中。

“国王啊，你快去看一看吧，那种力量只有神才会有的，如果你到了那里，你一定会改变你的看法的。”一位仆人跑来对彭透斯说。

盛怒之下的彭透斯非常想看个究竟，由于害怕女信徒们把他撕成碎片，彭透斯十分勉强地穿上女人的衣服，跟在巴克斯的身后。这时的彭透斯已经处于神的指挥之下，心里怀着对巴克斯的激情，他是多么希望得到一根酒神杖啊。

走进隐蔽的丛林中，巴克斯的女信徒们都围了过来。通过神力，巴克斯使这个愚蠢的国王坐在了一棵松树的最顶端，然后指着彭透斯对信徒们说：“那就是嘲笑我们神道的人，我们必须对他加以惩罚。”巴克斯的话音刚落，女信徒们就开始拿起地上的石块向彭透斯投掷。在彭透斯的母亲和姐妹们眼里，彭透斯变成了只凶悍的狮子，她们同样对彭透斯充满了愤怒。彭透斯用双臂拥抱着母亲，想使她认出自己的儿子，但母亲阿高厄却撕掉他的右臂，姐妹们也撕扯着他的左臂和两腿。最后，彭透斯的身体被撕成了很多部分，这就是酒神对亵渎神灵的彭透斯的惩罚。

人造物神和迈达斯国王

应该从太阳神福波斯被天公朱庇特逐出天宫贬到人间算起，地球上不但有了人类，还有了其他的生物，如农牧之神、萨梯和生活在山林水泽间的仙女等。所有的农牧之神、萨梯和仙女都受潘神管制。潘神本身就是一个丑陋的萨梯，住在希腊的阿卡狄亚，与奥林匹斯圣山上的众神基本上已没有了关系。

酒神巴克斯也不住在奥林匹斯圣山，而是住在地球上。如果说潘是野生物和天然物之神，那么巴克斯就是人造物之神了。

赛利纳斯是天底下最丑、最胖、最聪明的萨梯，是酒神巴克斯最好的朋友。一次，巴克斯带着女祭司和一些山林神怪到小亚细亚去，赛利纳斯自然在其中了。由于多喝了些酒，赛利纳斯行动迟缓，最后迷失了方向。他走到森林深处，在树丛中磕磕碰碰，倒在一棵树下竟然睡着了。他的呼噜声惊动了从附近路过的猎人，猎人们发现了这位酣睡的萨梯，给他的头上戴上美丽的花环，抬到了国王迈达斯那里。迈克斯一眼就认出了眼前这位萨梯是酒神巴克斯的朋友，所以热情款待了赛利纳斯。为了感情谢迈达斯的盛情，赛利纳斯教给了他很多治理国家的方法。

赛利纳斯待在迈达斯王宫的第十一天，已打听到酒神巴克斯下落的迈达斯把赛利纳斯送到了在吕狄亚旷野休息的巴克斯那里。

因为不见了赛利纳斯，巴克斯也正忧心忡忡，当迈达斯把赛利纳斯带到巴克斯面前时，这位酒神高兴得像个孩子似的又蹦又跳。

“亲爱的国王陛下，很高兴你能把我的朋友送回来。为了表示对你的感激，我会满足你的一个要求。”

听到酒神的许诺后，迈达斯抑制不住内心的高兴：“伟大的神，你所说的是真的吗？如果我能选择的话，我希望把我所接触的东西都变成闪闪发光的金子。”

酒神巴克斯为迈达斯的这个要求感到遗憾，他觉得这是最愚蠢的选择，在迈达斯的坚持下，巴克斯还是满足了他的要求。

“我的朋友，现在你已经具有点金的神力了。但我还是要警告你，你所做的这个选择真是个错误。”巴克斯的话，迈达斯根本就没有听进去，他只想赶快试验一下酒神赋予自已的这一神力是否灵验，那样的话，自己就将成为天底下最富有的人了。

离开吕狄亚旷野后，高兴得有些发疯的迈达斯小心翼翼地用手去触摸一棵小树，顿时，奇迹出现了，这棵小树不再摇摆，通体发着金光。

“哇，真是太神奇了，以后我将拥有用不完的黄金，那是多么美妙的事啊。”迈达斯抚摸着眼前这棵金树，心里做着进一步的打算。

他从路过的麦田里摘下一株麦穗，麦穗变成了金子，他又从果树上摘下一个苹果，苹果也开始闪闪发光。他跑进他的王宫，触摸着宫门、柱子、桌椅等，最后几乎王宫里的所有一切都变成了金子。

但接下来发生的却让迈达斯苦恼不已。到处施展点金术的迈达斯累得坐到金椅子上，金光闪闪的桌子上摆满了他平时爱吃的烤肉和面包。可当他拿起面包刚要放进嘴里时，面包马上变成了金面包；当他把烤肉放在牙齿上准备撕扯时，牙齿却被震得痛了半天；连他要喝的葡萄酒到了嘴里也只能又吐了出来。

"我是多么的愚蠢啊，虽然我很富有，但我却什么也得不到，连最起码的饥饿都解决不了，如果再这样下去，我会被活活饿死的。"迈达斯意识到自己的错误后，悔恨占据了他的内心，他拿起榔头敲打着自己的脑门，但听到的是金子与金子的碰撞声。

"伟大的酒神啊，你是最善良的了，请你宽恕我吧。收回你所给我的一切吧。我宁可成为世界上最贫穷的人，只希望你能饶恕我的罪过。"迈达斯找到酒神巴克斯，悔恨地请求着。

"好吧，我说过你所做的是一个错误的选择。你到帕克托罗斯河去吧，那里的水能洗掉你的贪婪。"酒神友好地指点着眼前这个愚钝的国王。

迈达斯跑到附近的帕克托罗河，费力地脱掉身上的金衣，跳入河水中。一瞬间的工夫，迈达斯的点金术消失了，他又恢复了以前的自己。但他身上的魔力却被冲到帕克托罗河里去了，那时以后，小亚细亚的这条河流里就有了金子。

从此以后，迈达斯开始憎恶一切财富，不过却还是那么愚蠢。

英雄柏勒洛丰

西绪福斯是埃俄罗斯的儿子，是一个无比奸诈的人。在那个时候，国家的交界处通常都是无人看管的地方，一片荒芜。西绪福斯在两个国家之间建造了一座美丽的城市——科任托斯，并当起了这里的国王。从此以后，他的生活更加荒淫，对这里的人们进行欺诈与残害。为了惩罚西绪福斯，天公朱庇特把他打入地狱，他每天都要把一块巨大的岩石从平地搬到山顶上去，当到达山顶时，岩石又会从山顶滑落到平地上，第二天，西绪福斯不得不继续他的搬运。

柏勒洛丰是西绪福斯的孙子，也是科任托斯的国王，因为误杀了一个仆人逃到了提任斯地区。提任斯的国王普洛托斯非常喜欢眼前的这个憨厚青年，他不仅赦免了柏勒洛丰的罪行，而且对这个年轻人进行了热情的款待。

飞马珀伽索斯雕塑

海神的宝马珀伽索斯是罗马人心目中为荣誉而奋发的象征物。

普洛托斯的妻子安忒亚是个放荡的女人，她被柏勒洛丰所打动："仁慈的上天赐予了这个年轻人美丽的仪表，如果这个英俊魁梧的年轻人能成为我的情人那该多好啊！"于是，安忒亚想尽了各种办法去引诱柏勒洛丰。但她不知道，上天在赋予柏勒洛丰美丽仪表的同时，还赋予了他高尚的美德。对于安忒亚的引诱，柏勒洛丰以十分冷淡的态度回绝了。

安忒亚见引诱柏勒洛丰不成，恼羞成怒，于是向国王普洛托斯编了一个狠毒的谎言："亲爱的，瞧你的贵宾柏勒洛丰啊，他竟然引诱我去背叛你，你应该将他处死，否则他还会对我进行非理的。"

听了安忒亚的话，普洛托斯虽然非常气愤，但他还是不忍心杀死他曾十分赏识的这个年轻人。最后，普洛托斯决定把柏勒洛丰派到他岳父吕喀亚伊俄巴忒斯那里去，并让柏勒洛丰带去一封书简。柏勒洛丰不明就里，高兴地上路了。由于他的善良，全能的神一路上都保护着他。

伊俄巴忒斯是一个英明慈爱的国王，他依照古老的礼节迎接远方来的客人，给予了这位年轻人最盛情的款待。从柏勒洛丰堂堂的相貌和高尚的举止中，伊俄巴忒斯看出了这位小伙子并非普通人，所以他没有询问柏勒洛丰从哪里来，直到第十天才问起客人的姓名和来此的目的。

"亲爱的陛下，我是普洛托斯国王的朋友，是他命我来这里的，这里还有他的一封书简。"说着，柏勒洛丰把普洛托斯国王密封的书简递给了伊俄巴忒斯。

伊俄巴忒斯看完书简后才明白女婿派这个小伙子来此的目的，他非常惶恐：

"多么可爱的一个年轻人啊，我怎么忍心杀害他呢？何况我已经喜欢上他了。可我该怎么办呢？"思量了好长一段时间，伊俄巴忒斯还是拿不定主意。

"我的朋友在书简里说了些什么呢？你很难为此做出决定吗？如果有什么需要你尽管说，我希望能帮上你的忙。"柏勒洛丰诚恳地对伊俄巴忒斯说。

这位老国王早看出了柏勒洛丰的真诚，他笑笑说："哦，他只是在信里问候了几句，没有什么重要的事。小伙子，看得出，你很勇敢，如果你能做出一些让众人刮目相看的事，我相信，你一定能成为这个时代的英雄。"伊俄忒斯说着违心的话，只有这样，他才不至于亲手杀掉这个年轻人。而柏勒洛丰竟然对伊俄忒斯的这一建议表示赞同。

"真是太谢谢你能这么想。在吕喀亚有一个怪物喀迈拉，它的上半身像狮子，下半身像恶龙，中间的部分却像山羊，口里会喷射火焰，那是一个多么可怕的妖魔啊！如果你能把它降服，吕喀亚的人民都会感谢你的。"伊俄巴忒斯引导着柏勒洛丰。

勇敢的小伙子接受了老国王的命令，但他却不知道该如何去捕杀喀迈拉。奥林匹斯圣山上的众神同情柏勒洛丰的遭遇，把海神尼普顿与默杜萨所生的儿子珀伽索斯——一匹带有翅膀的神马带到了柏勒洛丰的身边。但没有凡人驾驭过非常狂野的神马，柏勒洛丰忙碌了好一阵子都没有将他驯服，竟迷迷糊糊地睡着了。

"快醒醒，你怎么能睡着呢？你拿着这副辔头，然后去向海神尼普顿献祭一头公牛，此后这匹神马就能听你使唤了。"睡梦中，柏勒洛丰听到了智慧女神密涅瓦的话，她还一边把一副华丽的金辔头交到他手里。醒来后，他惊奇地发现手里真的有一副金光闪闪的辔头。

柏勒洛丰忙找到预言家波吕德斯，把刚才在自己身上所发生的一切都对这个预言家说了。波吕德斯让柏勒洛丰照着梦里的去做。当柏勒洛丰祭拜完海神，又给智慧女神修建了一座圣坛，这些事都做完以后，珀伽索斯被驯服了。珀伽索斯头上带着金辔头，腾空而起，马背上的柏勒洛丰轻而易举地射死了怪物喀迈拉。

看到柏勒洛丰毫发无损地回来了，伊俄巴忒斯感到非常吃惊，随即他又命令柏勒洛丰去攻打英勇善战的索吕默人，柏勒洛丰竟凯旋。在与亚马孙人的作战中，柏勒洛丰也渡过了许多难关。最后，伊俄巴忒斯只好选拔了一批精壮的武士狙击柏勒洛丰，只可惜这批武士没有一个生还。这时候，伊俄巴忒斯完全打消了加害柏勒洛丰的念头，也不再相信这位年轻人是一个罪人，他应该是神的宠儿才对。伊俄巴忒斯把柏勒洛丰留在王宫里，把自己的女儿菲罗诺厄嫁给他，一家人享受着天伦之乐。

菲罗诺厄为柏勒洛丰生了两个儿子，一个女儿。大儿子伊桑特洛在与索吕默人的交战中阵亡，女儿拉俄达弥亚与天公朱庇特生下了萨耳珀冬后，被月亮女神狄安娜射杀，只有小儿子希波洛库斯享受到了年老的快乐。

柏勒洛丰因为拥有了长着翅膀的神马日渐骄傲起来，他甚至想骑着神马去奥林匹斯圣山参加众神举行的会议。神马不愿再听他的指挥，又一次腾空而起，把他丢在了一个陌生的地方。柏勒洛丰也羞于见人，在没有人烟的荒山野岭度过了他的晚年。

英雄们的最后险遇

伊阿宋夺得了金羊皮后，带着美狄亚登上了阿尔戈号，众英雄拔锚起航，朝俄尔科斯方向驶去。他们驶过了许多的海湾和岛屿，当看到伯罗奔尼撒海岸时，英雄们欢呼雀跃。正当他们为马上能见到亲人而高兴时，一场狂风呼啸而来。如果逆风而行，可能会造成沉船的危险，伊阿宋只得带领大家顺风行驶。阿尔戈号驶进了利比亚海，在大海上漂泊了九天九夜后，停在了瑟提斯海湾。

海滩上一片寂静，近海中长满了稠密的海藻，应该很少有人来到这里。英雄们满怀希望地跳下船，打算寻找一些水和食物，然而两手空空，至少在他们的视线之中没有可供选择的东西。

“我们经过了那么多风险才拿到了金羊皮，难道注定要牺牲在这个荒岛上吗？风和潮水把我们送到了这个地方，为什么不知道送我们回到我们的家乡啊。”英雄们纷纷抱怨着。然而，他们对命运的安排无能为力，只能静静地躺在沙滩上，等待着死亡的降临。

炎热的中午到来了，太阳火辣辣地烤着地面。突然，伊阿宋感觉有人掀开了他盖在头上的衣服，会是谁呢？他睁开眼睛，看到了三个用山羊皮遮得严严实实的女子，伊阿宋害怕地跳了起来，向后退了几步。

“不用怕，可怜的伊阿宋，我们是这里的半仙，你们不用难过，当海洋女神驾起海神尼普顿的马车时，你们应该对早就把你们抱在怀里的母亲道谢，然后你们就可以顺利地回到你们的家乡了。”三位半仙对伊阿宋说完这些话后就消失了。

伊阿宋把仙女的神谕告诉给了众人，一阵喧哗之后，大家又陷入了苦恼：这个神谕到底是什么意思呢？正当大家冥思苦想的时候，一匹巨大的海马从海里跳了出来，径直奔到英雄们面前。

“你们看啊，这不就是神谕中所提示的吗？这匹马正好可以用来拉车，把我们抱在怀里的母亲正是阿尔戈号。神谕是让我们把船扛过这块泥地，这匹海马应该会给我们指出停泊的地方的。”珀琉斯高声地欢呼着。

英雄们觉得珀琉斯的解释很有道理，便扛着阿尔戈号大船在这片荒芜的沙滩上走了十二个日日夜夜。他们忍受着饥饿和干渴，终于跟随着这匹神马把船放在了忒律托尼海湾。大家想方设法把船开进了一望无际的大海。海面上的风依然很大，阿尔戈在上下颠簸着。在歌手俄耳甫斯的建议下，英雄们重新上岸，给当地的神明献祭了一副金制的三脚鼎。在回船的途中，英雄们遇到了一个少年，少年从地上捡起了一块泥土，交到奥宇弗莫斯手中，以此表示友好。

“勇敢的人们，我是这里的保护神忒律托尼，既然众神把你们送到了这里，我会指引你们到达你们的家乡的。你们把船向那处冒着黑水的地方划，那里是一条从海湾通往大海的小道，一会儿我会给你们送上一股顺风。”少年指着不远处说道。

众人望去，不远处果然有一处冒着黑水的水域，于是，他们把船划了过去，一股顺风吹来，阿尔戈号离开了忒律托尼海湾，平安地到达了喀耳巴托斯岛。他们想从这里驶向克里特岛。

克里特岛上有一个可怕的巨人塔洛斯，是青铜时代留下来的唯一的人。天公朱庇特派他把守在克里特岛上。塔洛斯的脚踝上的一根筋是人肉做的，里面流动着血液，除此之外，他的全身都是铜制的。这根筋恰恰是塔洛斯的致命之处。

塔洛斯站在克里特岛上的一块礁石上，看到了一艘大船朝这里驶来，便抓起石块向阿尔戈号掷去。船上的人纷纷躲闪着，把船停在了一个石块掷不到的地方。英雄们手忙脚乱，他们不知道该如何对待眼前这个怪物。

“不要怕，我可以制服它，”美狄亚站起身对大家说，然后转向伊阿宋，“一会儿怪物睡着的时候，你想办法刺伤他的脚踝，那样它就不会对大家构成威胁了。”说完，美狄亚念动咒语，召唤着命运女神。不大一会儿，塔洛斯的眼皮就变得沉重起来，最后终于合在一起，当他那只肉质的脚落地之前，伊阿宋把一颗尖尖的石子刺进了塔洛斯的脚踝里。他痛得睁开了眼睛，刚要对眼前的这些人进行报复，但他却像一棵已经被砍断的树一样，被一阵风吹到了大海里。

英雄们安全地来到陆地上，找到了水源和食物。第二天，刚驶出克里特岛的海域，天空突然出现了可怕的夜晚，阿尔戈的英雄们笼罩在一片漆黑的恐惧之中。

“难道就这样让我们驶向地狱塔耳塔洛斯吗？尊敬的太阳神啊，请你把我们从这可怕的黑暗中拯救出来吧。”大家看不到伊阿宋，但都听到了他对太阳神的祈祷。伊阿宋的声音刚落，一束光亮闪过，英雄们在这束光亮的照耀下驶向了辽阔的大海。

在行驶过程中，奥宇弗莫斯把忒律托尼交给他们的泥土扔进大海，海中立即出现了一座岛屿，后人称此岛为卡里斯特。

当伊阿宋把金羊皮交到珀利阿斯手里时，珀利阿斯简直不敢相信这是真的，他开始意识到自己犯了一个错误，便又开始找各种理由不归还伊阿宋王权。为了报复珀利阿斯，伊阿宋请求美狄亚的帮助。美狄亚把一头老公羊剁成小块，放在水里煮，不大一会儿从锅里跳出来一只小羊羔。为了能使父亲恢复青春，珀利阿斯的女儿们按照美狄亚的吩咐把父亲也剁成了小块，但珀利阿斯却没有活过来。

赫丘利的结局

俄卡利亚国国王欧律托斯曾亲口答应如果有人在弓箭上能胜过他和他的儿子，便可以娶他的女儿伊俄斯为妻。但他的徒弟赫丘利不仅胜过了他亲手调教出来的儿子，而且还胜过了欧律托斯本人，欧律托斯却并没有履行他的诺言。赫丘利认为，正是欧律托斯的食言造成了他后来一系列的苦难。所以，欧律托斯成了他必须报复的对象。

赫丘利召集了一支队伍，围攻俄卡利亚，他身先士卒，攻城掠地，打死了欧律托斯和他的三个儿子，依然年轻漂亮的伊俄斯成了赫丘利的俘虏。

当丈夫去攻打俄卡利亚时，赫丘利的妻子得伊阿尼拉留在家里。得伊阿尼拉深爱着她的丈夫，甚至把丈夫看得比自己还重要，此时，她正焦急地等待着丈夫的消息。宫殿里爆发出一阵欢呼声，得伊阿尼拉知道这是丈夫凯旋了，她急切地向跑进来的仆人利卡斯询问。

“尊敬的夫人，你的丈夫是多么的勇敢啊，他杀死了欧律托斯，还抓回来一

赫丘利的战斗

英勇善战的赫丘利是古希腊人民心中的偶像，为了表示对他的敬仰，人们常会在陶器上绘刻他战斗的场面。

批俘虏，他现在正在攸俾阿对众神进行献祭。不过，你可要好生对待这些人，尤其是那位不幸的年轻姑娘。"利卡斯指着伊俄斯对得伊阿尼拉说道。

善良的得伊阿尼拉拉起扑倒在她脚下的伊俄斯，流露出同情的眼神，她问利卡斯："她是谁？看上去好像还没有结婚的样子，像是出身于高贵家庭，利卡斯，我说得对吗？"

"夫人，我哪里知道，我只知道她是你丈夫的俘虏。"利卡斯的目光躲躲闪闪，像是隐瞒一桩秘密，说完马上带着俘虏退了出去。

这时，一个跟随赫丘利已久的仆人悄悄地走了进来："夫人，你不要相信利卡斯的话，你知道你的丈夫为什么要攻打俄卡利亚吗？就是为了刚才那个女子啊，她就是伊俄斯，欧律托斯的女儿，你的丈夫对她早有爱慕之心，她可是你的情敌啊。"

听到仆人的话，得伊阿尼拉像是听到了一个晴天霹雳，她是那么深爱着丈夫，可丈夫竟背叛她，但马上她又平静下来，命人把利卡斯叫来，诚恳地说道："亲爱的利卡斯，我知道你不会骗我的，这位姑娘是多么可怜啊，即使我的丈夫对我不忠我也不会迁怒于她，我只想知道真相，我是多么希望能减轻这位姑娘的痛苦啊。"

利卡斯见夫人如此的通情达理，便把一切都告诉了她。得伊阿尼拉没有责备利卡斯，也没有责备她的丈夫，只是吩咐利卡斯给丈夫捎去一件礼物，以庆祝丈夫的胜利。

得伊阿尼拉从箱子里拿出一件衬衣，把它交给了利卡斯："这是我亲手缝制的，除了我的丈夫之外，谁也不能穿这件衣服，这里可是融入了我对他的爱啊。"利卡斯捧着衬衣走出房间之后，得伊阿尼拉茫然地陷入沉思中。

只有得伊阿尼拉知道，在那件衬衣内，有一块具有魔力的血膏，那块血膏却有一段不凡的来历。

当年赫丘利从卡吕冬来到特拉奇斯时，去拜访他的朋友刻宇克斯，但这中间要经过奥宇埃诺斯河。赫丘利请肯陶洛斯人涅索斯抱着妻子得伊阿尼拉过河，但涅索斯垂涎于得伊阿尼拉的美貌，在河中间对她动手动脚。已经到达岸上的赫丘利见涅索斯这么无礼，弯弓搭箭，射中涅索斯的要害之处。当得伊阿尼拉要朝着岸边游去时，垂死的涅索斯叫住了她："我侮辱了你，为此我希望能作出补偿，你把我的尸体掩埋掉，把我的伤口流出的最后一滴血保存起来。你把它涂在你丈夫的衣服上，他就不会再爱上别的女人，只会爱你一个人了。"

虽然得伊阿尼拉当时并不怀疑丈夫对自己的忠诚，但她还是把涅索斯的最后一滴毒血保存了下来，并制成了血膏，而当丈夫快要背叛她的时候，她想到了涅索斯的话。她把血膏涂在了那件衬衣上，不过她只是为了唤回赫丘利的爱情和忠心啊。

利卡斯回到攸俾阿，把家乡的消息向赫丘利作了报告，然后把得伊阿尼拉让他捎来的那件衬衣帮赫丘利穿上。赫丘利并没有产生任何怀疑，立刻把它穿在身上，然后十分虔诚地做着祷告。当祭祀的烈火熊熊燃烧的时候，赫丘利开始浑身冒汗，那件衬衣开始变小，赫丘利开始感到一阵阵的战栗，最后在地上翻滚起来。充满悔恨的利卡斯来到主人身边，告知这件衬衣是受夫人委托才交给主人的，赫丘利痛苦地咆哮着，让儿子许罗斯赶快把他带回自己的国家，他不想死在一个陌生的国土上。

刚走进宫殿，许罗斯就开始抱怨起母亲，得伊阿尼拉得知丈夫即将因为自己的错误而死去时，充满了绝望。她默默地走到丈夫的房间，拿起一把匕首刺入了自己的胸膛。许罗斯为自己对母亲说了过激的语言懊悔不已，他想找到母亲向她道歉，但他只找到了母亲冰冷的尸体。而此时的赫丘利也忍受着痛苦的煎熬。

神谕曾暗示过赫丘利必将死在俄塔山上，所以，赫丘利不顾身体的疼痛，命人把他抬到了俄塔山顶。坐在一堆木柴上，赫丘利把自己的弓箭送给了好朋友菲

罗克忒忒斯，并命他点火。

当木柴被点燃的瞬间，天上闪过的几道闪电迎着火苗扑了过去，赫丘利被迎送到了奥林匹斯圣山上。在天宫里，赫丘利被列为神，天后朱诺也同他和解，并把自己的女儿——青春女神赫柏嫁给了赫丘利。

忒修斯登上雅典王位

忒修斯是埃勾斯和特洛伊国王庇透斯的女儿埃特拉的儿子。埃勾斯是雅典阿提刻国的国王，但却没有子嗣，他兄弟帕拉斯的五十个儿子对他的王位垂涎已久，对这个没有儿子的国王非常轻蔑。为了得到一个儿子，以使自己的王位不落到外人手里，埃勾斯决心再娶一房妻子。他最先把他的这一想法告诉给了他的朋友，也就是特洛曾小城的国王庇透斯。听完埃勾斯的决定，庇透斯吃了一惊："难道这就是神谕中的结果吗？我的朋友，我得到了一个神谕，说我的女儿会缔结一个很不光彩的婚姻，但她的儿子却将声誉卓著。我正不知道如何去解释这一神谕，看来你说的正是时候。"

就这样，庇透斯把自己的女儿秘密地嫁给了埃勾斯。埃勾斯要离开特洛曾时，和妻子埃特拉来到海边，把他的宝剑和鞋藏在了一块巨石底下，对妻子说："我和你结婚，是为了我的家族和王国。如果你生下一个儿子，就把他抚养成人，不要告诉他我是他的父亲。等他有足够的力量搬动这块石头时，你让他穿上这双鞋，拿着这把剑到雅典去找我。"

埃特拉果真生了一个儿子，名叫忒修斯。埃特拉和庇透斯没有对任何人讲过忒修斯的父亲是谁，庇透斯甚至对别人说忒修斯是海神尼普顿的儿子。忒修斯长成英俊少年以后，身体强壮，聪明才智日益显露。埃特拉把儿子带到海边那块巨石旁，告诉他真实的出身，叫他取出埃勾斯留下的证物到雅典去。

不费吹灰之力，忒修斯就搬开了巨石，取出了那双鞋和宝剑。外祖父和母亲都劝忒修斯从海上去雅典，因为当时陆上有很多的强盗出没，但忒修斯坚持要从陆上走："要是我从海上去父亲身边，人家会笑话我是依靠传言中是我父亲的海神的帮助才完成旅行的。如果父亲看到我穿着一尘不染的鞋子，他又会怎么看我呢？我才不充当懦夫。"

对于忒修斯的坚持，外祖父和母亲只能为他祝福。忒修斯非常钦佩英雄赫丘利，一直想有朝一日也能像赫丘利一样做一些惊天动地的大事。他同样知道去雅典的路上会遇到很多风险，但他还是义无反顾地踏上了征途。

雅典王子忒修斯与弥诺陶洛斯怪物牛身兽

在克里特岛上的弥诺斯王宫里，忒修斯在与怪牛交手，最后用弥诺斯公主送给他的魔剑杀死了它。

一路上，忒修斯肃清了一些拦路抢劫的强盗，勇敢地与害人的野兽进行搏斗，如，杀死了一头叫菲阿的克罗米俄尼亚的猪。最后，忒修斯终于来到了雅典，但他看到的并不是一个和平欢乐的雅典，父亲埃勾斯也处于一个十分危险的境况中。

自从美狄亚离开伊阿宋之后，便来到了雅典，在得到埃勾斯的宠幸之后，美狄亚更是作威作福。依靠魔力知道埃勾斯的儿子到达雅典之后，美狄亚千方百计地陷害忒修斯。在美狄亚的挑拨之下，埃勾斯认为忒修斯是一个来侦察情况的奸细，便宴请忒修斯，想在席间毒死他。当忒修斯想切盘子里的肉时，拿出了父亲留给他的宝剑。埃勾斯一眼就认出了自己留给儿子的信物，立刻把已斟满毒酒的杯子打翻在地，紧紧地拥抱忒修斯，并命人把美狄亚赶出雅典。

忒修斯作为阿提刻的王子和王位继承人是无可非议的，埃勾斯对这个好不容易得来的儿子更是百般珍爱，但儿子做出的一个决定却让他痛苦不已。原来，雅典人要每年向克里特国王弥诺斯进贡，贡品是七个童男和七个童女。这些童男童女被送到克里特国后，会被关入迷宫，让凶残的怪物弥诺陶洛斯吃掉。每年进贡的时候，雅典国怨声载道，他们不得不看着自己的儿女们被送去异国让怪物吃掉。进贡的时候又要到了，国民们对国王埃勾斯越来越不满。为了使父亲从无限的痛苦之中解脱出来，忒修斯毅然地选择了去克里特国。埃勾斯是多么的想留住儿子啊，但忒修斯一再向父亲表示，自己一定会把这些童男童女带回来，还要征服弥诺陶洛斯。

在出发之前，忒修斯到太阳神福波斯的神庙里进行祷告。神谕让他选择爱神

作为保护神，虽然忒修斯不解其意，但还是向爱神维纳斯献了祭礼。一切准备完毕，忒修斯带着另外几名童男童女乘船前往克里特。

当忒修斯出现在王宫里后，弥诺斯的女儿阿里阿德涅顿时被忒修斯的英俊潇洒吸引住了。在没有人注意的时候，阿里阿德涅向忒修斯表白了爱慕之心，并给了他一个线团和一把魔剑："你把线的一头拴在迷宫的入口处，带着线团进入迷宫，一直走到弥诺陶洛斯身边，用这把魔剑将它杀死，再顺着线走出迷宫。"

忒修斯一再表示对阿里阿德涅的感激。当他和同伴被送进迷宫后，他按照她的吩咐去做了，杀死了弥诺陶洛斯并安全地出了迷宫。然后，他带着他的同伴和阿里阿德涅一起逃离了克里特。在归途中，忒修斯和同伴们在狄亚岛休息。忒修斯梦到了神灵让他把阿里阿德涅留在岛上，否则他将遭遇一切灾祸。为了不惹恼神灵，忒修斯按照神意做了，随后继续航行。当天夜里，阿里阿德涅不知了去向。

对于阿里阿德涅的失踪，忒修斯和他的同伴们都非常悲伤，他们甚至忘了换下表示哀恸的黑帆。坐在海岸上等待儿子归来的埃勾斯看到船上挂着的黑帆，以为忒修斯已死，绝望地跳进了茫茫的大海里。

忒修斯刚上岸就听说了父亲跳崖而死，悲痛万分，一路号哭着走进了雅典城。忒修斯执政以后，在各个方面都表现出了他非凡的领导才能，这个时候，雅典才成为了一个公认的城市。

忒修斯的结局

忒修斯做了国王以后，废除了各城镇的议会和独立政权，建立了一个共同的议会。他还削弱了王权，使他的权力受到贵族会议和人民大会的约束。这一做法得到了全体雅典人民的赞同。

忒修斯的妻子希波吕忒是一个阿玛宗女人，当年忒修斯并不是堂堂正正地把希波吕忒迎娶回雅典的，而是去阿玛宗进行抢婚。阿玛宗本就是一个好战的女人执政的国家，她们一直在寻找机会进行报复。一天，雅典没有设防，阿玛宗妇女开始了她们蓄谋已久的入侵。希波吕忒在这次战争中牺牲后，双方进行了谈判，才使得双方的矛盾和平解决。

希波吕忒死后，忒修斯好长时间都没有再娶。后来，他听说他以前的情人阿里阿德涅的妹妹淮德拉美丽聪颖，遂打算迎娶淮德拉。这时候，克里特的老国王弥诺斯早已经去世了，新继位的国王——弥诺斯的儿子丢卡利翁并不仇视忒修斯，他高兴地同意了这门亲事。就这样，忒修斯娶回了年轻漂亮的淮德拉。在他们结婚的第一年里，淮德拉就为忒修斯生下了阿卡玛尔斯和得摩福翁两个儿子。

淮德拉并不像她的姐姐阿里阿德涅那样忠贞，她越来越讨厌渐渐老去的忒修斯，喜欢上了忒修斯年轻的儿子希波吕托斯。当淮德拉向希波吕托斯表明自己的爱意时，这位年轻的王子竟然回绝了继母，在希波吕托斯看来，哪怕有这种想法都是对父亲的不忠，更不用说想去推翻父亲的王权了。他开始厌恶在这个家里待着，父亲不在国内，与继母同住在一个屋檐下，使他感觉浑身不自在。于是，他换上行装，去野外狩猎，避免在父亲回来前与继母独处。

看到自己罪恶的计划不能实行，更加恶毒的阴谋在淮德拉的脑海里闪过，她决定以她的死来实现她的阴谋。当忒修斯从国外归来时，发现淮德拉已经自缢，她的右手里有一封信。读完妻子留下的信后，忒修斯暴跳如雷："天啊，我怎么会有这样的儿子？他竟然想强暴他的继母。尊敬的海神尼普顿，你像爱自己的儿子一样爱我，你答应过我会满足我的三个请求，现在我就请你不要让可恶的希波吕托斯活过今天。"说完，他伏在淮德拉的尸体前恸哭起来，希波吕托斯走进来，忒修斯没等儿子辩解就把他逐出了雅典。

夜幕降临的时候，一名仆人悲伤地来通知忒修斯："陛下，你的儿子希波吕托斯已经受了重伤，马上要离开人世了，正是你的诅咒害了他啊。"

忒修斯一阵苦笑，好像是在听人讲一个与他无关的人的故事："那你告诉我，他是怎么受伤的呢？"

仆人眼里含着泪继续说道："希波吕托斯从你这里走出去后，命令我们备好出行的马匹和车辆。在出发前，他对天祷告：'仁慈的朱庇特，如果我真的玷污了我的继母，你就把我消灭了，但你一定要让我的父亲知道他对我的处罚是不公正的。我知道，父亲平静下来之后会相信我的。'随后我们便出发了。当来到荒凉的海岸时，从大海的深处传来了一声巨响，一个巨浪蹿上天空，汹涌的海浪排山倒海般地向我们涌来，紧接着，一头硕大的公牛从海浪的最高处冒了出来。那几匹马一见到这么大一个怪物，便腾空而起，希波吕托斯顿时从马背上栽到了岩石上……"

仆人哽咽着再也说不下去了，而忒修斯依然面无表情，他呆呆地望着淮德拉

的尸体，若有所思地说："希望我还能见他最后一面，我要亲口问问他是否对自己的行为感到后悔……"

忒修斯的话还没有说完，一个披头散发的老妇人就打断了他："可怜的国王，我实在不想再保持沉默了。你的儿子希波吕托斯并没有错，错的是他的继母，是她想勾引你的儿子。"

忒修斯抬头看去，原来是淮德拉的老奶妈。这一切来得都太突然了，还没等他回过神来，仆人们抬着希波吕托斯走了进来。忒修斯扑到了儿子身上，又开始痛哭起来。希波吕托斯用仅存的最后一口气问父亲："你一定知道我的清白了吧，我可怜的父亲，我并不怨你。"说完，闭上了眼睛。

杀死牛头怪 巴耶 法国

这是法国雕塑家巴耶的青铜质作品，牛头怪每年要吞食雅典的婴儿，忒修斯历尽艰险进入迷宫，杀死了牛头怪。

妻子淮德拉和儿子希波吕托斯死后，忒修斯越来越觉得孤独，于是，他与年轻的英雄庇里托伯斯商议去抢一个妻子。当二人到达斯巴达时，被年轻美丽的海伦吸引住了。他们把海伦抢走，通过抓阄的方式，海伦归忒修斯所有。然后二人又继续远征，这次二人决定去冥界劫持冥后珀耳塞福涅。但这次的计划却失败了，他们不但没能掳走冥后，反而被罚永囚地狱。后来，赫丘利把忒修斯救了出来。庇里托伯斯却永远留在了那里。

在忒修斯囚禁在地狱的时候，海伦的两个哥哥——卡斯托耳和波吕丢刻斯进攻雅典，带走了海伦。雅典城内也发生了动乱，珀透斯的儿子墨涅斯透斯企图夺取王位。忒修斯回到雅典后，虽然镇压了墨涅斯透斯的政变，但已经不能使人心得到安抚。最后，他放弃了他的王位，去了斯库洛斯岛。斯库洛斯的统治者吕科墨得斯一直想除掉这个眼中钉，因为他不想把霸占的忒修斯的财产归还忒修斯。

一天，吕科墨得斯带忒修斯来到岛上最高的岩峰上，让忒修斯从这里看忒修斯父亲留在这里的财产，当忒修斯高兴地向远方眺望时，吕科墨得斯从背后把忒修斯推下了万丈悬崖。

伟大的英雄消失了，他的人民很快就把他忘记了，墨涅斯透斯继承了王位。数百年之后，当雅典人在马拉松平原抗击波斯人时，忒修斯的神灵带领他的人民打败了敌人。这时候，他的子孙才对他表示出由衷的感激和崇敬。

英雄尤利西斯

尤利西斯是拉厄耳忒斯的儿子，是伊塔刻的国王。应斯巴达国王墨涅拉俄斯的邀请，他参加了攻克特洛伊城的战争。当幸免于难的希腊英雄们返回家园、尽享天伦之乐的时候，尤利西斯却不幸迷途，来到了俄奇吉亚岛。在俄奇吉亚岛上有一个叫卡吕普索的仙女，她把尤利西斯抢入她的洞里，希望尤利西斯能娶她为妻。虽然仙女美丽动人，但尤利西斯一直保持着对妻子珀涅罗珀的忠诚，所以他拒绝接受仙女的爱。

奥林匹斯圣山上的众神被尤利西斯所感动，决定让他重返家乡。墨丘利来到地面，向卡吕普索传达了朱庇特的决定。朱庇特的决定是不可违抗的，卡吕普索为尤利西斯准备了远行的筏子，依依不舍地看着心爱的人远去，不再受到约束的尤利西斯踏上了归途。

珀涅罗珀是卡里俄斯的女儿，她是一个忠于爱情的女人。特洛伊城已经被希腊人占领，而自己的丈夫却迟迟不见归来，珀涅罗珀陷入了巨大的悲痛之中，难道丈夫真的已经战死沙场了吗？那些嫉妒尤利西斯的人从四面八方涌来，他们借口向依然年轻的珀涅罗珀求婚，无耻而又蛮横地享用着尤利西斯的财产。这样的混乱持续了三年之久。

离开俄奇吉亚岛后，尤利西斯不敢闭上眼睛，他一直注视着天空，沿着卡吕普索在告别时教给他的识别记号前行。在茫茫的大海上航行了十七天之后，淮阿喀亚国的山影终于出现在尤利西斯的眼前。正当尤利西斯为此欢呼雀跃的时候，一阵波浪铺天盖地般地迎面扑来，竹筏被掀翻了，他跌落到海里。在大海中又漂泊了两天之后，尤利西斯才游上了岸，穷困潦倒的他连一件衣服都没有，只能赤

身裸体。在智慧女神密涅瓦的安排之下，淮阿喀亚国王阿尔喀诺俄斯的女儿瑙西卡搭救了这个不幸的人。老国王和公主都被尤利西斯的苦难经历所打动，他们决定帮助这位希腊英雄回到故乡。

当淮阿喀亚人把尤利西斯送回到伊塔刻岛时，他已经认不出这块地方了。为了让那些胡作非为的求婚者得到惩罚，密涅瓦使用神力没有让伊塔刻的人们认出他们的国王。在密涅瓦的指导下，尤利西斯找到了一直忠诚于他的牧猪人欧迈俄斯。在欧迈俄斯的家里，尤利西斯见到了年轻的儿子忒勒玛科斯。

"忒勒玛科斯，你一定已经认不出我来了，我是你的父亲啊。"尤利西斯忍不住泪流满面，一把抱住了儿子。但忒勒玛科斯却不敢相信眼前发生的一切，他呼喊着说："你是我的父亲吗？不可能的，一定是凶恶的魔鬼在欺骗我，让我感到大失所望。"

尤利西斯痛苦地对儿子说："我真是你返归故乡的父亲啊，我离家整整二十年了。我能回到家乡都是智慧女神密涅瓦的杰作，她使我变得干瘪得像个乞丐，使所有的人都认不出我，对神来说，这是举手之劳的事啊。"

这时，忒勒玛科斯才含着滚烫的热泪拥抱了父亲。尤利西斯向儿子诉说了自己在特洛伊战争后的遭遇和是怎么回到家乡的，然后对儿子说："忒勒玛科斯，我们应该商量一下怎么处死那些无赖的求婚者，如果我们两个人对付不了他们，我们可以去寻找同盟兄弟的帮助。"

父子俩商量了好久，决定让忒勒玛科斯返回宫殿，而尤利西斯继续装作乞丐到求婚者当中，直到惩罚了那些求婚者为止。

求婚者在大厅里对尤利西斯进行着辱骂，十分狂妄，他们已经看出了珀涅罗珀的诡计：她对所有的求婚者表示好感，可她心里想的却完全是另一个样子。她对求婚者承诺：等我为我丈夫年迈的父亲拉厄耳忒斯织好葬服，我就决定嫁给你们当中的某个人。珀涅罗珀的确是整天地坐在机前织布，但一到夜里，她就会把白天织成的布重新拆掉。这样，她才不会在这些求婚者中间做出选择。而此时，珀涅罗珀已经到了山穷水尽的地步，不能再用这个计谋摆脱这些求婚者了，她陷入了深深的苦恼之中。

乞丐模样打扮的尤利西斯走了进来，珀涅罗珀对他说："可怜的陌生人，你怎么也来到了这里呢？你看啊，自从我丈夫外出以后，我和我的儿子一直没有过上过好日子。外面那些人都是来向我求婚的，可我不想在他们之间做出任何选择。我深爱着我的丈夫，可我的父亲和儿子都已厌倦了这种生活，我实在不知道该怎么办了。”

迈锡尼时期陶器

这种印有人像、风格简练的陶罐，是古希腊人为颂扬英雄而制作。图为尤利西斯出征特洛伊前，依依和家人惜别。

尤利西斯有所隐瞒地向珀涅罗珀讲述了自己的故事，珀涅罗珀被感动得热泪盈眶，然后对他说：“让忠实的欧律克勒娅为你洗洗脚吧。欧律克勒娅，你亲自把尤利西斯养大，这位陌生人和你的主人一样年龄，你去给他洗洗脚吧。”珀涅罗珀招呼着欧律克勒娅。

看到尤利西斯的那双脚，年迈的欧律克勒娅禁不住泪流满面：“瞧这双脚，和尤利西斯的一样，人在不幸之中会更见衰老。你怎么会和我的主人尤利西斯长得一模一样呢？”

当欧律克勒娅触摸到尤利西斯右膝上那道疤痕时，惊愕地抬着头望着眼前的人：“尤利西斯，我的孩子，我终于等到你回来了。”

“你没有看错，尤利西斯是回来了，但是，你要装成什么也不知道，否则我会被这些求婚者害死。”尤利西斯示意欧律克勒娅不要声张。珀涅罗珀正专心地想着别的事，并没有注意到主仆二人的对话。

“善良的陌生人，请你给我解一个梦吧，”珀涅罗珀对重新坐到她面前的尤利西斯说，“我在宫里养了二十只鹅，前几天我做了一个梦，梦到从远方飞来一只雄鹰，所有的鹅都被雄鹰拧断了脖子。那只雄鹰对我说：‘伊卡里俄斯的女儿，你不是在做梦，这是一种预兆，求婚者是那批鹅，而我就是尤利西斯，我要杀掉所有的求婚人。’”

听完珀涅罗珀的叙述，尤利西斯笑着说：“王后，我相信尤利西斯会回来的，而且正如你梦中所示，这些求婚者都难逃性命。”

“唉，可马上就到了决定我嫁给谁的日子，明天会有一场比赛，如果有人能使用我丈夫生前使用的硬弓穿过十二把依次排列的斧孔，我就嫁给他。”珀涅罗珀叹了口气。

尤利西斯鼓动着珀涅罗珀：“你要相信神的预言，还没等到飞箭穿过十二个斧孔，尤利西斯就会回来了。”

尤利西斯取得胜利

赛箭的日子到了，珀涅罗珀带着尤利西斯的硬弓和箭筒来到了大厅里。求婚者正热闹地喧哗着，看到美丽的珀涅罗珀，马上安静下来。珀涅罗珀扫视了一遍大厅里的人，然后拿过丈夫的那张硬弓说："这是我丈夫留下来的宝物，那里立有十二柄斧子，如果谁能轻松地拉开硬弓，让箭矢穿过十二柄斧子的穿孔，我就会嫁给那个人。"

大家正要回话，忒勒玛科斯站起身来："你们为了一个女人来进行一场比赛，这样的比赛在全希腊还没有先例。我也要参加这次比赛，如果我赢了，我的母亲将永远留在家里了。"他首次拉动硬弓，但却因为力气小而失败了："我承认我是一位弱者，你们的力气都胜过我，那就请你们来试试吧。"

忒勒玛科斯的话音刚落，勒伊俄得斯就走了过来，无论怎么努力，他没能拉开那张硬弓。

"还是让其他人来吧，看来我不是合适的人选。"勒伊俄得斯把弓放在了地上，走进了人群。求婚者相继试着拉开硬弓，却没有一个成功的。最后，只剩下安提诺俄斯和欧律玛科斯这两位强壮的人。

欧律玛科斯把硬弓放在火上翻动着，想使其在火的烧烤之下变得松软一些，但这张弓就是不听他使唤，依然纹丝未动。正当欧律玛科斯心灰意冷的时候，安提诺俄斯对大家说："我们还是推迟比赛吧，先去喝酒，今天大家都在庆祝，张弓搭箭有点不合适。"

尤利西斯走上前去，面向骚动的人群："是啊，经过一天的休息，太阳神福波斯说不定会把胜利的桂冠捧着送给你们的。不过，请容许我试试这张硬弓吧，说不定我能拉开这张弓。"

人群更加骚动起来，人们怎么也不会想到这么一位干枯的老乞丐会提出这样的要求。

忒勒玛科斯制止了骚乱："至少这个时候，我还有权力做主，谁也阻止不了我把弓箭交给这位陌生人。母亲，请你到内房里去吧，射击本就是我们男人的事。"珀涅罗珀看着越来越成熟的儿子，顺从地走入了内房。

尤利西斯仔细地端详着自己二十年前用过的硬弓，心潮万般澎湃。他弯弓搭箭，沉着地射出了箭。箭从第一把斧子穿孔进去，从最后一把斧子的穿孔里飞了出去。

“第一轮比赛已经结束了，我们将举办一次节日的盛宴。”尤利西斯对惊愕的求婚者说，等一切安排妥当，尤利西斯又对求婚者说：“接下来进行第二轮比赛，现在该选择目标了。”

说完，尤利西斯拉开弓，瞄准了安提诺俄斯。可怜的安提诺俄斯正在把葡萄酒向嘴里送，根本没料到自己已经成了尤利西斯的箭把子。飞箭正中安提诺俄斯的咽喉，从脖子后面穿了出来。其他的求婚者看到安提诺俄斯倒了下去，都站起来寻找武器，但他们既找不到矛也找不到盾，只能以激烈的语言来发泄自己心中的怨愤。他们以为陌生人是不小心误伤了安提诺俄斯，但却不知道他们也面临着同样的命运。

“可恶的家伙们，你们挥霍我的财产，在我还没有死之前就向我的妻子求婚，多么可耻的事啊，今天我要让你们为此付出代价。”尤利西斯对所有的求婚者狂吼着，声震如雷。

顿时，求婚者吓得面如土色，各自寻找着逃跑的途径。但在强大的尤利西斯面前，所有的人都是跑不掉的。在儿子忒勒玛科斯和两个忠实的仆人——牧猪人欧迈俄斯和牧牛人菲罗提俄斯的帮助下，在智慧女神密涅瓦的佑护之下，除了无辜的歌手和使者墨冬没有被尤利西斯杀死，其余的人都倒了下去。

尤利西斯环顾四周，没有再看到一个活着的敌人。他吩咐忠实的女管家欧律克勒娅把不忠实于他的女仆们都召集到一起，对儿子忒勒玛科斯说：“让她们把这些尸体扛出去，用海绵把桌椅都擦洗干净。等把这一切完成以后，用利剑杀掉这些女仆。”然后，尤利西斯又对欧律克勒娅说：“用炭火和硫磺把大厅、宫殿内室和前院彻底用烟熏一遍吧，顺便把那些忠诚的女仆叫来。”

忠诚于主人的女仆蜂拥而来，她们围着主人，欢迎他的凯旋，尤利西斯激动得热泪盈眶。

当欧律克勒娅把尤利西斯已经回来的消息告诉珀涅罗珀时，珀涅罗珀怎么也不敢相信曾经的那个衣衫褴褛的乞丐就是自己英俊的丈夫，直到尤利西斯说出了只有他们两人才知道的秘密，她才激动地跑过去亲吻着尤利西斯，用眼泪诉说着二十年的想念。第二天，尤利西斯来到了父亲拉厄耳忒斯的庄园，与父亲相认后，向父亲诉说了这二十年的苦难经历。

当得知求婚者都被回来后的尤利西斯杀死之后，他们的家属从四面八方涌入了尤利西斯的宫殿。他们把亲人的尸体埋葬之后，聚集在广场上，举行了国民大会。被安提诺俄斯的父亲奥宇弗忒斯煽动起来的一部分人全身披挂，集合在城前的空地上，决心为死去的亲人报仇雪恨。

奥宇弗忒斯一马当先，站在队伍的最前列，带领大家向拉厄耳忒斯的庄园拥去。得知敌人的到来，拉厄耳忒斯、尤利西斯、忒勒玛科斯等组成了一个小的但却斗志昂扬的队伍。

尤利西斯和忒勒玛科斯及其他伙伴们像愤怒的老虎跃入了羊群，砍伤了大部分人。正在这时，受天公朱庇特的指点，智慧女神密涅瓦制止了这场战争，并把神的声音传入了每个人的耳中："退出这场不幸的战斗吧，你们已经流够了鲜血，你们最需要的是和平。"密涅瓦又对尤利西斯说："撤离战斗吧，不要再厮杀了，否则，你会惹怒宇宙之王的。"尤利西斯听从了密涅瓦的劝告，跟着密涅瓦进了伊塔刻城。

此时，所有的人都心平气和了，脱离了愤怒。尤利西斯和城里头人们的千年联盟得到了大家的承认。尤利西斯成为了这个国家的国王和佑护主。

特洛伊城的由来

在爱琴海上有一个名叫萨摩特拉刻的小岛，岛上住着兄弟两人，哥哥伊阿西翁和弟弟达耳达诺斯。他们是天公朱庇特和普勒阿得斯七姐妹之一的厄勒克特拉的儿子。普勒阿得斯七姐妹是阿特拉斯和仙女普勒俄涅的女儿，在猎人俄里翁的围追之下，七姐妹逃亡了五年，最后朱庇特把她们安置在天上，作了七颗闪亮的星星。自恃是神的儿子，伊阿西翁竟然热情地追求奥林匹斯山上的谷物女神色列斯。为了惩罚伊阿西翁的胆大妄为，朱庇特用雷电霹死了他。达耳达诺斯对哥哥的死十分悲伤，于是，他离开了萨摩特拉刻岛，穿过亚细亚，到达了密西亚海湾。密西亚海湾是莫伊斯河和斯康曼特尔河的入海口，久而久之形成了一个平原，这里住着土著人克里特人，这个地区的牧民也被称为特拉人。

透克洛斯是这个地区的统治者，他非常热情地接待了这位远方来的客人，把一块肥沃的土地赠给了达耳达诺斯，还把自己的女儿嫁他为妻。达耳达诺斯在这

战前的特洛伊城

密西亚海湾是莫伊斯河和斯康曼特尔河的入海口，久而久之形成了一个平原，这里住着土著人克里特人，这个地区的牧民也被称为特拉人。高大威严的特洛伊城是在太阳神福波斯和海神尼普顿的参与和带领下修建起来的。特洛伊人民对此赞不绝口。

块土地上建立了一块居民地，把分散的居民都迁到了这块居民地上。当时，这块居民地以他的名字命名，叫做达耳达尼亚，居住在这个地区的人遂改叫为达耳达尼亚人。后来，人们又把达耳达尼亚依达耳达诺斯孙子特洛斯的名字改为特洛阿斯，它的主要居住地则叫特洛依。现在，人们把达耳达尼亚人也称为特洛伊人或特洛埃人。

王位传到达耳达诺斯孙子特洛斯后，他的继承人是他的大儿子伊罗斯。一次，伊罗斯到邻国弗里吉亚访问。当时，弗里吉亚国内正在进行一场赛事，伊罗斯也被邀请参加。勇敢的伊罗斯在这场竞赛中获胜，作为胜利的奖品，伊罗斯得到了五十名男人、五十名女人，还有一条带有花斑的母牛。当伊罗斯要离开时，国王给他讲了一个神谕：跟着这头花斑母牛走，在它躺下休息的地方建立一座城堡。

遵照弗里吉亚国王的吩咐，伊罗斯跟在母牛的后面。进入自己的国家特洛伊

后，母牛在一块空地上停了下来，它回头看了看伊罗斯，便躺下来休息。伊罗斯亲吻着脚下的这片土地，心情激动万分，这就是神赐给他的土地啊。于是，伊罗斯决定在那块地方建立一座城市。取名伊利昂，有时也被称为伊利阿斯。这就是特洛伊有众多名称的原因。

在建城之前，伊罗斯对天公朱庇特进行了献祭，请求朱庇特降下神旨，看众神是否同意建立城堡。第二天，伊罗斯在住所门前捡到了一幅智慧女神密涅瓦的圣像，圣像足有六尺高，两脚靠拢，右手执一根长矛，左手拿着纺锤。其实，这并不是真正的密涅瓦的像，而是密涅瓦的朋友帕拉斯的像。密涅瓦误杀了好朋友帕拉斯，所以画了这幅画加以纪念。

朱庇特征得了女儿密涅瓦的同意，把这幅圣像降落到伊利昂境内，表示伊利昂将得到智慧女神密涅瓦的佑护。得到神佑护的特洛伊日渐兴盛，管辖范围也不断地向外扩展着。

伊罗斯死后，他的儿子拉俄墨冬执政。拉俄墨冬是一个生性狡猾的人，也是一个凶恶、残暴的人。他刚一继位，就打算把特洛依城封闭起来，在城的周围修建城墙，以加强他的统治地位。

那个时候，海神尼普顿和太阳神福波斯由于触犯了朱庇特被赶出了天庭。当朱庇特看出拉俄墨冬的意愿后，便派福波斯和尼普顿帮助拉俄墨冬修建特洛伊城。在城墙刚修建时，海神和太阳神就与国王拉俄墨冬达成了协议，协议的内容包括所支付的报酬。二神与国王签订协议的期限是一年。

尼普顿直接参加了城墙的修建。在他的带领下，一道坚不可摧、高大威严的城墙拔地而起，特洛伊人民对此赞不绝口。太阳神福波斯则在爱达山区为国王放牧。

拉俄墨冬非常欣赏这道固若金汤的城墙，但却拒绝支付报酬，还下令将尼普顿和福波斯赶出特洛伊。二神气愤地离开了，他们发誓与拉俄墨冬不共戴天。连智慧女神密涅瓦也对拉俄墨冬的欺骗行为极为不满，不再佑护特洛伊。天公朱庇特对众神的这一行为也给予了默许，刚建好的高大城墙连同它的人民都被神诅咒着，特洛伊的毁灭在这时就已经萌芽了。

帕里斯和海伦

在拉俄墨冬之后，普里阿摩斯继承了特洛伊的王位。普里阿摩斯第一个妻子死后，又迎娶了弗里吉亚国王底玛的女儿赫卡柏。赫卡柏为普里阿摩斯生下的第一个孩子叫赫克托耳。在生第二个孩子时，赫卡柏做了一个可怕的梦，梦到自己生下了支火炬，它把特洛伊城烧成了一片火海。当她把这个噩梦告诉丈夫时，丈夫也惶恐不安起来。最后，夫妻两个决定把这个可能给特洛依带来灾难的儿子丢到荒山里。

当仆人把孩子丢弃在深山里后，一只母熊哺乳了这个婴儿。过了几天，一个牧羊人发现了这个孩子，便把它抱回家抚养，取名帕里斯。

长大后的帕里斯英俊健壮，他和养父一样以放牧为生。偶然的一次，天公朱庇特让他做天后朱诺、智慧女神密涅瓦和爱神维纳斯的公证人，评判出谁是最美的神。帕里斯选择了爱神维纳斯，因为维纳斯给他的承诺是：把世界上最美丽的女人海伦嫁给他。但爱神对他许下的心愿一直没有得到实现。

一次偶然的机会，帕里斯被他的姐姐卡珊德拉认出，从此他便留在了皇宫里，并与俄诺涅结婚。爱神的承诺已经在帕里斯心里播下了爱情的种子，他朝思暮想着海伦，最后竟决定去海伦的故乡。正好此时，普里阿摩斯希望能把被赫丘利掠走的姐姐赫西俄涅接回来，便派帕里斯率领一只强大的舰队去希腊，如果对方拒绝交出赫西俄涅，那么便用武力征服希腊。

海伦是朱庇特与勒达所生的女儿，长得如花似玉，当她还是个少女的时候，就被忒修斯抢走，又被她哥哥夺了回来。在继父斯巴达国王廷达瑞俄斯的挑选下，海伦嫁给了墨涅拉俄斯，后来墨涅拉俄斯继承了岳父的王位。当帕里斯在斯巴达海岸登陆的时候，墨涅拉俄斯正好不在国内，斯巴达暂由王后海伦主政。

当帕里斯进入斯巴达王宫看见海伦的第一眼，即被吸引住了，他相信这是爱神维纳斯对他的爱情许诺，眼前的海伦比他想象中的要美得多，他已经忘记了父亲交给他的任务，而认为带走海伦是他唯一的目的。同样，海伦也被这个东方男子的美所打动，帕里斯的一头长发，东方式的华丽服装使海伦心中的丈夫墨涅拉俄斯黯然失色。海伦毫不掩饰对帕里斯的好感，当帕里斯提出让海伦和他一起离

开斯巴达去特洛伊时，海伦竟开始动摇了。

帕里斯对当年爱神维纳斯的许诺坚信不已，他命令他的随从冲入斯巴达的王宫，把墨涅拉俄斯的财产抢劫一空。然后，他带着这些财产和海伦离开了斯巴达，虽然各种现象都表明帕里斯的这一行为必将给特洛伊带来灾难，但帕里斯还是没有认识到自己的错误，他与海伦在克剌奈岛生活了好几年后，才返回了特洛伊。

当墨涅拉俄斯得知妻子海伦被劫走的消息后，与他的哥哥阿伽门农迅速召集了全希腊的君主们，要求他们参加征讨特洛伊的战争。

特洛伊人对一支巨大的希腊舰队的出发一无所知。这期间，帕里斯带着他抢来的海伦回到了特洛伊。对于海伦的到来，国王普里阿摩斯并不高兴，但他的50个孩子们由于收了兄弟帕里斯的礼物而未加以反对。特洛伊人民出于对国王的敬畏才没有更激烈地去反对海伦的到来。普里阿摩斯想把海伦交给希腊人，以和平解决即将爆发的这场战争，但海伦声泪俱下地请求特洛伊人的保护，并声称虽然是被抢劫到这里来的，但现在她已经深深地爱上了她的新丈夫帕里斯。

就这样，特洛伊战争不可避免地爆发了。经过激烈战争，双方损失惨重。最后，在众人的压力之下，帕里斯决定与墨涅拉俄斯单打独斗，由此来决定海伦到底嫁给谁。双方士兵都为这一决定而感到高兴，他们早就盼望着这次灾难性战争快点结束。众神的使者伊里斯化身为普里阿摩斯的女儿拉伯狄刻向海伦报告了这一消息。此时的海伦也充满了对她丈夫墨涅拉俄斯的愧疚和对儿女们的思念。她匆匆地来到城门口，普里阿摩斯忙招呼海伦坐到他身边。海伦给老国王介绍希腊的诸英雄，如尤利西斯、埃阿斯等。

在爱神维纳斯的保护之下，帕里斯没有在这场战斗中被墨涅拉俄斯杀死，但却败得相当狼狈。随即，帕里斯从战场上逃回了城里自己的宫殿里。当海伦看到丈夫从战场上逃回来时，对帕里斯咆哮着："我宁愿看到你被墨涅拉俄斯杀死，也不希望你活着逃回来。你可是说过你能战胜他的，去！重新回到战场上去。哦，我这是在做什么？你应该留下来，否则你会被他打得更惨。"

帕里斯气愤地回应着海伦："我们是为了你才战斗的，而你却如此对我，墨涅拉俄斯虽然胜利了，但这次是因为密涅瓦帮助了他，我相信下次他就不会有这么好的运气了。"

战场上，墨涅拉俄斯还在来回地奔跑着，他想在军队中找到消失了的帕里斯，但却不知道帕里斯的去向。

阿伽门农攻打特洛伊

阿伽门农是斯巴达国王墨涅拉俄斯的兄长。海伦被帕里斯劫走之后，兄弟俩跑遍了希腊所有的国家，用利害关系说服各国元首，使他们同意组成希腊联军。希腊联军组成以后，阿伽门农被选为联军总统帅。

为了缓解战前的压力，阿伽门农经常去奥里斯港口附近的森林里打猎。一天，阿伽门农射中了一只肥壮的梅花鹿，为此，他夸口说，即使是狩猎女神狄安娜也不一定比他箭法好。阿伽门农的这些话被狄安娜听见了，女神一怒之下通过神力使那些停泊在港口的船无法从奥里斯港驶出，无法开始对特洛伊的战争。

狩猎女神和她的爱鹿

狩猎女神即月亮神狄安娜，她是古希腊人祭祀较多的女神。

大预言家忒斯托耳的儿子卡尔卡斯对众人说："如果阿伽门农愿意把他的女儿伊菲革涅亚当做狄安娜供品的话，狩猎女神就会原谅你们，海面上才会刮起顺风，让希腊战船驶向特洛伊。"阿伽门农为了自己的出言不逊而悔恨，但为了顾全大局，他还是写信给在迈肯尼的妻子克吕泰涅斯特拉，说珀琉斯的小儿子阿喀琉斯向女儿伊菲革涅亚求婚，让妻子带着女儿到奥里斯来。但这封信刚发出，阿伽门农对女儿的愧疚之感就逼迫他又写了封信，信中他告诉妻子，他已经把女儿订婚的事推迟到了明年春天，让

妻子不要带女儿来。但最后这封信却被弟弟墨涅拉俄斯所获，墨涅拉俄斯拿着信与兄长进行了一场激烈的争吵。正当他们争执不下时，克吕泰涅斯特拉带着伊菲革涅亚来到了他们面前。阿伽门农对妻子和女儿都充满了深深的愧疚，他心情沉重，却不得不对她们隐瞒真相。

一次偶然的机会，克吕泰涅斯特拉与阿喀琉斯相遇了。克吕泰涅斯特拉谈起女儿与阿喀琉斯的婚事兴奋不已，但阿喀琉斯却一头雾水："你是在说谁的婚姻大事？我可从来没有向你的女儿求过婚啊，我猜想一定是有人在和你开玩笑。"克吕泰涅斯特拉这才知道上了丈夫的当，当她从仆人那里听说阿伽门农是想把自己的女儿当做供品献祭给狩猎女神后，以一个母亲对女儿的爱来请求阿喀琉斯的帮助，英雄阿喀琉斯信誓旦旦地答应克吕泰涅斯特拉一定帮她救出伊菲革涅亚。

克吕泰涅斯特拉来到丈夫面前，疯狂地向丈夫咆哮着，伊菲革涅亚也向父亲哭泣着，她们想以此打动阿伽门农，但同样悲痛的阿伽门农却心如磐石："我并不是向弟弟墨涅拉俄斯让步，而是面对整个希腊人的请求作让步。你们看，我周围有如此大的一支船队。我可怜的孩子，我是那么的爱你，可如果不牺牲你，特洛伊就不能被攻陷。"阿伽门农高昂着头离开了，以使自己的眼泪不至于流下来。

阿伽门农身后的母女俩哭泣着，阿喀琉斯走了进来："你们跟我走吧，我将用生命保护你们。希腊人不会进攻女神的儿子的，我的生命和特洛伊的命运息息相关。"

但伊菲革涅亚却改变主意，她走到母亲和阿喀琉斯面前，目光炯炯，如同一位女神一样："亲爱的母亲，不要惹父亲生气了，他不能违反命运。我愿意去接受死亡，希腊人把眼光盯在我身上，如果我不死，战船就不能起航，特洛伊城就不能攻陷。我自愿为我的祖国献身。"说完，她毅然地走向了已经搭好的祭台。就在这时，奇迹出现了，祭台上的伊菲革涅瓦突然不见了，取而代之的是一只雄壮的梅花鹿。卡尔卡斯大声说："看看这个牺牲吧，这是狩猎女神送来的，她不愿意牺牲那位姑娘，宁愿让这头梅花鹿代替。女神已经原谅了我们，我们今天就可以出港了。"整个军队沸腾了，他们看到船只在起伏的洋面上摇动。

当阿伽门农回到自己的住处后，妻子克吕泰涅斯特拉已经离开了，虽然他没有能得到妻子的原谅，但女儿获救的事还是让他备感欣慰。于是，他把全部的心思都放到了征伐特洛伊上。

在阿伽门农的率领下，希腊联军驶出港口，登陆特洛伊所在的岛屿。强大的希腊人在战车掩护中向前挺进。特洛伊方面的统帅赫克托耳也把特洛伊部队集合起来，迎战希腊联军的进攻。

希腊军和特洛伊人厮杀起来，中午时分，希腊军队突破了特洛伊人的防线，成批的特洛伊人倒下了，鲜血染红了河水。在赫克托耳的指挥下，特洛伊人重整旗鼓，返回来继续和希腊军队作战。正当阿伽门农想打败特洛伊人的反击时，手臂被一支长枪击中，他只好离开战场。没有了主帅的希腊军被特洛伊人打得落花流水，希腊最英勇的英雄尤利西斯、狄俄墨得斯受了伤，医神埃斯科拉庇俄斯的儿子医马卡翁也受了伤。

阿喀琉斯的朋友帕特洛克罗斯来到了先知老人涅斯托耳的军帐，听说希腊军伤亡惨重，忙回去向阿喀琉斯报告。

双方的激战仍在进行中，虽然特洛伊人也有死伤，但他们却占领了围墙旁边的一块高地。当特洛伊人在赫克托耳的带领下决定把希腊的舰船烧掉时，阿伽门农带领着乌利西斯、狄俄墨得斯又重新回到了战场上，希腊军队士气大振。这时，埃阿斯抛出的一块大石头正好击中了赫克托耳的头部，赫克托耳生命垂危，然而，太阳神福波斯却使赫克托耳恢复了元气："我会保护着神圣的特洛伊城，快去加入到战斗中去，把这群讨厌的希腊联军赶回希腊去。"赫克托耳精神抖擞，在战场上纵横驰骋。希腊人被特洛伊人杀得狂奔逃窜，特洛伊人取得了战争的初步胜利。

英雄埃涅阿斯寻找新乐园

埃涅阿斯一家逃离了一片火海的特洛伊后，来到了爱达山下的小城安唐特洛斯。在这里，已经聚集了一批逃难的特洛伊人，当他们看到埃涅阿斯到来后，纷纷向他围拢过来。

"埃涅阿斯，你是英雄安喀塞斯的儿子，带我们去寻找一块新家园吧。特洛伊已经毁灭了，但我们的信心并没有随之而去啊。"大家情绪昂扬，但却一脸茫然。

是啊，特洛伊消失了，但在这些逃出来的人心中特洛伊却永远存在着，因为那是一个神圣的族第啊。在埃涅阿斯的带领下，人们强打精神，从爱达山下砍伐了些树木，造成了一些大船。春暖花开的时候，埃涅阿斯率领船队扬帆击桨，载

着哭泣的人们告别了故乡，驶入了茫茫的大海。船队鱼贯而行，在一望无际的大海上漫无目的地航行着。

人们已不记得船队在大海上漂泊了多少天，最后，船队来到了色雷斯地界。色雷斯曾是特洛伊的结盟国家，特洛伊国王普里阿摩斯把小儿子波吕多洛斯送给色雷斯国王波林涅斯托耳作养子。当特洛伊遭受劫难时，波林涅斯托耳毫无情义地把波吕多洛斯交给了希腊人，可怜的王子被希腊人当着父亲普里阿摩斯的面用乱石击死，色雷斯以此换得了和平。

意大利威尼斯市圣玛利亚永福堂附近的幸运女神

埃涅阿斯是古希腊罗马神话中最受神宠爱的一位幸运人物，他的智慧、武功、威望都不是最高的，但却一直受神的庇护，最后幸运地在罗马重建特洛伊人政权。

这群逃难的人们并不知道眼前的国家就是色雷斯，当他们看到这片陆地时，欢呼着跳了起来，抛锚下船，准备在这里奠基新城。

“虽然现在不可能准备真正的祭坛，但我相信这样的天然祭坛众神会喜欢的，不过，我还需要把这块天然祭坛装饰一番。”埃涅阿斯一边想着，一边走上附近的一座山坡，打算给众神祭祀。

山坡上长满了灌木和杂草，偶尔的几株野花挺立其中，好美的地方！正当埃涅阿斯撼动一株矮树时，可怕的事出现了。从矮树的躯干上渗出了一滴滴黑色的污血，埃涅阿斯连忙缩回了手。“森林保护神巴克科斯，请佑护可怜的特洛伊人吧，为什么会出现如此怪异的现象呢？难道这里不是我们的立足之地吗？”说着，埃涅阿斯又抓起另一株小树，用膝盖抵住地面，试图把小树连根拔起。

“不幸的特洛伊人，你为什么要折磨我呢？要知道，我和你一样的不幸啊。这个国度是色雷斯，我是普里阿摩斯的儿子，波吕多洛斯，我被希腊人用乱石击死，同情我的色雷斯人把我的骸骨捡了回来，埋葬在他们国土上。这里也曾经是我孩童时期的游玩之地，我的灵魂停留在这块土地上。我劝你别伤害这块土地，离开这片海岸吧，它被叛徒的家族所统治，在这里建造新城是十分危险的。”地下传来了一串抱怨似的呻吟。

埃涅阿斯停止了他的行动，对着这片树林祷告：“可怜的波吕多洛斯，我们都是特洛伊的子民，保佑我们在不久的将来能顺利地重建家园吧。”

回到岸边，埃涅阿斯把波吕多洛斯的这番忠告告诉给大家，已经开始的工作立刻停止下来。大家拿出一些从特洛伊带出来的物品，作为祭供祭献给了波吕多洛斯，然后把船只推下海滩，一阵顺风又把他们送入了广阔无垠的大海。

不久，在这群逃难的人们面前又出现了一座美丽的小岛，它曾经是一座漂流的岛屿，名叫特洛斯，太阳神福波斯就出生在特洛斯岛上。福波斯把海岛固定在库克拉登岛屿中间的海底上，使它能够经得起狂风巨浪的袭击。埃涅阿斯的船队在特洛斯岛登陆，人们涌向了祭祀太阳神的庙宇。

“伟大的太阳神，给我们一块栖身之地吧，我们应该在哪里建立起第二座特洛伊城呢？”埃涅阿斯拜倒在神庙前。

“你们建立新城的地方是你们先祖诞生的地方，埃涅阿斯的子孙们将在那里成为世界的主宰。”敞开的神庙里传来了福波斯的声音。

大家欢呼着，可神谕中先祖诞生的地方指的是哪里呢？

“我们族第的摇篮叫克里特岛，那也是众神之父朱庇特诞生的地方，就让我们遵从神谕吧，从这里到达克里特岛只需要三天航程。”安喀塞斯提醒了大家。

果不其然，第三天清晨，逃难的特洛伊人航行到了克里特岛海岸。当地居民热情好客，用各种食物接待了难民们。埃涅阿斯率领大家努力开始建造新城的工作，不久，城墙和房屋从平地上耸起，人们把这座新城称为伯加马斯。

正当难民们为终于重建了家园而大肆欢庆的时候，一场新的灾难来临了。

当年夏天，克里特岛出现了少有的干旱，大地一片焦黄，颗粒无收。大批的特洛伊人死亡了，幸存下来的也陷入了绝望之中。有些人提议回到特洛斯岛重新聆听神谕，可又实在不忍心放弃这座几乎要竣工的城市。

在将要离开克里特岛的最后一个晚上，埃涅阿斯躺在床上毫无睡意：“真的要离开这座城市吗？神谕不是已经预示我们要在这里建造一座新的城市吗？”

正当埃涅阿斯左右为难的时候，特洛伊的几位家神来到他的床前：“你把我们从火海中抢救出来，带着我们转战南北，我们和你一起经历了惊涛骇浪。所以，我们将为你的子孙们寻找一块乐园，并让他们执掌统治世界的权柄，而你注

定要为显赫的后代准备住址。福波斯派我们来告诉你，你的国家还在遥远的地方，那里被称为意大利，是根据当地的国王意大罗斯命名的。快去寻找意大利吧，朱庇特拒绝你们在克里特岛安身立命。”

埃涅阿斯从半睡半醒中惊醒，一骨碌从床上跳了起来，像是受到了极大的安慰。当他把家神的预言告诉给正做着开往特洛斯准备的人们时，人们高兴得大声欢呼起来，只要有确切的目标，哪怕再大的风浪他们也愿意往前闯。

没有病愈的一批人被留在了克里特岛上的伯加马斯城，另一批人则扬帆起锚，在埃涅阿斯的指挥下驶入大海。

朱诺的报复

在克里特岛，特洛伊的家神们为埃涅阿斯指点了迷津：幸存下来的特洛伊人将在一块古老的土地上——意大利居住下来，并且它将用武力建立一个强大的国家。但是，家神们也预言，意大利非常遥远，而且寻找的过程也相当艰巨。

难民们离开克里特岛后不久，踏上了斯特洛法登岛，在岛上，难民们遇到了半人半鸟的哈尔庇。特洛伊人吃掉了哈尔庇羊群里的几只羊，而哈尔庇则恶狠狠地预言说，只有当特洛伊人桌子上的面包被饥饿的人们一扫而光时，他们才能重建特洛伊。

不得已，难民们又进入了漫长的迷途航行中，又经历了很多的冒险。终于，特洛伊人看到了遥远的地方绵延着朦胧山脉的海岸线，他们站在船头呐喊起来，挥舞着手里的船桨，一定是到达意大利了。其实，他们看到的的确是意大利海岸，但是，当船开近海岸之后，人们首先看到的是四匹在海滩旁的草地上放牧的骏马。在特洛伊眼里，骏马意味着战争，于是，人们惊叫着离开了盼望已久的意大利海岸。

特洛伊人又驶过了很多岛屿，在西西里岛登陆时，埃涅阿斯的父亲安喀塞斯不幸遇难。埃涅阿斯没有时间耽于对父亲的哀悼，神的意志驱使他率领他的臣民继续前行，去寻找祖先生活的土地，他要在那里建立一个新的国家。

埃涅阿斯的船队刚刚离开西西里岛，天后朱诺就急切地从奥林匹斯山上向下俯视。朱诺是特洛伊的宿敌，当她看到埃涅阿斯的船只经过无数次灾难依然在找寻着意大利时，不禁暴跳如雷：“难道特洛伊不应该被彻底毁灭吗？普里阿摩斯的女婿和外孙真的要在意大利重建家园吗？那将是多么不幸的事啊，我做了这么多努力却还是没能彻底打败特洛伊人，作为诸神母，我是多么悲哀啊。我应该去想个好的办法，把从事战争的这一族第连根铲除才对。”

朱诺知道，丈夫朱庇特宠爱女儿维纳斯，而埃涅阿斯是维纳斯的儿子，自然这个特洛伊人得到了天公朱庇特的庇护，如果真的要消灭特洛伊人肯定会煞费工夫。于是，朱诺决定找各路风神帮忙。她来到风源的领地，寻找各路风神的国王埃洛斯的山洞。

“亲爱的埃洛斯，你是多么的伟大啊，你能驱使所有的风神为你服务。你的威力连海神尼普顿都与之无法相比。看啊，海面上航行的那些特洛伊人是多么的可恶，他们制造了战争，却从战争中逃脱，他们应该得到惩罚才对，而你应该承担起这一责任。”朱诺软硬兼施，还掺杂着许多诱人的许诺，埃洛斯终于招架不住了，他召来了各路风神，命令他们去执行天后朱诺交给的任务。

顿时，各路飓风冲出来，在陆地上掀起了飞沙走石。

“终于可以自由地施展我们的威力了，在海神尼普顿的管理下，我们哪里有表现的机会啊，而现在，瞧我们是多么的劲猛，我们可以在宇宙间任意驰骋了。”东风一边骄傲地说着，一边在陆地上卷起一层沙土。

怒海上的舟楫

尽管朱诺憎恨特洛伊人，千方百计甚至不惜借用自然的力量想把特洛伊人灭绝，但顽强无畏的特洛伊人在埃涅阿斯的带领下斗天斗地，百折不挠，终于脱离艰险，把握住了自己命运的主动权。

西风和北风更加肆虐，他们把海岸当作跑道，一边跑一边大声叫喊，他们的喊声化作了雷，吓得地面上的动物躲进行了洞穴，海洋里的动物潜入了海底。

“各路风神们，瞧你们是多么的勇猛，测试你们能力的时刻已经到了。你们看，在海中航行的那只船队就是特洛伊人的船队，你们尽情地呼啸吧，你们的目标就是让那只船队从海面上消失。”朱诺向各路风神们做着解释。

有了明确的目标，各路风神争先恐后地表现自己，他们又从四面八方涌入大海，海面上腾起了万丈狂澜。特洛伊人虽然已经过了大风大浪，但他们还是被眼前的景象惊呆了，粗大的缆绳被风吹断，船橹摇断，船里灌进了海水，顿时，哭声、喊声混成一片。南风把一艘满载着粮食的船吹向了岸边的礁石，特洛伊人慌乱地向岸上搬运船上的粮食，但还是损失了大部分。北风卷起一汪海水，揉搓成一道巨浪扑向其中的一艘船，船顷刻间化成了碎片，船上的特洛伊人奋力地向岸上游去，没有来得及游上岸的则葬身鱼腹。

海神尼普顿本来正在海底花园散步，突然一阵动荡让他站立不稳，他从汹涌的波涛间伸出头，想看个究竟。海面上，埃涅阿斯的船队支离破碎，各路飓风则洋洋得意地进行着彻底的扫荡。尼普顿宠爱特洛伊人，他怎么能让他的宠儿遭受到如此不幸呢。他把各路风神唤到眼前，咆哮着让他们回到各自住所，随后，他用双手把起伏动荡的波浪抚平，把海面上的乌云撕碎赶走，大海上又阳光普照了。

朱诺看到特洛伊人又化险为夷，不由得怒火中烧，但海洋是尼普顿的管辖范围，她这位天后也只能眼睁睁地看着埃涅阿斯和他的船队重整旗鼓而没有办法。

风平浪静后，特洛伊人登上了陆地，这是非洲的一个海岸，这里的人们善良朴实，像接纳亲人一样接纳了这批特洛伊难民。

特洛伊人现在只剩下七艘船了，他们把被水浸湿的粮食搬上岸来，燃起篝火烘干，用石磨磨成面粉，然后支起锅灶准备食物。

不大一会儿，埃涅阿斯和一批特洛伊猎手扛回了几只被射杀的梅花鹿。

“历经苦难的特洛伊人，准备美酒吧，祭祀完众神后我们便可以喝个痛快。虽然众多的苦难伴随着我们，但总会有一位神帮助我们度过这些苦难。应该相信，我们一定能到达意大利，而且我们将在那里建起第二个繁荣昌盛的特洛伊。”

朱庇特许下诺言

迦太基位于非洲，原是腓尼基农民居住的地方，那里保存着天后朱诺的盔甲和战车，所以朱诺极尽恩惠地保佑着这片土地。后来，腓尼基人茜克奥宇斯的遗孀狄多在那里扩建了新城和迦太基的城堡，统治着利比亚帝国。

当埃涅阿斯登上利比亚海岸的时候，天公朱庇特正站在奥林匹斯山的峰顶。

“高贵的主啊，我的儿子埃涅阿斯已经围着意大利转了一圈，受尽了种种苦难，可就是不能到达目的地，每当他瞅见和平的灯塔便又被推入战争的汪洋大海，请保佑我的孩子吧。你不是亲口告诉过我，说特洛伊祖先的血液会最终凝结形成罗马民族吗？自从特洛伊战争后，我一直担心我的儿子，是你的这番话才使得我放宽了心，可现在埃涅阿斯却面临着更大的困难，难道你又改变主意了吗？”爱神维纳斯眼眶里闪烁着晶莹的泪珠，她走近朱庇特身旁，十分悲伤地对父亲说。

朱庇特最宠爱这个女儿，怎忍心看到她如此伤心呢？他抚摸着维纳斯的头，吻去女儿脸上的泪珠：“亲爱的女儿，不要为此担心，埃涅阿斯的命运不会改变的，我所答应你的一切都会实现的，只不过埃涅阿斯需要经过许多磨难。最后，他会在拉丁姆国的大平原上建造一座新城，即拉维尼乌姆，会驯服他的人民，制定法律，并统治那里三年。埃涅阿斯死后，他的儿子阿斯卡尼俄斯将把国都移上阿尔巴纳山，即阿尔巴·隆伽城。特洛伊的子孙将在那里统治三百余年，直到战神玛尔斯与一位女祭司的儿子洛摩罗斯在台伯河畔的七座山峰间建造新的居住地。洛摩罗斯将成为罗马民族的先祖，罗马则会成为世界的主人。不要为埃涅阿斯眼前遇到的困难而悲伤，当罗马民族强大起来时，连一直折磨你儿子的天后也会和他们和解的。”

维纳斯悲伤的脸上平静了许多，谢过父亲后，她缓缓地走下了奥林匹斯圣山。

埃涅阿斯和他的船队被风暴吹到了一片海岸上，这是一个陌生的国度，从这里怎么才能到达他们的目的地意大利呢？

第二天，天刚蒙蒙亮，埃涅阿斯就带着他的朋友阿赫脱斯动身去考察这块土地。他们背着两杆投枪，在海滩边的树林里漫无目的地走着，希望能遇到一个当地的居民。

正当埃涅阿斯和阿赫脱斯疲惫地坐下来休息时，从树林深处走过来一位姑娘，姑娘背上背着一张弓，头发随风飘拂着，一件长袍卷至膝盖处，显然是一个女猎手。

“你好，姑娘，你的美丽告诉我你是一个仙女，但不管你是谁，请你告诉我

们，我们脚下的这个地方是哪里呢？我们被一场风暴送到了这里，但却不知道身处何处，我们已经在大海上迷航很久，幸亏有海神尼普顿的佑护，否则真不知道已葬身何处了。”埃涅阿斯一边说着一边陷入了往昔的回忆中。

姑娘大方地朝着两位陌生人笑了笑，盯着埃涅阿斯，说道：“这里是腓尼基人的王国，是泰尔人居住的地方，我们泰尔姑娘都习惯于这样的装束。听说过非洲吗？你们靠岸的这个世界就是非洲，这个国家的名字叫利比亚，狄多是这里的女王。本来，狄多是一位富裕的腓尼基人茜克奥宇斯的妻子，她的弟弟皮格马利翁是泰尔国的国王，因贪图茜克奥宇斯的黄金而把姐姐的丈夫杀死了。茜克奥宇斯深爱着他的妻子，他的灵魂出现在妻子狄多的梦里，向妻子揭露了皮格马利翁的这一罪行，并把他埋藏黄金的秘密地点告诉给妻子，让妻子挖走，并迅速逃离泰尔国。狄多同样深爱着她的丈夫，她止住悲伤，按丈夫的指示把挖出的黄金装上船。许多因国王的不仁道而愤怒的人也随着狄多的船离开了泰尔国。就这样，狄多带领伙伴们来到了这里，买下了一块叫比尔萨的土地，后来，她凭着自己的财物赢得了越来越多的土地，直到建立了由她统治的强大王国。年轻人，我已经告诉你们这里是哪里了，不久以后你们将在这里看到迦太基高大的城墙和直入云霄的城堡。”

“感谢你告诉我们这么多，但是，我们要去的地方是意大利，这里又离意大利有多远呢？我们是特洛伊人，不知你听说过没有，一个曾经繁荣富饶的地方，却被希腊人毁灭了，只有这批幸运的人逃了出来。我们是多么不幸啊，神谕告诉我们，我们会在意大利重建家园，可是我们的船队经过了众多的苦难，却依然登不上意大利的土地。中途，我们迷失了方向，很多船只也不知了去向……”

姑娘打断了埃涅阿斯的话：“让我告诉你关于失散的船只和朋友们的预言吧。你的一部分伙伴登上了海岸，另一部分则将要到达海岸。你们现在只需要在这块土地上等下去，直到你的伙伴们到来。”

姑娘说完，转身走向了森林深处。这时候，埃涅阿斯才发现，姑娘的身影、步履和他的母亲维纳斯一模一样，原来是母亲在为儿子指点迷津啊。埃涅阿斯奔过去，想把母亲留住，但维纳斯已布下了一阵迷雾，雾散后，维纳斯不见了，只留下在原地发呆的埃涅阿斯。

埃涅阿斯在迦太基

在母亲维纳斯的指点下，埃涅阿斯又恢复了以往的信心，他沿着树林里的小路信步往前走着。不大一会儿，他来到一座山坡前。埃涅阿斯登高远眺，耸立云天的迦太基城堡就在眼前，气势恢弘的宫殿、宽敞的街道、巨型的城门，无不让人惊叹。

埃涅阿斯带着阿赫脱斯走下山坡，走进了迦太基城。迦太基城还在扩建之中，每个泰尔人都显得非常忙碌，街上的泰尔人更是行色匆匆，没有人注意到两个陌生人正走在他们中间。

迦太基城中心是一片树林，泰尔人曾经在这个树林里挖出一个马头，那是天后朱诺送给迦太基的吉祥物，预示着迦太基将成为一个世界帝国。于是，女王狄多在这里给朱诺立了一座神庙。走进神庙，埃涅阿斯在壁画中看到了有关特洛伊战争的画面，不禁激动起来，眼睛里闪烁着希望之光，将来的特洛伊城也会像迦太基一样宏伟吗？也会有神的佑护吗？如果有，那么特洛伊人也一定会为众神们建造庙宇。

正当埃涅阿斯想着心事的时候，一位貌美的女子走了进来，女子身上散发着高贵的气息，身后跟着一群随从。女子坐到神庙中心的宝座上，吩咐身边的人传令，让建城的工匠们加快速度。

“如此美丽的女子，又具有如此的威仪，那她一定是女王狄多了。”埃涅阿斯心里想道。

神庙前是一个巨型的广场，很多居民都聚集在这里，等候着女王为新的国家制订新的法令。

正如维纳斯所预言的那样，埃涅阿斯在广场上的人群中看到了失散的特洛伊人。这些人在航行的途中被风浪送到了其他海岸，而在这里，他们又相遇了。埃涅阿斯还注意到，这些特洛伊人都是从各个船上选出的代表，如塞尔盖斯托斯、克洛安托斯等。由于神庙前的人很多，他们并没有注意到他们的首领埃涅阿斯也在这里。

埃涅阿斯欣喜地看着不远处的特洛伊人，想等人少些以后再前去相认。那些

特洛伊人也在人群里挤来挤去，好不容易挤到了神庙门前。

“尊敬的女王陛下，我们是特洛伊人，因为与希腊的战争失败而被迫逃亡。我们本是要到意大利去，但经过无数的灾难我们还是没有到达目的地。飓风把我们的船队掀翻，一些特洛伊人葬身海底，而我们则被抛到了暗礁丛中。可你们的民族是怎样一个民族啊，你们不允许我们上岸，还扬言要烧掉我们的船只，对于可怜的特洛伊人来说这是多么残忍啊。如果你们见到了我们的首领埃涅阿斯，一定会做出相反的决定的。他是一个多么伟大的英雄啊，只是他与我们失去了联系。高贵的女王，请允许我们靠岸，把我们支离破碎的船只修理好，让我们平安地到达意大利，我们将不胜感激。如果埃涅阿斯不幸被波浪吞没了，那我们的希望也破灭了，请护送我们回到西西里岛，我们会给你们丰厚的报酬。”一个特洛伊人的代表走到女王狄多面前请求道。

埃涅阿斯走进庄严的迦太基朱诺神庙，领略了女王的威仪，狄多女王为长途跋涉而来的疲惫的特洛伊人摆下盛宴，热情款待了他们。

狄多看了看眼前的特洛伊人：“外乡人，请原谅我的国民们带给你们的恐慌，他们只是为了保护国家而已。我们一直对特洛伊人心存敬仰，知道特洛伊英雄和他们的赫赫战功，对于你们所遭受的打击，我和我的臣民都深感同情。我们可以满足你们所提出的要求，只是不能让你们在我们的土地上居住繁衍。至于刚才你所说的首领埃涅阿斯，我会派我的臣民去寻找。如果他还没有上岸，我将同意让你们居住到他到来为止，也许他现在正迷失在迦太基的某个树林里呢。”

狄多的话音刚落，埃涅阿斯就迎着灿烂的阳光走到众人面前。

“尊贵的女王，我就是埃涅阿斯。我代表我的民族感谢你接受了特洛伊的这些不幸难民。不管将来特洛伊人的命运如何，你的恩德我们会铭记在心。让神保佑你们的民族吧。”

虽然历经众多磨难，但埃涅阿斯依然神采熠熠。失散的特洛人代表看到埃涅阿斯出现在他们面前，高兴得手舞足蹈。

女王狄多被英俊的埃涅阿斯吸引住了，微张着嘴巴，半天也没有说出话来。好一会儿，她才回过神来，为了掩盖自己的尴尬，她把盯在埃涅阿斯身上的目光转向了别处。

“埃涅阿斯，我从我父亲柏格洛那里听到过许多关于特洛伊的故事，你经历过如此多的苦难，这是怎样的命运啊。和你们一样，我也是被驱逐的人，好不容易才在这里找到了一块宁静的乐土，我尝到了什么是不幸，更知道如何帮助不幸的人们。特洛伊人，我们会尽我们所能帮助你们的。”

说完，狄多命人把特洛伊人引进馆舍，为英雄们摆下盛宴。

埃涅阿斯派阿赫脱斯回船队向其他的特洛伊人报告喜讯，并把儿子阿斯卡尼俄斯接到宫殿里来。

女王狄多之死

女王狄多虽然准许了特洛伊人各种特权，但是，泰尔人的两面派行为着实让维纳斯担心，而且迦太基地区的佑护女神是埃涅阿斯的宿敌朱诺，这怎么能让作为母亲的维纳斯放心呢？想来想去，她终于想出了一条计策。

“丘比特，你去变作埃涅阿斯的儿子阿斯卡尼俄斯的模样，看准时机走近女王狄多的身旁。当她抱起你的时候，你向她灌注爱情的迷毒，使她爱恋上埃涅阿斯。”维纳斯把儿子小爱神丘比特叫到身边。

维纳斯把阿斯卡尼俄斯催眠后藏在她的领地，丘比特便按母亲的意思变作阿斯卡尼俄斯，任由阿赫脱斯牵着他的手朝女王的宫殿走去。

朱诺神庙 公元前460年

奥林匹斯山上的朱诺神庙是多利克式神庙的杰作，朱诺是司婚姻和生育的女神，她的婚姻却因朱庇特习惯性的不忠而显得不幸。

宫殿的大厅里，女王正盛情款待着她的客人们。当阿赫脱斯带着阿斯卡尼俄斯进入大厅时，人们的目光都朝这位英俊的男孩投去。

一切都进展顺利，丘比特变成的阿斯卡尼俄斯把女王心中关于她死去丈夫的形象抹去了，在她心里注入了向往爱情生活的渴望。

狄多举起手中的酒杯，脸色微红地对在座的所有人说："让我们为泰尔人和特洛伊人的友谊干杯，我们两族人都会永远地怀念这一天的。天父朱庇特、迦太基的佑护神朱诺和赐人欢乐的酒神巴克斯，也为你们干杯。"说完，狄多从酒杯里抿了一口。

盛宴结束后，埃涅阿斯向泰尔人讲述了他的遭遇。狄多目不转睛地盯着她的英雄，心在剧烈地跳动着。

埃涅阿斯一行人离开宫殿后，狄多在床上辗转反侧，脑子里尽是埃涅阿斯的影子。

"安娜，这可怎么办呢？我不想破坏对我丈夫的忠诚，但我真的发现我已爱上了那个特洛伊英雄。"狄多把妹妹安娜找来诉说烦恼。

安娜爱她的姐姐胜过了爱她自己，她也非常同情狄多："狄多，既然女神朱诺把特洛伊人送到了这里，那就证明你的爱情是受神的保护的。勇敢的姐姐，向

特洛伊人赠送礼物吧，让他们放弃继续远航的念头，让他们融入到我们的民族当中。”

狄多的热情被安娜煽动得迸出了火花，她放弃了作为国王的骄傲，带着埃涅阿斯参观迦太基的每一栋建筑，每天都举行盛宴招待她心中的英雄。特洛伊人除了感谢外，对远航意大利的概念也越来越淡泊。

天后朱诺看出了狄多对埃涅阿斯火热的爱恋，其实，朱诺并不是想置特洛伊人于死地，她只是不想看到一个强大的特洛伊民族再次崛起。如果能以狄多和埃涅阿斯的结合来使特洛伊民族消失，那样是最好不过的了。

一天，狄多组织了一场狩猎活动，当泰尔人和特洛伊人正竞相追赶着猎物时，天空突然下起雨来。在朱诺的牵引下，狄多和埃涅阿斯躲到一个岩洞下避雨。狄多勇敢地向埃涅阿斯表达了自己的爱恋，埃涅阿斯也早已被爱情迷惑得失去了方向。在隆隆的雷声中，两个人立下了山盟海誓，各自的心中都烙下了爱情的印记。

不知不觉中，冬天到来了，埃涅阿斯早已忘记了神的指示，再也不提航行的事了。

朱庇特在奥林匹斯圣山上看到发生在迦太基的一切，气愤地从宝座上站了起来：“墨丘利，你去告诉埃涅阿斯，他还没有到达目的地，必须起航继续前行。当初我从希腊人手里救下他并不是为了让他能够在迦太基娶妻生子。”

墨丘利遵从父亲的吩咐，从奥林匹斯山直奔迦太基。此时的埃涅阿斯正在建造新的宫殿，他身上披着狄多亲手为他缝制的长袍，看上去已经和一个泰尔人没有什么分别了。埃涅阿斯招呼着工匠们加紧工作，根本没有注意到墨丘利的到来。

“埃涅阿斯，难道你忘记了自己的任务和国家了吗？你在陌生的国家建造城市，而把建造罗马的事忘记了吗？看来，你只是一个拜倒在女人裙下的奴隶。朱庇特命令你迅速离开这里。”

埃涅阿斯听到墨丘利的话后心中一阵悸动，他怎么会忘记建造罗马的任务呢？那是神交给他的，他也将因建造罗马而光耀史册，可自己为什么会在这里呢？埃涅阿斯赶忙把特洛伊人召集到一起，吩咐大家做好准备随时出发。

狄多还是发现了特洛伊人的骗局，其实，埃涅阿斯一直想找个合适的时机把命运的决定告诉狄多，但每每看到心爱的人脸上洋溢着的幸福，他就没有了这个勇气。

狄多发疯似的摇晃着埃涅阿斯的肩膀，埃涅阿斯咽下了巨大的悲伤，丝毫不为所动。

“只要我的身体里还有一丝气息，我就不会忘掉泰尔人的恩德。神命令我去意大利重建特洛伊，恢复普里阿摩斯家族。我必须离开，这一切都是神的旨意。”

狄多彻底绝望了：“离开迦太基吧，去寻找你的意大利吧，但请你不要用神的命令来欺骗我。”

但是，当狄多看到埃涅阿斯的船队准备就绪、升起船帆的时候，她的心都在滴血。她知道，谁也无法改变埃涅阿斯的主意了，而她只能选择自杀的方式来捍卫她的爱情。

晚上，狄多命人用松树和栎树堆砌起了柴堆，她宣布要举行一场祭祀仪式。祭祀仪式完毕后，狄多悲伤地回到自己的宫殿，登上屋顶的露台，透过东方的朝霞，看到海滨上特洛伊的船只已经离开了。爱情折磨着狄多的心，她痛苦地捶打着自己的身体，再次走到祭祀的地方，那里的柴堆上搁着埃涅阿斯的利剑、衣服和一张肖像。狄多抽出埃涅阿斯的剑，扑倒在柴堆上：“解除我的痛苦吧，结束我的命运吧。我建造了一座美丽的城市，但是，这个特洛伊人却搅乱了我本来的幸福。”说着，她把利剑往胸口刺去。

登陆意大利

强烈的爱灼烧着埃涅阿斯的心，但却再也不能动摇他寻找意大利的意志。不过，他没有想到的是，他的离开造成了狄多以死来殉情。埃涅阿斯受着良心的谴责，他只能以再度迷航来抵偿自己的罪孽。

悲伤的埃涅阿斯站在船头，心里忏悔着，茫然地望着远方。远处出现了一片岛屿，埃涅阿斯认出了那是他们曾经到过的西西里岛。船队在西西里岛登陆，再次受到了岛上居民的热烈欢迎。

天后朱诺看到自己毁灭特洛伊民族的计划又失败后，不由得暴跳如雷。她吩咐她的女使伊里斯去挑拨特洛伊人的关系。特洛伊妇女受到唆使后，对长途航行表示了厌倦，她们暗中烧毁了四艘大船。埃涅阿斯并没有责怪她们，长期遭受的灾难怎么能不使人灰心丧气呢？最后，埃涅阿斯决定把年龄较大的特洛伊人留在

西西里岛上。为此，他专门在西西里岛建造了一座城市，让这批人移居到城里，自己则带着一批年轻力壮的人前往意大利。

埃涅阿斯的这次航行非常顺利，平静的大海没有一点风波，特洛伊人烦躁的心情也变得舒朗起来。远处的海岸越来越清晰了。

登陆海岸

在一度迷航后，埃涅阿斯率领的特洛伊船队终于找到了目的地——意大利，这里是神给他们安排的重建特洛伊的土地。

“看啊，意大利，意大利，一定是意大利。”船上的特洛伊人高兴地跳了起来。

埃涅阿斯深情地望着即将停靠的陆地：“真的是意大利吗？你让特洛伊人经历了多少苦难啊，我们要在这片土地上建立起新的特洛伊，保佑我们吧。”

船队驶入俄斯蒂亚港，特洛伊人走上海滩，进入岸边的一片树林里，他们决定先饱餐一顿再进城打听消息。大家把船上所有的食物都搬上岸来，然后席地而坐，在哄笑中，地上的食物被洗劫一空。

“半人半鸟的哈尔庇曾预言说我们把所有食物都吃完后就到达目的地了，这就是我们先祖的故乡，也是我们的新家园。”一个特洛伊人一边说着一边亲吻着这片神圣的土地。

“神预示我们已经到了意大利，但我们还需要打听清楚这里的居民到底是什

么性格。”埃涅阿斯兴奋地吩咐着。

临近天黑，探听消息的人回到岸边：“这儿的确是意大利，但它已经分裂成几个国家了，我们脚下所处的地方叫拉丁姆，是拉丁人生息的地方，现在由国王拉丁奴斯治理。由于拉丁奴斯在劳伦图姆宫殿执政，所以，他的臣民们也称自己为劳伦特人。我们还打听到，这条大河叫台伯河，是一位善神的居所。这块土地上还没有过屠杀和战争，拉丁人热情、善良，像招待亲人一样招待了我们。”

埃涅阿斯喜出望外，他带领他的臣民走上了这块陌生而又肥沃的国土，并迅速派出使者团，前去拜见拉丁国王拉丁奴斯。

使者们披着漂亮的衣甲，手中擎着作为和平象征的橄榄枝，在勇敢的伊里俄纽斯的率领下来到劳伦图姆。劳伦图姆是个热闹繁荣的城市，人们挤在街道上赛车赛马，投枪射箭，哄笑声不绝于耳。当他们看到排着长队的陌生人时，立即派人去通知拉丁奴斯国王。使者们被引进国王的宫殿大厅，宫殿宽敞华丽，摆设高雅，国王拉丁奴斯正坐在紫金宝座上。

“亲爱的拉丁奴斯国王，我们是特洛伊人，我们的家园被希腊人毁灭了，在天公朱庇特的指引之下，终于来到了意大利。我们的首领埃涅阿斯是女神维纳斯的儿子，我们带来了他的问候。尊贵的国王陛下，请施舍一块地方让可怜的特洛伊人安居吧。朱庇特曾预言，特洛伊人将在意大利的土地上找到自己的归宿。意大利不会后悔把特洛伊人收留在自己的怀抱里的，瞧，这是特洛伊人给你带来的礼物。”说着，伊里俄纽斯从怀里拿出一只金盏，“这只金盏是埃涅阿斯的父亲安喀塞斯祭祀神明的见证。”

拉丁奴斯接过伊里俄纽斯递过来的金盏，友好地对特洛伊人说：“我并不熟悉你们的种族，但我记得你们的先祖达耳达诺斯出生在这个地方。当你们还在大海上漂泊的时候，我已经从神谕中知道了你们的到来。拉丁人衷心地欢迎特洛伊人来到拉丁姆，拉丁人是农神萨图恩的种族，比你们的种族还要古老，我们执掌公平，遵循古老而又虔诚的习俗。”

拉丁奴斯注视着这群特洛伊客人，想起了一则神谕：“特洛伊人，我满足你们的愿望。但我的父亲法乌诺斯曾预言说，我的女儿不能嫁给当地的男子，而应嫁给一个外来者，而我的任务就是把我的王国交给特洛伊国王。回去告诉埃涅阿斯，让他亲自来见我，他将是我女儿拉维尼亚的丈夫。”

说完，拉丁奴斯命人挑选了百余匹良马，配上漂亮的马鞍，作为送给特洛伊人的礼物，他还给埃涅阿斯备下了一辆两匹神种快马拉动的战车。

使者们牵着满载礼物的骏马，神采飞扬地回到了岸边的营房。伊里俄纽斯把拉丁奴斯国王的话向埃涅阿斯进行了汇报，埃涅阿斯激动得半天没有说出话来，特洛伊人马上就要和拉丁人融为一体了，神圣的罗马将要在自己手里崛起，怎么能不让他激动呢？那将是怎样的一座城堡呢？埃涅阿斯憧憬着，久久不能入睡。

拉维尼娅的婚事

拉丁姆国王拉丁奴斯膝下无子，只有一个女儿拉维尼亚。自然，国王的全部遗产将落在这个唯一的女儿名下。

拉维尼亚转眼就出落成了一个大姑娘，温柔、漂亮、落落大方。来自拉丁姆和邻近地区的求婚者络绎不绝。求婚者不仅艳羡于拉维尼亚的美丽，对拉丁姆王位和拉丁奴斯的财产更是垂涎三尺。拉丁姆王后阿玛塔是一个骄傲的女人，她一直想给女儿寻找一位中意的丈夫。

在拉丁姆国的南部，有一个城市叫阿尔特阿，这里的人们称自己为罗图勒人。阿尔特阿国王道奴斯有个儿子叫图尔奴斯，图尔奴斯虽然年少，却勇猛过人。当他得知拉丁姆国王有一个漂亮的女儿时，也来到拉丁姆求婚。

当图尔奴斯出现在宫殿里时，阿玛塔兴奋得差点跳了起来，图尔奴斯英俊的外表和高贵的血统，与自己的女儿是多么相配啊。但是，拉丁奴斯对这桩婚姻没有任何表示，他早就得到过神谕，他的女儿要嫁给一个外来的人，而在这个外来人身上发展起来的家族命中注定要掌管全球。但是，这个外乡人究竟何时才能到来呢？这个神谕是否准确呢？面对已经到了出嫁年龄的女儿，拉丁奴斯实在不知该如何做出决断。如果神谕中的外乡人一直不出现，难道让女儿等上一辈子吗？因此，拉丁奴斯只能以沉默来应对拉维尼亚与图尔奴斯的姻缘，不过，这些都是在埃涅阿斯还没有出现之前。

在拉丁姆国王的宫殿里有一棵桂树。一天，拉丁奴斯看到桂花树上的桂花开了，便命人把桂树祭供给太阳神福波斯，然后在桂树的根基处为福波斯建造起一座神庙。当奴仆们正打算伐倒桂树时，突然树冠上出现了一个硕大的蜂窝，蜜蜂们从蜂窝里嗡嗡地飞出来，叮满了桂树。

拉丁奴斯唤来占卜师，问这一迹象所指何意。占卜师围着桂树转了一圈，然

后来到国王面前："依我所见，一个伟大的人和他的一支军队经过远涉重洋将要来到我们的国度，他最后将统治拉丁姆地区，繁衍起一支伟大的族第，最后他将统治整个世界。"

拉丁奴斯欣喜若狂，一个外乡人将要来到拉丁姆，难道是神谕中的那个人吗？老国王激动得一晚上不能入睡。

没过几天，图尔奴斯派使团来到劳伦图姆，并给未婚妻拉维尼亚带来一项王冠。在祭坛前，拉维尼亚把王冠戴到发间，正当她要对罗图勒人表示感谢的时候，祭坛上的火苗猛地升腾起来，窜到拉维尼亚的头发上，拉维尼亚的卷发顿时像着了火一样。王冠里掣起了闪电，拉维尼亚很快被熊熊的烈火包围。瞬间，整个宫殿里都燃起了一片神火。

宫殿上下的人们都慌乱得不知所措，不知道这种现象是主吉还是主凶。占卜师急忙赶来，向拉丁奴斯详示："拉维尼亚和他的夫君将会建立起一个王国，但却也会带来一场可怕的战争，并且，这次战争将毁掉一个国王。"

拉丁奴斯陷入了沉思之中，陌生人将要登上拉丁姆这片土地了，他将建立一个统治全世界的巨大族第，神谕正一步步向这个国家走近啊。于是，拉丁奴斯对罗图勒人的使者说："尊敬的罗图勒人，你们回去告诉你们的国王，就说神已为拉维尼亚选定了丈夫，所以，拉维尼亚不能答应这门婚事。"

没有办法，罗图勒人只能垂头丧气地回阿尔特阿复命。

过了几个月，几名渔夫报告说他们看到一批海船正向拉丁姆驶过来。拉丁奴斯从宝座上站起来，微笑着："看来，神谕中的埃涅阿斯已经临近我们了，他正站在船上指挥着他的船队。不久，世界将会陷入黑铁时代，战争的火焰将永不熄灭，但却享受着永恒的赞誉。"拉丁奴斯像是占卜师一样自言自语。

埃涅阿斯和他的船队终于在拉丁姆登陆了，他们还派来了使者向拉丁奴斯叙说了特洛伊人的请求。拉丁奴斯欣然地同意了特洛伊人的要求，并给一路劳累的特洛伊人送去了礼物，还让特洛伊使者告诉他们的首领埃涅阿斯，众神已预言，埃涅阿斯将成为拉维尼亚的丈夫，成为拉丁姆大地的统治者。

埃涅阿斯也接受了这一切，眼前似乎已经出现了新建的家园，他陷入了无限的憧憬之中。但是，谁也不知道，一场战争正悄无声息地迫近特洛伊人和拉丁姆人。

朱诺煽动一场战争

埃涅阿斯终于到达了意大利，并且将与拉丁姆国王拉丁奴斯的女儿拉维尼亚喜结良缘。多么幸运的埃涅阿斯啊，不久的将来，一个新的特洛伊将会再次崛起。

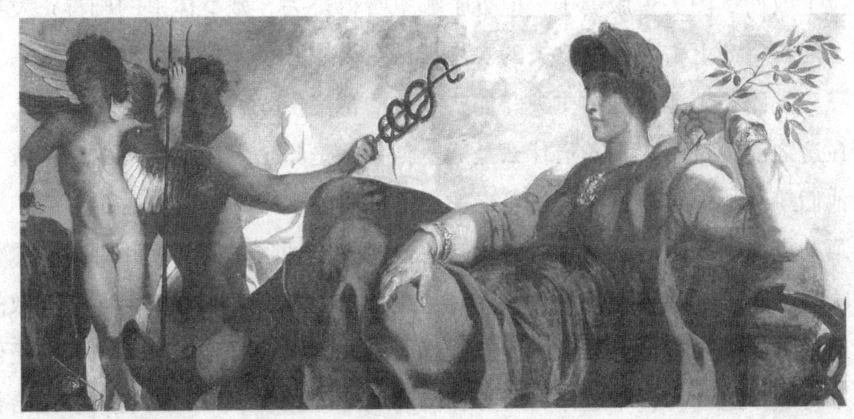

仇恨火焰的燃起

图尔奴斯本是一位理智的王子，但因为天后朱诺对特洛伊人的厌恶，使他成为这场战争的牺牲品。图为阿勒克托把毒蛇扔向了图尔奴斯，使他瞬间变成了一个充满对特洛伊人的仇恨的少年，完全丧失了理智。

在天后朱诺眼里，特洛伊是怎样一个可怕的民族啊，它虽然战败了，但却永不服输，经历了众多苦难，却总是在寻找自己的第二家园。作为天后，朱诺怎能允许自己的敌人有如此的好运呢？

“特洛伊人怎能逃脱我的仇恨的惩罚？我绝不能让维纳斯取得最后的胜利，我身为天后，却斗不过朱庇特的一个女儿，众神该如何取笑我啊。阿勒克托，你速去拉丁姆地区，在特洛伊人、拉丁人和罗图勒人之间挑起争端，最好他们之间的战争能使特洛伊民族消失。”朱诺把冥府的复仇女神阿勒克托叫到眼前，恶狠狠地吩咐说。

阿勒克托面目狰狞，她头上盘曲的毒蛇似乎也听懂了朱诺的话，发出了吱吱的响声。阿勒克托驾起乌云，来到地面。她先在拉丁姆大地上游荡了一圈，然后潜入到拉丁姆王宫的宫殿里。阿勒克托从头顶上取出一条毒蛇来，把它变做王后阿玛塔脖子上的金项链，然后悄悄地把剧毒注入到阿玛塔的皮肤里。

剧毒传遍了阿玛塔的全身，刚才还平静着的阿玛塔开始放声大哭起来。

“拉丁奴斯，你到底是怎么回事呢？竟然把我们的女儿许配给一个无家可归的难民，你不同情我，难道也不同情拉维尼亚吗？难道你忘了图尔奴斯是一个如何英俊的人吗？可怜的女儿啊，快来惩罚你这个残忍的父亲吧。”

阿玛塔向丈夫抱怨着女儿的婚事，但拉丁奴斯丝毫没有动摇自己的决定。

“虽然图尔奴斯具有高贵的血统，但神的意志不可违抗。”

拉丁奴斯试图去说服妻子，但妻子哪里听得进去，她身体里的剧毒正发挥着作用。阿玛塔冲上去要撕扯丈夫的衣袍，被众人拉开了。之后，她便在城内大街小巷狂奔乱跑，诅咒着她的丈夫和那些刚来的特洛伊人。

在这之前，拉丁人不知道什么是战争，什么是厮杀，当阿玛塔的话提醒了他们，他们单纯的思维方式被王后恶毒的话语征服了。

阿勒克托满意地看着这一切，驾起乌云又飞落到阿尔特阿。此时的图尔奴斯正在睡觉，于是，阿勒克托变作一个年老的女人，走近酣睡的少年：“勇敢的图尔奴斯，美丽的拉维尼亚本该属于你，强大的拉丁姆也应该属于你，可特洛伊人的到来打破了这一切，难道你真的心甘情愿地把理应属于你的权杖拱手让给特洛伊人吗？你应该武装你的人民，去征讨特洛伊人，把应该属于你的都给夺回来。”

沉睡的图尔奴斯并没有像阿勒克托想象的那样充满仇恨：“是朱诺派你来见我的吧，可我并不希望出现你所说的那些是非。我早就知道特洛伊的船队驶进了台伯河，但这些又与我有什么关系呢？拉丁奴斯说了，这一切都是神的安排，难道你让我与神作战吗？”

阿勒克托见简单的几句话并不能煽动起图尔奴斯的仇恨，于是从头上抽出两条毒蛇：“我是复仇女神，专给人间制造灾难和死亡，难道你能违背我的意愿吗？”说着，她把两条毒蛇扔向了图尔奴斯的身体。

转眼间，刚才那个理性的图尔奴斯不见了，取而代之的是一个发了疯的少年：“拿武器来，我要去征服特洛伊人，给拉丁人一些教训，用他们的鲜血来洗刷我的耻辱。”图尔奴斯从床上一跃而起，一股疯狂的战斗欲望在他的胸腔里翻腾着，他甚至等不到天亮就武装起了一支罗图勒人，率领他们离开国土，朝拉丁姆奔去。

阿勒克托洋洋得意地看着她的杰作，眼前似乎出现了一场战争，而特洛伊人正是这场战争的牺牲品。这些还不能满足阿勒克托的复仇之心，她又趁着太阳还

没有出来之前来到了台伯河畔。

此时的台伯河畔正进行着一场狩猎游戏，埃涅阿斯的儿子阿斯卡尼俄斯追逐着一只雄鹿。这只雄鹿远近闻名，拉丁奴斯的牧场总管蒂耳荷斯让孩子们亲自放牧它，总管的女儿西尔维亚尤其宠爱它。当这头雄鹿发现有人追赶它时，不由得惊慌逃窜，跳进了台伯河。阿斯卡尼俄斯猎兴正浓，哪里肯放过这么好的猎物，他弯弓搭箭，一箭射中雄鹿的腹部。雄鹿拼尽全力游上了岸，拖着鲜血淋漓的身体回到了主人的屋前。当西尔维亚看到眼前的景象时，禁不住大哭起来，她一边给雄鹿包扎伤口，一边呼唤着周围的农民。

不大一会儿，附近的农民就把西尔维亚的家围了个水泄不通。

“拉丁姆国的所有人都认识这只雄鹿，干出这种勾当的人一定是刚来的特洛伊人，而我们的国王却要把女儿许配给特洛伊人，我们一定要把这群恶毒的人赶出拉丁姆。”农民们愤怒了。阿勒克托抓准时机，使战斗的号角响遍全国。顿时，拉丁人从四面八方聚集过来，他们手里拿着各式各样的武器，摆开阵式要与特洛伊人决一死战。

阿斯卡尼俄斯看到一群拉丁人朝着自己跑过来，不由得大吃一惊，他引弓搭箭，这一箭不偏不倚正中蒂耳荷斯的儿子阿尔摩的咽喉。特洛伊人的暴行使拉丁人更加愤怒了，女人、孩子，连拉丁姆最富有、最年迈的老人伽莱索斯都加入到战斗中来。不幸的是，伽莱索斯也死在了阿斯卡尼俄斯的箭下。

这时，图尔奴斯的部队开进了拉丁姆城，拉丁人与罗图勒人合为一处，一路来到拉丁奴斯的王宫，请求国王批准对特洛伊发动战争。按拉丁人的规矩，当要对外进行战争时，国王应该身穿战争的衣衫，亲自打开亚奴斯神庙的大门。

拉丁奴斯痛苦地在宫殿里走来走去，他可怜他的人民，却又不能违背神意。

“不幸的拉丁人，这一切都是神的安排。如果我们对特洛伊人宣战，将会以自身的鲜血抵偿罪孽，图尔奴斯，你也会难逃上天的惩罚的。”

朱诺早已经等得不耐烦了，她亲自降临到亚奴斯神庙，举手撞击神庙石柱，神庙的铁门轰的一声被打开了，战争的火焰熊熊地燃烧起来。

埃汪特耳的救援

在特洛伊人没有到来之前，意大利众多国家之间没有发生过战争，人们生活

在一片宁静、祥和之中。而现在，由于特洛伊人的到来，整个意大利陷于一片混乱。

拉丁姆的各条道路上尘土飞扬，原野中武器林立，各路军队从四面八方向劳伦图姆陆续挺进。

青铜吐火怪像

在战斗中，一马当先的图尔奴斯头盔上饰着的就是此形的狮头羊身蛇尾吐火女怪。

图尔奴斯一马当先，他头盔上饰着狮头羊身蛇尾的吐火女怪，上面镶嵌的三根羽毛迎风招展，好不威风。一批古老英雄族第的杰出代表率领着拉丁姆人、罗图勒人、西卡尼亚人、奥索尼亚人、奥龙克人的军队，他们后面是佛尔西安人的骑兵队。佛尔西安人的骑兵队由年轻的女王卡弥拉率领，卡弥拉是在与粗野的男人的战斗中长大的，她没有爱恋过任何一个男人，没有像其他女人那样蹲在织机前织过布，她喜欢和男人一样驰骋沙场，建功立业。此时的卡弥拉腰间佩着硬弓和箭袋，手上高擎长矛，她的威武一点也不比男人逊色。

早有人把意大利军队云集拉丁姆的消息告给埃涅阿斯，他忙命人构建工事。但特洛伊人如何能抵抗得了比它多出上百倍的敌人呢？于是，特洛伊人做出逃向大海的准备。

一天，忧心忡忡的埃涅阿斯沿着台伯河散步，他是多么希望占领陆地，建设新的特洛伊啊，可眼下，自身难保又怎能顾得上重建家园呢？要战胜骄傲的意大利人，除了获得援助别无他选，可特洛伊人刚刚到达拉丁姆，要想获得外援是多么困难啊。埃涅阿斯坐在河边休息，想着心事，不知不觉中竟睡着了。

恍恍惚惚中，一位身穿白色衣衫、头顶芦苇圈环的老者从台伯河中升腾而起，他声音洪亮地对埃涅阿斯说："大英雄埃涅阿斯，不要害怕，我是河神台伯律奴斯，朱庇特已经给你安排好了将来，所以你大可不必为意大利人的进攻而烦

恼。你一会儿可沿着台伯河向前走，在一丛橡树林中会发现一只大母猪，它生下了三十只小猪，那里将是三十年后你儿子阿斯卡尼俄斯建立罗马之母阿尔巴城的地方。你把母猪和小猪献祭给朱诺，以平息她对你的仇恨，然后接着往前走到一块山地为止，那里是帕朗图姆城，是亚加狄亚的珀拉斯癸人移居的地方，国王叫埃汪特耳。图斯克人与拉丁人有不共戴天之仇，你将从他们手上获得援助。”台伯律奴斯说完就不见了。

埃涅阿斯醒来后，按照河神的指示往前走，果然在一棵橡树底下发现了一窝野猪。把这些猪祭献给朱诺之后，埃涅阿斯赶忙回到营地，把神的预示对大家说了。然后他挑选了两艘大船，率领一部分人沿着台伯河向前航行。

夏天的台伯河像是一面镜子，沿途的绿树丛林给台伯河增添了不少神韵。特洛伊人的船只在台伯河上航行了一天一夜后，远处耸立在山坡上的城堡终于出现了。

这天，亚加狄亚国王埃汪特耳和儿子帕拉斯正忙碌着给赫丘利准备年祭。亚加狄亚人聚集在祭坛前正要献祭时，突然有人大喊道：“看啊，一队陌生人正沿着台伯河朝我们驶来，他们是送来战争的吗？听说拉丁姆上空已战云密布了。”

大家朝台伯河望去，不由得警戒起来。“尊敬的亚加狄亚人，我们是特洛伊人，意大利人正准备用明晃晃的武器击杀我们，可怜的特洛伊人遭受了特洛伊城的毁灭，如今又面临着巨大灾难。所以，在神指引下，我们特来向亚加狄亚求援。”埃涅阿斯高举着象征和平的橄榄枝站在船头向城堡里问话的守卫高声喊道。

当守卫听到“特洛伊”三个字时，忙向国王埃汪特耳报告。国王的儿子帕拉斯兴奋不已，他一边整理着自己的衣衫一边激动地对父亲说：“特洛伊人，特洛伊人来到我们这里了，那是多么勇敢的一个民族啊，能够结识这批闻名天下的英雄是多么的荣幸啊。父亲，我这就把他们接来。”帕拉斯不等父亲作答便走出了城堡来到台伯河岸边。

“欢迎你们，勇敢的特洛伊人，我是王子帕拉斯，我带你们去见我的父亲。”埃涅阿斯一行人被带上了岸，来到了国王的宫殿里。国王埃汪特耳的宫殿很简陋，亚加狄亚人是乡村牧民，他们并没有什么贵重的珍宝，所以这里的宫殿像是茅草房，城里居民的住所更不用说了，要多简单有多简单。

埃汪特耳坐在宝座上，仔细打量着陌生的客人。

“埃汪特耳国王，我是安喀塞斯的儿子埃涅阿斯，带领特洛伊人在神的指引下来到意大利，但意大利人像对仇敌一样对待我们。我们势孤力单，难以和他们

抗衡，不得不来求助友好的亚加狄亚人。”埃涅阿斯向埃汪特耳陈述着自己的意图。

“高贵的特洛伊人，你们的名字我并不陌生。当我还是一名年轻武士时，你的父亲和普里阿摩斯曾路过亚加狄亚。特洛伊人都是英雄，我是怀着无比敬畏的心情迎接他们啊。当然，我更不能忘记你父亲安喀塞斯，因为他临别时曾把利箭赠送给我，他还送给我一件金丝质战袍和金辔具。现在这些都由我儿子帕拉斯保管。为了报答你们，我多希望和你们一起作战，可我老了，而我的国家非常穷困，连给你们添置锋利的武器都难以办到，不过，我倒是可以给你们出一些主意。离开这里后，你们可以前往伊特卢利阿的阿格拉城，那里的国王墨策提沃斯前不久被居民们驱逐，但这个被驱逐的国王却在图尔奴斯那里得到了友好的接待，图斯克人和图罗勒两族人因此结了仇恨，在那里，你们将得到一支强大的军队。”

离开了埃汪特耳的宫殿，特洛伊人走进了亚加狄亚人为他们布置的住处，美美地进入了梦乡。

埃涅阿斯的盾牌

特洛伊人与意大利各族人的战争一触即发。

一天傍晚，维纳斯走近丈夫火神伏尔甘的身边：“亲爱的伏尔甘，瞧你锻造的武器是多么精良啊，恐怕天底下没有一个人能锻造出像你这样的武器吧。父亲朱庇特宠爱的特洛伊人正面临着一场战争，而我的儿子埃涅阿斯正是特洛伊人的首领，他还没有一件像样的武器，你要是能替他打造一件那该多好啊。”维纳斯以少有的柔情对丈夫说。

对于天公朱庇特宠爱特洛伊人，伏尔甘也早有耳闻，而且他也知道特洛伊人埃涅阿斯是爱妻维纳斯的儿子。伏尔甘是多么想取悦岳父和妻子啊，这真是个绝好的机会。

伏尔甘答应了妻子的请求后，迅速动身前往埃得纳火山，那里有他的炼铁作坊。伏尔甘刚一走近埃得纳火山就听到铁锤打在铁砧上的声音当当作响，他纵身从火山口跳进去，看到作坊里火花飞舞，库克罗普斯巨人们正率领着无数奴仆们忙着炼铁，已经炼好的各式各样的兵器摆在旁边的兵器架上，其中有天公朱庇特的一把利剑，有战神玛尔斯的战车，还有太阳神福波斯的一把弓箭。

“把你们手里的工作都停下，”伏尔甘站在一个较高的位置上，以使大家都能看到他，“现在我交给你们一项新的任务，我们要给特洛伊人的英雄埃涅阿斯打造一件武器。战争马上就要开始了，我们必须在明天天亮之前完成它。”

众奴仆一听要给英雄打造武器，自然高兴得不得了，他们齐心协力，把自己最精的技艺都倾注到这件武器之上。不大一会儿，一块巨大的盾牌成形了，那是由七块烧红的铁板锻造而成，最后一层盾面上布满了美丽的花纹，它叙述了罗马的历史。此外，伏尔甘还为埃涅阿斯锻造了一把利剑、一条护腰的金带、一套铁铠甲。

在帕朗图姆城，国王埃汪特耳正对客人们进行盛情款待，亚加狄亚人端上了丰盛的饭菜和飘着清香的葡萄酒。大家围坐在一起，举杯痛饮。埃涅阿斯多么想与这位老国王多待几日，但神命在身，他不得不于第二天清晨来向埃汪特耳国王告别。

“亲爱的埃汪特耳国王，虽然特洛伊人很想在此与亚加狄亚人民共同享受这美好的太平盛世，但是，意大利人正虎视眈眈地准备向特洛伊人发动进攻。我们必须起航了，去寻求图斯克人求援，对于你给的这个主意我们将不胜感激。”

年迈的埃汪特耳国王望着眼前的英雄有些依依不舍：“特洛伊的勇士们，对于不能给予你们更大的帮助我表示遗憾。这些马匹就当我送给特洛伊人的礼物吧。埃涅阿斯，那匹最好的骏马应该属于你，当年你的父亲送给我那么贵重的东西，而我却只能以此来回赠你。”

这时，早有人牵过来数匹良马，其中有一匹马皮毛呈黄褐色，状如狮子，马蹄上还裹着黄金。埃涅阿斯对亚加狄亚人一再表示感谢，但神已经在命令特洛伊人加快前行了。

特洛伊人刚离开帕朗图姆城不久，就看到身后有一队人马朝这边跑来，原来是年轻的帕拉斯率领着四百名骑兵奔驰而来。

“埃涅阿斯，我父亲因不能出征，特命我带一队骑兵来支援你们。他还让我转告你，众神会保佑特洛伊人的，他会时刻为特洛伊人祷告的。”帕拉斯向埃涅阿斯陈述着埃汪特耳的话。

埃涅阿斯感动得热泪盈眶，这四百骑兵对特洛伊人是多么重要啊！他紧紧抓住帕拉斯的手，回头望了望渐渐远去的帕朗图姆城，用庄严的肃目礼表示着对国

王埃汪特耳的感谢。

这一天，经过紧张的奔波，特洛伊人来到了一个幽静的山谷，山谷四周是一片茂密的树林。埃涅阿斯命令大家坐下来休息，他也在一棵高大的桦树底下打起了盹。

自从埃涅阿斯从帕朗图姆城出来，维纳斯就一直跟着儿子，想找一个合适的机会把伏尔甘锻造的武器交给儿子，眼下正是个好机会。维纳斯走近埃涅阿斯，呼唤着他的名字，把盾牌、利剑和盔甲放在儿子脚下。

埃涅阿斯睁开眼，看到母亲维纳斯站在面前，眼里不禁闪出着幸福的泪花，张开双臂想要拥抱母亲，但维纳斯已化成一道云雾蓦地不见了，只留下一句话在空中回荡："孩子，不要害怕，拿起这些武器大胆地去战胜那些骄横野蛮的敌人吧，我会随时保护你和特洛伊人的。"

这时候，埃涅阿斯才看到了放在脚下的闪闪发光的武器，多么精良的武器啊！他忙用这些武器把自己武装起来，走到一条小溪边，对着溪水照了又照，爱怜得都不想脱下来。埃涅阿斯举着手里的盾牌，左看右看，上面布满的文字和图像到底是什么意思呢？那是伏尔甘根据天公朱庇特的要求画的神谕，是有关罗马未来历史的神谕，只有众神才能看懂，凡人是无论如何也不能知晓的。

图尔奴斯兵临营房

朱诺是个充满仇恨的女神，虽然埃涅阿斯已经用一头母猪和三十只小猪对她进行了祭供，但还是不能消除她对特洛伊人的怒火。朱诺把女使伊里斯叫到身边，眼里放射出凶狠的目光："去告诉图尔奴斯，埃涅阿斯已经到了帕朗图姆，已经得到了埃汪特耳的支援，现在正前去阿格拉城请求图斯克人的支援。愚蠢的图尔奴斯怎么还不开始行动呢？传达我的命令，让图尔奴斯乘虚袭击留在拉丁姆的特洛伊人。埃涅阿斯虽然只带走了少数人，但留下的却是群龙无首，是很容易被制服的。等埃涅阿斯一回来，看到特洛伊的营盘已被夷为平地，你猜他有什么样的表情呢？"朱诺边说边想，禁不住哈哈大笑起来。

伊里斯把朱诺的旨意向图尔奴斯进行了传达，他立即命部队向特洛伊的营地进发。图斯克前国王墨策提沃斯领兵先行，图尔奴斯的部队居中，蒂耳荷斯和他

的儿子们次之。意大利军队浩浩荡荡地朝台伯河岸疾奔而来。

“伙伴们，快拿起武器来，意大利人来进攻我们了。”透过飞扬起的尘土，特洛伊哨兵终于看清了庞大的意大利军队。留在营地的所有特洛伊人都集合起来了，他们迅速进入战壕，按照埃涅阿斯临走时的吩咐封锁了各座营门。

严阵以待的特洛伊将士们

早在特洛伊战争时，特洛伊人的勇敢和钢铁般的意志就为希腊人领略，而今罗图勒和拉丁姆人也体会了特洛伊人的坚韧，尽管敌人人多势众，但特洛伊人毫无畏惧，站岗放哨毫不懈怠，密切注视敌人的动向。

图尔奴斯是个急性子人，他抛下大队人马，自己先率领一队骑兵，出其不意地出现在特洛伊人的营房前。图尔奴斯围着战壕转了一圈，希望能找到一个缺口冲进对方的阵营，但特洛伊人固守不出。图尔奴斯把手中的标枪朝敌人的方向投去，高声喊道：“怯懦的特洛伊人，你们的勇气到哪里去了？是不是被意大利人的武器吓破胆了？为什么不到野外来拼杀呢？”但不管图尔奴斯怎么叫嚣，特洛伊就是不出战壕。

猛然间，图尔奴斯眼睛瞥到了停泊在台伯河上的一排排船只，他高兴地命令着他的士兵们：“快去拿火把把那些船烧掉，特洛伊人想从海上逃跑，看来连神都在帮我们，我要让他们逃跑的希望彻底破灭。”

此时，意大利的大部队也来到了台伯河畔，他们听到图尔奴斯的命令，迅速跑到附近找来一些木柴，点燃后扔向了特洛伊人的船只。

当年，埃涅阿斯造这些船只时使用的是爱达山脚下的神木，爱达山上的众神曾乞求朱庇特：“万能的神啊，满足我们的要求吧，我们要把爱达山脚下的一片槭树和松树交给一个特洛伊人造船，可用这些神木造的船也会遭受到风浪的冲击啊，请保佑这些船只让它们免遭各种危险吧。”

朱庇特思考片刻：“不遭遇任何风险是做不到的，但我可以答应你们，当这

些船到达目的地后，它们可以成为神器，或是成为永远生活在大海上的仙女。”正是朱庇特的许诺保护了这些船只，否则，特洛伊人的船队将会被彻底烧毁。

当意大利人把手里的火把扔到船上的时候，天空突然出现了一道亮光，接着是一阵震耳欲聋的雷声，一个神奇的声音从空中传来：“图尔奴斯，除非你先把大海烧着了，否则你是烧不毁这些船只的。特洛伊人，你们不必急着去抢救船只，这些船是烧不毁的，因为朱庇特已经赋予了他们灵性。船只们，你们已经变成了海洋中的女神，去大海中试试你们的威力吧。”

雷声消失了，闪电也不见了，但眼前发生的景象让所有的人大吃一惊：船只像有了生命一般，扯断缆绳后潜入水底，冒出水面后的船只竟成了一个个风姿绰约的少女。

意大利人开始后退，战马吓得引颈长鸣，台伯河的水也停止了流动。意大利人相信这是神在保佑特洛伊人，人怎么可以与神作对呢？但图尔奴斯却保持着镇静：“难道你们真的相信这是神在保佑特洛伊人吗？为什么不相信这是反对特洛伊人的吉兆呢？虽然特洛伊人的船只没有被我们烧掉，但它们已经不存在了，朱庇特已经剥夺了特洛伊人逃出拉丁姆的希望。成千上万的意大利人站在一起，难道还不能把特洛伊人打败吗？你们看啊，他们已经无路可逃了。”在他的安抚下，慌乱的人群稍稍平静了一些。图尔奴斯命令墨萨帕斯把特洛伊的各道营门包围起来，其余的人则在草地上驻营扎寨，等候战机。

特洛伊士兵们通宵达旦地站岗放哨，不敢有丝毫松懈，他们时刻注视着敌人阵营的同时，也不时地眺望着远方，埃涅阿斯的队伍怎么还没有归来呢？

勇敢少年尼素斯和欧律阿罗斯

大敌当前，特洛伊人轮流站岗放哨，这些放哨的特洛伊人当中有两个亲密无间的好朋友——尼素斯和欧律阿罗斯。尼素斯的年龄比欧律阿罗斯稍大一些，欧律阿罗斯还是个没有长胡须的少年，但他非常勇敢，凡是需要勇气和胆量的时候，他都会挺身而出。当然，这时候总也少不了他的朋友尼素斯。两人非常友好，并肩作战，在意大利人进攻特洛伊人时，他们又共同把守一座城门。

尼素斯与欧律阿罗斯留心地观察着敌人的动静，小声地议论着战事。

古罗马步兵

身披盔甲的重装步兵，右手持盾，迈着矫健的步伐参加操练。这种步兵是城邦卫队的主力。

“欧律阿罗斯，你看那些图罗勒人，他们是多么盲目自大啊，竟敢在我们眼皮底下饮酒作乐，表明了一点都不怕我们，难道我们特洛伊人真的那么怯弱吗？想当年我们的祖先是多么勇敢啊。而我们为什么还要待在营房里呢？围墙外面的敌人只亮着几堆火，他们肯定是睡着了，我们应该采取一些行动了。”尼素斯脸涨得通红，眼睛瞄着外面的图罗勒人，咬着牙对欧律阿罗斯说。

“可是，尼素斯，埃涅阿斯出发前，命令我们只能坚守，我看还是不要冒险的好。”欧律阿罗斯紧张地望着他的朋友。

“欧律阿罗斯，我想冲出营去，跃过敌人的营房去帕朗图姆城迎回埃涅阿斯。我们不能老是死守，否则特洛伊人连尊严都失去了。埃涅阿斯还不知道他的臣民们被包围的事，我相信，埃涅阿斯回来后就会迎来特洛伊人的胜利。”尼素斯望着远方的眼神越来越坚定了，“我的这个愿望太强烈了，我要先去找姆纳斯透斯和塞勒斯图斯他们商量一下。不过，你要留在这里，我一个人已经足够了。”姆纳斯透斯和塞勒斯图斯是埃涅阿斯临行前任命的部队总管。

“尼素斯，难道你认为我是看重自己生命的人吗？你以为我比你年轻就怕死了吗？如果你真这样认为，我无话可说。可是我们同甘共苦，一起渡过了那么多艰难险阻，你还不了解我吗？在我眼中，荣誉也是高于一切的。”欧律阿罗斯脖子上的青筋暴起，举着胳膊，想以此向朋友证明自己的强壮。

尼素斯把脸转向欧律阿罗斯，激动地说：“我知道你把特洛伊的平安看得比生命还重要，但是，你怎么就不明白我的心意呢？如果我被敌人抓走，你可以设法救我；如果我阵亡了，你可以替我收尸，那样我死后也会感到欣慰的。而且，在你母亲眼里，你是多么重要啊，我怎么能平添一个母亲的忧愁呢？”

“可是，尼素斯，如果我的母亲知道我苟且偷生，你想她会原谅我吗？如果你死了，我还有脸独活吗？尼素斯啊，难道你真的愿意丢下我吗？”

在欧律阿罗斯的请求下，尼素斯同意带着他一起去找首领们，当二人走进临时的会议大厅时，首领们正在进行移居的讨论。

“考虑考虑我们的建议吧，我们发现了一条岔路，那里敌人防守最薄弱，如果运气好的话，我们可以从那里爬出包围圈。我和欧律阿罗斯将愿意充当送信的人，用不了多长时间，我们就会等到埃涅阿斯的援兵了。”尼素斯热情洋溢地向首领们表达着自己的想法。

首领们被这两个年轻人的勇气折服了，对他们的这种想法也表示赞赏。经过商议，他们同意了这两个年轻人的提议。特洛伊人把尼素斯和欧律阿罗斯送到营门前，在众人的嘱咐中，两个年轻人越过壕沟，趁着夜幕的掩护来到了罗图勒的营房。

罗图勒的哨兵全睡着了，醉醺醺地躺在草地上，武器也散放在一旁。尼素斯查看了一下地形，然后小声地对欧律阿罗斯说：“你在我后面跟着，我把这些敌人杀死后咱们从中间穿过去。”说着，尼素斯挥动着利剑，朝躺在草地上的敌人一剑一剑地刺去。可怜这些放哨的罗图勒人，没有一点反抗就成了刀下鬼。

尼素斯像一头饿狼扑进了羊群，一路砍杀。欧律阿罗斯也不示弱，他把尼素斯没有杀死的敌人又补上了一刀。

两人一路杀出了很远，草地上横尸一片，空气中散布着血腥味。

“欧律阿罗斯，我们还是趁着敌人没有醒来赶快冲出去吧，不要忘了我们的主要任务啊。”尼素斯小声地对他的朋友说。

欧律阿罗斯已经杀红了眼，但尼素斯说得有理，他只好停下手中的剑，拾起地上一个闪闪发光的头盔戴在自己头上。

“瞧，这顶头盔我戴着正合适，看来这是罗图勒人专门为我设计的。走吧，朋友，我们马上离开这里到帕朗图姆去。”两个人离开了罗图勒人的营房，来到了野外的小路上。

突然，一队骑兵从小路上急奔而来。这只骑兵是从劳伦图姆城内开出来的，是专门去援助图尔奴斯的。骑兵首领伏尔斯肯斯看到一顶头盔在月光底下闪着亮光，顿时提高了警惕。

“喂，你们两个大半夜的要到哪里去？”两个年轻人没想到会遇上敌人，听到喊声后慌忙逃进了路旁的树林里。

伏尔斯肯斯心里马上明白了一二，他俩肯定是特洛伊人前去求援的士兵。于是，他命令骑兵们封锁了附近的出口。

尼素斯好不容易从树林中逃了出来，但他回头却不见了欧律阿罗斯。

“他去哪里了呢？难道他为了救我去送死了吗？这个傻瓜，他怎么可以放弃希望呢？我这不是跑出来了吗？可要到什么地方找他呢？”尼素斯向众神作着祈祷，一转身又回到了树林里。

一阵马蹄声传来，尼素斯从丛林的缝隙里看到了被制服的欧律阿罗斯正趴在马背上，腿部似乎受了重伤。

“欧律阿罗斯，你可是我最好的朋友，如果我救不下你，我怎么对得起自己的良心呢？众神啊，保佑我击败这只队伍吧，胜利后我将给你们献上最好的祭品。”说着，他竭尽全力地向敌人投出了自己的长矛，然后像猛虎一样冲出丛林，朝着驮着欧律阿罗斯的马奔去。

“看来只有用你的血才能为刚刚死去的拉丁人雪耻了。”伏尔斯肯斯举起手中的利剑朝着马背上的欧律阿罗斯砍去。尼素斯大声喊叫着，一个健步冲上前去，但朋友的脑袋已经滚到地上。尼素斯疯狂地把手中的长剑朝伏尔斯肯斯戳去，伏尔斯肯斯躲闪不及，长剑刺中了他的咽喉。尼素斯扑到欧律阿罗斯的尸体上痛哭起来，却不料身后的拉丁骑兵正朝着他的方向放箭。

可怜两个年轻英雄壮志未酬便进入了另一个世界，但他们的英名却将与日月同辉，与罗马的历史齐寿。

围攻特洛伊人

尼素斯和欧律阿罗斯没有能够完成他们的使命便牺牲了，特洛伊人哀悼着这两个遇难的年轻人，并传颂着他们的故事。而两个特洛伊人的死却给了罗图勒人极大的鼓舞，图尔奴斯命士兵吹响了号角，并带领罗图勒人冲向特洛伊人的战壕。

特洛伊人也不甘示弱，他们从长期的战斗中总结了足够的防守经验，看到敌人来势汹汹，他们把火器朝着冲向前来的罗图勒人的队伍中部投掷。只听轰的一声，火器在罗图勒人中部落地，被击中的罗图勒人被烧成了火球，周围的人慌作一团。特洛伊人还把石块砸向敌人的盾牌，罗图勒人左右闪躲，但依然伤亡惨重。

一批一批的罗图勒人向特洛伊人的战壕涌来，他们在特洛伊人防守稀疏的地段架起了云梯。云梯上爬满了人，攀悬上城头的人被城上的守卫用长矛扫落到地

陶绘战斗图景

迈锡尼时期的艺匠在这只器皿上精心描绘出了古代勇士的英姿。

上。罗图勒人不断地向上爬，也不断地有人从城头掉下来。

特洛伊人的战壕内有一塔楼，通过浮桥与营房前的城墙相连。图尔奴斯在塔楼下转了好一阵子，心想：如果从高大的城墙攻进劳伦图姆城是相当不容易的，如果从这个塔楼入手，说不定会有所进展。想到此，图尔奴斯命令罗图勒人集中力量攻打塔楼。不过，特洛伊人早组织了弓箭手向城墙下猛烈射击。

罗图勒人的大量伤亡使图尔奴斯意识到这种攻城的方法难以奏效，于是他站到一块比较有利的地方，然后奋力地向浮桥上投掷了一根火把，火把烧着了板壁，火势迅速地蔓延开来。特洛伊人根本没有注意到浮桥着了火，他们正与敌人进行着激烈的厮杀。守卫的特洛伊人还没有来得及逃跑，塔楼便轰的一声倒塌了。罗图勒人一拥而上，踏过废墟，朝战壕猛冲过来。

阿斯卡尼俄斯最擅长使用弓箭，他曾射杀了蒂耳荷斯的大儿子阿尔摩和拉丁姆老人伽莱索，当他看到敌人涌向战壕时，弯弓搭箭，这一箭正中图尔奴斯妹妹的丈夫雷姆罗斯。当阿斯卡尼俄斯再次举起箭时，太阳神福波斯阻止了他："孩子，你该满足了，你已经射杀了罗图勒的一位英雄，太阳神命令你不能再战了。"特洛伊人看到太阳神显灵，忙叩首祈祷，并把阿斯卡尼俄斯送离了战场。

此时的图尔奴斯正在另一侧进行战斗，当他听到罗图勒人被击退的消息后，带领士兵冲了过来，在特洛伊人中杀出一条血路，一直来到特洛伊的营房大门前。

守卫大门的巨人兄弟潘达洛斯和皮梯阿斯是透克洛斯族人，兄弟俩为了寻找跟敌人面对面地进行搏斗的机会，做出了一个大胆的决定。图尔奴斯正在为不知怎么才能攻破大门而苦恼时，门吱的一声开了。发生的事实并没有像巨人兄弟想的那么简单，门打开后，敌人如潮水一样涌了进来，兄弟俩不由得开始后撤。

图尔奴斯一马当先，一枪把皮梯阿斯挑翻在地，皮梯阿斯大叫一声，伤口处顿时血如泉涌，眼睁睁地看着罗图勒人从他的身体上踩过。特洛伊人的防线彻底

崩溃了，在敌人的逼迫下开始四散逃溃。图尔奴斯一路砍杀，朝特洛伊人的中心大营奔去。此时，增援的罗图勒人也正在向营门冲来。

潘达洛斯看到弟弟被敌人杀死，悲伤万分，他强忍住痛苦，用宽大的肩膀顶着敞开的大门，直到把大门重新锁起来。结果，许多特洛伊人被关到了门外，他们与罗图勒人激战不已。然后，满头大汗的潘达洛斯愤怒地挡住了图尔奴斯的去路，大吼一声："受死吧，在敌人的营房里，你休想活着出去，我要为我的兄弟报仇。"说着，他从地上捡起一根长矛，狠命朝图尔奴斯投去。

图尔奴斯并没有注意到眼前出现了一个巨人，如果不是朱诺把枪尖引开的话，这个罗图勒的英雄肯定早就毙命了。图尔奴斯腾身跳起，怒斥潘达洛斯："今天我就让你去普路托那里报到。"话到剑到，潘达洛斯的脑袋滚落到地上，吓得特洛伊人目瞪口呆。

战壕前的罗图勒人一直等待着里面的首领得胜后能打开营门，但此时的图尔奴斯完全被一股杀气笼罩。他一路向前，进入了特洛伊营房的纵深地带。

特洛伊人死伤惨重，一些人甚至被吓得浑身发抖。

"可是，我们应该往哪里逃呢？这里是我们的营房，我们的敌人只有一个，难道这么多人竟不能阻挡住一个敌人吗？我们辛辛苦苦才来到了意大利，难道我们要放弃重建家园的重任了吗？"特洛伊人姆纳斯透斯的一句话提醒了正在逃跑的伙伴们，他们停下了脚步，重新投入到战斗之中。

特洛伊人慢慢地与图尔奴斯拉开了距离，然后把手中的长矛和投枪投向了图尔奴斯。此时的图尔奴斯也感觉到了疲倦，他甚至没有力气杀回到门口。在朱诺的帮助下，他才不致让特洛伊人投过来的武器刺中。他一路躲闪，一路朝台伯河边杀去。

台伯河出现在图尔奴斯眼前，他转过身来，感到危险就悬在他的头顶，他朝着天空祷告着："令人敬畏的众神之母，在你的保护下我已经享有了太多的荣誉，对此我非常感激。看来结束战斗的时刻快要到了，我没有退路，也不想逃跑，既然没有了生还的希望，那么我将把自己托付给台伯河。"说完，图尔奴斯背朝敌人，纵身跳入了水流湍急的台伯河。

台伯河接纳了图尔奴斯，并用平稳的流水把罗图勒英雄救出了特洛伊人的营地。夜幕拉开了，冰冷的月光映照着台伯河，河岸两侧的尸体成了拉丁姆大地第一批用于祭祀的"牺牲"。

埃涅阿斯回到营房

正如亚加狄亚国王埃汪特耳所预言的那样，埃涅阿斯在图斯克国的阿格拉城受到了热情的款待。国王不仅把伊特卢利阿人的部队跟特洛伊人合在一起，还号召所有伊持卢利阿人的同盟城市共同参加到对意大利的战争中来。

埃涅阿斯再三对图斯克国王表示感谢后，便起程回拉丁姆的营房。他命令亚加狄亚的骑兵和图斯克人的骑兵在陆地上先走，自己则率领一支巨大的船队驶入台伯河。

夜已经很深了，埃涅阿斯还是睡不着，他独自坐在船头，望着漆黑的夜幕不禁陷入了深思。

“怎么会出来一队少女呢？难道是在做梦吗？”埃涅阿斯揉了揉眼睛，他并没有看错，一队仙女正围着战船翩翩起舞。

“伟大的埃涅阿斯，我们是特洛伊的旧船啊，罗图勒人想把我们烧毁，由于神的怜悯，我们才得以逃脱，变成了海上仙女涅瑞伊得斯。快些航行吧，你的儿子阿斯卡尼俄斯正被罗图勒人包围着，你应该在天亮前赶到台伯河口，然后迅速投入到这场战斗中去。”一个长着卷发的仙女向埃涅阿斯诉说着。

埃涅阿斯大吃一惊，看来战争已经开始了，留在营地的特洛伊人一定面临着巨大的危险。埃涅阿斯向仙女们表示感谢，请求她们把船的速度加快些。听到埃涅阿斯的请求后，仙女们沉入水中，每人推动一只大船，船队竟在波浪间飞驰起来。

当晨曦初现时，船队驶入了台伯河的海口。埃涅阿斯想起仙女的吩咐，站到甲板上，高举金光闪闪的盾牌。特洛伊人从城墙上看到了航行的船只，看到了像是从大海中升起的闪着万丈光芒的盾牌，发出一阵欢呼声，不由得勇气倍增，又纷纷把投枪朝敌人掷去。

罗图勒人诧异特洛伊人为什么会突然变得如此兴奋，当看到台伯河上帆樯林立，倒吸了一口冷气。图尔奴斯倒是镇定自若：“你们不是一直在盼望着杀敌的机会吗？争取荣誉的时刻已经到来，战争之神亲自把他们交到你们的手中，相信胜利是属于罗图勒人的。”在图尔奴斯的鼓舞下，罗图勒人一起朝海边拥了过去。

此时，准备登陆的特洛伊人和从埃涅阿斯船上下来的同盟兄弟们一部分穿过浮桥来到野外；另一部分拼命摇橹，他们不想在齐膝深的港道海水中登陆。

埃涅阿斯发现了前面有一块平坦的沙地，便命令大家："把船向前划，让我们的船靠岸，随时准备拼杀。"船只长驱直入，一直驶进海湾的碎石堆前。船只刚一靠岸，特洛伊人便呐喊着迎上前来，跟留在拉丁姆的部分士兵聚集在一起，然后准备迎战。

图尔奴斯看到特洛伊人登陆，急忙调集部队，沿着河岸布置防守。处于前后夹击下的罗图勒人已显得非常被动，他们想尽了一切办法去重创特洛伊人，但已不如先前那样得心应手了。

亚加狄亚人在帕拉斯的率领下在一条小溪边厮杀。亚加狄亚人是生活在马背上的民族，他们不习惯拉丁姆地区的高低不平，不善于陆地作战，因此他们难以抵挡拉丁人和罗图勒人的进攻，四散逃溃开去。

正在混战的帕拉斯看到了人群中的劳素斯，劳素斯是被驱逐了的伊特卢利阿人国王墨策提沃斯的儿子，也算得上一位少年英雄。好胜心强的帕拉斯大声吆喝着："劳素斯，你敢和我单独决战吗？亚加狄亚和伊特卢利阿都是勇敢的民族，让我们彼此都为了自己的族第获得荣誉吧。"

劳素斯也不示弱，提剑便朝帕拉斯奔来。

"住手，劳素斯，帕拉斯应该死在我的手下，可惜埃汪特耳不在，他应该亲眼看到他儿子的下场才对。"正当劳素斯快要与帕拉斯交战的时候，图尔奴斯驾着战车飞驰过来。

看着趾高气扬的图尔奴斯，帕拉斯毫无惧色："我宁愿光荣地死去，也不愿意退后一步，我父亲会为我的死而感到骄傲的。图尔奴斯，拿起你的武器吧。"帕拉斯手执长矛，坦然地步入拉丁人和罗图勒人的队列中。

图尔奴斯从战车上跳了下来，扑向帕拉斯。当两人相距只有一箭之遥时，帕拉斯奋力将手中的投枪掷出，投枪正好击中图尔奴斯的盾牌，只是由于盾牌坚硬，图尔奴斯的身上只划出了一道口子。

"难道你不觉得你还是一个吃奶的孩子吗？瞧，你是那么的没有力气。现在该轮到我了，可惜你看不到你身体被穿透的壮观场面了。"图尔奴斯一边说，一边把帕拉斯投过来的投枪拣起来，在手中掂了掂，然后加快速度向前朝着帕拉斯投了过去。投枪穿过了帕拉斯的盾牌、盔甲和胸膛，从他的背后露出了枪尖。帕拉斯忍着剧痛把投枪从身体上拔出来，枪是拔出来了，帕拉斯也倒下了。

图尔奴斯走到帕拉斯的尸体前，略带同情地对在一旁大哭的亚加狄亚人说："为这个年轻人修建一座坟墓吧，把你们的英雄运回到亚加狄亚去。"亚加狄亚人悲号着把帕拉斯的尸体抬离战场。

此时的埃涅阿斯正在另一侧进行激战，当他听到侧翼军队受损和帕拉斯牺牲的消息后，连忙带着勇敢的伙伴们赶了过去。埃涅阿斯像是获得了双倍的力量，手执利剑，在罗图勒人中间杀开一条血路，到处寻找着杀害帕拉斯的凶手图尔奴斯。

泪眼朦胧的埃涅阿斯已经杀红了眼，罗图勒人在他的剑下倒下了一片。他的儿子阿斯卡尼俄斯看到时机已到，率领着被包围的特洛伊人从营房里杀了出来。

埃涅阿斯扭转战局

帕拉斯的死激怒了埃涅阿斯，在他的鏖战下，战场上的幸运天平终于发生了偏移。众神之母朱诺看到她的宠儿受到了威胁，忙去请求朱庇特把图尔奴斯从埃涅阿斯的巨大压力下解救出来。

"如果你只是想延续他的生命的话，那你就去救他吧，但如果你想改变战争的结局，你的希望会落空的。"朱庇特想劝说妻子放弃继续与特洛伊人为敌的做法，但固执的朱诺哪里听得进去。她很快来到拉丁人的营房，用一把松散的云雾塑造出埃涅阿斯的幻影，这个幻影披着盔甲，能骑会射，只是没有埃涅阿斯的灵魂和声音。朱诺把这个幻影投入

将军之死

战争是残酷的，在血腥的格斗中，总有一方将领被对方击败甚至杀死。战场上对敌人没有怜悯。而在那个崇拜英雄的年代，战死是一种无上的荣誉。

到战场中，并想方设法让幻影与图尔奴斯相遇。幻影朝着图尔奴斯又是射箭又是投枪，图尔奴斯也是个好胜的英雄，心中的愤怒像野火一样燃烧起来，他把利剑举过头顶，朝着幻影扑了过去，同时刺出一剑。幻影假意地大吃一惊，夺路而逃。图尔奴斯哪里知道这是朱诺的计谋，毫不犹豫地追了过去。

幻影和图尔奴斯一前一后，不大一会儿便离开了战场。幻影跳上了一艘停在海边的伊特卢利阿的大船躲藏起来，图尔奴斯紧接着上了大船。朱诺看到她的宠儿终于中计了，忙扯断缆绳，让大船飘入大海。

图尔奴斯在船上找了半天，可就是找不到埃涅阿斯，于是他跳入水中，想重新游回到战场，但波浪托着他顺流而下，一直把他冲到阿尔特尔城。朱诺终于成功地让他的宠儿避免了灭顶之灾。

此时，真正的埃涅阿斯正在苦战，他指名道姓要求图尔奴斯前来应战，但却不见图尔奴斯出现。眼看罗图勒人败局已定，不料，一直殿后的原伊特卢利阿国王墨策提沃斯率领部队赶到，罗图勒人不由得喜出望外。墨策提沃斯跃身杀入特洛伊士兵的行列，左冲右突，如入无人之境。顿时，战场上尸横遍野，血流成河。特洛伊人拼杀已久，显得相当疲惫，在敌人增援部队到来后更是节节败退。

墨策提沃斯一边砍杀一边寻找他的对手埃涅阿斯，埃涅阿斯看到墨策提沃斯，转过身子，大步流星地走了过来。墨策提沃斯冲着苍天喊道："众神啊，我现在就把这个可恶的特洛伊人送到地府去，而他那身闪闪发光的甲胄应该属于我。"说着，他向埃涅阿斯投出长矛。长矛呼啸着朝埃涅阿斯飞来，但特洛伊国王只轻轻地用盾牌一挑，长矛哐啷一声落到地上。墨策提沃斯看到对方躲过了长矛，竟愣在原地不知如何是好。

埃涅阿斯看准机会，向前猛跑几步，朝墨策提沃斯投去一根标枪。埃涅阿斯毕竟是神的儿子，标枪在空中划了一道弧形后深深地刺入了墨策提沃斯的下腹。这位凶狠的国王当场大喊一声倒在地上。"看你还口出狂言，今天应该是你的祭日才对。"埃涅阿斯看到对手的伤口血流如注，抽出宝剑朝他扑了过来。

眼看着埃涅阿斯就要冲到墨策提沃斯面前，突然，墨策提沃斯的儿子劳素斯冲上前来，舍身用盾牌挡住父亲。劳素斯举起手中的长剑朝埃涅阿斯刺来，罗图勒的一些士兵跟在劳素斯身后，纷纷投出长矛。埃涅阿斯只能举起盾牌掩护自己。"你这个疯子，我实在不忍心伤害你，你的孝心让你过高地估计了自己的力量。"埃涅阿斯冒着密如雨下的投枪对劳素斯喊道，他实在不愿伤害年轻的劳素斯。

此时的劳素斯只顾得救下父亲，哪里还听得进去敌人的劝告，他怒气冲冲地朝着埃涅阿斯又是一剑，结果却与埃涅阿斯挥舞着的利剑撞个正着。剑落地了，劳素斯也倒了下来，临死前他的眼睛还在怒视着埃涅阿斯。

“可怜的孩子，像你这样身穿金线衬衣的人应该得到隆重的安葬。你可以和你的祖先们在一起了，你遇到的是一个多么慷慨的敌人啊，而我又是多么希望你不要做这种无谓的牺牲啊。”埃涅阿斯命令对方的士兵们把他们年轻英雄的尸体运送回去。

在儿子的掩护下，身负重伤的墨策提沃斯一直撤退到台伯河边，他疲倦地躺在堤岸旁的一棵树下，刚想闭上眼睛休息一下，就听到不远处的一群士兵哭泣着。

“难道我可怜的儿子被埃涅阿斯杀死了吗？”他实在不敢再想下去，用手撑着脑袋，虚弱地喘着气，向不远处的士兵们招手。士兵们悲伤地走上前来，哽咽着说不上话，墨策提沃斯终于看清他们拉着的担架上放着儿子劳素斯的尸体。

墨策提沃斯仰望苍天，欲哭无泪，然后抱住儿子的尸体：“可怜的劳素斯，你的死能救活我吗？虽然我又一次看到了阳光和人群，但我更不愿意离开你。善良的太阳神福波斯，请保佑我为我可怜的儿子报仇吧，否则，我愿意和我的儿子一起阵亡。”说完，他强忍伤口的剧痛，飞身上马，重新奔向战场。

看到马背上的墨策提沃斯，埃涅阿斯高兴地大叫起来：“感谢朱庇特，难道你还不自量力吗？”一边说着，埃涅阿斯一边举着长矛冲了过来。

墨策提沃斯脸上悲愤的表情让人心惊胆寒，他向埃涅阿斯投去一杆投标，然后是第二杆、第三杆，但是，这一切都是徒劳的，对方闪着金光的盾牌戏弄般地迎接着这些无力的远击。突然，埃涅阿斯飞驰电掣般地围着墨策提沃斯的战马打转，然后一枪击中战马的太阳穴。战马腾空而起，把墨策提沃斯掀翻在地。埃涅阿斯上前一步，用利剑指着墨策提沃斯。

倒在地上的墨策提沃斯叹息了一声：“死在特洛伊人的手上我觉得非常荣幸，但我有一件事求你，把我埋葬在拉丁人的土地上，挨着我儿子的坟墓。如果把我送回我的故乡，图斯克人会把我的尸骨敲碎的。保护我吧，特洛伊英雄。”说完，墨策提沃斯引颈靠近了埃涅阿斯的利剑。

停战

墨策提沃斯和劳素斯都死在了埃涅阿斯的剑下，罗图勒人和拉丁人也四散溃逃，特洛伊人取得了巨大胜利。埃涅阿斯在一座山坡上竖起了胜利的信号：那是一棵巨大栎树的树干，枝叶已经全部脱落。埃涅阿斯把树干披上墨策提沃斯的战袍，一根枯枝上挂着沾满鲜血的头盔，墨策提沃斯那支被盾牌撞碎了的投枪丢在地上，另一根枯枝上挂着敌人的盾牌和宝剑。特洛伊人点起了火把，扔向了山坡，这些缴获的物品被充当了献给战神的祭物。

英雄的归宿

亚加狄亚王子帕拉斯的尸体被停放在中心大营的厅堂里，周围站着一群亚加狄亚和特洛伊人，大家沉默着，女人开始大哭起来，男人也抹着眼泪，连他们的头发都悲哀地披散下来。

特洛伊人疲惫地回到营房，帕拉斯的尸体已经停放在中心大营的厅堂里，周围站着一群亚加狄亚和特洛伊人，大家沉默着，女人开始大哭起来，男人也抹着眼泪。

埃涅阿斯几步跨到停放尸体的担架旁，泪流满面，他抚摸着帕拉斯身上的伤口，哽咽着说："可怜的帕拉斯，你和你的父亲都帮助了特洛伊人。面对强大的敌人你没有退后一步，可你却看不到即将建立的新的特洛伊城，那里也有你的一份功劳啊。你的父亲也许正在为你祷告，希望你能凯旋返乡，而你却躺在这里，对任何人的呼唤都不作答……"埃涅阿斯扭过脸，实在说不下去了，眼前又出现了在亚加狄亚临行前老国王埃汪特耳期待的目光。

厅堂里已经哭声一片了，几个亚加狄亚人来到埃涅阿斯面前："伟大的特洛

伊英雄，帕拉斯是死在图尔奴斯枪下的。他壮志未酬，我们怎么能就这样把他送回亚加狄亚呢？我们请求伟大的特洛伊英雄为帕拉斯报仇，一定要把图尔奴斯碎尸万段。否则，我们是不会甘心的。”

埃涅阿斯被亚加狄亚人的言辞所感动，他走到兵器架上，拿过一把长矛：“你们大可以护送帕拉斯回帕朗图姆城，这个仇我一定要报，我相信，几日之后一定让图尔奴斯横尸沙场。”在埃涅阿斯的安慰下，亚加狄亚人才得以安心。

第二天，埃涅阿斯为帕拉斯举行了祭礼，帕拉斯的尸体被安置在长满青草的高坡上，他把狄多女王为他编织的一件镶着金丝银线的节日服装盖在帕拉斯的身上，并对这位少年英雄做最后的道别。一队亚加狄亚人抬起担架，背后跟着一队战俘和缴获的战马，马背上驮着各种武器和盔甲，后面还跟着亚加狄亚人的首领及特洛伊人组成的送葬队。埃涅阿斯依依不舍地望着远去的队伍，直到看不见了才回到营房。

接下来的几天，特洛伊人又进行了欢庆活动，埃涅阿斯也想趁机鼓舞一下士气。一天，正当埃涅阿斯想再次下达对拉丁姆城发动进攻命令时，一队拉丁奴斯国王派来的使者来到了特洛伊人的营房。

“尊敬的特洛伊国王，虽然我们之间发生了战争，但作为母亲、妻子和孩子的尚还活着的拉丁人是多么希望看到他们死去的儿子、丈夫和父亲啊。所以，拉丁奴斯国王派我们来请求你让我们把我们死去的士兵的尸体带走，他们的亲人正等着安葬他们呢。”一个拉丁姆使者擎着橄榄枝走上前来向埃涅阿斯说道。

埃涅阿斯脸上并没有出现敌意，他平和地对使者们说：“拉丁人不屑于我们之间的友谊，难道拉丁人制造战争就是想死这么多人吗？这就是你们所谓的和平吗？你们是多么的盲目啊。特洛伊人从一开始就企盼和平，但人已经死了，那就让我们把它提供给还活在世上的人们吧。如果不是命运指示我来到意大利，我绝不会踏上你们的土地。回去告诉你们的拉丁奴斯国王，为了避免更大规模的流血牺牲，他应该让他的好女婿图尔奴斯穿上战甲，与我单独决斗。如果图尔奴斯赢了，特洛伊人将继续漂洋过海，忍受流浪生活的巨大煎熬；如果图尔奴斯输了，我们将在这块土地上重建特洛伊。回去吧，把那些可怜的拉丁人和罗图勒人的尸体抬回去。”

使者们并没有想到埃涅阿斯会如此的通情达理，他们被深深地感动了。

“仁慈的特洛伊国王，拉丁人和罗图勒人破坏了和约，而你却以你的宽宏大量来对你的敌人进行惩罚，对此我们非常感激。回到拉丁姆后，我们一定尽力劝说拉丁奴斯国王，使拉丁人与特洛伊人再次缔结和约。”使者中最年老的得朗策斯恭敬地对埃涅阿斯说。其他使者也纷纷表示了感激之情。双方约定，停战十二天，各自处理丧葬事宜。之后，使者们回去向拉丁奴斯国王复命。

劳伦图姆城沉浸在悲哀之中，自从使者们出城以后，他们就走出家门，眼巴巴地看着城门口，希望使者们能把他们的亲人的尸体带回来。尸体终于被带回了，但失去儿子的母亲，失去丈夫的妻子，失去父亲的儿子，开始整天在劳伦图姆城里转悠，他们已经迷失了生活的路标，他们诅咒战争，甚至诅咒拉维尼亚的婚姻。

拉丁姆的民众会议

虽然胜利被众神判给了特洛伊人，多数拉丁人和罗图勒人也厌烦了这场战争，但图尔奴斯却并不甘心失败。被朱诺救走之后，图尔奴斯被海浪推到了家乡阿尔特阿的海岸，他在那里又招兵买马，重新杀回了劳伦图姆。

拉丁姆的民众会议

在战争不能解决问题时，会议议和成了排解敌对双方矛盾的唯一形式。

埃涅阿斯向图尔奴斯一人发起挑战后，一部分拉丁人开始仇恨图尔奴斯，甚至感激起他们的敌人埃涅阿斯来。但是，王后阿玛塔却极力为他中意的女婿作着辩护，这使得图尔奴斯所取得的一些荣誉和胜利在大多数人眼中成了光辉的象征。

为了继续扩大他的队伍，图尔奴斯还派使者前往希腊，请求国王狄俄墨得斯的帮助。使者们沮丧着回来说，狄俄墨得斯拒绝对特洛伊作战。消息传来，刚才还为准备战争而忙碌

得热火朝天的拉丁人和罗图勒人顿时变得恐慌起来。

没有得到援助对图尔奴斯来说并没有多大影响，但对老国王拉丁奴斯来说，他最后的一个希望算是破灭了，开始后悔当初答应了图尔奴斯动用武力的要求。神谕早已经给他指明了道路，而他却违背神命，这又能怪谁呢？拉丁奴斯左右思量着，最后，他决定召开民众会议，让民众来决定是继续这场战争还是与特洛伊人再次签订和约。

国民会议开始了，拉丁奴斯高高地坐在王位上，周围聚集着他的子民。人们议论纷纷，持什么意见的都有。拉丁奴斯向大家挥了挥手，示意大家安静："市民们，我们已经与特洛伊人进行了一段时间的战争，有胜有负。我们企盼和平，但和平却带给我们灾难。我希望通过召开这个民众会议能把我们今后的目标确定下来，到底是应该放弃战争还是继续战争呢？"

拉丁奴斯国王的话音刚落，罗图勒人维奴鲁斯（曾经是前往希腊的使者）走到国王身边，面对看台底下的民众说道："我刚从希腊回来，看到了大英雄狄俄墨得斯和亚各斯人的新城。当我把拉丁姆的名字向这位国王作了通报，并把礼品放在他的面前时，他友好地告诉我：'我知道你来自拉丁姆，也知道你们正和特洛伊人进行着一场战争。你们曾经是多么幸福的人啊，在善良的农神萨图恩的佑护下过着平静的日子，而你们的安宁是怎么被破坏的呢？你们一定知道，我们是战胜特洛伊的人，几乎成了最高贵的人，但是，我们的命运又能怎样呢？洛克里斯人埃阿斯葬身大海，阿伽门农被打死在自己家中，奥德修斯经历千辛万苦才回到了他的故乡，墨涅拉俄斯在埃及四处流浪，看啊，神又给了我们什么呢？如果普里阿摩斯看到我们的遭遇，他也一定会同情他的这些敌人的。还有我，因在战争中伤害了女神维纳斯，失去了幸福。回去告诉你们的国王，我实在不想再参加任何战争了。自从特洛伊城被攻陷以后，我发现自己并不是一个胜利者，更不愿意去回忆这场战争。把我的话转告给你们国王的同时，顺便劝告他，还是和特洛伊人握手言和吧。在特洛伊战争中我与埃涅阿斯交过战，深知他是一个强大的人。'市民们，我并不想发表我的看法，只是把狄俄墨得斯国王的原话向大家作个汇报。"维奴鲁斯表情严肃地又走进了人群。

会场上的气氛浓重起来，市民们开始交头接耳，诉说着这场战争的弊端。国王拉丁奴斯从王位上站了起来："看来，这场战争真的是一场不幸的战争啊，狄俄墨得斯国王曾经是多么伟大的英雄，他带领希腊人战胜了特洛伊人，但却为那场战争而悔恨，让我们也结束这场无谓的战争吧。埃涅阿斯是神的儿子，我们也看到了他的仁慈，难道我们还有必要对这样的人加以仇恨吗？在离台伯河不远的西部地区有一块土地，那里曾经是罗图勒人耕种的地方，我想把这块土地割让给特洛伊人，接纳他们为我们的同盟兄弟。如果他们不愿意留在我们的国家，我们可以为他们的远行提供帮助。”

听着拉丁奴斯的话，广场上的一部分人开始欢呼起来。

“英明的拉丁奴斯，你的这一决定真是好极了。不过，除了对特洛伊人给予帮助外，你还应该送上拉维尼亚的爱情。”人群中有人大声嚷道。

“你们就这样畏惧战争吗？既然埃涅阿斯向我挑战，我有什么理由不答应呢？时代要求战争，任何象征和平的语言都不会起作用了。拉丁人和罗图勒人是尊贵的族第，怎能任凭特洛伊人随便凌辱呢？你们应该紧紧地团结在我的周围，而不是去长敌人的志气。”图尔奴斯的一番话把那些好战的年轻人煽动得热血沸腾。

就这样，民众会议上群情激昂，一部分人主张与特洛伊人签订和约，一部人则主张血战到底。拉丁奴斯的意志也开始左右摇摆，实在不知道该怎么办才好。

卡弥拉之死

正当拉丁姆的民众会议处于胶着状态的时候，守卫劳伦图姆的士兵就前来报告：“埃涅阿斯已经拔寨起营，朝着劳伦图姆的方向而来。”听到消息，图尔奴斯立即命意大利的各族士兵拿起武器，准备与特洛伊人决一死战。战争的号角被可怕地吹响了。

拉维尼亚算是这场战争的起因，为了补偿自己的罪过，她在母亲阿玛塔的陪同之下前往神庙，请求众神保佑这场战争的胜利。

为了伟大的爱情，图尔奴斯是多么希望这场战争能够取得胜利啊，他全副武装地从城堡走了下来，在城门口遇到了女王卡弥拉。卡弥拉正率领着一队佛尔西安人的骑兵在城墙边巡逻。当看到图尔奴斯正朝城门走来时，卡弥拉从马背上一跃而下，友好地向图尔奴斯问候：“年轻的罗图勒英雄，你一定也听说了特洛伊大军正在翻山越岭地朝劳伦图姆而来。依我看，你可以率领罗图勒人和拉丁人到前面的山谷寻找歼敌的机会。特洛伊的骑兵队全是由精壮的特洛伊人和图斯克人组成的，但佛尔西安的骑兵足可以应付了，你就放心地把他们交给我吧。”

图尔奴斯对卡弥拉的提议也表示了赞同，他向这位巾帼英雄鞠了一躬："你完全享有整个族第的荣誉，应该在男人的议团里占有席位和发言权。从现在起，你可以和我共同承担全部的战争事务。我委托你担任城防最高指挥官，我将亲自前往城外的山谷，在空旷之处设下埋伏，占领狭隘山路的两头出路。"说完，图尔奴斯领兵出发了。

特洛伊的骑兵离劳伦图姆的城墙越来越近，突然，一阵喊杀声划破天空，原来城外不远的战壕里埋伏着墨萨帕斯、卡第鲁斯和库拉斯率领的拉丁姆人的步兵，还有卡弥拉率领的佛尔西安人的骑兵。

两支军队冲撞到一起，顿时尘土飞扬，投枪像雨一样落下，两方的士兵纷纷倒地。不大一会儿，拉丁人有点支撑不住了，他们把盾牌背在背上，掉转头向城门口跑去。特洛伊人以为拉丁人战败，赶紧追赶，当他们眼看要追上拉丁人时，拉丁人猛地又把队列逆转，冲向迎面扑过来的特洛伊人。特洛伊人根本没想到拉丁人的逃跑是伪装的，只得掉转身败逃。就这样，双方拼杀得难解难分，呈现出拉锯状态。

卡弥拉不愧为女中豪杰，她一身亚马孙女人的装扮，一会儿弯弓搭箭，一会儿扔出长矛，一会又手执利斧冲进敌阵砍杀。卡弥拉身后跟着一群勇敢的年轻妇女，她们也都是百里挑一的士兵。像卡弥拉一样，她们在敌人丛中肆意冲杀，丝毫不逊色于战场上作战的男人们。

"佛尔西安女王，你不必去追赶那些逃跑的士兵，你们这些佛尔西安人只会骑在马背上作战，如果有胆量的话为什么不到地面上来进行决战呢?"一个图斯克人嘲笑般地对正打算追赶特洛伊人的卡弥拉挑战。

图斯克人的话音刚落，卡弥拉就从马背上跳了下来，她扬扬手里的武器，向没有离开马背的图斯克挑战者示威。图斯克人惊呆了，他没有想到卡弥拉真的会接受他的挑战，不由得害怕起来，牵动马缰绳想逃出卡弥拉的视线。卡弥拉哪里肯放走挑战者，飞身向前，把一把利剑插入了图斯克人的前胸。

看到女王杀死了敌人的一个首领，佛尔西安人欢呼起来，把女王从地上高高举起。

阿尔隆斯是伊特卢利阿人的首领，他看到他的士兵们纷纷丧命于这位亚马孙女人之手，不由得怒火中烧，便提着标枪追逐着卡弥拉，寻找着下手的机会。卡弥拉身轻如燕，动作敏捷，疾风闪电般地在敌阵中出没，阿尔隆斯一直没有找到投枪的机会。

卡弥拉终于放慢了脚下的速度，原来她看到了不远处一个特洛伊人身上的铁甲，那副铁甲上编织着金丝，鳞光闪闪，多么像一件珍贵的羽衣啊。

卡弥拉目不转睛地盯着："如果把它挂在家乡的神庙里，那该是一件多么荣耀的事啊。"她似乎已经忘记了自己正身临战场，全然不顾地向穿着那件铁甲的特洛伊人走去，手中的利剑也显得不如先前锋利了。

卡弥拉弯弓搭箭，想把那个特洛伊人射死，然后把那副铁甲占为已有。阿尔隆斯看得真切，他默默地向太阳神福波斯祷告着，举起标枪向卡弥拉投去。卡弥拉的箭还没有射出去，阿尔隆斯的标枪已经正中她的胸膛，鲜血从伤口中喷涌出来。卡弥拉扔下手中的箭，痛得翻滚在地。女伴们奔到她的身边，企图把女王救走，但卡弥拉没有能够站起来，她凑到一个女伴耳前，用微弱的声音说道："亲爱的，快去向图尔奴斯报告，让他迅速撤兵，固守城池……"话还没说完，卡弥拉便气绝身亡。

失去女王的佛尔西安人顿时陷入了绝望，她们向劳伦图姆的城门跑去，刚才还英勇陷阵的妇女们为了他们的女王而失声痛哭起来。她们跑到城墙边，却不知道是该进城还是继续战斗。月亮女神狄安娜非常宠爱卡弥拉，她实在不忍心看到卡弥拉的族第为此遭受不幸，于是，她在半空中找到杀害卡弥拉的凶手阿耳隆斯，朝他射出了一只金箭，阿耳隆斯中金箭而死。

双方的战斗仍在进行着。

破坏和约

图尔奴斯听到卡弥拉阵亡的消息后，既悲伤又愤怒，急忙率领罗图勒人朝劳伦图姆城方面疾驰飞奔。图尔奴斯刚刚离开埋伏的地点，埃涅阿斯已经率领特洛伊人进入了山谷，特洛伊人也为此躲过了一场灾难。

特洛伊的骑兵中队和图斯克人正要催马进城，看到图尔奴斯率领一队人马从城外直冲过来，吓得一时间不知如何是好，竟然待在原地不敢动弹，图尔奴斯没费吹灰之力便打败了这支敌人。

埃涅阿斯停止了向劳伦图姆发动进攻，他希望与图尔奴斯单独决斗，以此来决定两支队伍的胜败。特洛伊使者来到劳伦图姆，向图尔奴斯重申了埃涅阿斯的

建议。

图尔奴斯来到拉丁奴斯的面前："拉维尼亚引起了这场战争，而我对拉维尼亚的爱使我也成为这场战争的主凶。今天，要么我把埃涅阿斯送入地府，要么丧身于他的剑下。亲爱的岳父，如果在这次决战中我不幸身亡，美丽的拉维尼亚就只能嫁给埃涅阿斯为妻了。"

刻有隆重祭祀场面的戒指

戒指上所刻为朝拜肥沃与生命之母的仪仗队。

拉丁奴斯爱抚地看着这个罗图勒青年："亲爱的图尔奴斯，你从你父亲那里继承了强大的王国，而且王国的范围也越来越大，我实在不忍心让你为此失掉这一切。我告诉过你，神曾经预示过我，拉维尼亚不能嫁给你，她应该嫁给是外乡人的埃涅阿斯。这场战争本来可以避免，结果却使几个族第遭受了不幸。现在的情况对我们很不利，放弃我的女儿吧，你的这种做法会得到众神的惩罚的。"

早有人把图尔奴斯要和埃涅阿斯进行决战的事报告给了阿玛塔和拉维尼亚，母女俩急忙跑到宫殿的正厅相劝，但图尔奴斯的决定是没有人能够改变的。他看着心爱的拉维尼亚，抚摸着姑娘的卷发："亲爱的拉维尼亚，正因为爱你我才接受了挑战，请不要用你的爱来干扰我的心绪，我已经别无选择了。如果我不幸牺牲，请也用同样的爱来爱我们的敌人吧。"

拉维尼亚泪流满面，她只能默默地祷告图尔奴斯能够凯旋。图尔奴斯深情地望着心爱的姑娘，脑子里出现了一阵混乱，他是多么希望能与拉维尼亚长相厮守啊，可为了赢得有尊严的爱情，他必须与敌人决战。图尔奴斯一狠心，命一名使者前往特洛伊营房："告诉埃涅阿斯，他不需要前来攻打劳伦图姆，明天我将和他进行决斗，拉丁人和罗图勒人是不会向特洛伊人低头的。"

第二天，高大坚实的劳伦图姆城墙前划出了决战的场地，人们在这里设立祭坛，祭祀用的花环、牺牲都摆放齐全。意大利各族人从城内一涌而出，在指定的位置就座。拉丁奴斯坐在华丽的四驾马车上，头顶上镶着十二颗星星的王冠闪闪发光，人们看到受人尊敬的拉丁奴斯时，纷纷弯腰低头。图尔奴斯坐在两匹战马拉动的战车上，两只手各提一根标枪。埃涅阿斯从特洛伊营房走出来，他的盔甲和盾牌闪烁着金光，他的儿子阿斯卡尼俄斯站立一旁，算是给父亲充当助手。

祭祀过众神之后，拉丁奴斯和埃涅阿斯庄严祈祷，订立协议：如果图尔奴斯打败埃涅阿斯，特洛伊人撤出拉丁姆；如果不能取胜，意大利各族人自愿和特洛伊人联合，拉丁奴斯的女儿将嫁给埃涅阿斯为妻。

正在这时，一只金色的山雕从蔚蓝的天空盘旋而下，惊飞了台伯河间的许多飞鸟，山雕抓起正在河里游玩的一只天鹅。当飞鸟们从惊愕中回过神来的时候，遂聚集在一起，朝着山雕飞走的方向追去，山雕见人多势众，便扔下天鹅逃走了。

拉丁人被眼前发生的景象惊呆了，忙让资历最深的占卜师来解释这一预兆是主吉还是主凶。

占卜师激动地对大家说："这是给劳伦图姆城带来幸福的吉兆啊。意大利人可以放心大胆地进行战斗了。"人们并没有理解占卜师的意思，不是已经缔结协议了吗？难道不再是双方首领的决斗了吗？

图尔奴斯的妹妹朱图耳娜是一位仙女，此时，她正不知怎么才能把自己的兄长从这次失意的决斗中救出来。听到占卜师的预言时，朱图耳娜变成英雄迈尔斯的模样，混在罗图勒士兵中，小声地对罗图勒人和拉丁人说："我们怎么能够让我们的首领一个人面对危险呢？难道我们不感到羞耻吗？我们的军队要比特洛伊人更加强大，为什么要惧怕对方呢？图尔奴斯如果败在埃涅阿斯手中，我们将会遭到压迫，承受命运的灾难。所以，我们绝不能袖手旁观，而应该共同战斗。"说着，她用法力使占卜师拿起一根标枪向特洛伊人的阵营投去。

特洛伊的阵营一阵喧嚣，原来占卜师的标枪正好击中了亚加狄亚人吉里泼九个儿子中的一个，其他八个兄弟哪里能忍受得了这一打击，他们暴跳着提枪执剑朝意大利人冲过来。顿时间，祭坛前一片混乱，飞箭在空中呼啸着，投枪如冰雹一样纷纷落下。

埃涅阿斯找了一块高地，挥舞着双手说道："这是一场误会，请大家不要激动。协议已经签订，现在应该是两位首领进行决斗的时候了，大家安静，一切都会好起来的。"正说着，不知从哪里飞来一箭，正中埃涅阿斯没有武装起来手臂。埃涅阿斯只得在儿子阿斯卡尼俄斯的陪同下离开了战场。图尔奴斯把这一切看得真真切切，他挥动长矛，高声命令罗图勒人和拉丁人向特洛伊人发动进攻。

正当战场上两军厮杀到一起的时候，埃涅阿斯正试图把手臂上的箭镞拔下

来，可是没有成功，不得已，只好求助于医生。众医生们平时都医术了得，可这次无论怎么努力，却无法把箭镞从伤口处取出。

维纳斯看到儿子受了箭伤，怜惜得眼泪都快出来了。她忙跑到爱达山上采集神药草，用一片云把自己包裹起来，悄悄地来到特洛伊军营，把神药草的汁液向药罐里挤了几滴。医生们哪知道有神的暗中相助，慌张地把药罐里的药一滴不剩地倒在埃涅阿斯的伤口上。奇迹出现了，伤口处不断向外流淌的鲜血立即止住了，外翻的肉自动地愈合。埃涅阿斯感到浑身上下充满了力量，一骨碌跳起来，稍一用力就把箭镞拔了出来。

"快把我的武器拿来，我要杀回战场。"埃涅阿斯拿过士兵递过来的武器，走出营房，朝敌人冲了过去。

媾和前的战斗

在维纳斯的暗中帮助下，埃涅阿斯的箭伤很快就痊愈了。重新恢复健康后的埃涅阿斯披上金甲，戴上头盔，威风凛凛的样子仿如战神玛尔斯。埃涅阿斯激动地拥抱着儿子阿斯卡尼俄斯："孩子，你看，众神是多么的厚待特洛伊人啊，我们应该感谢朱庇特，我马上要奔赴战场。你要从你的父亲身上学会在斗争中变得勇敢，还有你们，所有的特洛伊人，你们应该振作起来，投入到炽烈的战斗中去。"

特洛伊人欢呼起来，簇拥着他们的英雄来到战场。罗图勒和拉丁人恐慌了，面前的埃涅阿斯怎么越看越像个神呢？难道是太阳神福波斯附在他的身上吗？图尔奴斯也停止战斗，以烈焰般的眼神打量着这位不共戴天的仇敌。

"图尔奴斯，我们还是逃命去吧。"图尔奴斯的妹妹朱图耳娜早已被眼前神一样的特洛伊人吓得面无血色，她极力地劝她的哥哥。

图尔奴斯怒视着朱图耳娜："逃命？我们也是神的子孙，怎么能为我们的族第丢脸呢？图尔奴斯宁可战死沙场，也不后撤一步。"埃涅阿斯大笑起来："自负的图尔奴斯，用我们两人的决斗来决定这场战争的胜负吧，你逃到哪里我就追到哪里，今天就是你的死期。"说着，埃涅阿斯挥舞着长矛朝图尔奴斯扑来。

图尔奴斯也不示弱，他一闪身，躲开了埃涅阿斯的长矛；但他身边正在暗中

攻克劳伦图姆城

尽管劳伦图姆城坚固厚实，但勇敢无畏的特洛伊人并不把它放在眼里，他们来到城墙下一字排开，树起云梯攀上攻夺，虽然不断有人跌落，但他们并未放弃。最后，特洛伊人终于登上城墙，涌入城内攻克了这座坚城。

施放投枪的图洛姆奴斯就没有这么幸运了，埃涅阿斯的长矛正中他的要害，埃涅阿斯用力一抖，图洛姆奴斯的尸体从枪尖上摔落下来。

“图尔奴斯，难道你没有看到敌人已经被赋予神力了吗？我们还是赶紧逃命吧。”朱图耳娜声音颤抖地对她的兄长说。图尔奴斯哪里肯听妹妹的话，他像着了魔一样呆立战车上，目不转睛地看着埃涅阿斯战斗的场面，甚至开始赞叹起了对手：“朱图耳娜，你瞧，特洛伊人多么勇敢啊，他那一身盔甲和盾牌一样是神的杰作。”

朱图耳那瞪着兄长，气急败坏地从驾驶副手手中接过缰绳，催动着战马驾车狂奔而去，不大一会儿就离开了战场。

埃涅阿斯紧追不舍。朱图耳娜不愧是一个驾车能手，战车时而向左，时而向右，时而又风驰电掣一样朝前飞奔。埃涅阿斯好几次都摸到战车的辕首了，但还是不能抓住它。埃涅阿斯与图尔奴斯的战车之间的距离越来越远了，最后，战车终于消失在他的视野之中。

这场徒劳的追逐使埃涅阿斯消耗了很多体力，他喘着粗气，在一处不太引人

注意的地方坐下来休息。这时候，罗图勒的一名将领墨萨帕斯看到了疲惫的埃涅阿斯，举起投枪朝着眼前的特洛伊人扔了过去，可惜敌人闪身躲开了。

埃涅阿斯愤怒地狮吼般地大喊："可恶的罗图勒人，看来你射击的本领还需要练练，快来受死吧。"墨萨帕斯看到埃涅阿斯朝自己奔来，忙转身溜进了士兵队列里。埃涅阿斯哪里肯放过羞辱自己的敌人，冲进罗图勒人中，横砍竖杀，一会儿工夫，这片战场就剩下他一个人了。

埃涅阿斯用长矛撑地，站立着喘着粗气，他抬眼眺望着不远处的劳伦图姆城，不禁陷入了沉思中：一面是活着的图尔奴斯，一面是坚固的劳伦图姆城，我该继续追击敌人，还是该攻击城池呢？守城的拉丁士兵和国王拉丁奴斯早已厌倦了战争，厚实的城墙应该挡不住特洛伊人的进攻。

想到此，埃涅阿斯紧走几步，走到特洛伊人最集中的地方。他高高地站在人群中间，扫视了许久，然后提高嗓门对士兵大声说道："受朱庇特的佑护，我们终于来到了意大利，但意大利人却像对待仇敌一样对待我们。虽然我们已经和意大利缔结了协议，但他们却违背和约，所以我们要用手中的武器惩罚这些不守信义的恶棍。我们现在就向劳伦图姆城发动进攻，如果拉丁人不向我们投降，我们就把拉丁姆山城夷为平地。前进，攻城！"

说完，埃涅阿斯一马当先，率领着特洛伊人朝劳伦图姆的方向奔去。来到城墙底下，特洛伊人一字排开，一部分人拿着利斧劈砸城门，一部分人在墙边树起了云梯，云梯上布满了特洛伊人，虽然最上面的不断地跌落下来，但他们并没有放弃攀登。最后，特洛伊人终于登上城墙，城门也被特洛伊人劈开了。

特洛伊人涌进了劳伦图姆城。他们把燃烧着的火把扔进一座座塔楼，把长矛标枪投向拉丁人中间。顿时，劳伦图姆成了一片火海，熊熊的大火烧毁了许多房屋、弄墙，拉丁姆陷入混乱之中。

此时，王后阿玛塔正站在王宫的角楼上，她看到燃烧着的房屋和激烈的混战，听到凄惨的拉丁人的哀号声，心里充满了悔恨与自责：劳伦图姆城马上就要陷落了，而造成这一切罪恶的罪魁祸首就是自己。为了女儿的婚姻，拉丁人付出了多么大的代价啊。阿玛塔望眼欲穿，希望能看到图尔奴斯前来救援，最后，她终于绝望地悬梁自尽，结束了自己的一生。拉维尼亚也同样忍受着良心的谴责，当听到母后自杀的消息后，她惊叫着昏死过去。国王拉丁奴斯束手无策地望着快陷落的拉丁姆，哪里还有心情去哀悼死去的妻子。

"众神啊，可怜可怜我吧，可怜可怜我不幸的民族吧。"拉丁奴斯唯一能做的就是仰天作着祈祷。

图尔奴斯与埃涅阿斯的决斗

图尔奴斯一路砍杀，身上沾满了鲜血，但他却越战越勇，没有丝毫疲惫的迹象。

“图尔奴斯，快回到王宫里去吧，王后阿玛塔自杀了，可怜的拉维尼亚昏死过去了，国王拉丁奴斯正左右为难，他正打算把拉维尼亚许配给特洛伊的国王埃涅阿斯为妻，以平息这场罪恶的战争。”一个罗图勒的士兵跑过来向图尔奴斯报告说。

听到这个消息，一股钻心的痛楚涌上图尔奴斯的心头，吞噬着他的心灵。他是那么热烈地爱着拉维尼亚，而且拉维尼亚也对他情有独钟，可为什么特洛伊人会来此制造战争呢？为什么不让美丽的拉维尼亚成为自己的妻子呢？图尔奴斯转过头对和他一起冲杀的罗图勒人说：“幸福正在离我而去，我必须和埃涅阿斯决一死战，以此来赢得罗图勒人的尊严。”说着，图尔奴斯跳下战车，朝着被特洛伊人重重包围的劳伦图姆奔驰而去。

图尔奴斯好不容易才来到了城门前：“特洛伊人、拉丁人、罗图勒人，请放下你们的武器吧，请不要让这次战争造成太多人的不幸，如果能由我一个人来承担责任，就不要再让意大利人流血牺牲。”

拉丁人和罗图勒人听到图尔奴斯的吆喝声，不由得停住了手中的武器，埃涅阿斯也命令特洛伊人停止了攻城。

“图尔奴斯，你的建议很好，应该由我们两人的决斗来判断胜负，而不是以双方流血的多少来判断。我接受你的挑战，拿起你的利剑吧。”说着，埃涅阿斯朝着图尔奴斯扑过来。

图尔奴斯不甘示弱，也高喊着朝埃涅阿斯奔来。两块盾牌撞到一起，发出了巨响，大地颤抖了。双方的士兵为了给己方的首领鼓劲，高声呐喊起来。突然，图尔奴斯从盾牌后面站起，手中的利剑朝着埃涅阿斯的脑袋砍了下去，特洛依人和图斯克人张大了嘴巴，胆小的甚至闭上了眼睛。结果却出乎人们意料，图尔奴斯的利剑刚碰到埃涅阿斯的衣甲时便被折成了几截。图尔奴斯满以为一剑下去会

把埃涅阿斯的头砍下来，谁知道自己的剑却断了。这时候他才想起，这把剑只不过是随手从士兵手里拿来的普通的一把剑，而他父亲遗留下来的神剑却因为着急而被落在了战车上。

“这不是一个好兆头啊。”图尔奴斯心想。

图尔奴斯虚晃一招，然后夺路而逃，并招呼士兵回到前面的战场上把那把神剑取来，然而在慌乱的战场上士兵根本没有注意到他在说些什么。埃涅阿斯大步流星地追赶上来，图尔奴斯慌不择路，朝着附近的一片树林逃去。

埃涅阿斯追进丛林，突然，他看见前方的一棵树上露出一杆长矛柄，这根长矛也许是先前战斗时有人留下来的，埃涅阿斯不禁为自己的发现欣喜若狂。他紧跑几步，暂时放弃了对图尔奴斯的追逐，来到那棵树下，奋力把那根长矛向外拔。

图尔奴斯正向树林深处逃着，感觉身后没有了声音，回头一看，原来埃涅阿斯正在拔刺入树里的长矛。图尔奴斯停下脚步，乞求道：“生活在意大利土地上的众神啊，图尔奴斯是多么虔诚地信奉你们啊，看在我一直给你们祭颂荣誉的份上，让埃涅阿斯手里的那根长矛深陷在树干里吧。”

意大利的诸位保护神果然听从了图尔奴斯的乞求，他们使用法力，尽管埃涅阿斯使出了浑身的力气，长矛还是拔不出来，埃涅阿斯急得满脸通红。

这时候，图尔奴斯的妹妹朱图耳娜也来援助她的哥哥，她扮作哥哥的驾车手的模样，从战场上来到丛林，把父亲遗留的神剑递给哥哥。图尔奴斯手握利剑，顿时信心百倍。他拎着利剑，转身朝着埃涅阿斯奔去。

埃涅阿斯此时还在试图撼动刺入树中的长矛，因为过于用力，自己的短剑不慎摔落到了草地上。

埃涅阿斯看到图尔奴斯朝自己奔来，不由得心急如焚，可他越是着急，树上的长矛越是拔不下来。站在半空中的维纳斯更是着急，她怎么能坐视儿子的生命受到威胁呢？而且，维纳斯对图尔奴斯妹妹朱图耳娜的行为也甚是恼怒，一个平凡的仙女怎么敢如此胆大妄为呢？于是，她使用法力让埃涅阿斯很轻松地拔下了长矛。

这时候，图尔奴斯已经到了埃涅阿斯的近前，埃涅阿斯拿着长矛，转过身摆好了迎战的架势。

当图尔奴斯看到埃涅阿斯手里的长矛时，心里慌张起来，看来众神的保护已经离他而去了，难道特洛伊人真的是永远的胜利者吗？

站在奥林匹斯山上的朱庇特和朱诺此时正进行着一场争辩。

“是该结束这场战争的时候了，特洛伊人被你驱逐了，他们翻山越岭，漂洋过海，好不容易到了意大利，你又让他们遭受如此的不幸，现在该让他们稳定下来了。如果你还是一意孤行，那我只好让别人来取代你的位置了。”朱庇特铁青着脸对他的妻子朱诺说。

朱诺定定地看着朱庇特，看到丈夫严肃的表情，她只好做了让步：“我可以把图尔奴斯的命运交给他自己，但我有一个条件，拉丁姆的名称、语言风俗习惯必须保留，特洛伊人只能融入到拉丁民族中，而不是拉丁民族融入到特洛伊民族中，只有这样我才能忘掉特洛伊这个名字。”

朱庇特向妻子摆摆手，接受了妻子的要求：“图尔奴斯的大限已到，埃涅阿斯却应该活下去。此后，特洛伊人不再保护自己的语言和风俗，将来这里将行使罗马法律，使用的语言都是拉丁语。你觉得这样可以了吧。”

看到妻子没有再提出异议，朱庇特把复仇女神召到眼前：“图尔奴斯死期已到，他今天应该前往冥界，去执行我的命令吧。”

复仇女神驾着风翼来到拉丁姆战场，其中一位骁勇善战的女神变成了一头小鸟，她围绕着图尔奴斯的头来回打转。图尔奴斯感觉到眼前昏花，一种不祥的感觉又一次涌上心头，他不得不停止了战斗，站在那里喘着粗气。

“你为什么在那里犹豫不决呢？难道你不想打败我吗？是不是已经被特洛伊人吓倒了呢？”埃涅阿斯看到图尔奴斯停止了进攻，也放下了刚要投掷的长矛。

图尔奴斯用利剑抵住地面，勉强直起身体：“你以为我会向特洛伊人屈服吗？我并不畏惧你们，只是天意亡我，难道你没有看到死神的鸟儿在我头顶飞个不停吗？”说着，图尔奴斯从地上搬起一块大石头，准备把它扔向埃涅阿斯，但是，他刚把石头搬起来就感到浑身无力，石头顺着手臂掉落下来。图尔奴斯本能地想逃离此地，但他的腿却怎么也不听使唤，一步也不能挪动。

手里的石头刚刚落地，图尔奴斯还没有从惊愕中回过神来，一只长矛已经穿透他的胸膛，钻心的痛楚传遍全身，他倒在地上无力地挣扎着。埃涅阿斯走到近前，同情地看了看罗图勒的这位英雄，转身带领他的队伍进了劳伦图姆城。

拉维尼乌姆和阿尔巴·隆伽

图尔奴斯阵亡以后，处于群龙无首状态的罗图勒人和佛尔西安人纷纷逃回了他们的城市。胜利的特洛伊人并没有欣喜若狂的感觉，因为他们的同盟兄弟们，如亚加狄亚人、伊特卢利阿人，也都要回自己的故乡了。特洛伊人拉着同盟兄弟们的手，半天也舍不得分开。是啊，他们一起出生入死，而此时却面临着离别，怎么能不让人难过呢？特洛伊人与同盟兄弟们的友谊是多么的深厚啊。

埃涅阿斯眺望着远方，“神谕中的罗马城到底在哪里呢？特洛伊人虽然打败了意大利众族人，可真的会像神谕中说的那样，在这块地方上会出现了一个新的城市吗？”埃涅阿斯一边想着，一边在台伯河边上踱着步。

正在这时，一个特洛伊士兵跑了过来，兴奋地对埃涅阿斯说：“快回去看看吧，拉丁姆国王拉丁奴斯派人向特洛伊人求和来了。”

埃涅阿斯一听，忙快步走进了营房。进到中心大营后，拉丁姆的使者已经在那里等候了。使者一看到埃涅阿斯进来，忙从座位上站了起来。

“尊敬的特洛伊英雄，国王拉丁奴斯派我们来向特洛伊人求和，你要知道，拉丁奴斯并不赞成这场战争，他一再劝说图尔奴斯等的行为，但却没能阻止这场战争，拉丁奴斯国王让我们代表拉丁人向特洛伊人表示歉意。而且拉丁奴斯决定根据神谕，把女儿拉维尼亚许配给你。”使者向埃涅阿斯陈述着拉丁奴斯国王的指示。

“回去告诉你们国王，这场战争本来就是不可避免的，所以他不必为此自责。很谢谢他能把美丽的女儿嫁给一个外乡人。”埃涅阿斯命人把一部分战利品拿来，让使者转交给拉丁奴斯国王，以作为聘礼。

第二天，拉丁奴斯把埃涅阿斯迎入了劳伦图姆，为女儿举行了一场盛大的婚礼，并指定埃涅阿斯为王位的继承人。

埃涅阿斯执掌拉丁姆之后，在海滨的高坡上建造了一座美丽的城市，并根据妻子拉维尼亚的名字把该城命名为拉维尼乌姆。至此，苦难的特洛伊人终于建立起了新的家园。遵从神的旨意，特洛伊人很快放弃了自己的语言和风俗习惯，与拉丁人打成一片，并尝试着遵奉意大利诸神。

构建新家园

当上拉丁姆国王的埃涅阿斯在海滨的高坡上建造了一座美丽的城市，并根据妻子拉维尼亚的名字将其命名为拉维尼乌姆。

埃涅阿斯统治了拉丁姆很长时间，他在位期间，人们倒也是安居乐业，如果没有以后的战争的话，他的一生倒也完美。

在驱逐特洛伊人的战争中战败后，罗图勒人一直耿耿于怀，所以，罗图勒人暗暗地招兵买马，希望有一天能血洗当年之耻。终于有一天，罗图勒人觉得自己

的军事力量已足以与拉丁姆抗衡了，便大举入侵拉丁姆。

闻听罗图勒人来到了拉丁姆边境，埃涅阿斯立即披挂上阵，亲自率领拉丁军队前往迎敌。双方部队在奴弥科斯河前遭遇。

埃涅阿斯威风凛凛地站在拉丁队列前，头盔在阳光下闪着金光，手中的长矛直指罗图勒人。罗图勒人也不甘示弱，他们呐喊着朝拉丁人冲来。拉丁人拿起手中的武器与敌人厮杀到了一起，战场上飞扬起的尘土把两支部队掩盖住了。

朱庇特在奥林匹斯山上看到了罗图勒人和拉丁人之间爆发了战争，遂亲自介入。为了能消除战场上方的沙尘，朱庇特从半空中晃动雷电棒，一时间电闪雷鸣，大雨倾泻而下。

“勇敢的拉丁人，你们看啊，这是众神在为我们照亮。我们将在这片土地上繁衍生息，怎么能容忍罗图勒人的入侵呢？我们将永远是这块土地上的主人。”埃涅阿斯举起他的长矛鼓舞他的士兵们。

借着电光，拉丁人横冲直撞，罗图勒人连连倒下。朱庇特还不罢休，他拉开雨水的闸门，奴弥科斯河顿时暴涨，河水咆哮着奔腾起来。罗图勒人似乎从天空中看到了神愤怒的身影，阵脚大乱，拉丁人乘胜追击，直追到罗图勒人的首府阿尔特尔。当拉丁人骄傲地举行凯旋仪式的时候，却不见了他们的国王埃涅阿斯，于是到处找寻着埃涅阿斯，几乎找遍了拉丁姆国的每一个角落。

后来，有个年轻的士兵向阿斯卡尼俄斯报告说，他看见埃涅阿斯被卷入了奴弥科斯河中。为了纪念伟大的埃涅阿斯，拉丁姆举行了一场盛大的祭祀仪式。

埃涅阿斯之后，阿斯卡尼俄斯登上了王位，这之后，拉丁人习惯把阿斯卡尼俄斯叫做尤鲁斯。尤鲁斯在拉丁平原中部的阿尔巴纳山上建造了一座城市阿尔巴·隆伽，在意大利语中，阿尔巴·隆伽的意思是长长的阿尔巴。阿尔巴·隆伽高高地耸立在陡峭的山峦间，周围是茂密的树林，山间小溪潺潺，好一派欣欣向荣的景象。尤鲁斯把拉丁姆的首府迁到了阿尔巴·隆伽，并继续向外扩大国土。当然，尤鲁斯和他的父亲一样贤明通达，治理有方。

尤鲁斯执政后，埃涅阿斯的妻子拉维尼亚离开了国王的王宫，在劳伦图姆的树林中生活。不久，拉维尼亚生下了一个男孩，取名为西尔维乌斯，这个孩子成了拉丁奴斯的唯一孙子。尤鲁斯死后，拉丁姆国民推举西尔维乌斯为新的君主。西尔维乌斯执政期间，继续兴建城市，开创了一个辉煌的阿尔巴王国。拉丁姆大地上出现了以阿尔巴·隆伽为中心的三十余座城市间的联盟。后来，阿尔巴成了罗马的发祥地。

洛摩罗斯和雷姆斯

拉丁姆在拉丁奴斯、埃涅阿斯、尤鲁斯和西尔维乌斯的统治下过去了三百多年。随着黑铁时代的到来，拉丁姆开始动荡起来。

阿尔巴·隆伽的国王普罗卡斯死后，留下了两个儿子——奴弥陀耳和阿摩利乌斯。按照惯例，长子奴弥陀耳继承了王位，次子阿摩利乌斯继承了大片土地和财产。

埃特鲁斯坎母狼青铜雕像

该像铸造于公元前480年，是一只机敏、警惕的母狼，成为罗马的象征。据说，传说中罗马城的建立者双胞胎洛摩罗斯和雷姆斯就是靠吸狼奶获救。

阿摩利乌斯是一个贪得无厌的人，面对大片土地和堆积如山的财产他并不满足，而是觊觎哥哥的王位。为此他使用诡计和暴力，发动了一场宫廷政变，推翻了奴弥陀耳。但是，阿摩利乌斯没胆量杀死哥哥，而是把他流放到一片幽寂的树林里，让他过着生不如死的生活。

登上王位的阿摩利乌斯如坐针毡，他害怕哥哥的后辈会前来报复，于是，他残忍地杀死了哥哥的儿子，让哥哥的女儿瑞亚·西尔维亚当祭司，而且要她立誓永不得生儿育女。在阿摩利乌斯的迫害下，瑞亚·西尔维亚终日跟其他处女们看护着维斯太庙里的圣火，大多数时间她都是眼睛呆呆地盯着火堆，悲伤地想着自己及族人的遭遇。

一个偶然的机会，瑞亚·西尔维亚误闯战神玛尔斯的圣地，做了玛尔斯的新娘，并生下了两个男孩。当她抱着两个儿子骄傲地走进太庙时，遭到了祭司长和

其他女祭司的嘲笑，女祭司把瑞亚·西尔维亚带到了国王阿摩利乌斯那里。面对曾经的侄女，阿摩利乌斯最关注的不是她的丑闻，而是怕这对尚在襁褓里的兄弟将来会来夺取他的王位，他们正是合法的王位继承者啊。

“难道我要与神作对吗？”但阿摩利乌斯马上又否定了自己这愚蠢的想法，“我怎么能与神作对呢？不过，维斯太女神的法律是完全可以把他们送到死神那里去的。”按照法律，瑞亚·西尔维亚和她的两个孩子被判沉水而死。

在行刑那天，当刽子手们把瑞亚·西尔维亚投入台伯河时，河神台伯律奴斯把这个可怜的女人接入了自己的怀里。刽子手们惊慌失措，把装有两个孩子的篮子扔入河中匆忙逃离了台伯河。

河水冲击着篮子，两个孩子哭了起来，正在此时，一头母狼经过这里，它打量着篮子里两个可怜的小东西，一种母性的怜悯油然而生，于是它把两个孩子一一叼回了狼窝，用自己的奶喂养着嗷嗷待哺的小家伙。

一天，一个叫福斯图鲁斯的牧人从这里经过，当看到狼窝里的两个孩子时，不禁欣喜若狂，他的小儿子刚刚夭折，他是多么希望能有一对这么乖巧的孩子啊，于是，他把两个孩子抱回了家，给他们起名叫洛摩罗斯和雷姆斯。

看到洛摩罗斯和雷姆斯茁壮地成长，福斯图鲁斯很是欣慰，但也越来越感觉到，这两个孩子并不像凡人。他们的智力超过了他们的伙伴，渐渐成熟的脸型上显露出了已被废黜的国王奴弥陀耳的影子。当听到瑞亚·西尔维亚因与战神玛尔斯生下的两个孩子被扔下台伯河后，他更加坚信了洛摩罗斯和雷姆斯是神的儿子。在欣喜中，福斯图鲁斯也感到了悲伤，如果真是这样，两个儿子迟早会离开他而去。

福斯图鲁斯的担心并不是没有道理，不久之后他的话便得到了证实。

由于有健壮的体魄，每次因放牧与其他牧人发生争执时，洛摩罗斯和雷姆斯都会取得胜利。这种胜利对于拉文丁山上的牧羊人来说则是个极大的侮辱，牧羊人决定在卢泼卡利恩节上好好惩罚一下这两兄弟。

卢泼卡利恩节很快就到了，年轻人披着狼皮，载歌载舞进行狂欢，他们还要围着帕拉丁山赛跑。当然，洛摩罗斯和雷姆斯两兄弟又会在这次赛跑中充当胜利者，这也是牧羊人早已经料到的，所以牧羊人计划趁机向两兄弟发动攻击。

人们把祭供的牺牲摆放整齐，点燃火焰，在熊熊的烈火中，全部供品被天上的众神取走。人群欢呼着，祈祷着来年的风调雨顺。人们做着各种扮相，欢笑声、叫喊声、音乐声混成一片，好不热闹。

赛跑很快也拉开了战势，洛摩罗斯和雷姆斯像一阵旋风一样驰骋在跑道上，很快就把其他的人甩在了身后，但他们根本没有想到，一群牧羊人正躲在前面不远处的灌木丛中，伺机进行攻击。

时机已到，牧羊人从灌木丛中窜到跑道中央，洛摩罗斯和雷姆斯被眼前发生的一切惊呆了。尽管他们奋勇反击，但雷姆斯还是被制服，洛摩罗斯则逃离了危险。

在逃回家的途中，洛摩罗斯遇到了福斯图鲁斯。

“父亲，刚才在赛跑时，雷姆斯被埋伏在路旁的阿文丁山上的牧羊人抓住了，我怀疑那些人会杀害雷姆斯的。”洛摩罗斯向福斯图鲁斯讲述着刚才的遭遇，并建议用武力拯救雷姆斯。“孩子，让我去向他们解释吧，如果那些阿文丁人知道你们的身世，他们一定会顶礼膜拜。我不需要再向你隐瞒了，你们的母亲是瑞亚·西尔维亚，父亲是战神玛尔斯，而你们的外祖父则是阿尔巴·隆伽合法的但已被废黜的国王奴弥陀耳。”福斯图鲁斯脸上浮现出对神和君主的崇敬。

“你是说我们是战神玛尔斯的儿子，且是这个王国的合法继承人吗?”洛摩罗斯似乎有点接受不了这个现实。“是啊，所以你不用担心雷姆斯的安危，神会保护他的。”为了安慰洛摩罗斯，福斯图鲁斯带着他来到阿文丁山，建议正在不知如何处置雷姆斯的阿文丁人寻找被流放的国王奴弥陀耳以证实两兄弟的身份。

帕拉丁人和阿文丁人对所发生的一切都非常关注，他们相拥着来到森林深处的西尔瓦诺斯庙找到了老国王奴弥陀耳。奴弥陀耳一眼就看出了眼前两个英俊青年就是自己的继承人，因为他俩的脸庞、身躯与自己年轻时如出一辙。

了解了自己的身世，洛摩罗斯和雷姆斯当即立下誓言，进攻阿尔巴·隆伽，为母亲报仇。在两兄弟的带领下，那些早已痛恨阿摩利乌斯的人们纷纷拿起武器，向阿尔巴·隆伽进发。在与国王军队进行的激战中，阿摩利乌斯被洛摩罗斯所杀，群龙无首的国王军大败，奴弥陀耳又重新登上了阿尔巴的王位。

罗马的建立

奴弥陀耳重新登上阿尔巴王位后，对洛摩罗斯和雷姆斯十分宠爱，他希望两个孩子将来能够替他掌管阿尔巴的命运。正当奴弥陀耳为自己的想法而暗暗高兴

的时候，洛摩罗斯和雷姆斯却来向他辞行，他们不打算继承王位，而希望白手起家，通过自己的努力一展宏图。奴弥陀耳还得知，两个孙儿想在台伯河下游建造一座城市，以纪念他们的母亲瑞亚·西尔维亚。奴弥陀耳被两个孩子的想法感动了，他把大片的土地赠给了两个孩子，帕拉丁和阿文丁牧人则成了这片土地上的第一批居民。此后，各地受迫害者纷纷来到这一地区，使这一地区的人口迅速得到了增长。

古罗马城复原图

从图中我们可以感受出当时建造罗马城是一项浩大的工程，罗马人充分发挥奇特想象，配以高超的工艺，建筑出一个富丽堂皇、雄伟坚固的伟大城市。

洛摩罗斯和雷姆斯的抱负得到了很多人的赞同，但是，真的要建造一座城池的话，到底应该以兄弟俩谁的名字命名呢？而这座城池是应建在帕拉丁山上还是阿文丁山上呢？为此，两兄弟开始起了纷争。最后，他们决定让上天来对这一纷争进行裁决。

一个星光灿烂的深夜，洛摩罗斯率人登上了帕拉丁山，雷姆斯则登上了阿文丁山。大祭司在他们中间画了一道界线，然后大家都静静地等候着神谕的出现。

拂晓时分，东方飞来了六只雄鹰，它们围着阿文丁山转了几圈后飞出了人们的视野。雷姆斯欢呼着，向对面的洛摩罗斯示意：自己是上天选中来管理这个城市的。正当雷姆斯为此沾沾自喜的时候，从西方又飞出了十二只雄鹰，且径直朝着帕拉丁山飞去，鸣叫几声后迎着初升的太阳飞去。

大家明白，这些雄鹰都是神派来的，但到底该由谁来建造这座城池呢？雷姆斯强调，虽然从东方飞向阿文丁山的六只雄鹰不敌从西方飞向帕拉丁山的十二只多，但却是在先，而洛摩罗斯则要与雷姆斯比雄鹰的数量。最后，两方的争执愈演愈烈。雷姆斯意识到自己的力量不敌洛摩罗斯，不得不做出让步，允许洛摩罗斯建造城池。

洛摩罗斯把台伯河下游地区的所有青年男子召集在帕拉丁山的周围，给众神摆上祭品，宣布以雄鹰作为这座新城的城徽。

紧接着，帕拉丁人和阿文丁人开始建造自己的家园，他们先在地面上挖了一道浅沟，顺着浅沟搭起了低矮的围墙。

一天，雷姆斯看到人们建造的低矮的围墙，一边耻笑着这些围墙是多么的不起作用，一边从上面跨了过去。所有的人都惊呆了，看着洋洋得意的雷姆斯，他们不知所措起来。洛摩罗斯没有想到胞弟竟会以这种方式与自己对抗，他实在忍无可忍，拔刀刺向了雷姆斯。雷姆斯倒地的一刹那，洛摩罗斯虽然有些后悔，但他知道，只有这样才能给那些满怀期待的人们一个交待。在人们诧异的目光中，洛摩罗斯高声喊道："谁敢逾越这些围墙，下场和他一样。"欢呼声中，人们又投入到建城的劳动之中。

不久，城池竣工了，但洛摩罗斯并没有流露出一丝喜悦。为了惩罚洛摩罗斯杀了自己的兄弟，众神给这座新建的城池带去了灾难：在烈日的炙烤之下，田野上一片枯焦，而冰雹却由天而降。此外，城里传播着瘟疫，几乎所有的人都患上了重病。其实，洛摩罗斯也一直在为杀死自己的兄弟而感到内疚，他向人们宣布原谅雷姆斯的罪过，还在自己的宝座旁放了另一把宝座，以象征第二个王位。此外，他还把自己的权杖和王冠放在空着的宝座上，表示愿意与死去的雷姆斯共同管理这个城池。

人们对洛摩罗斯的做法看法不一，有的人反对这种死人与活人共同执掌的国

家，认为这将是一个恐怖的地方，于是逃离了；而另外一些人则对洛摩罗斯的这一做法表示赞同，认为在这样一个大度的国王的领导下，这个国家必将有一个好的发展，于是留了下来。对留下来的人们，洛摩罗斯给予了奖励，从此后开始精心治理国家。瘟疫慢慢地在城内消失了，田野里也恢复了以前的绿意，留下来的人们欢呼雀跃。

洛摩罗斯根据自己的名字，将这个城市命名为“罗马”。为了使罗马固若金汤，在洛摩罗斯和他的后人的带领下，城墙不断地被升高，防范也越来越严密，为这座年轻的城市后来成为世界的中心奠定了基础。

劫夺萨比纳女人

在洛摩罗斯的经营下，罗马城日益繁荣，初建的小草屋早已经被高大结实的房屋所取代，收获的谷物堆满粮仓。随着手工业和商业的发展，人们把多余的粮食换成铁石，以制造兵器。如果说拉丁姆是台伯河流域的一条巨大的纽带，那么罗马城则是这条纽带上的一颗璀璨的明珠。

洛摩罗斯为自己的杰作感到骄傲，但他又是多么的悲哀啊！尽管罗马城的人们衣丰粮足，然而他们却没有欢乐，终日看不到笑容，听不到歌声。“作为罗马城的国王，自己又是多么失败啊！”洛摩罗斯这样想着，“可原因出在哪里呢？对，是因为这个城市缺少女人。”最后，洛摩罗斯终于想出了问题所在。是啊，这个城市缺少女人，更缺少孩子，一个男人的世界能有多少欢乐呢？

一天，洛摩罗斯把自己的烦恼告诉了他最宠爱的臣仆——年轻的荷斯特斯·荷斯梯利乌斯：“荷斯特斯，去为罗马求取女人吧。”

“亲爱的国王，你给我的任务比出征打仗还要荣耀，听说萨比纳的女人是世界上最漂亮的，而且她们能纺出纤细、结实的纱线，请让我代表罗马去萨比纳求婚吧。”荷斯特斯高兴得有些忘乎所以。

“可是，荷斯特斯，你还是带上你的盔甲吧，让和你同去的男人也武装起来。萨比纳人应该是骄傲固执的，从他们那突起的前额、鹰钩似的鼻子就能看得出。”洛摩罗斯叮嘱着荷斯特斯。荷斯特斯并没有理会国王的劝告，但很快他就追悔不迭。

劫夺萨比纳女人

好斗、高傲的罗马人信奉暴力即强权，尽管劫夺萨比纳妇女导致了后来两次罗马与萨比纳人的战争，但最终结果是：萨比纳妇女心甘情愿地做罗马人的妻子，而萨比纳人最终也融入了罗马民族。

路过拉丁国时，拉丁人的嘲笑在他们的背后洒了一路；到了萨比纳大地，荷斯特斯一直称赞的萨比纳人更是对这些罗马人唇舌相讥。萨比纳国王梯拖斯·塔梯乌斯在库埃斯城接见了罗马前来求婚的使者们，然后大笑着对他们说："我们这里的姑娘都会纺线，听说你们那里的羊毛非常便宜，回去告诉你们的国王，我们的姑娘不可能嫁给你们罗马人，但会到罗马去了解你们的市场。"

当洛摩罗斯听完荷斯特斯讲完在萨比纳的遭遇后，年轻的国王暴跳如雷："骄傲的萨比纳人，我一定会让你们为你们的行为付出代价的。亲爱的罗马男子们，我将邀请萨比纳女人来罗马欢度节日，你们要时刻注意我的举动，在恰当的时候我会暗示你们把这些美丽的萨比纳女人抢回家。"国王的话音刚落，罗马城就沸腾了，臣民们欢呼着国王的英明，幻想着将要到手的美丽的萨比纳女人。

罗马的使者奔赴到拉丁姆的各个城市，散布罗马将在台伯河畔举行游戏和比

赛的消息，而且宣扬，拉丁姆各城市的商人都会在罗马一展自己的商品，这将是一次空前的盛会。萨比纳的女人们动心了，她们是多么希望能买到价格便宜的好羊毛啊，用那种羊毛纺出来的线会是多么柔软啊，她们似乎已经感觉到了羊毛带来的温暖。女人们的丈夫和父亲拗不过女人们的纠缠，答应她们前去罗马参加节日。

集会的第一天，罗马城门庭若市，汇聚了拉丁姆各城市的男男女女，来的最多的是萨比纳人。为了表示罗马人的友好，洛摩罗斯接见了一些显赫的萨比纳人，并命人带领萨比纳人挨家挨户地参观漂亮的房屋。萨比纳人原本鄙视罗马人的心理顿时没有了，这个城市的建筑比他们想象的要好得多，萨比纳人，尤其是萨比纳女人，竟然有些流连忘返了。

第二天，罗马人腰系狼皮裙子，头戴盔甲，用丰盛的祭品祭祀诸神，向客人们炫耀罗马城的富有。然后人们载歌载舞，开始了激烈的比赛和游戏。

第三天是商人们大显身手的日子，他们纷纷摆开货摊，琳琅满目的商品尽显在人们面前。吆喝声、赞叹声、讨价还价声一阵高过一阵，好不热闹。萨比纳女人们穿梭在一堆堆细净洁白的羊毛中任意挑选，可挑到最后竟不知道该买哪种好。带有酒香味的橄榄油、浓浓的蜂蜜也赢得了不少女人的青睐。而男人们，则在刀剑堆里挪不动脚。

在人们抢购商品的混乱之时，罗马人已经退出了集会，结集在帕拉丁山后的灌木丛中，等候国王洛摩罗斯发号施令，这是罗马人精心策划的阴谋，可惜那些正醉心于采购的外乡人全然不知。洛摩罗斯刚一发出信号，罗马人就挥舞着利剑从灌木丛里冲出来，热闹的集市顿时变得更加慌乱。罗马人每人抓住一个女人，任由女人在如铁箍的手臂下尖叫咒骂，强硬地把这些女人拖回自己的家。女人的挣扎是徒劳的，被带进各家各户时她们已经精疲力竭，酸软地任由罗马男人摆布。

集市上摊棚倒翻，货物滚得满地都是，但这些以此为生的外乡人已经顾不了这些了，他们不敢久留，急于想离开给他们带来灾难的罗马城。罗马人要的只是萨比纳女人，他们并没有太多地为难这些远方的客人。这些客人对罗马人却是深恶痛绝，他们回到自己的城市，给亲人或左邻右舍讲起这段经历时甚至还会失魂落魄，尤其是萨比纳人，回到萨比纳后，他们披盔戴甲，准备跟罗马人决一死战，以抢回萨比纳女人。其他的拉丁姆城市也蠢蠢欲动起来。

洛摩罗斯的结局

洛摩罗斯早已经意识到抢夺萨比纳女人会给罗马带来灾难，但他更清楚自己臣民的勇敢和决心。不过为了稳操胜券，洛摩罗斯还是组建了一支三千人的军队，并把这支军队改称军团。

正当罗马人紧急备战的时候，赛尼娜人按捺不住了，在国王阿克隆的率领下向罗马城蜂拥而来。阿克隆本以为罗马人是一些只会袭击手无寸铁女人的家伙，但他很快就意识到自己的无知，赛尼娜人在罗马人的砍杀之下纷纷倒地，幸好洛摩罗斯制止了罗马人的进攻。

“亲爱的阿克隆，我不希望看到赛尼娜人的尸体横躺在罗马的土地上，我和你单独决斗，以决定罗马和赛尼娜的胜负，这样既可以速战速决，还可以不牵连到无辜的生命。”洛摩罗斯的建议得到了阿克隆的赞同，但阿克隆哪里是洛摩罗斯的对手，几个回合就败下阵来。赛尼娜人在家园被毁的情况下不得不迁来罗马。出乎意料的是，他们来到罗马受到了盛情款待，他们和罗马人一样，拥有了自己的居所和土地，甚至还可以从事他们喜爱的手工劳动，这是多么幸福的事啊。于是，罗马人和赛尼娜人变得亲密无间，情同兄弟。

不久，罗马城又面临新的挑战。克里斯蒂尼乌姆人和安忒姆纳人在城下叫嚣，不过，他们同样被打得落花流水。洛摩罗斯下令焚毁了他们的家园，他们也被迫迁到了罗马城，罗马城里的居民人数急剧上升，军队也逐渐壮大起来。

潜伏着危机的和平生活过去了，罗马人面前出现了更大的挑战。最仇恨罗马人的萨比纳人经过多年的备战对罗马虎视眈眈，战争一触即发。

虽然罗马城与初建时已有天壤之别，但面对强大的萨比纳，洛摩罗斯还是免不了有些担忧。经过勘察，他决定把沿着帕拉丁山向北延伸的萨图尼尼斯山并入城区，并在山上建造了城堡，作为内城的防御堡垒。这座城堡即卡皮托尔，于是，萨图尼尼斯山改名为卡皮托尔山。

正当罗马人为建成这座面临绝壁的城堡而兴奋不已时，一队人马来到了罗马城下。罗马人非常紧张，但很快守卫就给罗马人带来了好消息，原来这队人马是由伊特卢利阿人的将军策利乌斯率领的，策利乌斯无法忍受伊特卢利阿国君的残

暴无礼，希望能到罗马城避难。洛摩罗斯收留了策利乌斯，并把一座山坡赐给他。从此以后，这座山坡被称为策利乌斯山。

萨比纳人浩浩荡荡地向罗马城开进，罗马人十分恐慌，因为他们看到萨比纳人经过平原时扬起的尘土遮天蔽日，在国王梯掩斯·塔梯乌斯的带领下，萨比纳士兵英姿飒爽，个个都有以一当十的架势。在占绝对优势的萨比纳人面前，洛摩罗斯决定以智取胜：罗马军队全部隐蔽到帕拉丁山后，任由萨比纳人进城，当萨比纳人围攻罗马内城时，罗马军队再从背后袭击他们。

萨比纳人毫无阻挡地进入了罗马城，国王梯掩斯·塔梯乌斯决定第二天再对内城发起进攻。正当萨比纳人休息的时候，从一条羊肠小道上走来了一个姑娘。梯掩斯·塔梯乌斯灵机一动，走上前去和姑娘搭话。原来这个姑娘是卡皮托尔城堡首领司泼利乌斯·塔尔泼尤乌斯的女儿塔尔佩亚。

“美丽的姑娘，如果你能趁天黑把城堡大门打开，你将得到价值连城的珠宝。”

塔尔佩亚被迷惑了，梯掩斯·塔梯乌斯手里捧着的那些珠宝是多么诱人啊，她怎么能不动心呢？卡皮托尔的城门被打开了，当塔尔佩亚向鱼贯而入的萨比纳人索要珠宝时，萨比纳人却把手中的盾牌压到她的身上：“女叛徒，这才是给你的报酬。”塔尔佩亚在盾牌重压之下死了。从此以后，这座山坡改名为塔尔佩亚山。

萨比纳人轻而易举地进入了卡皮托尔城堡，罗马人并没有料到会出现这样的差错，于是撤到了卡皮托尔山前的平地上。萨比纳人乘胜追击，罗马人溃不成军。在洛摩罗斯的带领下，罗马人依然作着顽强的抵抗，夜幕降临时双方仍相持不下。

萨比纳人被天后朱诺称为库茵律特人。朱诺偏爱意大利，尤其是库茵律特人，她于当天夜里来到梯掩斯·塔梯乌斯面前，鼓励库茵律特人第二天重新开战，并许诺将协助他们取得胜利。

新的一天又开始了，最初，库茵律特人明显不敌罗马人，但不久他们便占了上风，罗马人纷纷溃败。就在这时，意大利的元始尊神亚奴斯显灵了，他让一座山坡裂开了一道缝，库茵律特人被眼前的景象惊呆了，罗马人则备受鼓舞，把库茵律特人赶到了两座山外的平原地区。洛摩罗斯命令弓箭手从两座山上向库茵律特人射箭，如蝗的飞箭中还夹杂着从两面滚来的石块，库茵律特人损失惨重。

正当双方杀得不可开交的时候，罗马城门打开了，从萨比纳来的女人们冲上战场，对两军撕心裂肺地大喊着：“战争因我们而起，也因我们而结束吧，一边是我们的丈夫，一边是我们的父兄，任何一方伤亡，我们都会悲伤的。如果你们谁再动武，就是在残杀我们的爱情或亲情。”

国王梯拖斯·塔梯乌斯本不想原谅这些已经深爱上罗马男人的女人们，但他最后还是被这些女人的真诚感动了。于是，他带领库茵律特人也迁来了罗马，与洛摩罗斯共同掌管罗马城。但梯拖斯·塔梯乌斯偏好暴政，在不久后的一次祭供节上，被愤怒的人们当场打死，罗马又由洛摩罗斯独自治理了。

洛摩罗斯的确是一位贤明的君主，为了能给人们一种稳定的秩序，以使罗马在自己过世后依然欣欣向荣，他把长期以来形成的良好习俗用法律形式确定下来。他还创立了长老会议，即元老院，元老院自身享有豁免权，其成员大多是终身制的。

为了纪念妇女们对创建库茵律特联盟所做的贡献，洛摩罗斯给她们提供了更为优越的条件，她们的个人财产不容侵犯；当她们走在街道上时，任何男人都必须向她们问候致意。在罗马，现在还保留着许多关于妇女的重大节日。

贤明而又富有智慧的国王统治了罗马三十七年，随着生命的渐渐老去，洛摩罗斯也开始意识到他的使命的结束。

一天，洛摩罗斯把他的臣民召集到帕拉丁和卡皮托尔山间的空地上，自己端坐在黄金宝座上，望着无可匹敌的辉煌，他感到了前所未有的欣慰。突然，一阵暴风刮来，乌云蔽日，雷电交加，大地陷入一片漆黑中。等到太阳从乌云背后再露出笑脸时，洛摩罗斯已经不见了，当众人回过神来后，女人们失声痛哭，男人们也默默地落着泪。后来，洛摩罗斯作为库依律奴斯，即罗马的保护神，一直守护着罗马城。

众神的考验

在罗马人沉痛悼念国王洛摩罗斯的时候，又一个问题摆在了他们面前：到底该将罗马王位交给拉丁族人还是库茵律特人呢？一时间，罗马的家族联盟难以统一意见，最后只能决定暂由双方轮流执政，六个时辰调换一回，这样的轮换整整持续了一年。最后，元老院决定先由库茵律特人执政，然后再由拉丁人执政，可

是由谁来先执政呢？萨比纳国王的女婿努马·庞皮利乌斯成了最佳人选。

努马·庞皮利乌斯虽然被众人选中，但他不敢擅自做主登临王位，他决定询问天意。在祭司的陪同下，努马·庞皮利乌斯登上了卡皮托尔山，他用手中的权杖在空中比划着指示方向，严格地按照风俗习惯请示神的旨意。最后，努马·庞皮利乌斯向众人宣布，三大星辰，即朱诺、玛尔斯和库依律奴斯均表善意，人们欢呼雀跃，歌舞庆祝新国王的上台执政。

努马·庞皮利乌斯刚一上台就遇到了考验性的灾难。天空雷声隆隆，电光闪闪，暴雨成灾。人们为了防止雷电灾害，采用了先祖们疯狂的祭祀方式，用人血祭献天公朱庇特。

罗马古浴池内的镶嵌画

壁画反映了古罗马人丰富的艺术想象力，而古罗马的历代统治者也都重视文艺和科学，对神祇顶礼膜拜。

那是怎样的一幅惨不忍睹的场面，努马·庞皮利乌斯是多么希望找到一个既能取悦神又能阻止天火的办法啊，可他面对人们期待的目光只能沉默不语，他为他的臣民们的不幸遭遇而深感悲哀。

努马·庞皮利乌斯来到萨比纳山间的一条山涧旁，在这里，他曾认识了山涧女神埃格里亚，并与她结为夫妻。努马·庞皮利乌斯从妻子身上获得了许多天神的智慧，但自从他被选为国王后，埃格里亚就再也没有露过面。他是多么希望妻子能出现替他出出主意啊，可不管他怎么呼唤都是徒劳。

但是，努马·庞皮利乌斯还是希望奇迹能够出现。一天深夜，他满怀忧愁地来到阿文丁山上的橡树林里，在迷雾中徘徊，陷入了沉思。突然，密林深处的一条山溪里腾起了一团白影，埃格里亚出现在努马·庞皮利乌斯面前。踌躇不决的国王顿时从困惑中惊醒，一把揽过心爱的女子，暂时忘记了刚才的烦恼。

“我会继续留在你的附近，你需要我时，可以在圣林或是在狄安娜的圣地上找到我。”埃格里亚早已看出了努马·庞皮利乌斯心中压抑着的问题，“有什么问题尽管问吧，我愿意帮助你。”

努马·庞皮利乌斯的沉重心情又被唤了回来，他低垂着头，像是在对大地提问又像是在问埃格里亚："为了阻止天火的灾难，人们在祭供的罐子里盛满了人血，这难道真的是神的意愿吗？我是应该以更加严厉的方式为众神服务还是应该对我可怜的臣民负责呢？"

埃格里亚脸色阴沉下来："朱庇特和玛尔斯都是十分可怕的，他们不会自愿放弃享受人血的祭祀，不过，"埃格里亚停顿了一下，然后接着说，"你可以趁朱庇特变做人的模样来到人间时，设计回绝他的要求，那样你就可以保护你的臣民了。"

说完，埃格里亚告诉丈夫，把朱庇特召唤到眼前的魔咒只有猎人皮库斯和他的儿子法乌诺斯通晓，埃格里亚还告诉丈夫如何才能让他们说出召唤朱庇特魔咒的方法。

在埃格里亚的指引下，努马·庞皮利乌斯终于把朱庇特呼唤到眼前，虽然朱庇特用一层薄雾遮住了脸，但从他那逼人的体气中还是能够让人感觉到神的存在。

"聪明的努马·庞皮利乌斯，在你的面前，我的朋友皮库斯和法乌诺斯是那么的愚蠢，现在让我试试你的智慧吧。"

努马·庞皮利乌斯敬慕地仰视着朱庇特："尊敬的父亲，请告诉我如何才能洗涤罪孽，以阻止天火呢？"

"很简单，只需要一颗头。"

"好的，一颗大蒜头。"聪明的国王立即回答。

朱庇特愣了一下，然后接着说："还得有活人身上的东西。"

"那我用一缕头发。"努马·庞皮利乌斯不假思索。

朱庇特生气地顿了一会儿，为了能得到活人祭祀，他跺了跺脚说："必须要有一样活的东西。"

努马·庞皮利乌斯沉着镇定地大声说："我伟大的父亲，你真是太英明了，我会从水桶里抓一条活鱼的。"

朱庇特瞪着眼睛半天说不出话来，然后消失了，努马·庞皮利乌斯终于改变了罗马人用活人祭祀的习惯。但是，取消祭祀活人仅仅是一系列考验的开始。

不久，一个维斯太女佣因违反了处女贞洁的誓言而被判处死刑。努马·庞皮利乌斯很是同情被惩罚的女子，于是，他开始了一系列的宗教改革，颁布了维斯太圣庙祭祀的新法则。为了鼓励维斯太女佣完成神圣的使命，他赋予她们极高的

荣誉，如果死刑犯在行刑途中遇到维斯太女佣，犯人当即可以获得赦免。

努马·庞皮利乌斯还命人为双头双面的元始尊神亚奴斯造了一座祭坛，颁布改革历法，把元始尊神置于一年之中的第一个月，并决定让亚奴斯庙的大门始终敞开着，只有战争出现才关闭。

努马·庞皮利乌斯的历法改革触犯了战神玛尔斯。以前，都是由战神来作为一年的开始的，而如今，他只能屈服于元始尊神的权力之下。于是，战神玛尔斯制造了一场可怕的瘟疫。但在埃格里亚的帮助下，努马·庞皮利乌斯用一块圣牌平息了战神玛尔斯的怒火。

后来，努马·庞皮利乌斯打算把罗马王国的全部土地都转化为私有财产，虽然他知道这并不是一件容易的事，因为人类的自私犹如恶毒的精灵，时刻威胁着新的生活方式。最初的土地改革带来的只是一片狼藉，身陷绝境的国王只好又求助于埃格里亚，于是在法律中规定了私有财产的神圣不可侵犯，罗马城慢慢复苏了。

努马·庞皮利乌斯死后留给后人的是一番秩序井然的事业。

战争欲望和权力欲望

努马·庞皮利乌斯仙逝后，在萨比纳战役中不幸阵亡的荷斯特斯的孙子图卢斯·赫斯梯利乌斯成了国王的接班人。图卢斯是个野心勃勃的人，他希望能成为世界上地位最高的人，而这一切又必须诉诸武力，于是，努马·庞皮利乌斯时代的和平转眼即逝。在图卢斯的挑唆下，罗马人开始向四周不断地扩张，他们甚至敢闯进阿尔巴人的田地上去，流血事件不断发生。

努马·庞皮利乌斯曾谕示过，在爆发战争前必须关掉亚奴斯庙的大门，图卢斯并没有忘记他的谕示，提早和元老院打了招呼，而且扬言要想方设法进行一场正义的战争。元老院对新国王的决定给予了警告，但却没有起到任何成效。

图卢斯本打算派使者到阿尔巴去，要求对方为边境上的损失进行赔偿，如果罗马人的要求遭到拒绝，罗马人则有理由堂而皇之地进攻阿尔巴。但图卢斯的如意算盘打错了，罗马使者还没离开罗马城，阿尔巴派来的使者已经到了罗马，阿尔巴人也不想成为发动战争的罪魁祸首，而想把这一“荣誉”让给罗马人。

罗马亚奴斯庙的大门

曾有前王谕示说，一旦罗马与外邦开战，在战争爆发前必须关掉亚奴斯庙的大门。好战的图卢斯这样做了，他扬言进行的是正义的战争，但疯狂的对外扩张最终使他遭到了严厉的惩罚。

图卢斯倒是显得相当镇静，他热情地接待了阿尔巴的使者，盛宴接二连三，各种赛车、赛马、祭拜活动更是持续不断，每当阿尔巴使者想要开口谈正经事时，图卢斯总是打岔说："诸位是罗马的贵客，理应受到隆重的欢迎，我们欢庆完再谈正事也不迟。"就这样，阿尔巴人一直被耽搁着。

一天，图卢斯终于盼来了等待已久的消息，罗马的使者在阿尔巴要求赔偿时遭到了粗鲁的拒绝。图卢斯马上召见阿尔巴使者，声色俱厉地让他们滚出罗马城，并正式向阿尔巴宣战。

意大利是个重视习俗的国家，其中一个习俗是赔偿要求遭到拒绝后必须预留 30 天的期限，之后才能开战。尽管图卢斯急切地想抓住黩武的机会，但他不得不考虑到民众对习俗的遵从。

阿尔巴人已经在 30 天期限里把军队推进到了罗马城下，但面对固若金汤的罗马城，阿尔巴人也不敢轻举妄动。战争的日子终于到了，图卢斯率领罗马军队直扑阿尔巴人。阿尔巴人也不甘示弱，摆开阵式迎敌。

正在大战一触即发的关键时刻，阿尔巴国王不幸死于行军途中，墨陀斯·富弗梯乌斯被临时任命为战时总指挥。而台伯河对岸的伊特卢利阿人也想介入战争，他们不想看到罗马人在阿尔巴·隆伽取得胜利。图卢斯陷入了困境，他怕在罗马人进攻阿尔巴人时，伊特卢利阿人渔翁得利，所以，迟迟没有吹响进军的号角。

墨陀斯·富弗梯乌斯看出了罗马人的顾虑，而且以阿尔巴人的力量，也很难在这场战争中取得胜利。

“亲爱的罗马国王，我们之间的这场战争其实只是因为一些边境上的小问题导致的，难道非得通过杀戮才能解决吗？罗马人和阿尔巴人本就是两个近亲的民族，一旦战争爆发，伊特卢利阿人会趁机削弱我们两方的力量，我建议从罗马人和阿尔巴人中选出几名英勇的武士，由他们来决定是由罗马统治阿尔巴，还是由阿尔巴统治罗马。”墨陀斯·富弗梯乌斯走出阵列向罗马阵营大声喊道。

鉴于形势，图卢斯只能答应了这一建议。经过筛选，这一决定民族命运的使命落到了库里阿梯尔和贺雷梯尔的两家三胞胎上。六青年受宠若惊，心中充满自豪，但这是多么沉重的任务啊。

一场激烈的战斗开始了，最初，库里阿梯尔兄弟占了上风，贺雷梯尔兄弟中的一人很快便被击中，不久，第二个也倒地身亡。胜利似乎已稳属库里阿梯尔兄弟了，但就在这时，贺雷梯尔兄弟中的老三普泼利乌斯抓住有利时机，转败为胜。罗马人欢呼着走上阵前拥抱为罗马人争得荣誉的英雄。墨陀斯·富弗梯乌斯满怀凄凉地表示愿意服从罗马人的命令。

普泼利乌斯脸上一直阴沉着，要知道，在库里阿梯尔兄弟中，有他妹妹的未婚夫，是他亲手杀害了自己的妹夫，而使妹妹成了寡妇，这是多么不幸的事啊，但是，为了民族的命运，家庭的利益又是多么的渺小啊。

正当罗马人沉浸在庆祝胜利的欢乐中时，不甘忍受丧失特权煎熬的阿尔巴人蠢蠢欲动，他们图谋能恢复在拉丁姆大地上的霸权。墨陀斯·富弗梯乌斯秘密地向周边的其他城市派出了使者，希望联合一切可以联合的力量抗击罗马人。维几人和费特纳两个城市对阿尔巴人的建议做出了响应，并商定由墨陀斯·富弗梯乌斯带领阿尔巴人与罗马人共同作战，等到关键时刻阿尔巴人从罗马人的阵营退出，加入到与罗马人敌对的阵营中来。

图卢斯毕竟是一个熟谙战事的国王，他早已识破了墨陀斯·富弗梯乌斯的阴谋。在与维几人和费特纳人作战时，他冲到阵前，大声叫喊着，像是让自己的军队听到，其实是让对方也能听得清楚：“瞧啊，墨陀斯·富弗梯乌斯是多么的勇敢，我相信他一定能把敌人打得落花流水，用不了多久敌人就会发现他们上当受骗了。”图卢斯的这一招真是起到了效果，维几人和费特纳人信以为真，于是争相逃跑，阿尔巴人为了掩盖自己的背叛行为则奋起追击。

罗马人又一次取得了胜利，图卢斯像是什么也没有发生过，为了表彰墨陀斯·富弗梯乌斯在这次战争中的功绩，图卢斯专门举行了一场盛大的宴会。墨陀斯·富弗梯乌斯带着将士毫无戒备地参加了宴会，当他们刚到达目的地时，罗马人

便蜂拥而上，抓住了这个背叛联盟的人，并把他处以死刑。从此以后，阿尔巴这个城市消失了，阿尔巴人移居到罗马，拉丁姆地区的霸权转到了罗马人手中。

图卢斯的欲望并没有得到满足，他妄想着像努马·庞皮利乌斯那样把天公朱庇特召唤到自己面前，但他始终找不到正确的咒语，尽管他非常努力地去寻找。最后，图卢斯终于在一道闪电中结束了自己的生命。

塔尔库依尼乌斯当上国王

罗马的第三代君主图卢斯被闪电劈死之后，努马·庞皮利乌斯的孙子安库斯·玛尔策乌斯上台执政。这一时期，没有发生过大的战争，拉丁姆大地虽然潜伏着危机，但也相安无事。

塔尔库依尼的卢库摩是在伊特卢利阿生下的半个希腊人，他的名字是自己家乡的名字。在伊特卢利阿，他与美丽的姑娘塔娜库伊尔结了婚。塔娜库伊尔不仅美丽，而且相当有志气，由于她嫁给了外来人的儿子，在伊特卢利阿备受欺凌、侮辱。塔娜库伊尔满怀忧伤地对丈夫说："亲爱的，我们离开这个城市吧，你瞧，这里到处充满着残暴与杀戮。听说罗马是个充满和平的国家，那里的一切都井然有序，你的才华在那里一定能得到施展的，那是一个多么有希望的民族啊。"

卢库摩深爱着妻子，他知道妻子因嫁给他在这个国家所受的委屈，同样，他也急切地想逃出去。自己是希腊人，聪明勇敢，在台伯河旁一定能寻找到幸福的。

经过长途跋涉，夫妻俩终于到了台伯河另一侧的亚尼库罗姆山坡，望着对岸的罗马城，卢库摩深感到它的伟大，但是，这个伟大的城市真的能给他们带来幸福吗？卢库摩正想着，一只雄鹰飞了过来，叼走了他头上的帽子。

"亲爱的，你瞧啊，我们刚踏上这片土地，上苍就给我们送来了骄傲的使者。不要去寻找你的帽子了，光着脑袋才是罗马人的习惯，让你就这样走向未来吧。"说着，塔娜库伊尔拉起丈夫的手朝台伯河走去。

"依我看，这种情况预示两种可能，或是我以后逢人必须摘下帽子，或是我将遇到杀头之灾，那可真是不需帽子了。"卢库摩半开玩笑地对妻子说。塔娜库伊尔也无法理解雄鹰最后的真谛，但探求这些已无多大意义："卢库摩，我们无

需再犹豫。把你的头发按罗马人式样剪短，胡须剃掉，另外，你的名字太希腊化，从现在开始，你改名叫卢茨乌斯·塔尔库依尼乌斯。”后人习惯在塔尔库依尼乌斯的名字前再加上“普列斯库斯”，以与后世君主“傲王塔尔库依尼乌斯”区别。

塔娜库伊尔的话不容反驳，以前的卢库摩，现在的塔尔库依尼乌斯不得不承认妻子学识渊博，所以他从来都把妻子的建议当作命令。

趟过台伯河的塔尔库依尼乌斯和塔娜库伊尔回头张望着。

“伟大的罗马人，竟然连一座桥都没有。不过，我会给你建造的。”塔尔库依尼乌斯自言自语道。

正如塔娜库伊尔预见的那样，罗马给外来人提供了很多发展机会，塔尔库依尼乌斯就是一例，他凭着变卖土地挣到了一大笔钱，这笔钱使得夫妻俩能在这个城市体面地生活。塔尔库依尼乌斯还帮助罗马人建造了港口，在海里造了土坝和水塘，并学会了造三桨船的技术和如何根据太阳和星星的位置穿越大海的惊涛骇浪。

国王安库斯·玛尔策乌斯死后，他的两个儿子中的任何一人都可以继承王位，但此时的罗马人已经把慷慨大方、具有雄图大略的塔尔库依尼乌斯视为君主。元老们也顺应民意，引诱安库斯·玛尔策乌斯的两个儿子外出围猎，而当两个本可以登上王位的王子兴冲冲地打猎归来时，他们已经一无所有了，塔尔库依尼乌斯成了罗马第五代君主。

塔尔库依尼乌斯是个开明的君主，他努力抵制国家事务中的贵族特权，但由于天神的存在，他并没有进行彻底地变更。

在塔尔库依尼乌斯执政期间，罗马人与萨比纳人又进行了一场新的战争，萨比纳人大败。罗马人还取得了和拉丁部分城镇战争的胜利。此外，在库依律奴斯人和伊特卢利阿人的冲突中，罗马人渔翁得利，塔尔库依尼乌斯被任命为台伯河和亚平宁山脉间大帝国的总盟主。

稳定了罗马的局势后，塔尔库依尼乌斯开始着手进行和平建设，这些事业足已让他名垂千史，如修筑了排水渠排干了沼泽地的积水，建造了巨大的广场、庙宇和市政建设，在阿文丁山和策利乌斯山坡间造起了圆形的赛马场等。

在塔尔库依尼乌斯的王宫里有一个女仆，女仆有个叫图利乌斯的儿子，由于出身低微，女仆和孩子常会招致很多谣言，人们习惯便把图利乌斯的名字前加上“赛尔维乌斯”，即奴隶的意思。图利乌斯长得富态高贵，聪明过人，很得塔尔库依尼乌斯和塔娜库伊尔的喜欢。

一天，图利乌斯在宫殿的卧室里睡着了，有人想把他推醒时，图利乌斯的头上突然燃起了奇异的烈火，王宫里所有的人都惊呆了。当宫廷仆人准备提水灭火时，被赶来的王后塔娜库伊尔制止了：“尘世间没有任何力量或元素可以熄灭精神的光芒的，这个孩子将给罗马带来巨大的荣誉，他将完成你的事业，继承你的王位。”塔娜库伊尔扭头对丈夫说。

从此以后，塔尔库依尼乌斯把图利乌斯当作自己王位的接班人来培养，让孩子接受各种智慧的教育，教给他主持国家事务的种种秘诀，还把许多神秘奇幻的宝物留给了他。

安库斯·玛尔策乌斯的两个儿子看到国王分外厚待图利乌斯，猜想塔尔库依尼乌斯一定是想让图利乌斯继承王位。他们哪里甘心让本应属于自己的王位被剥夺啊，于是，他们设计杀害了国王塔尔库依尼乌斯。王宫里早已乱作一团，只有王后塔娜库伊尔还保持着清醒。她命令祭司把国王的尸体保存好，封杀国王的死讯，对外只说国王身受重伤，不能亲临朝政，而由图利乌斯接管宫廷事务。玛尔策乌斯的两个儿子以为塔尔库依尼乌斯真的没有被杀死，急忙逃出罗马。

出身低微的赛尔维乌斯·图利乌斯

赛尔维乌斯·图利乌斯是罗马唯一一位没有经过选举而登上王位的君主。塔尔库依尼乌斯刚一去世时，图利乌斯只是奉王后命之执政，而并非真正的国王。后来，人们慢慢地适应了这位新君主，元老们也不得不承认图利乌斯为新国王。

图利乌斯上台后不久便实施了伟大的改革，即颁布“赛尔维乌斯宪法”。“赛尔维乌斯宪法”的目的首先是通过居民平等建立一支强大的平民军队。贵族在军队中的特权被取消了，不过，贵族的其他特权都还保留着。无论贵族还是平民，一律分成具有选举权的六个等级，每个等级都分成百人团，每个百人团在百人团会议中拥有一票。虽然图利乌斯为建立民主政治做了很大努力，但当时真正民主的条件尚未成熟，贵族们在实际生活中依旧充当着最重要的阶级。

人们按财产决定地位和划分等级以后，图利乌斯把民众召集到罗马城与台伯河之间的空地上，举行宣布新宪法的仪式。祭供完女神卢阿像以后，图利乌斯向

围在空地中央的神坛周围的八千多民众宣布："这样的财产评估与等级的划分每五年举行一次，这将鼓励罗马人自强不息的精神。"图利乌斯环视了一下四周，接着说："我还将宣布，我将把自己的两个女儿嫁给已故国王塔尔库依尼乌斯的两个儿子，以表达我对老国王的仰慕。"罗马人对新国王的这一举动给予了热烈的掌声。图利乌斯还进行了一段煽情的演讲："罗马城建在五座山坡上，埃斯库依岭和维弥娜利斯山上则长着树木。这七座山，即阿文丁山、帕拉丁山、策利乌斯山、库依律娃利斯山、埃斯库依岭山、维弥娜利斯山、卡皮托尔山是罗马的全部，七座山城将坚如磐石，彪炳史册。"此后，"七座山城"成了罗马的代名词。

英雄不朽 莱奥尼 意大利

对国家和人民有贡献的人，人民会永远记得他。为了纪念图利乌斯为罗马作出的贡献，罗马人在幸运女神庙内建立了图利乌斯的巨大雕像。

随后，罗马人为新国王图利乌斯的两个女儿与前国王塔尔库依尼乌斯的两个儿子举行了婚礼，但婚礼的不协调却造成了罪孽的爱情和冷酷的谋杀。

图利乌斯的大女儿图利亚是一个性情粗野、行为放荡的女人，而她的丈夫，塔尔库依尼乌斯的长子却是一位弱不经风的懦者。文静、柔弱的图利亚的妹妹却嫁给了野心勃勃的卢茨乌斯。命运使然，卢茨乌斯和图利亚对不如意的婚姻充满了抱怨，他们相信他们俩才是天造地设的一对，于是，他们经常偷偷地约会，做一些伤风败俗的勾当，最后，这两个阴险恶毒的男女开始设计谋害自己的配偶。当婚姻的障碍被移除后，他们又恬不知耻地另行结婚。虽然这消息在罗马的"七座山城"很快传开了，但由于卢茨乌斯组建了一支忠实于自己的卫队，使国王和居民失去了直接联系，图利乌斯依然被蒙在鼓里。

卢茨乌斯与图利亚的野心并没有就此结束，而是越发膨胀，卢茨乌斯居然打

起了罗马王位的主意。当一批因受到图利乌斯法律约束的人来投奔卢茨乌斯时，这两个不肖宫廷子女认为时机已经成熟。卢茨乌斯本打算通过元老院使国王让位，但图利亚却恶狠狠地对丈夫说："如果你重视我们的爱情，你就应该推翻我父亲，把他送到极乐世界，只要我父亲还活着，罗马人就会把他视为君主，他们会助他夺回王位。"女儿对父亲已经没有一丝的留恋，听到妻子大义灭亲的想法，卢茨乌斯坚定了信心，他带领他的卫队发动了一场宫廷政变。稍有抵抗或是提出异议的大臣都惨死在了卢茨乌斯的利剑下。一路上边砍边杀，卢茨乌斯来到了元老院的会议大厅，一个健步坐到了象牙宝座上。图利乌斯也来到元老院会议大厅，竟被眼前的一切惊呆了，他怎么也不会想到自己的女婿竟坐到了象征王位的宝座上。

图利乌斯召呼着比他还要慌张的大臣们把篡位的女婿赶下去，但却看不到一只援助之手。在卢茨乌斯利剑的威胁下，所有的人都失去了反抗的能力。图利乌斯彻底绝望了，他猛地朝象牙宝座冲过去，伸出一双曾经为罗马带来辉煌的瘦弱的手，想把卢茨乌斯拽下来，但他反而被女婿推下了台阶。图利乌斯挣扎着从地上爬起，望了一眼洛摩罗斯曾经坐过的象牙宝座，转过身走出了大厅。

卢茨乌斯用武力成了名副其实的国王，他环顾大厅，向元老们宣布："从现在起，洛摩罗斯的法典取消，赛尔维乌斯宪法也被取消，我将成为全罗马至高无上的国王。"卢茨乌斯忠实的卫士们欢呼着。

走出元老院大厅的图利乌斯踉踉跄跄地走进狭窄的塞泼律斯胡同，那里有他在成为罗马国王之前的住宅，胡同里的人们都退避三舍，他们害怕篡权者的陷害。当图利乌斯已经看到自己的房子时，卢茨乌斯派来的密探从背后向这位可怜的国王刺了一剑，图利乌斯就这样被自己的女儿和女婿害死了。

一辆马车飞驰而来，图利亚端坐在车上，她紧抓缰绳，驱赶着马车一路狂奔，像是急切地想得到某种消息一样。当一具尸体挡住马车的去向时，图利亚才如释重负地发出胜利的呼喊，再度扬起马鞭，马车驶过图利乌斯的尸体向远方奔去。

为了纪念图利乌斯为罗马作出的贡献，罗马人在幸运女神庙内建立了图利乌斯的巨大雕像。图利亚害怕父亲的阴魂会缠着自己不放，决定把雕像投到祭祀的火焰中烧掉。当她面无表情地来到父亲的雕像前时，雕像抬起一只手遮住了自己的眼睛，图利亚被雕像的举动吓得瘫倒在地，忙命人用布把雕像遮盖起来。从此以后，罗马进入到了一段恐怖的历史时期。

驱逐傲王

卢茨乌斯·塔尔库依尼乌斯当上罗马的国君后，取消了百人团、元老院和政府最高机构。为了建造庞大的建筑，他提高税赋，四下搜刮。和所有的暴君一样，他以为用巨大的建筑、胜利的战争和隆重的节日就可以把人民对他的仇恨掩盖起来，就可以让人民忘却以前的自由。然而，人民对暴君的反抗与日俱增。不过，也正是这些卢茨乌斯时代的建筑给罗马留下了不少美丽的传说。

卢茨乌斯·塔尔库依尼乌斯为了得到大量的金钱，不断地袭击拉丁姆地区的其他国家，在被占领的地区，他派人对当地隐藏的珍宝进行调查，然后再进行掠夺。

古罗马神庙

罗马（还有希腊）人把神庙建造得金碧辉煌，是为了表达对众神的尊敬，以求国家遭受不幸时能得到神灵的庇佑。

罗马人占领了伽比城，卢茨乌斯也照例在伽比城安排了代表，愤怒的伽比人并没有向罗马人屈服，他们驱赶了罗马国王的使者，但他们对罗马联盟还是十分忠诚的。卢茨乌斯恼羞成怒，他没有想到连小小的伽比城也会不安分守己，于是率领罗马军队征讨伽比城，谁知道竟被伽比人打得大败而逃。卢茨乌斯哪里会善罢甘休，可怎样才能再次占领叛逆的伽比城呢？

“如果硬拼，只会让伽比人更加仇恨罗马，所以只能智取，可怎么个智取法呢？”最后，卢茨乌斯想出了一个冒险的苦肉计，他把儿子赛克思吐斯暴打了一顿，直到儿子的全身被皮鞭抽得皮开肉绽为止。然后，赛克思吐斯去了伽比城，对伽比人可怜地哭诉父亲的残暴和虐待，希望能骗得伽比人的同情与信任。起初，伽比人并没有被罗马国王儿子假惺惺的眼泪和无耻伪善的姿态所骗，他们极力地排斥赛克思吐斯，但在赛克思吐斯全力诅咒父亲和极尽诡辩之后，伽比人还是给他留下了一块栖身之地。

赛克思吐斯十分聪明，尽管伽比人对他处处防备，要求苛刻，但在他的“努力”之下还是步步高升，直到被任命为军队总指挥。而且，赛克思吐斯还对伽比人信誓旦旦说要推翻残暴的罗马国王的统治，至此，伽比人对罗马儿子的防备之心彻底放松了。

看到时机已经成熟，赛克思吐斯派心腹前往罗马。卢茨乌斯·塔尔库依尼乌斯听到儿子在伽比城的消息后十分高兴，他把儿子派来的使者领到罂粟盛开的花园里，把花朵统统割下来。当使者困惑地把国王的“无言指示”转告给赛克思吐斯时，聪明的儿子立即明白了父亲的用意，父亲是指示自己对待伽比城里的关键人物像砍罂粟花一样砍掉他们的头。

对于父亲的指示，赛克思吐斯丝毫不敢怠慢，他在城内散布谣言，败坏那些头面人物的名声，然后再顺应群众的意思，把这些人抓起来判处死刑。就这样，伽比城里那些可以独当一面的人物不是被暗杀了就是被赶了出去。

没过多久，在卢茨乌斯的率领下，罗马军队来到了伽比城下，赛克思吐斯打开城门迎接父亲的到来，伽比人再一次沦落到罗马的残暴统治之下，大批大批的金银珍宝被运往罗马。

一天，正当罗马人用抢来的财物建造宫殿时，一条巨蟒的出现吓得人们魂不附体，卢茨乌斯更是心惊肉跳，他对自己篡夺来的王位非常紧张，于是决定派人去当时世界上最有名的德尔斐神庙，问此蛇到底是主凶主吉。最后，卢茨乌斯的两个儿子梯拖斯、阿宏斯和他姐姐的儿子卢茨乌斯·尤斯梯奴斯·布鲁图被派去遥远的德尔斐神庙。

三个人顺利地完成了卢茨乌斯交给的任务。

“阿宏斯，我们何不问一下父亲死后该由我们三兄弟谁来继承罗马王位呢？”梯拖斯别出心裁地向兄弟建议道。

阿宏斯对此也极其地感兴趣，二人得到的神谕是：“第一个亲吻母亲的人将获得罗马王位。”阿宏斯和梯拖斯不解其意，究竟谁会第一个亲吻到母亲呢？既然是神谕，那只有听天由命了，但兄弟俩发誓，绝不让留在罗马的赛克思吐斯知道这件事，这样，他们就少了一个竞争对手。

蹲在神庙角落的布鲁图在任何人眼中都是一个傻乎乎的人，他有着一副可爱的模样，胆小怕事，国王霸占了他的财产他却毫无反抗，宫廷里的所有人都认为

他是一个微不足道、毫无妨碍的人。卢茨乌斯派他到德尔斐神庙去，也只是为了使他的两个儿子在半路至少有个取笑的对象。其实，布鲁图是个聪明的人，他对国王舅舅的暴行极端仇恨，只是躲过了每个人的眼睛。听到神谕后，布鲁图领会了其中的喻意，当三人离开神庙的时候，他故意从台阶上摔了下去，双唇贴到了地面。

回到王宫后，三人得到消息，国王率罗马军队去征讨罗图勒人了，并留下命令，让三人回宫后迅速到前线参战。

罗图勒是个强悍的民族，尽管罗马军队从四面八方把京城阿尔特尔包围了起来，罗图勒人还是没有向罗马人屈服，而是顽强地抵抗着，罗马人一时难以攻下城池。

在这种持久战面前，卢茨乌斯的三个儿子觉得无聊，开始寻找乐子。

“亲爱的卡拉梯奴斯，听说你的妻子对你非常忠诚，不如我们三兄弟来和你打个赌，我们现在立即返回罗马，看谁的妻子对丈夫忠诚，谁就赢得这场比赛的胜利，将来攻陷了阿尔特尔城，城里的珍宝就给谁，你说怎么样？”赛克思吐斯对罗马将领卡拉梯奴斯将军说。

卡拉梯奴斯将军本对这种事极其反感，他从来不怀疑自己的妻子，更没有必要怀疑别人的妻子，但在三兄弟尖刻的嘲笑下，他还是与三兄弟一起深夜回到了罗马。

在国王的宫殿里，三兄弟的妻子们正大摆宴席，乐师们来来回回地吹奏献艺，赛克思吐斯气得大骂一阵，驱散了宴会。然后四个人来到了卡拉梯奴斯家里。

卡拉梯奴斯的妻子卢克蕾茨亚正在客厅里纺线，国王的三个儿子只好认输，四个人又风尘仆仆地赶回了前线。

第二天深夜，赛克思吐斯悄悄地回到了罗马，他被美丽的卢克蕾茨亚迷住了。当他出现在卡拉梯奴斯的家里时，柔弱的卢克蕾茨亚惊呆了。卢克蕾茨亚是个善良贤惠的妻子，当被赛克思吐斯蹂躏后，她派人给丈夫、父亲和布鲁图送去消息，然后用一把尖刀结束了自己的生命。

三个男人赶到现场时，卢克蕾茨亚已经惨死。布鲁图颤巍巍地从卢克蕾茨亚胸口拔出尖刀，一改往日傻乎乎的模样，眼睛里充满了愤怒。他来到广场上，对早已围在那里的人们进行了一场伟大的演说，他号召人们起来反抗暴君的统治，“打倒暴君”的口号响彻宇宙。

起义开始后，人们占领了王宫，因为罗马城内的军队都在阿尔特尔前线，罗马城很快被起义军占领了。布鲁图还率军开赴阿尔特尔前线。卢茨乌斯见大势已去，带领两个儿子逃到了伊特卢利阿，赛克思吐斯则因罪恶累累被永久留在了伽比城。从此，罗马改制成共和制，经过元老院和百人团选举，布鲁图和卡拉梯奴斯成了罗马的第一批最高行政长官。

布鲁图之死

当罗马暴君卢茨乌斯·塔尔库依尼乌斯被推翻时，罗马人并没有夺取国王性命，使得他能够顺利逃脱。然而，卢茨乌斯并没有对罗马人民的宽容产生感激，相反，他在栖身国伊特卢利阿的克罗西乌姆城时刻都在关注着罗马国内的情况，甚至急切地想着复仇，想再次登上罗马王国的宝座，想成为意大利的主宰。

受自尊心的驱使，卢茨乌斯并没有煽动伊特卢利阿对罗马发动战争，尽管克罗西乌姆的国王泼尔塞纳对他非常支持。卢茨乌斯希望凭着自己的力量逐步实现自己的复仇大业。

卢茨乌斯虽然是个暴君，但在罗马国内他也有相当一部分追随者，这其中就包括布鲁图的儿子和卡拉梯奴斯的侄子们。卢茨乌斯正是想凭借这批力量以实施自己的计划。

一切都按着卢茨乌斯的计划进行着，看一切准备就绪，卢茨乌斯派使者到罗马城索要自己的财产。罗马人民和行政长官答应了归还国王的财产，甚至愿意尊重他的王国体制，把罗马王国还给他。

但是，使者来到罗马城的任务并不只是这些，这些只是明里的表象而已，卢茨乌斯交给他们的实际任务是暗地里进行密谋，以推翻行政长官的统治。

国王的使者很快与罗马城里的那些王国体制的拥护者取得了联系，并相约在一个拥护者的家里聚会议事。那天，那家的其他人员都被安排到田地里劳动去了。国王的拥护者聚在一起，排成一队人马向家里走来。事也凑巧，去田地里劳动的一个奴隶发现自己忘带了工具，当他回到家里取了工具刚要出门时，发现包括他的主人在内的一群人正要进屋。这个奴隶怕主人会因自己的疏忽而责备自己，忙躲进了一个衣橱里。

“大家都是国王的拥护者，我们的国王在奸人的陷害下背井离乡，但他却时刻关心着大家，希望我们大家共同努力，恢复以前的罗马辉煌。”奴隶从衣橱的缝隙里把外面发生的一切看得真真切切，布鲁图的几个儿子正把一些信件递到一些人的手上，这些人之中有卡拉梯奴斯的几个侄子，他们刺破手臂上的血管，让血滴到一只酒杯里，然后每人喝了一口。这个奴隶马上明白了这些人的企图，他们是想颠覆罗马共和国啊。

百人团执政官布鲁图青铜雕像

古罗马人经常在公共场所或圣所为他们的首领塑像，以此来抒发敬仰之情。百人团第一任执政官布鲁图，在推翻傲王卢茨乌斯专制统治中功不可没，古罗马人为了表示对这位贵族的敬意专门制作了此雕像来纪念他。

当这群人走了以后，这个奴隶在衣橱里发呆了好一阵子，怎么办呢？该不该把主人的这一计划说出去呢？最后，他走进了普泼利乌斯·法莱利乌斯的家。普泼利乌斯是一个律师，由于为民众赢得了很多官司，深得民众的爱戴，他的客厅里常常聚集着一群罗马的无产者。这个奴隶把自己的遭遇告诉了普泼利乌斯，希望他能为自己拿个主意。这个穷人的律师立即把这一消息向罗马最高行政长官作了报告。

得到消息的布鲁图立即派人搜查了国王使者的住所，在那里搜到了相关罪证。布鲁图的内心大为震惊，他没有料到自己的儿子竟会卷到背叛自己的事件中去。对国王的使者，罗马人没有裁决的权力，因为他们享有特别优待权，但布鲁图将如何对待自己的儿子们和背叛罗马共和国的罗马人呢？

第二天，谋反案件由两个最高行政长官——布鲁图和卡拉梯奴斯在罗马广场公开审理，罗马人很早就来到了广场，广场被围得水泄不通。人们争先恐后地向台上看，叫喊声、咒骂声、口哨声响成了一片。

布鲁图的脸阴沉着，面对两个儿子，他实在无法想象他们竟会背叛自己。他高高地举着手里作为罪证的信件，高声对台上的两个儿子说："梯掩斯和台伯里乌斯，告诉你们的人民，你们是自愿参与谋反的吗?"

没有听到任何回应，布鲁图的脸更加昏暗了，他直视着两个儿子，像是要把他们融化到自己的骨子里一样，片刻之后才缓缓地说："沉默即代表你们承认你们的罪行了，梯掩斯和台伯里乌斯，你们虽然是我的儿子，但我不能为了你们而对不起罗马的人民。你们先被判处斧劈刑，处死前先行鞭刑。请执行命令吧。"

台下的人们嘘成了一片，但他们并没有在布鲁图眼里看到悲伤，作为父亲的布鲁图瞪着眼睛，如同一尊僵硬的雕像。当他的两个孩子的脑袋滚落到石板上时，他没有低头看上一眼。多么无情的一个父亲啊，可又是多么伟大的一个父亲啊。

接着，布鲁图转过身，对其他的谋反分子说："你们知罪了吗?"

一阵沉默，没有任何声响。

人们已经意识到下面要发生的事，垂下目光，等待那一刻的到来。

卡拉梯奴斯并没有布鲁图的铁石心肠，他是多么希望能救下自己的侄子们啊，那是他姐姐的孩子啊，如果侄子们有个三长两短，他是多么无颜面对自己的姐姐啊。

"我希望能动用向全民请示的权利，请求最高行政长官宽恕我的侄子们，他们只是一时受国王体制的迷惑，被国王的花言巧语打动了，他们还只是个孩子，无能力辨别是非。而且，我们答应过归还国王的财产，这正好误导了他们，亲爱的布鲁图，请考虑到这一切，饶恕这些孩子们吧。"

广场上已经哭成了一片，人们同情这些年轻人，但并不是同情那些出卖国家的人。最后，关于宽恕的请求遭到了拒绝，谋反的叛徒得到了应得的下场。

一直如雕塑般的布鲁图终于抑制不住内心的悲痛，大滴大滴的眼泪顺颊而下。为了赢得罗马人的信心，他失去了仅有的两个儿子，在布鲁图看来，这又是必须割舍的。而卡拉梯奴斯则惭愧地辞去了最高行政长官的职务。普泼利乌斯作为罗马的有功之臣，接替了卡拉梯奴斯的职务，还被元老院接纳为平民委员。为了区别贵族委员，平民委员被称为"写上去的人"。

经过这一事件，国王的财产被民众瓜分了，土地归于国家，憎恨国王的人们再也不打算宽恕傲王卢茨乌斯。

卢茨乌斯也同样被罗马人激怒了，他不想求助于强大的泼尔塞纳，而是想方设法地说服塔尔库依尼人对罗马进行征讨。维几人曾数次输给罗马人，经过挑唆，便组成军队与卢茨乌斯招募来的军队汇合一处，浩浩荡荡地向罗马推进。

布鲁图率罗马军队迎战，然而，当他冲锋陷阵时，被卢茨乌斯的一个儿子杀害了。罗马人在普泼利乌斯的率领下继续战斗。夜幕降临的时候，双方还是不分胜负。

夜深了，一个洪亮的声音在战场附近的树林里回荡着："胜利是属于罗马的，卢茨乌斯的军队里多伤亡了一个人。"卢茨乌斯派人到树林里找寻声源，却怎么也找不到。

难道这是神的声音吗？难道是神又在保护着罗马吗？

卢茨乌斯的士兵们惊恐万分，他们不敢重上战场，怕触犯神威。维几人则趁着黑夜撤回了本国。

罗马人虽然再次取得了胜利，但却付出了巨大的代价，为了纪念罗马的第一任最高行政长官布鲁图，罗马妇女们穿了整整一年的孝服。

独眼人归来

卢茨乌斯企图恢复罗马王制的第一次战争失败了。在这次战争中，罗马失去了一位伟大的人物，自由的缔造者——布鲁图。卢茨乌斯对于这次的失败虽然很是气恼，但见群龙无首，于是又开始策划了第二次进攻，他决定请求克罗西乌姆国王泼尔塞纳的支持。泼尔塞纳本来不想与罗马人民为敌，不过还是禁不住卢茨乌斯的鼓动，最终决定投入战争。

克罗西乌姆人属于图斯克人，他们有一支庞大的军事力量，装备精良，号称永不战败之师。在泼尔塞纳的率领下，这支军队浩浩荡荡地朝着罗马进发。看到来势汹汹的敌人，罗马军队没有正面抗击，而是隐藏在坚固的罗马城墙后面，以伺时机。

泼尔塞纳命令图斯克人抢占台伯河对岸防守薄弱的亚尼库罗姆山的制高点。赛尔维乌斯墙在靠台伯河附近空出了一段，从亚尼库罗姆山脚下可以直通罗马城，如果克罗西乌姆的军队从台伯河左面合适的地方发动进攻的话，罗马城将很快被攻下，但他们没有。就这样，罗马城得到了片刻的喘息之机。

亚尼库罗姆山上的罗马守军面对强大的攻势毫不畏惧，可是，毕竟兵力相差悬殊，图斯克人很快就兵临罗马城下。只要泼尔塞纳率兵过了城前的一座桥，那么攻克罗马城就如囊中取物了。

为了保存实力，罗马军队争先恐后地从桥上撤向城内，泼尔塞纳的军队趁机向桥上冲来。情况危急，眼看敌军就要上了桥，罗马人慌作一团。

这个时候，如果没有一位能担起责任的英雄出现，罗马将毁于一旦。罗马是受众神护佑的，所以，众神同样安排了这么一位能拯救罗马的英雄适时地出现。

罗马建筑一角

今天的罗马保留下的古罗马时期的建筑已然不多了，但这些为数不多的建筑里依然能显见古罗马人匠心独具的精巧细腻的建筑工艺。

贺雷梯乌斯是步兵队的老兵，他曾参加了罗马对伽比的作战。在战争中，他冲锋陷阵，英勇无比，在战争快结束时却不幸失去了一只眼睛。后来，人们习惯叫贺雷梯乌斯“库克莱斯”，即“独眼人”的意思。

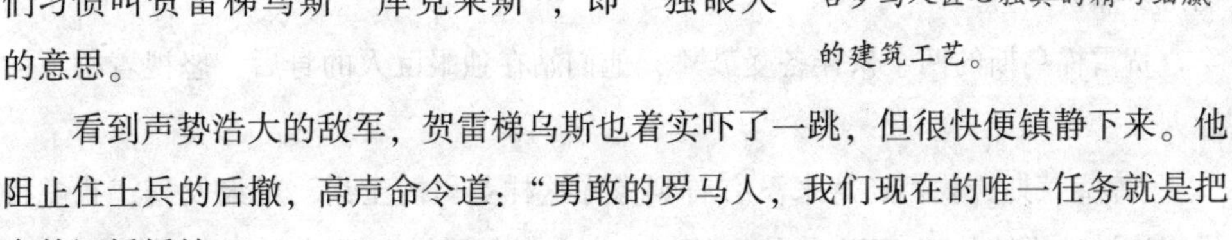

看到声势浩大的敌军，贺雷梯乌斯也着实吓了一跳，但很快便镇静下来。他阻止住士兵的后撤，高声命令道：“勇敢的罗马人，我们现在的唯一任务就是把台伯河桥拆掉。”

听到这位普通士兵的命令，很多人表示了怀疑。看到士兵们无动于衷，贺雷梯乌斯拔出刀，脸上出现了令人畏惧的神情：“你们可以不服从我的命令，但你们不能不服从我这把刀的命令。”

“可是，可是，敌人会等我们顺利地拆除台伯河桥吗？他们会想方设法阻止我们行动的。”一个士兵胆怯地对独眼人说道。

贺雷梯乌斯哈哈大笑起来：“你是多么的聪明啊，可我们必须在敌人过桥之前拆掉这座桥，你们只需按我的命令行事，如果谁妄想先逃进城，谁就会成为这把刀的试刀石。”

面对不是统帅的统帅，士兵们依然迟疑不决。

这时，两个士兵走到贺雷梯乌斯眼前，鼓足勇气说：“好吧，库克莱斯，我们愿意听从你的命令，和你一起战斗。”

贺雷梯乌斯坚毅地点着头，没有露出半点怯敌之色。受独眼巨人的感染，他的两个伙伴也信心百倍。三个人调转头，把刀剑当利斧，用长矛做撬棒，不一会儿，台伯河前的小木桥被拆除了。

像罗马人预料的那样，敌人并没有眼睁睁地看着桥被拆除，克罗西乌姆的军队蜂拥而上，冲上台伯河桥。面对强大的敌人，贺雷梯乌斯和他的两个伙伴显现出了惊人的镇静。他们一字排开，奋力抵抗着敌人的进攻。克罗西乌姆军力虽多，但桥上的地势是一夫当关，万夫莫开，每排只能通过三四个人，而这三四个人刚走上桥来，便成了贺雷梯乌斯的刀下鬼。罗马人飞舞着利剑，闪电般地攻击着敌人。

图斯克人做了很大努力，一直没能占领台伯河桥，死在桥上的士兵已经堆成了山，后面的士兵更是难以靠近台伯河。泼尔塞纳命令图斯克人搬运死者的尸体，然后再向桥上冲。这样来来回回好几次，图斯克人还是没能冲上台伯河桥半步。

看到眼前又堆积如山的敌人的尸体，贺雷梯乌斯仰天大笑道：“敌人的血才使得我的剑变得更加锋利。泼尔塞纳，命令你的士兵们冲上前来吧，我会让他们死得更痛快一些。”

贺雷梯乌斯的两个伙伴备受鼓舞，他们站在独眼巨人的身后，怒视着桥下的敌人。

“库克莱斯，我们还从来没有看到像你这样英勇的士兵，对天发誓，我觉得你应该被选为统帅。”两个伙伴中的一个高声对贺雷梯乌斯说。

贺雷梯乌斯没有转过头来，他的话语中带有命令的口气：“伙伴们，我已经听到台伯河桥发出了报警声，如果你们相信我的勇气，赶快离开这里，再犹豫已经来不及了，这里有我一个人已经足够了。”

望着桥头迟迟不敢行动的敌人，两个伙伴欣然从命。虽然他们很想留下来与贺雷梯乌斯并肩作战，但他们相信独眼巨人对付这些已经丧胆的敌人绰绰有余。

敌人尸体再一次被清除了，又一轮激烈的进攻开始了。虽然这次的对手只有一个人，但图斯克人的运气并不比第一次好。一排排的人倒下了，一排排的人又冲了上来。

贺雷梯乌斯再勇猛，也抵挡不了万马千军的来回冲击。他一步步地向后退却，敌人一步步地向桥上逼来。突然，贺雷梯乌斯身后一声巨响传来，台伯河桥在罗马人的努力下终于断裂了，碎片随台伯河的急流瞬间消失了。

敌人沮丧着脸，贺雷梯乌斯却欢呼着，终于完成了任务。他朝敌人吹了声口哨，然后纵身跃进滔滔的台伯河中，在岸上迎接他的是孤军奋战的罗马人民。

莫茨乌斯和克雷利亚

对罗马速战速决的计划失败后，泼尔塞纳命令图斯克人攻打亚尼库罗姆的罗马部队，自己率领主力向北推进。图斯克人跨过台伯河和阿尼奥河，来到了罗马城下，把罗马城围得水泄不通。罗马与外界的联系被切断了，罗马城面临着生死存亡的时刻。

乱世出英雄，在七座山城最艰难的时刻，站出了英雄贺雷梯乌斯，同样也造就出了像莫茨乌斯和克雷利亚这样的英雄人物。

莫茨乌斯出身贵族，面对图斯克人的围势，他心急如焚，怎样才能迫使敌人后撤呢？最后，莫茨乌斯想出了一个大胆的计划，那就是刺杀泼尔塞纳国王。

勇敢的年轻人不知从哪里找来了一套克罗西乌姆士兵的军装，虽然穿起来小了点，但战场上衣不合身的士兵有的是，莫茨乌斯相信这一点并不会影响图斯克人对他的怀疑。他把一把匕首藏在胸前的衣服里，然后趁夜幕降临的时候悄悄来到克罗西乌姆的大营。

这天正好是图斯克士兵发军饷的日子，军营里乱哄哄的，人们相互拥挤着向布置华丽的中心大营走去，莫茨乌斯混杂其中，没有任何人会想到一个罗马人会在他们中间，否则那该是如何一个景象呢？

在中心大营，士兵们排成一队缓缓前行。最前方两把椅子上坐着两个人，一个人一边唠叨着一边把铜钱发给士兵，另一个人则在一旁一声不响地打量着领铜钱的士兵。莫茨乌斯毕竟还年轻，他认定了那个发铜钱的人就是国王泼尔塞纳。目标离莫茨乌斯越来越近了，他在心里祷告着。当他毫不犹豫地把匕首刺向那个发饷钱人的胸口时，他才知道自己是多么的愚蠢。自己那没有颤抖的手臂竟然因年少无知而没有完成使命，想到此，莫茨乌斯痛恨不已，但已经被束紧的双手没有办法再刺出第二刀了。

“年轻人，这计划是只有你一个人还是你只是其中之一呢？”泼尔塞纳对被

捆在眼前的莫茨乌斯笑着问道，以此来缓和敌我矛盾。

“告诉你，还有很多像我这样的人准备行刺你，他们不会像我这么头脑简单，所以你要时刻提防你的脑袋。”为了吓唬泼尔塞纳，莫茨乌斯大声地叫嚣着。

泼尔塞纳显然很希望能了解更多的情况，他把身体向莫茨乌斯挪了挪：“是吗？如果你能把更多的情况报告给我，我会当场让你获得自由。”

莫茨乌斯拒绝地摇摇头：“克罗西乌姆国王，你想错了，既然我有胆量来刺杀你，就没有想过要活着回到罗马，为了罗马全城的自由而牺牲，我觉得值得。”

泼尔塞纳哈哈大笑起来，他端坐在椅子上，威胁说：“是吗？我有办法让你把全部的秘密告诉我，如果你现在改变主意还来得及。”此时，早有士兵把一盆燃着的木炭端到中心大营里。

莫茨乌斯明白了泼尔塞纳所指，他毫无惧色地说：“你可以把我活活烧死，但勇敢的罗马人不劳你大驾。”说着，莫茨乌斯伸出右臂。熊熊的烈火窜到他右臂的衣衫上，最后他的右臂化成了一段残肢。莫茨乌斯脸上的汗大滴大滴地向下掉，却没有喊一声痛。中心大营里的图斯克人嘘成了一片，他们惊愕地张大了嘴巴，望着眼前这个为了自由而不惜献身的罗马人。泼尔塞纳也被眼前这个年轻人震撼了，这个乳臭未干的小伙子在没有国王命令的情况下，竟敢做出如此大胆的尝试，这是怎样的一个民族啊！

出于对莫茨乌斯的敬慕，泼尔塞纳把他送回了罗马，并愿意与罗马人进行和平谈判。莫茨乌斯受到了罗马人的热烈欢迎，罗马人还亲热地称莫茨乌斯为“斯策沃拉”，即“左手”的意思。

根据最初的谈判，图斯克人撤出亚尼库罗姆，而罗马人需要向图斯克人送十二名贵族姑娘作为人质。为了表示诚意，罗马人把十二名贵族姑娘送到了对方的军营。

在这十二名人中，有一个姑娘叫克雷利亚，她不堪忍受被拘押的耻辱，说服了其他姑娘逃离敌营。在克雷利亚的带领下，姑娘们骗过了守卫，一起跳进了台伯河。当图斯克人发现她们的逃跑意图，威胁她们游上岸来，并不断地向台伯河里射箭、投掷石块，姑娘们不为所动，拼死向对岸游去。

罗马人纷纷赞扬姑娘们的勇敢，但元老院为了能取悦对方，以使谈判取得成果，最终还是把这十二个姑娘送了回去。

“难道你不怕死吗？”泼尔塞纳阴沉着脸问罪魁祸首克雷利亚。

克雷利亚正视着泼尔塞纳：“作为罗马的儿女，我有什么资格怕死呢？罗马将永远是一个伟大的民族。”

泼尔塞纳阴沉着的脸露出了笑意，愤怒的神情不见了：“勇敢的罗马姑娘，你的勇敢可以使你与许多男子相媲美。我宣布你将获得自由，而且你可以挑选几个人质，回到你神圣的国家去吧。”

没过多久，泼尔塞纳没有提出任何条件便率军撤出了拉丁姆地区。

卢茨乌斯企图依靠图斯克人帮助他重登王位的希望彻底破灭了，于是，他又求助于拉丁城图斯库罗姆的支持。在此执政的是卢茨乌斯的女婿，所以，他很快又组织了一支队伍征讨罗马。

双方在勒基罗斯湖旁展开激战，很长时间都相持不下，最后在神的介入下，战争才分出了胜负。此后，罗马时代的最后一个国王傲王卢茨乌斯败走库麦城，不久绝望而死。

和平演说

随着卢茨乌斯的死去，罗马的王权复辟势力被彻底消灭了，随之而来的却是另外一种更大的威胁。

布鲁图任行政长官期间，被傲王废除的赛尔维乌斯宪法又重新获得了尊重，贵族们在这一法律中找到了为自己服务的文字，其实他们并不注重宪法的精神实质。元老院与百人团的矛盾日益尖锐，百人团会议上颁布的每一项法律，如减轻赋税、取消债务法等都遭到了元老们的极力抵制。在罗马监狱内，严刑拷打和威胁逼供的情况比比皆是，元老们对此却熟视无睹，平民们因此怨声载道。像火山爆发前一样，平民们的怒气如同翻涌着的岩浆，只要开一个小口，他们便会喷薄而出。

一天，罗马广场上出现了一个衣衫褴褛的人，他大声地叫喊把一大群人吸引到了广场上。看到眼前的青年穷困到如此地步，人们纷纷向他投去同情的目光。

年轻人看到广场上的人越聚越多，似乎达到了他的某种目的，便站到广场上的最高点，高声说道：“居民们，你们一定想问我为何会落得如此落魄吧。你们一定不相信，我曾经是一支军队的首领，我的军队在勒基罗斯湖畔打败了傲王卢茨乌斯的进攻，可结果又怎样呢？”

年轻人越说越激动，脸涨得通红，声调又提高几度："当我回到我的家乡时，看到整个村庄都被夷为平地，荒无人烟，我只得举债以维持生计。由于我没有能及时地归还债务，数次被送进监狱，你们看，这就是我在监狱留下的伤痕。"

演说者 德拉克洛瓦 法国

纳尼乌斯向平民演说目的是使他们以国家民族为重，和代表贵族利益的元老院协调矛盾，促进团结，致力于罗马的和平。

说着，年轻人脱掉上衣，露出背上的累累鞭痕，围观的居民们开始喧哗了。

"但是，我还是以自己的劳动还清了所有债务，虽然我身无分文，但我是磊落的。不过，我要诅咒罗马的这些残酷的法律。"年轻人扬起他的右手接着说。

人群愤怒了，他们也开始用各种语言攻击这些残酷的法律。闻风赶来的贵族元老们看到群情激昂的人们吓得惊慌逃走。居民们的暴动很快发展为起义。他们冲进监狱，释放那些被拘押的人，债务人戴着脚镣和铁链也参加到起义中来。

从平民中选举出的最高行政长官普泼利乌斯·赛尔维利乌斯看到愤怒的势不可挡的民众起义时也震惊了，但他很快恢复了平静，走到民众中间，高声对自己昔日的同伴们说："居民们，任何人都不会再因债务而纠缠你们，你们只需要安静地等待元老院颁布的新指示，我相信元老院会给大家一个满意的答复的。"

由于普泼利乌斯出身平民，他的话使大家稍微平静了一些。

第二天，正当元老院举行会议讨论有关债务和刑罚时，佛尔西安人的军队迫近罗马。面对内外的困境，最高行政长官们号召人们参加到保卫罗马的战斗中来，并许下诺言，一切合理的要求在战争结束后都能得到满足。

善良的人们相信了最高行政长官们的话，而且他们也不能眼睁睁地看着罗马陷落到外族之手。但是，佛尔西安人被打退后，元老院没有做出任何改变现状的新指示，这也就意味着最高行政长官们的诺言等于零。

平民们又一次愤怒了，平民出身的士兵们也愤怒了，他们掌握着武器，但他们却不能把武器指向自己的同胞，虽然他们心里对那些出身高贵的同胞极其的不满。这时候，一个叫策尼乌斯的人走到士兵队列的前方："我们深爱着罗马，但我们实在不能再待下去了。我们应该选择一个合适的地方建立一座更新、更好的罗马。我们还要把一切有益的东西带走，包括我们的妻儿、古老的传统法律，一切有害的东西则都留给库依律奴斯吧。"话音刚落，掌声雷动，更多的人聚过来，大家开始讨论迁移的地点，最后，阿尼奥河畔的圣山成了最佳选择。

平民离开了，罗马城内的街道顿时失去了往日的繁华，手工业和商业没有了，留下来的人的正常生活也被打乱了。元老们和贵族们大惊失色，如果这种情况被敌人发现，那么罗马将很快成为被食的猎物了。形势不由得紧张起来。

经过协商，元老和贵族们不得不对平民作出了让步，他们决定设立护民官，护民官不需穿官袍，但他们几乎拥有和最高行政长官一样的权力，如可以宣布任何针对平民的法律无效，可以介入正在审理的案件，阻止执行判决等。此外，元老会还决定降低利息，释放一切因债务被拘押的人。但是，由谁来把这些决议传达给已经移居圣山的平民们呢？而且，这个人要有足够的号召力把平民们从圣山上招回来。最后，演说人麦纳尼乌斯·阿克律帕成了元老和贵族们一致推举的最佳人选。麦纳尼乌斯来到圣山，看到丛林之中拔地而起的新建筑，不由得被平民们这种重建家园的惊人速度而折服。但人们对麦纳尼乌斯的到来却显得非常冷淡，无论他如何宣传新法律的优点，人们总是对此漠不关心。平民们相信，无论他们走到哪里，凭着勤劳的双手，他们都能打造出一片新天地。

不管人们是否在听他的演说，麦纳尼乌斯还是给大家讲了一个胃与其他器官的故事："身体上的所有器官都对胃非常反感，在它们眼里，胃只会接纳和享受它们通过劳动而获的成果，多么懒惰的家伙啊。于是，它们开始罢工，目的就是想使胃受到惩罚。腿、手、嘴甚至牙齿都停止了劳动。就这样，持续了一段时间后，它们发现各自的力气都变小了。这时候它们才意识到，如果把胃饿死了，它们也就随着消失了。胃并不是懒惰的家伙，而是它们共同的生命之源。此后，这些器官们开始理智起来，重新为胃供应食物，整个身体才又恢复了健康。"麦纳尼乌斯提高了声音，深有感悟地对居民们说："我们虽然痛恨元老院，但他们是治国中枢，而我们就是那些器官，只有我们大家相互协调，在积累经验的过程中

不断进步，罗马才会有所进步啊。”

一番话，使平民们放弃了原来的固执，大家随麦纳尼乌斯重新回到了罗马。

母亲的力量

在与佛尔西安人的战斗中，罗马涌现出了一位出身贵族的英雄——伽尤斯·玛尔策乌斯。在他的带领下，罗马军队一举夺取了柯里奥利城。从此以后，玛尔策乌斯被称为柯里奥郎。

当柯里奥郎从战场上归来时，罗马人给了他至高的荣誉，人们围着他欢呼，把一枚枚的奖牌挂在他的胸前。而我们的这位英雄并没有因为这些荣誉而欣喜若狂，当他再次回到罗马城时，看到了护民官与最高行政长官并存的现象。要知道，这对他的心灵将是怎样的折磨啊。从他注定成为贵族的那一刻起，他就认定，贵族和所履行的职责不是为了顺应权力欲望，而是顺应了上天的意志。平民们不但违背了上天的意志，而且还把护民官的人数从四个升为六个，最后又上升到十二个。对于罗马这个众神保护着的国家来说，怎么会出现这样的现象呢？一切保持原样，那该多好啊。

不管事情怎么发展，柯里奥郎都无法接受这个事实。贵族是神任命的，他认为，谁如果破坏了传统，谁就动摇了罗马古老秩序的基础。更使他无法忍受的是，平民们竟敢以巨大的暴力冲击把贵族和平民隔离的神圣的围墙，甚至要求各阶级的居民可以自由通婚、设立平民祭司、选举平民最高行政长官等。

柯里奥郎心中充满了抱怨：“神圣的古罗马已经被平民压倒了，这些可恶的人将会把罗马彻底毁灭。难道除我以外的贵族们都没有看到情况危急吗？”

其实，所有贵族都是以一种强抑的愤怒来静观平民们的各种活动。人民的力量是巨大的，虽然贵族手里掌握着政权，但他们并不能一味地按照自己的意愿行事，尤其是在人民觉悟的时候。

长年的对外战争，使罗马城内经济形势每况愈下，大片大片的土地荒芜，国库里虽然有成堆的铜板，但却不能求购到粮食。饥饿的人们开始在街道上大发牢骚了。

也许天上的众神在考验罗马的时候，也给了罗马解决的办法。这个时候，罗马出现了一位救星，他答应免费提供一个船队的粮食。对已经到绝望边缘的贵族和元老们来说，这无疑是雪中送炭。粮仓又注满了粮食。

古罗马壁画：祭献神祇

在古代，由于人们对世界了解得不够深刻，他们往往把很多自然现象归结于神灵的作用，于是为了拥有安静和谐的生活环境，祭祀神灵成了一项隆重的仪式活动。

柯里奥郎终于等来了机会，他向元老院建议，只有当平民放弃设置护民官时，他们才能得到粮食。为了重新实现他的信念，柯里奥郎还和他的拥护者来到大街上，向平民们宣传他的要求和主张。

好不容易才获得一些权利的平民们愤怒地涌到大街上，他们对正在张牙舞爪说服人们的柯里奥郎一顿拳打脚踢。这位在战争中屡立战功的英雄被自己国家的人们打得头破血流，悲哀啊。

在平民的要求下，柯里奥郎被元老院交给了护民官。元老们虽然也对平民恨得咬牙切齿，但他们也觉得柯里奥郎与平民为敌的倾向太过明显，如果对他太过袒护的话，元老院恐怕也会成为平民攻击的对象了。

作为平民的代表，护民官西策尼乌斯提出了对贵族们的控告，演说家麦纳尼乌斯·阿克律帕为被告担任辩护。在辩论中，西策尼乌斯并没有提到柯里奥郎关于取消护民官的提议，而是针对柯里奥郎侵吞属于国库的财产（征讨佛尔西安人所缴获的物品）进行起诉。

尽管麦纳尼乌斯曾以胃和身体各器官的寓言把平民们从圣山上招回，而且这次在辩护中的语言也相当精彩，但柯里奥郎最终还是被判决终身放逐。

贵族们为他们失去一位维护者而痛哭流涕，平民们则兴高采烈地庆祝又一个胜利。

柯里奥郎是可悲的，他告别了他的母亲、妻子和孩子，在平民的声讨中离开了罗马，来到了佛尔西安人的首都安提乌姆。虽然柯里奥郎曾以罗马统帅的身份打败了佛尔西安人，但佛尔西安人还是很乐意接受这个有着丰富战争经验的罗马

人。在安提乌姆，他受到了热情的款待。

一个人，即使他恨所有的人，也不能恨他的祖国，而柯里奥郎的错误就在于，为了报复强加给他耻辱的罗马人，他决心毁灭罗马。在这个愤怒者眼里，罗马是他的祖国，更是他的敌人。

佛尔西安人对于柯里奥郎借兵讨伐罗马的请求没有半丝犹豫，他们是多么希望罗马能毁在罗马人的手中啊，他们似乎已经看到了神圣罗马被践踏得体无完肤。

机会是无处不在的。不久，罗马人因为柯里奥郎在安提乌姆住下来对佛尔西安人产生不满，在一次看表演的过程中竟然把佛尔西安人从舞台上赶了下去。

罗马人的这一行为大大激怒了佛尔西安人，在柯里奥郎的率领下，佛尔西安人开始发动了对罗马的进攻，并很快占领了拉丁平原上的许多村庄。身为贵族的柯里奥郎，对占领区的贵族区一律加以保护，而对平民区采取的措施则是夷为平地。

还没有来得及做战争准备的罗马人对柯里奥郎疾风暴雨般的进攻大为惊恐，抱有一线希望的罗马人派元老院的代表去游说曾经是罗马英雄的柯里奥郎。代表们费尽口舌，可最终还是没有动摇柯里奥郎推翻罗马的决心："滚回去吧，元老们和祭司们，我本想为你们讨回众神给你们的权利，但你们却和那些贱民沆瀣一气。不要以罗马是我的祖国而说服我，我相信，罗马必将消失在熊熊的烈火之中。而你们，也必将随着罗马而一起毁灭。"

元老们回到罗马，把柯里奥郎的回答向全体罗马人作了重复。

"请神圣的罗马宽恕我的儿子吧，让我去劝说他，我是他的母亲，同祖国站在一起的母亲一定会使儿子回心转意的。"柯里奥郎的母亲在众怒中向元老院发出请求，之后还有柯里奥郎的妻子和孩子。

柯里奥郎的面前站着两个女人，一个是养育他的母亲，一个是他至爱的妻子。

"孩子，难道你要用最后的行动破坏你的高尚吗？罗马并没有忘记你作为英雄为罗马所做的一切。如果你决意要占领罗马，那请你先从你母亲的尸体上踏过去吧。"母亲老泪纵横地对儿子说。

"还有我，如果你甘心做一个叛徒的话，你也将从我的尸体上踏过。"妻子深情地望着丈夫。

躲在母亲衣服下的儿子对父亲嚷道："你是不会杀我的，等我长大了，我会跟你清算你的暴行。”

柯里奥郎并不惧怕流血和屠杀，但在爱和温情下却战栗得发抖。他弯下腰，把扑倒在脚下的母亲扶起来：“母亲，如果我撤兵，我就违反了与佛尔西安人立下的军令状，等待你儿子的只有死路一条，难道你真的愿意眼睁睁地看到自己的儿子客死他乡吗?”

“可是，孩子，我爱你，罗马的女人也同样爱她们的孩子，我只有一个儿子，可罗马城里这样的儿子还有很多很多。”母亲抚摸着儿子的头发，亲吻着儿子熟悉的脸颊。

柯里奥郎望着母亲、妻子和孩子，沉默了许久，然后绝望地地摇了摇头：“母亲，你救了罗马，可你却失去了你亲生的儿子。”

第二天，柯里奥郎指挥佛尔西安人撤离了罗马。

护民官之死

贵族们拥有大量的土地，而他们占有的这些土地无需缴纳赋税，于是财富越积累越多，这也正是贵族们的经济支柱。长此以往，就造成了严重的两极分化，贵族永远是贵族，平民则永远为平民。

在这一时期罗马的历史上，平民们曾取得一系列的辉煌胜利：护民官的设立、柯里奥郎的放逐……平民们几乎每天都在为各种胜利而进行庆祝。

在这一系列辉煌胜利的映衬下，平民们觉得夺取贵族权力的时机已经成熟，纷纷要求护民官采取行动。

当时，罗马的最高行政长官是斯波律乌斯·卡西乌斯，这是一个对新生事物十分开明的人，他虽然出身贵族，但对平民素来就有好感。在护民官的说服下，斯波律乌斯·卡西乌斯向元老院提出了耕地法的提案。耕地法规定，贵族们所占有的土地和平民的一样，必须缴纳使用税，如果不缴纳赋税，土地将被收归国有。

自从罗马有等级制度而来，贵族们还没有受到过如此的“礼遇”，他们一直是高高在上的上等人。和柯里奥郎的想法一样，在他们看来，所有的平民都是为他们服务的，贵族与平民都是在还没有等级之前众神就已经安排好了的。而这种

安排是生生世世的，是任何人任何权力都无法改变的。而这一切，却要因为一些微不足道的平民的言论而改变，对于那些享受着特权的贵族来说，是无论如何也接受不了的。

元老院百人团会议

随着贵族与平民在耕地法问题上矛盾的激化，同情平民的斯波律乌斯·卡西乌斯站在了平民一边，贵族们无法容忍出身贵族的最高行政长官的背叛，审判并罢黜了他，最后处死了他。

贵族们愤怒了，他们反对斯波律乌斯·卡西乌斯关于耕地法的提议，但并不敢太过于张狂。他们不想因挫败不忠诚于自己阶级的最高行政长官而再次引起平民起义，否则贵族占统治阶级的时代可真的要一去不复返了。

在百人团会议上，贵族们迟迟不对耕地法进行表决。他们知道，斯波律乌斯·卡西乌斯虽然在贵族中不占优势，但他那最高行政长官的表决权却具有相当大的效力，所以，贵族们的阴谋是先罢黜斯波律乌斯·卡西乌斯最高行政长官的职位，然后再对新法进行表决。

贵族们的阴谋得逞了，当斯波律乌斯·卡西乌斯遗憾地为没有替平民实施成耕地法的同时，他脱下了镶金长袍。这时候，一批早已经对他恨之入骨的高级财政官员，死死地抓住了他，这个可怜的人被投入了监狱。

第一步行动成功后，早已经做好准备的贵族们全副武装地占领了城市的各个重要地点。而等待被罢黜的最高行政长官的命运却和背叛祖国的柯里奥郎一样，斯波律乌斯·卡西乌斯被起诉的罪名是背叛祖国，这是多么可笑的遭遇啊。

提倡立法是不能构成犯罪的，在起诉斯波律乌斯·卡西乌斯的罪状里，跟起诉柯里奥郎的文字一样没有一句立得住脚，可代表贵族利益的辩护师却“挖掘”法律上的每一个字眼，希望能从中找到漏洞，以此来判决这个已经忘本的最高行政长官有罪，因此，案件审理得非常激烈。

“罗马人民可以作证，我所做的每一件事都是站在民族利益的角度上，我完全是着眼于罗马国内的幸福啊。”被拘押在被告席上的斯波律乌斯·卡西乌斯对他的同僚们诚恳的语气中带着希望。

“请不要以罗马人民的口气来为自己开罪，贵族的地位是上天注定的，是受天父朱庇特和洛摩罗斯保护的，而你却与众神为敌，难道你不觉得你已经触犯了天庭的法律吗?”贵族们强词夺理。

斯波律乌斯·卡西乌斯愕然地盯着自己昔日的同僚们，眼光和他的信心一样，没有半分动摇：“如果罗马判我有罪的话，我也无话可说，但为了不让敌人乘虚而入，为了使罗马更加有条不紊地发展，调停罗马居民两大派别的矛盾势在必行。我并不为我的所作所为后悔，遗憾的是我没有完成这一使命。”

任何言论在贵族们耳中都成了辩解，最后，斯波律乌斯·卡西乌斯被判处死刑，而且，贵族们还把这一残忍的任务交给了他的父亲，围观者则是这位死囚的亲人们，因为行刑的刑场选在了他的家乡。

斯波律乌斯·卡西乌斯死了之后，他的房子被拆毁了，土地和财产被瓜分了。新上任的最高行政长官指示不得继续执行耕地法，这项法律随着它的创始人一起被处决了。

斯波律乌斯·卡西乌斯的儿子们对贵族们的做法非常气愤，他们自愿脱离贵族阶级，成为了平民中的一分子。除此之外，他们还带领平民们抗议元老院和百人团对父亲所犯的罪刑。

其他的护民官同样遭到了贵族们的打击，仅仅屈服了一段时间以后，护民官们又开始站在平民的立场上活跃起来。

战火很快烧到了罗马边界，护民官们号召平民不要加入部队，除非元老院和百人团先宣布实行耕地法。罗马城再一次陷入危机之中。

黑色的一天

法比尔人的祖辈曾是雷姆斯，雷姆斯死后，这一族人归顺了罗马的第一任国王洛摩罗斯。

克索·法比乌斯是法比尔人中所涌现出的第一个最高行政长官。也许是老天

屠杀无辜 普桑 法国

战争的野蛮就在于它制造屠戮、掠夺，人性在那一刻完全泯灭，在这种“不是你死，就是我亡”的血色搏斗中，人类历史显示了它最黑暗的篇章。

有意在考验法比尔人，克索·法比乌斯执政时期，是平民与贵族矛盾最深的时期。克索·法比乌斯曾作为法官判处耕地法的创始人斯波律乌斯·卡西乌斯死刑。

维几是伊特卢利阿人的城市，位于罗马以北。维几城的首领们看到罗马城内矛盾重重，遂出兵罗马。

听到维几出兵罗马的消息，克索·法比乌斯极力去说服平民服从他的意志。但好不容易动员的由平民组成的步兵团在战场上却拒绝执行命令。迫不得已，克索·法比乌斯率领贵族组成的骑兵队向维几军队进攻。英勇的贵族骑兵在战场上冲锋陷阵，但平民步兵却袖手旁观，不理战事。

贵族骑兵虽然取得了胜利，但却无法扩大战果，在敌人撤退以后便也收兵回城。人们欢呼着迎接凯旋的英雄，但克索·法比乌斯下令不准举行任何欢迎仪式，他认为这次战争因为没有平民的参加只取得了一半的胜利。为了惩罚自己的失败，克索·法比乌斯把象征权力的棒斧交给了玛尔库斯·法比乌斯。

维几军队再次进攻罗马，声势比前一次要大得多。平民们与贵族间的矛盾依然存在，但当他们看到祖国面临灭亡的危机时，暂时放弃了实行耕地法的要求，不过他们要求作为独立的军队开赴战场。平民步兵在军团联盟中是由轻武器装备的部队，贵族骑兵是用重武器装备的部队，两支部队一旦分开作战，则是一边缺乏轻武器，一边缺乏重武器，这是多么危险的行动啊。所以，贵族们极力反对平民们提出的要求。

鉴于形势，平民们的要求得到了满足。于是，由平民和贵族组建的两支队伍投入了战场。平民军队由最高行政长官曼利乌斯指挥，贵族军队由最高行政长官玛尔库斯·法比乌斯指挥，两个最高行政长官心里都充满着忧虑。

一天，罗马军营里的神坛被闪电击毁了。士兵们议论纷纷，一致认为这是众神对罗马派别之争的警告。平民们也意识到了独立作战的危险性，便主动与贵族一方和好，恢复成统一的军队。

维几方面并不知道罗马方面的纷争已经消除，出兵叫阵。当罗马方面的贵族骑兵和平民步兵一起冲出来时，维几军队被打得落花流水。只可惜，曼利乌斯在战场上壮烈牺牲。

对于这次的胜利，玛尔库斯·法比乌斯和克索·法比乌斯一样，放弃了欢迎仪式的荣誉。他希望能通过他的努力为罗马赢得内部的稳定，但他的愿望并没有实现。刚刚恢复和平的罗马又出现了内乱，贵族与平民的仇恨和分裂像野火一样重新燃烧起来。

克索·法比乌斯觉得有必要对罗马争论不休的两个派别进行调停。他曾经极力地反对耕地法，并把耕地法的创始人送上了断头台，可现在，他却主张实行耕地法，这是多么大的转变啊。他曾经号称凯旋统帅，有众多的追随者，甚至能够抵挡得住平民的暴动，可为了罗马未来的幸福，这个法比尔人只能动摇自己的立场了。

贵族们没料到这个出身贵族的最高行政长官和前任斯波律乌斯·卡西乌斯一样，背叛了他的出身。他们冲上街头，冲到元老院的会议大厅，高声地叫嚣："这个法比尔人已经疯了，他竟然也向那些贱民屈服了，以往那个克索·法比乌斯哪里去了？罗马真的要成为平民的天下了吗？众神啊，瞧瞧你们护佑的罗马吧。"平民们则欢呼雀跃，他们对克索·法比乌斯的壮举竞相称颂。虽然这个最高行政长官曾是贵族制度的坚决维护者，但在历史车轮的运转下，他却一步步走向了平民的行列。

但是，事实已经向克索·法比乌斯证明，贵族与平民之间的和解时机未到，这个时候实施耕地法，只会把局势越搞越糟。

维几城内的伊特卢利阿人侦探到罗马城内的派别矛盾进一步恶化，开始准备更大规模的进攻。贵族们战前的许诺在战后从没有兑现过，尽管几任最高行政长官都主张实施耕进法，可最终还是没有被元老院和百人团通过。

再一次面对强敌，平民们对最高行政长官们的抗敌号召充耳不闻，他们的条件只有一个，要想平民提供兵源，只有实行耕地法。

贵族一方对于战争准备也无动于衷，他们谩骂着。平民和贵族这次没有再像前几次那样在战争面前暂时和解，情况越来越严峻了。

内外交困，具有英雄气概和献身精神的法比尔人决定力挽狂澜。在克索·法比乌斯的率领下，法比尔族三百零六人单独出城抵御伊特卢利阿人的进攻。克索·法比乌斯没有再尝试去组成平民与贵族的联盟军，他率领着自己的族人，与数量超过自己数倍的敌人作殊死战斗。他非常明白这场战争意味着全族人的牺牲，但他别无选择，是法比尔人别无选择，他们希望能通过本族人的鲜血换回罗马两派的安宁。

很多罗马人都被法比尔人视死如归的精神所打动，他们聚集在一起，与法比尔人一起来到克莱梅拉河旁陡峭的山崖上。法比尔人在山上扎下营寨，趁维几人不注意不断冲下山去，这种小规模的战斗持续了很长时间，给维几军队造成了不小的损失。

法比尔人被不断的胜利冲昏了头脑，他们开始麻痹轻敌。在抢夺一个盆地里的牲口群时，当维几人从四面八方冲出来，法比尔人才意识到中了埋伏。法比尔人一个接一个地倒下去了，直到全军覆没，只有一个十岁的男孩逃了出去。

据说，法比尔人牺牲的那天是七月十八日，后来罗马在阿利阿河被高卢人打败的日子也是七月十八日，所以，这一天被罗马人称为“黑色的一天”。

农民辛辛那图斯

自从法比尔全族壮烈牺牲以后，厄运就不断地光顾罗马。埃库尔人不断地骚扰罗马北部，他们破坏农田，抢劫罗马人财产。处在埃库尔人威胁下的罗马人纷纷逃往附近的城市。贵族们逃到城里后同样可以过上安逸的生活，而平民们只能勉强度日。于是，瘟疫在七座山城蔓延开来。据说，两个最高行政长官、四分之一的元老、全部占卜师和全部护民官都在当年那场瘟疫中死去。埃库尔人本想攻打罗马，但听到台伯河畔的城市都在流行黑死病，死了很多人，便吓得逃了回去。

也许是众神为了惩罚罗马而故意布置的灾难，瘟疫还没有退去，地震、火山爆发又相继而来。人们相信，世界末日就要到了。

自然灾害使得台伯河城畔各城内的秩序一片混乱，贵族青年们成群结队，走上街头向他们痛恨的平民发泄怨气。克索·库茵克梯乌斯就是其中的贵族青年之一，他的父亲是贵族出身的贫困农民卢茨乌斯·辛辛那图斯。辛辛那图斯是一个谦逊朴实、受人尊敬的人，他曾经在与佛尔西安人的战争中屡立战功，具有良好的指挥能力。而他的这个儿子却脾气暴躁、性格粗野，虽然本性并不坏，但由于富有太多的幻想，整日里都在想如何找回罗马王国昔日的辉煌，到处为非作歹。

在护民官的提议下，最高行政长官同意把克索·库茵克梯乌斯送交平民审判庭。审判那天，辛辛那图斯陪同儿子来到法庭，他诚恳地请求法庭能宽恕他的儿子，他向法庭列举了儿子立下的赫赫战功，一些贵族和平民也都为这位朴实的农民证实被告曾为罗马立下的功劳。

就在这时，一个平民站出来坚持说他的兄弟遭到被告虐待后死去了，本可以无罪释放的克索·库茵克梯乌斯再度被起诉为故意谋杀罪。护民官命令官员为被告戴上镣铐，准备投入监狱。克索·库茵克梯乌斯的贵族朋友们愤怒了，他们不顾官员的阻挡，冲上审判台，朝着护民官和法官叫嚣着。一场殴斗眼看要爆发了。

护民官也没有料到形势会发展到这种地步，如果对被告的宣判不改变，贵族们肯定不会善罢甘休，可护民官的判决具有法律效应，是不能说收回就收回的。最后，护民官同意被告交纳三千阿斯钱币罚金便可以获得自由。

克索·库茵克梯乌斯被释放了，所交纳的罚金在父亲辛辛那图斯卖掉帕拉丁山上的房子后还清了。辛辛那图斯对儿子说："我替你还清这笔罚金是出于一个做父亲的义务，你按自己的意愿去塑造未来吧。我不能左右你的思想，你可以跟那些起诉人继续作对，也可以逃避他们。我是一个平常人，我只想过农民的生活，新的法律并未让我感到一丝欣慰。"说完，辛辛那图斯迁到了寂静的农村。

克索对父亲安于现状的行为难以理解，他认为自己所从事的才是伟大的事业。于是他开始举旗造反。不幸的是，他低估了民众甚至他自己阶级同伴的自由思想。很快他那一小股力量被挫败了，没有人知道他是战死了还是上了十字架。

埃库尔人趁机发动了蓄谋已久的战争。罗马人并没有像埃库尔人想象的那样乱作一团，他们招募了一支强大的罗马联盟军准备应战。为了麻痹敌人，罗马军队故意被埃库尔人包围在营房里，打算给敌人来个出其不意的打击。

事情也并没像罗马人计划的那样发展，一直觊觎罗马的佛尔西安人也蠢蠢欲动。罗马根本没能力四面应敌，对付埃库尔人已很困难了。若能速战速决，各个击破，或许还有可能胜，但在这生死存亡之际，谁能委以重任呢？急难之中，人们想起了辛辛那图斯，人们甚至把他看成了罗马的救星。最高行政长官立即决定任命辛辛那图斯为独裁官。罗马的独裁官享有不受限制的至高权力，如果掌权超过十六天，按照法律，他可以进行六月独裁。一位高级官员被委托去向辛辛那图斯传达决议，官员走了很长的田间小路才在农田找到了他。辛辛那图斯正在犁地，他看到身穿官袍的罗马官员并未惊讶，他吩咐官员稍等，等犁完了地才走上前搭话。

“幸运的辛辛那图斯，你已经被任命为罗马独裁官，将拥有超过最高行政长官的权力。瞧，这是你的权斧，你将用它把威胁我们的敌人赶出拉丁姆。”高级官员挥舞着权斧宣布。辛辛那图斯并没有显现出一点激动之情，他撩起衣襟擦了擦额头的汗，面无表情地说：“我的幸福就在这块土地上，我种出粮食养活士兵，同样是为祖国做贡献。对荣誉我从来都不感兴趣。”

高级官员没有想到这样的高官厚禄会被辛辛那图斯拒绝，惊讶得半天没有说出话来。看了看目瞪口呆的高级官员，辛辛那图斯笑道：“你可能无法想象一个人会愿意放弃高贵的地位而心甘情愿地去当一个平凡的人吧，那是因为你还不知道平凡人所拥有的乐趣。可是，为了祖国我可以做出任何牺牲，战争胜利后我会重新回到我的土地上来。”

“战争胜利后你还会对权力如此淡然吗？到时说不定会抓住不放呢。”高级官员在心里嘀咕着。

临危受命，辛辛那图斯接过指挥权，全副武装，率领罗马兵团扑向埃库尔人。他命士兵趁天黑在敌军外围打起一道木桩，把敌人包围在木桩中间。拂晓时分，当埃库尔人走出营房准备战斗时，只能无奈地夹在罗马人当中两头挨打。罗马人赢得了辉煌的胜利。最高行政长官以隆重的仪式欢迎独裁官辛辛那图斯的归来。

辛辛那图斯执掌国家最高权力正好十六天，他完全可以进行六月独裁统治，但是毫无权欲的他在凯旋的当天即把象征权力的棒斧交还给了最高行政长官。

罗马人民永远称颂着辛辛那图斯的功绩和美德。为了纪念这位罗马农民，美国东北部的一个城市被取名为辛辛那提。

阿尔乌斯·克劳迪乌斯

罗马注定是多灾多难的，埃库尔人的进犯刚刚被打退，新的战斗号角又重新吹响了。一天，一名叫西策尼乌斯·丹塔图斯的老兵来到平民聚居地，对围观的平民们高声说道："罗马的平民们，我曾是一名参加过120场战役的军官，我的身体上留下了光荣的伤疤，为此我曾获得过很多荣誉与桂冠。但是，当我从战场上回来后，发现自己竟然不能获得一片耕地，我冒死夺取来的全部土地都被贵族们占领了，多么可悲啊。平民们，我们应该遏制贵族们的傲慢，使罗马重返公正的时代。"

越听越激动的平民们随声附和着，他们要求颁布耕地法，但他们也意识到眼前最紧要的事就是把迄今为止的所有法律以文字形式全部记载下来。以往的法律都是口头相传的，很容易被任意扭曲，平民则成为其最大的受害者。

贵族出身的阿比乌斯·克劳迪乌斯为了满足自己疯狂的统治欲，以友好的姿态迎合平民们的要求。他提出建议，由十人团制定十二铜表法，十人团被授予全权，团中有五个平民的席位，以显示出民主自由。正巧，有三个罗马法律学者从雅典立法家梭伦处学成归来，也投入到制定十二铜表法当中。

最初，平民寄托在十人团身上的各种期望都基本实现了。虽然土地没有按平民的要求重新调整，贵族和平民间禁止通婚的条文又被列入法律当中，但大多数内容还是有利于低等阶级的。于是，平民们期待着十人团能够把职权交还给平民，并重新选举最高行政长官。

但平民们的计划又落空了。阿比乌斯·克劳迪乌斯利用职权把一切权力都抢占过来，使自己凌驾于一切权力之上，俨然罗马王制下的国王。

平民们愤怒了，要求阿比乌斯·克劳迪乌斯下台的呼声越来越高。但是早已权欲熏心的贵族首领撕下仁慈的假面具，把所有表示不满的人投入了监狱。在这种高压的统治下，平民们敢怒而不敢言。

老兵西策尼乌斯·丹塔图斯看到对平民越来越不利的局势，实在忍无可忍，他勇敢地站出来，对阿比乌斯·克劳迪乌斯展开尖锐的批评。

阿比乌斯·克劳迪乌斯对这个自恃有一身光荣伤疤的老兵非常痛恨，但却无

可奈何。他不能像对待其他平民一样把西策尼乌斯·丹塔图斯交给他的执法者们，那样做的后果不堪设想。怎样才能消除眼前这个障碍呢？事出凑巧，跟埃库尔人作战的兵团需要一个久经沙场的老兵当参谋，十人团把西策尼乌斯·丹塔图斯送到战地大营，然后命令不知内情的将士们悄悄地把这一障碍杀害了。

阴谋下的审判

暴虐成性的罗马最高执政者阿尔乌斯·克劳迪乌斯利用权力，滥施淫威，操纵审判，严重践踏了罗马法律，平民成为最大的受害者。

西策尼乌斯·丹塔图斯被杀害的消息很快在罗马传开了，但没有人敢公开控告阿比乌斯·克劳迪乌斯。于是，这位独裁者更加肆无忌惮起来。

一天，阿比乌斯·克劳迪乌斯遇到了一个叫维尔吉尼亚的美丽姑娘，他心中的欲火顿时燃烧起来，姑娘的一举一动都会使这位暴君魂牵梦萦。当他向维尔吉尼亚表达爱情时，姑娘礼貌地拒绝了他。

“阿比乌斯·克劳迪乌斯，我非常感激你的爱情，但我已经订了婚，而且我父亲是平民营兵团的首领维尔吉奴斯，罗马法律规定，平民与贵族是不能通婚的。更何况，你已经是结过婚的人，当你和你的妻子共同吃下一个面包时，已经标志着你们是一个共同的整体了。”

阿比乌斯·克劳迪乌斯的爱散发着火热的力量：“在罗马还没有离婚的先例，但法律对离婚并没有禁止过，我将成为第一个用行动尝试新法的人。”说完，他走到广场上十二块铜表面前，想亲自把一些有阻于他与维尔吉尼亚爱情的条文抹去，但他此时才意识到他虽然拥有权力，但并不能实现一切愿望。连支持他的贵族们都扬言，如果他实现贵族和平民间的通婚，就要对他实施血的报复。

从广场上悻悻而回的阿比乌斯·克劳迪乌斯对维尔吉尼亚的爱丝毫没有减退，反而更加痴狂。他唤来手下的一名心腹：“你去控告维尔吉奴斯，说他的女儿是你的女奴所生。不久之后，维尔吉尼亚将毫无抵抗地属于我了。”

心腹依计行事，早已经为暴君卖命的十人团充当审判的法官，阿比乌斯·克劳迪乌斯作为旁听。维尔吉尼亚在父亲和未婚夫的陪同下走到法庭上，善良的维尔吉尼亚对公平的信念丝毫没有动摇。维尔吉奴斯以无可辩驳的证据来谴责原告纯属诬告，可是法官却颐指气使地宣布说：“任何一个明眼人都能看出，你的女儿维尔吉尼亚本是人家的女奴。罗马法律是公正的，现在我宣布，维尔吉尼亚为原告女奴。”

任何辩护都是无用的，维尔吉尼亚的未婚夫愤怒地拔出宝剑，冲向坐在法官旁边的阿比乌斯·克劳迪乌斯。贵族们蜂拥而上，捆住了还没有冲到暴君近前的已丧失理智的人。

维尔吉奴斯镇静地看了一眼被交给原告的女儿，似乎对判决的公正深信不疑，他请求阿比乌斯·克劳迪乌斯，希望能再和自己的女儿说上几句话。暴君答应了维尔吉奴斯请求。

维尔吉奴斯把悲伤的女儿拉到一边，平静地说：“我可怜的孩子，你的父亲要拯救你的自由和贞洁，不要怪我，这也是我唯一的选择。”一边说着，一边把一把匕首刺向维尔吉尼亚的胸口。女儿倒下的一刻，维尔吉奴斯飞身跳上拴在一旁的战马，摆脱了贵族和官员们的围追，顺利地回到了战前的兵团大营。

听到维尔吉奴斯从罗马带来的消息，士兵们义愤填膺。他们决定，如果不撤消十人团，便拒绝接受任何作战命令。这一拒命的行为在罗马整个军队中蔓延开来，没有任何一种行动能制止这股暴动了。

鉴于形势，十人团决定采取新的妥协以安抚平民，恢复稳定。十人团命两个与平民稍有交往的元老——贺雷梯乌斯和法莱律乌斯起草和解协议，这一协议被称为贺雷梯-法莱律法。新选举出的最高行政长官下令逮捕阿比乌斯·克劳迪乌斯和他的追随分子，但在开庭审判的前几天，深感罪恶深重的暴君在监狱中自杀身亡。

卡弥罗斯凯旋

罗马和维儿是同时发展起来的两个城市，之间的摩擦不断加剧，双方不惜一切代价地兵戎相见。

在战争初期，维儿人首先夺取了费特纳城；罗马人也不甘示弱，出兵费特纳城，彻底摧毁了这个城市，把维儿的势力逼退到台伯河大后方。随后，双方进入了二十年的短暂和平时期。这时，罗马的宿敌——罗图勒人和佛尔西安人由于受到萨姆尼特尔人和高卢的威胁，改变了对罗马的敌视态度。维儿人却未能获得另外十一个图斯克联盟城市的援助，罗马人抓住这一机会，对维儿发动进攻。

战争并没有像罗马人想象的那样顺利，而是一直持续了十年。在罗马人与维儿人艰难地迈入了战争的第十个年头，战争还没有结束的迹象，天地间的灾异现象使双方民众十分害怕，双方都徘徊于希望和恐惧之间。

那年的春天非常干旱，阿尔巴纳湖的湖水却暴涨。当湖水快要溢出湖面时，罗马人决定派人到德尔斐神庙向福波斯求神谕。神谕显示，阿尔巴纳湖的湖水必须引进田地，不能入海，一旦湖水漫溢，立即发动对维儿的进攻。罗马人按照神的指示积极行动，夏季还未到盛季时，引湖水入田的工程已经全部完成了。

接下来，罗马最高行政长官任命玛尔库斯·富里乌斯·卡弥罗斯担任独裁官和围城指挥。卡弥罗斯是一个富有指挥艺术的人，在罗马士兵大营，他把各项任务布置完毕，并让大家明确地意识到冬天前必须攻陷维儿城。在卡弥罗斯精心合理的指挥下，罗马士兵的情绪空前高涨。夏天结束的时候，对维儿城发起攻击的各项准备都结束了。卡弥罗斯对胜利满怀信心，他甚至命令罗马人骑马推车一起来到大营，准备在战争胜利后搬运从敌人那里缴获的财物。

战争的号角终于吹响了，罗马士兵如暴风骤雨般地向维儿城发起进攻。卡弥罗斯率领一支队伍从地道直通维儿市中心的朱诺神庙，并把牲口的内脏祭供在众神的面前。罗马士兵们从地道口相拥而出，他们迅速地走上维儿城的大街小巷，内外交困的维儿城很快就放弃了抵抗，维儿人的尸体铺满了每一条街道，只有很少一部分人向罗马投降才幸免于难。战争的喧嚣沉寂了，罗马人和士兵在维儿城开始了大肆抢掠，他们把抢掠的财物源源不断地运回罗马，把俘虏择高价卖掉，把朱诺像也由维几运往罗马的阿文丁山。

罗马人为迎接独裁官玛尔库斯·富里乌斯·卡弥罗斯所举行的凯旋仪式也是空前的，当人们看到载着卡弥罗斯的战车出现在卡尔帕尼城门前时，人群立即爆发出了巨大的欢呼声。卡弥罗斯沿着铺满鲜花的地毯驾车一路驶向卡皮托尔山，在那里摆下感谢朱庇特神的祭供。

凯旋者雕像

罗马和维几为了各自的利益展开了十年的攻斗，双方打得两败俱伤，却都不能彻底征服对方，卡弥罗斯的出现使罗马人最终成了胜利方，作为凯旋者，他一度被罗马人视为英雄。

随后，罗马又和法莱利城发生边界冲突，法莱利城的居民自称是法利斯克人。他们的城墙和维几城一样位于陡峭的巴萨尔特山顶。元老院任命卡弥罗斯率领罗马军队攻占法莱利城。卡弥罗斯命令士兵迅速包围法莱利城，然后朝城堡内掘道前进。但攻打法莱利城并没有像攻打维几城那样大动干戈，一个小小的插曲化解了这场战争。

法利斯克人请了一个老师给孩子们上课。虽然战争在即，但这个老师还是习惯地把他的学生们带到草地上嬉戏。城外的罗马士兵对此也不加干涉。一天，这个老师来到离罗马围墙很近的地方，要求见罗马最高指挥官。

“尊敬的罗马独裁官，几乎所有法利斯克人的孩子都是我的学生，如果把这

些孩子们交给罗马方面，也就等于把城市交给了罗马。我早已厌倦了这种生活，这样做的目的只是希望你能赏赐我一点掠夺的财物。”这个老师唯唯诺诺地对卡弥罗斯说道。

卡弥罗斯是个正直的人，他对法莱利城的这个背叛者大喝道：“罗马人的战争是同士兵们作战，不是跟手无寸铁的孩子们作战，你的礼物被拒绝了，哪怕你们在战争中战败了，罗马人也不会接受你的这种礼物。”

最后，这个老师被他的学生用树枝抽打着赶回了法莱利城。

法利斯克人被眼前的景象惊呆了，转而又沸腾了，他们对城门前敌人的仇恨立刻变成钦佩和敬畏，甚至希望同这些罗马人生活在一起。不久，连法莱利城元老院也接受了居民们的提议，在罗马人保证法利斯克人生命安全的前提下，他们主动交出了城市。

罗马崛起的最危险障碍被排除了，而罗马内部却又出现了动荡。为了给德尔斐太阳神置办一件大宗的祭祀礼品，卡弥罗斯要求罗马居民每人拿出十分之一的缴获品。而罗马居民认为，卡弥罗斯从维几缴获物中给自己留下的东西最多，祭祀礼品应该由卡弥罗斯自己出资置办。其实，卡弥罗斯在维几的缴获物中只留下了两扇铜门。

卡弥罗斯对那些诽谤自己的话完全不加理睬，儿子在此间病死更使他的情绪一落千丈。但是，罗马人忘恩负义的举动最终还是激怒了卡弥罗斯。

护民官要求元老院批准传讯卡弥罗斯，在被告缺席的情况下，护民官还是对卡弥罗斯进行宣判，卡弥罗斯被判处罚交一万五千阿斯。卡弥罗斯愤怒了，他决定离开他的祖国，自由流放到阿尔特尔去。

在做出最后决定之前，卡弥罗斯朝着罗马城的方向举起双手：“不朽的神灵，让罗马人为他们的忘恩负义付出代价吧。他们马上会感到迫切需要卡弥罗斯，渴望得到他帮助。”当然，他的这一愿望很快便实现了，因为高卢人不久后便来攻打罗马。

高卢人在罗马

在卡弥罗斯离开罗马几个月后，有消息称“高卢人快要到罗马了”，罗马人不知就里，元老院召集的会议也争执不出个结果来。这时，又有消息传来："克罗西乌姆的使者来到罗马。"

罗马元老们立即接见了克罗西乌姆的使团。

"尊敬的罗马元老们，请接受我们的请求，然后再让我们马不停蹄地把消息带回去。高卢人的部队正像一群蝗虫一样进入我们神圣的国土。这些野蛮人一直前进到克罗西乌姆的城门前才停下来。"

波尔勾之火 拉斐尔 意大利

野蛮的高卢人在罗马进行了疯狂的掠夺，最后又放火烧城，曾经有着荣耀历史的罗马城被毁于一旦，直到恺撒时期才重新振兴。

克罗西乌姆使者们一见到罗马元老便陈述他们的请求："以我们自己的力量已经无法打退他们的进攻了，所以，我们的国王派我们来向强大的罗马进行请求，请你们派出罗马军队前去援助吧。"使者们不停地喘息着，但非得要一口气把话说完。

元老们听到使者们的请求后兴奋不已，克罗西乌姆人在承认罗马的强大了。经元老院协商，决定先派出三个法比尔兄弟前往克罗西乌姆城前的高卢人的大营进行谈判。

高卢人和罗马人不同，他们不喜欢艰苦的农耕，性格不稳定，放荡不羁，喜欢掠夺，但他们虽威胁任何国家，却没有占领任何国家，他们战胜后会立刻撤出

那个国家，以寻找新的地方抢劫。

进入高卢人大营的三个法比尔人惊呆了，他们眼前的营帐杂乱无章，士兵蓬乱的长发一直披到肩膀处，给人肮脏和可怕的印象。

"如果这群士兵与罗马人交战的话，肯定必输无疑。"三个法比尔人轻蔑地想。

法比尔人被带到了高卢国王不莱奴斯面前，这位野蛮的君主正摇晃着挂在脖子上的抢来的金链子哈哈大笑。等不莱奴斯安静下来，法比尔人向他陈述了罗马元老院的意愿，希望高卢人立即撤出伊特卢利阿地区。

不莱奴斯看着眼前的来自罗马的文明人，回答说："既然克罗西乌姆请求你们的帮助，那就证明罗马人都是英勇的武士。我可以答应你们放弃攻打城市，但我会把克罗西乌姆抢劫一空，直到喝完最后一滴甜酒。"

法比尔人哪里见过如此张狂的人，他们愤怒地指着野蛮君主："这里是意大利的土地，你有什么权利占领不属于你的一片土地？"

不莱奴斯也从来没有见到对自己如此无礼的人，他大声咆哮着："回去告诉你们的国王，世界属于勇敢的人。"

法比尔人怒气冲冲地离开了高卢人的大营，他们没有回到罗马，而是到了克罗西乌姆，率领克罗西乌姆人直扑高卢人。虽然法比尔人英勇无畏，但他们阻挡不住高卢人的野蛮进攻，伊特卢利阿的大部分城市被攻陷了，三个法比尔人逃回了罗马。

高卢人马不停蹄地赶往罗马。听到高卢人迫近的消息后，罗马最高行政长官率领罗马兵团前来迎战。在拉丁姆地区，罗马是至高无上的霸主，一次又一次胜利的战争使罗马人沾沾自喜，所以根本没有把高卢人当一回事。罗马人没有建立稳固的后方大营，也没有组建后备队，甚至轻率地把中心大营驻扎在阿利阿河岸。

在高卢人的进攻下，罗马军队惨败。高卢人并没有立刻向毫无抵抗能力的罗马推进，两天后，这批胜利的野蛮人才开始朝着七座山城进发。

第一支高卢人的部队试探着进入了罗马城的大街小巷，看到没有任何抵抗后，发出一声呐喊，让等在外面的大队人马急流般地拥进来。高卢人从来没有看到过像罗马城这样多的财宝，他们用数辆马车载着无法估价的财富运回高卢，但仍觉得留下的无法运走的比运走的要多得多，于是，高卢人放火烧城，可怜经历七代国王和二百多个最高行政长官经营起来的城市毁于一旦。

高卢人沿着卡皮托尔山往上攀登，不莱奴斯国王决定对山城进行包围。罗马人在玛尔库斯·曼利乌斯的率领下，轻而易举地把高卢人从山上打退下来。

转眼秋天到来了，高卢军营里瘟疫流行，大批大批的高卢士兵死于非命，粮食也急缺起来。不莱奴斯决定把抢劫的范围扩大到拉丁姆地区，于是，高卢人又发动了对罗图勒人的进攻。

当高卢人迫近罗图勒人首都阿尔特尔时，生活在阿尔特尔的卡弥罗斯又被重新委以重任。卡弥罗斯率领着罗图勒人的一支训练有素的部队进行了一场漂亮的夜战。高卢人在伊特利阿地区第一次被打败了。

消息传到维儿，此时的维儿正聚集着一批被高卢人打败的罗马人。罗马人迫切地需要卡弥罗斯回到罗马，在祖国的危难时刻，不能让天才的首领无用武之地啊。不过，任命独裁官需要最高行政长官做出决定，而最高行政长官们都被敌人围困在卡皮托尔山上。经过商议，留在维儿的人决定派人到卡皮托尔山上，把任命独裁官的消息再带回维儿。人们把任务交给了一个年轻的士兵。年轻人从一条秘密的小道直达卡皮托尔山顶，带回了最高行政长官任命卡弥罗斯为独裁官的消息。

不幸的是，年轻人攀登山岩的足印被高卢人发现了，竟无意间发现了那条上山的道路。喜出望外的不莱奴斯马上命令高卢人当夜从小路直奔山顶，打算一举攻克卡皮托尔。

朱诺神庙里圣鹅的叫声惊醒了玛尔库斯·曼利乌斯，他一跃而起，发现高卢人已经登上了悬崖，便随手抓起武器，把冲在前面的高卢人推下了山崖。

高卢人立刻往山下退去，罗马人紧追不舍。在幸运地挫败了高卢人的进攻以后，卡皮托尔山上的情况并没有得到多大改变，粮食奇缺，饥饿已经达到了可怕的程度，卡弥罗斯的救援部队迟迟没有音信。最后，走投无路的罗马人决定拿出全部首饰，希望以此为条件让高卢人撤兵。高卢方面，不莱奴斯也早已获知卡弥罗斯在维儿进行战争准备，同时他也感到指挥作战有些力不从心。最后，不莱奴斯同意了以一千磅黄金作为撤兵的条件。

但是，狡猾的高卢人在称黄金的秤上作了手脚，他们使用了假砝码。当罗马人发现时，不莱奴斯脸上露出一丝讥讽："战败者还有什么条件可言呢？"

他的话音刚落，卡弥罗斯率领的一队士兵便骤然而至："罗马人不用黄金赎买自由，而是用武器。我可以现在就杀死你，但罗马人不屑与一支没有首领的军队作战。你可以带领你的部队到前面的战场上去。"

不莱奴斯早已经被威风凛凛的卡弥罗斯吓得脸色煞白，他召集军队，朝卡弥罗斯扑了过去。这次高卢人是彻底失败了，野蛮国王不莱奴斯被罗马人活捉后判处死刑。

卡弥罗斯的归宿

在卡弥罗斯的率领下，罗马人终于把高卢人赶出了罗马。在罗马人眼中，卡弥罗斯成了罗马城的第二缔造者，人们举行了盛大的仪式欢迎首领的凯旋。

战胜高卢人的消息传遍了所有拉丁姆国家，散居在外地的罗马难民纷纷兴高采烈地回到罗马。他们满以为昔日那个神圣的罗马正在等待着他们的归来，然而出现在他们眼前的却是一片废墟，罗马城一片狼藉。人们失望着，有的人建议重建罗马，有的人则主张移居到维几去，认为维几的空房子虽然荒芜，但比重建罗马要方便得多。

这尊青铜骑士像位于意大利北部维尼托地区帕杜瓦市的圣人广场，是文艺复兴时期著名雕塑家东那太罗为缅怀古罗马英雄而制作。

正当罗马人不知所措的时候，卡弥罗斯再次站了出来："勇敢的罗马人民，众神赋予你们神圣的使命，我们应该让往日那个罗马再次屹立于世界的拉丁姆大地上。"首领的话唤起了大家几近瘫倒的精神，许多应该重建罗马的征兆出现了：有人在福耳图那庙的废墟中找到了一个木刻的国王赛尔维乌斯·图利乌斯像，有人在吉祥地找回了大祭司的权杖。

一天，一个军官率领一队士兵走到罗马广场时，大声命令他的马："停下，我们最好留在这里。"此时的元老院正在热烈地讨论罗马去留的问题，听到这一声叫喊，元老们喜出望外，这也是一个预兆啊。于是，元老院决定重建罗马。此外，元老们还决定恢复所有战俘的自由，让他们留在罗马，给这座新建的城市增添血液。

重建罗马需要很大一笔物资，而罗马在经过频繁的战争后早已经国库空虚，这些重建城市的费用只能通过提高赋税获得了。罗马人虽然对古老的城市怀有浓厚的感情，但对高额的税收还是怨声载道。

重建后的罗马城由于仓促、毫无计划，缺少了古罗马时期庄严宏大的建筑，更多的是狭窄弯曲的小巷。

罗马人民对卡弥罗斯的功绩进行了肯定，这一肯定的最大表现形式就是卡弥罗斯第三次当上了独裁官。卡弥罗斯出身贵族，他未担任护民官，但他却极力笼络民心，为了赎回因欠债而被拘押的平民，他甚至散尽了钱财。卡弥罗斯还公开发表言论要求铲除社会弊端。但在这一时期，罗马内部发生了一场凄惨的悲剧。

玛尔库斯·曼利乌斯·卡皮托利奴斯是一个并没有通过官方任命而拯救了罗马的首领，他曾经享受到无尽的荣誉。但是，恢复和平后的罗马人民又一次表现出了忘恩负义，他们围绕着玛尔库斯·曼利乌斯究竟是最大的叛徒还是最高贵的护民官展开了辩论。此时，有人说玛尔库斯·曼利乌斯是阴谋独裁统治的头子，这种谣言如雪上加霜，使这位英雄人物成了罗马的叛徒。

玛尔库斯·曼利乌斯被逮捕了，指控犯有叛国罪，判处从塔尔佩几山上推下去致死。这是一个多么具有讽刺性的游戏啊。不久前，玛尔库斯·曼利乌斯正是从这里被圣鹅惊醒，并亲自把第一批高卢人推下悬崖，而此时，这里竟成了他的埋葬地。

玛尔库斯·曼利乌斯的死激起了平民的极大愤慨，不少贵族也自愿沦为平民，贵族的势力日益削弱。这时候，又出现了一件改变贵族和平民力量的事。

一对姐妹，姐姐嫁给了富裕的平民利齐尼乌斯·斯陀罗，妹妹嫁给了一个贵族。一天，平民姐姐到贵族妹妹家做客，姐妹俩正谈着话，门外传来了一阵嘈杂声。

“妹妹，什么事这么热闹呢?”姐姐奇怪地问妹妹。

妹妹脸上一副得意的神情：“不用理会这些人，那一批高级官员正用他们的权杖敲击大门，会有仆人为他们开门的。”

姐姐更加奇怪了：“难道你丈夫每天都是那些高级官员护送回家的吗?”

妹妹的神情更加得意了：“你可能还不知道，我丈夫是战争时的护民官，元老院给他安排了一队高级官员做随从。这样的荣誉我天天享受，早已经习惯了。看来作为平民的妻子真的是没办法享受到这样的待遇。你嫁的那个平民丈夫即使再有钱，也不能成为国家官员啊。”

姐姐像是受到了极大的侮辱，刚进家门，她就放声大哭，丈夫利齐尼乌斯·

斯陀罗心疼地问她怎么回事。妻子委屈地说："我在妹妹家看到了一队执掌权杖的官员，那就是贵族与平民的区别啊。亲爱的，平民们也应该获得一切权利了，人们也应该给你一个国家官员的职务，你根本就不比那些贵族们差啊。"

妻子的话给了丈夫很大的震动，利齐尼乌斯·斯陀罗开始勤奋上进。不久后，他就与平民卢茨乌斯·曼利乌斯一起被推选当上了护民官。在任期间，他们提出了许多法律建议，这些建议被称为"利齐尼法律建议"。

旧法被推翻，将意味着独裁官权力的消失，这些事实让卡弥罗斯产生了绝望，他背叛了他的人民，贿赂了八个护民官反对新法。这种新旧势力的斗争持续了十年之久，两位平民出身的护民官每年都在更新法律建议，并罢黜了被贿赂的护民官。最后，卡弥罗斯只得顺水推舟地劝告元老院批准已经由百人团会议同意了的法律建议。卢茨乌斯·曼利乌斯当选为第一个平民最高行政长官。

脸色凝重的卡弥罗斯在把象征权力的棒斧移交给卢茨乌斯·曼利乌斯前，为罗马建造了一座和睦庙。不久，他便去世了。

梯拖斯和玛尔库斯

卢茨乌斯·曼利乌斯是一个十分严厉的人，对他的人民严厉，对他的儿子也同样严厉。当得知高卢人又往南逼近时，这位最高行政长官对他的人民更是加紧了控制。罗马贵族愤怒了，他们本来就对平民出身的最高行政长官心存不满，而平民们对这位维护本阶级的首领也不满意。最后，卢茨乌斯·曼利乌斯被指控犯有虐待士兵罪被送上了法庭。

卢茨乌斯·曼利乌斯的儿子梯拖斯·曼利乌斯是个勇敢善良的孩子，但是他说话结巴，每句话都含混不清，让人难以理解。父亲不但对这个可怜的孩子不加以怜爱，反而经常打骂。在罗马，父亲是严厉而神圣的，所以，梯拖斯对自己蛮横的父亲从来没有怨言。

听到父亲将要接受审判的消息后，梯拖斯首先想到的是护民官给父亲带来的耻辱以及父亲面临的危险。一想到这些，梯拖斯就心急如焚，一定要以最快的速度对父亲进行救援。

梯拖斯身体健壮有力，剑艺精良，曾在各种赛事中取得过数项骄人的成绩，

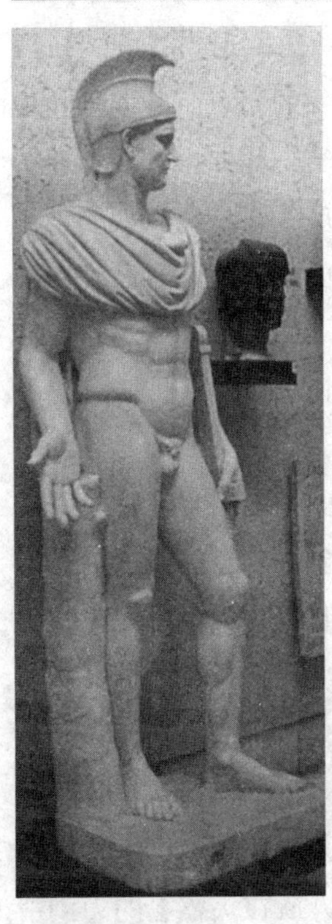

勇士雕像

该雕像存于罗马万国博览会罗马文明博物馆内，从雕像造型设计上可以让我们领略到古罗马时期勇士的风采。

他相信以他的胆量绝对可以救出父亲。梯拖斯把一把锋利的匕首藏在胸前的衣服里，大清早就来到护民官玛尔库斯·蓬帕尼乌斯的家门口。

“去告诉你们的主人，就说最高行政长官卢茨乌斯·曼利乌斯的儿子求见。”梯拖斯对门卫说道。

梯拖斯很快就被唤了进去，玛尔库斯·蓬帕尼乌斯高兴地接待了这个在他眼里还是孩子的梯拖斯，他相信这个孩子是来揭发父亲的暴行的。

“护民官大人，有些话只能和你单独说，你的这些随从……”梯拖斯看了看四周。玛尔库斯·蓬帕尼乌斯会意，房间里的其他人都离开了，只剩下他们两个人。

突然，梯拖斯一个健步走上前去，从怀里掏出匕首，抵住玛尔库斯·蓬帕尼乌斯的脖子，狠狠地威胁说：“是谁任命你担任审理父子纠纷案的法官的？你把耻辱强加在我父亲头上，起诉他虐待我，我请你当我的律师了吗？如果你不撤消对我父亲的起诉，不就此事召开国民会议，我就一刀杀了你。”

玛尔库斯·蓬帕尼乌斯吓得浑身发抖，他按照梯拖斯的意思把卢茨乌斯·曼利乌斯释放了。但是，这位护民官也公开声明，他只是屈服于梯拖斯的暴力才放弃起诉的。

残酷的卢茨乌斯·曼利乌斯被儿子解救的消息传遍了整个罗马。不满的、惊讶的，但最多的还是对梯拖斯行为的赞扬和称道。

“那么残暴的父亲怎么会有如此高尚的儿子呢？这个被父亲当作奴隶一般的儿子有着如此美好的爱心和孝道，具有这种高尚思想的年轻人难道不配享有最高荣誉吗？”人们纷纷评论着，早已经忘了要惩罚差点被送上法庭的孩子的父亲。

没过多久，一支高卢人的军队朝罗马扑来，在阿尼奥河的一侧紧靠桥头扎下大营。罗马军事首领梯拖斯·库茵克梯乌斯·彭奴斯率罗马军队驻扎在阿尼奥河的另一侧，与高卢人隔河相望。双方的部队相峙着，谁也不敢首先踏上桥去。

一天，一个魁梧的高卢士兵走出队列，大摇大摆地走到桥的中间，趾高气昂地对罗马人大声喊道：“号称勇敢的罗马人，如果有胆量的话就出来和我较量较

量吧，我们之中赢的那一方将为他的民族赢得荣誉，输的一方将退出战争。”

梯拖斯看到对方嚣张的神情气愤得直跺脚，他征得首领的同意，雄姿勃勃地冲上桥去。看到眼前站着个瘦弱的年轻人，高卢人哈哈大笑，他挥舞着长剑迎了上来，想凭着自己高大的身躯制服敌人。梯拖斯镇静地向后一退，高卢人的剑刺空了，剑尖进入了厚厚的桥板中。高卢人咆哮着想拔出他的剑，但为时已晚，梯拖斯的刀刺入了他的脖子，高卢人倒下了。

根据口头协定，高卢人承认了罗马人的神圣，撤回到波河平原去了。此后，梯拖斯又被称为“拖尔库阿图斯”，意为“戴项链的人”。

后来，一支高卢人又来侵犯罗马，两军在平原上驻扎下来。为了取得主动权，双方谁也没有轻举妄动。一天，一个高卢士兵举着长剑来到罗马人营前，要求罗马人跟他决斗，决斗的结果将决定出两个民族哪一个是最强大的。此时，一个叫玛尔库斯·法莱利乌斯的少年出营迎战。

决斗一开始，玛尔库斯·法莱利乌斯便觉得体力不支，而野蛮的高卢人则剑出如飞。围观的罗马士兵都痛苦地低下头来，他们料定法莱利乌斯会必输无疑。高卢人方面则为他们的勇士欢呼着，仿佛已经看到了罗马人战败的惨状。

罗马士兵的头盔外表像鳗鱼一样溜滑，它可以使高卢人砍在头盔上的刀剑滑到一边，否则的话，法莱利乌斯连高卢人一个来回合都招架不住。高卢人砍累了，气喘吁吁地站定身子，准备稍事休息后直取罗马人的性命。

法莱利乌斯也累得满头大汗，他趔趄着站立着，为参与这场即将给他的祖国带来耻辱的决斗而后悔不迭。正在这时，从天边飞过来一只乌鸦，不偏不倚正伫立在罗马少年的头盔上。高卢人也被眼前的景象逗笑了，他挥舞着长剑想把乌鸦吓走，但乌鸦不但没有飞走，反而用嘴和爪子扑啄高卢人。法莱利乌斯乘机攻击高卢人，高卢人一边还击一边后退。突然，乌鸦猛地向前，一下啄出了高卢人的一只眼睛，正当高卢人哇哇乱叫的时候，法莱利乌斯的剑也刺穿了他的胸膛。

罗马人被天赐的胜利所鼓舞，冲向高卢人的军营，高卢人落荒而逃。此后，玛尔库斯·法莱利乌斯获得了一个“库尔乌斯”的绰号，意思为“乌鸦”。

玛尔库斯·库尔梯乌斯以身献祭

罗马人对神的笃信超过了其他任何民族的人，罗马人相信，众神时刻在护佑着罗马。而罗马人揣度神意则是方方面面的，每一件稍微有些离奇的事都会成为罗马人思考的对象。

一天，罗马广场突然动荡起来，一半的土地陷落到地底下去了，出现了一个可怕的裂口，正在游玩的人们和集会的国家官员顿时喧哗成一片，纷纷猜想着这一征兆带来的预示。难道这是罗马城陷落的前奏吗？或是火神伏尔甘在地下新建了一座工场吗？塌陷的裂口还能合拢起来吗？该不会从地下冒出火焰来毁灭一切生灵吧？罗马人想出了各种可能出现的问题和可能出现的答案。

“众神啊，难道你要抛弃你的宠儿了吗？难道你忘了这个你曾经护佑过的城市了吗？”罗马的男男女女都在心里祈祷着，并且以极大的热情填塞着这个深不见底的大洞。他们从城外运来一堆堆的沙土、石子，以至于城外的几座大山被夷为平地，但是黑洞洞的大口依然贪婪地张裂着。

元老和祭司们开始绝望了，他们想不出任何解救罗马的方法，自责折磨着他们的内心，罗马真的气数已尽，要毁灭在这一代人的手里吗？

“何不派人去德尔斐神庙向福波斯求得神谕呢？”一个年老的居民的话使慌作一团的罗马人从噩梦中惊醒。

“对呀，去德尔斐神庙求神谕。”人们响应着。于是，元老会派了两名祭司去德尔斐神庙。祭司们带回的神谕让罗马人百思不得其解：“罗马要避免这次毁灭，只能使用最宝贵的物品祭祀裂口。”

罗马人并不是舍不得最宝贵的东西，但什么是最宝贵的东西呢？他们试着把他们认为的最宝贵的物品扔下裂口，可丝毫不见反应。大家猜来猜去，最高行政长官、祭司、元老们终日商量来商量去，但谁也猜不出神谕所指的最宝贵的物品到底是什么。

一天，一个年轻人来到元老院外，求见最高行政长官和元老们。年轻人被带进元老院，元老和最高行政长官正为猜不出神谕而焦头烂额，当他们听说一个年轻人求见时，不禁迁怒于他，关于罗马生死存亡的思考怎么能随便被打断呢？官员们面露愠怒。

“尊敬的元老们，你们大可不必为神谕而如此烦恼，罗马是神圣的，英雄的罗马人打败了四周敌人的进攻，也打败了高卢人，细想一下，勇敢难道不是罗马最可宝贵的物品吗？我们必须把勇敢投入深渊去，而我，自愿充当最宝贵的牺牲。”年轻人神情严肃地说。

最高行政长官、元老们、祭司们和所有在场的罗马人都惊呆了，人们议论开

来，有的赞同年轻人的观点："是啊，勇敢真的应该是罗马最宝贵的物品，我们猜了这么久怎么没能想到呢！"

有的人则反对年轻人的观点："我们怎么可能相信一个孩子的讲话？如果勇敢真的是最宝贵的物品，但他有什么权利称自己勇敢呢？我们甚至不知道他的名字。"

年轻人并没有理会人们的议论，他继续着他的讲话："我的名字叫玛尔库斯·库尔梯乌斯，参加过一些战斗，瞧我身上的伤疤，他们证明了我以前的勇敢，但我这次要以我的生命来诠释我的价值。"年轻人撩起上衣让人们看他身上的伤疤。

不等人们做出反应，年轻人便向拴在一旁的战马走去。他从马背上摘下一套金光闪闪的盔甲，穿戴完毕后翻身上马，回头望了望曾经生活过的让他自豪的罗马，随后一咬牙勒紧缰绳，两腿夹住马腹，在众目睽睽之下朝广场中心的洞口奔过去。战马飞身跃起的一刻，年轻人高喊："护佑罗马的众神，请接受玛尔库斯·库尔梯乌斯作为象征罗马最宝贵的祭礼，请宽恕罗马的罪过，护佑罗马母亲逃过这次灾难吧。"战马载着年轻的玛尔库斯冲进了张开着的大洞口。

所有的罗马人都低下了头，女人们、老人们和孩子们已经泪流满面。不管这个年轻人的牺牲是否值得，他们同样被这个年轻人的勇敢所折服。

"众神啊，看看罗马的儿子，为了母亲的永远年轻，他勇敢地献出了最宝贵的生命，即使罗马真的就此毁灭，罗马也不会怪罪他的人民。"人们拥到洞口，向里投掷着鲜花，以此来缅怀罗马英雄。

突然，奇迹出现了。洞口内传来了汩汩的流水声，瞬间，人们看到从洞里慢慢向外涌起了清水，随着水柱越来越高，大张着的洞口开始变窄，最后，洞口收拢到了一口井大小。

人们欢呼着，在广场上举行着各种欢庆活动，赞扬着给罗马带来新生的玛尔库斯。今天，在罗马大广场中心，有一个库尔梯湖，中央三角形的地方有一个灰色的熔岩井圈，据说那就是玛尔库斯·库尔梯乌斯当年以身献祭的地方。

第一次萨姆尼特尔人战争

最初，萨姆尼特尔人沿着阿伯鲁泽恩山谷往下迁移、扩张，当它的人口增加时，人们纷纷脱离族群，迁往富饶的康帕尼阿平原。迁入平原的萨姆尼特尔人夺取了图斯克人的领地卡波阿，萨姆尼特尔人与图斯克人在长久的融合中又组成了一个新的民族，康姆帕尼民族。

山间的交战

萨姆尼特尔人把滚木、山石等从两侧的山上向罗马人投掷，使其首尾不能相顾。首领们大喊着“撤退”、“前进”的矛盾口令，更使得罗马军队处于一片混乱之中。

一百多年后，新的萨姆尼特尔人再一次拥入康帕尼阿平原。康姆帕尼人早已经忘记了他们的萨姆尼特尔人血统，奋起抵抗这些入侵者。但是，康姆帕尼人没有足够的力量击败萨姆尼特尔人。于是，他们向声誉已传遍整个意大利的罗马求援。

罗马在驱逐了高卢人以后，势力范围扩大到台伯河对岸，罗马统治者在占领的土地上围起一个安全的防御网，然后迁入居民。不久，佛尔西安人由于和邻国多年的战争而削弱了力量，在东部山区又受到了萨姆尼特尔人的骚扰，因此佛尔西安人自愿把大片土地送交罗马人。在康姆帕尼人和佛尔西安人的请求下，罗马人第一次接触到骄傲的萨姆尼特尔人。

康帕尼阿平原远离罗马，接到康姆帕尼人的请求后，元老院以罗马不能向陌生城市提供援助为由拒绝了康姆帕尼使者。康姆帕尼使者跪倒在地上，请求罗马把卡波阿收为附属国。元老们犹豫不决。

"罗马不能阻止任何人自愿成为罗马的属下，世界应该通行罗马法律，拥有罗马的习俗。如果我们拒绝了康姆帕尼人的请求，将会被世界人取笑的。"有人向元老们建议。

最后，卡波阿成了罗马的附属国，出于义务，罗马元老院派使者前往萨姆尼特尔人的首都萨姆尼欧姆。起初，罗马人受到了热情的款待，但当罗马人要求萨姆尼特尔人停止对卡波阿的敌对行动时，萨姆尼特尔人却愤怒地立刻对康姆帕尼人开战。

面对萨姆尼特尔人的反应，罗马人也积极备战。由军事首领科尔纳利乌斯·库素斯指挥一支军队直接向萨姆尼欧姆推进，最高行政长官法莱律乌斯·柯尔乌斯则率领另一支前往康帕尼阿平原，在距离库麦城不远的高卢斯山地扎下大营。

萨姆尼特尔人看到罗马的军队已经进驻康帕尼阿平原，遂骄傲地朝罗马人冲过来。身经百战的法莱律乌斯哪里会把萨姆尼特尔人放在眼里，他望着远方沸沸扬扬的尘土，回头向士兵们说："你们看，这些山民和羊倌们竟敢如此嚣张，他们的头盔和盾牌闪烁着金光，俨然一副胜利者的姿态，你们听到这些人取得什么成就了吗？他们怎么能战胜由萨比纳人、拉丁人、佛尔西安人、埃库尔人、赫尔尼克人组建起来的罗马军队呢？"

士兵们跟着最高行政长官哈哈大笑起来，挥动着手中的长矛，眼睛里喷吐出怒火，斗志昂扬地高呼着："罗马人是用坚硬的木头镂刻出来的硬汉子，马上他们就会领教我们的厉害了。"

罗马人太过于轻敌了，萨姆尼特尔人并不是只知道挤牛奶的家伙，他们的士兵训练有素，骁勇善战，对双方来说，这场战争成了一场激烈血腥的、毫无希望的搏斗。

罗马的骑兵们旋风般地扑向敌人，可萨姆尼特尔人的阵营坚若磐石，他们把长矛和短剑刺向罗马骑兵的战马，被刺中的战马痛得四蹄腾空而起，罗马士兵纷纷跌落。战马在狭窄的战场上嘶鸣，乱作一团。

法莱律乌斯想不到骑兵在这里失去了用武之地，他首先从马背上跳下来，一边指挥着骑兵撤出中心地带，一边高呼着："勇敢的罗马士兵，我们不能依赖马，只能依赖自己的双脚了，跟着我冲向敌人吧，敌人的刀剑下正是我们的丰收之地，胜利离我们只有一剑之隔。"

在法莱律乌斯的率领下，罗马士兵冲向敌人的阵地，萨姆尼特尔人纷纷倒下，但他们并没有退却，而是顽强地抵抗着。

萨姆尼特尔人终于有些支撑不住了，罗马人看准时机，冲入对方的阵营，猛砍猛杀，眼睛里喷射出火焰。萨姆尼特尔人在一瞬间误认为是和神在战斗，不由得向后撤退，罗马人紧追不舍，直到把敌人彻底击垮。萨姆尼特尔人从康帕尼阿平原上退出了。

在另一战场上，罗马人就没有如此幸运了。当罗马军队穿林越谷向前推进时，前沿部队遭到了一队萨姆尼特尔士兵的袭击。萨姆尼特尔人把滚木、山石等从两侧的山上向罗马人投掷，使其首尾不能相顾。首领们大喊着"撤退"、"前进"的矛盾口令，更使得罗马军队处于一片混乱之中。

此时，夜幕降临了，一个叫普泼利乌斯·特策乌斯·摩斯的战时首领还镇定自若。通过观察，他发现了一块还没有被敌人占领的高地。特策乌斯·摩斯向科尔纳利乌斯·库素斯汇报了这一情况，并要求带领一支重武装部队去抢占高地，以吸引敌人的注意力。

"当敌人主力朝高地的方向进攻的时候，你赶快带着大部队脱离险境。"特策乌斯·摩斯对最高行政长官说道。

特策乌斯·摩斯趁拂晓对分散在山上的萨姆尼特尔人发起进攻。此时的萨姆尼特尔人还在睡梦之中，他们怎么也没有想到，白天还在驰骋疆场此时却成了罗马人的刀下之鬼。

夜袭成功了，罗马人在萨姆尼欧姆本土打败了萨姆尼特尔人，但经过了在素埃素拉的第三次战斗之后，萨姆尼特尔人才接受了罗马的和平建议。

从那时候起，世界上许多的民族才开始知道了在台伯河流域有一个叫做罗马的城市。

血战之后的一场滑稽剧

打败萨姆尼特尔人后，罗马与萨姆尼特尔人签订了合约，很长时间没有发生战争。康姆帕尼人把卡波阿交给了罗马人，留在卡波阿的罗马部队很快就过起了康姆帕尼人的生活：吃海鲜、蜗牛、鲜肉饼和夹心球糖，饱食终日。当罗马的最高行政长官要求军队撤回的消息传到卡波阿时，这些罗马士兵极不情愿地发起了牢骚，有些人背地里商量着不离开卡波阿的对策，甚至打算宣布城市独立。

血战之后的士兵们

打败萨姆尼特尔人后，罗马士兵难得几天和谐愉悦的生活，脸上显露出舒心的笑容。

最高行政长官得知留在卡波阿的士兵起了反叛心理，并没有大肆渲染地前去讨伐，而是悄悄地来到卡波阿召开军官会议。

“你们都是勇敢的人，为了使你们能够继续承担光荣的任务，元老院决定给你们放一些探亲假，你们可以马上出发，也可以带着你们的士兵回去。”最高行政长官语气中并没有责备的意思，像是不知道将士们的反叛行动。

军官们被迫离开了，士兵们全部留在了卡波阿，群龙无首。

一天，一个士兵来到队列前，对他的兄弟们说：“离开的时刻越来越近了，我们必须实现从前的计划了。”

“可是，我们没有指挥官，即使我们成功地接管了卡波阿的权力，我们还是不能占领它啊，而且，那样的话，我们将会受到罗马人民的惩罚。”一个士兵信心不足地说道。

“如果我们真的要实施行动，一定要委派一个指挥官。我听说在图斯库罗姆有一个年老的残疾老兵，叫做梯拖斯·库茵克梯乌斯，他曾在与高卢人的作战中受了重伤，战争结束后离开部队，我们可以去

请他担任我们的首领。”

“会有人担任一批谋反者的首领吗？他一定深爱着神圣的罗马。”又有人表示了怀疑，而且顾虑重重。

“如果你们愿望，我可以带几个人去试试看，我相信一定能把他请来。”提出建议的人坚持道。

最后，士兵们同意了这个计划，并选派了几个人前去图斯库罗姆。

在图斯库罗姆，被选派的士兵找到了伤残老兵梯拖斯·库茵克梯乌斯的家，他们在拂晓时分包围了整个房子，然后使劲地敲门。

梯拖斯·库茵克梯乌斯不知缘由，从睡梦中惊醒，打开门刚想问个究竟，一群士兵蜂拥而上，把他围在中间。

提出建议的那个罗马士兵走近梯拖斯·库茵克梯乌斯，礼貌而又略带威胁地对他说：“我们想宣布卡波阿独立，却缺少一个首领，而我们选中了你，你应该感到骄傲。在你面前的选择只有两个，要么死在这里，要么和我们到卡波阿一起造反。”

梯拖斯·库茵克梯乌斯在对高卢人的战争中曾作为战时首领率领一个兵团，他虽然离开了部队，放弃了罗马人民给他的荣誉，但他深爱着他的祖国，他怎么能够背叛他的祖国呢？但是，在这种情况之下，他还有什么选择吗？最后，梯拖斯·库茵克梯乌斯只能违心地跟这些士兵来到了卡波阿，虽然他表面上答应会率领士兵们进攻罗马，以使最高行政长官同意让他们继续留在卡波阿，但他打算在恰当的时机规劝这些同胞们回心转意。

不久以后，梯拖斯·库茵克梯乌斯果真率领谋反的士兵们朝着罗马浩浩荡荡地进发了。

这时候，早有消息传到了罗马，最高行政长官立即组建了一支强大的军队，迎战造反的罗马士兵。梯拖斯·库茵克梯乌斯曾是罗马人民所熟知的英雄，最高行政长官不相信这位英雄会反叛他的祖国。

两部罗马军队摆开了阵势，战争一触即发。这时候，最高行政长官走到两军阵前，他高声地对反叛的罗马士兵喊道：“我知道你们不愿意回家，都希望留在前方作战，你们是多么英勇啊，可我们已经和萨姆尼欧姆缔结了和约，不能继续留在那里了。经元老院商定，为了表彰你们，你们将获得双份的饷金。如果你们还有什么不满意，可以直接提出来。”

梯拖斯·库茵克梯乌斯本来就没有造反之心，听到最高行政长官的承诺，激

动得热泪盈眶，他身后的士兵也十分感动。

“我们是多么愚蠢啊，罗马对我们这么仁慈，而我们却想着要离开它，多么不孝的子孙啊。幸亏我们的行为还没有危害到罗马的尊严，否则将会受到惩罚的。”大家纷纷扔下武器，与兄弟队伍相拥而泣。

全罗马都在为聪明的最高行政长官化解了一场流血冲突而高兴，美好的感情和幽默拯救了任何一方罗马士兵，使他们不致成为杀害同胞的凶手。

拉丁之战

结束了与萨姆尼特尔人第一次战斗之后，拉丁姆大地出现了短暂的和平时期。没多久，罗马统治下的拉丁人的城镇试图作最后的挣扎，以取得对外的独立，于是，“拉丁之战”爆发了。

为了平息拉丁城镇的反叛，最高行政长官普泼利乌斯·特策乌斯·摩斯和梯拖斯·曼利乌斯·拖尔库阿图斯率领罗马军队穿过康帕尼阿平原急速前进，但却在维苏威山脚下遇到了敌人。罗马军队与拉丁军队隔营相望。

梯拖斯·曼利乌斯被称为“戴项链的人”，他的儿子有和他一样的名字。年轻的梯拖斯·曼利乌斯在军队里率领一支骑兵，他经常外出执行任务，最初，他也时刻遵守着首领们的戒律，即没有命令不能进行战斗。作为最高行政长官的父亲也一再提醒他，拉丁人与罗马人之间有许多亲戚关系，这场战争最好能够化解，或是以最轻的代价结束，一旦发生战争，七座山城与它的近邻之间就会增添更多的仇恨。

但是，年轻的梯拖斯·曼利乌斯还是忘记了父亲的教诲。一次，他在外出侦察途中遇到了拉丁的骑兵巡哨。领头的骑兵对他说：“罗马人号称是天底下最勇敢的人，可他们却害怕与我们拉丁人相遇。罗马人，你一定记得勒基罗斯湖吧，那是拉丁人战胜罗马人的地方。”说完，骑兵们哈哈大笑起来。

梯拖斯·曼利乌斯哪里受过这种窝囊气，他勃然大怒，对拉丁骑兵们说：“先别得意，我们避免和你们冲撞并不是怕你们，而是罗马士兵要服从最高行政长官的命令。”

“是吗？不要找如此幼稚的理由了，你的父亲是个勇敢的人，难道你希望将

来被叫做怯懦的梯拖斯·曼利乌斯吗？我现在就向你挑战，你不会被吓破胆了吧。”领头的骑兵耀武扬威地向梯拖斯·曼利乌斯挑战。

年轻人生怕辱没了他族第的名声，而且他已经被挑拨得怒火中烧。他抖了抖长矛，催马朝拉丁骑兵冲去，一场决斗开始了。两个回合后，那个领头的拉丁骑兵被挑下马，其他的拉丁骑兵逃回了拉丁军营。

年轻的梯拖斯·曼利乌斯满以为自己的勇敢会得到父亲的夸奖，但父亲只冷冷地对儿子说：“虽然你今天在决斗中杀掉了拉丁人，但你的行动和我曾经的行动有个巨大的区别：你是擅自行动的，而我是奉命战斗的。”事情并没有就此结束。

梯拖斯·曼利乌斯把全体部队集合到营帐前，然后转身对儿子说：“你斩杀了拉丁人，现在我作为罗马最高行政长官授予你最高的荣誉。”说着，他把一顶桂冠亲手戴在儿子头上。士兵们欢呼起来，为罗马有如此勇敢的少年而高兴。

“但是，我的儿子，你也同样违背了必须服从的命令，所以，作为罗马最高行政长官的父亲必须把你的桂冠浸在你自己的血泊里。所有的罗马士兵都要记住，没有命令的行动即使再辉煌，也会带来无比残酷的结果。”所有的人都听出了梯拖斯·曼利乌斯话里的意思，他们屏住呼吸，本想大喊，但罗马军队铁一般的纪律使他们只能眼睁睁地看着即将发生的可怕事情。

队列前面的地上竖起了一根木桩，年轻的梯拖斯·曼利乌斯被绑在木桩上，他的父亲面无表情地向拿着斧头的刽子手打了个手势，儿子的头顿时滚落到沙地上。此后，罗马的年轻士兵都拒绝与这位铁石心肠的最高行政长官一起行军。

战争并没有因此而完结，罗马人面临着更大的牺牲。

在维苏威湖战斗的前一天，一位神曾向梯拖斯·曼利乌斯·拖尔库阿图斯和普泼利乌斯·特策乌斯·摩斯宣布：两支对立的军队中，一方的首领如果愿意领死，那么他会把对方的部队引向失败。而且祭司解释，需要牺牲的必须是左翼部队的首领。按照原定的作战计划，罗马左翼部队由普泼利乌斯·特策乌斯·摩斯率领。

勇敢的普泼利乌斯·特策乌斯·摩斯脸上并没有太多的悲伤，为了换取胜利，他随时准备服从众神的意志。

战争开始了，普泼利乌斯提着一根投枪立下了誓死的决心：“为了保证祖国的胜利，我愿意把自己祭献给大地母亲和阴司之神。从现在起，我已经不再是一个寻常人，而是一个死去的人，是一件祭供死神的祭品。勇敢的罗马人，在这里

垒起一座坟墓吧，战争结束后，把我安葬在这里。”

进军的号角吹响了，普泼利乌斯率领罗马兵团发疯似的朝着拉丁人的军队扑过去。看到像阴灵一般的罗马将士们，拉丁人慌不择路，四散溃逃，拉丁士兵的勇气和战斗意志彻底瓦解了。但是，一队站在维苏威湖旁的拉丁射箭手实现了普泼利乌斯·特策乌斯·摩斯以身献祭的要求。

罗马人取得了辉煌的胜利，人们在堆积如山的拉丁人的尸体中找到了满身飞矢的普泼利乌斯·特策乌斯·摩斯的尸体。

素埃素拉战役结束了罗马和拉丁姆其他国家的公开战争，除少数几个城市还在抵抗外，大部分城市都与罗马签订了和平条约。

独裁官和他的副手

自从罗马与萨姆尼特尔人签订和约后，双方在和平中度过了一段时间，但好景不长，倔强的萨姆尼特尔人从失败中崛起后，又开始表现出了反抗的一面。经元老会商议，罗马决定派出军队再次征伐萨姆尼特尔人。

战争总指挥是独裁官卢茨乌斯·帕比里乌斯，这是一个与卡弥罗斯同样英勇的罗马人。他身材高大，行走如飞，人们给他起了个绰号“库尔索尔”，即会走路的人。帕比里乌斯对士兵要求严格，他的命令要无条件服从，如果敢有人违抗，那么这位首领一定会让他痛苦不堪。帕比里乌斯还有一个叫库茵拖斯·法比乌斯的副手，这是一个曾自愿为罗马献身的法比尔族的子孙，如他的前辈们一样，法比乌斯英勇善战，也深得士兵们爱戴。

罗马军队在萨姆尼欧姆扎下大营，与萨姆尼特尔人的营房遥遥相望。这时，从罗马方面传来消息，国内人民认为不该选帕比里乌斯当独裁官，认为他的当选会触怒众神，所以元老院希望独裁官能暂时回罗马安抚民心。帕比里乌斯临走前，命令法比乌斯坚守大营，在他没有回来前不能向敌人出击。

起初，法比乌斯对独裁官的命令并没有违背，他每天率领士兵外出侦察，然后在自己的营地里进行军事训练。一天，法比乌斯像平常一样外出侦察敌情，他发现，萨姆尼特尔人的一支部队在人数上处于劣势，而且防守也相当松弛，如果出其不意地袭击，一定会取得胜利。这个时候的法比乌斯早已经忘了独裁官的命

公正的审判 普桑 法国

宽容明智的帕比里乌斯不固执于死板的法律教条，他顺应民意，不再追究法比乌斯擅自出战的责任。

令，吸引着他的是至高的荣誉。

法比乌斯率领步兵离开营地，前去偷袭敌人。此时的萨姆尼特尔人哪里会料到罗马人会出现在他们面前，顿时慌作一团。罗马的骑兵也趁机冲杀过来，萨姆尼特尔人惨败。法比乌斯命人把胜利的喜报送回罗马，然后把缴获的武器和物品送回罗马军营。

当帕比里乌斯看到法比乌斯派人送来的喜报后，并没有惊喜之色，而是冲出元老院会议厅，愤怒地咆哮着："法比乌斯，你竟敢违抗独裁官的命令，虽然你取得了胜利，但如果大家都来效法你，罗马的法律制度还会存在吗？你一定会为此付出代价的。"帕比里乌斯搁下还没有举行完的元老院会议，一刻也不耽搁地奔向萨姆尼欧姆，他现在像一头发了疯的狮子。

这时候，早有人把这一消息告诉了法比乌斯。法比乌斯大吃一惊，他很了解帕比里乌斯，独裁官的命令如磐石一样坚不可摧，而且独裁官拥有生杀大权，怎么才能从暴怒的权力下救出自己呢？

“士兵们，我们擅自对敌作战，虽然取得了无限的荣誉，但独裁官正满腔怒火地向萨姆尼欧姆赶来。大家都知道，这位独裁官的脾气暴躁，他一定会用我的鲜血来惩罚我的过错。”法比乌斯把部队召集起来，向大家表明了自己的危险处境，希望跟他一起夺取胜利的士兵保护他。

“不用害怕，勇敢的法比乌斯，只要罗马兵团在，没有任何人敢伤害你，我们带给罗马的是多么光荣的胜利啊。”士兵们齐声高喊着。

士兵们对他们苛刻的独裁官向来怀有怨言，而对法比乌斯则显得亲善。尤其是一些年轻的士兵，他们喜欢和年轻的副手打成一片，而对那位战争总指挥更多的是畏惧。

帕比里乌斯来到中心大营，命传令官吹起集合的号角。士兵们很快聚集到一起，他们屏住呼吸，等待着预料中的场面的发生。

帕比里乌斯坐到审判的椅子上，把法比乌斯叫到眼前。

“法比乌斯，你只需要回答一个问题，是我命令你和敌人交战的吗?”独裁官眼睛里似乎已迸出了火焰。

法比乌斯不愧为光荣的法比尔人的后代，他脸色苍白，但目光坚定，以平静的口气回答了独裁官的问话：“这个问题你比我更清楚。我战败了敌人，你可夺取我的生命，但夺不走我的荣誉。”

本以为法比乌斯能认识到自己的错误，没想到他却坚硬得像块顽石，帕比里乌斯更加愤怒了：“看来你真的是需要尝尝苦头才对，来人！扒掉法比乌斯的衣服，用树枝鞭打。”

看到审判官员拥上前来，法比乌斯急忙向士兵们呼救，顺势逃到他们中间去了。士兵们保护着他们的英雄，对独裁官的怨声越来越大，军官们甚至绞着自己的双手请求独裁官开恩，但铁石心肠的独裁官无动于衷。士兵们做出威胁的举动，可帕比里乌斯丝毫反应都没有，铁青着脸命审判官员去执行他的命令。

法比乌斯害怕士兵们会保护不了自己，便趁着夜幕潜回了罗马。第二天，当他站在元老院的会议厅里陈述独裁官的残暴时，帕比里乌斯出现在大家面前，并立刻下令逮捕法比乌斯。

“帕比里乌斯，我的儿子打败了罗马的敌人，而你却拒不接受任何劝说和请求，不肯赦免你英勇的副手。在此，请求全体人民，为我的儿子伸张正义。”法比乌斯的父亲，玛尔库斯·法比乌斯，一个受罗马人尊敬的法比尔人，阻止了独裁官残暴的命令。

帕比里乌斯沉默了许久，然后他平静地注视着眼前这个严厉的父亲："玛尔库斯·法比乌斯，你的行为违反了法律，因为独裁官是位于人民之上的，但是，我愿意听听你的意见。"

一行人来到罗马广场，不大一会儿，聚集的人们就把广场围得水泄不通。玛尔库斯·法比乌斯和他的儿子一起来到台前，父亲向人们夸耀儿子的荣誉，并诚恳地请全体人民宽恕他年幼的儿子。罗马人被玛尔库斯·法比乌斯的陈词感动了。

但是，独裁官的话让在场的人哑口无言，且心悦诚服。

"于情，法比乌斯值得原谅，可是于理，独裁官的权力不能受到任何践踏。如果都像法比乌斯一样，士兵不听军官的话，军官不听最高行政长官的话，最高行政长官不听独裁官的话，罗马还有什么希望可言？到时罗马只有灭亡。"

所有的人都不知道该如何处置这件事了，审判官坐在那里左右为难起来。

这时，一部分罗马人跪倒在独裁官脚下："帕比里乌斯，法比乌斯的确是做错了，他已经受到了惩罚，胜利的喜悦已彻底化作了折磨和畏惧，所以你的人民请求你饶他一命。"玛尔库斯·法比乌斯和他的儿子也跪倒在地。

帕比里乌斯脸上的怒气早已不见了，取而代之的是脉脉温情："勇敢而善良的罗马人，你们不曾向敌人低过头，而为了你们的孩子却向独裁官低头，你们胜利了。法比乌斯，我将不再追究你的责任，你要感谢全体人民，以后千万记住，无论在战时还是在和平时期，罗马士兵都要服从罗马的法律。"

广场上响起雷鸣般的掌声，人们从地上一跃而起，把赦免的法比乌斯和慷慨的独裁官举过了头顶。

考迪乌姆的枷锁和报应

在第二次与萨姆尼特尔人的战争中，罗马人连战连捷。萨姆尼特尔人企图与罗马人签订友好条约，但罗马元老院却拒绝了萨姆尼特尔使者的请求。绝望的萨姆尼特尔人只能困兽犹斗，作垂死的挣扎。

罗马军队在最高行政长官弗拖里乌斯·卡尔维奴斯和斯波律乌斯·帕斯拖弥乌斯的率领下向康帕尼阿平原挺进，封锁了从山区进入平原的重要通道。

战场 萨尔瓦托·罗萨 意大利

罗马人和萨姆尼特尔人进行了长年的战争，在第二次战争中，罗马人连战连捷，但顽强的萨姆尼特尔人拒绝屈服，进行了坚决的反击，一度使罗马人陷入全军覆没的境地。

一天，罗马士兵看到十几个牧民赶着羊群从军营附近经过。牧民们主动上前与罗马士兵攀谈。

“不知你们听说没有，卢策里亚城被萨姆尼特尔人包围了，你们怎么还在此按兵不动呢?”

罗马士兵赶忙把得到的消息向最高行政长官报告，两个最高行政长官根本没有考虑这则消息的可靠性，忙率部队赶往卢策里亚城。萨姆尼特尔境内山路居多，罗马军队只能排着长队前行，再加上他们带着辎重队，行军不便，很难进行遭遇战。

这一日，骄阳似火，罗马人进入了考迪乌姆关隘。山谷里树木成荫，溪水潺潺，精疲力竭的士兵到处寻找着树荫纳凉。傍晚时分，当罗马的前沿部队通过第一座关口进入第二座关口后，大块的山石和粗大的树木挡住了行军的去路，此时的后续部队也进入了关隘地带。罗马人正打算清除障碍，大批的萨姆尼特尔人出现在两侧的山坡上。最高行政长官忙命罗马部队后撤，可后路也已经被萨姆尼特尔人切断了，前不能进，后不能退，罗马人陷入了困境之中。

当罗马人等待敌人毁灭性的攻击时，却迟迟不见敌人的动静。一连几天，萨姆尼特尔人始终没有采取任何行动。

“萨姆尼特尔人是想把我们活活饿死，可是我们宁愿战斗而死。”被围困的罗马士兵饥饿难忍。

其实，萨姆尼特尔方面的军事首领伽奴斯·彭梯乌斯正在内心里做着激烈的思想斗争：“即使把这里的罗马人全部杀掉，这场战争我们还是输掉了，萨姆尼特尔人已完全陷于罗马人的包围中，就如我们包围这支罗马军队一样。我们不能通过残杀来赢得这次战斗的胜利，而应抓住形势，通过谈判来争取我们的利益。”于是，彭梯乌斯派人到罗马军营邀请罗马最高行政长官进行谈判。

“尊敬的罗马首领，你们已经看到，你们的这支军队没有办法逃出包围圈了，我们完全可以消灭你们，但我们希望通过一个慷慨的举动促成双方的和解。只要罗马人和我们签订一个条约，和我们和平相处，归还掠夺的土地，你们就可以自由地撤走了。”彭梯乌斯向罗马方面阐明了自己的意图。

最高行政长官脸色苍白地回答：“难道你们不觉得对困在这里的几个人提出的要求过多了吗？我们等待着与你们做最后的战斗，哪怕是全军覆没。”

彭梯乌斯进一步对罗马人施加压力：“这是你们的想法，可你们的士兵会同意吗？我们可以把你们从塔尔佩几山上推下去，但你们的士兵一定更愿意活着回到罗马城。这样吧，作为对你们战败的惩罚，你们必须钻过枷锁往回撤，你们有一天的考虑时间。”

最高行政长官的脸上满是愤怒，在那个年代，屈服于枷锁是最大的耻辱。虽然两个最高行政长官在萨姆尼特尔人面前异口同声地表示了反对，但是，当他们看到峡谷里一望无际的士兵行列时，他们的心收缩到一起了，他们怎么忍心看到这支部队浮尸他乡呢？如果能把它完好无损交还给罗马那该多好啊。

罗马的中心大营里，最高行政长官把萨姆尼特尔人的要求向全体士兵们进行了宣布。

“勇敢的罗马人怎么能忍受这样的屈辱？我们并没有想过要活着走出这里，让我们去战斗吧，我们要用鲜血证明罗马人的骄傲。”全体士兵跪倒在最高行政长官脚下。

然而，两个最高行政长官还是违背了士兵的意愿，他们向彭梯乌斯表示愿意接受萨姆尼特尔人的要求，甚至接受了对方提出的最高行政长官和六百名出身贵族的士兵当人质的要求。

萨姆尼特尔人在关隘中心搭建了两座门，中间横着大梁，搁着枷锁。罗马士兵们只穿着内衣内裤排着队从门下经过。稍有迟疑，屁股上就会挨上一脚。而萨姆尼特尔士兵在旁边像是看一场闹剧，肆意地侮辱呼喊着。

所有的罗马士兵都重新获得了自由，但却像是从地狱里钻出来一样，他们不愿意回头看上一眼，不知道该何去何从，是人不知鬼不觉地回到罗马，还是逃到没有人的地方去呢？他们不发一言，互不搭理，只是耷拉着脑袋往前走，好像背着沉重的枷锁，那是他们再也摆脱不了的耻辱。

但是，正是罗马士兵这种无言的愤怒透露出了一种烈火燃烧般的不能忍辱含垢的决心，这种决心必将爆发出巨大的冲击力，事实也正证明了这一道理。

这批罗马士兵偷偷地进入罗马城，钻进家中后再也不敢外出露面，两个最高行政长官的家更是安静得像坟墓一样。

罗马人对从前线带来的消息痛不欲生，他们义愤填膺，重新选举了最高行政长官。

一天，两个已经被罢黜的最高行政长官和所有戴罪的军官来到元老院，他们提出愿意用自己的生命为自己的过失承担责任："用我们的生命去赎回紧急之中接受的可耻条约吧，摆脱了条约的羁绊，罗马人又可以派部队挺进萨姆尼欧姆了。"

于是，元老院派祭司们把这些军官捆绑着送到萨姆尼特尔人的手里，但是，彭梯乌斯并没有接受这批自愿的牺牲者，而是把这些人送回了罗马。

愤怒的罗马人立即组织了两支部队，由两个新选出来的最高行政长官率领直奔萨姆尼欧姆。

从耻辱中爆发出的冲击力的确是巨大的，怀着报仇雪恨的决心，两支罗马军队誓死要夺回失去的荣誉。当萨姆尼特尔人被打得落花流水时，罗马人的心中才微微感到有些快意。

"萨姆尼特尔人，你们必须放下武器，赤膊从城门出来，列队从枷锁架下穿行而过，尤其是你们的首领。"最高行政长官对战败的萨姆尼特尔人派来的使者说。

考迪乌姆的耻辱终于被洗刷了，罗马人又重新恢复了昔日的荣誉。

ZHONGWAISHENHUACHUANSHUOZONGJI

王小宽 主编

中外神话传说总集

第四卷

红旗出版社

仁梯努姆会战

卢卡尼亚是从萨比纳族发展起来的一个国家，统治着意大利亚得里亚海南部海岸，虽然是一个小国，但地理位置优越，一直是兵家抢夺的重地。

战前誓师 普桑 法国

萨姆尼特尔是个骄傲的民族，在三次对罗马的作战中，虽均遭失败，但萨姆尼特尔人并不甘心，时刻寻找着崛起的机会。

当萨姆尼特尔人重新拿起武器，曾试图占领卢卡尼亚时，却没有成功。那个时候的卢卡尼亚与罗马签订了联盟条约，对卢卡尼亚的宣战等于对罗马的宣战。但此时的罗马，正沉浸在战争胜利的喜悦之中，罗马的雄鹰已经占据了地中海，它盘旋在亚得里亚上空，罗马人正为自己疆域的广阔而倍感自豪。

萨姆尼特尔人又开始到处行动了，他们试图去说服伊特卢利阿人和高卢人："难道你们忘记了你们的族人是怎么败在罗马人的长剑下的了吗？这种耻辱将会作为枷锁让你们背负一辈子。我们应该团结起来，用罗马人的鲜血去见证我们的勇敢。"最后，萨姆尼特尔人、伊特卢利阿人和高卢人联合起来一起进攻罗马。

起初，罗马人并没有把这支联盟军放在眼里，胜利的光环久久地围绕在罗马人的头上，这股乌合之众怎么会是勇敢的罗马人的对手呢？但是，当罗马人完全

意识到敌人的意图和进攻目标时，不禁大吃了一惊。

此时的罗马最高行政长官是特策乌斯·摩斯和法比乌斯·马克西摩斯。特策乌斯·摩斯与父亲同名，在拉丁之战的维苏威湖战役中，他的父亲曾以身献祭，换回了罗马辉煌的胜利。儿子不但继承了父亲的名字，也继承了父亲的勇敢。

当萨姆尼特尔人和高卢人浩浩荡荡地向罗马挺进时，罗马方面迅速组建了一支约六万人的强大部队，两位最高行政长官担任战争最高指挥官。

"勇敢的罗马人，我们虽然取得了无数次的胜利，享受了无数的荣誉，但是，我们还有很多的敌人，他们正伺机打败我们，就连我们的属国也可能正存在着反叛之心，所以，我们要时刻提高警惕，再也不能只顾享受了。"在出发之前，特策乌斯·摩斯在誓师大会上对他的士兵们高喊着。

罗马人欢呼着，发誓要给来犯的敌人血的惩罚。

罗马人与萨姆尼特尔人和高卢人在仁梯奴姆相遇了，列阵对峙。特策乌斯·摩斯和法比乌斯·马克西摩斯骑着高头大马威风凛凛地位于队列的最前方，两人观察着对方的动静，打算随时发动进攻。

就在这时，奇怪的事出现了。一只母鹿从附近的山林里跳了出来，后面紧跟着一匹灰狼。母鹿与灰狼在众目睽睽之下穿过战场，然后分道而行：母鹿朝萨姆尼特尔人和高卢人奔去，灰狼朝罗马人跑来。

高卢人向来被称为野蛮人，当看到跑过来的母鹿时，高卢人首领举起手里的长矛，朝母鹿的咽喉戳去，母鹿惨死在高卢人队列之前，鲜血染红了一地，而高卢和萨姆尼特尔的士兵们却像是看一场游戏一样，没有任何人阻止这一暴行。

罗马方面，当灰狼奔到罗马的队列前时，罗马士兵们左右一分，一条大道出现在灰狼面前，灰狼穿过罗马人的队列向远方跑去。

罗马祭司看到这里，闭上眼睛自言自语道："母鹿是月亮女神狄安娜的圣兽，而高卢人却把它残忍地打死，月亮女神一定会让这个地方堆满尸体的。灰狼是战神玛尔斯的圣兽，罗马人对灰狼爱护有加，一定会取得胜利的。"

战争开始了，萨姆尼特尔人和高卢人勇猛地朝着罗马人冲来。特策乌斯·摩斯命令士兵们说："我们只管抵挡住敌人的进攻，当他们把体力消耗得差不多的时候，我们再发动进攻。"

看到罗马人只知道抵抗，萨姆尼特尔人和高卢人骄傲地以为罗马人畏惧于他们军队的强大，于是更加肆无忌惮地在战场上冲击。

罗马左翼部队面临的敌人是高卢人，由于防守不利，被敌人连连击败，但在关键时刻，罗马的后续部队发挥了作用，受到威胁的左翼阵地转危为安。罗马右翼部队面临的敌人是萨姆尼特尔人，在特策乌斯·摩斯的率领下，右翼阵地固若金汤，萨姆尼特尔人次次进攻都归于失败。

夜幕很快降临，敌人的冲击减弱下来，正像特策乌斯·摩斯所说的那样，萨姆尼特尔人和高卢人已疲倦不堪。于是，两位最高行政长官命罗马士兵进行反击。

然而，特策乌斯·摩斯并没有料到敌人的抵抗还会如此之强，罗马的反击依然未能奏效。

“亚奴斯神、朱庇特神、战神玛尔斯和亲爱的库依律奴斯，我将和我的父亲一样把自己献祭给你们，作为来自地府的可怕生灵参加这场战争，让我的祖国永远年轻吧。”特策乌斯·摩斯在阵地前举起双手向苍天高呼着。随后，罗马祭司举行了祭祀仪式。

果然，特策乌斯·摩斯冲向敌人时真的像是扫荡一切的幽灵，萨姆尼特尔人和高卢人慌忙撤退，他们的勇气和战斗意志似乎因难以名状的恐惧而彻底瓦解了，不得不向罗马屈膝投降。当然，特策乌斯·摩斯献祭的愿望也得到了满足，他的英名和他父亲的名字一样将光照罗马史册。

萨姆尼欧姆的结局

为了抵抗罗马人的进攻，萨姆尼特尔人在萨姆尼欧姆城中建立起了一支新的部队。其中的一个兵团是由从萨姆尼特尔人中挑选的最勇敢的人组成的，这个兵团是这支部队的核心。在战斗之前，这个兵团要在最高祭司的带领下在一幢由布幔盖起的小屋子里宣誓效忠。这个兵团的士兵也被称为“白长衫人”。

自从这支部队建立起来以后，萨姆尼欧姆就把希望放在了他们身上，最结实、最耐用的武器让他们使用，甚至用金子为他们铸造盾牌。萨姆尼特尔人想凭此战胜罗马人。

浩浩荡荡的罗马军队进入到阿库依洛尼亚城，并在那里扎下阵营。听说萨姆尼欧姆新建了一支军队，罗马的士兵们表示出了一副跃跃欲试的样子。

“如果现在就能开战那该多好啊，听说‘白长衫人’的武器装备比我们的要

精良得多，真想看看那些愚蠢的家伙拿着精美的武器是否能胜过我们。”有些士兵们甚至全副武装起来，只等最高行政长官的一声令下。

不远处，萨姆尼特尔人也希望着能马上开战，让自己的装备到战场上一试高低。萨姆尼特尔人的最高行政长官决定于第二天清晨发起进攻。

罗马人对神的崇敬程度已经到了痴迷的地步，他们做任何事之前都要进行占卜。在这次出征之前，罗马人也随军带着一只公鸡，以卜凶吉。第二天，作为圣物的公鸡拒绝进食。养鸡人马上派人去向罗马的最高行政长官报告。这种异常现象预示着如果交战的话会遇到厄运，祭司希望最高行政长官能放弃这次战斗，或是推迟战斗。然而，祭司派去报信的小伙子是一个年轻气盛的人，他很想在这次战争中大显身手，见到最高行政长官时，小伙子兴奋地说道：“尊敬的长官，这真是天赐的良机啊，连那头公鸡都表现出了昂扬的斗志：它食欲旺盛，听完了就在它的圈里边跑边叫。老天注定我们该取得这场战争的胜利啊。”

最高行政长官也想尽早地结束这场战争，高举胜利品回到罗马去，听报信人如此一说，好像已经取得了胜利一样，脸上洋溢着喜悦：“真是神助罗马啊，明天我们将进行一场血战，不久以后我们就将凯旋。”

祭司本以为报信的那个小伙子如实地报告了情况，可当他看到士兵们急匆匆地穿过营房时，才知道报信人违背了天意，他抱着头痛苦不已地对天长叹道：“该死的家伙，他会把一支庞大的罗马军队送往地狱的。一切都完了，我又有什么办法呢？只能听天由命了。”

第二天，战斗的号角吹响了。白长衫人英勇作战，效忠的宣誓起到了效果，他们不愿意后退一步，倒下了，会有人补上来。罗马士兵虽然一次又一次地向萨姆尼特尔人的阵地发动进攻，但都被他们击退了。

正当罗马人进退两难的时候，一支卢卡尼亚人的小部队直冲萨姆尼欧姆人的腹地。这支小部队本在这次作战的计划之中，但因行军迟缓而延误了。不过现在来得正是时候，可这支队伍人数不多，如果遭到了白长衫人的进攻，肯定会被打得片甲不留。于是，卢卡尼亚人的首领命令辎重分队赶着运重物的驴子拖着成捆的带叶子的树枝，使得尘土飞扬，让对方觉得这是一支大部队在行进。

萨姆尼特尔人只看到路上扬起的尘土，根本看不清这支队伍有多少人，果真以为是一支大部队，士兵们的信心和勇气顿时大减。而罗马人则恰恰相反，勇气倍增，以摧枯拉朽之势扑向了萨姆尼特尔人。

罗马人在这次战争中取得了胜利，为了庆祝这次胜利，罗马的最高行政长官用缴获的白长衫人的武器铸造了两尊雕像，一尊是天公朱庇特的，一尊是他自己的，这是罗马第一次出现凡人和神的雕像并排而放。

罗马人和萨姆尼特尔人之间的战争持续了五十年之久，当萨姆尼欧姆的白长衫人彻底失败后，萨姆尼特尔人又组织起了一支大规模的队伍，并推举在考迪乌姆峡谷一战中获得胜利的伽奴斯·彭梯乌斯担任最高首领。但这并没有改变萨姆尼特尔人的命运，年迈的彭梯乌斯最终战死了沙场。

战争给罗马人和萨姆尼特尔人都带来了极大的灾难，当玛奴斯·库里乌斯·丹塔图斯被选为罗马的最高行政长官以后，他积极地邀请萨姆尼特尔人前来缔结和约。最后，萨姆尼欧姆归顺了罗马。

比尔胡斯国王

塔伦在美丽的亚得里亚海湾，这里没有战争的硝烟炮火，人们过着富裕幸福的生活。萨姆尼欧姆被罗马人占领之后，罗马人武器的声响离塔伦越来越近了。在这种声响之下，以往平静的日子不见了，取而代之的是战争的喧嚣。

塔伦城里的梯纳人是希腊人的后裔，他们和拉丁人一样，把罗马人看做是野蛮人，梯纳人还和罗马的库茵律特人签订条约，禁止罗马的船只进入塔伦港。

在罗马人与萨姆尼特尔人交战期间，一支罗马的船队遇到暴风袭击后驶入了塔伦港，本来就怀有戒心的梯纳人冲上罗马船队，把战船凿沉，把船上的罗马人杀死，幸存的几只船迅速逃离了塔伦港。

罗马人虽然对梯纳人的暴行十分愤怒，但还是决定先派使者去塔伦谈判。结果，使者斯波里乌斯·帕斯图弥乌斯不但空手而归，而且还受到了塔伦梯纳人的羞辱，罗马元老院这才派出了一支军队攻打塔伦。塔伦的梯纳人根本没有经历过战争，他们不知道如何来应付罗马人的进攻。当然，他们也应付不了。

在塔伦的土地上，罗马军队破坏了他们的农田，烧毁了他们的房屋，但罗马人却把抓获的俘虏全部释放了。遭到节节败退的梯纳人向希腊的庇鲁斯城国王比尔胡斯求援。

比尔胡斯一直想拥有像亚历山大那样的荣耀，但他也深知，那样的荣耀只能通过战争才能取得。当梯纳人派使者来向他求援时，他毫不犹豫地率领船队向意

大利方向进发。

到达塔伦的比尔胡斯马上投入到战争中去，他指挥着庇鲁斯国和塔伦国的两支希腊军队，迎战罗马骑兵，但初战不利，失去了大片土地。随后，希腊步兵迎战罗马兵团，希腊步兵开始失利，比尔胡斯忙放出大象参战，局势扭转了，比尔胡斯指挥骑兵一阵砍杀，罗马士兵纷纷倒下。

对罗马军队初次战争的胜利，使比尔胡斯明白了要想征服罗马比登天还难，因为在战后清理战场时，他发现那些死去的罗马士兵的伤口都在胸前，这使他对罗马人肃然起敬："如果我的士兵也能和他们一样勇敢，我一定能征服世界。"于是，他派出使者前去罗马，说服罗马元老院举行和谈。

由于战争失利，罗马元老院的几个元老对比尔胡斯国王的求和已经开始动摇，但前任最高行政长官、已双目失明的阿比乌斯·克劳迪乌斯的一番话却使和谈成为了泡影："罗马的英雄们，千万不要被狡猾的希腊人的甜言蜜语所迷惑。只要意大利的土地上还有希腊士兵，我们就不能接受和谈。"

听了这番慷慨激昂的话，古罗马传统的骄傲顿时又在元老们心中点燃，他们礼貌地拒绝了比尔胡斯国王的请和。使者回到塔伦向比尔胡斯报告了这一结果。

"哦，尊敬的国王，罗马城好像一座神庙，而每一个罗马人则都像一个国王。"使者还沉浸在奇妙的感觉之中。

比尔胡斯非常惊讶："希腊人永远也没有罗马人的这种骄傲，我倒很是希望亲眼看看这座神和国王的城市。"比尔胡斯命令希腊军向罗马城的方向推进。从塔伦战争上败退的罗马军也向罗马城方向尾随而去。

比尔胡斯命令希腊军在离七座山城八海里的地方扎营，并没有直接挺进到台伯河地区。一天，罗马的使者来见比尔胡斯，商量交换俘虏的事宜。比尔胡斯用最高的礼仪接待了使者并许诺送使者大量的黄金，希望他能说服元老院接受和谈的计划，但却遭到了使者的拒绝。比尔胡斯想试试这位罗马使者的胆量，便命人牵来了一头大象。当比尔胡斯和罗马使者会谈时，这头大象竟然把鼻子搁在使者的肩膀上，发出可怕的巨吼声。罗马使者吃了一惊，但马上就镇静了下来，微笑着对比尔胡斯说："你可以拿黄金来收买我，拿大象来恐吓我，但这是你的意愿，从我这里你是不能得逞的。我绝不会做出有损于国家的行为。"

比尔胡斯被罗马使者的勇气感动了，深鞠了一躬："勇敢的英雄，我被罗马人的骄傲所折服。我不能释放你们的俘虏，但我已经给他们放了长假，让他们回罗马过农神萨图恩节。如果元老会接受和谈的建议，那么这些俘虏就可以留在罗马了。否则，他们在节后必须回到我们这里来。”

结果，正如罗马使者所承诺的那样，罗马俘虏们过完萨图恩节后全部回到了希腊军营。比尔胡斯被罗马人这种高贵品质震慑了，他没有指挥他的军队继续向前推进，而是撤回了塔伦。

第二年，比尔胡斯率领希腊军向阿波里恩进军，在阿斯库罗姆城前，希腊军受到了罗马军的阻击。战斗持续了两天，以希腊军的胜利结束，但希腊军却同样付出了惨重的代价。

此时，岁拉库斯城受到了卡尔它各的攻击，岁拉库斯国王派人向比尔胡斯求援。比尔胡斯正要率船前去西西里岛时，罗马最高行政长官伽尤斯·法勃烈策乌斯的使者来到希腊军营，转交给比尔胡斯一封信。那是一封比尔胡斯的私人医生写给法勃烈策乌斯的信，私人医生在信中的意思是：希望以毒死比尔胡斯来换取巨额报酬。看完信，比尔胡斯被法勃烈策乌斯的正直所感动，更叹服于罗马人的高尚气节。但罗马人却依然没有接受和谈的建议。

从西西里岛回到塔伦后，比尔胡斯率军攻打萨姆尼欧姆的培纳文特城。在这次战争中，罗马人终于打败了希腊军队，而且还俘虏了大批的希腊士兵。经过这次的失败，比尔胡斯对征服罗马已经不抱任何幻想了，带着他的大部分军队离开了塔伦。曾经骄横一世的塔伦被罗马占领。

第三章　希伯来神话

创世纪

在最初，上帝虽然创造了天地，但世界却尚未形成，天地间一片混沌。这时，天地间没有太阳，没有月亮也没有星星；没有高山，没有平原也没有大海；没有草木，没有鸟兽更没有人类，整个世界都被无尽的黑暗笼罩着。

万能的上帝决定改变这混沌的、没有生气的、枯燥的世界。于是他施展无所不能的法力，开始了世界的创造。

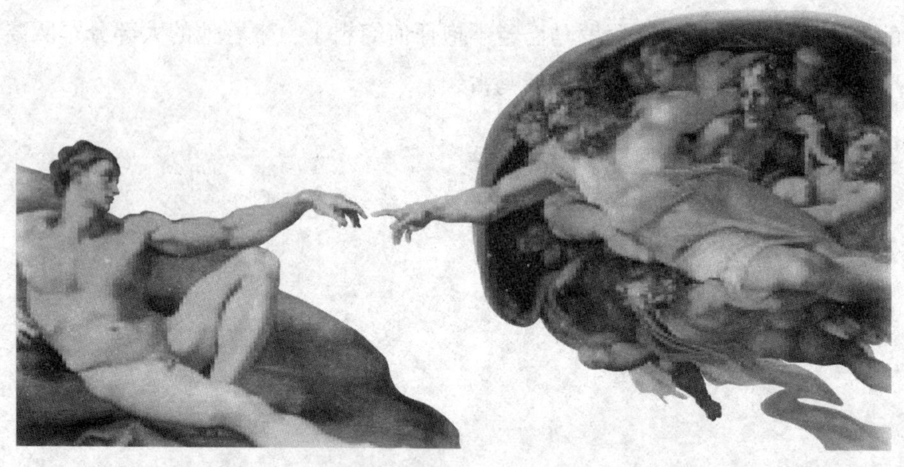

创世纪 米开朗琪罗 意大利

这是《创世纪》中上帝创造亚当的情景。亚当的左手显得无力，缓缓前伸，像处于控制中；上帝则将右手食指伸出，赐予创造物以生命。它表现的是上帝赐予人类生命灵性前的一刹那。

上帝创造天地万物仅仅用了七天。在这七天里，他根据自己的意愿创造出了所有他认为世界上应该有的东西，每一种东西的产生都是那么的神奇。

第一天，上帝觉得混沌的世界太过于黑暗了，就说：“要有光。”于是光瞬间就产生于黑暗的世界之中。上帝觉得他创造出来的光是有用的，是好的，就把光明和黑暗分离开来，让它们交替出现在世界上。为了加以区别，上帝把光明称为“白天”，把黑暗称为“夜晚”。就这样，世界上有了白天和黑夜之分。

第二天，上帝认为世界上所有的水都混在一起，需要将它们分开。于是他说道：“要有空气。这些空气要产生在世界上的诸水之间，将整个世界的水分为上下两部分。”于是，世界上产生了空气，而空气又把水分开了。上帝觉得这些空气还应该有个名字，于是就把它们统称为“天”。

第三天，上帝开始处理地面的水，他说：“天下的水应该汇集到一处，好让大地能够裸露出来。”这样，世界上就出现了大地，所有的水也都汇聚到了一起。上帝觉得大地和水都应该有自己的名字，于是就把露出水面的土地称为“陆地”，把汇集到一起的水称为“大海”。

上帝觉得陆地太单调了，就命令说：“陆地上要长出各种青草、鲜花、蔬菜和果树，其中果树能结出果实。所有的这些东西都要能结出种子，但果树的种子需要长在果实里。”如此一来，世界上就有了各种植物，而果树所结出的果实中又都含有核。

第四天，上帝觉得世界上应该存在发光的天地。有了光体就能发出光明来普照大地；有了天体就可以区分白天和黑夜，就可以定节令、算日子、记年岁；有了天体还可以进行记事、做记号等活动。于是，上帝就创造出了两个大小不同的发光的天体。上帝让大一点的光体发出强烈的光，并让它掌管白天，这就是太阳；又让那个小一点的光体发出较为柔弱的光，并让它掌管黑夜，这就是月亮。上帝觉得，既然陆地上有花草果蔬点缀，那么天空中也应该有什么东西点缀一下，于是他又创造出了无数的星星，放在了天空上。

第五天，上帝认为世界上还应该有各种各样的有生命的物质，而这些物质应该最早出现在水里。他说道：“水要多多滋生孕育出有生命的物质。”于是，水中出现了各种各样的、生机勃勃的、充满活力的生物，上帝还把它们分成了很多的种类。

之后，上帝觉得天空中也要有各种生物，于是说道：“天空中要有鸟雀飞翔。”这样，世界上又出现了各种各样的飞鸟，上帝也把它们分成了很多的种类。上帝决定让它们能够世代繁衍下去，遍布于世界上所有的水里和空气中。于是，他施展法力，给这些的生物都赐了福，让它们按照他的意愿发展。

第六天，上帝开始在陆地上创造生物，他说：“陆地上也要生出很多的生物，

要有昆虫、牲畜，还要有各种野兽。”这样，陆地上出现了上帝想要的各种生物，它们也按照上帝的意愿，被分成了很多的种类。上帝也给它们赐了福，让它们能够世代繁衍下去，遍布于世界的所有陆地之上。

这时，上帝又觉得这些水里的、空中的和陆地上的生物需要一个首领。他决定创造出一种新的生物来作为万物的主宰。上帝在陆地上拿起一块泥土，捏成自己的样子，然后他往泥坯中吹入了生命气息，使得泥坯变成了具有活力和生机的生物，从而创造出了第一个人，并给他取名为“亚当”。上帝觉得，如果只有亚当一个人，会觉得很孤独、很寂寞，应该给他找一个配偶。于是上帝就趁亚当熟睡的时候，从他身上取出一条肋骨，造出了另一个人，并给她起名为“夏娃”。

上帝对亚当和夏娃说：“你们是我按照我的样子造出来的，你们是世间万物之灵，是万物的主宰。”然后，上帝又赐福给亚当和夏娃，对他们说：“你们要生养后代，要让你们的子孙遍及所有的陆地。我把世界上一切结种子的菜蔬和结有核的果子全都赐给你们作为食物。你们要治理地上的一切。不仅这样，水中的鱼类、空中的鸟类以及陆地上的昆虫、牲畜、野兽等所有的一切生物都要接受你们的管理。”

第七天，上帝完成了天地万物的创造，包括日月星辰、江河湖海、高山平原、花草树木、鸟兽鱼虫，还有人类等等。上帝非常满意他所创造出的这个世界，也非常满意他创造出来的所有生物。他“工作”了六天，觉得很累了，需要休息。于是，上帝赐福给这一天，圣化它，把它定为特别的日子，规定这一天为“圣安息日”。这是因为，在第七天中，上帝完成了他所有的伟大的创造，他在这一天里停止工作，安息了。

后来，人们把上帝创世所用的时间设为一个小周期，称为“星期”。因为上帝给一个星期中的第七天赐了福，又将这一天定为“圣安息日”，所以人们就把星期天作为休息日，又把它称为“安息日”。

亚当夏娃

上帝在创世的第六天，按照自己的样子用泥土创造出了世间万物的主宰——人，并给他取名为“亚当”，意思是“人类”。上帝在东边的伊甸开辟了一所乐园，把亚当安置在里面。

伊甸园是西方的人间天堂，地面上生长着各种各样的树木，树上不仅能开出好看的花，而且还能结出美味的、可以作为食物的果实。院子里还有两棵神奇的果树：一棵是可以让人拥有永恒生命的生命树，另一棵是可以让人分辨善恶的智慧树。有一条河在园子里流淌，滋润灌溉着园中的土地，之后，这条河流出伊甸园，然后分为四条支流。

人类的堕落

亚当羞涩地遮住身体的某个部位；夏娃摘下一只苹果正准备给亚当，而亚当不由自主地、顺从地举着手去接；变成人蛇的撒旦眼含渴望，他也是他们堕落的诱因。

上帝让亚当看管伊甸园，并吩咐他说："园中的各种果实都是你的食物，在你饥饿的时候，你可以取用它们。但是有一点，园中那棵善恶树上的果子你是无论如何也不能吃的，因为吃了它，你就会死去。"亚当牢记了上帝的告诫。

上帝觉得他一个人很孤独，就造出了各种鸟兽鱼虫，并把它们带入伊甸园里。亚当看到这些动物时一一给它们取了名字，但没有找到一个和自己一样的生物，所以他依然感到很孤单。于是，上帝使他沉睡，在离他心脏最近的地方取出一根肋骨，又把肉连合起来，创造出了另一个人，并取名"夏娃"，意思是"生命之源"。

亚当看到夏娃时又惊又喜，他说："她与我骨肉相连，是我的骨中骨、肉中肉，她是从男人身体里面取出来的，就叫她女人吧。"因为亚当的这番话，我们后世的男人和女人要离开抚养我们的父母，彼此结合，融为一体。从那以后，亚当和夏娃共同管理着伊甸园，因为他们没有"智慧"，所以他们虽然是赤身裸体的，但彼此之间并没有感到羞耻。

在当时，伊甸园中所有的动物都非常温顺，也很善良，它们与亚当和夏娃相处得非常融洽。但是，有一种动物却十分狡猾，那就是蛇，因为它已经被魔王撒旦附体。撒旦原本是上帝的使者，因为反对上帝而堕落成了魔鬼的首领。他怀恨在心，一直寻找机会报复上帝。

撒旦以蛇的姿态出现在夏娃的面前，试探着对她说："上帝真的允许你们吃这伊甸园中所有的果子吗?"夏娃对蛇没有丝毫的戒心，她如实地回答说："上帝允许我们食用这园子里各种果子，但只有那棵分辨善恶树上的果子是不能食用的。因为上帝说吃了善恶树上的果子，我们会死掉的。"

蛇用狡猾的语气对夏娃说："上帝是在骗你们，你们吃了那善恶树上的果子，根本不会死掉。他之所以那么说，是因为你们如果吃了树上的果子，你们就会拥有智慧，你们就会和他一样眼睛明亮，能够分辨善恶。"

夏娃听了蛇的话以后，心中对上帝的信仰开始动摇。她看到善恶树上的果子的确非常好看，也非常鲜嫩，而且她从蛇那里得知，吃了树上的果子，就可以和上帝一样拥有智慧，所以，夏娃便把上帝对她的告诫抛在脑后。她伸出手，摘下果子，吃了下去。不仅这样，她还从树上摘下另一颗果子，让她的丈夫——亚当也吃下去。

亚当和夏娃吃了果子后，果然和蛇说的一样，眼睛明亮了，精神清晰了。他们真的有了智慧，有了自我意识。他们发现自己赤裸着身体，于是就用无花果的叶子为自己编织裙子，围在腰上用以遮掩羞处。

人类违背上帝的意愿，为以后受苦受罪种下了祸根。他们必须为此付出代价，必须要世代救赎这无尽的罪孽。因为他们放弃了对上帝的信念，丢弃了上帝对他们的告诫，辜负了上帝对他们的信任。

傍晚时分，上帝来到伊甸园，亚当和夏娃听见上帝在园中行走的脚步声。他们有了智慧，心中有了负罪感，他们觉得不能出来见上帝，于是他们开始在园子里躲避上帝。

上帝没有看到亚当和夏娃，没有看到那两个纯真善良的人，他在园中呼喊道："人，你在哪里？"亚当听见上帝的呼唤，回答说："上帝！我在园中听见了您走近的脚步声，心里非常的害怕。因为我没有穿衣服，我是赤身裸体的，我不能出来见您。"

万能的上帝此时已经知晓，这个由他创造出来的人已经违背了他的意志。他责问道："你怎么知道你是赤身裸体的？是谁告诉你的？难道你已经吃了那善恶树上的果子？"

亚当回答说："是夏娃，是您赐给我做伴的那个女人摘下树上的果子给我吃的。"

上帝回头问夏娃："你都干了些什么？你怎么可以做出这种事来？"

夏娃赶忙辩解道："我是受蛇的引诱才去吃那树上的果子的。"

上帝很是伤心，但他知道这已经是不能挽回的事了。他要惩罚他们，要让他们得到应有的报应。

第一个要惩罚的就是蛇。上帝对蛇说："你干出了如此卑劣的事，要受到诅咒。你将用肚子在地上爬行，泥土会是你的粮食。你还要与夏娃结下仇怨，而且世代相传。她们会打伤你们的头，而你们则要咬伤她们的脚跟。"

接下来是夏娃，上帝对她说："我必加深你怀胎的痛苦，在你分娩的时候也必须受到极大的痛楚。此外，你还要永远永远依赖你的丈夫，听他的管束，做他的仆人。"

最后轮到亚当，上帝对他说："你没有听从我的警告，却听从你妻子的话，吃了那不该吃的禁果，土地将会因为你而受到诅咒。你一生都要在土地上艰苦地劳作，只有那样，你才能获得地里长出的粮食。此外，荆棘和蒺藜将会伴你终生。你还要吃野生土地上长出来的植物，而且你必须汗流满面才能养家糊口，维持生计。你的一生将充满艰辛，直到你最后归回大地中的尘土。因为你本就是尘土，所以最终还是要回归尘土。"

说完后，上帝把亚当夏娃赶出了伊甸园。为了不让亚当和夏娃返回伊甸园，为了防止他们或他们的后代来偷摘伊甸园里生命树上的果实，上帝派基路伯（上帝的天使）把守在园子的东边，并在通往生命树的路上放了一把四面旋转能发出火焰的宝剑。

该隐杀弟

失去了伊甸园，亚当、夏娃从此失去了欢乐。对于他们来说，失去的还不仅仅是这些，他们甚至也失去了生活的基本依靠。于是，在饥寒交迫中的亚当、夏娃不得不学习用四肢从土地中获取粮食和蔬菜，以满足自己的基本需要。他们刀耕火种，胼手胝足，自食其力，尽管辛苦，也乐在其中。他们知道，自己的生命是有限的，若干年后，他们会死去，他们生于土，也将归于土地。

偶然的一天，亚当和夏娃躺在了一起，于是，他们有了原始的冲动。两尊肉体合而为一，在一阵漠然的快感之后，夏娃怀孕了。不久，他们的长子该隐降生了。又过了不久，他们的第二个儿子亚伯也来到这个世上。该隐做了一名耕夫，亚伯则成了一个牧民。

秋天来到了，那是该隐收获的季节。因为他从小就知道，这世上的一切都是上帝用智慧的大手创造的，包括他们的父母。为了表达对上帝的感激之情，该隐将第一担谷物恭敬地敬献在上帝的面前。弟弟仿效哥哥，他拿出羊群中头生的羔羊和羊油献给上帝。上帝高兴地接受了亚伯的供品，却没有看见该隐的谷物。这原是一件很小的事情，但却像一星妒火，熊熊地在该隐内心燃烧起来。该隐的脸胀得通红，他大声地说，这是一个错误的世界，上帝也这样不公平。

上帝听到了该隐的呐喊，他问道："年轻人，为什么如此恼怒？"

该隐说："那得问您自己，我问您，您为什么只接受亚伯的贡献，却对我的谷物连看也不看？我以为上帝是公平的，原来我错了。"

"就为这件事吗？"上帝笑了笑说，"一个人应该常行善事，不要因为一丁点小事就恼怒生气，这样只会让恶念有了滋生的土壤。"

该隐听不进这些，他只是怒目圆睁，一种想发泄一通的欲望像火山喷发前一样在他的胸间鼓荡着。于是上帝又说："年轻人，罪孽已经像恶兽一样蹲伏在你的门前，它会让你做出傻事来的。年轻人，千万不要让它迷惑了你。"

上帝的话是有所指的，我们知道，万能的上帝是明智的。然而，该隐把上帝的告诫当成了耳边风。他觉得，在这个世界上，如果有了亚伯，就绝不会有他该隐的天下，他必须除掉亚伯，否则，总有一天，他将失去这个世界。正如上帝所预言的那样，罪孽像猛兽一般正蹲伏在该隐的门前，它放出种种迷人的伎俩迷惑一个被恶念占去了的灵魂。没过多久，该隐借了一个机会把弟弟亚伯骗到了野外，然后在弟弟毫不知觉的情况下残忍地杀害了亚伯。

该隐杀弟

该隐的恶念迅速膨胀，他将亚伯骗到野外，在弟弟毫不知道的情况下杀害了他，揭开了人类相互残杀的序幕。

这一切都没有瞒过明智的上帝。有一天，上帝在一片树林里见到了该隐，上帝说："年轻人，你弟弟亚伯呢？"该隐答道："我怎么知道，我又不是他的守护神。"

上帝终于收起他慈祥的面容，大声地喝斥道："你因为嫉妒而杀了自己的亲弟弟，你以为人不知鬼不觉吗？要知道，太阳下一切罪恶都是难以掩盖的，亚伯的鲜血染红了这一片土地，空气中弥漫着血腥气味，你能瞒得过去吗？"

上帝的声音颤抖着，该隐在上帝的怒斥下瑟瑟发抖。他本能地向后退缩着，说："那么，你要杀了我，为亚伯报仇吗？"

上帝扭过头去，用不屑的语调说："我不会杀了你，也不会让别人杀了你。但是，你犯下如此罪恶，我必须惩罚你。"

该隐怀着一丝侥幸说："我将受怎样的惩罚呢？"

上帝说："你将受到永远的咒诅，你的灵魂将永久地在这大地上飘荡，我要

让人们从你的罪恶中吸取教训，要让人们看到，一个罪恶的灵魂是怎样受着良心的煎熬。”上帝是这样想的，也是这样做的。他怕以后会有人真的杀掉该隐，于是便在该隐的身上做下记号：“杀该隐的，必遭报7倍。”

挪亚方舟

上帝创造了万物生灵，同时也创造了人类。由于亚当和夏娃的原罪，人类不得不在这土地上挥汗如雨地劳作，以满足衣食的基本需求。人类的眼睛盯着那片有限的土地，总是希望从中生出更多的粮食和布匹，生出更多的牛羊和鸡鸭，生出更多的女人和黄金。欲望在人们的头脑膨胀，为了获得更多的满足，人类开始了永无休止的厮杀、争斗、掠夺，人世间的暴力和罪恶简直到了无以复加的地步。看到这一切，仁慈的上帝开始后悔当初在一时的冲动之下就创造了人类。

当目睹了太多的罪恶之后，情绪激动的上帝真想用他那创造了这一切的大手再次一挥，所有的一切，包括人，包括飞禽走兽都从这大地上从此消灭，让世界再次回到造物之初的虚无和混沌之中。这个念头一经产生，仁慈的上帝忽然落下几滴悲伤的眼泪。

上帝在等待着，他等待着人类的忏悔和觉醒，他希望人类能冲出罪恶的泥淖，重新生活在伊甸园中。

上帝在寻找着，终于，上帝开心地笑了。

上帝认定，那个叫挪亚的人就是人类的拯救者。

我们现在来说说挪亚其人。虽然挪亚是无数人中的一个，但他却不像无数的人那样生活在罪恶之中。挪亚带着三个儿子，靠着勤劳和俭朴过着自得其乐的生活。他时常地教导儿子说，人，千万不可迷失根本，这根本就是善良和谦恭。看着那些在罪恶中轮回的乡亲们，挪亚的心中有着难以言及的疼痛。有时候，他会走出屋子，走到乡亲们中间，告诫他们说，人们，赶紧从罪恶中解脱出来吧！在一片欲望的争吵声中，挪亚的声音是如此弱小，小得激不起任何回音。即使有少数人听到了挪亚的呼喊，但他们全都不以为然，继续我行我素。

上帝终于痛下决心，要毁灭这罪恶的世界。有一天，上帝来到挪亚的家里，上帝说：“这世界即将毁灭，但你们一家却有理由生存。”上帝选中了挪亚的一

挪亚方舟

挪亚在孤立无援的情况下造好了方舟，全家人搬了进去，各种飞禽走兽也一对对赶来，有条不紊地进入方舟。

家：挪亚夫妇、三个儿子及其媳妇，上帝的旨意，是要让挪亚的一家作为新一代人类的种子保存下来。上帝告诉他们说，七天之后这世界将不复存在，你们务必要造一只方舟，当灾难降临的时候，那方舟将载着你们一家，驶向一个生命的孤岛。

于是，挪亚的一家开始行动起来。他们不分昼夜地工作着，终于在第六天夜里造出一只偌大的方舟。那方舟长三百英尺（1 英尺合 0. 3048 米），宽五十英尺，高三十英尺。方舟共分三层，舷板上留有透明的窗户，旁边开着供人进出的舱门。方舟造好后，挪亚又让儿子拿来松香，自己亲手在方舟内外认认真真地涂了三遍。现在，做好的方舟看起来真是漂亮而又结实，三层的方舟正合适挪亚一家三代人居住。

方舟造好的这天晚上，上帝降临到挪亚的门前，上帝说："明天，一场惨绝人寰的大洪水将吞没整个世界。一切生灵都将荡然无存。但是，你们一家却是例外。"

挪亚一家虔诚地听着上帝的陈词，唯有感激涕零。挪亚说："仁慈的上帝，您还需要我做些什么，请尽管吩咐。"

上帝说："当洪水到来之际，你和你的一家，包括你的儿子和儿媳登上方舟，此外，你还要带七对洁净的牲畜、七对洁净的飞禽，还要带上一定的种子，以便将来繁衍生息。"

挪亚明白了上帝的旨意，于是，一切按上帝的旨意办了。

这一天是挪亚六百岁的生日，也就是在这一天，大地震动，海洋喷涌，雷鸣电闪，暴雨倾盆，洪水开始泛滥，江河开始满溢。洪水漫过了陆地，漫过了山坡，漫过了森林，漫过了高山，涌上陆地，罪恶的人类终于意识到，报应到了。然而一切为时已晚，在一声声凄惨的哭叫声中，包括人类在内的一切生灵都被巨大的洪水吞没，唯有方舟上的生灵得以幸存。

苍天似乎被切开一道巨大的裂缝，无休止的雨水像倾倒了一只巨大的水盆。透过方舟的窗户向外望去，到处都是白茫茫的一片，没有了高山，没有了陆地，没有了森林，没有了那吵吵闹闹的人们。洪水一连泛滥了一百五十天，上帝知道，一切都有结束的时候，这灭绝人类的大洪水也到了中止的时候了。于是，上帝让雨水停止了，洪水开始回落，然而因为洪水太大了，很久仍不见陆地。

方舟停搁在亚拉腊山上。又过了一些时日，透过雾岚，终于能够见到远处的山峰。于是，方舟上的人们开始欢呼：看啊，看见陆地了，看见陆地了。

这时，年迈的挪亚打开一扇窗户，放出一只乌鸦，但那乌鸦很快就飞回来了。他又放出一只鸽子，那鸽子也很快就飞回来了。挪亚知道，乌鸦和鸽子都因找不到落脚的陆地而飞回来了。方舟继续向那座隐约的山峰驶去，这样再过了七天，挪亚又把那只鸽子放出去。傍晚时分，鸽子回来了，鸽子的嘴里噙着根绿色的橄榄枝，挪亚知道，陆地已经不远。又过了7天，挪亚又把鸽子放出去，这回鸽子再也没有飞回来。挪亚知道，洪水已全部退去，鸽子寻到了它们自由落脚的地方。

挪亚感叹道，这和平的鸽子，这绿色的橄榄枝，后来的人们将永久地将这两样当作平安与和平的信物。

不知什么时候，方舟触到了陆地，挪亚的一家迅速地打开舱门，走出了方舟。于是，他们的双脚终于踏上了干爽的陆地，闻到了久违的土地的芳香。挪亚最后一个走出方舟，他把所带的牲畜全都放到陆地上。挪亚在住处附近筑了一座庄严的祭坛，将那洁净的牲畜飞鸟供奉在祭坛上，以感谢上帝的赐生之恩。

上帝在遥远的天国闻到供奉的芳香，他知道，挪亚的一家已经安全登陆，新的人类即将诞生。上帝感到一阵欣慰，一股清泪从上帝的脸上滚落下来。

挪亚已经老了，上帝把再造新的人类的希望寄托在挪亚的儿子们的身上。上帝说："孩子们，现在，你们是这世界的主宰。你们就健康地繁衍、延续你们的后代吧。世界将不会被毁灭，上帝与你们同在。"上帝说着，就用他那万能之手朝天空一挥，于是，天空出现七道美丽的彩虹。

挪亚虽然老了，但却依然健壮。他甚至还拿起了工具，干起了农活。他耕种土地，饲养牲畜，栽培葡萄，还学会了酿酒。有一回他喝酒喝多了，昏醉中他把自己身上的衣服都扒光，赤身裸体地在帐篷里睡着了。他的儿子含看见父亲赤身裸体地酣睡在帐篷中，就把这当作笑话告诉了他的两个兄弟闪和雅弗。闪和雅弗什么也没有说，为了不看见父亲赤裸的身子，倒退着走进父亲的帐篷，兄弟俩悄悄地将衣服盖在父亲的身上。

挪亚这一次醉得不轻，他一直睡到第二天中午，当醒后的挪亚知道了自己酒醉后的一切后，对闪和雅弗大加赞赏，而对嘲笑他赤身裸体的含却大为恼火。挪亚对含大发脾气，他诅咒含，说他的后代必将成为闪和雅弗的奴隶。

罪恶之城所多玛

所多玛本是约旦河流域最华美的城邑，那里土地肥沃，植物繁茂，牛羊遍地，五谷丰登。如今那里却已然成了一片废墟，没有人再在那里生活和居住。在西方，所多玛甚至成了淫乱和罪恶的代名词。人们不禁要问，所多玛究竟发生了什么？曾经的繁华之城为何会沦为罪恶之城呢？

原来，所多玛的罪恶就源于其本身的富庶。由于那里物产丰饶，工商业发达，人们丰衣足食，不必花多少心思就可以满足生活上的需求，对那里的人们来说，年年都是丰收年，天天都是好日子。既不用为饥寒所苦，也不必为忧虑所累，在这样的太平盛世下，骄奢淫逸的风气悄然滋生，且愈演愈烈。人们贪图安逸，放纵情欲，公然藐视上帝和他的法律，把亚伯拉罕对上帝的敬仰看作笑谈。

当初，上帝因他的怜悯之情为所多玛送去了光明。对所多玛人的罪恶，上帝也一忍再忍。可当有关所多玛的罪恶之声不断传入上帝的耳中时，他终于忍无可

忍了，于是决定派两位天使去毁灭这座充满罪恶的城市。

在两位天使前往所多玛之前，上帝将他要毁灭所多玛的决定告诉了亚伯拉罕。亚伯拉罕希望为那里的人们赢得一线生机，就对上帝说：“主啊！您真的要毁灭那座城市吗？如果那座城市里有五十个义人，您会将这五十个义人和恶人一同杀掉吗？您是那么的英明公正，这样的事是绝不会做的。您能因为这五十个义人而饶恕其他人吗？”上帝说：“如果所多玛城中真有五十个义人，那么我就可以因为他们而饶恕这座城市。”

亚伯拉罕又问：“如果这五十个义人中少了五个呢？您会因为这少了的五个人而毁灭全城吗？”上帝说：“如果这座城市中有四十五个义人，我也可以赦免这座城市。”亚伯拉罕接着问：“如果只有四十个义人呢？”上帝说：“我同样可以为了这四十个义人而不毁灭这座城市。”就这样，亚伯拉罕与上帝一问一答。最后，上帝允诺亚伯拉罕，只要在城中发现十个义人，就不会毁灭这座城市。亚伯拉罕知道这已经是上帝的底限了，自己所能做的也只有这么多了，于是就告别上帝回了家。

两位天使在得到上帝的命令以后，就来到了所多玛。他们也希望找到十个义人，这样就可以使这座城市免于毁灭，可结果是他们就连这区区十个义人都没有找到。亚伯拉罕和天使的努力都没能挽回这座城市，它的罪孽实在太过深重，毁灭的厄运看来是在所难逃了。那么，所多玛的人是不是都随同他们的城市一起毁灭了呢？并不是这样的。亚伯拉罕的侄子罗得和他的两个女儿幸运地逃脱了这场灾难。当然，这样的幸运也是源于罗得自身的宗教信仰。

在两位天使到达所多玛时，其他家庭都对他们极不友好，只有罗得表现出了礼貌和热情，并邀请两位天使到自己家中过夜。罗得的好客是从亚伯拉罕那里学来的，他虽然在所多玛居住了多年，但却一直没有丢掉自己的宗教信仰。当他看到有两位外地人来到所多玛时，就料想到他们可能有遭受凌辱的危险，于是坚持让他们住到自己家里。当然，罗得并不知道这两位客人就是上帝派来的天使，他的有礼好客只是其宗教信仰的一部分。

在家中，罗得盛情招待了两位天使。饭后，他警告两位天使切不可在夜间贸然出门，以免发生危险。正说着，就听到外面有暴徒叫骂嘲笑的声音。罗得深知自己有保护客人的义务，就嘱咐两位天使留在房中，自己走出了门外。门外已经聚集了很多人，他们口口声声要罗得交出两位客人，否则就对他不客气。罗得劝说他们不要再行恶事，可那些人怎么可能听得进去呢？罗得甚至提出以自己的两个女儿做交换，但暴徒们仍然不依不饶，非要他交出两位客人。局面越来越难以控制，忽然，暴徒们向罗得扑过来，要将其撕碎，再强行闯进屋中。在紧急关头，两位天使将罗得一把拉进了屋中，并将屋门关上。外面的人只见罗得忽然间不见了，可任凭他们怎么寻找，都找不到房间的门，只得各自散去了。

这时，两位天使亮出了自己的身份，并告知罗得他们此行的目的。他们认为罗得是义人，不该受到惩罚，于是就让罗得携带自己的家眷尽快离开，并告诉他们要一直向山上跑，不能回头，也不能在平原上停留下来。罗得相信了天使的话，可他的儿女中却只有两位女儿愿意同他一起离开，其他人则根本没当回事。眼看时间就要来不及了，天使催促罗得马上离开。此时的罗得也有一些犹豫，舍不得离开自己华丽的家，也舍不得目前富足的生活。这时，天使果断地拉住罗得和他妻子的手，连同他的两个女儿，将他们带出了城外。

天使将他们眼中的义人送出城外，就赶回去执行他们的毁灭任务。在罗得前行的路上，又遇到了上帝。他对上帝说："主啊，山上那么远，恐怕还没等我逃到那里就已经遭遇灾祸了。您既然救了我的性命，就请允许我到附近的小城中暂避吧！"上帝答应了罗得的要求。罗得所说的小城离所多玛很近，它就是后来的琐珥城。

罗得一家刚跑到琐珥城，上帝就将硫磺与火降到了所多玛，顷刻间这座城市连同这里的人们便化为了灰烬。罗得的妻子一心眷恋着家园和儿女，竟忘记了上帝的忠告，在听到一声闷响后，忍不住回头看了一眼，结果化为了盐柱。罗得见妻子死得如此悲惨，也不敢在琐珥城多做停留，连忙带着两个女儿向着上帝指引的方向逃去。就这样，罪恶之城所多玛及那里作恶多端的人们都受到了上帝的惩罚，只有罗得和他的两个女儿存活了下来。

摩西出埃及

在阿拉伯沙漠中，住着一群老亚伯拉罕的子孙。他们居住的地方叫米甸，他们的后代被人称为米甸人。

摩西经过长途跋涉，行程达四百多公里，终于来到米甸这地方。他知道，这是祖先居住的地方，在这里，他一定能寻找到自己的理想和幸福。

摩西保护叶忒罗的女儿们

年轻的摩西从一开始就显示出了他神秘的禀赋，这种禀赋最终解救了叶忒罗的女儿们。

摩西坐在一棵大树下休息，离他不远处有一口水井，水井旁有七位姑娘正在为羊饮水。这七位姑娘一个比一个漂亮，摩西看着她们，禁不住旌心摇荡，他想，或许这七位姑娘中有一位是自己的新娘吧。正这么想着，这时又来了几个牧羊人，几个牧羊人粗鲁地将姑娘们推开，饮起自己的羊来，其中一个牧羊人甚至还对姑娘们动手动脚。摩西生性看不惯那些恃强凌弱的人，于是，他走上前去，举起拳头就朝那几位牧羊人打去。摩西一边打一边骂着："没出息的家伙，只会欺负姑娘们，让你尝尝摩西拳头的滋味。"牧羊人害怕了，连忙赶着羊走开了。七位姑娘非常感激摩西的路见不平，拔刀相助。交谈中知道，这七个牧羊的姑娘是米甸当地很有威望的祭司叶忒罗的女儿。姑娘们热情地邀请摩西到她们的家中做客，摩西爽快地答应了。

叶忒罗听到女儿们讲起摩西见义勇为的事情后，对摩西十分欣赏，立即摆酒设宴款待摩西。当得知摩西是自己远房的亲属时，叶忒罗更是高兴，当下就提出招摩西为自己的上门女婿，叶忒罗说："我的这七个女儿，你看中了谁就请随便

挑吧。”摩西便选中七姐妹中最漂亮的西坡拉作为自己的妻子。那一年摩西年满四十岁。

西坡拉接连给摩西生了两个儿子，一个叫做革舜，另一个叫做以利亚撒。摩西也就是这样在米甸一直住了四十多年，他继承了岳父的家业，创立了在当地有名的牧场，成为受人尊敬的人物。虽然如此，摩西的心中一天也没有忘记埋藏在心中对埃及人的仇恨。他常常登上门前的山岗，举目四望，抒发着心中的理想。他知道，走过那一片沙漠，就可以到达埃及，他的同胞正受着苦难。在那群山掩映的尽头是他的故乡迦南，那里是他的祖先居住的地方，是以色列人的乐土。他心中酝酿着一个伟大的计划：此生中他一定把自己的同胞从埃及的奴役中解救出来，把他们领到富饶的迦南故土去。

一天又一天过去了，摩西不觉成了一个八十岁的老人。这一天他在山坡上放羊，忽然看见一个巨人站立在云端之上。

巨人向他招了招手，于是，摩西怀着恐惧的心情一步步走向巨人。这时他听到巨人在说：“摩西，你听到以色列人受苦的哀号了吗？”

摩西知道眼前的巨人就是上帝，于是便诚惶诚恐地说：“主，我听到了。”

上帝说：“现在，我命令你到埃及去，去把以色列人解放出来。”

摩西说：“主，我能用什么法子完成您的使命，从而把以色列人解放出来呢？”

上帝说：“上帝与你同在，你应该有信心。我问你，你手里拿的是什么？”

摩西答道：“是一根普通的手杖。”

上帝命令他：“把它丢在地上。”

摩西把手杖丢在地上，手杖即刻变成一条蛇在地上爬行。

上帝说：“你不要怕。伸出手来抓住它的尾巴，它必在你手里变为能够战胜一切的魔杖。”

摩西依照上帝的旨意抓住那条蛇，果然，那刚才还凶猛的蛇即刻变成一根神奇的魔杖，魔杖在他的手中闪着银光。他开始相信，万能的上帝既然交给他解放以色列人的神圣使命，他就一定能够不辱上帝的使命。

摩西回家向岳父叶忒罗讲述了遇见上帝，以及上帝交给他神圣使命的经过，叶忒罗觉得，摩西大显身手的机会到了。于是便同意摩西带着妻子西坡拉和两个儿子回埃及去代表上帝拯救以色列人。

约书亚记

摩西带领以色列人逃出了埃及，结束了以色列人的悲惨命运，但他没能把以色列人带到神赐给他们的圣地迦南，这是他终生的遗憾。值得欣慰的是，摩西在生前就培养了一位智勇双全的继承人，并提早在军中为他树立了威信。这位被摩西选中的继承人即是约书亚。因为有摩西提前做好的铺垫，约书亚的继任十分顺利，而他也不负众望，最终带领以色列人征服了迦南，成为以色列民族史上继摩西后又一位伟大的民族领袖。

约书亚继任之后，开始积极地操练军队，搜集情报，为征服迦南做准备。他选定的第一个目标是约旦河对岸的耶利哥城。为了做到知己知彼，他首先派出两个探子混入耶利哥城侦查情况。两个探子装扮成商人，悄悄进入了耶利哥城。他们仔细查看了城中的情况，将所有重要的布防情况都了解得一清二楚，可就在他们准备返回的时候，城门却已经关闭了。无奈，他们只得在城中的客栈留宿一晚，待第二天清早再出城。

虽然两个探子极力掩饰自己的身份，可他们的行踪还是受到了城中人的怀疑。耶利哥王在得到消息后，马上下令搜查他们入住的客栈。幸运的是，这家客栈的主人早就仰慕耶和华的威力和以色列军队的所向无敌，她知道神已经将这块地赐给了以色列人，这座城迟早都是属于以色列人的，所以她决定帮助这两个以色列人逃出城去，但她希望在以色列军队攻打耶利哥城的时候，自己的家庭可以免遭于难。两个探子答应了她的要求，并在她的掩护下顺利逃出了耶利哥城。

探子为约书亚带回了耶利哥城的情报，约书亚认为时机已经成熟，就下令三天后攻城。三天后，约书亚率领着数万大军浩浩荡荡地向河对岸开去。可刚走到河边，他们就遇到了困难。原来，当时正值阳春三月，高山上的融雪使得河水大涨，士兵要涉水过河有一定的危险。就在这时，走在最前面的抬着约柜的利未人已经走进了河中，只见他们的脚刚一入水，河水就在远处停住了，让出了一条旱路给以色列军队。约书亚知道这是上帝在帮助他们过河，于是更加坚定了攻打耶利哥城的决心。

耶利哥城的亚摩利人早就听闻上帝给以色列人显示的神迹以及以色列军队的

英勇善战，这次又听说约旦河水主动为其让路，更加胆战心惊。不过以色列军队既然已经兵临城下，他们也不能坐以待毙。在亚摩利人的坚守下，约书亚一时也很难攻下耶利哥城。于是，约书亚决定利用亚摩利人的胆怯心理智取耶利哥城。他让一队士兵、七名祭司再加上抬着约柜的利未人组成一个小队，士兵手持武器、祭司手拿羊角号、利未人抬着约柜，每天绕城一周，接连绕了六天。到了第七天，他们接着绕城，不过这次一连绕了六圈，到第七圈的时候，他们忽然大声呼喊起来。随着震耳欲聋的呼喊声，城墙倒塌了，以色列军队冲进了耶利哥城，屠杀了城中除客栈主人一家之外的所有人，并掠夺了大量的财宝。

在攻下耶利哥城后，约书亚又锁定了下一个目标——艾城。与耶利哥城相比，艾城的规模要小得多。于是，约书亚决定派三千人去攻打艾城。这场在以色列人看来十拿九稳的战争，却意外失利了。以色列人没有想到，艾城人也很善战，他们见以色列军队的人数不多，就全力出战，结果打得以色列军队落荒而逃。得知溃败的消息后，约书亚十分震惊，他连忙在约柜前向上帝祷告，请求上帝告诉他失利的原因以及以色列人的命运。上帝告诉他是以色列军队中有人犯了罪，私藏了本应焚烧的东西，所以才会遭此恶果。

约书亚得到上帝的指点后，马上着手调查此事。很快，这位欺骗上帝的士兵就被找到了。约书亚让他交出私藏的物品，并按照神的律法将其用石头砸死。上帝因此原谅了他们，并告诉约书亚已经将艾城交到了以色列人的手中，让他们放心大胆地去攻打。虽然得到了神的晓谕，但约书亚仍然不敢掉以轻心。他已经见识到了艾城人的勇敢善战，所以这次他决定智取。他亲率五千人去城门前挑战，而在周围则布置了三万的伏兵。艾城人以为以色列军队又像上一次一样，就再次全城出动。约书亚根本无心应战，打了几个回合就下令撤退，后面的艾城人则紧追不舍，而留给以色列大军的则是一座空城。当艾城人发觉自己上当时，艾城已经化为一片废墟了。

约书亚的声名很快在迦南地传开，几个强国相继沦陷，其他各国也开始忧心自己的命运。在这些国家中，有的国家善于作战，于是几个国家就组成了联盟，共同对付以色列军；也有些国家不善作战，于是就想办法跟以色列人议和。最终，约书亚带领以色列人消灭了迦南的三十一个国家，将这些国家的子民全部杀害。只有基遍和希未两个国主动投降，躲过了以色列人的屠杀，但他们的子民却永远成为了以色列人的仆人。至此，约书亚终于完成了上帝赋予他的光荣使命，带领以色列人占据了迦南。

按照摩西的计划，约书亚将迦南的土地分给了以色列的各宗族支派，使每个支派都得到了自己的封地。然而让约书亚忧心的是，自己末日将近，却始终没有找到一个得力的继任者。如果以色列缺乏统一的领导者，那么在其死后，以色列的各支派很可能会陷入纷争之中，那时一个统一的民族就必将走向瓦解。在有生之年，约书亚总是不断地提醒各支派的人要忠于耶和华，忠于以色列人唯一的神。约书亚活了一百一十岁，在他死前，他担心的事并没有发生。至于死后，那就并非他的意愿所能控制的了。

路得记

自摩西和约书亚之后，以色列民族就再也没能出现一位可以与他们相提并论的领袖。在缺乏统一领袖的情况下，以色列民族开始进入士师时期。为了考验以色列人，上帝耶和华有意在他们身边安排了一些外族人。其中，摩押就是一个曾经压迫过以色列人的国家。摩押地并非神应许之地，摩押人也不能在会幕中敬拜耶和华，因为当初以色列人从埃及逃出时，曾在摩押地受阻。不过摩押女子路得却得到了耶和华的特别眷顾，被神亲选为真诚与美德的范例。

在士师执政期间，有一年，迦南地遭遇了一场大饥荒。为了躲避饥荒，一个叫做以利米勒的以色列人带着妻子拿俄米和两个儿子逃到了摩押地，一家人总算是找到了落脚之地。可不幸的是，没过多久，以利米勒便去世了，只剩下拿俄米与两个儿子相依为命。拿俄米艰难地把两个儿子抚养成人，并为他们娶了两个当地的女子为妻。一家五口人在摩押地虽然生活得清苦，倒也乐在其中。可就在这时，不幸再一次降临在了这个家庭，拿俄米的两个儿子相继去世，只剩下三个寡妇。这下她们真的再也难以维持生活了。

就在拿俄米愁苦不堪的时候，忽然听到有人说家乡的情况已经有所好转，因为上帝耶和华的眷顾，饥荒已经过去了。于是，拿俄米决定重返迦南，可两个儿媳妇应该怎么办呢？按照上帝的律法，死者的兄弟有照顾死者遗孀的义务。不过拿俄米只有两个儿子，没有其他儿子可供这两个儿媳妇选择，况且拿俄米年事已高，再生育的可能也微乎其微。虽然她自己确实需要人照顾，但她不愿因为自己而耽误了两个儿媳妇，所以就劝两个儿媳妇留在摩押地另寻人家，自己一个人回到故乡去。

两个儿媳妇都很孝顺，不愿意离开婆婆，但在婆婆的再三劝阻下，大儿媳依依不舍地与婆婆吻别，留在了摩押地。小儿媳则铁了心一定要跟随婆婆一起走，无论婆婆怎样劝说，她都不动摇。这个小儿媳就是路得。路得宁愿失去再嫁与生儿育女的机会，也不忍婆婆孤苦无依，无人照顾。她坚定地对婆婆说："请让我跟随你一起去。你去哪里，我就去哪里。你的国就是我的国，你的上帝就是我的上帝。如果我违背誓言，愿耶和华重重地降罚于我。"婆婆见路得如此坚定，只好带她回到了迦南地。

拿俄米与路得回到故乡的时候，恰好是收割小麦的时候。为了生活，路得就到田地里面去拾麦穗。她把婆婆照顾得无微不至，凡事总是先想到婆婆，有什么好吃的，她也总是留给婆婆吃。渐渐的，人们喜欢上了这个外族女孩，为她的善良和孝顺而感动。有时，人们会将一些吃的东西送给她，让她在劳动之余补充补充体力。可是路得从来都舍不得吃，因为她要留下来给婆婆吃，如果自己吃了那婆婆就吃不到了。这一切上帝耶和华都看在眼里，他决心降福于这个具有美好品德且不远万里前来寻求他庇佑的摩押女子。

一次，路得仍然像往常一样在田地里拾麦穗，碰巧被这块田地的主人波阿斯看到了。波阿斯好奇地问："那个跟在雇工后面拾麦穗的小女孩是谁?"仆人告诉他说："那就是拿俄米的儿媳妇路得。她就是靠拾麦穗来养活她的婆婆，每天早出晚归，中间也不见她休息一会儿，真的很不容易。她问我们能不能在我们的田地里拾麦穗，我们就同意了。"波阿斯说："你们做得对。这样贤惠的女子确实很难得，我们应该帮助她。以后你们要往地里多撒些麦穗，好让她拾到更多的麦穗。"

看着在田间辛苦劳作的路得，波阿斯忍不住走了过去，他俯下身对路得说："女儿啊，从今天开始，你尽管到我家的田地里来拾麦穗，不要再去别的人家了。如果你渴了，就喝那边水罐里的水。"路得连忙俯首称谢，却又有些受宠若惊地回答说："我的主啊，我只是一个外族人，怎敢蒙您的恩、让您如此体恤我呢?"波阿斯说："你不惜背井离乡，离开你的亲人和民族，追随你的婆婆来到他乡，并不辞辛苦地照顾婆婆。你所做的一切，耶和华都看在眼里，他会照你所做的赏赐你的。"

这天，路得不但拾到了更多的麦穗，而且还将波阿斯给她吃的饼带回了家。婆婆见路得收获颇丰，就问她今天是在哪家做工。路得将巧遇波阿斯的事如实告

诉了婆婆，婆婆则开始为路得盘算终身大事。原来，波阿斯是他们家族的一个近亲，又是远近闻名的大好人，而且他的妻子已经去世两年多了。如果路得能够嫁给波阿斯，那么她后半生就有所依靠了，自己也可以放心了。于是，拿俄米让路得趁夜间睡在波阿斯身边，但不要让任何人看到。路得照婆婆说的做了。波阿斯也是喜欢路得的，但最有资格娶路得的并不是他，而是另一个近亲，所以他必须首先问过那个人才行。

第二天，波阿斯就找到了那个人。当波阿斯问他是否愿意买以利米勒的那块地时，他表示愿意。但当波阿斯问他是否愿意娶路得为妻时，他却退缩了。就这样，最有资格娶路得的人主动放弃了，而波阿斯则如愿娶到了路得。婚后，波阿斯和路得十分恩爱，生活幸福美满。他们把拿俄米也接到了身边，直到拿俄米去世。后来，路得有了一个儿子，这个儿子就是俄备得，也就是以色列王大卫的祖父。路得终于以她的美好品德为自己赢来了幸福的生活，同时也被神选为基督的祖先之一。

约伯记

在东方的乌斯，有一个名叫约伯的人。他正直善良，对上帝十分敬畏，是一个难得的“义人”。他有一个幸福美满的家庭，妻子温柔漂亮，七个儿子和三个女儿也都非常懂事、孝顺。他的财产很多，有五百头牛、五百头驴、三千只骆驼以及七千只羊，而且他还拥有成群的奴仆。

约伯并没有因为自己的富有而忘记对神的崇敬。因为他知道，他所拥有的一切都是上帝耶和华赐给他的。他的儿子们喜欢在家中宴请宾客，而且还经常邀请三个姐妹一同赴宴。约伯总是会在宴会的第二天早上为他的孩子们给上帝献祭祀，因为他担心孩子们中会有人冒犯上帝。

上帝看到了约伯所做的一切，心中十分高兴。一天，上帝把众天使聚集到一起，魔鬼撒旦也混在其中。

上帝问撒旦：“告诉我，你是从哪来的？”

撒旦狡猾地说：“上帝啊！我是从人间的大地上来的。”

上帝又问道：“那你有没有用心观察过我那个最忠诚、最正直、对我最崇敬的仆人约伯呢？现在的人间已经没有像他那样的人了。”

撒旦的魔鬼本性暴露出来了，他对上帝说：“不！您错了！约伯所做的一切都是为了给您看！他之所以那么做，是因为您赐给了他幸福的家庭、丰富的财产。如果您收回这一切，他一定会抱怨您，甚至诅咒您。”

上帝也想借此机会考验一下约伯，于是说：“好的！我允许你按照自己的方法抢走他的一切，但是你不能伤害他的身体。”

撒旦得到了上帝的允许，开始施展法力，将种种灾难降到了约伯的头上。在短短的一天时间里，约伯接二连三地接到了坏消息。先是他的牛群和驴群被人抢走，接着是骆驼和羊，而且他的仆人们也被坏人们杀死。之后，又有人告诉他，他的孩子们在家中饮宴的时候，一阵大风把房子吹倒了，所有的人都被砸死了。

转眼间，约伯失去了他的一切，这一切发生得太突然了。但是，约伯并没有因此而怨恨上帝，他依然对上帝充满无上的崇敬。他把自己的头发拔光，还撕裂了衣服，然后伏在地上说：“上帝！您赐予了我一切，也能收回我的一切。我是赤身而来的，也叫我赤身而去吧。但是我永远都会歌颂您，因为您是我的上帝。”

又有一天，上帝的天使们再一次聚集在一起，而撒旦依然混在中间。上帝问他：“告诉我，你从哪里来？”

撒旦依然回答说：“我是从人间的大地上来的。”

上帝又说：“那你有没有继续观察我那最忠诚、最正直、最敬神的奴仆约伯呢？虽然你夺取了他的一切，可是你看，他依然对我那么的忠心。”

撒旦没有承认自己的失败，他继续煽动说：“那是因为他还是个生命，是一个健康的生命。如果你让他的身体受到伤害，他一定会诅咒你、抱怨你的。”

上帝决心再试探一下约伯，他说：“好吧！就照你说的办，不过你不能夺走他的性命。”

撒旦再一次得到了上帝的允许，他开始对约伯施展他那邪恶的魔法。

约伯根本不知道发生了什么。他只知道突然之间，那些可恶的、让人作呕的、使人痛痒难忍的毒疮长满了他的全身。为了减缓那痛苦的滋味，他只好坐在炉灰中，用瓦片刮他的身子。

妻子心疼丈夫，对他说：“你这是何苦呢？你看上帝都对你做了些什么？你还有必要信仰他吗？”约伯听后非常生气，他对妻子说：“你在说些什么？怎么可以说出这样的话呢？难道你只能接受上帝赐给你的那些福，而不能承受上帝降给你的灾难吗？”

这时，约伯的三个好朋友知道了这件事，一起来看他。这三个人分别是提幔人以法利、书亚人比勒达以及拿玛人琐法。他们看到了饱受疾病折磨的约伯，为他感到痛心、难过。他们大哭了一场，然后把自己的衣服撕掉，还将尘土洒向天空，让它们落到他们的头上。之后，他们陪着约伯一起，在地上坐了七天七夜，彼此间没有说一句话。

到了第七天，约伯实在忍不住了。尽管此时的他没有失掉对上帝的信仰，没有失去对上帝的崇敬，更没有要去诅咒上帝，但是他已经开始抱怨了，开始评价起了上帝。

约伯开始了诅咒，但他诅咒的是自己。他抱怨为什么神让他来到这个世界，为什么上帝会赋予他生命，为什么上帝要让他只有痛苦，没有快乐？他祈求早一天得到解脱，早一天离开这个世界。

约伯的诅咒打开了话题，很快，提幔人以法利、书亚人比勒达和拿玛人琐法也加入了评论中。他们三个指责约伯，认为他不应该这样抱怨。上帝之所以将降下灾难给他，完全是因为约伯自己，肯定是他做了什么错事。所有的灾难都是约伯自己造成的，是他咎由自取。而约伯则坚持认为自己并没有做错事，因为他确实对上帝十分敬畏。他觉得是上帝有失公平，对他做出了错误的惩罚。到最后，由于约伯始终坚持自己是无辜的，所以那三个人也就不好再和他争辩什么。

这时，有一个名叫以利户的年轻人听到了他们的辩论。他很气愤地对约伯说，他的这种作法是有“罪”的，是对神的不敬。不管怎么样，都应该遵守神的公义。

就在这时，上帝在旋风中出现了。他先批评了约伯，告诉他上帝是世界的创造者，上帝是万能的，没有他办不到的事。此时的约伯已经悔悟了，他向上帝道了歉。

接着，上帝又对约伯的三个朋友说，他对他们的表现很不满意，因为他们对神的评论是远远不及约伯的。他们必须要带上祭品，让约伯为他们献祭，只有这样，上帝才会原谅他们。

后来，上帝赐给了约伯更多的财富，赐给了他七个儿子、三个女儿、一千头驴、两千头牛、六千只骆驼、一万四千只羊以及更多的奴仆。此外，上帝又赐给约伯一百年的生命，让他过上了儿孙满堂的日子。

多比传

多比，拉吉尔的后裔，一个拿弗他利族人，一个诚实善良的人，一个对上帝充满无限敬仰、永远忠贞于上帝的人。多比从来没有亵渎过神，从来没有违背过神的旨意。虽然他和妻子亚拿、儿子多比雅一同被遣送到了尼微微城，但是他依然会按时到耶路撒冷去献祭。他一直坚守着自己祖先与上帝定下的盟约，一直严格地遵守着《摩西律法》。

上帝看到了这个虔诚的子民非常高兴。于是，他让撒缦以色王重用他，让他做了负责王室采购的官员。多比十分感谢神赐给他的一切，工作十分用心。

有一年，多比把装有整整三万块银币的几个袋子放在了他在玛代的拉格斯城的亲戚甘比尔那里。当时，多比告诉甘比尔，说自己会在一段时间之后取回这些银币。没想到，多比还没有来得及去取银币，就发生了一场变故。

原来，器重多比的撒缦以色王去世了，继承王位的是西拿基立。西拿基立王脾气暴躁。他不喜欢犹太人，不信奉上帝，甚至在一次生气时居然咒骂上帝。上帝知道了这件事，非常生气，就把他赶出了犹太。西拿基立王迁怒于犹太人，在回玛代的路上，杀死了很多犹太人。这样一来，多比根本没有办法去取回他的银币。他看到那么多同胞被杀害，没人敢去收拾，十分伤心。他不顾危险，帮助那些死难者的亲属掩埋尸体。

多比的行为很快就被阴险的小人告发。西拿基立王马上派人捉拿多比。没有办法，多比只得带上妻儿离开，找个安全的地方躲了起来。幸运的是，就在六个星期后，西拿基立王被他的两个儿子杀死，以撒哈顿——西拿基立王的另一个儿子继承了王位。多比的侄子亚希卡人朝做了官，负责管理国家的财务。在亚希卡的帮助下，多比一家又重新回到了尼微微城。

不久后，到了以色列人的收割节。按照惯例，在这一天，每个家庭都要庆祝一番。多比对他的儿子多比雅说："到外面去，找到一个流浪于街头的同胞，把他请到我们家中，让他和我们一同享受这节日的盛宴。去吧！我会在家中等你们回来的。"

不料，一会的工夫多比雅就跑了回来。他看起来非常的惊慌，他对父亲说：

"不好了！父亲！一个犹太人被勒死了。他的尸体被人扔在了市场上，胆小的人们都不去理会。"

多比非常伤心，因为他又一次听到了同胞的死讯。多比顾不得吃饭，马上跑到市场，把那具尸体抬回了家，还为他建了一座坟墓。邻居都说："上次因为你的愚蠢行为差点送掉了性命，怎么这次还不吸取教训，还要这样做呢？"多比没有理会邻居们的话，因为他是一个善良的人。

但是，有时候善良的人也会遭遇灾难的。有一天夜里，天气很闷热，多比躺在院子里睡觉，把头露在了被单外面，几只燕子的热屎落进了他的眼里。多比的眼睛立刻变得模糊，且情况越来越坏，乃至最终失了明。

多比家从此失去了顶梁柱，只好靠亚希卡接济度日。但两年后，亚希卡也离开了尼微微去了以拦。无奈，养家糊口的重担就落在了多比的妻子亚拿身上。

亚拿在外工作十分辛苦。雇主知道她是多比的妻子，又看她干活十分卖力，就在她应有报酬的基础上，又奖赏了她一只山羊。亚拿十分高兴，把羊牵回了家。但是，亚拿没有想到，这只羊换来的却是丈夫的责备。多比喊道："这只羊一定是你偷的，马上把它给我送回去。"

不管亚拿怎么解释，多比就是不相信。最后，亚拿气急了，顶撞了多比几句。多比这时才知道自己错怪了妻子。他羞愧难当，向上帝祷告，求神让他死掉。

上帝耶和华听到了多比的祷告，但是他并不想让多比死，因为多比是个好人。他要赐福给多比，要派使者拉斐耳去帮助"他们"。为什么会是他们呢？原来，上帝不仅听到了多比的祷告，而且还听到了另外一个虔诚的女子的祷告。她就是甘比尔的女儿——撒拉。因为魔鬼看中了她，所以虽然她结了七次婚，但依然是处女，她的丈夫都是在圆房前就死掉了。

上帝要帮助这两个虔诚的信徒，他要达成他们的愿望，而且还要让多比的儿子娶撒拉为妻。因为多比雅是撒拉的表兄，遵照《摩西律法》，他们可以成为夫妻。

拉斐耳来到了多比家，正赶上多比要儿子去甘比尔家取回他的银币。于是，拉斐耳就谎称自己是多比的亲戚，博得了他的信任。多比答应让他和多比雅一起去玛代。

临别时，亚拿十分伤心，因为她知道路上很危险。她抱怨多比，不应该让他们唯一的儿子多比雅去取那该死的银币，她不想失去儿子。但是善良的多比告诉她说：“放心吧！有拉斐耳在呢！我们是上帝的子民，他会保佑我们的。我们的儿子会平安回来的。”就这样，多比雅和拉斐耳上路了。

在多比雅离开后的日子里，亚拿每天都在哭泣，盼着自己的儿子能够早日回来，可是多比雅始终没有回来。渐渐的，多比夫妇认为儿子已经遭遇了不幸，因为按照时间推算，他早就应该回来了。但亚拿每天都会在路口等待儿子的归来。

这一天，亚拿在路口坐着，看到远处走来了三个人。是的，是多比雅和拉斐耳，他们没死，他们回来了。亚拿激动万分，冲上去亲吻自己的儿子。多比听到了哭声，摸索着走出了家门。儿子看到父亲非常高兴，他拿出了一件东西，涂在了多比的眼上。没想到，多比失明的眼睛居然能看得见东西了，而且身体也比以前好多了。多比雅把自己和拉斐耳如何去玛代，如何抓到一条鱼，如何制服了魔鬼，娶到撒拉的经过告诉了父母。同时他还告诉父亲，他的眼睛就是用鱼胆治好的。

多比十分高兴，也十分感谢拉斐耳的帮助，他要把财产分给拉斐耳一半。此时的拉斐耳向他们说明了真实身份，告诉他们这是神的旨意。多比一家对上帝进行了赞美，感谢万能的神。

多比活了一百一十二岁。临死前他嘱咐多比雅离开尼微微城去玛代，因为上帝会惩罚这里。后来，多比雅离开了尼微微，而多比的预言也真的实现了。

第四章　北欧神话

最早的天神

据说北欧人最早的世界，一切都是不可知的。宇宙这个东西只不过是一个名字，它没有实体、没有形状，看不见、摸不着，没有人知道它从什么地方来，会到什么地方去。那时的宇宙非常奇妙，到处都是一片黑暗，有一种奇怪的东西在里面孕育生长。这种东西也是看不见、摸不着的，但却是存在的，它的名字叫做奥尔劳格，即"万物的主宰"的意思。

在这最初的宇宙中，天、地、空气、雨水、云层等都是不存在的，只有在那没有起点也没有终点的浩瀚的太空中央，有一个巨大的、无底的深渊，这个深渊被称为"金恩加格"。

霜巨人伊米尔吸吮大母牛奥德姆拉的奶汁

伊米尔与大母牛站在冰山上，左边的冰中产生了祖神勃利，在勃利的下面是天神勃尔。

"金恩加格"是个可见的实体，因为它有起始和终止的地方。在"金恩加格"的尽头，有一个看不见但是能感觉到的世界。那个世界是黑暗的，根本找不到一丝光亮，但是其中却有细微的、淡淡的风和雾。这个奇妙的世界被称为"尼弗尔海姆"。

在"尼弗尔海姆"中有宇宙中最宝贵的东西——水源。那是一股永远不会

枯竭的泉水，名叫“赫瓦格密尔”。它永不停止地翻腾着，把能够孕育生命的水顺着十二条道路输送到一座名叫“埃利伐加尔”的大山那里。

当那源源不断的水流向“埃利伐加尔”时，由于受到“金恩加格”无尽的寒冷气息的影响，结成了巨冰。久而久之，那些从“尼弗尔海姆”流出来的水，变成了许许多多巨大的冰山。有些处在边缘的冰山掉下深渊，发出巨大的、雷鸣般的响声。

慢慢的，世界产生了方向。在“金恩加格”的南方，出现了一个由熊熊火焰组成的世界，被称为“穆斯帕尔海姆”。熊熊的火焰不停地燃烧着，产生了一个巨大的火焰巨人，他的名字叫做苏尔特尔。苏尔特尔力大无穷，脾气暴躁。从出生起，他就无时无刻不在守候“穆斯帕尔海姆”。

水和火是不能相容的，因此苏尔特尔十分憎恨那些由水变成的巨大的冰山。他总是用那把由烈火变成的大剑去砍那些冰山。火焰神剑每砍一下冰山，巨大的响声就会响彻宇宙。久而久之，那些冰山在苏尔特尔的破坏下熔化了一大半。

冰融化了，产生的是带有温度的水蒸气。这些水气上升着，又一次回到了“金恩加格”的附近。寒冷的温度再一次把它们凝结在一起，不过这次不是冰，而是变成了寒霜。寒霜的体积是很轻的，因此它在广阔的宇宙中飘散。经过很长时间的积累，冰霜遍布了整个宇宙。

在“万物的主宰”奥尔劳格的支配下，宇宙发生了神奇的变化。一个庞大无比的巨人从“金恩加格”周围的冰山上产生出来。这个巨人因为是从寒霜中产生的，所以被称为霜巨人。他有一个响亮的名字，叫做伊米尔。

伴随伊米尔的出现，世界上第一个动物也出现了，那就是大母牛奥德姆拉。这一切都是奥尔劳格的意志，因为新生的伊米尔需要足够的食粮。奥德姆拉身材健硕、奶水充足。它有四个乳头，不时地喷射出四股极粗的乳汁。伊米尔跪在奥德拉姆身下，用那张巨大的嘴巴贪婪地吸食着奶水，他的身体成长得非常迅速。

为了满足伊米尔对食物的需求，大母牛奥德姆拉也必须不停地进食。不过，它的食物很简单，那就是盐。这些食物很容易就能得到，因为在母牛的身旁都是巨大的冰山。它用那粗壮的舌头舔舐这冰，然后从里面获得了足够的盐。

被奥德姆拉舔舐的冰也融化了，不过它们并没有简单地变成冰霜。由于奥德姆拉间接地把灵气输送给了这些冰山，因此从里面诞生出了一个有手有脚的天神来。这个巨人被称为祖神，他的名字叫做勃利，即“产生者”的意思。紧接着，勃利又生出了一个新的天神，名叫勃尔，即“生产”的意思。

伊米尔并不知道勃利已经出生了，此时正在熟睡之中。这是命运的安排，是奥尔劳格的意志。在伊米尔腋下产生了许多的汗水，而汗水中又生出了一对双胞胎兄妹。接着，又从伊米尔的脚上生出了一个长有六个巨头的可怕巨人，名叫瑟洛特格尔密尔。瑟洛特格尔密尔为了壮大自己的力量，不久后又生出了巨人勃尔格尔密尔。就这样，最原始的邪恶霜巨人集团成立了，他们注定要和勃利代表的天神集团进行战斗，而且这种战斗是永无休止的。

霜巨人们发现了勃利和他的儿子勃尔，憎恨从那时候就产生了。霜巨人与天神展开了战斗。以伊米尔为首的霜巨人是邪恶的代表，以勃利为首的天神是正义的代表。伊米尔对天神恨之入骨，他发下毒誓，除非他和勃利之间有一个人倒下，否则战斗就永远不会结束。

战斗持续了很长时间，双方虽然互有胜负，但是谁也没能彻底击败对方。后来，勃利在一次战斗中被伊米尔杀死。本来战斗可以结束，但是勃尔却发誓要为父亲报仇。他娶了女巨人贝丝特拉为妻，不久后生下了三个儿子，他们分别是：代表着精神力量的奥丁、象征着坚强意志的维利、具有神圣血统的伟。

这三个新生天神的出现，打破了僵持的局面。天神一方马上占领了战斗的主动权。最后，在天神们共同的努力下，霜巨人的首领、可怕的伊米尔终于被杀死。按照巨人族的誓言，伊米尔死时，他的鲜血将全部喷射出去。就这样，所有的霜巨人都被伊米尔的鲜血淹死，唯一幸免的只有勃尔格尔密尔和他的妻子。他们逃到了世界的边缘，并在那里建造了一个名叫“尤腾海姆”的巨人之国。虽然他们不能再像以前那样强大，可是却没有停止过对和平世界的骚扰。

胜者为王，天神们取得了最后的胜利，那么他们自然也就成为了世界的主宰。他们把自己一族统称为亚瑟神族，并且准备着手建造一个适合居住的、美丽的、充满生机的世界。

创造天地

第一次神族与霜巨人的战争结束了，霜巨人首领伊米尔被杀死。奥丁和他的兄弟以及其他的天神们经过商量，决定用伊米尔的尸体创造一个新的世界。

创造工作开始了，天神们把伊米尔的尸体丢进了“金恩加格”，然后用它身上的肉做成了坚实的大地，并把大地放在了“金恩加格”的正中央。就这样，这个世界先有了广阔的陆地。接着，天神们又把伊米尔的眉毛拔了下来，然后用它建造了一堵非常高的墙。这堵墙，就是大地与宇宙天空的分界线。

下一步是创造海洋。天神们选择了伊米尔的血液和汗水作为原料，使这些液体围绕在伊米尔肉体组成的大地的周围。伊米尔血液和汗水远远比他的肉体面积大，因此直到今天地球上的海洋面积依然要比陆地面积大得多。

虽然有了海洋的陪衬，但是世界还是显得单调，于是天神们又用伊米尔的骨骼创造了层层叠叠的山峰，用他的牙齿创造了坚硬的石头。大地开始变得有些形状了，不过就是颜色还是过于单调，所以天神们又用伊米尔的毛发创造了花草树木，使世界的色彩更加丰富。

与其他神话不同，在北欧人的创世神话中，天空被创造的时间是较晚的。当上述工作完成了，天神们取出了伊米尔的颅骨，把它放置在无垠的海面上，这就是天空。天神们又取出了他的脑子，做成了白色的、厚厚的云。

创造天地的工作到这里算是告一段落了，可是问题马上就出现了。用伊米尔颅骨造成的天空分量太重了，随时都有掉下来的危险。为了防患于未然，天神们决定造出四根“擎天柱”。就这样，支撑天空的四位矮人诞生了，他们分别是东方矮人奥斯特里、西方矮人威斯特里、南方矮人苏德里、北方矮人诺德里。这四个矮人从出生起就一直支持着天空的四个角落，到现在也没有休息过。

新世界的雏形总算是完成了，不过天神们老是觉得缺点什么。哦！对了！是光明！没有光明的世界是可怕的、是没有生机的。于是，天神们来到了火巨人苏尔特尔把守的“穆斯帕尔海姆”，从那里取来了熊熊的烈火。

装点世界的时刻到了，天神们抓起一大把火，使劲把它们抛向空中。火团变成了无数的火星，布满了整个天空，那些火星就是我们今天看到的星星。现在还剩下两块较大的火堆，天神们决定用它们创造发光的天体。

他们挑选了一块较大的火堆，用他来做照耀白天的太阳。天神们找来了两匹健硕俊美的马，让它们拉一辆盛有太阳的金色的车。这两匹马十分高大，周身也没有一丝的杂毛，其中一个被称为“阿尔瓦克”，即“早醒者”的意思；另一位则被称为“阿尔维斯”，即“快步者”的意思。

这两匹天马平时十分听话，可这次不知怎么了，死活不肯套上缰绳。天神们很快就找到了原因，原来太阳的温度太热了，阿尔瓦克和阿尔维斯受不了它的热力。于是，众神在阿尔瓦克和阿尔维斯肩下装上两个很大很大的皮囊，这样它们

就不会被烤焦了。此外，天神们又在金车前面加上了一个巨大的盾，这么做一是为了防止金车被烧坏，二是防止大地被太阳烤焦。

接着，天神们又用那块较小的火堆造出了月亮。月亮的温度远没有太阳热，因此处理起来也就比较容易。天神们也找了一辆车子用来盛月亮，然后让一匹名叫亚斯维德尔（意思是永远迅速者）的骏马负责拖拉。

马和车都有了，但是没有驾驶者。经过商量，众神选择了巨人蒙迪尔法利的孩子，一对双胞胎兄妹。其中，女儿苏尔是火焰巨人苏尔特尔的儿媳妇，抵御炎热的能力比较强，因此就由她担任太阳车的驾驶者，苏尔也就顺理成章地成了太阳女神；儿子玛尼则担任了月亮车的驾驶者，成为月亮神。

为了使白天和黑夜能够更好地区分开，天神们又创造出了两位新的天神。其中，黑夜女神名叫诺特，是巨人诺维尔的女儿。天神们给了他一匹黝黑的马，名叫赫利姆法克西，即霜之马的意思。诺特每天都会驾着它从天空飞过，给大地送去寒霜和晨露；白昼天神名叫达格，是诺特和黎明之神的儿子。天神们给他了他一匹很白的马，名叫斯基法克西，即光之马的意思。达格每天也驾着它从天空飞过，给大地送去光明和温暖。

他们又把一天分成了清晨、上午、中午、下午、黄昏和子夜，并且派出了不同的天神掌管各个时段。同时，他们还把一年分成了四个季节，不过这四个季节是由两位天神掌管的，那就是夏之神斯瓦苏德和冬之神文德苏尔。

正当天神们忙得不亦乐乎的时候，意外的事情发生了。大地发生了奇妙的变化，从里面生出了很多像蛆一样的新生命。天神们知道他们是伊米尔的后代，但是并没有伤害它们，反而赐给它们形状和智慧。诸神把它们分成了两部分：一部分身材矮小、皮肤黝黑、性情狡猾，他们必须居住在地下，而且白天的时候不允许来到地面，这些小东西被称为“侏儒”；另一部分则身材轻盈、皮肤白皙、性格温顺，他们可以居住在山川大河，终日可以嬉戏玩耍，这些小东西被称为“精灵”。

创造工作完成了，天神们也该找个地方休息了。最后，他们来到了一块大平原上，在那里建了一座高大的城堡，奥丁神和十二位男神以及二十四位女神一起在那里生活着。这块广阔的平原被称为阿瑟加德。为了防止悲剧重演，奥丁神制定了非常严格的法律，那就是天神种族之间是不允许发生流血事件的。

从那以后，天神们过上了快乐的生活。

众神之王奥丁

奥丁神，北欧神话中的最高天神，人类的创造者，被称为“众神之王”、“天神之父”。他是智慧的象征，胜利的体现，北欧的英雄和贵族们都受到他的保护，所有居住在阿瑟加德的天神们都听从他的调遣。不管是谁，都不能违抗奥丁的旨意。

奥丁的形象是一个威严的老者，约摸有五十岁左右。他身材高大、灰须黑发，经常头戴一顶青色的大风帽，身披一件青灰色的大长袍，据说那是天空的象征。奥丁常持的武器是一支名为冈格尼尔的长矛。这支长矛是世界上最庄严、最神圣的东西。不管是谁，只要对着它发了誓，那么就必须遵守，永远不能反悔。此外，奥丁的手指上还带有一枚名叫“德罗普尼尔”的戒指，代表巨大的财富。

战马 青铜雕像

北欧人将马看成神赐之物，不仅将它与速度联系起来，还将它与丰饶相联。在北欧神话中，原本是霜巨人族的洛基成为亚瑟神族的成员后，曾将自己的杰做当做礼物送给奥丁，如八腿神马、金戒指等。

每当战事来临时，奥丁就会骑上长有八条腿的灰色神马“史莱普尼尔”，手持冈格尼尔和一个白色的神盾，威风凛凛地冲向阵前，消灭那些企图给世界带来灾难的家伙。

关于奥丁还有一件非常有趣的事，那就是他有一个别名叫做“独眼老头”。当奥丁降临人间时，他总会用那大大的帽檐遮住自己的半边脸，为的是不让人类

看到他少一只眼睛。那么，奥丁的那只眼睛到哪里去了呢？是谁把它毁掉了呢？是霜巨人？还是其他恶魔？这一切的谜底应该从创造人类说起。

天地创造完了，但是当时的世界上并没有人类。亚瑟神族的天神们觉得世界并不完整，因此决定创造最高级的动物——人类。这一天，奥丁神和他的两个兄弟维利和伟以及海尼尔、洛多尔一起走出宫殿，来到了一片海滩上。

突然，他们发现海面上漂浮着两根又黑又长的东西，从它们身上散发出灵气。奥丁觉得很奇怪，就把它们捞了上来。哦！原来是两棵树，一棵是梣树，另一棵是榆树。奥丁对着他的两个兄弟说："我还以为是什么呢？原来就是两棵树啊！没想到它们能有如此大的灵性……"

说到这，奥丁突然停了下来，眼睛一直盯着这两棵树。维利奇怪地问："怎么了？奥丁，发生什么事了？"

奥丁抬起头说："我有个主意，我们干嘛不用这两棵树来作创造人类的材料呢？它们的灵性完全足够了！"其他的亚瑟天神听后马上表示赞同。

创造工作开始了，天神们以自己为蓝本，把这两棵树削成了人形。然后，洛多尔给了它们生命所必需的血液，海尼尔赐给了它们生命特有的感觉和动作，主神奥丁则赐给了它们人类特有的、最有灵性的东西——灵魂。就这样，世界上有了人类，他们有智慧、有头脑、能说话、会使用工具。天神们把梣树做成了男人，把榆树做成了女人，并让他们结为夫妻，繁衍生息。

为了使宇宙和世界一切都井井有条地进行，奥丁又创造了一棵巨大的梣树，树中包含了宇宙中所有的精华，包括时间和生命。这棵大树被称为伊格德拉修。

这棵大树有三条根，其中有一条根一直延伸到了遥远的"巨人国"，那里有一条神秘的智慧泉不停地灌溉着伊格德拉修。在北欧神话中，当时世界上所有的东西都是没有最神奇的智慧的，包括亚瑟诸神在内。因为只有喝过了智慧泉水的人，才拥有通晓过去、现在和未来的能力，而智慧之泉的守护者不是别人，正是邪恶可怕的霜巨人的后代——巨人米默。

霜巨人和亚瑟神族势不两立。虽然米默没有坏到要去攻击亚瑟神族，但是他也不可能允许神族的成员饮用智慧之泉的水。因此，世界上除了他之外，没有任何人拥有那神奇的智慧。为了拥有无穷的智慧，奥丁决定去向米默讨要智慧泉水。

这一天，米默独自一人坐在智慧之泉旁边，手中拿着一个取水容器，从泉中舀出了清澈的泉水。突然，远处传来了一阵马蹄声，而且明显是向这里来的，米默马上警觉起来。

一个骑马的老人出现在米默的眼前，他穿着一件灰色的斗篷，头戴一顶蓝色的帽子。老人低着头，轻声地说："好心人！能帮我一下吗？我现在渴得要命，很想喝一口泉中之水。"

米默不是一个傻瓜，他知道眼前的这个老头不是凡人，而是亚瑟神族的主宰奥丁神。但是他没有拆穿奥丁，而是将计就计地说："是吗？你真的很口渴？对不起，不是我这个人狠心，是这泉水太过珍贵，我是不能随便给别人的。"

老人马上接过来说："没关系，我愿意出高价钱。你要黄金、白银还是珠宝翡翠，只要我有的都会给你。"

米默心想："一定要提出一个很难答应的条件，那样的话他就不会再纠缠了。"想到这，他大声说道："想要喝这泉中之水也可以，不过我要的东西却是非常珍贵的。恐怕如果我说出来，你是无论如何不会同意的。呵呵！我不要别的，只想要你的一只眼睛。"

老人为难地说："什么？要我的眼睛？难道就没别的办法了吗？"

米默大笑起来："奥丁神，别再演戏了！我早就知道是你了！如果你答应我的条件，我就给你智慧泉水；如果不答应，那就请回。"

为了得到无穷的智慧，奥丁神献出了他的右眼，从而得知了"诸神之黄昏"的可怕预言（亚瑟诸神会在特定的时间被推翻）。从那以后，奥丁开始积极准备，以便对付"诸神之黄昏"的到来，而他自己则永远失去了右眼。

众神之后芙莉嘉

芙莉嘉女神，黑夜女神诺特的女儿，女神乔迪的妹妹（乔迪也是奥丁的妻子），掌管婚姻的女神，奥丁神的正式妻子，为"众神之后"。

芙莉嘉美丽大方，而且气质非凡，她那特有的高贵气质足以让任何具有思维的东西臣服于脚下。芙莉嘉女神经常穿一件或是白色或是灰黑色的长袍，腰间挂着一大串奇特的钥匙。在亚瑟神族中，芙莉嘉女神有着特殊的权利。

按照奥丁的旨意，他的宝座是不允许其他人随便坐的，因为坐上宝座的人将会拥有通晓过去和未来的能力。其他天神都没有资格，也没有胆量坐在宝座上，

只有芙莉嘉女神一个人享有这样的特权。因此，芙莉嘉女神和奥丁神一样，可以知道宇宙中所发生的一切事情，但是这位女神有一个很大的优点，那就是对什么事都守口如瓶，从没有泄露天机。

芙莉嘉

芙莉嘉贵为天神，却与凡人一样有极大的弱点，她渴望占有世界上最美丽的珠宝，以便使她那无与伦比的美丽再添一分。画中她正在戴那条侏儒做的宝石金项链，项链发出的灿烂光芒使芙莉嘉从来不肯摘下它。

芙莉嘉虽然高贵美丽，但是也有自身的缺点。第一点就是她的记忆力简直差得惊人，刚刚告诉她的事，可能转眼就忘掉了。她之所以能够对什么事都守口如瓶，和自己的迷糊性格也有很大的关系。芙莉嘉女神的第二个缺点却是致命的，那就是贪图虚荣和财富。她经常用各种各样的金银财宝来装点自己的住所，并且从未满足过。直到有一次，她的虚荣心给她留下了难以忘却的记忆。

这一天，芙莉嘉女神正躺在床上休息，欣赏着自己富丽堂皇的卧室。这时，一向以调皮捣蛋闻名的火神洛基突然前来拜访。女神知道这个家伙准没什么好事，因此心中也设了一道防线。

火神洛基嬉皮笑脸地走了进来，然后毕恭毕敬地对芙莉嘉说：“伟大的女神，尊敬的天后，您的宫殿简直太漂亮了。看！那些美丽的宝石我根本没看过，连我周身的火焰在它们面前都显得那么暗淡无光。您是阿瑟加德最美丽的女神，您的宫殿也是阿瑟加德最漂亮的宫殿。”

洛基的奉承话使得芙莉嘉心花怒放，内心的警戒也渐渐地消失。她心想：“都说火神洛基十分调皮，我看也没他们说的那么夸张。我觉得他还是很会欣赏的，要不也不会说出那么多肺腑之言。”

火神偷偷看了芙莉嘉一眼，知道自己的计划已经很顺利地实施了，不免心中窃喜。接着，他马上开始实施第二步计划。只见洛基突然眉头一皱，脸上做出了一副欲言又止的表情。

芙莉嘉察觉到了洛基的变化，马上追问道：“怎么了？亲爱的火神洛基，你觉得我这里有什么地方布置得不好吗？如果有请您说出来，我是很愿意接受他人意见的。”

洛基装作很为难地说：“您这里的布置其实很好了，没有什么缺陷。不过……”火神说到这里故意停顿了一下，没有往下说。

芙莉嘉着急地问：“不过什么啊？有什么话你就直说吧！”

火神洛基知道时机已到，马上说：“我说了请您千万不要生气。我觉得您的宫殿中其他东西都非常非常的好，只有那些用金子打造的饰品还不够完美。我听说过两天有三位女巨人会来做客，到时候她们一定会嘲笑您的。”

没想到芙莉嘉听完火神的话后居然大笑起来，说：“别开玩笑了，亲爱的洛基！你要说别的我可能相信，可是我的金子都是最好的，怎么可能丢人呢？”

洛基不慌不忙地说：“我并不是说您的金子不好，而是说它们的工艺不好！用粗糙手工打造出来的金首饰，是配不上您的金子的。”

果然，洛基的话触到了芙莉嘉女神的痛处，她的金首饰的手工确实不怎么样。女神的脸色马上晴转多云，不高兴地说：“哼！那我能怎么办？有谁的手艺能满足我的要求呢？”

洛基慢悠悠地说：“也不是没有办法！这个世界上最心灵手巧的要数住在地下的侏儒们，而在侏儒当中，又要数黑侏儒莫兹格纳最会打造首饰，所以……”

还没等洛基把话说完，芙莉嘉就大喊道：“来人，快去地下把黑侏儒莫兹格纳请到我这里来！”

很快，莫兹格纳就来到了芙莉嘉的宫殿。他恭敬地说：“尊敬的芙莉嘉女神，您叫我到这里来有什么事吗？”

芙莉嘉笑着说：“没什么，只是有点事情请你帮忙。我想让你用金子给我打造几件世界上最漂亮的首饰。”

莫兹格纳的嘴撅得可以挂十个香油瓶子，心中一百个不乐意。可是眼前这位是众神之后，自己又不好推辞，于是就想了一条妙计。他说：“尊敬的女神，我非常愿意为您效劳！不过要打造出您想要的首饰，需要很多很多的金子，光凭您

拥有的那些是不够的。"

芙莉嘉一听，马上着急地说："怎么？我的那些金子都不够吗？我还有很多很多呢！"说着，她叫人拿来了自己所有的金子。

莫兹格纳看了看，说道："您的金子确实不少，不过还不能达到我的要求！当然，差得也不是很多，如果加上奥丁的金身像，那么就足够了。"其实，莫兹格纳这么说只不过是一种推辞的说法。因为所有亚瑟神都知道，奥丁的金身像是不能随便碰的。

此时的芙莉嘉已经失去了理智，心中只想要她的首饰。于是她走到神像面前，用魔法把神像打了个稀巴烂，希望神像不会告发她。可是她忘记了，奥丁神是具有通晓一切事情的能力的。这件事使主神非常愤怒，一气之下离家出走，来到了人间。

奥丁走后，他的两个兄弟维利和伟趁机夺权，成了阿瑟加德新的首领。因为他们和奥丁的模样完全一样，所以芙莉嘉在不知情的情况下失了身。后来，由于他们两个没有奥丁神的威望，而霜巨人又趁机捣乱，搅得天地间不得安宁。

七个月过后，奥丁终于平息了怒气，返回了阿瑟加德。亚瑟神族的成员在奥丁的带领下，又一次挫败了霜巨人的阴谋。而芙莉嘉女神也吸取了惨痛的教训，不再像以前那么虚荣了。

奥丁盗神酒

在一个叫做尼特堡的山崖里，有一个神秘的石窟。在石窟里，藏着三罐神酒。这种神酒有着特别的威力，喝了它的人不仅可以获得智慧，而且还可以变成满腹经纶的诗人。因此，无论是天上的神仙，还是人间的凡人，都渴望得到神酒。那么，神酒是怎样酿成的，它又怎么会被保藏在尼特堡山崖的石窟里呢？

事情还要从亚萨和华纳两大神族缔结和平的会议说起。由于众神的意见不统一，会议开了很久却始终没有结果。后来，众神达成一致，不再胡乱发表意见，尽快缔结和约。为此，每一位神仙都向一个小陶罐中吐上一口唾沫，以示不再浪费唇舌。就在最后一位神仙吐完最后一口唾沫的时候，奇迹发生了，陶罐里的唾沫中诞生了一个生命，众神为其取名卡瓦西。因为汇集了众神的力量和智慧，卡瓦西非常聪明，他能轻而易举地解决各种问题，没有任何问题能够难倒他。

卡瓦西喜欢四处云游，将智慧带到各个地方。可即使他聪明绝世，也还是没能逃脱小人的算计。当他云游到侏儒国的时候，碰到了两个阴险狡诈的侏儒。他们嫉妒卡瓦西的才学，于是设计谋害了他。杀死卡瓦西后，两个侏儒将卡瓦西的鲜血用两个蜜罐装了起来。接着，他们把两罐鲜血和一罐蜂蜜混合，酿造出了一种蜜酒。由于卡瓦西是众神智慧的结晶，因此他的血液也充满着智慧的力量，而用他的鲜血酿造出来的酒自然也非同寻常。这就是具有神奇力量的神酒。两个侏儒将它装入了三个罐子中，无论走到哪里，都将其带在身边。

一次，两个侏儒要出海办事，请一个名叫吉灵的巨人为他们掌舵。路上，吉灵无意中得罪了两个侏儒，于是在返航的途中，两个侏儒就设计将吉灵杀害了。船靠岸后，吉灵的妻子向两个侏儒追问丈夫的下落。两个侏儒一狠心，将吉灵的妻子也推向了大海。后来，吉灵的儿子苏特顿知道了父母惨死的真相，他四处寻找两个侏儒，要为他的父母报仇。两个侏儒不是苏特顿的对手，面对强大的苏特顿，他们跪地求饶，并亲手奉上他们视若珍宝的三罐神酒，希望能保住自己的性命。苏特顿早就对神酒有所耳闻，现在得此良机，就顺势接受了侏儒的请求。苏特顿得到神酒之后，就把它们藏到了尼特堡山崖的石窟里，并让自己的女儿守护神酒。

苏特顿是一个吝啬之徒，自他得到神酒之后，就把神酒严密地看守起来，任何人都无缘闻一闻神酒的气味。不过天上的众神也不甘心让神酒永远存封在石窟里，尤其是众神之王奥丁，更是不愿放弃任何一次增长智慧的机会。思来想去，奥丁决定亲自下凡去盗取神酒。虽然贵为众神之王，但若没有可靠之人的帮助，他也很难盗得神酒。奥丁将目光锁定在苏特顿的兄弟保吉身上。

在保吉的庄园里，九个仆役正在费力地割着稻草。奥丁见他们的镰刀非常钝，就走上前说他有一块磨石，可以将镰刀磨得非常锋利。九个仆役试了试，镰刀果然锋利了许多。他们都希望得到这块磨石，那样他们就可以干更多的活，得到更高的报酬了。奥丁装出很为难的样子，突然将磨石向天上一抛，九个仆役就争相抢了起来。为了得到磨石，九个仆役打得不可开交，最后全都倒在了血泊之中。

奥丁来到保吉的家中时，保吉正在为九个仆役的突然死去而苦恼。奥丁说：“不必烦恼。我一个人就可以干九个人的活，我可以帮你把地里的农活干完。”保吉听了十分高兴，忙问奥丁要什么报酬。奥丁说：“我什么都不要，只求能喝

上苏特顿珍藏的一口神酒。”这下保吉可为难了。想了很久，他才开口说：“苏特顿是个吝啬之人，你的要求确实很难办到。不过如果你能帮助我把地里的农活干完，我一定会帮你喝到一口神酒。”奥丁满意地离开了。

奥丁果然是个出色的农夫，保吉对他所干的农活非常满意。秋收过后，保吉带着奥丁来找苏特顿，希望苏特顿能赏赐一口神酒。结果不出所料，苏特顿看都没看奥丁一眼就断然拒绝了保吉的要求。无奈，保吉只好带着苏特顿去盗取神酒。他们挖取了一个山洞，一直通往藏神酒的石窟。待石壁打通后，奥丁就一个人进了石窟。在石窟中，奥丁遇到了苏特顿的女儿。可是苏特顿的女儿却爱上了奥丁，两个人在石窟中过了几个甜蜜的夜晚。后来，苏特顿的女儿答应奥丁临行之前可以喝上三口神酒，可奥丁却在每个罐中都喝了一口，而每一口就是一大罐。喝完之后，奥丁就变成一只雄鹰，飞出了石窟。

苏特顿看到天空突然多了一只雄鹰，马上感到了异常，连忙起身去追。奥丁由于带着三罐神酒，行动有些迟缓，眼见苏特顿就要追上来了。天上的众神看此情景，知道奥丁已经成功盗取神酒，于是纷纷带酒器前去迎接。待奥丁将神酒吐入酒器之中，苏特顿知道一切已经无可挽回，他绝不是众神的对手，只好悻悻地回去了。奥丁将神酒分发给众神和人类中的智者享用，于是便有了很多才华横溢、出口成章的诗人。

雷神托尔

雷神托尔，北欧农民最崇拜的天神，因为当第一声天雷响彻北欧上空时，寒冷的冬季行将结束，大地将从沉睡中苏醒，万物将迎来期待已久的春天。

托尔是奥丁主神的第一个儿子，是他与大地女神乔德结合所生。他身材魁梧，力大无穷，刚刚出生就能举起十大包熊皮。在阿瑟加德诸神中，他的地位仅次于奥丁。托尔为人耿直、嫉恶如仇，凡是自己看不顺眼的事都要反对。此外他食量非常大，又很能喝酒，而且吃东西的时候也没有什么文雅可言，所以用“粗犷”两个字来形容他是再合适不过了。

托尔在诸神中是出了名的脾气暴躁，他的母亲自认为无法抚养，就把他托付给维格尼尔和赫萝拉这两位天神。他是天神中唯一一个被允许不走那虹桥的神，因为奥丁怕他沉重的脚步把桥毁掉。正是因为托尔的脾气火爆，所以所有天神都让他三分。不过，托尔也是天神中最有法力的神。雷神锤是托尔的武器，也是雷霆的象征，凭借它托尔击退了霜巨人多次的进攻。

虽然霜巨人们一直没能打败亚瑟诸神，但是却常常将凛冽的寒风刮到世界，于是托尔决定前往霜巨人的老巢——尤腾海姆，断了这个可恶的祸根。火神洛基自告奋勇与托尔同去，希望能助托尔一臂之力。在路上，两位天神投宿在一户农民的家里，机缘巧合收了一位新的随从——提亚尔菲。

托尔、洛基和提亚尔菲这主仆三人很快就踏入了尤腾海姆的地界。傍晚到了，三位天神发现在路旁边有一所高大的房子，于是他们决定在这里过夜。

清晨的阳光刺开了托尔的双眼，他站起身来，察看了一下周围的环境。突然，托尔大声喊道："洛基、提亚尔菲，快起来，你们看，这房子简直太奇怪了！"

洛基的脸上写满了不情愿，嘟囔着嘴说："什么事大惊小怪的啊？这不过是一座房子而已，有什么奇怪的！"

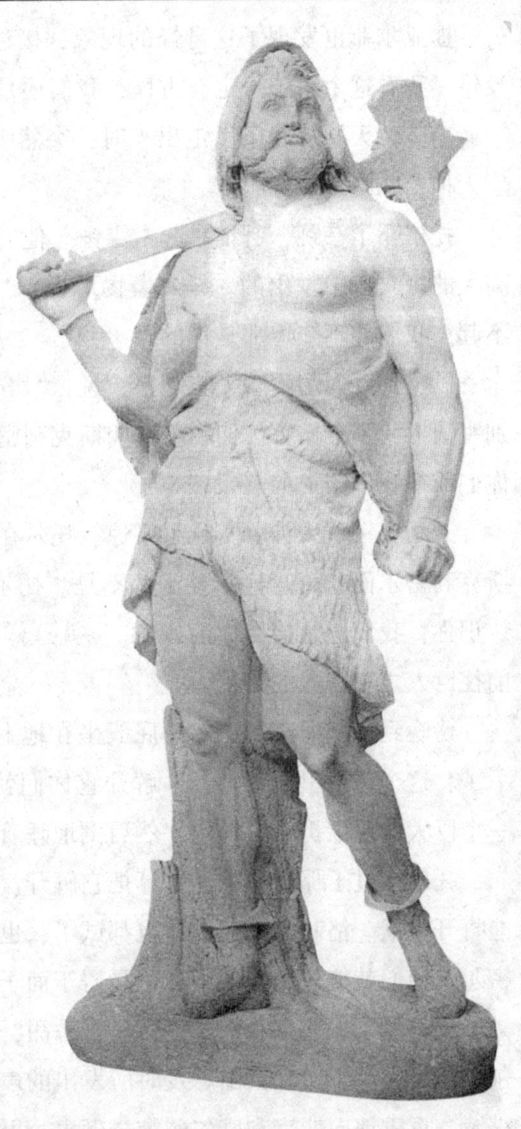

神托尔的力量

托尔的力量及他的神锤，象征着神族对霜巨人威胁的抵抗。尽管托尔有限的力量不足以抵抗霜巨人及魔鬼的进攻，最终托尔还是消灭了巨人族的首领，使巨人族无法再威胁世界的和平。

托尔白了他一眼，说道："你们有没有发现，这所房子只有门口，没有大门，而且找不到一扇窗户。"

提亚尔菲也发现了这奇怪的现象，接过来说："是的！我的主人说的一点都没错。我看这个房子一定有古怪，我们还是快出去吧！"

当三位天神从房子里走出来时，突然听见一声炸雷般的问候："早上好，三位天神，昨晚睡得好吗？"

托尔吓了一跳，赶忙拿起雷霆锤。他们发现刚才的炸雷声是从一个身材异常高大的巨人口中发出的。托尔警惕地说："你想做什么？这个房子是你的吗？对不起，我们并不知道那是你的。"

没想到巨人却哈哈大笑起来，说："房子？什么房子？那是我手套的大拇指！别害怕，我不会伤害你们的。我叫斯克利密尔，是尤腾海姆的巨人，很高兴引导你们前往我们国王的宫殿。"

天啊！三位天神着实吃了一惊。托尔在亚瑟神中是出了名的个头足，可是在斯克利密尔面前简直连个孩子都不是。托尔定了定神，然后说："谢谢！很高兴认识你！我们愿意接受你的好意。"就这样，三位天神加一位巨人，一起踏上了前往巨人之王宫殿的路程。

傍晚到了，斯克利密尔一屁股坐在地上，大声说道："好了！我们该休息一下了！这个包袱里面有食物，解开它你们就能享用美味的晚餐了。"说完，他把一个巨大的包袱扔给了托尔，然后倒地睡着了。

托尔接过了那个包袱，打算把它解开。尽管托尔使出了浑身解数，但依然没能打开包袱。洛基和提亚尔菲也都试了，也没能打开它。其实，只要叫醒斯克利密尔，他们就能享用晚餐了。可是碍于面子，他们只好忍饥挨饿，熬到天亮。

夜很深了，斯克利密尔睡得非常香甜，可是托尔却无法入睡。原来斯克利密尔的鼾声太大了，和火山爆发时所发出的声音不相上下。托尔恼羞成怒，拿起雷霆锤，重重地向斯克利密尔的脑袋砸去。可是他连砸了三下，不但没伤到斯克利密尔一丝一毫，反而使他的鼾声更响。没办法，三位天神只好忍到天亮。

第二天早上，斯克利密尔并没有感觉有什么地方不对。吃过早饭后，斯克利密尔指点托尔去往国王宫殿的道路，然后与他们分了手。就这样，托尔他们终于见到了霜巨人的国王——乌特加德罗基。

乌特加德罗基的嘴角都快和肚脐连上了，眼皮抬都不抬一下，傲慢地说："这就是所谓的天神？哼！真是太可怜了！我们这里的婴儿都要比你们身材高大！可怜的小矮人，别在这里丢人现眼了。"

火神洛基第一个按捺不住，站出来说："是吗？既然你如此轻视我们，敢比赛吗?"

乌特加德罗基的表情更夸张了，说道："好啊！比就比！说吧！比什么?"

"比吃饭，"洛基大声说，"找一个很大很长的盘子，里面放满肉，我们分别从两头开始吃，看谁吃得多。"

比赛开始了，霜巨人的代表是厨子罗吉。火神吃得很快，一会的工夫就吃到了盘子的中央。可这时他发现，那名不起眼的厨子罗吉早已将肉、骨头和盘子一起吃光了。这样，第一场比赛洛基输了。

第二场比赛开始了，这次是提亚尔菲和一个名叫修基的小孩子比赛跑。结果不用说，当然是修基取得了胜利。

轮到托尔出场了。他首先提出要和巨人们比喝酒，乌特加德罗基命人取出一个盛满酒的牛角杯。托尔的酒量是很大的，可是这次不管他怎么喝，牛角杯中的酒都不见减少。没办法，托尔又提出比力气，乌特加德罗基唤来了一支灰色的猫。托尔使出了吃奶的劲，可是最终也只能把它的一只脚抬离地面。最后，托尔提出比赛摔跤。乌特加德罗基居然派出了老乳母爱莉。尽管托尔使出了所有的劲头和技巧，但最终还是失败了。他们只能选择离开。

第二天，乌特加德罗基亲自送他们出城，临别前道出了秘密。原来，斯克利密尔就是乌特加德罗基，手套、包袱以及打不烂的头，都是魔法。至于比赛，罗吉是可以烧尽一切的野火，小孩修基是思维，牛角杯直接与大海相连，灰猫则是大蛇米德加德，至于老乳母爱莉，其实是任何人都不能抗拒的衰老。

听了乌特加德罗基的叙述，托尔觉得受到了莫大的屈辱，愤怒地把雷霆之锤扔向他。可是，锤子划过天空落到了地下，乌特加德罗基也不知所踪。

战神提尔

北欧人生性好战，因此战神提尔理所当然地成为他们崇拜的偶像。提尔是奥丁主神与众神之后芙莉嘉的儿子。他有两件法宝：一件是侏儒德瓦林所铸的宝刀，另一件是坚硬的白盾。通常，提尔的形象是左手持刀，右臂处挂着盾牌。可能有人会问，战神为什么不用手拿盾牌啊？因为这位北欧人的战神是没有右手的。那么提尔是怎么失去右手的呢？这一切又是那个爱捣蛋的火神洛基造成的。

火神洛基生性风流，有一次他竟然私自与尤腾海姆的女巨人安格尔波达结合，结果生下了三个可怕的怪物。它们分别是巨型苍狼芬利尔、世界大蛇尤蒙刚德以及死亡女神赫尔。世界很快就被他们搅得不得安宁。

战神提尔像

奥丁主神知道了这件事后，非常生气。他害怕如果放任它们胡作非为，将来会控制不了它们的邪恶法术。于是，主神冒着危险来到了巨人之国尤腾海姆，把这三个怪物抓回了阿瑟加德。接下来的任务就是如何处置它们三个了。碍于火神洛基的面子，杀了它们肯定是不行的。可是又不能把它们留在阿瑟加德，那样天界肯定会大乱。最后，奥丁主神想出了一个两全其美的办法。

赫尔的模样非常奇怪，她一半是美丽的女神，另一半则是可怕的骷髅。奥丁派她前往死亡地下，在那里掌管死人的灵魂，因此赫尔也就成了死亡女神。至于那条令人生厌的毒蛇尤蒙刚德，奥丁则把它扔进了大海里，让它永远镇守在那里。

现在只剩下巨型苍狼芬利尔了，这可是个难缠的家伙。芬利尔不仅凶猛强悍，而且野性十足，不服任何人的管教。不过它的这股野劲倒是得到奥丁的另眼看待，奥丁决定把它留在阿瑟加德，希望有一天能使它“皈依正果”，成为有用之才。

其他的天神可犯起了嘀咕，这个芬利尔可不好惹，谁要是靠近它准会倒霉。因此当奥丁询问有谁愿意喂养芬利尔时，没有一位神表示愿意接受任务。

奥丁对他们的做法十分生气，怒吼道：“你们这些胆小的家伙，一个芬利尔就把你们吓成这个样子，平时你们一个个不都是挺神气的吗？”

一个英武的少年高声叫道：“父神奥丁，请您不要生气好吗？我愿意接受这项艰巨的任务，因为它充满了挑战性，而我战神提尔则是无所畏惧的。”

奥丁满意地看着战神，说道：“很高兴能有你这样的儿子。从今以后，芬利

尔的喂养工作就由你担任了。”

就这样，战神提尔每天都按时地给芬利尔送来食物。不过这头苍狼似乎并不领情，吃过食物后依然对着战神狂啸。芬利尔的身体一天天地强壮起来。这种情况使得其他亚瑟天神十分害怕，因为他们担心有一天芬利尔会挣断铁链，然后把他们一个个都咬死。

于是，天神们召开了一次会议，商量如何除掉芬利尔。杀了它是不行的，因为奥丁订下过法律，不允许在阿瑟加德境内发生流血事件。天神们决定用一条坚硬的铁链把芬利尔捆住，那样它就不会作恶了。于是，天神们制了一条又粗、又结实的铁链，来到了芬利尔的面前。

还没等天神们靠近芬利尔，它已经张开血盆大口，对着他们叫了起来。天神们都被芬利尔可怕的样子吓住了，谁也不敢用铁链去捆它。

正在尴尬的时候，有一位聪明的天神说道：“嘿！芬利尔！先别激动，我们是来看你的。”

芬利尔知道诸神不怀好意，大声说道：“你当我是三岁小孩子啊！你们来看我？哼！你们想杀我才对吧！”

那位天神笑了笑说道：“开什么玩笑，你是主神奥丁最喜爱的宠物，我们怎么会伤害你呢？”

虽然对天神的话半信半疑，但是芬利尔已经有些放松警惕。那位天神又说：“芬利尔，我们听奥丁神说，你是世界上力气最大的动物，任何绳索都不能把你捆住！我们不相信，因此我们合力打造了一条非常结实的铁链，想看看你能不能把它挣断。”

芬利尔一向狂妄，根本没把天神的话放在心上，轻蔑地说：“是吗？那就来吧！我就不相信有什么东西能捆得住我。”

天神们见芬利尔上了当，心中窃喜，可是这种喜悦之情很快就消失了。原来，芬利尔根本没费什么力气就把那根在天神们看来根本无法挣断的铁链挣断了。

后来，天神们又找来几根铁链，但都没能困住芬利尔。没办法，天神们只好再一次求助于黑侏儒，求他们打造一条世界上最结实的绳索。很快，这条绳索就完成了。不过它并不是想象中的又粗又壮，相反却是一条又细又滑的线。

天神们故伎重施，当他们拿出那条细绳时，芬利尔这次却拒绝了。因为它觉得天神们是要加害自己。为了让芬利尔相信，天神们答应可以满足它提出的任何

条件。芬利尔想了想说："如果我不答应你们，你们肯定会说我胆小如鼠的！但是为了保险起见，你们必须有个人把手臂放进我的嘴里，那样的话我才能放心。"

芬利尔太狡猾了，这道题的确是把天神们难住了。正在为难的时候，战神提尔表示愿意把手臂放进它的嘴里。事情进行得很顺利，芬利尔终于被捆住了。细绳越来越紧，几乎要勒得芬利尔断气了。正当它想呼救时，突然看到了天神们幸灾乐祸的表情。芬利尔知道上当了，于是它一口下去，就把战神的胳膊咬掉了。

从那以后，提尔就成了独臂战神。

光明及黑暗之孪生神

光明神与黑暗神是奥丁与芙莉嘉所生的一对孪生子。虽是亲兄弟，但是在外貌和性格上却截然相反。光明神巴德尔相貌英俊，性格开朗。他的脸上永远挂着那迷人的微笑，任何人看见他都会产生倾慕之情；而黑暗神霍德尔双目失明，且终日阴沉着脸，沉默寡言，不愿意和任何人打交道。

不知从何时起，一向快乐的巴德尔变得不爱说话，脸上的笑容也不知所踪。奥丁和芙莉嘉都很担心他，就问是什么原因。原来，巴德尔最近一直被噩梦侵扰，老觉得自己会被人杀死。奥丁和芙莉嘉隐约感到了事态的严重性。为了预防万一，芙莉嘉让宇宙万物发誓永远不会伤害巴德尔。因为巴德尔十分讨人喜欢，所以这件事办起来并不困难。不过，芙莉嘉忘记了让瓦尔哈拉宫外一棵橡树上的槲寄生发誓，她认为槲寄生又小又弱，是不可能伤害到巴德尔的。

奥丁也没闲着，他骑上自己的神马，来到了死亡的国度，希望从长眠在那里的女预言家伐拉口中得到一些消息。当他经过赫尔的宫殿时，发现里面正在大摆宴席，好像是在准备迎接什么贵客似的。

当伐拉被咒语唤醒时，奥丁对她说："尊敬的女预言家伐拉，我是一个世间的普通人，我想请问你，今天冥界为什么举行宴会，他们是在迎接谁呢?"

伐拉没有察觉眼前这个人就是奥丁，坦诚地说："既然你不辞辛苦地来到这里，我就把一切都告诉你！赫尔知道，在不久的将来，阿瑟加德的光明之神巴德尔将会来到地府。这里所有的一切，都是为了迎接巴德尔准备的。"

奥丁吃了一惊，继续问道："是吗?天上的神也会死吗?您能告诉我谁会杀

死光明神巴德尔吗?”

伐拉依然没有察觉，说道：“天上的神也会被杀死，世界就是这么创造出来的！凡人是不能伤害天神的。杀死光明之神巴德尔的，不是别人，正是他的孪生兄弟，黑暗之神霍德尔。”

伐拉的回答大大出乎奥丁的意料。奥丁又问：“真是太可怜了，居然被自己的兄弟杀死！难道巴德尔就那么白白地死去吗？难道就没有人为他报仇吗?”

伐拉已经被问得有些不耐烦了，但还是耐着性子回答说：“不！巴德尔不会白白死去，将来会有人替他报仇的！巴德尔死后，奥丁神会和一个名叫琳达的女神结合，然后生出一个男孩，名叫伐利。他从出生起就肩负着复仇的使命，他将不洗脸、不梳头，这一切都会在他杀死黑暗之神霍德尔之后结束。”

光明神巴德尔像

一个充满爱心，具有温柔灵魂的神，无论他到哪里就把光明与善意带到哪里。由于火神洛基的嫉妒，他不幸死于亲兄弟之手。

奥丁神穷追猛打，继续问道：“那么这件事是因什么而起的呢？是什么让霍德尔杀死巴德尔的呢？谁又不会为巴德尔的死伤心呢?”

啰嗦的奥丁引起了伐拉的怀疑，她睁眼看了看，才发现眼前这个人就是奥丁。于是，伐拉不再回答奥丁提出的任何问题，重新躺进了棺材里，再也不起来了。

奥丁把自己知道的一切都告诉了妻子，当他得知宇宙万物已经发过誓不会伤害巴德尔后，悬着的心总算落了下来。巴德尔的心情也异常的高兴，重新回到天神中间，与大家一起嬉戏玩耍。玩耍时，众神提议见识一下巴德尔的本领，因为大家都知道万物的誓言了。巴德尔也是一时兴起，就答应了诸神的要求。

果然，不管是刀枪剑戟，还是长矛弓箭，都不能伤害巴德尔一丝一毫。当那些武器掷向巴德尔时，都会自动坠落下来。天神们一个个玩得非常开心。但是有个人却躲在角落中，恨得牙根痒痒，这个人就是火神洛基。

洛基早就对巴德尔不满，因为他的光芒盖过了自己。他不相信巴德尔没有弱点，于是就变成一个老妇人的模样，来到了芙莉嘉女神身旁。洛基试探着问："真是恭喜您了！您看你的儿子多神勇啊？任何东西都不能伤害他！不过我觉得您应该好好想想，看看有没有什么东西没有起誓！"

芙莉嘉并不知道他就是洛基，笑着说："没什么可担心的，所有东西都发过誓了！只有殿外橡树上的槲寄生除外。它太弱小了，没有能力伤害巴德尔。"

洛基得到了想要的答案，于是就退出宫殿，把槲寄生摘了下来。火神施展了一种神奇的魔法，槲寄生很快就变得又粗又大，而且十分坚硬。洛基把他制成了一个小小的木棒，然后来到了黑暗神霍德尔那里。

火神对霍德尔说："怎么了？你为什么不去参加游戏呢？你看他们和你的兄弟巴德尔玩得多开心啊！你也应该参加的。"

霍德尔一脸阴沉地说："对不起，对那种无聊的游戏我没兴趣，而且我觉得你是在挖苦我，明知道我是瞎子，怎么能去玩那种投掷游戏呢？"

洛基笑了笑，接着说："看你说的，谁规定看不见东西就不能玩投掷游戏了！你看……"说着，洛基把那根木棒塞进了霍德尔的手里，接着说："这根木棒怎么样？你可以用它投掷啊！你不要担心会伤害你的兄弟，因为世间万物都起过誓了，谁也不会伤害到巴德尔的！怎么样？扔出去吧！让其他神看看你的本事。"

霍德尔没有禁得住火神洛基的引诱，也许在他心中也十分渴望能参与到游戏中去，只不过平时他太自卑了。黑暗之神拿起了木棒，然后毫无目的地，使出全身力气把它抛了出去。伐拉的预言实现了，木棒不偏不倚地插进了巴德尔的要害，光明之神死了。

本来，巴德尔还有机会复活，但是在洛基的阻挠下没有成功（赫尔答应芙莉嘉，如果世间万物都为巴德尔的死哭泣的话，就让他返回阿瑟加德，但是洛基化身的女巨人索克却不肯流一滴眼泪，因此巴德尔就永远留在地府）。后来，奥丁和琳达结合，生下了伐利。最后，伐利杀死了霍德尔，替光明神报了仇。

丰饶之神弗雷尔

丰饶之神弗雷尔并不属于亚瑟神族，他是伐纳神族的后裔，因为弗雷尔的父亲涅尔德是伐纳神族的成员，而他自己也是出生在伐纳海姆的，但是这一切并不影响弗雷尔拥有高贵的地位。

丰饶之神弗雷尔像

当初按照约定，他和家人一起来到了阿瑟加德，作为伐纳神族献给亚瑟神族的人质。所有的天神都被弗雷尔英俊的外表和爽朗的性格征服。天神们把很多美好的东西都赐给了他。首先是一把无敌的、代表胜利的神剑，弗雷尔经常拿着这把神剑与霜巨人战斗；其次是居住在地下的侏儒的礼物，那是一头闪闪发光的金毛野猪，名叫古林布尔斯提。这头野猪象征着农业的丰收，也代表了无限灿烂的阳光。

丰饶之神弗雷尔的妻子名叫吉尔达。她既不是亚瑟神族的成员，也不是伐纳神族的后裔，而是可怕的霜巨人盖密尔的女儿。我们的丰饶之神是怎么爱上这位吉尔达的呢？霜巨人又怎么会嫁给亚瑟神族的朋友呢？来听听下面的故事吧！

由于弗雷尔生性活泼开朗，而且相貌俊美，所以很快就得到了阿瑟加德诸神的认同。奥丁神更是对他宠爱有加，甚至超过了对自己儿子的喜爱。

这天，弗雷尔在奥丁的宫殿中陪着他聊天。突然，弗雷尔提出了一个问题：“奥丁神！我听人说如果坐上您的宝座，那么就可以看到很远很远的地方，是这个样子吗？”

奥丁神笑了笑，说：“是的！一切和你听到的都是一样的！”

弗雷尔接着说：“那我能不能坐一下呢？我实在是很想试试！”

如果这话是从别人口中说出，准会遭到一顿严厉的训斥，因为那个宝座除了众神之王奥丁和众神之后芙莉嘉以外，任何人都不能坐。可是这次奥丁居然答应了弗雷尔的请求。

弗雷尔坐上了奥丁的宝座，被眼前出现的奇妙景象吸引住了。那是东方，那是西方，那是南方，天啊！原来有那么多美丽的地方自己都不知道！当弗雷尔要往北方望去时，他犹豫了一下，因为那里是霜巨人居住的地方。不过，在好奇心的驱使下，弗雷尔还是向北方望去。辽阔的北方一片荒凉的景象，到处都被冰霜覆盖。弗雷尔心想：“这个地方太荒凉了，根本不好玩，还不如不看呢！”

正当他要从宝座上下来时，突然愣住了。弗雷尔的心跳得越来越厉害，脸红得像一个红苹果，他想："我以奥丁神的长矛起誓，我从来没有见过这么漂亮的女孩！她的眼睛像大海一样清澈，她的头发闪烁着太阳般的光芒，她那魅力四射的青春气息简直可以溶化掉北方所有的冰川。这个女孩子是谁？我一定要娶她为妻。"

可是，他的美梦很快就破灭了。这位美丽的女孩居然是亚瑟神族的死敌霜巨人盖密尔的女儿。他知道，不管是神族还是霜巨人，都不会同意这桩婚事的。弗雷尔垂头丧气地走出了奥丁神的宫殿。

从那以后，丰饶之神弗雷尔患上了相思病，他每天都坐在窗前发呆，面容也越来越憔悴。涅尔德看到儿子如此憔悴非常担心，于是就派出使者史基尔尼尔前去询问。

起初，弗雷尔不愿意说出实情，但是史基尔尼尔一再坚持。没办法，弗雷尔只得告诉他自己喜欢上了霜巨人盖密尔的女儿吉尔达。史基尔尼尔想了想，然后对弗雷尔说："主人！请您不要伤心，我愿意为您解除相思之苦！"

弗雷尔眼睛一亮，马上说："真的！史基尔尼尔，太谢谢你了！你要怎么帮我呢？"

史基尔尼尔回答说："其实你不用担心神族那边，他们会理解你的！现在难办的是霜巨人那边，必须得到他们的同意。要想办成此事，您必须要借给我几样东西。"

弗雷尔说："说吧！你需要什么，只要我有的都可以给你！"

史基尔尼尔说："首先要把您的马借给我，因为那样我才能尽快赶到盖密尔的家；其次您要把您的宝剑借给我，因为如果她不同意我就用宝剑吓唬她；第三我要带上您在泉水中的倒影，因为那样才算是相亲；最后我需要您的十一颗金苹果和聚金指环德罗普尼尔，作为提亲的彩礼。怎么样？您答应我的条件吗？"

为了能够娶吉尔达为妻，弗雷尔答应了史基尔尼尔的所有要求。就这样，史基尔尼尔骑着马，挎着剑，怀中揣着弗雷尔的影子和彩礼，来到了霜巨人盖密尔的家。

当得知史基尔尼尔是来为伐纳神族的丰饶之神弗雷尔提亲时，吉尔达说："你是不是脑子不清醒了！我是霜巨人的女儿，怎么可能会嫁给神族呢？那个弗雷尔真是太异想天开了，怎么会有这样的想法？你别费力气了，我是不会嫁给他的！"

史基尔尼尔马上拿出了弗雷尔的影子和彩礼，希望能够打动吉尔达。没想到吉尔达连看都不看一眼，口气很硬地说道：“我说过了，请不要白费力气了，我是不会嫁给他的。”

史基尔尼尔见此计不成，就拿出了弗雷尔的神剑，恶狠狠地对吉尔达说：“看到没有，这是一把威力无穷的神剑，能杀死所有的人。如果你不答应，我将会砍下你的头。”

本来史基尔尼尔只是想吓吓吉尔达。可不想她不吃这套，反而更加强硬地说：“就算你杀死我，我也不会答应的。”

看来只有使出最后的杀手锏了，史基尔尼尔举起了魔杖，对吉尔达说：“如果你再不答应，我就在你的身上施下魔法，要么嫁给弗雷尔，要么就嫁给一个又老又丑的霜巨人，否则你将独守闺房。”

这下可把吉尔达吓坏了。没办法，她只好选择同意与弗雷尔成亲。听到消息的弗雷尔简直高兴极了，为了感谢史基尔尼尔，把自己随身的宝剑赐给了他，而自己则和吉尔达过上了幸福的生活。

建造众神之家

诸神们知道，虽然世界已经创造出来，霜巨人也被打到遥远的北方居住，但是这并不意味着一切都可以高枕无忧，因为邪恶恐怖的霜巨人随时都在寻找时机，以便向阿瑟加德发起进攻，夺回他们失去的世界。为了保障世界和阿瑟加德的安全，诸神决定建造一座既高大又坚实的城堡。当霜巨人来犯时，就可以用城堡来作为屏障。

天神们虽然法力无边，但是他们并不懂建筑。有人提议找住在地下的侏儒们帮忙，他们心灵手巧，一定可以完成任务。这个提议很快也被否定了，因为侏儒虽然善于建造，可是他们的身材太过矮小，根本不能建造出合乎要求的城堡来。就在天神们着急的时候，一位神秘人物出现了。

这个人有着高大的身躯，但他并不承认自己是霜巨人一族。他对焦急的天神们说：“尊敬的亚瑟神们！我是一个建筑师，我知道你们如今正想建造一座城堡，所以前来帮助你们！”

天神们都不认识他。奥丁主神首先发话了，说道："哦！你真的能为我们建造出坚实的城堡吗？我对你的能力表示怀疑。还有，如果我们接受你的帮助，那么你想要从我们这里得到什么呢？"

神秘的建筑师笑了笑，说道："我建造出来的城堡绝对是最结实的，可以抵挡住任何霜巨人的进攻，这一点我可以保证。至于报酬嘛！呵呵，我不要金，不要银，只希望你们能把太阳、月亮和美之女神芙蕾雅赐给我。"

建筑师的话惹恼了所有天神，他们愤怒地叫嚷着："你这个家伙简直太狂妄了，居然还敢提出要太阳、月亮和芙蕾雅，我们坚决不能容忍这样的事情发生。"

这时，火神洛基站了出来，大声喊道："这个人是不是有那么高的能力，我们只有看过才知道！我提议，不如就让这个狂妄的家伙试一下，说不定他真的能建造出我们所要的城堡呢！"

其他天神马上反对，说道："怎么？真的答应他！如果真的建成的话，岂不是要答应他的要求吗？"

火神洛基笑了笑，说道："不要着急，我还没说完呢！我们可以让他建造，但是必须遵守两个条件：一是这项工程必须在夏季来临之前完成；二是除了自己以外，建筑师不能找任何帮手。"

天神们听后都笑了，因为在这样的条件下，要完成建造城堡的任务简直是不可能的。不想，建筑师却回答说："好的！我愿意接受这个挑战。我只有一个条件，那就是允许我的马斯瓦迪尔法利做我的助手，因为我要用它来搬运石头。"

天神们觉得这个要求并不过分，于是就答应下来。建筑师满怀信心地说："我一定不会让所有的天神失望的。不过，希望诸位天神不要在我完工的时候反悔。"说完扭头走了。

本来，这一切都应该是不可能的，可是这位神秘的建筑师偏偏地把它变成了可能。夜间，建筑师让斯瓦迪尔法利往阿瑟加德搬运石头，那石头简直就和山一样大。到了白天，建筑师则施展神奇的功力建造城堡。很快，一座高大结实、富丽堂皇的城堡就要落成了。

过了今晚就不再是冬季了，阿瑟加德的城堡也已经快完工了。那座城堡其实已经落成，唯一缺少的就是一扇拱门而已。可是，此时的天神们却高兴不起来，因为他们为了那份报酬感到担忧。

一位天神叫道："他居然真的办到了，这个人到底是谁啊？如今马上就要夏天了，城堡仅仅剩下个拱门没有完成。按照那个建筑师的速度，建造这个拱门简直就是小菜一碟，难道我们真的要把太阳、月亮和美之女神芙蕾雅给了他吗？我真的不敢想象。”

另一位天神插话说：“其实谁又愿意答应他的条件呢？可是又有什么办法呢？我们和他是事先约定好的，亚瑟天神是不能没有信用的！虽然我们不愿意，但是也必须答应他的要求！”

众神你一言，我一语，都认为这件事当初就不应该答应那个建筑师。这样，矛盾理所当然的就转移到了当初那个自作主张的火神洛基身上。诸神开始埋怨他。

洛基却是一脸的无辜，委屈地说：“这……这怎么能全怪我自己呢？当初你们也没有提出异议啊！”

天神们才不管呢，反正就是洛基的错。诸神威胁洛基说：“听着，洛基，你这个出了名的捣蛋鬼！你自己捅的娄子必须自己解决。现在，你必须阻止那个建筑师按时完成工作。如果办不到的话，我们会杀死你！一定会的！”

洛基只得硬着头皮想办法。不过，这件事并没有难倒洛基，因为他是以狡猾而著称的，很快就想到应对办法。他趁着黑夜，来到了即将落成的城堡面前。

洛基施展法力，变成了一匹俊俏的母马。他站在远方，像那匹正在辛勤劳动的公马斯瓦迪尔法利发出了求爱信号。公马没能抵挡住诱惑，丢开了自己的工作，追随母马而去。建筑师发现事态不妙，赶忙在后面追赶。经过一夜的时间，斯瓦迪尔法利是追上了，可是最后的时限也已经过了。

建筑师对诸神的做法十分不满，现出了原形，来找诸神算账。原来，这个建筑师是一名太古时代的霜巨人。亚瑟诸神迎来了厄运，很多神都被他杀死。不过幸好雷神托尔及时赶回，才用雷霆之锤打死了这个霜巨人。

火神洛基

火神洛基，亚瑟诸神中最令人头疼的天神，喜欢恶作剧、捣蛋、制造麻烦，是一位具有善恶双重性格的天神。在前面的故事中，我们不止一次提到了火神洛基，而他的出现总是会和各种各样的麻烦联系在一起。不过，那时的洛基还只是顽皮，很多过错也是无心之失。直到光明之神巴尔德死后，火神洛基变成了一个

不折不扣的恶神。

由于洛基从中作梗，光明神巴尔德再也不能返回阿瑟加德了，所有天神都因为巴尔德的离去而感到伤心。海神埃吉尔也知道了这件事情，虽然他平时和亚瑟诸神的关系并不是非常好，但是看到这种情景，他也十分难过。为了让诸神尽快从悲痛中走出来，埃吉尔在自己的海底宫殿中举办了一场丰盛的宴会，邀请了所有的亚瑟天神。

追捕洛基

在这个发现于公元9世纪的船尾装饰木雕上，刻的是混在动物里正在逃亡的火神洛基。狡猾的洛基靠这样的伪装一次又一次逃脱天神的追捕。

宴会在欢乐的气氛中开始了，这多多少少减轻了大家对巴尔德的思念。突然，大家发现有一个影子在他们前后左右来回地晃动，定睛一看，原来是火神洛基。洛基的出现重新勾起了天神们对巴尔德的思念。

天神们很生气，大声斥责洛基，说他是一个“不义的天神”。洛基被诸神的话激怒了：“好了！你们骂够了没有，如果再这样，我可不客气了！”

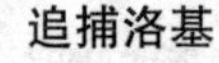

洛基的话激怒了天神，他们要求把他赶出宫殿，流放到森林中去。洛基也被惹火了，他咬牙切齿地说：“既然这样，就别怪我无情了。”正在这时，海神埃吉尔的奴仆、伺候天神进膳的美丽女侍者费玛芬格过来为洛基倒酒。趁此机会，洛基对她痛下杀手，流血事件在宴会上发生了。

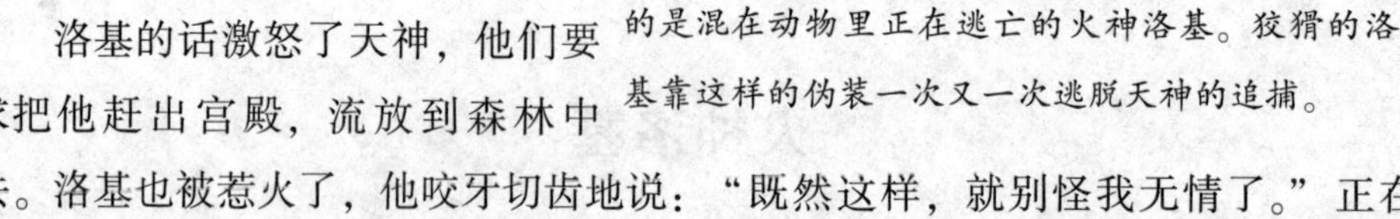

天神们被突发的事件惊呆了，继之而来的是更大的愤怒。他们愤怒地叫嚷着：“洛基！你这个混蛋，你看你都干了些什么？滚，马上滚出去，如果不滚的话你将会受到最严厉的惩罚的！”

虽然洛基被赶走了，可费玛芬格也不能复活了。天神们都为这件事感到遗憾，本来挺高兴的宴会，如今又蒙上了一层凝重的气氛。突然，火神洛基又从宫殿外跑了进来。众神发现，洛基的眼神发生了变化，充满了邪恶的气息。

还没等众神开口，洛基就开始大骂。先是艺术美神布拉琪，然后是主神奥丁，总之所有在场的天神都被洛基骂个遍，最后连众神之后芙莉嘉也没能躲过。洛基越骂越起劲，越骂越难听，气氛也越来越紧张。天神们一个个恨得不行，真想冲过去，让这个可恶的家伙永远闭上嘴巴。可是奥丁神说过，在亚瑟神族中是不允许发生流血事件的，因此大家也只能默默忍受。

这时，脾气暴躁的雷神托尔按捺不住了。他跳了起来，手中高举着雷霆之锤，大声喊道："洛基！你给我听好了，我的脾气你是知道的。如果你再敢如此放肆的话，我一定会让你尝尝雷霆之锤的滋味的。我才不管什么阿瑟加德法律呢！相信你清楚，我是说到做到的。"

洛基傻了眼，知道眼前这位雷神爷什么事都做得出来，如果自己再骂下去，肯定没什么好下场。想到这，洛基头也不回地跑出了宫殿。

洛基心中很清楚，这件事绝不会这么简简单单地结束。自己已经没有重返阿瑟加德的希望了，亚瑟诸神也绝不会放过自己。为了保险起见，洛基必须想一个万全之策，以便脱身。

他逃到了一座高高的大山上，并在那里建了一座四面有门的大房子。这四扇大门终日敞开着，为的是有朝一日天神追杀到这里，方便自己逃走。不过，光有这四扇大门还是不够的，洛基还需要更周详的计划。他实地勘察了四周的环境，发现不远处有一条大河。于是洛基决定，如果众神追到这里，自己就变成鳜鱼，在河中藏身。但是，洛基转念一想，如果天神们发现自己变成了鳜鱼，一定会用渔网来捕捉自己的。为了万无一失，洛基决定自己先编一只渔网，把自己网住，然后再考虑如何从渔网中逃脱。

正当渔网制成一半时，洛基的噩梦来了。远远的，只见主神奥丁带领着托尔和克瓦希尔正怒气冲冲地朝着洛基的房子赶来。火神知道再不逃跑就会有大麻烦了，于是他把那张半成品渔网丢进火里，自己变成鳜鱼躲在了大河之中。

奥丁、托尔和克瓦希尔闯进了房子里，找了一圈也没有发现洛基的影子。这时，克瓦希尔在火中发现了那张渔网。聪明的他很快就明白了，对奥丁和托尔说："看！这是什么？渔网！洛基这个家伙一定躲在河里。"

于是他们一起来到河边，开始寻找洛基。可是狡猾的洛基此时正藏在河底的

一块大石头下，因此很难被发现。克瓦希尔又想到了一个办法，说道："没关系，我知道他躲在什么地方！我们在下游放上一张巨大的渔网，然后慢慢向上游拉！在拉渔网的过程中，逐渐地清理掉河里的大石头。那样的话，洛基就跑不了了！"

这个方法果然奏效，洛基很快就沉不住气了。他不能坐以待毙，必须马上想办法逃脱。于是，他使出全身的力气，想要跳出渔网。前两次都没能成功，第三次他跳得很高，几乎就要看见胜利的曙光了。突然，洛基觉得浑身一紧，抬头一看，原来托尔的大手已经把他牢牢抓紧，正面带微笑的看着他。

洛基受到了应有的惩罚，他被众神囚禁在了地下洞穴之中。更加令他伤心的是，捆绑他的锁链居然是用自己的儿子纳尔弗的内脏做成的。

祸不单行，洛基的死对头女巨人斯卡蒂也趁机报复。她把一条毒蛇绑在了洛基头顶的岩石上，让毒液滴在他的脸上。要不是有希格恩（洛基的妻子）用盘子接住毒液，洛基恐怕早就和他的女儿赫尔团圆去了。当盘中的毒液滴满时，希格恩就会把它倒掉。火神洛基就会因为毒液的侵蚀而不停地抖动自己的身体，发出巨大的惨叫。这时世界上就发生了令人心惊胆寒的地震。

爱神芙蕾雅

爱神芙蕾雅是整个神族中最为美丽和性感的女神，她的风情万种在天上和人间都是大家公认的，没有哪个男人可以抵御她的魅力。好在这位女神并没有那样高不可攀，相反，她倒是极为风流，因此与很多神仙和凡人都有过肉体关系。在众天神之中，芙蕾雅的人缘是最好的。因为天神们都不想断了与芙蕾雅的来往，同时他们也深知芙蕾雅是不属于他们中的任何一个的，所以他们从不争风吃醋，只是以他们的方式与芙蕾雅保持着暧昧的关系，并适时满足一下他们的情欲。

尽管芙蕾雅风流成性，但却十分眷恋自己的丈夫。与其他男神不同，芙蕾雅的丈夫奥度尔对芙蕾雅并没有太大的兴趣，也没有因为芙蕾雅是自己的妻子而倍感骄傲。其他男神恨不得每天都让芙蕾雅相伴左右，只可惜他们都没有这样的资格，毕竟芙蕾雅不是属于他们的。然而丈夫奥度尔却并没有表现出对芙蕾雅的依恋，反倒是芙蕾雅十分依恋奥度尔。比较常见的情景是：一夜风流之后，当芙蕾雅睁开惺忪的睡眼时，却已经不见了奥度尔的身影。

奥度尔对芙蕾雅的热情是有限的，只要与芙蕾雅在一起的时间一久，他就会感到厌倦，厌倦到他想逃离的程度。奥度尔对爱情也并不专一，但他逃离芙蕾雅的主要原因不是要寻找其他的情感寄托，而是与芙蕾雅相比，旅游和探险对他的吸引力更大一些。可是只要芙蕾雅在他身边，他就不能做自己想做的事，所以他必须逃离。这也许是爱神芙蕾雅最大的悲哀，她的身体让无数天神垂涎不已，但却无法留住自己的丈夫。

每当奥度尔逃离以后，芙蕾雅都会到处寻找他，直到找到他为止。芙蕾雅既然有无数情人，为什么会对自己的丈夫如此痴情呢？这或许与奥度尔在情爱施舍上的特殊能力有关。因为奥度尔给予她的快乐是别人无法给予的，所以奥度尔在她心目中的地位也是无可替代的。为了获得那绝无仅有的快乐，她必须要找到奥度尔。每次出门，她都会乘着两只猫拉着的金车前行，那是她特有的交通工具。在寻找奥度尔的途中，她也为各地百姓带去了黄金和珠宝。因为芙蕾雅的眼泪可以化为黄金和琥珀，而由于对奥度尔的思念和埋怨，她的眼泪总是流个不停，这样就将财富带到了各个地方。

寻找奥度尔的过程常常是很漫长的，而芙蕾雅又是耐不住寂寞的，所以她也会与路上遇到的一些年轻武士逢场作戏，让这些武士为她效劳。芙蕾雅的风流是出了名的，但大家似乎并不介意，仍然以得到芙蕾雅为荣。这种心理恰恰被芙蕾雅利用。有些时候，芙蕾雅会违背自己的意愿与某些人或神发生肉体关系，其目的就是为了得到自己想要的东西。她有一条著名的金链子，就是利用美色从四个黑侏儒的手里骗来的。

女人都是爱美的，被称为爱神的芙蕾雅更是如此。她总是精心地打扮自己，好让自己看上去更加与众不同。一天，她在四个黑侏儒那里看到了一个金链子，顿时被吸引住了。虽然她也有无数珍贵美丽的首饰，但却没有哪一件可以与这条金链子相比。爱美的欲望驱使她走进黑侏儒，她必须要得到这条金链子。黑侏儒对芙蕾雅的出现都有些惊喜，他们也是爱芙蕾雅的，只是平时他们根本就没有接近芙蕾雅的机会，这次芙蕾雅主动出现在他们面前，自然让他们激动不已。

侏儒们首先开口说话了：“多么美丽的女神啊！您一定是爱神芙蕾雅吧！世界上再没有谁的美丽可以与您相比了。我们精心打制的这条金链子，如果能戴在您的脖子上，一定会让您更加美艳，相信普天下的所有神魔都会被您迷倒的。”芙蕾雅本就是虚荣之人，自然爱听奉承之语，黑侏儒的话对她很是受用。她笑着说：“既然如此，你们就将这条金链子卖给我吧！说吧，无论多少金子都行。”

黑侏儒说："不，这条金链子是无价之宝，我们是不会卖的。而且我们也知道您的眼泪就是金子，我们又怎么忍心让您流那么多眼泪呢？我们只会把它送给别人。"芙蕾雅说："那就送给我吧！"黑侏儒说："我们只会把它送给同时爱上我们四个人的人。"芙蕾雅有些为难，这四个黑侏儒样子实在不怎么好看，不过为了得到金链子，她豁出去了。

芙蕾雅以自己的身体换得了黑侏儒手中的金链子。她对此并不介意，在她看来，这是非常值得的。戴上金链子的芙蕾雅果然显得更加妩媚迷人，连她自己都有些惊呆了。不过她也许没有想到，这条金链子后来却惹了祸，并挑起了一场旷日持久的战争。

一条项链引发的战争

芙蕾雅自从在黑侏儒手中得到金链子以后，整个人都容彩焕发，虽然她尽量装出一副若无其事的样子，但火神洛基还是看出了异常。洛基试探地问芙蕾雅金链子是从哪得来的，芙蕾雅当然不会和他说实话，只说是奥度尔送给她的。可洛基一眼就看出，这样精美的金链子必定出自黑侏儒之后，而芙蕾雅为了得到金链子，想必也定然与黑侏儒发生了关系。他跟芙蕾雅也有着肉体关系，所以有些嫉妒黑侏儒，而更让他气愤的则是芙蕾雅对他的态度。于是，他开始到处散播芙蕾雅与黑侏儒之间的丑事，希望引起众神的共愤。

洛基的算盘打错了。众神根本就没把芙蕾雅和黑侏儒的事当回事。奥丁虽然也不愿过问，但作为众神之主，他也不能任由传闻满天飞。他找来洛基，说道："不要随便散布谣言，除非你把金链子偷来，让我们看到实物，我们才能相信你。"洛基懊悔不已。偷芙蕾雅的金链子谈何容易，况且他也不想断了与芙蕾雅的关系，这下可真是搬起石头砸自己的脚了。

事已至此，洛基已经没有退路了。他必须偷来芙蕾雅的金链子，尽管那样会得罪芙蕾雅，但如果不做，他就连在天上立足的颜面都没有了。趁芙蕾雅熟睡之际，洛基潜入了芙蕾雅的睡房，悄悄摘下了金链子。得手之后，他便匆匆离开去找奥丁复命了。芙蕾雅醒来后，发现自己的金链子不见了，马上想到定是洛基搞的鬼，于是也去找奥丁说理。事情闹到这种地步，奥丁也不能不管了。他对芙蕾

雅说："我可以将金链子还给你，但你应该名正言顺地拿回它。你必须让两个强大的王国打一场直到世界末日才罢休的战争，否则我没有办法将金链子还给你。"芙蕾雅爽快地答应了。

挪威和丹麦是两个强大的国家，芙蕾雅决定在它们之间发起战争。挪威的国王赫汀是一位年轻有为的国王，他带领军队东征西讨，使他的国家越来越强大富有。赫汀喜欢打猎，常常带着随从到森林中打猎。一次，赫汀又外出打猎，在追逐猎物的过程中与随从走散了。他一个人向着森林的深处走去，走到一个小木屋前面，忽然见到一个绝美的女子。赫汀正当青春年少，对爱情也有着自己的憧憬。这一刻，他觉得爱情降临了，他已经完全被眼前的这个美丽女子迷住了。他忍不住走上前去，与女子攀谈起来。

这个女子就是爱神芙蕾雅，不过芙蕾雅并没有告诉赫汀她的真实身份，只说自己是这座森林的主人。善于调情的芙蕾雅很快就把赫汀迷得神魂颠倒。赫汀也向芙蕾雅讲述着自己的种种功绩，称自己是世界上最强大的人，以博得芙蕾雅的芳心。芙蕾雅轻笑着说："你真的是世界上最强大的吗？我听说丹麦的国王比你还要强大。沉迷于爱情中的赫汀马上向芙蕾雅保证，自己一定会证明给她看自己才是最强大的。一夜春宵之后，赫汀依依不舍地告别了芙蕾雅。他让芙蕾雅在这里等自己回来，芙蕾雅也说只要他证明他是最强大的，就会嫁给他。

受到爱情鼓励的赫汀回国后立刻着手准备，前往丹麦国，要与丹麦国王一较高下。丹麦国王远远地看到赫汀的船队，虽不知其来意，但还是决定以礼相待。在丹麦国王的盛情迎接下，赫汀进入了丹麦的王宫。席间，丹麦国王问赫汀为何远行至此。赫汀说："早就听说国王陛下英勇无比，是世界上最强大的人，我想与你一较高低。"丹麦国王听了，哈哈大笑，称自己也正有此意。

第二天，赫汀与丹麦国王进行了一对一的较量。两个人从枪比到剑，从地上比到水下，几乎比尽了所有男人应该具备的技艺和本领，但却始终未能分出胜负。后来，随着两个人了解的加深，不禁有些英雄惜英雄，于是断然决定结成兄弟。两个人都为找到一个知己而高兴，他们决定拿出自己的一切与对方分享。但他们不能就此止步，他们应该有更远大的志向。两个人一商量，决定由赫汀把守海岸，丹麦国王则外出征讨领土。可早已被芙蕾雅俘获的赫汀又怎么可能安安分分地把守海岸呢？

丹麦国王走后，赫汀就按捺不住对芙蕾雅的思念之情，于是借打猎之由又跑去与芙蕾雅相会了。芙蕾雅问赫汀是否证明了自己就是最强大的人，赫汀说他与

丹麦国王一样强大，两个人未能分出胜负。芙蕾雅就说："丹麦国王比你强，他已有妻子和女儿，而你却一无所有。"赫汀说："如果我愿意，我也可以有妻子和女儿。"芙蕾雅说："那不一样，丹麦国王是依靠男人的魅力争取到了自己的妻子，而我现在还看不到你的魅力。"赫汀忙问芙蕾雅怎样才能证明他的男人魅力。芙蕾雅说："除非你将丹麦国王的妻子绑在船头，任海浪冲击淹没她，并掠走国王的女儿，才能证明你是真的很强大。"赫汀被芙蕾雅激得已经失去理智，他急于想证明自己的强大。当晚，赫汀喝了芙蕾雅手中的美酒，又醉倒在芙蕾雅的温柔乡中，对芙蕾雅更加言听计从。

迷失了心性的赫汀果然设计带走了丹麦国王的妻子和女儿，并将王后绑在船头，任由公主怎么哀求，他都没有醒悟。王后被无情的海水吞噬了身体，而公主也被赫汀强占了。当他再回到森林找芙蕾雅的时候，芙蕾雅又给了他一杯美酒。喝过之后，赫汀便醉倒了。当他醒来时，芙蕾雅已经不见了，而此时的赫汀也开始清醒了。想起自己的所作所为，他忍不住把自己骂上了成千上万遍。他已经无颜再见丹麦国王了，于是带领军队逃到一个小岛，希望在那里了却余生。然而芙蕾雅是不会成全他的，丹麦国王很快得知了妻子被杀的消息，他开始四处搜寻赫汀的下落，并发誓要将其碎尸万段。

在芙蕾雅的指引下，丹麦国王很快找到了赫汀藏身的小岛。赫汀请求丹麦国王原谅自己的过错，他愿意为此付出任何代价。可丹麦国王已经听不进去了，杀妻之痛已经让他失去了理智，他必须要为妻子报仇。赫汀见求和无望，就开始准备应战。两个人毕竟势均力敌，因此很难分出胜负。他们白天作战，晚上休息，就这样一直持续到世界末日来临之前。芙蕾雅兑现了对奥丁的承诺，终于得回了自己心爱的金链子。

亚瑟神族与伐纳神族的战争

始祖巨人伊米尔被后起的神族消灭后，霜巨人也被赶到了遥远寒冷的北方，以奥丁为首的诸神组成了一支神族，那就是亚瑟神族。亚瑟神族虽然是世界上最早的神族，但是并不代表他们就是唯一的神族。在整个北欧神话中，还有另一支天神种族，他们就是由海和风神组成的伐纳神族。

伐纳神族掌管着与大海有关的一切事宜。伐纳神族的主神名叫涅尔德，他的一双儿女名叫弗雷尔和芙蕾雅。不管是生活在海洋中的各种生物，还是靠打鱼为生的海边渔民，又或是漂洋过海做生意的商人，都受到伐纳神族的保护。就连那些以抢劫杀人为生的海盗也同样受到他们的照顾。正因为这样，与亚瑟神族比起来，伐纳神族是比较富有的。

亚瑟神族

这个神圣的家族站在彩虹桥前，最前面的是天后芙莉嘉，她长长的金发飘展着，在画面左上方，戴着闪闪的有角头盔的是主神奥丁，奥丁身后是雷神托尔，他举着雷电之锤。

在很长一段时间里，伐纳神族和亚瑟神族都相处得不错。虽然两个神族说不上有什么交情，但也一直相安无事。然而一位女巫师的出现，却打破了这种平静的局面。

一天，人类居住的王国米德加德来了一个神秘的女巫师。所有人都不知道她是从哪里来的，也不知道她到这里是来做什么的，更不知道她的姓名。不过，这个神秘的女巫师很快就取得了人们的信任，因为她有着各种各样神奇的魔法。

女巫师可以满足人的一切要求，还能施展法术将人送上天与和精灵们玩耍。人们对她神奇的魔力十分崇拜，纷纷追问她的姓名。最后，女巫师终于道出了自己的姓名，原来她叫高尔法伊格。不过，当人们问及她神奇的法术是从什么地方学来的时候，高尔法伊格却只是淡淡一笑，闭口不谈。

接下来的事更加神奇了，高尔法伊格在人类面前显示了他们从未见过的法术。人们可以从高尔法伊格那里知道自己的命运将会如何，因为她具有通晓过去和未来的法力；人们还可以从高尔法伊格那里获得自己的命运，因为她具有改变未来的能力。正因为高尔法伊格有求必应，所以人们都对她顶礼膜拜，俯首称臣。

渐渐地，高尔法伊格的邪恶本性暴露出来了。人类在她的诱惑下，变得越来越贪婪，越来越无耻，整个米德加德被她搞得乌烟瘴气。终于，这件事情被高高在上的亚瑟诸神得知了。奥丁神非常生气，下令将这个可恶的女巫抓起来，然后宣布要当着所有神和人的面处决她。

惩罚仪式开始了，高尔法伊格被串在长矛上，然后放在熊熊的烈火上焚烧。但是，那些烈火居然对她不起作用。高尔法伊格虽然被烧成了灰烬，但是很快她就又获得了重生。亚瑟诸神这才知道，眼前这个女巫并不简单，她具有重生的法力。

经过细心观察，亚瑟诸神终于知道了高尔法伊格的秘密。原来她这一身神奇的魔法，全部出自伐纳神族。为了铲除这个祸根，奥丁神以亚瑟神族的名义向伐纳神族发出了通牒，希望他们尽快处理此事。

伐纳神族的首领涅尔德很快就得知了这个消息。他不但没有怪罪高尔法伊格，反而把一切罪行都推到了亚瑟天神的身上。他召集了所有伐纳神族的成员，对他们说："诸位伐纳天神们，一直以来我们都被人所忽视。人们崇拜和景仰的，是那些自命不凡的亚瑟天神。如今他们居然对我们伐纳神族的弟子下手，这种行为简直是对我们的侮辱。我决定带领你们前往亚瑟神族的居住地（那时阿瑟加德还没建成），向他们讨回一个公道，要让他们称臣于我们，年年向我们纳贡。"伐纳诸神马上表示赞同。就这样，伐纳诸神浩浩荡荡地开往了亚瑟神族的居住地。

奥丁神很快就知道了这一切，马上召集了所有亚瑟天神，在一起商讨如何应对。

一位天神首先开口了，说："我觉得我们应该迁就他们，这些年来他们的地位确实是太低了。如今我们惩罚了高尔法伊格，这就已经足够了，何必再闹得那么僵呢？还是和平解决比较好！"

雷神托尔马上提出反对意见，气呼呼地说："胡说八道！我们是亚瑟天神，不是街上的乞丐！我们怎么可以随便就妥协了呢？如果真的是我们办得不对，我是同意向他们道歉的。但是事实上是他们无理在先，我们为什么要妥协，我坚决主张以武力击败他们。”

就这样，天神们你一言我一语地发表着自己的观点，有主战的，也有主和的。不过，主战派的天神占大多数，因为他们觉得这是对亚瑟神族尊严的挑战。奥丁神也认为，亚瑟神族的尊严是不能受到挑衅的，绝不能对伐纳神族狂妄行为姑息，必须给他们以沉重的打击。最后，奥丁决定，放弃求和的想法，对伐纳神族宣战。

亚瑟神族和伐纳神族之间的战争开始了，这是一场可怕的战争，一场让世界都为之变色的战争。亚瑟神族的武器主要是高山上的巨石，而伐纳神族的武器则主要是冰山上的巨冰。一时间，风云变色、天昏地暗，到处都是喊杀声，随处可见两个神族成员的鲜血。巨石和巨冰相互碰撞的声音响彻了宇宙，亚瑟诸神和伐纳诸神拼杀的呐喊声震惊了世界，这场战斗打了很长很长时间，但一直没分出胜负，战争的结果是双方互有胜败。

这时，亚瑟神族的首领奥丁和伐纳神族的首领涅尔德都作了冷静的思考。双方都觉得，当初自己的做法太过冲动，是不理智的。如果这场战争还不停止的话，那么不管是亚瑟神族还是伐纳神族，都会迎来可怕的灾难。因为不管这场战争的胜利者，还是失败者，最后的结局都是要付出惨痛的代价。于是，奥丁和涅尔德决定举行和平谈判，商讨如何解决这件事情。

最后，双方达成协议，互相派出重要人物作为人质，居住在对方的领地。亚瑟神族派出的是奥丁的兄弟海尼尔和智慧之神米弥尔；伐纳神族派出的则是涅尔德自己和他的孩子弗雷尔和芙蕾雅。就这样，亚瑟神族和伐纳神族开始和平相处。

诸神之黄昏

在前面的神话中我们已经提到，奥丁以右眼为代价，喝下了智慧之泉的水，因此奥丁有了知晓过去、现在和未来的能力，从而也得知了“诸神之黄昏”的预言。

所谓“诸神之黄昏”，实际上是指诸神遇到的灭顶之灾。按照预言的显示，

亚瑟诸神和伐纳诸神会经历由兴起到繁盛、由繁盛到衰落、最后再到死亡的过程，这是不可改变的。亚瑟诸神虽然已经知晓这个预言，但是并没有引起高度的重视，所以他们才会放任火神洛基胡作非为。最终，光明神巴尔德离开了世界，“诸神之黄昏”的预言马上就会实现。

奥丁的恩赫里亚骑士们

诸神之黄昏来临，奥丁率领着亚瑟神族与恩赫里亚武士们，冲向邪恶军团。这幅油画上，海姆达尔吹响了战斗的号角，英勇的恩赫里亚武士冲锋在最前面，充满了昂扬的战斗激情。下方的那只渡鸦，是奥丁的信使。

恐怖的气息已经笼罩了整个阿瑟加德，亚瑟诸神心中都忐忑不安。他们已经看到了一些迹象，一些代表“诸神之黄昏”即将到来的迹象。日神和月神变得越来越害怕，因为他们已经感觉到芬利尔苍狼的力量正在日趋强大，随时都有把他们吞下去的可能。天地间失去了往日的繁荣，大地也没有了生机。寒冷、狂风、干旱、枯萎，这一切可怕的东西都降临了世界，天空和大地都在发出痛苦的呻吟。

那些一直被压抑着的邪恶势力此时也开始蠢蠢欲动。女巨人安格尔波达加紧了对芬利尔苍狼的后代斯库尔、哈梯和玛纳加尔姆的喂养。这三头凶恶的狼的身体越来越强壮，日神和月神马上就招架不住了。

“诸神之黄昏”来临了。最先张狂的是原为天神的火神洛基和他的后代苍狼芬利尔、死亡女神赫尔以及毒蛇尤蒙刚德。

洛基诡计多端，又是叛军主力的父亲，是邪恶势力的领袖。死亡女神赫尔则带上地狱恶犬加尔姆和双翼上挂满死尸的毒龙尼德霍格前来助阵。苍狼芬利尔挣开了那条束缚它太久的细绳索，张着血盆大口，嗷嗷狂啸。大蛇尤蒙刚德则在海洋中激起巨大的波浪，冲断了命运之船纳吉尔法的缆索，赶来充当叛军的战车。

更加可怕的事情发生了。以前被打败的霜巨人此时也得知“诸神之黄昏”到来的消息，他们拿起武器，杀气腾腾地前往阿瑟加德，与洛基的队伍汇合。同时，一直镇守在火焰之国穆斯帕尔海姆的火焰巨人苏特尔特，此时也举着可怕的火焰剑，带领着全体火焰巨人前来助阵。阿瑟加德危在旦夕。

亚瑟诸神早就觉察到事情不妙。原来，盘踞在宇宙之树旁边的毒龙尼德霍格已经咬穿了树根，耸立在众神之殿顶上的红雄鸡费雅勒也已经发出了警报。一直守候在那虹桥的天神守望者海姆达尔听到了警报，也看到了种种不祥的预兆。现在不是害怕和哭泣的时候，唯一能做的就是唤醒亚瑟诸神的斗志，让他们拿起武器，争取摆脱命运的安排，打破“诸神之黄昏”的预言。想到这，海姆达尔立即吹响了号角，刺耳的声音响彻了宇宙。

此时的阿瑟加德已经乱成一团，亚瑟诸神已经听到了海姆达尔的报警声。奥丁对所有的天神说：“诸位亚瑟天神、伐纳天神以及那些英雄的武士恩赫里亚们(奥丁一直在为这一天的到来作准备，恩赫里亚实际上就是人类当中英勇的武士的亡魂)，那个可怕的预言终于实现了。是的！‘诸神之黄昏’到来了。我们不能逃避，也逃避不了。现在，我们应该拿起我们的武器，穿上我们的盔甲，骑上我们的坐骑，与那些可恶的邪恶势力进行战斗。不管结局是什么，我们都要努力战斗。因为我们是天神，我们身上流的是亚瑟神族的鲜血。”

奥丁的话使得每一位亚瑟天神都热血沸腾。他们一个个精神抖擞，全副武装。奥丁神的长矛冈格尼尔显得比平日更加光芒四射。雷神托尔更是威风凛凛，他手持雷霆之锤，摩拳擦掌，准备与邪恶军队决一死战。战神提尔失去了一只手，但是他勇猛的个性并没有失去，神剑在他的左手一样可以斩妖除魔。伐纳神族的弗雷尔虽然没有了宝剑，但是一只鹿角也可以作为武器，它一样会将那些叛徒杀死……突然，整个天空都变红了，从远处传来了一阵巨大的轰鸣声。诸神知道，虹桥已经毁了，决战时刻已经到来了。他们呐喊着，冲向了战场维格利德平原。

最后的战斗开始了，双方都拼尽了全力。他们知道，这是一场你死我活的战斗。天、地、冥三界都已经卷入了战争，人类在这里只能扮演羔羊的角色，他们

能做的只是等待战争的结束。

虽然亚瑟诸神非常尽力地战斗，但是预言的力量实在太强大了，所有的天神都将失去生命。首先遇害的是主神奥丁。他的对手是他一直想驯服的芬利尔狼。芬利尔还算是有“良心”，没有把奥丁撕碎，只是将他一口吞了下去。

其他天神的结果也好不到哪里去。弗雷尔被火焰巨人苏特尔特杀死；海姆达尔和提尔也双双战死；雷神托尔虽然杀死了毒蛇尤蒙刚德，但自己也被它的毒血毒死。天神们一个个倒下了，为那个可怕的预言付出了代价。

邪恶军团也没占到什么便宜。火神洛基被海姆达尔杀死；地狱恶犬加尔姆也被提尔杀死；芬利尔狼被维达尔撕成了两半，只有火焰巨人苏尔特尔还在那里硬撑着。

战斗进入了白热化，双方都杀红了眼。火焰巨人苏尔特尔挥舞着火焰神剑，使整个世界都充满了熊熊大火。生命之树烧毁了，诸神宫殿没有了，阿瑟加德也不存在了，大地变成了一片焦土，海水因沸腾而蒸发，善和恶都在烈火中消失。世界又回到了一片混沌。

很长很长时间以后，世界将会迎来新的开始，那也是第二代神族的开始。

丢失的神锤

托尔的雷霆之锤是保护阿瑟加德安全的重要武器，没有了它阿瑟加德将会抵挡不住霜巨人的进攻。因此托尔把雷霆之锤看的比生命都重要，除了自己谁也不准碰一下。

有一天，托尔的神锤居然不翼而飞。这真是个可怕的消息，大家都纷纷议论，猜测是谁拿走了托尔的宝贝。托尔更是大发雷霆，对着诸神说：“我的雷霆之锤丢了，这对我们大家谁都没有好处。如果霜巨人这个时候来侵犯阿瑟加德，恐怕我们都得完蛋。”

火神洛基赶忙过来打圆场，说道：“托尔，你先别着急，发火是不能解决什么问题的。我看这件事不是我们亚瑟神族的人干的，一定是霜巨人偷的。我愿意为你效劳，前去找回雷霆之锤。”托尔觉得洛基说的有道理，所以就同意了他的意见。

美丽的芙蕾雅女神

洛基首先找到了女神芙蕾雅，从她那里借来了鹰之羽衣，然后变化成一只苍鹰，前往各地寻找。功夫不负有心人，雷霆之锤终于有了下落。偷走雷霆之锤的不是普通的霜巨人，他就是著名的暴风巨人索列姆。

洛基施展他的狡猾本领，花言巧语地哄骗索列姆，希望能从他嘴里套出雷霆之锤在什么地方。尽管洛基好话说了一大车，可就是没从他的嘴中得出半点消息。没办法，洛基只得无功而返。

回到阿瑟加德以后，洛基马上把自己打探到的消息告诉给了雷神托尔，托尔听后，叫嚷着要找索列姆算账。洛基说："冷静一下，你太爱冲动了！现在你没有雷霆之锤，恐怕不是索列姆的动手。不如这样，我再去向他索要，看看他会开出什么条件。只要我们能答应的，就尽量满足他！"托尔想了想，也只好答应。

洛基第二次来到了索列姆的住处，不过这次是以自己的本来面目出现的。洛基对索列姆说："说吧！你想要什么作为交换物品，只要你能把雷霆之锤交还，我们愿意满足你的任何条件。"

索列姆笑了笑，回答说："金山银山我不要，宝石珍珠我不稀罕，你们阿瑟加德的所有东西都不能打动我的心。我知道，雷霆之锤对你们十分重要，因此我一定要卖个好价钱。除非你们把美丽的芙蕾雅女神嫁给我，否则我是不会告诉你雷霆之锤在什么地方的。"

当洛基把索列姆的话转告给托尔时，托尔居然笑得前仰后合，说："什么？

他居然想娶芙蕾雅做妻子?”

火神洛基可没有笑，而是严肃地说：“托尔，你觉得我是在开玩笑吗?我说的一切都是真的，如果你不去劝服芙蕾雅的话，那么就别指望追回你的雷霆之锤了。”

没办法，托尔只好硬着头皮和洛基一起来到了芙蕾雅的住处。可想而知，芙蕾雅听到这个消息之后会是多么震惊。她哭喊着说：“不！我决不同意嫁给那个可怕的霜巨人！我才不管什么雷霆之锤呢，你们不能把我的幸福作为你们的交换条件。”

不管托尔和洛基怎么劝，芙蕾雅就是不答应嫁给索列姆。正在这时，海姆达尔想出了一条妙计，让托尔化装成芙蕾雅的模样，前去哄骗索列姆。

芙蕾雅揉了揉哭红的眼睛，问道：“这……这能行吗?”

托尔也觉得海姆达尔是在说笑话，气呼呼地说：“都什么时候了，还开玩笑。就我这五大三粗的模样，索列姆不会上当的！”

海姆达尔却一脸严肃，说：“笨蛋，你穿上芙蕾雅的衣服，然后再稍稍变一下形，索列姆怎么会认出来呢?”

托尔恍然大悟，连忙称赞海姆达尔出了一条妙计。于是，他穿上了芙蕾雅的衣服，并在脸上遮上一层厚厚的面纱，随着假扮成侍女的火神洛基来到索列姆的住所。

索列姆准备了一大桌酒席迎接他们。酒宴开始了，索列姆发现，眼前的这个新娘没有一丝文雅可言，她不仅吃东西的时候发出巨大的响声，而且食量也是大的惊人，总共吃下去一头牛、八条大鲑鱼，同时还喝掉了三大桶蜜酒。索列姆看呆了，心中充满了疑问。

洛基看势不妙，马上过来解释说：“索列姆，请您见谅！我们的新娘太高兴了。为了能够早一天到达这里，她已经八天没吃饭了。”

索列姆听得心花怒放，借着酒劲想要和新娘接吻。可当他凑近新娘的面前时，突然发现她的两只眼正在冒火。索列姆吓坏了，不知道这是怎么回事。

洛基又说：“不要害怕，亲爱的索列姆，新娘眼中发出的是爱的火光。您知道吗?她是那么爱您，对您爱得又是那么狂热。她觉得能嫁给您是最大的荣幸。”

索列姆的姐姐觉得这里面有鬼。于是，她试探着对新娘说：“按照我们霜巨人的规矩，新娘是要送给我们家族礼物的，请你拿出你的礼物吧！”

托尔是来这里要礼物的，自己哪里带什么礼物来了?于是，托尔给她来了个一问三不知，不管他姐姐怎么问，就是不回答。

洛基没办法，只好再一次撒谎，说："对不起！新娘现在满脑子都是新郎，如今的她已经是昏头昏脑了。"

洛基的甜言蜜语使索列姆完全丧失了警惕，他马上拿出了托尔的雷霆之锤，送给新娘作为定情信物。托尔见时机已到，马上显出本来面目，夺过雷霆之锤，然后把在场的霜巨人都烧成灰烬。

就这样，托尔和洛基两个人带着雷霆之锤，高高兴兴地回到了阿瑟加德。

第四篇

亚洲神话故事

第一章　美索不达米亚神话

恩利鲁创造天地和人类的出现

距离现在很远很远的年代，到处都是一片黑暗和混沌，没有一丝的光亮，世界上没有任何具有思维的东西。那时候天和地是一样的，它们紧紧地连在一起。因为那时的天和地都是水，一片片白茫茫的、死气沉沉的水。

恩利鲁创造河流还有山羊、绵羊、麦子与牛犊

几亿年的时间过去了，世界终于迎来了创世的年代。无边的水在不停地搅动着，世界上最早的东西从那里产生了。广阔的陆地脱离了它的母体，自那茫茫的大水中升起。之后，陆地自身又发生了微妙的变化。过了很长时间，天从陆地中升起了。从那以后，世界上有了天和地，但是那时的天和地还是连在一起的。

天和地并不单单是一种物质，同时还是世界上最早的两位天神。天是一位男神，名字叫做安；地是一位女神，名字叫做启。按宇宙的意愿，他们两个必须结合。于是，宇宙中第一桩婚姻产生了，而第一个爱情的结晶也很快出现了。

大气之神恩利鲁从母亲的体内出来了，世界因为他的出现而变得美丽。恩利鲁大神一出生就具有非凡的法力，这种神力是从父母那里继承来的。接下来，恩利鲁做了一件让现在的人很是不能理解的事情，他把他的父亲举了起来，然后远远地推向高处，使他和母亲启分离。就这样，我们今天所看到的天和地才算真正形成。

后来，恩利鲁找到了一位十分美丽的女神，名叫宁里尔。恩利鲁被宁里尔美丽的外表所吸引，马上提出要与她结合，女神答应了他的请求。这样，世界上第二桩婚姻产生了。不久后，宁里尔生下了月神纳那和许许多多的星辰。

月神纳那光亮无比，每当夜晚降临的时候，他都会在天空中游历，和兄弟姐妹们一起把无限温柔皎洁的光亮洒向大地。后来，月神和一位名叫南卡尔的女神结合，生下了一位新的天神——太阳神乌多。

乌多的神力比他的父亲更加强大，因为他所发出的光亮要比月神纳那耀眼得多。太阳神非常顽皮，缠着父亲要和他一起巡游世界。月神纳那拗不过儿子，只得答应他的请求。不过，为了让太阳神乌多能够独立生活，月神决定每天让他先出发，然后自己尾随其后。这样做的目的一是为了保护乌多的安全；二是怕乌多闯下什么大祸。

每天清晨的时候，太阳神乌多都会从东方升起，向西方飞去。当傍晚来临的时候，乌多将会落下山去，而他的父亲月神纳那则会从东方升起。

越来越多的天神产生了，世界也变得越来越热闹了。为了防止骚乱，天神恩利鲁和他的母亲大地母神启制定了一系列的规矩，每一位天神都要遵守。就这样，世界上的星星都有了自己特定的轨迹。

恩利鲁是个十分孝顺的孩子，为了不让母亲寂寞，他给大地带去了生机。他创造了各种花草树木，又创造了具有生命的飞禽走兽。启神再也不会觉得寂寞了，因为有那么多的生物陪她解闷。世界因为恩利鲁和所有天神的努力变得丰富多彩，天神们和大地上的生物相处得十分融洽，一个崭新的时代开始了。

在最初的一段时间里，天神们生活得非常开心，因为恩利鲁神没有停止造化之功。他先后创造出了植物神乌图、谷物神伊十南和畜牧神哈尔等天神。

烦心事很快就来了。虽然植物神乌图、谷物神伊十南和畜牧神哈尔不断地努力，但是因为天神的数量太多，所以他们创造出的那点食物根本不够享用。没办法，天神们只好自己动手。不久，天神们开始抱怨，发牢骚，想要摆脱这些繁重的工作。于是，他们一起来到了智慧和水神恩基的住所，希望从他那里得到帮助。

恩基倒是吃得饱，睡得着，根本没把这事放在心上。当众神来到他的府邸时，他居然还在睡大觉。恩基的母亲南马赫女神走到他的跟前说："亲爱的儿子，快起来吧！所有天神都来到这里了！他们需要你的帮助。"

恩基不情愿地睁开眼，问道："到底是什么事啊？"

当他得知事情的真相后，也觉得应该为天神们做点什么。他想了想，对母亲说："母亲，我倒有个办法。不如我们造出一些新的生命来，可以为我们服务，送上食物。我打算管这些新的生命叫做'人类'。"

南马赫觉得儿子的建议非常好，就一口答应了。不过问题又来了，怎么才能创造出人类呢？用什么东西创造人类呢？

恩基笑了笑，神秘地对母亲说："我们不能像创造天神那样创造人类，因为那会使人类也具有法力。我要去深海的海底挖一些泥土，然后用他们来做材料。我会把生命的气息吹进泥土中，那样他们就会拥有生命了！当然，创造的具体工作还要您来做，因为您是知道的，我这个人笨手笨脚，说不定我捏出的人难看死了。"

就这样，最伟大的创造工作开始了。

所有的天神都聚集在了一起，他们为恩基母子举行了一个盛大的仪式。他们供奉最好的食物和美酒，给恩基和南马赫唱最美的赞歌，衷心祝愿他们能创造出一批优秀的仆人来。南马赫女神不负众望，很快就捏出了很多的泥人。当恩基把生命的气息吹进泥人时，他们活了，变成了人类的始祖。就这样，越来越多的人被创造出来了。

可是，当创造工作要结束时，恩基突然提出他也要捏几个泥人。恩基的手艺真的是太差了，他捏出了几对没有生殖器的男女，同时还捏出很多残疾的、畸形的人来。南马赫斥责恩基，因为他的任性，人类有了不可避免的灾难。

从那以后，世界上有了很多人类，不过其中有瘸子、拐子、瞎子、聋子等残疾人，那些人都是由恩基天神捏成的。

人类和农牧的开始

天神安独自在宇宙中生活了很多年后创造出了很多天神。这些天神组合在一

起，成为了美索不达米亚的众神集团——亚恩纳基。就这样，最初统治世界的天神全部出现了。

天神安在不停地创造，宇宙也没有停止过对世界的改造。大地上出现了万物生灵的生命源泉、人类文明的发源地——底格里斯河以及幼发拉底河。后来，在这两条“母亲河”的周围，众神又开凿了很多运河，并在河两岸筑造了很多堤防。自那以后，整个苏美的国土有了自己的模样，开始蓬勃发展。

一天，天上的众神们聚在了一起，商讨一下如何为这个已经井然有序的世界做点有意义的事。其中最有发言权的神包括天神安、大气之神恩利鲁、太阳神乌多以及水神恩基。

无处不在的、拥有无边法力的大气神恩利鲁首先发表了意见：“万能的天神安，诸位宇宙的天神们，世界已经按照自己的意愿创造出了天和地，之后它又为生命的出现创造了底格里斯河和幼发拉底河这两条母亲河。如今该看我们的了，我们应该为这个神奇的世界做点什么，尽一下我们的义务，你们觉得怎么样？”

恩利鲁的提议马上得到响应，太阳神乌多对他说：“伟大的恩利鲁啊！你所说的其实也是我们所想的！我觉得我们应该为那些人类做些事情，因为他们和我们一样有智慧。人类是地上生物的主宰，可以说是代替我们统治着大地。”

水神恩基马上接过乌多的话，说道：“是的！人类已经出现了。你们还记得吗？在天和地的连接处有一座名叫尼布鲁斯的圣殿。这座圣殿就坐落于一处名叫乌斯姆拉的地方。很久以前，两位天神创造出了和我们一样聪慧的人类，然后把过去我们所做的一切工作都交给了他们。人类代表了我们的意志，代表了我们的形象，我们应该帮助他们，赐福给他们。”

众神都同意他的说法，水神恩基又接着说：“人类是非常聪明的，更重要的是他们将来一定会懂得如何敬重我们。如今，人类还不知道如果通过开凿运河而把土地分开；在耕种时如何使用锄头等工具来挖地；如何用陷阱、绳索、笼子等工具来捕获猎物。同时，他们还不知道应该为我们建造很多住所。”

天神安打断了水神恩基的话，说道：“是的！水神恩基说的一点都没错。”天神安顿了一顿，接着说道：“人类慢慢地繁衍出了很多后代。不过，他们是居住在水里的。他们不知道世界上有一种美味叫面包，也不知道世界上有一种琼浆叫美酒。大地上没有大麦、谷物，更没有面粉。此外，人类生活得很辛苦，因为他们没有可以圈养的牛羊。因此，我们要帮助他们，使他们过上幸福的生活。我相信，我们亚恩纳基的土地通过他们的开垦，整个苏美的国土会变得丰裕。就像水神恩基说的，人类一定不会忘记我们对他们的恩典，一定会对我们顶礼膜拜的。让我们为这个世界做出自己的贡献吧！”

众神对天神安的提议表示一致赞成，马上开始了各自的工作。最先做出贡献的是天神乌努神以及女神宁乌努神。这两位天神赋予了人类无穷的智慧，而且还教会了他们认识各种事物。

之后是调皮的亚鲁努女神。她可以用泥土捏出各种各样的东西来。为了让人类能够获得足够的猎物，亚鲁努首先给人类送去了羊。这样，成群的羊来到了苏美的土地上。人们知道这是天神赐给他们的礼物，就用栅栏把这些羊圈了起来，作为自己的家畜。接着，亚鲁努女神又创造出了诸如牛、鸡、鸭等其他家禽以及各种兽类、鸟类和鱼类。同时，她还带领着人们昼夜不停地在神殿里为天神们举行祭祀活动。

接下来是充满智慧的女神妮达法。她被天神们任命为人类的守护神。因为妮达法女神掌管着人类最重要的农作物——谷子。更重要的是，她脑子里存有各种各样的人类所需的知识和学问。人类只有在她的庇护和保佑下，才能朝文明时代发展。

最后一个，也是十分重要的是掌管农业的天神亚修南。他知道人类没有一种固定的食物，而且人类找到的那些野草、野菜之类的东西既难吃又没有营养。于是，亚修南赐给了人类大片的田园和草原，以供他们耕种和放牧。此外，为了能够提高耕种效率，天神亚修南还赐给人类很多耕种所必需的工具。

就这样，人类和农牧才从真正意义上开始了。天神们赋予农作物所需要的阳光、雨水，使所有的植物都繁荣地生长，人类获得了丰富的谷物和成群的牛羊。后来，在亚鲁努女神的帮助下，人类又开始用黏土建造家园。当然，这些人类并没有忘记天神们的恩惠，他们也为天神们建造了很多住所，并不时地献上他们的祭祀。

从此，世界变得越来越美丽有序，人们的生活也越来越幸福。

伊南娜·多姆基的神话

伊南娜·多姆基，金星神，太阳神乌多的女儿，多姆基的妻子。她掌管着美

丽、爱情、富饶以及生产。伊南娜生性活泼，脑子里总是冒出一些奇怪的想法。有一天，伊南娜突然想去由她姐姐亚莉修姬达鲁统治的地界去玩一圈。于是，她马上着手准备。

按照天界的规定，天神是不能随便到地界去的。如果非要去，则必须到人间各个神殿毁掉自己的神像，放弃自己女神的地位。伊南娜为了满足自己的好奇心，就到乌鲁克、沙巴拉姆、亚达布、尼布鲁等地把自己的神像拿走了。之后，她穿上漂亮的衣服，戴上各种华美的首饰，做好了去往地界的准备。

不过，伊南娜女神并不糊涂，对闯入地界也是心存顾虑的。于是，她对自己的女仆修布鲁女神说："你是我最忠实的仆人，我对你的忠心十分清楚。现在，我要去往地界，到那里去看一看。不过我担心会在那里受到屈辱，因此我希望我走之后，你到天神恩利鲁、南纳鲁以及恩基那里为我祈求保护。你要好言相求，求他们保佑我在地界平安。"说完，伊南娜转身离去。

伊南娜神庙里的还愿像

伊南娜是美丽、爱情、丰饶及生产之神，也是战神。作为战神，她以男人形象出现，凶狠残暴、嗜血好斗。作为美爱之神，则是窈窕迷人的女人形象。

当伊南娜来到地界入口时，碰到了守门人尼帝。他很客气地对她说："尊敬的伊南娜女神，您到这里来有何贵干？"调皮的伊南娜回答道："哦！没什么，只是过来看看！请把大门打开吧。"

尼帝一脸为难地说："对不起，尊敬的女神。这里是由您的姐姐亚莉修姬达鲁女王统治的。我知道您想去地界，不过我没有权利放您过去。我必须要向女王通报，只有她批准了，您才能从这里通过。"伊南娜知道姐姐一向和自己不合，不过如今有求于她，也就不得不答应。

亚莉修姬达鲁得知伊南娜来到地界，恨得牙根痒痒，恶狠狠地对尼帝说："好！谁叫她是我妹妹呢！你就放她过去。不过，你是知道的尼帝，地界的大门共有七道。当伊南娜通过每道门的时候，你都要摘去她身上的一件饰物或衣服。等到她走过第七道门时，你要让她赤身裸体。"守门人听后很是害怕，刚想争辩，只见亚莉修姬达鲁脸色一沉，说道："还不快去，这是地界的规矩，所有人都是赤裸裸地来到这里的。"守门人见女王主意已定，只得领命而去。

伊南娜听到姐姐允许自己通过地界之门，高兴得差点蹦起来，毫不犹豫地跟随守门人走进门内。不过，她的这股高兴劲很快就没了，因为守门人按照亚莉修姬达鲁的吩咐，把她所有的饰物和衣服全部拿走了。伊南娜对守门人无礼的行为十分生气，大喊道："你疯了吗？你怎么可以这样对我呢？你看我现在已经是赤身裸体了。"守门人一脸无辜地说："对不起，这是规矩！所有的人都是一样的。"

伊南娜马上知道了是姐姐亚莉修姬达鲁捣的鬼，于是气汹汹地跑到姐姐的宫殿找她理论。不料，亚莉修姬达鲁女王却以伊南娜下地界没有充分的理由为借口，判定她有罪。愤怒的伊南娜大骂姐姐公报私仇，结果被恼羞成怒的亚莉修姬达鲁女王夺去灵魂，连尸体也被挂在宫殿的墙壁上。

修布鲁女神很快就知道了主人被害的消息，赶忙去找天神帮忙。可是，恩利鲁和南纳鲁都对伊南娜任性的做法感到生气，谁也不愿意搭救她。最后，还是水神恩基答应了修布鲁的请求。

恩基从自己的指甲缝中抠出一些污垢，然后把它们变成了两个人：一个叫克鲁卡奴拉，一个叫卡拉多鲁。接着，恩基把生命之能给了克鲁卡奴拉，把生命之水给了卡拉多鲁，并告诉他们想办法把这两样东西洒在伊南娜的尸体上。

克鲁卡奴拉和卡拉多鲁来到了亚莉修姬达鲁的宫殿，正赶上女王卧病在床。于是他们两个治好了女王的病。亚莉修姬达鲁为感谢他们的救命之恩，就答应把伊南娜的尸体还给他们。就这样，伊南娜终于找回了自己的灵魂，获得了新的生命。

不过，此时的伊南娜已经不是女神了，因为她自己放弃了神的地位。她请求克鲁卡奴拉和卡拉多鲁帮助她重新返回天界，成为受人尊敬的女神。克鲁卡奴拉和卡拉多鲁点了点头，对伊南娜说："伊南娜，你的要求可以实现，因为你本来就是天神。不过，当初是你自己放弃了女神的地位，如今要想回到天界，你怎么也要给众神一个交代吧！"

伊南娜听说有机会可以回到天界，毫不犹豫地回答说："好！你们说！只要能重做女神，你们提出什么条件我都愿意。"克鲁卡奴拉和卡拉多鲁微微一笑，说道："别那么痛快地答应，也许你做起来不是那么容易呢。如果想回天界，你

必须找一个人代替你，做你的替身。只有他留在地界，你才能重返天界。”伊南娜满口答应了他们的要求。

三个人首先来到了伊南娜忠实的仆人修布鲁女神面前，克鲁卡奴拉和卡拉多鲁问道：“你是选择修布鲁女神做你的替身吗？”伊南娜摇头说：“不！她对我是那么忠诚，我怎么忍心牺牲她呢？”接着，他们又来到了夏拉神的面前，克鲁卡奴拉和卡拉多鲁问道：“是这个人做你的替身吗？”伊南娜又摇头说：“不！因为我的离去，你看她是多么伤心啊？我怎么忍心牺牲她呢？”就这样，他们走了很多地方，也没有找到一个合适的人选。

最后，他们来到了克拉布草原，看到了伊南娜的丈夫多姆基。伊南娜发现，她的离去非但没有使丈夫伤心，反而让他更加快活。女神气得火冒三丈，对克鲁卡奴拉和卡拉多鲁说：“恩基神的使者，你们看，这个人是多么的无情无义啊！我决定让他做我的替身。”

后来，太阳神乌多因为可怜自己的女婿，就把他变成了一条蛇。可是即使这样，多姆基也没有逃脱厄运。最后，克鲁卡奴拉和卡拉多鲁在草原上找到了多姆基，把他带到了可怕的地界。多姆基永远留在了地界，受地狱女神亚莉修姬达鲁支配与管辖。

吉尔丹尼斯的神话

人类和农牧的时代已经开始了，在很长一段时间里，整个世界呈现出一片繁荣的景象。

有一年，幼发拉底河畔长出一棵柳树。在幼发拉底河的孕育下，这棵平凡的小柳树茁壮成长，变成一棵参天大树。可惜好景不长，一天，狂风暴雨在幼发拉底河的上空肆虐，无情的大风一次次从柳树的身上掠过，最后把它连根拔起。大雨使幼发拉底河暴发了洪水，而那棵可怜的柳树则漂流在河面上。

一天，女神伊南娜来到幼发拉底河畔游玩，发现了这棵柳树。伊南娜心想：“多漂亮的柳树啊！让它漂在河面上简直太可惜了。看！它的木质是那么好，如果再长大一点的话，完全可以做一把漂亮的椅子和一张结实的床架。”想到这，女神施展法力，把这棵柳树移到了自己神殿所在的乌鲁克，并把它种在自己培育

各种花草树木的圣园里。

因为这个柳树已经有了特定的用途，所以受到了女神伊南娜特别的照顾。伊南娜每天都会亲自给它浇水、施肥、除草，希望能够早一天得到心中理想的椅子和床架。也许，因为女神的眷顾，柳树也沾上了很多灵气。随着柳树的不断成长，也招来了很多邻居和它为伴。

爱情、美丽与丰饶之神伊南娜

两河流域的人非常喜爱爱神伊南娜，他们常常去伊南娜神庙乞求女神保佑他们的神圣爱情与婚姻。

第一位邻居是一对鹫鸟夫妇。它们在这棵柳树的树梢上安了家，把这里作为它们的安乐窝。第二位邻居是毒蛇一家。它们在树根底下挖了个很大的洞穴，把那里作为它们的安身之处。最后一个邻居是远在沙漠的魔女莉妮多。她到这里来的原因是想离开荒凉枯燥的沙漠。

当女神伊南娜想要砍伐掉这棵柳树时，发现了这些“可爱”的邻居。她知道，凭借自己的力量是根本不可能办到的。于是，女神四处求助，希望有人能够帮她完成这个心愿。可是伊南娜求了一圈，居然没有一个人愿意站出来。正当伊南娜犯愁时，乌鲁克城的首领吉尔甘尼斯得知了这件事，马上披盔戴甲，手持利斧来到了女神面前，表明愿意帮助她砍伐这棵柳树。

女神对吉尔甘尼斯的到来表示欢迎，马上允许他进行这项工作。于是，吉尔甘尼斯挥动起巨大的利斧，不一会就把这棵柳树砍倒了。至于那些倒霉的邻居，则只能四散奔逃，另寻他处。女神非常感激吉尔甘尼斯，为了表示感谢，她挑出树上的一部分枝杈送给了吉尔甘尼斯，告诉他可以用这些东西制作一个布克（一种大鼓）和密克（打鼓棒）。吉尔甘尼斯高兴地接受了女神的礼物。

吉尔甘尼斯回到了乌鲁克城，用那些枝杈制成了布克和密克。他召集了全城的所有年轻人，举行了一场盛大的宴会。宴会过后，所有的人都沉浸在欢乐之中。人们互相传递布克和密克，谁都想尝试一下敲神鼓的滋味。也许是他们的欢呼声惊动了地界，大地突然裂出了一条巨大的缝隙。可是人们此时太过兴奋了，根本没有留意可怕的危险。最终，由于一个年轻人的失手，布克和密克掉入了地界。

吉尔甘尼斯对失去女神赐予的神物十分伤心，悲伤地说："天啊！都怪我，我不该拿出女神的圣物在众人面前炫耀。如今，因为我的过失，布克和密克再也不能回到我的身边了。"

这时，吉尔甘尼斯最好的朋友，也是他最得力的助手恩基多说道："亲爱的吉尔甘尼斯，请不要如此责怪自己，事已至此，还能有什么办法呢？"

没想到，吉尔甘尼斯居然大哭起来，他叫喊着："谁能帮帮我啊？谁能帮我从那黑暗的地界取回布克和密克呢？我看是没有人了，所有人都是那么的懦弱，包括我自己。"

恩基多看到吉尔甘尼斯如此伤心，就对他说："我的朋友，我的主人，请不要再这样下去了，不要在发出这样的叹息了。我，恩基多，您的朋友、仆人愿意为您效劳，前往黑暗的地界，替您拿回布克和密克。"

听了恩基多的话，吉尔甘尼斯破涕为笑："谢谢你，恩基多，你是我最好的朋友。不过在下地界之前，我有几件事要跟你说，你一定要听仔细，而且要牢牢记住：首先，黑暗的地界是不喜欢人间美好的事物的，所以你不能穿华丽的衣服，更不能往身上涂上好的香油；其次，地界的天神不喜欢有敌意的人，所以你不能带任何武器，就连拐杖也不行，同时你也不能穿拖鞋；第三，你不能和你家人有任何的联系，不管是你的孩子还是你的妻子。最重要的是，地界的天神不喜欢被人打扰，你绝对不要在地界大声喧哗，更不要看尼亚斯神母亲的身影。"

恩基多虽然点头称是，但根本没往心里去，心想："哪有那么多麻烦啊？我只是去一下，很快就会回来的。"就这样，粗心的恩基多来到了地界。由于他没有按照吉尔甘尼斯的嘱咐去做，所以触怒了地界的众神，被抓了起来，永远不能返回人间。

吉尔甘尼斯为失去恩基多放声大哭，后悔让他去冒险。他来到大气之神恩利鲁的神像前祈祷，希望他能让恩基多返回人间。可是恩利鲁对他和恩基多的做法十分生气，所以根本没有理睬他。没办法，吉尔甘尼斯又来到水神恩基的神像前祈祷，希望能得到他的帮助。恩基被吉尔甘尼斯的诚意打动了，决定帮助他。

恩基知道，凭自己的力量是办不成这件事的。于是，他亲自前往太阳神乌多的住所，求他帮忙。因为乌多是地界女王亚莉修姬达鲁的父亲。乌多同意了恩基的要求，但他能做的只是让恩基多的影子从地界出来，至于恩基多的肉身必须还留在地界。无奈，吉尔甘尼斯只得同意。

乌多在地界上挖了一个洞，恩基多的影子从洞中爬了出来。吉尔甘尼斯为能够再一次见到朋友非常高兴，而恩基多则把自己在地界的所见所闻一一告诉了吉尔甘尼斯。

伊修达鲁·丹姆斯的神话

地界，这是一个可怕的地方，一个被称为黑暗之家的地方，那里居住的是死人的亡魂。在通往地界的大门口，竖立着一块大木牌，上面写着：所有从这里走进去的人将永远不能回头。

天神和凡人都知道，如果谁走进了地界，那么他享受光明的权利从那一刻起就被剥夺了，因为地界是没有一丝光亮的。如果有谁想从那里返回人间，那更加是异想天开，脾气暴躁的地界统治者亚莉修姬达鲁女神坚决不会允许这种事情发生。

一天，月神欣的女儿、亚莉修姬达鲁女神的妹妹伊修达鲁女神来到了通往地界的大门前，笑呵呵地对守门人说："亲爱的守门人，你辛苦了！为我打开这座大门好吗？我想去地界看一看，请不要问我为什么，即使你问了我也不会回答。"

守门人知道眼前这位女子的来历，不敢怠慢，赶忙解释道："尊敬的伊修达鲁女神，我很乐意为您效劳。不过，地界是有规定的，如果天神想进入地界，必须得到亚莉修姬达鲁女王的允许。如果您没有女王的允许，我是不能放您进去的。"

其实，伊修达鲁到这里来根本没有告诉任何人，更不会通知她的姐姐，因为她知道姐姐一直不喜欢她。她不过是想来地界玩玩。于是伊修达鲁假装生气地说："什么？你知道我是谁吗？难道连我都不让进吗？识相点！要不我就把门砸烂！"

守门人知道这位调皮的女神什么都做得出来，心中十分害怕。没办法，他只能对伊修达鲁说："请您等一等好吗？我马上就去向尊贵的亚莉修姬达鲁女王请示。"说完，守门人转身来到了女王的宫殿。

亚莉修姬达鲁听到警卫的描述后大发雷霆，怒吼道："她以为她是谁？她以为这里是什么地方？难道说我统治的地界就容她如此放肆吗？马上把她给我赶走。"

突然，亚莉修姬达鲁又叫住了守门人，一脸狡猾地说："等等！好吧！你可以让她进入地界，不过必须穿过那七道门，而且我们地界一向都是最公正的，尽管她是我的妹妹，但一样要遵守地界的规定。知道了吗？"守门人领命后，回到了地界门口。

伊修达鲁迫不及待地问道："怎么样？我姐姐同意了吗？"守门人回答说："是的！女王同意了，不过她还说您也必须遵守古老的规矩。"

"规矩？什么规矩？"伊修达鲁疑惑地问。守门人没有直接回答，只是神秘地说："您马上就会知道了。"是的，伊修达鲁马上就知道了可恶的规矩。原来，不管是天神还是凡人，如果想进入地界，都必须除去身上所有的衣服和饰物。就这样，赤身裸体的伊修达鲁被带到亚莉修姬达鲁女王的面前。

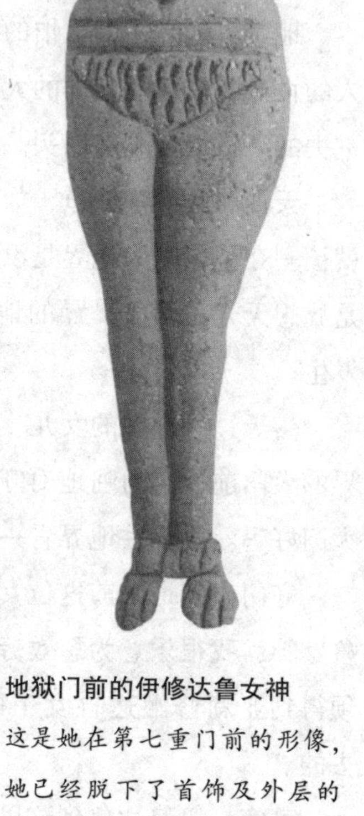

地狱门前的伊修达鲁女神

这是她在第七重门前的形像，她已经脱下了首饰及外层的衣服。如果她想进入第七重门，必须脱光全部衣服。

亚莉修姬达鲁傲慢地问道："伊修达鲁，我亲爱的妹妹。你来到我这可怕的地界做什么啊？是不是要搞什么阴谋诡计啊？"伊修达鲁赶忙回答："不，亲爱的姐姐！我来这里只是好奇，根本没有什么其他想法。"亚莉修姬达鲁露出了凶相，恶狠狠地说："你当我是三岁小孩子吗？你觉得这些话我会相信吗？告诉你，你已经犯了擅闯地界罪，必须受到应有的惩罚。"女王向两边看了看，然后说道："南牧达鲁，我的侍从，去把这位可爱的女神关进地界的监牢里。还有，要好好关照她，让那六十个可怕的恶灵来侍奉她。那样的话，她身体所有的部位都将受到疾病的侵蚀。"

就这样，伊修达鲁被囚禁在地界，并且被六十个恶灵折磨得奄奄一息。由于伊修达鲁的离去，人间从此不再有繁衍的迹象，不管是动物还是植物。同时，由于伊修达鲁身体虚弱，导致地上所有的植物和动物都失去了活力。整个世界都失去了生机。

天界的众神为这件事十分头疼，可又没有办法。因为谁都知道地界女王亚莉修姬达鲁是个不好惹的家伙。最后，大家来到智慧之神耶亚面前，希望他能想办

法救出伊修达鲁。

耶亚神很愿意帮助他们。他想了一会，变出了使者阿斯亚士修纳米路。耶亚对天使说："去吧！阿斯亚士修纳米路，你肩负着我和众神的使命。你要去往黑暗的地界，那里的七道大门将会为你敞开。"阿斯亚士修纳米路点了点头，表示愿意接受。他问道："伟大的智慧神，我应该怎么做呢？"耶亚回答说："你的任务是从亚莉修姬达鲁手中救出女神伊修达鲁。女王会因为你的到来感到高兴，你要对她念出众神的名字，那样她的心情就会愉快。你要求喝她的'生命之水'，女王一定会拒绝的，不过你可以施展我的法力，让她接受。最后，你把生命之水浇在伊修达鲁的身上。这样她就得救了。"

一切都像耶亚所想的那样，亚莉修姬达鲁女王对阿斯亚士修纳米路的到来确实很高兴，不过当听说使者要喝她的生命之水时，却愤怒地说道："你怎么能忘记自己的身份？你怎么能说出如此破格的话呢？我会给你恶毒的诅咒的。"这时，阿斯亚士修纳米路施展智慧神的法力，控制了女王的思想，使她产生了想要释放伊修达鲁的想法。于是，亚莉修姬达鲁女王命令南牧达鲁把伊修达鲁从牢房中带出来，并且赶走附在她身上的六十个恶灵，然后把可怜的伊修达鲁女神交给了阿斯亚士修纳米路。

最后，生命之水终于被浇到伊修达鲁的身上，女神也得以重返天庭。

阿托拉·哈希斯神话

最初，世界虽然被创造出来，但是大地上并没有人类居住。那时候，世界上所有的工作都是由众神来承担的。开始的时候，每位天神还都能任劳任怨、专心做自己的工作，可时间一长，很多神对这些枯燥无味而且永无休止的工作感到厌倦。最先挑起事端的是大气之神恩利鲁的儿子们。

恩利鲁的儿子们被亚奴天神派去做一些挖掘和搬运工作，已经整整做了四十多年了。这天，他们终于忍受不了这种辛苦的工作。一位天神扔掉了自己的工具，大声骂道："我们是天神，而且还是恩利鲁的儿子。我们是应该受到所有生物顶礼膜拜的，怎么可以做这些粗重的活呢？这是对神的亵渎，我不干了。"话音刚落，就有很多人跟着响应。在他的煽动下，他们把挖掘和搬运的工具烧掉，

气势汹汹地来找他们的父亲恩利鲁，并包围了宫殿。

此时的恩利鲁并不知道危险已经降临，正躺在自己舒适的大床上睡觉。突然，鲁斯科跑了进来，慌张地喊道："尊敬的恩利鲁，快醒醒吧！出大事了！"恩利鲁睁开睡眼，很不满地问道："慌什么？怎么了？是什么事让我们一向镇定的鲁斯科如此慌张？"

鲁斯科赶忙回答说："不好了，一群愤怒的天神包围了您的宫殿。"

"啊！"恩利鲁马上从床上爬了起来，大声问道："快去看看，是怎么回事？是谁这么大的胆子？"鲁斯科看到恩利鲁慌张的表情心中暗笑，不紧不慢地说："不过您不用担心，因为围住宫殿的是您的儿子。"

听到是自己的儿子包围了宫殿，恩利鲁又恢复了以往的尊严，慢条斯理地说："不用担心，他们不敢乱来的。这样吧，鲁斯科，你去把亚奴神、恩基神等所有亚恩纳基的成员都叫来，一起商讨一下对策。"

恩利鲁的宫殿里灯火通明，所有的天神都集聚在一起。天神亚奴首先发话："我现在唯一关心的，是他们为什么要包围恩利鲁的宫殿，是什么原因使他们如此愤怒。"这时，鲁斯科自告奋勇，对亚奴说："伟大的亚奴神啊！请您把这个任务交给我吧！我愿意为您去打探消息。"亚奴神同意了他的要求。

不久，鲁斯科从外面回来了。他对亚奴和众神说："我已经知道了原因，这些天神是因为不能再忍受那些无聊的、枯燥的、没有尽头的工作才会做出这种事来的。"刚说完，脾气暴躁的恩利鲁大喊道："这帮小混蛋，这是想要造反，应该好好收拾他们。伟大的亚奴神，请您惩罚他们吧，让他们永远从这个世界上消失掉。"

可是，亚努神却摇了摇头，说："你怎么可以这么说呢？难道出现今天这种局面我们就没有一点责任吗？是的！他们说的没错，那些枯燥的工作是不应该由天神来做的。"恩利鲁一脸不高兴，嘟囔道："天神们不做由谁来做？难道还有什么拥有和我们一样的智慧？"

这时，水神恩基在旁边说："我倒是有个办法。我们可以按照我们的样子创造出一种新的生物，就把他们叫做人类吧。我们赐予他们智慧，给他们力量，让他们代替我们的工作。"恩基的提议马上得到众神的响应，纷纷表示赞同。当然，除了天神恩利鲁以外。

就这样，人类被创造出来了。他们拥有强壮的体魄、灵巧的双手，更重要的是，他们拥有其他生物所没有的东西——智慧。从那以后，世界上所有的工作都交给了人类，天神们终于可以休息了。

好景不长，天神们开始的时候对这种舒适的生活十分满意，可时间一长，他们开始厌烦人类的所作所为，嫌他们太过吵闹了。于是，天神恩利鲁召集了一大批神，商讨如何给人类一点颜色。恩利鲁气势汹汹地说："诸位！你们都看到了！人类是多么的讨厌啊！他们不停地工作、交谈、争斗，搞得连天界都不得安宁。是时候了！该给他们点颜色看看了！"

恩基神一直以来对人类都很照顾，如今听到恩利鲁要惩罚人类，慌忙劝道："尊敬的恩利鲁天神，你是高高在上的，何必和那些渺小的人类过不去呢？"

恩利鲁才不吃他这一套，反驳道："是吗？那你有什么办法能让那些人类安静下来呢？不要再说了，我已经决定了。"恩基吃了闭门羹，也不好再说什么。恩利鲁见最大的障碍已经铲除了，继续说道："七天之后，我会让大洪水冲刷整个大地，所有的人类都将会在这场灾难中死亡。这是我的决定，任何人都不能改变。"说完还狠狠地瞪了恩基神一眼。

恩基神对恩利鲁的做法十分不满，可又不能劝说他。不过，明的不行，就来暗的。一天晚上，恩基托梦给自己忠实的信徒阿托拉·哈希斯，对他说："我最忠实的仆人，你要仔细听我的话。由于你们人类的过错，天上的恩利鲁神要惩罚你们。七天以后，无尽的洪水将从天而降，所有的生物将在这场灾难中死亡。"恩基顿了一下，接着说："不过，你是最纯洁的人，我会救你的。你要把你这件芦草盖的房子拆掉，用那些材料作一艘大船。然后，你要在船上建造一个大的舱，并用沥青固定。接下来，你把所有种类的生物一公一母都放进船里，记住你们家族的所有人都不能落下。时间不多了，抓紧办吧！"

阿托拉·哈希斯从梦中醒来，马上按照恩基神的旨意去办。果然，七天之后洪水从天而降，地上所有的人类都消失了，只有阿托拉·哈希斯一家幸免。

后来，天神亚奴介入了此事。他认为恩利鲁神的做法有些过激，不过幸亏恩基神的帮助，否则这个世界就真的没有人类了。恩利鲁也觉得自己的做法有些过分，于是他去找多女神宁多，让她帮助人类繁衍后代。从那以后，新一代的人类逐渐出现在地球上的每个角落。

亚达巴的神话

很久很久以前，居住在耶里多市的天神是被人们称为智慧和水之神的耶亚。耶亚虽然居住在人间，但是一样拥有无穷的法力。起初，耶亚神是一个人住在耶里多市的，时间一长，渐渐地感觉很孤独。于是，耶亚神施展法力，创造出了一个人作为他的儿子，并给他取名为亚达巴。

亚达巴备受耶亚神的宠爱，从他那里学到了很多生存的技巧，而且还拥有了最有力的武器——智慧。不过，耶亚神虽然喜欢这个儿子，但并不想让他也成为天神，所以一直没有赋予他神力。当然，亚达巴并不知道真相，他每天都在耶亚神殿前的大海中捕鱼，然后把大部分的鱼都贡献给耶亚神。

人面有翼公牛像

这尊具有人的头像、长着翅膀的巨大公牛，于公元前710年由亚述国王萨尔贡二世建造，用来守卫在雄伟的王宫门口。

一天，亚达巴像往常一样驾驶着帆船出海捕鱼。突然，一阵猛烈的南风从海面上掠过。由于亚达巴的船帆年久失修，所以被大风吹折，就连船也被掀翻。亚达巴落入了大海中，成了狼狈的落汤鸡。

耶亚神的儿子十分生气，心里暗暗诅咒南风："你这可恶的南风，仗着你有一双鸟一样的翅膀，居然胆敢欺负我亚达巴。我要诅咒你，因为你的行为太过无礼。从现在开始，你那无形的翅膀将会折断，你再也不能像以前那样在天空中飞翔了。"

可怜的南风失去了翅膀，耶利多市的海面上再也没有刮起大风。亚达巴感到非常满意。但他不知道，一场祸事马上就要降临到他的头上。

原来，南风的主人就是最高天神亚奴。这天，亚奴问自己的侍从、巨人伊拉布拉特："我的仆人，为什么这几天我总感觉有些不对劲呢？"

伊拉布拉特深施一礼，回答说："我尊敬的主人，究竟是什么事让您那么苦恼呢？请您告诉我，也许我能帮助您。”

亚奴紧锁双眉，说：“真是奇怪，都已经七天了，为什么南风一直没有再刮起来？难道出了什么事吗？”

伊拉布拉特回答道：“伟大的亚奴神，这件事我知道。居住在耶里多市的耶亚神有一个儿子名叫亚达巴，是他诅咒了南风，使它失去了鸟一样的翅膀。”

亚奴听后十分震怒，说道：“可恶的家伙，渺小的凡人，他怎么敢这样做？我一定要让他吃点苦头，让他得到应有的惩罚。我要派使者把他带来，让他承受因为触怒我而获得的灾难。”

耶亚神很快就知道了亚奴神的命令。他害怕失去爱子亚达巴，就对他说：“傻孩子，你看你都做了什么？你怎么可以贸然地诅咒南风呢？现在最高天神亚奴神已经知道了这件事，他还十分愤怒说，一定要让你得到应有的惩罚。”

亚达巴非常害怕，赶忙祈求自己的父亲：“伟大的智慧之神耶亚，我的父亲，我知道自己当初太鲁莽。可是，事情已经做了，后悔也来不及了。请您帮帮我，因为我是您的儿子啊！”

耶亚神对亚达巴的认错态度还算满意，轻声对他说：“别怕，我有办法让你躲过亚奴神的惩罚。在亚奴神的使者到来之前，你要脱去现在的衣服，换上一身丧服，表示你在服丧。”亚达巴刚想插话，耶亚神马上又打断了他，继续说道：“别多嘴！放心，亚奴神的使者是不会有什么疑问的，倒是亚奴神宫殿门口的塔姆斯神和基斯济达神会问你为什么要穿丧服。那时你要装作不认识他们，然后回答说，是为了耶里多市和整个国家失去塔姆斯神和基斯济达神这两位贤明的天神而穿上丧服的。这样一来，他们会非常高兴，一定能帮助你渡过难关。”亚达巴赶忙表示已经牢记了父亲的话。

但耶亚神并不希望自己的儿子亚达巴成为天神，所以他又补充道：“当亚奴神撤销对你的惩罚时，他还会试探你是不是真的悔过了。他会拿出可怕的死亡面包，记住你不能吃；他还会拿出死亡之水，记住你也不能喝；他也许会拿出天神的衣服，记住你也不能穿；他也有可能拿出天上的神油，记住你更不能要。总之，亚奴神赐给你的一切你都不能接受，否则你将失去性命。”亚达巴牢记了耶亚神的话。

不久后，亚奴神的使者就把亚达巴带到了天上。亚达巴果然在亚奴神宫殿的大门口遇到了两位天神。他们很奇怪地问亚达巴为什么要穿丧服。亚达巴心想：“这两个人一定就是父亲口中的塔姆斯神和基斯济达神。”于是，他低着头回答

说："因为耶里多市和整个国家失去塔姆斯神和基斯济达神这两位贤明的天神，我感到很悲伤，所以穿上了丧服。"塔姆斯神和基斯济达神非常高兴，心中暗想一定要帮帮这个有孝心的年轻人。

亚达巴来到了亚奴神的面前，跪倒在地。亚奴神阴沉着脸，问道："你就是亚达巴吗？你为什么要折断南风的翅膀呢？"

亚达巴一脸无辜地说："对不起，伟大的亚奴神。我所做的一切其实都是为了我的父亲，我的主人天神耶亚，因为我要捕捉好多鱼献给他。南风吹翻了我的船，使我不能给耶亚神送去海里的鱼，因此我才诅咒了他。"

这时，塔姆斯神和基斯济达神也趁机说好话，这个说亚达巴如何如何有孝心，那个说南风如何如何不对。最后，亚奴神也被他们说动了心，觉得贸然把亚达巴带到天界是错误的。于是，亚奴决定给这个可爱的小伙子一点补偿。

亚奴神先拿出了可以长生不老的生命食物，但是亚达巴没有要；接着他又拿出了生命之水，亚达巴依然没有要；亚奴神又拿出了天神的衣服，可亚达巴没有穿；最后亚奴神拿出了拥有神力的香油，但亚达巴依然拒绝了他的好意。

亚奴神感到很奇怪，就问亚达巴："亲爱的孩子，这些东西可以使你成为天神，你为什么要拒绝它们呢？"亚达巴说："是我的主人让我这么做的。"亚奴神很快就明白了耶亚的用意。他没有拆穿耶亚的诡计，而是把亚达巴放回到了人间。不过作为奖励，亚奴神赐给了亚达巴很多福，让他可以从耶亚神那里获得别人没有的特殊权利。

耶达纳神话

恩利鲁天神用可怕的洪水惩罚了人类。事过之后，他也对自己的行为感到后悔。于是，恩利鲁召集所有的天神商量，准备为人类建一座坚固的城市。天神对恩利鲁的提议表示赞同。就这样，人类第一座城市——基修城建成了。

很多年过去了，居住在基修城的人类的数量已经增长了许多。渐渐的，人们之间开始出现矛盾、争吵甚至斗殴，秩序越来越乱。天神们决定为人类选一个领袖。于是，亚奴神找到了伊修达鲁女神，让她在基修城内选出一位国王。最后，伊修达鲁选中了一个名叫耶达纳的聪明牧人，把王冠和王座赐给了他。

大气神恩利鲁

美索不达米亚神话中天界的管理者大气神或气候神恩利鲁，凭着一个雷槌与一个锯齿形的闪电棒，存在了9个世纪。

耶达纳没有辜负众神的期望，把基修城治理得很好。不过，身为国王的他也有自己的烦恼。那就是虽然他有一个美丽温柔的王后，但是多年以来王后一直没有给他生个孩子。耶达纳非常苦恼，为了能够有一个继承人，他举行了盛大的祭祀活动，向伟大仁慈的太阳神乌多求助。

太阳神乌多被耶达纳的诚信打动了，决定帮助这个国王。乌多问他："说吧！耶达纳，我会帮助你的。虽然你是基修城的国王，但也是我太阳神的子民。你所提的要求我都会答应的。"耶达纳悲伤地说："伟大的太阳神啊！我的确需要您的帮助！您看，都已经好几年了，我依然没有一个孩子！您总不能眼睁睁地看着我后继无人吧！我听说天上有一种神奇的草药叫做'送子草'，您能告诉我怎么得到它吗？"

乌多点了点头，说："其实很简单，你只要走出基修城，一直往北走。在翻越一座高山后，你会在一个洞穴里看见一只没有毛的鹫鸟，它会告诉你如何得到送子草的。"耶达纳听后千恩万谢，马上出城。

耶达纳费了很大的力气才翻过了那座高山，终于看到了太阳神所说的那只鹫鸟。鹫鸟见到他非常高兴，说道："亲爱的国王，英明的耶达纳，是太阳神叫您来的吧！快救救我吧！"耶达纳回答说："你说的没错，是太阳神叫我来的。我可以救你，不过你必须答应我一个条件。"鹫鸟痛快地回答说："说吧说吧！只要我能做到的。"耶达纳走到它跟前说："我想要送子草。"鹫鸟脸上闪过一丝惊讶的表情，不过马上就消失了，然后严肃地说："只要你想好了，我会帮助你的。"

耶达纳把鹫鸟从洞穴中救了出来，还给他吃了些食物。看着鹫鸟狼吞虎咽的样子，耶达纳笑道："你家在哪里？"鹫鸟咽下了嘴里的食物，说："我的家？呵呵！基修城内有一座供奉太阳神的神殿，神殿后面有一个大树，我就住在那棵

树上。”

耶达纳接着问：“那你怎么会变成这个样子？”鹫鸟一脸哀伤地说：“都怪我自己贪心。”于是，鹫鸟诉说起自己可怜的遭遇。

原来，鹫鸟确实住在太阳神神殿后面的那个树上。不过它是住在树梢上，在树底下，还住着它的邻居大蛇。开始的时候，蛇和鹫鸟的感情非常好。为了见证这段坚贞的友谊，它们两个来到太阳神的神像面前发了誓，宣称谁也不会破坏这段友谊，谁违反了誓言，就要受到惩罚。

一段时间过去了，蛇和鹫鸟都产下了自己的孩子。天下的母亲都是那么的辛苦，动物们也不例外。这两位母亲每天都外出打猎，哺育自己的孩子们。在母亲的精心照顾下，小蛇和小鹫鸟都长得非常快。

这一天，鹫鸟不想飞很远的地方捕猎。于是，它违背了誓言，把自己的朋友蛇的孩子们做了小鹫鸟的点心。蛇回到家后，发现孩子不见了，马上就明白是怎么回事。于是，它痛哭流涕，跑到太阳神乌多那里告了鹫鸟一状，请求太阳神惩罚这个背信弃义的家伙。

乌多对鹫鸟的做法也十分反感，于是他让蛇隐藏在一只死牛的肚子里。等鹫鸟来吃牛肉，就拔掉它所有的毛，并把它关进洞穴里。鹫鸟对自己的行为也很后悔，请求太阳神的宽恕。最后，太阳神答应了它的请求，告诉它有一天耶达纳会来救它的。

几天后，在耶达纳的照顾下，鹫鸟长出了失去的羽毛，恢复了原来的力量。这时，耶达纳再一次提出寻找送子草的事情。

鹫鸟点了点头，说：“放心，我会帮助你完成心愿的，你先听听我的梦吧！”耶达纳对鹫鸟的做法很不满意，责怪它借故推辞。鹫鸟却装作没听见，继续说：“昨天晚上我梦见我们两个去了天界。在那里我们看到了亚奴神、恩利鲁神、耶亚神、乌多神等天神，并向他们恭敬地行礼。之后，我们来到了女神伊修达鲁的宫殿。我看到女神正端坐在一张华丽的王座上，一只威武的狮子躺在她的脚下。正当我注视那只狮子时，它却突然向我扑来，就这样我被吓醒了。”

耶达纳忍不住了，喊道：“你被吓醒了还说什么？你能帮我做点什么啊？”鹫鸟赶忙说：“你别着急啊！这个梦告诉我们，那个送子草就在女神的王座下面。”耶达纳一听有理，马上要求鹫鸟带他去天界。鹫鸟迟疑了一下，问道：“你不怕吗？天界可是很高的。”耶达纳不屑地说：“怕什么？我是基修城的国王，还不知道什么是怕呢？”鹫鸟看到耶达纳如此自信，只好说：“好吧！你不怕就好！你骑到我的背上，抱紧我的脖子，我马上把你带上天界。”

就这样，鹫鸟驮着耶达纳飞上了天空。可是，在距离天界还有一半距离的时候，耶达纳害怕了，他请求鹫鸟把它带回地界，说他再也不想要什么送子草了。鹫鸟拗不过他，只得往下降落。突然，不知从何处刮来一股飓风，一下子把鹫鸟和耶达纳吹向了远方，再也没回来。

尼鲁卡路与亚莉修姬达鲁

整个世界被分成两个部分：天界由最高天神亚奴神掌管，而地界则由女神亚莉修姬达鲁统治。所有居住在地界的神都拥有很高的权力和地位，天界的众神在进入地界时都要向他们行礼，而且每年还要在特定的时间里派使者给地界送去食物。其实，亚奴神非常厌恶这个规矩，打算借个机会把它废除掉。

这一年，又到了该给地界送去食物的日子了，天神亚奴把众神召集在一起，说：“尊敬的天神们，很多年以来，都是由我们派使者给地界送去食物。但是我们是天神，是宇宙中最尊贵的。我觉得，这个规矩需要改一下，应该叫地界的神自己来取食物。”亚奴的提议得到了众神的认可，于是他就派卡卡充当信使，前往地界。

信使卡卡通过了地界的七道大门，来到了地界女王亚莉修姬达鲁面前。女王对他很客气，笑呵呵地说：“你好啊！亲爱的卡卡！很长时间没见了。亚奴神还好吗？恩利鲁神、耶亚神和其他众神都还好吗？”

卡卡深施一礼，回答道：“谢谢女王的关心，天上的众神都非常快乐。”

亚莉修姬达鲁笑了笑，说：“那就好！你这次是给我送食物来的吗？为什么我看不到那些东西呢？”

卡卡回答说：“尊敬的亚莉修姬达鲁女神，我是奉最高天神亚奴的旨意来的。他让我转告您，从今年开始，天界将不再派使者给地界送食物，所有的事情都需要地界亲自去办。”

亚莉修姬达鲁脸上闪过了一丝不愉快，但很快就消失了。她依旧笑眯眯地说：“好的！亲爱的卡卡！既然是最高天神亚奴的决定，我一定会服从的。”说完，她转过头，对身边的仆人南牧达鲁说：“我最忠实的仆人，看来今年要辛苦

你一趟了。”

南牧达鲁心计颇深，一向不苟言笑，冷冰冰地回答道：“是，女王，我一定会完成您的使命。”就这样，南牧达鲁跟随着卡卡前往天界。

地狱精灵像

与地狱女王亚莉修姬达鲁不同，地狱精灵往往是善良的，尽管他们狗面人身，有的还有四只翅膀帮助飞行。他们已不是死亡的象征，而具有了避免死亡与灾难的保护神意义。他们也是帮助尼鲁卡路的得力人选。

几天后，南牧达鲁回到了地界，把食物带了回来。他对亚莉修姬达鲁说：“尊敬的地界女王，按照您的吩咐，我已经把食物带回来了。”

亚莉修姬达鲁冷笑着说：“我的吩咐？哼！不如说是亚奴的主意。这帮可恶的家伙，居然敢这样对我。我一定要给他们点颜色看看。南牧达鲁！你在天界的时候有没有谁对你很不尊敬，你告诉我，我一定会夺走他的性命。”

这个问题可把南牧达鲁难住了，他虽然有心计，但当时只顾挑选食物，根本没留意谁尊敬不尊敬他。所以，南牧达鲁支支吾吾了半天也没回答上来。

亚莉修姬达鲁马上明白是怎么回事，接着说道：“我知道你当时专心办事，肯定没有留意。不过，这口气我实在咽不下。这样，你再走一趟，到天界去看看，有没有谁敢对你不敬。”就这样，南牧达鲁再一次去往天界。

几天后，南牧达鲁面带怒色返回了地界，亚莉修姬达鲁知道他肯定带回了“好消息”，兴奋地问：“南牧达鲁，肯定是谁惹你生气了？快告诉我，我替你出气。”

南牧达鲁余怒未消，恶狠狠地说：“尊敬的女王陛下，所有的天神都对我非常的尊敬，只有耶亚神的儿子，可恶的战神尼鲁卡路对我不敬。他不仅瞧不起我，还说我是一个丑陋的、没有感情的怪物。”

亚莉修姬达鲁也表现出一脸的愤慨，说：“是的，他太可恶了，我将会夺去他的性命。”

消息很快就传到了尼鲁卡路的耳朵里，他非常害怕。因为他知道，这个地界女王可是说得出做得出。于是，尼鲁卡路就跑到自己的父神耶亚神那里求助。

耶亚神生气地说："你这个孩子，怎么可以做出如此愚蠢的事呢？真应该让你受到惩罚。"不过，话虽这么说，但耶亚神还是很疼爱自己的孩子。他对尼鲁卡路说："你要自己去向亚莉修姬达鲁赔罪，我会派出十四个精灵跟随你，每当你通过地界的一道大门时，你都要留下两个精灵把守，这样的话地界之门就不会关闭，你也能返回天界。你要记住，你只能在地界待七天。"

这时，慌张的尼鲁卡路插嘴道："可是父亲，如果我见到了亚莉修姬达鲁，她会马上夺走我的性命的。"

耶亚神瞪了他一眼，骂道："没用的东西！你到了那里之后，要诚心诚意地道歉，不可有任何狂妄举动。如果她给你椅子，你不能坐；给你面包，你不能吃；给你美酒，你不能喝；给你清水，你不能洗，因为那样会要了你的命。还有，如果亚莉修姬达鲁在你面前脱衣服洗澡，你千万要把持住，否则后果不堪设想。"

尼鲁卡路亲自前往女神亚莉修姬达鲁的宫殿道歉，一切都和耶亚神所说的一样，七道大门、椅子、面包、美酒、清水，所有的问题尼鲁卡路都遇到了。不过他牢记了父亲的话，没有做出丝毫犯忌讳的事。亚莉修姬达鲁对尼鲁卡路的表现还算满意，笑着对他说："好吧！就算我接受了你的道歉，请原谅我刚才无礼的待客方式。现在我要沐浴更衣，然后再正式接受你的歉意。"

可怕的事情发生了，当亚莉修姬达鲁脱去外衣时，尼鲁卡路完全被她迷住了，他一把上去就把地界女王抱在怀里。两人坠入了爱河。七天很快就过去了，尼鲁卡路必须返回天界。

尼鲁卡路的离去使亚莉修姬达鲁非常痛苦，她哭喊道："为什么啊？尼鲁卡路！你为什么要离开我啊？你知道，你对我是多么重要吗？"但是不管她怎么哭，尼鲁卡路也不会再回来。这时，南牧达鲁凑了过来，对女神说："女王，我有个办法。我愿意再去一趟天界，把尼鲁卡路接回来。如果他或是其他天神不肯，你就报复他们，把地界所有的死灵放出去，让世间的人类受尽苦难。"亚莉修姬达鲁破涕为笑，同意了他的建议。

天神们因为害怕亚莉修姬达鲁的威胁，只得同意让尼鲁卡路去往地界。从那以后，尼鲁卡路和亚莉修姬达鲁结为夫妻，生活得还算幸福。

怪鸟斯的神话

在太古时期，恩利鲁神是众神的统治者，他常在尼布鲁城的神殿中与其他大神举行会议，商议要事。在神殿中，藏有一件名为《天命书版》的神宝，只要得到这件神宝，就可以支配众神和万物。为了保证神宝不落入恶人之手，恩利鲁神特地安排一只叫做斯的巨大怪鸟看守神殿。开始的时候，怪鸟斯还能恪尽职守，可时间一长，它就起了邪念。

怪鸟斯心想，既然得到《天命书版》可以支配众神和万物，那么如果自己监守自盗，岂不是就可以号令天下？以前自己之所以要听恩利鲁神的命令，那是因为不是他的对手。可如果得到《天命书版》，就再没有哪位神能与自己抗衡了。因为所有违背《天命书版》的人，都会变得和泥土一样。想到这儿，怪鸟斯坚定了盗取《天命书版》的决心。一次，它趁恩利鲁神沐浴之机，盗走了《天命书版》，向着它的故乡圣峰飞去了。

这个角状雕像被认为是天神亚奴的象征。发现于巴比伦，历史可追溯到公元前1120年。

得知《天命书版》被盗，众神纷纷赶来与恩利鲁神商量对策。事到如今，他们已经别无选择，只能派人去圣峰与怪鸟斯战斗，从怪鸟斯的手中夺回《天命书版》。可是此去圣峰路途遥远，没有人可以到达那里。再说如今怪鸟斯手中握有《天命书版》，又有哪位神是它的对手呢？众神商量来商量去，竟没有一位敢于站出来。一时间，整个神殿笼罩在一层恐怖的氛围之中，所有人都觉得危机四伏。

众神商量不出对策，只能在神殿里胡乱揣测。忽然，有人想到了智慧之神耶亚，说不定他有对付怪鸟斯的办法。于是，众神连忙赶往耶亚居住的深渊，找到智慧之神耶亚，将事情的原委向耶亚一一阐明。耶亚听后，表情变得凝重起来。众神都在静静等待耶亚的回音，这可是他们最后的一线希望，如果连耶亚都没有

办法，那他们就彻底没辙了。沉思片刻后，耶亚说："我有个办法倒可以一试!"众神大喜，忙问其是何办法。耶亚说："要打败怪鸟斯，只有一个人能办到，那就是可以用七种风作为武器的尼基鲁斯神。我现在就去找他，请他前往圣峰捉拿怪鸟斯。"

尼基鲁斯神性格怪异，与其他大神素无往来，因此要请其出山并非易事，还得用一些手腕儿才行。耶亚没有直接去拜访尼基鲁斯神，而是首先找到了他的母亲玛哈女神。他在玛哈女神的面前将尼基鲁斯神大肆夸奖了一番，并称尼基鲁斯神是世界上最有能力的人，只有他才能战败怪鸟斯。一番话说得玛哈女神心花怒放，她答应耶亚让儿子前往圣峰夺回《天命书版》。这位尼基鲁斯神虽然性格怪异，但却对母亲言听计从。在得到母亲的命令后，他就马上向着圣峰出发了。

在圣峰附近，尼基鲁斯神遇到了怪鸟斯。当得知尼基鲁斯神的来意后，怪鸟斯不屑地说："难倒你不知道我已经得到《天命书版》、天下无敌了吗？你怎么还敢来与我作对？真是愚蠢。"尼基鲁斯神答道："我就是来与你战斗的，我有信心战胜你，夺回《天命书版》。"两个人话不投机，很快就厮打在了一起。因为有众神的帮助，尼基鲁斯神很快就占了上风，可怪鸟斯有《天命书版》相助，所有射向它的箭都在瞬间化为无形。尼基鲁斯神无论怎样用力，都伤不了怪鸟斯一分一毫。就这样僵持了很长一段时间，尼基鲁斯神开始泄气了，他觉得自己确实没有能力打败怪鸟斯，看来《天命书版》的力量真的无人能敌。

众神将战况报告给耶亚，耶亚提醒尼基鲁斯神用七种风的力量折断怪鸟斯的翅膀。尼基鲁斯神如梦初醒，重新燃起了战斗的欲望。他开始拼命地发动风力，一起吹向怪鸟斯的翅膀。终于，怪鸟斯的翅膀被吹断了。至于众神最终是不是战胜了怪鸟斯，史料中并没有相关的文字记载。一个美好的神话却没有结局，难免让人有些遗憾。不过其实结局已经显而易见了，众神最后一定会战胜怪鸟斯，夺回《天命书版》。

克马鲁迪的神话

宇宙形成之初，世界是由一位名叫阿拉鲁的天神掌管的。他拥有无穷的法力，所有天神都听从他的吩咐。阿拉鲁神身边有一位贴身大臣，负责照顾阿拉鲁

日常的饮食起居。这位贴身大臣就是后来的天界主神——天神亚奴。

阿拉鲁的统治维持了九年以后，他的那个亲信、自己的贴身大臣亚奴神背叛了他。亚奴神率领着天界众神攻入了阿拉鲁的宫殿，而他自己则直接面对阿拉鲁神。最后，阿拉鲁神战败，失去了对天界的支配权。阿拉鲁只能躲进黑暗潮湿的地界，永远不能返回天界。也许有人会问，亚奴神为什么要背叛自己的主人？其实很简单，天界和人间一样，权力的斗争一直都存在。

亚奴神作了天界的最高统治者，此时的他可谓是春风得意。当然，作为天界之王自然要有气派。于是，亚奴神从天神中选出一位做自己的贴身大臣，当然也是他的仆人。最后，众神之王亚奴神选中了克马鲁迪天神，由他来照顾自己的饮食起居。

最初，克马鲁迪神对亚奴神可谓是俯首贴耳，毕恭毕敬，每天都小心翼翼地伺候亚奴神。在亚奴神眼里，克马鲁迪神是最忠诚的仆人。

好景不长，在亚奴神当了九年天界之王后，他最亲近的人、自己的贴身大臣——克马鲁迪神叛变了。当克马鲁迪神拿着武器站在他面前时，亚奴神简直不敢相信自己的眼睛，他叫道："为什么？克马鲁迪！你为什么会拿着武器？我的亲信！你为什么会有那样的想法？我的仆人！你为什么会背叛我？我的朋友！难道我对你不够好吗？"

克马鲁迪神冷笑了几声，说道："不！亚奴神，你对我很好，就像对待亲生儿子那样！其实我应该很满足的。"亚奴神不解地问："那你为什么还要谋反？"克马鲁迪神说道："为什么？那我问你，以前的阿拉鲁神对你不好吗？你为什么还要谋反？其实你背叛阿拉鲁神的原因，也是我背叛你的原因。谁叫那闪烁着无限光芒的王冠那么诱人呢？"

亚奴神终于明白是怎么回事了，其实他早该知道有这一天。当初他为了当上天界之王赶走了阿拉鲁神，如今克马鲁迪神为了夺走那至高无上的权力也要赶走他。为了捍卫自己的尊严，为了捍卫王权，亚奴神拿起武器与克马鲁迪神展开了殊死的搏斗。

经过几天的战斗，亚奴神渐感体力不支，一不留神被马鲁迪神刺伤了胳膊。身负重伤的亚奴神没办法，只好败走，飞向远方。不过，克马鲁迪神比他的主人更加狠毒，懂得什么叫斩草除根。他不打算放任亚奴神逃走，而是在后面紧追不舍。

受伤的亚奴神不一会就被克马鲁迪神赶上。兴奋的克马鲁迪被胜利冲昏了头脑，居然忘乎所以，一口咬下了亚奴神的生殖器，还把他的精子吞进了肚子里。

亚奴神觉得受到了极大的屈辱，他愤怒地吼道："你这个卑鄙的家伙，你这么做简直是太无耻了。你将会受到可怕的诅咒。"

克马鲁迪却不以为然，反而讥笑说："是吗？那我倒要听听，看看你这个失败者如何诅咒我。"

亚奴神恶狠狠地说："是的，你现在是胜利者，而且是高傲地把我打败了。但是你吞下了我的精子，它们会在你体内生长，变成三位拥有无穷法力的、给你带来灾难的天神。他们分别是天候神、大修米修神以及底格里斯河神。这三位天神将会让你体验到真正的恐怖，会给你带来无尽的痛苦。"说完，亚奴神转身飞向远方。

被吓坏了的克马鲁迪神此时已经没有心情追赶，心想："虽然亚奴不再是天界之王，但是他依然拥有无穷的法力，那么他的诅咒还是会实现的。"于是，为了摆脱亚奴的可怕诅咒，克马鲁迪神施展法力，想要把亚奴的精子吐出来。

努力还是有成效的，大部分精子已经从克马鲁迪的身体里排了出来，大修米修神以及底格里斯河神落到了地面。不过，还有一部分精子留在了他的体内，这些精子将会孕育成天候神。克马鲁迪知道自己无能为力，只好逃回众神居住的坎斯拉山，以便从长计议。

日子一天天过去，不管克马鲁迪怎么努力，遗留的精子都没能从他体内排出。天候神在克马鲁迪的身体内渐渐长大，等待着他的主人亚奴神的召唤。

七个月后，时机终于成熟了，亚奴神盼来了自己复仇的日子。他施展法力，告诉天候神如何从克马鲁迪的身体出来。一天晚上，当克马鲁迪熟睡的时候，天候神悄悄地从他口中跳了出来。亚奴神见自己的孩子终于出世，高兴得不得了，马上赐予他无穷的力量和勇气，并教他与克马鲁迪战斗。

对于克马鲁迪来讲，这可能也算是一种解脱，他再也不必终日担惊受怕了，终于可以面对面地和天候神战斗了。在亚奴神和其他天神的帮助下，克马鲁迪最终被这个新生的天候神打败了。他不得不把自己刚刚抢夺过来的天神之王的位置重新让给亚奴神，自己则只能开始亡命生活了。

像很多故事一样，克马鲁迪神并不甘心自己的失败，总是找机会报仇。后来，他生下了一个儿子——山岩巨人乌鲁里克牧尼（就是打败克牧米亚人的意思，因为天候神居住在克牧米亚城）。可惜，乌鲁里克牧尼也在战斗中被杀死，克马鲁迪的复仇计划失败了。

龙神伊路鲁亚卡修的神话

龙族，一个强大的种族，虽然他们不属于天神的行列，但是他们的力量却是非常强大，有时候甚至让天神都有所畏惧。龙神是龙族的首领，他的法力更是足以让所有的天神都望而生畏。在他的眼里，只有天神亚奴等几位为数不多的神可以和他相提并论，其他的则根本不值一提。由于龙神傲慢无礼，因此招来很多天神的不满。

终于有一天，风暴神再也忍受不了龙神的傲慢了。于是，他来到龙神的住处，大声斥责龙神无礼，并扬言向他挑战。龙神根本没把这小小的风暴神放在眼里，对他的挑战不屑一顾。这下更激起了风暴神对龙神的不满。他二话不说，拿起武器与龙神战在一处。

不出几个回合，风暴神就被龙神逼得只有招架之功，没有还手之力了，最后只得以失败收场。看着风暴神逃跑时的狼狈样子，龙神发出了狂妄的大笑。

惨败的风暴神心里知道，如果想依靠武力打败龙神，那简直就是天方夜谭。但是他不甘心失败，发誓一定要报仇。他决定向众神求助，希望他们能够帮助他报仇雪恨。

可是结果让他很失望，所有的天神都不愿意去惹龙神。他们对风暴神的遭遇爱莫能助。可怜的风暴神心情非常沮丧，心中大骂天神们胆小怕事。

正当他发愁的时候，美丽妖娆的、掌管空气的女神伊娜拉修出现在他面前，温柔地问道："怎么了？我亲爱的暴风神，是什么事情使你如此生气呢？看！你的脸气得都红了！"说完，女神咯咯地笑了起来。

风暴神一看是她，心想："我怎么把她忘了？她可是最迷人、最有法力的女神啊！也许她能帮我实现心愿。"想到这，风暴神把脸色变得更加难看，眼里含泪说："尊敬的伊娜拉修女神啊！您真是宇宙中最美丽、最善良的天神！您不知道，那个可恶的龙神欺负我，辱骂我！本来这一切，我都可以忍，但是他还说您的坏话。您知道，您是我心中最美丽的天神，我的偶像，我怎么能容忍他侮辱您呢？于是，我就和他理论。谁知龙神不但骂得更加难听，而且还出手伤人。我法力有限，结果被他打败！可是我真的咽不下这口气啊！因为他辱骂的是我的

偶像！”

女神伊娜拉听完后很是气愤，狠狠地说：“是吗？那个可恶的家伙真的对我不敬吗？风暴神，你不应该在这里哭诉，而应该振作起来找他报仇。你应该为你自己的尊严讨个说法！你为什么不去找众神帮忙呢？”

风暴神见自己的激将法成功了，心中窃喜，继续说道：“伟大的女神啊！我找过了，可是所有的天神都不愿意帮我，您说我该怎么办呢？”气急了的女神想都没想就回答说：“放心！那帮家伙不帮你，我帮你！你说吧！让我怎么帮你？”

风暴神说道：“其实很简单，您只要运用您的法力，制作出世界上最美味的美酒来，然后再引诱龙神一族前来饮用就可以了。不过，那里面还有我特制的毒药。”女神答应了他的要求。

为了保险起见，风暴神再一次找到众神，把自己的想法告诉了他们。众神也早就厌烦龙神的做法，都想除掉他，只是没人敢。如今，他们见有人愿意替他们出气，自己又不会招惹麻烦，自然答应。就这样，在众天神的帮助下，天底下最美味的美酒酿造出来了。

不过，当伊娜拉修女神冷静下来后，突然觉得自己的行为过于鲁莽。因为龙神确实是个不好惹的家伙，如果这次的诱杀计划失败了，搞不好自己要受到牵连。可是已经答应人家的事，又不好反悔。想来想去，女神伊娜拉修决定为自己找一个替罪羊，那就是人类。因为如果计划失败，龙神要找的是风暴神和人类，而不是她伊娜拉修女神。最后，女神伊娜拉修选中了一个名叫乎巴夏修的人。

乎巴夏修十分聪明，当他听完女神的陈述后，欣然答应了女神的要求。不过，他接下来又向女神提出了一个条件：“尊敬的女神啊！您是知道的，这项任务是相当危险的。老实说，没有人愿意接受这么危险的工作，可是我接受了，因为我十分向往天神的生活。我希望您能答应我一个条件，如果这次计划成功，请您允许我拥抱您一下，这样我就可以成为天神了！”为了实现自己的诺言，为了除掉龙神，伊娜拉修同意了乎巴夏修的要求。

女神伊娜拉修把乎巴夏修带到了一片空地上，在那里举行一场特别的仪式。仪式过后，女神送给了乎巴夏修很多美丽的装饰物，然后让他躲在一间小木屋里见机行事。接下来，女神施展法力，使酒香飘向远方，一直飘到龙族居住地。

龙族的成员一个个都是馋嘴的家伙，虽然他们心里觉得这酒香很可能是个陷阱，但还是不由自主地来到仪式场地。龙神看到了站在场地中央的女神伊娜拉修，心里放松了警惕，因为他觉得自己和女神并无仇怨，她没有理由害自己。于

是，以龙神为首的龙族成员一杯一杯地喝、一碗一碗地喝、一坛一坛地喝，直到最后不省人事。

躲在后面的乎巴夏修见时机成熟，马上冲了出来，用绳子把龙神捆了个结结实实。这时，风暴神也赶来，把龙神杀死，报了一箭之仇。可怜的龙神到死还不知道是怎么回事。

按照事先的约定，乎巴夏修得到了伊娜拉修女神的拥抱，成了天上的天神。不过后来，由于他思乡心切，没有遵守女神制定的规矩，结果被女神杀死。

德利比鲁的神话

在美索不达米亚神话中，天神们虽然高高在上，有着无边的法力，但是他们和凡人一样，也有喜怒哀乐等感情，有的天神甚至还很小心眼。风暴之神提修布的儿子，掌管农业丰收的丰饶之神德利比鲁就是一个十分小气的天神。

有一次，天上的众神和他开玩笑，说他在人间没有什么地位，根本没有人会把他放在眼里。德利比鲁对众神们的话非常生气。于是，他恨恨地对天神们说："是吗？真的如你们所说的那样吗？那好吧！那我就走，永远地离开这个鬼地方，你们将不会找到我。我倒是要看看，可怜的人类离开我到底能不能活？"说完就走了。

众神们被德利比鲁恶狠狠的话吓呆了，不过转念一想，德利比鲁的小气是出了名的，他说的不过是气话而已，过不了几天他就会回来的。

可是，天上的众神这次错了，德利比鲁果真一去不回。人间迎来了可怕的灾难，农作物不再生长，所有的植物都出现枯萎的现象，谷物收获少得可怜。人类、动物以及一切有生命的东西都停止了繁衍，整个世界陷入了前所未有的恐慌。人们将自己仅有的一点食物和水作为贡品献给了天神，祈求他们把这可怕的灾难带走。

天神们为当初的一句戏言感到后悔，觉得不应该那么侮辱小气的德利比鲁。于是，所有的天神聚集到了一起，商量如何找回德利比鲁，让大地重新获得生机。

德利比鲁的父亲，风暴之神提修布首先发言："诸位天神们，你们要负一定的责任，明知道我的德利比鲁不喜欢开玩笑，为什么还要那么说他！”

一位天神笑嘻嘻地说：“尊敬的提修布，我们知道错了。不过现在不是埋怨的时候，我们应该做的是找回您的儿子。”

太阳神说道：“是啊！生气有什么用呢？只要德利比鲁能回来，我们愿意向他道歉。我看，还是先让我来试着寻找他吧。”说完，太阳神就唤来一只鹫，让它去远方寻找德利比鲁神。

过了很久，鹫回到了太阳神身边，但并没有带来什么好消息。这时，提修布又一次开口了：“你们是不可能找到德利比鲁的。现在，我们只能依靠我的妻子、德利比鲁的母亲韩娜韩娜女神了。只有她知道如何找到我的儿子。”

提修布去求她，希望她能指点迷津。韩娜韩娜说：“伟大的风暴神，亲爱的夫君，德利比鲁的父亲，我知道你也深爱着我们的儿子。不过，这次那可怜的孩子是真的生气了，我看什么人都不能把他找回来。”

提修布很是着急，说：“我亲爱的妻子，伟大的韩娜韩娜女神，你难道不想再见到我们的儿子吗？一定有办法可以找到他的，而且这个办法只有你知道，请告诉我好吗？”

女神没有办法，只得对丈夫说：“现在只有一个办法可以找回德利比鲁，那就是必须由他的父亲，你——风暴之神提修布亲自去找。除此之外，根本就没有办法找回德利比鲁。”提修布听取了妻子的建议，飞向远方寻找德利比鲁。

提修布走遍了世界的每个角落，也没有看到德利比鲁。这一天，风暴之神发现了一座城堡。他想自己的儿子很可能就躲在这座城堡里。于是，他施展法力，使天空中刮起了强大的暴风，把上了锁的城堡大门吹了开来。提修布走进城堡，找遍了所有的地方也没有发现德利比鲁。提修布非常沮丧，垂头丧气地回到了韩娜韩娜女神身边。

女神知道丈夫的遭遇后，一脸不悦地说：“我知道那个臭小子一定就躲在城堡的某个地方，你没有找到他，是因为他根本不想见你。这个家伙，怎么可以这样呢？连自己的父亲都要欺骗。我一定要好好惩罚他。”说完，女神召来了千万只小蜜蜂，对它们说：“去吧！我可爱的孩子们！你们拥有灵巧的身体和坚韧的翅膀，一定可以找到我的儿子德利比鲁。”

在韩娜韩娜女神的帮助下，蜜蜂们很快就找到了德利比鲁。可不管这些小东西如何在德利比鲁面前扇动翅膀，他就是不理睬，最后居然索性睡起觉来。小蜜蜂们一看没办法，就用刺蜇他。德利比鲁被蜜蜂蜇得实在受不了了，叫喊着跑出了房间。

天神们很快就得到了消息，赶忙派鹫给德利比鲁送去新鲜的椰子、美味的橄榄和上等的葡萄酒，又给他带去了最好的香油，让他止痛。可惜，德利比鲁对天神们的殷勤并不领情，嘴里嘟囔道："干什么啊？难道凭这点东西就想收买我？哼！不管他们怎么做，都无法抹去我心中的怒气。"

没办法，天神们只好去求女神卡姆露少巴。卡姆露少巴答应了众神的要求，说道："我十分愿意效劳。首先，太阳神的鹫要再次飞到德利比鲁那里，扇动它的翅膀来减轻德利比鲁的疼痛。然后，天神使者要带上十二只洁白的羔羊，代表所有的天神献上纯洁的羊血。最后，我会亲自赶到那里，施展法力，平息德利比鲁的怒气。"就这样，德利比鲁终于答应返回天界。

众神为德利比鲁的归来举行了盛大的欢迎仪式。他们穿上整洁漂亮的衣服，一起站在哈达奴基修纳树下迎接德利比鲁。此外，众神为了表示诚意，还特地为德利比鲁修建了一座华丽的、有七扇大门的宫殿。其实，众神这么做一方面是为了讨好德利比鲁，另一方面也是想通过这七道大门把他软禁起来，使这个小气的家伙不再出走。

德利比鲁回来了，大地又重获生机，人们又过上了幸福的生活。

比布鲁斯创造天地

宇宙已经有了，但世界尚未形成。在那时，没有天、没有地、没有日月星辰、没有花鸟树木、没有鸟兽鱼虫，也没有人类。到处都是一片混沌的状态，大地上到处都是荒芜的景象。当时世界是有水的，但并不是我们今天看到的明亮的景象，而是昏暗的颜色。宇宙中没有一丝生命气息，只有一位主神比布鲁斯在浩繁的水面上来回游荡。

比布鲁斯天神觉得这个世界太单调了，应该有一个丰富多彩的世界取代它，于是他开始按照自己的意志来改变这个世界。比布鲁斯决定把水分为两个层次，于是他首先创造出了空气，然后把空气注入到水中。就这样，水被分开了，一部分升到很高很高的上方，变成了我们今天看到的天空；另一部分则下降了很远很远的距离，但是那并不是陆地。从那以后，天和地就分开了，而且有了空气作为分界线。

接下来是给这个世界带来光明，因为那时到处都是一片黑暗。于是，比布鲁斯施展法力创造出了耀眼的光。他把世界分为两部分：一部分充满光明，另一部分则保留黑暗。从那以后，光明和黑暗就分开了。同时，为了加以区分，比布鲁斯把有光的那部分称为白天，把没有光的部分称为黑夜。创世主命令他们彼此交替，轮流掌管世界。

比布鲁斯站在空气中，抬头望了望，对自己创造的天空很满意。可是，当他低下头时，却对自己创造的大地不满意。于是，比布鲁斯施展无边的法力，按照自己的意志改造大地。他说："茫茫的大水布满了我所创造的整个大地，但是那并不是我想要的景象。现在，大地将会升起，陆地将会从水面中显露出来。至于那些水，我不会抛弃它们的，它们将会一起聚集在凹地中。"

就这样，大地按照比布鲁斯的命令升了起来，广阔的陆地出现在世界上。不过，因为水的面积实在太大，所以世界上依然有三分之二的地方是水。从那以后，世界上有了陆地山川，也有了江河湖海。比布鲁斯高兴极了，他觉得自己创造的这个世界真是太美丽了。他一会儿飞上天，一会儿落下地，一会儿又潜入海。

不过，一段时间过去后，比布鲁斯开始觉得寂寞了。因为没有一丝具有生命的东西在他身边，不管他高兴也好，生气也好，根本不会有什么东西去理会他。比布鲁斯觉得，世界虽然已经变得很漂亮很美丽了，但是如果没有生命的点缀，那么它依然是一片死气沉沉的状态。于是，比布鲁斯决定创造生命。

比布鲁斯首先创造出了植物，他向大地上投去了很多种子，包括青草、花卉、水果、蔬菜、树木以及其他各种植物。此外，为了让海洋也热闹起来，比布鲁斯还把一些很奇特的植物种子投入了水里。

白天和黑夜有序地交替着，充足的雨水也不时地从天而降，一段时间后，所有的种子都发了芽，大地很快就变得充满生机。比布鲁斯非常高兴，心想："如今世界不再单调了，有绿绿的青草，有美丽的花朵，还有漂亮的果实。那些蔬菜都有子，花朵都有粉，果实都有核。看啊！我创造的这个世界多么美丽啊！"想到这，比布鲁斯的心里不禁沾沾自喜起来。

可是，一段时间后比布鲁斯又开始觉得孤独。因为虽然花草树木能够使世界充满生机，但是它们依然没有思维，依然不能陪比布鲁斯玩耍。于是，创世主比布鲁斯决定创造生物。他施展无穷的法力，分别向天空、陆地和海洋投去了生命

的“种子”。就这样，天空中有了各种各样的飞鸟，陆地上有了各种各样的走兽，海洋里也有了各式各样的鱼。这样一来，世界变得热闹起来了，比布鲁斯开始觉得不孤独了，因为有很多生命陪伴他。创世主再一次沉浸在喜悦之中。

谁知好景不长，麻烦事又一次困扰了比布鲁斯。原来，在比布鲁斯忙于创造生物的时候，白天和黑夜之间产生了矛盾。他们不能容纳对方，都认为自己才是最重要的。白天有时候会赌气不去“接班”，黑夜则不允许白天踏进他的领地一步。因此在那个时候白天是无定时出现的，而到了黑夜则看不见一丝的亮光。

比布鲁斯对他们的做法十分生气，决定找什么东西监督他们。于是，他首先创造出了一个巨大的发光的天体，让它监督白天的工作，同时还可以给世界带来温暖。从那以后，世界上就有了太阳，它把无限的光和热献给了大地，献给了所有的生物。

接着，比布鲁斯又创造出了一个稍微小一点的发光的天体。它的光比较弱，温度也比较低。它的任务就是在夜晚照耀世界，使得大地看起来不是那么可怕。从那以后，世界上就有月亮。比布鲁斯觉得，光有月亮照耀夜空还显得有些不足。于是，他又创造出许多更小的天地，让它们帮助月亮一起工作。从那以后，世界上就有了无数的星星。

其实，世界被创造成这个样子已经很完美了，应该来说不需要再有其他东西了。但是，那些具有思维的动物们可以排解比布鲁斯的寂寞，当然也能给他制造麻烦。渐渐的，这些动物们没有了规矩，它们互相追逐，互相残杀，根本不把任何事放在眼里。

为了给它们找一个监督者、一个首领、一个统治者，比布鲁斯决定创造出具有智慧的生物——人。他照着自己的样子，在脑海里不停地想象，人类很快就来到了这个世界上。在那些原始的人类中，有强壮的男人，也有温柔的女人。他们一出现就认识比布鲁斯，对他不停地叩拜。

比布鲁斯非常满意人类的行为，就赐福给他们，让他们在大地上生存、繁衍。他们可以决定一切动物的命运，包括飞鸟、走兽和鱼。同时，比布鲁斯还给他们特权，允许他们以任何有生命的物质作为食物。从那以后，世界上就有了许许多多的人类。

这时的世界才称得上真正的完美，创世主比布鲁斯也终于可以放心地笑了。

第二章　巴比伦神话

巴比伦的创世纪

宇宙尚未形成的时候，到处都是一片混沌和黑暗，没有一丝生机。在那个让人无法想象和理解的宇宙中，只有两位天神浑浑噩噩地蜷在里面，他们就是纯净之水阿普苏和涩咸之水提亚马特。

这两位被巴比伦人称为世界上最古老的天神不知道自己该做什么，也没有想过要做什么，只是彼此互不往来地生活着。他们的命运，就连他们自己都不清楚。

几亿年的时光过去了，宇宙内部发生了一些微妙的变化，世界也随之产生了变化。也许是因为寂寞难耐，也许是因为命运的驱使，在一些后人无法知晓的原因的驱使下，阿普苏和提亚马特结合了。他们的结合方式非常简单，那就是一大片淡水（阿普苏）与那一大片的咸水（提亚马特）融合在一起，然后彼此搅拌。就这样，最早的生命气息在他们的体内酝酿着，用不了多久世界就将迎来很多新的天神。

最先出来的是一对双胞胎，阿普苏给他们取名叫拉赫姆和拉哈姆。这两位小天神从父母那里继承了非凡的神力，在很短的时间内就长大成人。他们相貌俊美，身材健硕，单单从外表看就能判断出他们是天神的儿子，而并非凡夫俗子。

第二个出生的是一对兄妹。他们就是英明神武的天神安沙尔和美丽聪明的基什瓦尔。虽然他们比拉赫姆和拉哈姆晚一些来到这个世界，可是他们的力量却大大超过了两位哥哥。他们的身材更加高大，法力更加高强。最重要的是，这两位天神后来结为夫妇，而他们的儿子就是以后最有名的天神之王——安努。

就这样，阿普苏和提亚马特不停地互相搅拌，越来越多的天神来到了这个世界上。原来冷冷清清的、混沌黑暗的世界因为这些新生命的出现而变得热闹起

伊什塔尔之门

在弗德哈西亚提舍博物馆第九展厅，陈列着重建的伊什塔尔之门，雕刻的龙和牛代表巴比伦的神灵。巴比伦，意为众神赐福之都。在巴比伦的伊什塔尔之门前是典仪大道，新年到来时，巴比伦的诸神之像在此经过。

来。阿普苏和提亚马特也不再孤独和寂寞，孩子们给他们带来了很多欢乐。

可是，好景不长。也许是阿普苏和提亚马特赋予这些小天神的力量太多了，也许是他们天生就是这样的性格，总之，阿普苏和提亚马特越来越不能忍受这些调皮的小家伙了。因为他们不停地追逐打闹，到处搞恶作剧，更加过分的是，就连最伟大的母神提亚马特也被他们骚扰了。终于，父神阿普苏再也无法忍受孩子们的顽皮了。

这一天，阿普苏神把提亚马特神和一位名叫穆穆的心腹叫到身边，怒气冲冲地对他们说："好了！闹剧该结束了，是教训一下那些可恶的孩子们的时候了！这些可恶的家伙没有一刻不给我们惹祸，整个宇宙都被他们搅得不得安宁。我决定把他们全部杀死。"

这个穆穆可不是省油的灯，他早就看不过小天神们的所作所为，如今见阿普苏有除掉他们的意思，立即在一旁煽风点火说："是啊！伟大的阿普苏神，他们简直太可恶了。您完全有权利这么做，也应该这么做，因为他们是您创造出来的，您当然有权力把他们消灭。"

世界上最伟大的就是母爱，这一点对天神也不例外。提亚马特神对丈夫的决定十分不满，哭泣着对他说："亲爱的阿普苏，你怎么能做出这样的决定呢？要知道那些孩子还小啊！我们应该教导他们如何做，而不是因为他们做错了事就毁掉他们。是的，你有权力消灭他们，但是如果你要消灭他们的话，那么当初为什么要制造他们呢？"

阿普苏被提亚马特劝得有些心软，想改变自己的想法。可是，穆穆却不想放过这个机会，赶忙在一旁添油加醋，结果阿普苏的心又硬了起来，吼道："好了，提亚马特，别再浪费唇舌了！那些可恶的家伙根本不听教训，只有消灭他们才能还世界清静。"

提亚马特见阿普苏决心已定，知道没有办法挽救了。没办法，她也只得参与了进来。就这样，一个诛杀亲子的计划制定下来。

可是，这个恶毒的计划在实施以前就被那些小天神们知道了。也许他们是从母亲提亚马特那里得到的消息吧！小天神们聚集在一起，商讨如何应对。他们知道，现在根本不能讲什么父子情深，因为即使他们想讲，他们的父亲阿普苏也不会讲。小天神们非常明白，现在最要紧的是先下手为强。

在小天神当中，最有智慧的应该算是水和智慧之神埃阿，所以他理所当然地当上了军师的职位。埃阿神采飞扬地说："各位兄弟姐妹们！我已经对现在的局势进行了精确的分析。我认为我们面临的问题虽然很严峻，但是还没有发展到无法挽救的地步。虽然我们的父神阿普苏想要杀死我们，但是我们完全可以凭借自己的力量推翻他。不过有一点要注意，这次斗争不能以武力进行，而必须使用智

慧。你们不要担心，我已经有办法了。”

埃阿一顿云山雾罩的演讲把所有天神都听呆了，他们迫不及待地问：“埃阿！你就别卖关子了！你到底有什么办法啊？你需要多少人做帮手，都需要那些人？你现在快说出来吧！”

埃阿笑了笑，说：“放心，你们不必为这件事负责，因为这次行动只需要我一个人就可以了。至于是什么方法，我还不能告诉你们。不过我有个条件，如果我办成此事，那么我们的父神阿普苏的尸体将归我所有，我可以任意支配他。”众神们想都没想就答应了他的条件，他们想知道的是埃阿的计划到底行不行得通。

几天后，结果出来了，埃阿的计划成功了。原来，他趁阿普苏不注意，悄悄地施展法术，把能让人昏睡的咒语灌入他的耳朵里，使他一睡不醒。之后，埃阿又拿起一把宝剑，把他们的父神阿普苏的头砍了下来。

所有的小天神都欢呼雀跃，因为他们不仅躲过了一场灾难，而且从今以后再也不用接受谁的管教了，他们可以随心所欲地做任何事情。按照事前的约定，埃阿得到了阿普苏的尸体，并在他的上面建立了一座华丽的宫殿。

从那以后，埃阿居住的那片土地就被巴比伦人称为圣地。

大母神复仇

阿普苏死了，而且是被他的亲生子女杀死的，失去了丈夫的痛苦让提亚马特伤心欲绝。可怕的事情发生了，也许是太过伤心了，提亚马特心中的悲伤竟然变成了愤怒。她的形态本来是一大片水，可是因为愤怒却变成了实体——一条长有七个脑袋的可怕的毒蛇。

老一辈的天神们发现了提亚马特的变化，他们知道是来劝劝她的时候了。其中一个天神说：“可怜的提亚马特，你怎么变成这个样子了呢？哎！丈夫的离去使你太伤心了，你要振作一点。”另一个人接过来说：“是啊！你要坚强！不过我对你的做法真的很失望，那些浑小子们杀死阿普苏。那是他们的父亲，也是你的丈夫啊！你看你，只知道整天躲起来，你为什么不去找他们报仇呢？你是他们的母亲，你一定有能力除掉他们的……”

天神之王马尔都克

马尔都克是巴比伦的守护神，当地人民将其奉为诸神之首。他头戴王冠，手执权杖。他的象征物是半蛇半龙动物。

就这样，老天神们你一言我一语，纷纷指责起提亚马特，责怪她不采取行动为阿普苏报仇。终于，提亚马特被众神劝服了，那颗曾经善良仁爱的慈母之心此时已经完全被狂热的仇恨所吞噬了。提亚马特大声吼道："住口！不要再多说了！我明白我应该做什么了，等着瞧吧，我会让那些可恶的小鬼受到惩罚的。"老天神们欢呼雀跃，纷纷表示愿意奉她为首领。

刚刚平静的天界又大乱起来，以大母神提亚马特为首的天界魔军组成了。提亚马特召集了以前阿普苏神的旧部，并从里面挑选出一个法力最强的人做了自己的丈夫，他就是被称为魔怪的金古。为了表示对他的信任，提亚马特把至高无上的命运簿交给了他，而且还让他做这支复仇军队的统帅。此外，为了给自己的部队补充有生力量，提亚马特还特意制造了十一个可怕的蛇妖，并让他们做了先锋。如此，这支强大的魔军浩浩荡荡地出发了。

最先得知这一可怕消息的是埃阿，因为魔军第一个进攻的目标就是他。谁叫他杀死了阿普苏，还用父亲的尸体作了自己的领地呢。此时，埃阿已经没有往日的镇静，而是惊慌失措地跑到了天神安沙尔那里，向他汇报情况。

安沙尔皱了皱眉，对埃阿说："这件事很难办，不过我觉得他们是冲你来的，因为是你杀了我们的父神，所以一切责任都要由你来承担。"

埃阿知道他要过河拆桥，生气地说："什么？我那么做还不是为了大家，要知道他们这次来的目的并不仅仅是找我，他们还要杀死所有的人，重新恢复阿普苏时代。"

安沙尔觉得埃阿说的有道理，连忙道歉说："对不起！不过，我认为提亚马特再怎么说也是我们的母亲，我觉得她未必想杀死我们。你是我们当中最聪明的，去劝劝他们也许会管用。"

埃阿没办法，只好硬着头皮走出安沙尔的城堡，来到了魔军阵前。愤怒早已经充斥了魔军队伍中每一个人的心，他们根本不会听任何人的劝告，再加上埃阿心里非常害怕，以前那股伶牙俐齿的劲头早已无影无踪。结果可想而知，劝降没有成功，可怜的埃阿还险些丢了性命。

没办法，由于事情紧迫，安沙尔只得找来了所有的天神，一起商讨如何才能平定这次叛乱。众神一个个都变成了哑巴，没有一个人愿意出面，因为他们谁也不想得罪大母神。

这时，埃阿神悄悄走到他的儿子马尔都克身边，对他说："孩子！该看你的了！其实我早就可以举荐你，但是我没有。我就是要让所有的天神都感谢你，让他们把你奉为新一代的天神之王。如今，我已经老了，也没有那么多的雄心壮志了，只希望你能够成功！"

其实，马尔都克早就想请命出战，因为没有父亲的允许所以没敢有所行动。如今听到父亲的鼓励，他马上挺身而出，表示愿意接受这项任务。安沙尔打量了年轻人，点了点头说："好！我相信你一定可以完成这次平叛的任务。说吧，你需要什么，只要你说出来，我们都会满足你的！"

马尔都克笑了笑，回答说："其实很简单，安沙尔天神。我要你召开众神大会，然后你要在会上宣布，从今以后我就是天神最高的领袖，任何人都不能违反我的命令。因为是我拯救了新一代的天神，是我打败了那些可怕的叛军。同时，只有你们赐予了我无穷的力量，我才能彻彻底底地除掉那些魔军。此外，从今以后，我的命令是不能更改的，不管是对是错，而且我所说的话都要变成现实。"

安沙尔犹豫了，因为马尔都克的条件太苛刻了。不过，眼前的危险才是最可怕的，让他当众神之王，总比让叛军杀死要好，所以安沙尔答应了马尔都克的条件。于是，众神聚集在一起，举行了一场盛大的宴会，并在宴会上把马尔都克扶上了王位。

第二天一大早，马尔都克带上众神的法宝，乘坐由"毁灭"、"无情"、"践踏"和"飞驰"四匹神马拉的风暴战车，来到了叛军面前。威风凛凛的马尔都克吓坏了所有的叛军，此时他们已经头晕目眩，四肢无力，完全丧失了抵抗能力。

马尔都克冲到阵前，质问大母神提亚马特，指责她谋反、叛乱，有失母神的身份。提亚马特笑了笑，说："谋反？叛乱？这些词应该是说你们的吧，要知道是阿普苏和我创造了你们。如今你们杀死了他，还抢夺了他的政权，却在这里大谈什么谋反？真是可笑。”

马尔都克知道多说无益，于是采用了激将法，对她说：“提亚马特，你是他们的母亲，但不是我的！你既然有胆子叛变，为什么没胆子和我决斗呢？”

果然，提亚马特忍受不了这样的讥讽，冲上前去与马尔都克战斗。由于得到天神们的赐福，马尔都克很快就把大母神提亚马特生擒活捉了，而那帮可怜的叛军也都沦为了天神的阶下囚。

马尔都克创世

平叛战争结束了，按照事前的约定，埃阿神的儿子，天神马尔都克成为新的众神之王。

所有天神都拜倒在马尔都克的脚下，向他行最重的礼。这时，一位天神问道：“伟大的马尔都克天神啊！如今提亚马特已经被你杀死了，你打算怎么处理她的尸体呢？”

马尔都克想了想，然后回答说：“这个你们不要担心，我已经有了想法！以前那些思想顽固的天神已经彻底被我们打败了，如今这个世界是属于我们的了。我决定以提亚马特的尸体为材料，创造出一个全新的世界，一个更加适合我们新一代天神生活的世界。”马尔都克的提议得到了所有天神的赞同。

创世工作开始了，首先要有天空和大地。马尔都克先用锋利的宝剑把提亚马特的头割了下来，流干鲜血。之后，马尔都克抓起了提亚马特的双脚，然后用力一撕，尸体就被生生地撕成两半。接着，马尔都克使出全身力气把一半尸体抛向上方，天空就这样出现了；他又把另一半尸体踩在脚下，用力跺了几下，大地就这样出现了。

天和地都造完了，下面的工作就是保护大地不受侵害。马尔都克先是派出几个人驻守在大海里，目的是防止海水泛滥淹没了大地。后来，马尔都克又觉得不够保险，于是又在大地的周围砌上了一圈栅栏，这样即使海水泛滥了，也不会轻易地冲到大地上。

接下来是划分领地的时候了，众神之主马尔都克决定让天神们居住在天上，大地留给那些平凡的生灵居住。马尔都克按照地位的高低，在天空中给所有的天

神划分了各自的领域。他是众神之主，地位是最高的，因此他要居住在天空的正中央，而且领地的面积也是最大的。安沙尔天神是前任众神之王，他的位置也不能太偏，而且领地的面积也不能太小。而另一位天神埃阿神，他是众神之王马尔都克的父神，那么他的位置和领地自然也是很好的。马尔都克依然把阿普苏赐给了埃阿神，并且在原来的基础上，扩大了阿普苏的面积，使它与安沙尔神的领土面积相持平。就这样，每一位天神都得到了自己的位置和领土。

马尔都克的象征

这只长着角的蛇龙是巴比伦的神——马尔都克的象征。相传他能从口中喷火，在天神中是最有本领的。

胜利的果实分配完了，下面该布置工作了。马尔都克望了望天空，然后把太阳、月亮和许许多多的星星放在天空上。他把天上的星星分为十二个星座，规定每一位天神都要找一个自己的星座，而且要时刻监督他们，使他们都按照各自固定的轨道运行。马尔都克又把一年分为十二个月，并规定了每个月的天数。

马尔都克把月神叫到了跟前，对他说："你掌管无尽的黑夜，我们将会根据你的变化来确定时间。你要记住，你每天必须按照特定的时间从山中升起。你要以十五天为一个周期，其中在每个月的第一个周期，你的形态是要从小变大的，到了十五那天，你将变成最圆的形态；而在每个月的第二个周期，你的形态是要从大变小的。你要记住我的话，不能有一点差错。"月神点头领命。

接着，马尔都克又把太阳神叫到了跟前，对他说："你掌管耀眼的光明，月神是你的引导者。每天，当看到月神下山时，你就要马上接替他的工作，从山顶上升起来。你是以半天为周期的，其中在一天的第一个周期，你的光芒和温度是要逐渐增强的，到了正中午的时候，你将会发出最热和最强的光；而在一天的第二个周期，你的光芒和温度是要逐渐减弱的。你也要记住我的话，不能有一点差错。”太阳神也接受了这项任务。

世界的创造工作完成了，但是并没有出现具有生命的物质。于是，马尔都克把天神们召集在一起，商量如何给世界带来生机。众神之主首先开口：“诸位天神，你们也看到了！这个世界已经创造出来了，我是最公正的，根据每个人的需要和特征，分配了各自的任务和领地。不过，现在有个很重要的问题，世界太大了，如果什么事都要我们来做的话，恐怕很难办到。因此，我想要创造出一种具有智慧和头脑的生物。他们虽然没有神力，但是他们可以代替我们完成一些简单的工作。他们会为我们效力，会服侍我们的饮食起居，而且他们还会非常崇拜我们，对我们的话唯命是从。我打算给这种生物叫人类，你们觉得如何？”

这样的好事打着灯笼都找不着，天神们自然不会拒绝。天神安沙尔先开口了：“伟大的马尔都克啊！你的决定真是太英明了！我们都一致赞同你的想法！不过，想要创造出具有生命和智慧的东西，必须用天神的血和大地的钙，那么我想知道您准备牺牲谁？”是啊！享福谁都愿意，可是谁想为了别人白白牺牲掉自己的性命呢？

还是埃阿神心计深，他早就知道天神们会来这手，这一点在当初提亚马特发动叛变时就已经领教过了。埃阿神笑了笑，对马尔都克说道：“马尔都克天神，我的儿子，你不要为这件事发愁，我有一个很恰当的人选。”

众神一听埃阿神说有人选，一个个面面相觑，提心吊胆，生怕他说的那个人是自己。埃阿神心中暗笑，不过他并没有表现出来，继续说：“我觉得，我们不应该让一个善良的天神做出这种牺牲，因为他应该享受到最好的待遇。你们记不记得上次提亚马特的叛变，她一定是受到坏人的唆使才会做出那样糊涂的行为的。因此，我们该杀的，是那个唆使她的人。”

众神马上领会了埃阿神的意思，叫喊着说：“对！杀了他！杀了金古这个可恶的家伙！”就这样，那位可怜的金古成了牺牲品。马尔都克用他的血、泥和钙创造出了大地上的人类。

从那之后，天神们过上了舒适的生活，因为人类完成了他们的工作，而且经常给他们送去各种祭品。人类也从天神那里获得了祝福，世代繁衍下去。世界变得越来越热闹了。

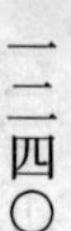

伊什塔尔女神的地狱之行

伊什塔尔女神是巴比伦的爱神和丰收之神，是人们极为尊敬的女神。不过伊什塔尔却对自己的职务并不满意，她希望自己能够成为宇宙间的女王，统管一切。当她得知姐姐艾尔卡拉成为地下王国的统治者后，心里十分不服气。于是，她决定到那有去无回的地下王国走一趟，从艾尔卡拉的手中夺过地下王国的统治权。

当伊什塔尔来到地下王国的时候，守门的卫士拦住了她的去路。当她要求卫士放她过去时，卫士好像没有听见，仍然坚守着自己的岗位。伊什塔尔很是生气，心想一个小小的卫士竟然敢拦她。她对着卫士叫骂道："大胆的卫士，你知道我是谁吗？我是天上的女神伊什塔尔，你竟然连我的路都敢拦，看我不砸烂你的大门！"说着，伊什塔尔就要冲过去砸门。卫士见情况不妙，连忙恭敬地对伊什塔尔说："尊敬的女神，请您不要生气。所有进入地府的人都要经过艾尔卡拉女王的同意，否则我是不敢放人进去的。这样吧！您在这儿稍等，我进去通报一声！"说着，卫士就进去通报了。

艾尔卡拉得知自己的妹妹伊什塔尔到来后，料想她必定不怀好意，于是命把守各门的卫士们做好准备，灭一灭她的威风。过了一会儿，守门的卫士出来了。他对伊什塔尔说："尊敬的女神，我们的女王听说您的到来非常高兴，她要好好地款待您。您现在可以进去了，不过您需要留下您的王冠。"伊什塔尔马上面露不悦，问道："既然请我进去，为什么还要卸去我的王冠？"卫士答道："请您不要生气，这是地府的规矩，希望您能够遵守！"无奈，伊什塔尔只好卸下王冠，交给卫士，这才进了第一道门。

到了第二道门，卫士又要求伊什塔尔摘去耳环。伊什塔尔怒斥卫士道："你算什么东西，竟然敢要求我摘去耳环？"卫士不温不火地说："请您不要动怒，这是地下王国的规矩，所有进来的人都要遵守。"伊什塔尔还想与卫士再理论些什么，但转念一想，小不忍则乱大谋，还是忍一忍吧！于是便任由卫士摘去了她的耳环。地下王国共有七道大门，而要见到女王艾尔卡拉，就必须经过这七道大门。为了见到艾尔卡拉，伊什塔尔接连通过了七道大门，而每通过一道，她的身上都会少一样东西。当她通过第七道大门的时候，身上已经一丝不挂了。

伊什塔尔已经忍气吞声了太久，她还从未受过这样的屈辱。当她一丝不挂地站在艾尔卡拉面前的时候，心中的怒火更是直冲上来。在那一刻，她完全爆发了。她发疯似的冲向艾尔卡拉，欲将她拉下宝座。艾尔卡拉忙令身边的祭司奈姆塔尔拦住伊什塔尔。奈姆塔尔很快制服了近乎疯狂的伊什塔尔，并将她捆绑了起来，带到艾尔卡拉面前。艾尔卡拉命令道："将这个疯女人关到地狱中去，再用鞭子狠狠地抽打她，并用疾病折磨她的全身。"奈姆塔尔将伊什塔尔拉了下去，关到监狱里狠狠地抽打，直打得她遍体鳞伤。接着，他又用六十多种疾病来惩罚伊什塔尔。没过几日，伊什塔尔就已经被折磨得不成样子了。

伊什塔尔在地下受苦受难，地上的人们也因为伊什塔尔的消失而叫苦不迭。自伊什塔尔走后，公牛不再与母牛相配，公狗不再与母狗谈情，男人不再对女人动心，丈夫不再与妻子同房，整个人间都陷入了混乱之中。眼见生命不能繁殖，正常的生活秩序无法维持，巴比伦的最高祭司巴布苏卡勒非常着急。他找到了父亲月神，请求父亲的帮助，可是月神却说自己无能为力，让他再去寻求其他神仙的帮助。他又找到了天神埃阿，向埃阿哭诉人间正在经历的苦难。埃阿也意识到了事情的严重性，于是决定亲自处理此事。

埃阿用了一天的时间造了一个中性人，取名艾苏舒纳米尔。他决定让艾苏舒纳米尔去地府完成拯救伊什塔尔的重任。艾苏舒纳米尔按照埃阿的吩咐来到了地府，见到了女王艾尔卡拉。他用自己英俊的外表和大量的甜言蜜语完全征服了艾尔卡拉，将她迷得神魂颠倒。他哄骗艾尔卡拉许下诺言，一切都按照神的旨意行事。意乱情迷的艾尔卡拉对艾苏舒纳米尔言听计从，毫不犹豫地立下了重誓。直到艾尔卡拉得知神的旨意是让她放过伊什塔尔时，她才知道自己上了当。但誓言已出，反悔已经来不及了。她只能硬着头皮释放了伊什塔尔，并用生命之水帮助伊什塔尔恢复了健康。

艾苏舒纳米尔将伊什塔尔带出了地下王国，在经过七道大门的时候，守门的卫士将她的东西又分别还给了她。爱神重返人间，人们都非常高兴。生物继续繁衍生息，丈夫和妻子也恩爱如初，人间的危机解除了。然而对于伊什塔尔来说，这次地狱之行却是一次惨痛的经历。在地下王国，她受尽了皮肉之苦，还差点丢了性命。幸好有神的使者拯救，否则她就真的长留地府了。

降临人间的灾难

人类被创造出来以后，就开始在大地上辛勤地忙碌着。自从有了人类，天神们可比以前自在多了，因为所有的苦活累活都有人类帮他们干，他们只需要在天上等候人类为他们奉上的美食就行了。天神们都为他们的这一创举而感到自豪，生育之神南吐更是受到了众神的尊敬。转眼几百年过去了，人类在大地上迅速地繁殖着，地面上很快就布满了大大小小的村落。眼见着人口越来越多，嘈杂声越来越大，天神们开始厌烦起来。他们觉得人类制造的噪音已经严重影响了他们的生活，他们就快要受不了了。

在众神之中，恩里尔的脾气是坏得出了名的。他已经无法忍受人类的喧闹了，于是，在一次众神的集会中，他首先开了口："我实在受不了那些讨厌的人类了，他们整天吵个不停，吵得我心烦意乱，连觉都睡不好。我们不能再任由他们继续下去了，我看干脆把他们消灭一些，我们也好清静清静。"众神对恩里尔的建议很是赞同，便一起研究消灭人类的办法。最后，他们决定用瘟疫消灭一些人。瘟疫之神尼姆塔拉接受了众神的委托，他要到人间去走一走，将瘟疫带到人间。

尼姆塔拉的到来果然给人间带来了瘟疫，一时间，瘟疫横行，人们一个接着一个地倒下去，景象极为凄惨。埃阿神见到人间的凄惨景象，心中很是不忍。作为人类的创造者之一，他可不希望人类就此灭绝。于是，他决定想办法救救人类。他找到自己在人类中的忠实奴仆阿特拉哈西斯，将众神降灾难于人间的事说了一遍。阿特拉哈西斯听后十分震惊，他请求埃阿神帮助他们逃过此劫。埃阿神对他说："你回去告诉人们不要再信仰地方神了，赶快到尼姆塔拉的住处拜祭他，说不定他会因为你们送上的祭品而手下留情。"

得到埃阿神的指点，阿特拉哈西斯一刻也不敢耽误，急急忙忙地将埃阿神的话带给了人们。按照埃阿神所说的，人们不再信仰地方神，而是准备了丰盛的祭品到尼姆塔拉的住处拜祭尼姆塔拉。尼姆塔拉见人们如此厚待他，便十分高兴地在住处享用美食，不再出去散布瘟疫了。就这样，人间的瘟疫停止了，人类躲过了一劫，但这场瘟疫中死去的人也不计其数。因此，人间的喧闹也停止了。天神们见人间已经平静下来，就不再想办法将灾难降到人间了。

转眼间又过去了六百年，人间又恢复了往日的喧闹，这让天神们很是心烦。恩里尔认为，只有再次给人间降下灾难，才能让他们安静下来。众神表示同意。这次，他们决定将干旱降到人间，让人们因为没有食物而饿死。很快，大地开始干旱，庄稼全部枯死了，田野一片荒芜。阿特拉哈西斯意识到可能是天神再一次降灾难于人间，便向埃阿神祈求。埃阿神不忍人类遭受如此灾难，就告诉阿特拉哈西斯："你们不要再信仰地方神了，赶快到雨神的住处拜祭，说不定他会帮助你们的。"

埃阿神再一次拯救了人类。雨神见人们送来的丰厚祭品，悄悄降下了雨露。庄稼被救活了，人类又躲过了一劫。不过恩里尔却并没有就此罢手，他知道人类之所以能躲过灾难，必然有天神相助。因此，这次他决定一面派人降下灾难，一面派人监督天上的天神。因为监督严格，这次灾难持续了两年，每天都有很多人死去。埃阿神实在看不下去了，他绝对不能让人类遭受灭顶之灾，所以他私自帮助了人类，停止人间的灾难。恩里尔很生气，不过看到人类已经所剩无几，不再影响天神们的生活，也就没有追究。

人类的繁殖速度真的很快。天神们仅过了几百年的平静生活，就被人类的喧嚣打破了。恩里尔气愤地对众神说："看来仅仅消灭一部分人是没有用的，我们应该想办法将他们全部消灭，只有这样才能免除后顾之忧，否则我们就别想一直清静地活下去。"埃阿神当即表示反对："既然我们创造出了人类，为什么还要消灭他们呢？他们使我们摆脱了沉重的负担，帮助我们做了很多事，难倒就因为他们的吵闹就要将他们赶尽杀绝吗？"对于埃阿神的抗议，支持的寥寥无几，大多数天神都站在恩里尔一边，同意降下一场大灾难，将人类全部毁灭。

埃阿神孤掌难鸣，他无力阻止这场大灾难的发生，但是他也做不到袖手旁观。他连夜托梦给阿特拉哈西斯，告诉他天上发生的一切，并让他打造一艘大船，准备好食物及要带走的各种飞禽走兽，在六天后的傍晚就带着家人进入船舱，以躲避洪灾。埃阿神没有办法拯救所有人，但他绝不能让人类就此毁灭，所以他要留下人类的种子，以便他在灾难过后能再次生根发芽。

阿特拉哈西斯在接到埃阿神的指示后，就开始着手准备。他告诉长老们自己要远行，人们为他举行了盛大的告别仪式，并预祝他一路顺风。阿特拉哈西斯的内心十分矛盾，他多想把一切都告诉大家，让所有人都能躲过这场灾难，可是他不能，他不能泄露天机，更不能辜负埃阿神对自己的信任。那个晚上终于到来

了，阿特拉哈西斯将家人都带到了船舱里，静静地等候着那最可怕的一幕随时上演。

那天晚上，人间发生了一场毁灭性的大灾难，凶猛的洪水冲毁了所有的房屋，卷走了无数生命。除了阿特拉哈西斯一家，地面上已经再没有一个人了。这场灾难实在太可怕了，它不仅毁灭了人间，也毁掉了人间的一切。前几天还口口声声说要惩罚人类的天神们，现在都傻了眼，不少天神已经开始懊悔自己当初的决定。尤其是生育女神南吐，更是声称自己中了邪才会做出那样的决定。局面一下发生了扭转，大多数天神都站在了埃阿神一边。当天神们知道埃阿神私自救了阿特拉哈西斯一家时，几乎没有一个天神责备他，反倒十分赞赏埃阿神的做法。见到这种局面，恩里尔也只能与埃阿神握手言和。

塞米拉米斯女神

在古巴比伦的历史上，曾发生过多次洪水。一次，幼发拉底河发了洪水。在这场洪水中，很多乡镇和房屋被毁，不少人还失去了生命，只有天上的飞禽和水中的鱼儿安然度过了这场灾难。在一处水流相对缓和的角落，两条大鱼发现了一个巨大的鸟蛋漂浮在水面上，它们将鸟蛋推到了岸边，使得鸟蛋也躲过了这场浩劫。

被两条大鱼救下的鸟蛋在岸边度过了一些时日，后来，一只鸽子飞到了岸边，它用自己的身体来孵鸟蛋。几天后，蛋壳破了，一个人面鱼身的女神诞生了。这位女神就是迪丽基吐神。女神为了感谢两条大鱼对自己的救助，就将它们送到了天上。南鱼星座中最明亮的两颗星，就是这两条大鱼变成的。

迪丽基吐神是公正、美德和聪慧的化身，只要是她许下的心愿，很快就会变为现实。女神觉得自己一个人太孤单了，就许愿怀了身孕。不久后，女神生下了一个和她一样漂亮的女孩。只是这个女孩并没有鱼的身子，完全就是人的模样。女神对这个孩子很不满意，她认为神和人应该有明显的区别，而自己的女儿竟然和人别无二致，反倒与自己相差甚远，这必然会受到其他天神的猜疑。她越看越不喜欢这个孩子，一狠心就将她扔到了荒郊野外。

尼尼微的主神巴亚维斯发现了这个被遗弃的小生命，对她很是喜爱。他派使者到人间保护小女孩，并让一群鸽子负责喂养。鸽子们用自己的翅膀为小女孩遮风挡雨，用嘴衔来甘甜的奶酪为小女孩充饥。在鸽子们的精心照料下，小女孩健康地成长着。只是她一直都没有一个家，她的家就是鸽子们用翅膀为她遮起的狭小空间。直到牧人将她抱走，她才有了真正意义上的家。

巴比伦城墙上的龙像

有着龙头、龙颈与龙爪，却长着豹身豹尾。世界各地如美索不达米亚、古希腊、罗马以及印第安、中国神话中，均有龙的形象出现。

原来，牧人发现自家的奶酪每天都会丢。起初，他还没有在意，但天天如此，他就不得不留神了。一天，他决定留下来看个究竟。当他看到鸽子们衔住奶酪并不是自己吃而是迅速飞走时，好奇心驱使他跟去看个究竟。就是这个猎奇之旅，牧人发现了小女孩。他还没有子女，见到这个异常美丽的小女孩，不由得爱怜起来，于是决定把他带回家中抚养。就这样，小女孩在牧人家中一天天长大了，很快就长成了一个亭亭玉立的少女。牧人给她取名塞米拉米斯，就是小白鸽的意思。

塞米拉米斯很讨人喜欢，所有见过她的人无不为她的美丽所动容。一天，牧人带塞米拉米斯到集市上去，恰好看到了王家的骑兵卫队长西玛。西玛十分喜爱塞米拉米斯，他膝下也无子女，就想把塞米拉米斯收为养女。他给了牧人一大笔钱，之后便带走了塞米拉米斯。牧人虽然舍不得，但无奈对方官高权重，也只好认命了。塞米拉米斯在西玛家中很受宠爱，养父养母都对她百依百顺，尽量满足她的所有要求。后来，军机大臣米努吐斯来到西玛家中，对塞米拉米斯一见倾心，执意要娶塞米拉米斯为妻。西玛不敢违抗米努吐斯的命令，只能眼睁睁地看着塞米拉米斯被米努吐斯带走。

因为塞米拉米斯的美丽，米努吐斯对她恩宠有加，将她视为珍宝一样用心呵护着。他一直以拥有塞米拉米斯为荣，不管走到哪里都要带着她，整日与她形影不离。城中的百姓也都知道米努吐斯有一位美若天仙的新娘，他们都将塞米拉米斯视为心中的女神，对她十分崇敬。

一次，国王让米努吐斯随他一起出征，这就意味着他将与自己心爱的妻子分别很长一段时间。米努吐斯很想把塞米拉米斯带在身边，但是他不能。一方面随军打仗风餐露宿，他不忍心妻子受这样的苦；更重要的是他害怕国王看到塞米拉米斯，他知道国王只要看到塞米拉米斯就一定会喜欢上她，而自己作为臣子，显然是不能拒绝国王的。所以，他宁愿自己饱受相思之苦，也没有将塞米拉米斯带在身边。然而时间一长，米努吐斯还是耐不住寂寞，就悄悄让人接来了塞米拉米斯。

如果塞米拉米斯一直留在米努吐斯的帐中，或许还不会被国王发现，但她却做了一件异常抢眼的事。当时，军队进攻屡屡受挫，对方的城池久攻不下，所有人都非常着急。聪明的塞米拉米斯看出了其中的端倪，想出了一条破城之计。她让丈夫允许自己带领一队兵马从后面迂回进攻，由于对方的主力都集中在前面，所以她一定会得手。米努吐斯当然不想让她去，可塞米拉米斯坚持要去，他也只好依了。

塞米拉米斯果然取得了成功，帮助国王攻下了城池，但这样一来，也让国王不得不注意她了。米努吐斯最担心的事情终于发生了，国王见了塞米拉米斯之后就决定将她留在后宫之中。为了补偿米努吐斯，他同意将自己的女儿嫁给米努吐斯。可是在米努吐斯心中，任何人都是无法和塞米拉米斯相比的，就算是国王的女儿也不例外。失去了爱妻，米努吐斯痛不欲生，他已经失去了生存的勇气和信心，于是到河边上吊自杀了。

得知丈夫自杀的消息后，塞米拉米斯并没表现出一丝悲痛。虽然丈夫这些年来对自己极为宠爱，但她并不爱丈夫，之所以会嫁给米努吐斯，那也完全是被逼无奈。当然，如今她奉命入宫，也是被逼的。国王对塞米拉米斯也是千依百顺，很快就封她为王后。但塞米拉米斯却对国王有很大的成见，因为国王太过残忍，总是屠杀很多无辜的生命。尽管如此，她还是必须屈从于国王。长期的压抑让她迫切希望拥有权力，只有大权在握，才能摆脱被人摆布的命运。

塞米拉米斯凭着国王对她的宠爱，向国王提出了一个近乎无理的要求。她要求国王退下王位，让她做三天的国王。国王以为她只是在开玩笑，就满口答应。当塞米拉米斯真的要求国王下令的时候，国王还是不忍拒绝。就这样，塞米拉米斯利用手中的权力杀死了国王，成为了新的女王。她带领军队东征西讨，打了无数场胜仗。但在征讨印度时，她受伤了。逃回尼尼微后，她的儿子开始策动篡位。为了讨儿子欢心，她不惜嫁给了儿子。可即使这样，也仍然没能保住她的地位。失去王位的塞米拉米斯独自一个人住在荒郊野外，日夜祈祷着能飞到天上去。最终，她的愿望实现了，成为了天上的一位女神。

灾难之神艾拉

灾难之神艾拉喜欢到处搞破坏，给人间带来了不少灾难，因此人们都不喜欢他。看到人们对其他的神灵都是毕恭毕敬，而对自己却爱搭不理，艾拉心里很不平衡。他觉得人类太不把他这个神灵放在眼里了，必须要让人们尝尝他的厉害。究竟该怎样教训那群不知死活的人类呢？

艾拉一时想不到什么好办法，就找来了他的得力助手塞巴。塞巴有着怪异的身体，可以散发出死亡的气息，所有人见到他都难逃一死。见到主人坐在那里唉声叹气，塞巴忍不住说道："不要想那么多了，现在就行动起来吧！只要你愿意，我们可以毁掉一切，让那些该死的人们都见鬼去吧！"塞巴已经迫不及待地想要出去杀个痛快了。听塞巴这么一说，艾拉也不再犹豫，决定马上出发去毁灭人类。

除了塞巴之外，艾拉身边还有一个谋臣，那就是伊布舒姆，负责为艾拉安排一切相关的事情。与塞巴不同，伊布舒姆对人类有着深深的同情，他不希望人类遭受灾难，更不希望人类被毁灭。当得知主人又要出发的时候，他马上意识到人类又要遭殃了，而且从这次出行的架势上看，人类所要面临的这场灾难将是空前的。他开始为人类的命运感到担忧，试图劝说艾拉放弃这次行动。可艾拉却把他大骂了一顿，无奈，他只好跟随着艾拉出发了。

艾拉知道，要带给人类毁灭性的灾难，必须先把众神之主马尔都克支走。因为只要有马尔都克在，他就不会让灾难横行人间。怎样才能让马尔都克离开巴比伦城呢？艾拉想到了一个鬼主意。他来到马尔都克所在的艾札吉拉神庙，对马尔都克说道："我的主神啊！您快离开这里吧！有人正在对您的王权虎视眈眈，您快去看看吧！晚了恐怕就要被人窃取了。"马尔都克半信半疑，他担心王权被夺，但也担心自己的离开会给人间带来动乱。

看到马尔都克犹豫的样子，艾拉又接着说道："我的主神，请您不要再犹豫了，再迟了恐怕就来不及了。如果您是担心您走后人类的安危，那么我可以向您

保证，在您离开的这段时间，人间大地不会有任何灾难降临，人类会平安地等待着您的归来。”听到艾拉的保证，马尔都克不再犹豫了。他轻信了艾拉的话，离开了巴比伦城。他并不知道，他这一走，人类就难逃被毁灭的厄运了。

眼见着马尔都克离开，艾拉露出了邪恶的笑容。他决定马上采取行动，毁灭所有的城市和村庄，杀光所有的居民。伊布舒姆非常着急，他劝说艾拉不要赶尽杀绝，否则众神都不会饶恕他的。可无论伊布舒姆说什么，艾拉都是一句话也听不进去。他已经决定的事，就是任何人都无法改变的。在艾拉的号令下，塞巴开始对人间进行了毁灭和杀戮。很快，人间大地一片狼藉。曾经繁华的城市转眼间就变成了废墟，刚才还在嬉笑的人们现在已经倒在了血泊之中。喧闹的人间完全失去了生机，景象凄惨得连艾拉神自己都有些战栗。

伊布舒姆对着正在发呆的艾拉说道：“这就是你想要的结果吗？你杀死了所有人，毁掉了所有的城市，这样你满意了吗？做了这些你能得到什么呢？只能让众神谴责你，主神惩罚你。难倒你到现在还没有后悔自己的所作所为吗？”伊布舒姆的话说到了艾拉的心里，此时此刻，他已经开始后悔了。他确实想报复人类，可那完全都是因为人们不尊敬他，他一时生气才想要毁灭人类。如今当他做了这一切以后，他才觉得这样的结果并不是他想要的，他也不希望看到人间如此凄惨的景象。

艾拉真后悔自己没听伊布舒姆的劝告，可现在说这些已经太晚了。他问伊布舒姆：“我现在该怎么办？还有什么补救的办法吗？”伊布舒姆说道：“你现在要做的就是尽力去帮助阿卡德人，与他们成为朋友，并保证以后再不去祸害他们。”艾拉连连点头，保证自己一定做到。

众神知道艾拉所做的一切之后，都非常恼怒，他们找到众神之主马尔都克，要求严厉地惩罚艾拉，让他为自己造成的恶果付出代价。马尔都克也为艾拉对自己的欺骗十分恼火，惩罚艾拉也是他的愿望。可是当他们找到艾拉的时候，艾拉已经真心悔过，并热心地帮助阿卡德人对付临近的敌国。见艾拉确有悔改之意，众神也不再追究，允许艾拉戴罪立功。艾拉向众神发誓，自己一定会痛改前非，并多做好事，以弥补自己的过错。

之后的几年，艾拉帮助阿卡德人重新强大起来，荒废的巴比伦城又繁荣起来，人们再次过上了幸福安乐的生活。从那以后，人们对艾拉也开始尊敬起来。虽然这位灾难之神曾犯了不可饶恕的错误，但他却将功补过，帮助阿卡德人重新建立了自己的国家，让曾经毁灭的一切又重新出现在人们面前。人们没有忘记艾拉以前的过激行为，但同时也开始歌颂他之后的功德。对于人们的评价，艾拉很满意。灾难之神从此不再祸乱人间，而是成为了人类真正的朋友。

英雄吉尔伽美什

在人类被创造出来以后，天神们的负担减轻了。人们辛勤地劳作，并将劳动成果都用来贡献神灵。起初，人间秩序井然，所有人都安分守己地做着自己的工作。但随着人口数量的逐渐增多，人间开始出现争斗和杀戮，这让天神们很是忧心。因为争斗愈演愈烈，将影响到那些辛勤劳作的人们，那时天神们的衣食恐怕就供应不上了。众天神都意识到了事态的严重性，因此纷纷前往天神安努那里商量对策。

坏脾气的恩里尔首先发表了意见："我看干脆把那些喜欢斗殴的人全部杀掉，看他们还怎么闹事！就让我去完成这项使命吧！我一定狠狠地教训他们。"安努不以为然地说："你只能解决一时的问题，难倒你能永远留在人间吗？等你回来以后，人间还是会再次乱起来。"恩里尔不说话了。

这时，智慧之神埃阿开口了："依我看，人间之所以会陷入混乱，是因为那里没有权威，没有秩序。如果我们能像在天界一样建立权威和秩序，那么人间就不会动乱了。"安努点点头，说："这倒是一个解决根本问题的好办法，你有什么在人间建立秩序的良策吗？"埃阿说："我们可以为人类创造一个拥有无上权威的国王，由他去统治和管理人类，在人间创建秩序。"众神都对埃阿的建议表示赞同。安努把这件事情交给了恩里尔，让他去创造这个人间的统治者。恩里尔高兴地接受了任

《吉尔伽美什》雕刻印章

务，表示自己一定会完成这项伟大的杰作。

恩里尔请来了生育之神南吐、太阳神沙玛什、雷神阿达德、智慧之神埃阿和大神乌鲁鲁帮忙共同造人。大神乌鲁鲁用深海海底的上等泥团捏造出了一副高大魁梧的身躯；生育之神南吐赋予他男性的性别和魅力；太阳神沙玛什赋予他英俊伟岸的外表；雷神阿达德赋予他无穷的力量和勇气，并给予他坚强不屈的英雄性格；智慧之神埃阿让他的头脑充满了智慧；恩里尔给了他超凡的武力和气魄，同时也将自己肆虐急躁的脾性传给了他。在众神的努力下，人间的统治者诞生了。

这位人间的统治者有着三分之二的神性和三分之一的人性，这可以确保他在人间的统治地位。不过安努还是为他设置了在人间的寿命，以区别于神灵们。安努给了他灵魂，并为其取名吉尔伽美什。在将他送到人间之前，安努还为他设置了一个显赫的身世。他被认为是伟大的鲁卡班达的后代，圣牛拉曼特·南松的儿子。在一切安排妥当之后，吉尔伽美什就带着众神的嘱托来到了人间。

吉尔伽美什降临在了乌鲁克城，那是幼发拉底河下游东岸的一座城市。因为超凡的武力和智慧，吉尔伽美什很快征服了这里的居民，成为了乌鲁克城的国王。很快，他就成为了远近闻名的英雄。在他的统治下，人间秩序井然，没有人敢再生事端，所有人都老老实实地工作。起初，也有人试图反抗吉尔伽美什的统治，但这些人没有一个有好下场的。渐渐地，没有人再敢反抗他了，所有人都被他管得服服帖帖的。人间的秩序终于建立起来了，众天神们都很高兴。尤其是恩里尔，更为他的得意之作而沾沾自喜。

论勇气、论武艺、论智慧，吉尔伽美什都是当之无愧的英雄。他在人间所向披靡，没有一个人是他的对手。但作为国王，吉尔伽美什却并不是一个贤明的君主。这主要是因为当初众神灵在创造他的时候，恩里尔将自己肆虐急躁的脾性传给了他。所以，人们惧他而不敬他。他常常仗着自己的权势欺压士兵和百姓，甚至公然嘲弄士兵，并要求所有的男子都为他日以继夜地干活。士兵打不过他，百姓更不敢违逆他，所以只能忍气吞声。此外，他还将所有美丽的女子据为己有，供自己享乐。就算是已经嫁为人妇，他也绝不放过。

吉尔伽美什的残暴统治很快激起了民愤，人们怨声载道，纷纷指责吉尔伽美什的不是。可无奈这个国王勇武异常，没有人是他的对手，所以人们尽管怨恨，却无力反抗。后来，压抑的人们开始向天神安努告状，将吉尔伽美什的一切罪状都说给安努听，并请求安努救救他们。人间的怒气直冲上天，安努已经没有办法不管了。

吉尔伽美什与恩启都

吉尔伽美什在人间的肆意妄行惹起了众怒，天神安努知道他必须尽快平定民怨，否则人间又要不太平了。他连夜叫来了大神乌鲁鲁，对乌鲁鲁说："当初你曾创造了英勇无畏的吉尔伽美什，现在我要求你再创造一个与他同样出色的人，让他成为吉尔伽美什的对手。这样，他们俩在人间就可以互相牵制，吉尔伽美什也就没有多余的精力去虐待百姓了。"

乌鲁鲁回到家后，用一块湿泥捏造出了一个像野牛一样健壮的怪物。那个怪物全身都长满了毛，披着一头及肩的长发，就像谷物神纳萨帕一样。他不认识人，也没有家，就像人妖一样与猛兽们生活在一起，样子十分可怕。乌鲁鲁为给他取名为恩启都，并赐给他如吉尔伽美什一样的勇气和力量。乌鲁鲁将他送到了人间，与一群猛兽共同生活在荒郊野外。

在恩启都降临人间的那晚，吉尔伽美什做了一个梦。他梦到天上的一颗星星突然降临到他的身边，他想要把星星拾起来，可无奈怎样用力都搬不动它。就在这时，乌鲁克的居民们赶来了，他们将星星围个水泄不通。吉尔伽美什着急了，他改变姿势，俯身下去用力抱起了星星，一下将星星举过了头顶。接着，他带着星星去找自己的母亲南松神。与星星站在一起，他们倒显得极为般配。

梦醒后，吉尔伽美什还在回想刚才的梦，一切都是那样真实，仿佛真的发生过一样。他想不通梦的含义，就去找自己的母亲南松神。母亲为他解开了谜团，告诉他那个星星非同凡响，将与他成为患难中的知己。他们俩都是非常英勇的人，都是英雄式的人物。吉尔伽美什听了十分高兴，他正愁没有对手、没人懂他呢！他真希望马上就见到他的这个好伙伴，可是这个与他势均力敌的人物现在在哪呢？

恩启都整日与猛兽们生活在一起，出没于深山野林之中。一次，有个猎人无意中看到了恩启都。只见恩启都面色僵冷，目光逼人，看得猎人胆战心惊。更可怕的是，他力大无穷，将猎人设好的陷阱全都扯掉，并从猎人手中救出了很多猎物。好在他似乎并没有想伤害猎人的意思，转身跟随猛兽们回到山林中去了。接连几天，猎人都看到了恩启都。他很害怕，甚至不敢再去捕杀猛兽了。之后的几

天，他都没有出门，一直把自己关在家里，整日心不在焉，精神恍惚。

猎人的父亲见到儿子的情景很是担心，就问儿子到底发生了什么事。猎人将事情如实告诉了父亲。父亲对儿子说："别害怕，我倒是有一个办法可以对付他。你到乌鲁克去找一个名为吉尔伽美什的英雄，将你看到的一切都告诉他，然后向他讨要一名神妓。你带着神妓回来后，就到池塘边去等那个男妖。待男妖出现，你就让神妓脱光衣服，尽情展现她的魅力。男妖必定会被神妓所吸引，这样他们就会离开了。"

猎人听了父亲的话，连夜赶往乌鲁克拜见了吉尔伽美什。吉尔伽美什很乐意帮忙，慷慨地送给他一名神妓。按照父亲的嘱咐，猎人叫神妓去引诱恩启都，恩启都果然被神妓迷住了，日夜与神妓纠缠在一起。几日之后，恩启都发现自己有了很大的变化，他不再像以前那样粗野狂暴，但思路却比以前开阔了许多，比以前更有智慧了。野兽们不再与他亲近，而是看见他就跑。恩启都有些失落，他坐下来开始沉思。

神妓也坐到恩启都的身边，劝恩启都说："您是如此伟大的人物，怎么能在这里一直与野兽们生活在一起呢？您还是跟我到乌鲁克去吧！那里有跟您一样伟大的吉尔伽美什，我们到他统治的地方去吧！"恩启都听说有人与自己一样伟大，不禁兴奋起来，对神妓说："我答应和你一起到乌鲁克去，我在这里没有任何对手，我想见见那个与我旗鼓相当的吉尔伽美什，我要向他挑战，与他一较高下！"

一路上，在神妓的指点下，恩启都开始习惯人类的生活。他身上的兽性慢慢退去，人性渐渐彰显。当他到达乌鲁克的时候，已经是一个人性十足的人了。这天，乌鲁克的街头特别热闹。大街小巷聚满了人，不少人都在朝一个地方赶。恩启都很是纳闷，就让神妓叫住一个经过的男人。神妓把男人带到恩启都身边，恩启都问男人："你们这是要去哪儿呀？是不是有什么热闹看？"男人说："我们的国王吉尔伽美什又在大张旗鼓地娶亲了。他已经娶了很多妻子了，就连已婚妇女都不放过，听说这次这个也是已经结了婚的，哎，真是……"男人说不下去了，尽管他有满肚子的怨言，但在大街上抱怨他的国王总归不太好。

恩启都听了男人的话，已经气得脸色发青了。他愤慨地对神妓说："这个吉尔伽美什也太不像话了，看我不去教训教训他！"说着，他也随着人流向广场的方向走去。在广场上，已经聚集了不少人。当人们发现恩启都的时候，都觉得这个男人与他们的国王很是相像，只是个子稍微矮了些。有人不禁欢呼起来："看哪！我们的国家来了一个和吉尔伽美什一样的英雄！"这一句话，使得全场人的目光都聚集在恩启都的身上。人们议论纷纷，有人说拯救乌鲁克人民的人出现了，也有人说一场异常激烈的较量即将在两个英雄之间展开。

吉尔伽美什发现了恩启都，恩启都也看到了吉尔伽美什。人们很自然地让出一条通道来给两位英雄，似乎在等待着他们的较量。可奇怪的是，吉尔伽美什与恩启都的眼睛里全然没有怒火，更没有想要厮杀的样子。那一刻，他们反倒有一种英雄惜英雄的默契。两个人缓缓地走到一起，没有争斗，没有打骂，而是紧紧地抱住了对方的手，接着拥抱在一起，仿佛两个多见未见的老友。吉尔伽美什知道，恩启都就是他梦中的那颗星星。他们果然成为了患难中的知己。

征讨洪巴巴

恩启都与吉尔伽美什一起回到了乌鲁克的王宫，成为了吉尔伽美什最得力的助手。吉尔伽美什听说森林中住着一个无恶不作的恶魔，名叫洪巴巴。他到处兴风作浪，搞得大地上生灵涂炭，而且他还绑走了女神伊什塔尔。吉尔伽美什决定去征讨洪巴巴，消灭人间的罪恶，救出女神伊什塔尔。他向恩启都征询意见，毕竟恩启都是从森林里出来的，比他更了解森林中的情况。

恩启都对吉尔伽美什说："那个恶魔十分可怕，没有人敢靠近它。只要它一声怪叫，山洪便会爆发；大口一张，便会喷出烈火。任何人只要沾了他吐出的一口气，就会马上死去。为什么你要去征服他呢？我劝你还是不要去了。"吉尔伽美什却说："我的朋友，难倒你害怕了吗？我们都是勇敢的人，不要让自己身上的英雄气概丢失。跟我一起去讨伐那个恶魔吧！哪怕是战死，也可以流芳百世。"

恩启都确实是有一点担心，因为他刚做了一个十分不吉利的梦，这让他对这次出征充满了担忧，或许他会遭遇不测。不过他不愿打消吉尔伽美什的积极性，也不愿放弃征讨恶魔的机会，所以他答应同吉尔伽美什一起出征。

吉尔伽美什知道，他们此去充满了艰险，很可能一去不回。因此，在临行之前，他必须见见自己的母亲。他希望得到母亲的帮助和祝福，这将给他信心和力量。南松神向神祈祷了一番，接着对恩启都说："孩子，你虽然并非我的亲生骨肉，但我现在愿意收你为义子。从此以后，你就是我的孩子了。我将我的儿子吉尔伽美什交给你，你一定要保证他的安全，让他平安回到我的身边。"恩启都点

了点头，表示自己一定会保护吉尔伽美什的安全。

南松神又对自己的儿子吉尔伽美什说："你们此去必定困难重重，森林中的情况你不熟悉，所以你要听恩启都的，让他走在你的前面。"吉尔伽美什答应了母亲。接着，南松神又一一祝福了吉尔伽美什和恩启都，请求太阳神沙玛什一路上保护他们。吉尔伽美什和恩启都告别了母亲，就开始准备出征了。

吉尔伽美什命工匠为他打造了一把大斧和一柄长剑，恩启都也让工匠打造了几样武器。两个人各准备了六百镑的武器，准备刺杀恶魔洪巴巴。出发那天，乌鲁克的人民都来送行。一位德高望重的长老对吉尔伽美什说："此去充满了凶险，你性情又急躁，凡事不可鲁莽行事，多听听恩启都的意见，他比你更有经验，也更了解情况。听说洪巴巴十分凶恶，你们一定要多加小心，希望神保佑你们平安归来。"吉尔伽美什与恩启都热泪盈眶，告别了乌鲁克的人民，他们就上路了。乌鲁克的人民翘首以盼，都在等待着他们的英雄凯旋。

吉尔伽美什和恩启都日夜兼程，仅用了三天的时间就走完了常人要走一个半月的路程。当他们到达森林入口时，遇到了第一道障碍。洪巴巴手下的士兵正在入口处放哨站岗，他们个个都手拿尖枪，凶神恶煞地看着前方。吉尔伽美什有些心慌，在原地站了半天，丝毫没有要进攻的意思。恩启都见此情景，忙激励吉尔伽美什说："现在才仅仅是个开始，你就已经退缩了吗？难倒你连洪巴巴的影子都没见到就想要回去吗？想想出发前你的豪言壮语吧！"

吉尔伽美什果然备受鼓舞，他挥起大斧，向哨兵走去。经过一番激烈的较量，吉尔伽美什和恩启都取得了胜利。通往森林的大门敞开了，他们离洪巴巴又近了一步。进入森林，他们觉得有些晕。森林如此之大，究竟该到哪里去找洪巴巴呢？恩启都说："别着急，我们仔细找找，洪巴巴所行之处必然留有印迹。我们只要循着印迹去找，就一定可以找到洪巴巴。"果然，他们在森林中发现了一些特殊的印迹，比如说大路变得笔直、小路变得平坦等。

在杉树山前，吉尔伽美什做了个梦。他梦到天塌地陷、电闪雷鸣，整个世界都陷入了一片黑暗之中。吉尔伽美什被噩梦惊醒了，他连忙把自己的梦说给恩启都听。恩启都听后，觉得杉树山定会对他们不利，于是拿起斧头将杉树砍倒。随着杉树的倒下，恶魔洪巴巴出现了。他愤怒地叫骂："是谁这么大的胆子，竟敢将我的杉树砍倒？"吼声冲天，吓得吉尔伽美什和恩启都连连后退。

就在危急时刻，太阳神沙玛什出现了。他对吉尔伽美什和恩启都说："不要害怕，快逼近他，千万不要被他的吼声吓住了。"吉尔伽美什与恩启都定了定神，

勇敢地向洪巴巴冲去。太阳神沙玛什用狂风吹向了洪巴巴，刮得洪巴巴张不开眼睛，进退不得，只好向吉尔伽美什投降。洪巴巴为了脱身，故意低三下四地讨好吉尔伽美什："我的英雄吉尔伽美什啊！您是最伟大的，我已经屈服在您的武力之下。我愿意做您的仆人，从此后一心一意地伺候您，请您放过我吧！"

吉尔伽美什举起的斧头停在半空，似乎在犹豫什么。恩启都连忙劝道："吉尔伽美什，你可千万不要相信他的甜言蜜语，那些话都是哄你的。如果你在这个时候手软，我们就前功尽弃了。"听了恩启都的话，吉尔伽美什不再犹豫，迅速地落下了斧头。随着斧头的下落，洪巴巴的头颅被砍掉了。接着，他们又救出了被困的伊什塔尔女神。一场征讨恶魔的行动终以胜利告终，所有人都由衷地感到高兴。

吉尔伽美什与伊什塔尔

吉尔伽美什杀死了洪巴巴，拯救出了伊什塔尔女神。可这位多情的女神却看上了英俊的吉尔伽美什，甚至要求成为吉尔伽美什的妻子。

伊什塔尔在吉尔伽美什面前尽情卖弄着她的万种风情，希望能打动吉尔伽美什。她柔情款款地对吉尔伽美什说："伟大的吉尔伽美什，我心中的英雄，是你从恶魔的手中拯救了我，让我重新获得自由。自我见到你的那一刻起，我的心就已经完全属于你了。请接受我的爱意，让我成为你的新娘吧！"

吉尔伽美什没有说话，只是一直低着头保持沉默。对于眼前的这位女神，他是有一些了解的。在众神之中，伊什塔尔的风流是出了名的。她有过一个丈夫，还有过无数情人。这些与她有关系的男神，没有一个有好结果。她的丈夫绿色和春天之神坦姆兹被她送到了地狱之中；她的情人伊舒兰努因为不肯屈从于她，竟被她点化成青蛙，至今还半死不活；她所钟情的牧人也被她点化为狼，受尽了折磨。此外，这位女神的残暴也是出了名的。她曾折断了花斑三宝鸟的翅膀，并将它打得体无完肤；她曾将用计将雄狮骗入陷阱之中；她曾将骏马溺死在粪便之中，等等。

如今，这位臭名昭著的女神竟然要嫁给他吉尔伽美什。吉尔伽美什觉得心中一阵好笑，他是断然不会答应的，可他也没有马上拒绝伊什塔尔。他故意对伊什

塔尔说："做你的丈夫，我何德何能呢？我又能给你什么呢？"伊什塔尔见吉尔伽美什没有拒绝她，心中一阵欢喜，忙对吉尔伽美什说："我心中的英雄，只要能跟你在一起，我什么都不要。我不需要你给我什么，相反，我倒可以给你很多。我愿意为你付出一切，哪怕让我受尽苦难，我也是心甘情愿的。"

吉尔伽美什已经厌倦了伊什塔尔的虚伪，他不冷不热地说："成为你的丈夫？难倒你想害死我吗？你的旧情人个个死于非命，下场凄惨，你的专横跋扈也是出了名的，我才不会选你这样的人做我的妻子呢！"伊什塔尔睁大了眼睛，她万万没有想到吉尔伽美什会这样对她说话。吉尔伽美什见伊什塔尔惊呆的样子，就把伊什塔尔过去曾经做的坏事都数落了一通。伊什塔尔十分恼怒，这个人竟敢公然揭她的老底，让她无地自容。她必须要惩罚这个狂妄的人，否则难消她心头的怒火。

《吉尔伽美什》雕刻印章

愤怒的伊什塔尔找到了父亲安努，对安努大声控诉吉尔伽美什的罪状："我亲爱的父亲啊！您知道您所创造的人间统治者吉尔伽美什在人间都干了些什么吗？他竟然出恶言侮辱您的女儿，让我十分难堪。父亲啊，他这样侮辱您的女儿，就是对您的不敬。您可不能让他再这样放肆下去了，否则他必将会成为您的心腹大患。"面对暴跳如雷的女儿，安努显得很平静。他问伊什塔尔："你是不是招惹了吉尔伽美什，所以他才会对你出言不逊？"伊什塔尔辩解道："当然不是，我并没有招惹他。"

安努知道女儿的脾气，心想定是她招惹了吉尔伽美什，否则吉尔伽美什也不会羞辱她。所以，他并没有理会女儿的吵闹，转身就要离开。看到父亲要走，伊什塔尔急了。她上前拦住父亲，对父亲说："父亲，这件事您可以不管，但你必须答应我为我制造一头天牛，让我去收拾吉尔伽美什。"安努说："我不能答应

你的要求。你应该知道，如果我为你制造一头天牛，那么人间就将歉收七年，没有粮食和青草，你让人类和兽类如何生存呢?”伊什塔尔说道：“这点您不用担心，我会储存好七年的粮食和青草，保证在这七年里，人类和兽类都不会被饿死。”

安努推脱不掉，只好答应为伊什塔尔制造一头天牛。天牛造好之后，伊什塔尔就命令天牛来到乌鲁克城，寻找吉尔伽美什报仇。来到乌鲁克城的天牛到处寻找吉尔伽美什，乱闯乱撞，伤了很多人，损坏了很多建筑。百姓们纷纷跑到王宫告状，请吉尔伽美什制服天牛。吉尔伽美什得知情况后，马上与恩启都商量对策。他们一起到街上找到了天牛，与天牛厮打在一起。天牛虽然也很勇猛，但终究不是吉尔伽美什和恩启都的对手，很快就败下阵来。恩启都杀死了天牛，并把它的心肝献给了太阳神。

看到自己的天牛惨死，伊什塔尔更加痛恨吉尔伽美什。她对着吉尔伽美什大喊：“你这个该死的，竟然杀死了我的天牛，我诅咒你不得好死!”吉尔伽美什对伊什塔尔的辱骂根本不予理会，恩启都则掰下了天牛的一条大腿朝伊什塔尔扔去。他大声对伊什塔尔说：“快给我闭嘴，你这个疯子!要是让我抓到你，我一定会像整治天牛一样整治你。”伊什塔尔不再叫骂了。她悲哀地坐在天牛腿上，日夜不停地叹息。

恩启都之死

恩启都帮助吉尔伽美什杀死了伊什塔尔女神的天牛，这件事很快就传到了天上。天神们议论纷纷，商量着如何惩罚吉尔伽美什和恩启都。其实，恩启都自征讨洪巴巴之前，就已经有了不祥的预感。他不知道在征讨洪巴巴的过程中会发生什么事，他甚至想过自己可能会死在路上。然而直到杀死天牛，他都没有发生任何事。这让他几乎忘了临行之前的不祥预感，可就在杀死天牛之后，这种不祥的预感又来了，而且比上一次来得还要强烈。他隐隐感觉到，可能真的有什么不幸的事要发生在自己身上。

这天晚上，恩启都做了一个梦。在梦中，他来到了天国，看到众天神正聚集在一起开会，而他们开会的内容就是对吉尔伽美什和恩启都的惩罚。一手创造出

天牛的安努认为，吉尔伽美什与恩启都杀死了天牛，他们已经触犯了天条，应该被判死罪；恩里尔认为吉尔伽美什虽然有罪，但他是国王，不能就这样死去，因此可以由恩启都来承担所有的罪过；太阳神沙玛什则认为，吉尔伽美什与恩启都都是按自己的旨意办事，他们都不应该受到惩罚。三种不同的意见中，恩里尔的意见占据主流，大多数天神都同意对恩启都进行惩罚。尽管太阳神沙玛什拼命地为他辩护，但无奈寡不敌众，众神最终做出了处死恩启都的决定。

梦醒之后，恩启都只觉得全身无力，很快就卧病在床。看到好友患上怪病，且无论如何医治都不见效果，吉尔伽美什十分着急。恩启都将自己做的梦告诉了吉尔伽美什，并对他说："我想这必定是神的旨意，你不要为我难过，即使我到了地下，我也会祝福你的。"当天夜里，恩启都又做了一个梦。梦中他一个人独自走在荒原上，忽然，迎面来了一个面目狰狞的怪兽。怪兽用利爪紧紧抓住恩启都的衣服，恩启都只觉得一阵窒息，随后便晕倒过去。待恩启都身体恢复直觉，他已经变成了另外一副模样。他的两只手臂变成了一对翅膀，且身上已经长满了羽毛。那个怪物又将恩启都带到了地下世界，在那里，他见到了许多已故的人。

第二天，恩启都似乎已经感觉到自己大限将至，忙拉住吉尔伽美什的手，向他讲述了昨晚的梦境。吉尔伽美什虽然不懂其中的含义，但他和恩启都一样都感到有什么可怕的事就要发生了。吉尔伽美什连忙去找自己的母亲南松神，请她来解恩启都的梦。南松神的解释证实了吉尔伽美什的不安，他的好友已经时间不多了。他急奔回王宫，守在恩启都旁边，希望能多看好友几眼。可是此时的恩启都已经看不到他了。在吉尔伽美什走后，恩启都便昏了过去，而且这一昏迷就是十几天。

在恩启都昏迷的这十几天里，吉尔伽美什几乎寸步不离恩启都的身边。他要守护着好友，不让恶魔将好友带走。到了第十二天的时候，恩启都终于睁开了他的眼睛。他微弱地喘着气，对吉尔伽美什说："朋友，我可能要先行一步了。那可怕的诅咒落在了我的头上，我必须到地下王国报到了。可我真的不愿就这样死去，大丈夫不能战死沙场，干一番轰轰烈烈的大事，真是人生最大的遗憾。只可惜，我没有办法再实现我的理想了。"说完，恩启都便带着遗憾永远地闭上了眼睛。

吉尔伽美什大声呼喊着恩启都的名字，希望好友不要睡去。他多希望恩启都能够再次睁开眼睛，他多希望恩启都只是睡着了。可是无论吉尔伽美什怎样呼唤，恩启都的眼睛都是紧紧闭着，没有丝毫要睁开的迹象。吉尔伽美什在恩启都的床边大声地哭号，哭声惊天动地，所有的人都为之动容。可一切都已经来不及了，恩启都已经走了，再也不会回来了。吉尔伽美什从没受过如此大的打击，他就这样失去了自己唯一的知己。他甚至还来不及对恩启都论功行赏，就再也见不到这位好友了。

自恩启都死后，吉尔伽美什整日都处在极大的悲痛之中。他日夜守在恩启都的尸体旁，哪儿都不去。他幻想会出现奇迹，让恩启都死而复生。他不愿将恩启都下葬，因为一旦下葬，他就真的再也见不到恩启都了。直到恩启都的尸体已经开始腐烂，并散发出怪味，吉尔伽美什才在众人的劝说下为恩启都举行了隆重的葬礼，让好友入土为安。此后，他仍然不能忘记好友，常常回想起与恩启都在一起的日子。他不想再见任何人，不想再问任何事，独自一个人离开了乌鲁克，到原野上游荡去了。

达伊里

古代的巴比伦人非常崇拜彼勒神。上到王公贵族，下到平民百姓，都将彼勒神视为偶像。除了每天的朝拜以外，还常常为彼勒神敬献贡品。在巴比伦人的心目中，彼勒神是至高无上的神。任何对彼勒神不敬的行为都会遭到人们的唾弃和指责，哪怕只是说一句对彼勒神不敬的话，也是不允许的。

巴比伦的国王居鲁士有很多得力助手，其中最受器重的是亚伯的儿子达伊里。与以往的国王一样，居鲁士对彼勒神也十分崇敬，可是他的宠臣却对彼勒神十分不敬。在巴比伦人的传统中，还没有不崇拜彼勒神的先例。因此，当居鲁士得知达伊里不崇拜彼勒神时，他十分生气。他绝不允许在他统治的国家里有人对彼勒神不敬，即使是自己最宠爱的臣子也不例外。

这天，居鲁士把达伊里叫到身边。虽然他对达伊里不崇拜彼勒神的行为很不满，但他也不想公然处置达伊里。他责问达伊里："你身为巴比伦人，怎么能不崇拜最最伟大的彼勒神呢？你知道自己在干什么吗？"达伊里不紧不慢地说："尊敬的国王陛下，我只是不愿意去崇拜一个人们用手捏造出来的偶像。"居鲁士反驳道："虽说如此，但他却是有生命的，你没有看到他每天要享用多少美食和美酒吗？"达伊里答道："不，陛下，他只是一个不能吃喝的废物。"

居鲁士本来是想耐心地说服达伊里崇拜彼勒神的，可没想到达伊里竟如此固执，而且还说出如此大逆不道的话来。居鲁士彻底被达伊里激怒了，他将彼勒神庙中的祭司全部叫来，当面质问他们：“你们如实地告诉我，彼勒神前面的东西是被谁吃掉了？”祭司们吓了一跳，不知国王为什么会这样问，连忙答道：“当然是最伟大的彼勒神吃掉的。”居鲁士看向达伊里，说：“听到了吗？我们最崇拜的彼勒神每天都会将他面前的大量食品吃掉，你还敢说他是不吃不喝的吗？”达伊里镇定地说：“不，国王陛下，他们说的不是实话。供奉在彼勒神前面的食物并不是被彼勒神吃掉的，而是被人偷吃的。”

达伊里的话激起了祭司们的愤怒，他们大声指责达伊里对彼勒神不敬，并向国王保证食物确实是被彼勒神吃掉的。居鲁士为了让达伊里心服口服，就当众宣布：“这样吧！我们明天就到神庙去验证一下。如果食物不是被彼勒神吃掉，而是被人偷吃的，那么神庙的所有祭司们都难逃一死；相反，如果食物确实是被彼勒神吃掉的，那么达伊里就要接受死刑。”达伊里和祭司们都表示赞同。从表面上看，双方都是信心满满的样子。但事实只有一个，究竟什么才是真相呢？

当天，居鲁士与达伊里带着随从一起来到了神庙。在神庙中彼勒神像的前方，居鲁士亲手献上了贡品，然后命人将神庙的门封起来。在退出神庙之前，达伊里说他要先做一件事。他让随从在地面上洒满了木屑，屋内的各个角落都不要遗漏。一切布置妥当之后，才与国王一起退了出来。随从将神庙的门用居鲁士钦赐的封条封好，然后便离开了。国王对达伊里说：“现在我们已经将门封好了。如果明天早上食物没有动，那就说明彼勒神没有吃过；如果食物已经被吃，那就说明确实是彼勒神吃了，你就该受到惩罚。”达伊里笑了笑，没有说话。

第二天早上，当众人再次来到神庙时。神庙门上的封条还完好无损，说明并没有人破门而入。接着，居鲁士让人打开封条。推开大门一看，桌案上的食物已经全部被吃光。居鲁士忙命人将达伊里抓起来，要治他的罪。达伊里镇定地说：“国王陛下，在您降罪之前，请先看看神庙的地面吧！”国王低头一看，只见屋内的木屑上印着大大小小很多脚印，有的像男人的，有的像女人的，有的像小孩的。居鲁士马上明白了一切，命人将神庙的祭司们全部召来，问他们是何缘故。祭司们一看吓傻了眼，将事情原原本本地向居鲁士交代了。

原来，在神像的下面有一条密道，直接通往神庙之外。每天夜里，祭司们都会拖家带口地从密道进入神庙，将神像前的食物吃个一干二净，然后再由密道返回。日复一日，年复一年，始终如此。人们误以为是彼勒神吃了前面的食物，就不断供奉美酒佳肴。现在事情败露了，祭司们知道终究难逃一死，还是说出真相吧！得知真相的居鲁士怒不可遏，他命人将祭司及其家人全部斩首，并当场砸毁了彼勒神的神像。从此，居鲁士不再要求达伊里信奉彼勒神，连他自己也不再信奉了。

虽然居鲁士不再要求达伊里信奉彼勒神，但对于达伊里信奉上帝的做法，居鲁士还是很不满。巴比伦人除了信奉彼勒神外，还很崇拜当地的一条大蛇。居鲁士想让达伊里也信奉这条大蛇，就对达伊里说："我们崇拜的大蛇是活灵活现的，它能吃能喝，你为什么不崇拜它呢？"达伊里说："虽然它是活生生的，但它却不是永生的，只有上帝才是永生的。"居鲁士不服气地说："你凭什么说大蛇不是永生的，它已经陪伴我们这么多年了。"达伊里说："我将亲手杀死大蛇，证明给您看。"

其实，要杀死一条大蛇并不难，只要稍稍动点脑筋，就可以将它送入地狱。达伊里很轻松地做到了。居鲁士看到大蛇果然不堪一击，就相信了达伊里的说法，从此不再信奉大蛇。不过国王的意见并不能代表所有巴比伦人民的意见，在达伊里相继砸毁神像、杀死大蛇神之后，很多巴比伦人都对他非常不满。有些极端的人开始策动叛乱，他们组织了一条军队，逼向了居鲁士的王宫。在攻入王宫之时，他们要求居鲁士交出达伊里，否则就杀死他和他的全家。无奈，居鲁士只好将达伊里交到了叛军的手中。

这些人缴获达伊里后，将他投入了森林中的狮子洞。狮子洞中有七头凶猛无比的狮子，所有被投进去的人都会被它们瞬间撕成碎片。可是达伊里有上帝的保佑，在狮子洞中，狮子们都安静地趴在他的身边，没有丝毫要伤害他的意思。不过达伊里还是饥渴难耐，这时，他所信奉的上帝向他伸出了援助之手，为他送来了食物和水。

当居鲁士来到狮子洞悼念达伊里的时候，马上被眼前的情景惊呆了。他简直不敢相信自己的眼睛，达伊里不但没有死，而且还与狮子们待在一起。这次，他彻底相信达伊里所信奉的上帝了。他命人放出了达伊里，将叛军首领投进了狮子洞。这些叛军刚被投入狮子洞，狮子们就一起上去，将他们撕扯成了碎片。而被放出的达伊里，则又成为了居鲁士的爱臣，受到了居鲁士的重用。

菜豆男孩

有一对老夫妻，一直都没有孩子。看着别人家的孩子在外面玩耍，老婆婆常常偷偷地掉眼泪。她多希望自己也有一个活泼可爱的孩子啊！可是她如今已经年纪一大把，是不可能再有孩子了。

一天，老婆婆正要烧火做饭，忽然听到一个清脆的声音在叫她："妈妈，妈妈！"老婆婆一愣，这是在叫自己吗？自己并没有孩子呀！谁在叫妈妈呢？可声音出现在她家，如果不是叫她，那又是叫谁呢？老婆婆循着声音找去，在炉膛里发现了一个可爱的小男孩。老婆婆真是又惊又喜，她只记得自己将一罐菜豆放在这里，如今怎么变成一个小男孩了呢？这究竟是什么回事呢？不管这些了，一定是伟大的安努赐给她的。因为小男孩的出生与菜豆有关，所以老婆婆就给他取名为菜豆男孩。

菜豆男孩一天天长大了，也能跟其他孩子在一块玩耍了。老婆婆高兴极了，以前，望着那群嬉笑玩耍的孩子，她总要伤心半天。如今，那群孩子中也有一个是属于自己的了。跟邻居们在一起，她也不再觉得有什么不如人的了。因为有了菜豆男孩，她的生活发生了很大的变化，整个家也变得更加温暖起来。

一天，菜豆男孩和伙伴们一起到森林中玩耍，玩着玩着就忘了时间，结果没能在天黑前赶回家。森林中有一个魔鬼，只要夜幕一降临，他就会出来活动。眼见天已经黑了下来，伙伴们都很害怕，只有菜都男孩镇定自若，带领着大家往前走。走着走着，魔鬼忽然挡住了他们的去路。一下子见到这么多孩子，魔鬼高兴极了，他已经很久没有饱餐一顿了。他没有露出凶恶的面孔，而是装出一副慈祥的样子，热情邀请孩子们到他的家中做客。菜豆男孩代替大家接受了魔鬼的邀请，因为他知道除此之外，他们别无选择，与魔鬼来硬的肯定是不行的。

魔鬼将孩子们带到家中，就催促他们赶紧睡去，他也好动手。过了半个小时，魔鬼问："孩子们，你们都睡了吗？"菜豆男孩答道："没有，菜豆男孩没有睡。"魔鬼就问："你为什么不睡觉呢？"菜豆男孩说："每天晚上，妈妈都会在睡前给我做些好吃的，不吃东西，我睡不着。"魔鬼没有办法，出去准备了一些好吃的。菜豆男孩让大家赶紧吃些东西，补充一下体力。吃完东西，魔鬼又催促孩子们睡觉。

一个小时之后，魔鬼又问："孩子们，你们都睡了吗？"菜豆男孩说："没有，菜豆男孩没有睡。"魔鬼有些生气了，问："你怎么还不睡？"菜豆男孩答道："每天晚上睡觉之前，妈妈都用喂月亮海中的水给我喝，喝不到月亮海中的水，我就睡不着。"魔鬼没有办法，只得去月亮海打水。去月亮海的路途可不近，往返一次至少要花费两个小时的时间。魔鬼走后，菜豆男孩连忙叫醒了伙伴们，让伙伴们穿上衣服赶紧回家，自己留在这里等魔鬼回来。伙伴们让菜豆男孩一起回去，菜豆男孩没有同意，他要留下来将魔鬼除掉。

魔鬼打水回来，看到只有菜豆男孩一个孩子，其余的孩子都跑了，不由得勃然大怒。他将菜豆男孩装进袋子里，将袋口封好，自己则出去寻找树枝，他要好好地收拾一下这个可恶的孩子。菜豆男孩趁魔鬼离开的时间钻出了袋子，将魔鬼的猫抓来放在袋子里，然后封好袋口，自己则躲在一边等魔鬼回来。魔鬼找寻树枝回来，对着口袋狠狠地抽打，口袋中不时发出猫叫声。魔鬼以为是菜豆男孩搞的鬼，并没有在意，继续抽打。直到打得口袋鲜血直流，他才住了手，可打开袋口一看，却看到自己的爱猫躺在里面。

魔鬼气得暴跳如雷，恨不得将菜豆男孩碎尸万段。当魔鬼在角落里找到菜豆男孩时，张口就要吃了他。菜豆男孩大喊："先别吃我。"魔鬼住了口，他想听听菜豆男孩说些什么，反正现在他已经逃不脱自己的手掌心了。菜豆男孩接着说："您这样将我吃掉多没滋味呢？如果您能烙一张大饼，将我卷着吃，那一定会非常美味的。"魔鬼觉得很有道理，就按菜豆男孩说的做了。可就在魔鬼烧火的时候，菜豆男孩趁其不备，在背后猛踢他一脚。魔鬼被踢入了炉膛，一声惨叫后便无声无息了。

菜豆男孩除掉了可恶的魔鬼，以后孩子们再也不用害怕到森林里面玩了。村里的人都称赞菜豆男孩是勇敢智慧的小英雄，对他非常尊敬。

樱桃为什么是血红色的？

在很久以前，樱桃并不是血红色的，而是白色的。直到两个年轻人为了爱的忠贞在樱桃树下自刎，樱桃才变成了血红色。故事还要从几千年前的巴比伦说起。当时，有一个叫做贝拉姆的男孩和一个叫做泰茜芭的女孩。由于两家是邻居，且关系向来很好，因此两个孩子也常常在一起玩耍。时间长了，也就彼此有了感情。随着年龄的增长，这种两小无猜的感情也逐渐变成了至死不渝的爱情。

虽说两个年轻人早已私定了终身，但他们还不敢公然在一起。因为按照巴比伦人的传统，男子要娶妻，必须到市场上去买。没有成亲的青年男女是不能私自待在一起的，否则就会被人们唾骂耻笑。那被认为是违背巴比伦传统道德的行为，是会给家族带来耻辱的。虽然心中有所顾忌，但爱情的力量还是紧紧地牵引着两个年轻人。他们常常从家里偷跑出来，到山后的树林中私会。每次见面，他们都有说不完的话、诉不尽的情。直到夜幕降临，他们才依依不舍地告别对方，各自回家。

这天，两个年轻人又在树林中私会，恰好被经过的诽谤女神看到了。这位女神向来以破坏纯洁和高尚出名，见到这对亲密无间的爱人，她顿时又生了妒恨之心。诽谤女神摇身一变，变成了一位姑娘。她躲在暗处密切留意着贝拉姆和泰茜芭的一举一动，然后便到处散播两个人在山后私会的事，还不时添油加醋地加上几句。就这样，一传十，十传百，贝拉姆和泰茜芭的事很快就传开了。没过多久，贝拉姆和泰茜芭的父母也知道了这件事。他们一起向贝拉姆和泰茜芭私会的地方赶去，结果发现两个年轻人正在热烈地拥吻。四个老人都气坏了，泰茜芭被父亲抓住头发带回了家，贝拉姆也被父亲拳打脚踢了一顿。

自两个人的事情败露以后，双方父母就强迫他们断绝来往。为了阻止他们见面，他们的父母还将他们锁在房间里，让他们连门都出不去。无论贝拉姆和泰茜芭怎样恳求，都无济于事。两个相爱的人近在咫尺却不能见面，这让他们备受煎熬。夜晚，他们就各在自己的房间里叹息。思念折磨着两颗脆弱的心，他们多希望看一看对方，再听一听对方的声音。可是他们连门都出不去，又怎么可能见到对方呢？

时间一天天过去了，贝拉姆和泰茜芭也日渐消瘦，他们都在为不能与爱人相见而苦恼着。一天夜里，贝拉姆忽然想到，他与泰茜芭的房间不过一墙之隔，何不将墙凿出一个小洞去看一看泰茜芭呢？想到这，他急忙从床上爬起来，来到墙边开始凿墙。听到隔壁传来的凿墙声，泰茜芭似乎获得了什么启发，也跟着一起凿起来。终于，洞被打通了，他们终于又看到了彼此。虽然不能拥抱亲吻对方，但仅仅是这样看看对方，他们就已经很满足了。他们在洞口诉说着对彼此的相思之情，一遍又一遍地重复着他们至死不渝的爱情誓言。每天，他们都蹲在洞口说

话，一直说到很晚。

渐渐的，他们觉得每日隔墙对话太过辛苦，他们已经快被思念折磨疯了。为了长久地与对方在一起，他们决定私奔。两个人约好晚上在城外尼努斯国王的墓地会和，然后一起远走高飞。这天晚上，泰茜芭带上贝拉姆送给她的白色丝巾，兴冲冲地向城外赶去。可到了城门口，她却开始害怕起来。因为守门的卫士个个拿着刀枪，她要如何才能出城呢？就在泰茜芭犹豫之际，天上的爱和美女神向她伸出了援助之手。女神派下一个使者为守门的士兵唱歌、跳舞，士兵们被仙女动人的舞姿和曼妙的歌声吸引住了。泰茜芭就趁这个机会，悄悄溜出了城门。

城外一片漆黑，墓地周围更是冷清得吓人。不过爱情的力量让泰茜芭变得胆大起来，一想到马上就可以与心爱的人见面，她就忍不住地激动。尼努斯国王的墓地上有一棵巨大的樱桃树，上面已经结满白色的果实。在墓地旁边，是一股清泉。泉水非常清澈，泰茜芭觉得有些渴，就捧起一捧喝了下去。然后，她就坐在樱桃树下等着心上人的到来。忽然，她听到一声可怕的狮吼。泰茜芭害怕极了，她急忙躲进凹地里，可情急之下，她却丢了贝拉姆送给她的白色丝巾。

在凹地里，泰茜芭看到了更为可怕的一幕。一头狮子正在撕扯着一头野牛，泰茜芭只看了一眼，就吓得晕了过去。狮子吃过野牛后，在泉里喝了几口水。在转身要走的时候，它看到了泰茜芭丢落的丝巾。它走上前去将丝巾又是一阵撕扯，然后才扬长而去。丝巾被撕烂了，上面还沾染了野牛的血迹。

过了一会儿，贝拉姆赶到了墓地。看到泰茜芭还没来，他决定坐在樱桃树下等着心爱的人。忽然，贝拉姆发现了那条被扯烂的丝巾。那是他送给泰茜芭的丝巾，他是无论如何也不会认错的。看着上面的血迹，再看看周围出现的狮子爪印，贝拉姆痛哭失声。他可以确定，他心爱的泰茜芭一定已经惨遭不幸。为什么上天要夺去泰茜芭的生命？她本应该在温暖的家中睡上甜美的一觉，都是自己害了她。如果自己不让她私奔，如果自己早一些到来，那么她就不会出事了。贝拉姆悲痛地呼喊着爱人的名字，他已经决定与爱人共赴黄泉了。在樱桃树下，贝拉姆拿出随身携带的短剑，刺进了自己的胸膛。

泰茜芭在凹地里醒来，心想贝拉姆应该已经到了。她并不知道外面发生了什么事，更不会想到她心爱的贝拉姆已经离她而去。当她走到墓地的时候，发现樱桃树上的樱桃全部变成了血红色的，而在樱桃树下，赫然躺着一个人。走近一看，泰茜芭一下扑了上去。那不正是他的贝拉姆吗？看着贝拉姆手中紧紧握着的白色丝巾，泰茜芭马上明白了一切。她抱着贝拉姆的尸体，拚命呼喊爱人的名

字。她的眼泪流到了贝拉姆的脸上，她的吻落在了贝拉姆的唇上。贝拉姆睁开了眼睛，可他也仅仅是深情地看了爱人一眼，便又闭上了眼睛。

泰茜芭悲痛欲绝，既然爱人已经死去，她也绝不会独生。她拔出贝拉姆胸口的短剑，毫不犹豫地刺进了自己的胸膛。贝拉姆与泰茜芭双双死在了樱桃树下，他们的鲜血渗入了樱桃树的树根，滋养着上面的果实。自那以后，樱桃就变成了血红色的，仿佛诉说着贝拉姆与泰茜芭忠贞不渝的爱情。他们的父母看到他们的尸体后，不忍心再将他们分开，便将他们一起火化，并将他们的骨灰安放到了一起，让这对苦命的恋人可以在另一个世界里团聚。天上的众神也都为他们的爱情所动容，他们的灵魂被聚集到了一起，引送到天堂，那是一片只有光明和欢乐的净土。在那里，他们再也不会被分开了。

第三章　波斯神话

创造天地的时代

混沌的世界最初只有光明和黑暗这两种东西存在。光明处在遥远的上界，那里居住着善神阿富拉·马斯达；黑暗则处在深邃的下界，那里居住着魔神阿哈利曼。波斯人认为从有宇宙的那一刻起，光明和黑暗就开始对立，善神和魔神就互相敌视，他们之间的争斗从没停止过。不过，也正是因为他们之间的争斗，才有了如今这丰富多彩的世界。

魔神阿哈利曼野心勃勃，认为自己住在地下受了很大委屈，觉得只有他才有资格居住在那高耸的上界。至于阿富拉·马斯达，只不过是个小丑而已。于是，他慢慢地从下层升起，向着光明的天界一点点靠近，准备发起进攻。

“邪不胜正”，这句话不管在什么地方或是什么时候都适用。可怜的阿哈利曼失败了，因为他实在抵挡不了阿富拉·马斯达那炙热的光芒，被打回下界。他不甘心失败，一心想着报仇雪恨。他在黑暗中一点点地创造条件，慢慢地纠集起了一支庞大的黑暗军团。

阿富拉·马斯达觉察到了阿哈利曼的举动，担心哪一天他真的杀上来，自己一个人抵挡不住。于是，阿富拉·马斯达就向阿哈利曼下战书，要求以三千年为一个期限，三千年后，光明和黑暗将进行一次大决战，胜利的一方有权居住在上界。阿哈利曼答应了他的要求。

为了防止被阿哈利曼偷袭，阿富拉·马斯达在空中念起了咒语，无数的光线编织成了一个巨大的网，把在黑暗中的阿哈利曼紧紧地束缚住了。这样，在以后的三千年里，魔神阿哈利曼就没办法从黑暗中出来了。

三千年对于凡人来说简直太长了，可是对于天神来说却显得那么短促。善神阿富拉·马斯达不敢耽误，马上开始创造工作。因为他要在魔神阿哈利曼冲出束缚前制造出很多有形的物质，它们将会代表光明的力量。

最关键的是要创造出能够放射无限光芒的物质。阿富拉·马斯达先用一些类似石头的东西做成了一大片背景，那就是我们后来看到的天空。接着，他又用各种各样的石头创造出了许许多多的星星，据说有六百四十八万颗。这些星星平时在天空中发出光芒，一旦遇到黑暗力量侵犯时，它们就会变成无数个勇敢的光明战士。此外，阿富拉·马斯达还在东南西北四个方位设立了四大将军，由他们来统领各个方位的星星战士。

波斯神跪坐像

如同其他民族的神话，波斯神话中也有半人半兽神，这是图腾崇拜在神话中遗留的痕迹。

星星有了，可是它们的光量还不够强，天空需要一个更大更强的发光体。于是，阿富拉·马斯达制造出了月亮。后来，他又对月亮的光亮不够满意，所以又创造出了太阳。就这样，阿富拉·马斯达不停地制造着，直到过了四十天，天空的创造工作才算完成。之后，阿富拉·马斯达休息了五天。

接下来，阿富拉·马斯达要创造生命物质的源泉，因此水在世界上出现了。只有水才能培养出具有生命的物质来，因此水在陆地上要占有很大的分量。他拿着水，走遍了大地的每个角落，当他走到一个他认为合适的地方时，他就会把水全部倒在那里。有的时候倒的比较多，那么那里以后就成了大海；有的时候倒的比较少，那么那里以后就变成了江河。五十五天过去了，世界上已经有三分之一的地方有了水。阿富拉·马斯达又休息了五天。

善神阿富拉·马斯达下面要进行的工作就是建起堡垒，以便在和黑暗势力作斗争的时候能够有天然的屏障。他首先用很多很多的石头建起了平坦宽阔的大地，然后在大地上四处巡视。当他觉得合适的时候，他就施展法力让那个地方的地面升起很高很高，变得尖尖的。七十天过去了，世界上有了很多很多的山，有的高一点，有的则低一些。这样，阿富拉·马斯达又休息了五天。

下面的创造工作是最伟大的，善神阿富拉·马斯达决定开始创造有生命的物质。他想：“应该从那些比较简单的生物开始创造，因为那样会让我觉得自己有能力创造出更高级的生物。”于是，他决定创造出世界上第一种生物——植物。

阿富拉·马斯达把一个神奇的植物种子扔进了大海里。一段时间后，在生命源泉的孕育下，种子开始生根发芽，慢慢地长成了一棵参天大树，树上结满了各式各样的果实。这些果实很奇怪，那就是它们的外形各不相同。当果实降落到地面时，就会变成各种各样的植物。而这棵最早的大树，则被称之为原木草。阿富拉·马斯达又休息了五天。

接下来，阿富拉·马斯达开始创造比较高级的生物——动物。他思来想去，最终决定以牛作为世界上的第一种动物。于是，他找来一大块泥土，整整用了七十五天，终于创造出了一头健硕的、犹如天空中的月亮一样洁白的牛，这头牛被称为原始牛。阿富拉·马斯达又休息了五天。

最后的任务，也是最艰巨、最伟大的任务就是创造人类。从创造原始牛那里得到了启发，阿富拉·马斯达找了一块比较有灵性的土，整整捏了七十天，终于创造出了世界上第一个人类。为了显示人是高级的动物，应该和牛有所区别，阿富拉·马斯达还给原始人取了个名字，叫做卡幽马路司。

就这样，世界上有了天、有了地、有了水、有了原始牛，而且还有了原始人。阿富拉·马斯达非常满意自己的创造工作，于是他又休息了五天。从天空的创造到原始人的出现，阿富拉·马斯达整整地耗费了三百六十五天的时间。从那以后，人们就把三百六十五天定为一个周期，称为一年。

光明和黑暗的战争

在波斯神话中，宇宙的发展分为三个周期，每一个周期的时间都为三千年。其中，第一个周期为创世时期；第二个周期是光明与黑暗战争时期；第三个周期就是我们现在所处的时期。

宇宙的第一个三千年过去了，世界将迎来第二个三千年，一个可怕的时代，一个充满血腥的时代。光明咒语的力量正在消失，黑暗的力量正在加强，善神阿富拉·马斯达越来越紧张，因为他知道魔神阿哈利曼很快就会冲破咒语的束缚了。

该来的还是要来，这是不能避免的。魔神阿哈利曼从地面升起了，紧跟其后的是他亲手制造出来的黑暗魔军。阿哈利曼怒吼着，狂笑着，他觉得如今的阿富

拉·马斯达根本不是他的对手。

第一道天然堡垒发挥了作用，整个大地剧烈地震动起来。为了保护大地，世界上所有的高山都联合起来，把黑暗魔军团团围住。它们悄悄地把自己的根插得更深，并且在地下互相连接起来，这样的话阿哈利曼和他的魔军就没那么容易摧毁它们了。从那以后，大地就变得非常坚固和结实了。

不过，这些牢固的屏障并不能阻止阿哈利曼吞并光明的野心。他施展黑暗的力量，创造出许许多多可怕的动物，比如毒蛇、蝎子、蜥蜴以及青蛙等。这些可怕的小怪物到处作恶，搅得世界不得安宁。为了对抗黑暗力量，阿富拉·马斯达把天狼星派下界来，让他消灭那些可怕的毒物。

天狼星下界之后马上变成了马、牛、人等动物，这些都是毒物的克星。同时，阿富拉·马斯达也为天狼星助阵，在天空放射出耀眼的光芒。经过三十天的苦战，阿哈利曼的毒物终于被消灭干净。为了冲刷掉世界的罪恶，阿富拉·马斯达又从天降下瓢泼大雨。

善恶交战图

在第二周期，光明与黑暗进行了一场撼天动地的大恶战。光明神取得最终的胜利，此后波斯人将对光明神的崇拜延续下来，产生了拜火教。拜火教不是一神教，也不是多神教，是独特的二元论宗教。这种善恶绝对对立的二元观是拜火教的特征。

罪恶虽然已经被大雨冲刷掉，但是大地依然被毒气和臭水包围。为了彻底消灭这些后患，天狼星又变成了一匹白色的天马，挥动长尾巴驱除毒气。阿哈利曼恨得牙根痒痒，一心想要报仇。他从黑暗世界召唤来了可怕的干旱魔神，并让他化成一匹短尾的黑马与天狼星作对。

毒气还没有消除，干旱又接踵而至，这下可急坏了善神阿富拉·马斯达。他知道必须速战速决，于是施展无穷的法力，帮助天狼星把干旱魔神赶回了黑暗老家。阿富拉·马斯达又使世界刮起大风，把覆盖在大地上的水吹到了海里。接着，天狼星把这些海水舀起来，存在云彩里，等到积攒到一定数量时，大雨又一次从天而降。经过了十天，大地终于摆脱了干旱的侵扰。从那以后，陆地就被分为了七个州。其中面积最大的，土地最肥沃的就是波斯。

这场大雨虽然使大地不再干旱，但是依然有一些毒残留在了地下。雨水渗透到了地下，变成含有盐分的水流进了大海。扎根在大海里的原草木遭了殃，吸收了很多有害的水分。阿哈利曼又趁机对它进行攻击，就这样原草木枯萎了。

负责看守原草木的天神没办法，只好把树连根拔起，并把它捻成碎末。这时，阿富拉·马斯达出现在天空中，对这位天神说："不要怕！原草木失去的只不过是它的外形，它的力量依然是存在的。"

心情沮丧的守护天神问道："伟大而光明的阿富拉·马斯达，因为我的过错使得原草木枯死，我想知道如何才能弥补我的过错。"

阿富拉·马斯达回答说："你不用为这件事着急，这一切都是注定的。魔神阿哈利曼不会善罢甘休的，你知道吗？很多毒已经掺在了水里，今后的世界将会有很多很多的痛苦。同时，我还觉察到阿哈利曼会派出十万个病魔肆虐大地，到时候世界将迎来灾难。"

守护神吃惊地问道："那怎么办啊？如何才能对付这些可怕的东西呢？"

阿富拉·马斯达笑了笑说："这就是我说的定数，你将原草木的碎末放入天狼星的水中搅拌，然后让它变成天降的雨水。那样的话，世界就可以获得平安。"

守护天神按照阿富拉·马斯达的意思去做了，从那以后世界上就有了许许多多的、各种各样的草药。

原草木枯死了，必须有植物来代替它。于是，阿富拉·马斯达又在宇鲁卡夏海种下了一棵新的树木，一棵比原草木还要茂盛高大的树木。因为有一只名叫沙耶鸟的灵鸟在这里筑巢，所以这棵树就被称为沙耶树。

屡战屡败的阿哈利曼一计不成又生一计，他又创造出一种可怕的物质——衰老。不管是植物还是动物，都面临可怕的衰老，而且速度相当快。为了对抗他，阿富拉·马斯达又创造出了一棵名为白何姆树的植物，并把光明的力量赐给它，让它对抗可怕的衰老。

阿哈利曼不甘心失败，发誓一定要破坏这棵树。于是，他偷偷潜入海底，变出一只巨大的、有毒的青蛙，让它看准机会毁掉白何姆树的根。不过，他的毒计又被阿富拉·马斯达察觉。为了对抗大青蛙，善神又变出两只名叫卡路的灵鱼，由它们负责保护白何姆树。在光明和黑暗的三千年斗争中，大青蛙虽然时刻都想

吃掉白何姆树的根，但一直没有得逞。世界也因为白何姆树的存在而免遭灭顶之灾。

那只洁白的原始牛，它也没有逃脱厄运，也被魔神阿哈利曼杀死。不过，它体内的生命种子升到了天上，经过月光的洗礼后，变得更加纯洁。后来，生命种子里不断地创造出许许多多的动物来，而且这些动物都是一对一对的。

至于原始人卡幽马路司，他则成为了伊朗最早的国王。据说，他一共统治了波斯三十年，是后来伊朗人、印度人和土耳其人的祖先。

贾母希德王

卡幽马路司在人间统治了三十年便将他的生命归还于天，他的孙子布香克继承了王位。布香克是一位贤明的君主，他教导大家制作铁农具，将动物皮穿在身上蔽体等。布香克在位四十年便去世了，他的儿子塔呼姆拉斯继承了王位。塔呼姆拉斯同样是位贤明的君主，他教导大家纺织、饲养动物等。塔呼姆拉斯在位三十年，他死后，由他的儿子继承王位。他的儿子便是鼎鼎大名的王中之王——贾母希德王。

贾母希德王是统治波斯时间最长的一位君王，带给波斯整整七百年的太平盛世。在他统治期间，国家繁荣富强，百姓安居乐业，全国上下没有人不尊敬爱戴他们的君王，没有人不感念贾母希德王的恩惠。人们尽情地享受着和平幸福的生活，并为他们拥有这样一位伟大的君王而感到骄傲和自豪。在波斯神话中，贾母希德王的地位非常崇高，以至于后世的伊朗君王都自称是“贾母希德宝座”的继承者。

贾母希德王称得上是一位功勋卓著的君王。他确立了影响深远的等级制度，将所有臣民分成司祭、兵士、农民和工人四个等级。其中，司祭是最高的等级，属于统治阶级，是权力的掌管者；兵士是仅次于司祭的等级，负责保卫国家，为国家的和平和利益而战；农民是第三个等级，他们是粮食的生产者，负责解决全国人民的温饱问题；工人是最后一个等级，主要是丰富人们日常生活、为国家创造更多的财富。等级制度的确立使得每个人都有明确的分工，当然，最早的阶级也由此产生。

除了确立等级制度以外，贾母希德王还制定了更为精确的历法。此前，波斯人的历法中只有夏天和冬天两个季节。其中，冬天五个月，夏天七个月。贾母希德王通过对气候的长期观察，最终确定每年的三月二十一日至四月二十日为春天的开始，并将三月二十一日确定为诺如日，也就相当于今天的春分。每到这一天，贾母希德王都会与子民们一起庆祝春天的到来，请求神明保佑他的国家永远繁荣。

此外，贾母希德王还有很多突出的贡献，比如说教导人们制造船只、出海捕鱼，研究制造各种武器等等。在贾母希德王的领导下，人们不仅生活得越来越好，这也使得他们对贾母希德王的话言听计从。在人们心中，贾母希德王就是善神的化身，将一切美好的事物送到了他们身边。所以，他们从不怀疑他们的君王，心甘情愿地受其支配，毫无条件地服从贾母希德王所安排的一切。

贾母希德王的贤明是毋庸置疑的，他所建立的功绩也是不容否认的，但这些还不足以让他统治一个国家七百年之久。那么，贾母希德王还有什么特别之处呢？原来，他还有一只神奇的酒杯，这只酒杯被人们称作“贾母希德王的酒杯”，是贾母希德王统治国家的得力助手。一只酒杯又怎么会成为贾母希德王的得力助手呢？它又有什么神奇的力量呢？

普通的酒杯当然不具备任何神奇的力量，但贾母希德王的这只酒杯却与众不同，因为它是善神赐给贾母希德王的神圣之物。每当贾母希德王遇到难题或是想了解什么情况的时候，只要将酒杯稳稳地端在手里，向杯中望去，事情的本来面目就会呈现在他的眼前。因为有了这只酒杯，贾母希德王就可以洞悉一切，且不出宫殿就可以了解千里之外的情况。

起初，人们还对贾母希德王这只酒杯的威力将信将疑，有位大臣还以身试险，结果得到了应有的惩罚。这位大臣偷盗了王宫里的财物，但当时并没有被任何人发现，于是当贾母希德王问起时，他就试图蒙混过去，并借机陷害贾母希德王身边的侍卫。没想到的是，贾母希德王当众拿出了酒杯，将大臣偷盗财物的全过程展露无遗。这下大臣没话说了，只能心甘情愿地接受惩罚。此后，再没有人敢在贾母希德王面前撒谎了。

自身的贤明再加上酒杯的帮助，贾母希德王成为了波斯历史上最伟大的君王之一。然而再伟大的君王也有犯糊涂的时候，在贾母希德王统治晚期，他开始变得骄傲自大，目中无人。他认为只有他才是最伟大的君王，没有人能够和他相比，因为一切都是他赐给人们的。所有子民都应该将他视为最高的神，称他为造

物主。他开始对子民的事情表现得漠不关心，甚至对子民蛮横起来。子民的尊敬和爱戴非但没能让他收敛，反倒让他更加放纵。渐渐的，人们开始不再像以前那样尊敬他了，甚至有人已经开始背离他了。

持续了几百年的繁荣盛世首次出现了危机，国家不再像以往那样富强，子民们不再像以往那样听话，他们觉得自己不再像以前那样幸福了。这种状况终于让贾母希德王幡然醒悟，他意识到了自己的错误，开始向子民们道歉，可这一切已经太迟了。不远处，蛇王查哈克已经率领军队一步步逼近了。

蛇王查哈克

当波斯人民对贾母希德王已经失去信心的时候，恰好来了一位勇猛的阿拉伯王子，他就是蛇王查哈克。人们纷纷转投查哈克的麾下，而失去军队与人民的贾母希德王则走到了生命的尽头。贾母希德王死后，查哈克理所当然地接管了城中的一切，成为了波斯国的新一任统治者。人们满心期待这位新王能重新带给他们幸福美好的生活，可事实却恰恰相反，他们怎么也没有想到，他们的新王竟会如此恶毒。

查哈克本是一位善良仁爱的王子，他的父亲马鲁达斯更是一个万民敬仰的贤明君主。在马鲁达斯统治期间，全国秩序井然，人民安居乐业。由于父亲的悉心教育，查哈克从小就是一个充满爱心与智慧的王子。看到儿子一天天长大，本领也一天天增强，马鲁达斯非常高兴，他决定在自己晚年时就将王位传给儿子。然而不幸的是，魔神阿哈利曼盯上了年轻气盛的查哈克，决定借查哈克之手来毁掉人间的和平。一切灾难即是从此开始。

一天，魔神阿哈利曼化作查哈克身边的一个奴仆，趁查哈克刚睡醒午觉的时候走到查哈克身边。他表现得非常忠诚，且又带有一丝神秘，这不仅卸掉了查哈克的戒备，而且也让查哈克充满了好奇。阿哈利曼俯下身对查哈克说："我最敬爱的王子，我有一件绝密的事情要告诉您，这件事除了我谁都不知道，但我愿意说给您听，可您一定要答应我不告诉其他任何人，永远保守这个秘密。"

查哈克想都没想就满口答应："我保证不告诉任何人，就连我最爱的父王也不说。"阿哈利曼暗自欣喜，接着说道："神已经选择您成为人间的统治者，让

您拥有华美的宫殿、勇猛的军队和数不尽的财宝，但现在有一个障碍，那就是您的父亲。您应该知道，您的父亲已经年老，不能再为子民做贡献了，可他仍然占据着那个位置。如果不除去他，您就得不到您应有的一切。您是那样的英明和伟大，应该知道怎样做。”

查哈克心里一惊，除去父亲？这可是他想都没想过的事情，如此大逆不道的事，他也不敢想。不过一想到那华美的宫殿和无尽的财宝，他又是那样的向往，于是，他禁不住颤抖地问阿哈利曼：“我该怎么做呢？怎样才能除掉父亲，得到我应有的一切呢？”阿哈利曼忙说：“请您不要担忧，我已经为您设计好了一切，您就等着做您的国王吧！”在马鲁达斯做礼拜的路上，阿哈利曼设下了陷阱，使得毫不知情的马鲁达斯惨死。其后，查哈克继承了王位。丧父的悲痛只在他的心中停留了一会儿，就被成为新王的喜悦所替代了。

不久，国中来了一位年轻人，说会做世界上最美味的食物。查哈克当然很高兴，就让他做几道菜来给自己尝尝。果然，这个年轻人的手艺非凡，做出的菜肴异常美味，让查哈克欲罢不能。此后，宫廷中每天都大摆宴席，查哈克也整日沉湎于酒食之乐中。他并不知道，自己正一步步陷入阿哈利曼所设计的陷阱之中。

年轻人每天都变换着花样为查哈克做菜，而这些菜又都是查哈克以前从未吃过的，所以他对这个年轻人非常喜爱。其实，这些菜都是用动物的肉做成的，查哈克以前从未吃过动物的肉，当然会觉得异常美味。一天，当年轻人再次为查哈克献上美味佳肴时，查哈克再也忍不住对他的喜爱，主动询问他有什么要求。年轻人表现得十分谦逊，称自己什么都不需要，如果能让他吻一吻国王的双肩，那就是他最大的荣幸了。

查哈克马上答应了年轻人的要求。可就在年轻人吻过查哈克的双肩后，恐怖的事情发生了。在查哈克的双肩长出了两条大蛇，这让查哈克和殿下的臣子都感到恐惧。查哈克忙命人将肩头的大蛇砍掉，可这根本无济于事，因为无论砍掉多少次，大蛇都会再次长出来。向来胆大的查哈克彻底陷入了恐惧之中，他下令在全国内遍寻能人志士，将自己肩头这两条可恶的大蛇除去。然而时间一天天过去了，大蛇却仍然完好无损地栖息在查哈克的肩头。原来，这一切都是阿哈利曼计划中的一部分，而那个会做美食的年轻人就是阿哈利曼的化身。

无计可施的查哈克感到了绝望，就在这个时候，阿哈利曼再次出现，说有办法将查哈克肩头的大蛇除掉。查哈克欣喜若狂，忙问他有什么办法。阿哈利曼不紧不慢地说：“这两条大蛇并非普通之物，因此一般的办法是除不掉它们的。只

有每天用两个人脑去喂食它们，才能将它们喂饱。它们吃饱后，自然就不会伤害您了。而且时间一长，大蛇就会慢慢死去，那时您就再也不必因此而烦恼了。”

一心只想除掉大蛇的查哈克顾不得太多，马上采纳了阿哈利曼的意见。他开始疯狂地屠杀自己的子民，然后取出他们的脑子来供大蛇食用。全国上下都感到恐慌，人们怎么也想不到，他们善良的王子竟忽然变成了一个杀人恶魔。不仅如此，查哈克还将魔爪伸到了贾母希德王统治的波斯王国。在他成为那里的新王后，波斯人民也陷入了水深火热之中。

贾母希德王的两个女儿虽然逃脱了死亡的厄运，但他们却被查哈克要求每天喂食大蛇。从此后，两个娇弱的公主每天都要杀两个人。开始时，她们非常害怕，整日都战战兢兢，但渐渐的，她们的胆子开始大了起来。她们决心挽救波斯人民的悲惨命运。一天，她们没有杀人，而是杀了两只羊，用羊脑代替了人脑。幸运的是，查哈克肩头的两条大蛇并没有感到什么异常，照样饱餐了一顿。两个公主非常高兴，她们按照同样的方法救了很多即将被杀的波斯人。

尽管有公主的暗中保护，可人们仍然整日提心吊胆，生怕下一个被捉去的人就是自己。同时，也有人开始盘算着如何除去这个恶魔。查哈克的凶狠残暴已经引起了众怒，最后终于传到了天界，这也预示着查哈克的末日即将来临。

一天晚上，查哈克做了一个奇怪的梦。他梦到自己被三个武士追赶，其中一个武士用铁矛砸向他的头，另两个武士则将他用兽皮捆绑起来。他本想努力求救，可却无论如何也发不出声音，只能眼睁睁地看着锋利的长矛刺向自己的头部……被噩梦惊醒的查哈克再一次体验到了恐惧的滋味，他急忙下令寻求能解此梦之人。开始，人们碍于他的残暴，都不敢说实话。后来，查哈克为了听到真话，特意展现了自己的笑容，让人们相信他是真心想解梦的，且承诺他绝不会怪罪解梦之人。

最终，查哈克听到了真话，但却从此陷入了恐惧之中。一位老者告诉他：这个梦意味着查哈克的末日，一位贤明的新王将要取代他。因为他屠杀了太多的生灵，所以生灵们都前来寻仇。不久后，查哈克将会杀死一头叫做比鲁马耶的牛，而取代他的新王就是被比鲁马耶牛养大的法力多恩。查哈克听后十分恐慌，终日惴惴不安，他下令四处打探法力多恩的下落，妄图将他除掉，以免除后患，可这显然只能是徒劳。

法力多恩王

凶狠残暴的查哈克终于惹恼了上天，于是神决定惩治他，帮助人们脱离苦海。一头叫做比鲁马耶的牝牛被选作拯救人类的使者，它那身五彩斑斓、光辉夺目的外衣即是上天的馈赠。比鲁马耶所在的牧场离法力多恩出生的地方很近，在法力多恩出生之前，比鲁马耶就已经在那里等着他了。

法力多恩自出生时起就注定是一个不平凡的人。他的父亲拥有皇族血统，他的母亲贤良聪慧，他的祖先是讨伐魔神的勇士。在层层光环之下，法力多恩还受到了善神的特别眷顾。尽管如此，但由于查哈克的追杀，年幼的法力多恩还是经历了诸多磨难。

法力多恩刚出生不久，他的父亲就被查哈克抓去喂了他肩上的两条大蛇。可怜的法力多恩还没来得及感受父爱就永远地失去了父亲，只剩下母亲与他相依为命。然而厄运远没有就此终止，查哈克在得知法力多恩将要取代自己后就四处打探他的下落，很快就得到了他的住址。法力多恩的母亲知道后，连忙带着法力多恩逃了出去。她听说附近一个牧场的一头牝牛是上天派来的使者，就想到那里去寻求牝牛的庇佑。

在牧场主人和牝牛比鲁马耶的帮助下，法力多恩和他的母亲躲过了查哈克的追杀。比鲁马耶知道法力多恩将是查哈克的替代者，不仅收留了他们母子，而且还用自己的乳汁将法力多恩喂大。可这一消息又传到了查哈克的耳中，他马上派人前往农场抓捕法力多恩。好在比鲁马耶预感到了灾祸的降临，让法力多恩和他的母亲及时离开了牧场，然而发了疯的查哈克因为没有找到法力多恩，就下令杀了比鲁马耶和牧场主及牧场里所有的动物。

法力多恩的母亲带着法力多恩一路逃亡，最终来到了艾路布斯山上的一个隐士家中。隐士听说母子俩的境遇后，就决定收留他们，将法力多恩抚养成人，让他完成他的使命，替所有受苦的人民去讨伐查哈克。在隐士家中，法力多恩过了十六年的平静生活。看着已经长大成人的儿子，母亲决定告诉法力多恩事情的真相。

一次，法力多恩又问起自己的父亲，母亲觉得时机已经成熟了，就将一切都

告诉了他。法力多恩听后没有丝毫的畏缩和恐惧，他的内心已经充满了仇恨，他决定替自己的父亲、比鲁马耶以及所有被查哈克残害的人报仇。母亲对儿子的勇敢感到非常欣慰，但他觉得以法力多恩一个人的力量是不足以打败查哈克的，所以就劝儿子等待时机。法力多恩也觉得自己应该等待幸运的降临，只有剑与幸运同在，才有必胜的把握。

在法力多恩音讯全无的这十六年，查哈克没有睡过一天安稳觉，他每天都在重复同样的噩梦，梦到法力多恩用长矛砸向自己。十六年过去了，查哈克意识到如今的法力多恩已经具备了向自己复仇的实力，正准备着向自己发起进攻。虽然他的表面依然风光，但内心却极度空虚与恐惧。为了消除内心的恐惧，他必须要做些什么。

一天，查哈克将众人召集到身边，宣称自己要组建一个强大的军队，以对抗随时可能出现的敌人。他要求所有人当面表明对他的忠心，并在誓言书上签字，承认他是一个仁慈而公正的君王，保证在任何时候都效忠于他，不与他为敌。众人虽然大多心理不愿意，但因为害怕这个残暴的君王，无奈只得在誓言书上签字。

就在众人纷纷签字的时候，一个年长的老者走了进来，他对查哈克说："我不能在誓言书上签字，因为您并不是一位仁慈而公正的君王。您知道吗？我本有十八个儿子，有十七个都喂了您肩上的大蛇，而这最后剩下的一个如今也被您抓了起来。您就是这样体现您的仁慈和公正的吗？"听了老者的话，查哈克虽然心中恼怒，恨不得马上杀了他，但为了体现自己的仁慈和公正，他还是好脾气地安抚了老者，并马上释放了老者的儿子。

查哈克觉得自己已经表现得非常仁慈，就对老者说："现在你应该感受到我的仁慈和公正了吧！来，你也把这份誓言书签了，像其他人一样效忠我吧！"老者手拿誓言书，对众人说："我是不会在这种满篇谎言的誓言书上签字的，畏惧查哈克就是在向魔鬼和罪恶低头，我不能出卖自己的灵魂，那是对神明的不敬。"说完，老者就带着自己的儿子逃回了家中。查哈克终于忍无可忍，下令捉拿老者和他的儿子。

邻居们知道老者的事后，不约而同地赶过来保护他们。老者非常感动，趁机煽动人们站起来讨伐查哈克。人们纷纷响应，有人甚至恨不得马上就冲进宫去杀了查哈克。可是他们缺少一个英明的领袖，所以还不能贸然行动。这时，人们想到了查哈克梦中的法力多恩，于是决定找到法力多恩，立他为王，跟随他一起讨伐查哈克。当人们找到法力多恩时，法力多恩觉得幸运已经降临，他可以行动了。

在讨伐查哈克的过程中，法力多恩得到了神的帮助。曾养育过他的比鲁马耶虽然已经死去，但他的头却化作了一件利器——酷似牛头的长矛。法力多恩拿着这根长矛，仿佛与比鲁马耶一同战斗，顿时觉得充满力量。为了帮助法力多恩战胜查哈克，神还派使者传授了法力多恩很多魔法。因为查哈克有恶神的帮助，不借助神的力量是不可能将他打败的。就这样，法力多恩终于攻破了查哈克的城池，但遗憾的是在法力多恩冲进宫中的时候，查哈克已经逃走了。

落荒而逃的查哈克并不甘心就此落败，于是他在印度重整旗鼓后又卷土重来。可当他站在城门外时，却发现一切都已经不同了，原来效忠自己的士兵都开始效忠法力多恩。看到查哈克的军队，他们非但没有开门迎接，而且还纷纷投下石头。很快，查哈克就支撑不住了。当法力多恩挥动着长矛要刺向查哈克时，神阻止了他，因为查哈克的死期还没到，只能将他关到山洞中。法力多恩按照神的吩咐，用狮皮将查哈克捆绑后关到了山洞中。

人们终于摆脱了查哈克的统治，他们纷纷走上街头，庆祝这个特别的日子。法力多恩成为了波斯人民心目中的救世主，受到了人们的拥戴，也被寄予了很大的希望。人们都希望在这位新王的统治下，他们的生活能越来越好。法力多恩显然没有让人们失望，他登上王位后，广施仁政，处处为人民着想，使人们再一次感受到了生活的美好。

也门王择婿

在也门国，国王沙挪威有三个聪明美丽的女儿。这三位公主就如同沙挪威的掌上明珠，被沙挪威小心地呵护和照料着。转眼间，三位公主已经到了婚配的年龄，但沙挪威并不想把她们嫁得太远，他希望随时都能见到这三位宝贝女儿。为了把女儿留在身边，他开始在国内物色合适的人选。可要在也门国内找到能与三位公主般配的男子确实不是一件容易的事，尽管如此，沙挪威也仍然不愿意将公主嫁到其他王国去。

一天，沙挪威迎来了一位他乡的来客，而他此行的目的就是为他们的三位王

子向沙挪威提亲。这位特殊的来客是法力多恩王派往也门国的使者，沙挪威碍于法力多恩王的权威，尽管心中几百个不愿意，也不敢怠慢了来使。他吩咐下人先将使者安排到住处休息，自己则召集众人商量对策。众人觉得，如果贸然拒绝法力多恩王的提亲，很可能会引发两国的战争，后果不堪设想。可如果仅仅是碍于武力而屈服，又会有损也门国的威严。最后，一位武士献了一个好计策，他让沙挪威向对方提出无法办到的事，这样他们就知难而退了。

法力多恩王为何会派人到也门国提亲呢？原来，法力多恩王打败蛇王之后，原来被蛇王囚禁在宫殿的贾母希德王的两个女儿就嫁给了法力多恩王，并为他生了三个英俊的王子。随着王子一天天长大，法力多恩王也开始盘算他们的婚事。在法力多恩王的眼中，自己的三个儿子都非常优秀，因此一般人家的女子是配不上他们的。他命令臣子为他寻找三位像月亮一样聪明、美丽的三姐妹，而且这三姐妹必须具有王室血统。因为只有这样的女子才能配得上他的儿子。可是由于这样的女子非常难找，大臣们寻找了很长一段时间也没有结果。终于有一天，一位大臣听说也门国王的三个女儿完全符合法力多恩王的要求，就将此事如实禀报给了法力多恩王。法力多恩王听后非常高兴，马上决定派使者前往也门国提亲。

法力多恩王对自己的儿子宠爱有加，沙挪威同样也很疼爱自己的女儿。为了把女儿留在自己身边，他必须难倒法力多恩王的三个王子。他对来使客气地说："我早就仰慕法力多恩王的大名，想必他的三位王子也十分出色，但我非常爱我的女儿们，她们甚至比我的生命还要宝贵，所以我不能贸然答应她们的婚事。如果可能，我希望贵国的三位王子能够来一趟也门国，让我见识一下他们的本领，也好让我放心将女儿交给他们。"

使者回到波斯后，将沙挪威的话带给了法力多恩王。法力多恩知道，这是沙挪威要考验他的儿子们了。当然，这并不是一场普通的考验，沙挪威一定会想尽办法难为三位王子，让他们知难而退。法力多恩王让人将自己的三个儿子叫到身边，嘱咐他们说："孩子们，也门国王要考验你们的智慧，你们能不能娶到三位公主，就看你们自己的表现了。你们一定要记住，在宴会上必须依次而坐，当三位公主出现的时候，你们必须记住她们每个人的特点，不要弄错了。因为三位公主长得几乎一模一样，所以你们最好按照她们出现的顺序记住她们。第一个出现的应该是小公主，最后出现的应该是大公主，中间的自然就是二公主。"

三位王子带着父亲的期望上了路，在到达也门国后，他们受到了沙挪威的热烈欢迎。三位王子丝毫不敢怠慢，一直表现得彬彬有礼。在入座时，他们谨记父亲的话，按照长幼顺序依次入座。接着，轮到三位公主出场了。三位公主确实长得美轮美奂，像月亮一样皎洁。可她们长得实在太像了，不了解她们的人根本分不出谁是谁。好在法力多恩王在出行前就已经想到了沙挪威会以此来考验他们，提前为他们揭晓了答案，否则他们还真不知道该如何分辨。当他们说出三位公主的长幼后，连沙挪威也觉得十分惊讶。

沙挪威的一连串考验都没能难倒三位王子，这多少让他有些沮丧，可身为一国之君，他总不能出尔反尔。既然已经通过了考验，那就应该把女儿许配给他们。不过一想到自己的宝贝女儿即将离开自己而远走他乡，沙挪威就心如刀割。于是，他决定利用最后一个晚上再努力一次，只要还有一线希望，他就绝对不会放弃。

对三位王子，沙挪威已经挑不出任何毛病，他只能表面答应他们的婚事，但暗地里却在实施自己的计划。他在玫瑰园设宴，盛情款待三位王子。三位王子以为沙挪威已经决定将公主许配给他们，不免放松了警惕，兴高采烈地与沙挪威的大臣们把酒言欢。一杯接着一杯，大臣们不停地向三位王子敬酒，很快，他们就醉倒在玫瑰园中。夜晚，玫瑰园中寒气逼人，沙挪威又用魔法向玫瑰园吹起了寒风，将整个玫瑰园中的玫瑰都冻死了。当然，他更希望冻死三位王子，这样他的女儿就不必离他而去了。

三位王子仍然在睡梦中，他们对一切都浑然不知。不过他们的父亲法力多恩王却在远方感受到了他们的危机，于是念起了咒语，用温暖之气保护了自己的三个孩子。当三位王子苏醒过来的时候，他们并没有感觉到任何异常，只是美美地睡了一觉，于是他们来到宫殿向沙挪威辞行。沙挪威见三位王子毫发无伤，不由得心中一惊，难道这三位王子有神灵暗助吗？想到这，他知道一切都是天意，便不再难为三位王子，而三位王子也终于如愿娶到了三位像月亮一样美丽的公主为妻。

伊那西之死

三位王子从也门国带回了三位公主，法力多恩王很快为他们举行了盛大的婚礼。看着自己的三个儿子都组建了自己的家庭，法力多恩王十分欣慰。同时，他

也觉得自己已经年老，是时候分封领土给三个儿子了。虽说法力多恩对三个儿子都很疼爱，但却很难做到一碗水端平。在三个儿子中，法力多恩最喜欢小儿子伊那西。所以，在分封领土的时候，他就将最肥沃且距王宫最近的土地分给了小儿子伊那西，将距王宫较远的偏僻领土分给了大儿子沙努姆和二儿子特多鲁。

具有波斯特色的牛头像

法力多恩的三个儿子虽然都生得仪表堂堂，但却性格各异。老大沙努姆性格偏激，嫉妒心强；老二勇敢有余而智慧不足，生性冲动、鲁莽；只有老三充满仁爱，是一位贤明的王子。由此看来，法力多恩偏爱三儿子伊那西也不是没有道理的。在三个儿子中，只有伊那西与法力多恩王最像，也最能胜任一个好的君王。法力多恩王虽然从未公开表示要将王位传给小儿子，但他对伊那西的偏爱已经引起了诸多猜测。这次领土分配的不公，更是点燃了大儿子沙努姆的嫉妒之火。

一天，沙努姆来到二弟特多鲁的领地，向二弟抱怨父亲法力多恩的不公。他气愤地说："你我都是父亲的儿子，伊那西也是，可为什么父亲处处向着伊那西，还将最好的领地封给他，依我看，将来的王位也非伊那西莫属了。父亲如此偏心，真是太不重视我们了。"特多鲁听到哥哥这么一说，顿时也火冒三丈，气愤地说道："大哥，父亲这样伤害我们，我们不能再忍气吞声了。如果继续这样下去，那王位一定是伊那西的，到时恐怕连我们的容身之地都没有了。"两个人越说越气，最后决定派使者到父亲那里讨回公道。

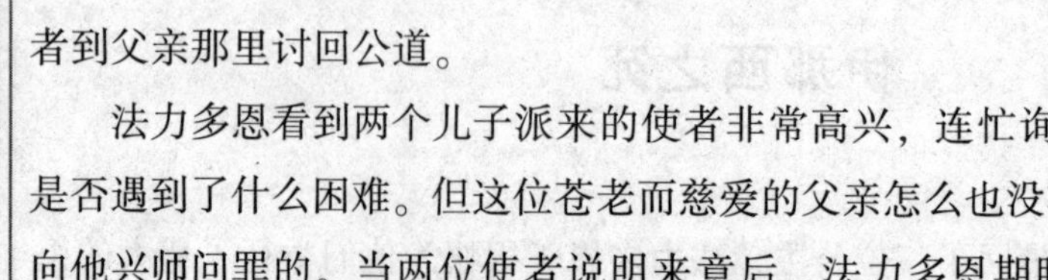

法力多恩看到两个儿子派来的使者非常高兴，连忙询问两个儿子最近可好，是否遇到了什么困难。但这位苍老而慈爱的父亲怎么也没有想到，两个儿子是来向他兴师问罪的。当两位使者说明来意后，法力多恩期盼的眼神马上失去了光芒，他愤怒地对两位使者说："我并不是一个独断专行的人，领地的分配也是在

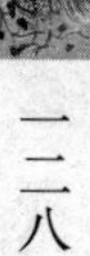

祭司、占卜师和贵族的合议下进行的。如果他们觉得我分配不公，那是他们的内心已经滋生了邪恶，是对神明的不敬，是非常可怕的。王子应该充满正义、宽容和善良，而不应该让邪恶占据头脑。”

打发走两位使者，法力多恩的内心久久不能平静，他将伊那西叫到身边，对他说：“我的孩子，你的两个哥哥已经被邪恶蒙蔽了双眼，他们再也不是你慈爱的兄长了，而是对你充满了嫉妒和怨恨，不远的将来，他们可能会率领大军前来攻打你，你必须随时做好准备，以免遭遇不测。”看着父亲担忧的眼神，伊那西诚恳地说：“父亲，您别担心，我不会让这样的事情发生的。我愿意到两位哥哥那儿去安抚他们，化解他们的仇恨。他们都是我最爱的哥哥，我愿意为了他们放弃一切。人间应该是充满仁爱的，而不应该是充满仇恨的，我一定会竭力避免这场战争。”

法力多恩看着懂事的伊那西，内心充满了感动，可他更为这个慈爱的孩子担心。他知道沙努姆和特多鲁是不会轻易善罢甘休的，就算伊那西不与他们争夺王位，也未必能化解他们的仇恨。况且自己又怎么能将王位传给一个心胸狭窄之人呢？虽然心里有千百个不放心，可那一丝美好的愿望毕竟还在，怎么说也都是他所爱的儿子，而且伊那西去意已决，他也是拦不住的。既然如此，那就抱着最好的期待，希望事情一切顺利，向着最好的方向发展。如果真是那样，可就皆大欢喜了。

伊那西临行之前，法力多恩让他带上了自己写给两个儿子的亲笔信，希望两个儿子无论如何也一定要让伊那西平安回到自己身边。当伊那西带着满腔的热忱和诚意来到两位哥哥的领地时，迎接他的却只有两个哥哥冰冷的脸庞和责问的话语。对此，伊那西早有准备。为了表示自己的诚意，他当着两个哥哥的面说自己愿意放弃现在的领地，也愿意放弃王位。遗憾的是，伊那西的真诚并未能驱除两个哥哥心中的恶魔，他们将伊那西诚恳的话语看作是虚情假意的托词，父亲的信更是让他们对伊那西充满了仇恨。

被仇恨冲昏头脑的特多鲁拿起黄金椅就向伊那西砸去，伊那西这时才意识到自己身陷危险之中。他试图做最后的努力去劝说哥哥：“你们杀了我有什么用呢？我的生命那样微不足道，如果是为了王位，我已经让出来了，为什么还要杀我呢？我的鲜血只会带给你们痛苦，更会让父亲伤心，你们会受到神明的惩罚的。”可这些显然已经毫无用处了，沙努姆拿起短剑，刺进了伊那西的胸膛。可怜的伊那西倒在了血泊之中，这是“旋转天轮”的恶作剧，也是伊那西难逃的劫数。

亲手杀害了自己的亲弟弟，沙努姆和特多鲁不但没有丝毫悔意，而且还丧心病狂地砍下了伊那西的头颅，用绢布包好派人送给了法力多恩。年老的法力多恩每天都在盼望着伊那西的平安归来，他甚至还让人备下了宴席准备为伊那西接风，可惜上天并没有给他这次机会。当法力多恩见到伊那西头颅的那一刻，他觉得整个世界都崩塌了，他最心爱的儿子就这样离他远去了。难掩悲痛的法力多恩放声大哭，他祈求神灵让伊那西生出英勇的子嗣，日后为伊那西报仇，同时也诅咒那两个杀人恶魔得到应有的报应。

马鲁吉呼鲁复仇

伊那西虽然不幸惨死，但他还有一个女儿，这是法力多恩唯一的希望。伊那西的女儿长大后，与一名男子结为夫妻，并生下了一个男孩。这个男孩长得与伊那西十分相似，以至于他的母亲在他出生时竟然大喊“伊那西降生了”。曾孙的降生对法力多恩来说无疑是个天大的好消息，但遗憾的是此时的法力多恩已经看不到这个和伊那西一样的孩子了，因为他的双眼已经被悲伤夺去了光明。

法力多恩抱着曾孙，心中有说不清的欢喜和期待。他默默地向天祈祷，祈求神灵让他见一见这个如伊那西一般的孩子。上天听到了他的祷告，也被他所感动，于是准许了他的心愿。当法力多恩流下滚烫的泪水时，他的双眼也随之恢复了光明。他为曾孙取名马鲁吉呼鲁，意为天国的颊。因为在他看来，这个名字对曾孙来说再适合不过了。现在，他只有一个心愿，就是马鲁吉呼鲁快快长大，好为他的外祖父伊那西报仇。

时间一天天过去了，马鲁吉呼鲁终于在众人的期盼下长成了一位如他的外祖父一般英明果敢的男子，复仇的时候到了。在马鲁吉呼鲁的身边，聚集着很多英勇的武将。这些武将个个身手不凡，他们聚集在一起拥护马鲁吉呼鲁只有一个目的，那就是为他们敬仰的伊那西复仇。法力多恩看着气宇轩昂的马鲁吉呼鲁，仿佛看到了曾经的伊那西。

再说伊那西的两个哥哥沙努姆和特多鲁，他们虽然杀死了法力多恩最喜爱的儿子伊那西，但却并没有得到他们渴望得到的一切。法力多恩虽已年老，但他的威严还在，以他们的实力，是不足以与法力多恩抗衡的。而且自伊那西死后，原来封给伊那西的领地也一直保留着，法力多恩并没有将沙努姆和特多鲁叫回身边。由于上天眷顾，法力多恩活了很多年，直到他的曾孙长大成人，他仍然可以带兵打仗，这就没有给沙努姆和特多鲁任何篡位的机会。

一转眼这么多年过去了，马鲁吉呼鲁已经做好了攻打沙努姆和特多鲁的准备。这时的沙努姆和特多鲁早已没有了年少的轻狂，取而代之的是无尽的恐惧和惊慌。尤其当他们听说马鲁吉呼鲁长得与伊那西一样，且像伊那西一样智勇双全时，他们更是寝食难安。商量过后，他们决定再次派使者去找父亲，只是这次去不是兴师问罪，而是向父亲求情，请求父亲给他们一条生路。

法力多恩看着沙努姆和特多鲁派来的两位使者，马上想到了惨死的伊那西，眼中顿时又浮现出一丝愤怒。可他并没有急于发作，而是耐心地听两位使者说些什么。他们恳切地说道："两位王子已经知道自己犯下了大错，他们的双手沾满了弟弟的鲜血，这让他们这些年来一直懊悔不已。可这并不是他们的本意，他们是受到了魔神阿哈利曼的驱使，才做出了违背本意之事。请求您给他们一次赎罪的机会吧！让马鲁吉呼鲁到他们那里去，他们一定会表现出最大的诚意，像奴隶一样侍奉马鲁吉呼鲁，以清洗他们身上的罪孽。"

法力多恩听了两位使者的话，嘴角浮现出一丝冷笑，而后说道："他们让马鲁吉呼鲁过去干什么？我已经失去了伊那西，绝不会再失去马鲁吉呼鲁。你们回去告诉他们，马鲁吉呼鲁会去的，但是率领军队去，是去为他的外祖父伊那西报仇。"一直站在旁边的马鲁吉呼鲁严厉地对两位使者说："快回去一字不差地传给那两个混蛋吧！我是不会放过他们的！"

两位使者将法力多恩和马鲁吉呼鲁的话带给了沙努姆和特多鲁，他们知道战争已经不可避免了。尽管内心恐惧万分，但也不能坐以待毙，于是他们整顿军队，决定先发制人，在马鲁吉呼鲁未率兵前来之时就发起进攻。而马鲁吉呼鲁事实上早就已经做好了应战的准备，当他听说沙努姆和特多鲁的军队逐步逼近他的领地时，马上意识到复仇的机会来了。他亲自率领军队出城迎战，值得一提的是，年迈的法力多恩也重披战袍，与自己的曾孙共同迎战。

一个一心要为自己的爱子报仇，一个全力要为自己的外祖父雪恨，打起仗来自然会奋不顾身、勇猛异常。面对如此勇猛的法力多恩和马鲁吉呼鲁，沙努姆和特多鲁又怎么可能招架得住呢？没用多久，马鲁吉呼鲁就先后取下了沙努姆和特多鲁的头颅，为他的外祖父伊那西报了仇。可当这两个恶人的头颅摆在法力多恩的面前时，法力多恩却又产生了一种莫名的伤感。无论如何，不管这两个人多么

恶劣，也毕竟是他的亲生骨肉啊？天下又有哪个人能对自己儿子的死无动于衷呢？即使是英名盖世的法力多恩王，也不例外。

相对于法力多恩的复杂情绪，马鲁吉呼鲁在手刃仇敌后却只有报仇的痛快，但他并没有被复仇的快感冲昏头脑，更没有大量屠杀沙努姆和特多鲁的部下及子民。相反，宽厚善良的马鲁吉呼鲁饶恕了其他所有有罪的人，教导他们重归善途。在马鲁吉呼鲁的统治下，人们重新过上了幸福平和的生活。

白发英雄沙鲁

在波斯，武将享有很高的荣誉和地位。尤其是名门武将，更是被皇族所信赖和倚重。长期以来，那里曼一族一直都深受波斯人民的敬爱。只要这一族中有某一家生下了一个男孩，人们就会接连举行七天七夜的庆祝宴会，庆祝王国又多了一位英勇的武将。在那里曼家族，萨姆一家得到了王室的特别信赖。当法力多恩将王位传给马鲁吉呼鲁时，就选定了萨姆为马鲁吉呼鲁的监护人。

尽管在仕途上顺风顺水，但萨姆却始终有一块心病，那就是他一直都没有一个儿子。为此，萨姆每天都向神灵祷告，祈求上天赐给自己一个儿子。如果波斯最勇武的一族绝了后，那不仅对萨姆本人来说是一个莫大的遗憾，而且也是整个王国的不幸。因为武力的缺失即意味着战力的削弱，这将给敌国可乘之机，为王国带来灾难。因此，萨姆家的人丁旺盛不仅是萨姆的心愿，也是全波斯人民的心愿。终于，上天被萨姆的虔诚所感动，决定赐给他一个男孩，这让萨姆激动万分。

接下来的日子里，萨姆每天都沉浸在对孩子的期待中，恨不得马上就见到自己的孩子。可当孩子降生的那一刻，所有人都惊呆了。虽然萨姆如愿得到了一个儿子，可这个儿子却如一位百岁的老者，长着一头的白发。怎么会这样？难倒是一个怪物？然而不可否认的是，这个孩子除了头发是白的，其他地方都很健康漂亮，尤其是他那双漆黑的眼睛，更是闪烁着智慧的光芒。这是一个多么可爱的孩子啊！就算是那一头白发，也不能掩盖他的光辉。也许这是上天的恩赐，仆人们都劝萨姆接受这个孩子。

然而萨姆的情绪却从巅峰跌到了谷底，刚才还处在欣喜的山巅，现在就跌入了痛苦的深渊。他无法接受这个残酷的事实，为什么自己苦苦期盼的孩子却是一个白发怪物呢？这难道是神明对他的惩罚吗？伤心欲绝的萨姆已经看不到这个孩子的可爱之处，包括他那双明亮的眼睛也被他完全忽略。在萨姆眼里，全部都是那头刺眼的白发。不行，绝不能让这个孩子留在自己身边，否则自己该如何在族人面前抬头。于是，萨姆忙叫来了身边的侍卫，命令他们神不知鬼不觉地将孩子送出去，随便送到哪里都好，总之不要让他再看到这个孩子。

两个侍卫领命出了城，一直走到艾路布斯山。在艾路布斯山的某个山顶上，住着神的使者灵鸟斯何姆克。据说这只鸟非常凶猛，任何生灵只要接近它，就有失去生命的危险。因此，这一带鲜有人和动物出现。两个侍卫将婴孩放到了山麓上，就匆匆离开了。

灵鸟斯何姆克发现了这个婴孩，它决定带回去给它的孩子们做午餐。可当小鸟们看到这个婴孩的时候，非但没有争相啄食，而且还反倒用它们的羽毛保护着他。小鸟们对婴孩的呵护让斯何姆克很是吃惊，它马上意识到这个婴孩来历不凡。于是，斯何姆克决定收养这个婴孩，将他当成自己的孩子一样喂养长大。

在斯何姆克的悉心照料下，小婴孩很快就长成了英俊的青年。他长着飘逸的银发，银色的睫毛，乌黑的眼睛，英气逼人。斯何姆克教给他很多人类的语言和知识，还带领他出去狩猎，让他谨记自己是人类的后代，早晚要回到人类的世界。可青年却感念灵鸟的养育之恩，不愿离开它。斯何姆克知道时机未到，也不多言，只是继续教给他各种本领。

一天，三个旅行者因为迷失了方向，偶然见到了斯何姆克的鸟巢。他们从未见过如此美丽的鸟巢，而更让他们吃惊的是站在鸟巢边的白发青年。当他们回去以后，就将自己的所见所闻讲给了其他人听。就这样，一传十，十传百，最终传到了萨姆的耳边。那个在鸟巢边的白发青年让萨姆立刻想到了自己的白发儿子，难倒自己的儿子还在人间？可他刚出生就被送走了？怎么可能一直活到现在呢？可如果不是，那个白发青年又会是谁呢？萨姆的心开始烦躁不安。

晚上，萨姆做了一个梦，梦到一个响亮的声音清清楚楚地告诉萨姆，他的儿子还活着。萨姆从睡梦中惊醒，困意全无，为什么自己会做这样一个梦呢？难倒自己的儿子真的活着吗？第二天，他忙找来祭司，将一切都告诉了他们，包括他当年抛弃儿子的事情。祭司们告诉他，他的儿子确实还活着，而且那个站在鸟巢边的白发青年就是他的儿子。

萨姆开始自责，他后悔当初的弃子行为。如果上天能让他重新找到儿子，那

么他愿意用他的一切来爱他的儿子。一想到自己的儿子还活着，他就再也坐不住了，他决定亲自去寻找儿子，并将儿子带回来，弥补以前亏欠他的一切。终于，他看到了自己的儿子。那一刹那，他几乎不敢相信自己的眼睛。在没有奶水喂养的情况下，自己的儿子竟然能长成如此英伟的青年，这简直太不可思议了。一定是有神灵暗中相助，否则这是绝不可能的。想到这，他更加害怕，连忙向神灵忏悔、祈祷，祈求神灵原谅自己的愚蠢行为，让儿子重新回到自己身边。

作为神的使者，灵鸟斯何姆克看到了匍匐在地上祈祷的萨姆，它觉得应该让青年回到自己的父亲身边了。尽管它也非常舍不得，但它知道这是神的旨意，青年还有他的使命，必须回到人间去履行。青年当然也不愿意离开斯何姆克，但在斯何姆克的一再劝说下，他终于鼓起勇气站在了自己的父亲面前。老泪纵横的萨姆几乎不敢相信自己的眼睛，这就是自己的儿子啊！他真诚地向儿子忏悔，并给儿子取了一个响亮的名字——沙鲁，而沙鲁也原谅了自己的父亲，与他一起回到人间，去完成他的使命。

沙鲁和鲁达别

白发青年沙鲁与父亲相认后，得到了父亲的特别宠爱。一方面，沙鲁自小被抛弃，父亲打心里觉得愧对沙鲁，现在好不容易有这样的补救机会，自然会加倍地疼爱；另一方面，沙鲁也确实讨人喜欢，不仅有俊朗的外表，而且文才和武艺也是样样出色。后来，萨姆干脆将领地交给沙鲁来管理。

沙鲁接管领地后，将一切打理得井井有条，这让萨姆十分满意。一天，沙鲁带着几个随从到郊外去狩猎，不知不觉间就走到了卡布鲁附近。卡布鲁曾是蛇王查哈克的领地，他的后代都生活在这里。不过现任国王美黑拉布却与查哈克大不相同，他勤政爱民，是个贤明的君主。当他听说白发英雄沙鲁来到他的国家附近时，连忙带着大量的随从和礼物欢迎沙鲁。卡布鲁现在是个小国，国力比波斯弱得多，他们当然希望与强国交好。

沙鲁见到美黑拉布王如此盛情地迎接自己，也非常高兴，于是大摆酒宴款待美黑拉布王。美黑拉布王是个非常英俊的国王，他对自己的容貌也充满自信。席间，沙鲁情不自禁地赞美美黑拉布王的威风是神的恩赐。此语一出，立即有人接着说美黑拉布王的女儿才是世界上最美的女子。一番描述说得沙鲁春心荡漾，他在心中描绘着公主的画像，仅仅是这样，就足以让他魂牵梦萦。这是沙鲁第一次为一个女孩动心，而且还是为一个素未谋面的女孩动心。他开始思念公主，甚至想马上就见她一面，如此辗转反侧，竟然一夜未睡。难道爱情的魔力有如此之大，竟让人夜不能寐吗？

尽管沙鲁非常想见见自己日思夜想的公主，可当美黑拉布王向他提出邀请时，他却断然拒绝了。波斯人民曾饱受蛇王的摧残，虽然最终蛇王被查哈克制服，但人们对查哈克的仇恨并没有消失，两国之间的积怨也颇深。在这种情况下，贸然去拜访查哈克的后人，必然会触怒父亲和马鲁吉呼鲁王。所以，沙鲁只能将自己的感情压抑起来，拒绝美黑拉布王的真诚邀请。

美黑拉布王回到宫中，将自己与沙鲁的相识讲给王妃和女儿听，其中对沙鲁不乏赞美之词，其喜爱之情溢于言表。父亲无心的诉说却打动了女儿的芳心，公主鲁达别已经对这个白发青年心生爱慕。最初的爱恋就是这样简单，仅仅是听了父亲的描述，鲁达别就已经对沙鲁倾心不已了。她将心事告诉了自己的五个侍女，希望她们能帮帮自己。五个侍女都对公主的纯情感到惊讶，但见公主已经芳心大动，就决定帮公主会会意中人。

五个侍女找到了沙鲁所在的营寨，但她们没有贸然去拜访沙鲁，而是与他隔岸相望。她们的出现引起了沙鲁的注意，沙鲁希望将自己的心意传达给公主，于是他用箭射下了一只水鸟，水鸟恰好落在这五个侍女的面前。五个侍女见到了沙鲁的英姿，知道公主并没有看错人。当她们将这个消息告诉鲁达别时，鲁达别也十分高兴。而此时的沙鲁，再也按捺不住自己的冲动，决定趁夜色去会见公主。

夜幕降临，沙鲁偷偷潜入王宫，在五个侍女的帮助下，两个有情人终于见面了。见了面的沙鲁和鲁达别更加难分难舍，他们相互诉说着对彼此的仰慕之情，更是在动情之时许下了终身。虽然一直沉浸在爱情的甜蜜之中，但沙鲁并没有失去理智，他知道自己与鲁达别的结合困难重重，父亲和马鲁吉呼鲁王怎么会接受蛇王查哈克的后代呢？他将自己的担心告诉了鲁达别，但也同时表示了自己的决心，说自己今生非鲁达别不娶。鲁达别又何尝不知道蛇王罪孽深重，她只能祈求神的护佑，成全她与沙鲁的爱情。

与鲁达别相见后，沙鲁更加寝食难安，满脑子都是鲁达别的身影。他要和鲁达别在一起，不管有多难，他都必须去争取、去努力。他决定将自己的心意告诉手下的仆人，请他们帮自己出主意。可这件事非同小可，谁都想不出更好的主

意。既然如此，还不如直接告诉父亲，希望父亲能够理解自己的心意。再由父亲去向马鲁吉呼鲁王请示，这样就容易多了。想到这，沙鲁马上给父亲写了一封信，信中满是坚定恳切之词，希望父亲成全自己。

萨姆接到儿子的信后，一时间傻了眼。自己什么要求都可以答应他，可他竟然要与波斯人眼中的魔鬼查哈克的后代在一起，这怎么能行呢？不过他在接回沙鲁时又曾向神灵起誓，说要满足沙鲁的一切要求，帮助他达成所有的愿望。现在该如何是好呢？在这种情况下，萨姆只能请示神意了。于是，萨姆请来术士，请他占卜吉凶。结果大大出乎萨姆的意料，沙鲁和鲁达别的结合非常吉利，而且他们所生下的孩子还会成为波斯的英雄，为波斯王带来幸福。听到这里，萨姆悬着的心总算放了下来，他决定代儿子向马鲁吉呼鲁王请示。

就在萨姆决定向马鲁吉呼鲁王请示之时，忽然接到了马鲁吉呼鲁的传召。原来，马鲁吉呼鲁已经听说了沙鲁与鲁达别的事，而且还非常生气，决定派兵攻打卡布鲁。萨姆还未来得及为儿子请命，就接到了攻打卡布鲁的命令。无奈，萨姆只能带兵向卡布鲁进发。途中，萨姆见到了儿子沙鲁。沙鲁向他讲述了美黑拉布王的贤明和自己对鲁达别的深厚爱情，并为卡布鲁的民众感到心痛。听了儿子的话，本就不太坚定的萨姆已经有了放弃的念头。沙鲁看出了父亲的为难，他决定亲自去向马鲁吉呼鲁王求情。

在马鲁吉呼鲁王的宫殿，沙鲁接受了马鲁吉呼鲁王的考验。其实在此之前，马鲁吉呼鲁王就已经找术士占卜了吉凶，但他并没有急于将结果公之于众，而是让沙鲁在宫中暂住。他希望亲眼看看沙鲁的英勇和智慧。在经过重重考验之后，马鲁吉呼鲁王终于被沙鲁的聪明才智和英明果敢所折服，而沙鲁不仅赢得了天下英雄的美誉，受到了众人的爱戴，而且也如愿娶到了他心仪的鲁达别公主。

勒斯塔姆

沙鲁和鲁达别的婚礼空前盛大，这对有情人在经历了几番周折之后终于走到了一起。对这份姻缘，他们都分外珍惜。而对于这对爱侣，其他人也给予了特别的祝福。沉浸在爱情之中的两个人尽情地享受着婚后的喜悦和甜蜜。然而，出乎他们意料的是，上天很快就为他们带来了另一份喜悦，鲁达别怀孕了。

即将为人父母的沙鲁和鲁达别每天都在祈祷，希望神赐给他们一个健康且英勇的孩子。可随着预产期的临近，鲁达别的脸色却越来越差，这让沙鲁非常担心。就在沙鲁一筹莫展的时候，忽然想到了将自己养大的灵鸟斯何姆克。当初，沙鲁恋恋不舍地离开斯何姆克，回到了父亲身边。临别前，斯何姆克曾送给沙鲁一片大羽毛，并告诉沙鲁，如果日后遇到困难，只要取下一根羽毛焚烧，它就会赶来帮助他。想到这，沙鲁忙取来羽毛，用火焚烧起来，他相信灵鸟一定会帮助妻子度过难关的。

斯何姆克果然来了，在听过沙鲁的担忧之后，它告诉沙鲁，鲁达别所怀的孩子并非凡人，他将成为波斯最具力量和智慧的勇者。正因为这个孩子不是普通人，因此他的降生也必定会不同于一般的孩子，只能将他从母亲的肋腹中取出。沙鲁听了有些担心，如果切开妻子的肋腹，岂不是会带给她很大的痛苦？斯何姆克看出了沙鲁的担忧，安慰他说道：“别担心，我会告诉你怎么做，保证他们母子平安。”

斯何姆克先将鲁达别用酒醉倒，然后切开她的肋腹，将婴儿取出，然后再用麝香及多种药草揉成的软膏涂抹在鲁达别的伤口处，并用它的羽毛在伤口上轻轻地抚摸。片刻间，伤口奇迹般地愈合了，且没有留下一道疤痕。很快，鲁达别也醒了过来，没有丝毫痛苦的表情。当她看到沙鲁怀中的婴儿时，竟不敢相信那就是自己的孩子。为此，鲁达别特意为孩子取名勒斯塔姆。

刚刚出生的勒斯塔姆一点儿也不像一个初到人间的婴儿，反倒像一个一岁多的幼儿，而且他竟然能开口叫父亲母亲。不过他的饭量也是大得惊人，十个奶妈的奶仍然不能让他吃饱，他还要吃一些其他的食物。也许正因为如此，他的成长速度比一般的孩子快得多，且长得异常勇猛。沙鲁看着儿子如此茁壮地成长，意识到这一定是神的安排，于是更加用心地培养勒斯塔姆，希望把儿子培养成比自己更英勇的武士，为那里曼家族增光添彩。

当勒斯塔姆长成一个健壮的青年时，已经成了远近闻名的英雄。波斯人因为他的存在而骄傲和自豪，外族人则因为他的存在而胆怯畏惧。尽管勒斯塔姆勇猛异常，但也有一个问题，那就是他的身体已经像一座小山一样，没有一匹马可以负担他的重量。只要他用手去抚摸马背，就可以让马因负担不起而弯下腰来。一个举世闻名的大英雄却没有一匹战马，这始终是勒斯塔姆的一大遗憾。

一天，有人为勒斯塔姆带来了一匹战马，说非常适合勒斯塔姆。勒斯塔姆高兴极了，可当他看到这匹战马时，却大失所望。原来，这匹战马看上去十分矮小，连其他马都不如，又怎么可能负担他的重量呢？就更别提在战场上冲锋陷阵了。来人看出了勒斯塔姆的心思，告诉他这匹战马非同一般，如若不信，不妨一试。勒斯塔姆将信将疑地走到马前，这才发现这匹马果然不同凡响。它的眼睛如此光亮，背部如此结实，声音如此有力，显然不是普通的马所能比的。勒斯塔姆拍了拍马头，纵身一跃跳上马身，骑着它尽情驰骋了几圈。勒斯塔姆终于找到了适合他的战马，这让他惊喜万分。他为战马取名那古休，骑着它纵横沙场，打了无数场胜仗。而那古休也成为了勒斯塔姆形影不离的战友，无论走到哪里，勒斯塔姆都一定会带着它。

自从有了那古休之后，勒斯塔姆更加骁勇善战，使附近各敌国闻风丧胆，纷纷与波斯修好。可偏偏也有人不信邪，马赞德郎的恶神偶然俘获了波斯国王，他决定借此会会这位波斯英雄。沙鲁则觉得这是儿子建立功名的大好机会，可当勒斯塔姆提出要一个人去营救国王时，他还是有些担心。勒斯塔姆告诉父亲不必担心，自己一定会成功救出国王，平安归来，请他在家中等待自己的好消息。

拜别了父亲，勒斯塔姆就带着他的爱马那古休上路了。通往营救地点的路有两条，一条路途较远但比较安全，另一条路途较近却充满了危险。勒斯塔姆毫不犹豫地选择了近路，他希望尽快将国王救出来。在途中，勒斯塔姆曾多次遭遇危险，但他和那古休都一一化解了。历尽了千难万险，勒斯塔姆终于到达了恶神的城堡，那个关押波斯国王的地方。经过一番恶战，勒斯塔姆战胜了恶神，救出了被困的波斯国王。可国王的眼睛却失明了，据说只有恶神的脑子才能让国王的双眼重见光明。于是，勒斯塔姆再一次深入虎穴，与恶神交战。最终，勒斯塔姆取得了胜利，并在神的指引下用恶神的脑子帮助国王恢复了视力。

成功拯救出波斯国王之后，勒斯塔姆不仅得到了国王的重赏，而且也成了波斯人心目中无与伦比的英雄。当然，这并不是他功勋的终点，而仅仅是起点。此后，勒斯塔姆又建立了无数功勋，为波斯及波斯人民东征西讨，守护着自己深爱的这片热土。

父子之战

英雄勒斯塔姆的美名不仅传遍了全波斯，而且也传到了附近各国。在波斯东北部，有一个叫做沙曼的王国。那是一个盛产美女的国度，其中尤以国王的女儿塔赫米娜最为美丽动人。虽然沙曼与波斯向来不和，但塔赫米娜却对勒斯塔姆仰慕已久，只是苦于无缘相见。神看透了塔赫米娜的心思，决定成全这个多情的女子。

一次，勒斯塔姆在外出狩猎时，不幸走失了爱马那古休。他一路追赶，不知不觉就越过了国境，来到了沙曼国境内。在沙曼，勒斯塔姆邂逅了美丽的塔赫米娜公主。两个人一见倾心，很快陷入了爱河，并在神的祝福下结为了夫妻。虽然两个人是两情相悦，但鉴于两国的敌对关系，他们的婚姻是不宜公开的，而且勒斯塔姆也不宜在沙曼久留。勒斯塔姆还没看到自己的孩子出生，就恋恋不舍地告别了公主。

勒斯塔姆走后，塔赫米娜生下了一个男孩，取名索夫拉。索夫拉不愧是勒斯塔姆的儿子，他生下来就有如一岁大的幼儿，三岁时就可以手拿武器，且食量和力量都大得惊人。当他长成十三岁的少年时，已经勇猛得如一头小狮子了。同龄的孩子没有人能和他相比，这让索夫拉非常自豪。但他心中也有不可触摸的伤痛，每当伙伴们问他父亲是谁时，他都答不上来。这些年来，他也曾问过母亲，可母亲总是含糊其辞，避而不答。如果以前是因为他年纪小不方便说，那么现在自己已经长大了，应该知道真相了。这次，索夫拉决定向母亲问个明白。

塔赫米娜知道已经不能再瞒儿子了，应该将一切都告诉他了。当索夫拉知道自己的父亲就是鼎鼎大名的勒斯塔姆时，不由得激动起来，这是一种何等的荣光啊！母亲为什么要隐瞒自己这么多年呢？塔赫米娜当然有自己的考虑。虽然勒斯塔姆的大名在沙曼也是无人不知，但两国毕竟是敌国，公开索拉夫的身份只会对儿子不利，所以她一直都严守这个秘密，直到儿子可以独自承担。

索拉夫则不像母亲考虑得那么多，他兴奋地说："我的父亲如此伟大，他才应该成为波斯的国王。我将率兵进攻波斯，与父亲会和，到时我们一家人就可以团聚了。"塔赫米娜担忧地说："可是你和你父亲如何相认呢？你们万一在战场上打起来可怎么办呢？那是我最不愿看到的事。"索夫拉安慰母亲道："我会在开战前问清对方的名号，如果是父亲的军队，我就会报上自己的姓名，与父亲联手打败波斯王。"塔赫米娜忽然想到了什么，从柜子中拿出了三颗红宝石，将它们串成一个手镯，交给索拉夫，"这是你们父子相认的凭证，当初我与你父亲约定，如果生男孩就用这三颗红宝石串成，若是女孩则用它们做发饰。这是那里曼家族世代相传的红宝石，你父亲一眼就可以认出。"索拉夫接过母亲手中的红宝

石手镯，对母亲说："我一定会找到父亲，与他相认，您就在家等着我的好消息吧！"

几日后，索拉夫就率领大军向着波斯的方向出发了。索夫拉的这次波斯之行，被很多邻国尤其是那些知道索拉夫真实身份的人视为征服波斯的良机。索夫拉勇猛异常，不逊于勒斯塔姆。两人交战虽然胜负难料，但无论是哪种结果，都对波斯的敌国非常有利。如果索夫拉战胜，那么强大的波斯就会落入索夫拉的手中，而索夫拉虽然勇猛，但却过于年轻，难以掌控大局，这必将给其他国家可乘之机。如果勒斯塔姆战胜，那么当他知道自己亲手杀了自己的亲生儿子时，必然会痛不欲生，饮恨自尽，而缺少了勒斯塔姆的波斯，就再也不是坚不可摧的了。所以，当索拉夫出发时，就有很多人等着看好戏。当然，也有不少人从中做了手脚，阻止索夫拉与勒斯塔姆父子相认。

勇猛的索夫拉顺利通过了第一道关卡，并捕获了守城的将领，让他随大军出发。一路上，索夫拉每打一仗之前，都要问随军的将领对方可是勒斯塔姆。他希望尽快找到父亲，与父亲相认，可结果却一再让他失望。既然并非父亲的军队，那他就可以毫无顾忌地大开杀戒了。波斯王见波斯军连吃败仗，忙叫来了勒斯塔姆，请他亲自迎战。此时的勒斯塔姆虽然没有了年轻时的力量，但却多了一分成熟与稳重，且他仍然是波斯境内最勇猛的武士。因此，在紧急关头，波斯王首先想到的人就是勒斯塔姆。

当勒斯塔姆得知沙曼的领军是一个十三岁的青年时，不由得想起了自己的孩子。当初沙曼公主生下的孩子，按年龄推算今年也有十三岁了，这个青年该不会就是自己的儿子吧！想到这，勒斯塔姆十分烦躁，他只能强迫自己不去多想，但却仍然一夜未眠。父子对阵的情形终于出现了，没有人告诉索拉夫那就是勒斯塔姆，连勒斯塔姆自己都没有承认自己的身份。他亲眼目睹了索拉夫的勇猛善战，他害怕自己会失败，所以他不想玷污自己的名声。尽管他也从索夫拉身上看到了自己当年的影子，但在战场上，已经容不得他多想，他只能尽自己的全力去迎战。

索夫拉与勒斯塔姆的交战进行了整整一天，却没有分出胜负来，于是双方约定暂且回去休息，第二天再战。回到营寨，索夫拉开始回想与勒斯塔姆交战的情形。此人如此勇猛，莫不是自己的父亲吧！他找来了看城的守军，问他与自己交战的人可是勒斯塔姆，守军表示对方并不是勒斯塔姆，而是波斯的另一位勇士。其实，这位守军是受到了敌国军的指使，故意这样说的，目的就是让他们父子交战。索夫拉尽管心中怀疑，但守军这样说了，况且勒斯塔姆本人也亲口否认了，所以也就不再多想，继续准备第二天的战斗。

第二天，索夫拉与勒斯塔姆又进行了激烈的争斗。虽然双方都勇猛异常，但无奈勒斯塔姆已然年老，在年轻气壮的索夫拉面前，难免要吃些亏。这次，索夫拉得到了一次杀死勒斯塔姆的机会。但在紧要关头，勒斯塔姆告诉索夫拉波斯有这样一条规矩，两人交战，一方只有在两次擒拿对方后，才有杀死对方的权利。索夫拉毕竟太过年轻，不知是计，放了勒斯塔姆。一生未吃过败仗的勒斯塔姆竟然要靠诡计才能从对方手下逃脱，不免心中羞愧，他向神灵祈求，让他恢复年轻时的力量。神允许了。

第三天，恢复青春的勒斯塔姆抓住了机会，一剑刺向索夫拉。鲜血从索夫拉的胸口不断向外流出，虚弱的索夫拉请求勒斯塔姆告诉他自已的父亲勒斯塔姆究竟在哪里？勒斯塔姆一惊，忙问对方有何凭证说是勒斯塔姆的儿子。当他看到索夫拉手上那镶嵌着三颗红宝石的手镯时，勒斯塔姆彻底崩溃了。他紧紧抱着索夫拉的身体，仰天长啸，天哪！他竟然亲手杀了自己的亲生骨肉。索夫拉终于在生命的尽头与自己的亲生父亲相认，可这带给勒斯塔姆的悲痛，却是无法言说的，以至于在此后的很长一段时间内，勒斯塔姆都不知去向，完全消失在人们的视线之中。

第四章 印度神话

梵天创世

尚未形成的世界是一片黑暗的，到处都是混沌的景象，所有的地方都是空荡荡的。整个世界显得那么的孤寂，没有天、没有地、没有水、没有火，也没有日月星辰、云雨雾风、花草树木、鸟兽鱼虫。当然，此时的世界上，更不会有后来作为万物之灵的生物——人。

不知过了几亿年，世界上有了第一种物质——水。浩瀚的大水是自发产生的，传说它是由至高无上的存在创造的。大水无边无际，充斥了世界的每一个角落。

又过了几亿年，世界上第二种物质出现了，那就是火，这种物质产生于无边的大水之中。起初火只不过是一颗小小的火星。火星在水中越来越大，甚至于到最后居然在大水中熊熊燃烧起来。火不断对水释放热力，渐渐的，水中居然冒出一枚蛋，那是一枚金色的蛋。这枚金蛋在水中漂流着，没有任何东西阻碍过它的漂流。过了不知多少年，金蛋突然裂开了，最伟大的神、宇宙的主宰、世界的创造者——大梵天从中诞生了。

伟大的梵天从一出生就施展了他无边的法力，开始创造整个宇宙。他把孕育他的金蛋的蛋壳分为两个部分。他把蛋壳的上半部分变成了无边的天空，下半部分变成了无尽的大地，就这样宇宙间的天地形成了。梵天使天和地永远地、彻底地分开了，他要为自己创造一个可以活动的空间。

虽然宇宙已经具有了雏形，但是它依然是混沌的，因为此时的宇宙没有方位。于是梵天就创造出了东、南、西、北四个方位，然后又确立了时间概念，出现了年、月、日以及小时。自此，宇宙才得以真正形成，成为了可以孕育生灵的摇篮。

婆罗门教主神梵天

梵天创造世界，有四脸四臂，能眼观四面八方，是至高无上的神。图中的他骑在一只野鹅上，飞翔的野鹅象征着灵魂的解放。

过了一段时间，伟大的梵天开始苦恼。虽然他创造了宇宙，虽然他是宇宙的主宰，但是每当他环望天空、俯视大地的时候，一切是那么的黑暗，那么的沉寂，因为此时的宇宙中没有任何的生物，没有一点生机。梵天感到寂寞了，感到孤独了，他想："这个世界为什么一点生机都没有呢？我一个人简直是太孤独了，我应该找一个或几个伴侣，那样一者可以让我不再觉得寂寞，二者也可以让他们无限地繁衍后代，使这个由我创造出来的世界变得有生气。"

梵天这个想法刚刚冒出，马上就有六个儿子从他身体的各个部分诞生出来。其中，老大名叫摩里质，产生于梵天的心灵。他是创造了天神、妖魔、人类、禽兽以及所有生物的著名仙人伽叶波的父亲。老二名叫阿底利，诞生自梵天的眼睛。他是正义之神达摩和月神苏摩的父亲。老三名叫安吉罗，出自梵天的嘴巴。他是安吉罗仙人家族的祖先。老四名叫补罗私底耶，出自梵天的右耳。相传他是恶魔罗刹的祖先。老五名叫补罗诃，诞生于梵天的左耳。相传他是半人半神的小精灵夜叉的祖先。老六名叫克罗图，产生于梵天的鼻孔。这六个儿子是最早的神，都是宇宙中伟大的造物主。

梵天创造完这些伟大的、崇高的造物神以后，决定再创造出能够繁衍后代的神。他先从自己的右脚大拇指生出了第七个儿子——达刹，然后又从自己的左脚大拇指生出了一个女儿——毗里尼。达刹和毗里尼在梵天的庇护下生长得非常快，最后还结为夫妻。

达刹和毗里尼是我们的始祖，繁衍了我们后世的人类。在他们结为夫妇后不久，就生下了五十个女儿。这些女儿都嫁给了他们的哥哥或是哥哥的儿子们。其中，有十三个女儿嫁给了摩里质的儿子伽叶波，二十七个女儿嫁给了阿底利的儿子月神苏摩。

在达刹和毗里尼所有女儿中，最为有名的是大女儿底提、二女儿檀奴以及三女儿阿底提。底提是巨魔底提耶族的母亲，檀奴则是巨魔檀那婆族的母亲，她们

的儿子被后人统称为阿修罗。三女儿阿底提一共生有十二个儿子，被后世的人们统称为天神。他们个个都是英明的神，比如守护之神毗湿奴、雷电之神因陀罗、海神婆楼那、太阳之神苏里耶等，特别是守护之神毗湿奴和雷电之神因陀罗更是声名显赫。

梵天在创造完世界后，感觉非常疲惫，不想再去管理宇宙了，就将整个宇宙的统治权交给了他的后代——阿修罗以及天神们。

起初，整个宇宙的领导权是归阿修罗们所有的。他们法力无边，拥有极其强大的军队。他们有着数不清的财宝，而且还能随心所欲地变成任何形态。为了能够更好地统治世界，巩固住他们对世界的统治权，阿修罗们在天地之间建起了由金、银、铁构成的三个要塞，并把它们连接起来，统称为“特里普拉”，即“三连城”的意思。

慢慢的，这些作为天神长兄的阿修罗们开始忘乎所以。他们目空一切，骄傲自大，不把任何东西放在眼里，甚至于众神。天神们再也不能忍受阿修罗们的胡作非为，他们与阿修罗之间展开了一场争夺宇宙控制权的战争。

阿底提的十二个儿子勇猛异常，他们在国王因陀罗的领导下，与阿修罗展开了激烈的战斗。最后，在这场战争中，无数的阿修罗被天神的队伍杀死，使得他们元气大伤，就连特里普拉也在斗争中被湿婆摧毁。没办法，阿修罗们只得认输，将宇宙的控制权交给了自己的弟弟。

从那以后，整个世界就一直由英明的、崇高的、法力无边的天神们领导。

天帝因陀罗

天帝因陀罗刚强勇猛，他杀死旱魔夫利特，夺回被盗走的奶牛，从而成就了一系列的丰功伟绩。他的妻子舍质温柔善良，美丽大方，尽管她是阿修罗的后裔。

因陀罗，阿底提的第七个儿子，也是阿底提十二位天神中最勇猛的一个。他威风凛凛，所向披靡，曾率领天界众神们打败了不可一世的阿修罗们，夺回了宇宙的统治权，最后被天神们奉为统领，成为天帝。

他的武器是一个金刚杵，坐骑是一头战象。他是雷电之神，也是人类的保护神。他给大地送去甘露，让农田获得丰收，一直受到凡间的顶礼膜拜。

但是，伟大的天帝因陀罗曾经被无情的命运捉弄过，差点无法返回天界。故事还要从天神和阿修罗的战争说起：

在那场争夺宇宙统治权的斗争中，所有的天神都尽心竭力地加入战斗。但是，在天神中也出现了一个叛徒，那就是创造与建筑之神陀湿多的儿子，天神们的大祭司。他暗中勾结阿修罗，企图消灭所有的天神。天帝因陀罗知道了这件事后，愤怒至极。他骑上战象，拿起了金刚杵，解决了这个叛徒。

这次战斗后，有一个人要找他算账，那就是因陀罗的亲哥哥、大祭司的父亲——陀湿多。但为了平息他的怒气，因陀罗不得不自我流放。于是，他离开了天界，离开了他的妻子，躲在莲藕的藕节中度日。

失去统帅的三界开始变得混乱起来。天地间昼夜更替没有规律，世界上的江河湖海也开始断流，大批的生物在可怕的混乱中死去。最后，天神们觉得不能再这样下去，必须找出一位新的领袖。

选来选去，天神们最后决定，让地球的统治者、月亮家族的国王——友邻王来统治三界。因为只有友邻王才有着和因陀罗一样的力量、一样的品德和同等的名声。只有他做天帝，才能让所有的人信服。于是，友邻王在众神们的一再坚持下，坐上了天帝的宝座，并得到了所有天神的赐福。天神们以为从此天下就太平了，却没想到等待他们的将是一场更大的灾难。

一开始，友邻王还能严格要求自己，但渐渐的那无边的权力助长了他的贪念，他变得飞扬跋扈，目空一切，就连梵天都不放在眼里。天神们开始为他们当初的决定后悔，但是如今也没有办法，因为友邻王的力量是他们赐予的，给出去的东西是收不回来的。

更加让人难以忍受的事情发生了。一天，友邻王外出时看到了因陀罗美丽的妻子舍质，被她的外表迷住了，并动了邪念，要占有她。于是，他下令让舍质进宫觐见，好趁机行不轨之事。

舍质看出了友邻王的心思，宁死也不进宫。天神们也对友邻王卑鄙无耻的做法感到愤怒，决定帮助舍质度过难关。可商量来商量去，谁也没想出一个合适的办法。最后，众神决定去找毗湿奴大神。

天神们先把舍质藏起来，然后来到了毗湿奴的住处。他们请求大神为因陀罗洗刷罪行，让他能够重返天界。毗湿奴对天神们说："你们要找到因陀罗，让他为我举行一次盛大的马祭。只有那样，我才能为他洗刷掉罪行，让他重新归位。"

天神们找遍了世界的每个角落也没有找到因陀罗。

舍质见众神没有找回自己的丈夫，很是伤心。她虔诚地向夜神祈祷，祈祷他能够帮助自己找到因陀罗。最后，夜神被舍质的诚心打动了，化成一个美丽的仙女，带领舍质找到了因陀罗。

舍质看见久别的丈夫悲喜交加，向他哭诉了自己的思念之情。之后，她又痛陈友邻王的昏庸，希望因陀罗能够振作起来，打败友邻王。此时的因陀罗已经没有了斗志，他只是对妻子说："算了吧！我能怎么办呢？他可是拥有众神的力量啊！"

舍质知道丈夫已经失去了斗志，赶忙告诉他说毗湿奴大神会为他洗刷掉罪行。因陀罗听说他的罪行可以被洗刷掉，十分高兴，对妻子说："我会去的，我一定能够打败这个可恶的、昏庸的友邻王。现在你要委屈一下，答应友邻王的亲事，并且告诉他，你们的婚车必须是由圣洁的修行者来拉。"

舍质按照因陀罗的话去做，答应友邻王做他的妻子。友邻王高兴万分，根本没想到里面会有圈套。他找来了天界的仙人，让他们作他的车夫，为他唱赞歌。仙人们感觉受到了莫大的屈辱，但慑于友邻王的淫威，一个个都是敢怒而不敢言。

在去往舍质家的路上，仙人们和友邻王发生了争吵。友邻王一脚踢在了阿竭多大仙的头上。这时，梵天的儿子苾力瞿从阿竭多的头里飞了出来。他诅咒友邻王说："你是个魔鬼！你将永远地失去你的力量，你将从宝座上掉下来，变成一条可恶的毒蛇，将会在地面上爬行一千年。你的后代也要因为你的罪行而受苦。一切都无法改变，因为这是我苾力瞿，梵天的儿子对你的诅咒。"话音刚落，友邻王就从宝座上掉了下来，落到人间后，变成了一条蛇。

因陀罗得知这个消息后，返回了天界。他为毗湿奴举行了马祭，使自己从罪行中解脱出来。于是，因陀罗再一次成了天界的领袖，重新成为受人景仰的天帝。

莎维德丽和加耶德丽

在创世之初，伟大的梵天虽然创造出了六个造物主及达刹和毗里尼，但依然不能使他摆脱孤独和寂寞的侵扰。他觉得，需要找一个人陪伴他，需要有人能够和他共同分享快乐，一起承担痛苦。于是，大梵天就用自己的身体一部分创造出了一个女人，世界上第一个女神。梵天给她取了个美丽动听的名字，叫做莎维德丽。

梵天创造的这个女人太美丽了，她的美貌是无法用言语来形容的。莎维德丽的出现让伟大的梵天痴迷了，他忘记了自己是世界的造物主，丝毫不顾及作为宇宙主宰的身份，被这个自己创造出来的女人莎维德丽俘虏了，目不转睛地盯着她。

梵天之妻辩才天女

受印度教、耆那教和佛教普遍崇拜的辩才天女，曾被当做一条河流崇拜，被赋予孕育生命的母亲角色。后来逐渐与语言相联系，而被看作是诗歌、音乐和一切知识的象征。

莎维德丽被梵天的举动搞得不好意思，开始四处躲避梵天的目光。可是梵天为了能够欣赏这位美人，居然让自己长出四个脑袋来。后来莎维德丽飞到了天空，梵天又在自己的头顶上长出一个脑袋。莎维德丽无处藏身，就做了梵天的妻子。

莎维德丽是聪敏贤惠女神，即辩才天女。她是天神、仙人以及那些忠于梵天的信徒们的庇护者。在很长一段时间里，她和梵天的感情非常好，相处也很融洽。但是，也许是由于梵天的过分宠爱，莎维德丽开始变得越来越傲慢无礼。

这一天，至高无上的梵天把所有的天神聚集到一起，要举行一次非常隆重的献祭仪式。天神们应梵天的召唤赶来了，但当一切都准备就绪的时候，他们发现梵天的妻子莎维德丽还没有到场，于是不免开始抱怨。

梵天觉得很丢脸，为莎维德丽做出如此无礼的行为感到愤怒。于是，他派了一名祭司前往莎维德丽的住处，催促她赶快来参加献祭仪式。

祭司进了女神的房间，发现她不慌不忙地在镜子前化妆。祭司把梵天的话告诉给了她。没想到莎维德丽却傲慢地说："是吗？难道他们已经等不及了吗？你都看到了，我还没有准备好呢！我莎维德丽，梵天的妻子，宇宙中的第一女神，难道不应该让他们在那里恭候我的出现吗？"

祭司碰了一鼻子灰，将莎维德丽的话转达给了梵天。梵天大发雷霆，对天帝

因陀罗说："我要教训一下这个无礼的女人，让她得到应有的惩罚。去！把你在路上见到的第一个女子带过来，她将成为我新的妻子。"因陀罗按照梵天的旨意出发了。不久，他就在湖边碰到了一个年轻漂亮的牧羊女加耶德丽，并把她带回了天界。

梵天对加耶德丽十分满意。他对众神说："加耶德丽，这个牧羊女，将是我梵天的新娘，她会成为新的女神。"众神都开始欢呼雀跃，因为他们早就看不惯莎维德丽的傲慢。于是，天界的祭司们开始装扮加耶德丽，给她佩戴上最好的饰品。

这时，那位高傲的女神也来到了献祭的现场。当她看到加耶德丽拥有了和她一样的待遇，甚至要取代她的时候，十分愤怒。她对梵天喊道："你是世界的主宰，宇宙的天神。可你都干了些什么？你居然要抛弃你的妻子，和一个出身如此卑微的牧羊女结婚。难道你就不怕被天上的众神和凡间的人类耻笑吗？"

梵天这时也觉得自己做得有些冒失，只好对她说："美丽的莎维德丽，平息你的怒气好吗？如果不是因为你的傲慢和无礼，我怎么会做出这样失德的行为呢？不要怪罪因陀罗，一切都是我的错。因为我不能没有夫人出席这盛大的、隆重的仪式，我以后再也不会让你受委屈了。"

莎维德丽已经被嫉妒和愤怒冲昏了头脑，她开始诅咒，甚至连梵天都没放过。她对梵天说："你永远都不会得到我的原谅，你将不再拥有你现在的荣誉。以后，你每年只能接受一次婆罗门的祭奠。"然后，她又对因陀罗说："你是那么的无耻、卑鄙，你永远无法抹去我对你的怨恨。你对宇宙的统治权将被敌人夺走，你还会沦为阶下囚。"之后，她又把矛头指向了毗湿奴："你将会投胎为凡人。你的妻子将会被牧人掠走，你将饱受离别之苦。在你第二次投胎的时候，你会成为牧童，而且还要与牧羊女纠缠不清。"最后，她把怒火转嫁到了那些苦行者的身上："从现在起，你们将不再纯洁，你们只是出于贪婪的目的而去祭奠，你们会成为贪心的家伙。"说完这些话，莎维德丽扬长而去。

天界的众神们十分害怕，因为莎维德丽是庇护者，她的诅咒一定会应验的。正在这时，加耶德丽站了出来，开始为众神化解诅咒。她说："凡是崇拜梵天的人，都会得到世人的承认，人们都会尊敬他。因陀罗的苦难将是短暂的，他终会重返天庭。毗湿奴虽会受尽离别之苦，但总有一天会和妻子团圆。他虽然会成为牧童，但总会重返天界。那些苦行者们，你们不必担心。因为你们是圣洁的，只有那些人间的祭司才是贪婪的。"

加耶德丽的话让众神们感到欣慰，盛大的献祭仪式又重新开始。这时，梵天又派毗湿奴再一次去请莎维德丽出席仪式。此时莎维德丽也开始为自己刚才的过激行为感到懊悔，于是她终于又一次出现在会场当中。

梵天见到了莎维德丽很高兴，希望她能与加耶德丽和好。温柔善良的加耶德丽丝毫不把莎维德丽的傲慢行为放在心上，依然向这位女神行跪拜大礼，请求她能够原谅自己的行为。莎维德丽被加耶德丽的真诚感动了，愿意和她成为姐妹，她说："亲爱的加耶德丽，这不是你的错。我以前的做法是有些过激。你将成为第二个我，我们会一起让梵天快乐的。"

从那以后，莎维德丽和加耶德丽和睦相处，互相尊敬。她们携起手来，为天界和人间带去了很多的幸福和欢乐。

日神和月神

日神苏里耶是天神迪亚乌斯和众神之母阿底提的第八个儿子。与他的几位兄长不同，苏里耶刚出生时丑陋无比，不但无手无脚，而且身材矮小，体态臃肿，就像一个雪球一样，可以滚动起来。正因为如此，苏里耶才没有像他的几个哥哥一样刚一出生就被确认为天神，至于其成为日神，则是以后的事了。在成为日神以前，苏里耶还在几位哥哥的改造下成了人类的祖先。

在苏里耶还是凡人的时候，陀湿多就将自己的女儿萨拉尤尼嫁给了他。不过心高气傲的萨拉尤尼并不甘心嫁给一个凡人，只是由于父亲的一再坚持才不得不委身下嫁。嫁给苏里耶的萨拉尤尼并不开心，虽然苏里耶对她很是宠爱，但她仍然不愿留在凡间。不久，萨拉尤尼为苏里耶生了一对双胞胎，取名阎摩和阎密。萨拉尤尼觉得自己已经尽到了妻子的义务，就决定离开苏里耶，回到父亲家中。可她怕苏里耶发现自己不在后到父亲那儿寻找自己，就造了一个自己的影子桑吉娜，替自己留在凡间。

安排好了一切，萨拉尤尼就悄然离开了。陀湿多见女儿回来，以为她是回来探亲，非常高兴地与女儿闲话家常。当听说女儿是偷着跑出来的时候，陀湿多十分生气，他将女儿赶出了家门，命其马上回到苏里耶的家中。倔强的萨拉尤尼哪肯听父亲的劝告，她出门后就化作了一匹母马，消失不见了。陀湿多虽然生气，却也拿女儿没有办法，只希望苏里耶暂时不要发现事情的真相。

起初，苏里耶确实没有感到任何异常，将影子桑吉娜视为自己的妻子萨拉尤尼。可时间一长，苏里耶也觉得有些不对，虽然他自己也说不上究竟有什么不对。直到有一天，他的儿子阎摩找到他，向他控诉母亲对自己和妹妹的种种不公，苏里耶才如梦初醒。原来，自萨拉尤尼走后，桑吉娜也为苏里耶生了几个儿女。她对自己的亲生儿女与对阎摩和阎密完全是两种态度，甚至还恶毒地诅咒阎摩和阎密。试问亲生母亲又怎么会如此不公呢？理由只有一个，那就是眼前的这个萨拉尤尼是假的，真的萨拉尤尼在生下阎摩和阎密后就已经离开了。

苏里耶十分生气，他找到桑吉娜，责问其事情的真相。桑吉娜见到盛怒的丈夫，吓得浑身发抖，毫无隐瞒地将一切都告诉了苏里耶。苏里耶决心找回自己的妻子。他来到岳父陀湿多的家中，陀湿多极为热情地接待了他。对于自己亲自选定的这个女婿，陀湿多是非常满意的。况且也确实是自己的女儿做得不对，他自觉心中有愧，对苏里耶更为热情。苏里耶对岳父和妻子都没有责怪之意，只是一心想找回自己的妻子。当他得知妻子化作一匹母马逃走之后，也化作一匹公马去追赶妻子了。

在遥远的北国，苏里耶终于找到了自己的妻子萨拉尤尼。萨拉尤尼见苏里耶不远万里来寻找自己，心中一阵感动。当苏里耶走近她时，她主动投入了苏里耶的怀抱。他们再一次结为了夫妻，只是这一次他们是以马的面目结为了夫妻。后来，苏里耶成为了日神，与众天神并驾齐驱，再也不用回到人间了。

月神苏摩也被称为酒神，各天神饮用的苏摩酒就是由苏摩供给的。相传苏摩是一个好色之徒，只要是被他看上的女神，他就一定会想方设法将其弄到手。一次，苏摩看上了祭主的妻子陀罗，竟不择手段地将其诱拐了过来。失去妻子的祭主悲愤异常，他亲自来找苏摩，要求苏摩归还自己的妻子。可苏摩根本就不把祭主放在眼里，任其怎样威逼恳求都无济于事。无奈，祭主找到了梵天，希望梵天出面化解此事。不过梵天的求情也没有起到作用，苏摩仍然不肯将陀罗还给祭主。于是，一场大战一触即发，双方都摩拳擦掌，做好了战争的准备。

战争终于爆发了，双方争得你死我活，随处可见战死将士的尸体，景象惨不忍睹，就连大地女神都看不下去了，请求梵天结束这场残酷的战争。梵天知道事已至此，劝说已经解决不了问题，于是干脆下令让双方停止战争，并缔结和约。至于战争的导火索——陀罗，则被送还给祭主。

重新见到爱妻，祭主十分欣喜，可意外的是陀罗竟然怀孕了。这个孩子是谁的呢？祭主和苏摩都宣称孩子是自己的，但孩子的父亲只有一个，究竟是祭主的还是苏摩的呢？在众人的一再追问下，陀罗才羞涩地说出孩子的亲生父亲。原来，这个孩子并不是祭主的，而是苏摩的。这让苏摩大喜过望，不过可惜的是陀罗再也回不到他的身边了。

为了弥补失去陀罗的遗憾，苏摩连续娶了二十七个妻子。这二十七个女子都是达刹的女儿，是天空中的二十七个星座。这二十七个妻子都很美丽，其中尤以罗希妮最为漂亮，因此也最得苏摩的宠爱。因为对罗希妮的特别宠爱，苏摩常常会冷落其他二十六位妻子，这让她们很是不满。她们也曾向父亲抱怨苏摩的不公，达刹也劝过苏摩要一视同仁，不能厚此薄彼。可苏摩每次都是答应得好好的，回去后就仍然我行我素。终于，达刹被苏摩的无礼激怒了，他决定惩治苏摩。

因为受到了达刹的诅咒，苏摩开始变得消瘦起来，夜晚也因为月亮的黯然失色而变得更加黑暗。这让众天神们都感到不安，他们一起向达刹求情，请他收回对苏摩的诅咒。达刹答应了天神们的求情，饶恕了苏摩。而受到惩罚的苏摩在身体康复以后，再也不敢像以前那样傲慢无礼、我行我素，而是一视同仁地对待二十七位妻子。不过从那以后，月亮每个月都有圆有缺。前半个月，天神们会来吸收月神身上的苏摩酒；后半个月，太阳又会为其补充能量，使其重新丰满起来。

风神之子

在印度的须弥山上，居住着一个由猴子组成的王国。国王有一个十分美丽的妻子安吉那。她本是天上的仙女，因为犯了天规，所以被贬下界来，变成一只母猴，成了猴子国的王后。

有一天傍晚，安吉那像往常一样，独自在森林中散步。这时，四处游荡的风神看到了她，被她的美貌吸引住了。他爱上了漂亮的王后，在安吉那背后抱住了她，轻轻地对她说：“不要害怕！我对你的爱是真诚的。我不会伤害你的。我会在你的头脑里吹入生命之风，你将会生出一个强壮的男孩。他会拥有我的一切力量，他的威名将传遍天下。”

那天晚上以后，安吉那就怀孕了。不久，她就生下了一个健康的金色小毛

猴神哈奴曼

哈奴曼被奉为英勇和坚强的象征。在印度史诗《罗摩衍那》中，他是助罗摩战胜斯里兰卡魔王罗婆那的大功臣，是印度完美侍者的典范。

猴。整个猴子王国为王子的诞生而欢呼雀跃，把一切最美好的祝愿都给了这个新的生命。风神也赶来了，把自己的神力赐给了他，并说要在他长大的时候，带他去周游世界。

有一天，安吉那带着小毛猴去森林中采摘野果。她把孩子放在林中的草地上，自己独自去寻找野果。过了一会，强壮的小家伙有点饥饿，就大哭起来。他的哭声太大了，以至于把太阳都引来瞧热闹。小毛猴看到太阳后，居然把它当成了一个又大又圆的熟透了的果子。他纵身一跳，飞了起来，想要抓住那个馋人的大果子。

太阳一看小毛猴朝他飞了过来，心想："这个小家伙真是不知天高地厚，如果再靠近我的话，他会被烧成灰的。不过，这个淘气的小鬼将来一定会成为一个大人物，所以我不能伤害他。"于是，他就收起了热气。这时，风神也看到了。他吓坏了，赶忙从后面追赶小毛猴，一边追还一边往他的身上吹冷气。

这一切，都被另一位天神看在眼里，那就是天帝因陀罗的儿子，专门以日月为食的罗睺。罗睺心里很是气愤，他想："怎么能够这样呢？太阳和月亮只能是我的食物，这是上天定下的规矩。什么时候轮到这个小鬼了？"于是，他跑到天帝因陀罗的面前，装出一副可怜兮兮的样子告了小毛猴一状。

因陀罗听后非常气愤。他骑上战象，拿上金刚杵，打算教训一下这个小家伙。小毛猴看到因陀罗的战象那圆圆的耳朵，以为又是什么美味佳肴，于是就冲上前去，抓住象耳朵就啃。这下可激怒了因陀罗，他骂道："小小的毛猴，居然连我因陀罗都敢冲撞。"说完，他就放出了一道霹雳雷，扔出金刚杵，打中了小毛猴的脑袋。小毛猴一下子就被打死了，从天上摔了下来。

风神看到因陀罗打死了自己的儿子，非常气愤。他对天帝说："你的做法我永远都不会原谅，我将停止我的工作，这是我对你的报复，也是对世界的惩罚。"

从那以后，整个世界没有了一丝的风。空气不再流动，树枝不再摇摆，鸟儿不再飞翔。人们汗流浃背，没有一丝的凉意，到最后几乎不能呼吸。整个世界都

没有了生机，一切生物都感受到了风神那可怕的惩罚。于是，众神一起来到了伟大的梵天面前，希望他能够劝说风神，消除他的诅咒。

梵天出现在风神的面前，对他说："请不要再伤心了，你知道我是无所不能的。我会让因陀罗向你道歉，还会让你的孩子死而复生。"说完，梵天抓起了小毛猴，用手在它的身上轻轻地抚摸了几下。奇迹发生了，小毛猴复活了。风神非常高兴，马上恢复了他的工作。

众神都松了一口气，感谢梵天的恩惠。梵天对他们说："这个孩子将来会成为一个伟大的人，他会创造出一系列的丰功伟绩。你们以前对他的做法实在是太过分了。你们都要爱这个孩子，赐福给他。只有这样，才能真正平息风神的怒火。"

天帝因陀罗首先赐给了小毛猴一个莲花花环，并说金刚杵永远都不会再伤害到他。然后，其他各神也都对他进行了赐福。最后，众神又给小毛猴起了个名字叫哈奴曼，即大颌猴的意思。

在众神的保佑下，哈奴曼渐渐地长大了。但是，哈奴曼非常顽皮，经常搞出一些恶作剧来。终于有一天，他的行为激怒了两位仙人，他们抹去了哈奴曼的记忆，夺走的他的智慧，还说这一切都要等到他能靠自己的力量为正义事业效力为止。

从那以后，哈奴曼过上了苦行者的日子。他在森林里潜心学习各种知识，同时还练习武术，盼望有一天能够摆脱那可怕的诅咒。

后来，另一个猴子王国被放逐的国王须羯哩婆来到森林中。须羯哩婆见到哈奴曼仪表非凡，就拜他为大将军。哈奴曼在自己修行的同时，还为猴王操练兵马，等待报仇的机会。

有一天，猴王国里来了两个年轻人。他们是人间阿逾陀城的国王十车王的儿子，老大叫罗摩，老三叫罗什曼那。他们告诉须羯哩婆，十首罗刹王罗波那贪恋罗摩妻子悉多的美貌，把她抓走了。他们是来寻找悉多的。须羯哩婆和两兄弟定下盟约：两兄弟帮助他夺回王位，他则帮助他们寻找悉多。

后来，罗摩和罗什曼那帮助须羯哩婆夺回了王位。哈奴曼则飞越了漫漫大海，来到了楞伽城，探知悉多被囚禁于罗波那的老巢楞伽岛。最后，罗摩两兄弟在哈奴曼的帮助下，带领着大批的猴子军队，经过一番恶斗，终于消灭了魔王，救出了悉多。而哈奴曼，风神之子，也因此摆脱了诅咒，成就了一番大事业。

湿婆

梵天在造物之初，创造出了世界上第一位女神——莎维德丽。他为了能够欣赏莎维德丽的美貌，居然一口气长出了五个脑袋。

这时，一位天神对梵天如此失态的做法很是气愤，就用剑砍下了他的一个脑袋。梵天虽然因此而清醒，但也开始怨恨这位天神。于是梵天诅咒他，让他永远流浪，同时还要在恶劣的环境中苦修。这位天神，就是印度教三大主神之一，毁灭和再生之神——湿婆（另外两个主神是创造之神梵天和保护之神毗湿奴）。

湿婆，也叫大自在天，据说产生于梵天的额头，是梵天愤怒的产物。他的前身是鲁陀罗，红色的风暴和闪电之神。“湿婆”的意思则是“仁慈”，也是人们对这位天神的希望。

湿婆大神独自居住在荒凉险峻的喜马拉雅山上，不管是天界的众神还是世间的凡人都畏惧他那具有极大毁灭性的无边法力。他能传播可怕的疾病和死亡，所有的人都必须以好言抚慰，以此来得到他的庇佑。

据说，湿婆的额头上长有能喷出毁灭之火的第三只眼睛。当整个宇宙面临周期性的毁灭时，他就会用这只眼睛消灭掉所有的神和生物。在天神和阿修罗们争夺宇宙控制权的斗争中，湿婆就是用这只神眼毁灭了由金、银、铁组成的三连城。此外，他还用神火把妄图引诱他、使他脱离苦行的爱神化为灰烬。

作为毁灭之神，湿婆有着极其恐怖的形象。他骑着青色的神牛，颈上带着由蛇和骷髅组成的项链，身上涂满了死人的骨灰，散发着让人窒息的恐怖气息。他的出现总是会有成群的魔鬼相伴。

湿婆拥有四件武器，包括一把名叫阿贾伽瓦的神弓、一柄称为比那卡的三叉戟、一根称作卡特万伽的棍棒以及一口削铁如泥的神剑。此外，湿婆的身上还有三条神蛇缠绕：一条盘在他的头发上、一条缠在他的脖颈上，另一条则构成了他的圣线。毁灭之神拥有的这一切，让所有具有思想的生物都对他望而生畏。

此外，湿婆还被称为“舞蹈之神”。他在快乐的时候会跳舞，在悲伤的时候也会跳舞。湿婆所跳的舞蹈并不是简单的、供人欣赏的肢体语言，它还代表了宇宙永恒的运动。当他跳起坦达瓦之舞时，宇宙的一个时代就会结束。湿婆就是通过坦达瓦之舞来毁灭旧世界，创造新世界的。

湿婆性格孤僻、脾气暴躁，和任何人都不能融洽地相处。他不买任何人的账，不给任何人留面子，就连伟大的造物主梵天都要让他三分。

这位可怕的天神也有自己的爱情故事。达刹的女儿萨蒂对湿婆很有好感，一心想嫁他为妻。但是父亲达刹却坚决反对这门亲事，因为他对湿婆没有一丁点的好感。为了让女儿打消这个念头，达刹在为萨蒂举行的选婿大会上，没有邀请毁灭之神湿婆。萨蒂看到自己的心上人没来，非常伤心。她向湿婆祈祷，祈祷他能够出现。

萨蒂扔出了决定自己命运的花环，所有到场的天神都争相抢夺。这时，湿婆突然出现了，接住了这个花环。此时的达刹尽管心中有万分的不满，但也只能接受这个现实。而讨到老婆的湿婆，也在内心种下了怨恨的种子。

有一次，梵天邀请众神参加祭典。当威风凛凛的达刹走进会场之时，所有的天神都站起来向他致敬，唯独他的女婿——毁灭之神湿婆一动不动。达刹对湿婆无礼傲慢的举动十分生气，认为这是在侮辱他，是在向他的权威挑战，并在心里发誓一定要报仇。

不久，达刹举行了一次盛大的祭典。他邀请了天界所有的神，就连那些平时不被人注意的小神也被列入宾客名单之中。达刹故意没有邀请自己的女婿，那个傲慢无礼的湿婆。

萨蒂知道这件事后，甚是恼火。她跑到会场之中，对父亲做出如此小肚鸡肠的行为提出严重的抗议。而达刹非但没有后悔，反而借此机会重重地挖苦了湿婆一番。愤怒的萨蒂失去了理智，她在父亲的祭典上，当着众神的面引火自焚。

湿婆得知妻子的死讯后，愤怒至极。他带上了自己所有的武器，骑着青色神牛赶到了会场。湿婆的出现让所有的天神都感到了从未有过的恐惧。他们中有人试图劝说湿婆，让他不要在这盛大的祭典上大动干戈。可被愤怒填满心窍的毁灭之神已经完全失去了理智，根本听不进任何人的话。他用黑色的神箭射飞了祭品，用三叉戟和木棒打败了所有的天神。最后，湿婆与至高无上的达刹展开了战斗。

虽然达刹也有无边的法力，但他终究敌不过湿婆。最后，达刹的脑袋被愤怒的湿婆砍了下来。这时，保护神毗湿奴出现了。他劝告湿婆就此收手，不要因为妻子的死而毁灭整个天界。湿婆根本不理会毗湿奴的话，拿起他的神剑迎战毗湿奴。就在他们两个打得难解难分之时，伟大的造物主梵天出现了。在梵天的一再

劝说下，湿婆总算罢手，不再搅闹这可怜的祭典了。

但是，梵天的话并没有使湿婆从失去爱妻的痛苦中清醒过来。他从火堆中拿出了萨蒂的尸体，悲伤地呼唤着她的名字，然后带着他妻子的身体在人世间流浪了七年。

后来，梵天和毗湿奴觉得这样下去也不是办法，于是下令让所有天界的神仙和阿修罗们都要向湿婆献祭，要永远歌颂和称赞这位毁灭之神。同时，萨蒂的尸体被分割成五十块散落到人间。凡是落有萨蒂尸体的地方，都将会成为圣地，人们每年都要在那里举行盛大的祭典。

雪山神女

毁灭之神湿婆在失去了爱妻萨蒂之后，心中再也没有一丝的爱情。他离开了天界，离开了那个让他伤心的地方，独自一人过着清苦的修行生活。

在湿婆苦修的同时，天界出现了一个名叫塔卡拉的阿修罗，也过着极其艰苦的修行生活。不过他比湿婆幸运，因为他的诚心感动了所有的天神，就连梵天对他的举动也大为赞赏。于是，梵天出现在塔卡拉的面前，问他有什么愿望。

塔卡拉要求梵天赐给他长生不老之身。但梵天没有答应，因为天界所有的神仙和凡人一样都要经历生死。然后，塔卡拉要求梵天让自己拥有战无不胜的力量。梵天虽然答应了他的请求，但也在恩典中加上了他能够被湿婆的儿子打败的旨意。

塔卡拉成了阿修罗的国王。有恃无恐的他带领阿修罗们，把天界的众神打得四散奔逃。天神们再也忍受不了塔卡拉的恶行，一起来到梵天面前哭诉。

造物的梵天此时也没了主意。因为塔卡拉无穷的力量是他赐予的，他不能杀死这个阿修罗。于是，梵天对众神说："你们必须去请求伟大的天神湿婆！因为只有他的儿子才能杀死这个可恶的塔卡拉。"

天神们听到梵天的话后又一次犯难了。自从萨蒂死后，湿婆就已经心灰意冷。何况萨蒂的死和他们或多或少有一些关系，如今去求湿婆结婚，恐怕是难以办成。这时，一位天神突然说道："雪山神女，只有雪山神女才能让湿婆重新点燃心中的爱。"

原来，这位天神口中的雪山神女名叫帕尔瓦蒂，是众山之王喜马拉雅的女儿。她是湿婆的妻子萨蒂的转世。帕尔瓦蒂倾慕大神湿婆，一心想嫁给他做妻子。于是，她和父王喜马拉雅一同来到了湿婆修行的地方进行朝拜。

湿婆与其妻帕尔瓦蒂

湿婆（左）是时间之神，同时是创造者、破坏者和保护者。他与毗湿奴、梵天合为印度教三神一体的三大神，排名第三位。帕尔瓦蒂（右）是雪山神女，也是湿婆妻子中最谦逊温和的一位，她常与湿婆及她的儿子象头神一起出现。

喜马拉雅为湿婆唱了许多赞歌，希望他允许自己每天都能来这里朝拜，同时还希望他能答应把自己的女儿雪山神女留在身边侍奉他。湿婆没有答应喜马拉雅的第二个请求，因为他觉得女人是进行苦修的最大障碍。站在一旁的帕尔瓦蒂听了湿婆的话后很是不满，就站起来和他辩论。

我们这位湿婆大神虽然有无边的法力，可是他看起来并不善于辩论之道。几个回合下来，就被帕尔瓦蒂辩得无话可说。没办法，湿婆只好答应让帕尔瓦蒂留下来侍奉他。但不管帕尔瓦蒂如何努力，湿婆始终不为她的美色所动。

天帝因陀罗对爱神说："伟大的爱神！这次必须劳烦你了。你必须要想尽一切办法让湿婆大神停止他的苦修，让他彻彻底底地爱上这位雪山神女。你能做到，因为你拥有任何人都不可以抗拒的力量。更何况雪山神女本来就是他的妻子。去吧！我们在这里等待你的好消息！"于是，爱神带上自己的妻子和助手春神，来到了湿婆修行的地方。

爱神看到湿婆正在专心坐禅，四周一边荒凉，没有一丝生机。他决定先要创造出一个春意盎然的环境，然后再找机会用那支"爱心"之箭射中湿婆的心。他让春神把大地铺满鲜花绿草，将那凛冽的寒风变成了柔和的春风。这时，月神也前来助阵，将那皎洁的月光洒在了草地之上。爱神看到一切都布置妥当，就躲在一边，等候机会。

这时，雪山神女像往常一样，从远处走来朝拜湿婆。大神停止了坐禅，睁开

眼看了一下帕尔瓦蒂。爱神赶紧抓住了这个机会，射出了爱之箭。湿婆的心灵受到了震撼，开始动摇，不禁赞美起神女来："看啊！多么美丽的女子啊！她的眼睛就像天上明亮的星星，她的脸庞就像皎洁的月亮，伟大的梵天居然能造出这样的美人来。为什么我以前就没有发现呢?"而帕尔瓦蒂也被湿婆暧昧的眼神看得满脸羞色，低下了头。

但是，湿婆毕竟是修为极深的大神。他很快就注意到了自己反常的现象，心想："我是怎么了？我怎么会有这样的想法呢？一定是有人在搞鬼，让我原本平静的心起了波澜。"他开始环视四周，寻找那个家伙。此时的爱神早把危险抛之于脑后，高兴得手舞足蹈。

湿婆发现了他，明白了一切。他愤怒到了顶点，打开了他的第三只眼睛，把还没来得及躲藏的爱神化为了灰烬。然后就从雪山神女的面前消失了。

雪山神女很是悲伤，她回到父亲的身边，告诉他自己要进行艰苦的修行，希望以此来打动湿婆的心。喜马拉雅不同意帕尔瓦蒂的做法，认为她不应该遭受如此大的磨难。但帕尔瓦蒂决心已定，不顾父亲的反对，独自一人来到湿婆坐禅的地方，开始了苦行。

雪山神女的修行十分艰苦，甚至于到了惊人的地步。但她从没有叫过苦，也没有退缩过，足足修炼了三千年。三界的众神都为她的做法感到震惊。

一天，一个年轻的婆罗门来到了雪山神女的面前，好奇地问起她苦修的原因。帕尔瓦蒂如实地将自己的想法告诉了他，并表示希望得到他的支持。不想，年轻的婆罗门听后哈哈大笑，他说："可怜的人啊！你别那么傻了，那个叫湿婆的有什么好的。他长着三只眼睛，而且面貌丑陋。他身上充满了死亡之气，而且他只是个苦行者。为了这样一个人如此糟蹋自己，你真是太不值了。你的这种做法是在浪费自己的青春和生命。"

雪山神女听后非常生气，对他说："我对大神的爱是纯洁的，不是你想象的那么卑劣。不管湿婆是什么样子，我都会永远爱他。"

婆罗门笑得更加大声，并把湿婆形容得更加难看。最后，雪山神女终于忍不住了，她大吼道："请你离开这里，我的地方不欢迎你这样的人。"奇怪的是，天空中响了一声炸雷。雷声过后，日思夜想的湿婆居然出现在自己的面前。湿婆笑着说："你的真诚打动了我，你的苦行让我成了你的奴隶。"

湿婆向喜马拉雅正式求婚，然后就和帕尔瓦蒂在喜马拉雅山上举行了盛大的婚礼。众神都来表示庆贺，祝他们幸福美满。当然，他们更希望帕尔瓦蒂能够早一天生出一个儿子来，好打败阿修罗王塔卡拉。

战神出世

湿婆大神和雪山神女结为夫妻，天界的众神们每天都在为这对新人祈祷，不停地为他们唱颂赞歌，希望他们能够早一天生出儿子来。

战神鸠摩罗像

鸠摩罗在没有出世之前便被赋予拯救神界的责任。战神作为湿婆的儿子出现与湿婆在诸神中地位的提高有关，同时也是因为战争具有的巨大破坏力，使得人们把战神与毁灭之神联系起来。

但是，刚刚脱离苦海的湿婆似乎并没有把众神赋予他的使命放在心上。他和雪山神女找了一处僻静的地方，日夜不停地欢爱，丝毫没有要生孩子的意思。

众神开始发愁了，因为湿婆的儿子晚出世一天，天界就要多受一天阿修罗王塔卡拉的折磨。天神们来到了大神毗湿奴的面前，希望他能够劝说湿婆停止那无休的欢爱，早一天生出众神的保护者来。可是，毗湿奴的回答却又一次扑灭了天神们心中的希望之火，他说："男欢女爱的事情是宇宙中的真理，任何人都不能阻止这真理的进行，不管他是凡人还是天神。我不会去阻止大神湿婆的。你们相信我，再过一千年，他们的欢爱就会停止了。"

天神们很是沮丧。他们想到还要再忍受塔卡拉一千年的折磨，心里很是害怕。他们决定一起去找湿婆。天神们虔诚地跪倒在湿婆的脚下，不停地赞颂着他，不停地为他唱着赞歌。他们眼中充满了对这位天神无比的崇敬，同时也含着泪水。

湿婆被天神们的举动感动了，答应了他们的请求。他说："并非我不想生下一个孩子，但是我的生命之精是很难承受的。如果你们能够接受它，我会毫不吝

惜地赐给你们。因为我也希望能够早一天消灭掉塔卡拉。”说完，湿婆就将自己的精液赐给了众神。

众神知道湿婆所说的话并不是危言耸听，他的生命之精的力量确实是太过强大。于是，他们决定让火神阿耆尼变成一只鸽子，吞食湿婆的精液。但是，尽管火神阿耆尼法力很强，可依然无法承受生命之精带给他的痛苦。他飞到了湿婆面前，请求给他帮助。湿婆又一次发了善心，他允许阿耆尼将精液注入到一个女人的体内。于是，火神就把生命之精注入到六个仙子体内，因为他觉得这样可以减轻她们的痛苦。就这样，这六个女人怀孕了。过了一段时间，众神们盼望的时刻终于到来了。他们的保护神，拥有无穷力量的、战无不胜的战神鸠摩罗（塞健陀）出世了。

整个天界都为战神鸠摩罗的出世而欢呼。在战神出世后不久，所有的天神都来到他面前，要给他送去最美好的祝愿。就在这时，刚出世的鸠摩罗说：“你们要为我举行一场圣礼。我会赐福给你们，让你们成为婆罗门，然后再由你们行使婆罗门的权利，为我进行圣礼。”所有的天神都对鸠摩罗的话感到惊奇。他们按照他的指示，为战神作了一场盛大的圣礼。

这时，湿婆大神的坐骑南迪神牛出现了。它告诉众神，湿婆已经知道了自己的儿子鸠摩罗出世的事情。他和他的妻子十分想看看这个孩子。于是，战神鸠摩罗坐上华丽的车子，来到了自己的父母亲面前。

湿婆看到自己的儿子非常高兴，雪山神女也十分喜爱这个不是自己亲生的孩子。这对夫妇为儿子举行了最盛大的典礼。他们用世界上所有具有灵性的水为他洗礼，把他们无边的力量赐给了他。同时，湿婆大神还把自己最得意的武器——三叉戟送给了鸠摩罗。

天界的众神们也赶来参加典礼。天帝因陀罗把自己的战象送给了他，毗湿奴也把自己的神盘送给了他，其他天神也都把自己的贴身宝物送给战神。他们的目的只有一个，就是让鸠摩罗拥有强大的力量，好打败塔卡拉。

天神们拜倒在湿婆面前，唱了无数的赞歌，请求他允许鸠摩罗出任天神的统帅。湿婆同意了他们的请求。众神们欢呼雀跃，再一次为鸠摩罗举行了盛大的仪式，让他成为天神的领袖。战神鸠摩罗带领着神军，浩浩荡荡地来到了阿修罗王塔卡拉的城堡前。塔卡拉听见天神们的叫骂声，马上带领阿修罗们出城迎敌。

塔卡拉此时并不知道神军的统帅是湿婆大神的儿子。

第一个出战的是天帝因陀罗。他举起金刚杵，与塔卡拉交战。不出几个回合，因陀罗就力感不支，败下阵来。毗湿奴见状，赶忙上前解围，但不久也被塔卡拉打败。天神们一个一个地冲上去，又一个一个被打败，形势相当危急。

鸠摩罗催动战象，来到了塔卡拉的面前。阿修罗王见来的这个娃娃虽然年纪轻轻，但是威风凛凛。他不敢怠慢，拿起武器迎战鸠摩罗。这一战杀得天昏地暗，所有的天神和阿修罗都被这场激烈的战斗惊得目瞪口呆。

鸠摩罗和阿修罗王战了无数个回合依然没有分出胜负。战神开始着急了，因为再这样打下去，恐怕打到世界毁灭也分不出输赢。他在心中默默地向父亲湿婆和母亲雪山神女祈祷，希望他们能够赐给自己更强的力量。在父亲和母亲的帮助下，鸠摩罗的力量不断地增长。最后，他看准了机会，朝着塔卡拉的胸部来了重重的一击。这位曾经战无不胜的阿修罗王就这样倒下了。

天界的众神们已经无法用言语来形容此时的心情。他们唱着赞歌，把无数的鲜花赠送给他们的英雄——战神鸠摩罗。

象头天神

象头天神是破坏之神湿婆和雪山神女帕尔瓦蒂的儿子。他是印度神话中与世俗关系最为密切的天神，有着非常好的人缘。因为印度人认为，象头天神是最重义气的，只要对他虔诚，他一定会降福给你。象头天神性情友善、定力非凡，而且具有超凡的记忆力。有关象头天神出世的传说有很多的版本，最为有名的是下面这个传说：

雪山神女的相貌十分美丽，虽然她已经嫁给湿婆大神为妻，但是依然得到很多天神的青睐，所以经常有人在她沐浴的时候偷窥。雪山神女对他们的这种做法十分不满，以至于到最后对她自己的丈夫湿婆观看她洗澡都感到厌恶。于是，雪山神女决定生一个只服从自己命令、能够保护自己的儿子。

一天，湿婆大神外出了。雪山神女就从自己的身上取下了一些污垢，造出了一个强壮俊美的小男孩。她对男孩儿说："我亲爱的孩子，你必须牢记我是你的母亲，我的命令胜过所有人的话。你必须而且只能听从我一个的话。你是我最可爱的儿子、最忠实的仆人。你的母亲要在这里沐浴，为了不让那些可恶的天神们偷看，你要一直守在洞口。记住！没有我的命令任何人也不能够进来。"说完，

就给了小男孩一根木棒，让他站在了洞口。

不久，湿婆回来了。他看到这个英俊的小男孩很是诧异。但他没有多想，依然径直朝洞口走去。小男孩见湿婆要往里闯，就说道："站住！这是雪山神女的住所，任何人都不能够进入，除非得到她的允许。"

湿婆一愣，心想："什么时候来了这么个小毛孩，真是不懂事。管他呢！反正这是我的家。"想着想着他就要往里走。这小男孩居然大吼道："这里不许任何人进，你马上给我走。"湿婆这下生气了，他对这小孩叫道："你搞什么鬼！这是我家，我为什么不能进？你是哪里来的毛头小子？"可是，不管湿婆怎么说，小男孩就是不让他进。

湿婆聪明的象头儿子迦奈什

在整个印度，大象意味着力量，它可用于战争、拖运沉重的货物、游行或参加庆典，令人敬畏。而且，大象在很多地域的民俗中都被认为是智慧的象征。当人们在旅行、经商或筹办婚礼前总要向伽奈什献祭，以祈求他向湿婆传达人们的愿望。

这下可把湿婆难住了。他心想，自己作为至高无上的天神，总不能和一个孩子动粗吧。于是，他叫来仆人，让他们去告诉小男孩自己是谁，让他别再做蠢事。

仆人到了小男孩跟前，笑嘻嘻地说："小弟弟！你知道你自己做了一件多么愚蠢的事吗？你知道站在你面前的那个人是谁吗？他不仅是这个家的主人，更是世界的主人。他是伟大的天神湿婆，要是把他激怒了可不得了啊！"小男孩回答道："我只知道雪山神女的命令就是我的一切。"不管仆人怎么软磨硬泡，小男孩就是不同意让他们进去。到最后，小男孩居然拿起木棒赶走了仆人。湿婆很生气，派出所有的仆人前去和小男孩打架。可打了半天，没一个人能打得过他。仆人们一个个都被木棒揍得鼻青脸肿的。这时，天上的众神都赶来了，就连梵天也来凑热闹。因为所有的神都想知道，究竟是谁能把那可怕的、让人生畏的湿婆搞得如此狼狈。

当他们看到只不过是个小孩时，心里都偷偷地笑了起来。梵天走了出来，他觉得自己的名声一定要比湿婆大得多，小男孩肯定会马上让路的。可小男孩反而

把他的胡子揪下一大把来。紧接着，天帝因陀罗、保护神毗湿奴还有很多天神都来劝说小男孩，可没有一个成功的。

这下可激怒了湿婆，他大发雷霆，叫嚷着："我一定要让你这个臭小子吃点苦头。"小男孩拿起木棒迎战湿婆。湿婆真的生气了，他举起了三叉戟，一下子就把小男孩的头给切了下来。

正在这时，沐浴完毕的雪山神女从洞中走了出来。她被眼前的情景吓呆了。当知道事情的前因后果之后，她对着湿婆哭诉道："你怎么可以这样呢？他是我的儿子，也是你的儿子。你怎么忍心亲手杀害了自己的骨肉呢？"余怒未消的湿婆回应道："是他不听我的话，才会有这样的结果。要知道，我才是这个家的主人。"雪山神女也生气了，她叫道："你还好意思说出这样的话？我在沐浴的时候经常被别人偷看，却从没有得到你和你的仆从的保护。如今你还杀死了这个对我最忠诚的孩子！"

自知理亏的湿婆无话可说，只好开始哄他的妻子："我的妻子啊！美丽的雪山神女啊！我知道我错了，但事情已经是这个样子了，又能怎么办呢？我究竟该怎么做才能平息你心中的怒气呢？"雪山神女擦了擦眼泪，坚定地对他说："除非我的儿子复活，否则我永远都不会原谅你。"

为了讨好妻子，湿婆决定为小男孩再找一个头。他对雪山神女说："你的愿望一定会实现的。我降临凡间把我见到的第一种生物的头作为这个孩子新的头颅，让他获得新的生命。"于是，湿婆骑着南迪往北方走去。不久，湿婆就撞见了第一种生物，那是一头大象。他走上前去，用那把削铁如泥的神剑，砍下了大象的头，带了回来。

湿婆把象头安在了小男孩的身上，小男孩复活了，而且精力比以前更加旺盛。为了让妻子高兴，湿婆赐给了他很强的法力，还让他做了自己仆从的首领。同时，湿婆还给小男孩取了个名字，叫迦奈什，即"群主"的意思。

杜尔迦女神

在每年公历的九月至十月之间，印度的很多地区，特别是印度东部的孟加拉地区都会庆祝一个盛大的节日——杜尔迦节，以此来纪念伟大的杜尔迦女神。

在节日期间，大街小巷都建起神棚。人们在神棚中跟随祭司一起朗诵歌颂女神的经文，祈祷这位女神为他们驱灾避难。在节日的高潮，善男信女们还会载歌载舞，把这位女神的神像投入到圣河或圣湖里。

杜尔迦女神被塑造成一位美丽勇敢的女神的形象。她骑在一只威风凛凛的雄狮上，手里拿着各式各样的兵器。在她清秀的脸上，隐约透出一股让人生畏的杀气。有的神像造型虽和前面所说的一样，但不同的是女神正用手里的三叉戟刺进一头水牛的肋下。

那么，这位杜尔迦女神到底是谁？与她相连的神话传说又是什么？人们为什么会对她如此崇拜？为什么人们会在节日的尾声时期将她的神像投入水里呢？

天帝因陀罗虽然带领着天界的众神们将阿修罗们打败，夺回了宇宙的统治权，但是并没有消灭他们。阿修罗们游荡在人间和地下，不甘心失败。他们很有耐心，可以一直等待。只要稍有机会，他们就会联合起来，向天界发起可怕的夺权斗争。

有一次，阿修罗们有了一个新的首领，一位伟大的英雄，至少所有的阿修罗是这么认为的。他骁勇善战，法力无边，可以变成一头健壮的水牛，因此有人也把他称为牛魔王。牛魔王带领着阿修罗们，把天界的众神们打得四散奔逃。最后，连天帝因陀罗都被赶下了宝座，拱手将三界的统治权让给了牛魔王。

天界的众神们不得不像以前那些被他们打败的阿修罗们一样，在人间和地下不停地游荡，没有一处安身之地。过惯了安乐生活的天神们再也忍受不了了，他们一起来到了梵天、毗湿奴和湿婆这三大主神面前，哭诉这段时间所受的痛苦，恳求他们铲除这些可恶的阿修罗。

在造物主梵天心中，所有的阿修罗和天神一样，都是他的子孙后代。因此，梵天对天神们的请求并没有表态。但是，保护之神毗湿奴和破坏之神湿婆却是气愤至极。他们不能宽恕阿修罗们如此狂妄的行为。毗湿奴和湿婆的眉毛被怒气冲得竖了起来，一股神火自他们口中喷出。天神们见状，也学着两位大神的样子从口中喷出了神火。

这些神火中充满了天神们的怒气，聚结了他们的怨恨之情。当所有的神火聚在一起时，变成了一座燃烧的火焰山，照耀着整个宇宙。然后，从那炙热耀眼的神火中，生出了一位美丽勇敢的女神，那就是湿婆大神妻子的转世、拥有无边法力的以降妖除魔为己任的女神——杜尔迦。

天神们看到了杜尔迦的出世，高兴得欢呼起来。因为他们知道，这个在所有天神怒气中产生的女神，一定可以打败那个可恶的阿修罗牛魔王。于是，他们纷纷向女神进献兵器，希望能为女神的强大贡献一份力量。

湿婆大神将自己的兵器三叉戟送给了杜尔迦，毗湿奴大神则将自己的神盘送给了她。其他天神也纷纷献宝，天帝因陀罗把自己的武器金刚杵以及战象爱罗婆多脖子上的神钟给了她，水神伐楼那将自己的神螺作为礼物。杜尔迦觉得仅仅有两只手拿不了这么多的武器，就又变出了八只手臂，来接受天神们的兵器。最后，喜马拉雅神送给了杜尔迦一匹坐骑，一头勇猛非凡的雄狮。杜尔迦女神拿着众神们的兵器，背负着天神们的使命，骑着雄狮，带领着神军，来到了牛魔王的城堡。

牛魔王正和阿修罗们商量如何把天神们彻底消灭干净。忽然有人来报，说是城堡外来了大批的神军，为首的是一个从未见过的女神。牛魔王感觉事态严重，因为那些被他打败的天神们是没有胆量到这里来讨敌骂阵的。他赶忙拿起武器，出城迎敌。

牛魔王看到了威风凛凛的杜尔迦女神，心中不免产生了一丝恐惧。但这种恐惧感很快就消失了，因为他觉得所有的天神都打不过他，包括眼前的这个女人。他变化成一头足以让在场的天神都丧胆的水牛，咆哮着朝杜尔迦冲了过去。

女神见来势凶猛，催动雄狮闪在一旁。她找准机会，掏出了一个名叫巴希（一种具有法力的绳索）的法宝，将他牢牢套住。牛魔王愤怒了，他喘着粗气，用巨大的蹄子在地上刨着，嘴中的咆哮声更加巨大。他不断地挣扎，希望能够从巴希中解脱。但是，不管他怎么弄，都没能挣断绳索。牛魔王见势不妙，马上变成了一头狮子，咬断了绳索。

女神见状，拿起了湿婆的三叉戟向他砍去。牛魔王变回人形，手拿利剑迎战杜尔迦。杜尔迦不想和他短兵相接，就放出万只神箭，直刺牛魔王的各个要害。牛魔王马上又变成一头大象，以粗厚的象皮抵挡住了神箭。女神这时又拿出神剑，直冲大象的鼻子砍过来。牛魔王不敢怠慢，马上又变回水牛。

牛魔王的行为激怒了杜尔迦女神。她挥动着所有的武器，迅速地朝水牛冲去，牛魔王被她的举动吓呆了。女神抓住这个机会，举起三叉戟，直插入水牛的肋下。就这样，那位阿修罗的英雄一命呜呼。众神们欢呼雀跃，冲进了阿修罗城堡，把那帮可恶的兄弟们再一次打入了凡间。

战斗结束了，不管是天界的众神还是世间的凡人，都对杜尔迦女神顶礼膜拜。众神祈求杜尔迦能够在他们遭遇灾难的时候帮助他们。杜尔迦爽快地答应

了。从那以后，人们就开始庆祝杜尔迦节。

大神化身黑天

摩吐罗国的国王刚沙异常凶狠残暴，国中的百姓苦不堪言。大神毗湿奴在得知这一情况后，决定亲自下凡结束刚沙的统治。在大神毗湿奴未投胎之前，刚沙就获知将有人来结束自己的生命，而这个人就是堂妹提婆吉和牧人富天的第八个儿子。在得知这一消息后，刚沙将提婆吉看得十分紧。每当提婆吉生下一个孩子，刚沙都会第一时间赶到，并亲手将其杀害。就这样，提婆吉的前六个孩子刚一出生就全都惨遭不幸。第七个儿子由于得到了睡眠女神的护佑，被临时转移到富天另一个妻子的子宫里，所以才幸存下来。这个孩子就是大力罗摩。

接下来就是第八个孩子了，也就是大神的化身黑天，提婆吉和富天都异常紧张，他们害怕自己的这个孩子再次遭到刚沙的毒手。不过既然是大神的化身，又怎么可能轻易丧命呢？在提婆吉生黑天的时候，恰好牧人难陀的妻子耶雪达也生下了一个女儿。富天用耶雪达的女儿替下了自己的儿子黑天，将黑天交给了耶雪达。幸运的是刚沙并没有察觉到孩子已经被调了包，当他杀了耶雪达的女儿时，以为自己杀的就是提婆吉的孩子，于是他再次满意而归了。不过刚沙很快就知道自己上了当，他决定在黑天未长大前将其除去。

一天，刚沙派身边的恶魔阿修罗沙迦塔苏儿去刺杀黑天。这天，碰巧耶雪达要去沐浴，临时将黑天放在牛车下面。沙迦塔苏儿认为这是天赐良机，于是钻到车底，用力劈向车身，准备砸死黑天。可他的手掌还没有碰到车身，就被黑天一脚踢了起来，等他落到地上，已经粉身碎骨了。耶雪达归来，看到零碎的牛车，以为黑天出了事，忙奔向前去。当她看到黑天仍然安稳地睡在摇篮里时，才放下了悬着的心。

一计不成，刚沙又心生另一计。这一次，他决定派自己的奶妈普塔纳去杀死黑天。普塔纳化作一只大鸟飞向了黑天的家，她站在窗外向屋内望去，耶雪达正在喂黑天吃奶。喂完奶后，耶雪达便转身离开了。普塔纳趁机钻了进去，将自己的乳头塞进了黑天的嘴里。小黑天闭着眼睛贪婪地吮吸着，似乎并没有发现什么不妥。普塔纳暗中得意，心想自己有毒的奶水一定可以毒死这个小家伙。可黑天

吸啊吸啊，吸得普塔纳的奶水都快干了，却仍然没有出现任何中毒的迹象。普塔纳开始心慌意乱，就在此时，黑天忽然用力，迅速吸干了她的乳汁，接着又开始吸她的元气和精髓。当普塔纳想要抽出乳头保全自己的时候，已经太迟了。随着黑天的再一次用力，普塔纳的命根被吸了出来，而普塔纳也随之奔赴黄泉了。

在黑天七岁的时候，他随着牧人们搬到了沃伦达森林居住。其间，黑天过了一段平静的日子，但这并不意味着刚沙已经放弃了他的追杀行动，他只是在寻找时机而已。当他听说黑天搬到了沃伦达森林，脸上随即浮现出了阴险的笑容。原来，刚沙的一位好友——蟒王迦梨耶就住在那里。他找到迦梨耶，将一切都告诉了好友。迦梨耶让刚沙尽管放心，自己一定会帮助他除掉黑天这个心头大患。

年少的黑天非常贪玩，他常和伙伴们一起到河边玩耍，而迦梨耶就住在河对岸的一个深潭中。迦梨耶决定趁黑天到河边玩耍时将其杀死。一天，黑天仍然像往常一样和伙伴们到河边玩耍。正当他们玩得高兴的时候，忽然见到河水沸腾，从河中出现了一条长着五个头颅的巨蟒。巨蟒的出现吓得伙伴们四处逃散，黑天见状非常生气，他纵身一跃，跳进了深潭之中。迦梨耶见黑天自投罗网，忙用蛇身将黑天紧紧地缠住，可这又怎么能奈何得了大神的化身呢？黑天很快就从巨蟒的缠绕中挣脱出来，他跳到巨蟒的头上，在上面跳舞。迦梨耶承受不了黑天的重量，身体随之下沉，头颅也开始流血。他忙向黑天求饶，并保证此后做一条无害之蟒，再不祸乱人间。黑天见其确有悔改之心，就饶恕了他。

刺杀行动再一次失败，这让刚沙十分懊恼。他必须抓紧时间，否则就真的来不及了。他将恶魔波罗兰钵叫到身边，嘱咐他要杀死黑天，只宜智取而不宜强攻。波罗兰钵想到了一个接近黑天的好办法，即化身为他的伙伴。在一群玩耍的少年之中，波罗兰钵的化身就在其中，黑天似乎并没觉得这个少年有何异常，这让波罗兰钵非常高兴。在游戏中，波罗兰钵背着黑天一直向前跑，跑着跑着忽然现出其狰狞的面目，其身体马上变得像大山一样沉重，妄图将黑天压在下面。不过机敏的黑天很快从他的身上跳了下来，并冲着他的脑袋给了他重重的一击。波罗兰钵脑浆迸裂，真的如大山一样永远地倒在了那里。

此后，刚沙又派了很多恶魔去杀害黑天，可都无功而返。屡屡受挫的刚沙开始变得烦躁不安，他似乎预感到自己的末日即将来临，但他不能坐以待毙。这次，他决定亲自出马，将黑天召到身边来，伺机杀死他。他命人到黑天所在的村落去请黑天和牧人们前来献祭，顺便让他们参加摔跤比赛。黑天等人在接到命令后，就开始筹备贡品。待一切准备妥当，他们就向着马图拉出发了。

对黑天的到来，刚沙显然早有准备。他为黑天设置了重重关卡，每一道关卡都足以要他的性命。不过黑天既然是大神毗湿奴的化身，自然有办法化解种种危险。在摔跤场，刚沙认为这是杀死黑天最后的机会了，于是他召来国内最勇猛的两位武士，让他们与黑天格斗。在场的人都在议论比赛的不公，哪有成年武士与孩子对阵的？可黑天却表现出一副无所谓的样子，欣然接受挑战。当他将两位武士全都击倒时，刚沙知道自己彻底完了。黑天没有给刚沙任何反抗的机会，果断地结束了刚沙的性命，完成了他的使命。

大神化身侏儒

大神毗湿奴拥有众多的崇拜者，而所有虔诚崇拜毗湿奴的人，都会得到他的护佑和帮助。大神曾多次化身去解除苦难，惩治罪恶。值得一提的是，大神的护佑并不盲目。如果有人做了错事，那么即使这个人是自己虔诚的崇拜者，他也一定会伸张正义，使这个人得到应有的惩罚。

伯力是大神毗湿奴虔诚的崇拜者，他的虔诚感动了大神，于是大神决定赐给他几件宝物，使他能够建立自己的神威。这几件宝物分别是刀枪不入的宝铠甲，无坚不摧的神弓箭以及疾驰如飞的神战车。在这几件宝物的帮助下，伯力所向披靡，取得了一场又一场战斗的胜利，很快就在人间和地界建立了自己的神威。不过伯力并不满足于此，在征服人间和地界之后，他又将目光瞄准了天界。他决定征服天界，做三界的主人。

当伯力率领着大军向天界杀来时，天神之主因陀罗随即陷入了恐慌之中。伯力的强大让他十分畏惧，而其日益逼近的脚步更是让他寝食难安。慌乱之中，因陀罗想到了祭主，于是连忙赶到祭主那里，向他讨求生存之道。祭主劝因陀罗暂时离开天界，虽然他归为天界之主，但此时却并非伯力的对手，因为时间之神正站在伯力的一方，所以不宜与伯力开战。如果强行出兵，非但无法取胜，而且还必然损失惨重。与其如此，倒不如暂且回避，待时间之神抛弃伯力后再重返天界。

因陀罗接受了祭主的建议，带领众天神离开了天界。伯力不战而胜，占领了天界，成为了三界的主人。当伯力尽情地享受其三界之主的荣耀时，众天神们却

愁苦不堪。自离开天界之后，他们居无定所，只能四处飘荡。看到儿子们无处安身，天神之母阿底提十分心疼，她希望帮助儿子们重返天界。在迦叶波仙人的指引下，阿底提知道只有大神毗湿奴才能战胜伯力，而大神又是十分仁慈的，他会护佑所有虔诚膜拜他的人。

为了寻求大神毗湿奴的护佑，阿底提开始虔诚地膜拜大神。她甚至不吃不喝，一心膜拜。大神毗湿奴看到了阿底提的虔诚，就问她有什么要求。阿底提流着泪将儿子们的遭遇说给大神听，希望大神能够帮助儿子们摆脱困境。大神是公正的，他不能因为伯力是自己的崇拜者就任其胡作非为。他安慰阿底提不必忧心，自己将化身侏儒去解救他的儿子们。第二天凌晨，大神就借阿底提的身体化身侏儒降生了。

大神化身侏儒后，将自己打扮成梵行者的样子，向伯力所在的地方走去。当他找到伯力时，伯力正在举行马祭。看到如此打扮的大神侏儒，伯力马上意识到这个人非同一般。他恭敬地接待了大神，并主动提出愿意满足大神提出的任何要求。伯力本以为大神会趁机向其索要金银珠宝，可大神却说那些对他没有任何意义，他只想要三步大小的一块地，那就足够他安身了。

听了大神的要求，伯力不免觉得十分可笑。面对三界之主，竟然只有这么小的要求，三步大小的地方能干什么呢？大神看出了伯力的不屑，谦和地对伯力说："我知道三步大小的地方对您不算什么，可我只是一个凡人，只有这么大的需要，您即使能给我一切，我又有什么用呢？人不能要求超过自己需要的东西，更不能贪得无厌。"伯力懒得跟他争论，反正他只要求三步大小的一块地方，这个要求对自己来说简直是易如反掌，干脆答应他就算了。

得到了伯力的应允，大神开始丈量自己的三步之地。接下来，不可思议的一幕发生了。大神刚刚丈量了两步，就已经超过了伯力所统治的三界。那么第三步应该如何丈量呢？看来伯力是要失信了。见此情景，伯力惊讶得目瞪口呆，可他仍不愿失信于人。当伯力问他第三步应该放在哪里时，他让伯力踏在他的头上，这样就兑现了诺言。伯力知道，大神的脚一踏下，自己就再难活命了，可他如果不能实现自己的施舍，那就连地狱也难容自己。所以，为了实现施舍，他甘愿一死。

听了伯力的话，大神毗湿奴果然将脚向伯力的头顶踏去，可结果是什么都没有发生。对于如此虔诚的人，大神又怎么忍心结束他的生命呢？即使他曾经有过非分之想，做了错事，但却并非不可救药。仁慈的大神决定给伯力一次改过自新

的机会，他命伯力将天界还给众天神们，但将地界赐给了伯力，使其成为那里永远的主人。

恒河女神下凡

很久以前，印度甘蔗族有一个名叫萨竭罗的国王，他统治着印度境内的阿逾陀城。

萨竭罗的身世充满传奇色彩。在没出生以前，他的父亲就已经死了。在他出生的那一天，奥尔瓦仙人出现在阿逾陀城。他要带年轻的王子走，和他一起到净修林修炼。王后为自己的儿子能够由仙人抚养非常高兴，欣然答应了奥尔瓦的要求。

在萨竭罗离开的这段时间里，整个阿逾陀城处于群龙无首的状态。由于没有国王的领导，阿逾陀城很快就被周边的野蛮部落所侵占，人民的生活陷入水深火热之中。后来，修行期满的萨竭罗回到了自己的国家。他带领着阿逾陀城的军队和百姓，齐心合力，不仅把入侵的敌人赶出国门，而且还兼并了很多周边的领土。在萨竭罗英明的领导下，阿逾陀城日益强大。

恒河女神

对印度教徒而言，恒河是最神圣的河流。这条河化身为恒河女神。据说她也是湿婆的妻子，因而受到雪山神女帕尔瓦蒂的忌妒。

有件事却始终困扰着国王。原来，萨竭罗虽然早就娶了一对姐妹为妻，但是过了很多年，这对姐妹也没有给他生下个一男半女。萨竭罗王很是着急，担心国家没有后继者。于是，他放下手中的国事，带上两个妻子，来到吉罗娑山苦行。

一百年后，萨竭罗王的虔诚终于打动了湿婆大神。他出现在萨竭罗的面前，

高兴地对他说：“你是虔诚的信徒，我一定实现你的心愿。你的一个妻子将会为你生下六万个儿子，另一个则只会生下一个。”得到湿婆赐福德后，萨竭罗带着两个妻子回到了阿逾陀城。

不久大王妃为萨竭罗生了一个英俊健康的男孩，被萨竭罗封为太子。而妹妹则生出了一个大南瓜。国王认为这是不祥的预兆，要把那个南瓜毁掉。天神告诉他，他的六万个儿子就是从南瓜中出生的。果然，阿逾陀城又多了六万个王子。

萨竭罗王以为从此可以安心了。没想到，这个太子从小就不学无术，经常仗势欺人。长大后，他更是变本加厉，经常以残害百姓的生命为乐趣。萨竭罗知道后，非常生气，就废了他的太子之位，把他流放到荒漠中。

伤心的萨竭罗希望能从剩下的六万个儿子中挑选出一个贤明的人，来做自己王位的继承者。可是他发现，这六万个儿子与前任太子比起来，不仅在残忍程度上有过之而无不及，而且还十分傲慢，连天神都不放在眼里。

萨竭罗六万个儿子可恶的行为却激起了天神们极大的不满。他们来到梵天的面前，请求他制裁这些可恶的人。梵天对众神说：“你们回去吧！我答应你们的请求。我已经想好了一个办法，他们不久就会消失的。”

果然，在不久后的一次马祭活动中，萨竭罗的六万个儿子因为追赶逃跑的祭马，钻进了干涸的海底（在天神和阿修罗的战斗中，海水被阿竭多大仙全部吸走）的地下。他们在那里找到了祭马，还看见了毗湿奴大神的转世——迦毗罗大仙。他们对迦毗罗大声辱骂，触怒了毗湿奴。于是，他张开双眼，将这六万个王子烧为灰烬。

萨竭罗听到消息后悲痛万分。但他知道，儿子们触怒的是天神，凭借凡间的力量是不可能让他们的灵魂升天的。于是，他把孙子安舒曼叫到了跟前，让他完成王子们没有完成的任务——找回祭马。

这个安舒曼是前任太子的儿子，但他与他的父亲在性格上截然相反。他为人忠厚善良，待人诚恳大方，十分受百姓们的爱戴。这次他接受了祖父的命令，沿着他叔父们的足迹，找到了那匹逃跑的祭马。

此时，迦毗罗依然在那里修行。安舒曼见到大仙后，虔诚地拜倒在他的面前。他低下头，双手合十，告诉了大仙自己此次前来的目的。毗湿奴被他的虔诚打动，答应可以帮他实现两个愿望。安舒曼没有要金山银山，更不要权利和美女。他只想要回祭马，让他的叔叔们升入天国。

迦毗罗对安舒曼的要求很是满意，对他说：“你所想要的都会得到的，祭马

你现在就可以拿回去。而你叔叔们的灵魂也将升入天国。不过，这件事并不是你能办成的，得由你的孙子来完成。恒河女神是喜马拉雅王和须弥山的女儿，你的孙子必须使她下凡。因为只有恒河的水才能洗刷掉你叔叔们的罪行，净化他们的灵魂。”

后来，安舒曼继承了王位。他告诫后人，要他们牢记为祖先洗刷罪行。安舒曼的孙子跋吉罗陀英武盖世，受到百姓们的称颂和爱戴。他始终没有忘记祖父留下的遗训。最后，他将国家交给了别人，自己来到喜马拉雅山上苦修，希望能够让恒河神女下落凡间。

他不怕艰苦，想尽各种办法来磨砺自己。一千年后，他的行为终于打动了恒河女神。女神答应为他的祖先和世间的凡人洗刷罪行。但是，恒河女神担心从天而降的恒河水会淹没整个世界。所以，跋吉罗陀必须想办法让恒河水从天降下时得到缓冲。

于是，跋吉罗陀又来到湿婆大神的修行处，请求他帮助自己完成心愿。湿婆被这个凡人坚定的信念和意志所感动，表示愿意帮助他。他们来到了喜马拉雅山，跋吉罗陀对着天空大喊：“伟大美丽的恒河女神啊！请你发发慈悲吧！降落到那充满罪行的人间，为我的祖先，也为这世人洗刷罪孽吧！”这时，只见天空中倾泻下无尽的大水，犹如瀑布一般。湿婆大神见状，赶忙冲过去，用自己的前额缓解了恒河水的巨大冲力。恒河水落入了干涸的海底，冲刷掉了跋吉罗陀祖先们的罪过，使他们升入了天国。

从那以后，恒河之水就留在凡间，湿婆也成为恒河的保护神。直到现在，印度人们还认为，在恒河里面洗澡可以净化灵魂把一切罪过都洗掉；如果将死者的骨灰撒入河里，那么他就可升入天堂。

恒河女神和她的孩子

都说母亲是最疼爱孩子的，但却有位母亲残忍地将刚刚出世的孩子抛到了恒河里，这又是怎么回事呢？原来，这位母亲并非凡人，而是人神共敬的恒河女神。被她抛入恒河的孩子们也绝非凡夫俗子，而是天上的神仙。恒河女神正是因为受托于众仙人，所以才会将他们在凡间的化身抛入恒河之中，让他们尽快死去，好恢复神身。

事情是这样的：天上的八位神仙带着妻子到极裕大仙的修道地游玩，忽然见到一头漂亮的奶牛正在草地上吃草。八位仙人对这头奶牛赞赏不已，言语中尽是对它的喜爱之情。神光仙人的妻子对丈夫说："我们把这头奶牛带走吧！"神光仙人虽然也很喜欢这头奶牛，但他们要这头奶牛除了观赏之外并没有什么实质性的用途，况且得罪极裕大仙可不是闹着玩的。他一口回绝了妻子的要求。可妻子仍然不依不饶，称自己要这头奶牛并非为了自己，而是为了凡间的一位朋友。如果凡人喝了这头奶牛的奶，是可以长生不老的。神光仙人拗不过妻子，只好与众仙一起将奶牛带走。

极裕大仙回到修道地后，发现自己的奶牛不见了，掐指一算便知道是八位仙人带走了奶牛。这八位仙人竟然如此大胆，完全不把他极裕大仙放在眼里，他决定要狠狠地惩治这八位仙人。他诅咒八位仙人降落尘世，沦为凡人。极裕大仙的诅咒是非常灵验的，当八位神仙得知极裕大仙的诅咒后，全都慌了神，忙赶到极裕大仙那儿承认错误，请求他收回诅咒。见他们确有悔改之意，极裕大仙的气也消了一半儿，但已经发出的诅咒又怎么能收回呢？不过他答应减轻诅咒，只让神光仙人长期生活在尘世中，其他七位仙人则可以投胎后便马上死去，恢复神身。

虽然得到了极裕大仙的宽恕，但八位神仙都知道，他们要顺利地重返天界，必须得到其他人的帮助。他们想到了慈爱善良的恒河女神，于是赶到恒河请求她做他们的母亲，帮助他们在降落凡间后迅速恢复神身。恒河女神被他们的真诚所打动，答应了他们的请求。接下来，她要做的就是在凡间找一位夫婿，生下八位神仙，然后在第一时间将他们杀死。可这样的行为就一位母亲而言，却显得过于疯狂。而她那不明真相的丈夫，又怎么可能理解她这种疯狂的行为呢？

恒河女神化身为一位美丽绝伦的女子，当她出现在象城的福身王面前时，马上吸引了对方的注意。象城的福身王是天下国王中的佼佼者，恒河女神决定选择他作为自己在凡间的丈夫。福身王果然为恒河女神的美丽所动，对其日思夜想，终于有一天，福身王挨不过相思之苦，向恒河女神表述真心，希望能娶其为后。恒河女神并没有马上答应福身王的求婚，而是提出了一个条件。如果福身王答应她的条件，她就马上嫁给他。如果福身王无法接受或者将来有违誓言，那么她就会离他而去。

恒河女神提出的条件就是不过问她的来历、出身，也不干涉她所做的任何一件事情。福身王此时只是一心想娶到恒河女神，哪怕让他付出再大的代价也心甘

情愿，更何况只是这小小的要求呢！他一口答应了恒河女神的条件。就这样，恒河女神成了福身王的王后。婚后不久，恒河女神便怀上了孩子。得知恒河女神怀孕的消息后，福身王非常高兴，他天天祈祷上天赐给他一个儿子。结果确如福身王所愿，恒河女神果然生下了一个儿子。可正当福身王要为喜得贵子而大摆酒宴的时候，他的王后却带着他的儿子来到了恒河边，毫不犹豫地将孩子扔了进去。

刚刚的喜悦马上化为了巨大的悲痛，王后怎么可以这样残忍，连自己的亲生骨肉都要杀害呢？福身王的心中是有埋怨的，但一看到自己心爱的王后，他又不忍心责怪，况且自己当初也答应不干涉她所做的任何一件事。这件事虽然在福身王的内心留下了一道阴影，但却并没有影响他对恒河女神的爱，他仍然像以前一样深爱着自己的王后。可是接下来的第二个孩子、第三个孩子……直到第七个孩子，恒河女神都对他们做了同样的事。接连失去七个儿子，这是任何人都无法承受的。福身王一忍再忍，总觉得妻子只是一时任性，下一次就不会这样了。可当他的第七个孩子也命丧恒河之时，他开始绝望了。

没过多久，恒河女神又怀上了第八个孩子。福身王抱着最后一丝希望，希望妻子能够留下这个孩子。可当孩子出世之后，妻子却仍然抱着他向恒河走去。福身王终于忍无可忍了，这次他说什么也要阻止妻子，绝不能再失去这第八个孩子了。就在恒河女神将孩子举起的刹那，福身王制止了她。恒河女神知道这一切都是天意，这第八个孩子就是神光仙人转世，他必须要长时间留在尘世间。她将一切都告诉了福身王，包括自己的真实身份以及下凡和杀子的原因。福身王顿时惊呆了。恒河女神称福身王已经违背了誓言，所以她必须离开了，她会暂时带走这第八个孩子，过段时日便会归还。至于福身王，他生下八子的功德将使其在死后也可以升天为仙。

此后，福身王开始节食减欲，以苦行的精神来治理国家。几年后，福身王在恒河边看到了自己的孩子。这几年间，恒河女神带着这个孩子到处拜师学艺，使他学得一身的本领，如今已然是一个英武少年了。恒河女神为他们父子做了引荐，之后便回到了恒河之中。恒河女神和福身王的这个孩子长大后并没有继承王位，但却成为了王国里最有学问的人，受到了全族人的尊敬。他在人间活了很久才死去，在多年后终于回到了天界，恢复了神身。

阿普莎拉丝下凡

从前，有一位英勇贤明的国王，在他的治理下，国家富强，百姓安乐，可是在国王的心头却始终有一块心病，那就是他的女儿。公主天生丽质，美若天仙，可是自她出生以来，就从来都没有高兴过，连国王都难得见她笑上一笑。眼见公主已经到了出嫁的年龄，可无论是谁来提亲，公主都断然拒绝。倔强的公主始终都坚持她的条件，那就是她未来的丈夫必须能讲出维夏拉布里的故事。对于国王的臣民来说，维夏拉布里是一个连听说都未听说过的地方。如此还要他们讲出那里发生的故事，岂不是强人所难吗？

天女献舞

天女们轻盈的体态，曼妙的舞姿赢得了天帝因陀罗（图右下角）及其他众神的赞誉，他们看得如痴如醉。

因为公主的条件太过苛刻，所以一直都没有人能如愿娶到公主。渐渐的，主动上门提亲的人也越来越少了。国王几次都想劝劝女儿，可公主却一句也听不进去。看来，女儿是要老死宫中了，国王心想着。就在国王一筹莫展的时候，有个年轻人走进宫来，称其知道维夏拉布里的故事。国王将信将疑，但只要有一线希望，他都不会放弃。虽然眼前的年轻人不太如意，可总比女儿老死宫中要强得多。如果他能让女儿满意，倒也不失为一件好事。

国王忙命人带着年轻人去见了公主。公主见到这个自称去过维夏拉布里的人，只问了他一个问题，即城门口有什么醒目的东西。如果他能答对这个问题，那么他所说的就是真的了。年轻人马上答出了“大象”。公主点点头，说道：“看来你真的去过维夏拉布里，好了，我相信你说的是真的了，但是现在你不需要把一切都告诉我，等我需要你说的时候再说吧！”终于找到一个符合条件的人，国王暗自为女儿高兴，而公主也终于露出了迷人的笑容。

国王本以为女儿的幸福生活即将开始，可没过多久，却传来了女儿香消玉殒的噩耗。年迈的国王一时瘫软在地，他怎么也不敢相信女儿竟然如此短命。他忙找来了自称知道维夏拉布里故事的年轻人，问他公主到底发生了什么，怎么会忽然死去？年轻人此时也懊悔不已，他痛苦地说：“都怪我，是我被幸运冲昏了头脑，以为自己发现了不为人知的秘密，就总想着拿出来炫耀。公主曾多次制止我说出维夏拉布里的故事，可我偏要说出来。没想到，当我将一切都告诉公主的时候，她便香消玉殒了。这是上天对我的惩罚。”年轻人痛苦地回忆着，已然泣不成声。

原来，公主并不是凡间的普通女子，而是天女阿普莎拉丝的化身。阿普莎拉丝本是天界众舞女之中极为出色的一位，她的体态轻盈，舞姿曼妙，赢得了众神的盛誉。一次，她奉命为众神之主因陀罗献舞。舞毕，因陀罗看得如痴如醉，对阿普莎拉丝十分喜爱，于是将一座美轮美奂的都城维夏拉布里指派给她。阿普莎拉丝忙感谢因陀罗的恩赐，在她到达维夏拉布里后，每天都不忘对因陀罗顶礼膜拜，以示崇敬。可是有一天，阿普莎拉丝却忘记了膜拜因陀罗，这让因陀罗十分生气，他决定惩罚阿普莎拉丝的不敬。

因陀罗向阿普莎拉丝发出了诅咒，令其成为国王的女儿，生活在尘世。但在维夏拉布里，将会保存有她的遗骸。两名侍女将会守在遗骸旁边，等待凡间的一个年轻男子前来探寻真相。当这个年轻的男子将一切告诉她后，她会可以脱掉人身，恢复天女的身份。阿普莎拉丝没有向因陀罗求饶，只希望因陀罗答应自己不要让其他人接管维夏拉布里。因陀罗答应了她的要求。在阿普莎拉丝下降到凡间的时候，因陀罗便用魔法将维夏拉布里封死，使城里的所有居民全都昏迷不醒。

至于那个幸运的年轻人，则是因为得到了幸福女神的指点，并在她的帮助下到达了维夏拉布里，听两位侍女讲述了那里所发生的一切。可惜的是这个年轻人并没能留住幸运，他本可以和公主度过一段幸福的时光，但他却急于将一切说出。得知真相的阿普莎拉丝已然解除了诅咒，自然不会再留在人间。随着公主的香消玉殒，维夏拉布里的灵魂复苏了。阿普莎拉丝重新回到了天界，重新成为了维夏拉布里的掌管者。

搅乳海

在高耸的须弥山上，坐落着很多富丽堂皇的宫殿，所有天神都居住在那里，也包括他们的兄弟阿修罗。

有一天，所有的天神和阿修罗聚集到了一起。这一次他们并不是为了争夺宇宙的统治权，而是要讨论一个一直以来都困扰着双方的问题。原来，在印度神话里，神仙虽然有着无穷的法力，寿命要比凡人长得多，但是他们和人类一样，都要经历从生到死的过程。

看来，神仙和凡人一样，都对死亡有着莫名的恐惧。天神和阿修罗聚在一起的目的，就是商量如何远离疾病和死亡，如何获得长生不老之身。保护神毗湿奴首先发言，他说："诸位天神和阿修罗们，我已经向伟大的梵天请示过了。他告诉我，凭他的力量是不能让我们获得不死之身的。如果我们去搅动乳海，不仅可以从中获取长生不老的甘露，而且还会得到很多宝贝。但是，不管是神族还是阿修罗族，单凭自己的力量是不能完成这项任务的。因此，我们必须团结起来，才能获得珍贵的甘露。"毗湿奴的建议马上得到所有人的响应。天神和阿修罗们有史以来第一次站在了一起。他们订下盟约，要联合起来搅动乳海，然后把长生不老甘露平分。

他们首先来到了高大的曼陀罗山，准备用它作为搅乳海的工具。这曼陀罗山不仅十分高大，而且地基很深。他们请求梵天和毗湿奴给予他们帮助。于是，毗湿奴施展无穷的法力，将整座山都搬了起来，放到乳海的边上。然后他们又找来了蛇王瓦苏基，让他充当搅海的绳索。

接下来的工作是要征得乳海的主人伐楼那的同意。天帝因陀罗来到伐楼那面前，恳请他同意他们搅拌乳海。海神伐楼那同意他们搅拌乳海，但是要求必须分给他一份长生不老甘露。因陀罗答应了他的条件。

他们需要找一个巨大的硬物作为支点。天帝因陀罗再次出马，找到了龟王阿拘跋罗。龟王二话没说就沉入了海底。搅乳海的工作开始了，天神们抓住蛇王的

尾巴，阿修罗们则抓住蛇王的头部。他们不停地旋转瓦苏基的身体，然后带动曼陀罗山转动，浩瀚无边的乳海开始出现巨大的漩涡。

几百年过去了，那份长生不老甘露还没有被搅拌出来。但是，天神和阿修罗却受到了不同的待遇。原来，在搅乳海的过程中，蛇王瓦苏基会不时地从口中喷出烟雾和火苗。这下可苦了阿修罗，他们一个个被熏得筋疲力尽，狼狈不堪。而这些火苗和烟雾升到空中后变成了乌云，然后顺着蛇身飘到尾部，最后化成雨水降落到了天神身上。因此，在整个搅乳海的过程里，天神们的精神和体力都十分饱满。

又过了几百年，乳海已经被搅拌成油脂。

这时，神奇的事情发生了。从乳海中升起了一轮明月，它放射着皎洁的柔光，向远方飘去。之后，乳海里又冒出了一位美丽异常的神女。她就是著名的吉祥天女，也就是毗湿奴大神的妻子。然后从海中又出现一颗光彩异常的魔石。它后来成了毗湿奴大神胸前的装饰品。紧接着，宝物一样一样地从乳海中冒了出来，包括尊贵的酒神、圣洁的乳牛、神奇的如意树、矫健的白马以及威武的战象。天神和阿修罗们虽然一个个欣喜若狂，但还是没有得到长生不老甘露。

正在这时，海面发生了变化。从那巨大的漩涡里，冒出了一股黑黑的液体。天神和阿修罗们面面相觑，谁也不敢肯定这东西是不是长生不老甘露。突然，毗湿奴大神喊道："不好！那是一种可怕的毒药。它的威力十分巨大，可以杀死所有的天神和生物。我们必须阻止它。"可谁能做到呢？拥有无边法力的天神和阿修罗此时都没了主意。

这时，伟大的破坏之神湿婆出现了。湿婆大神张开嘴，把那可怕的毒药吞入喉咙，结果他的脖子被毒药烧成了黑色。因此，湿婆也被称为尼拉坎陀，即"青颈"的意思。

危险总算过去了，天神和阿修罗又开始继续搅拌。这时，乳海中冒出了一位捧着酒碗的仙人。那碗中盛的，就是神仙们梦寐以求的长生不老甘露。

看到这不死之药，阿修罗们马上就露出本来面貌。什么攻守同盟，什么一诺千金，他们都抛之脑后。此时的阿修罗眼里只有长生不老甘露。他们疯狂地冲了过去，你争我夺，都想把酒碗抢到手。毗湿奴大神看到这里十分气愤，于是他变成了一个绝色的美女来到了阿修罗中间。

原来，阿修罗们十分好色。他们见到了这位美人后，马上停止抢夺长生不老甘露，转而争先恐后和她调情。毗湿奴看准机会，从他们手中夺过酒碗，然后化作一阵风飞去，把长生不老药交给了天神们。

阿修罗们发现美女突然不见了，而且长生不老甘露也不知去向。于是他们哇哇大叫，大呼上当，开始互相埋怨，指责他人不该如此好色，丢掉了到手的宝贝。只有一个人没有出声，那就是罗睺。他看准了毗湿奴逃走的方向，化妆成天神，悄悄地尾随而至。天神们轮流饮用甘露时，他一声不响地站在一边。罗睺知道迟早会轮到他的，因为他们是天神，不是阿修罗。

可是，正当他饮用长生不老甘露的时候，太阳神和月亮神揭穿了他的伪装。毗湿奴一气之下砍下了他的脑袋。由于罗睺已经喝了一点长生不老甘露，药还卡在喉咙里，所以他的头变成了不死之头。

在“搅乳海”事件以后，阿修罗和天神又陷入了无休止的战斗，阿修罗们因为被毗湿奴欺骗，所以更加气恨天神。可怜的罗睺则发誓要报仇。他不停地追逐月亮和太阳，想把他们一口吞下去，从而制造出我们所看到的“日食”和“月食”。

罗摩的故事

十首罗刹王罗波那通过刻苦修行获取了梵天的信任，梵天答应赐给他一个恩典。罗波那要求梵天赐给他金刚不坏之身，任何天神和魔怪都不能打败他。梵天答应了他的请求，赐给了他无穷的力量。但是，梵天的恩典中并没有说罗波那不能被世间的凡人打败。

悲剧再一次上演了。罗波那仗着梵天的恩典四处惹是生非，搞得天界不得安宁。于是，天神们聚到毗湿奴的面前，请求他除掉这个祸害。毗湿奴听完天神们的哭诉后，很是气愤。但是因为梵天的恩典，所以他不能以神的面貌打败罗波那。于是，他决定投身转世为凡人，杀死十首王。最后，毗湿奴大神选中了拘萨罗国国王十车王的王妃。

十车王是一位英武贤明的国王，深受百姓的爱戴，可是他的三个王妃却一直没有给他生下一男半女。十车王举行了隆重的祭典活动，祈求上天赐给他一个孩子。毗湿奴见十车王十分虔诚，于是，他手托金碗，出现在了祭典之中。

毗湿奴对十车王说：“你是我最虔诚的信徒，你的愿望一定会实现的。这只金碗里面盛有牛奶，你的王妃们喝过之后，就会怀孕了。”十车王赶忙照办，把牛奶分给了三个王妃。

毗湿奴化身罗摩

作为毗湿奴第七个化身，罗摩令人喜爱且极具才智。在史诗《罗摩衍那》中，他击败了恶魔罗波那。据说在他之前无人能拉开他手上的弓，罗摩轻易拉开，因此赢得被罗波那掠走的悉多为妃。

果然，三个王妃在不久后都怀了孕。后来，大王妃生了长子罗摩，二王妃生了次子婆罗多，三王妃则生下一对双胞胎罗什曼那和沙多卢那。十车王很是高兴，把长子罗摩封为太子。

十几年过去了，这四个王子不仅个个仪表堂堂，而且品德高尚。尤其是太子罗摩，更是深受百姓们的爱戴和拥护，人们都希望他能早一天登基为王。后来，罗摩因为拉开了毗湿奴的神弓，娶到了大地女神的女儿，美丽的弥提罗城公主——悉多。

十车王看到罗摩已经长大成人，而且也有了自己的王妃，就决定将整个国家交给罗摩管理。但消息还没有宣布，二王妃就要求十车王让她的儿子婆罗多继承王位，同时还要求把罗摩放逐森林十四年。十车王对二王妃一直都疼爱有加，曾经许过诺言，要达成她的两个愿望。如今，二王妃提出这个要求，十车王虽然心里一百个不乐意，可有言在先，也没好说什么。

罗摩知道了这件事后，毅然放弃王位，离开了阿逾陀城。跟随他一起流浪的还有妻子悉多和弟弟罗什曼那。十车王对儿子的孝心十分感动。在罗摩走后不长时间，他因为思念罗摩，郁郁而终。

一直住在舅舅家的婆罗多回国参加父王的葬礼。当听说这件事以后，他谴责了母亲这种卑劣的行为，而且还要去寻找自己的哥哥，把王位让给他。

婆罗多在森林中找到了罗摩，但罗摩宁死也不肯回国。没办法，婆罗多只好把哥哥一双木鞋带回国，放在王位上，表示他并不是国王，只是代出行的哥哥执政。

婆罗多走后，罗摩依然过着流浪的生活。有一天，他们在树林里遇见了十首王罗波那的妹妹——女罗刹舒罗潘卡。舒罗潘卡见罗摩十分英俊，就向他求欢。她不但遭到罗摩的拒绝，还被他割掉了耳朵和鼻子。舒罗潘卡为了报复，就跑到哥哥那里。她添油加醋地诉说罗摩怎样不敬重至高无上的十首王，又说了很多难听的话。最后，她又抓住罗波那的弱点，不住地称赞罗摩妻子悉多的美貌。

好色的十首王被妹妹说得动了心。于是，他要了一套阴谋诡计，把罗摩和罗什曼那骗走，然后趁机抢走了悉多。罗摩和罗什曼那发现悉多不见了，便四处寻找，最后他们在树林里发现了一只金翅鸟。

金翅鸟告诉他们，它是天上的金翅鸟王，刚才他看到罗波那抢走了悉多。他想救出悉多，可由于年老体衰，反受重伤。罗波那在打伤他之后带着悉多朝南飞去了。要想救出悉多，需与猴王哈奴曼结盟。说完，金翅鸟就死了。罗摩兄弟安葬了金翅鸟，踏上了寻找悉多的征程。

罗摩在神猴哈奴曼的帮助下，知道了悉多被囚禁在楞伽岛。他通过艰苦的奋战，终于杀死了十首罗刹王罗波那，救出了妻子悉多。

但是，罗摩看到悉多后，并没有热情地拥抱她，而是冷冰冰地说："我不会再接受你了。我所进行的这场战争是为了整个拘萨罗国，为了王室的荣誉。并不是为了救你，一个被恶鬼罗刹玷污过的女人。如果我再接受你做我的妻子，那将是我们家族最大的耻辱。"

悉多听了罗摩的话后，悲痛万分。她决定以行动来证明自己的清白。于是，她纵身跳入了熊熊大火之中。这时，火神阿耆尼救了悉多。他痛斥了罗摩一顿，告诉他悉多是清白的。罗摩接受了妻子。但是，事情并没有这样结束。

罗摩回国后，在婆罗多的一再坚持下，重新作了国王。拘萨罗国在他的治理下更加繁荣。但是，有一件事却是他的心头病，那就是百姓们一直认为，王后的贞操早就已经被十首罗刹王玷污了。最后，国王和家族的荣誉战胜了爱情，罗摩将妻子悉多遗弃在恒河边上。而他不知道，悉多已经怀有身孕了。

十几年后的一天，罗摩在城堡里举行一次盛大的祭典活动。这时，蚁蛭仙人突然出现在了会场，还带着两个孩子。蚁蛭仙人在祭典活动中朗诵了一首长诗，名叫《罗摩衍那》。诗中歌颂的就是罗摩的英雄事迹。

罗摩这才知道，眼前的这两个孩子是自己的亲生骨肉，而自己当年是那么愚蠢，为了所谓的尊严而冤枉了自己的妻子。他赶忙派人把悉多接回王宫。

但悉多已经心灰意冷，她对罗摩说："除了你之外，我的心和我的身体从来没有给过任何人。请大地母亲敞开胸怀，证明我的清白吧。"刚说完，大地就裂开了一个大口子，悉多头也不回地跳了进去。而罗摩，这位伟大的英雄，此后一生都生活在愧疚之中。

班度五子的故事

班度五子的故事取自印度史诗《摩诃婆罗多》。据说，这部巨著是由湿婆的儿子大圣欢喜天所写的，被称为印度史上唯一一部由仙人撰写的史书。故事的开端，要从恒河女神下凡说起：

恒河女神为了解救被极裕仙人诅咒的八位神仙兄弟下凡到人间，嫁给俱卢王的后裔福身王为妻。婚前，女神和福身王定下誓约，不许他询问自己的身世，不许他干涉自己所做的任何事情。陷入爱河的福身王满口答应了恒河女神的要求。

在婚后的七年里，女神按照与神仙八兄弟的约定，将自己所生的前七个儿子全部扔进恒河里面淹死。到了第八年，当她正要把最后一个孩子扔进恒河时，福身王出面阻止了。女神对福身王违背誓言的行为很是生气，告诉了他自己这么做的原因，然后愤然离去。福身王非常后悔，就把第八个儿子立为王子。

后来，福身王爱上了渔夫的女儿贞信，希望能够娶她为妻。但是，渔夫表示，除非贞信的孩子能够继承王位，否则绝不答应这桩婚事。福身王为此十分懊恼。为了能让父亲开心，王子毅然放弃了自己的继承权，并发誓永不争夺王位。同时，他还将自己的名字改为毗湿摩（恐怖的誓言）。就这样，贞信成了福身王的第二任王后。

婚后，贞信为福身王生了两个儿子，大儿子名叫花钏，小儿子名奇武。但是，这两个人命浅福薄，在福身王死后不久，他们也相继去世。贞信为整个国家考虑，希望毗湿摩能够继承王位。但是毗湿摩却坚守自己的诺言，誓死不登基。没办法，贞信只得请来了广博仙人，让他与儿子的两个王后结合。

广博仙人面貌十分丑陋。大王后在与他同房时不敢睁眼，生下了瞎眼的孩子，名叫持国；二王后则因为害怕广博仙人的容貌，生下了面色苍白的孩子，名叫班度。后来，持国生下了以难敌为首的一百个儿子，被人们称为"持国百

《摩诃婆罗多》史诗（局部）

图中描绘了《摩诃婆罗多》史诗中讲述的班度族与居楼族之间的一场大战：站在马车上的射手是班度族的一位王子，毗湿奴的第八个化身黑天则伪装成一位驭手。左图中他和班度王子吹响了发出奇异声音的贝壳号角。此役双方都以惨重的损失告终。

子”；而班度因为得罪仙人而受到诅咒，所以没办法与妻子生下孩子。

后来，班度的妻子使用了仙人赐给她的求子咒，为班度生下了五个儿子。他们分别是：正法之神阎摩的儿子坚战、风神伐由那的儿子怖军、天帝因陀罗的儿子阿周那以及双马童的儿子无种和偕天。这五个孩子被人们称为“班度五子”。

古往今来，不管是在哪个国家，王权的争斗都是最为惨烈的，也是最为恐怖的。持国百子和班度五子从记事开始，就从没有停止过争斗。由于以难敌为首的“持国百子”人多势众，所以在争斗的一开始就占尽了上风。

难敌为了能够让自己的兄弟独占江山，想尽办法要除掉班度五子。有一次，他命人在城堡北方建了一座涂满树胶的房子，请班度五子到里面居住。然后，他派人在夜里放起大火，想要烧死五兄弟。幸亏有人早早告诉五兄弟，他们才得以从事先挖好的地道逃出。从那以后，班度五子开始了漫长的流亡生活。

后来，流亡在外的五兄弟听说般遮罗国的木柱王要为他美丽的女儿黑公主选婿。于是，他们乔装成婆罗门来到了那里。经过几轮的较量，阿周那终于赢得了比赛，成了木柱王的女婿。有了强大的般遮罗国作后盾，班度五子的力量很快就强大起来。在好朋友大英雄黑天的帮助下，他们所向披靡，消灭了很多邻近的小国，建立了一个强大的帝国。

这时，班度五子觉得是去讨回自己应得东西的时候了。于是，五兄弟向难敌提出要求，让他分一半国土给他们。难敌当然不会同意他们的要求。他让五兄弟和他玩掷骰子，如果他们赢了就把一半国土分给他们，如果输了就要在森林中流放十二年，而且到第十三年还不能被认出来，否则就会再被流放十二年。结果可想而知，在难敌的亲舅舅印度赌博之神沙恭尼的帮助下，难敌赢得了比赛。可怜的班度五子再一次开始了流亡生活。

光阴似箭，十三年转眼就过去了。在这期间，难敌发动所有的力量，找遍全国的各个地方，都没有发现班度五子。到了第十四年，班度五子按照当初的约定来到了皇宫，要求难敌归还他们应得的那一半国土。难敌再一次拒绝了他们的要求，而且还重重地侮辱了他们。班度五子真的愤怒了。他们知道，要想夺回自己的东西，只有通过一种手段，那就是战争。

印度历史上有名的俱卢之野大战开始了，参战双方都联系了很多的国家。当时，在整个印度半岛，几乎所有的国家都加入了这场王权争夺战。

战争把人类变成了魔鬼，血腥使人成为野兽。亲情、友情、爱情，所有一切人类美好的东西都被战争吞噬。这场残酷的战争共持续了十八天，死伤的人数无法用数字计算。难敌一方失去了自己的九十九个兄弟，还包括自己的祖父毗湿摩；坚战五兄弟虽然没有死伤，但也失去了很多爱将。这场惨绝人寰的战争最终以班度五子的胜利而告终。

失败的难敌成了孤家寡人，求生的本能使他拼命逃亡。但是，杀红了眼的班度五子在后面紧追不舍。难敌在恒河边上的一个池塘里躲了起来。但他受不了五兄弟的挑衅，最终也被杀死。傍晚时分，难敌的儿子马勇带领着残余部队溜进了班度五子军队的帐篷，杀害了所有的将士。在这场最后的浩劫中，只有班度五子、黑公主和黑天逃脱噩运，侥幸活了下来。

所有的争斗结束了，班度五子终于得偿所愿，坚战理所当然地登上了王位。虽然赢得了整个国家，但是班度五子为这场残酷的战争给人民和福身王家族带来灾难愧疚不已。不久后，坚战将王位传给了后人，和阿周那带上黑公主来到喜马拉雅山上修行。最后，坚战五兄弟，声名赫赫的班度五子，结束了他们凡世间的生活，升入天国，成为神祇。

那罗和达摩衍蒂

尼奢陀国的国王那罗英勇非凡，且相貌十分英俊，在众多国王之中异常显眼。如此出类拔萃的国王，要什么样的女子才能与其相配呢？在毗德尔跋国，国王毗摩有一位绝美的公主达摩衍蒂。无论是天上的神仙，还是人间的勇士，无不为她的美貌所倾倒。那罗和达摩衍蒂虽然都对对方有所耳闻，但无奈两国相距甚远，这对金童玉女始终都无缘相见。

一天，那罗在树林里偶然捕获了一只天鹅。就在他打算带回去美餐一顿的时候，天鹅忽然开口说话了。天鹅说："尊敬的国王，请不要伤害我！如果您能放我离开，我一定会报答您的。"那罗问道："你要如何报答我呢？"天鹅说："我将把您的英武非凡说给达摩衍蒂听，让她对您朝思暮想，一心一意地爱恋着您。"听到这里，那罗情不自禁地放开了抓着天鹅的手，目送着天鹅向毗德尔跋国的方向飞去。

天鹅没有食言，它果然将那罗的一切带给了达摩衍蒂，并称他们是天造地设的一对，是最为般配的爱人。天鹅的话深深打动了达摩衍蒂，她开始思念那罗，后来竟思念得茶饭不思，连身体也消瘦下来。看着日渐憔悴的女儿，国王十分心疼，他意识到女儿已经到了婚嫁的年龄，是时候为她找一位如意的郎君了。于是，国王向其他各国国王发出邀请，称自己要为女儿举行选婿大典，希望有意者准时参加。

听闻天上人间最美丽的女子要公开招纳夫婿，各国国王纷纷备好礼物，着盛装前往，这其中也包括尼奢陀国国王那罗。一时间，奔往毗德尔跋国的车马、队伍不计其数，景象蔚为壮观，就连天上的神仙也被惊动了。很多天神都对达摩衍蒂的美貌垂涎已久，如今遇此良机，又岂有错过之理？天帝因陀罗带着他身边的火神、水神和死神向着毗德尔跋国的方向出发了。

路上，天神们心里都在想着如何赢得达摩衍蒂的芳心。他们并不知道，达摩衍蒂的心早已被那罗完全占据，再也容不下别人了。此时，她正在等待着那罗来将她带走，而那罗也正满心欢喜地奔赴自己的心上人。可就在那罗马上要赶到毗德尔跋的时候，天神们却给他出了一道难题。

原来，天神们看到那罗以后，都为他的英俊所震撼。在那罗面前，天神们都有些自惭形秽，如果他们共同参加选婿大典，那么达摩衍蒂定然会选择那罗。所以，天神们决定在选婿大典召开之前就为自己扫清障碍。他们降临到那罗的面前，请求那罗做他们的使者，那罗欣然应允。可天神们交给那罗的使命却让他十分为难。天神们让那罗传话给达摩衍蒂，请她务必在四位天神中选一位做丈夫。他们当然知道那罗也是为达摩衍蒂而来，但他们更知道那罗向来言而有信，既然答应做他们的使者，就一定会完成他的使命。果然，那罗信守了自己的诺言。尽管他根本就不想这样做，但他终不愿做个言而无信之人。

那罗在天神的帮助下顺利见到了身处后宫的达摩衍蒂。眼前的达摩衍蒂是那样美好而又光彩照人，让那罗没有办法不心动，而那罗的出现也陡然催生了达摩衍蒂的爱情。难倒这就是自己日思夜想的那罗吗？达摩衍蒂迫不及待地想要知道答案。那罗强掩自己的思恋之情，对达摩衍蒂说："美丽的公主，我是那罗，是天帝、水神、火神和死神四位天神的使者。我很高兴地告诉你，这四位天神都非常喜欢你，请你务必在他们之中挑选一位做你的丈夫。"得知自己爱恋的人如今就在眼前，达摩衍蒂喜不胜收。她看出了那罗眼中的悲伤和无奈，知道那罗必有难言之隐，故安慰那罗说："尊敬的国王，我对您仰慕已久，我的心早已被您占据，此次选婿大典也是专为您设的。如果不能嫁给您，那么我一天都活不下去。请您准时参加选婿大典，到时我会亲自选择您，这样您就不必背负责任了。"听了达摩衍蒂的话，那罗十分感动。他依依不舍地告别了公主，回来向天神们复命。

那罗将达摩衍蒂的话如实说给天神们听，天神们有些生气，但也不能有失风度，就决定再考验一下达摩衍蒂。到了选婿大典那天，达摩衍蒂急于在众人中找到那罗。终于，她见到了那罗的身影。可她还来不及高兴，就被接下来的情景吓呆了。原来，达摩衍蒂看到的并不是一个那罗，而是五个那罗。五个人长得一模一样，根本就看不出有什么差别。究竟哪一个才是真正的那罗呢？达摩衍蒂急得团团转，她虽然想到了另外四个那罗一定是天神们的化身，可是他们根本就没有显现出任何天神的特点，让她无从分辨。

达摩衍蒂在五个那罗身边转了无数个来回，却始终无法找到真正的那罗。最后，她不得不向天神们祈祷，请求天神们为她指一条明路。天神们被眼前的这个善良而又忠贞的女子感动了，他们决定成全她的心愿。当达摩衍蒂再次睁开眼时，她看到五个那罗的容貌虽然没有改变，但是有四个却显现出了明显的不同。

他们双脚离地，眼睛一眨不眨，且身边都环绕着光鲜的花环。依据这些特征，达摩衍蒂很容易找到了真正的那罗，而天神们也给了这对金童玉女最真的祝愿。

在一片欢天喜地的呐喊和喝彩声中，那罗轻轻牵起了达摩衍蒂的手，向着他们所向往的幸福继续前行。毗德尔跋国国王虽然对自己的女儿有几千几万个不舍，但看到英武非凡的那罗，他也是满心的欢喜。在为两位新人举行了盛大的婚礼之后，那罗就带着达摩衍蒂回到了尼奢陀国，在那里他们开始了的新生活。

莎维德丽节

在印度，妇女们每年都要过一个特别的节日，这就是莎维德丽节。提到莎维德丽节，不明就里的人很容易想到莎维德丽女神，但莎维德丽节并不是为纪念莎维德丽女神设立的，而是为了纪念一位叫做莎维德丽的印度女子。这名女子贤良淑德，聪慧机敏，堪称印度妇女的楷模。当然，这位女子也与莎维德丽女神颇有渊源。

在摩德罗国，国王马主谦和公正，敬畏神灵，爱护百姓，是一位贤明的君主。在马主的统治下，国家富强，百姓安乐，社会秩序井然。可这样一位人人爱戴的国王，却连一个后代都没有，这成了马主国王的一大心病。为了求得一个子嗣，马主决定修炼严厉的梵行。为此，他整整守了十八年的戒期。

在马主守戒期满的那天，进行了盛大的祭祀活动。在祭祀的神火中，莎维德丽女神显灵了，她告诉马主，不久后，他将得到一个女儿。虽然不是一个儿子，但马主终于要有后代了，所以他非常高兴，连忙向莎维德丽女神谢恩。几个月后，马主果然得到了一个聪明美丽的女儿。因为女儿是由于莎维德丽女神的恩典才降生的，所以马主为其取名为莎维德丽，提醒自己时刻不忘莎维德丽女神的恩典。

渐渐的，莎维德丽长大了，长成了一个亭亭玉立的妙龄少女。风姿绰约的莎维德丽很讨人喜欢，这让马主十分骄傲。不过却没有一个人上门求亲，眼见女儿的年龄越来越大，马主开始坐不住了。他不能看着女儿错过了青春芳龄，既然没有人主动上门求亲，那就让女儿出门去寻找自己的夫君吧！莎维德丽有些害羞，也不愿离开父亲，但婆罗门教有一条箴言，如果父亲不将女儿嫁出去，就会受到天神的斥责。为了使父亲免于被天神斥责，莎维德丽踏上了漫长的寻夫之路。

世界如此之大，该到哪里去找寻自己的丈夫呢？莎维德丽相信，有缘自会相见，所以她并不急于去拜访什么名门之后。她只是按照自己的方式，参拜了一处又一处修道院。在修道院森林中，莎维德丽见到了自己的真命天子。那是一位名叫萨谛梵的落魄王子。他的父亲耀军本是夏鲁阿人的国王，只因其双眼不幸失明，给了仇人可乘之机，将其赶出了故土，被迫到大森林中修炼苦行。在选定目标之后，莎维德丽就踏上了返乡之路。

当莎维德丽回到摩德罗国的时候，她的父亲马主国王正在会见那罗陀大仙。马主见女儿回来，十分高兴，忙问其是否找到了自己的意中人。莎维德丽将萨谛梵的情况说给了父亲听，称自己已经决定嫁给萨谛梵为妻。马主正准备问女儿更详细的情况，坐在一旁的那罗陀大仙插言道："亲爱的国王，公主将要大难临头了！"马主和莎维德丽都被吓了一跳。马主忙问那罗陀："大仙何出此言？难倒这个萨谛梵是个不务正业、游手好闲之徒？"那罗陀摇摇头："非也。萨谛梵英俊伟岸，勇武过人，智慧超群，性情温和，是一位德才兼备之人。可以说，他具备一切优秀的品德，与公主也十分般配，只是……"马主听了更糊涂了，问道："只是什么？难倒他已有妻室？"那罗陀又摇摇头，说道："不，他至今尚未娶妻。我想说的是这位王子是一个短命之人，仅有一年的寿命了。"

马主听后，沉默了很长一段时间。他回过头来看了看女儿，说道："我的女儿啊，虽然这个萨谛梵是你亲自挑选的丈夫，你们也确实很般配，可他即将不久于人世，我又怎么能把你嫁给他呢？你还是另寻他人吧！"可莎维德丽却坚定地说："父亲，我已经决定嫁给他为妻，任何困难都不能成为我嫁给他的障碍。父亲，请您成全我吧！"见女儿如此坚决，马主也有些动摇，他问那罗陀大仙："大仙，您觉得这桩婚事怎么样？"那罗陀说道："我也是赞成这桩婚事的，毕竟再也没有人能像萨谛梵那样具有一切美好的品德。"马主想了想，对女儿说："既然你意已决，那么父亲就只有祝福你了，希望你能在婚后得到幸福。"那罗陀大仙也对莎维德丽表达了自己的祝愿。

几天后，马主亲自带着莎维德丽以及厚重的嫁妆，向着森林修道院出发了。当耀军得知马主此次前来是要将女儿嫁给他的儿子时，几乎激动得说不出话来。耀军没有想到，在他们落魄之时，马主竟然毫不嫌弃，不但愿意将女儿嫁过来，而且还亲自备重礼送女儿过来。在马主和耀军的主持下，莎维德丽与萨谛梵结为了夫妻，开始了他们的婚姻生活。

莎维德丽十分贤惠，孝顺公婆，体贴丈夫，待人有礼，修道院中的所有人都很喜欢他，萨谛梵更是庆幸自己得到了一位好妻子。可是随着时间一天天地过去，丈夫的死期也越来越近，这让莎维德丽十分忧虑。很快，离丈夫的死期就只剩下四天的时间了，莎维德丽决定为丈夫做些什么。她进行了绝食三天的大戒，虽然身边的人都劝她不要这样难为自己，萨谛梵更是心疼自己的妻子，可是莎维德丽还是坚持守戒，虽然连她自己也不确定究竟能不能帮上丈夫。

三天的斋戒过去了，莎维德丽靠着自己的毅力坚持了下来。可刚刚守完斋戒的莎维德丽却连用早饭的心思都没有，她只要一想到丈夫即将离开自己，就痛苦不堪。这天，她特别要求和萨谛梵一起上山砍柴。萨谛梵看着憔悴的妻子，心疼地说："我的好妻子，你已经斋戒了几日了，还是在家好好休息吧！而且山中的路太艰难，你怎么受得了呢?"可莎维德丽坚持要去，她必须陪丈夫走完最后一程。见莎维德丽如此坚持，萨谛梵也不忍再拒绝，就带着她一起出发了。

两个人说说笑笑，时间过得很快，忽然，萨谛梵觉得头痛欲裂，随即昏倒在莎维德丽身边。抱着丈夫的头，莎维德丽痛苦不已。这时，死神出现了，他要亲自将萨谛梵的魂魄带走。莎维德丽并没有舍弃自己的丈夫，她紧紧跟随着死神，誓死也要跟丈夫在一起。莎维德丽的坚贞和善良感动了死神，他决定满足莎维德丽的一个愿望，但不能是萨谛梵的生命。莎维德丽说："我希望我的公公能够重见光明。"死神答应了，可莎维德丽并没有回去，仍然跟随着死神。就这样，死神又满足了莎维德丽的三个愿望，其中包括他的公公重建国家、他的父亲拥有一百个健壮的儿子以及她自己拥有一百个健壮的儿子。

死神以为莎维德丽的愿望已经都得到满足了，应该回去了，是莎维德丽还是没有回去，她仍然紧紧跟着死神。死神说："你已经做了自己可以做的一切了，现在你可以回去了。"莎维德丽说："天神啊，我无论如何都不能与我的丈夫分开。如果您真的怜悯体恤我，那么就请把我的丈夫还给我吧！如果没有他，那么您许给我的其他幸福就都是空无的，我也不会再活在这个世界上。为了不让您的恩惠落空，请您让萨谛梵复活吧！"这次，死神没有拒绝莎维德丽的要求，他放开了萨谛梵的生命，转身离去了。

莎维德丽用力跑回丈夫身边，唤起沉睡的丈夫。当他们回到家中时，发现耀军的眼睛已经复明了。不久后，耀军果然光复了国家，而马主国王和莎维德丽也都得到了一百个勇武健壮的儿子。

美娘

芦箭国王有着众多嫔妃，但在后宫之中，最受宠的女子却并不是哪一个嫔妃，而是公主美娘。芦箭国王年逾半百，却只有这一位宝贝女儿，因此对她倍加宠爱。只要是女儿的愿望，芦箭王就都会想办法帮其满足。即使美娘犯了什么过错，他一般也不会苛责。可以说，芦箭王对美娘几乎到了有些纵容的地步。

一天，芦箭王带着公主美娘和众多军士一起到湖边狩猎游玩。美娘从没来过这么美丽的地方，不觉得越走越远，渐渐离开了陪伴她的宫女。走着走着，美娘忽然看到前方有一个巨大的蚁垤，远远望去就有如一个端坐的人。在蚁垤上，有两个圆圆的东西一闪一闪发出耀眼的光亮。美娘被吸引了，她随手拿起一根荆棘，刺向那两个闪动的东西。结果，亮光消失了。美娘被吓了一跳，此时的她还没意识到自己闯了什么祸，只是赶紧跑回到父亲身边。

美娘回去之后，军中发生了一件怪事，所有军士都被同一种疾病困扰着。此病虽不是什么大病，但却异常折磨人。或者说不是什么病，就是大小便不通。军士们都很痛苦，随行的军医却找不出病因。这时，芦箭王忽然想到了在附近修行的行降大仙。这位行降大仙是婆利古的儿子，一直都在附近苦修。如今，他年事已高，想必是有人冒犯了他，所以他才会降此惩罚。想到这儿，他连忙询问军士们是否有人无意中得罪了正在苦修的行降大仙。可是问遍了所有的军士，却一点儿消息都没有。

美娘听说了军中的情况，又想到自己在湖边做的荒唐事，莫非那个得罪行降大仙的人就是自己？她有些害怕，连忙将一切都告诉了父亲。芦箭王觉得蚁垤很可能就是行降大仙，而美娘用荆棘刺中的则是行降大仙的眼睛。想到这儿，他不由得打了一个冷战。父亲的沉默让美娘更加害怕，她连忙向父亲承认错误。芦箭王本想责备女儿几句，可一看到女儿楚楚可怜的样子，又不忍心责备，于是安慰女儿先回去休息，并说自己会处理好这件事情的。

第二天，芦箭王在美娘的带领下，来到了蚁垤。果然不出他所料，这个蚁垤就是行降大仙。他连忙向行降大仙忏悔，请求大仙的原谅。行降大仙答应了芦箭王的请求，但他也有一个要求，那就是将公主美娘嫁给他。芦箭王觉得将女儿嫁给大仙也是一件不错的事，就欣然答应了。美娘意识到自己的冒失，在嫁给行降大仙后，变得非常贤惠，无微不至地照顾着行降大仙。夫妻两个人十分恩爱，生活美满幸福。

一次，美娘到湖中沐浴，恰巧被天上的一对双马童看见了。双马童虽然只是天神中的小神，连喝苏摩酒的资格都没有，但却精通医术，被称为医药之神。美娘的卓越风姿深深迷住了双马童，于是主动走上前去搭讪。美娘忙穿好衣裙，彬彬有礼地向两位天神说明了自己的身份。双马童听说美娘是行降的妻子，都为她感到惋惜，他们劝美娘说："你如此年轻貌美，与行降那个老头在一起真是太委屈你了。你还是选择和我们在一起吧，那个老头根本就没有能力让你感受爱情，更没有能力让你得到幸福。"双马童的话虽然让美娘很生气，但她还是礼貌地表达了自己对丈夫的忠贞和敬重。

看美娘如此坚定，双马童有些失望，但他们仍然不愿意放弃拥有美娘的机会，就对美娘说："你知道吗？我们是天上的医神，可以让你的丈夫变得年轻力壮，但当他恢复青春以后，我们三个人会变得一模一样，到时候你选中谁，谁就是你的丈夫了。"美娘虽然很想让丈夫恢复青春，可在未经丈夫同意的情况下，她也不能贸然答应她们，所以就推脱说回去与丈夫商量后再做答复。

行降听了美娘的话，深感这是自己恢复青春的大好时机，他也希望自己可以配得上美娘。商量过后，两个人决定试一试。双马童果然让行降恢复了青春，不过之后出现在美娘面前的却是三个行降。美娘一时难以分辨出他们的不同，于是向天神祈祷，希望天神帮助自己找到自己的丈夫。最终，美娘凭借自己的忠贞和善良找到了行降。两个人含情脉脉地对视着，深感幸福的来之不易。

双马童也被美娘的忠贞所感动，给予他们最真诚的祝愿。恢复青春的行降对双马童很是感激，决定让他们享有饮用苏摩酒的权利，以此来报答他们。双马童听后十分高兴，这一直都是他们梦寐以求的，现在终于实现了。行降恢复青春后，不仅外表变得英俊，而且法力也有所提高。他没有忘记自己对双马童许下的诺言，在一次祭祀中，他第一次拿起酒杯给双马童敬苏摩酒。

行降的行为让天帝因陀罗很是生气，他忙上前去阻止行降，称双马童没有饮用苏摩酒的资格。但行降仍然坚持自己的行为，并请因陀罗不要小看双马童。无论因陀罗怎样劝说，行降仍然我行我素，不肯听他的劝告。最后，因陀罗被激怒了，他决定用武力制服行降。可此时的因陀罗已经不是行降的对手，被行降打得连连求饶。无奈，因陀罗只得承认了双马童的地位，让他们享有饮用苏摩酒的权

利。而行降则与美娘继续在山林中苦修，过着平淡而幸福的生活。

巴达利普特拉城的由来

巴达利普特拉城位于印度北部的恒河中游一带，是印度繁荣的文化中心。关于该城的由来，有很多动人的传说，但流传最广的还是由魔法而生的传说。

在很久以前，恒河上游有一个叫做卡特卡那的地方，那是一个巡礼者聚集的圣地。南方德干高原的一个婆罗门和他的妻子来到这儿后，就在这里定居了下来。他们共生育了三个儿子，眼见着三个儿子一天天长大，夫妻俩都觉得十分满足。可就在他们计划着送三个儿子外出求学的时候，夫妻俩却双双发生了意外，撒手人寰了。父母的过世让兄弟三人悲痛万分，他们不愿再留在卡特卡那。料理了父母的后事，他们就决定回到父母的故乡德干高原去。

舞王湿婆像

这个雕像中，恒河水从湿婆头发中流到人间。湿婆——毁灭与再生之神，同时也是艺术的护佑者，又被称为舞蹈之神。

在返乡之前，他们到神庙去参拜了斯堪神，祈求一路平安。接着，他们就收拾行囊，踏上了返乡之路。途中，他们来到了一个叫做清丘的城镇。在那里，他们拜访了一位名叫波吉卡的婆罗门。波吉卡热情接待了这三位年轻人，并让他们住在了自己的家中。波吉卡见这三位年轻人相貌非凡，举止不俗，断定他们日后必定会有一番大的作为，就将自己的财产平分给他们兄弟三人，并将自己的三个女儿许配给他们。交代好一切，波吉卡便离家苦修去了。

三个年轻人受此大恩，自当感恩图报，振兴家业。可遗憾的是，这三个人在得到巨额的财富后，便开始贪图享受，坐吃山空。眼见着家产越来越少，三姐妹也是越来越着急，可却都拿自己的丈夫没有办法。一年，天降大旱，家中的财物已经无法维持生计了。在这种情况下，三个婆罗门想的不是如何与妻子共度难关，而是如何自保。他们竟然抛下自己的妻子，独自逃出城去了。

三姐妹对自己的丈夫都非常失望，可她们毕竟出身名门，要恪守妇道，而且此时三姐妹中已有一人怀有身孕。所以，尽管她们吃尽了苦头，也从未想过另嫁他人。可是三个女人的生活毕竟不好过，于是她们决定去投靠父亲的老友——耶朱尼亚连答。在耶朱尼亚连答的家中，三姐妹迎来了她们共同的希望，一个如天使般的男孩降生了。三姐妹都非常疼爱这个孩子，视其为掌上明珠。

三姐妹的忠贞被湿婆大神和他的妻子多卡女神看在眼里，他们决定向这三姐妹施以恩惠，让她们的生活好起来。既然这个刚刚出生的孩子是她们的希望，那就让这个孩子来改变她们的生活吧！湿婆大神托梦给三姐妹，让她们为孩子取名普特拉卡，这样他每天早上醒来的时候，枕头底下就会有数不尽的黄金。用不了多久，这个孩子就会成为国王。三姐妹按照湿婆大神的指示给孩子取名为普特拉卡，果然在其枕底收获了黄金。普特拉卡很快成为了远近闻名的大富翁，不久便登上了国王的宝座。

成为国王之后，普特拉卡偶然听说了父亲和两位伯伯的事。耶朱尼亚连答建议他将三位婆罗门请回来，并厚赠他们。普特拉卡接受了耶朱尼亚连答的建议，马上叫人去办。三个婆罗门听说此事，自是喜不胜收，忙赶回来投奔普特拉卡。普特拉卡赠给他们大量的金银珠宝，并盛情接待了他们。可三个婆罗门却仍然恶性难改，他们竟然眼红普特拉卡的地位，试图谋害他取而代之。

一天，三个婆罗门假意要与普特拉卡一起参拜多卡女神，可到了神庙前，却让普特拉卡一人先进去参拜。毫不知情的普特拉卡没有多想，一个人走进了庙中。当凶恶的刺客站在他的面前时，他才知道自己被暗算了。他恳求刺客放过自己，他将会给他们大量的财宝，并永远消失在这里。刺客们本就是为钱而来，既然可以拿到更多的钱，为什么不拿呢？他们答应了普特拉卡的请求，私自放走了他，并谎称已经杀死了他。三个婆罗门以为大权即将落入自己的手中，可不想其奸计却被大臣们识破，结果自然是不得好死。

普特拉卡信守诺言，独自一人去了很远的地方。在一片森林中，他看到两个巨人正在进行殊死搏斗。他走上前去问二人为何争斗，得知他们是为父亲留下的三样宝物而争斗。这三样宝物神通广大，神器可以盛装任何你想要的食物，神棍可以让其书写的一切变成现实，神鞋可以将你带到任何你想去的地方。普特拉卡心生一计，称自己有分出胜负的好办法。两个巨人忙问是何方法。普特拉卡让他们赛跑，跑得快的人就可以得到这三样宝物。两个巨人连称好方法，于是一溜烟地跑没了影儿，而普特拉卡则不费吹灰之力就得到了这三样宝物。

普特拉卡穿着神鞋，在天空中飞呀飞呀，忽然见到下面有一座异常美丽的城镇，就决定在这里停下来。在这里，普特拉卡听闻了国王的美丽女儿巴达利。不知为何，他竟然有一种强烈的想见见这位公主的冲动，连他自己都不知道为什么。夜里，湿婆大神出现在他的梦中，告知他巴达利公主本是他前生的妻子，今生也将会成为他的妻子。他们前生都是虔诚侍奉湿婆大神的人，所以今生都会得到善报。

得到湿婆大神的指点，普特拉卡决定趁着夜色去会会巴达利公主。两个人一见倾心，整整谈了一夜。此后，每天晚上，普特拉卡都会穿着神鞋去私会公主。时间一长，就被宫中的卫士看出了端倪。卫士向国王禀报了一切，国王决定找到这个与公主私会的年轻人。一天晚上，普特拉卡像往常一样来到公主的房中与其私会，趁他们在房中睡觉的时候，早就守候在门外的宫女在普特拉卡身上做了一个记号。第二天，国王依据记号很快就找到了普特拉卡。不过普特拉卡有神鞋，所以他可以轻易逃脱，但他知道这里已经不能久留了。

普特拉卡找到公主，告诉公主他们的事情已经被国王知道了，问公主是否愿意同自己一起离开。公主羞涩地点头应允。普特拉卡带着公主飞出了王宫，一直飞到恒河岸边才降落下来。他们都累了，所以决定休息一会儿。这时，公主看到了普特拉卡的宝物。她让普特拉卡用魔棒画出城池、士兵和人民。普特拉卡照办了，结果画中的城池变成了真正的城池，而普特拉卡也理所当然地成为了这座城池的国王，巴达利则成为了王后。后来，这座城池便以国王和王后的名字命名为巴达利普特拉城。又因为这座城完全是由魔法变出来的，故而也有魔法城之称。

大鹏救母

创造主梵天有两个美丽多姿的女儿，姐姐名为迦德卢，妹妹名为毗娜达。梵天把这两姐妹都嫁给了迦叶波仙人。迦叶波十分喜爱这两姐妹，就答应满足她们每个人一个愿望。姐姐迦德卢希望生一千个健康的蛇子，妹妹毗娜达则希望有两个英勇非凡的儿子。迦叶波点点头，称她们的愿望自会得到满足，然后便到山中修炼去了。

没过多久，姐姐迦德卢果然生下了一千个蛇蛋，妹妹毗娜达也产下了两个卵。又过了很久，蛇蛋中的小蛇破壳而生了，迦德卢终于得到了她的一千个蛇子。可是毗娜达产下的两个卵却一点儿动静都没有。这可急坏了毗娜达。该不会是出什么问题了吧！是不是他们自己没有力量挣脱出来，而需要外力的帮助呢？想到这儿，毗娜达忍不住敲开了其中的一个蛋。这一敲可把毗娜达吓坏了。

在裂开的蛋壳中，一个男孩的上半身已经长好，但下半身却还未成形。此刻，男孩正气愤地瞪着自己的母亲，他恶狠狠地对母亲说："母亲啊，你怎么可以因为自己的一时贪心而使我陷入永远的痛苦之中。我变成这个样子，完全是你的错，为此你要付出代价，受到惩罚。你将会成为迦德卢的奴隶长达五百年之久，直到你的另一个儿子来拯救你。不过你一定要吸取教训，千万不要再敲开另一个蛋壳，否则他也将和我一样，而你所受的苦难必然会加倍，到时也无人再去解救你了。"说完，男孩便消失不见了。

有了这次教训，毗娜达再也不敢去触碰另一个蛋。她耐心地守护着自己的另一个儿子，静静地等待他的出生。一天，迦德卢和毗娜达外出散步，忽然看见一匹白马从她们眼前一闪而过。姐妹二人于是就马的颜色打赌，并约定输的人将成为另一个人的奴隶。毗娜达亲眼看到马是纯白色的，她以为自己这次一定赌赢了。可她没想到的是，姐姐迦德卢从中做了手脚，让自己的蛇子附在马尾上，使马的尾巴变黑。如此一来，毗娜达自然是赌输了。虽然她看到了附在马尾上的蛇子，可却没有办法否认这一事实。就这样，毗娜达成为了迦德卢的奴隶，受尽了迦德卢的屈辱和折磨。

时间就这样一天天过去了，毗娜达每天都处在痛苦之中，可她并没有绝望，因为她知道自己尚未出世的儿子将会解救自己。终于，毗娜达盼到了儿子降生的那一天。随着蛋壳的破裂，一只大鹏金翅鸟展翅高飞，直冲云霄。见到自己的儿子如此英勇非凡，毗娜达十分高兴，就连自己沦为奴隶的痛苦也霎时减轻了许多。可就在这时，迦德卢命令毗娜达背自己出去游玩，并要求她的儿子背着自己的蛇子。毗娜达不得不照办，大鹏金翅鸟见母亲没有反抗，也只好照办。

一路上，大鹏金翅鸟看到了母亲所受的屈辱，很为母亲不平。在到达目的地后，他不解地问母亲为何要听命于迦德卢。毗娜达将自己与迦德卢打赌以及被其所骗的经过都告诉了儿子。听母亲讲完后，大鹏金翅鸟既悲愤又难过，他决定救母亲脱离苦海。他对着正在玩耍的蛇子们喊道："你们要怎样才肯放过我的母亲?"蛇子们回答说："只要你能将众仙人从乳海中搅出的仙露交给我们，你的母亲就可以摆脱她的奴隶地位。"大鹏金翅鸟回头拜别母亲，叫母亲等自己取仙露回来。毗娜达虽然十分担心儿子的安慰，但也为他的孝顺而感动。

大鹏金翅鸟在飞往三十三重天的途中遇到了自己的父亲迦叶波仙人，他向父亲讲述了母亲的不幸遭遇，并表明了自己的救母决心，希望父亲为其指一条明路。迦叶波告诉他，前面的河中有一头大象和一只乌龟正在打斗，它们都是受了诅咒的仙人之子。只要你吃掉它们，就可以马上变得无比强大，到时就没有人能阻止你去完成自己的心愿了。大鹏金翅鸟按照父亲的吩咐吃了乌龟和大象，确实觉得浑身热血沸腾，充满了力量，于是一鼓作气飞到了三十三重天。

三界之主天帝因陀罗早就知道大鹏金翅鸟要来劫取仙露，提前做好了周密的布置。可是无论多么勇猛的天神，都不是大鹏金翅鸟的对手。没费多大力气，大鹏金翅鸟就扫清了前进的障碍。天神退去，摆在大鹏金翅鸟面前的是一片熊熊的大火，使得他根本不能靠近。他忙变出八千一百张嘴，到下界吸干河水，终于将这片大火扑灭。大火虽然熄灭了，可一个旋转的飞盘又挡住了大鹏金翅鸟的去路。这个飞盘是众天神的得意之作，专为保护仙露而设。不过神勇的大鹏金翅鸟还是找出了它的破绽，将其击碎。仙露近在眼前了，只是它还有两条巨龙守护着。大鹏金翅鸟抓起一把土撒向两条巨龙的眼睛，趁机撕碎了它们，盗走了仙露。

仙露终于到手了，大鹏金翅鸟现在真想马上飞到母亲身边，使母亲摆脱奴隶的身份。虽然经历了多场厮杀，他也已经口渴了，但他却并没有私自品尝仙露。返回的途中，大鹏金翅鸟遇到了大神毗湿奴。大神很欣赏大鹏金翅鸟的真诚和仁孝，主动提出要满足他的一个愿望。而大鹏金翅鸟也决定满足大神的一个心愿作为回报。最后，他们约定由大鹏金翅鸟做大神的坐骑，并以其为旗徽，高踞在大神的上面。

拜别大神之后，大鹏金翅鸟又遇到了前来追赶的天帝因陀罗。天帝因陀罗知道自己并非大鹏金翅鸟的对手，再做纠缠也是无济于事，倒不如与其结为朋友，恳求其归还仙露。大鹏金翅鸟本就正直，见天帝因陀罗释真心相交，自然愉快地接受。他告诉天帝因陀罗，自己是因为某种特殊的重要缘由才不得不盗取仙露，但他可以保证绝不让任何人吸吮一口。他会将仙露放在某个地方，让天帝因陀罗伺机取走。天帝因陀罗听后十分感动，表示愿意满足大鹏金翅鸟的一切要求。大鹏金翅鸟对蛇子恨之入骨，只求以它们为食。天帝因陀罗对大鹏金翅鸟的这一要求欣然应允。

大鹏金翅鸟将仙露放在了拘舍草丛中，告知蛇子们在祈祷沐浴之后便可以享用了，但他的母亲从此刻开始就已经不再是他们的奴隶了。蛇子们见到仙露早已忘乎所以，齐声称他的母亲此后再也不是奴隶了。大鹏金翅鸟成功地救出了母亲。至于那些蛇子们，自然是不可能得到仙露的。当他们赶去吮吸仙露时，却发现仙露已经不见。可他们并不甘心，贪婪地吮吸刚才放置仙露的拘舍草，结果将舌头舔得分叉开裂，成为了两条。而天帝因陀罗也按照大鹏金翅鸟指定的地点取回了仙露，捧着仙钵回到了三十三重天。

安错的人头

从前，有一个叫做达婆拉的洗衣工。一天，他来到修巴婆地的“女神之池”中沐浴。修巴婆地有一座祭司高丽女神的堂皇庙，这座“女神之池”也是为祭祀高丽女神而设立的。每到六七月份，就会有各个地方的人赶来沐浴。达婆拉也是众多赶来沐浴的人之一。他住在布拉夫马斯达拉村，距“女神之池”有一定的距离，这次他是专门来这里浴圣水的。

在池塘中沐浴的人很多，其中，一个年轻的女子吸引了达婆拉的注意。这位年轻的女子叫做马达娜逊达丽，是舒达巴达洗衣店的。这个女子实在是太美了，达婆拉越来越入迷。他情不自禁地走到女孩身边，问了女孩的家世和名字。马达娜逊达丽虽然觉得达婆拉有些唐突，不过她却并不讨厌这个英俊率直的小伙子，

所以全都据实相告。她似乎也在期待着什么，只是她并没有告诉达婆拉。

自打在池塘见过马达娜逊达丽以后，达婆拉就饱尝相思之苦。他每日都处在对马达娜逊达丽的极度思念之中，身体日渐消瘦，精神也越来越恍惚，最后竟茶饭不思。母亲见儿子这样十分着急，就问儿子究竟发生了什么事。达婆拉将自己对马达娜逊达丽的爱慕之情毫无保留地全都告诉了母亲，他希望得到母亲的支持和帮助。母亲听后，找到了达婆拉的父亲维马拉，让维马拉想想办法。

维马拉劝达婆拉说："孩子，这件事你大可不必担心。论家世、论品貌、论职业，你与马达娜逊达丽都极为般配，我想舒达巴达是不会反对这门亲事的。这几日你先在家中休养，将自己的精神状态调养好，然后我带你一起去找舒达巴达提亲。这门婚事并不难谈成，你就等着做你的新郎吧！"听了父亲的话，达婆拉觉得一下子振奋了很多。他马上开始进食，精神状态也很快好了起来。他恨不得马上飞到舒达巴达洗衣店，娶回自己心爱的女孩。

准备好了一切，维马拉就带着达婆拉上路了。当维马拉向舒达巴达说明来意时，舒达巴达当即就同意了这门亲事。两个人挑选了一个良辰吉日，为达婆拉和马达娜逊达丽举行了隆重的婚礼。那是达婆拉最为高兴的一天，他终于可以将自己魂牵梦萦的新娘带回家了。马达娜逊达丽也很高兴，整天都是笑盈盈的，显得格外迷人。婚后，两个人也是异常恩爱，生活得非常幸福。

一天，达婆拉与马达娜逊达丽正在家中洗衣服，马达娜逊达丽的哥哥来了。马达娜逊达丽很久不见哥哥，自是十分高兴，忙上前拥抱了哥哥。达婆拉的家人看到亲家来人也很高兴，热情地招待了他。晚宴过后，哥哥向马达娜逊达丽说明了来意，他是来请马达娜逊达丽和达婆拉一同回去参加高丽女神的祭典的。马达娜逊达丽将哥哥的话传达给达婆拉，达婆拉高兴地答应了。

第二天，三个人一早就上了路，赶往修巴婆地。在路过高丽女神庙的时候，达婆拉忽然心血来潮，很想进去朝拜高丽女神。他向妻子和大舅哥说明了自己的想法，可是大舅哥却认为不妥。大舅哥劝达婆拉说："我们现在没有准备任何祭品，两手空空的怎么去朝拜呢？还是待回家后准备了丰盛的祭品再前来朝拜吧！"达婆拉不想走，就说："只要我有诚心，什么时候参拜都是一样的。既然你们觉得不妥，那就在外面等我吧！我去去就来。"妻子和大舅哥劝说不了达婆拉，只好在外面等他。

达婆拉是十分崇拜高丽女神的。这位女神曾经以十八只强健有力的手臂打败了恶魔，她的种种事迹让达婆拉十分感动。跪在高丽女神的前面，达婆拉的内心十分激动。他忽然觉得不献给女神任何祭品确实是不敬的，那他该怎么办呢？忽然，他眼睛一亮，有了一个主意。他对着女神的神像说："尊敬的女神啊！世人都将生灵作为祭品献给您，我是不会那样做的，因为我想挽救那些生灵。不过我又必须敬献给您一些东西，那么，我就用自己的身体做祭品，请您收下吧！"说着，达婆拉便拔剑自刎了。

马达娜逊达丽和她的哥哥在外面等了很久，也不见达婆拉出来。她有些担心，就让哥哥进去看看是怎么回事。哥哥进去一看，马上被眼前的情景吓坏了。不知受了什么驱使，他竟然也拿起剑来割掉了自己的头颅。两副躯体和两个头颅横在庙堂的中央，看上去有些恐怖。马达娜逊达丽见哥哥也是一去不回，更为担心，于是便决定亲自进去查看。一进门，她便失声痛哭。两个自己最亲的人，在一天之内先后都离开了自己，而且都死得如此凄惨，这让她如何能够承受呢？

马达娜逊达丽哭着对女神说："女神啊！您向来都是布施幸福与快乐的，一切悲伤与痛苦都与您无缘，可您为什么要对我这样残忍，先后夺取我的丈夫和兄长的生命呢！事到如今，我已经心灰意冷，不再抱有任何希望了。我将脱离我的肉身，追随我的丈夫和兄长而去，希望能在地下与他们团圆。如能承蒙您的保佑，希望能让他们来世再成为我的丈夫和兄长。"说完，马达娜逊达丽也要自杀。

就在马达娜逊达丽想要结束自己生命的关键时刻，高丽女神显灵了。她对马达娜逊达丽说："姑娘，你还这么年轻，怎么能如此轻生呢？不过你很勇敢，很让我感动，所以我决定对你格外开恩，让你的丈夫和兄长再次回到你的身边。只要你将他们的头颅和身躯连接在一起，我就会帮助他们复活。"马达娜逊达丽转悲为喜，急忙谢过了高丽女神。她将丈夫和兄长的身体重新拼凑起来，然而在慌乱之中，她却安错了头。可是当她发现后就已经来不及了，因为高丽女神已经施法让他们复活了。

复活后的丈夫与哥哥似乎并没有发觉自己的异常，只是兴奋地在谈论着彼此的死后重生。接着，三个人开始往家里赶。一路上，马达娜逊达丽都是心事重重。她在想，如今丈夫和哥哥的头已经安错了，那么哪一个才是自己的丈夫呢？智者说，头颅是人体最重要的部分，人就是依靠头颅来进行识别的，所以装有丈夫头颅的那个才是丈夫，而装有哥哥头颅的那个则是哥哥。究竟是不是这样呢？也许每个人的答案都是不同的。但我们相信，马达娜逊达丽已经有了她自己的选择。

王子复仇记

波罗奈国王的儿子很小就被送到波多西摩学习法术，在那里，他掌握了能够听懂所有动物语言的法术。学成归国之后，国王亲自立他为王子，并准备在适当的时机将王位传给他。眼见着儿子一天天长大，见识越来越广，本领也越来越强，国王却忧心起来。因为他还对王位有所留恋，不想现在就将王位让出来。可是臣民们已经开始议论纷纷，究竟该怎么办呢？国王陷入了深深的苦恼之中。

再说这位王子，他可不是一般的凡夫俗子，而是菩萨转世。对于国王的心思，他看得一清二楚。他知道自己已经成了父亲的心头大患，如果有适当的时机，父亲一定会想办法除掉他。由于菩萨能够听懂动物的语言，所以他曾帮助过很多人，但同时也得罪了一些动物，甚至受到了动物的诅咒。一次，他得罪了一只母豺，结果母豺诅咒他将会在大军压境时被派上战场，并被敌军斩杀。

不久，波罗奈国果然遭遇了大军压境的情景，菩萨感到母豺的诅咒要应验了。这时，国王恰好找到了他，对他说："儿啊，现在我们的国家正处在危难之中，你身为王子，应该率领军士冲出去应敌。"国王希望借敌军之手杀死自己的儿子，以保全自己的王位。菩萨说："父王，我有一个不祥的预感，如果我前去应敌，恐怕会有性命之忧。"菩萨如实表示了自己的担心。国王生气地说："你身为王子，关键时刻怎能贪生怕死呢？"无奈，菩萨只好答应前去应战，可是既然父亲不顾自己的死活，那么他也有了另一番打算。

菩萨带领着浩大的军队出发了，国王亲自来为他壮行。可是菩萨并没有带领大军前去应敌，而是由一座没有敌军把守的城门出了城，并在城外扎起了营寨。他可不希望自己那种不祥的预感变为现实。而国王见儿子把大军带出了城外，城中已然是一座空城，如果敌军此时来犯，他岂不是连退路都没有了。想到这儿，他开始后悔自己不该太过自私，更不该置儿子的安危于不顾。可现在后悔已经来不及了，大军已经出城了，他已经没有应敌的实力了。与其在城中等死，倒不如逃出城去避一避。于是，国王带着王后、祭司和一个随从连夜逃出了城。

没有大军驻守，也没有国王和王子，敌军很轻易地就占领了波罗奈城。波罗奈城沦陷的消息很快传到了菩萨的耳中，他决定率领大军夺回波罗奈城。此时已不再是大军压境，诅咒已经失灵，所以他也无需再有任何顾虑了。在菩萨的率领下，军士们一鼓作气，一举攻下了波罗奈城，将敌军赶了出去。波罗奈城又重新回到了他们的手里，只是他们的国王却就此音信全无了。

原来，国王带着王后、祭司和随从一直逃到了大森林中，并在那里过起了隐居的生活。没过多久，王后再次有了身孕。国王就让随从照顾王后，自己则和祭司出去找寻食物。王后与随从整日相处，时间一长就有了感情，继而做了越轨之事。开始，他们都很害怕，害怕国王发现后会惩罚他们。可转念一想，如今的国王已经一无所有，跟普通人别无两样，还有什么可怕的呢？不过只要国王还在，他们就永远都只能偷偷摸摸，不能光明正大地长相厮守。想到这儿，他们不禁有了一个邪恶的念头，杀了国王。

一次，在国王沐浴的时候，随从拿着国王的剑杀死了国王，并将其尸体分成若干块，埋在湖边。没想到的是，这一切都被躲在一边的祭司看在眼里。祭司被随从的残忍吓呆了，他本想一走了之，以免遭遇与国王同样的下场，可小王子即将出生，他不希望国王就这样不明不白地惨死，他应该留下来照顾小王子，直到小王子可以为国王报仇。坚定了留下来的信心以后，他开始考虑该以何种身份回去。如果就这样贸然回去，很可能会引起随从的疑心。想着想着，他终于想到了一条妙计。

祭司抓起一根木棒，摸索着回到了住处。见随从走过来，他忙说："国王啊，我在林中遇到了毒蛇，被它的毒气熏坏了眼睛，现在我已经看不见了，以后怕不能再伺候您了！"随从心中暗喜，祭司竟把自己当成了国王，这样倒省事，便对祭司说："没关系，以后我来照顾你。"祭司就这样骗过了随从和王后，在他们身边生活了很多年，直到小王子长大。

一天，祭司让小王子带自己到湖边散步。到了湖边，祭司忽然睁开了眼睛，放声大哭，将国王所遭遇的一切都告诉了小王子，并告诉他随从就是杀害他亲生父亲的凶手，让他一定要为父亲报仇。接着，祭司带着小王子挖出了国王的遗骨。捧着父亲的遗骨，小王子悲愤不已，他发誓一定要为父亲报仇。祭司告诉他要以牙还牙，小王子利用随从洗澡的机会，一剑刺向了他。至于王后，则被小王子囚禁了起来。

手刃仇人之后，小王子决定重回波罗奈城。在波罗奈城，他见到了自己的哥哥，并把一切都告诉了哥哥。菩萨对自己的这个弟弟很是喜爱，马上封他为王爷。几年后，菩萨升入天国，而小王子则继承了哥哥的王位，继续统治波罗

奈城。

鱼王子

从前，有一位国王，他有一位温柔而美丽的王后。夫妻俩十分恩爱，唯一的缺憾就是一直都没有子嗣。为此，王后常常向神灵祈祷，祈求上天赐给她一个孩子。可是时间一天天过去了，王后的心愿却始终未能实现。

印度织物上的婚礼场面

一天，仆人从外面买回了很多鱼，养在后宫的水盆中。可是没过多久，这些鱼就相继死去了，最后只剩下一条。仆人为其换了一个小盆，继续饲养这最后的一条鱼。一次，仆人正在为鱼换水，恰好被王后看到了。王后见这条小鱼十分可爱，甚是喜爱，就向仆人要了这条鱼，自己带回去喂养。在王后的精心照顾下，小鱼长得很快，几天就得换一次盆，后来连最大的盆都容不下它的身子，只能放到后宫的水池中喂养。

在与小鱼相处的过程中，王后感到前所未有的愉快，有时她甚至有一种做母亲的感觉。后来，她就真的将小鱼看成自己的儿子，并亲切地称其为鱼王子。而鱼王子也十分喜欢王后，每当王后前来看它，它总是做着各种动作，活像一个在母亲面前撒娇的孩子。一个夏日的午后，王后再次来到水池看望她的鱼王子。鱼

王子见王后来了，连忙游向岸边。接着，不可思议的事发生了。鱼王子竟然开口说话了，而且一开口就让王后为它娶一个妻子。王后真是又惊又喜，想到鱼王子独处池中，也确实孤单，于是马上命仆人为其寻找合适的妻子。

在一个小村子，仆人们发现了一个异常美丽的姑娘。跟当地人打听，才知道是一个乞丐的女儿。仆人们马上来到乞丐家中，说明来意。见到乞丐和他的妻子，仆人们断定他们都是贪财之辈，只要用钱就足可以将他们打发。当仆人们告知乞丐和他的妻子可以送上丰厚的聘礼时，他们马上答应了这桩婚事。只有那个美丽的女孩，独自一个人到河边默默地哭泣。天知道她有多害怕，虽然自己从未想过嫁给什么王公贵族，可也不能嫁给一条鱼呀！只可惜她在家中毫无地位，父亲懦弱无能，继母尖酸刻薄，自己根本没有反驳的权利。对于父母的安排，纵使她有一万个不愿意，也只能照办。

女孩的哭声惊动了河对岸的七头蛇王，蛇王见她哭得如此伤心，就问她遇到了什么困难。女孩将一切都告诉了蛇王，蛇王安慰她不必担心，并告诉她，她要嫁的并不是一条鱼，而是一个受了诅咒的人。接着，蛇王教给女孩解除鱼王子诅咒的方法，并送给女孩三粒石子，嘱咐女孩一切都按它所说的行事。女孩听了蛇王的话，心里轻松了不少。

晚上，女孩在水池边见到了鱼王子。她按照蛇王的嘱咐，每当鱼王子探出一次头，就用一粒石子砸向它的头。接连三次，鱼王子褪去了鱼身，变成了一位英姿飒爽的青年。第二天，国王和王后为鱼王子举行了盛大的婚礼，而鱼王子也正式认他们为父母。在众人的祝福下，鱼王子和女孩喜结姻缘。婚后，两个人恩恩爱爱，过了一段甜蜜而难忘的幸福生活。

女孩的幸福让继母很是嫉妒，很快，她有了一个恶毒的想法，将女孩杀死，让自己的女儿取而代之。想到这，她再也等不及了，忙写信给女孩，让其回家团聚。鱼王子见女孩出来也有一段时日，也有些想家，就嘱咐女孩快去快回。回到家中，父亲和继母为其准备了丰盛的饭菜，这让女孩有些受宠若惊。可在饭后，女孩的妹妹却趁其不备将其推入了河中，自己则换上了女孩的衣服，随母亲回到了王宫。

鱼王子正要走上前去拥抱自己的妻子，可走近一看，眼前的这个丑陋女人哪是自己的妻子。霎时，一种不祥的预感涌上心头，妻子莫不是遭遇了什么不测吧！鱼王子愤怒地看着眼前的这个冒牌货，仿佛要将其撕碎扯烂。待其调查清一切以后，马上将这对作恶多端的母女绳之以法，为爱妻报了仇。可是自己的妻子

在哪呢？

此后，鱼王子开始到处寻找妻子，他相信妻子一定还活着，正在某个地方等待自己去找他。可是三年过去了，妻子仍然音信全无，这让鱼王子非常伤心，但他不会放弃。只要没有找到妻子的尸体，那就说明妻子可能还活着，他就会一直找下去。一天，他在妻子曾经居住的村子里遇到了一个卖镯子的人，并与其随意攀谈起来。鱼王子问其从哪里来，对方说自己刚给一个住在蛇洞中的女子送镯子。住在蛇洞中？鱼王子不禁有些好奇，什么人会居住在那种地方呢？当他知道住在蛇洞的女子有一个叫做鱼王子的孩子时，激动得几乎说不出话来。他敢断定，那个女子一定就是自己的妻子，而那个孩子必定是自己的孩子。

鱼王子请求卖镯子的人为其带路，他必须马上见到妻子。久别后的重逢总是让人分外欣喜，两个相爱的人终于又见面了，他们紧紧地拥抱在一起，互相诉说着彼此的相思之情。原来，女孩被妹妹推下河后，被蛇王救了起来，所以才一直生活在蛇洞中。蛇王看着这幸福的一家，也为他们的团聚而高兴，并送给他们很多礼物。拜别蛇王后，鱼王子带着自己深爱的妻子以及他们的小鱼王子回到了王宫之中，从此过上了幸福的生活。

第五章　日本神话

日本的诞生

远古时代，宇宙从混沌中分离出来，被称为“高天原”的天空也随之产生了。在那时，世界上还没有坚硬的陆地，日本岛还是一大团莫名的东西。它看起来很像油脂，一直在无尽的大海中慢慢地漂流。

经过几亿年的变化，那团莫名的东西有了动静。它不停地转动，孕育已久的生命终于从里面诞生出来，那就是日本最初的三位天神——天之御中主神、高御产巢日神和神产巢日神。这三位天神从出生起就拥有很高的法力，他们不满足在海面上居住，于是就飞上高空，来到了“高天原”。紧接着，那团莫名的东西又诞生出两位天神——宇摩志阿斯诃备比古迟神和永久支撑天界的天之常立神。

这五位最初的天神是没有性别之分的，可是他们依然生下很多对新的神祇兄妹。其中，最精明、最能干的要数伊邪那岐和伊邪那美这对兄妹。五位原始天神对伊邪那岐和伊邪那美非常满意，因此把最重要的任务交给了他们，那就是修补那团莫名的东西，使它固定下来，变成新生的土地。此外，五位原始天神还赐给他们一只漂亮异常而且拥有神力的长矛，并叮嘱他们完成任务后要结为夫妇，在那片土地上繁衍生息。

伊邪那岐和伊邪那美肩负着天神的使命来到了那座通往下界的“天浮桥”。他们把那根长矛伸进了无边的大海中，来回地搅拌海水。伴随着海水的转动，那团莫名的东西也慢慢地向长矛靠拢。伊邪那岐和伊邪那美见时机成熟，就把长矛从海中拔了出来，长矛上的海水滴落到那团东西上。奇妙的时刻来到了，那团东西不再漂流，固定在了特定的位置上，而且它也变成一大片坚硬的、结实的土地，这就是最初的岛国——日本。

伊邪那岐和伊邪那美知道第一项任务已经完成了，就顺着“天浮桥”来到

了陆地上。他们巡视了一圈，找了一个合适的地方把那根长矛插进了地里。那根长矛马上变成了一棵参天巨柱，象征着天界的权威。这对兄妹给它取名叫“天之御柱”。之后，他们又建造了一所很大的、用来朝拜天神的庙，并给它取名叫“八旬庙”。接下来，按照天神的旨意，伊邪那岐和伊邪那美这对兄妹举行了一场特别的结合仪式。

伊邪那岐和伊邪那美

伊邪那岐和伊邪那美在高原的中心用那支漂亮坚固的长矛搅拌大海，于是日本岛产生了。这两兄妹结为夫妻，产下了八大岛与六小岛，以及其他天神。他们是日本的祖神。

这两位天神站在“天之御柱”的旁边，一个向左，一个向右，绕着柱子转圈。当他们相遇时，伊邪那美首先开了口：“天啊！我真是太幸福了，怎么让我遇到了这么好的男人呢？我一定要嫁给他！”而伊邪那岐则接过来说：“唉呀！怎么让我遇见如此美丽温柔的女人呢？我一定要娶她！”就这样，伊邪那岐和伊邪那美结为夫妻。

但是最初的婚姻生活并不是幸福的，因为在两个人相遇时，伊邪那美先开了口。按照天界的规矩，女人先开口是很不吉利的。所以，当他们生下第一个孩子时，居然是一个怪物。他没有手、没有脚，也没有眼睛、鼻子和耳朵，模样看起来就像今天的水蛭。没办法，这对新婚夫妇只好把这个怪胎放进芦苇编成的小船中，让他顺着大海漂走了。

为了不让悲剧重演，伊邪那岐和伊邪那美来到了天神的住所，请求他们给予圣明的旨意。天神们对这对夫妻说：“你们的事情我们早已知晓，对这件事我们也很痛心。这都是因为你们没有按照神的旨意去做，因为在你们相遇的时候，如果女人先说话，那么你们将会受到惩罚。”

伊邪那岐和伊邪那美知道了原因，马上回去又举行了一次结合仪式。这一次是伊邪那岐先开的口，如此一来厄运就远离了他们。不久后，伊邪那美为伊邪那岐生下了八个孩子，被称为八大岛；后来伊邪那美又生下了六个身材较小的孩子，被称为六小岛。就这样，八大岛成了日本最主要的岛屿，六小岛则跟随在哥哥们身后，因此人们今天看到的日本就是一个多岛之国。

伊邪那岐知道妻子伊邪那美为了生这几个孩子受了不少苦，因此对她十分体贴。而伊邪那美也十分理解丈夫的心情，继续履行着妻子的义务。不久后，伊邪那美又为伊邪那岐生下了三十五个儿子。伊邪那岐非常高兴，根据他们的特点让他们掌管不同的事情。自那以后，世界上的一切都变得井井有条，因为风雨雷电、江河湖海、土地山川、生殖繁衍等等都有特定的天神控制，人类和其他一切生物都生活得十分美好。可是，灾难又一次降临到了伊邪那美的头上。在生下火神的时候，她自己被烧死了。

丧失妻子的痛苦使伊邪那岐失去了理智，他把愤怒和悲痛全都发泄到了火神身上。为了给妻子报仇，他用剑杀死了火神，并用沾有火神鲜血的石头和泥土创造出了十位新的天神。

虽然杀妻之仇已经报了，但是对妻子的思念却丝毫没有减弱。因此，伊邪那岐决定前往可怕的阴间，把妻子从黄泉国带回阳世。

伊邪那岐走了很久，终于来到了黄泉国。伊邪那美非常高兴，表示愿意和丈夫回去，但是必须先向黄泉国王禀报一声。伊邪那美嘱咐伊邪那岐绝对不要偷看她的身体。本来事情可以圆满解决，可是心急的伊邪那岐忘了妻子的嘱咐，偷看了死去的伊邪那美。

伊邪那美气急败坏地派人追赶伊邪那岐，但没有追上。最后，她只得亲自追赶。当伊邪那美赶上丈夫时，伊邪那岐已经跨过了阴间和阳间的界限。这对原本恩爱的夫妻，就在那里发出了从此决绝的誓言。伊邪那美发誓每天要杀掉一千个子民来报复，而伊邪那岐则说要每天生出一千五百个子民来回应。这样一来，日本每天都会增加五百个人口。

伊邪那岐觉得受到了莫大的屈辱，因此马上来到大河中洗澡。他从左眼中生出一位天神，名叫天照大御神，负责在白天照明；他从右眼生出一位天神，名叫月读，负责在夜晚照耀。最后，伊邪那岐从鼻子又中生出一个儿子，负责掌管海洋，名字叫做须佐之男。

须佐之男物语

伊邪那岐和伊邪那美诀别了，新的三位天神也产生了。天照大御神和月读命对父亲的安排都很满意，他们居住在“高天原”，尽职尽责地管理着自己的国土。然而，须佐之男却对父亲的安排非常不满，认为把他一个人留在冷冷清清的大海是不公平的，自己也有权利居住在“高天原”。因此，须佐之男每天都不停地哭泣，希望以此来使父亲改变主意。

伊邪那岐真的是很头疼，他知道须佐之男在闹脾气，可自己做出的决定也是没办法改变的。他来到须佐之男面前，对他好言相劝。可是须佐之男根本不理会父亲，一直在那里哭泣。终于，伊邪那岐的忍耐到了极限，他怒吼道：“你这个家伙到底想要做什么？要怎么样才能安静下来？”

须佐之男擦了擦眼泪，说道：“我才不想去那讨厌的大海中居住呢！我要居住在高天原。”

伊邪那岐气急败坏地说：“别妄想了！你的要求我是不会答应的。”

须佐之男见父亲铁了心，只好说道：“既然这样，那请您允许我到黄泉去和我的母亲一起居住吧！”

须佐之男的话刺痛了伊邪那岐的心，使他回想起了往事。伊邪那岐伤心地说：“你不配做我的儿子，我也不再是你的父亲。从今往后，我不许你居住在我的国土上。走吧！到你母亲那里去吧！”

须佐之男只得听从父亲的话，离开了日本的国土。在前往阴间之前，须佐之男打算去看看天照大御神。于是，他一跺脚，飞身上天，来到了太阳神的国土上。

此时的天照大御神正在休息，当那一阵巨大的震动结束后，他心中犯起了嘀咕：“怎么回事？那个可恶的小家伙到我这里来干什么？难道是来探望我的？既然是来探望我，又何必搞得高天原地动山摇呢？不好！他一定是不满足父亲的安排，要来这里抢夺我的国土。”想到这里，天照大御神马上换上战袍，拿起武器，威风凛凛地站在天浮桥上，准备着与他的亲生弟弟刀兵相见。

须佐之男被眼前的阵势惊呆了，不明白天照大御神为什么这样对他，于是开口问道："怎么了，天照大御神？有什么事让你如此警备，是不是有人要加害你？"

天照大御神没有放松警惕，回答说："还不是因为你，我知道你这次前来是要夺取我的领地。你放心，我不是好惹的，绝不会让你轻易得逞！"

须佐之男一头雾水，奇怪地问："我？我怎么了？你说我要夺你的国土？真是笑话！我才没兴趣呢！我已经和父亲说好了，要到母亲那里居住。我今天到你这里来，主要是想和你告别！"为了让天照大御神相信自己，须佐之男还将父亲赐给他的玉珠串嚼碎，创造出很多新的神祇。

天照大御神

一说天照大御神为女性：须佐之男欲与母亲相伴，临行前向姐姐告别。由于他在高天原上的顽皮捣蛋行为惹怒了天照大御神，天照大御神躲进了山洞不肯出来，大地上一片黑暗，众神恐慌。为使天照大御神从洞里出来，他们在山洞前神树上挂了一面宝镜，同时请舞神跳舞，天照大御神终于从山洞中献身观看，大地重现光明。

这下天照大御神相信了须佐之男的话，因为如果他有反叛之心的话，是不能创造出神祇的。知道自己冤枉了弟弟，天照大御神连忙向须佐之男赔罪。可是须佐之男非常生气，不管天照大御神怎么赔礼，须佐之男就是不原谅他。最后，这个调皮的家伙说："要我原谅你也可以，不过你必须允许我在你的高天原玩耍，而且不管我做什么你都不能阻挠！"为了能够平息他的怒气，天照大御神想都没想就答应了。

也许这个决定是天照大御神所作的最失误的决定，须佐之男给高天原带来了可怕的灾难。他在高天原四处捣乱，把开垦好的土地破坏掉、把挖好的田垄填平，同时他还搅乱祭坛，使祭祀不能进行下去。更加可气的是，他居然把高天原

的斑马抓住，还把它的皮给剥了下来。须佐之男还来到了天女的织衣房，把斑马扔了进去。胆小的织女哪里见过这样的怪物，一下就被吓死了。

天照大御神再也不能忍受须佐之男的胡作非为，躲进一座石屋中，再也不肯出来。世界迎来了灾难，阳光没有了，到处是一片漆黑，各种各样的恶神都趁机出来捣乱，天地间乌烟瘴气。

这件事很快惊动了天神，高天原上的八百万天神聚集在一起，商讨如何让天照大御神出来。最后，在众神的不懈努力下，天照大御神终于从石屋中走了出来，世界也终于恢复了原样。但是，做错了事情总是要受到惩罚的，天神也不能例外。八百万天神一致决定，让须佐之男献出自己的胡须、手指甲和脚趾甲作为赎罪品，并把他放逐到地面上去。

须佐之男被天神们赶出了高天原，来到一座高山上。在那里他遇到一对名叫脚摩乳和手摩乳的老夫妇，当时他们正围着一个名叫奇稻田姬的美丽少女哭泣。须佐之男走上前去，询问发生了什么事。

老夫妻回答说："我们这里有一条长着八个脑袋、八条尾巴的大蛇，名叫八歧大蛇。它的身体比八条山谷还要长，它的嘴一口能吞下几万人，它的眼睛在黑夜中就像是两个灯笼。它是一个吃人的怪物，每年都要我们进献上一个姑娘供它享用。我们夫妻本来有八个女儿，可是这几年来被八歧大蛇吃得只剩下一个了！如今，眼看最后一个女儿也要被它吃掉，所以非常的伤心。"

须佐之男听后十分气愤，决定去会会八歧大蛇，为民除害。他把奇稻田姬变成了一把梳子，插在自己的头上，并为八歧大蛇准备了八大桶十分猛烈的酒。

八歧大蛇果然如期而至，但它并不知道前面等待它的是死亡。大蛇被飘香的美酒吸引了，一口气就把那八大桶酒全部喝了下去。须佐之男见时机成熟，马上拿起武器与大蛇战在一处。那场战斗真是太可怕了，直杀得昏天黑地，最后八歧大蛇被须佐之男杀死，剁成了碎块。

须佐之男用八歧大蛇的尾巴制成了一把神奇的宝剑，名叫天丛云之剑。为了弥补过失，他把这把剑送给了天照大御神。至于他自己，则和奇稻田姬结为夫妻，成了日本天皇的祖先。

大国主神大穴牟迟

须佐之男神有八十多个孩子，大穴牟迟即是其中的一个。在这些孩子之中，大穴牟迟是性格最温顺的一个，同时也是最受欺负的一个。他经常被他的那些同父异母的兄弟神们欺负，所有的苦差事都会交给他去做。他的兄弟们想娶因幡的豪主之女八上经卖为妻，就让大穴牟迟跟在后面给他们背袋子。

当兄弟们走到多岐的时候，看到了一只被剥光了皮毛的裸兔。众兄弟假装可怜这只裸兔，说他们有办法帮助裸兔摆脱痛苦。裸兔期待地祈求着他们，希望他们给予自己帮助。众兄弟故作真诚地说："你只要到海水中洗个澡，再到山顶上吹干，就可以解除你的痛苦了。"可怜的裸兔信以为真，果然按照众兄弟说的去做了。结果身上的皮肤全部裂开了，疼得它撕心裂肺。当大穴牟迟经过的时候，恰好看到裸兔在山顶上伤心地哭泣。

大穴牟迟停下了脚步，问裸兔发生了什么事。裸兔说自己想到因幡去，可是苍茫的大海阻挡了它的去路，是它骗取鳄鱼帮助它渡过了大海，不过鳄鱼在得知受骗后，就剥光了它的皮毛。大穴牟迟又问它为什么会在山顶上，它就将之前被众兄弟神欺负的情况告诉了大穴牟迟。大穴牟迟十分可怜这只裸兔，于是告诉裸兔到河里用清水洗净身子，再用河边蒲草的黄花粉敷伤口。裸兔相信了大穴牟迟的话，果然恢复了健康。这个裸兔后来成为了有名的稻羽神兔，为了报答大穴牟迟，它决心让走在最后面的大穴牟迟得到八上经卖。

众兄弟见到美丽的八上经卖，争相上前讨好巴结，希望能获得八上经卖的芳心，可是八上经卖却一个也看不上。这时，走在最后面的大穴牟迟背着袋子赶来了。八上经卖见到大穴牟迟，马上被他吸引。她对着众兄弟说："我决定嫁给你们的兄弟大穴牟迟。"众兄弟一听傻了眼，本来是让大穴牟迟来背袋子的，没想到却被他抢去了风头。他们越想越生气，恨不得将大穴牟迟大卸八块。他们决心合力杀死大穴牟迟，永绝后患。当众兄弟正在谋划着他们的刺杀行动时，大穴牟迟还沉浸在八上经卖的爱情之中。可他还来不及带八上经卖离开因幡，就已经被他的兄弟们送上了黄泉。

众兄弟把大穴牟迟叫到了山间，对他说："山上有一个红色的野猪，一会儿我们会上山将它赶下来，而你就站在这里等待。当看到有红色的野猪冲下山来的时候，你必须将它抓住，否则我们就会把你杀死。”向来对众兄弟言听计从的大穴牟迟很痛快地答应了。待兄弟们上山去，他就一个人站在原地等待从山顶下来的红色野猪。不久，大穴牟迟果然见到了一个红色的貌似野猪的东西冲下山来，他想都没想就上前抓住了它。可谁知那根本就不是野猪，而是一块形状酷似野猪且被烧得通红的大石头。大穴牟迟被烫死了，兄弟们满意地离开了。

大穴牟迟的母亲得知儿子惨死的消息后，悲痛不已，他决定上天去找神产巢日之神求救。神产巢日之神很同情这对母子的遭遇，就命令蚶贝比卖和蛤贝比卖去帮助大穴牟迟。蚶贝比卖取来蚶贝壳的粉末，蛤贝比卖取来自己的乳汁，他们将二者混合后，均匀地涂在大穴牟迟的伤处。片刻，大穴牟迟便睁开了双眼，且变得和以前一样俊美。大穴牟迟母子谢过了蚶贝比卖和蛤贝比卖，高高兴兴地回家去了。

众兄弟很快得知了大穴牟迟死而复生的消息，他们不甘心自己的计划就这样功亏一篑，于是决定找机会再次下手。他们将大穴牟迟骗到一座深山之中，并让他钻入被劈开的树干。待大穴牟迟进入树干之后，他们就迅速在劈裂处打进楔子。大穴牟迟的母亲迟迟不见儿子归来，预感到儿子可能又出事了。她到处寻找儿子的下落，终于发现了那棵树干。她将树干劈开，将里面的大穴牟迟救了出来。母子俩相拥而泣。母亲深感儿子处境的危险，她奉劝儿子离开这里，免得再遭毒手。大穴牟迟于是拜别了母亲，离开了他生长的地方。

走了很远，大穴牟迟来到了一个叫做根坚州国的地方。在那里，他遇到了须佐之男的女儿须势里毗卖。两人一见钟情，很快就许下了终身。须势里毗卖将大穴牟迟带回了家，向父母诉说了自己对大穴牟迟的一片深情。须佐之男看过大穴牟迟之后，对这桩婚事很不满意，可他又不能太伤女儿的心，所以决定让大穴牟迟知难而退。他将大穴牟迟关在一间蛇房内，大穴牟迟害怕极了。这时，须势里毗卖给大穴牟迟送来了一块驱蛇巾，并告诉大穴牟迟，只要抖动几下驱蛇巾，蛇就不会伤害他了。有了驱蛇巾，大穴牟迟在蛇房里安全度过了一个夜晚。

见大穴牟迟安然无恙，须佐之男又将他关在了蜈蚣和毒蜂房里。须势里毗卖知道后，就给大穴牟迟送来了驱除蜈蚣和毒蜂的披巾。就这样，大穴牟迟又一次经受住了考验。须佐之男想到了必然是女儿从中帮助，于是趁女儿睡着的时候，将大穴牟迟叫到身边，说自己将一支箭射到了荒野，要大穴牟迟帮其找回来。大穴牟迟去了，可当他走进荒野的时候，身边却迅速燃起了熊熊大火。这次，他是无法逃脱了。就在须佐之男料定大穴牟迟不会再回来的时候，大穴牟迟却又一次出现在了他的面前，而且还带着他射出去的断箭。原来，在熊熊的大火之中，一只老鼠帮助大穴牟迟度过了危险，并帮他找到了断箭。

看着眼前的大穴牟迟，须佐之男不得不对这个年轻人刮目相看了。尽管心中已经不再那么讨厌他，但须佐之男还是不愿意将女儿嫁给他。大穴牟迟找到须势里毗卖商量对策，两个人最后决定私奔。他们趁须佐之男熟睡之际，悄悄地带着须佐之男的大刀、弓箭和天沼琴离开了。当须佐之男发现的时候，他们已经走出了很远。须佐之男见女儿去意已决，就嘱咐大穴牟迟要用大刀和弓箭祭拜他的那些兄弟们，并成为大国主神。大穴牟迟按照须佐之男说的做了，成了日本的统治者，并娶须势里毗卖为正妻。后来，他也将八上经卖接过来一起生活。但八上经卖害怕须势里毗卖，所以又回到因幡去了。

神咒

但马国大神有一个聪明美丽的女儿，名字叫做伊豆志。众神都想娶伊豆志为妻，但却始终没有人能赢得伊豆志的芳心。有这样两位兄弟大神，哥哥名为秋山之水冰壮夫，弟弟名为春山之下壮夫。秋山之水冰壮夫生性孤傲，嫉妒心强，且极度虚荣；春山之下壮夫则生性善良，待人宽厚，从不与人斤斤计较。兄弟俩都很喜欢伊豆志，但秋山之水冰壮夫却仗着自己是哥哥，不许弟弟跟他争。春山之下壮夫不想破坏兄弟间的情谊，无奈放弃了追逐伊豆志的想法。

虽然少了弟弟这个强有力的对手，但喜欢伊豆志的人岂止他们兄弟两个，还有很多大神在等着与秋山之水冰壮夫较量。为了在众多的竞争者中脱颖而出，秋山之水冰壮夫告诉自己必须抢先别人向伊豆志表白，这样才能占得先机，增加胜算的几率。可就在他信心满满地找到伊豆志时，伊豆志却给了他当头一棒。是的，他被拒绝了，尽管他觉得自己已经十分优秀，但伊豆志还是拒绝了他。这让他有些不能接受，尤其是在看到弟弟以后，他觉得自己更加没有面子。弟弟已经放弃了伊豆志，他还没有娶到伊豆志，弟弟一定笑死他了。

春山之下壮夫知道哥哥被伊豆志拒绝，心情一定不好，所以平时都是躲着他走，不敢与他正面对峙。可哥哥却向他下了战书：“如果你能把伊豆志娶到手，

我就将我全身的衣服都给你，还要给你很多美酒和山珍海味；如果你娶不到她，那就把你全身的衣服都给我，并供给我美酒和山珍海味。怎么样？有胆量和我打赌吗？”春山之下壮夫知道自己是没有办法拒绝的，可说实话，他也没有把握能娶到伊豆志。

春山之下壮夫将自己的苦恼说给母亲听，母亲觉得秋山之水冰壮夫太过胡闹，决定帮助小儿子打赢这场赌。她对小儿子说：“别担心，我会帮助你的。”母亲拿出了很多藤条，编出了衣服、裤子、鞋子、袜子和弓箭。第二天，母亲让春山之下壮夫穿上衣裤鞋袜，背上弓箭去找伊豆志。春山之下壮夫虽不知母亲的用意，但他相信母亲的法力。只要是母亲让他去做的，他都会毫不犹豫地去做。

来到伊豆志家，春山之下壮夫没有马上进去，而是在门外驻足了一会儿。忽然，他发现自己的全身都在发生变化，他的衣服、裤子、鞋子和弓箭全部变成了美丽的藤花。这时，伊豆志恰好走出门来，她看到如此多绚烂夺目的藤花，立即被吸引住了。当她走进一看，才发现在藤花后面站着一位俊美的男子。伊豆志觉得自己的芳心忽然被某种神秘的力量开启了，她看了春山之下壮夫一眼，就害羞地转过头去。春山之下壮夫上前恭敬地说道：“美丽的姑娘，这些藤花都是我送给你的礼物。如果你喜欢这些藤花，就请接受这些藤花和它的主人吧！”伊豆志腼腆地拉着春山之下壮夫进了家门，她答应了春山之下壮夫的求婚。

春山之下壮夫高高兴兴地带着伊豆志回了家，母亲为他们举行了盛大的婚礼。这下秋山之水冰壮夫可不高兴了，他本想出点儿难题让弟弟难堪，可没想到弟弟竟真的将伊豆志娶进了家门。他越想越生气，越想越嫉妒，对于之前许下的诺言，也要赖不肯兑现。事实上，他根本也没想给弟弟什么，因为他根本就没想到弟弟能够成功。一切都来得太突然了，也太意外了。其实，春山之下壮夫本来也没想让哥哥兑现什么诺言，可是当他主动与哥哥打招呼的时候，哥哥却总是爱搭不理，不给他好脸色。这一切他们的母亲都看在眼里，她决定要惩罚一下大儿子。

母亲下了一道神咒，诅咒秋山之水冰壮夫健康受损，有如石入大海，迅速消亡。受了母亲的咒诅之后，秋山之水冰壮夫就得了消瘦病，身体一天不如一天，马上就要真的消亡了。他害怕了，他知道母亲这次是真的生气了，于是恳求母亲放过自己，并说自己以后一定改，与弟弟和睦相处。春山之下壮夫见哥哥日渐憔悴，十分心疼。他也向母亲请求，求母亲放过哥哥。母亲见大儿子确有悔意，就撤销了诅咒。秋山之水冰壮夫恢复健康后，果然像变了一个人一样。兄弟俩相亲相爱，再没闹过任何矛盾。

赖光除妖

在“一条天皇”时代，本应富庶繁华的京都却笼罩在一种恐怖的氛围之中。最应该太平的地方却一点儿也不太平，这又是怎么回事呢？原来，京都附近的小江山上住着一群妖怪，他们常常到京都来掠夺少男少女。这些少男少女被掠走以后，没有一个能活着回来，他们大都做了妖怪们的下酒菜。除了少男少女之外，妖怪们也会抓走一些美丽的女子服侍他们，供他们享乐。一时间，京都上下人人自危，生怕下一个不幸就降临在自己或家人身上，就连王公贵族也整日惶惶不安。

武士之魂——佩刀

佩刀是可怕的兵器，需严格操练，使用时要执礼甚恭，同时也是武士荣誉、勇敢和敬上的准则的可敬象征。

一天，大臣君高慌慌张张地来找天皇。这次不幸降临在了他的身上，他失去了他美丽可爱的女儿。天皇听后，深感事情的严重性。如果不尽早除掉妖怪，那么王室子孙也必定不能幸免。他急忙找来众大臣商议对策，最后，大家一致推荐一位名叫赖光的武士，认为只有赖光才能除掉妖怪。赖光接受了大家的邀请，表示自己愿意前往小江山除妖。天皇十分高兴，问赖光有什么需要，只要他开口，就一定会尽量满足他。赖光说他什么都不要，只要五名勇敢的武士同自己一起前往。于是，天皇让赖光挑选了五名武士，并一一给了他们祝福。

赖光对妖怪的凶悍早已有所耳闻，知道此行必定充满了艰险，因此只靠勇是不行的。要除掉妖怪，还必须讲究策略。为了掩人耳目，他与五位武士全部乔装成和尚，将兵器藏在行囊之中。出发之前，他们还分别到八幡大神庙、观音堂和权现庙进行了祈祷。他们希望得到三位神的帮助，因此祈祷得异常虔诚。之后，他们便踏上了除妖的征程。没过多久，小江山就出现在他们眼前了。那真是一处绝佳的住所，山的每一边都有巨大的岩石和茂密的森林阻挡来者的路，要想接近山上的妖怪住处是十分不易的。

赖光和武士们不知道该走哪一条路，只能停下来再做观察。就在他们踌躇不前的时候，三位慈祥的老人出现在他们面前。他们的祈祷被天神们听到了，所以天神们亲自下凡来帮助他们。天神们交给赖光一瓮魔酒，并嘱咐赖光说："这酒人喝了无妨，但妖怪喝了却会全身瘫软。你要找机会让妖怪们喝下这酒，那样你们就有机会将他除掉了。"赖光还来不及谢过天神们，三位老人就已经消失在云彩之中了。

得到天神启示的赖光和武士们如同获得了巨大的力量，他们开始努力地登山。攀过岩石，穿过森林，当一条小溪映入眼帘的时候，他们知道他们已经离妖怪的府邸不远了。走着走着，他们忽然看到一位美丽的女子正在河边洗衣服，边洗还边流着泪。赖光知道，这位女子一定是被妖怪捉来的京都女子。他走上前去，安慰女子说："别伤心了，我们很快就会救你出去的，到时你就不用再受妖怪的欺凌了。"当女子得知站在面前的就是大名鼎鼎的赖光时，眼睛里立即放出闪亮的光芒。她终于看到了重生的希望，所以她一定要竭尽全力帮助赖光和武士们。

女子带领赖光和武士们来到了妖怪的府邸。守门的妖怪拦住了他们的去路，女子忙解释："这几位是从这里经过的和尚，他们想在这里借宿一宿。"卫兵相信了她的话，就放他们进去了。当他们穿过硕大的厅堂时，恰好看到了坐在那里的妖王。妖王对和尚可不感兴趣，他只喜欢少男少女，不过这几个和尚的身体还不错，可以将他们留在这里做苦力。妖王心中想着，不由得为这几个送上门的苦力而感到高兴。

赖光恭敬地走到妖王面前，对妖王说："我们远道而来，没有什么可以献给大王的，这里有自家酿造的美酒一瓮，如果大王不嫌弃，就请尝尝鲜吧！"说着，赖光送上了天神送给他的魔酒。妖王向来嗜酒，听说有美酒自然无法拒绝。他接过魔酒尝了一口，果然是美酒，于是叫来众妖怪一同饮用。酒过三巡，妖怪们一个个瘫倒在地。赖光见时机已到，就拔出剑来，准备杀死妖王。这时，天神们又出现了，他们对赖光说："这个妖王已修行了多年，仅仅刺中他的身体是不足以杀死他的。我们已用法力缚住了他的四肢，你先将他的四肢砍下，再砍下他的头颅，只有这样才能将他杀死。"

赖光命武士们砍下了妖王的四肢，自己则去砍妖王的头颅。谁知妖王的头颅被砍下后又升到了空中，并从口鼻中吐出烟雾来。赖光对着头颅又是一剑，这次，头颅重重地落在了地上，再也没有了声响。随后，赖光又与众武士们杀死了其他的妖怪，并解救出了被妖怪抓来的所有人。他们光荣地完成了使命，而京都人民也终于重新过上了祥和幸福的生活。

贫穷钩

天神有两个儿子，分别是海幸彦和山幸彦。哥哥海幸彦是一个渔夫，以捕鱼为生；弟弟山幸彦是一个猎人，以狩猎为生。天神非常疼爱自己的两个儿子，就各赐给他们一套器具，以帮助他们捕获更多的鱼和猎物。海幸彦和山幸彦在天神的帮助下，日子都过得很殷实。

山幸彦很贪玩，他觉得每天狩猎的生活太过单调，于是就找到哥哥海幸彦，要和哥哥互换器具，尝试一下捕鱼的乐趣。海幸彦很爱惜自己的鱼钩，舍不得跟弟弟互换。可是弟弟一再央求，海幸彦也想看看弟弟的器具有什么特别之处，于是就答应跟弟弟换一天使用。山幸彦高高兴兴地接过了哥哥的鱼钩，准备去海里钓鱼。可是这一整天，他连一条鱼都没有钓到，后来还不小心将鱼钩掉到了海里。与弟弟的情况相同，海幸彦也没有捕到一只猎物。到了晚上，他忙来找弟弟，要换回自己的渔具。

山幸彦有些害怕对哥哥吐露实情，说话难免支支吾吾。海幸彦见弟弟如此异常，想到必有什么蹊跷，更是紧逼弟弟交出鱼钩。见实在躲不过，山幸彦只得实话实说。听说自己的鱼钩掉到大海里去了，海幸彦气得直发抖。他痛斥弟弟不务正业，非要换什么器具，现在还弄丢了他最心爱的鱼钩。山幸彦也后悔极了，他很想平息哥哥的怒火，可无论他说什么，哥哥都不肯原谅他。他将自己的宝剑做成鱼钩赔给哥哥，哥哥还是不满意。最后，海幸彦只留给山幸彦一句话：“我只要我原来的那个鱼钩，如果你找不回来，我就没有你这个弟弟。”

山幸彦怎么也没有想到自己一时的贪玩竟惹出这样的大祸，他希望获得哥哥的原谅，可却想不出什么好的办法。无助的山幸彦坐在海边伤心地哭泣，他的哭声惊动了恰好经过的航海神。航海神问他发生了什么事，他就将事情全都告诉了

航海神。航海神说："我帮你想个办法。待会儿我会把你送到海神那里去，在海神宫殿的门口有一棵桂树，到时你就爬到桂树上，自然会有人来帮助你的。"说完，航海神用竹子变了一条竹笼船，让山幸彦坐了上去。不知不觉间，山幸彦就被竹笼船带到了海神的宫殿前。

海神的宫殿非常壮观，远远望去就像是用鱼鳞盖起来的。在宫殿门口，有一棵长得十分繁茂的桂树，山幸彦连忙爬了上去，等待贵人的出现。过了一会儿，一个侍女捧着玉杯出来了。侍女注意到了桂树上的俊美男子，不由得吃了一惊。她转身回去告诉了自己的主人，也就是海神的女儿丰玉姬。丰玉姬好奇地随侍女出门探望，结果却一下爱上了这位俊美的青年。她将自己的心思告诉了父亲，海神出门一看，知道是天神的儿子，于是盛情款待了山幸彦，不久便为山幸彦和自己的女儿举行了隆重的婚礼。

山幸彦和丰玉姬非常恩爱，他们在一起生活得很幸福。起初，山幸彦完全沉浸在新婚的甜蜜之中，但时间一长，他就又想起了自己的哥哥。如何才能获得哥哥的原谅，与哥哥重归于好呢？山幸彦躺在床上辗转难眠，这一切丰玉姬都看在眼里。丰玉姬将山幸彦近日来的忧愁告诉了父亲，海神于是找到山幸彦，问他有什么烦心之事。山幸彦此时也无心隐瞒，便将鱼钩之事告诉了海神。海神将所有的鱼都召集来，问它们是否看到过这个鱼钩。一条鲷鱼游过来说："最近我总是觉得喉咙里卡了个东西，连吃东西都困难，不知道是不是那个鱼钩。"海神忙叫鲷鱼张开喉咙，可不就是那个鱼钩嘛！

海神将鱼钩交给山幸彦，并嘱咐山幸彦说："你现在可以带着鱼钩回去找你的哥哥了，但你的哥哥此时对你已经心生怨恨，要彻底消除他的怨恨，你必须按我说的去做。你将鱼钩交给他的时候，要告诉他这个鱼钩是个贫穷钩，会带给他贫穷。你哥哥定然不信。此后，他如果种高田，你就种低田；他如果种低田，你就种高田。我会在暗中帮助你的。如果你的哥哥因为怨恨你而打你骂你，你就拿出涨潮珠来淹他；如果他向你求饶，你再拿出干潮珠来救他。只有这样，他才不会再跟你作对，你们兄弟二人才能真正和解。"

山幸彦带着哥哥的鱼钩以及海神交给他的涨潮珠和干潮珠，回来找哥哥。果然，哥哥从弟弟手中接过鱼钩的时候，对弟弟的态度仍然很冷淡。对于所谓的贫穷钩说法，海幸彦更是嗤之以鼻。于是，山幸彦就按照海神教给他的，与哥哥种相反的梯田。结果，他每年都能获得大丰收，日子一天比一天好，而哥哥则一年年地贫穷下来。海幸彦对弟弟的怨恨越来越大，他开始打骂弟弟。山幸彦则拿出涨潮珠和干潮珠来对付哥哥。久而久之，海幸彦终于意识到自己的偏激，他开始真心诚意地反省，并请求做弟弟的守护人。山幸彦紧紧握住哥哥的手，兄弟俩又恢复了曾经的亲密关系。

桃太郎和金太郎

桃太郎和金太郎都是日本家喻户晓的人物，深受日本人的尊敬与喜爱。如今，日本的小学课本已经正式收录了桃太郎的故事，而金太郎的形象也出现在了舞台上，足见日本人对这两位人物的感情之深。桃太郎和金太郎并没有什么必然的联系，但他们都是正义的化身，都是极为勇敢的人，所以都很值得尊敬。

相传在很久以前，有一对贫穷的老夫妻，他们年过半百了还没有一个孩子。老婆婆每天都要祷告，祈求神赐给她一个孩子，可是时间一天天过去了，她的这一愿望却始终没能实现。随着年龄越来越大，老婆婆也渐渐失去了信心，开始接受无儿无女的现实。这天，老婆婆仍然像往常一样在河边洗衣服。忽然，河对岸漂过来一个大桃子。老婆婆心想，如此大的桃子，够她和老公公美美地吃上一顿了。她用力将桃子够到岸边，并将桃子带回了家中。

老公公回到家，见到桌上的大桃子，很是喜欢，忙问老婆婆是从哪得来的。老婆婆就将白天在岸边的经历说给老公公听，夫妻俩都为他们的丰盛晚餐而兴奋不已。可就当老公公将桃子切开的时候，却发现里面有一个可爱的小男孩，老婆婆和老公公真是又惊又喜。一定是上天怜爱，赐给他们一个孩子，好让他们安度晚年。看着桃子里活泼可爱的孩子，老夫妻甚是喜欢。他们决定收养这个孩子，并为其取名“桃太郎”。

在老夫妻的精心照料下，桃太郎一天天长大了。跟同龄人相比，桃太郎要健壮得多。而且桃太郎特别喜欢打抱不平，总是帮助那些弱小的人。当他还是一个十五岁的孩子时，就已经成为了远近闻名的少年英雄。村里的人有什么事都喜欢找桃太郎帮忙，而桃太郎也总是仗义相助，且从来不要求回报。

不知什么时候起，村里开始接二连三地丢人。后来，人们传言是山中的魔鬼抓走了这些人。村民们整日忧心忡忡，生怕下一个被魔鬼抓去的就是自己或自己的家人。他们共同找到桃太郎，希望桃太郎能上山除掉魔鬼。桃太郎正有此意，

只是不知该如何跟养父养母交代。老婆婆早已看出了桃太郎的心思，虽然她不舍得桃太郎离开她，更不愿桃太郎去冒险，但她知道桃太郎是上天派来的使者，是为人类造福的，而不是仅仅属于她的。所以，她默默地为桃太郎收拾着行装。老公公则嘱咐桃太郎一定要小心，一定要平安归来。桃太郎安慰了养父养母，就背上行囊出发了。

在出行的路上，桃太郎遇到了一条狗、一只猴子和一只雉鸡。它们在得知桃太郎要去除掉魔鬼后，都愿意同桃太郎一起前往。在狗、猴子和雉鸡的帮助下，英勇的桃太郎打败了魔鬼，将那些被魔鬼抓走的人全部带了回来。此外，桃太郎还带回了魔鬼收敛的大量财富。他将财宝分给村民们，并留出一部分给自己的养父养母。

金太郎被传为是山中女妖的孩子。他不仅生得身高力大、虎背熊腰，而且还非常有理想、有抱负。他自小与母亲生活在山林之中，他所有的朋友都是山中的动物。为了在将来成就一番大的事业，他自小就刻苦训练，山中的各种动物都是他的训练对象。几年后，他已经能够制服山中的所有动物。于是，他决定走出大山，到人世间去实现自己的抱负。在向母亲辞行时，母亲鼓励他说："去吧！孩子。你的父亲就是一名了不起的勇士，我相信你也一定会成为一名伟大的勇士的。"金太郎暗下决心，一定不辜负母亲的希望。

当时，著名的武将源赖光的家臣正在日本各地搜罗武艺高强之人。一次，金太郎正在与狗熊比力气。狗熊说它可以将大树推倒，但是使了半天的劲儿却仍然没有做到。金太郎让狗熊闪到一边，自己上前去推，结果大树很轻易就被推倒了。这一幕恰好被经过的源赖光的家臣看到了。他认定金太郎并非寻常之人，如能受到重用，必然会成就一番事业。于是，他走上前去问金太郎是否愿意同自己回去。金太郎在得知对方的身份后，表示自己非常愿意为源赖光效力。就这样，金太郎跟随着源赖光的家臣来到了源赖光的家中。

源赖光在当时的社会地位并不高，但他武艺高强，且家中聚集了各路高手，因此习武之人多以成为源赖光的家臣而感到荣幸。源赖光是爱才之人，尤其喜欢勇武之人。他见金太郎勇猛过人，自是十分喜爱，就收其为家臣，而金太郎也终于获得了施展才华的舞台。

月亮姑娘

从前，有一个叫做笃郎的老人，以编竹篮为生。老人没有妻子，膝下也无子女，一直都是一个人孤单地生活着。一天，老人又来到竹林里编竹篮，忽然听到一声清脆的女音："老伯伯！"老人答应了一声，感到声音是从竹筒里传出来的，忙向竹筒望去，果然发现了一个只有手指盖儿大的女婴。老人惊讶极了，他小心地将女婴倒在手上，问："你是谁呀？为什么这么小呀？"女婴说："我本是月宫中的女童，我们所有诞生在月宫中的女童都是这么小的。"老人又问："那你为什么会在竹子里呢？"女婴说："我在月宫中玩耍的时候，不小心掉到了地面，等我醒来的时候，我就已经在竹子里面了。"老人见女婴如此可爱，就把她带回家去，做自己的女儿。

女婴不过数月就长成了一个美丽动人的大姑娘。因为是在竹林中捡到她的，所以老人就给她取名为山竹子。距老人的住处不远，有一个铁匠铺，里面的铁匠是一个年轻英俊且心地善良的小伙子，经常来帮助老人干些重活。一来二去，铁匠和山竹子互生情愫，暗暗许下了终身。老人看出了两个年轻人的心意，也暗自为他们高兴。就在老人打算为他们筹备婚事的时候，三位不速之客光临了他家。这三位不速之客是邻国的三位王子，分别是太郎、仓石和道太。三位王子都很想娶山竹子为妻，为了让老人乖乖就范，他们甚至以权威相逼，说如果不将山竹子嫁给他们，就杀了老人。老人很害怕，但他也不愿委屈山竹子，就将一切都告诉了山竹子。山竹子安慰养父说："别担心，我有办法对付他们。"山竹子知道这三位王子都是吃不得苦、经不住考验的，所以只要她出一道难题，他们自然会知难而退。

第二天，大王子太郎首先登门了。这次，他没有见到老人，迎接他的正是他要娶的山竹子。太郎向山竹子表达了自己的爱慕之情，希望山竹子能嫁给他。山竹子说："如果你能以实际行动证明对我的爱意，我就答应嫁给你。"太郎高兴极了，忙说："只要能娶到你，我什么都愿意去做。"山竹子说："印度有一只薄如蜓翼的铁酒杯，里面装满了宝石，如果你能将它取来作为聘礼，我就接受你的爱意。不过你要小心，那酒杯有一个凶狠的妖怪守护着，不是可以轻易得到的。"

太郎信誓旦旦地说："你就等着我的好消息吧！"出了老人的家门，太郎心想印度那么远，且酒杯又有妖怪守护，此行必定充满了艰险，他何必去冒险呢？只要找个铁匠做出一只薄如蜓翼的铁酒杯不就行了，至于珠宝，他的王宫中多的是，要放多少都可以。想到这儿，他叫仆人去办此事，自己则回到宫中玩乐去了。仆人找到了山竹子心仪的铁匠，称事成之后必定会给他丰厚的报酬。一个月过去了，铁匠果然打出了一只薄得就像蜻蜓翅膀的铁酒杯，可是太郎的仆人却没有给他一分钱就走了。

太郎在酒杯中装满了宝石，带着它去找山竹子。他在山竹子面前大肆吹嘘自己如何勇敢地杀死了守护酒杯的妖怪。就在这时，铁匠出现了。他打断了太郎的话，恭敬地说："尊敬的王子殿下，您的仆人答应给我丰厚的报酬，可如今我一分钱也没有得到，所以我要收回这只酒杯。"说完，他从太郎手中夺过酒杯，将它送到山竹子手中，对山竹子说："我虽然没有办法将装满宝石的酒杯送给你，但里面装的却是我对你的一片深情厚意！"山竹子感动地接过了酒杯，对太郎说："你走吧！我是不会嫁给一个骗子的！"

太郎灰溜溜地走了，他的二弟仓石又来了。山竹子同样提出了考验的要求："东海的蓬莱山上有一棵奇异的樱桃树，金树银枝，果实是金刚钻的。如果你能折回一枝带有金刚钻果实的树枝作为聘礼，我就答应嫁给你。不过你要小心，它的周围可是有三只凶猛的老虎日夜守护着。"仓石也夸下海口，说自己一定会折回树枝，让山竹子做好嫁给他的准备。仓石当然不会真的去蓬莱山，他也想到了找铁匠造假。铁匠见仓石也来了，知道他也必是胆小之人，不敢前去冒险。仓石答应他事成后将给他双倍的报酬，让他务必尽快。

两个月过去了，铁匠果然打造出了一根长满金刚钻果实的银枝。仓石见了非常满意，可他也忘了对铁匠的承诺，拿着银枝就去找山竹子了。在山竹子面前，免不了又是一阵吹嘘。这时，铁匠出现了，他恭敬地对仓石说："尊敬的王子殿下，您曾答应我要给我双倍的报酬，可是现在我一分钱也没有拿到，所以这根银枝是不属于你的。"说完，他从仓石手中夺过银枝，送到山竹子面前，对山竹子说："这根银枝送给你，代表我对你情比金坚！"山竹子接过银枝，对仓石说："你也走吧！我不愿嫁给一个胆小鬼和一个骗子！"

仓石走了，他的三弟道太又来了。山竹子说："中国的东海岸有一对金鸟，它们只有指甲盖儿那样大，翅膀上有一万根鸿毛。如果你能将这对金鸟取来作为聘礼，我就答应嫁给你。不过你要小心，它们身边有十条巨龙守护着，没有十足的勇敢是得不到它们的。”道太说一定要证明自己是一个真正的勇士，让山竹子等着他的好消息。道太比他的两个哥哥强了一点儿，他果然坐上了去中国的大船。可是船还没驶出多远就遇上了风浪，道太被吓得不轻，忙命人掉头返航。他也找到了铁匠，并答应给铁匠三倍的酬劳。

铁匠用了整整三个月的时间，才打造出一对金鸟。当他将金鸟交给道太的时候，道太一分钱也没付给铁匠。他只想尽快娶到山竹子，他已经等得太久了。可是铁匠揭穿了他的谎言，让他无地自容。铁匠将金鸟送给山竹子，对山竹子说："希望我们就像这对金鸟，永远比翼双飞。"山竹子当即投入了铁匠的怀抱，发誓要与铁匠永远在一起。就在这时，天空忽然变得一片漆黑，夜空中升起了一轮阴森的月亮。山竹子知道，那是月亮发怒了，它在责怪自己与凡人相爱。可是此时的山竹子已经离不开铁匠，她不愿再回到月宫中去，然而她也知道，她是很难如愿的。

夜晚，铁匠就守在山竹子的门外，生怕有人会将他的山竹子悄悄带走。可是凭他的力量，是无法阻止一切发生的。

神通广大的月神用法术让铁匠睡沉了，并派她的喽啰们要把山竹子带走。喽啰们腾云驾雾来到铁匠的家里，他们破门而入。山竹子被惊醒说："我不愿回月宫，我要和铁匠在一起。"他们见状，拿出一个精致的盒子，对山竹子说："仁慈的月神决定成全你们，盒子里面是银光闪闪的衣裳，是她送给你们的礼物。"山竹子轻信了他们的鬼话，放心地穿上了它。结果中计了，这原来是件魔衣。谁穿上它，就会忘记过去。只有太阳的光芒才能解除它的魔力。山竹子穿上了魔衣，忘记了她的父亲，也忘记了铁匠。于是，月神的喽啰们让山竹子坐上云朵，离开了地面，飞向广阔的天空。

就在这时，铁匠醒来，他跑进屋里，发现山竹子不见了。于是，他赶忙跑出门，抬头看见一朵云慢慢向天空飞升。他马上明白了，山竹子让月神派来的喽啰带走了。愤怒的铁匠拿起铁锤，紧追在云朵下面，可是追了好几个小时还是没能追上。正在这时，那朵云停在一座高山的峰顶，铁匠快步登上山顶，大叫："亲爱的山竹子，我救你来了。"但是，那朵云又飞起来了，飞快地飞向月宫。铁匠绝望地用铁锤猛击山头，发泄心头的愤怒。这时，山头裂开了，从裂缝里喷出冲天的火焰，直向云彩烧去。云彩被烧着了，月神的喽啰们全被烧死了，只有穿着魔衣山竹子毫发无伤。山竹子掉下来，落在高山顶上。

铁匠见山竹子又回到自己身边，难掩内心的喜悦，上前抱住了山竹子。可是

穿着魔衣的山竹子已经不认识铁匠了，她慌乱地推开铁匠，并愤怒地斥责铁匠，让他离自己远一点儿。铁匠伤心欲绝，一狠心跳入了山头的裂缝。此时，太阳又恢复了它的光芒。随着阳光的重现，魔衣的魔力也消失了。山竹子想起刚刚发生的一幕，悲痛不已，纵身一跃，跳入了裂缝之中。有人说，跳入裂缝的铁匠和山竹子又在地下重逢了，他们一直在那里过着无忧无虑的生活。

三个护身符

从前，在一座山庙中，住着一个老和尚和一个小和尚。师徒两个人相依为命，在庙中过着虽清苦却充实的生活。山庙的后面是一片树林，树林里种着许多栗子树。每到秋栗飘香的季节，栗子树上的栗子就会洒落一地。小和尚很想到树林中去捡栗子，就把自己的想法告诉了师傅。老和尚当即否决了小和尚的想法，无论小和尚怎样哀求，他都不肯让小和尚去。眼见着后山有美味可口的栗子却不能前去捡拾，小和尚觉得实在是太遗憾了。

这天，小和尚又找到老和尚，再次说起了想到后山去捡栗子的想法。老和尚当然还是不同意。这次，小和尚没有听师傅的话，他不服气地问师傅："为什么明知道后山有那么多栗子却不让我去？我一定要去。"老和尚忙拦住小和尚："后山有山妖，她会将你吃掉的！"小和尚根本听不进去，用力挣脱了师傅的束缚，倔强地对师傅说："这世上哪有什么山妖，即使真的有山妖，我也不怕！"老和尚见小和尚铁了心一定要去，只好由他去了。临行前，老和尚将三个护身符交给小和尚，以备不时之需。

小和尚带着师傅的三个护身符高高兴兴地上路了。没过多久，他就看到了一片茂密的栗子树林。成熟的栗子已经被风吹落了一地，小和尚高兴极了，他蹲在地上捡呀捡呀，不知不觉就走了好远。忽然，他看到眼前站着一位老婆婆。从他懂事以来，山中就只有他和师傅两个人，他从未见过其他人，这个老婆婆是从哪来的呢？小和尚有点儿害怕，不过老婆婆长得慈眉善目，倒也不像是坏人。老婆婆笑着对小和尚说："你喜欢吃栗子吗？"小和尚点了点头。老婆婆接着说："我家就在前面，家里有很多很多栗子，你跟我到我家去吧！我把栗子做好了给你吃。"小和尚一听高兴坏了，兴冲冲地跟着老婆婆回了家。

老婆婆的家中果然有很多很多栗子，它们堆满了老婆婆家的院子。老婆婆为小和尚做好了栗子，其中有炒的、有炸的、有煮的，香味扑鼻。小和尚贪婪地吃了一个又一个，直到吃得实在吃不下去了。可那时天已经快黑了，小和尚就决定在老婆婆家住上一晚，明天再回庙里去。

夜晚，小和尚在睡梦中醒来，忽然觉得有一种恐怖的气息正在逼近自己。他吓得连忙睁开了双眼，结果看到白天还给他煮栗子的老婆婆已然变成了一个可怕的山妖，她吐着细长的舌头，似乎要将自己吃掉。小和尚害怕极了，他告诉自己必须马上离开，否则他就会变成山妖的夜宵了。见小和尚已经醒了，山妖也无需再掩饰，她已经饿了，需要尽快补充能量。小和尚颤抖地对山妖说："我想上厕所！"山妖不耐烦地说："不行，要上就在这上吧！"她可不想已经到手的美餐又跑掉了。小和尚哀求着说："您就让我去外面吧！在这会弄脏您的屋子的。"山妖想想也是，就用绳子拴住小和尚，将小和尚送到了外面。

小和尚拿出了师傅给他的第一个护身符，对护身符说："请帮助我回答山妖的话，就说'我在，我在，马上就来。'"随后，他便将护身符绑在了绳子上，自己跳出外墙逃走了。山妖怕小和尚逃走，一会儿一问："小和尚，你在吗？"每次她都能得到同样的回答："我在，我在，马上就来。"可是过了很长时间，小和尚还是没有进屋。山妖等得实在不耐烦了，就冲到厕所，结果只看到一个护身符在重复着同样的话。山妖被气急了，连忙去追赶小和尚，她一定要吃掉小和尚。

小和尚虽然早就逃了出来，可他毕竟跑不过山妖。没跑多远，山妖就追了上来。小和尚连忙拿出了第二道护身符，对护身符说："请变出一座大山，挡住山妖的去路！"瞬间，山妖的面前出现了一座大山。山妖费了很大的力气才翻过大山，此时小和尚已经跑出很远了。山妖继续向前追赶，眼见着又要追上小和尚了，小和尚连忙拿出了第三道护身符，并对护身符说："请变出一条大河，拦住山妖的去路。"山妖又一次被大河挡住了去路。此时，小和尚已经快要到达山庙了。

山妖好不容易跨越了大河，小和尚却已经不见了踪影。山妖心想，小和尚一定会回到山庙中去的。她敲开山庙的门，只看到老和尚一个人在山庙之中。她向老和尚追问小和尚的下落，老和尚只说小和尚还没回来。山妖见不到小和尚的影子，也无可奈何。不过她是不会放过小和尚的，她相信小和尚早晚都会回来，于是决定在山庙中等。

忽然，山妖闻到一股米糕的香味，这可是她最爱的美食呀！原来，老和尚正在厨房里煮米糕。山妖就向老和尚索要米糕。老和尚说："我当然愿意把米糕送给你，可你能让我见识一下你的本领吗？"山妖说："这有什么难的！你想见识什么，尽管说吧！"老和尚说："听说您既能长高又能变小，我想见识一下。"说着，山妖就已经开始长高，很快就长到屋顶了。老和尚忙说："够了够了，我已经见识了，那么再让我见识一下你变小的本领吧！"山妖又开始变小，最后变得只有一粒豆子大小。老和尚拿起豆子就放进了嘴里，将山妖吃了进去。随后，他从地窖中叫出了小和尚，他们再也不用害怕山妖了。

黄金山上的宝藏

在黄金山的山顶，藏着人类最大的宝藏。这个最大的宝藏并不是堆积如山的金银珠宝，它小得只用一个小盒子就可以装下，轻得一个人就可以将它带走。据说这个盒子里面藏有智慧、健康、财富、勇敢、知识和快乐等一切人类的幸福和美德，哪个国家的人民得到它，就可以为这个国家的人民带去这些幸福和美德。然而这个盒子却很难得到，它藏在险峻的黄金山山顶，并且有一条凶恶的青龙把守着。很多人慕名而来，结果都是有来无回，命丧在黄金山或去往黄金山的路上。

在海边的一所小茅屋内，住着一个名为坚藏信夫的渔夫。渔夫很穷，除了这所小茅屋、一条破旧的渔船和一根长了锈的鱼钩外，他一无所有。尽管生活困苦，但渔夫却有一个远大的志向，他希望通过自己的努力让全日本的人都获得幸福和美德。对于一个穷苦的渔夫来说，这样的愿望似乎是永远也不可能实现的，就连他自己也感到无能为力，所以他从来都不知道该如何去实现自己的愿望。有的时候，他甚至在想，自己不过是在白日做梦罢了，理想中的一切都是不可能成为现实的。然而在他遇到一位老人之后，一切却全都发生了改变，他第一次觉得自己的愿望是如此的真实。

那是一个异常寒冷的冬天，坚藏在家门口发现了一位老人。老人恳求着说："我已经走了很多路，实在太累了，请让我在你这里过一夜，并给我点儿东西吃吧！"坚藏连忙把老人让进了屋，但他又有些为难，对老人说："您在这里过夜是绝对没有问题的，可是我只能用一条小鱼来招待您了。”老人说：“那可是你煮给自己吃的呀！如果我吃了你可怎么办呢？”看着虚弱的老人，坚藏撒了生平第一次谎，说：“我已经吃过了，您就将就着吃点儿吧！”老人点了点头，吃完便睡下了。

坚藏让老人睡在自己的席子上，自己则打起了地铺。夜里，老人忽然发出了阵阵呻吟声。坚藏关心地询问老人：“先生，你怎么啦？不舒服吗？”老人说：“我太冷了，我想我可能快要被冻死了。”坚藏的柴禾已经全部烧完了，他该怎么办呢？他绝不能让老人就这样死去。他忽然想到自己那条仅有的渔船，于是走出去劈开了渔船。在做这些的时候，他没有过丝毫的疼惜和不舍。屋中生起了火，很快变得暖和起来，老人渐渐睡去了。第二天早上醒来的时候，老人已经完全恢复了健康。

老人谢过了坚藏对自己的救命之恩，并说自己可以满足坚藏的一个愿望。坚藏说出了自己心中那个最大的愿望，老人便将黄金山宝藏的秘密告诉了他。坚藏心想，只要得到那个盒子，自己的愿望就可以实现了。不过老人嘱咐他说：“要到达黄金山并不容易，要得到宝藏就更是难上加难，只有不畏艰难、勇于牺牲、凡事都为他人着想的人才能最终取得宝藏。”坚藏记下了老人的话，就匆匆地出发了。

坚藏遇到的第一个困难是一条波涛汹涌的大河。当他向河边的人打听过河的办法时，人们都劝他不要冒险，因为从来没有一个人能够安然渡过这条大河，已经有太多人葬身于此。坚藏是一定要过河的，就算要付出生命的代价，他也在所不惜。他向好心人讨来了一卷丝绢，做成了一个大风筝。然后让人帮忙把自己捆在风筝上，这样当风筝漂过大河的时候，他就可以自己剪断绳子落下了。虽然这样可能被摔得粉身碎骨，但他只有这一条路可走。

坚藏是幸运的，在河对岸，他安全地降落了。可没走几步，他就看到一只老虎正向他走来。他连忙后退，不料后面又有一条蟒蛇挡住了去路。前有虎，后有蛇，坚藏被夹在中间，不知如何是好。就在凶险逐渐逼近的时候，一头老鹰突然出现，抓走了坚藏。坚藏心想，自己可能要成为老鹰的点心了。不过飞着飞着，老鹰却忽然放开了坚藏。原来，老鹰远远地看到一只猴子正在偷袭它的小鹰，连忙放开坚藏跑去抓猴子了。可老鹰此时还在海上，它这一松抓，坚藏就被扔进了大海之中。

几日之后，坚藏被海水冲到了岸边，此时的他已经昏迷不醒、什么都不知道

了。一个小男孩在海边救起了坚藏，他也劝坚藏不要去黄金山，因为他从没见有人活着从那里回来。坚藏哪肯轻易放弃，他谢过小男孩之后，就又上路了。在黄金山下，坚藏遇到了一群恶犬。在恶犬的恐吓下，他没有退缩，而是用宝剑一一斩杀了它们。他已经离黄金山山顶不远了，这让他莫名地兴奋。但他也丝毫不敢放松，因为他不知道前面还有什么凶险在等待着他，尤其是那条传说中的青龙还没有出现。

坚藏开始向山上攀登，忽然，他看到一个美丽的姑娘正朝他跑来。姑娘对坚藏说："青龙要吃掉我，它现在正在追赶我，快救救我吧！"坚藏忙说："别怕，有我在，我会保护你的。"姑娘和坚藏一起逃到了附近的一个山洞。姑娘似乎对山洞很熟，用洞中的食物和美酒热情招待了坚藏。坚藏从没喝过这么好喝的酒，忍不住多喝了两口，结果却醉倒了。当坚藏再次睁开眼睛的时候，他已经被锁链紧紧地束缚住了。这时他才恍然大悟，刚才的姑娘就是青龙的化身，一切都是青龙的诡计，是故意来引自己上钩的。

青龙将坚藏关在山洞里，可是一连几天过去了，它却始终没有露面。坚藏又渴又饿，眼看着就要支撑不住了。忽然，一阵阴风吹进山洞，青龙出现了。它对坚藏说："只要你现在肯回头，我就不会伤害你，否则我就会杀死你。"坚藏倔强地说："绝不，只要我还有一口气在，就绝不回去。"青龙气得转身离开了。第二天，它又来了，这次它答应给坚藏数不尽的金银珠宝。坚藏仍然坚决地拒绝了它，他为人类造福的决心是不会动摇的。青龙又来了几次，坚藏每次都是同样的态度。青龙终于没有了耐心，它决定杀死这个不知死活的家伙。

在危急关头，被坚藏救过的老人出现了。他是一位伟大的魔法师，及时阻止了青龙对坚藏的杀戮。经过一番激烈的争斗，老人战胜了青龙，解救出了坚藏。坚藏接着向山顶爬去，这次再没有谁阻挡他的路了。他顺利得到了那个宝盒，还不及仔细看清它的样子，就急急忙忙地往回赶。他急于将盒里的东西与他的同胞分享，所以他一刻也不能耽搁。在踏上国土之后，坚藏就打开了盒子，让里面的智慧、健康、财富、勇敢、知识和欢乐洒满日本的每一寸土地。这些幸福和美德就这样一直停留在这个国家，不过并不是所有人都能得到它，只有毫不为己、一心为他人着想的人才能得到它。

富士山的故事

很久以前，富士山还不叫富士山，它只是日本一座普通的高山。在山下的村庄里，住着樵夫一家。樵夫勤劳善良，以打柴为生，日子虽然清苦却也自得其乐。只是他一直都没有子女，这让他有些遗憾。一天，他在山中砍柴的时候忽然见到了一个漂亮可爱的女婴。是谁这么狠心把孩子丢在这里了呢？樵夫想着，把女婴抱了起来。女婴竟给了他一个甜甜的微笑。樵夫真是越看越喜欢，干脆就把女婴带回家抚养。

富士山

妻子见樵夫抱回来一个女婴，也很高兴。他们精心地照料着女婴，仅仅用了三个月，女婴就长成了一个亭亭玉立的绝代佳人。夫妻俩为女儿取了一个好听的名字，叫做赫夜姬。对于这个名字，女孩自己也很喜欢。赫夜姬长得异常美丽，她的美足以让所有见过她的男人为之着迷。但赫夜姬似乎对爱情没什么兴趣，她基本不出门，每天都在家里帮助母亲干活。眼见已经到了婚嫁的年龄，夫妻俩开

始盘算着女儿的婚事。

一次，村长举行宴会，宴请全村的百姓，樵夫就带着赫夜姬一同前去。赫夜姬本不想去，但父亲一再坚持，无奈，赫夜姬只得依了父亲。宴会上，赫夜姬成了绝对的主角，所有人的目光都聚集在她身上。她的美丽让所有人惊叹不已，就连附近有名的美女也自叹不如。这次宴会过后，赫夜姬的美名就传开了，樵夫家也从此开始热闹起来。一时间，前来提亲的人排起了长队。有些人明知没有希望也不远千里赶来，为的就是一睹赫夜姬的芳容。

樵夫希望女儿能从中物色一个合适的人选，可赫夜姬却说自己根本不想嫁人。樵夫也不能擅自替女儿做主，于是就替女儿回绝了外面的提亲者。可人们仍不死心，为了得到赫夜姬，有人甚至变卖了所有的家当。后来，赫夜姬的声名越传越广，引得无数王公贵族也前来提亲。外面闹得沸沸扬扬，赫夜姬却始终不动声色。她不会嫁给这些人中的任何一个，因为连她自己都不知道能在人间停留多久。在有限的时间里，她只希望能为养父养母多做些事，以报答他们的养育之恩。

天皇听说了赫夜姬的美貌，很想去看看这位异常美丽的女子。他忙命人召来樵夫，让樵夫将赫夜姬带进宫来。樵夫回到家中，将天皇的诏令告诉了女儿。赫夜姬断然拒绝了天皇的要求，称自己宁死也不会进宫。樵夫疼惜女儿，也不愿逼女儿，就将女儿的决定如实转告了天皇。天皇虽然有些不高兴，但越是见不到，他就越好奇。他安慰自己说，越是美丽的女子，就越是骄傲。既然美人不肯前来，那就只能是他前去探望了。

天皇带领几个随从来到了樵夫家，碰巧樵夫不在家。天皇无意间闯进了赫夜姬的房间，见到了绝美的赫夜姬。赫夜姬忙转过头去，请天皇快些离开。可天皇见到如此佳人，哪肯轻易离开。他命人将赫夜姬架入轿中，意欲强行带她离开。可当卫兵扑向赫夜姬的时候，赫夜姬却忽然不见了。天皇这才意识到赫夜姬绝非凡人，以这些庸俗的士兵是不可能将其带走的，于是放弃了带走她的念头。虽然没能如愿抱得美人归，但仅仅是那一瞥，已经足以让天皇神魂颠倒了。回到宫中以后，他也仍然久久不能忘却美丽的赫夜姬。

樵夫没有再给女儿张罗婚事，因为她不想女儿不开心。让女儿多陪自己几年也挺好，等到女儿想嫁的时候再说吧！自从赫夜姬拒绝了天皇以后，很多提亲者开始知趣地离开了。一家人过了一段相对平静的生活，可是这种平静却没能持续多久。近几天来，赫夜姬一直都心不在焉，也不再像以前那样快乐。樵夫不知道女儿发生了什么事，很是担心。这天夜里，樵夫来到女儿的房间，问女儿是不是有什么心事。赫夜姬知道自己的时间不多了，就将一切都告诉了父亲。

原来，赫夜姬本是天上的仙女，因要下凡历练才转世为人。如今历练期限已到，明日天宫就会派人前来接她。可她对养父养母已经有了感情，想到即将到来的分别，故闷闷不乐。樵夫知道就要与女儿分开，也伤心不已，可他又无力阻止女儿的离开。很快，天皇也知道了赫夜姬的离开。想到如此美丽的女子将离开人间，天皇很是舍不得，于是派了大批的军队来到樵夫家，希望能阻止天仙们将赫夜姬带走。赫夜姬知道，天皇所做的一切都是无济于事的，不过她还是有些感动。

离别的时刻终于到了。当天上出现彩色的云彩时，赫夜姬开始含着泪与樵夫告别。天仙驾着彩云来接赫夜姬了，天皇派来的军士们都看傻了眼。天仙们将一瓶长生不老药交给赫夜姬，让她服下，因为她已经离开天宫太久，难免会沾染凡气。赫夜姬接过药瓶，只吃了一点儿，将剩下的交给了樵夫，以报答樵夫的养育之恩。她又留下了给天皇的一封信，就随众仙们升天了。

樵夫难以忍受失去女儿的煎熬，不愿意久活于世，所以他没有服下长生不老药，而是把药和信一同交给了天皇。天皇看过信后，也不愿服药，就派人将药和信一同送到附近的高山上焚烧。这座焚烧长生不老药的高山后来就被称为富士山，也就是不死山的意思。也正因为如此，才会传出富士山上有长生不老药的传言。

第五篇

非洲神话故事

第一章　埃及神话

法罗创世

最早的世界是看不见也摸不着的，没有任何可以称得上物质的东西存在，只是一个不停运动的空洞。那时世界的名字叫做格拉。

格拉经过几亿年的运动后，生下了一个能发声的物质，名叫双体。双体自身又经过不断的运动，然后一分为二，变成了一对格拉格拉。之后，过了很长时间，格拉格拉又生下了一个名叫佐苏马莱（凉的铸铁块）的物质，这是世界上第一个具有实体的东西。

佐苏马莱不停地运动，来回在两个格拉间摩擦，最后发生了巨大的爆炸，一种坚硬无比的特殊物质从爆炸中产生。伴随着剧烈的震荡，这种物质在宇宙中不停地降落。突然，物质中间出现一条很大的缝隙，一种意识从中分裂出来。这种意识在宇宙中飘荡，最后移到了一种具有灵性的物体上，使它具有了自我意识。最后，宇宙中出现了第一位天神——约神和他的二十二个螺旋。

当螺旋围绕着约神旋转时，世界产生出了根本的物质，包括声音、光线、行为、感觉等。之后，约神又从自身生出两位天神——佩姆巴和法罗。

佩姆巴比法罗早些时候下凡。经过七年不间断地旋转，佩姆巴把自己变成一棵神奇的种子落在了地上，然后长成一棵参天大树。为了能够在大地生活得更好，佩姆巴还特意给自己取了一个新名字——巴兰扎。巴兰扎按照自己的意愿开了花，结了果。熟透了的果子从树上掉了下来，埋住了巴兰扎的根，大树因为得不到应有的养分而枯死，只留下一棵光秃秃的树干。

佩姆巴只得用这棵树干作了自己的化身。后来，佩姆巴用泥土创造出了世界上第一个女人——穆索·科罗妮·昆迪耶，并娶她为妻。在妻子的帮助下，佩姆巴获得了新生，重新变成了大树巴兰扎。

持鼓女神像

具有典型非洲风格的手工艺品，持鼓女神的面部细致生动，其他的小神像与基座上面具式头像具有抽象化色彩。

法罗的长相很像鱼，他降落到了尼日尔河里，做了水神，掌管世界上所有的水域。为了把大地和天空隔开，法罗在天地间创造了七层大地。后来，他生下了一个儿子名叫泰利科，并让他成为掌管空气的天神。

泰利科的身影遍及世界，他把自己化成水降落到大地上，为地上的生物送去生命的源泉。他巡视世界，发现有很多地方是没有物质的。为了填补创世的不足，泰利科又把许许多多的水注入到空虚之处，从此世界上就有了江河湖海。

法罗发挥从约神那里继承来的神力，使自己的身体产生巨大的震动，生出了一对孪生子，并使大地长出青草和蝎子，让它们保护新生的孩子。而这对孪生子就是人类的祖先。之后，法罗又变出两条鱼，一条用来引导水流入特定的领域；另一条则作为自己和孩子的坐骑，每天驮着他们来往于陆地和海洋之间。为了让世界更加丰富多彩，法罗还创造出许多具有生命的东西，那就是我们今天看到的各种鱼类和爬行动物。

当法罗认为自己的创造工作完成得差不多的时候，就把那对孪生子留在地上繁衍后代，自己则回到天界中居住。因为法罗是人类的创造者，所以人们对法罗非常崇拜，无意间忽视了巴兰扎。

巴兰扎觉得自己的尊严受到了挑战，心中盘算着如何报复法罗。有一天，法罗的一个后人来到了巴兰扎的面前，被这棵充满神奇生命力的大树吸引了。他马上判断出这是一棵神树，对它非常崇拜。

巴兰扎见时机已到，立刻展开蓄谋已久的计划。巴兰扎对那个人说："我会赐福给你们的！你们现在的生活实在是太野蛮了！因为你们不懂得如何运用火来烧烤食物，要知道只有懂得怎么运用火才能算得上是真正的人类。"之后，巴兰扎就把击石取火的技术教给了那个人。

那人回到部落后，把自己的神奇经历告诉了其他人。大家一致认为应该对神树表示感谢，于是一起来到巴兰扎面前，对他进行膜拜。巴兰扎见到人们已经对他产生了信任，说道："人类啊！你们从我这里学会了如何使用火，那么就应该为我献上祭品，只有那样才能获得更多的赐福。"

人类答应了巴兰扎的要求，给他送来了最好的坚果油。可是，巴兰扎对人类的祭品不屑一顾，坚持要人类以活人的鲜血作献祭。为了让人类甘心献上自己的鲜血，巴兰扎还许诺，愿意保佑人类拥有无限的生命。人类答应了巴兰扎的要求，当然也从他那里获得了不老的青春。

虽然长生不老是人类一直追求的梦想，可是如果真的人人都能长生不老，那么世界将变得非常可怕。由于没有人死去，人口数量急速上升，大地承受不了如此沉重的负担，历史上最大的饥荒爆发了。土地所产的粮食根本满足不了人们的需要，每个人所分到的粮食还不够塞牙缝，再加上要不时地给巴兰扎献血祭，人们的生活痛苦不堪。

法罗看到自己的后代经受如此深重的磨难非常伤心。为了把人类从水深火热中拯救出来，法罗与巴兰扎展开了一场较量。最后巴兰扎成了失败者。

法罗首先要解决的就是饥饿问题，他指导人们吃野生的西红柿，因为它能补充人体内的血液。可是人们看着那些鲜红的果子很害怕，没有人敢去尝试。最后，一名胆大的妇女吃下了七颗西红柿。人们见她并没有什么异常，马上效仿起来。

法罗决定以这个妇女作为母体，创造出新一代的人类。他把妇女的肚子剖开，从她的肚子里拿出西红柿果肉变成的七粒种子。然后，法罗把这些种子扔到了河水中，使饮过河水的妇女都怀孕。法罗又把八粒粮食种子撒向人间，还教会人们种植的技巧。就这样，新一代的人类开始在大地上繁衍。

战败的巴兰扎在暗处偷偷地给人类施下了可怕的诅咒。从那以后，人类再也不能长生不老，死亡变成了每个人都必须面对的事情。

伊西斯女神的阴谋

伊西斯女神，最高天神拉神的女儿，一个野心勃勃的女神。虽然伊西斯有着"一人之下，万人之上"的地位，但是并不满足。

"是啊！为什么我就不能拥有和父亲一样的地位和权利呢？我是伊西斯，拉

生命与健康之神伊西斯女神像

她是埃及的生命与健康之神，同时也是美神与战神的合一。

神的女儿，他有的一切我也都应该拥有。我应该是宇宙中最伟大的女神。”伊西斯心中经常这样想。在这种想法的驱使下，伊西斯虽然表面上对拉神毕恭毕敬，但是心中却在盘算着如何夺取他的权力。

伊西斯知道拉神一个秘密，那就是虽然拉神有几百个名字，可是只有一个名字代表着至高无上的权力。如果谁从拉神那里得到了这个名字，谁就会拥有拉神的力量和地位。长久以来，拉神对这个秘密一直守口如瓶，不管伊西斯怎么花言巧语，就是不肯透露。

一万年过去了，拉神虽然每天依旧巡游大地，可是他的身体已经渐渐衰老了。伊西斯觉得，她盼望已久的时机终于到来了，如果现在不下手的话，恐怕就会被别人抢先。于是，她心里盘算着如何逼拉神说出秘密来。终于，伊西斯想出了一条狠毒的妙计。

这天，拉神像往常一样，带着他的随从自东方升起，向西方游去。当他走到一半的路程时，天空中突然出现了一条巨大的毒蛇，张着血盆大口向拉神扑来。拉神根本没有任何思想准备，毒蛇咬住了拉神的胳膊，把全身的毒液注入了他那衰弱的身体内，拉神倒下了，发出了凄厉的惨叫声。这一切来得太突然了，所有的天神都惊呆了，一个个吓得魂不守舍，赶紧把拉神抬回宫殿。

就在所有天神都为拉神的安危担心的时候，伊西斯女神却在暗地里偷笑。原来这一切都是她搞的鬼。她昼夜不停地跟在拉神的后面，拉神走到哪里，她就跟到哪里。伊西斯在一旁观察着，等待着，希望拉神自己犯下致命的错误。

由于拉神年老体衰，因此口水时常从他的嘴中流出来。伊西斯看准了拉神口水掉落的地方，然后飞快地跑过去，抓起了一团带有口水的泥土。伊西斯如获至宝似的捧着那团泥土，脸上露出了诡异的笑容。她用手指轻轻地在泥土中搅拌，使拉神的口水与泥土充分地融合。然后她取出一块最好的泥土，把它捏成了一条毒蛇的形状。虽然伊西斯没有对泥蛇施加任何魔法，但是由于它含有拉神的口水，所以立刻就活了，而且体内还带着很多毒液。伊西斯偷偷地把毒蛇放在拉神每天的必经之路，等待着事情的发生。

这就是整件事的来龙去脉，此时拉神已经奄奄一息。天神们围在拉神的旁边，用关切的眼光注视着众神之父。拉神醒了，睁开了那双疲惫的双眼，嘴中发出了轻微的声音："我的孩子们！我不知道发生了什么事？要知道，世间的万物都是我创造的，都是我赋予他们生命的。可是我并没有创造出蛇这种可怕的东西，你们中间有谁背着我创造了蛇呢？"

众神听后非常害怕，赶忙解释说："最伟大的拉神、最威严的父神、最受人崇拜的太阳神，我们都是您的孩子，也是您的仆人，您的意志就是我们的生命，我们怎么敢背着您去创造毒蛇呢？"

拉神痛苦地说："我创造了世间万物，每天都赐予他们无限的光明和热量，所有的东西在我的照顾下茁壮成长。自从我创造天地以来，从来没有懈怠过！为什么要让我受如此大的痛苦呢？"

众神听后，赶忙说："尊敬的拉神啊！我们相信您的痛苦很快就会消失。"

拉神脸上露出了无奈的表情，说道："不！我现在感觉体内好像在着火，这真是太痛苦了！我还不想死去，因为有很多事还需要我去做，请你们来帮助我吧！"

天神们不敢怠慢，马上去各个地方找来了“神医”。可是，没有一个人能够清除掉拉神体内的蛇毒。最后，天神们想起了被称为“魔幻女神”的伊西斯，认为如今只有她能帮助拉神了。如果连她都束手无策，恐怕真的是没有别的办法了。

天神们的请求正中伊西斯的下怀，她走到拉神的面前，假惺惺地说：“哦！我的父神，您怎么了？您告诉我，我会竭尽全力帮助您的！”

拉神也知道她很有本事，满怀希望地说：“我的女儿啊！快救救我吧！我在巡游的路上被一条毒蛇咬伤了！如今我觉得生不如死，请你帮我把体内的毒液清除掉吧！”

伊西斯点了点头，然后对众神说：“你们先出去吧！我需要安静！”伊西斯靠近了拉神，用一种带有威胁和挑衅的语气对拉神说：“我的父神，伟大的拉神，告诉我您的名字好吗？”

拉神从伊西斯的眼神中看出了邪恶，知道她这是趁火打劫。于是，他不露声色地说：“我有很多很多名字，比如海比尔、瓦拉尔、瓦土木……”

“够了！”伊西斯打断了拉神的话，恶狠狠地咬着牙说：“父神！我看您还是告诉我吧！您知道我要的是什么，如果没有您的那个名字，我的咒语是不能去除掉您体内的蛇毒的！您也不想再受它的煎熬了吧！”

拉神无奈之下只得将自己的真名字告诉了伊西斯。拉神体内的蛇毒被清除了，而伊西斯也如愿以偿，成为了最强大的女神。

拉神退位

拉神，埃及神话中的太阳神，也就是非洲神话中的赖神。拉神是埃及神话中最有名的天神，也是地位最高的天神，被称为“众神之父”。

在最初的时候，拉神年轻力壮，头脑灵活，整个世界都被他治理得井井有条。天神、人类以及其他一切动物相处得都非常融洽，到处都是一片繁荣的景象。

拉神虽然拥有不死的生命，但是他的外表却会衰老。一万年过去后，拉神老了。他的头发已经变得很稀疏了，牙齿也已经脱落得差不多了，眼睛里也没有往日的光芒了。他佝偻着身体，步履蹒跚，口水还时不时地从嘴里流出来。

当人类看到这些情景时，内心的卑劣和自私开始作祟，渐渐地他们不再像以前那样崇拜拉神了，甚至还嘲笑和讥讽拉神。

有的人说："你们看啊！我们的拉神怎么了？他现在已经是一个糟老头了！我觉得他根本没有能力来领导我们了，因为他只不过是个老糊涂罢了！"

另一个接过来说："说得对啊！快看看这个老东西！他的牙齿间的缝隙可以塞进一条鱼，他的头发简直就像刚被烧过的草地，还有他的眼睛简直就是两个黑球，哪有一点神采可言？我们干嘛还要听这个家伙的支配？我们有智慧，完全可以凭借自己的力量管理自己。"

所有狂妄和讥讽嘲笑的话语都被拉神知道了，他的自尊心受到了伤害，他觉得人类的做法简直伤透了他的心。但是，拉神对人类还是宠爱有加的，所以他决定再观察一阵，希望人类能够改过自新。

人类再一次让拉神失望，他们不但没有停止这种可恶的行为，反而变本加厉。终于有一天，当他巡游到天空的正中央时，又听到了人类对他的咒骂声，积蓄已久的怒火终于爆发了，拉神对着他的随从说："你们全部都听着，我的孩子们！马上把天神召集到这里来，舒神、努特神、盖布神……我有一件很重要的事情要宣布！还愣着干什么，快点，马上去！"

随从们全都傻了眼，不知道拉神今天是怎么了。但是看到他如此愤怒，也不敢多说，马上执行了命令。一会儿的工夫，所有的天神都来了。他们面面相觑，谁也不知道发生了什么事。在他们的记忆里，拉神还从来没有发过这么大的脾气呢。

拉神怒气冲冲地说道："所有的天神听好，是我创造了你们，我是你们的父亲，也是你们的国王。你们应该尊敬我，崇拜我，不能对我有一点的亵渎。"

听到拉神的话，天神们一头雾水，胆战心惊地回答说："怎么了？我们的父亲，伟大的拉神！我们一直都很尊敬您、崇拜您啊！我们从来也没有过亵渎您的举动啊！我们不明白您说这些话是什么意思！"

拉神回答说："是的，我知道你们一直做得都很好，我对你们的行为也是非常满意的！但是，那些比你们地位低微的人类，他们居然对我不敬，而且出言侮辱！现在我决定给他们一个重重的惩罚！"

天神们终于知道拉神生气的原因了，他们也早就对人类的做法十分不满。这时，伟大的阿图姆神发表了自己的意见，说："伟大的太阳神啊！我们最最崇拜

的拉神啊！您的想法是正确的，必须让人类知道，不尊敬天神是要受到惩罚的！我有一个主意，您可以派您的女儿哈托尔女神前往人间。她知道如何做才能平息您的怒火！”

拉神想了想，回答说：“是的，哈托尔确实是很合适的人选，可是如果人类预先得知了消息，他们会逃走的。”

天神们知道，拉神这么说其实是在找借口，他不想让人类迎来灭顶之灾。于是，他们一起跪在拉神面前，用恳求的口吻说：“万能的拉神啊！您怎么能如此心慈手软呢？人类已经无可救药了，您必须硬起心肠来，派您的女儿前去。”

这时，哈托尔也走到了拉神面前。她是一个残暴的女神，吸食人血是她的唯一嗜好。哈托尔说：“父亲，请您派我前去吧！我一定会用人类的鲜血抚平您的创伤。”

拉神只好同意了天神们的请求。哈托尔兴高采烈地来到了人间，开始执行拉神的命令。

人类迎来了最可怕的灾难，叫喊声、求救声响彻了整个宇宙，鲜血染红了大地，空气中弥漫着浓重的血腥味，到处都是被杀者的尸体。哈托尔兴奋极了，她还从没有杀得这么痛快过。她叫喊着，笑着，嘴中只有一句话：“杀！杀！杀！把所有的人都杀光！”

拉神看到这种情景非常痛心，虽然人类以前那么对他，可是他不想看到人类毁在自己的手里。于是，他在天空大喊道：“哈托尔，够了！人类已经受到了惩罚，不要再滥杀了！”

此时的哈托尔已经杀红了眼，哪里还听得进去，她对拉神说：“父神啊！请您不要干预我了好吗？我要把您交给我的任务完成，请您放心。”

拉神只好开始帮助人类对付哈托尔。他教会人类酿造香甜的大麦酒，然后诱使哈托尔饮用。这样，人类这场灾难才算结束。人类终于反省了，知道以前的做法是愚蠢的。他们把那些辱骂拉神的人抓了起来，然后当着他的面全部杀死。

经过这场变故，拉神也厌倦了做世界的主宰。他把天神们召集到一起，将自己的王位传给了儿子天神舒。然后，他骑在女儿努特的背上，和她一起来到了天界，定居在那里。

太阳神赖的故事

太阳神赖，海洋之神努的儿子，宇宙中的最高天神。当他出生的时候，世界才刚刚被创造出来。那时候天和地是连在一起的，世界的每一个角落都充斥了无尽的海水。太阳神赖决定创造一个丰富多彩的世界。因为他是众神之王，拥有最强大的法力，所以只要他说出自己的要求，那么世界上就会出现什么东西。

太阳神赖对着世界说："天和地必须分开。只有那样，世界才能有广阔的空间。"话音刚落，蓝蓝的天就从大海上升了起来，而大地则依然留在底下。当海水退去时，那些裸露出来的土地就变成了我们今天看到的陆地。

太阳神赖觉得天空太过单调了，就对着天空说："要有云。"于是白云就出现在天空；他又说："要有星星。"于是众多的繁星就出现在天空。太阳神赖觉得大地也是空荡荡的，于是他先创造出了各种植物，然后又创造出了飞禽走兽，当然他也没忘了创造出万物之首——人类。最后，太阳神赖决定把海洋变得热闹一些，于是就创造了很多鱼类、植物等生物。

当一切工作都完成以后，太阳神赖对自己创造的这个世界非常满意。他是天神之王，也是世界的创造者，因此由他来统领世间万物自然再合适不过。太阳神把自己变成了人类的模样，来到人类中间，成了世界上第一个国王。

人们并不知道自己的国王就是伟大的创世主太阳神赖。因为有了太阳神的庇护，人类社会一天比一天繁荣，人们的生活也一天比一天富裕，所有人都对这个法力无边的国王十分敬佩。

似乎在每一个神话里人类都有着卑劣的本性。天神创造了他们，赐给了他们很多福，一旦天神不再像以前那样强大、那样有威严，那么人类总会做出一些愚蠢的举动。由于太阳神赖是变成人的模样来到大地上的，虽然他不会死去，但最起码他从外形上会衰老。

很多年过去了，太阳神老了。他再也没有以前那么精神抖擞了，说话也不那么铿锵有力了。他经常斜斜地坐在宝座上，面无表情地注视前方。长长的唾液从嘴角里流了出来，但他根本不知道去擦。人类看到自己的国王老了，不中用了，不像以前那样有求必应了，于是开始咒骂自己的国王，说他是个老糊涂，根本没有多大本事，让他做国王简直是荒谬。更有一些可恶的人居然违抗太阳神的命令，偷偷地反抗他，而且还想找机会干掉他，好让自己当上国王。

太阳神赖虽然老了，但实际上他的法力丝毫没有减弱。太阳神对忘恩负义的人类失望到了极点，觉得自己创造他们是个错误。于是他决定对人类实施惩罚。他把天界的众神召集在一起，商量如何给人类些颜色。

众神都乐意帮太阳神这个忙。耳朵天神（太阳神赖的耳朵变的）说："主人！您可以让我去，因为我可以使人类失去听觉。他们再也不会听到那些有辱您威名的话了。"

穿越白天与黑夜的旅行

太阳神赖是最高级别的神。据赫尔摩坡里斯的太阳学说，认为海洋是努神，为诸神的创造者，创造了永生的黑暗，最后创造了太阳神。古非洲人崇拜水与太阳，这体现了河水与阳光是人类生命的源泉。

嘴巴天神接过来说："伟大的太阳神啊！我觉得您派我去是最合适的。因为我会让那些卑微的人类从此再也不能说您的坏话！"天神们都争着为太阳神效力。

可是，太阳神赖都觉得这些人不是合适的人选。这时，眼睛女神站了起来，说道："最最伟大的太阳神，您创造了人类，可是他们却那样的对您！我觉得应该让那些渺小的人类受到最大的惩罚，他们没有资格存活在这个世界上！我愿意为您效劳，没有人敢直视我的眼睛，我会让他们永远记住惹恼天神的后果。"太阳神赖觉得眼睛女神说的有理，就同意由她下凡惩罚人类。

人类的厄运来临了。眼睛女神是一个嗜血的天神，在她的脑子里只有三个字——杀！杀！杀！大地上血流成河，尸体遍地可见，到处都能听见人类的哀号。

眼睛女神不停地追杀，哪管什么男女老幼，只要让她看到，结果只有死路一条。地球上的人类已经被她杀得还不足原来的十分之一了。

这时，太阳神赖觉得自己当初决定惩罚人类是没有错的，但只是想让人类悔改，并没有要消灭他们的意思。可如今，眼睛女神已经完全失去了理智，她的做法会毁了自己亲手创造的世界。创世主发了善心，决定停止对人类的惩罚。不过，眼睛女神正杀得眼红，现在让她停下来，恐怕是不可能的。不能强攻，那么就要智取，太阳神赖想出了一条妙计。

太阳神派出使者来到一个名叫爱利芬坦的地方，让他们把长在那里的“美德之草”摘回来。然后太阳神让天神把这些草碾碎了，放进混有大麦的人血里面。人类历史上第一次出现了啤酒。

天神们共酿造了七千坛啤酒，并把这些酒放在眼睛女神经常休息的地方。女神闻到了酒的香气，立刻忘记了屠杀人类的使命。当她喝得醉醺醺时，天神们就把她接回了天界。

人类躲过了这场灾难，恢复了对太阳神赖的崇敬之情。人类社会恢复了安定团结的局面。

奥西里斯统治埃及

奥西里斯被选为人间的统治者，他正等待合适的时机降临人间。而在他降临之前，底比斯城中便已经传开了这个振奋人心的消息。消息是从一个叫做巴米里斯的水夫口中传出的，这个水夫并没有什么特别之处，他只是幸运地被神选作了传达信息的使者。

这天，巴米里斯仍然像往常一样到井边打水。这不是一口普通的水井，它位于拉神庙中，每当人们祭拜完毕，都会捧起井中的水喝上几口。在当地人看来，这口井是万能的拉神赐给他们的，因此也是十分圣洁的。当巴米里斯来到井边的时候，忽然听到有人叫他的名字，可回头一看却什么人也没有。开始，他还以为是自己听错了。后来，声音越来越清晰，巴米里斯有些害怕。声音并没有停止，但却很柔和：“别害怕，巴米里斯，大地的主人奥西里斯就要诞生了，快将这个消息传给乡亲们吧！”这时，巴米里斯才发现声音就来自神庙前的雕像。不过在

说完这句话之后，神像就恢复了原状。

恐惧袭透了巴米里斯的全身，他迅速跑回家，连打水的皮囊都扔在了井边。回到家中，他还久久不能平静。妻子忙问他发生了什么事，他就将自己的离奇遭遇跟妻子说了一遍。房中的老父亲听到后，忙起身对巴米里斯说："儿啊，这是神的旨意，你快按照神的吩咐办吧！"说完，老人便闭上了眼睛。巴米里斯忽然觉得不再害怕，而是全身充满了力量。他很快就行动起来，四处奔走向人们传达着这个好消息，以这种方式迎接奥西里斯降临人间。

冥王奥西里斯石像

第一个见到奥西里斯的人是一位老祭司。当他看到在田间休息的奥西里斯和伊西斯时，马上就认出了他们。老祭司向他们施以大礼，并尊称他们为国王和王后。虽然当时埃及是有法老的，但他知道，奥西里斯才是埃及大地的真正主人。他以自己能成为第一个迎接奥西里斯的人而感到荣幸，并盛情邀请奥西里斯和伊西斯到他的家中做客。奥西里斯和伊西斯见老者已识破了他们的身份，就答应了老者，但嘱咐老者千万不能把他们的真实身份泄露出去。

人们对老祭司带回的这两个陌生人都感到十分好奇，因为他们从没见过如此高贵的男人和如此美丽的女人。当人们向老祭司询问两位陌生人的来历时，老祭司一直守口如瓶，不肯泄露半句，只说是从这里经过的外乡人。因为奥西里斯和伊西斯出色的外表，人们认定他们非比寻常，所以都对他们非常尊敬。当人们遇到困难的时候，就会到老祭司家中找他们帮忙，而奥西里斯和伊西斯也总是热情地帮助他们解决各种困难，这让人们更加尊敬他们。奥西里斯指点大家农耕生产，伊西斯则帮人们解除疾病之苦。在人们心中，他们俨然神一样的人物。

当时，埃及大地已经有了统治者。当法老听说这两个陌生人的神奇传说以后，很是嫉妒，他更担心这两个陌生人的出现会削弱自己在人们心目中的地位。他决定亲自会会奥西里斯，看看这个人们口中的活神仙究竟有什么过人之处。当

奥西里斯真的站在法老面前时，他顿时惊呆了。世界上竟有如此高贵俊美的男子，真让他有些自惭形秽。法老出了一会儿神，马上又恢复了常态。就算在外表上输给对方，他也要在气势上赢回来。他故意表现出对奥西里斯的轻蔑，言辞中甚至不乏讽刺挖苦之词，但奥西里斯始终不卑不亢，让法老无可奈何。最后，法老希望奥西里斯能搬到宫里来住，奥西里斯答应了。

奥西里斯和伊西斯住进了王宫，他们教给宫里的工匠和巫师很多技艺本领，获得了宫中所有人的尊重。人们甚至觉得奥西里斯要比他们的法老强得多，法老只会对他们严词喝令，而奥西里斯却平易近人，而且法老也没有真才实学，奥西里斯才是真正具有大智慧的人。渐渐的，宫中形成了一种崇拜奥西里斯的风气，这让法老很是不安，他决定找机会灭灭奥西里斯的威风，为自己找回一些面子。

宫中有一个叫做胡泰布的军队首领，向来少言寡语，但与奥西里斯却十分亲热，有什么话都会跟奥西里斯说。此人对法老极为忠诚，尽心尽责地保卫着王宫的安全，但由于性格耿直，不善于谄媚，平时也得罪了不少人。于是，朝中就有人一心想要除掉他，这些人开始在法老面前搬弄是非，谎称胡泰布意欲叛变，请法老治他的罪。法老正看胡泰布与奥西里斯的亲热不顺眼，眼下借此机会，恰好可以给其他试图亲近奥西里斯的人一个警戒，于是不问青红皂白就将胡泰布拘押了起来。

虽然法老恨不得将胡泰布马上处死，但宫中处死一个军队首领也不是小事，没经过公开审理是说不过去的，更何况还有奥西里斯的存在。法老将胡泰布的罪状一一罗列，问其是否认罪。胡泰布义正言辞地称自己无罪，所有的罪状不过是有人故意栽赃陷害。法老已经很不耐烦了，直接让卫队将胡泰布拉下去处死。这时，奥西里斯及时出面制止了卫队。法老更加气愤了，对着奥西里斯大叫，让他快快退下，否则就将他一同处死。奥西里斯面不改色，要求法老做出公正的判决，否则他是绝对不会离开的。

法老彻底被激怒了，在自己的王宫中，奥西里斯竟然敢以这种口气跟自己说话，让自己颜面何存。于是他拿起手中的长矛，欲刺向奥西里斯。奥西里斯连躲都没有躲，只对法老大叫了一声，法老便吓得瘫痪如泥，长矛也扔到了地上。此时的奥西里斯就像一个庄重威严的神，在场所有的人都看呆了。奥西里斯在警告了法老之后，便愤然离开了王宫。

胡泰布得救了，而法老则被吓出了一场大病。没过多久，法老便命归西天了。由于法老生前作恶多端，膝下并无一子，因此王位的继承人就被空置了下

来。众人一致推举奥西里斯做他们的新国王，奥西里斯推辞不过，最终接受了王冠。从此，开始了奥西里斯统治埃及的伟大时期。

美丽的金丝雀

奥西里斯成为埃及的统治者让他的兄弟塞特很是不服，为了取代奥西里斯，他竟然设计害死了兄长，并将兄长的尸体装入箱子扔进了河里。凶残的塞特还想霸占奥西里斯的妻子伊西斯，他带领军队向伊西斯施压，如果不敞开大门欢迎他，他就会带领军队踏平王宫。伊西斯没有屈服，埃及的军士们也不肯屈服，他们同塞特的军队进行了一场殊死较量。不过由于军力悬殊，埃及军队最终失利了。当塞特冲入宫中寻找伊西斯的时候，却早已不见了她的踪影。在伊西斯的窗口，只看到有一只美丽的金丝雀破窗而出，向着远方飞去了。

那只美丽的金丝雀就是伊西斯的化身，她要飞到河边，去寻找她的丈夫奥西里斯。她不停地飞呀飞呀，不知疲倦地一直向前飞着，终于飞到了河边。她看到河边有一位老妇人，连忙变回人的模样。也许老妇人可以为她提供一些有用的信息，伊西斯这样想着。可是老妇人却说她从未看过什么箱子从河里漂过，这让伊西斯非常失望。就在伊西斯转身想要离开的时候，老妇人忽然叫住了伊西斯，说她丈夫遇到的一些怪事或许能帮到她。伊西斯的眼睛又放射出希望的光芒，她忙问老妇人是怎么回事。

老妇人说，她的丈夫是一个牧人，每天都跟着其他牧人到远处的河谷放羊。一天，他们忽然发现河谷里有许多长相怪异的小生物。这些小生物长着人一样的脸庞和身子，但却长着山羊的腿和脚，而且它们的头上也像山羊一样长着犄角。牧人们对这些怪物是有所耳闻的，它们是生长在山中的精灵，是羊群的守护神，它们的首领叫做贝斯。尽管听说过，但谁都没有亲眼见过。这次亲眼所见，牧人们被吓坏了。这时，精灵们似乎也发现了他们。一个精灵起身向他们走来，牧人们吓得拔腿就跑，只有她的丈夫没有跑。因为她的丈夫相信，这些精灵是不会伤害他的。精灵果然没有伤害他，只是告诉他装载着埃及国王的箱子将随激流漂到异国他乡。

老妇人说到这里，伊西斯已经泣不成声了。老妇人生活的地方据底比斯很远，她还不知道他们的国王发生了什么，所以当丈夫提起时，她并没有在意，甚至还想国王怎么会在箱子里呢？今天听伊西斯问起箱子，她才又想到了精灵的话。看着伊西斯痛哭的样子，老妇人忍不住问："莫非我们的国王真的被装进箱子了吗？"伊西斯点了点头。她谢过了老妇人，又化为金丝雀飞走了。

伊西斯飞呀飞呀，她不敢有丝毫的松懈，她必须尽快找到那个箱子。可是她哪飞得过湍急的水流呢？当她飞到尼罗河三角洲的时候，两大支流摆在眼前，该往哪个方向去呢？如果追错了方向，那就真的没有希望追上了。就在伊西斯犹豫之时，忽然看到了在河边哭泣的小男孩。伊西斯很喜欢孩子，她走上前去问小男孩发生了什么事，小男孩的话让伊西斯很是惊喜。小男孩说自己昨天看到一个会发光的箱子，可是当他回家找来父亲之后，箱子却不见了。伊西斯忙问小男孩箱子漂向了哪里，小男孩用手指指了指。伊西斯安慰孩子不要哭，明天他就会得到一个漂亮的箱子，然后便急匆匆地离去了。

已经过去了一天的时间，自己还能追上丈夫的脚步吗？伊西斯也不确定，但她必须努力追赶。飞了很久很久，伊西斯实在是太累了，她决定停下来休息一个晚上。也许明天会出现什么奇迹，她默默安慰着自己。可是时间一天天过去了，伊西斯所盼望的奇迹却始终没有出现。她开始有些茫然了，难倒自己追逐箱子的行为是错误的吗？就在这时，树林里传来了歌唱的声音。伊西斯忍不住好奇走上去一看，原来是贝斯又在带领精灵们歌唱了。伊西斯希望得到贝斯的帮助，毕竟他曾经见过那个箱子。

当伊西斯向贝斯询问箱子的下落时，贝斯坦诚地说："箱子已经漂走很长时间了，尽管您有那么伟大的力量，但也不可能追上它了。"伊西斯绝望地说："难倒我真的没有办法再见到我的丈夫了吗？"贝斯忙安慰伊西斯说："别难过，伊西斯女神。那个箱子一直漂到了远方的一片树林中，并完好地躺在树洞里，只是它已经被比布里斯的国王带回了王宫，用来支撑客厅的屋顶。到那里去吧！你会找到奥西里斯国王的。"伊西斯如释重负，她十分感激贝斯为她带来如此重要的消息，于是决定满足贝斯的一个愿望。贝斯说只希望人类不再奚落他，不再用异样的眼光看待他。伊西斯满足了他的愿望，使贝斯也成为了一位受人尊敬的神。

告别了贝斯之后，伊西斯开始满怀期待地飞往比布里斯。她的内心终于不再六神无主，因为她已经知道丈夫的确切下落。当她从比布里斯的上空落下来的时候，终于有了些许的轻松感。想到她的丈夫就在王宫之中，与自己近在咫尺，她

就激动不已。她用双眼注视着王宫，思考着该如何进入王宫解救丈夫。

奥西里斯复活

伊西斯在一片树荫下停下了脚步，她已经飞得太久了，早已经劳累不堪了。此刻，她需要短暂的休息以恢复体力。虽然爱人已经近在咫尺，但她还不能急于求成，否则很可能会产生相反的效果。她需要等待时机，在此之前，她只要保证丈夫是安全的就足够了。

美丽的伊西斯吸引了很多过往行人的目光，有些人还忍不住上前询问伊西斯的状况，可是伊西斯好像根本听不见任何声音，只是陶醉在自己的沉思之中。直到一个宫女出现在她的面前。宫女清脆的声音打破了伊西斯的沉默，她抬起头来注视着宫女，开始与宫女攀谈起来。她们似乎很投缘，在一起聊了很多。当宫女得知伊西斯可以为人治病以后，眼睛忽然闪出了光亮，因为她们的小王子病了，急需找人医治。不过宫女没有马上邀请伊西斯为小王子治病，她还需要征得王后的同意。伊西斯很喜欢这个名叫密里塔的宫女，她亲手为密里塔编结了漂亮的头发，将密里塔打扮得分外迷人。黄昏时分，密里塔才依依不舍地告别了伊西斯。

密里塔本来是和宫女们一起出门的，可是当其他宫女都回到宫中的时候，密里塔却还在树林中与伊西斯闲谈。因此，当密里塔踏入王宫大门的时候，宫女们就告诉她王后要找她问话。密里塔战战兢兢地来找王后，王后刚想责备密里塔，忽然看到她的漂亮发辫，就问是怎么回事。密里塔将自己在树林中偶遇伊西斯的事一五一十地告诉了王后，并兴奋地对王后说伊西斯可以治好小王子的病。王后也正为小王子的病发愁，找了无数个医生都不见效。虽然她对这个伊西斯的治病能力也心存怀疑，不过她确定伊西斯不是个一般的女人，她好奇地想要见一见这个女人，于是就命令密里塔将伊西斯带到王宫中来。

伊西斯随密里塔进了王宫，她没想到一切竟会这样顺利，她离自己的丈夫更近了。当她穿过王宫大厅时，看着那根被装饰得富丽堂皇的柱子，想着自己的丈夫就躺在里面，不由得停下了脚步。密里塔并没有感到伊西斯的异常，以为她只是和其他人一样被这根特别的柱子所吸引。密里塔热情地为伊西斯介绍柱子的来历，她说的这些伊西斯早已知道，可伊西斯心里的秘密却是她无法知晓的。伊西斯强忍着内心的激动，跟着密里塔穿过厅堂，向王后的寝宫走去。

王后本来是准备难为一下这个女人的，可当她看到高贵美丽的伊西斯时，却再也说不出一句难听的话语。她很喜欢伊西斯，将伊西斯亲切地拉到自己身边，恳求伊西斯治好小王子的病。此时的她对伊西斯的能力已经不再有丝毫的怀疑，她相信伊西斯一定可以治好小王子的病。伊西斯笑着答应了王后的请求。只见她抱着小王子，轻轻地抚摸了两下，小王子就奇迹般地睁开了眼睛。众人都惊呆了，她们开始崇拜伊西斯，尤其是王后，更是对伊西斯礼待有加，她还将小王子交给伊西斯抚养。在她看来，只有在伊西斯的呵护下，小王子才能健康地成长。

埃及女神伊西斯石像

小王子与伊西斯相处得很愉快，她们整天待在一起，晚上也要睡在一起。渐渐的，宫中开始出现一种传言，说伊西斯的房间每天晚上都会发生一些奇怪的事，有时还会发出可怕的声音。传言越来越厉害，宫女们开始劝告王后要回小王子，以免遭到伊西斯的伤害。王后最初是懒于相信这些传言的，毕竟伊西斯治好了小王子的病，而且她对小王子的疼爱自己也看在眼里，又怎么会伤害小王子呢？可是传言越传越真，连奶妈都声称见到了伊西斯房间里的诡异现象。王后有些怀疑了，她决定亲自到伊西斯的房间去看个究竟。

那天晚上，王后果然在伊西斯的房间见到了令她怵目惊心的一幕。当她看到

伊西斯伸着舌头舔着小王子的身体时，不由得大叫了起来。随着王后的叫声，屋里又恢复了平静。转眼间，伊西斯已经抱着小王子站在了王后的面前。王后早已被吓得魂飞魄散，惊恐地望着伊西斯。伊西斯无奈地向王后吐露了自己的真实身份，并说自己本来是想施展魔法帮助小王子度过死亡关，让他获得永生的，这下全都被搅乱了。

王后被伊西斯吓得大病了一场，此时恰好出门远征的国王回来了。国王一回来就去看望了王后，听王后讲完宫里的怪事之后，国王非常想见见这个会施展魔法的女人。虽然王后被伊西斯吓得不轻，可她仍然是感激伊西斯的。因为如果没有伊西斯，小王子的病就不会好，所以她仍然请求国王赏赐伊西斯。国王安慰了王后，就转身前往伊西斯的住处。他已经迫不及待地要见见伊西斯了。

国王转达了王后的话，并称自己愿意满足伊西斯的任何要求。伊西斯见时机已到，就向国王提出了自己的请求。国王怎么也没有想到，伊西斯竟会向他讨要那根柱子，那可是他耗费了巨大的人力和财力才搬运到宫中的。尽管心中有几万个舍不得，但既然已经答应了伊西斯，他也不能言而无信。伊西斯从树干中取出了箱子，并交代国王一定要妥善保存剥落的树皮。因为那树皮保护了神的身体，所以也具有神奇的力量。说完，她就带着装着自己丈夫的箱子，离开了王宫。

伊西斯终于找到了自己的丈夫，她要找一个安静的地方，帮助丈夫死而复生。虽然伊西斯具有特殊的消灾祛病能力，可她却从未尝试过让一个已经死去的人重生。这次，为了自己的丈夫，她决定做一次大胆的尝试。在一个寂静的小岛，伊西斯将丈夫的身体平放在柔软的细沙上，接着她开始祭拜拉伸，一遍遍地念着咒语。当太阳下山的那一刻，奇迹发生了。躺在沙滩上的奥西里斯睁开了双眼，他伸出手来拉住伊西斯的手，眼神里尽是无限的柔情。此时的伊西斯早已热泪盈眶，她的爱人终于复活了。

何露斯

奥西里斯复活后，与伊西斯在山林中度过了两年的快乐时光。期间，他们还有了自己的孩子——何露斯。何露斯的到来让两个人更加幸福，只可惜这种幸福没能持续多久就被一场突如其来的变故打破了。

那一天，奥西里斯仍然像往常一样外出狩猎，可是傍晚却没能按时回来。她有些心慌，似乎有一种不祥的预感笼上心头。一天过去了，两天过去了，三天过去了……奥西里斯还是没回来。伊西斯彻底绝望了，她预料到丈夫很可能又遭遇了不测。

塞特的出现验证了伊西斯的猜想，这个恶魔再一次杀死了她的丈夫。此时的伊西斯真想与塞特进行一场殊死搏斗，可是看着小何露斯，她忍住了这种冲动。她担心这个丧心病狂的家伙会伤害她的孩子，不禁用手紧紧地抱住小何露斯。小何露斯并没有流露出任何恐惧的神情，这个孩子在父亲奥西里斯的教育下从小就英勇过人。此时，他反倒站起来要保护自己的母亲。伊西斯看着懂事的小何露斯，露出了会心的微笑。她意识到，要为丈夫报仇，要除掉塞特这个恶魔，只有小何露斯能够办到，所以她必须把孩子抚养成人。

伊西斯在塞特的要挟下上了船，她不知道自己会被带往哪里，但她知道自己必须和孩子在一起。她再一次祈求拉神的帮助，希望神能带她脱离塞特的魔爪。一天夜里，她见到了智慧之神透特。透特将他们母子带到了安全的地方，并安排七只蝎子护送他们到南方的城市去。伊西斯本以为他们真的安全了，可没想到上天却再一次捉弄了她。一只蝎子背叛了他们，趁伊西斯不在蛰死了何露斯。刚刚失去丈夫，现在又失去儿子，伊西斯悲痛不已，发出了痛苦的哀号。她哭着向拉神祈祷，请求拉神将她的孩子还给她。拉神听到了伊西斯的祷告，派透特唤醒了何露斯。

何露斯的死而复生虽然让伊西斯兴奋不已，但她同时也意识到自己和孩子处境的危险。她必须要为何露斯寻找一个安全的地方，而她也要去寻找她的丈夫奥西里斯去了。想来想去，她最终决定将何露斯交给神秘岛上的女祭司照顾。神秘岛是一个很少有人知道的岛屿，附近的居民也因为岛上可怕的传说而不敢前往，因此可以说是一个非常安全的地方。伊西斯带着小何露斯来到神秘岛，拜见了女祭司。女祭司在询问了伊西斯的来意后，当即表示非常愿意收留小何露斯，且一定会保证他的安全。得到女祭司的保证，伊西斯才放心地离开。

伊西斯这次的寻找过程要比上一次艰辛得多，因为凶残的塞特为了防止奥西里斯再次复活，已经将他的尸体大卸八块，扔到了不同的地方。伊西斯若想让奥西里斯复活，就必须将奥西里斯的尸体拼凑完全。艰苦的寻觅过程开始了，伊西斯不辞辛苦，走遍了任何她所能想到的地方。最终，伊西斯终于找到了丈夫的所有残骸。她将残骸拼凑在一起，用她的坚贞和善良再一次让奥西里斯获得新生。

眼下，他们只想去神秘岛接回何露斯，一家团聚。

小何露斯在神秘岛上得到了很好的照顾，塞特也一直没有来伤害他。他不愧是奥西里斯的儿子，不仅外表十分英俊，而且其勇武和力量也无人能敌。当奥西里斯和伊西斯再次见到他的时候，他已经长成了一个杰出的青年英雄。奥西里斯和伊西斯带着何露斯离开了神秘岛，来到一个小山村中隐居。村民们没有人知道这家人的来历，只知道这家的孩子勇武过人，因此纷纷猜测他们必定出身名门，甚至有人认为他们具有神的血统。其实，对于自己的身世，何露斯也并不清楚。伊西斯带着他逃亡的时候，他还太小，不明世事。现在，他长大了，他需要知道自己的真实身世。

奥西里斯和伊西斯看着儿子一天天长大，心中自是不胜欢喜，他们同时也意识到该把一切都告诉儿子了。当何露斯找到奥西里斯询问自己的身世时，奥西里斯毫无隐瞒地全部告诉了他。何露斯听着塞特的种种卑劣行径，气得浑身发抖。他当着父亲的面发誓，一定要除掉塞特这个恶魔。奥西里斯很是欣慰，但在他的眼神中却也透露着一丝悲伤。何露斯不解其故，问父亲有何忧虑。原来，奥西里斯已经被拉神选为冥王，做了地府的判官，不久就要追随拉神左右。他此刻的悲伤正是为即将到来的分别，也是为他不能亲手除掉塞特。何露斯忙向父亲保证，自己一定会替他除掉塞特，也会替他照顾好母亲。

分别的时刻终究还是到来了，望着奥西里斯远去的背影，伊西斯和何露斯都流下了伤心的泪水。但他们都相信，他们一家人还会再次团聚的，此刻他们最应该做的就是除掉塞特，将那些被他塞特奴役的埃及人民解救出来。何露斯带着自己组织的军队向着他们久违的故乡出发了。塞特听说了何露斯前来讨伐他的消息后，忙组织军队应战。可是何露斯的军队勇猛过人，再加上城中百姓对塞特的统治早已不满，于是纷纷支持何露斯。就这样，塞特兵败如山倒，只得连连后退。塞特知道，眼前他的敌人已经不再是奥西里斯了，而是更为英武的何露斯。尽管他的心里已经开始畏惧，但却不愿束手就擒。两军阵前，塞特与何露斯进行了最后一次生死较量。开始时，两个人打得不可开交。但时间一长，年轻的何露斯就占据了上风。随着何露斯的长矛重重地刺向塞特的心脏，这个恶魔终于停止了呼吸。

何露斯激动地拥抱着母亲伊西斯，全城的百姓也在欢庆胜利，整个底比斯城陷入了一片欢乐的海洋。此时，天上的奥西里斯也在看着他的妻子和儿子，看着如此激动人心的场面，他也忍不住热泪盈眶。

法老和魔法师的故事

古埃及的法老们都很尊敬法力高强的魔法师，每一位法老都与当代的魔法师有着许多动人的故事。埃及最大金字塔的创建者胡福法老也很痴迷于魔法，他生平最大的愿望就是找到智慧之神的《魔法书》，只可惜一直都未能如愿。就在胡福以为这辈子都找不到自己梦寐以求的《魔法书》时，他的小儿子赫勒达迪夫王子为他带来了好消息。

赫勒达迪夫对胡福说："尊敬的父王，看到您每日郁郁寡欢，我非常着急。我听说在比勒悉尼鲁夫，居住着一位一百一十岁高龄的魔法师。据说他的魔法已经到了登峰造极的地步，不仅可以让割下头颅的动物死而复活，而且还能驯服一切凶猛的动物。更为重要的是，他知道您最想得到的东西的具体下落。"胡福连忙打起了精神，问儿子："这位魔法师是谁？怎么以前从没听说。你说他知道我最想得到的东西的下落，难倒他知道智慧之神的《魔法书》藏在哪里吗？"

赫勒达迪夫说："没错，他确实知道智慧之书的下落。他只是您的千万忠实的奴仆中的一个，他的名字叫做泰迪。"胡福的脸上露出了久违的笑容，他兴奋地对儿子说："我亲爱的儿子，你为父亲带来了一个天大的好消息。现在我就命你到比勒悉尼鲁夫去寻找泰迪，到了那儿，你一定要礼貌地对待他，且一定要把他带到宫中来。"

"放心吧，父王！您就在宫中等着我的好消息吧！"说完，赫勒达迪夫就准备出发了。

在比勒悉尼鲁夫，赫勒达迪夫王子见到了大魔法师泰迪。站在他眼前的是一位安详的老人，虽已一百一十岁高龄，但仍然步履轻盈、精神饱满。赫勒达迪夫礼貌地转达了胡福法老的问候，并盛情邀请老人去面见胡福法老。老人谦逊地说："请王子殿下稍候，待我收拾一下就随您同去。"泰迪带几个仆人跟随赫勒达迪夫王子上了路，几天几夜之后，他们平安抵达了王宫。

胡福早就在王宫中等待他们的归来，听说魔法师就在殿外等候，忙叫人将其带了进来。胡福法老恭敬地走下宝座亲自迎接泰迪，将泰迪带到了宝座一边落座。他想试试泰迪的本领，就对泰迪说："我听闻您可以让割取头颅的动物死而复活，不知是否确有其事？”泰迪点点头。胡福命人带上来一只鹅，示意泰迪表演给他看。泰迪抓起鹅，用刀迅速砍下了鹅头。接着，他将鹅头和鹅身分别放在王宫的两边，之后便开始念咒语。随着咒语响起，鹅头和鹅身开始慢慢地向一起靠拢。当泰迪的咒语声停止时，鹅头和鹅身恰好已经走到了一起。只见鹅头一下跳到了鹅身上，随即这只鹅便扑打着翅膀离开了王宫。

众人看得目瞪口呆，胡福法老也暗暗佩服泰迪的功力。可能是看得不过瘾，胡福又命人送上了一只鸭子和一头牛，让泰迪继续表演。泰迪的表演和之前一样精彩，获得了众人的阵阵掌声。这下，胡福彻底相信了世人的传言。表演过后，该切入正题了。他命其他人退下，只留下泰迪一人。他问泰迪说：“我也听闻您知晓智慧之神的《魔法书》的确切位置，不知是否属实？”泰迪诚恳地答道：“是的，我确实知道。”胡福高兴地问：“在什么地方？”

“在赫里尤布里斯神庙记录室下的地道里。”胡福已经迫不及待了：“那我如何才能找到地道的入口呢？”泰迪无奈地摇摇头：“恐怕您无论如何也找不到。这世上只有一个人能够找到它，我多么希望那个人就是我，可惜事实并不是这样的。”

胡福仿佛被人从山顶摔下了深渊，他失望地说：“为什么会这样？那个能找到智慧之神《魔法书》的人究竟是谁？”泰迪说：“他是三胞兄弟中的老大，是一位祭司的儿子。拉神让这位祭司的妻子生下三个男孩，并要让他们成为未来的统治者，而他们之中的老大将是国家的主宰。”胡福听说自己的江山将要被他人取代，不由得悲从中来。泰迪忙安慰胡福说：“尊敬的陛下，请您不要担心。这一切都是命中注定的，他们不会马上取代您的位置，而是在您的孙子之后建立一个新的王朝。”

胡福沉默了片刻，忽然抬起头来问泰迪：“那个女人是谁，她什么时候生下那三个孩子？”泰迪掐指一算，对胡福说：“那个女人叫做莉第吉特，将在冬季第一个月的 15 日生下三个孩子。”胡福冷静而坚决地说：“我绝不会让任何人来篡夺我的王朝，我必须找到那个女人，阻止威胁我王朝统治的事发生。”泰迪连忙劝告说：“请不要做这些没有意义的事。那三个孩子是拉神创造的，他们的到来是不可避免的，朝代的更替也是不可扭转的。”无论泰迪怎样规劝，胡福都不肯听。他已经下定了决心，必须在他生前为祖先辛苦创下的基业做些什么。

胡福命人四处打听那个叫做莉第吉特的女人的下落，并下令将所有在冬季第一个月分娩的女人都集中到王宫里来。然而，他所做的一切都只是徒劳，该发生

的终究还是会发生。莉第吉特躲过了胡福的追捕，在冬季第一个月的15日，她在神的帮助下顺利生下了三个男孩。胡福一直也没能找到莉第吉特和她的三个孩子，直到他去世也未能找到。后来，魔法师泰迪的预言实现了，在胡福的孙女赫尼特卡伍丝统治之时，三个孩子之中的老大推翻了女王的统治，并建立了古埃及历史上的第五王朝，彻底结束了胡福家族的统治。

奈弗尔王子

米里卜塔法老是一位贤明的君主，在他统治期间，国家富强，百姓安乐。法老最大的遗憾就是膝下一直都没有子嗣，于是常常向拉神祷告，请求拉神赐给他一儿半女。拉神体恤法老渴望子女的心情，于是赐给了他一个美丽可爱的公主。法老高兴极了，为公主取名哈托尔。不久，拉神又赐给他一个聪明果敢的王子。法老更是乐得合不拢嘴，为王子取名奈弗尔。这下是儿女双全了，法老终于没有了遗憾。

哈托尔公主贤德善良，奈弗尔王子勤奋好学。看着这一双儿女，米里卜塔法老由衷地感到欣慰。在儿女成人之际，他决定将王位让出来。按照埃及的法律，法老必须先将王位传给自己的长女哈托尔公主，待公主出嫁后，才能传给奈弗尔王子。米里卜塔法老不愿意王室混染其他的血统，于是就提出让哈托尔公主嫁给奈弗尔王子的提议。对于这一提议，哈托尔公主和奈弗尔王子都十分赞同。他们都很欣赏对方，也很愿意与自己的手足一起分享王权。就这样，哈托尔公主与奈弗尔王子在众人的祝福下结合到了一起。

婚后的奈弗尔王子仍然十分好学，常常沉醉在书的海洋之中。他对各类图书都很感兴趣，因此掌握了各种各样的知识。一天，他到神庙祭拜时发现了一处异样的雕刻，于是就驻足仔细观看。忽然，身后传来一阵狂笑声。奈弗尔回头一看，原来是神庙的老祭司。老祭司笑得如此夸张，竟然笑得流出了血泪。奈弗尔十分不解，问老祭司："是什么事如此好笑，竟让您笑到如此程度？"老祭司直言不讳地答道："尊敬的王子殿下，我是笑您这样一位大学问家，竟然花时间在这些无用的事物上。"老祭司一点儿也不担心被王子惩罚，因为他知道他们的王子有着高尚的品德，从不以惩罚人为快。

奈弗尔被老祭司弄得莫名其妙，反问道："那么在您看来什么才是大学问呢？"老祭司收敛了笑容，对奈弗尔说："您应该知道，在众神明之中，智慧之神是学识最渊博的，他所撰写的《魔法书》包含了他的智慧和学识，那才是真正的大智慧、大学问。"对于智慧之神的《魔法书》，奈弗尔早有耳闻，只是他从未听说有谁得到过它，就连伟大的胡福法老都未能如愿。他向老祭司坦白了自己的担忧："我当然很想阅读那本《魔法书》，可是我要怎样才能得到它呢？"老祭司说："别担心，凭您在魔法方面的超凡能力，您一定可以得到它。"

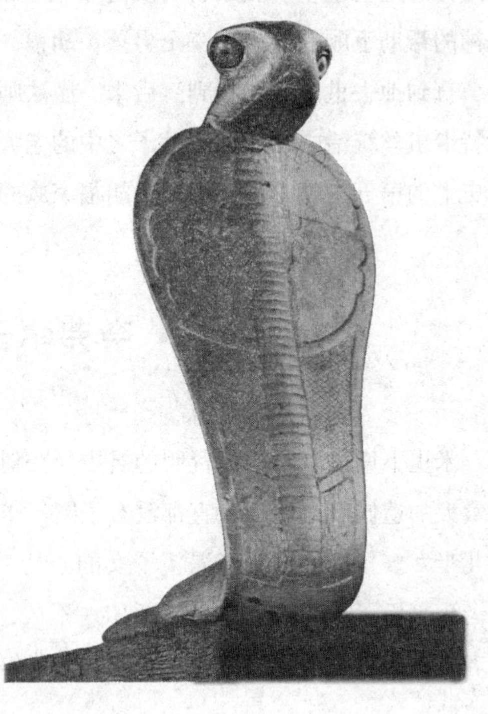

眼镜蛇雕塑

它用镀金木板制成，配以半透明的石英眼睛，代表着一种守卫精神。它是统治下埃及的法老权力的标志（劫掠者代表上埃及）。

奈弗尔还是有些怀疑："可是我连它在什么地方都不知道，又怎么能得到它呢？"老祭司笑着说："我可以告诉您它在哪里。"奈弗尔难掩心中的喜悦之情，忙拉住老祭司的手，对老祭司说："如果您能告诉我《魔法书》的下落，我愿意满足您的一切要求。"老祭司说："我只要一百两银子安排后事。"奈弗尔当即命人给了老祭司一百两银子。老祭司谢过奈弗尔，对他说："《魔法书》在古夫泰城的一条河中央。您需要找到一个铁箱子，在这个铁箱子中有一个铜箱子，铜箱子中有一个檀木箱子，檀木箱子中有一个象牙木箱子，象牙木箱子中有一个银箱子，银箱子中有一个金箱子，在金箱子里面，就藏着智慧之神的《魔法书》。当然，在箱子周围，有巨蟒、毒蝎等守护着，但我相信以您的魔法造诣，是一定可以制服它们的。"

奈弗尔兴奋地将这个消息告诉了妻子哈托尔，并让妻子马上准备行装，他们即将前往古夫泰城寻找《魔法书》。哈托尔有一种隐隐的不安，她总觉得这是一次冒险的旅程，很可能给他们一家人带来灾难。望着熟睡的儿子，她劝阻奈弗尔不要去。可是此时的奈弗尔已经完全沉浸在寻找《魔法书》的欲望之中，如此难得的机会，他是绝对不会放弃的。他将这件事禀告了父亲，父亲自然也是同意他这样做的。因为自古以来，任何一位法老都渴望得到智慧之神的《魔法书》，他的父亲也不例外。

准备好一切之后，奈弗尔带着妻儿及舰队浩浩荡荡地向着古夫泰城出发了。此前，奈弗尔已经阅读了大量的魔法书籍，再加上他天性聪颖，在魔法上已经有很高的造诣。因此，当船驶入那条大河时，他就已经感觉到了《魔法书》的所在。他用蜡烛制作了很多水手，并赋予它们生命。这些水手在水下辛勤地工作着，当他们停止工作的时候，奈弗尔意识到目标已经出现了。他忙使用魔法分开了两面的河水，果然露出了一个巨大的铁箱子。在箱子周围，盘旋着巨蟒和毒蝎等猛兽，它们忠实地守护着箱子。不过这些事是难不倒奈弗尔的，他使用法力制服了它们，并斩杀了巨蟒。一层层打开箱子，奈弗尔终于得到了多少人梦寐以求的《魔法书》。

回到船上，他迫不及待地将这一好消息与自己的妻子分享。哈托尔看到丈夫平安回来，自然也十分高兴。接着，他们就准备起程返航了。可就在他们马上要达到底比斯的时候，他们的儿子却在船板上掉了下去。奈弗尔将儿子的尸体打捞上来，试图用他学到的起死回生的咒语让儿子醒过来。可是无论他怎样努力，儿子都没能复活。但在彻底断气之前，儿子说了一句话："智慧之神对你盗取《魔法书》的行为非常生气，他已经征得了拉神的同意要对你进行惩罚。快快把《魔法书》还回去吧！那样你将只失去我一个人，否则你将遭到灭顶之灾。"

儿子的话并没有让奈弗尔回头，他怎么都不舍得把已经到手的《魔法书》还回去。于是，他又失去了他的妻子。妻子临死前也留下一句话，让他快快还回《魔法书》，否则连他的性命也将不保。奈弗尔还是没有回头，他似乎也意识到自己难逃一死，但他绝不会就这样轻易放弃。他将《魔法书》紧紧地绑在自己身上，誓死也要与《魔法书》在一起。果然，奈弗尔没能逃脱死亡的厄运。当人们打捞起他的尸体时，那本《魔法书》仍然与他紧紧地绑在一起。米里卜塔法老将《魔法书》与他的儿子葬在了一起！

白何露斯与黑何露斯

埃及和埃塞俄比亚之间的战争曾爆发过无数次，而在双方的交战之中，胜利的天平大多都倾向了埃及一方。在吐特摩斯法老统治埃及期间，他又带领埃及人民与埃塞俄比亚进行了几场大战，且战战告捷。这边，吐特摩斯正在与埃及军民喜庆胜利；那边，埃塞俄比亚国王却愁眉不展。既然在刀枪上占不了上风，那么不妨采取一些特殊的手段。埃塞俄比亚国王想到了魔法，他可以用魔法制服埃及法老。于是，他开始下令在全国搜寻有智慧的魔法师，并将他们都集中到宫里来。

在埃塞俄比亚，最富有智慧的是一位叫做何露斯的魔法师。碰巧，在埃及，最伟大的魔法师也叫做何露斯，他就是冥王奥西里斯和伊西斯女神的儿子。两位魔法师一黑一白，人们为了区分他们，就将他们分别叫做黑何露斯和白何露斯。埃塞俄比亚广招魔法师的昭示一经颁布，黑何露斯就急急忙忙地赶往宫中。他知道，这是他施展才华、建立威名的大好时机，是绝对不能错过的。

黑何露斯的魔法果然技高一筹，埃塞俄比亚国王很快就决定重用他。黑何露斯对国王说，他可以将埃及国王带来，让他接受鞭打，之后再将他送回去。国王听了很是高兴，让黑何露斯快快做法。黑何露斯回到自己的住处，用一截蜡烛做成了一顶轿子和四个小人，接着念了一段咒语，轿子和小人就变成了真的。黑何露斯对四个小人下了命令，让他们深入埃及皇宫将埃及国王带来。在黑何露斯的魔法掩护下，四个小人悄无声息地将正在熟睡的吐特摩斯带到了埃塞俄比亚。

埃塞俄比亚国王见到被捆绑带来的吐特摩斯，心中很是畅快。他命人狠狠地抽了吐特摩斯一百鞭子，这一切都是在众多民众的见证下进行的。吐特摩斯被打得皮开肉绽，埃塞俄比亚国王厉声说："可恶的埃及法老，虽然在战场上你逞尽了威风，但现在你还不是卑微地被我践踏在脚下。从今往后的一个月，你每天都将遭受这样的惩罚，这是我对你的回敬。"说完，国王命人将吐特摩斯带走了。黑何露斯又施展魔法，让四个小人将吐特摩斯又送回了埃及王宫。

第二天醒来的吐特摩斯觉得浑身酸痛，尤其是背部的疼痛尤为剧烈，他想到了昨晚发生的那可怕的一幕。可是他现在又怎么会躺在自己的王宫之中呢？他忙招来众大臣，将自己昨晚的噩梦说给他们听。众大臣安慰法老说那不过是一场梦，可当他们检查法老的背部时，却全部惊呆了。法老背部的伤痕已经说明了噩梦的真实，可是这些事如何在一夜之间完成的呢？答案只有一个，那就是魔法。大臣们马上想到了这定然是黑何露斯施的魔法，于是有人建议请白何露斯来破解魔法，拯救法老。

白何露斯告诉法老不必担忧，他有办法让埃塞俄比亚国王也接受同样的惩罚。吐特摩斯此时更担心的是自己今夜还要遭受同样的痛苦，他请求白何露斯说："伟大的魔法师，在您惩罚埃塞俄比亚国王之前，请您一定要保证我今夜不再遭受昨夜的痛苦。"白何露斯笑着说："放心吧，尊敬的法老，我会安排好的！"他将一个项圈戴在法老的脖子上，嘱咐法老无论何时都不能摘掉它，这样就可保他平安。听了白何露斯的话，吐特摩斯总算放心了。他绝对相信白何露斯可以制服黑何露斯。

白何露斯也用一截蜡烛做了一顶轿子和四个小人，并对他们施了魔法。轿子和小人都变成了真的，他让小人去埃塞俄比亚王宫将他们的国王抓来。没有任何保护的埃塞俄比亚国王很快就被白何露斯的小人带到了埃及，而当黑何露斯派来的小人再次前来抓吐特摩斯的时候，吐特摩斯颈上的项圈却发挥了威力，它瞬间变成一条巨蟒，将轿子和四个小人全部吞噬。黑何露斯的魔法被破解了，吐特摩斯已经做好了报复的准备。他将埃塞俄比亚国王狠狠地抽了五百鞭子，之后才交由白何露斯送回埃塞俄比亚。

埃塞俄比亚国王经过这惨痛的一夜，知道自己也定然中了埃及魔法师的魔法。他连忙叫来黑何露斯，让他保证自己的安全，自己可不想再遭受第二次痛苦。黑何露斯让国王不必担心，接着也将一个项圈戴在了国王颈上。有了项圈的保护，埃塞俄比亚国王本以为自己可以睡个好觉，可没想到他仍然做了和昨晚相同的噩梦。原来，白何露斯早知黑何露斯会有所防备，于是在轿中藏了一条巨蟒。当项圈化为大蛇欲来阻止轿夫时，轿中的巨蟒突然出现吞掉了大蛇。就这样，黑何露斯的魔法又被白何露斯破了。

再次遭受鞭打的埃塞俄比亚国王怒不可遏，他要重重地惩罚黑何露斯，因为是他让自己遭受了这样的痛苦。黑何露斯苦苦求饶，称自己一定要到埃及去与白何露斯当面较量。尽管连他自己也觉得这样做有些自不量力，但他还是咽不下这口气。更重要的是，他必须对国王有所交代。当他把这一决定告诉母亲的时候，母亲竭力反对他这样做。他的母亲也是位魔法师，深知白何露斯的厉害，她可不

想自己的儿子去送死。可是无论母亲怎样劝，黑何露斯都一定要去。母亲见拦不住他，就让黑何露斯无论如何也要在他遭遇危险时通知她，以便她能及时出现，挽救他的性命。黑何露斯答应了，他告诉母亲，如果发现喝的水变成了红色，天上的云彩也变成淡红色的时候，就是自己性命不保了。

黑何露斯运用魔法很快来到了埃及，向白何露斯发起了挑战。可是他根本就不是白何露斯的对手，很快就被白何露斯制服。就在白何露斯欲除掉黑何露斯的时候，黑何露斯的母亲出现了。她跪倒在白何露斯的面前，苦苦哀求着白何露斯放过自己的儿子，并保证此后绝不再与埃及人民为敌。黑何露斯也跪倒在地，请求白何露斯的原谅。白何露斯见母子二人真心悔改，就请求吐特摩斯原谅了他们。不过，白何露斯为了防止这对母女继续作恶，当即废除了他们的魔法。此后，黑何露斯还是黑何露斯，只是再没有人称他魔法师了。

第二章　非洲其他神话

地球之魂造人

很久很久以前，宇宙已经形成了，世界上也出现了各种各样的动植物。在当时，整个世界只有一个人存在，他就是地球之魂。

开始的时候，地球之魂还十分乐于享受这种无忧无虑、宁静舒适的生活。可是时间一长，他越来越感到孤独。因为没有人陪他说话，没有人陪他玩耍，更没有人会给他煮菜烧饭。终于有一天，地球之魂再也忍受不了这种孤寂的生活，决定创造出和自己一样拥有智慧的同类。

虽然世界上所有的生物都是地球之魂创造的，但是它们都没有和他一样的智慧。要想创造出一批可以作为万物统治者的生物来，并不是件容易的事。地球之魂坐在高高的山顶抽着土烟，经过几天几夜的冥思苦想，他终于想出了一个绝妙的办法。

地球之魂来到了一片大森林里，找到了一棵结满恩库拉果的树。地球之魂站在树下，抬头望了望树上那些肥硕的果实，脸上露出了一丝调皮的微笑。他伸出那双粗壮的大手，抓紧了树干，然后使出全身的力气摇晃。一会儿，树上的果子就掉在了地上。地球之魂满意地看了看这些果子，然后把它们带回了家。

第二天，地球之魂又找到另一棵结满恩库拉果的树，用双手摇晃树干，把树上的果子拾回家。第三天也是这样，地球之魂在接下来的几天里重复着同样的工作，直到他收集了满满一大篮子的恩库拉果。

他兴高采烈地挎着大篮子来到湖边，把篮子放在了事先准备好的独木船上。地球之魂环顾四周，也没看见能帮他拉船的动物。有的动物身材太小，根本拉不动独木舟；有的虽然身材够了，可又不懂水性。正着急时，地球之魂突然发现了鳄鱼，这个家伙怕被抓去作壮丁，正想潜入水中躲起来。

鳄鱼母子 利比亚

非洲是人类文明的发源地，原始时期非洲人创造的各种古老的艺术文化至今依然充满活力。非洲岩壁画大多在高地边缘的悬崖峭壁上，是一万年前人类文明的遗迹，起源与巫术、娱乐方式有关，大多以动物为主题，如鳄鱼、大象、犀牛等。

地球之魂用命令的口气说："哎！鳄鱼，马上过来！我有事情需要你帮忙！"鳄鱼虽然一百个不愿意，但也不敢违背他的意思，只好乖乖地游到船边。

鳄鱼问道："伟大的地球之魂啊！您召唤我有什么事吗？只要我能做到的一定会帮您的！"

地球之魂严肃地说："你要知道，是谁创造了你，是谁赋予你在这个世界生存的权利。如今，我要进行一项十分伟大的工作，你作为助手，应该为此感到荣幸。"说完，地球之魂拿起绑在船上的绳子，说："张开你的大嘴，把这根绳子牢牢咬住，然后拉着船一直游到湖中心。"

鳄鱼只得照办。说实话，那装满恩库拉果的独木船确实很重，鳄鱼十分吃力地拉着它往湖心划。看着鳄鱼吃力的样子，地球之魂也很心疼，不过为了完成这项伟大的工作，他一直也没有让鳄鱼歇息。

湖心终于到了，鳄鱼也终于从地球之魂的嘴里听到了"停"这个字。可怜的鳄鱼，此时累得连一句话都说不出来，只有在那里大口地喘着粗气。地球之魂拍了拍鳄鱼的脑袋，安慰道："放心吧！你的辛苦不会白费的，你将会得到应有的奖赏！"说完后，他开始着手工作。

地球之魂站在独木舟上，在所有的恩库拉果中挑选出一颗最大的，对着它吹了一口气，然后说："你是我选的所有果子中最大的，因此你将成为世界上第一个人。你是一个男人，你拥有强壮的体魄，聪明的头脑。我还会造出很多人，你将成为他们的领袖。"说完，地球之魂就奋力将果子往湖里一扔。只见那颗恩库拉果顺着湖水流向岸边。

接着，地球之魂又拿出第二颗果子，往上面吐了一口唾沫，然后说："你是我选的所有果子中最漂亮的，因此你将成为世界上第二个人。你是一个女人，拥有灵巧的双手，善良的天性。你将成为男人的妻子，永远依靠他。你的任务就是繁衍出新一代的人类。"说完，地球之魂也将这颗果子扔进湖里。

地球之魂一颗接一颗地往湖里扔果子，直到篮子里的果子扔完为止。地球之魂也累了，他坐在独木船上，对鳄鱼说："好了！回岸边吧！"这次鳄鱼轻松多了，因为那些沉甸甸的果子已经全部没有了。

当地球之魂从独木船上跳下来时，立刻有一大群人围了过来。他们一起跪倒在地，迎接这位伟大的造物主。地球之魂对第一批人类的表现非常满意。

这时，那个由第一颗果子变成的男人站了起来，走到地球之魂的面前，深深鞠了一躬，然后说道："尊敬的主人，感谢您赋予了我生命！我们在这等候您的驾临。"他刚说完，所有的男人马上一起说道："是的！我们的主人！我们都在这等候您的驾临。"然后，所有的女人也一起说道："是的！我们的主人！我们也在等候您的驾临。"

地球之魂非常高兴，说道："这是我第一次见到和我外形一样的人，也是我第一次听见人的声音！你们将会是世界的主宰。"然后，地球之魂把这批人领到了一块空地上，说道："看到没有，这肥沃的土地就是你们居住的地方！你们可以砍伐树木，在这里建起你们的房屋；你们可以在这里耕田播种，收获日常的粮食；你们还可以在这里放牧打猎，获取一些美味的肉食，总之，这里就是你们的乐土。"所有的人都欢呼雀跃，他们按照地球之魂的吩咐，建造出了世界上第一所村庄。而地球之魂，自然也就成了世界上第一个村长。

从那以后，地球之魂的日子过得有滋有味，因为他再也不会感到寂寞了，更不会发愁没人给他做饭了！

天神之父与他的孩子们

马武-利扎，世界的主宰，人类的创造者，被称为世界的主人、天神之父。为了整个世界，他可谓是鞠躬尽瘁。

雷电之神格巴德

当浩繁庞大的创造工作完成之后，马武-利扎倍感身心疲惫，因为他觉得自己已经没有那么多的精力继续下一项更加繁琐的工作——维持世界的秩序了。因此，马武-利扎决定把这个世界交给他的儿女们掌管。他不仅子女众多，而且个个都精明强干，这一点让马武-利扎十分欣慰。

马武-利扎把自己的全部财产都交给了自己的第一对孪生子达·佐德日和他的妻子（也是他的妹妹）尼奥赫韦·阿纳努，并让他们做了大地神。按照马武-利扎的旨意，达·佐德日和尼奥赫韦·阿纳努要在地上居住，任务就是保佑地上的人们丰衣足食。由于农业对人类来说是非常重要的，所以这两位天神在人间享有很高的待遇。

马武-利扎的二儿子名叫赫维德奥佐，这可是个脾气暴躁、性格凶狠的小伙子，因此马武-利扎把雷神的位置传给了他。赫维德奥佐负责在天上施云布雨，调节四季气温，同时还掌管着人类的生殖繁衍。虽然赫维德奥佐的职责非常重要，但是他似乎并不怎么上心，而且做什么事都由着自己的性子来。他经常变作一只白白的大公羊，穿梭于云层之间。他心情好的时候，会给干旱的土地送去甘露，会让贫瘠的土壤变得肥沃。可是当他发怒的时候，则会给大地送去雷电风雨、大雪冰雹，任何生物都惧怕他的威力。

赫维德奥佐有个儿子名叫格巴德，这个小家伙的脾气比他父亲更是有过之而无不及。每隔一段时间，他就会发一次脾气。当他发怒的时候，怒气变成闪电从天而降，吼声变成雷声响彻大地，任何具有意识的动物都会浑身发抖。虽然格巴德的母亲经常劝告他不要乱发火，可是他却把这些话当作耳边风。如果我们看到了闪电，听到了雷声，那么有两种可能：一种是格巴德胡乱发火，大搞破坏；另一种则是格巴德察觉到人间有人作恶，正在惩罚他们。

马武-利扎的孩子们也并非个个都如此暴躁，阿格贝和娜耶泰这对孪生子的性情就比较温和。他们两个奉命做了海洋之神，处理江河湖海所发生的大事小情。此外，阿格贝还担负另一项重要的任务，那就是监视大地的情况。当阿格贝睁开眼睛的时候，人们就迎来了黎明的曙光；当阿格贝闭上眼睛的时候，夜幕则降临人间。阿格贝结束一天的工作后，总是会在大海和蓝天的交接处向他的父亲汇报大地和海洋的一切情况。

阿格贝的弟弟名叫法，被马武-利扎封为占卜之神，因为他懂得各种巫术所需的秘密语言。法的任务是十分重要的。他长有能够开启未来十六道天门的十六只眼睛，具有通晓过去和未来的能力，所以马武-利扎让他居住在天上的棕榈树的顶端。当阿格贝睁开眼睛时，法的弟弟莱格巴就会拿出十六根长长的木棒，把法的十六只眼睛一一撑开，以便让他时刻注意未来的情况。此外，法还肩负着与人间沟通的任务。法派他的儿子佐耶驾临凡间，并传授给他各种巫术语言。为了让人类知道佐耶是天神的信使，法还给他起了个新名字叫法卢沃诺，即为“掌握了法的秘密的人”。

阿热是马武-利扎的第四个儿子，他负责掌管森林中的一切生物，是狩猎之神。阿热是个乐观向上、精力充沛的年轻人，十分调皮。他经常把自己打扮成猎人出现在森林里，身上披着野兽皮毛制成的衣服，手里拿着木制的长矛。只见他一会儿在天上和飞鸟嬉戏，一会儿和陆地上的走兽追逐，有时候还会和小溪里的游鱼赛一下速度。尽管阿热的打扮是猎人，但其实他是各种动物的保护神。

迪奥是马武-利扎的第五个儿子，他被封为大气神。应该说迪奥掌管的范围是最宽广的，因为天空和大气之间所有的领域都归他支配。人类更是对这位大气神敬重有加，因为他给人类送来生命所必需的空气，此外，迪奥还要在天空和大地之间撒上一层神秘的雾气。这主要是为了不让天神的真面目暴露在世人面前。

最小的儿女总是会得到父母更多的眷顾，莱格巴和明诺娜是马武-利扎最小的儿子和女儿。为了不让他们受委屈，马武-利扎把天使的职位给了莱格巴，把

纺织女神和妇女守护神的职位给了明诺娜。

莱格巴的任务与佐耶不同，佐耶主要是把人类和天神联系起来，而莱格巴则主要来往于天界的各兄弟王国之间，负责把情况报给父亲马武-利扎。莱格巴十分任性调皮。有时候他会把这件事和那件事搞混，有时候会忘记掉一些很重要的事情，因此马武-利扎经常因为他的误导而做出一些错误的决定。

至于明诺娜，她的工作则相对轻松。她要做的就是居住在妇女们的屋子里，保佑她们不受侵害，顺便教她们如何纺织。

神的特使莱格巴

天神之父马武-利扎有很多子女，但他最宠爱的却只有他的小儿子莱格巴。马武-利扎传授给各子女的语言都是不同的，但莱格巴却通晓所有的语言。马武-利扎将莱格巴封为自己的特使，让他在各兄弟王国中传达信息，并将各国的情况向马武-利扎汇报。正因为莱格巴的特使身份，才使得他虽然年纪最小但地位却在各位兄长之上。而马武-利扎之所以将特使的荣誉授予莱格巴，一方面与马武-利扎的恩宠有关，另一方面也是莱格巴自己赢得的。

在马武-利扎举行的一次音乐舞蹈比赛上，众位神仙都大展身手，博得了一阵又一阵掌声，但掌声响得最久的还是莱格巴出场的时候。莱格巴是最后一个上场的，他先吹奏了一曲短笛，又表演了一段舞蹈。所有的天神都被莱格巴的表演深深吸引了，就连马武-利扎也随着音乐的节拍，情不自禁地手舞足蹈起来。比赛结果在所有人的意料之中，莱格巴获得了第一名。借此契机，马武-利扎将最高的荣誉授给了他，让他做自己的特使，享有无上的尊荣。

莱格巴的聪明机灵确实无人能及，但他的调皮捣蛋却也实在让人头疼。当然，一些小的恶作剧倒也无伤大雅。所以，马武-利扎从来都不曾责备过他。不过自从他担任特使以后，就开始变本加厉了。他经常利用职权挑起各兄弟王国的争端，在马武-利扎面前搬弄是非。对于因此造成的恶果，他不但没有丝毫悔改之意，反倒以此为乐，继续作恶，把整个天庭搞得乌烟瘴气。

马武-利扎将管理大地的权力交给了达·佐德日，这让赫维德奥佐很是不满，他认为那个位置应该是他的。莱格巴看出了赫维德奥佐的不满，就趁机添油加醋，挑拨是非，让他不要降雨，这样父亲就会降罪于达·佐德日，而自己就可能成为新的大地之神了。赫维德奥佐听信了莱格巴的教唆，果然不再降雨，使得大地干旱，百姓苦不堪言。马武-利扎得知人间干旱的消息后，就把莱格巴叫来，让他马上通知赫维德奥佐降雨。可莱格巴却说："父亲，赫维德奥佐储存的水已经不多了，他现在造的水也只够天庭所用，如果降雨，那么天庭就没水喝了。"马武-利扎生气地说："这个赫维德奥佐，一定是又偷懒了，你让他快快造水，多储存一些，人间的干旱已经很严重了。"莱格巴嘴上答应着，可实际上却根本没去找赫维德奥佐，因为他知道，赫维德奥佐储存的水量还很充足，根本就无需再造。

达·佐德日一直等不到降雨，非常着急。而百姓们则开始怨恨达·佐德日，甚至称其为灾星，是他为人间带来了干旱。民间怨声载道，很快就传到了马武-利扎的耳里。他忙叫来莱格巴，让他去人间视察一下干旱的情况。莱格巴在去往人间的路上看到了小鸟武图图，就对武图图说："武图图，父王让我去人间完成一项重要的使命，可是我的脚摔伤了，我怕耽误了时间，所以想请你帮忙。请你通知达·佐德日，让他燃起一堆篝火，当篝火冒烟的时候，你就大声鸣叫，我好回去向父王复命。"武图图一听是马武-利扎的命令，不敢怠慢，忙向着人间飞去了。

武图图将莱格巴的话转告给达·佐德日，让他马上燃起篝火。这让达·佐德日十分不解，人间已经干旱得如同降火，为何还要再燃起篝火呢？这样做岂不是火上浇油吗？可既然是天神之父的命令，他又不敢违抗，只得照办。当篝火冒烟时，武图图大声鸣叫，而莱格巴则匆匆忙忙地赶到马武-利扎处，对他说："父亲，不好了，人间燃起了大火，大火已经快烧到天庭了，您快去看看吧！"马武-利扎大惊，忙出去查看，果见人间烟火冲天。他忙对莱格巴说："快叫赫维德奥佐降雨，连天上的也降下去。"降雨解决了人间的干旱，但达·佐德日和赫维德奥佐却受到了父亲狠狠的责备，只有莱格巴在一旁偷笑。

莱格巴的恶作剧远没有就此终止，久而久之，马武-利扎也看出了端倪，明白了事情的真相。此后，马武-利扎就不再信任莱格巴了，也不再将重要的信使任务交给他。可是莱格巴哪是能闲得住的人，见天上无事可做，他就到人间作乱去了。因为他懂得马武-利扎的密语，能够占卜，所以就到人间从事巫术活动，为人们占卜吉凶，疗伤治病。人们都对这位活神仙十分信任，送给他很多报酬。渐渐的，人们开始不再信奉天神，而是一心信奉莱格巴。有的人甚至要拜他为

师，而莱格巴则趁机收取高昂的学费。

当时，神仙都是靠人间的供奉生活的，可是近些日子以来，贡品越来越少，很多神仙都要饿肚子。马武-利扎也对此十分纳闷，为什么百姓会忽然减少供奉呢？他们一直都在履行使命，对百姓的要求也是尽量满足呀？他派人到人间查明原因，这才得知又是自己的儿子在人间捣鬼。这个儿子实在是太难管教了，再任由他这样下去，所有的天机都会被他泄露出去，看来不给他点严厉的惩罚是不行了。想到这，马武-利扎狠了狠心，夺取了莱格巴的双目。既然授予的咒语无法收回，那就让他什么都看不到，这样就什么都说不出来了。失去光明的莱格巴再也无法作恶了，他只能在黑暗中忏悔自己以前的所作所为，而如今的忏悔也已经太迟了。

阿马创世

最初的世界是空荡荡的，天和地虽然已经分开，但是四周一片黑漆漆的，没有一丝的光亮。伟大的最高天神阿马对这种状况很不满意，于是他决定创造世界。

阿马神在地上随手抓了一把泥土，然后用双手柔和地把泥土搓成一个很大的圆球。接着，阿马神又抓起了一些泥土，搓出了一个稍小一点的圆球。阿马神想了想，又从地上抓起一些泥土，搓出了许许多多更小的圆球。

阿马神在大地上点起了一堆熊熊大火，然后把这些泥球放在火上炙烧。当泥球在火上烧烤了整整三年零六个月时，已经被烧得异常柔软，并且发着光亮。

阿马神拿起那个最大的泥球，用八根闪烁着耀眼光芒的红线缠绕起来，然后使出全身的力气把泥球抛向空中。从那以后，世界上便有了太阳。接着，阿马神拿起了那个稍小一点的泥球，用八根发着柔美光亮的白线缠绕起来，然后又把它抛向空中。从那以后，世界便有了月亮。阿马神也顾不上休息，把那些小泥球一个接一个地抛向天空。从那以后，世界上就有了无数颗闪烁的星星。

世界终于变得美丽起来，有了白天和黑夜之分。不过阿马神还不满足，他又拿起一块泥土，把它捏成一个女人的形态，赋予它神奇的生命力量。然后阿马神又用尽力气将它抛向了天空。从那以后，宇宙中就有了地球。

阿马神看了看太阳、月亮、星星和地球，心中充满了无限的满足感。不过，他觉得这个世界还不够完美，因为它没有一丝生机。于是，阿马神决定与地球结合，生出各种成对的生物来。

阿马神来到地球的面前，与她进行了第一次结合。可是，他们正在结合的时候，一个巨大的蚂蚁窝阻碍了他们，阿马神非常生气，一掌将蚁窝拍碎，所以阿马神和地球第一次结合没有完全成功。后来，地球为阿马神生下了一个儿子，那就是长得和豺狼一样的依乌鲁左。

带乐师的桑哥神龛人物

阿马神不得不和地球进行第二次结合。这一次的结合非常成功，地球很快就为阿马神生下了一对半人半蛇的双生子。阿马神非常高兴，给这对双生子取名诺莫，并封他们为水神和火神。

诺莫非常孝顺，见他们的母亲地球虽然得到阿马神的垂青，但是依然赤身裸体而且不能说话，心里非常难过。于是，诺莫就从天上找来很多植物，然后用植物给地球制了一条美丽的裙子。不仅这样，诺莫还给这条裙子赋予了神奇的魔力。地球穿上了孩子送给她的礼物，非常高兴。同时，她突然发现自己的嘴里能够发出很多特定的声音符号，这些声音符号就被称为语言，这就是世界上第一种语言。

但是这一切却招来了豺狼依乌鲁左的仇视，因为只有他是孤独的。罪恶可怕的念头从他脑子里产生了，依乌鲁左居然要强行和自己的母亲地球结合。地球对依乌鲁左的举动非常震怒，变成蚂蚁躲到蚁窝中。但是狡猾的依乌鲁左还是发现了她的踪迹，最终还是玷污了自己的母亲。这就是人类历史上第一宗乱伦罪，是最不可饶恕的罪过。

地球觉得受到了莫大的耻辱，已经没有脸面存活下去，大地因为地球的悲愤

遭受了灾害。以前肥沃的土地变得越来越贫瘠，湿润的土壤也变得越来越干旱，地球面临着毁灭。阿马神对依乌鲁左的所作所为十分气愤，不过他清楚，现在最要紧的是如何让大地重获生机。

正在阿马神犯难的时候，诺莫来到了他的面前，对他说："伟大的阿马神啊！我的父亲！我愿意献出我的生命来祭祀我的母亲！母亲会因为我的离去而重获生机的！"阿马神被儿子的献身精神打动，答应了他的要求。

诺莫被阿马神切成了碎块，抛向了地球的各个角落。诺莫尸体的碎块每降落到一个地方，那里就会长出茂密的森林和绿油油的小草，整个大地因为诺莫的牺牲而重获生机。阿马神又从天空中降下充足的雨水，让刚刚恢复的生机得到保持，同时也是想用天上圣洁的雨水冲刷掉地球身上的耻辱。

之后，阿马神又创造出八个新生的孩子。这八个孩子都是雌雄同体的，也就是说他们不需要配偶就能繁衍后代。阿马神这么做，也许是怕悲剧重演。接下来，阿马神又把诺莫尸体碎块从世界各地找回来，施展法力使他复活，派他和八个新生孩子一起带上各种飞禽走兽、花草树木、矿物金属以及生产工具前往地球。

诺莫第一个降临到世间，变成了鱼。从那以后，在江河湖海里，就有了各种各样的鱼。而那八个新生孩子则是人类的祖先，按照阿马神的旨意，他们应该遵照出生的先后顺序降临世间。老大是个铁匠，他给世间带来了打铁的工具和火种。不过，当他坠落下来时，不小心被工具砸伤了手脚。从那以后，人类的手和脚就有了关节。接下来的是皮革匠、挖土工、歌手等降临世间。

当第七个始祖还没跳下时，第八个始祖就偷偷地抢先了一步。第七个始祖觉得非常委屈，发誓要报复。于是，当他最后一个降落地面时，马上变成一个巨大的毒蛇，四处追咬其他始祖。结果，他们从天上带来的各种植物种子撒得到处都是。无奈之下，其他祖先联手把巨蛇杀死，并把它埋了起来。后来，阿马神为了让八个始祖保持完整，又使巨蛇复活了。

后来，铁匠把世界分成了八份，每个始祖都建立起了自己的部落。从那以后，人类开始繁衍生息，并把自己部落始祖的手艺代代相传。

上帝发火

在创造完人类后，上帝对自己创造出来的世界主宰很不放心，生怕他们受一丁点的委屈。为了能够随时给自己最满意的杰作提供帮助，上帝决定和人类一起居住。

和其他动物相比，人类真是太幸运了。上帝随时给世界上最聪明的动物庇护，教会他们如何使用工具，告诉他们如何种植庄稼、如何获得猎物，同时上帝还经常出面解决人类之间发生的各种矛盾。人与人之间没有仇恨、厮杀，因为当遇到不能解决的矛盾时，人们总是来到上帝面前，请求上帝调节。当然，上帝也总会找到最公平、最妥善的解决方法。

上帝发火

当人类互相纷争、残杀与欺骗时，上帝就会发出雷声。

人们从收获的食物中挑选出最好的贡奉给上帝，从最清澈的泉水中舀出水来供上帝饮用。夏天的时候，人们会让出最凉快的地方给上帝乘凉，冬天的时候人们则会纷纷从家里拿来木柴给上帝取暖。总之，人与神之间相处得极为融洽。

随着时间的推移，上帝也逐渐地衰老了。虽然他的头脑里依然拥有着和以前

一样的智慧，但是他再也不能像以前那样耕作劳动了。渐渐的，人们开始对上帝冷漠起来。先是供奉的食物和水越来越少，接着是取暖的木柴越来越少，到了最后居然都没人愿意搭理这个老头了。

一年冬天，鹅毛大雪从天而降，所有的河流都结成了厚实的冰层。由于没有木柴取暖，上帝被冻得浑身发抖。他只好走出家门，到人类那里寻找温暖。

在山脚下，上帝听到从一座小屋子里传来了人的欢笑声。于是，他隔着窗子往里看，里面有一群人正围在一起烤火，而且从火上还传来阵阵烤木薯的香气。

上帝掸了掸身上的雪，来到门前，很有礼貌地敲了几下门。屋子里静了下来，不一会儿门开了，一个年轻人冷冷地问道："有什么事吗？有事就快说，你这个糟老头！"

上帝听到有人居然叫他"糟老头"，心里十分生气，不过转念一想，也许这个年轻人不认识他。于是，上帝依然和气地说："亲爱的年轻人，你怎么可以这样说话呢？难道你家没有老人吗？更何况是我呢？难道你不认识我吗？小伙子！我是你们的主人，世界的创造者上帝啊！你看外面那么冷，你应该让我进去烤一下火，然后再让我吃点东西！"

这时，屋子里传来一个妇女的声音："是什么人在门口大喊大叫？赶快把他打发走！"那个年轻人回答说："是个糟老头，他说想要进屋烤烤火，还想吃点东西！更加可笑的是他居然说自己是上帝！"

那个妇女听到年轻人的话后，手里拿着捣木薯的木杵走到上帝的面前，问道："你说你是上帝？"上帝点了点头，说："是的！"妇女听完后不但没有把他让进屋子里，反而拿起木杵照着上帝的眼睛打了一下，嘴里骂道："你这个臭乞丐，装什么上帝，上帝会是你这么一副糟老头子样？就算是上帝又怎么样？他现在已经老了，我们根本就不需要他了！"

受到侮辱的上帝愤怒极了，他觉得人间再也不是以前的那个充满温暖的人间了，于是，上帝回到了天上。

没有了上帝的看管，那些贪婪的、狠心的、拥有特权的酋长们肆意妄为，拼命地为自己聚敛财物。人间再也没有什么正义可言，邪恶的势力一天天增长，任何人只要拥有权力和金钱，那么他就可以为所欲为。如此一来，那些善良的人们受尽了苦难，渐渐地怀念起上帝存在的日子。

虽然在人间受到了莫大的屈辱，可是当上帝看到人间乱成一团糟时，心里依然放不下。上帝决定再帮助人类一次。可是当初自己一气之下离开了人间，如果再回去的话，岂不是太没有尊严了。上帝走出房间，施展无穷的力量，转眼间一条连接天空和大地的大桥就出现了。上帝告诉人们，如果谁有什么冤屈，谁有什么困难或是谁有什么事情需要帮助，都可以顺着大桥来到上天寻求帮助。

有一天，三个女人和一个男人来到了上帝面前，请他评理。上帝说："你们有什么事尽管说吧！我会给你们最公正的答复的！"三个女人一起说道："上帝啊！这个可恶的男人是我们的丈夫！他已有三个妻子了！您说我们长得很难看吗？这个贪得无厌的家伙还要娶第四个妻子！"男人马上辩解道："冤枉啊！我没有，我根本没动那个心思。"

上帝觉得这件事其实也不是很难处理，只要问清楚是怎么回事，一切问题就迎刃而解了。可是还没等上帝发问，这四个人就叽叽喳喳地吵了起来，不管上帝怎么劝说，就是没人听他的。上帝的自尊心再一次受到伤害，他觉得人类根本就没有把他放在眼里。上帝终于发火了，轰隆隆的声音从他的嘴巴里传了出来。这种声音不仅震动天空，而且还响彻大地，所有生物都被这巨大的声音吓得发抖。

上帝怒吼道："滚回去吧！可恶的人类！你们太令我失望了！从今以后，你们再也不能到天界来了！"说完，那座连接天地的大桥就消失了！

从此之后，人们再也无法去天界见上帝了。当人们遇到苦难时，或是需要帮助时，只有站在地上默默祈祷。当上帝听到人们祈祷时，知道有一些人又在作恶，这时他就会发火，他一发火我们就能听见那轰隆隆的声音，人们管那种声音叫雷声。

天空的眼睛

寂静的夜空，星星一闪一闪地发出光亮，为夜行的人指明方向。它们都是天空的眼睛，注视着人间所发生的一切。天空的眼睛是最公正的，它们一视同仁地对待所有人，所有善良的人都会得到它们的庇护和帮助。每当它们发现有善良的人正在遭受苦难的时候，就会亲自到人间去布施恩惠，帮助善良的人摆脱苦难。

穆波泰是个善良的孩子，可是此时他却正在遭遇着不幸。他的父亲不幸死去了，他的母亲被他的叔叔强行带走，只留下孤苦无依的他。小穆波泰没有地方睡觉，没有东西生火做饭，村里的人都看不起他，没有人愿意帮助他，就连其他小

孩也都远离他，生怕他会抢走他们的食物。他实在是太饿了，就在他想去偷一点点食物的时候，却被人捉了个正着。人们大声呵斥他，用棍棒打他，甚至骂他尼亚玛。在当地语言中，尼亚玛就是畜牲的意思。坚强的小穆波泰再也忍受不住了，他逃到森林中放声大哭，大声呼喊自己不是尼亚玛。

当夜幕降临的时候，天空又睁开了它的眼睛，它看到了穆波泰所遭遇的不幸，所以决定派使者前来帮助穆波泰。又累又饿的穆波泰很快就睡着了，当他醒来的时候，发现身边有一块闪闪发光的鹅卵石，就像天上的星星一样。他高兴地拾起地上的鹅卵石，就在他起身的同时，发现面前站着一个与自己非常相似的小男孩。穆波泰好奇地问："你是谁？为什么会在这里呢？"小男孩回答说："我叫梅佐，我的父亲死了，母亲被人带走了，没有人和我一起玩，所以我就一个人跑到森林里来了。"相同的经历让两个小男孩惺惺相惜，他们很快就成了无所不谈的好朋友。

自从认识了梅佐以后，穆波泰觉得自己的生活又重新幸福起来。他们每天一起出去打猎，一起去采摘野果，一起烹烤食物，一起吃饭睡觉，几乎形影不离。日子一天天过去了，两个孩子也渐渐长大了。他们都长成了英俊伟岸的青年。随着年龄的增长，他们的力气也越来越大，打的猎物自然就越来越多，因此他们的生活也一天比一天好过。村里人见他们眼中的"尼亚玛"如今过得红红火火，都很气不过。他们觉得是梅佐给穆波泰带来了好运，所以他们决定赶走梅佐。

一天清晨，当穆波泰像往常一样睁开双眼的时候，却再也找不到他的好朋友梅佐了。他寻遍了森林中的每一个角落，但却始终不见梅佐的身影。梅佐不见了，穆波泰如同丢了魂儿一样。他到村中问村里的人是否知道梅佐的下落，得到的答案当然都是否定的。从村中人的幸灾乐祸中，穆波泰知道梅佐的失踪肯定和村里的人有关。可即使真是那样，他又能有什么办法呢？他只能祈求梅佐平安无事，祈求他还能再见到梅佐。

没有了梅佐，生活也就没有了乐趣，穆波泰无时无刻不在思念着梅佐。这一天，他拿出了梅佐送给他的鹅卵石，想对它说说心里话。可没想到的是，手中的鹅卵石忽然滑落在地，变成了一团火焰。火焰中传出了声音："善良的孩子，我可以满足你一个愿望，你希望得到什么呢？"穆波泰连忙拭去眼泪，对着火焰说："我想马上见到我的朋友梅佐。"火焰中传来回音："这恐怕不行，因为梅佐现在还不能回来，你再提一个其他的愿望吧！"穆波泰又说："那我希望自己充满力量。"这次火焰满足了他的愿望。随后，火焰又化为了鹅卵石，穆波泰将它小心

地收好。同时，他也觉得自己的全身热血沸腾，充满了力量。

得到力量的穆波泰再次回到了村里，村里人照样对他冷嘲热讽，没有人把他放在眼里。忽然，有人大声喊："村长被狮子咬死了！"一时间，村里人全都向村长家中涌去，穆波泰也跟着到了村长家中。只见村长浑身是血，面部已看不清轮廓，四肢也已经残缺不全了。村中的老人号召大家杀死狮子为村长报仇，可是却没有人敢站出来。狮子毕竟是十分凶猛的动物，谁都不想白白去送死。这时，穆波泰站了出来，称自己可以杀死狮子为村长报仇。村民们又是一阵嘲笑，穆波泰知道多说无益，他要以实际行动证明自己的力量。

当穆波泰扛着狮子的尸首回到村中的时候，村里的人都看傻了眼，他们简直不敢相信自己所看到的一切。可事实摆在眼前，人们又不能不信。穆波泰终于以自己的实际行动赢得了村里人的尊敬，他终于可以扬眉吐气了。此时，他又想到了自己的母亲和好友梅佐，如果他们能与自己分享这些荣誉该有多好啊！可是他们现在在哪里呢？想到这儿，穆波泰又有些伤心。不过他的生活已经发生了翻天覆地的变化，以前是他巴结村里人，现在则是村里人争着巴结他。因为他可以捕获很多猎物，可以换取大量的钱财，他富有了。

村里的女子都争着嫁给穆波泰做妻子，即使做不成他的妻子，也要做他的丫鬟。就这样，穆波泰有了很多妻子和丫鬟。不过村里有两个老姑娘，却既没有做成穆波泰的妻子，也没有做成他的丫鬟。对此，两个老姑娘怀恨在心，决定采取办法报复穆波泰。她们找到了巫师，请巫师帮助她们想办法。巫师告诉她们，穆波泰之所以拥有无穷的力量，那是因为他身上有一块宝石，只要偷走这块宝石，他就会失去力量。两个老姑娘决定找村长的女儿基托科帮助她们实行计划，因为基托科是穆波泰的妻子，很容易得手，而且基托科也并不爱穆波泰。穆波泰对基托科毫无防备，因此基托科很容易就得手了。

穆波泰并不知道自己的宝石已经被盗，仍然像往常一样到森林中狩猎。可这次他却没能像往常一样满载而归，而是由仆人们抬了回来。他的腿瘸了，变成了一个跛子。他希望用宝石治好他的腿伤，可是宝石却不再听他的话。失去力量的穆波泰再次遭受了村民们的嘲笑，就连他的妻子和丫鬟们也纷纷离他而去，对他冷嘲热讽。他再次回到了森林之中，也许只有那里才能带给他平静与安宁。

濒临绝望的穆波泰怎么也没有想到，自己竟然会在这个时候看到梅佐。久别重逢的两位挚友紧紧相拥，互相倾诉着对彼此的思念之情。原来，梅佐确实是被村长等人设计带走，并被卖到了一个很远的地方。因为那里的人也很需要帮助，

所以梅佐才在那里停留了一段时间。当他回来之后，知道了穆波泰所遭遇的不幸，就向基托科要回了宝石，来到森林中找穆波泰，并用宝石治好了穆波泰的腿伤。此时的穆波泰还不知道自己手中的宝石已经被基托科调了包，当他得知事情的真相后，竟扬言说要挖去基托科的双眼，以此来惩罚她的罪恶。此语一出，穆波泰马上又觉得疼痛难忍。

梅佐告诉穆波泰，宝石只会帮助善良的人，只有保持一颗善良的心，才配得到宝石永久的保护。穆波泰马上意识到了自己的失言，基托科虽然有错在先，但自己也不应该以恶报恶。想到这儿，他觉得腿上的疼痛感忽然消失了，他又重新恢复了健康。梅佐也向穆波泰表明了自己的身份："我的朋友，我想你可能已经猜到了，我并不是一般的凡人，而是天上的星星，是天空的眼睛，是下凡来帮助你摆脱困难的。现在我的任务已经完成了，我也该回去了。这块宝石就送给你，只要你保持善良的心，它就会保佑你一生幸福。"说完，梅佐就消失不见了。

穆波泰谨记梅佐的话，一直都保持善良的心，所以他的一生都很幸福。不过他还是会想念梅佐，尽管他知道梅佐并不是真正的梅佐。每当他想念梅佐的时候，都会抬起头来看看星空，因为那里面一定有一颗是梅佐。

金杜和南比

很久很久以前，在乌干达大地上，只有金杜一个人。金杜有一头牛，一直与他相伴。此外，由于金杜心地善良，爱护动物，其他的小动物也常常来跟他做伴。一次，金杜救了一只被风雨拍打过的蜜蜂。蜜蜂十分感激金杜，就对金杜说："善良的人啊！你今天救了我的命，以后你如果遇到什么困难，我也一定会赶来帮助你的。"金杜憨厚地对蜜蜂笑了笑，对蜜蜂的话并未在意，因为他根本就是不求回报的。

一天清晨，金杜醒来的时候忽然发现自己的牛不见了，这下可急坏了金杜。他到处寻找，却始终找不到牛的踪影。本来他一个人就够孤单了，难倒现在连他唯一的牛也要失去了吗？金杜想着想着，忍不住伤心地哭了起来。碰巧经过的蜜蜂看到伤心的金杜，忙问他发生了什么事。金杜就把牛失踪的事告诉了蜜蜂。蜜蜂说："别着急，我知道你的牛去了哪里。它被月亮山上一个神汉家的牛倌偷走了。”金杜忙问蜜蜂：“那我该怎么办呢？”蜜蜂说：“你公然去向神汉要牛，他是断然不会交给你的。这样吧，我陪你一起去，到时候你一切按我说的办就行了。”

金杜与蜜蜂来到了月亮山，在花园中，金杜见到了神汉。神汉问金杜：“你来这里做什么？”金杜说：“我只有一头牛与我为伴，失去它我痛不欲生，现在您的牛倌偷走了我的牛，所以我到这里来找您。”神汉心想，这个凡人怎么可能知道是我的牛倌偷走了他的牛呢？难倒他另有什么神通吗？想到这里，神汉决定考验考验金杜。他让仆人先带金杜下去休息，牛的事过两天再说。

金杜被带到了一个房间休息。没过多久，神汉就派人送来了一万篮食物，说是为金杜准备的晚餐。金杜一看傻了眼，这一万篮的食物，自己要吃到何年何月呢？这时，蜜蜂飞来对他说：“你只管吃你自己的就行了，剩下的我让蚂蚁来帮忙。”金杜只吃了一篮食物，其他的则都被蚂蚁们解决掉了。等到神汉让仆人来收拾篮子的时候，发现所有的篮子都空了，不由得大惊，忙向神汉禀告。神汉更加确定此人绝非一般的凡夫俗子，但他还不死心，还想再考验考验金杜。

接下来，神汉又给金杜出了几个难题，可是在蜜蜂的帮助下，都被金杜一一化解了。神汉再也不敢小看金杜了，忙叫牛倌牵来了牛，让金杜将牛带走。不过牛倌牵来的并不是一头牛，而是上万头牛，究竟哪一头才是金杜的呢？金杜走向牛群，这时他看到蜜蜂落在了一头牛的牛头上，金杜果断地牵起了那头牛，高高兴兴地回到了乌干达。

金杜的生活很简单，每天除了放牛，他几乎无事可做。这一天，他仍然像往常一样带着牛到田地里吃草。忽然，他看到一位如天仙般的姑娘出现在他的面前。金杜几乎不敢相信自己的眼睛，他忙走上前去，又仔细看了看。姑娘看着他笑了笑，金杜也笑了笑，他觉得自己从来都没有这样高兴过。与姑娘的相处非常愉快，可是到了晚上，姑娘就消失不见了，此时的金杜觉得更加寂寞了，他第一次感受到了与人相伴的美好。

姑娘去了哪里呢？原来，姑娘是天上的仙女，名叫南比。她是古鲁国王最宠爱的女儿，经常到人间玩耍。当她来到乌干达大地的时候，发现了孤单的金杜，就陪他做了一天的伴。虽然与金杜在一起让她感到很愉快，但她不能耽误回天国的时候，否则是会受到父亲的责备的。所以，当夜幕降临之时，她匆匆告别了金杜，只留下金杜一个人黯然神伤。可是回到天上的南比也非常想念金杜，当他看到金杜因为自己的离开而伤心不已时，就暗暗做了一个决定。

这天，南比找到父亲，将自己与金杜的事告诉了父亲，并说自己希望到人间去永远陪伴金杜。父亲当然舍不得，可无奈女儿性格倔强，在她的一再坚持下，父亲也只好答应了。不过临行前，父亲嘱咐女儿要小心她的哥哥瓦隆贝，千万别让瓦隆贝知道她去了人间，否则她就永无宁日了。南比的哥哥瓦隆贝被称为死神，他走到哪里，哪里就会失去安宁。南比对这个哥哥也很忌讳，但这丝毫不能阻拦她下凡的决心。在准备好一切后，她就来到人间，与金杜过起了幸福的生活。

南比教金杜种植各种作物，饲养各种家禽，两个人生活得非常幸福。可是好景不长，瓦隆贝在得知妹妹下凡的消息后，就决定到人间探望妹妹。南比最不欢迎的人还是来了，她知道哥哥定然会毁了自己的幸福，所以就同金杜商量，想办法摆脱他。起初，他们对瓦隆贝好言相劝，可瓦隆贝根本听不进去。后来，金杜许诺把自己的第一个孩子送给他，瓦隆贝才满意地离开了。

又过了好多年，金杜和南比已经有了很多子女，但他们却早已忘了曾经对瓦隆贝许下的诺言。瓦隆贝非常生气，认为金杜和南比根本就不把他放在眼里，于是他又重回人间，时而带走一个老人，时而带走一个孩子，搅得人间不得安宁。不过金杜和南比已经子孙满堂，乌干达民族繁衍的步伐已经无法阻挡了。至于瓦隆贝的恶作剧，则像是一个跳梁小丑的自娱自乐，根本不被其他人放在眼里。

蛇神

在一个小村子里，生活着樵夫一家。夫妇俩勤劳朴实，但他们的一双儿女却性格各异。儿子性情粗暴，野蛮自私；女儿则温婉可人，美丽善良。因为夫妇俩都很能干，再加上又能勤俭持家，一家人生活得很富足，更是从未让儿女受过委屈。可是时间不饶人，夫妇俩都老了。一天，樵夫出门砍柴回来后就卧病不起，家人都知道他将不久于人世了。

想到自己的一双儿女，樵夫很是放心不下。他将儿女叫到身边，对他们说："孩子们，父亲就要离开你们了。这是天意，你们无需伤心。我们家虽不是大富大贵之家，却也有一些家底。现在，我要各留给你们一笔财富，你们或者可以得到我的财产，或者可以得到我的祝福，两者中你们只能选择一样。"儿子连忙说：

“我愿得到您的财产。”樵夫又看了看女儿，女儿哭着说：“我宁愿得到您的祝福。”樵夫祝福了女儿，就永远地闭上了眼睛。他的妻子也很快随他而去。转眼间，兄妹俩就成了两个无依无靠的孤儿。

料理完父母的后事，哥哥就急着跟妹妹分家了。他带人搬走了家中所有的东西，什么都没给妹妹留。邻居们有些看不过去了，都说哥哥太不尽人情，这样做分明是不给妹妹活路。哥哥怕惹起众怒，就象征性地给妹妹留了一个小罐、一个臼和一个杵，然后便头也不回地扬长而去。村民们都很可怜女孩，就常向女孩借臼和杵使用，以便送给他一些食物作为报答。虽然有村民们的帮助，但大家毕竟都不富裕，也都帮不了太多，因此女孩的生活仍然很艰苦，只是勉强维持生存。

女孩觉得如果再这样下去，自己肯定活不了多久，她必须想到更好的谋生之路。她在屋中仔细翻找，看看哥哥有没有忘了带走什么，可除了一粒南瓜种子，她别无所获。有一粒种子总比什么都没有强，她将种子种在了院子里，只祈求自己能活到南瓜成熟的那一天。

贪婪的哥哥对妹妹的处境非但一点儿都不同情，反倒还变本加厉地剥削妹妹。当他听说妹妹靠出借臼和杵换取食物时，就让人带走了小罐、臼和杵，只剩下一间空房子给妹妹。女孩彻底绝望了，恐怕自己撑不到南瓜发芽，就已经饿死了。不过当她第二天清晨醒来的时候，奇迹却出现了。院里的瓜藤结满了南瓜，又大又绿的南瓜着实惹人喜爱。女孩高兴极了，她带了南瓜到集市上去卖，换了很多钱回来。接下来的每一天，女孩都能收获很多南瓜，而她的南瓜也因此出了名，很多人专门来买她的南瓜。女孩终于又看到了生活的希望。

就在女孩觉得美好的生活即将来临的时候，她的哥哥得到了消息。他无法忍受妹妹生活得比自己好，因为她主动放弃了财产，就应该一无所有。他再次来到了妹妹家中，要用刀割掉南瓜秧。女孩急了，她用双手牢牢地抓住瓜秧，誓死也要保住它。她万万没想到的是，她那丧心病狂的哥哥竟然用刀挥向了她的右手。瓜秧连同女孩的右手双双落在了地上，女孩吓得顿时昏了过去。好心的邻居救了女孩，保住了她的性命。

死里逃生的女孩忽然明白了很多事，如果自己不离开这里，就不可能有好日子过。她拜别了乡亲们，独自一个人向森林走去。她不知道何处才是她栖身的场所，只要是哥哥能找到的地方，就都是不安全的。她努力爬到了一棵大树上，心想那里应该是哥哥找不到的地方。她宁愿在这里安静地死去，也不愿再受哥哥的折磨。可是想到自己的遭遇，她又忍不住落泪，泪水透过树叶掉了下来。

女孩的泪水落在恰好在树下休息的王子脸上。王子忙问仆人是不是下雨了，仆人说并没有下雨。王子好奇地抬头向上看，“雨水”还在一滴一滴地掉落，而且似乎只从一个地方掉下来，这是怎么回事呢？他决定爬到树上看个究竟。当王子看到女孩时，顿时喜欢上了这个美丽而又善良的女孩。王子问女孩为何在此哭泣，女孩就将自己的悲惨遭遇说给了王子听。王子发誓要保护女孩，他决定带女孩回家，并娶她为妻。王子的出现带给女孩极大的安全感，此时的她也确实无处可去，便同王子一同回到了王宫。

沐浴更衣之后，女孩变得更加美丽了。国王和王后见了女孩，也都非常喜欢她，于是很快答应了他们的婚事。国王和王后为他们举办了一场盛大的婚礼，在众人的祝福下，女孩和王子走进了结婚的殿堂。此后，王国中的所有人都知道王子娶了一个没有右手的美丽新娘。婚后，两位新人生活得非常幸福，并很快有了他们的孩子。可就在王子出去远征的时候，不幸却又一次降临在了女孩身上。

原来，女孩的哥哥败光了所有的家产后，便来到了女孩所在的王国。当他听说妹妹已经当上王妃后，觉得自己再一次发家的机会来了。他找到国王和王后，向他们痛诉女孩的“劣迹”。他污蔑女孩是一个凶狠的女巫，已经害死了自己的六个丈夫，失去右手就是对他的惩罚。他还恐吓国王和王后，说如果不尽快杀掉这个女巫，他们的儿子就会有危险。王后担心儿子的安危，就催促国王快做决断。国王不忍心杀害女孩，就命人将女孩赶出王国。

女孩再一次失去了一切，不过这次她有孩子在身边陪她，她随身携带的也只有一个喂孩子的小饭罐。女孩又来到了森林中，她想不到其他的去处，丈夫不在，没有人可以保护她。当她坐在草地上休息的时候，忽然看到一条蛇向她扑来。女孩非常害怕，紧紧地抱住孩子。这时，蛇开口说话了：“姑娘，救救我吧！让我钻进你的罐子里躲避一下，我会报答你的。”女孩胆怯地将饭罐放平，让蛇钻了进来。不一会儿，又一条蛇钻了出来，问女孩：“你看到一条蛇了吗？”女孩用手指了指另一个方向，蛇便匆匆地追去了。

罐中的蛇得救后一定要报答女孩，它让女孩随它到它的国家去，它的父母一定会好好地报答她。女孩见蛇一脸诚意，自己又无处可去，就同蛇一起出发了。路上，女孩在洗澡的时候不慎弄丢了孩子，急得她团团转，忙向蛇求救。蛇告诉她用两只手一起捞，女孩照做了，结果不止找到了孩子，而且她的右手又重新长了出来。女孩对蛇十分感激，对蛇更加信任了。

走了很久，女孩终于来到了蛇的国家。在那里，她所见到的都是亲切和友善，一点也没觉得害怕。原来，她所救的蛇是这里的王子，它的父母就是国王和王后。国王和王后果然对女孩十分客气，把她们母子照顾得十分周到。尽管在这里生活得很愉快，但女孩还是决定离开，因为她放不下她的丈夫。蛇王子告诉女孩，当她离开时，国王和王后一定会送给她很多礼物，但她什么都别要，只要国王的戒指和王后的首饰盒就行了。女孩照做了。原来，国王的戒指可以给她所有食物，而王后的首饰盒则可以给她衣物和房屋。有了这两样东西，女孩就不愁回不到丈夫所在的王国了。

王子回国以后，听说妻子和孩子都死了，伤心得恨不得随她们而去。他把自己关在屋子里，整日目睹妻子的旧物，思念妻子和孩子。一天，他忽然看到窗外有一座漂亮的大房子，这在他出门前还是没有的，怎么会忽然出现呢？他叫来了仆人，问这房子的主人是谁。仆人说是一个带着孩子的美丽女人。王子忽然饶有兴趣地要到房子里去看一看，这让国王和王后都很高兴。

在那座房子里，王子见到了他日思夜想的妻子和孩子。他紧紧地抱住妻子，生怕妻子会再次离他而去。女孩将一切都告诉了王子，王子决定惩罚她的哥哥，命人将其赶出了王国。他带着女孩回到了王宫，国王和王后也重新接纳了女孩。王子下令国内所有人都不准捕杀蛇，不准吃蛇肉，以报答蛇神让妻子平安回到自己身边。此后，王子和女孩一直都幸福地生活在一起，再也没有分开过。

大力士

从前有个男人，自认为力气很大，总是一副不可一世的样子，把谁都不放在眼里。他的妻子谢图常常给他泼冷水，说他虽然身体强壮，但却离真正的大力士还有很大的差距。这些话让男人很不舒服，心想自己从未碰到过比自己力气更大的人，怎么能说自己不是大力士呢？如果真的存在比自己力气更大的人，那他倒是很愿意与其较量一番。

日子就这样看似平静地过着。一天，谢图拿着葫芦到较远的水井打水。因为附近的水井存水量都比较小，所以她决定带一个大葫芦，到较远的水井多打些水回来。到了井边，谢图惊喜地发现，这口水井的存水非常多，别说装她这一个葫芦，就是一百个也不成问题。她高兴地将水桶投入水井里，可当她试图将水桶拉

上来的时候，却怎么也拉不上来。任凭她使出浑身的力气，水桶也仍然丝毫未动。谢图没有办法了，只得坐在水井边叹气。她并不知道，这是一口魔井，没有巨大的力量是奈何不了它的。

没有打到水，谢图垂头丧气地走在回家的路上。没走多远，忽然看到一个女人背着一个孩子正朝水井的方向走来。两个女人见了面互相问候了对方。女人好奇地问谢图："你的葫芦怎么是空的？难倒前面的水井里已经没有水了吗？"谢图伤心地说："水井里是有水，但是却打不上水来。我试了半天都没拉动水桶，我劝你也别去了，估计你的力气也比我大不了多少。依我看，至少也得十个男人，才能将水桶拉上来。"女人笑了笑，对谢图说："怎么会呢？我每天都来这儿打水。你跟我来吧！我一定能让你打到水。"谢图心想，这个女人难倒有更好的办法。她想了想，跟着女人又回到了井边。

到了井边，谢图用手指了指水井，对女人说："我已经把桶投下去了，但却怎么也拉不上来。你有什么好办法能拉动它吗？"女人没有说话，只是放下背上的孩子，指了指浸在水中的桶绳，让孩子将它拽上来。谢图几乎不敢相信自己的耳朵，连大人都拽不动，一个小孩子又怎么可能拽动呢？但接下来发生的一切让谢图更加目瞪口呆。只见小男孩伸出小手，拉着桶绳，很轻易地就将水桶拽了上来。女人让小男孩帮谢图也装满水，之后她们就一起往回走。

走到要分别的地方，谢图忍不住问女人住在哪里，她的丈夫叫什么名字。女人告诉她自己住在山那边的村庄，自己的丈夫名叫大力士。说完，两个女人就各自回家了。如果不是亲眼所见，谢图绝对不敢相信一个小男孩的力气竟然有那么大。如果没有见到这个小男孩的力气，她也一定会认为那个叫做大力士的男人在自我吹嘘。现在，她丝毫不怀疑那个大力士的力量，她相信那个大力士才是真正的大力士，是名副其实的，与自己的丈夫完全不同。

晚上，谢图将自己白天的遭遇告诉了丈夫。男人不屑地说："竟然还敢有人自称大力士，我不相信他会比我的力量还大，明天我一定要找到那个大力士较量一番。"谢图劝丈夫说："你还是不要去了，那个大力士一定比你的力气大，看他的孩子力气有多大就知道了。"男人还是不服气，非要谢图带他去找那个大力士。第二天一大早，男人就催着谢图快快出发，他要马上见到那个大力士。

谢图没有办法，只好将丈夫带到了魔井，希望他能醒悟。男人信心满满地去拉桶绳，结果累得满头大汗也未能将水桶抬高半寸。他累得瘫坐在地上，大口大口地喘着粗气。这时，女人和小男孩又出现了。小男孩又表演了昨天的一幕，这下男人彻底被吓坏了，也开始打起了退堂鼓。只是他不知道该如何下这个台阶，正在犹豫时，只听谢图说："这下你服气了吧！连孩子都比不过，你还要和孩子的父亲较量吗？"谢图的话让男人觉得自己如果此时退缩就很没面子，于是硬着头皮非要和女人回家去会会孩子的父亲。无论谢图和女人怎样劝说，男人还是坚持要去。见劝不动丈夫，谢图只得拜托女人保住丈夫的性命，让他们夫妻还能团聚。女人说自己会尽力。

男人跟着女人回了家，到家后，女人让男人躲在仓库里，并嘱咐他千万不要出声，更不要走出仓库。男人虽然心里也很害怕，但嘴上还是逞强说："我不怕，也不需要躲起来。"女人说："你要知道，我的丈夫一顿就可以吃掉一头大象，如果你不想成为他的晚餐的话，就乖乖地躲起来。"男人这下真的害怕了，连忙按照女人说的躲在仓库里，连大气都不敢出。

傍晚时分，女人的丈夫大力士回来了。远远的，男人就感到有如龙卷风一般的声音正在慢慢逼近，就连地面也跟着摇晃起来。没过一会儿，大力士进了院子，他又扛回了一头大象。女人连忙出来迎接，笑着对丈夫说："累了吧！你先休息一下，我这就去为你准备晚餐。"看着大力士吃大象的样子，男人吓得直尿裤子。饭后，大力士忽然觉得有人的气味，就对妻子说："我觉得附近有人的气味，我去把他抓来当零食。"女人连忙说："哪有什么人的气味，那是我的气味，快回去睡觉吧！"在女人的哄骗下，大力士被拉回了屋中。

男人在仓库中一直躲藏着，不敢动也不敢出声。深夜，女人出来对男人说："你快些逃命去吧！要是一会儿我丈夫醒了过来，你就逃不掉了，到时连我也救不了你了。"男人听了，撒腿就跑。他一直跑啊跑啊，跑了很远，以为自己已经脱离了危险，可没想到还是被大力士发现了。他感到身后有一阵狂风正在向他袭来，他顾不上劳累，赶紧又继续向前跑。最后，他实在跑不动了，就请求正在田里干活的农夫救救他。农夫们心想他们有十几个人，难倒害怕一个人吗？就算他力气再大，也不可能大过他们十几个人的力气吧！所以，他们答应保护男人。可当狂风袭来的时候，他们知道就算再多的人也不是大力士的对手，于是就劝男人再找其他地方避难。

男人虽然已经精疲力竭，可他还是必须要向前跑。跑着跑着，他忽然见到前方坐着一个巨人。男人心想，这下完了，前是狼后是虎，自己这次真的无路可走了。巨人见男人如此狼狈，就问他发生了什么事。男人说："有一个力大无比的大力士正在追赶我，求您救救我！"巨人一听大力士，很是不满，难倒他比自己

的力量还大吗？于是让男人尽管留下，自己一定会保护他的。男人终于可以喘口气了。大力士和巨人从地上打到天上，不知道打了多少回合，却一直也没有分出胜负。而男人则趁机跑回了家。此后，男人再也不敢狂妄自大了。至于巨人和大力士，据说他们后来就一直在天上搏斗。打累了就停下来歇一会，然后又接着打。人们说，每当雷声响起时，就是巨人与大力士又在打架了。

金图和纳姆比

干达王朝的第一代祖先金图本是天上的天神，后来因为不满于整日在天上无所事事的生活而来到了人间。虽然天上安逸的生活是很多人梦寐以求的，但金图却认为每日重复这样的生活很没有意义。与其这样，倒不如到人间去开辟一片新的天地，用自己的双手开创另一个世界。这样的想法在金图脑中形成以后，他便决定立即着手去办。

金图知道，仅仅靠他自己的力量是不足以在人间有所作为的。他需要一个得力的助手，一个勤劳贤惠的妻子。究竟哪位女子才是最合适的呢？想来想去，金图将目标锁定在了众神之王古卢的女儿纳姆比身上。他找到古卢，向古卢说明了自己的来意，希望得到古卢的支持与成全。古卢很欣赏金图的志向和勇气，但此事涉及到女儿的婚姻大事，所以他不能草率了事。他对金图说："我这里有三种考验，如果你能顺利通过，那就可以娶我的女儿。如果通不过，那就一切免谈了。"金图欣然答应。

古卢为金图设计的第一道考验是让他吃下一百个人的食物，其中包括一头牛、一头猪、一百斤玉米、一百斤甘薯和一百斤香蕉。金图将一百斤玉米分给了牛，将一百斤甘薯分给了猪，又将一百斤香蕉一分为二，各分为牛和猪五十斤。接着，他将牛和猪宰杀并制成肉干，自己则只吃最后的肉干，这是他完全可以吃掉的。所以，金图顺利地通过了第一道考验。

古卢为金图设计的第二道考验是让他用拳头大的金斧劈开高得望不见顶的山崖。金图接过金斧，觉得这几乎是不可能的。不过他也知道古卢绝非有意刁难他，不可能办到的事古卢是不会拿来考验他的，只是其中有什么玄机呢？山崖是不可能有所变化的，那么玄机就应该在斧头上。他拿起金斧仔细端详，试图找到它的特别之处。果然，他发现在金斧的一面，镶嵌着一颗宝石；在另一面，则镶嵌着一粒玉米。在金斧上镶嵌宝石并不奇怪，可在斧头上镶嵌玉米可就有些让人匪夷所思了。因此，他判断玄机一定在斧头上的玉米上。他将玉米粒往下一掀，金斧就开始迅速地生长，到长得差不多的时候，他又将手放开，金斧随即停止了生长。他拿起这把大金斧，向着山崖猛的一劈，山崖就被劈成了两半。金图又通过了第二道考验。

现在只剩下第三道考验了。古卢为金图设计的第三道考验是让金图在一夜之间收集一瓦罐的露珠。要知道，每晚降临的露珠总量也只有一瓦罐，而这一瓦罐的露珠要平均分配到每一处，这让金图如何收集呢？唯一的办法就是在露珠尚未分配就拿到它，而要拿到尚未分配的露珠，就只有找空气之神帮忙了。因为分配露珠是空气之神的职责，他每天都要在夜晚来临之时将露珠分配出去。金图找到空气之神，说要与其共享美酒。当金图打开酒盖的时候，酒香四溢。空气之神耐不住酒性，与金图一杯接一杯地喝了起来，结果喝得酩酊大醉，直到晚上都没有醒过来。就这样，金图又顺利通过了第三道考验。

三道考验均已通过，古卢终于可以放心地把女儿交给金图。在为他们举行过隆重的婚礼以后，古卢就嘱咐他们早些离开天庭。他当然也舍不得女儿，可是他怕纳姆比的弟弟瓦卢姆比知道姐姐下了凡也跟着去。瓦卢姆比是死神，如果他也跟到人间，就会将死亡带到人间，那会给女儿和女婿制造很大的麻烦。纳姆比知道父亲的良苦用心，依依不舍地拜别了父亲，带着牛羊、甘薯、香蕉和玉米等作物跟着金图一起来到了凡间。

金图和纳姆比在人间种植作物、饲养家畜，很快就获得了大丰收。他们吃着自己种的作物，感觉无比美味。两个人在人间快乐地生活着，体验到了在天上从未体会到的快乐。可是没过多久，纳姆比的弟弟瓦卢姆比就知道姐姐下了凡。虽然父亲明令禁止他下凡，但他哪肯听父亲的。天上根本没有死亡，他这个死神也就形同虚设，他早就已经厌倦了。他决定偷偷溜下来找姐姐。

纳姆比见到瓦卢姆比，很是惊讶。她当然不希望弟弟留在人间，就与金图竭力劝说弟弟回到天上去。可是瓦卢姆比苦苦哀求着姐姐，那可怜的样子又让纳姆比有些不忍拒绝。最后，她终于同意瓦卢姆比留下来，金图虽然不太同意，但也不好反对。起初，瓦卢姆比还很听话，每天帮着金图放羊。后来，金图和纳姆比有了很多孩子，瓦卢姆比又帮助他们照顾孩子。可是时间一长，瓦卢姆比就开始讨厌这些孩子了。尤其当孩子们总是围着他哭个不停时，他恨不得马上用手掐死

他们。

一天，瓦卢姆比不小心摔伤了金图和纳姆比最喜欢的一个孩子。纳姆比因此责怪了瓦卢姆比几句，这让瓦卢姆比十分生气，他声称要让这些孩子一个个死去。说完，瓦卢姆比就消失不见了。果然，瓦卢姆比兑现了他的诅咒。金图和纳姆比的孩子开始一个个患病、死去。金图和纳姆比伤心不已，可却拿瓦卢姆比毫无办法。古卢知道了这件事，忙派人下凡去捉拿瓦卢姆比。

古卢派来的天神告诉金图和纳姆比带领孩子们躲在屋子里，无论发生什么都千万别出声，直到他捉住瓦卢姆比为止。天神向着大地说：“瓦卢姆比，你快出来吧！你的姐姐和姐夫已经带领他们的孩子们回到了天上，你也快跟我回去吧！你的父亲还让我带来了礼物，让我一定亲手交给你。”瓦卢姆比一听有礼物，忍不住好奇，就从地下钻了上来。可就在他出现的刹那，金图和纳姆比的孩子却忽然发出了声音。瓦卢姆比大怒，原来自己上当受骗了。他很快又钻回了地下，任凭天神再怎样呼唤也不再出来。

天神无奈地对纳姆比说：“看来这一切都是天意，事到如今，我也无能为力了。我看你们还是带着孩子们跟我一起回天庭吧！”金图和纳姆比相互看了看，他们怎么舍得他们亲手创造的大地呢？很快，他们就做了决定，即使要面对死亡，他们也不离开。天神说：“既然如此，那我就把这根神棒留给你们。你们可以依靠它找到治疗疾病的草药，减少死亡。”此后，死亡就永远留在了人间，而人类也一直都在与死亡搏斗着。

班戈的故事

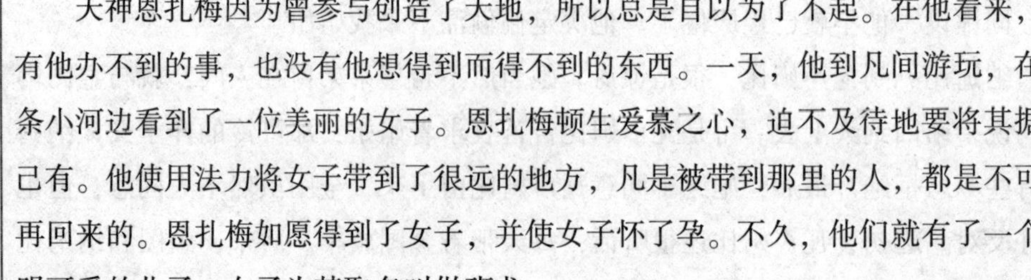

天神恩扎梅因为曾参与创造了天地，所以总是自以为了不起。在他看来，没有他办不到的事，也没有他想得到而得不到的东西。一天，他到凡间游玩，在一条小河边看到了一位美丽的女子。恩扎梅顿生爱慕之心，迫不及待地要将其据为己有。他使用法力将女子带到了很远的地方，凡是被带到那里的人，都是不可能再回来的。恩扎梅如愿得到了女子，并使女子怀了孕。不久，他们就有了一个聪明可爱的儿子，女子为其取名叫做班戈。

喜得贵子之后，恩扎梅本来是很高兴的。不过女子非常疼爱儿子，她爱儿子胜过了一切，甚至胜过对恩扎梅的爱。这让恩扎梅十分懊恼，对这个小家伙也越来越不满。一天，班戈跑到恩扎梅的禁区里偷了一条鱼，惹得恩扎梅大发雷霆。他不顾女子的恳求和阻挠，将自己的亲生儿子扔下了万丈深渊。之后，他非但没有丝毫的悔意，反倒有一种畅快淋漓的感觉。

班戈虽然被恩扎梅扔下了万丈深渊，但幸运的是他并没有摔死，而是落入了一条大河里。更为幸运的是，一位正在捕鱼的渔夫发现了他，并把他救回了家中。渔夫是懂得一些巫术的，在仔细端视过班戈之后，他知道这个孩子绝非一般的凡夫俗子，所以照顾起来也特别用心。在渔夫的悉心照料下，班戈很快就恢复了健康。不过他并不愿意再回到父亲身边，尽管他很想念母亲，但他知道如果自己回去，父亲一定会再次向自己痛下毒手。索性，他干脆躲进了附近的一个岩洞之中。岩洞里又深又黑，这让班戈很有安全感。

班戈被恩扎梅扔下悬崖后，他的母亲急得快发了疯，她四处寻找班戈的下落，对恩扎梅也是爱理不理。恩扎梅本以为没有了班戈，女子就会像从前一样对自己百依百顺，可事实却恰恰相反。他越想越气，决定亲自找到班戈，将其除掉，也许只有看到班戈的尸体，女子才会彻底死心。可是天地之大，他要到哪里去寻找班戈呢？即使他贵为天神，也无法准确推算出班戈的所在。但他已坚定信心，无论如何也一定要找到班戈，并不惜一切代价除掉他。

恩扎梅向大地发问，问班戈在哪里。大地回答他说“不知道”。恩扎梅又向大海发问，问班戈在哪里，得到的也是同样的回答。在森林中，恩扎梅遇到了一条变色龙，就问变色龙是否知道班戈的下落。变色龙其实是知道班戈就在岩洞里的，可是它不忍心出卖善良的班戈，就骗恩扎梅说：“很久以前，我确实看见一个人经过这里，我不知道他究竟是不是您要找的班戈，但是他已经从这经过很久了，我也不知道他现在去了哪里。”恩扎梅听后，继续向森林深处走去，他相信总会找到一些线索的。

恩扎梅走后，变色龙就来到岩洞找到了班戈，告诉他恩扎梅正在四处找他，要他多加小心。班戈谢过了变色龙，接着他又在洞口处伪造了一些离开的脚印，之后便又躲到了岩洞深处。蜘蛛也赶来帮忙，它在洞口结起了厚厚的蜘蛛网，并在上面放了一些苍蝇和蚊子。蜘蛛网厚得足可以堵住洞口，苍蝇和蚊子的数量足以证明结网时间的长久。一切布置妥当以后，蜘蛛也离开了。

恩扎梅找呀找呀，他又遇到了一条蛇，就问蛇：“你看到班戈了吗？”蛇回答说：“我看到了，他就在附近的岩洞里。”恩扎梅听了十分高兴，连忙向岩洞

的方向走去。来到岩洞口，恩扎梅却愣住了。洞口有这么厚的蜘蛛网，怎么可能有人在里面呢？他疑惑地看着洞口，想着班戈是否还在里面。这时，变色龙来了。恩扎梅忙问它："班戈在里面吗？"变色龙回答说："是的，他在里面，可那是很久以前的事了，他已经走了很久了。"

"那他又去了哪里呢？"恩扎梅又问。

"不知道。您看，那不是还有他离去的脚印吗？"恩扎梅见洞口处果然有离去的脚印，就向着脚印的方向追去了。

骗过了恩扎梅，蜘蛛就收起了蜘蛛网，班戈也从洞中出来了。班戈很感激变色龙和蜘蛛，当时变色龙还不会变色，班戈就让他以后可以随意变换颜色，以躲避敌人的追击。变色龙对这样的赏赐十分满意，忙谢过班戈。接着，班戈又问蜘蛛想要什么。蜘蛛说自己什么都不想要，现在就已经很满足了。班戈想了想，决定让蜘蛛成为幸福的使者，它走到哪儿，就会给哪里带来幸福。报答了蜘蛛和变色龙，班戈就开始周游世界各地了。当然，他也见到了他的母亲。他教导人们要做善事，做好人。所有的黑人都很尊敬他，他们也都愿意按照班戈所说的去做。至于恩扎梅，在几度搜寻班戈无果后，他最终回到了天上，从此再不下凡了。

英雄孔福·阿热切

孔福·阿热切是阿散蒂人民极为尊敬的民族英雄。在他的领导下，阿散蒂人民建立了自己的家园，成为一个统一而又团结的伟大民族。在阿散蒂民间，流传着很多关于孔福·阿热切的神话故事。人们相信，他们的民族英雄并不是一个普通的勇士，而是一个像神一样伟大的英雄。

从出生时起，孔福·阿热切就注定是不平凡的。伴随他出生的不是响亮的啼哭声，而是人们的惊叹声。人们几乎不敢相信自己的眼睛，一个婴儿竟然能一手拿着草药、一手拿着手杖，以这种极为特别的方式降临人间。在阿散蒂人民看来，草药是巫医的象征，手杖是权力的象征。一个生来就拥有这两样东西的人，必然是受到了天神的重托，来人间拯救人们脱离苦难的。正因为孔福·阿热切极不平凡的出生，他一来到人世就备受人们的关注和重视。

天神的使者终究是不一样的。在孔福·阿热切六个月的时候，他就显示了自

己不平凡的一面。他不仅能够开口说话，而且思维缜密，就连很多成年人都自叹不如。童年时的孔福·阿热切已经开始显示他的神力，呼风唤雨、看病救人，几乎无所不能。人们开始崇拜孔福·阿热切，而孔福·阿热切回报给他们的则是真诚的祝福。不过也有些人对孔福·阿热切的神力不以为然，对其非但不尊重，而且还冷嘲热讽。对于这样的人，孔福·阿热切给予他们的则是惩罚的诅咒。无论是祝福还是诅咒，只要出自孔福·阿热切的口中，就都是非常灵验的。

成年之后的孔福·阿热切开始四处云游，为人们解除疾病之苦，也让更多人可以得到他的祝福。在经过众多地方之后，孔福·阿热切深深地感到仅仅解除人们身体上的痛苦是远远不够的，散落四方的阿散蒂人民更需要一块可以长久安身的土地。为此，他决定帮助阿散蒂人民建立属于他们自己的国家。

孔福·阿热切亲自挑选了一个适合建立国家的地方，然后在那里种下了一棵树。这棵树生长得很快，一夜之间就长得高大浓密、遮天蔽日。他让阿散蒂人民都住在这棵树上，并为这棵树取名为“库马”。在“库马”树下，孔福·阿热切带领人们建立了“库马西城”，意思即是库马树下的城市。建好城后，孔福·阿热切又让人们推选出了国家的领袖和祭司。就这样，阿散蒂人终于有了自己的繁衍之地。

建城之初，孔福·阿热切并未担任任何职务，但人们都对他十分尊敬，包括领袖和祭司也是如此，凡事都会来征求他的意见。当时，库马西和邻国多米纳经常发生战争。而在孔福·阿热切的指导下，阿散蒂人民总是能够取得胜利。不过在一次交战中，领袖和祭司却忽视了孔福·阿热切的嘱咐和禁令，结果在这场战争中，阿散蒂人民失败了，且付出了极为惨重的代价，他们的领袖和祭司全都被对方伏杀。

库马西忽然失去了两位关键人物，不过幸好孔福·阿热切还在，库马西并没有出现群龙无首的混乱局面。很快，新的领袖被推举出来了，而孔福·阿热切也被推举为新的祭司。在孔福·阿热切的带领下，阿散蒂人民击退了外敌，保卫了自己的家园。不过外忧虽然已经解除了，但内患却开始凸显。库马西下设很多地方首领，他们各占一方，都不太把新的领袖放在眼里。孔福·阿热切自制了一种药酒，分给各位地方首领喝，同时又使用神力，使从天而降的黄金宝座恰好落在新领袖面前。此后，阿散蒂民族走上了统一之路，各地方首领都对他们的国王十分效忠。

孔福·阿热切虽然让阿散蒂民族走向了统一，不过他担心日后会发生变故，

阿散蒂民族的统一会被破坏。于是，他故意夸大黄金宝座的神力，让人们相信黄金宝座是上天赐给库马西国王的，所有人都应该坚决拥护坐在宝座上的人。否则，他们的国家就会衰落，阿散蒂民族就会走向灭亡。正因为如此，黄金宝座也被阿散蒂人民视为国家统一的象征，而它的完好无损，则被视为国家富强昌盛的标志。

第六篇

美洲及大洋洲神话故事

第一章 印第安神话

创世主帕查卡马克

远古时代，宇宙已经出现，但世界尚未形成。当时南美洲的大地到处都是荆棘，而且一片漆黑，没有白天和夜晚之分。有一天，一位伟大的天神来到了这片土地，他就是被后人称为创世主的帕查卡马克（在印第安民族的通用语中，“帕查卡马克”是“赋予世界生命的人”的意思）。

金垂饰神像

图中垂饰发现于哥伦比亚沿海地区的一艘沉船上，是一件在美洲非常流行的黄金垂饰，其中含有少量的铜。垂饰被做成了一个人物状，头戴精雕细刻的头饰，双手拿着宗教礼仪中所用的节杖，即权杖神。

当帕查卡马克看到荒凉的世界上没有一丝生机时，心中冒出了一个有趣的念头。他施展无边的法力，创造出了世界上第一批人类和走兽飞禽。

帕查卡马克对自己的“杰作”非常满意。不过他现在感觉有些疲惫，于是就来到一个风景秀丽的湖泊中休息，这个湖在今天被称为“的的喀喀湖”。

很多年过去了，虽然天地间依然是一片黑暗，但由帕查卡马克创造出来的那些人已经过上了我们今天所说的“原始生活”。他们聚居在一起，吃的是树上的果子，喝的是湖中的清水，过得还算无忧无虑。可是，这第一批人却十分没礼貌，更不懂得什么叫感恩戴德。他们说话

粗鲁大声，对创造他们的天神也没有丝毫的敬畏。他们整日唠叨、抱怨，就好像创世主赐给他们的一切都是理所应当的。

这一天，帕查卡马克决定离开这片土地，回到遥远的宇宙中居住。可是他放心不下，要在临走前看看由他亲手造出的人类。

没想到，这帮人看到了伟大的创世主后，非但没有跪拜行礼，反而用石子和土块砸他，而且还向他吐口水。这下可闯了大祸，伟大的创世主被这帮野蛮人无礼的行为激怒了。于是他施展法力，将所有人都变成了石像，包括那些不知情的、没有辱骂他的可怜人。

过了一会，帕查卡马克心中的怒气消了一大半，并开始反思自己的行为。他觉得，这些人如此无礼固然应该受到惩罚，可不管怎么说他们也是他造出来的，自己多多少少也要负些责任。想到这里，他决定再重新创造出一批人类，不过这次要制定一个详细周密的计划。

他把所有的天神都召集到了一起，对他们说："由于我的疏忽，整个世界失去了那些聪明的人类。现在，我想再重新创造出一批善良的人类。不过，在这之前，我们必须先让这个世界有光明和黑暗之分。我们要选出两位天神，分别掌管白天和黑夜。"

民主选举后，结果出来了。男神孔蒂拉雅·维拉科查与女神基利亚结为夫妇。孔蒂拉雅被封为太阳神，负责在白天照耀大地。金星是他的随从，风雨雷电是他的仆人。而基利亚则被封为月亮女神，负责夜晚的照明。昂座七星做她的仆人。帕查卡马克还特许她每月可以有三天时间回到太阳神的宫殿里，尽一尽她做妻子的责任。

接着，帕查卡马克对这对夫妇说："你们完全有资格被奉为这个世界新的创世主，因为你们的光和热给整个世界带来生机。世界上所有的生灵都会对你们感恩戴德的，你们的后代将是这片土地的主人，他们会在这片土地上生存繁衍。不过，你要记住，要以历数十二为期。"帕查卡马克接着说："太阳和月亮啊！你们要交替着从东升起，向西落去。当太阳神所散发的第一束光芒照进美丽的的的喀喀湖小岛上的山洞时，一个崭新的人类社会将随之出现。"

帕查卡马克来到了今天的第亚爪纳科地区。他按照自己的样子，雕刻很多的石像，有男人也有女人，有孕妇也有孩子。他把一些人定为平民，把另一些人定为他们的首领。然后，他派众神在选中的石像上刻上自己的名字，然后把这些石像带到各自的领地中繁衍后代。为了让众神高兴，帕查卡马克与他们约定，在太阳之子印加王出现以前，这些人可以信奉属于自己的天神。

太阳神孔蒂拉雅·维拉科查开始了他第一次的工作。耀眼温暖的阳光照进了的的喀喀湖小岛上的山洞，一个新纪元就这样开始了。

帕查卡马克留下了两个贤人，对其他人说："你们先去吧！一直追随着太阳，太阳落山的方向就是你们的去向。你们要把同伴呼唤出来，教会他们如何在这个世界上生存。"这些人按照创世主的旨意，来到了指定的地方。

帕查卡马克又对那两个贤人说："你们和别人不同，因为你们的生命是太阳神的第一束光线赋予的；你们将会拥有无穷的智慧和力量，因为你们身上担负着太阳神的意志；你们的后世会建功立业，因为他们要辅佐太阳神的儿子，伟大的印加王。你们必须牢记我的话。"就这样，这两个贤人也按照创世主的吩咐去指定的地方召唤同伴。

帕查卡马克接下来要做的，就是履行他与太阳神的约定。他来到了卡恰，看到了一群聚居在那里的印第安人。不过，他们没有认出伟大的创世主。一个个手持武器，想要杀死帕查卡马克。创世主很生气，就让大火从天而降，焚烧他们居住的地方。这些人惊恐万分，赶紧丢下武器，向帕查卡马克行跪拜大礼。帕查卡马克变出一个木棍，把那可怕的大火打灭。这时，他们才知道眼前的这个人就是伟大的创世主。后来，居住在这一地带的印第安人被称为卡纳斯人，即"火灾"的意思。

创世主觉得这里不是他心中理想的地方，就继续赶路。当他来到库斯科附近的一座小山上时，召唤出了一批印第安人，然后把他们带到了库斯科。帕查卡马克对他们说："你们都将成为太阳神的子民，太阳神的长子长女是你们的首领。你们要在这里定居，等待着一群大耳朵的人到来。"

所有的工作都结束后，帕查卡马克召集了所有的天神。他们有说有笑地朝着大海的方向走去。

太阳神

在印第安神话中，太阳神孔蒂拉雅·维拉科查是很受尊敬的天神，因为他是创世主帕查卡马克最信任的人。可是我们这位伟大的太阳神却十分顽皮，经常搞

出一些恶作剧来捉弄世间的凡人。他常常变成一个衣衫褴褛、面貌丑陋的乞丐，在人类的村庄里四处游荡。

村子里住着一位美丽的姑娘，名字叫考伊拉，生得十分美丽。她的头发黑亮飘逸，就像天上的乌云；她的眼睛明亮清澈，就像山涧的泉水；她的脸庞皎洁光滑，就像夜晚的明月；她的牙齿整齐洁白，就像珍珠项链。总之，一切美丽的语言都可以用来形容她的美貌，就连天上的神仙都对她倾慕不已。可是，这位考伊拉姑娘却十分傲慢，不管是凡人还是天神，都不能获取她的芳心。

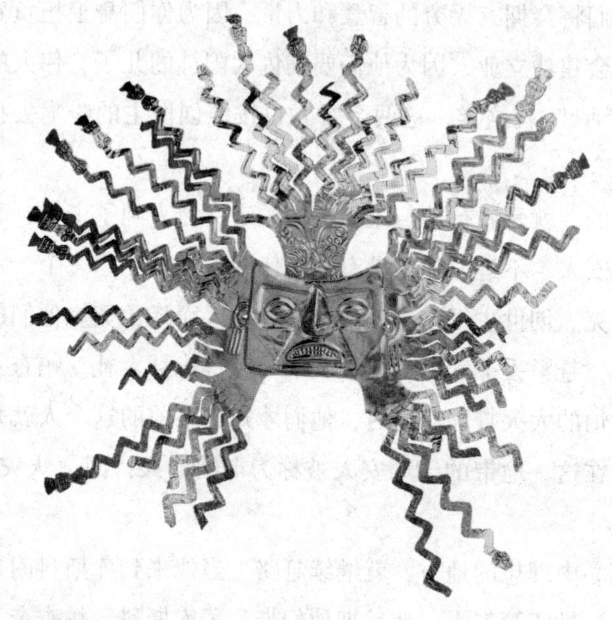

印加太阳神像

印加在印第安语中意为“太阳之子”。图为黄金制成的印加太阳神面具。

一天，调皮的孔蒂拉雅在村外游荡时，看到了美丽的考伊拉正坐在鲁克玛树下乘凉。他马上被眼前这个美人迷住了。

孔蒂拉雅变成一只美丽的小鸟，飞到了那棵鲁克玛树上。他偷偷取出自己的一滴精液，施展法术将它变成一颗鲜红的果子，然后把果子扔到心上人面前。考伊拉被这颗鲜红的果子吸引住了，把它捡了起来，吃到了肚子里。于是，美女考伊拉在没有和任何男人接触的前提下怀孕了。

九个月过去了，考伊拉生下了一个健康俊美的男孩。但是，直到儿子会爬了，她也不知道孩子的父亲是谁。考伊拉思前想后，觉得这一定不是凡人干的，因为自己确实没有和任何男子有过接触。于是，她向大祈祷，希望天神能够下凡，让她知道孩子的父亲到底是谁。

天神们听说美女考伊拉要找丈夫，个个跃跃欲试。他们把身体洗得干干净净，梳起漂亮的发型，穿上最美丽的衣服，衣冠楚楚，风度翩翩地来到了安契克契荒原。而孩子的亲生父亲，太阳神孔蒂拉雅却依然是那身邋里邋遢的打扮。

考伊拉把天神们逐个看了一遍，觉得无论是谁做孩子的父亲都是够格的，除了那个让人讨厌的乞丐。她说："你们是天上的神祇，是最受人尊敬的天神。我的苦衷你们一定都知道了，现在我的儿子已经一周岁了，但我依然不知道他的父亲是谁。我相信，我的丈夫就在你们之中，请他站出来吧。"

尽管天神们都想"勇敢"地站出来承认，可毕竟没有的事是不能瞎说的。他们你看看我，我看看你，过了老半天也没有人吱声。考伊拉开始着急了，她大喊道："既然孩子的父亲是个懦夫，那么只好让我的儿子自己寻找父亲了。"说完，她就将孩子放在了地上。

眼前发生的一切让考伊拉目瞪口呆，孩子没有选择那些仪表堂堂的天神中的任何一位，却单单选择了那个让人作呕的乞丐。考伊拉觉得自己受到了莫大的屈辱，她大声地叫道："天啊！为什么结果会是这样的呢？难道我的丈夫竟是一个可恶的叫花子吗？我不能接受这样的事实，无论怎样都不能洗刷掉我的屈辱。"说完，她抱起儿子，气急败坏地朝海岸跑去。

调皮的孔蒂拉雅知道玩笑开过了头，马上恢复了本来面貌，变成了英俊少年。他在后面追赶考伊拉，嘴里不停地喊："亲爱的！我真的是孩子的父亲，求求你停下来好吗？你回过头看，看一眼你的丈夫吧。"可此时的考伊拉已经伤心到了极点，她愤怒地叫道："滚开，我不要看你！我不想见到你那张让人恶心的脸。你是孩子的父亲，一个乞丐，我知道这些就足够了。"

他们两个你追我赶，不知跑出了多少路程。追着追着，孔蒂拉雅突然发现，美丽的考伊拉不见了。这时，天空中飞过来一只兀鹰。太阳神就问："你是否见到了我的妻子考伊拉？"兀鹰回答说："是的！她就在不远的前方，再加把劲，你一定可以找到她。"孔蒂拉雅对兀鹰的回答十分满意，对它说："我将赐给你不死的身躯。你的巢穴和活动范围都将在没人打扰的高空。一切具有血肉的动物的尸体，一切没有主人的禽兽，都可以作为你的食物。如果有谁杀害了你，必定受到惩罚。"

孔蒂拉雅继续追赶，遇到一只臭鼬，问了同样的问题。脑袋木讷的臭鼬不会变通，傻乎乎地说："省省吧！别白费力气了。你追不到她的。"孔蒂拉雅很生气，诅咒它说："你以后将害怕白天，只有到了夜晚你才能走出洞穴。你的身上将散发难闻的气味，所有的动物都讨厌你。人类更加憎恨你，他们还会捕杀你。"

太阳神向前走了一段，遇见了一只美洲狮，也问了同样的问题。美洲狮很钦佩他的执著，对他说："你是个心中有爱的人。只要你坚持不懈，一定能够成

功。”孔蒂拉雅很是感动，对狮子说：“你以后就是百兽的法官了，所有的动物都尊敬你。你掌握生杀大权，任何动物都不能违抗你的命令。在你死后，你依然可以享有很高的荣誉。同时，杀死你的人也必须尊敬你。他们可以剥下你的皮，但必须保留你的头；他们可以把你的牙齿作为纪念，但必须把漂亮的宝石镶在你的眼窝里。人类在举行重大的节庆时，都会披上你的皮，把你的头带在他们的头上。因为你是最值得尊敬的野兽。”

就这样，太阳神孔蒂拉雅给在路上遇到的各种飞禽走兽赐福：凡是说吉利话的，都被他赐予了福气；凡是说丧气话的，都被他施予了诅咒。最后，当他走到海边时，终于发现了已经变成石头的考拉伊和孩子。

孔蒂拉雅伤心欲绝，悔恨自己当初不该那么顽皮。这时，他看到有两个美丽的少女被一条大蛇困在岩石上，于是设法把她们救了出来。在搭救她们的过程中，妹妹变成了一只白鸽。

姐妹两个告诉太阳神，她们的母亲去探望考伊拉了。孔蒂拉雅正心中有火，听说她们的母亲私自去探望考伊拉，十分生气。于是，他又开始搞恶作剧，把她们母亲养鱼池里的鱼偷偷地放进了大海里面。从那以后，浩瀚的大海里才有了无数的鱼。

众神传说

创世主帕查卡马克在创造完新一代的人类后，决定离开地球，回到遥远的宇宙中去。因为那里也需要他，还有很多事情等着这位天神去处理。在当时，人类还没有把太阳神视为唯一的主神，所以帕查卡马克决定根据每个天神的特点进行分工，让他们管理不同的地区。

可是，有一件事让帕查卡马克十分头疼。那就是这些天神虽然表面上对他唯命是从，可心里那些邪恶的思想并没有清除。只要帕查卡马克一走，天下肯定会大乱。于是，帕查卡马克再一次把天神召集在一起。他对天神们进行论资排辈。

排在第一位的当然是众神之父，帕查卡马克决定把这个重担交给一向忠厚老实、作风严谨的依科纳，让他对众神进行监督和管理，还给他找一个妻子来做众神之母，大地女神契利比亚胜任了这个职务。因为帕查卡马克认为仁慈、博爱、

善良、无私这些优点都能在她身上找到，而且她还哺育了大地上的所有生物。接下来就是七个孩子了：

老大是牧神波克夫。他的品性善良，处事也很随和。除了人类以外，大地上所有动物的生死都由他掌握。此外，波克夫还掌管人间的狩猎牧养之事；

老二是空气天神丘兹库特。他处事公正，一丝不苟，而且还嫉恶如仇。当人类社会的民风恶化时，当世间出现邪恶的行为时，丘兹库特定会挺身而出；

老三是酒神欧米图·契特利。他能够为人类酿造出琼浆玉液，人世间的婚丧嫁娶、节庆祭祀的事就由他掌管；

老四是淫荡女神图拉索图尔特。她的性格自不必多说，绝对是名如其人。不过她也有她的作用，因为人类的繁衍生息都要靠她的帮助；

老五是煞神维特修普·契特利。他性格暴躁，好勇斗狠。因此人世间一切战争和争斗都由他掌管；

老六是风神埃斯图亚克。她天真活泼，调皮好动。大地上花草树木的生长消亡都由这位女神掌管。此外，这位调皮的女神也很喜欢唱歌，所以人世间那美妙的音乐都是她负责的；

老七则是雨神卡拉洛克。她本性善良，但脾气有些古怪。如果什么事被她认了死理，根本没有回旋的余地。她掌管的是施云布雨，降雪撒霜。大地上所有的植物都要靠她的雨水发芽、生长。

繁琐的工作总算完成了，帕查卡马克总算长出一口气。他对这些捣蛋的天神们还是放心不下，又不厌其烦地嘱咐几句。最后他向宇宙飞去。

众神把他们的首领送走之后，决定选一个地方作为他们的家。最后，他们选中了风景秀丽、景色宜人的尤凯依山谷。在他们的合作下，众神之家很快就建造好了。

开始，这些天神因为害怕帕查卡马克去而复返，谁也不敢过分放肆。可时间一长，帕查卡马克的嘱咐就逐渐变成了耳旁风。其中闹得最凶的就是酒神欧米图·契特利和淫荡女神图拉索图尔特。

有一天，欧米图·契特利酿造出一种绝佳的美酒，就跑到淫荡女神图拉索图尔特的面前大献殷勤。图拉索图尔特趁机挑逗他，使酒神不能自已。荒唐的事情发生了，天神们都跑过来品尝了美酒，就连众神之父也赶来凑热闹。结果可想而知，包括酒神在内的所有天神都醉倒在地。

几天过去了，很多天神都从酒醉中醒来，唯独被赋予艰巨任务的众神之父母

没醒。这下所有的天神都欢呼这“自由日”的到来。他们在人间大施法术，搞得人间乌烟瘴气。

风神埃斯图亚克和雨神卡拉洛克不再像以前那样遵规守纪了。天空中一会下雨，一会下雪，一会又刮起飓风；煞神维特修普·契特利也玩开了。人类社会到处充满了仇恨、嫉妒和杀戮，战争一刻也没有停止过。最可气的是淫荡女神图拉索图尔特。她才不管什么老人孩子，凡是有血肉的，都被她使了魔法，终日沉迷于享乐。

不过，总算还有两个人是理智的，那就是牧神波克夫和空气天神丘兹库特。他们通过规劝、恐吓、开导等方法，终于让那些捣蛋的天神们收了手。可是，由于图拉索图尔特的原因，风神埃斯图亚克和雨神卡拉洛克动了凡心，投胎到了球尔卡夫妇家中，做了他们的孩子。雨神卡拉洛克作了姐姐，名叫谷兰；风神埃斯图亚克作了妹妹，名叫布蕾斯比图。

一次偶然的机会，谷兰认识了一位英俊的青年恩依瓦雅。两人一见钟情，纷纷陷入爱河。不久，恩依瓦雅告诉谷兰，他会在丰收的时候娶她过门。可是一段时间后，恩依瓦雅突然变得冷漠了。他不再和谷兰约会，甚至还总找借口躲避她。

原来，淫荡女神图拉索图尔特看到了赶去幽会的恩依瓦雅，被这英俊的小伙迷住了，就向他求欢。恩依瓦雅不受她的摆布。这时，正巧布蕾斯比图路过这里。于是，图拉索图尔就施展魔法使这对青年男女偷尝了禁果。

恩依瓦雅和布蕾斯比图一发不可收拾。恩依瓦雅决定与布蕾斯比图立即结婚。听到消息的谷兰悲痛万分，诅咒喜新厌旧的恩依瓦雅。

婚后，恩依瓦雅和布蕾斯比图有了一个男孩。但在孩子出世后不久，布蕾斯比图就离开人世，返回了天界。恩依瓦雅考虑到孩子一定要有个善良细心的母亲照料，就厚着脸皮来找谷兰，希望能够和她结婚。

此时的谷兰已经对人世间没有留恋，更不会答应这个可耻的负心郎。在巫师和天神的帮助下，她得以重返天界，把那个无情无义的恩依瓦雅留在了人间。

凯欧蒂

在印第安神话中，凯欧蒂是出现频率最高的一个人物。从凯欧蒂的故事中，我们也可以窥见印第安人现实生活的一部分。凯欧蒂是一个被神化了的人物，他是印第安人的好朋友。每当人类遇到麻烦和困难，凯欧蒂都会挺身而出，帮助人类摆脱困难。

一次，塞尔蒙河上游出现了一个食人怪兽，附近的不少百姓都被怪兽吞进了肚子里。凯欧蒂知道以后，决定亲自到塞尔蒙河除掉怪兽，拯救人类。出发之前，他就已经制定好了与怪兽的作战计划。为了方便计划的实行，他特意洗了一个澡，好让自己的人气更浓郁一些。凯欧蒂为什么要这样做呢？难倒他希望怪兽吃掉他吗？

怪兽闻到了凯欧蒂的气味，果然向他扑来。凯欧蒂并没有闪躲，像所有无助的百姓一样，瞬间进入了怪兽的肚子里。怪兽的肚子可真大呀，在前行的路上，到处堆满了人类的尸骨。哪里才是怪兽的心脏呢？凯欧蒂迫切需要找到怪兽的心脏，以实施他的计划。这时，他看到了几个在怪兽肚子中还没有死去的孩子，他高兴地问孩子们："孩子们，你们知道怪物的心脏在哪里吗？"孩子们点了点头。在孩子们的带领下，凯欧蒂很快找到了怪物的心脏。

怪物的心脏周围有很多脂肪，凯欧蒂小心地用小刀刮下来，分给那些还活着的人们。这些人已经饿得太久了，他么急需要补充能量。接着，凯欧蒂在怪物心脏的附近生起了一堆火。一时间，怪物的肚子里浓烟滚滚，大量的烟雾从怪物的眼睛、鼻子、嘴和肛门中排出。怪物疼得死去活来，在地上直打滚。凯欧蒂将小刀分给人们，让人们一刀一刀割取怪物的心脏。随着一声痛苦的吼叫，怪物彻底停止了呼吸。接着，怪物身上的孔道敞开了，凯欧蒂带领人们从孔道中逃了出来。凯欧蒂没有忘记怪物体内的那些尸骨，他将尸骨也都带了出来，并帮助他们一一复活。

凯欧蒂是印第安人的好朋友，他不仅帮助印第安人战胜怪兽，而且也帮助印第安人解决生活上的困难。有一个小村子，村子里的人都有一个巨大的生理缺陷——没有嘴巴。因为没有嘴巴，他们不能开口说话，也不能享受美食，这让他们异常痛苦。一次，凯欧蒂在河边遇到了村子中的一个男人。起初，凯欧蒂并未注意男人。可当男人开口说话的时候，凯欧蒂却只听到一阵哼哼呀呀的声音，根本听不清说什么。难倒是哑巴吗？凯欧蒂忍不住抬头看了看男人，这时他才吃惊地发现，男人是没有嘴巴的，他的声音是从鼻子中发出来的。当他邀请男人吃鱼的时候，男人更是气愤地将鱼摔在了地上。

凯欧蒂决定帮帮这个男人。于是，他用刀在男人面部嘴所在的位置划了一

刀，男人的面部随即鲜血直流。男人气愤地看着凯欧蒂，用手紧紧地捂着伤口。凯欧蒂笑着说："到河里面洗一洗吧！一切都会好起来的。"男人按照凯欧蒂所说的跳入了河中，出来的时候就已经有了嘴巴，能够开口说话了。男人十分感激凯欧蒂，他希望凯欧蒂能够让他的村里人都有嘴巴，都能开口说话。凯欧蒂答应了，随男人来到了他的村子。在凯欧蒂的帮助下，这个村里的人都像其他人一样有了嘴巴。

虽然凯欧蒂神通广大，但他也有人的七情六欲，而且有些事情他也是办不到的。凯欧蒂有一个美丽贤惠的妻子，夫妻两个人的感情一直很好。当妻子死去的消息传来时，凯欧蒂说什么也不敢相信自己的耳朵。他日夜思念着自己的爱妻，希望能与爱妻再见上一面。可是他没有这样的神通，无法深入地府去见妻子。不过凯欧蒂的朋友魔鬼可以办得到。魔鬼见凯欧蒂伤心不已，就决定带他去见妻子。

听说能见到自己的妻子，凯欧蒂马上有了精神。临行之前，魔鬼嘱咐凯欧蒂，路上要一切都听他的，凡事都按他说的办。凯欧蒂一一应允。只要能见到妻子，让他做什么他都心甘情愿。凯欧蒂跟着魔鬼一直走啊走啊，路上，魔鬼说有一群野马，凯欧蒂就说"是啊"；魔鬼抬起手来摘杨梅，说味道真不错，凯欧蒂也学着他的样子，摘杨梅并称赞杨梅的味道。可实际上，凯欧蒂什么都没看到。终于，魔鬼指着前面，对凯欧蒂说已经到了目的地，他的妻子就住在这座房子里。可凯欧蒂还是什么都没有看到，不过他还是跟着魔鬼进了他所说的房子，并期盼着在里面见到妻子。

夜幕降临时，凯欧蒂果然在房子里面见到了自己的妻子，还有很多其他死去的亲人。不过妻子的影像很模糊，他只知道那个人是自己的妻子，但却有些不真实的感觉。尽管如此，凯欧蒂还是十分开心。与妻子相处的时间真是太短暂了，当太阳升起的时候，一切都变成了一场梦，凯欧蒂发觉身边的一切都消失了，他只身一人坐在一片草地中。魔鬼告诉他，只有到夜晚，昨晚的一切才会显现，而到了白天，一切又都会消失。

凯欧蒂希望魔鬼能够成全他和妻子，让他带领妻子重回人间。魔鬼想了想，最终答应了凯欧蒂的请求。不过他特别嘱咐凯欧蒂，他们必须翻过五座大山才能重回人间，但在翻越第五座大山之前，他千万不能触碰他的妻子。凯欧蒂高兴地答应了。他带着妻子翻越了一座又一座大山，每翻越一座大山，妻子的身影就清晰一些。然而就在翻越第四座大山之后，随着妻子的身影越来越清晰，凯欧蒂有些按捺不住自己的思念之情，冲过去抱住了妻子。随即，妻子化为了幻影，永远地消失了。凯欧蒂十分懊悔自己的冲动，但一切已经无可挽回。凯欧蒂永远失去了自己的妻子，而人类也失去了复活的机会。

卡尔卡和恰斯卡

很久以前，在印加帝国有一位叫做卡尔卡的青年。他外表英俊，内心善良，且勤劳能干，对维拉科查神也十分敬重。每到收获的季节，卡尔卡地里的收成都是最好的。按说他应该有很多财富，可实际上，他却非常贫穷，只有一间破烂的茅草屋可以栖身，既没有家当，也没有牲口。原来，他将收获的果实和谷物都献给了维拉科查神，以感谢神对印加王的眷顾。虽然生活清苦，但卡尔卡却过得十分充实，心情也是非常的愉快。

如果没有遇到恰斯卡，卡尔卡也许一直都会过着这样的生活。不过恰斯卡的出现彻底改变了他的人生，让他有了新的目标，燃起了他奋斗的欲望。恰斯卡是当地一位库拉卡的女儿，长得十分美丽，所有见过她的人无不为之倾倒，卡尔卡也不例外。当然，卡尔卡之所以会爱上恰斯卡，除了她的美貌之外，还有她的坚贞。当时，有些部落有个奇怪的风俗，少女在出嫁前越风骚就越好。因此，附近部落的很多女子都极为放荡，但恰斯卡却守身如玉，从不卖弄风骚。

卡尔卡第一次见到恰斯卡是在一个宗教节日里。因为卡尔卡的善良和热情，库拉卡总是喜欢找他帮助。这次，库拉卡又找到了他。也就是这次帮忙，改变了卡尔卡的一生。因为他遇到了让自己心动的恰斯卡，并有幸与她一起跳了一支舞。回到家中的卡尔卡夜不能寐，满脑子都是恰斯卡的身影。对恰斯卡的思念和爱恋深深折磨着这个年轻人，为了见到自己的心上人，他经常找借口到库拉卡家中去。可大多数时候，他都见不到恰斯卡，有时也只能看到恰斯卡的一个背影或一个转身。但即使是这样，卡尔卡也十分满足。

恰斯卡对卡尔卡也有些好感，一是因为他的勤劳和善良，二是因为他的英俊和潇洒。渐渐的，卡尔卡获得了与恰斯卡相处的机会，而恰斯卡也最终答应了卡尔卡的示爱。此后，他们经常到外面去约会。两个人在一起十分开心，于是他们决定找个机会将他们的事告诉库拉卡。在大多数人看来，库拉卡都算得上是一位

这个陶器印模造形像一只跳舞的猴子，外壳上涂着漆，用来在纺织品或其他物品上印一个印迹作为修饰。这种动物情绪高涨、精力旺盛，在阿兹特克文化里象征生命的欢乐和纵欲的危害。

慈爱的长者，包括卡尔卡也是这样认为的。不过在女儿的婚姻大事上，库拉卡可就没那么好说话了。

当卡尔卡向库拉卡表白自己对恰斯卡的爱意时，库拉卡陷入了沉思之中。他并不是不喜欢卡尔卡，只是涉及女儿的终身大事，他必须要慎重，必须考虑得更周到、更现实一些。片刻之后，库拉卡开口了。“卡尔卡，无论是相貌和人品，你与我女儿都是十分相配的。但是你应该知道，恰斯卡从小就没受过什么苦，我也不希望她以后过那样的生活，请你体谅一个父亲对女儿的爱。”

婚姻不能没有爱情，但婚姻也不能只有爱情，没有物质做保证的婚姻是不可靠的。卡尔卡当然明白库拉卡的意思，以他目前的状况，确实没有能力给恰斯卡比较安逸的生活，但他不能就此放弃，无论有多么艰难，他都一定要得到恰斯卡。想到这儿，他做了一个重大的决定。他郑重地对库拉卡说：“请您给我一年的时间，我将用这一年的时间去为恰斯卡创造幸福的生活。如果一年后我做得让您满意，就请您将女儿嫁给我；如果我仍然一事无成，那么为了恰斯卡的幸福，我将主动放弃她。”库拉卡赞许地点了点头。

卡尔卡走后，恰斯卡每天都在为他祈祷，盼望卡尔卡早些回来。时间就这样在卡尔卡的祈祷与期盼中一天天过去了，然而恰斯卡的生活却并不平静。当印加王看到恰斯卡的时候，马上被她的美丽所征服，可恰斯卡却委婉拒绝了印加王的示爱。那是至高无上的印加王啊！恰斯卡竟有这样的勇气。不过贤明的印加王并没有怪罪她，反倒被她的坚贞所感染，给予她最真诚的祝福。自印加王之后，恰斯卡的名气更大了，前来求亲者更是络绎不绝。库拉卡虽然谁都没有答应，但暗地里却也在为女儿物色合适的人选。

在众多青年才俊中，库拉卡看中了一个酋长的儿子。不过他并没有马上答应酋长的求亲，而是向酋长说明了事情的真相，让酋长等到一年期满，到时如果卡

尔卡没有如约回来，就为两个年轻人举行婚礼。嘴上虽然这么说，但库拉卡和酋长都认为，卡尔卡是一定不会回来的，在一年之内要想取得巨大的成就几乎是不可能的事。所以，他们都在暗暗准备着儿女的婚事，就等到一年期满的那一天。

恰斯卡每天都在期盼卡尔卡的出现，可直到婚礼的前一天，她都没能看到卡尔卡。婚礼当天，恰斯卡没有表现出任何异常，就像已经接受了父亲的安排。可她实际上已经暗下决心，在拜堂时如果卡尔卡还不出现，就割腹自杀。在婚礼现场，就在恰斯卡拔出刀的一刹那，卡尔卡出现了。她的卡尔卡终于回来了，而且还是带着王室赐予的库拉卡拐杖和大量的金银珠宝。

原来，卡尔卡离开后，就到了一个沿海的盐场做工，并很快得到了亲王的赏识。亲王在听说卡尔卡的遭遇后，就赐予了他拐杖和巨额财富，让他回去迎娶恰斯卡。不过卡尔卡感念亲王的恩德，一直坚持到离期限还有七天才离开。按说七天已经足够卡尔卡返回，只是他在途中遇上了大雨，耽搁了行程，后来幸好有维拉科查神的相助，他才没有错过恰斯卡的婚礼。

卡尔卡回来了，他兑现了自己的诺言，创造了让恰斯卡幸福的条件。库拉卡也没有违背他的诺言，为女儿和卡尔卡举办了隆重的婚礼。在众人的祝福下，卡尔卡终于娶到了自己心爱的恰斯卡。

阿钦波娜

阿兹特克国王莫占苏玛有一个十分可爱的女儿，名为阿钦波娜。小公主不仅长相甜美，而且性格也很讨巧，因此深得国王和王后的喜爱。不过遗憾的是，莫占苏玛还没来得及看到女儿长大，就不幸去世了。在他死后，他的儿子也就是阿钦波娜的哥哥继承了王位，而照顾阿钦波娜的重任也就落到了这位新国王的身上。

在兄长的照顾下，阿钦波娜逐渐长成了一位美丽多姿的妙龄少女。可是长大成人的阿钦波娜似乎并不开心，她整日郁郁寡欢，就连哥哥也很难看到她的笑颜。为此，哥哥不知找了多少名医来给她治病，可结果却都是一样的。后来，祭司们认为只有让公主的灵魂得到圣洁，她的忧郁才能被彻底赶走。而要做到最大程度的圣洁，就是成为太阳贞女，做太阳神的妻子。于是，阿钦波娜在兄长的安

排下，以太阳神妻子的名义住进了太阳神庙，一心敬奉天神。可即使如此，也没能让阿钦波娜舒展愁眉，她仍然像往常一样忧郁。

就在国王为妹妹的忧郁心烦意乱的时候，另一件大事的发生转移了他的注意力。阿兹特克豹族首领派年轻勇敢的弟弟魁特里亚克前往阿兹特克，欲与阿兹特克王国建立同盟关系。然而，一直与豹族势不两立的鹰族首领们却反对向豹族妥协，他们扣留了魁特里亚克和随行人员，准备交给国王处置。就在魁特里亚克被押往太阳神庙的时候，阿钦波娜恰好也在那里。无意间，阿钦波娜看到了年轻英俊的魁特里亚克。她马上被魁特里亚克迷倒了，由于情绪过于激动，竟一时昏睡过去。无论宫女们怎样呼唤，她都没有再醒过来。最后，大家以为他们的公主死去了，便将这个消息报告了国王。国王为妹妹举行了隆重的葬礼，将其安葬在太阳神庙旁的寝宫之中。

此时，被关押在太阳神庙监狱之中的魁特里亚克还不知道发生了什么。他只知道自己可能会被掏出心脏，作为祭品敬献给太阳神，这让他感到恐惧。然而更让他感到恐惧的是一场同族间的战争，他害怕他的哥哥一怒之下向这个古老的国度发动战争，让手足相残的悲剧再次上演。他默默地祈祷太阳神，希望豹族和鹰族和睦相处，为此他宁愿付出自己的生命。如果上天垂爱，让他看到和平的那一天，那么他愿意将自己的儿子送到太阳神身边，做太阳神宫永远的守护者。

祈祷过后，魁特里亚克静静地靠在石壁上，等待太阳神的指示。谁知，他背靠的石壁忽然间坍塌了。魁特里亚克一直沿着石壁坍塌的方向向里走去，不知不觉竟走到了王室的寝宫。在那里，他见到了美丽的阿钦波娜公主。眼前的女子让魁特里亚克怦然心动，他忍不住俯下身去细细端详着这位美丽的女子。忽然，阿钦波娜睁开了双眼。两个人目不转睛地对视着，仿佛久别重逢的恋人。魁特里亚克轻轻拉起阿钦波娜的手，阿钦波娜则顺势靠在魁特里亚克的肩膀上。他们尽情地诉说着对彼此的爱慕之情。直到魁特里亚克不得不离开，两个人才依依不舍地告了别。

告别了魁特里亚克，阿钦波娜觉得自己全身都充满了力量。她走出了寝宫，来到了人群之中。人们不禁惊叹，他们的公主又活过来了，而且还会笑了。消息传到国王那，国王几乎不敢相信自己的耳朵。直到他亲眼看到妹妹的那一刻，才确定自己并不是在做梦。阿钦波娜想劝哥哥停止同族相残，可这句话却惹怒了哥哥。当他知道阿钦波娜与魁特里亚克之间发生的一切之后，更为恼火。可阿钦波娜却说那是太阳神的旨意，是太阳神命令她那样去做的，也是太阳神让她劝阻哥哥放弃战争。

一时间，皇宫里乱作一团，大臣们对如何处置公主和魁特里亚克争论不休。最后，大家得出了一致的结论。对于背弃誓约的行为，一定要进行处置，可既然是太阳神的旨意，那就不能是一般的处置，而应以一种特殊的方式进行惩罚。此时，除了少数的几个人，没有人知道公主和魁特里亚克的命运会如何。

夜晚，阿钦波娜和魁特里亚克被带到一条小船上。在卫队的守卫下，小船驶向了一个神秘的小岛。然而这些对阿钦波娜和魁特里亚克来说已经并不重要，因为他们终于可以在一起了。在船上，他们度过了甜蜜的一晚。第二天，他们便来到了小岛。虽然有卫队一直看守着，但他们并不介意。只要让他们一直这样厮守着，其他的一切就都不重要。不久后，他们有了一个儿子。又过了一段时间，岛外传来了豹族与鹰族握手言和的消息。两个人终于盼来了和平的一天。

阿钦波娜和魁特里亚克没有重返故土，因为他们还没来得及动身，就相拥着含笑九泉了。不过魁特里亚克没有忘记自己对太阳神许下的诺言，临死之前，他特意嘱咐儿子，将来要去守卫太阳神宫。后来，他们的儿子果然进入了阿兹特克最大的太阳神庙，成为了那里的守护者，并受到了全体阿兹特克人民的尊敬。

羽蛇神和黑暗之神

羽蛇神奎兹尔科亚特尔作了托尔特克人的最高天神。在他的庇护和保佑下，人间出现了从未有过的繁荣景象。

人与人之间没有猜忌、杀戮、怨恨，各个天神都尽忠职守，人类的土地年年丰收；此外，黄金、白银、钻石等各种宝物也十分丰富。人们十分感谢羽蛇神赐给他们的一切。

但是，人间这种繁荣的景象和人们对羽蛇神的崇敬之情却招来另外三个天神的嫉妒，他们就是黑暗之神狄斯克特里波卡、战神惠齐洛波契特利和妖神特拉克胡潘。狄斯克特里波卡喜欢看到天地间一片黑暗，没有生机的景象；惠齐洛波契特利喜欢听人类痛苦的呻吟声，喜欢闻浓郁的血腥味；特拉克胡潘则愿意看到人间一片混乱，人们互相为敌。正因为如此，他们三个憎恨羽蛇神，憎恨他统治下的王国。于是他们想出一条毒计，来对付奎兹尔科亚特尔。

首都图兰城莫名其妙地遭到了从未有过的自然灾害。羽蛇神因为忧心过度，病倒在床上。这天，奎兹尔科亚特尔王宫门前来了一个白胡子老者。他说他能治好羽蛇神的病。在羽蛇神的允许下，这个老头进入了王宫。

奎兹尔科亚特尔塑像

奎兹尔科亚特尔就是阿兹特克人的羽蛇神。

羽蛇神病得真是不轻，连说话都显得那么无力。老者关切地问道："尊敬的羽蛇神，您的病情怎么样了?"羽蛇神说道："我感觉很不舒服。如果您能治好我的病，那真是太好了。"老者听后微微一笑，从怀里拿出一个瓶子，说："放心吧！伟大的羽蛇神！喝了这个，您的病就会好的，而且它还会让您忘记所有的烦恼。"

羽蛇神喝下了老者的药，马上感觉精神了许多。他喝了一杯又一杯，对这灵丹妙药爱不释手。喝着喝着，羽蛇神就觉得头脑有些沉重，不知不觉地睡了过去。而那个老者看到睡去的羽蛇神，脸上露出一丝邪恶的微笑。

原来，这老者是黑暗之神狄斯克特里波卡的化身。至于羽蛇神喝下去的药水，根本治不了什么病，那只不过是酒神新酿造出来的龙舌兰酒。这种酒可以让喝过的人昏睡不醒，任人摆布。狄斯克特里波卡看第一步计划已经完成，马上着手实施下一步计划。

羽蛇神的代表、统治人类的国王威马克的宫殿里，来了一位英俊的年轻人。他跪拜在国王的面前，对国王说："尊敬的陛下！我不是会法术的巫师，也不是能起死回生的神医。我所能做的，只有把我这卑贱的身体奉献给您和公主。"

原来，威马克有一个美丽异常的女儿。由于国王的百般宠爱，公主的性格十

分傲慢。尽管很多王公贵族向她求婚，但都遭到了拒绝。有一天，一次偶然的机会，当然这个偶然是狄斯克特里波卡制造的，公主看到了英俊青年图威育（狄斯克特里波卡的化身）。公主被图威育英俊的外表和健硕的肌体所迷惑，以至于神魂颠倒，相思成疾。在万般无奈下，图威育被召进了王宫。

图威育进宫后，公主就再也没离开过自己的寝宫。她与情人终日作乐，过着声色犬马的生活。虽然公主的病一天天地好转，但是她这种过激的行为也招致了全国的非议。在图威育的怂恿下，威马克决定向邻国科特庞科开战，这样能转移人民的视线。尽管那是他们的兄弟王国，另一个信奉羽蛇神的国家。

残酷的战争开始了，在图威育的“英明”领导下，在战神惠齐洛波契特利的帮助下，威马克的军队取得了重大胜利。图威育获得了极高的荣誉，他被国王封为印第安第一勇士。无尽的苦难降临到百姓的头上。图威育与惠齐洛波契特利狼狈为奸、他们想出各种办法折磨、残杀国王的子民，使整个图兰城一片混乱。

图威育的行为招来了人们的不满，也招来了妖神特拉克胡潘的嫉妒。一天，黑暗之神狄斯克特里波卡、战神惠齐洛波契特利以及妖神特拉克胡潘一同来到集市上，准备在这里制造一场惨案。惠齐洛波契特利变成一个很小的婴儿，跳到狄斯克特里波卡的手掌上跳舞。人群混乱起来，都想看看这奇异的表演，很多人都被踩死。这时，妖神特拉克胡潘趁机挑拨百姓，说这一切都是狄斯克特里波卡和惠齐洛波契特利的阴谋。愤怒的人群冲上前去，把狄斯克特里波卡和惠齐洛波契特利杀死在集市上。

这两个天神死后仍然作恶，他们的尸体散发出有毒的臭味，使数以万计的善良百姓死于疾病。妖神特拉克胡潘唆使人们把这两具尸体抬走。人们按照他的指示，用绳子绑住尸体，然后让几百个壮士负责拉绳子。但是，狄斯克特里波卡和惠齐洛波契特利的尸体太沉重了，根本就拉不动。更可怕的是，所有拉绳子的人都因为感染尸毒而死去。

羽蛇神奎兹尔科亚特尔醒来后看到眼前的情景十分心痛，对自己的臣民在邪恶的驱使下把国家搞得如此狼狈的状况也十分气愤。他对人类失去了信心，感到非常的失望，于是决定离开那些受到他庇护的人类，回到自己的故土特拉巴兰国。

羽蛇神望了一眼曾经繁荣的国家，留下了伤心的眼泪。他把宝藏藏了起来，把宫殿付之一炬，把人世间一切美好的东西都带走了。

黑暗女神

宇宙形成之后，天地间一片欣欣向荣，所有人都过着安居乐业的日子。突然有一天，黑暗从这个世界上消失了。尽管人们都不喜欢黑暗，可当失去它的时候，人们却感到无比的痛苦。整个世界没有了白天和黑夜之分，人们因为始终处于光明之下而无法休息。

村子里有一个善良的年轻人叫原冉。他看到乡亲们受苦，心中十分不安。原冉四处打听，看看有什么办法能够让世界恢复原貌。后来，他从一个老人口中得知，这一切苦难都是由妖蛇苏鲁古古造成的。

苏鲁古古是一条巨大的心肠歹毒、冷血无情的蟒蛇，她和她的亲戚们盘踞在一座高山上。苏鲁古古以破坏人们的美好生活为最大的乐趣。一次偶然的机会，她得到了一个具有魔力的篮子。苏鲁古古把黑暗女神骗到家中，用篮子把她囚禁起来。

这枚巨蛇魔王胸饰上镶嵌着绿松石打磨成的细小鳞片，是阿兹特克人精美绝伦的文物之一。

原冉回到村子里，对族长说："尊敬的族长，请您允许我去妖蛇苏鲁古古那里把黑暗女神救出来。"族长听后很高兴，对他说："亲爱的原冉，勇敢的年轻人，我为你拥有这样高尚的品格而高兴，整个部族也会为你感到骄傲。不过，妖蛇苏鲁古古十分贪婪，你这样空手前去是救不了黑暗女神的。我这里有一把漂亮的弓箭，你就拿它作为礼物和苏鲁古古交换吧。"于是，原冉拿上弓箭，来到了苏鲁古古的住处。

苏鲁古古对原冉的到来感到很惊讶，因为还从没有人类敢来这里。她假装仁慈地说："可爱的年轻人，我有什么能帮你的吗？你到这里来是为了什么呢？"原冉回答说："我是来这里寻找黑暗女神的，没有了她乡亲们十分痛苦。"

苏鲁古古一听他想要回黑暗女神，马上变了脸色，不高兴地说："你以为你是谁？你的族人受苦关我什么事？黑暗女神现在归我了，我可不能把她随便放走。"原冉不慌不忙地说："我可以用这把漂亮的弓箭和你交换。"苏鲁古古瞥了一眼，说："你这是在取笑我啊！你都看到了，我根本没有手，那把破弓箭对我没有任何用处。"没办法，原冉只好沮丧地回到了村里。

过了几天，原冉又一次来到了苏鲁古古的家。苏鲁古古奸笑着说："年轻人，这次你又带来了什么啊？"原冉从怀里掏出一个铃铛，对她说："你看这个，它的声音多清脆啊！我用它交换黑暗女神好吗？"果然，苏鲁古古对铃铛产生了兴趣，高兴地说："可爱的小伙子，我很喜欢你的礼物。你可以把它拴在我的尾巴上，那样我就可以向别人炫耀了。不过，你的这个礼物还是太轻，不能作为交换黑暗女神的条件。"

原冉看她有点动心，接着说："如果你能够答应我的要求，我还会拿一些剧毒的毒药送给你。"这下正中苏鲁古古的下怀，她马上说："好好好！只要你能给我找来天底下最毒的毒药，我就一定把黑暗女神还给你。"

过了几天，原冉带来了毒药。他把铃铛系在了苏鲁古古的尾巴上，把毒药放在了她的嘴里。从那以后，苏鲁古古和她的后代就变成了剧毒的蛇，而且在遇到敌人时他们的尾巴还会发出响声。人们管这种蛇叫做响尾蛇。

原冉终于拿到了装有黑暗女神的篮子。消息不胫而走，所有的人都来到了原冉的家。大伙说："原冉，你真的把黑暗女神救回来了吗？你该不是骗我们的吧？快打开来让我们看看啊，我们早已经等不及了。打开吧，我们还不知道神是什么样子呢？"原冉向大家解释道："请大家不要着急，这个篮子里装的确实是黑暗女神。你们放心，过些时候我会把她放出来的。因为苏鲁古古嘱咐过，在月亮升起的时候是不能把篮子打开的，否则会招来灾难。"

族人们根本不理会他的话，反而责备起来："唉呀！看一眼有什么啊？放心吧！没人会抢你的功劳。我们只是看一眼而已。"在族人的一再坚持下，原冉只得打开了篮子。

可怕的事情发生了，黑暗女神从篮子里飞了出来，突然间天地变成一片黑

暗。那些愚蠢的人一个个都被吓得四散奔逃。原冉赶忙对着天空大喊："月亮啊！你快出来吧！你在哪里呢？"这时，苏鲁古古带着魔军赶来，要夺回黑暗女神。他们把原冉团团围住，不让他动弹。苏鲁古古的妹妹，毒蛇扎拉拉克还趁机在原冉的脚跟上狠狠地咬了一口。

月亮出来了，黑暗女神再一次被苏鲁古古抢走，原冉因为中毒也倒地身亡。临死前，他诅咒道："可恶的扎拉拉克，你逃不了的。我的族人会为我报仇！"

世界又恢复了光明。人们看着倒在地上的原冉十分伤心。他们为自己的愚蠢感到羞愧、为原冉的死感到悲伤。在族长的号召下，人们四处寻找草药。人们在原冉的尸体上涂满了神奇草药的药汁。奇迹发生了，原冉重新获得了生命。

刚刚复活的原冉一刻也没有耽误，马上找到了一些新的毒药，像以前一样，从妖蛇苏鲁古古那里把黑暗女神救了出来。这一次，人们没有争吵着要看黑暗女神。他们一切都听原冉的吩咐。后来，黑夜终于回来了，人们重新过上了正常的生活。

但是，苏鲁古古却没有忘记原冉的诅咒。她害怕人们真的去找自己的妹妹报仇。在把黑暗女神交给原冉之前，苏鲁古古从世界各地找来了一切丑恶的东西。她把这些东西和日尼班树浓黑的汁液混在一起，涂在了黑暗女神的身上。

从那以后，黑暗就变得更加恐怖吓人，很多见不得人的事都是在夜晚发生的。同时，由于黑暗女神身上带有毒液，所以人们到晚上总会有腰酸背痛的感觉。

日月神

宇宙初成的时候，世界没有白天黑夜之分。天地间没有一丝的光亮，整个世界都被无尽的黑暗笼罩着。所有的阿兹特克天神聚集在了一起，来到那座被称为众神之山的特奥蒂华冈山上，商讨如何给世界带来光明。

一位名叫乔吉卡特利的天神率先站起来说："诸位天神，我们存在的意义就是为百姓造福。现在，我们却因为懦弱而不敢去承担这份工作，那么就让我，乔吉卡特利，来承担这艰巨的工作吧！我愿意为子民的幸福做出牺牲，去照亮那黑暗的宇宙。"众神都很佩服乔吉卡特利的这种大无畏精神，一致表示赞同。

乔吉卡特利与纳纳华冈

画面左面是乔吉卡特利，右面是纳纳华冈。由于乔吉卡特利的胆小，纳纳华冈首先跳入祭祀之火，变成太阳；乔吉卡特利随后跳入，变成月亮。他们交替出现，为人类带来光明。

可是，这项任务不能交给乔吉卡特利一个人，因为他也需要休息。于是，众神决定再选出一个人做乔吉卡特利的助手。

会场再一次出现了沉默，过了许久，也没有一个人表示愿意接受这项任务。突然，一位天神提议道："为什么不问问纳纳华冈呢？也许他愿意去。"这时，众神都把眼光落在了蜷缩在一角、相貌丑陋、病病歪歪的纳纳华冈身上。

纳纳华冈的身上长满了烂疮，整天都有气无力，因此一直以来都不为人重视。听到有人提议让他去照亮宇宙，纳纳华冈觉得自尊心得到了极大的满足，认为自己终于有了出头之日。他毫不犹豫地回答道："是的！我愿意接受这份光荣的任务。"

接下来要做的，是为这两位天神举行一场盛大的祈祷仪式。众神在特奥蒂华冈山上点燃了一大堆篝火，乔吉卡特利和纳纳华冈也都拿出了自己的贡品。乔吉卡特利比较富有，他为上天献上了金子制成的大球、美丽多彩的鸟羽毛、上等的香树脂以及沾有他自己热血的红贝壳针刺；纳纳华冈虽寒酸，但也是诚心一片。他为上天献上了由九根稻草制成的小球、颜色单一的芦苇、自己身上的脓水以及沾有他鲜血的龙舌兰刺。当然，这些已经算得上是纳纳华冈的全部财产了。众神

看到他们两个准备完毕，又施展法力为他们建了两座金字塔。盛大的祈祷仪式开始了。

四天四夜过去了，伟大的时刻即将到来。众神们给乔吉卡特利披上华丽的羽毛制成的外衣，给纳纳华冈披上了纸做成的外套。他们对着两位天神跪拜，高声喊道："时间到了！世界将因你们而充满无限的光明。乔吉卡特利，你是伟大的天神。为了百姓苍生，跳入那熊熊大火之中吧。"

乔吉卡特利被众神的话语激励，雄心勃勃地来到篝火前面。可当熊熊的火焰映入他的眼睛时、当炙热的火苗窜到他身上时、当木柴在火中发出"噼啪"的呻吟声时，乔吉卡特利退缩了，心中感到了前所未有的恐惧。他鼓足勇气，闭上眼睛，打算一下跳入火堆之中。可是恐惧再一次战胜了他的理智，他又退缩了。就这样，乔吉卡特利一连试了四次也没有跳入火中。

众神觉得有必要让他冷静一会，于是转身对纳纳华冈说："伟大的纳纳华冈天神，乔吉卡特利没有勇气跳下去，世界的光明和人类的幸福都要拜托你了。请跳下去吧，义无反顾地跳下去。"话音刚落，纳纳华冈就纵身跳入篝火之中。

此时，乔吉卡特利为自己刚才的犹豫感到羞愧，对纳纳华冈这种真正的勇敢感到钦佩，还没等众神再一次召唤，就已经跳入了大火中。

熊熊的篝火燃烧得更旺了，大火也在为这两位天神的献身而歌唱。这时，天空中飞过的雄鹰看到了天神的壮举，也义无反顾地投入火中。从那以后，雄鹰的羽毛就变成了黑色。之后，一只美洲豹也想追随而去，被众神拦下，但它的皮毛已经溅满了火星。从那以后，美洲豹的皮毛上就留下了黑亮的斑点。

众神因为不知道太阳会从哪个方向升起，于是就分成四组，分别向东西南北四个方向跪拜。他们虔诚地祈祷着，希望那能够放射出无限光芒的太阳早日升起。

东方的天空上出现了一缕光明，起初是淡淡的、微弱的，随着时间的推移，光明也一点点地加强。太阳升起来了，他终于从天边跃出，那么明亮、那么鲜红。正当众神为太阳的出现欢呼雀跃时，月亮也紧跟着升起了，就像当初他们投火的顺序一样。

太阳和月亮刚出现时，是拥有一样的亮度的。也就是说，相当于有两个太阳照射大地。众神发愁了，因为如果那样世界上依然没有白天和黑夜之分。这时，一位机智的天神抓起一只兔子，奋力抛向月亮。从那以后，月亮失去了大部分的光芒，变成了现在这个样子。

众神长出了一口气，为光明的到来感到高兴。可是，当太阳升到众神头顶上时，突然停了下来。这时，有人大喊道："不好！这样下去我们一个个都会被烤焦的。"又有人说："不只是我们，世界上一切生命都会遭到灭顶之灾。快想想办法吧！"

最后，诸神认为，必须献出所有人的生命，才能让太阳继续移动。于是，面向东方的天神首先开始献祭了，因为太阳是从东方升起的。他们将法力汇聚在一起，使身体变成无形的风。飓风在东方盘旋了一会，依次向南方、西方、北方刮去，所有的天神都将自己融入了风中，除了双生子神肖洛特利。

肖洛特利胆小如鼠、自私自利，他才不愿意为了什么苍生而献身呢。当飓风刮来时，他拔腿就跑。他先是变成一个双杆玉米，被众神发现；紧接着又变成一株双茎龙舌兰，又被众神揪出来；最后他又变成一尾鱼，结果被众神逮住，融入飓风。

飓风飞入天空，不停地向西推动太阳。等太阳走完它的轨迹后，飓风又推动月亮移动。从那以后，太阳和月亮就按照自己的轨迹，每天由东向西交替出现。

复仇之神

古时候，在尤拉卡雷人的土地上，曾发生过一次毁灭性的火灾。这是魔鬼萨拉鲁马的杰作，他用大火毁掉了这里的一切，就连牲畜也无一幸免。不过，有一个人却幸运地躲过了这场火灾。当然，后来萨拉鲁马也发现了这个人，只是那时候他已经不想再杀人了。看着那个人痛苦绝望的样子，萨拉鲁马反倒有些可怜他。萨拉鲁马把一些作物的种子交给那个人，让他开始新的生活。

那个幸存者在萨拉鲁马的帮助下活了下来，可是他非常孤独，迫切希望有其他人的陪伴。一天，他在自家的田园中看到了一位美丽的女子。他将女子带回了家，并娶她为妻。不久后，他们又有了孩子。一家人在这片土地上幸福地生活着，就这样过了很多年。转眼间，他的子女都长大了。在他的众多子女中，有一个女儿最为特别。说她特别，是因为她不仅生得婀娜多姿，而且还十分喜欢红色，常常将自己的全身都涂满红色。这位姑娘对红色的痴迷可以说是到了无可附加的地步，当她看到开满紫红色鲜花的乌列树时，竟然爱上了这棵树。

姑娘每天都到河边对着那棵乌列树自言自语，她多么希望这棵树能变成一个英俊的男子，那样她就可以天天与他在一起了。在其他人看来，姑娘的举动太过疯痴，可姑娘似乎有所预感，知道她的梦想一定会变成现实。所以无论其他人说什么，她都一心一意地爱着乌列树。有一天，乌列树真的变成了一个英俊的男子。姑娘惊喜不已，而男子也表达了自己的爱意。

姑娘的心愿终于实现了，不过她每天只能在夜晚见到乌列，只要天一亮，乌列就消失了。这让姑娘十分苦恼。想来想去，姑娘决定把乌列的事告诉母亲，让母亲帮助自己想办法。母亲告诉姑娘，如果她想获得幸福，就必须将乌列长久地留在身边。母女俩商量着，决定强行将乌列留下来。这一天，乌列又来找姑娘，姑娘按照事先的计划将乌列用绳索紧紧地束缚住。乌列动弹不得，几天之后，终于答应与姑娘长相厮守。

成亲之后，姑娘和乌列度过了非常甜蜜的一段日子，姑娘还有了身孕。可就在他们如此接近幸福的时候，幸福却忽然离他们远去了。乌列在一次上山打猎的时候被豺狼吞噬了，只留下残缺不全的尸体。姑娘在得到消息以后，连忙上山去寻找乌列。也许是姑娘的坚强和忠贞感动了上天，当她将乌列零碎的尸体拼凑在一起的时候，乌列竟然奇迹般地复活了。可是复活的乌列却不愿意和姑娘一起回去，因为他的面部已经被毁了容，他觉得自己已经配不上姑娘了。他强行和姑娘分了手，就一个人头也不回地向远方走去。

姑娘迷茫地向前走着，她也不知道自己要去哪里。不知不觉间，姑娘竟来到了美洲豹的家中。豹妈妈盛情款待了姑娘，可她担心自己的四个儿子回来后会对姑娘不利，就将姑娘藏了起来。不过她的儿子们还是嗅到了姑娘的气味，他们想要吃掉姑娘，可他们的母亲不许。尽管有豹妈妈的保护，但一个人的力量毕竟是有限的，四个儿子还是残忍地撕扯了姑娘的身体。当他们发现姑娘体内还有一个婴儿的时候，都决定将这个婴儿献给他们的母亲。豹妈妈假意将婴儿放在罐子里，说是过会儿煮着吃，实际上却悄悄地将婴儿藏了起来，暗中将婴儿抚养成人，并为其取名吉利。

吉利长大后，对豹妈妈十分孝顺，这让豹妈妈十分欣慰。由于生得一身神力，他总是能轻易捕获各种猎物。而这些捕获的猎物，他一般都拿来孝敬了豹妈妈。一次，吉利无意中听说了自己的母亲惨死的真相。他暗下决心，一定要杀死那四个美洲豹，为自己的母亲报仇。如今的吉利已经十分强壮，那四个美洲豹显然不是他的对手。很快，他就杀死了三个。在他即将杀死第四个美洲豹的时候，天上的月亮下凡救了它。而可怜的豹妈妈则转眼失去了四个儿子。吉利为了保护豹妈妈，亲自划了一块地给它，并规定其他任何人都不许进入豹妈妈的领地。

有着超自然能力的吉利成为了世界的主宰，不过他的心中却充满了仇恨，他要让这个世界也充满仇恨。他在人间广播仇恨的种子，使人类战争不断、血斗不止。直到今天，这颗种子也仍然在不断发芽。

太阳鸟

无边的大火降临了世界，所有心中充满罪恶念头的人类都被烧成灰烬，只留下一对没有下半身的男女和超人奥琪、奥珂两兄弟。

那对夫妻终日以打鱼为生。他们穷尽自己所有的财富、智慧，并以他们的下半身为代价换得了一只具有神奇魔力的篮子，篮子里面囚禁着太阳鸟，太阳鸟美妙的歌声不时从里面传出。人类第一次被毁灭后，太阳鸟就被这对夫妻“收藏”起来。太阳因为失去了太阳鸟的灵气而变得痴呆，终日傻傻地停在东方的天空上。因此，在那个时候，世界是没有白天和黑夜之分的。

太阳神像

在这个石盘中央是一只鸟，即太阳鸟，底下的人面是太阳神。太阳鸟的上方是代表光明与力量的太阳之光。

有一天，男人来到一条小河钓鱼，奥琪看上了他漂亮的金鱼钩。于是，奥琪变成一条肥硕的鱼，想要偷走金鱼钩。不想，他还没下手就被男人逮到。正当男人准备杀死这条鱼时，哥哥奥珂变成一只大鹏鸟救走了弟弟，并且还偷走了男人的金鱼钩。

奥珂变成普通人的模样，把金鱼钩挂在耳朵上出现在男人面前。这时，他发现了男人那神奇的篮子，于是提出愿意出高价钱把篮子买下来。男人觉得他刚才的举动侮辱了自己，拒绝将篮子卖给奥珂。

奥珂灵机一动，用诱惑的口吻对男人说：“可怜的男人啊！那个篮子对你来说根本没什么用。你如果愿意把它卖给我，我可以用我最珍贵的东西和你交换。”

说到这里，奥珂偷看了男人一眼，发现男人的眼中闪过一丝光芒。他知道有戏，于是加紧攻势："真是太可怜了！为了这么一个篮子，你和你的妻子都失去了下半身。你们不仅行动不方便，而且还不能生儿育女。你觉得这一切都值得吗？听一听我的劝告吧！我是真心想要帮助你的。如果你把篮子卖给我，我会让你和你的妻子重新获得下半身，而且你们可以凭借它繁衍后代。"

男人被奥珂出的"高价钱"打动了，同意把篮子卖给奥珂。于是，奥珂找来一些泥土，为这对夫妻重新塑造了下身。男人为有了下半身感到非常的高兴，把篮子给了奥珂，说道："我是一个守信用的人，从现在开始你就是这个篮子的主人。不过有些事我必须嘱咐你，我知道好奇心会一直驱使你打开这个篮子，但是你千万不能那么做。否则，那只调皮的太阳鸟将一去不复返。切记！切记！"

奥珂满心欢喜地提着篮子朝森林中走去。这时弟弟奥琪突然出现在他的面前。奥琪的两只眼睛死死地盯着篮子，好奇地问："哥哥！这漂亮的篮子里面装的什么啊？为什么从里面传出那么美妙的声音啊？"奥珂赶忙把篮子护住，掩饰说："没什么！一只小鸟而已。不过我不能给你看，因为它会飞走的。"聪明的奥琪知道篮子里面一定有鬼，心里盘算着如何抢到那个篮子。

两兄弟一路无话，径直朝森林中的家走去。此时已是黄昏时分，两兄弟都感觉有些饥饿。于是奥珂对奥琪说："弟弟！你看前面有棵果树。你爬上去摘些果子下来做我们的晚餐，我饿得不行了。"奥琪鼓着嘴，一脸的不情愿，但哥哥的话总还是要听的。不过，奥琪也不笨。他爬到树顶上，用有力的双臂把树枝摇晃得"沙沙"响，然后对树下的哥哥说："树上的风太大了，我根本够不到果子。还是你来吧哥哥，你的身体比我强壮些。"

奥珂虽然心里知道奥琪可能是在耍花招，不过在饥饿的驱使下，他还是爬上了树顶。这下可乐坏了奥琪，他偷偷地打开了篮子的盖。突然，那美丽的歌声停止了，伴随着一声凄厉的惨叫，太阳鸟冲出了那个束缚它太久的监狱。天地间突然一片黑暗，太阳也追随太阳鸟而去。灾难又一次降临到了人世，倾盆的大雨从天而降，无尽的洪水在陆地上肆虐。那对夫妻好不容易建立起的新的人类世界，也在这场大洪水中消失。

奥琪害怕极了，为自己当初愚蠢的行为感到后悔。他躲在一座没有被洪水淹没的高山上，蜷缩着身体，忏悔自己的罪恶，而可怜的奥珂则为了把太阳鸟找回来，变成了一只蝙蝠，朝天边飞去。

可怕的大洪水终于退去了，世界恢复到了原来的样子。不同的是永恒的黑暗代替了光明，因为太阳已经不知所踪。奥珂尽管找遍了所有的地方，但依然没有找到太阳。他累了，已经没有力气继续下去了。于是，奥珂派出了忠诚的极乐鸟，让它去寻找消失的太阳。

极乐鸟又一次来到东方，但并没有发现太阳。突然，不知从何处刮来一阵可怕的大风，把极乐鸟吹到了西方，那是地球的另一端。

极乐鸟揉了揉眼睛，突然发现它寻觅已久的太阳居然躲在这里。由于太阳鸟的存在，太阳也显得比以前有生气了。极乐鸟找了一块云彩把太阳包了起来，因为太阳的温度实在太高，如果直接用爪子拿，肯定会被烤焦的。正在这时，一只顽皮的猴子发现眼前有一个硕大的“桃子”，于是就把太阳外面的云彩一层层地剥了下来。

太阳鸟又一次获得了自由，冲上了天空。为了不让极乐鸟逮到，它按照一定的轨迹，自东向西，周而复始地绕着大地转圈。那只过于执著的极乐鸟则没有一刻停止过追逐。有时候，太阳鸟会被极乐鸟逮住，这时就会出现我们看到的“日食”现象。但过一会，太阳鸟就会再一次挣脱出来，继续逃跑。这种追逐一直持续到现在。

至于奥珂和奥琪两兄弟，一个往东走去，一个往西走去。他们按照自己的意愿，在东方和西方各开辟出了一个新的人类世界。其中，奥珂的贡献最大。他不仅给新的人类世界带来了必需的动物和植物，而且还教给人类耕种、饲养、狩猎、用火等生存技巧。此外，他还创造出了人间极品美味——甜酒。最后，奥珂离开了他所创造的第四代人，飞向天空。

豹王之子

从前，有个叫做库安东的猎人。他有两个年轻美丽的女儿，很讨人喜欢。眼下，两个女儿也都到了出嫁的年龄，前来提亲的人很多，不过却没有一个让库安东和两个女儿满意。库安东不想委屈女儿，所以女儿的婚事也被一拖再拖。

一天，库安东到森林中打猎。临近傍晚时，他开始往回走。走着走着，他忽然发现后面有人跟着自己。一种不祥的预感涌上心头，回头一看，豹王尼祖恩格列正带着随从向自己走来。库安东害怕极了，他早就听说了豹王的厉害，不过他

很快心生一计。当豹王走到库安东面前，他连忙谄笑着说："尊敬的豹王殿下，我有两个美丽的女儿，正想把她们嫁给您呢。"豹王早就听说了库安东的两个漂亮女儿，现在库安东主动做媒，他当然乐意笑纳，于是命令随从放走了库安东。

回到家中，库安东将自己的遭遇说给妻子和女儿听。两个女儿听说父亲要把她们嫁到那么远的地方去，不由得伤心地哭了起来。库安东虽然十分心疼女儿，但此刻却什么都没说。深夜，趁大家都入睡的时候，库安东悄悄来到了仓库。他用两根木头做成了两个女孩，并把这两个女孩打扮得十分美丽。做好之后，库安东就锁上了仓库的门。这是一个秘密，绝对不能有任何人知道，包括他的妻子和女儿。

当库安东再次打开仓库门的时候，他看到的不是两个女孩，而是五个。想必是那两个女孩坐着或躺着的时候碰触了其他的木头，所以就出现了五个同样美丽的女孩。库安东高兴极了，他正好可以把多余的三个许配给豹王的属下，那样豹王肯定会更加高兴的。准备好了一切之后，库安东就把这五个女孩送上了出嫁之路。临行之前，库安东特别嘱咐她们，让她们到一个叫做浮库的地方去，并在那里出嫁。

五个女孩拜别了库安东，就开始上路了。走了没多远，一个女孩因为口渴弯下腰来喝水，结果却永远地倒了下去。剩下的四个女孩非常悲伤，她们安葬好同伴后，又继续上路。在路上，又有两个女孩先后死去了。最后，只剩下两个女孩继续赶路。她们已经走了很远，应该离浮库很近了。就在这时，她们遇到了一个十字路口。两个人都不知道该往哪个方向去，一时间争论不休。忽然，一只郊狼出现在她们眼前，对她们说："你们向着各自的方向去，就会获得各自的幸福。"两个女孩信以为真，走上了不同的道路。

通往浮库的路只有一条，因此也只有一个女孩到达了浮库，而另一个女孩则上了郊狼的当，被郊狼掠入洞中。到达浮库的女孩很快见到了豹王，并向豹王表明了自己的身份和来意。豹王好奇地问："你的父亲答应嫁给我两个女儿，为什么只有你一个人呢？"女孩向豹王讲述了她们的遭遇。豹王听后大怒，忙带人前去搜寻郊狼和自己的未婚妻。郊狼见豹王亲自前来，急忙从后山逃命去了，而豹王则将自己的另一位未婚妻带回了浮库。一时得到两位美丽的妻子，豹王十分高兴。

几个月后，大老婆有了身孕，豹王就让大老婆在家中休息，自己带着小老婆外出干活。大老婆虽然在家休息，却也没闲着，她帮忙将采回的棕榈枝变成各种

器物。豹王的母亲对这两位儿媳妇很是反感，两姐妹对这个婆婆也同样很不满。以前相处的时间少，倒也一直相安无事。现在大老婆整日与婆婆相处，就难免生出很多摩擦来。一次，婆媳二人又吵了起来。婆婆一气之下打了儿媳，没想到却要了儿媳的命。老太婆被吓坏了，忙扔下手里的东西逃出了家门。

豹王和小老婆回来后，见大老婆已经断了气，十分悲伤。此时大老婆已经临近生产，豹王忙叫人找来产婆。在产婆的努力下，两个小生命顺利诞生了。豹王为这两兄弟取名里吉和马涅。他不忍看到两个孩子一出生就没有母亲，于是让小老婆做了他们的母亲，抚养照顾他们。小老婆欣然接受了，她当然愿意照顾姐姐的亲生骨肉。里吉和马涅一天天长大了，但他们却不像其他的孩子那么爱说话。

一次偶然的机会，两个孩子得知了他们的母亲早已被他们的奶奶杀死，现在的母亲并不是他们的亲生母亲，而是他们的小姨。回家之后，他们痛哭不已，并将一切都告诉了小姨。他们恨透了他们的奶奶，决定找到那个该死的老太婆，为他们的母亲报仇。功夫不负有心人，他们找到了奶奶，并亲手杀死了她。可是当他们点燃大火欲将奶奶的尸骨焚烧殆尽的时候，里面的尸骨却飞出来砸死了马涅。失去弟弟的里吉再次承受了生命的重创，他决定消灭整个豹族，以除后患。

里吉将自己的想法告诉了小姨，并希望获得小姨的支持和帮助。小姨虽然认为他的想法有些疯狂，但想到死去的姐姐，她马上答应了里吉的请求。里吉运用魔法让小姨怀了孕，在她分娩的时候，里吉将她带到一片森林中，将其分娩出的小人全部变成强壮的武士。眨眼间，一支强大的军队便组建起来了。在进攻的前夜，里吉将父亲和小姨送上了天，让他们可以在天上团圆。之后，他亲自率领军队攻入豹族的村落，将豹族战士全部消灭。在那片土地上，他建立了新的国家。在一切安排妥当之后，里吉也飞上了天空，与他的亲人团聚去了。

创始者

有一个古老的村子里住着一对美丽善良的姐妹。由于家境贫寒，她们不得不每天靠挖蕨根来维持全家人的生计。虽然生活过得比较清苦，但两姐妹生活得还算快乐。

一天晚上，姐妹在看星星。妹妹突然说：“姐姐！天上的星星里面会有人住

吗？他们会是什么样子呢？他们的生活幸福吗？”姐姐笑道：“傻丫头！我又没去过，我怎么知道。”妹妹突然调皮地说：“如果让你选择，你会嫁给那颗很大很亮的星星呢？还是会嫁给那颗很小很红的星星？”姐姐啐了她一口，不好意思地说：“少胡说！没出嫁的女孩子不能乱想。”妹妹躺在地上，仰望着那两颗星星，自言自语道：“反正我会选择那颗小红星的。你也只有选择大亮星的份了。”说着说着，两个人就睡了过去。

死者的面具

据说这种面具罩在死者的脸上，可以得到鬼神的照顾。

她们醒来后发现自己在一个陌生的地方。这时，从远处走来两个人，一个是满头银发的老翁，另一个是俊美健壮的小伙子。还是姐姐胆子大一点，走到老者的面前，问道：“您能告诉我们这是哪里吗？”老头笑了笑，说：“这是天上啊！你们现在是在天上的宫殿里。你和妹妹的谈话我们都听见了，希望你们不要食言啊！”姐姐马上明白他说的是什么，害羞地低下了头。就这样，姐姐做了老者的妻子，妹妹做了小伙子的妻子。

姐妹两个在天上每天的工作依然是挖蕨根。所不同的是，在天上挖蕨根的时候要挖那些根短的吃，原因是根长的味道不好，但是两姐妹觉得根长的蕨根其实更好吃。

有一天，姐妹俩实在按捺不住，就决定挖一根长的蕨根尝尝。没想到这下可闯了大祸。原来，天上的长蕨根太长了，以至于挖着挖着把天都挖了个大洞。姐妹俩透过大洞看到了自己的家，开始想念自己的亲人。终于有一天，她们靠一根雪松皮做成的绳子，回到了人间。

姐妹俩回家的消息不胫而走，乡亲们都赶来探望。很多人对她们的经历惊诧不已，非要瞧瞧那根通天的绳子。大伙你拽一把，我拽一把，绳子就断了，姐妹两个再也没有办法回到天上去了。

不久后，姐姐生下了一个儿子。大伙都替她高兴，因为这是天神的孩子。为了生存，姐姐每天依然要外出挖蕨根。她每次外出以前，总会把孩子寄放在一个瞎眼的、整天哼着古怪歌谣的蟾蜍老奶奶那里。因为姐姐认为，只有这个老奶奶才不会嫌孩子吵闹。

有一天，蟾蜍的邻居发现孩子不见了，只有一块木头留在摇篮里。再看那位老奶奶，依然若无其事地在那里唱歌。这下可急坏了全村人，大伙全部出动，找遍了周围所有的地方也没有找到。姐姐更是伤心欲绝。为了寄托自己对孩子的思念，她就把摇篮中的那块木头雕成了孩子的形状，每天抱在怀里。

很多年过去了，人们早就已经打消了把孩子找回来的念头。一天，酷爱旅行的蓝松鸡飞到了世界的尽头，发现了一处从未见过的新地方。

蓝松鸡看见那片土地上有一个小木屋，屋子里面有一个男人在石头上磨着什么东西。也许是天神的旨意，蓝松鸡感觉眼前这个人就是当年丢失的那个男孩。于是，它飞到男人面前，用试探的口吻说："你就是那个丢失的男孩吧！你知道吗？村里的人都为你着急，特别是你母亲，她已经有些神志不清了。你是怎么到这里来的？"

男人平静地说："我是天神的化身，星星的儿子。你来得正好，我正准备回家。"说完，他拿起手中的东西，蓝松鸡这才看清楚那是一支箭。男人接着说："看看这屋子里的东西吧，都是我创造出来的。现在你马上回去，告诉那里的人们，就说星星之子马上就会回到他们身边，而且还会教给他们使用各种工具。我是正义的化身，我会消灭掉世间的罪恶，把美好的人间赐给他们。不过他们要尊敬我，因为是我创造了一切，所以他们应该叫我创始者。"

村里人为创始者的到来举行了盛大的欢迎仪式。创始者则给人们带来了诸如弓箭、木棒、篮子、水罐等工具，还把它们的使用方法教给了人们。然后，创始者又赐给了大地各种植物以及玉米和浆果等，同时还创造出了飞禽走兽和水中的鱼虾。人们在创始者的帮助下，过上了真正幸福的生活。

后来，创始者还用玉米粉创造出新的人类，那就是印第安人。

创始者在做完这些工作后，看见了一座由雪松皮绳子堆成的峭壁。他觉得天空太暗了，就爬上了峭壁的顶端，变成了太阳，为世界照明。可这样一来，世界就永远处在太阳的照射之下，人们渐渐受不了太阳的温度了。于是，创始者把他的木像变成了温度和亮度都较小的月亮。后来，创始者又娶了青蛙的女儿做老婆，让她把自己的大口袋搬来搬去。据说在月圆的时候还可以看见月亮里的创始

者一家。

众神之战

在景色宜人的劳·拉那山山顶的圣湖边，居住着怒神劳。他性格残忍、脾气暴躁，同时还崇尚武力，主张用暴力解决一切。

劳是劳山一带众神的首领，很多残暴的天神归附于他的麾下。其中，最为有名的就是大力神拉克。拉克的身材十分高大，而且双臂力大无穷。

太阳之子印加王

印加首领的形象与印加人的太阳崇拜有很大关联。印加王头戴象征太阳光芒的羽毛饰品，一手指向人类之父太阳神。

劳还经常带领手下的天神们变成各种凶禽猛兽，在圣湖边上的一块平原上玩耍。

智神斯凯尔居住在克拉玛特沼泽地，他性格温和、乐善好施，是沼泽地一带众神的首领，很多善良的天神都归他领导。他经常和手下的天神一起，变成驼鹿、羚羊、狐狸、郊狼、秃鹰、山鹰以及鸽子等具有灵性的动物，在沼泽地附近的陆地上玩耍。有时，他们也会和怒神劳的队伍相遇，一同嬉戏。双方虽性格不同，但由于有着相同的地位，所以很长时间以来相处得还算融洽。

有一天，怒神劳和智神斯凯尔相遇了。两位天神嬉戏了一会后，都觉得有些累，就坐下来休息。怒神劳先打开了话匣子。他说起话来像打雷一样，而且还十分粗鲁。他对斯凯尔说："你看看你！真是太没用了！才运动一会就累得气喘吁吁！拥有强壮的胳膊和健硕的大腿是取得一切胜利的关键。"

斯凯尔反驳道："闭嘴吧！只有野蛮者才会那么崇尚暴力。我们是天神，我们是这个世界的统治者。你要知道，世界万物之所以受我们的统治，对我们顶礼

膜拜，并不是因为我们拥有可怕的暴力，而是因为我们有无穷的智慧。”

话音刚落，大力神拉克就挥动起他的双臂，在大地上重重地砸了一拳，马上就把地砸出一个大坑。然后瞪着那双灯笼般的眼睛吼道：“是吗？伟大的智神斯凯尔！你告诉我，你能用你的智慧砸出这个坑吗？”斯凯尔的队伍也不甘示弱，马上有人还击道：“当然不能，因为那样做是有失身份的。你能用你那笨重的双手算数吗？你知道一加一等于几吗？你这个大笨蛋！”

“什么？你敢骂我是大笨蛋？”

最后矛盾升级了，从嘴仗发展成为战争，以怒神劳为首的劳山众神坚持力量可以决定一切，而以智神斯凯尔为首的沼泽地众神则坚信智慧可以战胜一切。

在体力上，斯凯尔本来就不如劳，更何况劳住在山顶，占有着极其有利的地形。最后，智神斯凯尔在战役中丧生。

怒神劳欢喜万分，觉得这足以证明他的观点是正确的。为了炫耀，他把斯凯尔的心脏挖了出来，并邀请所有的天神都来到劳·拉那山，他要在自己的领地上举行一场盛大的宴会以及一场竞技比赛。

所有的天神都来到了劳山顶上。在到会的所有天神中，有一部分人并没有把心思放在宴会和竞技赛上，他们就是斯凯尔手下的沼泽地众神。

这些天神对斯凯尔非常忠心，一直想找机会为领袖报仇。他们知道，在这次怒神的庆功会上一定可以看到斯凯尔的心脏。只要得到那个心脏，把它放进斯凯尔的躯体里，那么他就可以复活。因此，这些天神一直在观察着周围的动静，等待时机。

盛大的宴会开始了，怒神劳先是大大地吹嘘了一番，然后宣布进行竞技比赛。第一个比赛项目是赛球，而那个球就是斯凯尔的心脏。沼泽地众神见时机已到，就悄悄地退出了会场，埋伏在离斯凯尔身躯不远的山坡上。排在最前面的是驼鹿和羚羊，因为他们的身手都很矫健。

比赛开始了，首先是劳山众神掷球，每当他们抛球的时候，沼泽地众神都会嘲弄、羞辱他们。狡猾的狐狸说：“咳！没吃饭吗？刚才的酒和肉都白吃了？你们真是太笨了，刚才还吹嘘自己多么有力量，难道就不能把球再抛得高一些吗？我看即使是刚出生的婴儿也比你们抛得高。”

那些头脑简单的家伙哪里禁得住这样的嘲讽。他们把球抛得一次比一次高，但换来的总是沼泽地众神的讥讽。劳终于忍耐不住了，抓住球，使出平生的力气，把球抛向了远方。

目的达到了！驼鹿捡起斯凯尔的心脏，往山下跑去。劳山众神大呼上当，在后面紧追不舍。驼鹿使出看家本领，在山上左躲右闪，最终没让怒神抓到。驼鹿累了，就把心脏交给了羚羊。羚羊也像驼鹿那样甩开了怒神的追击，又把心脏交给了郊狼。郊狼虽然跑得不快，但韧劲十足，凭着坚强的意志终于把心脏交给了秃鹰。就这样，秃鹰把心脏交给了山鹰，山鹰又把心脏交给了鸽子，最后由鸽子把心脏放回了斯凯尔体内。

斯凯尔复活了，沼泽地众神欢呼雀跃，而跟在后面的劳山众神也知道了一切。智神斯凯尔重整旗鼓，带领着忠诚的手下，与怒神的队伍再一次交手。在这场战斗中，胜利女神偏向了斯凯尔，怒神劳战死沙场。

为了防止劳复活，沼泽地众神把他的身体切成碎块，扔进圣湖。扔的同时，他们嘴里还不停地念叨："这是斯凯尔的手！这是他的脚……"大力神拉克以为是仇人的尸体，就把这些肉块吃得一干二净。

后来，劳山众神知道被骗了，十分愤怒，一定要找斯凯尔报仇。最后在众神之王柯穆·卡门普斯的调解下，双方才没有发生战争。直到今天，劳的头颅依然留在圣湖里，人们叫它柯尔东那岛。

太阳之子印加王

创世主帕查卡马克在距离库斯科约三十公里的小山上召唤出了一批印第安人，赐给他们在那里生活的权利。但是，帕查卡马克并没有赋予他们智慧，因为按照他与太阳神的约定，必须由太阳之子印加王来领导这些印第安人，教会他们如何像真正的人类那样生活。

帕查卡马克走后，这些印第安人完全处于一种"野蛮"状态。

他们三五成群地居住在天然形成的山洞和岩缝里，吃的是野果、野菜和野兽，没有任何感情。他们像野兽一样互相残杀，甚至把同类当作食物。所有的人都没有羞耻感，所谓的衣服不过是树叶或兽皮，更有甚者什么都不穿。至于爱情更不存在，人类只是为了繁衍后代而寻找配偶。不管是男人还是女人，都没有自己固定的妻子或丈夫。

这一切都被伟大的太阳神看在眼里。他并没有忘记当初与帕查卡马克的约

模仿战争的祭神之舞

印加首领的形象与印加人的太阳崇拜有很大关联。印加王头戴象征太阳光芒的羽毛饰品，一手指向人类之父太阳神。

定，也并非不关心子民的疾苦。他只是在等待时机，等待地上的人类繁衍出足够的数量来充当印加王的子民。一天，人类的父亲太阳神把儿子曼科·卡帕克和女儿奥克略叫到了跟前，语重心长地说："你们是我的孩子，身上流着天神的精血。现在，人类的数量足够你们建立一个强大的帝国了。你们要按照我的旨意下凡人间，教会他们如何耕种、狩猎、放牧，如何建造房屋村落，如何遵守文明的法律法规，成为真正意义上的、具有文明理性的人类。"

曼科·卡帕克和奥克略点头称是。太阳神又接着说："此外，在你们教会他们这些以前，要让他们知道这一切都是谁赐给他们的。你们要让他们知道我——太阳神是他们的父亲，伟大的帕查卡马克是他们的创世主，所有人都必须敬畏我们。你们必须牢记我的话！"

之后，太阳神把太阳儿女带到了距离库斯科三百公里远的的喀喀湖上，笑着对他们说："好了！我最亲爱的孩子！我就要离开你们了！"太阳神拿出一根两米长、两指粗的金棍，交给了太阳之子曼科·卡帕克，然后严肃地宣布他的旨意："去吧！找到那些拥戴你们的人。你们将会成为他们的首领，因为这是我和创世主帕查卡马克的约定。我的儿子，太阳之子将是第一代印加王，而太阳之女将是你的王后。你们要牢记，我是派你们去领导他们，而不是奴役他们。你们要运用你们的智慧、爱心、仁慈以及天神的威严让他们崇拜你们。你们要遵守我的意愿。"

太阳儿女牢记父亲的旨意。太阳神对他们的态度很满意，继续说道："我的儿子，无论你走到什么地方，都要拿你手中的那根金棍往土里插一下。如果这根金棍可以直接插入土内，那么你们就可以在那里建立自己的帝国了。我最后还要嘱咐你们，你们首先要做的是向人类宣读太阳神的教义。他们要把伟大的帕查卡马克尊称为创世主，把我——太阳神尊称为太阳我父。你们要用你们的双手和智慧，带领人类摆脱野蛮的生活。你们要像父亲对待孩子那样仁爱。我和你们的母亲每天都要绕世界一圈，给世界带去光明、温暖，根据人们的需要给他们送去甘露、微风，大地在我们的眷顾下欣欣向荣，伟大的帕查卡马克和我每天都在观察大地，你们牢记我的话吧！我相信你们一定能够做得很好。"说完，太阳神就离开了自己的儿女。

印加王曼科·卡帕克和王后奥克略遵照太阳神的旨意从的的喀喀湖出发向北行进。他们每到一个地方都用金棍插一下，但总是插不进土里。一天，曼科·卡帕克从一个山洞中走出来时，正好看到太阳从东方升起。他知道，这是父亲在向他宣读旨意，于是就把山洞命名为巴卡列克唐波，意思是"迎日之窗"。曼科·卡帕克下令在这里建立第一座村庄。

之后，印加王和王后带领村庄的人们——印加王国的第一代王公贵族朝库斯科山谷走去。当来到瓜纳卡乌利山的山脚下时，曼科·卡帕克把金棍插在地上，结果很轻松地插进了土里。印加王高兴地对自己的王后说："遵照伟大的创世主帕查卡马克天神以及太阳我父的旨意，我们就在这个山谷中建造城镇吧，伟大的印加帝国就要建立了。"

印加王和王后分别朝北方和南方走去，召唤居住在库斯科附近的人们。因为他们是从瓜纳卡乌利山出发的，所以后来人们把那里称为人类文明的发源地，并在那里建造了一座庙宇，来供奉人类伟大的父亲——太阳神。

在太阳儿女的召唤下，所有的人都聚集到了库斯科山谷。因为这些人看到，召唤他们的人穿着十分华丽的衣服，那种衣服只有太阳神才有。更重要的是，人们虽然野蛮，但依然牢记先祖的遗训，那就是等待一群大耳朵的到来。如今他们看到的就是一群大耳朵，每个人心里都十分清楚，盼望已久的救世主、人类的最高统治者——印加王终于到来了。

印加王和王后按照父亲的旨意，教会这些人如何建造人类居住的处所，如何获取食物以及做一个真正的人应具备哪些条件。印加王按照自己的意愿把城市分为两部分：一部分居住着由印加王召集来的人，称为恰南库斯科，即上库斯科；另一部分居住着由王后召集来的人，称为乌林库斯科，即下库斯科。印加王这么区分并不是划出等级，所有的人依然享受平等的待遇。只有一点不同，那就是居住在上库斯科的人就像哥哥姐姐那样获得尊重，住在下库斯科的人像弟弟妹妹那样得到爱护。从那以后，印加国所有的城镇、村落都分为上下两部分。

就这样，人类真正脱离了野蛮生活，进入了文明时代。

食人魔

在羽蛇神时代，曾出现过一个叫做肖契克里特里的食人魔。这个食人魔很是奇怪，他既不喜欢小孩，也不喜欢妇女，只喜欢年逾古稀的老人。每当他饿了的时候，就会让他的仆人去附近的村子里寻找老人，然后将老人带来供他食用。因为食人魔的存在，附近村子的老人整日提心吊胆，生怕下一个被食人魔选中的人就是自己。村里的小伙子们曾一起去讨伐恶魔，结果却惨遭毒手。

有一对老夫妻，他们膝下无子无女，本以为会孤单地过一辈子，但在年过半百之时，老婆婆却忽然有了身孕。十个月后，老婆婆生下了一个可爱的女儿。由于是老来得女，夫妻俩对这个女儿极为宠爱，尽量满足她的一切要求。时间一天天过去了，女儿也渐渐长成了一位亭亭玉立的大姑娘。夫妻俩开始盘算着为女儿找个好婆家，毕竟他们的年纪越来越大，说不定什么时候就会被食人魔抓去当点心，他们希望在自己闭眼之前看到女儿有一个好的归宿。

女儿非常孝顺，经常帮老夫妻做家务、干农活，也十分听话。虽然她很舍不得父母，也不想随便嫁给一个自己不喜欢的人，但她深知父母的良苦用心，因此

当母亲说要为她安排亲事时，她并没有反对。一切都在按计划进行着。村长的儿子看上了老夫妻的女儿，并主动上门提亲。老夫妻见小伙子长得有模有样，行为举行也很谦虚得体，就替女儿应下了这门亲事。接着，两家人开始筹办婚事。可就在婚礼即将举行的时候，却忽然发生了一件让所有人都始料不及的意外事件，女孩怀孕了。

虽然不反对父母的安排，可女孩的内心却没有丝毫喜悦和期待。当父母正在为自己的婚事忙得火热的时候，她却一个人独自在后院的池塘边伤心。看到池塘里的鱼在水里游来游去，她忍不住用手拨弄了几下池水，可没想到她手上的戒指却忽然坠下了池塘。姑娘急得团团转，这可如何是好，那是她最珍爱的戒指啊！就在这时，忽然见到池塘的水面上浮出一条小鱼，而它的嘴里正含着姑娘的戒指。姑娘连忙伸手取回自己的戒指，并对着小鱼笑了笑，而小鱼则转身游向了池塘深处。第二天一早，姑娘就发现自己怀孕了。

听说女儿怀了孕，老夫妻一时慌了神。他们连忙追问女儿是怎么回事，孩子是谁的，可女儿只是哭着一个劲地摇头。老夫妻更着急了，无缘无故出来一个孩子，这让他们如何向村长一家解释呢？况且女儿连孩子的父亲都不知道是谁，又是怎么怀的孕呢？虽然老夫妻也一时摸不着头脑，但他们绝对相信女儿的清白。他们是了解自己的女儿的，所以也坚决站在女儿一边。当村长前来退婚，并说了很多难听的话时，他们没有责怪女儿一句，而且还不住地安慰女儿。既来之，则安之。既然上天赐给他们一个孩子，那就索性将他生下来。

在老夫妻的安抚下，姑娘的心渐渐平静了下来。十个月后，姑娘生下了一个健康的小男孩。老夫妻高兴坏了，抱着小男孩看来看去，越看越喜欢。在孩子出生前，他们本来还很担心，生怕生出个怪物来，现在终于可以放心了。在老夫妻的精心照顾下，小男孩很快长大了。跟同龄人相比，小男孩并没有什么不同，只是力量大得惊人，他每次外出打猎，都能打回很多猎物来，以至于他们家中的猎物多得都快放不下了。小男孩对外公、外婆也很孝顺，从不惹他们生气。

一天，老公公从外面回来，表情十分凝重。老婆婆见状，忙问他发生了什么事。老公公说食人魔的仆人来找他了，明天他就要被带到食人魔的住处，给食人魔当点心了。小男孩听了外公的话，走上前说：“外公，别担心，明天你哪都别去，我跟食人魔的仆人去就行了。”老公公忙说：“那怎么行，我怎么能让你去送死呢？再说食人魔也不会要你的，你还太小。”小男孩闪动着大眼睛，认真地对外公说：“这你就别管了，放心，我会安排好一切的。”

第二天，小男孩果然跟着食人魔的仆人走了。食人魔见来了一个小孩，气得把仆人大骂了一顿。可他现在实在是太饿了，就只好将就了。他张开血盆大口，要将小男孩生吞下去。小男孩太小了，食人魔还来不及品尝他的味道，他就已经落入了食人魔的肚子里。进入食人魔的肚子后，小男孩拿出了早就准备好的小刀，用力猛刺食人魔的肚子。食人魔惨叫了几声之后，就倒在了地上。小男孩隔开食人魔的肚皮，从里面爬了出来。

村里人见小男孩平安归来，无不感到惊讶。当他们听说小男孩杀了食人魔后，更是对他赞不绝口，称他为少年英雄。食人魔被除掉了，村里的老年人再也不用提心吊胆地过日子了。小男孩高兴地回到家中与外公、外婆和母亲团聚，一家人都为他们的小英雄感到骄傲和自豪。

哈依柯瓦

从前，在一条大河边，住着一个上了年纪的尼斯卡利人。这位老人很聪明，也很能干，就是有些自私，不愿意帮助别人，也不愿将自己的成功经验与他人分享。此外，他还有一个嗜好，那就是尤其钟爱贝壳。在他的家中，收集了各种各样的贝壳饰品。为了得到他人手中的贝壳，他甚至不惜采取不光明的手段。对贝壳的痴迷使他积聚了很多贝壳，可他仍不满足。他常常向神灵祈祷，请求神灵赐予他更多的贝壳。也许是他的虔诚感动了上天，驼鹿神显灵了，并告诉他雷尼尔山的顶峰藏有很多贝壳。

在得到神灵的启示之后，尼斯卡利人就背上行装出发了。他现在对雷尼尔山充满了向往，恨不得马上就飞到那里，将那些漂亮的贝壳握在手里。想到自己钟爱的贝壳，尼斯卡利人更有力气了。他仅用了一天一夜，就来到了雷尼尔山的顶峰。按照驼鹿神的指点，贝壳应该埋藏在一块鹿像石的脚下。他很快找到了这块鹿像石，一切都进展得非常顺利。他忙卸下工具，拿起鹿角铲开始挖。挖着挖着，他忽然听到背后传来一阵喘息声。回头一看，原来是一只水獭。他从未见过这么大的水獭，足足比正常的水獭大了四倍。水獭上岸后，用尾巴拍打了一下雪地，紧接着又有一只水獭上了岸。一只接着一只，竟然一口气上来了十二只水獭。

尼斯卡利人有些害怕了，心想这些水獭不会为难自己吧！忽然，一只水獭跳到了鹿像石上。尼斯卡利人被吓了一跳，不过从水獭的眼里，他似乎看不出任何敌意。于是，他开始接着挖。当他挖到第十三下的时候，水獭们就会用尾巴拍打一下雪地。以后一直是如此。尼斯卡利人虽然不懂水獭们的用意，但既然不是与自己为敌的，他也无需介意。而且从水獭们拍打地面的声音，他明显可以感觉到下面是空的。

挖了很久，尼斯卡利人觉得有些累了，他想停下来休息一下。可他刚一放下手中的鹿角铲，水獭们就开始用尾巴抽打他。他被打得遍体鳞伤，连忙拿起鹿角铲继续挖，水獭们这才停止了抽打。尽管他已经十分疲劳，两只手都快举不起来了，但却不敢停下来。就这样一直挖呀挖呀，终于挖出了一个正方形的洞。尼斯卡利人向洞里一看，顿时惊呆了。天哪！尽管他也自称阅宝无数，可却从未见过如此多珍贵美丽的贝壳。他连忙用鹿皮将贝壳串成串，挂了满满一身。可贝壳实在是太多了，他决定先将洞口掩藏起来，将这些运送回去，再回来取剩下的贝壳。

尼斯卡利人带着满满一身的贝壳离开了，可他只顾着高兴，却忘了驼鹿神嘱咐他的最重要的一件事——酬谢神灵。水獭们似乎也对他的行为很不满，喘着粗气跳入了湖中。当他爬到火山口的时候，忽然见到湖面上升起了一团云雾，并迅速结成了一片黑云。黑云越积越厚，最后化成一阵飓风，紧紧地缠住尼斯卡利人。尼斯卡利人害怕极了，他似乎感觉到了众神的降临。飓风缠得他动弹不得，他急得拼命呼喊。这时，飓风中传来大神庄严的声音。“哈依柯瓦！”在印第安人的语言里，哈依柯瓦即是贝壳钱币的意思。声音越来越近，尼斯卡利人连忙卸下身上的一串贝壳，向飓风扔去。

飓风停息了片刻，但很快又卷土重来。伴随飓风而来的，还有“哈依柯瓦”的呼声。尼斯卡利人忙又扔出了一串贝壳。飓风停止了，可一会儿又来了。就这样反反复复，尼斯卡利人扔出了身上所有的贝壳。可奇怪的是，当他扔出最后一串贝壳的时候，感到的并不是失落和绝望，反倒是一种前所未有的轻松和愉悦。接着，他睡着了，因为他已经精疲力竭了。当他醒来时，觉得全身无比的畅快。他连忙向家的方向走去，他想家了，他想马上看到自己的妻子和邻居。

当尼斯卡利人回到家的时候，他却停下了脚步，踌躇不前。原来，他的家已经发生了巨大的变化，原来的小房子变成了漂亮的大房子，他的妻子也变成了一个很老的老妇人。他走上前抱住妻子，而他的妻子也已经老泪纵横。妻子告诉他，在他走后，已经下了三十场大雪，是邻居们帮她盖起了新房子，并送给她很多贝壳装饰。奇怪的是，尼斯卡利人对这些贝壳装饰并没有表现出多大的热情，他只是淡淡地应了一声，这让妻子感到很惊讶。

从雷尼尔山回来之后，尼斯卡利人似乎变了一个人。他不仅对贝壳失去了兴趣，而且也不像以前那样自私。他热心地帮助邻居们，将自己的成功经验与他们分享，告诉他们如何捕到更多的鱼。妻子和邻居们都为他的变化感到高兴。

守护神郊狼柯帝的传说

郊狼柯帝，玛雅人的守护神，野生动物的保护者。他给人类带来了珍贵的火种，为整个世界做了很多好事。不过，他因为不是天神，也有自私自利的一面，在人间犯下了许多罪恶，天神为了惩罚他，就让他永远流浪，而且还要不停地哭泣和叹息。这到底是怎么回事呢？故事还要从创始者说起：

有一次，星星之子创始者在人间游玩。当他来到一条小河边时，觉得肚中有些饥饿。创始者对着小河说道："居住在河里面的鲑鱼啊！你们听到我的召唤了吗？我是你们伟大的创始者。现在我觉得非常饿，你们应该跳到岸上让我享用。"

鲑鱼听到创始者的召唤，就从河里面跳了出来。创始者很高兴，就在附近找了几个树枝作鱼叉，把肥美的鲑鱼放在火上烧烤。在烤鱼的过程中，创始者居然不知不觉地睡着了。

这时，从远处走过来一个流浪者。他已经两天没有吃东西了，大老远就闻见了鲑鱼的香味。他顺着香味的方向寻来，发现了熟睡中的创始者。这个流浪者并不知道眼前的这个人就是万物的主人，他的眼里只有那散发着诱人香味的鲑鱼。他太饿了，口水已经不听使唤地从嘴里流了出来。

流浪者轻轻地叫了创始者几声："朋友！朋友！醒醒好吗？我能尝一下您的鲑鱼吗？"创始者没有听见他的话，继续睡着。流浪汉走到火堆跟前，一阵风卷残云，把创始者烤的鲑鱼吃进肚里。吃饱后的流浪汉看了看创始者，一个有趣的想法从脑子里跃出。他偷偷溜到创始者跟前，把鱼油涂在了他的嘴上，然后悄悄地溜走了。

当创始者醒来时，发现自己的鲑鱼已经被人偷吃了，并且嘴上还被人抹了鱼

创始者塑像

他手中握着刚刚创造好的人头，正准备用玉米粉创造人的身体。人类生存所必需的一切都是他赐予的，他还是人类之父、众兽之王。

油。他大发雷霆，发誓一定要找到那个小偷，让小偷得到应有的惩罚。最后，他终于在树林中发现了流浪者。于是他诅咒流浪者，并把流浪者变成了郊狼柯帝。

从那以后，可怜的流浪者加入了百兽的队伍。他只能用四只脚走路，而且每天还要不停地追捕各种小动物。柯帝对这种生活十分厌恶，特别是对自己的名字。他认为郊狼柯帝是所有动物名字中最难听的，有机会一定要换掉这个可恶的名字。

机会终于来了，众神之王召开百兽大会，所有的动物都要到场，当然也包括郊狼柯帝。众神之王对所有的动物说："听好，你们要牢记你们是谁创造的，你们要清楚你们最应该感谢谁。不过，很多动物虽然被创造出来了，但是并没有自己的名字。同时，有些动物也经常抱怨，说是自己的名字不好听，想要换一下。"说到这里，众神之王故意看了郊狼柯帝一眼，吓得柯帝赶紧藏了起来。

众神之王从旁边拿出一个装满弓箭的箭筒，接着说道："不要说我们做事不公，现在机会就摆在你们面前。看到筒里面的弓箭了吗？在明天太阳升起以前，我会重新给你们诸位取名字。那时我会给你们每位一支弓箭。箭上刻的名字，就是你们以后的称呼。至于名字的好坏嘛！只有你们自己决定了。因为第一个到达的不仅可以根据自己的喜好选择名字，而且还可以获得一支拥有无穷力量的长箭。最后一个到达的则只能选择别人挑剩下的名字了。好了！你们回去准备吧！"说完，众神之王又看了柯帝一眼。

郊狼柯帝心中窃喜，感谢众神之王给了他这次机会。于是，他对自己的好友狐狸说："这次真是个好机会，我终于可以翻身了。我觉得众神之王这次的决定肯定是为我而作的。我明天一定第一个到达，因为我太厌恶现在的名字了。我要改一个威武的名字，比如熊啊、鹰啊什么的。"

狐狸却不以为然，反而趁机挖苦他，说道："就你那破名字，给谁谁也不愿意要。肯定没人愿意跟你换。"

柯帝对狐狸的话非常不满意，心中暗想："哼！没人跟我换我自己争取。我一晚上都不睡，我就不信我得不到第一。"

于是，郊狼柯帝为了不让自己睡着，就找了两根小树枝支住眼皮。由于前半夜折腾的劲太大，所以到了后半夜柯帝还是累得睡了过去。

当柯帝睁开眼睛时，太阳早就已经高高升起了。他发疯似的跑到众神之王的住所，心中盘算着自己的新名字。当他闯进宫殿时，大声地喊道："我以后就叫熊了。"可是过了老半天也没人理他，而且他还听见有人在窃笑。柯帝环视一下四周，这才明白自己不是第一，而是倒数第一。众神之王笑着对他说："你想要的名字已经被人领走了。"

柯帝赶忙用请求的口吻说："要不我叫鹰也行啊！再不行就叫鲑，叫美洲豹也行，实在不行就叫狐狸吧！"狐狸在旁边骂道："你没有资格挑剔，干吗要用我的名字？谁叫你自己来晚了！"众神之王瞪了狐狸一眼，转身对沮丧的柯帝说："你现在可以选择的只有郊狼柯帝这个名字。"

柯帝当时是号啕大哭、顿足捶胸，大骂自己笨蛋，失去了唯一一次换名字的机会。众神之王却在他耳边悄悄地说："傻瓜！我是故意让你最后一个到的。因为你将成为我的使者，百兽和人类的守护神。我会赐给你无边的法力，你想要什么都可以得到。狐狸将会是你的助手，有什么需要可以找他帮忙。此外你还会有不死的身躯，我会让你随时复活。好了，现在你要办的就是去湖里擒住四只水怪，我给你的神力就在那里。"

郊狼柯帝这才破涕为笑，转身向湖边走去。后来，柯帝杀死四只水怪，成为了守护神。

金星下凡

在很久以前，加勒比族人还不懂得开垦种植。那时，他们只是以采摘林中的野果、捕食鱼类和野味为生。直到一位特殊的使者来到加勒比人中间，才改变了这种状况。这位特殊的使者叫做塔西纳-堪，是天上一颗光芒四射的金星。那么，他是怎样降临人间，又怎么会来到加勒比族人中间的呢？

当时，在加勒比族中，生活着一对勤劳善良的夫妻。他们有两个美丽可爱的女儿，大女儿叫做伊玛盖罗，小女儿叫做洁娜凯。一家人在一起过着平静而幸福的生活。一个夜晚，一家人围坐在院子中聊天。大女儿伊玛盖罗说："看哪！天上的那颗叫做塔西纳-堪的金星多漂亮啊！我真想与他在一起，每时每刻都不分开。"母亲笑她说："别说傻话了，那颗金星离我们这里那么远，你们又怎么可能在一起呢？"父亲倒是不以为然地说："那也说不定，也许他听到我女儿的心愿，就飞到这里来了。"说完，一家人都笑了笑，只当是个玩笑。

回到房中，伊玛盖罗的心久久不能平静。她可不是开玩笑的，她就是希望找到一个英俊的丈夫。想着想着，伊玛盖罗就进入了梦乡。深夜醒来，她忽然觉得好像有人躺在自己身边。她吓得连忙坐了起来，诚惶诚恐地问身边的人："你是谁？怎么会在我的床上？"只听身边的人说道："我就是塔西纳-堪呀！我是听见了你的心愿，特地来这里找你的。"伊玛盖罗高兴极了，她没想到自己的心愿这么快就实现了，她已经迫不及待地想要见见自己的梦中情人了。

伊玛盖罗难掩激动的心情，急忙拉开了灯。灯亮了，屋子里马上明亮起来，

把一切都照得清清楚楚。然而，伊玛盖罗却再也高兴不起来了。因为她看到的并不是一个风度翩翩的英俊少年，而是一个头发花白、弓腰驼背的老人。伊玛盖罗的眼神中流露出极大的失落，她连看都不想再看塔西纳-堪一眼了。塔西纳-堪忙问："你怎么了？亲爱的姑娘。你不是希望与我在一起吗？我就是来娶你的，难倒你不愿意吗？"伊玛盖罗背对着他说道："是的，我不愿意了。我需要的是一个年轻英俊的丈夫，而不是一个又老又丑的丈夫。"

塔西纳-堪伤心极了，泪水从他的脸颊流下，浸湿了他那花白的胡须。这时，伊玛盖罗的父母和妹妹洁娜凯都赶了过来。洁娜凯是一位很有同情心的姑娘，见塔西纳-堪伤心的样子，她十分不忍，可又不知道该如何安慰这个可怜的老人。情急之下，她竟然对父亲说："父亲，让我成为塔西纳-堪的妻子吧！我愿意嫁给他。"父母都觉得伊玛盖罗有些过分，现在小女儿主动提出要嫁给塔西纳-堪，也算是一种补偿吧！塔西纳-堪听到洁娜凯愿意嫁给自己，自然是十分高兴。两个人很快就举行了婚礼，结成了夫妻。

成亲以后，塔西纳-堪对洁娜凯十分体贴。洁娜凯虽然觉得嫁给一个老头有些别扭，但塔西纳-堪为她所做的一切却让她感到异常的幸福，她终于从心里接受了塔西纳-堪。一天，塔西纳-堪对洁娜凯说："洁娜凯，我的妻子，我觉得我对你的关心还不够，我应该让你生活得更好一些。我要去山林里开拓土地，为你种植好吃的谷物，这些都是加勒比人以前从未听到和见到过的。"洁娜凯十分感动。虽然她也很想尝尝那好吃的谷物，可是丈夫已经年纪一大把，如何去做那繁重的体力劳动呢？

洁娜凯担忧地对塔西纳-堪说："开垦荒地太辛苦了，我不想你太累了。你对我的关心我都清楚，你为我做的已经够多了，不要再去了，否则我会因为担心你的安危而坐立不安的。"塔西纳-堪笑着对妻子说："别担心，我很快就会做好的。你只要答应我在家里好好地等我，为我准备吃的东西就行了。"说完，塔西纳-堪便出门去了。

洁娜凯在家等了很久都等不到丈夫回来。她有些害怕，丈夫不会是因为承受不了繁重的体力劳动而发生什么意外了吧！想到这儿，她再也等不下去了。在山林中，洁娜凯看到了丈夫的身影。他确实是在开荒，而且还干得很起劲。见丈夫平安无事，洁娜凯一颗悬着的心总算放下了。可她再仔细一看，却被吓了一跳。而在惊吓过后，则是大大的欢喜。原来，丈夫已经退去了他衰老的外表，变成了一个年轻英俊的小伙子。洁娜凯再也控制不住内心的喜悦，冲到荒地上紧紧抱住

了丈夫。塔西纳-堪见是洁娜凯，也回手紧紧抱住了她。

塔西纳-堪和洁娜凯手拉着手高兴地往回走，他们决定去见见父母。回到家中，还没见到父母，就首先见到了姐姐伊玛盖罗。伊玛盖罗再一次惊呆了，她不敢相信眼前站着的就是曾经被她拒绝的那个又老又丑的塔西纳-堪。看到塔西纳-堪与自己的妹妹甜蜜地拉着手，她真是又妒又恨。这个男人本来应该是她的丈夫，可现在却与妹妹在一起了。她走到塔西纳-堪的面前，大声说："你是我的丈夫，你千里迢迢到这里来，不就是来找我的吗？"洁娜凯有些害怕姐姐，想要退缩，可塔西纳-堪却紧紧拉住了她的手。

塔西纳-堪冷淡地对伊玛盖罗说："我确实是来找你的，但你已经拒绝了我，所以我不会再要你了。我现在爱的人是洁娜凯，她比你更善良、更有同情心。我是她的丈夫，这是永远都不可能改变的事实。"伊玛盖罗气得大叫一声，便晕倒在地。后来，她就不知去向了。有人说她变成了一只夜莺，不断发出哀鸣声。而塔西纳-堪则与洁娜凯幸福地生活在一起。塔西纳-堪果然开垦出了土地，并为加勒比人带来了玉米、菠萝和红薯等可口的作物。

第二章 澳大利亚神话

彝神创世

在宇宙之初，世界一片黑暗。那时候的地球是没有生机的，植物和动物都还没有出现，整个世界都在沉睡。

尽管世界寂静无声，但无尽的宇宙并不是死的。在那时，宇宙中有两位大神：一位是没有形态但是有思想、有法力的大神——拜艾梅；另一位则是沉睡在宇宙中某一处地方的、具有无边造化功能的、等待拜艾梅大神召唤的创世神——彝神。

世界终于迎来了创世时代，大神拜艾梅终于开口了。他的话语唤醒了彝神，也唤醒了整个世界。彝神从沉睡中醒来，睁开了双眼。神奇的事情发生了，黑暗的世界中出现了第一缕光明。那光明越来越强，面积也越来越大。无尽的黑暗被新生的光明驱除了，黑夜终于结束，世界迎来了第一次白天。大地也因为光明的到来发生了变化，那片名叫努拉保的平原在彝神光辉的照耀下，变成了一片可以孕育生命的神奇土地。

彝神从沉睡中醒来

光明与黑夜交替入睡，人类才能正常生活。

彝神从宇宙中飘落下来，来到了我们的世界上。她东瞧瞧，西看看，觉得荒原太过单调了。于是她唱着歌，跳着舞，在那片刚刚显露出来的大地上走动着。她从南走到北，又从东走到西，凡是彝神走过的地方，都生长出各种花草树

木。大地迎来生机，土地也变得活跃，新生的植物在光明下茁壮成长。

彝神觉得自己为世界做了一件非常有意义的事，但是她不知道最伟大的神拜艾梅是怎么想的，于是她找了一个地方停了下来，一边休息，一边等待拜艾梅大神。

拜艾梅出现了，彝神从他微笑的表情判断出，这位主神对自己的创造还是满意的。果然，拜艾梅笑着说："我可爱的彝神，我对你的创造非常满意，你的工作做得非常好。不过你要知道，这仅仅是一个开始，还有很多工作等着你去做呢！"

彝神站了起来，恭敬地对拜艾梅说："伟大的拜艾梅天神啊！您的意愿就是我的生命，您的旨意我会遵从，请您告诉我接下来我该做什么？"

拜艾梅说道："说得很好！你看，现在的世界虽然很美，但是她需要有更加活跃的生命来点缀。在地球下面深邃的洞窟中，埋藏着很多生命的种子，不过那些种子必须经过光明的触摸才能生长。你明白我的意思吗？"

彝神点了点头，马上赶到了阴暗的地下洞窟。当她的光芒还没照到生命种子时，在可怕的黑暗中传来了恶鬼们的哀号声："不！彝神！请不要这样，你要再次睡过去。我们喜欢黑暗，喜欢阴冷，不需要你的光明。"

彝神没有理会恶鬼们，继续前进。那些埋藏在洞窟中很久的生命种子终于迎来了光明，它们飞快地生长。只见薄薄的、透明的翅膀张开了，带有环节的躯体长成了，细长的腿也跟着出现了，那些生命的种子生出了绿色、灰色、黑色等各种颜色。它们歌唱着，飞翔着，铺满了世界的每一个角落。这些东西，就是我们今天看到的昆虫。

拜艾梅十分高兴，对彝神说："做得非常好！不过高山上还有很多洞窟，里面存有永远都不会融化的冰。"

彝神领会了拜艾梅的意思，马上赶往山上的洞窟。当她出现在山顶上时，耀眼的光明射进了所有的洞窟，厚厚的冰块融化了，变成无尽的大水流下山来。

那些被寒冷杀死的东西获得了新的生命，在水中慢慢地飘荡着。开始的时候这些东西是没有形态的。后来经过了漫长演变，它们变成了各种爬行动物和鱼类。直到今天，这些动物还是十分喜欢在水里生活。

彝神来到拜艾梅的跟前，等待主神的命令。拜艾梅说："我对你的表现非常满意，下面还有最后一项任务，那就是要把你温暖的光明照遍每一个山洞。"

彝神带着她最后的使命，来到了其他的山洞中。在那里，已经找不到冰块了，彝神所能见到的是许许多多各种各样的新生命。这些新生命有的长有翅膀羽毛，能够在天空中自由地翱翔；有的则皮肤光秃秃的，生有强壮的四肢。它们都能发出具有特点的声音，都在用自己的方式对彝神表达谢意。这些东西，就是我们今天见到的飞鸟和走兽。

拜艾梅大神又一次出现了。他赞美了伟大的彝神，并对她说："好了！你的创造工作已经完成了，属于我的世界终于活了起来。从现在起，你将肩负起照管大地的任务，所有的动物都将崇拜你。你的地位仅仅在我之下。"

彝神获得了应有的赏赐，非常高兴。她来到了山顶上，用那洪亮的声音对世间万物说道："你们听着，这个世界上所有的东西都是属于拜艾梅大神的，包括我在内。无尽的土地是拜艾梅大神赐给你们的财富，你们有权利世世代代使用它。"

彝神想了一会儿，接着说："我将赐给你们不同的季节，它们的名字分别叫夏季和冬季。当夏季来临时，天气会非常炎热，各种果实都会成熟，供你们食用；当冬季来临时，天气会非常寒冷，大风会吹走一切废物，你们可以在这个时候休息。此外，你们还会面临死亡。你们死后，躯体将留在大地，灵魂将会升上天空。"说完，彝神飞上太空，变成了一个圆圆的球，然后向西飞去。

所有的动物都陷入了恐慌，因为没有彝神的照耀，大地失去了光明。它们哭泣着蜷缩在一起，颤抖着等待毁灭。

几个小时过去后，奇迹发生了，在遥远的东方，出现了一丝光亮。是的，彝神回来了！不，也许该说太阳升起来了！动物们欢呼雀跃，兴奋异常。它们也从此明白了，这个世界是有白天和黑夜的，白天用来工作，黑夜用来休息。

为了使黑夜不那么可怕，彝神在每天自己要升起时，都会派出晨星给动物们报信。后来，因为晨星自己太过孤独，彝神有把月神巴卢赐给她做了丈夫。就这样，天空中有了月亮。过了一段时间，又有无数的星辰出现在夜空中，那是月神和晨星的孩子们。

拜艾梅大神造人

彝神的创造工作完成了，她自己也成为太阳女神，地球上所有的生物都受到

她的眷顾和爱抚。接下来的管理工作则由拜艾梅大神承担。

拜艾梅大神法力无边，拥有无穷的智慧，不过很可惜他没有形体，所以大神决定把自己的精神和智慧寄托在动物们的身上。

这天，拜艾梅大神对彝神说："你的创造工作已经完成了，我对你的表现非常的满意。现在，你要去往天界，在那里赐福给你创造的动物。有一点非常重要，那就是必须让所有的生物都知道我——拜艾梅大神是最伟大的、最值得尊重的，是它们的父亲。"

彝神点了点头说："是的！拜艾梅大神！您说得非常正确，我已经命令所有的动物都听您的旨意。对于尊严的维护，我认为您大可不必担心！"

拜艾梅笑道："不！那是远远不够的。我没有形体，它们看不见我，我不能向你和你的孩子们显现实体，因此我必须把我的精神和智慧赋予到动物的身上，使世界上所有的生物都能看到我。只有那样，它们才会对我顶礼膜拜，才会把我当成世界的主人。"

马伦山之由来

澳洲土著中一个著名的神话传说，讲述了一场陆地动物与海洋动物的战争，结果力大无比的葛纳斯（陆地动物之首领）受重伤，化为马伦山，此图描绘的是正在喝水的葛纳斯。

彝神并不同意他的观点，反驳说："伟大的拜艾梅啊！您的观点是欠妥的！

您要知道，天神是非常高贵的，具有无上尊严的，而那些动物们则是渺小卑微的。如果您把精神和智慧全都注入它们体内，那将是对您精神的亵渎，同时动物们也会因为拥有和您一样的智慧而不再尊重您。”

拜艾梅赞同彝神的说法，回答说：“你说的有一定道理，动物们的确不能拥有和我一样的智慧，因此我决定把我精神和智慧的一小部分赐给它们。”

就这样，各种动物都又得到了拜艾梅那很小很小的一部分精神和智慧，这些精神和智慧被我们今天的人称为“动物本能”。

不过，拜艾梅也是一个固执的天神，并没有放弃自己最初的想法。他对彝神说：“我还是需要把我的精神和智慧赐予某种动物。不过你创造出来的所有动物都不符合我的要求，都没有资格接受我的全部精神和智慧。因此我决定创造出一种新的动物，一种非常高级的动物，一种可以代表我来统治世界的动物。”

最伟大的创造工作开始了。正所谓天机不可泄漏，这项创造工作是不能被其他动物看到的。于是，光明和色彩又一次离开了大地，整个陆地都被黑暗笼罩着，洪水侵袭了每一个角落。所有的动物都不知道发生了什么事，因为它们所具备的智慧和精神还不能理解眼前的事实。它们吓得不知所措，全都躲在了一个高山的洞穴中。

拜艾梅大神正在进行着新动物的创造。他正在思考，世界上所有的物质都听从他的支配。那些微型的原子和细细的尘土结合了，变成了血肉、筋骨以及可以容纳智慧的大脑。

很长时间过去了，这种新的动物终于诞生了。他有四肢，能直立起来，用两只脚走路。上半身的两条“腿”则被称为“手”，可以用来生产、劳动以及制造武器和工具。最重要的是，这种动物有一个其他动物所没有的、富于智慧的高级大脑，可以通过它来进行思考、体现拜艾梅大神的精神。为了和其他动物区别开，拜艾梅给这种新的动物取了一个响亮的名字——人。

那些可怜的动物已经在山洞中躲了很长很长时间了，盘算着这次可怕的灾难何时能够过去。就在人被创造出来的那一天，一只名叫戈安纳的爬虫钻出了洞穴，打探一下外面的情况如何。

一会儿的工夫，戈安纳就神色慌张地跑了回来，气喘吁吁地说：“不好了！刚才我看到一些可怕的事情。”

其他动物说：“是吗？有什么事情比现在我们遇到的灾难还可怕吗？”

戈安纳说：“我没有危言耸听，我看到一个圆圆的、发着光晕的东西，看起

来就像月亮一样，而且他就站在洞口处。”

一阵嘘声后，老鹰骂道：“胡说八道！月神巴卢在天上，虽然我们看不见他，但是他一直没有离开过我们。你一定是被吓破了胆，待我去打探一下！”

老鹰也很快就回来了，叫喊道：“戈安纳真是个愚蠢的家伙，那根本不是月亮。发光的东西只不过是他的两只眼睛，他只是一只袋鼠而已。”

所有的动物都轮流走出洞穴，前去察看那个可怕的东西，但是它们都不知道那是什么，因为它们没有足够的精神和智慧。这种僵持的局面持续了很长时间，山洞中的动物们渐渐地忍受不了饥饿。于是，弱肉强食的情景发生了，较大的动物开始吃掉较小的动物。从那以后，世界上就有了肉食动物和草食动物的分别。

拜艾梅大神对动物们的做法很痛心，因为愚蠢的动物已经开始以杀戮为乐趣。因此，拜艾梅大神离开了，留下了那个代表他意志、思想、精神和智慧的人。

光明再次出现，世界回到了原来的样子。不同的是，所有的动物都有了一个新的领袖，一个新的支配者，那就是拜艾梅的使者——人。

在最初的一段时间，这个人，准确地说是这个男人，生活得还算快乐。但是，他很快就觉得非常的孤独、寂寞，因为所有的动物都不能满足他精神上的需要，都不能和他共同承担责任和义务。这一天，他躺在一棵罗汉松下睡觉，整个夜里他都做着很奇怪的梦。当他醒来时，突然发现那棵罗汉松发生了变化。它不停地摇摆着，晃动着，逐渐变得和自己的外形一样。

但是这个新人和自己不同，因为她的皮肤光滑，而且容貌娇美，同时还有一些地方与自己有很大的不同。这就是世界上第一个女人。

男人变得非常快乐，因为他找到了自己的伙伴，结束了孤独的生活。就这样，世界开始有秩序地发展，人类也无限地繁衍下去。